木槿花西月锦绣

典藏版

1

西枫夜酿玉桂酒

海飘雪 作品

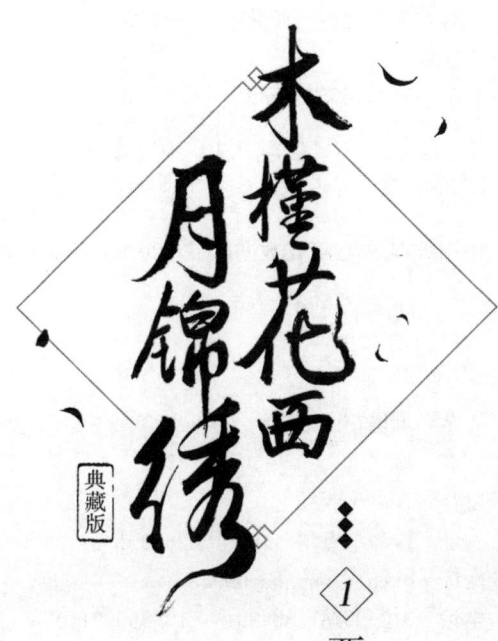

青岛出版社
QINGDAO PUBLISHING HOUSE

图书在版编目（CIP）数据

木槿花西月锦绣：典藏版 / 海飘雪著 . -- 青岛 : 青岛出版社，2019.1

ISBN 978-7-5552-7535-0

Ⅰ. ①木… Ⅱ. ①海… Ⅲ. ①长篇小说－中国－当代 Ⅳ. ①I247.5

中国版本图书馆CIP数据核字（2018）第203749号

书　　名　木槿花西月锦绣（典藏版）
著　　者　海飘雪
出版发行　青岛出版社
社　　址　青岛市海尔路182号（266061）
本社网址　http://www.qdpub.com
邮购电话　010-85787680-8015　13335059110
　　　　　0532-85814750（传真）　0532-68068026
责任编辑　郭林祥
责任校对　邓　旭
特约编辑　孙红彦
装帧设计　小　贾
照　　排　孙顾芳
印　　刷　北京润田金辉印刷有限公司
出版日期　2019年1月第1版　　2020年5月第2次印刷
开　　本　16开（700mm×980mm）
印　　张　95.5
字　　数　1500千
书　　号　ISBN 978-7-5552-7535-0
定　　价　216.00元（全六册）

编校印装质量、盗版监督服务电话　4006532017　　0532-68068638

建议陈列类别：畅销·古代言情

目录

MUJINHUAXI YUEJINXIU

MUJINHUAXI YUEJINXIU

目录

楔子

肠断已销魂

午夜，孟颖孤单地站在公寓电梯中，飞行的时差还未倒过来，电梯镜明白地映照着她出差归来的疲惫，原本狭窄的移动铁盒意外地显得有些空旷。

叮！安全电梯直接将她送到了顶层公寓的门口。

熟悉而昏暗的猫咪感应灯亮起，两只暖光猫眼反射在冰冷的大理石地砖上，温暖的家离她只有一门之隔，令她的心情好了起来，她决定给她温柔体贴的丈夫俞长安一个惊喜，于是在门口用力甩了一下头，深吸一口气，飞快地从手提包里取出粉饼扑了粉，还把那支快用完的唇膏在唇上轻抹一遍。她将脑后的辫子解开，一头浓密的秀发非常蓬松。

她努力挤出一丝笑容。

时间过得真快，一晃眼，他们已结婚五年了。

她轻轻掏出钥匙打开门，轻手轻脚地进了门。客厅里只开了一盏灯，卧室门微敞着，有极轻微而缠绵的音乐轻轻流出。她有些惊讶，平时加班晚归，长安总替她留着灯，但他很少会在这么晚的时候听音乐，而且她这次是因为签约失败才提前回来的，他根本不知道她会这么快回来。

她想给他一个惊喜，但想起新来的副总因为回扣，突然改用长沙的供应商，不禁心里又是一沉，明明那个新供应商的价格要比原来的贵二倍不止……

她郁闷地思索着，仍然愉悦地打开了卧室的门，然后她如脚上生根，笑容僵在脸上，再也挪不开眼。

宽大的床上，一个比她年轻许多的女子浓妆艳抹却全身赤裸。她夭红的长指甲紧紧抓着床单，樱唇中发出快意的呻吟，丰满的酥乳剧烈地摇晃着，白晃晃地映在孟颖的眼中。她的两条玉腿被一个健壮的男人夹在腋下。那男人坐在他们的婚床上，死命地攻击着她的身体，浑身因情欲而泛红，口中不断发出低吼，这，正是她的长安……

孟颖全身的血液好像一下子涌出了身体，只觉得浑身冰冷。那对激情男女看到她，猛然出声尖叫，慌乱地七遮八掩。

长安总是对她说，他喜欢沉默地在黑暗中摸索她，点燃她的情欲。长安喜欢温柔而缓慢地在床上折磨她……不，这不是长安。

长安总是对她说，他的情欲不是很旺盛，有她一个就可以了……不，这不是长安。

长安总是对她说，他喜欢她选的丝质床单，在上面做爱很快乐，现在却是另一个女子在上面婉转承欢……不，这不是长安。

然而，长安却披了睡衣，尴尬万分地走过来："颖，你、你、你怎么今天……"长安对她讨好地一笑。

她以前最喜欢看长安的笑，现在却觉得这笑容实在很刺眼，她神经质地笑了笑："你们……"

然后，她转身奔出卧室。她记不得自己是怎么进了电梯，怎么下了楼，怎么出了小区的大门……直到冰冷的雨落在她早已泪痕满面的脸上，她才意识到她已经来到了空无一人的大街上。

一阵尖锐的车鸣响起，强烈的灯光射来，她本能地抬手遮挡那光芒，恍惚中听到长安疯狂的叫声……

然而，无尽的黑暗向她袭来。

……

火红的彼岸花大朵大朵开在脚下的黄泉路上，仿佛是鲜血做成的地毯，无限地延伸出去，直至地府的尽头。那瑰丽的红色与灰暗的天空形成鲜明的对比，化作了地府的景色。

我精神恍惚地飘荡在黄泉路上，前面两个黑袍帅哥，也就是地府赫赫有名的公差——牛头、马面。他们在前面唾沫横飞地谈论着手腕上明晃晃的ROLAX（劳力士），好像是今年的最新发行版。那彼岸花的花香飘进我的鼻间，我的眼前闪过我生前的种种，包括我死前最后一秒所见那极致香艳的情景。尽管我的丈夫和一名未成年女子做了主角，硬是让我戴上了顶绿帽子，可奇怪的是，现在我心中却没有半点愤怒。

难道是这彼岸花的花香迷醉了我所有的感知，还是但凡是人，只要入了黄泉，便将往昔一笔勾销，只能感到无穷无尽的虚无?

我抬头看四周，来者形形色色，有大有小，有老有少，有古有今，有中有外，有木然，有平静，有狰狞，有恐惧，有努力抗拒，有哭爹喊娘，甚至还有哈哈大笑的，任由不同的黑衣使者费力地将其挪移。

我正要开口询问这黄泉路有多长，忽然，我前面的两位帅哥停了下来，拉着我退到一边，其他的地府官差也都拉着手头的魂魄在两边停了下来，面容严肃。

过了一会儿，天空中出现了一群四蹄、口鼻喷着火焰的飞马骑兵，巨大的马蹄之声震得我的耳膜直疼。骑兵过后，飞来一座大型金属制囚笼，由一头壮硕的神牛拖着飞奔。四个无比俊美的男子分别着红、绿、蓝、白的盔甲，持着兵器飞在囚笼的四周。他们的额头上嵌着与盔甲同色的宝石，面容严肃，周身闪耀着神圣的光芒。

我的目光再移向那囚笼之中，哇！好酷！那囚犯穿着单薄的玄衣，身上缠绕着条条锁链，镣铐加身，却仍掩不住身上肌肉虬结。乌玉般的长发垂及膝盖，在黄泉路上迎风飘荡，那面容俊美得雌雄难辨，令人窒息。尽管他的形容间疲惫不堪，然而那双妖异无比的紫色眼瞳却波光流转，看着便让人觉得难以呼吸，瞬间魂魄已被夺去了七分。他的身上不停地散发着神圣清明之光和乌黑的妖气，凡是他经过的地方，必是有一半彼岸花迅速生长，另一半则黯然枯萎，默默死去。

我前面的公差牛头悄悄地说道："喂！这不是天界新任的朱雀、青龙、白虎和玄武四大神将吗？看来，总算是捉到他了。"

马面扯了他一下："听说上一任的基本上都是死在他的手上了，这一任的可花了近百年时间才捉住这个流窜各时空的紫瞳妖孽。"

"我就说，别学人间基因改良、克隆什么的，结果整出这么个妖不妖、仙不仙的东西，当然搞不定啦。"

"嘘，别说了，等这紫浮过了奈何桥，我们就去新天地庆祝一下。"

"不好，我想去三里屯……"

"土了吧，现在三里屯已经不流行啦！"

明明是灰暗的天空，却因为这不速之客意外地光明了起来，我的脑中因为这人而暂时模糊了俞长安的长相。我直直地看着那叫紫浮的囚犯，不想他那琉璃紫瞳目光一闪，瞥向了我，然后他转过头来，对我微微一笑。

这一笑明明是马克龙在对民众微笑……

这一笑明明是法鲨对着花痴的女地球人优雅而笑……

这一笑明明是吴亦凡在抛媚眼……

这根本不是等待判决的罪犯游街。

正是因为这颠倒众生的微笑，让他身边的四大神将疑惑而严肃地朝我一并看来，我立时有些尴尬地低下头，僵在那里。

囚车慢慢飞过，大家又站了起来，我好奇地问身边的官差道："两位官爷，请问那人是谁，为什么要让什么四大神将来押送呢？"

无人答话。

我想了一想，从颈子上解下白金项链，递上前去。

话匣子猛地打开，马面抢着答话道："这位是天界赫赫有名的紫微天王，天界第一战将，只可惜他是仙妖的实验结合体……"

牛头道："你看见他那紫瞳没有？那可是只有纯正血统的大妖怪才有的紫色眼瞳。"

啊？是这样的吗？以往看过的漫画在脑海中一一闪现。好像犬夜叉的爸爸是个大妖怪，他的眼珠是灰色的吧？不过，好像杀生丸大人的眼瞳的确是紫红色的。

马面接话道："于是他没有办法控制自己的妖性，背叛了天帝，血染宫廷。他杀了很多上仙，霸占了很多仙子，还想自立为王，与伟大的天帝分庭抗礼。"

"哦，就像当年的孙悟空吧！"我若有所悟。

"比起当年的斗战胜佛，这位可是有过之而无不及，而且他还在人间各空间作恶多端，引起天灾人祸，严重扰乱了人间的秩序，比如说地球空间，北京那场瘟疫和美国那场飓风。"

"非典，KATRINA（卡特里娜）飓风？"

"正是，那阵子人间太惨了，我们人手根本不够，一个官差往往要引好几十个魂魄，实在是累得不得了。"牛头帅哥沉声说道。

马面也侧身仰面长叹兼流泪，五指上各色宝石戒指熠熠生辉："最后，我们都荣幸地得到了鬼道主义勋章。"

来到终审厅，轮到我了，严肃的阎王宣读着我前生的种种，结论是我由于所做善事很多，所以被判入六道轮回[①]中的第三道玉桥。那玉桥是给在世积聚了功德的人经过的，转世后便会成为权贵之人，一生享尽富贵荣华。

我木然地站起来，随着牛头马面飘向了麻绳扎的苦竹浮桥——奈何桥。

桥下是红水横流的山涧，六个巨大的旋涡狂肆地张着大口，对岸的赤名岩上，有斗大的粉字四行：

为人容易做人难，再要为人恐更难。

欲生福地无难处，口与心同却不难。

一个鹤发童颜的妇人站在桥头，似乎是为了安抚众鬼魂，根据他们死去时所处的时代和空间，不停改变着自己的妆容和服饰，可无论古今中外如何变化，她始终面容安详地给众鬼魂递上一碗汤药，那便是孟婆阿奶和她的孟婆汤了。

奈何桥上歌声缥缈，是亡魂不舍昼夜地歌唱，我的心跟着幽怨起来，我的一生就这样结束了吗？我的父母看到我的尸身该是如何伤心？而长安，他会伤心吗？还是会和他的情人更肆无忌惮地疯狂缠绵……

排在我前面的鬼魂，或半推半就，或颤颤巍巍，或豪气万千地端起那孟婆汤一饮而尽。

若有刁蛮、狡猾的鬼魂，不肯吞饮此汤，他们的脚下立时会现出尖刀将他们绊住，他们便痛得哇哇大叫，终是屈服地饮下此汤。

我和众鬼魂看得胆战心惊，孟婆却神色不变。

轮到我时，孟婆的眼里闪过一丝悲悯，身上的白衫化作一身我从未见过的血红灿烂的古式华服，好像是一种婚服。我一阵惘然，正欲伸手去接，目光触及孟婆那冰冷幽深的眼瞳，不由得浑身一颤。

我咽了一口唾沫，小心翼翼道："请问有一次性杯子吗？"

孟婆也不说话，只微笑着对我身后一指。我扭身看去，只见一牛头正用尖刀绊住一个不肯就范的外国鬼，一旁的马面冷笑着用铜管刺破那外国鬼的喉咙，令其受尽痛苦后，再强行将孟婆汤从铜管灌入。

我立时乖乖接过孟婆汤，诚恳地说："非常感谢。"

忽地，鬼群分了开来，只见四个光华四射的神将押着那位据说是曾经在三界无恶不作但又耀眼得不像话的天人走了过来。

然后，那四位神将连同孟婆一同跪了下来，孟婆极其恭敬地端上汤水。

那位一身朱红的神将朗声道："恭送紫微天王入第六道轮回，望天王修得正果，早日得回天宫。"

哇！第六道是竹桥，那是给伤天害理、恶贯满盈之人经过的，将分作四种形式投生：一为胎，如牛、狗、猪等；二为卵，如蛇、鸡等；三为湿，即鱼、蟹、虾等；四为化，如蚊、蝇、蚂蚁等。

这是很重的惩罚，真的很难想象这么帅的人会变成一只狗、一头猪，更别说会变成苍蝇、海参，甚至是蚂蚁什么的，当然也说不定，会有什么改良品种出现。

紫微天王接过那碗汤，高傲地冷冷一笑："天帝对我真是仁慈，不但没有让我魂飞魄散，还让我有机会变成牲畜修行，汝等替我回禀天帝，紫浮多谢他的再造之恩了。"

他的话语中不无讽刺，可那四大神将只是垂首称是，并无其他反应。紫浮抬手，将孟婆汤一饮而尽，转过身来便慷慨地走向奈何桥的彼端。我明显感到那四位天王松了一口气。

“投胎插队”结束，我喝了一口那似酒非酒的孟婆汤，似乎甘、苦、辛、酸、咸五味杂陈，也许这便是要让人明白这一世人生中的甜、酸、苦、辣、悲皆已了尽，一切又要重新开始了。

我转过身来对着众鬼魂大声叫道：“Ladies and gentlemen（女士们、先生们），各位朋友、各位同志，我要投胎去了！我决定，一定要忘记这一世所有的不快，来世快快乐乐地做我想做的一切！”

估计这种宣言地府人员听得太多了，而众鬼魂绝大多数也是心有戚戚焉，根本无人理我。管他呢，我要去做贵族千金了，享受我下一世的荣华富贵去喽！

忽然，背后一股阴风扫过，我被一只结实的手臂扼住咽喉向后走去，好难受。我勉强回头，目光对上的正是那双美艳的紫瞳，他对我妖魅诡异地一笑，我立刻打了一个哆嗦。

这、这、这、这妖孽要做什么？

他头也不回地拖着我过了奈何桥，我的碗早已不知被甩在哪里。四大神将惊慌失措，那白虎神将提着一柄锋利的大剑喝道：“紫浮，你已喝下孟婆汤，为何还要伤害人命？”

估计他又一想，这里只有鬼，没有人，便改口道：“上天有好生之德，你何苦改变这个女、女鬼的命盘？下世入牲畜道乃是天帝旨意，与她何干？休要再造孽。”

“对啊，与我何干……您要学会感恩……”他手一紧，我便说不出话来。

他看了我一眼，慵懒地笑道：“来世路上太寂寞，我总得找个人侍候。”说罢，便拉着我向下跳去。

天哪！我不要做苍蝇，不要做鲍鱼，更不要做胖胖的海参……难道变成海参后，我还要再侍候另一只海、海参……

我想象着大西洋底，一只紫色的大胖海参对着一米开外的另一只瘦小的海参说：“过来，给我挠痒痒。”

于是，小海参花了一年的时间，气喘吁吁地挪到了大胖紫海参身边，兴奋而疲倦地吐着舌头道：“主人，我来了……”

大胖紫海参抠着鼻屎说：“噢！我已经不痒了，回去吧……”

神啊！这……这怎么侍候？

在跳下去的一刹那，他狂笑着说：“谁说我要去做畜生来着？”

忽然，身后飞来一个光球，一下子打中了他，似乎使他偏离了本欲跳的玉桥，我听到他狠声说道：“该死……”

五光十色的世界立刻包围了我们，在进入黑暗前，我想到了一个严重的问题。

孟婆汤使用说明书上明确写着：孟婆汤，在世为善，饮之令其眼、耳、鼻、舌、四肢较以往更精、更明、更强、更健。作恶之人，使其声音、神志、魂魄、精志消耗，逐渐疲惫衰弱，俾令自我警惕、忏悔，重新为善。

这个紫微天王喝了一碗孟婆汤，而我只饮了一口，其余的全被他弄洒了。

【注】

①所谓六道轮回是指金桥、银桥、玉桥、石桥、木桥、竹桥。

第一道是金桥：给在世时修炼过仙法、道法、佛法，积有大量功德的人通过，以升仙或成道。

第二道是银桥：给在世积聚功德、善果、造福社会的人通过，成为担任神职的地神，如土地等，得享人间香火。

第三道是玉桥：给在世积聚了功德的人经过，转世为权贵之人，享富贵荣华。

第四道是石桥：给在世功过参半的人经过，转世为平民百姓，享小康之福。

第五道是木桥：给在世过多于功的人经过，转世为贫穷、病苦、孤寡的下等人。

第六道是竹桥：给伤天害理、恶贯满盈的人经过，分作四种形式投生：一为胎，如牛、狗、猪等；二为卵，如蛇、鸡等；三为湿，即鱼、蟹、虾等；四为化，如蚊、蝇、蚂蚁等。

第一章

初莲木槿芳

我呼吸困难，一张薄膜隔住了我生命的源头，求生的本能让我努力挣了出来。在一片嘈杂之声中，有人抱起我，然后我睁开了眼。

哈哈！宝宝又投胎了，我快乐地看着四周，丝毫没有理会产婆的惊呼。

破旧的桌子，破旧的凳子，破旧的帐子……咦？莫非我投胎到乡下了？

我安慰着自己，很多农村暴发户住平房，但是银行存款颇为可观。不对，为什么这里的女子都是头上梳着发髻，穿着长裙……

我又安慰自己，可能来到了未来，我的前世已流行唐装了，家庭装修主张返璞归真……

直到有人把另一个如猫儿的女婴放到我的边上，她对我慢慢睁开一双灿烂的紫瞳！

天啊！

女婴对我骨碌碌地转着紫瞳，地府的一切在我的脑海中掠过，我终于停止了自我安慰，这个紫浮一定是挟着我错投了木桥。

我绝望地大哭了起来，可她笑出声来，屋内的女子们啧啧称奇。

我委屈地哭着，控诉着这个紫浮的恶行。

我、我、我做不了富二代，官二代，壕二代，房二代，煤二代，还有星二代……竟被迫落到这个莫名其妙的时代，而且超级贫穷！可惜我所有的控诉全都化为初生婴儿的语言，嗷嗷大哭。

我挣扎着伸过小手要打她，没想到她一把抓住我的小手，继续咯咯笑着。

坏家伙，没想到你还挺有力气。我挣不脱她的小肥手，只能哭得更大声。笑什么笑，小屁孩。

这时，一个衣衫上带补丁的清秀男人走过来。他叹息着抱起我们，略显失望地道：“若是两个男孩多好啊。”

“秀才莫要着急，第三胎一定会是个男的。你看你两位千金，长得多标致。老二还和你娘子一样，是紫眼睛的美人。”产婆笑着劝他，拒绝了他那一吊黑油油的钱，“花秀才，你留着这钱给小娘子补身子吧，头一胎生两个是很辛苦的。”

哼！还读书人呢，重男轻女！我对这一世的爸爸十分不爽。一抬头，只见这一世的妈妈倒长得十分和善美丽，是个紫眼睛的外国美女。哦！难怪他们不会奇怪那妖怪的眼睛了。我愤愤地捧着娘亲的乳房，狂吸着，我还真饿了。那个讨厌的紫浮霸占着另一个，十分平静地吮着。长而卷的睫毛，紫瞳潋滟，额头一颗美人痣，一如当初在地府所见一样惊艳，可是他为什么投胎成女孩了呢?

我的娘亲喜欢木槿花，于是我的名字就成了木槿，俗！真俗！

而紫浮同学太过漂亮，且甫一出生便大笑，景色秀丽，我的秀才老爹便以花团锦绣中的锦绣，谐音景秀，取其名为锦绣。

我刚会讲话，便急不可待地说出我和她的恩怨。失去一切记忆的她总是一脸茫然，无辜地看着我。我更生气了，一有机会我就打她，想把她逼出原形来，好为天地除去一害。

然而，我被无知村夫们认为鬼附身，在烟熏火燎中被绑着作了三天法，那臭道士还说要饿我三天，才能饿死附在我身上的恶鬼。

大冬天的，我被绑在村头的大柳树上，只半天就晕了过去。就在我以为我很快就又可以投胎时，锦绣偷偷过来给我松绑，还给我披上棉衣。她端着她自己省下来的饭，胆怯地试着与我沟通：“木槿，你先吃饱再打我成吗？”

别说打人了，我当时早已连点头的力气都没有了，她便一口一口喂我，然后跟我说娘的眼睛都快哭瞎了，爹一晚上老了好多。她哽咽着叫我快好起来，只要我好了，她死也愿意。

不知道为什么，那一夜我在锦绣的怀里，眼泪像断了线的珍珠，连我自己也不太明白我是被她感动哭了，还是在哀叹这尴尬的今生。

四岁那年，我接受了我这一世的命运，接受了这个不知道叫紫浮还是锦绣的妹妹。

五岁那年，我那背井离乡的胡人娘亲得了一场重病，结束了她命运多舛的一生。

那一年，教书匠秀才老爹开始教我们识字。我这才知道，原来我在中国某一个历史洪流中，有秦有汉，却穿越到了一个叫庭朝的时代，后世诸史把这个庭朝称为西庭。

那些四书五经、孔孟之道、楚辞汉赋，我皆过目不忘，还能举一反三和老爹探讨一番。这对于有前世记忆的我并不是难事，却难为他对我惊为天人，直仰天长叹道：“奈何女子乎。”

喝过孟婆汤的锦绣，似已彻底忘却了曾经的辉煌前世，对读书感到十分头痛，倒难得一心一意做起女人来了。她温柔羞怯，女红一流，对自然科学也十分钟爱，时常对着蛇鼠爬虫研究半天。有一次，她对着一条毒蛇说了半天话，我看那蛇已经游走了，才汗流浃背地挪移过来。她嘻嘻笑着对我说，那条毒蛇告诉她，将来她必会称霸天下。

她对我说，若真有一天能成为天下之主，她一定要把这世上所有的好东西都给我。

我的心一沉，难道她前世的孽缘未了吗?

我想了想，对她诚恳地道，称霸天下者必是万兽之王，那就是说要当老虎了，浑身要长毛的，你可愿意?

她果然惊恐地抖着身子说不要了。

六岁的锦绣已变成“村花”了，几乎是所有男孩的梦中情人。明明她有异族的血统，可在民风淳朴的花家村，大家对她十分友好。偶尔有人想欺侮她，这人便会成为村中男孩的头号公敌。果然，无论古今中外，颜值始终是“正义”!

曾有一个邻村的王半仙对秀才老爹说，锦绣前世罪孽太重，一定要在八岁之前将她送到庙中，让她长伴青灯古佛旁，方可解其前世的怨气，不然今生必定祸乱人间。而我是前世冤魂投错胎，我俩相生相克，必得将我俩拆开，方可两个都保平安。

我兴奋地怀疑这个算命先生不是普通人，正要问他还有什么方法让我回到原来的轨道，一回头，却见他在淫笑着摸锦绣……嗯?

我怒不可遏，上前就把那瞎子痛打一顿。那瞎子一瘸一拐，走的时候极其嚣张地说，我必会因为锦绣而孤独终老一生。

我正欲破口大骂，却看到一向懦弱胆小的锦绣捡起一块石头，准确无误地砸中了那瞎子的后脑勺，那里肿了一个大包。

她浑身颤抖着说：“谁、谁想拆开我和木槿，我、我就和他、他没完。”她噙着泪水，大口大口地喘着气，对我说，“木槿……锦绣永远陪着你，我、我们……永远在一起……你、你、你不会孤独终老的。”

我的身体在南方的严冬中瑟瑟发抖，她和我的口中皆呵着白气，然而一股暖流分明渐渐在我的心中漾开。对于经常迷失在前世记忆和混乱今生的我而言，一个什么都听你的、这么爱你的妹妹是何其宝贵。

我和锦绣都甜甜地笑了起来，我终于有了家的感觉!

后来锦绣的一个死忠fans(粉丝)，疤瘌头小四告诉我，这王半仙只要见着哪家有姐妹，都这么说来骗钱骗色，幸亏我们家没听他的呢。自此以后，锦绣fans团只要一看那王半仙出现在村口，便联合起来狠狠捉弄他一番，那王半仙就不敢再出现了。

可惜好景不长，让所有失去母亲的小孩感冒的问题出现了，秀才爹续弦了，他娶了一个戏精后妈，在秀才爹和众乡亲面前，温柔贤惠无比，可是秀才爹一出门教书，她便开始使唤我和锦绣做牛做马。知道她本性的只有我、锦绣，还有我们家很酷的大黄狗。

十个月之后，旺财——我和锦绣异母同父的小弟弟出生了，她抛弃了戏精身份，后娘嘴脸完全显露了出来，不过我们的秀才爹乐得合不上嘴，早已不太管我和锦绣的委屈了。

一年以后，结束我和锦绣灰姑娘生涯的是一场水灾，秀才爹又生了一场大病，本就贫穷的家里变得更揭不开锅了。后娘想把大黄给杀了，我和锦绣拼了命护住它，连秀才爹也不同意，当然也没有人敢告诉她这是胡人娘在世时养的。

这一天，我无意间偷听到，在后娘的怂恿下，秀才爹终于同意她叫牙婆子来，把我和锦绣领去。

明天牙婆子就要来领人了，锦绣和她的fans举行了集体以及个别的告别仪式，我陪着她在大柳树旁，见完了最后的第五拨小伙伴。

晚霞就像各色绚丽的彩缎散开在天际，她伏在我肩头，哭得凄凄惨惨。我谨慎地看着四周，就怕她的哭声又招来那条经常对她说话的毒蛇，幸好它没有出席今天的告别演唱会。

我低头，shit(该死)，这丫头又把鼻涕眼泪都蹭在我身上了，我没好气地瞪她一眼：“明天牙婆子来领人了，再哭，小心变成鱼眼睛，把你卖给东村老张头家当童养媳。”

那老张头是个独眼的鳏夫，以卖豆腐为生，儿子是个痴儿，村里的小屁孩常欺侮他的痴儿，还哄笑取乐，要是被老张头逮住，就连亲爹妈过来也逃不过一顿狠揍。故而，村里的大人们哄孩子的一大法宝就是，再闹，就把你送给老张头。百试不爽。

她果真害怕了，呆了呆，然后在我的左脸上拧一把：“你又骗我，老张头他儿子上个月饿死了。”

我的脸一定肿了，我捂着脸：“那就给老张头做续弦。”

没想到，她又想在我的右脸上拧了一把：“老张头前天刚下葬，你还把他家的豆腐架子给偷出来，说什么要开豆腐公、公司。木槿，你这坏丫头，一天到晚就知道吓唬我。”

我一猫腰躲过：“谁叫你把我的衣服又弄脏了。”

我俩有一搭没一搭地聊着，一边轻手轻脚地进了院子。大黄汪汪叫了几声，嗅出是我俩，又趴回去睡了。

屋里头传来爹爹的咳嗽声，我即使前世没读过医大，也能感觉出来他可能是肺部感染了。我原本想利用老张头的豆腐架子学做豆腐，起航我的商业帝国，好治爹爹的病，现在看来，不管怎样都得跟着牙婆子走了，不然上哪去凑医药费？

后娘的声音从窗户里传出来："下作的小娼妇，你老子都病成这样了，还三更半夜不知道着家。"

我望了望天边的最后一丝霞光，暗嗤她不但毫无逻辑而且骂人带脏字，毫无水准可言，可是又怕爹爹信了她的话，更气得不行，只得平静地回道："太阳快下山了，我们刚给爹去采板蓝根了，马上就睡了。"

夜里，锦绣依然八爪鱼似的抱着我，抽泣着道："木槿，我怕，要是牙婆子把我们分开怎么办？"

"别担心，姐姐会有办法的。"我一般只有在特殊时刻才用上"姐姐"两个字加强效果，果然她渐渐放下心来，进入梦乡。

然而，黑夜中的我却比她更加茫然。

第二天，下巴上长着一颗大痦子的牙婆子陈大娘来了。不出所料，她一眼看中了锦绣，我和她讨价还价，由三两开到五两，而我则以二两贱价自己把自己给卖了，条件是和锦绣卖去同一户人家好照应。

当时后娘和那个大痦子牙婆子的表情完全一样，像是在看着外星人，估计没想到我如此能说会道。

莫道我可是惯于和任何小贩血拼杀价的大都市小姐，更别说当年我从英国读完MBA留学回来，何其风光地挑选五百强外企，哈哈……

唉，好汉不提当年勇，如今的我，身价也就是这二两银子了。

锦绣很欣喜能和我在一起，但又泫然欲泣地望着我，我表面淡定，内心却如刀绞。

我拉着她跪在秀才爹的窗前，默默地磕了三个头，大声说道："爹爹，我们这就跟着陈大娘去西安有钱人家做丫鬟了，木槿会照顾锦绣的。请爹爹养好身子，别惦记着咱们，等过些年，我们有机会出来了，一定会回来孝顺您的。"

这些都是浑话。我和锦绣按下小手印的原是倒卖的死契，虽然牙婆子说是带女孩子出去做丫鬟，可谁也不知道到底是做什么勾当的，西安路途遥远，哪还有可能活着回来？

我抬头望着破旧褪色的窗棂，一阵寒风吹过，去年被旺财的小手捅破的旧糊纸干巴巴地向外卷着，随风发出啪啪的声响。我思忖着那秀才爹是躺床上睡着了，还是坐起来透过窗子看我和锦绣最后一眼呢？

风停了下来，屋里安静得过分，连平时吵得我头痛的咳嗽声也没有了。看来他还是太重男轻女，有了旺财，卖掉两个女儿无所谓了吧！

小脸。

言归正传，总之车厢里的气氛一下子热闹了起来，那些原本盯着锦绣的目光都唰唰地转到我身上，连那个家道中落的碧莹也把眼睛从脑门上移回了眼眶，和我攀谈了起来。不过当她知道我们是小山村出来的，而不是和她一样是书香门第出身，眼睛又立刻长回脑门上去了。整个车厢里，她只和宋明磊讲话。哼！小丫头片子。

那个宋明磊，有问必答，不问则不答，惜字如金，相当内敛。

总之，齐放、于飞燕和我们姐俩一路上也算成了发小。牛车颠簸到了江陵府，齐放哭着被张姓的书生买去做书童了，到了襄州，两个女孩子进了杨员外府做女戏子，费解的是另外四个男孩又在此地转手给了另一个男性人贩子。

于飞燕晚上小解的时候，听到陈大娘和那个车夫在野地里兴奋地说那四个男孩被通州知府订了下来，那知府素来喜欢娈童，每个月府里面抬出来的男童尸首就有很多。陈大娘说是有出必有进，这定是笔好生意，下次还要多进几个男孩。

孩子们听到死人都很害怕，一阵沉默之后，于飞燕对我不耻下问道："何为娈童？"我看看碧莹和宋明磊，没想到他们也一副很有兴趣的样子望着我，而我只能干笑连连。

为了孩子们的健康成长，我岔开话题，主张我们义结金兰，即使不能卖到一处，如果将来有缘，我们再见面时亦能把酒言欢。古人对于结拜这档子事果然极其热衷，出乎我的意料，连那个碧莹也加入了我们，于是我们偷偷地下了牛车，在月光下的野地里，一字排开，对月结义。

"我于飞燕，十三岁。"

"我宋明磊，十二岁。"

"我姚碧莹，十岁。"

"我花木槿，八岁。"

"我花锦绣，八岁。"

"按长幼之序，对月盟誓，义结金兰，从此荣辱与共，富贵同当，不求同年同月同日生，但求同年同月同日死……"

我忽然想起大黄那刚出生的五只小狗崽，为了生存而拼命地挤成一团取暖。

我们这些孩子都对自己飘零的命运忐忑不安，尽管来自不同的地方，有着不同的背景，然而共同的际遇使我们多少有些惺惺相惜。

野地小五义成立之后，一种莫名的喜悦充盈着内心，掉队的孤雁仿佛又找到了雁群而不再孤单。深冬的午夜如此寒冷，我们的心灵却是如此温暖，于是我们都单纯地微笑起来，锦绣依然抱着我的胳臂，却笑得格外开心。

然而谁也不知道，甚至就连后来以神机妙算而闻名天下的宋明磊，在当时的月光下，也没有推算出我们五个人日后会成为那个时代翻云覆雨的人物。

于是，一路上我们开始以兄弟姐妹相称，陈大娘自然免不了又瞪眼看了我们一阵。

一日，在薄薄的晨曦中，我们来到一片平原。牛车停在河边。我正冻得直打哆嗦，掬着水洗脸，一抬头就见陈大娘一声不响地细细端详着我，把我给唬了一大跳，差点摔到河里。

她蹲下来平视着我说："老娘一辈子走南闯北，从没见过你这样的丫头，你肯定不是一般人。"

我呵呵干笑："陈大娘，您见多识广，我算哪门子的不一般。"

她眼波一转，对我飞了一个媚眼，当时我不明白她为什么要对我一个八岁的小屁孩飞媚眼，后来才知道其实她对谁都这样，只听她道："只可惜，你跟着你家天仙样儿的妹子，这辈子是没好果子吃的。"

她什么意思？！她不会真要把我和锦绣卖给妓院吧？！我急了："您不会是要把我和锦绣卖到什么下三烂的地方吧？"

她哈哈一笑，那颗大痦子也随之颤抖："放心吧！我陈玉娇不是什么好人，但我也从不把女娃子往妓院里面推。再说了，你们五个正好是西北原将军要的人，我怎么敢把你们随随便便给卖了？"

西北原将军？我很纳闷，正想再问，她已扭着腰肢找她那赶车的相好去了。

又过了月余，沿途的柳树开始冒绿芽，冰冻的河面也渐渐破冰融化，牛车进入了一座气象万千的城市。我们向窗外瞧去，其街市之繁华，人烟之阜盛，自与别处不同，这一日我们终于到了西安古城，豪强大族原氏的祖荫封地。

出了西市，沿着盘山道上得一座翠绿的山峰，开阔处蹲着两只威武的大石狮子。视线所及，皆是金色的琉璃瓦，屋宇起伏，富丽堂皇。

正对着眼前的是一座高大巍峨的汉白玉牌坊，两旁石柱上的九龙翻云吐珠，坊上气势磅礴地镌刻着四个大字：紫栖山庄。

我仔细看了一下落款，不由倒抽了一口气，竟是本朝先皇的御笔。再看两边门柱上刻着一副对联：勋业荣光昭日月，功名无间及儿孙。亦是御笔。难怪这陈大娘要把我们几个，所谓最好的货色留给这西北原将军家了。

我悄悄问锦绣可喜欢这里，她瑟缩了一下，紧紧挽着我的手臂："木槿，那柱子上的龙，我怕。"

我们从西边角门进入，陈大娘屏声敛息，恭恭敬敬地走在前面，几个拐弯，随至一垂花门前，两个婆子冷着脸出来。陈大娘堆着笑，轻声耳语一番，给她们一人塞了一吊钱，才得进了垂花门。我们几个跟着陈大娘一路沿着抄手游廊，过了穿堂，转过一座富贵镶宝紫檀大插屏，就是正房大院。但见正面六间上房，皆富丽堂皇，两厢游廊檐下，悬着各类五色鸟雀，正叽叽喳喳叫得欢，有一只大画眉子还特地隔着笼子啄了我后脑勺一口，倒把我唬了一跳，也不敢抱怨。

上了台阶，只见两边有序地立着几个穿红着绿的丫头，皆眉清目秀，恭敬而立。最上面的一个身量颀长，容颜最为秀丽，可谓珠圆玉润，唯目光清冷至极，见我们来了，便不慌不忙地打起帘栊向里传话："夫人，建州的陈大娘领着新来的人到了。"

听到这话，我的心彻底放了下来，这陈大娘还真没把我们卖到妓院。

高个儿丫头领着我们到了屋里，那富豪华丽让我眼前一亮，百合熏香盈盈而绕，西洋的金摆钟嘀嗒嘀嗒，我的同伴们几乎眼睛都看直了。我们跪在外间，隔着微晃的珠帘，只见里间的炕上坐着一个华服的妇人，繁复的缕鹿发髻上压着金灿灿的掐丝八宝冠，一身缕金百蝶穿花大红洋缎，姿容秀丽，不怒自威，身旁站着一个明蓝轻裘的年轻男子，微弯着腰，纤尘不染地梳着书生髻，髻上一根迎客簪。

我隐隐地听到那年轻男子对那妇人回道："……各色妆蟒绣堆，刻丝弹墨并各色绸绫，大小幔子八十架，金丝藤红漆竹帘二百挂，五彩线络盘花帘二百挂，[1]'富贵长春'宫缎十四，'福寿绵长'宫绸十四，'紫金'笔锭，如意锞十锭，金梅花簪二对，金喜荷莲簪二对，金锦松石如意计六柄，伽南香念珠一盘，汉白玉各色小扇坠子四件，所有宫中御赐之物皆已收好。今儿清早将军的飞鸽传书说是和大少爷已平安到京了，请夫人放心。"

那夫人优雅地抿了一口茶，"嗯"了一声。

"伺候二小姐的初云上个月得急症没了，她老子娘说是明儿来把骨灰领了去。"

"言生，记得多赏几两银子，可怜见儿的，也算是和非烟一起长大的。"

"是，太太真是慈悲心肠。还有，白三爷想搬到西枫苑去住，说是嫌紫园里太吵。"

那夫人犹豫了一下："那西枫苑如此冷清，他腿脚又不方便，跟前统共就韩先生和谢三家的两人，这怎么好？将军那倒也罢了，让外人知道了，倒还以为我这个做后娘的排挤他呢。"

"我原也这么想，不过这倒是韩先生亲自过来提的，说是西枫苑的温泉对白三爷的腿脚有好处，住紫园里边，成天往西枫苑里跑也费精神头。"

"那也罢了，随他去吧，不过明儿个给将军说一声。"

"夫人说得是，还有珏四爷那里，说是如果夫人不让他去西域，他就……"

“得了，又为了要上西域那档子荒唐事儿吧？叫他别烦我了，真真跟他狐媚子的娘一样，整日价想着往外跑。”

我约莫听出这个家的情况，这是将门之家，有三子一女，老大跟着父亲上京城了，老三和老四好像不是她生的，而老三的腿脚有毛病，老四像是个热衷于荒野探险的热血青年。

就在我们快跪得腿麻了的时候，晶莹的琉璃珠帘被两个小丫头小心翼翼地挽了起来，微微发出悦耳的碰撞之声。

“夫人要的五个孩子，我给您找齐了，您看看吧。”陈大娘讨好地说着，一脸谄媚。

那原夫人凤目在我们脸上一扫，停在了锦绣的身上：“中间那个，抬起头来。”

锦绣抖着小身子抬起头来，只听咣的一声，有人摔落一个杯盏，而原夫人倒吸了一口冷气：“陈玉娇，看看你找来些什么人呀！紫眼睛的妖孽你也敢送上府？还不快撵出去！”

锦绣从小在花家村长大，即使是后娘也从未如此辱骂过她。我猛地抬起头，只见她眼中噙满了泪水，不知所措地望着我。一旁的婆子冷着脸就要架她出去，我心头一紧，一咬牙，便上前死死抱住了她，大声说：“慢着，请夫人再好好看看我家锦绣。她不是妖孽，而是紫园的贵人。”

所有人都一愣，连那夫人也怔住了，她挥了一下手，那两个婆子便走了。她俯视着我：“你叫什么名字？”

我一整衣衫：“我叫花木槿，这是我妹妹，叫花锦绣。我们姐儿俩从建州来。”

夫人的眼中闪过一丝狐疑：“那你倒说说，你的妹妹，如何是紫园的贵人了？”

我暗自平静一下内心，不慌不忙地答道：“我和锦绣千里迢迢从远在东方的建州而来，锦绣生就一双紫瞳，木槿没读过什么书，但也曾闻所谓紫气东来，这是其一；您再看她眉心的美人痣，正是二龙戏珠之痣，大富大贵，这是其二；我家锦绣之名也正是取自花团锦绣，意为原府必会繁荣无比，这是其三；三项合一，木槿推断，定是原将军为国鞠躬尽瘁，原夫人德容恭俭，感动上苍，老天遣锦绣来紫栖山庄暗示吉瑞之兆，原家上下不出十年必定光照日月，贵不可言。”

我说完后，恭恭敬敬地拉着锦绣，伏在地上。一片寂静中，我的汗水滑下额头。过了一会儿，只听原夫人轻轻一笑，我的心中一紧。

“你们抬起头来。”

我和锦绣再次抬起头来，我看到那原夫人的目光高深莫测：“木槿花的木槿？”

我微微一愣，才醒过神来，她是在问我的名字：“是，夫人。”

“珍珠，”夫人对那个领我们进来的高个儿丫头说道，“把紫眼睛的花锦绣和旁边那个丫头送去给二小姐看，让她定哪个补初云的缺，两个男孩就充作紫园的子弟兵，这个叫木槿的丫头，先去杂役房吧。”

不管怎么样，我和锦绣可以一起在此安身立命，总好过姐妹二人，天各一方，倚门卖笑。我松了一口气，对着锦绣微微一笑，用手比着我的秘密记号，V形胜利指，意即我会想办法去见她的。

我的那些结义兄姐似乎也松了一口气。我那黑大哥于飞燕看着我的目光相当崇拜，然而很多年以后，他才告诉我，其实当时他一点也没听懂我在说什么。

我跨过高高的门槛，即使隔着帷幔，也感觉背后有一道森冷锐利的目光盯着我，让我浑身发冷。我扭头看去，只见一把轮椅上坐着一个白衣少年，少年身后立着一个颀长的青衣身影，可惜隔着重重帏幔，看不真切他们的样子。直到走远了，我才听到那带我出去的婆子说道：“那不是白三爷吗？他可难得来太太房里请安啊。”

【注】

①此处描写借鉴自曹雪芹《红楼梦》第十七回：大观园试才题对额，荣国府归省庆元宵。

第三章

芳菲暖人间

远山如黛，静默无声。潺潺的溪水旁，一群仆妇在洗着衣服。冻得人发抖的水流中，一双双白玉般的手在快速地搓着衣服，仿若与游鱼比赛。

我趁着漂衣服的时间，直起身子，轻捶着因为长年弯曲而隐隐作痛的腰，然后微微拢了一下被汗水黏在脸上的黑发，迎着晨风看着清晨的阳光。

不远处，雅致的西枫苑里红梅探出了头，那火红的花朵燃起我纯粹的快乐。

也不知道前几年被我折过的那枝胭脂梅今年有没有开花。

忽地，一个婆子叫道："木丫头，锦姑娘差人来找你了。"

我回头，瞧见不远处，一个清灵俊俏的姑娘，身上穿着一件笼着淡烟似的青色绫罗。仆妇们知道她是紫园里来的人，便收起了喧哗之声，恭恭敬敬地指着我。

我心中一动，莫非锦绣有什么事？

我赶紧跳上岸，放下裤管，然后到了那姑娘跟前，鞠了一躬："木槿见过初画姐姐。"

那姑娘的眼珠一转，对我笑笑："你以前见过我？"

"回初画姐姐，木槿以前不曾见过姐姐。"

"那你怎么知道我的名字？"

"木槿听说前儿个庄子里比武，只有初画姐姐和锦绣二人的双剑合璧，赢了园子里所有子弟兵，夫人赏了初画姐姐和锦绣宫中御赐的秋香色软烟罗。刚刚看姐姐走过来，好似霞光烟雾笼身的仙女，木槿就猜您定是和锦绣一起伺候二小姐的初画姐姐了。"

那是于飞燕上个月告诉我的，说的时候唾沫星子乱飞，黑脸涨得通红。刀中冠军的他直呼看了那场双剑合璧，才明白自己当初选错了兵器，狂悔自己没有学剑，不然也能宋明磊在西营机智过人，冷静善谋，成了原家大管家柳言书的得意门生。

有了他们三人的接济，碧莹的医药费总算解决了，这两年，碧莹的病终于有了起色，赵大夫说关键在于人参养荣丸。

想起人参养荣丸，我跳下土炕，把初画捎给我的那个小瓶掏出来：“你看，锦绣让初画把人参养荣丸给我了。等吃完了冰冰面，咱们就吃一丸。”

碧莹的眼中放出一丝光彩，转瞬即逝，幽幽道：“这药丸太昂贵，锦绣肯定又支了自己的月钱了，我看还是别吃了，都这么多年也没个起色，别再糟蹋你们四个的心血了。”

又来了，我最讨厌碧莹这个调调：“哎！你这么说可差了，就是这么多年，虽辛苦些，你还好好的，就说明阎王爷现在不想要你，看，好不容易都快好尽了，别说这种丧气话。”

“你又没去过黄泉，怎么知道阎王爷不要我了？”她坐在炕上叹着气，忧愁地看着我。

我取了大木盆和搓衣板，头也不抬地搓洗着碧莹和我的衣服：“我就是知道，我还真去过黄泉，你爱信不信。”我认真地说道，然后对她嘻嘻一笑，“其实，你要是真怕糟蹋我们的心意，就赶紧好起来，给宋二哥生个大胖小子，给咱们小五义快快添个侄儿，就是人生赢家啦。”在人贩子陈大娘的牛车里，碧莹就对宋明磊颇有好感。

她果然脸红了，病容添了几分艳色，又羞又恼地道：“木槿，你这丫头片子，你、你、你，又、又来调戏我。我这样的病痨，哪里配得上宋二哥。”

古代女子在她这个年龄早已是孩子的娘了，碧莹这样的美人，如果不是生病，恐怕早已被园子里的哪个爷收房了吧！

我看她羞恼得要摔人参养荣丸，才收起玩笑，向她告饶。

这时，一个清朗的声音传入小屋：“好热闹，今天三妹好些了吧？”

一个身材颀长的少年掀开了厚重的帘子，清秀俊朗的面容出现在面前。说曹操，曹操到，正是宋明磊。他的头上还沾着几点白雪，不知外头什么时候下起雪了。

碧莹脸红得像火云，羞答答地坐在那里，只有我知道这是她这几年唯一快乐的时光了。我赶紧给宋明磊抖了雪，倒了热茶，捧起大洗衣盆，笑嘻嘻地就往西厢房闪：“宋二哥，烦你照应一下三姐，我去把衣服给洗了。”

“都是自家兄妹，何必这么客气，木槿，一起来坐吧。”少年的眼睛明亮得如夜空中的天狼星。可我哪敢坏他们的好事，还是开溜了去。

我走向屋前的小溪，想趁着雪下大以前，赶紧漂了，正要蹲下，一阵疾风擦过我的耳边，我吓得跌坐在冻土上。大木盆滚到碎冰面上，衣服撒了一地。一根扎着红缨的银枪正插在我的脚跟边上的一堆衣服上，还在轻微晃悠，显见力道之大。

我那唯一一件还没有补过的单衣啊！我的心当时那个疼啊，不过脸好像更痛一点，我一摸，果然脸上给擦着了，正流着血。

“木丫头，我这回又没有迷路，可又找着你了。”我不及回头，一米八零的高大黑影挡在我的眼前。他棱角分明，五官坚毅俊美，红发也不梳髻，披散于肩头，那双眼瞳仿佛葡萄美酒，流光溢彩，正极其得意而兴奋地瞪着我。

呀呀呀！我的心咯噔一下，是珏四爷，现在他怎么这么容易就找到我了？

说到这里，我需要介绍一下紫栖山庄家主人的子女情况。

原青江将军，字然之，现升任兵部尚书，已育有三子一女。

老大原非清，当今长公主的驸马都尉，今年二十有二，和二小姐原非烟是原将军的原配夫人秦氏的孩子，可惜秦氏死于难产。

然后，原将军扶正了秦氏的陪嫁丫鬟谢氏，生三子非白，人称白三爷，今年一十七岁。据说原将军最喜欢的就是这位白三爷，他六岁能诗，八岁善射，御前献艺，惊才绝艳。今上御弟靖夏王也曾赞道：真乃龙驹凤雏也。

可惜白三爷十岁那年，突然从马背上掉下来，摔断了双腿，从此断送了白三爷的神童生涯。其母谢氏一夜之间急怒攻心病故，于是白三爷和他神秘的仆人，传说中的韩修竹先生，隐居在拥有疗养温泉的西枫苑。

那韩修竹先生，原是武林中大名鼎鼎的岁寒三友中的“轻风傲竹”，与幽冥魔教一战后，他是岁寒三友中唯一幸存下来的人。据说他的武功高深莫测，原将军对他极其敬重，连现在的原夫人也敬他三分。以他的赫赫名声及江湖地位，却甘愿为这样一个少年做仆从，令人匪夷所思。

而原将军接下来又续娶京都百年望族连家的女儿，当今皇后的亲妹，即现在的当家主母连氏，比较不幸的是连夫人至今无所出。

就在连氏进门的第二年，原将军远征突厥凯旋时，带回来一个十岁的男孩。这男孩一头红发，哭声洪亮，被其称为第四子，原非珏，珏四爷，也就是眼前这个极其猖狂的十六岁少年。

传言珏四爷的生母非常神秘，曾经做过波斯舞女。事实上他并不怎么讨原将军的喜欢，而他的红发红眼令他的后母也不怎么待见他。他本人对于中原文化毫无兴趣，琴棋书画也无一精通，又是个出了名的路痴，明明住在玉北斋，却总是莫名其妙地走到西枫苑，于是自然而然地被西枫苑的主人白三爷，误认为是接二连三的挑衅。

就是这位珏四爷，一次又一次被韩先生打得找不着北，可遗憾的是“知难而退”四个字从来没有出现在珏四爷容量不多的字典里。他被打，再迷路，再挨打，反倒是韩先生对他的“照顾”将他变成了一个地道的武痴。他对西域和高强的武功有着不可遏止的热情，天天吵着闹着要去西域。他最大的梦想就是拜武林第一高手金谷真人为师，可传说中的金谷真人早已不知行踪。

以上情报都是平时丫头婆子同我八卦来，或是宋明磊和于飞燕闲时告诉我的。

我与这位少爷的相识也颇有戏剧性。我九岁那年，碧莹病入膏肓。那时别说药了，就连吃的都困难，我拼命想着如何为她补充营养，最后只好把主意打到大自然身上了。

我趁着天色将晚，偷偷在西枫苑的莫愁湖里放篓子，抓了些鱼蟹，而且还意外地网到了一条金光灿灿的水蛇！

我从来没见过这么漂亮的水蛇，这蛇汤可是好东西啊，蛇胆亦是止咳圣药啊，当然，如能让于飞燕帮我去卖了这金蛇皮就更好了。

正当我对着那条水蛇狞笑不已时，一颗火红的脑袋忽地出现在我的左边，好奇地问：“你捉这剧毒的金不离做什么？”

这便是我第一次遇到本山庄的名人珏四爷，其时他正好再一次迷路到西枫苑，而且在旁边闭息偷看了我很久。

我当时吓得差点滑到水里，慌忙道：“你胡说，这明明是水蛇，哪里是毒蛇。”

黑暗中，他的眼睛闪着红色的幽光，像在黑夜里活动的兽的眼睛，灼灼地盯着我：“这莫愁湖是死水，亦是西枫苑的护苑湖，你以为韩修竹那老匹夫还能在里面养什么？”

此时，我必是面如土色。我慢慢离开湖边，只是手上还抓着那条金不离的头和尾，放也不是，捏着也不是。明明已是月华凉如水，我却如同在炭火上炙烤，汗滴如雨：“请问这位小哥，能帮我捏着这金不离的七寸吗？”

“哼，我为何要帮你？”他直起身，双手负在身后，傲慢地仰着下巴。月光下，他没有梳起的红发流动着柔和的光芒，如洗发水广告里名模的秀发，迎风飘扬，光彩照人。

我立时猜到他的身份，也想起了宋二哥告诉我他的一大特点：“今日若得了珏四爷的恩情，我一定结草衔环来报。先让我送四爷回玉北斋吧！”

“秀发名模”立刻回头瞪我，恶狠狠道：“谁要你送，我自然认得回去的路。再说，就算我在这西枫苑，那韩修竹又能拿我怎么样？”

“可是，韩先生好像往这里过来了。”我正说着，远远地就有人影往这里闪。其实我连韩修竹的面都没见过，只是瞎猜的，没想到那珏四爷却信以为真，脸色一变，只手往那蛇的七寸一劈，那蛇就断成好几段。

我满手蛇血，惊恐得瑟瑟发抖。他一下子抱起了我，飞到了一旁的槐树上。

他一手堵着我的嘴，一手紧紧搂着我的腰，两人的身体挨在一起。他聚精会神地看着来人，气息吐到我的脸上。

那时的原非珏只是一个十一岁的少年，月光下，白玉也似的肌肤，红发似锦，红眸如酒，俊美无俦，我看得似乎有些醉了。

底下的那人只是个巡夜的。他如释重负地嘘了一口气，才发现我呆呆地看着他，便凶恶地在我耳边吼着："看什么看！我是红头发、红眼睛又怎么样，你个下人也敢这么看我？"

这样盯着人看的确很没有礼貌，也很容易让人误会我是个肤浅的女性。

我摩挲着耳朵，笑了笑："对不起珏四爷，恕奴婢无礼，奴婢只是觉得珏四爷的眼睛好像是葡萄酒的颜色，很漂亮哪。"

"葡萄酒？你一个下人怎么会见过西域进贡的葡萄酒？"他狐疑地望着我，脸色却好了很多。

那个时代，进贡的葡萄酒只为皇家所有，每年至多只赏赐一二瓶到权臣宠臣家中，极为珍贵。我又笑笑，正要搪塞过去，忽地发现他的衣襟裂了个口子，一定是刚才拉破的。我从腰间翻出针线。说实话，我的针线活绝对不能同锦绣相比，但和前世相比，仍然有了长足的进步。没想到那珏四爷往后一仰，警觉地一闪："你想作甚？"

我的手架在空中，有点尴尬，我干笑了几声："四爷的衣襟扯破了，奴婢想替您——"说着，我仍探手过去。

他却往后躲："无事献殷勤，非奸即盗，你这下人莫非想刺杀我？"

嘿！他以为自己是"川普"吗？值得我动刀子吗？

"珏四爷，别过去……"我着急地喊着。

可惜他一意往后退："你定是大房派来杀我的。不然，男女授受不亲，你也是不知廉耻……啊！"他终于跌下了树。

其实我想提醒他的是，那根树枝不怎么结实，前天我为了摘槐花给碧莹，刚爬过的。可是他却总往我不知廉耻那方面想，明明听说他对汉人的诗书礼仪毫无兴趣，这一点他倒是学得很好啊。

他的轻功自然不错，没怎么摔着，然而下面还有个泥潭，我也曾中过招的。唉，果然，不听老人言，吃亏在眼前啊。

我慢慢地借力跳了下来。

他满身污泥地爬起来，神情古怪地瞪着我。

我憋着笑，一本正经道："珏四爷，天晚了，男女授受不亲，那我就不送了。"

我转身就走，然而他一把拉住我："你叫什么名字，我以前从没见过像你这么大胆的丫头，莫非你是花锦绣？”

我愣了一下：“为什么我是花锦绣？”好像人人都知道我家锦绣是紫瞳的吧！现在天黑是黑了点，可是我能看出他是酒眸，他应该也能看出我是正宗的黑眼睛啊！莫非他不但如传说中那样是路痴，还是色盲？

他似乎有些失望：“那你叫什么名字？”

“珏四爷想知道我的名字做什么？”我不着痕迹地轻轻挣脱了他的手臂，忽地面色惊慌，“韩、韩先生。”

我趁他回身的工夫，一溜烟跑了。

第二次见到他，已是一个月以后。他一身绛色缎袍有几处划破，发上还沾着一片青叶，神情憔悴。我猜，他又在西枫苑迷路了吧。

大太阳底下，我和小丫头们正在赏今年的新樱花，本来叽叽喳喳的，看见他都不敢作声，几十双妙目看着他冷着一张脸经过樱花树下。他既不看我们，也不抬头瞅一眼那满树嫣红。

我正踌躇着，他已视而不见地与我擦身而过了。

我以为他忘记了那晚的相遇，没想到他忽地转过身来抓住我的胳臂，兴奋地说道：“是你，我记得你身上的槐花香。”

众丫头吓得一哄而散，只剩下我和他。

我笑笑，指着树上樱花：“珏四爷，您看今年的青梅长得多好。”

他抬头看了一眼，胡乱点了下头，专注地盯着我的脸：“你叫什么名字？”

我恍然大悟，原来他不是个路痴，而是眼睛有着严重的问题。

第四章

落花逐流水

樱花树下，嫣红的花瓣随风翻飞，渐渐地飘落在他的头上、我的肩上。

他专注地盯着我，静静地等着我的答案。那个样子很像以前在建州有人来家串门，大黄狂吠被怒斥之后，偷偷躲到一边，认真地用那双明亮的狗眼打量着陌生人，仿佛想记住那个人的长相似的。

一时间，我的母性本能被最大限度地激起。这样一个孩子，高大俊美，锦衣貂裘，出身名门，却偏偏看不见人间的美景，一时间很多疑问在我心中盘旋。这个红发少年，为什么不说出他的苦衷，让人来为他医治呢？他的眼睛是先天弱视吗？还是和白三爷一样，他在紫园意外受了伤呢？

他终于有些不耐烦了。在他开口之前，我一手轻轻拉起他的手掌，另一手从他的肩头取下一片花瓣，放在他因长年练武而粗糙温热的掌心。

我微笑着柔柔答道："回珏四爷，奴婢的名字和这樱花一样，也带着花，奴婢叫木槿，花的颜色也有红色的，您可记住了。"

他浑身一震，快速收回了手，后退了一步，却没有甩掉掌中的嫣红。他俊脸一红，下巴高仰，用那双不太灵光的大眼睛斜睨着我："你是夫人房里的还是大房里的？"

"回珏四爷，两边都不是，木槿是杂役房的。"我恭恭敬敬地回答。

他有些怀疑地盯了我一眼，似乎明白了什么，略显疲惫地点了点头，又往前走。

我正纳闷他这是要去哪里，却见他忽地一头栽倒下来。

说实话，我从没有去过玉北斋，而且整个紫栖庄园大得如同一个国家级森林保护区一样，我曾在里面迷过好几次路，于是，我索性把他拖回就近的小北屋，自然把床上的碧莹给吓得咳了半天。

他太重了，不得已，我叫来了于飞燕和宋明磊。

略通医术的宋明磊说他是给饿的，可能有两天没吃东西了。于飞燕在旁边哈哈大笑。

啊？饿的？我明白了，他一定是迷路好几天了。

宋明磊他俩去玉北斋报信，离开没多久，原非珏就醒来了，我给他一个本来是我们存粮的锅盔。这种当时服役的军人工匠发明的烙饼，为了便于保存，硬得就跟头盔似的。他一个阔少爷硬是吃得津津有味，愣把碧莹看得连咳嗽也忘了。

他吃完后，似乎才发现土炕上还躺着个人，于是爬上去，像狗看到大骨头似的上上下下瞅了半天。

我为两人互相作了介绍。

碧莹看到我点点头，才怯怯地叫了声珏四爷。我们的珏四爷一个劲地盯着她，打了个响亮的饱嗝，算是打了个招呼。

我实在没忍住，扑哧笑出声来。珏四爷向我这边扭过头，瞪了两眼，忽然咧开嘴，对我灿烂地笑起来，露出洁白的牙齿，弯了双瞳："你叫木槿，像樱花一样是红色的，我记住了呢。"

我心头一热，碧莹也放松下来，跟着笑起来。

终于，一个光头的突厥老人出现在我们的陋室里。他虽然穿着玉北斋的红色下人服，却神情倨傲，脸上如万年冰霜凝结，鹰钩鼻，有点像老年版的刘德华，年轻时应该也是个让众多女性垂涎的人物。

原非珏难得害怕地唤了声："果尔仁，你来了。"

果尔仁凌厉至极的目光看得我直发毛，碧莹吓得差点就接不上气来了。就这样，原非珏灰溜溜地被果尔仁大叔领走了。

从此，原非珏和我成了朋友。于飞燕说这果尔仁曾是突厥第一勇士，在战场上单打独斗败给原尚书后，愿赌服输，便真的在玉北斋做了原非珏的仆从。

我想那原尚书可真不是简单人物啊。大儿子成了当今驸马；女儿听说也是国色天香，武艺高强，有望选秀进宫；三儿子的仆从是武林名宿；正房夫人手下有子弟兵八千；诸葛亮再世的柳言生做总管。就连这位看似最没有地位的原非珏都有个曾是突厥第一勇士的老家人。

我真的很好奇，究竟是怎样的人才有能力网罗并支使得动这么多奇人呢。

宋明磊挑眉告诉我，兵部尚书原青江自少年时代起，他的政敌便传颂他：关陇原氏有青江，智谋诡谲甲天下。于飞燕在一旁眼神崇拜地点头附和。

我们的家主是这个时代神一样的人物，难道当初我说锦绣会令他们家贵不可言，是无意间说中了原家的心事，他们真的想改朝换代？

这个念头出现在我的脑海，我不由得心惊肉跳。这不是不可能。这个时代外戚当权，原氏又掌握全国五分之二的兵权，全国各地还有那么几个拥兵自重的藩王，边界似乎也不怎么太平。

这种动荡年代，搞个什么朝代更替不算什么难事，然而一将功成万骨枯，我们小五义在他们原家的事业里又会扮演什么样的角色呢？

幸好这几年，原家没什么动静，而夫人待我家锦绣亦如亲生女儿，我的心也渐渐放了下来。

有时我会问原非珏，他的眼睛怎么回事。他却总是冷哼一声，死也不肯说。

我曾问过宋明磊能否治原非珏的眼睛，他说原非珏的眼睛不像是天生弱视，可能是被药物所迷，以他的程度很难治好，然后他神色凝重地对我说：“木槿，这是主子和主子之间的事，二哥知道你心地善良，但这次听二哥的话，我们做下人的还是少管为妙。”

我明白宋明磊的意思，看来原非珏很有可能是和白三爷一样出了场“意外”，变成了残疾。我不由得打了个寒战。这个紫栖山庄里到底有多少可怕的秘密？

且说那原非珏自此便隔三岔五地在西枫苑迷路，必会准确地顺道溜达到我们这里来，奇迹啊！

一米之内，他对谁都是睁眼瞎，却偏偏在很远的地方就能认出我来。

我沾沾自喜。嗯，就跟我们家大黄很远就会嗅出我和锦绣一样，动物的本能啊！

唯一美中不足的是，一旦他发人来疯，就会用他的长枪先跟我打个招呼。一个弱视的孩子舞刀弄枪是很危险的，偏偏又爱现。

比如说现在，我又惊得一身冷汗。这回我也恼了，跳起来，指着他的手抖得厉害：“珏四爷，你、你、你，如果你不小心扎死我怎么办？”

红发少年仰天狂笑：“本少爷武功高强，怎么会扎死你？”

我气鼓鼓地把衣物一收，就往回走。

他在后面亦步亦趋，一手拽着我的袖子，歪着脑袋问我：“上哪儿去？”

我一甩他的手：“你那枪方才把我的脸擦伤了，我得去请人给我上药，疼死啦！”可千万别留疤。虽然我是不准备在这个错误的时空再嫁人了，可爱美依然是人的天性。

他忽地扳过我的身子，捧起我的脸，照着伤口就是一舔，于是我的左半脸全是口水。

我又受了一回严重惊吓，他莫非真的要做犬夜叉？我立刻把他推开，僵在那里：“你、你、你，做什么？”

"果尔仁说了，女人的伤只要男人一舔就不疼了。"

如果不是他非常严肃认真，我绝对会以为是黄世仁在轻薄喜儿。不过我倒真没看出来那个冷如冰山的果尔仁，如此有写言情小说的天赋。啊，不对，这人是怎么教育小孩的?

"珏四爷，男女授受不亲，你不可以这样轻薄一个女孩的。"我暂时忘记我的悲愤，耐心地教导这位青春期少年。我心里也把他算作我圈子里的人了，我的朋友里是不允许有黄世仁之流出现的。

"哼，果尔仁说了，这些都是狗屎。"他振振有词，毫无羞愧可言，"再说了，你迟早是我的人，舔个脸又算个什么。"

这是他第一次对我说这种话，我一下子愣在那里。而他气不喘，脸不红，弱视的大眼睛定定地看着我。

我很想提醒他，他当初见面时，不也觉得果尔仁口中这堆狗屎是很有道理的吗?

我也很想告诉他，你只是个十六岁的小屁孩，该是好好学习、天天向上的时候，而不是沉溺于早恋的旋涡。

我最想让他知道的是，对女孩告白，同小狗之间表达友情似的舔来舔去完全不同，不可以这么粗鲁且毫无浪漫可言。

就在这时，一只健壮的手臂把我拉到了身后，是宋二哥。

他还是温和地笑着，眼中却有一丝冰冷："珏四爷，男女授受不亲，我家四妹虽是个下人，也是正经女孩。如果珏四爷真中意木槿，也请回了夫人，由夫人做主才行。"

我的心中淌过一股暖流。前一世的我是一个标准的独生子女，童年过得十分孤独，一直希望有个把兄弟姐妹，最好是能揍流氓的那种……

宋明磊的形象忽然间如此高大!

我牵着宋明磊的袖子，侧着身子偷偷看了一眼原非珏，没想到他正夸张地弯着腰想看我。

原非珏终于发现宋明磊的碍事了，很不高兴地问："你是哪棵葱，敢挡着本少爷?"

这句话是他前几天跟我学来的。我扑哧一笑。这个原非珏在整个紫栖庄园里可能只认得出四个人，他老子、原夫人连氏、果尔仁，还有，就是我花木槿了。

"回珏四爷，小人宋明磊，是紫园西营的子弟兵。"宋明磊一抱拳，垂目第一千次向他自报家门。

"你便是那有西营小韩信之称的宋明磊，宋光潜?"原非珏双目微眯，面色一正，几年来第一次对宋明磊的自我介绍有了反应。

我在那边得意地一笑。以我家宋二哥的文韬武略，百步穿杨，在紫园可是如日中天了。而我那大哥，乃是勇冠东西两营无敌手的勇将，九环烈火刀于飞燕。还有我家锦绣，有“钟灵神秀”之称。

三个月前，难得原尚书回西安省亲。他亲自检视八千子弟兵后，对于飞燕、宋明磊青睐有加，曾对人云：“此二子，颇有关云长及韩信之风也。”

他回京城时带走了于大哥。前日宋明磊兴冲冲地告诉我们，大哥已顺利摘得了武状元的桂冠，将来封侯拜将，前途无量。

这些紫园的名人都是我的亲朋好友啊，我想不得意不自豪都难。就因为裙带关系，这几年我和碧莹的日子才稍微好过一些，连周大娘也对碧莹客气多了。

我回过神来，才发现这两位正大眼对大眼，面无表情。怎么了？

过了一会儿，原非珏拔起银枪，看也不看我一眼，对宋明磊一点头：“花木槿我志在必得，而于你，总有一日，我必击之。”

“光潜拭目以待。”宋二哥微微一笑，目送着他离去。

不过他好像又走错了方向，往西枫苑去了……

宋明磊转过身来：“你没事吧！”

我笑着摇摇头，对他道谢。

他看着我，目光深幽：“木槿，他是个痴儿，又是个不得宠的庶子，可毕竟也是世家出身，我等想入原家做妾也是难事，你还是莫要与他多交往为妙。”

我知道他是为我好，可是他说得好像我特想攀高枝似的。本来脸被划花了，心情就不怎么好，听了这话，我更是不乐意，当即闷闷地说道：“二哥放心吧，木槿不会去攀高枝的。”说完，我收起衣服往回走去。

宋明磊的声音从后面传来：“木槿，生二哥的气了？”

我摇摇头，也没回头，继续往回走。

回到屋里，碧莹正一脸幸福地缝着宋明磊的衣服，看我进了屋，就说：“二哥刚走，你见着他没？”

我心不在焉地嗯了一声，不声不响地忙东忙西。

她笑问：“这是怎么了，又跟谁怄气了？”

我告诉碧莹刚才发生之事，少不得埋怨宋明磊以小人之心度君子之腹什么的，她却扑哧一笑：“如此说来，过些日子，我们小五义中可要多个珏四奶奶了。”

这回我可火大了：“你们一个个就会欺我，要是我有那份心，就让我如此报应。”说罢便折了一根筷子。

没想到，碧莹这丫头接下来说的话更过分：“既然你不愿做珏四奶奶，那就跟了宋二哥吧，反正你俩总有说不完的话。”

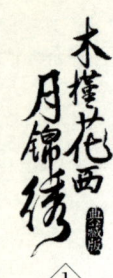

我瞪着她达五分钟之久。莫非这小丫头病糊涂了不成？我抄起一个枕头跳上炕：“你个下流东西，又胡说什么？难为我这么卖力地帮你，三天两头拉拢他，你还这么调戏我。”

没想到碧莹笑着躲过我的枕头。嗯？看样子她的身体，今年还真有起色了。

等闹过了，她忽地拉住我的手，正色道：“木槿，我们几个是一起进园子的，你是什么样品格的人物，偏这几年舍弃了多少进园子的好机会，在这儿起早贪黑地刷粪浣衣，还不是为了我这没用的人？如果不是你，我早已是一抔黄土了。”

我张口欲言，她却用瘦得皮包骨的纤指捂住我的嘴。她长长的黑发披散着，衬得肌肤愈是白皙，青紫的血管清晰可见。那清灵的丹凤双眼，如一汪春水。她非常诚恳地说道：“好妹妹，姐姐无以为报，漫说是夫君了，便是要我这条性命，亦只管拿去，这些都是姐姐的真心话。”

我久久愣在那里，竟找不到任何语句精准地表达我的心情。

但不可否认的是，我很感动，亦很感叹。我这位义姐，真是……

第五章

竹居论天下

过了几日，躺在病榻上将近六年的碧莹终于下地了，我开始帮她进行物理治疗。又过了月余，她走路多了，还略微有些气喘，但已能做些简单的家务了。我抱着她大笑说苍天有眼，而她热泪滚下，瘦骨嶙峋的双手紧紧抱着我。

可惜小五义中，只有我在碧莹的身边。锦绣仍在法门寺烧香，于飞燕在北方镇守边界，宋明磊这厮最近似乎很忙，而我怨他上次管我管得太宽了，决定和他冷战，也不去请他，所以很久没有见他了。这个傻丫头想宋明磊想得都快疯了，整天流泪望天涯，我没办法了，只好捧着碧莹精心缝好的那件冬衣，硬着头皮去西营找宋明磊。

我寻了个下午，来到了一座灰墙高院内，正是西营子弟兵的居所。门前两个站岗的士兵，也就十七八岁的模样，我对着其中一个屈膝行了个礼：“劳烦这位哥哥通传，我给我家二哥宋明磊捎东西来了。”

那个头矮一点的小子听到“宋明磊”三个字，立时堆起了笑容：“啊，宋大哥提起过，这位一定是木槿姐姐吧！”

嗯？宋明磊这小子莫非是知道碧莹病好了？他一准儿知道我会为了她而来吧，比起我这个现代人，他还真是神机妙算，难怪人称西营小韩信呢。

那守门的小子见我点头，便道：“小的叫原武，宋大哥说了让小的引姐姐进营子来。”

进了营子，一路经过校场，明明午休歇觉时分，仍有不少人或张弓习射，或四五一堆角力格斗。树下三两个健壮的子弟兵蹲着，捧着碗叽叽呱呱用当地话聊着，间以呼哧呼哧地吸溜着面条。

一个特黑的少年手里端着碗，从我的背后绕过来，身形是我的两倍有余，高大得如同铁塔。他的暗影将我完全置在其中。我一惊，他却嬉皮笑脸道："不得了，武赖子，你相好的真俊哪。"

旁边的人哄堂大笑。

原武的小脸涨得通红，急得双脚跳："槐安，你别瞎说，这是宋大哥的义妹，你不要命了？"

槐安立时噤了声，所有人都害怕地看着我。我对他们笑笑，也不说话，就跟在原武后面快步走了。我心想，宋明磊果然了得，看来在西营中颇有权力。

原武一路上不停地解释营子里的弟兄都是些粗人，不要和他们一般见识什么的。我心中好笑，面上还是一副温柔贤良的古代女子相，一路不停地说请他不要放在心上，我不介意的。

来到一片竹林前，原武指着清幽的馆舍说道："那便是宋明磊的居所——清竹居。"

原武到底是个孩子，可能还记着刚才众人的调笑，红着脸向我鞠了一躬，便一阵风似的跑了。

我来到近前，只听得里面有个陌生的声音断断续续传来："当今天下早有乱象，不如早择明主而栖……何人在外面？"

一个青衫人影忽如鬼魅一般出现在我的眼前，向我头顶抓来。

"先生住手，那是我家四妹。"宋明磊焦急的声音传来。

那人虽中途撤去了力道，可一股余力仍然将我扫倒。我啊的一声向后仰去，眼看就要跌在地上，已有人快速掠过来，及时拦腰将我扶起。阳光透过碧绿的竹叶洒了下来，我眯着眼看到一个俊秀少年担心地看着我，正是碧莹的心上人宋明磊。

宋明磊将我扶起来。这是我第一次经历武林高手施展绝技欲杀我，所以仍在惊吓中，抬起头，我望见了一双深如幽潭的黑眸。

我扭头，只见一人四十开外，长须美髯，迎风飘扬。此时，他负手而立，星眉朗目，精光毕现，正默默打量着我。一想起刚才他那凌厉的杀意，我还是有些后怕，不由自主地向宋明磊那里凑近了些。

宋明磊的声音从上而来："四妹莫要害怕，这位是名满天下的韩修竹，韩先生，他是白三爷的老师，与二哥相约品茗而来。"

原来这就是原家神童的老师韩修竹先生，也就是经常把原非珏同学修理得咬牙切齿但又真心崇拜得不得了的老匹夫。你们刚才不像是在品茗这么简单吧！

我定了下神，向韩修竹福了一福："韩先生万福。"

"光潜既有义妹来访，吾择日再来叨扰。"韩修竹向宋明磊和我点了一下头，一拱手便走了。

“四妹还好吧？”宋明磊正热切凝视着我，有一刹那我还误以为那是思念若渴。我甩了甩头，恢复了笑容：“还好！多谢二哥救我。”

走进屋内，一众家私甚为简朴。三面墙中，倒有两面全被高大的书架填满。这简直就是一个私人图书馆。

宋明磊很热情地招待我，亲自端茶倒水，还专门拿出了一碟我爱吃的桂花糕，一点也没有拿架子的意思，弄得我倒有些不好意思。

然而当我告诉他碧莹的身体大好时，他也没有表现出特别的欣喜和意外，可见他早知道了。

他微笑着说：“真是件大喜事，三妹的身体大好，都是四妹的功劳啊。”

我摇摇头：“二哥此言差矣，真正的功臣是你，不是我。”

他一挑眉，目光如炬地看着我：“四妹何出此言？”

嘿！这么聪明的人装傻。我正要同他说说碧莹对他的相思之情，他忽地站起来，指着一堆木制的微型城市，对我说：“四妹见多识广，可知这是哪座城池？”

他既然岔开我的话题，再绕回去不免有些奇怪。我只得走过去，看了一眼那熟悉的模型，不由得露出笑容：“二哥，这是紫禁城吧？”

“紫禁城？”他一愣。

“这不是京都的皇城紫禁城吗？”我也迷惑了。

难道在这个时空里，紫禁城不叫紫禁城，那叫什么？

他笑一笑：“正是京都的皇城，不过叫昭明宫，连二哥也不知道它还有个别名叫紫禁城，四妹从哪里看来的？”

啊，说漏嘴了。我照老规矩，说是从建州老家的一本破书中看到的。

旁边一张地图吸引了我的注意。这是我第一次看到古代的地图，果然和历史课上看到的一样。他见我感兴趣，便兴致勃勃指着地图为我讲解当前形势。

我有些傻眼，属于当今西庭皇朝的土地竟比南宋年间的土地还少。

南边一大片土地都是南诏国的，西北边是突厥和楼兰的地界，东北我们有强大的邻居契丹，东面的东瀛和高句丽这时幸好还不怎么强大。

突厥于元武元年分裂为东西突厥，东突厥同我们的关系不错，前几年，西突厥被原尚书打败后，大庭一直采取和亲政策。现在两国关系还算马马虎虎，但西突厥连年骚扰楼兰边界，而楼兰是大庭的属国，这场战争，其实意味着突厥和大庭在争夺丝绸之路的控制权。

然而这几年，大庭皇朝忙着和拥兵谋反的淮南王、胶东王开战，无暇顾及。

比较严重的是南诏越来越不满足于做大庭的属国，大有独立的意思，而南诏的国土早已包括我那个时代云南全境和西藏、贵州、越南、缅甸等地区。南诏的疆域比大庭的要大得多，我们的国家倒越来越像南诏的属国了，而且南诏最近也在边境不断扰民。

宋明磊侃侃而谈，分析时势，还真是腹有良谋，有包藏宇宙之机，吞吐天地之志，有些所谓当世英雄的苗头。

连我一介女流也听得热血沸腾，我心中一动："二哥，刚才你和西枫苑的韩先生也是在论天下时势吗？"

他当下点头，直言相告那个韩先生有意要他归到白三爷帐下。我渐渐笑不出来了。

他盯着我的眼睛，轻轻道："四妹觉得有何不妥？"

我皱着眉头道："木槿深信大哥和二哥是当世少有的少年英雄，未来的风流人物，只是一将功成万骨枯……"

宋明磊轻叹一声，幽幽说道："四妹所言极是，我们小五义本都是家中遭逢变故的不幸之人。别说是愚兄，就连大哥也常叹生不逢时。然则若没有原家，我等又将何去何从？可能流落街头，沦为市井苦力，又或烟花柳巷之所。"他苦笑一声。

我不由赞同地点点头。如果没有原家，我和锦绣还真的可能会被卖到娼门中。

只听他语调一变："世人黑白分，往来争荣辱；荣者自安安，辱者定碌碌。既入了原家，也命中注定入了这浊世。四妹，如今轩辕氏倾颓，奸臣窃命，外戚专权，外族入侵，欲夺我华夏九州。天灾人祸，民不聊生，韩先生推算十年之后大庭皇朝必定江山易主。"他轻嗤一声，目光炯炯地望着我，"何须十年，四妹信不信，愚兄断言，不出五年，天下将大乱，原家必能逐鹿中原。若能助其成就霸业，必能拯救万民于水火之中，使我华夏不为外族所侮也。我等亦能创一番事业，流芳百世。"他停了下来，略略平复了一下激动的情绪，望着我，朗朗道，"我一向引四妹为知己，不知四妹以为如何？"

我张口结舌，久久说不出话来。我暗自思忖：是应该吟诵一下，淡泊以明志，宁静以致远，还是立刻建议他先定西川为家，后取荆州建基业，以成鼎足之势，然后中原可徐图也？

看着那张年轻而坚毅的脸，那眼中热切的信任，回味着那句引我为知己的宣言，让我想到了前世那个曾在飞行大队服过役的小叔叔。虽然他退役后下海成了富商，但依然深切地关注时势。他一生除了爱好攒钱，便是谈论古今中外战争。我高考加的是历史，所以黑色七月那阵子没事就往小叔叔家跑。

相比起小叔叔的爱好，小婶婶可能对于PRADA的包包和香奈儿的服饰更感亲切，于是难得他将我这小屁孩当作绝佳的倾吐对象。每每说到北宋遭受的外族屈辱史，近代鸦片战争后中国饱受帝国主义的侵略史，他便捶胸顿足，长吁短叹，毫无CEO形象可言，恨自己不能生逢其时。

我当时听得如痴如醉，以后便效法小叔从商以经济强国，直到遇到长安偷情，紫浮大闹地府，莫名其妙地到了这个奇怪的时空。

南斯拉夫大使馆被炸时，小叔叔曾激愤地挥舞着手臂说：“如果祖国需要，我还是能够重上蓝天的。”

我的心一动，小叔叔的脸庞和宋明磊的脸庞交叠在一起，一时间我恍惚起来，不知究竟在哪个时空。

去岁，建州老乡传来消息，花家村遭遇百年洪涝灾害，整个村子都冲没了。爹爹、后妈和旺财再无生还的踪迹，我和锦绣痛哭一场，别无他法。如今我生命中的亲人只剩下锦绣还有小五义，也许在这个时空，我可以替小叔叔完成他的梦想，亦可保护这一世的亲朋好友……

宋明磊说得对，我们生不逢时，卖身为奴，然而若没有原家，我们可能会更惨。自从踏入原家大门的一刻起，我们的命运已然和原家连在了一起。

我朝宋明磊笑着点点头：“二哥志向远大，木槿好生佩服。”对面的年轻人明显脸色一喜，我接着道，“既然二哥引木槿为知己，我亦唯二哥马首是瞻。前几日二哥提到大哥来信，提及和突厥的战法，我回去想了想，现在就写给二哥看看，不知能否帮到大哥。”

我掏出自制的鹅毛笔，蘸了宋明磊的墨，写了几个曾在小叔叔的战争书籍里看到的古代保卫战的战法，比如雀杏、行烟、扬尘车，还有令美国人很头疼的化学武器。其实，我们中国早在北宋年间便有毒药烟球，这在本朝肯定是没有发明。历史中的宋朝有着太强大的若干个邻居，可惜由于政治上错综复杂的原因，在那个时代，一直处于下风，最后灭亡于蒙古的铁蹄之下。

宋明磊看了，双眼一下子亮得惊人，一把夺过我的纸，细细地看了起来。他用力过大，把我长满冻疮的手给弄破了，钻心地疼。

我吃力地掏出手绢，要包起那红肿的手，他慢半拍地发现我右手血流如注，一把抓过我的手，皱着那好看的剑眉，责问道：“我给你的金疮药呢？”

早用完了，这几天不是忙着和你冷战嘛，当然没好意思问你要呗！

我口中讪讪说着：“刚用完。”

他看了我一眼，似乎有些生气。他从柜子里掏出一个小瓷瓶，拍开我欲接的手，仔细地帮我抹着药。我疼得龇牙咧嘴，还得口中称谢，心想这浑小子绝对是故意的。

“宋大哥……”

一个娇媚的声音传了进来，救了我的手。我和宋明磊望去，只见门口俏生生地站着一个可人儿，正目光闪烁地盯着我们。这不是二小姐身边那个很红的香芹吗？她是大房兄妹乳母的独生女，又和大少爷、二小姐一起长大，据说如果大少爷没有娶当今长公主，原夫人是打算送她去大少爷那做二房，如今她很有可能是做二小姐的陪房丫鬟。

我对她福了一福："香芹姐姐。"

看在宋明磊的面上，她对我微微点了一下头，算是打了个招呼。她冷漠地经过我，径直走向宋明磊，绽出一丝无比甜美的笑容："二小姐从法门寺回来了，让我来传个话。"

锦绣回来了！我难掩喜色。

香芹看了我一眼，便闭了口。

明白了！

我立时便向宋明磊告辞。他也是明白人，并未挽留，只将我写到一半的战策、鹅毛笔卷在一起，又塞了两盒药给我，一盒是金疮药，还有一盒是治哮喘的稀有灵芝蛇胆粉，是给碧莹的。

他不顾香芹的脸色有些难看，温言道："天色已晚，恕二哥不能远送，四妹路上小心。你定要按时抹药，记得代我问候三妹。"

我心头一热，将手卷塞入衣袖，嗯了一声，在香芹冰冰冷冷的目光中，走出了清竹居。

第六章

幽径冲鸣鸟

◆◆◆

我接过原武递上的一盏“气死风”灯，道了谢，慢慢往回走，边走边猜原非烟要香芹给宋明磊传什么话。看他也不吃惊的样子，想必这原小姐经常让贴身丫头给他传话啊！

莫非是要学《西厢记》里崔莺莺私会张生不成？虽说宋明磊这样文武双全的优等生，原非烟看上他是一点也不奇怪的，可是他毕竟只是一个身无功名的家臣啊。

我赶明儿得问问锦绣，如果原非烟看上宋明磊，那碧莹二女侍一夫的甜蜜计划，很有可能会变成原非烟和香芹霸占小韩信的噩梦了。

想起苦命的碧莹，我暗叹一声，选了条小道，加快脚步。

天渐渐黑了起来，入了幽密的西林，浓雾忽地降了下来。我看不清方向，只能按照感觉摸索着。

“气死风”微弱的光芒在风中飘摇，忽明忽暗，如苦海中的小舟，颠簸不已。

忽地脚下一绊，我摔倒在地，双手摸到一片湿润，不小心踏进泥塘了吗？我赶紧扶着灯笼，稳住了火芯子，往手上一看，悚然一惊，手上竟满是鲜血。我打着灯笼一照，原来前面横着一个身着西枫苑青色下人服、浑身是血的人。我大着胆子往他鼻前一探，没气了！

我哆嗦着正想回去求救，却听到前方脚步声传来。我吹灭了“气死风”，爬到大树后。夜色中飘来两个身影，一高一矮，其中一个打着火把，来到尸体边。

高个子看着地上的死人，对矮个子说：“中了我的九品断肠红，还能撑到这西林，不愧是幽冥教的人。”

矮个子对高个子甚为恭敬：“大人果然神机妙算，难怪主公如此信任大人。”

“废话少说，查探如何？可找到东西了？”

“玉北斋里里外外都搜遍了，没有结果，至于那西枫苑……大人恕罪，那韩修竹布下的梅花七星阵着实了得，小人实在……无法潜入。”

“没用的东西，那上房的紫园呢？”

“紫园的兄弟回话说也是一无所获，除非紫栖山庄有暗阁。我本想将整个庄园翻个遍，但柳言生陪着夫人回来了。”

“主公马上就要起兵了，在那以前，一定要比幽冥教早一步找到《无泪经》。不然等大军进了西安城，人多眼杂，就难办了。”

“是！请问大人，小人是否该按老规矩处置这厮？”

“去吧。”

树后传来奇怪的嘶嘶声，伴着阵阵的恶臭。我偷偷瞄了一眼，那两个人已经飞向夜空，瞬间消失了。哇，武打片！而那尸体正在起着某种化学反应。月光下，尸身混着血水嘶嘶地融化为白沫。我的鸡皮疙瘩满身爬！

我看那尸体化得快差不多了，便软着脚跑出来。我抖着手，弄亮了火折子，点燃“气死风”，却见那尸体原来的地方只剩白沫。

月黑风高夜，一灯幽灭，一个柔弱的美少女（自我陶醉）独自对着一摊尸水哆嗦得如同寒风中的枯叶。忽然，一丝呼吸毫无预兆地在我耳边吹起，像是贞子在我身后似的，我更是胆破心惊。

“你将他化尸了？”一个男子的声音轻轻从背后传来。

我“啊”的一声，把“气死风”丢在地上，跳了开去。瞥见一个颀长的身影，长发飘飘，白衣如雪，脸上戴着陶制的面具。那面具轮廓分明，没有眼珠，五官如古希腊的雕像，深邃冰冷，透着诡异。

我惊骇得跌倒在地上，张嘴想说什么，半天没发出声音。这究竟是人是鬼？莫非是刚才那个死人的鬼魂？

那个白影越飘越近，我好不容易找到我的声音：“不、不、不，不是我做、做的，你、你、你，是、是、是谁？”

白影忽地在我面前消失，正当我以为那只是受了严重惊吓而产生的幻觉时，呼吸声又在我的耳边响起。

“你是幽冥教的？锦官城那边来的？抑或是南诏国派来的？”他的声音冷若冰霜。

“我、我，我不、不是奸、奸、细、细，什、什么油、油米饺？”我爬开一米远，脚那个软哪。

“乖乖告诉我，你的主上是谁，《无泪经》在哪里，”他很轻很柔地说着，“不然我让你求生不能，求生不得。”

我提起勇气，指着那白衣人：“你、你、你又是什么人？黑夜里穿一身孝服，戴个白面具，像吊死鬼似的，你、你、你以为你在拍电视剧吗？”

话一出口我相当后悔，而那个神秘的白衣人也是一阵奇怪的沉默。

许久，他伸出了一直背负在后的双手，他的手指很修长，我很不恰当地胡思乱想起来。那双手啊，比那些做护手霜广告的女明星的手都莹润柔美。莫非那面具下的是一个美貌的女子，故意发出男子的声音来迷惑我？

“你说话很有趣，只可惜这么有趣的人要离开这世间了。”沉默许久的白衣人终于开口了，没有波澜的声音结束了我的春梦。

身影一闪，我的胸口已受了一击，钻心疼痛。噢，这浑蛋居然打了我这一世刚发育完成的胸脯！浑蛋，很痛的。

我口吐鲜血，他伸手握紧了我的咽喉，我呼吸越来越困难，就在我以为又要见到牛头、马面之时，眼前忽然人影闪动，传来一声娇喝：“快放手，你是何人？”

而我完全陷入了黑暗。

醒来时，阳光刺痛了我的眼睛，我有些混乱地思索着身在何处，昨夜那恐怖的白面具出现在脑海，我一下子睁开了眼睛。

“木槿，你还好吧！”一个十五岁的绝色少女站在窗前，头上梳着总角，插着两支银簪，紫瞳如夺目的紫水晶，熠熠生辉，她惊喜地走向我。

我激动地跳了起来：“你这小丫头，总算回来了。”她一下子投入我的怀中。

这正是我的双胞胎妹妹，花锦绣。她揉着我的脖子扯得我生疼，我不由得轻叫出声，她赶紧放开我。

我让锦绣为我取来铜镜照伤口，不由倒吸一口冷气，原来脖子一圈竟全紫了。想起昨日那白衣人的狠毒手段，我害怕得直打冷战。锦绣心疼地将化瘀膏轻轻抹在我的脖子上：“昨儿你为何不叫宋明磊送你，一个姑娘家的大路不走，走那么偏的西林，你要死啊！”

“昨天是你救的我？”

“那当然，你以为还有谁会为你去那可怕的西林？”她白了我一眼。

我急道：“那你没受伤吧？”

她摇摇头：“我和初画一块，那白衣人占不了什么便宜，那人到底是何人？”

我把昨日的情形大致地说一遍，她听得眉头越蹙越紧。这时碧莹端着热腾腾的稀粥上来，我的口水泛滥。锦绣还在唠叨着西林是禁地，我的胆子大得不要命什么的，我什么也没听进去，只是点头如捣蒜，伸着手，狗儿似的向碧莹讨吃的。

锦绣冷着脸，一把打掉我的手，对碧莹绽开笑颜说：“三姐，让我来喂这只馋虫吧！”

嘿，这丫头越来越长幼不分了。碧莹对她笑着点头，递过粥去，我不乐意地嘟囔着：“喂，我的手好着呢，自个儿会喝。”

“是啊，是啊，你好着呢，自个儿还会半夜去西林逛呢！”她吹凉了一勺粥，递到我面前。

我板着脸喝着粥。

碧莹笑道：“木丫头，别不高兴了，五妹昨儿个一回来就巴巴往德馨居赶，听说你去西营又赶去西边，一晚上都担心得没合眼呢。”她爬上炕，帮我拢了拢头发，熟练地拆了我的辫子又编上。

我这才注意到锦绣的眼圈黑黑的，心下有些过意不去，握住她端着碗的小手说：“别喂我了，你快去歇息会儿吧，等会儿夫人若传你去应着，你的身体怎吃得消？”

她摇摇头：“无妨，我已告诉柳总管昨夜之事，和夫人告假了。我担心那白衣人认得你的面目，来杀你灭口，这几天我都陪着你。”

我听得一打哆嗦：“那油米饺是什么来历，还有什么南诏国、无赖经，这些都是什么呢？”

“那是幽冥教，不是油米饺，你就知道吃！”锦绣瞪着我，“那可是江湖上最大的魔教，势力极广，总部设在苗疆，自从败给中原十大高手，就很少涉足中原了。相传那幽冥魔教使一种蛊虫来控制死人，有很多武林高手神秘地失踪了，恐怕是被幽冥教掳去做活死人了。还有你说的那是《无泪经》，也不是无赖经。”她白了我一眼，“是武林秘宝《无相神功》中的一部，那《无相神功》分《无泪经》和《无笑经》两部。这《无相神功》是旷古绝今的武林绝学，练成它便能称霸武林，一统天下，这是每一个练武者的梦想。不过南诏国可能近来有异动，柳总管已在和夫人商量良策了。”

我只听得云里雾里。

碧莹帮我梳完头，下了炕说：“木槿，我替你给周大娘告假了，你和锦绣好好聊，回头好生歇着。”说完便去浣衣房了。

我赶紧趴在炕沿上，冲外喊着：“你身体才好，别太撑着干活，小心旧病复发。”

碧莹远远地回了一句“知道了”，我这才放心地缩回身子，继续去喝粥。

锦绣喂完我，拖着我到溪边散步。天气还是很冷，看着西枫苑冒出的红梅花，像小时候一样拉着锦绣的柔荑，我的心情是从未有过的放松。我充满期盼地笑着说：“快过年了吧，锦绣，今年我们一起过完年，就及笄了。”

她望着我开心地点头，忽地面有难色："木槿，开春后二小姐就要上京选秀了，所以、所以，可能今年我得陪夫人、小姐一起上京过年。"

我不由自主地一呆，笑容垮了下来。事实上我和锦绣已有三四年没一起过年了，她一年比一年更得宠，夫人、小姐越来越离不开她，我和她见面的机会少之又少。

作为姐姐，我真的很高兴，可我又不由自主地感到寂寞，深深体会了父母不求孩子做多大贡献，只求孩子常回家看看的心情。

她见我沉默不语，拉着我的手："别急，木槿，我想办法让你进紫园吧。现在碧莹的身子也大好了，哪怕进不了紫园，上三爷四爷的房里也比在浣衣房里好啊，对吧！"

我强笑着点点头。

她忽地想起一件事："木槿，我们都快及笄了，男女有别，别再和宋明磊独处了。"

我一听乐了："你什么时候这么长幼不分，别宋明磊、宋明磊这么叫，得叫宋二哥。"

她叹了一口气，掏出一张纸来："这是不是你的文章？"

前些日子，为了纪念碧莹渐渐好转，我将居住了六年的破屋正式改名为德馨居，当时一时文兴大发，便默写下来刘禹锡的《陋室铭》。

"是的。"我嘿嘿傻笑着，点了点头。

"那何时成了他宋明磊的大作了？"锦绣同学柳眉倒竖。

"前些日子，他凑巧看到了，很是喜欢，我、我、我便主动让宋二哥以他的名义发表的。"我怯懦地回道，全无姐姐的风范。

她在那里一副气结的样子，忽地出手如电，拧了我一把。

我大叫起来："你个女流氓，想干吗？"

"怎么了？你、你这傻子可知这篇文章已传到原老爷手里？他对此赞不绝口，说是连年战乱，朝纲败乱，贵族骄奢淫逸，百姓流离失所，饱受战乱之苦。此文堪作家训，以示子孙勤俭治家。皇上看了此文，亦是龙心大悦，现在朝野纷纷流传。那宋明磊是什么东西，怎可如此抄袭舞弊，他以为他是谁啊？"

我轻轻一笑："看样子，我们小五义中又有人要冲出紫园，青云直上了。"

她越发生气了："你还笑？我真真不明白，这庄园里多少人削尖脑袋，变着法子想在主子面前展露才华，偏你要留在这破屋子里守着一个病人，还甘心如此被小人利用。"

我收了笑容："花二小姐，请注意你口中的病人是你的结义三姐，而那个小人正是你的结义二哥。"

“那又怎么了？好，我不说碧莹了，就单说那个宋明磊。你那破脑瓜究竟在想什么？为何不让我把你脑子里的东西都搬到将军夫人那里，为什么要便宜宋明磊那小子？”

“你和宋二哥有何误会了，怎么好好的……”

“哼，我们现在各为其主，我是大房里的，他却已投靠白三爷。”

我明白了，这就是为什么于飞燕上京了，宋明磊却还得留在紫园，连那篇《陋室铭》也没能令将军调动他。

我拉着锦绣的手，坐在一棵枯树上，望着锦绣轻轻道：“锦绣能这般为我着想，我很是感动，只是我这么做是有原因的，你想过我为什么那时要结小五义吗？”

锦绣别过头看着溪水，幽幽道：“卖身为奴，前途难测，结义相助，共渡难关。”

我点点头，也望向那潺潺的溪水。一朵西枫苑的红梅悄然落下，顺着清澈的溪水打着欢快的转儿，漂过我们的眼前。

“正是如此，锦绣，我们小五义同气连枝，一荣俱荣，一损俱损。如今宋明磊、于飞燕，还有你能得紫栖山庄主人的青睐，正是我们小五义的福气。我们应该相互扶持，而不是争相践踏。”我对锦绣微笑着。

锦绣却满脸不屑，活脱脱一个青春期叛逆少女。哼，小丫头片子！

“即便是各为其主，你和宋二哥相争之时也绝不是现在，当是原家问鼎中原、成就霸业之时。”我故意加重语气。

锦绣惊愕地回过头来：“你如何知晓？”

为了显示我作为姐姐的睿智练达，我决定不告诉她宋明磊都对我摊牌了，只是自如一笑，一挑眉：“因为我是你姐，花木槿。”

她回味了许久，轻哼一声：“我原也不想与他相争，只是心里气不过他总厚颜无耻地抄袭你的文章，欺你为人厚道。”

这还像话。我心中一暖，尽量放柔声音，循循善诱：“锦绣，你可知道这是个封建帝制的男人世界，自然不能容忍爬到男人头上去的大女人，我只好迂回作战。我给他我的文章，一则掩我锋芒，可助他平步青云，增强我们小五义的实力；二则我们小五义中你最先腾达，常年不在庄中，他和大哥常给我和碧莹照应，这权作姐姐对他的答谢，难不成你要姐姐以身相许吗？”

锦绣扑哧一笑，眼中促狭之光毕现：“你若真以身相许，讲不定他宋明磊还不乐意呢！？”

“那是，我这等蒲柳之姿，风流潇洒的宋二哥自然是看不上的。”我从善如流，心中却很是气恼。这小丫头片子，我是长得不及你风华绝代，但也用不着说得这么直接吧，我毕竟还是有女人的尊严的。

“三则碧莹又对他有意，我也把他当三姐夫了，总要百般拉拢才是，四则你现在得宠是真，但总免不了有人嫉恨，在你背后说你的坏话，他得了姐姐的好处，总会在人前照顾你些。”我捋了捋她鬓边长发，“说来说去，姐姐还不是为了你，你这个不懂事的小丫头。”

第七章

夜宴德馨居

锦绣同学倒竖的柳眉终于弯了下来。她愣愣地看着我，渐渐地眼睛红了，鼻子也红了，所有的凶悍气势全无，仿佛又回到了小时候。她抱住我放声大哭起来：“木槿，这世上只有你对我最好了。”

我承认此时此刻，我的内心是充满温情的，相当感动，相当自我肯定，但口头上还是相当谦逊地说：“小傻瓜，这个世上还有好多人对你很好的，连宋二哥也是对你极好的，对不？”

锦绣只顾哭得天昏地暗，根本没有空答我的话。

这丫头，又把鼻涕眼泪蹭我身上了，不过看在今天我教化亲妹妹很有成就的分上，算了。

我忽然想起这件衣服不是我昨天穿的，那么，那件衣服里的东西呢？

我的心一沉：“锦绣，你昨儿个看到我衣服里的东西没？就是、就是你老笑话我的，那支鹅毛笔，还有我和宋明磊一起写的一些策论什么的。”

她收了声，抬起梨花带雨的小脸，茫然地哼哼唧唧：“我们急着把你救回来，三姐和我给你换的衣裳，什么也没见着啊。”说完她继续沉浸在自我感动中，用力抽泣。这是她的特色，要么不哭，要么就一定要哭他个天地为之变色。

然而，这回轮到我哭丧着脸了。万一那个白面具借着那些东西找到我怎么办，而且那策论上还有宋明磊的墨宝哪，讲不定还会连累他呢！

我们在忐忑不安中度过了这一年的最后几个月，然而紫园的主人并没有在意这件事，反而急调三千子弟兵秘密入京，其中包括我才见面的妹妹花锦绣和碧莹的心上人宋明磊。因为这时候发生了更为重要的事情，不仅影响了原家，连整个大庭皇朝都为之震动，甚至间接改变了我们所有人的命运。

元武十七年，当朝英宗皇帝生了一场重病，为祈早日康复，改年号为永康。

永康元年，这位性情多疑的皇帝梦见一群小人在跳舞，认为有人“蛊道祝诅”，命大理寺卿文复允彻查此事，于是动摇整个大庭皇朝的“巫蛊之乱”开始了。

文复允在京城闹出几宗“巫蛊之术”之后，英宗对自己的判断更加深信不疑，示意文复允在宫中各处掘蛊，最后竟然在凤藻宫中掘出桐木做的人偶。英宗盛怒之下，不问青红皂白地绞杀连皇后，并连夜将国丈、左相连如海投入大理寺。连如海在大理寺受尽酷刑而死，太子轩辕本泊涉嫌蛊乱，被英宗幽禁在芳容殿，而连皇后正是原夫人连氏的亲姐姐。

永康元年十二月一日，连如海的死对头，张贵妃的父亲，川雍侯张世显乘机联合朝中反连氏的势力，联名上书逼宫，要求废太子本泊为庶人，立张贵妃之子槐安王炽为新太子。英宗急怒攻心，陷入深度昏迷，药石无效。

张世显为掩人耳目，提前选秀。兵部尚书原青江冷静如常，表面上帮着张世显打压连氏家族，暗中却命驸马都尉原非清调动原军偷偷南下，于十二月十二日混入秀女护骑，由司马门进入昭明宫，一举击退张世显所控制的禁军，绞杀张贵妃，释放太子泊。

原尚书同日以弥留中的皇帝传旨昭告天下，川雍侯张世显、大理寺卿文复允、禁军统领张禹、贵妃张氏以巫蛊构陷皇后，毒害太子，是为大逆，又欲使女侍医淳越进药杀皇帝，欲危宗庙，逆乱不道，所有参与巫蛊之乱的人皆腰斩于市，诛灭九族。

张贵妃贬为庶人，赐白绫三尺；槐安王炽贬为庶人，又赐鸩酒，厚葬于东陵。

永康元年十二月二十五日，英宗驾崩，享年四十四岁，举国服丧。年仅二十岁的太子轩辕本泊继承大统，改年号为永业，是为东庭末年的孝敬皇帝，庙号熹宗。

永业元年，新帝下诏追封连皇后，谥号恭肃慈文皇后。兵部尚书原青江平定叛乱有功，升左相国，加授武安侯。原连氏封为秦国夫人。驸马都尉原非清拜忠显王。等国丧一过，新帝便迎娶原氏长房原氏非烟为皇后，一时间原氏荣宠无以复加。

在这场史称“司马门之变”或“双十二之变”的事件中，我家锦绣和宋明磊立了大功，因为他们是第一批冲入司马门，血洗皇宫的原氏子弟兵。锦绣生擒了欲从皇宫密道溜走的张贵妃，宋明磊及时诛杀了欲鸩杀太子的宫人，解救了早已吓得痴痴呆呆的孝敬皇帝。

同年，西北部边界的西突厥终于吞并了楼兰。彼时，西突厥认为庭朝皇室内乱之际，必定无暇顾及西北边陲，于十月入侵大庭国，却没想到在河朔地区遭遇自原青江退居内阁以来最猛烈的阻击，五万大军败于仅有二万兵力的庭朝守军。其时守城的将领正是庭朝史上最年轻的武状元，仅从五品的飞骑尉于飞燕。他以不要命的打法，单人独骑闯入敌营，身中数箭，俘谷浑王，后率庭军斩敌一万九千余人，追击突厥军于五百里之外，夺回了水草肥美的河朔地区，创造了军事史上的奇迹。

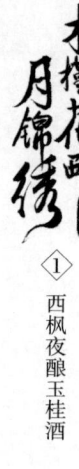

一时间，朝野轰动。河朔大捷一扫巫蛊之乱以来人心不宁之风，民间盛传于飞燕忠肝义胆，勇毅绝伦，乃关公再世。这一支由于飞燕统领的原家精军在民间又被称作“燕子军”，在西北大草原上纵横驰骋，神出鬼没，成了不折不扣的民族英雄。

而现实中的于飞燕却在来信中告诉我，他之所以大败突厥，是因为急着回来和我们过年休假，以免被搅得过不好这个年。

我们四人看得瞠目结舌。他在信中特地谢了我和宋明磊两个人，因为于飞燕对西突厥的突袭战法，正是我俩的建议。这策略就是让他仿效西汉名将霍去病，训练一支虎狼之师，以敌养军，再直插突厥内部，出奇制胜。

这个新年对于原家来说是无上光荣而又惊险紧张，因为新帝即位，有无穷无尽的人事、经济以及国际问题等着他们去解决。

不久，原非烟带着立了功的子弟兵回紫园。这样，一方面可以在老家过完春节，另一方面可亲自过来接原青江的继室秦国夫人进京，以示孝心。这倒成全了我们小五义久违的大团圆。

我们小五义总算可以平平安安地过年了，我长长地舒了一口气。而经过司马门之变的宋明磊，得到了太子青睐，已被破格升为四品带刀御前护卫，更加成熟自信。他笑得云淡风轻，好像于飞燕的胜利早在他的料想之中。

这个小年夜的大清早，我爬到屋顶上收干辣椒，只听得平地一声吼：“四妹！”

那一声声若巨雷，硬是把我惊得摔下来，旋即掉入一个怀抱。只见那人身长八尺，豹头环眼，满脸胡子，正是一年没见的于飞燕。

历经北地荒漠，使他略显憔悴。北地的大风令他的肌肤有些干燥脱皮，北地的骄阳则更添他肤色黝黑，身板却比以往更加高大强壮。此刻，他正双目如炬地俯身看着我。

我不由得狂喜：“大熊，你终于回来啦！”

我一头扑到他怀里，使劲扯着他的硬胡子。他嗷嗷痛叫几声，也不气恼，抱着我转了几圈，仰头豪迈大笑：“四妹还是像以前一样调皮，可想死你大哥了。”

“四妹，你的大哥现在已是上骑都尉，加授广威将军了。你若把大哥的胡子拔光了，整个西北燕子军可都来找你了。”宋明磊在我们身后轻轻笑着说。他旁边站着春风得意的锦绣。

我刚下了地，碧莹便掀着帘子出来，她看到一个大胡子先是唬了一大跳，然后认出是于飞燕，也是惊喜万分。我们五人久久地相视而笑，犹如当初结拜时那样感动万分。

除夕之日，我和碧莹里里外外地张罗着，就等宋明磊、于飞燕和锦绣参加完紫园里的家宴后，齐齐来到我们的德馨居。

到了晡时，雪下得特别大，我怕他们迷路，特地让碧莹在屋里和面，自己亲自到路口去迎他们。只见于飞燕背了个大包袱走在最后，同宋明磊有说有笑，他已修整一番，换上了家主特地赏赐的崭新枣红色闪缎袍，加了根镶金白玉带，掩了强烈的军中阳刚之气，垂眸不语时更显内敛沉静，足见战场和朝堂对其成功的磨砺。

隔着风雪，我对他们用力挥了挥手，学印第安人仰天大叫一番。这哥俩立刻认出了我，也学着我仰天嗷嗷叫了一阵，于飞燕露出憨直的笑，同宋明磊赛跑似的奔向我，最终老大快一步向我跑来，指着背上那个大包袱，大声嚷嚷着，说这里面全是他为我们精心准备的礼物。

说话间，有人就给于飞燕脸上投了一个大大的雪球，我们一起扭头看去，只见两个一身红裙的绝代佳人正捏着大雪球对我们嘿嘿笑着，正是锦绣和初画。我没想到初画也跟着锦绣一起来了。于是，我们五人一边打着混乱的雪仗，时敌时友，一边往回走，笑声传了一路。

我很久没有这么高兴了。

我们五个雪人笑着叫着冲进小北屋，碧莹早就烧热了银炭，温暖随同碧莹甜美的气息一同扑面而来。

于飞燕即刻解开大包袱分发新年贺礼。他送给锦绣一件上好的海狸子银白披风，外加一大堆绫罗绸缎。

而宋明磊得了一把西域宝刀，名曰秋静。弯弯的刀身发着幽暗的乌光，极是锋利。他还不知从哪里得来了一方青州红丝灵芝砚，那红丝砚乃是天下名砚之首，砚质滑润细腻，纹理自然精美。宋明磊笑着道谢，接过。我看他眼神，明明爱不释手，可面上并没有表现出特别惊喜的样子。

如往常一样，于飞燕给碧莹的还是珍贵药材，不过这一次是一盒千金难买的名贵珍珠粉，不但强身健体，亦可养颜滋补。除此之外，又加了绸缎两匹、打造精巧的翡翠镶金凤宫钗两支、青白玉双鹤衔牡丹玉佩一对，还有一副荷花银手镯。他郑重其事地说这是在大殿上新皇问他要何赏赐时，专门为碧莹求的。他说三妹身体好了，年轻女孩身上也应该多些衣裳首饰。

我看着碧莹充满惊喜感动的脸，暗叹于飞燕看上去五大三粗，其实很细心，比起宋明磊给我们几个清一色的玫瑰露加绫罗绸缎可要有心多了。他似乎也心怜碧莹无依无靠，所以才厚礼相送，而那一番话又分明是暗示碧莹到了出阁的年纪了。大家的目光都不由自主地瞟向宋明磊，后者平静地扭头看着纷飞的雪花，碧莹的眼中闪过一丝淡淡的失望。

于飞燕又说，没想到会遇见初画妹妹，来不及准备见面礼，就摘下腕子上的一串雕工精美的红玛瑙手珠，郑重地递给初画。他摸着脑门憨憨笑说，方才家宴上，靖夏王就坐在他正上首，同他亲切地交流了几句，然后从自己手腕上摘下这串玛瑙手珠赐给他，也算借花献佛，还请初画妹妹不要嫌弃云云。初画本来一个人待在角落不出声，这下反倒很不好意思，推辞不过，红着脸收了，谢过于飞燕。

轮到我了，我兴奋地问着："大熊，今年你给我什么新年礼物？"

于飞燕神秘地一笑，从怀中小心翼翼地掏出一只有着精美雕花的狭长木盒，笑着递给我。

我打开一看，只见一把匕首躺于盒内，匕首柄端及刀鞘皆雕纹华丽，兼以镶满红绿宝石。我抽出匕首，烛火下，刀身精光四射，一看便是削铁如泥的稀世珍宝。

这也太珍贵了吧！

我一愣："这么珍贵的礼物，我怎么好意思收？"

于飞燕不以为意："大哥除了你们四个就没有亲人了，咱们结拜时就说过，荣辱与共，富贵同当。若没有四妹和二弟的妙计，于飞燕又如何能得到皇上和侯爷的青睐呢？"他宠溺地看着我，"大哥知道你这丫头不爱花啊粉啊，这是谷浑王的贴身爱物，叫作'酬情'，侯爷赐予我的。前些日子我听说你在西林遇袭了，你这丫头素来胆大，但亦要懂得保护自己啊。"

我很感动，就收下了。宋明磊脸色明显一黑，我想他一定是在自责那天没有送我回来吧。我对他甜甜一笑，伸出两个指头，意即不要放在心上。他回我温柔一笑，轻轻点头。

大伙坐在大炕上，围着桌子包饺子。眼看馅儿不够了，宋明磊便笑着到了院子里，将堆的雪人上那做鼻子和眼睛的萝卜给拔了下来。

锦绣接过萝卜，认真地削皮剁馅，还不忘跟我们大伙叽叽喳喳地说着这几年的遭遇。连不大说话的宋明磊也多说了几句，其乐融融。

等到下饺子的时候，我们又迎来了一位稀客，竟然是原非珏。他一进门，我们所有人一呆，他戴着束发嵌宝赤金冠，发丝沾着汗水，凌乱不堪，身穿鹤啸九天如意云纹宝蓝箭袖长衫，外罩大黑貂毛袄子，早被树枝之类的硬物刷得乱七八糟，厚底小羊皮靴上亦沾满雪和污泥。

很显然，他又迷路了一阵子过来，不过还是很有精神，用力嗅了嗅说："好香，好香，木丫头，我要吃你包的饺子。"然后大摇大摆地跳上炕。

我们所有人如鸭子下水般纷纷下炕，恭敬地垂首站在一旁，只剩他一个坐在上面，直嚷嚷着我的名字要吃的。我怀疑所有人都听说了那关于我迟早是他的人的宣言，因为他们都极暧昧地看着我。

于飞燕虽是朝中功臣，可炕上毕竟是恩主的小儿子，也不敢造次。

初画嘟囔着："珏四爷，您不是应该在紫园里听戏吗？"

原非珏朝她的方向看了看，不屑道："几个男人学娘们似的咿咿呀呀，有什么好听的！"

初画俏脸微微一红，垂首不语。我暗想，其实是你看不见演员华美的妆容，听不懂那昆曲的精华，才说没什么好听的吧！

我笑说："珏四爷，您要吃我包的饺子可以，不过我这儿只有牛肉萝卜馅的，而且绝对是牛肉少、萝卜多，您能吃吗？"

"只要是你做的，本少爷都爱吃。"他神情愉悦地看着我，"我真的饿了。"

"今儿是除夕，在我的德馨居，只有兄弟姐妹，没有主子，我们可不拘礼了。"我笑着对他说。

没想到他哈哈一笑："那又如何，一起上炕吧，本少爷还怕你们小五义不成？"

初画先跳上炕，像小麻雀似的盯着原非珏："珏四爷，你可别告诉果尔仁或是夫人，不然，我们虐待主子的罪名可担不起。"

原非珏哼了一声，算是回答她。

他坐在炕上，凑近桌子，看了半天我们包的饺子。

我笑着上炕，替原非珏解下紫金冠，微微理了理他的一头红发，问道："珏四爷，这样可舒服些？"

他对我笑着嗯了一声，然后专心研究手中捏着的一个大个头的饺子。好像是于飞燕包的山东大饺，个儿特大。眼看他就要往嘴里送，众人赶紧一拥而上，抢下这只宝贵的大饺子。

我在后面下饺子，锦绣过来帮我，她很"三八"地用手肘捅捅我："喂，我听碧莹说他看上你啦，是真的吗？"

我一抬眼，活泼的初画正怂恿男孩子们玩掰腕子游戏，输者罚喝酒，那酒是宋明磊送来的凤翔。于是，原非珏玩心大起，听到大破西突厥的"燕子军"首领于飞燕也在，便点名要和他玩。

我叫了一声："大哥，小心别伤着四爷。"

于飞燕头也不回地应了一声，捋起袖子专心玩，而原非珏不乐意地瞪了我一眼。

我回头对锦绣说："别瞎说，珏四爷只不过是个孤单可怜的孩子，承他抬举，把我当朋友罢了。"

"你看谁都可怜，独独不可怜你自己。"锦绣瞪我一眼，正色道，"别跟他，他是紫栖山庄里有名的傻子，我可不愿你嫁个傻子。”我正要开口反驳，她忽又想起什么紧要的话来，抓着我的手臂，压低声音认真道，“也别跟宋明磊。他肯定宠着碧莹，让你做偏房，还天天逼你写文章，好给他抄。”说着说着，她打了一个寒噤。

我一乐，这丫头就是讨厌写文章。我逗她：“那你的意中人是谁啊，不会是于大哥吧？”

她脸一红，捶了我一下：“谁会看上那大野人啊！”

我更乐了，奇道：“你还真有意中人了。坏丫头，你竟瞒着我和人私订终身了不成？快说，快说，那人是谁？”

她红着脸低低道：“他是个很特别的人。别人第一次见我，要么是死死地盯着我，要么就骂我是妖孽，可他却很温柔地对我笑呢。”说罢她甜蜜地一笑。

啊呀呀，果然是女大不中留啊。

我正要追问她，这时屋里传来一阵欢呼，原来于飞燕赢了，出乎我意料。原非珏倒是很有奥林匹克精神，也不耍任何脾气，干脆地仰头，将一杯凤翔一饮而尽，然后换了另一只手臂立在桌几之上。

宋明磊待在角落里，一边看着原非珏满头大汗地和于飞燕再来一局，一边和满面娇羞的碧莹聊着。他留意到我的目光，朝我看了过来，那目光中竟有一丝落寞。

我不由得一愣。

饺子好了，我和锦绣喜气洋洋地把五大盘子饺子端上来，大伙便兴奋地端起不同样式的盛酒家什，或杯或碗或盆，抢着倒满凤翔，像样的几只酒杯还是问周大娘借来的，好在大伙也不见怪。

于飞燕端起自己手中一个缺了小口的大土碗（我大前年磕的），肃然道：“各位小五义的弟妹们，今年得佛祖保佑，俺们真是团圆了，又幸蒙主公隆恩，我和老二行事也算平顺。今日承四爷、初画妹子赏脸来俺们德馨居赴宴，飞燕深感荣幸。”

话未说完，大伙都嘘他，宋明磊笑说：“老大，今儿可不听场面话啊，来点纯爷们的真话。”

原非珏也瞪着于飞燕不屑道：“这里又不是父亲大人的荣宝堂，说这些虚的，真真无趣了！”

于飞燕咧嘴哈哈大笑一番，随即大声吆喝着：“诸位，且饮了这杯新年团圆酒，在座爷们儿武运昌隆，娘儿们身强体壮，越长越水灵，总之，那个……大伙发达又发财啊”。

大伙憋着笑，琢磨着几个姑娘怎样才能又身强体壮，又长相水灵，听到最后，由衷地欢喜起来，跟着大叫“发达又发财啊”，却见空中各式酒杯和碗盆清脆相撞，琼浆在空中微洒，空中香气四溢，大伙仰头喝下这终生难忘的炙热一杯。

暖流在我们的身体里流淌，大伙咬着饺子，原非珏的脸都快凑到碗里去了，口中连连说着好吃，说是比他刚在紫园里吃过的饺子宴还好吃，我们大家都被他逗乐了。

外面下着鹅毛大雪，银装素裹；屋里热气腾腾，嘈杂热闹。我暗叹如果现在变出个电视机来，调大音量放着热闹的春节联欢晚会，大家再喧腾一番，那就更美了。

吃完饺子，玩了一会儿掰腕子，原非珏依然是赢少输多，倒也不急，反而兴致越来越浓了。因为宴中女孩居多，宋明磊建议不如让男孩陪着一起玩行酒令、抽花签什么的。

于飞燕大叫“大丈夫万万不可沉迷闺阁戏玩”，被我和锦绣扯了几下胡子，只好小媳妇似的坐下，委屈地望着我，将军形象全无。原非珏同学本也想强烈反对，但见我坐在他身边板着脸看他，以及燕子军广威将军的下场，只好扁扁嘴，勉强同意。

碧莹拿了一个竹雕的签筒来，里面装着花名竹签子，是锦绣前年送来的新年礼物。

大伙都让碧莹做主，她便微红了脸，将竹签筒子放在炕桌上，又取了骰盒来摇了一摇，羞怯怯地揭开。大伙伸头往里一看，倒是个五点。

宋明磊心算极好，立时就报出锦绣的名字。

锦绣嘻嘻笑道：“那各位兄姐，小五就僭越啦。”

锦绣伸手把竹签筒子卷了过来，狠劲摇一阵，伸手进去抽出一根，只见那面签上正画着一朵富贵牡丹花，上书“艳冠群芳”四字，下面又镌着唐诗一句：任是无情也动人。又注云：“幸遇万花之王，在座诸位当恭敬陪饮。”

大伙看了，皆唏嘘此签神准，锦绣原是长得风华绝代，贵不可言，堪配牡丹。于是，大家哈哈笑着，共贺锦绣一杯。

我向锦绣使了个眼色，锦绣会意地笑着：“三姐弹一曲为我们助兴如何？”众人也拍手叫好。

我想这正是碧莹向宋明磊展现精妙琴艺的大好机会，便取了前几年宋明磊送的那具古琴，嚷嚷着要听高山流水觅知音，因为这是她最拿手的曲子，定能向宋明磊以音喻情。众人却以为此曲颇合今日之聚，皆叫好，宋明磊但笑不语，碧莹红着脸道了声“献丑了”，便弹了起来。

这几年，碧莹卧在病榻上，稍有精神便以此琴排解，琴音入耳只觉飞珠溅玉，轻落银盘，当真如群山连绵回响，流水迢迢呼应，如知音乍然相逢，霎时心意相通，狂喜渐萦于心。

一曲抚罢，余音缠绵，绕梁不绝，众人皆迷醉其中，连宋明磊也露出感动而惊艳的神情来。

锦绣掷了十九点，却是宋明磊。在于飞燕同情的目光中，他轻轻一笑，用修长的手指大方抽出一根签，上面画着一枝杏花，写着“春风得意”四字，我念出那小诗：日边红杏倚云栽。注云：“杏者，幸也，得此签者，必得贵婿。”

锦绣、初画笑得直不起腰来，于飞燕和碧莹目瞪口呆，原非珏亦是一脸唏嘘，我强忍笑意，向似笑非笑的宋明磊敬酒道：“咱们府里出了一个驸马，马上要有皇后，这回又要多一个贵妃了。来，来，来，咱们敬宋贵妃一杯。”

众人哄笑声中，“宋贵妃”瞪着我，无奈地摇摇头，笑着饮了下去。

宋明磊掷了个十点，轮到原非珏，他伸手取了一支出来，却是画着一枝妖娆海棠，题着“沉疴一梦”四字。那面诗道：只恐夜深花睡去，旁边画着一只断线风筝，注云:“掣此签者不便饮酒，只令上下二家各饮一杯。”

上家乃是宋明磊，而下家正好是我，这签真正奇怪，众人都道原非珏是有福之人，香梦不觉醒，原非珏似懂非懂地点点头，看着我和那宋明磊对饮了一杯。

下面便轮到碧莹了，没想到掣了一根并蒂花，题着“并蒂花开”四字，诗云：连理枝头花正开，注云：“共贺掣者三杯，在席诸位陪饮。”我们自然饮了酒，连连说她必得好姻缘。

我对她附耳笑道:“这回子放心了吧！”

碧莹嗔怪地看了我一眼，明眸流盼，双颊嫣红，分不清是因为饮了酒还是害羞。

接着是初画，伸手取了一支出来，却是一枝桃花，题着“兰陵别景”四字，那一面旧诗写道：桃红又是一年春。

我笑道：“莫非小初画要有桃花运不成？”

初画假意恼着要罚我喝酒，脸却不由得红了，喝便喝，我仰头一饮而尽。

初画正好掷到于飞燕，他无比镇定地摇了一摇，掣出一根来看，笑道：“真真有趣. 你们瞧瞧。”原来那签上画着一枝老梅，写着“凌霜傲骨”四字，旧诗为：竹篱茅舍自甘心，注云：“自饮一杯，未抽签者开一题。”

坐席上只有我没有抽签了，我想了想，便说请于大哥为我们歌一曲吧。我本是存心想看看于飞燕发愣的模样，没想到在众人的笑声中，他豪气干云地道：“好，诸君且听飞燕一曲。”

我们还未准备好，高昂如惊雷的秦腔便响了起来，他唱的乃是“张翼德大闹长坂坡”。秦腔本就高昂激扬，原始粗犷，加之于飞燕正是武曲星下凡，嗓音浑厚，这一出戏被他唱得更是动人心魄，充满霸气。一曲终了，屋顶有大量粉尘震落于我们的头上，可是我们被震撼得无以复加，竟毫无知觉。

先大力鼓掌的是原非珏，他亲自倒上一杯酒，敬于飞燕：“好一曲一夫当关，万夫莫开，于将军果然是铁血真男儿，请受本少……请受原非珏这一杯。”

原非珏竟连少爷的称谓也省了，两人欢欣鼓舞地对饮着，颇有“我就是喜欢你”的惺惺相惜之感。我们回过神来，大声喝彩。女孩子们轮番敬酒，对此赞不绝口，却绝口不提“再来一个”。

于飞燕倒不好意思地脸红了。

终于轮到我了，我按捺住心中激动，伸向那堆签子，抽出一支，一瞧——

真没想到啊，我这一支竟是和宋明磊一样的杏花，这回轮到我被人调笑了。我大声嚷嚷着，这签肯定不准，我今生不会成亲，而且也绝不可能有福气嫁与贵人什么的。众人不允，我被强灌一杯。

我有点晕了，连连说着刚才那签不对，一定要再抽一次。众人大方地让我抽了一次。我摇了半天，抽出一支，天哪，还是一模一样的瑶池仙品！

可恶，这一大帮子人便哄笑说是天意，硬说我必须舞一曲以自罚。

我一定是醉得厉害了，又许是今夜的玉兔跳在木槿梢头上，迷惑得我一时兴起，我竟一口答应了。

我跳下炕，取了一把破椅和宋明磊的雪帽，便跳了一支珍妮·杰克逊当年赖以成名的椅子嘻哈舞。我在椅子上跳上跳下，手中摇着雪帽，口中还唱着霉霉姐的“Shake it off（甩掉）”。

我shake完毕，却见众人的嘴没有一个合上的，连一向以冷静自持的宋明磊手中的筷子也啪嗒一声掉落在桌上。只有原非珏起劲地鼓掌：“好，木丫头，再来一段！”

我一喜，心想虽然目前而言，我的嘻哈舞是惊世骇俗了点，总算在这个时空还是有知己的，可恶原非珏那弱视东西偏要认真地加上一句：“不过跳慢点，小心闪着腰。”

这一夜我们闹到五更时分。碧莹喝得两腮似涂了胭脂一般，眉梢眼角也添了许多风韵；于飞燕和宋明磊击节高歌；我困得不行，趴在炕上昏昏欲睡；原非珏也是醉得倒头便趴在我的身侧睡了。蒙眬间，我似乎听到原非珏反反复复地呢喃着“木丫头”三个字。

【注】

①本章抽花签资料借鉴自曹雪芹《红楼梦》第六十三回：寿怡红群芳开夜宴，死金丹独艳理亲丧。

第八章

庭院深几许

我迷迷糊糊地醒来，已是大年初一的中午，只觉得头痛欲裂。回头除了眼睛通红，犹自坐在床沿上发呆的碧莹，早已空无一人。我揉着涨疼的脑袋，呻吟着问碧莹，同志们是什么时候走的，我怎么什么都不知道？

她说于飞燕、锦绣和宋明磊天还没亮就去紫园拜年了。至于珏四爷，是果尔仁过来拉他去紫园的。那果尔仁真乃神人也，昨晚竟然整夜守在屋外，还是今早于飞燕他们出门时，才发现屋外多了一个雪人。那雪人猛地动了，把他们唬得大叫，他却睁开精光四射的眼睛，伸了个懒腰，也不理惊愕的他们，跳进屋抱了原非珏就走。原非珏同学走时还揉着眼睛喊着我的名字呢，我听得唏嘘不已。

因新年里不扫旧尘、不洗新衣，我便又赖在床上半日，方才懒洋洋地起床，携着碧莹到各处拜年。

正月里，我们小五义时常聚首，偶尔原非珏也来掺和，我们这才发现每次原非珏到我们家，果尔仁大叔都是上天入地暗中相护，要么在树上做树枝，要么坐地上当雪人，比起现代的中南海保镖或是火影忍者之类的，绝对是有过之而无不及的。我也终于明白了原非珏何以敢到处乱闯。

美好的时光总是太快，一破五，原侯爷就急召宋明磊和锦绣入京。因是急召，他们什么也来不及准备，更别说是和我们来个告别宴会了，只是匆匆一见，说是等安定些，就接碧莹和我入主公新赐的宅子里。我和碧莹强颜欢笑，洒泪送别二人。

而元宵一过，于飞燕便得圣旨又去西北镇守河朔了。

本待和于飞燕好好聚一聚，偏碧莹又着了风寒，于飞燕便亲自来德馨居看了一下碧莹，对她说一定要好生养病，才刚大好，万万不可操之过急。碧莹自然是含泪应下了。

到得屋外于飞燕又偷偷塞给我很多银票。

我推辞道："大哥莫要再给木槿银票了。平日里大哥就差人将每月的饷银都给了我和碧莹，二哥和锦绣临走时也给了很多财物，早已是不缺了。现在碧莹又大好了，原也用不了这么多，大哥是我们小五义之长，还是留着娶嫂嫂用吧。"

没想到于飞燕嘿嘿笑了两声，戏谑地看着我："四妹，大哥自知驽钝，只是四妹可知我平生最不解的是什么吗？"

我不解地看着他。

他笑笑继续说："咱们小五义中，四妹年纪虽小，为人处世却稳重如大人，事事总想在我们几个前头，连我这个大哥都自愧弗如。四妹明明胸藏大智慧，却又大智若愚，欺瞒众人。"

嗯？这位是在夸我呢，还是在骂我呢？！我正要辩解，他却硬把银票塞到我的手中，说道："大丈夫既从了军，便注定马革裹尸方显英雄本色，谁知道可有一日能娶妻生子。四妹替我存着，若有幸能活着再见，就权当大哥给三位妹妹的妆奁。若是从此一别，天人相隔，就请四妹从中取出一些来，算是飞燕的入殓资费吧。"

他明明还是很豪气地笑着，眼中却露出一丝伤感。

我的眼眶湿润了："大哥休要胡说，四妹还等着大哥封侯拜相，我们三个女孩子，也能做做千金大小姐！还有碧莹也等着你做她和二哥的主婚人哪。大哥是一诺千金的汉子，断不会失言于四妹的，对不对？"说到后来，我哽咽起来。

于飞燕的表情由感动到欣喜，再到错愕，最后有点古怪地看着我："四妹刚才提到二弟和碧莹？"

"正是！大哥一定要回来，主持他们的婚礼。"我期盼地看着他。

"可据我所知，光潜的意中人恐非三妹吧。"于飞燕小心翼翼地看着我。

我的不安一下子涌出来："那他的意中人是谁？"猛地想起香芹，我无力地叫道，"得了，我知道了。"

"啊，你又知道啦？"他一脸诧异。

"除了原非烟，这园子里还有谁能让二哥如此魂牵梦萦？"我叹了一口气，一把抓住于飞燕结实的手臂，"大哥，看样子，碧莹的终身只有靠你了！"

于飞燕的脸有那么一分钟的扭曲，他强自镇定道："莫非四妹要给大哥和你三姐做媒吗？"

"想什么哪，大哥！"讨厌，莫非我看上去像恶媒婆，又喜欢乱点鸳鸯谱？我叹了一口气："为今之计，只有大哥建功立业，或请天子为二哥和碧莹赐婚，或请咱们主公成全二人，总之，这样一来，碧莹就终生有靠了。大哥以为如何？"

于飞燕明显地嘘了一口气，想了一下，很开心地道："此计甚好，只是万一二弟他不允……又当如何？"

他说得亦有道理，我说道："二哥是心高气傲了点，不过碧莹如此貌美温柔，德才兼备，娶得碧莹，他必会生活顺遂，两相和睦吧。"

他点了点头："四妹所言极是，大哥也就你们四个亲人了，若是能亲上加亲自是更好了。那四妹就等大哥的好消息吧。"他顿了一顿，"四妹和五妹要及笄了，大哥倒是有些担心。"

呵呵，我的这个大哥还真是个模范家长，担忧完这个，再担忧那个。

我笑说："大哥不用担心锦绣，她志不在嫁人生子，总要闹腾一阵子才好。不过好在她素日也洁身自好，我想让她自己挑一个喜欢的，或是等她累了倦了，咱们再为她选一个好的也不迟。"

须知，事业型女性一般都不早婚的。

他歪着头笑了笑："四妹想得周到，却不知大哥最担心的是你啊！"

"我？"我笑出声来，"我有什么好担心的？"

"四妹才高八斗，心存高义，实非一般凡夫俗子所能匹配，就连二……"他的眼神忽地一黯，谨慎地看了看我，又说下去，"就连二弟也时常与我说，不知何人有幸能娶四妹为妻……"

这顶高帽子真大，也算是给古代女子的最高称赞了吧，只可惜曾经沧海难为水啊。

"大梦谁先觉，平生我自知。"我淡淡一笑，望着静默的远山说道，"木槿此生能结交小五义众兄妹，已是大幸，只求平安一生，便不再有他念了。倒是哥哥，不孝有三，无后为大，可要早早寻个嫂子才好。"

于飞燕仰天哈哈大笑起来："好好说着你的事，怎么又调笑起你大哥来了。"他看了我一阵，小心翼翼地执起我的手，仿佛捧起一件精美的瓷器，柔声道，"我虽与妹妹相交六年，亦不敢斗胆问妹妹到底有何故事，时时刻刻怕触动妹妹的伤心旧事。"

我一惊，抬起头来。只见他静静微笑，双瞳如一汪秋水，泛着温柔真挚的光芒："只望妹妹记住，无论发生什么事，飞燕永远在你身边听候差遣。妹妹即便一生不愿嫁人，只要飞燕击退突厥，能活着下了这庙堂，亦可一生不娶，陪着妹妹游历天下，泛舟碧波，了此一生。"

真没想到，我此生的结义大哥，看上去那么粗线条的一个人，竟有如此细腻的心思……

刚进子弟兵东营那阵子，比起天资聪颖的宋二哥，他总被教头训斥。别人在吃饭、休息时，他却仍在烈日之下接受体罚。有些年长的子弟兵，总拿他悲惨的身世拼命取笑，然而当他凭着自己的刻苦努力获得世人注目之时，却从来没有给那些伤害过他的人穿过小鞋。

我这个比谁都宽容，比谁都勤奋的大哥啊。

我愣在那里，他已放开了我的手，微笑着跨上马，带着几个亲随，疾驰下山而去了。等我回过神，半山坡上已多了几个高大的身影。我眼中热泪滚涌，奔跑着追随他的身影，用力挥着双手，迎着大风，高声叫着：“大哥武运昌盛，木槿等你平安归来，发达又发财。”

他高高举起两个指头，微笑着向我点头，随即风一般消失在我的视线中。

过了几日，碧莹高烧不退，且腹痛难忍。我急急请了常给碧莹看病的赵郎中前来。他诊看之后说是不用担心，只是受了些许风寒，引发高烧。

至于腹痛，许是误食了辛辣之物，又或是受了些许刺激，以至于血瘀经闭，阴阳失调。我单细胞地认定她准是年三十那晚酒喝多了。

赵郎中开了一味女性调理常用的四物汤。这个配方比以往可简单多了，只是常见的当归、熟地、白芍、川芎四味药而已，故名四物汤。

可能是对老病号特别上心，赵郎中想了想，又很体贴地加了一味可破瘀散结的虻虫。他还很认真地叮嘱我到药房定要买那夏秋捕捉的雌牛虻，捏其头部致死后晒干的方可有效。

我听得头皮发麻，碧莹还得吃牛虻啊！

我取了些碎银，嘱咐原武将药材都配来煎了，晨昏定时给碧莹服下。

二月二龙抬头的日子，碧莹的烧退了。我和碧莹去周大娘屋里取要洗的衣服，到得门口，我轻轻唤了声：“周大娘，木槿来取要洗的衣服啦。”

屋里走出一个年纪和周大娘差不多的妇人，神态高傲，略显不悦，穿着缎袄轻裘，腰间挂着紫园的紫漆腰牌，正是园子里颇有权力的管事，连夫人的陪房连瑞家的连大娘，也就是长房兄妹的乳母，她的宝贝女儿正是碧莹的大仇人香芹。

她上下看了我们几眼，皱了皱眉头：“我当是哪里来的野娼妇这么大呼小叫的，敢情是你们两个妖精，一个偷主子东西，一个教唆着妹妹勾引主子，真不要脸。”

我们万万没有想到会在这青天白日的被人当头泼一身脏水。碧莹的脸色变得苍白，贝齿咬得嘴唇一点血色也没有，眼泪在眼眶里转。

我也急了，冷笑道：“连大娘，漫说碧莹是被人冤枉的，即便她真做错了什么，也自有主子来教训，哪轮得着您来教训？还有，我家锦绣是承蒙夫人抬爱，备受赏识，可是再怎么着也比不上你女儿得宠啊，您老这是想说在主子面前侍候的都勾引主子了不成？”

碧莹和从屋里出来的周大娘都惊了。周大娘在那厢劝着连瑞家的不要和我这个不懂事的丫头一般见识，碧莹在一边紧紧拉着我的袖子，流泪求我不要说了，可见在她们的心里我已经失去了理智。

她的老脸白得像纸一样，嘴也哆嗦起来，可能没想到今时今日有人敢这样说她：“反了，反了，仗着侯爷宠着你们的姘头，你们就这么目无尊长，这还有没有天理啦？”

哼，姘头？反了？是可忍，孰不可忍！

我重重哼了一声：“什么反了，什么姘头，我们小五义行事光明磊落，上对得起侯爷夫人，下对得起兄弟姐妹。我大哥在西域出生入死地保卫江山社稷，我二哥、亲妹子在宫廷里保卫皇上，你不过仗着你给大少爷和二小姐奶过几天，就要仗势欺人，竟敢辱骂朝廷命官，那才是反了，没有天理啦！”说到最后一句时，我几乎是吼了。

这场轰轰烈烈的对骂影响甚大，周围的婆子媳妇、丫头小厮都出来看热闹。我气得脸通红，眼泪直流。后来劝架的群众声势浩大，终于将连瑞家的劝回去了。临走时，她阴着脸，扬言要将我这个小妖精挫骨扬灰。

哈哈，让暴风雨来得更猛烈些吧。我很不怕死地对着她喊：“来呀，看谁怕谁啊！”

周大娘平日里得了我许多好处，故赔着笑脸：“她本就是个口上逞强的老货，姑娘和莹姑娘现在都是尊贵人了，何苦和那婆子一般见识。”

我逞强道：“我也不想与她争吵，只是她怎可如此侮辱我的义兄姐妹？！”

碧莹抽泣着从怀中掏出手绢，我接过抹着眼泪。

周大娘看着我俩相顾垂泪，充满怜惜地叹了一口气。她看看周围无人，偷偷对我们说：“她也是个可怜人，她当家的不成器，一寻着钱便偷偷到庄子外头吃酒赌钱、嫖女人。她统共就香芹这么一个女儿，长得标致又伶俐，本来都已是清大爷屋里的姑娘了，只可惜人算不如天算，大爷去了趟京城，娶了公主。”她又叹了一声，“我们这些婆子，也就是盼着儿子女儿能让主子宠着，有一天攀上了高枝，自个儿脸面上也好看些。这个香芹也是命苦，好不容易这两年得了二小姐的宠，能跟二小姐进宫也是天大的荣宠，偏生……”

我收了眼泪，奇道：“偏生怎么了？”

周大娘左右看了看，压低嗓门对我们说道：“咱们家二小姐做皇后的名头给革啦！”

“这是为何？”我和碧莹大惊。这事非同小可，新皇敢拒绝和亲，理由只有两个，要么是宠幸他人，要么是疑忌。

“我是个妇道人家，原也不懂，刚才那老货来哭诉说是新皇的原配窦家也在平乱中立了大功，那窦丽华长得倾国倾城，几天前又生了一对龙凤胎，且又是太皇太后的侄女。新皇本就宠爱窦丽华，现在又有太皇太后的懿旨，所以便昭告天下，立窦丽华为皇后。她的儿子是太子了，看来咱家二小姐只能做皇贵妃了。”

原来如此，新皇宠幸窦氏，而那窦氏不但有太皇太后的懿旨，恐怕还有足以和原氏北军分庭抗礼的窦家南军撑腰吧。既然新皇选择了窦家，同原家当面悔婚，那原家不想反也要反了。

我怔忡间，周大娘又说道：“冤孽呀！谁家父母舍得让女儿去做偏房？不过也有好事，咱夫人这几年操劳，不知流掉了多少胎，大夫说是没指望，不想又怀上，足有五个月了，所以我劝姑娘能忍则忍，免得又有人在夫人面前编派你们两个，惹夫人心烦。”

我和碧莹谢过了周大娘，闷闷地回去。

过了几日，碧莹去周大娘家，要把于飞燕送她的玉佩打个络子。我正在屋里歇午觉，紫园里的大丫头珍珠急急地来传我进紫园。我刚睡醒，闷闷地问珍珠夫人唤我何事。那珍珠平日里就以冷脸著称，可是今天她的脸更冷，说是她也不知。

到了上房，久违的百合熏香扑鼻而来，精致的摆钟依然明亮耀眼，但见炕上端坐着一个粉光脂艳的妇人，繁复华丽的云髻上压着金灿灿的镶红宝九凤大步摇，上身裹着雪白无瑕的雪狐袄子，胸前挂着八宝瓔珞，下身大红蜀锦十二破褶裙，只觉浑身珠光宝气，金贵逼人，正是当家主母连夫人。她一手按着微隆的小腹，一手拿着小铜火箸儿拨手炉内的炭. 闻名天下的柳先生面无表情站在炕沿边，捧着小小的红漆茶盘，盘内一个小小的油纸包，略显眼熟。

我请了安，恭恭敬敬地跪在地上，夫人也不答话，只管拨手炉内的炭。过了许久，长年浣衣落下的腰疼让我快直不起身来，汗水沿着额头慢慢流了下来。

夫人这才慢慢地抬起头，目光犀利地看着我。我心中咯噔一下，莫非是连瑞家的打我小报告了?

只听她冷笑道：“好个海棠春睡的人啊！你干的事，以为我不知道呢?”

我一惊，抬头：“木槿不知夫人问的是什么?”

“我素来待你们小五义不薄，你仗着两个义兄发达、妹妹得宠，目无尊长，欺侮有资历的婆子，现今还蹬鼻子上脸欺侮到我头上来了? 我肚子里的孩子与你无冤无仇，你这下作娼妇，如何要使人下药害我?”

果然这和连瑞家的有着千丝万缕的关系，可是我下药害她肚子里的孩子，这又是怎么回事?

我急急地辩解道："上次木槿和连大娘顶嘴是不对，可是木槿万万不敢下药害未出生的世子啊！"

原夫人冷哼一声。

柳言生将茶盘递给我，冷冷道："你可认得此物？"

我一看，油纸包内有一小堆黑漆漆的东西，是前阵子赵郎中开给碧莹的牛虻。我老实地回说："若木槿没有认错的话，想是入药的牛虻吧。"

原夫人垂泪道："我自进原家门七载，好不容易怀上，言生发现有人在我的安胎药里多放了一味牛虻。"

柳言生在一旁沉声道："牛虻，性微寒，有毒。可治血瘀经闭、跌打损伤，然孕妇禁服！"

我隐隐觉得自己像只无头的牛虻，正慢慢掉入一个别人早已张开的大口袋，强自镇定地说道："木槿的确曾购进牛虻，那是木槿的义姐碧莹腹痛难忍，请郎中开的药。这庄园里有上千人，夫人何以断定这牛虻是木槿的呢？"

柳言生冷冷道："带原武。"

两个健壮的子弟兵拖着一个披头散发的人进来，那人由臀至小腿，鲜血淋漓，竟无一点好肉，显是受了重刑。那人挣扎着抬起头，鼻青脸肿，只能依稀认出是原武。

我吓得跌坐在地上，浑身冷汗。

柳言生说："原武，这牛虻可是花木槿给你让信儿下在夫人的药中？"

原武不敢看我，吃力地点着头，口中吐着血沫。

"你怎么说？"

我一抬头，不慌不忙地说着："木槿只是心怜原武的妹妹也和碧莹一样血瘀经闭，但又请不起郎中，所以便把碧莹吃剩下的药给了原武，还给了他五十两银子，不知原武有没有都回了夫人。"

"原武自然都回了，你还叫他去串通我房里的信儿给我下药，忘了吗？你这贱人。"夫人大声喝道。

我看向原武，只见他目光空洞，竟和死人没什么区别。柳言生当着我的面问他，他只傻傻地说是。

人证物证俱在，看样子我是死定了！

我问原武："小武子，可是有人拿你家人威胁你，还是你屈打成招了？"

原武无神的眼睛一下子慌乱了起来，嘴唇抖着，想说什么，却发不出任何声音，只是望着我痛苦流泪。

"莫要再惺惺作态了。花木槿，你曾言你在西林遭人偷袭，只怕是你的疑兵之计，快快招认谁是你的主上，”柳言生的声音从上方传来，“免得受皮肉之苦。”

我望着夫人和柳言生：“请夫人、柳先生明鉴，木槿用牛虻是遵从赵郎中开的方子，只因碧莹身边除了我没有人可照应，所以才请原武帮我去抓的药，夫人可差人去山下请赵郎中来对质。”

“花木槿，你是怨我待你不如待锦绣一般好，才这般害我的吧！”夫人叹了一口气，“其实我本已打算这几日便调你入紫园听差的，没想到，你竟……”她垂泪不止。

柳言生叹了一口气：“夫人莫要为这种不知好歹的人伤心了。花木槿，昨儿个我们已去城中寻过赵孟林了，可是他已连夜离开西安城了，定是见事情败露，畏罪潜逃了。”

我的头嗡一下子大了，只觉得口干舌燥：“我屋里还有赵孟林的四物汤加牛虻的药方在，请太太差人去找一找。”

夫人冷冷一笑：“你不用急，你前脚出的屋，我后脚就派人去搜了。言生，槐安可回来复命了吗？”

这时铁塔似的槐安走进来，捧着一大堆金银珠宝、绫罗绸缎：“禀夫人，这是槐安在花木槿屋内搜到的所有可疑的物件。”

“可发现有任何药方？”

“不曾发现。”

“撒谎！”我冷冷一笑，“碧莹自六年前病倒，今年过年才刚好，我把所有的药方和这些珠宝都藏在一起，加上最后一张，总共五十六张方子。如果槐安搜到这些珠宝，何以搜不到药方？还是槐安收了某人的钱财，将方子都毁了？”

槐安忽地过来，狠狠甩出一掌，将我打得眼冒金星，左颊生疼，口中血腥味蔓延开来，最后血丝沿着嘴角流了出来。我维持着微笑，望着满面阴狠的槐安：“我二哥待你不薄，可你却嫉妒我大哥和二哥同是子弟兵所出，比你年幼，却早一日比你腾达，所以，你与人合谋诬陷我，好打击我兄长。如果有一日我兄长知道了，你必死无全尸。”

槐安听着便面露惧色。

“够了。”夫人操起桌上的莲花白玉杯，向我脸上砸来，直砸得粉碎。我的额头剧痛，鲜血流进眼睛里。我看不见夫人的表情，只听见她气得发颤的声音，“你以为你的义兄做上了区区四品官便狂得不知道自己是谁了吗？我今儿个偏要试试，动了你，我会不会死无全尸？”

“夫人息怒。”一个温柔至极的声音忽地传来。

我努力睁眼，只见一个削肩细腰、身材高挑的绝色美女款款而出。她俊眼修眉，顾盼神飞，令人见之忘俗，竟与锦绣难分高下。她身后跟着满面得意的香芹和连瑞家的。

看来，今天我的对头要来与我算个总账了。这个二小姐既同宋明磊很有交情，应该是来帮我的吧？

原非烟柔声道：“夫人有孕在身，何必与她一般见识？既然她口口声声说是为了给碧莹治病，不如将那叫碧莹的丫头叫来对质，也好让她心服口服。”

我心头一紧，为什么要扯上碧莹？我心中的恐惧越来越深，这个原非烟是来帮我的，还是来害碧莹的？

夫人拉着她的手长吁短叹，说什么孩子，我们娘俩的命怎么都这么苦啊。

原非烟可能是想起皇后落选一事，一脸难受，不发一言。

不久，碧莹被带了过来，神色不宁地道了万福，看到我额头流血，眼泪立刻夺眶而出：“木槿，这是怎么了？”

柳言生也不说话，上前抓过她的手便把脉，用脚指头想柳言生也会说没有血瘀经闭，只是曾得过伤寒罢了。

“哟，方才我就觉着这名字怎么这么耳熟呢，她就是前几年偷非烟玉佩的那个小丫头吧。”夫人一副恍然大悟的样子。

二小姐轻移莲步，走到夫人面前，端上一杯茶，然后叹了一口气：“真没想到她不但没有悔改，现在又……夫人看在于将军和宋护卫的分上，对她们从轻发落吧。”

碧莹脸色煞白，紧紧抱着我。

我不停冷笑。

夫人厉声道：“你笑什么？”

我自知今日之祸是躲不过了，索性狂性又发了，在临死之前再出一口恶气：“我笑可怜主公苦心经营半生，却是大业未成，家中已有小人竞相践踏，残害忠良。”

“死鸭子嘴硬，拖出去，狠狠地打，若没打死，便叫牙婆子领出庄子卖了。”原夫人强忍怒火说道。

我被两个壮汉架着。碧莹大哭起来，跪行过去欲抱住夫人的脚求饶，可是香芹却早一步上前，一脚踹在她心窝上，把她踢下坐榻，冷笑着斜睨她：“贱婢，就你这肮脏身子也配碰夫人？”

碧莹口吐鲜血，趴在地上大口大口喘着气，又转头看着我，眼中一片死灰。

我的腰腿被夹棍固定住，板子一下接一下，结结实实地打在我的屁股上，疼痛渐渐堵住了我所有的话语。

就在我疼到已在考虑可以屈打成招，然后如何翻案的问题时，碧莹忽然高声叫道：“求夫人让他们停手，我有话说。”

夫人一声令下，沾血的板子停了下来。我看着碧莹，眼中落下泪来。这个高洁的碧莹，当年被诬偷窃，受尽杖刑，皮开肉绽时，也不曾出声求过饶，可如今却为了我向人低头，受尽侮辱。

我哈哈大笑，感慨于小人物的悲哀，果然不过蝼蚁，生杀予夺尽在这些无耻卑鄙的权贵手中。

我悲愤异常，竭力出声道：“碧莹，如今人为刀俎，我为鱼肉，无须再求他们了，让他们打死我，也好寒了众多义士的心。我做了鬼也要看看，还有谁敢助原家夺取天下？”

碧莹看着我凄凉一笑：“木槿，我自小家道中落，父母双亡，仅有的家产又被亲舅所占，舅母将我卖到西安。这一路上我看尽世态炎凉，不想遭人陷害，复又患上伤寒，本欲一死了之，却承你和众兄妹照顾，才苟活到今日。没想到我不但无以为报，还要拖累你至此。如此看来，只能、只能来世结草衔环了。”

我疼得说不出话来，心中却大喊：碧莹，你千万不要做傻事啊！

她恭敬地向夫人一叩首，望着夫人道：“夫人，木槿虽然伶牙俐齿，却品性正直，她是个有情有义的好人，断然不会做出此等害主背上的行径来。碧莹愿以这条贱命来证明她的清白，请夫人明鉴。”她说罢，再不看我一眼，猛地朝石柱撞去。

所有人均未想到她有如此举动，想阻拦已是来不及。我嘶声痛叫着碧莹的名字，却浑身动弹不得。

第九章

明珠转润玉

我放声尖叫，在众人的惊愕中，碧莹的额头已触到冰凉的石柱。

千钧一发之际，一片红影掠过，满脸是血的碧莹倒在一个人怀中，竟是果尔仁救了她。

我依然不敢相信，心扑通扑通直跳。碧莹说得对，果尔仁真乃神人也。

那些子弟兵许是吓傻了，松了夹棍。我乘机挣脱出来，一路爬过去，身后拖着长长的一条血痕，爬到果尔仁脚下。

我喊着碧莹的名字。果尔仁将碧莹交给我，面容还是冷如万年冰山，看向碧莹的目光却带上了一丝赞赏与惋惜。

我哭得说不出话来，只是看着果尔仁。

他非常简短地说道："只差一点天灵盖就碎了。"

还好。我用袖子擦净她脸上的血，任泪水一滴一滴落在她美丽却没有一丝血色的容颜上。我撕了下摆，小心地包扎她的伤口。

碧莹，你怎么那么傻？我们早已是比亲姐妹还亲，难道你不知道我只是喜欢耍耍酷而已，关键时刻我还是会见机行事的。你口口声声说什么报答我，却不知我只是本着人道主义精神看护你，哪里值得你为了我的清白而自尽？

傻瓜，你这个大傻瓜，十足的大傻瓜！

这时夫人发话了："果尔仁，你来做什么？"

果尔仁拱了拱手，连腰也不弯，毫无下人的姿态："我前来为我家少爷讨两个丫头。"

夫人冷冷道："不知你要哪两个丫头？"

果尔仁用手一指我和碧莹：“就是这两个。”

我愕然地看着夫人和果尔仁。

夫人的目光冷到极点，而冰山大叔也是面无表情，气氛十分紧张。

夫人使了个眼色，子弟兵便将果尔仁围在中央，而他只是冷笑着睨着他们，毫无惧色。

柳言生笑道：“先生来得不巧，这两个丫头涉嫌用牛虻毒害世子，正在堂审中，不如让言生另挑两个貌美的丫头，给珏四爷送去如何？”

果尔仁冷冷道：“我家少爷指名要花木槿和姚碧莹。”

柳言生道：“如若不予呢？”

果尔仁道：“那就不要怪果尔仁不敬夫人，今儿个要向名满天下的柳先生请教了。”

柳言生沉声道：“果先生如此庇护这两个嫌犯，莫非你家四爷是主谋不成？”

冰山大叔不怒，反而哈哈大笑起来，尽管这个笑容有点像希区柯克恐怖片中那些凶手的笑容：“你说我家主子是主谋，无非也就是为了原家这点家业罢了。只可惜我家少爷迟早要回西域继承大统，漫说是这原家，便是整个中原拱手相让，也不入我家主子的眼。今日里夫人听信小人之言，难道真要逼死无辜之人方才罢休吗？”

理解，的确什么也入不了原非珏那弱视的眼。

原夫人冷冷道：“哦？此话怎讲？”

“这个叫碧莹的丫头，是这庄子里有名的药罐子，就连屋里头搜出的这些珠宝绸缎上也有一股子药味，怎会连一张药方都搜不着？”果尔仁转向槐安，“你可识字？”

槐安点点头：“小人识字。”

果尔仁掏出一块玉佩：“那你念念！”

我看了一眼，那玉佩上写的好像是“莫笑功成无泪下，泪如泉涌终须干”。

哟！真看不出来，冰山大叔有这么感性的东西。

槐安的脸一下子绿了，哼哼唧唧半天也憋不出来，不过夫人和柳言生的脸更绿。

果尔仁说：“你念不出来，是因为你根本不识字，在德馨居你根本分辨不出究竟哪张是你主上要的，所以你将所有的方子都销毁了。”

槐安的身影一下子矮了半截。

果尔仁又转向夫人：“夫人，果尔仁虽非中原人氏，却也曾师从中原，对医理略知一二。刚才拉这姚碧莹时，我已探过她的脉象，虽然她现在没有血瘀经闭，但依然内外失调，分明大病刚愈，从此推诊，有过血瘀经闭史不是没有可能，用四物汤加牛虻乃是对症下药。”他顿了一顿道，“还有，若是真如原武所说，花木槿是主谋，要神不知鬼不觉地下药害夫人，那前几日她和紫园亲信当众争吵树敌，岂不是故意引起紫园的警惕吗？”说到这里，他朝我看了一眼，那目光分明在说：你怎么这么蠢呢？

我不由满脸通红，心中暗自记下这个教训。

只听他继续说下去：“那郎中昨夜既已畏罪潜逃，为何花木槿这主谋没有逃匿，反倒安安心心地睡午觉，等着夫人来抓？”

我不知道柳言生和原夫人以前有没有听果尔仁说过这么多话，反正我肯定没有。我现在终于明白，何以果尔仁曾被称作突厥第一勇士、大突厥王座下第一保镖了，他根本就是古代西域版的名侦探柯南啊！

沉默之后，柳先生终于发话了：“那依果先生之意，该如何？”

“闻名天下的柳先生说是黑，哪有人敢说白？我本不是紫园中人，也不想理紫园的是非，只是小少爷非要这两个丫头，还请夫人通融一下。”

“果尔仁，如今人证、物证俱在，你仅凭口头推断，如何能说服众人？今日若没有真凭实据，便休想将人带走。”夫人恢复了高雅的姿态，轻轻一笑。

“对啊！拿出证……据来！”香芹猖狂地开了口，可惜果尔仁的灰瞳一瞟过来，立马吓得往原非烟身后一躲。

“这两个丫头，今儿个果尔仁是定要带走了。”果尔仁微微一笑，灰色的眼珠瞟向柳言生。

柳言生也轻轻一笑，缓步走向果尔仁。两人的视线在空中胶着，没有人看清是谁先出招，也根本没有人看清来往过招，最后两人倏地分开。

果尔仁面色如常，道了声：“承让了。”

柳言生面无表情，左手有些不自然地下垂。很显然果尔仁赢了。

他稳步迈向我们，忽地面色大变，停了下来，嘴唇青紫，他浑身发颤地站在那里，冷笑出声：“堂堂原家的大总管，天下闻名的柳言生竟如此卑鄙无耻，你竟然使毒害我？”

柳言生阴阴一笑：“果尔仁，当年金谷子制出这无色无味的十里香是为了对付幽冥十三鬼，如今用在你这个突厥毛子身上，也算是你的荣幸了。我本不想与你为敌，今儿个你既然一意孤行，开罪夫人，我也只好对你不起了。”

果尔仁脸色灰白：“江湖传闻金谷真人未入道门时，曾有一名弃徒柳风，撵出师门时盗取了十里香，真没想到柳言生竟然是那个欺辱师母、逼死师兄的卑鄙小人柳风。”

柳言生的脸有一阵扭曲，但立刻恢复了常态：“还请果尔仁先生走好，我会替你好生照顾你家珏四爷的。”他一步步走向果尔仁，右手袖中兵器的光芒闪耀。

果尔仁的眼中满是不甘，而我的一颗心绝望地跌进了深渊，果真天将灭我和碧莹吗？

就在这时，忽地一声爽朗的笑声传来：“今日紫园好生热闹。”

只见一个青裘美髯的人飘然而入，正是西枫苑的韩修竹，他身后跟着一个人，竟然是赵孟林。

韩修竹笑得爽朗，对荣宝堂内的剑拔弩张、血溅三尺视而不见。他恭敬地向夫人鞠了一躬，然后状似无心地发现果尔仁僵立在那里，欣然地走过去，口里说着：“久违了，果先生，一向可好？珏四爷很久没到西枫苑来坐了，他可好啊？”他亲热地执起果尔仁的手。

好像原非珏曾经唾沫横飞地告诉我，他俩经常为了各自的少爷在梅花七星阵里大打出手仅仅是传言而已。他挡住了柳言生的视线，从我这个角度，正好看见他的手中银光飞快地一闪，然后果尔仁的汗流了下来，那汗水竟是黑色的。一会儿，果尔仁的脸色明显缓和了下来。

韩修竹放开果尔仁的手，果尔仁坐在我们身边，盘膝调息起来。

柳言生和气地同韩修竹寒暄着，仿佛刚才那个使用卑鄙手段想杀人灭口的冷血杀手根本不存在一样。

韩修竹不着痕迹地站在碧莹、我和果尔仁中间，说道：“我听说夫人在堂审，木槿涉嫌用牛虻毒害世子，正在查找一名关键人证，赵孟林郎中。恰好，我刚刚请了一位朋友来给我家三爷瞧腿，也姓赵，名孟林。据说他曾进过园子来给丫头们看病，不知夫人找的可是他？”

赵孟林微微欠身，拱手道：“我便是医治过姚碧莹姑娘的赵孟林，不知原夫人有何见教？”

这时，许久没有说话的原非烟开口笑道：“若是我没有猜错，这位便是在江湖上有‘妙手医圣’之称的赵孟林先生吧？”

所有人都是惊诧万分。赵孟林乃是当世名医，据说他可活死人，肉白骨，素有妙手回春的盛名，但为人脾气古怪。有时他会拒绝千金诊金见死不救，有时又一文不收白给人看病，故而有人称他为“怪医神”。

众人不由齐齐看向赵孟林。

而他只是捻须一笑：“那是江湖上的朋友给在下取的诨号，‘妙手医圣’四字万万不敢当。”

那人的确是给我们看过病的赵郎中，可说实话，当时我们请他看病，是因为他是我们唯一能请得起的郎中，也是唯一愿意给“恶名在外”的碧莹治病的郎中。

他怎么可能是响当当的武林名人，还是韩修竹的朋友呢？

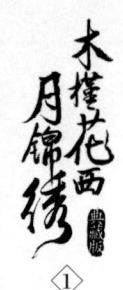

韩修竹拍手叫好："二小姐果然熟知江湖典故，'倾城诸葛'之称当之无愧。"

原非烟柔柔一笑："先生又取笑我。非烟哪里当得起如此称号，只是运气好，胡乱猜中罢了。"她走向赵孟林，福了一福。

赵孟林一欠身，还了个礼。

她有礼地问候道："真没想到经常到府上来给丫头看病的赵郎中，原来竟是妙手医圣。非烟代家父家母给赵先生赔礼，望恕失敬之罪。"

赵孟林不卑不亢道："小姐折杀小人了。小人只是个江湖卖艺的，初来贵府，赵某原本是应修竹老弟之请，为白三爷瞧腿来的。赵某有个臭毛病，向来只医想医之人，之所以给莹姑娘诊断，是感于这五个结义孩子虽穷苦潦倒，却义薄云天。前几日莹姑娘血瘀经闭，是在下开了一帖四物加牛虻汤。只因这莹姑娘也算是我的老病号，故而我留了所有的药方。这便是我为莹姑娘所开药方的所有复本，还请柳先生过目。"

赵孟林递上一个蓝本，柳言生接过的时候，赵孟林看着他的眼睛说："十里香乃天下奇毒，十里飘香，不但闻者毙命，对使毒者也会造成伤害。金谷真人亦以此为恶，故此乃其不传之秘也。柳先生虽已改其成分，不伤一步之外，但对于使毒者本身仍不减毒性，先生若常用，必会祸及自身及房中之人。"

柳言生的脸色变了几变，越变越白，最后冷冷说道："多谢妙手医圣指点。"

他将那药方呈上给夫人，夫人只略打眼，便冷着脸扭过头去，一时间大家的脸色都很难看。

夫人冷哼了一声："有劳赵先生了。"

果尔仁调息结束，抱起碧莹，向柳言生一点头："今日多谢柳先生的招呼，改日必当加倍奉还。"说罢，扶起我一同出去了。

我一扭头，只见赵孟林正对我微笑，我正想出声道谢，却被果尔仁拉出了荣宝堂。

等韩修竹赶上来的时候，赵孟林却不见踪影。

出得紫园，我再也忍耐不住，双脚一软，就要趴下，幸好韩修竹及时将我扶起："姑娘还好吗？"

我咬着嘴唇，点了点头，扶着旁边一棵小柳树，勉力站着。眼前的景物开始模糊，耳边只听得果尔仁冷冷说道："我生平不愿受人恩惠，尤其是你韩修竹的恩惠。说吧，我该如何报答你此次救命之恩？"

"果尔仁果然是条铮铮铁汉，难怪主公放心将小少爷交给你。你我二人虽各为其主，但也算是十几年的老交情了，怎说得如此见外。"韩修竹状似无奈地叹了一口气。

果尔仁冷冷一笑："你助我只是因为这小五义已渐露风采。宋明磊背叛了柳言生，花锦绣与将军暗通款曲，夫人打破了醋缸子，故而设圈套诬陷此二人，再攀连花锦绣而除之，然则宋明磊已然是归于白三爷帐下，你自然也想要这两个丫头投其所好吧？”

韩修竹快乐地一笑，手抚长髯：“不愧是大突厥第一勇士，什么也瞒不过你的眼睛。”

我的头嗡的一声大了。什么？锦绣和将军？这是怎么回事？

连瑞家的脏话和夫人的憎恨模样重重击在我的心上，一切都是因为锦绣和宋明磊吗？

难道原将军就是她口中所说的意中人吗？我疼得手脚发颤，心中如万蚁啃噬。

果尔仁冷哼一声。

韩修竹正色道：“既然我们家少爷也看上了这两个丫头，不如这样吧，果先生，你一个，我一个，大家莫要伤了和气。这个叫姚碧莹的丫头虽是个药罐子，却也是庄子里有名的美人，如今妙手医圣也开了口，必是大好了。正所谓美人配英雄，再说我临出门时，三爷叮嘱我万万不可夺人之美也，这姚碧莹就送先生了。西枫苑里只是缺个看看苑子、烧水做饭的粗使丫头，我看这花木槿倒合适，我这就带回去了吧？”

“我家少爷指明了要这个丫头，万万不可给你。”果尔仁正色道，“不如你到玉北斋，去挑几个千年灵芝给白三爷，算是我还你的人情，如何？”

韩修竹摇摇头，一脸不屑道：“老果真小气，一个丫头而已。姚碧莹本就长得比花木槿标致得多，我打赌，你家少爷必定喜欢你怀中这个女子。”

果尔仁摇摇头：“你却不知，他现在大了，有自己的主意了……”

我渐渐听不到他们在说什么了，只觉耳边一片喧闹，我的心中翻来覆去全是锦绣和将军的新闻，后来只感觉到似乎又有人在打斗。

我努力睁眼，却看到果尔仁单腿跪在地上，恨恨地对韩修竹说：“你、你们汉人便是这般卑鄙无耻，只会使诈偷袭而已。”

“此言差矣，老果，兵不厌诈嘛。好了，我家少爷既然答应宋明磊看着这个丫头，就……”

我什么也听不见了，无尽的黑暗吞没了我。

……

好热，我仿佛在火海中挣扎。

连瑞家的和香芹恶狠狠地磨着刀，然后狞笑着向我走来。

夫人不停地对我冷笑：“你中了我的十里香了……”

锦绣站在我的身边，却不理我的求救，只是挽着一个健壮的男子，高高兴兴地离去。

原非烟和宋明磊在花园里漫步，含情脉脉地互相凝视着。我恨恨地上前怒斥宋明磊的不义，宋明磊惭愧得泪流满面，手托一个锦盒，声称要向碧莹赔礼。我打开锦盒，却见盘中放着一个人头，竟是满脸是血的碧莹。

我大叫着醒来，才发现趴卧在床上，脸上满是泪痕，浑身已被汗水浸透了，下身被纱布裹得像粽子一样。

阳光透过缠枝梅花纹的窗棂射进来，我不由得抬手挡了挡，这一动作，一下子牵动了全身，腰腿以下便如火灼一般。我忍着疼，试着动了一下腿，还好，都能动。

“喂，你醒了？”一个非常难听的声音传入我的耳中。

我慢慢扭过头，却见一个头上扎着两个总角的小少年，也就十二三岁的模样。他看我的眼神似不屑，又似不耐，加上满脸青春痘，与“可爱”二字相去甚远。

我虚弱地问着：“这是何处？”

“这是三爷的西枫苑。若不是我家韩先生救你，你早死在荣宝堂了。喂，快快喝了这碗药吧，我也好去复命。”那少年捏着鼻子，递来一小碗黑乎乎的药。

我接过来喝了一口，天，真苦。

我皱着五官问道：“请问这位小哥，可是你帮我上的药？”

没想到他立刻跳开一大步，满是青春痘的脸可疑地一红，然后又上前一步，恶声恶气道：“喂，我娘说了，男子见了女子的身子可是要对女子负责的。自然是我娘替你上的药，你这丫头莫要坏我名节。你长得如此难看，休想诈我娶你。”

我一听，噗的一下将口中的药尽数喷了出来，喷了他一身。他大怒，我急急地道歉，正乱作一团时，一个三四十岁胖胖的中年妇人走了进来，见状，拧着他的耳朵，大声骂道：“素辉，老娘就出去这一会儿，你连个病人都看不好？”

那男孩竭力挣脱，龇牙咧嘴地揉着耳朵，嘟囔道：“这哪能怪我，是她自个儿将药吐了出来。再说了，我是爷的护卫，将来要为爷出生入死平天下的，谁愿看个丫头？”

他见那胖妇人似乎真生气了，抡着巴掌要扇过来，急忙大叫一声，消失在屋里。那妇人叹了一口气，转过身，看着我惊惧的脸，赔笑道：“姑娘没烫着吧？”

真是好有活力的一对母子啊！

她见我呆滞地摇摇头，和颜悦色地笑道：“这孩子乃是我唯一的骨肉，叫素辉，名字还是三爷给取的。他爹去得早，他仗着三爷和韩爷宠他，整日无法无天，姑娘千万别见怪啊！”

我自然是摇摇头：“请问这位大娘怎么称呼？”

“我夫家姓谢，排行老三，是去世的谢夫人的陪房，姑娘叫我谢三娘就得啦。”谢三娘麻利地拆了我的纱布，又给我换药，缠纱布。

几日下来，韩修竹没有再出现，而我也没有任何机会见到我的新主子，传说中的白三爷。

我挪动不便，连上厕所也困难，方才觉得碧莹这六年着实不易。幸好谢三娘细心照顾我，换汤换药，无不尽心。我心中感激，想取一些珠宝、绸缎感谢她，可惜这些东西全都遗落在了荣宝堂。

偶尔，那叫谢素辉的小少年会被他娘逼着来给我送汤药，不过每次他都带着极不情愿的神情。谢三娘逼他称我为木姑娘，可他却认为他在西枫苑的资历比我深，理应做我的领导，每每趁谢三娘不在时就叫我木丫头，我倒也无所谓。

谢三娘极爱说话，又爱逗乐子。她告诉我，那日果尔仁输给了韩先生，给点了麻穴，所以我就被带回来，而碧莹被带回玉北斋。我默然无语，不知这是幸还是不幸。

我问谢三娘碧莹的情况，谢三娘朗笑道："姑娘放一百二十个心，那果老头虽是个冷脸子，却最敬忠肝义胆。那四爷整日又不着家的，莹姑娘一定在玉北斋，吃得好，喝得好。"

我不由得想起原武，便问起谢三娘。

她面色一凛，叹了一口气："那小武子是庄子里出了名的孝子，可惜啊，就这样死了。听说是埋在西林，他老子娘也算是庄子里的老人了，同他妹妹都哭得死去活来的。"

我心下恻然，后来我得知槐安是在我进西枫苑的第二日得暴病死了，死得急，又死得奇，只好被火化，埋在西林里。

过了七日左右，我终于能下地了。谢三娘怕我伤势才愈，容易着风寒，硬是让我穿上了一件貂鼠脑袋面子大毛黑灰鼠里子里外发烧大褂子，又围着大貂鼠风领，看上去比她还要胖，方才出得门去。

我踏着碎琼乱玉，慢慢来到中庭，只见阳光明媚，琉璃世界里，满园子的红梅如红色烟花怒放，分外明艳动人。

以往我都是在西枫苑外一边浣衣，一边数着出墙来的红梅，从未想过会有机会在这苑中，细细品味这红梅吐艳，不由看得痴了。

"三爷来啦！"谢三娘恭敬的声音唤回了我的思绪。循声望去，只见韩修竹推着一个坐在轮椅上的少年静静站在雪中。

红梅花雨飘飘洒洒，漫舞人间。那少年白衣如雪，似洁玉无瑕，若明珠灿烂，那让人遗憾的轮椅，竟无法影响其一丝一毫的风采。

那少年平静地看了我一眼，我才回过神来。意识到自己的无礼，不由低头朝他福了一福。

他微微一笑，只觉若春晓之花绽放，如中秋之月露颜。四周雅乐轻奏，仙鹤环飞，昏昏然间，我的三魂七魄已被夺去了一半。

白三爷示意韩修竹推他到已破了冰的莫愁湖边。我回过神来，像企鹅一样摇摇摆摆地跟了上去。韩修竹说道："木姑娘，从今儿起，你就是西枫苑的人了，定要好好守护少爷。"

我点点头，真诚道："多谢白三爷和韩先生的救命之恩，木槿没齿难忘，有生之年必定相报。"

不管怎么样，这个恩是一定要报的！

我正思忖刚才是否应该在"相报"前加个"以死"更煽情些，忽然那如谪仙般的少年望着波光粼粼的湖面，轻轻开口道："你不用谢我，既然我救了你，你须心中有数，这条贱命便是我的，终有一日是要讨回来的。"

啊？

音乐忽然停止，春花立时凋谢，秋月躲回云中，小鸟也嘎嘎叫着飞走了，只剩下我木然地站在那里，和谪仙少年无语对视。

就这样，"牛虻事件"结束了我和碧莹的德馨居生活，我与原非白的西枫苑生涯正式开始。

第十章

春眠不觉晓

过了月余，我的伤彻底好了。

我的工作很轻松，甚至比韩修竹说的还要轻松，真的也就看看苑子而已。至于烧水做饭，那是谢三娘的活，作为新人，我当然不能和老人争来夺去。

平日里我在杂役房的工作虽辛苦些，可有碧莹陪着，还有一大帮子丫头婆子一起聊天，整天东家长、西家短的，偶尔还仗着嘴皮子学居委会大妈调解仆妇间鸡零狗碎的纠纷，日子倒也过得轻快。可是现在轻松得有些发闷，我想去看看碧莹，原非白总是淡淡地说现在夫人还没上京，若一个人出了这苑子，我就小命不保。

原非白和韩修竹出人意料地比这苑子里任何人都忙，忙着会见一拨又一拨的幕僚。他们中有些人是光明正大地持拜帖来见，有些则在月黑风高夜来会。

鸡鸣时分，原非白和韩修竹总会起来检视谢素辉的武功。晚饭过后，原非白便察看他的功课。一般这时候，我会被要求在此研墨伺候，谢三娘则坐在一边做针线活。韩修竹对于谢素辉的武功似乎还蛮肯定的，可素辉同学面对诗书琴画却是头大如斗。

春天到了，原非白要求他作一首有关春天的诗，考虑到他文学根底的薄弱，所以也就放低了要求，可以赋其所赋。这小子愁眉苦脸了整整一天。我一看，那大大的白纸上就写了五个字："春饼可食也。"

我心中暗笑。晌午到了，这小子八成是饿了吧，我便对素辉说："素辉，你想不想去吃饭？"

"我都快饿死了，真不明白，三爷干吗一定要我写诗呢？"他皱着一张小脸趴在桌子上，青春痘显得更多。

我便笑说："其实作一首和春有关的诗原也不难，我帮你如何？"

我本想写孟浩然的《春晓》或朱熹的《春日》给他，但原非白肯定一眼看出来不是他作的，我便将自己作的一首《春桃曲》写给素辉：

一夜春风过，千里桃苑芳。
风使入帘里，罗裙沾露香。

从此，素辉在文学上相当依赖我，开始在他主子和他娘面前说我好话了。谢三娘自然对我更加殷勤，而原非白看我的眼神更冷，但也开始让我伺候他吟诗作画。

万树湖边梅，新开一夜风。
满苑深浅色，绯影绿波中。[①]

翌日清晨，西枫苑里忙着收拾苑子外面送来的柴米油盐等日用物品，我也被叫去帮忙清点。

很快我就忙完了，正要去跟谢三娘回话，一阵春风飘过，将我的绢子吹落在地上。那送东西的汉子比我快一步弯腰去拾，递给我的时候，压低声音说："小人张德茂，是宋二爷吩咐留在紫园的内应，姑娘可大好了？"

他掏出一块木牍，上面镌着两句七言：燕子楼东人留碧，木槿花西月锦绣。

我们小五义所有人的名字都在里边了，前一句是宋明磊作的，后一句是我和的，落款是一个V字。周围五朵木槿花，是我的独家设计，那时锦绣还笑我这木槿花画得像蘑菇。

我抬头看那汉子，他长的绝对是一张大众脸，涮在茫茫人海中，绝对没有人捞得出来。

只听他继续说道："上次在荣宝堂来不及救护姑娘，小的死罪，宋二爷叫小的传话给姑娘，于大爷和原侯爷都知道此事了。现在夫人还在气头上，两位姑娘先在三爷、四爷园子里躲躲也好，等再过些时日，他和锦姑娘回来，再与您详谈不迟。"他佯装递给我货册，"宋二爷特地要小人转告姑娘，千万小心白三爷。您若有急事唤小人，将此绢子绑于探出苑外的梅树梢头即可。有人来了，请木姑娘保重。"他恢复一脸谄媚，说道，"姑娘，您看东西都齐了，小人先走了。"

"木丫头，你怎么这么慢？"素辉一脸不耐地揉着肩膀。

我赶忙帮他搬货入库。走进梅园，我便听到熟悉的呼喝声，竟是原非珏。

不知道碧莹怎么样了？

我奔向中庭，只见一白一红两条身影在相斗，过了一会儿，红影跳开。原非白依然一身白衣坐在轮椅上，手持一条乌黑大鞭，神色自如，额头略微冒汗。

原非珏的脸色有些发白，手里拿着那根他硬说是长矛的红缨枪，指着原非白："三瘸子，快把木丫头交出来。"

原非白冷哼一声："男子汉大丈夫，整天到我这来找个丫头，你也就这点出息。"

原非珏理直气壮："木丫头本来就是我的，你和韩修竹两个使诈，封了果尔仁的穴道才把她抢去了。我今天非要带走木丫头，木丫头快出来。"他激动地喊起来。

"四爷，今天也练得差不多了，莫要再打扰三爷了，咱们回吧！"果尔仁看看日头，面无表情地说道。

"不行，今天我一定要见木丫头。"他倔强地说着，眼神相当郁闷，"都怪你，我要木丫头，可你偏给我弄回个莹丫头来。"

"哼！那天你自个儿走错路跑到东营去，还怪果尔仁？一天到晚惦记着木丫头，羞不羞？传出去，大突厥的王储是这么个沉溺于女色的脓包，我这个做哥哥的都替你丢人。"原非白冷哼一声，原非珏同学的脸色由绿变为咸菜色。

果尔仁的脸色也不好看。

韩修竹干咳了一下，似乎觉得原非白说得有些过头了："天色还早，不如，果先生和四爷喝完茶再走吧！"

原非珏忽然咬牙切齿地说："丫头生的就是丫头生的，就喜欢抢人家的丫头。"

所有人的面色一变。

俗话说得好，骂人别揭短，打人别打脸。此时，原非白的脸冷到了极点。

我正要出去劝原非珏，没想到原非白接下来说的话更过分："丫头生的又怎样，总比人尽可夫强！"

我走出来的时候，原非珏已大吼一声扑过来。原非白的长鞭子结结实实地抽在他的脸上，印下血痕，他却毫无感觉地将原非白扑倒在轮椅下。

韩修竹面色尴尬地向果尔仁赔着不是。果尔仁则面色铁青地看向场中扭打成一团的两位少爷。我脑子里想的是原非白的腿脚不便，原非珏如果用蛮力伤了他怎么办？

最后，原非珏成功把原非白压在身下，举拳就打，我冲过去，把原非珏扑倒在地："珏四爷，有话好说，是韩先生救了我和碧莹，还有果先生……"

原非珏在气头上，哪里听得进我的话？他反手一巴掌，我痛叫出声，他这才听出是我，停了手。而我同原非珏打小胡闹惯了，便本能地当众甩了他一巴掌，这回把他打愣了："木丫头，你为了他打我？"

被一个练武的男孩盛怒之下重重甩一巴掌，自然是痛得齿颊流血，直掉眼泪。我正要张口辩解，没想到原非珏却用指尖沾了我的泪水，自顾痛心疾首地说了下去：“你还为他哭成这样？”

我站在那里，张口结舌。这人的想象力未免也太丰富了吧。

原非珏猛地坐在地上，放声大哭起来：“木丫头你打我，你为了原非白打我……木丫头不要我了。”

我彻底惊呆了，一个人高马大的少年，坐在地上哇哇大哭，多少有点孬，还有些滑稽。

现在到底是什么状况啊？

我捂着肿脸左看右看。在场所有人紧锁眉头，却无一人有惊诧表情。我终于有些明白，何以人人都说原非珏是庄子里有名的痴儿了。

果尔仁终于忍不住了，光光的脑门上青筋暴起，大喝一声：“男儿有泪不轻弹，哭哭啼啼成何体统？”然后拖起原非珏就走。

原非珏哼哼唧唧地拖着红缨枪，全无半点少爷风范，却不时回头看我，眼中有委屈，有怨恨，还有浓浓的不舍。

这时，韩修竹推着轮椅过来了。原非白冷着一张俊脸，一撑扶手，跃上轮椅，动作完美得如大鹏展翅一般。

我问道：“三爷，没事吧！”

小屁孩不但不谢，反将鞭子一甩，将我隔在离他两步之遥处，眼中满是警告的冷意，然后就被韩修竹推走了，剩下右脸肿得像猪头似的我站在梅园里。

素辉走过来，叹了一口气，拍拍我的肩头，看看我的脸，说道：“没事，好在你长得够难看，打烂了也没关系。”说完，他放肆地仰天大笑着走了。

啊呀呀，死小屁孩。

噢，这个架劝得真真郁闷哪！

接下来几天，我总梦到原非珏对着我回眸流泪的模样。韩先生和颜悦色地让我伺候原非白的饮食起居，可原非白依然对我不理不睬。

哼，不睬就不睬，长得帅了不起吗？

颜值高便目空一切，甚至为所欲为，那是何等扭曲的价值观啊？好像我很稀罕做你的丫头似的！喊！

我偷偷央求韩先生让我去趟玉北斋看看碧莹，我的借口是怕珏四爷把气出在碧莹身上，没想到他竟同意了，还说让素辉送我去，不过天黑之前一定要回来。

我说：“少爷那儿不准怎么办？”

“无妨，”韩先生微笑着说，“三爷一个人过惯了，不太懂怎么安慰女孩子。老夫知道姑娘上次受委屈了，不过姑娘放心，少爷明白你对他的心。”说完给我一个意味深长的笑。

啊？这什么意思？原非白这个“身残、志残、心也残”的小屁孩明白我什么心了？

谢三娘给我送来了很多新衣裳，说我好福气，马上就能伺候少爷了。

我不是一直在被迫伺候他吗？连上次谢素辉出疹子，晚上我都替谢素辉睡在赏心阁的外间，半夜里我还伺候过他起夜。

那一晚，我验证了即使是天仙美人，撒出来的尿也一样是臭烘烘的。

还要我怎么伺候他啊？莫非以后天天让我伺候他起夜？

有一天，素辉贼兮兮地塞给我一本书册，里面夹着一幅奇怪的山水画？又也许画的是蛤蟆？

哦，我拿倒了，转过90度再仔细一看，原来是一幅画得很烂的春宫图。

要死了，小屁孩不好好读书，才几岁就看这玩意儿？

我狠狠地揪他的耳朵，他的痛叫之声响彻整个西枫苑！

我这才想起，以前看小说或是电视连续剧什么的，古时大户人家的男孩子初夜是要由家里干净的丫头来伺候的，而那个丫头也就顺理成章地成了侍妾。

天，他们指的不会是这个吧？可是原非白依然没有多看我几眼，或是对我的服务表示非常满意。

于飞燕总说我脑袋比身体大，我有时照照镜子，好像是有点……

个子不满一米六，这个年代没有高跟鞋让我看起来高些是挺遗憾的一件事……

眼睛算明亮有神，可惜是单眼皮……

鼻梁也不是特挺，嘴唇还算饱满性感，可惜身材有那么点洗衣板的味道。

唉，就连久病初愈的碧莹都比我婀娜多姿啊！

总而言之，我绝对不是个美女。我安慰自己，我才刚满十五，没长开呢。

不过回头想想，他们要的不过是个开发少爷性智商的性奴隶罢了，只要是个清白的健康处女就行了。这世上配得上原非白这样的美男子的，恐怕也只有锦绣之类的绝色了。

长年练武的他是个猿臂蜂腰的肌肉男，除了脾气怪了些，性子冷了些，腿脚不便了些，嘴巴刻薄了些，我不得不承认，他真是一个不可多得的、令人垂涎的性伴侣……

啊，啊，我在胡思乱想什么啊？

于是我决定：我，花木槿，做人是有格调的！我，花木槿，是不会同这种心理有严重问题的青春期少年发生任何关系的！

我选了一个风和日丽、原非白特别忙的日子，一大早就让素辉送我去了玉北斋。到了门口，他却死也不肯进去，理由是：“庭人不入韃虏之地也。”

我目送着他一溜烟走了，心想：其实你是怕被原非珏狂扁吧！

开门的是个金发碧眼的突厥小孩，也就比我高半个头。他探着脑袋，充满警惕地看着我。我自报家门，说明来意，他瞪着蓝眼睛看了我足足有五分钟之久，然后用突厥话激动地叫了一声。

不久，我被迎进了玉北斋。一进门，很多人涌了出来，有汉人，有突厥人，大部分是少年。每个人都毕恭毕敬的，用好奇的眼神看着我。那开门的小孩自我介绍说叫阿米尔，他用不太标准的普通话说：“四爷在操练，请木姑娘到花厅喝茶。”

我慢慢地跟在他后面，这才发现玉北斋比西枫苑要宽敞得多。我经过一面高墙，里面似有千军万马在嘶吼。门虚掩着，我往里一瞄，只见一片空地上，几十人正在围攻一个少年，似乎是在用木器演练攻防。那少年红发高束，黑甲在身，脸色一片肃杀，此人正是原非珏。场子另一端的高台上是同样着紧身黑甲的果尔仁，他不停地用突厥话呼喝，那几十人便跟着他的口令不停地改变进攻角度。而原非珏一人独对几十人，毫无惧色，反倒有几人被他撂倒了。

我从未见过原非珏的眼神如此凌厉，神色如此冷酷，我的心脏有那么一阵子收缩。

到了花厅，有人递上碧螺春、两碟点心。我等了快一个时辰，其间吃了两碟点心，撒了两泡尿，拉了一泡屎。昏昏欲睡之时，终于迎来了一个遍身绫罗、穿金戴银的美人儿，正是碧莹。

我们彼此激动得拥抱了半天，落了一缸子的泪。我撩起她的刘海，细细看着她在荣宝堂留下的伤疤，还好，已经不肿了，不由得哭着骂了她几句傻瓜，她却只是笑着流泪。

我放下心来。谢三娘说得没错，碧莹过得不错。她告诉我，果尔仁对她十分礼遇，玉北斋上上下下都对她好得很，连珏四爷也从不对她大呼小叫，只不过总爱向她打听我的事。我不由得想起今天的来因。

她拉着我的手笑说：“少爷自上次从西枫苑回来，一直闹别扭，幸好你来了，不然，我们可不知道该怎么才好。”

碧莹熟门熟路地拉我到月牙形的一个人工湖边，告诉我说，这个湖原来叫月牙湾，少爷硬改名叫木槿湾。她指着前方一个红影说：“看，少爷为了迎你，刚刚准备了半天啦！”

我呆在那里，木槿湾边千丝万缕的杨柳枝随着春风，柔情地拂过水面，一个红发少年，玉冠锦袍，流苏瓔珞，鹤纹玉佩，衬得他如玉树般迎风而立。

他一手背负身后，一手拿着一卷书册，以面前那棵柳树干上的一只天牛为目标，眼里笼着朦胧诗人的光彩，宽大的袖袍随风翻飞，然后他缓缓回过头，深情而缓慢地说道：“木丫头，你来啦。”

我承认，他那酷酷的pose(姿势)摆得很好，基本符合那个时代的贵族美男意境，然而唯一的败笔，是他手中的那本书册——拿倒了。我忍住笑意，知道他故意做样子吸引我，心中自然没有生我的气，便放心了，慢慢走过去，一本正经地福了福：“珏四爷好。”

他冷哼一声：“你来做什么？不是忙着伺候你那瘸子少爷吗？”

嘿，好大的醋味。我笑道：“上次惹珏四爷不高兴了，木槿心里不安，过来看看少爷。”

他别过头，又冷冷一笑：“本少爷只爱江山，自然不会被一个女人伤到。”

好，颇有王者之风，一定是被果尔仁洗过脑了。我等着他再说些什么，他却潇洒地坐在太湖石上，继续保持着帅帅的样子，也不说话。我一时想不出说些什么，只好搔搔头：“少爷既没什么事，那木槿就先告退了。”

我刚转身，两条猿臂从我身后将我环住：“别走，木丫头，别走。”

我侧过脸，唇无意间滑过他的脸颊，我的心一阵狂跳。而他的眼中闪过一丝惊喜，柔声道：“木丫头，我知道你心里放不下我，一定会来看我的，你……别走。”

心中仿佛有一个不知名的角落变得异常柔软，我低声道：“我不走，四爷先放开我吧。”

他盯着我，依言慢慢放开了我。

我的脸一阵发烧：“今儿来，我还给少爷带了一样东西。”

我拉着他坐回刚才的太湖石上，从怀中掏出一本诗集，里面写的都是我最喜欢的一些唐宋名家的诗词，不过都做了特殊处理。

果然一开始他明显兴趣缺缺，但碍着我的面子，勉强挂着笑。我拉过他的手，轻抚在满是针孔的页面上，然后一字一字念给他听：

东风夜放花千树。更吹落、星如雨，宝马雕车香满路。

凤箫声动，玉壶光转，一夜鱼龙舞。

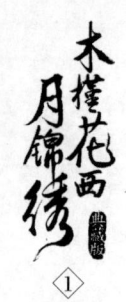

蛾儿雪柳黄金缕，笑语盈盈暗香去。

众里寻他千百度，蓦然回首，那人却在，灯火阑珊处。

这是我最喜欢的辛弃疾的《青玉案·元夕》，不过是花氏傅立叶盲文版。他的眼神先是疑惑，然后有些恼怒。

我依然对他坚定地柔笑着，抓紧他的手抚摸着，一字一字轻轻地、更缓慢温柔地读来。他的眼神渐渐柔和下来，后来越来越明亮，看着我，带着一种复杂的喜悦和激动。

我很高兴，情况比预期的要好得多。他不但没有被激怒，还接受了我的帮助。

当我念完《青玉案·元夕》，他反手抓住了我的手，有些痴迷地说："木丫头，这首词作得真好，是你作的吧……"

我没有点头，也没有摇头。在这么老实天真的孩子面前，我实在撒不出谎来，只得笑而不语。他又摸着那首词一会儿，跟着念了一会儿，说道："木丫头，你真聪明，想出这法子来，难怪果尔仁说你机敏狡诈，城府极深，口蜜腹剑……"

嗯？你在夸我，肯定没错，可是果尔仁是在骂我吧？

只听他喃喃说着："这首词说得对，有些人你一直在找啊找，急得你晚上睡不好，吃不香，练武时候也老走神……其实那个人就在你身边，一回头就看见了。我明白了，你就是我一直在找的人，木丫头，原来你一直都在我身边。"

我抬头迎上他明亮的眼眸。这个孩子多聪明啊，一下子就明白了。

如果有一天，他能和我一样看到这世间的美景该多好？

我在那里暗暗想着，而他却快乐地起身，郑重地把我送他的诗集放在怀里，然后拉着我的手说："木丫头，我喜欢你送的东西，我也送给你一样东西。"

没等我回话，他单手拉着我飞快地跑起来。

我一开始还能跟上，后来，他越跑越快，拉着我就跟扯着一个破布娃娃似的。

最后，他终于停了下来，我只觉满头满眼小鸟乱飞，若不是他扶着，怕早摔在地上了。鞋丢了一只，早上精心梳的发髻早散了，我索性把头发都放下来，在脑后简单扎个大辫子。忽然，一片粉红的花瓣静静飘在我的手上，像在羞涩地向我问安。好香。我慢慢直起身来，立刻被眼前的美景给深深吸引住了。

我们正在一片樱花林中，千树万树的樱花怒放，空中静静下着嫣红的花瓣雨。风轻轻吹着我的脸，淘气地夹杂着樱花的芬芳。这里的空气仿佛都是甜美的，悄然渗进我们身上的每一个细胞。

澄净的万里碧空下，小鸟在枝头歌唱，小松鼠好奇地跳到枝头，透过樱花丛看着我们。

我回首，红发的俊美少年在花雨中对我朗笑出声：“木丫头，我记得你就是在这种叫樱花的树下告诉我你的名字的，对吧？”

我愣在当场，真没想到原非珏这弱视，竟也算是制造浪漫的高手了。

我怔怔地点头，看着他的俊脸离我越来越近，忽地，他深情的脸色一变，不悦地抬头大叫一声：“出来。”

我四周看看，没人啊？

他的脸色越来越难看，对着一棵樱花树猛踢一脚，那棵几个人都合抱不了的樱花树剧烈地摇晃起来。随着一阵樱花雨纷纷而下，十来个少年利落地跃下树来，把我唬了一大跳，本能地躲到原非珏的身后。我一看，原来都是玉北斋的仆从，其中包括那个给我开门的阿米尔。

原非珏双手抱胸，面目狰狞：“你们鬼鬼祟祟地跟着我干吗？”

阿米尔轻轻拍着衣衫，笑嘻嘻地用突厥话说了一句话，后面那群少年挤眉弄眼地重复着这句话。原非珏的脸色立刻变成猪肝色，跑过去用突厥话吼了两句，那群少年立刻哄笑着四散逃开了。

我好奇地问原非珏他们在说什么，他只是涨红了脸，躲躲闪闪地看着我，支支吾吾地说不出个所以然来。

很多年以后，我才知道当时阿米尔笑说：“少爷，汉人这套多麻烦啊，还不如把这个木丫头直接抢回去，扔床上得啦！”

于是，原非珏同学的第一次表白就这样被这些日后的精英将帅们给搅得稀烂。

我走出玉北斋时，碧莹递给我一个木盒，我打开一看，竟是于飞燕送我的“酬情”匕首。她笑着附耳对我说，那张德茂真不简单，竟把夫人抢去的财物全部盗了回来。

我问她要了一些银票，一心想谢谢三娘对我的照顾。而素辉见了碧莹，惊艳得脸红了半天。

一路上，我满脑子都是樱花雨中红发少年的微笑。素辉在前面赶着车，突地转过身来，看了我两眼，说道：“别笑了，像个花痴似的，三爷可不喜欢你和珏四爷在一起。”

我奇怪地问素辉为什么，难不成是他老人家喜欢我？

素辉正色道：“三爷和四爷虽不是一个娘生的，但毕竟四爷是他的兄弟，将来三爷要继承原家大业，断不会让一个小婢女做弟媳妇。”

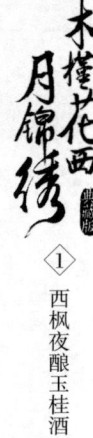

素辉的话如黑夜中的明灯。我这才想起，那天原非珏来西枫苑大闹，原非白虽然对原非珏出语严厉，但句句都是作为一个兄长应该说的话。

原非白是个极其隐忍的人，又绝顶聪慧。当年他出“意外”的时候只有十岁，亲生母亲又突然去世，从众星捧月落到身边的仆人只有韩修竹，谢三娘母子三个必是防人甚深，心机似海。

我相信单细胞、少根筋但又热情活泼的原非珏给他寂寞的童年带来了很多乐趣，他其实很珍惜他这个弟弟吧！

既然果尔仁认为我机敏狡诈、心机深沉、口蜜腹剑，那韩修竹和原非白也可以这么想啊，这就是为什么他一定要韩修竹把我带回西枫苑。

素辉越说我好话，他越会认为我在故意笼络他周围人的心，而我对他越好，他越会认为我或小五义对他有所图谋，且其志不小也。

那他安排我成为他的开苞丫头，到底是为了控制小五义还是为了拆散我和原非珏？

我闷闷地回到屋里，一头扑在床上，就再也不想动了。

我忽然觉得好像还有另外一个人在屋里，我不由自主摸到了我的“酬情”。

一个人影在我的床边移动。我猛一翻身，“酬情”跟着出鞘，在暗夜中闪出一道光影。光影下，一个戴着白面具的白衣人正站在我的书桌前翻看我的文章，此人正是那天在西林袭击我的人。我胆战心惊，尖叫着冲出门外，好死不死的外面又是月黑风高夜，我吓得六神无主，本能地朝原非白的赏心阁冲去。

当我看到赏心阁的灯光的一刹那，终于明白了巴金先生的《灯》的全部意义了。我不管三七二十一，冲了进去，只见室内热气腾腾，原来原非白刚沐浴完毕。他拄着拐棍站在那里，不悦地看着我：“你大呼小叫作甚？”

他的头发没有梳髻，披散了下来，像一匹上好的乌墨缎子一般。他身上穿着一件松松的白丝袍，胸前的两点粉红若有若无。苍白的脸颊在水蒸气中染上红晕，如染了胭脂一般，真真是人间极品。

可惜，此时此刻我的性命毕竟更重要些。我向他扑去，他嫌恶地一闪，我便跌倒在地。我飞快地爬过去，抱着他的腿，狂呼救命：“三爷救命，那西林里的白衣人来杀我了，三爷救命啊！”

我一定是吓破胆了，如八爪鱼般拼命抱着他的腿，他竟然挣不脱。

“你快放手！”他咬牙切齿地说道，“你、你简直不知廉耻……”

我这才发现他的上衣给我扯得七零八落，袒胸露乳，春色撩人，更要命的是他宽松的裤子也被我扒下来了，于是这一夜，原非白所有的男性秘密统统暴露在我的眼前……

哇，还挺大……

哇，好像还在起反应……

我咽下一口唾沫，偷看原非白的脸色。他又气又窘，俊脸通红，狭长的凤目怒火滔天地瞪着我。他扬起拐杖，我这才慢半拍地夺门而去，后面跟着飞出来木盆、毛巾、椅子……最后连一人高的大浴桶和八仙桌也飞了出来。

第二天，谢三娘和韩修竹分别对我进行了严肃式和开导式的谈话，说什么我仰慕三爷的心情是可以理解的，但要给三爷足够的心理准备，才可以让三爷早日宠幸我，说得我活脱脱一个女色魔似的。在我再三解释加赌咒下，他们才半信半疑地走了。

正所谓好事不出门，坏事传千里，不出三天，整个紫栖山庄上上下下传遍了我觊觎原非白的美色，硬闯浴室欲对其非礼之事，然后这又成了整个西安城的新闻，后来搞到京城也传得沸沸扬扬。于是，原非白艳名远播，盛况空前，江湖人称“踏雪公子”。

西枫苑里引来了大量的龙阳型采花大盗，那一阵子，我们西枫苑的上空非常热闹，经常有自愿赶来的侠士或是原非白的门客与慕名而来的采花贼在空中激战。

而原非珏抱着幸灾乐祸的态度，在果尔仁的默许下，开始热情地帮助这些采花人进攻西枫苑，直到一部分采花人自动将目标改成他，他这才加入原非白的抗暴行动。不过，和原非白的劝退政策不同的是，凡入得玉北斋的贼人，无一生还。渐渐地原非珏被人称作“绯玉公子”。

同年，御花园赏春会上，宋明磊以一首清泉诗，技压群儒，新帝金口御赐“清泉公子”。

这时，南诏文武招贤会上也出现了一个获得文武双冠的“紫月公子”。

于是就在那一年的春天，民间开始流传着四大公子的雅号：秦川双璧，踏雪绯玉；京都清泉；南诏紫月。

我怀疑一切都是素辉起的头，因为那天，只有他在门口似笑非笑地看着我和一大堆杂物逃出赏心阁。

总算自此以后没有人再跟我提什么伺候少爷的事，除了素辉每到原非白沐浴时，就一脸严肃地跑过来通知我其具体沐浴时间和地点，然后大笑着扬长而去。死小屁孩！

这件事情影响之广，实在出乎我的意料，以至于很多年以后，当我站在权力的顶端，我的政敌们依然轻而易举地拿我这件少年时的糗事大做文章，对我进行猛烈抨击。更有好事者以我的旧事写了一篇极其畅销的艳情小说，主人公以我为原型，讲述了一个丫鬟垂涎少爷的美色，趁其洗澡不备，勾引其行那不道德之事，后又见异思迁，抛弃了少爷，嫁给了突厥贵公子，却又暗中和大理商人勾勾搭搭，最后客死异乡。那痴情少爷遭抛弃后浪子回头，发奋读书，高中状元，娶了公主，荣归故里，而那大理商人娶了一大堆女人，纵欲过度，暴死家中，那突厥贵公子因家道中落，终于领悟世间无常，出家当了和尚。

本书极具警世意义，描写大胆，其文学地位堪与《金瓶梅》相媲美，其文学影响与歌剧《卡门》不相上下，大力推动了当时的造纸行业、印刷行业、笔墨行业以及古典情色文艺复兴运动的诞生。

【注】

①改编自唐代诗人王涯《春游曲》。

第十一章

清明雨纷纷

闹得沸沸扬扬的采花贼事件渐渐平息了下来。

这段时间里，宋明磊不停地让张德茂传信于我，叫我万万不可插手采花贼事件，怕我被误采了。

他实在多虑了，澡堂事件后原非白防我像防SARS似的，我被禁足在西枫苑的小屋里，他不准任何人接近我，甚至连碧莹也不让我见！

我托张德茂调查那白衣人，他回我说，紫栖山庄里的幽冥教徒和大理的细作各分一半势力，想要具体打听得费些时日，叫我不用担心。于飞燕已经班师回朝，而宋明磊也在赶回来的路上。

清明时节雨纷纷，路上行人欲断魂。

原非白欲祭奠他的母亲，而素辉吃坏了肚子，躺在床上直哼哼，谢三娘只得留在苑子里照看他，于是我终于被放出来喽。

一路上我兴奋地掀着布帘看外面的景色，回头一看，原非白一身素缟，面色清清冷冷，也不理我。

我心想这是他母亲的忌日，按理原侯爷也应该前来，可出乎意料的是，只有他一个人和两个亲随，加上我这个女色魔丫头。

赶车的熊腰虎背，相貌堂堂，我见过他，他在采花贼抗暴行动中出过力，是原非白的门客，好像叫韦虎。

我们行了许久，来到后山的一座孤坟前。我不敢相信，堂堂一品诰命夫人的坟竟是如此凄凉，甚至没有入原家祖坟。这莫非是谢夫人的衣冠冢？

上完香，我和韩修竹先生及韦虎站得远远的，他一个人坐在轮椅上，和他母亲聊天。

过了一会儿，我们走在下山的路上，忽地马车剧烈地摇晃，然后停了下来。韦虎在车外恭敬地说：“三爷，车子卡住了，不如请三爷到前面的茶铺歇歇，一会儿就好。”

我跳了下来，伸手想扶他下马车，没想到这小子一闪，不理我，扶着韦虎下来了。

啊呀，这小子怎么这么记仇呢？

我们要了一壶碧螺春，小二勤快地递上了几个破碗。韩先生认真地用银针探着，说道：“无碍，大家用吧。”

我因为出门时喝了一大壶水，不怎么渴，也就没动。韩先生这时候也不忘体察民情，认真问着那茶铺老板收支情况，而那老板见我们衣着不凡，就躬身殷勤答着。

这时走进来一个老者和一个年轻女子，像是祖孙俩。那老者拄着拐杖，鸡皮鹤发，双眼明亮。是我的错觉吗？老者一身灰袍，走路时却隐隐露出了鲜红的裤腰带。女子十七八岁的模样，长得颇为俊俏，双目灵动，娇声道：“爷爷，我渴了，咱们喝杯茶吧。”

他们坐在我们身旁的桌子，我看那女孩子的衣衫样子很新，不觉多看了几眼。

而那女子灵动的双眼却盯着原非白不放：“爷爷，那位公子好俊哪！”

我一听乐了，总算碰到个比我更大胆的。原非白依然冷着一张脸，很显然已经习惯了做偶像的感觉。老者怒斥了几句怎么这么没规矩之类的，女子嘟着嘴不作声。老者颤颤巍巍地过来要给我们赔不是，韩修竹急忙还礼，两厢又坐定。

这时又进来了两个五大三粗的军人，嚷嚷着要茶，看到那个俏丽的姑娘，二人不由得走过去：“哟，真想不到在这种破地方还有美人啊。”

另一个稍矮的却叫道：“别闹了，兄弟，这是原家的地盘，多一事不如少一事。怡红楼的小翠可等着你哪。”

那个起了色心的却不听，走向那俏姑娘：“小娘子，叫什么名字？陪军爷我玩玩吧。”

俏姑娘叫了起来：“哪里来的王八蛋？爷爷，这人真讨厌。”

老者急忙拱手：“这位军爷，我孙女还小，不能伺候您，让我请您喝茶吧。”

军人却一甩老者，上前拉了那俏姑娘，摁在桌上就撕她的衣服。姑娘露出雪白的香肩，大声呼救，撕心裂肺地大哭起来。因施暴的是军人，店主不敢出来管。我大惊，这光天化日之下还有王法吗？

我回头一看，原非白脸色不变，韩修竹也不作声，这是怎么回事？

这时韦虎过来，对那一幕同样漠然，道：“三爷，车好了，可以走了。”

我正要出声，韩修竹却一把拽住我要走，这时那老者过来，一把抱住韩修竹的腿：

“求大爷救救我孙女吧。”

韩修竹不但不扶那老者，反而踢出一脚：“花大侠还是快起来说话吧。”

没想到那老者却灵活地跳开去，哈哈一笑：“轻风傲竹果然厉害，你是如何识破我的？”

韩修竹一笑：“阁下在清明时节却系着红腰带，怎不引人怀疑？江湖传言，‘蝴蝶飞至，玉郎常伴’。不知情者皆以为花蝴蝶及玉郎君乃是一对情人，却不知采花始祖常化作祖孙二人行事。阁下应是花蝴蝶，那边的玉郎君还是快停手吧。”

韩修竹说到“江湖传言”时，那韦虎已飞掠过去急攻那两个化装的军人和玉郎君。那姑娘果然一纵身，露出平坦的男性胸部，飞离斗圈，来到老者身边，娇嗔道：“蝶儿，我就说韩修竹不好对付，你却还要试？”

“玉儿，你有所不知，主上说了，若能对付韩修竹，我俩的赏金可加倍。只有收拾了韩修竹，我才能得到原非白。这样吧，原非白身边的那个丫头就给你吧。上次黄员外的闺女可是让你先尝鲜了，这回该我先尝鲜了吧。”

玉郎君噘着嘴，勉强点点头。

花蝴蝶上前摸了一下他的臀部，亲了一下他的嘴。

玉郎君用手指一点花蝴蝶的脑门：“死相，有人在这里，不要啦。”

我第一次看到同志采花贼当面你侬我侬，还在认真商量怎么“掰弯”原非白，所以还在震惊中。

原非白拦腰抱起我，飞身跃向马车，举鞭策马就走，留下韩修竹攻向玉郎君。

花蝴蝶飞身冲上来，淫笑着一掌击向原非白。原非白单掌迎击，被震下疾驰中的马车，连带拉着我摔下谷去……

我晕晕乎乎地醒来，发现独自躺在一堆厚厚的松针上，四周是谷底密林，我浑身疼得像散了架，原非白却不知去向。

我慢慢爬起来，隐隐约约听到有人说话，是花蝴蝶的声音。

“心肝儿，我活了五十多年，从没见过像你这么美的人。你已中了我的独门迷香，一个时辰之内若没有人和你交合，你必爆体而死。莫怕，我会好好疼你，让你知道男人的好处。”

我一惊，原非白这么快就被俘了？我悄悄一伸头，只见原非白坐在那里，衣衫尽破，嘴角流血，满眼恨意，显是经过了一场恶斗。

花蝴蝶正一手颤颤地抚上了原非白的脸，一手伸向他的下身。我躲在暗处一阵作呕，我该怎么办？就这么冲上去救他，肯定一掌被花蝴蝶劈死，说不定他一高兴，把我先奸了……

不出去，等搞完了原非白，如果他杀了原非白灭口，我也饿死在这谷中了。唉，如果他不杀原非白，我出去，原非白肯定会杀了我泄愤。真是流年不利啊，怎么最近老碰上这种事呢？怎么办呢？难道眼睁睁看着这大好尤物，不，这大好少年被这采花老贼肆意蹂躏吗？

以原非白的个性，如果不是被打伤或是被药物所迷，他必定情愿自尽也不会受这侮辱，而且那老浑蛋会不会真的“掰弯”这天下第一美男呢？

胡思乱想间，我摸到怀中一个小瓶，是韩修竹给我的麻药，是原非白发病时用的。有了，横竖都是死，我决定冒险一试。我脱了外衣，只着亵衣和兜肚，又把亵衣领口拉到最大，将兜肚的绳解开，露出乳沟，将裤子撕了一个大口，然后放下头发，假装摔断了腿，一点一点爬出，尽可能娇嗲地叫道：“三爷，你在哪儿？三爷，奴家的胸口撞得好疼，快来帮我揉揉。”

果然，花蝴蝶站了起来，向我走来。

我假装害怕，却又媚眼如丝地仰头看他：“你、你、你莫要过来，三爷快救我。”

我故意露出不怎么深的乳沟来，心想如果有文胸，可能效果更好。

他的目光立时浑浊不堪：“小宝贝，你是从哪里出来的，可是想来救你家三爷？”

我假装害怕地理着衣服，却不着痕迹地将亵衣领口扯得更大，狠狠心，将雪白的大腿也露了出来，娇声道：“你是何人？要对我做什么？三爷快救我。”

果然，花蝴蝶眼中欲火更盛，向我走来：“原非白，你真是艳福不浅，身边竟有如此清纯又野性的骚货，难怪你对男色没有兴趣，定是日日欢歌，夜夜销魂。来，小宝贝，让爷替你暖暖身子。”

老浑蛋，咱们走着瞧！我继续假装害怕，朝逆风口挪着：“呀！三爷救我，我还是处女呢。”

这更激起了花蝴蝶的欲望，他猛地上前撕了我的亵衣：“原非白，你先看着我怎么要了你的丫头，再来搞定你。”

他扑来，抓住我的脚踝。我手一挥，将麻药喷向他的双眼、鼻口。他立刻大叫道：“臭婊子，死荡妇，想不到老子中了你的计。”

我跳起来，绕过他走向原非白，没想到他却抓住我的头发，疯狂地打我。

我抽出“酬情”，往前一送，正中他的胸口。他杀猪般地号叫出声，放开了我。我跌坐在地上，只见他在原地乱叫，血水不停地往外涌。

我坐在那里，根本动不了，直到他吐着鲜血在地上乱爬，摸到我的脚，我才吓得大哭起来，蹬掉他的手，连滚带爬地跑到原非白身边，抱着他的腿。我想我抱他的腿都抱出瘾来了。

过了一会儿，花蝴蝶不动了，我这才发现原非白没有挣扎，也没有骂我。我抬头，只见他的脸异常地红。

我忍住恐惧，拿了花蝴蝶衣物里的所有药瓶，统统放在原非白面前，问他："三爷，您看哪瓶是解药啊？"

可惜，他没有说话，只是满面潮红地看着我。

想起花蝴蝶的话，我偷偷咽了一口唾沫。这可如何是好啊？

我是把所有的药给他灌下去，还是脱了衣服扑上去呢？

原非白吐了一口鲜血，昏了过去。我更害怕了。完了，莫非一代红颜祸男就这样被憋死了吗？

我探了他的鼻息，还好没死。我想了想，还是救人要紧，便脱了他的裤子。

天，肿得都不像话了，我开始用双手为他"治疗"。我不断告诉自己，我在挤牛奶，我在助人为乐，我在救人……

原非白口中开始发出愉悦的呻吟。我别过头，忍住剧烈的心跳，不去看他迷离的眼睛，不去看我手中的动作。

不知道过了多久，我累得双手酸疼，筋疲力尽。当我用丝绢擦干净他的下身，为他系上裤带，他慢慢睁开眼睛，看着我，目光冰冷得没有一丝温度。

我尴尬地走过去，想扶他坐起来："三爷，你还好吧……"

没想到这小子一挥左手，甩了我一巴掌，冷冷道："滚开，别碰我。"

我怒从心头起，恶向胆边生，捡起一块石头冲过去，把他砸得头破血流。他在那里哭着求我……唉，这只是我的幻想而已。

我抚着脸，心中惊怒交加，木然地走出去，站在山洞外，拼命吹着冷风，让自己冷静。

可恶！可恶的原非白，你以为我很愿意为你杀人、为你做这种事情吗？

他妈的我多无辜啊，我就应该让你被人采了，也免得受这闲气。

我跪在溪边洗手，望着灰蒙蒙的天空，想起今日还是他母亲的忌日，又觉得他异常可怜。像原非白这样十七八岁、出身豪门的权二代绝世美少年，正是一出门就满头满脸地被少女们娇羞地扔着水果、花朵、丝帕等等定情物件的时候，可在这笑傲人生的时节，他却双腿残疾，而且偏偏在最伤心的日子遇到采花这种恶心事，还被一个姿色平庸的丫鬟夺去了宝贵的童贞！

过了一会儿，我冷静了些，忍着恐惧，取回了"酬情"，把花蝴蝶衣服里所有的东西都掏出来，然后把他的尸体拖到沼泽里，处理了血迹，以免他的同伙找到我们。

我采了些山果，走回洞中。原非白坐在那里发愣，我从没见过他如此孤独狼狈。我暗叹一声，离他远远的，用干净的丝帕包裹了山果，滚了过去：“三爷，先吃些果子充饥，我去拾些柴火取暖。”

花蝴蝶那厮身上最多的竟然是火折子，可恶，一定是晚上偷鸡摸狗用的。

我亮了个火折子，燃了柴火，山洞中亮了起来。对面的少年双目紧闭，脸如红霞。我注意到那裹着山果的丝帕没有动过。

不对，他好像有些不太对劲。我大着胆子走近了些：“少爷，你没事吧？”

他不作声，我这才醒悟，他双颊绯红是因为发着高烧，那是毒没解还是急怒攻心呢？

我只得用水给他擦遍全身，不断绞着丝绢，敷在他额头，他口中开始说胡话，俯下身，我才听见，他好像是不停地在叫“悠悠”。

悠悠是谁？莫不是他的心上人吧？真想不到这个冰冷得像寒铁一样的原非白，也会有心上人。我不由暗赞一声，他的心上人真勇敢。

我累了一天，浑身乏得一动也动不了了。入夜，本想睡得离原非白远一些，免得他一醒来又要发疯，对我动粗。可我实在不放心他，晚上潮气又重，两个人靠得近些也好，万一有贼人或是野兽来，我也可以拿他当一下挡箭牌。

当然，最主要的是我也有逆反心理！

我倚在洞壁上，让原非白的头枕在我的“玉腿”上，大胆地弹了一下他的脑门，狞笑道：“你不是老以为我是女色魔吗？你不是不让我碰吗？我如今碰你了，你又能怎么样？”

一个时辰之后，整个山谷都陷入黑暗，唯有火光微微闪动，再怎么嘲笑毫无知觉的原非白也无法带给我得意和安全感。我胡乱地啃着山果，望着黑漆漆的夜，忧愁地想着韩修竹他们什么时候才能来救我们。

清晨，我在鸟鸣声中迷迷糊糊地醒来。原非白还躺在我的腿上，我探了探他的额头，还好，退烧了。我轻轻将麻了的大腿抽出来，一瘸一拐地走到洞外。

小鸟婉转鸣叫，阳光透过叶子的缝隙射进我的眼中，我微微眯了一下眼。脚下溪水潺潺，曲折萦迂。溪边桃杏野花林立，花瓣青叶五彩斑斓，漂于溪水上，顺着那清澈见底的水流，恬静前行。

我吸了一大口新鲜空气，心情好了很多。我站直，做了一节伸展运动，然后就着溪水，漱漱口，洗了一把脸。一侧脸见颈子上有些灰，想是昨夜柴火的黑烟熏的。我回头，见原非白还在睡，索性脱了外衣，以兜肚用泉水擦了个身。

嘶，好凉的水。抬头只见一只鲜绿的小鸟停在对面探出的苇子上，转着小脑袋，好奇地看我，不时发出清脆的叫声。好可爱！我便吹着口哨和着它的叫声，它似乎对我更感兴趣了，啾啾叫着，我也啾啾和着。

玩得正欢，那小鸟忽然飞走了。我扭头一看，原来那个如玉似雪的少年不知何时醒了。他倚在洞壁上，正目不转睛地看着我。

我收了笑脸，赶紧穿上衣服："三爷什么时候醒的？看人家洗漱，怎么也不出声？"

原非白平静地偏过头："我一睁眼，你就光溜溜的，还来怪我。"

哦！还是我的错，怪我喽！

我暗自气恼，穿好衣服走向他，在离他二米远的地方停下来，问道："三爷昨夜烧了一晚上，可觉得好些了？"

他轻轻点头："你且过来。"

"三爷有何吩咐？"我警惕地站在那里，心想，过来干吗？再给你打右脸吗？

他瞥了我一眼，淡淡说道："你莫不是要我在这里解手不成，还不快过来扶我？"

我"哦"了一声，慢慢走过去，抬起他的手，扶他站起来，没想到他突然反手扭过我的双手在背后，将我拉近，紧贴在他的身上。

我大惊失色，只见他的凤目闪着寒意，紧盯着我的眼："下次若再让我看到你对别的男人那浪样儿，我就拧断你的手。"

他加了几分力气，我痛叫出声，忍住愤怒和眼泪："我还不是为了救三爷！"

他眼中戾气加深，又加重了手上的力气。我的手快断了，眼泪再也忍不住，流出来，心中大骂原非白这个大浑蛋、大恶魔、大变态。好汉不吃眼前亏这个道理我还是懂的，只好哽咽着点点头。

他松了我的手。我泪水涟涟地揉着酸痛的双手，推拒着他沾了几滴血的胸脯，可他却揽紧我的腰肢，没有放开我的意思。他的黑瞳深不可测，如魔鬼般阴狠。忽然，他的俊颜俯向我，我吓得扭过头，紧紧闭上了眼睛，只觉得他的气息吹在我的脸上，然后他的唇落在我的左颊、我的眼上。我一下子愣住了，他竟在吻去我的泪水。

我看向他，他却恢复了冷淡，扶着我慢慢走出山洞。

那一天，我稀里糊涂的，愈加觉得他是个怪人。

一般人，表达感激之情会拉着我的双手……如果他像原非白一样脚有问题，可以选择跪着或躺着，再拉着我的双手，涕泪交加地说道："木槿，你受苦了，今生今世，感激不尽。"然后我们可以在鲜花丛中热烈亲吻，情定今生。

实际主义者也可以爽快地说："钻石、珍珠、金子、银子，你随便挑，以后跟着哥倒A货，有哥一口干的，就有你一口稀的。"

可是只有原非白，哄我过去，还差点拧断我的双手。

如果昨天他被强暴了，他是不是还要打断我的腿？

想了许久，我终于明白了为什么这世上只流传英雄救美人的佳话，却不流传美人救英雄的传闻。

因为英雄救了美人，美人会以身相许作为报答，然后英雄之名更盛；而美人救英雄，英雄很有可能恼羞成怒，扇美人一巴掌，或是把她的手拧断！

许久不见救兵，我开始上天入地觅食，摸了些鸟蛋，摘了些山果，又用"酬情"削了根树枝，绑着手帕做了渔网，捋起了破烂的裤管，在溪水中捕了一些小猫鱼，然后刮鱼鳞，挖肚肠，忙得不亦乐乎。然而，无论我到哪里，做什么，总觉得原非白的视线在跟着我。

午时，我又累又饿，毕恭毕敬地为原非白献上三条烤好的小鱼，然后离原非白远远的，再也顾不得形象，大嚼起来。味道真不错，要是有盐那肯定是人间美味了。

当我吃完第五条小鱼，我偷眼望去，原非白纤长的玉指正轻轻捏着乌黑的树枝，不紧不慢地轻咬第二条烤鱼。他长长的睫毛如香扇半卷，轻掩明眸，好像是前世我家里养的名种波斯白猫，正在秀秀气气地吃着猫粮。

哦，美人就是美人，落难到这地步，那吃相依然好看到了令人发指的地步。哇！还一样不吐骨头。这个时代没有宠物化毛膏，不知道会不会不消化呀！

他忽地一抬浓密的睫毛，平静地看着我："怎么了？"

我结结巴巴地说道："三爷一定吃不惯这种东西吧？"

没想到他却回我一个颠倒众生的笑："无妨，在这荒山野地，我腿脚不便，有劳你做出这样的野味已是不易了。"

哇，这是自我进西枫苑以来，原非白头一次对我如此朗笑。我几乎要捧着脸，感动地尖叫了。好一个回眸一笑百媚生、体恤下人的主子！

那个要拧断我手的人是谁？我见鬼啦？

夜晚降临，我多加了些柴火，好抵御夜晚的潮气。然后，又弄了些干草，给原非白和我分别做了一个厚厚大大的床垫。

我在他对面，隔着火选了个地方，正要倒头睡下，原非白对我说："木槿，过来睡吧，下风口容易着凉。"

我一想也是，哪怕千千万万个花木槿倒下了，一个原非白也站不起来，所以一定要照顾好自己，我便点头收拾了一下，到他那一头。隔着他一步之遥，正要睡下，他却伸长猿臂，将我拉过来。我吓得不停挣扎，心想：完了，又中了他的奸计，他又要打我了。我抱着头，猫着腰，做好防御工作，没想到，许久没有动作，只听他叹了一口气。

我谨慎地抬起头，他眼中闪过一丝怒气，将我抱在怀中，拉好外衣，在我耳边轻轻道：“你莫要怕我，木槿，只要你莫再忤逆我，我是不会伤害你的。”

我进紫栖山庄六年来，可能以往他对我讲的所有话都加起来，也不及今天对我说的话多。

我抬起头，望进他漆黑如夜空的双瞳，怀疑地“哦”了一声，稍稍离他远一些，转过身背对着他，怀中紧紧抱着“酬情”，闭上了眼。我的身体疲惫万分，精神上却不敢有丝毫松懈。

我心想，千怪万怪，只怪果尔仁那时着了韩修竹的道儿，不然，此刻我也可以像碧莹一样，吃好穿好，闲着没事干给原非珏绣兜肚。哪会被人笑作女色魔，随这个冷酷的恶魔跌落山谷，受尽虐待，过着野人的生活。

我想起原非珏，脑海中出现了樱花林中红发少年那脉脉含情的眼神，心中不由一甜，不知不觉进入了梦乡。

……

八宝酱鸭、红烧狮子头、油焖肘子、水晶蹄髈……油泼辣子越浓越好，雪碧可乐要打包。我坐在馆陶居，于飞燕不停给我夹菜，原非珏给我倒可乐，碧莹给我上菜。我的口水直流，正要大快朵颐，忽地迎面来了一个乞丐，抢了我手中的蹄髈。我大怒，一把揪住他：“浑蛋，你敢抢我的东西？”

那乞丐一回头，竟然是俞长安……

我惊醒过来，浑身湿淋淋的，连嘴边也湿了。好奇怪的梦，除了结局，真的是非常美好，连口水都流这么多……还把枕头全弄湿了，我舒了口气，换个舒服姿势打算继续睡，暗想这枕头真舒服……枕头？

我慢半拍地发现我居然张大了嘴，反扑在原非白的胸口，口水全流在他的前襟上，而他正一眨不眨地凝视着我。他静静地问道：“长安是谁？”

我的脸红了，擦着口水一跃而起：“回三爷，长安就是西安的别称，我去给三爷弄吃的。”

我一溜烟来到溪边，拼命往脸上泼水，心中不断问自己：为什么我会梦见俞长安？更要命的是我怎么会睡到原非白那恶魔的怀里，还把口水全流到他身上？

天空下起了绵绵春雨，我把山洞口用大芭蕉叶遮着，只露出天空一角。

原非白在洞里盘膝练功，我只好无聊地望着那一角灰暗的天空，想着救兵什么时候到呢？难道要和这个阴阳怪气的原非白在这儿一辈子？

我打了一个哆嗦。前世经常看的影视情节，就是原本是一对仇人的男女无意间流落到荒岛上，不但没有相互残杀，反倒成了情侣，还生了一大堆孩子。那我和原非白要在这山洞有了孩子，我得大着肚子上天入地找吃的，而且生了孩子，还肯定得是我带，那我岂不要累死？

一个蓬头垢面的美丽少女背后背着两个婴儿，肚子高高隆起，手里还不停哄着一个婴儿。对面坐着胡子拉碴的原非白，对着少女猛甩着鞭子，恶狠狠道："快去给我找吃的。"可怜的少女委屈而艰难地坐起来，悲凄地捂着嘴："是，三爷。"原非白又狠狠甩了一鞭，对她淫笑着："不准偷懒，你快去快回，我还要和你再生一个孩子。"她恐惧地盯着原非白，悲凄地捂着嘴："是，三爷。"

啊？我在胡思乱想什么呢？我甩甩脑袋，又愁眉苦脸地想着怎么给外界通风报信。

一阵悠扬的山歌若有似无地传来，原非白的双目一下子睁开，精光毕现，我也精神一振，正要出去，原非白叫住我道："小心有诈。"

我点点头，把自制的鱼叉递给原非白防身，然后穿过芭蕉叶，遮好洞口，钻入蒙蒙春雨中，往那歌声方向悄悄迎去。

离得越近，歌词听得越清楚。我听过这首曲子，好像叫什么《尘世上灭不了人想人》，以前宋明磊和于飞燕闲来无事，向当地的少年学来唱给我听过。

莜花开花结穗穗，连心隔水想妹妹。
想你想得着了慌，耕地扛上河捞床。
淹死在河里笑死在河处，谁知道我心里想妹妹。
昌花泉子长流水，打盹瞌睡梦见你。
你在家里我在外，各样心病都叫咱二人害。
满天星星没月亮，害下心病都一样。
妹妹你夜里细想想，燕子楼东人留碧。

我细细听那歌声，最后一句竟是"燕子楼东人留碧"。我一喜，小五义的人定在附近了。我站在坡上，隐在树丛中，走调地高声和着：

金盏盏开花金朵朵，连心隔水想哥哥。
玉茭茭开花一圪抓抓毛，想哥哥想得耳朵挠。
走着思慕坐着想，人多人少没有一阵儿忘。
灶火不快添上炭，想哥哥想得干撩乱。
远照高山青蓝雾，这几天才把我难住。

单辕牛车强上坡，提心吊胆苦死我。

哥哥你夜里细想想，木槿花西月锦绣。

果然，那歌声停了一会儿，然后向我这个方向更欢快地传来。我一遍又一遍唱着，那歌声近了，正当我欢天喜地时，忽地一阵打斗之声从山洞处传来。我跺跺脚，恨恨地赶回去。

我来到山洞口，只见一个着鲜绿绸子鱼尾罗窄袖衫子的阴柔男子和坐着的原非白在过招，短剑飞舞，挪来腾去，衣摆翻飞，鲜艳得就像昨天那只小绿鸟，正是那玉郎君。

我暗自叫苦不迭，怎么都快获救了，又杀出这小子来？

玉郎君咯咯媚笑着："真是皇天不负有心人。我寻了好几日，总算让我寻到了你。心肝儿，俗话说一日不见，如隔三秋，玉儿我现在倒像是隔了一世没见你似的，想你想得我的心都碎了。"他叹了一口气，像女子一般幽幽道，"我断不会怪你杀了花蝴蝶那老货，他那么逼你，原是不对的，我也恨他强占我。"他沉默了一会儿，忽地一笑，"心肝儿，我绝不会像花蝴蝶那样逼你，只要你别再离开玉儿就是了。"

嗯，这个小受很爱原非白，我可以从他看原非白那痴迷而深情的眼神中看出。不过，这么禁锢着原非白的自由也还算逼啊。

我该怎么办呢？必须拖延时间才好，怎么办？有了！

我藏好"酬情"，大大方方走了进去，看到玉郎君假装一惊，然后指着原非白慢慢地大声骂道："原非白，你这个没良心的，我才出去一会儿，你就勾三搭四起来。你忘了你要奴的身体的时候曾说过，你生是我的人，死是我的鬼，今生今世不离不弃，可是现在却喜新厌旧，始乱终弃。苍天啊！我的命怎么这么苦啊！"

我陶醉在自编自导自演的苦情戏中，双腿跪地，一手西子捧心，一手无力地伸向苍天。我满脸悲戚，心里一边念着救兵救兵快快来，一边苦心钻研着接下来的台词。

原非白忽地一挑眉，哦了一声，冒出一句："我始乱终弃？那你和原非珏在后山的樱花林里卿卿我我又算什么？"

我去！

我的抽泣猛地呛在那里，剧烈地咳嗽起来。我捶了捶胸，好容易平了喘，错愕地瞪他，他却平静无波地盯着我。

原来你也是个戏精啊！可你这么半真半假地来一句，是充分入戏地帮我呢，还是故意要拆我的台呢？

我张了张口，我该说些什么？还有他怎么知道我和原非珏的事？

我慢慢爬起来，竟然不自觉地有些结结巴巴："那、那个……"

“那个什么？还有你昨儿晚上在我怀里死去活来地叫着长安的名字，那长安又是谁？”他的嘴角带着一丝冷笑，睨着我，活脱脱一个捉奸在床激愤的大丈夫模样。

那一直在我和原非白之间脑袋转来转去的玉郎君，竟然也认真地问了一句：“对啊，长安是谁？”

于是，血讨负心汉变成了严审潘金莲。

玉郎君激动地对我伸着兰花手指：“你这个长相丑陋的恶妇，须知踏雪、绯玉二位公子是多么尊贵的人物，你怎么可以如此玩弄二人于股掌之上，还要寻花问柳，贪欢寻新……”

他在那里说得如此义正词严，完全忘了自己是干哪一行的，好像不杀我不足以平民愤似的。他一探手当胸向我劈来，原非白轻弹手指，玉郎君痛叫着收回了手。

我定睛一看，那暗器竟是小猫鱼的骨头，怪不得以前每次吃完小鱼，我这边总是一大堆骨头，可是原非白那儿只有一点。

那时我就纳闷这美人怎么处处跟人不一样呢，连吃鱼也跟波斯猫似的，不吐骨头。其实他是偷偷留着，那他是防着我还是防患于未然？

心中带着一丝受伤，我逃回原非白身边。原非白连连发着鱼骨，玉郎君退至洞边，用一根大木头挡住鱼骨，回身欺来，一把甩我出去。他出手如电，连点原非白五处大穴，当胸抓起原非白，有些痛心地说道：“我如此护你，你却这样害我，你、你当真如此无情？”

原非白毫无惧色，坦然道：“原某非龙阳之辈，实在不能报答玉郎君之深情厚谊。”

玉郎君心碎地看着他，咬牙切齿地一指我：“莫非你是为了这个下贱庸俗的女子？”

彼时，我被撞得头昏脑涨，拼命揉着脑袋，怎么又扯上我了？

我看向原非白，只见他嘲笑地瞥了玉郎君一眼，然后漂亮的眼睛看向我，对我微微一笑，说道：“不错，原某今生非她不娶。”

我的脑子轰一下子充血了，明明知道他是在激怒玉郎君，将重心转移到我身上，可是心中还是有了异样的感觉，无法控制地痴痴看着他那绝世笑容。连玉郎君放下了原非白，满心怒意地向我走来，我都毫无知觉。

原非白连唤数声：“木槿，快逃。”

我这才回过神来，可惜玉郎君已站在我的跟前，五官扭曲地看着我。

噢！红颜祸水就是红颜祸水啊，我的小命就这样被你给祸没了。玉郎君狠狠打了我一耳光，踢了我肚子一脚，我狂吐鲜血，痛苦地蜷着身子，偷眼看着原非白，他波光潋滟的眼中出现了一丝不忍。

玉郎君一脚踢来，正中我的心口。

我吐着血，猛地紧紧抱着玉郎君的脚，然后摸到“酬情”，刺入他的腿肚子。他痛叫出声，我却无力再握紧“酬情”拔出来，只能看着他从小腿里拔出“酬情”，向我刺来。我平静地闭上了眼，耳边传来原非白的叫声和兵刃相交之声。

一瞬间，我又回到了那芬芳嫣红的樱花林，我和原非珏在那里捧着诗册，慢慢念道：“众里寻他千百度，蓦然回首，那人却在灯火阑珊处。”

红发少年抬起头来，对我灿烂一笑，深情地唤着：“木槿。”

然而，他的脸忽地化作原非白的面容，我努力睁开眼，原非白颤抖着手抚在我的脸上，正抹去我嘴角的血迹。他的玉颜在我的上方，眼神焦急万分。

远处两个人影在激斗，而我陷入了深深的黑暗。

第十二章

静日玉生烟

“木丫头，木丫头，快起来了，天都快亮了。”

素辉雄鸭子似的变声期嗓子把我从梦乡中唤醒，我稀里糊涂地睁开眼。咦？又是鸡鸣时分了吗？真讨厌!

我慢吞吞地爬起来，慢吞吞地进了厕间，慢吞吞地穿衣服，慢吞吞地……

素辉终于看不下去了，飞快地帮我套上衣服，泼了几下水算洗了个脸，他一边埋怨着，一边像拖着棵白菜一样扯着我冲进练武场。

点将台前一只绝代波斯猫，不，绝代美少年，一身如雪地坐在轮椅上，目光冰冷而沉静地瞥了我一眼：“你又来晚了，木槿，今儿个多练两个时辰。”

我彻底吓醒了：“三爷早，韩先生早。”

原非白旁边的美髯公很有礼貌地向我微笑着点了点头。

自上次落难获救后，我和原非白回到西枫苑已有两个月了吧。那时我昏迷了许久，一个自称是“南人”的侠士救了我们，并放信号通知韩修竹。后来我才知道，那侠士竟是张德茂易容的，我开始怀疑此人不但是优秀的民族歌手，还是江湖上响当当的人物。我便问他在江湖上可有名号，他笑说，他在江湖上的朋友称他作千面手。原来如此，那张德茂那张脸也是易容的吧？我再问他，他但笑不语。

我被救回来时断了三根肋骨，据赵孟林回忆说，第二根断骨差一点刺破我的肺部。当时情况十分危急，所以连妙手医圣也是险险地把我从鬼门关拉回来的。

不过，这还不是最可怕的，我能下地的第一天，原非白和颜悦色地来看我，微笑着说给我听他所谓的报恩改造计划，其实很像报仇计划的，他要求我学武。

我想那时我的脸色一定越来越难看，因为我天生就讨厌暴力，追求不战而屈人之兵。再说女子去练武了，那要男人做什么？

可惜，在西枫苑，他是老大啊，从此我得鸡鸣时分起床。素辉自然不愿意我来霸占他的少爷，一开始每每都在练功时来找碴。我练完马步，往往腿抖得像迈克尔·杰克逊跳舞，他还会来偷点我的穴道，要么从后面偷袭我。

不幸被原非白发现了，他勃然大怒，我第一次看到原非白对素辉发这么大的火。韩先生和扑在地上呈狗啃屎状态的我都惊呆了。谢三娘自然将他暴打一顿，他对我大声哭泣，非常不情愿地意识到了，在原非白的心目中，我已经无可挽回地成了西枫苑的一分子。

而在原非白对素辉的怒斥中，我终于明白原非白要我练武的原因了。原来我的旧伤落下了病根，以后每逢季节交替，或阴雨天气，肋下必会疼痛难忍。赵孟林嘱咐我一定要强身健体，且时时保持心平气和，情绪不可激动，不然，很有可能引发旧伤，英年早逝。

红颜薄命啊！我先是呆愣异常，然后苦笑连连。

已是初夏了，虽不见得寒冷，可起得这么早，肠胃依然有些不适。我和素辉蹲着马步，心中却思念着很久没见的碧莹和原非珏。

听说我和原非白失踪那几天，他也跟着果尔仁和韩修竹寻了好几趟，却一无所获，急得差点吐血。我养伤那一阵子，原非白倒经常放碧莹进苑子来看我，有时谢三娘顾不得我，还让她住下好照应我。

原非珏来闹过好几次，原非白估计还记着原非珏帮采花贼整自己那事，尽管他使了所有的计策，软硬兼施，叫骂阵前，原非白也不理他，他只好伤心地走了。

他偷偷托碧莹给我送来些好玩的珠宝玉饰、灵药圣丸，还有他自己抄写在绢帕上的一首词，歪歪扭扭的，勉强认得出来是那首《青玉案》。遗憾的是都被原非白发现了，当场阴着脸用内功化为灰烬，吓得碧莹差点旧病复发。后来我的伤好转了，无论我怎么央求，他也不让碧莹进西枫苑了。

我刚醒过来那几天，一睁眼总见原非白在旁边满心焦急地看着我。他眼圈黑黑的，还在床前笨笨地喂过我几次药，严重烫伤了我的舌头。我连开口的力气都没有，还真是哑巴吃黄连，有苦说不出，只是望着他流眼泪。我心说：你绝对是为了折磨我才生在这世上的。可他却以为我是伤口发作了，痛心地唤着赵孟林。

赵孟林自然一下子就明白了是怎么回事，但碍于原非白的面子，也就干笑几声，安慰了他几句，然后偷偷开了个治烫伤的方子给韩先生。

原非白拉着我的手，难受地替我抹眼泪，像哄小娃娃一样说道：“木槿，别哭，再忍忍，素辉这就去煎药，我再喂你喝啊，喝了就不疼了啊！”

知情的众人个个都瞪大了眼睛同情地看着我，我的泪流得更凶了。

可能是相处久了，我慢慢也不再那么怕他了。刚练武那阵子，我有时跟他胡搅蛮缠，总是练着练着，不是跳芭蕾舞就变成了嘻哈舞。

于是，这个变态原非白，一生气就冷冷地道："若要出这个苑子，除非你能打败素辉。"

唉，我什么时候才能见到碧莹和非珏啊。我叹着气，一侧头，原非白的俊脸就放大在我眼前，他正拿着钢鞭坐在我的旁边。我吓了一跳。

他用钢鞭把我的手举高些，淡淡道："你又走神了。"

"三爷，今儿下午兵部王侍郎家的宝婵小姐来拜访您，我能抽空去瞧瞧碧莹吗？"我探过头，讨好地问着原非白。不知道他在闹什么，现在就连韩先生同意了，他都不让我出这个苑子，真过分！

"你去瞧了她，莫非就能让你的武功突飞猛进，打败素辉了吗？"他懒洋洋地道。

"我听说碧莹最近身体不大好，怕她旧病复发，所以想去瞧瞧。"我小心翼翼地答道，偷看他的脸色，果然深不可测啊。

他的目光中闪过一丝犀利："你是去瞧她，还是去看她的主子？"

神童就是神童，一下子就猜到我的心思了，不过我是坚决不会承认的。

于是，我高傲地仰头，表示了我高度的革命忠诚："那哪能啊，我是三爷的丫头，忠仆不事二主，自然不会再去见这个苑子以外的主子。"停了一下，我又沉痛地道，"只是碧莹是我的三姐，木槿要尽仆人之忠，亦要尽小五义手足之义啊。"

这一忠孝自古不能两全的千古难题就这样扔给他了，当初我在床上就用过这招，成功地见到了碧莹。

原非白看着我的目光阴晴不定。

我壮着胆子，用极其无辜的纯情目光迎向他。

最后，他叹了一口气："你的伤还没大好，不宜去北边偏僻之地，明儿个还是让素辉去请莹姑娘，让赵孟林先生给你和她都把个脉，顺便陪你玩一会儿吧！"

我高声欢呼，欢快地跳跃起来，又想起还在练功，别惹他不开心，就蹲回马步，对他甜甜一笑，喜滋滋地道："三爷真是天下最好的人。"

他嘴角微弯，算是给了我一个笑容，看着我的目光也柔和了很多。韩修竹冲我们投来诧异的目光。素辉同学一开始也很高兴，毕竟又能见到他的梦中情人碧莹了，过了一会儿却又苦着脸喃喃说道："三爷又让我去突厥人的地方啊。"

自从回来以后，原非白完全让我照料他的饮食起居，谢三娘也开始腾出空来督促素辉的功课。我伺候原非白用过早饭，他和韩修竹去见幕僚，我想编一篇新的傅立叶文，让碧莹带给原非珏。

写些什么呢？碧莹上次来说，在我失踪那阵，原非珏天天抱着那本《花西诗集》，以泪洗面，反复念着：“众里寻他千百度，蓦然回首，那人却在灯火阑珊处。”不巧让果尔仁给听到了，不悦地称其为忧词败曲，丧气之调，差点给没收了。

那这回我就写些有深度的、能振奋人心的诗词吧，该写什么呢，岳飞的《满江红》吗？

……壮志饥餐胡虏肉，笑谈渴饮匈奴血。待从头、收拾旧山河，朝天阙。

不行，估计果尔仁看了立刻就会杀了我，还是换一首吧！

写着写着已到了午时，谢三娘传话来说王侍郎府里的大小姐来了，三爷让我好生歇着，不用过去伺候了。我应了一声，这才发现鹅毛笔用坏了。

我决定去问友好的鸟类借一根羽毛。我来到鸽子棚，想找根散落的羽毛，结果这群友好的信鸽淋了我满头满脸的屎。我逃出来，擦干净脸，深吸一口气，对自己说，我是动物保护主义者，不要紧的。梅园里放养的仙鹤在姿态高雅地散步，我偷偷绕过去想拔一根仙鹤毛，不想这些仙鹤好像是训练好的，一只曲项向天打了一个鸣，另外六只便一起合击我，让我再一次领教了梅花七星阵的厉害。

我恼了，连自己人也不认识了，好歹我还喂过你们呢，竟如此忘恩负义。我用我学过的几招花拳绣腿，正与仙鹤激烈地搏斗中，忽然一声清啸传来，七只仙鹤一下全飞开了。

我满头包地站起来，只见眼前立着一赤一白两匹骏马。白马上坐着我们家的波斯猫主子原非白，枣红马上坐着一个粉衣美女。那美女美则美矣，只是眉目间透着浓重的杀气。她马后面跟着个身穿绿袄的俏丫头，一脸刁蛮且鄙夷地看着我。正是王宝婵和贴身丫头绿萼。

素辉忍笑忍得脸都抽筋了，而原非白似笑非笑地从马上俯视我：“你这又是唱的哪一出啊？”

讨厌！干吗在我的仇人面前说我呢。我揉着脑袋：“回三爷，我只是想问仙鹤借根羽毛罢了，谁知它们这么小气呢！”

原非白无奈地摇摇头，策马和王小姐经过我身边，扬长而去。我望过去，王小姐风情万种地对原非白笑着，原非白保持着他不冷不热的笑容。她掏出一块锦帕，含情脉脉地替他拭着额头，原非白居然握着她的手放了下来，她乘机反握着原非白的手，就是不放，还一边对他说着什么……

我暗暗冷笑。摸吧，你就摸吧，小心一出门就被采花贼砍死，一下车就被少女fans团泼硫酸……

原非白也真奇了，可能为了向世人证明，尤其是向断袖们证明，他不是一个GAY，抑或是突然间意识到这世上还有很多叫作“女人”的东西，自回到西枫苑不多久，他开始和各种各样的女性交往，有达官显贵的千金小姐，有江湖闻名的女侠，还有酒国名花、红尘名妓等等。

今天是赵小姐，明天是王千金，那些女孩都是忐忑不安地来，痴痴迷迷地走，连西安醉仙楼的头牌小醉仙也曾来过西枫苑。可惜那时我正好在床上静养，只听到阵阵娇笑和琴音传来。老实说，论琴艺，我还是觉得碧莹的更高些。

在这些千金小姐中，我最最讨厌的就是这个兵部侍郎王年参的女儿王宝婵，也就是这个正无礼地瞪着我的女孩。

我们的梁子是这么结下的。我久病初愈那一天，小醉仙叫丫头媚儿来送诗帕，说是要原公子一个回复。我收了正要送进去，彼时王宝婵主仆正好来拜访原非白，绿萼正站在王宝婵的轿子旁，便猛地过来，一把抢了我手中的帕子，送给王宝婵看，还对媚儿骂着什么下作的小娼妇，敢到官邸来勾引世家公子。

那媚儿是勾栏出身，倒也不惧官府千金，当场吵起来了，一定要回那帕子，两人就这么打起来了。绿萼是将军府上的丫头，习过几年武，直把媚儿打得披头散发、鼻青脸肿的，坐在地上直哭。王宝婵却在轿子里怎么也不出声，想是要给小醉仙一个下马威。

我看不下去了，就把她迎进来上药，绿萼却打上瘾了，说是不打死这个小贱人不解气。我好生劝着，绿萼却口出狂言：“哟，木姐姐这么护着这小骚货，莫不是也从勾栏里出来的？怪不得这西枫苑里就你这么个使唤丫头啊，敢情是功夫好啊。”

啊呀！这女孩，这么小年龄嘴巴就这么毒，这还了得？我也就不客气了，甜甜一笑：“绿萼妹妹真会开玩笑啊。我功夫再好，又怎及得上妹妹啊。我家少爷一直在我面前提，不见绿萼，想得紧，一看绿萼，就有精神，怪不得王小姐收着您，将来好一块儿伺候我家少爷啊！”

绿萼一听，脸一下子红了，急急回头看向王宝婵的官轿，又结结巴巴地说：“你莫要胡说，我才不似那窑子里出来的妖精，一天到晚就知道勾引男人……”

呵呵，中计了。我故作惊讶：“啊？绿萼姐姐上次来送鸡心饼时，可是在三爷屋里待了很久啊。后来三爷还作了一首词呢，什么‘绿萼佳人，数枝清影横户牖。玉肌清瘦，凤帐轻摇红影。无限狂心乘酒兴。犹自怨邻鸡，道春宵不永，断肠回首，只有香盈袖’。”

这是原非白新作的一首词。那《绿萼词》只是有天他对着西枫苑的绿美人蕉即兴所赋，结果流传甚广，我故意将后半段全改了。绿萼估计也大体明白了词中含意，脸一下子红了，可眼中又狂喜莫名。嘿，没想到她还真要做陪房丫鬟。

一直沉默的王宝婵终于下了轿子，喝退了绿萼，对我浅笑道：“真没想到姑娘如此伶牙俐齿，难怪三公子对姑娘青眼有加了。自古以来风流灵巧惹人厌，望姑娘好自为之。”

她对我一瞥，满含警告意味，然后将帕子交给绿萼，在她耳边说了几个字，便回了轿子。绿萼走时，朝媚儿摔回帕子和一锭银子：“臭不要脸的，这银子给你瞧伤用，这可比你脱裤子挣的要干净多了。”

我扶起大哭的媚儿：“乖，不哭，把这银子给路边的叫花子好了。姐姐一定替你把帕子给三爷啊。来，跟姐姐进去上药。”

过了几天，小醉仙叫龟奴送来了一盒上好的胭脂，算是谢礼。在原非白的同意下，我收下了这友谊的象征。以后小醉仙来拜访原非白，媚儿就会亲亲热热地来找我玩，倒也算交了个朋友。

可惜传到王宝婵的耳朵里，变成了小醉仙用一盒胭脂收服了我，同她一起蛊惑原非白，于是我与王宝婵主仆结成友谊的可能性成了零。

“别瞧了，小心眼珠子都抠出来了。”绿萼在旁边忽然恶毒地说道，把我的思绪拉了回来。

“哼，”我云淡风轻地一笑，“瞧妹妹说的，我是最不愁瞧爷了，天天见得都烦了，倒是妹妹多瞧瞧，过了这一回，还不知道什么时候能见着呢。可别一个人在闺房里想得发慌！”

绿萼的脸又红了，这丫头一定是想原非白想得发狂了。她恨恨道：“你别得意，等我家小姐进了门，有你好看的。”

她家主子进了门，自然她也成了原非白的丫头。所谓同行相争，分外眼红。若是成了侍妾，她们主仆二人美艳多情，又心狠手辣的，那我的确境况堪忧啊。看来，我得认真想想跳槽的问题了。想来想去，只有跳槽到原非珏那里最称心如意了，不过口中还是要逞一下强的：“那又怎么样，就算你家小姐进了门，只有她来月信，或是有身孕时你才能和少爷圆房。再说了，新人不及旧人好，我家爷一直说只有木槿最贴他的心了，你就自求多福吧。”

她的脸气得像烟囱里出来的。我哈哈一笑，高昂着头从她身边经过。她猛地一伸脚，将我绊倒了。

啊呀，你敢在我的地盘向我挑衅？我向她扑去，两个人打了起来。我自然不是她的对手，一会儿就大声痛叫着被踢倒在地。我凄凄惨惨地爬着，躲着那小蹄子的拳脚。我要的就是这个效果，果然原非白急得策马过来，一下子将我从地上拉起来，抱在怀中，顺便一甩鞭子，将绿萼逼退三步。

他冷着脸一手把我的脉，一边沉声问道："旧伤可痛？"

我看王宝婵拉着一张脸过来了，心想：呵呵，不就是为了原非白吗？不如就气气她，让她进门时，逼原非白将我送给原非珏算了。

于是，我一反常态，反手拉着原非白的手，孱弱地躲进他的怀里，泪眼蒙眬地望着他，娇滴滴地对他说："我的爷，可吓死奴了，奴还以为这一生再也见不到您啦。"

嗯，原非白身上的熏香还真是好闻，比古龙水都好闻，怪不得这么多女人想扑进他的怀抱。

原非白有那么一刹那的失神，不过很快就若有所悟地看着我，估计识破我的小把戏了。他嘴角一勾，眉头一挑："放心吧，我保证你这一辈子天天看见我，想逃也逃不了。"

什么意思啊？你这人怎么这样拆台啊？我回瞪他时，他已换上一张酷脸了，把我递给素辉，让他送我离开这女人的战场。我回首看去，绿萼跪在地上哭个不停，王宝婵在那里训斥着。原非白也不说话，玉树临风地坐在马上，目光追随着我，嘴角带着一抹若有似无的笑。

我回到自己的屋里，对着铜镜，放下头发，自己上药。嘀，绿萼这女人练过鸡爪功吗，把我的嘴唇都抓破了！

明天碧莹看了又要眼泪汪汪了，不如用那小醉仙的胭脂试试，看是不是遮得住吧。旋即，我调着胭脂，涂了上去，还真管用。

媚儿说这是小醉仙亲自去老字号镜月堂挑的，且是镜月堂的绝版存货，仅此一色。她果然是个场面上的人物，没见过我的人，只听媚儿的描述，却已知道什么样的颜色适合我。

这颜色淡雅适中，衬得我的肤色愈加白嫩，又添了几分媚态。

前世的我长什么样，我已经差不多全忘了。这几年忙着照顾碧莹，念着锦绣，想起前尘往事又觉得荒谬，人生在世不过一具臭皮囊罢了，所以也从不曾认真地照过镜子。如今看着镜中的我，这张脸熟悉又陌生，长发如乌玉墨缎，及至腰间，朱唇红润，肤如白雪，虽不是绝世芳华，那双眸亦是不笑而含情……

我捧着脸，痴痴看着。是啊，我几乎忘了我现在正处在一个女人最宝贵的年华啊！

"你觉得如何？"忽地，耳边传来一个声音，我这才惊觉镜中出现了另一张绝代容颜。不是那恼人的波斯猫，又是谁？

"三、三爷什么时候进来的，怎、怎么也不出声啊？"我结结巴巴地放下手，这位仁兄为何老是这样神不知鬼不觉地出现在我身边。

他微微一笑，看着我说："你自己看呆了，又来赖我。"

他指指椅子要我坐下，然后拿起梳妆台上的梳子，一手挽起我的一缕乌发，一手慢慢梳了起来。我大惊，正要回头，他平静地说道：“别动，一会子就好了。”

我不安地绞着双手，不停自镜中偷窥为我梳头的他。

他今天怎么了？为何兴致大好来玩我的头发呢？

一时间，两人在铜镜中相顾无言，唯有青丝万缕在他手中游走……

他忽地打破了沉默，开口道：“你已过了及笄，为何脑后总挂个大辫子，不学学其他年轻女孩子，梳上流行的发髻呢？”

我对他轻轻一笑，说道：“回三爷，我整天蹦蹦跳跳的，梳得再好也给我弄散了，不如编个辫子，也好打理些呢。”

他平静地看了我一眼，又沉默地继续他手头的工作，不再说话。

他纤长的手灵活地穿过我的发，帮我绾起一个髻子，然后信手从他的头上拔下常年戴的那支东陵白玉簪，插上我的发，固定了下来。

我莫名地慌张了起来：“三爷，用我的簪子吧。这是谢夫人的遗物，奴婢不敢……”

他双手搭上我的双肩，成功地堵住了我的嘴。

他从镜中看着我：“我的母亲是秦夫人的陪房丫头，不懂诗书，如果不是生了我，秦夫人又难产去世，侯爷打仗受了重伤，要娶个新人冲冲喜，可能她一辈子也不会被扶正。”他静静地说着往事，“她虽生得美艳些，但心地仁慈善良，不懂口角之争，又时常自卑是丫头出身，所以总被其他姬妾欺侮。而侯爷早年忙着追名逐利、贪欢寻新，待过了母亲的新鲜劲儿，便不大进她的房了。小时候，我最常见到的是各房在母亲的门外叫骂。没有侯爷的庇护，她这个正房倒像个偏房，整日躲在屋里以泪洗面。”

他苦笑一声，继续说道：“直到我五岁那年写了一篇文章，让夫子赞叹不已，侯爷才意识到我这个儿子不太一样，我的母亲也绽开了笑容。我已经记不清有多久没见到她的笑容了，于是，我觉得若在侯爷和他的朋友面前写几篇文章、射几支箭、耍几套拳，便能让侯爷多去看看我母亲，让她多笑笑也不错，反正于我而言，这些也不是什么难事。”他轻笑一声。

不是什么难事……我倒！

真的是这样的吗，原非白同学？如果我没有搞错的话，你那时才五岁好吧？

只听他继续说道：“可惜好景不长，后来我被人设计摔下马来，母亲一急之下病故了。”

我心下恻然，转过身来，一时也不知说些什么。

第一次，我慢慢探出手来，主动地握住了他的，不想他也反手紧紧握住我的手。

我的心跳得厉害，头垂得更低。

两人沉默一阵，却听他忽地一笑："第一次见到你，是六年前吧。我听到你为了救你妹妹胡诌的话，心想，好一个机智的丫头，若我母亲有你一半的口舌之利，也许就不会这么命苦了。"

我抬头，愣愣地望着他："原来三爷一直知道我是谁呀！"

他轻轻一笑，并不答我的话："后来你们小五义渐渐在这庄子里出了名，你二哥投到我门下，我万万没想到他求我的第一件事却是，要我好好照应你。"

啊？我纳闷了。这个宋明磊怎么叫原非白照应我而不是碧莹呢，我有什么好照应的？

"那时我也腹诽甚多，他不去关怀那个病美人，尽着你这个活蹦乱跳的疯丫头做什么？"他看着我的眼，静静地表态。

太过分了。我气愤地瞪着他。我哪里是疯丫头了，我心理年龄比你大好多好不好？

而他却不以为意，笑着点了一下我的鼻子，道："你还不疯吗？三更半夜，擅闯我沐浴的地方，扒光我的衣服，还自说自话地解了我的春药。"

哪有一个男人可以这样说出自己的糗事？我全身从脸开始一直红到脚底板，整个人都快燃烧成灰烬了。我语无伦次道："那、那、那、那是为、为、为了逃命，为、为、为了救、救、救人……三爷，你、你、你不、不要乱讲，我、我、我的名、名声已经够、够臭的了。"

原非白朗笑出声，拉着我坐进他的怀中，一下一下抚摸着我的青丝，轻轻吟道："云凝青丝玉脂冠，笑吟百媚入眉端。"

他忽地一手抬起我的下巴，狭长的凤目深深地注视着我，然后吻上我的唇。

我今天受的惊吓太多，愕然中我开启了我的唇，他的舌头乘机滑进我的口中。

我这一世的初吻啊，就这样被这个变态夺去了。不过我打赌，这也是他的初吻，因为其吻技实在有待提高。这也使我的心情莫名地大好起来，要命，我可别真成了女色魔了。

他结束了这个深吻，吃干净了我所有的胭脂，双颊染上了红晕，闭上眼睛，抵着我的额头，轻轻喘着气。

我凝视着他的脸，在心中再一次感叹，他真是俊美得没有天理了。

他忽地睁开眼，一本正经说道："木槿，今晚到我房里来吧。"

我好不容易平静下来的心又突突跳起来，这人怎么这样想起一出是一出呢，而且把这档子事说得像是，木槿，今晚陪我一起吃顿饭吧。

原家的人怎么都这么不浪漫呢？

我的脸色刚刚恢复自然，这回肯定又成了猪肝色了。我只好结结巴巴道："不、不、不行，不行，回、回、回三爷，我的月、月、月信来了，等下个月再、再、再说吧。"

要命啊，这样下去，我一定会变成一个真正的结巴！

真真没想到，一向以冷傲著称的原非白同学，故作诧异道："我要你到我房里来，是因为素辉才刚和绿萼比武折了腿，今晚不能伺候我了，这和你的月信又有什么相干了？你倒说说，我要你到我房里来做什么？"

我的老脸一阵红，一阵白，然后再一阵红，一阵白……

在我出手以前，他已极其愉悦地扯出一抹可恶的微笑，推着轮椅到门外去了。

我羞愤异常，拿起一堆东西往外扔，忽地发现桌子上多了一个大长盒。刚才回屋的时候还没有呢，是那个死变态原非白拿来的吧。

我恨恨地打开盒子，立刻愣在那里。那长长的锦盒里，黑丝绒上排列着三十几根色彩绚丽无比、大小不等的羽毛。

我刚刚就说了一句而已，他竟记住了。

我抚着那些光滑的羽毛，心中涌起一种无法言喻的情感。

结果那一夜，原非白不知为什么并没有让我去伺候，我却彻底失眠了。

第二日，和素辉练完武功，我挂着大大的熊猫眼，在中庭呆呆地修剪花草，一想起昨天原非白的那个吻，脸还会烧得厉害。

今早，我这个紫栖山庄有名的女色魔，在练功时头一次红着脸不敢看原非白，但最后还是忍不住，在和素辉对练时偷眼望去，没想到他却神态自若地和韩修竹聊天，一回头碰到我的视线，他便立刻露出一抹戏谑的笑。

噢，我多么希望他仍然能保持在闹采花贼以前的那种对我冷若冰霜的态度。为什么现在他老对我笑呢?

唉，他的笑容可恶归可恶，讨厌归讨厌，却依然如明月清辉般静静地洒向我的心间，让我在恼恨中无法移动目光，直到在呆愣中，素辉的右拳不客气地光临在我的左眼上，我痛叫着被打倒在地。

哎，果然，色即是空，空即是色啊。该怎么办呢？我满心满眼全是原非白那抹倾国倾城的笑，再这样下去，我快连我姓什么都不知道了。

嗯？是谁一直在叫布谷鸟、布谷鸟的？原来是素辉。他的青春痘脸凑在我面前，大声叫着："木姑娘！"

"干吗大呼小叫的？嫌打了我的眼睛还不够，还要折磨我的耳朵不成？"我揉着耳朵道。

“哼，不叫你，能醒吗你？”小屁孩指着我修剪的那棵石榴树，“你这是修剪护枝还是摧花撒气啊？你看看，好好的一株石榴，愣给你剪得像秃子似的。”

我定睛一看，还真是，心中愧疚难当。我讪讪道：“你、你不懂，这是我最新创作的艺术作品，回头等长出来了就好看了。”

“喊，别蒙我了。你今天一天都不对劲，一看三爷就两眼发直。三爷也是，我打小跟着三爷，还是头一遭看到他一整天都笑眯眯的呢。”小屁孩摇头晃脑地分析，看看四下无人，凑过他的青春痘脸说，“喂，说实话，你是不是得手了？”

“什么得手了？”我红着脸，移向下一棵兰花。

素辉一把抢过我的剪子，阻止了我对花花草草的进一步毒害，目光灵动地看着我：“还装蒜！是不是三爷和你那个了？”

小屁孩！不好好读书，就知道想这些黄色的事情，尽管我平时也是想一点点的……

于是，我两只手爬上他的青春痘生长园，把他的脸像做饼一样往两边拉，笑嘻嘻地说：“素辉同学，你要好好学习，天天向上，不要一天到晚尽关心你的三爷和哪个女人相好……”

素辉叫着，从我手中逃出来：“你这个恶妇，我就不信三爷会舍了这么多美女，看上你这么个丑丫头。”

我心中一动，再次笑眯眯地走近素辉。他往后退了一大步：“你要干吗？我喊人啦！”

“素辉，你可见过一个叫悠悠的姑娘？”

“悠悠？”他迷惘地看着我，“从没听说过，更别说见过了。”

“应该是三爷特别喜欢的一位女子吧。你再想想，在我进苑子以前，三爷可有经常往来的女子。”

“你进苑子以前？你进苑子以前？”素辉喃喃地说，忽地一拍脑门，“对，是有一个女孩子，经常半夜里来咱们苑子的，和三爷关在赏心阁里弹琴画画，有时琴剑相和的，长得那个漂亮啊。不过她不叫悠悠，她——”

“素辉！”

韩先生忽地闪进苑子，大声叫住了他。素辉立刻闭上了嘴。

韩修竹和颜悦色地对我说：“木姑娘，三爷叫我来传话给你和素辉，说是今儿三爷有贵客来访，所以给你们姐儿俩放个大假，上玉北斋找莹姑娘玩儿去吧。”

我和素辉欢呼一声，乐得屁颠屁颠的。我也把悠悠的事放在脑后，进屋子换了身新衣，收拾了一下头发。想了想，还是摘下原非白送我的那根白玉簪子，将宋明磊送的一支木槿花银簪插上。来到马车处，远远地就见韩修竹正严肃地跟“小青春痘”谈着什么，“小青春痘”则是一脸恐慌。

咦，又怎么了？我蹑手蹑脚地过去，想偷听他们说些什么，韩修竹却突然转过身来，把我唬了一大跳。

“姑娘快去快回，莫要让三爷等急了。”

不愧是韩修竹，武功就是高得不可思议，我这猫步也听见啦，当然也可能是我的轻功太烂了。

我乖乖“哦”了一声，跳上马车，素辉便急急地赶车走了。

我看韩先生严肃的脸越来越远，回头问素辉发生了什么事，素辉却和韩修竹一样板着脸，不回答。无论我怎么软硬兼施、连哄带骗，他还是什么都不说，只冷冷道：“军令如山。”

小屁孩，有什么不能说的？把我的肚肠给痒得……

哼，不说就不说！

来到久违的玉北斋，马上可以见到原非珏和碧莹的念头让我的心情大好起来。可惜，开门迎接我的只有越来越漂亮的碧莹和以阿米尔为首的十个少年，原来果尔仁和原非珏出去了。

难怪原非白肯放我来玉北斋呢，我就说他什么时候变得这么大方了，原来他早就知道原非珏不在啊。

真郁闷！我的笑脸不可遏制地垮了下来。碧莹便小心翼翼地赔着笑脸，安慰我，说讲不定四爷马上就回来了，等一下就好了。我不想让她操心，也就强自笑着，一同看着宋明磊的飞鸽传书，聊着大哥、二哥的近况，讨论着小五义的正经大事。

就在原非白忙着对付采花贼那阵子，在大庭王朝内，原家和窦家的明争暗斗也开始了。窦家以窦丽华的哥哥窦英华为首，倚仗着太后和皇后在宫中的势力，拼命积聚钱财，终日弹劾原氏，离间君臣，结党营私，欲谋大逆。而原家手中则握有一大堆窦氏仗恃皇宠目无国法、贪污纳贿、草菅人命、欺压百姓的罪证。

孝敬皇帝的皇权被太皇太后架空，整日走鸡斗马，淫乐后宫，对于两党之争听之任之。

宋明磊的来信中还说，原非烟进宫的日子已被无限期搁置，甚至连长公主及驸马忠显王原非清都被剥夺了出入宫禁的自由。

东突厥又犯境，于飞燕被调回河朔，而南诏则闪电出兵，攻占了鄂州城。

窦家南军拒不出兵，置黎民百姓于不顾，反而三番五次奏请孝敬皇帝颁旨，令原青江亲自出京迎战南诏。

永业二年，也就是今年四月，窦英华又以兵部左侍郎封依为对象，发起新一轮攻击。这一次，他的手段非常毒辣，竟然伪造了一份废黜孝敬皇帝的诏书，署上“封依”的大名，并大造原氏谋逆的谣言。封依的后台是侍郎任时峭，而任时峭又是原青江的得力助手。

“项庄舞剑，意在沛公”，窦英华此举的真正目标是不言而喻的。“图谋废立”是何等大逆不道之罪，今年六月封依已被投入大理寺，死于施酷刑的审讯中，而任时峭被贬为河南府尹。窦英华在这非常时刻，又再次奏请孝敬皇帝下旨，让原青江北调羽林精锐出战南诏，以期削弱原氏精锐。

这对原家来说是一个重大打击，原青江相当于失却一只右臂，当他得到消息后当场捶案大怒，吐了一口鲜血，扬言深恶窦氏，不诛其九族断不能快其意，于是原氏便想于近日逼宫。

我看罢，想了想，问道：“碧莹，你觉得如何？”

“木槿，你又来笑我，都这么多年了，我哪一次发过高论来着？大哥的意思是，若再按兵不动，恐人为刀俎，我为鱼肉，就是不知木槿的意思。二哥和侯爷即日起程，要入西安城对付占领鄂州的南诏军，你和二哥得赶紧想办法才是。”

我想了一阵，掏出鹅毛笔，拟出当下应急之策。以宋明磊的机智，定会在我的计策上锦上添花，变成扭转乾坤的妙计。这就是我们小五义的秘密，所谓的“木策明计”：

其一，侯爷万万不可离京，一旦离京，原家这十年在京都的心血全部付诸东流。现在如果逼宫，名不正则言不顺，即便侥幸得胜，一则窦家南军实力仍保存在南越一带，不动分毫，东山再起太过容易，而且会给窦家纠集天下兵力围剿原家的理由。二则天下虽有乱象，但是没有大的天灾、叛乱，没到让人民不得不反的地步。于飞燕的精锐部队牵制在东突厥那里，如果攻下京都，东突厥和南军必成南北夹击之势，反扑京都，则原家必兵疲，且无百姓民意所支持。

其二，先稳住南诏，力主议和。素闻南诏王喜女色，请宋明磊多多挑选美姬，尽快送入南诏，所有南诏的其他要求皆可答应。

其三，厚待大儒，也就是利用原青江最看不上眼的那些整日夸夸其谈的书生。天下的舆论，实际上都是随着那么几支笔杆子走的。著书立说，传播原青江乃是千古忠臣，因势利导，终成气候，万不可让窦家人控制舆论，掌握天下悠悠之口者，便是握住决胜的关键。

其四，一定要离间孝敬皇帝与太皇太后和皇后的感情，要让孝敬皇帝感到窦氏在架空皇权，而原氏是真正支持皇帝的。必要的话，要用非常之法除去太皇太后，因为她是窦氏力量的源泉。只要把这个眼堵死了，再波澜壮阔的长河都会有干涸的一天。

其五，战略方向一定要变。仅仅掌握窦家鱼肉百姓的证据是不行的，是绝对不能让孝敬皇帝以得罪窦太皇太后为代价来站在原家一边的，要像窦家暗插原家心腹那致命一刀那样回敬。自古以来，让任何一个皇帝心惊肉跳的，除了“图谋废立”以外，还有一个便是“投敌卖国”。窦家南军与南诏极近，只有南军最适合打南诏，若能假造窦家南军与南诏谋夺天下，意欲让窦家取轩辕氏而代之，再让舆论散播，传到孝敬皇帝耳中，我打赌，他再怎么喜欢女人、促织、斗鸡、骏马，也会派人彻查窦家。只要皇帝有心，原家便可挟天子以令诸侯，狠狠整窦家了。即便他依然沉溺于窦丽华的美色，只要天下众心归于仁义之师，舆论导向原家军，便可以打着“诛窦氏，清君侧”的名号，名正言顺地逼宫，灭窦家，逼孝敬皇帝禅位，则大事可成。

我洋洋洒洒地写了一大篇，碧莹看得眼都直了：“木槿，你若是男儿身就好了，一定是诸葛再世，封王拜将易如反掌。”

我真心实意地摇摇头：“碧莹谬赞了，我们与原家同气连枝，一荣俱荣，一损俱损。说实话，现在我的这些粗招实在是狗急跳墙之举，若能有些时间定要好好研究，重新部署一番，能在保存原家实力的情况下，出其不意地击败窦家，方为上策。不过相信二哥定能滤其精华，想出对策的。”

碧莹点点头，唤了一声：“小忠。”

一只油光乌黑的小犬跑出来，颈间勒着一个银项圈，对碧莹汪汪叫了几声，然后亲热地打着转，吐着舌头舔她的脸。她示意它安静坐下，在它的项圈处摁动机关，放入我写的回信。小忠第一次见我，嗅了半天，做友好状地对我耷拉着舌头，摇着尾巴，看我的眼神却异常防备。

这分明是一条训练有素的犬。碧莹告诉我，玉北斋与别处的不同，在于其一切日用品都派人自行从外面采买回来，是以张德茂难以接近，他便嘱她央求原非珏给她养只小狗玩。原非珏的日常生活现在全由碧莹照应，自然一口答应了。然后张德茂不知用什么法子，便将这条小犬经阿米尔的手送了进来，没有引起任何怀疑，于是它成了碧莹联系外界的方法。

我赞了这妙招半天，心中愈加觉得张德茂此人绝不简单。我们在碧莹的房里又聊了半天，日头略略西斜，小忠回来了，项圈内早已空无一物，只有一张信笺上画着小五义的标记，显见信是成功送出了。小忠向碧莹吐着舌头，哈哈地讨吃的，她便咯咯乐着喂它。

久久不见原非珏回来，我的心被失望和思念磨得隐痛不已。

碧莹同小忠闹着，阳光洒在她的脸上，将她琥珀色的眼瞳照得分外清澈动人。我知道碧莹是美丽的，但从来没见过她像现在这样无拘无束地笑，那种从心中映出的快乐，将她的美又淋漓尽致地散发出几分，好像沐浴在爱情的雨露之下。

爱情雨露，这几个字蹿进我的脑海中，我的心不安了起来。放眼望去，只见碧莹正仰着脖子躲着小忠的舌头，雪白的颈项上隐约露出一点嫣红。

我笑着说："别动，碧莹，你脖子那有个小虫子，我来帮你抓。"

趁她一愣的时候，我翻开她的衣领，果然是个红红的吻痕。

我坐回椅中，心中如打翻了无数的五味瓶。这个玉北斋里，人人都对碧莹恭敬有加，那敢对碧莹这样做的只有原非珏一个人了。碧莹是他的贴身丫头，又是这样一个温柔体贴的美人，在古代，这是再正常不过的事。

我忽然觉得她的笑很刺眼，却不敢质问，也问不出口，只是掏出给原非珏的《花西诗集（二）》摆在桌上，惨然道："那我、我就先回去了。"

碧莹对我的脸色剧变显得很茫然，她无辜而伤感地看着我："天色还早，木槿，再坐会儿吧。这园子里只有我一个女孩，我可想你了，咱们姐俩再聊聊好不好？"

可是我却如坐针毡，起身就走，背转身时，一滴眼泪还是滑落了下来。

我坐在马车里，偷偷落了半天泪，觉得实在憋闷，就和素辉一起坐在马车前头驾车。我空洞地看着快速向后移动的绿色，脑子里全是漫天的樱花雨和碧莹幸福的笑容，还有那吻痕……

又是一阵难受，我索性闭上了眼睛。

"喂，别哭丧着脸了。"素辉忽然出声。

我一下子睁开眼。有这么明显吗？我正要反驳，他却接下去说："反正你早晚都是三爷的人，就这样断了你对四爷的念想也是一件好事！"

真是哪壶不开提哪壶，我冷冷道："你在胡说什么？"

他叹了一口气："我刚和阿米尔那小突厥毛子过招时，他跟我说现在四爷可宠莹姑娘了，不但对她百依百顺的，上哪儿都要带着她。今儿要不是四爷要去做件大事，一准儿莹姑娘也跟去了，咱们可谁也见不着。"他看看我的脸色，想了一会儿，又说，"再说了，莹姑娘本也长得美，现在我看是越来越标致。你再看她的吃穿用度，哪里还是个丫头该有的尺度？分明是个当家姨奶奶的样子！唉，木丫头，四爷是不错，娘亲是突厥女皇，为人实诚，可是那果尔仁哪里是善类？阿米尔说了，果尔仁他就是不喜欢你，嫌你太过奸猾。终有一天，果尔仁和四爷要回西域，他绝不会同意四爷带你回去，你和四爷终是无缘。我还是那句话，咱们都是三爷的人，这世上容得下你我的也就是西枫苑了。我看得出来，三爷是真心喜欢你，我娘和韩先生也喜欢你，我呢，跟你相处久了，觉得你除了难看点，别的还凑合……喂，你别这么瞪我。好好，不说你难看，你长得好看，就比莹姑娘差一丁点而已。别难受了，木丫头，你的心就定下来吧，就跟着三爷吧！等三爷夺了天下，报了大仇，咱们少不了皇后、贵妃什么的，比去那劳什子西域可好多了……”

素辉唧唧呱呱地越说越多，我转头望向四周，心中无限凄凉。

第十三章

不识帝王者

我凄凉地再回头，玉北斋变成一个小点了，那里曾是我做梦都想去的地方，现在竟如此不堪回首。

我坐正身体，又抹了一把鼻涕眼泪。

素辉看着我，没有像平时那样又来笑话我一顿，反而像小大人似的叹了一口气，吟道："花自飘零水自流，一种相思，两处闲愁。此情无计可消除，才下眉头，却上心头。"

嗯？我抹着眼泪的手停了下来。这是李清照的《一剪梅》啊，我把它抄写在《花西诗集（一）》中，素辉怎么知道的？

"你怎么知道这首《一剪梅》的？"我惊问。

"这又怎么了？前阵子闹采花贼，三爷出不得门，天天就在家呆呆地念这句话，我听得耳朵都出茧子了。"

"三爷从哪里得来这首词的？"

素辉终于发现自己说错话了，看着我，支支吾吾了半天。

说实话，我并不奇怪原非白从宋明磊那儿得知我和原非珏的情谊，可他不但知道我同原非珏约会的具体时间、地点，连我送原非珏诗集中的每一首词都知道，所以那天碧莹将非珏题着《青玉案》的帕子送来，被他撞见，我明明撒谎说是我写着玩的，他却铁青着脸一把销毁。原来他早就知道了。

这个该杀的克格勃，这个浑蛋加变态！我越来越觉得自己像是他手心里的孙悟空似的，无论我做什么、想什么，他其实都清楚吧，却又装作什么都不知道。他肯定一早就知道非珏喜欢我，一早就知道我帮素辉做功课，那他为什么把我从非珏手里抢来？还有他昨天对我那样又算什么？还有那个变心的原非珏，还有那个和锦绣传出绯闻来的原侯爷……

我越来越烦躁，最后得出一个结论：原家的男人都是自以为是，耍着人玩的浑蛋！

身后传来急促的马蹄声，素辉警惕地手搭凉棚向后看了看，我则沉浸在对原家男人的无限郁闷和痛骂之中。

“木丫头……”

一个再熟悉不过的声音传来，我的心莫名地雀跃起来。

是非珏！他来了……

我心中所有的郁闷一扫而空。我一下子跳下马车，素辉急着喊：“木丫头，别这样，想想我跟你说的！要是被三爷知道了，可有你好瞧的。”

可惜，他说的我什么也没听见，只见烟尘滚滚中出现了一骑，一个英挺少年，黑衣劲装打扮，端坐在极高大的骏马上。他红发披散，随风飘扬，如同天神一般，正是我朝思暮想的原非珏。我提着裙摆迎了上去。

正当我兴高采烈地小跑上去，在离我三百米远的地方，他口里仍叫着木丫头，却忽地向左一转，向西林去了。

我那个气啊……

花木槿啊花木槿，关键时候你怎么可以忘了原非珏眼睛弱视呢，同时又懊悔万分刚才没有出声引他过来。我的心一下子又沉入海底，再也浮不起来了。我绝望地坐在地上，满腔辛酸地大哭起来。

素辉叹了一口气，过来扶我起来，强拉着抽泣的我回马车上。马车摇摇晃晃地行在路上。我抽抽搭搭，脑中翻来覆去的便是那句：众里寻他千百度，蓦然回首，那人却在灯火阑珊处……

不，我再也找不到非珏了，非珏也找不到我了。

我闭着眼睛，在黑暗的车厢里默默流着泪水。过了一会儿，马车停了。

想是到西枫苑了吧。我懒洋洋地挪动身子，掀了帘子出来。

迎面一匹乌油油的高头大马，马上一个衣服被剐得破破烂烂的红发少年，满脸汗水，惊喜万分地看着我：“我追上你了，木丫头。”

我愣在那里，不敢相信这是真的！他一把将我掠上他的大黑马跑开了。一开始素辉在后面大声叫着“木丫头快回来，三爷知道了，你可完了”之类的，后来慢慢就变成了“木丫头快来救我”。

我扭头望去，原来以阿米尔为首的一帮少年将他团团围住了。

原非珏终于停下了马。正是樱花林中，可惜樱花已全凋谢了。

他放我下地，紧紧地抱着我："木丫头，木丫头，你可想死我了。那个可恶的三瘸子，他就是不让我见你。"

他在我耳边喃喃说着，我的眼泪又流了出来，满心欢喜又酸楚地伸出双臂想抱住他，想起碧莹，我却又心中一疼，放了下来，委屈道："你不是有碧莹了吗，还想着我做什么？"

他拉开我一段距离，疑惑道："莹丫头？莹丫头怎么了？关她什么事啊？"

还狡辩？我的泪流得更凶："你不是已经把碧莹收作你的通房丫头了，还要装蒜？原非珏，你有了一个碧莹还不够，还要来骗我！你欺人太甚……"

我挣脱他的怀抱，委屈地哭泣着。我很少在人前这么大哭，更别说是在原非珏面前了。

他一开始慌乱异常，后来终于明白了我的意思，脸涨得通红："我、我、我哪里将她收房了，你、你有何凭证？"

你个臭流氓，这种事难道还要我拍下来做凭证吗？我指着他伤心欲绝："你个下流东西，碧莹脖子上的吻痕不是你做的，又是谁做的？"

原非珏对我瞪大了眼睛，脸红脖子粗地站在那里半天，就在我以为他是做贼心虚说不出话来时，他极其认真地问出一句："何谓吻痕？"

我拿着帕子，正哭得稀里哗啦的，听到这里，呆呆地望着他。这下流坯，都开苞了还不知道吻痕为何物，这未免也太离谱了吧。

忽地扑哧一声笑传来，树上落下五个少年。原非珏的脸色相当尴尬，正要发作，阿米尔跑过来，在他耳边耳语一番，他的脸可疑地红了，问道："这玩意儿就叫吻痕？"

阿米尔忍住笑，抽搐着脸点了点头，又跳回原位，和那四个少年站成一溜，在三步之遥处望着我们。

原非珏想了想，冷冷道："把衣服脱了。"

我立刻抱住自己，后退三步，恨恨道："下流坯！"

原非珏红着脸看了我一眼，轻声道："我没说你，木丫头。"然后转身吼道，"阿米尔，你给我过来，把衣服脱了。"

阿米尔慢吞吞地过来，赔笑道："主子，你要我脱衣服干吗？"

"叫你脱你就脱，哪那么多废话。"

"少爷，木姑娘可是有名的女色魔啊。"阿米尔看着我，小心翼翼地说。

啊呀，死小屁孩。

“你胡说什么？圣铁券在此，你还不快脱！”原非珏急了，从怀中掏出一块铁牌，上面写着我所不认识的突厥文。

阿米尔立刻将上身脱个精光，红着脸，双手环抱胸口，在原非珏的喝令下，才勉为其难地放下手，露出没多少肌肉的结实平整的少年身体，还一边恼恨地看着我。

看什么看，你又不是女孩，有什么不能露点的？而且你的身材就一挂排骨，毫无看头，还带着几许红痕作点缀。嗯？红痕？

我觉得有些不对劲，看向原非珏。他面无表情地一指“标本”阿米尔，解说道：“韩修竹那老匹夫养金不离和七星鹤做护苑阵法，而我的玉北斋里则是阿米尔他们十三人的战阵。最近果尔仁正在试验玉针蜂，那玉针蜂不怎么好打理，有时也会叮上自己人，奇痒难熬，如果没有解药，不出三刻就毒发身亡了，所以前儿个刚毁掉所有的玉针蜂，玉北斋里人人都有你以为的那个劳什子吻痕，我身上也有好多。”他停了停，看着我的眼睛，有点僵硬，又似带些期许，“你……可要我也脱了……衣物……给你看？”

一时间，我惭愧得无地自容，讷讷道：“不、不用了，是我错怪你和碧莹了。”

偷眼望去，原非珏还是面无表情地看着我。我第一次看到他这么严肃，真的生气啦？

一阵风吹过，所有人沉默着。袒胸露乳的阿米尔终于忍不住了，强自镇定地问道：“主子，我能穿上衣服了吗？”

“穿上吧，你们都退下！”原非珏冷着脸点点头，然后向我走来，轻轻执起我的手，吟道：“霁霭迷空晓未收。羁馆残灯，永夜悲秋。梧桐叶上三更雨，别是人间一段愁。睡又不成梦又休。多愁多病，当甚风流。真情一点苦萦人，才下眉尖，恰上心头。”

我的泪又流了出来，心中却全是甜蜜的醉意，看着他的深瞳道：“红藕香残玉簟秋，轻解罗裳，独上兰舟。云中谁寄锦书来，雁字回时，月满西楼。花自飘零水自流，一种相思，两处闲愁。此情无计可消除，才下眉头，却上心头。”

原非珏一脸狂喜，双目闪烁着激动：“木丫头，你可知我想你想得有多苦啊。”

我俩紧紧相拥。这时，一个苍老的声音传来：“少主，女皇所赐的圣铁券是为了十万火急调兵之用，您却为了一个妇人而轻易亮出，实在让老奴失望。”

原非珏放开了我：“果尔仁，我意已决。你以前不也说过，木丫头早晚是我的人吗？”

果尔仁的脸冷如寒霜：“少主，今时不同往日，这位木姑娘现在已是西枫苑的红人，三爷对她宠爱有加。岂不知，天下传闻木姑娘要一根羽毛，踏雪公子便八百里加急令其门客在一时三刻之内广搜得天下珍禽华羽献于佳人眼前，只为博佳人一笑吗？”

原非珏脸色一灰，而我满心惊诧。原非白真的是就为我要一根羽毛做鹅毛笔，而下令其门客为我搜集珍禽华羽吗？他为何要让天下人都知道这件事，这不是将我置于炭火上烤吗？

原非珏冷冷一笑：“那又怎样，他能给的，我照样能给木丫头。”

果尔仁冷冷道：“少主是大突厥帝国未来的皇帝，荣登大宝之时，美女唾手可得，何必着迷于这样一个女子，”他看了看我，仿佛也是为了让我自己心里明白，继续毫不避嫌地说道，“木姑娘虽也是个可人儿，但相貌、脾气及德操如何比之咱们园子里的碧莹？而且现在少主眼睛不好，心智也未完全恢复，等过一阵子，武功大成之时，看清这天下美人如何销魂艳色，那时若少主对木姑娘失去兴致，又让木姑娘如何自处？”

我终于明白了原非珏的眼睛和痴儿的问题了，原来是练武功所致，什么样奇怪的武功要让他以牺牲光明和智慧去苦练呢？

果尔仁又字字句句在提醒我，他想让碧莹做原非珏的枕边人。

是啊，论相貌，碧莹比我漂亮得多；论脾气，碧莹也比我温柔顺从得多；论德操，碧莹为了救我而欲撞墙自尽……

而原非珏练武的秘密必是玉北斋不传之秘，今日里说出来，是想我出不了这个园子吗？我的心紧紧揪了起来，慢慢松开了握着原非珏的手。

没想到原非珏却一把抓回我的手，对我轻笑道：“木丫头，你想撇下我吗？”

我的眼泪流了出来。他怎么会知道我的心事呢？他不是又瞎又痴的吗？

他的双瞳绞着我的眼睛，坚定地说道：“你记着，木丫头，休想撇下我。即使是死，你也不能撇下我。”

他对我笑弯了那双好看的双眸，轻轻用另一只手抹去我的泪，拉着我走向果尔仁，静静说道：“果尔仁，你所说的句句言之有理，为了练《无泪经》，我的确双目不识一物，只能勉强识些事物的影子轮廓，有时做事也控制不了自己，回首想想甚是荒谬可笑。”

我心中一动，真没想到，令奸细们疯狂搜索的《无泪经》却是在原非珏的手上，而且人家都快练成了！

原非珏自嘲地笑笑，继续说道：“君人者，诚能见可欲则思知足以自戒，将有所作则思知止以安人，念高危则思谦冲而自牧，惧满溢则思江海而下百川，乐盘游则思三驱以为度，忧懈怠则思慎始而敬忠，虑壅蔽则思虚心以纳下，惧谗邪则思正身以黜恶，恩所加则思无因喜以谬赏，罚所及则思无因怒而滥刑。总此十思，弘兹九德，简能而任之，择善而从之。则智者尽其谋，勇者竭其力，仁者播其惠，信者效其忠。文武争驰，君臣无事，可以尽豫游之乐，可以养松乔之寿，鸣琴垂拱，不言而化。何必劳神苦思，代百司之职役哉！”他停了停，看着果尔仁清朗笑道，“你乃突厥名臣，辅佐两代君主，见多识广，不知以为如何？”

果尔仁听得愣了半天，激动地说道：“少主博闻广深，刚才所言，老臣亦不能明其智，若先王能有此胸怀，何以有佞臣乱国，分裂至东西二处，至今不能一统？臣泣喜，突厥何幸，少主将来必是有为之君也。”

我却呆住了，这不是我告诉过他的魏征的《谏太宗十思疏》吗？

很久很久以前，我还和碧莹住在德馨居。有一次原非珏又迷路到这儿，我正在河边浣衣，他就一边笑嘻嘻地帮我胡乱搓揉着衣服，一边和我一起蹲在河边乱侃。我已记不清说了些什么，使我们扯到治国之道上。他在那里胡吹，说要一统东西突厥，攻下契丹，称霸西域，顺道吞并大庭朝，然后还要进军南诏，让原非白给他做马夫、韩修竹给他扫地什么的。那时我心中自然想，你就吹吧，反正吹牛又不上税，可嘴上还是忍不住问道：“若珏四爷真的做到这些，天下大定之后，又该如何呢？”

当时十二岁的原非珏一愣，道：“自然是再去不断地拓宽疆土啊。”

这个战争狂人！我笑笑道：“战乱不休，百姓疲惫，长久必反。”

他歪着脑袋想了一阵：“那、那就守业。”

我问他：“如何守业？”

他掰着手指头半天，也就支支吾吾说出个减赋来。我一时骄傲，便说出《谏太宗十思疏》，他在那里听得嘴巴半天没合上，我就哈哈笑着回屋了。等我回头时，他依然蹲在那里看着我。

没想到啊，这个原非珏才是紫栖山庄里演技最好、最可怕的人物。

我幻想着自己用奥斯卡的小金人狠狠砸倒他……

我恼怒地瞪着他，而他不好意思地对我一笑，然后转头，面色一正说：“果尔仁，你错了，刚刚那番妙论，不是我说的，正是眼前这个你认为德貌皆属一般又奸猾的花木槿所发。”

果尔仁怀疑地看向我。

原非珏继续道：“莹丫头为救义妹舍身赴死，我也万分敬佩，是以礼遇有加。然则木丫头为了照顾莹丫头，以此等才华，躲在那破败的德馨居，辛勤劳作整整六年，又是何等高义？所谓天下之美，非珏以为不过是表象幻境，过眼云烟罢了。人生得一知己足矣，更何况我的知己是像木丫头这般七窍玲珑、胸怀宇宙之人，非珏此生当是无憾。”

我抬头仰望着他，他正好也转过头来，对我微微一笑。阳光照在他俊美的脸上，反射出一轮灿烂的金色光环。我这才感觉到，原来我从未发现他如此高大。

我想，那就是所谓的帝王霸气。

第十四章

笑展花姑子

夕阳西下，整个世界沉浸在绚烂的霞光之中。回到了西枫苑，我哼着《鬼迷心窍》，快乐地跳下车，醉在无限春风里。满头包的素辉恨恨道："你就等着三爷罚你吧！"

我手中紧握一个布偶，这是临走前，原非珏从怀里掏出来给我的。这是他和那些少年逛街市时发现的，少年们都说这个布偶长得像我，连碧莹也说像，便买来送我。

真的很像耶。这个布偶还和我一样后脑勺扎个大辫子。正当我满怀欣喜地接过时，他却乘机在我耳边轻声道："千万小心原非白。"

我想要问他一系列重要问题，比如他的眼睛是不是和他的智商一样时好时坏，他几时喜欢上我的，他知道我长什么样吗，什么时候他在骗我，什么时候他又是在说真话。他却一本正经地对我道："好木槿，以后你想要看男人的身体，就看我的吧，千万不可去偷看别的男人的，啊？"

于是这一极其美好浪漫的时刻被彻底打破了。我在那里目瞪口呆，认真思考他是否又开始智商紊乱，还是在故意调侃我。他立即化语言为行动，潇洒地扒光了上衣，露出健美的胸肌和腹肌，摆了个pose，骄傲而认真地问道："木槿，我的身体比之三瘸子的如何？"

我木然地看着他。

不管怎么样，爱情中的女人是盲目的。即使面对残暴冷酷的原非白，一想起原非珏，我心中的恐惧也立刻烟消云散。

不过好像还是有一点点怕原非白，我对素辉嘻嘻笑着："你别告诉三爷不就结了？"

素辉冷冷哼了一声，安置了马匹，就要往回走。我慢吞吞地跟在后面，凉凉道：“如果你告诉三爷，我就告诉三娘你偷看春宫图。”

果然，素辉停了下来，转过身来，咬牙切齿道：“你这个坏丫头、丑丫头。”

我嘻嘻笑道：“那我们成交了，坏小子、丑小子。”

素辉挥着拳头向我冲来，我哈哈乐着往里跑，险些撞上迎面走来的谢三娘。素辉立刻收起了拳头：“娘、娘，您别苦着脸，是、是木丫头先惹我的。”

谢三娘没理他，只是叹了一口气，拉我到一边，轻声道：“姑娘快去看看三爷吧，今儿个三爷心情不太好。”

啊！这么快就知道我和原非珏私订终身了？内奸是谁？原非珏好像知道他的少年里面有内奸，难道他们哥俩喜欢搞无间道什么的？

我迷惑道：“三爷不是今天有贵客来访吗？”

谢三娘看看我的脸色，小心翼翼地说道：“那个客人好像是个女的。两人在赏心阁谈了很久，然后那个女孩走了，三爷心情就很不好。”

我愣了一下。闹了半天，原来他是为了个女人啊，没准儿就是那个叫悠悠的吧！

我正要追问下去，素辉冲上来说：“娘，您这么多嘴做什么，快让木丫头去见少爷吧。”

我来到梅园时，原非白正靠坐在一棵老梅树下，一腿平放，一腿支起，静静地望着夕阳下波光粼粼的莫愁湖。他好像真的很不高兴啊。

被天下人炒得沸沸扬扬的珍禽华羽，他的微笑，还有他那个亦真亦假的吻，果然是在骗我。一个男人去刻意讨好某个不喜欢的女人，一般有两个理由，一是那个女人身上有利可图，二是为了做戏。

本人一穷二白，长得又一般，所以第二种可能居多。表面上原非白让所有人都感到他对我宠爱有加，其实是在掩护某个人吧！

坏小子，不管你和你的女人有多少苦衷，爱得有多深，也不应该利用我移祸江东，以后我可怎么出门呀？一出门一准就被你的少女fans团泼硫酸，被采花贼乱刀砍死……

我暗自气恼，哼了一声，仰头高傲地甩辫子走人。不想韩修竹忽地闪了出来，大声笑着对我说道：“木姑娘，你可回来了，少爷等你多时了。”

我的脸抽搐着。他如果真是在等我，我“花木槿”三个字就倒着写。

我看向他，他头都没回，依然看着湖面，慢慢开口道：“木槿，过来陪我坐一会儿。”

我踟蹰不前，韩修竹却笑说：“姑娘别让少爷等了，快去吧！”

我嘟着嘴，心不甘情不愿地走过去，抱着膝坐在原非白的身边。

他不说话，我也懒得和这种人说话，两人一同欣赏着湖光山色，想着各自的心事。

夕阳渐落，那晚霞更是五彩缤纷，像是打翻了神的颜料瓶，映得天边绚丽无比。我起身道：“三爷，天晚了，我扶您回去歇着吧。”

我刚站起来，那个布偶就掉了下来，原非白快我一步拿在手里。

坏了！

他的脸一半隐在夕阳的阴影中，另一半脸看起来异常冷然而惨淡。他看着那个布偶，出现了一丝奇怪的表情：“这是什么？”

我嘿嘿笑了两声：“这是、这是我的三妹妹，叫花姑子。”

我尽可能自然地从他手上抽出来布偶，他的目光却冻得我直打哆嗦。

我拿着布偶在他面前晃了两晃，学着小叮当的声音道：“原非白少爷，幸会、幸会。”

他看看我，然后飘忽地对着花姑子一笑：“花姑子，你为何和你的木槿姐姐长得一样丑呢？”

这个布偶很丑吗？不愧是素辉的主子，原非白，你终于吐露了你真正的心声了，你终于表现了你只重视外表的肤浅本色了，哼！

我在心中冷笑数声，继续用小叮当的声音说道：“三爷，我虽然很丑，但是我很温柔的，而且还上知天文，下知地理，学富五车。三爷心中好像有个解不开的疙瘩，不如说出来，让花姑子来帮你吧。”

说吧，说出来吧。原非白你就认真交代你利用你的外表，欺骗纯真少女的犯罪经过，坦白从宽，抗拒从严，当然也好让我有理由快乐而幸福地跳槽到非珏那里去。

然而，他对花姑子好像失却了兴趣，转过头继续看夕阳，不再理我。

我胡思乱想着，莫非那个女孩真的是悠悠，而原非白是单相思，刚刚被甩了？敢甩原非白的人可不多啊！还是那悠悠是有夫之妇，原非白和人家私会，被捉奸在床，所以极度郁闷？

就在我决定离开他时，他忽地出声：“花姑子，给我讲个故事吧！”

啊？讲故事？我想了想，在他对面坐下：“那花姑子就说一个小美人鱼的故事吧。很久很久以前……”于是我扔给他一个安徒生童话《海的女儿》。

在海的深处，水是那么蓝，像最美丽的矢车菊花瓣，同时又是那么清，像最明亮的玻璃……

海王最小的女儿要算是最美丽的了。她的皮肤又滑又嫩，像玫瑰的花瓣；她的眼睛是蔚蓝色的，像最深的湖水……

那致命的邂逅，令小美人鱼坠入情网。为了爱情，她舍弃了安适的仙界生活和三百年的寿命，失掉了美妙的声音。她忍受了鱼尾裂变的巨大痛苦，忍受着每走一步就像走在刀尖上一样，义无反顾地来到了陆地，陪伴她心爱的王子。

前世我参加过讲故事比赛，荣获二等奖，然后做过话务工作，深谙如何用声音蛊惑人心。这一世的声音又清脆动人，于是原非白从心不在焉，慢慢变得专注起来。

很久没有讲这个故事了，想起小美人鱼面对残酷的选择，故事所反映的人类伟大灵魂、坚韧不拔的意志和自我牺牲精神，自己也有些感动。

当我说到美人鱼面对选择，她会杀死根本不爱她的王子，重新回到大海怀抱，继续无忧无虑地生活，还是化作海洋里的泡沫，以拯救她心爱的王子时，我卖了个关子，问原非白，如果他是小美人鱼，该做出什么样的选择。

原非白认真地想了想，然后道出下列问题："若我是那小美人鱼，我爱那王子至深，何不一开始就叫那女巫施法，让那王子爱上她？何必变成人类，受尽苦难，反倒一事无成？还有，我既是海王的女儿，那海王必定手下能人异士甚多，亦可想办法逼那个施法的女巫再施个法术，将那美人鱼救回海中便是，何苦定要去杀那王子或是化作大海里的泡沫呢？"

我绝倒在当场。他不愧是六岁能诗、十岁善射的神童，这想法亦是高人一筹。明明是感人的时刻，他却极度理性，毫无浪漫可言。回顾一下我的朋友圈里，和他一样的回答，也就只有宋明磊了。

说到这里，我向大家交代一下我其他的亲朋好友的抉择：

碧莹热泪滚滚，泣不成声："我、我一定要救那王子，便是化作泡沫，亦不会后悔。"然后旧病复发，躺上一两个月不稀奇。

锦绣嗤之以鼻："我是断不会让自己变成泡沫去成全那个蠢王子的，杀了他，一了百了，再占了他的王国，岂不快哉？"那一天我反思了很久，觉得我这个做姐姐的相当失败。

宋明磊轻笑，和原非白差不多的反应，反问我一大堆问题。

原非珏呆滞，长吁短叹，疾步来回走几圈，看看我，然后再呆滞，再长吁短叹，再疾步来回走几圈，最后忧虑地问道："变成泡沫后，还能再变回来吗？"

于飞燕虎目含泪，紧紧握住我的手："四妹何处听来此等惨烈的故事，实在发人深省。大哥定要结交那写故事之人。那还用说吗？若大哥是那小美人鱼，定是要成全自己心爱之人，只是即便化作泡沫，亦要守在那王子身边，看着他幸福生活。"当时我感动地点头，心想安徒生在这个时空也算是有知己了。

我收回思绪，笑着看向原非白，说出了美人鱼的选择。最后她变成了海上的泡沫，却拥有了一个完整的灵魂，得到了前往天堂的机会。

我开始循循善诱：“三爷说得好。对于这个故事，木槿以为最重要的是让人们知道爱的意义。爱情是世上最甜蜜的美酒，让人沉醉，亦是最烈性的毒药，让人生不如死。若爱是可以用法术施来的，若小美人鱼能去向她的父亲求救，那岂能叫作真爱？一旦你陷入情网，便有很多的后果要去承担。你的选择可以改变你的人生，也能改变对方的人生。如果小美人鱼选择杀死王子以自救，木槿以为那是很正常的事，因为那是求生的本能。但若是她这么做了，即使回到大海里，窃以为她也变不回那个无忧无虑的海公主了，所以木槿能理解她为何愿意变成泡沫。这也是一种成全，成全了她的爱人，也成全了自己。”

所以说，原非白，你要想明白，早一点放了我，自己快点变成大海的泡沫，也好成全我和非珏。

我再一次站起身，拍拍尘土，向原非白柔柔微笑着伸出手。他的眼神渐渐聚焦，散发出凌厉的神色来，我的笑容僵了下来。

他忽地一把抓住我的手，把我拉入他的怀抱，吓得我的心脏几乎停止了跳动。

“木槿，你想来对我说教吗？”他的声音轻轻柔柔，我却觉得是来自地狱，悔不该告诉他这个故事。

我艰难地咽了一口唾沫，强笑道：“这是花姑子说的，不是我说的。”

他凝注我许久，终于轻笑一声，在我耳边喃喃道：“木槿，永远不要背叛我……”

这人真不讲理，明明背着我和别的女人幽会，还来对我说不要背叛他？

我抬起头正要抗议，暮色中，对上他明亮的眼，只听他继续说道：“不然我让你变成大海中的泡沫。”

“好，三爷，”我从善如流，“不过在你把我变成泡沫以前，我们能先回去吗？我都快饿死了。”

原非白的眼睛眯了起来，我意识到我又说错话了。

他不悦地瞪了我一眼，放开了我，唤了声韦虎，韦虎就推着轮椅过来了。

走在回去的路上，我在他身边打了一个哈欠。他乘机从我手上抢过花姑子，对我说道：“我很喜欢花姑子讲的故事，就把她送我吧。”

我把花姑子又抢过来：“那可不行，三爷，她是我妹妹。”

给你？开玩笑，这可是我和原非珏的定情信物。

“你人都是我的了，你的布偶妹妹自然也是我的。”他懒洋洋地说着，像无赖一样又抢了过去。

韦虎瞪大了眼睛。

于是一路上，我们两个人一边聊天，一边抢夺花姑子。我怕他把可怜的花姑子给抢坏了，便在我一轮夺得花姑子后，提着裙子往前小跑了一阵，大笑着回头："三爷，我问过花姑子了，她说不愿意跟你。"

原非白哦了一声，一手支额，优雅地对我轻笑道："那是为何？"

"花姑子说，三爷不是好人，所以她不愿意跟你。"我大声说道。

原非白忽地大笑出声："我如何不是好人了？"

韦虎同志的眼珠子都快瞪出来了。

我也哈哈大笑："三爷自己想吧！"

我又度过了悲欢离合的一天。玉兔悄悄从云中钻出，细细看着西枫苑。

月光下，原非白对我高深莫测地微笑着。

第十五章

踏雪倾天下

天气渐渐热起来。谢三娘早已为我准备了好多夏季的衣衫。这一日我换上了碧绡水纹裙，正想歇个午觉，谢三娘忽地唤我前往莫愁湖的湖心小岛，给原非白送上冰镇莲子羹。

我顶着大太阳，来到湖心的亭子时，原非白正在专心致志地画画。他只着一件家常如意云纹的缎子白衣，乌发也只用一根碧玉簪别着，却依然飘飘若仙，一身贵气。韦虎照例在旁边伺候着。

“三爷，莲子羹来了，您先歇一歇，喝一点消消暑再画吧！”我放下汤盅。

原非白听出是我，抬起头，对我微微一笑：“我就说是谁这么大嗓门，果然是木槿，快快过来吧。”

讨厌，把我说得跟菜市场大妈似的。我瞪了他一眼，走过去，依言坐在他的身边。

这一个多月来，他的心情好像好了许多。自从上次他听了《海的女儿》，他开始对花姑子的故事产生了浓厚兴趣，于是我挖空心思把记得的《格林童话》《安徒生童话》《一千零一夜》《聊斋志异》等古今中外故事一个一个说给他听。

一开始也就是茶余饭后偶尔为之，素辉只有在这时才很真诚地称我为木姑娘，韩先生和三娘渐渐加入了我们，后来我发现韦虎亦站在门外认真听着，他看我的眼神也渐渐由防备轻视变得温和了些。

素辉喜欢听圣斗士星矢、葫芦娃之类的热血青春故事；三娘则不厌其烦地让我一遍遍讲述芳汀的悲惨故事，即便每每令她潸然泪下。韦虎总是红着脸问我像玛普尔小姐这样聪慧的女神捕为何一辈子没有成婚。

说实话，我之所以愿意一箩筐一箩筐地讲故事，是因为真心喜欢原非白听故事时的神情和看我的温柔眼神。即使他会提些让我无法回答的问题，比如说睡美人的父母为什么不早点把睡美人嫁出去；小王子为何不带上驯养的狐狸一起回去呢，何苦流下羁绊的泪水云云，但他至少不再是那么冰冷、阴沉，令人害怕接近。

出于母性本能，我有时也想，如果我和原非白早些认识，我能早些告诉他这些真善美的故事，还给他一个真实幸福的童年，那他是否会更快乐些呢？

他接过莲子羹，慢慢喝起来。我看向他的画，只见画中有一湖盛放的荷花。不愧是当世著名才子，当真是笔墨宛丽，气韵高清，巧思天成。他的设色以浓彩微加点缀，不晕饰，运思精微，变幻莫测，神气飘然。

我不由得看向原非白，真心赞道："三爷画得真好。"

估计是听多了这样的赞颂，他仅是淡淡一笑："这画中，你可看见你了？"

哇，他竟然把我比作这满湖荷花了！如此清新高洁！朕心甚慰啊！

我正自我陶醉地看向他，他却用纤长玉手慢慢一指画里湖中戏水的那一群鸭子，还是最小、毛最稀少的那只……

我的笑容一下子垮了，他却朗笑出声。这个讨厌的原非白，我有时是自作多情了些，可你也不用这么消遣我。

我不悦地站起身来正要走，他却拉住我："真生气了？木槿，我是逗你玩儿的。"

我又坐了下来，瞪着他。他愉悦地笑着："好木槿，别生气了，来，替我题字吧。"

哼，敢笑我是丑小鸭。我一生气，抽出一张纸，掏出鹅毛笔写道：

水陆草木之花，可爱者甚蕃。高人隐士者独爱菊；自盛世以来，世人甚爱牡丹。予独爱莲之出淤泥而不染，濯清涟而不妖，中通外直，不蔓不枝，香远益清，亭亭净植，可远观而不可亵玩焉。予谓菊，花之隐逸者也；牡丹，花之富贵者也；莲，花之君子者也。噫！菊之爱，当世鲜有闻；莲之爱，同予者何人……

写完，我这才发现他早已收了戏谑之笑，非常认真地念着这一篇周敦颐的《爱莲说》，眼神中那凌厉的锋芒又现。

坏了，这是我第一次向他展示我的文学才华。

他慢慢抬起头，莫测高深地看着我。

天气实在太热了，我的汗水直流。我拭着额头，站起来端起茶盅："三爷，我再给你端一碗吧。"

"不用了。"他收回目光，又恢复了温雅，对我笑道，"木槿写得真好，光潜的诗词已是流传甚广，不想其妹的文才亦是如斯高绝。”

现在如果再说是宋明磊作的，似乎又太唐突了些，我只好不安地道：“三爷谬赞，是木槿献丑了，木槿如何能和宋二哥相提并论？”

我想取回我的鹅毛笔，他却拿在手中细细端详着：“我以为你要羽毛做什么，却原来是为了做这样一支……笔。”

他给我的那些漂亮羽毛中，我最中意天蓝与鲜黄相间的那支羽毛，所以用它做了这支长长的羽毛笔。他试着用我的鹅毛笔写了几下，点头道：“果然巧思妙想，你是如何想到的？”

“嗯，木槿以前在建州老家，有时同村大叔搭船下西洋，带回来些稀奇玩意，木槿的毛笔字又差，就央爹爹帮我买了下来。”

这是实话。

他眉头一挑，对我微笑，然后认真地用他的毛笔在画上题下我写的那篇《爱莲说》，只是写到“莲之爱，同予者何人”时，在后面悄然加上“墨隐是也”，而墨隐正是原非白的字。我一惊，正要出口相阻，他已写完，并叫我过来题上落款。

你这个浑小子，这幅画和这《爱莲说》若是流传出去，你是不是又想我被你的fans砸死，好掩护你的梦中情人啊！

我慢吞吞地过去，慢吞吞地题上我的大名。然后心中一动，对原非白露出崇拜的眼神，说道：“三爷，木槿实在喜欢这幅画，您能送给木槿吗？”

他深深看了我一眼，出乎我意料，他粲然一笑：“木槿既然喜欢，那就让素辉将此画裱了，你好生收起来吧！”

太好了，我长嘘了一口气。我柔声谢过原非白，然后眨巴着眼睛，做受宠若惊状，满心欢喜地再去看那幅画。说实话，他画得真好，等他的绯闻过了，想办法让宋明磊帮我把这落款给去了，然后再拿到市面上去卖了。踏雪公子的得意之作，必然是一本万利，价值连城啊！然后再拿这钱去请宋明磊和碧莹吃一顿，剩下的就存到钱庄里……

我胡思乱想间，一股灼热从我的腰际传来，原来我没提防，原非白的手不知何时悄悄环上我的腰。我大惊抬头，原非白却乘机吻上我的颈项：“木槿，你真香。”

我啊地惊叫一声，这小子莫非热昏头了？我推着他的胸膛：“三爷，你、你……多想想那只丑鸭子。”

他根本不理会我的挣扎，只是在我耳边喃喃地说：“予独爱莲之出淤泥而不染，濯清涟而不妖。”

酥酥麻麻的感觉连同无边的热意，传遍我的四肢百骸。我向四周看去，哪里还有韦虎的影子？

“三爷，光潜的飞鸽传书来……”韩修竹兴冲冲地进了凉亭，撞见这偷香窃玉的场面，自然是尴尬地住了口。

原非白总算放开了我，我窘得满面通红，跳起来就想走，他却像没事人似的，硬环着我的腰，继续逼我挨着他坐下。浑小子，你也不嫌热！

原非白自如地道：“韩先生，但说无妨。”

韩先生迟疑地看了我一眼，然后说道：“恭喜三爷，光潜的计策果然奏效了。他挑选了二十名绝色美女给南诏的光义王，又拿出二十万两银子给南诏左丞相苏容，南诏昨日退出了鄂州城。”

啊，宋明磊果然采用了我的计策。

原非白面露微笑：“好一个宋光潜！明日他便前往洛阳吗？”

“正是。”韩先生又看了我一眼，“三爷，您可要即日起程去洛阳诗会，然后与光潜会合？”

“不错，劳烦韩先生替我打点一下。”

韩修竹临去前古怪地看了我一眼。原非白对我微笑道：“刚才是我唐突了，木槿可怪我？”

我根本不敢看他的眼睛，很没用地红着脸，摇了摇头。

他抬起我的下颌，温柔地看着我，真诚地说道：“我本欲带你一起去看看洛阳名胜，只是又怕你的身体经不起这一路上的劳顿，而且那会诗访友只是其次，我欲笼络些文人大儒，为原家造些声势，恐是无暇带你四处游玩，这也是你宋二哥的妙计。望你见谅。”

我点头称是，然后一溜烟逃走了，身后传来原非白的朗笑声。

那一夜我失眠了。

原非白不在的这段时间，我在西枫苑和玉北斋之间出入自由，但原非珏却又和果尔仁神秘失踪了，我只好和碧莹整天比着小忠的传信快，还是西枫苑的飞鸽传书更快些。事实证明，两方人马在传信方面是一样快的。

永业二年五月十九，南诏接受了庭朝的议和，得了无数的钱财布帛、美女宫娥，又将鄂州城抢掠一空，于五月二十五正式撤出鄂州城，原家的危机得以解除。

六月初一，一向不参与原氏与窦氏党争的清流一派礼部尚书陆邦惇提出关于扩建皇家书院的提议，意外地得到了原氏的支持。一向崇文的孝敬皇帝亦是对这个提议表示赞同，窦氏却担心国家要支付巨额的战争赔款，国库空虚，无力建造学院，因而对于此项提议竭力反对。原氏声称国家有难，匹夫有责，主动把庐陵府的老宅让出，并提供三分之一的书帛费用。孝敬皇帝龙心大悦，当即赐名大义书院。

从此，清流一派开始明显偏向原氏，忠显王及长公主进出皇宫的自由得以解禁。

六月初六，大庭皇朝一年一度最大的文人集会——洛阳诗会，又名“六六文会”，如期在风景瑰丽的洛阳城召开。这次诗会盛况空前，因为迎来了京都的几位贵客，风流王爷——忠显王原非清，及素有“京都清泉”之称的清泉公子——宋明磊的到来。

然而，最让广大儒生疯狂的是四大公子之首——踏雪公子原非白的出现。

如果说驸马原非清的光临，显示了原家对当代大儒的支持，宋明磊的出现，表明了原家对各文学流派的友好，那么原非白的到来，则是一种征服，他征服了整个洛阳城，征服了整个大庭的笔杆子。

在那个时代，文人士大夫之流往往流行峨冠博带、高屐宽衣。而原非白依然是一根玉簪束发，白衣飘飘，不以显赫的家世压人，亦不以双腿残疾引人垂怜，谈笑间，锦绣文章脱口而出。原非白本就成名甚早，叔父辈的名人自然对他大力夸赞，而年青一辈见识到他的绝世风采，立时倾倒。他的每一首诗词都流传甚广，小至井边打水的妇人，大到当今皇帝皆能念出他的几句成名诗句。但凡原非白出入街市，洛阳老少人人皆争先恐后地群以围之，皆以能一睹其绝代风华为傲。城中不论男女，皆争相仿效其举止打扮，玉簪的价格一夜之间暴涨数倍，供不应求。一时间原非白成了大庭文化时尚的代言人，而原氏在文人心中擅权专政的粗暴武人形象开始改变，舆论走向开始因为小五义的妙计以及原非白的风采而渐渐导向了原氏。

我看了忍俊不禁，和碧莹笑得肚子都痛了。谢三娘在月圆之夜翻出原非白亲自画的谢夫人遗像，在后院设祭坛，含泪向谢夫人祷告说三爷助将军成就大业指日可待，如今又有了木丫头在旁照应，夫人在天有灵，当含笑九泉。

她强拉着我给谢夫人上香，当时我只是在心中赞叹那画上的美人如此衣带当风，栩栩如生，可见画功之高，然后目瞪口呆地发现那画的落款年代，竟是辛丑年。今年是己酉年，也就是说这幅画是原非白十岁时画的，果然是当世神童。

我心中一动，这也就是谢夫人去世那一年他为她画的吧！不由得心中恻然。

我只好硬着头皮向谢夫人磕了个头，暗中祝祷：谢夫人，您可以安心而骄傲地去了。您的儿子是这么出色啊，他征服了整个大庭的学术界，总有一天他会征服并得到整个大庭皇朝的。希望您能保佑他早日站起来，有一天能开怀大笑，早日找到一个比我更好更美更爱他的女孩子来照顾他。说实话，您的儿子实在太有魅力了，我还真不知道我能抵挡多久。

这个念头一出现，我自己吓了一跳。我抬眼看向谢夫人的遗容，她只是在画里静静地对我温和微笑，好像活生生地站在我眼前。

六月二十，荷花开得更盛。热闹的蝉鸣声中，满面春风的原非白回来了，后面站着我久已未见的宋二哥，他在那里微笑着看我。

我满脸笑容地走向他，原非白却拉住我，叫我先去沏茶。

对，沏茶啊沏茶。趁原非白和素辉说话时，我对宋明磊悄悄伸出两个指头，他也背着原非白，歪头对我眨了一下眼睛，竖起了两个指头。

是我的错觉吗？宋明磊一向是英俊的，但在我的印象中他一向是羽扇纶巾、清澈如水的少年形象，如今他俊秀依旧，但嵯峨高冠下风流一笑，华服锦袍下衬得体格更是猿臂蜂腰。那轩昂的眉宇间竟然透着一种超越性别的艳丽？那种艳丽居然和那玉郎君有一拼！

第十六章

宫灯传情兮

原非白这次不但带回来宋明磊，还带来了几个年轻书生。他们看原非白和宋明磊的样子几乎跟看神没什么区别。

西枫苑很久没这么热闹了。我被谢三娘叫去帮忙，伺候着一大帮子人用过午饭，原非白便和他的一堆客人在前厅品茗。

我回到屋中，正想歇个午觉，宋明磊的声音从门外传来，我赶紧将他迎进来。

宋明磊拉着我的手，仔细地看看我，轻声道："二哥没用，让四妹受委屈了。"

我明白他是想起牛虻之祸来了，回首想想，也甚是可怕，只好强颜欢笑："二哥莫要再提，是木槿自己沉不住气，让人有了把柄可抓，倒是连累了碧莹还有众位兄妹了。"

他的双眸幽深如瑰丽的黑宝石，看着我难受地叹了一口气，忽地轻笑一声："将军知道了这件事，痛责了夫人一顿。夫人生了个女儿，取名非云，自是无法与大爷和三爷相抗，想必不会再为难我们了。妹妹不用担心。"

我点点头，迟疑地问道："锦绣和将军……"

宋明磊看着我，斟酌一会儿，道："木槿，你不用太担心，侯爷他……很喜欢锦绣，对她亦是很好。"

我心中难受。原青江，一个可以做她父亲的男人，真的能带给她幸福吗？她可是我唯一的亲妹子啊。

宋明磊拉我坐下："明日锦绣就会回西安，到时我做东，我们小五义在馆陶居聚首如何？"

"嗯！"我点点头，想到可以见到久违的锦绣，心情稍微好了些。

宋明磊自怀中掏出一个锦盒："这是为兄在洛阳为你买的礼物，也不知是否称你的心？"

我轻轻打开那锦盒，里面是一对镏金点翠花篮耳坠。我由衷赞道："二哥，这耳坠好漂亮，不如给碧莹吧！"

宋明磊挑眉微微一笑："放心吧，三妹的礼物，我都已准备好了。这是专门给你买的，来，二哥给你戴上。"

还没等我开口，他已弯腰取了一只戴上我的左耳，乘机在我耳边轻声道："木槿，这对耳坠里放的是雪珠丹，可解世间奇毒。你定要日夜戴在身上，以防原非白给你下毒。"

我心中大惊，宋明磊已绕到我的右边，大声道："看看，我家四妹现在总算不像个假小子了。"

我目瞪口呆。好你个宋明磊，莫非这是你的真心话？他又低声道："当初不得已，二哥求他照顾四妹。不想这西枫苑内暗道重重，而这世上万物历来便是墨者非墨，瑜者非瑜。原非白此人绝非等闲，四妹万万小心。"

我正要开口，他忽地拉开了同我的距离，对我笑道："木槿，可喜欢为兄的礼物？"

我看着他的眼，笑说："多谢四哥，这耳坠木槿好生喜欢！"

话音刚落，素辉的声音便传来："木姑娘，宋护卫可在你处？三爷打发人四处找他呢！"

宋明磊对我眨了一下眼，起身开门，春风一笑道："有劳素辉小哥了。"

素辉的眼中闪着崇拜的目光，连声道着客气，紧跟在宋明磊身后去了。

而我呆在那里，看着窗外，回味着宋明磊的话：世上万物，墨者非墨，瑜者非瑜……

他是在告诉我，原非白是个披着天使外表的恶魔，而我绝不能爱上这个恶魔，这些我都能理解……

我看着那一对漂亮的新耳坠，这耳坠中藏有雪珠丹。宋明磊为什么认为原非白要对我下毒呢？

在谷底，他偷留着鱼骨自卫，连我也防着。如果不是张德茂及时赶到，玉郎君就杀了我了。

我冒死救了他，他却用移祸江东之计来害我。

这几个月他有两次强吻了我，却从不坦诚相告他要保护的女孩是谁。

墨者非墨，瑜者非瑜……

而这西枫苑中暗道重重，他是在暗示有人可以从苑子外面进来杀我吗？

明明是火烧火燎的天气，我忽而觉得冷如冰窖。

“你可是有什么不舒服的地方？”原非白的声音忽地自耳际传来，我吓得跳起来。

“一个月不见，你爱发呆的性子一点也没变。”眼前是一张天人之颜，凤目正含着炽热凝视着我。

我愣在当场。经过洛阳诗会，他更是成熟自信，笑容也愈加飘逸出尘。这天使一般的美少年，为何想下毒害我？

他拿出手绢，轻轻替我拭着汗水：“都这么大姑娘了，为何不懂照顾自己，真让人不放心啊。”

我不着痕迹地拉下了他的手，强笑道：“恭喜三爷，这一次洛阳之行，旗开得胜了。”

他对我淡淡一笑，并没有回我的话，反而抓住我欲抽离的手，替我把脉，无奈道：“你最近疏于练武，还偷吃油泼辣子了是吧。”

我嘿嘿装傻：“哪有啊，三爷明鉴啊。”

事实是，自原非白走了之后，我和素辉总偷偷跑到玉北斋去找碧莹玩。赵孟林曾言，要彻底治愈我的旧伤，一定要修身养性，阴阳调和，不能吃辛辣之物。在西枫苑里把我给馋的，所以这一段时间，在碧莹那里，油泼辣子还真没少吃。

他不悦地瞥了我一眼，回头叫了声素辉：“拿进来。”

素辉应了一声，气喘吁吁地和韦虎搬进来一个半人高的大盒。我好奇地站了起来：“三爷，素辉和韦壮士在捣鼓什么呢？”

原非白一笑：“你二哥既在洛阳的宝玉祥专门为你订了这对耳坠，我这个做三爷的怎好空着手回来见你？”

啥意思？我疑惑地回头，只见素辉和韦虎已在我的床前支起一盏小巧精美的琉璃宫灯来。我这才想起，洛阳宫灯冠绝天下。

天渐渐黑了。我的房中一灯璀璨光明，灯中锦画慢慢转动，正是一幅美人戏蝶图。我深深地被吸引住了，好美！

素辉在外面狂喊着：“木丫头，快出来看看，三爷让我们把西枫苑里所有的灯都换作洛阳宫灯了，可漂亮了。”

我冲了出去。真的，西枫苑从来没这么明亮过。我和素辉到处蹦蹦跳跳地赏灯，红纱圆灯、六色龙头灯、走马灯、蝴蝶灯、二龙戏珠灯、宝塔灯、玉兔灯、仙鹤灯、罗汉灯等等。每盏皆造型款式不同，灯中的锦画、诗词每一盏也都不一样，却都是流行诗赋，名家作画。

一时间，西枫苑流光溢彩，灿烂生辉，我们好像身在元宵灯会一样。

我兴奋地回头，原非白正让韦虎推着出来，淡笑着问我："木槿可喜欢这洛阳宫灯？"

我开心地点着头，蹲在他面前："好喜欢，三爷，咱们苑子里这下好亮堂。"

他轻轻捋开我前额的一丝刘海，对我温和笑道："这下你不怕天黑了吧？"

我的心中柔情涌动。他是如何知道我怕黑，晚上总要点一盏灯才可入睡呢？

这时素辉过来拉着我四处乱逛，小嘴叽叽呱呱不停地说着这灯好看，那灯漂亮，连三娘也咯咯乐着。韦虎面带微笑，韩修竹抚须轻笑。

素辉大笑："你看，木槿，咱们家多亮堂啊。"

家？我心里一动。自从三年前听到消息，那场特大水患将建州夷为平地，花家村里的人全部失踪，家对于我和锦绣而言是多么遥远而奢侈的东西啊！

想起素辉说过，这世上只有西枫苑才是容得下我的家，如果真是这样，我又该如何走我的路呢？

还有非白，我该拿他怎么办呢？我猛地想起宋明磊的话，一丝阴影又掠过心头。这宫灯又是为了保护他心爱的人才做的吗？然而这又似乎太隆重了些，让我实实在在地有了被宠爱的感觉。我不由得偷偷扭头看向原非白，不想那个如玉似雪的少年也正在那里静静地凝视着我。

次日，我向原非白告了假。宋明磊亲自来接我，天知道我有多久没踏入西安城的街市了，更别说久病在床的碧莹了。

一路上，我和碧莹在马车里掀着帘子，极其兴奋地点评街景，活像两只聒噪的麻雀。难得宋明磊只是在那里看着我俩微笑。

来到馆陶居内，掌柜恭敬地迎我们入二楼雅间，里面早已坐着一个绝代美人。

那美人双眸若紫水晶灿烂，额上一点玛瑙血痣，一身名贵真青油绿色的怀素纱，内衬玉色素纱裙，右耳塞着米粒大小的一颗珍珠，左耳上戴着一串翡翠镶金长坠子，越发显得面如满月犹白，眼若秋水还清。她正是我许久未见的亲妹妹花锦绣。

我上前一把抱住她："你这没良心的小丫头，这么久了也不来封信，姐姐担心死了。"说着说着，我泪如泉涌。

锦绣慢慢环上我的双肩，亦是抽泣出声。过了一会儿，我们三个女孩子抹着眼泪坐下来。宋明磊忙着点菜，而我却急不可待地问锦绣，和原侯爷到底是怎么回事？

"是的，他们说的都没有错，我已是侯爷的人了。等夫人的孩子满月，侯爷就会纳我做如夫人。"锦绣昂着头微微一笑，渗着得意，回看我时，又带着一丝我从未见过的媚态和慵懒，“姐姐可又要来说教？”

我的心痛了起来。为什么？我那最亲的妹妹，从她眼中，只有骄狂和得意，却看不到那应有的幸福和甜蜜呢？

“我没见过原侯爷，不知道他是个什么样的人，不过他的妻子正怀着他的骨肉，他却宠幸一个年龄可以做他女儿的女孩，这难道不让人心寒吗？”我看着她的眼睛，静静地对她说着，仿佛也是对我自己说着，而她慵懒的笑容渐渐消失，“妹妹细想想，原氏钟鸣鼎食之家，娶个三妻四妾本是平常之事，有朝一日，他再娶个比你更年轻漂亮能干的，你又如何自处？好，咱们退一万步，就算侯爷真心喜欢你，可这种在权力巅峰上拼杀的男人，名利功勋永远是第一，将来面南背北之时，后宫不得干政，你莫非要做他后宫里的一只金丝雀不成？等你人老珠黄，你又拿什么和后宫三千粉黛争宠？”

我上前一步，道：“妹妹这等绝代风华的人物，找一个一心一意敬你、爱你、疼你、永远把你放在第一位的，做他的堂堂正妻多好，何苦去做人妾室，看人脸色呢？”我牵着她的纤纤玉手，流着泪道：“你看，大哥上次来信就说已在江南富庶之地置办田产，我们五个不如退出原家这个是非圈，到个没有战乱、没有强权争斗的地方，咱们小五义替妹妹找一个真心相爱之人。姐姐这一生反正名声已臭，本也不打算嫁人，那姐姐就永远守着你，快快乐乐地过完这一辈子。就像你以前老说的，锦绣永远和木槿在一起，我们不会孤独终老，好吗？”

心中不由得出现非珏的笑容，我一咬牙，甩头忘却。我满心期待地看着锦绣，锦绣漂亮的紫瞳里映着我，被我握着的玉手轻颤着。她的眼泪慢慢流出来，张口欲言，却又什么也说不出。她的眼神是如此的悲哀绝望。为什么，锦绣？我只觉心中一阵绞痛。

她忽地甩开我的手，仰天一笑。我呆在那里，看着她。

“木槿，为何你总是这么天真？你以为我可以和你一样缩在自以为美好的小世界里，安安心心地享受着大哥和二哥的庇护，然后照顾一个病人，陶醉在重情重义的梦幻中吗？”锦绣对我大声喝道，“那是痴心妄想，这是个吃人不吐骨头的乱世。”

“我从来就和你们不一样。”我们所有人皆被她的一喝给怔住了，她哽咽着缓缓道，“我天生一双紫瞳，人见人怕，比别人长得好些，更是成了别人口中的祸水降生，妖孽转世。”她猛地掀起右手的宽袖子，露出皓腕，上面一道狰狞的烙痕爬在她大半个手臂上，“在这紫园里，几乎每一个女孩子都被柳言生侵犯过。夫人是紫园之主，却不闻不问，因为那美其名曰调教，因为我们都会成为色艺双全的杀人利器。还有二哥，你可知道他被……”

“够了，锦绣，别再说了……”一直沉默的宋明磊忽然暴喝出声。

我从来没见过他如此生气。碧莹抽泣着过来扶住我，不停地抚着我的背，在我耳边哭着说些什么，可我却似被这晴天霹雳劈到一样，震撼得什么也听不见。

我唯一的妹妹，锦绣，她被柳言生这个变态、这个畜生……

锦绣站在我对面，流泪不止："我们进紫园那年，总共还有二百多个孩子从四面八方同我们一道被卖到紫栖山庄来，可是活下来的，算上我们小五义，只有十五个而已。那司马门之变，你可知道三千子弟兵中又有多少人活下来，回到紫园过新年的不过百十来个罢了……"锦绣拭去泪水，坚定地对我说道，"我只是要活下去，别人九死一生，都换不来侯爷一眼，可如今，我能轻易得到所有的荣华富贵，我为什么要拒绝？"她看我一眼，嘲笑道，"姐姐自命清高，老说那什么乱七八糟的前世长安，说什么一生不嫁，那为何紫园上下人人都道姐姐勾引三爷，就连侯爷都知道三爷、四爷为了你，骨肉相残，而三爷为了独宠你一人，广集珍禽华羽，命人连夜赶造上千盏洛阳宫灯，只为博佳人一笑……姐姐才真是好手段……"

"够了，花锦绣，别再折磨你姐姐了……"宋明磊比刚才更厉声地喝了一句，大步走到她的面前，想抓住锦绣的胳臂。

忽地蹿出一个黑影，那人向宋明磊急攻了一掌，将宋明磊逼退到我身边。泪眼蒙眬中，我看到一个满脸伤疤的青年，一身劲装黑衣，熊腰虎背，阴冷无比地看着我们。

宋明磊冷笑一声："原来是侯爷身边的乔万。这是我们小五义的家务事，难道你也想来插手吗？"

乔万冷冷道："侯爷有令，任何人不得伤害锦姑娘，还请宋爷多多包涵。"

宋明磊沉着脸，和乔万对视着。

锦绣走到乔万面前，冷不丁狠狠扇了他一巴掌："那是我宋二哥，你好大的胆子。"

乔万当即跪下，冷然道："属下办事不力，请锦姑娘责罚。只是侯爷有命，乔万不得不从。"

锦绣冷笑一声："好啊，乔大爷现在是侯爷面前的红人，我也支使不动你了。"

乔万看锦绣真的生气了，慌忙道："姑娘息怒，乔万刚才得罪了宋爷，还请宋爷原谅。"

锦绣决然地看了我一眼，头也不回地跃出二楼，衣袂飘飞，宛如仙子。乔万随即跃出。刚出屋檐，乔万已将一把油伞遮在她的头上。他痴迷地看着她，而她却在雨中对乔万冷冷说道："若侯爷知道半个字，我便要你死无葬身之地。"

乔万恭敬地应了一声，回头阴狠地看了我们一眼。

我站在那里，泪水如断了线的珍珠，直往下滴。碧莹扶着我："木槿，莫要难受，你的身子还没大好，莫要听锦绣说的那些气话啊，她还是个孩子啊。咱们先回去吧，反正锦绣一时半会儿也不会离开西安。”

我没有动，也没说任何话，只是直挺挺地站在那里，望着锦绣消失的方向，反反复复地回味着她说的每一句话，仿佛有千万把刀在凌迟着我的内心。

碧莹忽地捂着嘴惊叫起来，泪水如决了堤一般。宋明磊也是满面惊痛地呼唤着我的名字。我这才发现，我的口中一片苦涩，胸前一团团殷红，原来我竟吐血了。然后，好像有人把我所有的力气从身上抽空了一般，我脚一软，倒在宋明磊的怀中。巨大的黑暗向我扑来，可是我的眼前依然是锦绣的泪容。

第十七章

七夕长相守

◆◆◆

接连几天我高烧不断，时醒时睡。梦中总有无数的恶鬼啃咬着锦绣，而她在那里对我伸手哭泣，我却被众恶鬼包围，无法过去救护。我的胸口剧烈地疼痛着，仿佛有人在硬生生地拆我的肋骨。我不停哭喊着锦绣的名字，原非白焦急惊慌的脸不时出现在我的眼前。

我做了很多稀奇古怪的梦，有时梦到宋明磊嘴角带血地跪在地上，他面前高高坐着满脸怒意的原非白，他冷冷问道：“你们到底对她说了些什么？是想活活把她折腾死吗？”

宋明磊倨傲地擦着嘴角的血迹，对他冷笑道：“三爷此话差矣，真正折腾她的人是您吧！您忘了当初您是怎么答应我们小五义的了？”

有时我又梦到锦绣满脸泪痕地站在我床前，痛苦地看着我，后面站着那个想杀我的白衣人。我想出声提醒她，却发不出声音，只听见那白衣人对她冷冷说道：“她快死了，这下你可称心如意了。”

然后我又陷入昏迷了。几日后，我在一阵悠扬悲哀的琴声中恢复了意识，耳边传来素辉和谢三娘的声音。

“娘，木丫头会不会死？”素辉的声音有些苦涩。

“死小子，别乱说，给三爷听到了，他可又要急了。”三娘的声音有些哀伤，“真是可怜，她才刚十五岁啊。”

“可是赵先生说，如果木丫头今天再醒不过来，她以后就再也醒不过来了。”素辉说着说着，忽然抽泣起来了，“娘，木丫头是好人，您能不能别让她死？”

“傻孩子，连赵先生都这么说了，娘又有什么法子？娘也喜欢木丫头，自木丫头来了咱们这个苑子，三爷比以前开心多了。娘也想让她醒过来啊……唉，你还是去回三爷，叫三爷别弹了，是不是得先给木姑娘穿上衣裳，准备让她上路吧。”谢三娘说着说着，再也忍不住哽咽出声。

素辉哇地大哭起来，然后随着推门的声音，他的哭声渐弱。我努力睁开眼睛，只见我躺在自己的房间，房里空无一人。估计素辉先去向原非白报我的死讯，而谢三娘一定是替我准备寿衣去了。

我努力想坐起来，可是肋骨处的旧伤疼得我直冒冷汗。我想起素辉刚才的话，心想：赵先生说如果我今天醒不来，就永远醒不来，那这样我这是活过来了还是仅仅是回光返照？

我冷笑一声，如果是回光返照，那我也要先杀了柳言生。我咬牙翻身下床，重重摔在地上，满头大汗地扶着凳子站起来，拿了梳妆台上的“酬情”，向外挪去。

外面忽然闪电惊雷，下起大雨，可见老天是不赞同我这个时候去报仇的。然而一想起锦绣绝望悲哀的泪容，我疯狂地向紫园的方向挪去，可惜刚移出几步，身后便传来素辉的惊叫声：“三爷，木丫头，她、她、她……”

我不理他的叫声，只是一个劲地往前走。我真恨我的轻功那个烂啊。眼前人影一晃，韦虎已挡在我的眼前。他在雨中单腿跪下，沉声道：“姑娘大伤未愈，请姑娘千万珍重身子，快快回去吧。”

我默默地绕过他，向前蹒跚地走去，不理他在身后替我撑着雨伞焦急地在我身边大喊。我又艰难地走了几步，心中只有杀了柳言生、为锦绣报仇这个念头。

一个人影飘然而至，我抬起头，竟是拄着拐棍的原非白，他全身都淋湿了。几日不见，他绝色的容颜憔悴不堪，雨水顺着他满是细小胡楂的下巴滴下。他看着我的目光有惊喜，又有伤痛：“你、你终于醒了，你这是要去哪里？”

我想绕过他，可是就在这一刻，我所有的力气全都用完，手一松，“酬情”掉在地上。我猛地倒在原非白的怀里，竟把原非白也压倒在地上。上方韦虎早已遮上大油伞。原非白紧紧搂着我，颤声问道：“你究竟要去哪里，木槿？”

我看着那伞，想起乔万给锦绣打伞离开馆陶居的情景，向后望去，我才发现，我只是走出了几十米而已。

锦绣，我可怜的妹妹啊，怪只怪你的这个姐姐是那么没用啊，在身体好的时候没有能力保护你，现在病成这样，我该怎么来保护你啊！

我绝望地放声大哭起来，然后我又很没用地失去了知觉。

第二天，赵孟林过来把脉，说是静养几天就无碍了，还有就是以前说过的那些，什么强身健体、修身养性、千万不可食辛辣之物、忌动怒之类的。

我这一病也算是把西枫苑闹得鸡飞狗跳。我在心中一遍又一遍地盘算着如何为锦绣报仇，无论谁对我说话，我都一直痴痴呆呆地不搭理，就连宋明磊和碧莹来看我，我也不理不睬，他们只得伤心地回去了。我听说锦绣一直在西安，却再未露面。

原非白见我不愿答话，也不逼我，只是寸步不离地守在我身边，亲自喂药喂汤，还不时为我抚琴排忧。

这一日，我终于能下地了，便起一个大早，来到练武场。

过了一会儿，素辉推着原非白过来了，后面跟着韩修竹。素辉一见我就惊叫起来："木丫……木姑娘今儿头一个到，真是稀奇！"

原非白看了我一阵，眼中有一丝了悟，向我微笑道："看来木槿心意已决了！"

我回了一个微笑，向原非白和韩修竹福了一福："以前是木槿淘气，不懂事，请三爷和韩先生多多包涵。从今天起，请三爷和韩先生在武艺上严格教导木槿。"

这是我第一次这么认真地练习武艺。因为我想通了一个道理，想要保护身边的亲人，首先要自己强大起来。

即使我很有可能活不过三十岁，我也必须赶在奔赴黄泉以前，为我的妹妹做好一切。

所谓最了解你的人永远是你最厉害的敌人，我开始要求张德茂帮我调查柳言生其人。

我又向原非白借了各类书籍，其中以兵书居多，一有空我便往他的私人图书馆跑。我还很虚心地向他和韩修竹求教。素辉总说我像变了一个人，笑容格外平静，像佛祖一样。

韩修竹看我的目光一天比一天深沉。原非白待我如常，对我提出的问题总是耐心解答。如今时间宝贵，我亦不再掩饰自己的才学，同他讨论一个问题时，时常举一反三。我们有时秉烛夜谈，直至鸡鸣，浓兴不减。他不愧是天下才子，对于时政要事常有超越前人之见解，甚至很有现代人的看法。可以说，他是自宋明磊之后唯一一个可以和我谈得这么深远的人。他看我的眼神亦是愈来愈温柔欣喜，他对我比以往更关怀备至，时常嘘寒问暖，可惜我已无力再陪他玩感情游戏了。我不想去探究他如此对我是真是假，抑或是为了他的神秘情人，因为我的心中只有杀了柳言生为锦绣报仇这个念头。

原非白开始让韦虎教我骑射，骑马时，我摔了几次，原非白便让韦虎放慢节奏，过了两天，我方才学会。而对于射技，我却有些天赋，只一个时辰就掌握了要领，而且奇准无比，只差功力火候，连韦虎也啧啧称奇。

我在休息时研究弓箭，心中一动，问韦虎："韦壮士，咱们大庭可有连射数十支，乃至数百支的弓弩？"

他沉默了半晌，回答说：“回姑娘，小人曾在骠骑营中看过最厉害的弓弩，只可连发十支而已。江湖能人异士虽有连发暗器，连发数百支的恐是至今天下还未有吧。”

我想起了古龙的《绝代双骄》，一时兴起，便问道：“你可曾听过暴雨梨花针？”

他瞪大了眼睛。接下来的几天，我和韦虎满头大汗地躲在他的木工铁实验室里，和他一起研究能同时射出数百支箭的武器，韦虎也渐渐入了迷。原非白为我们找来了一个名为鲁元的能工巧匠，他比韦虎更沉默寡言，脸部被严重烧伤，据说是鲁班的后人。

七月初一，我们成功地研究出能同时发射一百支的弓弩，须两人同时操作，一人抬，一人放箭，射程可在四百米左右，这在那个时代而言是相当有威力的。

我正在考虑是否要取名神舟一号或锦绣的名义什么的，背后传来鲁元极其可怕而嘶哑的笑声。我回头一看，他的眼中正发出兴奋的光芒，那烧毁的面容在月光下仿佛是狞笑的恶鬼。我犹自害怕，不自觉地往后退，回头一看，韦虎的笑容竟更可怕。我开始怀疑那个时代搞科研的人员都是如此。

想到初步模型已成功，我放下心来。我忍着怯意，向鲁元说着我的下一步计划。我想请他把这弓弩缩小尺寸，可缚在手腕，最好能打造成寻常首饰的样子，还要放些剧毒，没想到鲁元却凌厉地看了我几眼，然后猛地上前一步，扣住我的双肩，厉声喝道：“你小小年纪，为何心肠如此歹毒？”

看着那鬼脸，我吓得不轻，肩胛骨像是要被他捏碎了。韦虎赶紧上前拉开鲁元，但经鲁元一提醒，他亦是充满疑问地看着我。

我理了理衣襟，镇定地说道：“等鲁先生制造出来时，我自会告诉您我的用处。”

第二日，张德茂如往常来送日常用品，我趁点货的时机，将偷描下来的弓弩制造图及最新的腕缚珠弩设计图夹在账册中递给他。他目光闪烁，含笑接过。

转眼间，七夕将至。在古代七巧节是女孩子相当重要的节日，因为这一天女孩们会祭祀双星，乞求自己能玲珑智巧，好与心上人相亲相爱，福祥一生。

绣阁瑶扉取次开，
花为屏障玉为台。
青溪小女蓝桥妹，
有约会宵乞巧来。

谢三娘兴冲冲地来找我时，我正头发凌乱、满面污泥地在韦虎的工匠房里，还在苦思冥想如何将火药和珠弩相结合，耳边插满炭笔，跪坐在一堆制图中，和一个普通的装修民工无异。谢三娘自然是惊诧万分，不管三七二十一，硬是把我拉到园子里，对我严肃教育了一番，说是十五岁的大姑娘了，将来还要伺候三爷，怎可如此不重视妇容。

我正低头听得头皮发麻，不想原非白和多日不见的宋明磊正好经过梅园，看到我这样子，也是吓了一跳。

宋明磊眼神中闪着一丝心痛。

原非白叹了一口气，向我招招手，让我坐到他身边的小椅子上。他一手捧着我的小脸，一手用他的袖子轻轻擦着我的脸，轻声道："莫怪三娘多嘴，这回可连我这个做少爷的也看着心疼了，莫要再捣鼓那些东西了。你究竟要做什么呢？让我来帮你吧。"

我看着他白袖上的一片污迹，心中一颤。他一向有洁癖，不近人身，今天不避众人为我擦污衣裳，又是为何？

我抬头，正对上他的凤目，一时间心中有千言万语欲对他倾诉，然而最终无法开口，只得转过脸去。宋明磊的脸上清清冷冷，看我的眼神竟是一片凄怆。

七夕之日，谢三娘帮我用天河水沐浴洗发，然后替我换上最好的淡紫绫罗花裙，头上梳着朝月髻，髻上戴着香香的白兰花，轻描画眉，抹上脂粉，微点绛唇，额上印上淡粉花，然后又用凤仙花汁染了指甲。

经过这番打扮，连素辉也啧啧称赞说原来木丫头也可以这么漂亮。宋明磊在角落里温柔地看着我，原非白则对我深深凝视不语。

夜色初暮，出人意料地，我们迎来了阿米尔和盛装打扮的碧莹。

原来阿米尔送碧莹来我们西枫苑陪我一起过七夕，他恭敬地跪禀原非白："启禀三爷，我家主子来信说是还有些要事未结，还得留在西域数日，赶不回来陪莹姑娘过乞巧节。想着木姑娘和莹姑娘是结拜姐妹，乞巧节又本是女孩子聚在一起的日子，就遣小人送莹姑娘过来，请三爷照顾一下。"

原非白和蔼地让他起来，笑道："你们四爷可真替你家姑娘想得周到，还怕她一个人过不了乞巧节。"他瞥了我一眼，接着说道，"早听说非珏极为宠爱莹姑娘，现在一看，果然不假。"

碧莹的脸一下子通红，害羞地看向我和宋明磊。宋明磊只是冷冷地别过脸去。尽管我十分怀疑那封信的作者是果尔仁，可我的脸色想必也不怎么好看。

不过，我还是很高兴能再见到碧莹。她趁人少时，对我解释说她只是想趁乞巧节来看看我，不知道这个阿米尔竟会这么说，然后又有些语无伦次地叫我不要误会，可眼光却瞟向宋明磊。我心中觉得好笑，她明明就想来见宋明磊，拿我做个幌子。

于是，我笑呵呵地拉着宋明磊过来，就像去年我们小五义过乞巧节那样，三个人一起用稻草扎成个一米多高的"巧娘娘"。我们帮"巧娘娘"穿上绿袄红裙，坐在庭院里，供上瓜果，并端出事先准备好的“种生”，就是豆芽，又称巧芽芽，剪下一截，投入一碗清水中，浮在水面上，看月下的芽影，以占卜巧拙。

我们点亮了西枫苑里的所有宫灯，并在庭院中陈列阿米尔带来的西域瓜果以乞巧。

然后我和碧莹便按惯例以五色细丝线穿针引线，竞争快慢，然后举行剪窗花比赛，以争智巧，结果我是样样皆输，无意间丢了西枫苑的脸。阿米尔面露得意之色，素辉则是看着我干瞪眼。

碧莹又取来古琴，为大家奏了一曲《越人歌》。她的眼光不时看着宋明磊，其意不言而喻。宋明磊却始终不动声色。一曲终了，我们拍手叫好。原非白也是古琴高手，表情相当讶异，显然没想到我家碧莹是个难得的高手，便温婉地邀请碧莹与他合奏一曲《广陵散》，把大伙听得迷醉了半天，宋明磊看碧莹的脸色总算缓过来一些。

我在那里微笑拍手，不由想起锦绣现在又在何处过节呢？不禁心下黯然。

忽听得一阵银铃般的娇笑传来：“好一曲《广陵散》。”

我们循声望去，只见一个男装佳人站在垂花门前，紫瞳在七夕的星光下分外耀眼。她绝世玉颜上带着一丝谑笑，右耳戴一串紫晶长珠链，一身白衣，英姿飒爽，眉宇间风情万种，身后跟着一个健壮的黑衣侍卫，神情恭敬异常，这正是我日思夜想的胞妹花锦绣和她的贴身侍卫乔万。

我笑逐颜开，立时跑过去想拉她的手，没想到她却看也不看我一眼，同我擦身而过，直接走向原非白，单膝跪地，向他行了个大礼，恭敬道：“七夕之夜，锦绣思念家姐，贸然造访，还望三爷恕罪。”

我尴尬地站在那里片刻，一边慢慢地往回走，一边难受地看着锦绣。

原非白默默地看着垂首跪在地上的锦绣，又飞快地看了我一眼，淡淡一笑，朝锦绣伸出手来虚扶一把：“姑娘实在客气，姑娘光临寒舍，蓬荜生辉，何罪之有，快快请起。”

锦绣这才抬起头来，紫瞳看着原非白的凤目，借着他的手站了起来。

原非白本来坐在我的左边，碧莹坐在我的右边，见锦绣来了，便乖巧地让出座位，让锦绣坐在我的旁边，自己乘机到宋明磊身边去了。

原非白让素辉又备了椅案，摆上小菜、瓜果，两厢落座。

锦绣的忽然造访令大家感到有些突兀，场中一阵沉默，锦绣和乔万也不说话。她说是来看我，竟不正眼看我一眼，我心中一阵气苦，正想对她开口，韩先生已出来活跃气氛：“听闻锦姑娘的剑法冠绝武林，今日乞巧，不如姑娘舞剑以助兴如何？”

众人立即附和，锦绣也不推辞，笑道：“那就献丑了。”

丑字一出，她已如惊鸿一般落在场中，衣袂飘飘，出尘绝世。众人不由一阵喝彩。

她对原非白说道："不知可否请三爷奏一曲以助剑气？"

原非白沉吟片刻，微微一笑道："有何不可？"

原非白玉指轻扬，一阵深情优美的曲调响了起来。我凝神细听，正是他传遍天下的得意之作——《长相守》。锦绣的银剑清啸一声，已随她飘然的身影，闪着银光飞舞起来。

一时间，我神为之夺，魂为之摄。星光下，那一琴一剑如多年的故交一般，配合得竟如此默契。

紫瞳佳人的银剑翩若惊鸿，矫若游龙，随着原非白惊才绝艳的琴艺，仿佛兮若轻云之蔽月，飘摇兮若流风之回雪。

一曲终了，我们每一个人都还沉浸在那精彩绝伦的剑舞中。我感动得热泪盈眶，回首正要同原非白夸耀，却见他在那里凝视着锦绣，而锦绣也是回望着他，他们的眼神竟如此深切纠缠，火花四溅，但一瞬即逝。她微笑着回到座位上落座，原非白亦含笑赞叹锦绣的剑舞得已入化境。

我的心却剧烈地颤抖了起来，锦绣这样一个绝代美人与原非白本是相得益彰，忽地想起原非白曾在昏迷中痴痴地呼唤过悠悠的名字。

那悠悠，那悠悠……会不会是我听错了，而是绣绣呢？

素辉曾说过原非白曾有一个红颜知己，经常和三爷关在赏心阁里弹琴画画，有时亦琴剑相合。这就是为什么他俩一琴一剑如此默契的原因吗？

我下意识地抓紧了裙子。

"木姑娘，你的脸色怎么这么白？"韦虎的声音自耳边传来，原来他正给我倒着酒，我立时回了神，和众人一起叫好，心中却如一把利刃割开了一道口子。

难道除夕那夜，锦绣所说的心上人根本不是将军，而是原非白？所以她才会对我如此生气，看我的紫瞳之中甚至有了一丝妒恨？

阿米尔很显然还记着上次的裸体之仇，趁我发愣，大家都在夸赞锦绣和原非白的琴剑配合得如斯高妙之时，他忽地说了一句："不知木姑娘在这七夕之夜有何智巧之物来供巧娘娘？"

于是，众人都齐刷刷地看向我，而我只好在那里默然汗颜。

阿米尔正扬扬得意，素辉忽然出声道："我家木姑娘满腹经纶，虚怀若谷，那些寻常女子的玩意儿有何可比，只不过怕取出来吓傻了你这个土包子。"

我正要辩解，锦绣却轻轻一笑："家姐自幼性喜摆弄些新奇玩意儿，不知三爷可见着了她的那支笔？七岁那年生辰，爹爹问我俩要什么，我便说要那糖人，可她硬是什么也不要，就是央爹爹买下邻村大叔头上插的羽毛，后来我们才知道原来那是一支笔。"

原非白转过头来，对我了然轻笑。

这时素辉和韦虎二人交头接耳一阵，之后素辉跑出来，跪在我的面前，说道：“姑娘，鲁元已制成了您要的珠弩，何不拿出来以争智巧？”说罢，他挑衅地看着阿米尔。

我回过神来，看向原非白，征询他的意见，他欣然同意。我便向韦虎点点头，鲁元立时兴奋异常地去屋中取了一个铁匣子出来。

我暗叹一声，正要接过铁匣，没想到鲁元好似捧着自己的孩子，我强挣了几下，他才恋恋不舍地放开手。

我强笑着向原非白走去：“三爷，今儿乞巧，木槿驽钝，女孩子家的玩意儿还真拿不出手。幸好这几天我和韦壮士、鲁壮士一起为三爷设计的护腕做出来了，索性就供给巧娘娘，顺便提前送给三爷吧！”

我打开铁匣子，取出一副银光闪闪的护腕，那上面雕着二龙戏珠及海水江崖流云纹。我小心地替原非白戴上，扣上暗扣，扶着他的手指慢慢指向院中一盏灯，然后轻轻将他的手往下一掰，立时触动机关，珠弩连射十支小铁箭，力道狠准。那盏灯已碎成多片，掉在地上，那火慢慢引燃灯身，在众人的惊骇中燃成灰烬。

我平静地回到我的座位，众人的目光各不相同地投在我的身上，有赞赏、有骇然、有深思……

而在这一刻，别人对我和珠弩的看法也罢，目光也好，我根本已不在乎，因为此时此刻，原非白和锦绣相爱的想法，正在我的心中慢慢起着某种化学反应，令我的心绞痛着，然后又迅速结痂，不断沉淀着，使我措手不及。

过了一会儿，原非白朗笑出声：“你这个丫头，怎的如此与众不同？我当你和鲁元、韦虎在一起做什么新奇东西，原来却是这个。”

我微微一笑道：“木槿做这个是为了保护木槿的亲人，三爷虽武功盖世，终归腿脚不便，如果一时一刻有贼人偷袭，而众护卫不在身边，这个珠弩亦可替我等保护三爷。”

这是我的真心话。柳言生其人，十岁拜名满天下的金谷真人为师，十五岁即成名，十七岁那年调戏师娘而被逐出师门，从此投到连氏门下。连夫人十五岁那年，随其陪嫁至原氏门中，武功名列江湖十大高手之内。为人阴狠狡诈，性喜渔色，尤擅使毒，绝技十里飘香，除夫人外寻常人不得近其三步之内。

既然不可近其三步之内，此人又擅使毒，我便想唯有厉害的暗器可以杀死这个畜生，为锦绣报仇，故而让张德茂拿去替我复制一份，复制的一份我要求加入毒药及火药，比给原非白的那件要可怕多了。

我曾想过，如果我复仇之后不能全身而退，自是再也见不到原非白了，那做这个珠弩，也可算是我与他相识一场的纪念。

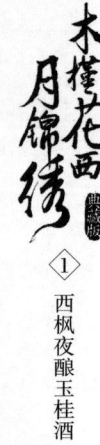

众人再也说不出话来，有些感慨地看着我俩，估计都以为我对原非白的情比马里亚纳海沟还要深了。

原非白凝视着我，在这一刻，他的眼中似乎只有我，迷惑而深切。他伸手想来握我的手，而我赶紧吓得扑过去压住他的手，关上暗扣，额角流汗地对他说：“三、三爷，您、您可要注意，现在您的手腕上多了件东西。”

素辉扑哧一笑，接着大家被逗乐了，连原非白也对我朗笑出声，轻轻问我：“这珠弩可有名字？”

我看看他，又看看锦绣，心想：如果有一天我不在了，而你的心上人真的是锦绣的话，那就请你好好照顾她吧。

于是我柔柔地对他笑道：“回三爷，这珠弩名曰长相守。”

我看向锦绣，她也笑了，笑得那样凄惨。

夜空中划过流星，我在心中默默许愿，希望我能顺利报仇，和锦绣一起离开原家。

如果我真报完仇，和锦绣离开原家，那我还能再见到非珏吗？

原本在一旁兴奋地看着我演示珠弩的鲁元，忽然如同看到恶鬼一样，定定地看着锦绣，烧毁的面容扭曲起来。他跳到中场，伸出满是伤疤的手，颤抖着指着锦绣嘶声喊道：“你、你、你是那紫眼睛的恶魔，是你杀了我鲁家村一百三十二人，是你命手下奸杀了我们村里所有的女子，连尚在襁褓里的婴儿也不放过。你这恶鬼，纳命来……”他猛地冲向锦绣。

这实在出乎在场每一个人的意料，乔万早已一脚将他踢翻，出手如电，连点他十三处穴道，冷笑道：“你这肮脏的竖子，也配碰锦姑娘？快说，是谁指使你前来行刺的？”

鲁元吐着血沫，眼睛死死盯着锦绣：“是你，你这紫眼睛的恶魔，你化作灰烬我也不会认错。”

锦绣神色不变，缓缓地饮着酒，淡笑着：“你说我是杀你全家的凶手，那你说说我是何时何地因何去你家杀人了？”

鲁元口中食着尘土，眼中却流出血泪：“匹夫无罪，怀璧其罪。我们鲁家村人人皆是能工巧匠，只因你要我们帮你做这世上独一无二的千重相思锁，便在去年腊月十日，我交给你那锁和匙后，杀了我沧州鲁家村所有的人。”

“那你可看清了凶手长什么样？”

“你戴着面具，但你的紫瞳，我看得千真万确。”

我心中一惊，看向锦绣。

锦绣对乔万说道："乔爷，你可记得去年腊月十日，我们在做什么吗？"

乔万恭敬地答道："回姑娘，去年年底，我等三千子弟兵正冲进司马门内诛杀张氏逆贼，保卫帝都，哪里去得了什么沧州不毛之地？"

锦绣耸耸肩，一口饮尽杯中佳酿，轻蔑笑道："天下生有紫瞳的何止我一人？君不闻大理段氏，闻名天下的四公子之一紫月公子亦是天生一对紫瞳。西域也多是紫瞳之人。我看你是认错人了，丑八怪。"

这时，韦虎跑出来急急跪禀："请三爷饶了鲁元，他也是报仇心切，才会冲撞了锦姑娘。"

乔万哼了一声，道："侯爷有命，敢对锦姑娘不敬者杀无赦。"

锦绣在那里自斟自饮，唇边挂着一丝浅笑，仿佛一切都与她无关。我的心一时间绞痛，我的妹妹，你究竟经历了些什么，才会让你对痛苦如此云淡风轻呢?

这时一直沉默的原非白冷冷发话了："割去舌头。"

我一惊，知道这已是对鲁元最轻的惩罚了，没杀他只因他是个巧匠，还有利用价值。我站起来，笑着为原非白倒了一盏酒："三爷，今儿是七夕，我们比的是智巧，又不是比割舌头，看在巧娘娘的面上，就饶了鲁壮士吧！"我走过去，为锦绣倒了一盏酒："锦绣你说好不好？"

她抬起头深深看了我一眼，接过来笑道："姐姐总是慈悲心肠。"她看向乔万："还不快放了这丑八怪！"

乔万道："可是姑娘，这厮如此凶暴，放虎归山，若是再来害姑娘又当如何？"

锦绣冷冷道："你现在的话真真越来越多了。"

乔万立刻放了鲁元。

韦虎赶紧上前谢了锦姑娘、三爷，向我投来感激的一瞥后，暗点了鲁元的哑穴，拖了他下去。

锦绣长叹道："真是扫兴！今夜七夕，听说西安城里夜市开放，不知三爷可否放家姐及小五义一众与锦绣前往一游，两个时辰之内必当送还！"

我面露喜色地看向原非白。他看了我一阵，点头道："那有劳锦姑娘和乔壮士了。素辉，你跟着姑娘，不得有误。"

素辉喜滋滋地嗯了一声。我兴奋地走上前去，拉着锦绣的手。

她轻颤了一下，终于回握了我的手。

西安城原是日头一落就关城门，城市里面实行夜禁，连燃烛张灯也有限制，若有违反，就要受到处罚。然而七夕节的星空下，西安夜市上人来人往，熙熙攘攘。

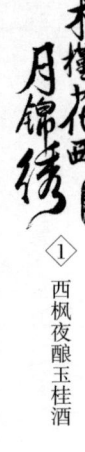

一行行团行、店肆，像春天的花朵，竞相开放，谁也不甘落后。掌柜们都向顾客献上最殷勤的微笑，那厢叫卖像黄鹂唱着歌儿，这厢的糖行又送来浓浓的甜香。

空地上到处被比赛风筝、轮车、药线的少年们占满，他们仰望夜空，欣赏着夜空里有史以来最灿烂的烟火。

太平车从城中出发，乘着夜色，缓慢而又稳健地走向堤岸，为明日远航的船只送去货物。

新鲜的果子，在摊位上争芳斗艳，在烛光下别是一番颜色。我们围在一堆桃子面前，挑来挑去。我为锦绣挑了个最大最红的。锦绣开心地接过，好像又回到小时候总爱跟在我后面讨吃的，当然这回全是宋明磊掏腰包了。

时间仿佛突然放慢了脚步。我们几个含着香糖、啃着桃子边逛边看，仔细品评，如鱼游春水一样无拘无束，悠闲地欣赏着这说不尽的绮丽、数不完的雅趣。

玄武大街上，林立着密密麻麻的医药铺：金紫医官药铺、杜金钩家兽科、柏郎中儿科……

这些店铺均有独具特色的招牌，我们正在笑杜金钩家用只硕大肥猪形象作标记，忽地发现有家卖咽喉药的，竟在铺面上装饰原非白上次画的盛莲鸭戏图的临摹，《爱莲说》落款则是我花木槿歪歪扭扭的大名。这无疑抬高了这家药铺的品位，果然吸引了很多市民争相观看。

我暗暗叫苦，原非白不是答应我把这画送给我了吗，为何又流传出去了呢？锦绣的脸一下子拉了下来，她冷淡地看了我一眼：“好一篇《爱莲说》，恭喜姐姐，可随三爷名动天下了。”

我正要辩解，眼前到了北山茶坊，这里专门建了一个“仙洞”、一座“仙桥”，吸引仕女结伴来此夜游吃茶。锦绣嚷了声渴了，也不顾我们，走了进去，乔万立刻跟了上去。

碧莹走过来，轻轻道：“木槿，别气，她还是个孩子呢。”

我苦笑着点点头，随他们一起进了茶坊。

进了仙洞，只见一位上了年纪的“点茶婆婆”，头上戴着五朵金花，老相却偏要扮个俏容，让人忍俊不禁。她吟唱着叫卖香茶配物，一面唱，还一面敲盏，掇头儿拍板，有板有眼，甚是动听。我们便向她点了一壶紫阳毛尖和一些苏杭蜜饯，稍作歇息。

婆婆对碧莹笑说：“姑娘好相貌，将来必得贵婿啊。”

碧莹的脸立刻红了，眼睛不由得瞟向宋明磊。

我试着跟锦绣说话，她却只殷勤地拉着碧莹和宋明磊说话，又不理我了。小丫头片子。

过了一会儿，我们出了茶坊，来到著名的潘楼夜市。那潘楼所卖乞巧之物，伪物逾百种，烂漫侵数坊，可是西安市民仍每逢夜市必蜂拥而至，竟使车马不能通行。

我们挤不进去，我便亲自掏钱在夜市门口给我们几个都买了黑脸塌鼻的昆仑奴面具戴着玩，锦绣的脸色才稍稍好些。

将近夜半，来到渭河边上的丰怡楼。一艘画舫停泊靠岸，一个服饰鲜丽的贵公子带着十几个姬妾、歌童、舞女在画舫中歌舞狂欢。一时间，丝管弦乐、娇声莺语自画舫之上传到岸上，让人忘记了这是深夜……

我们一路嬉闹着，又来到满是字画古玩的朱雀大街。锦绣径直走到一个卖诗文的少年书生那里，要他以“浪花”为题作绝句，以“红”字为韵。书生长得极白净清秀，他看了一眼锦绣，眼中闪过惊艳，欣然提笔写道：

一江秋水浸寒空，渔笛无端弄晚风。
万里波心谁折得？夕阳影里碎残红。

我们都一怔，没想到这市井中还有如此诗词高手。他在那里标价每首二十文，停笔磨墨罚钱十五文。

这时有一位妇人过来，要求以“白扇”为题作诗，那书生要举笔，妇人又要求以“红”字为韵。他不假思索写出了：

常在佳人掌握中，静待明月动时风。
有时半掩佯羞面，微露胭脂一点红。

宋明磊微微一笑，掏出一张芦雁笺纸给他，也不说话。那书生看着宋明磊，略一沉吟，写道：

六七叶芦秋水里，两三个雁夕阳边。
青天万里浑无碍，冲破寒塘一抹烟。

我们啧啧称奇，卖诗极需敏锐才情，非长期磨炼、知识广博者不能做到，况且这个少年书生的诗词又使人耳目一新。我们不由得问这书生的姓名，他儒雅地向我们一笑，两颊便露出可爱的梨窝：“小生姓齐名放，字仲书。”

齐放？这名很耳熟，眼神和面相也似曾相识！

宋明磊付了一两银子，比应付的报酬要多得多。那书生正要推辞，忽地大街上来了一支舞龙队。随着锣鼓吆喝声，人群开始亢奋了，一作堆地挤向那舞龙队，巨大的人群一下子涌了过来，我和锦绣、宋明磊他们一下子被冲散了。

我手里拿着昆仑奴面具，到处唤着锦绣的名字，可是人群实在太拥挤，我不断地被挤到远处，根本看不见锦绣的身影。过了一会儿，舞龙队似乎过了，河畔开始放焰火，人们向河畔涌去，我又被人群挤向岸边。焰火下，我隐约看到一个修长的身影，我再走过去，那人正向我侧过头来，脸上戴着和我手中一模一样的昆仑奴面具，一双紫瞳在灿烂的火焰下熠熠生辉。

我心中一喜，走到她跟前，紧紧拉着她的手，生怕再和她走散："你怎么一个人跑到这儿来了，让姐姐好找。二哥他们呢？你和他们也走散了吗？"我絮絮叨叨地说着。

而她只是默默地任我牵着她的手走，也不回答我，估计还在生我的气吧。

我在心中暗叹一声。

人群往河畔涌去，街市显得空旷了许多。我拉着锦绣来到一个小巷，她的手凉得如冰一样，我替她搓着手，心疼地说道："叫你出来多穿些，就是不听，都这么大了，还不会照顾自己。"

她冷冷地看着我，也不答话。我有些气馁，一想起她受的苦，心又隐隐痛了起来："我知道你恨姐姐无能，可是你知道姐姐听到你受苦，心里有多难受吗？姐姐恨不能自己长一对紫眼睛，好替你去受罪。现在这么说也晚了，我知道你肯定不信姐姐所说的话，不肯原谅姐姐。"

锦绣一向长得比我高，灿烂的星光下，她显得比往常更修长飘逸。

"你莫要听信那些谣言，什么三爷独宠我一人，三爷心中只把我当他那心上人的挡箭牌罢了。姐姐给那珠弩取名叫长相守，是想他能早日和他的心上人相聚，长相厮守，那姐姐也好自由自在地生活……"我望着她，眼泪不知不觉流了下来，"好妹妹，你就和姐姐一起离开西安，咱们投奔大哥，忘记原家一切的不愉快，重新开始生活，好吗？即便有一天姐姐不在了，离开了原家这个是非窝，有大哥的保护，你也不会再受到任何伤害了。"我满腔热忱地看着她。

她默默地凝视着我，过了一会儿，慢慢伸出手来拭去我眼角的泪。

我心中一喜，紧紧握住了她替我拭泪的手："好锦绣，你答应姐姐了吗？"

"木槿，你在哪儿？"宋明磊的声音传来。

我放开锦绣的手，兴奋地回身，向宋明磊喊道："二哥，我们在这里！"

宋明磊的身影出现在转角处，我正要过去，他的身后慢慢踱出一个一身白衣的男装丽人，紫瞳潋滟，波光流转间顾盼生姿。她手中拿着和我手中一模一样的昆仑奴面具，对我不耐烦道：“我和二哥找你半天了，你上哪儿溜达去了？”

一刹那间，我的汗毛一根根竖起来。眼前是紫瞳的锦绣，那刚才的紫瞳人又是谁？难道我是见鬼了吗？我再回首，身后黝黑的巷子里早已空无一人，唯有手中似乎还有那人的冰冷。

【注】

本章节夜市资料及诗文等取自伊永文先生的《行走在宋代的城市》。

第十八章

明月几时有

正当整个大庭皇朝犹自沉浸在七夕的甜蜜中，永业二年七月初十，浙江府布政使报，瓜州、嘉州、绍兴三府海啸，毁民居数万间，溺数万人，海宁、萧山尤甚。

七月十七，河南布政使八百里急报，河南发生了一次特大的蝗灾。

中原的广阔土地上，到处是成群的飞蝗。蝗群飞到哪里，哪里便是黑压压的一大片，连灿烂的阳光都被遮没了，庄稼都被啃得精光，连根茎也无一幸免。

那个时代，没有科研论证，人们普遍认为蝗灾是老天为了惩罚人间而降下的灾难，各地都设坛作法，拜神求佛。

然而这一回神明却没有保佑大庭，蝗灾越来越严重，受灾的地区渐渐扩大到了大庭的湖北府以及南诏的黔中。地方官吏不断地向朝廷告急。

朝廷为边事筹饷，又要为河南府及浙江府重灾区赈灾，海内日渐差繁赋重，而腐败的地方官仍然纳贿贪墨，中饱私囊，拒发赈灾物资。河南开封的百姓以齐伯天为首，发动了起义，虽然在一个月内起义被剿灭了，却极大地动摇了大庭皇朝的基石，慢慢揭开了乱世的序幕。

我想到大唐名相姚崇的治蝗之法，向原非白进言，务必要让他的那些崇拜者说服天下人，那蝗虫不过是一种害虫，只要各地官民齐心协力驱蝗，蝗灾不但是可以扑灭的，亦是一个打击窦氏的好借口。

在原非白半信半疑的目光中，我让素辉随便捉了十几只蚂蚱，然后熄灯，在一片漆黑中，又慢慢点燃了一盏灯。昆虫的趋光性让蚂蚱向光爬去，然后被那火灼烧殆尽。众人看着我，惊诧万分。

于是原非白飞鸽传信将我的灭蝗之法修书给原侯爷，同时下令门客以蝗灾为借口，指出天降蝗灾乃是警示朝堂之上有窦氏妖孽作乱，于是一时间天下人对鱼肉百姓的窦氏更是深恶痛绝。

七月二十八，孝敬皇帝急召重臣入宫商议赈灾事宜，窦太皇太后依然垂帘听政。大庭名臣陆邦惇在朝堂上提议为助黎民百姓渡过难关，所有官吏及后宫俸禄减半。以原青江为首的原氏一党表示附和，并提出了我所建议的灭蝗之法，竭力说服了窦太皇太后、孝敬皇帝和众臣。原氏便以此立下了军令状，若在一个月之内灭不了蝗灾，原氏将被满门抄斩。

七月三十，原氏下令，要百姓一到夜里就在田间点起火堆。等飞蝗看到火光飞下来，就集中扑杀，同时在田边掘个大坑，边打边烧。

我的方法渐渐奏效，成功灭蝗的消息不断传来，光汴州一个地方十天之内就扑灭了蝗虫十五万担，灾情缓和了下来。于是窦氏一败涂地，原氏成了民族英雄。孝敬皇帝对原氏青睐有加，原非烟的进宫事宜重又提上日程。

这一场灭蝗大捷，我自是幕后的特大英雄，极少显露情绪的原非白喜不自禁，欣然拉着我的手久久不放："花木槿啊花木槿，你究竟是什么样的女子啊！"

我被他吓了一大跳，可见打赢这一仗对于原氏和非白而言有多么重要，而我的手被他捏得痛得要死，还要谦虚地推辞说三爷谬赞，半天才拉出来。

自此，韩修竹待我甚是亲厚，目光却是越发深不可测。素辉则满面崇拜地称我木姑娘，极少再叫我木丫头了。

宋明磊和碧莹笑着说四妹真乃神人也，锦绣但笑不语。等只剩我俩时，她扑到我怀中，在我颊上亲了一口，说道："我的好木槿，你这么做就对了。这回没再便宜宋明磊那小子，总算是为咱姐俩好好争了口气。"

我这才知道，锦绣亦在给原青江的信中力荐我花木槿，她已经很久没有这么热情待我了。望着她笑靥如花，我受宠若惊。

然而，我们谁都没有料到，我这灭蝗之法，不但救了大庭百姓，救了原家，还意外地、间接地救了一位异国仁兄，那便是南诏豫刚亲王段刚唯一的儿子，十五岁的段月容，正是四大公子中年龄最小的紫月公子。

豫刚亲王乃是南诏国光义王的亲弟弟，身边美女如云。虽有女儿无数，老年时纳了一位紫瞳胡姬，于五十岁方得一子。其子诞于月圆之夜，同母亲一样天生一对紫瞳，花容月貌，便取名段月容，亦是一个和原非白一样的神童，但个性阴冷乖戾，喜怒无常，崇武力，好杀戮。豫刚亲王只此一子，对他宠爱有加。

豫刚亲王溺爱他这个紫眼睛的儿子到什么程度呢?

野史传闻，有一次，他下朝回家，看到他的宝贝儿子正和一个女人颠鸾倒凤，本来古人成熟就早，更遑论是王侯贵胄了，这按理也没什么。坏就坏在这个女人不是别人，正是他最宠爱的十七夫人绿水，而且还比他的乖儿子整整大十二岁。光天化日之下，段月容同学硬生生地让他这个做爹的成了个绿毛龟，而且还是个乱伦牌的。但他这个做爹的也只是随便训了儿子几句“岂可调戏庶母，乱伦纲常”什么的，事后他竟然还将这用一千金纳来的南诏第一美女杨绿水送给段月容做了侍妾！

南诏国的选贤大会上，段月容一人夺得文武双冠，其时他也就是一个十五岁的少年。这被世人称作四大公子之一的紫月公子，就连光义王也十分宠爱他，经常召他入宫伴驾。传说金谷真人云游到南诏，相其面后断言，此乃是贵人降世，只可惜戾气太重，应从小修习佛经义理，消其戾气，为世之福也。

然而，豫刚亲王哪里舍得将唯一的爱子送到庙里去，依旧视其若掌上明珠，直到蝗患危及南诏，南诏众人惶惶不安，认为紫月公子乃妖孽降世，唯除之方可救南诏。

经过几天激烈的思想斗争，正当光义王不顾哭倒在大殿前的豫刚亲王，准备下旨发兵绞杀段月容时，豫刚亲王在紫园的细作们及时地将灭蝗的方法传到了他的耳中，于是南诏的蝗患得解，已经准备跑路的段月容这才放下心来，但也极大地动摇了豫刚亲王父子对光义王的不贰之心，豫刚亲王开始暗中囤积粮草，招兵买马。

这些都是原非白应我所求，让在南诏的细作传信来报。我看着段月容的生平介绍，久久震撼不语。果然，他的生辰八字竟然与我和锦绣的完全相同，七夕之夜，我错拉的莫非正是此人吗？

我不禁疑惑，究竟谁才是真正的紫浮呢？如果段月容才是紫浮，那为何我会有一个紫眼睛的妹妹呢？我甚至开始怀疑，莫非那蝗灾的确是老天在警示妖孽降世？

八月十五中秋之夜，我帮着原非白穿上喜庆之服，准备上紫园听戏。我跪在地上为他整理袍角，一边在心里盘算着：听说原非珏回来了，等原非白去了紫园，我就悄悄去会原非珏。

原非白的声音忽地从上方传来：“木槿，这次灭蝗你立了大功，你可要什么赏赐？”

嗯？赏赐？我抬起头，他看着我，目光中竟隐隐透着一丝期许，他在期待些什么？

我扶他坐到贵妃榻上，一边蹲坐在脚踏上给他穿鞋，一边笑道：“三爷，君子无戏言，木槿要什么，三爷就一定给什么吗？”

他看着我淡淡一笑：“你不用妄想到四毛子那里了。”

四毛子？我愣了一下，才明白他是指原非珏。

可恶，小屁孩！我的笑容略微一僵。

他又认真地补上一句：“今儿个到紫园去应酬的可是侯爷的世交靖夏王和小王爷，

侯爷亦与驸马、公主同归，少不得也叫上非珏去紫园作陪呢！我已新增护卫，好生看着园子，你可别又想诳他们带你去玉北斋，免得你白跑一趟是真！”

嘿！我在心中咬牙切齿，死原非白，你也太好心了。

我心中又生出一股捉弄之意，笑道：“那好，我要天上的月亮，三爷给得了吗？”

“你这丫头，半天没个正经。我本事再大，这明月却是摘不到的，你还是要些别的吧。”他笑着对我说道。

“那我请三爷替我杀了柳言生。”我看着他，认真地说道。

原非白沉默了一阵，道：“柳言生如今是侯爷面前的红人，我暂时动不了他。你且放心，终有一日，我必会为你杀了他，为你们小五义一报当日荣宝堂之辱。”原非白一直认为我同柳言生结仇是因为当日的牛虻事件。

可终有一日，这话就跟没说一样！

原非白见我沉默不语，便执起我的手，柔声道：“你若是不信我，我便准你再讨一个赏赐吧！”

忽然想起过年时于飞燕对我说过泛舟天下，逍遥一生，我便淡笑道：“那就请三爷荣登大宝时，给木槿自由吧！”

原非白显然没有想到我会提这个要求，愣了一愣，然后冷冷道：“给你自由，好让你去和四毛子长相厮守不成？你莫要忘了他总有一日会回西域去的，等我成就大业，他定是妻妾成群，哪里还会记得你这个丑丫头……”话一出口，他似乎有些后悔，在那里看着我，再不言语。

我心中一痛，面上仍嘿嘿笑道：“不用三爷提醒，木槿自知身份低微，蒲柳之姿，断断是配不上四爷的。”

我帮他穿好鞋，站起身来，搔搔后脑勺，真诚地说道：“说实话，我并不喜欢帝王家的钩心斗角，也不适合这样的生活。我此生最大的愿望便是游历天下，泛舟江湖，自由自在地了此一生。三爷说得对，等三爷和四爷都成就了大业，必然是如花美眷充斥后宫，哪里还记得我这个丑丫头？所以，到那时就请三爷放了木槿吧。当然前提条件是，木槿这条小命还没有报销掉的话。”

我在那里嘿嘿强笑着，说到后来自己不觉也有些苦涩，等他们成就大业，还不知道我这个短命鬼在哪里呢。

原非白一下子将我抓进怀中，紧紧抱着：“你休要胡说，我一定让赵孟林想办法替你医治的……”

他那刚穿好的挺括新衣又被揉作一团，他却不放开我，紧紧抓着我的胳膊，狠狠吻上了我的唇。我的惊呼淹没在他那带些偏执的热吻中，我的脑海中闪现出锦绣那惨然的笑容，便使劲挣脱着：“三爷，新衣都弄皱了，您脱下来，我再给您拿一件吧。”

“我就要这一件，”他少见地执拗着，凤目看着我，“花木槿，你给我听着，即便你的寿命只有三十年，我也要完全拥有，你别再痴心妄想原非珏或是宋明磊会从我身边将你夺走了！”

我挣着离开他的怀抱，喘着气，愤愤地摸着咬破的嘴唇，都流血了。

我暗骂这个咬人的绝代波斯猫，听到后来，又忍俊不禁。得，这人真是听风就是雨，绝对属于心理变态的小屁孩。

“好！好！没问题，我的三少爷啊！”我在心中摇摇头。小屁孩，拿我当玩具啊？你说不放，我还不信我就真走不成了！

我面色一正：“今儿个是中秋，咱们就不要再聊我的去向问题了。等您成就帝业的时候，还记得我……再说吧。”

我无视他恼怒的样子，走过去扶他起来，替他整理袍子，还好没太起皱。我正要唤素辉进来，他却又一把抱住我。我挣不过他，索性就轻轻微笑着看他。

他眼中的戾气渐消，凤目静静凝视着我，装满了我看不懂也不愿去懂的东西，然后慢慢地双手抚上我的脸颊，又吻了上来。这一回他没有用强，温温柔柔地吻去了我唇上的血。

意乱情迷间，素辉同学在门外喊道：“三爷，紫园来人催了，说是靖夏王、小王爷、清大爷、长公主和主公已到西安城外了，夫人请三爷务必尽快赶到东门同去迎接。”

原非白慢慢地放开了我，恢复了一贯的清冷，凤目如一汪深潭。他扶着桌子慢慢走向门外。赵孟林真是神医，他说过今年原非白的腿必定大有起色，果然，现在的他已不再那么依赖拐棍。

他上马车前，深深看了我一眼：“我去去就回。你若是闷，便找三娘说说话吧，可别忘了我说的。”

“知道了，三爷！您可要加油，在侯爷面前好好表现，打败清大爷啊！”我高高地握着右拳，笑着对他欢欣鼓舞。

他终于松了眉头，对我露出个颠倒众生的微笑，上得车去。

我送走了原非白、韩修竹、素辉还有韦虎，趁谢三娘转身烧水的工夫，悄悄来到梅园，想偷偷溜出苑子去。可惜还没出大门，两个我不认识的护卫凭空出现，把我唬得跌坐到地上。他们向我单膝跪曰：“三爷有令，在三爷回来以前，姑娘万万不可出苑子，还请姑娘回去好生歇着，三爷即刻便回。”

原非白果然新增了护卫。我爬起来，拍拍衣服，对他们道：“我想去看锦绣不成吗？”

“木姑娘恕罪，三爷吩咐了，我等恕难从命。”那两个护卫极其有礼却冷淡地垂目答道。

我正打算硬闯，身后传来谢三娘的声音：“姑娘这是要去哪里？还不快回来帮我做点心。”

我对那两个冷脸子护卫恨恨地跺跺脚，悻悻地回转身。

小厨房里，我无精打采地捋起袖管，揉着面团。

“三爷最喜欢吃这鸡心饼了。夫人的手艺是咱们府里的一绝，三爷小时候，夫人经常亲自下厨给三爷做，那味儿香啊，就连清大爷和二小姐也偷偷过来吃。有一回三爷吃得太多，肚子疼了一晚上，把侯爷给急坏了，还狠狠训了夫人一顿，三爷以后便再不敢多吃了。”谢三娘一边教我做鸡心饼，一边絮絮叨叨地说道。

我心中一动，不由得脱口而出：“三爷真是个孝子啊！”

谢三娘见一直沉默的我开了口，便兴奋地说：“那是，夫人在世的时候，总是背着人偷偷地哭，三爷打小就不爱说话，可一见他娘亲哭啊，就会打开话匣子，逗他娘笑，可懂事了。所以木姑娘，你可是个有福的人，一定要好好伺候三爷……”

话题忽然一绕，又变成原非白个人崇拜主义思想教育课。我在那里讪讪笑着，硬着头皮听。

忽然，门外一阵骚动，一个冷面护卫进来说是押往京都的朝廷钦犯齐伯天越狱了，可能是逃进咱们苑子里来了，锦姑娘带人来瞧瞧动静。

我擦着双手上的面粉，想着那可是大庭皇朝有史以来最大的农民起义军的领袖人物啊，千年之后便是要进历史教科书的，便问那个护卫道：“三爷也回来了吗？”

话音刚落，锦绣银铃般的笑声就响了起来：“姐姐现在可真是紧着三爷，才刚分开多久，就想得不行了吧？”

我无奈地说道：“小丫头越来越不正经了。三娘刚做完鸡心饼，想让三爷尝尝而已。”

锦绣笑着从背后抱住我，顺手捞了一块鸡心饼往嘴里一塞，下巴靠在我的肩上，嘻嘻笑道：“三娘，您说我姐姐多矫情，明明就是想三爷了，还装！看，小媳妇都亲自下厨了。”

三娘知道锦绣是原青江身边的红人，恭敬地给她福了一福，唤着“锦姑娘好”，听到她这么说，便暧昧地看着我，掩嘴而笑。

我结结巴巴说道：“你、你莫、莫要胡说，你再说，就不给你吃了。”

我欲拍掉她伸向鸡心饼的小魔爪，她的动作却很是灵敏，左躲右闪，我怎么也碰不到她的手。

“嗯，真好吃，果然充满爱的味道。姐，还记得吗？你以前给我做烙饼，可老这么说，来，挑一块小花样儿的，我尝尝。”她在那里咯咯娇笑，男装佳人的绝色脸庞更是美艳动人。外面的侍卫都不禁有些眼神发直，甚至包括我们西枫苑那两个新调来的，据说是很professional（专业）的冷面护卫。

正笑闹间，侍卫搜查完毕，前来复命，锦绣点了一下头，便拉我到僻静处：“木槿，明儿个是我们的生辰，你要什么礼物？”

我轻轻摇头：“什么都不要，只要你平平安安的就好了。你要姐姐送你什么礼物呢？”

她敛了笑，凝视着我：“木槿，其实我和你想的一样，只要你平平安安就好了……”

我一阵心酸，眼中落下泪来：“锦绣，姐姐没有本事，让你受苦了……”

锦绣慌张了起来：“木槿，你不要哭，锦绣从来没有怪过木槿的。锦绣也从没有忘记，锦绣要永远和木槿在一起。你不会孤独终老，所以，你不要哭啊。”

我却哭得更凶了。锦绣替我拭着泪，自己也流下泪来：“你这个大傻子，总是为别人着想，真气人……”

我和锦绣相视破涕为笑了，互相拭着对方的眼泪，好像又回到小时候，互相扣纽扣，互相梳辫子，互相洗脸，互相拭眼泪，互相擤鼻子……

谢三娘硬让锦绣给在紫园中赏月的众位贵宾带了些鸡心饼，说是家常做的，刚出炉的好吃。我便偷偷给锦绣也包了一些，笑着送她到门口。

垂花门外，锦绣替我拉拉衣服：“天凉了，多加些衣服。现在也是个姑娘了，可别让人笑话，明儿个我差人送些好东西给你。”

“放心吧，三娘都给我预备好了，我这儿什么都有，你自个儿留着用吧！”我乐呵呵地将鸡心饼塞到她怀中。

她无奈地撇撇嘴，忽地凑近我的身边，用只有我才能听到的声音道：“看样子三爷的功夫是不错，不过你们也得节制些。”

我一开始没明白，还傻呵呵地看着她促狭的笑脸，回首猛地醒悟过来，脸一下子红到脖子根，抖着手，指着她明艳动人却可恶无比的笑颜：“你个小屁孩，你又胡说些什么？”

她状似无辜地大声说道：“谁是小屁孩了？你们都做了，还怕我说？看看你那樱桃小嘴儿，我倒奇怪，是哪只猫儿偷了腥啦？”

所有的侍卫齐刷刷地看向我，眼中尽是暧昧。好，这回我跳进黄河也洗不清了。我气恼地跺脚，转身就走，锦绣在我背后肆无忌惮地笑了起来。

我转身进了自己屋里，脸上还烧得慌，看着铜镜里因红肿而分外艳丽的嘴唇，自己也有些怔忡。锦绣今天为什么当着这么多人的面故意调笑我？以前她不是这样的。

得，锦绣这一闹，紫园更会传遍了我和原非白卿卿我我、如何如何。如果传到非珏耳中，他会怎么想呢？

正烦恼间，一个黑影蹿过，我的鸡皮疙瘩竖了起来。所谓“艺高人胆大”，我摸到了“酬情”，就出鞘刺去。事实证明，我高估了我的三脚猫武功，而且我绝对属于“盲目大胆”，几招以后，我张口结舌地看着我的“酬情”成功地帮对方斩断了铁链，然后顺利地落到了对方的手上，直指我的咽喉：“你若出声，俺便杀了你。”

昏暗的灯光下，只见一人乌黑的头发披散，和污泥纠结在一起，胡子拉碴，衣衫破烂，四肢戴着沉沉的手铐脚镣，唯有双目精光毕现，嘴边闪着一丝嘲笑。我想起了锦绣刚刚说要搜捕的囚犯，那此人便是齐伯天了？

我看着这位日后将在农民起义史上占有重要地位的人物，飞快地转动着脑筋，慢慢地对他点着头。

他绕到我的身后：“你带俺出去，俺便放了你。不然，俺便让你再也见不到你的情郎。”

我的手指触碰到右手腕上的珠弩，可巧的是张德茂帮我找人制作的珠弩，前天才刚刚送来，比原非白的那“长相守”看上去更精巧，而且里面的精钢小箭弩都染了剧毒，我给它取名“护锦”。

我对准他的大腿，正打算悄悄转动珠弩，听到他说的最后一句话，看样子他听了我和锦绣的所有对话。我心中灵光一闪，这是一个多么好的机会，出去见非珏啊！恋爱中的女人果然胆大包天，盲目无比！

我在心中呵呵奸笑着，对他说道：“好说，齐壮士，我一定带你出去，请你莫杀我。”

他阴狠地看着我：“你莫要耍花样，不然俺立刻让你人头落地。”

这小子说话还挺有意思，不过就这么出去，那两个护卫肯定会怀疑，而且他们也不会放我出去啊！

我侧脸看着他说：“齐壮士，你这副尊容，一出去就被人认出来了。我建议你稍微修整一下，换件衣服再走吧！你带我翻出苑子，我送你出西角门，逃进山里躲一宿，明天披金戴银地出来，必定无人认得出你来。”我说得唾沫横飞。

他呆呆地看了我一阵，点头道："此计甚好。你为何要帮俺？莫非是耍诈？"

咦？这人真的是那位农民起义军首领？很单纯嘛。你这么问，答案必然是否定的哇！

于是我诚恳道："不瞒你说，齐壮士，我和我妹子也是穷苦人家出身，为了给爹爹治病，才卖给原家的。你为咱们穷人出头，所以我一直心中敬佩。苍天在上，我断不敢欺瞒齐壮士。"我在那里发誓赌咒，手在背后打着叉叉，心说：老天爷，这个不算，这个不算。

他半信半疑地看着我，慢慢放下了"酬情"。

我对他说："你赶紧用我的匕首剃了须发，我的柜子里有一件三爷的替换衣裳，你快快换上，然后在三爷回来以前，我送你出紫栖山庄吧。"

我指着柜子，他让我去拿，我尽可能地放慢脚步，拿出那套衣服。这齐伯天的运气还真不错，正好原非白有件团福字白缎褂子，破了一道口子，他素来节俭，家常衣衫都是补了再补，谢三娘便一定要我亲自为他缝补一番。前几天我才让碧莹偷偷帮我补好送来，还没来得及拿回给原非白呢，要不然，以我的手艺，原非白绝对不会穿一件前襟上爬着一条"蜈蚣"的衣服，今天就将它送给这位农民起义军领袖吧。

他见我还算顺从老实，放下些戒心，一边对着铜镜刮胡须，一边从镜中谨慎地看着我。一会儿，一个长相不俗、颇有男子汉味道的青年出现在我面前。还真看不出来，刚刚还像个四五十岁的老头子似的，这会儿也就是个二十三四岁的小青年罢了。

他穿上原非白的衣服，我实在忍俊不禁，扑哧笑了出来。人果然还是气质更重要些。原非白穿这件衣服明明一身贵气，飘然若仙，这位同志穿上却怎么看怎么像王宝强。

他看了我一眼，脸上红了一红，出现了庄稼人特有的老实巴交的局促不安："你莫笑，俺还从来没穿过这样好的衣衫呢。"

我忽然觉得自己有些过分，当下躬了躬身，歉然道："对不起啊，齐壮士，我不该笑你，给你赔不是了。"

他举着"酬情"就要来扶我，我吓得赶紧躲开了。他在那里扭捏地脸红了，我则更怀疑这位仁兄是不是悬赏一千两纹银张榜捉拿，据说是极其阴狠狡诈的朝廷钦犯了。

他的轻功不俗，带着我轻轻巧巧地翻过了西枫苑的高墙。我们穿过恐怖的西林，一时片刻便出了紫栖山庄的大院。我看着天上光亮四射的玉盘，嘘了一口气，拱拱手："好了，齐壮士，我已送你出了山庄，你在这山里躲一宿，明日便可出去了。"

我从头上拔下两根银簪子，又摘下两只玉镯，塞在他的手里："我出来得急，身上没带银票。这些首饰，你拿去当了，买几件新衣，好好过日子吧。"

齐伯天虎目含泪，扑通一声跪倒在地：“这、这……俺强迫姑娘送俺出来，已是过分，若被人撞见，便是连累姑娘，怎好再收姑娘的东西？”

我赶紧扶他起来，笑着摇摇头：“我平生最敬壮士，区区黄白之物，何足挂齿？而且我看齐壮士也不像是那作奸犯科的亡命之徒，齐壮士为何要反朝廷呢？”

齐伯天咬牙切齿道：“不瞒姑娘，俺们家乡虫子闹得太厉害了，县太爷那里又不准灭蝗。俺们这些庄稼人，收成就是命啊，眼看没有收成了，俺的爹娘、三个妹妹都饿死了，俺那幺妹的尸体还未下葬，就被那些蝗虫给啃干净了。那地主儿子齐子雄趁火打劫，把俺的媳妇强抢去抵债，俺跑到地主家中去要人，他们便硬说俺要反朝廷。”说着说着，血泪相和着流了出来。

我暗叹一声。自古以来，农民果然是处在生活的最底层，难怪古代帝王总是重农抑商，而那些狗官靠着吸食这些贫苦百姓的血肉，还要光天化日之下鱼肉乡里，最后这些穷苦百姓只能是官逼民反。

我暗中记下了那个地主的名字齐子雄，又问齐伯天，他可知他的媳妇现在如何了。

他的泪流得更凶了：“秀兰被抢进齐府后，受不了折磨，悬梁自尽了。听说齐子雄将秀兰的尸身给喂狗了，俺一气之下，冲进齐府把齐子雄给杀了。”

我沉重地点了点头：“齐壮士，莫急。不出一年，定会有人为你平冤昭雪，让你回归故里的。现在赶路要紧，山高水长，后会有期。”

他向我感激地拱拱手道别，正要转身，我这才想起“酬情”在他的手上，便唤住他：“齐壮士，这把匕首乃是家兄所赠，可否还给我？”

齐伯天刚想把匕首递给我，一个声音冷冷传来：“大哥，莫要上当了。”

一把冰冷的利刃搁在我的脖子上，我的汗水慢慢流了下来，不过这个声音有点耳熟啊。

齐伯天赶紧说道：“小弟快放下剑，这位木姑娘乃是俺的救命恩人，快来替大哥谢过她才是。”

那声音又传来：“大哥真是糊涂，无论如何，她看了你的真面目，放了她，后患无穷。而且你刚才以武力相挟，她必记恨在心，带你出来只不过是为了脱身。你还了这把绝世兵刃，她必找机会杀你，不如让我斩草除根，一了百了。”

身后那人慢慢转了过来。月光下，一个身着夜行衣的少年出现在我眼前，风流俊秀，却是满脸杀气，竟然是夜市上那个卖诗文的少年齐仲书。我越看他越觉得眼熟，脑海中忽然跳出一个哭泣的小孩形象，我不由得脱口而出：“你、你是齐放吧，我是花木槿啊，一起被卖给陈大娘的那个花木槿啊，你还记得吗？我们那时候一起坐牛车的……”

齐放的手腕微抖，一个完美的剑花成功地堵住了我激动热情的认亲演说。他慵懒地说道："那又怎样？你的妹妹是原青江面前的红人花锦绣，姚碧莹现在是玉北斋的丫鬟，还有那死小子宋明磊和于飞燕都升了四品官，上次在夜市里都见过了。"

我心里一冷。六年不见，原来老爱黏着我和锦绣的爱哭鬼竟然变得这样冷漠了。

他冷冷地看着我说道："现在你们五个混得风生水起，而我和我哥凄惨落魄，沦落江湖，自然是不配与你们相认了。"他侧头对他那不知所措的哥哥说道："大哥，你可知道这位小姐是何许人也？她便是同我一起被牙婆子卖掉的花木槿，如今却已是踏雪公子的宠妾了。"

我看着他的眼睛，淡淡一笑："我不是宠妾，但我们小五义的确同在原家效力。原侯爷乃是当世英雄，独具慧眼，以你和齐大哥的才能，若能在原氏帐下，以原家的势力，不但能为齐大哥沉冤昭雪，得报大仇，更能富贵显赫，胜过一生逃亡，流落江湖。小放，跟我回去吧。"说到后来，我忍不住想拉他的手。

他剑一晃，我的手便已被拉了一道口子，伤口并不深，却足以令我立时闭了嘴。

"真是巧言令色啊，我原以为你这等姿色，不过是靠着花锦绣他们才混在原非白身边，原来还真有几分口才。"他冷哼一声，不屑地看着我。

我在那里有些气结。

"你以为我同我大哥一般老实易哄吗？你们这些贵族，有哪个心肝是白的，满口的仁义礼智信，却在光天化日之下鱼肉百姓，无恶不作，到死又怕自己平时坏事做多了，被打入十八层地狱，便又叫僧道急急地诵经超度，真真可笑至极。你以为我和我哥反皇帝老儿只是为了荣华富贵？哼哼……"他冷冷一笑，"你说得天花乱坠，说来说去无非想骗我和我哥堆上一冢枯骨，帮原家打下江山。哼，宁可断头死，安能屈膝降？我们要杀光所有的贵族，来偿还我们穷人所受的苦，今天就从你开始。"他咬牙切齿地说着，俊秀的小脸在月光下扭曲了。

我不得不承认，齐放同学的境界是很高的，起码他没有被荣华富贵所迷惑。可惜以暴制暴，岂是解决问题的方法？

还要杀光所有的贵族，这完全是孩子般的激愤想法，难怪原非白和宋明磊嘲笑他们是一群无知流寇，不足为惧。且他们虽然自称是替天行道，却只在汴州地区纠集些流民占山为王，杀些贵族，劫富济贫，却并没有很明确的纲领条规，以及清晰有步骤的进军路线和军事计划。而且聚集在一起的大多是地痞流氓、趁火打劫之辈，他们杀人劫财，却又不满齐伯天和齐放将太多的钱物分给穷人，故引起内乱，十天半月间便被官府剿灭了。

我暗叹一声，不慌不忙道："小放，我打心眼里敬佩你和你大哥一身傲骨，不畏权贵。可是有一点你弄错了，我虽然在原三爷门下，却不是个贵族。我和你、小五义本身，还有你大哥，以及千千万万个穷苦百姓一样，是因为天灾人祸和腐败的朝廷而家破人亡，无法安身立命。小时候在陈大娘的牛车里，你总说你想你的爹娘，想你的大哥，你不明白为什么他们要卖了你……”

“闭嘴，死到临头，你还想挑拨离间吗？”他厉声喝道。

他的剑尖已刺破我颈项的肌肤，温热的液体顺着我的脖颈往下流。我轻轻一笑，直视着他：“小放，我很高兴我们又见面了，可惜，仇恨已腐蚀你的本性，你心里住着一个魔鬼。所谓替天行道，杀尽天下贵族，不过是杀人劫财的借口，其实你已对杀人习以为常了吧。你明明知道无辜如我，却也因为杀太多人，不再有真正的怜悯之心。你以为杀了全天下的贵族真的有用吗？今天你杀了一个贵族，明天便会有千万个贵族靠吸食无辜百姓而生出来，这如何杀得尽？便是真杀尽了天下贵族，上梁不正，下梁必歪。轩辕无道、窦氏跋扈，天下百姓仍是在水火之中。既然大乱早成定局，真正能改变这乱世的，唯一可行之计便是早日推翻这腐朽的轩辕氏，彻底清洗社会风气，重建一个清明的政权，还百姓一个平安度日、和谐生活的乐园，不再有受苦的齐仲书、齐伯天。”我在心中默念着，还有最重要的是不要再看到锦绣绝望的泪容。

他在那里，眼神渐渐变得专注起来，而齐伯天的眼中闪出希望的光芒来。

“自古每五百年，必有明主兴，”我柔声道，“小放，我不想否认，我帮助原家亦是为了我们小五义能安身立命，可最重要的一点，便是我认为原青江和原非白便是能推翻浊世、救民于水火之中的当世英雄。你想想，以我一介女流，尚能得到三爷的赏识，那以小放和齐大哥的才华，如何又会错过原三爷的慧眼呢？我不想说什么良禽择木而栖，只是大丈夫有所为，有所不为，既然反了这可恶的世道——”我看着他的剑渐渐放低了，眼中出现了迷惑，毅然上前一步。他吓了一跳，向后退了一步，却又抬高了利剑，紧张地看着我，我则紧盯着他的眼睛，抬高音量坚定地说道，“索性彻底地改变命运吧，完完全全脱离现在的生活，让那些伤害过你、嘲笑过你的人看看你是如何建功立业、扶助无辜、扬名天下，这总胜过亡命天涯，流于盗匪。小放你是聪明人，难道不明白我的一片苦心吗？”

我终于明白，为何果尔仁和韩修竹说我机敏狡诈、城府极深、口蜜腹剑了。

我说得唾沫星子乱溅，难为他倒不以为意。我看着他眼中的震撼，那杀意慢慢动摇，渐渐丛生的是对正常生活的希冀，我心中窃喜不已。我鼓励地看着他：“小放，人世沉浮古犹今，谁识英雄是白身？”我自怀中取出一块木牍，正是小五义的信物，递了过去，“小放，我绝不强人所难，你好好想想。这是我们小五义的信物。若是有一日想好了，你便拿着它找我们小五义。你若觉得这是侮辱，亦可拿着它去西域投奔我大哥于飞燕从军，先建军功，驱除鞑虏，我们再来把酒言欢。”

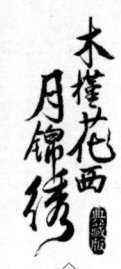

我举着那木牍，一片清明地看着他。我们三人在秋风中陷入了沉默。

明月下，少年定定地看着我，思索着，犹豫着，挣扎着。最终，他的剑尖极其缓慢地离开了我的咽喉，放了下来，然后谨慎地接过了我的木牍，向后退了一步。

我长长地嘘了一口气，笑着对他说：“小放，谢谢你能相信我。”

他在那里上下看了我两眼，忽地又架起长剑对准了我，我不由一愣。

“你果然还和小时候一样能说会道，不过，你又如何让我相信，你要回这把匕首，断断没有想要对付我大哥？”

孩子，你也太能折腾了！我在心中暗恼一阵，又思忖着，那时齐放不是卖给了一个看似斯文的读书人吗？他究竟经历了什么痛楚，才会变得如此不相信人呢？

我对他一笑，慢慢抬起手，像表演魔术一般，潇洒地向他摊摊手心，翻翻手背，意思是你看过了啊，没有问题啊。他略微疑惑地伸头看着我的一举一动，却紧握手中利剑。齐伯天一脸茫然。我挑了挑不怎么浓的眉毛，然后手臂直直地向右一伸，依然轻笑着看他，继而轻抬右腕，五支利箭已离弦而出。

我等了许久……

怎么没有动静？明明有东西射出来的！

我得意的笑僵了下来，看着莫名其妙的齐放和齐伯天。秋风吹来，一只乌鸦在我们头顶飞过。三个人大眼瞪小眼。

我在心中暗骂张德茂，你做不出来也不要骗我，现在害得我多丢人哪。

齐放面上出现嘲讽，正要开口，一阵极轻微的爆裂声自右方传来，然后一声巨响，一棵两人合抱的参天大树慢慢地向我们倒了下来。我们往后退了一大步。

齐氏兄弟满面惊惧地看着我，而我及时地收回惊诧，干咳了几声，强自从容地笑道：“现在你相信了吧，我若要害你大哥，有千百个机会杀了他，何必一定要用这把‘酬情’呢？”我心中惊喜交加，原来张德茂已将火药加进去了，不过，你这位同志也得先告诉我啊！

幸好，幸好，没射眼前这棵，不然非得重伤不可，那就更狼狈了。

齐放看着我默然半晌，目光极其复杂。

他再一次举起宝剑。我在心中叫苦，你这小子怎么这么拧呢，又要杀我啊！

然而他却没有向我砍来，反倒退了一步，将宝剑高举过头顶，直挺挺地跪了下来：“小姐果然世之高人，我兄弟得罪小姐在先，小姐仍然真心待我兄弟，为我等谋出路，然则我方才疑忌，且对小姐不敬，猪狗不如，今日羞惭难当，请小姐用此剑杀了我吧。”

齐伯天愣了一下，然后激动地看了我一阵，手忙脚乱地跪在他兄弟身边，很虔诚地给我磕了一个响头，脑门上肿了一个大包。我彻底呆了，半天回过神来，手脚有些发软地跨过那棵横在我们当中的大树，踩到的树枝弹了我的脸好几下。我磕磕绊绊地走到他面前，想扶他起来，但看着那把银光闪闪的利剑，不由得咽了一口唾沫，一手改放在背后，一手做优雅状轻抬，小心翼翼地说："小放，别这样，男儿膝下有黄金，快起来。"

齐放抬起头来，目光炯炯地看着我，"若是小姐还心怜我二人的贱命，那就请收了小人兄弟，我等今日月下立誓，齐氏兄弟从此愿为小姐效犬马之劳，若有背弃，乱箭穿心，鬼神同诛，以此清风剑饮血为证。"

我正要开口，他已干脆地用那把宝剑划过手掌，鲜血汩汩而流。我惊呼，他已取过兄长的手心也深深划了一道。

这一夜玉华焕彩，我为了见原非珏，将计就计地出走西枫苑，却万万料不到这样的情境。为今之计，若是说不，以他这样疑忌的心态，万一再恼了，又要杀我，恐是护锦也不顶用吧。我只好硬着头皮，笑着扶起他："我一介弱质女流，万万不可折辱小放和齐大哥，我一定会向原家力荐二位，委以重任。二位亦可堂堂正正地回归故里，重新开始你们的人生。"

齐放冷哼一声："小姐以为我等是利令智昏的无耻小人吗？侍候原非白？我等兄弟没有兴趣。小姐一定很讶异当年的爱哭鬼变得如此可怕吧？"

我张了张嘴，正要说话，他却接着说道："我六岁那年，算命的瞎子说，我会克死周围所有人。我的父母对此深信不疑，便将我卖给一个张秀才。那张秀才自号读书人，数次落第，抑郁难当，便成了个在半夜里折磨小孩、女人的衣冠禽兽。"他扯下左肩，只见苍白的肌肤上满是触目惊心的烙痕、刀疤、剑伤，一道道、一块块，竟无一块好肉。

我心中激愤难当。那一年齐放被卖给张秀才时，比我和锦绣都小啊！我的泪水不由得流了下来。他看着我，有些凄凉地说道："南诏打进了江陵府，杀了张家满门，我便被掳作南诏贵族的奴隶，过得更是猪狗不如。后来我九死一生地逃回了汴州，齐家村的人却硬说是我招来了灾难，差点被亲爹爹在祠堂里打死，若非大哥相救，我便死在亲生父母手中了。"他忽地面色一正，继续高举长剑，"师父金谷真人，曾为我算过命，父母相弃，流于盗匪，亡命天涯，除非命中遇到一个花样贵人。师父说妖孽降世，天将大乱，唯有那个月华溅玉的花样贵人，仁义智勇，必当风云天下，平定乱世，亦唯有此人可以改变我的命运。名利于放不过粪土，富贵于放亦如浮云，所谓士为知己者死，小姐若是瞧我不起，便杀了我吧。"

我正琢磨着这个理由如此怪异而牵强，他师父其实说的是花锦绣而不是花木槿吧，像我这等姿色平庸之人如何能称为花样贵人、仁义智勇，还要风云什么什么天下，平定什么什么乱世？

他却真的说着要抹脖子了。我惊出一身大汗，赶紧上前死死抱住他。这古人也忒偏激恐怖了吧。于是我只好收了这两个农民起义军首领做了兄弟。

然而，我怎么也想不到，这个当时我最不放心、最狡猾多端的齐放却真为了他师父区区几句话，为了今夜月下的誓言，便从此荣辱与共地跟随了我整整一生。

可无论如何，齐放却再也不愿直呼我的姓名，于是这一夜是我们重逢后他第一次也是最后一次唤我的名字。

我记得宋明磊曾说过西安东城有一处小五义的别馆，有紧急要事便持木牍去别馆找李姓老板娘，我曾怀疑那是张德茂易容的，汗！于是我让他们先到那里躲一躲。

月上中天，我拿回了“酬情”，送走了齐氏兄弟，一屁股坐在地上，抚着激烈跳动的心口，抹着一头一脸的冷汗，定了定神，然后施展不怎么高明的轻功，向玉北斋飞去。

西林，可怕的西林！

我尽全力在西林穿行，然而所有可怕的过往全在我眼前浮现，第一次在这里被白衣人追杀，然后原武和槐安葬在这里，他们的鬼魂会不会来找我聊天？

我打着哆嗦，总觉得有人在背后跟着我，于是不时地回头查看，好几次被前面的树枝扫到。

然而想见非珏的念头是如此强烈，我仿佛是一个在沙漠中饥渴万分的旅人，而那绿洲的影子却都化作了非珏的笑容。

终于出了浓密幽暗的西林，我回首，长嘘了一口气，正满心欢喜地再想举步，好像后面有轻微的声响。我再一次回头，月光下只有阴森森的树林随着秋风摆动，发出巨大的呼呼声，好像是恶鬼的呼吸。我浑身一颤，倒退了几步，离西林更远了些，然后转过身疯狂地向北边跑去。

我心中害怕，口中不停地唱着《害虫歌》，驱逐恐惧：“我们是害虫，我们是害虫，正义的来福灵，正义的来福灵……一定要把害虫杀死，杀死……”

我唱着唱着又觉得歌里面带了个“死”字更不好，胡思乱想间，一座灯火辉煌的园子已在眼前。我紧绷的神经才放松下来，玉北斋到了。

这是我第一次夜探玉北斋，来到近前，只听不断有明快的异域音乐传出，偶尔夹杂着男男女女的欢声笑语。我一怔，看这架势，非珏一定是从紫园回来了。这么晚了，玉北斋还这么热闹，莫非是有客来访？我还是从“后门”进去查探查探再说。

我绕到西北门，看到离墙根一米高处，有一块凸起的青石板，我借着这块青石板施轻功跳上墙。墙内那边正好有一棵大榆树，我便挪到榆树上，再慢慢爬高了些。

这时，一个娇滴滴的女子声音传来：“非珏哥哥，你这次去西域，为何待了这么久？我和我王兄可为了见你一面，硬是逼父王将行程拖了又拖，就想着能在西安见你一面。不知神圣女皇陛下的身体可好？”那声音娇媚轻柔，充满关切之情，连我这个女孩子的心也一动。

原非珏的声音传来：“有劳淑仪郡主操心了，母皇陛下一切安好。”

我有多久没有听见非珏的声音了呢？现在怎么这么磁性迷人哪？我不由心中一荡。那喜悦如平静的深潭丢入一颗石子，泛起涟漪，由心底传遍我浑身每一个角落，唇边不由自主地溢出了一丝笑意。我拨开了枝叶，想看得清楚些，可是实在太远了，周围又全是陌生的护卫，可能都是这位淑仪郡主带来的。

既然我已在明月之夜冒着生命危险来玉北斋，还爬上了心上人的墙头，不偷窥一下，还真对不起我这女色魔的名头。嗯！

我从怀中摸出让鲁元和韦虎用琉璃做的望远镜，我本来是想做副老花眼镜给原非珏，没想到在制作过程中，我和鲁元却先成功地搞出个望远镜来。我想给于飞燕用来探测军情不错，当然在行刺柳言生时也能派上用场，总之，我是深深感受到了人类的欲望推动着世界的发展，然而，我从没想到有一天可以用它来偷窥原非珏。

当时被原非白发现了，他先是在那里激动地摆弄了半天，过了一会儿他又回过神来，似乎有点琢磨出来我的本意，阴冷地看了我半天，把我看得那个毛骨悚然啊……然后，我的好玩意统统被他没收了。

不过所谓上有政策，下有对策，幸好我藏了一架微型的，嘻嘻！

嗯？原非珏同学这次回来变化很大呀！不但比以往更加丰神如玉，连吃穿用度也比以往不同了。只见他穿着一身月白锦袍，外罩银色对襟软烟罗纱衫，斜坐在大红织锦富丽团纹的波斯地毯上，神情慵懒，一手支头，一手拿着一盏雕纹精美的金托玉爵杯，而双手上都戴满了五色宝石的戒指，在火光下闪闪发光，怎么看，都有点像《阿凡提》里瘦了身的巴依老爷。

他魁梧健壮的身边紧紧挨着一个窈窕娉婷、花朵儿一般的宫装丽人。那丽人头上绾着京城最流行的、繁复华丽的乌云髻，一身火红的通袖麒麟袍，束着鹅黄织锦裙子，玉带宫靴，翠珠凤髻，因是坐在地毯上，金莲三寸随便一勾，鞋尖便露出龙眼大的两颗圆润明珠，颤颤巍巍地摇着，好不耀眼。

而他的右边坐着一个满脸酒晕的青年。青年披着天蓝金寿纱外套，大红金蟒结罗长袍，锦帽微斜，双眼色迷迷地盯着场中旋舞的四个波斯舞娘，一边打着酒嗝，一边口中叫着好，手中玉爵杯微倾，琼浆玉液溢了出来。酒香混合着那些半裸舞女身上的香粉味，冲击着我敏感的鼻子，伴着女子的咯咯娇笑，空气中流窜着一种暧昧的旖旎，那令人热血沸腾的靡丽散布在玉北斋的每个角落。

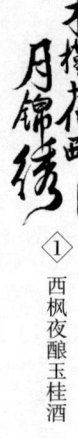

我心中一凛，原非珏这家伙竟敢背着我找小姐！

我的好心情正一点一点地坠向马里亚纳海沟，我继续咬牙切齿地看下去。那醉了七八分的青年，抱着身前的镶琉璃铜壶，咯咯笑道："非珏，你真是好福气，身边美女如云，尤其是你旁边这个丫头，简直是羞花闭月。"

他借醉抓住了正给他斟酒的碧莹，碧莹吓得惊叫一声，怎么也挣脱不了。

"非珏，把这个丫头送给我吧，我用我王府里十个美女跟你交换如何？"

一直微笑的非珏，笑容不变，但眼中闪过一丝恼恨，哈哈一笑："本绪小王爷，我这玉北斋里统共就这么一个粗使丫头，如何与你王府里的众多艳姝相比，还是将这几个舞姬送予你吧。"

不等轩辕本绪回应，非珏已向那四个舞姬使了个眼色，四人立刻绽放出最妖艳摄魂的笑容，团团围住了轩辕本绪，雪白迷人的身体蹭着他，拖着他到场中跳起舞来。碧莹这才得以惊魂未定地脱身。

一曲舞罢，乐呵呵的轩辕本绪跌跌撞撞地回来了，待喝了一口波斯美人手中的酒，转头看了一阵，又问非珏："喂，那美女呢？我记得她叫碧莹吧，真是碧玉莹润，人如其名啊。你如何让此等美人做粗使丫头了呢？当真是糟蹋了，还是送予我吧。这么着吧，我再给你五个精于厨艺、妙解宫商的宫人换了她便是……啊……"

"王兄，你喝醉啦……不怕王嫂啦？还有你忘了父王怎么嘱咐你来着，你倒好，正事未办成，倒先看上人家原四公子的丫鬟了。"轩辕淑仪娇声捏着轩辕本绪的耳朵。

轩辕本绪痛叫出声，酒醒了不少，面上呆愣了一阵，不悦地瞥了一眼轩辕淑仪，却绝口不再提要碧莹。非珏朗笑出声。我这才想起原非白对我说过，靖夏王爷的小儿子轩辕本绪是出了名的好色，又是出了名的惧内，是京城有名的纨绔子弟。

我心中暗想，这位靖夏小王爷素来与非白交好，今日为何到非珏的府上来？原非白还说是去应酬靖夏王爷和小王爷，却不告诉我这京城名媛轩辕淑仪也来了。看原非珏和轩辕淑仪聊天那亲热劲，绝对是旧识啊，可是连原非珏也从不告诉我他与轩辕兄妹相熟。

果然，是男人就都有撒谎的本性。我这才想起，既然宴会结束，非白定已回到西枫苑了，他也许已经发现我失踪了，指不定这会儿正到处找人呢。

我正犹豫着要不要回去，只听小王爷清了清喉咙："非珏啊，我父王马上就要正式跟原侯爷提亲了。放心吧，我家淑环可比淑仪要温柔漂亮多了，你莫要看着淑仪，心里担心未来的突厥皇后像她似的是个刁蛮丫头。”

闻言，仿佛有人突然从头顶上给我浇了一大桶冷水，冻得我直发抖。

非珏轻轻一笑：“淑环妹妹可是皇族第一美女，非珏如何配得上她？”

轩辕淑仪抿嘴一笑：“非珏哥哥，你有六年没见着淑环姐姐了吧。你小时候老把我们搞错，还记得吗？”

非珏喝了一口酒，平静无波道：“不是我老搞错，是你俩老爱戏弄我。我可记得你俩没事就爱往三瘸……三哥那里跑。”

轩辕淑仪脸色一僵，尴尬地笑了几声：“非珏哥真爱记仇，我们只是心怜非白哥哥腿脚不便，怕没人找他玩罢了。”

轩辕本绪笑着给非珏亲自斟了一杯酒：“非珏，小女孩懂什么，你莫要和她们一般计较，莫非你嫌淑环品貌不够当突厥皇后？”

非珏轻轻一笑：“非珏自小愚钝，哪里敢嫌弃皇族公主，更何况是淑环那样天香国色的品貌？只是三哥早就到了适婚年龄，兄长尚未成亲，非珏如何敢僭越？他的腿脚不便，更需要人照顾，淑环从小也喜欢他，不如让淑环嫁给非白吧。至于我嘛，等再过几年让母后做主便是了。”他一边说着，一边嘻嘻笑着猛给轩辕兄妹斟酒。

轩辕淑仪眼中闪过一丝惊慌，同她的哥哥面面相觑，有点不知所措。

非珏四两拨千斤地将淑环郡主推给原非白，我不由得在树上捂住了嘴，以阻止快乐的笑声泄露。他现在竟如此机智！

轩辕本绪嘿嘿笑了几声：“莫非你是为了那个叫碧莹的美人？”

非珏眼中忽地闪出一丝诡异，非常令人疑惑地叹了一口气，正要开口，轩辕本绪却潇洒地一甩沾满美酒琼浆的袍袖：“非珏，如此美人，要宠要疼，为兄甚是理解。美人楚腰纤细，不盈一握，拥在怀中定是让人销魂不已……”轩辕本绪一脸神往的色相，待轩辕淑仪咳了几下后，方回过神来，正色道，“只是，江山美人，孰轻孰重，非珏你心中应是有数啊！东突厥摩尼亚赫可汗当年谋逆篡位，杀父弑君，竟然把你舅舅和外公的人头挂在城头上，还逼迫你母皇充当宫廷舞女，卖到波斯，幸得果尔仁和原侯爷拼死相护，才从波斯逃回西突厥称帝。”

我听得心惊肉跳。

非珏也是咬牙切齿，恨声喝道：“摩尼亚赫，我必生食你的血肉，一雪我家族和母皇的耻辱。”

轩辕本绪沉痛地叹了口气，却不时揣摩着非珏的脸色，接着道：“现如今，东突厥残忍好战，时时欺辱你母后的西突厥，又屡次扰我大庭的边界。皇上和太后素来疼爱淑环，你也知道大庭向来不会有真正的公主和亲，如今却为了你破例，只要你点个头，他便封淑环为荣国公主。到时你带着淑环回西突厥荣登大宝，你我两家便是亲上加亲，能和我大庭联手，一举歼灭摩尼亚赫，为你母皇雪耻，岂不两全其美？”

非珏沉思不语，我的心意沉沉。这时果尔仁来到近前，他一向倨傲，这次却亲自为轩辕本绪恭敬地斟了一杯酒：“小王爷的美意，老臣代少主谢过。请小王爷放心，待老臣回过女皇，一月之内必有佳音。”

非珏猛地抬起头来，厉声喝道：“果尔仁，你胡说什么？母皇还未知晓此事，你怎可妄下断言？”

他的这一声大喝，所有人都被惊了一跳。四周突然诡异地静了下来，舞女们停止了旋转，呆在中场，害怕地看向非珏。连乐匠也忘了演奏。然后所有人都跪倒在地，三呼少主息怒。

果尔仁单膝跪地，却毫无惧色，目光如炬地看着非珏：“少主，老奴真的是胡说吗？素有雅名的小王爷和淑仪郡主尚且知道哈尔和林之耻，难道身为西突厥的继承人，少主您反而忘了您母皇所受的屈辱了吗？”他渐渐加重了语气，说到后来几乎是从牙齿缝中迸出来的。

非珏额头青筋暴起，却不再说话，只是在一边猛灌酒。

轩辕本绪有点吓着了，而轩辕淑仪看着非珏，唇边露出一丝轻笑。

阿米尔站起来大喊：“你们愣着做什么，快奏乐啊，快跳舞啊！”

欢快的音乐又起，舞娘们的笑声传来，腰肢扭得更是勾魂摄魄。那清脆急促的腰铃随着狂放的节奏，穿破这夜空，惊破了我的美梦。

我已记不清是怎么下的那棵大树，又走了多少路，等我醒过来的时候，我已在莫愁湖边。明月高悬，湖面上月影微漾，我形单影只，旁边的大槐树静默无声。

我轻抚粗糙的树干，唇边溢出一丝轻笑，原来我竟鬼使神差地来到了第一次认识非珏的地方。

有人说过，所谓爱情只是荷尔蒙作用下的化学反应，不过是促进人类繁衍后代的一种催化剂。岁月蜿蜒到现代，古今中外的人们依然在热血沸腾地歌颂着爱情，然而爱情在很多人的心中已悄悄地蜕变成了一种激情。

在前世，很多人告诉我爱情的保鲜度最多不过三五年时间，然后就会荡然无存。

我前世的女性独立刚强，自问潇洒，然而面对着不断的背叛、变故，尚且混乱不堪，狼狈收场，一如我的归宿。对这个时代天生敏感、柔弱无助的女子而言，渴望爱情的忠贞，是否更是一种奢望？

冰凉的秋夜，月儿在黑丝绒般的夜幕中静静地看着我。我回头，玉北斋早已不见踪影。然而那欢快的音乐，却在这深寂的中秋之夜依稀可辨。我的面前是波光粼粼的莫愁湖，再越过这湖面便是原非白囚禁我的金丝牢笼，里面有着原非白最华丽的鸟食，那便是一直诱惑着我的长相守。然而他看着我的眼神分明就是在看锦绣，那是我唯一的妹妹啊，我一直发誓保护却又伤痕累累的妹妹啊……

进退两难间，我苦苦地问着自己，究竟要何去何从。我浑身的力气仿佛一下子被抽干了，一股腥甜在喉间涌起。我不由得捂住口，跌跌撞撞地走到湖岸，双腿跪地，满口的血腥随着泪水涌出我的指间，滴滴落在莫愁湖中。

我忍着胸肋的剧痛，急喘着气，看着湖中波影破碎的我，一脸凄怆，苍白如鬼，而月影在湖中幽幽荡荡，一如我飘荡忧郁的灵魂。

就在这一刻，我忽然有种奇特的感觉，我之所以迷迷糊糊地穿越两世，无论是穿着吊带超短裙在淮海路上闲逛，还是现在病弱不堪地倒在莫愁湖边，血溅石榴裙，仿佛都只是为了寻觅一个人，一个能与我长相守的人。

愿得一心人，白首不相离！

前世我将那人当作长安，最后被撕裂得体无完肤，今生我又在心中将长相守画作非珏，那非珏心中可有我？即使心中有我，他背负国仇家恨，又如何长相守？

轩辕兄妹和果尔仁的话又浮现在我的脑海，心中绞痛，原来我错了，错得多么离谱……

待要从头反悔又何其可笑，原来这世上根本没有长相守，只有女人自欺欺人的幻想罢了。

我再也支撑不住了，倒在河岸湿润的泥土上，胸腹一片疼痛，眼前渐渐模糊。我又要死了吗？

我有多久没有想起我以前的名字了？对了，我想起来了，我叫孟颖。孟颖也好，花木槿也罢，为何你总是那么蠢呢，又和前世一样在心碎中死去……

一阵悲悯的叹息在我耳边传来，我感到有人把我扶起，在我的嘴中塞了一粒东西，好苦。那东西滑入我的喉间，一股辛辣传遍我的全身，我不得不苦着脸睁开了眼睛。

一个容貌不凡的青年男子扶着我，关切地看着我，他的身后站着一个风度翩翩的中年男子，那人只着一身青布衣衫，薄唇上方蓄着八字胡，修剪得极是精致漂亮。他凤目炯炯，眉宇间高贵轩昂，令人见之忘俗。

这个男人拥有一种超越年龄的魅力，明明那个扶着我的青年要比他年轻俊美得多，然而站在他的身边，便完全失了色。

“主子，小人已喂她服了雪芝丸，把她的血气压下去了。小人刚替她把过脉，应是无碍了。”青年慢慢地扶我站起来。

真是灵药啊，我的胸肋依然隐痛，但已能通畅呼吸了。我靠着旁边的树轻轻喘了几下，顺了顺气。

那青衫男子走上来，青年立刻躬身退了下去。男人递上一方帕子，关切地问道："姑娘可好些了，为何小小年纪就有吐血迷症了呢？"

我看了他几眼，确定他的凤目明亮，不似坏人，应是被紫园邀来赏月的嘉宾吧，然而这两人穿着如此简朴，又像是原家的幕僚。

我接过帕子，轻轻拭去嘴角的血迹，躬了躬身，轻声道："多谢两位先生的救命之恩。"

"姑娘不要客气，只是举手之劳，倒是夜寒露重，对姑娘的旧疾实在不好。不知姑娘是哪个园子的？让奉定送你回去歇息吧！"青衫人温柔地说道。

我的心中淌过一丝温暖，他说是举手之劳，可那治我的药明明就是名贵的灵芝丸，我怎好白占人家便宜？

我看了看莫愁湖的另一边，艰难地点点头。

青衫人若有所思："西枫苑乃是三爷的住处……那姑娘必是花木槿吧？"

唉，都是非白惹的祸，我这回还真成名人了。我讪讪地点点头："小女子正是花木槿，不知这位先生怎么称呼？改日一定登门拜谢。"

青衫人却没有回答我，只是在那里沉思着看我，复杂难测。那叫奉定的青年也看着我目光闪烁。

我被这两位恩人看得实在是越来越不自在，便轻轻一笑："两位先生一定见过我妹妹花锦绣吧！"

青衫人轻轻一笑，缓慢地点头："方才在紫园的中秋晚宴上……的确见过锦姑娘。"

我呵呵一笑："我猜，您一定在想我和我妹长得一点也不像，她比我长得好看多了。"

青衫人一怔，有些赧然："花木槿果然冰雪聪明。"他转过头："奉定，你快送木姑娘回西枫苑去吧。"

奉定点头称是，提起搁在地上的一盏白帽方灯，在前面向我恭敬地一躬身："木姑娘请随我来。"

奉定便在前方提灯引路，我见他明明是步履轻盈，想是轻功极佳，却极缓前行，应是考虑到我刚恢复，不敢走得很快。我便心生一丝感动，和青衫人慢慢走在后面。

"还不知这位先生尊姓大名，木槿改日也好登门拜谢。"我再一次问起这位恩人的大名。

“鄙人姓原，乃是原氏宗亲。木姑娘既是非白的人，万万不要同原某客气。”青衫人在我旁边客气地回道。

我心下感叹，我哪里是非白的人了？

这原先生一路上也没怎么说话，我回想着刚刚在玉北斋的所见所闻，黯然沉默着。

刚近西枫苑，两个人影立刻凭空闪现在正门边，正是新调来的那两个冷脸侍卫，活像我以前看过的动画片中忍者的闪亮登场，一看到我，二人都面色惊恐地跪了下来。

这时门吱呀一声打开，素辉看到是我，立刻从里面跳了出来，蹿到近前：“我的姑奶奶，你可回来了，你知不知道你把三爷给急、急、急……”

他看向我身后，愣住了，“急”了半天也没“急”出来。我忍不住笑出声来：“急急急，你到底急什么呀你？”

“木槿姑娘好生歇着，已是近冬，万万莫要在此凉夜散步了。”原先生和蔼地说了一句，倒也没在意目瞪口呆的素辉，向我和素辉微笑着点点头，转身便走了。

素辉继续在那里发呆。我累了一天，心力交瘁，想着既然素辉认得这个原先生，那就明天起来再盘问他这个原先生究竟是何方神圣。我直接进了自己的屋中，黑暗中也不点灯，闷闷地卧在床上。

一阵温暖的呼吸喷到我的脸上，原来竟有人早已躺在床的内侧，我吓得爬起来，正要尖叫，并思索是摸“酬情”还是用“护锦”，一双猿臂早已快一步将我紧紧抱在宽广结实的怀中，原非白的龙涎熏香直冲我的脑门。

我惊魂不定地闭了嘴，抬头只见黑暗中，原非白的两点寒星闪烁着无边怒气。我害怕地结巴道：“三、三、三爷，人、人吓人，是、是要吓死人的。”

他的目光如万年冰霜，在我头顶冷哼一声：“你也知道这个道理？那你又把我说的话当耳旁风，竟敢私自出走？明明就是你想要吓死我！”

“我哪有？”我便把齐伯天闯苑子挟持我逃出去的事告诉他，又把他们所受的冤屈一并说了出来。不过，我把他们兄弟俩归顺的事改说成我已将他们说服了要做个本分的老百姓。

我迎着他冰冷的目光，坐直了身子，说得唾沫横飞。他在床里，一手支着脑袋，看着我，将信将疑。

我给他看我脖子和小臂上的伤，道：“三爷，你看，这是他的清风剑划的。虽然我花木槿狡诈多端，但是惜命得很，总不会自己划自己一道吧，请三爷明鉴！”

他看着我许久，终于扑哧一声笑了：“你花木槿倒真是个神人了，连两个杀人亡命的逃犯都肯听你的规劝，放下屠刀，立地成佛了……”他忽又想起了什么，收了迷人的笑容，改对我微眯着狭长的凤目，犀利地看着我，“你莫非、莫非是借着他俩去看非珏了吧？”

聪明！聪明！聪明！我在心中连赞三声。不过你这人这么聪明做什么呢？

幸亏夜色中他看不清我的脸色，于是我清了清喉咙：“三爷，忙着逃命哪！哪还有如此浪漫的心怀。”我加重了语气，心说：其实我花木槿就是比你浪漫多了。

“那齐氏兄弟虽是大逆不道，却也是身世凄苦，被逼无奈方才走上这条路。木槿也是家破人亡，无家可归，所以木槿能理解他们。木槿打心眼里希望三爷能是平定这个乱世的英主，好让我们这些穷苦百姓过上平安日子，不要再背井离乡，饱受颠沛流离之苦。”我说得情真意切，他在那里动容地看着我一阵，眼神渐渐温柔起来。

他坐直了身子。借着床前的月光，我这才发现，他身上仍是出门时穿的一身宝蓝吉服，可见是一回来连衣衫也没来得及换，便往我这儿跑，我的心不由一颤。

他轻轻叹了口气，又把我拉进怀抱：“你哪里是无家可归了？这西枫苑就是你的家啊。木槿，我究竟该怎么做，才能让你的心定下来呢？我常常自问胸中有丘壑，却独独对你无奈……你、你这丫头……究竟在想什么呢？”

他轻轻抚摸着我的青丝，尖削的下巴搁在我的头上。我的泪串串掉下来，滴滴沾在他名贵的吉服前襟，满腔莫名的辛酸中，我不由自主地用双手环住了他。他的身体犹自一震，更加紧搂住了我。

许久，他在我耳边轻轻道：“木槿，你、你可愿嫁给我？”

我惊抬头，离开了他的怀抱。月光下他的目光透着坚定和期许，我终于明白了他出门前问我要何赏赐的用意，然而我的内心却不由自主地害怕了起来：“三爷，天晚了，我、我扶您回房歇着吧。”

我转身想下床，他却把我揪了回来，凤目带着海啸般的怒气，还有那一丝丝羞辱的受伤：“看来韩先生说得没错，我果然是自讨苦吃，你、你不识好歹……”

我的手被捏得生疼，却无惧地回视着他：“多谢三爷的美意，木槿只是一介蒲柳之姿，生来野性顽劣，从来没有妄想过要飞上枝头变凤凰，还是请三爷找个识好歹的美人做枕边人吧。”

他眼中狂猛的戾气丛生，在月光下看得我胆战心惊。他的手中又加了劲，于是齐放刺的剑伤刚刚止了血，又裂开了，鲜红的液体流了出来，沾染了我和他的衣衫。我疼得冷汗直冒，却倔强地不愿出声。

就在我以为我会热血流尽而死时，他终于松开了我，我立刻热泪滚滚地倒在床上，握住伤口，蜷成一团，低泣不已。

过了一会儿，我感到原非白下了床，就在我暗自松一口气时，他又回到了床上。我害怕地往床里缩，他却轻而易举地拉近了我，只见他的手里多了一瓶金疮药。他的目光恢复了平静无波，默默地替我上药，小心翼翼地包扎着我的伤口。

于是，那一夜，我在原非白的拥抱中沉沉入睡，迎来了我的十五岁生辰。而心碎魂伤的我，在昏昏沉沉中，只记得原非白不停地吻去我的泪水，似乎在我的耳边低吟道：“木槿，今生今世我是不会放手了，你就死心吧……”

第十九章

生生且不离

永业二年八月十六。阳光射进我的房间，我头昏脑涨地睁开眼睛，身边的原非白早已不见踪影，蹿入脑海的是昨天的一连串荒诞遭遇，满心的不可思议，就跟做了一场五花八门的梦似的！但撑起左臂，那阵阵疼痛和惊心的纱布又提醒我，昨天不是梦。

今天是我和锦绣的生辰。我打起精神，伸了个懒腰，决定好好梳洗一下，等锦绣过来陪我过生日。

这时三娘的声音从屋外传了进来："姑娘醒了，三娘能进来伺候姑娘梳洗吗？"

我应了一声，三娘兴冲冲地进来，身后那两个冷面侍卫抬着一大桶热水进来："姑娘净身吧。"

我奇道："三娘，大清早的您干吗要让我净身啊？"

三娘呵呵笑着："到底还是个孩子，昨儿个三爷既在你这儿过了夜，你总得清洗清洗。三爷今天还专门嘱咐我，说是你昨儿受了伤，要好好照顾你。"

我在床上浑身烧得冒烟了，三娘犹自说下去道："三爷也真是的，虽说庄子里上上下下都知道木姑娘早晚是三爷的人，但也该给你准备一身新嫁衣，你昨儿个还受了伤。真是的，怎么样，三爷昨儿个没伤着姑娘吧？"

我张了张嘴，还没回话，谢三娘已径自扶我进了大水桶："不过姑娘别介意，我打三爷一出生就跟在三爷身边了。我看得出来，三爷是越来越离不开姑娘了。今儿一早，去紫园给老爷太太请安之前，三爷还痴痴地站在姑娘门口好一会儿哪！说是昨儿在这儿过了夜才知道这西边的房子太阴冷，对姑娘身体不好，以后姑娘就搬到东边的赏心阁去，和三爷在一起也好有个照应。"三娘小心翼翼地将我的手搁在桶边，轻轻地替我擦拭着身体，看我耷拉着头，便又说道，"姑娘莫担心，三爷虽是王公贵胄出身，但绝非寻常的花心少爷，他是我看过最有情有义的孩子了，所以我断言，姑娘跟着三爷定是终身有靠了。再说现在锦姑娘也得宠，说不定等姑娘有了身孕，还能当上正室呢。”

我实在听不下去了，一下子滑入浴桶。三娘肥嘟嘟的脸在我上方惊呼着，我躺在桶底无声而笑。

用过早饭，三娘硬是押着我坐在梳妆镜前给我梳妆，光一个头发，她就花了一个时辰。她给我梳了个时尚的双环扣月髻，梳得水鬓长长的，插上了原非白送给我的东陵玉簪和步摇簪。我本想换件新的湖色绫花裙，三娘说是太素净，硬让我换上了银红纹锦斗绫衫，白绫披肩，月下白衣水纹绫裙子带织金沿边小幅圆摆，红白相间，甚是漂亮。她又给我搽上了脂粉，嘴上抹上了小醉仙送的胭脂。打扮停当，我凑近铜镜，自是从未有过的美艳，不过我琢磨，怎么越看越像电视剧里的小妾打扮呢？

这时素辉手里拿着一个泥罐冲了进来：“木丫头，你看我的常胜将军……”他看到我，愣了一下，啧啧赞道，“啊呀呀，木姑娘，你这三分人才，果然是要七分来打扮……”

他还没说完就被三娘捶了一拳：“竖子，你又胡说，木姑娘本就长得好看。你怎么又玩虫子，还嫌蝗灾闹得不够啊！”

三人正笑闹着，这时侍卫打着帘栊回话，说是锦姑娘差紫园里的初画前来送东西给我。

我赶紧让侍卫迎初画进来。许久未见的初画又长漂亮了许多，我本想亲热地拉着她的手说话，没想到她却一闪，疏离地向我福了一福，恭敬地称我为木姑娘：“木姑娘，今日锦姑娘本要过来和您一起过生辰，只是没料到侯爷在紫园为她摆生日宴了，就让我来告诉您一声她晚上再过来。侯爷本来想请您过去，和锦姑娘一起热闹一下，只是昨日见您旧症复发，恐人多，您身体支撑不住。”

我一愣：“侯爷怎么会知道我昨日旧症复发……”我惊叫出声，莫非昨日的那个青衫原先生便是原青江？

初画疑惑地看着我，然后递给我一个花梨木首饰盒：“姑娘难道没见过侯爷吗？这是他给您的如意八宝首饰盒，说是昨日初次见面，没怎么准备见面礼，趁着您生日他就一并送您了。里边是些已故谢夫人用过的珠宝。侯爷亲自加了些名贵的药材放在里边，他嘱咐您千万收下，好生养病。”

初画见我呆在那里，有些不知所措，连唤数声，我才回过神来。这时三娘过来了，看到了那首饰盒，连连惊呼道：“这不是谢夫人以前的首饰盒吗？”

她打开首饰盒，里面珠宝的光辉映着我们的脸庞，她不由热泪盈眶地说：“这首饰盒是侯爷迎娶谢夫人的时候专门送给夫人的，夫人过世后，这首饰盒就怎么也找不着，原来侯爷一直好生收着，这里面的首饰竟然一件也没少。”

初画的眼神透着一丝黯然，正想回紫园，我拉住了她，递给她一面用油布包着的银镜，这是我让鲁元专门为锦绣做的生日礼物。我便请初画带给锦绣，又偷偷塞给初画一对珍珠琥珀耳坠：“初画，这是上次在七夕夜市，我给你挑的，一直都想着什么时候能给你，所幸今儿个见着了你。”

我帮初画戴上，她有些感动地看着我：“好姐姐……”她见三娘在旁边，欲言又止，“谢谢姐姐的耳坠。姐姐要好生照顾自己，初画回去了。”

我望着初画远去的背影，心想初画要对我说什么呢？还有昨晚为何那么巧会遇见原侯爷呢？而且在莫愁湖边……

不好，莫非自西林到玉北斋、莫愁湖，我一路上都被他跟踪了？那他岂不是知道了我和齐氏兄弟的对话，看到了我偷窥原非珏……

我浑身冒着冷汗，而三娘犹在那里细细抚摸着首饰盒，流着眼泪，激动地对我讲着每一件首饰的故事。

“姑娘大喜了，侯爷既然把这首饰盒赐给了你，必是把你当他的儿媳妇了。”她忽地蹦出一句。

我打了个冷战。原青江果然看到了我昨日偷窥原非珏。谢夫人是出了名的贤惠忠贞，他赠我这个首饰盒也是在告诉我，我得本本分分地做非白的枕边人，再不能心猿意马。

我颓然倒在座位上。三娘见我脸色不好，以为夏秋交替，我旧伤复发，便急急地送我回房歇午觉。

昨夜我没有睡好，于是一沾床便进入了梦乡，然而我竟做了一个很奇怪的梦。

梦中，一棵巨大的木槿树开满嫣红的花朵，一个俊美得雌雄难辨的神人靠着粗大的树干，一手支着额角，平静地休憩着。他的乌玉墨缎流泻腰腿，长长的睫毛覆着双眼，木槿花瓣静谧地在空中飘落成雨。他的周身流转着说不出的祥和平静，而看那面容竟然是那个紫浮？

我害怕起来，心想我怎么进入这样的梦境，就在我拼命想醒过来时，那个人睁开了眼，向我转过头来。

我吓得每一根汗毛都竖了起来。他那妖异的紫瞳透过木槿花雨凝视着我，对我温柔地微笑起来，那微笑就和地府中对我那莫名其妙的微笑一模一样。旋即，他微启朱唇，对我温柔道：“你来了。”

疑惑间，他已来到我的眼前，他比我想象中更高大壮硕，他依然对我微笑着，手抚上我的脸颊……

我惊醒了过来，然后发现一个红发少年正在痴痴地抚摸着我的脸颊，我惊喜地发现竟是非珏。

“非——”

我刚一开口，他就捂住了我的嘴：“嘘……木槿，我是偷偷从紫园你妹妹的寿宴上跑出来的。快，跟我来。”

他拉着我熟门熟路地出了西枫苑，来到莫愁湖的对岸，我们又来到了那棵大槐树下，也就是我昨天吐血的地方。

他左右探头探脑一阵，确定无人，便回过头来，抱着那棵大槐树，低声道：“木丫头，我可想死你了，你最近受苦了吧，为何脸这样粗糙呢……”

我用手指捅了捅他的腰，泄气地咳了几下：“非珏，我在这儿。”

“啊？”他在我和槐树间转头转脑一阵，最后选择抱住了我，“木丫头，我可想死你了。”

我的手环上了他健壮宽阔的背，泪水慢慢盈满眼眶，颤声道：“非珏，我也好想你啊！你怎么才回来？”

“我、我……母皇让我熟悉宫廷的情况，所以就耽搁了，你莫要生气啊！”他捧着我的脸，难过地说，“我听说你旧伤复发了，差点过不了夏天，现在可好些了？”

我流着泪点点头，努力挤出一个笑容：“已经大好了。非珏，你现在整个人看上去都不一样了。”

我拉着非珏坐在太湖石上，拿出一方丝绢，替他小心地擦拭着额角的汗渍：“你的无泪神功练好了吗？能看到我了吗？”

“无泪神功已经练好了，可是我的眼睛和脑子还是会有时好，有时乱，大约得半年时间才能恢复到正常人的状态，所以，我还是看不到你……”他越说越小声，然后讨好地对我一笑，“你别急，木丫头，我虽然看不到你，可是认得出你，你身上有一股特别的芬芳，就像昆仑山上的玫瑰一样诱惑着我。无论我在哪里，我都忘不了你。”他紧紧拉着我的手，痴痴说道。

他从怀中掏出一根银链子：“这是有一天我偷偷溜出皇宫，逛集市的时候，一个楼兰老头给我的。他说这可是稀世珍宝，我只要把这个挂在情人的身上，那无论她到哪里，无论她改变了多少，我都能一眼认出她来。你拿着，就算是、就算是我给你的生辰礼物吧。”他小心翼翼地给我挂在脖子上。

我看了看，那是一根普通的银链子，而那坠子是椭圆形的，银片上用红松石镶成了一朵小花，做工十分粗糙，可勉强臆想成一朵玫瑰。我想那老头一定是见非珏眼神不好，故意骗他的。

我也不说破，只是满心欢喜地拿着："非珏，这链子好美，你又花了好多钱吧。"

"还好，我只给了他五十个金币，他一下子乐得离开了。阿米尔他们硬说这件宝贝是件假货，说我被骗了，你若也不喜欢，就算了。"他冷哼一声，别过头去。

"非珏，我好喜欢这链子。"昨夜那满腔酸楚霎时间柔柔地化作春雨洒向心间，我双手捧着那廉价的银链子，仿佛捧着世间最宝贵的珍宝，对他甜笑。

他这才回过头来，脸上带着一丝欢喜、一丝羞涩，低低说道："你喜欢就好。"

他将我圈在他的怀中，我轻轻靠着非珏的猿臂，静静享受着这温馨一刻。我问非珏："非珏，你想知道我长什么样吗？"

非珏认真地点点头，用大眼睛看着我，深情地说："木丫头，我天天做梦都在想你的模样。"

我拉着他的手慢慢抚上我的脸："非珏，那你好好'看看'我的脸。"

他抚摸着我的脸，露出孩子一般纯真的笑意。他的掌心因为长年练武而长满茧子，轻轻触碰着我的肌肤，一丝丝奇妙的酥麻传至我的全身。

我痴痴看着他的痴眸红发，心中不禁想要时间就停在这一刻多好，我愿意穷尽一生在心中印刻下他此时的模样。

我心中忽然冒出一个念头，把我自己也吓了一跳，可我还是开了口："今儿个既然是我的生辰，干脆、干脆……"我握住非珏的手，看着他的笑颜，脱口而出，"你、你就把你自己送给我吧！"话一出口，我的脸一下子烫了起来。

非珏像触电似的收回了他的手，他向后一退，站了起来。

他俊美的脸通红，弱视的双瞳却闪着奇异的光彩。他在那里定定地看着我，却没有我所想象的惊慌失措，只是嘴角渐渐勾起一丝笑容，憨憨的，又傻傻的。

浑小子，我怎么觉得其实你就是想让我说这句话呢？

不管了，我还不知道有没有十五年可活，还不知道明天的紫园又会怎样！

此时此刻，我只想拥有非珏，哪怕只拥有一时一刻。

我鼓起勇气，也站了起来，向他进了一步，而他，竟然退了一步。

他依旧挂着那丝傻笑，呵呵乐着，脸更红了。我气呼呼地扑进了他的怀中，他总算没有退后，只是紧紧拥着我的腰肢。我仰起头，心扑通扑通直跳，非珏好像又长高了，他这样温情脉脉地看着我，多么英俊啊！

我双手挂着他的脖子，轻轻将他的脑袋拉下来："非珏，我要你永远记住我……"

我喃喃自语着，淹没在我给他的第一个吻中。我轻轻啃咬着他的唇，他在惊愕中开了口，我的舌滑进了他的口中。他的口中残留着家宴上葡萄酒的味道，甘甜醇美，我贪婪地吮吸着他的味道……

非珏，非珏，你可知道，自从我第一次见到你，我便彻底沉醉于你这双深情的瞳仁了。

忽然，非珏叫着离开了我，委屈地捂着嘴看着我：“木丫头，你怎么咬我呢？”

一阵秋风吹过，一只青蛙有气无力地呱呱叫了几声，扑通一声跳进莫愁湖。

我目瞪口呆地站在那里，他又开始智商紊乱了？

只见他对我抽抽搭搭地道：“你干吗咬人呢，你看看，都流血了。”

苍天啊，大地啊，为什么你偏要选择在这个时候脑袋发昏呢？这不存心坏我好事吗？莫非我真是和你八字不合，今生无缘吗？

我本待发作，大声骂他几句，然而看到他在那里孩子一般伤心哭泣，心中慢慢地酸酸楚楚地涌上一阵爱怜。他还不是和我一样是个痴儿啊，我和他的不同，只是在于他背负国仇家恨，为了练绝世武功而走火入魔，而我却痴心于追求那可遇而不可求的长相守！

我叹了一口气，走过去，拉着他的手，低声下气道：“对不起，好非珏，你莫要怪我，我以后再不这样咬你了……可好？”

以后恐怕也没有机会再咬你了。我在心中黯然想着，伤心地看着他在那里点点头，抽泣了几声，止住了哭声。

我拉着他并肩坐在那棵大槐树下，一手拉过他的猿臂圈着我：“非珏，咱们是在这棵槐树下第一次见面的，你还记得吗？”

非珏认真地想了想，泪痕未干的脸上笑开了：“对，我记得这树的味道。那时你在捉金不离。对了，你到现在都还没告诉我，你捉金不离做什么呢？”

于是，我们开始聊着第一次见面的情景，慢慢诉说着对彼此感情的渐变、加深，两情缱绻，有诉不尽的相思。

他搂着我，兴奋地说着他在西域的所见所闻，感慨着他的国土是如此辽阔，物产是如此丰富，民风又是如此淳朴，总有一日他要带我到他的疆域上，去好好欣赏这西域壮丽宏伟的山川土地。

我笑吟吟地听着，想象着西域的美景，不由得激动了起来。

忽然，非珏似又想起了刚才生日礼物的问题，略显疑惑地问：“木丫头，我记得你方才问我要什么东西来着？我怎么记不起来了呢？为何我的嘴唇流血了呢？”

我怔怔地看了他一会儿，苦笑不已。他看着我，捧着他那颗脑袋苦苦思考起来，过了一会儿，恍然大悟道：“啊……我、我想起来了……”

我的脸又烧了起来，不由自主地别过脸，但忍不住又回头看向他。他定定地看着我，酒瞳蓦地闪现那奇异兴奋的神采。他一下子跳了起来，捧着脑袋疾步走了几圈，红着脸看看我，又疾步走了几圈，然后猛地抱起我，飞舞了几圈，大笑着叫道："我的木丫头，我就知道，你肯定会要我的。"

我害羞地将头埋在他的胸膛中，他那欢快的笑声从他的胸腔里传出，震撼着我的心。我抬起头，阳光在他那难得梳得一丝不苟的红发上流动着，闪烁着耀眼金光。年轻的脸庞洋溢着我从未见过的愉悦，那瑰丽的酒瞳深情地凝视着我，如红宝石一般熠熠生辉，里面映照着我娇羞的容颜。

许久，他闭上眼睛，光洁的额角轻轻抵上我的，满足地呢喃："木丫头，为什么我会这么喜欢你的气味呢？你可知道，我有多渴望就这样、就这样，永远永远就这样抱着你。"

大槐树在秋风中轻轻摇曳，几片树叶悄然地、淘气地飞到非珏的脸上、身上，我正想轻轻替他拂去，他却忽地睁开眼，喜滋滋道："木丫头，我们去樱花林吧，你……我、我就在那里把我自己送给你吧。"

我的脸烫得厉害，还没开口，他已腾空飞起。

这是我第一次见识到非珏的轻功，彻底叹服，这才叫真正的高手啊。像我那三脚猫轻功，勉强也就能跳个一米左右，而且还得借着物体才能跃起。可非珏竟然轻轻地凭空一跃，就已跳过大槐树的树顶，转眼间，已不见踪影。

啊，不对啊？樱花林在北边后山，而非珏好像带着我往东边的紫园方向飞去啊？

疑惑间，非珏已来了个紧急着陆。他放我下地，像小鸡啄米似的，在我的脸上啵啵亲了两口，严肃而着急地说道："木丫头，我想起来了，我们突厥人在行成人礼以前定要净身祭神的，你先等我一下，我去去就回。"

当他说到那个"回"字，人已在百米之外了。我再一次目瞪口呆站在那里，张了张口，欲唤非珏的名字……

很多年以后，当我再次回想起我的这个生辰，我才发现很多事情，可能冥冥之中早已注定了。

非珏的身影渐渐消失。我无奈地叹了一口气，心想，待会儿非珏还能找到这里吗？

一阵浓郁的香气飘进我的鼻间，抬起头，才发现我在一丛洒金飘逸的桂花林中，周围是一片江南雅韵的山石园林、亭台阁楼。这里好像是紫园的月桂林吧！

我心下暗暗叫苦，非珏果然又搞错方向了，怎么好好的带我到紫园来了呢？原侯爷早就下了谢客令，今天不准我上紫园来，这回万一碰到紫园的人，肯定以为我要沾锦绣的光，不请自来，可怎么好？

算了，我还是先回去吧，非珏找不到我，一定还会回西枫苑来的。

我刚抬起脚，却听到前面好像走过来两个人，我匆匆忙忙地往旁边的假山里一猫腰，躲了起来。

“宴席才刚开始，三爷这是急着去哪里？”一个再熟悉不过的声音传来，甜美如甘泉，却隐含着一丝不悦。

我的心一动，这不是锦绣吗？

“非白一身酒气，甚是不雅，想回去换一件衣裳。”非白淡淡的声音传来，犹如天籁。

我悄悄一伸脑袋，洒金桂林下，一对璧人站在那里。原非白一身银灰金寿纱外套，内里一身月白锦袍，腰间缀着他最常戴的镶珊瑚透雕青鸟八仙花玉佩，玉冠高束墨发，站在桂花树下长身玉立，如白玉无瑕。

锦绣穿着一件月下白透地春罗，淡紫红绘纱女袄衬底，系一条素白秋罗湘裙，刚露那绛瓣蝴蝶弓鞋，织银沿边大裙摆拖曳着满地金黄桂花，胸前挂着八宝瓔珞，头上斜插一支金掠细巧金凤鬓钗，凤头咬着一颗稀世紫水晶，映着紫瞳更是光华四射。那绝色面容上做了精心装点，更是沉鱼落雁，惊艳异常，满树飘摇桂花竟在她面前黯然失色。

她轻轻走近非白，勾起一丝浅笑，那笑容里却有丝苦涩：“三爷急着回去，是为了见姐姐吧？”

非白抚着桂树，点头道：“木槿昨日被逃犯伤到，非白想回去看看她好些了没。”

我听得一愣。锦绣的身形一顿，潋滟的紫瞳不由看向非白身侧的桂树，迎着桂花雨，她淡淡地说：“三爷对姐姐的深情真真让人感动。古人云一日不见，如隔三秋，如今方才过了一个多时辰，三爷便相思若渴了。”说到后来，锦绣的声音冷若冰霜。

非白凝视着锦绣。黑眸绞着紫瞳，惊才绝艳的两人一高一矮，一白一紫，映着桂花飘香，耀眼无比，仿若仙境天人。在假山里窝着的我不由得痴了，柔肠百结，痛郁沉杂，像打碎了五味瓶一样，翻来覆去，最后唯一沉淀的想法是一点悲凉的感叹：这两人是如何的相配啊！

久久地，非白终于移开了目光，轻轻叹了一声：“今日是姑娘的寿宴，姑娘久不出现，侯爷定会遣人四处寻找，姑娘还是回宴席吧。”

“三爷为何现在对我如此冷淡？”锦绣忧郁地道。

非白微一欠身，彬彬有礼道：“此处乃紫园重地，人多嘴杂，侯爷现在宠爱姑娘有加，一时半刻都离不开姑娘……为了姑娘的前程，所以……非白还是请姑娘回宴席吧。”说罢转过身，扶着桂树向西走去。

锦绣的面色煞白，一片气苦。她紧咬朱唇，提起精工绣制的裙摆，上前一步走到非白的面前，直视着他：“你这般待我，是果真爱上了我姐姐花木槿了，还是气我马上要嫁给侯爷？”

非白身形一震，神情不变，眼神却冷了下来："姑娘忘了吗，当初是你让我留住你姐姐的。"

"是啊，是我让你留住木槿的……"锦绣凄惨地看着非白，反复地说着这句话，那浓重的忧郁从她身上散发出来。

我的心如被人猛击一拳，疼痛得颤抖了起来。

锦绣，你……原来是你让原非白禁锢我的自由的吗？为什么呀？

我恍惚地听到锦绣喃喃说道："我原本想，姐姐是我们小五义的智多星，其才华比之宋明磊高强百倍，而且大哥和碧莹也都听她的，只要你拥有了她，能让她为你所用，小五义便也为你所用了，那你成就大业必是指日可待。"锦绣颤着声音，紫瞳渐渐噙满泪水，终如断线珍珠，悄然滑落，"然而、然而我自问是有些私心的，若你有了姐姐，我也可以多些借口时常来看看你，可是、可是看到你和姐姐那情投意合的模样，我又忍不住心里难受，好像在我的心上生生插上了一把刀一样。"

"你这又是何苦呢？"非白脸上终于出现了一丝痛苦，他不由自主地伸手想给锦绣拭泪，可手在半空中却又停住了。

而锦绣却一下子牢牢地抓住他修长的玉手，伸向自己的脸颊，泣不成声："每当我看到姐姐那越来越美丽幸福的脸，我就忍不住嫉妒，那种幸福本该是我的……我的。"

那晶莹的泪珠滴滴落在非白的手掌心，非白的玉手剧烈地颤抖着，再也无法收回，只是紧紧反握住锦绣的双手，朱唇微启，饱含情感地唤着一个名字："绣绣……"

锦绣猛地抬起头来，梨花带雨的脸上终于出现了笑容。那笑容是我再熟悉不过，如朝阳初升，月辉轻洒，然而那笑容却又好像是我从未见到过的，那是恋爱中的女人特有的，带着一丝凄艳、一丝辛酸、一丝浪漫。她扑进非白的怀抱，深深啜泣。

非白的双臂欲环上她的娇躯，可是挣扎许久，却又终于放了下来。

"绣绣……昨日之日早已过去，而今……一切皆是不同了。"非白飘忽而苦涩地说着，忽地面色一沉，"有人在附近，快躲起来。"

非白轻推锦绣，锦绣也立时敛住了泪水，收了涕泣的小儿女之态，眼神中出现了一丝惊慌。

"言生刚才好像看见锦姑娘往月桂林去了，今年的桂花开得香气袭人，侯爷不如到桂园走走吧，顺便去寻寻锦姑娘也好。"柳言生的声音阴阴柔柔地传来，吓坏一双小儿女，惊破满腔怀春梦！

锦绣面如白纸，用唇语对非白说了几句话。非白的脸色亦是大变，冷冷一笑，凤目迅速环顾四周，便抬手向我所藏的山洞一指。锦绣一点头，在我还没反应过来时，她已迅速躲了进来。一见到里面藏的是我，她立时如遭电击，怔在当场，那眼中的震撼恐惧，我根本无法用言语描述。

小时候，我记得我们还在建州老家的时候，总是和花家村里的小伙伴们玩捉迷藏。我们的规矩是，谁找到了锦绣，谁就能在玩家家酒时，做锦绣的小相公。

锦绣对于这个游戏总是乐此不疲，她拉着我，一次比一次藏得深，一次比一次躲得远。有一次我们躲得实在太好了，我们左等右等，怎么也等不到小伙伴们来找我们，我终于渐渐累得打着哈欠，最后昏昏睡去。

醒来时，夜空已满是璀璨的星星，锦绣却依然抱着腿，伸着小脑袋，强打精神张望着，最后我只好背着她慢慢往回走。我记得那时她在我肩上伤心地流着眼泪，怯怯说道：“木槿，要是有一天我藏得连你也找不到了，怎么办呢？”

我安慰她：“不要怕，姐姐有的是办法找到你。”

听了这话，她才破涕为笑，在我肩头安心地睡着了。

那一夜，我整整走了两个时辰才回到家，到家时我的双脚早已磨出泡来，而还在世的娘亲和爹爹眼睛都熬红了，见到了我俩喜极而泣。

想来，我和锦绣已有多少年没有玩捉迷藏了?

今时今日，对面依然是我此生唯一的孪生妹妹，一起猫着腰躲在这假山洞中，恰如童年时我们所玩的捉迷藏。如今的锦绣没有了小时候的胆怯懦弱，虽竭力保持镇定，我却能感应到她是如何的惶恐。她的眼神有些尴尬，有些心虚，有些害怕，甚至有些怨恨地看着我，而此时此刻的我却无法开口，事实上我根本不知道该说些什么好。

锦绣啊，我的妹妹，什么时候你已经开始藏得这么好，连我这个做姐姐的也根本无法找到你的心了呢?

她透过我看向山洞外面，依然泪水涟涟。我的心中绞痛异常，本能地，我伸出手想帮她拭去眼泪，然而锦绣却害怕地一偏头，好像误以为我要甩她一巴掌。

刹那间，我的心更是疼痛，抖着手伸过去，慢慢地替她抚去那两行清泪。她愣愣地看着我，眼中愧色难当，泪水流得更猛。我回过头去，只见非白已恢复了冷傲沉静，平静无波地看着自前方而来的几个人影。为首的是一个紫袍中年文士，正是我昨日所见的那个气宇不凡的青衫人，想是原青江。一旁跟着昨夜的奉定和恭敬的柳言生，身后还有一个着绛色道袍的道士。

原青江看到非白站在桂花树下，先是一愣，继而眼神犀利地闪过一丝狐疑，轻笑道：“非白，戏才刚开演，你就不见了，原来是来赏桂花了。”

非白恭敬地欠身道：“今年桂花开得甚是雅致，孩儿正想着西枫苑里是否也种上几棵为好，恰好素辉和木槿都爱吃桂花糕。”

嘿，这死小子，又扯上我了，可是他怎么知道我最爱吃桂花糕？我看向锦绣，她伤心地看着我，眼中闪过一丝妒色。

原青江沉静地一笑，悠然将目光转向满园的桂花，雍容醇厚的声音如上好的丝绸滑过每个人的心间。他状似无心地说道：“真是好巧，绣绣也爱吃桂花糕。”

非白的脸色不由微微发白，柳言生却露出了一丝诡异的笑容。我的心一紧，看来锦绣和非白的桂园秘会早被柳言生发现了，而原青江也心中有了怀疑，却依然旁敲侧击。

在古代，女子与人通奸是何等重罪，何况是最讲体面的豪门大户，对此更是深恶痛绝。

今日桂园秘会若袒露于光天化日之下，光是这不贞的罪名就足以让锦绣被千刀万剐了，更何况是父子争一个女人这样的丑事。即便非白和小五义力保锦绣，原青江在这么多人面前，顾及原家的面子，也断不会让锦绣活着出了紫园。而且牛虻事件后，夫人与我们小五义结怨已深，她必会趁此机会，将我们几个斩草除根，一了百了。

我心思百转，越想越怕，渐渐地，冷汗湿透了背心，看向锦绣。她绝艳的脸上也是一片惨白。

只听非白镇定地答道：“她二人乃是孪生姐妹，口味相同，乃是常事。”

“是吗？”原青江轻轻一笑。

我的心中一动，到底是亲生父子，连笑容也与非白甚是相似。

我和锦绣所在的假山，名曰“石桂清赏”。层峦叠嶂、清泉飞瀑虽都是人造，却宛若真景，以武康黄石叠成，出自江南叠山名家张民鹤之手，与溪流、廊亭、花墙一起组成了这座小型却极其雅致的月桂林。庭院内的景物布局紧凑，园亭相套，轩廊相连，花木葱茏，泉水潺潺，一目了然，唯有此处可以藏人。

柳言生的目光四处搜查，果然，最后落到了这里。非白的面色不变，一向冷静的目光却闪过一丝恼意。

我和锦绣不由面色大变。我以前为了凑碧莹的医药费，多少次曾经偷偷到这桂园摘过桂花，让于飞燕和宋明磊帮我带出山庄去卖了换钱。我知道有一条小路，就在锦绣身后。我用下巴向那里一指，锦绣立刻心领神会，向我含泪一点头，闪身躲去。我看着她的背影消失在黑暗的假山之中，便闭上眼，靠着假山，慢慢地坐了下来，开始苦苦思索着接下来的应对之策。

假山之外，柳言生轻轻一笑：“这石桂清赏果然是张民鹤的绝响，金桂、清泉、奇石果是剔透雅致，不过，依言生看来，亦是个藏人的好地方啊。”

众人的面色一变，尤其是非白。昨日见过的青年奉定朗声笑道：“柳先生真会说笑，莫非先生想要同我等捉迷藏不成？”

“奉定此言差矣。此处玲珑剔透，吾看倒是与美人幽会的好地方，莫非三爷藏了个美人在此处？”柳言生依然笑得柔和，却在最后的“美人”加重了语气，利芒扫向非白。

非白嘴角一勾，如三月春风，眼中却是万年寒霜：“先生这么说是什么意思，莫非影射非白在这月桂园与人私会不成？”

“侯爷，戏已开始了，锦姑娘必是早已回去了，不如我们先陪邱道长回园子看戏吧。”奉定微笑着向原青江建议着，继而深不可测地看向非白。

原青江若有所思地看了非白片刻，轻轻抚着长须，挑了一挑眉，点点头：“言生，我们还是先回园子看戏吧。”

柳言生笑着点头称是，慢慢跟在原青江和原非白身后，轻轻扶上一枝桂花，攀折了下来，放在鼻端轻嗅：“八月桂花香，迎风送客愁啊。”

他的“愁”字未出，已出手如电，急射向我躲藏的山洞。

桂枝来得电光石火，我躲闪不及，右手臂早已划过深深一道，瞬间血流如注。我痛叫出声，那浓郁的桂香随着血腥飘向空中，所有的人再一次停下了脚步。

“谁在那里？”奉定高叫着，转眼已飞到月桂清赏——我的藏身之地。

我抬起头，眼中噙着委屈的泪水，故作娇羞地看着同时出现的两张俊脸——原非白和奉定。

奉定先是惊愕万分，然后挑眉轻笑，复杂地看向旁边的原非白。

若干年后，当原非白成了中原叱咤风云的乱世英雄、权倾天下之时，众人膜拜，引无数豪杰为之折腰，然而却没有人知道，他那令人叹服的镇定和冷静精确的判断力，却源于少年时代的非人锻炼，其中亦包括在感情上千疮百孔、魂断神伤的痛苦纠缠。

很快，非白镇定了下来，收起了眼中的震撼，好像什么也没发生一样，向我居高临下、宛若天帝般缓缓地伸出手来。

多么巧啊，就是这只手，大约十分钟以前锦绣正紧紧地握住痛哭失声。我黯然神伤。天知道，我有多想立刻打掉这只手，顺便使劲甩他一巴掌，然后再狠狠踹他几脚……

我俩久久凝望彼此，眼神牢牢纠缠。他坚定地向我伸着掌心，我终于收回目光，轻轻握住那只莹润之手，出了石桂清赏。满腔的酸楚随热泪滚涌而出，脸上的委屈竟不用装假，而他的手心则满是冷汗，可见他的内心刚才必是极度紧张。

非白的眼中一阵沉痛，掏出丝帕，替我轻轻缚上伤处止血，喃喃道：“可是、可是疼痛难忍……”

我看着他，轻轻摇了一下头。他深深地看了我一眼，轻叹之中，猛地抱起了我，在我的惊呼声中，他已抱着我慢慢地走出阴暗，来到阳光之下。

奉定看着我们，眼中一丝冷意一闪而过，垂目闪身让过。于是我犹带着两行清泪，暴露于众人眼前。桂花飘香中众人的惊诧各不相同，柳言生一脸不甘心，眼中阴沉的恨意尽现，而原青江的眼中却一片幽深，不可见底。

原青江轻轻一笑："看来言生说得果然对，石桂清赏之中还……真是藏了一个……美人。"

原非白轻轻放下了我。

我立刻双膝跪倒，额头触地，不敢抬头："昨夜对侯爷无礼，罪该万死。今日私自来月桂园给三爷送醒酒药，更是罪无可恕。"

非白也跪了下来："请父亲大人恕罪。木槿挂念孩儿心切，怕孩儿饮酒伤身，前来给孩儿送药，只因她昨夜被逃犯所伤，孩儿顾念她精神不济，故而不敢惊动父亲大人。父亲大人要怪就怪孩儿吧，莫要为难木槿。"

我俩双双跪倒在原青江面前，他又牢牢握住我的手，我想缩回，可他却紧紧拉住不放，一副情之所依的样子。我表情惶恐，内心颇不以为然。

原青江默默凝视了我们片刻，淡淡一笑："非白，你可知道你有多久没叫我父亲了？"

我一愣，偷眼望去，非白的面色也是一怔，缓缓抬起头："孩儿……知错了……"然后他便哽在那里，难得一脸凄惶。

原青江轻叹一声，走过来，一手托着非白，一手托着我，将我二人扶起来："真是两个痴儿，既是互相思念，又何必彼此折磨？"

我的心一动，看向原非白，不想他也转过头来，潋滟的眸子竟带着一丝疑惑、几许深情，幽幽地看我。我一时千言万语，又恨又怜，全化作无语凝噎。

"木槿的伤好些了吗？"

原青江和蔼的问候让我回过神来。我这是怎么了，心中有团莫名的烦躁带着强烈的受伤感袭上心头，不由悄然使劲挣脱了非白的手，转向原青江，垂目温驯地回道："多谢侯爷的关怀，服了侯爷的灵药，精神好了很多。多谢侯爷的礼物。"

"侯爷的药……礼物？"非白疑惑地看向原青江。

原青江向非白点头道："昨夜为父一时兴起，和奉定在西林散步，却遇到一个女子，如何巧舌如簧地降伏那齐氏兄弟，只因距离太远，听得不真切，故而当时还不知她便是木槿。本待见见这位奇女子，不想她旧病复发倒在西枫苑外，这才让奉定出面相救。说起来，你原也该谢谢奉定才是。我与你的木槿甚是投缘，今日便将你母亲的首饰盒送给木槿做生辰礼物了。"

我心下暗暗叫苦，原青江果然看到我偷窥非珏了，可是他故意略去这一段，是想保护非白吗？我有些心虚地抬起头，原青江却心怜地看着我。

非白一向冷然的脸上，猛地闪过一丝狂喜，再一次跪倒在地：“多谢父亲大人成全。”然后又把我硬拉下地，给他磕头。

“奉定早听闻，花木槿姑娘虽在小五义中排行老四，却有孔明治世之才，又是此次我原家的灭蝗英雄，奉定当恭喜侯爷有了如此聪慧的三儿媳。”奉定躬身道贺，却冷冷瞟了我一眼。

我不由得打了一个哆嗦，心说：谁告诉你我有治世之才？这会子我跳进黄河也洗不清了。

“这位姑娘姓花？”这时一直不说话的那个道士好奇地走上前来，好像也想掺和这已经很让我头疼的局面。

他在那里上上下下打量着我，像是三姑六婆相媳妇似的。我终于受不了了，正待向非白那里靠去，非白却早一步优雅地大袖一甩，将我藏在身后，对那道士温言道：“邱道长，不知有何指教？”

“这位姑娘气度不凡，可否告知生辰八字？”那道士有礼地问着。

我不解地看着非白，他也是满眼疑惑，将目光投向原青江。

原青江一笑：“这位姑娘名唤花木槿，与然之的爱妾锦绣是孪生姐妹，生辰八字当是一样的。”

“什么？”邱道长大声叫了起来，把在场所有人唬了一大跳。

他围着我转了几圈，像是高手过招，又像是在欣赏维纳斯的雕像。总之我是越来越发毛，最后连非白也看不下去了，也不管他是不是原青江的贵宾，便上前一步挡住了他的视线，冷冷道：“道长究竟看出什么了？”

邱道长终于收回了目光，对我不住点头，然后恭恭敬敬地对我躬身到底，微笑着离去，也不管我和非白如何瞠目瞪着他。

所有人的目光齐刷刷地扫向我，疑惑、震惊、深思、阴沉……我吓得不轻，这个道士究竟意欲何为？

后来，非白告诉我，这位邱道长是清虚观的住持，当世有名的得道高人，精观天象，精炼丹药，善卜吉凶，本是那些寻求长生不老的皇亲国戚争相结交的对象。窦英华闻其名，便带着家眷来清虚观上香，顺便请他为窦家占卜十年内的运程。邱道长一开始推说是非尘世中人，不便行法，窦英华就以武力要挟，那邱道长无奈，实诚地来了一句“乱臣贼子”，窦英华大怒，查封了清虚观，收监了所有的道士，并以妖道惑世的罪名要将邱道长处以火刑，幸被原青江所救，从此他便成了原家很特殊的一位客人。

我心力交瘁，只想回西枫苑去见非珏，然而原青江却出乎我意料，热情地邀我同去看戏，我不得不跟着非白一行人回到了梦园。

梦园里，娇娥们的香粉扑面而来。原青江的姬妾们那五颜六色的丝罗绮裙、珠钿宝钗交相辉映，一片莺莺燕燕地娇声道着“侯爷万福”，然后便掩着香扇，露出一双双明眸，对着非白身边的我窃窃私语。

戏台上立刻敲锣开演，我忐忑不安地站着，非白却执意拉我坐在他的身边。珍珠恭敬地为我准备牙箸、玉杯，却不看我一眼。我想起荣宝堂的可怕遭遇，心中瑟缩不已。

“饿了吧？”非白的声音在我耳边响起。我抬起头，半个时辰以前，他还和我的妹妹在月桂园凄凄切切，可现在就像没事人似的。我忽然觉得害怕。

非白微笑着给我夹了一块桂花糕：“多吃点，木槿，这紫园我尚能入眼的，也就是这桂花糕了。”

估计我笑得比哭还难看，硬着头皮咬了一口，嗯？还真不错，想是刚做出来的，比以往宋明磊、锦绣带给我的要新鲜得多，滋味也更香浓，入口即化。

原非白见我的脸色缓和了下来，又笑着给我夹了一块桂花糕。

原青江回到首席，左边坐着冷冰冰的连夫人，右边空着，下面是久未见面的原非烟，亦是打扮得美轮美奂。她的目光总是若有若无地瞟向对面的宋明磊。宋明磊身边坐着如痴如醉的轩辕本绪，正摇头晃脑地倾听戏文，不时同身边一个我从未见过的青年说话。那青年嵯峨高冠，锦衣玉带，肤白如雪，眉眼间与原非烟极为相似，谈笑间比原非白与原青江更多了一丝阴柔的风流气度，想来应是当今驸马忠显王原非清，但不知为何没有和公主同时出席。他见到我和原非白同坐，原本温润的眼中划过利芒。而宋明磊见到我先是闪过一丝惊讶，随即给了我一个温柔的笑，奇迹般地安定了我的心。

过了一会儿，锦绣和初画出现了。她换了一件淡紫怀素纱，绝艳的脸庞重新装点过，精致绝伦。她走到侯爷面前千娇百媚地福了一福，说了些什么，便在侯爷右边的空座上坐了下来。初画的笑容却很牵强，走路亦有些迟缓。

锦绣看到了我，故作惊喜，和原青江交头接耳说着话。锦绣的笑容微僵，立刻恢复了正常。一片喜气洋洋中，连夫人的脸色极是难看。我正疑惑间，珍珠已捧着一个雕花盒子送到我面前：“禀三爷，这是锦姑娘送给木姑娘的生辰礼物。”

我道了声谢，珍珠冷着脸离开。

我徐徐打开那盒子，一枚红灿灿的拌金丝大同心结静静地躺在黑丝绒上。我不由得愣住了，原非白也是一时失神，我俩不约而同地抬首看向锦绣，她却正和原非烟掩着嘴，交耳轻笑。

我心中苦不堪言，台上的戏文怎么也进不了我的耳。这时宋明磊起身如厕，目光有意无意地瞟了我一眼。我心中立时明白，同原非白说了一声，起身离席。

刚出垂花门，没有见到宋明磊，迎接我的却是一个高大的人影，竟然是昨夜的青年奉定。他对我欠身笑道："侯爷有命，姑娘请随奉定走一趟。"

他对我态度极是恭敬，但目光有着一丝冰冷、一丝轻视，语气更是不容拒绝。我悄悄环视四周，却没有发现宋明磊的踪影。

"姑娘是在找宋护卫或三爷吗？那就不必了，现在他二人都很忙，即便得了空，您还是得随我去一趟。"奉定看着我，语带嘲讽。

我暗暗叫苦，强自镇定道："那便请公子带路。"

奉定对我笑了笑，转身便走。我在他身后跟着，七拐八弯之后，来到一座清雅的小院。

上面题着"梅香小筑"四个字。我心中一动，记得谢三娘以前无意间跟我提过，谢夫人的闺名叫梅香，又特别喜欢梅花，所以非白就在西枫苑开辟了一个梅园纪念谢夫人。

常听人说原青江并不宠爱谢夫人，为何他又建了这个梅香小筑呢?

我正思忖着，奉定转过身来，轻轻打开门，道："木姑娘请。"

我咽了一口唾沫，跨入了正堂。屋内陈设极为简单，屋子中间一个气度不凡的紫衣蟒袍之人正在认真地赏着一幅画，正是原青江。而那幅画竟然就是原非白的《盛莲鸭戏图》，一旁是我的《爱莲说》。

我正呆愣着，原青江便回过头来，对我微微一笑："木槿来了。"

我纳了个万福，心中忐忑不安，温驯地垂目道："不知侯爷叫奴婢前来，有何吩咐？"

"这篇《爱莲说》是你作的？"原青江问道。

"是，是小女子作的。"

原青江点点头，在首座上坐了下来，又指指椅子，笑着说："你的身子还未大好，就不要站着了，快坐下说话吧。"

我自是不敢坐，他一摆手，站了起来："都是一家人，莫要与本侯客气。"

我心说：其实离一家人还是很远的吧。不过我还是赶紧一屁股坐下："谢侯爷赐座。"

他这才满意地回到座位上。这时奉定前来上茶，然后站在原青江的身后。

原青江喝了一口茶，道："木谨的文才之高，莫说是光潜了，恐是连非白的诗文也不能及啊！"

我自然是惶恐以对："侯爷谬赞，木槿不过偶得一文，哪里敢同宋二哥、三爷相提并论。"

“木槿过谦了。昨日我在玉北斋检查非珏的功课，看见两册《花西诗集》，里面诗句精妙绝伦，令人过目难忘，而且颇为有趣的是这两册书满是针孔。后来问了果先生，才知道原来是木槿送给非珏的……”

我心里咯噔一下，来了，来了，正题要出来了。

我鼓起勇气看向原青江，果然他的温和眼神尽褪，利芒乍现，仿若要扎进我的内心：“木槿可知道邱道长如何批言你的？”

我汗流浃背，努力保持镇定：“木槿不知，请侯爷明示。”

完了，别是那老道士说我是什么祸国妖人、淫娃色魔之类，然后要将我当女巫活活烧死什么的吧？毕竟我的名声可不怎么好啊。而且原青江昨天看到了我偷窥原非珏，今天找我来是执行家法的？

原青江的温笑不变：“但凡邱道长的批言无一不准。他方才对我说，侯爷，您的如夫人乃贵人之相，而这位小姐却是贵不可言，浴血凤凰落九天，乱世国母平天下。”

我看着原青江，如被九天惊雷劈着一般，呆在那里。我万万没有想到那牛鼻子老道会这么说。

我犹在震惊，原青江忽地念起一首词：“十年生死两茫茫，不思量，自难忘。千里孤坟，无处话凄凉。纵使相逢应不识，尘满面，鬓如霜。夜来幽梦忽还乡，小轩窗，正梳妆。相顾无言，唯有泪千行。料得年年断肠处，明月夜，短松冈。”

这不是《花西诗集》中的《江城子》吗？

只见原青江的脸上出现了一阵恍惚，过了一会儿，他回过神来，眼中却依稀残留着一丝伤魂。他对我一笑：“听闻木槿见识广博，腹内有妙趣故事无数，今日本侯给木槿也讲个故事吧！”

啊，他连这也知道了？还有他不知道的吗？我在脑海中搜索着可能的泄密者。

原青江开始讲故事：“从前有个骄傲的世家子弟，自命不凡，目空一切。一天，他在法门寺上香的时候遇到了一位如花似玉的小姐，一下子动心了。他暗暗记下了那位小姐官轿上的姓氏，原来是秦府千金，便央求父亲去求亲。巧得很，秦家也正好要和这世家子弟政治联姻，于是他如愿以偿地娶到了这位小姐。然而等到他去秦府迎娶新娘时，却惊讶地发现他的心上人没有蒙着红盖头羞答答地坐在轿子里，而是就站在轿子旁边。原来这个世家子弟犯了人生中最大的错误，他的心上人是连府千金的丫头，而不是小姐。

“当晚，他浑浑噩噩地揭开红盖头，出乎他意料，他的妻子也很美，竟然不输给他的心上人。那时他太年轻了，他只能茫然地听着别人说着，得妻如斯，夫复何求？后来他渐渐发现，他的妻子是个嫉妒心很重的女人，仗着有权有势的娘家，平日里骄蛮任性，对公婆出言不逊，而且根本不让他碰任何女人，连他偷偷看一眼他的心上人，她都要发半天脾气。他写了很多情诗在丝帕上，悄悄塞给他的心上人，可惜他的心上人总是傻傻地对他说她的丝帕够多了，不用再送了，原来他的心上人不识字！”

原青江哑然一笑，思绪似乎回到了很久以前，那眼底浮出单纯的快乐温柔。片刻后，他的语调忽地一变：“于是，他偷偷地以教他的心上人识字为由，多找时间相处，却让他无意间发现他的心上人早已爱上了别的男人，于是这个世家子弟终于在暴怒中强占了他的心上人……他永远不会忘记她眼神中的痛苦。”

原家的男人果然个个都有疯狂的占有欲，我握着茶杯的手忍不住抖了起来，心中狂喊，你不要再说了，不要再把你们家族里的秘密告诉我了。虽然我已经够短命的了，好歹我还是很想活满三十岁啊，你再说下去，说不定我连明天的太阳都见不到了。

原青江继续说下去：“敏宜难产死后，我顺利地扶正了梅香，为此我和秦家的人反目成仇，连我的老父也被秦家的人整死了，可是我依然不后悔。为了对付我的老丈人，我不得不整日流连于青楼、酒肆，联络反秦势力。秦相爷最大的支持者明宁，字惠忠，势力庞大，雄霸一方，等到我最终击溃了他时，我开心地回到梅香小筑，想和梅香团聚。可惜，梅花已经凋谢了……

“梅香是我所有的妻妾中最贤惠最美丽的，也是最不幸的，所有的人，包括非白，都以为我并不宠爱梅香，却不知我有多喜欢她，只是不想她积销毁骨、众口铄金。即便如此，也不能护她周全……连我们的孩子也不能免于伤害……”原青江一阵黯然。

我一会儿如在冰窖里冻成块，一会儿如在炭火上烤。连非白都不知道这个秘密，原青江却毫无保留地告诉我，他想做什么？

他忽地抬起头，对我笑着说：“木槿你说说，如果你是本侯，该当如何呢？”

我勉强发出声音：“若我是侯爷，必然想极力弥补三爷……”

原青江点头：“本侯昨夜见一个女子三言两语便降伏了名震中原的流寇齐氏兄弟，一时好奇，便跟随她，想看看她是哪一房中的幕僚。不想她夜探玉北斋，然后听到非珏欲娶轩辕氏，便伤心欲绝，差点吐血而亡。

“当时本侯心想，非珏好能耐，忍人所不能忍，练成了无泪神功，而且还能让如此才华的女子为之倾情如斯，于是本侯在心中有个决定，即便非珏不喜欢这个女子，或是他不能娶之为正室，本侯也会想尽办法让这个痴情女子跟随他一生一世，了却这女子的心愿。然而本侯万万没有想到，这个痴情女子竟然是花木槿，是非白和锦绣信中皆提及的花木槿。

“非白在他母亲去世时，虽然年仅十岁，但个性极其像我，倔强独立。他心中恨我，自然再未求我做任何事情，可这次却在信中要我允他娶你为妻，而且锦绣也要我将你许配给非白，所以……”原青江说得斩钉截铁，“这世间任何一个人都可以跟随非珏，唯独你花木槿不能。”

我不由得一阵气苦，再也忍不住，开口道：“己所不欲，勿施于人。侯爷既然知道当年拆散谢夫人和她的爱人，她有多么的痛苦，为何还要如此相逼呢？”

“因为非白。”原青江看着我的眼说道，“你既然是他的贴身婢女，便应该知道他是如何的惊才绝艳。”

的确，非白的才华令人无法忽视，可是这与我又有何干？

原青江继续说下去：“只有他才是我真正的儿子，能继承原家大业的也只有非白一人。既然你是命中贵不可言，母仪天下，便只能属于非白一人，断不能嫁给其他枭雄。非白虽有图大业之心，但还不至于北进突厥之地。而非珏现在虽是个痴儿，但他将来本性恢复，比起非白必然剽悍百倍。以你的才华，如果跟着非珏，想要吞并中原，实乃易事，到时万一非白兵败而亡，我汉家江山也会被鞑虏铁蹄所践踏。”

奉定满面崇拜地看着原青江，原青江略微平复了一下激动，对我笑着说：“本侯看得出来，非白他已经离不开你了。”

我正要辩解，原青江唤了奉定一声。

奉定便捧出一个红漆托盘，上边放着一个小瓷瓶。

“本侯是过来人，自然明白你的内心总有些摇摆不定。本侯不相信你对非白一点也没有动情，不然，你今天亦不会帮着他演这一出好戏了。”

我的手一抖，茶盅摔落在地，一声响亮，裂个粉碎。

奉定嘴角一勾，露出一丝嘲讽的笑。

原青江的声音响起：“木槿，不如让本侯来帮帮你，彻底断了你对非珏的念想吧。”原青江笑得云淡风轻，“这瓶子里装的乃是我原家独门秘药，名曰生生不离，是给原氏最爱的、亦是最不听话的人用的。服下此药，你和任何一个男人交合，那男子轻则武功尽废，重则一刻暴死，而那女子亦无法生育，除非那男人有解药。而这解药，到目前为止，我所有的子女中，我只让非白在很小的时候服过，至于那女子的解药则只有我才有。”原青江的笑容仿若毒蛇，我的身子再也止不住抖了起来，“你助非白图得霸业，在我百年之前，我自然会将女子的解药传给非白，只要非白愿意，他尽可放你自由，即便到时你想和锦绣二人共侍非白也是小事一桩。”他笑得如此和蔼，宛如一个慈父在殷殷叮嘱，全然不觉得他说出的是如何残忍的事，“如果你不愿意服用生生不离，本侯亦可以让锦绣服用另一种药丸，那种会让她一生痴痴呆呆的秋日散。到时你也罢，非白也罢，得到的不过是一个傻子罢了。木槿是个聪明人，明白本侯也不愿对锦绣如何，所以一切皆看你的决定了。”

生生不离？多么缠绵的名字，仿佛每一个有情人心中最美丽的幻想。可服下之后，除了解药人，便不能与其他男子交合。如果解药人不是自己心爱的人，甚至永远失去了爱的权利，亦剥夺了一个女人最神圣的权利——生儿育女。这样一个婉约钟情的名字——生生不离，却是怎样的残忍和无情啊！

我忽地想起宋明磊给我的镏金点翠花篮耳坠中所藏的雪珠丹，莫非当初他便是担心原非白要给我下这生生不离的毒吗？

难道是非白信里面还叫原青江为我准备这生生不离吗？

非白啊非白，你和锦绣联手欺骗我，我尚且能看在锦绣的面子上原谅你，然而你若是想用这种无耻的毒药来控制我，即便穷尽一生，我也不会宽恕你的。

我若是不从，锦绣便会被他下药逼疯。即便原青江不去残害锦绣，小五义中的任何一个人都可以是控制我的筹码。如今之势，我不服也得服了。

我努力平复悲愤的内心，脑子开始飞快地转动。然后我缓缓地双腿跪倒，抬起头，慢慢说道："木槿愿意服下这生生不离，也愿意辅佐三爷问鼎中原。木槿请侯爷答应我几件事，不然即便木槿服下这生生不离，也不会心甘情愿地跟随三爷。"

奉定大声喝道："大胆！今时今日，你以为你有什么资格同侯爷谈条件！"

"奉定！"原青江却哈哈大笑起来，看着我，仿佛看着砧板上快死的鱼在对他说话一样，"有趣，有趣。你果然胆识过人，难怪非白如此看重你。那你倒说说你所谓的条件。"

我深吸一口气，大声道："我请侯爷依我三件事。"

"哪三件事？"他高高在上地看着我，眼中兴味盎然。

"第一，我家锦绣对侯爷一片忠心，求侯爷好好对待我家锦绣。无论她的选择如何，您万万不可迫害她。"

原青江傲然一笑："好，我答应你，本侯从来不会亏待投怀送抱的女人，也从来不会强迫女人……"说到后来，他的语气微微一低，"梅香……除外。"

"第二，三爷荣登大宝之时，您和三爷可以不用给我解药，我也不求封侯拜将、荣华富贵，只望您给木槿自由。木槿只想泛舟碧波，了此一生。"

原青江看着我，有些诧异，缓缓道："你果真决意如此，我也不会让非白为难你。"

"木槿谢过侯爷。第三……第三，柳言生在紫园里欺凌弱小，草菅人命，处处为难我们小五义，求将军杀之以安小五义的心。"

原青江沉吟半晌，轻轻摇头："这第三件事本侯不可答应你。"

"那是为何？"我心中一凛。

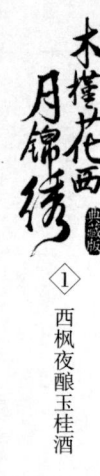

“现在正是原家用人之际，本侯只能答应你，当原氏权倾天下，我必为你杀柳言生。”原青江的凤目冷酷而明亮，和非白生气时一模一样。

果然是老谋深算！我暗暗冷笑，口上却认真说道：“既然侯爷不能答应我的第三个要求，那就先……欠着。”

奉定上前一步，正待大喝，原青江一摆手，凤目一闪，笑道：“好，第三个要求就先欠着，等木槿想到了再问本侯爷，也不迟。”

“木槿记住侯爷的话了。”我上前一步，颤着手伸向那“生生不离”。

我脚步有些踉跄地出了梅香小筑。

身后的奉定也不管我，只是冷笑一声，轻蔑地看了我一眼，转身便回了梅香小筑。

我见他的身影消失，便努力加快脚步，来到僻静处，扯下耳坠，扭开机关，将宋明磊送我的雪珠丹倒出来，急往嘴里送，狂咽着。然后再也忍不住跌坐在地上，浑身颤抖得如狂风中的枯叶，脑中一片涨痛，竟无法思考。

“木槿，你……”一个低沉的男声传来。我回过头，是宋明磊。他看到是我，眼中一阵惊喜。他疾步过来，蹲在地上，平视着我：“你、你怎么了？奉定带你去见侯爷了？”

我面无表情地点点头，想开口，却发不出任何声音。

他的手轻抚上我的脸颊，手心一片潮湿。

“你为何怕成这样？他有没有对你做什么？”他眼中恐惧异常，见我木然地摇摇头，略略松了一口气，然后他的手移到我空着的右耳，“你服了我的雪珠丹？”

我呆呆地点点头，宋明磊的脸色立刻变了：“他、他是不是逼你服、服那生生不离了？”宋明磊的声音也变了，脸色煞白。

那句“生生不离”将我带回现实中，刚才那紧张、那恐惧、那羞辱，全部回到我的内心，涌进我的脑海。我再也忍不住了，泪水如决了堤一般。我扑进宋明磊的怀中：“二哥，我好害怕。”

宋明磊紧紧地搂住我，俊俏的脸扭曲起来，眼中闪出我从未见过的仇恨光芒来，如来自地狱般可怕，令人瞬间冰冻。

“原家果然没有一个好东西。木槿莫怕，我让你随身带着雪珠丹就是为了这生生不离。”过了一会儿，宋明磊平静下来，轻拍我的肩，“二哥没有用这雪珠丹真正试验过，不知它是不是真可以解其全毒，但……应是无碍。”

我的心沉得更低，暗暗叫苦，原来还没有经过临床试验啊。

“你还撑得住吗？二哥要你回紫园去。”他轻叹一声。

我害怕地看着他，他对我温和而坚定地笑了：“木槿，勇敢些，永远不要在害你的人面前示弱。”

他的话奇迹般地让我的身体涌起一阵温暖，令我的心平静了下来，勇气如野草般生长。我擦干了眼泪，倔强地点点头。

宋明磊眼中露出嘉许，对我点点头：“好妹妹。”

我如常回到原非白身边，原非白沉着脸坐在那里，看到我似乎松了一口气：“你上哪里去了，让我好等。”

我冷冷地看了他半天，然后露出一个微笑：“我没吃过这么好吃的桂花糕，闹肚子了。”

非白这才释然一笑，忽又担忧地伏在案上，替我把了半天脉。

我抬眼望去，却见轩辕本绪的旁边多了一个英挺的红发少年，正是非珏。我的心中无限酸楚，而他也是呆呆地朝我这个方向看来。

轩辕本绪带着一丝笑意，对他说：“我说非珏，你方才明明说是去加件衣服，怎么我看你是越加越少了呢。虽说你武功高强，但毕竟已是冬近，小心着凉啊。”

非珏看着我，一口一口猛灌酒，头也不回地哼了一声，说道：“本少爷乐意。”

我这才注意到他只身着一件白色冰绡提花绸衫，虽是极为风雅，对于秋天而言，的确是穿得少了些。想起在月桂园分手前，他说要去做准备，这一身必是他净身祭神后换上，专门为了同我行周公之礼所用。我不由得又想笑，又想哭，只能强咽下泪水，低下头，躲闪着他疑惑的目光。

非白收回搭在我腕上的手，看着我的眼眸深不可测。

他迟疑着正要开口，忽地有个小太监急急地进来，气喘吁吁地用尖细的嗓音禀报道：“禀告侯爷，宫里传来消息，今日辰时，太皇太后游幸御花园，不小心摔了一跤，晕厥过去，至今未醒。”

席间所有人大惊。台上的戏子停止了表演，呆在当场。

原青江面色凝重地站了起来，喊了声“撤宴”，示意原非清、原非白跟他回紫园。

非白走时捏了捏我的手，轻声道：“你的脉象有些奇怪，先回去歇着，我去去就来。”

宋明磊跟着非白回紫园前，担忧地回头看了我一眼，我对他挤出一个笑容，他方才舒展了眉头，跟了进去。

素辉和韦虎跑过来。素辉看着我，笑嘻嘻地说：“木姑娘，我刚才听奉定公子说，你偷偷进紫园来给三爷送药被侯爷撞见，他把你许配给三爷了。”

我微微一笑，估计比哭还难看。

素辉愣了一下："你怎么了？咱们以后就是当姨奶奶主子的人了，该高兴才是，干吗哭丧着脸？"

韦虎咳了一声："素辉，天色不早了，咱们还是送姑娘回西枫苑吧。"说罢，眼睛向对面非珏坐的方向瞟了一眼。

素辉立刻点头如捣蒜："对啊，对啊，木姑娘，咱们走吧。"

素辉拉着我往拱门那里走去，我再回头，只见原非珏从凳子上一跃而起就往我这赶，果尔仁闪出来，拉住了他，然后冷着脸在他耳边说了些什么。他的脸色便一阵剧变，僵在那里，痛苦地看着我，一言不发。

我回看着那双充满悔意和气愤的瞳仁，秋风瑟瑟中，我多怕他着凉，我多想赶过去给他披件衣衫，可我的双脚就像生了根一般，无法移动半分。非珏啊非珏，你我终究是有缘无分，从我一开始错入西枫苑，便注定今生无法与你相守。如今服了生生不离的我，恐怕更是无法接近你了。

我站在中庭，黯然与非珏遥相看顾，热泪翻涌，那咫尺一步却若远隔天涯，心中如刀割一般痛苦。

素辉强拉着我进了马车，韦虎在前头赶车。我坐在马车里，抱着腿，不停地掉眼泪。

素辉偷眼看我，不时递上帕子让我抹眼泪，可能想张口说些什么话来安慰我，却又无奈地闭上了嘴。

回到西枫苑，我走回自己的房间，却发现屋内空空荡荡，什么也没有。素辉告诉我，三娘已经把我的东西都搬到赏心阁了。于是，我如行尸走肉一般，昏昏沉沉地来到赏心阁。我的东西都收拾到外间了，里间就是原非白的"闺房"。三娘絮絮叨叨地说着阿弥陀佛，侯爷将我许配给三爷，三爷和谢夫人总算了了心愿，于我是天大的福气，今晚要给我和非白圆房什么的。我坐在象牙床沿上呆呆地听着，最后什么也听不见了，连三娘什么时候离开房间我都不知道。透过窗，看着晚霞灿烂地点缀着天空，思念着非珏纯真的笑容，我不由得无语泪千行。

天色暗了下来。三娘特地为我换了件新嫁衣，屋里也换上了红灿灿的灯笼，铺盖都换上了新的。结果原非白没有回来吃晚饭，只是着人传话，说是与侯爷商议要事，要晚一些回来。

三娘有些失望，但还是安慰我不要介意，男儿当以事业为重，我和三爷的好日子还长着呢。我点头称是。等三娘一回头，我鞋底抹油般回屋换了件家常衣服，心里暗中舒了一口气。

我想和非白好好谈一谈，大家毕竟还是文明人，虽然我中了你家变态老头子给我下的古艾滋系列，但爱情是不可以勉强的。我雄赳赳气昂昂地坐直了身体，像包青天上堂审犯人似的坐着，等啊等，等啊等……

可惜我等到三更天，他还是一点踪影也没有。最后我实在撑不住了，趴在他平时写文章的花梨木大书桌上睡着了。迷迷糊糊间，一股龙涎香飘进鼻间，有人在轻轻擦我的嘴角。我惊醒了过来，原非白目光潋滟地站在我身边，正微笑着轻拭我嘴角的口水。我触电似的跳起来，赶紧用袖子胡乱地抹了几下嘴，张口欲言，却不知从何说起。

不行，我必须直截了当地对他说，我虽然中了你老子下的药，这世上除了你之外，我不能和任何男人上床，可是我爱的毕竟是原非珏那傻小子，尤其是你还和我妹有一腿，我心甘情愿和你上床的可能性等于零……

一灯如豆，微弱飘摇，柔和暗淡的灯光洒在非白的绝代玉容上，他的俊美是以一种空气的方式散落到这屋子的每一个角落。明明我是这样恨他，恨他和锦绣联手骗我，恨他禁锢我的自由，恨他拆散我和非珏，恨他给我下生生不离，可是看着他那淡淡的微笑，我的心依然会变得柔软。不行，花木槿，你不能这样愚蠢。我恨他，我恨他，我恨他……

于是我很凶悍、很仇恨地瞪着他，可是原非白却收回了目光，脸转到别处，竟然有些不好意思地喃喃道："你这丫头总是这样盯着我，像我没穿衣服似的，让我这个做男儿的倒不好意思起来。"

莫非我真的经常这样，直勾勾地看着他吗？难怪人人都说我是女色魔啊……

不对啊，我突然想起这位仁兄捣糨糊的本事，是和我花木槿有一拼的，尤其是在山洞中遇采花贼那阵，就是他差点把我的小命给捣没了。

"你……"我扬起我的手指，颤抖着指向他。

果然，他笑着，闪电般欺近我的身体，轻拥我入怀，正色道："我知道，你今天受委屈了，多谢你护我周全。"

我推开他，冷冷道："三爷，你莫要误会，我这么做，只是为了锦绣罢了。"

听了这话，非白伸出来的手有些尴尬地停在空中。半晌，他脸上泛着一丝丝苦涩，收回双手。他深深地注视了我一眼，无奈地叹了一口气，拿了烛台，轻轻递到我手上："我明儿一早要跟将军回京都。今天你也累了，早点睡吧。"

我满腔委屈，好你个原非白，让你老子给我下了药，也不和我解释你同锦绣的故事。果然从古至今，男人都懂得用冷处理的方法来应付风流韵事，全然不顾女人的痛苦。

我恨恨地夺了烛台，转身就到外间躺下，再不看他一眼。

我有择席的习惯，再加上这一天发生的事太多，怎么也睡不着，脑海中偶尔闪现非珏那阳光般的笑容，竟仿佛是天地间最美好的事物了。

里间，非白的呼吸均匀，却也总是在床上翻来覆去。

我们两人各自想着各自的心事，窸窸窣窣地闹到四更天。非白在里间说口渴，我不情愿地点了一盏灯，倒了杯茶，端了进去。他的乌发不知何时放了下来，玉面发白，黛眉紧皱着，就着我的手喝了几口，便重重倒了下去。我觉得他有些不太对劲："三爷，你怎么了？"

古老的宅院中，寂静无声。他半倚身子，一身雪白的内衣，乌黑的长发衬着苍白而绝代的五官，深幽如夜色的双眸盯着我，在摇曳不定的烛光下有一种妖异的美。他拉着我的手不放，手心冰冷而潮湿，还有些打战。

我有些害怕，想去找韩先生来给他瞧瞧，他却拉着我，轻喘道："只是白日里被驸马强灌了些酒，腿有些抽筋罢了。这么晚了，莫要再兴师动众的，你替我揉揉就好。"

我心想：我还一直以为你是愧疚才睡不着，原来是旧疾复发啊。幸亏灯光暗淡，照不见我抽搐的脸皮。于是我扁扁嘴，上了榻，替他轻轻揉着小腿。

过了一会儿，他的脸色渐缓，呼吸平缓了些，小腿的肌肉也放松了下来。他看着我，怜惜地拿了块松绿汗巾，擦着我满头的大汗："辛苦你了，来，躺下歇歇。"

疲惫不堪的我毫无抵抗力地被他拉在怀中，他的淡香围绕着我，即便闭着眼，背对着他，我却依然能感到背后他灼热的目光。非白清浅的呼吸喷到我的耳郭，温温的、痒痒的。他的手悄悄地环上我的腰腹，让我紧贴着他壮实的胸膛。

我心烦意乱地转过身："你干吗？今晚你休想……"

月光的清辉洒在非白的脸上，他的墨瞳泛着银光，绞着我，声音却苦涩难当："在你们进庄子的第二日，我便认识锦绣了。"

我的心中如遭重击。他替我拉了拉被子，握住我的手，继续说道："我们时常一起弹琴画画，习文练武。我怜她天生一双紫瞳，遭人白眼；她怜我双腿残疾，寂寞度日。她总在我面前提起你，说你才高八斗，学富五车，乃是小五义凝聚所在。

"她的武功在我的指点之下，渐渐大成，夫人和二姐也对她日渐宠信。慢慢地，她越来越忙，便不能经常来西枫苑。我们便用飞鸽传书通信，后来连信也越来越少。我四处遣人打探她的消息，我的密探却说侯爷看锦绣越来越不一样。"他的声音低下去，目光也越来越冷。

"我当时怒不可遏，可是韩先生却对我说，此乃天佑我原非白。岂不闻勾践献西施于夫差，大败吴国，王允之用貂蝉灭董卓，吕不韦送爱妾给异人而权倾秦国？此时的侯爷已经多年没有纳妾了，邱道长曾为锦绣批言乃是天相贵人，想必他是动了心。若我强求侯爷交还锦绣，即便他应允，父子之间必有嫌隙，此乃下下之策；若将锦绣安插在侯爷身边，可为耳目，乃是中策；锦绣之绝艳若能宠冠后宫，使侯爷疼之宠之，好其所好，恶其所恶，枕边进言，则大事早晚可成矣。”

我听了只觉浑身凉飕飕的，半天才冷冷道：“所以你便怂恿锦绣嫁给你家老头子……”

他一下子坐了起来，居高临下地看着我：“在你心中，我就是这样一个用女人换取天下的无耻之徒吗？”

我霍地坐起来，与他面对面，恨恨道：“那你说说，锦绣怎么会到侯爷身边去了呢？”

“是锦绣自己愿意去的……”他的面容一下子惨白，“那时韩先生正说着，锦绣正好奉茶进来，站在门外听得一清二楚。不等我答话，她便闯进来说她愿意去侯爷身边，为我夺取天下。我根本不答应。韩先生那时难受地叹了一口气，说想不到我不为清大爷或珏四爷所灭，却是死于一个妇人之手……”

“你胡说，你胡说！我不信，我不信我的妹妹会这样，一定是你逼她的，你这个浑蛋！”我泪如泉涌，捂住自己的耳朵，疯了似的拼命摇头，拒绝这个让我肝胆俱碎的事实，然后愤怒无比地捶打他的胸膛，“你怎可如此对她，你怎可如此对她！你知道她吃了多少苦吗……”

非白并没有还手，只是痛苦地闭上眼睛，等我打累了，他拉着我的双手，突然语气一变，冷冷道：“我从来没有逼你的好妹妹，”他目光炯炯地看着我，“那天夜里，我温言安慰她，一切都是天意，若靠她一介女流就能得天下，那如何还有众多英雄为天下拼命？可是那天之后，她便失踪了。我拼命打探她的消息，却音信全无。司马门之变后，她更是侯爷的贴身保镖，天天与侯爷形影不离。然后她给我来了一封信，说她和我有缘无分，这辈子最牵挂的人是我，最不放心的人就是你花木槿，要我好好照顾你。恰好彼时你的二哥宋明磊投我门下，也将你托付于我。我虽收留了你，那时心中还是万分气恼锦绣，并没有将你放在心上，对你也是照料不周……”他顿了顿，说道，“后来侯爷不知从何处听来我和锦绣曾经秘密交往过，于是我便整天和不同的女子交往，好移祸江东……”

“然后，你就将主意打到我身上，因我是锦绣的姐姐，你可以伺机报复她。你又想，万一她真的爱上侯爷而背叛你，你也能用我来要挟她，可谓一举数得。再然后，你发现我这个又疯又丑的丫头还有几分本事助你夺得天下，所以你便假戏真做，求你家老头子将我许配给你，又担心我同非珏藕断丝连的，就索性叫你家老头子给我下那生生不离，一辈子只能对非珏望梅止渴。原非白，你好狠的心啊……”我愤然甩开他的手，在那里对他冷笑。

他的墨瞳一下子收缩，脸痛苦得扭曲了起来："你一派胡言……你何时中了生生不离？你、你以为是我让侯爷给你下的生生不离？还有，我何时想过要利用你来报复她，要挟她？我在你的心中就如此不堪吗？"

这时，我所有悲伤的引擎被全面发动了，那辛酸、那委屈、那悲愤止不住地往我心上冒，连带着前世的深深痛苦，再也不能理智地思考，我口不择言道："何止不堪，你简直不是个男人，为了功名利禄，牺牲自己喜欢的女人，让她以身侍狼，表面上又要装得跟个没事人似的和我打情骂俏，哄我为你卖命。现下又下毒害我不能和心爱的男人在一起生儿育女，拆散我和非珏。原非白，你敢做不敢当。像你这样的男人，若我是锦绣，我也会从心底里鄙视你、痛恨你，离你而去……"

非白的脸色苍白到了极点，极度的冷然阴沉中，一扬手甩了我一耳光。

这一耳光可能比我和他想象的都要重，我一下子摔倒在床上，嘴角流血。他立刻满脸悔意，想要来拉我，然而我的"酬情"已本能地跟着出鞘，银光一闪，他的几缕墨发似轻羽般飘逸而缓慢地落在我和他之间，他的脖子上一道血痕隐现。不一刻，血珠整齐而缓慢地沿着他那光洁柔白的脖子，如珠帘一般无力地垂落。

他那苍白的脸、颀长的身躯在银子般的月光下异样的森然。我与他之间本就如同雾里看花，此时此刻更是如隔千山万水，永远永远地无法愈合。

我一手擦着嘴角的鲜血，一手用"酬情"指着他的咽喉，胸中怒意翻滚。我决然冷笑道："三爷，这是你第二次赏我耳光了。"我强忍住喉间的血腥气，咬紧牙关迸出来一字一字，"不过我可以告诉你，这绝对是最后一次，哪怕我中了生生不离，哪怕我一生孤独终老……你此生休想再碰我……"

他的黑瞳幽如深潭，看似古井无波，实则满是惊涛骇浪，又如翻涌的怒火，欲汹涌喷薄而出，又夹杂着我看不懂也无力去懂的痛楚和绝望。他没有再近我身，亦不再说话，只是紧紧地抿着唇，墨瞳绞视着我，慢慢地取了汗巾擦拭着脖子上的血迹。

这一夜，我和非白如两头激斗得两败俱伤的兽，各自占据着宽大的象牙红木大床的两头，彼此冷冷地怒目而视，心中各自酝酿着挣脱和征服这两种截然不同的，但又强烈无比的愿望。

第二十章

离人乱世曲

西安原家素以家教森严著称，凡家中贵客辞去，所有下等奴仆皆在原地跪请送安，而在各园子里伺候的中上等奴仆，都必须在紫栖山庄门口跪地恭送贵客离去，方可起身回原处当差。

次日清晨，原青江和轩辕氏宗亲出发回京。

碧空晴朗，万里无云，紫栖山庄的汉白玉牌坊依然巍峨如昔，牌坊下黄金雕凤鸾舆前后护卫森严。

曲柄金线绣凤凰华盖下，一众宫婢宦官静默地整齐排列，焚着御香，捧着香珠、绣帕、漱盂、拂尘等物，井然有序地垂目躬身而立。

非白脖子上套了件白狐狸毛风领，掩了一圈三娘给上的纱布。我的脸上敷了雪肤玉肌膏，一个时辰之后，五道指印基本上已消退，左脸微微红肿，我特意又抹了层厚厚的珍珠粉，所幸也不太看得出来。我倔强地高抬着头，对非白不理不睬。

我们两人沉着脸一出现，所有人的目光齐刷刷地转到我们身上。

宋明磊满目心疼地望着我片刻，又将目光转向非白。

非白平静无波地回视着他，一副这是我家事，你哪儿凉快哪儿待着去，没事别插手的样子。宋明磊那一向如沐春风的俊容上难得地充满冷意。

不知为何非珏没有出现，玉北斋只有果尔仁带着五个少年前来送行。原青江和一个老者说着话。那老者精神矍铄，目光如炬，玉板束着杏黄色四爪蟒袍，想必是靖夏王。

原青江带着家眷向靖夏王等一众皇族告别，然后跪请长公主的鸾舆起驾。所有人都跪了下来。我的膝盖刚着地，非白便在我身边跪下，我刚想挪动膝盖，离这个浑蛋稍微远些，他一下子拉住了我的手。我挣脱不得，便暗中用指甲狠狠掐他，眼看要掐出血来，他却动也不动，也不看我。

轩辕本绪乐呵呵地盯着最后一顶轿子，忽见一只纤纤玉手掀开帘子，竟是在玉北斋所见的那四个曼妙的波斯舞姬。而轩辕淑仪的目光紧锁着我和原非白，看到他拉着我的手，她如花的笑靥依然盛开，只是看我的目光冷如冰霜。锦绣站在原青江下首，亦是玉面微寒。我只得紧咬牙关，头触石阶，一言不发。

这时金舆内传出一个柔和的声音："昨日本宫身体不适，未及参加锦夫人的家宴，听说三弟新纳的如夫人聪明过人，灭蝗之法是她所献，不知可在？"

所有人俱是一愣，驸马原非清奇怪地看向金舆内的倩影。

我不由得和原非白面面相觑。他略显迷惑，但还是朗声道："回公主，内妾微恙，恐惊扰公主。"

"三弟说哪里话来，自家人何须客气？快快请来，让本宫一见！"

一个小黄门提着拂尘，毕恭毕敬地过来了。

非白无奈，只得由他领着我和非白过去，来到金舆前，双双跪倒。

两个宫女撩开彩凤飞舞的舆帘，我忐忑不安地抬起头来，只见一个盛装打扮的宫装佳人坐在里面，兴致盎然地看向我。她虽然没有锦绣的娇媚，不及碧莹的温婉，少有非烟的美丽，却拥有一种属于皇族的娴雅，雍容华贵中却又带着一丝天真。同样是金枝玉叶，比起轩辕淑仪的八面玲珑，却又多了一分难得的亲切。

她含着笑，一双妙目充满好奇地看着我："你便是花木槿，宋护卫的义妹，锦夫人的姐姐？"

我垂目称是。她便问我几岁到的紫栖山庄，平时读什么书，何以会想起用火攻来灭蝗什么的。我一一答来。然后她的问题越来越多，好像对我很感兴趣一样。

原非清无奈地对她温言笑道："淑琪，天不早了，一大帮子人等着你起程呢！"

"本宫知道了。"轩辕淑琪轻叹一声，想了想，摘下手上的金刚钻手镯，让小黄门拿给我，"这算是本宫给你的见面礼吧！"说罢便娇声唤道，"起驾。"

我双手捧着那耀眼夺目的金刚钻手镯，急急退到一边，与非白伏地跪送长公主的金舆。

原非清看了看我，笑着对轩辕淑琪说："我可记得上回淑仪妹妹问你要这个手镯，你都不给，今儿个怎么这么大方？"

"夫君，我与她甚是投缘嘛……"轩辕淑琪撒娇的柔美声音淹没在太监的唱颂声中。

大队人马的开路扬起了秦地的烟尘，眯住了我的双眼。等我抬起头的时候，非白不知何时走得无影无踪，东门牌坊下的人也寥寥无几。

缘分真是一种奇妙的东西，时时刻刻让人们如同深秋的两片落叶，在风里飘卷着，偶尔碰撞一下，却又各分东西。可是这种看似偶尔又仿佛是注定的撞击，有时也会在以后的生活中留下余音，甚至绵长恒久，影响一生，就如同我与这位轩辕氏的长公主。尽管那时的我并不知道，这第一次与她的相见，也是我与她生命最后的交集，可她送我的这只手镯却在数年后险险地救了我一命。

至于原非白同学……昨夜两人的争执浮上心头，我心中又是一阵绞痛。这次他和锦绣一起回京，面对大庭皇朝的山雨欲来，两人又当如何平安度过？这两人的缘分、我与他的缘分、我与非珏的缘分又当如何化解呢？

黯然叹息中，韦虎和素辉走到我的近前，悄悄看着我的脸色。

非白带走了韩修竹，特地留下韦虎来保护我们。我正要开口，说想骑马出去走走，忽地背后浓烟滚滚，一骑白马回驰而来。韦虎立时挡在我身前，过了一会儿，脸色又松了，让了开来。

我目瞪口呆地发现竟是一身雪白的非白，他怎么又回来了？

我桀骜不驯地仰起脸看着他，他也在马上目不转睛地盯着我。电光石火之间，素辉来不及惊呼，他已将我抱上马，他的唇狠狠地吻上了我的。我拼命挣扎，他却不放开我，紫栖山庄里所有未及散开的仆人都不由脚下生了根，看着我们，下巴掉了下来。

这个吻，霸道而蛮横，辗转吮吸，故意带些挑逗。就在我快窒息时，他放开了我。

我立时甩了他一巴掌。在所有人的抽气声中，我大口大口地喘着气，满腔恨意地盯着他。

出乎我的意料，他并没有还手，只是在那里微微喘着气看我，目光坚定冷酷，深不可测。然后他绽开一丝我从未见过的笑容，绝艳而邪佞，对我说道："你不是说我这辈子休想碰你吗？我现在碰了，你又能怎么样？"

"你……无耻！"我气结、羞愤，却无法自他的怀中挣脱，想要有所动作，他已一手按回出鞘的"酬情"，一手按住我的"护锦"，然后他英俊的脸庞又凑了过来。

我一侧脸，他的吻落在我微肿的左颊："既然你心中认定我是如此卑鄙，那我索性如了你的愿，无耻到底吧。你若不想害非珏，那我不在的这段时日，就莫要去招惹他。"

我努力忍住眼中的泪水翻滚，倔强地不去看他，而他却状似亲密地在我的耳边如恶魔般低吟道："至于生生不离的解药呢，我可以告诉你，就算侯爷放你自由，就算我得了这解药，你这一生也休想离开我，我死也不会给你的。"然后他猛地推开我，狠狠地将我摔给素辉。

素辉张开双臂想接住我，却因为非白用力过猛，让我和他一起摔倒在地上，可怜的他被我压了个四脚朝天。不过他反应还是相当快的，哼都不哼一声，一把抱住欲上前拼命的我，顺便点了我的哑穴。

“韦虎，”非白高高在上，看都不看我一眼，对单膝跪地的韦虎说道，“姑娘若少了一根头发，我唯你是问。”

韦虎沉着地应了一声，满怀欣喜地看着我。

素辉也是结结巴巴地赔笑说：“恭喜三爷，恭喜木姑娘。”

我眼泪直流，心中暗骂：你们这群浑蛋，没看出来我有多痛苦吗？

原非白又将目光转向咬牙切齿的我，他深深地凝视了我一眼，潋滟的目光中痛苦一闪即逝，旋即又恢复了冷淡：“乖乖在家等我，少则三日，多则半月，我去去就回。”然后，决然转头，骑着高头白马飞一般地离开了我们的视野。

素辉放下了我，刚解开我的哑穴，我便冲了出去。我拾起一块石头，向原非白离开的方向用尽全身力气砸去：“原非白，你这个变态，我恨你，我恨你……”

过了几日，我平复了情绪，又同韦虎和鲁元摆弄暗器。我嫌“护锦”的火药一旦射出太过招摇，便请张德茂帮我把火药给去了。

这一日，我趁着午睡时间，只身骑马来到西安东城小五义的别馆福居客栈探望齐氏兄弟。

未进大堂，嘈杂之声便传了进来。一个三十上下、长相不俗的女子，正八面玲珑地招呼客人。一见我，她便目光闪烁着赶紧叫伙计来招待我。我闪身进来，只见中央一个高台上，有两个说书先生正唾沫横飞地讲着燕子军抗击西突厥的英勇故事。人流进进出出，生意十分忙碌，店小二忙着给客人点菜上茶，其中一个竟是人高马大的齐伯天。他正忙着端盘子给客人上菜，看到我也是愣了一愣，然后对我憨傻一笑，熟门熟路地迎我上二楼雅间。

我打开窗，从楼上往下看熙熙攘攘的人群，心想所谓小隐隐于野，大隐隐于市，宋明磊安排的这个别馆果然不会引人注意。

这时帘子一掀，那大堂所见的女子莲步轻移走了进来，上下看了我几眼，明眸似水清澈，却又深邃无比。我正要开口道明身份，她却跪下，对我行了个大礼，恭敬道：“李如见过四小姐。”

我心想这必是宋明磊安排的李姓老板娘，赶紧上前扶起她：“李姐不必多礼，宋二哥不在，多亏李姐打理我们小五义的产业。”

李如起身，依然躬身垂目。

我问了她几句话，她一一答来，甚是拘谨，全没有了刚才的八面玲珑、谈笑风生。

说了一会儿话，依旧不见齐放的踪影，李如主动对我说齐放应在后院厨房做菜。

一开始我还不信，等她笑着领我偷偷到厨房，只见齐放头上扎着头巾，曾经拿着清风剑威胁我小命的右手，此刻正紧握大勺，神情专注地在大火中翻炒一盘辣子鸡丁，动作熟练，极具专业水准。

我讶异地探头探脑间，他已飞快地炒完两盘菜，那辣子的香味直冲我的鼻子。我正垂涎着流口水，他向我站立的地方瞥了一眼，我一下子缩回了脑袋。

拉着李如回了房间，李如问我这么安排齐氏兄弟可好，而我则陷入困惑中。一方面我很想让齐放帮我对付原非白，另一方面想起刚才他做菜时那怡然自得的神情，若再将他拉入血雨腥风中，又有些于心不忍。

齐放的声音在外面响起："李老板，木小姐，齐放能进来吗？"

我赶紧正襟危坐，齐放技巧高超地端着四碟小菜、一个银酒壶、两个银杯、两双筷子掀帘进来，在炕桌上整齐地放好，恭敬地站在我身边，也不说话。

李如笑了笑，借口吃过饭了，要下楼看看，便出去了。我和他寒暄了几句，他只是垂目恭敬回答，也不多言。我有些泄气，正要决定就让他一辈子做厨子时，齐伯天兴冲冲地进来了。我清了清喉咙，问他俩报完仇有何打算。

这兄弟俩同时开口。

齐伯天说："留在福居客栈……"

齐仲书说："自然跟随姑娘……"

兄弟俩面面相觑，然后看着我不再说话。齐放的回答让我心中有了一些底，我笑笑说，我绝不强留二位，说完便告辞出了福居客栈。正要上马，齐放追了出来，拉住了我的马缰绳，坚定地看着我："请姑娘允放生死相随，保护姑娘吧！"

秋风拂起他额角的一缕长发，他那双明亮的眼睛充满了惶然。我在马上俯视着他，心中不由一热，微笑着说道："西枫苑里缺一个厨子，你愿意去吗？"

他一愣，然后欣喜地笑了，两颊露出那久已未见的酒窝。我习惯性地看看四周，然后对他勾勾手，示意他走近一些，俯身对他低声道："不过你能先帮我个忙吗？"

齐放慷慨激昂地说："放愿为姑娘万死不辞。"

我面露微笑："那太好了，你走的时候给我弄一大缸辣子。"

齐放的酒窝僵在那里。

这一天，我带着齐放和一大缸辣子回到西枫苑的时候，韦虎和素辉早已急得团团转，看到我立时双目放光。

素辉直埋怨："姑奶奶，你进城怎么也不同我和韦大哥说一声，可把我们……"他看到了我身后的齐放，一下子沉下脸，"这位是谁啊？"

韦虎也戒备地看着齐放，我说齐放是我小时候的朋友，做得一手好菜，进苑子来也好帮着三娘。

素辉的区域保护主义开始作怪了，他对齐放非常戒备冷淡，而韦虎听到齐放的名讳便一惊，可见已揣测出齐放的真实身份了。

我暗想，莫非韦虎便是侯爷放在原非白身边的密探不成？

齐放自始至终保持着酷脸，韦虎和素辉交头接耳一阵子，素辉便跳出来说道："看在木姑娘的面子上，齐壮士进苑子也成，但也得露一手让我们瞧瞧。"说着便露出动手的架势。

我不高兴了，正要出声，齐放却微微一笑，一撩棉袍下摆，"请。"

素辉和齐放年龄相仿，武功都出自名家之手，但交手之下，素辉满头大汗地退出圈外，齐放却岿然不动，连头发也不曾乱过一丝。

韦虎双目放光："阁下莫非师出金谷真人门下？"

齐放抱拳道："仲书正是师父的关门子弟，这位必是江湖人称'震天虎啸'的韦虎壮士吧？"

于是这三人不打不相识，英雄惜英雄，韦虎和素辉把我花木槿给撂下，强拉着齐放转身进苑子喝酒攀谈起来，从此齐放开始有了个稳定的落脚之处。

八月二十一，原青江携连夫人、长公主及驸马回京探视窦太皇太后的病情。据掖庭令报，八月十五日，窦太皇太后在御花园里散步时忽然晕倒，孝敬皇帝急忙从早朝上退下来探视时，窦太皇太后已陷入重度昏迷。太医们束手无策，急得如热锅上的蚂蚁。昭明宫前乌云密布，又陷入紧张气氛。

永业二年十月，大庭的北方忽然提前天降大雪，这场大雪来得奇、来得猛，雪刀霜剑中，山东以北很多地方甚至冻死人了。然而比北方的大雪更为可怕的是，大庭剽悍的邻居，契丹的奇袭。十月十三，契丹大将耶律可丹，奉契丹史上最年轻气盛的皇帝世宗之命跨过松花江，率八万铁骑攻破原氏北军守备薄弱的营州，几天之内来到蓟州城下，直逼京都。而此时京都只有禁军一万、羽林军一万，加之京城守军多是贵族子弟，毫无实战经验，根本无法与契丹铁军相抗。大庭最精锐的部队有两支，一支是西北抗击突厥的燕子军，另一支则是防御南诏的窦家南军，契丹奇袭京都给了窦家一个绝好的理由召南军北上。原青江对于窦家的部署了然于心，于是一方面请孝敬皇帝旨意令蓟州守军抵死相抗以争取时间，另一方面向于飞燕发出十万火急金牌，令其赶往京都勤王。

在那个时代，蓟州乃是一个军备不足的小城，其统帅李实正是大庭末年的英烈名将，在接到孝敬皇帝密旨时，李实早已多次拒绝了契丹大将可丹的劝降，在严密封锁中苦苦支撑了一个多月。

蓟州军民在弹尽粮绝的情况下，打退了契丹的多次突击。存粮用尽，蓟州军民先是宰杀牛马骡等牲畜，后来只好烹煮弓弩、皮甲以充饥，而城中百姓则只能用糠麸和干草来果腹，最后甚至出现了争相食人的惨剧。

人相食，意味着孤城蓟州的坚守已经支撑到了极限。腊月二十一，契丹破蓟州城，李实带领着疲惫不堪的守军仍坚持与契丹大军打了半日的巷战，最后李实背负着供奉于蓟州祠庙中的大庭太祖轩辕胜靳的御容像，突围出城，契丹兵全力追赶，李实身中数十箭而死。

契丹兵得到李实的遗体后，驱战车踏其遗体为肉泥以泄愤。城破之后，蓟州城所有的当地官吏壮烈殉国。契丹兵屠城报复，在饥饿中幸存下来的蓟州百姓被屠杀一空。

契丹兵临京都，大庭官吏与孝敬皇帝乱作一团时，腊月二十三，于飞燕带着燕子军中最骁勇凶悍的八千军士早一步进入京都。原青江自是喜不自禁，但也有些讶异何以于飞燕敢只带八千人对付八万铁骑。于飞燕胸有成竹地命人将燕子军的秘密武器抬了出来，那便是由我和鲁元、韦虎发明并加入火药改良后的"锦绣一号"超级弓弩。

燕子军直插皇城永安门外，与契丹生力军狭路相逢，当第一轮猛攻开始时，于飞燕的"锦绣一号"重创契丹铁骑，血肉横飞，惊破皇城。

三天之后，燕子军弹药用尽，便以一敌五，展开了惨烈的肉搏战。于飞燕身先士卒，率领着燕子军和皇城守军击退了契丹的一次又一次进攻，经过了五天五夜的英勇奋战，保卫了京都城——大庭的心脏。

契丹被逐回了黑龙江以北，经过"锦绣一号"的摧毁，无论皇室，还是庶人，粮田尽毁，宗庙夷平。燕子军精锐几乎全军覆没，幸存者不过五十余人，而一直采取观望态度的窦氏南军却隐在南城，不损一兵一卒。

振奋人心的京都保卫战刚刚结束，窦英华便煽动那些因战事毁坏田产的贵族大臣，狠狠参了于飞燕一本，理由是糟蹋良田，毁坏宗庙，图谋不轨。

永业三年，大年初一，京都保卫战的第一功臣于飞燕，由上骑都尉罢为兵部废员，待罪家中，后经原氏一党力保，才由罢兵部废员改作降职五品校骑都尉，即日遣返玉门关，镇守河朔。

永业三年元月初三，我携着齐放和韦虎在西安城外迎到了被赶回驻地的于飞燕，他身上仍然着赤金战袍，铠甲上血迹斑斑。自打赢胜仗后，为安抚皇族，除去众臣疑心，于飞燕只带了两个亲随，缴械进皇城，然而迎接他的是当即下狱的圣旨，直至接到被遣返驻地的命令，他竟无一点时间换一身衣服。

于飞燕看到我似乎有些惊讶，立刻下了马。他的眉宇间多了一丝憔悴，但虎目依然如炬，本来充满惊喜地想跑过来给我一个熊抱，忽然想起了什么，低头看了看自己左肩鲜红的纱布，就不好意思地笑了，退了一步，尴尬地放下了伸开的双臂，看着我。

我不由一阵心酸，热泪淌下，一个箭步飞奔上去，紧紧抱住了他：“大哥，你受苦了。”

于飞燕浑身一震，双臂慢慢环上我，然后越来越紧。他的大手按着我的脑袋，就是不让我抬头看他，只听他低沉的声音微微有些颤抖：“四妹，大哥以为此生再也见不到你了。”

我帮着于飞燕清洗伤口，又让齐放将那五十二个京都保卫战幸存下来的燕子军亲随安顿住下，遣了素辉去玉北斋请碧莹，一阵忙乱方才落定。

晚饭时分，碧莹果然到来。我们两个女孩自然是大骂窦氏黑心黑肺黑肚肠，祸国殃民，残害忠良，然后又是对着于飞燕心疼地流泪一番，难为于飞燕却乐呵呵道：“我现在活得不是好好的吗？你俩莫要以为水豆子是不值钱的，殊不知女儿家的水豆子可比金子还贵咧。”

我二人这才破涕为笑。我拉着他们到我以前住的北边的屋子，三人一起用了饭。

于飞燕说在狱中只有宋明磊冒死见过他一面，并买通大理寺的狱卒善待他。问起妹妹们的境况，宋明磊言辞闪烁，似有难言之隐。于是，此刻他有些焦急地问我们到底发生了什么事。碧莹面色黯然地看着我，而我根本不知道从何说起，口中的饭粒竟如同嚼蜡一般。

一向温柔的碧莹猛地放下了筷子，咬牙切齿地说道：“还不是那黑了心的原非白！”

我惊诧万分地看着碧莹，她冷静地道出了原非白和生生不离。我心如刀绞，只见于飞燕呆在那里看着我，满脸震惊和不信。

我努力挤出一丝笑容，道了声：“我给大哥去盛碗汤。”我连披风也没穿，便飞奔出去。

我来到梅园中庭，用双手使劲捂着嘴，不让抽泣之声传出来。如果玉北斋的情报网已经知道我中了生生不离，那么这就是非珏不来找我的原因吗？难道他以为我会故意勾引他，让他废了苦心修炼的武功吗？所以他不要我了？于飞燕会怎么看我呢？

里间传出一声巨响，我心里一慌，提着裙子又跑回去，只见一桌好酒好菜都被掀翻在地。于飞燕站在一片狼藉之中，额头青筋暴起，一声暴喝：“原家……原青江……欺人太甚了！”

我泪如泉涌，赶到门外，让于飞燕的亲随守在门口，不让西枫苑的冷面侍卫过来。我看向吓得发傻的碧莹，颤声问道：“碧莹，你是如何知道我中了生生不离的？四爷知道吗？谁让你告诉大哥的？”

碧莹扁了扁嘴，委屈道：“是宋二哥说的。我不知道果尔仁是如何知道这件事的，就在你中了生生不离的那天，果尔仁就告诉四爷了。他不让我告诉任何人，可是我知道你和珏四爷两情相悦。木槿，我们不要再留在这里了，让大哥带我们离开这里吧。”

离开？我看向于飞燕。他虎目圆睁，握着我的双肩，坚定地道：“木槿，我们走吧。这个世道越来越不太平了，窦家和原家迟早要火并起来。若是原家倒了，满门抄斩，我们小五义跟着遭殃；便是原家胜了，我们小五义也难全身而退，不如现在就走，我和老二在江南已置下田产，管他什么生生不离，大哥陪着你一辈子，也定能保各位弟妹生活无忧。”

离开原家，泛舟江湖，去过那无忧无虑的田园生活？多么美丽的理想。我微笑着摇摇头：“大哥，你带碧莹和二哥先走吧，我随后就来。”

“那是为何？”碧莹和于飞燕看着我，同时出声。

于飞燕闷闷道：“莫非是怕那生生不离？”

我平静地笑道：“因为锦绣。”

我看向碧莹，而她却疑惑地看着我，显然她还不知道锦绣和原非白的渊源。锦绣为了原非白愿意吃任何苦，然而可怜的她却不知道原青江已了然原非白和她的关系，甚至下药来要挟她的姐姐。若是我们都走了，锦绣的未来又当如何？

我打定主意，缓缓说道：“我也想过自由自在的生活，可是现在锦绣已是侯爷的小妾，她是断不会走的，我要留在这里陪着锦绣。”

于飞燕慢慢放下双手，脸色十分难看。碧莹很失望地瞧着我。三人不欢而散。

次日，我同碧莹送别燕子军，于飞燕又对我和碧莹提了一次离开原家，而我竭力主张于飞燕带碧莹和宋明磊先走，那样也能为日后的生活寻个根基。

于飞燕长叹一声：“三妹意下如何？”

碧莹看了看他，温柔一笑：“若没有小五义众兄妹，碧莹早就一命呜呼了，一切都听大哥和木槿的安排。”

于飞燕看着她笑了：“一人为五人，五人为一人。大哥决定留下来陪着四妹、五妹过了窦家这一关，三妹愿意吗？”

碧莹笑得更是甜美可人，阳光洒下，映着她那琥珀眼瞳分外流光溢彩：“只要众兄妹不嫌弃我这个最没用的人，我吃再大的苦亦甘之如饴。”

我的喉头一下子哽住了，热泪盈眶，紧紧拉住碧莹和于飞燕的手，千言万语，已是泣不成声。

于飞燕一会儿擦我的眼泪，一会儿又去抹碧莹的脸，手忙脚乱中，乐呵呵地傻笑着。身后那些幸存下来的燕子军士兵也忍俊不禁。

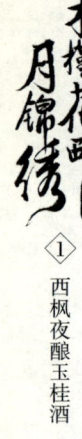

分别的时刻终于到了，于飞燕跨上那匹跟随他多年的西域战马“火龙”，对我们俯视着，坚定地说道：“二位妹妹千万珍重，飞燕此去定要击破突厥，剿灭窦家，好还天下苍生和小五义兄妹一个平安之地。”

我们三个互相举着V字形手势，含泪而别。

永业三年元月初十，已药食不进多日的窦太皇太后，忽然睁开了眼睛。太医认为乃是回光返照，于是急请正在城楼上慰问百姓的孝敬皇帝入宫。

窦太皇太后弥留之际，留下遗诏，要孝敬皇帝在她百年之后定要厚待窦家，罪无论大小万不可抄家灭族。然后她召见了窦英华与窦丽华，留下先帝所赐的免死金牌，并再三叮嘱窦英华道：“今上弱，原氏青江世之枭雄，吾薨日，必是吾氏灭门之日。汝能诛之，即当诛之。然窦氏侍奉轩辕氏三百多载，必当尽忠职守，万不可谋逆篡位。”言罢，撒手人寰。享年八十二岁。

孝敬皇帝哀恸万分，窦皇后更是在凤床前哭晕过去好几次，于是大庭皇朝陷入了新皇继位后的第二次国丧。

窦太皇太后的病逝意味着，窦家和原家的斗争终于从朝堂上的明争暗斗演变到血溅朝堂的地步。

永业三年正月十四，窦太皇太后发丧之日，原青江携女扮男装的锦绣、奉定及一百名侍卫入宫吊唁，在宣德门遭到窦氏伏击，在锦绣和奉定的冒死相护下，才险险逃脱。随行一百名高手全部遇害，锦绣和奉定身中数剑，原青江本人也胸口中了一剑，险险生还，却落下了终生的痼疾。

西边宣德门原青江死里逃生，窦英华急往东边昌颐宫中，欲杀死长公主驸马原非清，幸得靖夏王的宦官内应趁乱从密道救出原非清和靖夏王。窦英华扑了个空，只得前往拘禁未及逃离的长公主轩辕淑琪。

《旧庭书·淑德贞烈大义公主淑琪传》中详细记载了当时长公主正在昌颐宫内窦太皇太后灵柩前哭泣，窦英华带着血染重甲的羽林军冲入灵堂，仗剑质问长公主驸马何在。长公主厉声痛骂窦氏兄妹残害忠良，祸乱后宫，颠覆社稷。窦英华一怒之下，欲使兵士幽禁长公主于冷宫。长公主不堪受辱，自太后灵柩所放之处——凤临台上高高跳下。宫婢救护不及，长公主头触汉白玉石阶，脑浆崩裂，血染孝服，死时年仅二十一岁。

这场被称作“庚戌宫变”的政变，是西庭末年最为残酷的宫廷政变。窦氏将所有目击长公主之死，以及帮助驸马、靖夏王逃跑的宫婢宦官，连带被牵连人员多达六百五十一人，皆用弓弦绞毙，随同窦太皇太后殉葬。孝敬皇帝赶到时只见到轩辕淑琪躺在血泊之中，没有看到亲姐惨死的全过程，也猜到她的死与窦英华是脱不了干系的。

当时他惊怒交加，手脚抽搐，双眼翻白，口吐白沫，宫人惊慌地将孝敬皇帝抬入内宫。从此孝敬皇帝深恶窦氏，甚至与窦丽华的感情也大打折扣。

即日窦氏宣诏，原氏和靖夏王轩辕复昱谋逆叛乱，削去爵位，满门抄斩，所有原氏旧党皆抄家灭族。对于不满窦氏的皇室宗亲，窦英华以孝敬皇帝的名义赐鸩酒，内眷流放三千里，“庚戌宫变”中受迫害的王公大臣及无辜百姓多达二万余人。

原非白与其门客力挽狂澜，使得原氏和靖夏王一族安然退出京都。原青江以“诛窦氏，清君侧”之名召回于飞燕，遂以燕子军为主力，拥军五十万，退守洛阳，号召天下举事，讨伐窦氏。

“庚戌宫变”完全拉开了乱世的序幕。天下义愤，窦氏凶残，从此群雄并起，纷争不休，而我和小五义的命运巨轮也随着这乱世转动了起来。

木槿花西月锦绣

典藏版

2

金戈梦破惊花魂

海飘雪 作品

青岛出版社
QINGDAO PUBLISHING HOUSE

MUJINHUAXI YUEJINXIU

目录

MUJINHUAXI YUEJINXIU

目录

第一章

清泉濯木心

永业三年元月十五元宵节，送别了于飞燕多日，我坐在赏心阁里，就伏在原非白平日舞文弄墨的书桌上，聚精会神地写着给原非白的飞鸽传书。

我看得累了，抬头放眼窗棂外，雅致遒劲的红梅怒放着，殷红的花瓣在白雪皑皑中飞舞，一晃四个月过去了。

我俩像是什么事也没发生似的，书信倒是通得很勤快。他告诉我他的每一件原家事务安排，我告诉他我的建议。对了他的主意，他会客套地夸几句；不对他的想法，他会和我耐心地在信中辩解，但两人却绝口不提生生不离，还有他去京都前的那场大闹，本来他说很快回来，却因为窦太皇太后的死，被原青江留在京都。

前两日，我提醒他，太皇太后的死意味着两家摊牌的时候，而宫变可能是最好的方法，原非白回答说，他已为原家做好了充分的准备，叫我不必担心。我们在信中讨论了关于我提出的洛阳屯军的建议。洛阳山川秀丽，土地肥沃，人杰地灵，近临西安，又俯卧中原，北望京都，原家若是派军队驻守，退可据守秦中，进可入中原，又易北入京都，无论打短期战还是长期战都是最好的据点。

今天是窦太皇太后的发丧之日，我并没有接到原非白的飞鸽，却收到宋明磊的来信。我家这位二哥的写信频率基本上和原非白同学是一样高的，他告诉我如今京都城中兵甲林立，窦原两家一触即发，不过他经常有意无意地提到现在的原非白不仅是原青江的左右手，也成了京都淑女名媛们争相邀请前去画舫游湖、品茗吟诗的对象，然而在众多脂粉艳姝中，原非白似乎对轩辕淑仪姐妹更近乎些，频频出入于靖夏王府。

左胁一阵疼痛，让我收回了思绪。我轻叹一声，轻抚上左胁，天气冷了，旧伤总在隐隐作痛，原非白和宋明磊虽然都从京都寄回很多补品，赵孟林也来瞧了我很多次，却不见效，他看我的眼神一次比一次忧虑。

不知道为什么，我的心老是突突跳着，只好再一次安慰自己可能是旧伤发作所致，我又检查了一遍给原非白的信，然后放在小竹管中。

我顺了顺气，自己亲自到鸽棚选了一只特肥的信鸽，系在它的小红腿上，然后将那只信鸽使劲扔向天空。韦虎在一旁莞尔。

看着大肥鸽消失在雪天之中，我打了一个哈欠，披上大红羽纱面白狐狸毛鹤氅，来到中庭。看着满园飘香的红梅，我的心情稍稍缓和了一些。

时光荏苒，碎琼乱玉中，又是红梅吐艳的季节，真没想到我进入西枫苑已经整整一年了。

我伸出手接着一片混着雪花的胭脂梅瓣，看着那雪花融化在梅花瓣上，映着红梅愈加艳丽，不由想起红发的非珏，也不知道他怎么样了，还在恨我没有等他吗，或是因为我中了生生不离而嫌弃我了呢……

我思绪万千中，没有留意齐放弯腰递上的银貂风领："姑娘请戴上，赵大夫嘱咐您万万不可再受风寒。"

我回过神来，接过风领，正要回去，一声呼唤轻轻传来："木丫头！"

我立时回头，怔在那里。一个红发少年，脸上挂着一丝微笑，一身貂毛白袍，还有苍白的脸颊同雪天一色，隐在天地之间。他静静地站在红梅花雨中，任长长的红发披散着，深深凝视着我。

梅花欲诉相思意，相思泪滴梅花雨。

我发不出任何声音，只有贪婪地盯着他英俊安静的笑容，也对他挤出一丝笑。

齐放没有见过原非珏，但也明白来人既能无声无息地躲过梅花七星阵，定是绝世高手，他闪电般地向原非珏攻去，但是原非珏轻轻一侧身，躲过了他的进攻。眨眼之间，他来到我的眼前，只见红发几缕飘到我的鼻尖。

他又对我柔和地笑了笑，毫不理会身后攻来的齐放，猛地搂起我飞离西枫苑。

我的双臂紧紧抱着非珏，脸深深埋在非珏的怀中。这一刻我不管他带我去哪里，不管他要对我做什么，我都无怨无悔，只要能和他在一起就好。

非珏带着我落在了一个人声鼎沸之处。我睁开眼睛，这才发现我已来到山下的西安城，城中火树银花，灯火辉煌，人山人海。我想起来了，今天是上元节啊！

虽是国丧，节日的规模已按例缩减很多，但那喜庆的气氛依然感染着每一个人的心田。那灯火似乎要把世间每一颗干涸的心滋润，让每一具冰冷的躯体温暖起来。

我看向非珏，非珏温柔地笑起来："木丫头，你忘了吗？今天是上元节啊。"他替我系上银貂风领，轻轻道，"我最喜欢你那首《青玉案》，所以想让你陪我赏灯。"

我没有动手去调整他帮我系歪的风领，只是紧紧握着他的手，笑着点点头说好。我拉着他沿着灯火最亮的朱雀大街信步游了起来。

火树银花合，星桥铁锁开。
灯影千光照，明月逐人来。
游伎皆秾李，行歌尽落梅。
金吾不禁夜，玉漏莫相催。①

此时，我俩似乎都忘了可怕的生生不离，只是上元节上一对再普通不过的情侣，手拉着手，肩靠着肩，身心轻松地在人群中穿行。

我央着非珏给我买冰糖葫芦，没想到他却发现这不同于烤羊肉串的美味，于是他不仅将自己的那串冰糖葫芦舔得干干净净，还流着口水，眼巴巴地看着我手上已吃了一半的那串。我满怀爱怜地递上我的那串，看着他继续大嚼，心满意足。

我买了一条洁白的缎带，为他系上似锦的红发，露出脸来，愈显出年轻的脸庞一片俊朗，朝气盎然。

吃过汤圆，我们来到一座巨型灯楼前，广达二十间，高约一百五十尺，金光璀璨，极为壮观。

这座灯楼奇幻精致，美轮美奂，所要表达的是蓬莱仙境，与灯楼下踩高跷的八仙队伍交相辉映，似真似幻，众人更是身心都荡漾在这人间仙境之中。

我和非珏笑着指指点点，他信口吟道："东风夜放花千树。更吹落、星如雨。宝马雕车香满路。凤箫声动，玉壶光转，一夜鱼龙舞……"

这时锣鼓咚咚，舞狮队从灯楼处跳了出来，冲入拥挤的人群，我没有抓牢非珏的手，一下子被人群冲散了。

非珏的眼睛不好，会被人群推到哪里去？我的心焦急起来，大声喊着非珏的名字，可是却微不足道地淹没在震天的欢海声中。

半炷香过去了，舞狮队进入表演的高潮，我的心急得快要跳出来，心生一计，便施轻功跳上了蓬莱灯楼，也不管灯楼上一个身形臃肿的富家公子和他的几个姬妾先是发出惊呼声，然后是一阵热烈的鼓掌，只是居高临下，急切地搜索着非珏。

蛾儿雪柳黄金缕，笑语盈盈暗香去。
众里寻他千百度，蓦然回首，那人却在灯火阑珊处。

目光停留在灯楼对面，一个红影进入我的视线，心中的大石头终于放了下来。

然而，我周围所有的美景却忽然失了色，所有的喧闹欢呼也悄然消去了声音，只剩下街对面那孤单的红影。

非珏高高地、平静地坐在对面稍小的三国灯楼上，双手抱着双腿，红发有几丝凌乱，被夜风拂向年轻的脸颊，那双明亮酒瞳，凄惶悲绝地、无助地、深深地凝视着我，仿佛是一只迷途而不知所措的小狗，惹人悲怜。

从此，这个画面永远地印刻在我的脑海中，一生挥之不去。

舞狮队终于过了，长龙般的人群渐渐往前涌去，灯楼前清了一些场地出来。我跳下灯楼，小跑到对街，非珏的视线一直锁着我，看到我仰起头，对他摇摇手，他才释然地笑了，一跃而下，紧紧拥着我，然后伤心地哭了起来："木丫头，我还以为再也找不到你了。"

"怎么会呢？我到处找你呢，你忘了吗？我有你送给我的法宝啊，"我掏出一直挂在脖子上的银链子，和他双手交握着，轻抚上银牌，柔声安慰着，"只要我戴着这根链子，无论我到哪里，无论我变成什么样的人，我们都会认出对方的。"

非珏抽泣了几声，满意地笑了，然后他收了笑容，看了我一阵，似乎在努力地鼓起勇气，严肃地说着："木丫头，马上就要开战了，你随我回西域吧。"

"啊？"我奇道，"什么战争？"

正要详细询问，非珏却摇着我的肩膀说："如果你担心生生不离，莫怕，我一定会想办法找到解药的。"

我含泪笑道："那如果找不到呢？"

"我——"

非珏的话音未落，一阵巨响传来，地面也随着抖动起来。人群开始有些不解，但是巨响不断传来，每响一次，地面跟着剧烈地抖动，人群开始骚动了。

我的心一惊，这不是攻城的炮声吗？这时，一列军队从南门冲了过来，焦急地喊道："王总兵大人有令，南诏兵打进来了，大伙快躲起来。"

原家祖上是开国功臣，西安乃是太祖皇帝所赐的荫封之地，西安人世代接受着原氏豪强的保护，已有上百年没有经历过战争的摧残了，那极度的不信显现在每一个西安人的脸上，恐惧传播在每一个西安人的心中。

我的腰间一紧，非珏夹着我又跃回灯楼上："没想到，南诏来得这么快。"

人群开始尖叫，四处升起凄厉的呼唤声，无情地取代了丝竹管弦。孩子哭着叫喊母亲，丈夫唤着失散的妻子，家仆寻找年幼的主人，人群互相拼命地推挤着，像是猛然间落入渔人网中的鱼儿，慌不择路。顷刻间，人间上元节的庆祝地竟然变成了人群挤压的修罗场。

人群从四面八方聚来，又蜂拥着消失在曾经喧哗的大街上。我和非珏跃了下来，非珏神色沉重：“我在南诏的密探告诉我，左相苏容十日之前以谋逆之罪被处死了，窦家秘密联络不满光义王的豫刚亲王，我来找你之前，果尔仁告诉我，就在辰时窦太皇太后的入殓之刻，窦家发动了宫变，长公主被逼死了，现在的变故一定是窦家让南诏奇袭西安，好借刀杀人，铲除原家的老巢。”

我大惊失色：“那怎么办，我们得回去通知紫栖山庄的人好准备开战。”

非珏看着我叹了一口气：“太晚了，木……”

炮声一阵接一阵传来，大地震动中，又一堆逃难的百姓涌来。非珏护着我，退到街边，人群中出现了一队黑甲骑兵，为首一人身形魁梧，戴着黑面纱，来到近前，他在马上略弯腰行了一个突厥礼，揭下面纱，双目如炬，难掩兴奋地俯视着我们：“少主，侯爷已向于飞燕发十万火急金牌，召其往洛阳会合，现在河朔守备空乏，摩尼亚赫定会乘虚而入东庭，正是我等回故土的大好时机。”他忽地看到我，面色又沉了下去，“老奴遍寻少主不得，原来少主是同木姑娘在一起赏灯。”

非珏拉着我走到果尔仁面前，坚定地说道：“果尔仁，我要带木丫头回突厥。”

果尔仁冷冷道：“少主莫要忘了木姑娘中了生生不离，今生注定是白三爷的人了。”

“那又如何，我看上的人，任何人都休想染指。”

果尔仁的脸色更是难看，看了看我，又看了看后面的碧莹，灰眼珠瞟向我：“少主，你想带木姑娘回突厥也不是什么难事，只是你得先问一下木姑娘能同你回去吗？”

炮火比刚才更响更近，果尔仁身下的大宛良驹开始不耐烦地躁动起来，不时低鸣。

“木姑娘，如今侯爷在洛阳举事，你的胞妹和义兄宋明磊日夜兼程赶死了几匹千里马，方才千辛万苦地赶回西安营救二小姐。但依老夫看，他们也是为了来接你而来。你若是跟我们回突厥亦可，那你须想好，从此再不能见小五义其他人了。”果尔仁的灰色眼珠冷如冰凌，他俯身对我厉声说道，“你若想侍候少主亦可，你必须同我发个毒誓，除非助我等入主中原，否则一生一世不能踏入中原一步，如违此誓，乱箭穿心。”

好毒的誓！我暗忖着，然而，若能和非珏去西域，从此挣脱了原家的枷锁，和心爱的非珏在一起，实现我的《长相守》，这有多么美好。望着非珏殷切的脸，霎时我的心动了，我也有追求幸福的权利。

“木槿。”

碧莹的声音传来，她在马上担忧地看着我。我猛然间回过神来，想起于飞燕为了我而放弃了辞官，放弃了泛舟碧波的生活，还有我唯一的妹妹和冒死赶回西安救我的宋明磊……花木槿啊花木槿，你怎可如此自私，你难道忘了小五义对你的恩义了吗？

我放开了非珏的手，笑着说："非珏，果先生说得对，我不能同你回去，因为我不能抛下锦绣和宋二哥。"

非珏却又抓回了我的手："你莫要说浑话，现下南诏正在前往紫栖山庄的路上，你回去不是送死吗？"

我强自笑着，尽量让自己的声音自信些："你放心，我知道一条回庄子的密道。你不用担心，我是花木槿，自然会想办法活下去，还有你的宝贝指引着我，无论我们相隔多远，我们一定会再见的。"

炮声更近了，有很多箭矢射了过来，果尔仁带着十三个少年挥着弯刀挡开，非珏的手松了开来，坚定地说道："那……我同你一起回去。"

"万万不可。少主，您忘了女皇陛下现下正涉险亲自在喀什城等您吗？我等没有时间了，快走吧。"果尔仁上前拉过一匹乌油油的大马，硬塞到非珏手中。

非珏紧抿着嘴唇，眼神苦苦挣扎。

许久，非珏跑过来，却将缰绳放到我的手中："木丫头，它叫乌拉，以后就是你的了，你记住，一定要骑着它到西域来找我。"

我握紧缰绳，使劲地点着头，眼中泪水翻涌，心如刀割。

碧莹驾马小跑过来："木槿，我同你一起回去。"

我一摇头："不，碧莹，你没有武功，和我回去会有危险。你先和四爷一起回西域，过了这一劫，我们一定会再相逢的。"

碧莹正待强辩几句，我厉声阻止了她，她泪如泉涌，不肯放开我的手，我拉着她到果尔仁那里，看着果尔仁的灰眼珠说道："我家三姐就、就拜托先生照应了。"

果尔仁惊讶地看着我："木姑娘好胆识。请放心，我等定会护着莹姑娘周全。"

我再看了一眼碧莹，一狠心甩开碧莹的手扭头上马就走，没有回头，也不敢回头。

我逆着逃难的人流跑出一段距离，才悄悄扭头，只见非珏一行人也开始前行，碧莹双肩颤动着，早已哭花了脸，而我给非珏买的白缎带不知什么时候松了，他的红发在夜风中凌乱飘扬，他亦扭着身子，双目看着我，慌乱而心痛得没有一丝焦距。这乱世中的一景，根本没有安慰我，反而使我的心更加难受。

乌拉出乎我意料地温驯，而且不愧是大宛名驹，脚程极快，我驾着它抄小道从西林绕了回去，远远地就看见前方浓烟密布。我的心凉了一截，等赶到山庄里，我只觉口干舌燥。

紫栖山庄，我生活了六年的地方，曾是处处帐舞蟠龙、帘飞彩凤、金银焕彩、珠宝争辉、一片富贵气象的紫栖山庄，竟然一夜之间变成了到处是火焰、浓烟、死尸的地狱，各园的子弟兵和南诏士兵在厮杀，然而更多的南诏兵却在抢劫珠宝和丫环，玉器的碎片散了一地，凄厉的喊叫声充斥着耳膜。一个南诏兵看到了我，狞笑着扑过来，我向他一抬右腕，他应声倒地，我趁着余下的士兵愣神的时机，一策乌拉，飞一般往西枫苑赶去。

来到西枫苑近前，几只七星鹤的尸体，浑身插满箭矢、横七竖八地倒在莫愁湖边，十几具南诏兵的尸体浮在水面上，那曾经清澈的湖水全被血染成了红色，泛着刺鼻的血腥味儿，无声无息地流着。金不离的身影在湖面上翻腾着，偶尔冒出湖面凶狠地看着四周。苑子里面传来打斗的声音，我大声叫着“素辉、三娘”，冲进了西枫苑，那两个冷面侍卫正苦战南诏兵，鲁元也在用他改良过的弓弩嘶喊着，对南诏兵发射，布满血丝的眼睛疯狂无比。

出乎我的意料，谢三娘抡着两把斧头，满脸是血，冷静利落地砍着敌兵，咔嚓之间，南诏兵像是西瓜似的被切开，喷血倒在地上。她一向臃肿的身形，却似一下子苗条异常，灵活腾挪。她看到我，精神一振，狂喊着：“韦虎，木姑娘回来了，快带着她和素辉走。”

无数的南诏兵向我涌来，但是立刻有两个人影飞过来，舞出一道剑影，挡住了南诏兵，是素辉和满身是血的韦虎。

素辉喘着气，小脸阴沉着，一边挥剑，一边眼中闪着狂喜：“木丫头，你可回来了，齐放去找你，到现在都没回来。”

我转向韦虎，心中一惊，这才发现他的左臂已齐根截断，血流如注，浑身的血正是来自断臂处。

韦虎让素辉跳上我的乌拉，然后撂倒一大片，在前面开路，引着我们奔到赏心阁，他一踢大门，让我们进入门中，然后咬牙单手关紧房门，来到挂着谢夫人画像的神龛处，移动牌位后的机关，谢夫人的画像一下子收了上去，露出暗门。他打开暗门，让我和素辉进去。原本我以为乌拉进不了，没想到里面的暗道十分宽广，乌拉也乖乖地挤了进来。韦虎单手关了暗门，催促我们向前奔走，于是我们陷入了黑暗。

素辉拉着我，暗暗低泣：“木丫头，我还能再见到我娘吗？”

幸好地道的光线昏暗，他看不见我满脸的泪水，我强忍哽咽：“会的，一定会的。”我担心地问着，“韦壮士，你可好？你需要立刻上药。”

黑暗中，我没听见韦虎的答话，只有他沉重的呼吸声。

大约一炷香的时间，眼前亮光出现，韦虎沉声道：“到了，木姑娘，这条地道直通到华山内原家的暗庄，二小姐和锦夫人都在那里，我们安全了。”话音刚落，他的身体如铁塔倾倒。

我和素辉哭着惊呼，引来一个熟悉身影，正是一脸疲惫绝望的宋明磊，他的眼睛布满血丝，看到我们不禁喜形于色。

宋明磊连点韦虎身上多处大穴以止血，然后我们三人七手八脚地将韦虎抬回暗庄。

暗庄位于紫栖山庄后山半山谷的一个天然大石洞中，据说是原家的第一代祖先秘密开拓的，是用来防止太祖皇帝固位后，诛杀功高盖主的原家逃遁所用。那个大石洞位于群山密林之中，洞外长年被四季常青的蕨类植物所覆盖，是个遁世的绝佳之地。更可贵的是，这个天然石洞内豁然开朗，竟然容纳了原家八千子弟兵，而且存粮够三个月，显然原家的老祖宗很有先见之明，狡兔三窟，以备不测。

我们在洞内待了数日，紫园中的重要人物只有原非烟、锦绣、宋明磊还有阴险的柳言生而已，那些我认识的丫鬟，如初画、珍珠等等，就连那个很得宠的香芹都失散在战乱中。那八千子弟兵中三分之一是去年司马门之变后补充的少年新兵，稚嫩的脸庞显得有些慌乱空洞，又有很多子弟兵是在南诏奇袭时受了重伤。

让人比较担心的是，洞中唯一像样的医生只有宋明磊了，他忧虑地告诉我，现下虽不愁粮食，但奇缺药材，这几日不断地有子弟兵因为得不到及时治疗而死去，我们不能把他们拖出去埋了，也不能扔进山谷，恐怕引起南诏兵注意，只能在白天将他们的尸首扔进火堆里就地火化，于是每到白天，刺鼻的尸体焚烧的焦味飘出来，令人感到恐怖，不禁作呕。

但谢天谢地的是，韦虎奇迹般从深度昏迷之中醒了过来。一开始，我和素辉很担心他会难受，然而韦虎却连眉头也不皱一下，便开始下地练习右臂用刀，并指天发誓要保护我安全，前往洛阳见原非白。

出去打探的人回来了。南诏在西安城烧杀抢掠，淫人妻女，无恶不作。已有六百多年光辉历史的紫栖山庄付之一炬，庄内所有财物和家奴被南诏劫掠一空，众人悲愤之余，恨不能食南诏兵血肉以泄恨。

正月二十，原非烟召集紫园中人开会，商讨对策。韦虎和素辉坚持要陪我去，未到议事“洞”就听见里面的争吵。

柳言生的声音冷冷传来：“侯爷既然有令，五更天在华阴与我等会合，言生以为，现在唯有一人冒作二小姐，带着一千子弟兵，冲下山去。段月容好色成性，必会为了活捉二小姐而全力追击，则我等可乘机突围，翻过峻岭，到洛阳同侯爷会合。”

我走了进来，他阴冷地瞥了我一眼，然后目光落在锦绣身上：“如今我等之中，唯有锦夫人的武功最高，身材也与二小姐相似，可以假乱真。只要锦夫人舍生取义，则我等都有活路。”

锦绣怒极反笑：“柳先生果然好计谋啊。”

原非烟潋滟的目光飘向锦绣，深不可测。

乔万怒道：“柳言生，你敢以下犯上吗？侯爷有命，任何人不可伤害锦夫人。”

柳言生叹了一口气：“乔万，你以为我愿意牺牲锦夫人吗？但随行的武侍姬都英勇殉主了，请锦夫人出马也是不得已而为之。”

我大步上前：“万万不可。锦绣虽然武功高强，但她一双紫瞳，别人一眼便知道不是二小姐了，反而会让他们起疑我们就在这山中。”

出乎我意料，柳言生点头称是，眼中有狡猾的光芒一闪而过：“木姑娘所言极是，那如今我等之中妙龄女子唯有锦夫人和你，不如请木姑娘代之如何？”

TMD，这个阴险的畜生，我暗自冷笑。

这时韦虎提着刀杀气腾腾地进来：“你若敢碰姑娘一根头发，先踩着我的尸体过去吧。”

柳言生摇摇头，向韦虎走过去，悲戚道：“韦壮士，言生也知道此乃下下之策，实属无奈，莫非你想我等都命丧于这华山中吗？”

一直陷入沉默的宋明磊猛地一个箭步冲向韦虎：“小心。”

在所有人的惊呼中，柳言生右手微抬，韦虎已经直挺挺地倒了下去，柳言生左手和宋明磊对了一掌，后者像断了线的风筝一般飞撞到对面的石壁上。

原非烟冷冷道：“柳总管，你想谋反不成？”

柳言生恭敬地单膝跪下：“小人擅作主张，惊扰二小姐，死罪难逃，只是……”他抬起头来，冷酷地看向原非烟和锦绣道，“这是唯一一个能突围的方法，身为家臣，理当为原氏肝脑涂地。锦夫人和宋护卫一路赶来，当知三百六十位紫星武士为了保护侯爷全身而退，全部死在退回洛阳的路上。”

锦绣的面色一阵惨白。

柳言生的目光又看向我：“在下久闻小五义情深重义，不知木姑娘可愿以身殉主？”

素辉咬牙切齿：“你这个小人，暗算我韦大哥，逼迫弱女子，为何你不冲下山去？”

锦绣哈哈狂笑：“你这么做，无非要逼死我们小五义罢了，我这就如你的愿，我——”

“住口，我去。”我站出来大喝一声，所有人的目光转向我，我忍住心中的愤懑，有了一条计策，大声说道，“我替二小姐下山去，请柳先生放我们小五义一条生路。”

柳言生一甩大袖，看我如同尘埃上的蝼蚁，眼中难掩得色："既然木姑娘如此深明大义，就请二小姐脱下这怀素锦丝纱、天蚕金纱裙，与木姑娘换上吧。"

原非烟看了看我，又看了看宋明磊，神色犹豫不决，沉吟了一会儿，便转到里间，等出来的时候，已换上戎装，手里捧着换下来的怀素纱和天蚕金纱裙，递与我，轻轻道："木姑娘，我知道你也不想你的义兄和妹子有事吧！若我和他们逃出生天，我定会禀报父侯，为你树碑立传。"

嘿，想不到，真想不到啊，我还能上英雄纪念碑！

我淡淡一笑："多谢二小姐美意，只要小姐能保证柳先生给韦虎解药即可。"

原非烟看了看沉着脸的宋明磊，叹了一口气，点头道："你放心，等你下得山去，柳先生自然会给韦壮士解药的。"

我看向宋明磊，右手假装无意地摸过耳垂。

宋明磊撑着身体站起来，撑着地面的手闪电般露了两个指头的V字形，即刻收回。

我懂了，耳坠中的雪珠丹可以解柳言生的十里飘香。

我的心一定，但面上仍装作十分担心，走向柳言生，突然直挺挺地跪下："求柳先生放过我们小五义。"

锦绣前来拉我，恨恨道："不准你给这个禽兽下跪……"

宋明磊也沉声道："木槿，我们小五义绝不跪不义之人。"

柳言生轻嗤一声："你以为有了清大爷，就可以不用跪了吗？忘了当初是如何跪着求我要你的吗？"

我的心一惊，抬眼望去，只见宋明磊的脸色气得发白，紧握的双手不停地颤抖。原非烟也柳眉倒竖。

我牙关紧咬，更坚定了我的信念，继续泪眼婆娑道："我们小五义实在不知道先生的厉害。"

我跪行过去，柳言生一脚踢来，我假装害怕，却一把抱住他的脚，继续苦苦求他，手腕微动，护锦已射向他的脸，他侧过脸，险险闪过，可是耳朵还是擦了一下，一道血痕出现在他的耳际，他大叫一声将我踢了出去。我被锦绣抱着摔倒在地，立刻站了起来，狠狠向他瞪眼道："现在该你求别人了，我的护锦上面加了剧毒，见血封喉，禽兽，你就去死吧。"

原非烟向我劈掌过来，素辉过了几招，已被点了穴道，愣在那里，原非烟轻灵地闪过锦绣，猛踢乔万的腰间，乔万闷哼一声，应声倒地。

原非烟身如矫龙，手指微抓，银光闪闪，原来是她纤指所套的珐琅嵌银珠指甲套，优雅地闪过一道道银光，令人不敢相信这竟是她最具杀伤力的武器，转瞬她五指冰冷，紧捏我的咽喉，看着嘴角流血的宋明磊冷声道：“你们都别动，不然我就杀了她。”

她转过头来看着我，睥睨道：“好一个阴险狡诈的花木槿，我理解你的感受，不过现在我们正需要柳总管，所以无论是我父侯还是我，都不会让你们杀柳总管的，快拿解药来！”

我看着她冷哼一声，无惧道：“他既然当着所有人的面说出了宋二哥的事，就是想激我们对他出手，那样便有了杀我们的理由。如果小五义死在乱世逃亡之中，那是再正常不过的事，侯爷也不好问罪，而且只要能救出二小姐，他断断罪不及死，讲不定还能更得侯爷的信任。”

锦绣和宋明磊的面色都大变，而原非烟的妙目看着我，既没有赞同，却也没有反驳我的话，只是叹了一口气道：“木姑娘，须知现在若是柳先生死了，就没有人带我们出去了。”

我微笑着看她：“此言差矣。二小姐，木槿知道，其实就连二小姐你都心里明白，没有柳言生，凭二小姐的智慧和宋二哥的才智也一样能逃出西安。”

原非烟漂亮的眉头依然紧皱着，我深吸一口气，微笑着：“我愿意去替二小姐引开追兵，所以在走之前，我一定要替我们小五义除掉这个大仇人，不然木槿死不瞑目，还请二小姐成全！”

原非烟满怀斟酌的目光转向宋明磊，而宋明磊亦深深地回看着她。

两人对视许久，她的眼神终是温柔下来，手渐渐地松开，对我冷冷道：“我现在终于明白，三弟和四弟为何都喜欢你了。”

原非烟选择了立场，便不再看柳言生，只是大步退开，露出了柳言生躺倒在地的佝偻身影，他的脸色越来越显得病态的黑，仇恨地看着我和原非烟，却忽地向锦绣扑去。

锦绣冷笑一声，长剑已闪电般地出了鞘，调息过后的宋明磊也加入了战圈，我绕过打斗的圈子，跑到素辉那里，解了他的穴道，摘下耳坠，倒出雪珠丹，和素辉二人赶紧给韦虎喂了下去，一会儿，他的脸色好了起来。

醒过来的乔万也加入了锦绣和宋明磊，打斗更是激烈。

此时，站在山洞外的子弟兵皆是原非烟的亲信，发现洞内不太平静，有人陆陆续续地闯进来想一探究竟，原非烟一摆手，只让为首一个彪形大汉过来，耳语一番，那人立刻安顿子弟兵，处变不惊地站到了洞外，另外又不动声色地遣人前往擒拿柳言生的数十个随从，全部拉到外面处死。

柳言生的动作越来越慢，眼中有着我没见过的慌乱和不信，永远梳理得一丝不苟的发髻，散乱地贴着满是黑色汗水的额角，最后终于颓然倒地，双眼充满了临死的恐惧。他大口大口地喘着气，一会儿，他平静了些，恨恨地盯着原非烟和宋明磊：“想不到我为你父一生尽忠，却落得如此下场。原非烟，你终有一天会后悔的。”然后，他又转头看向锦绣，对她露出一丝奇怪的微笑，“我柳言生最后还是死在你们小五义的手上，你、你现在可称心如意了吧。”他吐出了几口乌黑的血，双眼逐渐变得涣散而悲伤。

他向锦绣伸出一只沾满血的手，颤抖着努力想攀住她的衣衫，宋明磊狠狠地将他踢开。

他的一只手如鸡爪般痉挛着，另外一只手却牢牢地捏着锦绣的一角华袍，迷离地看着她：“你现在还是那么恨我吗？为何你连仇恨时，都是这般的美丽呢？”

不一会儿，狰狞的柳言生浑身都发黑僵硬了起来。

锦绣厌恶地向他的尸首唾了一口。我走过去，想说些什么安慰话，可是看着锦绣的泪容，却感到什么也说不出来，只能心痛地抱住她。锦绣愣了一儿，反过来紧紧抱着我，全身剧烈地颤抖着。我的心更是又痛又怜又悔，只能抱着她无言地流泪。

锦绣忽地在我耳边低声说道：“我们杀了原非烟吧，到了洛阳便说她和柳言生都被乱军杀死了。”

我轻轻一笑，拥紧她附耳道：“锦绣，柳言生这条计策乃是上上之策，只要我一人去了，你们大家都能有一条活路，即便杀了原非烟，到了洛阳，侯爷一定会猜出来是我们杀了柳言生和原非烟，他也会迁罪于我们的。”我轻轻推开锦绣。

锦绣的一双紫瞳渐渐显出无限的恐惧来，颤声道：“木槿，你、你、你不会真的替二小姐去送死吧？”

我笑着流泪说：“姐姐马上就能上英雄纪念碑了，讲不定还能进《烈女传》呢，你哭什么？”

“不！”锦绣和素辉同时叫了起来。

素辉一瘸一拐地跑过来，拉着我的手：“木丫头，你不能去，为什么得你去？”

素辉满是青春痘的脸上涕泪交加，又带着血迹，越发难看了，可是我看了却感动异常。

“木丫头，我答应过三爷要保护你的，我替你去。”

“素辉，你如果替我去，谁来照顾你娘呢。”我微笑着，摸摸他的头。

他早已在那里哭得呜咽，几乎听不懂他在说什么，依稀间只听得他来来去去就是一句：“我不管，我和你一起去。”

“不，去洛阳的一路之上，你得留下来照顾韦壮士，他必须立刻得到治疗，咱们西枫苑的人都是有情有义的，谁也不能丢下谁。”我坚定地说着，见他依然哭着摇头，便心生一计，从头上拔下那根东陵白玉簪，塞到他的手中，对他附耳道，“这根簪子对三爷很重要，你一定要亲手交到三爷的手上，里面有救我的方法，只要三爷拿到这根簪子，他就知道如何救我了。”

素辉将信将疑地拿着那根簪子，抽泣了几声，也低声道：“这不是三爷常用的那根簪子吗，我怎么不知道里面有机关呢？你莫不是又诓我？”

“好了，时间不多了，你快拿着这根簪子，护着韦壮士，等我冲下山，你就随二小姐翻山前往洛阳。记住，一定要亲手将这根簪子交到三爷的手上。”我忍住心若刀绞，装作若无其事地甩开他的手，不再看他，大步走向脸色煞白的锦绣，我轻轻抚上她的姣美脸颊，对她微笑道，“锦绣，姐姐没用，能为你做的，只有这些了。”我努力吸了一口气，挤出一丝笑容。

锦绣紧紧握住我的手，泪如泉涌：“不要，木槿，你这个大傻子，你别去，别离开我……”

“好妹妹，姐姐知道现在即使没有姐姐，你也能好好保护你自己，但是你不要伤心，姐姐虽不在你的身边，可是永远住在你的心里，我们……永远也不会分开的。”锦绣疯狂地摇着头，热泪飞溅，我也是泪如决堤一般，模糊地看着锦绣，已是泣不成声，“你记住，锦绣，无论如何，你都要为自己的心自由地活着……姐姐最想看到的是你发自真心的笑，就像小时候，你吃着糖人，看我跳嘻哈舞的……那笑容……”我泪流满面，再也说不出半个字来，只能颤着手，一根一根地掰开锦绣牢牢握着我的手指。

她的眼睛如此哀凄慌乱，仿佛世界已经崩塌，口中只是翻来覆去地说道：“木槿，不要去。”

我硬下心肠，不去看锦绣的泪容，转头对原非烟说道：“二小姐，快二更天了，此时正是冲下山的好机会，我想带一千名子弟兵，马尾扎着树枝，前往去洛阳的大道，而你和余下的子弟兵就走那条通山小路，可掩敌兵耳目，不出两个时辰，便能到洛阳。”

原非烟微一点头，赞道：“好计，花木槿果然是天下奇人。”

她又让我待会儿骑上她的狮子骢，以掩耳目，我只能心疼地将乌拉交给素辉照顾。

她带着我们前往林中点齐剩余的八千名子弟兵，解释了刚才的骚动，是因为柳言生想杀原非烟，好卖主求荣，投靠南诏，现下已被正法。然后说明了下一步战略计划，讲明了需要一千名子弟兵陪着假扮成原非烟的我在鸡鸣时分，冲下山去，现下征求那八千子弟兵中，可有主动前往的，便请出列。

西安原氏，治军严明，家教森严，使我惊喜的是，那八千子弟兵，竟没有一丝惧色，反而争相请死，统统往前踏出一步。

我们感动之余，原非烟只得点了一千名没有家累，且非家中独丁的子弟兵，让他们选择战马，在马尾缚上树枝。这挑出来的一千个男儿是原家的铁卫，平静地做完准备工作，向我施礼齐声道：“听凭木姑娘吩咐。”

我翻身上马，看着那黑压压的肃杀之气，一股崇敬之情油然而生，我向大家抱拳还礼道：“花木槿能与诸君同去，乃是我的荣幸。”

众男儿异口同声道：“谢木姑娘。”

临行前，我单独到宋明磊那里，向他笑道：“二哥，我们小五义相交六年，锦绣不在，承蒙二哥照顾我和碧莹。碧莹她对你一往情深，相信聪慧如二哥，定是早已发现了，如今我马上要去了，我请求二哥，即便有心上人，也多多照拂于她，还有锦绣。”说罢我深施一礼，“还有，”我掏出一个染血的布娃娃，“劳烦你若有机会就请把这个交给珏四爷吧，就说木槿负了他，不能骑着乌拉去西域找他，只有来世再报答他的深情厚谊了。”

宋明磊凝视着我，默默地接下了花姑子，塞在怀中。

我深深地呼吸一口，对锦绣和宋明磊又绽出一个自认为很美丽、很木槿式的笑容，转身欲上马。

“对不起，木槿，”宋明磊的声音忽地从背后传来，我诧异地回头，他正用天狼星一般明亮的目光，坚定地看着我，“二哥不能答应你。”

只见那血染战袍的少年端坐在马上，夜风吹动战袍一角，拂动他的一丝乱发，扬过年轻的脸庞，他对我如春风一般地微笑着，仿佛是兴致盎然地准备去赴一场华丽的宴会，他缓缓说着：“因为二哥要和四妹一起去。”

“不要。”

这回是原非烟和我同时出声了，从刚才柳言生下毒，我们小五义联手杀柳言生，原非烟一直引而不发，沉着应对，比之男儿毫不逊色，不愧为将门虎女。然而此时此刻的她，那双美丽的凤目潸然泪下，满怀不舍地瞅着宋明磊，宛如一个寻常女子，苦苦挽留心爱的情郎，她颤声问道：“这是为何，光潜，我已让你们小五义杀了柳言生，你为何还要去呢？”

宋明磊在马上对她微欠身道：“我们小五义结拜的时候就说过，荣辱与共，富贵同当，不求同年同月同日生，但求同年同月同日死，请二小姐成全在下。”接着他又回过头来看着我，对我柔声笑道：“四妹不让二哥同去……莫非在四妹的心中，是听信了柳言生的浑话，觉得二哥身子肮脏，不配陪着你吗？”

“不，在木槿心中，二哥永远是勇敢、睿智、高洁的男子汉，只是……”我焦急地说道，“木槿除了锦绣，已经没有别的亲人了，我……”我哽咽着，伤心道，“我实在不想看到小五义再有任何危险啊，那样我会受不了的。”

“木槿的心思就是二哥的心思。”宋明磊笑得那样快乐，完全不像是去送死，“那就请四妹紧紧跟随二哥身边，二哥定要护你周全。”

暖流涌上心头，我再忍不住，泪流两颊，哽咽许久，方才颤声道：“木槿……何其有幸，能得二哥相陪。”

宋明磊的笑容更是快乐，双目焕发着我从未见过的神采，不再理会身后流泪的原非烟，拉着我驾马来到外洞，对着那一千名赴死队员，大声喊道：“诸君听着，只要能救出原二小姐和余下的兄弟，宋明磊与我家四妹，便与尔等同生共死了。”

那一千人中有很多是他的旧部老友，听到这话，皆满眼闪着崇拜，兴奋地挥舞着双臂叫好。这种兴奋感染了整支军队，到处都洋溢着英雄男儿那视死如归的豪情，亦深深地感染了我。

刹那间，宋明磊的神色一片肃杀冰冷，周身仿佛围着一圈可怕的地狱之火，与他身上的铁甲、双戟融为一体，好像是天生的复仇煞神，这与我一向熟悉的他，那时而清澈如水的少年气质，抑或是时而超越性别的华美气息都截然不同。于是，那时我第一次产生了一种奇特的想法，其实在我周围的所有人中，我最不了解的，竟是这位相处时间有时甚至超过了碧莹的结义二哥，宋明磊。

原非烟和余下的子弟兵开始紧张地做着准备，只要我们一下山，他们也会突围。

二更天了，我、宋明磊和一千个子弟兵最后一次告别众人，奔下山去，我和宋明磊最后一次回头，原非烟高高坐在马上，美丽的双目无限悲愁地凝视着宋明磊，伤心欲绝，在那一刻宋明磊说要陪我冲下山去，她的心就碎了。我想，如果她没有生在原家，也许她会更快乐些。

我看到锦绣泪流满面，痛哭出声地倒在地上，素辉哭着追赶着我们的快马，口中却在喊着：“木丫头，你又骗我，你为什么老骗我，连死也要骗我……”

我心如凌迟，回过头来，山中寒风刺骨，很快风干了我的泪迹，吹得脸庞针扎一般刺疼，然而队伍中的每一个人却浑然不觉，只有无尽的黑暗笼罩着我们，不断倒行的森林，如黑幽幽的恶鬼一般露着巨牙，阴笑着森然地看着我们。

前方出现了一丝光明，我们已来到华山下南诏兵扎营的谷中，宋明磊让我们放开喉咙，大喊着杀啊，围着原地跑着，扬起雪尘，让南诏以为原非烟的大队人马开始突围，而真正的原非烟则带着余下的七千余人翻山绕远路去洛阳。

前方南诏营开始骚动了，黑暗更加重了恐惧感，如野火一样燃烧着我，心脏剧烈的跳动声超越了一切，我汗流浃背，颤抖得几乎不能牵住缰绳，不由自主地挨近了宋明磊。

“木槿，你害怕了吗？”黑暗中，宋明磊的声音就在我的耳边传来，他温暖的呼吸喷在我的耳郭，痒痒的，却分散了我对死亡的注意力。我抬起头，黑暗中他晶亮的眼睛仿佛是兽的光芒，竟然混合着我从未见过的兴奋。他纤长的手指抚上我的面容，为我轻拭去没用的汗水："莫怕，二哥陪着你，我俩不会有事的。"

宋明磊轻握我的手，他的手心温暖厚实，我平静下来，心也渐渐安定下来，反手紧紧握住了宋明磊的手。

他对我绽放了无比快乐的笑容："还记得小时候你和大哥翻墙去西枫苑偷摘那胭脂梅花吗？"

那是好多年前的事了吧。宋明磊怎么了，生死时刻，大战之际，却提起我少年时的冒险？我点头说道："记得，那、那次是为了凑碧莹的医药费。那时你竭力反对，因为梅花七星阵的七星鹤乃是神禽，攻击力相当于七个高手，可是我那时天真地想，仙鹤只是飞禽，怎可同人相比？"我讷讷地说着，思绪飞回到我十岁那年的冬天。

"结果，你和大哥还是瞒着我去了，你俩摘了一大堆梅花回来，可是都挂了彩，大哥伤得很重。"

"那是大哥为了救我才被七星鹤伤成那样的。"往事袭上心头，那时我和于飞燕翻到墙头摘梅花，却惊动墙内的七星鹤，如果不是于飞燕拼力保护，我也会被伤得体无完肤吧。于飞燕，我的大哥，不知今生还能见到你吗？

宋明磊平静地说道："你那时哭成了泪人儿，在大哥身边照顾了一夜，眼睛都熬红了，我怎么也劝不住你，"他的脸慢慢随着往事沉了下去，隐在阴影中，"四妹知道那时我在想什么吗？"

"你一定是在心中骂我做事不知轻重，连累了大哥。"我小声地说着，惭愧之意浮上心头。

宋明磊慢慢抬起头来，却依然埋在阴影中："四妹，我那时只是在想——"

话音未落，山下惊慌的厮杀声惊天响起："原家军冲下山了。"

宋明磊抬起脸来，神情已是一片肃杀，声音一变："各位兄弟，我等今日就为西安城的老百姓报仇，大家杀个痛快吧！"

话音刚落，那一千名男儿大吼出声，狰狞着脸冲下山去。

宋明磊紧握双戟，携着我，也紧紧跟随着众人冲下山去。

那震耳欲聋的喊杀声中，两军接兵，带火的箭矢如星雨飞来，血腥味立刻弥漫开来，夜空被火箭燃烧着，照亮了整个血腥的世界，白昼一般。

我放眼望去，男人们如兽一般，恶狠狠地瞪着对方，拼命砍着、杀着，断肢、残臂在空中飞舞，被火点燃，发出刺鼻的肉焦味，伴随着撕心裂肺的惨叫声，刺激着我所有的感官。

我的胃痛苦地翻滚着，几欲干呕。这是一个人间地狱，人们为了生存这个最简单也最残酷的目的，互相残杀。我努力拉着狮子骢的缰绳，不至于倒下。耳边忽然一片寂静，所有的断杀声离我远去，脑海中唯有嫣红的樱花林中，樱花如雨，红发少年笑意盈盈地读着《青玉案》，但立刻被漫天的血色撕个粉碎，我究竟在哪里？

眼前一片血红，一个身子被劈了一半的子弟兵，血淋淋的肚肠流出身体，正死死地拉着我的缰绳。他的年纪和素辉差不多，两只眼睛像死鱼一样凸出来，滴着鲜血，死死盯着我，口中吐着血沫，好像要开口对我说什么。我骇在那里。忽然，那颗年轻的头颅飞了出去，他的躯体像破棉絮一样倒了下去，身后站着一个同样年轻的南诏兵，手提大刀，凶狠地盯着我，浑身是血，他伸着手来拉我。

狮子骢长啸一声踢翻了那个南诏兵，疯狂地向前冲去，我紧紧伏在马背上，四处搜索宋明磊。然而到处都是满脸血污的人在互相杀戮，不断有人倒下去，然而更多的南诏兵向我涌过来，兴奋地喊着："活捉原非烟，活捉原非烟。"

很多人要过来拉我下马，震耳的喊杀声中，我的眼前一片血色，不知道什么人拉住了我的脚踝，我颤抖地摸到腰间的"酬情"，砍向那只手，一声惨叫，我得到了自由，于是我开始挥舞着手中的"酬情"，拼命砍杀，麻木的大脑已无法控制，任凭无数黏稠的液体喷射到我的身上，染红了一身名贵的怀素纱。

杀到谷底，天已微微发白。突然，我的马凄厉地嘶声长啸，猛地向前栽倒，我也狠狠地摔了下来。天旋地转间，我才发现我的坐骑，那匹原非烟的爱骑狮子骢，一身的白毛几乎被血染成赤色，浑身大大小小的伤口，却比不上它那一双前马腿的致命伤口。原来它的前腿早已被人生生地砍断了，狮子骢痛苦地睁着漂亮的马眼，看着我呜呜哀鸣。

隔着散乱的头发，我看向那个斩断马腿之人。眼前傲然站着一个高大的南诏将领，赤黑戎装，血污满身，乌盔下戴着可怕的鬼面具，面具的双眼镂空，一双潋滟的紫瞳盯着我，闪烁着猎食者的贪婪和兴奋。

刹那间，我的心脏一阵收缩，跳得奇快，我根本分不清这是华山雪谷，还是在深埋记忆深处的地府。

不，我一定还在地府中，这是一个噩梦，我还没有醒来……

我完全被恐惧所征服了，有些歇斯底里地狂叫了起来，看着他向我伸来覆着盔甲的血手，明明知道要跑，知道要用"酬情"去砍……然而我却像被恶鬼施了定身术一般，无法动弹。

我的理智崩溃前，一双有力的手将我拉上了另一匹战马，使得那个紫瞳恶魔，只是扯到我的一片怀素纱衫。

我抬头，原来是披头散发的宋明磊，我瑟缩在他的怀中，浑身发着抖。

我伸头一看，那鬼面紫瞳的战将依然昂首站在那里，那双嗜血的紫瞳，冰冷而不甘地目送着我们离去。这时身后正好一个子弟兵袭来，他连头也不回，左手反手一挥偃月刀，已将那个子弟兵拦腰砍倒了，鲜血顺着他冷酷狰狞的鬼面具流下来。

而他覆着甲的右手紧紧捏着我的纱裙一角，在风中飘扬，形成了一幅无限凄艳却妖异无比的画面。

我看向宋明磊，他的头盔早已不知所终，头发披散，额头滴血，身上也像是从血浴中捞出来的，他一手牢牢地圈住我，一手拼命挥斩。

一会儿，我们离了战圈，他微喘着气，嘴角流着血，却依然向我微笑："对不起，四妹，二哥来迟了。"

他将我和他绑在一起，策马向玉女峰疯跑而去。

我紧紧搅着他的腰，却发现满手是血。他的腰间汩汩流血，一路洒下。我帮他捂着伤口，试图止住。

宋明磊比南诏兵熟悉地形，他东躲西闪间，来到两侧是悬崖峭壁的石眼沟，沟中一条羊肠小道，仅容一人一马通过。他带着我狂奔，身后跟着十个同样全身浴血的原家子弟兵，通过石眼沟，身后的追兵不熟地形，跟上来的越来越少。

过了石眼沟，我们攀上玉女峰，最后战马实在上不去了，宋明磊这才让我们停下来，想弃马徒步前行，可是他一下马，就立刻跌倒，双目紧闭，不省人事。

我们把他拉进一处深山老林的洞中，我为他清洗着伤口，这才发现，平时外表最为潇洒光鲜的宋二哥，那健壮的身上竟然伤痕累累，无一处好肉。那些伤痕中，有些年代已经非常久远，甚至可能在他进紫栖山庄以前就有了，我不由得泪流满面。宋二哥，你到底受过什么样的苦，你的伤又是谁加诸于你的？是柳言生还是原非清？

宋明磊告诉我们的身世非常简单，他说他是淮阴人，父亲本是青莲书院的一位夫子，强盗作乱，书院被毁，财物被劫掠一空，除他之外，家人全部被害，为葬家人，才迫不得已卖身为奴。

他说的这些都是真的吗？

那张德茂和李如可是他幸存的亲人？

他究竟有着怎样真正离奇悲伤的身世呢？

我们十二人在洞中点了堆柴火，化了些雪水，清洗伤口，安顿伤员。我分了两拨人马守夜，而我守在宋明磊身旁，在胆战心惊中迎来了血色残阳。

半夜里，昏迷不醒的宋明磊忽然睁开了眼睛，看到我坐在他的身边似乎很高兴。

我暗中谢天谢地地流泪一番，对他哽咽着说："二哥，你莫要再睡了，你答应要带木槿逃出去的。"

宋明磊使劲坐了起来，伸出手想抚我的脸，却牵动伤口，又倒了下去。

我吓得赶紧按着他，检查他是否又出血了。这个时代没有人工输血，流血过多的人只能听天由命了。

我强自镇定地查看着他的伤口，还好没有再流血了。他的嘴唇没有一丝血色，看着我的眼神却很愉悦，他拉着我的手轻轻道："四妹，你没有受伤吧！"

我故作精神地摇摇头，却不由泪花四溅，使劲揉着眼睛，强笑道："有二哥在，木槿是不会受伤的。"

他也笑了，闭上了眼睛，轻喘着气，好像是在努力平复着伤口的剧痛，过了一会儿，他又忽然开口："木槿，你可曾怪过二哥抄你的文章？"

咦，他怎么忽然扯这张锦绣最敏感的大字报呢？

我温言道："二哥多虑了。现在二哥受了伤，最要紧的是好生休息，明日我们还要亡命天涯。"

宋明磊睁开了眼睛，眼中升起了一阵奇异的光芒："对，明天我们还要亡命天涯。"他抓紧我的手，"木槿，明天让二哥带着你离开西安，离开原家，离开一切的一切，我们去过世外桃源的生活。"

我愣在那里，宋明磊却努力地半坐起来，将我拥入怀中，继续兴奋地说道："当你坐在一大堆红梅花中，为大哥哭泣时，我心里想着，为什么和你去的人不是我呢，大哥是多么的幸福啊！"

我慢慢意识到他在说我们冲下山前的话题。

他轻推开我说道："我们忘掉一切，忘掉所谓的国仇家恨，离开这个乱世，去浪迹天涯，就我们两个人，去过那自由自在的生活。"他笑得如此快活，眼中充满憧憬，"木槿，二哥知道，你不爱功名利禄，不爱绫罗绸缎，你一直向往的就是那样的生活，二哥的心中也一直渴望那样的生活，可是这一路走来，没有人给过我任何机会来选择。"他的声音忽然变得苦涩，那笑容也变成了扭曲的苦笑，眼睛也有些恨意，他复又抬起头，执起我的手，认真道，"你莫要怕生生不离，二哥、二哥其实有解药，我……木槿，我不要做你的二哥，我要做你的丈夫。"

我震惊得无以复加。看着那张年轻的俊脸在认真地凝视着我，心中的震撼、心疼、羞愧、懊悔排山倒海地涌来，混合在一起，让我应接不及。

花木槿啊花木槿，你一向自负拥有两世记忆，自命对风月无情，通达人世，然而、然而你竟然糊涂到，一个少年爱了你整整六年，一直到他慷慨地陪你赴死，你方才知晓。

花木槿啊花木槿，你根本羞于两世为人，你彻底白活了。

我想开口，声音却被泪水堵住，我根本无法拒绝他充满希望的眼睛。

非珏说爱我，却不得不奔向他辉煌的皇位；非白说要我一辈子，却不知身在何处，正保护着靖夏王的金枝玉叶。

在这动荡的年代，尤其是在这危难的时刻，现在守在我身边的，我万万没有想到会是宋明磊。

只有他浴血奋战、体无完肤地保护着我，而他原本可以和原非烟一起回到洛阳，立下大功，更会受到原家的重用，以他的才华，凭着原非烟对他的感情，早晚定当掌权原氏，在这乱世之中，大展拳脚，争雄天下，实现男人的雄心和抱负。

“二哥，我、我花木槿何德何能，何幸让二哥青眼有加？”我流着泪，却再不敢直视他炽热而真挚的眼神。

宋明磊轻轻拭去我的泪水，他用清澈的双眼充满感情地看着我：“木槿，你可知道，当初加入小五义，我只是一时随性而为之，可是自从有了你，有了小五义，二哥……我才觉得原来、原来这肮脏的人世间亦有美好的事物。木槿，我……”

这时，一个子弟兵提着大刀冲进来，惊魂未定地说道：“南诏兵攻上玉女峰了。”

我们所有人一惊，宋明磊奇幻的眼神如明灯骤灭。他撑着我的肩膀，缓缓地站了起来，取而代之的是最森冷的杀气，他没有再穿上甲衣，只是扯下布条，将双戟牢牢绑在手上，他回眸对我灿烂一笑：“看来，二哥注定不能陪你过那梦想中的平静生活，然而……”

我随着宋明磊走出林子，来到崖边，只见山下南诏兵的灯火如巨龙蜿蜒，活捉原非烟的叫声此起彼伏。

“四妹，你知道吗？”宋明磊背对着我柔声说道，愉悦而深情，“宋明磊这一辈子，只做了两件随心的事，一件是结拜了小五义，还有一件，”他回过头，灿若星子的眼瞳看着我，微笑着，黑夜的雪落在他披散的发上，长发随风飘扬，如墨玉瀑布般瑰丽，“那便是今时今日陪你冲下山来，即使到这一刻，我也不后悔，所以……”他的语调一变，有些凄绝而坚定地说道，“木槿，你要答应二哥，绝对不能遵守小五义结拜时的誓言，无论二哥会怎样，无论你受多大的罪，吃多大的苦，你一定要活下去，一定要撑到大哥带着援兵到来为止。”

我明白宋明磊的意思。战争意味着身为弱者的女性将会受到地狱般的摧残，我的眼前闪现出在紫栖山庄里看到的很多被轮奸的丫鬟尸首，有的被开膛破肚，横七竖八地倒在紫园里，如果我被生擒，即便没有被识破假扮原非烟的身份，恐怕也是难逃被敌军凌辱的命运。

然而宋明磊一定要让我活下去，甚至不惜违背小五义的誓言，一股暖流在我的心中如野草般滋长。我看着宋明磊，心想大战在即，定要让他无后顾之忧，便使劲地点点头，微笑着，不让眼泪滑落。

我忽然间也不再害怕了，我也学着宋明磊，把酬情绑在手上，再不退缩，对着爬上来的南诏兵狠狠挥去，一刀接着一刀，任那刺鼻的血腥喷到我身上。

这时，我看到队伍中有一个人貌似首领，正哇哇地用类似南方少数民族的语言指挥着军队。我取下一个南诏兵尸体边的弓弩，反手取出长箭，借着敌军的火把，对准他张弓即射，啊的一声，那个将领倒了下来，南诏兵的队伍开始乱了，暂时停止了进攻。

过了大约半个时辰，随着一声长啸，箭羽锐利地划破长空，直冲玉女峰上，我们只能用兵器挡着，不断往密林深处退去。黑暗又笼罩了我们，我不知道还有多少子弟兵跟着我们，也不知道宋明磊流了多少血，耳畔只有沉闷的脚步声，只听到前方的宋明磊，他的呼吸越来越重。

不知过了多久，东方天际艰难地泛出鱼肚白，一轮红日如火球喷涌而出，仿佛欲燃尽世间一切的丑恶，照亮这个血腥的寰宇。我抬眼望去，我们身在一处断崖旁，身后最后一个子弟兵，如刺猬一般背上插满了箭羽，年轻的双目尽带血泪，一片迷离，他口中轻轻喊着："娘，我回来了。"说罢，犹死不瞑目，仿佛满腔期望他的娘亲，前来迎接他，为他添上新衣。

我爬过去，颤着双手合上他的双眼。

此时，我的泪已哭干，心如荒原枯井，回过头去，宋明磊身中数箭，血流不止，他靠在大树上，大口大口喘着气，看着我，眼中亦是死灰一片。

身后的脚步声传来，一个高大的身影挡在我们的面前。那双紫瞳，鸷猛阴寒地看着我和宋明磊，我往日的噩梦，如今却活生生地站在我的眼前，再次提醒着我，原来我过去的十六年岁月是多么的幸福。

宋明磊挡在我的身前，咬牙冲了过去，口中狂喊："快走。"

我根本就走不了，一群南诏兵团团围住了我，我挥着"酬情"狂砍，放眼望去，宋明磊被紫瞳战将逼到了崖边，他的动作越来越慢，我一晃身，提着"酬情"冲过去，想帮宋明磊，可是太晚了，紫瞳战将已把偃月刀捅进了他的左胸。

我的脑子一片空白，浑身热血滚涌，嘶声狂喊着："不！"我飞奔过去。

紫瞳战将那潋滟的目光，嘲笑地看着我，却决然地自宋明磊身上抽出偃月刀。宋明磊血如泉涌，向后栽倒，坠下山崖。

我奔过去，探身崖边，他的身体如孤叶飘零，他的黑发如花瓣一样浮在空中，映着苍白的脸，对我笑着，那么凄艳，那么洒脱，宛如死亡之于他，是莫大的快乐归宿。

我再也不能理智地思考，刚刚答应他的话也抛在一边，此时此刻，我只想着纵身跳下去好将他拉回来，然而背后一阵剧痛，阻止了我所有的行动。

在陷入完全的昏迷前，我感到落入了一个充满血腥气的怀抱。一双兴奋的紫瞳，上上下下睃巡着我，好像在打量着最得意的猎物，他在我耳边得意地喃喃自语："呵，性子这么烈，终于逮到你了。"

【注】

①唐代政治家、文学家苏味道诗作《正月十五夜》。

第二章

疑是故人来

又是那个梦，那棵仙风飘逸的木槿树下，紫浮一手支颐坐在树下，面容恬静，他慢慢睁开了眼，他在槿花雨中对我微笑着：“你来了！”

忽然，画面一转，紫浮那潋滟的目光，嘲笑地看着我，手中的刀却决然地砍向宋明磊。宋明磊血如泉涌，向后栽倒，坠下山崖。

我想出声，嘴却被什么东西堵住了，发不出任何声音。我的耳边传来一些奇怪的呻吟声，然后是女子的咯咯笑声。我试着睁开眼，悄悄打量了四周，我周围三个满面凄惶的美貌女子，挤成一堆，瑟瑟发抖，我往那浪声所发之处望去，就在不远处的羊毛毯子上，两个雪白肉体肆无忌惮地交缠着，如蛟蛇盘缠。

就连我这个曾在二十一世纪生活过的人，见过无数沐浴露广告中美白肌肤的女明星，也不得不惊叹于身下那个正在媚声娇吟的女子，那肌肤何其白嫩，吹弹可破。

而正在狠狠折磨她玉肤冰肌的则是一具健美精瘦的少年身躯，那少年抬起头来，因为欲望而扭曲的俊脸，潋滟的紫瞳因为情欲而闪烁着异样的光彩，他忽地看向我，我赶紧闭上眼睛。

我该怎么办，我该怎么办呢？没想到一醒来就碰到这种香艳刺激的镜头，还是那个紫眼睛的浑蛋主演的，看来那紫浮果然投错胎了。那锦绣是怎么回事？他的记忆有没有和我一样保留着，对于前世记得一清二楚，他来这个世道，看样子又要闹个天翻地覆了……

我胡思乱想间，一股很奇怪、极其浓郁的香气直冲我的鼻间，我感到有人不断地在我脸上睃巡，然后那香气混着阳刚的汗液，还有性爱之后强烈的味道，在我的鼻间流转，我的鼻子越来越痒，终于忍不住打了一个喷嚏。

于是我不得不睁开了眼睛。我的眼前坐着一个少年，毫不在意地张扬着健美的裸体，雪白的肌肤上处处是吻痕和抓痕，一双紫瞳如紫晶般灿烂，充满了猎食者的兴奋和一丝意味不明的好奇，那张脸，正是我在地府所见紫浮之绝世容貌，妖冶美丽，雌雄难辨。

我睁大了眼睛，直直地看着那双紫瞳，同锦绣相处的岁月在脑海中像电影一般一一回放，最后定格在锦绣刚出生时对我睁开眼睛的那一瞬间。到底谁才是那个把我的命运拖入地狱的罪魁祸首，是锦绣还是眼前这个满身血腥、欲壑难填的天人少年？

若他是紫浮，喝了孟婆汤，未必记得前世之事，若是紫月公子段月容，那他定会以为我是原非烟而拥有利用价值。

想起七夕之夜，我误拉了另一个紫瞳之人的手，那人十有八九是他了。然而七夕之夜过去已久，而且当时灯火昏暗，他未必就看得清我的模样。宋明磊坠崖前的话，言犹在耳，是的，我答应过他，无论多难、多苦，我都要活下去……

紫瞳少年与我一径默然凝视，他忽然伸出手探向我的脸。

我心下大骇，一下子跳了起来，本能地向那几个俘虏少女缩去，离眼前那人远了几步，可能是我抱头鼠窜的样子无意间取悦了他，他哈哈大笑了起来。

正当我在思索着是该装疯卖傻，还是装晕过去，一声娇唤传来：“小王爷，那个原非烟醒了吗？”

少年身后的那个白肤美女大喇喇地挺着丰盈的双峰，扭着纤腰，裸着一身洁白无瑕的肌肤过来，趴在紫瞳少年健美的背上，一双妙目有些冷意地看了我几眼：“她真的是原非烟吗？妾素闻原非烟乃是天下至美，今日得见，却是长得不怎么样啊。”

“她自然是原非烟，”紫瞳少年拉着白肤美女的纤纤玉手，烙上一吻，他的紫瞳却对我神秘地一闪，盯着我的眼睛笑道，“绿水，要知传言往往都是不可信的。”

原来这位就是扬名天下的美人杨绿水，亦曾是他父王的第一宠妾。

杨绿水娇嗲地抱着段月容，玉手不停地抚摸着他健壮的胸膛：“那小王爷为何还留她在王帐中，听说她将胡参军射伤了，胡参军正气得不行呢，不如将她赏给胡参军得了。”

“那可不行，我留着她还大有用处。”紫瞳少年微笑着站起身，离开了我。

我赶紧闭上眼睛，不去看他健美的裸体。

屋子里有一股兽的味道和被捉的猎物那惊恐的气氛，我悄悄一摸身上，“酬情”和腕上的“护锦”早已不知去向，我打量着四周，却不得其踪。

杨绿水帮段月容穿上衣物。

段月容一边懒洋洋地举着双臂，一边在我们这群女孩身上扫了一遍，侧头对杨绿水笑道：“给这几个换身新衣服，等会儿我一回来，便与你一同享用她们，如何？”

我听得心中一阵作呕，然而杨绿水秋波一转，皓齿慢慢咬上朱唇，充满挑逗意味地轻声道：“那，小王爷可要早些回来啊！”

段月容挑起她的下颌，给了一个长而又长、热而又热的“段氏”长吻，看得我浑身发毛，然后志得意满地走出军帐。

杨绿水等他的身影一消失，甜美的笑容立刻一变，转过头来，冷得可怕。她蹲下来，目光睃巡我们一番，看着我左边一个很漂亮的女孩。她好像是叫初蕊吧，也是太太房里的，以前锦绣和初画老在我面前笑她爱漂亮都爱疯了，成天拿着把铜镜，谁动她的胭脂粉盒，她就同谁急，如果不是南诏偷袭，原夫人可能已经把她送给原氏的一个表亲做侍妾了。

杨绿水用长长的指甲在初蕊的脸上画来画去，然后又绽出一丝柔笑，说道：“真没想到西安也有如此漂亮的女子，叫什么名字啊？”

初蕊不敢抬头，颤声说道：“初、初……蕊。”

杨绿水诡异地笑了：“初蕊，新生嫩蕊，带露娇艳，果然名如其人，难怪小王爷要多看你好几眼。”

初蕊不敢看她，脸更白了。

杨绿水笑道：“在我们那里有一种水果叫荔枝，外皮十分粗糙，可是内里却十分白嫩甘甜，就好像你的脸，你说说你的外皮在哪里呢。”

她的五个指甲猛地一滑，初蕊那荔枝般水灵白嫩的脸立刻血肉模糊。

我们所有的女孩都骇呆了，初蕊发出一声惨叫，我想跳过去帮她已经晚了，初蕊整张脸都起泡了，然后浑身发黑，一股难闻的腐味传了出来。我们吓得惊叫起来。

杨绿水却快乐地笑出声来：“哟，原来不是荔枝，却是个杨梅儿，哈哈。”

她唤了个兵士进来，叫他把初蕊的尸体拖出去。

那兵士看着初蕊乌黑的尸体，结结巴巴地问道：“绿、绿姬夫人，那、那小王爷回来要是问该怎么、怎么说啊。”

杨绿水冷笑道：“军中这么多美女，你以为小王爷真会过问吗，还不快去？”

那兵士立刻战战兢兢地拖着初蕊的尸体出去了。

杨绿水像是没事人似的，拿起桌上一只琼觞，轻抿一口，对着惊惧的女孩们笑道：“不就是仗着年轻貌美吗？有我在，你们一个也别想动王爷的心思。”

我怒瞪着她。

她冷笑着走上前来：“原非烟……”然后面色一冷，猛地对我甩上一个耳光，对我轻嗤一声，“等王爷用完你，你说你这水嫩千金之身，可怎么去侍候全军将士呢。”她仰头大笑。

我的怒火熊熊燃烧，正要冲上前去把那耳光甩回来，其中一个女孩却死命拉住了我，附在我耳边道："慎行。"

我一惊，回头仔细辨认一番才认出来眼前这个头发散乱的女孩，却是紫园里以镇定冷静出名的大丫头珍珠。

这时她又唤了两个兵士进来："带这几个去沐浴更衣，一路上就说是王爷的女人，莫让别的军帐给抢了。"

我们被押出军帐。我不由得用手遮住明亮的阳光，一路走过，才发现我们在紫栖山庄之中，应该是在紫园之内吧，珍珠只当我是原非烟，对我态度甚是恭敬。我心中想着绝不让敌人看轻，便高昂着头，视若无物。南诏兵三三两两猫在火堆旁，不停地吹着口哨，或交头接耳，目光闪烁，看着我们的眼光仿佛我们没有穿一件衣服。

一阵惨叫之声传来，只见荣宝堂前架起一座高高的绞索，上面悬空吊着一个女子，上身裸着，被打得皮开肉绽，不见人形。拿着皮鞭的是一个光着上身、满脸横肉的南诏将领，左臂上扎着纱布，手不停地挥着皮鞭，口里不停地用南诏话咒骂着。

这个女子有几分眼熟，她右边耳坠上残缺的珍珠琥珀，在阳光下闪着凄惨的光芒，我的心脏一阵收缩，那是初画。

珍珠抓住我，冷冷地轻声道："你若冲出去，可就保不了你自己了。"

我一甩手，抽出身边的小兵腰间的刀，猛地冲过去，将那个将领撞翻在地，一挥刀砍断吊着初画的绳子，将她放下来。初画浑身淌着血，漂亮的小脸上没有一丝血色，双目紧闭，眼看只有出气没有进气了。我紧紧拥着她，忍住眼泪和满心的愤怒，轻唤她的名字。

那个满脸横肉的南诏将领爬起来，粗声大骂，看清了是我，更是暴跳如雷，押解我的小兵赶紧挡在我面前，苦着脸不停地磕头："胡参军，这原非烟和这几个妞都是小王爷要的女人，我这就把她拖走，您就别生气了。"

"本参军为他老爹南征北战之时，他还在奶娘怀里吃奶呢，这次也是老子打的头阵，凭什么好货色全被他一个人抢走了，"胡参军大声咒骂，不由引来了别的军帐的士兵争相观看，"这原非烟把老子射伤，就理当让给我，玩她个三天三夜。他倒好，一抓着就给藏起来，现在又放出来坏老子的好事……"

在胡参军的咒骂声中，初画悠悠醒来，看了看我，挤出笑容："姐姐真是好福气，果然活了下来。"

我对她轻声笑道："不要担心，初画，你也不会有事的。"

"姐姐不用骗我，初画怕是不成了……主子们，能逃的都逃了，留下我们，糊里糊涂地就遭了难。还好临死前还能再看见姐姐，”初画看着我凄凉地笑道，“姐姐，初画是干净的，那肥猪得不到我，便往死里打我，”初画紧紧抱着我，想了想，眼中忽然流露出恐惧，“姐姐，老人们说，如果没有衣服去黄泉，小鬼是不收的。求姐姐，一定要给初画找件衣服下葬，不要像其他姐妹一样，被糟蹋得不成人形，连件遮羞的衣裳也没有，就、就去了。”

我的泪再也忍不住流了下来，就连一向冷脸子的珍珠也露了悲戚之色，跪在我身边，看着初画，捂着嘴低泣起来。

另外一个女孩早已放声大哭起来：“初画姐姐。”

这种哭声忽地串联着响起来。初画在紫园里甚是得宠，为人处世也厚道，很多被关在园子里的丫头都与初画有交情，听到这话都纷纷出来，不顾兵士的阻挡，跪在我们周围，为初画痛哭流泪。

这时，从荣宝堂中走出一行人，为首一人，紫瞳潋滟，正是段月容，押我们的兵士苦着脸在他耳边耳语一番。他的面色微微不悦，走过来，挡在我和胡参军中间，冷冷道：“不过为了个女人，胡参军何以如此大怒，光天化日之下凌虐我送你的女奴，是对我不满啊，还是对我父王不满啊？”

胡参军仍然一脸怒容：“小王爷何必抬出老王爷来呢，”他一指我，狠狠唾了一口，“末将被这个臭婊子伤了，小王爷就应当把她交予末将，让末将好生整治她一番。且不说末将在攻西安城时立了头功，小王爷理当把漂亮的女奴奖给末将几个，但只打发了这个凶悍无比的贱妇给末将，末将倒险些被她给阉了。”

南诏众将士忍俊不禁，有几个哈哈大笑起来，但看到胡参军的气恼样又立时噤声。

胡参军继续道：“兄弟们也都不满，小王爷只顾自己行乐，却不理兄弟们在前线拼死打仗，也不多赏几个女人和钱财予他们快活。”

“大胆胡勇，以下犯上，目无尊卑，来人，还不快给我拿下。”段月容还未开口，他身边一个左颊文身的冷面青年已开口叫兵士上前。

那胡参军手下的兵士也不示弱，亮出兵器：“谁敢动胡帅？”

段月容面色不变，一挥手阻止了那文面青年：“蒙诏。”

段月容对胡勇挑眉冷笑：“既然胡参军说攻西安城的军功分赏不明，那就索性当着兄弟们的面，说个清楚。我最先使计生擒了西安守备王侍郎的千金，以此要挟打开城门，放我等进城。”阳光之下，段月容的白肤更胜女子三分，紫瞳仿佛是光华四射的紫水晶，甚是夺目，就连旁边的军士也看得目眩神迷，他边说边踱步，挡着的士兵皆神色痴迷地一一让开，“那王侍郎好不容易答应了投降，却不想胡参军看上了王宝婵，她不堪受你的侮辱，上吊死了。于是我南诏本来可以不花一兵一卒取下西安城，却只好血肉横飞地强攻。你胡参军坏了本王的大计，攻取西安城也是将功赎罪、分内之事吧！”

胡参军愣了愣：“那、那是……可末将哪里知道，那妞性子会、会这么烈。”

段月容叹了一口气：“这女人乃是汉人，又是将门女子，贞节对于她是何等重要。当然，胡参军攻下西安城，着实勇猛无敌。”段月容看那胡勇面有得色，便走过去。

他比那胡勇矮一个头，抬头说话时，忽然人如大鹏展翅，飞起一脚，快得令人反应不过来，直到胡勇庞大的身子摔在地上，满脸是血，在场的女人才惊叫起来。胡勇的亲信才刚刚想起拔刀，却早被那文面青年的部下统统当场砍头，血流紫园。

段月容冷冷看着在地上挣扎的胡勇，阴狠道：“你不经我同意，便擅自纵容兄弟们抢掠，试问你和你的部下得了多少女人、抢了多少财物？却还说我分赏不明？我没让你吐出来，治你个违抗军令，擅自行动，已是看在你是我父王旧部的面上，现在还敢公然以下犯上，当真厚着脸皮。以为你是我的长辈了？真是活得不耐烦了。”段月容收起阴狠的俊脸，走到我面前，看了看初画，皱了皱眉头，“蒙诏，我记得你向我讨过这个女人，你若还要，就赏给你吧。”

蒙诏连眼皮也不带抬一下：“多谢主人的赏赐。”他疾步走过来，对我有礼地说道，“原小姐，她需要治疗，你将她交给我，我自会替她找人医治的。”

我抬起泪眼，细细看着这人，刚硬的线条，灰黑的双目透着一丝冷酷，可是看着初画，眼中竟有一丝温柔。

珍珠轻声对我说道：“小姐可将初画放心交给此人，他是唯一一个没有纵容士兵在紫园淫掠的南诏人。”

我脱下身上早已被血染红的怀素纱，将初画裹住，轻轻递给那个叫蒙诏的年轻人。

我正踌躇间，后面有人一把抓住了我的头发，我不由痛叫出声，仰头却见是那双冷酷的紫瞳。

“众兵士听着，这几天你们玩也玩够了，抢也抢够了，你们也该收收心了，别玩女人玩得脚软了。原家军马上就会反扑，以后这些新奴隶和胡参军手下的军士皆由蒙诏将军管辖，你等专心练兵，不得有误。这个原非烟专属本宫所有，谁敢动她，我就将他剥了皮点天灯。”

段月容放开了双手，我由于惯力作用，猛地摔倒在地。天旋地转间，我感到有人用尖利的指甲掐进我的手臂，将我拉了起来，一个尖细变调的女声在我耳边响起：“她不是原非烟，她不是原非烟。”

我惊抬头，却见一个衣衫破碎、长发披散的女子疯狂地抓着我的手臂，被一个形象猥琐的老头用铁链拉着。那老头小眼睛，酒糟鼻子，浮肿的手拉开了那个女子，然后一脸谄媚地跪在段月容的面前。

段月容嫌恶地看着："干什么的。"

一个小兵急急地跑过来，跪曰："这老头说自己以前是紫园管事的，他的女儿是紫园里的第一美女，说是来献给您的，小人才将这女子押进来。她自己忽然冲进来，小人拦也拦不住。"

我的心中一紧，这个女子竟然是香芹。

香芹恶狠狠地盯着我："她根本不是原二小姐，她是白三爷的侍妾花木槿。"

我冷冷地看着她，她却又神经质地看着我，恐惧地说着："不对，你不是花木槿，你是花锦绣。不对！你是个花妖精，你和你姐姐都是妖精，你们迷惑主上，心如蛇蝎，是你们小五义把南诏兵引进来的，你们要毁了原家才甘心。"

这时后面又闯入一个满身污渍的妇人，竟然是连瑞家的，抓打着那个牵着香芹的老头，哭诉道："你这个畜生，造孽啊，你把好好的女儿打伤了，已是天理难容，却还要把亲生女儿送给南诏狗啊。"

连老头子将连瑞家的踢倒在地，唾了一口浓痰："她既是我生的，老子打她又怎样，不打伤她能乖乖听老子的话吗？！"连老头回过头来，对着段月容谄笑道，"这位王爷，我女儿可是这紫园里有名的美女，原本是要送给清大……原非清做侧室的，若是王爷不来，她也要跟着原非烟做陪房的，您看这细皮嫩肉的，"连老头抓着香芹的头发迫使她抬起头，露出那张惊惧的俏脸，"王爷放心，她包管能伺候好您。"

段月容瞥了一眼，轻蔑地一笑："这分明是个疯妇，蒙诏，剩下的你看着办吧。"

连瑞家的哭着："香芹，我苦命的儿啊，怎么摊上这么个黑了心的老爹。"然而她口中苦命的女孩却只是狠狠地看着我，不断骂着我花妖精。

连瑞家的看着我，也惊叫起来："这是花木槿，西枫苑的花木槿啊，你怎么敢冒充原二小姐？"

连老头斜眼看了我一眼，也惊叫起来："这可绝对不是原二小姐啊，老子可天天见着她。"

段月容冷冷地对着珍珠说道："你是紫园里的大丫头吧，你来说说，这女人究竟是不是花木槿。"

珍珠镇定地看着连瑞家的和连老头，板着脸说："原二小姐对你们不薄，你们怎可如此背弃恩主？"

连瑞家的和连老头还想再强辩几句，珍珠再一次显示了其在紫园丫鬟中的首领地位，再加上平时连瑞家的和香芹太过嚣张，于是那些丫鬟都对连瑞家的一家三口骂了起来，什么卖主求荣、丧尽天良、良心都被狗吃了。

这一夜我和珍珠一众五个女孩与据说是紫园最漂亮的女人关在一起。

我的梦中全是打打杀杀，宋明磊血溅玉女峰，然后有人捂住我的嘴，我惊醒过来，发现黑暗中，珍珠正死死地捂着我的嘴，对我低低道：“慎言。”

我这才明白，她是不让我叫出些不该叫出的东西。可是蒙得也太紧了，简直就像是要蒙死我。

她看见我瞪着她，冷冷地放下手，毫无温度地看着我。

我大口大口喘着气，低声道：“你为何要帮我？”

“你既替二小姐引开南诏兵，我自然要帮你。更何况你是白三爷的人，也算是主子了。”珍珠低声地说着，黑暗中，我看不见她的脸，“我原以为你和你妹妹是一样的，现在看来，你果然不一般。”

我奇道：“我妹妹是怎样的人？你何出此言？”

珍珠正要启口，忽然屋门口有一道白影掠过，伴着一阵轻微的怪笑，我不由自主地向珍珠瑟缩着靠去。

守在门口的两个南诏兵站了起来，在窗外左边的一个，惊问右边一个：“你方才可看见了？”

另一个身影站起来，打着哈欠骂道：“作死，老子才梦到抱小醉仙上床。再一惊一乍，小心我告诉蒙诏将军，将你咔嚓了。”

“我没有胡说，刚才我看见一个白影飞过去，不会是鬼吧？”

“胡说什么，这里可是原家的官邸，怎会有鬼？”

“你没听说吗？传说这里以前有个杀人如麻的大妖王，原家第一代老爷就是被皇帝老儿派过来剿灭这个大妖王的，明是赏他封地，实则将他贬到这西安，困在这紫栖山庄里，好镇守这个妖王的，”那小兵绘声绘色地说着，“传说这紫栖山庄下面全是地宫，那宫里埋的不是金银珠宝，全是他吃剩下的冤魂尸骨。”

两人一阵沉默，唯有风声低吼，吹得窗棂咯吱咯吱响，另一个干咳了一下：“莫要胡说，果真如此，这几日你在这庄子里抢珠宝玩女人的时候，怎么不见他出来杀了你？就算有，见了咱们紫眼睛的小王爷，也早吓跑了。”

“那倒是，小王爷那紫眼睛，美则美矣，不过我看了心里就直哆嗦。”

窗外的两个南诏兵的话音渐渐低了下来，胆大的那个也不再睡了，两人窃窃私语的话题变成了段月容的紫眼睛。

珍珠抬起头来，黑暗中的眸子闪烁着兴奋的光芒：“南诏狗贼马上就要全完蛋了。”

我惊问道：“什么？”

“他马上就要来了。”珍珠神秘地笑道，“他会把南诏兵全部杀光的。”

夜风悄悄吹入血腥的寒风，窗外敲着三更，此情此景让我联想到前世所看的恐怖片，我颤声问：“谁？原侯爷吗？”

“不，”珍珠凑近了我的脸，她的妙目闪着神秘的光，对我低低道，“暗神。”

“什、什么暗神？”

“自然是原家的暗神……”

我正要对珍珠说，在这样月黑风高杀人夜里，不要这样凑近人的脸，诡异地说话，会吓死人的。这时门外一通骚动，我正想着这所谓的原家暗神来得这么快，一大堆南诏兵拥了进来，将我押了出来，段月容卧在他那匹大灰马上，月光下，他的紫眼睛瞅着我，兴奋莫名。

南诏人凶神恶煞地催我坐上一辆囚车，我回头一看，珍珠和众丫头也探出头来，紧张地看着我。

段月容疾驰在我的身边，看着我，像是在看动物园里的熊猫。

囚车不停地颠簸着，我几乎被摇散了架：“深更半夜，你们要带我去哪里？”我扶着粗壮的栏杆，大声问着。

没有人回答我，只有兵甲相撞之声，冰冷地刺激着我的耳膜。

我的心中隐隐有着不安的预感，冷冽刺骨的寒风渐渐淹没了我惊慌的质问，冻僵了我的四肢。

鹅毛大雪纷飞中，我们进入了西安城，南诏兵的火把照亮了西安城的街道，昔日繁华的城市，如今处处断瓦残垣，祭奠的白幡飘扬，即使在黑夜中，仍有悲绝低泣之声相闻。

囚车驰过一片烧焦的屋楼，我觉得眼熟，仔细辨认之下，正是我同非珏分别之地，不觉咽气吞声，泪盈满眶。

不知过了多久，囚车穿越了西安城，到得城外，停在一处山丘，段月容让士兵做好战斗准备，又让人放我出来，押到阵前。

蒙诏驾马出列，大声叫道：“原二小姐在此，原家兵士快快出降！”

我正要出声，段月容已掐住我的脖子，我不得出声，他噙着一丝嘲笑，紫瞳瞅着我，却是一派了然。

我刹那间明白了，他果然知道我不是原非烟，留着我只是为了引出原家的余兵。

山丘之后有人头攒动，窃窃私语之声传来，黑暗中一个高大的秦中汉子，双目如炬，手握长枪，如战神一般，走了出来，沉声问道：“原二小姐在何处？”

话音未落，南诏的箭矢如飞蝗扑射，那人武艺高强，长枪舞得水泄不通，仍有一支长箭射中他的大腿，他因剧痛而面部扭曲，目光却坚如磐石，一瘸一拐地走向我和段月容，口中高叫：“二小姐，你可受伤？”

我拼命挣扎着下马，跑向他时，他已满身箭矢，血流如注，我来到近前，向他身后叫道：“原家军快跑，原二小姐已安然逃至洛阳，我乃是替身。”

可惜晚了，山丘后面人影晃动之际，已纷纷被流矢射中，挡在我前面的那个原家兵猛地转身将我压在身下，护住我不被流矢射中。

无数的惨叫之声在我耳边响起，血腥味在黑夜中无情地蔓延着。宋明磊和那一千原家兵士的惨死又历历在目，我泪眼模糊中，看着鲜血滑过那人的颈子，流到我的面上，滴滴灼热。

半炷香之后，流矢之声渐淡，我在成堆的尸首之中爬了出来，我将压着我的那人翻了过来，抚着冰冷的箭矢，颤声说道：“我不是原二小姐，壮士为何还要救我？”

那人吐着血沫，温然笑道：“多谢姑娘替二小姐受难，只求……姑娘……若是还能再……见到二小姐，就请对她说，戴冰海能为二小姐尽忠，死而无……憾。”说罢，那叫戴冰海的汉子双目迷离，含笑而去。

此人竟然是戴冰海！他正是于飞燕最崇拜的东营教头戴冰海，我在暗庄之时就听宋明磊说，东营教头戴冰海带着四千子弟兵拖住南诏兵，原非烟他们方才有了时间躲入暗庄。

我轻轻将戴冰海的头颅放下，忽然想起宋明磊说过，原家子弟兵都会在护腕处暗藏匕首，我偷偷摸到他的护腕，果然有一柄匕首。

这时，只听得身边一个南诏兵说道：“禀报小王爷，这原、原非烟的替身还活着，如何处置？”

我所有的血液沸腾了起来，愤怒地看向正在对我微笑的段月容，我袖中藏着那把匕首，一声不响地任由南诏兵将我架到段月容面前。我挥出匕首，眼看就砍到他了，可惜有人狠狠撞了我一下，我和匕首同时飞了出去，眼冒金星地重重落在早已被鲜血染红的雪地。我怀疑左手臂很可能摔折了，只觉撕心裂肺般疼痛，然后有人抓着我的头发将我拖到火光通明处，火把炙烤着我，额头有血腥味的液体缓缓流下，我陷入了黑暗。

我昏昏沉沉地醒来，发现我又在段月容的帐子，耳边又是那熟悉而奇怪的呻吟之声，不用睁眼也知道段月容和杨绿水在做何勾当。

我的身上已被换了身新衣，额头微痛，包着纱布，过往血腥的种种浮过眼前。我慢慢坐起来，试着动了一下左手，剧痛仍在，不过好在没有断骨。

鼻间飘过一阵奇怪的香气，我抬起头，兀自一惊，眼前是那双潋滟的紫瞳，嗜血而得意。我突突的心跳渐渐定了下来。说句实话，我开始习惯了他每次在我面前出场，要么是满身血腥，要么就是一丝不挂。

这一次我却笑了，无惧地回视着他的紫瞳，淡淡道：“你最好现在就杀了我花木槿，不然，你今天加诸在紫栖山庄和我身上的一切，我必十倍奉还。”

“好大胆的女人！”杨绿水披了件玫红冰绡纱，过来对我扬起手来。

我避无可避，结结实实地挨了她这一掌，摔在地上。

杨绿水好像又对我举起了手，段月容在空中抓住了她的手，不悦道：“绿水，瞧你，这多扫兴！”

“妾只是替小王爷委屈，她不过是原非烟的替身！紫园中美女众多，小王爷何以留着这个姿色平庸的贱人？”杨绿水在那里委屈地流泪道，“妾听蒙诏将军说，方才她还想行刺小王爷，如此凶残的贱人，小王爷何不将她犒赏众军士？”

我擦着嘴角的血迹，对着杨绿水冷笑不已，暗中发誓，总有一日我要你和你的姘头段月容生不如死。

段月容看着我，皱了皱他风情万种的眉，正要开口，却听见帐外蒙诏严肃的声音：“王爷，十万火急，飞鸽传书刚到，请小王爷移驾荣宝堂。”

段月容提起我的衣襟将我粗暴地摔到他和杨绿水欢爱的羊毛毯上，披上衣服：“在我没有享用她以前，你若私自将她处置了，我便将你送回南诏。”说罢头也不回地掀开帐帘走了，留下流泪的杨绿水。

杨绿水走过来：“这是小王爷和我的寝帐，你也配睡在上面。”她铁青着脸，扬手向我脸上抓来。

我一猫腰躲过，杨绿水扑了一个空。我懒洋洋道：“真不好意思，我也不想睡在上面，可巧是你家小王爷将我摔过来，可见他有多想让我睡。”

于是，她的脸皮更是气得抖了起来。

这时，有人在帐外叫着：“绿姬夫人，小王爷好像在前厅出事了。”

杨绿水面色一凛，对我狠狠道：“你等着。”说罢，匆匆穿上衣物，走出帐外。

帐中只剩我一人，我立刻忍痛站起来，四处寻找可有出逃防身之物。

一阵风古怪地吹在我的脖子间，帐中的灯火随即熄灭，黑暗中我急回身，一片白影掠过眼前，略显熟悉的白面具闪过我的眼前。我正疑惑间，帐外传来刀兵相接之声，我偷偷掀起帘子一看，远处火光冲天，南诏兵乱作一团，叫着粮仓失火了，快去救火。

报应来得如此之快！

痛快！痛快！

然后我想到粮仓对于一个出征的军队是何等重要，定是有人暗中破坏。莫非是原家军的内应？那样的话，说不定今夜大哥的援军就会来的。

我的心振奋了起来，找了把短刀，偷偷掀起厚厚的帐帘，咦，奇怪，守在门外的两个兵士不知所终，可能是去救火了吧。

我大着胆子溜了出来，往黑暗处一闪，瞅准一个急行的小兵，对着他的脑袋用刀柄用力一敲，没想到他晃了两下，没事似的转过身来瞪着我，我正要再出手，他的身后飘来另一个南诏兵。

我暗叫不妙，不想后面那个南诏兵手中银光一闪，前面的小兵已软倒在地，我惊讶中，那出手的南诏兵摘下头盔，露出一对梨窝，对我低声道："小姐莫怕，是我。"

我定睛一看，竟是失散的齐放，心中顿时大喜过望。

齐放手脚利落地剥下那小兵的兵服："小姐快快换上这兵服，南诏国内出大事了，光义王正在彻查豫刚亲王谋反之事，豫刚世子牵涉在内，南诏的钦差刚刚到来，想是宣旨阵前换帅，我便放火烧了粮仓，索性闹腾死南诏狗，亦好趁乱救出小姐。"

我点头问道："小放，你躲在哪里，如何得知的呢？"

"小人在西安城里寻不得小姐，回西枫苑毫无人影，便连夜前往洛阳。原侯爷安抚说是你们同他的女儿安全躲在暗庄里，不日便可安然回洛阳，我便又折回来找大哥前往洛阳，不想他和福居客栈都消失得无影无踪。路上遇上一位戴姓的教头，便同东营的兄弟一起躲在城外的兰陵坡。段月容前来绞杀东营的兄弟，这才得知小姐原来做了原非烟的替身，根本没有逃出西安。"

回想着戴冰海和宋明磊惨死的样子，鼻子不由得发酸。我七手八脚地换上兵服，齐放仗剑在前面开路，我们奔向西林，未等近前，只见灯火通明，黑压压的南诏兵在西林密布，厚厚的积雪几乎被南诏兵踏平，冰天雪地中，层层叠叠的男人们口中哈出的热气几乎将雪地融化，南诏兵分作两方正在对峙，一面是段月容，另一方正是满脸横肉的胡勇。

我和齐放躲在暗处，只听得胡勇喝道："大王已下虎符前来换帅，段月容你还不弃剑投降，跟随钦差坐囚车回大理领罪？"

段月容冷冷笑道："胡勇，你恨我夺你兵权，尽可回南诏，向我父王发牢骚，然我父王对你不薄，不想你丧尽天良，帮着光义王前来害我。"

胡勇亦凶恶地笑道："段月容，老王爷对我是不错，只可惜他年纪大了，老糊涂了，糊涂到让你这个乳臭未干的小子来挂帅出征西安，甚至还要为了你反了光义大王？我上有老母，下有妻儿无数，即便不归顺光义大王，等你即位，也会将我抄家灭族。怪来怪去，只怪你父王养了你这个紫眼睛的妖孽。如今你父已被下狱，大王吩咐生要见人，死要见尸，你识相点，老子还能赏你个全尸。"

段月容危险地眯起了眼睛，大声喝道："豫刚家的兵士，快杀了叛将胡勇，随本宫突围。"

两边的南诏兵火拼起来，火光映着断杀声，年轻的生命在互相践踏着，前朝还杀伐享乐，今夜已血溅同袍，亡魂异乡！

齐放护着我悄悄绕过战圈，我回头看去，段月容的头盔被击落，头发披散在血红的黑甲上，紫瞳鸷猛森冷，在深夜中如恶鬼嗜血，无人敢近，大刀过处，开出一条条血路，他的紫瞳一闪，忽地往我这个方向闪来，目光阴沉无比，他厉声喊道："花木槿。"

这一声喝，微不足道地淹没在兵士的喊杀声中，却清清楚楚地传入我的脑海中，我冷笑着，隔着人群，高高地对他比了一个中指，挑衅地从远处睨着他，你去死吧，妖孽！

没想到他的脸色更加阴沉，竟然挥舞着偃月刀向我这里疯狂杀过来。

我的汗水没用地流下来，他、他要干什么？

我加快脚步，跟上齐放，渐渐地，那混战的人群离开了我们的视线。

那双阴狠的紫瞳带给我的恐惧感，消失在重新获得自由的狂喜中，我们进入了西林深处，大雪飘飞着，我猛然停住了脚步："小放，初画还有珍珠她们都还在紫园里呢，她们怎么办？"

齐放在前面也停了下来，凝重道："小姐莫要担心，白三爷早已做好攻城准备了，只等小姐平安脱困。"

我心中一喜："三爷的兵马就在城外？"

齐放点头："正是，三爷的兵马由于大爷领着，今日刚刚秘行至西安城下。小人已经同韦虎在西安城约定见面，光义王之所以将豫刚亲王下狱，阵前换帅，全是三爷的安排。小姐可记得原家给光义王送去十名美姬，其中有一名唤婵婵的，已宠冠光义王的后宫，三爷已秘授其对光义王进言，将豫刚亲王秘密锻造兵器、私募勇士的证据呈给光义王，是以光义王才会大怒，下定决心在国内削藩了。"

我点点头，心想若能早些见到原非白，珍珠和初画也能早日获救，再说现在南诏正在内讧，以珍珠的镇定，必能保全身而退。

正要前行，却见前方薄雾和着大雪降了下来，齐放的面色凝重了下来："小姐紧跟着齐放，万万莫要走散了。"

我和齐放奔跑着，不知跑了多久，齐放始终没有放开我的手，可是四周的雪雾混着一股奇异的香气慢慢地浓了起来。

“小放，不太对劲啊，”我喘着大气，对齐放说道，“我们应该早出了西林才对啊，为什么还不见踪影。”

齐放也停了下来，神色严肃，左顾右盼：“这不是普通的大雾，我们进了别人布的阵了。”

我刚刚升起的希望泡泡，正一个一个啪啪碎去。

我多希望我只是进入了一场可怕的噩梦，一睁眼，又是朗朗晴空下，非珏嚷嚷着木丫头，原非白冷着脸同韩修竹指点江山，三娘训着素辉，碧莹弹奏着《越人曲》，于飞燕和宋明磊拼着酒，而我在溪边和锦绣数着西枫苑的红梅花，紫园里脂粉飘香，歌舞升平。

“小放，是你干掉我帐子外面守卫的南诏兵吗？”

齐放摇摇头：“我只来得及放火烧了粮仓，想引开段月容，好进他的帐子里救小姐，不想中途遇到小姐了，小姐为何发问？”

我的心害怕了起来，忽然间想起珍珠提到的暗神，这不会是暗神来了吧？但又想到白面具，该死，那白面具会不会趁乱来杀我呢？

我正要开口，空中飘来两个黑影，夜色中兵刃闪过银光，挟着一道锋利的疾风向我们飞来。齐放挥剑一斩，击落一枚，我奋力一闪，另一支险险擦过我的眼际，一股清香伴着血腥蔓延开来，我低头借着齐放的清风剑舞出的银光看到，原来是一片柳叶。

我心中暗惊，何人的武功如此高强，能将柔韧的柳叶当暗器飞出？一阵咯咯娇笑由远而近迅速地传来，显示了轻功的卓越。

“小龙，你真的老了，连两个孩子都挡不住了。”大雾中走来一个年轻美女，胸口处大开，露出大半酥胸，春色撩人。

“你别在那里说风凉话了，须知这可是金谷真人的关门弟子，若是一般人，他又岂会让我俩出马。”黑暗中又隐出一个高大昂藏的男子，棱角分明，利目如飞鹰锐利，看着齐放和我如盯着猎物。

齐放单手护住我：“请问两位高人，有何指教，为何伤我和我家小姐？”

那美女正要启口，男子却开口道：“请问这二位是齐放公子和花木槿小姐吧？”

美女在那里嘛起了嘴，不悦地横了那男子一眼。男子却不动声色。

齐放冷冷道：“是又如何。”

美女又要开口，那男子却又抱拳抢道：“京都有位雅人仰慕花木槿小姐久矣，想请花小姐前往锦官城一叙。”

美女的脸皮有些抽搐。

锦官城？这不是窦家的地盘吗？

我还没有开口，齐放已经冷冷道：“若是放没有猜错，这二位必是川北第一杀的云从龙、风随虎前辈吧？”

“错，是川北第一杀的风随虎、云从龙。”性感美女傲然说道。

那男子淡淡地扫了她一眼，并没有说什么。

她将两人的排名换了一下，我和齐放都一愣，这有什么区别吗？

“敢问风前辈，您和云前辈何时变成了窦家的走狗了？”我感到齐放浑身的肌肉紧绷起来，看来这两人必然是很棘手的人物。

风随虎掩嘴咯咯笑道：“哟，小伙子，火气好大啊，什么猪啊狗的，我和小龙可不懂，我俩只知道替人消灾罢了，至于什么豆家菜家的，我们可是从不管。”

第三章

亡命夜惊魂

◆◆◆

“虎儿，你说得也忒多了点吧。”云从龙的声音依旧没有温度，眼神却紧紧盯着齐放手中的长剑。

“对不起，我家小姐要出西安城，烦请二位让一下。”

说到烦字，齐放已攻向云从龙，后者的手中多了一柄长长的蛇形长刀，风随虎依旧咯咯笑着，眼睛却随着云从龙，认真起来。

我的武功差得可以，往场中看去，似乎云从龙轻描淡写地化解了齐放几招，可是齐放却毫无败象，仿佛是在试探云从龙。焦急间，一阵脂粉香飘进鼻间，风随虎已飘然站在我身边，豆蔻指甲搭在我的肩上：“果然长江后浪推前浪，花小姐的这个长随不出五年，必名动武林。”

我想起二人名号，便看着她的媚眼道：“久闻风随虎是武林第一美女，云从龙的柳叶镖天下第一……”

风随虎果然面露得色，我继续道：“我家韩先生常对我说川北第一杀夫妇二人乃是杀手中的传奇，武林中数一数二的高人。”

她立时笑弯了那双桃花眼，有些激动地说道：“韩修竹先生果真如此说我和小龙？”

我点一点头，认真道：“正是，韩先生对风姐姐的机智、云哥哥的柳叶刀赞不绝口呢。”我揣测了一下她的脸色，继续道，“只是木槿有一事不明，还请风姐姐指教。”

风随虎笑道：“花小姐有话请讲。”

我接着道：“木槿只是不明白，既是天下第一杀，便是天下第一杀手，为何二位会变成了绑架犯呢？”

风随虎叹了一口气：“花小姐有所不知，只怪我和小龙欠了一个人情，像我们在道上混的，最怕的便是欠人家人情，所以……”

“虎儿，慎言。”那边的云从龙厉声喝道，风随虎立刻噤声。

我笑道：“只要姐姐肯放了我和小放，你欠你朋友的人情也罢，今日的恩情也好，我家三爷必十倍奉还，且我家三爷求贤若渴，广拥天下门客三千之众，以二位惊世之才，我家三爷必定重用，封侯拜将指日可待，二位何不随我前往洛阳再做道理？”

风随虎眼波一转，看了看我：“花小姐说得实在让我动心，难怪……只可惜，我和小龙必须将你送往锦官城，你再说什么也没有用的。”

显然风随虎根本不像齐放那样好说服，我暗自气馁，谈判的可能性降到了零。

我暗中挥出短刀，却被风随虎蔻指轻夹：“花小姐，以这等武功还是不要反抗了，免得多受皮肉之苦。”

战圈慢慢扩大了，齐放眼中的杀气和自信越来越多，云从龙的面色严峻，目光向我们这里一闪。

风随虎面上的笑容消失了，她略一沉吟，闪电般点了我的穴道，扭腰腾空跃起，足尖微点云从龙的肩，两人一上一下攻向齐放，当真如猛虎驾风、蛟龙腾云。

我直挺挺地站在那里，口不能言，刀不能舞，心中万分焦急。

齐放额头汗水渐渐冒了出来……

浓雾中齐放的身影像断了线的风筝，落到我的眼前，他闷哼一声，被云从龙踩在脚下。

云从龙的嘴唇没有一点血色：“金谷真人的武功果然出神入化，连一个不及弱冠的少年都能与我等过三十回合。”

风随虎拍拍手，正要开口，一阵笛声从远处飘来，显得突兀而古怪。风从虎脸色一变：“这不是幽冥教的幽冥笛吗？”她的脸一下子煞白，“原家一倒，连幽冥教都敢从苗疆过来了。”

云从龙冷冷道：“还不是为了那所谓的《无相真经》，虎儿，我们快走吧。”

她对地上的齐放说道：“少年人，看在金谷真人的面子，放你……”

话未说完，云从龙早已简略道：“要找你家小姐，就去锦官城；若要寻仇，且去西昌府。”说罢，再不看齐放，一边拦腰扛起我，一边拉起瞪着眼的风从虎腾空跃起，施轻功远去。

我看着地面倒去，血液渐渐聚到头顶，头晕目眩起来，依稀听到风随虎以悦耳的声音不高兴地说道：“我可不喜欢你抢我的话……”

然而传入我耳朵里更多的是那奇怪的笛声，而且越来越大，川北第一杀的速度一开始很快，可是后来却越来越慢。

最后，川北第一杀把我放了下来，将我放在一棵树下，替我解了穴，我立刻眼冒金星地吐了对面云从龙一身。

然而没有人对我的不文明行为有任何意见。耳边的笛声吵得我头疼，我定了定神，喘着气，这才发现川北第一杀夫妇，面色凝重，如临大敌。

浓雾中的地平线上，闪出八个身影，只见八个童子打扮的小孩，唇红齿白，清一色穿着白色的短摆对襟衫，笑眯眯地站在我们面前。明明是十岁左右的孩童，明明笑得那样天真，可是为何那笑容天真得近于空洞，那属于孩童的目光晶亮却不清澈？

“我们主人说要这个女人，川北双杀如若跪地求饶，便可赏尔等两具全尸。”为首的一个童子脆生生地发话了，笑容依旧甜美可人，手中却隐现一根银丝。

云从龙面色剧变。

风随虎仰天大笑：“笑话，放眼当今武林，敢过我川北第一杀三十招之内的屈指可数，无知小儿，安敢……”

忽然，风随虎满口鲜血地住了口，我根本没有看清那几个小孩是怎么出的手，而风美人的牙齿已被击碎数颗，云从龙见爱妻受伤，眼中杀气陡现，扑向那群小孩。

八个孩童三个进攻风随虎，另三个围着云从龙，还有两个却闪电般靠近我。

那两个小孩的脸庞显得异样的苍白，依然笑嘻嘻的模样，那笑容有些令人发毛，我也强笑道：“敢问小哥，你家主人是谁啊？”

其中一个小孩歪头一笑：“我家主人是天神，他要我们来接花姐姐回家。”

天神？回家？我猛地想起段月容带我去屠杀东营子弟兵时，珍珠对我说起的暗神，一个说是暗神，一个说是天神，这两者有什么联系吗？

我笑道：“你家主人既是天神，那你们岂不是天兵天将了吗？”

另一个小孩若有所思地点点头，天真地拍手笑道：“对，我们是天兵天将。”他向我伸出手，“我们主人就在附近，亲自来接花姐姐了，我们走吧。”

我站起来，拍着身上的尘土：“看样子，姐姐我是没有选择了……”

我飞快地向后施轻功跑去，还没起步，就已颓然地被绊倒，两个小童面带笑容地闪现在我面前：“花姐姐不乖，要受罚。”

我的腿传来一丝剧痛，低头一看，原来已被一根极细的银丝缠着，勒出血来了。

“花姐姐再乱动，这只脚就要被切断了。”那小孩笑着说道，手微一用力，我痛叫出声，血流得更猛。

另一个小孩跑过来点了我的穴道，然后轻触我的脸颊：“来，花姐姐，我们回家。”

我打了一个冷战，好冰的小手。

这时风随虎已经手握一个童子纤细的脖子，轻轻一捏，那个小孩的头颅应声而断，远远被抛在地上，小小的身子直挺挺地倒了下去。云从龙也将两个童子击飞出去，两人又合在一起，一上一下对付其余的童子，不一会儿，六个童子全部倒地。

川北双杀向我走来，身上洋溢着我从未见过的可怕杀气，我再回头看我身边的童子，只见二人依然那样纯真地对我笑着，却对川北双杀视而不见，径自抬起我，向前走。

那笛声一变，只见刚刚被打倒在地的童子一个一个如鬼魅般慢慢站了起来，就连那个头被拧掉的童子，也站起没有脑袋的身子，一步步向我们挪来，渐渐将川北双杀围成一圈。川北双杀的表情渐渐骇然起来。

那两个抬我的童子只是扯着那奇怪的笑脸向前走去，我这才注意到，他们的脸皮有些发青，眼眶黑黑的。这几天日日血腥，我不由得联想到，这些小孩的脸有多像那在战场上死去了很久的尸首样子，而童子们脸上那诡异的笑容自始至终没有消失过，亦没有变化过。

这八个小孩，根本不是活人！

我恐怖地放开嗓子大声叫起来："救命啊，可有人救我啊。"

我猛然想起二哥已身坠危崖，吉凶难测，大哥要在黎明之际尚可进城，齐放又被川北双杀重创，如今又有何人来救我？

小童没有说话，双目发着幽光，维持着可怕的笑容，飞一般向前走着。

这时，浓雾渐消，新月露出颜来，两个小童抬着我向庄外跑去，风声鹤唳，加上我凄惨的叫声，却如何也盖不住那凄切的笛声，在这罪恶的夜晚，我几近胆破绝望。

忽然，一阵空灵而缥缈的琴声，如泣如诉，远远地传来，似与那笛声相和，却又隐隐地将那笛声盖了过去。

那两个抬我的小童停住了，用没有焦距的大眼前后看了一会儿，呆在那里，似乎有些迷惑。

原来这些小童是被那笛声所控制的傀儡，而突如其来的琴声定是破坏了笛声的波长，以至于这些小童无法辨认道路。

我细细听着，心中不由得激动了起来，我认得这琴音！

是《长相守》，正是原非白亲自弹奏的《长相守》，那首闻名天下的《长相守》啊！

那首委婉缠绵的《长相守》，从来没有被他弹得如此急切悲哀，仿佛是鸳鸯失偶而苦寻伴侣，孤雁单飞狂觅雁群。

第四章
孔雀东南飞

我大声喊了起来："非白救我，我在这里啊。"

琴音激越起来，如惊雷划破长空，照亮阴森的黑夜。那琴音仿佛回应着我的呼救，完全压过了那笛声，满含哀伤的甜蜜，失而复得的狂喜，又似切切的安慰，密密的承诺，悄然驻进我的心窝。

我的泪水汹涌而出，原非白在附近。可是齐放明明说大哥的援军要等天明之际进城，难道是原非白偷偷进紫园来了吗？

我正欲再喊，笛声却尖锐起来，似乎发怒了，抬我肩膀的小童一点我的哑穴，不声不响地继续走。

我小腿的鲜血洒下，听着《长相守》越离越远，笛声越加乖张清越，却是口不能言，焦急万分。这两个活死人般的小童要带我去哪里呢？

月辉倾洒，我们的眼前忽然悄无声息地飘下一个白衣女子，她幽怨地站在那里，白衫，白裙，手中打着一把白油伞，慢慢转过来，她额上一条白色抹额，头上簪着白花，一张俏脸却如花旦一样，敷着极白的粉，黛眉深勾，双目如桃花飞艳，那双唇红得似要滴出血来。月夜下，竟比那可怕的小童还要令人胆寒。

她飞过我们身侧，白伞轻轻一转，那两个小童还没来得及出手，已四分五裂。

我眼看要重重地摔在地上，她那乌黑的指甲一伸，轻轻托住了我，单手扶我起来，但她没有解开我四肢的穴道，却解开了我的哑穴，把我往腋下一夹，往前飞去。

我疼得龇牙咧嘴一番，看着她妖媚的侧脸，竟然吓得开不了口呼救命，许久鼓起勇气："请、请问您是谁。"

她头上的白纱在夜空中长长地飞舞，划过长空，飘过清月，她微侧头，水漾的目光瞥向我，冷冽得我不敢再多言，她的蛾眉忧愁地轻蹙，朱唇轻启：“未亡人。”

她的声音很慢很轻，却在半空中引起悲伤的回响，我更分不清这究竟是人是鬼，抑或是一缕倩女幽魂在深山悲泣，总之我濒临崩溃，哆嗦得说不出一句话来。

笛声传来，我们的周围又有小童的身影飘至，原非白的琴声也隐隐地传来，好像是在搜寻我，那未亡人在空中呜咽了几声，如鬼咽泣，曼声唱道：“皑如山上雪，皎若云间月。闻君有两意，故来相决绝。今日斗酒会，明旦沟水头。躞蹀御沟上，沟水东西流。凄凄复凄凄，嫁娶不须啼。愿得一心人，白头不相离。竹竿何袅袅，鱼尾何簁簁。男儿重意气，何用钱刀为！”

她所唱的正是卓文君的《白头吟》，那声音明明清幽婉转，却如金刚利箭穿破夜空，瞬时那笛声不见了踪影，小童的身影在西林之中踟蹰不前，非白的琴声戛然断裂，尾音变调，隐在夜空之中。

我听得耳膜疼了起来，头晕晕的，喉间血腥漫出，恍惚间，那未亡人带我来到一座熟悉的宅院门前。她停住了吟唱，解了我的穴道，将我推入门内。

我幽幽清醒过来，然后诧异地发现，她竟然将我带入了西枫苑。

西枫苑的宅子没有被焚毁，月光下的梅花森森立在那里，幽冷地看着我们。庭院中大雪积了很厚的一层，以往非白总要韦虎和素辉把雪扫得干干净净的。去年我还和素辉在雪地上堆了个大雪人，谢三娘为哄我们高兴，在自己的箱子里给那个大雪人找了件红衣服。谢三娘身材胖，那件红衣服就正适合大雪人，素辉那时还瞎起哄，说这件红衣服一定是三娘嫁给他爹的喜服，三娘抡着肥巴掌要打他，他躲到非白的轮椅后面，非白还是冷着脸，淡淡地训了素辉几句，可是他漂亮的凤目却盯着红梅雨中的雪人，我知道，他其实也喜欢这个雪人。

往事一幕幕浮现在我的脑海，我在那里痴痴地想着，未亡人把我拖进赏心阁，她附在我耳边：“暗宫入口在何处？”

“我不明白你在说什么？”我冷冷道，退一步，离这个未亡人远一些。此人是敌是友尚不可知，不可轻信。

不料她如鬼魅欺近，双手紧扼我的脖子提了起来：“你既然做原非烟的替身，带着一千子弟兵从暗庄里冲出来，怎会不知道如何进入暗宫？”

“你也知道我是从暗庄里冲出来的，哪里知道什么暗宫？”我拼命地呼吸。

未亡人的手收紧了一些，幽幽道：“暗宫的入口也就是暗庄的入口，须知如果你再不说，以后就再也见不到你那个弹《长相守》的人了。”

我的眼前开始模糊，心中赌着气，恨恨道：“我见不到他是我的福气。”

她猛地放下了我，艳红的双目杀气微消，迷茫地看了我一阵，轻轻地重复着我的话："我见不到他是我的福气？可是我还是要见他，"她毫无焦距地瞪着前方，"我为了找他在西域流浪了多少年啊……这世上有些人你总要见，有些事你总要面对。"

她忽地收了迷惑，诡异地笑了，另一只手却猛地一拧我受伤的小腿，我立时听到我小腿骨头断裂的声音。那伤口原本只是被那几个鬼童的银丝勒出血珠，如今却骨头断了，还扯裂了大口子，血流如注，痛如钻心，离地的小腿肚子上，血滴滴答答地落在赏心阁的琉璃地板上。

我重重跌坐在血泊中，捂着流血不止的伤口大骂："你这疯妇，我与你无冤无仇，为何害我？"

"你莫要怪我，亦不能怪我，"她幽幽道，"谁叫你被原家男人看上了，原家的男人都是魔，但凡是被魔看上的女人便是摊上了这世上最悲惨的命运，所以原家的男人要死，原家的女人更要死。"她的面上明明还是那样幽怨的神色，目光却闪烁着残忍的兴奋，邪佞地对我说道，"因为只有他们最宠爱的女人死了，他们才会更痛苦。"

"我都不知道你在说什么！"我冷冷道，"我只是个小侍女，根本不是什么狗屁原家的宠爱的女人。"

"你若只是个小侍女，那小孽障怎么会拼着震断心脉的危险来挡我的魔音功呢？"

小孽障？原非白？那她与原家，还有非白是敌非友了。我的命真苦，刚出虎穴，又入狼窝啊！

她站起来，美目缓缓扫视一周，最后目光落到谢夫人的画像神龛处，正是机关所在，她的目光对我一闪，扭转了画轴。

谢夫人的画像收了上去，露出暗门，她诡异地一笑，拖着我的伤腿闪进暗门，我痛叫着进入了黑暗的世界。

哧的一声轻响，一团火光从一只乌色指甲的玉手中散发开来，微微照亮暗道里的世界，展现在我们眼前的竟然有两条巨大的通道，她的美目又转向了我。

我喘着气道："我是跟随别人逃命，黑灯瞎火的，根本不知道是哪条。"

她轻轻一笑，盈盈扭着腰肢，吟唱道："梦里梦外俱是梦，路明路暗皆是路兮。"

她一拂长长的水袖，拖着我走了右边那个通道。

我暗暗叫苦，其实我隐约记得以前韦虎带着我和素辉走的是左边的通道进的暗庄。

她咯咯娇笑了起来："西枫苑历来都是原家暗宫的入口，能住在西枫苑的人，也就是暗宫未来的主人。二哥既然把西枫苑赏给你家主子，他当然知道这暗宫的秘密。"

这个女人对此处如此熟悉？莫非她也是原家的人，既是原家人为何又对原家的男人恨之入骨呢？

我的主子是非白，她口中的这个二哥既然把西枫苑赏给非白，莫非她口中的二哥是原青江？

我冷冷道："你说是未亡人，听你这口气，你莫非是原家未亡人？"

她停住了疯笑，眼中一片神往："以前，这里叫西泉苑，是因这里有治病的温泉。可是大哥嫌这个名字不好听，就改名叫西枫苑了。二哥总是偷偷带我一起溜进来找大哥玩，后来这个西枫苑归二哥了，那时的二哥还愿意同我分享一切秘密，于是我和明郎便搬进来陪他一起住。"

她突然打开了话匣子，扯出一大堆人事，听得我晕头转向，不由问道："那你的大哥呢？"

她转向我，一灯幽烛下，她涂满油彩的脸凑近我，勾画得过分鲜艳的双眸显得妖魅万分，看着我好像有点奇怪我不知道这个问题，她朱唇轻启道："他……死了。"

我打了一个寒噤，她却继续神经质地说道："他太弱了，误入这个地宫，碰到了一个暗煞，就再也走不出来了，"她伸出一根纤长苍白的手指，兴奋地指着我，"就是这里，他就死在你现在坐的地方。"

我骇然地单腿一蹦老高，踉跄地换了一个地方。

"他太弱了，在原家可以为奴为仆，可以无情无义，可以狼心狗肺、卑鄙无耻，可以痴可以疯，就是不可以弱。"她一脸鄙夷，仿佛说的不是她的亲哥哥，"在原家的弱者就意味着死亡，他连暗宫一个小小的暗煞也对付不了，怎么可能接替爹爹的大业和暗宫？暗宫的规矩，除了山庄主人可以来去自如，任何人不得擅闯。按理说，大哥是原家世子，原家的继承人，暗宫应该放他回到上面，可是那时的暗神太嚣张了，他认为大哥连家族也不能统领，更遑论原家最厉害的暗宫，于是他就由着那个暗煞将大哥活活打死了。"

"何、何、何谓暗神，何谓暗煞？"我结结巴巴地问道。

"暗神是暗宫的管家，暗煞是暗宫的奴仆，无论是暗神还是暗煞，都是暗宫的守宫人，而暗宫是原家的暗宫，原家的主人便也是他们的主人。若是一个主人不能收服这个管家，又如何掌管一个原家呢。

"可是我的二哥不一样，他进入这西枫苑的第一晚，就带着我和明郎不动声色地闯入暗宫，把那嚣张的暗煞杀了，为大哥报了仇，还将那暗神的武功废了，将他扔进莫愁湖里，选了新的暗神。他让所有的暗煞和暗神都知道，原家的人仍然是这暗宫的主人，他们想造反、自立门户的时候还早得很。"她轻仰额头，说得无限骄傲。

"那时的岁月是多么美好，二哥宠我，明郎爱我。我喜欢唱戏，爹爹大怒，把我锁起来不让我出去学习，可是明郎总是偷偷放我出去，有时爹爹发现了，明郎总为我求情，二哥也护着我，甘愿为我受廷杖之刑。我嫁给明郎那天，天气是极好的，太阳也好温暖，奶娘说那天是少见的吉日，我还记得那天外面好生热闹，二哥在外头招呼客人，洞房里是这样的安静，明郎掀开了我的红盖头，他一直痴痴地看着我，他对我说，青舞你真美，天上繁星在你面前也要羞得躲起来……”那烛火一明一暗，照着她笑靥如花，“恩从天上浓，缘向生前种，烛花红，只见弄盏传杯，传杯处，蓦自里话儿唧哝。匆匆，不容宛转，把人央入帐中，帐中欢如梦。绸缪处，两心同。”她愉悦地在那里吟唱着，疾舞如飞，水袖似霞光烂漫，眼神早已穿越到了生命最欢乐的岁月。

我的耳膜又开始疼了起来，不由得捂着耳朵烦躁地说道：“那你为何不和你的明郎好好过日子，跑到这里来呢？”

该死，她既称自己是未亡人，她的丈夫明郎定是死了，我这么说，岂不是要激怒她？

果然水袖在空中无力地垂下来，她蓦地飘近我，冰冷的脸上了无笑意：“你告诉我，男人的诺言有几分可靠？”

啊！

我想起长安，想告诉她有些男人的诺言，一钱不值。

我想起宋明磊、于飞燕、戴冰海，又想告诉她，真汉子血性一诺，便是一生一世。

我不知如何开口，她却早已眼神一片怨艾：“男人的诺言都是一场空。”她的手指渐渐用力，掐进我的双肩，“我想了这么多年，却还是想不通，明郎如何能忘了那甜言蜜语，五年的恩爱夫妻，却一朝判若两人，将你忘个干干净净，转眼爱上了别的女人？”

我暗叹一声，原来是一个因爱而疯的可怜女子，定是她的明郎移情别恋，伤了她的心。

我的口气不由稍稍软了一点道：“你唱得这么好听，长得又美，那么年轻，你的路还很长，你还有个这么好的哥哥。更何况，你那负心的明郎已经去了，你应该忘记他，想办法让自己快活起来，好好活——”

她的手间更加用力，眼中一片迷乱：“谁说明郎死了，谁说明郎是负心人？他只是迷路了，找不着回家的路了，所以我才出来找他的。”她语无伦次地重复着明郎没有死，没有负心，只是迷路了。

“明郎他被那个贱人迷惑住了，他被贱人给迷惑住了，我要杀了那贱人，救他、救他……我要把他救回来。”

忽然，她的眼神一片惊痛绝望，甩了水袖卷住我往前拖。这回这个女人带我去哪里？我有一种很不好的预感，她带我去的绝对是我不应该去触及的可怕之所。

然而她的侧影却化作一种疯狂的执着，拼命地往前走。

我大声惊叫："你究竟要带我去哪里？我根本不认识你，还有什么二哥和明郎，我根本不认识你，你为什么要抓我？"

她不理我，只是扣着我的肩，头也不回地向前走。

我一急之下，咬上她的皓腕，她却像毫无知觉，依然前行。

我害怕地挣扎着，血流了一地，有我的，也有她的，逶迤成行，我渐渐因为失血过多而有些眩晕，最后软软地放弃了挣扎，只能恍惚地感知眼前微弱的火光忽明忽暗。

不知过了多久，小腿的疼痛近乎麻木，她停了下来，发出一声："咦？二哥果然改动了这里的机关？"她放下了我，不停地扭转着看似破旧的烛台，东敲西打，四处察看，"我记得以前这里便是暗宫的入口，为何现在没有了呢。"她又喃喃了几句。

我的意识有些模糊，我好冷，好想睡啊……

我好像又回到了五年前，碧莹病入膏肓，深冬的寒夜，她整夜整夜地咳，我又惊又怕，流着眼泪，连着好几宿眼也不敢合地照顾她。将近天明之际，她才昏昏欲睡，可是我得起来去周大娘那里领浣洗的衣服了，我站在溪水旁，睡意浓浓，那冰冷的水也冻不醒我的睡意。好冷啊，那年的冬天多冷啊，冷得很多老婆子洗着洗着就掉进水里，再也爬不起来了……

我也好想睡……周大娘，不要打木槿了，让木槿睡一会儿吧。

可是周大娘不停地在那里骂，不停地踢着我的腿，我努力睁开眼睛，四周昏黄暗淡，身边一个白影在狠狠地踢我，原来是那个未亡人！

我摇摇晃晃爬将起来，靠在墙上拼命喘着气，她才停了下来，冷冷看了看我，眉眼间却有些焦急："二哥到底把门石放在哪里了，为什么连个暗煞也不见踪影？"她的眼中闪着杀气，怨毒地看着我。

我抹去嘴角的血迹，冷冷道："今天你将我伤成这样，我的兄弟姐妹一定会为我报仇的。"

她忽地狂笑起来："你以为有那亲生兄妹，感情就真的如此好？你死在这里，永世不得见天日，十年二十年之后你那好哥哥好妹妹的，可还会记得你吗？"

"我的哥哥是世上最有情义的哥哥，我的姐姐忠贞刚烈，我的妹妹疼我护我。"我傲然答道，看着她的媚眼，"你尽管杀了我，他们一定会为我报仇的。"

她凝视着我的眼，火光暗了下来，我更看不清眼前，她许是累了，也挨着我坐在墙边，一片久久的沉默后，只听得她低低地说道："我的哥哥们虽然同我不是一个娘亲生的，可是小时候对我也是极好，有什么好东西一定同我分享。我同明郎成婚那天，二哥还不顾爹爹的反对，专门学着民间的风俗，背我坐到花轿里，他说，就算我嫁出原家了，我还是原家的女儿，他心里最爱的妹妹，只要我开口，他愿意为我做任何事情。"

她柔柔地说着，“明郎是个武痴，又是独子，我成婚后，虽然对我也是百般爱护，可多半都在练功房里。二哥怕我寂寞，总是接我到府中玩，等明郎练完武功，让他到娘家来接我。爹爹却不乐意，说是兄妹感情再好，嫁出去的女儿，总是泼出去的水，没有道理总回娘家，同明家虽是世交，可早晚也是要说闲话的。二哥后来又娶了那个厉害的女人，便不能常接我回娘家，他便时常差人送来好些我爱吃爱玩的东西到明府。明郎还有一阵子吃味，说我的二哥倒比他这个夫君还要心疼我。”她笑出声来，那笑声极低，却极是愉悦，融化了她的冰冷，冲淡了她的鬼气，“我生下阳儿不久，有一日明郎兴冲冲地拿着一本秘籍来找我，他是那样高兴，抱着我转了好几圈，说他终于找到了他梦寐以求的秘籍，我翻开看了，果真是天下罕见的精妙神功，任何一个练武者只要翻开第一页，就无法挪开他的目光。我也被吸引住了，可是这种武功练的时候好生危险，我本不想同意，可是他却软磨硬泡，有时趁我睡着了，偷偷拿出来看。我怕他这么偷着练亦会走火入魔，便同意他，一起瞒着公公婆婆来练，我在外面为他护阵，他则入关修炼。明郎的资质比我高得多，于是我俩总是等他学会了，再来教我。

“我们夫妻俩一心只练那神功，好不容易练过了第三重，明郎终于出关了，可是、可是……”她的声音猛然尖锐万分，眼神慌乱起来，像是看到世间最可怕的事情，“他出关了，武功大进，人却变得疯疯傻傻，人事不清，就连我，他最爱的青舞也不认识了。

“一向对我和善的公公很是震怒，我从未见过他如此发怒，他大声责骂我身为明家的妻子，却不守妇道，欺瞒公婆，由着明郎去练那种明家禁练的武功，分明是想败乱明家，便想借着此事要将我休了，幸亏小姑在一旁求情。我直把头都磕破了，血流了一地，公公才拂袖而去，婆婆冷着脸说此后我再不能见明郎，我只能回娘家求救。爹爹是老好人，知道我闯了祸，只得老泪纵横地带着我到明府赔罪。明家虽不曾因此事休了我，却是铁了心不让我见明郎。爹爹安慰我不用担心，主张将明郎送到我们原家的寒烟岛上，慢慢地散功。可是寒烟岛上奇寒无比，二哥心疼我产后身子一直不好，受不得风寒，便为我将明郎诓出寒烟岛，让我和明郎住进了偏僻的西枫苑，说是那里有治病的温泉，对我和明郎都好，也能让我俩早日散了那神功。”

我不由得脱口而出：“那到底是什么神功，会让你的明郎变得疯疯癫癫了呢？”

她的眼里闪出异样的神采，四下看看，仿佛是确定没有人听到，这才凑近我，那桃红浓影的眼中分明有着极痛的绝望，却万般兴奋地对着我压低嗓子，一字一字地说道：“《无泪经》。”

我的脑中一片空白，僵在那里，《无泪经》，《无泪经》，是非珏练的《无泪经》！

我正想发问，那未亡人却如中了邪似的转开头，紧紧盯着火光咯咯笑着：“当我翻开《无泪经》的第一页，我清清楚楚地记得上面写着：莫道功成无泪下，泪如泉滴终须干。”她大笑道，“那下面的小字批注写着：练此功者，练时神志失常，五官昏聩，练成者天下无敌，然忘情负爱，性情大变，人间至悲不过如此，故欲练此功者慎入……这、这是多么可怕的武功啊，我好害怕。可是明郎就像着了魔一般，他说，只要不练到最后一层，就不会性情大变，叫我不用担心，他答应我只练一层，可是他忍不住一层层练了下去，我在旁边为他护阵，也着了魔似的，跟着他练了一层，的确武功大进。”

那非珏练成了《无泪经》，是不是也会性情大变，也会走火入魔，完全不记得我了？我又惊又急，浑身冷汗直出，喉间血腥翻涌，又转念一想，非珏告诉过我，他已经练成了，那他明明还是记得我的，一定是这女子的明郎练功不得法走火入魔了。

我的心稍微平静了一下，心想这女子既成了未亡人，肯定是与这《无泪经》脱不了干系了，便脱口而出：“这种武功有多可怕啊，你们何苦去练它？”

“再可怕，也没有那个贱人可怕。”她粗鲁地打断了我，然而那声音却渐渐有了哭腔，含着无限的悔意和痛楚说道，“如果我没有回紫栖山庄有多好，我和明郎没有住进那西枫苑该多好？”她尖声说道，“那明郎就不会见到那个贱人了，也就不会被她迷住了心神。

“我在西枫苑陪着明郎住了整整五年，天天忙着为明郎散功，可是明郎却不记得我，我无论怎么对他说我俩的事，他就是不听，心智也变得如孩童一般，整天痴痴傻笑地施轻功离开西枫苑。有时我也不敢告诉二哥，怕他们会将他绑起来弄伤了。然而有一阵，明郎忽然失踪了，我苦苦寻了他一个月，就在我绝望时，他出现了，他的神色是这样的疲惫憔悴，伤心欲绝，但神志却清醒，一身骇人的功力全都消失得无影无踪，他在那里淡淡地唤了声青舞，我扑到他怀里，几乎哭晕过去，心中无限感谢上苍，终于还了我一个完整无缺的明郎。可是明郎却如换了一个人，以前他是个标准的公子哥儿，总爱鲜衣怒马，同二哥两个人招摇过市，比谁更吸引女孩们的目光，可是如今他却终日沉默寡言，不爱装扮，对武功也不大感兴趣了。

“我和明郎回到了明家，这才知道，世道已全变了，明家早在三年之前同我娘家决裂了，明家归附了秦家，我那正直的爹爹被我公公和二哥的老丈人投了大理寺，活活被折磨死了。明家人自然不会给我好眼色，唯有明郎拼死相护。他虽对我敬爱有加，却不再像以前那般同我亲近，闲时只是种花栽草，教阳儿武功，然后呆呆坐在中庭看着落日，我知道，他失踪的那段时间必是同那贱人在一起。”

一定是有了第三者！唉，没想到后来演变成了一出家庭伦理悲剧，想起前世的遭遇，心中不免同情丛生，我不由问道：“那你何不想法把你的明郎从你那情敌身边抢回来呢？”

“我没有办法，我根本没有办法同她斗，”她无限恐惧，看着我怨毒地说道，“因为她已经死了，我如何同一个死人斗？她永远鲜活美丽地活在明郎的心中，而我却日渐枯槁，根本没有时间了。我们回明家才一年，风水轮流转，这一年先帝又扶原家上台，下旨抄了秦家，一并彻查明家的谋逆之罪，而带头抄家的就是我最亲爱的二哥。”只见大颗大颗的泪珠从她描绘精致的明眸中滚落，“我那二哥啊，口口声声说愿意为我做任何事情，仅仅一年不见，我求他放过明家，放过明郎和阳儿，他却冷冷地拒绝了我，还说秦相爷害死父亲，背后有公公在支持。他怨我嫁到明家，连明家帮着秦家害死了父亲也不知道，不配做原家的女儿，不配做他的妹妹。可是明郎同我和二哥一起长大，二哥应该比我更了解明郎啊。而且这几年里，明郎根本就在闭关练武，我一直在为他守阵，明郎出阵的时候根本就痴痴呆呆，他连我都不记得，如何还会同公公一起残害原家呢？

“明郎对我大不如以前，我已经够痛苦的了，又怨又气，悔不该让他练那种武功，可是二哥还要怨我姓原却胳膊肘往外拐只知道帮夫家，他要明家万劫不复，要杀光明家所有的人来为父报仇，我在中庭跪着求了他一夜，他却不为所动。

“上天为何如此待我，我的公公为何害死了我的爹爹，我最崇拜的二哥为何要灭我公公的全家？连我唯一的孩儿都不放过？二哥还算念及兄妹之谊，用个女死囚，偷偷将我从刑场上换了回来，可是……”她在那里泣不成声，哭花了那张涂满油彩的脸，红黑斑驳，看上去更像个可怕的恶鬼，可是那眼中深重的绝望痛苦，分明是一个伤透了心的母亲，让人也觉得丝丝心酸，她看着自己的泪水混着油彩滴满双手，“可是我那可怜的阳儿啊，他死的那一年才七岁啊。我真的不明白，这个世道是怎么了？我不明白我的二哥，他小时候是那样疼我，对我百依百顺，他明明说过会答应我任何愿望的，可为什么连我的儿子也不肯放过？就算阳儿身上有明家人的血，可他也流着一半原家人的血，阳儿是他的亲外甥啊。二哥也曾抱过他、亲过他，还亲手给他戴上原家的长命金锁。我真的不懂啊，二哥怎可转眼就要他身首异处，为什么，为什么啊？”

她在那里放声痛哭，直哭得声声断肠，杜鹃啼血，我原本对她恨之入骨，现在却不由得对她满腔悲怜，那恨不由自主地消了不少。

我叹了一口气，尽量柔声问道：“那你的明郎呢，也被下狱斩首了吗？”

她猛然抬起头，抓住我的前襟：“我的明郎号称秦中神剑，岂是如此容易被逮到的。”然后又大力甩开我，悲伤呜咽道，“可是明郎没有死，又去了哪里呢？我冒死天南地北一路搜寻，他所有的朋友那里我都去过了，却不想追到了这里。”她又自嘲地笑着，眼神一片凄苦，“他……终究还是放不下她。”

她忽而口气一转，同前面的幽怨判若两人：“不，明郎一定是去暗宫修习《无笑经》，好回来为明家报仇雪恨，对，一定是这样的。”她的眼中闪烁着残酷的笑意，“对，一定是这样的，他一定是要杀光所有的原家人，好为我明家三百六十一口复仇。那我们就从你开始吧！”她的眼神一变，杀机陡现。

“我从未见过你，也从来没见过你的情敌，”对她那柔化的感觉瞬间消失，我恨恨道，“那你又为何要来害我？”

她鄙夷地看着我：“至于你同我的关系可太大了，”她妩媚地笑道，“那个贱人正是我二哥的一个宠妾，我的儿子死了，可是那个贱人却还有一个儿子。君不闻，秦中踏雪，美而谦润,敏而博闻,智者千里,举世无双，而他有一个爱得死去活来的心上人，那个人就是你，花氏木槿。”

我怔在那里，口不能言，脑中一切都乱了。

疯了，疯了，整个世界仿佛都在疯狂地旋转，这个疯女人口中的贱人竟然是原非白的母亲，谢梅香?

她要利用我来引非白出现?

她欢乐地转了个身，她嘲笑着拉近我，姣美诡异的脸紧贴着我的，潋滟的目光扫过我在地上洒下的斑斑血渍，眼中有挡不住的疯狂笑意：“你说说，你可会活到那孽障找到你？”

我捂着伤口，心中痛恨这个女人的怪僻残酷，冷冷道：“你自然会让我活着，因为你要用我的血迹，引他过来，好替你打开那劳什子暗宫之门。不过你的如意算盘打错了，现在原家军正在攻西安城，他自然是忙着攻城退兵，绝不会来这鬼地方，而且我也从来没听他提起过什么暗宫。”

她在那里盈盈轻舞，水袖甩得如雪花飘飞，得意一唱：“君当作磐石，妾当作蒲苇，蒲苇纫如丝，磐石无转移。

“你说这世间有多奇妙，原家的男人明明便是这天下最阴狠毒辣的男人，却偏偏又多情得紧，”她收下水袖，莲步轻移，坐到我的身边，“快看，他已经循着你的血迹和惨叫过来了。”

她猛地掰过我的脸，看向身后花岗石砌成的通道在微弱的烛火下忽明忽暗，前方有长长的人影显现，慢慢地自转角处挪出一个人来。

来人一身白衣似雪，乌髻插着一支东陵白玉簪，身背一具古琴，手持乌黑钢鞭，胸襟血迹斑斑如红梅吐艳，面色冷峻，形容苍白却难掩其风骨如月驻中天，鹤立鸡群，正是原家第三子原非白。

我呆在当场，只能与他的凤目深深对视，再也看不到其他，他、他、他真的来了！

原非白收回了目光，缓缓地双膝跪倒，平静无波地向那未亡人深施一礼：“小侄原非白见过姑母大人。”

她果然是原家的人，她的水袖从后面环住我，她的螓首状似亲密地凑近我失血苍白的脸，在我耳边轻轻笑道：“看，他来了。虽然他的身上流着一半卑贱的血，可他毕竟还是原家的男人，只要你还在他心里，便会对你绝不放手，百般宠爱。可是一旦厌弃你，却任你漂流，不管你的死活。”

她的声音虽轻，却仍然足以让跪在那里的非白一字不漏地听到对他母亲的那一番侮辱，非白的身躯微微一震，却一言不发。

“不要叫我姑母！我可不要那贱人生的孩子做我的侄儿，我也不是原家人。”原青舞鄙夷地对着非白笑了，盯着非白的俊颜道，“真没想到你的腿好了，现在竟然能过来亲自救你的心上人了。”她轻蔑地看了几眼非白，“你长得好像那个贱人啊，难怪二哥这么喜欢你！”

非白的脸色煞白，却依旧平静地说道：“姑母多年未回家中，人事早已全非，现在又值窦贼窃国，南诏屠戮，黎明之际，将有大战。即便躲在这暗宫，也难保平安，还请姑母大人随同小侄去见父侯，父侯对您也很是想念。”

原青舞哈哈大笑起来，仿佛听到了这世上最大的笑话。

大笑声中，地道之中石屑纷纷落下，我的胸中一片难受，吐出一口鲜血，而非白的面色更白。

“你的父侯要见我做什么呢？”原青舞猛地甩开了我。

我昏昏沉沉地趴卧在冰冷的地面上，艰难地喘着气吐着血沫。

他站在那里没有动，凤目却紧紧盯着我。

我仰起头想站起来，却感到背后忽然有人狠狠踩着我的背，于是我只能再次脸颊贴着地面：“他是后悔当年放我一条生路了吧。”原青舞的声音从上往下传来。

“他杀了我的阳儿，逼走了明郎，害得我明家上下三百六十一口全部腰斩于市，我的公公和叔公们都被凌迟处死，却不知他还有这好心？”

“姑母大人的苦，小侄能明白。可是姑母的身上流着的亦是原家人的血，若对原家有恨，尽可对父侯报仇，若对小侄有怨，也可向小侄发难，只是您脚下的这个女子只是一个小小的婢妾，刚才小侄也听到了姑母些许旧事，明原两家，本是世代相好，七年前的恩怨，已是血流成河，如今何苦再滥杀无辜呢。”

我看不见非白的表情，只是觉得他的声音无限冰冷：“小侄就在此处，姑母要杀要剐尽管动手，只请姑母高抬贵手，放她一条生路吧。”

“哼，要你这条贱命又如何？我要你打开暗宫！”

“恕非白不能答应。这暗宫乃是原氏祖上重地，若非原氏家主之命，暗宫万不能开启。如今又值多事之秋，姑母既是在原家长大，又和父侯感情甚好，当知这暗宫之人世代受命，守护紫陵宫，无论上面的原家如何兴衰荣辱，无论改朝换代，只要没有原氏家主的鱼符，每逢战乱，便自动闭宫，他们断不会让入宫之人来去自如，姑母贸然前往，必有去无回，还请姑母三思。"

"谁说要回来了？"她嘻嘻一笑，我暗自心惊，"我要去见明郎，我已经受够了没有明郎的鬼日子。"她明眸一转，"你既然住在这西枫苑，便是未来的暗宫之主，身上定有进入的鱼符，无非是没有拿出来罢了，安敢欺瞒于我？"

她一提我的后领，将我抓起来面对非白，好像抓着一只猫似的。

非白的脸色苍白如纸，他看了看我，又看向她，她手中紧扼我的脖子，我低吟一声，原青舞冷冷道："她身上顽疾缠身，冬寒浸身，加之连日苦斗，耗尽血气，本是大限将至，你若再迟半个时辰，恐是连她最后一面也见不着了。她既为你家老二做了替身，也算是有恩于你们原家。说什么小婢妾，全天下人都知道你口中的这个小婢妾是你的宠妾，她这条腿再晚些，恐也是救不成了。怎么？为了她打开一扇暗门，也不愿意？你当真要同你父亲一样无情无义？"

"父侯若真是无情无义，当初就不会用一个女囚将姑母从刑场上换了回来，还任由姑母出言不逊，侮辱原家。"

"住口，贱种。"原青舞尖声叫道。

向非白一挥长袖，长鞭一甩卷向我，将我拉向他的怀中，可是那原青舞柔韧的腰肢一扭，抓住了我的伤腿，拼命向后扯。一时间我好像拔河赛中的绳子，被两端同时使劲拉着，钻心的痛从腿上传来，我再也忍不住惨呼了起来。非白满面惊痛，终是不忍地放开了我，转眼我又在原青舞的脚下。

我蜷着身子，抱紧我的伤腿，心中愤恨如滔天的海水。为何我要遭受这样的痛苦，原以为落在段月容手中，已是最可怕的境遇了，如今却是小巫见大巫。

非白的脸阴沉无比，只是死死地盯着我，我的思绪疯狂地走着极端，想起他赏的两个耳光，想起他害我一身顽疾，想起他同锦绣联手骗我，像货物一样转让我、禁锢我、利用我，想起他无情地阻止我同非珏的来往，对，一切都是他，如今一切的恶果还不是为了那原家和眼前的这个天使般的美少年。

即使我再怎么愤怒，即使我再怎么痛恨原非白，只要稍微明智点，应当明白即便不开口求他救我，也应理所当然地保持理智的沉默，然而我汗如雨下，极度的痛苦中，我狂性大发，哈哈大笑道："你这恶妇，上一代的恩怨，为何要扯到我的头上？有种，你就去杀了原青江啊，凭什么到这里来折磨我？我告诉你，我根本不是他的心上人，我既然可以做原非烟的替身，当然也能做他心上人的替身。你根本就抓错人了，他绝不会为你打开那个狗屁暗宫，我做鬼也不会放过你的，你这个丧心病狂的杀人犯、虐待狂、变态神经病。”我猛然向她撞去。

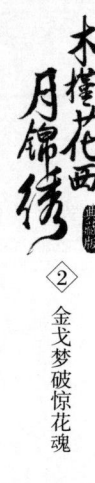

原青舞翩然一闪，我颓然倒地，血流得更多，却再也无力爬起来，只能使劲地喘着粗气，耳边只听非白厉声一喝：“木槿，你别再说了，”然而那声大喝到了最后却是颤抖不已，“你、你莫要乱动。”

原青舞却在我上方叹了一口气，满含悲怜地说道：“多么痴情的女子，多么忠贞的婢妾，原非白，看她是多么爱你啊，为了你情愿死在这里了，而你却是如此的铁石心肠。”说罢，阴恻恻地放声大笑起来。

我感到非白的视线胶着在我的身上，他一向没有波动的声音里出现了一丝不稳：“姑母……小侄的身边只有进入的鱼符。”非白掏出一片鱼形的紫玉符，递上前来，“请姑母将她还给我，我也好给姑母带路。”

原青舞的长袖一挥，非白手中的紫玉鱼符已落在她的手中，她急切地抚摸着那巧夺天工的紫鱼玉符，细细看着，眼中闪过一丝伤感：“不错，的确是进入暗宫的鱼符，哥哥果然将暗宫托付给你了。”

我感到一股巨大的力量将我从地上抛了起来，然后落在一个温暖的怀抱。

“木槿？”非白的声音传来，颤抖着，他冰凉的手拂在我的脸上。

我勉力睁开眼睛，他的凤目潋滟，却无法掩饰他的眼神如此惊慌哀伤，甚至有丝绝望的恐惧。他为什么要难受，为什么会难受呢，他心心念念的难道不是锦绣吗？是了，他这么难受定是因为答应锦绣要照顾我吧！要么就是遗憾这么好用的马吃了他这么多草，还没怎么跑就要挂了吧！

其实不用那疯女人说，我都知道现在的我很可能要翘辫子，我的血好像自来水似的不停地流，我从来都不知道我有这么多血，都快把这里的地道给漆成红色的了。我在心中悲哀地自嘲着，他为何要将那鱼符拿出来换一个将死的我呢，这样不是很赔本吗？天下闻名的踏雪公子怎么尽做这赔本生意呢？

我无力再问，只是虚弱地喘着气，定定地看着他，而他向我嘴里塞了一颗药丸，强自镇定地说道：“木槿，你……要撑住，韩先生马上也会进西安城，我们一定会救你的……木槿，你一定要撑住，你一定会没事的。”然后他对我低低道，“我要立即为你接骨，不然这腿就要耽误了……”

原青舞在那里残忍地掩嘴笑道：“对啊，得快一些，不然可就同踏雪公子一样是个残废了。”

非白并不理她的冷言冷语：“你……莫要怕，不过得忍一下痛……”

他的话音未落，嘎吧一声，他早已出手如电，将我的骨正了。我嘶声惨呼，泪水哗哗地落下。他紧咬牙关，疾点我止血的穴道，掏出一方雪白的汗巾为我简单包扎。

原青舞打了一个哈欠，看着我和非白，快乐地笑道："踏雪公子，我已还了你的心上人，你也做了你该做的，还是快快带路吧，不然你俩都死在这里，也救不了她。"

非白的眼中从未有过的冷意和杀气转瞬即逝："请姑母随我来。"

他抱起我，我的血将他的白袍尽数染红，他慢慢在前走着，原青舞在后面举着火把笑嘻嘻地跟着。

我很想提醒她不要再笑了，须知她本来描绘精致的脸早已被泪水晕花了，奇丑无比，如今加上那诡异的笑容、偏执疯狂的眼神，真如恶鬼一般恐怖。

非白东折西转，来到一片看似破败残缺的破墙前，他对准一块看似平凡无奇的石头，轻轻一按，一片极其光滑的墙面露了出来，非白扶我坐在另一堵墙上，轻轻道："不用担心，一切有我。"

他镇定地取下背上古琴，对原青舞说道："小侄要用琴音催动暗宫的大门，请姑母看到墙上有双鲤隐显时，便将鱼符放入鱼纹壁内。"

原青舞状似开心地使劲鼓掌，眼睛有些散乱，她忽而轻轻欺近我们，乌黑蔻指轻拂非白的无瑕容颜："乖，快快奏来……阳儿，你看，娘亲来看你和爹爹了，娘还带着伯父家的非白弟弟来弹琴给你听了。你以前不是最爱听他弹的曲子了吗？你一定要保佑娘亲，找到你和爹爹好团聚啊，乖孩子，"复又凶神恶煞地对非白吼道，"快弹啊，你难道没看到，阳儿都快哭了吗？"

我打了一个寒噤，而非白的眼中异常地冷静，面无表情地说道："是，姑母！"便着手续上断弦，专注地轻拨几下，然后一挥纤手，一支《长相守》响彻在这幽暗的地宫之中。

原以为这曲子定是古怪刺耳，没想到这首《长相守》非白弹得比任何时候都深情哀伤。非白双眼紧闭，运之功力，辅以深情，石洞之中回荡着非白的琴音，更觉动人心魄，不久那古老的石墙回应着非白的琴声，渐渐地发出轻响，然后那光滑的墙面忽然落下水幕，墙上隐现两条鱼形，一条红色，一条紫色，竟然在墙上的水幕上嬉戏悠游，那双鲤似情深意切，缠绵缱绻，无论一条游到哪里，另一条定会如影随形。

如不是亲眼所见，我断断不敢相信这幻象如此真实。

原青舞双目痴迷，口中喃喃道："不错，这正是原家先祖所创的守宫双鲤，以前二哥总是弹琴让双鲤显现哄我开心呢，后来他却只弹给那个贱人听了……"她忽地厉声喝道，"莫要再浪费时间，快将那条紫鲤鱼赶过来。"

琴音随之一变，天音清灵，蛊惑人心，眼前渐渐出现一幅画面，清风白云，芳草连天，清澈的池塘里，五颜六色的莲花静谧地绽放，两条鲤鱼一红一紫在碧绿的荷叶下悠游，非白站在莲花池边，微笑着往池里面投了些什么食物，池中紫鲤欢快地跳出水面，张嘴欲叼那食物，却见猛地蹿出一个白衣鬼脸的女子，将那条跃在半空的紫鲤抓在手中，哈哈狂笑。

狂笑声中，非白的琴音戛然中止，我眼前的幻象骤然破碎，原青舞正跃到空中将紫鱼玉符嵌进紫鲤的身形处，然后猛地向后退去，水幕墙嘎嘎的巨响中双鲤消失，古墙向后移去，唯有水幕犹在，如天然屏障，隔断了暗宫内外的世界，水幕上取而代之的是两行竖写的大字："暗宫重地，擅入必死。"

原青舞双唇微颤，一卷水袖，接了落下来的那枚紫鱼玉符，飘然来到非白的身后，阴阴道："你去带路。"

非白冷冷地重新背上古琴，复又抱起了我，穿过水幕。

我这才发现，连那水幕也是幻象，根本没有打湿身体。

原青舞的右手指甲扣在非白的双肩上，像秋风中的树叶，不停地抖着，纵使非白穿着厚厚的白貂毛褂子，转眼也被掐出血来，非白不动声色，来到一片宽阔处，淡淡道："姑母，我们已入暗宫了。"

"带我去……带我去明郎以前练功的暗室，后来那里封了，快去，你一定知道的，就是以前你父亲练功的地方。"

非白冷冷道："小侄请姑母最好想清楚，那里早在五年前就塌方过一次，暗宫中人费了很大的力气方才堵住，若是姑母在里面没发现姑父，却又出不来了，那该当如何？"

"你莫要废话。快去。"

非白抱着我走到一处黑黢黢的地方，又按动了一个机关，打开门口腥臭的铁栏杆，进入一间石室。借着幽火一看，我打了一个哆嗦，这哪里是什么练功房啊，里面全是刑具，到处是乌黑的血渍和几具人骨，空气中处处弥漫着血腥腐臭的味道。

"姑母请仔细找找，姑父和阳儿可在里面。"原非白冷冷道。

原青舞环视四周，浑身颤抖得愈加厉害，然后踉踉跄跄地走了出去。

我有些奇怪，不是她要进来的吗，为何要如此害怕地出去了呢？

我看向非白，却见他正专注地看着她，眼中竟然有着一丝不易察觉的笑意。我有些骇然，那笑意竟同原青舞一样有些冰冷残酷。

他不知从哪里找来黑漆漆的两根木头，跪在我跟前，将我的伤腿固定住，他抬起头："好歹血止住了，你且忍一下痛，我帮你定骨，疼吗？"

我对他摇摇头，他对我微微一笑，这笑意却又同刚才的眼神完全不同，充满着暖意和一丝信心："莫怕，我一定会让你活着出去的。"

我又愣愣地点头，有些害怕地看着他。

可他却又笑了，眼神忽地变得深邃起来，在我没有意识以前，他忽然把俊颜凑上来，在我唇上轻轻一吻。

我惊得不行，呆呆地看着他，不敢相信此情此景下，这位仁兄还有如此闲情雅致。

“孽障，你们在做什么？”室外的原青舞尖声大叫起来，我本能地捂住双耳。

非白却慢慢直起身子，走出室外，淡淡道：“请姑母恕罪，她被吓坏了，小侄只是安慰下她罢了。”

“你们不准亲热，”原青舞的眼神充满嫉妒，大吼着，“明郎，你不准碰别的女人。”

“姑母的脸色好像不太好，莫非是想起以前姑父是在这里如何受罪的。”非白看着原青舞冷冷道，“小侄还记得是姑母将姑父引到这里来，然后亲自将姑父锁起来散功。”

“你胡说，你胡说。”原青舞的眼神已乱，恐怖地看着原非白，“我这是为了明郎好。”

“那姑母为何要毒打姑父呢？”非白又冷冷道，“非白还记得一连几天姑父浑身没有一块好肉，一直在那里哭泣，不停地向姑母求饶，然而您却不愿停手。”

“谁叫他不记得我了，我打他是为了要他记得我。”原青舞汗如雨下，“可他就是记不起来我是谁了，他什么人的名字都唤不出，却单单记得你的母亲……为什么？”

我心中暗惊那原青舞的铁石心肠，脱口而出：“你怎么能这样虐待你心爱的人呢？”

“谁叫他不记得我了，他不再爱我了，我根本不知道该怎么办好。”原青舞终于掩面而泣，“他在那里一直叫着梅香、梅香……我没有办法。”

她忽而停止了抽泣，脸上有丝了悟，恨声道：“小贱种，你原来是想废我心智。”她的水袖一甩，拉近非白，媚笑道，“可惜还早得很。”

“你以为你不说，我就真找不到了吗？”她看着那乌黑的血渍从那可怕的牢笼一直延伸到外面，拉着我们循着那血渍走去。

非白边走边说：“姑母这是要去哪里？”

原青舞忽然想到了什么，看着非白越来越白的脸色，笑道：“我终于知道明郎去哪里了。”她看着非白怀中的我，手轻抚我的脸颊，“明郎既不在这里，必是去那贱人的墓穴了。”

我自然是鸡皮疙瘩满身起。非白一侧身，让我远离了她的魔掌，他的脸苍白得没有一丝血色。原来谢夫人真正的墓穴是在这暗宫之中，难怪去年那个闹花贼的清明，非白是在后山坡祭奠他的母亲，那里果然只是谢夫人的衣冠冢。

“我劝姑母大人还是放弃吧，须知，有时疯狂的占有还不如自由的放手来得潇洒，至少姑母到地下再见姑父时，您还能得到姑父的原谅。”非白清明地看着原青舞，淡淡地说着。

我如果不是实在因为生命垂危，没有力气，真的很想使劲鼓鼓掌，然后握紧他的双手，激动地对他说：原非白同志，你终于明白这道理了，你的精神境界终于在战争的烈火中得到了永恒的升华。可惜这里还有一位性格及心灵完全扭曲的原姓人士。

原青舞一巴掌挥来：“住口！”

原非白带我疾退三步，却躲不过她的功力，口中狂吐鲜血，我摔在地上，伤腿触地痛不欲生，他那具古琴已被击成粉末。

原青舞紧扣我的喉咙：“小贱种，若不想让你的心肝死在这里，就快点带我去。”

非白看了我一眼，难掩眼中的愤怒：“姑母也是官宦千金，这样欺凌小侄和一个弱女子，难道不觉得羞耻吗？”

“要怪就怪你父亲无情，你娘亲无义，快带我去她的墓穴。”她愤恨地叫着。

非白的眼中阴晴不定，眼睛盯着我思索了许久，点头道：“随我来。”

我们随着非白回来刚进入的空地，原青舞忽然大喝一声：“谁？”

手中银光一闪射向声音的来处，一只老鼠惨叫着跑了出来，浑身是血，一会儿就直挺挺地躺在那里。

趁着这个当口，非白的左腕一动，“长相守”向原青舞射去数支小箭，可惜全被原青舞的水袖挡了回去，然而她却故意放过最后一根，那根恰恰又射在我另一只多灾多难的小腿上。

“木槿。”非白低吼着我的名字。

而我痛得再也说不出半句话，只能捂着伤口在心里一遍又一遍地想着，我和原非白一定前世有仇！而且是很深很深的那种！

我再一次确认他降临到这世上就是为了折磨我的！

一定是这样的，所以只要我和他在一起准没好事，要么是遇小人，要么碰疯子，不是缺胳膊，就是断双腿。

原青舞一笑：“花木槿，看你的心上人紧张的，真是爱之深，伤之切啊。”

我第一次看到非白咬牙切齿，如此愤怒，许久，他冷冷道：“原青舞，我答应你打开家母的墓室，你莫要再折磨她了。”

这是我第一次听到非白直呼原青舞的名字，而那原青舞也不生气，咯咯笑着：“这才对啊，我的乖侄儿。”

三人复又前行，非白在一间石室前停了下来，上面大大地刻着“情冢”两个古字。

原青舞的手似乎又开始紧张了，连带被抓着的我也不停地颤抖了起来，不停地低喃着：“我只求再见他一面，再见他一面……”

非白的脸上满是悲戚，他似乎也有些紧张，甚至有些脚步不稳，他深深看了看我，最后迟疑地颤着双手，缓缓打开了石门，我们三人进入谢夫人的墓穴。

我呆在那里。这哪里是阴森的墓室，这分明是一个女子的闺房，天地间铺以淡粉绢绸，流苏幔帐间，充满一种女性房间特有的柔美，花纹虽朴素无华，不过是些生活常见的花鸟鱼虫，料子质地也是一般，却是绣工精美，栩栩如生，帐幔顶上挂着两只碧玉熏炉，袅袅地散发着雅致的熏香，空气中弥漫着令人流连忘返的柔和香气。

我恍惚地忆起，这正是西枫苑的梅花香啊。

整个房间中唯一珍贵的装饰便是一颗高高挂在床头的夜明珠，使得房内明亮，帐内隐约躺着一个女子身影，花梨木圆桌铺着绣花台布，那布置同我在梅香小筑里所见的一样，就连墙角也放着一瓶插着数枝红梅的花觚，唯一不同的是那淡雅的绣花台布上面还放着一幅未完工的圆形绣绷架，上面插着一支细亮的绣针，而那花样似乎是并蒂西番莲。

这里的时间好像永远地凝固了，仿佛女主人正在休息，而我们三人血腥满身地闯入了她的世界，有些粗鲁地打破了这里的恬静。

当然也有人不这样想，原青舞兴奋地用双手抹了一抹脸，露出一张干净的脸。虽然上了些岁数，又在外漂泊多年，眼角处有明显的皱纹，但仍然不失为一张美丽的脸，可以想象年轻时候的她，出身世家，父兄宠溺，沉醉于高雅艺术，不但拥有最纯洁的青梅竹马的爱情，而且嫁入心仪的侯门，备受疼爱，那时的她该是多么的风光无限。

她又沾了口水，捋了捋头发，整了整衣衫，然后双目四处搜索，口中尽量温和地呼喊：“明郎，青舞来了，你快出来啊，明郎，你快出来啊。我在外面找了你这么久，吃了多少苦啊，我保证不再打你了，明郎，我只求你快出来吧，明郎，求你原谅我吧，我错了，求你再让我见你一面吧。”原青舞说着说着，泪如泉涌，声声断肠地呼唤着她的情郎。

她的泪眼忽然停在某处，然后发出世上最可怕凄厉的叫声。我们顺着她的目光看去，只见角落里躺着一具死去多时的骸骨。这应是一个十分高大的男人，反卧在地上，维持着向前努力爬行的样子，一手探向床的方向，另一只手被压在身下，背后插着几支乌黑的短箭，他的面容已剩骸骨，那伸出的手骨，小指骨有一截断了，大拇指上戴着一只红玛瑙莲花纹样扳指，浑身的骨头有些发黑，死时必是中了剧毒。

原青舞立刻放下我，冲向那具尸骨，跪在地上，呆呆地颤抖着双手：“明郎，明郎，我记得你的手指被我切掉了一段……这不是你最喜欢的玛瑙莲花扳指吗？”她喃喃地坐在那里唤着明郎，反复抚着那具尸骨，然后猛地抱着尸骨放声大哭，“明郎啊，明郎，公公临死前说你即便逃过了原家的魔掌，还是会追随那个女人而去，我那时还不信，总抱着些幻想，你会打开紫陵宫，练《无笑经》好为明家报仇，没想到、没想到你还真的追着这个贱人去了。”

她把他小心翼翼地翻过来，却见藏在胸前的另一只手紧紧握着一支东陵白玉簪，同非白头上插的那一支一模一样。我这才想起，那时我为了骗素辉，让他将这支簪子带给了非白，素辉果然平安了吗？

这么说，原来这东陵白玉簪是一对吗？

然而非白的脸色已是一片剧变。

原青舞呆在那里，眼中心碎万分，立时满腔悲伤化作扭曲的憎恨：“明风扬啊明风扬，你以前在家中命人整天击碎成堆的玉磬璧璋，就为了我爱听那玉石击碎的声音，那些琬圭珍器的，你根本从来不放在眼中，可为了这个女人送的这支破簪子，连死都要宝贝成这样。”她怨毒地看着非白：“都是你的贱人娘，害死了明郎和我的阳儿。”

她踉跄站起，再无留恋地无情一抬脚，将明风扬的尸骨踢得粉碎，那支白玉簪敲击着明可鉴人的金砖，发出叮叮当当之声，宛如追随着一只神秘的命运之手，一路摔滚，不偏不倚地来到了非白的身边。

非白苍白着一张出尘绝世的脸，慢慢地捡起了那支白玉簪，紧紧地握在手中，手背上青筋隐现，一双凤目无限哀戚，深不可测。

原青舞看向我，忽地绽出一丝笑意：“谢梅香，你勾引我家明郎，害我家破人亡，如今却是天意，让你的宝贝儿子还有他的情人落在我的手上。我要他们给我的明郎和阳儿陪葬，你在黄泉路上，会不会急得要跳出来救他呢？”

原青舞哈哈大笑，一步步走向我们，眼角犹带着伤心的泪水，嘴边却噙着疯狂和绝望的残忍笑意。我的心脏一阵收缩，这个女人疯了，实在是疯了。

“姑母真的认为是我娘和父侯害死了姑父吗？”非白长身玉立，雪白的衣袂挡在我的面前，冷冷道，“其实真正害死姑父的人不是别人，正是姑母您本人。”

“你说什么？”原青舞怒极反笑。

非白却冷冷道：“父侯常提起姑母虽为女子，但好胜心却强似男子。明风扬少年成名，虽是个武痴，却什么都听姑母的，如果姑母说不，姑父断不会去碰那《无泪经》，所以其实并不是姑父想练《无泪经》，而是您自己想练那可怕的《无泪经》，因为您无法抵御那力量的诱惑。”

原青舞声音尖厉地叫了起来："你胡说什么……"

"姑母扪心自问，那样折磨姑父真的只是因为他不爱姑母了吗？姑母其实并不真正爱姑父，不过是强烈的占有欲罢了，"非白冷笑数声，"姑母如今的武功莫说是父侯了，恐是帐下顶尖高手亦难出其右，姑父的一身骇人功力是如何散去的呢？而姑母这百年功力又是从哪里来的呢？"

"我的武功自然也是因为修习了《无泪经》，因而武功大进。"原青舞的眼神渐渐清明起来，却藏不住可怕冷酷，"你母亲身上有二哥赐的生生不离，她勾引明郎，明郎同你淫贱的母亲苟合以后，一生功力自然是散去了。"

"原青舞，你撒谎！"非白大声吼道，我从来没有见过非白的眼神这样悲辛愤怒，他的俊颜通红，"自记事起我日日守在娘亲身边，我母亲和明风扬从无任何越轨之事。而且明风扬的心智同孩童一般，如何做那苟且之事？父侯是我娘亲这一生唯一的男人。创制《无泪经》的人明明白白地在页首上写着，神志失常，五官昏聩，练成者天下无敌，然忘情负爱，性情大变。若是姑父练了神志失常，那为何姑母却依旧如此清醒，还能联合幽冥教前来搜庄？"他站了起来，慢慢走向面色有些震惊的原青舞，"姑母已近四十，为何您的双手和脖子看上去依旧双十年华？"

咦，这么一说，我仔细看去，还真的是。果然脖子出卖了女人的真实年龄。正震惊间，非白的手中一扬，趁原青舞呆愣之际，一伸手，从原青舞脸上撕下了一层东西，露出一张年轻美丽的脸来，神情阴狠无比。

"姑母这么多年流浪在外，真的是在寻找明风扬吗？"非白手中拿着那张面具，"姑母说在西域游荡，为何父侯所有的探子回报，姑母一直在南疆呢？姑母又是同谁在一起？"

"二哥果然不肯放过我，一直派人跟踪我？"原青舞冷笑连连。

"父侯没有想到你竟然会同暗宫的叛徒搅在一起，还早已修炼了比《无泪经》更万劫不复的《无笑经》。"原非白冷冷道，"所以姑母的脸竟比双十少女更年轻美丽。"

好像是的，我在那里有些汗颜，她的确看上去比我更年轻妩媚。

而原青舞浑身一颤，却依然倔强地高抬头，厉声道："那又如何，他毁了我明家，原家又容不下我，我还能去哪里？"

"在姑母的心中，父侯真的是如此无情不堪吗？他时常对我说起，当初后悔将你卷入家族纷争，明原两家相斗，最无辜的就是姑母您了，是以时时找寻您，希望您在外也能过得好一些，"原非白摇摇头，"您根本不该修习那原家严禁的《无笑经》，那是一种吸收别人功力的霸道武功，练此功者必须同人交合方能吸食别人功力，将之占为己有，真正不知廉耻的是姑母您。"

原青舞的身子渐渐抖了起来，眼神充盈着惧意："闭嘴，你胡说。"

"我说错了吗，姑母？那天夜里，明风扬本是想来找母亲的，我不知道您怎么也会过来，您易容成我母亲的模样，用迷药迷乱了明风扬的心智，乘机吸了他一身的功力。"原非白咬牙切齿，俊脸开始扭曲，"然后你故意引父侯看到，二人衣衫不整，明风扬则虚弱地躺在母亲的床上，于是父侯以为母亲真的勾引明风扬，令他散功，父侯一怒之下，重伤了母亲心脉，落下一身病根。"

"你如何知道？"原青舞的身子如狂风中的落叶，害怕地慢慢向后退去

"您忘了那天您打死了一个斜刺里蹿出来的家奴了吗？"原非白冷冷道，"那个家奴正是谢三叔，是我母亲的陪房，他带着我躲在一边看到了一切，为了保护我，他就跳出来，我才侥幸生还。"

"那、那天，我记得是有两个人影，原来另外一个便是你……"原青舞高声尖叫，忽地声音变得阴狠，"竟然是你……"

"姑母那么痛恨母亲，真的只是因为失去理智的明风扬爱上她了吗？"非白走到她跟前，牢牢地锁视着她，"姑母既然让明风扬散功了，明风扬神志清醒了，自然会想起姑母和姑母的爱，或者您也可以当场杀了母亲以泄恨，为何姑母还要导演那天的惨剧，点了母亲的穴道，让她就在旁边看着你如何同明风扬缠绵，如何折磨明风扬，如何吸食他的功力，甚至要父侯亲手杀死我娘亲，好让他永远活在痛苦悔恨之中？小侄在轮椅上想了这么多年，终于想明白了。"

原青舞平静了下来，扶着花梨木圆桌，直起身子，素手轻轻拂过一缕发丝，无限风情地笑了："哦，你明白了什么呢？"

"姑母一生最在意的两个男子，一个是父侯，一个是明风扬，然而谁也不知道，在这世上，姑母爱着明风扬，却更爱父侯。"原非白轻叹一声。

我彻底惊在那里，这究竟是一个怎样的家族啊？妹妹爱着哥哥，哥哥把妹妹嫁了，又毁了妹妹的夫家，然后这个妹妹又残害了哥哥的爱妻和儿子，这紫栖山庄里曾经埋藏了多少罪恶的秘密和爱情？如今一旦揭开，又是如何让人震撼和恐惧。

原青舞垂下眼睑，纤指轻拂着伞柄，漫不经心地擦拭着上面的血迹，淡淡道："说下去。"

"我不知道父侯对您是怎样的一种感情，后来当他知道冤枉了母亲，却并没有对您不利，直到最后灭了整个明家，依然想尽办法将您救了出来，这么多年依然在不停地寻访您，提起您也是又爱又怜。父侯经常提起，您乃是庶出，姨奶奶以前是唱戏的，去世又早，小时候爷爷对您照顾亦是不周，您虽也是个小姐，却连一个像样的玩具也没有，于是您只好对着铜镜说话唱戏。"

原青舞一呆："原来二哥他……都记着，"她痴痴道，"我五岁那年，二哥让人将我接来一起住，那时我遇到了明郎。"

"父侯曾对我说过，姑母小时候心地善良，连只蝼蚁也不愿伤害，这一点同我的娘亲很是相像。"

"闭嘴，不要提到你的娘亲，她如何堪配与我相提并论。"原青舞忽地又对非白大吼起来。

非白并没有理她，只是冷静地继续说下去："久而久之，姑母有时会自言自语，时而温柔可人，时而又乖戾冷酷，父侯说您的体内总好像有两个人，而且年龄越大，就越明显。"

我暗自心惊，这分明是人格分裂，难怪她时而幽怨，时而暴怒，也就是说她从小时候就染上这个病因，是明家的惨案彻底把她变成精神分裂了吗？

"您的心变成了两个，也分给了两个人，一个给了明风扬，另一个却给了父侯。然而您的身体却无法这样做，您嫁给了心爱的明风扬，却又放不下原家的父侯，您恨明风扬练功时走火入魔，错爱上了我娘亲，可是你更恨父侯的心中只有我娘亲，于是强烈的嫉妒心和占有欲让您决定，要让变心的明风扬武功散尽，要我娘亲死在父侯手中，父侯也必须同您一样，永远活在痛苦之中。"原非白朗声说道，凤目一片沉痛。

我在那里一定以及肯定，这个原非白若活在现代，定然是个优秀的心理医生，一流的探案专家，这个少年小小年纪历经人间最残酷的波折，是以城府如此深厚，心思百般缜密，所以原青江对他赞赏有加。转念再一想，又觉冷汗涔涔，那平时我的一举一动，他必留意在心，难怪他能轻易知晓我之所思、我之所想啊。

原非白紧盯着原青舞，而原青舞终于停止抚摸那白伞柄，抬起了头，轻轻道："是的，我是修习了《无笑经》，那是一种更加奇妙的武功，在我嫁到明家以前，我就开始练了。"

她在那里淡淡地笑了笑，有些自嘲，又有着无边的哀伤，只听她说道："我本来是想同二哥练的，只要二哥同我练了，他就不会将嫁我出去，永远把我留在他身边了。"她的眼中两行清泪缓缓而下，"可是那时二哥的心里只有谢梅香，他只是淡淡地劝我不要练那种武功，说这种武功不适合我，后来我才知道《无笑经》必须同《无泪经》一起练，才能成就绝世神功。我在一个偶然的机缘下得知，这《无泪经》竟然是明家的传家宝，于是我便怂恿二哥将我嫁给了明郎，本想等明郎练成《无泪经》后，再一起修习《无笑经》，成就绝世武功。可惜他已经痴傻了，更让我伤心的是，他竟然也会喜欢上谢梅香。连神志清醒了，他也整日在院子里呆呆地看着她钟爱的梅花，我知道他在想她，这怎么可能？

"我不明白，这世上的男人都怎么了，为什么都喜欢上那样一个平庸的女子。别说武功了，她甚至不识字，又不爱打扮，只爱种菜栽花、绣花下厨，这样一个喜欢做粗活的下人，除了长得漂亮一些，她什么也比不上我，就连那个好妒成性的秦敏宜也比她强上百倍。我到底输在哪里？"原青舞厉声咆哮，"还有我那最爱的二哥竟然为了她同秦相爷决裂了，口口声声说明家帮着秦家害死了爹爹，分明是他为了个女人将爹爹害死了，他既然将我嫁给明家，又为何要毁了明家？我的亲人暴尸街头，我的阳儿身首异处。二哥啊，你如何能让我如此无家可归啊？你做这一切还不都为了那个贱人，二哥才是个真正的疯子。"

非白看着我，眼神无限悲哀伤感，口中却淡淡说道："姑母难道不知道，这世上的百般算计，有时却比不上一颗单纯的心？"

我心中一动，他这是在说谁……可是非白已慢慢又将目光转向原青舞。

她猛地一卷水袖，双手紧扼原非白的喉间，拉近非白，眼中杀机愈浓："我要杀光原家的人，为我和明家报仇。"

原非白神色不变，看着原青舞，出尘绝世地淡笑着："姑母想要杀光这原家的人，小侄绝不会有半句怨言。您说得全对，或许这原家的人都是一群疯子，都该死，都该杀，连我这条命，您也尽可以拿去，"他的眼神忽然一变，冷如冰，扎如针，"可是，千不该，万不该，您不该残害这个花木槿，更不该下毒手害死了我的娘亲。"

他的话音刚落，手中白影一闪，往原青舞的脖子闪去，原青舞右手微挡，右手腕上已被一支白玉簪刺破，血流如注，那正是原非白捡起来的，明风扬死也要握着的那支簪子。

原青舞低哼一声，将非白甩至我身边的墙角。我爬过去时，非白已在那里狂吐鲜血，绝世的脸上没有一丝血色。

"小孽障！"原青舞轻蔑地看着手腕上的玉簪子，轻轻拔了出来，微一用力，已将它折成两截，摔在金砖上，清脆悦耳，她的脚踩在上面，如蹍尘渣，原本绝美的脸庞却因恶念丛生而扭曲起来。她向我们慢慢走来，眼中一片冷酷鄙夷："你这个丫头生的贱种，当年我命人在你的马上做手脚，你侥幸未死，那时饶你一条性命，现在想来，果然斩草要除根。"

非白抹着嘴角的血迹，借着我的肩膀坐起来，嘲笑道："姑母会如此好心？您只是想看我的余生如何痛苦，那我娘亲和原青江将会比您更痛苦，那样您就满意了，不是吗？只可惜，我父侯这种男人，从来不会把儿女私情放在第一位，姑母，"他无限疲惫地说道，"当年您明明在他身边，他还不是看上了我娘亲？后来我娘亲尸骨未寒，父侯早早地已把私生的野种带回来，然后忙着续弦，娶了一个又一个，那些女人要么是绝色尤物，要么是对他仕途有用，姑母当真要恨，如何恨得完，若要杀，又如何杀得尽？”

“虽是杀不尽，但总要一试，别说是二哥的女人，原家所有人都得死，连二哥也要死。”原青舞绽出一丝绝美的笑意，那笑意仿佛只是甜甜地笑说今天她一定要绾个朝阳发式，而不是在指她马上要进行一桩惨绝人寰的灭门惨案，她挪动莲步，优雅万分地甩了长袖，飘到我们面前，蹲了下来，“孽障，可惜你现在马上就要死了，不然就能看着我如何一个一个地，把你们原家人的血统统吸干！”

吸、吸血……真、真的吗？

“姑母怕是没有时间了，”非白忽然笑了，笑得无比冷艳，“明风扬到这里来，是想见娘亲最后一面。他身中数支飞箭，那箭上全是原家独门毒药，按理他有明家的灵药，可以找个僻静之处，停下来将毒逼出来，可是他没有这样做，只是一路杀到这里。他的血中全是毒药，他手中握着的白玉簪也染了他的毒血，沾满了剧毒，姑母方才被小侄用这支白玉簪刺中了，姑母算算，您还能活多久？”

原青舞呆在那里，急急地抬起右手腕看时，果然整只手腕早已一片乌黑，那可怕的黑色还在向上蔓延而去，她的口中发出惊恐的叫声：“不。”

她猛地从白伞柄上抽出一柄明亮的短剑，将中毒的那只手齐根切断，然后疾点止血的穴道。

我吓得连声大叫，可是原青舞叫得比我更响道：“孽障，我要将你碎尸万段。”

她挥着那柄短剑如惊鸿出世，向我们冲过来，非白冷静地与她过招，始终挡在我的面前。

原非白冷笑道：“姑母，您就算在这里杀了我，也不会得到姑父和父侯的心，父侯他无论娶多少女人，心中只有我的娘亲一人罢了。”

原青舞忽然想起什么，眼中满是惊涛骇浪，一脚踢走非白，转身向帐中的谢夫人飞去：“贱人，你快起来，看看你的好儿子做了什么啊，让我看看你现在多老多丑，如何再去勾引我的二哥和明郎？”

原非白闪电般地一鞭甩向原青舞，快近她身边时，猛地变了方向，那鞭鞘向帐头的夜明珠飞去。他一把拉起我，躲进房间里唯一的一面屏风后。

那粉色的帐中立时射出无数的羽箭，原青舞武功再高强，却无法抵挡住所有的流矢，浓重的血腥味溢了出来，她的惨叫之声不绝于耳。

原非白压在我身上，密密地护着我。我们躲藏的屏风明明看似如丝帛般透明轻薄，却坚韧无比地将那些尖利的羽箭完全挡在外面。

过了大约半个时辰，外面流矢之声消去，非白抱着我走了出来，只见整个房间都被流矢射得一片狼藉，谢夫人的帐子也全塌了下来，原青舞像个刺猬似的躺在地上，她的一只眼睛插着三支箭，瞪着剩下的一只眼睛恶毒地看着原非白，她吐着黑色的血沫："你……其实是故意引我进暗宫，故意让我放下戒心，跟你进了你娘亲的假墓，借用这流矢来射杀我。"

非白看着她，眼中有着我从未曾见过的阴狠决绝。

"是二哥要你引我进来，在这里杀死我的吗？"她颤声问道。

非白紧紧抱着我，我感觉他浑身紧绷着肌肉，胸膛不停地起伏，身躯甚至有点发颤，然而他却没有说一句话，只是对着她淡淡地笑了，那笑容和原青江给我生生不离时一模一样。

原青舞欲举剑砍向非白，却被银箭钉在地上，她尝试了几次都失败了，最后连短剑也滑出她血腥的手心，哐当一声落到非白脚跟前。她身上箭孔处流下的黑血更多，她终于放弃了挣扎："二哥果然不肯原谅我……"她看着非白苦涩地笑了，"你……笑起来和二哥……好像，你……很像他，你果然是他的儿子。"

她喘了一会儿气，向四周看去，好像在搜寻着什么，最后她的一只眼睛看到了远处明风扬的头骨，怔怔地流泪道："我可怜的明郎啊，你到死都没有见到她最后一面，不是吗？你这个小傻瓜啊。"

那语气真挚而心疼，就如同她在暗宫外，向我叙述新婚时的她与明风扬如何浓情蜜意，少年时的原青江又如何地宠爱她一般，充满温情和感动。

她的眼中黑色的泪不停，她努力坐起来，用剩下的一只手拔光了所有的羽箭，一路流着血地爬过去，终于够着了那被她踢散了的明风扬的头骨，还有那枚玛瑙莲花扳指。她抱着那头骨，痴痴道："不过不要紧了，明郎，青舞终于找到你了，我们一家三口终于可以团聚了，从此以后，你无须再怕，我再也不会打你，也不会离你而去了，再不让那个贱人或二哥来伤害你了，我俩再也不会分开了……"

原青舞的嘴角噙着一丝笑意，眼中忽然焕发出一种我从未见过的喜悦的神采，使得她那张本来看似很恐怖的脸，竟然显得平和而安详，她对着空中甜甜地唤道："明郎，你来接我啦。"

然后她快乐地、缓慢地闭上了眼，吐出了最后一口气息。

我在心中轻轻地一叹，也许，原青舞在死亡的一刹那，终于明白了生命中她最爱的人是谁。

原青舞选择了热爱明郎的那一半，选择成就贤妻良母的人格，而不是痴恋原青江那畸恋的一半，这才得到了心灵的平静。她笑得那样愉快，一定是见到了她的明郎，而她的明郎也原谅了她。

但愿她的来世莫要再陷入与兄长的畸恋之中，莫要再夹在夫家和娘家的仇恨之中，莫要再经受失夫丧子之痛了。

我转过头来，非白怔怔地看着地上的原青舞和明风扬的骨头，大口大口地喘着气，凤目中泪光隐现。

过了一会儿，他平复了情绪，收回了目光，转向我，凝视了一会儿，柔声问道："你、你……可好？"

我看着他，想起原青舞刚刚说的话，想起锦绣和他对我的伤害，转而又如利箭穿心，我冷冷地看向非白："你是故意让她挟持我，她以为控制了你的心上人，自然就放下了戒心，以为你真心带她去谢夫人的墓室吧。"

他在那里有些张口结舌，满眼都是气恼，凤目中闪着两簇火苗，看得我不由后悔刚才说得这样直白。即使这里不算是他娘亲的墓穴，也勉强算个衣冠冢。

虽说他做得有些过分，可毕竟刚刚报了大仇，现在他的心情肯定是喜怒参半的，喜的是大仇得报，怒的是衣冠冢被毁，还有触动那些悲郁可怕的童年噩梦，若是激怒了他，他一掌将我打死了，还来个毁尸灭迹，那我真的会像原青舞说的那样，十年二十年没人发现哪。

我极度恐惧地看着他，汗水没用地流满全身，而他也是怒火滔天地看着我。

情冢里静得可怕，过了一会儿，他恢复了平静，没有回答我的问题，只是将我放了下来，沉默地拿出一颗红色的丹药，别开眼，冷淡地递到我的面前。

我大汗淋漓，难道是我知道得太多，他、他想杀人灭口？我恐惧地说道："你、你想毒死我。"

原非白的手有些抖，俊脸冰冷得好像千年寒冰，他似乎在努力隐忍着怒气，最终他深吸一口气，也不说话，板着脸硬是把这颗红色的药丸摁进我的嘴，还捂着我的嘴，不让我吐出来。我呛了半天，那颗药丸终于下了肚，他才面无表情地放了手，也不管我在那里拼命呼吸，只是替我拔去了我另一条腿上的小箭。

他的手脚毫不怜香惜玉，我自然是疼得龇牙咧嘴。我恨恨地想这小屁孩一定是在公报私仇，这是他常做的戏码。

最后疼得实在忍不住，我拼命捶打着他，一边又泪流满面，心酸地大哭起来："原非白，你不是人，我哪里对不起你了？你和锦绣两个人要这样骗我，都是因为你，我才变成半死不活的，你现在还要这样折磨我，你太过分了，你不是人，不是人。"

原非白的表情忍无可忍，猛地抓着我打闹的双手，冷冷道："现在是你分明都快将我打成内伤了，哪里是半死不活的？"

我一愣，好像是啊，两条腿好像没那么疼了，血也止了，人也比原来有精神了，那他刚刚喂我的果然是灵药了？

我有些心虚地想收回我的手，可他却不放，冰冷的语气中已有明显的气愤，说道："我千辛万苦地同你大哥潜入西安城来救你，连韩先生也没知会一声，你的心中却只想着我要毒你、害你、利用你……"他抿着唇，如万年寒冰地看了我几眼，冷笑道，"你也别拿锦绣那档子事来噎我，说来说去还不是我不及你心上的那个会装傻吗？"

我一怔，只听他生气地说道："若是他在这里，真要是毒你害你，你也会找成千上万个理由来帮他开脱，然后甘之如饴吧。"

一时间，我忽然发现，我从来没有从这个角度来想过问题，我明知道非珏在轩辕淑环的事上也对我隐瞒了，可我的确从来没有怪过他。

为什么？我无法回答我自己。我的心里开始有了一丝慌乱，我不喜欢这种感觉，好像一个人猛然间发现他一直在追求的只是一种虚无时，那种慌乱和无力感。

再一想，花木槿啊花木槿，你认识傻非珏已有七年之久，难道忘了在破败的德馨居，他给你带来多少欢乐？

当我早年饥饿地躲在河边哭泣时，他也曾偷偷塞给我瞒着果尔仁拿出来的馕饼。

当他一次又一次迷路在西枫苑，拉着我叽叽呱呱地东拉西扯时，我不也是毫不介意地告诉他我心里如何思念我的胞妹，告诉他心心念念要撮合碧莹和宋明磊，而他一般都是没弄清楚谁是谁，愣愣地张口欲言，几欲插话，最后都是跟不上我的节奏，直至我还在那里慷慨激昂地赌咒发誓，一回头才发现他早已沉沉睡去。

樱花林中的红发少年，在艳红花雨中痴痴读着我送给他的《青玉案》，他的音容笑貌犹在脑海浮现，明明是我这几日地狱噩梦般生活的支柱。

原非白，你怎可如此诋毁我和原非珏的爱情，你我相识不过一年！

于是我决定更讨厌非白，我睨着他，一径沉默。

他气结地甩开我的双手，自己跑到一边，沉着脸也服了颗刚才的红药丸，坐在一边盘膝调息去了。我和他中间隔着一只眼的原青舞的尸体和明风扬的头骨。我看着他，又抽泣了几下，而原非白只是调息打坐，再不理我。

哼，不睬就不睬，你这满心满肺满肝满肚肠都是小九九的坏小孩！

再看看我和你这相识的一年间，我发生了什么？

你害得我成了全天下少女和龙阳采花贼的头号公敌。

你还打了我两耳光。

你还没向我道歉关于你瞒着我和锦绣的事。

你还害得我可能要少活七十年了。

你还让我不能和非珏相好！

你不要以为我现在双腿不便，又坐在尸骨当中，心里有些怕，肝胆有点虚，双腿有点疼，身体有点弱，肚子有点饿，我就要爬过来求你……

反正没有你，我这几天还不是打打杀杀，吉星高照地活过来了吗我？！

你最好永远不要睬我，等我腿好了，我这就跳槽去非珏那里，就算没有古艾滋的解药，我就和非珏搞柏拉图式的恋爱好了，就是永远永远不要再见你这个花心花肺花肝花肚肠的坏小孩！

哼！

我心一横，也闭上眼睛靠在墙上，不再说话。不知道是太累了，还是那红色的药物起了作用，没有多久我进入了梦乡。我身在西林之中，周围全是浓雾，我向前走着，愈来愈看不清前方，忽然前方出现一个高大的人影，却是满身是血的宋明磊，他长发披肩，面色犹如厉鬼，身后是一双紫瞳阴鸷地看着我，他嘲讽地大笑着，恶狠狠地将偃月刀插入宋明磊的胸膛，我嘶声大叫起来。

“木槿，木槿。”

一阵焦急的呼唤传来，我睁开了眼睛，眼前是满面焦急的非白。啊，我什么时候枕到他的腿上了？

四周的景物已经变了，我们已出了情冢，坐在一处更阴冷昏暗的通道前，抬头只见一幅巨大的石雕画，画上一个丰腴美丽的飞天，神色愉悦地跳着舞，旁边镌着一个身材修长、面容俊美的男子正在为她吹笛。两人所在之处，满是大朵大朵的西番莲花盛放的浮雕，栩栩如生，巧夺天工。

我们还是在暗宫之中，原家的祖先其实是很有艺术细胞的，是我小腿的伤影响到我大脑的视觉神经系统了吗，为什么我觉得这个男子和飞天都长得很眼熟呢？

我坐了起来，想起刚才的梦境，想起宋明磊的惨死，不由悲从中来：“二哥、二哥他为了救我，被段月容杀了。”我悲伤地大哭了起来。

非白没有我想象中的那般惊讶，应是知道了发生的一切，他满脸恨意，猛地将我拉入怀抱，再不说一句话，只是牢牢地圈着我。

我伏在他的胸前，把刚才的争吵暂时放到一边，听着他剧烈的心跳，心中只是一团难受，使劲抽泣着。虽然我和原非白之间隔着太多太多的东西，有锦绣，有原家的秘密，有无穷无尽的野心，然而我不得不承认，比起这几天来战战兢兢，血雨腥风、生死离别，此时此刻在他的怀抱里，是我感到最安全和放松的时刻，我哭得天昏地暗，久久不能自拔。

“喂，哭够了吗？”

耳边传来一阵嘲笑之声，我抬起头，却见一个白衣人影，面上戴着陶制的面具，正是我的噩梦，那西林的白面具。

可能是这几天经历得多了，也可能还有另外一个更可怕的角色，原非白同志坐在我的身边，再可能，这几天我经历了太多活生生的噩梦，本身的胆也给养肥了，感觉不再这般怕他了，于是我害怕地叫了一声、两声，不叫了。

“你还像以前一样聒噪。”白面具的声音还是那样冷，明明他的面具上没有眼珠，我却觉得他的眼睛跟着我。

“你很厉害。”

嗯？他在夸我，过了一会儿，我明白他是在对着我旁边的原非白说话，而原非白只是紧紧拉着我的手，冷冷地看着他。

“恭喜你实现了你的誓言，”他的声音冰冰冷冷，“真想不到，仅凭你一人之力就将她杀了，为娘亲报了大仇，干得的确漂亮。”

“我不杀她，难道还等着你来帮我杀她不成？”原非白轻嗤一声。

我心中一惊，原来他俩认识。

原非白淡淡道：“不知暗神大人有何指教？”

什么？这个白面具杀手就是替原家掌管暗宫的暗神，听声音是如此年轻，看他的态度又对非白如此不敬，这个暗神究竟是谁？

“你可知你私自调来的燕子军此刻正在攻城。”

“哦！”非白面无表情，“于飞燕还没拿下西安城？”

“快了，不过你还是担心一下你自己吧！”白面具的声音有些幸灾乐祸，然后提出了一项重点，“你私放了外人进来？”

非白看了我一眼：“她是我的人，又岂是外人？”

“她何时成了你的人了，”白面具嗤笑，在“你的人”上分明加重了嘲笑的语气，“我看她心里翻来覆去念叨的是你们家那四傻子吧！”

我大惊，这人到底是什么人，为何我与非白、非珏的纠葛他一清二楚？

非白的脸明显地一沉，冷冷道：“原家的家务事也是你管得了的？刚才不见你现身，现在你又来做什么？”

白面具沉默了一会儿，忽然过来对我一扬手，我感到一阵眩晕，耳边只听到非白大吼着我的名字，然后软绵绵地倒了下来。

……

第五章

归舟客梦长

我昏昏沉沉地在黑暗中飘浮，耳边是一片孩子的哭声，我睁开眼睛，却是身在一片种满梅花的园子里，一个白衣小男孩蹲在一棵老梅下哭得起劲。这个园子看上有点像梅香小筑，又有点像西枫苑的梅园，那胭脂梅花怒放，殷红如火，又似鲜血欲滴。

我有些蒙，慢慢走过去，轻轻拍了拍那个小孩："请问这是哪里啊？小朋友。"

那孩子抬起头来，清秀的小脸上满是泪痕，他看到了我，停止了哭泣，站直了身子："木槿，你总算来了。"

啊？他认得我？

他快乐地笑了起来，跑过来扑在我的脚下，这个小孩也就七八岁的样子吧，我肯定我从来没见过他，可是这孩子的笑脸很眼熟，却想不起来在哪里见过。看着他天真快乐的笑脸，我也不由自主地笑了起来："你怎么知道我的名字呢？"

那孩子看着我但笑不语。这孩子越看越可爱，我不由得摸摸他的小脸。

好冷！我打了一个哆嗦。

"阳儿。"

忽然一阵柔声传来，那孩子更开心地笑了："娘亲来了。"

阳儿？阳儿？好熟的名字啊！

我的心中咯噔一下！

第一个反应是我在梦中，而且很有可能是个噩梦。

第二个反应是我在和可怕的原青舞的儿子说话，可是阳儿的小手拉着我，力大无比，身子前倾地拽着我走去，不时兴奋地回头看我，那一张小脸笑得如阳光一般灿烂。

我无法抗拒地来到一座桥跟前，果然是原青舞。她一身缟素地站在阳光下，却洗尽铅华，露出原本如花似玉的容貌，在那里温柔地向阳儿招着手，看到我，有些惊讶，却仍然友好地微笑着向我点头，全然没有了在暗宫里的戾气。我愣愣地被那个阳儿硬拖过去，他伸手拉住原青舞，原青舞笑着说：“好阳儿，乖，我们一起走吧。”

“我要木槿跟我们一起走。”阳儿使劲拽着我。

我干咽着唾沫，已是吓得魂不附体，原青舞的笑容消失了，忧虑地看着我和阳儿。

“阳儿，莫要胡闹。”

远处走来一个高大的身影，那人在阳光的背光下，我看不太清他的样子，只依稀间感到男子的眉宇间尽是磊落洒脱，一派俊朗，原青舞满脸幸福地唤了声：“明郎。”

明风扬拉着原青舞，摸着阳儿的头，声音醇厚动听：“木槿还不能跟我们一起走，阳儿，你也不能和爹爹娘亲一起去啊。”

“不要，我要和爹爹还有娘亲在一起，我要和木槿在一起。”阳儿大哭了起来。

原青舞也掩面而泣，那男子却轻叹一声，轻轻掰开阳儿拉着原青舞的小手，将他的小手塞到我的手中，然后拉了原青舞走向那座桥。

明风扬走到一半，终是忍不住回过头来，向我挥着手，满是深沉的爱怜、浓郁的不舍，我这才发现他的眼神似乎越过了我的身后，似乎是在同我身后挥手。

我扭头，却见身边不知何时多了一个粉衣女子，静静地站在我身后，正对着前方缓缓挥手，绝世美丽的脸上挂着一丝哀伤而释然的笑容，我不由得拉着阳儿倒退了三步，这个女子的容颜同非白画的谢夫人遗像竟然一模一样。

她看到我，也温柔地笑了，那笑容如朝阳初露，月华初放，令人无可自拔地沉溺在这一腔柔和的笑意中，我竟感到无限的温暖，我再回头，明风扬和原青舞都不见了身影。

“木槿，你不要离开我啊。”阳儿对我抽抽搭搭的，他似乎有点害怕谢夫人，不停地向我身后藏。

我拍拍阳儿的头，想了想，拉着阳儿给谢夫人纳了个万福：“谢夫人好。”

谢夫人看到我似乎很高兴，柔和地笑了笑，摸摸阳儿的头，并没有说话。可是阳儿似乎还是很害怕她，一缩膀子又躲到我身后。

谢夫人也不生气，只是看了我一眼，转过身来向前走着，我拉着阳儿跟着她，不停地往前走，周围的景物也不停地随着她轻盈的脚步变化着。

最后我们来到那面缀满西番莲的飞天笛舞浮雕墙前，她微微一笑，递给我一块绢子，我愣愣地接过来，正是我在情冢里看到的，搁在花梨木圆桌上的那幅绣品。那幅绣好了的并蒂西番莲，绢子的一角系着一只莹润的玛瑙玉环，我有些纳闷地看着她。她潋滟的目光是那样亲切，带着一丝淡淡的忧伤，又似明镜照亮了我的灵魂，那声音宛如三月里的雨丝，绵绵地淌进我的心里：“多谢木槿了。”

她谢我什么？我正要发问，忽然阳光被乌云隐去了，红梅花痛苦地发黑凋谢，那园子猛然消失了，谢夫人对我温笑着，眼中流下紫色的泪来，然后消失在那片飞天笛舞浮雕的高墙之前。我回头，手中的阳儿竟然变成了一株妖异的紫色西番莲花。

一片黑暗向我袭来，周围景物又变成了满是浓雾的西林，这一回西林里面所有的大树上都缠绕着粗大的藤蔓植物，那藤上吊满了诡异的紫色花朵，忽然，一条藤蔓缠绕着我的膝腿，我无论怎样挣扎，也无法挣开。

我大叫着醒了过来，浑身上下湿得如同从水里捞出来的一样。

耳边忽地传来一个冰冷的女声：“姑娘醒了？”

我抬头，只见一人穿着一件普通的棉白衣服，瘦瘦小小，脸上戴着一张白面具，和暗神的白面具一模一样，只不过小了一号，做工似乎也差了一些。

想起暗神，我打了一个哆嗦，低头才发现我全身赤裸地泡在一眼温泉中，我啊地叫了一声，向下缩了缩。

那个戴着白面具的孩子开口说道：“姑娘别害怕，我也是女孩，这是能治病的温泉，您被魔音功震伤了，本身也有些顽疾，得再泡些时日，方能出来。”

这是一个极其简陋的石室，但是池边那一丛西番莲花让我又打了一哆嗦。

“你是谁？我怎么会在这里啊？”

“您叫我琴儿就成了。”小女孩答道，“我是暗宫的侍婢。是宫主将您带过来的。”

“哦，那巧了，我们是同行，也是个丫头，我叫花木槿。”

我友好地伸出手，想同她行个握手礼，拉拉近乎，没想到那女孩立刻扑通跪下：“姑娘想要什么，只管说。您浑身都得泡在温泉之中，不然就前功尽弃了。”

我讪讪地收回了爪子：“请问你家宫主是什么样的人？”

“我家宫主是这暗宫的主人。”琴儿乖巧地回答着，可是声音依旧冰冷而没有任何感情色彩。

我瞠目地看着她，这和没回答一样，可能她也发现了我的不解，补充道：“地面上庄子里的大爷称他作暗神。”

哦，还是和没回答一样。

“请问他为什么这么好心地要为我疗伤呢，还有，琴儿有没有看见那个和我一起进来的白三爷？”我再接再厉地问道。

“宫主说您是非常重要的人，一定不能死，至于白三爷，奴婢没有见过。”

嗯？我详细叙述了原非白的长相，可是琴儿只是摇头说不知。

其实想想估计也是白问，可能暗神不准这个丫鬟说出来，会不会非白有什么危险了呢？

“琴儿，你们在暗宫的为什么一定要戴个面具啊？”

“这是暗宫老祖宗的规矩，我们五岁起就戴面具了。”

“那你是在这里出生的吗？”

“嗯。”

“那什么人可以看你的面容呢？”

“我的爹娘、宫主，还有未来的夫君。”小女孩冰冷的声音渐渐有了一丝天真憨直。

这多多少少有点女圣斗士的意思，除了自己喜欢的人，别人都不能看！

我笑嘻嘻地说着：“琴儿，是你帮我脱的衣服吧，谢谢你啊。”

琴儿摇摇头道：“不是我帮姑娘脱的衣服，而是宫主帮您脱的。”

我呛在那里，脸不由自主地阴了下来：“你家宫主是男是女？”

琴儿的声音竟然隐隐有了一丝笑意：“宫主自然是男的。”

非白这小屁孩虽然是很讨厌，但他总算还是个守礼君子，占有欲也强，他分明不会让别人来动我。而且刚才那暗神私自点了我的穴道，莫非是利用我挟制非白，这琴儿说温泉是有治疗作用的，讲不定有什么可怕用途。

看了看四周，一旁放着一件换洗的衣物，我动了动脚，有一条腿能动，我恢复了笑脸：“琴儿，我口渴了，你给我点水喝，好吗？”

琴儿规规矩矩地转身去为我取水，我噌的一下单腿蹿出水面，抓了衣服就向门口冲去。

还没出门，已站在那里动不了，琴儿跪在那里，声音带着无比的惊慌，不停地磕着头：“奴婢知错了，宫主饶命，宫主饶命。”

我的眼前站着那个酷爱化装舞会的暗宫宫主，脸上的白面具冷如冰，他的素手一扬，那个琴儿软绵绵地倒了下去，白面具下流出了触目的红色。

我惊怒交加：“你将她杀了？”

那白面具冷冷一笑：“谁叫她没看紧你呢。”

然后他猛地打横抱起了我，走回了那个温泉，然后粗暴地将我扔了进去。

我呛了几口水，刚刚爬将起来，没想到那白面具也跳进水里，一把撕了我身上的衣服，我捂着光身子逃到了池子的另一头蹲下，恨恨道：“禽兽。”

对面的白面具紧跟着欺近，拉开了我护胸的双手，紧紧贴在我的身上。

他身上的白衫早已被水浸透了，虬结的肌肉在温泉下泛着红色，抱着我的手臂上西番莲文身淡淡隐现，他的手粗暴地抚着我的肌肤，我感受到他灼热的欲望，屈辱的泪再也忍不住地往外冒，本能地叫道："非白救我。"

话一出口，自己心中也是一惊，是这几天和原非白一起经历了太多吗？所以会不自觉地呼唤他的名字了？

"你果然跟你妹妹一样水性杨花啊，我还一直以为你心里想的是原家那个四傻子呢？"白面具的声音满是讥诮，"朝秦暮楚的女人，原来你现在已将心放在那原非白身上了？"

"你这个喜欢戴面具、穿孝服的变态，你以为你是暗神就能随便操控别人的生死了吗？"我恨恨叫道，"这个女孩才几岁，你就杀了她，你不是人。还有，不准你侮辱我妹妹，你这个禽兽！"我愤怒地一把挥去，暗神竟然不闪不避，那脸上的白面具就被我打了下来，落在温泉里，冒着泡地沉了下去。

我一下子惊在那里。那是一张常年没见过阳光的极其苍白的面容，面上满是深深浅浅的疤，其中最深的一道刀疤，从眉际开始，一直深深地刻到唇上，一双栗瞳，如鹰目锐利，印着我惊慌的面孔。

"害怕了吗？"他的口气满是嘲讽，微一咧嘴，那道刀疤更如蜈蚣在他脸上爬行，年轻的脸分外狰狞，"看惯了踏雪公子和绯玉公子的天人之颜，可是被我这张脸吓得发抖？"

我也学他嘲讽一笑："我二哥身上的疤可以开个疤痕展览馆，小放的脸上脑袋上身上大大小小的伤疤加一块儿能有二百六十多道，我大哥一天到晚光着身子向我们炫耀身上有多少光荣的枪伤、刀伤，我们几个背地里都说大哥其实是不敢在燕子军里露的，就你也好意思拿你这张脸来吓女人。"

暗神那张刀疤脸明显一滞。

我恶意地刺激着他："你什么时候改行当媒婆了，老是管我的感情去向做什么？还有我妹子又关你何事？你莫非从第一次见到我，便喜欢上我了？"

"你当真是不怕死了，还是被那兄弟俩给惯得真不知道自己长什么德行了，除了上面那些脑子不正常的原家男人，你以为谁还会看上你？"暗神哼了一声，双手扒上了我的脖子。

我也冷冷一笑："那你是喜欢上我妹子了吧，可惜我妹子就是不喜欢你，所以你昨天故意对我和白三爷见死不救，后来白三爷用计杀了原青舞，你又过来抓住我好挟持白三爷吧！"

暗神的脸色阴沉得可怕。那张脸真像地狱使者一般，眼中那骇人的杀机涌现，我的心中大惊，难道我刚才激他的话真是说中了，他果然是爱上了锦绣？我不由转个话题问道："白三爷在哪里？"

长久的沉默，在我以为自己就要死在这个池子里，死在这个奇怪的宫主的怀里时，他终于开了口："花氏姐妹果然仗宠恃骄！你不要以为有原家老三护着你，就狂得不知道自己是谁了。"他冷冷地放开了我。

我立刻蹲了下来，抓了那撕破的衣衫，挡住重要部位。

暗神重又戴上面具，打了个响指，立时进来两个戴面具的人，一个匆匆地抱起地上的小琴，另一个忙着收拾地上的血迹，两个人都连大气也不敢出。我看见那个抱小琴的人在小琴身上疾点了很多下，小琴的手微微动了一下，那小琴应该还有救吧，我的心微微松了一下："我要见白三爷。"

暗神看着我："你如果再跳出这个药池温泉，别说是你家三爷，我保准你这辈子再也见不到任何人。"他顿了顿，"这个药池温泉，非当家人不能用，放眼整个原氏，只有你家主子获准待过，你家主子为了让你能进这个池子，他——"

"他怎么了？"我急声问着，可是他却冷冷一笑，没有回答我，出去了。

我喊破了嗓子，没有人再来伺候我，也没有人进来过，只有池边妖异的西番莲静默地看着我。

暗宫又换了另外一个戴面具的女孩来对我的物理治疗进行监护，三天里，这个女孩除了帮助我用饭、方便，就只是逼着我进那个池子，那个暗神也没有出现过。我试着同那个女孩说话，可能是有了前面那个女孩的教训，她没有同我说过一句话。

这三天的温泉生活使得我在今后的人生里，只要一看到温泉就想吐，一见到面具就头皮发麻。

三天后，我终于解了禁，换上了一件粗麻的普通衣物，拄着拐棍走出了石室，一出石门却见我在一个满是热气的石洞之中，一眼活泉淙淙冒着热气，想那药池温泉就是从这眼里引进去的。我走到洞外，却见身在一个小庭院中，抬头望向那许久不见的明媚阳光，不觉有种想哭的冲动。

但凡是世间的正常人，谁不愿意堂堂正正地生活在这美丽温暖的阳光之下呢，想起那些在暗宫生活的人们，不禁疑惑重重。从伺候我的女孩到那个暗宫宫主，都是武功修为极高的人，原家为何要蓄养这些武功高强的人在暗宫呢？他们又是如何将这些人永远留在了暗宫呢？

我放眼望去，整个院子满眼都是大朵大朵盛放的西番莲，一片紫色的海洋。想起那暗神宫主手臂上的西番莲文身，心想其实就算不做谢夫人那个梦，我现在都对这西番莲没好感了。这时那个不说话的女孩给了我一碗黑乎乎的东西，我木然地看着她，她悄悄在我的手心里画了一个三，我一喜，低声道："你认识白三爷？"

她微点头，然后指指那碗黑乎乎的药，我二话没说，一饮而尽。天，这是什么呀，怎么比我以前吃过的任何一种药都要苦啊。

我苦着脸还给她空碗，正要开口，一个高大的身影走了进来，是那个暗神。我紧紧捏着拐棍，心中着实害怕。

他手中拿着一包东西，看了我半晌，扔下一句："跟我来。"便转身走了。

我跟在他后面慢慢走了许久，久到我的小腿开始感到疼痛，他忽地停了下来。

我们来到了突围前的暗庄，过往的一幕幕在我眼前浮现，我拄着拐棍的手有些抖。

"你自由了，"暗神递来一张泛黄的纸，"这是你家……白三爷叫我给你的，从此以后你脱了奴籍，同你的两个义兄和亲妹一样，不再是原家的奴仆之身。"

我接过那张纸，打开一看，竟然是我的卖身契，我呆在那里。

只听暗神说道："你家白三爷私调燕子军入西安城，虽然解了西安之围，但致使侯爷被困洛阳。三天前，白三爷留了韩修竹镇守西安城，自己同你大哥前往攻打洛阳，他让我给你这张卖身契，还托我带话给你，既然你的心中只有原非珏，你同他终是缘浅情薄，这个就算是主仆一场，做个念想吧。"他递给我一卷画轴。

我打开一看，正是那幅他答应要送我的《盛莲鸭戏图》。

"至于生生不离的毒……他说他现在着实手头没有解药，等他有一天拿到了，无论何时，无论姑娘在何处，天涯海角他一定双手亲自给姑娘奉上。"暗神说到这句话时，口气中竟有一丝叹息。

这不是我梦寐以求的自由吗？为什么我拿着我的卖身契，手却抖得如此厉害，心中也如此难受，一点不感到高兴呢？是因为这七年做惯了别人的奴仆，身上竟有了奴性吗？还是这自由来得太过突然了？

暗神又给了我一个包袱："他本想亲自护送你前往于将军处，只是如今家国遭难，烽火连年，洛阳亦非安全之处，故而请姑娘前往河南府宛城的威武镖局躲——"

我冷冷打断了他："他既然给了我自由，为何还要管我的死活呢？"

话一出口，我呆住了。我在说些什么，我怎么会说出这种话来呢？我到底是怎么了？

暗神并没有回答，只是对我微欠身："姑娘，前途漫漫，请多多保重了。"

等那暗神走远了，我坐了下来，静下心想了想，打开那重重的包袱，只是些寻常的衣物，却是以男式居多，心中不由一动，原非白是要我打扮成男子前往宛城吗？

他在包袱里装了很多金银，又让我感到这个白三爷不怎么擅长帮人跑路，难道不知道带些银票会比金子银子什么的更安全轻便吗？

转念又一想，看来是事出突然，他临时为我做的准备，到底是出了什么事呢？

再往里翻，有两个小包，一个打开来，竟然是桂花糕。我掰了些往嘴里送，那香甜之味直冲我的脑门，让我想起那日他与锦绣月桂林私会，他、锦绣和我三人是如何惊险地度过。

就是在那一天我吃到了世上最好吃的桂花糕，还有最可怕的毒药。

我的鼻子莫名其妙地发着酸，又打开另一个小帕子，那帕子正是情冢和梦中所见的西番莲花样帕子，只不过同梦中不同，那西番莲只绣到一半，帕子一角没有像梦中所见的勾着玉环，那帕里包着两样东西，一支完好的东陵白玉簪，还有我送给非白的护腕珠弩“长相守”。

我呆呆地拿了那白玉簪看了一阵，握在手中，只觉那玉簪子的冰凉直沁我心。

我默然将自己的头发梳了个书生髻，用白玉簪子簪了，然后束了胸，换上了男子的长衫，最后戴上那“长相守”，我走向下山的路，忽然想起那暗神说过的，如果非白拿到生生不离，那无论我身在何处，他必双手奉上。这是什么意思？如果他真是要放弃一个女人，如何还会管她死活，还说什么天涯海角，意思是说他还会来找我，那又何来自由之说？

他不让我去找大哥，因为他们要去攻洛阳，为什么不带着我一起去，他以前不是明明很喜欢让我帮他打天下的吗？我烦躁地想着，不知不觉走在往回走的路上。

转念又想起非珏，心想这是多好的机会去找非珏啊，管他什么负心的原非白！

我又走下山，没走几步，又停下来反思，我怎么可以认为原非白是负心的，人家不是原来就喜欢你妹妹吗？接近你不过是移祸江东罢了。

不行，我又往回走，好歹劳工合同解除也得有人事部长亲自找你谈，来告诉你为什么解聘，给你出一封解聘信，如果你需要还可以要一封不错的推荐信。他原非白是什么人，以为踏雪公子了不起了吗？就可以这样派个邪乎的暗神人事代表来将我给辞了？若是其中有隐情，我更要找他谈谈，他到底想对锦绣怎样。还有这次洛阳之行，会不会有凶险，所以连大哥那里都不让我去投靠。

我来来回回几次，最后打定主意，向暗宫的方向走去，还没走到同暗神分手之处，一个白影已蹿出来，把我吓了个半死：“你跑来跑去的，到底想干吗？”

咦？怎么是这个暗神，可见他根本没有走，更觉得其中另有文章，我定了定神，清了清喉咙：“请暗神大人引见，我要见白三爷。”

“你这女人怎么比你妹子还喜欢对男人纠缠不清呢？明明人家三爷都不要你了，却还在此处死缠烂打。”他的口气里明显有着不耐烦。

我忍住怒气，诚恳道：“我不是想缠着三爷，洛阳此行十分危险，木槿感念同三爷主仆一场，想助三爷一臂之力，也是为了同家兄实现结拜时的誓言，不求同年同月同日生，但求同年同月同日死，木槿已经失去了一位兄长，不想再失去第二个，请宫主成全。”说到后来，想起宋明磊，我早已是泪盈满眶，咽气吞声。

暗神久久地在那里沉默着，就在我以为他要同意了，忽然他的腰间有银铃声响起，他语气森冷：“快十五年了，竟然有人入侵暗宫。”他转身就往回走，发现我亦步亦趋地跟着他，便一挥手用内力将我撂倒道，“花木槿，你若是真心想为你家三爷好，还是去宛城的威武镖局，那里他为你打点好了一切。你万万不可擅入西安城，若是有人以原家人的名义找你，除非拿着玉珑环信物，否则莫要相信任何人。”

我高声叫着“暗神大人”，又叫了半天的“宫主”，可是他已施展轻功，转眼不知所终，只剩我呆立在半山腰，听着山风呼啸。

神啊，啥叫玉珑环，那玩意儿长什么样啊？

莫非是梦中所见谢夫人给我的勾在帕子上的那枚玉环？想起那个梦，我又是一哆嗦。

我又往暗宫的方向走去，结果发现来时的路根本找不见了。我在华山中转悠了半天，也没有找到暗宫的入口，于是我决定先入紫栖山庄，再想办法入暗宫。走了半日，我也饿得不行了，原非白给的那块桂花糕早就吃完了，幸好已是早春，我想办法摘了些椿芽，摸了些鸟蛋什么的，射了只野兔，生了些火，放在火上烤。

多年以后，每当我想起那天，我就有多么后悔那天没有忍饥挨饿地继续偷偷进入紫栖山庄，摸进暗庄，我想，也许一切都是天意吧。

第六章

花重锦官城

野兔的香味飘了出来，仿佛是人间至美的味道，诱惑得我口水外流，也使我这郁闷的心情好了很多，肚子更加咕咕叫了起来，我提起那根树枝正要啃，忽然一把冰冷的匕首从后面架在我的脖子上，我的心一下子凉了半截。

后面那人慢慢绕到我的面前，只见那人的衣袍已被血色染红，披肩的长发，混着血污邋遢地缠在一起，满脸脏兮兮的，只有一双灿烂的紫瞳骨碌碌地转着，凶狠地盯着我。所谓仇人相见，分外眼红。我分析了眼前的情况，他的武功比我高得多，还拿着我的“酬情”，好在我有“长相守”，我略略动着手腕。

他却也对我伸了左手，上面却是我的“护锦”，该死！

我和他如高手相斗，互相凝视不动，三十秒后，他的左手以快得让人根本看不清的速度点了我的穴道，卸下我的“长相守”珠弩，然后将一根金灿灿的镣铐铐在我的左手上，另一边铐在树枝上，同时他的“酬情”又直取我的咽喉。我啊的一声，以为这一剑必定见血封喉，我小命休矣，没想到，我毫发未伤，可是手中的烤兔肉已失去踪影。原来他的“酬情”的目标乃是我的兔肉……

他的长剑上叉着我的兔肉，睥睨地注视着我三十秒，然后跳到一边捧着我的兔肉，连骨头也不吐地狂啃起来。

我在那里暗忖，南诏国内发生政变，豫刚亲王以谋逆之罪下狱，段月容被夺世子爵位，发配海南，而南诏大军被迫阵前易帅，按理他应该戴着枷锁，坐在前往海南的囚车里啊，为何又到这里来抢我的食物呢?

看来是带着亲随杀出重围了?

是了！这纨绔子弟定是从小被宠坏了，这几天忙着在这深山老林里逃亡，连吃的也不知道弄。

我思索之间，他已啃完一整只兔子，看到支架上还有我正在烤的几只地蛹和鸟蛋，迫不及待地又取只地蛹出来，放在口中咬了一口，似乎觉得味道不对，皱了一下眉，吐了出来："这又是何物，为何如此难吃。"然后又蹲在地上，看了半天树枝上串着的一串地蛹，"这不是虫子吗？"他有些诧异地说道，"莫不是踏雪不要你了？你竟然在吃虫子？"

我冷冷地看着他不答话。

他又举起"酬情"，对我睥睨道："花木槿，你难道不想活了？"

我估量了眼下情势，慢吞吞道："我自然是想活。"

段月容笑道："那好，从今天起，你便是本宫的奴隶，好生侍候本宫，本宫便饶你不死。先去替我把这个、这个弄得和刚才那个……一样好吃。"

这句话如此熟悉，熟悉得让我口干舌燥，再一次让我万般确认，这个段月容必是紫浮无疑了。

我在心里哭啊，没事干吗要烤什么兔子肉呢，再不然我索性去了宛城不就得了。

我悔啊，悔得那个肠子都绿了。那个段月容却一个劲地拿刀架着我一会儿烤这个，一会儿烤那个。

……

巴郡素称阆苑仙境，尤以锦屏山为胜，风景如画，气候宜人。

这一日清晨，锦屏山脚下一个小店里，两个衣衫略显凌乱、头发不怎么整齐的少年，正坐在偏僻的角落里，拼命扒着饭。

刚入初春，微有寒意，店里的伙计们不禁都笼着袖子看着那对少年，目光有些发直。

一个少年面目清秀，双目明亮，却愁眉苦脸，如同嚼蜡似的慢慢吃着本店的招牌菜——肥肠干饭。而另一个胡子拉碴，几乎把脸跌进大碗盆里了，正在稀里呼噜地吸着吊汤扯面，尽管把头压得很低，伙计们和那家店主仍然看清了他那一双潋滟的紫瞳，正在骨碌碌地乱转。小二胆战心惊地说道："啥子喂，是个紫眼睛的！"

"莫不是妖怪？"他小声地说着。须知锦屏山乃是川怪传说的发源地，越想越害怕，直往老板肥肥的身上靠。

老板强自镇定，推推小二："莫要多管闲事，快去把钱收回来便是了。"

小二颤颤地走过去，来到两个少年面前，手抖得像中了风似的："客、客官，一共是五十文。"

那个紫瞳少年连头也不抬，稀里呼噜吃得更猛，另一个清秀少年，满脸尴尬，口音有些南北夹杂，站起来连连揖手，袖中金色链子隐现，说道："真不好意思，这位小哥，我们正好将盘缠用完了。"

小二一愣，心想莫不是个白吃饭的，便道："这位小官人，你们两个刚刚点菜前怎么不说把钱用完了？"

那个少年只是满面通红地作揖，小二回去对他老板一说，老板看了看那少年，便说："他头上的簪子看上去还算值钱，问他要下来，且充了饭钱吧。"

小二便回去将老板的意思这么一说，少年果然头摇得像拨浪鼓一般："不行，这支玉簪对小生实在重要。不如这样，我留下来为你家老板做一天工，且充了这顿饭钱了吧。"

那老板在对面听得清清楚楚，心想，秦中战火连天，这两个少年看似斯斯文文的，想是富贵人家出身的公子哥儿，战乱里遭了难，逃难来此，沦为普通流民吧！于是便不再害怕，亲自走了过来，冷哼一声："你替我做一天工，又值几个钱？你莫要以为这簪子有什么了不起的，这巴郡乃是窦相爷的天下，窦相爷本人也曾在本店用过饭，莫要以为你们……"

他话还未说完，便发觉他看到自己的前胸，然后是大腿，最后是地面，当他看着自己臃肿的身躯像破败的棉絮一样倒下去时，他才知道原来他的脑袋被狠狠砍了下来。

小店里惨叫之声大作，紫瞳少年满面冷笑之意，手中一把精光四射的匕首森冷地滴着血，另一个清秀少年大声对吓呆的小二叫着快跑，小二这才醒过神来，拼命往店外跑，没出店门，紫瞳少年右腕一动，小二的身体已发黑地倒在地上。

紫瞳少年对着那清秀少年微微一笑："这'护锦'果然是件宝器，原非白既然能制出如此暗器，果然不是凡人。总有一日，本宫要会会踏雪公子，然后在你面前杀了他，花木槿。"

我满眼都是血色，愤怒地望着他："就算赖账，你也不用连杀两人，你这浑蛋。"

他在那里仰头大笑："若是不杀，像你那样对他求饶，他岂可放过你？说不定就像上次那个店主一般，见你是个女子，没钱付账便要强行玷污了。若非本宫护你，你以为你能保住清白？"

我冷冷一笑："上次即便没有你，我也能安然过关。"

他冷哼一声，转身走出一地血色，刚迈到一半，似乎想起了什么，折回柜台前，翻出些碎银，又转到后面厨房，拿了一大块牛肉，塞在怀中，不顾我鄙夷的目光，大摇大摆地走了出去。

他在前面打着饱嗝，剔着牙，我终是忍不住："自古君子有志，富贵不能淫，贫贱不能移。你家虽然遭难，但仍是堂堂南诏豫刚家的世子，竟然做起了杀人越货的勾当，传出去也不怕人笑话。”

他终于停了下来，回过头来，紫瞳潋滟，笑着说道：“爱妃说得也有道理。”

我的鸡皮疙瘩掉满地：“你别乱加称呼，我乃庭人，何时成了你的妃子？再说你已被光义王削了爵位，连逃得出逃不出追杀都是个问题，还自以为是皇家贵胄？”

他笑得更加迷人：“爱妃所言极是，为了复国大计，本宫是该节俭点才是。下次就由你来杀人，我们便可省下这‘护锦’的毒箭了。”

我在那里气愤得语塞，恨恨转过头去不理他。

这一个多月来，他带着我一路南下，扣了我的包袱还有“长相守”护腕，拿着我的金银财宝，一派大手笔，最后花完了，便开始杀人越货，稍有反抗者，定会被一刀砍去，简直同土匪没什么两样。

想起上回那家客栈里，那掌柜发现我们没有银子付账，见我是个女孩，段月容也长得不错，当下就想强暴我们，然后把我们卖到勾栏里，段月容哈哈大笑，把客栈里的伙计和客人全部杀光了，然后一把火统统烧光。

当时我怒问他为什么，他却冷笑道，若是留下活口，只要一报紫眼睛的凶手，传到南诏和东庭探子耳中，死的就是他和我了。

我微一叹息，现在兼程赶路，没有银子便只有在野外宿营了，不过这样也省得他胡乱杀人。

我照例去找了些干柴，烤了些抢来的粮食，摘了些野菜充饥，我和他的手上牵着千重相思锁，他在后面像是监工似的，一面打着哈欠，一面抱怨我的动作慢。

入夜，我累了一天，倒头便进入了梦乡，樱花林下，非珏对我笑着说：“木槿，你看，樱花有多好看。”我点头笑着，他拉着我在樱花林中施轻功不停地飞舞，我再回头时，非珏的脸却忽地变成了非白，我无法移开我的视线，他坐在青青的草地上，靠在一棵樱树下，凝视着我，温言道：“这些日子你去哪里了？过得可好？”

我向他走去，却感到发上一痛，一下子睁开了眼睛，眼前是一双深幽莫测的紫瞳，他正揪着我的一撮头发，冷冷说道：“喂，你刚刚叫踏雪公子的名讳可是亲热得紧，莫非你后来终是假戏真做了？”

我稍稍往外挪了挪，离开了他的气息范围：“什么假戏真做？”

他冷哼一声，支着头，躺在我身边：“你莫要以为本宫真的不记得七夕之夜，你拉着本宫的手可说了很多好话呀。”

我转过头来冷冷道：“你那天去西安城是去探察军情了吧。”

“是又如何？举凡节日夜市，西安城的守军松懈，是以本宫选了上元节前来挑了西安城。”他在那里阴狠而得意。

我恨恨道：“你不该纵容军士屠戮西安城，奸淫掳掠，无恶不作，你这样激起东庭的仇恨来，不但不能得民心、平天下，若有一日原氏有机会前去攻打南诏，必会同样的屠城报复。说来说去，到时候吃苦的还不是你们南诏的老百姓，你这个残暴的妖孽。”说到后来，我已是怒火中烧。

他慵懒地一挑眉，慢慢说道：“那胡勇所为，又与本宫何干？那大军是以光义王的名义发的，你们庭人要恨，就恨光义王，最好现在原家就发兵南诏，把光义王给宰了，那也省得本宫巴巴地赶回去了。”

我咬牙切齿：“等着瞧，等我大哥来救我出去，你定死无全尸。”

他的紫眼珠一转，欺近我的身边，扯起我的一缕碎发把玩着：“木槿，你说说，你那大哥要等多久才能找到你啊。”他又对我妖媚一笑，“其实你是在等踏雪公子来救你吧！”

我在那里沉默着，决定不同这种变态又变种的恶魔说话了。

可他又恶毒地笑着：“原家明明已经打回西安了，为何本宫却看到你提了个包袱在华山里转悠呢？还有，天下为何传闻，你家主子原非白马上要迎娶轩辕公主？你说说他是否还记得你，若是还记得你，那他所谓的三千门客，是否发现你已是本宫的奴隶，又是否能潜入这窦家的巴蜀，将你迎回去，好与那善妒的轩辕淑仪共侍一夫？”他忽又一副恍然大悟的样子，轻拍额头，“啊，不对啊，看本宫这记性，他好像把你当作他那心上人的替身吧，许是忘了你了吧。”他猖狂地仰天大笑。

我继续沉默着，人却渐渐移开他的势力范围，他却不放，继续懒洋洋地抱着我：“木槿你说说，那句俗话是怎么说的来着，饱暖思什么来着？”

我的汗水流了下来，使劲挣脱他的怀抱，他却哈哈大笑，一把将我压在身下：“害什么羞啊，不过你要记住，以后莫要再痴心妄想那原非白了，从今后你便是我大理紫月的人了。”

我手脚并用，拼命挣扎，大声呼救。

段月容更加兴奋：“叫啊，叫得再大声些，本宫就是喜欢听女人叫。可知本宫为什么这么喜欢绿水吗，就是因为她叫得实在让本宫欲罢不能。”

正在危急时刻，一个甜美的声音传来：“小王爷。”

段月容立刻放开了我，眼前站着一个俏生生的人儿，正是杨绿水。

段月容的紫瞳瞪大，一阵狂喜：“绿水。”

杨绿水嘤咛一声，扑入他的怀中，抽泣了起来：“容儿，你可知道，我有多思念你。”

段月容紧紧抱着她，以吻封缄，借以表达自己所有的思想感情。

我在那里手忙脚乱地理着衣物，手脚有些发软，紧紧抱着自己，强忍泪水，从来没有这样高兴见到杨绿水，若是再晚上半分钟，我可能就被侮辱了。

悄悄望去，却见杨绿水也越过段月容的肩头向我看来，目光隐约一阵恨意，我的心中一凉。

而段月容却已开始将思念之情付诸行动，杨绿水的衣物已被他粗暴地撕开，白玉般的身子展现在眼前，她口中娇吟着："别，容儿，还有人在啊。"手却将段月容的全身摸遍。

段月容毫不留情地将她压在身下，开始了野蛮的进攻："让她看着，正可以好好调教她。"

我赶紧转过头去，杨绿水推了推他："容儿，还有别人呢！"

啊，的确有人。连我也看见一双人影站在那里，男子如苍松挺拔，女子风姿绰约，掩嘴而笑，正是我在西林所见的川北第一杀。

段月容竟然也不脸红，只是慢慢地起来，慢慢地披着衣衫，睨着川北双杀。

"这二位乃是窦相爷旗下的川北第一杀，幸得窦相爷派这二位出手相救，臣妾才不致被胡勇那厮侮辱了。"杨绿水红着脸背对着双杀穿上了衣衫。

段月容板着脸说道："我还以为你和蒙诏在一起呢。"

杨绿水道："妾身与蒙将军失去了联络，窦相爷不但救了妾身，对妾身甚是礼遇，他正想找您商议我豫刚家的复国大计呢。"

风随虎笑着敛衽为礼："我家主公请段世子前往锦官城一聚。"

云从龙微侧身行了个礼。

我悄悄往后挪着，一个高大的黑影早已挡在我的眼前，冷冷道："花小姐，幸会。"

我干咽了一口唾沫，勉强挤出一丝笑容，拱拱手："云大侠，幸会幸会。"

风随虎故作惊讶状："真是巧啊，我们又见面了，花小姐，我和小龙真是好运气啊。"

我表面上淡笑着，强自镇定，心里那个哭啊。真是背运啊，这回我可真是腹背受敌，更逃不出去了。

我发誓，我再也不烤兔子肉了。

我们当晚在久违的客栈里歇息，我在风随虎的严密监视下脱衣、净身，心里直发毛，风随虎目不转睛地看着我，总是莫名地挺了挺傲人的双峰，开始我还纳闷，后来才明白，这女人分明在欺我胸小。

一路上，有了窦家资金注入，我们的赶路条件明显改善了很多，我们坐船沿嘉陵江南下，转支流行至涪江，到了遂宁，雇了辆像样的马车往西驰向成都。赶车的两人面目严峻，身手敏捷，一看便知是经过训练的武士。杨绿水、段月容和云从龙坐在前一辆马车，我和风随虎乘坐后一辆较小的马车，不过就我们两个女孩，还是相当宽舒。

有了杨绿水的段月容好像完全忘了他的国仇家恨，好像也忘了我这个俘虏，一到夜晚，云从龙照例会同两个车夫轮流守在车外，在前面的马车里总会有响得不能再响的吟哦之声传出。云从龙面不改色，坐在火堆旁的风随虎却总是噘着丰艳的小嘴，哀怨地看着云从龙，偶尔四目相接，火花四溅，连我这个局外人都感到了做他们这种工作的，其实是极不人道的。

终于在极其枯燥的赶路环境下，风随虎同我攀谈了起来，开始了从古至今女人的本能：八卦。

我与她天文地理、古今中外、美容化妆什么都谈，后来换班休息的云从龙也加入了我们八卦的听众行列，及时阻止了风随虎泄露杀手守则。

让我最为印象深刻的是，我们谈到人这一生最值得骄傲和感动的时刻，我坦然相告，是我八岁那年结拜小五义的那一刻。轮到川北双杀说时，作为女人的我自然而然地猜想到，对于恩爱夫妻而言，可能应该是云从龙向风随虎求婚的那一刹那吧！

然而风随虎却泪流满面地说道：那一刻便是当她成功地将刀插入她和云从龙两人师父的胸膛，最后成功地继承了川北第一杀的名号。她详细形容了他们如何按照师门的规矩，将师父的心脏挖出来的样子，我听得毛骨悚然，一回头，云从龙的面色也是略显激动，难掩得色，我将几欲喷出的茶水硬是咽了下去。

转眼几天过去了，我们来到了花团锦簇的成都。

成都一名的来历，据记载，是借用西周建都的历史经过："以周太王从梁山止岐山，一年成邑，三年成都，因之名曰成都。"

自汉代起，成都织锦业发达，成为朝廷的重要贡赋来源，朝廷遂设置了对蜀锦的管理，并在城之西南筑"锦官城"，后世因此把锦官城作为成都的别称，简称"锦城"。

我们换了马匹，来到繁荣的锦官城前。一近城门，川北双杀亮出令牌，立刻城门大开。

我左顾右盼，苦思冥想着可能的逃亡之法。

风随虎驾马过来，明眸一转："花小姐，可是在想破城之法？"

我微笑道："自古以来，成都乃是益州首府，易守难攻，我花木槿单人匹马破城，谈何容易？"

风随虎抿嘴一笑：“这一路走来，若是常人，早已吓得魂不附体了。花小姐却与我和小龙谈笑风生，你若不是我家主公要的人，我们倒可以做个朋友。”

我在马上对风随虎真诚地笑道：“多谢风姐姐的抬爱。来生若有机缘再遇，花木槿定要与风姐姐云大哥结拜异姓兄妹。”

风随虎似乎有些意外我会说出这种话来，怔在那里。走在前面的云从龙也回过头来看了我一眼，然后又冷着脸回过头，向打情骂俏的段月容和杨绿水跑去。

风随虎看着我沉默了一阵，开口道：“花小姐，我看那窦英华虽不能与踏雪公子相提并论，却亦是怜香惜玉的雅人一个。彼时见了窦相爷，何不跟了窦相爷，一则可保性命，二则以花小姐的才能，相爷必礼待小姐，我等亦可结为姐妹。”

我望着她，但笑不语。

川北双杀给每个人租了滑竿，行了数里，复又换了轿子，来到一座朱门大户前。

云从龙的面色甚是严肃，连一向爱笑的风随虎也敛了笑容，垂首走在前面，过了影壁，经过几个抄手游廊，来到一处满是各色芙蓉花的园子里。那花香钻进了我的鼻间，我不由一阵恍惚，这多像在紫园，迎面吹来的便是那花团锦簇、富贵升平的和煦春风。

“可是怕了？”段月容忽然在我耳边说道，“你的宗主原青江可是他的死对头，你说说他会如何整治你呢？”

耳边痒痒的，我忍住了推开他的举动，淡淡道：“那你可准备好同他分割你的国家，凌迟你的同胞了？”

他邪恶的笑容立刻隐去，眯着紫眼睛看了我好一阵。

来到芙蓉花开得最旺之处，一个三十上下的青年正在背着我们专心地练着射箭，身着绛色蜀锦家常衣衫，绣着大朵大朵的富贵芙蓉，做工极是精致。后面是一个华服女子，虽是素面玉妆，却面润姿丽，一身劲装，双手持着箭袋，神态甚是恭敬。

川北双杀恭敬地跪下：“川北双杀已将段世子和花小姐带到。”

那个练箭的青年转过身来，轻轻将弓箭递给了那个华服女子。

这个男子初看起来，长相仅仅白皙端正而已，八字胡须修剪得整整齐齐，可能与美字联系起来有些勉强，然而眉宇间那一股英气勃勃，淡淡一笑，风流隐现，举手投足间充满了一种权贵的魅力。

他向段月容施了一礼，段月容笑着回了一礼，坐到花园里。我和川北双杀被拦在外面，距离太远，我听不见他们说什么。两人面上谈笑风生，可是杨绿水不停斟酒的手微微抖了起来，美艳的脸上也泛起了一丝苦意，最后越来越凄惶。

“花小姐，你莫要害怕啊。”风随虎轻声安慰道。

云从龙立刻低声呵斥道：“慎言，虎儿。”

风随虎的话如一粒石子落进我的心间，我立刻有了一个主意。

这时有个侍从前来传我进去。我打定主意，低着头走了进去。我故意身体发着抖，亦步亦趋地走了进去，那个侍从将我带到后，退了出去。我悄悄抬头，只见窦英华坐在上首，段月容却是一脸深思，杨绿水俏目含泪。

我站在那里不说话，那华服女子轻喝一声："见了窦相爷，何不下跪？"

"宣姜，不得无礼，这位可是踏雪公子的如夫人。"窦英华温和的声音传来，令人无法相信，这就是历史上那个逼死长公主、谋朝篡位的阴谋家。

我趁势扑通一声跪在那里，抖作一团，惊惧地看着上方。

只见窦英华对我微微一笑："下人惊扰夫人，还望恕罪，快快请起吧。"

我在那里不敢言声，眼泪在眼眶中打转。

窦英华示意左右将我扶起。两个丫鬟过来拉起了我，然后不自觉地皱了皱眉，那华服女子宣姜指着我的裤子说道："回相爷，此女子吓得便溺身上了。"

窦英华也是皱了皱眉头，略显失望道："那就先带夫人下去换件衣裳吧。"

历史上曾有人用"擅权专断"这几个字来形容过窦英华，原非白同我秉烛夜谈时，说起过此人不但专权且阴险反复，为原家大患。窦英华的这些特点，后世认为是其政治生涯的利器，但也成为对他的致命一击。当时的我为了逃命，便故作一个无用懦弱的妇女形象，吓得便溺身上，骗过了窦英华。他这样的贵人自然是嫌恶地让人带我下去，甚至没有再多看我一眼，以至于几年后我再换一身行头，他竟然认不出我来了。

然而这一事件却也成了日后史学家和言官们争论贞静皇后的又一个焦点。

我的拥护者们在《贞静皇后列传》中热烈颂扬：

……后智勇冷静，故作庸妇恐状，贼恶之，惑而使人扶后退，乃问左右："此妇真为踏雪爱妾乎？"左右曰是，贼复安心将后转送于君氏，及至窥见《盛莲鸭戏图》，方知后非常人，然君氏已携后逃出三百里，驱人追之已晚矣，不复得也。太祖八年后攻锦城，贼痛失之，盖叹初未能留后为人质……

而我的政敌们则在《窦氏左传》中骂道：

……妃色厉内荏，懦弱无能，掳至锦城，贼欲见妃，妃遂惊恐莫名，便溺其身，贼笑曰："踏雪有眼无珠耳！"……妃哭献《盛莲鸭戏图》，贼嗤之："吾有妇人如牛毛，众矣，有汝之才情者，极众矣，胜汝之品貌者，犹众矣，汝能侍奉段氏，方可留汝性命。"妃贪生，允之，贼便将其送予段王，以辱公子……

川北双杀眼中微讶，我被两个丫鬟架下去换衣服。

永业三年三月初五，段月容与窦英华在锦官城窦英华的官邸中签订了《锦城之盟》，窦英华愿助段月容反光义王，但建国之后，十年纳贡，助其西南一带灭了原氏。杨绿水作为人质，留在窦家。窦英华认为我只是一个怯懦无用的妇人，为了侮辱原非白，增加段氏与原氏之间的仇恨，加之段月容也有这个不情之请，便爽快地将我送给了段月容。

其时，有两个女人特别有名，建康太守张之严娶了瓜州第一美女，江南望族之女洛玉华，据说这位夫人特别喜欢珠宝，尤以东珠为甚。张之严为了讨好她，便在民间搜罗稀世东珠献予她，以博一笑，所以人们一开始称这位夫人为东珠美人，后来张之严趁庚戌宫变之际，乘机出兵雄霸东吴后，天下人便敬称洛氏为花东夫人。

而另一位便是因为踏雪公子的一幅《盛莲鸭戏图》名动天下的女子，我，花氏木槿，因踏雪公子在东庭之西的秦川，故而其时我又被戏称为花西夫人，于是直到此刻，花西夫人的行踪才传遍天下。

次日，窦英华在官邸前送别段月容，派五十精骑护送段月容前往黔中播州。黔中自古为白族豫刚家的发源地，据说豫刚家的祖先本尊亦在播州，侥幸生还的蒙诏在播州屯兵，同九死一生的老王爷等着段月容的归来。

我换了件干净的湖色裙衫，默默地坐在马上，段月容换了身蜀锦制的骑装，脸也整修过了，显得英气勃勃，紫瞳不笑而生辉。

他驾马过来，故作亲热地将脑袋俯在我的肩头："昨天你演得可真好。那窦英华竟然问我你可是天天尿在本宫身上。"他在那里又是一阵大笑，我小心翼翼地侧着身子，躲开了他的呼吸，他却拉着我的袖子，"你猜，踏雪公子听说窦英华将他的爱妾转送于本宫，他心中是何滋味啊？"

杨绿水在窦英华身侧看着我们，明眸闪着怒火，但走过来时已化作水样温柔，同段月容洒泪而别。

我沉默着，心中再一次啃着后悔的果子，若是当初听了非白的话乖乖去了河南宛城，何至于与狼共舞啊！

第七章

绿水殇流月

◆◆◆

出了锦官城，行到百里之后，来到一山花烂漫处，段月容信手摘下两朵带露的野芙蓉，极其自恋地在自己的鬓上插了一朵。我正暗自狂呕，他却已将另一朵芙蓉插在我的发间，一手勾起我的下颌，扬扬得意地问旁边那个窦家士官长："本宫这新夫人，比之芙蓉花如何？"

那士官长眼中明显闪过极大的不赞同，然而口中却舌灿莲花地嗟叹："夫人之姿，天人难及，况区区一枝花。"

段月容更是得意地哈哈大笑，硬不准我摘下。过了一会儿，他递给我一卷长轴，我打开一看，正是他没收的那幅非白送我的《盛莲鸭戏图》。然而他飞快地收了回去，放回卷轴，叫来一个侍从："将此物带回与之窦相，就说是本宫送他的谢礼。"

侍卫接过，立刻驰马回去。

我冷冷道："须知不问自取是为贼也，如今你又将我的画送人，小段王爷可知这世上有'恬不知耻'四个字。"

他在那里哈哈一笑，颇有些王者的豪气，阳光下那紫瞳波光流转，满是愉悦的笑意。我这才发现，他的紫瞳比之锦绣的更深些，也更加晶莹剔透，令我微一失神。他却在那里慢慢说道："爱妃，你说说，那窦英华看到那幅真迹，知道被你骗了，会是什么样的表情呢？"

我一怔："你为何要那样做？"

他笑道："世人皆云本宫乃妖孽转世，那自然要做些让人不快乐之事。"

"你不怕你的绿水被窦英华欺侮吗？"我板着脸道。

不料他却大喜过望："这么快就担心你的姐姐了，"然后一脸陶醉地隔着骏马圈住我，“这下我就放心了，你们姐妹俩定能和平共处，好好伺候我。”

我在心里呕了个十七八遍，推开他驾马向前走去。

转眼行至山腰，有一家破庙，段月容嚷嚷着要停下歇息。

我下马走到近前，断瓦残垣中发现一个破败的匾额：苦海寺。

窦家士兵在外面生火做饭，窃窃私语：“怪不得这个破庙要败了，谁叫他叫啥子苦海寺嘛。”

我走入苦海寺，供台上的菩萨自然是蛛网缠身，斑驳破旧，唯有一双眼睛，仍然万分慈和地俯视着我，无声无息地洞察世事。

我不由自主地跪下来，深深祝祷，求菩萨保佑，能出现奇迹，能让宋二哥平安无事，我早日逃离段月容，见到小五义众人。

“你求这个自身难保的破泥菩萨，不如求求本宫吧，定然实现得快些。”段月容倚在身边，在我耳边吹着气。

我不理他，一歪肩膀，他便笑着顺势滑下身子，大喇喇地坐在我身边的一个破蒲团上，莹白纤长的手指把玩着我的头发，有一搭没一搭地在我耳边不停地说着些大逆不道的话，嚣张地彰显着他妖孽的本色。

外面的士官长忽然大叫“干粮有毒”，我走到外面，大部分窦兵在滚来滚去，不久七窍流血而亡，一回头，却见段月容靠在庙旁的墙边，嘴边噙着一丝冷冷的笑意。

“这是怎么一回事？”

“怎么回事，自然是苦海寺的菩萨听到了你的祝祷，实现了你的愿望。”

我睨着他，冷哼：“那你怎么还没有倒下？”

他嘻嘻一笑，张大双臂向我扑来：“因为还没有同你洞房花烛夜，如何能倒下？”我一猫腰，闪到一边。

这时两个窦家兵过来，一下撕了身上的军服，露出了同段月容和我身上一模一样的衣服。那个穿着湖色裙的人长得极其瘦小，与我身形极为相似，两人跪在那里：“绿姬夫人在前面野渡等您，请小王爷保重。”

段月容微微一笑：“做得好，去吧。”两人已坐上马，向左边的密林折去。

段月容微转头，那士官长惊怒交加：“我家大人好意助你复国，送你回播州老家，你为何要残害我们？”

他笑道：“你家大人是出了名的反复无常，说好本宫攻西安，他助父王反攻光义王，结果他却不自量力地反被原家牵制在洛阳了。”他冷哼一声，“你以为本宫不知道他同光义王那边也签了一模一样的盟约，偷偷借了一万人马给光义王吗？本宫不杀你，难道还等你们家大人改变主意，在路上动手，把本宫的人头送给光义王吗？”

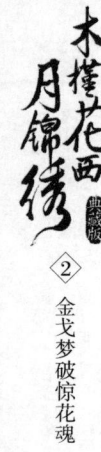

士官长眼中明显一虚，人却慢慢往后退。

段月容笑着向他走去："再说了，"他轻轻将刀送进士官长的胸口，看着他垂死的目光笑道，"谁说本宫复国定要窦家相助？"

他将"酬情"在那人的尸首上蹭干净了，换了身寻常百姓的衣衫，回头看我，淫笑道："你可是在等我替你换上？"

我一呆，赶紧换上一件灰色的男式衣衫，心想这段月容，阴险狡诈，连窦英华亦不能掌控他，现在我可如何是好，分明离西安越来越远了。

两人又驱马前行数里，下得一坡，绿意盎然中，远山如黛，绿水长流。

却见湖面开阔处，一只乌篷小船，由远而近地渡来。船头一人，摘下斗笠，露出一张风韵迷人的俏脸，满目含情，娇声道："容儿。"

我的鸡皮疙瘩掉满地，正是杨绿水。段月容神采飞扬，眉目含笑，携着我使轻功跃上轻舟，然后立刻将我铐在船头，拉着绿水到舱里温存一番去了。

我坐在舟头，撑着下巴，木然地看着湖光山色，却心急如焚。这杨绿水能逃出锦官城，分明更不好相与，她又善妒成性，我可能还没有被段月容给糟蹋，就被她给整死了，这该如何是好。

下午，我们弃船登岸，满山遍野的绿意密织，翠屏碧峦，深浅交错，清香扑鼻，我渐渐气喘起来，落在两人身后。眼冒金星间，有人往我嘴里塞了一粒黄药丸，立时脑中清醒了些，眼前是满脸笑意的段月容和阴沉的杨绿水。

"我刚刚给你吃的是清心丸，你可好些了？"段月容想抚上我的脸。

杨绿水却赶紧过来，抱住了我，让段月容的手扑个空："妹妹还好吧！"

我在心里又呕了个十七八遍，谁是你妹妹？

"我的体力不支，不如就放我在此处自生自灭，你二人也好速速前往播州。"我虚弱地说道，半为脱身，半是实情。

杨绿水抢先道："容儿，妹妹说得亦有道理，妾有一个可靠农户，不如先将妹妹放在其家，待大事成了，再来接妹妹亦不迟啊。"

段月容皱了皱眉："此计不妥。此女狡诈，放了她，她定能逃得回西安，若是被窦家捉住，亦会泄露我们的行踪。"

"那就一不做，二不休，让妾做了她。天下美女，比比皆是，王爷当以大局为重。"

"绿水！"段月容不悦道，"你明知我留她要对付踏雪，你怎么也开始不分轻重了？"

"妾不明白，王爷狠心将我留在窦家，险受窦贼凌辱，如今逃难之际，王爷却舍不得她。"杨绿水激动起来，走上前去大声说道，"在王爷的心中，是真为了要对付踏雪公子，还是被这花木槿迷了心志，究竟是谁不分轻重了？"

段月容的脸阴得可怕，忽然一伸手就打了杨绿水一巴掌。我在那里一惊，杨绿水也呆住了，梨花带雨的俏脸上满是不信，她捂着脸："妾跟随王爷两年来，浓情似火，个中恩爱，妙不可言，曾记妾偶尔也冒犯过小王爷，可是小王爷从来没有打过妾。现在的小王爷果然已不再爱妾了。"杨绿水悲戚地捂着嘴向前掠去。

段月容并没有去追她，只是沉着脸坐在一棵巨大的野桃树下闭目养神，偶有花瓣落在他的脸上，他也不拂去，只是紧抿着唇，眉宇微皱。

我心意一动，越过段月容的肩头，只见他的身后有一条波光粼粼的山中涧水，看似水流湍急，便悄悄地挪了一点地方。他没有反应，我继续向后挪去，眼看可以跳下去，偷偷游走，后背已被人抓了回来。

"上哪里去？"他的紫瞳森冷地看着我。

我强自冷静着："方便一下。"

他冷哼一声，又将千重相思锁锁在我的手上："去吧。"

我们没有前行，段月容说是让我恢复了体力再走，我想他是找个借口等杨绿水，两个时辰后杨绿水没有回来，段月容也开始伸长了脖子。

天将黑了，如果再不走，就要在密林中过夜了，段月容这才慢吞吞地拉起了我，每走一步，却扭头向杨绿水气跑的方向看半天。

入夜我们来到一处坡顶，密林深处，鸟兽与人烟并绝，唯有一处天然瀑布，飞流直下，在夕阳最后一缕余晖下如银龙飞翔，只见一个女子正在飞瀑垂落的浅沟处沐浴，雪肤凝脂，光滑动人，她双目含媚，投向段月容，满怀委屈地叫着："容儿。"

这一声娇唤连我这个女子的骨头也要酥几块，那雪白的身子连我这个女子都要多看几眼，不是段月容想着的杨绿水又是何人？

段月容如释重负，满面含笑，将我锁在一旁，一边脱光衣服，一边冲向杨绿水。

同志们，什么叫猴急啊！这就是啊，我坐在那里木然地挑眉，那边已经开始上演了一出热烈的鸳鸯戏水。

过了一会儿，池子那边传来一阵奇怪的香味，我忍不住生生打了两个喷嚏。过了一会儿那两人欢爱的声音渐渐有些变了，只听段月容冷冷道："你在做什么？"

我转过脸来，却见杨绿水趴在他的身上，正将双手放在他的丹田上，段月容的脸上有些痛苦的扭曲，他猛然将杨绿水推开，嘴角溢出了一丝鲜血。杨绿水慢慢地站了起来，银蟾新钩，月光下，她无瑕的脸上挂着一抹妖媚的笑容，犹如黑夜里性感的精灵。她的声音嗲媚不变，却有了一丝残忍的笑意："容儿，今夜你为何如此不济呢？"

"你在吸我的功力！"段月容一双紫瞳满是不信，"你竟然瞒着我偷偷练了《无笑经》，你疯了吗？"

“容儿，莫要怕，也莫要反抗，你中了我的媚药，一定要及时交合，不然阳爆而死。莫怕，绿水会让你在最快乐中去的。”

“你为什么要这样做？”段月容的紫瞳变冷了，他一手擦着嘴角的血迹，一手撑着站起来，脸色苍白得吓人。

杨绿水凝睇着他，渐渐收了笑容：“容儿，”她轻柔地唤道，“因为绿水已经厌倦了追随着你的身影同别人缱绻……绿水也不能再忍受你的目光去追逐别的女人了。”杨绿水的一滴伤心泪慢慢地滑落莹白的肌肤，她哀伤道，“你可知那是何等的伤痛啊。”

“只是为了这个吗？绿水，”段月容看着她，眼中亦有着一丝伤痛，“真的只是为了这个，而不是因为你的主上，幽冥教的命令吗？”

杨绿水浑身一震：“你、你、你是何时知道的？”

“从我第一次见到你，我就知道你不简单。”段月容静静地看着她。

杨绿水脸色变了：“你、你为何没有中我的媚药？”

段月容的脸竟然带着一丝伤感：“绿水，你忘了吗，你我第一次燕好，你就是用的这种媚药，那时我就记住了这种香味，找人寻到了解药。我之所以故意让父王看到我同你在一起，就是怕父王会中了你的媚惑，于是想出这个法子，让父王不再宠幸你。”段月容慢慢走向绿水，抚向她姣好的面容，“我没想到父王会将你赐给我，我想慢慢地疏远你，却不知不觉，一连过了三年，依然放你在身边。终于今日被你暗算了。其实你根本无须用这媚药的，绿水，”他轻唤她的名字，摩挲着她丰盈红润的唇，“想来是我早已中了你的媚惑，无法自拔。”

杨绿水泪盈满眶，娇躯抖了起来：“容儿，你、你当真心里有我？”

段月容搂住了她的娇躯，慢慢吻上她的唇。段月容和杨绿水四目交缠，杨绿水流着泪开口道：“容儿……”

“绿水，你可还记得我第一次抱你的夜晚，月亮也是这样美。”他的一只手抚上了她的后背。从我这个角度，我看到了段月容戴着“护锦”的手腕微微地弯了一下。

电光石火之间，她羊脂玉般的后背已然血花四溅，段月容的脸冷如冰霜，依然紧拥着杨绿水，紫瞳只是紧紧盯着杨绿水的容颜，似是要深深映在自己的脑海中。

杨绿水嘴角血丝滑落，脸上闪过一丝痛苦，然后她轻轻笑了，笑得那样快乐美丽，仿佛一生的痛苦终于得到了解脱。她勉力抬起一只玉手，抚上段月容的脸，轻声吟道：“春来绿水殇流月，朝珠花落残玉姿。魂归沧山泪飞雪，君王情长能几时。”杨绿水的声音越来越轻，她的脸上分明带着最美的笑容，眼中滑下一行清泪。

段月容没有放开她，只是紧紧抱着她，慢慢滑坐在碧波之中。玉兔清凝，一对赤裸的男女在泉水中紧紧相拥而坐，溪水中，那双璧影随清风落花不断流离破碎。

第八章

镜花戏水月

◆◆◆

当夜，段月容冷着一张俊脸将杨绿水焚化了，将骨灰撒往山下，随那银河般的瀑布坠入山涧之中。

他又将我同他铐在一起，强迫我参加他为杨绿水同志举办的追悼会。

“绿水说她是洱海边上的打鱼女，战乱中家国被焚，落到了光义王的手中，然后光义王又将她赐给父王。”一夜未开口的他背对着我说，“现在想来，我亦不敢肯定这是真是假了……确然只有我那风花雪月的故乡，方能养育出像她这样媚惑人的精灵吧？”他一声长叹，包含多少往事，“我父王说过天下的水都是相通的，我想这涧水也能流向洱海，绿水定能随这涧水流回我们的故乡。”

我不知该说什么好，只能在一旁静默，心想你的绿水尚能随江海魂归故乡，我那宋二哥坠入玉女险峰之下，是个连神仙也难去的地方，他连尸首也找不到，在地下又该是如何思念故乡呢？

鼻子又痒了起来，我又打了两次喷嚏。然而段月容只是痴痴地坐在瀑布崖边看着那一轮火球喷薄而出，晨风飞处，他的头发如墨玉逆飞，沾着几滴晶莹剔透的瀑布飞珠，在阳光下甚是耀眼。

太阳慢慢升到头顶，他依然没有再开口，没有修整的脸上慢慢胡子拉碴起来，神色伤感。

阳光渐渐将我的眼迷花，我的喷嚏更多，头开始晕了起来，浑身燥热不堪，人家都说黔中多瘴气，莫非我中了瘴毒？

渐渐地，我浑身热得像在燃烧，周遭的一切都失去了声音，消退了颜色，唯有前方的段月容浑身发着一种淡淡的光芒，我这是怎么了？

段月容终于收回了目光，向我走来。

咦，为什么段月容这张扑克脸这么帅啊？他那张红润的唇在一张一合，为何如此鲜艳欲滴，像是一只丰润的南汇水蜜桃，如果扑上去狠狠咬一口，一定甜软多汁……

我拉着衣襟，心想我一定是热昏头了。

我知道段月容和非白一样是人间罕见的俊美，可是为何眼前的段月容，那绝世的俊美中带着无限的风情，如此秀色可餐，他皱着眉头的样子也好生性感，他好像在板着脸对我说什么，快去弄点吃的？

他见我埋着脸没动，便向我走来，不耐烦地踢了我一脚，小腿的痛感让我的神志略微清醒了些，我粗声道："别烦我。"

他似乎发现我有些异常，蹲下身来，好奇地拉开我遮住脸的手："你怎么了？"

他的手冰凉如玉，我不由自主地紧紧捏住了他的手，然后情不自禁地一下子将他扑倒在地。他的紫瞳睁得大大的，看着我，然后咧开一丝大大的笑容："你……莫要告诉我，你这个贞节烈妇，吸进了绿水的媚粉。"

他在我身下哈哈大笑起来，他笑得明明如此可憎，然而此时在我看来却是那么俊美可人，深深撩动我的芳心。

好热，好热，我努力想着宋明磊被他杀下玉女峰的情景，可是却怎么也想不起来。他的脸一下子变成了原非珏，我感受着他健壮的胸肌和有力的心跳，口干舌燥。

我使劲晃了一下我的脑袋，最后一丝理智一下子全部被狗吃掉了，我扯开我的领口："非珏，你莫怕，我平生最恨一夜情，我一定会对你负责的啊！"

为什么"非珏"的笑容僵住了，然后又渐渐地变成了原非白在那里对我微笑。我忽然感到心底有一股火热的岩浆，一下爆发了出来，我狠狠地甩了"原非白"一个耳光，然后抓起他后脑勺的头发，提起他的俊脸靠近我。

"原非白"捂着脸，眼睛瞪得大大的，震惊莫名，然后双目戾气丛生地看着我。

我恶狠狠地说道："原非白，你以为长得帅就这么了不起吗？先是圈着我，然后又不负责任地甩了我？如此玩弄别人的感情很有意思吧，你个王八蛋！"

"原非白"的朱唇如染了胭脂，我根本听不到他在说什么，我决定惩罚这个"原非白"，于是我技巧不怎么高的狂吻覆了下来。

他的唇和他的脸是这样冰凉，可是当他翻过来压在我身上时，那无边无际的热意向我滚来，即使那疼痛也不能浇熄我的欲望，我仿佛在飞翔，不停地在地狱和天堂里徘徊。眼前一切都模糊了，我唯一能感知的唯有他的手、他的唇、他火热的身体、他的呢喃，还有那双充满痛恨和渴望的紫瞳……

一个时辰之后，我衣衫不整、下体酸疼地坐在树下，双手抱着头，一遍又一遍地向神和我自己问着，花木槿啊花木槿，你的控制能力为何如此之差，你竟然对你最痛恨的人投怀送抱，你为什么不在这之前一刀杀了自己？

直到今天，我才知道原非白的控制力是多么的惊人，他当年中的媚药是如何之深，却宁愿自己吐血，冒着阳爆而死的危险，也不愿毁我清白。相比较而言，我的下场又是多么的可笑，我心中一颤，终于明白了，其实原非白，他永远也不会真正地伤害我。

“真想不到，爱妃你如此火辣。”一个性感慵懒的声音传来，带着一丝嘲讽，充满了性爱后的满足。

我板着脸慢慢抬起头来，转向他。

已是立春，但寒气还是很盛，他却只着一条单裤，勉强遮蔽羞处，露出臀部性感的曲线，躺在我身边的草堆里，左脸上微微有五个指印，他的紫瞳星眼蒙眬地对我笑着：“只可惜，胸实在太小了，还不够本宫的一只手握的。屁股也不算圆，骨头硌得我直疼，至于床上功夫嘛，比起绿水着实差得太远了……”

他卧在那里，那样眉飞色舞地评论着我的身体，好像是一只特大型的猫科动物，极其优美地躺在那里，慢慢摆动着那根花尾巴，用大舌头舔着尖牙，啊呜啊呜地叫道：“没劲，真没劲，这只羊太瘦了，吃得一点也不爽……”

我的理智崩溃了，又一巴掌抡过去，终于：“被强暴者”的长评被我打断了。

大花豹立刻暴跳如雷：“你还敢打我，这辈子还没有女人敢打我，你却打了我两次。”他一挥手要打还我，却被我敏捷地躲过了。

我和段月容的心都一动，对视一分钟后，段月容的表情相当滑稽：“咦，我的内功呢？我的内功呢？”

他再次蹿上来，自然又扑了个空，然后他似乎想起还有那么根相思锁，就使劲将我拖了回来，不顾我的踢打，将我按在身下，抓住我的脉搏，号了一会儿，脸上流出汗来：“原来你中了贞烈水，你怎么会有苗疆皇室才有的贞烈水……”他想了一会儿，狰狞地厉声问道，“原青江其实是故意命你留下假扮原非烟，来勾引我与你交合，好令我散功，对不对？”

我的手被捏得生疼，可是我心情却如三月春风，仰天狂笑一阵，然后鄙视道：“你错了，这不是原侯爷之命，而是你多行不义的下场。”

原非白苦心让我服下生生不离是为了防原非珏，却不想机缘巧合废了段月容的武功。宋二哥，你在天之灵可曾见到，你和那些惨死的兄弟可曾欣慰一笑？

段月容举剑欲砍我，却被我狠狠地踢了出去，这时的段月容不过是个会一点武功的普通少年，但他毕竟是个孔武有力的男孩，我们打着打着，我的体力开始不支了，段月容的紫瞳越来越阴狠，一副要置我于死地的样子。

于是我使出了妇女打架的名招，忽然一下子抓住了他的发髻，使劲摁在地上，不想他的反应也十分之快，反手也学我抓住了我的头发。

我们互相抓着对方的头发，彼此怒瞪，他咬牙切齿道："放手，你这泼妇。"

我也恨恨道："你先放，你这妖孽。"

"你先放。"

"不行，你先放，我再放。"

"你先放。"

"你先放。"

最后我建议道："我们数到三，同时放手，可好？"

段月容阴阴地说道："好。"

当我们一起喊到三时，段月容的劣根性再一次体现无遗，我放了，他却刚刚松了我的头发，又猛地抓了回去，我啊地痛叫着。

他在那里冷笑，强迫我仰头看他："贱人，你以为我如今身无一卒，又被你散了功，便奈何不了你吗？我今儿就让你知道知道谁才是主子，谁才是爷。"

我趁他得意之际，使了一招女子必杀技中的密功——断子绝孙脚。要知以前同碧莹两个弱女子躲在德馨居，总也有些防身才是，而且原非珏小时候跟我闹着玩，有时不知轻重，我也是用这招喝退他的，有一次不小心真踢着了，他哭着跑回去被果尔仁发现了，当然也变成了果尔仁不怎么喜欢我的一个理由。

此招果然百试不爽，段月容松开了我的发，面容奇怪地扭曲着，双手紧紧捂着胯部，嘴巴里低喃着几句我听不懂的家乡脏话，我又狠狠补上一脚，段月容同学的男儿泪终于流了下来，勉强开口道："你这个下流的贱人……"

我仰天狂笑："现在谁才是主子，谁才是爷……"

我得意没多久，段月容咬牙踢向我的小腿骨，我站立不稳，滚下山崖，连带将段月容也拉了下去。

断崖峭壁，燕鸟飞绝，银色的飞瀑直下三千尺，在阳光下，银光闪闪，旁边一杆枯枝横立，上面险险地挂着我和段月容。我俩如挂在肉铺钩子上那一根绳上串着的两片腊肉，迎风飘荡，面沐飞溅的泉水。

我们鼻青脸肿地互瞪着对方。

段月容恨声道："贱人，你现在终于可以和我同归于尽，不但为宋明磊报仇了，又为你的原非白争回个贞烈的面子，这下你可满意了？可开心了吧？"

我对他眯起我的熊猫眼，用空着的那只手，直击他的鼻子："贱人？你妈妈难道没有教过你，对女士不要用这种不敬的称呼吗？”

我们又在空中纠缠了起来，那根枯枝受不了重量，咔嚓断裂，我们摔向瀑布深潭。

扑通一声，我俩掉入碧波潭水之中。

我毕竟是在建州海边长大的，水性还可以。按理说段月容身为世子，南征北战，通点水性，也属正常，可是他却在水里沉啊沉的。一开始我还以为他是故意想拖我入水，好淹死我，后来才发现他竟然毫无章法地乱抓一通，双腿被水藻缠住了，紫眼睛也开始翻白了，我也被拉向了河底。我憋住气，摸到他怀中的“酬情”，把他腿上的水藻割去，我俩浮上水面大口大口地呼着气，趴在岸边剧烈地咳着，再也打不动了。

过了一会儿，我稍微缓过来了一点，试着用“酬情”去割断那千重相思锁，不想那相思锁纹丝不动，我心中懊恼，爬过去，揪住段月容的胸襟，虚弱地问道：“钥匙呢？”

段月容的玉容苍白如纸，嘲笑地瞥了我一眼，没有理我。

我对他举起拳头，他这才猥亵地对我笑着：“就在身上，你自己摸吧，反正刚才我全身都被你摸遍了。”

我怒道：“下流，不想死你就快点给我。”

段月容这才冷笑着艰难地往身上东摸西掏，结果半天也没掏出来，他的脸色也有些变了，坐起来，认真地找了一番，还是一无所获。他的紫瞳无辜地看着我，是我气晕看错了吗？他的紫眼睛里竟然藏着一丝笑意，他无奈地一摊手：“找不着了。”

我对他危险地眯着眼睛：“识相的最好快点交出来，不然就先剁了你的手。”

他对我耸耸肩，无赖地一笑：“不定是掉水里去了，许是在崖上我俩交欢之地，本宫愿陪爱妃故地重游。”

我心中惊怒交加，亲自动手又搜了一遍段月容的身上，的确什么也没有。段月容嘴边的笑意却越来越浓。我想拖起他再往水里去寻找，却眼前一黑，栽倒在地，接着肋间剧痛，艰难地喘息起来，我模糊的意识里，只有段月容的紫瞳里那一抹意味不明的笑容在我眼前。

第九章

影庄焚悲歌

◆◆◆

我感觉自己在黑暗中飘浮，一阵哭声传来，我晕晕乎乎的，一个白衣小孩在那里哭泣，我走过去，拍拍他的头："阳儿。"

那孩子抬起泪容，开心地说道："木槿，你果然认出我来了。"

我笑了笑："这回你又要带我去哪里呢。"

阳儿摇摇头笑道："阳儿只是想见木槿。"

他拉着我坐到一棵老梅下，紧紧抱着我的胳膊，笑得甜甜的。

想起原青舞和明风扬，不由轻叹一声，摸着他的小脸："阳儿，这几年你过得很苦吧！"阳儿使劲地摇摇头。

我又问道："你是怎么认识我的呢？"他但笑不语。

风轻轻地拂上我的脸颊，阳儿担心地说道："木槿，你要小心紫眼睛的大坏蛋。"

想到我刚刚失去的童贞，说实话我并没有看重那一层薄膜，可是我多么想把第一次给非珏，没想到非白防来防去，终是没有如他的愿。

在古代，失去贞操的女人命运有多么悲惨，我想，我始终没能逃脱紫瞳的诅咒……就算我再坚强，不介怀失去贞操，就算时间能冲淡一切，也不能忘怀第一次给了我最痛恨的人啊，还是我自己主动扑上去的。多么愚蠢？多么荒谬？一时间，我心里一团郁闷难受，坐在那里低头沉默。

一双小手抚上我的脸，他难受地看着我："木槿，你受委屈了，对吗？"

我的泪流了下来，我发誓这不是为了段月容。于是我苦笑着："为什么我身上的生生不离没有把他毒死呢，可恶。"

阳儿深深地看着我，黑宝石般的眼珠熠熠生辉地映着我的泪容，他温柔地抹着我的泪水："不要哭泣啊，木槿，你是阳儿心中最勇敢坚强的木槿啊。"

我的泪更猛，他叹了一口气，拉着我的手说："我想请木槿答应我一件事，好吗？"

我笑着说："我现在可能马上要去见你的爹妈了，不知道还能为你做什么哪。"

他的小手拍拍身上的土，站起来对我笑道："我只是想请木槿不要怪我。"

忽然他背后的阳光暴涨，我无法睁开眼睛，只能抬手遮住那强烈的光芒，低下头，却见阳儿的影子在阳光下慢慢拉成一个昂藏的男子身影，他的男孩声音却没有变，柔和而坚定地对我说道："再会了，木槿。"

我抬起头，只能见到一个潇洒的背影，瞬间消失。

我愣愣地望向远方，耳边却有人在对我吹气，我一回头，却见一团妖异的紫色向我扑来。

我一下子惊醒了过来。睁开眼，却见我躺在一座简单的屋子里。这屋子好熟悉，这不是我以前住的西枫苑北屋吗？

我激动地坐了起来，打开门，揉了揉眼睛，是小北屋。我冲了出去，跑到梅园，真的是西枫苑！那西枫苑里的每一棵梅树的位置我都记得的。我跑到莫愁湖边，扶着梅树伸头看看，里面果然隐约看到几条金光闪闪的大水蛇在游动，是金不离。

我兴奋了一会儿，又奇怪地想着，人呢？为什么整个西枫苑里没有人呢，难道我还是在梦里？我试着拧了一下自己的脸，哦，好痛啊。我叫出声来，这时有人嘻嘻笑出声来，我一转头，却是个满脸青春痘的小男孩，我跑过去抱着他热泪滚滚："素辉……"

素辉却奇怪地推开我："木丫头，你怎么了。"他嫌恶地退了一步，"你看你，把我的衣衫都弄脏了。"

我破涕为笑了："素辉，我怎么会回西枫苑的啊？"

素辉奇怪地问道："咦，木丫头，你今儿个怎么这么奇怪啊，你不是一直在西枫苑吗？"

我愣住了："西安城不是被南诏攻下了，我们逃到暗庄了吗？然后我代替二小姐冲下山去……"

我有些絮絮地说着那段可怕的往事。

素辉愣愣地看了我一会儿，然后大笑："木丫头，你做梦吧，老骗我。什么时候的事儿啊，快走，白三爷等你过去伺候哪。"

我被他拉着过去。我如堕云雾，来到赏心阁，绝代波斯猫冷着脸坐在那里，旁边是韩先生，再旁边三娘端来一个红泥漆托盘，上面是一盏茶，我过去亲热地说着："三娘……"

谢三娘笑眯眯地将盘递给我："姑娘可醒了，三爷正不开心呢，快端过去。"

啊，我又被堵住了。我只好乖乖将茶水送进去，原非白却不看我一眼，只是冷冷道："你今天起得晚了。"

我张口欲言，韩先生笑眯眯道："三爷，木姑娘的身子不好，多睡会儿也是正常的。"说罢给我使了一个眼神，将我支出去了。

我有些莫名其妙。怎么回事，我脑中的那些旧事，难道都是梦而已？段月容屠戮西安城，川北双杀、原青舞，我明明刚才还梦见阳儿，究竟哪些是梦，哪些是真？

这时远处一个人影一闪，却是韦虎经过了，我心中一震，便赶到马房。他果然在备车，我走过去，却见他恭恭敬敬地向我躬着身，我一把拉起他的左臂，完好无损，却冰冷无比。

我愣着神，韦虎的眼中闪着诧异："姑娘这是做什么。"

我向韦虎走了一步："韦壮士，你难道忘了，是你送我和素辉躲进暗庄的。"

韦虎肃着一张脸："姑娘最近一定太累了，我先送姑娘回去吧。"

我被逼回小北屋，静下了心，如果以前都是些梦，那我何不去找非珏和锦绣呢？

我偷偷潜出门外，刚要出垂花门，却见两个冷面侍卫凭空出现："三爷有令，请木姑娘回去。"

我看了两个冷面侍卫几眼，点了一下头，往回走去。

这时，迎面走来满脸是疤痕的鲁元，他看到我很是惊喜："木姑娘，你总算醒了。"

我微笑着，走近他："鲁先生好啊。"

他向我点着头笑着，手里捧着一堆图纸。

我老实地说道："鲁先生，我做了一个很奇怪的梦，梦见西枫苑和紫园被南诏兵糟蹋了，一觉醒来才发现这一切竟全是梦呢。"

我紧紧盯着他的表情，他的眼神果然闪烁了一下，然后嘿嘿笑了笑，轻声道："我也做过这样一个梦，不过，不要紧，只是一个梦而已，木姑娘。"说完，他急急地同我擦身而过了。

我看着他的背影，脸上还是挂着笑，没事人似的走回我的小北屋。

到了晚饭时分，我对谢三娘说我身体不舒服，就待在小北屋里。谢三娘给我端了一碗药来，说是一定要喝下去才行。我伸了个懒腰，一饮而尽，三娘这才满意地走了出去。她刚踏出去，我的头就有些晕，我咬破我的手，清醒了些，偷偷溜了出去，向鲁元的房子走去，没想到，还没有到近前，就听到有女人和孩子的声音。

"阿爹，阿囡乖，阿爹陪阿囡玩。"一个小女孩的声音十分清脆，却有一丝说不上来的怪异，总觉得好像有些变调。

鲁元愉悦的笑声传来，声音一如既往地带着嘶哑："阿囡乖啊。"

"你莫要再惯她了。"这时又一个女子的声音传来，也是有些变调。

鲁元在里面说道："阿囡乖，阿爹给你吃糖。"

"不要吃。"

"可是你那么多天不吃东西，怎么好呢？"鲁元的声音有些焦急。

我心中一动，用手沾了唾沫捅破了一层窗纸，一个小女孩背着身子，对鲁元使劲摇着头，旁边是一个背对着我的女子，那女子忽然往我这边看过来。

那是一张十分清秀的脸，却是苍白如纸，双眼下一片青黑，眼瞳中没有焦距。这时那个孩子也转过脸来，她的小脸上挂着一丝奇异的笑容，眼袋一片乌黑，眼神说不出的怪异。我立刻缩下身去，紧紧抱着自己抖得厉害的身子，捂着嘴不让自己尖叫出声。

顶上的窗子打开了，鲁元奇怪地问道："你做什么呢？"

"好像有人在外面。"那女子说着，然后发出僵硬的笑声，"是我搞错了。"

她复又关上窗，我慢慢地爬离了鲁元的窗子，身体抖得快散了架，在离鲁元的屋子不远的地方，我触摸到一种藤萝植物，借着微弱的月光一看，心中的恐惧像火山一样爆发，浓郁的花香中，紫色的西番莲盛开着大大的花朵，好像是在对我大大地咧开一张嘴，无比诡异地笑着。

我的脑海中依然浮现着那个阿囡的笑脸。我记得的，同那天要把我架走的几个小童一样，僵硬怪异，眼袋发青发黑。

他们根本不是活人，这就是为什么他们的声音有些变调，那笑容很恐怖，这些是幽冥教的活死人！

那我究竟在哪里呢？刚刚我还记得在同段月容扭打……

段月容！想起那双紫瞳，我定了定心神，这个妖孽也被这幽冥教的人抓住了吗？我想起来我昏过去以前，他眼中的笑意，他笑什么？

我想起来，川北双杀说过这是幽冥教的"人"，绿水要杀段月容时，段月容说绿水是幽冥教的人，还想尽办法不让绿水接近他的父王，所以他才会和她颠鸾倒凤了那么几年，那也就是说段月容应该不是幽冥教的人。

我回到我的小北屋，摸到桌前，"酬情"在，却少了"长相守"和"护锦"，那段月容应该也是被抓起来了。这幽冥教为什么要抓住我，为什么要布这么一个局呢？

想起白天鲁元手中拿着的一堆图纸，我豁然开朗，幽冥教要利用鲁元为他做某样东西，他们知道鲁元最爱的是他被段月容杀死的妻儿，于是便造了对假妻女来骗过鲁元，让他转移注意力。那留着我，又要利用我为他们做什么呢？

既是如此，为什么不用真人呢？

我忽然想到我逃出去的暗庄，原非白曾提到原青舞和幽冥教有来往，那天她也是逼着我去开暗宫的大门，这么说这伙人是想骗我去打开暗宫吗？如果是这样，这是多么巧妙的一个局啊！如果没有经历过战火的花木槿也许会沉不住气，在主谋的引导下打开暗宫，那么主谋就会知道暗宫的具体地址了。

段月容呢，这个妖孽怎么这么不济。如果他同幽冥教搏斗一番，讲不定我倒可以趁乱逃出去。转念又一想，冷汗淋漓，他中了生生不离的毒了！正是如此，所以没有武功就被抓了，很有可能他已经被杀了。

我想来想去，只有求助于鲁元了。我有种预感，这个苑子里，只有鲁元的心是同我一样明白的。

第二天，我如常地同素辉嬉笑打闹，装作也完全相信我回到了西枫苑，那可怕的过往只不过是春梦一场，想从原非白那里套些话，可惜，韩修竹和谢三娘他们总有一堆天衣无缝的借口堵住我的请求。我只得在吃晚饭的时候，故意向原非白提议，最近噩梦太多，想找鲁先生打一样银首饰来压一压邪，原非白板着脸应允了，我心中暗嗤，你扮得一点也不像。

我又来到鲁元的屋子里，他正在摆弄一些图纸，看我进来了，便招呼着："秀兰，倒茶。"

那个女子便托了盏茶过来，我故意洒了热茶到她的手上，急急地道歉。她的手上都烫红起泡了，可是她却像没事人一样，灿若春花地对我笑着，我眼角余光扫过，鲁元眉头微皱，却没有说什么。

我说了下来意，鲁元自然是满口答应，说道："等我这暗库之事稍缓，我便为姑娘打一副银护腕吧。"

我笑问："暗库？"

鲁元点头说道："最近白三爷老在看一本紫绢的古书，他说是他想按古书上说的在咱们西枫苑下面建一座暗库。"

我"哦"了一声，点头笑道："鲁先生，可还记得我们如何研究出'长相守'护腕的？"

鲁元的嘴忽然抖了起来，正要开口，一个女孩子跑了进来，扑上他的膝，抱着鲁元，缠着他玩。

我摸摸她的头："阿囡认识字吗？"

那孩子想了一会儿，点头拍手道："对，对。"

还是真人好，我笑着摸向她的小脖子，果然没有任何脉搏。这个孩子死时才多大，这个主谋究竟用什么方法控制这些死去的人呢?

经过我昨天跌倒的地方，阴雨蒙蒙中，紫白相间的西番莲正盛放着，长长的花蕊妖冶媚丽地延展着，散发着一种勾魂摄魄的异域之美，那馥郁芬芳的香气在空中悠悠蔓延。

晚饭过后，回到房里，我还是照例喝了谢三娘的茶水，然后咬破手臂，清醒过来。沿着熟悉的路线，我潜入赏心阁的书房，我看着书架，果然有一本浅紫色的古质绢书，里面全是古字。

好在以前原非白研究古文时，我也在一旁研墨伺候过的，还识得几个。我看了几行，腹中的疑团却越来越多了。咦，这好像是一本女孩子的日记，扉页的左下角淡淡地描了一个古字“蠡”，而里面的词句婉约柔美，清丽脱俗，开头几页无非是些伤悲秋月，小女儿情怀，然而主人公长到十二岁时，她的生活故事开始发生了巨大的变化，这位女子长在民不聊生的乱世，她的父亲乃是西北豪族，同三位结拜叔伯对于腐败的政府终于忍无可忍，揭竿而起，历尽千辛万苦打下了天下。于是十六岁那年，她和她的妹妹成了开国的两位公主，她被赐号平宁长公主，她的妹妹赐号平律公主，她在手札里详细描述了册封那日的盛景和她激动的心情，因为在她册封为公主的同一天，她们的父亲要为她们指婚。她和她的妹妹在受封后，便悄悄地躲在金绣彩凤屏风后偷看她的父皇为她们选的两位驸马，我看着看着，也被那位公主的故事吸引了，平宁长公主、平律公主，好熟啊。

再一细想，猛然想起有一次说起原非清十六岁就尚了比他小一岁的淑琪公主，原非白笑着说过，其实原家宗族里尚过两位公主媳妇，一个就是原非清的妻子，本朝的轩辕淑琪；还有一个却是原家第一代先祖娶过开国长公主平宁公主，我想想，对了，她的名字好像叫作轩辕紫蠡。

是了，我还清楚地记得，原非白说过紫栖山庄其实是东庭太祖赐给平宁长公主的府邸。

奇了，这开国长公主的手札为何会在这个fake（仿造）的西枫苑呢?

我接着往下看，她的生活很幸福，驸马对她也很体贴，直到有一天，一切全变了……

“好看吗？”一个声音传来，我吓得手一松，手札落在地上。只见一灯幽暗，原非白坐在轮椅上，素辉在旁边伺候着，满面冷漠。

“我不知道三爷还爱看女孩子的手札。”我冷冷道。

“原非白”一笑：“我也不知道木槿喜欢晚上偷偷地溜进我的书房来看书。”

我的心咯噔一下，“原非白”敲了敲轮椅，“谢三娘”进来了，看到我站在那里，一怔，然后浑身抖作一团，跪在那里："主人，求主人饶恕我。"

"原非白"轻轻一吹翠笛，"谢三娘"浑身的肌肉立刻爆开，一颗颗钢钉露了出来，脸上也是，然后向后倒去，再也没起来过。

我立刻弯下腰，干呕起来。

"这批人偶做得不好啊，小新。""原非白"叹了一口气，"须知，教主是不喜欢不好的人偶的。"

"素辉"微微弯腰道："小的死罪，容明天再去抓几个来，一定是健康的活口。"

"原非白"点点头，转头看向我，笑着说，"今晚我原也不想那么早睡，正好陪木槿看这本紫齹手札。"

素辉一拍手，两个人偶将"谢三娘"给弄出去了。

我心中翻涌着狂涛骇浪，"原非白"却在那里说下去："这本手札的主人正是开国长公主轩辕紫齹，据说她乃是世间罕见的一位绝代佳人，不但精通音律，而且擅绘画舞蹈，如今宫廷流行的飞天舞，便是她根据天竺传来的舞蹈改编而成的。这样的金枝玉叶，既然嫁得东床快婿，理应是享尽人间美事的，然而从这本手札上看来，却是红颜薄命啊。"

的确如此，我看到后来，好像轩辕紫齹的婚姻发生了变化。我咽了一下口水："为什么呢，三爷？"

"庭朝开国元年，轩辕世祖手下名将如云，各自拥兵自重。"他叹了一口气，说道，"木槿你说说，每一个皇帝打下天下后，第一件事要做的是什么呢。"

"自然是诛杀那些功高盖主的臣子，巩固自己的皇权。"我想我的声音应该是有些抖的。

"木槿真是聪明。正是，其时世祖皇帝手下有三个结义兄弟，个个出身门阀大家，拥兵百万，雄霸一方。开国后又加封上柱国荣号，爵至一字并肩王，可谓权倾一时。木槿，还记得吗？我曾经告诉过你的。"

我略一点头："木槿记得，轩辕氏祖籍北方，故而又称北燕轩辕，另三家应该是秦中原氏、海宁明氏和中原司马吧？"

"原非白"微笑着："正是，世祖决定着手先对付最大的功臣司马家。他很快找到了诛灭司马家九族的罪证，原家和明家也不是傻瓜，自然懂得唇亡齿寒的道理，便联络众臣力保司马家，尤其当时的原家，替司马家前后奔走，花了无数的人力物力财力，终于使得司马家只是废了爵位，削为平民，而没有诛灭九族。于是司马家的祖先便立下祖训，为了答谢原家人的大恩，便让其中一支司马氏子孙为原氏家奴九世，以报大恩，而其他族人便迁居夜郎的瘴毒之地，永远不再出世。"

“那原家和明家又是如何逃过灭族之祸呢？”我奇道，“想必是世祖从此罢手了吧！”

“原非白”一笑：“他们没有逃过，至少在他们的先祖那一辈，没有逃过。一个皇帝若是起了杀心，便绝不会停下来，反而会随着时间的推移、岁月的流逝，越来越强烈，变成了心头针、喉间刺。”“原非白”叹了一口气，“然而明原两家的关系偏偏实在太好，又共同进退，明家为官颇为圆滑，原家做事亦是万分谨慎，尽管世祖有着强大的情报网络，竟一时找不到罪证。

“世祖暗中加紧搜罗罪证，为了拖延他们造反的时间，表面上又做出笼络这两家的样子，便将自己最喜欢的两个女儿，分别嫁给了明原两家的下一代族长，平宁长公主轩辕紫蠡便嫁给了原理年，平律公主轩辕紫弥嫁给明凤城。”

“难道太祖皇帝就这样牺牲了自己的女儿？”我皱着眉说道。

“原非白”只是一笑：“自古以来，对于帝王之家而言，哪怕不能牺牲的也要牺牲，更何况是可以牺牲的。”肖似的凤目复又瞟向我，“木槿你说说，如果你是轩辕皇帝，会怎么样呢？”

“人无完人，金无足赤，我自然会想尽办法找到他们的弱点。”

“不错，原理年是个武痴，明凤城却好敛财。”他目光炯炯地看着我，“直到有一天，天竺的一个僧人进献了一本旷古绝今的经书，《无相真经》。这本真经有两部，《无笑经》和《无泪经》，必须一起练，方能领悟其精髓，成就天下无敌，实现宏图霸业，”他的眼神有些神往，转过头来问我，“如果木槿有一天可以无所不能，最想做的是什么呢？”

我微笑着摇摇头：“所谓宏图霸业转头成空，天下无敌往往成就孤家寡人，若是能和相亲相爱之人平静生活，未尝不是一个人最大的福分了。所以木槿不会醉心无所不能，也不会想去练这样的武功。”

他听了，怔忡地看了我一阵，叹了一口气：“我一直以为木槿只是一个会耍小聪明的小女子罢了，原来是心存大智慧啊。”

我搔头，还是想不通，我哪里有大智慧了，我这样以前不是一直被锦绣骂胸无大志吗?

便继续听他说下去：“世祖知道这两本经书的奥义，却把两本真经分别作为两位公主的嫁妆，送给了原家和明家。”“原非白”一笑。

我恍然大悟，怪不得原青舞说那《无泪经》是明家的传家宝，果然那《无笑经》便是原家的传家宝了。

“世祖让长女对原理年说《无笑经》是一本武林秘书，让次女对明凤城说《无泪经》里有着巨大的宝藏。然而事实是，练了《无笑经》的人武功高进，人却已成魔，渐渐必须靠吸食人的鲜血精气为生，这时若辅以《无泪经》方可练成正果。然而练成之日纵然本性恢复，身边众多亲友也会被练者诛杀殆尽，世间再无欢乐可言，故名无笑经。而那《无泪经》越练，武功亦会突飞猛进，可人却会变得痴傻，所以很多人无法练下去。因为练的时候不是被仇敌所害，便是无法自理而死，若结合《无笑经》，偶有练成者，往往性情大变，前尘尽忘，不识父母，不认爱侣，或将其作仇人杀死者甚众，故而忘情负爱，练者本身却不知晓，故取无泪之名，批言：莫笑功成无泪下，泪如泉滴亦须干。”

我在那里听得冷飕飕的，明风扬就是练了那《无泪经》，忘记了至爱原青舞，那非珏也会将我忘记吗？

他却又含笑说道：“果然不出一年，原理年忽然得了场重病，连管理家族的能力也没有了，于是轩辕紫蠡代原家禀明轩辕家，辞了京都禁卫军统领之职，回到了原家祖籍之地西安。”

“原理年终于还是练了《无笑经》。”我喃喃道。

“不错。”他有些幸灾乐祸地看了我一眼，笑着继续道，“世祖便钦赐华山紫栖山庄，既算是赐给长公主的府邸，又算是给原理年养病之用。原理年刚刚回到西安对外说是好多了，只是不宜见客，然而实际上原理年的病却更重了，重到除了心爱的公主轩辕紫蠡，他谁也不认识，他必须不停地吸食人血和高手的功力，才能活下去。而那些被吸干功力的人往往只剩下一层人皮了。”

我忽然想起原青舞曾经说过她要吸干原家人的血，当时还以为她是个疯子，现在想来，其实她说的全是真的，也就是说，那时候如果原非白没有杀了原青舞，我和原非白必然会被她吸干血肉。

我脱口而出：“早年传说原家的祖上是杀死西安食人妖王的大英雄，其实那个真正的食人妖王竟是原理年？”

“正是如此！”

“那后来呢？”

“原理年与轩辕紫蠡伉俪情深，即便他控制不住自己，连他的亲生兄弟、亲生儿女被吸干者甚众，却始终没有伤害过长公主。长公主命人在紫栖山庄下修建了一个固若金汤又宛如迷宫的地下宫殿，用来囚禁原理年，每天提来不同的活人供其食用，练《无笑经》，长公主的名字中的‘蠡’和原理年的‘理’字皆与‘鲤’谐音，她灵感顿生，便创造了精巧无双的双鲤守宫音律锁，至今天下无人能完全复制。”他眼中闪着崇拜之情，口中却长叹一声，“遗憾的是，原理年的武功日高，魔性益强，到后来连双鲤守宫锁也关不住他了。”

“那怎么办呢？”我茫然地问道。

“长公主知道是自己的父皇害了原理年和原家，便决定结束这个悲剧，她从好友苗王手里讨来一种名为贞烈的蛊毒，凡是中了这种蛊毒的人，每天都会心神剧痛，日渐衰亡，而任何一个人与中了贞烈蛊的人交合，即刻身亡。

“长公主是千金之躯，自然不愿同别的女子分享爱侣，便亲自服下贞烈蛊，忍受着剧痛，引着原理年进入了二人的寝殿紫凌宫，放下了断龙石后，启动机关，那座紫凌宫便下沉至地下，那两人便永远地留在里面，而原家后人便把那座宫殿改名为紫陵宫。”

我恍然地看着他：“原来那紫陵宫便是暗宫的起源之地，暗神一族便是司马家的后人，他们留下来是为原家的紫陵宫守陵的，对吗？”

“木槿好聪明啊！”他拍拍手，状似满面欣喜，眼中却闪着一丝琢磨不透的光芒，“长公主在进入紫陵宫前，给儿子留下遗言，原家须侍奉轩辕氏九世，九世之后，若轩辕无道，原氏方可取而代之。而那贞烈蛊，原家的人却留了下来，开始研究其配方，减轻成分，变成了今日的‘生生不离’。”

我如遭重击，结结巴巴地问道：“那明家呢？”

“在那个时代，明家的先祖明凤城是最聪明的。他故意让世祖以为他爱贪小利，志不在大，可是即便如此，世祖还是不放心，明凤城也明白，于是在原家离开京都后，明家也告老还乡了，回到了江浙封地。不久之后也传来了病逝的消息，有人说他因轩辕氏的猜忌，积郁成疾，英年早逝；也有人说他终是翻看了《无泪经》而魔怔了，便出去寻找宝藏，最后死在了大漠之中；又有人说他迷上了神佛，出家云游去了……反正明凤城再也没有在世人面前出现过，而平律公主其人也同明凤城一起神秘地消失了。

“自此之后，明家祖训，明氏中人皆不得翻看《无泪经》，而原氏却把《无笑经》和妖王的秘密永远地埋在紫陵宫中，暗宫中人永远守护紫陵宫，除了当家人，无人可入暗宫。后来两家虽然仍有后人在朝为官，却始终不得朝廷重用。

“而明家同原家虽暗遵遗训世代交好，谨防轩辕氏的迫害，不想却毁在明宁那一代。明宁一心想光宗耀祖，他本来替儿子明风扬向秦相爷求亲，结果秦家却选中了原青江，明宁本就心中嫉恨，可明风扬不但娶了原青舞，还受其怂恿，练了那本《无泪经》。”他在那里冷笑着，眼中的嘲讽愈盛。

“你究竟是谁，为什么会知道这么多呢？你又是从何处得来这本紫蠡手札的呢？”我沉声问道。

“我是原非白啊。”他坐在轮椅上轻笑着，肖似原非白的凤目看着我，却满是深谷迷津，无法踏入其中。

我叹了一口气："白三爷从来不会直呼他父亲的名讳。这位先生既然知道这么多旧事，而且还有平宁长公主的手札，木槿以为您以前一定也是紫栖山庄的人吧，"我顿了一顿，看着他的凤目，"我如果没有猜错，您就是这么多年来，一直同原青舞在一起的人吧？"

他开心地笑了："何以见得呢，花木槿小姐。"

我站了起来，紧紧握着那本手札，平静道："这里种满梅花，可是苑子里全是一些很浓郁的异花香气，我到后苑看过，果然种了西番莲花。这西番莲是热带植物，这个苑子一定有温泉，其地理条件应当同西枫苑一模一样，否则不能成活，即便有西番莲存活的地理环境，一般平民没有条件，不懂其生长规律，是不可能随随便便种植成活的，所以我大胆臆测，您是从紫栖山庄的暗宫里出来的，所以您才会如此了解西枫苑的一草一木和这种西番莲的植法。而您种这种西番莲的真正目的，应当有两个，一个是为了怀念紫栖山庄的暗宫。"

他看着我的眼睛，温和笑着："那另一个原因呢？"

"您在用活人做实验。我不知您具体怎样把这些活人做成行走的僵尸人偶，可是我知道您在不断地将武林高手骗入山庄，好帮原青舞吸取他们的功力来练《无笑经》。可是这些尸体您来不及把他们全部做成人偶，也不可能一下子处理掉，所以您用这种异花的浓郁香气来掩盖尸体腐烂的恶臭。"

他在那里使劲拍着手："好好好，难怪那小孽障这样宠你，果然不似一般女子。"

我继续说道："鲁先生因为受了刺激，所以神志时有不清，他便将您安排在他身边的妻女人偶当了真，然后认真为您建造另一个暗宫。"

他微笑着推着轮椅向我过来："你说的那些都对。那你现在猜猜，我要对你做什么呢。"

我的身子没有办法不抖，我向后退了一步，强自镇定道："您与原家，必然是敌非友，若我是您，一定会利用我来诱原非白本人前来，然后再在原非白面前杀了我，令其痛你所痛。"

我特地把那个"在原非白本人面前"说得特别重些，以提醒他不能现在杀我，不管怎么样，先缓他一缓，然后让原非白来解决吧！

他支头微笑："好一个缓兵之计，不过的确可行啊。"

我开口道："这里究竟是哪里？"

"这里叫作梅影山庄，木姑娘。"他对我微微笑着。

我的心一动："梅影？"

我沉声问道："请问先生名讳？"

那人微微一笑："多少年了，没有人问起我的真实姓名。"

他一扬手剥去脸上的易容，露出一张满是刀痕的可怕脸孔，还有那满头苍苍的白发。他昂起头来，对我哑声笑道："司马莲。"

我喃喃念着他的名字，心中一惊，既然司马氏都是作为原家的奴隶存在的，为何这个司马会这样痛恨原家？

我脱口而出："莫非先生是前任暗神，敢杀前任原氏宗主原青山的司马莲？"

他仰头大笑起来，那笑声嘶哑可怕，满是悲愤恨意，双目发出一道利芒："正是。"

司马莲看了我一会儿，似乎主意已定，他的手一扬，手中多了一支竹笛，他放在嘴上轻轻一吹，一个小女孩走了进来，脸上挂着奇怪的笑容，后面果然跟来了跌跌撞撞的鲁元，他的口中还在乐呵呵地说着："阿囡，不要跑得那么快啊！"

他一进来，见到这一切，立时愣了一下。

司马莲笑着对我说道："我记得姑娘还有一个同伴吧。"

我一滞，他是在问段月容吧。

"你说说，如果天下最骄傲的踏雪公子知道自己的女人被人淫辱了，他会怎么想呢？"他的嘴角边开始浮起一丝残酷的笑意，"再或者，他亲眼看着自己的宠妾被人强暴，又会是什么表情？"

天气不怎么冷，尤其是这个苑子后面就是温泉，屋子里甚至有些闷热，可是我的身上淌着冷汗，他想做什么？

他吹了一下笛子，谢夫人的画像收了上去，果然一切同暗宫一模一样。我退无可退，只能被长得像素辉的那人拉了进去。熟悉的火把亮了起来，我们七转八弯，来到了一处缀满西番莲的飞天笛舞浮雕的大墙前，我再看那飞天和吹笛的青年，心中不由一动，那人物造型与暗宫里的一模一样，只是面目完全不一样。这个飞天像极了谢夫人，而那个青年长得俊美非凡，却看似陌生。

墙边守着两个巨大的人偶，皆笼着袖子，缩着身子跪在墙前，面目早已腐烂多时，面部和手脚的关节赫然显着钢钉，司马莲吹起一支曲子，竟然是《长相守》，那两个人偶立刻昂头挺胸，睁开没有眼睛的眼眶，缓缓站来，从袖中伸出皮肉腐烂殆尽的大手，转动身边巨大的齿轮，那堵飞天笛舞的大墙发出咯咯巨响，慢慢地向上升了起来。

很明显，这个暗宫的规模根本不能同紫栖山庄下面的那个相比，越进里面，那西番莲花香越浓，可是花香再浓再香，也挡不住一股扑鼻而来的血腥腐臭之气。"素辉"走过去，打开一扇黑幽幽的铁栅栏，我们被逼着走进去，然后我彻底呆在那里，只见里面全是巨大的刑具，锁着一个个赤裸的人体，有几个还活着，那些人体的每一个穴道上都插满了细小的钢钉，在痛苦地扭曲着，眼神狂乱，血腥味和人体排泄的秽物臭味充斥着整个山洞。

我无法不颤抖，这个恶魔带我过来到底想干什么？

司马莲指着唯一一个活着而没有扭曲的黑瘦人形，笑道："木姑娘可认得此人？"

那人还有一丝呼吸，的确有些眼熟，莫不是紫栖山庄的熟人？我上前再定睛一看，不由啊地大叫一声，骇得倒退三步，跌坐在地上。那人不是别人，竟然是段月容！两天不见，原本长得天人之颜、风流倜傥的段月容，现在却是满面憔悴，面色黝黑如鬼，两颊深陷，赤裸的身子上插满银亮的钢钉，那血珠极细极细地沿着钢钉流到地下的一个坑里。

也许是听到我的惊叫声，那枯瘦的人形慢慢睁开眼睛，紫瞳依旧明亮无比，他看到了司马莲，满面嘲讽之意，紫瞳有着深深的恨意，却依然桀骜无比，然后他将目光放到我身上，似乎有些诧异，又有些了悟，只是睨着我淡淡地笑了。

我知道段月容是多行不义必自毙，一切都是上天对他的惩罚，可这司马莲简直就是泯灭人性。

我跌坐在地上，腿脚发软。

鲁元看着紫瞳的段月容，满脸惊骇，不知是因为毁家灭族之恨，还是也被这样的人间地狱给吓坏了，他疯狂地大叫起来。

"你究竟为何要做出这样残忍的事来呢？"我望着他，挣扎了许久才组织起一句完整的话语。

"自肃宗末年起，轩辕皇室已是羸弱不堪。如今原氏宗主原青江正是第十世，原氏在西安已历九世，人才济济，兵强马壮。窦氏发乱，正是群雄并起的好时候。原氏据西北之地，窦氏占巴蜀与京都，想两头夹击，剿灭原氏，中原地区又有邓氏流寇作乱，太守张之严乘机侵占吴越之地拒不出兵。可笑那些大大小小的城主、太守、地方官，只要手里有那么一丁点大的兵权，都开始梦想着坐拥天下，龙袍加身了。"他轻嘲一声，敲打着轮椅，"素辉"过来推着他来到段月容处，"我们司马家按理也能马上获得解放了，我是司马家的第九世，我比任何一个暗神都要聪慧。我从小喜欢摆弄机关，我虽不能再复制出那双鲤守宫的海市蜃楼锁，可是我只听那原青山吹了一遍《长相守》，便掌握了开锁的音律。我那时心高气傲，我司马氏人才济济，天资聪慧，何苦守着那誓言，一连九世要为人奴仆？而且那原氏算什么，那原青山胸无大志，心慈手软，留恋女色，虽然允诺我的子孙将会得到自由，可是一想到偏我要在这暗宫待上一辈子，我的心中便无法平静。"

他的眼中迸出恨意来，长叹一声："我看着那飞天笛舞，心里总是想着那轩辕公主是不是长得同这飞天一样美丽呢？我们暗神代代都传下祖训，侍奉原氏九世，不可擅入紫陵宫。我一天天长大，摆弄机关的能力和武功也与日俱增，我想着如果、如果有一天我有机会逃出暗宫，就再无机会进入紫陵宫了，于是我无法按捺自己的好奇心，日复一日苦心研究如何打开紫陵宫，终于有一天，我成功了，还找到了这本紫蠡手札，发现了开国时四大家族的所有恩怨，原家和暗宫所有的秘密。”

他激动起来，眼中闪烁着探宝时才有的兴奋和新奇笑容：“轩辕公主是多么美啊……”他那伤痕累累的脸一阵痴迷，喃喃道，“我本不想看那《无笑经》，真的！我发誓原本只想看一眼就走的，可是、可是，当我看了那第一行字……我就、我就根本移不开我的眼了。那是、那是多么精妙的武功啊！难怪像原理年那样精明的人都无法拒绝这本真经，于是我决定不再做原家的奴隶了，我偷偷带了长公主的手札，抄下《无笑经》书，然后出手击杀那原青山，想带着族人逃出暗宫，不料却失败了。”

“原青江。”他咬牙切齿地说着这三个字，“我太小觑那原青江了。他乘机拿我的命要挟我的父亲，于是我父亲被迫再次发誓，司马族人待在暗宫，永世侍奉原氏，那原青江却命人将我武功尽废，扔到紫川之中受金龙之刑。

“我在族人的暗中相助下活了下来，我一心想复仇，我知道原青江最喜欢的妹妹原青舞，从小同明风扬那个傻小子青梅竹马，私订终身，可是暗地里同原青江也有着不可告人的关系。原青江，哼！”他在那阴阳怪气地笑着，“我原以为这样的男人是不会动情的，不想这样一个枭雄竟然会喜欢上一个目不识丁的小丫头。他抹杀了我和我族人梦寐以求的自由，我便要毁掉他喜欢的所有东西。于是我暗中把我抄下来的《无笑经》给原青舞看，像她这样贪婪的女人果然一下子迷上《无笑经》，没想到她竟然怂恿我去毁掉原青江最爱的那个蠢女人。”

他哈哈大笑起来：“这对兄妹，多么相像啊，爱得那样炽热，那样毫无伦常，却又如此歹毒。于是我去了。我还记得，那天天气很好，我记得清清楚楚的，”他的眼中忽然发出一种光芒，双颊微微红了，“她在屋子里绣着花，一派专注，脖颈露出一片白腻，我都走到她身后了，她都不知道，我看了一眼，她绣的是一幅西番莲。”

他沉默了起来。我心中一动，忽然对他笑了。他转过头来，也笑了：“木姑娘是第二个到了这里，见到所有这些还会笑的人。”

我笑道：“第一个应该是这个小段王爷吧。”

他低低微笑道：“果然一夜夫妻百夜恩，姑娘很了解他啊。”

我在心里呕他个十七八遍，谁和这种人一夜夫妻百夜恩了，我笑着说：“既然庄主知道一夜夫妻百夜恩的道理，又何苦这样对待谢梅香呢？”

他微笑不改地看着我，眼中散发出无比凌厉的光芒，仿佛我正用一把钢刀插入了他内心的最深处。

我无惧地回视着他，想起非白最经典的一句话，于是立刻改编出版：“庄主为了报仇，要杀光这原家的人，木槿绝不会有半句怨言。或许这原家的人都是一群疯子，都该杀、都该死，连我这条命，您也尽可以拿去，然而……”我轻叹一声，“谢夫人何其无辜呢？您已经残害她的孩子在轮椅上苦度整整七年，她自己也一气之下病故了，您真的忍心让她死不瞑目吗？”

我话未说完，司马莲的眼中忽然迸发出无穷无尽的恨意来：“谁叫她负了我！”他大声叫了起来，那种残酷的冷静瞬时全消，“她说要给我绣一幅西番莲，她说好要为我生儿育女，她说要等我去接她的。可是我去了，却是原青江在那里冷笑着打断了我的双腿。是她骗我过去，若不是她，我怎么会变成这样一个废人？是她先负了我的！

“她为何要骗我？她说过她一心只想同我共度余生，可是她跟了原青江，后来还要勾引明风扬，这个无耻的贱人！”他的声音是如此鄙夷而狠厉，真如魔鬼一样残酷可怕，可是那声音到最后却有了一丝伤痛的哽咽，“我夜夜梦见她拿着西番莲，对我笑的样子。她对我说她喜欢西番莲，于是我冒险一次又一次潜进紫栖山庄，就为了给她送那刚刚盛开的西番莲花。”

我猛然想起谢夫人的那个梦来，心中豁然开朗，对着司马莲轻叹一声：“司马先生，其实从头到尾，谢夫人都没有骗您。”

司马莲收了泪容，对我又儒雅地笑着：“木姑娘果然不是一般人，竟然能揣度到司马莲的旧事，难怪那小孽障如此宠爱你啊。”

我摇摇头，往衣襟里掏出那块帕子：“司马先生，您可认得此物？”

那是非白让暗神送我走时塞给我的那幅未完成的西番莲帕子，可能幽冥教众以为只是普通女孩子的帕子，就没有搜走。

司马莲敲敲轮椅，“素辉”立刻接过我的帕子，递给司马莲。司马莲的双手如秋风中的枯叶剧烈地抖了起来。

“这西番莲是谢夫人最后的绣品。你们说好私奔的那一天，谢夫人没有在屋里等你，是因为原青江无意间发现她爱上了您而不爱他，于是……强行占有了她。”我长叹一声，“然后原青江给她下了生生不离，将她囚禁了起来。木槿太过年轻，所以不知道您同谢夫人的渊源，”我终于弄懂了所有的来龙去脉，“可是有一点是肯定的，从嫁给原侯爷开始，谢夫人就再也没有开心地笑过。”

“人人都以为她喜欢的是明风扬，其实她真正喜欢的是这幅西番莲的主人，”我看着司马莲恍惚的脸，“白三爷对我说过，他的母亲总是偷偷拿着这幅绣品哭。”这是事实，不过我把这幅绣品加进去作为道具。

我现在也总算弄明白了，谢夫人为何要谢我。外面那堵墙上的飞天果然是谢夫人，而为那飞天吹笛的俊美青年想是年轻时代的司马莲。那可怜的明风扬不但是一场单相思，可叹到死也没能见到谢夫人一面。

我不确定司马莲是否知道明风扬同谢夫人之间其实什么也没有发生，但我还是向司马莲解释明风扬武功尽废的真正原因。

司马莲如遭重击，满面震惊，浑身都在发颤，他果然什么都不知道！

我无法不叹息："司马先生，是您派人在白三爷的马上做的手脚吧。"

他看着我，并没有回答我，可是我的心中却生出一股愤怒："司马先生，白三爷是无辜的，您何苦要这样折磨一个孩子呢？他是谢夫人这凄苦的一生唯一的寄托啊。"

我难掩辛酸，泪水流了下来："您可知道，原青江信了原青舞的诬陷，暴怒莫名，可怜的谢夫人人不能动，口不能言，原青江一掌将谢夫人打成重伤，落下了病根。后来那几年，谢夫人几乎一大半时间躺在床上，遇到阴雨天气，常常就要缓不过气来。谢夫人一定知道元凶就是您，所以她才会伤心过度而死的。可怜的白三爷，失去了娘亲，饱受世态炎凉，在轮椅上一待就是七年啊。"

"梅香。"他怔怔地听着，眼中流下泪来，喃喃道，"梅香，你为什么从来不对我说呢……"

"您给过她机会吗？"我大声说道，"司马先生，爱一个人，难道不是想她过得好吗？爱一个人，难道不是想天天看到她笑，看到她吃得香、睡得好吗？就算你的心上人有一天不爱你了、忘记你了，可是只要能看到她的笑，不也是比看到她难受要开心得多吗？这世上怎么可以有人借着爱的名义这样伤害别人呢？"

段月容的紫瞳看着我，眼中忽然焕发着我从来没有的深思，那样深深地凝睇着我，而司马莲却如遭电击。

我抹着眼泪，大声道："原青江也许他妈的不是个东西，可是谢夫人多可怜啊，还有白三爷，他根本不可能选择他的父母，就因为谢夫人是丫头出身，他一直就被人嘲笑，丫头生的贱种。丫头生的怎么了？好好一个孩子，你们为什么一个一个都不肯放过他呢？"

啊？我好像说跑题了，干吗要为原非白辩护？

不过好在在场所有人，除了那个明明只有半条命却还是一脸讽意的段月容以外，都把头埋得深深的。

"说穿了，不就是要利用他们来欺辱原青江吗？可是人家还是活得好好的，娶了一房又一房，根本不会为可怜的谢夫人难受。谢夫人这辈子根本是白受罪了，您若是真心爱谢夫人，这样伤害谢夫人，到头来，最后还不是您自己痛彻心扉吗？司马先生。"

司马莲抬起头来，满脸的清明平静："难怪青舞去了就再也没有回来，其实是你们将她杀了吧。"

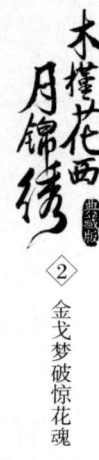

我摇摇头，轻声道：“没有，司马先生，她放不下明风扬，是她自己一定要进情冢的，明夫人找到了明风扬公子的骸骨，她去的时候很平静。”

司马莲沉默了一会儿，脸上又绽出一丝奇异的笑容：“木姑娘真是能说会道。”

“你不相信我说的吗？”我看到他眼中深刻的绝望，便再也说不出任何话来，唯有重重一叹，这分明是一个只有靠仇恨支撑才能活下去的人，多年来，他的爱早已被他扭曲成畸形，好化成另外一种更刻骨的恨，以便强烈地支撑他活下去，如果现在他直面自己亲手逼死所爱，所做的一切不过是自作孽的真相，无疑是让他自己杀死自己。

他的眼中出现了从未见过的阴狠，拿起竹笛吹了一声，这间屋子里所有的死人骨都站了起来，其中两个将我架起来，挂在段月容身边。

段月容微弱地嘲笑着：“你可来了啊，爱妃。”

“妃你个头，”我大声叫着，“鲁先生，求求你救救我吧。”

鲁元猛然醒过来，本能地一抬手，当时所有人的注意力都集中在我和司马莲身上，根本没有人注意鲁元，等到那“素辉”向鲁元扑过去时，司马莲的胸前已经中了十支银钉，竹笛掉了下来。

他惨然道：“真没想到，你这个鲁家废人竟然暗中还藏着这个护腕，你原来从头到尾也没有陷入我的迷梦中。”

架着我的两个人偶立时瘫了下来，我重重地掉了下来。

“不过，你也走不了了。”司马莲轻敲轮椅。

“素辉”向我冲来，我拔出“酬情”保卫自己。

鲁元身边的女童和女人向鲁元攻过去，鲁元大惊：“阿囡、秀兰，是我啊，我是阿元啊。”

那个“素辉”武功很好，我根本打不过他，就在我支持不下时，那本紫色的手札掉出我的衣襟，碰倒烛台，燃到火油，立刻燃烧了起来。那个杀手的衣角被点燃了，鲁元再一次发动了护腕，那个杀手痛苦地号叫着，倒在火堆中。

火势开始大了起来，那女童一下子打断了鲁元的腿，鲁元却不愿还手，只是吐着血，满面痛苦地看着他心中最爱的人对他拳打脚踢。

我爬过去，拿起“酬情”使劲一挥，将一大一小两个人偶腰斩四段，鲁元立时眼中渗着血泪，撕心裂肺地大叫起来，不敢相信地看着他的妻女再一次死在他的眼前，而且这一次她们的腹中爆裂出一肚子沾满黑血的钢钉。

这时司马莲头发披散，布满伤疤的脸像恶鬼一样，他在那里大笑着：“梅香，你看看，你儿子的女人将我苦心建立的梅影山庄全毁了，眼看我就要成功了，我马上就可以造一个你来陪我了，你快出来啊。”

他的大笑声中，我的耳膜只觉疼痛异常，所有的人偶已经焚烧起来，火焰卷滚着能燃烧的一切东西，一股肉体的焦味蔓延着，许多未及死去的人无法逃开，嘶声惨叫，几欲把我逼疯。

司马莲在大火中笑着："梅香，明明是你先负我，是你毁了我的一生，你这个贱人，你以为我会相信你曾经爱过我吗？"

忽然，他似乎看到了什么，定在那里，眼中滚下混浊的泪，他哽咽着："梅香！"

然后，他的身姿就一直维持着那样，眼珠突了出来，仿佛是在化不开的仇恨和热爱中，扭曲的灵魂永远地离开了他的身体。

鲁元呆呆地坐在人偶当中，无法从破碎的梦境中醒来。

我使劲地摇着他，他连火苗烧着他的衣角也全然不觉，怎么办呢?

对面挂着刺猬似的段月容，他的紫眸一闪，气息微弱地说道："把竹笛给我。"

火苗越烧越旺，我把他放了下来，拔出钢钉，他全身血流如注。

我抢出竹笛，不顾手上已是烫伤一大片，跑过去递给他，他极虚弱，连举都举不起来，我只好放在他的嘴上。他嘲弄地笑了一下，紫眼睛却慢慢闭上了。我以为他要挂了，可是他忽地睁开精光毕现的眼睛，举起满是鲜血的双手，吹起一首曲子，竟然是那首《长相守》。

火光冲天中，扛着断龙石机关的两个人偶动了起来，段月容继续吹着，眼神却示意我出去。

我飞奔过去，想把痴痴呆呆的鲁元拖出去，行至一半，一块巨石滚下，鲁元双腿被压住了，剧烈的疼痛让他醒了过来，他那惨呼之声直冲我的耳膜。我心如刀绞，大声说道："鲁先生，忍着点，我们马上就可以逃出去了。"

我使劲推着那块巨石，石头却纹丝不动，鲁元惨然笑道："木姑娘，我不成了。"

"胡说，鲁先生。"我依然拼尽全力推着巨石，胸口几要喷出血来，大声喝道，"我们一定会逃出去的。"

鲁元一把抓住我的手，摇头道："木姑娘，我就算逃出这梅影山庄，却逃不过心魔。我原以为跟着白三爷，就不再有那杀戮之苦，可如今，"他吐出一口鲜血，"如今还不是四处血流成河，就让我在这里陪着我的妻儿，永远永远不再受那乱世之苦吧。"

他从怀中掏出一样东西塞在我的手里，然后尽全力将我猛地推向门口。我爬将起来，复要奔回鲁元身边施救，早有一人向我扑来，抱着我滚出了那可怕的石室。我一回头，却是浑身是血的段月容，笛声一断，那断龙石慢慢地随着巨大的齿轮往下降。

段月容怕我跑回火场，便死死抱着我不放开，令我挣脱不得。视线所及，火舌早已将司马莲满头的白发吞没了，他手中仍紧紧握着那幅未完成的西番莲绣帕。

火焰滚卷中，鲁元坐起来，平静地整了整着火的衣衫，镇定自若地微笑着，紧紧抱着一大一小两个人偶，在我面前变成了火人。

我泪如泉涌，嘶声悲呼："鲁先生，鲁先生。"

我的声音仿佛引起了人偶的共鸣，那个已被烧焦的小人偶，忽然转动着身体，双手摸上鲁元烧黑的身子，发出变调的声音："阿爹，阿囡乖，来陪阿囡玩。"

一股深重的悲鸣从山庄发出来，不知是鲁元的，抑或是一直挣扎在疑惑和仇恨中的司马莲，还是这个梅影山庄里埋着的无数苦难的灵魂。

火光冲天，我拉着半死不活的段月容走向暗庄，果然，这里也同紫栖山庄一样，然而眼看到了尽头，却见一堵墙出现在眼前，墙上留有一眼，我推不动，正在绝望间，想起鲁元给我的东西，掏出来一看，竟然是一个三棱锥，我把三棱锥插进墙眼中，一扭，墙开始咯咯作响，缓慢地转动。

一会儿，门便打开了，黑夜挟带着幽密森林的气息向我们扑来。我正要拖出段月容，忽然后面一个烧焦的人偶抓住了段月容的脚："阿元，你不能走。"

我往外拉，可是那个人偶却不肯放。

段月容看着我笑道："你果然爱上我了，不然怎么会如此拼死救我呢。"

我心中大怒，对啊，我救这个禽兽做什么？

我脑子一定是进水了，为何还不放手，扔下他，赶紧逃命才对啊。

正待放手，却见他黯淡的紫瞳满是绝望自嘲，一片萧瑟之意，哪里还有任何半点枭雄的味道。

我忽然醒悟过来，现在的他可能武功尽废，身体被严重地摧残，不过是靠着那一点点自尊活着，他情愿孤独而骄傲地面对死亡，也绝不愿向我求饶，让我对他施舍怜悯。

我挥出"酬情"，将人偶的脑子砍了一半，一把将段月容拉了出来，那大墙一下子关闭了，犹将那人偶的手臂夹断了一半，露在外边。

我背起段月容一路施展轻功狂奔，也不知道逃出多少里，回头再看，星月无光，浓烟密雾中，远远的一处山庄里依旧火光冲天，然后发出剧烈的爆炸声。

我终于跑不动了，把段月容像死猪似的扔到地上，刚刚一屁股坐下，手边摸到一处柔软，我低头望去，只见一株紫花在暗淡的月光下静静地绽放，对我们欲语还休。

我望向段月容，他也是一脸惨淡，万般迷惑。立时，一种浓郁的无力感爬满我全身每一个细胞。

西番莲，英文名字叫作Passionflower，中文意即"激情之花"，有人说西番莲的花意是圣洁的爱，也有人说其另一则花意为"激情的憧憬"。

第十章

移环不相玦

我继续扛着死猪般的段月容连夜赶路，从来没有这样训练我的轻功，双腿酸疼，却万万不敢稍作停留。

来到山腰，正要休息，忽然树丛中有人影闪动。段月容也睁开了眼睛，我拉着他躲到暗处，举起“酬情”，却见月光下走出一人，背光处看不清面容，劲装打扮，也举着长剑，沉声叫着：“前面可是木姑娘？”

我冷冷道：“来者何人？”

那人立刻放下长剑，双腿跪地行了个家臣大礼：“原氏家臣，张德茂向四小姐请安。”

定睛一看，竟然是许久未见的张德茂。

我喜出望外，浑身一松，提着“酬情”走过去。

想给他一个大拥抱，没想到张德茂敏捷地往旁边一跳，单眼皮的小眼睛盯着我手中的“酬情”。

我不好意思地把“酬情”放了回去，他这才笑着又向我一躬到底。他打了个口哨，跑过来一匹乌油油的骏马，竟然是乌拉。我抱着乌拉就要大哭，可是乌拉却猛然惊得直立起来，不理我跑到张德茂那里去了。

我退了三步，一屁股坐到段月容身边，心里一阵难过。

张德茂拉住了乌拉：“请姑娘上马。”

我正要走过去，手却被人拉住了。我一回头，那双紫眼睛深不可测地瞅着我，似有千言万语，他手上加了力道，我怔住了。

张德茂冷冷道：“段世子，还是请你放手吧，我家姑娘身份尊贵，世间唯有我家主公可据之，断不是一个毁家灭族的落魄妖孽可得的。”

“你说什么？”段月容气若游丝地开口，紫瞳里的光芒向他冷冷地射去。

“段世子恐怕还不知道吧。这几日，您的父王已经兵败播州了，现在生死不明。豫刚亲王手下第一大将，郑澜已被光义王抓住，前日在播州刚被处以极刑，头颅将要传视南诏六部，如今已被送往叶榆。”

段月容的紫瞳像要喷出火来，刚要开口说些什么，却吐出一口鲜血，而他的手更牢地抓紧了我。

张德茂鄙夷一笑，慢慢举起长剑，向段月容走来：“张某佩服段世子的男儿血性，可惜有些女人，凭你再大本事，你永远只能看着，更何况世子现在命不久矣。也罢，张某是一个武士，一刀下去，权当世子荣耀地死在战场上，如此也成全了您的枭雄之名吧。”

段月容嘴角边咧开一丝嘲笑，睨着张德茂：“就凭你。”

“慢着，”我挡在张德茂面前，一把拉起段月容，“张大哥帮我把他放到乌拉身上吧。”

张德茂一脸不明所以。我笑道：“请张大哥放心，我并没有像传闻一样归附了段世子，不过他将是我们牵制南诏的好棋子，收留他对三爷和小五义，有百利无一害。”

张德茂点头称是：“姑娘妙计。”

于是，我们把段月容放到马背上，可是他死活不肯放开我的手，紫瞳死死地盯着我。我看着段月容的眼睛：“段世子，你若想让我家三爷助你，还是先放开我吧。”段月容用他的紫瞳看着我，默然地放开了我。

我回过头来问道：“三爷……还有小五义众人可好？”

张德茂含笑道：“一切安好，宋二爷醒过来了……”

他话未说完，我一把抓住他，颤声问道：“你说什么，二哥，没有死？”

张德茂眼中饱含泪水：“上天保佑，宋二爷落下玉女峰的谷底，侥幸生还，只是一直昏迷不醒，前天总算醒了过来，醒过来的第一句话便是问木姑娘的下落。”

我忍不住喜极而泣，跪下来向老天爷叩了三个响头。

张德茂说道：“珏四爷已经平安回西域了，只是三小姐……”

我抹着眼泪奇道：“碧莹怎么了？”

“三小姐在去西域的路上，旧病复发……殁了。”

我如遭雷击，怔在那里，看着张德茂，不敢相信我听见的。

他叹了一口气：“一路上大队人马遭到东突厥的伏击，三小姐本来身体就不太好，又担惊受怕的，还没等到西突厥牙帐弓月城，人已经不行了。”

“不会的，”我大喝一声，“果尔仁那老匹夫答应我一定会护她周全的。”

张德茂只是看着我默然不语。

我双腿一软，瘫倒在地上，哇哇大哭了起来。

犹记当日西安城外送别于飞燕，碧莹那甜美的笑容，她那琥珀的眼瞳流光溢彩，对我们温柔说道：“只要众兄妹不嫌弃我这个最没用的人，我吃再大的苦亦甘之如饴。”

那柔声细语言犹在耳，可如今佳人已香消玉殒，叫我如何能相信。碧莹才十七岁啊，那样年轻美丽的生命，短短的十七年里，却没有过过几天好日子。从小家道中落，被至亲之人卖到外乡，躺在床上吃了差不多六年的苦，最后命丧大漠，连尸骨也收不到了。

碧莹，碧莹，难道这世上红颜者当真薄命吗？分手之时，我还说我们一定会重逢的，可是如今、如今……料得年年清明时，我又该到何处去祭你？

我坐在那里流着泪，张德茂也不劝我，过了一会儿，才叹气说道：“请姑娘以大局为重，我们先离开这是非之地吧。”

我哽咽着站了起来，看见段月容，气不打一处来，狠狠地打了一下他的头，他立时吐了一口鲜血。

妖孽，全是你害的。

他在那里喘着粗气，看着我，欲语还休。

张德茂从怀中拿出一物来：“姑娘，这是三爷叫小人带给你的。”

我抹着眼睛接过冰凉的一物，却是一只玉环。张德茂说道：“他让我一定要亲手交给您这玉珑环，您看了就知道他的一片心了。”

我迫不及待地摸着那玛瑙玉环上的龙形雕纹，果然同梦中谢夫人挂在西番莲手帕上的那只玛瑙环相似。忽然我的手摸到一处，我浑身抖了一下。

张德茂看着我，平庸的五官在淡淡的月色下有一种迷离之感，他对我一片关切之色：“姑娘怎么了？”

我流着泪对他微笑着：“还好，张大哥，木槿只是喜极而泣罢了。”

我牵着乌拉，乌拉依然不愿意靠近我，我叹了一口气。

下得山去，我让张德茂带着我们先去了一家医馆，替段月容拔了一遍钢钉，仔细地包扎一下。

那个大夫叹了一口气说道：“可惜了一副好身板，以后怕是再也不能练武了。”然后又惊问，“这个下手的人看来也是个懂医理的，为何如此心狠手辣啊？”

我也很想知道这个问题的答案，却只能默然无语。

张德茂对我说道：“前面有一家来运客栈，不如先在那里休息，明日再起程回西安如何？”我点头答应了。

冷夜无声中，来运客栈外面敲起了五更，客栈围墙内悄悄闯入几个黑衣人，领头的一声令下，他们便闯入各厢房吹入迷香，放火烧屋，凡是逃出来的人俱被黑衣人杀死了。我站在山坡上，默默地凝视着对面浓烟滚滚。

“那人一近身边，我就闻到他身上的腐朽之气，同那牢里的味道一模一样，哼！”包得像粽子似的段月容嘲讽一笑，紫瞳又看向我，“你是如何得知你这个家人有问题？”

“是那个玉环！”我扭过头来，“暗神告诉过我，如果有原家人来找我，除非拿着玉珑环，否则谁也不信。”我叹了一口气，“张德茂是我们小五义的人，在西枫苑时多亏他照应，本是我相信的人，可是他拿出的那枚玉珑环反而让我怀疑了。”

我掏出那个玉珑环，放在月光下，只见精工细致的玉珑环上有一道小得不能再小的缺口。所谓玉环乃是整个环形的玉，若玉环有缺口则被称为玉玦。

我拉起段月容：“环同‘还’音，玦却同‘绝’音，如果他没有出示这件玉器，倒也罢了。可如今玉玦在手，若真是白三爷叫他给我的，那三爷分明已受制于人，叫我万万不可相信此人。还有乌拉，乌拉是我交给素辉的，本是极温顺的，现在却如此不听话，必是被施了迷药。说实话，我发现这个玉玦时，还是将信将疑，没想到他不但派人夜袭我，还要焚毁客栈，我才不得不相信。”我黯然说道，拉过偷偷牵出来的两匹马，把段月容扶上一匹马，心中暗恨这个张德茂赶尽杀绝。

“你为何要救我？”段月容憔悴着一张脸，声音有着无尽的疲惫，也有着一丝疑惑。

暗夜的风拂起我的一缕青丝，挡住了我的眼睛，令我看不到他的神情。我暗叹一声，清了清嗓子，朗朗道：“我优待俘虏。”

他轻轻地哼了一声，那声音中却有着一丝放松。

跑了一会儿，我说道：“我想同段世子谈一笔生意。”

他看着我淡淡一笑：“你送本宫去播州一探虚实，本宫自然会想办法送你回你那白三爷身边，你无非是想说这个吧？”

我微微一笑：“段世子果然爽快。”

“你不怕本宫出尔反尔吗？”他的紫瞳盯着我，淡淡的星空下，如兽一般发着幽光。

“段世子乃是公私分明的人，”我笃定地笑道，“我身上带着毒，段世子定然对木槿没有兴趣了，再则，如今豫刚家难道不想同我家三爷结盟，反败为胜，一统南诏吗？”

夜云密布起来，我看不清段月容的神色，他再也没有出声，只是在疾驰的马上久久地沉默着。

无边的夜色吞没了我们。我的脸立刻在黑暗中垮了下来，手中紧紧拿着那玉玦，心如刀割。为什么张德茂要行刺我，而且他之所以没有在见到我和段月容时立刻下手，而是选择在客栈里对我和他同时下杀手，很有可能是为了让世人看到我同段月容在一起的证据，这样对于原非白和原家都是绝好的打击。

他这样做，对谁最有利呢？是窦家还是南诏光义王？抑或是那个神龙见首不见尾的幽冥教主？

我刚才面上笑得潇洒，却不知心中有多么凄惶，现在恐怕连非白也无法自保，所以才会令暗神放我出原家。又或许是他自己也怀疑原家混进了内奸，故而嘱我除非见到拿着玉珑环信物的人，否则万不能相信。

非白到底发生了什么事？小五义又如何混进了张德茂之流？那宋二哥和碧莹二人，真如张德茂所言，一人死里逃生，一人殁于大漠之中吗？

张德茂犹擅易容，他可以假扮成任何人，反之亦然，也可能刚才那个杀手是易容成为张德茂的。我满腹疑团，现在唯有孤注一掷，索性将计就计地同这个段月容绑在一起。反正他武功已废，对我构不成威胁，如今的他反而对我是最安全的，再有人来行刺，也可拿他当个挡箭牌。

夜雾弥漫，几乎看不见前路，唯有山脚下那家来运客栈火光冲天。

第十一章

吾有女夕颜

◆◆◆

我把马匹贱价卖掉，一路上，两人渐渐又用尽了从张德茂处偷来的银子。段月容武功尽废，又有我拦着自然是不可能再去做那杀人越货的勾当，于是我们开始沦为乞丐，常常混入逃难的流民队伍之中。

然而因为段月容的紫眼睛，总是待得不久便引起了怀疑，我们只得又过起了野营的生活，好在春暖花开，春虫嫩草颇多，日子不像以前那样难过了。

行至泸州附近，打扮得像叫花子的两人肚子又叫了起来，段月容不耐地冷冷道：“快去找点吃的。”

我横了他一眼，鼻间忽然传来一种焦味，我和段月容往西望去，却见一处黑烟直冒。

我们向着黑烟一路小跑，有马蹄声传来，赶紧扑在地上隐蔽起来，却见大约一百人的一队官兵兴高采烈地经过，带着一股浓烈的血腥之气，旌旗上绣着一个大大的“窦”字。队伍当中有几辆农家用的板车，车上似是装满了圆形的物体，盖着青布，红色的液体将青布渗得湿透，顺着青布的四角沿途一路洒下，车子一个颠簸，滚出一物，我定睛一看，竟是一个怒目圆睁的人头，立刻心脏一阵收缩。

板车旁的小兵赶紧去捡，领头的军士抽了那小兵一鞭：“你他妈的找死啊，加上这三百个人头，好不容易凑齐一万，少了一个，我砍下你的顶上。”

小兵胆战心惊地诺着，抖着双手拾起那个人头放了回去。

那军士大笑着：“兄弟们加把劲，快快赶回锦官城，拿着这些乱军的人头向窦相爷领赏去。”

众人狞笑着往前赶去，眼中闪着一种近似疯狂的残忍笑意。

过了一会儿，军队过了，我暗想，莫非这队窦家兵灭了原家一个据点？

段月容眼中出现了一丝嘲讽之意。

往前行了数里，却见是一座焚烧殆尽的村庄，村里到处是焚毁的无头尸堆，看那几具未及烧尽的尸体衣着，只是一些打着补丁的普通农户。

我浑身发着颤，原来那队窦家军所说的乱军不过是些劳苦百姓。

段月容面不改色，嘲笑道："你忘了在青州所见的悬赏令了吗？窦氏以原家军的人头计数，犒赏平乱有功的士兵和百姓。却不想这窦家兵便烧了几个普通老百姓的村子，砍些平民的脑袋，不论男女，权充原家流寇送往京城。听说窦家兵已经烧了很多这样的村子，几万庭朝老百姓缴完苛捐杂税，到头来还要成为窦家士兵领赏的血冬瓜。"说罢，便无视这惨绝人寰的黑烟和肉焦味，拉着我四处游走找吃的。

我们进到一家没烧光的屋子里，段月容居然从灶火里翻出几个烤得差不多的土豆，坐在那里大啃起来，他塞给我一个最小的："别愣着，快吃了好往播州赶路。"

我强忍着心中的恶心，咬了几口，段月容已全部吃完。他大步流星地走出门去，挨家挨户地搜着，看可有什么值钱的东西或是干粮。

"可恶，他们还真是烧得干净，比我南诏兵士还狠，什么也不留给我们。"他翻着几具未烧尽的尸堆，唾了一口。

我愣愣地站在曾是热闹的村庄大道中间。忽地有人抱住了我的脚，我低头，却是一个脑袋砍了一半的女子尸体，我啊的一声叫起来，却见"她"一手紧紧抓住我的脚踝。

我魂飞魄散地跌坐在地上，梅影山庄的所见所闻袭上心头。

段月容听到我的叫喊，举着"酬情"飞奔过来，正要砍下，我忽地发现这女尸怀里似乎抱着什么。

"等等。"我小心翼翼地将她翻过来，却见她一只手紧紧在胸口护住了一样东西。

段月容也愣住了。

我伸手到她的怀中欲取那东西，可她抱得极紧，我用力拉了出来，万万没想到却是一个满脸是血的婴儿。我的双手狂颤，探着那婴儿的鼻息，竟然还有气，我小心翼翼地抱起了婴儿，轻轻地拭干净那婴儿的脸。那是个女婴，可能有一岁大吧，她慢慢睁开了一双黑宝石般的小眼睛，对着我骨碌碌地转了半天。

她打了个小哈欠，伸出肥短的小手，带着一丝好奇，轻轻地触碰着我的脸，然后咧开嘴对我笑了。这情景让我想起刚刚来到这个时空时，产婆把锦绣放在我的身边，我哭了，可是锦绣咯咯笑的样子。

这妇人定是拼死也要护住她的孩子，在这可怕的修罗场，我被她惊天的母爱所震慑，心中如冰河融化着，以为早已干涸的泪水却奔涌出来，我轻轻拍着那孩子，蹲下来，轻轻掰开那女尸的手："这位大嫂，你放心，我会带着你的女儿到一处安全之所的。"她仿佛感应到了我的决心，奇迹般地松开抓住我的手，慢慢松了最后一口气。

可是段月容在那里冷笑着："你莫要告诉我，你想带着这个臭东西同我一起跑路吧。"

"她是这个村子里唯一幸存的活口，难道你忍心见死不救？"我怒斥着他。

他举着"酬情"架到我的脖子上，加重命令的语气道："放下这个臭东西，我们上路了。"

他看了看我护犊的模样，想了想，把刀放在婴儿的脖子上，认真建议道："你要不转个身，我一刀下去，保准这个臭东西一点痛苦也没有，也好早早去寻她娘亲，来世投个好人家，莫要这般短命，也算我段月容做了一回善事。"

我紧抱女婴，愤怒地大骂："王八蛋！你还是人吗？"

这个婴儿的好奇心猛然间转向了段月容，两只小眼睛睁得大大的，看着他的紫眼睛，嘴里发出兴奋的咿咿呀呀，伸手摸向锋利的"酬情"。我赶紧往后退一步，险险躲过段月容的刀锋，冷汗直流。那婴儿却以为我在跟她闹着玩，咯咯地疯笑了起来，扭过身来竟然要段月容抱。

"还有另外一个方法，"我平静了我的声音，"既然要逃出巴蜀之地，我们得先过了泸州这一道关卡。"

"何不走山野之地，亦可去播州。"段月容举着刀上前一步，看着女婴，杀气毕现。

我抱着婴儿又退了一步，快速答道："山野之地虽好，但多是幽冥徒众，兼有猛兽大虫，遇到原家人亦不会待见我，自是无人料到我们敢走大路经泸州。你又可光明正大地打听播州战事。世人都晓世子紫瞳男身，不如你我装成夫妇二人，携个婴儿，你男扮女装，背上这孩子，我化作男子，做甘陕流民，潜入黔中之地，岂不妙哉？"我迎上一步。

段月容面色凝重，似是在认真考虑我的建议。我状似无奈地叹了一口气："世子请想，如今你我如同一根绳上拴着的两只蚂蚱，您的武功又尽废……"

他的脸色杀气更重，坏了坏了，他定是想起武功尽废之事。我退后一步，讨好道："我自然同您是一心一意，你我同心，借着这个女婴，定可顺利过关。"

他想了半天，双眉微拢："为何要我扮作女子，莫非是你想折辱我吧？"

"非也！"我叹道，"请问世子，庭国南诏之地，紫瞳之人为数不少，但究竟是男多女少，还是女多男少？"

他仔细一想："紫瞳男子若在境内，多被人误作西域奸细，而紫瞳女子则多是从西域贩卖过来的奴隶或舞伎，故而是女多男少。”

“世子明鉴。”我大声赞道。

他盯着我，沉吟了半天：“此计甚好。不过，若是这个臭东西妨碍了我，我便要你和她的命。”

“请世子放心，我自然会将她看好。”

我暗中松了一口气，不防婴儿的小手抓住了段月容的一角衣衫，紧紧抓着不放，口中咿呀不断。

好在段月容倒没说什么，只是紫眼睛盯着女婴看了几眼，用“酬情”的刀柄嫌恶地将她的小手挑开：“长得真丑……”他歪着脑袋粗声喝道，“这个臭东西叫什么？”

我抬头望向天际，残阳如血，映照着这个不知名的人间修罗场，我想了想，对段月容叹道：“她是个女孩，就叫夕颜吧。”

当时我为了救夕颜，便脱口说出这一计，不想却在以后几年里造成了夕颜严重的性别紊乱症，等到夕颜好不容易搞清了男女性别，当她终于嫁给了心仪的丈夫，却使得她闹了一个不大不小的笑话，洞房花烛夜的第二天，给公婆敬茶，她一激动，便叫公公为娘，叫婆婆为爹，她的公婆立刻一蹦老高，场面乱作一团。

当然，这是后话了。

且说泸州重镇，窦家士兵盘查严谨，稍有嫌疑，便将人关入大牢。

这日，城门口出现了一对夫妇，男子的脑门上长着一个大疮疖，泛着恶臭，拉着一辆斗车，车上坐着一个粗布衣裳的女子，双目包着绷带，怀里抱着一个脏兮兮的婴儿。

守城士兵冷冷道：“干什么的。”

那男人操着一口陕北口音，可怜兮兮地说道：“大爷，我们从西安那里逃过来的，南诏狗把我们家全抢了，只剩下我们两口子拉扯个女娃子咧。”

这时，那个婴儿忽然放声大哭起来。

那男人谄媚的脸上露出不耐：“你个死婆娘，别让这赔钱货哭了。”

可婴儿大哭不止，那男人骂骂咧咧地脱下鞋，往躺着的女人的脸上狠狠抽了几下，那女子的脸颊立刻红了，眼睛更是流出恶脓，一股腐臭之气浓郁地飘满城门口，孩子的哭声更响，那男人骂道：“你个贱女子，跟着老子几年，就生了个只会哭的赔钱货，现在身子也倒了，你倒挪在车上，老子还要拉着你投奔亲戚。还有你这个赔钱货，再哭，我打死你。”

守城士兵皱了皱眉，本想搜个身，走到近前，这对夫妇一身恶臭，那个男子的大疮疖上还爬着蛆，心想，万一身上被这两个西安佬传染上脏病什么的，可划不来，便捂着鼻子挥了挥手："走啦走啦。"

那男子一脸谄媚，拉着斗车，一瘸一拐地往前走了。

那兵士对另一个道："这帮陕西佬，以前眼珠子都要长在脑门上了，说啥子'老不出关，少不下川'，现在还不是跟狗似的逃难到我们巴蜀之地。"

另一个也笑道："对头，那些陕西婆娘长得真个不错，我们玩得倒亦爽啊，那个瞎子女人，若不是眼睛坏了，我看倒也细皮嫩肉的。"

那兵士一愣，跺跺脚："坏了，那段月容是紫眼睛，莫不是会装成个瞎子，逃出关去？"

两人点齐了十人向前追去，那对夫妇早已不见踪影。

我拉着板车，来到一处山脚僻静之所，眼前正是一汪泉水，便嘘了一口气。

段月容飞快拉下绷带，嫌恶地清洗了泡在蛆水里的紫眼睛，指着被我的鞋底板扇了肿得老高的脸，木然道："你是故意的吧？"

我干笑了几声，赶紧拉了拉他："兵贵神速，还请段世子加紧赶路才好。"

我扒下了那个大疮疖，赶紧洗了脸，同段月容两人换了件偷来的衣服，将斗车拆了，沉在湖中，绕过纳西，向赤水前去。

段月容自梅影山庄一劫，加上连日来营养不良的减肥餐，瘦了起码有十五公斤左右，跟个竹竿似的。平时稍微弯个腰，细皮嫩肉又国色天香的，胸前装了两小团夕颜的尿布，装起女人来还真像。而我长相平凡，平时又大大咧咧的，说话声音再压低稍粗些，扮个男人也不是难事，加之古代娶"大娘子"乃是常事，我们这一天终于顺顺当当地到了赤水。

赤水乃是黔中关境，我依然将段月容装成病歪歪的瞎子女人，背着夕颜，来到大街之上，这才得知，张德茂说得竟然没错，光义王已派人平了播州，豫刚亲王率蒙诏余部逃至黔中瘴毒之地，不知所终。大街上到处是悬赏五千金缉拿段月容的告示，比巴蜀足足多了二千金。我们不敢投宿，好在黔中比巴蜀更多山地，便还是拉着段月容躲入山野之中。

入夜，段月容拉下布条，面容惨淡，颇有些英雄末路的味道。

我抱着夕颜，亦是有些不知所措，现在全天下都道我降了段月容，而原家势力繁多，敌友难分，逼得我不能回去恢复名誉，我又该如何呢？

好在夕颜已经断奶了，日常我喂夕颜一些米汤过活。然而不知为何，今晚的夕颜却不高兴，小脑袋转来转去，就是不肯吃米汤，我再怎么哄也没用，她又在那里哇哇大哭起来。

段月容心烦意乱地握紧"酬情"："你叫这个臭东西别叫了，不然我一刀结果了她。”

我抱起夕颜，不停地轻拍着她的背，也是心急如焚，柔声哄道：“莫要哭了，夕颜，我们现在可是在逃命啊，实在没好东西给你吃啊。”

段月容杀到我眼前，抓着夕颜的胸襟，凑近他狰狞的俊脸：“臭东西，再哭，本宫杀了你。”

夕颜哭得更是厉害，本能地一挥小手，不巧打在段月容一天到晚绑着的左眼，立时泪流满面，他啊地叫了一声，跳到一边，捂着自己流泪的左眼，大怒道：“快给本宫杀了这臭东西。”

我的耳边满是婴儿的哭声，段月容用叶榆话不停地咒骂，我的心间一片烦躁不堪，想起樱花林下曾有的浪漫温情，只觉前途未卜，万念俱灰，我抱着夕颜，哽咽道：“那你也杀了我吧，反正我也是有家不能回，有国不能投，什么也没有了。就算你找到了你的父王，我也是无法恢复清白，难逃颠簸流离之苦。”

这时夕颜忽然不哭了，我低下头去，却见她的小手乱摸着我的胸前，好像在找什么东西，我流着泪无奈地笑着：“夕颜，你还在找什么呢，我花木槿还有什么东西能给你呢？”

夕颜却忽然扯开我的衣衫，本能地摸到我的乳头，咬了上去。我愣住了，夕颜的小脸恢复了平静，小嘴微微嚅动，吮吸着我的乳头，然后闭上眼睛，似是心满意足地进入了梦乡。我一扭头，却见段月容睁着两只紫瞳，一只通红，依然挂着泪水，也是一眨不眨地看着我的胸部，目光深幽难测。

我霎时满脸通红，扭过身去：“看什么看。”

这一夜我抱着夕颜，离段月容远远地睡着了。夜半时分，我悠悠醒来，却发现我和夕颜正躺在段月容温暖的怀中，夕颜正在我俩当中呼呼大睡，也不知何时，他偷偷跑过来紧紧搂着我们睡在一起。

他睁开了灿烂的紫瞳，我眨巴着眼看着他，他却更紧地搂了我和夕颜。我心中大惊，以为他要做什么，正要提醒他我身上有生生不离，他却仅仅搂着我和夕颜不放，在我耳边一夜轻叹。

第十二章

莫问花香浓

我们三人，继续用性别化装法，冒险来到播州，果然城头挂着豫刚家兵士干了多日的尸首，打听下来的消息比在赤水听到的更糟。豫刚亲王及其余部，已经抛尸瘴野之中，无人可入瘴毒之地为其收尸。南诏已经基本上结束了史称“庚戌国变”的内乱，段月容面色更是阴沉。

“这个消息未必属实，想是光义王要平定人心，毕竟豫刚家的兵士乃是南诏的精锐所在。此次你父起兵，也使南诏元气大伤，如今原家与窦家南北划江而治，无论是原家还是窦家，任何一家若是败走南方，必会入侵南诏，所以他必不会花大量士兵去什么瘴毒之地追击你父王，光义王也料不到你敢潜入黔中。我们不如迂回地进入兰郡，彼处正是瘴野之中，若你父真的进去出不来，我们再图良策；若是再出来，你不是能见到他了吗？”

他点头道：“言之有理。”

于是，我们一行三人又千辛万苦地往南前行。

这一日来到兰郡盘龙山之地，却见山脉蜿蜒，如巨龙盘卧，森林葱郁，时而粗犷雄奇，时而挺拔秀丽。漫步在峰林中，头顶都是高大的百年巨树，迎面吹来万丈清风，翠屏碧嶂间又见奇花争放，迎风摆动，四处飘香，万鸟婉转鸣啼，如大珠小珠纷落玉盘，真似置身于仙山奇苑之中。

可惜段月容同学的肚子咕噜一声，破坏了整个美景的主基调，我不悦地看向男扮女装的他，他正梳着个小髻子，盘着辫子，我这才发现他的脸色好像不太好。

我往怀里摸了一摸，空空如也，我有点抱歉地看向他。

他脸色发青，郁闷地往前走着，忽然向我背后正在转头转脑的夕颜，冷冷地迸出几个字：“都怪这个臭东西，把我的那份给吃了。”

我努力忍住气：“我把我的那份分给她吃了，哪里吃过你的？”

他转过身来，拧着两条秀眉，正要再骂，忽然紫眼睛一散，向后倒去，我吓了一跳，赶紧过去接住他，拍拍他的脸：“喂，你怎么样？”

他面色发白，紧闭双眼，喃喃道：“绿水、绿水……我要吃……油鸡枞……我要吃‘生肉’。”

“生肉”又称“生皮”，即将猪肉烤成半生半熟，切成肉丝，佐以姜、蒜、醋等拌而食之，是白族一种特色菜，可惜那时的我还没见过世面，只是单纯地唏嘘不已，这段月容定是饿昏头了，想吃肉想疯了，连“生”的肉也要吃了。

不过说实话，我也好几天没有碰肉了，当然昆虫的肉除外。

林子上空有几只野雁飞过，我咽下一口唾沫，笑道：“好吧，段世子，我花木槿大人看在夕颜的面上，今天请客，满足一下你的食欲，请你吃‘生’的野雁肉。”

我把夕颜放在他的脚跟下，他用紫眼睛瞥了我一眼，不理会我的革命乐观主义精神，估计是饿得实在没有精神了，只是虚扶住了一直折腾着抓草的夕颜。

我摘下自制的弓箭，对着天空中的一只野雁张弓即射，果然一只野雁中了箭，扑腾着翅膀掉了下来。我大喜过望，段月容的紫瞳也难掩兴奋，我飞跑着追过去取那只野雁。

来到近前，只见那只野雁躺在草地上，我便满心欢喜地捡起来。

啊？好像这只雁身上除了我的那支破木箭，还有一支白羽钢箭，上面隐隐刻着一个奇怪的异族文字。我正沉思间，耳边一支兵刃呼啸而过，我立刻摔下野雁，往后一跳，却见也是一支白羽钢箭，与野雁身上的那支一模一样。

我抽出绑着破布条的“酬情”，浑身戒备。几匹骏马疾驰而来，只见三个英气勃勃的青年，穿着少数民族色彩鲜艳的对襟短褂，下身着长裤，头上包着头巾，腰挎银刀，威风凛凛地端坐在马上，为首一个甚是高大，颇有一股尊贵之气，另外两个似是仆从。

我心中一惊，黔中自古少数民族杂居，而且同汉族人的关系时好时坏，汉族同少数民族部落发生战争乃是常事。我不会这么倒霉吧，连射一只野雁也会碰到仇视汉族人的少数民族？

右边一个少年满面鄙夷，用硬邦邦的汉语说道：“汉人真是不要脸，居然敢偷我家少爷的猎物。”

嗨，哪有这样不讲理的，我忍住怒气，拱拱手：“这三位少爷，这只野雁确实是我刚刚射中，请看看野雁身上的箭。”

左边那个不信，捡起来一看，确实有两支箭。

右面那个强辩道："那也是我家少爷先射中的。"

啊呀呀，这样厚脸皮的，我也算开了眼了啊。

怒气升腾中，又转念一想，这的确是很难说的事，的确有可能是人家先射中。再说他们有三个人，硬抢的话，也占不了便宜，而且又是在别人的地头上，俗语说得好，忍一时风平浪静，退一步海阔天空。

我便长叹一声，笑道："算了，这位少爷说得有道理，许是你们先射到的，那小人先走了。"

刚刚转身，身后传来一阵流利的汉语："你若能证明这木箭是你射的，我便将这只雁让给你。"

我回过身来，却是中间那个满脸尊贵之气的俊朗青年开口放话，口气甚是轻蔑，想是要让我心服口服。

我看了看雁，在饥饿和死亡的恐惧中挣扎，终于饥饿战胜了一切，我咽着口水笑道："这位少爷说话可当真？"

右边那个满面不悦："我布仲家的少爷，言出必行，你以为像你们汉人那般无耻吗？"

这小子可真够猖狂的，连段月容同学也从来没有这样说过汉族人民，我的民族好胜心和民族自尊心被强烈地激起来，一只手紧扣三支箭，对着一百米以外的那只刚成形的小青李子，放手射了出去。

我面含微笑，静静地看着那个为首的青年。

一阵清风拂过，场中一阵沉默，右边的少年哈哈大笑："你用三支箭都没有射中那青李子，实在是我见到最糟糕的汉人射手了……"

"住口，"当中那个青年满面肃然，跳下马，那两个侍从也跟着下了马，"你们快去前面把这位的箭收回来。"

两个侍从愣头愣脑地跑过去，站到我的木箭跟前，立时呆了十秒钟，将我的三支木箭连带一只小蜜蜂拔了出来。我的箭刚刚离开那李树干，那只蜜蜂扑棱着翅膀嗡嗡飞走了。

我微笑如初，那贵气的青年收起了轻蔑的笑容，向我点头笑道："好箭术，不知好汉的名讳是？"

叫什么名字啊，花木槿呗！不过这个一听就知道是个女人的名字，我搔搔脑袋，想起了那句若得山花插满头，莫问奴归处，于是我像个老爷们似的讪讪笑道："莫问。"

他口里默念了几遍我的名字，挑了挑眉："好，莫问，我记住了你的名字，这只雁是你的了。"

他这么大方，我倒有些不好意思了，摇头道：“本来就是我和少爷一起打到的，不如我们一人一半吧。”

他豪爽地大笑起来，未来的大boss（老板）气质体现无遗：“拿去吧，多吉拉向来言出必行。”然后利落地跳上骏马，“你不是君家寨的汉人吧？”

我摇摇头：“我和家人路过宝地，多谢多吉拉少爷赐雁了。”

他一笑，俊美的脸上神采飞扬：“真可惜，不然我倒可以经常过来同你比箭了，如果君大族长没有气死的话。”说罢朗笑着将那只雁和三支木箭递给我。

我表面上沉着地接过来，暗中哈喇子流满地，满脸是成熟男人的笑容，微一侧身，道了个谢。

三骑人马如风一般消失在我的眼前，一点拖泥带水的意思也没有。我站在原地回味着那个少年刚才提到布仲家，想了半天，才恍然大悟，布仲家人正是古代布依族的称呼，原来是布依族人的祖先啊。

我回转身向段月容和夕颜走回去，还没有到近前，就听到夕颜的哭声。我大惊，却见一个贼眉鼠眼的汉族男人，满眼色欲地看着坐在地上抱着夕颜的段月容，而他面色紧绷，手里按着腰间我给他削的防身木剑。

我立刻使用轻功过去，挡在那男人面前。

那人吓得摔倒在地。

“请问这位先生有何赐教？”我冷冷道，把雁往后塞去，不管怎么样，这雁得来不易啊。

段月容这小子立刻把雁抢了过去，倒差点把夕颜给摔了。

那人嘿嘿一笑：“你们不是本地人吧？”

我瞅着他，越看越觉得此人长得一张罪犯面孔，正想避而远之，这时远处又跳出三人：“二狗子，你在同谁说话呢？”

只见三个汉家打扮的小少年从远处蹦蹦跳跳过来，看到我们，一呆：“这么多年，还头一次有汉人能跑到我们这里来啊！”然后目光放在段月容脸上，立时如遭电击。

一个少年说道：“紫、紫眼睛的。”

另一个则满面通红，好像看着梦中情人，过了许久才对着段月容柔声开口道：“你是何人，到我们君家寨来做什么的？”

“我们是从甘陕逃难来的流民，想找份工定在此处，还望三位小爷能伸出援手。请问贵寨可需要人手做活？我和我家娘子都能帮得上忙的，也好歹赏给我们一家三口一条活路吧。”我十分谦卑地拱手说着，但是向前一步挡住了三个少年看着段月容的视线，顺便提醒他们：“她”……是有“老公”的。

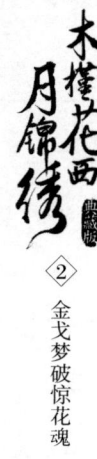

心下也好笑地松了一口气，看起来，这三个小孩只是普通的农家少年。

果然那三个少年点点头：“那你跟我们来吧。”

一路上，我同那三个少年攀谈了起来，这才知道此处是君家寨，他们三个叫作龙根、龙道、龙吟，是族长的三个儿子。身后远远跟着的那个贼眉鼠眼的男子叫君二盛，不务正业，寨人皆唤其二狗子。

我想我们的好运气总算来了一点，那族长面目方正，盘查严谨，我滴水不漏地答着，他对我的回答还算满意，看我们这一家三口实在不像样子，便着人备上简单的二菜一汤，加几个馒头。段月容的紫瞳立刻散发着幽幽绿光，也不管君氏族长和龙根三兄弟仍在场，扔下夕颜，扑过去就拿起一个馒头往嘴里塞。我本还想再客套几句感恩之言，可眼看那几个菜盘子就要被他一个人全干完了，最后也忍不住抄着夕颜冲上去一起舔盘子。最后那一桌吃得干干净净，连一丝残羹都没有剩下。

饭后，我强忍着饱嗝，小心翼翼地看着眼前来回踱步的君氏族长，段月容则在身后的椅子上做温柔状地低声哄着夕颜，手却快速地伸出，将桌上剩下的最后几个馒头都藏进了怀里。

我非常尴尬，抢过段月容手里的馒头，怒瞪一眼：“你这娘儿们也太没规矩了。”

边说边偷瞄着君族长紧皱的眉头，暗想，万一这族长不肯收留我们，这可如何是好？手里便放不了，趁那族长看向别处之时，暗中放到自己的袖口中，接着回头对族长谄媚地笑着：“族长，让您见笑了。”

族长目瞪口呆地看着我们，过了好半晌才开口：“听说中原打仗打得厉害，这一带的山头都封山了，君家寨更是一向很少有外人进来，所以刚才老夫不得不问清楚你们的来历，冒犯之处，还请二位谅解。”

我没想到这族长还挺有水平，不安道：“哪里哪里，是我们冒失地闯了进来，还望族长见谅。”

我拉着段月容不停地给族长点头哈腰。

族长喃喃道：“看样子，外头打得挺凶啊，有年头没看到像你们这么饿鬼似的中原人了。”

我连连作揖，谄媚道：“族长您果然料事如神，外头兵荒马乱啊，我们两口子实在是混不下去了，好不容易活下来流浪到了贵寨……如今夫妻俩只求能有一口饭吃，好养活一家三口，尤其是这小的。”

这是实话，说到后来自己的声音里也有了一丝发颤，我答应过她的母亲，一定要让她活下去的。这里不远处正是毒瘴之地，走几十里山路下山便能打听消息，最重要的是，君家寨占着阳光水源丰富的“君山”，农作物丰产多收，我们三人可不用再为肚子犯愁了，而且在青山翠谷的环绕中，君家寨是这盘龙山脉中唯一的一支汉族，另几个山头都是民风剽悍的少数民族部落，故而自古以来，君家寨就有自己的寨民武装，可以说是夕颜最好的落脚之地了。

那族长的眼中仍带犹豫。我鼓起勇气："族长，我和我屋里头的有的是力气，又吃得……那个少，干得多……我还识字，还会算账！我屋里头的做绣活也好。"

我暗中用膝盖猛撞一旁正在打嗝的段月容。

段月容吃痛地跪了下来，及时用他那美丽的侧脸幽怨地看向族长，更加惹人怜爱。

段月容纤指举袖半遮玉容，泫然欲泣道："还请族长收留，救我女儿一命。

族长的眼中闪过一丝惊艳，再看看不停乱动的夕颜，面色终于放软，轻叹一声："也罢，寨子里马上要收麦子了，倒的确缺人手……你们留下来吧，寨子里正有几亩荒田，你们先领上四亩，种子和口粮就先赊着，农具也可暂借给你们。"

我激动得热泪盈眶，拉着段月容连声道谢。

族长微微一笑，对我上下打量几眼："方才听莫先生说识字，还会算账？老夫看你确实像读过几年书的样子，我们寨子里有几十个娃子，年纪大起来，也请过几个教书先生，想教他们念书识字，懂些做人道理，无奈……"

教小孩？小菜一碟！

我立时自信满满地打断族长，拍着胸脯道："族长放心，您找对人了，莫问一定会教好娃子们读书识字做人的！"

族长张口欲言，但看我们兴高采烈的模样，最后只是无奈地淡淡一笑。

想是我当时得意忘了形，竟忽视了族长眼中的一丝忧虑。

晌午，君家三兄弟带着我们来至君家寨的新家，一处破旧的茅草屋前。

三兄弟刚走，段月容立时揭去贤良的伪装，满面不快道："为什么每回求人都让我来跪？"

我挑眉："自古男儿膝下有黄金，哪有男人去跪人的？"

段月容怒瞪着，不停冷笑。

我不理他，走到敞开的破屋内，仰起头，透过屋顶的一处大洞看着天空，暗想再过一阵雨季就要到了，得早点修好才能过日子。

我走出屋去，从段月容的怀里抱过夕颜："屋顶有个大洞，你快去拾掇修补一下，也好遮风挡雨。"

段月容立时捂住肚子："我肚子不舒服。"

我奇道："哪里疼，我看看——"

段月容却躲开我的手，懒洋洋地在门前的石礅上坐下：“想是许久没吃这么好，歇歇就好。”

原来吃饱给撑着了，我不由轻嗤道：“还真是懒驴上磨屎尿多啊。”

段月容紫瞳瞟了我一眼，慢条斯理道：“自古哪有女子上房的？”

原来在这儿等着我呢！

我瞠目结舌一阵，好半天才反应过来，忍住火气，耐心道：“我这一路护着你逃亡，受了多少罪，吃了多少苦啊（语重心长）？段世子，今时不同往日，你那骄奢淫逸的贵族生活已然一去不复返了！这是你改造自我、重新做人的好时候，你得正直地生活，别再想入非非。要知道只有诚实地工作，才能前程远大。富贵荣华本就是过眼云烟，一碗孟婆汤喝过，一切都会过去，唯有真理长存！”

段月容懒懒地笼着双手：“这是哪个王八蛋说的，一听就知道是个贱民。”

我瞪着他：“你才王八蛋呢，那可是陀思妥耶夫斯基！”

段月容迷茫道：“啊？什么乱七八糟的，别撕鸡了，我现在饿得连夕颜都想撕。”

我赶紧抱过夕颜远离他三步，小心地放到一只破竹凳上，转过身对他骂道：“你个饭桶，才刚吃过又饿！”

段月容虚弱道：“族长家不是说要给咱们送点口粮过来吗，怎么还没过来呢？你且亲自过去拿一下吧。”

我正要点头，忽然注意到他“丰满”的前胸，假作将夕颜放好准备出门，忽地冲过去扒开段月容的衣襟伸手进去，竟被我摸出一只鸡腿。

段月容的紫瞳立时布满血丝，对我低吼一声“还给我”，便兽一般向我冲来。

我快速将鸡腿扔给夕颜，伸左脚微绊，右手直击他小腹，他捂着肚子低哼，我便轻而易举将他推倒，压在他身上撕开他前胸的衣服，继续搜。

我冷哼：“你以为我刚没看见？方才你偷了那么多吃食，还敢骗我？这一路上要没我，你能活到现在？还想背着我和夕颜吃独食，你有没有点人性？”

段月容奋力挣扎：“那是我用来填胸的，格老子的还我，你敢抢淑女的胸，你还有没有人性。”

两人缠斗间，我又从他胸襟里抢出一只馒头，不想一股酸臭加汗臭扑鼻而来，不由满面嫌弃：“你也不嫌你淑女的胸都馊了，夕颜的旧尿布垫着明明就够了，还能省地方，明明就是你想藏着偷吃独食，识相的统统交出来。”

“莫先生，我爹让我们给你送点口粮……”

正当段月容哇哇乱叫时，不想君家三兄弟去而复返，三人肩上扛了些粮食、咸鱼和腊肉啥的，看到我正坐在段月容身上，撕开他的胸襟，不由得目瞪口呆。

好在我及时将他的衣物整理好，他怀中剩下的两只小馒头也“合理归位”。

我讪讪一笑，一跳而起，满面笑容地迎上。

我正想说：“三位小兄弟，能否帮我们修下屋顶？”

不想三兄弟红着脸放下食物，夺路而逃。我追出屋去，他们的人影渐远，只听细碎的笑语随风远远传来，想不到庭人竟如此豪放，光天化日之下云云。

我心中恼火地回到庭院内，只见段月容蹲在夕颜跟前，握着夕颜的手和她飞速地抢着啃鸡腿。夕颜争不过他，正哇哇大哭。

我又瞠目结舌一阵，再一次确认这只妖孽果然是只可“共患难”，不可“共富贵”的。

最后，我揪起他的前襟，对满嘴油腻的他眯起了眼睛，举起了拳头，恶狠狠道：“再不上房，我就把你给撕成鸡块，你信不信？”

段月容的紫瞳终于闪过一丝害怕，气呼呼地推开我，骂骂咧咧地寻了把竹梯子，爬上房顶，勉强拾掇起来。

夕颜坐在破竹凳上，在空中舞着小手，啊啊地对着段月容开心乱叫，我的心情也渐渐舒展开来，对屋顶上的段月容笑着说：“孩子她娘，你看，夕颜喜欢这里啊。”

段月容懒洋洋地冷哼一声，习惯性地一撩鬓边的头发，消瘦的脸上露出了一丝往日的卓越风姿，算是表达自己的喜悦之情，谁知一不留神，一脚踏空，啊的一声大叫，从屋顶上掉了下来。

我强忍笑意，跑进去扶起闪了腰的他。

这一夜，我备了第二天的课，我的毛笔字实在不太好看，又来不及做一支羽毛笔，我看段月容坐在旁边一脸幸灾乐祸，就逼着他给我抄了三十几张三字经作教材。没想到段月容的墨迹倒是十分秀丽，竟还隐含着一股帝王的霸气，我不由夸了几句。

段月容这小子更是趾高气扬，一脸恩赏：“卿若喜欢，寡人便赐给卿好好收藏，亦可作传家之宝流传后人，永世瞻仰。”

我暗骂，都落难到这地步了，还流传你个头！

第二天，我满怀育人壮志地走入寨南那个破教室，半个时辰之后，在一群孩子弹弓的夹击中逃了出来。

满头满脸都是包的我，总算明白了族长要我做乡村教师时眼中闪过的一丝忧虑。

当然在那一天也终于理解了为什么段月容总是顶着夕颜捅到的红眼睛，流着眼泪蹲坐着向苍天控诉：小孩子都是魔鬼。

段月容自然是满面嘲讽地看着我的满头包，不过不要紧，忍耐是我花木槿的美德，坚强是我花木槿的意志，改革是我花木槿的精神！

第二天，我拿了弓箭笑眯眯地走了进去，对各位小选手提出比赛，果然群情激昂，于是弹弓对弓箭的比试结果，令这一帮山寨魔鬼小屁孩屏声敛息，几十双小眼睛骨碌碌地骇然看着我的弓箭一一射中他们的子弹，牢牢钉在校场中。

我笑着说出我的谈判条件，以后上午一个半时辰学文学，下午半个时辰学数学，然后是活动课，勤体育、习射击。

如有上课不认真者，不好意思，罚站！

再不听话者，我就只好用我的木箭打手心了！

提议被民主地接受了，并且被写成公约，作为一种制度，我称之为“君家寨小学生守则”，这一天大家都学得快快乐乐。第三天，一个名叫沿歌的破小屁孩公然又要挑战我的威信，罚站不听，手杖伺候，从此，大家再无敢犯者。

第四天，许多持观望态度的寨民纷纷来我的教室听课，窗户处坐满公开课的听众，最后连族长也惊动了，听了一节三字经课。

课后，族长满目疑惑，很认真地问道：“莫先生究竟是何人，实在不像是一般逃难的流民啊。”

我挑动我女人敏感的泪腺，眼中饱含泪水，颤声说着一个凄惨的故事：一个西安富家子弟，酷爱诗书，从小便研习雅壶投射，正当弱冠之年，准备前往京都参加科考，战火残酷地摧毁了家园，亡命天涯间，不想遇到另一个同是逃难的紫瞳妇人，两人相知相怜相爱，便一同结伴，不久有了爱的结晶女儿夕颜，好不容易来到巴蜀安定下来，却又遇窦家兵残忍地进行屠村。

“苍天哪，我莫问早已是无家可归的，”我泪流满面，抖着嘴唇，向族长跪启，“若得族长救我妻女一命，我愿结草衔环来报啊。”

族长被深深地感动了，甚至赐我君姓，要将我加入君家寨中族人的名字。

我抹着眼泪，刚一回头，吓了一跳，身后早已围着一圈寨民，无论男女满面悲戚，被我的故事感动得稀里哗啦的。

我出得族长的宅子，正在平复激烈的抽泣，一个女子忽然出现在眼前，叫了一声：“莫先生好。”

我又吓了一跳。唉，这君家寨的人怎么都这么神出鬼没的啊，我赶紧抹了抹眼泪，恢复读书人的潇洒与成熟。

她微笑地递来一个篮子，里面是一些鲜笋。

啊，莫非这女子是在向我示爱？曾几何时，我的魅力连女子也难敌啊。

我正自我陶醉，那女子福了一福道：“我是昌发屋里的，我家春来有劳先生照顾，他一天到晚夸先生呢，家里的鲜竹笋，就请先生和莫师娘收下尝个鲜吧。”

哦，原来是为了那帮子小屁孩啊！我打散刚才一脑子的乱想，嘿嘿傻笑着推辞：“原来是昌发嫂子，不敢当的。”

那妇人硬是塞进我手，说道：“莫嫂子近日可得空，明天轮到我家开绣坊做绣活，所有的姑娘媳妇得空都来，我也想请她一起过来呢。”

我家“娘子”啊！空倒是天天有，帮我抄课本什么的，饭也不会做，屋子里也从来不整理，尿布也不肯换，每次都得我每隔半个时辰跑回家帮夕颜换尿布，搞得我像马拉松赛跑似的。“她”甚至连抱夕颜也不肯，除非是冷了才拿来抱在怀中当人动电热炉子，除此之外，就是晒着太阳想“她”所谓的“复国大计”，估计也就白日里做些阴谋诡计的梦吧，就是不知道“她”会不会绣花。

于是，我惭愧地一拱手：“不瞒嫂子说，我娘子家在秦中大乱前倒也是富甲一方，绣活本来是不错的，只是这几年流离失所，绣活恐是生疏得很哪，还望嫂子见谅。”

“不妨事的，莫先生，”昌发嫂子掩着嘴笑道，“你们这些读书人说话总是酸溜溜的，实在有趣。先生放心，我们这些大老娘儿们，绣活也是不能和大家千金比的，不过是趁着农闲纳些鞋底、绣个毛巾什么的，明儿就让你家的过来吧。”说罢，便不再理我，拉着几个媳妇笑着离开了，一边走，一边好像还在窃窃私语着这个莫先生真酸。

咦？我很酸吗？不管了。

我走在回去的路上，心想，段月容若是真去了，他好歹也得有个名字什么的吧，于是晚饭后，我说了昌发家的意思，出乎我的意料，段月容冷着脸把睡着的夕颜放在床上，点点头竟然同意了。

于是我说道：“女人家总是喜欢问东问西的，她们定会问你闺名，你总得想个名字，才好应付。”

段月容瞥了我一眼，歪斜地坐在那只快散了架的椅子上，手撑着脑袋。

我等了许久，他老先生还是那副德行，我实在忍不住了，噔噔噔地跑到他面前：“你到底想好了叫什么了没有，你的名字。”

他懒懒地道：“随便。”

啥，随便？

我压住火气：“这个名字不好，不如这样吧，山杏如何？”

“哼！”

“翠花？”

“寨子东边那个大胖坏丫头就叫这个蠢名字。”

他是在说族长的大女儿君翠花吧！

“哦！不过也不要这样说人家女孩子，这样会伤害人家感情的。”教书教多了，不由自主地用循循善诱的口气说道："那叫大辣椒？枣花、巧姑、春花、香草……"我把我记得的前世看过的所有关于农村电视连续剧的女孩子名字都叫了出来，然而我那屋里的只是在那里不停地发着一系列的叹词。

切！哈！哼！哧……

我说得口干舌燥，到后来他连叹词也没有了，一回头，却见他的鼻子吹着泡泡，原来不知不觉已然睡着了。我怒火中烧，一脚踢过去，他和椅子一起摔在地上，我恨恨地踹着他："你、叫、金、三、顺！"

他抓住我的一只"金莲"，慢慢爬起来，口中满是嘲讽："家里就这么一张能坐的椅子，孩子她爹，请息怒。"

"那孩子她娘，你到底叫什么？"我咬牙切齿地抽回一只脚。

他冷着脸，看了看窗外，李树上的花朵静静绽放，幽香悄然飘进我们的鼻间，溪水里映着玉钩，随波光似碎琼浮于水面，又若往事轻叩心扉，我不禁有些恍然。

"朝珠，"他开口道，"我的名字就叫朝珠。"

我开口欲言，然而他的思绪似已飞到远方，望着他幽远迷离的紫瞳，我终是不忍再说什么。

于是，我成了君家寨一个老实的农民，有了一个叫夕颜的女儿，还有一个紫眼睛的美丽而阴阳怪气的妻子——朝珠。

第十三章

月移花影来

这天，我送段月容去昌发家，这是段月容刚进入这个寨子拜见族长后，第一次抛头露面。我压低声音告诉他一些女孩子该做的事。我有些担心，毕竟以前扮女子，都是我在旁边掩护的，这可是第一次同一大帮子七大姑八大姨在一起啊，须知女人的直觉何其敏锐!

他一脸冷漠，对我的絮叨不置可否。

“这位可是新来的莫先生吗？”一位老人家拄着拐棍，一手背在腰后，一张脸像一只干瘪的柿子，在阳光下向我打着招呼。

我上前恭敬地揖手：“见过这位老伯，小生正是莫问。”

“我家元霄，从小狡精着呢，上房揭瓦的，我是个老代年，冬耳当三的，没个人治他，磨烦先生了。”老人慢吞吞地说着，可能眼神儿不好，一个劲眯着眼看我。

我正要笑着答话，却听一群孩童大声叫嚷：“紫眼睛的怪物，打，快打。”

我一回头，却见一帮小子拿着石头打段月容，段月容给打得蹲在地下。我跑过去一看，为首的正是那个敢挑衅我、被我打手板子的小浑蛋，沿歌。

沿歌一看到我，立刻吓得大叫起来：“老火了，老火了，那个鬼迷日眼的莫先生来了。”

一帮小孩子一哄而散，我拉开段月容护着头的手，却见已打出两个包来，正流着血。他的眼中还是淡漠嘲讽，却又含着一丝悲凉。看着他的紫瞳，我心中一股莫名的心酸涌起。现在的段月容无权无势，武功尽废，还要装个女人亡命天涯，受小孩欺侮，不由想到锦绣小时候，没有人保护他们，又是如何凄惨。

他甩开我的手，擦着流血的额角，淡淡地说道：“你去教书吧，时辰快过了，我认得昌发家的路。”说罢依然倔强地抬起头，向前走去。

我追过来，拉住他，掏出一块手帕，压住伤口，轻轻问道：“还痛吗？”

他拿了帕子，没有回答我，默默地向前走去。我默默地也跟了上去。

他侧头：“你要迟到了。”

我笑着耸耸肩：“让他们等吧。”

送到门口，我拉了拉段月容的刘海，遮住了伤口。

这时昌发嫂子出来，一大群女孩、婆姨跟了出来，几十双妙目好奇地在我和段月容脸上瞄来瞄去，最后全都落到段月容的紫眼睛上。

为首一个女孩身材壮实，脸盘大大的，目光似乎有些不太友善。

昌发嫂笑说：“哟，莫先生还亲自送莫嫂子过来啦。”

我向她们几个深深一躬，诚挚道：“我和内子初来贵地，还望各位姐姐、嫂子多多关照了。”

女孩子们一阵哧哧发笑，估计是为我的“酸气”再一次绝倒，而段月容熟练地敛衽为礼，便是这一路逃亡里我苦心教导、他用心锻炼的结晶。

我递上绣绷、棉线，对段月容郑重说道：“朝珠，你好好听昌发嫂子的话，坚持等我中午下了学，便来接你。”

昌发嫂讷讷道：“不就绣个花嘛，还坚持啥呀！”

段月容的紫瞳一时有些发愣，垂下长长的睫毛，像林黛玉似的由昌发嫂子引了进去。

一旁的女孩们眼中流露着羡慕，唯有为首的那个壮实女孩口中低声嘟囔着：“读书人一家子就这么酸，不过做个绣坊，倒像生离死别似的。”

一个女孩低笑着：“这才叫恩爱夫妻哪。翠花姐，等长根哥把你娶进来就知道了。”

众女孩掩嘴低笑着进了门，那翠花的脖子根红了。

原来这就是段月容口里的大胖坏丫头啊。不是挺纯情的一个女孩吗？这个段月容！

这一日我在课堂上没有像往常一样教三字经，而是教给众孩子一个普通的俗语：人不可貌相，海水不可斗量。我们判断任何人或者事都不能因为外表与自己的不同，而草率地抱有敌意或是轻视。我不知道他们明白了没有，只是众孩儿聚精会神，而沿歌这小子本来坐第一排的，今天坐在最后一排，缩着脑袋不敢看我。

转眼过了十余日，段月容很少出门，在家就是带着夕颜。我能理解，他每次出去，就要面对众人惊异的目光。他第二次去绣坊，我怕小屁孩会欺侮他，就尾随着他，结果倒是没有小屁孩拿石头再打他，但一路上根本没人同他说话，他经过之地，众人都主动地让开一条道，然后默默地对他行着注目礼，像是在看动物园里的熊猫。他也昂着头，冷着一张脸，怎么看怎么像是个高贵的王后经过，偶尔遇到龙字辈三兄弟，才会向他打声招呼，他一般也就点个头。

到了绣坊，我从开着的窗扉望去，原以为他就充充场子，无所事事罢了，没想到他倒是认真地拿着绣绷向一个寡妇学习，同众女子也就说那么几句客套话，然后大多数时间都在闷头绣花。

我再一次唏嘘不已！

又过了几日，段月容竟然开始往家里带花样、做绣品了，我好奇地指着他的一幅没有绣样的绢子："这是朵什么花呀？"

他用紫瞳酷酷地看了我一眼，没有回答，煞有介事地翘着兰花指在那块绢子上绣着。

我忍住笑，心想别是这小子做女人做出瘾来了吧。然而无论我怎么追问那绣样是什么，他就是不理我了。

时光如梭，我们安定下来后，我开始张罗那四亩地了。我说了半天，并差点以武力相挟，段月容才懒洋洋地跟我去整地。

我和段月容向昌发家借了头黄牛和犁，准备撒稻种，我在前面拉着牛撒稻种，他在后面推着犁，两人慢慢前行着。

想起明天又是做绣坊，便道："那朵花绣完了没，要不要我来帮你？"

他看了我一眼，不理我。

我没有熄灭我的耐心，继续鼓励他："我看你好像挺喜欢绣花的，那倒是件好事啊。须知张飞绣花，改了戾气，长了耐心，成了一名智慧与勇气并重的名将。你若也能学成，绝对可以修身养性。我的绣功虽差些，但也曾为我家兄弟姐妹纳过鞋底的。"

那功夫可不是吹的，我每年都会替小五义几个做鞋。于飞燕说他的老家山东聊城就有女人为亲人纳鞋的习俗，还要在鞋垫子上绣各种祈福的花样，据说踏着鞋垫子上面的平安花样，就能平安走遍天下，于是我便萌生出要为小五义纳鞋的念头。我向周大娘和众婆子讨教了一番，后来在床上的碧莹也加入了我，她自然负责宋明磊的那一双。

那是碧莹生病的第二年吧，我们姐俩就把做的鞋当作新年礼物送给于飞燕、宋明磊和锦绣，没想到广受欢迎，从此成为我们小五义的惯例，每年小五义的兄弟姐妹都会来问我要做的鞋。

那一年河朔大捷，于飞燕就是穿着我纳的鞋踏遍贺兰山阙，镇守边关，勇战突厥。锦绣那丫头的就别说了，每年两双，她喜欢我绣的HELLOKITTY的花样，她后来在紫园发达了，却还是照例问我要，可能我这个姐姐所有的绣活里，她只欣赏这个了。

这四五年间，只帮宋明磊做过一双，那是因为碧莹有一年病得很重，我就替她给宋明磊纳的鞋底，绣的花样和手艺自然都不能同碧莹的相比，给宋明磊送过去时，心里虚得很。

然而宋明磊却特别高兴，现在想来，可能他猜到那双鞋是我做的！

想起苦命的碧莹和宋明磊，我闭上了口，说不下去了。

过了一会儿，我回过头，却见段月容的紫瞳看着我，似乎在等我的下文，想起一切还不都是他害的，我便哼了一声道："我说你那朵花是不是也得加几片叶子、几根藤蔓什么的，看上去病恹恹的，一点儿也不好看！"

段月容对我眯起了眼睛，我便叽里呱啦地讽了他半天，感觉有些口渴，这才停下来喝了口水，抹了一下嘴，回过头正打算再讲下去，却听段月容咬牙切齿地吼了起来："你有完没完？那不是朵花，那是只鸳鸯！鸳鸯不成吗？"

什么？原来还是只鸟类啊，可那形状……我忍住爆笑的冲动，一本正经道："娘子，息怒，你看，旁边有人看着哪。"

段月容推着犁向我冲过来了，我哈哈大笑赶着大黄牛向前，结果，别人三五天才要撒完的稻种，我们家两天就做完了。当时我觉得我和他其实是很适合生活在"大跃进"年代的，一定能超额完成任务！

只可惜，大多数时间，段月容同学是极其讨厌做苦力活的，每到做活时，不是赖在床上，就是要跑肚拉稀、东躲西藏的。后来学乖了，我每每急得要动粗时，他便将夕颜一把抱在怀里，紫瞳睨着我："要打，你就先打死这个臭东西吧。"

这一天，我累得晕乎乎地回到家里，想喝水，水缸里滴水没有；想吃饭，锅里空空如也；夕颜坐在地上哇哇大哭，段月容却蒙头大睡。我的火腾地上来了，抱起夕颜，哄她不哭了，便拉了被子，将他拖出来，责问道："你在做什么，水没有，你总可以去挑些水吧。没米了，去族长家赊一些。你若不爱抛头露面，待在家里也可以看看夕颜，她哭得那样厉害，你就不能稍稍哄一些。万一摔下来，摔成脑震荡怎么办？你不会做菜，我会啊，那也麻烦你到后院拔几棵菜，洗洗准备准备吧。"

他瞟了我一眼，一屁股坐在椅子上，打了个哈欠："谁愿意做这些娘儿们做的事？"

"哈！"我在那里叉着腰，怒极反笑，"那你说说，你该做些什么才能让我俩渡过这难关？"

"很简单，夷平君家寨。"他一下子站了起来，精光毕现，目中杀气重现，"将这个寨子一家一家烧了，抢了东西，收了那些男子做奴隶，女人都卖了换军饷，然后便可进瘴毒之地去寻我父王，无论结果如何，定要杀了光义王，复我王子身份。”

我如雷轰顶，心中有着说不出的寒意，喃喃道：“你平时喜欢绣花，就是因为可以静下心来想这些？”

他哼了一声，目光如炬地看着我：“那还怎的？这个君家寨守备薄弱至极，可笑那族长老头儿还在做着白日梦，以为那乱世的铁蹄无法寻到此处。须知我南诏的步兵甲于天下，最擅长的便是山野游击，今天我不毁寨，来日他族前来，结局只会更糟而已。”

我冷冷道：“君家寨好心收留我们两个落难之人，但凡有一点人性，当知‘知恩图报’四个字，你却还要焚烧寨子，杀人劫财？”

他冷哼一声：“宁可我负天下人，不可天下人负我。他们现在不杀我们是因为不知道我们的赏金有多少，若是知道了，你以为他们还会饶了我们吗？一样会赶尽杀绝，将我二人的头颅换赏金。”

我怔在那里，许久开口道：“你不远千里地来到东庭，一心想问鼎中原，难道就一定要做那杀人放火、掳人淫掠之事？”

他坐了下来，头一扭，满面嘲讽与不耐。

我摇摇头：“人固有一死，或重于泰山，或轻于鸿毛。为大业而死，就比泰山还重；你这样一心只知奴役弱者，欺辱百姓，即便有一天回到了南诏，复了爵位，统治南诏，如何能成就一代霸主？有一天死了，依然比鸿毛还轻，死后还要沦落到畜生道昆虫道，接受惩罚。”

他的头渐渐低了下来。

我暗自欣喜，莫非我的话打动此人的廉耻之心了？于是我继续我的思想教育课：“你若能学习古代圣人君子毫无自私自利之心的精神，从这点出发，就可以变为大有利于人民的人，一个人能力有大小，但只要有这点精神，就是一个高尚的人，一个纯粹的人，一个有道德的人，一个脱离了低级趣味的人，一个有益于人民的人。”我说得热血澎湃，唾沫横飞。啊，不对，这话说得怎么这么溜啊？好熟啊，然后我想起来这是毛泽东纪念诺尔曼·白求恩的经典……

我干咳了一下，回过头去：“总之，这是一个天大的好机会，令你放下屠……”

轻微的鼾声从段月容的口中传了出来，原来他是睡着了。我青筋暴跳，随手一挥昨日我为夕颜摘的柳条，大喝一声：“给我醒来，你这妖孽。”

段月容的紫瞳大睁，然后又合上了，睡意蒙眬地喃喃道：“有事明天再说，我困得不行。”他一边说着，一边伸着懒腰，无视我，向床走去。

我再也忍不住，爆发了我所有的怒火，挥动了柳条向他抽出一鞭：“你看看你平时都做了什么，夕颜也带不好，我在外面辛苦了半天，你这个屋里的却连饭也不做，屋里也不收拾，我回到家连水都喝不上一口，我养着你这废物做什么？”

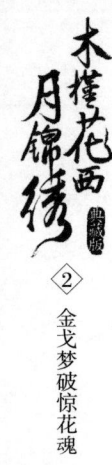

他的左肩正中一鞭，哗地转过身来，紫瞳幽冷地盯着我，盛满久已未见的戾气，阴狠道：“你再挥一鞭试试。”

我咽了口唾沫，一挑眉，冷笑道：“妖孽，我几时怕过你了？”

壮着胆子正要再挥一鞭，这时外面有人敲门道：“莫先生在吗？”

我瞪了段月容一眼，手里拿着柳条开了门，原来是龙根、龙道、龙吟三兄弟。

龙道说：“莫先生，今天寨里不太平，我爹想请你前往祠堂一……”

六双眼睛盯着段月容及时泫然欲泣的俏脸，然后目光移到他裸着红痕的左肩。

“你在打莫嫂子？”龙根大叫了起来，“莫先生你是个读书人，怎么打女人？”

“这又怎么了？”我愣道，手里还不知死活地拿着那根柳条。

“你这浑人，堂堂七尺男儿，连地也不会种，在家只会打老婆、骂孩子。”三兄弟猛然间闯进我的屋子，轮番对我骂了起来。

我愣在那里，我是在打“老婆”，可是我又没有骂孩子，刚欲分辩，这才想起来，我和他们说这个干吗，这是我的屋子，这三兄弟可是擅闯民宅啊。

“三位小哥，我虽是外乡人，这房子也是你们爹租给我们的，可总也是我的房子了，你们这样深更半夜硬闯进来算什么？而且这是我家家事，三位兄弟管得太宽了吧。”

三个小少年一愣，最大的那个有些激动地说道：“我看你斯斯文文的，我爹才收留你的，想不到你借了钱，却游手好闲，打妻骂女。”

“我哪里打妻骂女了？”

“你手里拿的是什么，你看你妻子都吓成什么样了，还有你女儿都哭成这样了，还要强辩？”

几个少年不待分说，将我拉去了祠堂。

我回头看段月容抱着夕颜跟了过来，他背过那三个少年对着我一脸奸笑。

这晚的祠堂分外热闹，在农村：“敲寡妇门，挖绝户坟”是顶顶缺德的事，而偏偏这两件顶顶缺德的事在君家寨意外地同时发生了，以至于像我这样“打老婆”的事显得分外渺小。但是在没有见到族长以前，我只好笼着袖子，蹲在祠堂里，那龙家三兄弟只是在那里柔声劝着我那捂脸悲泣的“妻”。

“莫家嫂子，莫要哭了，我们一定为你申冤。”

你哪一只眼睛看到他哭了？

他眼中分明带笑，半滴泪也没有，我在那里木然地看着段月容，眼睛不停地眯着，而他也是不停偷眼看着我，笑意更浓。

你笑吧，反正到时查出来你是个男子，倒霉的是你，你就笑吧你，我用唇语一张一合对他说着。

这时火把下几个女子扶着一个不停抽泣的寡妇走出祠堂，正是段月容平时在绣房讨教绣花技巧的那位牛哥二嫂，她两只眼哭得就跟核桃似的，人不停地发着抖。

“牛哥二嫂，别难受了，我爹非得给那二狗子一点颜色看看，还敢明目张胆看女人洗澡，反了天了他。”君翠花大声嚷嚷着，大手掌一挥，围观众人纷纷让开一条道。

她看到她的三个弟弟和我们，立刻虎着脸跑过来：“你们三个这么晚没睡，在这儿干吗呢？”

三个毛头小子明显害怕了，怯懦着：“姐不也没睡吗？”

这时，族长着人叫我们进去，三个小子立刻拉我和段月容一家三口进了祠堂，不理君翠花在后面瞪着眼。

我们跪在堂下，说明了事由，族长老爷本来拧着的眉毛更拧了起来，一拍椅子扶手：“深更半夜，莫问先生打他家娘子，是在屋里打还是在屋外打？”

“屋里打的。”龙道大声说道，看着我一脸鄙夷，“爹，你看他把他家娘子打成什么样了？”

我那娇弱的妻在堂下不停地悲伤地抽泣着，抽动着略显健壮的肩，露出一条红痕。

族长揉了揉太阳穴，一脸沉痛地说道：“莫问先生，你今天就在祠堂中跪一宿吧。”

我正待辩解，那族长一指那三个少年，加了一句：“你们三个也陪着他跪一晚。”

“为什么，爹？”三个少年大叫起来。

“还为什么？君不闻半夜三更擅闯民宅，非奸即盗，就算我们君家寨有不杀耕牛、不打老婆的习俗，但莫先生是外乡人，不懂寨规，再说他们夫妻俩的事与你们三个人何干了？还问为什么。平时不好好读书，种地也尽偷懒，平日里看在你们早死的娘分上，总是训训罢了，今天还要做出此等无耻之举，你们三个实在太过分了，丢尽了我君树涛的脸。平日里仗着你们几个的爹我是族长，便嚣张跋扈，不思进取，长此以往，定然胆大包天。再过几年做出像罗锅子一般扒人坟头之事，指日可待了。”族长气得脸红脖子粗的，那三个小子傻在那里。

好，果然铁面无私。然而我还是觉得委屈，我打这个凶恶残暴、好吃懒做的妖孽，我哪里错了？

人群散去，祠堂天井里倒挂着被抽了十五鞭的罗锅子君阿计，他扒了自己外甥女家里的坟，倒在哪里直哼哼着再也不敢了。

我跪在那里，旁边还跪着一个直哼哼的二狗子。

“那寡妇有什么了不起的，不就看了一眼嘛。”

我忍不住开口：“二狗兄，你可知，非礼勿视！”

“龟儿子的，打小就偷我家晒的咸鱼。”看守我们的忠伯轻蔑地说道，“你小子命里注定就是个偷鸡摸狗的烂崽。”

二狗子哼了一声：“反正打小你们就这么看我，哪怕是做了好事，你们也不信。那怎的？我还做些损人不利己的事不成。”

我的心一动，猛然想起锦绣曾流着泪说过她天生一双紫瞳，人见人怕，比别人长得好些，更是成了别人口中的祸水降生、妖孽转世。

段月容也曾嘲讽地说过，既然世人都道他妖孽降生，他便总要做些让人不快乐的事。还有那些小孩对他无情的攻击……

上天既然让每一个人投生前喝下了孟婆汤，就是为了让人们忘了前世所有的恩怨，以一个干净的灵魂去重新活过。无论锦绣和段月容哪一个是真正的紫浮，他们都有一个重生的机会，然而就因为他们天生一双紫眼睛，长得同别人不一样，人们便戴着有色眼镜看他们，使之一生遭受白眼，甚至连做一个好人的机会也不给他们，于是变相地逼着他们重蹈覆辙，走上不归之路。

这是一个可怕的恶循环！

我猛然惊醒，自己不也平时妖孽妖孽地叫那段月容吗？他被废去一身功力，复国无望，还要放下所有的男性尊严，装个女人，虽也是前半生的罪孽所致，但如今不正是在受着上天的惩罚吗？

我道貌岸然地宣扬着现在是他改过自新、放下屠刀的机会，可不也还是左一声妖孽、右一声怪物地骂他吗？

那我岂不是在帮着他继续扭曲自己的灵魂吗？

我跪在那里冷汗淋漓。

君阿计晕了过去，屎尿倒流得满身都是，院子里都是一股臭味，看守我们的忠伯皱着眉过来放他下来，给他上药清理去了。

我不由自主地站了起来，望着夜云满天，挡住了明月星空，不禁惘然。

“喂，莫先生，你在看什么？”二狗子看我站了起来，也大着胆子跟了过来，“莫先生，我觉得你做得没错。俗话说得好，打出来的老婆揉出来的面。自个儿老婆总要教训教训，才能把家里照顾得好啊。不过话又说回来，”他老鼠眼睛般的双目里满是色欲，“你家老婆真是赛过西施了。我说莫先生，你若不喜欢，我帮你把她送到山下卖了吧，银子分我两成就是，到时候我再帮你弄个黑眼睛的、小个子的、年轻听话的过来，你要汉家、布仲家或是土家、苗家的女子都成，反正君家寨本来就是男多女少，保准给你弄个没开过苞的处……”他说得唾沫星子乱飞。

我打断了他有些丧尽天良的建议，淡淡道：“多谢二狗兄的美意，我家娘子甚是贤惠，我今晚确实处事不当，二狗兄为何不自己娶一个温顺的姑娘，好好成一个家呢？”

“像我这样的人，哪有正经姑娘愿意嫁给我，不过找个相好的泄泄火罢了。”二狗子微微一叹。

“二狗兄，其实你生性聪慧，虽说犯过一些错，但不用去管世人的说法，照自己的心愿活下去便是了。你若真喜欢那牛哥二嫂，何不去规规矩矩地做两年工，攒些银两，派媒人前去说亲？浪子回头金不换，族长一生清廉正直，想必愿意帮你，牛哥二嫂亦会接受你的一片真心。好在牛哥又没有留下一儿半女，你们两个不出一年，生个一儿半女，定能享尽天伦之乐。”

二狗子听得一愣一愣的，半晌才道：“我现在可总算知道为啥那些娘儿们都喜欢读过书的奶油小白脸了，你那嘴可真能说，难怪你能娶到你老婆那天仙样的美人儿。”

我笑了笑，正欲开口，忽地花瓶门处传来脚步声，我和二狗子立刻中规中矩地跪了下去，两人恢复了一脸忏悔。

月亮悄然从云中探出脸来，向众生放着无限的清辉。

祠堂门口，常春藤静默地蜿蜒着，欲奔向新的高枝，勾垂着的紫藤花轻轻摇曳，花瓣飘坠间，花架子下面人影一闪，我悄然放眼望去，却见一个紫瞳佳人正站在我眼前。

咦，这小子怎么来了。我松了一口气，懒散地坐回蒲团上，揉着膝盖冷冷道：“你来做什么？”

他一脸扬扬得意地坐在我的身边，不理二狗子有些发直的眼睛，轻声道：“你晚饭也没吃，饿了吧。”

经他这么一说，我这才想起“打老婆事件”的源头是他什么家务都不做，最重要的是让我饿着肚子。我的肚子不争气地咕噜叫了一声，他的笑靥更是如花灿烂，递上一个大土碗盆，里面是一碗白米饭，上面是一堆黄黑乎乎的东西。我拿到火光下仔细辨认了一下，这才发现是一堆炒得发黄发焦的油菜，那米饭好像也有些半生不熟。

其实，有些时候我也挺同情男人的。很多时候，为了爱情，男人们往往也做出巨大的牺牲和冒险，对于心上人做出的食物，即使有时候吃起来如何难吃，甚至无意间由于烹饪技术不高造成食物含有剧毒，却依然豪气万千地吃下去，心中流着痛苦的泪水，还要强装笑颜，欢乐地大笑：“亲爱的，好好吃啊，再来一碗吧。”

我一个劲地傻想着，怀疑地睨着他：“你自个儿做的？”

他点点头，塞给我一双筷子。

我拿在手里，刚想往嘴里扒，却迟疑地看着他。

他挑了挑眉："你莫不是以为我下了毒吧？"

我哼了一声，心中却默认了，依旧看着他。

他大大方方地拿着筷子往嘴里扒了一口，嚼了一下，吞下去了，还大张其口让我检验。

我立刻抢过来大口大口嚼了起来，他在旁边不停地帮我拍着背，柔声道："莫要呛着啊。"

果然呛着了，我噎在那里，他赶紧又在旁边递上一碗水，我一口气喝了下去。

我咽了下去，继续扒着饭："你跟谁学的做菜？"

"跟那个寡妇牛哥二嫂学的，她是寨里唯一一个愿意同我说话的女人。"段月容哼了一声，"那个大胖坏丫头，到处跟寨里人说我的坏话，没人愿意理我。"

大胖坏丫头？

哦，君翠花！

"你是说族长的大女儿，君翠花吧！"

"这个破寨子里，还有哪个女人，又胖又坏。"

"她干吗那样对你？"我奇道，还有女人会对段月容感冒，我感到无比新鲜。

他恨恨地说着："还不是嫉妒我长得比她漂亮，她的心上人长根多看了我几眼，就到处排挤我。"他在那里激动地开始历数着君翠花的恶行，全然忘了自己曾是一个杀人、抢劫、强奸、偷窃的刑事惯犯。

然后他又以一个杰出的政治家以及优秀的战略家的眼光分析着她的优势劣势，详细叙述了他将要在君家寨男人女人中施行的远交近攻的作战方案，最后咬牙切齿道："总有一天，我要夺走她的心上人，要她对我唯命是从，对我服服帖帖，跪在地上求我要她。"

很显然，段月容同学开辟了他的第二个战场：女人的战争。不过我万万没想到他的对手竟然是君翠花，君翠花！

我的脑海里描摹着君翠花的塌鼻子、小眼睛、大饼麻子脸、水桶腰、老虎背、大脚丫和粗嗓门……总之，我无法将君翠花同美女联系在一起，更无法想象，段月容为什么一定要君翠花跪在地上求他要她。莫非杨绿水的死，以及我身上的毒使他的审美观点完全改变了？

一定是这样的！我同情地看着他。

他在那里说得眉飞色舞，见我直盯着他看，便平复了一下情绪，又柔情似水地看着我："不好吃吗？"

"你干吗对我这么好？"我打了一个哆嗦，低声道，"有什么阴谋？"

“你这人，不是说要对人没有私心吗？”他轻轻捋了捋耳边的头发，顿时风情万种，比女人还要女人，不理一旁二狗子的哈喇子都快流出来了，柔声说道，“我现在对你好了，你又要怀疑人家，真伤人心。”

我想起刚才的反思。也是，你口口声声要人家改邪归正，自己却第一个戴着有色眼镜看人，的确太过分了，我应该是第一个无条件信任他的人才对啊！

我站了起来，深深向他一鞠躬：“今天我有三不该，第一不该骂你废物或是妖孽，第二不该打你，第三最不该怀疑你给我吃的东西里下毒。”

抬起身子时，他看着我有些发愣，满眼不信。我心中一叹，看吧，人家不相信你了。我讪讪一笑，复又拾起碗来：“这是你第一次做饭吧。”

他点点头，看着我的眼神深不可测。

我满面惭愧地低下头：“我知道你一定不信我，算了。”我抬头干笑几声，真诚地笑道，“真好吃，可比我第一次做的饭好吃多了。”我认认真真地扒完这一碗饭，舔着最后一粒米说道，“还有吗？”

我还真饿了。

他彻底呆在那里，脸上竟然泛起一丝淡淡的红晕来，怯懦了许久，他侧过脸去，柔婉地低声道：“没有了，不过你若喜欢，我天天做给你吃。”

我怔住了。

他又转过脸来，满眼放着我从未见过的星光灿烂，绝艳的脸庞竟然勾起一丝羞涩的笑意，如紫色水莲花温柔地在清清的池塘里绽开，清风伴着花香和煦地拂过我心头，于是我无法挪开我的眼，沉溺于他的这一抹灿笑中，宛如梦境中紫浮恬休于木槿树下，对我温和地唤道：“你来了。”

我和他这样对视着，不知过了多久，一个老迈的声音叫道：“这就对了，年轻人就是床头吵架床尾和。”

原来是忠伯和族长家的三个小毛孩子抬着罗锅子回来了，一下子惊醒了我。

我急急地挪开了目光，一转头，却见是忠伯和三个小毛孩正将罗锅子复又吊起来。

三个毛头小孩轻蔑地笑道：“现在知道我们君家寨的厉害了吧，知道怎么疼老婆了吧？”

忠伯笑着打了三个小孩一下：“你们三个没事老管人家夫妻间的事做什么，快过去跪着，你们爹可发话了。”

三个小孩不情不愿地跪下来，拉着段月容：“莫问嫂子，下次你家相公若再打你，你便来告诉我们，我们会替你主持公道的。”

段月容羞涩地福了一福：“奴家谢过三位少爷，我和我家相公和好了。”

三个小孩又替天行道地骂了我半天，我讷讷地拱着手，正要再向段月容赔个不是，忽然腹中绞痛不已，我捂着肚子蹲了下来。段月容着急地看着我。我脑中灵光一闪，恨恨道："你没有在饭里做手脚，可是在给我喝的水里放东西了吧？"

段月容张了张口，却没有发出声音，僵在那里，有些懊悔，又有些笑意，我却忍不住地奔向茅厕，拉得天昏地暗。

前几日，我特地给夕颜配了泄药，怕她的肠胃不消化，得便秘，而段月容同学为泄私愤，便在给我喝的水中加了些，剂量虽不多，但是混着他给我做的那些半生不熟的饭菜，造成了严重的食物中毒，我拉了两天一夜，直拉得脸都绿了，手脚虚浮。

以后几天，段月容一边照顾夕颜，一边衣不解带地在床头给我端水送药，将我照顾得无微不至，还代我出去务农，认真地尽了一个妻子的义务，学会了做一手的好菜。

由于我们的家庭暴力事件，她得到了君家寨广泛的舆论同情，在我患病期间，以一种贤妻良母的光辉形象，能干地操持家务，照顾夕颜，一时传为美谈。于是很多寨民不再因为他的紫瞳而对他隔离，渐渐地放下偏见，大胆地同他搭讪起来，热心地为我们送来东西，帮他租牛，教他种地，还有很多沉默而无私的崇拜者偷偷在晚上帮我们家翻地，譬如君翠花的心上人——君长根。

于是他迈开了击败君翠花的第一步。

我同学生们的感情日益深厚起来，寨民们待我和段月容也越来越亲善。

族长见我通晓算学，有时他的管家生病，便让我为其管账，偶有重大之事，便让我来与他商议。

我创建了一系列数据库，并创建了家族树，使之管理简便起来，每每有记录档案，便无须再查找族谱、粮谱，我提倡丁字记账法，有出有进，记账清晰，族长对我更是赞赏有加，希望我有空能多教导他那三个呆儿子。

这一日午后体育课，孩子们拉着我前去一处坡顶，一开始我觉得奇怪，这群孩子巴巴地爬坡干什么？

小孩子经不起盘问，一套话才知道，原来那里是君家寨有情人幽会的地方，家长们自然不会让他们这么小去接近，然而小孩子就是这样，有时你越不让他们知道的事情，他们就越想知道。

于是他们就借着我去了，反正家长要怪就怪我好了。

我好气又好笑，心想这孩子冒险探奇的天性果然是古今中外皆相同，而这个坏主意正是皮大王沿歌想出来的。

算了，去就去吧。到得坡顶，却见一棵百年野樱耸立于坡顶，浓艳地映着碧空万里，枝头花团锦簇，芬芳扑鼻。

我一时怔在那里，过了一会儿才反应过来，用手遮住灿烂刺眼的阳光，花瓣散落，轻触我的面颊，往事如潮水冲击我的心扉。

“先生怎么哭了？”春来看着我满面的泪水有些害怕地说着。

我抹着眼睛，笑道：“哪里，你们的师娘今天早上让我给她切洋葱，把我的眼睛给熏昏了。”

孩子们表示理解地点着头，春来说道：“我娘切洋葱也是流眼泪，有一次爹不知道，还把爹给吓得不轻，不小心就把私房钱给交出来了。”

孩子们七嘴八舌地把我的注意力引开了，然后十几双小手又把我的脸扳过来：“先生，您看对面。”

却见晴空万里，阳光明媚，白云悠悠在空中散步，在山坡上翠绿的层层田野间偶尔洒下巨大的投影，如神的步履漫步人间，目光所及之处的山脚下，却见一大块一大块的金黄与艳红交相辉映，色彩斑斓，如世间最伟大的油画立体地展现在我的眼前，强烈地刺激着我的视觉。

“那是布仲家的油菜田。”小玉甜甜地插上一句，“他们还喜欢种李子，跟我们寨子不一样的。”

还是小女孩比较感性，满眼的惊艳，牵着我的衣角，娇声唤着：“那李花红红的，像娘娘的胭脂，真好看。”

沿歌这小子却流着口水说：“再过几个月李子就熟了。”

我轻笑出声，山风拂过，金黄的菜花悄悄弯着腰，翻起黄金般的波浪，李花艳红，点缀着金海，甚是壮观，李花林间偶有纤纤人影移动，山谷间响起一阵柔美的歌声，金波海浪中，一个壮硕的人影闻之欣然直起身子，开始激昂多情地和着那歌。

“布仲家的在对歌了。”沿歌的眼中闪着狡黠，“我爹说，布仲家是南蛮夷子，所以他要对歌才能找到媳妇。”

“沿歌，这是布仲家的习俗，我们应该尊重他们，不对吗，莫要……”

我这才发现无人回应我的谆谆教导，一回头，却见一个紫瞳佳人站在那里，虽是布衣钗裙，紫眸流盼间，却难掩其绝代风华，不是我那“贤德的妻”又是谁呢?

孩子们奇怪地沉默着，只有春来笑嘻嘻地叫了声：“师娘。”

段月容高贵的额头微微点了一下，破天荒地摸了摸春来的头发梢，然后立刻撤手，他的紫瞳冷冷地瞟了沿歌一下，向他微微抬手，沿歌立刻领头吓得一哄而散，沿歌跑得最快，只有春来有些迷糊。

段月容嘲笑一声：“这群小魔鬼。”

我白了他一眼：“你不要贼喊捉贼。”说着偷取了他的菜篮子，取出食物，大口大口开始吃了起来。

不知道这段月容葫芦里卖的什么药，自从家庭暴力事件后，我说了一句他的饭菜做得好吃，他还真的履行他的诺言，天天给我做吃的。我认为做饭是有利于他修身养性的，当然主要是为了能让我的“家庭负担”轻一些，因此我极其热烈地鼓励他去做，从此我便能吃到热菜热饭。

嗯，还真不是盖的，到底是四大公子之一，连做饭也做得这么好吃啊，我开始狼吞虎咽。

真好吃，想必他的师父牛哥二嫂做得更好吃。嗯，什么时候可以考虑到她家去蹭一顿饭的，不过老是麻烦人家免费帮着带夕颜，不太好意思张口了。

我正胡思乱想间，他端出一个水壶来递给我。我自然地对他微眯眼睛，他喝了一口笑着递给我，我才爽快地喝了起来。

啊，他干吗这样看着我啊？不知道这样看着我吃饭，会使我消化不良？我努力咽下一口饭，指着山下金海李红：“你看，布仲家的田多好。”

没想到他看了一眼，轻嗤一声：“这算什么，叶榆家家种花，层林尽染，风花雪月之乡，比起这个兰郡要强百倍。”他挨着我身边坐下，扭头对我笑道，“不过，你若喜欢此种美景，当会很习惯叶榆的生活。”他目光有一丝热切。

我当作没听懂，也没看懂，只是嘿嘿傻笑一阵：“你知道吗，这里的人们其实可以不用为种出来的农作物不能及时交易而烦恼，因为这里有丰富的旅游资源，人们可以将此作为农业旅游基地。”

我以为他会听得不耐烦，没想到他的紫眼睛里却盛满了兴趣，开始问东问西起来。

这时山歌又起，打断了我俩的聊天，我们停了下来，我闷头扒着饭，而他抬起头含笑听着幽远的山歌。过了一会儿，他远眺山谷，对我微笑着：“你可知道，你同寻常女子不一样啊。”

我很想提醒他，其实，他家的绿水同寻常女子也是不太一样。

“其实，那日七夕，你拉着我的手说的那些话，我都记着，然后等我——”

我状似无心地打断了他，口中惊奇地说道：“你为何拿这么一大碗饭来，须知这粮食是我问族长家借的，等下次收成的时候，我们是要还的，自古由俭入奢易，由奢入俭……”

他的紫瞳有些泄气地看着我，我话未说完，他便将大土碗和我手中的筷子抢了过来，俯头便吃。

我奇道：“你还没吃呢？”

他用紫瞳没好气地白了我一眼，我倒有些不好意思，早知道我刚才就不会那么硬塞进嘴里了，不由笑道："那你干吗不再带一副碗筷来？"

他闷头吃饭，恨恨道："懒得洗了。"

我努力地憋着笑，这人真是……

天气渐渐热起来，夕颜开始摇摇晃晃地走路，把我给高兴坏了，当夕颜蹒跚地扑到段月容脚下，仰起小脸，对他笑着流口水时，他鼻子里哼了一声，表示他的感慨之情，可是眼中也不由得柔和了起来。

又过了几日，我和段月容大跃进栽种的稻秧已经成功地蹿了出来，我喜上眉梢，决定明天把紫眼睛的大懒鬼拉出来，一起放水种下秧苗，于是这一日便早早地放学回家，未到门口，心想不知这个段月容是怎么做饭带孩子的，便放轻脚步，隐在窗前一看，就此把我给吓住了。

却见段月容曾经挥舞着偃月刀杀人如麻的左手，正麻利地拿着菜刀切着一盘未知名的蕨类植物，是昌发家前日在山里采来送的，可是另一只手却握着夕颜的一只藕段般的小腿，倒提着她，一边还晃悠着。

我在那里张口结舌，却见他刀刀有声，转眼那盘蕨类植物已成数块，油锅已经冒烟了。

可能是提着夕颜的手累了，他将两者空中一抛，菜刀与夕颜在空中险险地交错而过，然后成功地换手。我的嘴张得更大，再也忍不住，冲了进去："你这浑人，你想——"

我人到眼前，话未说完，菜刀已准确地架在我的脖子上，段月容睨着我冷笑："我就猜你也看不下去了。"

我咽了一口唾沫："你干吗这样折磨夕颜，她才一岁多……"

段月容将夕颜塞在我的怀里："你以为我愿意这样做吗？是你带回来的这个臭东西，喜欢这样被人倒拿着。"

"瞎说……唉！"我提高夕颜的小腿，只见她的小脸充满兴奋，单眼皮的小眼睛里冒着星星，小嘴咧着，口水直流。

"这孩子真稀奇。"我惊叹不已。

"这臭东西不是毛猴子转世就是妖怪投胎的。"段月容没好气地说着，"快去给她换尿布吧，臭死了。"

我背着他做了一个怪脸，心说：你才是妖怪投胎的呢！

入夜，段月容和夕颜都睡下了，我从桌上铺的床铺上偷偷地下来，拿了胰子、毛巾，溜到后山无人的山涧中洗澡。

这山涧是我有一次迷了路无意间发现的，是一个天然小泉形成的浅潭。我脱了衣物，站在没腰的溪水中，任冷冷的溪水轻揉着我的肌肤，不由全身心地放松下来。

我的眼前正是一汪明月的倒影，抹了一把脸，抬起头看向那饱满的圆月。

举头望明月，低头思故乡。

我不由低下头，轻叹一声，手轻轻触动清波，搅散了那一池相思。

忽然，树木断裂的声音传来，我吓得一下子蹲了下来，过了许久，没有了声音。我暗想，不会是那个爱偷看女人洗澡的二狗子吧？我大着胆子，赶紧穿上衣服，盘上头发，施轻功跑到树木断裂的地方，空无一人，唯有猫头鹰转着脑袋看着我，然后扑棱着翅膀飞走了。

许是什么小动物吧。我松了一口气，一边东张西望地往回走，不留神踩到一处坑洼地，我的身子往前倾倒，眼看就要与大地做一次亲密接触，斜刺里蹿出一只有力的手，将我扶住了，我却吓得惊叫一声，急急地抬起头。

月光下，一双紫瞳幽深莫测，如刚才的猫头鹰一般发着幽幽的亮光，我又吓得倒退三步，定了定神："你到这里来干吗，夕颜呢？"

他微转身，天人之颜没在月光的阴影下，令我看不见他的神情，只听他淡淡道："晚上起夜才发现你不见了，便出来寻你，我把夕颜交给牛哥二嫂了。"

我怀疑地看着他，他却一声不响地看着我，我清了清嗓子，挺胸答道："我出来洗个脸罢了。"他点点头，不再搭理我，只是一个人转身往家的方向走去。我暗嗔一声，跟了上去。

两人无声地走在回去的路上，月光将我们的影子拉得长长的，一路上青叶野花暗香浮动，淡淡袭来，山间淙淙的溪水声传来，伴着生动的蛙鸣和虫鸣交织在一起，仿似一首温婉动人的小夜曲。我的心又开始松弛下来，人虽然走在路上，心却有些醺醉，昏昏欲睡，这是很久没有出现的感觉。

这时，一阵琴声轻轻地飘来，段月容停住了脚步，我撞上了他的后背，惊醒过来。段月容凝神听了一会儿，轻轻一笑："这是布仲家的男子在弹月琴，寻心上人。"

"他的琴弹得挺好听的。"我听了一会儿，敬佩地点头说道。

段月容瞥了我一眼，拉着我在一棵大树下，坐了下来。他对我一笑，我敏锐地捕捉到他紫瞳中一闪而逝的邪气。却见他信手摘下一枚柳叶，放在嘴上吹了起来。那柳叶发出了同月琴一模一样的曲子，然而叶哨清脆尖啸，似是女子多情的娇吟，和着那稳健月琴，甚是动听。

一曲奏罢，月琴声停了下来，段月容趁这个当口，曲子忽然一变，竟然吹出一支

《长相守》来，他的紫瞳满是挑衅，然后向我瞟来。

《长相守》是所有古曲中韵律最难掌握的曲目之一，暗宫和梅影山庄的《长相守》又比普通的《长相守》多了一丝雄浑的悲壮，多加了锁音的机关，甚是难懂，而段月容只听了一遍，便在地牢中吹了出来。现在他吹出的叶哨不过是寻常的《长相守》，然而那委婉缠绵之意，丝毫不差。我不得不承认，可能除了非珏以外，能被世人称公子的人，在琴棋书画方面，的确都有两下子。

段月容深深地凝视着我，那首《长相守》渐渐吹得柔和起来。

我的心神一动，往事猛地袭来，眼前满是那纯洁无瑕的白衣少年，天人般的一颦一笑，西枫苑里他手把手教我弹《长相守》……

我粗壮的萝卜手连连弹错，素辉在那里干着急，嚷嚷着木丫头是朽木不可雕也，谢三娘拎着他的耳朵出去了，梅园里只有我和他。他对我浅笑着，拿着汗巾为我擦去满头汗水，安慰我不要急，慢慢来，那双凤目满是柔情。

月光下，月琴声再一次响起，我从回忆中惊醒过来。这次弹的却也是那首《长相守》，一琴一叶相和，委婉动人，却又夹着一丝异族的火热情怀，段月容看着我，神色愈加柔情。

我仿佛也有些醉了，眼睛不由自主地半合半闭，过了一会儿，那琴声似乎近了，琴声也慢慢有了更缠绵的情感。

段月容的眉头一皱，停了下来，我的醉意一下子被打断，睁开眼，不解地看着他。

段月容的脸上似笑非笑，低声道："坏了，那弹月琴的傻子信以为真了，前来寻相好。"

啊？这是来真的？我目瞪口呆中，段月容已拉起我飞奔起来，后面传来脚步声，那脚步声渐渐近了。

"这可坏了啊。"段月容口中直嚷着糟糕，脸上却写着兴奋，满是一种做了坏事得逞的愉悦和自豪。

我暗想，此人实在是变态得紧。

我们转眼来到一棵参天大树跟前，他指指上面，然后拉着我一起飞快地爬上去。

我们躲在一根枝干上，他拉近我，温热的气息吹在我的脖颈间。我自然推开他，低声说道："你别那么靠近，你没事干吗瞎掺和人家谈情说爱，都怪——"

他却一下子揽着我的腰，紧紧贴近了我。此位仁兄，可能很久没做坏事了，难得骗了人家，他笑得邪肆而兴奋不已。我大惊，正要打他，他及时伸出一根纤指，轻点我的嘴唇，果然，树下响起那首月琴版的《长相守》。

我们二人吓得定了身，微低头，只见一个高大的影子在树下一边弹着月琴，一边东张西望地转悠。那是一个穿着布依族服装的青年，月光下看不清面容，他弹了一会儿，停了下来，似乎有些失望。

这时，后面又传来一阵脚步声："多吉拉少爷，首领要你回去，好像寨子里有大事了。"

我的心一动，多吉拉？这个名字很熟啊？

转念再一想，是了，是上次那个野雁风波中的布仲家少爷，我正思忖间，那个多吉拉叹了一口气，又四处看了看。

"少爷，您在寻什么呢？"

"帮我去查查有哪家姑娘吹叶哨特别好的。"

"哟，少爷，那可难了。这几个山头里，不光咱们布仲家的，苗家土家的会吹叶哨的姑娘也不少呢，就连那君家寨的汉人里，好像也有几个姑娘会吹呢。"

"应该是个汉家女，那首曲子不是这里的……她吹得可真好听啊。"多吉拉沉默了一阵，轻叹一声，"咱们先回去吧。"

两个人渐渐地越行越远了，我感到段月容浑身的肌肉松弛了下来，我推他一把，不悦道："你干吗耍弄人家？"

"哼！"他轻嗤一声，"谁叫他那么蠢。这就是为什么只有我们白家才能富有南诏，而不是他布仲家的。"

我扑哧一笑："你这人倒也真绝了，连吹个叶哨，对个情歌什么的，都恨不能同争夺天下搞在一起，这是哪门子的歪理啊。"

他本待强辩，忽然看着我的笑脸有些发呆。我这才想起他的手还在我的腰间，我正想挪开他的手。

月色朦胧，洒在他的脸庞，还在他的身上笼着一层迷迷蒙蒙的烟雾，更衬得他肤白如雪，眉若远山，紫瞳宛如宝石一般闪着星辉，迷离地凝视着我。刹那间，我神为之夺，魂为之摄，终于明白了为何人们称其为紫月公子。月光下的他，比之月光竟然毫不逊色，如果不是他在我腰间留下的灼热感提醒着我，我几乎要被他的美丽所迷醉，以为他是月宫里的天人下凡了。

第一次见到他的时候，沉重的镣铐无法夺去他邪魅的一丝一毫，地府的凄迷亦无法遮掩他慑人的光彩，更何况是现在，醉人的月光下，他如此温情脉脉地看着我。

他的脸离我越来越近，紫瞳在我的脸上睃巡着，他那纤长的手指在我的脸上轻轻抚摸着，替我悄然拂去一绺青丝，然后慢慢地沿着我的脸部轮廓，滑过我的肌肤，停留在我的唇上，他的手指轻轻描摹着我的唇形，然后他的红唇慢慢地贴向我的唇。

事实再一次验证，老天爷是很不喜欢段月容的。就在他的唇贴上我的唇的一刹那，我们坐着的那根树枝猛然断裂。猛一惊醒间，我俩已跌坐在树下，大树间有一群小鸟被我们惊飞起来，我的头上满是树枝，段月容的脑门上还夸张地顶着一个破鸟窝。

我清醒了过来，暗骂一声：花木槿，你昏头了，竟然为段月容的美色所迷。我急急地站起来：“快回去吧，牛哥二嫂都睡了，老是麻烦人家做免费保姆不好的！”

我有些落荒而逃的意思，没敢偷看段月容的面色，只知道他没有立刻爬起来跟上我，好像只是傻坐在那里，头上的破鸟窝也没有摘，默默地看着我离去。

我先赶到牛哥二嫂家接回了夕颜，等回到家里，段月容已经上床睡下，我松了一口气，就抱着夕颜在桌上将就了一夜。

然而，那一夜我分明听到段月容在大床上翻了一夜。

第十四章
花泪伤月魂

◆◆◆

永业三年六月初六，由于战乱四起，锦城窦氏与西安原氏忙于西南之战，东庭王朝没有大规模地举办六六文会，只有为数甚少的几个文人大儒参加了洛阳诗会。

诗会上，以周朋春为首的五个年轻人，以诗讽时，痛骂了窦氏篡权、残害皇室的政治现状。三天之后，周朋春一伙书生立刻以妄议朝政之罪名被捕下狱，史称洛阳五君子。因为这个周朋春是陆邦惇的弟子，所以清流一派力保之，窦氏便将迫害的矛头指向了陆邦惇。

六月初十，五十五岁的陆邦惇在家中寿宴上被捕，内卫自陆邦惇家中抄出早已准备好的一首朱砂题诗，冠以“血诗讽辱圣上，暗中谋逆朝廷”的罪名下狱。狱中窦氏诱降陆邦惇，若清流一党能归附窦氏，并为其疏导舆论，拥窦氏换朝，则可免家人死罪。陆邦惇在狱中怒斥窦氏无义，窦氏大怒，矫诏于天下，无情地迫害清流一党。

六月十一，大庭朝的儒圣陆邦惇不堪受辱，其家人买通狱卒，递上毒药，自尽于狱中，陆氏一门满门抄斩。陆邦惇母族乃仁州玉氏，亦是百年豪族，只因在朝堂上为陆邦惇同窦氏激烈争辩，同样没有逃过举族被灭的惨剧，陆氏门生及清流一党无不流放抄家，周朋春五人最后也以谋逆叛乱之罪斩首于市，另有被牵连的朝官数不胜数，史称“血诗案”。

六月十七，“庚戌国变”中的豫刚亲王历尽千辛万苦，带着最后的一万精骑，闯出瘴毒之地，秘密派人来到兰郡联系旧部。

六月二十一，我背着夕颜，段月容则戴着面纱，一起下了盘龙山，来到一处集市。

每年的农历六月二十一这一日正是布仲家的对歌节，又称布仲的浪哨节，也可说是传统的布依族青年男女的社交恋爱活动。

来到集市中心，却见布仲家的女子穿着大襟衣，有些穿着长裤或百褶裙，头上的各种银制首饰，在阳光下闪闪发光，沉甸甸地坠在布仲家姑娘们的乌发上，美丽的脸庞娇羞可人，耀着年轻男子们的眼。布仲家的青年们也是打扮得体，一个个兴奋地看着姑娘。

我拿着手边唯一的十文钱，想着该买些什么好呢。

回头正想问问段月容，家里缺什么，要不要给他买块肉尝尝鲜，看在他最近表现良好的分上，不想一回头，却见段月容隔着面纱，很认真地盯着前方。

嘿，这家伙自己说是出来打听消息的，两只紫眼珠子却盯着一个布仲家的姑娘看。

我仔细一看，这个布仲姑娘不但长得分外清纯漂亮，穿着精致的蜡染长裙，与众不同，身上头上的银饰是我见到戴得最多、做工最好的，压发的银冠上镶着一颗光彩夺目的珍珠，神情有丝贵气，她的身边站着一个健壮的青年，竟然是我上次见过的多吉拉。

真巧啊！不过我见到他实在有些心虚，我正要拉着段月容走开，他却一头钻进布仲家的对歌群。

干吗呀，这小子？

人还真多，周围不由得热了起来，夕颜不太喜欢这样，哇哇地哭了起来。这时我的头顶忽然像是下了彩色的糠包雨，犹如彩蝶漫天飞舞，段月容早就不见影子了。我护着夕颜，怕她给砸伤了，我转了几圈，耳边是各种各样的情歌，还是找不见段月容，便转身要走。

忽地一样东西击中我的脑袋。谁啊，怎么乱扔东西呢，把我的脑袋砸得好痛啊，我不悦地一回头。

却见我的脚下静静地躺着一只金丝线绣的糠包，我捡了起来。绣得真好，如果碧莹在，她一准能看出来是怎么绣的。

我一抬头，却见所有的布仲青年看着我。

啊？怎么回事？他们在底下窃窃私语，满目艳羡。

啊？怎么了啊？

这时一个提着把土枪的布仲青年跑过来，严肃地对我说了一句布仲话，我对他眨巴着眼，表示没听懂，可是立刻有人把我的孩子抢了过去，我正要出手，四个布仲卫兵过来架起了我，将我拖到了一辆马车上。

马车里正坐着刚才所见的那位多吉拉身边的布仲姑娘。

我愣在那里，她抿嘴一笑，用有些生硬的汉话对我说："你叫什么名字？"

"莫……莫问。"

她的眼珠子一转，又咯咯一笑："你们汉人的名字真奇怪，叫不要问。"

如果不是她的眼睛实在清澈得没有一丝杂质，我会心虚地以为她在质问我。

“你接到我的糠包，就是我的人了。”她的大眼睛对我闪了又闪。

啊，怎么会这样？

我想了想，现在夕颜不在手里，先不要鲁莽，便坐直了身体，轻笑道：“请问小姐芳名？”

“我叫佳西娜。”她甜甜一笑，唇边露出两个梨窝。

“佳西娜小姐，很荣幸认识你，可是莫问已经有妻儿了，还是请小姐把我女儿夕颜还给我吧。”我有礼貌地向她说着，怕伤害她脆弱的自尊心。

想起前世我第一次向我们高中校草表白，那个浑小子竟然把我送给他的维尼小熊给扔进垃圾桶里，把我给难受了整整一年啊。

唉，所以现在作为一个有妻女的成熟“男性”，对于一位情窦初开的少女，一定要以一种诚恳的谈心态度去化解她对我产生的暂时的狂热。

我认为这是一种负责任的态度。

我一路上有些絮絮叨叨地说着，她时而迷惑，时而捂嘴而笑，就是对我的询问一概不答。我说得也累了，佳西娜递给我一个李子，我看了看她纯真的笑容，便咬了一口。

都说布仲家用山上的泉水灌溉李树油菜，故而兰郡的李子分外甘甜，今天一尝，果然好吃，我倒不好意思了。

“这李子真甜。”我看了看手中的十个核，讪笑着对佳西娜说着。

我不由得心想，对不起了，段月容同学，这十文钱我待会儿只好交给这位佳西娜小姐了。

马车停了下来，佳西娜带着我往前走，来到一间气派的石板屋里，却见里边坐着三个人，一个是多吉拉，一个是紫眼睛的段月容，手上还抱着抓来抓去的夕颜，另一个黑瘦的青年长满胡须，再定睛一看，却是许久未见的蒙诏。

我愣在那里，段月容过来把夕颜塞到我的手里，他的紫瞳难掩激动：“你总算来了，臭东西害得我不能讲话了，你先同佳西娜公主坐一会儿，我同蒙诏有事说。”

他一副大丈夫的模样，让我一时难以开口。

蒙诏特地站了起来，对我礼貌地点了点头，眼光中隐含不可思议，多吉拉却面带深思。

佳西娜公主过来拉着我和夕颜过去了，我忽然觉得自己好傻，刚刚还对她说了一大堆话，其实人家佳西娜公主早知道了。

佳西娜看着我又笑了：“你莫要生气，我只是想看月哥哥喜欢的女子究竟是什么样的人。”

月哥哥，难怪段月容一个劲地要挑今日来集市，说什么在山里闷得慌，原来是来找旧相识了，可是眼前这位布仲家的公主和绿水完全不一样啊！

佳西娜想了想，主动对我说道："我父王的一个妹妹嫁给了白家豫刚亲王，我和多吉拉哥很小的时候去过叶榆找过月哥哥玩呢。"

她的汉语不太好，一下子说这么多话，难免停了很多次，过了半天才把这两句话给说清楚。

哦，原来是表兄妹啊，我一笑："刚才冒犯公主，真要向你道歉啊！"

她回我甜甜一笑，指着银冠上的那颗珍珠慢慢说道："这是洱海产的稀世明珠，是月哥哥以前送我的礼物。"

怪不得段月容那小子刚才一直盯着佳西娜看呢！

只听她又慢慢问道："你是怎么想到把月哥哥扮成女子的？真亏你想得出来。"

我嘿嘿一笑，只好对她说了同样的理由，什么紫瞳男少女多，这样打扮不易引人怀疑。

她点点头，没有再问话，我也不知道说什么好。

两人沉默了一会儿，佳西娜看着我想了一阵，好像做了个决定，忽然站了起来，从一个雕工精美的紫檀木盒里取出一对象牙手镯递给我，红着脸，一字一顿地说道："请姐姐收下，以后佳西娜远离故土，嫁到叶榆，就全靠姐姐照顾了。"

我愣了一会儿，醒悟过来，佳西娜同段月容有婚约。

我急忙笑着摇手："公主误会了，我同段世子只是相助之谊，并无夫妻之实的……"

忽然发现佳西娜脸红得像苹果似的，一双妙目似乎在看我的背后，夕颜也挣着小身子转向后面，我转身，却见段月容沉着脸站在门口。

他脸色不霁地过来，抱过了夕颜，对佳西娜道别，然后拉着我走了。

多吉拉站在马车边上笑着对我说："我们真有缘啊，莫问。"

想起段月容那天对他的作弄，我脸色微红，向他拱拱手："上次多谢多吉拉少爷的赐雁。"

"我一直派人寻访你，现在既然同段世子一处，那闲时定要前去向你讨教神乎其技的箭术了。"俊朗的青年在阳光下对我微笑着。

我正要欣然接口说好，段月容却一把将我拉上马车，用布仲语同多吉拉说了几句。

事后我才知道，段月容不悦地说道："多吉拉，别想打她的主意，她是我的女人，你还是在战场上同我一起向光义王讨教吧。"

多吉拉哈哈一笑："你好像变了，以前你可是不在乎女人的。"

段月容扫了他一眼，跳进车厢走了。一路上他略带激动地告诉我，他的父亲没有死，而且在瘴毒之地活着回来了，他父亲手里现在有一万精兵，加上布仲家和苗家的，他们马上就可以反攻叶榆了。我微笑着向他恭喜，心想我总算也可以马上回西安了。

正要对他提回西安之事，段月容忽然看着我笑了起来，对我说起另一个好消息。原来我在紫园的姐妹初画没有死，她在南诏军内乱时被蒙诏救出了西安，一路上跟着蒙诏在瘴毒之地历经生死，两个人最后走在一起，而且都已经有了三个月的身孕了。

我愣了半天，万分高兴。段月容一开始似乎有些揣测我的脸色，看我很开心，并没有不悦之色，也对我弯着紫眼睛开心地笑起来。

马车送我们到集市一处隐匿之地，我们又走在街道上，我多多少少有点感觉，好像很久没有踏入文明社会了，感觉哪都很热闹，又可能是马上就能回西安了，我的心上止不住地冒着轻松的泡泡。

段月容虽然戴着面纱，但也看得出神情愉悦。他拉着我进了一个小茶馆，给我点了一壶好茶。

“真香！这是什么茶？”我啧啧赞道。

段月容微笑着低声道：“这是布仲家的姑娘茶，慢慢喝，小心烫着。”

这时，隔壁来了两个着汉服的生意人，点了壶茶，就坐在我们旁边，攀谈之声渐渐传到我们这里：“唉，现在天下不太平啊，秦中和南部战事频发，东南和南北的商路都断了，听说现在朝廷又要关了西域的门户，这生意可怎么做呀。”

“是啊，原家和窦家打得这么狠，害得我们这些生意人可吃尽苦头喽。”

“你说说，原家和窦家，哪一家会赢？”

“我说是窦家吧，毕竟皇上在他们手上。”

“那又如何，原家手上不也有皇室的人吗？”

“那倒是，听说靖夏王家的两个公主都嫁到原家了。”

“啊，你说的是绯玉公子前往西突厥登基，轩辕淑环公主前去和亲了吧！”

好冷，我感觉好冷，就好像是在冰窖里一样。我握不住那杯喷香的姑娘茶，那滚烫的茶水洒在我的手上，皮肤一片通红，我却似不知道一般，可是耳边依然听到那残酷的话语。

“啊？还有另外一个公主嫁到原家了？当是轩辕淑仪公主吧？听说亦是人间绝色，莫非……嫁了踏雪公子了？”

“这还用问吗？原家最出名的不就是踏雪公子吗，踏雪公子的宠妾被人掳了，下落不明也正是时候，踏雪公子正好尚了轩辕公主，那样皇室的金枝玉叶才不至于受辱嘛。”

……

我周遭的一切都失去了声音，消去了颜色，心上冒出了一阵阵奇怪的感觉，好像是火山的熔岩在拼命翻腾着，却无法奔涌出我的胸腔，于是只能无情地灼烧着我所有的感官。

喉间一股血腥之气涌现，我硬生生地压了下去。

是谁在同我说话……

我醒过来，原来我们已走出茶肆了，是段月容拉着我，他好像在对我说些什么，可是我一句话也听不进去，口中的血腥味又传了出来。我擦着嘴角，努力平复着喉间的汹涌。

段月容从我手上接过夕颜，紫瞳看着我，慢慢对我说道：“我们去买些奶糕吧，臭……夕颜爱吃的。”

不知道为什么，我忽然发足狂奔起来，我没有理会段月容有没有追上来，只是一直跑啊跑，等我回过神来时，竟然来到那野樱坡上。

我轻轻抬头，那棵两人无法合抱的百年樱树随风轻轻摇曳着巨大的树冠，现在已是六月下旬，樱花自然全都凋谢了。

我触摸着那粗糙的树皮，慢慢地把脸颊贴上树干。我闭上眼，脑海中又是那红发少年对我柔柔笑着：“木丫头，我喜欢你送的东西，我也送给你一样东西。”

“木丫头，我记得你是在这种叫樱花的树下告诉我你的名字的，对吧！”

“这句写得多好啊，众里寻他千百度，蓦然回首，那人却在灯火阑珊处。木丫头，这是你写的？”

“木丫头，我这回又找着你了，我又没有迷路。”

非珏，你终是娶了别人，去尽了自己的义务，成就了你的皇位……

非珏，你果然同我有缘无分啊，以后还有何人再会那样痴迷地唤我一声，木丫头！

一切仿佛都在昨日，那红发少年红着脸塞给我花姑子……

然后，忽地脑中冒出一句，茶肆一人那冷酷的戏谑之言：踏雪公子的宠妾被人掳了，下落不明也正是时候，这样踏雪公子正好娶轩辕公主，那样皇室的金枝玉叶才不至于受辱嘛。

难道是因为这个，你才给我那玉玦，让我远离原家的是是非非，其实是好方便你娶那轩辕公主，又或许是你嫌弃我，因为我被人转手送来送去，终是在心中鄙夷我被人玷辱了？还是你根本从来没有在乎过我，所以你要这样地、这样地作践我。

我的心头如针扎般疼痛，满腔悲愤哽在喉头，咽间那股铁锈味再也无法忍住，我猛然吐出一口浓腥，举手一看，一片殷红。我悚然一惊，我这是在做什么？为什么会为他难受，我为什么会为他气得吐血？我的心慌了起来，这才惊醒，我为非珏的大婚感到痛苦，却更为非白的新婚感到一种背叛，甚至感到一种死一样的悲愤。为什么会这样，我不是一直很讨厌他吗？不是一直恨他禁锢我的自由，一直恨他给我下了生生不离吗？为何我会如此难受呢？难道、难道、难道那答案竟然是我爱上了原非白，甚至这份爱情超过了对非珏的感情？不可能！

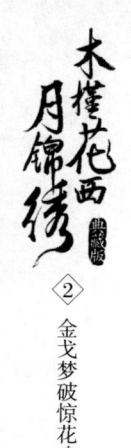

我来来回回地走在那棵巨大的野樱树下，心中在对自己狂呼：

我没有爱上他……那为何当我知道他和锦绣暗通款曲，我的心是这样的难过？

我没有爱上他……那为何我把所有的罪责全加在他身上，一心想让自己讨厌他？

我没有爱上他……那为何当我一有危险，口中唤出的却是他的名字？

我没有爱上他……那为何当我中了绿水的媚药，眼前的段月容最后变成了原非白的天人之颜？

我没有爱上他……那为何夜夜梦中见到的全是他的笑容？甚至多过了非珏那深情的酒瞳？

不，我没有爱上他，没有爱上这个绝代少年，没有爱上这个曾经用《长相守》把我唤醒的男孩……

我没有，没有，没有！

我慢慢滑坐在樱花树下，风拂动我的发搔着我的脸，有些痒，我却不想去拂开，无意识地喃喃道："井底引银瓶，银瓶欲上丝绳绝。石上磨玉簪，玉簪欲成中央折。瓶沉簪折知奈何，似妾今朝与君别。"

他终是做了该做的事了，不是吗？花木槿，你在难过什么，谁叫你一直在拒绝着他，谁叫你一直在伤害着他和你自己，从来没有去看一眼你心中真实的感情。

那轩辕淑仪是天下闻名的皇族美女，又八面玲珑，长袖善舞，连窦英华都想要据为己有，拿此作为谈判条件。而你相貌平庸，不但失去了古代女子最重要的贞操，还同阴阳怪气的段月容搞在一起，弄得自己男不男、女不女，你拿什么同人家争，你还有什么脸去见原非白？

花木槿，你连自己对非白的感情也搞不清楚，却莫名其妙地成了原家的叛徒，家国难回，你一心想回原家，是为了去见谁，你又一心想过世外桃源的生活，又为了逃避谁？

是啊，你何必难过呢，从你忍不住春药，吻上段月容的那一刻起，你便失去了拥有那白雪一般少年的资格啊！

花木槿，你曾经很幸运地拥有原家这两兄弟的爱，当你终于发现了自己真正的感情，却已是晚了一万年也不止的荒唐，然后便一夕之间全部失去，可是上天对你移情非白的惩罚？

花木槿，前世人负你，今生你伤人，然而无论是你伤人，还是人伤你……

原非白或是原非钰，都已然娶了轩辕家的金枝玉叶……你不过是失去了一切的小小婢女，是因为紫浮错入这个时空的一个倒霉鬼，是历尽情殇的一缕幽魂，又何苦难过，又何必难过，何须难过啊！

然而我的泪却止不住，风也吹不干，我也不想去拭，所有的勇气和生命，还有那一股曾经自负拥有两世智慧的傲气，仿佛都随我的爱全部跌入海底深处，只剩下心如刀绞，好痛，好痛，为何那么痛啊！

忽然，一只温暖的手抬起我的脸，我睁开眼，眼前是一双冰冷的紫瞳："你哭什么？"

我的眼前早已被泪水模糊了，我哽在那里，没有回答他，也无法回答他。他粗声又问了一句："你哭什么？"颤着手抚着我的脸，可是那热泪却是流得更多、更猛。

我的心神欲碎，一把将他推倒在地，站起身来只想远远地离开他，他却拉着我，摇着我的肩膀："你哭什么？"他的眼神忽然有些惊痛，有些绝望，"你为什么哭呀？求你莫要哭了。"

我很想大声地对他说："我为什么哭？因为我什么都没有了，甚至连去见非白的勇气都没有了，这一切都是你造成的。"

可是那满腔恨意和心酸，却化作了最直接的方式，我一拳打过去，他顿时满嘴是血，然而那紫瞳却没了往日的戾气，只是悲辛而痛苦地看着我。

一声孩童的哭泣传来，我和段月容同时转过头去，却见满脸尴尬的牛哥二嫂站在那里，手上牵着正在抹眼睛的夕颜。夕颜戴着我上午给她买的老虎帽，手里拿着半块黏不拉几的香糖，看着我们害怕地抽泣着。

夕颜全看见了吗？

段月容一声不响地站了起来，擦了擦嘴角的血迹，黯然地走过去抱起了夕颜。夕颜俯在段月容的胸前，眼泪鼻涕乱流，肥肥的小手轻轻擦着段月容嘴角流出来的血迹。段月容只是沉着脸，凝视着我。

我抹了抹脸，走过去："夕颜，乖，不哭啊。"然而夕颜却害怕地晃着小手小脚，转过小脸不看我，我的心中更是难受万分。

段月容深深地叹了一口气，抱着夕颜转身离去了。

风吹着我的脸，我的心更是疼痛加上委屈，泪水不知不觉又夺眶而出。牛哥二嫂过来，拿出一块手绢递给我，叹气道："莫先生千万不要难过，有什么事，好好商量，朝珠是个好娘子，您着实不该打她的。”

我复又坐在樱花树下，闭上眼轻声道：“牛哥二嫂，我知道了，内子身体不好，烦您先去帮我看看夕颜和他。我过一会儿回去。”

那一夜，我没有再流泪，只是在樱花树下坐到很晚很晚，段月容也没有再给我送吃的。我回去的时候，他和夕颜都睡了，我趴在八仙桌上过了一夜，早上醒来，人却已在床上。段月容和夕颜都不在家里，昨夜睡觉的八仙桌上放着段月容给我留的早饭。

我的鼻子酸酸的，胡乱地吃了几口，便出门去寻他们“母女俩”，一路上遇到寨里人，打着招呼，却发现大伙都用异样的眼光看我。待我到得田里，远远地看见树荫下牛哥二嫂正看着夕颜和别家农忙而无暇照顾的小孩，我走过去，向夕颜拍拍小手：“乖乖夕颜，到爹爹这儿来啊。”

夕颜本来笑得很开心，看见我却板着脸，然后泫然欲泣，晃着小身子，走回牛寡妇那里去，就是不理我。

我正蹲在那里郁闷，一个高大的影子淹没了我，回头一看，是左脸肿得老高的段月容。我总算明白为何人人都用异样的眼光看我了，我心下有些歉然。

他皱着眉说道：“你怎么出来了，昨夜你好像有些发烧，还是先回去歇着吧。”

他接过牛寡妇递来的一碗水，一饮而尽，不再看我，只是甩了辫子，又到太阳底下务农去了。

我讨了个没趣，走了回去。

过了几天，段月容没有怎么同我说话，夕颜还是看我有些惊惧，别过小脸不理我，我有些暗恨段月容不帮着我哄哄夕颜。想起原氏兄弟大婚的消息，又不由得夜夜对着月光流泪，追悔往事，黯然销魂。

第十五章

酒阑花邀月

寨子里的男人们自然分成两派，一派很同情我，纷纷开解我，二狗子还是那句老话：打出来的老婆，揉出来的面，罗锅子也是这么认为。

无意间我成了落后男人中的一员，而长根却代表新好男人那一拨，鄙夷地看着我，冷冷地抛出一句话："打老婆的孬种。"

二狗子却道："这是人家的老婆，关你什么事儿。"

为此两派人马差点干起架来。

段月容依旧没怎么理我，夕颜对我好了一些，但这几日同段月容过惯了，我一抱她就折腾，我的心中又是一阵难过。

过了几日，到了七夕节，女人们在寨子里忙碌，男人们则偷闲到山下赶集，我无精打采跟在男人们身后。

大太阳底下，二狗子拿着袖子擦汗，不时还舞着袖子扇风，结果是越扇越热。

二狗子的两只老鼠眼睛忽然停在某处，指着一个胭脂水粉的小摊对我说道："我说莫先生，我看你家娘子从来没有搽过胭脂、扑过粉什么的，连根像样的钗子都没有。"

后面传来凉凉的声音："对啊，自个儿大老爷们，头上倒老是插上根玉簪，是男人吗？"

不用回头，我就知道是段月容一等一的fans，君长根。

我一想也是啊，虽说段月容身形比一般男孩瘦些，加上营养不良，越来越瘦，形容又姣美，真个是人比黄花瘦，只是我倒从来没有鼓励过他戴个花啊钗什么的。

这样下去，总也要引人怀疑的！

但转念又一想，人家反正马上就要同父王团聚，恢复男装了，我急个什么劲，便懒懒的没有什么反应。

不想昌发大哥却一拍脑袋说："二狗和长根提醒得对啊，我倒是该给我家娘子添些首饰了，莫先生一起去吧。"

男人们推推搡搡地，把我硬推到那小摊前，一大帮子男人围了上来，大家七嘴八舌地搞起了买钗运动。昌发大哥出于最朴实的劳动男人的品位，拣了一根最大最亮最黄灿灿的镶红嵌翠的珠钗，说是沉甸甸的，定是好货，我却看不中，嫌做工太粗糙，而且玉石也太差了，结果我女人的购物欲倒被强烈地挑了起来，便蹲下来认认真真地淘起首饰来。

那小贩见我们人多了，又都是些庄稼汉，便有意要抬高价格，我前世那杀价血淘的小姐冲劲给逼出来了，便帮昌发挑了支二龙戏珠钗，自己选了根凤凰奔月钗，讨价还价之后，五钱银子被我还到二钱银子。

我的心情不由得好了很多，果然购物可以缓解女性的紧张心理啊！

众人皆夸我是杀价能手，便让我去杀杀酒价，买些酒来，说是今晚闹社火，是男人就要不醉不归，连那长根也同意了。

这种热情感染了我，且让我忘记了一阵家庭暴力的阴影以及失恋的痛楚，于是回到寨里，同一大帮子男人喝到七八分醉，昌发醉意蒙昽地说道："莫先生，你家娘子真个是长得美，这么美的女人，你何苦要打她呢？"

长根立时把酒坛子给砸了，两颊通红："是男人，就不该打女人，何况这么娇滴滴的女人，你若不要，我当仁不让了。"

话刚出口，被他哥哥长叶打了一巴掌："你别瞎掺和，明年就要娶翠花了，人家嫁妆厚，身体壮，能生养，你胡闹什么？"

长根在那里痛苦地灌着酒，恨恨地看着我，双目欲喷出火来。

二狗子说道："莫先生，你家娘子同你和好了没有？"

我也是喝得有点晕，流泪道："哪有啊，那日夕颜也看到我打人了，现在硬是不理我。想当初还是我抱起她的，这小丫头怎么可以翻脸不认人呢？怪不得孔老夫子说，唯小人与女子难养也，这小丫头倒占了个全。"

众人愣了一愣，然后哈哈大笑了起来："莫先生果然酸得紧。"

二狗子叹了一口气，拍拍我的肩："莫先生，你是这个寨子里最有学问的人，也是唯一一个看得起我的人，来，我陪你去唱山歌，你家娘子定能原谅你的。"

此话一出，众男人皆说好，说是另一个山头的南蛮夷男女皆以山歌传情，有一次还不小心拐走了寨里的一个女子，可见这女人都是爱听山歌的。

唱山歌？也就是说大家今晚要唱卡拉OK喽！我醉醺醺地想着。

一大堆男人拉着我，捧着酒壶，一路吵嚷着来到我家门口，透过破旧的纸糊窗棂，隐约看见屋子里一大堆女人的身影。我脑袋有些发晕，想着莫非今天是轮到我们家开绣户？甩甩脑袋才想起，今儿个是七夕，一大帮女孩子定是在我家过七夕呢。

忽而想起去年我也曾和碧莹、宋明磊一起扎了巧娘娘，那时非白还同碧莹一起合奏一曲《广陵散》来着，往事涌来，我不由得对着月亮惘然一阵。

耳边不知道是谁一直在叫：“读书人，快来一曲咱老爷们的歌啊，可不许唱你那种酸调调的。”

我猛灌了几口酒，渐渐地酒精起了无敌作用，我哈哈大笑：“你们可听清楚了，今儿个，我就要当K歌之王了。”

我清了清嗓子，不理红着鼻子的众男人，拿着一个细酒瓶当话筒，开口唱起了那首《纤夫的爱》。

妹妹你坐船头，哥哥我岸上走，恩恩爱爱，纤绳荡悠悠。

俗话说，人生有三苦，打铁拉船磨豆腐，这一首歌不知不觉让所有的男人想起农闲时节，上巴蜀之地拉船的辛苦，烈日下，拼命拉着纤绳，晚上夜凉如水，心中也是想着媳妇，一心只想回家拼命抱着媳妇，享受两情稠浓。

很快，男人们摸准了音调，翻来覆去地吼道：“妹妹你坐船头，哥哥我岸上走，恩恩爱爱，纤绳荡悠悠。”

众人一边灌着酒，大声赞道：“读书人的曲子就是不一样。”

一边又怂恿我再唱一首，于是我从《妹妹你大胆地往前走》开始，羽泉、光良、信乐队，还有汪峰等等的经典情歌唱了个遍。

房内不断传来女子们哧哧的笑声，我们终于跑到门口，我一边踢着破门，一边吼着嗓子：“死了都要爱，不淋漓尽致不痛快，感情多深只有这样，才足够表白。”然后不停地敲打着门，“娘子，你开门，你开门，让我进来。”

众男人也是大声吼着：“莫大嫂，快出来让莫先生亲个够啊。”

最后我家的破门板猛地被我们撞倒了，一大帮子男人倒在我的屋里，我被压在最底下，差点给压死。一屋子的女人笑得直不起腰来，我勉力爬起来，抱住了一个女人：“娘子……”

嗯？段月容的腰什么时候这么粗了，我都抱不了，他的脸怎么变得这么大，脸上这么多芝麻。我定睛一看，原来是满脸通红的君翠花。我放开了她，摇摇晃晃地作了个揖，然后目光找来找去，不去管女人们开始找着自己的男人或心上人，最后看到皱着眉头的段月容，我扑过去，摇了他的双肩半天，然后在他怀中大哭：“你这个浑蛋，我什么也没有了，我想回家啊，可是我没有家了啊。”

众男人也抱着自己的女人尽情地大哭或是大笑起来，说着："媳妇，我好想你啊。"

我忘情地大哭大笑着，眼前一片模糊，好像我的那些同伴被女人们拎着耳朵拖出去了。然后我不记得我又说了些什么，只是进入了香甜的梦乡。

第二天，我稀里糊涂地醒了过来，食物的香味飘了过来，段月容正在煮粥，夕颜趴在我胸口咿咿呀呀的，不知道在说些什么，看到我醒过来，兴奋得口水直流。不过她好像没怎么排斥我，也让我心里一松。

我的头好痛。

段月容端来一小碗粥，无奈地说道："你终于醒了。"

我愣愣地接过粥，看着他，他的发间簪着那支凤凰奔月钗，玉容越是清俊，我脑子飞快地转着，努力想着昨天到底发生了什么。却见他对我灿烂一笑："快吃了吧，日头都上竿子了，该去田里了。"

我还是目不转睛地看着他，他又给了我个回眸一笑百媚生，说道："你莫不是要我给你亲个够，才肯起来吧。"

立时，昨夜的回忆涌向我的脑海，血也同时涌向我的脸。神啊，昨天我都做了什么呀！我、我竟然对着段月容唱情歌？而且好像还都是激情男人版的……

我一口气喝完了粥，跳了起来："孩子她娘，你在家好好看着夕颜，我下地去了。"然后也不梳洗，就逃出家门了，隐约听到身后传来段月容那低低的笑声。

出了家门，男人们像平常一样打着招呼，女人们一看到我，脸就红了，然后哧哧笑着跑开了。

嗯？我昨天究竟做了什么大逆不道的事了吗？

我甩了一下头，不管了，平静了一下心情，走下田地，开始疏通稻田里的水道，旁边的昌发和气地对我笑了笑，我刚弯下腰，却听他在田里轻哼着羽泉的《最美》。

第十六章
夕颜花醉月

这几日，我表面上与段月容和好了，羞怯的朝珠与酸溜溜的莫问，场面上依旧相公来、娘子去的。

我并没有提回西安的事，然而无论白天夜里，醒着睡着，我还是会不自觉地在脑海里描摹着非白尚公主那喜庆的场面，然后便是一而再、再而三地回忆着西枫苑里同非白的点点滴滴，心中还是一团苦涩的乱麻。

六月里，除了自家的稻田，我和段月容也去帮别家插过稻秧，作为答谢，也算是薪水，我们得了些麦子、玉米什么的，再加上自己种的蔬菜丰收的行情也不错，粮食充裕了起来。

这一天我下了学，虽是申时，太阳还是很厉害，回到破屋子里，早已浑身是汗了。

我到后院偷偷擦了个身子，才觉得凉快了些，段月容笑着递给我一碗红艳艳的李子，应是从家门口那棵大李子树上摘的吧。我立刻馋得流口水，我抱着夕颜，坐到院子里大李子树的树荫下，一边自己吃着李子，一边把李子一点点掰给她吃，口里学着小叮当的声音："小夕颜呀，吃李子，快快长呀，叫爹爹，披红衣呀，嫁相公。"

以前在建州老家，我那紫眼的娘亲哄我和锦绣时，老是唱这支歌，因为锦绣最爱听这支歌。

后来娘死了，锦绣渐渐忘记了，我却一直记得。我的娘亲很喜欢锦绣呢，我记得清清楚楚，我在婴儿时期总是沉默，没事就想着怎么回到原来的世界里，可是锦绣却哭个不停，于是娘亲总是抱着她唱这首歌。后来娘亲没了，锦绣和我那一年才五岁，我从她脸上看到一种好像天塌下来的恐惧感，她抱着我哭个不停，我也是心烦意乱的，便学着娘亲对她唱起了歌。

夕颜咯咯的笑声打断了我的回忆，我清了清嗓子，便低低地唱了一曲《蓝精灵》：

在那山的那边海的那边有一群蓝精灵
他们活泼又聪明他们调皮又灵敏
他们自由自在生活在那绿色的大森林
他们善良勇敢相互关心
噢可爱的蓝精灵
噢可爱的蓝精灵
他们齐心协力开动脑筋斗败了格格巫
他们唱歌跳舞快乐又欢欣

夕颜咿咿呀呀地跟着我的调子，柔和而专注地看着我，好像以前锦绣听我唱这首歌一样的神情。那时的锦绣听着我的歌声，终于渐渐止住了哭泣，只是万般依赖地看着我，如同现在一样，我的心中忍不住像一湖春水一样随风泛起柔柔的涟漪。

忽然惊觉有人坐在身边，一抬头却见段月容不知何时过来，正在剥一个李子，递到我的嘴边，紫瞳潋滟地看着我："七夕那晚上……那些山歌是你作的吧。"

我没有说是，也没有说不是，只是照老规矩，嘿嘿傻笑了两声，拿过来咬了一口，然后放到夕颜的嘴里让她吮着。

他笑着说："那些山歌甚是动听……"他低下头，低声说了一句："本宫很是喜欢……"

他抬起头，一双紫瞳满是星辉，柔情得让人无法拒绝，好像那晚吹叶哨的神情。

我有些局促起来，只是低头逗弄着夕颜，上方他的声音又起，他认真地问道："刚才你唱的那首歌也甚是活泼动人，那蓝精灵是何方神氏，那格格巫是何人？"

我愣愣地抬起头，搔了搔脑袋，有些不知道如何解释，难道真要说，是另一个相对的时空里大约三千年以后一个叫作比利时的国家所创作的一个动画片的主题曲吗？

想了许久我才撒谎道："以前在建州老家时，娘亲教的。我娘是个紫眼睛的胡人，她在我和我妹很小的时候就去世了，所以连我也记不得了，只是记得这曲子罢了。"说完低下头，不敢看他。

可他却点头说道："永业二年的七夕之夜后，我叫人查过你的底，那时我也吃了一惊，没想到有人同我一样有个紫眼睛的娘亲，而且同年同月同日生呢。"

那年七夕，我过得是多么伤心啊！我不由喃喃地说道："我妹和你一样也有一双紫眼睛，而且也是绝代风华。"

忽然一阵低沉的笑声传来，我抬起头，却见他愉悦地笑着，夕阳映着紫瞳，如紫琉璃一般折射着晶莹之光，我这才惊觉自己加了个也字。我一时血色上涌，有些不自在地站了起来："我回屋去给夕颜洗个澡。"

段月容却一把拉近我，紧紧抱着我，隔着夕颜，红唇压了下来。我手里有夕颜，半天才推开他，他却有些痴迷地在我耳边说："父王马上就会过来了，你莫要回那劳什子的西安了，跟着我去叶榆吧。"

此话一出，我心跳如擂鼓，立刻使劲推开他，冷冷道："段世子想反悔吗？"

"不错，我改主意了。"他厚颜无耻地仰头笑道。他看了我一阵，忽而残忍地说着，"说实话，我到现在还是弄不清楚你究竟喜欢原家兄弟中的哪一个。许是两个都爱，又许是两个都想要。你无须难堪，本宫是过来人，能理解你的心情，"我的心一紧，却见他的紫瞳看着我，里面满是笃定，"不过这些都不重要，反正两个都尚了轩辕家的公主，而且你的身子又是我的，你们汉家女子历来极重贞节，那原非白素来高傲至极，如何会屈就？你不跟我回叶榆，你还能去哪里呢？"他得意地一笑，用着一种主子对奴仆那般恩赏的口气说着，"我准你以后跟着我便是了。"

他上前一步，眼中满是情欲，而我的胸中涌起一阵无比冰冷的愤怒。也许我花木槿在原氏兄弟中是有些朝秦暮楚，是有些摇摆不定，所以老天爷给了我最严厉的惩罚！但是绝对还轮不到你把我同你那种滥情纵欲相提并论，甚至还给我提我最不齿的处女论？

于是我后退一步，顺便打掉了他伸向我腰际的手，努力平复了一下内心，抬起头来，风情万种地对他一笑，他的眼神竟然一荡，幽暗难测，又向我进了一步。

我抱着夕颜，余光测到旁边的大李子树，慢慢地娇声说道："世子所说的可是当真？"他赶紧点点头，眼中兴奋难掩。

我慢慢笑着后退，而他则像只满嘴流哈喇子的大色野狼，亦步亦趋，两只紫眼睛里全是我抱着夕颜的身影。

我继续嗲声道："世子说得对，原氏兄弟都尚了公主，断容不下妾的，故而妾想要回西安是有些困难，只是……妾还有一个难处。"

他的眼中涌现一股奇异的光彩，对我笑吟吟地说道："什么难处，说来听听，等我打回叶榆，定然准你。"

"对不起，小王爷，"我抚了抚云鬓，暗中冷笑连连，"那便是……妾身我……就是不喜欢你。"我仰天哈哈大笑一阵，再看他的笑脸僵住了，眼中的光彩瞬间熄灭。

那厢里，我换了一副口气，不怕死地说下去："而且你我有杀兄之仇、亡国之恨、破贞之辱，所以我俩在一起的可能性只有百分之零点零零零零零零零零零零零零零零零一。"

段月容的脸开始扭曲，我咽下一口唾沫："但考虑到你作为我的娘子，你……还算守妇道，当夕颜的母亲也算尽职，你又救过我几次，尤其是最近你勇敢地做了我的出气筒，高超的厨艺多多少少有些感动我，再加上身边……本人的确没有其他人选，我决定，给你这个百分之零点零零零零零零零零零零零零零零零零一的机会。"

段月容那双紫眼睛直直地看着我，有些发愣，我继续一本正经地说下去："如果你一定要加入我的追求者行列，考虑到近水楼台先得月的因素，以及我的身体状况，首先你必须洗清你满身的罪孽。可以考虑从吃素开始啊，然后提交求爱申请书，形式为书面，一式三份，你一份，我一份，归档备份一份，措辞要恰当，语气要诚恳，试用期将为三个月，其间将具体考察你的业务能力，如果试用合格，你也只能做个副的，也就是……妾。"

我的"妾"字刚出口，段月容已经开始气愤得左右看来看去找家伙了，最后到屋里拿了把菜刀杀了出来。

我一下子跃上那棵大李子树，脑边钉着他扔过来的菜刀，看着他在底下捡东西向我乱扔，我一边向上跃去，一边得意地想，有轻功就是好哇！

我哈哈大笑道："然后再要进行深入考察，具体分为德智体美劳五个项目，我想守身节欲程度对你而言可能困难一点，你不但要照顾夕颜，还要负责她的武功及文学方面的教育，当然你和夕颜的思想品德课程都将由我来同时授课。还有家务，务必做到尽善尽美，这样五……不，八年十年后如果西域那边实在没有消息，西安那边也确实没有离婚的可能性，你又正好找到了生生不离，也就是你嘴上说的贞烈水的解药，而我还有幸没有挂掉，并且在我们之间能够做到和谐社会的前提下，你才有可能正式转正。"

段月容冷着脸开始爬树了，我就坐在最高的一处，微笑地抱着夕颜等他："乖乖夕颜，看娘娘爬树树喽！"

大约过了半炷香的时间，段月容才气喘吁吁地爬到我和夕颜待的那棵粗枝上来，咬牙切齿道："你这女人……"

我抓着夕颜的小手对他摇摇："娘娘发火喽。"

段月容正要抓我，夕颜却忽然含糊不清地说道："娘娘……"

我和段月容都愣住了，夕颜继续对着我们说道："爹爹……"

我大喜过望，叫道："夕颜会说话了！"

我高高地抱起夕颜："乖乖夕颜，来，再说一遍啊。"

"娘娘，爹爹……"夕颜得到了我的鼓励，一遍又一遍地说道。

我的心中涌起一种从来没有的骄傲感，也许这就是人们常说的那种，为人父母的骄傲感吧。

再看段月容，也是有些愣住了。

夕颜扑过去，抓住他垂在胸前的头发，看着他的紫眼睛，不停地叫着娘娘，他也不由自主地搂住了夕颜，无奈道：“乖，夕颜，要叫我爹爹，叫她娘娘。”

然而夕颜却咧了个小嘴，笑疯了，还是对着他叫着娘娘，对着我叫着爹爹。

我不由得笑弯了眼睛，段月容本想发作，看着我，忽而脸上浮起一丝淡淡的红晕，只是在树枝上长叹一声：“真拿这个臭东西没办法。”

第十七章
人比黄花瘦

第二日，段月容带我去布仲家的山头，却见布仲家的百姓正忙着收李子，多吉拉迎着我和段月容来到一座气势宏伟的石板屋中，佳西娜笑眯眯地过来，羞答答地给我和段月容行了个礼，用生硬的汉语对我说道：“姐姐来啦。”

我也对她行了一礼，段月容对她展颜一笑，用布仲话对她说了几句，佳西娜的脸红透了，在那里不停点头，然后又对着我不停笑着。

啥意思？

然后，段月容转过身来对我严肃道：“我去见布仲头人，你且与佳西娜聊一会儿。”

我接过夕颜，不由问道：“你刚才同佳西娜说了些什么？”

段月容紫眼珠子一转，在我耳边轻轻一笑：“莫非是吃醋了？怎么，很想知道我同她如何谈情说爱。”他状似亲热地揽着我的肩头，“等你哪一天深深地爱上我了，自然我也会说给你听的。”他的热气喷在我的脖子上。

佳西娜又捂着嘴哧哧笑了起来。

喂，你未来的老公在吃我豆腐，怎么还笑得出来呢？

我面上不动声色，暗中狠狠地踢了他一脚，他退开了去，捂着小腿，恨声道：“你这贱……你这悍妇，等着瞧，等我武功恢复了，定要将你整治得服服帖帖的，跪在地上痛哭流涕地求我要你。”

我一听，咧开嘴乐了：“那还是等你先收拾了翠花吧，娘子。”

这时多吉拉过来，段月容一下子站直了身子，眼中忍着痛，睨着我。

多吉拉看着我双目含笑：“莫问姑娘好啊。”

我讪讪一笑：“多吉拉少爷好啊。”

段月容哼了一声，跟多吉拉走了。

佳西娜笑着对我说：“姐姐方才误会月哥哥了，他说姐姐身体不好，让我叫人给姐姐做些补品，给姐姐服用呢。”

我一愣：“佳西娜，我和你家月哥哥，没什么的……你莫要误会啊。”

佳西娜银铃般的笑声飘了过来：“姐姐，佳西娜五岁就认识月哥哥了，一心只想在月哥哥身边，佳西娜看得出来，姐姐是个好人，所以佳西娜不会介意同姐姐分享哥哥的。”

我傻在那里，不知道该说佳西娜是属于情操过分高尚呢，还是属于太过迂腐。

佳西娜笑罢说道：“我带姐姐去见一位老朋友。”

我们进了一座竹园，却见一个削肩美人，姿态优美，小腹微隆，漫步其间，临风赏着几丛飘逸的兰花。

我的心激动起来，正是初画。

初画看到了我，就急步赶过来，两人来到近前，都禁不住无语泪千行。

佳西娜有些不解地看着我们。

我们一起进了一间宽敞的石屋。夕颜一向不怕生人，而且人们都说婴儿会对怀孕的妇女特别有心灵感应，我不知道是不是这样，反正夕颜的小眼睛一开始有些疑惑地凝视着初画，然后慢慢地咯咯对她笑起来，咿呀地说着抱抱。快为人母的初画抱着夕颜，爱不释手，不时逗着她，夕颜兴奋得口水滴满前襟。

“姐姐，这个孩子长得真像姐姐。”初画笑着说道。

佳西娜也点头笑着。

我那为人“父母”的骄傲感又涌上心头，没有想到澄清误会，只是开心地笑了起来。

这时，有个布仲家的仆人过来，好像是对佳西娜说，多吉拉叫她过去，因为我听到那个女仆提到多吉拉的名字，她点点头，对我们说，她去去就来，便出去了。

就剩下初画和我了，我和她对望着，有一阵的沉默，两人的心中都不由自主地回忆着分别时紫园里可怕的修罗场，我尽量温和地对她笑着，还是问道：“初画，蒙诏将军他……对你好吗？”

初画的脸微微红了，娇羞地低下头：“我就知道姐姐会这么问我……”

我也有些尴尬，有些后悔不该这样去干涉别人的隐私。可是初画却开始告诉我她的遭遇，一开始她并不喜欢蒙诏，蒙诏把她救下，派人给她上药，亲自细心照顾，可是她并不为所动。后来胡勇发动兵变，段月容的亲随几乎全军覆没，只蒙诏同一小队亲信侥幸还生，胡勇便差兵士前来抢蒙诏掌管的奴隶，她万万没想到，同段月容打散的蒙诏会只身折回来救她。

一开始她就同蒙诏没什么共同语言，她情愿守身自尽，也不愿意离开西安城，自然对蒙诏的相救没什么感激之情。于飞燕解救西安城后，蒙诏却不愿意放初画回去，她对他更是冷淡。

初画肃然说道："好在他那时并未强迫我，我那时想过若是他敢碰我，我定要死在他面前。"

我听得汗涔涔的，心想那我同段月容发生关系了，而且还失去了初夜，若是此事发生在初画身上，她定是要自尽了！而我不但没有自尽，还一路上同他假凤虚凰地逃生。如果回到西安，原家可会接受我这样的人？会不会为了保全名声而让我自尽？又或许原家就是认为我已被人玷辱了，加上非白又要尚公主，便不可能有小妾，索性派人杀我吗？然而非白给了我那块玉珑玦，可见他是想让我活下去的。

非白，你还是尚了公主，我又如何再能回去面对你呢？

我柔肠百转间，初画继续说下去。到了播州，她的伤势渐好，可是由于对光义王的错误估计，加上奸细作乱，豫刚亲王和蒙诏没有守住播州，蒙诏只好又携着她随豫刚亲王，一路败去，往南进入兰郡的瘴野。

一开始是蒙诏护着初画，然而到了瘴野，随行的三万士兵却因为瘴毒不断死去，蒙诏自己和豫刚亲王也感染了瘴毒，日渐衰弱。

紫园的子弟兵每个人体内都种了一种毒素，以抗敌人投毒，所以初画并没有被瘴毒毒倒，到后来反倒护着蒙诏同豫刚亲王，帮了不少忙，这么一来一去的，本以为会永远困在这瘴毒之地的两人，互相钦佩各自的为人，心中萌生了浓烈的爱意。

初画动容说道："姐姐，初画一直恨他带兵攻占了紫栖山庄，焚毁了我们的家园，虽然他没有奸淫掳掠，可还是恨他的同胞杀害了这么多兄弟，残害了这么多姐妹，到现在初画也恨……可是他对初画真的是很好很好，那时逃进去的三万大军最后只剩下一万人不到了，军中的巫医也染病死了。然而那时还是没有找到解药，蒙诏的身上也中了瘴毒，浑身发黑起泡，眼看要不成了，初画心里却难过起来，心想这也算是对他的报应了，既然他受了惩罚，也算两清了，"初画的眼中流下泪来，"既是如此，初画便对他好了起来，尽心尽力地服侍他，可他却对初画呼来喝去，还说不想再见到我。初画明白，他是想让初画不要管他，好离开瘴野去寻一条生路。"

我也感动得唏嘘不已，好一个铁骨柔情的汉子，不愧为南诏名将啊。

"在瘴野里没什么好吃的，大家都挨着饿，有时急起来，连自己同伴的尸首都吃。"初画打了一个哆嗦说下去，"因为初画没有中毒，有些南诏兵便想来糟蹋初画，然后再把初画吃了。蒙诏躺在那里已经只剩下半条命了，可他还是拼死杀了那两个将领，救了初画，初画就把自己给了他。”初画哽咽着说道，“初画认识一些草药，以前在庄子里，凡是子弟兵都学过一些常识，那时柳先生教过我们，凡有毒物出没的十步之内，定然会有解毒之物，此乃宇宙万物相克相生的道理。后来初画冒死进了瘴气最深的瘴潭，发现附近总开着一种花，极似桃花，但花朵极大，花色极艳红，瓣上有七星斑，初画称其为七星桃花，便采了给一些中毒的兵士服用，果然生了效，于是解了大家的瘴毒。豫刚亲王便封初画为桃花夫人，说要让蒙诏将来打回叶榆时再风光地娶初画一遍。”初画的脸又红了，“可是，没想到……”

我戏谑道：“没想到蒙诏将军等不到风风光光地娶初画，就连蒙将军的孩子也等不住啦！”

初画的脖子也红了，娇声唤道：“姐姐还像以前一样爱捉弄人。”她忽而又收了笑容，拉住我的手，感叹道，“初画以后想是再也回不了故土，初画虽与蒙诏情投意合，可毕竟是没有父母之命、媒妁之言的野合，现在又有了孩子，求姐姐，莫要轻视初画啊。”

“好妹妹，人生得一知己足矣，姐姐为你感到高兴都来不及呢，怎么会笑你呢。”我喃喃道，“姐姐只是担心自个儿，能不能回西安罢了。”

初画一愣：“姐姐，为何还会想回西安呢？昨日蒙诏还告诉我说，段世子说他与你二人甚是相爱，绿水要加害他时，你为了救他，便主动献身，解了绿水给他下的媚药。一路上你对他死心塌地，且又百依百顺，怕他吃苦，你便将他扮作女人，却把自己扮作男人，好方便照顾他、保护他，对他百般呵护，后来有了孩子，快一岁了，还说看在你对他救驾有功的分上，要带你回叶榆，封你做侧妃呢。”

我越听胸中的火气越是升腾，这厮果然是要反悔，真可谓与虎谋皮啊。还说什么我为了救他，主动献身，为他解媚药？我对他死心塌地，百依百顺？我将他男扮女装还是为了好花痴似的照顾他、保护他，对他百般呵护？还要封我做侧妃？还是个侧、侧妃？段月容，做你的春秋大梦去吧！

我的脸皮有些抽搐，正要说出实情，初画却忧虑地说道：“姐姐，你绝不能回西安城。”

“姐姐可知，可知锦绣她……”初画看着我，闭了口。

我淡淡一笑：“我知道锦绣喜欢白三爷。”

初画一惊：“原来姐姐早就知道了。”

是啊，我若真的回去了，就算轩辕公主不介意我，原非白能接受我失了身，我还能像以前一样，在原非白身边做个侍女，可总要面对锦绣失落的心，我又如何应付这一切呢？

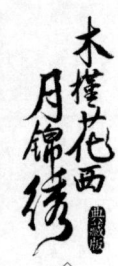

她拉住我的手："求姐姐还是莫要回西安了，锦绣她……已经不是以前的锦绣了。"

我的心中不悦陡生，冷冷道："此话怎讲？"

"我知道锦绣是姐姐的胞妹，姐姐对锦绣疼爱无比，初画接下去说的，姐姐定然不信，可姐姐是难得的好人，也是救了初画的恩人，所以初画一定要说出来。"初画说着说着，对我跪了下来。

我赶紧放下夕颜，让她站在地上自己玩，我也跪下去，要扶起初画，然而初画却拉住我，流泪道："姐姐，你可知道碧莹姐姐刚进苑子不久，就被人栽赃陷害了……"

我的心紧了起来，看着她点点头："那不是香芹做的吗？我们小五义都知道的。"

初画摇摇头，说道："不是的，木槿姐姐，把二小姐的玉佩放在碧莹姐姐枕头下面的人是锦绣啊。"

第十八章

愁人千里梦

我如遭晴天霹雳，一下子站了起来，大声说道："你胡说什么，怎么可以这样来污蔑我的妹妹呢。"

"初画知道姐姐你不信，以为初画是在扯谎，可是这些都是真的，"初画哀哀地说道，"初画是紫园的家生丫头，比你们小五义来得都早，所以紫园里偷鸡摸狗的勾当也比你们清楚些。紫园里每个女孩都想到二小姐那边去伺候，因为那样就不会受到柳先生的欺侮了。可是锦绣一进那个紫园，柳先生就看上她了，柳先生问夫人要了锦绣过来。"

我的眼泪猛地流了出来，只是咬着嘴唇看着初画，我的心脏被重重地捶击着。

"我也不知道为什么，二小姐没有把锦绣留下来，却留了碧莹姐姐。锦绣受了柳先生的欺侮，却不敢对任何人说，连对姐姐也不敢说，那个时候只知道哭，我那时便对她说，只要能想尽办法到二小姐身边去，柳先生就不会糟蹋她了。我对二小姐提了，可是二小姐却说侍候的丫头够多的了，不用再添了，我便这样回了锦绣。

"结果第二天，碧莹姐姐就被人发现枕头下面有二小姐的玉佩，我们那时都以为是香芹做的，便不敢说。二小姐没有留碧莹姐姐，于是碧莹姐姐被撵到杂役房了，还气得一身病，锦绣便顺利地到了二小姐房里。锦绣比碧莹姐姐乖巧得多，二小姐渐渐信任锦绣，后来连夫人也越来越喜欢锦绣了。珍珠姐姐同初画要好，她让我千万小心锦绣，因为她看到是锦绣偷偷将玉佩拿到碧莹姐姐的枕头下面的。"

"够了，"我一下子站了起来，厉声道，"既然你说是珍珠告诉你的，那珍珠是不是真看到的，这又有谁知道了？我不要再听你说了。"我上前抱起夕颜，扭头就走。

初画也站了起来，继续流泪道："初画知道姐姐不信。可是姐姐知道吗？侯爷早就风闻锦绣同三爷的事，本来是想把锦绣送给三爷的……"

我只觉天旋地转，努力定下神来，却听初画说道："可是锦绣却拿着剑要以死明志，她说她此生非侯爷不嫁，还有那生生不离……是锦绣让侯爷给姐姐下的。"

我浑身打战地转过身来，冷笑道："那请问你又是怎么知道这么多呢，初画？这些不都是原家的秘密吗？"

初画泪流满面，贝齿紧咬着下唇，直咬得一片青白，最后她似是下定决心，万般艰难地对我开口说道："不瞒姐姐，初画的娘亲是侯爷的一个侍婢，侯爷酒醉时宠幸了我的娘亲，便有了初画。秦夫人脾气不好，我娘亲不敢说出来，后来千辛万苦地生下初画，还是被秦夫人发现了。秦夫人便赐死了我娘亲，秦夫人还想赐死初画，所幸侯爷及时赶到救了初画，便悄悄将初画交给了二小姐的奶娘，让我同二小姐一同长大。紫园里只有侯爷、连夫人、二小姐和珍珠姐姐知道初画的身世，所以主子们待初画便好一些。"

我慢慢转回身，也是流泪看着她。

只听她说道："锦绣告诉我，她想报复柳先生，她说跟着三爷，将来只能做小，反正无论跟哪个主子都要做小，索性就攀了高枝，要做就做紫园里当家主子的小，说不定将来还能被扶正。她为了向侯爷献忠心，就对侯爷说了姐姐的文韬武略，她劝侯爷将姐姐许给三爷，她为了能笼络侯爷的心，也拉拢着侯爷周围的人，她花重金买来张真人的血经，献给那个邱道长，投其所好，于是邱道长便对侯爷说锦绣是贵人转世，她又让邱道长对侯爷说姐姐你是国母之命，她知道奉定公子是侯爷信任的人，便……勾引奉定公子……奉定公子便常常在侯爷跟前说锦绣的好话。"

那些话语入耳，只觉胸腹如万剑穿心般疼痛，我再也无法忍受，捂着胸胁上前一步，扬起手掌："你闭嘴。"

我的手在空中被人截住了，却见是半面文身的蒙诏，经过休整，人已比以前精神了很多，双目喷着怒火，瞪着我。

"大胆蒙诏。"一声暴喝，却是门口站着的段月容，旁边还站着多吉拉和佳西娜，三人的眼中都有着吃惊。

蒙诏松开了我的手，搂着泣不成声的初画，忍着怒气对我说道："夫人息怒，初画有得罪您的地方，还请看在她怀有身孕的分上，原谅她吧。"

段月容也沉着脸过来，抱了哇哇哭的夕颜，拉了我就要走出去，我却一甩手，向初画走上前一步："你说的这些，侯爷都知道？"

初画点点头："她同奉定公子的事，初画从来没有对任何人说过，初画也不知道侯爷是否知情，这些都不是我报给侯爷的，侯爷在各处都有眼线，就连三爷处也有……"

“住口。”我的眼泪无力垂下，口中哀凄地说着，“你怎么可以如此诋毁我的妹妹？她也曾同你在一起习文练武啊，你可知她是如何地信任你？”

初画满眼的伤心委屈，泪流得更猛。

“姐姐若认为是初画告的密，要怪初画，初画也没有办法。可是皇天在上，初画没有撒谎，锦绣和姐姐一样怀疑初画泄露了她的秘密，便好几次对初画下杀手。”初画扯开胸口，白嫩的肌肤上一道道剑痕，我惊诧地后退一步。

初画继续说道：“后来侯爷也渐渐发现锦绣的为人，叫我特别留心锦绣。初画冒死说出这些，就是因为姐姐是这个紫园里难得的好人，姐姐如果回去，失贞的事肯定会被人说道，而且姐姐已经为世子生了一个女儿，断不能容于原家。锦绣为了自己的前程，也一定会害姐姐的。”

我对她冷笑道：“我不信你，你只不过是因为爱上了蒙诏，所以你想离间我和我妹的关系，好让我跟着段月容，我根本不信、不信、不信……”

我连着说了十几声不信，然后对着段月容鄙夷一笑，口中的血腥又涌现了。

段月容满脸怒容，上前拉住我，好像对我斥责了些什么，可惜我什么也听不清，耳边只是嗡嗡作响，我的身体晃了一晃，倔强地甩开他的手，冲出门去，只是按原路回去，眼泪掉了一路。

行到一半，胁间剧痛，再也忍不住跌靠在一棵树上，努力呼吸，喉中有大量的血腥涌出了口，眼前渐渐一片黑暗。

恍惚间，有人给我嘴里塞了一粒药丸，好苦，可是我却醒不过来，只能感知很多人在我面前走来走去，时而有一双紫眼睛焦急地看着我。

我喃喃唤道：“锦绣，锦绣……”

一溜高大的槿枝篱笆，碧叶油油地迎着阳光，这还是胡人娘在的时候亲自扦插的，如今已有一人多高。枝蔓上的槿花开得正艳，一个小小的身影正蹲在篱笆下，任由花瓣静静地飘落在她的身上，她却一动不动地盯着地下，似在仔细地研究什么，我悄悄走过去抱住她软软的身子，笑着问道：“咦，锦绣在看什么？”

小小的女孩慢慢转过头来，她柔软的头发摩挲着我的下巴，痒痒的。她眯着紫眼睛，对我柔柔笑道：“蛇蛇方才在跟锦绣说，锦绣将来会成为天下之主呢。木槿，你说说什么是天下之主呀？”

她那可爱的声音说到后来却忽然变了调，仿佛一个可怕的恶魔在对我咆哮，然后她的头忽地变成了金不离的蛇头，我这才发现原来自己正抱着一条巨大滑腻的金蟒蛇，它猛然张着血盆大口向我咬来。

我骇然放手，向后一仰，整个人往下掉。也不知过了多久，我再睁眼时，却见晴空万里下，浮云朵朵，我又回到了樱花林中，我来来去去地寻非珏，却始终不见人影，心中好生难过，却听到有人柔声唤道：“木槿。”

却见白衣少年坐在樱花雨中，对我柔柔笑着。

我满腔心酸地奔过去，紧紧搂着他：“非白，我好想你。”

漫天的樱花不知何时变成了殷红的梅花，宛如满腔浓浓的相思意，放开他时，却见那梅花落在他胸襟处，变成了红色的鲜血，渗进洁白的衣裳，甚是红白分明，他脸色苍白，依然对我笑着：“木槿，你在哪里，让我好找啊。”

我心中一骇间，一切已经消失得无影无踪，又陷入了无尽的黑暗，却听到有人说着汉话：“公子，这位姑娘的胸腹以前受过重创，故而她的体质不是一般的差。除非是华佗再世，恐怕所有的医者都会同老朽下一样的诊断，就算她这次醒过来，这样的吐血迷症还会继续，很难调养，可能最多活到三十岁吧。”

“你这庸医，如果治不好她，我让你现在就掉脑袋。”这个冷冰冰的声音好像是段月容的。

我醒了过来，微微动了一下手，段月容冲了过来，尽量柔声道：“你、你怎么样……”

又有人给我嘴里塞了几粒苦不拉几的药丸子，我才完全醒了过来。

我调养了几日，段月容常常抱着夕颜过来，坐在我身边，陪我说话，可是我一言不发，只是木然地看着前方。

我没有再见到初画，没想到这一日，蒙诏却过来看我。

他冷着脸又向我跪下赔着不是。我只是无力地摇摇头，让他起来。

我问蒙诏初画没什么事吧，蒙诏这才松了脸色，有些难受地慢慢告诉我，初画身体愈来愈差了，现在根本下不了床。

我惊问怎么回事，他慢慢地告诉我，他和初画在瘴毒之地吃不好睡不好，她本身的体质也很弱，他俩谁也没有想到在那种地方会怀上孩子，初画很高兴。

可蒙诏听说过去住过瘴野的很多怀孕妇女不是容易滑胎，便是生出死胎，所以蒙诏出了瘴野做的第一件事就是带着初画去看大夫，果然大夫的结论不容乐观，初画本身进瘴毒之地时身体很弱，体内虽有原家的抗毒丹护着，但这抗毒丹本身也是一种毒药，以她的身体根本难以负荷这两种剧毒之物在身体里的抗击。

所以等她出了瘴野，其实身体已是强弩之末、灯枯油尽了。

能撑到现在，可能只是为了腹中的孩子，大夫很遗憾地告诉蒙诏，不但初画活不了多久，就连肚子里这个孩子十有八九也是个死胎，即便能生出来，也会很快夭折。然而蒙诏又不敢告诉初画，怕刺激了她，那样初画就真的立刻活不下去了。

说到后来，蒙诏的眼中满是哀凄悲痛，无力的泪光隐现：“若是早知如此，蒙诏便不会随同世子出征西安，那样蒙诏不会遇到初画，初画也不会受这样的苦，不但可能要经历丧子之痛，还会如此早夭。”

蒙诏轻轻说道：“蒙诏从世子和初画那里听说过夫人与胞妹早年丧母，幼年就被卖到西安为奴，故而夫人疼爱胞妹异常。初画说的那些话，夫人肯定受不了，就请夫人看在初画也是一生凄苦，加之可能、可能蒙诏明天就见不到她的分上，就原谅初画吧。”

我心中的愧疚和震惊排山倒海地涌来，只能热泪滚滚，泣不成声，对着蒙诏连连摇头。

这一日，我下了床，慢慢踱步来到初画住的庭院，透过窗棂，却见一个湖衣佳人，正坐在床上专心致志地缝制一件婴儿的上衣。

我慢慢地来到敞开的门口，敲了敲门框，惊醒了初画，她抬头一见是我，便惊喜地抱着肚子要起来，我赶紧过去让她坐下。

我有些不知所措，歉然说道：“前几日，我一时激动，没有吓着妹妹吧。”

初画惭愧地红着脸道：“姐姐说哪里话来，明明是初画不对……姐姐说得对，锦绣小时待初画也是很好很好的，初画实在不该这样在锦绣背后说……”

我摇头笑道：“过去的事咱们不要再提了，初画……最近可好，可是害喜得厉害？”

初画的脸色微红，摇摇头：“宝宝很乖的，初画没什么难受的，只是有时候会腿抽筋，倒是累了蒙诏天天晚上要替初画按腿呢。”

我不由赞道：“蒙诏将军可真是个体贴的好丈夫啊！”我拿起她正在做的小衣服，惊叹连连，“好可爱，初画做得可真是好啊……”

初画的眼里满是温柔的爱意，开心地说道：“初画以前在紫园里听老人们说，刚出生的孩子一定要穿棉布衣裳，而且最好是穿长大了的孩子穿剩下的，”她满怀希望地说道，“说是这样，宝宝才能健康成长呢。姐姐的夕颜公主活泼可爱，初画好生喜欢，姐姐能赏给初画一些公主小时候的衣物吗？”

我立刻拍拍胸脯打包票：“没问题，我家夕颜倒还真是顽皮呢，长得可快了，等我回君家寨，给你送一打来。”

转念又汗颜地一想，我给我家夕颜做的小儿衣啊……那袖子常常是一只长一只短的，好在夕颜从来没有抗议过，这样拿给初画，会不会让人笑啊……

初画却满心欢喜地道了谢，眼中闪着柔情的憧憬：“姐姐，你说初画的宝宝是男孩还是女孩呢？”

第十九章
断肠人天涯

我出了初画的居所，来到竹林散步。清风飘过，竹叶沙沙作响，虽是大伏天里，却只觉一片凉爽沁心。我坐了下来，想起宋明磊也极喜欢竹子，他的清竹居前就曾种满了湘妃竹，现在二哥生死不明，不知道他的清竹居可曾在西安大乱时被焚毁？若是没有，可有人照顾他最爱的那片湘妃竹？

背后有人轻轻走来，静静地坐在我身边，没有说话，我却知道是段月容。

我沉默在那里，他也沉默着，过了一会儿，我开口道：“朝珠，你知道吗？我同锦绣被卖到紫栖山庄时，只有八岁。”

段月容嗯了一声：“因为你的妹妹是紫眼睛的，当时连夫人想把她撵出去，据说你就巧舌如簧，让人信了你妹妹是贵人降世，所以她才留了下来。”

我转过脸来，看着他紫瞳潋滟，平静地对我微笑着。

一瞬间，我仿佛又看到了小时候的锦绣，她的一双小手躲在背后，手里紧紧捏着刚为我摘下来的木槿花，她歪着小脸蛋对我笑着，笑弯了一双潋滟的紫瞳，带着一丝期许、一丝温柔地问道：“木槿，你猜猜，锦绣手里拿着什么？”

我不由自主地痴痴地凝视着他的紫瞳，向他的脸伸出手去，细细地摸着他的眉毛，他的眼睛，而他只是柔和温情地看着我，并没有制止我。

我不由喃喃道：“如果照初画说的，那锦绣、锦绣被柳言生那禽兽欺侮时……才八岁而已啊！”

段月容一滞。我苦涩地看着他，放下了手，我的泪流了下来：“你知道吗？其实你是一个很幸运的人，因为你基本上只知道伤害别人，却极少尝到被人伤害的滋味……”

我抽泣了起来：“那时候的锦绣什么都不懂，一心只知道依赖我，我当时想，如果她被撵出去了，到了一个我见不到的地方，如果是烟花之地呢，又或是主人家对她不好呢？所以就努力想把她留下来，我想她和我在一个园子里，总比分开了好……可是我错了，我活活地把我妹妹……推进了一个火坑……那时她才八岁啊……我是一个多么可恶的姐姐啊。”

“别说了，”段月容沉声道，“你那时也不过八岁而已，哪里知道那些，为何要怪自己。”

我双目紧闭，泪流不停：“你不明白啊，锦绣她从来没有告诉过我她受的委屈，是因为她知道自己已经失去了多么宝贵的东西，她知道我这个没用的姐姐，根本没有办法帮她了……这么多年来，她总是在我面前笑，装得一身风光，其实、其实心里却在不停地哭泣……”

一时间，我泣不成声，满心愧悔：“初画说锦绣要害我，我绝不相信，可是……我心里也明白她说的有一点却是对的，锦绣的确变了，真的变了……只不过我……拒绝去承认罢了……这一切都是我的错……”

他忽然将我拉向他的怀抱，于是我的话、我的泪都淹没在他的狂吻中，唇齿相缠间，我无法呼吸，脑中一片空白，只能感觉他那热烈缠绵的吻，许久，他离开了我，紫瞳星光迷离，我也拼命喘息。

他一下子抱起了我，走到阳光下，那紫瞳静如紫色潭水，深幽而瑰丽，看着我平静地说道：“不要再去想了，木槿。”他长叹一声，“这世上每一个人都有他自己的造化，你能改变的，可能只是你自己的，或许还包括影响别人的一小部分罢了，然而……”他的紫瞳从上方定定地看着我，柔和地带着一种万分慈悲的垂怜，宛如苦海寺那尊泥菩萨的目光，我不由一愣，只听他对我柔声道，“你连自己的命盘都不能主宰，又如何能去操控别人的呢？”

我怔在那里。他又对我轻笑道：“你妹妹，锦华夫人，我虽未见过，然其美貌无双、行事狠厉也有所耳闻。不过对我而言，这都是她自己的选择，她自己的造化，没有对或是错，即便是你的亲妹子，她只是做了自己想做该做的事，与你早已不相干了，你何苦往自己身上揽呢。”

他吻了一下我的额头，柔声道：“好了，莫要再怪自己了，也莫要再想初画的那些话了，以后你一定要怪嘛……”却见他的紫眼珠狡猾地一转，“那就怪我宠幸佳西娜太多啦！或是看别的女人看得眼睛发直了之类。再或许你也可以经常对我撒撒娇啊，怪我给你的珠宝华服不够多，怪我在床上对你不够体贴……”

那厢里，他渐渐又开始趾高气扬地胡说八道起来，我的眉毛也拧了起来，推开他，要自己下地：“你想得美，我才不会为你跟别的女人争风吃醋……”

他仰天哈哈大笑一阵，那是许久不见的王者豪气，他放我下来，却拉紧我的手，对我笑道："木槿，那可不一定啊，很多女人都对我说过这句话，结果还不是乖乖地爬上我的床。"

我冷冷道："我决定了，我要回西安。"说罢，转身向初画的屋子走去，打算去同她告别。

段月容在背后冷冷地出声道："你回不了西安了，光义王派了一万士兵过来，会同当地南诏官兵前来进剿盘龙山。"

我惊回头，却见他慢吞吞地走过来，紫瞳幽冷："大战在即，北上的路全封了，这里所有的山头可能都会被血洗，连我们暂时也回不了播州。"

"那怎么办？"

"向南撤。布仲家的人，他们暂时不敢惹，引光义王的军队跟着我往南走，到了苗王的地界，布仲家的人从另外的山头进攻，然后南北夹击，开始反攻。"

"那君家寨的人会不会有危险？"

"没准，"段月容慵懒地说道，"我们在他们那里待过，山寨里又都是些汉人，听说带军的是胡勇，他向来喜欢劫掠汉家的山寨，讲不定就会去君家寨了。喂，你跑那么快干吗？你的伤还没完全好呢！"

我冲到屋里，换了身男装，拉了一匹马，对绷着脸的段月容说了声："你好好看着夕颜，我回君家寨报信。"

我回到君家寨时，果然发现寨中开始戒备起来，我骑马进了寨子，一问，果然胡勇进军盘龙山的消息传遍了整个兰郡。

我找到族长，族长正在与众位长者商议，他迎我进来，对我说道："光义王前来剿山头，可能是冲着豫刚亲王家的世子来的。"

我皱眉道："族长大人，听说带兵的将领是带头焚了西安城的胡勇。此人素来喜欢掳掠汉人的寨子，不如我们君家寨先到别处躲一躲吧。"

"到何处躲呢，莫先生？"族长满面惨然道，"南诏王向来不喜欢汉人，我们祖先本是中原的大族，后来因为功高盖主，被皇帝赶到南诏来，却又被南诏王所不容，只得又从南诏沃野迁来此处，历经坎坷方才在这瘴毒相邻之地安家落户。在这盘龙山中，虽与蛮夷为邻，但也一直遵守着规矩，与四方也算和睦相处。我们在这山头已历七世了，还能迁到何处呢？即便要逃，也只能像豫刚亲王一样进入瘴毒之地吧！可是没有时间啊。"族长摇摇头。

我说道："何不去布仲家躲躲呢？布仲家兵强马壮，若同其合作，能将这一万兵马打尽也是一件好事。"

族长叹了一声："只怪我平时不与各族乡邻走动，恐是要拉下我这张老脸去求人了。"

我便自告奋勇地前往布仲家。段月容笃定地在屋里等着我，我一进屋立刻说出来意，没想到他一口回绝，冷冷道："你昏头了，我父王的一万兵马将来也要白吃白住布仲家的，你还要我请他来保护君家寨，如何可行？"他冷冷道，"而且你可知我父王花了多少工夫让胡勇前来带兵？"

我一愣："此话怎讲？"

他冷冷一笑："这盘龙山原本就是我豫刚家的封地，多是我家旧部，虽有很多慑于光义王的淫威，降了光义王，但心头终是不服。那胡勇向来纵容部下烧杀抢掠，"他的紫瞳充满了血腥，"那些兵士抢红了眼，得了甜头，哪里还会管是汉家、土家、黎家或是侗家，到时那些旧部自然又会归附我豫刚家，共举义旗，这样一石二鸟之计，我为何要为了个君家寨而破坏了整个计划。"

我整个人呆在那里，看着段月容："你可知那个计划会让这美丽的盘龙山血流成河的？"

段月容哈哈一笑："那又与我何干，谁叫他们降了光义王。"

"那君家寨呢？还有夕颜呢？如果没有他们，我和你都早就饿死了。"我看着他的紫眼睛，沉声说道。

段月容歪着脑袋看了我一阵："木槿，你太重感情了。须知，有时太重感情，吃亏的就是自己，"他叹了一口气，向我走来，"怪只怪他就在这里落户，命中该有这一劫。"

我低下头，心里隐隐地感到冷了起来，他来到我的身后，双臂环上我，脑袋枕在我的左肩上，满是一派天真可爱的少年模样，他轻轻掬起我的一缕青丝，一边把玩着，一边却说出残忍的建议："木槿，别难过了，你已经为这君家寨尽力了。明年我们打回盘龙山，若还有人幸存下来，便收了做奴隶，现下还是带着夕颜，随我往南……"

我推开他："对不起，段月容，我做不到像你这样冷血。"

段月容哼了一声，继续坐回桌上，喝着美酒："你的热血会让你丧命的。"

我转身离开。见到多吉拉，说了我的计划，没想到多吉拉也对我叹了一口气："对不起，莫问，我父亲已经同豫刚亲王定下盟约，我们不可能再为君家寨出兵，也不可能收留君家寨的任何人。"

我的心如刀割，满是绝望。花木槿啊花木槿，你不是常常自诩自己拥有两世智慧，看破世事吗？可是如今，还不是救不了君家寨，要眼睁睁地看着它在你面前灭亡吗？

布仲家那边失去了希望，我接着走了其他的山头，可是那些山头，一听我是君家寨的汉人，根本连见也不见，只有土家的寨子接见了我，但是土家头人说他已经归顺了光义王，除非君家寨肯做土家的奴隶，他才肯接纳君家寨众人，不然根本不愿保护君家寨。

我回来说了那头人的意思，族长一口否决，说宁可死亦不愿为蛮夷的奴隶。

当日前往查探山下消息的二狗子回来了，人吓得有些发傻。长叶媳妇给他泼了一碗水，他才醒过来，半天抖着声音，说是山下五个寨子都被挑了，有侗家、黎家的，还有汉家的。尤其是汉家的寨子，幸存下来的人说，那个胡帅根本不管那些寨子是不是投降了，就冲进去抢粮食东西，强奸女人，杀了男人，连小孩和老人都不放过。

一种强烈的恐惧感和紧张感蔓延在君家寨，寨中人心惶惶，大伙开始三五成群地聚集在祠堂门口，希望族长能帮助他们。

而祠堂内，各个长老们也在紧张地商议对策。

族长特别准我参加族会，在会中各长老们无奈地做出决定，既是降与不降都是死路一条，那只剩下拼死打仗一条路了。

我建议道："族长，我们不如先逃进山里，胡勇来盘龙山主要为了剿灭豫刚亲王，而豫刚亲王的主力是其妹夫黔南苗家，他会率部向南而去，所以胡勇必不会在盘龙山久待，洗劫各山寨后，亦会随豫刚亲王家往南去的。我等可做好战斗的准备，让妇女、老人和孩子逃进山里，如果胡勇前来搜山可退入瘴野，若胡勇过了山寨，亦可方便再回来。"

族长叹道："莫先生说得有理，只是君家寨上下有近千人，如何能逃到山里不被人发现，而且时间不够啊。"

我查看了地形图，忽然发现盘龙山有一处标着红色标记之处，我指着那处问道："这里可是只容一人通过的小道？"

族长点头称是："正是，这里是进入君家寨的必经之路，如果跨过这一线天，也就等于进入了我君家寨的守备了。"

我心生一计："族长，不如将妇孺先想办法移到山中一处安全之所，我们想办法将胡勇的兵马引到这个一线天，我会做一些机关，如果我们用机关木箭拖住他的军队，然后做些陷阱，在这里拖住胡勇，我们的妇女、小孩和老人便有时间逃入山林深处。"

我连夜用羽毛笔写了一份战斗书，并画下以前在西枫苑同鲁元、韦虎他们研究出来的弓弩设计图，送予君家寨各长老，提出战斗方案：当老弱妇孺躲在山里，我们必须做好战斗准备，一是在一线天火烧胡勇，二是在落花坡设陷阱，三是寨中埋伏。

众人对于我的战斗书自然是十分震惊，族长看着我的设计图，眼光更是惊讶万分，但是最后同意了我的计划，便让我来分配军队。我数了数，寨中共有男丁六百人，女子二百人，老人孩童有三百多人。

族长召开了一个大型的族会，向大家坦诚说了将会发生的事，他说了长老们的意见，需要妇女们带着家中的老人和孩子们逃到山里去，然后由男人们想办法拖住胡勇，具体事宜由我莫问来安排。

我看着众人忐忑不安的眼神，心中也很难受，可是依然鼓起勇气，对大伙说道：“莫问来自战火纷飞的秦中，那带头挑了山下五个寨子的正是带兵屠戮西安城的胡勇。此人嗜血残忍，冷酷无情，他纵兵士在西安城奸淫掳掠，无恶不作。如今他来到盘龙山，也等于那乱世的铁蹄终是到了我们君家寨。”

寨民们害怕地喧哗起来，当时有很多妇人小孩吓得哭了出来，族长厉声喝道：“君家寨的人还没有死绝呢，哭什么？”

立时，那哭声止住了。

我暗中一叹，努力扬起一丝微笑，平静道：“请大家先不要害怕，当初西安沦陷是因为胡勇的偷袭，这回君家寨和西安不一样，我们是有机会赢这场仗的，所以，大家请先听听我的想法。”

众人果然安静下来，神色专注地齐齐看向我。我继续说道：“一则，兰郡险山恶水，易守难攻，又非大规模的产粮区，皆因此处近瘴毒之地，故而并非是久驻大军的理想场所，所以胡勇不会长留此处。二则，我们君家寨虽不如其他山寨人多势众，却胜在山势最为险峻，这也就是为什么当初我君氏祖先择此地而居的道理，莫问又懂机关火药，只要设置得当，咱们的山势可谓一夫当关、万夫莫开，所以首先要有信心，我们绝对是可以打赢胡勇的。我们君家寨绝不会像山下那些寨子一样的命运……退一万步，就算此战受挫，我们的最下策也能争取到时间，把咱们的老婆孩子，还有父母高堂及时撤到山中，那里靠近瘴毒之地，胡勇必不敢追击。等胡勇离开盘龙山，我们便可再回来。故而这一仗关系着君家寨的生死存亡，为了保护我们的父母妻儿，还望大家一定要团结起来，密切配合，齐心协力，打好这一场仗！”

众人凝神细听，眼中慢慢升起了希望，纷纷点头。

我也点点头，冷静道：“乱世之中，无有道义，不讲伦常，唯武力可保一方百姓！胡勇虽以剿灭豫刚叛军之名前来，却也深知并非所有山寨都是豫刚家的旧部，所以他不敢尽数硬闯，只故意纵兵劫掠了一些弱小山寨，一来可探明盘龙山的虚实，二来可炫耀武力，动摇其他寨子的军民之心，妄图不战而胜。他这一路血染兰郡，捏到的全是软柿子，这多少会使他骄纵轻敌，便又让我君家寨多了一分胜算。一旦胡勇到了咱们君家寨，我们偏要让他咬到一只硬核桃，揍得他哇哇痛叫，满地找牙。”

众人不由乐了起来。

我也跟着轻松地笑了笑："没错，各位乡亲，只要我们打退了胡勇，他必不敢随便再犯，而借由此战，我君家寨也可打出威名来，以后即便再有其他外族入侵兰郡，也会忌惮咱们君家寨三分。只要我们大伙儿一条心，拼着命上，那样我们的亲人才能好好活下去。"

男人们都开始神情激昂地摩拳擦掌，大声齐喝："但凭莫先生吩咐！保护君家寨，保护父母妻儿！"

翌日，我指挥着妇人、孩子与老人制作长矛、竹箭和木箭，让昌发嫂子和春来定时去收箭，并且教有限的几个木工，按那设计图连夜赶造弓弩和飞弩。

有时有人问起我关于朝珠的下落，我只是淡淡地说他带着夕颜前去投亲戚了。

同时，我根据我发明的人口表，将寨里健壮的六百男丁分为三队，平时接触下来，感觉有几个人还算有管理能力，便让长叶领着一队到一线天去做埋伏工事以及到山中砍伐工事用的木头，二队到落花坡去挖土坑、做工事、拉吊绳，由昌发带领，另一队由长根带着在寨里做好准备，并帮着各家收拾逃亡之物。

我另外从长根的人马中派出十人左右，由二狗带着，悄悄轮番下山买蜡烛、火药、引线、木桶，又派人到隔壁布仲家买了很多油。大伙对于我的安排没有任何疑义，井然有序地听着我的指挥去备战。

黔中多毒物，我便嘱咐了那些平时最爱捉虫子吓女孩子的小屁孩去帮我捉些毒虫来，什么蜈蚣、蝎子，越多越好，放在落花坡其中一个陷阱里，这个特殊的队伍以沿歌为大队长。我特别嘱咐沿歌，千万不要浪费，什么虫子都要，什么咬人什么好，但是抓的时候一定要小心不要咬到自己人，沿歌的眼神亮得惊人，拍着小胸脯激动地说没问题。

我的计划有条不紊地做了下去。这一夜，我正削着竹箭，忽而一人欺近，我惊抬头，因为俯身太久，人有些晕，我扶着墙，慢慢站起来，却见一人长身玉立，在月光下，紫瞳幽冷，如兽一般发着光。冷着脸站在我面前，他信手拿起我的木箭，皱着眉头："你以为这些木箭，真的能够挡得住胡勇的一万兵甲吗？"

我望着他的紫瞳，微微一笑："难说。"

"那你为什么还要在这里陪着这个寨子送死？"

"段月容，你有想守护的东西吗？"我停下手，站了起来，同他面对面。

他皱着眉头："你又想来对我说教。"

我没有像往常那样生气，只是歪着头对他一笑："你知道吗？段月容，每次我想同锦绣探讨一些人生哲理时，她也同你一样，皱着眉头对我说，我又要对她说教。”

段月容默默地看着我。我对他笑着说道：“段月容，你知道鲁先生为什么要去死吗？”

他皱着眉头：“鲁先生？”

我看着他的紫瞳说道：“就是那个你命兵士杀了全村的男人，淫辱所有的女人，然后灭了整个鲁家村，鲁元是唯一的幸存者，可是在梅影山庄，他却救了我和你。”

他想了一阵，嘴角扯出一抹嘲笑：“那又怎么了，他全族被灭，是他太弱了，自然被人欺辱。他不想活就是因为他知道他太弱了，根本不能在这乱世里生存。”

我摇摇头：“段月容，你错了，鲁先生去死，是因为他有他的尊严。古人云，匹夫不可夺其志也，鲁先生是多么想要有尊严地活下去，可这个乱世根本不让他这样。就连他一生最爱的妻儿，惨死在你的铁蹄之下，在坟墓里也不得安宁，还要被人利用来凌辱鲁先生，鲁先生无法自尊地活下去，所以他只能选择有尊严地死去。”我咽气吞声，泪水滑落，“我花木槿和千千万万个鲁先生，同你和三爷那样的天之骄子是不一样的，我们只是想要一个平静的生活，碧波泛舟，可是这个乱世不允许。”

段月容默然地听着，眼中的不耐一闪而过。

“没错，我是可以同你一起继续逃，也许你帮你的父王打回叶榆后，你一高兴便会念在我们相识一场，当真送我回白三爷那里。可是如果让我眼睁睁看着君家寨像西安城一样被焚毁，我做不到；让我像你一样高高在上地看着一将功成万骨枯，我也做不到。”夜风吹动我与他的发，我的泪水飘向他白皙的脸颊，我笑了笑，“你说得对，我没有办法改变我的命盘，我也没有办法改变锦绣的、你的、初画的，还有小五义的命盘。我毫无选择地同你，还有锦绣生在这个可恶血腥的乱世里，我的妹妹被辱，我的姐姐死在大漠，我的哥哥至今下落不明……这些或是没办法选择，或是我选择错了……”我的眼前一片模糊，想起非白，更是泣不成声。

我抹了一下眼泪，坚定地说道：“但是至少我还有权利选择去尽我的全力，不要让君家寨这些善良的人们重蹈他们的覆辙，不要让他们在乱世的铁蹄下饱受欺凌，生不如死，哪怕我不成功，我也能有尊严地、光荣地死去。”

段月容的眼中有着动容和一丝我看不懂的伤痛，我看着他，无限殷切地说道：“段月容，你了解南诏步兵和胡勇的打法，难道不能留下来陪我和君家寨一战吗？就看在你我最危急的时刻，君家寨也曾救助过我们，不成吗？”

段月容抿唇沉默良久，忽而哈哈大笑：“花木槿，你真是个天真的女人！这是个乱世，所谓君子的忠孝节义，全都是骗人送命的谎言，到头来不过是马蹄蹍碎的一堆枯骨。人，只有活着才是真实的，你若想活下去，就得狠下心肠，踩着君子的尸骨走过去！哪怕是踩着这帮对我有恩义的贱民尸体堆，哪怕站在血淋淋的万人坑底，我只要不倒下去，就能活着爬出来，爬到最高处，实现我的宏图霸业。你这么聪明的一个人，怎么反而不明白这个道理，反而一心为了这帮贱民去送死呢？”

我心中不服，上前一步对他大声说：“不是我不明白，恰恰相反，是你不明白，活着当然很重要，人的生命转瞬即逝，无论好人还是坏人，无论贵族还是平民，所有人的死亡本都是一样公正而恐怖的，可生命的高低贵贱在于人之一生，最重要的时刻是怎样作出抉择的，是向恶人投降，受尽践踏屈辱而死；还是作为战士，为保护无辜良善而死。这个时刻，无论你是否是贵族，你属于什么种族，你是男是女，或者你眼睛的颜色……全都已经不重要，重要的是曾经为了自己的心自由而笑、自由而活。人不能有尊严地活着，那就选择有尊严地死去，这才叫活着。”

段月容震撼了好一阵，久久地瞪着我，胸膛起伏不停。最后咬牙上前，狠狠推了我一下，我被逼倒退一步。

段月容咬牙切齿道：“人不为己，天诛地灭，你个大傻瓜真以为在这乱世之中，老天爷会大发慈悲地放过这个寨子吗？你别痴心妄想了！我不过是看在同你也算有过情分，才来劝一劝你。你不要以为这一路上你帮着我，再说出这一堆冠冕堂皇的狗屁大道理，我便会为你留下来送死。”

我垂下眼睑，心中失望不已，面上淡笑了一下：“你说得对，我的确是痴心妄想，那我可不可以私人向你提个请求？”

他背对着我，冷冷道：“你说来听听。”

“夕颜，她……”我看着他的背影说道，“请你带她走吧，这一路上若没有她，我们也不会活到现在。现在看来我是不能再照顾她了，你带着她可能也是麻烦，夕颜是个人见人爱的小精灵，万一初画的孩子一生下来就死了，就烦请你将她送给初画领养，权当是我对初画的安慰，好让初画多活些日子，也能为夕颜找个好妈妈。实在不行，你也可以把夕颜交给布仲山寨，让多吉拉少爷看在朋友一场的分上，替她找户好人家收留……”

“我就知道你要我救这个臭东西。”他猛然转过身来打断了我，一改冷然的神情，愤恨地对我大声吼道，“花木槿，你还是人吗？我同你在一起这么多日子，你难道不能把这些担心顾虑，分给我一些吗？”

“段月容，我应该恭喜你马上就能见到你的父王，打回叶榆荣登帝位了，你还有什么让我来替你担心顾虑的呢？”我侧头看了一眼园中李树茂盛，碧叶泛着月亮的银光，心中无限惨然。

我转回头来对他淡淡地微笑着，可是他猛然向前一步，抓着我的双肩，厉声道：

“花木槿，你明明知道我心里怎么想的。只要你说一句话，我可以不介意你中了生生不离，带你离开这个君家寨，然后我会让你追随我一生，享尽荣华富贵，”他一下子搂我入怀，“我会想尽办法找到那生生不离的解药，我可以天天陪着你、宠你爱你。我讨厌孩童，可是我知道你喜欢孩童，只要你乐意，我可以准你为我生儿育女，生他十个八个夕颜、朝颜的也无妨，管他什么君家寨，管他什么原家兄弟，你为何不能多想想我呢？”他一下子捧起我的脸，略带粗暴地吻了下来。

他的吻疯狂而充满热情，急切地想要肯定的答案，我并没有挣扎，等他放开了我，我摸着红肿流血的嘴唇，望着他沉醉而迷离的眼，柔柔笑道：“也罢，段月容，这个吻就算是今生的纪念吧。”

他愣在那里，身子有些发抖，眼神有着支离的恨意，狠狠地推开了我：“本宫马上就会美女权力唾手可得，谁会稀罕你这样一个中毒的臭女人，我会带走夕颜的，既然你一心要给君家寨陪葬，那就去死吧，你这个蠢女人！”

我跌坐在地上。

他对我大吼着，眼中的伤痛恨意难消，毅然决然地转身跑开。我看着他的背影，忽然想起那夜上元节，非珏最终也是离我而去，夜风拂乱了他的红发，那发梢挡住了他慌乱得没有一丝聚焦的眼神……

这一回，大哥二哥也不可能会像天神一样出现救我了，都走了……

我懒懒地站起来，抬头望向那明月中天，清华四射，不由想着，大战在即，非白，你又在做什么呢?

雾里看花花不发，碧簪终折玉成尘。

今生今世，我俩恐是到死也不得再相见了……

风拂起我的一缕乱发，却贴在我的脸上，我这才惊醒，脸上早已是一片湿透。

我举起袖子默默地擦干眼泪，平静了内心，坐下来继续静默地削着箭头。

柔肠一寸千万缕，往事伤魂泪千行。

第二十章

风定落花深

我们连夜做好了弓弩，拉到一线天那里，落花坡的陷阱阵也有了起色，计划中的最后一步，便是如果一线天和落花坡都不起作用，便将计就计地把他们引到寨子里，那里有库存庆丰收以及过年用的爆竹，我们把竹子和铁片绑在一起，亦可以将他们一网打尽。

这几日段月容没有再出现过，我想他可能已经开路前往南部苗疆了。好几天没见夕颜，我心里好想她，夜里也总是梦见夕颜流着口水对我笑疯的小脸。真想再抱起她肉鼓鼓的小身体，再摸摸她肥肥的小手，再闻闻她身上的奶香，也不知夕颜有没有哭着叫爹爹。

这一日，大战前夕，我正在削竹箭，龙道忽然唤我到族长那里去，说是有要事商议。我诺了一声，跟在他身后，一路上却见家家灯火通明，心中一声长叹，这个不眠之夜，又有几人能安心而过呢?

到了祠堂里，族长正凝视着祖宗的牌位默然不语。我上前对族长一躬身："族长，莫问前来，请问何事吩咐？"

族长回过头来，对我一笑："今天想对先生说一件要事。"

我正要问什么事，族长说了句跟我来，便带我进了一间暗房。房里有一张长长的供桌，桌上摆着香案、烛台，桌上方正供着一幅微微有些发黄的画，画中一个俊美的青年，衣带当风，栩栩如生，对我们和蔼地微笑。

我疑惑地看着，这画中的青年为什么看上去很眼熟啊?

族长给那幅画恭敬地上了一炷香，对我说道："连日来莫先生为我君家寨，出了这许多好点子，定不是普通人。"

我摇摇手："族长谬赞了，莫问只是有些鬼主意罢了。如果没有君家寨的救助，莫问妻女早就命丧黄泉了。"我向他一躬到底。

族长看着我的眼睛说道："莫先生不是君家寨的人，其实完全可以同小段王爷一般离去，可是莫先生留下来同我君家寨同生共死，现在在我们先祖的恩人面前，树涛代表族人向莫先生道谢了。"

我大吃一惊，不由后退一步，愣在那里。心想这个族长是何时发现的呢？可是现在大战在即，我若再相瞒，也说不过去了。

当下，我羞愧地跪倒在地："对不起，族长，说到底，都是莫问同小段王爷将胡勇引入这兰郡的，族长请责罚吧。"

族长微微一笑，长叹一声地扶起我："先生给娃娃们上课时，我便觉得先生不是一般人。"

我不由问道："请问族长是如何识破小段王爷的？"

族长苦笑连连："小段王爷装得再像，可是他……唉，翠花这孩子！"

原来是这样的，段月容的远交近攻策略生效了，女孩子们开始为紫眼睛的朝珠鸣不平，同情她，反而开始排挤君翠花。君翠花终于忍不住了，专门找了一天在半道上等着要痛打一顿段月容，没想到发现了段月容的真实性别。

君翠花痴痴迷迷地回来，经不住盘问，告诉了族长，族长便要她万不能透露半个字。

"既然小段王爷扮成了女子，恐怕莫先生是个女子吧！"族长对我微笑道。

我讪讪地点头道："欺瞒族长，莫问死罪。"

族长一摆手道："姑娘蕙质兰心，想要保住自己一家人的性命，何罪之有？更何况，姑娘舍命陪着我们留在君家寨，真是高义之人啊。"

我惭愧道："莫问只想为君家寨尽一份力，万不能见死不救。"

族长炯炯有神地看着我："那树涛有个不情之请。"

"族长但讲无妨。"

"我君家寨自先祖一代获罪于轩辕氏，幸恩公救出京师，其中一支迁到此夜郎之地，既然姑娘如此仗义，树涛想请姑娘入我君氏族谱，助我君氏族人不受外侮。"

我愣在那里，心想莫非族长是想等有一日豫刚家重新得势，便可让段月容看在我同族长的面子上照拂君家寨吗？

我摇摇头："族长好意，莫问不敢推辞，却不能答应。"我继续说道，"不瞒族长，莫问是西安人氏，与段世子是敌非友，将来终有一日是要回中土的，到时若与段世子兵戎相见，恐对君家寨不利。"

族长上前一步，诚恳道："姑娘错了，树涛并非势利小人，这幅画乃是我君家祖先的大恩人，我们族人是迁到这兰郡才改姓君姓，是感念恩公的君子之谊。姑娘高义，树涛亦想若能使姑娘成为君家寨的一员，一来可安抚君家寨的人心，二来姑娘又是天下奇人，树涛无能，垂垂老矣，希望姑娘能在有生之年，帮助君家寨平安度过这乱世，亦算是我君树涛对得起祖先了。"

我心想，明天在战场上凶多吉少，整个君家寨能活多少人也是个未知数，算了，先安抚一下老族长的心吧。

我便点头答应了，但是请族长替我的女儿身保密。族长大喜，当下应了，表示只要我不同意，这便永远是他一个人的秘密。

他摆了香案，准备入族仪式。好在这个仪式相当简单，也可能是战时的需要，他只是拉着我磕了一个头，然后便将我的名字"君莫问"三个字加在了族谱里面。

族长小心翼翼地拉开族谱说道："这便是我家族第一代的祖先之名。"

我上前一看，愣在那里，那第一排的名字竟然是司马晴绍……

司马，司马?

我低下头，却见那族谱的右下角画着一朵极小的紫色西番莲。

生命中有多少偶然的相遇，和那必然的结局呢?

族长激动地说着他们的恩公姓原，名理年。

原来是这样！司马莲说过，他们家族中的一支留在暗宫为原家看守紫陵宫，而另一支却迁居南岭之地，我抬头再见那画中人，果然同紫陵宫前那飞天笛舞壁画中的吹笛男子长得一模一样。

同是司马家族的人，却有着截然不同的命运，一支永远囚禁在阴暗的地下宫殿里，野心与渴望蠢蠢欲动，另一支却在南岭自由自在地享受世外桃源。然而，无论哪一支，最终都逃不过命运的一只手，都躲不过那残酷的乱世风云。

这一天，我也终于明白了，我花木槿也从来没有逃过命运这只手。于是，我坚定地望着老族长，朗声说道："族长，请放心，君莫问定会拼死保护君家寨。"

永业三年八月十一，爬在百年大树上的元霄，看到了绣着胡字的旌旗，便回来报说，敌军领头一人，满脸横肉。

我也爬到树上看了看，正是胡勇，军队后面拖着好几只箱子，应该是这几天掠来的财物，再后面是士兵看守的俘虏队伍，长长的不见尾巴。

我们按计划安排妇孺先躲进山中隐蔽的落脚点，那里已存储了足够的粮食，除非我们去接，否则他们不可擅自出来。

我们开始进入战争状态。前往君家寨的途经之地全是原始森林，我们蹲在事先准备好的哨楼上，果然发现队伍往我们这里而来。我俯在高地，却见胡勇派了约有几百人前去。我用叶哨吹了一种鸟叫声，对操持弓弩的人传递不要放箭的信号，这应是探虚实的哨兵，果然那几百人到了一线天，发现没有埋伏，而且看到了君家寨的影子，便又回去了。

已是午饭时间，正是炊烟袅袅，胡勇的长队如长蛇般向君家寨前进，这回是胡勇的大部队正式开始挺进，只听那胡勇大笑说道：“众军士往那家寨子去玩个痛快。”于是大兵压境了，进入了一线天。

这一日太阳热辣，我向天伸起手指，感觉风势偏向东南，正合我心，不由暗中欣喜，老天总算也助我君家寨。

我拉上面罩，又吹了声叶哨，隐在树丛中的众人也跟着肃然拉上面罩。

胡勇大军的中间部分进了一线天，我将木箭放在油桶里蘸了一下，点燃火折子，张弓射出第一箭。

那一箭射倒旌旗，穿透护旗小兵的胸膛，我方第一批弓箭手开始放箭。

竹箭木箭和巨石块如雨疾射，胡勇的军队开始乱了。我们把十来桶热油往下倒去，惨呼连连中，我们继续射着火箭，火借风势，向胡勇的后面燃烧过去。

我仍然不停地疾射，当第一轮进攻结束的时候，一线天里已经堆满了烧焦的尸首。

胡勇的军队没有办法前进，军队只得吹出了撤退的号角，在羽箭中，军队向后撤退。君长叶队长欢呼大叫，众人也是振奋不已。

等胡勇的军队撤远了，我指挥众人下去搬尸体，将未及烧毁的兵器拣出来，以作备用。大家捡了小山那么高，数了一数尸体，不想六百“乌合之众”竟然杀死了胡勇军士的四千之众，众人都很兴奋。

这一晚，族长宣布了我加入了君家寨的消息，正式赐我为君姓。

我怕胡勇可能会偷袭君家寨，所以还是派了十个人到落花坡去等候。

过了好几天，胡勇没有前往君家寨，打探消息的人看到胡勇先绕道到隔壁山头的土家去了。

我想，胡勇前往土家寨可能有两层用意，一是不知君家寨的底细，前去向土家头人打听君家寨的信息，另一层意思可能是前往土家寨去补给。如果按照段月容的预计，不知胡勇的兵士会不会在土家寨放肆行凶。

我派了二狗子前去查探，果然回来报说，一开始土家寨众人对胡勇很礼遇，可是胡勇的兵士喝醉了酒，强奸了寨中好几十个妇女，胡勇也猪油蒙了心，侮辱了土家首领的一个漂亮女儿，土家寨想把胡勇给收拾了，胡勇已先一步放火烧了寨子。胡勇现在已经霸占了土家寨，把那里的男人变成了奴隶，女人变成了营妓。

我想了想，当下便给各寨头人写了一封《论保卫兰郡家园檄文》，文中重点描述了胡勇的恶行，希望各寨联手抗击胡勇，保卫家园，然后派人将联盟书往各个山寨送去。

遗憾的是还没有等各个山寨回信，胡勇已休整完毕，再一次向君家寨发动了进攻，这一次他绕过一线天，取道落花坡。

当时老族长在地形图上一指此处报了坡名，我便打了一个哆嗦，然后决定在这里埋下第二个陷阱。

我们等在落花坡上，我对长叶比了比手势，便蒙上面，抄小路来到胡勇军队的上方，一手拿出箭，射掉第一处吊绳。机关被启动，巨大的竹排飞过来，钉死了无数的士兵，我依然占领高地，指挥着众人浇热油用火攻，这一次胡勇可能也铁了心要攻君家寨，后面击着进攻的战鼓，幸存下来的士兵继续向君家寨攻来。

我们准备好的陷阱起了作用，无数的士兵掉入满是锋利竹仟子的深坑中，竹箭和木箭也同时在上面飞舞，还有孩子们的毒物坑也不停地吞噬着南诏兵。沿歌这小子也不知道从哪里捉到几只野猪，赶到一个小坑里，也起了那么点作用。

胡勇的军队死伤很重，我命人开动弓弩疾射，胡勇的部队不得已撤退。

过了一会儿，稍事休整又开始进攻，我们的弓弩和手榴弹开始在空中飞舞，爆炸声连连，血肉横飞，惨叫连连。

就在午时，战事的一个转折点出现了，老天爷阴下脸来，然后哗哗地下起急雨。我继续在高处射着箭，可是手榴弹和火药发挥不了很多作用了，胡勇的士兵有了机会向我们还击。

我在坡上射着箭，这时忽地有人向我射来一箭，我一侧身，重心不稳，加上大雨，将我所在的泥土也冲松了。我不由得跌了下去。

我听到有人大声叫着莫先生，我的喉间血腥涌了出来，南诏兵的长刀袭来，我一猫腰，头巾和蒙面的破布被削掉了，长发迎风飘荡，南诏兵发出一阵惊叫。

一个将士高叫了几句南诏话，本来对我举剑的南诏兵便将我押到那个将领面前，那个将领看着我，眼中闪着不可思议，又将我拖到胡勇那里。

胡勇细看了一阵，终于认出了我，大声喝道："原来是你。"胡勇惊叫连连，然后发出一阵大笑，"花木槿，你是那西安城原非烟的替身，果然地狱无门你偏行。"他一把抓住了我的前襟，"天下传闻，你已经归降了段月容，那妖孽在何处？"

我冷笑："你几十万人马，却抓不住一个段月容吗？"

"你这贱人，快点说出你那相好的在哪里，不然我让我的兄弟玩死你。"

我冷笑道："胡军帅，你可知道有一句话吗？"

“生命诚可贵，爱情价更高，若为自由故，两者皆可抛。”我猛地一踢地上的一块小石，小石准确地跳进了他的左眼，他大叫着放开了我。

我摔倒在地，捡起地上的大刀，发疯地砍着周围的士兵。可是毕竟人多我寡，不久，我被人按在地上，大雨滂沱，仿佛验证人间惨剧的发生。

我看着老天，嘴角那一抹嘲笑不变，我被人架了起来，抬到胡勇那里。胡勇捂着一只眼睛，赏了我两个耳光，我眼前金星不断，血腥气不断地从喉间涌出。

“老子要干死你，然后把你点了天灯，让你暴尸荒野……”他在那里唠唠叨叨地讲了半天他将要对我的惩罚，好不容易说完了，他罪恶的手伸向我的胸前……

我闭上了眼睛，心中默默地说着：“宋二哥，对不起，木槿不能履行对你的承诺了，这个世道太苦了，木槿只好选择有尊严地死去，解脱苦海。”

我的牙齿抵住了我的舌头，准备咬舌自尽，正在这时，一颗小石子打了过来，不偏不倚，打在了胡勇的毛手上。力量并不是很大，却足以引起南诏兵的注意，所有人都向那石头来处望去。

只见小土坡上站着一个一岁多大的小女孩，脑袋上歪戴着一只老虎帽，一手牵着烧了一半的兔子灯，单眼皮的小眼睛睁得大大的，肥短的小手抓着石头往下慢慢地一颗一颗地扔向胡勇：“坏人。”

夕颜，是夕颜。我无比惊骇，肝胆俱裂。

段月容不是把她带走了吗？难道是、难道是段月容半道上把她扔下了，她自己又回来了？想到这里，我怒火中烧。好你个段月容，你简直不是人，我花木槿怎么会错信你，看在你也曾对我痴迷的分上，会救夕颜一命，你这个禽兽！

我放声大叫：“夕颜，你快跑啊。”

可是夕颜没有动，反而摇摇晃晃地向前走来，继续扔着小石子：“坏人……放开爹爹……打你……坏人。”夕颜贫乏的词语宝库里对于坏人，可能只有“坏人”两个字。

胡勇大怒地跑过去，正欲一把拎起夕颜：“小毛孩子，活腻味了，这个君家寨的人都是疯子……”

一支长枪，劲道极大地射过来，胡勇不由自主地往后退了一步。

“不要用你的脏手碰我的女儿。”一个声音冷冷地传来。

我的心脏再一次受到刺激，这个声音、这个声音是段月容？

我循声望去，却见段月容恢复了一身白族贵族少年打扮，耳着银钉，乌发披散，在风雨中飘扬。天人的颜上依旧挂着一丝嘲笑，他手中拿着那把森森的青龙偃月刀，高贵如君王，睥睨着胡勇，紫瞳盛满鄙视：“这个老天爷真是没有天理，像你这种肮脏的肥猪竟然活到现在。怎么，你替光义王反了我豫刚家，为何他反而抽取了你五分之四的兵力，只给你一万兵马来打这鸟不拉屎的瘴毒之地？”

胡勇肥脸通红：“你这妖孽，只怪上次让你逃了，今天抓住你，大王必会给我重赏。”

他正要露出凶相，却不想段月容猛地踢出一脚，胡勇吓得退了一步。段月容的脸上露出许久未见的阴狠笑脸，恶狠狠道：“这是我的寨子，我的女人，我的孩子，你竟然敢痴心妄想地来糟蹋这里！胡勇，你现在退下，我或许可以赏你个全尸，不然我就挖出你的心肝，来给我父王下酒。”

胡勇的眼中露出骇然，他又退后一步，壮着胆子大声道：“弟兄们，这个紫眼妖孽，是光义王悬赏要抓的人，大伙只要抓住他，便可加官晋爵。”

段月容大声道：“南诏将士们听着，光义王骄奢淫逸，残害忠良，昏庸无道，我父王马上就要打回叶榆，奉迎天道，诛杀昏君！若是尔等降了本宫，便不杀尔等，否则定将尔等抽筋剥皮，全部点天灯！”

正当南诏兵犹豫间，一阵喊杀之声传了过来，南诏兵人心惶惶：“豫刚王爷的大队人马来了，快逃。”

段月容一个箭步蹿来，抓住夕颜，同时将偃月刀射向我最近的一个士兵，正中胸口。

我甩掉周围的士兵，向段月容奔去，他一把抱住我和夕颜，向旁边的山石滚去。立时，流矢又射了下来，本来南诏兵人心不齐，人马争相践踏，死伤大半。

我的心振奋起来，这段月容是什么时候同族长商量好了来救君家寨的？

过了半个时辰，流矢之声渐息，山上喊杀之声大起，却见君家寨的老少都跳了出来，拿着铁锹、锄头，旁边还夹杂着少数民族兵士的身影，向剩余的南诏兵打去，我好像还看到了翠花的身影。

段月容捡起地上的偃月刀，向战场冲去。

这时，龙道过来了：“莫……先生，你的计策生效了，那些寨子的头人们看了你的檄文，都不愿意看着胡勇再来糟蹋盘龙山，半炷香前，黎家、侗家的人由布仲家的多吉拉少爷领着来救、救……”

他看到我长发披散，衣衫破乱，而段月容一股男儿英气，显然很懵懂。

我笑笑，把夕颜交给他：“你不要加入战圈，帮我把夕颜带到安全之处，好吗？”他愣愣地点点头，抱着夕颜离开了战场。

我拿起一柄大刀，也冲向战场，渐渐杀到战场的中心。

胡勇似乎发现了段月容有些不济，振奋道：“弟兄们，不要怕，这妖孽果然武功尽废，不要怕，这些不过是些普通汉民，还有布仲家的流寇，不足为惧，冲啊。”

我虚晃一刀，同段月容背靠背，我问道：“你为什么回来？”

他哈哈一笑，潋滟的紫瞳豪情涌现：“如果不能保护自己的女人，还谈什么有尊严地活下去。”他微微一顿，赞道，“你的那篇檄文，文采不错。”

我的内心一热，更加奋力拼杀了起来。

眼前的南诏兵不断向我们冲过来，我喉间的血越涌越多，手上的刀仿佛有千斤重，耳边响着一片嘈杂的声音：“活捉段月容，活捉花西夫人。”

这个场面就好像永业三年我做原非烟的替身，无数的南诏兵前来袭击我。

我的怒火从心底涌起，谁给了你们权力来抓我的，谁给你们权力来毁灭这个美丽的盘龙山，来破坏这里的平静，难道你们都没有妻女，没有双亲吗？

我一边杀一边又跑到了落花坡高处，抹了一下嘴边涌不尽的鲜血，大声叫道：“朝珠。”

段月容立刻捡起一个箭袋和弓扔给了我，我抽出长箭，又开始了疾射。

箭过留声，惨叫不绝，转眼箭袋已空，只剩下最后一支箭，眼前一片血色，我的双腿软了下来，跪坐于地，脑中全是当年一千子弟兵惨死的样子，难道我今天又要重见这一悲剧了吗？

一阵布依人的急哨吹来，我们所有人的精神振奋了，只见多吉拉骑着高头大马又带着几千勇士闯进了战圈。

可惜我只能手持弓箭，一手撑着大树不停地喘气，只觉自己好像在不停地飞，仿佛越过了千山万水，越过了田野丘壑，越过那樱花林下，却早已不见了非珏，唯有红影坐在华丽的突厥牙帐中，身穿王袍，睥睨天下……

我的眼前渐渐清晰了起来，一灯幽灭下，一个天使般的美少年，左肩绑着渗血的纱布，气息微弱地躺在阴暗的宫殿深处，口中喃喃地呼唤着木槿，而一旁一个美髯公满面泪痕，沉声痛呼三爷。

我的泪如泉涌，柔声呼唤：“非白醒来，非白醒来啊。”

那美少年似是听到我的轻唤，睁开了如星的眸子，满含着痛楚地问道：“你究竟在哪里啊？快归来啊，莫要再离我而去了。”

我轻轻笑道，抚上他苍白的病容：“莫要再担心了，自始至终都未曾离去，又何谈归来，木槿一直就在你的心中啊。非白啊，连木槿自己也不知道啊，原来木槿的心里早已驻满你的影子。”

少年的眉间松开了愁云，眼中柔情涌动，吃力地提起一只手，想拉住我，可是我忽然被一股巨大的力量吸走了。我浑身剧痛，却不及心的惊痛，只能死死地看着他的星眸装满绝望的痛苦。

我究竟在哪里，谁在唤我，是非白吗？我勉力睁开眼睛，却见眼前一个少年，血溅满身，手提一把偃月刀，紫瞳灿烂，充满嗜血的残忍，然而那双本应残暴绝情的紫瞳里却有了一丝柔情、一丝恐惧。他轻声呼唤着我的名字，颤抖不已。

我惨淡地笑了，用尽浑身最后一丝力气，扶着旁边的樱花树，将最后那支弓箭架上，向他举了起来，心中有着说不出的快意，我终于可以做一件一直想做的事情。

他的紫瞳如遭电击，身后有人似乎砍了他一刀，血溅满身，然而他却如没有知觉一般，只是痴痴地看着我，咽气吞声："木槿。"

我微笑着拉满了弓，说出了一直埋在心底的一句话："我不愿意在来世路上伺候你。"

半窗残月，最是离人泪。

那恨如覆水，箭如流星，直射紫瞳。

而那双紫瞳盈满了极度的痛苦和绝望，是何等让人心碎啊！

他缓缓地合上了紫眼睛，任那长箭穿过他的耳际，擦破了耳垂，戳入了背后偷袭的胡勇。

紫瞳再一次睁开，却是另一番光景，年轻的紫瞳星光璀璨，激情难掩。我有一种想笑的冲动，终于也狠狠地折磨了这个妖孽一番了，可惜我的笑意凝结在我的脸上，黑暗中我感到一种从未有过的解脱。

好累啊，我轻轻叹息着，倒了下去。

我躺在一个血腥的怀抱里，有人在狂呼着我的名字，可惜我实在动不了了，对不起。

对不起，二哥，木槿很没用地死在南诏的国界了。

对不起，碧莹，我不能到戈壁黄沙去看你了，只望你在黄泉路上等我，我们结伴一场，理当同行。

对不起，大哥，我不能同你泛舟碧波了，以后不知还有何人年年为你纳鞋，为你祈祷平安。

对不起，锦绣，我这个姐姐总是做得很失败，希望有一天你为人母时，能比我成功地保护自己所爱的亲人。

对不起，初画，我看不到你的宝宝出世了，想来夕颜同他或她一定能成为好朋友。

对不起，非珏，我不能遵守我们的誓言，等到重逢的那一天。我花木槿好生对不起你，若有来世，我定当生死相随。

对不起，非白，如果没有锦绣的话，也许我会有勇气说出对你的真实感情；如果我没有被前世糟糕的经验很没用地吓住，也许不会这样一次又一次地伤害你；如果我没有中生生不离，也许……唉，我们之间总是有这么多的如果，这么多的也许，所以幸福在手边时，我没有珍惜，现在后悔，为时已晚。

然而如果我还有最后一个如果的话，我想说，如果能再见到你，我一定要狠狠地吻你，然后得意地用前世一句很俗的话告诉你：如果要在“I love you(我爱你)”这三个字前面加上一个时间，我想那应该是一万年。

对不起，段月容……我实在想不到有哪个地方我是对不起你的，反而是一大堆你对不起我。哦，对了，再有来世，千万不要选我在来世路上侍候你。还有，我不该打你的，也不该笑你的绣功，其实我一直很想告诉你，我第一次绣鸳鸯时，碧莹很认真地夸我帕上的摇铃草绣得好……

一时间，我实在想不出还有谁我要忏悔，只是觉得滚烫的液体一滴滴地落在我的面上。是谁在哭呢？可是对不起啊，我实在太困了，没有办法来安慰你了。

好困啊……

莫愁湖里，碧叶连天，盛放的荷花逶迤绿波之上，白云在晴空漫步，湖心亭里，一个天人少年身着家常如意云纹的缎子白衣，髻上插着一支东陵白玉簪，夏蝉嘈切的暑意，却无法损其一身贵气，飘飘欲仙，他的玉手握着一支狼毫毛笔，在宣纸上行云如水。

我在对面正襟危坐，忍不住轻轻打了个哈欠：“三爷，还要多久啊，木槿快坐不住了。”

他对我展颜一笑道：“快画完了，莫急，马上就好了。”

一个满脸青春痘的小少年蹦蹦跳跳地从远处过来，一近湖心亭，立刻放慢脚步，毕恭毕敬，口中却乐歪歪地说道：“木丫头，你再忍一下，本已够丑了，小心爷再把你画得更……”他脑袋微伸，一呆，“爷画得真好啊……”

我抿嘴一笑，对面的天人少年也对我一笑，凤目满是柔柔的宠溺：“好了，木槿，我画完了，你且歇息一下吧。”

却见那小少年看看我，又看看画里：“呀！三爷，这画里的木丫头明明就是木丫头，却是好生漂亮啊。”

我打了一个哈欠，在亭椅上倚了下来，好困……

我昏昏欲睡地想着，终于可以睡一会儿了，待会子醒了，就去看看那画……

番外一

燕子楼东人留碧

俺出生于元武元年五月，山东聊城一个叫牛头镇的小地方，然而俺生长的地方却是牛头镇这个小地方最热闹的，也是牛头镇各种各样的男人最向往的地方——丽春院。

俺娘正是丽春院中的头牌花魁于晚晴，据说她的艳名曾一度令牛头镇这个小得不能再小的镇，一夜之间在聊城乃至整个山东府，都十分的出名。而俺娘的恩客里头，小到地方财主，大到某些不愿透露身份的大人物，应有尽有，于晚晴三个字，红得发紫，如日中天。

直到有一天，县令为了讨好平鲁将军，说服俺娘进了将军府献舞。

平鲁将军惊艳，因此俺娘被强留在将军府中三日。等俺娘被放出来的时候，人已被折磨得奄奄一息。她浑身青紫，小腿被折弯了，从此无法再登台跳那曾经被无数骚人墨客吟咏赞叹的宝和曼妮舞，连走路也成了问题，而最糟糕的是，那曾经号称山东第一美人的鼻梁骨，被硬生生地打断了。

一朝红颜尽，半生恩情绝。平时同俺娘日夜山盟海誓的骚人墨客们，大骂平鲁将军几句，便拂袖而去。在这武人专政的年代，那些所谓无所不能的恩客中，自然无人敢为俺娘出头，陆陆续续消失在俺娘的生命中，不再出现。俺娘也从头牌落到了任何一个满口黄牙的贩夫走卒都可以玩弄的下等贱妓。

正当她准备了一根绳子，早早超生也好去见俺的外公外婆时，被她的姐妹、我未来的干娘们给救了下来，并且意外地发现腹中有了一条新生命。

孩子，永远能不可思议地给女人无限的勇气活下去，哪怕那个女人甚至不知道谁是这个孩子的父亲。

俺娘历尽了千辛万苦，终于熬到了临盆时分，却偏偏遇到难产。老鸨怕一尸两命，给丽春院带来晦气，狠心地将她扔在柴房里。幸好头牌花魁红翠，曾是俺娘的丫鬟，她为俺娘找了产婆，俺娘在最痛苦的时候，恍惚间看到了一群金燕子在她身边飞来飞去，然后其中领头最大的那只冲进她的肚子，然后俺猛地一下子钻出她的身体，落在她平时接客的破毯子上。

俺的出生给俺娘和丽春院所有的姑娘，带来了前所未有的喜悦和激情，她们纷纷拿出自己的体己给俺娘和俺买吃的穿的，争着来做干娘，轮流来看俺、抱俺。就连一直冷言冷语的老鸨也对俺的小黑脸爱不释手，因为俺老是呵呵傻笑着。

于是俺在干娘们的脂粉堆里不时撒娇邀宠，在浪声淫语中一天天长大。在诸位干娘的照顾下，俺发育得奇快，比同龄男孩要高一个头。俺十岁时，个头就长得和俺娘的肩一样平了，这在平常人家是再好不过了，可对于一个在妓院长大的男孩，却有些尴尬，老鸨开始同俺娘商量俺的去留问题，于是她们决定让俺成为一个琴师、厨子，或是学着唱戏。

然而，丽春院里所有的古筝都被俺天生粗壮的手指弹断过，俺还是没有学会。

丽春院的厨子委屈地向老鸨投诉，说是俺把厨房里的碗都敲破了。

不过俺很得意地对老鸨说，俺对戏曲还是很有天赋的。这一日，红翠姨嗓子不舒服，便让俺前去给她的熟客唱一出。这是俺第一次登台，乐得俺屁颠屁颠的，俺精神抖擞地进去，斗志昂扬地那么一亮相，撒开嗓子这么一叫，红翠姨那位金主子——五十开外的赵员外，吓得一下子蹦得老高，然后直挺挺地倒了下去，再也没起来过。

丽春院上上下下都很害怕，就怕赵家的人来闹，好在赵府的十几房姨太太和少爷小姐们为了争家产忙得不可开交，根本没空来理丽春院。

但是，这件事还是让老鸨悲愤地意识到，把俺培养成摇钱树是不可能了，俺便开始学另一门手艺，打手。

岁月便在俺懵懵懂懂地听着打手们唾沫横飞地评论着姑娘们香艳的床上功夫中，过了一年又一年。

这一日，一个军爷进了俺娘的房，一会儿俺娘的惨叫之声便从屋中传出。因为是军人闹事，众打手不敢前往，俺娘又是个少有贵人来往的老妓，故而无人前去解救，只有俺不顾阻拦地冲进去，只见那直娘贼正狞笑着骑在俺娘身上，拿马鞭狠狠抽打俺娘。

那一年俺十三岁，个头已经和一个十六岁少年一样高大了，俺第一次感到一种要燃烧起来的愤怒。俺上前把那直娘贼打得牙齿崩裂，头破血流，一路淌着血逃出了丽春院，显示了那几个武师对俺的教导有方，然而却把丽春院前来找乐子的客人们吓得逃了大半，五个打手好不容易才把俺制住，不得不用绳子捆住俺，锁在柴院里好几天才放出来。

可是俺娘看俺的眼中第一次有了恐惧。很多年以后，俺把这段埋在心底的往事只告诉了一个女孩。出乎俺的意料，她没有俺想象中的害怕，狡黠的眼中反而闪烁着兴奋，她说这叫热血沸腾，俺这么做就对了，俺绝对是最有血性的孝子。

俺从柴房里出来的那一日，鸨母又令俺改行，让俺做了最最基本的工作——龟奴，俺娘眼中的恐惧也愈加深厚起来，因为俺长得越来越像那个毁了她一生的平鲁将军。

俺成了丽春院史上最年轻的龟奴，直到有一天，一个下巴长着大痦子的女人扭着腰肢来找老鸨叙旧。她便是最具传奇色彩的人贩子陈玉娇，据说她年轻时也曾是丽春院里的红妓，后来爱上了一个书生，她把本来用于赎身的所有积蓄拿出来，供他读书上京赶考，中了进士，然后一如所有风尘女子书生恋的故事结果，那书生自然而然地负心，想娶一个身家清白的女子，不想陈玉娇辱没了他的门风，便着家人还了她借给他的钱。

陈玉娇不哭也不闹，只是淡淡地收下了银子，替自己赎了身，然后悄悄尾随那个家人到了京城，就在那个书生的婚礼上当面怒斥书生的不义，然后当着众多宾客的面取刀要抹脖子。

她奇迹般被一个原姓贵人救了下来，然后匪夷所思地成了一个人贩子。

那陈玉娇同老鸨密谈了一会儿，又专门前来看了看蹲在墙角笼着袖子取暖的俺，便对俺娘说俺有贵相，而西安原家正在招少年做护院子弟兵，有吃有住，能习文练武，还有月钱，若是将俺送到原家，将来指不定能出人头地，必然好过讨个老妓，一辈子当个龟奴。

俺娘被陈玉娇洗脑之后，怔怔地坐在屋里，流了一夜的泪，最后决定将俺交给陈玉娇。那陈玉娇要给俺娘钱，她却反把这钱和平时积攒的几两碎银子，塞进了陈玉娇的手中，一定要她为俺在原家主子面前说些好话。陈玉娇怔怔地看着俺娘丑陋的泪容，摇头叹息道，又是一个苦命人哪。

在丽春院的那些干娘和俺娘的哭声中，陈玉娇领着俺上了牛车，里面空空如也，没想到俺是第一个。然后陆陆续续上来了好多孩子，那些小孩都比俺小，而且一个个毫无个性可言，总是不停地哭，尤其是那个叫齐放的，每次一有什么动静就带头哭，还要抱着俺，絮絮叨叨地问俺，为什么他爹娘不要他了。

这俺哪里知道。每一次他们哭，俺都会想俺娘和俺的干娘们现在过得可好，是否还会有龟孙子的客人来欺侮她们。俺的心中好生难受后悔，在走以前没有再替俺娘揉揉腿，她的腿在阴雨天气总要发作，疼痛难忍的。可是那时俺只是忙着赌气，不理她流着泪和俺说话……

可另一方面俺又很怨俺娘，她既然决意要送俺走，那为何当初还要千辛万苦地生下俺呢？

到了江苏府，梅雨钻入牛车，让习惯北地的我感觉甚是难受，雨丝纷纷中，一个二道人贩子谄媚地送来一个面目清秀的男孩和一个美丽的小女孩。那个男孩看上去和俺差不多大吧，倒是万分镇定，不似一般孩子。他身边还站着一个二十多岁的年轻女子，那女子衣着破旧，但气质却十分高贵，不像是小户人家出身。而那小女孩一脸冰冷，身上还穿着孝服，头上戴着白花。

年轻女子面色冰冷地给他怀里塞了个包袱，那男孩站在牛车上，向那个美丽的小女孩伸出手，让她搭着他的手上了牛车。小女孩美丽的脸不易察觉地一红，原本死灰一般的美目也闪出一丝光芒，然后就在那个男孩钻入帘子的一刹那，年轻女子那冰冷的脸出现了一丝悲戚，她出声唤道："石郎，你、你要多保重……俺们家就全靠你了。"

那个男孩回过头来，看着那个女子，眼中沉痛森冷，像个大人似的叹了一口气，下了牛车，打开油伞，递给那女子："姐姐快回去吧，莫要被雨淋湿生病了，石郎会照顾自己的。"

然后他微微一点头，抱着包袱上了牛车，目光冷静地扫了一周，坐在美丽女孩的身边。

俺的好奇心上来了，乘那牛车颠簸的时候，便乘机硬挤到那一男一女当中去，俺双手笼在袖中，想同那大人似的男孩搭讪，可是他惜字如金，死也不肯说半个字。回头又和小女孩说话，她却用异常防备的目光看俺，瑟缩着微微推拒俺前倾的身子，吓得连名字也不肯说。

嘿，俺这张干娘们、打手们、龟奴们、恩客们人见人爱的脸，何时变得如此不吃香啦？！

俺讨了个没趣，郁闷地又颠回了他们的对面，睡得正迷糊的齐放又哼哼地挤过来，挽着俺的胳膊，甩都甩不掉，于是俺只能更郁闷了。

俺们又颠了几个月，来到建州一个叫作花家村的地方。此时的建州刚刚经历水灾，别说花了，就连草也看不到几棵。

俺正透过窗帘张望间，只听到外面一个脆生生的声音老到地和陈大娘讨价还价，俺撩开门帘，偷偷往外看，只看到阳光下，一个紫瞳的绝世小美女正蹲在地上无助地抹着眼睛。俺暗叹一声，如此美女，若是在俺们丽春院，不出五年，成为烟海名妓，想必是指日可待。

紫瞳小姑娘万般依赖地看着一个拖着长辫子的小身影，那个小身影正仰着脸在同陈玉娇说着，陈玉娇的脸微微有些吃惊。

那小身影忽然转过身来，阳光在她的身上笼着光芒，她灵动的墨瞳转向了俺，她的外貌比起她身边那个紫瞳女孩要逊色许多，然而那双清澈的妙目，无限狡黠却又透着无比的坚定。她的眼睛在俺脸上转了一圈，又转了回去，俺的心不由自主地一动。这明明是个只有七八岁的小女孩，为何她的眼中仿佛沉淀了几十年的世情，仿佛她的明眸比在丽春院里干娘们和俺娘的双目还要深沉明晰，于是这一日，俺遇到了俺一生的冤家。

俺的冤家拉着紫瞳小美女上了牛车，见俺傻傻地看着紫瞳小美女，大大方方地对俺唤了一声，告诉俺她姓花，名木槿，木槿花的木槿，而紫瞳小美女叫花锦绣，是她的孪生亲妹。

自从花木槿上了牛车后，车上有了生气，俺也有了说话的对象，便大声告诉她俺的名字叫于飞燕，然后就看她的小脸呆在那里。俺有些心虚地缩回了胸脯，想起俺娘千叮万嘱叫俺不要说出俺是从丽春院出来的，免得惹人轻视，误了前程，谁叫俺“于飞燕”三个大字在牛头镇里也算是颇有“名望”了，莫非她听说过俺的名字？

她的妹妹偷偷拧了她一把，把她拉回现实，然后她忽地笑逐颜开，开始给俺讲赵飞燕的故事，并说将来俺必能富贵加身，位极人臣。

俺从来不知道俺的名字还能和一国之后联系起来，那些所谓肚子里颇有墨水的客人们都曾笑话过俺的名字太过脂粉气，而俺娘和干娘们便回说这个名字好养活，小鬼来收魂肯定不会注意之类的。

真没想到她会知道这么多，她笑着说话的时候，整张小脸瞬时飞扬起来，俺们所有人的目光都不由自主地为她吸引。就好像若干年以后，在一次重大蝗灾后，她严肃地对我说起，虫子天性喜欢阳光，飞蛾扑火不是因为它看着火光漂亮，而是本能才使它扑上去一般。

于是俺像那蛾子似的，发自心底地感到她的笑容如此温暖，再也无法移开俺的目光。

齐放早早地倒戈，爬到她身边，改抱着她不放，连那个不爱说话的男孩和胆怯的女孩看着她也开了口。直到此时俺才知道，那个男孩叫宋明磊，淮阴人，而那个漂亮的小女孩是浙江淳安人，名唤姚碧莹。

番外二

胭脂梅

元武十二年腊月，天地间银装素裹，白茫茫一片，冻得人眼皮都粘了起来。

花木槿提着刚漂完的衣衫停在溪边，若有所思地看着远处围墙探出的一片嫣红，狡黠的墨瞳转了又转。

一个青衣少年悄无声息地来到她的身后，循着她的视线看去，果然她的目光越过墙头，不停地睃巡在风中微微摇曳的朵朵红梅。

“四妹，这是西枫苑的梅花，你再野也万万不可前去。”

“哦，呃？”花木槿吓了一大跳，手中的竹篮摔下。

少年利落地单手一抄，微笑地递上前去。

花木槿拍拍胸脯：“二哥，你的轻功越来越好了，怎么我都不知道你近我身呀？”

宋明磊替她搓着冻伤的小手，淡笑着：“你可记住二哥的话了？”

花木槿惊愕地抬头看宋明磊，面上一红，恼羞成怒道：“喂，二哥，你不要以为我花木槿老想些偷鸡摸狗的事成吗？我是有人格的！”

“好，就算二哥说错了，不过，”宋明磊淡笑道，“你敢对天发誓，当真没想过要翻墙去摘那些梅花？”

“你、你莫要胡说。”她的脸一阵红一阵白，结巴道，“怎么老知道我怎么想的？”

宋明磊在心里笑了，你是我这辈子最想珍惜的人，如何会不知道你心里是怎么想的？当下却正色道：“西枫苑内有七星神鹤把守，万万不可动这些梅花的念头。”

她扁着嘴看了宋明磊一阵，然后笑靥如花，毫无诚意道：“知道啦！”

宋明磊与她相视而笑，心说这丫头肯定要怂恿于飞燕那大傻子陪她去采梅花。

宋明磊临走时又劝了半天，她面上还是笑嘻嘻的，眼中却闪着不耐，两只小手硬把宋明磊推开了去，转头却向于飞燕的东营跑去。

宋明磊目送着她的离去，心中却滋生着一丝不悦，为什么她做“坏事”从来不叫上他？

他痴痴地目送着她的身影蹦跳着离开自己的视线，然后感到有人悄悄地接近，他微侧头，平静道：“我要一株百年胭脂梅。”

“啥？”于飞燕一蹦老高，“西枫苑的胭脂梅？”

花木槿使劲一点头，充满了朝气地对着于飞燕大声说道：“宋明磊打听过了，那西枫苑的红梅全是名种梅，尤以那一株龙游胭脂梅最负盛名。相传那是失传近百年的名种，那白三爷喜欢梅花，原将军让人在山野寻访多年，也只得了一粒种子。听说那白三爷腿脚不便，还要每每亲自照料，浇水施肥松土的，整整五年不曾间断。那株胭脂梅虽是越长越旺，却不曾结过一粒花苞，不想今年第一场雪后，那株胭脂梅竟然开出满枝头的花来，见过的人无不惊叹如天上仙花下凡。有一位德高望重的道长访过梅花后还说，这株龙游胭脂是见了贵人方才愿意献上花朵的。那当朝权臣窦氏想以万株芙蓉换那一株龙游胭脂梅，白三少爷宝贝得跟什么似的，就是不给，我们去试试吧。”

于飞燕手搭凉棚，看着在园中悠闲散步的七星鹤，不由咽了一口唾沫：“四妹啊，大哥听说——”

话未说完，花木槿早就半道上截去，兴奋道：“听说现在市面上普通胭脂梅都千金一枝了，若是能摘到一枝，哪怕只有一枝，今年碧莹的医药不就不用愁了嘛。”

于飞燕看着花木槿殷殷的笑脸，又艰难地咽了一口唾沫，使劲撑起一张快乐的笑脸：“四妹啊，戴教头今儿个晌午才对我说来着，那个什么三思而后行……”

含着梅花香的雪花远远地向隐在山坡中的少年少女悠悠飘去，少女开始板着脸只顾发飙，虎背熊腰的少年一脸委屈地猫腰躲着挨训，不时抬眼偷觑那灿烂似火的胭脂梅。

而不远处赏心阁楼上，龙章凤姿的白衣少年，一双狭长的凤目亦正静静地看着那同一株胭脂梅花。

小素辉蹲在原非白身边，细细帮他按了下盖在身上的狐狸皮袍子，一边拨着炭炉，一边担心地看着他那神仙般的主子。

他走到绝色少年身边，循着原非白的视线，叹道：“三爷，今年咱们西枫苑的胭脂梅开得真好。”

原非白没有回答，只是轻轻勾出一丝微笑。

素辉看着主子绝美的笑容，呆了一呆，然后开心地说道：“三爷，现在民间都流传那邱道长私下里对侯爷说的：这株胭脂梅每五百年只为明主方才献上三十朵梅花。三爷，既然这株梅花在咱们原家，又偏在西枫苑开花，莫非那至尊的贵人是您？”

“素辉慎言。”一个青衫夫子走了进来，微微瞪了一眼素辉，轻声道，“那是窦家故意在民间散播的谣言，为了引起天子对我原氏的戒心，你怎的如此不懂事？”

素辉吓得小脸变了色，讷讷地说了几句小的该死，站在一边不敢出声。

“韩先生来了。”原非白在轮椅上坐直了身子。

韩修竹赶紧走过来，压住了他，细细地把了半天脉，然后半蹲在他跟前：“今天天气总算回暖了些，三爷今天的腿好些了吗？”

原非白轻轻道：“无妨，好多了。”正要绽开一丝微笑，忽然腿部开始剧痛，他弓着身子一阵抽搐。猛抽气中，不想一口淤痰堵在喉中，天人的容颜立时憋得通红。

韩修竹和素辉急忙唤三娘和在外候着的医士进来抢救，几番折腾后，原非白的腿抽搐渐缓，也吐出了噎物，大口喘着气，胃中的酸液流入鼻中，痛苦得呛流了半天泪，头一歪便晕了过去。

西枫苑内一团杂乱，谁也没有留意两个小人儿潜进西枫苑。

韩修竹用内功为原非白推宫过气，原非白悠悠醒来，苍白的小脸上没有一丝血色，虚弱的凤目里满是死气沉沉，没有一丝少年人应有的生气，他努力挤出一丝话语：“韩先生……不……要为我白费……力……气。”

精疲力竭的韩修竹暗中把了把原非白的脉搏，立时手脚冰凉。这个少年的脉象实在太弱了，如果今天林毕延再不来，以他的能力和身边的普通医士，恐怕根本无法延续他的生命了。

年幼的素辉似乎也预感到原非白生命垂危，直哭得涕泪满面，完全吓傻了。韩修竹怒喝一声，小素辉忍住哭，惊恐地扑到同样泪流满面的三娘怀中，不停地抽抽噎噎。

韩修竹的面上依然不动声色地笑着：“三爷莫忧，为师已经把过脉了，已然无碍了，您先好生歇息，我前去迎接林神医，今日便到，您一定会没事的。”他一指窗外嫣红的胭脂梅，“三爷快看，今年的冬天多冷啊，就连咱们院子里的梅花也有好几株冻死了。”他努力维持着听似愉悦的语调，笑道，“可是偏这胭脂梅在寒冰霜剑下依然开得如此旺盛。那窦氏虽说是谣言，可那邱道长也曾预言今年若此株盛放，万事必会大有转机，现在为师也信了，爷的病体必然如他所说，会有转机。”

原非白不想让老师难堪，便努力挤出一丝笑，装作有兴趣地扭头看向那胭脂梅。

韩修竹命素辉守着，却悄悄叫了三娘出来。

“三娘，去准备准备吧。”韩修竹的脸色一下子垮了下来，“万一林毕延赶不到，现下将军又在西域，恐是、恐是……”他的声音也哽咽了，心中哀叹道，“对不起，梅香夫人，我没能照顾好三爷。”

三娘捂着嘴，努力不让自己哭出声来，一路淌着泪到后面偏厅去取早已准备的殓衣。

原非白，天下闻名的神童，日后叱咤风云的踏雪公子，未来的皇室贵胄，此时此刻也只是躺在床上，奄奄一息，不知能否见到明天日出的一个病号而已。

他枕在素辉的臂腕里，望着胭脂梅的花瓣飘落，落寞地轻叹一声，他悲观地想着：若韩先生说的都是真的，这株胭脂梅即便开了，可如今风雪交加，花瓣越来越少，殊不知离我死之日是否也将近了呢?

小素辉天真地想着韩修竹的话，满眼企盼地看着胭脂梅半天，然后生气道：“三爷，我真想让风雪快快停下来，好好的梅花都快给吹散架了。三爷，素辉方才没有看清，您看，”素辉又像发现了什么，兴奋道，“还有好多花骨朵呢，都鼓鼓的呢，马上就要开咧，咱们不怕啊。”

梅花静默地在风雪中飘洒，素辉的天真却引起了原非白的共鸣，不知不觉中，心却松了下来，垂下纤长的眼睑，心想：这枝名种梅花今年开得是真好呀。

他心底隐隐地生起一股希望，也许他能活下来，能同那个紫瞳的小人儿一起好好地活下去，他要撑下去，好为娘亲报大仇。

紫金熏炉的白烟袅袅，熏得他的凤目半闭半开起来，素辉似乎在唤他摇他，可是他的眼皮那样沉重，仿佛千斤铁似的，人也渐渐地轻了，像是一脚踩到云端里那样轻松。

他来到了一片满是香气的梅树林中，依稀看到一个拖着长辫子的小身影，正踮起脚使劲揪一株异样鲜红如血的胭脂梅花，摇着小脑袋，悠悠然念着童谣道：“梅花梅花摘光光，换米换钱气死你。”

他一下子从梦中惊醒，这才发现自己全身上下都湿透了。他微抬头，越过素辉流满鼻涕的小脸，却见那最茂盛的胭脂梅正在剧烈地起伏着，花瓣如急雨而落。他睁大凤目，却见一只粗粗短短的小黑手正在使劲扯那最密的树枝，嫣红的花瓣急雨中微露半截藕臂。过了一会儿，墙头出现了两个小孩的脑袋，黑不溜秋的那个男孩双目铜铃一般四下张望，另一个女孩白净的脸上双目明亮，鼻头蹭着黑灰，土里土气地拿袖子擦着流鼻水的鼻子，微毛的发髻上缀满了梅花。她的小黑手一边往背后摸出一条乌油油的长辫子挂在左肩，一边呵呵地奸笑着，同黑脸少年一道，四只明亮的眼睛骨碌碌地盯着那株最高的胭脂梅。

原非白向来看人识字过目不忘，那一日他看得真切，那个女孩很面熟，正是锦绣唯一的亲人，也正是因为锦绣，他默许了这个经常在西枫苑围墙边转悠的低贱丫头，明目张胆地觊觎他那满树灿烂的梅花。

有时候，她还对着他的梅花一个人傻乐。少年总是鄙夷而痛恨地想着，多么碍眼而庸俗的笑容啊，同另一个如百合初放的笑容比，简直云泥之别。

原非白混沌地想着，那黑大个男孩应是紫园里传说中小五义的老大于飞燕吧。

却见那两人目光交流一阵，那黑大个男孩便蹲坐在墙头把风，女孩身体轻盈，飞快地爬到不太高的梅树上，灿烂的花枝转眼便落到女孩屠戮的黑手中。

少年想起了方才的噩梦，以及梦中那个女孩，还有那可怕的童谣，他的心脏就此收缩，病态苍白的脸上浮起了血色，那株用来激励自己好好活下去的胭脂梅，已然光秃秃地立着，似是满带讽意地仰头看着原非白。琉璃世界中的女孩衣衫褴褛，怀中抱满梅花，映着小脸通红，目光晶亮，神采飞扬，然而在原非白看来正如那猖狂欺主、小人得志般的罪恶。

纵使再好的涵养也慢慢地破碎殆尽，惊天的愤怒在少年的心中酝酿。

求生的本能令十二岁的少年对自己说：我要活下去，绝不能被这贱奴气死。他凝聚起垂死涣散的目光，终于露出与年龄不相称的冷如厉冰：我要活下去，然后让你们也尝尝我和娘亲所受过的痛苦。

几乎在同时，院中几点黑影飞掠过莫愁湖，扑袭那个女孩和黑大个。

木槿花西月锦绣

典藏版

3

月影花移约重来

海飘雪 作品

青岛出版社
QINGDAO PUBLISHING HOUSE

MUJINHUAXI YUEJINXIU

目录

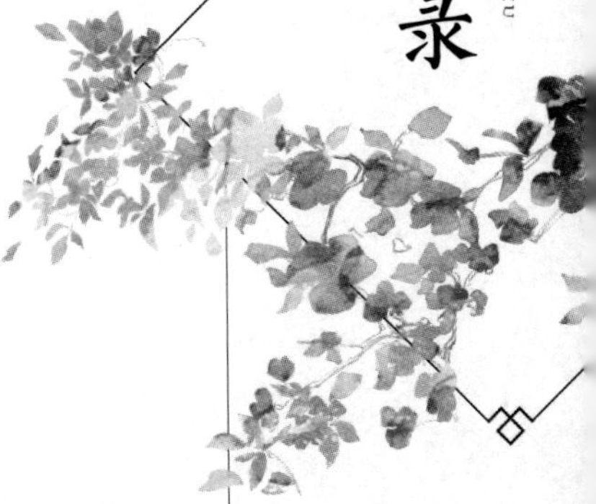

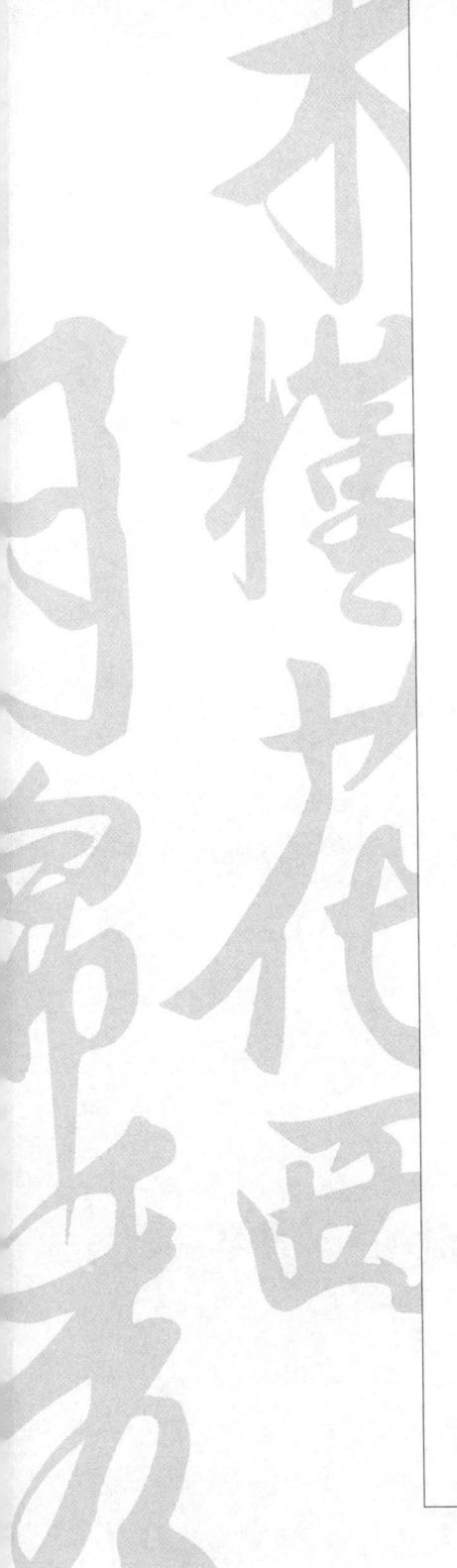

MUJINHUAXI YUEJINXIU

目录

第一章

又绿江南岸

江南好，风景旧曾谙。

日出江花红胜火，春来江水绿如蓝。

能不忆江南？[①]

永业九年二月那第一场春雨，下得有些急，还奇怪地夹杂着细小的冰豆子，砸得人面上微微疼痛。京口古城的绿意似乎被催动了起来，就连青石板的缝隙里，野草也被这连夜的春雨催促得渐渐冒了尖，挣扎着迎来了自北方三年大旱后的第一个春天。西津大街上行人早已奔到檐下躲雨。小贩眼见雨天阴暗的天空，便也早早收了小车，消失得无影无踪。

平日热闹的街上，空空如也，唯有头上插根稻草的豆子守在一具腐烂的男尸旁，举着一块木板，上面歪歪扭扭地刻着“卖身葬父”。

冰豆子下完了，那春雨淅淅沥沥地照常下着。山东府这三年大旱，粮食颗粒无收，朝廷赈粮迟迟发不下来，豆子一家只好将两亩薄田贱卖给大户。自前年起，豆子一家贫病交加，接着卖房、卖家什，最后卖刚出生的小弟弟，反正能卖的都卖了。去年，一家四口从山东府往瓜洲逃难，几个月前，娘亲死在逃难路上，紧跟着姐姐被马贼掳去了，然后四天前，爹爹终于也去了。

豆子饿得脸皮发青，眼前一片灰暗。他张口接了些雨水，将破草席往爹爹的身体上拉了拉。

几个穿戴考究的书生顶着油伞，一路咒骂着这个鬼天气疾行而来。豆子强忍着胃中的翻腾，强打精神坐直了身体，可惜那几个书生在他面前目不斜视地如风而过，不见半刻停留。豆子失望地缩回了身体，望着远去的人影，突发奇想，爹爹会不会醒过来，然后带着他离开这个鬼地方，回山东老家去呢？

远远地，青石板的街道上出现了一辆疾驰的马车，朱漆红顶，马车前后各有两个劲装骑士，骑着高头大马，神色严峻。

豆子想，反正今天自个儿再卖不出去，横竖也是一死，不如冲上去试试运气。实在不成，死在这辆车下倒也便宜了事，总算能去找爹爹、娘亲还有姐姐了。

他见那马车近了，一下子冲了上去。马受了惊，直立起来。他闭上眼睛大声说道："大爷，请买了小的去吧。"

千钧一发之际，马车后早有一个骑士出列，提起豆子的前襟，闪电般把他从马蹄底下险险地捞出，却见是个面目十分清俊的青年。

同时，那驾车的马夫使了大力喝住那四匹大马，在大雨中揭开斗笠，露出老鼠般的眼睛，操着浓重的黔中口音，对豆子怒喝道："哪里来的野崽子，不要命啦？"

那青年大手如铁钳，神色冷凝："快回话，你是何人，敢拦我家主人的车辇？"

豆子几欲窒息，眼冒金星中，隐约看到辕轴上刻着一个奇怪的字。他的泪水混着雨水流进嘴里，咸涩难咽。他艰难道："求大爷买下俺，好让俺葬了俺爹，俺愿为大爷做牛做马……"

"小放，出什么事了？"一道柔和的声音从车辇里传来。

豆子一愣，只觉得这是他听过的最好听的声音，却又无法确认是男是女，只听她慢慢说道："张太守有急事相邀，莫要误了时辰。"

豆子暗想，莫不是一位夫人吧，可惜握着他的那只大手实在太紧了，在他失去知觉前，心里还想着他们会不会将他和爹爹葬在一起。

不知道过了多久，一阵香气中，豆子幽幽醒了过来，发现自己正躺在一间雕梁画栋的雅居中，房里熏着一种他叫不出名字的香，只觉通体舒畅。床头坐着一个极美的女孩，也就十三四岁的模样，一双杏花似的妙目正水灵灵地瞅着他。豆子不由得想，莫非是自己死了，不然怎么会到这样漂亮的屋子里，见到这么漂亮的小姑娘？想到这里，豆子不由得脱口而出："神仙姐姐，这里是哪里？"

那个女孩咯咯笑了半天才道："真没想到你这个呆孩子还这么会说话。这是墨园，乃是我家先生在京口的别苑，我叫小玉。"

"小玉姐姐，你家先生是谁？俺怎么会在这里呢？"

"我家先生姓君，人称君大老板。你在街上卖身葬父，撞上了我家先生的马车，你忘了吗？"

豆子想起了来龙去脉，想起爹爹，便一跳而起："俺爹爹？"

小玉凝住了笑脸："我家先生敬你是个孝子，已将你爹爹好生安葬了。你身上有些痨病，昏迷这几日，我家先生请了郎中替你看过，再吃剂汤药就好了。"

小玉看了看默默垂泪的豆子，红着眼眶递上一碗药："别难过了。我家先生是好人，不会为难你的。我叫小玉，也是一个孤儿，你莫要担心，你若不喜欢跟着我家先生，当面告诉他就好，他会派人送你回家乡的。"

豆子闷着头喝完药，抹着眼睛问道："姐姐口里的先生可是江南有名的丝茶大户，君莫问大老板？"

"正是君莫问大老板。我家先生在江南一带无人不知，无人不晓，不想连你这个北地来的小毛孩子也知道。"

"俺爹爹说过，有同乡在逃难时说南方君爷施粥，俺们本还想往南逃难去的。"豆子喃喃地说道，头又开始昏了起来。

小玉说他还没好净，便又嘱咐他躺了下来。

过了几日，豆子出得房门，跟着小玉穿过一个葱茏的花园，放眼处皆是绿枝舒展，各种叫不出名的花儿竞相怒放，处处姹紫嫣红，芳香袭人。小小年纪的他竟然也惆怅地感到，原来春天早已经来了。

经过一个回字廊，来到一间正房前，小玉嘱他在外间静静候着，自己转身出去了。内间的水晶珠帘外站着那个在大雨中拎起他的冷面青年，他记得小玉说过，这是君先生的齐姓护卫，亦是君氏两大管家之一。

齐护卫的目光正犀利地向他射来，他不由得打了个哆嗦，赶紧低下头。过了一会儿，小玉乖巧地托了个红泥漆盘进来。那漆盘上放着两副莹润的天青色茶具，里面早有个红肤少年替小玉撩起珠帘子让她进去。水晶珠帘微晃了一下，豆子大着胆子抬起头朝里看了一眼，却见一人身穿家常团福字缎白衣，乌黑的发髻簪着一支东陵白玉簪，正聚精会神地看着一本账册，旁边坐着一个没见过的斯文青年，两人时而细声细语地谈着，时而敛声看着账册。

一旁青铜双螭圆耳大熏炉燃着那种豆子已经习惯了但依然不知名的香，一个金色的大柜子下面还挂着一个金色坠子，来来去去地晃着，发出嘀嘀嗒嗒的声音。豆子昏昏沉沉地收回目光，睡意渐渐袭来时，那个大柜子发出沉闷巨大的当当声，豆子猛地惊醒了，吓得叫了一声，从椅子上跌下来。

"何人喧哗？"水晶帘中轻轻传出问声。

齐护卫回道："回主子，是上次卖身葬父的孩子，今早您还说要见呢。"

小玉便微笑着领豆子进了里间。

豆子跪在那里，只觉那两人的目光在他脸上打量着，心中慢慢忐忑不安起来。

"抬起头来。"一人柔声说道。

他抬起头来，却见两个白白净净的书生坐在灯下，右边一人圆脸，剑眉星目，甚是斯文白净，面上虽笑着，可那眼里却没有笑意；左首一人的五官远不及右边的青年俊美，甚至那个凶巴巴的齐侍卫都要比他好看得多，可是那人在灯光下的那丝笑容，却是眉在笑，眼在笑，整张脸都柔和地笑着，让人感到说不出的舒服。他对豆子开口言道："你身体好些了？"

豆子记起正是那个雨天车厢里传出来的声音，心想这便是君莫问了，便恭敬地叩了一个响头："多谢君爷救命之恩，豆子好多了。"

君莫问点点头，微叹道："我已着人将你父亲下葬了，你且放心吧。"

豆子含泪点点头。

君莫问又陆续问了他大名、原籍哪里、今年多大、可识过字。

豆子老实地一一答来："大名田大豆，山东潍县人氏，今年十一岁，不曾识字。"

君莫问又问他可有亲戚，豆子抹着眼睛摇摇头："家中亲戚都饿死、病死得差不多了，就是实在过不下去了才逃荒出来的。"

君莫问轻叹一声："我缺个书童，你可愿意跟随我？"

豆子点点头，惶然地磕着头："跟着君爷是豆子的福气，豆子愿为君爷做牛做马来报答您。"

于是，豆子开始了君莫问的书童生涯。这是一个完全不同的世界，每天晚上小玉会教他识字，小玉告诉他，她的学问都是君莫问教的。

清晨一起床，那个齐放会来教他武功，说是生逢乱世，必得身强体壮，会些拳脚才能保护君莫问和自己，就连小玉那样的女弟子也要天天习武，他便专心习文练武，尽心伺候君莫问。

渐渐地，君莫问让他成了近侍，每天随着君莫问跑前跑后。他虽然年幼，也能发现此人果真与众不同，商家谈判无不是微笑应对，其经营方法出奇制胜，常有人赞其经商手腕翻遍史书，亘古未见，偏又在商界信誉颇高，不似一般谋国难财的商家，货物保质保量，价格公道。

庭朝内战连连，各地诸侯割据，窦氏挟天子以令诸侯，广占巴蜀与北地；原氏拥靖夏王雄踞关中，时人称西庭，打着"清君侧，诛窦氏"的旗号，于永业五年攻山东府，后又退至路州，不断侵吞中小诸侯，往宛城进逼。

中原久为邓氏流寇所霸占，永业七年为吴越太守所灭，窦氏于永业七年十月攻河南宛城，想以东南北三处夹击原氏。踏雪公子巧妙地牵制住了窦氏前锋主力，清泉公子乘机开进十堰，中断截击窦氏，原氏损一万兵马，窦氏损三万兵力，然张之严乘机偷袭宛城，清泉公子吞并郑州，原氏与张之严对决宛城近一年，耗费无数的兵力，于永业八年十月签订停战的宛城条约，原氏与张氏以商丘、宛城一线为界，同年五月与窦氏暂时停火。永业九年，三大诸侯过了一个难得的和平新年。

君莫问是第一个敢于在战乱中开拓国际贸易的人，开启了闽南的茶叶、棉布同吴越的丝绸互换的商路，为此赚了大钱。君莫问为人又极高义，在战乱区经常为流离失所的百姓免费提供住宿和食物，在西庭原氏、吴越及大理和平地区，君氏曾出资买下大批田地，却由官府出面供流民重新种地安居，头一年徭役税赋全免，第二年才开始征收极低的税赋，且与官府平分，是故无论哪个政权都非常欢迎君记在所属境内开设分号。

他待周围任何人都很和善，连下人也相当礼遇。他身边有四个贴身侍卫，齐放、朱英、君春来、君沿歌。四人以齐放为首，那个君春来也算是他的大师兄了，为人非常好，总是笑嘻嘻的，而君沿歌则满肚子坏水，每到练武就要跑肚拉稀的，但是真有匪人来袭，也是满面狠戾。

君沿歌和君春来是本家堂兄弟，同君小玉和那车夫君二盛也连着亲戚，都是南诏光义王刀下的孤儿。酒瓶子朱英则是家中遭乱军侵袭，家人全死在战乱中，而他仗着武功才逃得一命。

后来豆子才明白，这里所有人都和他本人一样，皆身世凄惨，一肚子倒不完的苦水，而君莫问对他们都有恩。

上次在书房里见到的另一个年轻人，姓孟名寅字夏表，乃是君记瓜洲总号的大管家。看豆子的目光总是带着深意。他前往京城科考，却碰到洛阳五君子事件，只因他和周朋春乃是同乡，便被抓了起来，酷刑审查过后，他虽被放了出来，却被狱卒打成个太监。科考时间也过了，恰巧黄河又发大水，将他的家全淹了。他急得要投水，被君莫问的妻子救下，后来跟着君莫问成了个大能人。

跟得久了，豆子也听到了君莫问的一些负面的风言风语。传说他是个有名的妻管严，他的发妻，名唤朝珠，传说是紫眼睛的绝色美人，但极之好妒，她为君莫问生了一个女儿，也是君莫问的独生女，名唤夕颜。

偏偏君莫问为人非常好色，家里养了一大堆姬妾不说，外面盛传这四个贴身护卫和他的大管家都是他的私人男宠，平时还好娈童，于是两人经常吵闹不休，最后紫瞳妻子一气之下，回了大理的播州老家，偶尔才会过来看看女儿。

后来豆子搞清楚了娈童的意思，心中怕得要命，难道那君莫问也会将他变成娈童吗？好在君莫问只待他一如往昔。

京口的生意告一段落，君莫问带着家人，包括豆子一起回了瓜洲。豆子从小生长在内陆之地，这是他第一次看到水域如此浩渺的长江，不免有些新奇，趴在船沿上兴奋地瞅着。

君莫问临风站在另一叶舟头，唇边含笑，曼声吟道：“京口瓜洲一水间，钟山只隔数重山。春风又绿江南岸，明月何时照我还？”

他那宽大的袍袖随风飞舞，头上梳着个髻子，只用一支东陵白玉簪簪住，后面几丝未束起的长发沾着长江的水汽，随风纷飞。豆子看得呆了一呆，心里竟然有种感觉，这个君爷真像姐姐一样好看哪。

到了瓜洲繁华之地，治明一条街的商铺一路鞭炮不断，原来全是君记的产业，商铺的大掌柜皆站在街口恭敬地对君莫问一行人弯腰行礼。豆子坐在马上不由得又惊又喜，又有些莫名的骄傲。君莫问也不出面，只是坐在轿中，而齐放只顾冷着脸机警地看着四周，也不还礼，一队人马扬长而去，迎面全是小孩子叫着君爷万福。

豆子随君莫问一众，来到一所从未见过的气派大院，朱门铁钉，兽口衔着大铜环。那君莫问从轿中出来，乐呵呵地撒着一把铜钱，看着小孩们高声欢呼，撅着小屁股在地上捡着钱。

进得院落，过了画着富贵牡丹的大影壁，却见屋宇轩昂，金灿灿的琉璃瓦在阳光下耀着豆子的眼。一路仆从恭敬地躬身相迎，但是没有下跪。君莫问也含笑同一众仆从点头致意。来到蝴蝶厅，四五个姬妾凭空出现，围着君莫问一阵娇声嗲语的，君莫问便笑着把一大堆礼物拿出来，几个女人眉开眼笑地一抢而空。

然后他又带着豆子前往一座安静的小院，那院落的门楣上镶着块大匾："希望小学"。

君莫问看了看影钟，高声叫道"下课啦"，一大堆小孩涌了出来，从四岁到十几岁都有，齐齐叫着先生，君莫问便哈哈笑着检查几个适龄孩童的学业。豆子心想，莫非这就是君莫问的娈童们？一问之下才知道，原来这些孩童竟然全是君莫问走南闯北时捡来的孤儿。

最后从树上倒挂下一个小女孩来，虽是单眼皮，双瞳却如黑宝石般熠熠生辉，灵动清澈，她甜甜地叫了声："爹爹你回来啦。"

君莫问哈哈笑着把那个女孩倒拖下来，宠溺地叫着她："小猴精，查课业的时候怎么不下来啊？"

豆子想这一定是君莫问的爱女，小玉口中的夕颜小姐吧。

果然君莫问就把豆子带到小孩群面前："这是田大豆，大伙的新朋友，大家一定要好好和新同学相处啊。"

众人点点头，几十双眼睛骨碌碌地盯着他看了又看，然后齐声叫着田大豆好。豆子结结巴巴地说着："小、小姐好，大、大大家好。"

齐放同君莫问最是亲近，每每吃饭，齐放定然要严格检查一番，亲自品尝，一开始豆子还以为是查毒，后来才明白原来是怕放了辣椒末子。这时，好脾气的君莫问也会大发雷霆："你君爷我好歹也是东南一霸，吴越太守的结拜兄弟，南方君家的理财顾问，难道还不兴吃点辣子啦？齐放，你有种，这个月工钱你别想领了！"

遗憾的是尽管君莫问在那里气得跳上跳下，而那齐放永远是面无表情地继续查毒和辣子。

君莫问好青楼风月之地，生意也往往在那里说成，他常常叫那个花魁悠悠相陪，据说是他花重金从姑苏买下来的，偶尔醉了，便会夜宿悠悠的琼芳小筑，齐放或朱英便在房外守上一宿。

一到七夕，君莫问那个紫眼睛的老婆必会出现，豆子看得眼都直了，从没想到这世上还有这么美的人，而她后面总跟着一个叫翠花的武侍姬，相貌平庸却健壮如牛。

那朝珠夫人美则美矣，贵则贵矣，然，明明是个妇人，浑身上下却流转着一种比凶悍男子更恐怖的血腥戾气，令他不由自主地打寒战。

朝珠夫人不过是轻唤一句“你叫什么名字”，豆子却感到来自朝珠夫人身上那莫名的压迫感，他赶紧结结巴巴地报上自己的大名。

君莫问虽然还是淡笑自如，眼神却藏着紧张和恐惧，齐放也会浑身紧绷地待在屋外，不过一般夕颜小姐会偷偷溜进他们的房间，然后便会从屋里传来小丫头的哇哇大叫和缠着朝珠夫人要礼物的声音。三人在屋里闹腾一阵，直闹到半夜了，一家三口才吹灯睡下。

然后天刚破晓，朝珠夫人会一脸冰冷地离去，偏偏又一步三回头，看着君莫问的眼中总是有着一丝落寞，一丝伤心，一丝无奈和无限柔情。

等到上元节，君莫问必会喝个烂醉，还常常哭花了脸，口中叫着非什么的，有时是“非角”，有时是“会白”，齐放也总是叹着气和小玉一起，扶他回房间好生照顾。

豆子没敢开口问，后来才知道那根本是朝珠夫人给君莫问专门配的米酒，酒劲极浅，他偷喝过，连他一个孩子都没正经醉过，为何君莫问会醉成那样呢？

豆子平时也总在想，啥玩意儿是“非角会白”呢？敢情是君莫问的仇人吗？

【注】

①【唐】白居易《忆江南》

第二章

京华漫烟云

永业十年三月初九，京都早已是满城春色宫墙柳，东风过处，昭明宫春意盎然、姹紫嫣红，然而那满城的春意到了毓宁殿，当朝天子熹宗的寝宫前，便骤然失去了颜色，再浓的花香亦无法舒展太医们眉头皱起的川字。

外殿正坐着一个面色焦急的青年，着礼部一品朱袍，姓窦名亭字云兼，正是当今礼部尚书。

窦亭年方二十八，出身门楣显赫的窦氏家族，当今权相窦英华是本家亲表弟，亦是六宫之首的皇后窦丽华的亲表弟，本人长得一表人才，七年前高中状元时，金銮殿上熹宗和蔼可亲地为他簪上金花，这几年他本人也凭着过人的才华，频频应召，入宫伴驾。这几年窦亭看着熹宗的笑脸一天比一天少，一天比一天老去，明明只有二十八岁，熹宗却如四十岁一般老成，心中隐隐地难受起来。犹记去年中秋，自己陪着熹宗太液池泛舟赏月，窦亭借着三分醉意，呢喃了一句："但愿人长久，千里共婵娟。"

熹宗惊艳道："云兼的诗词真乃人间一绝。"

窦亭不由得惊得满面是汗，因为此句并非他的诗作，而是出自一本《花西诗集》。

窦氏宿敌，东庭的原氏踏雪公子为了纪念死在逃亡路上的爱妻花西夫人，便将其诗词连同自己写的一些诗词编订成集，取名为《花西诗集》，民间读之无不动容感泣，流传甚广，然而在京都，《花西诗集》却是禁书。窦亭便压低了声音，告诉皇帝《花西诗集》的来历，熹宗亦是喜好诗文，直在那里感叹，果真是红颜薄命，不想这原家却有如此痴情的男子，过了许久，又望着明月暗叹："既然原家有踏雪如此痴情，时至今日，未娶一妻，那原非清乃是踏雪之兄，想来淑仪妹妹应是嫁得不错。淑环妹妹前往与西突厥和番，嫁给阿史那撒鲁尔，这几年西域诸地战事频繁，朕颇为担忧。"

窦亭安慰熹宗："那撒鲁尔虽是突厥之主，但毕竟是原青江的私生之子，有汉家血统，且又在西安长大，公主应是过得不错吧。"

话未说完，熹宗已然吐了一口鲜血。窦亭大惊，正要唤内侍监，却被熹宗唤住：

“云兼莫去，想我此等轩辕氏的罪人，理应早死以谢祖宗。此事若为英华所知，天下岂非大乱？”

当晚他回到府邸，却是夜不成寐，偷偷取了《花西诗集》，第二日趁到宫里看望皇后之际，塞给了熹宗。七日之后，却听宫里传来消息，皇后与皇帝吵了一架，只为了皇帝痴迷于一本诗集而三日不曾临幸皇后的风藻宫，而那本诗集，正是窦亭送给熹宗的《花西诗集》。

为此，窦亭解职，勒令待罪于府中虔诚思过。

此事在朝野轰动极大，令窦英华震怒的是，自己的本家表弟往宫中送禁书，差点引起了新一轮的“血诗案”。

然而，不久之后，传来熹宗的身体每况愈下的消息。

这一日窦亭终于被解了禁，遵诏伴驾。

熹宗笑着对他说道：“云兼可来了。这几日皇后总算良心大发，不再禁朕的《花西诗集》了。朕这几日总在想里面的一句：生当作人杰，死亦为鬼雄。至今思项羽，不肯过江东。”

窦亭的心中却是一凉，皇后为何不禁皇帝看《花西诗集》了？

熹宗无限遗憾地说道：“听说那花西夫人去世时年仅十六岁。一个十六岁的韶龄妇人竟能写出如此清奇的诗句，亦难怪踏雪公子听到英华将夫人送予段世子时会如此伤心，气得病倒在床榻之上，这几年听说一直隐居秦中，供奉爱妻的牌位，并未再娶。如此人才，虽是原逆的妇人，英华确实不该将其作和番的礼品送予大理，她当真是为保贞节，死在路上了吗？”

窦亭轻叹一声，垂目道：“臣听闻窦相本来是想留下花西夫人的，孰料花西夫人不但拒降，终日啼哭不停。彼时大理段世子正好同南诏段氏分裂，投靠在窦相的巴蜀官邸，一眼看上了花西夫人，窦相便应允了。不想南诏步步紧逼，大理段世子无暇顾及花西夫人，她便乘机在投宿的客栈中放火自尽了。”

熹宗连唤可惜，顿首叹息道：“好一个贞烈的夫人啊。朕理当封其为……”

熹宗没有说下去，因为皇后不知何时阴着脸站在那里。窦亭以为这位醋劲十足的亲表姐会大大发作一番，没想到窦皇后只是黯然叹了一口气，上前拉拉皇帝的明黄锦被：“陛下若想追封花西夫人亦不是不可，只是要先养好身子。”

熹宗笑着说道：“丽华，朕知道这身子是好不了了，只是想着若能见花西夫人一面，能与她探讨如何写出这惊世绝艳的诗词，当是此生无憾事了……”

熹宗拉着皇后的手，让她倚在他身边，笑道：“你看这一首：众里寻他千百度，蓦然回首，那人却在灯火阑珊处……多像朕第一次见到你的样子……”话未说完，熹宗已口吐鲜血。

皇后大声地唤着太医，泪如泉涌。

窦亭急忙被请了出去，几个太医沉着脸上前诊脉、针灸、灌药汁，宫娥捧着明晃晃的御用之物来去不停，那琉璃珠帘焦躁地不停晃动，如人心浮动。

不一刻，窦英华携着六部重臣一个个都来了。让窦亭感到意外的是，连翰林侍讲学士冯章泰也来了。

这冯章泰是现今朝中唯一活着的大儒，乃是已故礼部尚书陆邦惇的同窗。以陆邦惇为首的清流一党遭迫害时，冯章泰受了牵连，由二品大员削职为民，后因其盛名，窦英华的一个本家族弟亦是冯章泰的女婿，不断求情之下，才仅仅恢复了他翰林院大学士的清苦闲职。冯章泰本来百般推辞，甚至自毁右手拒不复出，后来却不忍窦家对其家眷百般虐待，方才应了这个虚职。

窦亭暗忖，皇帝病重，六部堂官和相爷前来倒也罢了，为何这贬为翰林学士的旧臣也被召进宫门呢?

本朝向来只有起草极重要的公文诸如登基诏书、废立后宫、召见使节等，方才命翰林学士在外候命。再说窦相一直不喜欢这个倚老卖老的冯章泰，何故叫来此人?

他又在外间坐了许久，终是忍不住站了起来，就要往里走。

“窦大人，且慢。”冯章泰的脸上沟壑纵横，双目却异常的明亮，一只干爪般的右手如风中秋叶，病态地颤抖着。他静静地对窦亭微笑，轻道：“窦大人，千万莫急，窦相爷正在与陛下商讨大事，稍后便好。”

窦亭额头青筋隐现，望着冯章泰半晌，暗叹一声，复又坐了下来。

放眼望去，对面三人皆着正一品官服的赭红朱袍，正低声交谈，谈话内容隐隐传来，似是在品评最新得来的一尊前朝的青玛瑙玉熏炉，眼神间尽是兴高采烈，却无半点为人臣子的恭敬之色、焦急之意。

工部尚书卞京、兵部尚书刘海皆出于窦氏，户部尚书高纪年素有攀附劣迹；正在进宫路上的刑部尚书殷申亦为窦氏钦点，吏部尚书周游嗣已有半年称病不出，窦亭怒从心头起，恨不能将这些攀附权臣、唯利是图之辈立刻斩杀殆尽，整肃朝纲，还政于皇帝。

忽而又想起比之任何人，自己偏偏摆脱不了一个窦字，不由得心中又是一凉。

对面三人看了看窦亭，碍于窦氏的面子，刘海赔笑道：“窦大人，冯大人言之有理啊，且稍等一下吧。”

此时，珠帘后发出一阵怒斥，似是皇后的声音，窦亭心中疑云重重。皇后虽然恃宠而骄，但从来不会在皇上面前发出如此大呼。窦英华亦在内殿，不知发生了何事，此时又有器皿狠狠撞击金砖之声伴着宫人恐慌的惊呼传来。

窦亭不由得哗地站起，冯章泰亦满面焦急地站了起来，右手更颤，胸膛起伏。

不久，伴着清脆的轻响，一人缓缓从琉璃珠帘中信步踱出，正是当朝权相窦英华。

众人恭敬地揖手。

窦英华拿着一条绢帕，轻拭白嫩的脸颊上几点褐色的药汁，冷冷道：“云兼、冯大学士，进去好生劝劝皇上签了遗诏吧。”

窦亭直起身子，冷冷看了窦英华一眼，便同冯章泰闪入帘内。

窦英华看着窦亭的身影消失在视野中，不由得轻嗤一声：“他也算我窦家人？分明就应当姓了轩辕吧。”

窦亭赶入内殿，却见宫人满面惊恐地缩着肩膀，拼命擦拭着地上的血迹。皇后泪流满面，凝脂般的玉手，一手扶着双目紧闭的熹宗，另一手颤抖地握着精致的菊花瓣纹碧玉杯，喂着熹宗汤药，娇柔的声音无限悲哀：“求陛下醒来，大庭和太子还要靠皇上啊……”

熹宗幽幽醒来，看到了皇后的泪容，却大力挥掉皇后手上的碧玉杯，声嘶力竭地喊道：“贱人，你在给我喝什么？你平日里宠冠后宫，你的哥哥嚣张跋扈，专营结党，残害忠良，朕念在你兄也曾为国立功，窦太皇太后又对我恩重如山，一忍再忍。”熹宗直说得苍白的病容一片通红，连脖子也红了，哑声道，“朕这一生对你窦家之人，宠之爱之，你的好哥哥却想谋夺我大庭列祖列宗的江山社稷……朕一时半刻便要去了，马上便如了你们窦家的心愿，你难道连这一刻都等不得了吗？”

在窦亭的心中，皇帝一向是温煦和顺，平易近人，甚至对亲侍之人，也从不大声呵斥，对皇后更是百依百顺，即便面对飞扬跋扈的窦英华亦保持涵养，这却是他第一次看到皇帝如此发火，听他声声窦家、句句斥责，不由得羞愧得泪流满面，颤声劝着陛下息怒。

皇后的脸色早已骇得煞白，嘴唇发着抖，泪水流得更猛，弯腰捡起碧玉杯碎片中所剩的棕色药汁，一口倒进嘴里，然后猛地跪倒在地，猛叩三个响头。一众宫婢、冯章泰和窦亭都惊呆了，全部跪了下来，呼道：“皇上息怒，保重龙体。”

皇后抬起头时，额头已是一片红肿，玉面涕泪交加：“皇上，吾兄大逆，臣妾难辞其咎，若是陛下去了，留下臣妾与弱龄太子，吾兄篡位，必不能容我孤儿寡母。臣妾虽出身窦氏，却是轩辕家的人，陛下去日，便是臣妾为陛下殉葬之时。臣妾对陛下万万没有二心，只求陛下定要龙体安康，方可诛杀逆贼，匡扶轩辕，陛下。”

熹宗听了皇后之言，呆愣了一会儿，终是颓然涕泣，哽咽地长叹一声：“朕对不起大庭的列祖列宗啊。”说罢流着泪向皇后慢慢伸出手来。

皇后伤心地站起来，疾步走向熹宗。不想熹宗的脸色忽然大变，猛地吐出一口鲜血，滴滴洒在皇后的衣襟之上，触目惊心。

众人惊呼中，熹宗双眼翻白，直挺挺地倒向龙床。

皇后凄惶地大叫一声，提起裙子，往床上扑去，身上的珐琅玉器环佩之声尖厉刺耳。

窦亭和冯章泰也是泪流满面，站起来赶上前去。

宫婢宦官不停地出出进进，水晶珠帘急切地晃动着，宛如昭明宫的人心。

唯有金砖上的大翡翠花熏炉白烟袅袅，不改初衷地缓缓延伸到大殿的每一个角落。

荣及殿内，明可鉴人的地板上伏跪着一个太医，身子颤抖得如秋风中的落叶："上晏驾，便在这几日了，还请各位大人为我大庭早做准备。"

窦英华冷着脸挥退太医，伸手拂过金丝线绣的袖口，打开自己专用的九龙碧玉盏，只觉一股清香扑鼻而来，剑眉一挑："这不像是前年的龙井？"

卞京谄媚道："不愧是窦相爷。这正是今年新制的狮峰龙井，据说是令茶娘连夜摘采炮制。"

窦英华不动声色："南边的商路不是早就断了吗？"

高纪年说道："相爷说得是。永业九年宛城停战，有位商户冒着风险将新产的茶叶和东南的绸棉贩进来一次，不想今年此人又从这条商路进了京都。"

窦英华一挑眉，正要问是哪个商人敢如此大胆。他敢进来，必是有人担保，朝中敢替他开商路，也必是这三人之一了。

高纪年面色尴尬，跪地奏曰："相爷息怒。南方战事，加上东北两场旱灾，宫中修了几处走水损毁的大殿，国库早已亏空良久，今年东突厥又要迫我大庭岁币翻倍，恐是难以维系，这个月各部官员的俸禄也难以发放了。"

刘海也跪了下来道："相爷，我与同修、正文商量了一下，觉得为今之计，朝廷若向官员借银，则落入原逆口实，实为下策，不如悄悄向商家借银，以渡难关，窦相以为如何？"

窦英华面色稍霁："哦，那尔等认为可向何人借银？"

刘海道："相爷可听过民间传言'莫问东海君，蓬莱借银人'？说的便是这东南一带首富君莫问。据说此人虽出身夜郎山地，但经商技巧甚高，翻遍史书，亘古未见，能言善辩，打通了五年未通的南北丝路与茶路，那张之严向来眼高于顶，却偏与此人为结拜兄弟。民间传言此人好色无比，家中姬妾成群，平素又好娈童。大理民间又言其为南诏紫月的男宠，亦有人说那紫月公子落难之时，曾受其接济，故而即便豫刚亲王封锁南诏商路，仍为其打通茶路，为其提供绝无仅有的贩茶特许权。"

高纪年补充道："南诏多年未犯我南部国境，十有八九皆赖此君。张之严器重此人，亦与此有关。"

窦英华呷了一口龙井："这茶便出于此君了吧。"

"相爷明鉴，正是此人所贩。"

窦英华沉吟片刻："问商家借银，商人贪利，如何还与之？"

高纪年道："此人乃是庶族，出身贫寒，赐个虚职、给个封号想必便能打发了。"

窦英华冷笑一声，睨着高纪年："此人既能在南北打通商路，连张之严都如此看重，尔等岂可小觑？"

刘海点头道："相爷高见，臣等也是这样想。若能投其所好，设法拉拢此人，便可让其帮着劝服张之严，连带封了张之严，从此他便是窦家的王爷，以后东南出兵，他便不可再打马虎眼了。”

窦英华放下茶盅，淡淡说道：“等一会儿回了府，见一见再说吧。”

三人垂首称是，复又立起。

窦英华淡淡道：“皇帝晏驾，就在这几日，汝等做好准备。”

卞京赔笑道：“太子登基，一切就绪。”

窦英华觑了他一眼，淡笑着不置可否。

刘海小声呵斥着：“卞大人糊涂了。”转而向窦英华恭恭敬敬地伏地磕了三个头，行了个君臣大礼，“臣等定会尽力安排轩辕太子的禅位典礼。恭喜吾皇，贺喜吾皇。”

高纪年也是一脸谄媚地行了三拜九叩之礼。

卞京的手一抖，青瓷金边茶盅不由得滑落在地，摔个粉碎，发出一声清脆的巨响，他双腿抖着，跪倒在地，也学着刘海和高纪年，语无伦次道：“吾皇万岁万岁万万岁。”

卞京平复了一下激动的情绪：“皇后那里……”

“我自然会说服她，丽华毕竟是我窦家的人。”

窗外一轮红日似火，却转眼被大片大片乌云遮掩，天地间暗了下来，雷电隐隐在乌云中露出脸来，如金龙矫健地在空中腾挪，直击昭明宫最高处的一处殿宇，宣和殿的顶脊。

金龙迅速地隐去，躲在密布的黑云里，严厉地对着人间一声怒吼，宣和殿骤然燃起了大火。宫人惊慌的大呼走水声中，春雨哗哗落了下来，恍似轩辕皇室的眼泪无法停歇。

三月初九，君莫问和齐放顶着春雨出了相府，豆子赶紧和君春来上前打起伞，将他迎上马车。

车厢里，君莫问笑声朗朗。

齐放问道：“爷是用了什么方法让窦相爷答应了您的不情之请？”

豆子在外面赶着车，只听君莫问笑道：“我若收了他赐的虚位，如何还能立足江南，更别说进西北做生意了？便说祖上有训，向来经商不做官，做官不经商。但我婉转地问他要了在京城贩卖盐和铁器的权利，还有在京城开的新票号，希望能做官家生意，还有卞京和高纪年，我答应让他们入股分红，并帮他们在江南置田产，他们自然求之不得，替我在窦英华面前解围。窦英华也看上了我的银子，还指望着我给他送些湘潭的铁器好打天下。不过我听出来了，这窦英华可是想让我帮着一起劝降张之严，你说说他这算盘打得好不好？”

来到京城的别苑，刚进门，沿歌来报：“先生，窦尚书刚派人送了个紫檀木书箱给您。”

君莫问奇道：“窦尚书？可是那窦相的亲表弟窦云兼？”

沿歌点头称是。

君莫问狐疑道：“我与这个窦云兼素无往来，况且此人素有清名，何故给我送

第三章

试问卷帘人

◆◆◆

“君爷，君爷？”

一个婉转柔媚的声音在我耳边响起。我睁开了宿醉的眼睛，眼前是一片桃红的纱帘。四角挂着小银熏炉，正袅袅上升着青烟，那香气沁入心脾，让我的头痛稍解。

一双红酥手撩起了帐子，吴侬软语似一枝娇柔的白兰花，带着无法拒绝的馨香，挠着你的心门：“君爷起来了呀，吃杯菊花蜂蜜茶，可好？”

我揉了揉太阳穴：“唔？可是悠悠？”

“是吾呀。君爷，乃昨夜子又醉在吾这厢里来。”

我一下子睁大了眼。眼前一个姑苏美女，眉目含笑地端着一杯杭菊蜂蜜茶。

我就着她的柔荑喝了一口，但觉口内生香，回甘无穷，直甜到心里去似的，便笑道：“这是今春才开的第一批嫩菊花泡的吧。”

“爷好厉害，正是悠悠亲手为乃摘的。”

她在那里含情脉脉，我打了一个冷战，不过还是镇定地笑了笑：“悠悠真是想得周到。”

这是我在苏州春风楼买下的头牌清水倌人，当时并没有为她的美貌或是娴熟的琴棋书画的技艺所倾倒，只是一听她的名字就怔住了，也不知为什么一下子大手笔花了二十万两雪花银将她买下来，创造了风月场所砸银子的新纪录!

此事一下子传为江南风花雪月大事记的一件特大新闻，青楼雅客人人表面上皆艳羡说君大老板风雅至极，背地里嫉恨地暗议，这小子身子骨不出两年肯定完蛋。布衣百姓表面上和背地里的评价就五个字——有钱的色坯。

吴越霸主张之严见了悠悠，悠悠对他福了一福，然后只用软软的苏州话说了一句：“张大人好哉！”

张之严浑身的骨头立刻都酥了，跃跃欲试，也想买一个姑苏清水倌人。不过我那个大嫂，洛玉华后脚跟了进来，俏脸一沉，他就立刻讷讷地松了悠悠白嫩的小手，然后打消了这第N次涌起的再娶的狂乱念头。

就连段月容听了此事，也专门放下战事，赶过来看了半天这个我花大价钱买下的红牌艺伎。朝珠夫人的河东狮名远扬在外，悠悠自然吓得小脸煞白，娇躯微颤。

段月容冷着脸，用他那越来越有正室威严的紫眼珠子左看右看，上看下看，该凸的地方看，不该凸的地方也看，就差没剥了悠悠的衣物看了。

就在我琢磨着他会问我把悠悠要了过去，充入他那庞大的后宫时，不想他却轻嗤一声："冶叶倡条，不但不值这个价，早晚也是个道旁苦李罢了。"

段月容啊段月容，你说你这话缺德不缺德啊。

我眯着眼瞪他，可是他昂起满是珠翠的头，鬓边那支凤凰奔月钗微微摇晃着，装模作样地扭着腰肢进了我的房。我自然是安慰了泪盈满眶的悠悠几句，然后愤怒地冲进房，正要与他大吵一架，他却立刻将我搂在怀中，轻声问道："你说说，我漂亮还是她漂亮？"

我的一团火气不知何时立刻烟消云散了，只能在那里对着他嘿嘿傻笑。这小子做女人就是入戏啊，但口头上还是一本正经地说道："自然是我家娘子更漂亮些。"

他嘴角一弯，紫瞳也笑弯了起来，将我深深吻住，满是温存挑逗，手也不老实地乱摸起来。我一边挣扎，一边唤着夕颜。小丫头一头冲了进来，坏了段月容的好事。

夕颜乐呵呵地扑进段月容的怀中，习惯性地把段月容撞得一屁股坐在香妃榻上，从而顺利地解救了我。

小丫头开心地嚷嚷着："娘娘坏，老是一来就奔爹爹的房里，不理夕颜。"

段月容轻轻摸着小丫头的两只黄毛总角，紫瞳不悦地看着我，眼中的情欲一点点淡去，口中公式化地说道："娘娘正要去看夕颜，却不想夕颜这就来了嘛。"

君家寨一战后，我侥幸生还。君家寨活下来的人屈指可数，君阿计、昌发哥还有长叶都死在战火之中，老族长断了一条腿，二狗子侥幸活了下来，在寨子保卫战中拼死保护牛哥二嫂，终于感动了牛哥二嫂，战火后二人喜结连理，二狗子从此一改往日恶习，重新做人，令寨人刮目相看。

段月容成功地实现了让君翠花对他痴迷的誓言，君翠花果然立誓要生死追随小段王爷。好在他还有点人性，没做啥出格的事。我只收了她做侍女，他向我保证，只要她看上他的任何一个侍卫，他定会帮她成就一段好姻缘。

然而，恢复了男装的段月容却打破了长根所有关于女性的美好幻想，君翠花已不肯再为他回头，为了君家寨的香火，他同时娶了两个适龄女孩，现在据说已生育了一大堆孩子。

我收养了君家寨所有的孤儿，而这些孤儿绝大多数是我的弟子，于是我觉得还是以男装的身份活下去更好一些，便同老族长一起向众人继续隐瞒了我的真实性别。

段月容本想强带我回南诏，但是同他父亲的见面，让他改变了主意。

我醒后，段月容拉着我去见了他的父王豫刚亲王。这位快七十的老人经过瘴毒之地的为了他的名声，在此蛮荒之地孤独终老，值得吗？”

我含笑地望着他，没有回答他，因为这问题连我自己也无法回答。

他忽而又附在我的耳边，用只有我能听见的话狠毒地低喃道：“还是因为你觉得你负了绯玉，不是吗？你的眼泪、你的痛苦，不过就是因为你的心在这两个男人身上游移不决罢了？”

我震惊莫名，他什么都知道，他果然什么都猜到了？

我没有想到这世上最知我的人却是眼前这个紫眼睛的段月容，看着他盛满风暴的紫瞳，我咬紧了嘴唇，哽咽在那里，可那不争气的泪水流了下来。

“可是你再也不要去想这两人了。”话音刚落，段月容将我甩在地上，不再看我一眼，向老王爷单腿跪下，“她已经是我的人了，和我还有个女儿，父王，所以她只能跟着我。”

“哦，那你打算怎么处置你的这位……夫人？”老王爷冷冷一笑，“可是要昭告天下，踏雪的爱妾已为你占有？”

段月容沉默地看着他的父亲，默认着。

我爬了起来，口中一股血腥味：“若是世子定要羞辱踏雪公子，不但不能得到木槿的身心，亦会招来原家的怨恨，那光义王便可将西安屠戮的罪名全部推给豫刚家，同原家结盟，也是易如反掌。”

老王爷看着我，犀利的目光乍现，冷冷道：“夫人高见。只是留在君家寨，我等亦不放心……”

段月容的紫瞳寒光闪闪：“木槿，那你莫要怪我杀了全寨灭口了……”他对我冷笑道，“花西夫人还有何高见？”

我的心一惊，看了段月容一眼，心中无限凄凉，大脑却在飞快地想着对策：“木槿试问王爷何以攻克叶榆，何以打败光义王？如今的王爷没有雄厚的兵力，也没有巨大的财力，唯一能倚仗的，不过是正义之师这个名头，可是王爷转眼灭了君家寨，岂不是昭告天下，豫刚家不但同光义王没有区别，还是一位忘恩负义的小人！如何不败？”

段刚满面铁青地一拍桌子，大喝：“放肆！”

段月容也着急地喝道：“木槿，你少说几句。”

我站在那里摇摇晃晃，口角液体腥臊，我用袍袖拂去一片殷红，缓缓提出第四个建议：“其实王爷完全不必如此赶尽杀绝，南诏步兵甲天下，也意味着豫刚家将要打一场持久战，财力便是个大问题，只靠掳人劫寨断不是长久之计，光靠布仲家的资助更不是长久之计。”

段月容跪在那里狐疑地看着我，无奈道：“你又想到什么歪主意？”

我心如死灰，恢复了平静，对着他自如地微笑道：“世子还记得我与世子说的旅游农业吗？这不过是木槿的一个小想法，木槿保证能为豫刚家创造巨大的财富，愿助豫刚家打回叶榆。

“现在南北商贸中断，内地亦乱，若有一人能打通丝茶之路，不但可获高额利润，亦可助王爷换得中原物资。只是花木槿从此死去，请莫要再以这个不贞之人来羞辱踏雪公子了，然后请世子、请王爷……”

口中流出的液体滴滴下坠，我再也撑不下去，心神欲碎，不觉沉入黑暗。

等我醒来，花木槿死去了，却多了一个商人君莫问。我让段月容向天下宣称，花西夫人在窦英华送给他的那一天就守身而死了。既保全了原非白的名誉，又让豫刚家不至于成为原家的敌人，所有人的矛头还是指向了窃国的窦氏。

段月容为我派了一个奴仆，名唤孟寅，实则是来监视我的，不过长得倒十分俊秀，后来我才知道他是从小在豫刚家长大的阉人，亦是段月容的伴读。此人倒是十分乖巧机警，表面上对我也十分顺服。

于是我开始同孟寅游走于东南一带，将东边的丝贩到南边，又将南边的名茶和棉布贩到东边，因为我是近几年来唯一一个敢走出南边的商人，所售货物又是地道的好货，价格公道，童叟无欺，东边的商家便认定了我。

一开始，在南边光义王的地盘里无法打通关节，但是随着豫刚家慢慢蚕食着光义王的地盘，我接触的生意也多了起来。我记得我第一次给豫刚家交银子的时候，老王爷的目光颇有些不信，然后面露喜色。段月容也是满面含笑。

我每年向豫刚家交一批银子，渐渐随着生意扩大，一年交得比一年多，到后来，他便让我向他的儿子报账，很少再亲自过问我的生意。后来段月容对我说，每年只要交固定的银子，剩下的只要不是用在帮助其他枭雄，我可以自由支配，算是对我的奖赏。

我有了自己的生意，然后每每有机会见到他时，都会反复提“正义”这两个字，莫要再有西安屠戮了，莫要再有烧杀淫掠了，只有以公正严明的军纪来约束部下，才能让各部诚服归顺，同时希望豫刚段家能善待汉族人。

一开始老王爷偶尔也会邀我一起论天下时事，以及对光义王的战争策略，我总是谈得很少，他明显有些不悦，段月容也很失望。我从容地解释我只擅商道罢了，军政实非我之强项，更何况汉人的规矩，后宫妇人是向来不得干政的，两人的面色才稍霁。

渐渐地，老王爷似乎接纳了我这只会生金蛋的鸡，后来给我派了一个巫师，给我煎药，被我发现不仅仅针对我的顽疾，还要解我身上生生不离的毒，我便每每偷偷倒掉，终于给段月容发现了。他狠狠地抓住了我的手，目光如鹰隼锐利，又似刀割一般疼痛。

我淡淡笑道：“花西夫人已经死了，生生不离在与不在，又有何关系呢？世子殿下。”

我和段月容太过互相了解，他知道强迫我没有用处，只会让我更加排斥他，更何况我和他牵扯了太多太多，他和他的父亲也需要借助我经商的头脑，于是他只能慢慢松开了他于是我顺利地开始在京口和瓜洲设置总号，同段月容二人千里相隔。这几年相见的机会越来越少，每次见面的时间又远比在君家寨时少得多，可是他好像越来越健忘生生不离这档子事了。

有好几次，和他纠缠得两人衣衫不整，我按着他不安分的嘴连呼生生不离，他才喘着气离开了我，只是紧紧抱着我不让我退开。

后来老是撞进来的夕颜成了很好的节欲提醒，这么多年过去，他对夕颜多多少少也有了感情，一段时间不见夕颜，倒也能和颜悦色地抱抱她，检查她的功课，给她上一些帝王霸业的课程。

头两年豫刚亲王过生日，段月容一定会带着夕颜回去，大理王也很宠爱活泼大胆的夕颜，唯一的抱怨，来来去去还是那一句：可惜不像容儿。

而夕颜每次回播州，必定会去拜访面黄肌瘦、常年在床的华山。

第一次同华山见面，小丫头那婴儿肥的小胖手摸着自己的下巴，单眼皮的大圆眼瞪着华山十秒钟，然后像小大人似的，装模作样地叹了一声："世子这样不行啊。"

她热情地拉着华山爬树，结果华山好不容易被丫头搀着，气喘吁吁地挪到了树底下，夕颜早已上了一趟树，下了一趟沟，替他捉了一条绿油油的大毛虫以及一只乌黑的大蝎子。

夕颜一本正经地让华山看蝎子吃毛虫，大毛虫痛苦地扭曲着身子，绿色的体液哗哗溅到华山黄黄瘦瘦的脸上，华山的小脸已经骇在那里发黑了。

而我那大宝贝还在旁边起劲地说着她的计划：待会儿再去抓一条五彩斑斓的毒蛇，一条大蜈蚣，让蜈蚣吃了这只大蝎子，再让毒蛇吃了蜈蚣，这毒蛇便是毒王了。最后让华山再把毒蛇给吃了，这叫以毒攻毒，华山就能马上好了。

她边说还手舞足蹈地连带比画，华山两边的丫头脸色发白，其中一个还吐了。

华山第一次上这样别开生面的生物课，也是第一次亲眼看到以毒攻毒的制法，尤其想到要像眼前这只大黑蜈蚣一样生吞活啃地吃挣扎着的大黑蝎子，一激动，气喘着，小眼一翻，就这么晕了过去。

华山晕了两天，把我们给吓得六神无主。蒙诏两天两夜没合眼地守在旁边，眼睛都差点哭瞎了。

夕颜的小脸惨兮兮的，难得抽抽搭搭了一个时辰："沿歌哥哥说过毒王就是这样制成的，所谓以毒攻毒，华山再吃了毒王，身体不就能好了吗？"

从此以后，一向调皮得无法无天的夕颜每次都会带一堆礼物去见华山，还会像大人一样和颜悦色地哄着华山，每次都是三句话起头。

第一句话是：世子免礼！

第二句话是：世子吃过药了吗？

第三句话则是：我爹爹又为你寻了些XXX药，我已经熬好了，你一定要试试啊。

不过毒王这节风波倒也没有吓倒华山，反而让他从此记住了无法无天的夕颜，每到节日也会仰着黄不拉叽的小脸问：“夕颜公主今年来吗？”

后来大理王也邀我同去，我仍以男装示人。他对我倒是越来越好，经常让段月容给我和夕颜捎一些稀有的皮草、珍珠、首饰等女人用的东西。

随着八年的对战，政治以及战争态势都开始明显偏向大理段氏。大理王很多次暗示我攻回叶榆指日可待了，我也该换回女装，莫要再和段月容两地分离。我总是打马虎眼搪塞过去，段月容的脸色便会清清冷冷，眼神黯然。

在那个时代，他同我一样也算是二十四的“大龄男女青年”，按理说无论是汉人或是少数民族，作为一个健康的男人，都应该是成群孩子的爹了。然而在他大理后宫成堆成堆的各色美女中，却没有一个为他生过一儿半女，我有时也好奇地问他为何不生个孩子。

“小孩子都是魔鬼。”他很认真地对我说着，目光似飘到很远的时空，好像回到了一天到晚给夕颜换尿布，间或偶尔被她捅到紫眼睛而泪流不止的日子，不易察觉地打了一个哆嗦，然后回过神来对我哈哈大笑，“世人都称我为妖孽，我索性如了他们的意，没有子嗣，也就没有小妖孽了啊。再说，我们有夕颜，虽是女子，我大理倒也不在乎做王的是男是女，她也能承我香火。当然，除非……”他的紫眼睛慢慢地瞥向我，身子也俯压了下来，对我充满激情道，“除非是你想要个我俩的孩子，我自然拼死也会满足你的愿望。”

从此我便再也不提这个话题了。

这几年忙着生意，很多往事我都尘封在脑海中，今天是怎么了，怎么会想起这许多来？

已是立秋了，天也有些凉了，悠悠体贴地上前为我加了一件衣衫。

话说回来，自从有了悠悠，每每谈生意，悠悠上前轻轻一笑，弹上一曲，或是扭着小蛮腰舞上一舞，生意的成功率确实高了许多。

“悠悠，你今年快十八了吧？”我将茶杯盖放了下来。

“嗯，君爷。”悠悠娇羞地看着我。

我望着她羞花闭月的脸，不由得一叹。花木槿已死，君莫问此生剩下的只有长相思罢了。我的那些姬妾，皆是这几年相逢的天涯沦落人，心中都有着无法磨灭的伤痛，此生似是看破红尘，不愿离我而去，眼前这个正值双十年华的美貌女孩呢？莫非也要陪我孤独终老吗？

我淡淡笑着，执起她的手：“悠悠，你是个好姑娘。这么多年，也帮衬着我，让我渡过了不少难关，你我虽有主仆之谊，可我心中把你当作亲妹子一般。你也不小了，若有上心的人，只管告诉我，我定会为你主持一段良缘。”

悠悠的脸色却越来越白，小手抖了起来：“君爷可是嫌悠悠哪里不好吗？”

啊？我张口结舌。

悠悠却跪倒在地："君爷是个好人，悠悠这一生跟定您了。若是嫌悠悠哪里不好，只管骂悠悠便是，可是求君爷莫要相弃啊。"说着死命地叩头，眼看脑门都红肿了起来。

我慌着拉了半天："你莫要误会啊，悠悠，我是真心想让你幸福的啊……"

正乱作一团，齐放的声音传来："主子，府里传话来，说是小姐同表少爷打起来了，劝不住，请您赶紧回去一趟。"

我呼啦一下子站了起来，只觉口干舌燥。

神啊，夕颜敢打当今太子啊。

我赶紧整了整衣衫，再次安慰了悠悠，急急地赶了回去。

永业十年三月初九永业皇帝殁，庙号熹宗，皇后窦丽华同日殉葬。

永业十年三月二十，东庭末帝轩辕翼的登基仪式上，窦氏权臣由身为六部堂官的高纪年、刘海、卞京逼孝宗禅位，窦氏改国号为周，史称后周，改年号为元庆，东庭王朝终于结束。当日一读完禅位诏书，刘海便拿出早已准备好的龙袍让窦英华穿上，即刻加冕为周世祖元帝，轩辕翼被贬为裕王。

而极少人知道真正的轩辕翼却在熹宗被活活气死的那一天，在皇后的授意下，被窦亭和殷申装到一只书箱里，由一干对轩辕氏尽忠的宦官宫婢从密道送出了昭明宫。

永业五年我同殷申曾在宛城有过一面之缘。他对社稷满腹忧患，死去的"洛阳五君子"很多为其同窗，陆邦惇也对他有知遇之恩，可是为了大局，只能隐忍做了窦家走狗。那一日喝醉了，他便在淮河河畔狂性大发，一边舞剑，一边大骂窦氏，我当时还不知道他的身份，便在岸边救了他，回了我的府邸，第二日他却不见踪影。等到我前往京都经商，他看到我的名片，记起了我，便暗中助我打通经商关节，但面上从不与我来往。

直到永业十年，他和窦亭用一只书箱将太子偷运出昭明宫，而我是那时为数不多的敢于前往京都做生意的商人，便将此书箱送到我的府上。那时事出突然，我们所有人都有些不知所措。

太子从书箱里钻出来，看清楚我和齐放是他从未见过的人，也呆在那里，不过小小年纪却立刻反应过来，沉静地问道："卿可认识刑部尚书兼太子太傅殷申，礼部尚书兼太子太保窦亭？"

我点点头，拿出了殷申送我的一枚白玉壶，只因我曾安慰过他：一片冰心在玉壶。

太子看了看玉壶上的落款是他老师的笔迹，立刻说道："孤乃当今太子轩辕翼，大庭朝的江山社稷全在卿的手……"

我当时先微笑，问可有凭证。小太子白嫩的小手从鼓鼓囊囊的怀里掏出一方大大的玺印，我和小放跪下的时候，已经笑不出来了。

我骑虎难下，在万分危急之时，殷申过来救了我们，并送我刑部的通关文牒。但为了保险起见，我还是用了窦英华的通关证，这才冒险逃了出来。但事情没有结束，窦英华为了安定人心，顺利篡位，自然没有大力声张太子逃出宫禁，只用了一个适龄小孩来掩人耳目，然后私下里仍然派出各路武林高手前来追杀太子。兹事体大，孟寅一早就飞鸽传书给段月容，他立刻八百里加急赶到瓜洲来问我此事。

他当即见了太子，当着我的面，恢复一身英气男装，坦承了自己是大理太子、保证能拥太子即位。

然后，他无视我的眉毛渐渐倒竖，要太子保证每年送岁币给大理，割湖北府与大理等一系列不平等条约。

轩辕翼虽小，却一针见血地说道："孤不会为了复位而同你签订丧权辱国的条约。"立刻减掉了一大堆条件。

最后轩辕翼道："大理太子若愿意，孤复位后愿与公主联姻。夕颜公主为三宫之主，以证大庭与大理永修和好。"

段月容笑道："孤相信轩辕太子能保证大庭与大理修好，可是汝庭朝如何能阻吾大理的金戈铁马？"

这人是来谈判的，还是来欺侮小孩的？

我心头憋着火，怒瞪着他。他的紫瞳却只是淡淡瞥了我一眼。

轩辕翼平静地走到我跟前，礼貌地问我借了"酬情"，然后毫无预兆地割开自己的小手，等我们反应过来已经晚了。轩辕翼坚定道："孤自然有办法，孤愿意花一切代价来让大庭再次富强，定要让四方邻国再尊我轩辕皇室，孤愿与段太子滴血盟誓。"

段月容眼中闪着嘉许，赞道："好，等夕颜十八岁时，无论太子是否复位，孤都会将夕颜嫁给太子。"

我并不乐意就这样决定夕颜的终身，她的命运应该由她自己来掌握。

段月容却笑我太过书呆子气。

"这天下有谁可以掌握自己的命运。更何况离夕颜十八岁且远着呢，到时轩辕翼在不在这世上还是个问题。"他习惯性地摩挲着那支凤凰钗，低头沉思着。

我无语地看着他，心说这小子八成又在酝酿什么政治阴谋了。

他却忽地抬头，将那支光溜溜的凤钗轻轻插在我的头上，然后按着我的双手，不让我取下，对我看了半天，笑道："还是女装好看。"

我一愣，他却揽我入怀："我们的女儿夕颜……都八岁了，木槿……"他的下巴搁在我的脑门上，低低道，"你还要我等多久呢……"

我看着他半晌，那双紫瞳满是期待和无奈，我欲开口，他却及时用一只修长的手指点住我的唇，逃开我的视线："算了，不要说了……"他复又抬起头，对我微微一笑，紫瞳含情脉脉地看着我，"算了，只要你在我身边……这样也好。"

这样好吗？

他走了有月余，派了很多高手来保护我。可是我不知为何，时常考虑这个问题，这样真的好吗？

回到君府，只见两个孩子扭作一团，旁边是一群呐喊助威的学生，我的义子女们。

“打，夕颜，好好打这个黄川。”众孩子明显偏向夕颜。

齐放淡淡地进言道：“这已经是今天第二仗了，豆子都被夕颜扔的石头给砸晕了。”

我的气上来了，不由得大喝一声：“都给我住手。”然后回过头对沿歌和春来冷冷说道，“你们这些做师兄的，不拉着弟妹，反倒是看笑话不成？”

春来惭愧地低下了头，沿歌也垂目默不作声。

孩子们吓得不敢说话，满头包的夕颜和化名黄川的轩辕翼被沿歌和春来拉开，夕颜却趁我说话的时候又偷偷敲了一下轩辕翼的脑袋。

我大声呵斥着夕颜，用我那柄风雅的玉骨扇柄替轩辕翼打还了她，小丫头立刻扁嘴哭了，哇哇大叫着说我偏心，大声扬言要告诉她外公和娘娘。

我也气得脸皮抽了起来。这小丫头还真是越来越不像话，一定要好好教育。

我让沿歌拉着太子去上药，把夕颜带到房里上药：“你干吗欺侮新来的表兄？”

夕颜止了哭，在那里抽泣着：“他不讲礼貌，眼睛长到上面去了，跟他讲话，他也不理人，坏小孩，还说我不能忤逆他，要给他下跪认错！”

小丫头恨恨道：“娘娘说过，夕颜是公主！”

她特地在公主上面加重了语气，口中重重哼了一声，小下巴昂得特高，活活一个小段月容：“除了娘娘、爹爹和外公，高贵的公主根本不用给任何人下跪的。”

我挑了一下眉，这个段月容！

我耐心地教育女儿：“夕颜，打人是不对的。”

“娘娘说了，谁欺侮夕颜，夕颜就要狠狠打还他，打到他俯首称臣为止，反正不能让人欺侮了。”

这个该死的段月容，自己不好好做人，连带教坏夕颜。

我花了一个下午教育夕颜这个小孩子王。然后又对太子动之以情、晓之以理，这世上有一个成语叫作平易近人。

可惜这个孩子出生在钩心斗角的深宫大院，经历的变故又太多，表面上对我所说的诺诺称是，眼中却明显地隐着仇恨。我暗叹一声。

上元节到了，我带着希望小学的儿童新年旅游团前往观灯，一个家人带着一个孩子，我一手拉着夕颜，一手拉着太子，后面跟着齐放和豆子，一前一后游街市。

东风夜放花千树，更吹落，星如雨，宝马雕车香满路……

夕颜嚷着要我抱，我无奈地抱起小丫头。

“哎哟！小丫头，你可又重啦。”我抱起我们家的大宝贝。她的小肥手搂着我的细肩膀，咯咯乐着看灯。

齐放想抱起太子，可是太子淡淡说道：“我已经大了，不用抱了。”

夕颜本来对他扬扬得意地做着鬼脸，可是看到太子落寞的脸，又愣了一愣，过了一会儿说：“爹爹，我想和黄川一起玩。”

我睨着小丫头：“你何时变好了？”

夕颜却挣着下地，跑向太子，一把抓住他的小手：“我们手拉手一起玩。”

太子甩开了她的小手，只是拉着齐放，可是夕颜又扑过去，笑眯眯地抱住太子：“爹爹说过大人是不计小人过的。你老说你是大人，要一统天下，那就要有宽阔的心胸。”

太子发愣间，夕颜已献上一个香吻，然后拉紧了他的小手对他咯咯笑着，太子的脸一红。齐放的眼中闪着嘉许，向我望来，我得意地一耸肩。

今年的灯很多，就数我们君记扎的款式花样最多。我的总号门口两边各挂着五盏大琉璃灯，每盏写着一个字，拼起来便是：“君记最可靠，诚信到永远。”

这时君记的舞龙队跑了过来，亦不时宣传君记的口号。寒冬里舞龙的汉子们赤着健臂，口中呵着白气，额头汗流如雨，大声叫道：“君记最诚信，大家过好年！”

这话是孟寅提的，我以为同现代的广告语相比，实在俗不可耐，但也不得不承认，通俗的东西往往易入民心。

我乐不可支，被人流挤了出去。好不容易人流过了，我才松了一口气，开始东张西望地找夕颜她们，却听身后有个声音柔柔唤道：“原来你在这儿，可让我好找啊。”

这个声音带着一丝不可思议的熟悉，轻轻敲响了尘封的往事。

我扭头望去，却见灯火阑珊处，一人酒瞳似葡萄美酒在夜光杯中流光溢彩，熠熠生辉，红发齐齐压在盘丝纱冠下，冠上几颗明珠颤抖，更显俊朗有神。

有些人，分别得再久，可是你一旦见到他，岁月也失去了光彩，所有的往事都向你涌来。

我就此惊在那里。是非珏，竟然是非珏。

一切失去声音，消退了颜色，唯有那樱花林中的少年在落英缤纷中对我微笑着：木丫头！

众里寻他千百度，蓦然回首，那人却在灯火阑珊处。

“这首词说得对，有些人你一直在找啊找，急得你晚上睡不好、吃不香，练武的时候也老走神……其实那个人就在你身边，一回头就看见了。我明白了，你就是我一直在找的人，木丫头，原来一直都在我身边。”

我缓步走向他，那颗心好像要活活蹦出来，而他也在那里对我含着一丝微笑，柔情万千地看着我，向我走来，就好像昨天。

非珏，我终于又见到了你！

他走到我的面前，就在我哆嗦着嘴唇，开口欲言，他的目光却越过了我，转眼已同我擦肩而过，笑着走到我的身后。

我的心如被冰冷的锥子狠狠地刺了一个洞，猛地转过身去，却见他的身边站着一个娇俏的身影。他含笑轻触她的脸颊，然后将她雪貂披风的雪帽戴了上去，薄嗔道："起风了，你身子骨又不好，莫要着凉了。"

岁岁年年花相似，年年岁岁人不同。

我呆在那里，看着他对那个女子柔情似水，忽然感到一种从未有过的无力感和渺小感。

我猛然醒悟，那《青玉案》早已是时光的牺牲品，命运已然无情地步入它应有的轨道。

我的眼浮上水雾，那两人的身影旁又多了四个人影，我再定睛一看，果然为首那个目光一闪，敏锐地向我看来，正是金发蓝眸的阿米尔。

我赶紧转过身，佯装看着小摊贩的胭脂水粉，强忍喉间的哽咽。

再转过头来，街道上已是空空如也。

"客官，您买是不买？"

我怅然若失地回过头，那胭脂水粉摊的老板对着我，脸皮抽着。一低头才发现，我早已把人家的水粉摊给弄乱了。

我赶紧道着歉，往怀里掏银子。

齐放赶到时，我正双手抱头坐在街边的地上，脚边是一堆胭脂水粉。

"爹爹，你看，夕颜给爹爹买了荷花饼。"夕颜大声唤着我，挣开了太子的手，跑了过来，和太子一样，手里拿着串糖人。太子也是神色愉快，看样子两个人彻底和好了。

夕颜献宝似的欲往我嘴里塞一块荷花饼，看到我抬起头，却凝住了笑脸，一只小手抹着我的眼睛，疑惑道："爹爹怎么哭了啊？"

我勉强笑了笑："沙子眯了爹的眼睛，走，咱们回去吧。"

马车厢里，两个孩子睡熟了，齐放忧虑地看着我："主子，怎么了？"

我没有焦距地望着前方，喃喃地道："小放，帮我去查查，瓜洲可有西域来的商家公子，红发酒瞳，带着家眷，我想见见。"

齐放一惊："莫非是四公子，怎么可能？"

我惨然一笑："怎么不可能，我看到他了。"

齐放看看我，缓声道："许是主子看错了。"

我摇摇头，对他惨然笑道："小放，有些人，你一生也不会看错的。"

我手下的人效率非同一般，只一个上午，所有在瓜洲经商的西域商人的信息到了我手中。共有四个红发商人，其中有个名叫撒鲁尔的，带着夫人和七名随侍来，住在富春大街一带高级"别墅"群中，他那别苑旁边不巧是我的另一处地产。情报网同时送来消息，他们恰好在采购绸缎和茶叶。那可巧啊，这都是我的强项啊。

我头一次感到身为有钱人的福利，立刻让孟寅安排一下会见地点，务必做到有条不紊。

我心里明白，如今的我和非珏就仿佛是两条平行的轨道，永远没有交集。然而我却没有办法做到当作什么也没有发生过，因为他是我这一世的初恋，是我这一世所剩下的最纯洁美好的回忆了。

我只是想再看他一眼，再听一听他对我说话的声音，哪怕只有一次也好。

我一开始连连换了好几套衣服。夕颜一会儿说我这件穿了像绿油油的蚂蚱，一会儿又说那件像红红的草莓，总之是噘着嘴老说不好，还说什么娘娘才是世上最好看的女人。

齐放提醒我："小姐可能以为主子您又出去会相好的了。"

我又好气又好笑，但也让我第一次开始沉思：我和段月容这样"劳燕分飞"，对夕颜的将来好是不好？

聚仙楼里有我百分之四十的股份，掌柜自然而然地安排了雅间。我穿得光鲜靓丽，风流倜傥。表面上平静地等着非珏，内心却满是前尘往事，宛如一个初恋少女，感到时光忽而过得快，忽而过得慢。

内心深处一方面希望非珏快快来，另一方面却总觉得我的准备时间还远远不够。

可是那明可鉴人的楼梯上，沉沉脚步声终是传了上来。我站了起来，感到拿着玉骨扇的手心有些潮意，一颗心仿佛也要跳出嗓子外面了。

我努力挂起一丝笑意，迎接着出现在转角处的一头泛着金光的红发。

阳光透过朱红葡萄结子花纹的窗棂射进来，他的酒瞳折射着一湖剔透的光泽，却沉淀着帝王的凝视，带着一丝强烈的压迫感透过我的眼向我传来，令我有一丝透不过气，心中不知为何微微凉了起来。

他对我微微一笑，头轻点，我这才回过神来，恭敬地向他揖手："在下君莫问，见过撒鲁尔公子。"

"初来贵地，还请君老板多多关照。"他的汉语还是像以前一样流利，音域却由少年时代的微尖变得更加醇厚，加上突厥人的口音，九五之尊的一丝慵懒，竟带着华丽的低哑性感。

向来巧舌如簧的我竟然有些不知所措。齐放咳了一声，我赶紧站了起来，将我带来的几匹绸缎献于非珏眼前："这是君记最新花样的样缎。本号亦有顾绣、杭绣及苏绣高手，可凭公子定夺。"

他的眼中有着一丝惊艳，伸出左手慢慢抚摸着光滑的绸缎，却见左手上有一道褐色疤痕，深可见骨，我一阵心痛，却又不好开口。

他点头赞道："大庭的丝绸行，果然当以江南为冠哪。"他抬起头看我一眼，微笑道，"而江浙一带尤以君记为首。君记绸缎果然名不虚传。"

因为他的夸赞，我的心中有些小小的得意："听说公子带了内眷来，公子若喜欢，这几匹权当见面礼，就送予公子与……您的内眷吧。”

非珏口中说着不好意思，眼神却并未推辞，依然淡笑着，叫人收了起来。

我对他说道，我的织机厂里有更多的花样，若是有空，不如请他和夫人一起过来看看吧。我暗想到时叫悠悠或是哪个漂亮老婆作个陪，拉开非珏的那个内眷。

非珏的酒眸一转，摇头淡笑着：“多谢君老板美意。说起来，内子是苏南人氏，这次说是来采买些丝缎，不过是担心她在宫……弓月城里太闷，她又总说她的故乡如何美丽富庶，便陪她过来看看。她的身子本不太好，我看还是算了吧，我和长随过来看看便是了。”

不知我的笑容是否有点勉强，我点头说了些自己也不太清楚的客套话。后来再一交谈，才知道他共有三个妻子，姬妾无数，这次带过来的是最宠爱的那个。他已经有了两个儿子、四个女儿了，其中一子一女正是这位最宠爱的妻子所生。他的脸上隐隐有着为人父的骄傲。

时光果然残酷，当年樱花林中的天真少年已经成为一个健壮成熟的父亲。我只觉五味杂陈，难分悲喜，但分明感觉像是有人从头顶给我浇了一桶冰水，把我浇了个透心凉。

然后他又感兴趣地问我有几房妻子和多少孩子，我干笑着说就一个凶得要命的老婆，一个皮大王的女儿，还有五房妾室。

他听了哈哈大笑：“听闻君老板花了二十万两白银买下一个红舞伎，今日得见，果然是江南雅人啊。”

我实在不想同初恋情人谈论我在风月场上如何荒唐，便干笑着虚应了几句，岔开话题，问他为何汉话如此流利。

他笑答道：“我母乃是突厥贵族，父亲却是汉人，从小是在西安长大的，秦中大乱前便随母亲迁回了突厥。”

我的心神一黯，果然如此，面上却假装恍然大悟道：“原来如此，怪道兄台的汉语如此流利，冒昧地请教兄台汉地与突厥之贵姓啊？”

“我的突厥名字乃是阿史那撒鲁尔，至于汉名嘛，”他的手指轻敲了一下樱桃木的茶几，微微笑道，“姓裴名珏。”

我摇头晃脑一阵：“阿史那，原来裴公子乃是出自突厥十大家族之首啊，幸会幸会。”

在上菜前，我又问了些西域的风俗，假意有心想开拓西域商路，没想到非珏很感兴趣。看样子每个做帝王的都对国计民生、经商贸易很关心。

上菜后两人谈得很投机，我叹道：“可惜现在窦周与庭朝依然战火连绵，西域封锁商路，不然倒是生财的好机会啊，亦可以前往弓月城拜访裴兄。”

他朗声一笑：“君兄不必忧心，只要君兄能跨过玉门关，到得弓月城，我便能好好款待君兄，亦能保证君兄通商安全，发财致富。东西突厥总有一天是要统一的，到时百年丝路便能重开，帝国又是一番兴旺。”他的酒眸里满是雄心勃勃。

而我在心中则有些哀叹，现在看来，只能靠捣捣皮包公司和发展西游记旅游的机会才好见见非珏了。

两人又聊了一阵西域。我说我在秦中大乱前在西安也曾小住一段时间，想与他谈些西安的民俗风情，可是他聊意缺缺，只淡淡说是走的时候太小，人事记得不多。

第二日，我推掉一切应酬，只为了在织机厂接待非珏。他认真察看，不时提些问题，后来一下子订下了云锦、苏绣缎、杭绣缎各一千匹的订单。这不过是张中型订单，但我却心花怒放。生意生意，便是这样开始有来有往的嘛。

以后常常能看到你，也是一件好事啊。非珏，这于我是幸还是不幸呢？

我问他，他要这些绸缎可是要做生意。他哈哈大笑，满是豪气万千，睥睨天下地笑道：“不过是赏些家奴姬妾罢了。”

他喝了一口茶，眼中放出一丝奇异的柔和光芒，笑道：“确然这云锦是单单给我那爱妻的，她极擅绣工，在我眼中，也只有她配得起这云霞一般的云锦了。”

过了两日，我又以东道主自居，邀请他遍游江南各地美景，一副花天酒地的败类模样。他微笑着答应了，我却没有去钻研那抹笑容背后的真意，只是觉得我的世界插满欢乐的旗帜。

这一日，我们乘画舫游西湖，满眼开阔的湖光山色，软山细水中，我为非珏解说着沿途美景，他则含笑而听，神情愉悦。

我转身时假意掉下一根挂着玫瑰银牌的银链子，果然非珏捡了起来，拿在手里看了一会儿，眼神一阵恍惚。

我不由得忐忑不安，他可是认出来了？

他又皱着眉头看了一会儿，问我：“这东西方才从君兄身上坠下的，君兄怎么会有柔兰的饰物？”然后他递给了我。

我踌躇地看着他，勉强地笑着：“这是一位故人相赠的珍宝，公子不觉得眼熟吗？”

他微微一笑：“如此做工粗糙之品，在弓月城的街市上，数以万计，确实有些眼熟。”

我的笑容一下子僵住了。

他皱着英气勃勃的眉头继续说道：“君兄的故人是否故意欺玩君兄，君兄万万不必将之日日挂在身上，如此伪物，实在贻笑大方。”

我的心抽痛起来，四周一切仿佛都失去了颜色。我如此珍贵的记忆，在非珏心中已经变成了一场笑话吗？

我慢慢举手就要接来。这时舟身一个摇晃，我方趔趄，一只猿臂已将我扶住。我紧挨在他健壮的怀中，不由自主地反身抱住他，苦涩道：“非珏，你当真将我忘得一干二净了？”

非珏却轻轻将我推开，眼中幽冷若深潭，不再有往昔的温存，甚至还有讶异和一丝淡淡的不快："君兄说的，我可是一点也听不懂，倒是莫要再跌下湖去了。"然后走入船舱，只余我一人独立舟头，迎风伤魂不已。

这几日我不理生意，不管孩子们的教育，黏着一个西域商人。吴越之地传得沸沸扬扬，说我被这异族男子给迷住了，想要用重金收留人家做男宠。不知道是不是因为这些风言风语传到了非珏耳中，还是那次泛舟对他无礼，反正没几日非珏便前来辞行。

那一日，长亭送别，我无法不泪盈满眶，送上为他精心准备的吃用之物，他亦是镇定收下。身后的七名护卫流露着暧昧，为首的阿米尔看我的目光高深莫测。软轿中有一倩影，一双妙目似乎隔着帘子不停打量着我。

我勉强笑道："这位定然是你口中的爱妻吧。"

非珏仰天长笑，酒瞳充满了因爱情而四射的光彩："她是我的眼睛。"

如此视若珍宝……

那么八年前的我，又曾在你的心中占有怎样的地位呢?

我苦涩地对他说道："裴兄，你可相信，如果因为时间和距离，改变了外貌，甚至没有了记忆，只要相爱的两个人，还是能互相认出对方，找到彼此失落的那颗心吗？"

非珏沉默了半晌，看着我的目光有些迷惑，然后飞向那乘软轿中，释然道："我信。"却见他回过头来对我粲然笑着，"因为我已经认出了我今生的爱人。"

我心中那些满怀欢乐的美好记忆，瞬时化为一片灰烬。到头来，终是我一个人在过去的世界里跳舞。

我只能紧紧握着那根玫瑰银链子，隔着雾气看着他的目光追随着轿帘深情款款。

他微笑着，翻身上马，轻唤着："我们出发了。"

帘中的艳姝娇唤道："是，夫君。"

九骑扬起的滚滚烟尘眯了我的眼。我的手颓然地松开，玫瑰银牌垂了下来，在我手上无力地摇荡着，犹如我的心。

齐放在我身后轻叹道："主子……想开些，他本是练过《无泪经》的人，想是前尘往事皆不记得了。"

我终于明白了原青舞为何会那样痛苦，而无法开解。一个女人也许可以忍受所爱移情别恋，贪欢寻新，却无法忍受他将自己完全遗忘了。

我在他的生命中竟然连过客的资格都没有了?

非珏、非珏，你可是知道了我心中有了另一个人，而故意赌气装作不认识我吗？非珏、非珏，大错早已铸成，我亦无法挽回，然而你教我如何能忘了你？如何能忘了紫栖山庄五年的相知相怜相惜？如何能忘记木槿湾旁，巧梳妆成的风流俏公子为博心爱的木丫头一顾，倒拿着诗集，朦胧吟叹？如何能忘记樱花林下的《青玉案》，那第一个拥抱，那第一个吻，那第一次的表白？为何一切在你的心中已化为尘埃，甚至连驻足的机会也没有给我留下呢?

是啊，你的心中已经驻满了另一个窈窕身影，而我甚至都没有看清她的长相。她拥有了你全部的爱啊。而这份爱是每一个女人所渴望的生命中最奢侈的东西，那种单纯而热烈的爱情，似鱼水不可相离，若花叶相连，难分难舍。

这份美好的爱情曾经完全属于我，在我心底温暖了这么多年，直到今天，已然完全失去。可樱花林中的酒瞳少年分明仍在对我微笑。

霎时，我泪如泉涌，撩起下摆向前方跑去，仿佛酒瞳少年就在那里。

我对着滚滚红尘悲呼道：“非珏，对不起。”

我多想拉着酒瞳少年的手，看着他潋滟的酒瞳，诚挚地说一声：“对不起……谢谢你。”

然而，迎面而来的唯有呛人的烟尘。也不知过了多久，我终于跑不动了，气喘吁吁地在一棵大野樱树下停了下来，眼前哪里还有非珏一行的影子，唯有宁静的天际线，青天白日，树影轻摇。

不一会儿，齐放从后面追来，本欲开口，可看到我狼狈的样子，却终是沉沉一叹，不再作声。

这就是上天对我移情他人的惩罚！我知道。我心痛得无法呼吸，双膝重重跪倒在野樱树下，哭花了脸。

第四章

花心似我心

我开始了很没用的借酒消愁。齐放本来想管，后来发现我用来喝的酒皆来自库存，是段月容专门为我配的米酒，度数极低，便苦笑着由我发疯。我把生意都交给了孟寅和齐放，对外称病。

那个京口差点被我的马车撞死的豆子，倒是很有心地天天跑来看我，嘴上不说什么，眼睛里充满担心。他坚持要来照顾我，可是太子和夕颜却很喜欢他，就把他硬拉了去，却被我发现他在给我的米酒里兑水。

难怪哪，我就说我怎么晚上还是睡不着，脑中只有灿烂的樱花雨，只有那红发少年，他的《青玉案》……

我醒也罢，醉也罢，口里翻来覆去就是那首《青玉案》，头一遭忽然觉得原来医生口中的三十岁寿命其实也是挺长的。我已经这样畸形地生活了七八年，还要这样生活下去多少年呢？

每到夜晚，又不停猜测，如果那年上元节，段月容没有进攻西安，那我现在是否就会成为非珏的眼睛，享受着幸福的生活？

然后又何其怨恨，永业三年那年中秋，他为何要错带我到月桂园呢？那样我还可以美好地回忆我同非珏的第一次，不像现在，每每思及我那莫名其妙而尴尬失去的初夜，眼前便全是段月容那坏小子的紫眼睛。

每到夜晚，我“醉”卧在贵妃榻上，眯着眼睛望着窗棂外的素娥，往事与现实，不时在眼前纵横交错，加上这样残酷的幻想碾压着，不由得魂断神伤，泪流满面。

我这样稀里糊涂地过了六七日。这一日正午，又宿醉醒过来，到处找酒坛子，好不容易摸到一个，刚喝了一口，却听有人拼命敲我的门。

我懒洋洋地应着：“有事儿找小放和孟先生。”

外面传来孟寅的声音：“主子爷，是太子殿下的口谕，十万火急。”

我冷哼一声，跌跌撞撞地打开了门，孟寅端着盘子进来，那盘子里放着一只刚煮好的鸡大腿。

我举起那只鸡腿，莫名其妙地瞪着他，孟寅清了清嗓子，柔声道："太子殿下让奴婢传话：今时不同往日，你那矫情的秦中生活已然一去不复返！这是你改造自我、重新做人的好时候，你要正直地生活，别再想入非非，得诚实地工作，才能前程远大。世间一切本就是过眼云烟，一碗孟婆汤喝过，一切都会过去，惟有真理长存！"

我慢慢眯起了眼睛。

孟寅吓得立刻跪在地上，但仍鼓起勇气继续结结巴巴道："殿下还让奴婢说，这可是主子那撕鸡的大文豪说的，殿下还请主子吃了这鸡腿，补补身子，才好继续为他赚钱，照顾好夕颜公主。"

我咬牙切齿地说道："我知道。"

嘿！这个鸡贼的段月容，牢牢记了八年，在我如此痛苦的时候再原封不动地还给我！

这人得多缺德多变态啊！

孟寅揣测着我的脸色，鼓起勇气对我说道："奴婢也斗胆请主子振作起来，君家寨，君记诸位伙计还有公主，可都仰望主子。"

话音刚落，便一个响头磕下，以头触地。

我气极，可心头确实慢慢地清明过来，我对孟寅轻叹一声："起来吧。"

孟寅慢慢爬起来，小心翼翼地看着我。

我挑眉瞪着手中的鸡腿，仿佛缩小版的段月容，正坐在我掌心对着我双手叉腰，得意地狞笑，不由得一口狠狠咬上那鲜嫩的鸡腿。

一只鸡腿啃下，果然精神了许多。我扔了骨头，正要再叫上半碗粥，这时，一个小身影猛地冲进来，抱着我哽咽道："爹爹可醒过来了，夕颜想死爹爹了。"

我的头发披着，脸也没梳洗，被小丫头给撞得一屁股坐在地上。我半天才爬将起来，无语地摸着她毛茸茸的小脑袋，将她抱在怀里。

小丫头单眼皮的大眼睛又黑又圆，看着我泫然欲泣："爹爹这是怎么了？可是娘娘欺侮爹爹了？"

我看着她，微笑着摇摇头。

她仰起小脸："爹爹告诉夕颜，谁欺侮爹爹，夕颜帮爹爹去打他，打到他给爹爹求饶为止。"

"对啊，打死他！"

忽地又有好几个小声音传了过来。却见几十个小脑袋靠在门边，原来都是我的义子女们，一个个渐渐大着胆子，来到我的身边："先生受了谁的欺侮，我们帮先生去打还他。"

轩辕翼和豆子走在最后面，轩辕翼皱着眉头："表哥可好？"

一双双小眼睛盯着我，满怀忐忑不安，却如一道道阳光照进我的心中，驱散了连日来的阴霾。

我慢慢站起身上前，摸上几个孩子的脑袋，慢吞吞道：“滥用暴力是不对的。”

孩子们异口同声道：“知道了。”

窗外阳光明媚，我微微一笑：“今儿个大伙不是应该读《论语》吗？”

孩子们很有默契地对着我嘿嘿傻笑，打着马虎眼。

我笑道：“后院的樱树开花了吧……今日便放你们个大假，我们一起去赏樱吧。”

众孩儿欢呼，跟着夕颜去后边的樱园等我了。

小玉帮着我略微梳洗了一下。来到樱园，温暖的春光淌进我的眼，我微微用手挡了一挡，眼睛不由得眯了起来，手上却意外地飘来一片樱花瓣。

……

“木丫头，我记得你就是在这种叫樱花的树下告诉我你的名字的吧。”

……

我恍惚中，夕颜的大叫传来：“黄川，你耍赖，这个不算。”

“你自个儿抓不住小鸡，倒要赖我，要不咱俩换换，我来做老鹰！”

“不要。”

孩童的戏语传来，循声望去，夕颜他们在樱花树下玩老鹰捉小鸡，这回夕颜扮“老鹰”，轩辕翼做“老母鸡”，后面是长串长串的“小鸡”。

瓜洲的春风香软怡人，带着樱花的芬芳，拂向我的脸颊，如一双多情温柔的手。多好的春光啊。

“主子的气色好多了。”齐放走到我的身边，对我叹了一口气。

我看着樱花对他说道：“小放，今年的樱花开得真好！”

“是，主子。”

“小放，非珏不记得我了，我总觉得不甘心。”我沉沉说道。齐放也在我身边沉默着。

我抬手摘下一朵樱花，长长一叹：“这几天我一直在想，永业三年那场大乱，多少人妻离子散，现在他不但活着，而且活得那么好，老天爷总算待我也不薄啊。”

“主子终于想开了？”

我侧过身来，齐放正在阳光下对我微笑，眼中闪着惊喜。

我长嘘了一口气，心中一阵轻松，释怀地笑着：“所以，他虽不记得我了，只要这几年过得好，我也觉得是件好事，为他感到开心。小放，我们将来有机会一定要去弓月城看看，听说非珏把他的王廷建设得很是繁荣富强啊。”我张开双臂，迎着阳光深深吸了一口这沁香的樱花雨，伸了个大懒腰，将双手背负在身后，大声笑道，“其实我很早以前就一直想倒些波斯地毯和印度的香料到中原来卖。”

“还是主子的点子好。”齐放的声音越来越开朗，然后疑惑道，“何为印度？”

“哦，又名身毒。”我嘿嘿干笑着。

齐放领悟地点点头。

“还有大食帝国的珠宝，乌孙国的汗血宝马，就连师车国的葡萄干也是好买卖啊，对吧。什么时候百年丝路若真能在非珏的手上重开，咱们就狠狠地从非珏手上赚他一笔，也当我报一个大仇吧。咱们君记在弓月城开个分号，一准又有一番兴旺，其实也不错啊。”

我与齐放越谈越开心，甚至提到了搞羊肉串连锁店。

后来春来和小玉也渐渐靠近我们，支着耳朵听了半天，春来呆呆说道：“先生总有些奇奇怪怪的点子呢，可是神仙夜里托梦给先生的？”

我便忍不住哈哈大笑起来，一扫几天来的忧郁。

嗯，果然女性还是要有自己的事业，这样才不会为情事过分地左右自己的心绪啊。

这时孟寅急急忙忙地冲进来，后面跟着朱英、沿歌，还有许久未见、在账房实习的元霄。

“爷，您可总算醒啦！”大伙都是一脸兴冲冲，连一向酒意蒙眬的朱英也红着鼻子呵呵笑着，“您可把我们给吓坏了。”

我心中一阵过意不去，向他们歉然道：“莫问让大家担心了，真对不住！”

这时，一阵响亮而凄切的哭声传来，把众男儿和我都给吓了一跳。回头一看，却是我那些娇滴滴的姬妾，人人玉手捏着条绢子，抹着描绘精细的眼睛向我扑来：“爷啊，您可总算出门啦，把奴给想死了。”

我立刻被一群如花似玉的老婆围着，身边的齐放和孟寅都被挤了出去。我嘿嘿傻笑着，安慰着几句让娘子们受累了等等，然后我的姬妾们就拉着我看她们的新衣衫。

我忽然灵机一动，从花堆里伸头向孟寅道：“小孟，那个玉装楼的新衣出来了没？”

孟寅大声说道：“小的就是想回爷，师傅们刚把最新一批的女子成衣赶出来了，想让您看看。”

我哈哈笑道：“把所有的新衣衫拿来，今儿我要搞一个时装秀。”

我那几位俏娘子穿上新裁的衣衫，随着丝管弦乐，踩着节奏飘然行走间，所有人的神情一下子由不明所以变成了惊艳。

段月容不知道，陀思妥耶夫斯基还说过，美将拯救世界！

第二天，我到铺子里设计了一个小型梯形舞台，找了个能工巧匠做了出来，我对孟寅说：“以后凡有新衣上市，都给各府太太小姐们发帖子，请她们到玉装楼来看时装秀，顺便也向她们推荐我们玉人堂中最新发布的胭脂水粉。”

“这个主意甚好！”孟寅笑道，“爷可是想请些标致姑娘做试衣人。”

我笑笑：“不必了，试验阶段，我家里那几房闲着没事干的婆娘即可。”

“玉装楼时装秀”在瓜洲第一次举办后，获得了巨大订单，成了一条大新闻，原来只请夫人小姐前来观看，没想到很多男性慕名陪着家眷前来，以张之严为首。于是我索性又开了男士时装秀，主要由齐放、沿歌、春来他们负责，夫人小姐们看的时候，男顾客可以为自己选男装。沿歌因其邪酷的气质成为首席男模，整日在春来和小玉面前嘚瑟。玉装楼成衣铺子的生意空前火了起来，我也开始正式招聘男女模特。

这一日又一场服装秀彩排，我站在台下，手上两个八字，不停地比着角度，让各位模特注意走步路线。

这时齐放面色不霁地走进来说道："主子，琼芳小筑派人来传话，说是有人硬说是悠悠姑娘的仰慕者，定要相见。姑娘不允，那位公子仗着人多，硬是带着随侍闯了进去。"

我的脸冷了下来："报了我的名号没有？"

"报了。来人传话说那伙人马像是西北来的土财主，不识君爷的名片。"齐放看了看我连日熬夜而生的黑眼圈，"主子精神不济，还是先歇着，这事我去就行了。"

"已经有人抢走了我喜欢的男人。"我一脚蹬在椅子上，一副土匪样，众人看得目瞪口呆，我眯着肿起大眼袋的两只眼睛，"现在竟然还要来抢我的女人。"

众人的下巴不但掉得更低，还发出一阵惊叹。

我又说道："小放，给我十分钟，小玉替我收拾一下，马上就去琼芳小筑。"

我想了想，让小玉给我穿上最新出品的银素红织锦服，头上压着掐金丝纱冠，打扮得像只孔雀，就连沿歌这小子看着我，眼中都有了丝惊艳。

哼！要的就是这个效果，我可是东南一带有名有利有权有钱有势有才又极之好色的君莫问大老板啊！

不管怎么样，我已决定要好好振作起来："得正直地生活，别再想入非非了，要诚实地工作，才能前程远大。"我有一大堆生意要管，一大帮孩子得照顾，一大群老婆小妾要养，当然还有一大堆账单要付。债务也是生活的动力，首先从打败我的男性情敌开始。

哼，不管你是何方神圣，你敢在我花木槿，呃，不，君莫问最失意的时候来挑衅我，我会让你死得很难看！

我和四名长随雄赳赳、气昂昂地踏入琼芳小筑，来到中庭梅苑，只见一道颀长的白影，如明月霁光，鹤立鸡群地站在刚冒出绿芽的蜡梅树下，扶枝凝望，旁边站着满脸痴迷的悠悠。

我的脚如生了根，彻底呆在那里。

有一种人，无论他穿什么衣服，无论他出现在什么场合，无论他的境遇怎样落魄，他只要一出现在人群中，就如同一道彩虹，划过天际，不由自主地成为人群的焦点。

当年我刚满十五岁，第一次见到他时的那种惊艳和嗟叹，又如潮水般涌来。这将近八年里，除了在梦中偶尔相见，我刻意地不去想、不去念，以至于我自己也似乎说服了我自己，忘记了他那惊为天人的容颜和气质，然而有些东西，越是禁锢，却反扑更盛。

我看着他面带微笑，优雅地拿着一把小银剪，剪下梅树的侧枝，然后微侧身对着羞涩的悠悠说道：“梅树易活，但姑娘最好是命家人时时修剪侧枝，那花枝方能更盛。”

悠悠柔声应着，他便含笑问道：“看样子你家君爷很喜欢梅花啊？”

“正是，君爷酷好梅花。他的府邸，就在富村大街，离此处不远，听说亦是种满梅树……”悠悠娇柔地说着，看到我的一刹那，脸更红了，神色也有些慌张。

她身边的白影也转了过来。

岁月在他身上带走了少年时代那青涩的倔强之气，却又给他增添了一种男人的阳刚和英气，那绝世的容颜更加出众。

于是再一次，春晓之花在我眼前绽放，中秋之月悄然露颜，四周雅乐轻奏，仙雀环飞，浑浑然间，我的三魂七魄似已被夺去了一半……

哦！不……这一次我还很没用地看到了灿烂的烟花在他背后绽放。

我曾经无数次排练着看到他时应该说些什么、做些什么，可是这一刻，我却只能定定地看着他。

他出尘的笑容骤然消失，深不可测的目光凝着我许久许久，久到我以为海枯石烂、天荒地老。

然后他对我笑了，那种熟悉的笑容，好像就在昨天。他常常抢过梳子，逼我乖乖坐在梳妆镜前为我梳发时的柔笑；在可怕的暗宫，那一笑令我重生勇气，那一笑令我丢盔弃甲……

我闭上了眼，复又睁开，恢复了君莫问的自信，上前一步，紧握玉骨扇，向他抱拳道：“在下君莫问，不知这位雅人高姓大名，光临寒舍，有何指教？”我静静地看着他，等着他的回答。

他眼神一凝，然后快步向我走来。快得我的心脏要跳出来，快得我直想抱头鼠窜。我唯有鼓起全部的勇气，站在那里看着他向我走来。

然而他来到近前，却戛然止步，收了笑容，凤目隐着激动，然后转瞬消失，如古井幽潭，深不见底，然后在那里微微侧着头，凝视着我。

这个样子……就好像以前在赏心阁，他在花梨木大书桌前写诗作画，我在一旁研墨伺候，偶尔打个哈欠，不小心碰翻了青玉荷叶水丞，那水丞轻轻落到卧狮砚里，一滴墨汁溅到他的手背上。

他一向是个宽厚的主子，我知道他不会为了这个责打我，于是我嘿嘿傻笑着，拿绢子去拭他手上的墨汁，奈何那乌黑却越擦越多，本来与纸一色的手背上一片墨迹，我着急起来。他那时也是这样微微侧头，平静地凝视着我，凤目中有一丝拿我没办法的笑意，然后疾如闪电般用笔尖在我的脸上画几笔。我轻叫出声，他却在那里弯起嘴角。素辉在一边笑得直不起腰来，拍手道：“木丫头成大花猫了。”

西枫苑的一点一滴像是深埋泥土中的绿芽，我以为战火早已烧尽了花木槿的一切，包括她隐埋于心的那不为人知的一点绿色，如今琼芳小筑骤然出现的这道明月霁光却一下子射入我的灵魂，打开了封闭心门多年的沉沉腐锁，于是那点绿色在瓜洲香软的春风中蓬勃生长，又如雾气慢慢地凝成百川大海，汹涌地冲击着我本已脆弱的心门。

我慢慢放下我的手，垂下了眼睑，努力隐去眼中的雾气，掩手的长袖遮住了我不停颤抖的身躯。

许久，头顶的原非白对我一抱拳说道："秦中原非白，久闻江南悠悠姑娘技艺超群，特来拜会……请恕原某唐突，下人无状。"

他的声音很轻，仿佛在努力抑制着什么，语速也很慢，在我听来却字字珠玑。

"原非白？"我抬起头，努力装出惊讶万分的神情，"莫非阁下是秦中原氏墨隐，天下闻名的踏雪公子，亲临寒舍？"

他的凤目潋滟，微勾嘴角，点头正要开口。

这时外面传来打斗之声，齐放在我耳边说道："沿歌沉不住气，打起来了。"

我赶紧赶过去，却见沿歌正同一个俊秀青年过招。

哎，这个青年很面善哪。

却听有人暴喝："素辉快住手。"

啊，这个面颊光滑、清秀朝气的青年竟然是当年的小青春痘素辉？

我再仔细一看，还真有当年小青春痘的几分味道。哟，不过真没想到素辉现在长这么帅了，我不由自主地放松了嘴角，却见对面一个独臂英雄目光一闪，绞在我身上。

韦虎也来了。看来这个原非白来意不善啊，这时忽然一股熟悉的龙涎香直冲脑门，一转身，惊觉原非白已在我身边，目光深幽地看着我。

我急急地向前一步，高声叫道："沿歌住手。"

沿歌退出圈外，素来漫不经心的小脸上满是狠戾不甘，冷哼道："臭小子，敢欺侮到我们江南君家的头上来。你也不打听打听，我家先生是何许人也。"

我上前拉了拉沿歌，扯出一丝笑容："这位小英雄乃是踏雪公子的随从，沿歌莫要鲁莽。"

我恢复了儒雅，一回头，哎，原非白这小子怎么又贴着我？

我不着痕迹地又退了一步，笑道："公子见笑了。这是我的弟子沿歌，给我惯坏了，言行无状，还望公子和这位小爷雅量，莫要见怪才是。"

素辉正呆呆地看着我，双目有些激动。

我对他微微一笑，回头对沿歌说道："沿歌，可还记得我同你们说过的，天下闻名的四大公子吗？这位便是四公子之首的踏雪公子。公子前来你悠悠姐处指教乐理，实乃我君莫问的光荣，你还不向原公子和这位小爷道歉？"

沿歌看了原非白，就立刻一呆，乖乖地上前给原非白请罪，非白与我又客套一番。

这时已近中午，现在送客有些不近情理，而且还是闻名天下的踏雪公子来访，我又是以江南雅人自居的君莫问，讲不定进西安做生意还要靠原非白啊。

我伸出我的“玉手”，礼貌地向内一让，银素红的云锦宽袍袖迎风一扬，金丝银线在阳光下甚是耀眼。我敏感地捕捉到所有人都有那么一刹那的失神。我微侧身，玉带銙钩上那玛瑙折技花佩串发出悦耳的声响，一派富贵风流。

我自如一笑：“莫问慕踏雪公子久矣，请公子进小筑一叙，如何？”

非白的嘴角噙着一丝笑意，不知是认出了我，因而笑我装模作样，还是在心中笑话我这个暴发户。他也撩起瑞锦纹的白袍低声道：“多谢君老板的赏宴。”

我不动声色地看了看，包括熟人素辉和韦虎，原非白总共带了八个人，个个步履矫健，我注意到这几人中竟然还有一个以前守门的两个冷面侍卫中的一人，好像叫吴如涂吧。

悠悠移着莲步引我们来至梨花听雨阁，绿裁厅那里早已有丫头排好两列案几，上面摆上了几碟江南佳肴和金华酒，等我们两厢坐定，悠悠便翩然过来向我和原非白各敬了一杯酒。从她看着原非白的眼神，我仿佛看到了昨天的花木槿和花锦绣。

最近我的探子传来西安的消息，好像锦绣为原青江生的儿子非流快六岁了吧。连夫人的女儿非云前年不幸落水夭折了，因为连家失势，这几年连夫人渐渐失宠，原青江宠爱锦绣之势有加，不知非白在其中有没有动过手脚。而我的宋二哥在原家打回西安的第二年娶了原非烟，入赘原家，成为了原青江的左膀右臂，与我的妹妹花锦绣却不知何时开始水火不容。原家表面上雄霸西北，可是内部的势力却是三分，原青江的义子原奉定明里暗里都支持着锦绣，主张原青江立原非流为原氏世子；原非清兄妹同宋二哥同心，战果累累；最后一股势力也是看似最弱的就是眼前这位，明明在暗宫里软禁了三年，不但拒婚被原青江厉声斥责，在暗宫里试图出逃数次，被抓回后施以严酷的家法，身边仅有一个韩修竹却依然在原家的明枪暗箭中挺过来的原家第三子。

近年来，原非白和其一众忠心耿耿追随者渐渐恢复元气，同锦绣和二哥在原氏成就三足鼎立之势。当然我在背后或多或少地用各种方法，不着痕迹地推了他那群追随者一把。

表面上龙章凤姿般的天人，谈笑间看似洁瑜无瑕，细雪无声，可又有几人知道，他在骨子里偏又同其父一样，是个固执得近乎疯狂的人。

这样一个人，就在非珏造访一个月后再度出现在我的生命中，他到底想干什么？

嗯？谁在咳嗽，原来是齐放在我旁边提醒，放眼场中，悠悠想为我们献舞。

悠悠是姑苏勾栏的一个奇葩，琴棋书画无一不精，而她在舞乐上确有造诣，传说当时有旧宫人廿四娘为教坊舞乐头领，亦是悠悠的舞技老师，曾赞曰，悠悠的一支风荷舞比之宫中流行的莲池乐毫不逊色。

这小丫头精得很，从我认识她到现在，她只主动献过三次舞，第一次是自己的初夜竞价日，结果引来了我这个风月场上的冤大头；第二次是张之严到来之日；这算是第三次，原非白的这张脸还真好使。

我当然笑着说好，没想到悠悠羞答答地用甜软的苏州话要求原非白为其弹一曲伴奏。

嗬！我暗叹一声，表面上自然是责怪悠悠这个要求过分，看向原非白，他果然含笑答应了。

我命人摆上香案，递上净手之物，悠悠便取了一张我为她买的古琴。

原非白素手勾起琴弦，调试了一下，点头赞道："好琴。"

是啊！这张琴在殷氏的岷山琴行里据说也算是镇店之宝了，殷老板看在我送给他我"最心爱"的小妾怜香的分上才让渡给我，还特地让他的大掌柜花了半天时间，为我讲述这具古琴的悠久历史，就怕我这个"粗人"不知道这具古琴的价值。

当然是怜香先心甘情愿看上了他，然后我设计让殷老板在我家花园做客时偶遇一佳人，当场平地惊雷，火花四溅。两人一见钟情，可谓相见恨晚，难分难舍。

不过我还是花了好多雪白雪白的银子啊。

他素手一扬，弹了一曲时下流行的《眼儿媚》，悠悠的小蛮腰拧开，长袖一挥，舞开了去，樱唇微启唱道："我有一枝花，斟我些儿酒。唯愿花心似我心，岁岁长相守。满满泛金杯，重把花来嗅。不愿花枝在我旁，付与他人手。"

这首词是我写在《花西诗集》里的一首《卜算子》，悠悠今日特地挑了这首《花西诗集》里的词来唱也可谓用心良苦，她满怀情意地看着原非白。

然而原非白目光波澜不兴，却在唱到"岁岁长相守"时向我瞟来。

我佯装陶醉，尽量自然地移开我的目光，放眼场中，暗自坐如针毡。

原非白按着悠悠舞技和速度调整着自己的音律，一首《眼儿媚》给他连弹跳音，别是一番风情，悠悠舞姿亦是奔放，一串流水音后，一曲终了。

我们鼓着掌，悠悠云鬓稍乱，满面潮红："能得踏雪公子琴音相和，悠悠今生无憾了。"

非白嘴角微勾："姑娘谬赞，姑娘的舞技精湛超群，当是非白同家人饱了眼福。"

我正在脑中不由自主地计算着开个歌舞坊的投入支出与产出、盈利周期等，忽得一人在垂花门边大力鼓掌："本官也算饱了眼福和耳福了。"

众人转头望去，却见一人正值三十壮年，身穿宝蓝缎袄，头戴金纱朝天冠，冠上正镶着一块翡翠凝碧，足蹬羊皮小靴，腰挎比阿宝剑，面如满月，络腮胡修剪得极是得体，正双目如炬地望向原非白。

我赶紧站了起来，出门相迎："莫问见过太守。大哥怎的也不通报，小弟也好去迎接才是。"

张之严对我虚扶一把，大踏步地走了进来："刚才一番瑶池歌舞，怎忍心打断。"

我正要介绍，张之严笑着一摆手，向原非白笑道："天下闻名的踏雪公子乃操乐圣手，果然名不虚传。"

"原非白见过太守，"原非白深施一礼，"区区薄技，实在有辱清听。"

"哎，过谦了、过谦了，三公子的琴艺名满天下，今日听来真如天籁入耳，实乃本官三生有幸。”张之严仰天朗笑一番，“本官与令尊五年前有过一面之缘，不知侯爷身体一向可好？”

“家父身体尚可，多谢太守挂心。”

三人重新回到屋中，坐了一会儿，又聊了些风花雪月，倒也聊得很是投机。

话题渐渐移到时政上来，张之严打了一个哈欠，看了我一眼：“不行了，年纪大了，一个下午就乏了。”然后就跳下椅子要走。

我暗笑，这个张之严，又是天下免谈，但转念又醒悟过来，原非白此次来江南恐怕是来游说张之严的，而要打动张之严，必从周遭密友家人开始。而君莫问此人，既是贪利的商人，又是出了名的贪花好色，故而便打算从君莫问身上着手，于是便从其宠姬悠悠开刀。

我又一想，可是原非白刚才看我的样子，分明没有特别的震撼、惊诧，可见他是有备而来。那怎么可能，都七八年了，他若要来，早便来了，为何要等到现在呢，是谁给了他这个消息呢?

想起以前他能掌握我的一举一动，连我在非珏那里的情诗都能一首不落地抄下来，是了，他一直在非珏那里安插了人手，定是我前一阵同非珏过往甚密，引得他的注意。他是何其聪明的人，自然发现我可能还在人世的消息吧。

唉，我暗自懊悔不已。女人果然一碰到情事就盲目得紧，我好歹也是东南有名的商人啊，这么多年来，还是栽在非珏手中。

一边暗叹着，一边送别了张之严，原非白也起身告辞了，我求之不得。

他深深看了我几眼，对我微微一笑：“君老板长得很像我认识的一个人。”

我面上淡笑如初，心跳如擂鼓：“哦?何人，君某的荣幸啊。”

他张口欲言，却又闭上嘴，利落地跳上了骏马。我心中一动，他的脚终于全好了吗?

他在马上向我拱拱手，微笑道：“今日多谢君老板款待，来日定要请君老板来别苑一叙。”

“君某不胜荣幸，公子走好。”望着他渐行渐远，我心中盘算着这次一定要亲自解送南部的货物。

连日来，我窝在家中。段月容来信，说是最近战事吃紧，可能还要几百万两白银，信里还嘱咐我要多准备一些伤药。我一想也对，南诏那边本就多是瘴毒之地，如今打仗伤亡过多，很容易引起瘟疫，夏季尤甚。如今天气已经渐热起来，是要早做准备，于是我想办法在这几天给他凑个一二百万两银子，我库存里的cashflow（现金流）可能有五十万两吧。

我和孟寅两个人正在调动银两，窗外夕颜又拉着轩辕翼，玩纸飞机呼啸而过，然后停在外面玩打木仗游戏。

这小丫头越来越没有女孩家的样子了，有空要好好教教她关于女孩家的容工淑德，算了，还是让段月容来吧。他家里妻妾成群的，也算是这方面的专家了。

我对着窗外喊了一声：“夕颜，爹爹在看账，到别处玩去。”

夕颜大声哦了一声，过了一会儿孩童之声渐消，想是到别处去了。

等到我和孟寅出来时，已经是下午，我伸了个懒腰：“小孟，一起用个饭吧。”

孟寅温驯地垂下眼睑：“是，主子。”

“同表少爷打累了，都歇午觉了。”

我笑问：“谁赢了？”

“小姐同表少爷共打了八场方阵游戏，两人各带十名学员，赢了四场，平局。”

我夹了筷扬州干丝到孟寅碗里，他诺诺惶恐。现在好多了，以前我第一次给他夹了个狮子头，他立刻吓得给我跪了大半天，可能以为我赐毒药给他呢。

“最近原三公子可有什么举动？”

“只是频频出入太守府。我打听过了，踏雪公子现在不但是吴越社交场上炙手可热的人物，亦是各家夫人心中的红人。”

“哦？此话怎讲？”

“天下盛传踏雪公子与花西夫人的情事，永业五年，踏雪公子曾经纳过一妾，生过一子，至今踏雪公子仍然单身，故而各家夫人都想把自家的女儿嫁给踏雪公子。”

我没有说话，只是吃完了饭，让孟寅回去休息。

我淡淡地对齐放说道：“你最近去见素辉和韦虎了吗？”

齐放垂首道：“素辉和韦虎前几日是来套过小人的话，不过我什么也没有说，他们二人还请小人安排与你见个面，我也没有应承。”

我点头道：“小放做得对，过去的已经过去了，以后莫要同他们多交往。”

齐放称是，忽然想起了什么：“有件事要回主子，隔壁钱园好像是易主了，钱员外携家眷回苏北老家了。”

“哦，那钱串子终于搬走了，新主是何人啊？”

“还不清楚，隔壁的家奴说是本地一个大财主。”

我没有放在心上，又打了一个哈欠，然后去小睡了一会儿。

起来时，金轮微微西斜，暑意渐消，我便信步到我的后花园一游。一路上，问珠湖的荷花开得正盛，这湖的名字还是段月容取的，定要将我和他的名字加在其中，我以为其心可诛也，不过也就一个名字，我也就随他了。

我走到湖心亭里小坐了一会儿，看着碧叶连天，清风拂过，千万朵荷花仿佛是含羞的少女，低下头，露出粉嫩的脖颈，几只野鸭、鸳鸯嘎嘎叫着，扑腾着翅膀游戏于荷叶间，青蛙扑通一声从荷叶上跳入水中，不由得想起那年六月，一袭白衣的少年，指着一幅《盛莲鸭戏图》，笑问我：“你可看到了你？”

……

一阵银铃般的笑声远远地传来，我惊问何人，齐放说道：“是各位夫人在玩捉猫猫，差丫头前来邀您同玩。”

我欣然前往。我在岳阳山贼手上救下的芍儿娇笑着过来递上红绡纱巾，帮我系上。于是我一路东扑西挡，耳边一片莺莺燕燕的笑声，脂粉扑鼻，我连打了两个喷嚏，怎么周围忽然没了声音？

我嘿嘿一阵笑：“你们好坏啊，有言在先，我捉到谁，今晚谁就陪我共度良宵啊，哈哈！”

我的兴趣大增，猛然捉到一片衣角，却听到耳边传来齐放的声音：“主子！这……”

“别说！”我笑道，“让我来猜猜这是哪位爱妾啊。”

嗯？我这位爱妾的手臂很健壮啊。

啊，定是擅弹琵琶的敏卿，六年前曾是扬州头牌的敏卿，身染重疾，被狠心的老鸨遗弃在街头，又被我发现了，后来慢慢医治好了，我这才发现她的琵琶真真堪比昭君。

嗯，一定是的。不过，敏卿的胸什么时候变得，那么、那么硬啊。

哎，不对不对，我拉下纱巾，一张夜夜梦中相见的天人之颜，正似笑非笑地近在眼前，同我鼻对鼻、眼对眼……

我啊的一声尖叫，然后很没有形象地摔倒在地，萝卜手指对着他乱颤：“你、你……”

原非白对我微笑不语，眼中竟然对我的极度惊吓有着一丝得意、一丝窃喜，看着我又有着一丝恍惚。

齐放慢吞吞地道：“主子，小人刚刚才查清，隔壁本是由麻油世家程老爷买下，后来让渡给原三公子了，今天原公子刚刚搬来。”

赶过来的沿歌努力憋着笑，春来有些发呆。

齐放板着脸过来扶起我：“主子没摔着吧。”

“摔你个头。”我借着他的手利索地站了起来，轻打一下他的脑袋，沉着脸道，“有话不早说。”

齐放乖乖低着头受了我这个栗暴，脸上分明带着一丝浅笑。

怎么人人都很高兴我被原非白恶整？

我拍拍身上的青草，手一伸，齐放立刻递过来我那柄玉骨扇。我哗一下子打开，风流倜傥地摇了摇，咳了一声：“踏雪公子，虽然君某心中极之仰慕公子，现如今又极之荣幸地做了您的邻居，但是这么不打声招呼地翻墙过来，实在不雅啊。而且君某府上侍卫众多，万一造成什么误会，伤着了公子，君某如何同西安原家交代啊？”

齐放正要开口，原非白一摆手，对我含笑道：“君老板实在冤枉非白了，您请看！”他一指某处断墙，“今日刚搬来，信步游了园子，却发现一处断墙。我以为穿过去乃是钱园的另一处花园，却不想误入了君老板的府邸，还不巧打搅了君老板的……雅兴。”

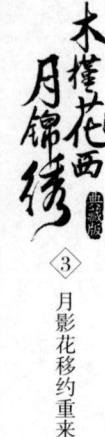

齐放附和着点了点头说道："主子可还记得，这墙本就被钱老爷家养的那只恶犬刨出过一个洞来，昨日雨大了些，莫名其妙地倒了。小人正想报主子，不巧原公子便误入了。"

还真是有可能的。原来隔壁的钱老板爱犬如命，正巧我府上也养了一条名种的母狗看家护园。有一次钱园的一条大狗竟然在墙根处刨了个大洞，偷偷跑过来勾引我家的母狗，还把大胆前往摸毛的夕颜给咬伤了，于是我想尽办法让钱老板搬家……

我无语地看看他，又木然地看看原非白，心想你这么聪明的人竟然也会误入别人的园子？如果真是这样，我就把我的头给你。

我清了清嗓子："也罢，既然公子前来，倒也省了我遣家人去请公子。今日暑气也消得差不多了，不如公子来我这儿吃顿便饭吧。"

原非白满面微笑，轻声道："那就叨扰了。"

嘿，你还真不客气。

我微转身向他介绍我的姬妾们："这是莫问的家眷，见笑于公、公子了。"

却见我的姬妾和家仆除了齐放，一个个满面潮红，目光痴迷，根本不理我君莫问，倒好像原非白是主子似的，丢尽了我的脸。

我咳了一声，没人理我。我又咳了一声，还是没人理我，嘿！

齐放大声道："备宴。"

众人回过神来，心虚地看向我，我心中愤愤不平，口中却淡笑着一一介绍。

"爹爹！"

一个中气十足的女童声传来。我回过头，我那刚睡醒的大宝贝，咧着个大笑脸，骑着我帮她定做的童车冲了过来。她看到了原非白，差点连刹车都忘了，然后呆在那里，看着原非白就像看着耶稣一样，连嘴巴都合不上了。

原非白脸色发白，狭长的凤目陷在夕阳的阴影里，看不见表情。

我的心也拧了起来。夕颜同我一样是单眼皮，一样貌平，确有几分相似。

我勉力笑着摸了摸夕颜的头："乖，见过原公子。"

夕颜醒了过来，恭敬地给原非白行了一礼。

原非白似乎也回过神来，凤目凝着我，深沉如海。我无法移开我的目光，也无法再开口，只是拉着夕颜定定地看着他，眼中雾气陡生。

许久，他慢慢向我走来，摘下腰边常戴的那枚镶珊瑚透雕青鸟八仙花玉佩，微弯腰塞到夕颜的手中，淡笑道："初次见面，算是送给令千金的见面礼吧。"

没想到夕颜抓过玉佩，反手拉着原非白的手，甜甜道："叔叔抱。"

真好啊。这个原非白将我的家仆妻女一网打尽。

"夕颜，莫要胡闹。"我对小丫头虎着脸。

小丫头却看也不看我，只顾对着原非白流哈喇子。

原非白看了看我有些尴尬的脸色，微一沉吟，颀长的身形已经蹲了下来，旋即抱起了夕颜。夕颜咯咯笑着，乘机在原非白脸上重重烙下一个香吻。

我差点绝倒，小丫头竟然明目张胆地揩原非白的油，比起我当年毫不逊色啊。

原非白却对天真的夕颜绽开了一丝笑意，我也随着这一丝笑意，心中不知为什么松了一口气。他对我微笑道："好一个可爱的女孩，君老板好福气。"

我不由得问道："听说尊夫人也为公子诞下了麟儿。"

原非白的笑容微凝："你是说念槿吧。"

我的心一跳，当时我接到密报，听到他竟然给儿子起名念槿时，那种惊讶仍在心中回荡。

他惨然一笑："念槿身体很弱，还不足满月便过世了。他的母亲也伤心过度，一直身体不好，后来也跟着去了。"

我心下惘然，难怪他脸色不太好。我使了个眼色，春来赶紧过去："夕颜，春来哥哥抱吧。"

"不要，我要原叔叔抱。"

夕颜反身紧紧抱着原非白，令我有些担心他会不会被夕颜那小肥手给勒死了。我只能亲自过来："夕颜乖，听话，原公子是客人，爹爹来抱。"

夕颜像只八爪鱼，更加拼了命地抱住非白："不要不要，我要这原叔叔。"

我有些恼了，这小丫头也太过分了，我正要威胁她，七天不准碰童车，不准吃零嘴，不准……

天下三分明月夜，二分无赖是扬州。

夜幕悄然降了下来，天狼星环在瓜洲温软的月华四周，早有家人点起淡淡的琉璃风灯，原非白抱着夕颜对我轻浅而笑，柔和得似油画一般。我怔怔地看着他们，竟然开不了口。

一个略带冷意的声音传来："夕颜，乖乖听话。"

春空月色朦胧，一个紫瞳佳人，云鬓斜挑一支凤凰奔月钗，站在那里，面色冷凝。

夕颜的嘴一扁，就着春来下来了，乖乖由着豆子过来牵着走了，走时还一步三回头地看着原非白，大眼睛里满是依恋。

我的众姬妾个个眼神惧怕地垂下了头，同我在一起那肆意调笑的气氛完全变成了标准的妾室见正室的场面。众家仆也俨然恭敬地躬着身，拜见这一年见不了几次面的、极其威严恐怖又好妒的"女主人"。

我咳了咳，头皮直发麻。神啊，我花木槿最担心的事终于发生了。

我无数次幻想着同原非白相逢，不想却是在琼芳小筑相见。

我也无数次幻想过原非白同段月容相见，但断断没有料到是以这种假凤虚凰的形式相见，段月容这小子明明在信上说南部战事吃紧，怎么会突然到来？

原非白会怎么想，他会不会从心底里看不起我？

转念又一惊，原非白怎么看你关你什么事，你现在早已不是花木槿了，不过是个铜臭商人罢了，怕什么？

我便又咳了咳，今天我的咳嗽真多，有可能得了哮喘。

我还很热，明明已是夜华凉如水，我却偏偏热得满头满身大汗。我急急地扇了扇子，却见眼前并没有任何人注意着我。

原非白一径看着眼前这个紫瞳的不速之客，面色冷若冰霜，双目先是疑惑，然后猛地闪过一道厉芒，看向段月容的那道目光是这样锐利冷峭。在我看来几乎要把段月容扎出个窟窿来。

而段月容下巴微仰，高高在上地不停打量着原非白，紫瞳微眯。

我忽然感到两道冷若冰霜的目光同时砸向我，非常神奇地令明明正在热火中炙烤的我立刻变成冰块，碎成八瓣。我竭力镇定地抬起头。

段月容的薄唇微勾，冰冷的紫瞳如万年寒冰："哟！看来有贵客光临哪！"

我再一次咳了咳，收了扇子，又局促地打开来扇了扇，如大丈夫一般对段月容缓缓说道："不是听说你身子不好吗，怎么来也不让孟寅说一声？我也好让小玉给你准备准备。"

"自己家里，回来要通报什么？"段月容忽地绽开一丝媚笑，我的鸡皮疙瘩满身长，他款款走到我身边，柔情说道，"听说你前几日病了，所以就急着过来看看，你可好些了？"他半真半假地说着，却很自然地将手贴上我的脸颊，轻轻抚摸，紫瞳里满是担心，道，"你看你都瘦成什么样了？"

"无妨，不过偶感风寒罢了。"我不着痕迹地挪开了他的手，偷眼看去，原非白的脸色冷到极点，目光中隐隐有了一丝痛色。

我的心也隐隐痛了起来，挤出一丝笑道："朝珠，这位乃是天下闻名的踏雪公子，你不是仰慕已久吗？"然后又对原非白笑道："公子见笑，此乃拙荆，因身体不适，久居夜郎之地，不懂规矩，还望见谅。"

原非白的凤目读不出任何情绪。他忽地微微一笑，淡淡道："今日墨隐真是好福气，一来贵府，便能有幸得见朝珠……夫人。"

他的一双凤目紧盯着段月容，看似古井无波，却内藏火山沸腾，满是一种冰冷的了悟。我眼观鼻，鼻观心，根本不敢接触他的视线。

而段月容也只微微点了一下高贵的头，冷冷地说了句"久仰久仰"，却上前猛地紧紧握着我的手，双目满是挑衅。我一惊抬头，这个段月容是故意的。我不悦地看着他，却怎么也挣不开他的手。

原非白的脸色平静了下来，抱拳道："既是君老板内眷前来，那墨隐改日再来拜访。”说罢不再看我一眼，转身便走。

段月容却媚然一笑，笑得我直打哆嗦，慢条斯理地嗲声道：“哎？何故原三公子刚来就要走？”

你这人是嫌还不够乱怎的？我怒瞪着他，暗中掐了他一下。他不为所动：“公子天下闻名，朝珠心悦久矣。刚才下人回报说捕得一条新鲜的大鲥鱼，瓜洲鲥鱼也算是江南一绝，公子何不留下，同吾夫妇二人一品时鲜。”

我正要喝退他，他却一甩手，微用力间，一股力道迫我后退，他已很久没有伤我之意了，我心头也是火起，正要发作，却见他凌厉的紫瞳瞟过来，不禁立时敛声。他那绝色容颜仍旧笑如春花，而紫瞳却盛满久违的杀气，冷冷道：“莫非冠绝天下的踏雪公子，以为朝珠备下的是鸿门宴，不敢前来吗？”

所有人的脸色均一变。原非白果然止住了脚步，慢慢转过身来，夜色下，他淡淡道：“朝珠夫人好客，非白感激不尽。只是却不知这个家谁是一家之主，竟让妇人前来咄咄逼人。”说罢，原非白傲然冷笑，凤目望向紫瞳却是睥睨三分。

段月容明显一滞，所有人的脸开始从尴尬变成努力地憋着笑。我在那里啼笑皆非。

对啊，我怎么忘了原非白的嘴巴有多毒啊。

早在认识他以前，就听说这个白三爷不太爱说话，总是冷着脸子，可是一开口必是击你要害，让你一下子憋死在那里。

小时候多少次原非珏蹲在我德馨居门口哭得抽抽搭搭，只为老实巴交的非珏不知该如何回应原非白那一句凉凉的突厥毛子，只好暗地里伤心委屈，不过后来非珏那句极为顺口的三瘸子，其实还是在我启发之下一冲出口，成了原非白心头一痛。

段月容又笑了，目光向我扫来。我木然地使劲摇着扇子，瞪了他一眼，心说被人当女人取笑，你还乐得出来，快下去吧你。

我再一看，却见他的紫瞳毫无惧色与愤怒，倒满是一种野兽捕猎时的兴奋，仿佛是遇到了旗鼓相当的对手。

“原三公子教训得是。那莫问啊，你还不快过来，留住原三公子呀。”他的声音嗲得吓人，八年来，从来没有如这一刻像女人。

我慢吞吞地走过来，慢吞吞道：“朝珠啊，人家原三公子有事，就让人家回去吧。”

段月容昂着头斜眼看我，冷笑不语。

原非白淡淡的声音又传来：“既是夫人美意，在下就叨扰了。”

我差点没就此昏倒，咽了一口唾沫：“摆、摆……”

段月容却冷冷地打断我，大声道：“摆宴蝴蝶厅。”

韦虎看了我和段月容一眼，又看了看原非白，轻叹一声，垂下了眼睑。

这是一顿食不下咽的晚饭，段月容紧紧挨在我身边坐下，前无古人、后无来者地给我殷勤添菜。我望着面前小山堆似的饭碗，无力地呻吟着：“朝珠，你也多吃点吧，我吃不下了。”

“你莫要胡说，都瘦成竹竿了，还不肯吃饭。你当我不知道吗，这几天尽顾着忙你那个什么模大秀了，连顿正经饭都没吃过。”他在那里欲嗔还颦。

除了不停的上菜之声，就夕颜和段月容生龙活虎。夕颜坐在段月容身上，两只小手折腾着，不停地响应段月容的号召，给我夹这夹那的，真个一幅完美的女孝妻贤图。

原非白优雅而缓慢地用着银筷子，还是八年前那个秀气的波斯猫似的进食方法。

“夕颜乖，对，给爹爹夹道西湖醋鱼，再来一勺蛋黄虾仁……”

小丫头忽然对原非白问道：“原叔叔吃过河豚吗？”

原非白抬眉淡笑着：“吃过。”

小丫头仿佛找到了知音，摇头晃脑道：“竹外桃花三两枝，春江水暖鸭先知。蒌蒿满地芦芽短，正是河豚欲上时。”

原非白的凤目向我移来。我心头一动，这首诗我并没有抄在《花西诗集》里，但在西枫苑春暖花开时，有一次陪着原非白在莫愁湖边散步，也曾经信口对他念起，然后流满口水地说起美味的蒌蒿和河豚。

结果第二天，他就让人八百里快马为我送来了河豚，还从江南弄来一个专做河豚的厨子。那时三娘不放心，盯着厨子弄了一整天，还用银筷试了又试，不过我和素辉可把眉毛都快鲜得掉下来了。

原非白柔声问道：“夕颜小姐想必是常吃河豚吧。”

夕颜流着口水摇摇头：“娘娘说这个蒌蒿配上河豚是天下最好吃的菜，可爹爹就是不让我吃，说是有毒。”

我正要开口，段月容轻轻笑道：“夕颜，你真想吃河豚吗？”

夕颜猛点头，穷嚷嚷着想啊想。

“夏表，半个时辰之内，我要一盘新鲜的清蒸河豚放在小姐眼前。”段月容看着原非白笑道。

孟寅低声称是，立刻疾步走下去。

“慢着。”我疾呼一声。

孟寅停下来，垂手看着我们，有些不知所措。我皱眉道：“朝珠，不管怎样，河豚都有毒，况且如今天色已晚，莫要再劳师动众了。”我回头对夕颜虎着脸说：“夕颜，你成天价儿地嚷着要吃鲥鱼，今儿下午你沿歌哥哥才亲自下河替你抓来的大鲥鱼，可新鲜了，乖乖吃鲥鱼吧。”

夕颜毫不示弱地对我也虎着脸：“娘娘说，只要半个时辰就可以为夕颜弄来的。”

啊呀呀，小丫头要人来疯了，敢造反啦。

我微眯着眼：“我说了，今儿我们就吃鲥鱼，不要河豚。”

夕颜恨恨地看着我：“我要河豚。”

我的眼眯得更狠，盯着她："就是不要。"

夕颜的大黑眼珠一转，脸色由小霸王开始有所变化，然后慢慢地大眼睛里蓄满泪水，嘴角耷拉了下来，极其委屈地转过头对着段月容呜咽道："娘娘……爹爹他欺侮夕颜。"

我冷笑地看着她，硬的不行来软的啦，还找段月容助阵？

段月容冷着脸，看了我半晌，冷笑道："一条鲜鱼而已，至于吓坏孩子吗？"

我正色道："这不是一条鱼两条鱼的问题，而是担心她的安全。自古以来，断不能无所节制地溺爱孩子，长此以往，骄纵奢靡，这小丫头将来便是第二个你。"

段月容哈哈一笑，搂紧抽抽搭搭的夕颜，昂首道："我有什么不好，原三公子也是做过爹的人，你让他评评理，你这个做爹的又哪里好啦？"

我一愣，这才想起原非白经历过失子丧妻之痛，这个段月容肯定是知道的，他是故意在揭原非白的伤疤……

放眼望去，原非白平静无波地淡笑着，眼神却有着不可见的伤痕。我猛然惊醒，这才发现我和段月容有多像一对老夫老妻。我冷冷地咬了咬牙关，对夕颜笑道："夕颜乖，快别和娘娘折腾了。"

"不要，我要吃河豚，我要吃河豚。"夕颜绕口令似的哇哇叫着。

我强忍心中的怒火，对夕颜微微一笑："好吧，小丫头，你如果今天敢再要吃河豚，你以后就别想再碰童车、再玩风筝、再进希望小学和同学一起读书，我让孟寅叔叔来教你读书。"夕颜果然面露惧色，陷入认真而痛苦的抉择。

我冷笑着又看向段月容，恶从胆边生，怒从心底起："你今天若敢再给她弄河豚，明天我就……"

段月容的笑容敛去，也对我冷笑道："就如何？"他的眼中寒光毕现。

我不由自主地咽了一下唾沫，壮胆地眯着眼睛："就……"

"就如何？"他长身立起，立刻高我一个头，把害怕的夕颜扔给翠花，昂头狞笑，"说呀，猫咬着舌头啦？"

我心里便是一句："明日便休了你，你看我敢不敢。"

然而夕颜的脸色却骇得有些发白，我便努力咽下这口气，心说，绝不要同妖孽一般的人计较。

我便转过头，向原非白挤出一丝笑容："让原三公子见笑了，朝珠不过是久居夜郎之地，所以礼节有些怠慢了。"

原非白看向我，晦暗莫测，良久扯出抹笑容："君老板好福气啊。夫人能干，令爱活泼，非白实在羡慕。"我就此噎在那里。

他忽地向段月容看去："不过……朝珠夫人虽是绝代风华，确然说到底女子当以温柔恭顺为美德……"他淡定而笑，凤目却是猛然放出尖锐的光芒，"长此以往，即便拥得良人爱女，终是鸠占鹊巢。依非白看来，亦不会长久。"说罢，对着我淡然一笑，"多谢君老板的赏宴，告辞！”

我走出水晶珠帘，急忙唤着齐放送客，原非白同韦虎的身影却快速隐于夜色中。回首怒瞪珠帘，段月容的身影有些模糊，里间传来他寒如冰霜的声音：“把小姐带下去。”接着却听一声巨响，他竟将满桌酒菜全掀了，众人惊吓着跪下。

他看着一片狼藉，胸膛起伏，隔着疾晃的水晶珠帘，看不清他的表情。我无声地走了出去，不去理他。

我到夕颜的房里安慰了半天，夕颜抱着我有些发抖：“爹爹，夕颜错了，不该吵着吃河豚。娘娘生气了，怎么办？”

我抱着夕颜，拍她的后背，安慰了半天，又轻声给她唱了半天《蓝精灵》，她才犹带着泪珠进入梦乡。

我回了我的房，却见段月容恢复了男装，没有梳髻，披着一头乌玉般的墨发，冷着脸坐在那里。

我的心情也好不到哪里去，走过去给他倒了一杯茶：“我收到了你同陛下的信函，那军饷没有问题，只是需给我些时日，让我从邻省的几个分号那里调些银子过来便是。”

段月容冷冷道：“我来这不是为了银子，没有你的银子，我们也照样能进攻叶榆。”

我叹了一口气：“既没什么事，你赶了一天的路想是也乏了，那便早些歇息吧。”算了，今天我就去西厢房睡一宿吧。

段月容却抓住了我，迫我转过身来：“今儿你很高兴吧？”

“没有。”我好累。

“还说没有？你同原非珏同出同进那么明显，连我在前线都知道了，不就是想把他引来吗？”他厉声对我说道，冷笑几声，“你苦心经营这几年，见了情郎心中当是万分甜蜜吧？敢问花西夫人，心中究竟念着谁？是踏雪公子还是那个练《无泪经》忘了你的绯玉公子？”

我满腔心酸轻易被他勾起，我看向他，怒火憋了半天，说不出一句话来，久久才惨然一笑：“你扪心自问，如今我不男不女，有家归不得，是拜谁所赐？”

他眼中的盛怒立时化为一片死灰。

我忍住眼泪推开他，刚打开房门，却听见一阵缠绵的琴音传来，我敛声细听，乃是从钱园传来的，而那首曲子正是我八年未闻的《长相守》。

立时我如遭重击，那满腹悲凉辛酸，刹那间化作泪如泉涌。我咬着嘴唇，只觉举步维艰。

段月容猛地将我拉回来，关上房门，挡在我跟前，眼中狠戾：“你哭什么？又在悲什么？”

我无声地抹着眼泪，一边绕过他，仍然倔强地向门外走去，他却又将我揽住，甩向床上，又粗声问了一遍：“你在哭什么？”

我天旋地转中，却见眼前一双盛怒的紫瞳，我心中一骇，却见他直视着我的眼睛，冷冷笑着：“鸠占鹊巢？我占了又怎样？”毫无预兆地，他忽地开始撕扯我的衣物，在我耳边低吼着，“我纵容你这么多年，让你做你喜欢做的事，自己整日扮个女人，不过是想让你的心里忘掉他，记得我的好。我从不曾用武力迫你，不是没有解药，不是怕你身上的生生不离，只是想看你对我真心的笑容，可是你……”

“你这个没有心的女人。”他撕去我最后的遮蔽，在我身上狂肆着游走，狠狠道，“我何苦委屈自己，娶了一个又一个女人，却把她们一个一个全当成了你，今夜我便占了你，明天便带着你去狠狠地羞辱他，看他还敢不敢说格老子的鸠占鹊巢？”

我再也忍不住放声大哭起来，奋力挣扎着、踢打着。

段月容明显地后退，似乎有些吓着了，口气软了下来，嗫嚅道：“木槿，你，可是、可是我弄痛你了？”

我抱着自己缩在角落里，说不出一句话，像一个普通的女人，被逼到绝境，无力反抗命运，只是看着他不停地、绝望地哭泣着。

段月容满脸痛苦地爬过来，不顾我的踢打，只是拿自己手上的袍子裹住我，尽量柔声道：“莫要再想他了，莫要再想他了。等我攻下叶榆，我就娶你做我大理的王后，然后我们一起生一堆夕颜，好吗？木槿，莫要再想他了。”

我挣不过他的力道，只能一口咬住他的手臂，血腥冲进我的喉间，他却无动于衷，反而更加紧地搂住我，反复而悲怆地说着不要再想他了。

那一晚《长相守》悲鸣了一夜，段月容拥着我默然无声，而我咬着段月容的手臂，流了一夜的泪，齐放也在门外长叹一夜。

第二日醒来时，段月容站起身来正在整衣物。我坐了起来，抱着被子。他坐在床沿，想过来亲我，我冷冷地侧过脸，躲开了他的吻。

他叹了一口气，有些苦涩地抱紧了我，对我温言道：“昨天我对你说的都是真心话。这几年，你如此聪慧地为我段家创造财富，不可谓不尽心尽力，父王早就不反对你进我段家门了。他也很喜欢夕颜，等我打下了叶榆，根本就不用再怕庭国原阀，我便过来接你过去。”他双手捧起我的脸，柔声道，“其实我早就找到一种药，可以、可以让我碰你的时候，不再被贞烈水毒到。”

我听了一惊，明显地往后一缩。

他却不放我后退，紫瞳看着我认真说道：“莫要怕我，木槿。我知道你的性子烈，今日我向你起誓，只要你一天不允我，我便一天不会碰你，即便你永远不答应我，我一生碰不得你也不打紧，只要你莫要离我而去便好。这几年，我自己也常常觉得奇怪，每次只要看着你对我笑，我的心里就好生高兴，就有一种说不出的心满意足。”

他的玉容带上了一丝羞涩，对我柔柔一笑，我不由得一愣。

他顺势凑过来亲了一下我的唇，似乎很开心我没有拒绝，继续柔情地慢慢说道：“可是我找不到贞烈水完全的解药，也就是说，我们暂时不能有孩子。反正我也不喜欢小孩儿，好在我不讨厌夕颜，我觉得我们一家三口也挺好。等大理太平了，我们就永远在一起。我陪你到沧山赏雪，伴你到洱海泛舟，领略我大理的万里锦绣河山，看看这风花雪月有多么美，闻闻那朝珠花儿有多么香。”

他轻轻摩挲着我的脸庞，那双紫瞳盈满情意：“我一定能让你忘了那该死的原家。”他深深地吻了下去，在我耳边说道，“木槿，你心里明白，这世上只有我最知你容你疼你爱你，我不信这八年对你什么也不是，确然……”他的语音一变，轻抚的手猛然拽住我的头发，逼我仰头看他，我轻叫出声，他却忽地冷声道，“但凡是我段月容想要的，便一定会得到，你……还是莫要妄想离我而去了。”

我不由自主地打了一个战，他却柔情一笑，松了手，又极温柔地轻抚了一下我的脸颊，低头啄了一下我的唇，熟练地插上那支凤凰奔月钗，又扮个女装出去了。

第五章

却把花来嗅

又过了几日，原非白没有再来找我，听说他这几日在张之严府上流连忘返，洛玉华也频频抛头露面地接待。而我则是闭门谢客，就算不得不出去，定然深夜回府，尽量不要惊动隔壁的原非白。

大太阳底下，我半眯着眼睛，呆呆地看着仆人在断墙处砌起一道新的高墙，然后一头扎在账本里。

这一日正同孟寅清点货物，忽然沿歌来报，踏雪公子差素辉前来送信，说是想请君老板过府一叙。

我想了想，这样躲下去也不是办法。踏雪公子在江南是何等的大事，我君莫问这几天称病不出席，已经有很多飞短流长了，也罢，有些东西总是要面对的。

我便欣然点头道："好，那请这位小哥回复白三爷，莫问三天后定然到访。"

素辉应了声是，抬起头来，深深看了我一眼。

我对他一笑，出声唤道："送客。"

他张口欲言，却终是闭上了口，面色沉沉地消失在我的视线之内。

三日后，我带着四大随从，准时出了君府的正门，不用打车，不用坐轿，更不用骑马，一个左拐，前行三百米左右，再一个右拐便到了原府。

素辉和韦虎还有吴如涂早已衣装整齐地站在门口。

原非白亲自迎在门口，墨发乌髻上只戴了顶寻常银纱冠，插着一根镶金补的白玉簪，一身神清气爽。看到我来，绝代玉容展颜一笑，我那颗女人的心脏差点没有跳出来。

我挂上职业笑容，抱拳微躬身："莫问见过踏雪公子。"

原非白含笑向我走来，素手轻扶，轻声道："君老板来得真准时。"

嘿，咱俩是近得不能再近的邻居，能不准时吗？

其实为了不早飞过来，我都在夕颜那里磨蹭半天了。

"公子赏宴，莫敢不从啊。"我笑得灿烂。

他笑道："我只比君老板长三岁罢了，不如以名相称，就叫我非白如何，莫问？"说罢，他一派自然而亲热地拉着我向园内走去。

我一时如电流穿过全身，心神恍惚间，竟然忘了挣脱，等我醒来时，原非白依然平静无波，潋滟的凤目却向我瞟来。我赶紧慢慢挣开他的手，将目光移向满园翠绿。

江南园林向来以叠石理山、布局精妙冠绝天下，尤以这钱园为胜，奇石玲珑多姿，或植于花草中庭，或立于碧波泉潭，水石相映间，花木布局错落有致，其建筑风格更是出奇制胜，亭榭廊槛，婉转其间，一反拘泥，轩豁相套，举步间，景中藏景，往往令人有豁然开朗之感。

当初那钱老板颇引以为傲，每至佳节必邀以张之严为首的权贵名流等到钱园吟诗看戏玩乐什么的，当然也包括生意场上的死对头——我君莫问。而张之严本人也对钱园赞叹不已，就在永业六年将在建康的太守府后花园以钱园为蓝本大兴土木翻新一遍，更名"浏园"，也是日后小庭朝"仁智宫"的原型，当然这是后话了。

且说当时的我不由得赞道："这钱园真可谓江南园林之冠也。"

原非白眉目含笑，神情轻松愉悦。

我暗想，也许原非白如此想同我一叙，无非是挂念这几年我过得好不好吧，毕竟这么多年都过去了，许是同我一个心思，想同昨天告个别。

我努力将他看作一个老朋友，便不再吝惜自己的笑容，渐渐放松了自己，同他自然地攀谈了起来。

游至一炷香时间，素辉过来奉上茶，及一应干果点心。我打开茶盅，却见盅中嫩绿清亮，轻呷一口，滋味鲜爽回甘，不由得赞道："好一壶陕青，紫阳毛尖果然名不虚传。"

这是原非白最喜欢的一种茶叶，以前在西枫苑里，我几乎天天为他奉上。

原非白淡笑着："君老板好眼力，不愧是茶业大亨。"

"公子谬赞，只望有一天这乱世能早日结束，商道亦可早早相通，便能早一日造福东西两地茶民了。"我由衷叹了一声。

原非白点点头道："君老板所言极是。战事虽紧，但亦要照顾东西商贸流通。"他认真地沉吟片刻，"待我修书一封，帮君老板取得西北的丝茶之路，从此君记商号便可以自由进入秦中贩丝茶等物，这样可好？"

我不由得大喜过望，站起来向他深施一礼："莫问替君家上下及西北茶民先感谢原三公子了。"

他上前一步扶起我。我心一惊，向后退开去。他的眼神一阵黯然，但转瞬又换上笑脸："这边请。"

我跟在他的后面，保持一定距离。迎面一座高坡，慢慢爬上去，来至坡顶，一股清香扑面袭来，一眼望去，不由得心神俱凝，却见一个人工小谷，满眼碧绿，阳光下花团锦簇，或红如烈焰燃烧，或洁白如羊脂凝玉，又夹杂着紫霞灿烂，沉沉坠在枝头，甚是热闹。

我记得以前这里明明种了满坡桃杏、丹桂、金橘还有琼花等奇花名树。这些花莫非是新移栽过来的？

而且这些花很眼熟，以前好像见过的，我再眯着眼认真一瞧，我的心剧烈地跳了起来，仿佛一下子到了嗓子眼。

我轻轻扶起一枝洁白的花朵，却听身后那如丝缎般的声音传来：“有女同车，颜如舜华，将翱将翔，佩玉琼琚，彼美孟姜，洵美且都。这是《诗经》里描写迎亲的场景，那舜华便是指这种木槿花。花虽小而艳，朝开暮落，纷披陆离，迎风招展，如朝霞映日，素有日新之德，又有先贤作诗吟咏：士不长贫花不悴，一番风雨一番奇，故而又有人称之为无穷不尽的君子之花。”

我不知该说些什么才好，只能努力平复自己那颗跳动的心。说实话，当我刚刚来到这个时空时，我并没有太在意我的胡人娘给我取这个名字，因为那时的我只顾想着如何回到我原来的世界。

等到我有意识木槿这个名字太过通俗，通俗到家门前做篱笆的植物也叫作木槿时，我的胡人娘已香消玉殒。

小时候买不起头油、胰子，锦绣也常常为我俩摘下木槿花枝叶洗头梳发；入了紫栖山庄后，每到夏日里，我会把木槿花揉在面粉里，给小五义，尤其是给碧莹，做我们建州人常吃的面花，有时也煎个葱油饼什么的补充营养。因为我记得前世书中提过，木槿花的营养价值极高，富含蛋白质、维C、氨基酸，还有什么黄酮类活性化合物及黏液质等，然而我却从来没有深想过将这木槿花同君子的高义联系在一起。

我的眼前一片迷雾，什么也看不真切了，只能听到他的声音饱含感情：“曾经有一个女子，她就像精灵一般进入我的世界，仅仅一年时间，然后消失得无影无踪，就好似从来不曾在我的生命中出现过一样。可是每当午夜梦回，全是她的笑靥，一切就好像在昨日，她对我淘气地说道‘三爷明鉴哪’。”

他苦笑一声，他的声音出现在我的耳边，略带着一丝激动：“她的名字就叫木槿。”

我的手想抽回枝头，却早已被他紧紧握住，他的龙涎香环绕在我的周围，他温暖的吐气细喷在我的耳根，他的声音满是苦涩忧郁：“木槿……为何……她……为何不肯认我，你……可是我那苦命的妻，花木槿。”

他终于捅破这层窗户纸了，我浑身抑制不住地颤抖起来，如风中枯叶，再想插科打诨，却是连开口也万般艰难，多年的控制力刹那间灰飞烟灭，泪水模糊了我的眼。

我努力地推开他，他却从背后紧紧地圈住了我：“木槿。”

好半天，我才找到了我的声音：“你认错人了，原三公子。”

我企图推开他，可是他却将我抱得更紧：“这么多年，你是怎么过的，你可知让我好找啊？”

这个怀抱是如此温暖，唯有午夜梦回时才得相见，我无力也无法再挣开。龙涎香的香味更浓，我们两个人的身影合成一个，时隐时现在花荫下，我惊觉口干舌燥，这是一种很久没有出现的感觉。

我努力推开了他，疾退三步，整着微乱的衣衫，对原非白匆忙抱拳：“恕君某告——”

“不准。”原非白忽地大吼一声，看着我的凤目隐有一丝血红，“你究竟在怕什么？”说到后一句时，他语气缓了下来，目光有了一丝狂乱。

他向前一步，对我伸出手来，似乎努力保持柔声道：“木槿，这不是梦，我又见到了你，对吗？所以你不要离开我了。”

我又退了一步，泪水早已打湿了面孔。

他慢慢放下了手，一阵含着木槿花清香的风拂过他的墨发，遮住了他凄怆的眼。

我平静道：“三公子，您的花西夫人是天下有情有义的烈女，早已为了守贞，葬身在八年前的巴蜀火海之中。”

他如遭电击，怔在那里。

“她若是回来了，你又当如何自处，她又当如何面对这原家的是是非非？”我努力展颜一笑，“三公子，这不是梦，却也是梦。八年已过，花木槿早已成冢中枯骨。三公子也曾有过妻儿，在这里的只是一个唯利是图的商人君莫问罢了。”

他的脸色苍白如纸，眼神痛不可言，许久他方才开口，而那声音分明冷到了极点：“是因为他吗？”

我慢慢转回头，不想让他看到我眼中的绝望：“原三公子，我还是那句话，花木槿已死，请你忘了她吧。”

我拭去我眼中的泪水，正要往门口的方向迈去，却听身后一阵奇怪的呻吟，我回头一看，却见非白一手扶着一棵木槿树，一手关节泛白地抓紧着右腿膝盖，额头冷汗细密，嘴唇煞白，眼看就要跌坐到地上。

我心一惊，立刻奔回他的身边，一下扶住了他，可是摇摇欲坠间，他将我带倒在地，我惊问：“原三公子，你怎么了？”

莫非是他的腿伤复发了吗？可是八年前不是明明已经痊愈了吗？他紧咬牙关，双手发颤，根本无法言语。

我忽地想起以往他的左边衣襟里总是装着一瓶止痛麻药，那时不止他，凡是在他身边随侍的仆从都有携带，就怕他的腿伤发作，疼痛难忍时派上用场。我试着往他左衣襟里掏着，果然摸到一个红色的小瓶子，我抓了出来，嗅了嗅，果然是麻药，便帮他往嘴里送，又奔到前面的凉亭中将茶碗中喝剩下的茶水泼掉，倒了些清水溶下麻药，端着茶碗跑回他的身边，让他靠着我，喂他艰难地喝下，一时间他的额头汗如雨下。

我急得泪如泉涌，哽声道：“你的腿还是没好吗，怎么会这样呢？”

我正要起身去唤人来，非白却紧紧搂住我："你莫走……"他万分痛苦地喘着粗气，手指却几乎掐进我的肌肤，"莫要再离我而去了……"

他的嘴角缓缓滑下一缕血丝，我终是哭出声来："三爷，你且歇一歇，我求你别再说话了。"

他抚上我的面颊，痴痴地看着，飘忽一笑："木槿。"

他平复着呼吸，再一次凑近了我，吻去了我的泪水。

我的泪流得更猛，却无法抽身，紧紧闭着眼睛，无法自拔地贪恋着那种梦中都渴求的龙涎香，心中涌起一种无法言喻的战栗而酸楚的感觉。

很久以前，一个少年诓我来到他的身边，却乘机反拧着我的双手，威胁我不能再对别的男人露出媚态，那时我痛得泪流满面，他却又轻轻地吻去了我的泪水。

是的，他总是让我哭，哪怕八年以后，依然轻易地让我泪如泉涌，却仍然只会用这种方法，笨拙地为我止住悲伤。

不知何时，他的吻密密地落下，慢慢移到我的唇间，我隐隐地尝到血腥的味道，可是那无尽的缠绵，我甘之如饴。

"主……子。"

小放的声音传来，如平地一阵炸雷，惊醒了我，却听到齐放的声音有些尴尬："主子，夕颜小姐出事了。"

原非白的手一松，眼神黯了下来，我也回到了现实，悄然咽下了他的血丝，站了起来，回过头时，却见不知何时，素辉、韦虎和齐放站在不远处，素辉和韦虎面色不善地围着齐放。

我着急地问道："夕颜怎么了？"

齐放的眼神闪烁，我意识到可能同轩辕翼有关，便对素辉和韦虎道："刚才你家三爷旧症复发，请二位壮士快去看看。"

我说话间，二人面色早已大变，口中唤着三爷，疾奔向我身后，扶住了摇摇欲坠的原非白。

我硬起心肠，没有再回头，跟着齐放就着墙头翻回了君府，却见三个长随早已在希望小学门口候着，原来刚才有暗人潜入府中，试图绑架夕颜和轩辕翼。

我回到家里，急忙赶到夕颜那里，却见一地的血，我惊问可是夕颜和其他希望小学学员被暗人伤了。

酒鼻子朱英一反醉醺醺的样子，双目一片清明，狞声道："这群龟孙子……小姐和表少爷趁爷到隔壁园子拜访原公子，便从希望小学的墙头逃学出府去，正巧歹人也从这墙头进来，幸而正被我们撞着了，表少爷为了救小姐，受了重伤，现在还没醒呢。"

"查清楚是谁了吗？"我左右眼皮跳个不停，"京城的探子怎么说？"

“殷大人被关进了诏狱。”

我心里万分担忧殷申，吩咐朱英，让京城的探子一有消息即刻来报。

我去看了夕颜，夕颜坐在轩辕翼的床边，一张小脸有些发呆，我看了立时心疼了起来，本来一肚子责备的话也只化作了一片叹息。

夕颜扑到我的怀里，小身子发着抖，紧紧抱着我几乎有些喘不过气来，她呜呜哭了起来：“爹爹、爹爹，黄川会不会死掉？”

我摇摇头：“傻夕颜，朱伯伯不是说了，黄川会没事的。”

轩辕翼脸色蜡黄，紧闭双目，肩头缠着纱布。我安慰了夕颜半天，夕颜说一定要陪着轩辕翼，我便由她去。

齐放跟我回到书房说道：“主子累了，还是先歇着吧，今夜我会加派人手夜巡。”

我吩咐齐放：“小放，现在江南不安全，即刻修书一封，让夫人准备一下，接夕颜和黄川去大理避一避。”

齐放想了想慢吞吞道：“那主子是跟三公子回西安吗？”

我轻摇了一下头，挤出一抹笑：“小放，原家这浑水，你以为我还会去蹚？”

齐放轻叹一口气：“既然主子这么说了，我这就去准备。主子不是说此次要随商队一同去大理吗？不如让小姐和少爷也跟您一起去吧。”

我点了点头，又唤住了齐放。他再一次停下来，疑惑地看着我。

我取了鹅毛笔，在纸上写下了李商隐的名篇《锦瑟》：

锦瑟无端五十弦，一弦一柱思华年。
庄生晓梦迷蝴蝶，望帝春心托杜鹃。
沧海月明珠有泪，蓝田日暖玉生烟。
此情可待成追忆，只是当时已惘然。

然后到床边翻出个红木锦盒，里面装着那支东陵白玉簪，我摩挲了半天，终是含泪长叹一声：“替我将此物亲手交给踏雪公子吧。”

齐放看了我几眼，干脆地诺了一声，也不问里边是什么，便拿着出去了。

我前去希望小学，没想到几个年长的孩子已经拿着平时练的兵器守在门口了。

那些孩子的眼中分明出现了久违的恐惧，看到我来，都围在我的身边，小的几个，开始流着鼻涕眼泪。我一阵心痛，安慰着他们：“莫怕，我们大家都会没事的。看，先生已经让这么多叔叔来守着学校呢，对不。”

七岁的美珠抽泣着：“先生，我害怕，娘娘和爹爹被马贼劫杀的时候，也有很多叔叔保护，可最后爹爹和娘娘还有那些叔叔还是死了……”

“不怕，不怕，今天晚上先生亲自守在学校里，不怕哦。还有最厉害的齐叔叔、朱叔叔、沿歌和春来哥哥，连书呆子元霄哥哥也过来。先生同吴越太守是好朋友，张太守也专门派了一队人马来帮先生守着呢。”

我安慰了半天，孩子们才安下心来，乖乖回房睡觉了。

回到书房，却见齐放回来了，说是踏雪公子有回赠。

我硬着头皮，进了房门，却见书桌上一卷长物，我一看，却是一卷画轴。

我轻轻从画轴中抽出一卷画来，展开一看，是一幅春闺赏荷图，一个十四五岁的少女侧身坐在湖心亭的小椅上，双手交叠，微笑着目视前方，背后是无尽的粉荷碧叶。

这是永业三年六月里他替我画的。我记得那一天，我坐得脖子酸疼极了，事后他却怎么也不让我看那幅画，坚持要带着这幅画去洛阳裱，因为洛阳有着最好的裱画师。可是等他回来，我得知了锦绣的伤心事，再后来我发现了锦绣和他的秘密，于是再也没有兴趣看这幅画了。

我呆呆看着，连齐放进屋我都不知道，忽听得他的惊呼声，这才惊觉口中腥苦异常，滴滴鲜血自我的嘴边流到那画中人的身上，我的泪水长流之间，人已颓然倒在那幅画上，我听到齐放和很多人拥了进来，脑中却满是那天人少年对我的笑，耳边那声声呼唤：“木槿。”

我昏迷了几天，等我醒来，小玉和齐放红着眼睛站在我的身边，满面惊喜。

小玉哽咽着说道：“先生，您莫要睡了。”

我对她惨然笑了笑，连续在床上又睡了几天。

轩辕翼和夕颜临走前来看过我，夕颜的两只小眼睛肿得像个核桃，眼神里有着从未有过的慌乱：“爹爹怎么了？夕颜要留下来照顾爹爹，不要走。”

我刚刚含泪在病床前送走了他们，张之严便专门带来了一群江南名医，说是要为我诊病。我沉默了半晌，让齐放传话我只同意悬丝诊脉，于是一大堆大夫在外间拉着五彩丝线，摸来摸去，然后几乎每一个人先是略感诧异，然后不断摇头。

张之严让大夫们下去开方子，自己却撩起衣袍，坐到了我的身边，帮我掖了掖被角：“好端端的一个人，你是如何将胸腹伤成这样？二十年华便得了这吐血迷症？”

齐放悄然走到我的身边，眼神隐藏着一丝戒备。

张之严瞧了，微微一笑：“你的这个长随可真是忠心，不怕我降罪于他？”

齐放面无表情地跪了下去，眼神却毫无惧意。我的心暗自一惊，张之严待我和我的家人素来宽厚，为何今日对我言外有意？我便笑着让齐放先下去。

张之严又对我一笑：“莫问，我们相识亦快有四年了吧？”

“承蒙兄长照顾，莫问一家老小出入平安，生意兴隆。”我真诚地言道，不动声色地看着张之言。

张之严起身，踱步到窗棂处，信手玩着我桌前的羽毛笔，轻轻叹气道：“你既知我待你不薄，那何以不愿做我的幕僚？”

“莫问三年前就已经回答兄长的问题了。”我垂下眼睑，轻轻说道，“莫问祖上有训——”

“那为何君氏钱财外流到大理段家竟有上千万之巨？”张之严转了过来，猛地拉开了帘子，我反射性地抬手遮住了直射入眼睛的阳光，心中惊诧万分，却听窗棂边的身影轻笑道，“敢问……轩辕太子可在你处？”

我放下了手，忍着抽痛，轻笑道：“前几日小女与表侄在外面遇劫……原来是兄长所为？”

张之严一向漫不经心的脸上一片冷凝：“你在江南这几年，我待你不薄，可你不愿做张某的幕僚，却做了段家的走狗？你私自藏匿前朝太子，又引原阀前来，究竟意欲何为？”

我轻笑：“兄长贵为一方霸主，却纡尊降贵愿与莫问结为异姓兄弟，莫问心中感激，故而一直在心里真心将兄长视如亲生。至于君氏财物……”我拿起身边的丝帕，轻咳一声，掩下一口鲜血，忍住血腥继续说道，“我不想瞒兄长，我，君莫问确为大理段家的理财顾问，只是……我绝不是段家的走狗。”我看着他的眼睛，“南诏素为我汉人的心腹大患，敢问兄长想要一个强大的邻居还是一个因为忙着分家而纷争不休的邻居？”

张之严心神似是一动，看着我，缓声道：“自然是分裂的南诏更好一些。”

我一笑，又咳了一声：“兄长所言甚是，”我低下头，“莫问出身黔中君氏，南诏段氏洗劫兰郡家园时，其时正值大理弱而南诏强。”

“所以你帮助大理，是为了让南部战乱更甚？”

我微微一笑，没有说是，也没有说不是，只是一片清明地看着张之严，他的脸色微缓。

他慢慢在红木椅上坐下来，揭开茶盅细细一闻，小酌一口，微抬眼道：“方才太医说你脉象奇怪，竟似是女子的脉象？”

我虚弱地轻笑着：“我与兄长也算相交三四年，是男是女，兄长难道还不清楚吗？”

他也对我神秘地笑了：“是啊，我难道还不清楚吗？”

我的笑容一滞，可是他却放下茶盅，云淡风轻地问道：“不知莫问可曾听过踏雪公子与花西夫人的情事？”

我对他淡淡说道：“略有耳闻。”

他看着我说道：“可为何那踏雪公子的门客却还是在这几年四处寻访花西夫人呢？甚至到我的属地来呢？”

“此言差矣！”我向里窝了一窝，躲开了阳光的照射，“以莫问看，踏雪公子前来，绝非风花雪月那么简单，分明是想与太守商议联手攻周之事吧。”

“窦周那里正好亦有说客到来，那依莫问来看，为兄的究竟该如何是好呢？”

“窦周无道，自然不能与其合作。”

“那样说来，为兄的只好与原家人携手抗周喽？”

我坦然一笑：“想必兄长早已腹有妙策，何故来问莫问呢？”

张之严站了起来，走到我的跟前，他高大的影子挡住了所有的阳光：“莫问，我的探子方才报我，突厥境内又起纷争，东突厥王摩尼亚赫同窦氏联手，兵分两路，一路十万人马围截西安，另一路则直奔武安王的私生子撒鲁尔的弓月城。现在原氏守备空虚，窦家的大军压境，若是我现在扑杀踏雪公子，将其人头献于窦英华，你说，是否能与窦氏联手，平分天下呢？”

我抬头沉默地看着他半晌，说道：“兄长是不会这样做的！”

他哈哈一笑：“何以见得？”

“其一，兄长若是归附窦周，窦氏必会使张氏攻原氏，鹬蚌相争，得利的人乃是窦家；其二，兄长若前往北伐，南部无论是大理还是南诏，便会乘机入侵江南之地，到时兄长两顾不暇，很有可能，落到后来不但失去祖荫封地，甚至家破人亡亦不过分；其三，兄长可知那狡兔死、走狗烹的道理？窦英华阴险狡诈，反复无常，为了篡权夺位，甚至连一母所生的妹妹也要加害，如此狼心狗肺之人，即便兄长献上踏雪公子的首级，助其谋夺天下，待天下大成之后，兄长之命运亦如古时韩信一般，不得善终。”

“大胆！”张之严厉声大喝，“我若放踏雪公子回去，窦家亦会认为我首鼠两端，借口发难于我。我亦不能全身而退。”

我从未见他如此大怒，心中却陡然一惊。如此恼羞成怒，看来他不是单纯地想试探我，而是真的动了这个心思。

“兄长恕罪。但确为莫问肺腑之言。试问兄长雄霸江南之力，而窦家与原家相斗正酣，正是兄长坐山观虎斗的大好时机，何故一定现在做出决断？确然……”我喉中的血腥味浓重，不由得重重咳了几下，昏沉中，欲唤小玉进来，却是撑不住上半身，软软地向后倒去。有人上前扶住我的上半身，递来搁在床边的药汤，求生的本能令我喝下苦辛的药汁。

好苦，多像那孟婆汤的味道啊？

我忽发奇想，如果孟婆再一次站到眼前，如果我喝下那一碗孟婆汤，便会忘记这二世所有的痛苦，然后也会忘了非珏和段月容，还有非白……那时我会像那些执着于前世的鬼魂一样，拒绝喝下那孟婆汤吗？

我恍惚地想着，却见眼前的年轻人沉沉地看着我，原来竟是张之严为我端来了药汤。

我苦笑一下，咽着血丝笑道：“确然，西安原阀兵强马壮，礼贤纳士，治家有方，这几年里以义旗之名收复国土，攻回京都，必不久矣。以莫问观之，确有帝王之相。若兄长真要打破这南北朝的局面，莫问以为联合原家，比之联合窦家，胜券多之数倍。”

张之严身上的瑞脑香直冲鼻间，我倚在对面喘着气，定定地看着他，他看着我的眼睛，沉思片刻，慢慢说道：“永业七年，我与原氏于宛对决一年，死伤无数，我之所以敢放手一搏，是因为我的幕僚夜观星相，皆料那年汉中必有大旱。原氏粮草不济，就连原氏也以为撑不下去，直到一个神秘的穆姓商人为原家捐了将近价值百万两的粮草，方才解了宛城的危机，我寻访多年，才发现那个穆姓商人是你的一个手下。”

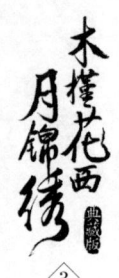

我一失手，药碗坠落，摔个粉碎。

张之严不愧为天下枭雄，竟然还是查到了我的头上。那个穆姓商人穆宗和是我让齐放秘密安在山西的探子，连段月容都不知道。永业七年时值汉中大旱，而张氏垂涎富庶的粮都宛城久矣，便乘此忽然发兵攻打宛城，将原氏打了个措手不及，死伤无数，史称“宛城之变”。

其实原家已经撑不下去了，甚至在军中烹煮饿死的百姓尸首以撑战事，那时带兵的正是非白，我终是暴露了穆宗和，令其假装是踏雪公子的崇拜者，而捐出所有家当，秘密派得力暗人掘了千里暗道送进粮草，化解了原家的宛城之围。

然后我又让穆宗和回到了江南某处安享晚年，前几天齐放说他突然失踪。

我平静了下来，轻轻推开张之严，镇定笑道：“兄长现在意欲何为呢？”

张之严双目如炬地凝注我许久，问道：“那你又究竟是谁呢？”

我回看了他半晌，淡笑如初：“我是谁？兄长，我不过是一铜臭商人君莫问尔，也是一个快要踏进棺材的短命鬼。”

张之严的面色没有任何惊讶，可见他的那些名医将我的身体状况告诉他了，他复又站起来，沉声道：“太子在何处？”

“兄长所说的，莫问着实不知。”

“你与殷申、窦亭将太子带出昭明宫，藏匿在我的属地，安敢欺瞒于我？如今西安原阀前来，分明是想寻觅太子。这些年，试问你打理这些君氏的产业，我如何不是帮衬着你，若没有我，你和你那主子会逍遥到今日？莫问，你这样待我，如何不伤人心。”说到最后几个字，他眼中的恨意迸发，灼灼盯着我。

我挣扎着爬下床，跪在他的跟前：“兄长对莫问大恩，莫问从来不敢忘怀。莫问这里没有太子，兄长如若不信，尽可使人搜府，上天可鉴，莫问实在没有引原家前来。”

就在我快要昏厥时，一双手打横抱起了我，将我放回床上，我喘着粗气地看着张之严，张之严却一径瞅着我：“你以为我不敢搜你的府吗？”

我轻摇着头。

张之严厉声道：“来人。”

一个浑身盔甲的士兵进来，肃然道：“太守吩咐。”

张之严说道：“包围君府，搜查要犯，不能放走一只苍蝇。”

我强忍心中的翻腾：“兄长何必要苦苦相逼呢？何故定要找出个太子，让江南百姓寝食不安？”

张之严傲然一笑，眼中的睥睨陡现：“天下既乱，群雄逐之，我吴越千里沃野，粮草丰厚，人杰地灵，早有前朝逆臣明氏，御封吴王之时，轩辕太祖赐其吴越之地，吴王励精图治，修城屯兵，使之易守难攻，雄踞东南。至今那原氏和窦氏强取不得，而我张家称霸江南以来，更是卧薪尝胆，勤练兵马，如今根基已深，我既是张家男儿，自然是拥太子打回京都，同窦原两家争雄天下，实现我张氏家族的宏图霸业。”

我怔怔地看着他一会儿，惊觉他抱着我有些不妥，却见他看着我的眼睛，柔声道：“莫问是担忧为兄敌不过窦原两家吗？”

我轻轻摇头：“大哥，莫问以为你不适合争霸天下。”

他脸色一冷，将我轻放在床上，轻嗤一声：“你虽能在商场如鱼得水，却终是个长发短见的女子罢了，同玉华一样……大丈夫既横刀立马，当有一番作为，岂是你等女流之辈所能及？”

我冷冷道：“兄长莫要混淆视听，莫问明明是个男人。”

“好，大男人，敢不敢前往我府上住上一段时间？”

他口上虽满是调笑，眼神却是深不可测，心中立时一动，这个张之严是要利用我来对付非白和原家吧。我淡笑：“兄长美意，莫敢不从，然莫问身有顽疾，且声名狼藉在外，若惊扰了内眷，更是死罪，张兄还是让莫问在府上休养吧。”

张之严拂袖一笑，掀起一阵瑞脑香，他又坐在我的身边，对我风流一笑：“永业七年你我相识，第一次见到你，我就知道你是个女子了，彼时不过以为你想利用玉华接近于我，好方便你的生意。只是相识越久，越发觉得你不简单。这几年，你捐钱放粮，铺路造桥，不但助我吴越度过数次天灾，也为我同窦家的战事里海投了银子，现在想来不过是为了踏雪公子。”

我看着他依然波澜不惊：“兄长今天说的话真是越来越奇怪了，莫问越发听不懂了。”

他轻叹一声：“莫问，你终是心中不信我。”他看向窗外灿烂的阳光，忽然吟道，“众里寻他千百度，蓦然回首，那人却在灯火阑珊处。踏雪公子真是个有福之人。”他站了起来，再不看我一眼，走出了屋子。

却听外间，军队的步伐声整齐地踏来，我挣扎着爬下床。

小玉已经满面惊慌地过来搀住我：“先生，这可怎么办，张太守的人在咱们府上到处搜呢。”

我喘着，乘无力倒下时，在她鬓边附耳道：“小放去办了吗？”

小玉一边抹着眼泪，一边亦轻声道：“先生放心，师父已同太子和小姐安然到了播州。”

我暗松一口气：“扶我去学校那里。”

“先生莫要折腾了，先养病要紧。”

“不行，太守现在还不会拿我怎样。可是军队在府里搜，会惊吓着孩子们的。”

小玉拿我没办法，就给我稍微收拾了一下，让豆子背我到希望小学那里，却见一片孩子的哭声，张之严冷冷地站在那里。

一大群孩子哭着向我扑过来。

我心中不忍，只得转过身对着张之严道："兄长，这些孩子都是莫问一路上带回来的苦命人，请兄长放过他们吧，要抓就抓莫问吧。"

"夕颜呢？还有你那个所谓的小侄呢？"张之严问道。

"不巧，前几日回黔中老家了。"我冷静以对。

张之严额角隐隐有青筋暴跳了几下，走过来，轻轻一叹："我实在没有办法了，莫问，看来你还是要到我府上来坐坐啊。"

这时，忽然一个士兵拖着两个孩子过来，他手中抓着的那个男孩神情倨傲，另一个女孩子则死死抱着男孩的腿，一个抓、一个走、一个拖，前前后后跟了一大串，像一串大闸蟹似的。

那个士兵高叫着："太守，小的在后院的古井里发现藏着两个孩子，这个男孩子怀里还有这个。"

早有人往张之严手中递上一物，张之严双目一亮："果然是玉玺。"他又叫了一声，"伍仁？"

我的家人中立刻抖着身子站了出来，一看到我的眼神，头立刻垂了下去，只是抬起头看了那个孩子一眼，然后跪在地上，对张之严说道："禀大人，这个孩子正是那个叫黄川的表少爷。"

我冷笑连连，睥睨道："伍仁，你赌债难还，妻离子散，女儿被拐，是谁替你还了赌债，是谁替你赎回了卖到青楼的女儿，还助她嫁给邻村的赶牛人，而你便是这般回报于我的？"

那叫伍仁的中年人涨红了脸，闷声向我不停地磕头。

张之严却对我一笑："莫问，你也莫要怪他，他既是个赌鬼，自然又染上了赌瘾，这回是为我所救，自然是为我所用了。"

他领着手下立刻对那个男孩行了君臣大礼，朗声道："江浙太守张之严护驾来迟，罪该万死，请太子随臣回府，共商大计。"

那个男孩冷冷道："你认错人了，张太守。"

张之严不答，只是吩咐道："还不快请太子回官邸？"

张之严与我擦身而过时，转头说道："原非白连夜逃回了西安，踏雪公子的门客果然了得。"

我扭头冷冷看向他："兄长，这两个孩子都是我的学生，放了他们。"

张之严的眼神却愈加笃定："莫问，你的演技太让我失望了。"旋即吩咐人马，"好好看守君府，可疑人马，一律不准放过。"

张家兵想拖走那男孩，可是那女孩却还是死死地抱着腿，那个男孩高高在上地看着她，冷笑道："此去死生不知，你这又是何苦？"

那女孩双目明亮，小小的脸颊充满坚定，对男孩仰视道："殿下到哪里，露珠就到哪里，不然露珠就立刻死在这里。"

男孩像大人一般长叹一声，扶起了女孩："傻露珠。"

他不再推拒那个叫露珠的女孩，轻轻拉起了她的手，然后扭头对我大声道："君莫问的大恩大德，我今生记下了。"

士兵无奈，只好将两人一起带走了。

玉流云和露珠，这两个孩子我自宛城救回的，也是我最聪明的两个学生……

我视线模糊，这个玉流云，生性沉稳机敏，无论是文武都在同年龄的孩子中出类拔萃，齐放曾连连夸说其乃是练功的奇才，就连段月容也说将来定能委他以大任。我曾经查过他的背景，他极有可能便是当年儒圣陆邦惇母家、百年大族玉氏唯一的后人。

这样好的一个孩子，却要作为轩辕翼的替身，如若被张之严识破，岂非我与这两个弟子的永别？

手下的孩子们瑟缩地围着我，一个个骇得面如土色。

我忍下满腹悲愤，看着张之严和两个孩子消失在眼前。

我让人好好守护希望小学后，沿歌和春来扶着我回房。

沿歌使劲磨着牙，我已经很久没有听到他磨牙了。

七年前，他的双亲死在兰郡保卫战，小小的年纪却硬是不哭，只是恨得磨着牙，我轻轻抱起他，他才在我怀中放声大哭。

我躺在床沿上，却见沿歌跪在我的床边，双目赤红："只要先生一句话，我这就去太守府，杀了狗日的张之严。"

我伸出手来，轻触他的额头，柔声道："还不到时候，沿歌，现在是非常时刻，你一定要听先生的话啊。"

他愕然间，泪水却涌出眼眶："先生说的，沿歌一定听，可是先生亦要好生养病，才好带我们回兰郡。"

我微点头，轻声道："好好保护伍仁的家人，他做得很好。"

沿歌称是，扶我躺下，守在屋外。我闭着眼不停咳着，难以入睡。

眼看月上中天，我微睁着眼，看着玉兔清凝，静静地思考着该如何迈出下一步。

永业十年七月初三，原氏踏雪公子忽然在江南露面，民间盛传这与太子轩辕翼流落至江南有莫大关系。张之严从经常游走于南北的商人君莫问府上，搜出了一个与太子年龄相仿的男孩，并且在其身上搜到了东庭流传了六百多年的正宝洪熙传国玉玺，于七月初九拥太子继位，史称东庭末帝，仍以庭为国号，史称"南庭"，民间及各路诸侯则称其为"吴越小庭朝”，改年号为崇业，定建康为首都，号金陵城，扩建原建康太守府“浏园”至宫殿规模，正式更名为“仁智宫”。末帝加封张之严为吴越王，上柱国荣号，吴越王便挟成宗之名，号召江南一带大大小小的武装力量归附，齐攻窦周，然而在一路进剿的途中，不断地吞并各路诸侯，收为己用。

原青江于同年十月初十拥靖夏王继位，同年改年号为元庆，时人称元庆皇帝，庙号德宗，沿国号为庭，史称“西庭”，以西安为都城，称西京，并以洛阳为陪都，称东京。

七月十二，摩尼亚赫亲率大军，兵分两路攻西安和弓月城，此一役，成功地拖住了原氏进攻京都的先机，使得张氏进至河北府，直逼京都。窦周命平鲁将军潘正越镇守沧州，迎战吴越张氏。

七月二十，踏雪公子与清泉公子联手击退了摩尼亚赫的左路大军，而甘州却于七月三十被攻破。摩尼亚赫得意万分，亲自点燃第一把火，欲焚烧撒鲁尔的皇宫时，又传来撒鲁尔亲自率兵奇袭哈尔和林摩尼亚赫的王帐。东突厥仓促撤回弓月城时，在柳林忽然遭到了撒鲁尔右翼的埋伏，摩尼亚赫差点被撒鲁尔王生擒，回到王帐的途中，却听闻其所有妻妾女眷皆被撒鲁尔王作为战利品带回弓月城，作为最低贱的奴隶，在市井当众拍卖，一雪其母被摩尼亚赫作为舞女贩卖之辱。

东突厥王摩尼亚赫气郁交加，死在赶回王庭的途中，数日后千里飞骑传来的遗诏，宣其最受宠爱的可贺敦云娜之子，年仅十岁的可聂都继位，几个封疆的年长儿子以奔丧借口回来，诛新君，绞杀可贺敦，展开了血腥的夺嫡大战，以至于摩尼亚赫的尸首暴晒多日，蛆虫食尸，却无人将其收殓。

同年八月初二，摩尼亚赫次子，哈尔和林的默渠王子，杀了三个兄弟，终于给摩尼亚赫发丧，自立为默渠可汗。然而撒鲁尔可汗紧随其后，于八月初九攻破哈尔和林，活捉默渠及眷属，一并绞杀，然后在军中烹煮分食之。

八月初八，撒鲁尔可汗假意接受了窦周封授，却在接到大量岁币美女后，撕破了协议，改为接受了其父原青江掌权的西庭的封号，史称绯都可汗，其母亦被封为詹宁皇太后。

自此，分裂近二十六年的大突厥帝国再次统一，绯都可汗称雄西域，所向披靡，威名远播。

阿史那撒鲁尔可汗的辉煌时代到来了。

元庆元年八月初一，河北沧州境内，张之严指挥大军安宫扎寨，入得营帐内，刚脱下盔甲，一员名唤光复的参将入得帐内：“主公，瓜洲的飞鸽传书到了。”

一位青衣美人急步走来，微踮起脚为张之严解下衣甲，绿鬓如云巧堆，乌云髻上簪着珍珠掐珊瑚镶翡翠的金凤步摇钗，一晃一作响，珠光衬着美人的雪肤花貌，在充满阳刚的营帐中别是一番风情，怎奈张之严却是未闻，只是紧绷着脸，短促地说了一声：“念。”

“摩尼亚赫王于日前死于哈尔和林，撒鲁尔王开始为东征做准备了。”

张之严的嘴角微微露出一丝笑意：“原家的两位公子，如何？”

“踏雪公子旧疾复发，击退摩尼亚赫大军后晕倒在城墙之上，清泉公子现在玉门关。”

“夫人那里，一切安好？”

“夫人一切安好，不过近日亲自派人到琼芳小筑……将小筑给烧了，把那里的梅花也全砍了……”那个参将声音轻了下来，微抬头看了一眼张之严身侧的细腰美人，那美人的双目早已蓄满了伤心的泪水，于是便闭上了嘴。

“胡闹！”张之严轻斥，看了一眼身侧的美人，柔声道，“悠悠莫惊，等回了瓜洲，本王为你盖一座藏娇楼，如何？”

悠悠羞涩一笑，轻伏在张之严胸口，不待张之严说话，那参将已识趣地走出营帐。张之严打横抱起悠悠，悠悠嘤咛一声，营帐中立刻一片旖旎。

从温柔乡里坐起来，看身侧美人身上欢爱的红痕隐现，两颊犹带着玫瑰红晕，双目紧闭，娇喘不已，张之严的手在悠悠的身上游走，渐渐行至俏臀处，低声问道：“悠悠可好？”

美人嘤咛一声，按住张之严不规矩的手，娇嗲道：“主公莫要再折腾悠悠了，悠悠实在受不了了。”

张之严笑着放开悠悠，披衣坐起。

悠悠正要起身，他抬手微阻，轻笑道：“你且歇着，我去光复那里看看就回。”

张之严出了营帐，唤了心腹士兵，低声吩咐：“万不能让此女走出营帐半步。”

没走几步，光复已迎了上来，躬身道：“见过主公。”

“将士可全都安顿下来了？”

“主公放心，一切安好。”

“陛下如何？”

“陛下甚喜仁智宫，特让臣传话说，敬等王上凯旋。”

张之严点头，正要回去，忽然目光触及不远处一个小营帐，心中一动：“君莫问今天用过药了吗？”

“末将看着他喝的，君爷的气色已好得多，只是夜晚睡得很少。”

张之严默然往前行去，到得那个小营帐前，却见门口守卫空无一人，正要发作，却听帐内一个男声缓缓说道：“大队前行，一切安好，侬勿要挂念，牢想快快回家，亲娘子一口。”

一个温柔低沉的声音不易察觉地一笑：“好，写完了，可还有什么话要说？”

那个男声讪讪道：“多谢君爷，没有了。”

另一人却笑骂道：“真没出息，写不到几句就念起你老婆了，你小子就属有了娘子忘了娘。”

“那又怎的，你小子是还没娶老婆，自然是吃不到葡萄就说葡萄是酸的。”

帐中隐约三人连声笑骂，听上去甚是熟稔。张之严沉着脸掀帘而进，却见两个士兵正拿着一纸书信笑着，当中一人，手持一杆自制的羽毛笔，木钗绾着乌发，在头顶简单梳了个髻，淡淡的笑容不及隐去，微挂在淡朱色的唇边，形容消瘦，如弱柳扶风。

眼前人比起发妻洛玉华美艳不足，相对悠悠风情不盛，但她有一丝说不出的恬静风流，尤其是那双眸子，瞳如夜空，亮若繁星。在张之严看来，此时的她在柔和的烛光下，比任何时候都更如水月镜花，美得不似真实，却偏偏让人心生不甘。

张之严一阵恍惚。四年前一个白衣少年，自如大方地向他一躬身：“君莫问见过太守。”他立时心神一动，扶起“他”时，微搭手骨，便确定此人定然是一个女子，然而一路走来，却发现此人无论文武，皆不让须眉，商场中的魄力和手腕更是亘古未闻，却又不似那种略有才华便目中无人的妇人。哪怕发达至今，仍是待人谦和，淡笑如初，襄助乡里，热心无比。他也曾调动无数人力物力调查其身家背景，然而一旦查到大理境内，便会有人百般相阻。

那年中秋，他与她在后院赏月，他难得成功地灌了她几杯，她果然醉意微醺，趴在桌上轻轻念了几个名字，他仔细一听，却只闻一个白字。

他装作也醉得稀里糊涂，却暗自记下了。

张之严的生活中多了一个似男非女的“商人”，多了一个似女非男的兄弟。

小时候父亲经常传授的驭人之道，以其恶镇之，以其好笼之，终将其心收之。唯于此女子，他却不知该如何是好。

岁月慢慢过去，他似也渐渐想开，只要此人不是他的敌人，便是知己，总有一日能令其为他所用。

然而在其内心深处，分明对自己说，这样的女子可遇而不可求，犹如罂粟，不知不觉地上了瘾，欲戒却难。

等到他听闻她忽如蜜蜂绕花一般围着一个西域来的红发客商团团转，然后威震西北的踏雪公子紧跟其后，堂而皇之地潜入江南，联想到他从未见过面的紫瞳夫人，他这才隐隐猜出她是何人。

永业三年，他一时兴起，命人四处搜寻稀世东珠，只为满足爱妻的心血来潮，花东夫人名扬天下。

同样名动天下的花西夫人，却在同年西边的那一场秦中大乱，惨死巴蜀，其夫踏雪公子悲愤之余不但公然拒婚轩辕公主，还出版了那本让轩辕皇室尴尬万分的《花西诗集》。开始他以为不过是原氏为博美名人心，借机打压窦氏的一种政治手段，可当他有机会翻看那册《花西诗集》，方自有五分信了这个凄美的爱情故事，然后等他意识到这个故事里的女主人公其实没有死，而且还在他眼皮子底下如鱼得水地活了四年，这才深深理解她为何要女扮男装，同时也明白了踏雪公子出版《花西诗集》的理由。为了让轩辕氏死心是其次，他分明是在严厉警告那些觊觎花西夫人的对手，只要花西夫人在世，他终有一日要迎她回去，而普天之下，还会有什么比名声这个东西更无情刻板，更有束缚力呢？

有了踏雪公子的先入为主，哪怕花西夫人移情别恋，亦不敢明目张胆地嫁与他人了。

他以为花西夫人是移情大理储君，所以不愿回踏雪公子身边。然而瓜洲病榻之上那一席话，那双眼睛如此清明地看着他，声音轻柔得如一只夜的精灵，娇媚地迷惑着他的所有感官，兄长是想要一个分裂的邻居，还是因为忙着分家而动荡的邻居呢？

终日里醉卧花堆的他也觉得孔夫子那句“唯女子与小人难养也”甚有道理，她分明是这个战国时代不可多得的战将，其最可怕的兵器正是她太过冷静精明的脑子，这样的女子绝不是放在屋里终日缠绵的。

这样一个女子，踏雪公子和他背后的原家，如何会听之任之流落在外？

即便如他，在她笑着以祖训拒绝做他的幕僚时亦心生疑忌。乱世英才，不能用之，宁可毁之。

但是，她看踏雪的眼光明明如此痴迷，踏雪走后她又明明伤心如斯，这些年来，不断输送供给大理，扭转南部诸国的战局，助大理灭南诏，又背着他屡次秘密出资助原家挽回战局，甚至不惜在他眼皮子底下玩起了游戏。为何她不回到踏雪身边，而是选择待在瓜洲，假凤虚凰了这么多年？

这是一个谜，对于张之严最大的谜！他自问是了解女人的，可唯独这个女人，他却始终猜不透她到底想什么。

按理说，他既已知晓，永业七年她在他背后捅了他一刀，他应该没收她所有的财产，然后将她押进大牢，狠狠治她的罪。然而看到她那绝望空洞的眼神，那苍白的小脸，却又鬼使神差地替她治病，还将她带在身边。

自迎回太子后，她对他不再欢欣而笑，眼神依然镇定清明，却多了一份求死的意志，她在怕什么？怕他利用她来要挟踏雪还是紫月？

如今她竟然为这两个低贱的士兵写家书，强颜欢笑？

刚刚尝尽姑苏第一名妓的张之严，心情却坏如腊月的冰天雪地。

他冷冷地进了帐，果然她的笑容渐收，慢慢站起来。身边那两个士兵早已吓得跪在地上，拼命求饶。

“莫问真是好本事啊，连本王的士兵也收买了。”张之严冷笑两声，不等下令，光复早已着人将那两个士兵带出，要以玩忽职守罪砍头了事。

那二人惊声呼救。君莫问站了起来，微笑道：“兄长此言差矣，这二位小哥遵命照拂在下，在下代替这二位写封家书略表谢意，万万罪不及死。”

“莫问是在替人写家书，还是在笼络人心？”

君莫问哈哈一笑，板着脸道：“莫问多的无非一个钱字，只可惜现在身无分文，连自由都成了问题，如何谈得上笼络人心呢？”

张之严看她眼中明显的不悦，一脸惨淡，心绪更坏，不由得脱口而出：“不准你为两个闲人顶撞于我。”

在场之人皆是一诧，唯有心腹忠仆的光复，不动声色地遣闲杂人等出去，快到帐口，张之严却又忽道：“将那二人暂先收监。”

帐内，君莫问垂下眼睑，对于张之严的发飙不置一词。

张之严也一屁股坐在她对面，望着她一径沉默着，一时间竟然不知道说什么好。

烛芯爆了一下，映得君莫问的脸一下子亮了起来，电光石火间又隐在了暗处，墨瞳望着桌上的羽毛笔深思着，瘦削的脸廓被烛影勾出一种妖冶沉静的美来。张之严看得目光有些发直。

君莫问站起来，浅浅一笑：“天晚了，明日兄长可能还有众多大事要议，还是请早些安歇吧。”明显的逐客令！

人未近，香已飘，张之严答非所问地忽道：“你用的是什么香？”

君莫问一愣：“莫问不爱用香。”

又是一阵沉默。

张之严抬首一笑：“你的闺名是木槿吧。”

君莫问也是花木槿的心揪了起来。

张之严却含在嘴里绕口令似的念叨了几遍，木槿，木槿，又对她笑道：“你是木槿花开的时候生的吧。”

君莫问感到张之严的目光比刚才更令人困惑地绞在她身上，心中暗惊，莫非他决定要将自己交给窦周不成？当下她也不回答，只能更沉默地看着张之严。

张之严倒也不以为意，侧头看着营帐里大土碗盆里唯一的一抹绿色，上面细密地坠着几朵花苞：“这是什么花，行军路上竟一路里活过来了？”

君莫问没有波动地答道：“木槿。”

张之严惊诧地回头，又锁住了她的容颜，却听她凝视着那细小的花朵慢慢道：“木槿易活，随便扦插便可，如果能活过今年冬天，明年还会继续开花的。”

那话语中有些伤感萧瑟之意，她分明是想到自己的病躯吧，又许是因为这几日严禁其外出，把她给闷坏了吧。

张之严的心里一动，站了起来，向她走近一步，柔声道：“你不必担心。吴越人才济济，一定有医你病的神医在，而这株木槿……一定也能活下去的。”

君莫问向后退一步，目光中满含警惕。

张之严的心又往下坠，却又偏生不甘，前行一步，柔声笑道：“木槿为何如此怕我？”

君莫问的微笑有些僵，轻摇头道：“天色已晚，兄长请回吧。”

她走向帐帘，经过张之严时，疾步绕过他，回首笑道：“恕莫问身体抱恙，不能远送。”

张之严沉着一张脸，慢慢走出帐帘。君莫问松了一口气，来到那株木槿前。

一个月前，张之严强行带她北伐。在行军路上，趁放风之际，却发现一株高大的木槿树下，刻有齐放暗号。张之严当时便如刚才一般，步步紧逼，当下，她笑着折下一条树枝，打发过去。

她暗忖，这个张之严心里究竟在想什么，刚才那目光分明是欲壑难填，莫非……

忽然，身后一阵哗啦啦声响，转过头时，张之严正疾步走向她。他竟然去而复返？

君莫问退无可退，骇然间，已被纳在张之严的怀中，一股瑞脑香几乎要冲晕她。她本能地推拒着张之严。张之严的铁臂早已勒紧了她的细腰。他却是一阵恍惚，为何相处了四年才发现怀中人是如此瘦弱。

君莫问高声叫道：“兄长住手，你这是要做什么？”

君莫问挣扎间，却忽地瞥见张之严喉间的一斑欢爱红痕，心中更是厌恶至极。

张之严见怀中佳人目光流露憎恶，一抬头，明亮的铜镜，在暧昧的幽幽烛火下，正明明白白地现出方才与悠悠风流之证，心下有些歉然，却脱口而出道：“你且放心，本王与悠悠不过是逢场作戏，今后，本王再不碰她便是。”

君莫问气极，挥出一掌欲掴张之严，却是被轻易攥在一只铁掌之中，被摁到身侧，她咬牙切齿道：“禽兽，悠悠还是一个孩子。”

张之严冷笑：“是吗？天下竟有如此通房事的孩子！敢问是谁教出来的？莫不是花西夫人？那就让本王亲身领教一番，如何？”

君莫问仰头欲躲过张之严铺天盖地的吻：“放手，兄长一定会后悔的。”

张之严却哈哈大笑：“后悔什么？本王早就后悔了，这几年陪你玩遍吴越，却不碰你一根手指头，本王岂非要被天下人笑话有病？”

两人挣扎间，君莫问的木钗摇落，长发披落在裸露的双肩，女儿态尽露，明眸带着惊恐，却是愈加光彩动人，娇媚愈显。

张之严征服的欲火更盛，光复的声音在外响起：“主公，有人夜袭。”

张之严立时警醒，却见佳人衣衫尽破，抱着自己细白的身子，如猫儿一般缩成一团，瑟瑟发抖，眼中一片凄苦。他心下一阵不忍，抬手抚向她秀发，她却是倒退几步，惊恐愤恨更甚。

张之严自责不已，自己向来是以怜香惜玉出名的江南霸主，为何面对眼前人，今夜如此冲动？他带着一丝歉疚地拾起披风，披在她身上，细细的吻落在她的香肩，柔声道：“今夜是本王唐突佳人了。你且放心，日后本王必给你一个名分，让你恢复女儿身，随侍身边，以后你不必怕大理段氏，或是西安原氏。”

君莫问却似充耳不闻，只是浑身发抖地欲爬出他的“势力范围”。

在张之严看来，她真像受惊的小猫一般，一股从未有过的酸涩之意攀上心间，分明又带着一丝甜意，深深悔恨，这四年来，浪费了多少花前月下，没有巧取佳人，风流缠绵。

那复杂的感情越来越浓，又想起永业七年，宛城一战，她那一招釜底抽薪让吴越损兵折将无数，当下既怜之爱之偏又深恨之。长年的霸主教育，又让他竭力想隐藏心上的弱点，只是将自己健壮的身躯紧贴纤瘦的娇躯，咬着佳人细细的脖颈，微醺在她的体香间，似呢喃，又似冰冷地说道："花西夫人，不管你的主子是西安原氏还是大理段氏，从前你是如何伺候他们的，从今往后，你便照样伺候本王。"

花木槿却是浑身紧绷，泪水滑落，贝齿紧咬没有血色的朱唇，心中恨恨道："你这辈子和下辈子都别想。"

张之严终是叹息着放了手，将手中的披风裹紧了花木槿，走出帐去。

光复看着张之严脸上的细小抓痕，愣了愣。

张之严瞟向光复："怎么回事？"

"粮草营那里忽然走水了，可能是有人袭营，亦有可能是天热燥火燃上了干草，好在发现得早，火势已灭。"

第六章

何当与君期

我颤着手换上了件完好的衣物，努力平复心中的委屈厌恶时，却见一个吴越兵大步流星地走了进来，我大怒，操起桌上的茶碗扔去："滚出去！"

那人敏捷地抄手一接，跪在地上："夫人莫惊，是我。"

那声音温润如水，却是一个女声。她将头盔一揭，却是许久未见的悠悠。

我听看守我的士兵说过，姑苏第一名妓夜奔张之严，张之严宠若珍宝，夜夜宠幸。远在瓜洲的洛玉华醋劲大发，偏偏又不得出城，便焚烧悠悠的琼芳小筑。

我那时便想，悠悠究竟意欲何为，而且方才那一手分明又显示了悠悠武功高强。我心中的疑团更甚。

我的长发披散，缚胸的布条散在一边，她的明眸中毫无惊讶。

我淡淡道："姑娘深藏不露，君某果然看走眼了，不知姑娘究竟是何人？"

悠悠长长的扇睫微颤，口中却公式化地说道："悠悠是谁并不重要，欺瞒夫人，实在事出有因，现在重要的是夫人的安全，请快随我逃出吴越营帐。"

我的心中对她惊疑不定。

她的口气却强硬了起来："请夫人看在今晚袭营的兄弟，那几千人命的分上，快随我去吧。"

我向后退了一步："你的主上是谁？"

悠悠站了起来，向我走来，叹道："夫人与我相处这么多年，难道如此不信悠悠吗？"

话到一半，她早已疾如闪电地点了我的穴道。她的个子明明比我还要纤细瘦小，却似毫不费力地将我像麻袋似的扛出营。外面到处是喊杀之声，她扛着我绕过军队，偶有兵士发现，她那长年弹琴的优雅素手此时却是狠戾地挥舞着短刀，转眼间人头落地，血珠溅到她如花似玉的脸上，那往日柔情似水的眼中唯有冷酷和仇恨。

这时一个长相毫不起眼的张家兵牵着两匹大马过来，一言不发地将缰绳交到悠悠手上，然后头也不回地同悠悠擦肩而过。

悠悠将我放到一匹马上，向黑夜深处驰去。

出得城外，悠悠出手解了我的穴道，将我扶下马来。我转了转僵硬的脖子。星空下，许久不见的她静静地单膝跪倒在地，虽是男装打扮，却是青涩不再，美睫低垂，眼神却满是冷酷，这让我想起在子弟兵营时的锦绣，每次去执行任务前的那种眼神。

她对我低声道："方才对夫人多有得罪，请夫人责罚。"

我心中一动，走过去假装扶起她，轻轻触她的左腕内侧，果然有一把似匕首般的硬物，我微微一笑："多谢姑娘的相救之恩，你是东营还是西营的子弟兵？"

悠悠依然躬身垂目，闪过一丝惊讶后，满是顺服地答道："夫人果然聪慧。小人仍东营碧水堂校尉！"

碧水堂乃属暗人一科，难怪……

"怪不得三爷专门到琼芳小筑，原来你是西安原氏的接头人……"我苦笑一声。

悠悠抬起头，对我抿嘴一笑："夫人莫要怪三爷，当时三爷并不确定君爷就是夫人。"

"三爷是何时开始怀疑我的身份？"我低低问道。不知是突然的安全让我松懈了下来，还是我太累了，我一下子跌了下去。

悠悠及时扶住了我，往我嘴里塞了几颗药丸。这种药丸我很久以前服过，那是原氏的独门灵药雪芝丸吧。

"穆宗和倾囊相助后离奇失踪，三爷便起了疑心，让东营人马天南地北地查找，却毫无头绪。"她的眼在星光下满是朦胧之光，她笑道，"小人自问虽是女子，然无论武艺、谋略都属东营子弟兵中的第一人，到了江南，却是困难重重。后来发现他更名换姓，独身一人在明州养老。他喜欢养鸟，我查到他最名贵的那只鹦鹉是一个小孩送来的，那个小孩一路上换装无数，我的人跟丢了数次，最后辗转方才查到，那人却是希望小学中一个女童乔装打扮的，如果小人没有记错，应是叫露珠的吧。"

穆宗和举家亡于邓氏流寇，为齐放所用，心灰意冷的他只对唯一的爱好——珍禽还有些兴趣，于是我便让最机灵的露珠，每有异鸟便为其送去。

"那时君莫问素有风流之名，我便借机接近。当时，三爷并不知道这个君莫问大老板，便是夫人。"

我淡笑道："是你家三爷叫你用悠悠这个名字吸引我的？"

"恕小人无法回答。"悠悠明眸流盼道，"悠悠只有接到上家的命令方知要执行的任务。故而在琼芳小筑之前，悠悠亦是第一次见到原三公子，那时上家只是告诉我一定要用悠悠这个名字登台献艺。果然君爷花大价钱买下了悠悠，这才让悠悠发现君爷是女儿身。"

我默然地看向她，她也对我一径微笑。过了一会儿，她站了起来，拍拍身上的尘土，俏脸隐在阳光的阴影中，纤手轻轻捋了一下风中的乱发，低声道："夫人真是好福气，悠悠年龄虽小，这几年在上家的手下见惯了人中龙凤，在风月场中也待了不少日子，却从来未见过原三公子那样品格的人物。可那日献舞，他的眼中分明只有夫人，只是……"

她似乎说着极重要的东西，可是我的眼皮似覆上铅，耳边依旧是溪水潺潺，眼前悠悠的面容却越来越模糊，好似还带着一丝悲戚，我张开嘴，却发不出声音。

我的身体好像漂了起来，整个身心都松懈了下来，可意识是如此昏沉，仿佛在黑水中不停地漂流。

远远地，一阵阵缥缈的叫声传来，渐渐地，这个声音，由远及近，极轻柔地传到我的耳中。

"木槿，木槿！"那个声音在我耳边呢喃，可是我却无法回应。

很久没有这样沉沉睡觉了，可能有七八年了吧，这几年兵荒马乱的，根本就不敢踏实入眠，我迷迷糊糊地想着："再让我睡一会儿，不要吵我。"

是谁的手在抚着我的颊，如此轻柔，如此小心，却又带着一丝颤抖？我甚至能感到他掌心的潮湿。

那有些虚幻的喃喃之声又起，我几乎能感到那温润漉湿的气息喷在我的唇上。

我的眼前似乎有一豆幽火，可是我睁不开眼睛。是谁？这是谁的吻？莫非是张之严？我害怕了起来，然而这个人的身上有一种熟悉而陌生的味道，他的吻带着一丝浓烈的欲望，撬开了我的口，滑入了我的舌间，我无力抗拒，手指微动间，挤出一丝声音："非白……"

那缠绵的吻忽然一顿，我的唇上一痛，血腥滑入我的喉间，那个温暖的怀抱倏然离开了我。我的神志依旧不清，身子却冷了下来，那人的手渐渐滑了下来，落到我的颈间，慢慢紧了起来，好痛苦，不能呼吸了……

忽地他的手又松了，又似在我耳边说了很多话。然而，我却又是一阵昏眩，黑暗的力量又扫向了我……

清晨的鸟鸣声悦耳地传来，我睁开了眼睛，这才发现我的衣服被人换过了，身上只是一套寻常的粗布女服，屋外偶有孩童的嬉笑声，这让我想起了夕颜和希望小学的孩子们。

我想也不想地冲出去，猛然一下地，只觉天旋地转，跌坐在地上。

一个苍老的声音响起："青青醒来了啊。"

青青？我诧异地抬起头，却见一个年过半百的老人，脸上沟壑重重，颤颤地扶起了我，叹了一口气："青青，你的身子还没有全好，听爷爷的话，先不要下床。"

我微微一笑："多谢老丈相救之恩，我叫君莫问，青青是何人？"

老人难掩满面的失望与心酸，呆呆地看了我半晌，然后流泪道："青青啊，你要何时才能醒过来。宝儿没了，家也没了，爷爷只有你和青媚两个人了，你爷爷快进棺材板了，莫要再吓爷爷了啊。”

我猛一抬头，却见对面的铜镜中映着一张陌生的女人脸，那个女人万分憔悴地抚摸着自己的脸，满眼震惊，铜镜外的我也抚上我的面颊，是谁给我易容了？

“爷爷，姐姐醒了吗？”

一个女子轻柔而担忧的声音传来，却见一个青衣小姑娘蹦蹦跳跳地跑了进来，两条麻花辫甩在丰满的胸前，看到我正凝视着她，一下子冲过来，扑到我的怀中，流泪道：“姐姐总算醒了。”

那一双眸子清澈得不带一丝杂质，却又晶亮得不似一个村姑，我的心神一动，放松了下来。

老人对着小姑娘叫着：“青媚，快去外面卖挂鞭炮，庆贺你姐姐可总算醒过来了。”

我微抬手，好痛，然后对她微微一笑：“不用了，青媚。”

小姑娘欢天喜地地抱着我大哭了起来。那个老人也抬着袖子喜极而泣。

一个身着绸服的身材略胖的人走了进来，叹了一口气：“老王，青青姑娘醒了？”

老人跪在地上，对着那人千恩万谢：“多谢方掌柜的收留，如今我大孙女醒了，我们立刻起程，赶往肃州，不再惊扰。”

那人肥肥的圆脸隐隐有着不乐，小眼睛带着色欲，瞄向那个青媚：“唉，不必急着走，再住几天也不迟嘛。”

话音刚落，却听一个上了年纪的女声骂道：“大白天的，不在前面照看生意，就知道往狐媚子屋里钻。怎么着，小的尝了鲜，大的那个醒了，也要上了不成？”

那个方掌柜面色涨得通红，匆匆看了看眼中含泪的青媚，走了出去。

元庆元年八月初五，张之严所率的吴越士兵先是中了一拨神秘死士的埋伏，然后又遭窦氏的奇袭，败退青州。

一大批战乱中的流民往甘陕一带逃去，而“我”一夜之间变成了“王青青”，河北沧州人氏，正是这些流民中的一员，那时王青青的男人从军窦家，战死在沧州，于是一气之下，流了产，然后长时间昏迷在甘州一个叫七鬼镇的地方，直到元庆元年八月初八这个好日子，突然醒了过来，然而王青青却似乎失去了很多重要的记忆，连最亲的爷爷和妹妹都记不得了。

五福客栈的方老板是好人，收留了王青青祖孙三人，不过连瞎子也看得出来，方老板收留王老头一家同王青媚有莫大的关系。而自从王青媚做了方老板的伙计，生意倒是一天比一天好了起来，而一到晚上，方老板也总是偷偷到王青媚的房里，“详细谈论”客栈的经营方略，这使得老板娘很不悦。方老板在内苑里经常做的一件事便是原配和内室两头劝架。

直到王青青醒了，王青媚似乎要跟着王老头和姐姐一起回陕北老家了，可是方老板却找了一大堆理由阻挡了下来。

我总是周身无力，我想这同他们在我的药中放了一些奇怪的药物有关系，而所有证明我身份和能逃离的东西全部被搜罗干净。

八月暑气正浓，我和我的“妹妹”青媚坐在屋里，外面坐着正在刨着蜜瓜的爷爷。

甘州天气很是干燥，沙尘亦大了起来，我看着青媚，微微一笑：“青媚，你几岁进的子弟兵营？”

青媚两条麻花辫粗粗长长的，挂在胸前，头上斜斜地插着一朵粉色的玉簪花，吹着刚染上凤仙花油的指甲，听到我这话，百无聊赖地翻着漂亮的眼睛，冷冷道：“姐，你又犯病了。”

我微微一笑，望着湛蓝的天际，一群大雁掠过浮云，向南飞去，不由得开口又问：“悠悠，你恨张之严……你很恨我吧？”

青媚一愣，眼中闪着狡黠：“姐说的，青媚一点也不明白。”

我微微一笑，不再说话。

风沙渐渐大了起来，爷爷也端着一碗蜜瓜进来。

青媚拍拍手：“还是爷爷好，就知道青媚爱吃蜜瓜。”

王老头慈爱地一笑：“青媚乖，给姐姐留点，你姐姐可很久没吃着这甘陕蜜瓜了。”

我心中一动，轻轻拿起一片：“多谢爷爷。”

“傻孩子，谢什么，你们姐俩快吃吧。”

青媚不悦地一噘小嘴，嘀咕着：“爷爷就知道疼姐姐，不疼青媚。”

她手正要伸向那蜜瓜，外面传来方老板的声音：“青媚在吗？”

青媚无奈地一撇嘴：“真讨厌，连吃片瓜都不安生。”扭着细腰走了出去。

我小口咬着蜜瓜。爷爷却坐在一边喝着茶水，他慈和一笑：“青青觉得甜吗？”

我笑着点点头，老人继续同我闲聊着，说的无非也就是客栈趣闻，那只干瘦的手却沾着茶水如流水般写着：“蜜瓜中有解毒药，今夜三更柴房。”

我立刻抬起头，正要说话间，青媚却闪了进来，我低下头，见老人面前的桌面，早已是一片干整。

我继续静静地听着祖孙二人的聊天，牙齿咬到一颗小药丸，悄悄吞了下去。

夜晚，青媚如常给我点上了一种安神香，我也看似很快进入了梦乡，可是到半夜时分，我却猛然惊醒，微动手脚，果然浑身又有了力气，悄悄站了起来，施展轻功，往柴房闪去。

柴房里有细细的声音传来，一个好像是青媚，一个好像是方老板，没有传说中的欢享缠绵之声，只听到方老板冷冷说道：“你明明知道她身上有极重的迷症，为何还要在雪芝丸里夹着迷药？”

“属下知错了。当时属下只是想沧州到甘州路途遥远，一可解夫人舟车劳顿，二来一路上窥视之人甚多，亦免惊扰了夫人。”青媚声音冷冷道，“最主要的是夫人的眼线众多，君氏好像已经发现夫人在回原家的路上了，那个齐放，身手十分了得，若是夫人同他里应外合，不但又要逃出我的手里，想必还要暴露了我们在甘州的部署。”

“胡闹，你可知，上家若知道了，你死罪难逃？”

青媚一笑，满是轻蔑：“上家？鬼爷是说原三吧？”

她轻哼一声：“鬼爷，主公为何久不立世子呢？您说说谁会成为世子呢？”

另一个声音沉默了一会儿，慢慢说道：“青媚，我们是暗人，只需关心上家要杀或要保的人即可，你老想这些做什么？”

“鬼爷，原三色欲熏心……连青媚都看得出来，他做不了大事，难道鬼爷和主公反倒看不出来了？”

那个鬼爷叹了一口气：“青媚，想得太多的暗人往往不会长命的。”

“鬼爷的教诲，青媚谨记着呢。”青媚撒娇地一笑，“鬼爷，前几天有人神不知鬼不觉地潜入了赤木堂，然后又不知不觉地出去了。”

“是啊，这件事我压了下来。上家若是知道了，咱们东营赤木一堂恐怕是全都要以死谢罪了。”

“是，鬼爷，那是东营暗人近百年来最大的耻辱，不过青媚我找到了那个内鬼！”青媚咯咯笑了起来，“而且，鬼爷，我还将他化尸了。”

“好，青媚做得好。”

“不过，在那个暗人谢罪前，我给他服了流光散，然后在他身上用了明心锥！”

“哦，你用流光散让他把几十年的精气都提升起来，神志自然万般清醒，然后又用明心锥活活将他身上的皮肉都剐干净了？”

“嗯。流光散果然奇效，他本已奄奄一息，一用之下立时清醒了过来，然后配合着明心锥……”青媚有些亢奋而诡异地笑着，“很久没有用明心锥了，也很久没有听到那样凄厉的惨叫声了……整整十二个时辰，连绵不绝……鬼爷，您真应该听听，当真妙不可言啊！”

我听了几欲呕吐，心中骇然，为何这个女孩小小年纪，出手如此狠毒呢？

“哦！”那个方老板的声音还是平静无波，完全不似平时被老婆一吼就双腿发软的妻管严，他简单地哦了一声，“那他告诉你他后面的主上是谁了吗？”

“没有，他的口可真严。”

“真是可惜。”

“不过青媚把他剥皮去肉后，在他左边第三根肋骨上看到有白梅花的印记。”

“难怪你要用明心锥了，原来你早就起了疑心。”

“鬼爷，我真的没有想到，原来西营的暗线终是潜进了我们东营。”

一阵沉默，方老板又道："青媚，我说过，暗人还是不要知道太多为好。"

"鬼爷，自从五年前，你将东营暗人交给青媚，青媚就没有让您和东营兄弟失望过。发誓一定要让西营败在东营手里，可是青媚万万没有想到，头一个出卖东营兄弟的竟是您。"

方老板轻笑："青媚，原家暗人的规矩你不是不知道，主上败，暗人死。你也说过原三色欲熏心，做不成大事，东营早晚毁在他的手上。我这也是为东营的兄弟着想，如果放花西夫人回去，西营那位贵人便不会再给我们东营机会，到时原三失势，我们东营兄弟恐怕……死得比那个内鬼还要惨。"

"鬼爷，谁说我要把花西夫人放回去了呢？"

"那你如今做何打算呢？"

"原三若真有本事，自然会来救这个女人。若是救不了，再献给西营那位贵人，再表表忠心也不迟，不知鬼爷意下如何？"

那个鬼爷笑了："还是青媚想得周到，这样两边都不得罪。"

青媚笑道："我身为东营暗人之首，自然要为我们东营多想一些。"

鬼爷的影子在窗棂上拉得长长的，幽幽地欺近了青媚娇俏的身影，他的肥手拂起青媚几缕青丝，放在鼻间闻了一闻，淡淡道："我原以为你会为原三所动呢，毕竟你很久没跳那曲风荷舞了。"

"瞧鬼爷说的，暗人动了情，那可是大忌呢。"青媚顺势靠在了鬼爷胖胖的身上，媚笑出声，"鬼爷这算是吃醋吗？不跳那舞，如何能让众人相信悠悠为原三的美色所迷呢？"

两个人的交谈渐渐轻了下去，一胖一瘦两个影子也渐渐地缠在了一起，然后粗重的呼吸伴着细碎的呻吟传了出来。我悄悄地挪开脚步，没有迈出半步，有个人影已在身侧，不止一个，二个、三个，在暗中窥视着，仿佛是山林中兽的眼睛。

我骇立在当场，一个长长的人影立在我的身后："夜凉露重，夫人怎么出来了呢？"

我慢慢回头，却见青媚正幽幽立在暗淡的星空下，乌油油的青丝放了开来，披覆在背后，发梢几欲垂地，香肩披着冰丝帛衫，轻掩着锁骨下银线牡丹花样的红抹胸，星光半洒在她的身上，明眸闪着欢爱后的烟花水雾，极致的妖媚性感，又带着一份不可名状的熟悉。那是一种华美的腐朽，一种诱人的罪恶，正是久违的原家的味道。

我压抑着心跳，也对她笑了："原来青媚真是姑娘的本名啊！"

"夫人猜得不错。"她向我走近一步，敛衽为礼，微弯腰间，冰丝帛衫滑下，露了那白嫩嫩的香肩，还有一大片凝滑丰润的酥胸，月光下无限风情，却听她媚笑道，"青媚见过夫人。"

我强自镇定地微抬手："姑娘请起。"

"今夜月色正好，原来夫人已有人相助，出得房门了。看来青媚还是没扫清所有的内鬼啊。”她轻叹一声，向前一步。

我倒退一步，身后早已无声无息地站了个满面阴冷的女人，她点住了我的穴道，竟然是那方老板所谓的正室，原来这家客栈所有伙计全都是原家暗人。

我被架入了柴房，那间神秘的柴房出乎我意料地华丽，红哨绮罗帐幔垂到大理石地板上，床上有一人半倚在丝幔之中。

那个人影从床上坐了起来，露出方老板的肥头大脸来，一反胆小谄媚的样子，只是在那里沉着脸看我。

青媚跑过去，嗲嗲地枕在鬼爷的腿上，一派旖旎颓废，妙目却是满含嘲笑。

鬼爷一边看着我，一边用那双肥手抚上青媚的脸，仿佛是在爱抚一只娇嗲的猫咪。

他屏退左右，只余我、青媚和他三人。

“青媚，现在你我没有回头的余地了，你怕吗？”他轻叹一声，这个明明看起来平庸好色到无以复加的胖子，那细小的双眸猛地闪出一丝厉芒，我无端地打了一个寒战。

青媚缩了缩身子，笑着用脸蹭着鬼爷大腿：“鬼爷，青媚自被你带出来，何时怕过？”

“可是有一点我不太明白。”鬼爷的手离开了青媚的脸，滑进了那红抹胸里，“青媚，你明明知道夫人在外面了，为何不说出来，却让夫人听到我们所有的事呢？”

也许在旁人的眼里，这个鬼爷正在用那只胖手猥琐地搓揉着那令人血脉偾张的酥胸，可是从我的角度看到的分明是他的手按住了青媚的心脏，她美丽的脸开始有些发青，可是那双眼睛无惧到了空洞的地步，她笑得勉强：“如果不这样做，鬼爷怎会下定决心投了西营？我只是在帮鬼爷早下决心罢了。”

鬼爷的手又移回青媚的脸上，青媚却靠着鬼爷的膝头大口大口地喘着气，脸色慢慢恢复过来。

我的心思动了起来。如果真如青媚所说，她的主上告诉她用悠悠的名字可以吸引我，但那人又不是非白，那她的主上恐怕只有素辉，或是韩先生了。如今这个青媚和鬼爷都有了反心，那位王老头恐怕是受命故意让我潜到这里，听到这一切，莫非这一切都是想置我于死地？

原氏军事力量三分，而每一种力量又都有暗人这一种特殊的兵种。宋明磊和原氏长房的暗人在西营，锦绣的暗人全是原青江左右的高手，人称黑梅内卫，所谓的紫星武士，也便是原氏的顶尖高手，其中倒有三分之二是在黑梅内卫当职的，而东营在非白的掌握中，我的出现却让他们有了机会反叛。如果他们把我交给西营，一向不怎么待见我的原氏兄妹该会如何待我便是可想而知了。

“这位……鬼爷，也许，我们可以谈一笔交易。”

“交易？”那个鬼爷抬起肥肥的脸来，小胡须一抖，微微嗤笑，“花西夫人果非常人，明明身在囹圄，不但镇定非凡，还想同本座谈生意？”

“鬼爷，现在想同你合作的不是花西夫人，而是富可敌国的君莫问！”我哂然一笑，掀起衣袍，以最职业的商业谈判风度，坐在那对罪恶的同命鸟面前，“不管鬼爷想自立门户还是真心想投靠西营，难道不都是需要钱吗？”

鬼爷嘿嘿冷笑两声：“君莫问即便曾是富可敌国，所有的银两、家产、奴仆、店铺，就连收养的娈童优伶也都在瓜洲，为张之严所占，如今落到我鬼头王手中，你身无分文的，又有何凭恃？”

我不慌不忙地拿起桌上的一个铜熏炉：“若我没有看错的话，此乃秦代的朱雀坛纹青铜熏鼎，价值连城，出自秦始皇第十三座墓穴外室的殉葬品，世间唯有两件，传说只要将这两件坛纹铜熏鼎拼在一起，浸在水中七七四十九日，便能显现秦始皇真墓之所在。”鬼爷的脸色微变，我不动声色地一笑，“世人皆以为此乃无稽之谈，只因到目前为止，连京都窦氏也不曾拥有一件，而在江南张氏的宝库里亦只有一件赝品，却不想君某恰恰真有另一件青铜鼎的真品，而且藏在张之严和原家主上这辈子都无法染指的地方。”

鬼爷的笑容彻底变了，看着我陷入深思。

青媚却坐了起来，皱着眉头：“鬼爷，莫要相信此女的花言巧语，她只身一人，如何能给我们巨财？”

“青媚！”我看着那玉骨冰肌的大美人长叹一声，“这两年我待你总算不薄，真真不明白，你如何要置我于死地呢？”

青媚走到我面前，目光对我一闪，猛地拽起我，对我扇了一耳光，力道不大，不过一个会武的人总会让你的右脸肿起来，口角流血。

然而就在同时，她背对着那个鬼爷，玉手快如闪电地在我的怀里塞了一件东西，我只觉一件冰冷的圆形物件紧贴着我的胸口，不由得浑身一战。

青媚口中却冷笑道：“水性杨花的女人，你早已投靠了大理段氏，有何颜面再回原家？再说我和鬼爷的心思，既已被你发现，总是万分危险，须知只有死人是最保险的。”

说着将我甩在地上，看似正要补上一脚，床上的胖鬼爷却闪电般过来，将她一掌拂开。我眼冒金星地看到青媚口角流血地坐在地上，看着鬼爷却是满面凄楚，跪爬过来，惨然道：“鬼爷，此女狡诈，青媚一切都是为了您啊。”

鬼爷看着青媚痛苦地喘息，像一个老好人般笑了：“本座对青媚的一片忠心，怎么会不知呢，只是……”他恭敬地一手扶起了我，将我扶到座椅上，转过身来居高临下道，“本座毕竟是东营暗人首领鬼头王，总得为东营的兄弟多想想。须知西营那位贵人可不是那么好相与的，就算献了夫人，为了对付主公，挡住天下人悠悠之口，说不定本座第一个便成了牺牲品了。确然……你又不是不知道那位贵人的脾气，他如何会轻信东营兄弟？保不住即便献了夫人，我等还是死无葬身之地啊。”青媚一怔间，鬼爷已恭敬向我揖手，“小人久闻君氏暗人是这几年江湖崛起的新势力，锐不可当。如今君莫问失踪，江南的经济已陷入瘫痪，所有君氏银两早在张之严拥太子登基之前，全部秘密转移，想必是君氏暗人所为。张之严不过就是得了一个空架子，是以如今已败退青州。这几日已有暗人攻克我东营在肃州和沧州的几个暗哨，一路寻访夫人过来。本座对夫人冒犯，罪该万死，还请夫人示下，为小人谋一个出路。”

我心中一动，此人一百八十度大转弯，不知其究竟是何意。那个青媚在对我暗示什么，如果是在暗示她是在帮我，那何不将计就计？

我心思一转间，假装看到青媚，欲言又止，冷冷道：“我实在不想见到这忘恩负义的贱人，还请鬼爷先让她出去吧。”

鬼爷立时皱着眉头：“没听见夫人的话吗？还不快滚。”

青媚含恨地看了我一眼，然后高昂着头走了出去。

但凡是人便会有弱点，只要抓住他的弱点，便能攻其不备。也许一切老天注定，我方才进屋便瞥见那个铜鼎，便赴死一击，却将情势扭转，但青媚将一样东西塞入我怀中，我万般疑惑，心想，此女究竟是何人？如果她果真是非白一边的人，这几日为这鬼爷所软禁，必然是想尽办法要送我去西安，那方才一切皆为做戏，一方面假装引我偷听，好逼鬼爷动手，若是他立时将我献给西营，必然会将我移出这个活牢笼，只要一出去，她定会想办法用她的人救我出去。是以我故意遣走她，让她就此出去报信或组织营救。反之，如果按照刚才对话，她是三爷的敌人，那也正是离间她和这个鬼爷的好时机。

可惜，无论她是敌是友，我如今是君莫问，如何会听任摆布？正如鬼爷所言，我既有君氏财阀和大理段氏做后盾，又岂会没有我的暗人？这便是我听任张之严将我软禁在其身边，让他以为我当真如砧板上的鱼肉，安心放过我的家人和产业的缘故，其实我早在接太子来瓜洲时，便已将财产悄悄转移，张之严得的，不过是我家财的十分之一罢了。而行军路上看到齐放的暗号，我便知道我的暗人皆在周围保护我。

当下只见那鬼爷身体微躬，全然没有刚才的嚣张，看我的眼神谄媚中却有着一丝狡猾。我微笑：“首先，无论鬼爷意欲如何，花西夫人已死，鬼爷的确不用将花西夫人送回原三爷身边。这一点君莫问定会全力帮助鬼爷和青媚姑娘。”

鬼爷的眼中闪过一丝诧异，旋即浮起一阵笑意：“如此说来，我与夫……君爷达成共识了，请君爷示下。”

“敢问，鬼爷以为将来谁会继承大统？”我直视着他的目光。

鬼爷垂目道：“君爷明鉴。原氏本为三国中实力最雄厚者，只是内外纷争不休，永业三年也正是因为连氏与花氏……”他忽地抬眼看了我一眼，咳嗽了一声，继续道，“明争暗斗不休，让窦氏钻了空子，引南诏屠戮西安，致使原氏受了重创，连带我东西营暗人接连不知所措，故而小人伤心之。纵观原氏三位执事，唯有原三爷为了花……西夫人连受家法，却依然能得主公信任，可见在主公心中，三爷确为世子人选。确然踏雪公子少年成名，惊才绝艳，宽厚仁达，礼贤下士……怎奈，多情重义之名虽博天下同情，却绝非一个当家帝王的人选。君爷可知，三爷被囚在地牢之时，手下门客早已走散大半，然而……”

这位鬼爷长叹一声，“我们暗人却是原氏永不可赦的家奴，不能逃，不能争，只好随着三爷落难，被西营灭了大半，最后连经费都为大爷所拦。若非韩先生这几年帮衬着三爷励精图治，换回主公的信任，东营尴尬的局面方才改善，险险地在大爷和花氏的夹缝中生存。”

这几年非白的窘境，我如何不知？正是为了他，我才更不能回去。我隐下心中的难受，沉默了半晌道：“你可认得戴冰海？”

鬼爷一愣：“乃是先师。”

我长叹一声：“鬼爷可知，我是看着戴壮士死去的。”

我将戴冰海死去的情状微微说了一下，鬼爷听着，面色一片肃然。

即便是站在被人遗忘角落中的暗人，也是士兵的一种。对于任何一个士兵，能征战沙场，封侯拜相，哪怕是死在战场上，那都是作为战士的无比荣光，强于任何一种形式的权力斗争。

“戴冰海壮士忠肝义胆，临死时对莫问提过，有位弟子将来必继承他的衣钵，原来竟是鬼爷。”我看着鬼爷的神色，心中却紧张到了极点，将措辞也模糊到了极点，鬼爷的神色早已是一片凛然，我心中一喜，继续小心翼翼道，“若是莫问没有看错，鬼爷虽是爱财之人，但归根结底，其实是不想东西营的兄弟无端送了性命罢了。”我柔声说道，然后走向鬼爷，立在他面前，乘他痴迷之时，却是猛地扑通一声跪倒在地，向他深深一拜，诚心道，“千错万错，都是花西夫人的错，我这厢里向东营众位兄弟赔不是。请鬼爷杀了我吧。”

鬼爷自然也惊得跪倒在地，苦笑道：“夫人真是难倒小人。于情于理，现在小人是断不能杀夫人啊。”

我握住鬼爷的手，张口一咬，那个鬼爷一愣，我也同时咬开了我的手，将两只手贴在一起：“那便与我结盟吧，鬼爷。”

他的双目现出精光：“敢问夫人，究竟意欲何为？”

我握着他的手，肃然道：“君莫问愿倾全力助鬼爷和东营，只求鬼爷继续忠心于原三爷，助其成得霸业。”

那个鬼爷似乎没有料到我的条件是这个，反问道：“原来夫人的心还是在三爷身上，为何不索性回三爷身边？以夫人之力，自然能助三爷成就霸业。”

我满面凄然，双目只是一片清明地看着他。

他终是微叹一声，惭愧道：“夫人高义，小人浅薄无知……”

我请他拿出纸笔来，当下用血书写了“君莫问”三个字，然后以左手无名指盖上印，交予他：“你可将此信连夜送到肃州崇极镇的魏家打铁铺子，不出一天自然会有人送你白银十万两，到时你拿到银子，只需将我放出这客栈便是了。”不出意料，齐放的人马也会一并尾随前来营救我。

他诺诺称是，贪婪地看着那张血书。

我心中一动，问道："我昏迷中，探我那人是何人？"

他垂首道："小人不敢欺瞒，着实不知。那人蒙面而来，只说是夫人的旧识。"

我淡笑如初："鬼爷，东营的兄弟何其厉害，难道当真不知是何人吗？说到底你仍旧不信我。"

鬼爷跪在地上，道："小人暗忖，恐是西营那位贵人，但来去匆匆，实在无法详查。"

西营的贵人，表面是下层奴仆对上层首领的敬称，然而在原家略知底细的人便知是对原家西营执事人的暧昧之称。那西营执事人权可倾天，明为原非烟的姑爷，暗中与好男风的原非清之间道不清、说不明，故而下人们便予其一个不得罪的敬称：西营贵人，而那个所谓的贵人，却正是我结义的二哥，舍命救过我的宋明磊。

二哥啊二哥，你可知我不回原家，也是为了你。你让我如何同你兵戎相见，玩那种暗中钩心斗角的游戏呢？

鬼爷送我回房，我摸出青媚送我的那样东西，借着诡异的月光，定睛细看，只见一块上好的白玉环，正是很多年前，谢夫人梦境中的一只白玉环，同张德茂的那只玦一模一样，只是完整无瑕，毫无断裂。

非白，你的心我如何不懂，只是你又如何能明白我的一片苦心呢？

花西夫人回去只会给你徒增烦恼而已，难道你还不明白吗？你我命中注定便是有缘无分，就让我在暗中默默帮你，看你成就一代天骄的那一日吧。

倚在窗棂前的我，凝视着床前月下露华，静等着黎明的到来。

第二天，除了那个给我送饭的王老头，再无一人探望于我，连那个王老头也是紧闭着嘴，不看我一眼。我问其要了纸笔，表面信手涂鸦，其实却是镇静自己，乘机部署于心。

第三天估摸着不出什么意外，银票应该到了，果然到晌午，"方老板"满面喜色地过来，向我跪启道："小人请君爷安。"

我抬手："鬼爷快起，一切可好？"

他目光如炬："谢主子的赏赐，小人已拿到银两了。"说罢递上一锭纹银，果然底下刻着我君记钱庄的印信。

"好。"我微笑着看向他，"我已信守承诺，该是鬼爷兑现你的诺言了。"

当下他以原家暗人向主人效忠的仪式，对我立了誓。他拿出他的腰牌，那腰牌上系着一颗紫玉珠，将他的血滴在紫玉珠上，立时，紫玉珠爆了开来，里面露出一颗红药丸，我微笑着拿出这粒药丸，滴了血，他一口吞下，从此，每月月圆之时必得我的血滴做蛊引，不然必受万箭穿心之痛。

"今晚，小人便送主子出去。"鬼爷满脸谄媚，"只不知主子上哪里去呢，可有接应的人？”

我也不抬头：“这你就不必过问了，今后只消看到这首诗，自有人会联络你，你若有事，也只用这首诗便可。”

我将刚写完的字条交与他。他的肥手摊开来看，喃喃念道：“君问归期未有期，巴山夜雨涨秋池。何当共剪西窗烛，却话巴山夜雨时。”

“若有人对出下半首，便知是自己人了。”

他对我重重一磕头：“谢君爷赐字。”

那一晚，我睡到一半，却听有人轻唤：“主子，主子。”

我猛一惊醒，只见床头站着个高大人影，身穿夜行衣，目如朗星，面色清秀。我喜上眉梢：“小放，你可来了。”我立时起身。

齐放伸手露出小指，上面戴着我送予他的五彩斑斓戒。话说这是永业九年在康城跑货时买的，那时我觉得这孩子老酷着一张脸，这个五彩斑斓戒有助于缓和他的冰块气质，怎奈当时他死活不肯戴，我便哄他说可用于危急时刻相认，以证明不是易容的敌人。一句戏言却让齐放老实地戴了上去，真没想到还有用上的一天。我的心踏实起来，同他向苍茫的夜色奔去。

一路之上畅通无阻，我跟随齐放顺利地来到客栈外，早有几个人影牵了马闪出来，正是朱英他们四大长随，我喜上心头。

朱英小声嘀咕着：“守备松懈得让人奇怪啊。”

我心想，恐是那个鬼爷故意放我走，好示忠心，又不得罪上家，便也不多言，只催众人先走。

旭日东升，我们一行人根本不敢停步，匆匆出了城。

迎面而来的是关外漫天的风沙。齐放为我准备了戴面纱的宽边帽，我看了下，竟然还是君氏的产品，质量不错。

也许是重新获得自由的感觉袭来，让我不由自主地放松下来，脱口而出道：“回去一定要同绣娘交流，这颜色不行，太屎了。”

齐放愣了一愣，转而展颜一笑，露出许久未见的梨窝：“主子说得有理，等狗日的张之严被打败了，瓜洲又是我等的天下了。”

张之严？我的心又沉了下来：“家里的境况如何？”

“家里还是被封着。不过张之严倒没有为难家眷，只是命人严加看管，花东夫人倒常去接济。”齐放见我一阵沉吟，又道，“主子放心，小人布下人马，皆在暗中相护，现如今孩子们和列位夫人一切安好。”

我点头，我忽地注意到沿歌和春来看我的眼神不太对劲。

春来万分疑惑地一会儿看看我的脸，一会儿又心虚地看看我的胸。沿歌的嘴呈O字形半张着，愣然地直直地盯着我的胸猛看。

糟糕，时间太急，我忘了化男装了。

朱英毕竟也是老江湖，眼神仅仅一个诧异，也就恢复了平静。那两个却还是毛头小子，又同我朝夕相处，我正要发话，齐放早已过去，一人头上赏了一个栗暴，严肃道：“忘了我告诉你们，遇事万万沉着，临危不乱，如今惊成这样，如何能行走江湖？”

春来比较老实，可能还没有转过弯来，嘀嘀咕咕道：“谁叫先生扮女装那么好看，让我还以为先生就是女的呢。”

沿歌及时补上一个栗暴：“笨蛋，还看不出来，先生就是一个女人，把我们蒙在鼓里好几年了。”

“瞎说，你小子又骗我……”春来回捶了沿歌一下，把他捶趴在马背上嗷嗷痛叫，却笑嘻嘻地对我说，“先生，你看沿歌这小子一天到晚就知道骗人，先生怎么会是女——”

他似乎慢慢回过神来，复又紧盯着我的胸看，同时又被齐放和沿歌补了两个栗暴，终于窘困地捂着脑袋低下头，脸红到耳根。

我也干咳几下，正要说几句安慰我这两个义子兼弟子，却见马群中有一女子，易容成我的模样，穿着打扮也与原来那身衣服一样，看到我的目光绞在她身上，立刻利落地翻身下马，对我跪道：“红红见过主子。”

“这是主子替身，还请主子随我赶往多玛，她会随二位兄弟赶往肃州。还有肃州的兄弟，小人已经叫他们转移了。”小放公式化地说道。

“小放做得好。”我微笑，“红——”

齐放忽地插口：“主子，我们快走吧。”

那个女子木然抬头：“主子，小人此去生死未卜，请主人答应小人最后一个要求。”

我正要答话，齐放的眼神满是阴冷，可是嘴角上却噙着一丝笑意：“大胆，你的命为君氏所救，还敢有何要求？”

那个女子垂下了眼睑。

我不高兴地说道：“小放，我想听她说。”

齐放无奈地回头对她冷冷道：“时间紧迫，有话快说。”

那女子道：“小人不喜欢红红这个名字，请主子赐还小女子原名。”

齐放的俊脸有些抽搐。

众人有些不自在地看向别处，沿歌这小子趴在马上，咧嘴呵呵乐着，一副看好戏的样子，发现我看着他了，马上收了笑容，一脸肃然地看向地面。

我有些转过弯来了，这个女暗人敢这样当着我的面僭越齐放，定是同齐放的关系不一般。我看着齐放，却见他正青筋暴跳地看着那个女子晶亮的眼。

齐放小时候的遭遇使他比较寡言内敛，这几年同我走南闯北，更是深沉得不得了，同沿歌、春来又是师徒关系，一向冰冷严肃，只有跟我在一起，才稍微话多一点，今天这样暴露情绪，莫非……

我惊觉自己如何迟钝，花木槿死了，君莫问也不定什么时候要挂，而周围这些孩子却全在长大啊，他们也将有机会体尝爱的酸甜苦辣，小放也不例外。

“红红这个名字是小放给你起的吧？”

这个女孩听声音很年轻，易容的脸看不出有任何变化，当她颤着睫毛默认的时候，我却以女性的直觉感到她的脸红了。这个小放，明明也算是允文允武，诗词中的高手，却偏偏给暗人取的都是些红红绿绿、青菜萝卜这类的名字，我便笑道：“你的本名是？”

“卜香凝。齐爷说暗人的名字越普通越好，只是这名字是娘亲起的，是香凝唯一的东西了。”她的眼神黯了下去。

齐放的脸色沉了下来。

我点头道：“好，卜香凝，君莫问与你约定，你若能平安到多玛城与我会合，便能恢复本名，而且还会成为齐放的近侍。”

卜香凝睁大了眼，开心地笑了，看着齐放满眼的幸福。

这是一种很奇特的感受，你在对面看着“自己”对着心爱的人满心幸福地笑着……

我的心中不由自主地涌起了一阵涩涩的感觉，原来我看着非白，笑起来是这个样子的？

我也对她微笑了，卜香凝带着欢乐的眼神，骑上一匹大黄马，和另两个暗人消失在我的眼中。齐放的眼神追随着卜香凝，莫名地柔和起来。

一轮红日卷滚着沙尘蓬勃而出，映着我们衣袂飘飘。我戴上面纱，与众人向南直奔大理国境内吐蕃的多玛。此时此刻，南诏与大理正在吐蕃的牦牛河金沙江一带展开激烈而残酷的拉锯战，据说段月容已派人在多玛一带做好接应我的准备。

一路南下，捷报频传，段月容在金沙江沿岸大破光义王的军队，渐渐将其逼入了怒江沿岸。而在瓜洲的孟寅也传来好消息，日渐拮据的张之严又遇到了百年难见的水灾，江南一带开始颗粒无收了，北边的窦家又在边境咄咄逼人，不得已之下，张之严同意了我的谈判条件，以巨额资金换来我家人的平安。

当然其价格是昂贵的，一个人比个真人版金雕像还要贵，简直就是绑票！

可我还得再花四百万两白银，重酬他不撕票之恩！王八蛋，差不多是这几年来我所有的小金库了。

段月容在信中安慰我，说是等他拿下叶榆，第一个为我杀了张之严，挖出他的心肝下酒，替我压惊，又许诺这笔钱他来搞定，等我到了多玛，他必亲手为我奉上这几个月缴下的光义王的财物。

然而当我们一行五人来到多玛时，段月容根本没有出现。高原上风声鹤唳，茫茫青灰大地中唯有一个双目如炬的纹面虎将领着一队铁骑前来迎接我，却是久未见面的蒙诏。

“娘娘一路辛苦了。”看样子这一场仗打得的确辛苦，蒙诏胡子拉碴，脸都快脱一层皮了，黑黑瘦瘦的我差点认不出来，颧骨高露可还是难掩两点高原红。

自打段月容八年前见到了大理王，就一定要知道我身份的人称我娘娘，我以为俗不可耐。更何况，蒙诏也算是我的妹夫了，也不应该这样称呼我。可惜现在的我正在努力忍受高原反应，太阳穴一突一突地涨痛不已。

我强忍呕吐之意，头晕目眩地向他点了一点头。

到了帐内，他有点不好意思地替段月容开脱道："娘娘千万息怒，现在正是追击光义王的大好时机，故而太子不在军中，再过几日……啊，娘娘，快来人……"

我哇的一下子呕了出来，软绵绵地倒在毡毯上。

元庆元年八月初十的好日子，巨贾君莫问被江南霸主张之严以通敌的重罪赶出江南之地，所有在江南的君氏产业被张之严没收，其家人被流放到黔中之地。然而民间传言，那君莫问却是耗尽毕生财力，以金山铜矿之资赎出家人。

八月十二，大理段氏神速运兵，斜插逻些城，而光义王二十万溃军在逻些城中被段月容瓮中捉鳖，光义王只带着五百个兵卒逃回了叶榆，大理灭亡南诏俨然已成定局。

转眼又是八月十五，我满腹心酸地计算着我所失去的雪花白银，夜不能寐。好在孟寅来信说是一大伙人被安全地接到了君家寨，得到消息的老族长早早打开寨门接大伙入寨安歇。

据说我的家眷们入寨的规模让终年待在黔中的诸位司马氏后人叹为观止。我在给老族长的密信中请求族长让我那几个身世凄苦的孩童留在君家寨练习武功。其实很早以前，齐放就在君家寨培养我的暗人了，包括他的卜香凝，也是在那里培训出来的。

我没有想到今年中秋的月色是在草原上看的，上半夜玉盘流光锦绣，可是到了下半夜却忽然乌云密布起来。

我信步走出营帐，却见篝火丛丛，到处映着年轻士兵的笑颜，三五一群围着从逻些战场上活着回来的士兵，描述当时的战况。

我也不由自主地围了上去，却听一个口音有些奇怪的士兵正眉飞色舞地说着话："那光义王我可真服了，真真比我们撒鲁尔王还要喜欢女人，随军出征竟然带了好几十个大美女随侍，长得那个美啊。奶子大，屁股大，头发黑亮亮的，又白又美，就是草原上最美的……"

那个声音说得陶醉，早有人凉凉地接过："最美的奶牛。"

众人一阵大笑，忽然有人问了我想问的问题："你好端端的突厥人，何故搅到我们大理来呢？"

空中乌纱不停飘浮，映着那突厥青年的左脸上一道狰狞的疤痕划过没有眼球的左眼，他笑得毫无心机，浅棕的右眼放着兴高采烈的光芒，似是满面感叹。

他的叶榆话很一般，加上说得快，众人没有听清，于是不停重复，然后又逗得众人大乐。我悄悄走到越围越大的篝火边上，静静听着他的一番感叹："唉，这说来可就话长了。我波同原来可是突厥贵族，听过突厥十大贵族没，我们波阿德斯家原来就是其中之一，只可惜撒鲁尔王刚刚回突厥那阵，我大伯的表妹的三堂兄的侄子吉亚带领他的亲族贺莫家族发动了叛变，被撒鲁尔打败了，我们家也就跟着没落了。”

大伙听得一愣一愣的，有人还认真地掰着手指头为他理亲戚表，我也琢磨着这关系还有够复杂的。

有一士兵问道：“原来你是逃出来的。”

那叫波同的青年满脸鄙夷：“我们突厥人向来宁可流血，亦不会逃走，更何况我是撒鲁尔王最忠诚的后宫禁卫军官，我怎么可能叛变？”他顿了一顿，“不过当时吉亚那小子兵变时，我的确也被吾皇怀疑过。直到我亲手砍掉了吉亚的脑袋，献给了吾皇，为此吾皇大赦我波阿德斯家族，赐予我‘突厥第一勇士’的头衔，只是将贺莫一族的男人割下脑袋，挂在城头，女人小孩全充了奴隶罢了。”

众人忽地静了下来，诡异地看了波同半天，然后同时爆发出一阵大笑。

待众人笑过之后，波同不悦道：“你们不信？那就给你们看看吾皇赐给我的宝刀。”

众人一脸稀奇地看他献宝似的将一柄乌黑破旧的刀递了出来，高举于顶，向西方拜了两拜。

然后一下子抽了出来，刀形弯长，有点像土耳其弯刀，刀身森森乌黑，还带着斑斑锈迹，众人笑得更凶。

波同不屑地哼了一声：“你们这些大理蛮子，就是不知道欣赏宝刀，我就是拿着这把宝刀杀了光义王的护卫，及时捉住了那些逃散的侍女的。”

“哟，波同哥，那为何太子没赏你几个，反倒把你给贬回来了呢？”一人凑趣道。

波同干咳了两声：“这个……嘛，说来话长，只因……”

“只因这些女人里，左将军看上了那个最漂亮的婵婵王妃，可是她却同你勾搭上了，然后偷偷溜走了，左将军参了你一本，你就从副参将降到士官长了吧。”

众人哄笑声中，波同冷哼道：“左将军那是嫉妒，那么漂亮的女人喜欢上我，不喜欢他。”

婵婵，这个名字很熟悉。我忍着笑意在脑中思索着，接触到齐放若有所思的目光，猛然醒悟，那不正是非白安排在光义王后宫的暗人吗？

光义王一败，她的任务也完成了，既然逃了出来，莫非是回到了西安？

谈到女人，本已温暖的篝火变得灼热起来，我正想起身，却听有人叹气道：“波同，那个叫婵婵的女人可是光义王最宠爱的妃子，我见过的。说起来，比当年的绿水夫人还要美。”

有幸见到过两位美女真人的兵士们不由得纷纷附和着。

而波同意兴阑珊，懒懒道：“一般般吧。”

“嘿，听你这口气，倒像是见过女神似的。说到女人，我们大理美女可是天下闻名的。”

“喂，我就是见过女神了。小毛孩子们，告诉你们，弓月城中不但有着这世上最勇敢忠诚的勇士，还住着这世上最温柔美丽的女人，那便是撒鲁尔王最爱的可贺敦，突厥三朝元老果尔仁老叶护美丽的女儿，我们都称她是可汗心中的玫瑰。”

我站起的身子又坐了下来。众人也静了下来，只听他说道：“贺莫一族是皇太后原来的娘家，族长为什么要反了撒鲁尔可汗，一是欺他年幼，想自立为王，二是这个贪得无厌的家伙，不但觊觎皇帝的宝座，还看上了可汗的玫瑰。

“吉亚用卑鄙的手段抢走了那朵玫瑰，可汗当然不甘心，年仅二十岁的可汗用最勇猛的战法打败了贺莫家族，夺回了他的玫瑰。

“他宠爱他的玫瑰是出了名的。这朵玫瑰的母亲是中原人氏，他花费巨资为她仿造汉人宫殿建了一座玉滩殿，为了他的玫瑰，他不惜同他的母亲和原配轩辕皇后闹翻了，与他的玫瑰同吃同住，对她百依百顺。有人甚至说，弓月城有了两个女太皇，为此女太皇大怒，就默许了皇后杀那朵玫瑰。撒鲁尔知道了，竟然不顾众人的反对，同太上女皇大吵了一架，私自打掉了皇后怀了三个月的身孕，只是为了让他的玫瑰能为他产下长子，好稳固宫中的地位。果然那朵玫瑰生下了一个男孩，也就是现在的木尹皇太子，为此他同轩辕皇后的关系很差，而可怜的皇后因此身体一直欠佳，这后位想必早晚也是那朵玫瑰的吧。

“那年平定了贺莫大乱，那日我在宫中多饮了几杯，就到金玫瑰园散步。我还记得，园子里种满了玫瑰花，各种各样，带着露水，那样的芬芳，那样的美丽，然后我听到了那仙乐一样的琴音，见到了那天仙一样的美人儿。我站在那里呆呆地看着她，她对我一笑，扔给了我一朵红色的玫瑰花，”波同一脸神往，然后忽地语气一变，“我失魂落魄地想追过去，没想到，可汗看到了，一怒之下，就将我的左眼挖了出来，然后把我贬出了弓月城。”

众人一阵奇怪的沉默。

“祸水，看吧，漂亮女人就是祸水。”一个有点尖细的声音高叫着，引起一片附和之声。

“对啊，想想光义王也是宠爱婵婵夫人才荒废朝政，以致小人当道，民不聊生的。”

“她不是祸水，”波同抱着那柄破刀在众人七嘴八舌中愣了一会儿，忽然开口大声说道，“她是仙女，是昆仑山的玫瑰仙子下凡。”

一人奇道：“波同大人，明明是她害得你瞎了一只眼睛，被赶出了弓月城，你为何还如此袒护她？”

素娥从云中探出脸来，将无限的碎银光辉洒向人间，映在波同那一只睁得大大的棕眼上，反射着银光。他叹了一口气，大声说道：“就算她害得我身心受创，背井离乡，受尽颠沛流离之苦，可我波同还是喜欢她，我们突厥男人喜欢就是喜欢了，没有道理。”

众人又奇怪地静了下来，默默地看着他。

我也不由得弯起了我的嘴角，无限唏嘘：此人还真是个痴情的大傻子。

只可惜，这世间情字又有几人能勘破呢。

我转身往自己的营帐走去，却听一人问道：“喂，波同大人，你那个玫瑰叫啥名字，不会叫玫瑰吧。”

一阵哄笑声中，却听波同骄傲地说道：“你们这些大理蛮子，她怎么会叫这样庸俗的名字？”

他吊足了众人的胃口，终是傲然而深情地说道：“她的大名叫热伊汗古丽，火拔家的第一美人。”他想了想，双颊浮起一丝红晕，“不过我还知道她的小名，因为我不止一次听到可汗私底下叫她……木丫头。”

我猛地停住了我的身形，那一声木丫头如钢针一般扎进了我的心上。

木丫头，木丫头，怎么会是这个名字？非珏不是忘记了以前的一切吗？为何、为何他最爱的妃子却有着这个名字呢？

我眼前的景物渐渐模糊了起来，直到齐放在身后低低叫了数声，我才醒悟了过来。

我如风一般转过了身，推开了齐放，跑回去挤向那堆士兵，一下子跨过篝火，来到波同面前，努力抑制住自己颤抖的声音问道：“你且再说一遍，撒鲁尔可汗的第一宠妃，她的小名叫什么？”

所有人一惊，看到我齐刷刷地跪了下来，都偷眼瞧着那个波同。

波同被我吓得连行礼都忘了，情急之下，脸涨得通红，然后冒出一连串突厥语，好像是在说我什么也不知道之类的。

“夜深露重，请娘娘回营帐吧。”身后传来蒙诏的叹息，“太子马上便回来了。”

我慢慢地冷静了下来，放开了波同。

蒙诏看我的目光满含悲悯。

波同终于额头伏地，我也黯然垂下了眉眼，默默地回到营帐内。

齐放跟了进来，为我倒了一盏酥油茶：“主子先喝杯茶，压压惊吧。”

我轻轻挥了挥手：“小放，非珏没有忘了我，又许是没有全忘了我，可是却被人利用了，他以为那个女子是我。”

我没有目标地盯着帐帘，脑中满是樱花雨中那微笑的红发少年，不由得自言自语了一阵，这才发现齐放满是担心地看着我。

我说道：“小放，我要去西域，一定要去！”

“我劝主子还是不要去。”齐放咳了一声，“主子，香凝来信说，西突厥攻下东突厥了。绯都可汗为了报复，将摩尼亚赫一族全部赶到鄂尔混河活活淹死了。但凡是同摩尼亚赫扯上一点关系的，无不是妻离子散，家破人亡，最好的也是沦为奴隶，苟活于世。如今兵荒马乱，城门封闭之际，实在不是进城的时机，不如等几日通关再说吧。”

我浑身的力气仿佛抽干了，倒在毡毯上，口中喃喃道：“也罢，终是我负了他。”

齐放赶紧扶住我，急着要唤大夫进来。

我一摆手，那止不住的疲倦涌上心头："小放，我累了，你也下去歇息吧。"

齐放欲言又止，替我盖上毯子。我紧紧裹着毯子抱着自己，他守在我身边良久，直到以为我睡着了，才轻轻叹着气走了出去。

那一夜下半夜，天忽然阴了下来，闷闷的雷电之后，大雨倾盆而下，冲刷着草原大地，风雨之声大作间，往事随那闪电惊雷，一遍一遍地在我脑海中沸腾。

好饿，我深一脚浅一脚地慢慢走在河沿边上，肚子又咕咕叫了起来。昨天碧莹的病又犯了，我今早起晚了，来到厨房，食物早被抢光，我可以不吃，可是碧莹都咳得两天水米不进了，说什么也要吃一点啊。怎么办？赵先生这几天不进园子，大哥和二哥也到山里去集训了，锦绣又好像去执行什么秘密任务了，怎么也找不着人。

怎么办？我得弄些东西，我的头晕晕的，浑身一会儿冷一会儿热的，其实我也两天没吃的了。怎么办？我和碧莹都会死吗？死在这个破旧的小北屋里吗？

我的脚绊着一块石头，一下子摔了个狗啃屎。我喘着气爬了起来，可是一个趔趄又摔在地上，我的悲伤伴随着绝望，终于嘶哑地放声痛哭，我难道要在这个破时空里的这个破原家活活饿死吗？

我要回到现代社会，我不要死在这里，不要！

我哭得伤心，却听到一个有些犹豫的声音："呃？你不是那个木丫头吗？"

我抬起满是泥巴泪水的大花脸，隔着泪眼，却见一个英挺的红发少年正弯着腰，眯着眼使劲看着我："你干吗躺在泥巴里，你在号什么呀？"

我号？

我哭得更伤心了，坐起上半身，一边抹眼泪，一边泣声说道："谁没事躺在泥巴里，我快饿死了，我为我自己哭灵不成吗？"

想想自己两世记忆的主，结果是死在泥巴里，还是给饿死的，更是泣不成声。我不停地哭诉着自己内心的痛苦，最多的还是没出息的饥饿，眼前哪里还有红发少年的身影，我吸了一口气，拿袖子擦了擦眼泪鼻涕，扶着旁边的冬青树，好不容易站了起来。

忽然一阵风吹过，却见眼前又多了一个红影，他一手技巧性地拿着一摞比他的脸高出一截的大面饼，另一手搭着凉棚左看右看，口里还不停地叫着木丫头、木丫头。

我愣住了，却见他噔噔噔跑到对面的大槐树前，认真地说道："你莫要哭了，这是我们家乡的馕饼，你能吃吗？"

"不爱吃吗？"他皱着眉头等了一会儿，不见大槐树回答他，便叹气道，"你们中原女子真娇气，你且再等我一等，我到紫园的厨房里给你拿点别的吧。"说着转身就要走。

我一急，又哇地大哭了起来，他这才惊诧地回头看我。

那一天，我顾不得任何礼仪，坐在泥巴堆里第一次吃到玉北斋的馕饼。原非珏就抱着膝盖，蹲在我旁边，微笑着看我把一大张饼吃完，一头红发随风飞扬，如春风拂面。

“现在不饿了吧？”原非珏开心地说着。

我讪讪地打了个饱嗝，脸红了起来。他的那双酒瞳笑弯了起来，等我站起来的时候，我这才发觉我的脚麻得走不了路了。

正焦急间，原非珏若有所思地看了我一阵，然后一点架子也没有地在我面前蹲了下来：“快上来吧，我背你回去。”

“不行的，给周大娘还有别人看到……”我的话还没说完，非珏早已从背后拖过我的手臂，直起身子，向前走去。

“我身上脏，珏四爷。”我浑身都是泥巴，我还两天没有洗澡，都有味了，连我自己也闻到了。

他微侧头，懒洋洋道：“没事，反正我也看不见。”

那语气有些阑珊，我的心不由自主地抽痛了：“珏四爷，你我主仆有别……你快放下奴婢吧。”

“你们女人真是啰唆，果尔仁说得对，女人果然是祸水。”他很认真地回头对我说道，“一会儿就到了，就别唠里唠叨的了。”然后他便昂起头，背着我走向一条同德馨居完全相反方向的路。

非珏、非珏，犹记那年除夕晚上抽的花签子，你的命数是香梦沉酣，现在我终是明白了，你当真进入了你的梦境，那你的梦中可有我，可有当初的誓言？

你亲手留给我那根银链子，你说过无论我变成什么样子，你都会认得出我，然而为何你却见面不识，只空余我独自怅然悲辛？

樱花雨中，非珏向我走来，还是少年的模样，酒眸满是深情：“木槿，我终于看见你了，原来你长得好美啊。”

我向他奔去，他却目不斜视地穿过我的身体而去，走向一个美丽的身影。我肝肠寸断，追着非珏，唇上却一痛，睁开了眼。一双紫琉璃一般灿烂的紫瞳近在咫尺，寒光湛湛似利刃一般。

“看来，我惊扰了夫人的春梦啊。”段月容坐在我的身边，一手支额，一手抚弄着我的唇，满脸冷笑。

段月容的乌发同一身黑甲一色，微有些凌乱地披在肩上，有几缕发丝掠过他那刀痕累累的胸铠，轻轻飘垂到我的额上，亦染着几滴森森的鲜血，映着幽冷肃杀的紫瞳，似是刚从地狱战场下来的修罗一般。那浓重的血腥味和着杀气漫在空中，而他手上的覆甲划破了我的唇，甲上的血连带着我唇上的血涌进了我的口，只是一片苦涩咸腥，根本分不清是我的、他的，还是他在战场上杀死的敌军的。

我与他也算相识了两辈子，相处也有那么七八年了，已然习惯了他身上那浓重的血腥味和杀气，然而从来没有像今晚这样感到厌恶和痛恨。

我微皱眉，格开了他的手，慢慢坐了起来，向里挪了挪，垂目轻轻道："恭喜殿下拿下了逻些城。"

我没有再说话，靠着后面的榻椅。

而他也坐在对面，默默地看着我，眼神愈加阴冷："你不问我为何出现在多玛城吗？"

我淡淡道："殿下刚历大战，一路奔波，定是劳累万分，还是早些休息吧。"说罢我站了起来，打算去齐放那里，同我四大长随挤一夜。

未及帐帘，段月容却猛然把我截住，用那惊人的蛮力把我反身抱住，我被囚禁在一个钢铁一般的血腥怀中。他的力气之大，我甚至听到了我骨骼的咯咯声响，我忍着痛，看着对面铜镜中他狰狞的紫瞳，他黑色的身影在铜镜中异常模糊，狠如厉鬼："木槿，你知道光义王有多少美女被我俘虏了吗？你知道那些女人一个个有多风骚迷人吗？"

我开始挣扎。

段月容收紧了他的铁臂，我痛叫出声，他的舌头舔过我的耳根，含住了我的耳垂，我的气血上涌，一片热意涌上我的脖颈。他的声音甜腻似魔鬼，混着血腥，让我有点窒息。

"我和我的部下都半年多没有碰过女人了，他们一个个流着口水问我要这些美女，有些人忍不住，当着我的面就开始玩这些女人。木槿，你猜猜我当时是怎么想的呢？"

他已经很久没有这样狂怒了，双臂勒得我胸腔的空气都没有了，却听他满腔恨意地说道："那些女人，我一个也没有留，甚至连想都没有想。因为一看见女人就全是你的脸，所以我马不停蹄地赶过来，当你在发春梦见你的老相好时，我每一刻每一秒只想见你，只想见你，只想见你……"他的恨意最后化为无奈，又带着一丝悲辛。

他的手微动，我终于有了机会深呼吸。然后呼吸严重紊乱，因为他的手可耻地探进我的衣服，冰冷的手和甲扯得我的乳尖生疼，他啃着我的脖子，咬破了我的肌肤，低哑而残忍地问道："你到底喜欢谁呢？踏雪还是绯玉？告诉我，木槿，他们哪一个人让你在床上更快活呢？"

他猛地将我翻过来，压在毡毯上，微蹭着我的身体，带着鄙夷又似万般愤怒，在我耳边低吼道："说呀！你这个水性杨花的女人，到底哪一个让你爽得叫出来啊。"

我一记耳光早已甩了出去，他却扭曲了一张俊脸，丝毫没有停止他对我身体的侵略。我一脚踢向他的命根子，很显然，八年前对他重创的这一招，如今却对他一点用也没有了，反而被他轻易地抓住，然后被他分开双腿。他冷酷地对我嗤笑着，将我的手固定在头顶，我的衣衫一如我的尊严支离破碎，泪水汹涌中，唯见樱花雨中红发少年纯真痴情的笑，然而那笑容却模糊了起来，最后清晰地变成了另一个天人少年的容颜。

前世长安负我，于是此生此世我对忘情负爱恨之恶之，自命此生绝不做那负心之人，然而当我陷入非白与锦绣的感情旋涡，却也不知不觉中步向长安的后尘，爱上了一个根本就不该爱的人。也许非珏就应当忘记我，那样至少不会有我前世的痛楚。又或许段月容说得对，我的的确确是一个水性杨花的女人，根本不配拥有任何人的爱。

蓦然，我心如枯木灰烬，温暖不再，所有生气也滑入了无尽的黑暗，我停止了挣扎，任由他的手、他的吻抚遍我的全身。

他终是发现了我的异常，我看向他迷离而充满情欲的紫瞳，泪水无力地滑落到我的耳边，内心万般倦怠："也许你说得对，我是一个水性杨花的女人。"

他一愣，睁大了紫瞳狠戾而愤然地看着我。

我无力地闭上了眼睛，凄然道："你爱做什么就做什么吧，我累了，真的很累了。"

"木槿。"他的手发起颤来，一把将我拉起来，深深嵌入他的怀中。

我的头无力地向后仰着，长发如黑色的花瓣在烛火下划过长长的影子，纠结着他的乌发，分明纠缠不清，那喉间的血腥气渐渐漫了开来，心也冷到了极点。

他的手或轻或重，似是在故意点燃我的欲望，他冰冷的铠甲摩擦着我的肌肤，让我不停地打战，他痴迷的吻一路从我的胸前慢慢移到我的脸上，他的手移到了我的两腿之间。

他的双颊染了情欲的红晕，耳边是他急促不稳的呼吸，他的唇急切地呢喃着我的名字。他舔去了我的泪水，吮吸着我的嘴唇，辗转反侧，极尽温柔地挑逗着我所有的感官。我的呼吸也急切起来，却本能地狠狠地咬了他的舌，他吃痛地退去，猛然间推开了我，在那里死死地盯着我。

窗外雨声沥沥，一阵狂风忽地吹入，啪嗒一声将支起的帘子吹了下来，烛火闪了一下，陡然熄灭，归于一缕青烟在暗夜里袅袅地无力升起，扑灭了满室的爱欲情恨。

我与他之间一片黑暗，他看不见我嘴里涌出的血腥，我也再看不见他眼中的风暴，室内只有我单调的咳嗽声，而帐外却风雨大作，宛如上天的涕泣。

过了一会儿，我终于止住了喉间的血腥，平复了剧烈的咳嗽，默默地拾起破碎的衣衫，将就地合在了身上，然后钻进被窝里，继续弓起身子抱着自己，埋头睡去。

我以为他会到蒙诏为他准备的营帐里去，却听到他在那头脱盔甲的声音，然后他轻手轻脚地钻进我的被窝，从身后缓缓抱紧了我。他的呼吸平静了下来，一只手轻抚着我的头发，一下一下，在我耳边温柔说道："我前往吐蕃之时，夕颜总缠着问我，爹爹到哪里去了。"

……

我没有回答，睁开了眼，空洞地盯着黑暗的前方。

"我对她说了我是她爹爹，你是她娘娘。这个臭东西还是傻乎乎的不明白。你跟我回叶榆了，要好好教导她。好歹她也是我大理太子唯一的女儿，不要让她丢了我的脸。"他的声音故意显得很轻松，好像在跟我唠家常，刚才的一切也仿佛根本没有发生过一般。

我继续沉默，像一只西瓜虫，缓缓地紧缩成一团。段月容也随着我的造型，像蛇一样圈紧了我，却依旧像以往一样，在我的耳边轻轻说着些日常琐事，逻些战场上的胜利，如何平分美女财物，直到我和他都无限疲惫地进入了梦乡。

清晨，我在嘹亮悠远的藏歌声中醒来，身边的段月容还在呼呼大睡，甜睡中的他眉头平缓，呼吸均匀，他的嘴巴也傻里傻气地张着，并且流着他所谓的“龙涎”，宛若一个无辜的婴儿。他的右手紧紧握着我的左手，不远处，他的盔甲横七竖八地扔了一地。

我轻轻地想抽出我的手，他却反身将我抱紧了，口中轻叫：“逻些……木槿，我带你去逻些。”

我吓了一跳，以为他醒了。然而他只是将混合着血腥、汗臭等等多种臭味的脑袋搁在我的胸口，美美地将我的上半身当枕头，口里呢喃着几句反映其狼子野心的话，同样满是气味的长发像厚实的毛巾盖在我脸上，差点没把我给熏死。

过了一会儿，他又平静下来，我轻轻从旁边拿来一个大抱枕，微一抽身间，趁他又挪过来时，将枕头塞在他的怀中，让他尽情抱着淌“龙涎”做梦去。

我走出帐篷，迎面一股高原的风。我睁开眼，深深一呼吸，信步走远了一些，来到一处高坡。头顶是无边无际的苍穹，地平线上巍峨的青山连绵不绝，尖峭的雪山顶压着满山积翠，仿佛对着渺小的众生静默地微笑着。

山脚下碧蓝的大湖呈现在眼前，如晶莹闪烁的蓝宝石，烟波浩渺间，湖畔玛尼堆的彩旗飘扬，一群藏人的身影在湖边不紧不慢地行走，队伍中一个窈窕的红影坐在洁白的坐骑上分外明显。只听一阵缓慢空灵的藏歌声悠远地飘来，随着这无垠出尘的蓝色渐渐渗入我的血液、我的灵魂，一切喧嚣仿佛都离我远去了。我闭上了眼睛，不由得松弛了嘴角，静静地听着那歌声飘过。

“喜欢这里吗？”段月容的声音从后面传来，立刻我落入了一个结实宽阔的怀抱，“你若喜欢，等我拿下叶榆，便天天陪你在这里住。”

我抬头，迷失在一汪紫色的柔情中。

他的头发湿湿地纠结着，用一根金丝带松松垮垮地绑着，随意甩在脑后，身上穿着一件白色的锦缎藏袍，领口镶边的白貂毛被风吹歪了，然后又一根根淘气地站了起来。鼻间飘来他身上沐浴后的松香，混着很淡的男性气息，类似现代高尚俊美的CEO男士沐浴后轻洒古龙水，一身清爽地来到办公室对女同事微笑着打招呼的样子，然后迷倒一大片女同事。

第七章

疑变弓月城

高原的风混着青草味、花香，还有雪山的味道萦绕在我们周围，他的血腥气息淡了很多，紫瞳温和似有笑意。

不知从何时起，我和他之间达成了一种默契，前一天晚上再怎么吵，再怎么怒目冷眉，打得再怎么不可开交、拔剑相向，第二天我们都会同时装作完全忘记了昨夜的风暴，然后像一般“正常夫妻”一样拉家常。我不想激他天子一怒，流血千里；他不想让我一气之下离他远去，总之在外人看来你侬我侬、妻贤夫爱。

昨夜，差点对我施暴的恶魔似已被这高原纯净的清风吹得烟消云散。

他凑近我的脸，勾出一抹轻松的笑意：“木槿，你说好不好？”

我也当作没有发生，只是回他一个笑，轻轻向后一步，一指山下，由衷赞道：“这里真是人间的天堂。”

他看着自己扑空的双手，不悦地瞪了我一眼，然后硬是上前一步，霸道地揽着我的双肩：“这是圣湖。我要将此湖改名以纪念这肥美的吐蕃草原为我所有，”他睥睨天下地览着圣湖，扬扬得意地问我道，“木槿，叫大理湖如何？”

此人实在嚣张得欠扁！

“不妥！”我皱起眉头，微笑随着好心情飞走了。

他哼了一声，紫瞳不服气地睨着我。

我认真道：“听说此湖乃是草原人民心中圣洁崇高的圣湖，每年西域各地佛国的人们都会前来虔诚朝拜，就连吐蕃人也只有在重大节日才能来此沐浴。太子殿下刚刚获取吐蕃，正是应该安抚百姓、博取人心美名之时，殿下理当尊重当地的习俗，代大理王陛下优待当地吐司头人，一同礼拜圣湖、感谢神……恩……岂可擅改……湖……名。”我正指着那一汪碧蓝越说越起劲时，扭头间这才发现他正凝睇着我，眼中一片柔情。

我咽了下唾沫，正要张口再劝他，他却毫无预兆地忽地搂了我的腰，来了一个深吻。

我推了半天挣脱不得。高原本就缺氧，此时更是难受，我张大了口要呼吸，正是中了他的计谋，他的舌灵巧地滑进了我的口。

唔，我的脑海中反映出那个场景：自己是最后一个倒下的女职员……呃，然后又站了起来……

我好不容易挣脱，两个人都气喘吁吁的。

他继续搂着我的腰，额头抵着我的，闭上眼睛，声音也有些不稳："木槿，我不会放了你的。"他睁开灿烂的紫眸，映着我的怒容，一手早已敏捷地抓住我击向他脸的爪子。这些年来他苦练武功，看样子功力是恢复得差不多了。

可惜咱不是为了对付这个色魔，也练了八年了吗？

我一记左勾拳，一拳正中其右脸，他一手捂着脸，呆了一呆。

我以为他会恼羞成怒，没想到他却忽然带着一丝男人得逞的快乐，仰天狂笑。我欲挣脱，被他死死揽着腰，只得木然地看着他在那里傻乐。

"真真是匹烈马，为何驯了八年还不见一丝收敛呢？"他犀利的紫瞳紧锁着我，竟是又恨又爱。

我对他眯起了眼。

他对我无奈地叹了一口气："木槿，你难道忘了吗？今日乃是你我的生辰啊。所以我昨夜才巴巴赶了回来。"他的声音似是满腹委屈，然后像对待小孩似的，用一只修长的手指封住我的口，满是耐心地柔声哄我，"乖，木槿，今天不要惹我生气，好吗？"

我鸡皮疙瘩掉了满地，正在考虑是针对他的脸还是他的某个重要部位进行反抗，一阵娇笑传来。

我和段月容同时回头，却见一只白得没有一丝杂毛的牦牛温顺地站在那里，上面坐着一个盛装的藏服美人，头发编成数十根细辫，辫梢上坠着长长的银穗子，一直坠到脚踝处。美人螓首精致的银冠上饰着绿松石串，柳腰间挂着缀有数行红珊瑚珠和蜜蜡珠的珠链。

她看上去很年轻，蜜色的肌肤在高原的阳光下泛着健康的光泽，两只扑闪的大眼睛，在我和段月容之间不停地眨啊眨，最后在段月容长年对女性带有极其"苛刻挑剔"的审视的目光下，羞红了脸，低下头去。

十来个肤色黝黑、遒劲结实的藏人站在那个美人身后，为首一个年约四旬、身材微胖的藏人恭敬地向我们弯腰行礼，送上一条纯洁的哈达。

一旁站着蒙诏，后面是冷冰冰的齐放，再后面是探头探脑的沿歌和春来，再后面是一队士兵，样子很陌生，应该是段月容从逻些带回来的……

啊？什么时候站这么多人了，我怎么都不知道？那刚才段月容吃我豆腐的情景，有这么多人同时观赏着吗？

段月容眼神也微有不悦，但转瞬即逝，他大声笑道："原来是洛果吐司，扎西德勒！"说着接过那个洛果吐司的白哈达。

蒙诏早就准备了白哈达给段月容回赠洛果吐司。那吐司嘴里用藏语说了些什么，段月容又用藏语回了些什么。这几年，突厥语自学了点，跟着语言天才段月容，叶榆话大致是能听懂了，但是藏话没钻研过，于是我一脸懵逼地听着他们说着天方夜谭。

但是我却注意到，两个人的眼睛不停地往那个白牦牛上坐着的姑娘看过去，那个姑娘也羞红了脸，愈加明艳动人。

我明白了，段月容算是吐蕃的主人，当地头人定是带着礼物和美女来拜见段月容来了，这是古代对征服者表示友好顺服的常见方法。但是这个姑娘倒不像一般的美人贡物，只因在藏地只有尊贵的女子，例如部落头人的女儿、或寨子里的吐司夫人才能坐白牦牛，看这个洛果吐司对她慈爱的目光，应该是洛果吐司的女儿。

这个姑娘应该就是刚才在山下经过圣湖吟唱的歌手吧。而且这个姑娘倒也像对段月容很有意思，两只漂亮的大眼睛愈加大胆地在段月容脸上扫来扫去，爱意越浓，偶尔停在我身上时，也有了一丝冰冷和不高兴。

我该怎么办？以往段月容纳新妃子，他虽得意地同我炫耀，但毕竟从来没有在现场出现过，一时也有些尴尬，不觉心里没了底，只能在那里低头摸着鼻子，沉默了起来。

段月容最后叫了声蒙诏，用叶榆话说道："给洛果头人家的卓朗朵姆小姐准备毡房，把头人的礼物收起来吧。"

那卓朗朵姆临去时，深深凝注着段月容，脸红得就像苹果一样。她轻启朱唇，那动听的歌声便回荡在苍穹，满怀着对未来那柔情蜜意的憧憬。

我和在场的诸位都不由得听得痴了，就连段月容用那双紫瞳目送着她离去时，嘴角也不由自主地放松了下来。

看来他很中意这第五十三房妃子，一位优秀的藏族歌手。

这是我很不明白的地方。明明我同他的个性南辕北辙，世界观也是截然不同，可是我与他这八年来却能轻易通过一个眼神、一个不经意的动作，洞察对方的内心世界，难道说这世上最了解你的便是你的敌人，而你最了解的偏亦是你的仇人吗？

此生我欠非珏甚多，上天让他相忘于我，也许是最好的归宿。我移情于非白在后，却无法与他相守，亦负他深情，如今爱而不得，也算是对我的惩罚。然后无论是非白还是非珏，这一世，我的心中早已被这二人占满了心房，今生今世无法再对他人开启情感之门。

偏偏我与他这八年相持，道不明的情仇却连着那理不完的恩义，我还要与他纠缠多久，难道真的等着被他强行掳回叶榆，做那第一百个或第一千个妃子吗？

我对他似笑非笑地扯了扯嘴角。

他目光坦荡地迎向我，肃然道："不要这样看着我，木槿。强大的帝国不可避免地需要没有爱情的联姻，如同我们每天都要喝水一样。"

在我的前世，有很多多金的男人，甚至是不怎么多金的男人都以同时周旋在数个女人之间为傲，但还是要挣扎着意思意思地表现一下自己的无奈，即便是这个一夫多妻制的乱世下，在“喜欢”的女人面前如此理直气壮的，可能只有段月容了。

我记得八年以前，同样的一个生日，非珏在果尔仁的安排下不情愿地接受了一门没有爱情的政治联姻；当我同既是天敌又是盟友的段月容挣扎亡命时，他娶了轩辕淑环。

是的，当年对我喜欢的男人我都理解了，又怎么可能不理解你呢？

“我懂，月容。”我自嘲地笑了笑，转身看向那美得不似真实的世界，然后假装对他重重叹了一口气，“月容，万一有一天，有个巨丑巨胖巨猥琐的好龙阳的君主看上你了，为了你那强大的帝国，你也会向他投怀送抱吧。”

我本以为这是一次犀利的讽刺，一个成功的调侃，没想到段月容却一本正经地撑着下巴思考了半天。

“非得巨丑吗？”

“嗯哪！”

“非得巨胖吗？”

“嗯哪！”

“非得巨猥琐吗？”

“嗯哪！”

“还得是个好龙阳的？”

“嗯哪！”

段月容叹了一口气，站直了身子对我理直气壮道：“我会的。”

我打了个趔趄，差点没摔着，然后木然地望着他。

这小子八成是当年失去权力，过苦日子过怕了，死也不会回到无权无势的日子了。

“木槿，你是在担心我吧。不怕，我定会为你保留我的身心，”却见他左手击在右掌中，对我笑弯了一双清冽的紫瞳，似孩童无害，然后吐出残酷的言语，“不过，等我有了比他更强大的力量时，必让他生不如死，灭他全族男女老少。”

我打了个哆嗦，却见他像戏子变脸一样，一下子板了个脸，紫瞳阴狠无比，气呼呼地捡起块小石子，向我扔过来，然后追过来：“你这个放肆的女人，看我把你宠成什么样了，居然敢这样大胆地调戏我，看我怎么收拾你。”

我啊的一声向山下逃去，未到毡房，刚要掀帘，却见一庞然大物向我扑来，将我压倒在地。

一片巨大的阴影笼罩着我，我睁开眼睛，只见一双金色的三角眼从上往下凶狠地盯着我，耳边传来它呼哧呼哧的呼吸。我的手触及一片光滑的皮毛，脸上是那东西流在我脸上的口水。

我第一反应是这个段月容不知从哪里搞来了一只非洲狮，再仔细一看，原来是一只赤金灿烂的狻猊，也就是草原藏獒，异常威武雄壮，浑身金黄，胸前几撮长毛又鲜红似血，坐在那里睨着我，真如雄狮王者一般威风凛凛。

我一下子愣住了，也就那么躺在地上，愣愣地承受着它两只前爪的重量，没考虑到要赶紧起来，直到段月容过来了，大声用藏语叫着：“七夕森格。”

那只藏獒乖乖地离开了我的身子，坐在地上，对着段月容吐着大舌头，扫帚一般的大尾巴扫得地面哗哗响。

段月容飞奔过来，对我微俯身，紫瞳闪耀着金色的阳光，愉悦而柔情地凝视着我。他的乌发直直垂下，轻轻触到我的鼻间，但闻一股淡淡的皂角香气。

我就着他伸出的手慢慢爬起来，愣愣地坐在地上平视着大藏獒和他。

他却对我大笑出声，紫瞳流盼间，一时神采飞扬：“喜欢我送你的生辰礼物吗？”

生日礼物？神啊，这位兄台你不能先跟我打声招呼吗？

说起送我的东西，段月容再一次证明妖孽转世的基因存在，这八年来送我的东西无一不是绝顶奇异的。

送过西双版纳最毒的毒蛇，除了沿歌这小子如获至宝，整天笑眯眯地伺候它，基本上无人可以接近，包括我这个主人……

送过一件天蚕衣，据说刀枪不入，结果还没等我穿上，就引来一大堆武功高强的抢夺者，倒把我给暗伤了，在床上躺了两个月……

然后是一只小白象娜娜，一开始挺可爱的，夕颜和希望小学的同学也喜欢它，可是小白象渐渐长大了，把我的后花园全给糟蹋了，而且还是逮什么植物珍稀就吃什么，顺便轻而易举地踢断了多处围墙，跑到人家张员外家里去了，害得张员外狮子大开口向我勒索，同我打了近一年的官司，结果把张之严也给惊动了。好在张之严看上了娜娜，我就把它转送给了张之严……

最不能理解的是有一年他送了我一群会媚光四射的舞姬，我将信将疑了几个月，还是摸不透他到底想什么。于是便放心地在一次重大的商业宴会上让这些舞姬表演，然而他却又化装成朝珠夫人，突然出现，当着众位business partner（商业伙伴）的面把这群舞姬骂得直哭得梨花带雨，从此我的妻管严之名盛传民间，让君莫问这一辈子都抬不起头来。

比较正常一点的也是我最喜欢的，是他送我的一张很漂亮的银弓，我练了三个月才拉开弓。后来我才知道，那是一对暹罗进贡的鸳鸯弓，我这一张是雄的，他那一张是雌的。幸亏上次进货时忘记在君家寨，没被张之严给抄了去，这回蒙诏还上心地给我带来了。

我都差点忘了，今天是我的生日，也是他送我一堆奇奇怪怪的东西的日子啊。

“没摔着吧？”段月容笑眯眯地扶起我，摸摸藏獒的大脑袋，“它叫七夕森格，藏语里森格就是狮子的意思，你叫它七夕，它也明白的。”

他引导着我的手抚上七夕毛茸茸的身体，七夕转动着金棕色的眼珠，不停地谨慎地打量着我，我却爱上了抚摸七夕的感觉，挣开了段月容的手，一下一下地梳理七夕的毛发，痴迷道：“七夕你真漂亮。”

七夕森格高傲而冰冷地看着我，身体有些紧绷，看段月容坐在旁边柔和地看着我，才稍微放松了一些。段月容笑了起来："我就知道你会喜欢的。"

忽地身后传来一阵皮鞭抽打的声音，我闻声过去，却见几个南诏兵正在对一个魁梧健壮的人用鞭刑，我定睛一看，原来是昨夜那个波同。

我奇道："他犯了什么错？"

旁边一个士兵看了一眼段月容，伏在地上，恭敬地说道："妄议时政，军法处置，鞭挞至死。"

我知道是段月容怪他透露了非珏的故事而迁怒于他，便对段月容说道："今天是我的生辰，也是殿下的生辰，不宜见血，不如先把此人押下去吧。"

那个小兵的眼珠在我和身后的段月容身上滴溜溜地转来转去。

段月容对我一拧眉毛，正要发作，这时有个士兵过来，附在他的耳边面色凝重地对他说了些什么，我隐约听到什么洛果土司的女儿，不高兴什么的。

却见他的眉头微皱，冷哼一声道："算这小子好运，拖下去吧。"然后匆匆向一个新毡房走去。

那个小兵诺了一声。众人七手八脚地解了绳子，把血淋淋的波同拖了下去。

我悄悄对蒙诏说道："蒙诏，烦劳你找军医给这波同看一下。"

蒙诏对我微笑地点头道："娘娘宅心仁厚，能得娘娘在殿下身边辅助，殿下大事可成矣。"

这个蒙诏现在怎么越来越酸溜溜的，开口闭口就是娘娘什么的，俗！真俗！

叫七夕的藏獒非常训练有素，不但聪明，而且很机敏，更忠诚，无论我到哪里，它都跟着，然后我开始琢磨出段月容送我这大藏獒的本意来了，这回我无论到哪里都得带着它，更逃不出段月容的手掌心了。

我打听到段月容是去了洛果小姐的毡房，估计是去安慰美人，然后下午就像没事人似的到我的毡房来，觍着脸要他的生日礼物。我偷眼一瞧，果然这小子的脖子那里有个吻痕。

"洛果吐司家的女儿这么好的礼物都有了，还在乎我的？"我懒洋洋地靠在七夕身上，藏獒不像普通犬类一样会对你摇尾乞怜，问你讨食，我同它培养了半天感情，它也就是不那么谨慎地看着我，总算让我倚在它身上，真舒服。

没想到段月容差点就激动得叩谢上苍，他扣着我的双肩，激动道："木槿，你终于学会吃我的醋了？"

我一脚踢开他："做你的春秋大梦吧，本小姐对你的心情还是和八年前一样，没戏。"

我以为他会讨个无趣地冲出去，不想他笑嘻嘻地抓着我的脚不放。

我闹不过他，还是老规矩，慷慨大方地说道："多玛可有夜市？我陪你到夜市一游吧，若是看中了什么，我为你付账，如何，朝珠娘子？”

他欣然应允，看来攻下逻些后，他的心情还真的是很好。

到了申时，段月容又出去了一会儿。

齐放回来阴阴地报说，段月容带着那个卓朗朵姆到土司家里赴宴去了，我便轻松地用了些饭。就在我以为段月容要到卓朗朵姆家里去过生日时，他又满面春风地回来了，如风一般强掳我上马，吆喝了一声七夕，便直奔著名的多玛夜晚的集市。

这个时代的多玛是突厥、西庭、后周和大理四国的边境交界地，又是东西方通商的一个中心点，各式各样的人种走在大街上。为了行走方便，我还是一身汉族男装。段月容也是一身藏族男式贵族装扮，紫貂皮袄，颈间挂着蜜蜡珠，手上戴着大红宝石戒指，腰挎银刀，身背银月弓，清瘦颀长的身形挺拔地走在人群中甚是引人注目。七夕如雄狮一般在他身侧，冷冷地看着四周，身后跟着蒙诏等亲信以及当地几个藏人护卫。

众人一边窃窃私语地赞叹着，一边不由自主地让开了一条路。

玉轮轧露湿团光，鸾佩相逢桂香陌。

这夜银阙珠宫光华四射，分外明媚，段月容紧紧抓着我的手在人群中穿梭，他的紫瞳闪烁着异样的光彩，对我柔声道：“可还记得我们第一次见面？”

我当时的反应是一哆嗦，黄泉地府的彼岸花在眼前晃过，我不由自主地面露惧色。

段月容的脸色不太好看，把我拖近了他，然后走向一个面具摊，他拿了一个昆仑奴面具，往我脸上比了一比，然后又戴在自己的脸上，只露出两只紫眼珠子，面具后的声音有些闷闷的：“有这么可怕吗？”

我猛然间醒悟过来，他是指当年西安的七夕夜市，我不由自主地扑哧一笑。

他从面具后面露出俊脸来，对我也是会心一笑，向我欺近一步，低声附在我耳边道：“那时你抓我的手好紧，把我的手都抓疼了。”

他的气息拂在我的耳边，温热撩人。我的血气上涌，不动声色地退了一步，嗤笑道：“乱讲，谁会抓疼你啊。”

他看似心情大好，继续笑道：“那时还说要替我长一双紫眼睛呢。你莫非想抵赖不成？”

我使劲甩开了他的手：“那是为锦绣，少臭美了。”

他冷哼一声，正要开口，后面传来摊主的大声叫嚷，他的紫眼珠那么一瞪，那个摊主立刻吓得乖乖闭了嘴。

蒙诏眼中含着笑，过去付了银子。

齐放冷眼旁观。

段月容上前又拉住我的手，这回我怎么也甩不掉了。

纤云弄巧，飞星传恨，银汉迢迢暗度。

金风玉露一相逢，便胜却、人间无数。
柔情似水，佳期如梦，忍顾鹊桥归路。
两情若是久长时，又岂在、朝朝暮暮。

他在我耳边低吟着秦观的《鹊桥仙》。这小子果然还是偷看了《花西诗集》。

我不由得转过头对上他的紫眼睛，他也在静静地凝视着我，携起我的双手，对我柔声道："木槿，其实你自个儿也明白，你心里是有我的。也许……你并不爱我，可是你的心里就是有我。"

他的手抚上我的胸口，即使隔着束胸的层层布条，也能感到他手心的热度。这小子真是越来越大胆了，敢这样当众吃我豆腐。我的脸上一阵发烧，抬起手想拍开他的手，他却反手勾上我的十指，纠缠在我的胸前，顺势拉近了我。

紫瞳柔情似水，在星空之夜熠熠生辉，他的微笑如朝珠花开，夜空似也荡漾着芬芳："也许你永远也不会承认，但是我都知道。"

我低下头，他却轻抬我的下颌，顺势将面具挂在我的脸上和我眼对眼："那时我戴个面具，现在却是你喜欢戴上面具，木槿。"

面具下的我一愣，却见他拿开面具，紫瞳带着一丝无奈和悲伤："你何时才肯摘下面具，真心对我呢？"

我凝着他许久，张口欲言，却听人群中有人吆喝起来："各位大爷，有谁能射中这支珠钗，不但能得到珠钗，还能一亲我们天香阁任何一个姑娘的芳泽。"

眼前一座挂满红灯笼的小木楼，一个红衣大汉在小木楼前大声吆喝着，楼上是一堆穿红着绿、媚态横生的女人。一片莺莺燕燕，脂粉的香味飘了过来，我立刻一指，装作万分感兴趣的样子："娘子，这支珠钗很配你。"

段月容的满腔柔情立时化作一团黑气，随着脸皮那么一抽一抽，眼看就要冒火了，我装作没看见，认真道："娘子莫急，为夫这就去为你射下这珠钗。"说罢径直走过去。

只见早有几个西北大汉聚了过去，一边对着楼上的姑娘流着哈喇子，一边跃跃欲试。

人群中，有个车师打扮的虬髯大汉色眯眯地大喊："若是射中了，是不是今夜所有的姑娘都能陪我睡啊？"

那群女子娇滴滴地对着楼下激动的男人齐声回道："是，这位爷。"

众人一片惊动的嘘声。

我心中暗笑，好厉害的促销方法。明明只有一人可取胜，但这帮姑娘在这里这么一站，活广告一打，再加上众人的艳羡，保准今晚这家天香阁的生意好得不得了。

那珠钗就挂在三米高的牌坊处，并不是很高，只是这个角度有些刁，而且隐在二楼的阳台暗处，想要射中还真的要技巧。

我正思索着射的角度，早已有人试射了几下，皆是望珠而叹，还有人红着脸问那红衣汉子要多射几次，那红衣汉子倒也大方，慨然应允。

过了大约半个时辰，试了有十数人，皆是乘兴而来，败兴而归，最好的成绩也是碰巧射到二楼的阳台。

我正跃跃欲试，一个柔弱甜美的声音在身后响起：“倒看不出，这样的绿洲却有做工如此精巧的珠钗。”

这个声音很熟，好像在江南时听过的?

我随众人回过头去，然后和大家相同的反应，愣在那里。

玉蟾露颜，云裳轻飘，却见来人一身突厥贵族的暗红锦缎皮袍，他如锦的红发结成无数发辫绾于脑后，流动着月光，抹额系一条镶和田玉天蚕银丝带飘垂于腰，年轻俊美的脸上难掩英气勃发，月光下似血的酒瞳睥睨三分，腕上戴着一串狼骨手珠，身下的高头大马乃是唯有蓝血突厥人才能拥有的汗血宝马，精巧绣制的鞍辔上嵌着紫玉珠拼成的狼图腾，天潢贵胄之气展露无遗。

他的身后跟着五个人，其中一人正是我见过的阿米尔。紧紧挨着他的却是一个窈窕的身影。那个女子一身突厥骑装，紧身窄袖，完美地勾勒出诱人的身材，乌发压着华贵的雪貂帽，玉面上半蒙着白色纱巾。她明明只露出两只无比美丽的眼睛，月光下只觉无与伦比的温柔高贵，如同月亮女神一般，那天香阁的姑娘瞬时失去了光彩。

我呆在那里，无法挪开我的眼，竟然是非珏?

不，我应该唤他一声撒鲁尔大帝。

不，他已不再是我记忆中青涩目盲的原非珏了，而是统一东西突厥帝国的大有可为的皇帝——撒鲁尔。

他拥有着最锐利的酒瞳，他的身后跟随着最忠勇的战士，胯下骑着最神骏的汗血马，手中握着最锋利的宝刀，怀里拥抱着世上最美丽妖娆的女人。

他所向披靡地驰骋在西域疆土，号称草原上折不断的钢剑，不可一世的撒鲁尔大帝。

“家里这么多好玩的东西你不喜欢，却喜欢这种粗糙玩意儿啊？”撒鲁尔往珠钗的方向看了看，无奈而宠溺地看着他心中“最美丽的眼睛”。

骑装美人的眼角微微笑弯了：“夫君，妾只是喜欢它的样式，很是精巧新鲜。”

却见撒鲁尔和他的美人一个漂亮的翻身下马，两人十指相缠，一路微笑着走到射击场前。

他歪着脑袋，皱着眉头看了一阵，眼中满是“女人的眼光就是奇怪”的神情，但嘴角却又露出一弯宽容的笑来，对身侧的骑装美人仰了仰下巴：“我若射中了这钗，你许我什么？”说罢勾魂摄魄地对美人一笑，眼中满是情人间亲昵的挑逗，手向后微伸。

阿米尔早已拿起桌上的钢箭和铁弓，恭敬地递上。

骑装丽人蒙着面纱的脸看不清表情，可是那双潋滟的大眼分明更加水雾迷人，发出晶亮的光来，她低笑着，闪到一旁，为她的男人腾出了地方，明眸流盼间神采动人，草原上的男人们一片起哄的嘘声。

撒鲁尔眼中一阵骄傲，扯出一抹淡笑，刚刚张弓一试，那张弓应声而断。

众人惊叹不已，好一位臂力惊人的勇士！

撒鲁尔又搭了几张弓，结果都一一断裂。

那红衣汉子过来，叹声道："这位勇士好神力，我们天香阁里所有的弓都在这里了，这可如何是好？"

撒鲁尔兴味索然地对着他的美人耸耸肩，用突厥语说道："看来吐蕃的弓箭不过如此，那就没有法子了，咱们回去吧。"

"这位勇士，我这里有一把弓，如不嫌弃，拿去试试如何？"

段月容的声音从我身后传来，他的五指轻扣我的肩头，意思叫我不要出来。我惊诧地抬头，却见他微笑着走出阴影，紫琉璃的眼睛如鹰枭一般盯着非珏，身边的七夕森格紧随其后，金毛一根根地竖了起来，对着眼前的撒鲁尔开始露出尖牙，低吠起来。

撒鲁尔闻声侧过脸来，看到段月容，微微一诧。

我万万没料到，段月容会主动站出来，如同在场所有人没有猜到他们的身份一样，更无法联想这个时代吐蕃草原上两个翻云覆雨的人物同时微服出现在多玛的夜市中。

即便如此，这两个天之骄子身上的光彩还是将周围照亮了起来，一阵短暂的沉默之后，人群开始了窃窃私语，尽是赞叹之声，然后不约而同地向后退开，为这两个光华四射的人腾出更广阔的地方。

段月容的眼神不太对劲，他莫非认出撒鲁尔来了？

不可能，毕竟他没有见过撒鲁尔，也不会联想到突厥的撒鲁尔大帝会明目张胆地进行这样的微服私访，不然他的眼神不太可能只会有这种暗藏的初级风暴。

再一想又豁然开朗，吐蕃原来是突厥人领地，哈尔和林之耻时，突厥分裂，南诏乘机入主吐蕃，而后突厥长达二十六年的分裂混战，使其根本没有精力去夺回吐蕃。

如今东西突厥终于合并了，撒鲁尔可汗拒绝了窦周的册封，而是接受了其父所在的西庭册封，成就了突厥史上最令人胆寒的绯都可汗。

绯都可汗身强体壮，精力充沛，武功高强，帝国内部，好战的贵族又频频进言要扩大国界，于是在实现了突厥皇室日夜渴望的一统东西后，自然而然地欲将触角伸向吐蕃。

多玛虽是西庭、突厥、大理的边陲重镇，但严格说来是吐蕃地界。

那么，今日来的撒鲁尔是作为一个如同在瓜洲一般游山玩水的普通西域人，还是别有心机的一种探查，更或者是一种有意无意的挑衅？然而无论真实意图是什么，很显然，吐蕃现在的主人，段月容都把这个器宇不凡的突厥贵族理解为一种挑战了。而且撒鲁尔还带着他的女人过来，简直就是把段月容的属地当作无人之境前来炫耀游玩。

于是，还没有等到大理与突厥正式冲突的那一天，段月容与阿史那撒鲁尔的第一次对决意外地在七夕之夜，在繁星如织的多玛夜空下提前了。

我一时不知所措，生怕段月容认出了原非珏而击伤他，正焦急间，那白纱艳姝却轻拉撒鲁尔的手：“夫君，还是你说得对，这种粗糙之物，家里应有尽有，妾有些累了，我们还是先回去吧。”

段月容的紫眼珠子不客气地在她身上扫来扫去，如同对待所有的女人一样，该看的地方看，不该看的地方也看，嘴角边还漾起一丝轻薄的笑来。

我心中暗急，这该如何是好，万一他真是看上了撒鲁尔的女人，两人相斗，撒鲁尔和他的女人定难全身而退。

然而再细细一看，他的紫眼珠中并无淫意，这个段月容分明就是想激怒撒鲁尔，杀之后快。

果然，撒鲁尔静静地将情人掩到身后，眼神冷了下来，却又绽出一丝笑容：“好啊，多谢这位勇士啦。”

撒鲁尔轻掂起蒙诏递来的银雕镶宝弓，张弓试了一下，淡淡一笑，赞道：“好弓。”

月光下，他的酒眸聚焦起来，对准那支珠钗射去，一击而中。那支珠钗落下来的一刹那，谁也没有看见撒鲁尔什么时候动的，眼睛只一花，那支珠钗已稳稳地落在他的大手上。

众人立时惊为天人，喝彩不断：“好俊的功夫。”

撒鲁尔若无其事地走向艳姝，将珠钗插在她的鬓边，展颜一笑，眼神镇定如初，仿佛是在默默地安慰他担忧的情人。

终于那双黑瞳似有一丝了悟，那坚贞柔情立时在黑瞳与酒眸的互相凝视中流动着，正如传说中美女英雄心心相许的画面活生生地展现眼前，众人无限唏嘘间，一片艳羡。

段月容击掌一笑：“看来，今日多玛草原上飞来了一只尊贵的雄鹰。”

他扫了一眼撒鲁尔坐骑上的狼图腾，挑眉“哦”了一声，笑道：“原来雄鹰来自于伟大的弓月城。”

“可惜，草原雄鹰怎能仅仅为了一个女人，而去啄食一支肤浅的珠钗呢？”段月容话锋一转，假假地叹息道，全然忘了他今早还信誓旦旦地说要把江山送到我手中一样。可见男人的甜言蜜语有多么的不靠谱。

然而，再傻的人也听出了他的言外之意，众人开始窃窃私语。

我再抬眼时，夜游的人群早已走了大半，周围来了很多身形强壮的黑衣人，目光寒冷，神情肃穆，那红衣大汉早同一大群女人挤到了天香阁的楼上，在珠帘内害怕地探头探脑。

撒鲁尔淡淡笑着，向他的美人走去。

段月容眼神微动，蒙诏人影一闪，撒鲁尔的美人早已被其截去了。

撒鲁尔的脸绷了起来，见到白纱艳姝的肩上横着一把明晃晃的刀，眼中划过一道充满杀意的厉芒。

他还是那样镇静，但眼睛里隐着暴风骤雨。

那艳姝身躯微颤，被人带到一根木柱前绑定，却是一言不发。

“我大理素来敬仰英雄，久闻弓月城是九天箭神同狼神一起建立的神之城，弓月城人人擅射。不如我们玩些刺激的吧，你若能射中你家美人头上的发钗，你且同这位美人尽管来去自由。若是射不中——”段月容阴狠地笑了，微一甩头，“都说弓月城的女人是天神的女儿，我想我那些很久没有碰女人的兄弟肯定会喜欢的。”

不知道从什么时候起，段月容表达自己无比兴奋和得意的心情时，都会抬手轻轻一捋秀发，微微甩头。

此时已是子时，大街上除了黑衣人和撒鲁尔的几个随从僵持着，已是万籁俱寂，高原的风吹走了月婵娟的面纱，无限清辉映着段月容的紫瞳，愈显得如天人下凡。

明明场上众人的心弦紧绷，而那月光却仿佛带着魔力，似专门前来点缀段月容那魔魅的。他的秀发沾着夜露随风逆飞，薄唇淡淡笼着一抹笑，美得那样朦胧，美得那般妖冶。众人开始看得一愣一愣的，到后来就连撒鲁尔也多看了段月容几眼，脸上忽地一派了悟。

“大理紫月，光耀星辉，”撒鲁尔轻蔑一笑，“紫月公子不但如民间流传一般，风华绝代，堪比踏雪，亦如传说一般卑鄙无耻啊。”

“多谢英雄的夸赞啊！”段月容光荣地微一点头，然后猖狂地仰天大笑一阵，“既然这位大人认出了孤，当知孤的手段。”他猛地一敛笑容，目露凶光，“你姓甚名谁，来我大理国界，又意欲何为？”

“在下阿史德那鲁尔，久慕多玛的月色多情，特来赏月，怎么太子殿下不知，突厥人亦有朝拜月神的习惯吗？”撒鲁尔淡淡地回答，眼睛却不离白纱艳姝半分。

我心中暗急，齐放怎么还不回来。

段月容说道：“那可巧了，孤亦是来这多玛草原赏月的，既如此……”

就在这时，场中忽然有人吆喝着：“牛受惊了，快让路啊。”

四头大牦牛拉的大货车向我们这里飞奔而来，货车直直地冲过来，周围的黑衣人立时有人跃过去试图牵住疯牛。黑衣人中个头最高的一个，早已大步流星地赶到街中，抬起巨掌一掌击中牛头，血花四溅中，车上的麻袋猛地炸开，里面爆出大量的白色粉尘，空气中开始弥漫起烟雾。

多玛的夜市开始混乱，有人大声叫着护驾，我早已乘乱戴上了防护镜，悄悄向撒鲁尔的方向过去。

未到跟前，他反手向我凌厉地抓来，我几个闪身躲过，在他背后轻道：“非珏莫惊，我是瓜洲君莫问。”

他微一迟疑间，我早已抓住了他的大手，向暗处躲去。

我拉他伏在草垛暗处，却听段月容焦急的声音传来：“莫问、莫问？”

我同他挨得极近，他的呼吸轻轻吹到我的脸上，像极了我第一次见到非珏的场景。那时受了惊的非珏夹着我飞到了大槐树上。八年已过，他的身上依然有着那种熟悉而又淡淡的奶腥味，然而恍惚中我看不真切他的表情，唯有那双酒瞳，在无限漆黑中对我发着幽光，深不可测。

段月容冷冷道："给我搜，若是一只苍蝇飞出去，你们都别想看到明天的太阳了。"

士兵领命之声在空旷里回荡，脚步声和着铠甲兵刃相互撞击。等士兵集结完毕，过了我们所在的那个草垛，我拉着撒鲁尔悄悄走出集市，来到大草原。

星光遍洒大地，我呼了一口气，回头关切地问道："非珏，你没伤着吧？"

撒鲁尔立刻甩了我的手，后退一步，冷冷地看了我几眼。那目光如此陌生，甚至我能感到有一丝淡淡的厌恶。

我的心中漾着伤感和茫然，但转念一想，这才领悟我君莫问在民间还有另一种传闻，那就是君莫问是大理段氏的兔相公！

段月容唤我的名字如此自然，让他误会是正常的，而方才我紧紧拉着他的手，他不甩开我想必也只是为了逃命吧？

我一阵黯然，向后让了让，随即强笑着作了一个揖："方才为了脱身，冒犯了公子，还请恕罪。"

撒鲁尔的面色也有些不自然，但明显缓和了些，淡笑道："真没想到会在这里见到君老板，又承你出手相救，感激不尽。"

我讷讷地说了几句客套话。我看他心不在焉的样子，满眼却是焦躁不安，知道他是担心那名艳姝，便道："公子莫急，莫问已派人暗中营救尊夫人，请稍候片刻，只是此地不宜久留……"

他的酒瞳冷冰冰地扫向我，似在不停地揣度我。

我只好叹了一口气："藏獒是世上最好的搜索专家，不过半个时辰，七夕就会追来。你先同我往圣湖处躲一躲，那里湿气甚重，可掩我俩的气息。"

他凝着我的目光思索了片刻，展颜一笑："好。"

我望着他没有笑意的笑容，知道他心事重重，欲说几句安慰的话，却又因他眼中的防备而堵住了所有的话语。心说多说无益，等躲过这一劫再说吧，于是便一言不发地在前方引路。

不久圣湖近在眼前，十六的月婵娟倒映在圣湖之上，清冷神圣，随风不停地飘零破碎，宛若人生。

我松了一口气，回首对背后一直沉默的红发青年笑道："到了，公子先在此处歇息片刻，不出半个时辰，会有人来接应我们的。"

他微一点头，也不说话，只是坐了下来，望着天际的圆月。

我一时间不知道说什么好，走了一会儿路，腿脚也有些酸，刚想在他身边坐下来，一近他身，他的酒瞳冷冷地瞟过来，我只好尴尬地又站起来，在离他远一些的地方坐了下来。

一时沉默是金。

我痴痴地看着他英挺的侧影，心中无限感慨。

忽然他回过头来，冷冷道："你在看什么？"

我语塞，赶紧别过头去，讷讷道："对不住。"心中万分难受，忍不住轻声说道："你很像我一个失散了多年的朋友，我和他也算是从小一起长大的……庚戌宫变那阵，我们在秦中大乱时失散了……我答应了他会去找他，可是，可是，我却没有履行我的诺言……

"他的脑子不太好使，所以总是爱忘事，眼神又不好，老是迷路。我总是为他担心，万一他把我给全忘了，可怎么好？"想起那一年离别的光景，不觉悲从中来，"那一年秦中大乱，多少人家妻离子散、家破人亡，我的三姐和许多朋友也死在战乱中。所以再想想，只要他活着，就算他不再记得我与他的情分，只要他还活着，就比什么都强了。"

我抬头一看，却见他凝注着我，我对他强笑道："我对不起他，所以很想同他聊一聊，想知道这几年他过得好不好，我、我只想知道他这些年过得好不好……我明明知道你、你不是他，可还是忍不住想看你，就好像看着他一样，对不住啊。"

我哈哈干笑几声，却见他无波地看了我几眼，然后默默地从袖子里掏出一块绢子，向我递来。我这才感觉到脸上全湿了。

我颤着手接过来，背过身去，使劲抹着眼泪，咬着手，平复着内心。

却听背后的青年轻轻说道："其实你大可不必这样难过，人生在世不过百年，总会被别人伤害，又不免伤害一些人，故而总要学会忘记，人如何能永远生活在过去啊？"

我慢慢转过身来。

他舒展眉心，侧着头含笑看着我，像极了当年多少次非珏笑着深情看我。

是啊，人总要学会忘记，非珏……

我知道你现在生活得很好，我能感觉得到，所以我想我可以放下心来，给你最美好的祝福。

我破涕为笑，将绢子递还给他："谢谢，只是对不住，把你的绢子给弄脏了。"我低着头不好意思地说着。

借着月光，这才发现那绢子的绣样是鸳鸯戏水，而且是中原的花样。方才忙着难过，没来得及发现，联想到那晚波同口中的美人，我心中一动，为何这个绣样很眼熟？

一个病美人在我的脑海中不停地闪现，我呆愣间，却听远远的马蹄声传来。

我和非珏躲到草丛中去，却见领头一人正是面容严肃的齐放，后面跟着阿米尔一干侍从和一个白纱丽人，我还没来得及出声，非珏早已满面欣喜地叫了起来："木丫头。"

白纱艳姝立刻下马，奔向他的怀抱，两人在月光下紧紧拥抱。

撒鲁尔着急地说着："可受伤了？"

草原月圆，细风轻送，传说中美人英雄相聚的场面就在我的眼前。

丽人轻摇螓首，泪花四溅："我还好，你没事吧。"

撒鲁尔心疼地看着他的爱人，担心道："你浑身都在发抖，当真没有事吗？"

两个人来来去去就这几句，都在反复询问对方可有受伤，可见相爱之深。

撒鲁尔拉下她的面纱，细细察看。月光下，绝色姿容，艳光四射，却与我脑海中的病美人不谋而合。

我从草丛里慢慢走出来，齐放向我奔来，似乎在我耳边说了几句，可惜我什么也没听进去，只是死死地盯着那个美人。她不是别人，正是我那传说死在戈壁大漠的结义三姐，姚碧莹。

她的泪容也向我这里转过来，浑身抖了一下，然后那双精致的眼睛定在我的脸上。此时月光正好，她的脸却向逆光处微侧，我便看不清她的面色。

德馨居里同碧莹共同生活的一点一滴，慢慢地拼凑在一起，汇成大江大海向我袭来，碧莹，是碧莹？怎么是碧莹？为什么是碧莹？

亲如姐妹的三姐碧莹没有死，这本该是天大的好消息，可是她变成了非珏口中的木丫头。

我最亲近的姐妹成了初恋的爱妻，他的目光追随着她，她的身影变成了非珏口中呢喃的名字，然而那个名字却依然是我的小名。

为什么？为什么？为什么？

疑惑、狂喜、震惊、无奈，夹杂着一丝的愤怒，无数的疑团和回忆混杂在一起，猛烈地冲击着我，我的头痛似裂，胸如火烧。

"主子，此处不宜久留，还是快送这位公子和家人出城吧。"

小放轻轻的呼唤，让我渐渐醒了过来。我咽下喉中的血腥，这才发现我紧紧抓着小放，才不至于跌倒，可是把小放的手臂给掐青了一大块。

我收回了手，努力平静了内心，向非珏和碧莹微一点头，勉力说道："一路……多保重吧。"

非珏好像一边上马，一边对我说了几句客套话，我也没有听进去，现在我所有的注意力全放在了碧莹身上。

"这一位，便是上次陪公子前往瓜洲的尊夫人吧？"我轻轻问道。

撒鲁尔微微一笑，轻轻拉近了她的坐骑，傲然笑道："正是。"

她并没有避开我的目光，然而美目却不再有往日的温婉可人，只是冷冷地瞟了我一眼，微侧着头戴上面纱，不再看我。

我似笑非笑："尊夫人好像我以前的一个姐妹。"

撒鲁尔却在马上哈哈大笑起来："君老板还真是个生意人，到哪里都要攀亲带故啊。”

这时阿米尔过来，看了我一眼，用突厥语说道：“主子，我们赶路要紧，女……老夫人也在家中等急了。”

撒鲁尔眼中一阵不悦：“老夫人给了你多少好处，怎么老在我面前提她？”他顿了一顿，回首对我笑道，“莫问，你的朋友叫什么名字，说来听听，我回国便为你找他。”

东方鱼肚白渐渐露出脸来，一阵悠扬的藏歌传来，极尽轻灵缥缈，又带着一丝淡淡的悲伤，仿佛是永远走不出的宿命轮回。

我听着歌声，看了他和碧莹半晌，忽然一笑：“不必了，你说得对，人总要学会忘记。我想他现在一定同你一样，生活得很好，我还是不要再打扰他了，只要他过得好，什么都好了。”

碧莹又转过脸来，深深看了我几眼。曾几何时，我已无法解读到她妙目中的语言，唯有无限的冰冷。

碧莹，碧莹，到底发生了什么事，为什么你会成了撒鲁尔的木丫头？难道是你爱上了他，所以留在了西域？那当年宋二哥在你心里又如何呢？在你的身上究竟发生了什么事？

八年的春秋，弹指而过，多少人事沉浮，沧海桑田！

如今物是人非事事休，就连我花木槿也变成了君莫问，又何必怪哉别人的生活？

我几欲唤出口来，却终是沉默地看着他们一行人远去。

夜风拂着我的长发，沾到打湿的脸颊，很难受，我也没有动手。

撒鲁尔坐在马背上，忽然回头看了看我，眼中一阵恍惚。他绷着脸回过头去，好像碧莹在他耳边说了几句，过了一会儿，一行人失去了踪迹。

我怅然回头，默默地抹着脸。

齐放开口安慰了几句：“许是当年得了主子假死的消息，四爷闹腾不休，果尔仁便让三小姐装了主子您吧。”

我无力地点点头，忽然却听马蹄声近了。齐放警觉地看着前方，却见是撒鲁尔和阿米尔他们去而复返。我们愣愣地看着他们。

阿米尔有些着急：“主子，段月容从前方包抄过来，还请主子往西边而去，等我等引开段月容。”

“不用。”撒鲁尔看着我，忽而冷冷一笑，“久闻君老板是大理段氏的密友，精通商道，那不如且到我突厥一游，教化我那蛮荒之地的子民，顺便也让孤好好招待一下君老板，如何？”

齐放早就攻上前去，冷冷道：“我家主人好意救你于水火，你却恩将仇报？”

“你家主子是救我还是故意引我到这里来也未可知啊。”撒鲁尔在马上利落地迎上去，过了几招，赞道，“君老板的手下果然能人辈出啊。”他一勾手，齐放便摔下马去。

齐放口吐鲜血，再次迎上去。

阿米尔的一把弯刀轻搁在我的颈间：“这位小爷还是先住手吧。”

我暗扣护锦，正要发射，忽然胸间一阵剧痛，我呼吸困难起来，抬手想让撒鲁尔放开齐放，口中却发不出任何声音。眼前的景物模糊了，我向地面跌去。

远处传来急促的马蹄声，我没有预期中的摔到地上，齐放奋力格开阿米尔的弯刀，跃过来稳稳地接住了我。他掏出段月容专门找苗医配了N多年的药，塞进我的嘴里。我的眼前开始迷乱起来，耳边唯听到兵刃的声音和段月容的喊声。我浑身发着抖，想出声叫段月容放非珏走，可是我一张开口就是不停地咳嗽，结果把那颗据说是配了七十二味灵药的药丸子带着血沫全给吐到了齐放的身上。我努力睁开眼，却见齐放虎目带泪，映着我白得像鬼的脸，分明露出一丝恐惧来。

那时的我在痛苦中想着，齐放一生孤苦伶仃，好不容易逃出魔掌，找到一个大哥却又失散在西安屠城。这几年来，我与他朝夕相处，名为主仆，却早已如亲生姐弟一般。我虽与他都过了几年安逸的生活，然而他却始终刻意保持着与所有女性的距离，包括卜香凝和我，其实、其实他一定是担心那命中的批语，克尽身边所有的人，尤其是对自己喜欢的人吧。我想开口安慰他几句，不要担心，可一张口，又是一大口鲜血。齐放的眼中布满血丝，只听他恶狠狠地瞪着眼睛，咬牙切齿地吼道：“狼心狗肺的突厥蛮子。”

我很想对齐放说，没事，不就是这个老毛病吗，吐几口血，别担心，可是齐放却猛地被人扔了出去，有人把我像小鸡仔般地提了起来，一把刀勒着我的脖子：“段太子还请住手，不然，君老板可就人头落地了。”

那声音带着一丝华丽的慵懒，又是我从来没有听过的华贵和冷酷，是撒鲁尔的声音。

撒鲁尔往我嘴里喂了一粒东西，我的精神渐渐清晰了起来。我平复了喘息，侧过脸来，却见他粗壮的手臂围着我的腰，酒瞳灼灼地看着我的脸，皱眉道：“你……为何脉象如此之乱？”

我不及回答，有人传令开来，混战的士兵渐渐分开，血腥味悄悄地浓烈地蔓延开来，黑暗中火把集中起来，最亮处闪出一双冷酷暴戾的紫瞳：“真没想到，突厥的绯都可汗亲临多玛，孤有幸得见可汗天颜，何其荣幸啊。”

段月容的声音似嘲讽，又似无尽的恨意，那双紫瞳紧紧盯着我不放，而我却避开了他的目光，四处寻找齐放，却见齐放被阿米尔的刀压着，嘴角带血，面色苍白，可见受了重伤。我的心一冷，却听撒鲁尔冷冷道：“段太子还请住手，今日不及递上信符，草原上的明月可不要怪罪。”

“陛下实在客气，草地因您的到来而生辉，明月也因为您的光彩而羞于见人，陛下既然来到了多玛，不如让月容亲自带陛下和您尊贵的可贺敦畅游吐蕃，一尽地主之谊。不然传出去，显得我大理如何待客不周。”

撒鲁尔哈哈一笑，傲然道：“段太子的好意心领了。吐蕃肥美之地，他日定要重来，不过现在朕实在要回去了，还请太子让开路来，不然，这位君老板可就性命难保了。”

“莫问，”段月容还是笑着，可是面容有些扭曲起来，紫瞳慢慢扫向我，那看着我的紫瞳里满是伤痛，淡淡道，“是你教他挟持你，好救他出去的吧？”

我喘着气，看着对面的段月容，无力地摇了摇头。

段月容满是嘲讽地道：“你终是背叛了我，莫问。”

我的身体冷到了极点，可是心中忽然想笑。

撒鲁尔看着我，眼中闪过一丝异色，还没有来得及开口，齐放早就大叫出声：“殿下快点救我家主子，这狼心狗肺的撒鲁尔会杀了她的。”

阿米尔阴着脸狠狠地从后面给了齐放一掌。

估计这一掌绝不轻，齐放猛吐着鲜血，再也说不出话来了。

段月容的脸色紧绷了起来。

撒鲁尔笑出声来，冰冷的手却抚到我的脖子，微一用力，我本能地张开口，发出低哑的声音。

段月容的紫瞳紧张起来，叫了声后退，然后带了少数几个人飞奔至撒鲁尔面前，紫眸绞着酒瞳，月光下的两人身上的肌肉紧绷着。

段月容看着我，对撒鲁尔冷冷道：“你可知你挟持之人是谁吗？”

“难道不是你最心爱的男宠吗？”撒鲁尔笃定地笑着，“而且还是大理段家的财神爷吧。”

段月容仰天一阵大笑，他笑得似乎眼泪也流出来了，除了在场的知情人，两边的士兵都有些面面相觑。

碧莹琥珀的目光向我瞟来，冷如冰刀。

撒鲁尔阴沉着脸睨着段月容，提溜着我的脖子愈加凑近了他的弯刀。

“莫道功成无泪下，泪如泉滴亦需干。”他在对面轻轻念着这句词，对我微微歪着头，紫瞳里满是讽意，“莫问，你心心念念拼死相救的男人现在反过来拿你的命来要挟我，你说说这是不是人世间最大的笑话？”

“说得好。”我心如刀绞，本该是泪如泉涌，却学着段月容的样子，仰天哈哈大笑起来，然后睁大眼睛，努力不让眼泪流下来，看着撒鲁尔大声说道，“功已成，泪已尽，人事休，情分绝。”

第一缕晨曦穿过薄雾，照耀着草原的苍茫大地，那空灵平和的歌声不知何时骤然消失了，取而代之的是雄浑嘹亮的号角自四面八方冲天而来，又似有千万突厥的战鼓齐鸣，混着声声的腾格里的赞颂之声沸腾于天。

远远地飘来金狼图腾的黑幡旗，如黑海惊涛一般震慑人心，几乎遮住了朝阳的全部光芒，象征一位全新的强者登上了历史舞台。绯都可汗那睥睨天下的酒瞳在阳光下泛着骄傲，他在我身后略带激动地低吟着：“感谢你，万能的腾格里。”

段月容的脸上却是一片狰狞：“怎么回事？”

草原上的骄阳一往无前地升了起来，在碧蓝的苍穹印证下，二十六年后，突厥的铁骑再一次踏上了吐蕃之地，迎接他们伟大的可汗巡幸归来，然而吐蕃的主人却因此蒙上巨大的羞辱，吐蕃的人民付出血的代价。

《突厥绯都可汗列传》：西庭元庆元年八月十六，绯都可汗八年，可汗私访多玛，轻取金银无数，掳太子宠妃及奴隶上千回城，勇毅过人，威震西域……段王深恨之，亦赞曰：英雄当如是也。太子怒追千里未果，受伏重伤，突厥与大理交恶也。

元庆元年八月窦周与契丹结盟，窦周于八月十八攻下晋州，进逼降州。

八月十六，突厥奇袭大理边城多玛，掠牛马无数，奴隶无数，并俘获大理太子新妃，洛果吐司之女，太子怒追千里未果，于格尔草原中伏，负重伤归。

八月二十，太子伤势微愈，修书绯都可汗，愿以宗室女嫁突厥，以修永世姻亲之好，欲以美女金银换回太子新妃及宠侍二人，同年同日率大理名将蒙诏攻叶榆。

九月白露时分，大理攻入叶榆大皇宫，光义王亲自斩杀王后、宠妃、公主王子数十人，已近癫狂，无人敢近，最后自刎于婵婵王妃的寝殿，野史传闻到死他的手中都紧紧捏着一件纱衣，疑是婵婵王妃的睡袍。

大理王伏在光义王的尸体上失声恸哭，涕泪满面，太子脸色清冷，九月十日，大理王携太子披麻戴孝，事天子仪以五色土厚葬南诏末代君主于越陵，至此，南诏消亡于历史的洪流中，同日大理王迁都叶榆，一统南国，大宴天下，群臣贺表。

九月十二，摩尼亚赫旧部支骨在乌兰巴托带领三个部落反叛，自称支骨可汗，不敌火拔部的果尔仁叶护，败走鄂嫩河，被迫投降漠北草原的另一巨头契丹萧世宗。绯都可汗鄙夷地称其为：鼠辈叛贼，安敢称突厥人乎，不再承认其突厥族人。在残酷地镇压了不及逃脱的支骨党族后，以此借口出兵契丹边境拔野草原，萧世宗命可丹领拔野古部随同支骨可汗联兵夺取乔巴山。

九月十七，踏雪公子病愈，率原家军退窦周于璐州。

九月二十一，窦周屠降城晋州，不习水战，于兖州败于张之严，张之严取齐州。

突厥与大理的谈判不间歇地进行着，随着首脑们谈判进程的拖延，俘虏们渐渐地焦躁了起来。

作为高等俘虏中点名提到的一员，我，君莫问比较幸运地待在弓月城的偏殿中，衣食简单但不缺。我用身上那柄风雅的玉骨扇贿赂看守，换来笔墨纸砚和突厥书籍，整日里舞文弄墨，研究突厥风俗文化，以静制动，一连坐了两次监牢，后来我把元庆元年命名为我的“prisoner year（囚犯年）”。

窗口挂着一只精巧的黄金大鸟架，上面蹲着只大大的五彩鹦鹉，躲在角落里审慎地看着我身边躺着的大藏獒。七夕却不屑于鹦鹉，只是打着瞌睡。我手里捏着自制的羽毛笔，那根羽毛还是从这只鹦鹉身上拔下来的。

同八年前一样，我将头发编成个大辫子，挂在脑后，身上穿着一件普通的突厥锦袍。回弓月城的路上，我终是被非珏发现我的女子身份，可能看在我救他的分上，他并没有苛待我，反而派大夫为我治疗。他一回弓月城，迎接他的就是支骨可汗叛乱的消息，他刚刚回牙帐，却又匆匆离去，没有再同我说一句话。他把碧莹带走了，不管是在前往弓月城的路上，还是到了城里，碧莹始终没有对我说任何话，甚至连看也不看我，就好像她根本不认识我一样。这让我一度怀疑，我的人生中究竟有没有姚碧莹这个人。

七夕不愧是藏獒中的极品，竟然一路嗅着我的气息，跟着我们穿过沙漠，当它瘦得皮包骨般地出现在我们面前时，所有的人惊为天人。撒鲁尔认为这是腾格里的天物，便留下它，遗憾的是，除了我喂它的食物，它什么也不吃，于是撒鲁尔宽容地让它陪着我。

他在出征拔野古以前让人传旨赠我这只五彩大鹦鹉，而我对这只鹦鹉的羽毛比它的话语更感兴趣。可能他忘了鹦鹉是有点怕七夕的，而且我又拔了那只鹦鹉一根羽毛，其结果令这只据说是无话不说的鹦鹉一夜之间成了哑巴，也给了我一个灵感，我便给这只鹦鹉取名叫作小雅，于是我的房间更安静了。

相对地，我的邻居洛果吐司的女儿卓朗朵姆就比我有活力多了。

她对于突厥人接待她的方法，甚为不满，每日吃饱喝足后开始精力充沛地骂人。她本就长得美丽可人，生起气来双颊更是红扑扑的，如染了胭脂，可惜藏语对于我和很多突厥士兵实在是一门高深的学问，我们都听不懂她到底在骂什么。即便如此，慢慢地，突厥士兵们仍然养成了习惯，用完早饭，朝拜完了他们的腾格里，就齐齐地前来“朝拜”跺脚骂人的卓朗朵姆。

到了晚上，思念家乡的她会唱起悲伤的藏歌，她的歌喉动听如天籁，也只有这时候她才会展现她的温柔，我也会被她的歌声引出一阵阵悲伤，后来我发现，很多突厥士兵蹲在她的窗下陪着她抹眼泪。

直到一天，看守我们的小队长发现了这个现象，自然是把所有士兵骂了一顿，然后好一顿惩罚。卓朗朵姆自然不会放过这个机会，唾沫横飞地骂了这个队长半天。队长额头青筋暴跳，显然听明白了卓朗朵姆的藏语，最后忍无可忍地将吐蕃第一美人推倒在地，并向天诅咒道：“腾格里在上，快点让这个可恶的女人闭嘴。”

我以为卓朗朵姆会趴在地上大哭，结果她一下子爬了起来，然后快得不可思议地甩了那队长一巴掌，目光炯炯地踢向那个作为男人最重要的部位，一手抄起烛台打晕了他。那么一个彪形大汉，一下子倒在地上，因为她是突厥重要的人质，又是一位公主，他并不敢还手，只好用手挡着，一边叫人进来。然而，突厥人进来的时候，那位队长已经没有任何声音，他们目瞪口呆地发现卓朗朵姆一下又一下往死里狠狠砸着他的头部，直到脑袋开花，脑浆喷到她的俏脸上，她都还没有停手，她正用万分流利的突厥话骂着：“下贱的突厥杂种，你以为用卑鄙的手段把洛果家的女儿掳来，就能肆意侮辱了吗？”

这件事让我深深地体会到西域女子的强悍，同时也让这个院子里所有的突厥男人见识到梦中情人的另一面，再也没有人敢接近她了，毕竟人人都在问同一个问题：打死算谁的？

我听到士兵们白天窃窃私语，谁谁谁又在半夜里一手捂着裤裆，一手抱着脑袋醒了过来云云。

新调来的队长到任第一件事，奉命把卓朗朵姆单独关了起来，然后研究了一会儿整日沉默地练羽毛笔字的我。

卓朗朵姆开始绝食，新队长又紧张起来，求着她用食。她把所有送进去的食物连着碗碟都扔出来，不让任何人接近。新队长便将我和她关在一处，低声下气地求我照顾她。

我的条件是让我见一见齐放，他却没有答应，但向我保证齐放一切安好，住宿条件与我相差无几，据说还有美女伺候。他见我不信，就急急地出去，进来时，给我捎了一卷羊皮纸，上面写着齐放的四个字：勿忧安好。

我放下心来，走进卓朗朵姆的房间，却见她饿得说不出话来，嗓子已经哭哑，却还在流泪，嘴里喃喃着什么。我凑近一听，没想到这回听懂了，原来是“月容”两个字。

我暗叹一声，用丝帛蘸着水轻擦她失血干裂的嘴唇，给她喂了些流汁。

她幽幽醒来，看到我便流着眼泪，侧过脸不理我。

我用汉语轻轻对她说道：“公主醒啦？这里有一点米汤，我喂你吃一点吧。”

她没有动静。她沉默，我也沉默。过了一会儿，我用不怎么流利的突厥语对她说：“公主还记得圣湖吗？”

我看着窗外的胡杨婆娑，笑道：“那是我第一次见到圣湖，那样美丽，那样纯净，同公主的歌声一样。如果有机会，我一定还要再去，到时公主带我去圣湖游泳吧。”

她的身子微微动了动，用流利的汉语轻轻说道：“圣湖的水是圣洁的水，是龙女慈悲的泪水化作的，只在天节才能去沐浴。”

我微讶，温笑道：“原来公主的汉语这么好。”

她别过头去，不再说话，憔悴的玉颜上只是珠泪滚滚。

我安慰了几句：“公主不用担心，你的阿爹会把你救出去的，到时你就能去圣湖过天节了。”

“我是吐蕃最高贵美丽的公主，如今却沦为奴隶。我的阿爹不会救我出去的，他是个卖身投靠的小人。他把我嫁出去的时候就在看大理和突厥哪个更强些。现在突厥打败了大理，他一定会把我嫁给撒鲁尔那个野蛮人的。”卓朗朵姆扑在我的怀中掩面哭泣道，“我的阿姐被掳到契丹去了，他反倒说是阿姐嫁给了契丹王。阿姐和她的男人好好的，孩子才刚满月，怎么会愿意嫁给契丹王呢。后来不到三个月我阿姐就抑郁而死，可他连滴眼泪也没流，还骂阿姐是蠢女人。”卓朗朵姆冷笑道，“反正他有一大堆女儿，根本就不在乎我。”

她看着月光清浅，喃喃道：“如果我没有见到殿下，我也许还能活下去……他是多么俊美啊，他是落入人间的天神！”她泪眼蒙眬，星光微现，“可是我已经是他的人了，我爱他，我只爱他……与其被突厥人侮辱，还不如选择高贵地死去，这样他也能永远记得我。”

我抚着她的秀发，一阵叹息，温言道：“那你更不能死了。别人越是要你死，你就更要活下去。”

她抬起憔悴的泪容，呆呆地看着我。

我笑道：“活下去，卓朗朵姆。哪怕是受罪也要活下去，只要活下去，就有希望。”我端起米汤，对她眨眨眼，“莫要难过了，你别忘了，你的夫君，大理段太子，很……强悍。虽然他不是什么好人，但他对于他的东西一向看得紧，他比你和你阿爹想象的可能都要强得多。他不是那么容易服输的人，只要他活下来，他就一定会狠狠反击。”

她惊愕中张开了嘴，我乘机喂下一口粥：“他还特小气，小气到只进不出，一定会把属于他的东西给抢回去。你既是他的人，他自然不会拱手将你让与他人。”

她咽下这一口米汤，满脸红晕地想了想，忽然又哭了出来：“段太子后宫佳丽无数，没有我阿爹撑腰，他不会对我好的。”她抬起梨花带雨的脸，无数发辫披在绣花前襟上，甚是楚楚可怜，“而且我看得出来，他爱你。他看你同看我的眼神完全不一样，那天我看到他亲你的嘴亲得那么开心，可是他同我亲热却怎么也不愿意亲我的嘴。”

我应该同她讨论亲嘴的问题吗？我一时语塞。

她看着我冷冷道：“我死了，你不就开心了吗，你为何要救我呢？”

我噎了半天才说道：“你看你又多想了，他和我不是你想的那种关系……我们认识很多年了，但是我和他就像左手牵右手，但是……”我清了清嗓子，“你知道你自己有多么美丽吗？”

我开始对她夸赞一番，转移她的思路，让她重塑女性的自信，而且强调，作为女人也可以活下去，如果她的阿爹不要她了，或是实在同段月容过不下去了，可以来投靠我，帮我一起做吐蕃和西域的生意。她流利的汉语、突厥语、吐蕃语、粟特语等都可以使她成为一个优秀的高薪小语种翻译。

在这种软禁的条件下，随时随地有可能掉脑袋的情况下，其实谈这些现代女性必修课都有些不太靠谱，没想到卓朗朵姆却被我成功地转移了注意力，半晌才疑惑道：“你真的不太一样。可是我和你是女人啊，女人怎么能走南闯北呢？”

“女人又怎样？这世上男人能做的女人能做，男人不能做的女人也能做，比如说……这个……男人能生孩子吗？”

这个论调，基本上我对我那帮妾室每一个人都说过，她迷惑的小脸上果然也露出了一丝笑意。最后我一边给她递了米汤，一边总结陈词道：“只要你想活下去，便没有人可以终结你的命运。”

她想了半天终是又流下了眼泪，慢慢坐直了身体，蹙着蛾眉接过我的米汤，和着眼泪吃了下去。

她喝完米汤，侍女便伺候她梳洗，她渐渐恢复了高傲，向我点头道："你很好，你叫君莫问吗？"

这是她第一次叫我的名字，我对她笑着点点头，她却睨着我好一会儿，以公主的口气说道："我会让段太子封你做侧妃的。"

"哦！"我拖长了声音，似笑非笑，"谢谢。"心中暗骂，你同段月容还真配！

这时窗外传来阵阵欢呼："万能的腾格里保佑突厥胜了，可汗陛下又胜了，大突厥打败契丹人，攻下了乔巴山。"

我走出去打探消息，却见很多突厥人正兴奋地谈到突厥攻下了拔野古整个部落，得了多少多少牛羊、多少多少奴隶、多少多少美女什么的。

第八章

寒蛩不住鸣

传信的那人到处炫耀头上戴着的皮帽：“你们看，可汗赏我的，热伊汗古丽又怀上了狼神的种，可汗一高兴就赏了我这顶帽子。”

我慢慢又走回卓朗朵姆的屋子，给她掖了掖被子，淡淡笑道：“撒鲁尔可汗回来了，我们应该马上可以回去了。”

卓朗朵姆开心地笑了，然后又拉下了小脸：“你怎么肯定，万一撒鲁尔想对大理出兵呢？”

我沉吟了一会儿：“其实突厥同大理情况相仿，刚刚结束分裂战争。东方的邻居庭朝与窦周仍然在大分裂中，比较之下，东方比南部易取，所以我认为，撒鲁尔应该不想同大理翻脸，至少此时不会。”

“所以你要好好养病，”我收了笑容，正色道，“那样我们才能快点回去。”

卓朗朵姆快乐地点点头，然后乖乖地睡在床上，长长的睫毛覆着明眸，水汪汪地看着我，甜滋滋地问道：“莫问，告诉我……月容……段太子爱吃什么，喜欢什么样的女人，平时除了军政，他都做些什么呢。说给我听听吧，还有你们是怎么认识的呢？说吧说吧。”

她对我嗲嗲地央求起来。

我对她笑了一下，开始具体而认真地向她介绍她的夫君：“此人阴险狡诈，卑鄙无耻，贪财好色，睚眦必报……”

我有些心不在焉，没留意说出一堆段月容的缺点来。可是我每说一项，卓朗朵姆却幸福地点一次头。

事实上我心中焦虑万分，我对卓朗朵姆说的是一种可能，其实还有一种可能，那便是如果吐蕃最大的吐司洛果臣服突厥，不但卓朗朵姆可能真的会被迫嫁给撒鲁尔，而且突厥会联手吐蕃对付大理，那么第一个遭殃的就是我。到时我不是被当作奴隶，便是项上这颗脑袋被割下来，作为挑衅送还给段月容。

我在充满回忆和现实的不安中做了一夜的噩梦，不是段月容捧着我血淋淋的脑袋满面狰狞地笑着，就是非珏在樱花雨中抱着我转圈，转得我好晕……

“如果你敢离开我，我就杀了君家寨所有的人，还有夕颜。我总有一日要当着你的面杀了原非白，”段月容阴阴地对我笑着，紫琉璃一般的眼睛里映着我没有身体的苍白浮肿的脸，他使劲提溜着我的脑袋穷晃悠，一边森森地威胁道，“快醒过来，莫问。”

别晃了……

“夫人，快醒来。”

好晕，别晃了。

“夫人醒醒。”

“我不走，”我喃喃自语着，“你别晃了……”

可他还是不知道死活地摇着，我终于大怒，看看左右，没手没脚的，就张开血盆大口咬上他的手：“你个死小子，有完没完。你该死的别晃了，你再晃，信不信我把你给休了。”

我在一阵尖叫声中醒来，嘴里满是血腥味。要命，我还真咬着一只玉手！

却见眼前一个深目高鼻的蓝眼宫女正对着我大声痛叫着。我惊愕地张开嘴，她赶紧跳到一边抱着血手哇哇哭了起来。

我一下子站了起来，使劲擦着满嘴鲜血，却见周围是一群前来伺候梳洗的侍女，手捧梳洗用具、珠花、锦服、纱罗，其规模相当于平时的三倍，然而每个人都目瞪口呆地看着我。

那个被我咬破手的侍女是平时伺候我的其中一个，叫拉都伊，平时也跟我不怎么说话，但毕竟处了一段时间，偶尔在我的要求之下，也会板着脸讲些不怎么逗乐的宫中趣事，我一直觉得她其实蛮冷幽默的。

我满是歉意，万一真把人家咬残了，大姑娘家家的怎么嫁得出去啊？

我一下子蹦下床：“对不起，拉都伊，你没事吧？”

拉都伊吓得惊退两步，跪在地上低泣。

“还不闭嘴。”一个低沉冰冷的声音传来，拉都伊立刻闭了嘴，憋着眼泪不再吭声，看我的目光却有了一丝怨毒。

我回过头，却见为首一个褐发年长的宫女，也是这凉风殿的女官长阿黑娜，冷冷地看着我，口中却恭敬地说道：“可汗陛下请夫人到金玫瑰园一游。”

不待我回答，一群宫女已经把我按在铜镜前。这几年做男人也算是作威作福惯了，没想到在非珏手上栽了，不但千里迢迢地被抓到弓月城来，还要被这十七八个西域女人强迫装扮，心中自是相当不悦。但我又想，现在的撒鲁尔深不可测，他要宫人将我精心装扮，莫非是想暴露我花西夫人的身份？

应该不会吧，如果有人认出我是花西夫人，碧莹和果尔仁自然也穿了帮。

可是如果他们重新编造一个故事，编一个完全不同的木丫头来骗失去记忆的撒鲁尔呢？

想想当年的明风扬忘记了深爱的原青舞，转而钟情于谢梅香，即便原青舞用尽酷刑，不也没有将他唤醒吗？

我心中一阵长叹。无论是果尔仁对当年失去记忆的非珏说了一个什么样版本的故事，八年的时光终是令我们擦肩错过了。我甩了甩脑袋，心中暗骂：傻女人，现在还是担心你自己的命吧，还想那些陈芝麻烂谷子的事做什么？

结果又引来阿黑娜没有感情的声音：“请夫人自重，您就算再讨厌突厥的服饰，可您现在也代表大理，如果我等让您散发蓬面，将会使大理面上无光。”

明明是羞愤的时刻，我却想笑：我代表大理？

我的嘴角不由自主地咧开了一丝讽意，正要开口嘲她几句，嘿！没想到立刻一个宫女上前乘机替我上了唇脂。我的确不想变成个血盆大口的妖怪，只得忍了下来，默默地任她们摆布。

阿黑娜巧手在我的头上翻腾一会儿，帮我梳了一个突厥宫人流行的望月朝凤髻，高高的云鬓上插着金钿宝钗，一身鹅黄锦袍，白嫩的手臂上轻挽着紫色纱帛，映得镜中的女子少有的风流妩媚。后面随侍的宫女眼中流露着惊艳。

阿黑娜看着我满意一笑，然后说道：“夫人其实很适合上妆，平时应该多作装扮。”

我漠然地看了她一眼，跟在她身后。

经过卓朗朵姆的房间，却见隔壁的侍女扶着她站在门口，她问道：“你们要带她去哪里？”没有人回答她。

她开始惊慌地看着我：“你们把她打扮成这样要做什么？”

“公主身体不适，”阿黑娜冷冷道，“还请公主回屋中休养。”

阿黑娜的态度激怒了卓朗朵姆：“你们这些没有心肝的突厥奴隶，你们敢伤她，我让我阿爹把你们统统杀了，你们听到没有。”

阿黑娜冷笑道：“公主不要忘了，这里是大突厥的宫廷，您不过是我们的俘虏，就算洛果头人到了弓月城，也没有他说话的份。”

卓朗朵姆的脸色一下变得苍白，气得连嘴唇也抖了起来，一下子挣开了身边的侍女，过来扬起手，眼看就一巴掌落下去，阿黑娜连脸色也没变过，也没有任何挡着的意思。卓朗朵姆的手迟迟没有落下，窈窕的身形一下子摔了下去。

我唤着她的名字，急急地走过去，阿黑娜却板着脸拦着我：“还请夫人跟奴婢前往花园，伟大的可汗陛下正在等您。”

“她刚刚恢复进食，不能受刺激。”我冷冷道。

“夫人不用担心，我会请人照顾公主殿下的。”她的口气强硬，令人无法抗拒，眼神一动，两个突厥士兵立刻过来，将我拖了出去。

我被迫坐上一乘软轿，被抬出了我被软禁了一月有余的凉风殿。

凉风殿不是幽禁废皇子皇妃，就是囚禁人质，势利的宫人自然不会在此地殷勤伺候。在那里居住的人包括我，谁也没有心情去体验美好的人生，故而我也并没有十分留心异国风情。

一路上葱葱茏茏，斑驳交错的绿意中，各色玫瑰，红若烈火，洁如羊脂，朵朵大如玉盘，富丽堂皇，花海逶迤中，我的小轿如同扁舟缓行。

一股馥郁的清香扑鼻而来，沁到我脑海深处，我不由得脱口而出："好香的玫瑰。"

阿黑娜傲然道："这里是阿特勒玫瑰园，汉语里的意思指金玫瑰园。西域诸国听说可汗陛下喜爱玫瑰，便争相进贡珍奇品种的玫瑰，这金玫瑰园也是陛下最喜欢的地方，在此处，陛下只召见近臣或宠爱的可贺敦。"

花海中抬轿的宫人一声不吭，来到一片湖面开阔处，将我放了下来。

阿黑娜让我在这里等一下，自己却同众人隐在花海之中。

我站得笔直，也不知等了多久，开始放松身子，不时在湖边走来走去，信步游起这金玫瑰园来。

玫瑰虽然香气袭人，闻多了，鼻子似乎有些失去了嗅觉。我连打了两个喷嚏，看看前面好像隐有大团的绿意，心想不如到那里去看看。

偏偏那裙子太长，还直绊脚。我拾起裙摆，向前走了一会儿，向后看看，没见士兵以及那个讨厌的阿黑娜前来阻止，便又大胆向前走去。

大约一炷香的时间，却见眼前霍然出现一棵巨大的胡桃树，树干粗得可能要五六个人才能围抱起来，那碧绿欲滴的树冠简直覆盖了有一居室那么大吧，从树根开始，蛀出一个大洞来。我闭上了惊讶的嘴，好奇地把脑袋伸进去看看，心中很担心这树洞里会不会爬满黑乎乎的虫子，不想一缕阳光射了下来，照在我的脸上。原来那树中央全部空了。

鸟儿婉转啼鸣中，我大着胆子走进去，却见里面宽敞明亮，西域温暖热烈的阳光透过树叶和枝丫，丝丝缕缕地洒在我的身上。我抬起手略挡了一下，阳光便淡淡地萦绕在我的周围，荡起轻轻的绿烟，胡桃木的清香在阳光下蒸发开来，我的心中漾起一阵奇异的平静。

我贪婪地深吸一口气，轻松地四处走走，看着树干的内壁，忽觉有异，上前摸了摸，然后把树瘤扒掉了些。好像是一个记号：一个向上的锤子？

我往上看看，又是一个树瘤，再挖了挖，咦？还是一个一模一样的记号，一个向上的锤子。明白了，这是指向上的意思。

那时的我穿着西域宫廷华服，身在这个奇异的树洞里，感觉就像无意间掉入仙洞的孩子，进入了童话的世界。胡桃树的香气使我好像着了魔，好奇心越来越大，让我不断地向上挖着，人不由自主地跟着爬了上去。

那个记号忽然消失了，我也爬出了树洞，来到树的中央，向下一探头，却见我大约离地面二三米左右。啊，我怎么爬上来了，为什么记号没有了？

我爬得也有些累了，便在一根粗树干上坐下擦擦汗。清风拂来，树下金玫瑰园里，花海随风起浪，缤纷清香的波涛层层叠叠，不远处巍峨庄严的突厥宫殿，随地势绵延不绝，廊腰缦回金碧辉煌，异国风情尽收眼底，不觉心旷神怡。我身下的树干摸上去非常光滑，显然经常有人坐在此处放眼远眺……哈！这人真懂得享受……

我同非珏第一次结缘严格来算应该是在莫愁湖边的那棵大槐树上。后来我们熟了，他特别喜欢拉我爬到庄子后面那几棵百年大树的高处，我们一起迎着华山猎猎的山风，哇哇大叫，直叫到嗓子全哑了，可是心里的烦恼全随华山的大风吹走了。

他偶尔安静的时候，便偎着我一起远眺山下的美景。当年的他虽然什么也看不见，可是会含笑听我细细地告诉他我眼中的美景。

秦中大乱的那年元宵节，我同非珏走散了，他也是乖乖坐在高高的屋顶上，本能地向着我的方向，悲绝地向我凝望。

也不知道那时候的他心里在想什么呢……

“你在做什么？”

一个戏谑的声音传来，沉浸在往事中的我被实实在在地吓了一跳，本能地一回头，却是一张放大的俊脸。

“你捉这剧毒的金不离做什么？”

他年轻朝气的脸上闪着愉悦的笑意，红发随风轻拂着我的脸颊。

我的手无力地一滑，整个人往下掉去。

我轻声叫了出来，他立刻起身跳下，随着我往下坠。我的心荡在空中，然而他的目光始终追随着我，那笑容轻浅动人，溢满温情，仿似昔日的非珏。

我并没有像想象中那样摔倒在地上，他技巧高超地在半空中揽到我的腰，然后像超人一样，抱着我平稳落地。

我勾着他的脖子，酒瞳里映着我被阿黑娜精心装扮的脸，他有着短暂的失神。

一分钟后，他抱着我……

两分钟后，他还是抱着我……

五分钟后，他仍是抱着我……

“多谢可汗陛下救命之恩，”我咳了一下，“劳驾您把我放下来吧。”

他歪着脑袋又看了我一阵，然后酒瞳凝着我，慢慢把我放下来。

我向他微弯腰，礼貌地说道：“见过可汗陛下。”

“夫人请注意礼仪，见到陛下还不下跪？”

我抬起脸一看，却见身后一个青年，满头金发编成细辫，穿着左襟微开的突厥华服，蓝眸瞅着我一副苦大仇深的样子。

嘿！看来阿米尔这小子八年来，除了身材拉长了点，终于大大超过了我的个头，长得稍微帅了点以外，还和以前一样臭嘴巴、怪脾气，一点儿也不讨人喜欢！

然后这句话却成功地令撒鲁尔收回了对我的凝视，他背对着阿米尔，从我的角度，却讶然发现他面上闪过一丝不自然。

“放肆，你忘了段太子信中提及要好好照应夫人的吗？”撒鲁尔虚扶一把，“夫人的身体不好，还是不必多礼了。”

我便飞快地直起了身子。

阿米尔弯身称是，悄悄瞪了我一眼，露出一丝鄙夷，那眼神看起来好像同我有着相同的想法，分明在说：你和八年前也没什么区别。

“阿米尔伯克年纪轻轻便杀退了契丹名将可丹，真是年轻有为啊，将来必定名震一方，前途不可限量啊。”我对他微微一笑，“陛下的身边有如此忠勇的伯克，实在是大突厥之幸啊，莫问在此恭喜可汗陛下。”

阿米尔可能想不到我会出口夸他，那双蓝眼珠子盯着我直看，谨慎而疑惑。

阿米尔浑小子呀，听说过一句话吗？功高盖主者，不得善终！

撒鲁尔却得意地笑出声来：“难怪夫人一介女流却富甲一方，连擅做生意的粟特人都尊称你为汉人商界的奇人，实在能说会道，连朕也要被夫人的巧嘴灌醉了。”

“莫问不过是一介铜臭商人，如何能同贵国粟特一族精英相比？然而能得草原钢剑的夸赞，莫问终身无憾了。”

撒鲁尔的酒瞳在阳光下泛着熠熠的光彩，不可一世的王者豪气油然而生。

接下来他邀请我一起游这金玫瑰园，话也多了起来。

他指着刚刚我爬的那棵大胡桃树：“这是弓月城的树母神，这棵树是先帝的曾祖父的曾祖父亲自栽种的，朕也是在这棵树下出生的。”

非珏是在这棵大树下出生的？

“这是一棵神树，传说它是能通向天堂的天梯，”他笑道，“母皇很喜欢这个花园，怀着我的时候总是在这棵树下祈祷朕平安出生，成长为一个出色的君王，可惜遇到难产，连宫中的御医也没有办法了。果尔仁叶护便命人将我母皇抬到树母神下，不想过了一天一夜，树母神却让母皇生下了我。”

我不由得感叹一声：“果然是一棵神树。”

他自然无比地拉近了我，抬手一指那葱郁的树冠：“直到现在，还是有很多皇亲宫人祈祷平安健康，早生贵子，便会将心愿写在彩帛上，然后挂在树母神上。”

我这才注意到那绿巨伞的层层绿叶中隐隐有鲜艳的锦缎飘扬。

“自从母皇在这棵树母神下生下我后，便命人保护这棵树神，不准任何人攀爬，否则处以极刑。”他笑着向我侧过脸来，“朕刚刚从秦中回来时，没事总爱往这棵树上爬，为此还总被母皇责打，罚我对树母神不敬。”

我一愣，他向我微倾身子，调笑道：“不想今日却见夫人也同朕一样喜欢爬树。夫人说说看，你要如何贿赂朕，才不让朕说出去你私爬树母神呢？”

我今天穿得不是很多，秋天的西域依然让人感到些许的热意，如今我同大突厥皇帝靠得太近了，近到能感到他灼热的呼吸喷到我的脸上，不由得越来越热了。

小时候的非珏总是激动地拉着我，指着树叶上的毛毛虫稀奇地问道：“木丫头，木丫头，你快看哪，这花真稀罕，会动的啊。莫非这是棵神树？”

那时的非珏每一次都会失望好一阵，我有时问他：“四爷为什么老想着神树呢？”

他就老老实实说道：“那我就可以求求神树把我变成最伟大的可汗。”

非珏，你终于成为了一个伟大的国王，统一了你的国家，名垂青史。

我望着撒鲁尔的酒瞳，微退一步，淡淡笑道：“可是明明陛下也在树上啊？”

他哈哈笑了一阵，又看了我一阵，忽地上前一步，牵着我的衣袖附在我耳边悄悄道：“放心吧，朕不会告诉任何人的，这是我们的秘密。”

玉北斋的红发少年，手里拿着毛毛虫，对我红着脸说道：“这是我们的秘密，木丫头，你不能告诉别人。”

然后，他姿态高傲地昂着他那颗红脑袋，把半死不活的毛毛虫硬塞到我手里，高高在上地说道：“拿着，少爷我赏你的。等少爷我将来成了最伟大的可汗，我会送给你一个大大的金玫瑰花园，让你做我的可贺敦。”

当时的我假意双手颤抖，狗腿地捧着毛毛虫，谄媚地说道：“谢主隆恩。”

然后就把毛毛虫塞到他的衣领里，跳到一边，哈哈大笑着看他一个人在那里像猴子似的东抓西挠。

如今眼前的红发青年对我说着同样的话语，那双锐利的酒瞳已然没有了当初的清澈和温情，现在的他分明是有些同我调情的调调了。他究竟想做什么？

“果尔仁叶护参见陛下。”

侍从的唱诵远远地传来。非珏站回了原处，撇了撇嘴角，酒眸闪过一丝被人打扰的不悦。

我的心一动，抬眼望去，一个黑影由远及近地穿过花海，来到我们跟前，恭敬地向撒鲁尔伏地行着大礼。

撒鲁尔和蔼笑道：“叶护前来，未能远迎。许久不见，不知叶护身体可好。”

阳光照在那人光光的头顶上，他抬起头来，还是那么犀利出色的五官，岁月让他的眼角添了些皱纹，他的腰板却依然挺直高傲，那双高吊如鹰狼般的目光更加锐利阴狠，飞快地看了我一眼，正是八年未见的果尔仁。

他的身上明明带着玫瑰花丛的芬芳，却隐隐透着一股肃杀之气，他恭顺地跪倒在玫瑰花海中：“托万能的腾格里还有可汗的洪福，这把老骨头依然健壮，还能为可汗和女主陛下上战场除贼杀敌。”

撒鲁尔仰头哈哈大笑，亲自搀起了果尔仁，赞道：“不愧是我突厥第一勇士。能得叶护在朝，乃是朕天大的福气。”

两人客套了几句，撒鲁尔快乐地说道：“木丫头又有孩子了，你该去看看她，她总是提起你。”

果尔仁刚毅的面容终是绽开了一丝浅笑：“是吗？这个孩子也不写信同我说一声。”

“你可别怪她，是我拦着的，想给叶护老大人一个惊喜。”

我在一旁听着，却见果尔仁的鹰目扫了过来，慢慢道：“这位夫人是？”

撒鲁尔瞥了我一眼，笑道：“这位乃是大理太子的外室。老大人，你难道忘了吗，上次去了多玛，朕带回来两个段太子的女人。”

果尔仁挑眉笑道：“对，老臣想起来了。臣那时听到陛下游幸多玛，万分担心尊贵的可汗会被吃心的魔鬼伤害，万能的腾格里果然保佑吾皇，威震草原。”

撒鲁尔朗声大笑起来。

这时那个消失已久的阿黑娜向他们走上前说了几句话，撒鲁尔便回头皱眉看了我一眼，对阿米尔使了个眼色，然后转身同果尔仁并肩向宫殿深处走去。

阿米尔走上前，冷冷道：“今日是突厥伟大的女神詹宁女太皇的寿仪，太皇陛下邀请夫人前往。”

这里自然是没有我拒绝的份。我默然跟在阿米尔身后，他当然也没有亲热地同我认亲，两人沉默地一前一后在花海里穿行。

詹宁太皇不但是突厥有名的政治家、军事家，同时也是一位出色的音乐家，她常常自编自唱，可能是音乐上的天赋会让人联想到太皇陛下曾经屈辱地被俘做舞女，因而在正史中所提甚少，然而其很多自创的曲子仍然在民间广泛流传开来，深受欢迎。据说她尤其喜欢龟兹音乐。

突厥征服龟兹后，一夜之间，龟兹的王朝消亡了，但是龟兹古老的音乐却没有一同消失，在太皇的支持下，同突厥本国音乐有机地结合起来，反而得到了长足的发展，在我那个时代的音乐史上翻开了西域音乐的新篇章。

果然，那器宇非凡的冬宫还未出现在眼前，热闹的龟兹乐却充满喜气地先飘了出来。

我被引入富丽堂皇的宫殿，里面早已坐满身穿华服的贵族。大殿镶金嵌玉，缀满金花，各个角落皆雕琢着充满力量的半身狼神。大殿中央的黄金宝座之上正端坐着一位年近四十的红发女子，高耸的火红云髻上压着灿烂的金冠，卷翘的余发细细编成无数的红色发辫，辫梢由那精巧的黄金穗子绾了，金光耀眼地坠在胸前。她双手轻搭在宝座扶手那狰狞的狼头上，姿容极美，不怒自威，尽显皇家威仪，正是突厥阿史那家的第十帝阿史那古丽雅。

她的下首坐着一个宫装美女，亦是一身突厥皇袍，满头金饰，却同轩辕淑仪长得一模一样，气质更高贵些，然面色却有些忧郁，便是永业三年和亲的前朝成义公主轩辕淑环。

“草民见过詹宁女太皇陛下。”

我慢慢跪了下来，感到正殿上女子的目光凝注在我的身上。她没有叫我起来，我也没有抬头，只是静静地跪在那里。

这时内侍高声传颂：“伟大的突厥可汗，绯都可汗陛下到。”

宫内立时乐声四起，撒鲁尔早已换了一身绣着施金狼头的黑锦吉袍，挽着盛装打扮的碧莹——她的小腹明显地隆起。这是自我被关进凉风殿后，第一次看到碧莹，她依然没有看我，后面跟着她的义父果尔仁叶护。

午时的阳光透过缀满了浮雕镂金玫瑰花纹的琉璃窗照进来，无声无息地在明亮光滑的金砖上，折射着瑰丽的色彩，透析着富丽繁华的图案，如同弓月城中帝王后妃们浮华壮丽的人生。

一时间，除了女太皇，无论是皇家贵胄还是宫人乐伎，皆停下来，额头触地，高呼可汗万岁。

众人顺服的伏拜中，愈加显得突厥皇帝的高大强壮，他的侧面如同神祇的雕像俊朗分明，而那大殿因为他，似乎变得更加疏广起来。

“儿臣见过母皇陛下，愿腾格里保佑您健康长寿，万事顺心。”年轻的帝君笑着给他的母亲请安，洪亮的声音在大殿里久久回荡。

女太皇含笑下座，亲自扶起了他，宠爱地抚摸着他的脸庞：“唉，我可爱的撒鲁尔，你瘦了，与支骨一战，你辛苦了。”

“为伟大的帝国事业而战，吃这点苦算什么呢，倒是让母亲担心了。”

“你的妻子，大突厥的皇后同母亲一起日夜为你祈祷，人都瘦了许多，你应该好好看看她了。”女太皇微一侧头。

轩辕淑环屈身为礼，带着一丝羞涩迎向撒鲁尔：“给陛下道喜。”

她的目光神采流动，绝色的丽容因为羞涩也更加动人。

撒鲁尔笑着虚扶她一把，不想她却轻轻搭住他强壮的手臂。

撒鲁尔还是笑着，眼中却闪过一丝厌恶，不着痕迹地挣脱了她的藕臂。

她眼中的光彩立刻消失，取而代之的是无尽落寞，妙目瞥见撒鲁尔身后站着的碧莹，面色微沉，黯然地退回了女太皇的身后。

我开始跪得有些发麻。毕竟很久没有跪了，但仍然做好思想准备再跪一会儿，因为我相信这个时候女太皇所有的注意力转到了碧莹身上。

女太皇回到宝座上淡淡道：“原来热伊汗古丽王妃也来了，既然身子不适，就不用专门前来道贺了。”

碧莹挪到殿中，慢慢地跪下道：“儿臣恭贺母皇生辰，祝母皇陛下万寿无疆。”

“母皇，是儿臣带她前来的……热伊汗古丽也很想念您。”撒鲁尔站到碧莹的身侧，柔和地说道。

女太皇酒眸微转，淡笑起来："她想念我了，那她的父亲也想念朕了，所以没有朕的信节，也敢进弓月城。"

所有的人面色一变。

果尔仁上前来长身伏地："老臣不敢，是陛下的符节召老臣前来。确然老臣想念女主陛下，愿女主陛下在腾格里的光辉下，永远平安健康。"

"母皇，果尔仁叶护一直挂念您的身体健康，是孩儿召他入宫，想给您一个惊喜。"撒鲁尔轻轻道。

野史传闻，当女太皇还是公主时，果尔仁刚成为宫廷最年轻的侍卫官，守卫皇后及公主，堂堂第一勇士成了小公主最喜欢的玩具。一日阿史那东布尔刻前来探望公主，适有刺客行刺，果尔仁为公主挡了一箭而受了重伤，昏迷多日，公主曾泣曰："若不死，必嫁于汝。"

果尔仁活了下来，却因为小公主的这句话被贬出了哈尔和林，被派到了前线杀敌，遇到了他一生最大的敌人原青江。第二年阿史那东布尔刻被宠臣摩尼亚赫阴谋毒杀在宫廷，果尔仁赶回来救护不及，就在他绝望时，他最恨的原青江却称其能救出他的心上人，唯一的要求是他和他的西突厥要助其击败明惠忠。

果尔仁答应了，原青江派紫园暗人从波斯王庭中救下了被折磨得奄奄一息的阿史那古丽雅，等到果尔仁再见到阿史那古丽雅时，却发现他心中的小公主已经爱上了他这辈子最大的对头，更让他愤恨不已的是连孩子都怀上了。

果尔仁立刻以突厥男儿的习俗为了心上人向原青江挑战，原青江赢了果尔仁，果尔仁羞愤欲死，阿史那古丽雅却不让他死，不久阿史那古丽雅生下了一个红头发的俊美儿子，取名撒鲁尔，意思是折不断的钢剑。

为此果尔仁成了原家紫栖山庄的一个家奴，有人说他不愧为大突厥的第一勇士，遵守诺言，也有人说他活下来是为了阿史那古丽雅和她的宝贝儿子。

我放眼望去，果尔仁依然静静地额头触地，女太皇面色沉凝，终是舒展开来，叹口气："叶护早年征战沙场，背上受过重伤，久跪伤身，快快请起。"

果尔仁慢慢站了起来，眼中闪过激动，垂首道："谢陛下体恤，老臣愿为女太皇和陛下拼下这把老骨头。"

女太皇摇头轻笑："叶护还是留着这把老骨头，看着伟大的撒鲁尔可汗如何把大突厥帝国治理成为世上最伟大富庶的国家吧。"

女太皇微一抬手，乐师们恭敬地垂首，立时竖箜篌、凤头箜篌、曲颈琵琶、五弦琵琶、筚篥、长笛、羯鼓、腰鼓、手鼓等各种乐器在大殿里奏起。舞乐之声悠扬在殿中，两队腰肢婀娜的宫人，绿色纱罗轻拂藕臂，盈盈地跳起妩媚诱人的响铃舞来。

女太皇妙目一瞥，看向了我，似乎这才想起还有我跪在地上。我的腿其实也麻了。

"听说你在金玫瑰园召见大理太子的女人，传闻段氏月容好色成性，那她就是大理太子在书信中要赎的那个宠侍吗？”

撒鲁尔轻笑道：“还是母皇厉害，她正是段月容的宠侍君莫问。母亲还记得今年孩儿巡幸江南，为母皇和皇后带回来的那些丝缎吗？母皇和皇后不是都很喜欢吗？那些便是出自这位女扮男装的君莫问之手。”

殿中微有喧哗，很多人的目光向我这里飘来，估计是联想到了我是段月容的宠侍身份以及民间流传的我那风花雪月的流言。

女太皇的神情认真了起来，嘴里用汉语念了几遍我的名字，一副恍然大悟的样子：“莫问东海君，蓬莱借银人！真没有想到，如此富甲一方的奇人竟是一个女儿身。”她微一抬手，我慢慢地爬将起来，略打战着走上前，听她改用一口流利的汉语笑问道，“你的本名是什么？”

“回女太皇陛下，”我垂首道，“草民的本名便是君莫问。”

她惊讶道：“常闻段太子有特殊的嗜好，喜欢易女装，做女红，传闻价值千金的‘珠绣’其实出自段太子之手，莫非这些传言竟是真，这一切皆是为了你这个扮男装的爱妾吗？”

撒鲁尔带头笑了起来，宫殿中便响彻一阵嘲讽的笑声。果尔仁满面嘲意，唯独轩辕淑环却若有所思地看着我。

这时殿外进得一人，手捧锦盒，有侍从大声报道：“大理王的使者进献释迦牟尼佛手指骨一截，恭祝神圣女太皇陛下圣体安康。”

大理乃是南部著名的佛国，君主禅位出家的也数不胜数。段月容也说过，佛骨是大理的至宝，看样子，段月容等急了，是想先礼后兵。

然而在这个时代的突厥，佛教刚刚开始在帝国内盛行，其规模远非其他西域诸国可比。而西域诸多佛国，座中便有很多佛国使节，听到大理王进献佛指骨一截，立时激动地跪拜在地，虔诚地口中念念有词。女太皇尚佛，闻之惊喜地站了起来，亦下殿对着装有佛骨的锦盒拜了一拜。

旋即吩咐将佛骨先奉入宫中佛堂，直待吉日迎入突厥的佑光寺。

座中一个头发稀黄的老者向女太皇贺道：“启禀女太皇，此乃是突厥帝国的大幸，骨咄禄请求女太皇陛下和可汗陛下，将佛教尊为国教，好让祥瑞永远照耀我大突厥的草原。”

有一个同阿米尔差不多大的青年站起来，好像也是以前玉北斋十三骑中的一个，地位仅次于阿米尔，叫作卡玛勒，却上前道：“骨咄禄梅录说得好。只是若让释迦佛进入帝国的草原，让我们古老的腾格里身在何处呢？”

此言一出，众人窃窃私语，场中的舞乐也悄悄停了下来，殿中的争论渐渐激烈起来，以阿史德那骨咄禄为首的礼佛派，认为如今西域诸佛国归附，主张广立寺庙殿宇，传播佛教，以仁慈治国，安抚西域诸佛国的人心，并且应当积极研习汉族文化，筑城修仪，让人民改变生活方法，让西域走向汉人一般的繁华富裕而稳定的生活。

卡玛勒的意见却同骨咄禄完全相反，他认为佛教不堪为国教，而且突厥既然称霸西域，便应当让所有的臣国改从突厥的习俗，信奉伟大的腾格里而不是跟从佛教。

我稍稍往后退，腿脚还没有从酸麻的状态中恢复过来，悄悄挪到最后一排的座榻上坐了下来。好在辩论人群的不断加入，众仆专心聆听，渐渐往前移，根本无人理会我。

我皱着眉头，揉着腿，惊觉一双酒瞳闪了过来，却见非珏看着我，笑意盎然。我愣了一下，明明在场众人面红耳赤地讨论如此重大的民生国策问题，为何他这个做皇帝的反倒毫不在意呢？

我疑惑间，他却附耳对着阿米尔说了几句，不一会儿，阿米尔就冷着脸给我弄了份同在座客人一样的食物美酒，无非是牛肉羊肉奶茶之类的，却更为精致。我给自己倒了一杯酒，向他举了举，微弯嘴角，表示谢意。

他微讶，但立刻学着我，看似淘气地对我举了举杯，看着我笑意更浓。

“陛下，女太皇在问您的话哪！”忽然碧莹唤回了撒鲁尔的凝视，琥珀般的美目瞥了我一眼，在水晶华灯下折射着冷冷的光。

我这才注意到，不知何时大殿上所有的目光齐刷刷地转到我和撒鲁尔的身上。

“母皇陛下，这个学问可大了，”撒鲁尔挑了挑眉毛，慢吞吞地站起来对女太皇阳光一般地笑道，“果尔仁叶护乃三朝元老，儿臣倒想先听听他的意见。”

女太皇的目光一闪，然后所有人的目光又齐刷刷看向果尔仁。

果尔仁慢慢站立起来，来到空旷的大殿中心，颀长的身形挡住了地下古老华丽的图案，阳光在他冷峭的脸上斜斜地投下一片阴影，唯见灰眼珠如银镜一般冰冷清亮：“在老臣回答这个问题前，老臣想请问两位尊贵的陛下及在座诸位勇士一个问题。”

“你还是和以前一样。”女太皇哈哈大笑起来，“每次回答问题之前总要先卖个关子。”

果尔仁淡淡地笑了，看着女太皇的脸色和蔼了起来，柔和了他脸上刚硬的线条，竟是我这辈子见过他最温和的表情：“请问两位陛下以及在座诸位，是想把我们的突厥变成一把称霸天下的利剑，还是一把日益生锈的钝刀？”

“真正明知故问，”女太皇微笑道，“我与陛下，以及在座所有帝国武士，自然都希望突厥成为一把称霸天下的利器。”

“好，女主陛下圣明！”果尔仁一正面色，继续说道，“我大突厥自阿史那神狼哺育的祖先传至今共历十一帝。先帝在世时人口只及大庭人口的百分之一，所以能与东方富庶之国相抗，正在于腾格里赐予我们的游牧生活。我们的毡房如羽毛轻便，我们无须像汉人那样辛苦耕作、四季操劳，肥美的草原令我们的牛羊健壮无比，自由的马上生涯令我们的子民健壮骁勇，腾格里的子孙是神猎手的后代，草原最伟大的勇士，当我们需要更精美的食物、布匹，或是更多的奴隶……”他一指殿中一个汉人奴隶，也就是我，鄙夷道，“便可以进兵抄掠。当我们的敌人前来，则可以蹿伏山林，即便汉人的军队如牛毛，即便大理步兵再甲于天下，又怎能奈何我们腾格里的子孙呢？”

他朗朗说来，众人屏息静听。

我的眉头开始紧皱，撒鲁尔再次回看我这个战利品，脸上的笑容深不可测。

“若是我等修习汉人文化、筑城修仪，则将陷入汉人固本自大的旋涡之中，一旦失利，则必遭围歼。”他长叹一口气，循循道，“佛教虽好，却劝导人们仁慈向善，免去杀生，则必然导致我们的民众变得软弱，绝非用武争胜之道。”他语气转冷，“我们大突厥将会变成一把钝刀，为了我突厥帝国的千秋霸业，故而老臣以为万万不可举国推崇。”

在座诸人或深思，或惊恐，或恍然大悟，或冷汗盈面。

渐渐地，果尔仁的眼神凌厉起来，声音亦愈加铿锵有力：“如今汉人的国土分裂，内斗不断，而大理新集，力尚疲羸，无论是东面还是南边，都是我帝国增强国力的最好牧场。各位腾格里的子孙，无论是最肥硕的牲畜、最耀眼的珠宝，还是最美丽的女人，全都唾手可得，恳请两位陛下下定决心，让突厥的铁骑踏平汉家和白家的宫殿，让叶榆宫中的黄金珠宝点缀皇后陛下和列位可贺敦的娇容，让汉家最高贵的妇人成为在座各位贵族的奴隶，让敌人的叶护、伯克和梅录全部变成陛下的歼敌石！”

一时间，大殿上静得可怕。有人听了骇得面如土色，有人兴奋异常，有人如痴如醉，仿佛那胜利便近在眼前，却没有一个人说出话来。

果尔仁单腿跪在大殿中，坚定地看着女太皇。

过了一会儿，大殿中开始有人附议果尔仁，慢慢群情沸腾起来。而皇后花容惨变。撒鲁尔看着女太皇微笑不语。他的母皇面色严肃，过了一会儿，她忽地一笑，只觉得如春花一现，她轻轻地拍着手：“叶护大人果然高见。只是今天乃是朕的生辰，实在不宜谈论这样严肃的时政，待会儿我们再详谈如何？”

众人一阵愕然，识趣地闭上嘴，又有人开始谄媚地祝贺女太皇万寿无疆。

果尔仁的面色有些紧绷，看了看女太皇身边面色不悦的皇后，轻叹一声，但终是恭敬地伏下身去：“恕老臣愚钝。”

“你还是老样子。”女太皇轻笑一阵，一只玉手戴着各色耀眼夺目的宝戒，撑着螓首，歪着脑袋含笑看着果尔仁，另一只手那几根修长的手指却轻快地敲了几下狼头。

过了一会儿，女太皇如风一般亲自下来，扶起果尔仁，却紧紧拉住他的双手不放，然后亲自拉着他，引他来到她右下首的座位，而她的左下首正是撒鲁尔和碧莹。果尔仁脸上露出惊喜的笑容，女太皇柔柔笑道：“叶护这几年在北疆操劳，很久没见到阿史那家的胡腾舞了吧。”

女太皇复回到宝座前，面向大殿，充满帝王豪气地大声笑道：“朕最喜欢的胡腾舞呢？”

乐声又起，众人归位，一队健美男儿，足踏锦靴，腰束玉带，开始跳起那充满阳刚之美的胡腾舞。身姿旋转中，不停腾起跳跃，甚是令人惊喜，果真如古诗中所描写的那样：

扬眉动目踏花毡，红汗交流珠帽偏。醉却东倾又西倒，双靴柔弱满灯前。环行急蹴皆应节，反手叉腰如却月。

宫廷的波谲云诡似乎轻轻地消散于这激动人心的舞蹈中了。

跳舞的男儿们手中拿着各色新鲜玫瑰。突厥男女情事甚是开放，据说这些玫瑰是宫廷贵族女子采集的，上面大胆地刻着各自的芳名，谁接到胡腾舞者的玫瑰花，便能获得心上人的青睐，众人大笑着争抢飞来飞去的玫瑰花，空中便下起了花瓣雨，明镜一般的金砖渐渐地被花瓣覆盖了起来。

酒气冲天的男人们有点郁闷地发现撒鲁尔桌前的一堆玫瑰，显然是各位贵族女士重金贿赂舞者，将自己的玫瑰献给帝国最有权势的男人，以期获取青睐。皇帝自然是含笑饮酒。

果尔仁拾起一朵娇艳的红玫瑰，放到鼻间嗅了嗅，对女太皇深情道："无论老臣身在何处，始终记得女主陛下的玫瑰，永远是这般芬芳袭人。"

女太皇同撒鲁尔一样漂亮的酒眸波光流转，对着果尔仁但笑不语。

喝醉酒的卡玛勒红着一张脸移到胡腾舞群里，跟着胡乱地跳了起来，引得众人哈哈调笑起来。那领舞的男子一个腾挪，嘴里叼着的那枝玫瑰看似甩向撒鲁尔，中途碰到卡玛勒手中挥舞的酒壶，改变飞行方向，甩到了我的桌上，把正在喝奶茶的我给吓了一跳。

酒过三巡，那胡腾舞者已是红汗流满珠帽。

女太皇不胜酒力，便让撒鲁尔继续招待群臣，在众人"女主陛下万岁，健康长寿"的大呼声中，女太皇笑着让皇后扶着进入内宫。

撒鲁尔也担心碧莹的身子，让侍女搀扶着她回去了。她临走时却意外地看了我一眼，让我一怔，只因那目光如此冰冷。

王庭的女眷退得差不多了，过了一会儿，撒鲁尔下令让跳胡腾舞的大汉们下去，让女舞伎跳起西域柔美的胡旋舞。我自以为经过开放的前世，这几年又走南闯北，好歹也算是见过世面的人，却依然瞠目结舌地发现，那些舞伎可以成功地举办一场盛况空前的巴黎时装内衣展。空气中阳刚的汗液气息未消，那舞伎的香气混合着玫瑰之香渐成一股淫靡之气，男人们自然在醉眼蒙眬中，开始放浪形骸，有的跑到中场去撕扯着舞伎们少得可怜的舞裙，有的咻咻笑着追逐那些美丽的侍女。

我用银酒壶打晕了一个向我扑过来的满脸色相的男人，站了起来，向殿外走去。

王庭的花园里月光静静地流泻，清泉淙淙淌过，夜晚的气息悄悄传来，酒气也散了不少，手中玫瑰花的香气浓郁。我坐在一汪碧湖旁的石头上，在月光下慢慢地将那朵黄玫瑰一瓣一瓣状似无心地摘下来。

我借着月光，却见最后一片花瓣赫然印着“燕子楼东人留碧，木槿花西月锦绣”，落款是一个V字，周围五朵木槿花。

“莫问，你在做什么？”

身后冷不丁地响起撒鲁尔的声音，我顺势手一颤，那最后一瓣娇嫩的黄玫瑰也飘落湖水里，袅袅地沉下黑暗的水面。我转过身来，却见撒鲁尔倚在花架旁边，笑意盈盈地看我，他的身躯竟比白日里更显得昂藏健壮。

他跑过来，自顾在我对面坐下。我这才注意到他的脸上有着深深的酒晕。

他似乎很热，不耐地用手解着那盘花繁复的领口，酒瞳星眼迷醉，高大的身形笼着我。他嘴里的酒气轻轻钻到我的鼻间，让我产生了一种错觉，好像是永业元年那晚除夕，原非珏同我们喝得醉醺醺的，却依然扯着我的衣袖拼命嚷着“木丫头”三个字。

还记得非珏曾说过要带我回西域好好看看他的疆土和国家有多么的辽阔，民风多么的淳朴，却万万没想到是以这种方式。

如今他的酒瞳分明藏着一种我看不懂的东西，眼前这个看似熟悉又万分陌生的帝王究竟意欲何为？

撒鲁尔伸了一个懒腰，轻敲额头，用突厥语咕哝着：“头痛。”

他说得很轻，可坐在对面的我却听明白了。

我掏出袖中的丝绢，在清凉的湖水中绞了绞，递给他：“陛下想是喝多了酒，敷一敷吧。”

他头也不抬地接过来擦着脸。

我不由得看着他有些发呆。不想他在丝绢下低低轻笑了起来：“你又盯着我看了。”

我这才意识到我的无礼，不安起来。

不远处，那棵神奇的百年树母神沉静地看着我们，树叶上露珠轻凝，在月光下泛着光，好像洒上了无数的碎银子。

空气中蔓延着玫瑰的芬芳，混合着黑夜的气息渐渐飘入我和他之间，不远处宫殿的乐声和喧闹渺渺地传来。撒鲁尔从绢子下面抬起头来，和我一径默然对视。他和我的影子在水面上忽碎忽合，好像是我们这一世颠沛流离的命运。

他忽然别过头去，自黑锦镶金边的袖中伸出手来，摘下身边的一朵白玫瑰，目光灼灼地向我递来。

我呆了三秒钟才明白，这是给我的。

我傻傻地抬手接过，不小心却被那玫瑰的花刺扎破了指尖，我轻叫了一声，本能地一放手，掉下来的时候用手一接，又被扎了一下，我不得已又抛向空中。来来回回像耍杂技似的，最后我的手扎了几个洞，而那枝娇嫩的白玫瑰已坠入清泉中，在水面沉浮了几下，缓缓地浮在水面上，似是探了个头，悄悄看着我们。

我充满歉意地看着他，想去捡那朵玫瑰，他却拉住了我的双手，看着我的眼睛，含住了我流血的指尖。

指尖的酥麻感蹿上我的心头。

他看着我的酒瞳似乎也有些迷惑，他悄悄拉近了我，凑近了我的脸庞，悄然问道：“你到底是谁？”他的唇贴上了我的，呢喃道，“好像……我好像很久以前就认识你了。”

他的酒气扑鼻而来，热意在我和他之间流窜开来。

我在失去理智以前，侧过头，退出他的怀抱，淡淡道：“陛下，你醉了。”

他一愣，轻笑着抬起我的下颌：“你是在怪我吧？怪我当日用那种粗暴的方式将你带回突厥来？”

我挪开他的大掌，望向那棵树母神，淡笑着：“陛下可知道方才这棵树母神落下多少颗胡桃？”

撒鲁尔一愣。

我俯身捡起一颗胡桃，轻轻擦去尘土：“就在刚才，我听到两下坠落之声，亲眼看到五颗胡桃落下，现在我又捡到一颗。”

人世几回伤往事，山形依旧枕寒流。

“陛下说得对，人如何能永远生活在过去啊？”我看着明月长叹一声，将那颗胡桃轻轻放到他手上，“世间万物变幻莫测，弹指间八年已过，多少沧海桑田，人世变幻。永业三年我失去了很多朋友，很多亲人，包括我那朋友。我的命运也完全改变了。

“就算我同我那朋友的情分淡了，变了，可是至少拥有过那美好。如今莫问所有的，也只有那些美好的记忆了。这样也好，他们会永远鲜活地生活在莫问的脑海中，成就我生命中很重要的一部分。现在想必我那朋友同你一样娇妻美妾、儿女成群，我更该为他感到高兴。”我对他笑了，“不管怎么样，我家中也有一个孩子在等我回家团圆，所以恳请陛下放我和卓朗朵姆公主回大理吧。”

撒鲁尔的酒似乎全醒了，靠在花架子上，阴晴不定地看着我：“你还是在怪我。我前一段时间因为战事冷落了你。”

我轻笑着摇摇头，他却淡淡地说下去：“我把你和那个骄蛮的公主留下，不过是想逗逗段月容罢了，看看还能再诈出什么来。”他哈哈一笑，“他可真够聪明的，从女太皇最信奉的佛教着手。放心，到时自然会把那骄蛮的公主还给他，至于你……你且放心，你救了我，一路之上你也为我受了委屈，我定会封你做我的可贺敦。”

我正要开口，他再一次走近我，轻轻揽起我的腰，柔声道：“汉人重男轻女，任你如何才华横溢，非寻常人可比，却只能女扮男装，谨慎度日。可是在大突厥帝国，成为绯都可汗的妻子，你将受到腾格里的护佑，获取无上的权力和地位。以你的才华，必能在突厥帝国大展拳脚，名垂青史。”

我轻推开他，也笑道：“陛下，莫问从来没有想过要名垂青史、荣华富贵，我要的不过是自由自在的生活。还请陛下看在我曾救过陛下的情分上，放莫问回去吧。将来百年丝路重开，那是何等兴旺景象，莫问的商队必会将陛下的荣耀传回中原，无论汉胡的百姓，都将传颂陛下的功德，陛下必将流芳百世，千秋万代。”

“陛下，皇后着人来请您。”

阿米尔平板的声音传来，惊醒了相互凝视的两人。我一抬头却见阿米尔站在玫瑰花丛的另一侧。

“知道了。”撒鲁尔满脸的不高兴，然后似是想了一会儿，忽如春风一般笑弯了一双酒瞳，他伸手轻抚着我的脸颊轻声道，“你是在故意引起我对你的兴趣吧。”

啊？我在那里目瞪口呆地看着他一脸了悟的样子，心想这人的想象力还是跟小时候一样丰富得过了头！

“莫问，”他轻叹一声，又把胡桃塞回我的手中，笑道，“你成功了。”

他向前走了几步，又转过头来，那双酒瞳在夜色下放着暗红的光芒，如幽灵闪烁，我浑身一冷，却听他说道：“一个女人若有一颗冰雪聪明的脑子固然是好事，但女子还是温柔顺从为好，所以，见好就收吧，欲擒故纵这个游戏，其实并不适合你。”

在这一刻，我比任何时候都感到一个铁一般的事实，非珏真的已经死了。

缘聚缘灭，世事无常，我想我与非珏的缘分尽了，真的尽了……

“树母神，”我回头看看那棵胡桃树，喃喃道，“请你保佑我早日回中土吧。”

“夫人。”蓝眼睛的拉都伊正面无表情地看着我，那双眼睛却闪烁着一种自以为无人能读懂的狡黠。她应是看到了刚才的一幕，现在故作镇定。

啪一声轻响，拉都伊本能地往旁边一跳，我也吓了一跳，一低头，原来是手上的胡桃给我捏碎了，我撇开碎壳，把桃仁挑出来一点，塞进嘴里，慢慢嚼了起来。

哎，真香，弓月城的薄皮胡桃果真名不虚传。我咀嚼着胡桃仁，仿佛在咀嚼着往事……

那个拉都伊一直在偷偷看我，我便大方地拿出一点给拉都伊，用突厥语慢慢道：“想吃吗？很好吃的，尝尝吧！”

她的脸一红，然后奇怪地看了我一眼，摇摇手，在前面带路。

我回到了凉风殿，还没到近前，一个影子蹿了出来，拉都伊吓了一跳。

我轻声唤道：“七夕。”

那个影子坐了下来，大尾巴在地上哗哗扫着，汪汪叫了一下。

我抚上它的大脑袋，才感到一阵疲倦，看到卓朗朵姆房间的灯还亮着，便走了进去。卓朗朵姆的眼睛又红又肿，坐在床上有些发呆，看守她的侍女是一个陌生的宫女，略微上了年纪，看上去同阿黑娜差不多，高鼻深目，棱角分明，加上颧骨高高隆起，两眼狭长，怎么看怎么像是童话里的巫婆。

她正坐在旁边做针线，看我进来了，便站起来，行了个屈膝礼。我暗忖：以往侍女都在外面守候，为什么现在堂而皇之地坐在这里？

“不知道这位姐姐怎么称呼？”

“奴婢叫米拉，是可汗陛下派来专职照顾公主的。”

什么叫专职？我隐隐有了不好的预感，面上仍笑道：“多谢你替我守了公主一天，现在你下去休息吧，我来照顾她。”

那个侍女动也不动，只是垂首道：“恕奴婢不能，现在卓朗朵姆公主身上有孕，这几日公主情绪不稳，陛下令奴婢日夜不离公主殿下。”

我大惊，回头快步走向卓朗朵姆，她却哇地扑进我怀里大哭了起来：“莫问，我该怎么办？”

“别哭！”我心中也急躁起来。这个孩子来得真不是时候，段月容总是对我说不喜孩童，故而他的后宫美女如云，却至今无所出，不想卓朗朵姆肚子里的孩子却成了大理储君的长子，极有可能是下一任储君。撒鲁尔这回可逮到了一条大鱼，这下他狮子大开口还是其次，最要命的是，他就此把卓朗朵姆和肚子里的孩子作为质子一直留在突厥，卓朗朵姆的归程就不知是何日了。

我轻声细哄：“别哭，这是好事啊，卓朗朵姆，你怀上了段太子的长子，指不定你以后能当上大理的皇后啦！”

我又哄了半天。卓朗朵姆渐渐哭累了，在我怀里睡着了。我将她放平，轻轻盖上被子，回了自己的房间。这一日发生的事太多，我在床上翻来覆去。七夕好似感到了我的焦躁，轻轻跳上了榻，卧在我的身边，我便搂着它一夜无眠。

我们过了非常平静的几天，偶尔撒鲁尔也会邀我骑马赏玩，对我极尽有礼，宛如对待一个邻国外交官，绝口不再提挽留我的话，有时会很自然地问起我在大理及江南的生活情况，我隐隐听出了撒鲁尔的弦外之音，似是在询问我大理及江南的兵力部署。

事实上，这八年来，随着段月容的财产越来越多，他与其父大理王对我越来越信任，他几乎对我不避讳任何话题，有时遇到军政难题，状似无意地在我面前唉声叹气地说了半天，两只紫眼珠却滴溜溜地看着我，摆明了想探我的口风。大理的情况我了然于心，但见识到撒鲁尔夜袭多玛的残酷，我便在他面前佯装不明。有时逼急了，便淡淡道，如此重要的内情，段太子之流如何肯告诉我一介聒噪妇人，至于那张之严历来性格多疑，更不会告诉我了，他的酒瞳便黯然难懂。

然而，每每我提起释放我和卓朗朵姆回去这个话题时，他也总是巧妙地绕开，看着我一脸惨淡，却面有得色。

我担心初为人母的卓朗朵姆在这样的情况下很难安心养胎，便不时地陪着她聊天，有时也陪着她在一方小天井里走走。

卓朗朵姆整个人一下子静了下来，不再大声哭闹，也不再打人撒泼，只是经常一个人望着窗外发呆，夜晚偶尔留我夜宿，我才会听到她梦中的低泣，全是段月容的名字。

这一日我陪着她到凉风殿外的小花园中散步，那里杂草丛生，却依旧有几株植物生气勃勃，极少开口的卓朗朵姆看着一株挂着一朵小花的植物，低声道："这是木槿花吧？"

看着这株与我同名的植物，我笑了："植物比人类柔弱得多，它们尚且能在这里活下去，我们一定也会的。"

我正要展开我鼓励卓朗朵姆的强大攻势，听到后面一个声音在小声嘀咕："真是杂草，怎么也除不尽，难怪大妃不喜欢。"

所谓"大妃"，便是撒鲁尔赐给碧莹的尊号。

我和卓朗朵姆回过头去，却是那个被派来监视我们的拉都伊，没事老偷窥我们，有一次被我发现，在我如厕的时候她居然也在"工作"……

她见我们看她了，赶紧低下头，做恭顺样，两只精明的蓝眼珠却发着湛湛的光。

我越来越不喜欢她，可是她的话却引起了我的兴趣，我问道："你方才说的是热伊汗古丽王妃不喜欢木槿？"

她抬起头来，看我们的目光没有丝毫恭敬，一提起大妃，立刻高昂起天鹅般的细脖子傲然道："金玫瑰园是可汗最喜欢的休憩之所，只准大妃随意出入。王宫里到处皆是珍稀植物，木槿生长太快，大妃尤其不喜它侵占金玫瑰园的土地，便将宫里所有的木槿都除去了。"

我自然是理解大妃不喜欢木槿的真实原因，只是这样做分明是对木槿或者说是我深恶痛绝之。为什么，碧莹，你的心中为何如此恨我？

卓朗朵姆无神的目光慢慢开始聚焦："木槿在汉地是君子之花；在吐蕃，却是象征着吉祥的仙女花，就像格桑花一样。没想到在突厥却被认为是杂草。"她慢慢转过头来，犀利地盯着那个拉都伊，轻蔑道，"像你这样狗仗人势的恰巴，若在多玛，早就被割了舌头，被卖到营子里去了。"

拉都伊的脸色一下子苍白了起来，咬着嘴唇，眼泪在眼眶里打转，半晌恨声道："还不知道是谁会被卖到营子里去呢。"

啪！一声响亮而清脆的声音在拉都伊的脸上响起，阿黑娜无声无息地进来，盯着拉都伊大声喝道："放肆的奴婢。"

拉都伊顶着脸上红红的五道指印，跪下来，泪流满面，尽管如此，仍然捂着自己的嘴，尽量不让自己哭出声来。

那双泪光莹莹的蓝眼睛盯着我，充满了怨毒的火焰，仿佛要将我们活活烧死。

我心中一惊，为何这个女孩小小年纪，目光如此狠毒？

卓朗朵姆在一边冷笑不语。

阿黑娜冷冷地看着拉都伊的蓝眼睛道："我早就提醒过你，这两位夫人现在依然是可汗的贵人，不容你出言不逊。米拉。"

米拉从旁边像幽灵一样闪了出来，温顺地站在阿黑娜身边。

阿黑娜说道："把这个奴隶拉下去，按律赏她二十鞭子。"

米拉的眼中竟然闪出一丝幸灾乐祸，一把揪起拉都伊的肩膀，将她提了起来。

拉都伊急得大叫起来："你们不能动我，我是大妃娘娘的人。"

米拉的脸阴了下来，看着同样面色不怎么好看的阿黑娜。

就在这时，有人快步走了进来，却是一个我从未见过的年轻侍官。

阿黑娜急忙跪下行礼："见过依明侍官。"

那个年轻侍官对阿黑娜欠身道："女太皇有命，请君夫人前往冬宫喝'葡你酒'。"

冬宫和夏宫是突厥王宫最有权势的两个女人住的，而这两个女人便是女太皇和皇后。

他刚要转身离去，却又突然回头，睨了跪在地上的拉都伊一眼，淡淡道："女太皇还说，以皇后礼仪事卓朗朵姆公主及君夫人，凡冒犯者皆无赦。"然后他又回身恭敬道："请夫人速速更衣。"

阿黑娜立刻拥着我过去了，我回头又嘱咐卓朗朵姆几句好生照顾自己。

她的身影静默地立在中庭，秋风扬起满地桦树叶，同她的衣袂一起翻飞，形容消瘦间，满是苍凉与落寞。

我忐忑不安地坐在镜子前，脑子飞快地转着，这个女太皇要见我做什么？

难道是因为撒鲁尔最近与我过从太密？

依明对阿黑娜招招手，她便出去了。隔着帷幔我依稀地看到，那个依明好像对阿黑娜说着些什么。然后我被打扮了一番，可能时间紧迫，她这次并没有大动干戈地为我梳头，只是由着我垂着一个大辫子，连衣衫也只换了宝蓝罗裙。

冬宫在东面，我所在的凉风殿位于西侧，从西面到东面，金玫瑰园是必经之路，如果能穿过玫瑰园，其实可以省一大半时间，然而由于帝国主义的压迫，那四个抬着我的奴隶费了大劲，老远老远地绕过那美丽的金玫瑰园，走上一条前往冬宫最远的路。

一阵阵天籁般的琴声传来，我支起耳朵细听，果然是碧莹的琴声。

我正听得入神，那琴音戛然而止，随即几个侍女高叫之声从玫瑰丛里传来："大妃在这里弹琴，什么人在那里？"

依明苦着脸，黄褐色的眼睛向上翻了翻，但立即恭顺地轻声答道："奉女太皇命，请大理君夫人前往冬宫。"

奴隶紧张地停了轿，同依明一样，赶紧跪在那里。

侍女扶我慢慢地下轿，我便慢吞吞地跪了下来。

有脚步声传来，人未近，一阵玫瑰的芬芳早已袭来。我微微抬头，透过玫瑰花影，却见几个艳姝的倩影。

头前一个小腹微隆，满身富丽华贵，即使有些距离，她的乌发上稀世的珠玉宝石在阳光下闪着耀眼的光芒，依然让我微眯了一下眼，正是碧莹。

她的身后跟着一个戴着白面纱的女子，一双妙目向我猛地投来，对我闪着冷酷而憎恨的光芒。

我只得微低头，随着一阵环佩玉镯的轻响，眼前从天而降一幅精工绣制的金绣裙摆，沾着花露，拖曳在青草丛中，蝴蝶弓鞋上的大珍珠在我面前颤颤地，我不由得慢慢抬起头来。

谁能想到漫长的八年岁月之后，我与碧莹第一次面对面竟然是这样的形式，我成了大理在突厥的人质，而她成了突厥最高贵的王妃；我像个奴隶一般跪在那里，而她在阳光下华丽而骄傲地俯视着我。

她比以前长高了，生了两个孩子，也愈见丰满，本就出身官宦世家，千金之姿，如今在撒鲁尔的宠爱与权势荣华的滋润下，比起在紫园里更是不知美艳了多少，正如同这金玫瑰园里细心浇灌的名贵玫瑰一般，气质出落得高贵不凡。

她琥珀色的眼瞳依然在阳光下折射着水晶般的光芒，却早已沉淀了世情，不复少年时代的清纯质朴，变得难以捉摸。她冷冽的凝视让我联想到那种冰山下埋藏的钻石，光芒耀眼，却又冷入人心。

我缓缓地移开了目光，默然地望着她裙摆上的淡粉绣玫瑰花样。

我感到她的目光凝在我身上许久，久到我的小腿麻木得没有了感觉，久到连依明也开始咳嗽了起来："若大妃无事，女太皇陛下还在等着君夫人。"

"大胆的奴才，敢这样同大妃讲话？"出声的是那个站在碧莹身边的白纱女子，她的声音粗哑，比雄鸭的声音好不了多少，加上她的突厥语很糟，听上去更难听。

"香儿，"碧莹的声音还是那样温柔甜美，"依明侍官和君夫人快快请起，本宫不妨碍你们。"

依明目送着她们消失，赶紧过来扶我站了起来。我一手轻揉着我可怜的小腿，一手搭着依明一跳一跳地坐回软轿中。

我微掀轿帘的纱罗，望着她们的背影，轻声问道："那个叫香儿的侍女，是汉人吗？"

依明垂首道："正是。她是大妃还没有嫁给可汗以前，有一次进集市，无意间从市场上买回来的奴隶，腾格里在上，夫人真应该瞧瞧她刚进宫的样子。"依明的眼中满是轻蔑："刚买回来的时候浑身都是伤，又疯又傻，整日整夜大叫，嗓子就是这么坏的，现在可是大妃的红人了。"

想起碧莹以前可是连扫地都担心伤着蚂蚁，她的身体刚好转的那阵，我和于飞燕偷偷把西枫苑的一只信鸽给打下来，想给她炖汤喝，不想她死活都不让我们动那只伤鸽，反倒细心照料它。我那时骂了她半天，她看着鸽子难受地对我说道："木槿，这只鸽子，身边没有亲人，同碧莹一样，现在又受了伤，我现在照顾它，就像木槿照料我一样。好妹妹，就别杀这只鸽子了吧。”

我那时在心里轻叹一声，表面上骂了她几句傻丫头，却还是由着她照顾着那只笨鸽子，直到胖得快飞不起来，才将它放走。

我轻轻叹了一口气，笑道：“看起来你们大妃的心肠很是善良。”

依明和众仆奇怪地看看我，敷衍几句，那冬宫便到了。

他们没有引我去悠扬殿，反而将我带到一处精致的小花园，虽不及金玫瑰园的规模，倒也雅致。依明为我指了一个方向，我远远看去，好像有几个窈窕的身影在五彩缤纷的花海中忙碌。

我实在很久没有穿这种高底弓鞋了，昨天又刚刚下过雨，我的脚底在鹅卵石上一滑，眼看就要摔个狗啃屎。

一只温暖的手猛然伸来，让我挽回了君莫问的面子，我挣扎着爬起来：“多、多、多谢。”

我抬起头，正道着谢，却不由得结巴了起来，却见一个驼背的老人，弓着身子，高度只到我腰间，脸像只烂番茄一样皱起来，皮肤干枯得像树皮，他双手的指甲间嵌满了黑色泥土，身上也全是泥尘，看上去像个花匠。

他的一只眼睛蒙着布，另一只眼睛小得跟绿豆似的，灰白稀疏的脑门上还肿着一个大瘤。我一阵恍惚，唉，这个老头怎么这么像小时候花家村里所有小孩的公敌，凶恶的独眼龙张老头?

我歪着脑袋打量着驼背老头子的同时，他那王八似的小眼睛带着浑浊的光，似乎也在那里慢吞吞地看我，几乎要凑到我脸上去看了，他操着一口无懈可击的突厥语，洪亮无比：“万能的腾格里在上，依明大人啊，你怎么越变越漂亮了？”

“张老头，这是女太皇召见的君夫人。”可能是怕老人耳背，依明大声说着，“还不快让开。”

连名字也一样，还真巧了!

那个老人似是耳背，支着耳朵听着依明喊了好多遍，才慢慢踱了开去，走时还慢腾腾地一步三回头，小眼睛谨慎地盯着我直看，防我像防贼似的。

“这是阿史那家最棒的花匠，也是突厥最棒的花匠了。”依明嫌恶地轻拍身上的尘土，“别看他长得那样，这手艺倒真是好啊，整个王宫的花草全是他照应的，连金玫瑰园也是。”

我进入花园中心，两个白衣人影由远及近地走来，身穿普通的粗布衣裳，微沾泥土，手上拿着铁锹、竹篮，里面放着新摘的各色花草，有龙胆草、秋麒麟、水晶兰，还有木芙蓉，带着秋露横七竖八地搭在一起，一片色彩斑斓。

两人竟然同我一样只扎了个辫子，当前一个神情贵不可言，后面一人妩媚俏丽，却恭敬而立，都冲我淡淡地微笑，却是突厥女太皇和皇后。

第九章

似被前缘误

一旁宫女接过女太皇和皇后手上的农作物，我赶紧伏地行礼。

“夫人快快请起。”女太皇的声音自上传来，温柔动听。

令我惊讶的是她竟然亲自将我扶起，看我的笑脸万分慈祥，好像眼前是一个邻家普通的农妇，而不是西域霸主，突厥不可一世的太上皇。

“前日不知夫人的真实身份，多有怠慢，”她微笑着引我到前面的凉亭，请我坐定，“还望夫人见谅。”

我一愣，真实身份是什么意思？

侍女奉上刚烧开的泉水，女太皇笑道：“自从珏儿亲政以来，日子轻松了许多。”她细细看了看竹篮中的花朵，然后拈起一朵紫罗兰，轻轻放入我面前的白玉荷花盏中，抬头继续对我说道，“无事便到冬宫的花园里种些花草，有时也钻研些茶道花道。这些都是朕同皇后亲自种的，君老板既是茶业大亨，正好陪朕与皇后一起尝尝朕沏的花茶。”

清澈见底的白玉盏中有着紫蓝色的花朵，在热水中渐渐伸开了花瓣，绽放着神秘高雅的浅紫蓝，然后又缓缓地变成了浅褐色。

皇后温雅道：“母皇，差不多了，儿臣要加一些柠檬汁。”

女太皇笑着点点头，指着皇后倒进柠檬数滴的玉盏说道：“夫人请看。”

却见那浅褐色的茶水渐渐变成粉红，奇妙异常。我出声赞道：“果然惊艳非常。”

外国药草学家约翰·杰拉德曾说过：“紫罗兰拥有超越帝王般的力量。它，不但让你心中生出欢悦，它的芬郁与触感，更令人神气清爽。凡是有紫罗兰伴随的事物，显得格外细致优雅，那是最美、最芬芳的事物，于是善良和诚实已不在你心上，因为你已经为紫罗兰神魂颠倒，无法分辨善良与邪恶、诚实与虚伪。”

这两位突厥最高贵的女人正如这紫罗兰一般高贵典雅，我饮着她们的紫罗兰花茶，明明前一刻还紧张地思索着她们召见我的目的，现在却不觉有些醺醺然。

微风轻柔地拂过，女太皇柔声问道：“夫人这几天住得可好？”

我垂目道："一切安好，多谢太皇陛下挂念。"

"凉风殿实在太过阴冷，等会儿就让皇后接你出来，搬到皇后那里，一来夫人身上有旧疾，到皇后的夏宫可以静养，二来可以同皇后做个伴。"

做伴，我为啥要给皇后做伴？

我笑道："若能同皇后做伴，是莫问天大的荣宠。只是卓朗朵姆公主怀有身孕，现在的情绪也不稳定，莫问陪着她说说话，她还好些，所以请恕莫问暂时不能搬出凉风殿。"

"夫人果然有情有义，难怪珏儿小时候为了你和踏雪公子形同水火。"

我猛然一惊，抬起头来，却见女太皇依然对我微笑着，那双美丽的酒眸熠熠生辉。

只听她微启朱唇，轻轻吟道："不是爱风尘，似被前缘误。花落花开自有时，总赖东君主。去也终须去。住也如何住。若得山花插满头，莫问奴归处。这是朕最喜欢的一首词，夫人应该不感陌生。痴情的踏雪公子，出版了这本《花西诗集》，以纪念死在秦中大乱的爱妾，也就是您，花西夫人，花氏木槿。"她站起身来，修长的身子迎着秋风，沐浴在充满花香的阳光中，朗声道，"夫人果然文采斐然，踏雪公子的几首名诗与夫人的诗作合在一起，虽然难分高下，朕却最喜欢这一首，道出了女人这一生多少无奈辛酸。"

我低下了头，紧紧捏着玉杯，几欲将其捏碎。

正要开口，女太皇似已猜到我要说的话，接口道："夫人以为那个冒牌货，果尔仁的假女儿，现在的热伊汗古丽，为何怂恿珏儿发出信符，让果尔仁前来？"

女太皇从鼻子里轻嗤一声，满眼不屑。连皇后也是满脸鄙夷之色。

"一切都是因为你，花西夫人重现于世。"

我淡笑道："女太皇陛下，皇后殿下，莫问不过一介普通女流，充其量最多不过铜臭商人，如何能与贞烈重义的花西夫人相提并论？"

女太皇的声音雍容地响起："木槿，你难道不恨姚碧莹吗？"

这一句如惊雷，终是击入我的内心。我恨吗？我恨碧莹吗？我恨非珏吗？

不，我不恨，我只恨这命运，这乱世。

"不，太皇陛下，我谁也不恨。"我慢慢抬头望着她，一片清明地看着她，对她微笑了。

却见女太皇镇静如初，饱经风霜的酒眸目不转睛地盯着我，仿佛要看到我的灵魂里去。

皇后在秋风中娴静而立，微微侧头，忧郁地看着我。

女太皇轻轻说道："你也许应该恨朕，是朕让珏儿练那种武功，然后功成之日，朕便让你的结义三姐，姚碧莹，代替了你。"

许久，我终是开口问道："那么陛下，为何要让非珏练那种邪恶的武功？"

"珏儿出生之时，正是最艰难之时，摩尼亚赫几乎打到帝都，当时西突厥又有很多部落蠢蠢欲动想取阿史那家代之，发动了宫廷政变。虽然那场叛变在果尔仁的拼死相护下平定了下来，可是朕却遭歹人暗算，在极度的痛苦中早产了。珏儿出生时心脉很弱，眼看就不成了，宫中御医无人能救他，他是我的命根子啊。当时有一个汉家流浪医者，揭了皇榜自称能救非珏，果然他奇迹般地救了非珏，但是他说皇太子在母体中伤了心脉，若想保住性命，从小就得练一种特殊的武功，方能保持正常的阳寿。”

我脱口而出：“《无相真经》？”

女太皇微笑着，目光却难掩悲哀：“正是。于是朕便让果尔仁将珏儿送到西安，他的亲生父亲身边。”她微叹一口气，忽而骄傲地说道，“朕的珏儿是最强大的，甚至超过了他的父亲。不但练成了《无泪经》，只用了八年时间就统一了东西突厥，成为草原上最伟大的可汗。

“秦中大乱那年，珏儿正好在喀什城，他听说你做了原非烟的替身，葬身西安火海时，整个人都呆住了，然后拿刀死命地砍自己的左手。后来我才知道，他恨自己，恨自己的这只手放开了你，从此便让你沦陷人间地狱。珏儿那时发了疯似的，整日整夜不睡觉，总是嚷着自己的心难受，难受得要爆开来了。他拼了命要回西安，所幸你被窦英华送给段太子的消息传遍天下，朕好言安抚珏儿，允他派人前往路上寻你，好令珏儿安心练武，到了练最后一层武功的时候了，他也还是心不在焉、魂不守舍，没事便偷偷爬上树母神，日夜祈祷你的平安。”

皇后眼中的落寞渐深，螓首也低了下去。

女太皇的眼眶微湿：“珏儿同朕年轻时候一模一样，如何痴情。”

我再也忍不住泪湿沾襟。

那一年，元宵分离，西安屠戮，转眼已快八年。

那一年，我失去了最纯真的非珏。

那一年，我失贞于宿命的段月容。

那一年，我蓦然醒悟我对非白的感情远远超过了我的想象，细品那罪恶般甜蜜的爱情，然后是无止境的痛苦和相思的开始。

那一年，我成了一个未婚母亲，也是我同段月容八年交集的起点。

女太皇的身影在我的泪眼中模糊了起来，只听她说道：“那一年你的结义三姐，因为在途中旧症复发，同珏儿失散在多玛，我们都以为她死在大漠了。”她的眼神一冷，冷哼一声，“没想到，她得了高人的相助，居然辗转也回到了弓月城。那时的珏儿武功刚刚大成，按理前尘往事俱忘，我们以为他也会把你忘得一干二净，放心地为他的大婚布置起来。当时整个弓月城里人人为新帝的大婚而奔忙，没想到，他一见姚碧莹手中那个脏兮兮的娃娃，便开心地说他记得这个娃娃，是他送给一个叫木丫头的女孩，叫作花姑子，然后紧紧地抱着她说道，你便是木丫头吧，我日夜都在想你。

“那时的他，紧紧抱着姚碧莹，又哭又笑，痴痴地看着姚碧莹，说没想到他的木丫头这么美，他再也不会放开她了。

“我们怕说出真相，他一时受不了打击，便说服了姚碧莹暂代你。当时朕想，等珏儿大婚之后，有了各色美女，自然会将心里的木丫头淡忘了，就放她回庭国。不想珏儿却再也不肯放开姚碧莹。初时她也守本分，但是珏儿专宠愈深，她也日益骄纵起来。朕素来不喜后宫干政，她却仗着可汗的宠爱，不但独占后宫，欺辱皇后，迫害其他的可贺敦，而且还不断怂恿可汗加惠于火拔族党，让珏儿帮助火拔一族消灭异己。有很多部族不服，欲反叛王庭。

“后来，朕也曾想揭穿她的真实身份，可惜果尔仁越来越满意他的假女儿，反倒与朕两条心了。而所有的人证，除了果尔仁以外，那从小一起在紫园里长大的十三个少年，他们一路上陪着珏儿，可惜最后活着到达弓月城的只有八个而已。后来的战争里，一个个英勇地为突厥献身，如今知道热伊汗古丽真实身份的只有果尔仁、朕、皇后、阿米尔和卡玛勒五个人而已了。”

她走近我，直直地看进了我的眼睛，微笑道：“万能的腾格里在上，他还是让你又找到了珏儿，又或许是珏儿在茫茫人海中找到了你。木槿，你难道不想回到珏儿身边吗？你难道不想做一个真正的女人，得到这个时代最强壮的男人的爱吗？”

花海中细风拂过，花草微低，空无一人，唯见那个驼背老头的身影在花海中微现。我的泪慢慢地变干了，板在脸上的感觉有点奇怪。

“木槿不用担心，在这里你与朕的谈话，绝对安全。”女太皇对我微笑着，随着我的目光看向那个驼背老头忽隐忽现的身影，眼中精光灼灼，“木槿是舍不得段太子和女儿吗？毕竟是八年的情分了吧？”她扭头向我看来。

我摇头轻笑道：“我若能来西域找非珏，我早便来了。您的儿子，撒鲁尔大帝，早已不是昔日的非珏了，花木槿只是他脑海中的一个影子，现如今他心中真正爱的却是那个姚碧莹。”

此话一出，连我自己也怔了一怔，泪水跟着又流了出来，心上却止不住地释然。

“太皇陛下明鉴，我怎么可能再回到非珏身边呢？”我轻笑道，“他不记得以前的事，只依稀记得心中有个木丫头。现在您打算告诉他，为他生儿育女的木丫头不是他原来的那个木丫头吗？您打算告诉他这八年来，他宠爱的只是一个幻影？您难道告诉他，他真正的木丫头其实已经变成了他异母兄长、踏雪公子的侍妾花西夫人吗？花西夫人早就已经死了，死在大理，死在乱世的铁蹄之下，”我渐渐激动了起来，“就算非珏愿意接纳我，女太皇有没有想过，大理段太子会怎么样？陛下可知段太子是什么样的人，永业三年他与其父被副将出卖，险些全军覆没，他身无一甲，忍辱偷生，却能卷土重来，只用了八年时间，就一统南部。撒鲁尔陛下劫掠了多玛，然后这同永业三年那场西安城的大火相比，简直是小儿科，陛下信不信，只要给段太子时间，他必会以十倍的残虐暴戾来屠城报复，还有……西安原家可会同意？”

接下去的话，我并没有说下去，我这个小侍妾虚构的贞节故事，已然在天下人的心中博取的重义美名，如若毁于一旦，踏雪公子如此骄傲之人，会接受这样的结局吗？他会不顾一切地冲到弓月城来，拼上这条命，哪怕是为了他的那张臭面子。

而我花木槿就算拼了这条命，也绝对不能让他受到伤害。

然而那些话一出口，我自己也立刻后悔了，想也不想立刻直挺挺地跪在那里。

女太皇和皇后面露微讶地看着我，似乎也没想到我会说出这样的话来，场中便是一阵奇怪的沉默，唯有风声轻扬。

这时，皇后充满怜惜地开口道："母皇，夫人这几年为段太子挟持，深受迫害，抑或又害怕身上的生生不离有损可汗贵体吧。"

女太皇轻轻地哦了一声："夫人莫惊，如今你身在突厥，大理的魔爪自然不能再伤害于你。"她想了想，奇道，"夫人不是同段太子有一个女儿吗？生生不离理应已解了啊。"

我笑笑："夕颜是一个偶然，我身上的'生生不离'并没有解。"然后我沉默在那里，并没有再做任何解释。

女太皇盯着我看了半晌，冷冷道："据朕所知，那生生不离出于苗疆，段太子必有解药，即使不能解全毒，依段太子如此好色之流，焉能没有想过办法解你的毒？你莫非想以此欺瞒于朕？"

她的语气明显不悦，声音微高，花海立时有暗中保护的武士隐现身影，那祥和的芬芳中渗入了一丝危险的气息。

我重重地叩首，朗声道："莫问再大胆，亦不敢欺瞒陛下。"我仰起头，"陛下若不信，可以派宫中名医查看便是。"

女太皇直视了我许久，才移开目光叹道："然之……他永远是这样不可理喻啊。看来他也十分中意你，才会赐你生生不离。不过你放心，朕自然会派人来查看，你若敢欺瞒于朕，必将会自食其果，"她忽然笑了起来，高高在上地俯视着我，锐利如鹰隼，"你且放心，朕自然不会动你，不过你那个长随……便不会有活路。"

我惊起一身冷汗。

女太皇板着脸道："送夫人回凉风殿。"

一旁的皇后轻轻道："不如让儿臣送送夫人吧。"

女太皇瞥了一眼皇后，微微点头，昂首拂袖而去。

我晃晃悠悠地爬起来，没想到皇后竟然过来扶我。

我借着她使了一把劲，才勉力站了起来。她的皓腕在阳光下闪了一下我的眼，我本能地别过眼，再看回去，却是一只光芒耀眼的金刚手镯，这只手镯看上去有点熟悉。

"还记得这只手镯吗？"皇后同我走在花海中，秋风盈动她的银丝绣袖摆，戴着这只手镯的手拂过脸上的一丝乱发，对我淡笑道，"原本是淑琪姐姐的，就在她陪驸马前往凤藻宫的前一天，她给了本宫，还告诉本宫，她把另一只送给了你。"

我愣了愣，想起了永业三年轩辕淑琪公主，省亲结束，临走时的确送过我一只手镯，那时我还同非白掐架掐得不可开交。想起非白，心中蓦地一疼，口中讷讷道："淑琪公主乃是少见的节烈女子啊，我与她确然有一面之缘。"

她看了我一阵。我以为她要同我谈轩辕淑琪，不想她却垂下了忧郁的眼，沉默地向前走去。我也不知道说什么好，只得慢慢跟在她身后，一阵风吹来，卷起她宽大的素袍，更显得她的纤腰不盈一握，如弱柳扶风。

眼看走出花海，我依礼拜别，她趁扶我之际，对我附耳柔声道："夫人的生生不离，至今不解……"她吐气若兰，带着紫罗兰的香气，"想是为了给踏雪公子守身吧。"

我闻言一怔，却见她抬起身来，对我浅浅一笑，美丽的眼睛却是无边寂寥："夫人走好，后会有期。"

我走出冬宫，心中不停回味着轩辕淑环对我说的话，发现门外没有人，咦？人呢，那一大帮子抬我过来的人呢？

我东张西望间，忽然有人捅我腰眼。那腰眼是我这辈子的死穴，有时堂堂段太子同我闲时辩论，被我驳得哑口无言时，就会胡搅蛮缠地点我腰眼，看到我流下我的"英雌泪"，紫瞳妖魔便会扬扬得意地大笑起来。

当时的我捂着腰轻叫一声，本能地怒转身，什么人这么无礼？

咦？没人呀，又有人捅我右边腰眼，我双手叉腰地转到右边，还是没有人。我开始有些害怕起来，微低头间却见那个驼背老头无声无息地站在我的身后，树妖似的脸猛然放大在我的眼前。我吓了一大跳，倒退三步，努力定下心来，心想女太皇的手下果然深藏不露，对他用突厥语笑道："前辈好武功啊。"

老头子一手摸着耳朵，大声道："你说什么？"

"前辈真乃高人也！"我忍住气，稍微大声了一点。

老头子一瘸一拐地走近我，随手捡了一根枯枝当拐棍，慢吞吞道："是啊，高兴啊，今年的花开得好啊。"

嗯？我又大声说道："前辈可否叫人送我回凉风殿？"

"哎，天快要变了，是凉快。"

我们在鸭言对鸡语中聊了半天，我的嗓子都喊哑了，看来这个高人并不想帮助我，于是我决定自己往回走，便向他拱拱手，礼貌地说了一声："晚辈告辞了。"

那老头子却忽地扯住我的袖子，可能是刚刚在花园里施肥来着，我只觉一股奇怪的臭味冲鼻而来，我忍住恶心，正要礼貌地甩开他，没想到老头子猛地打了一个巨响的喷嚏，唾沫星子混着浓痰喷得我满脸都是。我再也忍不住了，恶心得直想吐。

我猛地甩开了他，可能力气稍大了一点，张老头没留神，一下子站立不稳，他背后的罗锅子起了不倒翁的作用，他滑稽地晃了两晃，然后像一座土墩似的慢慢地向后倾了下去，口里咕哝着："哎哟妈呀，可摔死我了。"

那只浑浊的眼睛有些怨恨地看着我。这个样子很像小时候在花家村，张老头那个白痴儿子，总是被小屁孩欺侮，那群小屁孩一边编着顺口溜笑他，一边用石头丢他，他只好坐在地上哇哇大哭。张老头年纪也大了，追又追不上，只好气得站在那里抱着傻儿子直流眼泪。

我没想到他还真摔着了，心下十分歉然，又万分疑惑。刚才他可以无声无息地靠近我，分明看似一个高手，怎么这么不经摔？不管怎样，还是先离开这个是非之地为好，我赶紧抹了一把脸，走回去扶起了那老头儿：“真对不住，张老先生没摔着吧。”

未近身前，他身上那股恶臭又传来，我强忍满心欲吐，扶他站定，帮他拍拍身上的尘土，确定他实在没有摔着，这才向他抱抱拳，再三道歉。他无奈地摇摇头，用一只手往西边的方向指了指。我想我快要被熏晕了，向他拱了拱手，施轻功向西逃去。

直到累了，我方停下，回转身，早已不见那个古怪可怕的张老头，刚松口气，却又傻在那里，原来我身在一处较为荒凉的园子里。

我好像迷路了！

我还是在冬宫的地界吗？我向前走了几步。这个园子很大，有几间破屋子，满眼皆是膝盖那么高的枯树荒草，破败凋零。哎，现在可真是我逃跑的好时候啊，可惜偏又不认识路。正在思索间，听到里面似乎有人的谈话声传出来，我想正好可以问问，却听到有个女子低低的涕泣之声传来：“您莫要骗我啊，真的吗？”

然后是那女子半是痛苦半是销魂的呻吟，伴着有节奏的摩擦之声。

“很疼吗？”这是一个男人的声音，这个声音太过激情迷离，甚至带着一种奇怪的兴奋感，可我实在听不出来是谁，“快过来，小妖精。”

我小心翼翼地低下身，伸头看去，却见一个金发美女背对着我跪在地上，双手紧紧抓住一根破柱，全身衣衫尽褪，赤裸光洁的玉背上满是触目惊心的鞭痕，有人正从她身后使劲进攻她。那人被门扉挡住看不真切，只见一只大手狠狠地捏着那女子的丰臀，然后故意抠上那女子雪背血淋淋的鞭痕，引得那女子不时痛叫出声，而另一只大手使大力搓揉着那犹带着血红鞭痕的丰乳，似要揉碎一般。

后来我想想，觉得这一年我也算“到处见桃花，没事看A片”了。正琢磨着这一对是谁，估计是宫里私订终身的可怜男女吧，不过有一点是肯定的，这男的绝对不是一个太监。这时那个女子向后痛苦地仰起脖子，露出脸来。我万万没有想到这个AV女优却是今天早上因冒犯我和卓朗朵姆而被罚的那个宫女，拉都伊。

那男子沉重地低吼起来，抓起她的金发猛地把她翻过来，改从正面提着她的两条玉腿猛烈地摇晃着她，狠狠地啃咬着她挺立的酥胸，尤其不放过那每一寸血红的伤痕，于是她的伤口更多，他似野兽一般啃噬着伤口，并狠狠地吮吸着滴出的鲜血。她颤抖地娇媚求饶，她略微的推拒挣扎都刺激得他更兴奋，那动作也随之更加猛烈狂野，她终是被他狠狠地推倒，无力地仰面躺在肮脏的泥土上，她性感丰满的胴体全部暴露在他的眼前。

他看着她红色的乳尖滴着鲜血充满渴望地挺立着，饱满的双乳因为他的撞击而剧烈地上下跳动，她似乎想抱住自己放浪的丰盈，他却残酷地挡开了，野蛮地揉捏着那温柔的双峰和性感的腹股。她只能柔顺地被他撑开大腿，承受着他手指不停地亵玩。

那人充满欲望地淫笑着，把她的一条玉腿挂到肩上，然后肆虐粗暴地吻上她，咬破她的嘴唇，吮吸着她的丁香舌："喜欢吗，嗯？小妖精，告诉我，有多少男人这样让你快活过。"

她只能嘤咛一声，万分羞涩地紧闭着双目，任那痛苦的眼泪滑落："主人，你是我唯一的男人。"她如溺水之人双手无助地抓着地上的枯草，无依地任那地上的泥土沾黑了美丽的面容，柔弱地任他强壮的身躯肆意蹂躏她雪白的身子，她口中的呻吟听上去却也更加淫靡。那人得意地轻笑起来，更加用力地狎玩着她的身体。

我赶紧缩回脑袋敛声屏息，过了好一会儿，两人的呼吸渐缓。

"主人，腾格里在上，我对您的爱永远不会消失。"过了一会儿，女子低低的誓言轻声传来。

那个声音却满意地轻笑了起来："傻丫头，自己小心了。"

我支起耳朵正要再听，却见拉都伊蹿了出来，她的脸上还有鞭痕，泪迹未干，衣衫也有些凌乱，脸上还有着一种既幸福又心碎的红晕，只是草草地拉平了有些皱的衣衫，谨慎地向四周看了看，然后朝凉风殿一步三回头地走去。

里面的另一个人是谁？我屏住呼吸，却见里面慢慢悠悠地踱出一个英武的青年，却是阿米尔。他倒是衣衫十分整洁，头发也不见凌乱。

我就说嘛，为什么这个拉都伊这么不喜欢我，大妃是其次的，最主要的是她的主人，是我的死对头，阿米尔啊。

然后我开始意识到事态的严重性，我着了那个老头子的道了。也许我应该往南边走，那样便不至于撞上这一幕。我使劲想着我到底什么时候得罪过像张老头那样的高人？他一定是故意指给我这条路，好让我看到这一幕。

这张老头明明说是在女太皇的殿中待了三十多年，理应是老人了，为何要骗我到这里来，莫非是张德茂易的容？以前宋明磊也曾经告诉过我，江湖上的易容高手，绝对不是套个精致的人皮面具那么简单，而是必先调查清楚所易之人的种种，包括性格、喜好，一丝不差，除非是极亲近的人，否则根本无法发现。

幽冥教的人，又喜欢拿活人做实验，用活死人偶代替原本的角色，我冷汗涔涔，莫非那个老头是幽冥教派在女太皇身边的卧底，今天他故意让我到这里来是想……

我屏住鼻息，阿米尔谨慎地左右看了一阵，便向撒鲁尔的神思殿走去，转而消失在我的视线之中。

我站了起来，走到那间破屋之中，满眼断壁残垣，青苔阶上行，蛛网到处张结于檐角，显示着这里许久没有人光顾了。园中有个半亩大的池塘，塘中水色看上去发黑黏稠，有些地方还在汩汩冒泡，泛着一股子刺鼻的气味。这股味道很熟悉啊，熟悉地挑战着我的记忆之门，这股味道很久远，久远到可以追溯到我的前世。

我围着塘边转了一圈，慢慢地蹲了下来，用手指沾了黏稠的液体。

身后有丝风掠过，我惊回身，却见一只老鹰扑棱着翅膀，飞到池塘边的破回廊那里，收了翅膀，探着脑袋冷冷地看着我。我看了它一会儿，它也对我挑衅地叫了几声，如唳泣徘徊于耳边。我抄起一块石头，正准备朝它扔过去，它忽地惊恐地扇着翅膀，慌张而逃。

我放下石头，把沾着黑色液体的手指放到鼻间闻了闻，忽然身后有疾风掠过，我警觉起来，正要站起来，有人在后面猛推了我一把。我扑通一声掉进了那个黑池子，腥苦酸涩的液体慢慢没了我，只瞥到一个白纱女人在岸上看着我，那个女人半蒙着脸，却是碧莹身边的那个汉家侍女。

我奋力向上扑腾着，吐出那口液体。那个女子满眼快意，飞快地闪身离去。

求生的本能让我乱抓起来，黑水里有很多不规则的块状物体，我急忙中摸到一个粗壮的棍子，想用那根柱状物体钩住岸边，好划过去。

抬起手来，却是一根早已腐烂的人骨，我骇然间，拼命扑腾，搅动了池中本来凝缓的物体，仿佛一下子打破了一个死寂的可怕世界。无数的肢骨、人头浮了上来，向我涌来，其中一个血污的头颅沉浮在我眼前，肿胀狰狞的脸怒目而视，依稀可辨，竟然是那个今天早上对拉都伊行刑的米拉。

我惊叫出声，嘴里又涌进一口黑色的液体，极度的惊恐中，我终于记起来这个池子里的液体了，这是原油。

我拼命地扑腾，使劲蹬着向岸边游去，眼看就要够到了，却冷汗涔涔地惊觉有什么东西咬住了我的脚踝，将我死命地往池底拖去。我隔着黑油油的水，见到黑暗中两点殷红，我摸到“酬情”砍断了钩住我的东西，一声可怕的低吼从池底传来，一个庞然大物从底部涌了上来，却是一只看上去像是鳄鱼又像是蜥蜴的大怪兽，长有三四米，嘴巴里尖牙间满是和着原油的池水，大舌头满是鲜血。

原来刚才钩住我脚踝的是它的舌头，怪兽的红眼睛凶狠而冰冷地看着我，然后一甩尾巴，潜入水中，以迅雷不及掩耳的速度从水底向我冲来，又咬住了我的小腿，拖向沉沉的黑暗。我拿“酬情”再次砍向它，它竟然用大尾巴甩走了“酬情”。我渐渐憋气不住，一张口，腥臭钻了进来。

我几近绝望之时，却见水中猛然快速插进一杆青碧削尖的银枪，直直地刺向那个怪兽，正中小腹。那个怪兽可能也没有想到它会被刺中，在水中痛叫起来，它松开了我的小腿。有人游过来抓住我向上浮去，光明在际，我被那人抱上了岸，那人轻拍我的背部，助我呕出了一肚子的原油水。

那人又向我身上浇上了一些清水，我鼻子里的污水也渐清，剧烈地咳嗽着，抹了一把脸，那人便温柔地扶着我慢慢地坐了起来。我一扭头，对上一张同水中怪兽不相上下的树妖似的老脸。

神啊，怎么是这个老头子救了我？

我开口想道谢，口里却发不出声音来，喉咙疼得像火烧，张老头像变戏法似的，不知从哪里找来一只装满清水的竹筒，喂我喝了一口。我立刻抢过来像驴马渴饮，张老头轻拍我的背部，叹气道：“夫人怎么会到这里来玩水呢，这个池子里住着魔鬼的。这里是皇宫的禁地啊。”

我玩水？驼老头子，好像是你指我过来的吧。

我刚想站起来，牵动腿上的伤，不由得痛得大叫出声，低头一看，脚踝处几可见骨，小腿上的伤口连皮肉都翻开了，鲜血直流，好在流出的血是红色的，没有中毒的迹象。

老头子小眼睛好像是在烂苹果上猛戳一刀，突兀地对我圆睁着，大叹：“多可怕的魔鬼啊！”

他扶着我走到外面的荒草地，我身上的原油气味，混着他身上的臭味，直熏得我两眼翻白，让我严重地考虑着腿部的伤痛和鼻间的臭熏，到底哪一个更让我痛苦些？

他打了我一个耳光，对我着急地吼着：“不要睡着。”

好痛，我的脸一定被打肿了。

我向上翻的眼睛挂了下来，回过神来，不由得抖着手捂着我的脸，正要怒问他什么意思，却见他正佝偻着身子，在荒草堆里急急忙忙地找着什么。过了一会儿，他手里拿着几株不知名的五颜六色的花花草草回来了，然后放在嘴里乱嚼一气，吐了出来，往我的伤处一敷，扯下身上的破布条，细细为我包扎起来。

我的脑袋一下子爆炸了，终于明白什么叫作以毒攻毒的治疗方法了。

我本能地一抬腿，正中树妖老头的下巴，他竟然像断了线的风筝，飞了出去……

我后悔已晚，挣扎着爬过去，一边口中叫着：“前辈，对不住，您没事吧？”

却见他在不远处的草坑里慢慢爬了起来，吐出一口鲜血。可见我这一脚踢得实在不轻。

我懊悔万分，暗骂，花木槿啊花木槿，亏你也读过几年书，活过两辈子，还做过老师，也就是这么一个以貌取人、是非不分的浑蛋。

如果他真想害你，刚才根本就不用冒着生命危险来救你了，你怎么能如此恩将仇报呢？

我回看我的小腿，果然血止住了，这个老人给我的果真是止血的圣药，连脚踝处好像也没有那么痛了。

我更是懊悔不已地爬过去。老头子的小眼睛紧闭了起来，我急忙给他掐人中，按摩心脏，直累得喘着大气。过了好一会儿，他才幽幽地醒来，愣愣地看着我，满眼迷惑，好像在想怎么回事。我心虚地对他干笑了几下：“前辈还好吗？”

他又吐了一口血沫，好像是想起了我干的好事，小眼睛有些伤心地看着我，我更是惭愧地低下头。

他喘了几下，移开了目光，然后站了起来，向前走去。

我对着他的背影叫了好几声前辈，他却头也不回地消失在我的视线中。我的心中郁闷，好不容易有个人来救我，结果还被我给气走了，这下可怎么办呢？我可怎么回去啊？

我试着站起来，想一瘸一拐地赶回去，结果刚站起来，疼得又摔了下去，四周唯有风声，枯草随疾风高低起伏，摇摆不定。

天色暗了下来，我只好慢慢地向前爬着，草丛中又传来脚步声，我的心揪起来，“酬情”被那个怪兽给甩掉在池子里了，我匆匆看了眼四周，只有连绵无尽的荒草，连根树枝什么的都没有。就在我绝望之际，一个大罗锅子在草丛中隐现，一个苍老的声音在轻唤：“夫人？夫人？”

我振奋地回应着，卡西莫多张的身影出现在我的视线中。他看到我的时候，也松了一口气。

他手里拖着一个用枯枝做的担架，原来这个张老头根本没有抛下我，而是去找能带我走的东西了。

我不由得感动得热泪盈眶。在这陌生的大皇宫里，一个素不相识的臭花匠拼死将我从怪兽身边救出来，可那曾经最要好的姐妹，她身边的侍女却试图将我推向死亡。

可能我身上的原油尸臭把我也熏得差不多了，于是那个张老头身上的臭味似乎不那么重了，就连那可怕的树皮脸都有了一丝亲切感。

我低头爬了上去，张老头便在前头慢慢拖了起来，向他指给过我的那个方向继续向前走去，可见他果然没有骗我，只是我半道上就被那座破宫殿给吸引住了。

那张老头不再絮叨，也不知道在想什么，只是闷头在前面拖着我。

我稍微放松了下来，感情剧烈起伏的后遗症便是无止境的心酸，往事浮现心头，非白的绝望、段月容的相伴、非珏的遗忘、碧莹的冷淡，还有那侍女对我的杀意，我不由得坐在后面偷偷地抹着眼泪，强忍着抽泣。

我再一次对自己说，我好想回到过去，那一夜我们小五义还有初画、非珏一起把酒言欢地过除夕，好想能再听听非白温柔的琴声，好想抱抱夕颜那香喷喷的身子，好想再给我的学生们讲课，好想拧沿歌那臭小子的耳朵，好想让小放陪我去逛青楼，甚至好想再听听段月容那猖狂的笑声，而不是被迫待在这个可怕而冰冷的突厥宫殿。

那个张老头不时扭头看我，然后默默地向我递来一块绢帕，我实在不想再伤害他的感情，便忍着泪接了过来。

我一愣，却见是一块素白的帕子，那块帕子上毫无臭味，相反还有一股子香气。

女人的第六感告诉我这应该是我很熟悉的一种香气。只可惜我的嗅觉在臭味环绕中失去应有的能力。我正要本能地再嗅一下，一大帮子人凭空跑了出来，跑在最前面的是一只威风凛凛的大金獒。原来凉风殿到了，老头子立刻小气地把我手里的帕子使劲抽了回去，嚷着是他的，不是夫人的。我还没来得及道谢，阿黑娜就将我送了进去。

我回头，却见卡西莫多张还是站在原地，驼着身子，用一只小眼睛目不转睛地看着我进了宫殿。七夕口中难受地低呜着，不时舔着我的伤口，我疼得轻叫出声，阿黑娜使劲按着我，不让我挣扎，怕伤口绽出血来。

驼老头慢慢转身，一瘸一拐地离开了我的视线。

进了殿，御医为我敷着药，问起我的伤口，我便撒谎说是掉进御河中，被一种不知名的水兽咬伤的，我的“酬情”也遗失在野地。

阿黑娜在旁边严肃地训我道：“夫人实在太冒失了，为什么不在原地等宫人来接？须知南边荒芜的宫殿众多，有很多野兽出没，现在是兽类觅食过冬之时，可能会伤人的。太皇和可汗都命令阿黑娜要好好照应您。还有您的脸，怎么回事？”

我诺诺称是，谎称脸上的瘀伤是逃命的时候撞树上了。

也不管他们信不信，只是装作无心地问道：“阿黑娜，南边是否有禁地？听说那里有个黑池子。”

阿黑娜听了，在我对面骇了半天，就连我脚下的那个御医也停下了手上的工作，抬起惊惧的眼看着我，两人口中唤了半天的腾格里。

阿黑娜厉声问道：“夫人是从哪里听到黑池子的故事？”

我说是在路上听到两个宫女在聊天时提到可怕的黑池子。

阿黑娜说道：“那里是禁宫，夫人万万不可好奇前往。那里有住着吃心魔鬼的黑魔池，也是犯了那些十恶不赦之罪的宫人坟场，充满无数的怨灵。那是连腾格里的光辉也无法照耀的地方，很多刚来的新宫人，如果迷路在那里，便再也回不来了。”

我暗忖，正因为是禁地，加上可怕的传说，所以阿米尔才会选择在那里幽会。这样说来，他的情人是我和碧莹身边的眼线，阿米尔这样做是非珏授意的吗？

那个推我下原油池子的白衣女子在里面，应该比我更清楚阿米尔和拉都伊在偷情，那样的话，碧莹是知道阿米尔同拉都伊幽会？她会不会也在猜测撒鲁尔找人监视她？

还有这个看似年老体迈的卡西莫多张，他方才跳进原油池，从那个大怪兽爪中救走我时，身手如此矫健，根本不像表面看上去的那样蠢笨啊。

我忽然想起在恶灵池里看到的米拉的尸身，看着身边满面惧色的卓朗朵姆，慢慢问道：“米拉呢？”

卓朗朵姆不耐烦道：“你问那个老巫婆做什么？”

阿黑娜也摇摇头，忧心忡忡地问道：“今儿她对那个拉都伊施了宫刑，应该是到神庙去了。她是宫中最年长的行刑宫女，每次行完刑，她总是去先帝的神庙朝拜腾格里，不知为何到现在都没有出现。”

我心中一动，轻声问道：“阿黑娜，你在担心她。你同米拉女官长很要好吧。”

阿黑娜叹道：“我与米拉同一年进宫的，她来自比我更遥远的嘎吉斯，进宫已经三十五年了，同一年进宫的女孩子里就只剩下我和她了，这个米拉比我还要耿直。”她苦笑一声，“我被派到这凉风殿来，而她更不懂媚上奉迎，再加上貌平，便做了人见人恨的行刑女官长。刚开始当行刑女官长的时候，她总是晚上做噩梦，哭着说那些被她打死的宫人来找她复仇，从此她在行刑后便会去神庙洗罪。”

我凝神细听，她似乎这才意识到自己的多嘴，脸上也有些不自在了。

卓朗朵姆轻蔑地看了她一眼，不去理她，对我认真说道：“下次那个魔鬼和魔鬼的母亲再来宣召，再不能去了。”她满脸严肃，眼中盈着泪光。

我心下感动。这个姑娘脾气虽然不好，心肠却是不错，便口中称是，让宫人扶她回去先歇着。

阿黑娜亲自照应我睡下，她为我掖好被子，看了我几眼，在我耳边轻声道：“不管夫人愿意不愿意，您会在这座皇宫里待很久很久。”

我轻轻转过头来，一灯飘摇，阿黑娜的脸有些模糊，七夕也抬起脑袋，似懂非懂地看着她，只听她轻叹道：“女人的青春只在今朝，夫人若想在这里生活得好一些，就得学会把握可汗陛下的宠幸……如今火拔家的热伊汗古丽王妃……身子愈大，快要不能服侍陛下，夫人受宠正是时候。”说完，她又大声说道，“请夫人放心歇息，我已在门口嘱咐奴婢侍候。”

我看着她的身影消失在屋里，愣愣地回味着她的话，连阿黑娜也知道了，难道我还要在这里做撒鲁尔的妃子不成？

在这个可怕的宫殿，是谁杀了米拉？

是怀恨的拉都伊，还是拉都伊的情人阿米尔？或是碧莹身边的汉家侍女？

我绞尽脑汁地想着这一个一个谜团，加上这一日的惊险，还有医生开的药物起了作用，我的眼皮渐渐沉了下去，抱着七夕，进入了黑暗。

我又回到了樱花树下，一个红发酒瞳的少年捧着那本诗集，轻念着那首《青玉案》，我在那里凝神细望，不想这一次他忽地抬起头来，对我欢颜笑道：“木丫头，你喜欢那个金玫瑰园吗？”

我愣在那里，他站起来，笑盈盈地向我走来，胸前那块银牌子发着银光，我往怀中一掏，将这八年来随身戴着的银链子掏了出来，奇道：“陛下，你为何也有这银链子？”

他但笑不语，只是拉着我的手。我细细看他，还是永业三年我俩分别时的样子，头上还系着我送他的白丝带，我不由得泪流满面道：“非珏，你是非珏，你不是撒鲁尔。”

我投向他的怀中，感到他热情的拥抱，我想细看他的脸，却发现他的眼中流出泪来，却是血红一片，我骇在那里，所有美好的感觉霎时全变成了惊骇，只见他肃着一张脸：“木丫头，千万不要去无忧城。”

无忧城？我正要问他什么是无忧城，忽然他的身形暴涨，一下了变成了那个令我险些命丧原油池的大怪兽，两只大红眼珠淌着血色的泪珠，凶恶地看着我，大舌头紧紧地扣着我的脖颈。

我想大叫出声，却怎样也出不了声，浑身湿淋淋地醒来，却见黑暗中两点殷红，有人压在我的身上，我的喉咙上卡着两只大手，七夕不在我身边，我习惯性地去枕底拿“酬情”，这才想起“酬情”早已掉在原油池中。

“做噩梦了吗？”那发光的殷红渐渐退去颜色。

他轻笑出声，我这才明白这是撒鲁尔。

我使劲想推开他，他轻易地把我的手固定在上方，我得以大口大口地呼吸。

他的呼吸带着酒香，微微有些沉重。

我镇定了下来：“陛下喝醉了吧。”

他轻笑了起来，一手撑着头，声音带着迷离：“好像是吧。”

我腾出手来推开了他，乘机挪开了，他却又像只熊一样扑过来，嘻嘻笑道：“逃什么，朕又不会吃了你。”

我的腿脚被他抓住了，扯到痛处，我叫出声来，他却很兴奋，反倒用了力，黑暗中低哑道：“很痛吗？别担心，我会轻一些的。”

我的心里升起了隐隐的怒火，须知段月容有时也会想搞点小花样来勾引我，只要我喊痛，他便立马停止了……

我心里又是一惊，为什么现在我总是想起段月容来，而且每次都喜欢把这个撒鲁尔同段月容比？这不是个好预兆，是因为这个撒鲁尔比起当年的段月容犹胜百倍，还是真如段月容那坏小子所说的，我的心里还真有他了？

不管如何，我可不想再花八年时间做心理医生来挽救这位突厥皇帝了，我便冷冷道：“请陛下先点了灯。”

“这样不是很好吗？”他的手摸了上来，“我看得见你不就成了？”

我急急地拍开他的手，心想莫非你的眼睛还是红外线望远镜做的，黑夜中还能视物不成？然而我越是挣扎，似乎他越是兴奋。不一会儿，衣衫撕裂之声传了出来，我感到凉飕飕的，然而他的手所到之处又是一片火热，我怒道：“陛下，请自重，再不放手，我喊人啦。”

他哈哈大笑起来：“喊啊，喊啊，我倒想看看这个宫里谁敢管朕？”

他的手还是没有停下来，我忍无可忍，一拳打到他的脸上，叫道：“七夕、七夕。”

话音未落，窗棂一阵巨响，一个金黄的影子破窗而入，蹿了进来，大吼着扑向撒鲁尔。

撒鲁尔一抬手，七夕倒在地上，过了一会儿，许多人拥了进来，有人点起火烛，有人去床上看撒鲁尔，我却乘乱，拐着脚前去看摔在地上的七夕。

七夕的脑门流着血，龇着带血的尖牙，对床上的撒鲁尔呜呜叫着，还想跳上去再咬他，我紧紧捂着七夕的伤口，压着它，不让它跳上去。

阿黑娜上前扶起了手上带着血的撒鲁尔，他的脸绷得像冰块一样，显然酒全醒了，他狠狠地甩开阿黑娜，酒瞳似血地盯着我，冷冷地迸出话来：“你好大的胆子！”

阿米尔在旁边煽风点火道："大胆妖女，竟敢拒绝侍寝，还敢行刺陛下？"

他一定是故意的，这下全抖出来，众侍卫和宫人有些尴尬，跪在地上，偷看撒鲁尔，而撒鲁尔的脸色更差。

阿黑娜满眼的不解和惋惜，可能处理这种事颇有经验，她仅仅使了个眼色，左右便识趣地退下，只留御医为撒鲁尔包扎。

"回禀陛下，"我强自镇定，"莫问以为只有粗俗卑劣的男人才会用蛮力去征服女人的身体，而永远失去了得到那个女人的心的机会。像您这样一位贵不可言的君主，自然是能够让女人主动献出身和心的，不是吗？"我尽量不着痕迹地拉了拉破衣服，遮住裸露的双肩，平静道，"陛下难道觉得强占一个女人的身体会更有成就感吗？"我尽量平和地说着我的那些论调，全是令他不能放下架子来杀我的理由。

须知天子一怒，流血千里，更何况，在这么多仆从面前丢了面子，他不杀我才怪。

"还有七夕，它是为了护我才误伤了陛下，在黑暗之中焉能辨清？怪来怪去，只能怪我！请陛下惩罚我这个主人吧。"我重重地伏地一磕，脑门嗡的一下子剧震。

我等了好一会儿，没有声音。七夕也紧紧盯着前方，好像随时准备着扑上去。

烛火啪地一爆，却听上方的撒鲁尔沉声说道："回神思殿。"

阿米尔急急地说道："陛下，这个妖女可怎么办？"

撒鲁尔走出宫门的时候，停了一停，却没有回头，终是拂袖而去。

阿米尔一脸郁闷地跟在后面，临走时还狠狠地瞪了我一眼。

人走得差不多了，我一下跌在地上，七夕也呜呜地趴在地上，拿爪子挠着大额头，我从御医手里抢过纱布和药帮它包扎，啵啵亲了它好几下。

然后我才忽然感到脑门上剧痛，原来心急之下，额头磕在地上太过用力了，敲出一个大包来了。

我一抬眼，阿黑娜和那个专门伺候我的老御医还是维持着嘴巴呈O形的状态。

我嘿嘿傻笑间，阿黑娜这才收起了惊讶，沉着脸说道："我以为夫人是聪明人，怎么会如此糊涂？阿黑娜在弓月宫有三十五年了，侍奉三代可汗，见识过无数的后妃，比大妃和卓朗朵姆公主还要美丽的绝色美女，就像夜空里的繁星一般点缀着这个弓月宫。像夫人这样秀外慧中的可人儿更是比比皆是，偶尔耍些小脾气，使些小手段亦无不可，但她们都懂得适可而止。这凉风殿里囚禁的都是些可怜人，唯一能救她们的只有陛下的千金一顾，夫人倒好，如此天作的机会，您却将陛下硬生生地推开了，夫人莫非想在这凉风殿里待一辈子吗？"

"谢谢你的好意，阿黑娜！"我的头晕得不行，强笑道，"只可惜，我实在不想做你们家可汗的妃子，也不会永远待在这座弓月宫的。"

阿黑娜满脸不高兴地止了声，摇摇头失望地走了出去。

我再不敢在床上睡，便抱着七夕在香妃榻上胆战心惊地睡到天明。

第二天，我在一阵嘈杂声中醒来，外面好像有很多人在进进出出。我的心一紧，莫非是撒鲁尔改主意了，要将我押入大牢？

七夕早就低吼一声，顶着一脑袋的纱布，一下子从破窗棂蹿出去了。我大声叫着七夕的名字，心中焦急万分，就怕它一跳出去就被撒鲁尔的士兵乱棍打死。想也不想，就抄起桌上一只长长的黄金花瓶，跟着七夕想从破窗子跳出去，却卡在窗口处了。我才意识到我不是狗，没有七夕的身段，就捂着自己的伤口开门挪了出去。

院子里满是抬器物的宫人，七夕一会儿到这个宫人的手里闻闻，一会儿将脑袋伸到那个箱子里看看，可惜人人忙碌着，没多少人在意大金獒。

阿黑娜在紧张地指挥着，大家看到衣衫不整提溜着黄金瓶的我，愣了一愣，呼啦啦跪了满地。

我愣在那里，却听阿黑娜说道："请夫人速速更衣，陛下传口谕来，凉风殿对卓朗朵姆公主不利，宣夫人和公主今日起搬到春宫去住。"

我皱着眉道："请你回禀陛下，我在这里住得好……"

阿黑娜面无表情地打断我道："昨夜陛下没有一怒之下砍了您的脑袋，实在是您走运，但这并不代表着您会一直走运。别忘了在弓月宫中站得最高的永远是陛下，您莫非不想救您的忠犬和仆人了吗？"

"春宫是大妃娘娘的寝宫吧？"我抿着嘴与她对视了一会儿，终是慢慢说道，"你家陛下为何让我搬到春宫那里？"

"皇后身体不适，长久以来，皆由大妃娘娘掌管后宫。陛下突然颁下旨意，要大妃娘娘安排一切，大妃娘娘来不及为您整理新宫殿，所以先请夫人和公主过去，回头再慢慢收拾。"

这一天我和七夕搬到了火拔家热伊汗古丽王妃的寝殿，也是我曾经的结义三姐姚碧莹那里。

藏獒拥有惊人的自愈能力，到阿黑娜也奉命跟着我正式入住春宫的玉辰殿，不过两天时间，它脑门和爪子上的伤都结痂了。

碧莹并没有如我想象的前来接见我和卓朗朵姆一番——自那天女太皇宣召我的路上见过之后，便再也没有出现过。而撒鲁尔那夜发过酒疯之后也消失了很多天，但送来了成箱成箱的珠玉宝石、绫罗绸缎对我们示好。在宫人艳羡的目光中，我住了下来。那个老御医不时来给我把脉。阿黑娜骄傲地告诉我，大突厥的帝王正以皇后之礼待我，然而那酒醉欲非礼我的大突厥皇帝却没有再露过面。

又过了一月有余，冬尽春来，我带着七夕同卓朗朵姆在小花园里散步，我正在思考着女太皇和撒鲁尔两人下一步的计划，卓朗朵姆幽幽说道："那个撒鲁尔看样子是看上你了，看他把你送到这个春宫，每日送你这么多珠宝玩物，哄你开心，你心里美得很吧？"

这什么跟什么呀！

我冷冷道："你又瞎说什么，你看我的样子很开心吗？"

卓朗朵姆委屈地哭了起来："等我生下孩子，那野兽取了质子，再将我杀了，你们就都去快活了。"

我的心绪也不佳，本待骂她几句，考虑她是孕妇，养胎情况也很糟糕，只能忍气吞声，软言安慰道："你又瞎想。"

没想到她大声哭了起来："春宫、春宫，连名字都这么淫贱，能安什么好心。"

我满腔怒火，憋到极处，给她来了这么一句，反倒给逗得哈哈大笑起来。七夕奇怪地看着我俩一个笑一个哭。

卓朗朵姆哭得更凶了："你还笑，你还笑，撒鲁尔那个野兽看上你了，你逃得了吗？还连累我。这野兽出了名地夜御数女，万一他看上我可怎么办哪？"

这位公主可真是双重标准哪。好像段月容也是出了名地夜御数女吧，怎么从来没听你抱怨过他呀？

我怕再笑让她哭得更凶了，只好努力憋着笑，正要再开口劝她，望向碧蓝的苍穹，忽然灵机一动。

我回头对着还是梨花带雨的卓朗朵姆，细声软语劝了好一会儿，等她稍微平静了一些，顺水推舟道："别哭啦，我陪你玩风筝吧。"

我问阿黑娜要来做风筝的材料，同一堆好奇的宫人做了两个特大号的风筝。我在风筝上画了图线格，让那些小姑娘、小伙子每个人的手上沾满颜料，然后在图线格里印上手掌印，大伙咯咯直乐。

阿黑娜正一声不响地站在旁边研究着我的大风筝，我便对阿黑娜笑嘻嘻道："阿黑娜，你也来吧！"我硬拉着她的手沾上大红颜料，完成"最后一掌"。

那日正是西风刮起，我同众人把大风筝往空中一放，却见蓝天碧云中，两个方形的大风筝里有个用无数手掌印填色的大大的SOS。这是我君氏暗人的求救信号，知道这个信号的有齐放和我那两个最淘气的学生，以前在西枫苑对素辉也信口提过……

我不可能让这个宫里站得最高的撒鲁尔或是女太皇帮我逃出去，却能让这只风筝替我站得比谁都高，引来我的援救者。

下午，我睡得正香，阿黑娜过来禀报有人来看我，我兴奋得睡意全消。太好了，没想到大风筝的效果这么好！

我走出去一看，却见七夕正围着一个老驼子嗅了半天，然后仰头盯着这个老头，甚至有一丝警惕。而张老头的小眼睛却盯着园子里新栽的梅树看了半天。不知道撒鲁尔从哪里知道我喜欢梅花，派人移种了许多绿油油的梅树，却不见人影。

我有些失望，但转念一想，我的暗人来救我自然也不会这样明目张胆，也许这个老头子是我的暗人或是小五义的内线呢？

"张老先生，您今天给我送花来啦？"我对着他大声说道。他的手上一堆鲜花，有茉莉、桂花、大丽菊、美人蕉、珊瑚豆、翠菊、千日红、叶子花等，把他的脸遮了个严严实实。

我大声地连唤数声，他似乎才听到，拨开鲜花，仰起大肉瘤对着我：“夫人身体好些啦？”

我点着头对他微笑着。

卓朗朵姆正好也午睡醒来，我想向她做个介绍，她却远远站着，死活不肯过来。

我和张老头乱扯一通，过了一个时辰，等他走的时候，我的嗓子已经冒烟了。

卓朗朵姆对我小声地皱着眉头说道：“女太皇为何养这样一个俗物呢，别是有什么特别的来头吧？”

我对她使个眼色，她便乖乖地不作声了。

我回到宫里，屏退左右，便把他送来的鲜花一瓣一瓣地扯下来，翻来覆去地看，连花枝也不放过，拆干去皮，希冀能再看到小五义的暗号，哪怕是我的暗人或是段月容的人也好。

可惜，除了纯洁、美丽、芬芳的花瓣还是纯洁、美丽、芬芳的花瓣，我失望地坐在一堆花瓣中间，只有七夕兴高采烈地在花丛里打着滚，咬着树枝，以为我在跟它闹着玩。

他到底是谁呢，女太皇从哪里找到这样的高手呢？

忽然，我听到外面有侍者高声唱诵：“可汗陛下到！”

咦？这小子怎么来了？

我赶紧站起来，正要唤人来收拾这一堆花瓣，一个高大的红色影子就进来了。我跪在一堆花瓣间拾掇，却见他一身黑底红绣金线边锦缎猎装，愈显出矫健的身段，红发整齐地结成无数小辫，酒瞳带着帝皇的睥睨，看上去更加英武动人。

“看来你很喜欢撕花呀？”他居高临下地盯着我看了一会儿，然后慢慢冒出来一句。

我中规中矩地行了礼，他却没有让我起来，反倒漫不经心地四处欣赏我的宫殿，逗逗我那不说话的鹦鹉，玩玩那快被七夕咬秃了的羽毛笔，然后踱到我这里。

我以为他要让我起来，这时阿米尔和两个侍女在外面唤了一声，他便让他们进来，伺候他梳洗，好像没有人看到我跪得快要撑不下去了。

我汗流满面，滴在花堆里。七夕在旁边乖乖跪着，替我舔着汗水。我快要晕过去时，一人猛地将我拎起来，酒瞳似火，却尖利如冰，扎在我的心里。七夕感到他对我无礼，又开始对他吠起来。撒鲁尔冷冷地斜眼睨向它，便是这一眼，我清清楚楚地看到正是那梦中的两点殷红。七夕骇得低呜起来。他却对我淡淡一笑，眼中的殷红渐渐退去。

“今日夕阳正好，夫人陪朕游幸金玫瑰园如何？”明明是征询的口气，却根本不容拒绝。

我和他并排骑在两匹汗血宝马上，七夕在我旁边不紧不慢地跟着，撒鲁尔绝口不提那一晚发生的事，只是面带微笑，红发在夕阳的余晖下流动着金红的光彩，柔柔地拂向我。久违的玫瑰芬芳随风传来，他偶尔扭头同我谈些江南趣事，眼神亦是柔和清浅，如玫瑰花瓣的柔润清甜，像极了当初的非珏，不由得在我心中重重一击。

第十章

本是同根生

◆◆◆

我转开视线，向无边瑰丽的玫瑰花海望去，真心赞道：“莫问在江南府邸也曾种有各色珍奇植物，却从没有见过像金玫瑰园这样多珍稀美艳的玫瑰，真乃人间一绝。”

这句话似乎起到了绝佳的拍马屁作用，撒鲁尔看上去“狼”心大悦，傲然道：“君不闻人间仙境，当属南国叶榆、北城弓月，而此地乃是天神的金玫瑰园。”

来到树母神下，他下了马，我跟了上去，他手中拿着鞭子，指着树上的核桃道：“传说只要吃了树母神的核桃，便能诞下狼神之子。故而很多伯克、叶护的可贺敦问母皇请旨吃树母神的神果。”

我一愣，要命，那天我当着拉都伊的面吃了一个，怪不得她那样怪地看着我呢。

我的脸微红，撒鲁尔看着我笑道：“女人们对这些东西迷信得紧，还有人会重金贿赂看守好偷几个出来呢。”

他同我说这个做什么？我哈哈干笑几声，正要换个话题，撒鲁尔的脸色一冷，低斥道：“谁在那里，快出来！”

我左看右看，却见从树洞里慢慢踱出一个女子，跪在地上直发抖，原来是那个久已未见的拉都伊。

撒鲁尔的脸色僵冷，慢慢说道：“你不是大妃身边的侍女吗，竟敢到此处来偷窥朕？”

拉都伊满脸通红，看着撒鲁尔急急地摇着头。

我和撒鲁尔都注意到她的手里好像捏着什么东西，撒鲁尔了悟地哈哈大笑起来：“原来是为了树母神的神果啊。你们这些女人真是想要诞下狼神之子想疯了吧？”

拉都伊双目含泪，我却于心不忍，她一定是想为阿米尔生个孩子吧。

“陛下吉祥如意。”

一阵柔柔的低唤传来。众人一回头，却见一个艳光四射的丰腴女子笑吟吟地站在面前，穿着银丝线绣的摩苏尔纱裙，银披纱上缀着红玛瑙珠串子，浑身珠光宝气，小腹隆起，身后跟着众多侍女，如众星捧月一般，正是碧莹。

撒鲁尔一怔，旋即绽出笑意，快步向她走去，笑道："天凉了，你不在屋里待着，到这里来做什么？"

碧莹浅浅一笑："妾身每日这个时候会到树母神前来祈祷狼神之子平安降生，陛下忘了吗？"

撒鲁尔微哂，上前握住她的柔荑柔声道："这几日忙着同嘎吉斯人谈造兵器的事，冷落你了，爱妃不会怪朕吧。"

一对璧人的身影在树母神下拖得长长的，我淡淡而笑，往拉都伊那边靠了靠。她神经质地躲了一躲。

碧莹幽幽道："方才妾身请神师算了一卦。"

"不好吗？"

碧莹担心地说道："神师说有魔鬼妄图偷吃树母神的神果以增长魔力，且在暗处窥视着小皇子，妾身好害怕。"说罢泫然欲泣。

撒鲁尔一愣："魔鬼偷窥？"

"陛下忘了吗？神师说过，这树母神的神果除非经过神批，任何人不得擅自服用神果。"

撒鲁尔看了我一眼，说道："那神师有没有说如何破解？"

"一定要把那个偷吃神果、暗中窥视的魔鬼血祭腾格里，才能消除狼神之子的劫数。"她缓缓说来，细声软语，根本不像是在说一件活祭之事。

拉都伊的身子抖了起来。

碧莹慢慢对拉都伊悲伤道："你跟着我七年，我待你如何，你为何这样恩将仇报？"

拉都伊大声哭泣了起来："奴婢没有偷吃神果，偷吃神果的是君夫人。女主陛下生辰那晚，夫人拾了一个神果吃了。大妃娘娘不信，就请问香侍官，她也看到的。"

撒鲁尔看向碧莹身后的白纱女子。

正是那个将我推入黑池子的女人，她早就伏地跪下："奴婢也见过君夫人夜食神果，拉都伊却知情不报。如今她私近树母神，偷偷采集神果，她与君夫人分明就是神师所说的偷窥的魔鬼，请陛下恩准，将她与君莫问押起来，待月圆之日献祭伟大的腾格里，好保护尊贵的狼神之子。"

所有人的目光不由自主地瞟向了拉都伊。

拉都伊面如土色，不停地磕头求饶。土地虽然柔软些，不一会儿，她的额头却渗出血来，可她的手依然紧紧握着那颗核桃。

阿米尔也紧抿嘴唇，神情紧张起来。

撒鲁尔默然不语地看着碧莹，淡淡道："爱妃的意思呢？"

碧莹拿起绢帕拭着泪水："妾身也不知道该怎么办才好。可是神师向来言无不准，小皇子在肚子里踢着妾身，好像总是不安心，妾身晚上也睡不好觉，妾身好生害怕。”她伏在撒鲁尔身边哀哀哭泣起来，当真梨花带雨，我见犹怜。

阿米尔站在撒鲁尔的身后，却不敢僭越，只是死死地盯着拉都伊。

拉都伊看着阿米尔，血泪满面，满眼的乞求，却说不出一句话来。

八年前的荣宝堂上，碧莹为我撞柱以证清白，八年后的她却用着同样的手段来残害我和这个女孩？这个女孩不是她的心腹吗？是因为她发现了拉都伊与阿米尔的奸情吗？是想除掉身边的眼线，还是为了拉我下水？

撒鲁尔叹了一口气，看着苍白着脸的我缓缓道：“那夜君夫人的的确确吃了神果。”

白纱女子眼中闪着恶毒的兴奋。

撒鲁尔忽而一笑，话锋一转：“不过那是朕赐予君夫人的。”

碧莹愣在那里。

撒鲁尔轻敲额头微笑道：“都怪朕，朕最近忙晕乎了，忘了告诉爱妃，朕想迎娶君夫人为新妃，故而赐君夫人那神果。”

只一瞬间，碧莹的愣神立刻消失，改为最甜美的笑容，轻轻走到我身前，主动拉起我的手，说道：“妾身恭喜陛下纳了一位如此贤德的妹妹。”

我浑身那么一哆嗦，正想甩开，没想到人家比我甩得更快，改抓住我的袖角拉我到撒鲁尔的身边，亲亲热热地挽起撒鲁尔说道：“陛下何时看上这个妹妹的，也不告诉臣妾，陛下果真是喜新厌旧了。”

撒鲁尔哈哈大笑起来，众人也跟着神经质地扯着嘴角笑了起来，眼中依然是惧意，齐齐地盯着突厥皇帝和碧莹。

撒鲁尔轻搂着碧莹，暧昧地笑道：“新人自然不及旧人好，朕可一直等着你快快生下狼种……”接下去限制级的话题，早就偷偷附到佳人耳边去说了。

碧莹的耳根都红了，轻啐一口，我的鸡皮疙瘩掉了满地。

正要退出这二人世界，撒鲁尔却又硬生生地搂紧了我。

阿米尔跪启曰：“既是陛下纳了新妃，又值大妃养胎之际，臣以为实在不宜见血，不如先将这个女子……”

白纱女子忽然打断了阿米尔道：“陛下，这个拉都伊不但敢偷采神果，还敢这样诽谤夫人，果真是魔鬼的化身了，理当立即血溅神庙……”

阿米尔冷冷道：“香侍官，我的话还没有说完呢。”

白纱女子立刻讪讪地闭上了嘴。

阿米尔道：“反正祭祀尚早，陛下不如先将这个女子押监如何？”

撒鲁尔看了看拉都伊，淡淡道：“这个侍女跟着爱妃也有七年了，爱妃当真相信她是魔鬼的化身？”

碧莹伤心欲绝，双膝跪倒，扯着撒鲁尔的皇袍一角，动容道：“妾身无德无能，能得陛下宠爱，此生足矣。只是狼神之子尚在腹中便遭魔鬼的妒恨，何其无辜，请陛下为您的皇子……”话未说完，她忽然面色苍白，晕了过去。

撒鲁尔甩开我，焦急地抱起碧莹，走向碧莹的玉濉殿。

天色将晚，最后一丝晚霞隐没在无尽红光中，祥和的玫瑰园笼上了一抹血光，那个白纱女子慢慢站到我面前，风吹起她的面纱，本应姣美的下半部分满是刀痕、烧伤，即便如此，依然能看到她原本的貌美风情。

只消一眼，我便认出她来，记忆中一个疯美人尖利的指甲抓着我的手臂，狂喊着：“你是花妖精，你和你妹妹都是花妖精。”

香芹，是香芹……小五义的对头，为何她成了碧莹的心腹呢？

我心惊间，她对我恶毒一笑，闪身走了。

“在这宫中凡是同大妃娘娘过不去的，不是死了就是疯了，然而宁可得罪大妃也万不可开罪这个香侍官。”阿黑娜轻声对我附耳道，“今日多亏陛下相护，夫人先回玉辰殿再说吧。”

我心神不宁地回到屋中，刚刚躺下，感到枕下有什么东西，我往里一掏，却见是一朵硕大的红玫瑰，旁边放着一颗核桃。我赶紧拨开那朵红玫瑰的花瓣，果然在最里面发现了小五义的记号。

玫瑰指玫瑰园，核桃是指树母神，只有一颗，应是指一更在树母神下见吧。

是碧莹传信给我吗？我应该相信吗？不管怎样，既然现在人为刀俎，我为鱼肉，无奈早已是死水一潭，与其在这里等死，不如去看看有没有转机。

这一夜，我用衣服做了个假人放在被窝里，然后偷偷晃过侍卫，蹿到金玫瑰园中，来到树母神下。

不久，巡逻士兵的身影出现。我紧贴着那棵百年树母神，那树母神不停地掉核桃，砸得我很疼，我便闪身躲进那个大树洞，黑暗中，斜刺里伸出一只手来，猛地捂住了我的嘴：“不想死的话，快告诉我春宫如何走。”

我激动了起来，这个声音是齐放的。

我满心欢喜地想说话，结果他捂得更紧，声音也更冷：“看来你想死。”

浑小子，他的手紧起来，我不动了，害怕冤死在齐放的手中。

过了一会儿，他一松手，我转过来，虎着脸道：“小放，是我啊！”

月光洒在齐放清俊的脸上，一片不可思议。

我们进行了简短的认亲演说，我这才知道齐放也被关在凉风殿，与我只隔几堵墙，但是这群突厥人好像给他服了一些丧失功力的药物，让他变得跟普通人没什么两样。

齐放在提到糖衣炮弹时很简单：“突厥蛮子拿荣华富贵相诱，还整日遣些不知廉耻的女人前来。”

没想到突厥人还真没骗我，齐放还真有美女伺候。

齐放告诉我，他便将计就计，反倒利用这些女人帮他打听到了我的下落和近况。

我看着他的冷脸，心说无论时代如何变化，无论身在何处，冷面帅哥永远都是这般吃香。

我对他说道："你是怎么到这里来的？"

他说："沿歌混进来了，我已与段太子接上头了，再过数日，段太子会亲自潜入境内。"

我皱眉道："他亲自前来，难道不怕同我们一起被扣在突厥？他怎的如此糊涂。你想办法让人通知段太子，万万不可让他前来。先把卓朗朵姆换回去，没有孕妇做人质，我逃出的胜算更多。"

齐放点头答应，然后问道："主子可是收到一枝红玫瑰花和一颗核桃，那玫瑰花中有小五义的记号？"

果然小放也收到了红玫瑰花。

我点头轻声道："可能是碧莹身边有小五义的人，他们发现了我的真实身份，便想前来营救……当然亦可能前来害我们！"

话刚出口，四周便到处有人在喊有刺客。我心说不好，拉着齐放往树母神的大树洞里躲着，对着齐放做着噤声的手势，两个人屏住呼吸。

只听阿米尔的声音在外面焦急道："可汗陛下没有事吧？"

士兵回报道："陛下陪着大妃娘娘在看舞乐，有人想行刺可汗，好在可汗陛下有腾格里的保佑，没有受伤。"

"刺客抓住了吗？"

"六个刺客，除了那个头头逃出去了，其余全自尽了。"

"封锁宫中所有通道，不可让任何人出宫。"

我和齐放都一愣，撒鲁尔遇刺，怎么会这样巧呢？

然后我感到一丝很轻的震动，我看向黑暗中的齐放，齐放也是一脸微讶，地面开始剧烈震动。只听有宫人们恐惧的尖叫声传来："腾格里发怒了，地女神发怒，地动了，地动了。"

齐放护住我的头："主子，小心，地动了。"

地震？怎么这么巧，怎么会地震了？

不对，这个地震的震中好像就在我和小放的脚底下？地面忽然裂开一道口子，我和小放猛地掉了下去。

我在一片火光中醒过来，睁开眼睛，头痛得厉害，却见齐放亮了一个火折子照在我的脑门边。我呻吟着爬起来，只觉得天旋地转。

“主子没事吧？”齐放一点事也没有地酷着一张脸问道，用袖子帮我抚去了额头擦伤的血迹。

我抚着额头，看了看四周，却见身在一个幽暗的石库中，四周全是坚硬的石壁。我抬头一看，不由得倒吸口冷气，原来我们已经离顶上二三米远，头顶只是一片黑暗的岩壁。

“主子，我等恐是无意间进入了一座地穴。”齐放冷静地说着，“许是皇家建造的幽秘之所。这棵树母神我平时夜探时经常细看，并没有发现任何蛛丝马迹，按理说地动开启这地穴实属偶然，可是主子你看这个地道，路面如此平整，墙壁光滑，可见常有人前来走动，并且触碰这里的机关，这个地动来得未免巧些。”

齐放师从金谷真人，精通奇门遁甲，以前在江南，家里全是他布置的守卫和风水摆设。他一边说，一边不停来回走动，东拍西捏，似乎在找机关，然后他发现了一块砖特别光滑，然后他似口中念念有词，默念方位，只听轰隆隆的轻响，眼前的墙壁消失了，出现的是一条幽暗的通道。

小放又拿出一个火折子，待燃着了，使劲扔下去，却听下面铁箭尖厉地呼啸而过，然后火折子被射成无数的火星，飘散在空中。齐放镇定道：“看来那个引我和主子相见的人很可能是想我等有这火折子的下场。现在我们只能进入这个暗道，从另一个出口才能出去。”齐放严肃地说道，“请主子跟随放，千万不要离放一步之遥。”

我点着头，跟着齐放进入了黑暗的世界。

那个通道很长很长，走了几步豁然开朗，出现了三岔路口。齐放琢磨一阵，说道：“整个弓月宫以北斗七星的位置，建了七个最大的宫殿，春夏秋冬四宫加上撒鲁尔的神思宫、金玫瑰园和禁宫。那禁宫原名赤焰宫，据说阿史那有位祖先被魔物所伤，巫师将魔物镇在太液池中，那池水也化为魔池，故而无人再居住。金玫瑰园在春宫附近，树母神又是金玫瑰园的中心，一般宫廷地道是为了皇帝后妃接见秘密客人。这七大宫殿之下理应互有地道相连。我们现在应该在春宫的正底下，这左中右三个通道，其中应该通向皇后的夏宫，皇太后的冬宫，还有撒鲁尔的神思宫，我觉得应该还是取道中间。”

我们走入中间的地道，进入一段幽暗的通道。昏黄的火把忽明忽暗，幽幽照亮通道两侧和顶壁五彩的壁画。画中人有男有女，衣着华丽繁复，神情高贵不凡，整个壁画有些地方被风化了，面目模糊不清，可见年代久远。

一路走来，慢慢地我发现整个通道中的壁画无论场景如何变化，人物穿着怎样变化，主角永远只是一男一女，画中描述着他俩怎么在河边相识、相惜，最后结婚，婚礼上新娘坐在一只长身尖齿的神兽上，很像在原油池袭击我的那只怪兽。那新娘拥有一双忧郁美丽的酒红明眸，头上缀着数朵西番莲。

我打了一个哆嗦，坚持一幅幅地看下去，到最后一幅巨型肖像画时，我却不由自主地停了下来。画中男子有着突厥人样貌，头戴阿史那族徽的金冠，长相带着明显的阿史那家男人的特征，高鼻深目，英挺俊美，阳刚霸气，然而他的眼睛是褐色的，伟岸的身形坐在黄金狼头宝座上，膝边趴坐着一个中原女子，身着后宫红艳的华服，细眉长目，气质高贵，风姿绰约，那酒眸却好像满怀失落地在寻找什么。我看落款用古代突厥文写着，阿史那毕咄鲁与阿弥永不分离。

这几个月我潜心研究突厥史书，得知那阿史那毕咄鲁正是阿史那家的先祖，原是楼兰的锻奴，带领突厥各部脱离了楼兰的统治，一统突厥各部，建立了威名远扬的大突厥帝国。我记得曾经看过阿史那毕咄鲁手书的文献，笔拓舒放豪气，遒劲有力，与这幅壁画的落款非常相似，极有可能是阿史那毕咄鲁亲自题字。

至于那女子，我却好像从来没有在书中看到过阿弥的字眼，也从未听到任何宫人提过，可能是因为血统问题，最终没有成为突厥皇后，因而她的芳名也在历史的洪流中消失了吧。

依稀记得突厥正史里面的开国皇帝，阿史那毕咄鲁都是以酒眸红发的形象流传，突厥人曾骄傲地称他们的祖先乃是狼神与火神的后代，故而天生酒眸红发，可这里怎么是褐发褐瞳？既然后世历代都是酒瞳，很有可能是这个叫阿弥的后妃，她的子孙最后成了下一任突厥皇帝，为了遮掩血统上的尴尬，便篡改了历史！

然而无论后世怎么改变史书，历史永远是历史，这个君王还是以自己的狂热来证实了这一段爱恋。自古以来，无论哪个时代，哪个国家，能同君王进入同一幅画像是何等的荣宠，这意味着她或是他将会跟着君王流传后世，尤其对于一个异族女子来说，画在纸上的画如果保护不当，很难长久，可是满洞的壁画可保存千年之久，可见这个阿史那毕咄鲁对这个叫阿弥的妃子宠爱至深。我再仔细一看，不由得一怔。这个女子居然同紫栖山庄暗宫壁画上的飞天笛舞中的女飞天有九分神似。

西番莲，红眼睛的中原女人，还有飞天笛舞中的女飞天！

疑窦重重中，我鬼使神差地走上前，用手去触摸那个酒瞳女子的面容，轻轻抚着，也不知道我碰到了什么，忽然那个红瞳女子猛然睁开了眼，淡黄色的眼眸冰冷地瞪着我，我吓得摔在地上。

齐放跑过来，浑身戒备地看着那幅巨型壁画。那个叫阿弥的女人静默而森然地看着我们，然后有轻轻的话语传出。我的汗毛一根一根地竖了起来，齐放却走过去看了看，不久对我微笑着招招手。我大胆却疑惑地爬起来，凑上前去，这才发现，原来阿弥的眼睛竟是一对监视孔，那淡黄的光正是从另一侧宫墙透过她的眼眶照射过来的。

我屏息静气，却见室内富贵逼人，红绡罗帐，千重万丈，缀满了珍珠钻石，绮丽得让人脸红心跳，一旁守着一个光头青年，是那个见过一面的太监总管，阿史那家的依明。

有人匆匆地进来报了一声，依明便轻轻地对帐内说了一句，一个女子一身赤裸地从帐中爬了出来，肤白如雪，丰乳肥臀，性感撩人，正是阿史那古丽雅。

我心中一动，自古女帝后宫亦有面首三千，想必帐中便是阿史那古丽雅的情人了。

两个侍女前来为她披上一袭雪纱，那成熟的胴体半露，更添诱惑。依明附在她的耳边轻声耳语一番，她的脸色变了。

“出了什么事？”一个男人的声音带着一丝激情后的余味。

阿史那古丽雅看了一眼依明，依明立刻走了下去。

我一愣，呀，这不是那个冷心冷情的果尔仁吗？

帐帘微动，果尔仁下身也就裹着层单薄的纱帛，走了出来，疑惑地看着女太皇。

“撒鲁尔刚刚在春宫，你的好女儿那里，遇到刺客了。”女太皇冷冷地看着果尔仁开口道。

“陛下可曾受伤？”果尔仁皱眉道，“刺客抓到了吗？”

“只余一名自尽了，可是这个刺客的兵刃上带着剧毒，而那毒竟是你们火拔家请来的奇人异士所配的荧蚁毒。”女太皇的眼神如利箭，射向果尔仁。

果尔仁愣在那里，脸上有着受伤的表情，过了好一会儿，艰难道：“古丽雅，难道你以为是我派人去刺杀陛下——”

女太皇猛地打断了他，大声地呵斥道：“大胆果尔仁，你竟敢呼我的名讳，还不跪下。”

果尔仁心碎至极，愤然道：“果尔仁自问忠心为主，何错之有？就算老臣心存不轨，断不会如此愚蠢，自身在皇宫与女太皇共度良宵，转头却派人刺杀陛下，还会让刺客留下痕迹，坏我大事。”

“那你且说说，你们家的秘毒怎么会流传出来？”

“果尔仁现在身无寸缕，容陛下让老臣着装完毕，好去追查此事。”

女太皇猛然从帐中抽出精光四射的短刀，对着果尔仁道：“还请叶护大人在冬宫陪朕坐一会儿，好让我派武士查探此事。”

果尔仁的喉间顶着冰冷的利刃，面上一片凄苦：“老臣为女主陛下奔走半生，为何女主陛下如此不信老臣？”

“为什么？”女太皇冷冷笑道，“因为你的女儿现在拼命在撒鲁尔耳边吹着枕边风，要对我实行宫谏，怪我退位后却不给撒鲁尔实权。而你一到弓月城就反对迎立佛教为国教，果尔仁，你的心现在变了。”

“那么女主陛下刚才在我的怀中流泪，那快乐的笑容都是假的吗？”果尔仁惨然一笑，“我以为我这半生痴心，终是感动了陛下，终是能让女主陛下为我微笑，原来一切全是假的。”

他痛苦地看着她，电光石火之间，果尔仁早已出手击向女太皇的腕间，轻轻一扭，那柄宝刀到了果尔仁的手中，改为顶着女太皇的喉间。

女太皇转瞬平静，高贵依旧，酒瞳望着果尔仁冷笑道：“火拔家现在是第一大族，眼看是要盖过我阿史那家。如今，我人在你手上，请叶护快快动手吧，不过你休想逼我写废立撒鲁尔的诏书。”

果尔仁越听手越抖，脸痛苦地扭曲起来，猛然一甩短刀，大声说道：“究竟是谁逼人太甚，古丽雅？是你先背弃了我们的誓言，移情爱上那个该死的原青江，我可曾有过半点背叛之心？”果尔仁那张冷酷的脸开始激动起来，“人人都说果尔仁是阿史那古丽雅胯下的一条狗，可你却说我要害你的儿子，还说我要对你实行宫谏？古丽雅，是你的心变了。”

果尔仁凄惨道：“为了你，我这一生没有娶过一个女子，我何时享受过天伦之乐？为了你，我去照顾你和原青江的宝贝儿子，做了原青江的奴隶整整七年。为了你，我不在乎别人怎么笑话我，真的变成了你的一条狗，不停替你平定不服你统治的部落，而放弃了一个男人开疆辟土的雄心。可是我这么多年的牺牲得到了什么？没有你的诏令，我甚至不能进入弓月城来看你。为了可汗党的那些胆小鬼的疑心，我的部族不能将牲畜赶到弓月城附近放牧，你现在还要怀疑我来害可汗。他是原青江的儿子，可我一路护着他长大成人，难道在我的心里他就不是我的儿子吗？我如果真要背叛阿史那家，在原家那几年易如反掌！古丽雅，古丽雅，”果尔仁口中唤着女太皇的名字，热泪纵横，“你难道真要剖开果尔仁的心，来看看他对你的一片真心吗？罢了，果尔仁就在这里，你一刀捅死我吧，让我去陪伴先帝，莫要再见你这个铁石心肠的女人了。”

我听了不觉动容。一个女人有这样一个男人，爱她爱得死去活来，这一辈子实在不算是白活啊！

却见果尔仁满脸痛苦地背过身去，当真不看女太皇一眼，唯见双肩抽动，难忍悲愤。

女太皇渐渐平静了下来，愤怒的双眉也挂了下来，从身后轻轻抱住了果尔仁。

“对不起，果尔仁，”女太皇忽地伏在果尔仁背后放声痛哭起来，“也许我年轻时的确迷恋过英俊跋扈的原青江，可是岁月让我变得成熟，你在日夜思念着我，难道我就不懂得那种相思之苦吗？”

果尔仁慢慢转过身来，满面惊讶，看着女太皇那美丽的眼睛开始闪烁着爱情的光芒。

“你的部族是我大突厥最强的部族，不入弓月城是不让其他部族有机会来指责你，乘机削弱我们的力量。果尔仁，我理解你为何要当众反对我推奉佛教，可是自先帝起，草原部众纷争不休，摩尼亚赫横征暴敛，民不聊生，撒鲁尔继位以来，又穷兵黩武，一统东西突厥。果尔仁，百姓该休息了。”

果尔仁伸出健壮的双臂，叹着气搂住女太皇，渐渐平复了怒气。

女太皇轻轻靠在他的胸前，流泪道：“你我分离了这么多年，撒鲁尔亲政后，为了政局，我们却还是不能长相厮守，这人生便转眼蹉跎了十年。可是我们的人生还有多少个十年啊，果尔仁，不要再离开我了，那些人要说就说吧，陪着我，不要再离我而去。”

果尔仁温柔地为女太皇拭泪，她每说一句，他就不停对她点头，却也禁不住热泪滚滚。

女太皇忽然害怕地说道：“我最近老是做噩梦，摩尼亚赫那恶心的样子总在我眼前出现，果尔仁，我的心里怕极了，我……老了，就陪着我过几天太平日子吧。”

“胡说，你不会老，你永远是我心中最漂亮的古丽雅，草原上最美丽伟大的女神。”果尔仁深情的话语渐渐轻了下去，淹没在对情人的呢喃中。

两个人影又回到红绡纱帐中，紧紧依偎在一起，我依稀听到阿史那古丽雅轻喘着说道：“果尔仁，我想为你生个孩子。”

我转开视线，避开这限制级的画面，正对上齐放疑惑的脸。我暗中干咳了一声，肃着一张脸转过头去再看，眼前却是两只幽幽的红眼珠，咦？什么时候暗门关上了，莫非还是自动的？

忽然，没有任何预兆地，我们又猛然往下坠。

过了不知多久，我幽幽醒来，却见身在乌黑的地道，眼前似有幽幽的绿光，齐放反趴在旁边，手臂上流着血。我尽量慢慢地爬起来，只觉浑身像是散了架似的，我摇了摇齐放，齐放皱着眉头睁开了眼睛。

“小放可好？”我紧张地问道。

齐放立刻稳稳地答道：“主子放心，不过是皮外伤。”他也站了起来。

我掏出绢子，给他简单包扎。我们四周张望，身边是一条细细黑黑的地下河，前方有淡淡的绿光闪耀，我们决定往亮光处前进。

那地下河中渐渐飘出刺鼻而熟悉的气味来。我沿途用手指蘸了蘸那细细黑黑的地下小河，果然是原油。越往前行，那溪流越稠，我心中疑惑起来，看来我们所去之处有着丰富的原油矿藏。也许古人并不知道如何真正利用未来的流动黄金，但是石油易燃这个道理显然是明白的，为何要将弓月城和这个地下宫殿建在易燃之地？

莫非是宫殿的设计人和建筑者在开工后才发现这地下有原油的？

难道还会是古代的一件豆腐渣工程？

难道是怕统治者一怒之下，迁怒于所有的工匠，硬着头皮建下去，便使用循环池的这种方法，舒缓油喷，较温和地引出石油？

又或者是这个宫殿里如同西安紫栖山庄下的暗宫一般，埋藏着一个惊天动地的秘密，那个关乎朝代更替的秘密，于是统治者便利用这个油矿做了第二手准备，如果有突发状况，无论是出于封建统治贵族的占有心态，还是要把那个秘密永远埋在地底下的目的，他们宁可引火烧光整个弓月宫，也不让任何人占有。

绿光越近，阴森的腐臭越浓，闪闪的绿火星森然地飘了过来，好像死亡的使者一般。

齐放对我低声说道：“这是鬼火，主子小心，不要沾了不吉利的东西。”

古人称磷火为鬼火，却是并不过分。这几年我走南闯北，乱石坟场林立，荒山野地，何处不是尸骨遍地，磷火遍野。

地面的颜色开始变了，变得赤黑，似是血迹凝固，空气中原油的气味也混着令人作呕的血腥味。

一个转弯，走到尽头，溪流化成一个黝黑的深潭。我和齐放抬起头，立刻呆在那里，两个人再也说不出话来，我忍不住弯下腰，干呕了起来。

只见层层叠叠的尸骨堆积成一座座小丘，看那衣着，汉人、突厥人、楼兰人、车师人等各种各样的民族皆有，正对着我们的是最大的尸骨山丘，足有两米多高，磷火冷冷地围绕在我们周围。我浑身发着颤，不停地往后退，手中触及一片柔软，惊回头，只见一株紫色西番莲正对我狞笑着，正如我脑海中可怕的梦魇。

然而，这株西番莲的花瓣竟然紫红相间，花心中央长长地抽出数支鲜红滴血的花蕊，我下意识地抬头，却见乌黑的洞顶爬满了这种怪异的紫红相间的西番莲花和它的藤蔓枝叶，那最大的尸骨山丘顶上歪坐着一具穿着突厥宫人衣服的尸体，无力地顶着皮肉腐烂殆尽的骷髅头，那骷髅的嘴里进进出出地爬着粗大的藤蔓，而那空无一物的眼眶中开着一朵硕大无比的西番莲花，映着周围的鬼火，森森地看着我们。

齐放的脸色也有些发白。

这时，身后传来啪嗒啪嗒的脚步声。齐放拉着我躲到一具尸骸后面，我拿手捂着鼻子。黑暗中从远处慢慢飘来两点血红，一个巨物的轮廓出现在幽幽飘荡的鬼火中，同我在禁地见到过的那种怪兽相似，但是比我上次见到的小一些，颜色更淡一些，好像是一只幼兽。它的血色眼珠在眼眶里冷冷地转了两转，狐疑地嗅了嗅，然后目不斜视地从我们面前走过。

我注意到它走路的样子有些奇怪，嘴巴里好像咬着东西，可能那东西的体形超过了它，所以走一步，停两步，来到鬼火聚集处，却见它的嘴里咬着一条人腿，倒拖着一人，地上曳着长长的头发，沾满了油污和血污，隐隐看出那灿烂的金黄色。

那是个女人，她的脸痛苦地抽搐着，没有沾染着油污和血迹的部分却苍白如鬼，蓝眼睛被咬掉了一只，另一只无神地看着我，正是拉都伊。

我们心脏收缩，忽然前面的骨堆倒了下来，一下子惊动了怪兽。

怪兽立刻甩掉嘴里的拉都伊，大吼一声向我冲了过来。

齐放前去迎战，我赶过去检查她的伤势，撕下布条，给她腿上粗粗包扎。糟糕，她腿上的大动脉被咬破了，血流不止。

齐放越战越勇，青锋剑削下那怪兽的右脚，小怪兽的痛叫刺激着我们的耳膜，然后化作哀鸣，好像是在求救。那声音引来了另一阵咆哮，前方的通道里又亮着两点殷红，一只通体乌黑的大怪兽对我们嘶吼着，它的身上有伤，正是在油污池中袭击我的大怪兽。

小怪兽委屈地爬到大怪兽那里，向它碰着脑袋，似是诉苦，那只大怪兽朝我的方向嗅了嗅，然后愤怒地冲向我。

中途齐放的剑被一下子撞飞了，情急之下，我拿起骷髅头乱扔，竟然给我摸到一把箭袋和弓箭，我施轻功跃上最高的尸骨山，张弓开射，大怪兽头部中了一箭，但是它的皮很厚，箭头无力地蹭了一下，反弹到墙壁上，微有火星，大怪兽却吓得跳了起来，退后一步。

对啊，这个怪兽既是在油污里长大，应该明白火光能要了它的命。可我和齐放身边没有任何火折子，我又怕火星一大会酿成大火，造成大爆炸。

二人二兽僵持之际，不知哪里的洞壁忽地打开，一个栗发青年闯了进来，竟然是阿米尔。

他快步走了进来，看也不看我们，立时向小怪兽射出三支带着火星的利箭。

小怪兽在凄惨的叫唤中焚烧起来，大怪兽悲鸣着逃开了。

阿米尔完全无视于坐在人骨山上大口喘气的我们，只是跌跌撞撞地奔向拉都伊。他的眼中带着崩溃，连点拉都伊的止血穴道，双手颤抖地扶起了她满是血污的脸，笨拙地用袖子擦着她满脸的血污，露出那漂亮的脸蛋。他轻唤着她的名字，泪水滴她的额上。

她缓缓地睁开仅存的那只美丽的蓝眼睛，艰难地绽出一丝微笑：“阿米尔，你终于来了。”

“对不起，拉都伊，哥哥来晚了。”

我愣住了，阿米尔是拉都伊的哥哥！

“好妹妹，哥哥马上就带你离开弓月宫，回葛洛罗大草原，回我们的家去，在那里再也没有人会伤害你了。”

“不，”拉都伊仅剩一只的大眼流出了大颗大颗的泪珠，“不，我不去，我要留下来陪着陛下，我要为陛下生下狼神之子……”

我霍地一下子冲了下来，不可置信地说道：“拉都伊，你的孩子是撒鲁尔的？”

拉都伊鄙夷地看了我一眼：“哥哥说你身上有毒，是永远不可能为陛下生下狼神之子的。”

齐放看了她一眼，替拉都伊把了一会儿脉，转头对阿米尔轻轻摇了摇头。

阿米尔泪如泉涌，只是拥紧拉都伊。

然而拉都伊却对着阿米尔绽出一丝天真的笑意：“我已经怀上了陛下的孩子，哥哥，我……吃了树母神的神果，我一定会生下男孩的。”她微喘着，脸色微微泛红，想是回光返照，兴奋道，“到时，火拔家的人就不能再欺侮我们葛洛罗家了。陛下说我很美，我和陛下在一起的时候很幸福。哥哥，连大妃娘娘都嫉妒了，所以她要派香侍官把我推到黑池子里，让魔鬼吃我。可是我不怕，我一点也不怕，只要一想到陛下，我就很幸福，一点也不怕。”

“好，我的拉都伊妹妹是最勇敢的。”阿米尔颤声对她说着。

拉都伊满面幸福的笑容，她的呼吸越来越急促，口中连连吐着血，似乎还想再对阿米尔说些什么，然而那宝石般的蓝眼睛却渐渐黯淡了下来。

说实话，我对于拉都伊兄妹并没有强烈的好感，如同他们不喜欢我一样，然而那少女情怀和一个做母亲的心情，我焉能不懂，而造成她的悲剧的却是八年未见的碧莹。

八年，这八年发生了什么？看来我所认识的碧莹也死了，被这后宫、这没有硝烟的战场杀死了。八年的离乱造就了一个君莫问大老板，而八年的后宫生活，后妃身后所代表的各个政治派别之间的残酷斗争，锤炼出一个更为冷酷的热伊汗古丽大妃。

阿米尔紧抱着拉都伊，满眼震惊伤痛，泪如泉涌间，一头扎到妹妹的怀中。

我看不到他的表情，只看到他的双肩剧烈地抽动。我和齐放在旁边暗中叹息，也不知道该说些什么，只是默默地坐在这对可怜的兄妹身边。

过了一会儿，阿米尔抱起拉都伊的尸首，满脸凄惨，沉声道：“跟我来。”

我们跟在阿米尔身后，看来他对地宫很熟悉。我们暗中记下了他所走的路线，出了那个宫殿，混着原油的地下河又开始变细，回到溪流状态，缓缓跟着我们。

几个转弯后，又来到一个三岔口，阿米用脚踢开一处机关，出现一层阶梯，我们走了上去，一打开顶门，我们竟是在那个禁宫里。果然这里是暗道的一个出口。我思忖着，看来那天，撒鲁尔正是从这个暗门回去了，这个地宫究竟有多少出口？

回头看向金玫瑰园的方向，心中又不禁诧异，我们走了这么远？

夜雾迷蒙中，他转过身来，对着我们用不带任何情感的声音道：“木姑娘，谢谢你让我见到了拉都伊最后一面。”

我已经有很多年没有听到他叫我木姑娘了。

“作为报答，这块令牌，你拿着。”他扔给我一块铁牌，“突厥将有大变，木姑娘还是同你的长随快快离开这里吧。”

我接过令牌：“是你引我和小放入密道的吗？”

他摇摇头：“香芹半夜提出拉都伊前往禁宫，我便心知不好，但有人行刺陛下，我根本不及救护，许是地动无意间打开了秘道，又许是有人想要你俩遭遇和拉都伊同样的命运，你们才会到得无忧城来吧。”

“这个地宫叫无忧城？”我心中一动，依稀记得非珏曾在梦中警告过我不要去无忧城。

阿米尔慢慢点了点头，咽气吞声道：“我本想带拉都伊远走高飞，不想还是逃不开血雨腥风，木姑娘，多保重吧。”

阿米尔虎目垂泪，抱紧怀中的拉都伊，转身而去。

这是自我认识阿米尔以来，他第一次对我如此客气。我一时感慨，看着他的背影，千言万语最后化作一声轻喊：“阿米尔……你也多保重。”

他回过头来，黑暗笼罩着他和他怀中可怜的女孩，我看不清他的表情。他欲言又止，却终是消失在茫茫夜色中。

齐放拿走了我的令牌，让我先回去，以免打草惊蛇，他会想办法安排暗人，接我和卓朗朵姆出去。

我回到房中，那个假人还在，七夕开心地跑过来舔着我的手，我暗舒一口气，刚要躺下，枕心里好像又有东西，疑惑地伸手一掏，却见是一株红紫相间的西番莲。

我的手一颤，那朵西番莲飘然落到地上，诡异地仰望着我，盛开的花瓣仿佛是对我咧开了一抹惊悚的笑容。

我一夜噩梦，第二日在鸟鸣声中惊醒。

阿黑娜进来伺候我梳妆，看着梳妆镜里顶着两只肿眼睛的我说道："夫人，昨夜有人行刺可汗，乘机把那个偷吃树母神果实的拉都伊给带走了。"

"你如何知道拉都伊跟刺客走了？"

"宫中侍官这么说的。昨夜审讯拉都伊时发现她已经怀了孩子，有侍官看到那个刺客的余党把她带走了。"

突厥皇宫防守了得，如何让一个刺客进来带走个活生生的人？这种谎言也只是遮掩残害拉都伊的事实。

我想起昨夜那枝西番莲，心想，看来那个引我和齐放入地道的人已经知道我们活着并接了头，这是对我的一种警告，警告我不能轻举妄动，他在暗中看着我们。

阿黑娜想帮我梳个髻子，我心情烦躁，不想老坐在镜子前，就对她说："不用怎么梳了，帮我编个辫子就成了。"

没想到阿黑娜却点头赞道："夫人说得对，汉人有一句话，清水出芙蓉。宫里的女人一心浓妆艳抹，取悦可汗，却不知刚刚盛开的带露鲜花才最是惹人喜爱。"

我正木然地看着她兴高采烈地编着我的头发，有侍女进来禀报说，大妃娘娘请我前往玉滙殿喝"葡你酒"。

我一听"葡你酒"就是一个哆嗦。

"最近大妃娘娘心情不是很好，"阿黑娜有点紧张，"拉都伊又刚刚失踪，这不是个吉利的兆头，夫人还是先称病，不要去了吧。"

昨夜拉都伊临死前苍白的脸在我的脑海闪了一闪。

"有些东西总要面对，"我自嘲地对着镜中的我一笑，又对阿黑娜道，"你送我去吧。听说大妃有一半的汉人血统，指不定我们相交甚欢呢？"

阿黑娜拗不过我，帮我换了件石榴色纱裙，插上撒鲁尔赏下的镶水晶金步摇，戴着黄玛瑙玉镯，送我去玉滙殿。

玉滙殿的燕子楼是撒鲁尔破例为大妃娘娘赏月建造的，除了撒鲁尔神思宫中的观星殿，燕子楼便是整个弓月宫里最高的建筑，甚至超过了女太皇的流凤台。据说太皇陛下大为不满，为此同撒鲁尔大吵了一架。

这一日正是风和日丽，鸟语花香，进入金玫瑰园，远见碧水逶迤的中央，耸立着一座精美绝伦的殿宇，画梁直拂星辰，阁道横穿日月，琼门玉户，恍然神苑仙家。穿过九曲桥来到近前，我微一抬头，远远地看到燕子楼上的一个倩影扶着回廊看我，过了檐下，我再抬头时，廊上佳人已无踪影。

来到内殿，目所能及之处皆金窗玉栏，富丽堂皇，奇珍异宝的光辉中透着无与伦比的贵气，皆彰显着这里的女主人在可汗心中无比崇高的地位。

珠帘绣幕的墙上高悬着一幅百鸟朝凤图，那图中的吉鸟凤凰没有像传说中那样栖在梧桐树上，而是傲然蹲在一株娇艳的玫瑰花枝上，回首傲视人间。

我认得那是她的绣迹，一针一线，粉瓣丝绣，灵动思巧，花若盛开，凤犹翩翩。

那年腊月，宋明磊练武时冬衣袖口破了个口子，拿来请在床上的她给缝补缝补。

那夜外面大雪纷飞，德馨居里燃着劣质的灰炭，也没有足够的灯油点灯，我最怕她累着，便死活不让她晚上缝，硬逼着她睡觉，可是半夜醒来，却发现一灯如豆，她早已偷偷爬起来，认认真真地缝着那件粗布冬衣，在袖口那里绣了一朵精致的玫瑰，比《红楼梦》里的晴雯还晴雯，累了一整夜后，便发了高烧。我心疼地骂了她半天，可是她幸福地看着那冬衣，痴痴道："二哥穿上一定好看。"

于是，第二天我踏着厚厚的大雪，给宋明磊送去那件冬衣，特别给他看那朵玫瑰，却发现他并没有如碧莹满心希望的那样开心，甚至没有穿在身上。我生气地问他为什么不穿，他淡淡说袖口的花纹太女气，穿出去让人以为是断袖，然后他硬塞给我，让我给碧莹拿去改改，我愤愤地夺了去。

走在回去的路上又想，碧莹看了，生气伤心是小事，主要是怕这个丫头还会顶着高烧再给宋明磊半夜挑灯夜绣，反正任何事只要同宋明磊沾上边的，这丫头就会犯疯魔，还不如我自个儿改改吧。于是我躲到于飞燕的东营，当着于飞燕和锦绣的面，把个没有良心的宋明磊怒骂了半天。

那时的锦绣还笑我操那么多闲心干什么，纯属吃力不讨好，于飞燕只是老好人地给我递上茶水，坐在旁边看我一个人发飙，不敢插嘴。后来我便在那里把玫瑰花改成了一只SNOOPY（美国漫画里的小猎狗），心中暗骂宋明磊还不如SNOOPY呢，纯一个狼心狗肺。于飞燕看了却爱不释手，连说要问老二把这件冬衣给换过来，锦绣也说这个花样特别，我的心情才好一些，然后又给宋明磊送去。

颀长的青衣少年还是在分手的那片雪地里等我，云淡风轻地望向我，好像知道我会如他所料，改完乖乖送来。我冷着脸往他怀里一塞，咬牙切齿道："我告诉你，碧莹虽替你改了，心里可生气了，所以，从此以后你可不准在她面前穿上这件冬衣。"

宋明磊那时凝视着那SNOOPY半天，我自然心虚地在雪地里不停蹦来蹦去地取暖，搓着双手。

半晌，他却绽出一丝暖暖的笑意，把自己的围脖脱下来，轻柔地缠在我的脖子上，一边帮我搓暖我的双手，不停地替我呵着热气，清澈的双瞳晶晶亮："你且放心，我一定好好藏着……谁也不给。"

当时的我有点发毛地想，这小子怎么搞得跟海誓山盟似的，又气他这样不珍惜碧莹的心血，只是冷哼一声，从他的手里抽出手来，傲然一甩大辫子，仰头就走。走了很远，我又忍不住悄悄回头，却见皑皑大雪中的少年，头上身上沾满了落下的白雪，冻得脸都青了，却还是维持着老样子，双手捧着那件冬衣远远地含笑看我。

宋明磊再没有穿那件冬衣，只是挂着件老羊皮坎肩，冻得鼻子通红也面不改色。

碧莹每次都心疼地问他那么冷的冬天，为什么不穿上她为他缝补的冬衣，我自然心虚得很，没敢看宋明磊，只听他淡淡浅笑："最近武功小进，只当练耐力，不穿也无妨。"

碧莹眼泪汪汪，好像受冻的人是她。后来我也悔了，心想还是去找宋明磊说几句软话，让他穿上吧，别这样受罪了，可惜还没来得及开口，他的身上却多了一件原非烟相赠的雪狐冬袄，无论他走到哪里，总能看到人们向他投来或艳羡或嫉恨的目光，然后他到我们这里来的机会越来越少，碧莹的目光也越来越黯淡。

明晃晃的宝石珠帘微微晃动，清脆得好似一曲天籁，珠帘后那倩影悄然而至。我惊回身，碧莹描绘精致的脸庞出现在我的视线内。

我缓缓地下跪，要给她行礼，她紧走几步过来，扶起了我，让我有点惊讶："木槿，你快起来。"她的眼角有泪流出，颤声对我说道，"木槿，我是碧莹啊。"

我狐疑地看着她，轻轻笑了："民女君莫问见过大妃娘娘。"仍是慢慢跪了下去。

西洋摆钟当当地响个不停。此时是上午十点，我淡淡地看着地面，耳边似乎还回响着拉都伊死时说的话。

她轻轻叹了一口气，离我远一些坐定："夫人请起。"

我中规中矩地站了起来。她让我在她身边坐下，拉着我的手。我看着她身后的香芹。

"你昨天被我吓着了吧？"她低低说道。

"香芹，你先下去。"

香芹似乎想说什么，但看看碧莹的脸色，终是黯淡了目光，低头诺了声，走了出去。

屋中只剩我俩了，钟摆嗒嗒地响个不停，我的手被她抓着有点出汗了，微微想抽出来，她才慢慢地放了手，但也不说话，只是一径看我，而我却只是看了眼那幅百鸟朝凤图，垂目问道："不知大妃娘娘召民女前来，有何吩咐？"

"你这些年过得好吗？"她低低问道。

我抬眼看她，她眼角的眼线精致斜飞，顾盼生姿。我涩涩地笑着："多谢大妃娘娘挂念，莫问这几年过得很好。"我指着那幅图说道，"这幅织品是大妃娘娘绣的吧，那丝缎是民女上次送给陛下的样品。民女记得陛下说有一个爱妻最爱刺绣，想来是说娘娘。"

她美丽的脸红了，空气也有些局促。

过了一会儿，她笑着说道："听说你有了一个女儿，今年八岁了吧。"

提起夕颜，我不由得露出一丝无奈的微笑，点了一下头："夕颜是个调皮鬼，带她可烦着哪。"我长叹一声，心想不知何时才能见到她，我想她想得心都疼了。

“我的儿子木尹今年七岁，是大突厥的太子了。”碧莹接着说道，似乎对孩子这个话题很感兴趣，不再逼着我认亲，她微微笑了，“女儿阿纷五岁，很害羞，不像木尹，整一个小淘气，跟她的父亲一模一样。”

她的面上满是为人母的骄傲。我看了看她高隆起的小腹，想着昨夜有一个母亲死在那无忧城的怪兽嘴中，微笑道：“几个月了？”

她的脸色忽然沉了下来，有些伤感地说道：“快八个月了吧。”

她描绘精致的眼中慢慢蓄满泪水，我一怔，她忽地伸出青葱玉手，抓住了我的手贴到肚上，哽咽道：“木槿，你恨我吧？”

我的眼睛也湿了起来，仍是勉强笑道：“大妃娘娘说的，莫问不懂，一点也不明白。”我淡淡道，“不过，我以前一直以为我的结义三姐死在戈壁沙漠。”

她泪眼蒙眬地看着我。我笑笑：“好在她活了下来，我的朋友也活了下来。”我看着她有些迷离的眼，笑道，“这样多好，他俩活了下来，这对我来说比什么都重要。”

碧莹却忽然哭了出来：“你不要这样说，你其实心里是恨我的吧。你要骂就骂我吧，我心里一直很内疚，你暴尸荒野，而我却享尽荣华，抢了你最爱的可汗。”

“大妃娘娘。”我的眼泪也涌了出来，很想同她拥抱，还像小时候那样，大声骂她几句“傻瓜”，然后两个人抱起来流一缸子眼泪，可是昨夜的噩梦，还有树母神下她的眼泪……

我只是笑着摇了摇头。

以前的碧莹虽然心高气傲，却不爱在人前哭，哪怕在我面前，受了委屈也总是捂着被子偷偷落泪，老被我给硬揪出来，怕把她给闷坏了，心疼地劝个半天，可是现在的她几乎有一半时间都在人前流泪。

那种流泪不再是病美人似的青黄不接的孱弱，而是让骚人墨客们为之吟咏于世的一种美，称之为梨花带雨，在现代，我们称之为一种伪装，如同鳄鱼的眼泪。

也许这个乱世、这个后宫，要想活下去，就必须要改变，如同我变成了更荒谬的君莫问。

这时一个嫩嫩软软的声音传来：“阿娜[①]，阿纷想去找哥哥玩。”

我们回过头去，却见一个粉妆玉琢的小女孩，咬着指头站在门口。香芹和几个侍女恭恭敬敬地站在她后面。

小女孩也就三四岁的样子，手里抱着一个略显破旧的布娃娃，那布娃娃的脑袋后面挂着一个大辫子，正是非珏送我的花姑子。

我的目光停在那个花姑子身上，心上不停地发疼。

碧莹有些尴尬地咳了一下，轻轻一招手，小女孩就噔噔噔地跑过来扑进碧莹的怀抱，仰起红扑扑的小脸蛋亲了她一口，碧莹温柔地看着她笑了。

我不由自主地想起了夕颜，还有希望小学的学生们，心里蓦地一酸。

碧莹把小女孩转过来："来，叫四姨妈。"

小女孩把小小的指头放在嘴里咬着，两只酒红的大眼睛扑闪闪地看着我，红着脸半天没有说话。

碧莹在旁边不停地轻声哄着，阿纷的脸越来越红，最后把小脑袋躲进碧莹的怀里，时不时地又伸出来，偷偷看我，把我和碧莹都逗乐了。

"什么事如此好笑啊？"

一个低哑性感的声音传来，我们还未回头，阿纷快乐地挣扎着小身子，用细软的声音叫着："阿塔[2]。"

阿纷挣脱了碧莹，摇摇晃晃地跑到一个健壮的身影下，满面欢乐地抱住撒鲁尔的小腿，仰头嗲嗲地叫着："阿塔、阿塔。"

撒鲁尔的身后跟着一个虎头虎脑的小男孩，七八岁的样子，锦衣长袍，发辫细结，酒瞳似火，一边同碧莹行着礼，唤着阿娜吉祥，一边却歪着脑袋细细打量着我，乃是突厥太子木尹。

撒鲁尔一把抱起了阿纷，用突厥语说道："今天怎么不来找阿塔？"

小女孩用突厥语咿咿呀呀地回了半天，好像在说刚刚去看老猫生小猫什么的，然后指着碧莹脚下那只正在打哈欠的四蹄带雪名种猫，说那是小猫的阿塔，小猫的阿塔眨着杏黄的眼睛，莫名其妙地看着阿纷公主，轻轻地喵呜一叫。

撒鲁尔的眼中闪着宠溺，笑呵呵地听着小女孩有些颠三倒四的叙述，一点也没有厌烦的意思。

女儿总是父亲的小棉袄，我家夕颜三四岁的时候也是这样，不过比起这位阿纷公主，却是从来不知道害羞为何物。她可以从早动到晚，一刻也不停，就算夜里歇下，也会深更半夜从梦中大声呼喝，精力超级旺盛，连段月容也叹为观止。

如果她高兴或是喜欢你，第一面就会狠狠亲你一口，然后跟屁虫似的贴着你不放，直到她累了为止；若是她讨厌你，或是生气了，就会想尽办法摆脱你，实在摆脱不了，就故意要你抱，然后在你身上撒泡尿，或是冷不丁地咬你一口，每次被我逮到她使坏，我就拧着她的耳朵骂她："有什么事不能好好说，偏就跟只草狗似的撒泼？"

那时小丫头只顾哇哇大哭，段月容却哈哈大笑，赞道："不愧是我的女儿，对付敌人就是要这样攻其不备。"

这个可恶的坏习惯一直持续到她六岁那年，我开始教她认字才慢慢改掉。

阿纷说得也有些累了，莲藕般的手学着母亲，优雅地掩口打着哈欠。

撒鲁尔把她交给香芹抱着。

碧莹温顺地递来盛着酒的金杯，撒鲁尔与她相视一笑。

"看样子，你与夫人相交甚熟啊！"撒鲁尔看了我一眼。

碧莹从容一笑："妾与夫人都来自庭朝汉家，可巧还都在西安待过，陛下忘了妾对您说过的吗？”

撒鲁尔看着我哦了一声，目光微凝，然后扭头同碧莹浅聊了一会儿家常，两人细声聊着，一派天伦和乐。

这时，木尹悄悄转到我身后，在所有人都没有注意的情况下，抓了我的辫子猛地拉了一下，我微一仰头，啊地轻叫。

撒鲁尔和碧莹都回过头来。

我抚着辫子，回头瞪他。他的眼中闪着狡黠，我挑了一下眉，小屁孩。

撒鲁尔不悦地看了一眼小屁孩，淡淡道：“木尹，你又欺侮人了？”

“哪有？父皇，儿臣只是好奇，从没见过父皇的可贺敦还有扎大辫子的。”小屁孩在那里嘻嘻笑道，“真好玩，就跟妹妹的布娃娃似的。”

当场有两个人的脸色变得很难看，一个是我，另一个便是碧莹。

木尹一把抢过地上的破娃娃，不理他的妹妹对着他又哭又闹，献宝似的递给他的父皇：“您看，儿臣没说错吧，这个君夫人很像花姑子吧，还一样丑。”

撒鲁尔本待斥责他的乖儿子几句，但看着花姑子，嘴巴张了张，却发不出声音，目光在娃娃和我的脸上来来回回地扫来扫去，愣在那里，面色发白。

我的心里涌起一阵酸楚，站了起来，淡笑道：“民女身体不适，想先告辞了。”

“夫人且慢，待朕送送夫人。”撒鲁尔起身追上了我，目光微转，如夜光杯中流淌的美酒，在阳光下泛着醇美的颜色。

碧莹目光黯淡，却什么也没说。

撒鲁尔并没有如我所想送我回玉辰殿，走到一半，突发奇想，驾马带我前往南边猎场。

我提出要回宫去换一身猎装，他却笑说，在南边行宫可换。

我冷汗涔涔地被一大群陌生宫女看着换了猎装，回到南边猎场。

撒鲁尔为我挑了匹大灰马。

没想到太子木尹也跟着追了出来，骑着大黄马，在后面笑嘻嘻地跟着我们。

这小子好似对我的辫子很感兴趣，总是乘他的父亲不注意扯我的辫子，我被弄烦了，正要发作，撒鲁尔忽然在前方开口：“曾听闻，江南张之严重阳佳节与夫人比赛射技，败于夫人之手，惊为天人。”

我淡笑道：“区区薄技，陛下谬赞。那日张大人酒醉失手，方才让民女侥幸胜出，实在汗颜。”

这是实话。那天我第一次引见悠悠给张之严，张之严色心一起，心头一荡，箭失了准头，让我从钱老板手中抢到了贩盐权。

“夫人太谦虚了。黔中盛传，永业三年，君氏莫问曾以一千乌合之众，奇袭昔日南诏猛将胡勇一万兵甲，一箭射毙胡勇，惊泣鬼神，传为美谈，可见夫人除了商道，尤擅兵法。”

大突厥可汗手下的情报网果然了得啊，我正要搪塞过去，木尹却好奇地凑过脑袋问道：“父王，她明明是个女人，怎么会是黔中抗暴的英雄？”

“傻孩子，女人如何不能成英雄，你忘了皇祖母了吗？”撒鲁尔哈哈一笑，慈爱地抬手抚着木尹的脑门，“记住，永远不要小瞧女人，就连女人的眼泪也不要小看，有时会成为最可怕的武器。”

我心中一动。

木尹却似懂非懂，过了一会儿，闷声道：“儿臣只觉得女人都很啰唆呀。”

我和撒鲁尔不由得被儿童天真的戏言逗乐了。

就在这时，号角声传来，远远地看见帐帘飞舞，狼头旗飘扬如海，阿米尔来报：“禀告陛下，女太皇与果尔仁叶护也到了。”

“夫人可知，我突厥人盖本狼生，人人善射，”撒鲁尔的酒瞳望向远处，微笑道，“而果尔仁叶护更是我大突厥第一勇士，腾格里赐福的最伟大的神箭手。以前朕一直想做一个超越果尔仁叶护的神箭手。”

女太皇的玉辇缓缓行来，果尔仁身着戎装，坐在高头大马上随侍一旁，一路上不时地俯身，听着女太皇在他耳边亲密地说些什么，花枝随风而动，果尔仁的灰色眼珠柔情涌动，不时低笑出声。当年紫园里满面阴冷的硬汉，如今已然变成了女太皇的绕指柔，我暗中唏嘘不已。

微转视线，却见撒鲁尔一双酒瞳追随着女太皇和果尔仁，面上挂着一抹深不可测的笑容。

待得女太皇的玉辇来到跟前，果尔仁和女太皇身后的侍卫行了君臣之礼，撒鲁尔微笑着一挥手，号角声中，鲜衣怒马的贵族开始兴致勃勃地狩猎。

记得以前非珏对我说过他那十三少年中，属卡玛勒和阿米尔的武功最为杰出，早年的阿米尔对我一向不待见，可是卡玛勒时常替非珏为尚在德馨居的我和碧莹传递些应急之物，自然我对卡玛勒的好感颇多。我俩未有多言，互相略颔首，擦身而过。

我策动胯下的大灰马踱到树荫下，远远看去，意外地发现撒鲁尔、果尔仁和女太皇并没有参与围猎，似乎站在一起开了个会，面色严肃地谈论着什么。而阿米尔和卡玛勒各自站在离主子微远之处，两人目光偶有相交，微显焦急。

小屁孩木尹顶着个小红脑袋，忽然出现在我面前，扯着一张阳光的大笑脸问道：“你为什么叫君莫问？”

我紧紧抱着自己的辫子对他笑道：“这个名字不好吗？”

“你莫要小瞧本太子，我跟阿娜说汉语的，你那名字不就是不要问的意思吗？每次叫你的名字，都好像在嚷嚷‘你不要问我’呀‘你不要问我’！汉人取名字就是奇怪。”

我一听乐了，这小屁孩有意思："木尹太子为什么不去狩猎呢？"

木尹摇摇头，满头发辫随之乱摇，甚是可爱，然而那双明亮的酒瞳却散发着残酷的光芒："这太没意思了，整天去猎这些没有武器的动物，要打，就要像阿塔一样，在战场上真刀真枪地去狩猎敌人，得到敌人的可贺敦和牛羊，把敌人做成歼敌石。"

要死了，这么小的小孩只想着抢女人、夺财物，整一个小罪犯啊。

我温言笑道："太子的雄心壮志让莫问钦佩。只是太子可想过，若要发动战争，要耗尽多少民财国帑，又有多少百姓会战死疆场，多少无辜妇孺会流离失所，对那些您想狩猎的国家，又会造成多少伤害？腾格里不也说过一分仁慈远远比十万的残暴更易博取人心吗？"

木尹的小眼睛睁得大大的："可是外祖父说过，我可是草原上的雄鹰，将来一定会有最多的可贺敦充斥后宫，可贺敦要怎么来呀？"

嘿，这小子这么小，怎么老想着女人，我被逗乐了："陛下将来强大了，自然会有臣服的各国送来各地美女。当然殿下也可以向心仪的女子求亲，殿下可听说过昭君出塞的故事吗？"

"昭君出塞？"

"正是！"

"阿娜也说过王昭君是美女哇。"

我逗着木尹，和小屁孩倒是越谈越投机。这个孩子很像年幼的非珏，他最后认真地问道："听阿娜说你已经有一个女儿，是大理的第一公主吧。"

我点点头。

他又板着小脸像个大人一样，比较严肃地问起夕颜的名字、年龄、容貌和各项嗜好等问题。

关于夕颜的容貌，我不得不诚实地回答，同我长得差不多，小屁孩便有些愁眉苦脸。

然后听到我说夕颜一天到晚不爱读书，整一个小猴精、皮大王时，小木尹又如释重负地绽开一丝笑意："太好啦，她一定能陪我玩儿啦。这样吧，我现在就告诉你，我要娶你的女儿做可贺敦。"

嗯？这小孩也学得太快了吧？

不等我回话，木尹一拍我的马屁股，拉着我的马缰奔向树荫下的撒鲁尔。

"太子殿下，我看还是先问问夕颜的意思吧。"

最主要的是，夕颜现在同轩辕太子的感情很好啊。

"她不同意，我就让我阿塔把她给抢回来。"小屁孩兴高采烈地挥着马缰。

远处的突厥三大巨头似仍在凝神细谈，却忽地传来女太皇一声暴喝："够了。"

我和木尹离他们最近，不由得都吓了一跳。

木尹一脸担忧地策马过去喊道："皇祖母。"

女太皇摸着木尹的脑袋，果尔仁的面色有些发青，女太皇不悦地正要再开口，却猛然捂着嘴干呕了起来。果尔仁旁若无人地抚着她的背，像是在问有没有事，而撒鲁尔额头的青筋渐显。

女太皇止住了呕吐，接过侍女递上的手巾，微擦没有血色的双唇，然后将之恨恨地甩在地上，冷冷地微一挥手。

依明惶恐地跑过来，脑门上挂着汗珠，叫来奴隶，依次跪在眼前，以背作踏。

女太皇冷着脸踩在上面，要踏上玉辇，行至一半，她转过身来冷冷道："撒鲁尔，你越来越让我失望了。"

她微一用力，脚下那奴隶的脊椎似已断，颓然摔在那里，面色青紫。

卡玛勒也噤声跟了上去，浩浩荡荡的队伍走向回冬宫的路，很快消失在眼前。

阿米尔从地上爬起，上前说道："回可汗，这奴隶已废，不如献给腾格里吧。"

撒鲁尔冷冷道："蠢货，这还用得着问朕吗？"

撒鲁尔向我跑过来时，已然换了一脸云淡风轻，轻笑出声："今日朕有些累了，不能送夫人了，还望夫人莫要见怪啊。"

不等我回答，他唤了阿黑娜送我回宫。

木尹本还想跟着我继续聊夕颜，却被他的父亲厉声喝退。在场的贵族都噤声闭息，狩猎的欢快气氛一扫而空，众人败兴而归。

我莫名其妙地去了南边，又莫名其妙地回来，卓朗朵姆自然又是一阵盘问，我只觉疲累无比，不久进入了梦乡。

我又回到了樱花林，我走来走去地找熟人，恍惚间看到一个少年坐在樱花雨下抱着双腿念着《青玉案》，我不由得也坐到他的身后，含笑而听，回想着紫园的纯真时光。

过了一会儿，非珏忽然直起了身子，焦急唤道："木丫头，你快醒来。"

我把他转过来，却见非珏的脸变成了在地下尸山中所开的紫红相间的西番莲，樱花林也猛然变成了一片火海，那火焰仿佛是司马莲的狞笑。

我大叫着惊醒过来，眼前一片火光，浑身热得像在烤箱里一样。不，这不是梦境，是真的着火了，宫人在尖叫着"火神发怒了"。

我翻身而起，七夕在一边骇然地汪汪大叫，想冲出去，却又满身火星地回来。我拿着毯子扑灭了它身上的火苗，眼睁睁看着一只非洲狮变成了秃毛狗。我用手巾蒙了面，然后抄起黄金瓶砸向窗户。那窗户纹丝不动，一定是有人从外面钉死了窗户。

正在绝望之际，一个高大的人影顶着一床湿被闯了进来，为我盖上，拉起我就走，我则抱着七夕跟着向前冲。

来到殿外，只见冲天的火光中，着火的梁柱崩塌下来，我的玉辰殿化为灰烬。阿黑娜和众宫女在殿外哭泣，不停有赶来的宫人加入救火的行列。卓朗朵姆身着睡衣，一脸惊骇地看着熊熊火光。

我剧烈地咳着，回头看我的救命恩人，一愣，却是那个罗锅子老头。

我正要道谢，他却往我手里塞了一个锦盒，匆匆说了声“明日午时”，便消失在夜色中。

这时远远地走来大腹便便的碧莹，神色焦躁：“木槿，你还好吧？”

我默然无语地抱着秃秃的七夕。那火魔仿佛是最可怕的自然力量，任是獒王的七夕也轻轻发着抖。

我抚着它烧焦的皮毛，安抚着它，一边轻轻对碧莹摇摇头。

她轻声一叹：“在这宫中最不能得罪的便是皇后，莫非妹妹做了什么令皇后不开心的事吗？”碧莹拿着丝绢擦着我的额头，流泪道，“莫怕，好妹妹，现在姐姐已不同以前，定能护你安全。你就搬来同姐姐一起住，往后可汗来看你也方便了。”

我邻近的宫殿玉滩殿一点事也没有，可是我差点在我的宫殿被烤成羊肉串？这不是太巧合了吗？如果是碧莹授意置我于死地，这岂不是有此地无银三百两之嫌吗？

正在这时，卓朗朵姆披头散发向我跑过来，抱着我兴奋地说着：“他来了，他来接我们了，段太子来了。”

我心中难受，看来卓朗朵姆已然吓得有点神志不清。

她一会儿抱着我哭，一会儿又在那里哈哈大笑着：“烧啊，烧啊，愤怒的火神烧啊，把突厥蛮子都烧光吧。”

我怕她这样对孩子不好，便使劲抱着她，细声安慰。她终于安静了下来，颓然地倒在我的怀中，暗暗饮泣，我也不由得默默垂泪。

“陛下有令，请夫人前往神思殿，有重要客人来访。”阿米尔高大的身影忽然出现在我的身后，后面是精致的软轿。

卓朗朵姆看着空中一弯明月，忽然又开心地大笑起来：“他来了，他来了。”

七夕嗅嗅阿米尔的身上，对着我汪汪叫，摇着大尾巴。

我疑惑地拉着一人一狗，心想现在也只有撒鲁尔那里最安全了吧，便极其狼狈地走向软轿，只觉浑身抖得厉害。

到了神思殿，一路抖进内殿，我身上一下子轻了下来。

七夕蹿了过去，卓朗朵姆也向前奔去。

明晃晃的大殿里，两个出色的男子正在互相举杯，一人酒眸微醉，英气勃勃；一人紫瞳潋滟，纤长素手握着金杯，食指上戴着颗硕大的紫色猫儿眼宝戒，左耳上戴着紫晶钻，光耀紫辉，天人的容颜上挂着绝艳而邪佞的笑容。

“殿下总算来了，殿下总算来了。”卓朗朵姆猛然扑进他的怀抱，直哭得肝肠寸断。

七夕扑倒在他的脚下摇着秃尾巴，呜呜呜叫不已。

他细声安慰了卓朗朵姆几句，抚着七夕，潋滟的目光静静地向我扫来，似是千言万语。

我不由自主地站直身子，逞强地对他仰着下巴，也不说话，心里却也喜极而泣。可总算来了啊，你这个坏小子。

“现在朕也算遵守了前言，将两位夫人完璧归赵了。”撒鲁尔对我微笑着，微一抬手，皇袍宽袖口的镶宝石玫瑰花似要飞起来。

他的酒瞳对着我幽冷地一闪，我心里莫名地害怕。

“果然是草原上折不断的钢剑。”段月容扯出一抹笑来，昂头道，“明日午时，便见分晓。”

撒鲁尔快乐地同他一击掌，让阿米尔带我们到永思殿内休憩。

明日午时？那个张老头也对我说明日午时，这是什么意思呢？正待问段月容，却碍着前面引路的阿米尔。再看段月容，怀中搂着抽抽搭搭的卓朗朵姆，以绝对肉麻的神情，一直用我听不懂的藏语轻声安慰着她，再没有回头，甚至没有对我说过一句话。

七夕开心地跑前跑后，偶尔被段月容他们踩到脚丫也不吱声。

阿米尔引着段月容和卓朗朵姆到主屋，却领我和七夕到另一间屋子，七夕却跟着那两人进了里面，我怎么唤它，它也不肯出来。

我正想对段月容说“劳驾您把七夕还我吧”，没想到这厮对我板着俊脸，冷冷看了我一眼，一回头却对着卓朗朵姆笑得像朵花似的，然后快速地关上门，让我碰了一鼻子灰。

我僵立在门口，一时有些失落。莫非是在怪我救了撒鲁尔，引得突厥偷袭多玛，让大理蒙羞了？

过了一会儿，听着里面痴缠调笑，面上红了起来。本来人家新婚夫妻团聚，有你什么事。

我暗哼了一声，你们爱咋地咋地吧。段月容你有什么了不起，等我出了突厥，就立刻把你给休了，看你有什么可牛的？

我昂头走回我的屋子，换了衣服，翻到那个张老头塞给我的锦盒，打开一看，却见一只光芒四射的金刚钻手镯。莫非是皇后送来给我的？不对，这不是皇后那一只，而是永业二年轩辕淑琪临走时送我的那只金刚钻手镯，因为我记得一次不小心，把那凤凰羽翼上的一颗绿宝石给抠下来了。

张老头是女太皇和皇后身边的人，而皇后的姻亲皆同原家密切关联，我早该想到，从见到撒鲁尔的第一天起，我就等于踏进了半个原家。

小五义的暗号让我差点命丧地宫，那这个手镯又代表着什么？想想张老头若要害我，早就害了，相反他冒死救了我数次，想来就是友非敌。

我摸着那手镯，猛然想起一人。莫非是鬼爷，那个紫园东营的暗人头领在暗中助我？他每月需要我的血做解蛊引，最多只能撑三个月，如今三月已过，不知道他怎么样了。

想起鬼爷，连带着想起那个风华绝代的踏雪公子。如果他在这里，是大声嘲笑我的选择呢，还是会用那双凤目怜悯地看我？

我甩甩头，默默地戴上那手镯，把侍女统统赶走，倒头就睡。

这一睡，到了半夜就惊醒了，只觉床边坐着一个人。乌漆抹黑的屋子里，一双紫眼睛在暗中看着我，发着湛湛寒光，把我吓得从床上蹦了起来。看清楚是段月容，我才把悬在嗓子口的心放下来，恨声道："你把我给吓死了，知道吗你？"作势就要打他。

他却隐在暗中，用那双明亮的紫眼珠子瞪着我，既不躲闪，也不说话。

我咽了一口唾沫，他还在生气吧。

我硬生生地把手给收了回去，咳了一声："找我干吗？"

沉默。

"别用这样的眼神看我。"

还是沉默。

"喂，别这样好不好，我困啦，不说我可睡啦。"

仍旧是可怕的沉默。

我的汗流了下来，本待逞强地骂他几句神经病，转念又想，千错万错都是我的错。

唉，自这二世认识这小子以来，就数这一刻我最没有骨气、胆气和硬气了。

我咽了一口唾沫，涩涩说道："我睡了哦。"

我背对着他，极慢极慢地倚了下来，眼睛却在黑暗中半睁半闭，只能感觉到他的视线在我身上不停地睃巡。过了一会儿，旁边的床铺陷了下去，一个温暖的身子靠近了我，他身上淡淡的松香，手臂环过我的腰腹，我的精神松懈了下来，缓缓转过身来。

月光朦胧，紫瞳清冽冰冷地发着寒光，仿若恨到极致。

我看得心也越来越凉了，凝视许久，他似是要开口，我却一下子堵住了他的嘴，低声对他喝道："不准批评我，不准骂我，不准……"

我蛮横地说了好几个不准，看着他的俊颜，到最后，那眼泪终是流了下来，模糊了我的眼睛。

段月容握住我那只颤抖的手，慢慢拿了下来，对我长叹一声，目光也柔了。

我对他抽泣着，只觉满腔委屈和歉然，扑在他的怀里，紧紧抱着他放声大哭。

他抚着我的头发，细细地吻着我的耳垂，手也不安分起来，我的泪还没有干，呼吸却急促起来，推着他。他却脱了外衣，露出健硕宽阔的胸膛，上面有一道长长的新结的疤痕，可见伤势刚愈。

他的紫瞳定定地凝视着我，轻轻拉起我的手摸上了那道疤，将我拉入他的怀抱。

我心跳如擂鼓。

"木槿。"他一边极尽缠绵地吻着我，一边极富经验地脱着我的衣物。

我大惊，心想这小子难道想在撒鲁尔的眼皮子底下上演春宫戏吗？

他的双手如铁钳，在我耳边低喃："明日一早我派人送你和卓朗朵姆出宫。"

我一怔间，这小子成功地脱下了我的衣服，露出锦缎肚兜了。

唉！唉！唉！您老先生可千万别假戏真做啊。

他的呼吸也重了起来，细密的吻落到我的乳沟，然后一路吻上我的脸。

他舔着我的额头，低声道："明日便是突厥人祭祀腾格里的天节，我会去西州同你们会合。"

"那你呢，"我终于问出了我的问题，"撒鲁尔怎么会突然同意放了我们呢？"

"他遇到了一个难题，很不幸只有孤能帮助他。"他慵懒地笑着，紫瞳一闪，似是要阻止我的追问，摩挲着我的嘴唇，"明天你就知道了。"

他对我邪气地一笑，暗中用那只硕大的猫儿眼戒的钩花处轻划过指尖，那鲜血缓缓滑过我的大腿根部，滴到身下的锦被上。

然后他板着脸大叫着："你这个女人真是晦气，坏了孤的兴致，真真扫兴。"他长身而起，指着我身下的血迹，愤愤说道，甩开了我。

我心领神会，扁了扁嘴，尽量装作委屈地说道："妾错了。"

他假模假样地愤然下床，摔门回了卓朗朵姆的房间，却状似无心地留下了贴身的天蚕银甲。

我愣愣地坐在空空的床上，使劲抽泣几下，倒下睡了。

第二日，阿黑娜进屋来叫醒我，沉默地为我梳妆打扮，看着我的眼神有些哀伤。我想如果我有幸真的成为撒鲁尔的宠妃，这个善良的老宫人，应该也能过得好一些，现在我要走了，她可能又将回到那冷宫，看尽世态炎凉。

阿黑娜为我梳完了头发，指着一个大箱子："可汗所赐俱在昨夜大火中焚毁了，这是陛下为夫人新挑的，送给夫人带回大理赏玩。"

宫人打开木箱，一阵珠光宝气耀着我们的眼。我什么也没有留下，一件件地都送给那些服侍过我的宫人。那些宫人同我相处了一些时候，倒也含泪接过，低低饮泣起来。

我将最昂贵的一些宝物，诸如翡翠玉西瓜、镏金步摇和金龙臂钏什么的，统统赠予阿黑娜。我想说服阿黑娜跟我一起走，阿黑娜温言笑道："阿黑娜的亲人都不在了，这里再不好，也是阿黑娜的家，就让阿黑娜埋骨这弓月宫中，守护女太皇和可汗吧。"

她回头对所有的奴婢说道："夫人今日出发，陛下密令，以皇后仪出宫。"

神清气爽的卓朗朵姆走了进来，打破了屋里离别的气氛。

她大声炫耀着段月容对她怎么怎么热情，几乎让她担心肚子里的宝宝。我木然地看着她恢复了一脸的趾高气扬。

她乘人不注意，拉着我的手，轻轻道："在这里多亏姐姐帮我，我才会活着见到太子殿下，从此往后，你便是我的亲姐姐。在叶榆皇宫里，卓朗朵姆一定会同姐姐手拉着手一起过的。"

我对她微微一笑，正想对她开口，阿黑娜却进来报说车马已备，请两位夫人起程。

我走出门去，却见远远停着皇后所坐的六驹马车。

阿黑娜低声道：“每逢祭祀，皇后必亲到阿拉山上取得神泉献与腾格里，这是突厥后宫千百年流传下来的风俗。陛下密令夫人冒充皇后出城，阿黑娜会送夫人出宫，还请夫人上车。”

我这才明了，张老头给我那只手镯是为了假扮皇后。

窗外一阵嘎嘎凄切的鸟叫之声，卓朗朵姆伸头向外一看，说道：“那不是姐姐的鹦鹉吗？”

胡杨树上站着一只秃毛鹦鹉，可怜兮兮地对我叫着，我一伸手，它小心翼翼地飞到了我的手臂上，脚踝上犹戴着一根金锁链，缠到我的袖子上。鹦鹉在我的袖子上亲热地蹭着脑袋，我便问阿黑娜讨了些食物喂它。

昨夜大火时，这只鹦鹉被缚在金笼子里，也不知是谁冒着生命危险把它给救了。

“先生，先生。”

两个嘴上刚长毛的小伙子，对着我大声叫着，兴奋地跑过来，是春来和沿歌。我也高兴地拉着他俩的手问长问短。他们告诉我夕颜和希望小学的学生们都开始练武了，夕颜总拉着黄川偷懒，好几次想离家出走来找我。

我听着听着，眼泪就流了下来。夕颜，我的女儿，爹爹也想你啊。

我出了大殿，迎面走来一身突厥劲装的朱英和孟寅，他们也来了。

两人立刻向我下跪行礼，朱英呵呵乐着，鼻子更红了。

孟寅比较夸张地扑倒在我的脚下，双手颤抖地抓着我的衣袍，大声哭泣地表达着自己的思想感情：“娘娘总算无恙，奴婢等何幸……有生之年再得见主子的天颜。”

我努力忍着笑将他拉起来，心想真不愧是宫里出来的。

不远处，齐放比较酷地抱着他的青锋剑，一脸严肃地走过来请我们上马。

我们来到马车旁，卓朗朵姆闷闷地说道：“为何殿下不一起回去呢？”

这其实也是我的问题。昨夜段月容不肯回答，可能是怕隔墙有耳，撒鲁尔到底答应了什么要求，才会放了我和卓朗朵姆两个人呢？

我的心中隐隐有了不好的感觉，段月容很少有事瞒我。

我牵着七夕，拉着卓朗朵姆上了车，齐放挤了进来。众人拜别之后，我的另外三大长随上了马，朱英易成了突厥人坐在我们马车前，亲自为我们赶车。

我看得出齐放的神色也很紧张。马车一动，我立刻问道：“小放，究竟是怎么回事，撒鲁尔突然放我们啦？世子究竟同他谈了什么条件？”

“回主子，宫内都在秘传，女太皇又怀上了狼种，已二月有余，前几日香凝传信来，已经证实了确为事实，那腹中孩儿的父亲便是果尔仁。”

回想起女太皇昨日狩猎时呕吐的形状，原来如此，我的暗人以前也曾报我，自从撒鲁尔登基以来，果尔仁仗着仲父之名，贵为一人之下、万人之上的叶护，拥有女太皇所赏赐的乌兰巴托肥美之地，日益拥兵自重。撒鲁尔虽然表面仍尊其为仲父，但做帝王的如何能坦然处之？

“可是那果尔仁才入弓月城不过二十天，如何是有二月有余呢？”想起那宫内地道，我恍然大悟，“是地道，那个果尔仁是从地道私入弓月城的。”

齐放点头：“正是。撒鲁尔似有察觉，心中不悦，不想，这果尔仁进弓月城为女太皇贺寿之日，更是私调了火拔部在乌兰巴托二万余众暗中潜入弓月城附近。”

他快速地看了一眼卓朗朵姆，开口道：“洛果头人同果尔仁、殿下和撒鲁尔都有联系，就在大理王登基之日，他开始投靠果尔仁。那日撒鲁尔微服私访多玛，被太子识破。果尔仁离多玛最近，却借着勤王之名，吞并了葛洛罗家的几个草原，悄然退出塔尔木，将其留给了洛果头人，可见与头人来往密切。”

卓朗朵姆的脸色一下子白了。

我皱着眉说道：“洛果头人见段太子败于多玛，便在撒鲁尔和果尔仁之间首鼠两端？”

齐放点头道：“正是，洛果头人以为太子忙着攻叶榆，无暇雪耻，不想太子暗中还是进攻多玛……”

“那我阿爹怎么样了？”卓朗朵姆浑身开始发着抖。

我暗叹一声。

齐放慢慢说道：“洛果头人于月前败走且末河，失踪在于阗的魔鬼沙海中，至今没有消息。”

山中方一日，世上已千年。不想在这幽深的突厥皇宫囚禁了不过数月，国际形势已发生了巨大的逆转。

卓朗朵姆软软地靠在我的身上，紧闭双目。

齐放从怀中冷静地掏出清心丸，塞进卓朗朵姆口中。

她悠悠醒来，捂着嘴哭了起来。

齐放不理卓朗朵姆，继续说道：“女太皇有了身孕，便想嫁与果尔仁，今日祭祀之际，便要公布两人的婚事。”

“朝中太皇党为数众多，撒鲁尔怕女太皇会站在果尔仁这一边，废了他的皇权，立肚子里的孩子为新帝。”我倒吸一口气，“所以他同太子结盟，让他在南边牵制火拔部，今日乘祭祀之际，要发动宫变，歼灭果尔仁？”

“正是。”齐放肃然道，“殿下说这个撒鲁尔喜怒无常，残暴不仁，狡诈多端，先将卓朗朵姆和主子送到西州安全之所，待他同撒鲁尔击破果尔仁后，亦会到西州会合。”

【注】

①突厥语：母亲

②突厥语：父亲

第十一章

惊回千里梦

齐放看着我和卓朗朵姆："殿下拜托主子一定要保护好卓朗朵姆公主和肚子里的小世子平安到西州。殿下口谕，卓朗朵姆公主无论生男生女，只有夕颜公主能继承大统。"

卓朗朵姆又哭了起来，而我也愣在那里。这话怎么越听越像是遗言？可是段月容是超级大妖孽，是紫微天王转世，他怎么可能这么容易就挂了？想起昨夜他的表现，我的身上还穿着他留给我的天蚕银甲，我的心却莫名地惊慌起来。

晨光照进马车，眼看来到宫门处，阿黑娜捂着嘴在帘外低泣道："恕奴婢不能再侍候娘娘了，请娘娘一路保重吧。"

巨大而沉重的宫门打开了，响彻我的耳膜。

忽然有人高叫："女太皇有令，关闭宫门。"

那是卡玛勒的声音。

众人心中一惊，我也紧张了起来。

卡玛勒可是女太皇的心腹，亦是果尔仁的亲侄儿，他来是什么意思？

阿黑娜站出来，拿出撒鲁尔的金牌高声道："奉可汗陛下之命，送皇后前往阿拉山采集圣水，以献给腾格里。"

卡玛勒微笑道："女太皇担心君莫问乘乱出逃，故而命微臣前来看看皇后处可有异动。"

阿黑娜冷冷道："皇后前往阿拉山采集圣水，已是每年的惯例，又有何奇怪？前后有众多侍卫，大人多虑了吧。"

卡玛勒与阿黑娜眼看起了争执，忽然轩辕皇后的声音响起："是卡玛勒吗？"

卡玛勒立刻下马跪在马车前面，惶恐道："臣奉太皇之命护送皇后出宫，冒犯尊贵的皇后，罪该万死，请皇后殿下见谅。"

我瞪着孟寅，却见他闭着眼睛说话，吐出的却是轩辕皇后的声音："梅录大人担心本宫安全，如何有罪呢。"

就在这一日，我终于明白为什么段月容要如此重视这个太监了，不仅仅是因为他拥有温顺的性格、精明的财政能力、忠顺体己的脾气，原来更重要的是他还有这样一种异能。

他睁开眼睛，指指我手上的手镯，我便轻轻将手伸出帘外，做了一个罢了的手势，孟寅说道："快快请起。"

大队人马又开始前行，出了这弓月宫的宫门。

阿黑娜的声音在帘外响起："娘娘，山中阴寒，这块巾子请娘娘拿着用。"

我略掀帘，阿黑娜递上一块突厥女子常用的香巾。

我伸出那只戴着金刚钻手镯的手，慢慢接过香巾。香巾上面绣着展翅腾飞的天鸟吉祥图案，看得出来是她亲自绣的。我那手镯在阳光下发出耀眼的光芒，映着阿黑娜落寞的脸。

宫门渐渐合上，阿黑娜消失在我们的视线中。

我们下了马车，换了坐骑，我却开始感到心惊肉跳。我问孟寅怎么会知道我手上有这只手镯，他说是段月容告诉他的。在宫门口出不了时，就用这只轩辕皇后的手镯，但没想到还真用上了。

段月容这小子怎么不告诉我原来他认得张老头这么重要的事情，他到底在想什么呢？

我问道："殿下带了多少兵马进来？"

"殿下以贺朝为名，只带了一百精甲入弓月城。"齐放说道，"不过另有四万大军攻乌兰巴托，二万大军在西州屯兵，应该在昨夜子时就出发潜入弓月城附近。"

"原来这全是为了换我和卓朗朵姆，他为了让撒鲁尔相信他结盟的诚意，便换了我们做他的人质。"我一拍脑门，"他犯什么傻呀，我怎么就没有想到呢？"

卓朗朵姆不知所措地看着我，浑身都在发着抖，就同我肩膀上的鹦鹉一样："莫问，我们该怎么办？"

该怎么办，是该乖乖地到西州去等着他，然后与之会合，还是回去与他并肩作战？我会不会同他一起死在弓月城？我会不会成为他的拖累？

难道他想让我照顾卓朗朵姆，因为她肚子里是他唯一的亲骨肉？所以才不告诉我这些安排？

果尔仁掌握着突厥最精锐的部队，女太皇又站在他那一边，撒鲁尔若不是被逼到绝境，绝不会同大理联合。撒鲁尔最强的军队是阿米尔的葛洛罗部，就算同段月容联合，能有胜算吗？

他是大妖王转世的，他那么强悍，他怕谁？

他一定会没事的，我只要帮他把卓朗朵姆送到西州，然后安心等他就成了。

我这样对自己说着，对，不要紧的，快到西州了，我已经记不清有多久没有睡过一个安稳觉了，我要洗个热水澡，我要换件棉布衣服，衣上还绣着荷花花样……再沏一壶上好的碧罗春，不知西州有没有好茶……

对，就这样……

可是我却猛地勒住了我的马，停了下来。

众人诧异地看着我，西域的风猎猎地拂着众人和我的发，风声鹤唳中，一缕青丝挡住了我的视线。

我对齐放欲开口，齐放早已笑道："我陪主子一起回去。"

我怔住了，然后释然地笑了，我对他点点头。

春来和沿歌齐声说道："那我也去。"

我安慰着众人："我同段太子乃是生死之交。"我实在想不出一句更贴切的话来形容我同段月容的关系，只能说我们肯定是比哥们更铁的。

我清了清喉咙说道："而且我有阿米尔的腰牌，一定能安然见到殿下，只是太子口谕不可废，尔等定要平安送卓朗朵姆公主到西州安顿。"

我对孟寅和朱英抱拳说道："二位年长多智，江湖经验也最是丰富，我的这两个徒儿和公主就全靠二位了。"说罢不容他们回答，转身策马就走。

卓朗朵姆大声哭了出来。我没有回头，也不敢回头，因为我怕一回头我就后悔了。

那只五彩鹦鹉却从卓朗朵姆的肩膀上振翅高飞起来，划过长空，远远地跟随在我们身后，最后还是落到我的肩头。我微笑地看着它，加了一马鞭。

到了一处安静之所，齐放却从包袱里，变戏法似的翻出一套小号突厥服装、一把弯刀，还有引线、火折子等。

我的嘴巴愣是没闭上："小放最近为何如此神机妙算哪？"

齐放笑道："是太子殿下嘱咐我准备的！"

"啊？"

"昨夜他对放说，您与他夫妻一场，为人又重情义，若是知道他的安排，定会折回来与他同生共死。"

"啊？"

"孟寅和我定是挡不住您，确然他也十分期待您为他抛头颅、洒热血。"

"啊啊？！"

"所以他让放准备了一切您需要的东西。"

"……"

看来我中计了。看着那只鹦鹉，心中忽然一哆嗦，我怎么觉得自己有点像段月容养的一只鸟似的，对于我的生物习性，他比我自己还了解呢？

可是此时此刻我不后悔，我的的确确会折回去。

命运是一个多么奇妙的东西。

七年前，在华山脚下，我恨不能食其骨肉，而如今的我却已然做不到看着他死去。

我把鹦鹉抛向空中，心中默念：自由地飞吧，莫要再受这尘世的半点羁绊。

那只鹦鹉在空中盘旋着，落到一棵红柳上，默默地看着我和齐放离去。

我们又回到宫门前，拿出阿米尔的令牌，宫人根本不问一个字，只是眼神闪烁地放我们进去。

我们向腾格里天祭坛走去，一路上竟无人阻挡，终于来到北极宫的天祭坛。

圆形的天祭坛周围是一圈一人多高的石狼围成的神道，祭坛上两只巨大的金狼雕像双目威严地俯视着众生，令人生畏。周围的士兵林立，警戒万分。

守卫祭坛的士兵看了看我腰间的令牌，低声用突厥语说道：“午时礼炮。”然后递上两块红巾。我注意到他们身着黑甲，手臂上皆戴着一方红巾，巾上绣着紫罗兰。

只听得女太皇正在念祭祀祷文，无非是歌颂伟大的腾格里，感激武运昌盛，牛羊肥硕。

我从我平时捣鼓的百宝箱里拿出望远镜看去。远远的高高楼台上，女太皇一身火红吉服，撒鲁尔可汗身穿黑色金狼绣的祭服；右首果尔仁一身红袍领着群臣跪拜，倒与女太皇相得益彰；左首轩辕皇后和碧莹一同带着宫人伏地。

下首异国使者群里为首跪着一个月白吉服的王子，戴着大理的紫金王子纱翅冠，露出光洁的额头和完美的美人尖，削尖的下颌，嘴角总是带着一丝漫不经心的笑，一双紫瞳光彩夺目，在人群中微凝，似在寻找什么人。正是那等着我来抛头颅、洒热血的段月容。

突厥天祭正是霜降时分，草木黄落，蛰虫咸俯，寒风乍起，冰冷沉重的铠甲压着肩颈，让人不由自主地打着冷战。我同齐放戴上红巾，敛声屏息地经过狼图腾狰狞的飞檐下，混入侍者群中。

正值巳时三刻，阳光正好，女太皇阿史那古丽雅头戴金光闪烁的皇冠，金冠上的红宝石闪着耀眼的光芒，眼角薄施金粉如飞，手持阿史那家的狼头金权杖，似女神庄严，同果尔仁眼波相触，女太皇微笑如初，涂着金甲油的修长玉手拂过绣金袍袖，欲将祭文递给果尔仁。

忽然，阿米尔长身立起，上前高叫：“禀女太皇，果尔仁叶护有多宗罪孽，没有资格祭祀腾格里。”

“放肆，神圣的腾格里面前，安敢咆哮？”女太皇冷冷道，“还不退下。”

女太皇又接着道：“今日乃是天祭，历年由朕及叶护老大人同礼，乃是狼神祖先的规制，今年何由不可？分明是阿米尔聚众闹事，来人，还不快将阿米尔拿下？”

撒鲁尔却冷冷道：“母皇且慢。正是叶护老大人德高望重，所谓清者自清，浊者自浊，何不让伯克说个明白，也好安我突厥众部勇士之心。”

不等女太皇说话，阿米尔早已撒开长长的羊皮卷轴，大声念道：“火拔氏果尔仁四十余载，独霸朝政，徇私枉法，骄纵跋扈，纵部欺弱，欺主媚上，祸乱后宫，投敌叛国。总此七罪，罪无可赦。臣等请草原伟大的女神和可汗陛下，诛果尔仁，逐火拔氏，还草原一个公正。”

女太皇示意依明前往夺下阿米尔的卷轴，没想到依明反倒劈手夺下女太皇手中的权杖，对着女太皇冷笑。

女太皇怒喝出声，衣袖高高拂起，忽然祭坛上一杯祭酒摔落在地，众人发出恐惧的声响：“腾格里发怒了，腾格里发怒了。”

女太皇面色凝重，冷然看着撒鲁尔和阿米尔，厉声道：“可汗陛下，莫非你想在腾格里面前杀害朕，杀害你的亲生母亲？”

她的手微扬，座下早已林立一群银甲武士，间又夹杂着一些火拔家的红袍士兵。

撒鲁尔面色冷峭，站出来厉声道：“果尔仁七罪当诛，若有庇护者，便是大突厥的敌人，腾格里必诛。”

“陛下可要想好了，”果尔仁不慌不忙，微微笑道，“陛下刚刚统一了突厥帝国，便要残害忠良吗？我火拔家世代忠良，老臣更是侍奉三代大突厥可汗，天下皆知老臣为阿史那家一生尽忠，甚至没有妻子和子嗣。请问台下各位高贵的伯克和梅录，何人敢出列质疑果尔仁的忠诚，何人敢出列证明阿米尔的胡言乱语是真？那才是大突厥的敌人，腾格里必诛！”他的灰瞳一转，厉声向台下咆哮，而台下竟然哑然无声。

撒鲁尔面色阴沉，而果尔仁面露得色，女太皇眉头紧皱，却不发一言。

我本来乖乖地躲在一角，正在考虑怎么通知段月容，让他赶紧退出圈外，同我一起逃走，不想忽然有人在我背后猛推一把，将我推了出来。我重重地摔在场中。

立时所有人的视线转向我，最接近我的那群衣着鲜亮的贵族，居然不约而同地飞快闪开，绝对以突厥人所赞美的苍狼豹子之神速，给我迅速腾出了一大块地方。

我捂着屁股站了起来，强自镇定，心中暗惊是谁在暗算我？我看向人群，想找小放，眼前却只是一群高鼻深目的西域中人，每个人或大或小，或双或单，或圆或扁，各种颜色的眼睛里，都在同时反映着两个深刻的中心思想。

首先是赞叹：“多么忠勇的武士啊。”

然后是哀叹：“兄弟，你死定了。”

我的脸上冒出汗来，抬头却见撒鲁尔看我的眼微讶，果尔仁一干人的憎恶就更别提了，余光一闪，却见台角一人长身立起，对我笑靥如花。

他施轻功飞身跃起，大漠长风中，袍角翻飞，如大鹏展翅，紫瞳光耀生辉，眼波如水含情，桀骜的眉梢充满风情地对我挑起。他翩然落到我的身边，如天人下凡。

众目睽睽之下，在我还没有完全反应过来之时，天人同志极其志得意满地从宽袖中伸出一双莹白的手，微微弯腰，执起我的双手，轻轻放到唇边落下一吻，眼波勾逗间，刹那勾魂摄魄，唯听他对我柔柔笑道：“你来啦。”

我有那么一阵恍惚，这不是梦里紫浮的台词吗？

我与段月容假凤虚凰地生活了那么多年，按理应该习惯他那不按常理出牌的风格，然而这一刻，我张开了嘴，却根本不知道接下去该说什么。

我能说什么？我该说什么？

最后只能勉强缩小口型，极其简单地说道：“啊！”然后醒悟到我身上穿着男装，还是突厥士兵的衣服，立刻血色上涌，欲抽回手。

果然，周围的人没有一人的嘴巴是合上的。

就在这时，礼炮乍响，四面八方拥入身着黑甲、臂系红巾的人群，如铁水骇然涌入，蔓延到哪里，那银甲和红甲便是一片血腥，在场参加的伯克、梅录少有营救果尔仁者，多是或骇然、或冷笑、或木然地慢慢地带着自己的人退出祭坛，然而更多的是不及逃走的，皆枉死在混战之中，血肉模糊。

早有一群武士护住后妃女眷，轩辕皇后冷然道：“热伊汗古丽勾结果尔仁，迫害宫人，残害皇嗣，还不押下？”

“原来皇后陛下早已背叛了女太皇陛下。”碧莹冷冷道，“轩辕家的女人果然会见风使舵。”她仰起头，鄙夷道，“我身怀狼神之子，谁敢碰我？”

香芹眼中闪出可怕的光芒，恶狠狠道：“轩辕家的女人，我要杀了你们。”

她尖声叫着，冲向皇后，未到近前，人已惨叫着伏倒。

却见阿米尔浑身浴血站到轩辕皇后身前，冷然道：“你这个冒牌的奸妃，陛下早就认出真正的木姑娘，你不过是紫园的贱人姚碧莹，还敢在这里行刺皇后？”

其时我正在寻找段月容，听到这话却愣住了。

碧莹也愣住了，嘴唇颤抖了起来：“你说什么？陛下早就知道了？”

轩辕皇后也一怔，在我的印象中，轩辕皇后是温柔如水的，却不想就在那一刻她的眼神忽然阴冷了起来，那美丽为嫉妒所扭曲，她绕过阿米尔，紧握一把华美的利刃冲向碧莹。

碧莹退无可退，正中左肩，她美丽的眼中犹带着倔强，人慢慢地抱着肚子凄然地跪倒。

我本能地想冲过去，却被人拉住了，一回头却是一双紫瞳森冷。

段月容替我砍倒一个偷袭者，死死拉住了我：“这是他的家事，已轮不到你管了。”

我挣不开他的手，也无法反驳他的话，一颗心凉了下来。

再回头，却见皇后正要再出第二刀，果然一把犹滴着血的弯刀挡住了皇后的匕首，竟然是撒鲁尔，而就在极度心跳的那一刻，我看清了皇后手中的匕首，是我的“酬情”。

天空不知何时开始怒吼，大雨滂沱而下，天祭化为一片血海，雨水冲刷着人们身上的血迹。撒鲁尔的红发黏在额上，雨水淌过他的长睫毛纷纷滴下来，酒眸凝着那一双伤心惊恐的琥珀琉璃瞳，却是久久说不出话来。往日情人间的亲昵明明还在眼波间流动，却不知何时悄悄地横亘着残酷的背叛和冰冷的杀戮，似被那明心锥生生割开心脾，痛断肝肠。

皇后颤声道：“她不是可汗心中的那个人，可汗也明明知道的，为何还要救她？”

“皇后多虑了。”他收回了目光，回过身去，再不看碧莹半眼，冷冷地注视着皇后道，“她的肚子里有阿史那家的皇子，朕要这个孩子。”

皇后的花容悲伤欲绝，冷笑道：“花木槿说得没有错，陛下果然还是爱上了这个贱婢。”

“我说过很多遍了，不准跟我提这个名字。”撒鲁尔的脸冷得可怕，一刀挥去，三个银甲人倒地，他回首对皇后大声吼道，“不准跟我提这个名字。”

他终是爱上了碧莹，而碧莹也爱上了他。

以前在西枫苑时，非白曾对我说过，人生的误会有很多，有些误会终其一生也无法解开，令人一生挣扎，生不如死。

我与非珏错过一生，同碧莹之间似是进入了一个死胡同般的误会，而这两人也因为女太皇和果尔仁结出了一个死结。

“看到了没？快走。”段月容在我耳边轻轻嘲讽着。

我回首，他的月白吉服早就被血染一身。场中的情势渐渐倒向了撒鲁尔，黑甲吞没了银色和红色，处处散落着红色的紫罗兰方巾，那殷红一片，已分不出是那赭红本色还是鲜血染成。

果尔仁脸上拉了道口子，满面阴沉地护着女太皇，不停地砍杀着跃上台来的黑甲兵士。

忽然撒鲁尔跃上祭台，怒吼一声，果尔仁两个护卫已被他砍得四分五裂。

“老臣一路扶持可汗母子，打陛下出生起便殷勤看护，”果尔仁冷冷道，眼中有着不可见的伤感，“陛下为何如此仇恨老臣、残害火拔家？陛下难道不怕腾格里的惩罚吗？”

“老匹夫，”撒鲁尔恨然一刀砍去，“你勾引我的母皇，秽乱后宫，私育孽种，想取朕而代之，你真以为我不知道吗？”

果尔仁颓然倒地，擦着嘴边的血迹，冷笑道：“孽种？我同你母亲的孩子是孽种，那你这个身上有一半汉人血统的野种又算什么？”

撒鲁尔的眼瞳恨似烈火，好像那滂沱大雨亦无法浇熄他的怒火，正欲上前拼命，果尔仁与女太皇眼波微触，便将手中的弯刀甩向撒鲁尔。撒鲁尔一刀挥开，那刀柄弹向祭坛的金狼雕像，正中怒视前方的狼眼，果尔仁地下的石板一陷，掉了下去。

与此同时，祭坛周围的那圈石狼口中纷纷吐出铁箭，以天祭坛为圆周中心射向场中人，皇后惊呼声中，那比雨丝更细密的箭阵射了下来。

电光石火之间，段月容一把抱住我，随手提来一个突厥人挡在眼前。

我看不到任何人，只觉惨叫声不绝于耳，我的四周刹那间血流成河。

我的脑中一片空白，前面的突厥人吐着血沫成了一个可怕的刺猬血人，目眦欲裂，极度愤恨地看着段月容。段月容却冷冷甩开他，快速抢了一面小盾牌，然后护着我蹲下，躲在尸山中。

“这个果尔仁还真不是省油的灯啊。”段月容看着我，眼中却闪着一种嗜血的兴奋，

“还留着这个机关，连自己人也杀，若我是撒鲁尔，自然也想要除掉他。”

我浑身颤抖着，心中却忍不住想着，皇后和碧莹都在台下，撒鲁尔会救哪一个，碧莹还是皇后？

一回头，却不期然遇上一双熟悉的眼，正布满浑浊的血丝盯着我。

我一愣，这不是那个张老头吗？他怎么也在，他同我们一样，躲在尸山下，身上穿着一件撒鲁尔兵士的黑甲，臂上也系着紫罗兰红巾，还是满脸褶子，一只小眼，不过身上的罗锅子早已不见，显得身材高大。我早就知道他是易容的，不过他长这么高，我居然一时没办法习惯。

我愣愣地看着他，他也一径默然地看着我，眼看着两人身上、脸上慢慢地溅满了殷红的血雨。

箭声渐消，我们站了起来，眼前一片尸山，我看向高台，空无一人。女太皇、撒鲁尔、碧莹，还有皇后，都不见了踪影。一片静默中，积满尸首的天祭坛更显得空旷而可怕，唯有耳边悲嗅的血雨腥风，不停地往人脸上泼来，让我几乎无法呼吸。

放眼望去，唯见那个脸上挂着嘲讽之意的段月容，四处找称手的兵器，还有正在替自己包扎手臂的张老头，兀自沉默。

我蹒跚地四处翻着尸体，唤着小放。

渐行至祭坛边缘，手扶一只石狼，我的心开始绝望。

忽然成堆的尸体中一人猛地抓住了我的手，一张狰狞的脸露在我的眼前：“花妖精，你去死吧？”

原来是香芹。我奋力挣扎，她瘦骨嶙峋的手怎么也不放我，眼神疯狂地盯着我。我向后拉住那头石狼，仿佛触动了什么机关，脚下的地板猛然往下塌，我同香芹，还有一群尸体便呼呼往下掉。

我一扭头，却见段月容和那个张老头都向我奔来，然后一片黑暗包围了我。

我幽幽地醒来，耳边隐约有人说话：“义父，一切可安好？”

那声音温婉忧郁，如琴音入耳。

“无妨，不过是皮外伤罢了。”果尔仁的声音沉沉传来，“可惜我带来的那一班武士都死了，他们跟随我多年了。”

“你不用担心，我现在要同卡玛勒去密室拿银盒。有了这个银盒，那撒鲁尔便不能奈我何了。你同香儿在这里等着。莫怕，我已将神兽关在第七天，在我们归来之前，断不会前来伤害。看好这个花木槿……我要让撒鲁尔和大理太子付出代价……”

声音时断时续，我的头痛似裂。过了许久，我使力动了一下手指，渐渐地睁开了眼睛。

碧莹正坐在我的身边，细细地看我。她看到我睁开了眼睛，好像受了惊吓，撑着腰腹站了起来，眼睛依然盯着我，却离得稍微远些。

我环顾四周，香芹浑身流着血，在那里喘着气，碧莹好像在替她上药。

香芹接触到我的视线，冷笑着："花妖精醒了。"

我麻掉的双手双脚渐渐动了起来，我使劲挣了一下，终是坐了起来。

香芹惊恐地看着我。

碧莹略微停了一下，然后继续她手头的工作。

"花妖精，没想到你也有今天吧。"香芹猛然挣脱碧莹，冲上前来，甩了我一巴掌。

碧莹唤了一声香儿，可是香芹却没有停手，露着一张满是刀痕的脸，正欲甩第二掌，我一把握住她的枯手，然后微一用力，踢向她的小腹，将她蹬得老远，冷冷道："你的今天也不怎么漂亮啊。"

香芹的脸扭曲起来，却挣到伤处，软软地倒下来。

我刚站了起来，却见迎面一柄利剑相向，银光闪闪，那晶莹剔透的双瞳冷然地看着我道："花木槿，莫要忘了你身上的旧伤，要斗狠也支持不了多久。我手里的宝剑削铁如泥，你若不想死在这里，那就往后退。"

"碧莹，"我凝视了她许久，只觉满腔冤屈不解，终是颤声道，"好歹我们也曾相交六年，你病重之时我也曾日夜不眠地照顾你，你何以这样对我？"

没想到碧莹却哈哈大笑起来，那笑声响了许久，直笑得身子打着战，泪水都笑了出来。

她猛地收了笑容，然后就冷在那里，仿若静默冷酷的死火山，让人噤若寒蝉，她高昂着头，一步步向我走来："你知道紫园里是怎么说你妹妹的吗？"

"碧莹……"一切都是为了锦绣吗？我哽在那里，满是酸楚，根本不知道该对碧莹说些什么，那一腔歉疚涌上心头。

"她是一个不知廉耻的贱人，为了攀高枝，在紫园里睡了一个又一个，最后终于攀上了原青江那棵大树了！"她对我笑着，眼泪却流了下来，"她为柳言生相迫，为了逃出生天，将二小姐的玉佩放在我的枕下，陷害于我，换来了紫园的恩宠。可惜，锦绣再无耻、再下贱，又如何比得上你花木槿半分呢？"

"你说什么？"我愤怒地看着她，渐渐地，我的大脑变得晕眩。

她的笑声猛然一顿："你的妹妹陷害我，是为了攀上富贵荣华。每个人都交口称赞，你是庄子里有名的贤人善人，为了照顾义姐，在德馨居一待就是六年，为了不让我在战火中受苦，让果尔仁带我到西域避难。多好的姐妹啊，我常常对自己说，我姚碧莹何德何能，定是前世修来的福分，才有了你这样一个善良重义的好姐妹啊。

"可是，我到西域的中途就病倒了。那个时候，二哥和义父费了九牛二虎之力才救回了我，这才发现我一直被下了一种慢性毒药，而那种毒药叫作流光散。"碧莹的眼中流露出恐惧，"这是一种前朝皇家毒药，紫园的暗人也有，是给保护贵人的死士拼命之际用的，用之便可瞬间聚集几十年的功力，代价是耗尽数十年的阳寿。那流光散在我常年吃的药物中混服，因有大量的人参和三七花，故而那药性又被冲淡了很多，所以导致气血不足，五行不顺，长年体虚，受尽折磨。”

仿佛有一个惊天的响雷，又似有恶鬼的咆哮从天而降，直直刺入我脑海，打碎了我所有美好的回忆。不知是她凌厉的气势，还是我震惊所致，不由得倒退三步，一屁股坐在地上，嘴唇哆嗦了许久，终是流泪道：“你胡说什么？”

我话未说完，她却厉声说道：“是我胡说，还是你的演技太好了？那六年的药物不正是你负责调配，全是你和锦绣帮着从紫园搞来人参养荣丸的吗？

“为了权力、地位、荣华、富贵，这几年花锦绣什么都可以牺牲，确然她至少从不掩饰她的野心和奸佞。”她轻嗤一声，“你们几个真以为我是个什么也不知道、一心只依靠小五义的病痨？你真以为我看不懂花锦绣那双紫眼睛中的鄙夷凶狠之色吗？你们真以为我会看不懂你们心中对我的怜悯吗？花木槿，你知道那种躺在床上像个废物，看人眼色，却连自杀的力气也没有的滋味吗？”她凑过来，对我吼道。那满腔的悲愤恨意从她身上迸发出来。

我口中喃喃说着：“碧莹……”

然后我便再也说不出来了，只能流着泪定定地看着她，脑中的印象却全是当年大雪纷飞的夜里，瘦骨嶙峋的病美人，喘得生生咬破了嘴唇，差点翻白美丽的双眼，她那骨瘦如柴的手死死挣扎着抓住我的胳臂，对我喊着：“木槿，好苦，你让我去吧，你让我去吧。”

泪水自她满是恨意的美目中滑落：“你还记得吗，锦绣害我那年她八岁，八岁啊！才八岁的小女孩如何会应付像柳言生那样的恶魔？又怎么会懂得以这样的手段来害我呢？可你一进紫园便语出惊人，让你的好妹妹留在富贵的紫园。是你，一切都是你，是你把妹妹推进了紫园，好为你铺下富贵之路。后来她饱受禽兽的凌辱，你便哄锦绣加害于我，好让锦绣平步青云，又可挡在前线，替你遮风挡雨。你一边下药害我，让我那几年生不如死，可是却借着照顾我之名，退到安全之所，另一边勾引二哥，又诓骗大哥，让他们为你姐妹俩卖命。你的好妹妹终是惹怒了夫人，你再也藏不住了，就让二哥求原非白照顾你，于是一个勾引老子，一个勾引儿子。”

她讥讽道：“可笑的是……你伴我在德馨居那几年，我还天天都为你感谢上苍，心想一定是上天怜我姚碧莹自幼父母双亡，又遭奸人陷害，所以才赐给我这么好的一个姐妹来与我相伴啊，我还想用自己的性命来证明你的清白，却不想你是这样一个豺狼之心、狠绝人寰的恶妇。”

“够了，姚碧莹，你休要在这里血口喷人。”我愤怒地大叫出声，血腥味在喉头涌现。

可是她却在那里轻蔑一笑，继续道：“那些年你虽害我生不如死，可我从没有真正地恨你，因为毕竟你还是让我活了下来，而且陪伴了我六年。”

香芹在那里擦着口角的血迹，眼中满是疯狂的幸灾乐祸。

“你知道二哥有多可怜吗？以他的本事，本来根本不会着了柳言生的道，可是为了保护你的好妹妹，他、他、他被柳言生……你知道你的好妹妹是怎么回报他的吗？她挑唆原奉定暗算二哥，好在原家主人面前争宠！可是二哥从来都不让我和大哥告诉你，怕你伤心。”她琥珀的眼瞳泪如泉涌，泣不成声，“那年你在馆陶居被你妹妹气得吐血，昏迷不醒，那黑了心的原非白便拷问二哥，把二哥打得体无完肤。他受了这样的折辱，却一言不发，一心只想着你有没有事，还忍着伤痛求原非白允他来看你。你终是醒了，二哥却倒下了，发起了高烧，眼看人也不行了，来来去去口里念的还是你，还是你。”她对我唾了一口，轻蔑道，“我姚碧莹此生最恨的就是你这样利用二哥。永业三年，他冒死陪你下山，转眼你却卖身投靠了南诏狗，做了大理太子的婊子。”

“碧莹，我花木槿也许不是什么好人，可在此两个月之前，我从来没有听过什么流光散，更不要说残害你，这其中必有隐情……”我轻轻擦了擦我的脸，忍住满腔冤屈，艰涩道，“永业二年，我确累二哥陪我下山，差点尸骨全无，的的确确……是我对不起二哥，可是，”我从牙缝里迸出话来，“我没有投靠南诏，更没有做段月容的女人，你明明知道我身上有生生不离。在德馨居，我也从未害过你，若我真是狼子野心，口蜜腹剑，掩饰得天衣无缝，你我毕竟相交六年，日夜相对，时时相守，演技再好的人也会露出破绽。以你的聪慧也看得出来，你怎么可以相信果尔仁的挑拨离间？果尔仁一心想让你做撒鲁尔的枕边人，他对你示好，你必忠心于他，然后安排你在撒鲁尔身边。撒鲁尔专宠于你，自然也会被他所掌握。”

她向我鄙夷一笑：“你果然知道这个道理。”

我一时语塞在那里，久久地才迸出话来：“那好，你口口声声爱二哥，那么你为何要顶着我的名字，变成了热伊汗古丽，变成了非珏的妃子？”

泪水弄花了她的妆容，那疯狂的眼神，映着那种秘密被揭穿后理亏的惊恐。

她的胸膛剧烈地起伏着，我向前一步，她却微微后退了一步，取出丝巾，慢慢擦净了脸，走到香芹身边，换了一副飘忽的笑容。她并没有回答我的问题，只是淡淡道：“你永远也见不到可汗了，我也见不到了。不仅是可汗，任何人都见不到了。我答应过二哥不会伤你的性命，所以我也不会害你。反正……”她又恢复了优雅圣洁，轻轻笑着，那美丽的笑容渐渐从她的嘴边漾开，就好像多少次在德馨居，我拼命找乐子逗她笑时，她对我浅笑的模样，以前我多喜欢看她笑，然而如今她的笑却比毒蛇还要可怕，她轻轻说道，“我们都活不了多久了，你再也不能伤害我了，花木槿。”

德馨居的点点滴滴在我脑海回放着，可是我与她之间横着道道心防，阴暗的罪恶将她伤害，如今的她为了报复也变成了一种新的罪恶，那紫栖山庄所有美好的东西，一直在我内心深处的最真实的回忆，那一片最热情的心意片刻竟化为虚无，我感觉我的人就像被掏空了，取而代之的是无比的愤怒和辛酸在我胸中燃烧。

这究竟是怎么回事？是谁下药害碧莹？那药确是从锦绣、宋明磊，或于飞燕手中递来，还有那个为我们配药、送药的赵孟林，他也经常查验这人参养荣丸，难道会是他？他是非白最重要的私人医生，如果是他，那非白……

我的手脚冰凉，口干得要晕过去一样。我稳住心神，咬牙切齿道：“姚碧莹，你、我还有锦绣之间有多少恩怨，暂且不提，你要恨我一生，我也没办法，你且回答我刚才的问题，为什么要答应果尔仁那个老匹夫，冒我的名骗非珏？当年在玉北斋，非珏对你也甚是礼遇，他又如何对不起你，你为何要害他？”

“我没有害他，我是为了救他。”她一仰脖子，理直气壮道，“当年陛下得知你命赴黄泉，已然心碎欲绝，寻死觅活的，后来好不容易练成神功，人也是一言不发，看到你的花姑子，人已癫狂，我若不答应义父，陛下肯定承受不了第二次打击，说来说去还是你害了他！”碧莹看着我诡异地笑了，“试问你的心里真的爱陛下吗？如果是这样，为何你不来弓月城找他？”她极优雅地走近我，染血的织锦袍上闪着珍珠宝石的光辉，仿若段月容送我那毒蛇王身上的花斑，绚烂多姿，却又让人心生寒栗，“木槿，说说那段月容为何会为了你单枪匹马地闯到弓月城来？你身上若有生生不离，你们的女儿又是从哪里蹦出来的呢？”

我血腥味渐渐地涌了上来，她的眼瞳映着我愤怒铁青的面容，似乎更快乐了：“你我相交的那六年里，你梦里哭泣的名字不就是那个长安吗？木槿，其实你根本不爱陛下，你爱的只是一个影子，一个永远不会背叛你的痴儿，一个满足你虚荣的影子。没有人知道你心里究竟爱的是谁，到底是那个鬼魂长安，昔日的原非白，还是卖身投靠了荒淫残暴的段月容？但我却肯定，你爱的不会是陛下。”

我语塞，定定地看着她。她的话划开了我心上的一道口子，我只觉气若游丝，仰头却哈哈笑了一阵，硬是咽下了血，定在那里对她冷笑道：“我怎么会有你这样一个黑了心的姐妹？”

香芹却又扑过来想打我，我愤恨地将她甩到碧莹的身边，她便在那里害怕得连连骂了好几句水性杨花的花妖精，然后又似悲从中来，抱着碧莹痛哭失声。

碧莹轻拍着她的背，她才渐渐安静了下来。

香芹哭泣道：“大妃，我们该怎么办呢？阿纷和木尹怎么办，我们难道真的在这里等死不成？”

碧莹的瞳黯淡了下来，轻声道：“不，我了解陛下，这么多孩子里，他最喜欢阿纷和木尹，断不会虐待他们。至于我们……至多不过流放凉风殿中凄凉老死。皇后定然不会让可汗再眷顾于我，可是她也不会杀我，因为她想要看着我生不如死，可惜我们现在落到义父手里，却比在可汗陛下或是皇后手上更糟糕。”

我和香芹俱是一愣。

碧莹流泪轻声道：“义父留着我们是为了我肚子里的孩子。”香芹抽泣着，更加紧地抱着她，“等我生下这个孩子，我也便没了用。可汗不再宠幸于我，你以为义父会留我性命吗？世人争荣辱，富贵能几时？”她的脸上没有一丝血色，琥珀琉璃瞳也失去了光彩，只是一片惘然，“香儿，你我在紫园结怨一场，不想在这突厥相伴七年，想来也是缘分。如今大难临头，你看等会儿有机会就冲出去，然后找个可靠的男人嫁了吧。富贵人家万恶窟，今生来世都莫再做那富贵黄粱梦了。”说罢泪如泉涌。

香芹也是放声大哭。

忽然远远地传来一股腥臭，香芹停止了哭泣，肿得像核桃的眼睛开始流露出恐惧。

我背后的石壁仿佛有东西在彼端拼命撞击，发出有节奏的巨响。

三个女人醒了过来，巨大的恐惧掩盖了新仇旧恨。

“神兽来了，怎么回事？”碧莹的脸上也现出恐惧，“义父不是把它困在第七天了吗？不可能会这么快来。”

怪兽的嘶吼巨响着，石壁轰然倒地，一个怪兽闯了进来，口里嚼着一人的残臂，那臂上还挂着半幅紫罗兰巾，应是兵变中惨死的突厥士兵。

它进来到处嗅着，香芹骇然尖叫着，怪兽便冲向她。香芹夺过比阿剑奋力砍杀怪兽，不料怪兽一甩尾巴，像哥斯拉似的甩掉宝剑，那锋利无比的宝剑便插在石壁上，所有人一愣神间，香芹猛地将最近的碧莹推向怪兽，自己却施轻功跳到另一边，从怪兽撞进来的那堵破墙间逃了出去。

我大叫着碧莹的名字，万不敢相信这个香芹会这样做。碧莹没有武功，一下子撞上怪兽的嘴巴，怪兽叫着冲向碧莹，我从墙上使劲拔着比阿剑，砍着石地，溅出火星。我卷着破布蘸着怪兽身上流下的原油滴，燃起自制火折，向正在咬着碧莹脚踝的怪兽吹了过去，空中滑过一串火焰，那怪兽骇然而退，口中却依然咬着碧莹。

碧莹看着我，嘴唇因失血而变得煞白，却仍在怪兽嘴中忍痛傲然道：“我不用你救我，反正我也不会相信你，不会感激你这个虚伪的女人。”

“姚碧莹，你以为我很想救你吗？”我咬牙恨恨道，“你且放心，我也不想救你这种是非不分的蠢女人，我只是要留着你复我名誉，可怜你肚子里无辜的孩子罢了。”

她一时痛郁激愤，便晕了过去。

我继续吹着火，怪兽一下子甩开碧莹，向我追来。

我暗叫不妙，眼看那手中的火折子燃光了，偏偏护锦出了故障，怎么也发射不了。

怪兽愤怒地大吼着，我缩着膀子，拿着石头掷它，它躲着石头，不断地咬过来，我本能地大声呼救。

话说我已经很多年没叫救命了，一急之下，叫出声来，居然还是非白，一出口就觉得心凉透了。想起碧莹的话，天祭台上非珏对轩辕皇后吼的那句话，不觉悲从中来，脚一软，就摔倒在地，只好睁着眼睛看着它那满嘴人肉血腥的大嘴。

一条银灰的光芒呼啸着卷来，挟着火光，正卷在怪兽的舌头上，怪兽大叫着后退。

我快速爬向我的救兵，一抬头，原来是那个张老头，高高在上地看着我，沙哑着嗓子问道：“夫人没有事吧？”

我摇摇头，才见他挥着一条三米多长的铁鞭，上面缠着火星，如一条火龙嚯嚯有声地逼退那怪兽。那个怪兽也认出了张老头，可怕地嘶吼着，浑浊的眼睛变得赤红。

我躲在张老头的身后，乘机溜到碧莹身边，试图把碧莹拖出来，行到一半，碧莹痛叫出声，醒了过来，对上怪兽的红眼睛，吓得尖声大叫起来。

张老头无法施展长鞭，冷着脸，跳到我们那里，挥出长枪，直刺怪兽。

那怪兽甩尾巴撂倒张老头，向我扑来，我耳边只听到有人焦急道："木槿！"

千钧一发之际，我来不及睁开眼，只是回身拼命地抬腕。这回护锦总算给力了，一支小铁箭射向怪兽，它扫向我的尾巴爆炸起来，狼狈地呜呜叫着，向撞进来的地方逃去。

我浑身的力气用尽了，吐出一口鲜血，胸腹旧伤一时疼痛难忍，一屁股跌坐在地上。

张老头过来扶着我，又给我塞了一颗药丸，我和着鲜血咽下这颗药丸，抓着张老头的衣襟，使劲喘着气。

碧莹惊惧地坐在对面看着我，捧着肚子大口大口地喘着气。

"你可好？"我的意识有些迷离，张老头的声音将我唤了回来，我喘着气惊惧地回看他，他睁着一只眼又关切地问了一声，"夫人可好？"

我摇摇头，只觉心酸得发疼。说实话，我一点也不好，然而回过神来，又愣愣地点点头。

张老头担心道："夫人可是旧伤复发，肋骨发疼？"

这人果然不简单，连我的旧伤也知道。我看着他看似浑浊的眼，点了点头。

我慢慢站起来，平复了一下伤痛，向张老头躬身道："多次蒙前辈相救，感激不尽。敢问前辈姓名，也好让花木槿铭记于心。"

"老朽不过天下庸人一个，"张老头赶紧上前扶住我，扯着满脸褶子笑了，那眼中竟有温暖，"乱世无道，天涯沦落之人，贱名不提也罢。受人所托，忠人之事。现在不是时候聊这些，夫人与大妃娘娘快来吧。"

张老头在墙壁上摸了摸，一块石壁移了开来，露出黑黝黝的道路来。他当先用力一甩长鞭，燃起火舌照亮了前方的道路，只见通道内插着各种乌黑生锈的兵器，上面横七竖八地戳着各种各样的尸首，那尸首上的衣衫有些年代竟然已经非常久远，当中有一条被锋利的兵刃人工硬开的路，像是有人曾经试图从这里走过。

张老头点燃火折子，在前面走着，我紧紧跟着，一回头却见碧莹的美目犹豫地看着我们。

我也惨然地看着她，心头犹冷，根本不知道该说什么。

张老头在前方微侧头冷冷道："如果大妃娘娘还想见到这世上的太阳，还是跟着老朽和夫人吧。"说罢头也不回地疾步前行了。

我也硬起心肠，往前跟着。

果然，过了一会儿，后面传来蹒跚的脚步声，碧莹终是一瘸一拐地跟来了，却微微同我们保持一点距离。

第十二章

长恨水长东

我们慢慢地穿过石洞中冰冷的兵器森林，拐七拐八地到了尽头，眼前一片极大的空地，被三面石壁围着，迎面的是一巨型飞天笛舞壁画，画上的人依然是上次所见的酒瞳美人，阿弥王妃和她的夫婿，突厥始祖阿史那毕咄鲁，两人脚下踩着姿态各异的西番莲。

地上满是横七竖八的尸骨残骸，从他们的穿着和使用的武器看来，似乎是两队人马，一队用弓，一队用刀。

值得探究的是，有一队人马好似带着一堆白色的陶器，陶器的碎片七零八落地散了一地，或是碎裂在一些骷髅的身上脸上，似乎是某种面具，而从姿势上看来，这两队人马临死前经过激烈的争斗，很多尸骨皆为巨力所折弯，或是为对方的利器所划断，可见至死，这两方都维持着互相拼斗的样子。

我走到一个衣饰最为华丽、身形也最为高大的骷髅旁边，拾起身边的火把，试着从张老头那里借点火燃着，没想到还着了。我低头看到那骷髅身边还有一把黑乎乎的铁弓，看上去样子十分古旧，心中一喜，隔着衣衫用手捡了起来，撕下破布微一擦拭，在火光下一看，乍然一惊，却见金光灿烂，镂雕着各种各样的上古神兽，精美至极，渐渐地把我们所在的石洞也照亮了，绚烂无比地耀着我们的眼。

我这一世也算酷爱射击了，以前瓜洲家里也曾经比较腐败地广收良弓，那该死的张之严就是不肯归还我那些可爱的收藏品，然而眼前这把金光耀眼的金弓，却是我平生所见最为华贵的弓箭，我那些名贵的收藏品同它相比，简直就如石头在钻石面前一般平凡无奇，就连我身上段月容送的那把银弓也刹那间黯然失色。

那张老头在我对面赞了一声："好一张黄金弓。"

碧莹慢慢地出现在我们的视线中，打断了我们的谈话。她脸色十分苍白，似乎想靠着墙稍作休息，但又碍着四处是腐臭的骸骨，便眼露惧意，战战兢兢地站在那里。留意到我在看她，又故意逞强地站直了身体，昂着头发蓬乱的脑袋，斜睨着我，还是一副高高在上的样子，就跟小时候第一次在牛车里见到她时一模一样。

她的脚踝肿得像个馒头，还在汩汩地流着血，我横了她一眼，把黄金弓放下，撕下衣摆上的布条，走到她面前，蹲下身子替她包起了流血的脚。

她在上面轻微地挣扎着：“你放手，我才不要你可怜。”

“谁会可怜你？谁要可怜你？”我越听越窝火，大怒道，“你这个没有心肝偏又愚蠢至极的女人，走得这么慢，知不知道耽误我们逃命了？”

我结束了手中的工作，立刻站起，还是觉得气恼万分，接着对她冷笑道：“我花木槿何时何地可怜过你姚碧莹？你若自己要轻贱自己，我也没法，你爱咋地咋地吧你。”

我重重地哼了一声，再不去理会碧莹满面辛酸欲泣，扭头却见那个张老头一眨不眨地看着我，似乎充满兴味。我敛声低眉快速地收起黄金弓与几支黄金箭，细细看那灿烂的箭矢，却发现矢尾上刻着西番莲的记号。

我吓得手一颤，扔掉了，然后又拾起来，再细细看，这回才发现这金箭箭矢上的西番莲似乎同司马家的西番莲不太一样。我记得司马家的西番莲是十枚单瓣花瓣，样式也比较简单，而这金箭上的西番莲是重瓣的，细长的丝瓣间镶着菱形的短瓣，密密数来似有二十来片花瓣，与齐放在冬宫地宫所见紫红相间的西番莲很像，再抬眼看看眼前的这幅大壁画中的西番莲，样式也甚是相似。

我自言自语道：“莫非这是司马家的西番莲？”

话一出口立刻后悔，抬头看张老头，他却目光如炬地看着我：“非也，夫人。”他摇摇头，“这并不是司马家的西番莲。”

我暗惊此人是谁，竟然知道原家同司马家的旧事。手不由得摸着黄金大弓，忽然感到弓身处隐约有个小字，我凑上去看，竟然是个中原古字，这个古字只有一半，仿似日形，另一半好像被什么利器划伤了，难以辨认。

那个张老头伸手拿过看了一阵，说道：“夫人请看，这便是个古体‘明’字。”

我一愣，明？

他在那里似是陷入沉思，我注意到他的手指甲干净细洁，根本不似做粗活的。

张老头见我盯着他的手看，便讨好地一笑，将手快速抽回，叹息道：“这些骸骨看来已有上百年之久了……难怪啊……没想到，真没想到明家的人还真是查到这西域来了。”

“明家？”我大惊，原青舞疯狂的笑声犹在耳边，我定了定神，问道，“前辈说的……可是大庭开国的一字并肩王，吴王明凤城的明家？前朝因为谋逆而被满门抄斩的明家？”

“正是。”张老头一只眼闪烁着灼灼的光芒，“史书曾述‘将军挂紫袍兮，明月映红莲，枫露续梅缘兮，花雨动京城’。开国之初有四大家族，除了当今轩辕氏的皇族，还有另三大豪族，原氏、明氏、司马氏，四大家族未反先朝之际，皆以花为族徽。司马氏贵为骠骑大将军，喜紫色单瓣西番莲；明氏好重瓣红莲；而原氏以梅花枫叶为记；轩辕氏却爱牡丹富贵。后来轩辕氏贵为皇族，便将族徽中的牡丹定为国花，当时司马家与明家这两大家族常有联姻，官场相通，偏又互相攀比，穷奢极欲地收集西番莲，京都城中也因此四处盛行西番莲花会，布衣百姓亦不能免，轰动了整个京城，堪堪压过了皇族牡丹，结果引起了轩辕皇氏的警醒和猜忌，间接地造成了差点令司马氏毁家灭族的乱宫之案。”

我心中大惊。这个张老头果然不简单啊。

张老头指着我手中的黄金弓继续说道：“老朽不才，若没有猜错，夫人手中这把神弓应是明家的传家宝，至尊武器——真武侯。

“轩辕庭朝的第一代开国功臣吴王明氏凤城字真武者，人称真武大将军，天赐神力，身形卓绝，手持一把黄金大弓，百步穿杨，例不虚发，神勇非常，常常带头冲向敌营，射断敌方旌旗，曾夜攻十城，直捣帝都，为轩辕氏立下汗马功劳，明家第二代族长是也。轩辕世祖有爱女轩辕紫弥，酒瞳美人，倾城国色，号开国平律公主，下嫁明家，彼时明真武刚刚袭下明家吴王封号，不过二十出头，正当盛世好年华，世祖遂将吴王这把从不离身的黄金大弓赐名真武侯。”

“明真武？”我奇道，“照前辈这么说来，这岂不是吴王明凤城本人的遗骸？”

张老头从这具遗骸对面的骸骨上拔出几支箭擦亮，亦露出金黄色，然后又察看了持弓者的身形和中指：“寻常男子七尺须眉，八尺好汉，此人身形高大，足有九尺，腿骨比一般人发达，可见轻功卓越，而右手中间三指指骨发达，乃是神射手，恐是真武大将军本人。”

明凤城为何带着真武侯到西域之地来？我奇道：“吴王告老还乡后，不是有传言说其携轩辕紫弥公主回到吴越的封地安度一生了吗？”

“唉！”张老头摇摇头叹息道，“可惜没有。世人常恶明凤城贪财好色，然而其人不过性喜冒险，年幼时常携结义兄弟行走四方，行侠仗义，游历猎奇，却为世人所曲解。

“司马氏乱宫之案后，明氏与原氏联手救出了司马氏，先帝将两个双胞胎女儿分别嫁给了原家和明家，传说轩辕紫弥的到来，给明氏家族带来了最光辉的荣誉，也为明凤城带来了最悲惨的命运。”

我暗叹一声问道：“可是那轩辕公主的嫁妆《无泪经》惹的祸？”

“夫人从何而知？”张老头疑惑地看着我。

我微叹一声，苦笑道：“机缘巧合……罢了，”我咳了一声，“还请前辈赐教这其中渊源。”

“司马将军飞扬跋扈，吴王狂傲专权，唯秦中王沉静忍耐，殷殷告诫族人谨守本分，不与其他家族争列。司马氏常常打压原氏，然而当乱宫之案发生时，司马氏万万想不到是秦中王游说吴王联合营救司马氏，遂愿意以其中一支为暗人，侍奉秦中王十世。司马氏没落之后，世祖赐婚，秦中王一开始并不愿意接纳平宁公主，欲拒婚，劝吴王同他一道带家人离开京都。然而明家与轩辕家早有婚约，明凤城从小与平律公主青梅竹马，且吴王心高气傲，又自恃雄踞江南富庶之地，重兵在握，轩辕家不敢拿他怎么样，便拒绝了秦中王。”张老头叹了一口气，继续说道，“《明氏左传》中记载‘公主沉鱼落雁之貌，真武惊天方略之才，琴瑟和鸣，令人艳羡。有使来自西夷，于宴上献至宝《无相真经》，上分赐于平宁平律二女，《无笑经》遂入秦中王府，《无泪经》纳于我族，使见主母惊艳，乃长留京中，秘授真武君，经书夹页中乃有巨宝图，君笑而谴之曰：吾有弥如至宝也。经书高搁书楼，一日君小寐，信登书楼，见一书蛛网高结，明黄丝笼之，随手翻阅，乃不能停，忽忽如狂，一日竟痴，不日暴尸于长江畔。主母悲呼，修书姐平宁相携入京，于宫前叫骂辱圣，圣怒之，赐廷杖，皇后苦求乃免，夺平律封号，永不得入宫面圣，于吴地郁郁而终’。”

我听得一愣一愣的，这个张老头背得怎么这么熟，莫非是明家的人？我便问道：“前辈如此熟悉明原两家掌故，莫非是明家后人？”

“明家确有后人。”张老头目光一闪，冷了下来，道，“明家三百六十一口满门抄斩，其实只有三百五十六人问斩。原氏曾嫁妹于明风扬，其时原氏宗主便以死囚换出了其妹，而明家少主明风扬不知所终，明家的暗人九死一生救出了明氏长孙明煦日、二小姐明风卿还有大管事张德茂三人，至今原家暗人仍在全力搜索，然而，”他扭头看了一眼碧莹和我，傲然一笑，“老朽不是明家的后人。”

是啊！就冲您老易容的年龄，充其量也就是原家的老管家吧。我木然地看着他，心下却对他的身份腹诽不已。

轩辕紫弥？阿弥？看来我同齐放掉下去的地宫中所见的酒眸飞天，便是那苦命的平律公主了。

明家的往事让我想起原青舞还有关于阳儿的梦，心下越来越心烦气躁，回头看碧莹，她好像也很不喜欢待在这里，仓皇地站起，捧着肚子一瘸一拐地越过了我，跑到老头身后，面露骇色地坐在一块嶙峋的大石上。

我不由得咽了口唾沫：“突厥建国之初，史书上皆称之为西夷，其时的西夷可汗是阿史那家的毕咄鲁，突厥那时并不强大，故而献出宝书以求和。看来这个明凤城并没有溺死在长江畔，还偷偷携着家臣跑到西域来寻宝了。而轩辕紫弥公主也根本没有如《明氏左传》所说，在江南守身终老，郁郁而终，而是一路跟着夫君潜入了西域，最后却被其时草原的主人阿史那毕咄鲁看中了，并被迫嫁给了阿史那家做了王妃。”

“夫人果然聪慧。”他淡笑着点点头，转头捡起几支黄金箭和其他铁箭放入箭袋，递给我道，“此地不宜久留，夫人和大妃娘娘请跟我来。”

我将箭袋挂上，伸手试着拉开黄金弓，心想此弓如此珍贵，前任主人又是开国名将第一人，一定拉不开，没想到却被我拉开了。

张老头和碧莹看着我也面有异色。

张老头讷讷道：“真想不到……夫人神力，竟然能拉开此弓。”

我紧绷的内臂只觉一股强大的真力自黄金弓弦中反弹回来，贯穿整个拉弓弦的左臂，直击我的胸腹，隐隐发痛，但碍着碧莹，不想让她看笑话，便慢慢将弓弦收了回来，尽量装着潇洒地笑道："想是有缘吧。"

扭过头去，收了笑脸，暗自调息，好一会儿，才险险地压下了一口翻涌的甜腥。

看到明凤城的遗骸，又联想起明风扬，心想为何我所知晓的明家男人都是死得这般不明不白，如此凄凉悲惨？

石洞内另一方的骷髅，戴着白色的面具，极像司马家的人。

"如果说原家的人联合明家的人保住了司马氏，司马家理应对明家的人也感恩戴德。"我开口奇道，"敢问前辈，这司马家人为何要同明凤城作对，其时司马氏的人应该成为原家的家奴了，难道是原家派出家人来追杀明凤城？可是原理年和明凤城不是连襟吗？"

没想到张老头也轻敲额际，迷惑地摇摇头："此处老朽也不明所以。开国之初，明家和司马家争强好胜，所到之处皆以西番莲花为记，原氏族记中提到平宁公主得信亲妹被掳，不想皇室颜面扫地，便秘密派出三十个顶尖暗人前去西域查探，然后失踪了，再没有消息。夫人请看这壁画之中，无论是婚宴或是这位王妃御用之物，到处饰以红色西番莲，平律公主身陷西夷，便在这石壁中以红莲为记，恐是一种求救信号。平宁公主可能通过红莲得知妹妹身陷囹圄，而明家又三缄其口，便派出司马家的暗人前来营救亲妹。想是那阿史那毕咄鲁强悍，最后无论司马氏，还是明凤城皆命丧这弓月宫中，而平宁公主和其夫原理年此时亦葬身于紫陵宫中，便再无人救得了平律公主，于是一代倾城红颜，纵有闭月羞花貌，纵有突厥王万般宠爱，金枝玉叶之身，终是沦为蛮夷后宫众妃妾争宠凌辱践踏的对象，不出一年，生下皇太子后便香消玉殒了，只是……为何明凤城与要救平律公主的司马氏相斗？确实匪夷所思。"

此人竟然还知道当年原家族记，他莫非是司马家的暗人？

张老头正盯着明凤城的手指骨看。

我疑惑间，目光也沿着明凤城苍白而修长的指骨，游移到他临死前指着被一支黄金箭钉在对面壁画下方的骷髅，那人身材也相当高大，身穿着快风化殆尽的麻衣，戴着完整的面具，额头上还戳着一支黄金箭，在箭的根部，那张面具开裂着，他整个人就被这黄金箭双脚腾空地钉在壁画上。此人的面具和衣着同我曾经的噩梦里暗宫的暗神大人的穿戴甚是相似。

为什么明凤城要指着那个骷髅，莫非是临死前，明凤城在指着他破口大骂？

"只有两种可能，一是明凤城还真的按《无泪经》所示，发现了他一直追查的宝藏，所以他要杀人灭口独占宝藏，再要么……"张老头脸上忽然浮起一丝冷笑，冷冷道，"是原家秘密下了格杀令，故而双方人马苦战力竭，最后同归于尽。"

明凤城的另一只手骨里攥着一样东西，露出一端，隐隐有紫光在暗暗地闪烁，我正要探手过去，忽然一阵风从身后的来时路吹了过来，我们手中火把的火苗焦躁地蹿动着，差点被吹灭了。三人心皆一惊，莫非是那个怪兽去而复返吗？

毫无预兆地，地面开始有了一丝震动，眼前疾速地飘来一股股看似黑色的浮烟，所到之处，便是一片乌黑，明凤城的那只手骨一下变成了一堆粉末，我的手心立刻滑入一块冰凉的东西，然而不及我多想，身边所有的骷髅全都如多米诺骨牌一般，因为这股黑烟的侵扰，空气密度骤变，开始慢慢碎裂开来，同明凤城一样皆化作粉末。

“食人黑蜂，是食人黑蜂！”碧莹惊恐地尖叫起来，“这是腾格里的地狱使者，快离开这里。”

可能是碧莹身上的伤口泄出血腥味，无数的黑烟向她冲去，电光石火之间，一条虎虎生风的火龙甩来，打散了黑烟。

张老头护在我们前面，不停地挥着火龙，那黑蜂却越来越多，最终密集地聚在张老头的长鞭上，由鞭鞘开始，慢慢地扑灭了火龙，最后蔓延到张老头的手上，他不得已甩掉长鞭，挥舞着火把，最后我们的火把都扑灭了，我们陷入了前所未有的黑暗。

我感到无数的嗡嗡声响在耳边，拼命挥舞着手臂，却挡不住剧痛，黑暗中只听到碧莹恐怖痛苦的呼喊：“救命啊，夫君救命啊！”

我心中万分惶恐焦灼，攥紧了手中明凤城的遗物，惊觉手心开始慢慢变得灼热，然后变得如火一般烫，我大叫着扔了出去，随着我甩出的方向，一股强光闪了出来，照亮了整个石洞。我瞥见地上一块宝石正在发出紫莹莹的光芒。我的心一动，可真像段月容那坏小子的紫瞳正灼灼地瞪着我。

我们三个人的身上都是类似大蟑螂的黑油油的生物，似在四散退去，好像很恐惧那光亮。那光芒也由紫色转为炽光的白色，最后越来越亮，耀得我们根本睁不开眼，不得已拿手去挡。

过了许久，那光芒退去，我慢慢放下手来，却见地上的宝石正放着柔和的光芒，折射在石壁上。壁上出现了一个白衣人影，温柔含笑地看着我，衣带当风，栩栩如生，宛如真人立在我们对面。

我们三人皆痴痴盯着那个影像，再不能言语。那人俊美如斯，一抹笑若春花灿烂，天人之貌与我心中的孽障不谋而合，却似原非白活生生地站在我的面前，对我款款柔笑。

明凤城至死都要紧握在手中的宝石，为何会有原非白的影像？

非白，是你又救了我一命吗？

张老头点燃了火炬，宝石的光芒柔和地消失了，又变成了一块看似普通的紫晶琉璃石。

放眼望去，却见成群的黑蜂尸体和白色的骨灰，黑白相混，竟再也认不出哪里是明凤城的尸骸，我心中不禁深深一叹：执念的尽头竟然是一片虚无！

我轻轻拨开粉末，把宝石捡了起来，握在手中。

这样一个男人，开国的少年大英雄，赫赫功勋，权可倾天，富可敌国，身边美人如云不说，本身又是绝世的美男子，妻子还是最尊贵的公主，皇上最心爱的女儿。

就是这样一个男人，很难想象真的是为了一本破书里面写的一些不着边际的内容，当真抛下荣华和娇妻，不远万里地跑到这种永远见不得光的地方，寂寞无声地躺坐在这里，整整五百多年。

像他这样的人真的只是为了寻找宝藏吗？自始至终，他似乎都对手心里的这块宝石万分着迷，临死前也紧紧攥着，莫非他同我方才一样，也看到了心心念念的人？

我在死前还能见非白一面吗？这个念头闪在我的脑海中，我自己也吓了一跳，同时也强迫自己从思绪中回过神来，心中暗嘲，连命都保不住了，怎么还想些乱七八糟的事呢？

碧莹害怕地看着我。

张老头则盯着我手中的石头，垂头沉思。

他们的衣衫都不怎么整齐，浑身被叮咬出很多红痕。碧莹漂亮的左面上还被咬出两个泡来，不过估计我也好不到哪里去，因为也是浑身又痒又肿，和他们一样惨不忍睹。

我刚抬手，碧莹着急地喊道："别抓，黑蜂的伤口一抓便毒入肌肤，渗入血液中，一时三刻便毒发身亡了。"她似乎又有点后悔说出来，瞪着我再不说话了。

张老头掏出一个小瓶子放到我手上，轻声道："请夫人拿着这瓶雪芝丸，里面还有十丸。"

"原家的雪芝丸，你是原家的人？"我惊问。

他淡笑着点点头，从袖中递来一张小帖，上面写着："君问归期未有期，巴山夜雨涨秋池。"

这是当初我被鬼爷囚禁之时写下的接头语。我看着他轻声吟道："何当共剪西窗烛，却话巴山夜雨时。"

他也笑了："夫人的才华，老朽钦佩。"

"原来前辈是鬼爷的人？"

"鬼爷？夫人说的是那个卖主求荣的鬼头王？"他又笑了，眼中闪着一丝我看不懂的凌厉，"夫人被困几月，可能不知，鬼头王早已被明心锥凌迟了，如今的东营暗人头领是青王。"

我一惊。青王，莫非是青媚？正要追问，他却正色道："请夫人先服了雪芝丸，既然连大妃娘娘都知道这黑蜂，想必是阿史那家的独门武器了，万万耽误不得。"说罢从药瓶里倒出一颗，放到我的嘴边，意思是要我立刻吃。

我一愣。他似乎也意识到自己的行为有些逾矩，默然放到我的手心，离开了我，蹲下自己包扎起来。

我将那颗药丸递给他："前辈也被黑蜂咬到了，理应也吃一丸。"

没想到他却淡淡一笑，晶亮的眼睛看着我："夫人不用担心老朽，老朽另有灵药，这是为夫人准备的。"

我看着他从怀中掏出一颗乌黑得有些诡异的大药丸服下，自己才将那颗珍贵的雪芝丸给服了。然后走向碧莹，没想到她戒备地看着我，像只受惊的小兔子，我又掏出一丸递给她，她满脸不屑正要开口，我却高举起一支金箭，抢先冷冷道："现在生死之际，别跟我又来你那一套，不然你信不信，我现在立刻用金箭戳死你，一尸两命，管你现在到底爱的是二哥还是撒鲁尔，一准让你到死也见不到他们最后一面。"

她被我呛在那里，委屈而害怕地看着我，流着泪吃下我的药丸，缩在角落里抱着肚子低声哭泣。我心里也不好受。

张老头立起身来，我这才注意到他比我高出很多，体格健美匀称，实在不像一个耄耋老者，鬓角的乌发如墨，想是新长出来的却还没来得及易容。

我纳闷：莫非此人是我熟识的人，所以才要易容来骗我？

"自夫人被掳以来，老朽便一直查探地宫。实不相瞒，夫人应知，突厥一直便有原氏眼线。"他垂目道，"故而也一直在追查明凤城和原家失踪的那批暗人。"

我恍然："看起来，原家也很想知道明凤城找的那批宝藏究竟是否确有其事。"

"正是。"他轻笑，指着那石壁道，"这应是一面断龙墙，理应是死路。这个地宫原先只是地下通道，是后宫与外戚互相秘密走动的地方，直到轩辕紫弥嫁给了阿史那毕咄鲁，才大规模地扩建了这个地下通道。如果老朽没有猜错，果尔仁放心将夫人和娘娘留在那里，是因为知道那里乃是一条死路，此地便是尽头。"张老头继续道，"这本是一条用来困住明凤城的死路，即便你们无意间发现机关进来，也无法打开这面断龙墙，可是没想到黑蜂拥进，却为我们打开了生路。"

"这还是另一个秘密出口，明凤城也发现了。夫人可记得明凤城的手指骨指着对面的石壁吗？"张老头对我微微一笑，"其时明凤城定然重伤无法动弹，弥留之际便用最后一丝真力射出金箭标识，看上去是指着那面具人破口大骂，其实是指着他的金箭所标的位置。而如今原本金箭上挂着的骸骨也粉碎了，便露出了那个位置。"

我了悟一叹："原来如此，原来明凤城指着的是打开断龙墙的机关？"

张老头点点头："地宫改建之初，可能是因为平律公主自己也怀疑前夫死在地道里了，找这个借口好搜寻地道找到前夫，只可惜……阿史那毕咄鲁如何会让她知道，那明凤城就死在她的脚底下？便封了这个石洞，永远地锁住了他心爱的女人，那明凤城便也白骨长埋异国他乡，一缕幽魂却难回故里。这个石洞封死了数百年不曾开启，断龙墙的另一面极有可能是通向地宫的出口，甚至是明凤城所搜寻的财宝，当然……亦有可能是另一个死穴。"

我咬咬牙："置之死地而后生，一切听前辈的吧。"

张老头笑着点点头，眼中闪着赞许，再不废话，走到石壁前，站定在那支黄金箭下，看着我。

我走向碧莹，扶着她站了起来："待会儿万一有流矢射出，记着抱紧我，我身上有宝衣，可护我们不被伤害。”

碧莹的琥珀美目里有泪盈于睫，不再同我斗口角，依言抱着我的肩膀，浑身抖得厉害，眼泪洒满了我的前襟。

张老头慢慢转拔着那支黄金箭。箭刚刚离开石壁，一块方石凸了出来，张老头猛击方石，然后施轻功飞速挡到我们面前，张开双臂保护我们。

那机关轰然作响，仿佛惊起了沉寂的岁月，击破了凝重的死水，唤醒了无数沉睡的死魂，在我们周围厉声咆哮，震荡着我的耳膜。

石门慢慢地沉重地开启，一片耀眼的光芒射了出来。

一片光明，我几乎睁不开眼睛，却见一个空空如也的大宫殿，宽敞得惊人，各种雕梁画栋，高高的琉璃穹顶上，描绘的好像是一紫一红两个飞天在空中盘桓嬉戏，似是紫男红女，二者皆生着一双灿烂潋滟的紫瞳，姿容绝美，神情缠绵，紫瞳正温柔地凝视着彼此。

宫殿的四壁嵌着灿烂的宝钻和夜明珠，光芒四射。明明这是一个封闭的宫殿，却亮如白昼。

然而令人感到诡异的是，这个华贵的宫殿却空无一物，唯有中间耸立着一处莲花台，台中似盛放着一个圆包似的东西。高台四周围着一圈黑色的液体，发出熟悉的原油臭味，汩汩地冒着黑泡，似是整个弓月宫地下城原油的源头。

我们几个愣愣地站在空旷的宫中，没有想象中的无数宝藏来耀我们的眼，也没有任何的埋伏。

周围零零落落的有几个楠木镶宝柜子翻倒在地，敞开着柜门，像是一只只张大口的怪兽看着我们。

散落在地上的是一些零星的金银碎片和零乱的脚印。

我在四周转着，东看西看，张老头却在地上研究着脚印。碧莹则胆战心惊地站在原地捧着肚子，看着我俩。

“前辈，这里……好像没有宝藏啊。”我搔搔脑袋，走到张老头身边蹲下来与他平视着，“也许明凤城没有来过这儿吧。”

张老头面色凝重地对我摇摇头，正要开口，忽然地面有了微微的震动，张老头赶紧拉着我和碧莹，躲到一排大柜子后面。不久，某处的石壁轰隆打开又关闭的声音传来。

“贱人，你快说，大妃娘娘在何处？不然我就拧断你的手。”卡玛勒恶狠狠的声音传来。

紧接着是一个女子的惨呼：“叶护大人饶命。”

我缩到张老头身边，心中暗骂：真真冤家路窄。

我以为碧莹会想挣扎着逃出去，没想到她竟也满脸害怕，十分合作地躲在张老头的另一边。

几个人影出现在高台之下，为首一人是光头灰瞳、鹰鼻锐目的果尔仁，身后跟着卡玛勒，他反拧着一个丑女人的双手，正是香芹。

香芹嘴唇发紫，嘴角带血，手臂早已被拧弯了，肿得像一根粗大的萝卜，显是被动了重刑。

“奴婢没有说谎，奴婢和大妃娘娘还有那花木槿在一起时，神兽撞破了石壁冲了进来，那花木槿为了保命，把大妃娘娘推向了神兽。奴婢被那神兽伤了，来不及救护娘娘，只好拼死逃了出来，不想却遇到了叶护大人。”香芹的嘴唇哆嗦着，疼得几欲不能言。

果尔仁轻笑道：“香儿，神兽明明被我关在第七天了，怎么会如此快地出现？还有你说你被神兽所伤，为何你身上没有任何伤处？”

卡玛勒微一用力，香芹惨呼一声，摔倒在地。

果尔仁冷笑道：“你这个蛇蝎心肠的贱人，明明是你恩将仇报，弃主逃生，还要巧言令色，不愧是紫园出来的贱人，同花木槿一样不要脸。”

你才不要脸哪，我在心中暗骂果尔仁，却见他复又扯起香芹的头发，低声喝道：“你为何逃到这个碎心殿来，是谁告诉你这条路的？”

“奴婢慌不择路，才到这里的，断想不到会遇见叶护老……”

她还没来得及说完，果尔仁便狠狠抽了香芹一个嘴巴，唾了她一口：“我最最讨厌撒谎的贱人，你以为老夫不知道，你也在找银盒？”

香芹浑身一震，惊惧地看着果尔仁。

卡玛勒讶然道：“叔叔，这个贱人怎么也会知道银盒？这个无忧城只有叶护和女太皇二人知道，莫非是陛下放她到这里，好替陛下取得银盒？”

“果然是恶魔的野种，撒鲁尔……竟然会使出这种卑劣的手段。”果尔仁看着地上的香芹，眼中一片惊涛骇浪，“香儿，说说可汗陛下是何时开始宠幸你的……真想不到，他为了对付老夫，连你这样的女人也要了。”

我的心一惊，微转头。张老头面色沉凝，碧莹却如遭电击，目光惨淡。

卡玛勒骇然道：“难道陛下早就起了疑心？”

“果尔仁你这个狗贼，你说我弃主求荣？”香芹死死盯着果尔仁，哈哈大笑了起来，“姚碧莹算什么东西，你这个突厥蛮子又算什么东西？你们也配做我的主子？”她摇摇晃晃地爬起来，用没有断的一只手，指着果尔仁恨恨道，“当初你明明知道南诏要偷袭原家，你不但知情不报，还乘机引东突厥入侵大庭，好让西突厥迎回陛下，你才是弃主求荣的小人！是你让香芹难归故土，卖到西域做了营妓，过着人不像人、鬼不像鬼的日子。”她复又媚笑道，“果尔仁，你知道陛下有多痛恨你们吗？你以为你利用密道进出女太皇的寝宫，陛下真的不知道吗？很久以前陛下就对你和你的假女儿起疑心了，每次宠幸完你的假女儿，便来同我好。

“花木槿那个贱人，同她妹妹一样是个欺上媚主的花妖精，可是她总算也做了一件好事，是她让陛下彻底信了你和姚碧莹的真面目。”香芹嘲笑道，“你以为你一切都安排好了吗？你以为陛下真的不知道眼皮子底下的无忧城吗？你以为你能用这银盒打败陛下？你这个老不死的蛮子，痴心妄想。”

卡玛勒将香芹又摔在地上，果尔仁睨着香芹，如看着一只肮脏的蝼蚁，冷冷道：“原来如此，果真是可汗陛下命你来此取银盒的？”

“你从来没有信任过陛下，果尔仁，你藏起了这个银盒，好毁去陛下。”香芹吐着血道，“陛下自然也不会放过你，等着瞧，陛下会抓住你，让你死无葬身之地。”

“愚蠢的汉妇！”果尔仁的嘴角溢出一丝冷酷的笑意，令人不寒而栗，“你和你的可汗陛下恐怕都不知道，这里的这个银盒是需要先活祭女人的鲜血，方能取下，你既来了，倒也算大功一件。”

香芹的眼睛如死灰一般，颤如狂风中的树叶：“果尔仁，你早就想到了，你在天祭之上启动机关救我，就是为了将我活祭？如果那时我死了，莫非你还要用姚碧莹来活祭不成？”

这个疑问永远地落在香芹的心中，她的恐惧也感染着挨在我身边的碧莹，我明显感到了她发颤的身子。

卡玛勒冷笑着，从背后一掌打去，直打得香芹狂吐鲜血，腰椎折断，浑身的经脉废了。

卡玛勒把香芹像只鸡似的软软地倒提起来，然后杀鸡取血似的扯起脖子，让她的血流进莲花台下的护池中。

眼泪倒滑过香芹丑陋的脸，混合着鲜血流进黑色的护池，她的身躯痉挛了一阵，不甘心的双目渐渐痛苦地翻了白。

那台上的苞状物仿佛是心脏，诡异地开始像脉搏一般跳动，慢慢地打开千重万瓣，竟是一朵红紫相间的西番莲。同那日与齐放误入地宫尸山和壁画所见的西番莲相似，那花蕊中似乎隐隐藏着一只古朴花纹的银盒。

果尔仁面露喜色，正要施展轻功，那开了一半的花瓣忽地又合了起来。

果尔仁和卡玛勒的脸色都变了，卡玛勒说道：“没想到，他说的却是实话，这碎心殿的西番莲果然要用他们族人的血方能打开。”

我心中疑窦丛生：“她”？“他”？谁？哪个“他”的族人的血？

忽然想起果尔仁和女太皇的对话，果尔仁身边有个奇人异士，莫非那个“他”或是“她”便是那个奇人！

我看向碧莹，心中又疑惑地想道：“听碧莹的意思，这几年分明同二哥时常联系，上次在女太皇的宴上也分明见到了小五义的记号，为何至今二哥和其他小五义都不曾现身？”

卡玛勒忧虑道：“大妃娘娘不知去了哪里，莫非是被撒鲁尔掳走了？方才有人放黑蜂来袭击我等，莫非也是陛下所为？万能的腾格里在上，叔叔，我们这该如何是好？”

果尔仁冷笑道：“黑蜂许是他放的，但是大妃未必是他掳走了。”

卡玛勒奇道：“听叔叔的口气，莫非是知道大妃娘娘的去处了？”

“虽不知道，却也有人能告诉我们。”果尔仁冷冷地笑了，忽地一道银光从他的袖中射出，向我们躲藏的方向而来。我们不及躲闪，面前的黄金大柜轰的一声巨响，竟被果尔仁的袖箭生生劈开，张老头同我一起暴露出来。

果尔仁、卡玛勒、我和张老头七只眼睛，你看我，我看你。

沉默了一会儿，果尔仁笑了：“汉人有一句话，踏破铁鞋无觅处，得来全不费工夫，我这回可全明白了，木姑娘。”

我冷冷道：“果先生，汉人还有句话，叫作乱臣贼子不得善终。”

果尔仁却哈哈一笑：“木姑娘的嘴巴还同以前一样能说会道，老夫记得可汗陛下小时候是如何地痴迷于你。”

“我也记得可汗陛下小时候，果先生是如何的忠诚果敢。您虽是外族人，全紫园上下的人都道果先生是原家忠勇第一人，可是如今变成了人人得而诛之的叛臣。”

“哼！”果尔仁的脸一沉，恨声道，“老夫没有背叛突厥，撒鲁尔才是突厥的罪人，老夫从小护他如亲生，如今他忌惮老夫还引入了南贼大理，真正的叛徒是他，忘恩负义的小人。”

“哦！”

我正要破口大骂，身后却传来长长的一声哦。

原来是那张老头悄无声息地走到我的身前，挡在我的前面，他看了我一眼。

呃？如果我没有看错的话，他竟然是让我闭嘴，听他说。

“叶护大人说得对，也许，撒鲁尔可汗的确是突厥的罪人，然而，”却听张老头道，“叶护大人也非等闲之人哪。早在撒鲁尔可汗练那《无泪经》时，便想到万一将来有一天，他兵强马壮、亲政掌权之时会对你不利，于是叶护大人早早地听了异人的话，瞒过了所有人甚至是女太皇，藏起了这个银盒。原来天下无敌的《无相真经》，还是有破绽的，而这个破绽却是这个银盒？”

“敢问这位高人是谁？”果尔仁微微一笑，“想必是出自暗宫的原家暗人吧。”

张老头也微微躬身，向果尔仁行了一礼，叹道：“初时在紫园中，曾听闻叶护老大人乃是千古难见的忠勇之人，却不知连原家的当家人也漏算了，原来老大人还是一位智勇双全的枭雄。”

果尔仁有些变态的得意，对张老头点头道：“这位高人也不错，不但能易容在女主陛下身边这么久不被发现，宫变之时，在狼羽箭阵中活了下来，可谓勇将。又能从断龙石那条死路进来，活着带木姑娘到了这里，可谓是亘古未见的智星。只可惜到如今，智者也罢，勇将也好，似是受了重伤。这里的机关重重，又带着个女人，敢问高人能有几分胜算，活着逃得出去？”

“叶护大人所言甚是，”张老头却轻松笑道，“敢问老大人，这银盒中究竟盛着何物，让老大人如此看重呢？”

“好说，木姑娘与这位高人既然到得此地，”果尔仁上前一步，漫不经心地撩起皮袍绸面擦了擦手上香芹的血，朗声道，“老夫就给二位讲一个故事吧。”

呃？讲故事？

果尔仁却开始了他的故事：“很久很久以前，有一个无恶不作的紫瞳妖王，贪恋腾格里正义的仙子，仙子因为妖王而被贬下界，妖王为了讨好仙子，便也化身为凡人同她共度此生。为了能让这一世两人的生活以及他们的后人过得好一些，那妖王四处搜集财宝，他太贪心了，那成堆成堆的财宝装满了小洞，然后又变成了一座山，最后化为了一个珠宝之城。妖王希望仙子能和他无忧无虑地生活在一起，便称其为‘无忧城’，而我们现在正在无忧城的正殿——碎心殿。

“然而，妖王却忘了，腾格里是不会这样轻易宽恕妖王的无礼和仙子的背叛的，那被贬下界的仙子会喝下忘川之水，重新投胎后忘却了前世的一切，也忘了妖王。妖王苦苦等了仙子好几世，也无法唤起仙子的记忆，更别说再次得到仙子的爱。无奈的妖王便流下了一滴伤心的紫色眼泪，化作了这世上最珍贵的紫色宝石，妖王的门徒称之为‘紫殇’。”果尔仁淡淡地看着我，如嘲似讽。

紫瞳妖王？紫殇？我怔怔地想着，我的神啊，他们说的不会是紫浮大人的前世吧？

“这颗神秘的紫殇能够洞悉所持之人最隐蔽的心事，能唤起那人心中最深最深的回忆。”果尔仁继续说道，“绝望的妖王为了逼迫爱人想起他，便重新化身为魔，搅得人间一团糟。腾格里便让他的天使们利用这颗紫殇，打败了妖王，将他的魂魄打散，人间又恢复了平安宁静，但是妖王的追随者们仍在暗处渴望妖王的复活。传说妖王留下一本《无相真经》，凝聚了所有罪欲邪恶，传说只要练成《无相真经》者，便拥有了像妖王一般天下无敌的力量，那妖王的灵魂亦会回来。”

难怪那些食人黑蜂见到紫殇便全部吓得退却，这紫殇估计是有很厉害的放射线或是磁场之类的吧。

我尽量以科学的理论去解释：也许这些放射线或是磁场会强烈刺激脑电波，引起人们曾经忘却的记忆？那我方才握紧紫殇所现之人应当是原非白吧。那碧莹和张老头看到的则是另有其人了。

“那些打败妖王的天使各有神通，其中一位拥有无上法力，能破解和创建最完美的结界，他用法力把这颗紫殇封印在地底深处，变成了腾格里最大的秘密。然后为了镇守妖王，这位天使便化身凡人，永留人间，于是唯有神将后人中的妇人之血能打开这里的结界，而妖王的门徒也将紫殇的秘密写在《无泪经》的夹页中，以提醒他们的新主人，那紫殇就在宝藏的结界之内。《无相真经》的练成者必使门徒从这银盒中取出紫殇，方可继承妖王的一切，享用无尽宝藏，成就天下无敌。”

仿佛是扑食猎物的鹰隼利瞳，果尔仁灰色的眼睛发着湛湛寒光，嘴角带着冷酷的笑意。

原来如此！

“然而继承了那妖王的一切，也意味着继承了他唯一的弱点，只要练成《无相真经》的人拿着这颗紫殇，心底最深处的回忆便现于眼前，于是便记起了所有的前尘往事，记起为了练那《无相真经》，杀死无数的可怜人，甚至是至亲至爱之人，于是……”明明这地下宫是如此寒冷，我却感到仿佛在火焰山上炙烤，胸喉间一片血腥翻涌，“于是便自然而然地散功，变成了一个一生、一生都生活在悔恨中的孤独可怜人。”

果尔仁却浅笑道：“木姑娘就是这般聪敏。”他慢慢走近了我的身边，轻声叹道，“故而，无论如何，老夫是不会让你伺候陛下的。”

我旋即又浑身冷汗涔涔：“果先生，很久以前，您就全都盘算好了吧。您恨原青江，所以让非珏练那种武功，就是想让非珏好有朝一日错手杀了原青江。然后又怕非珏真的练成了神功便无法控制，总有一天会阻挠您同女太皇的交往，对您不利，所以您又千方百计地隐瞒了这银盒中紫殇的秘密。”

“一派胡言，”果尔仁厉声道，“老夫那时根本没有想这许多，可汗陛下一出生便生命垂危，古丽雅的眼睛快哭瞎了，老夫再恨原青江，可是陛下终是我女主的孩子，狼神之子，只有《无相真经》能救他，于是我才带着陛下远道去了那罪恶的紫栖山庄。”果尔仁长叹一声，“老夫也希望永远不会有来取这颗紫殇的一天。撒鲁尔，他小时候是多么乖巧听话，多么勇敢刚强。为了练功，无论我让他吃多大的苦，即便伤痕累累，他也能咬牙忍耐，不会叫苦，不愧是狼神之子啊。直到遇到木姑娘，”他无限感慨地长叹一声，然后目光冷冷地向我扫来，话音一冷，“自从他认识你，便开始魂不守舍，练武也不专心，功课也不好好做，总是走神，没事就往外跑，每次失了踪，老夫都能在德馨居看到他与姑娘耳鬓厮磨，肆意玩闹，浪费大好时光。

“老夫为了古丽雅没有任何子嗣，又是一手带大他，心中早已把他当作亲生孩子。老夫本来是想在陛下行成人礼时将《无相真经》所有的秘密告诉陛下和古丽雅，”他冷笑一声，“可是我万万没有想到，他却瞒着老夫给原青江和古丽雅写信，要娶你为妻？木姑娘，陛下小时候原本从不会瞒老夫任何事，确然为了你，一而再、再而三地忤逆我和古丽雅的决定，于是我决定要保留这个秘密。你以为老夫很高兴拿这紫殇，与陛下反目成仇吗……一切的一切，归根结底，还是要算到你的头上。”

我的胸中怒涛翻涌，大声吼道：“住口，你这个丧尽天良的老匹夫，是你把非珏害成这样的。”

他咬牙切齿道：“我没有害他，都是这个小野种咎由自取。”

“万能的腾格里护佑我大突厥！”他复又骄傲地朗声道，“我突厥伟大的狼神阿史那毕咄鲁统一了突厥诸部，适有天竺僧人进献《无相真经》，不出一年，着手营建弓月城时，发现了埋在地下近千年的无忧城，又发现了这个秘密的碎心殿，印证了紫殇的故事。奈何紫殇守护宝藏，无力夺取，后有叛臣归附汉人，泄露了《无相真经》于汉王，遂汉王命可汗献上真经，自此便常有人远自中土而来，欲擅闯地宫夺取传说中的宝藏。传曾有一名勇将竟然进入了碎心殿，最后也只用一把黄金大弓将紫殇射成了两块，只来得及取走一块，然后便被伟大的可汗封在死亡地道之中，再也没有办法走出去，也没有人找得到他。”

我恍然大悟。原来明凤城千里迢迢到这里来，对那些宝藏视而不见，只是为了找到这颗紫殇，他应该也是为了相同的目的，是为了替原理年散功。

在那个时代同明凤城齐名的少年英雄便是原理年，从小一起长大，一起打天下，一起尚了公主，一起保住司马家，两人的感情一定非比寻常。

而原理年练了《无笑经》神志不清时，明凤城忽然远走他乡，必是为了帮助原理年散去《无笑经》，才千里迢迢来到西域，进入地宫。可能时间紧迫，他只来得及拿走一半——我怀中的这块紫色宝石是他拼尽性命取走的一半紫殇，然后他便中了机关，活埋在这个地下之城，永世不得再见世上美好的阳光。

忽然又一想，那明凤城又是如何进入了这个结界？莫非明家是神将的后代？是以明家的女人的血可以打开这个结界？可是那司马家为何要同明凤城相斗，为何要阻止明凤城帮原理年废去这种邪恶的功力呢？

我暗自思忖着，忽觉冷汗涔涔。当初紫浮拉着我跳入这一世，也许不是无意间的失误之举，也许他正是有未了之事要做，所以才跳入这个属于他的世界。那么我呢？我同这一切又有什么关系，当初在地府那么多孤魂野鬼里，为什么一定要拉着我跳呢？

紫殇在我的怀中又开始发热，牵带着胸腹处隐隐生痛的伤口，就好像当年玉郎君打伤我时那种突如其来的疾痛，不，比那更痛，好像有人拿刀子生生戳我的心脏一样，好疼！

“只可惜，人算终不及天算，到后来却是这样一个结果。”却听果尔仁话锋一转，恨声道，“说来说去，都是恶贼原青江的错，全是他勾引古丽雅，生下了这个福薄运背的孽子，而如今走到这一步，亦全是这个孽子逼老夫这么做的。”

一阵鼓掌之声传来，回头却见张老头使劲地鼓着掌：“果先生未雨绸缪，私藏紫殇，情有可原，只是，老朽也有一点不太明白，”他的一只眼忽然发出从未有过的威严光芒，“您为什么要同明家联手，让他们得到这批财宝，助他们翻身向原家复仇？”

果尔仁笑得愈加开心了：“老夫真是越来越好奇了，这位英雄究竟是何人，竟能猜到明家往事？”

我努力平复着疼痛，忍不住咽了一口唾沫。这果尔仁现在与我们如此热烈地讨论这些往事，看样子是绝对不会放我们出去了。

张老头谦虚地呵呵笑了两声：“叶护谬赞，老朽惭愧。”

“这几百年前的往事虽然封存已久，叶护当知事实终归是事实，终有大白于天下的那一天，既然这里有一个城的财宝，若没有一年半载，没有可靠的内应，暗中有令牌相护，如何运得出去？”张老头微笑道，“这里看似已经年未有人踏足，可是当年搬送拖拉的痕迹犹在。”

他弯腰拾起一片花纹精美的黄金碎片：“这里遗失的一只小小金臂钏的碎片都是价值连城的宝物，可见当初运送之时，行途艰险。”

“叶护既是突厥重臣，又日夜防着原家，对大庭时政当是了如指掌。”张老头叹道，“十四年前，明原两家相争，明煦日与明风卿侥幸生还，大庭已没有他们的立足之地了，彼时原家弃臣司马莲便别有用心地收留了他们。那司马莲谋杀宗主，图谋不轨，死不足惜。他是一个地道的疯子，却也是一个少见的能人智者。”张老头收了笑容，正色道，“他私闯地宫，偷练《无笑经》，仅凭紫蠡公主的手札，竟能推算明原两家的过往，苟合原青舞，骗到了明家的传家宝《无泪经》，从经书的夹页找到了藏宝图。

“他怂恿明煦日和明风卿来西域寻找财宝，所谓敌人的敌人便是朋友，彼时仇恨不亚于司马莲的人便是你果先生，于是他又建议明家后人秘密与你结盟。想必那明煦日也万万没有想到，他在你的帮助下，凭借那《无泪经》中的藏宝图，竟然真的找到了那批财宝……而叶护大人您也惊讶地发现，这个传说竟然是真的。那明家女子的血果然打开了这个结界。

“明家利用这批财宝创立了幽冥教，以图剿灭原家，报仇雪恨，他日东山再起。而作为答谢，也作为结盟的诚意，明风卿将她唯一的女儿做了您的人质送进原府，送到您的身边。如果我没有猜错的话，那一年正是元武十一年腊月初七。”

张老头客客气气地对果尔仁说着。

果尔仁光光的脑门也是不住地晃着，嘴角噙着笑意，两人一来一往，像是菜市场唠嗑的两个老太太。

元武十一年腊月初七？那不正是我、锦绣还有小五义被卖进原府的日子吗？如此说来，那一年明风卿的女儿也进了原府？

“我查过明家，那明风卿是个道姑，十七岁便出了家，如何会有女儿？”我诧异地问道。

“夫人问得好。”张老头回头轻轻一笑，“明风卿本是豪门绣户女，却爱上了明家的首席教员，一个姚姓的江南儒生。那个儒生早有家累，明家千金如何委屈做小，更莫道嫁与一个小小的文林郎。明惠忠百般阻挠，于是明风卿便心灰意冷，将私自生下的女儿交与那个文林郎后，出家带发修行了。”

姚姓，姚姓，碧莹也姓姚……我记得碧莹对我说过，她爹以前是文林郎。

碎心殿内珠宝的幽光下，一个人影从暗处跌跌撞撞地跑出来，发丝不整，满面惶恐的泪水，却是碧莹。

“你说什么？”她蹒跚地走向张老头，浑身发着抖，脸色苍白得吓人，发青的嘴唇颤抖着，“你说那个姚姓的文林郎的名字叫什么？”

张老头轻声一叹，悲悯地看着碧莹：“大妃娘娘，那个文林郎姓姚，名世昌，字梦贤，号九贞居士，是江南一位颇有名望的学者，只因为人正直，不懂阿谀奉迎，终其一生，也只得了个文林郎差使。元武八年，因为明家谋逆之案受了牵连，九贞居士革职还乡，发妻病死途中，家道中落，两年后自己也得了伤寒，撒手人寰，膝下只遗一女姚氏碧莹，也就是大妃娘娘您，便被突然冒出来的亲舅，极有可能是明家的暗人送到了紫栖山庄，明为卖身，实为人质。”

“住口，你胡说，我娘是王氏，江南王家女儿，怎么可能是明家千金呢，我爹娘死得早，可是我记着，他从未对我说过他当过明家的教习，你胡说。”

碧莹的脸白得像鬼，嘴唇铁青，眼神涣散，头发乱得像草一样，还挺着个大肚子，让我想起小时候被大黄追得满地掉毛的老母鸡，狼狈不堪，甚至有些滑稽，可是在场的人没有一个笑得出来。

这是一个局，明家人精心布的一个局，早在我、锦绣、于飞燕、碧莹、宋明磊被送进西安原家之时便已策划好了，也许那时我和锦绣等人的命运还未可知，然而碧莹的未来，早已被残酷地设了定局。

这就是为什么果尔仁总是这样讨厌我，总是在非珏面前诋毁我，不愿意我和非珏在一起！这就是为什么碧莹六年卧床不起，无意间远离了紫园的是非！

这就是为什么他一定要让碧莹来玉北斋，那年牛虻事件，他完全能够同时带走我和碧莹，可是他故意让韩修竹带走了我，因为这样碧莹就顺理成章地来到非珏的身边，然后他又利用碧莹对宋明磊的爱，对我恨之入骨。

我满腔愤怒：“果先生，原来是你给碧莹下的毒！当初为了让碧莹在你的掌握之中，然后又嫁祸给我，离间我们小五义，果先生，你好狠毒的心哪。”

果尔仁却冷冷道：“住口，果尔仁从来不是善类，却也不齿做这种恶事。德馨居离玉北斋最近，是以明家的人安排碧莹同你住在那里。刚到玉北斋，老夫便发现了碧莹身上被人下了毒，也曾疑心是你木姑娘做的，老夫一边试着替她解毒，一边暗中调查，后来碧莹到西域就病倒了，直到那时我才知道一切都是……”他猛然闭了嘴，看着碧莹。

她摇摇晃晃地走向果尔仁，颤声道：“义父，二哥说过，碧莹身上的毒是混入人参养荣丸里，是花锦绣相递的，您也说过是木槿和她的妹妹合谋的……”

二哥？二哥说是锦绣做的？

当年的锦绣确实一直嫌弃碧莹拖累我，她成天想着的就是让我上紫园去帮她，然而如果锦绣想要下手，以她的手段，必定将碧莹立时铲除，调我去紫园，那样我必不会帮宋二哥，专心助她青云直上，何必毒倒碧莹，每个月送解药，岂不是太过麻烦？那二哥为什么要撒谎，仅仅是简单地为了在紫园与锦绣争宠吗？

我的冷汗直冒。我们小五义毕竟不是等闲之人，如果碧莹六年生不如死，诚然是果尔仁下的毒，就算有赵孟林这样的神医在一边相护，掩盖得天衣无缝，那像宋明磊这样精明之人，如何会漏过他的法眼？

我看向碧莹。碧莹也正直直地看向我，在那近乎疯狂的美目里，我竟然读到了同我一样的心思。莫非、莫非一切都是二哥设下的局？

碧莹却神经质地笑起来："不会，我不信他会骗我！我怎么可能是明家的后人？"

出乎我的意料，果尔仁却别过眼去，似是逃开了碧莹的泪光，叹声道："热伊汗古丽，我的孩子，这一切都是命，都是腾格里安排的命运。"他复又走近她，"你虽是明家人，却也是我突厥的儿媳，老夫的义女。自老夫第一眼看到你，便中意你的德貌，老夫这一生无儿无女，明家人虽将你托付在老夫身边，老夫却视你如己出。你仔细想想，自到老夫身边后，何时苛待过你？"

"叶护大人说得是，大妃娘娘，叶护确未亏待过你，相信就连你的家里人，那明家的后人也不想伤害你……"张老头双手抱胸，不停地冷笑着。

"你住口！你住口！"碧莹用尽毕生的力气方才站住，声嘶力竭地喊着无数个住口，到最后连嗓子都哑了，人也晃个不停，美丽而苍白的脸上涕泪纵横。

我不忍再看，难受地别过头去。

只听她悲愤道："你胡说，我哪里是明家后人，我根本没有见过什么明家的后人。"

"大妃娘娘，尽管你是明家的私生女，确然自你一出生起，便没有逃离过明家的眼线。"张老头长叹道，"九贞居士为人正直，不愿迎上，生活也颇为清苦，自从发妻生病，更是拮据，明风卿常常暗中派人接济。你到了紫栖山庄，你的表兄虽令你缠绵病榻，却也是为了护你……"

"你胡说，谁是我的表兄？我没有表兄。我姚家子孙不旺，到了我父亲这一辈都是一脉单传，没有任何亲戚，连几个结义的妹妹和哥哥都是人贩子牛车上认来的，哪里来的什么劳什子表兄。"碧莹大吼着，额头汗水涔涔。

我转过身来，张老头却冷哼一声："说起来您的表兄，明煦日，"他看了我一眼，挑眉道，"咱们大家都还认识。"

"别说了。"碧莹大声吼道。

"我不说，难道您和花西夫人就猜不出来？那明煦日确然厉害啊，"张老头冷笑连连，看着我的眼睛，冷然一字一顿无比清晰道，"他……就是您和花西夫人的结义二哥宋明磊。"

他的声音在空旷的大殿中回响着，让我感到有些晕眩。

永业三年上元节，浑身浴血的青衣少年，在华山顶上的山洞里紧紧拥着我，失血过多令双唇没有一丝血色，然而那双天狼星一般明亮的眼睛里充满了憧憬，他对我说道："我们忘掉一切，忘掉所谓的国仇家恨，离开这个乱世，去浪迹天涯，就我们两个人，去过那自由自在的生活，木槿。”

在这以后的岁月里，我只要一想起他，耳边便全是那天他说的话，眼前便是天空中飘着血红色的鹅毛大雪，那玉女峰上的皑皑白雪，亦被子弟兵的血染得鲜红，成为我这一生可怕的噩梦，也让我千百次地拒绝了段月容。

然而当时的他却笑得那样快活，我从来没有见过他那样快乐：“二哥知道，你不爱功名利禄，不爱绫罗绸缎，你一直向往的就是那样的生活，二哥的心中也一直渴望那样的生活，可是这一路走来，没有人给过我任何机会来选择。”

二哥啊二哥，当初你对我说的国仇家恨，原来指的根本不是什么南诏奇袭、西安沦陷，你一心所想的，是明家败于原家被满门抄斩的血海深仇，被逼离家去国，远走他乡。

二哥，这就是为什么在德馨居那六年，只要碧莹出了什么事，你必定会出现在我们的视线范围内？那时的我何其天真，居然真的以为我们小五义的友情，感动了那大名鼎鼎的赵孟林来为碧莹看病，这位名医想来也是你的手下。

那一年，我刚满十五，碧莹和非珏同年十六，都不知不觉地到了适婚的年龄，于是躺在床上六年的碧莹，居然奇迹般地慢慢好了，我去向你报喜，你却毫不惊讶，因为这一切本都在你的掌控之中。

二哥啊二哥，你究竟是怎样的一个人啊？

我的眼前早已模糊，唯有耳边张老头冷清的声音没有停止：“他所做的一切大约是为了保护您，不让您卷进原家同明家的恩怨之中。可惜，直到最后，他却不得不利用了您心中的软弱之处，一个女人应有的嫉妒之心，做了一生都无法挽回的事，彻底改变了您的命运。于您，这很难说究竟是件好事还是坏事。”

张老头的声音如悯似悲，仿佛一个超脱于世人之外、冷眼看世界的精灵一般，清冷华丽却又如此冷酷：“他知道他说的每一句您都会相信，无条件地相信，他也听得懂您冠绝天下的琴音之中所隐含的野心，因为您也是明氏中人。自古以来，明家无论男女，皆是世代豪杰，能人辈出，作为明家后人，您如何能安于平凡，又如何能做到平凡呢？

“于是他慢慢地引导您，造就了光华四射的大妃娘娘，让您走向荣华富贵，权势荣宠，而代价便是最终让您伤害了一个您最不应该伤害的人。她本是这世上待您最好最纯粹的人，您却强迫自己将她想成了这世上最不堪的人，然后恨她入骨，因为只有这样，他们，甚至是您自己……才能说服您自己，有勇气去取代她在您夫君心中的位置。”

碧莹不由得看向我，泪如泉涌，浑身抖得像要散架。我从她的眼神里分明看到了她的世界已然崩解，她一直所拥有的一切，骄傲、自尊、名声、权力、地位、良心、执着，人生的情爱，甚至是恨，顷刻间土崩瓦解，化为虚幻，变得如此荒唐可笑。我本该幸灾乐祸，大声嘲笑她，可偏偏心中那一股强烈的不忍和辛酸涌起，我定定地看着她，流泪颤声说道：“求前辈别再说了。”

然而张老头却不顾我，继续冷冷地说下去：“其实，大妃娘娘，以您的才貌本无须这般借着花木槿之名，在撒鲁尔身边终日战战兢兢，残害偶得宠幸的宫人，以保全大妃的地位。”

他不动声色地走到碧莹面前，似是替碧莹挡开了果尔仁：“七年前叶护顺水推舟地救下了您，又认下了您做义女，是因为明煦日，如今叶护又在天祭宫变中救下娘娘，不仅仅是因为您的身体里流着明家的血……相传明氏祖先乃九天神祇下凡，正是那位封印紫殇的天使，叶护要再一次利用您的血打开这个银盒，取出这最后半块紫殇，好弑杀撒鲁尔陛下。”

果然如此！虽匪夷所思，那明家果真是神将的后代，那二哥和碧莹亦是神人之后！

“还有一个最重要也是最无奈的原因。”他的眼中闪着冷嘲，瞥了我一眼，然后说道，“正如花西夫人之见，上面那个也快疯了的可汗陛下对您已动了真情，他毕竟还是爱上了您。”

卡玛勒慢慢移动身形，我翻身取出金箭，架在金弓之上，冷冷地对准了卡玛勒。

而张老头的浑身似也紧绷起来，口上却依然笑道：“叶护老大人，关键时刻，如果老朽没有猜错的话，您还想在最后时刻将大妃娘娘做人质，去要挟撒鲁尔吧。”

话音还没有落，果尔仁冷笑不变，长矛却已刺出。

张老头手中的长鞭已化为一条乌龙，霍然有声地甩向果尔仁，挡开果尔仁的长矛，却不想果尔仁的袖中甩出两道银光，闪向碧莹的左脚和张老头的左肩，张老头身手敏捷地闪开，碧莹却惨呼着倒地。

她想挣扎着爬起，却不停地打着趔趄地滑倒在地，每次挣扎，脚踝上的血便越是汹涌，最后连身下也开始流血了，她捧着肚子，痛苦地嘶叫了起来，华贵的衣袍沾满了从身下流出的血，那触目惊心的红色慢慢汇聚成流，诡异地淌向那护坛池中。

果尔仁对卡玛勒叫道：“快些，结界马上就要开了。”

卡玛勒口中应着，长刀也劈向了我。我沿着四壁飞奔，仗着轻功比游牧民族出身的卡玛勒高一些，终于拉开了弓箭所需的射程和距离，回头张弓即射，黄金箭处，卡玛勒的手腕钉在那里，他嘶声痛叫着。

我正待射出第二箭，结果了他，果尔仁却冷笑着射出一枚暗器，打偏了黄金箭的方向。卡玛勒惊惧地看着流星般的黄金箭险险地划过他的脖子，钉在他的耳边。

果尔仁左脚踢飞了张老头，身影一闪，晃过我射向他的金箭，闪电般来到我面前，当胸一拳，正中我的胸腹旧伤，把我一下子打飞出去，落到碧莹的脚下。

张老头也摇摇晃晃地爬了起来，嘴角也是流血不止，看来受伤不轻。

我吐着鲜血，银盒周围的光圈开始发出红光，似是慢慢变弱，慢慢消散。果尔仁来到我的身边，看了看高台和我，仿佛是在斟酌先杀我，还是先取银盒。最后他眼中杀意又起，对我举起了长矛。

我忍住胸口的痛苦，无法动弹，艰难的呼吸中，暗中捏紧了一支黄金箭。果尔仁对我阴狠笑道："木姑娘，老夫没有看错，你同你的妹妹一样，皆是祸水，无论在紫园，还是在弓月城，你一日不死，便会来阻我一日，还是让老夫送你上路吧。"

那长矛正要向我刺来，忽地在空中一顿，他微皱眉。原来脚边有一人正挣扎着反身抱住了他的腿，正是碧莹。她脸色蜡黄，分明已是疼得汗如雨下，却哆嗦着嘴唇说道："义父，求您再不要伤害她了。"

果尔仁用力挣了几下，碧莹死命地抱着果尔仁不放，对我哑声喊道："你、你快走。"

我嘶声唤着碧莹的名字，她却仿佛什么也没有听见，只是维持抱着果尔仁的姿势，反复说道："木槿快走，木槿快走。"

身下的血尽染裙摆，乌玉般的青丝散乱地蔓延，贴在碎心殿的金砖上，发梢沾着血丝，丝丝缕缕黏在她满是汗水和血水的脸上，琥珀眼瞳依然盯着我，却已然开始涣散，慢慢失去光彩。

果尔仁的脑门青筋暴跳，终是叹了一口气，探身抚向她姣好而惨然的脸："孩子，我本不想伤害你，只是想借你的血开结界罢了，你放手吧，不要逼我。"

碧莹仰首凄然道："我这一生本就是个错误，可今日却无论如何也不能让您伤害她，如果她死在这里，陛下也会凶多吉少。"她伏在果尔仁的脚上气若游丝，"这几年我承蒙义父关照，今日就把这条贱命给您，请您放过木槿、放过陛下吧。"

只可惜她的话音未落，果尔仁早已眼露凶光地一掌拍下，碧莹狂吐鲜血，被果尔仁狠狠地踢到我的身边，鲜血飞溅到我的脸上，那双清澈的泪瞳里映着我惊恐的表情。

我放声尖叫着碧莹的名字，奋身扑过去，狠狠向果尔仁的大腿扎上金箭。果尔仁痛叫着踢开我，后退了三尺。

这时，卡玛勒挣脱了黄金箭，来到了果尔仁的身边。张老头也摇摇晃晃地立到了我们的面前。

"叶护大人连妇孺也不放过吗？"张老头冷冷道。

我向碧莹爬过去，抖着手掏出雪芝丸，塞到碧莹的嘴里。

曾经有个女孩为了证明我的清白，竟然毅然撞柱，血溅荣宝堂；七年之后，因为误会，这个女孩莫名其妙地冒着我的名嫁给了我的初恋，也曾要置我于死地；如今，她又为了救我，不顾身孕，身受重伤，眼看又是活不成了。

德馨居里，那病弱少女对我展露的纯纯微笑在我脑海中不停地闪现着。我失声痛哭，口中连声唤着碧莹。

碧莹身下如血崩一般，流成细河涌向神坛。她美丽的双目淌着恐惧和悲伤，看着我，用尽力气才哀戚地出声道："木槿，我、我究竟是谁？"

这个问题仿佛是投入死水的深石，激起了我半生的悲辛与苍凉。每当夜阑人静时，我也常常问自己这个问题。

眼泪夺眶而出的时候，我紧紧抱着她，咽着泪水，含笑道：“你是碧莹啊，是咱小五义的人，你是我的结义三姐，你忘了吗，碧莹？”

她似是受了极大的震撼，呆在那里。她的目光里闪着无比的愧悔，间又夹杂着那一种我熟悉的光辉，如同小时候，她躺在病床上，我们夸她的手艺巧，一个一个认真地把要缝补的衣衫交给她时，她眼中欣喜而雀跃的光芒。

她也对我笑了起来，那是一种纯粹的笑容，荡涤了我们之间的误会和伤害，泪盈满眶的她摸索着抓紧了我的手，欲语还休。然而就像天空的流星一般，她的笑容被撕心的痛楚所代替，猛地闭上了眼睛，身躯沉在我的臂弯中。

我的脑中一片空白，大声叫着：“碧莹，你快醒来，撒鲁尔会救你的，你快醒来。”我叫了好几声碧莹的名字，到最后已变成大声哭叫，然而碧莹还是没有睁开她美丽的眼睛。

我抱紧了碧莹，感觉她的心脏跳动越来越微弱。我慌张地四处张望，却看不到任何援兵，谁来救救碧莹和她的孩子？谁来救我们？！

我怀中的紫殇又热了起来，灼烧着我本已痛苦万分的胸腹。谁来救救我们，紫殇，你还能再救我们一次吗？非白，我还能再见到你吗？

神啊！我有多恨这个残忍混乱、冷酷无情的世界，难道我要眼睁睁看着碧莹还有她可怜的孩子在我怀中死去，然后我们要像明凤城那般，被永远埋在这个地宫里吗？

不远处，张老头同果尔仁和卡玛勒缠斗的影子模糊了起来，唯有果尔仁狞笑着向我们走来，他的目光越过我们，贪婪地凝向高台。

只见他纵身跃向高台，眼看那手就要触及银盒，忽然有轻啸传来，就在果尔仁和卡玛勒进来的石门又一闪，出现了几个人影。未到跟前，早有人射出五支银箭，逼退了果尔仁，那结界又轰然关闭。

果尔仁躲闪不及，红色的衣袍被烧焦了一片。

然后，恍惚间我感到有人要将我怀中的碧莹拖出去，是谁？是敌是友？

我浑身发抖间，紧紧抱着碧莹，心中发狠地想着：“果尔仁，你敢再伤害我和我的姐妹，我就让你死无葬身之地。”

我向那人狠狠刺出金箭，那人咒骂着后退了一下，然后轻易格开了我无力的双手，只听一个熟悉的声音恨恨道：“你这恶女人，就是喜欢谋杀亲夫。”

我微愣间，怀中一空，有人抱走了碧莹，然后自己也被人搂进怀中：“喂，你没事吧？”

我抬起头，依稀是紫色的光环，那人给我嘴里又塞了一粒不知名的药丸，又替我推宫输入真气，我渐渐清醒了过来，却见眼前一人琉璃紫瞳，潋滟生辉，充满焦灼地看着我，正是段月容。

他口中噼里啪啦吐出几句：“没见过你这号傻女人，我早说过你的一腔热血会送你的命的，人家恨不能生食你的骨肉，你还去救她？蠢货、傻瓜，蠢得连根毛都没有。”

我想告诉段月容，这回不是我救碧莹，是碧莹救我，可是张口欲言，却发不出任何声音。

“快点闭嘴调息吧你。别担心了，人家的相公来了，你快点担心你自己吧，不然神仙也救不了你了。”他对我低吼着，不顾我的反对，点了我的哑穴，又给我输入真气，我这才注意到，碧莹正被一个红发之人抱在怀中。

那人满脸血迹，浑身是伤，红发飞扬，酒眸似血，还真是碧莹的相公来了，当今突厥第十一帝，阿史那撒鲁尔。

阿米尔跳过去与卡玛勒纠缠在一起，我无力地倚在段月容的怀中。

阿米尔进来的地方，又闪出身手敏捷的四人，前二人是我认得的沿歌和春来，后面一人目光如炬，身材异常高大，身手矫健，却是小放。另一人戴着面具，身材魁伟。接着又拥入四个人，为首一人却是风情俏丽的男装佳人，另三个人都戴着面具，我定睛一看，正是悠悠。

啊？怎么全来了？

沿歌和春来跑到我这里，嘴里焦急地喊着：“先生没事吧！”

小放也不急着同我说话，只是着急地给我把脉。

悠悠带着另三个高大的暗人快速来到张老头那里，恭敬道：“青媚来迟，罪该万死，望主子恕罪。”

却见张老头满脸是血，愈显狰狞，双肩微颤，站在那里微喘着气。青媚紧张地想上前去扶住他，张老头却冷冷地甩了她的手，高高在上地睨了她一眼。

“小人万死难辞。”她立时面色苍白地后退一步，冷着脸抽出长剑，带着另三个暗人冲向果尔仁，“请主子休息，待小人灭了这个胆大妄为的果尔仁。”

“木丫头。”我的耳中飘进梦呓般的话语，回头却见撒鲁尔正抱着碧莹，口中依然唤着木丫头，他的目光淌着无限的伤痛。碧莹没有醒来，他往碧莹的嘴里塞着药丸子。碧莹咳嗽着，吐出几口血，睁开了涣散的眼。

“我不是在做梦吧？”她的声音那样轻，可是我却听得见。

撒鲁尔对她笑了：“不是梦，傻丫头，我来了，你不会有事的。”

她的眼泪涌了出来，虚弱而艰涩道：“对不起，我……”

“嘘！”他如哄着心爱的孩子，拥紧了碧莹，展颜笑道，“你什么也不用说，我早就知道了。”

果然如此，非珏早就认出了我，可是他爱上了碧莹。我分不清身上或是心上究竟哪一个地方更痛一些，只是惆怅地看着他们。

碧莹的泪涌得更多，只是问着我心中同样的问题：“为什么，为什么，我、我不是你的木丫头。”她勉力抬起一只手，指着我道，“她才是真正的……”

“傻瓜！”撒鲁尔轻轻抬起她的手，放到唇边，轻轻一吻，冷冷瞥了我一眼，对碧莹温笑道，“她是原非珏的木丫头，你却是我的木丫头。”他的目光再度向我瞥来，如恶魔般殷红凶恶，竟满是恶毒的杀意。

我兀自一惊，这是什么意思？为什么他提起以前的自己是这样的冷淡，就好像提起一个不相干的人？我骇然莫名，不由得向段月容挨去。

耳边传来段月容在上面的冷笑，我一抬头，却见他的紫瞳若有所思地紧盯着那台上的银盒。

他低头对我笑道：“你且等我一等，我倒想看看这个劳什子铁盒，到底是什么好东西。”

呃？这种时候，这小子怎么起了这么个念头？

我说不出话，只是抓牢他的袖子不让他去。他却狡黠地一笑，挣开了我的手，状似亲着我的脸颊，在我耳边轻道：“这撒鲁尔反复无常，须拿到这铁盒才好挟制他。这原家人打的也是这个如意算盘，你且放心。”

他抬起身子，对我轻浮地笑道：“爱妃莫怕，孤这就去将那紫殇取来，送你做礼物，为汝压惊，如何？”

他让齐放扶着我，长身站起。

我目瞪口呆地看着他猛然跃向那高台，所有人的目光不由自主地跟着他望了过去。

果尔仁虚晃一招，躲过悠悠，腾空轻点一个暗人的肩头，飞向段月容。

段月容回手一挥，青龙偃月刀挡开果尔仁。

果尔仁刚刚落地，张老头的长鞭就到了，可是一到结界，鞭鞘立刻嗤地被烧焦了。

仿佛是宿命的牵引，他的眼神闪烁着我从未见过的兴奋的战栗。我且惊且怒地心想，这个蠢货段月容，这个结界这样厉害，偏你连天蚕银甲都给我了，莫非也想像前世一样被打得魂飞魄散你才开心？

我厉声疾呼：“月容快回来。”

段月容刚刚落地，恰好转过头来，对我眨了下眼睛，嚣张而猖狂地笑道：“爱妃莫怕，孤有佛祖保佑，断不会有事的。”

我又气又急地看着他。这位仁兄啊，佛祖大人保佑谁都不会保佑你啊。

果然他话未说完，一股强劲无比的力量向他扫来，黑影一闪，却是那个最高个戴面具的原家暗人手持着双钩，霍霍挥向段月容。

这个暗人戴着的白面具好熟啊，我暗自心惊间，段月容长刀一挥，眼看那人人头就要落地，我惊呼：“月容快住手，不准再伤原家人。”

其实我的担心实在多余，因为白面具暗人刀锋微错，段月容的头发被削落数缕。段月容的偃月刀在空中同双钩相缠，火花四溅。他冷静地飞起一脚，扫向白面具的下盘，可这时张老头的长鞭挥向段月容的颈项，同白面具二人出手，似老友故交多年，合作得天衣无缝。

段月容面色紧绷，目光虽不曾慌乱，却早已收了方才的嚣张。

“怎么，还没过河，原家人就要拆桥了吗？”段月容冷冷道。

“无论是紫殇还是撒鲁尔陛下，皆出自原家，还请太子退回去，莫要蹚这浑水。”张老头冷冷道，手下却招招凌厉，“方才分明是殿下先出狠招吧，莫要逼我们先来算算永业三年西安屠城的血债。”

瞬间，我意识到段月容同原家是敌非友，本就是你死我活，就算段月容不杀原家人，原家人亦会拼死杀段月容。我的心活活地跳到了嗓子，眼看段月容就要血溅满身，身后的齐放不知何时，人影一闪，挡开了白面具。

“真真想不到，金谷真人的关门弟子，成了大理段氏的走狗？”

白面具的声音嘶哑难听，可是我却心一动，这人的声音我以前听过的，脑海中猛一惊醒，这个声音是那个爱戴白面具的变态……是他，是多年前原家的那个暗宫主人？没想到这么多年过去了，他不但没有死，还亲自出马了！

“放乃一江湖浪客，不理这乱世纷争，但求我家主子无恙罢了。”齐放冷冷道，“现下敌友不明，还请原家的好汉先忍一忍。”

场面乱作一团，伴着碧莹痛苦的叫声，空气中的血腥味浓重起来。我一回头，却见碧莹捂着肚子大叫着，恐是临盆了。

撒鲁尔的酒瞳也有着慌张：“木丫头，你怎么了？”

碧莹的下身又开始流血了，那带着诅咒的鲜血仿佛受着某种诱惑，慢慢地汇聚在一起，宿命地流向莲花台。

我爬过去，分开碧莹的双腿，撒鲁尔一把扼住我的喉咙，冷冷道：“你想做什么？”

我瞪着他，艰难地说道：“我要给她接生。”

撒鲁尔冷哼着把我甩给沿哥和春来，我按住要扑过去拼命的两个毛头小子：“救人要紧。”

我爬过去，颤着手分开碧莹的双腿，我眼前一片血色，什么也看不真切，这个孩子能生下来吗？明明只有七个多月啊。即便生下来能活下来吗？

我帮碧莹轻抚小腹，用前世看到的孕妇知识，还有那替母马接生的经验，硬着头皮上阵。

她猛地捏着撒鲁尔的手大叫着，可是撒鲁尔的眼睛却魂不守舍地不停看着碧莹身下的血流向莲花台，然后不停地看着果尔仁同悠悠相斗。

我胸中生起一种可怕的感觉，正要呵斥撒鲁尔，惊觉有人抓破了我的手背。

“木槿，救救我的孩子。”碧莹痛苦地叫着，紧紧抓着我的手，看着我的眼睛哀哀流泪道，“木槿，我不想待在这里，我想回家，我想带着孩子回家。”

“好，那你加把劲，咱们生下这个孩子，一起回家，远离这西域的破是非。”我安慰着，胸前的紫殇却热了起来。

碧莹咬破了自己的嘴唇，放声大呼间，双腿间露出了一个微小的头颅，与此同时，轰然巨响，莲花台的结界发出强光，再次盛开。

段月容一跃而起，如鹰隼一般快速飞入结界，眼看就要抓住银盒，那结界却突然轰轰作响，闪着从未见过的紫光，把段月容生生地逼出了结界。

众人惊得大汗淋漓。

段月容摔倒在我旁边，阴着一张俊脸，恨恨地看着那个结界。

我正打着战、发着抖地把所有心思放在碧莹和婴儿身上。我手忙脚乱地替孩子铰断肚脐，帮碧莹尽量做好清洁工作，又替她喂了粒雪芝丸。

手中托着一个皮肤紧皱的女孩，我拍了一下女婴的小屁屁，没想到竟然听到她弱弱的哭声，我惊喜交加。

旁边的段月容喘着气，睨了我手上的女婴一眼，从鼻子里轻嗤一声：“瞧你乐成这副德行，又不是你生的，有这样忘恩负义的爹娘，长大也不会是什么好东西。”

旋即又想起什么来，凑过来，看着像小猫似的女婴几眼，又看了碧莹几眼，皱眉道：“又是臭东西，比夕颜长得还丑。木槿，你可不准把我们的孩子生得这么难看。”

“你懂什么，孩子一出生都这样，以后长开了就会越长越好看的，夕颜不也这样吗？”我信口答道，然后慢半拍地惊醒他后面半句话，立时白了他一眼，脸上却红了起来。

段月容在那儿瞅着我直乐。

我假装没看见，站起来向碧莹走去，把孩子递到她眼前：“这个孩子的生命力好强，将来一定会有所作为的。”

她喘着气，倚在我身边温柔地看着婴孩，泪盈满眶。

我正要对撒鲁尔说，让他先把碧莹和孩子带到安全地方找大夫看一下，一抬头，却见一双殷红的血瞳紧紧盯着我怀中的孩子，闪烁着如噩梦深处般可怕的血光，从此成为我此生永远盘桓不去的可怕梦魇，他一步步向我走近，口中却柔声道：“让我看看这孩子。”

我浑身上下的汗毛一根一根地竖了起来。父亲看刚出生的女儿，本来是最正常不过的，我甚至应该向他道喜的，然而却感到发自内心的害怕和寒意。我转头看了看有点迷惑的碧莹，人却不由自主地往后退。

那个婴孩仿佛也感知到危险的气息，呜哇呜哇地哭起来。

段月容似乎也发现了不对劲，猛然挡在我的面前，笑容也有些僵：“陛下何必这么急嘛，孤已然遵守了诺言，出兵乌兰巴托，助你进剿火拔部，只等这老匹夫一死，我等便可一同进攻庭朝，既如此，也请陛下应允先放孤的爱妃……”

段月容后面的话没有来得及说完，因为撒鲁尔的速度快得根本不可思议，他的手像利刃一般插入了段月容的左肩，然后像甩垃圾一样把他甩了出去。眨眼之间，他站在我的面前，众目睽睽之下，一手五指如爪，硬生生地扎入那个刚出生的幼嫩婴孩身上，另一手将我打飞出去。我重重跌在地上，不及调息，只是放声尖叫。

可怜的婴孩立刻没有了气息，碧莹撕心裂肺的哭喊声传来，她向撒鲁尔爬过去，身上的血又在挣扎间流了出来。她的琥珀眼瞳中涨满了血丝，几近疯狂地扑打着撒鲁尔，哭喊着："夫君，求求你，都是我的错，你要杀就杀我吧，求求你放了我们的孩子。"

撒鲁尔仅是瞥了她一眼，冷若寒冰间，在所有人惊骇的目光中，不带任何犹豫地将手上早已血肉模糊的女婴甩向那个结界。

碧莹的惨叫声中，结界放出从未有过的强光，整个碎心殿发出一片耀眼的紫光，然后传出一声剧烈的爆炸声，银盒暴露在我们的眼前。

电光石火之间，那个戴面具的原家暗人早已飞身探入，身轻如燕，反手一抓银盒，刚刚跃出，结界轰然关闭，碧莹也已心碎得不省人事。

果尔仁早就挑了一个原家暗人，青媚结结实实地受了果尔仁一掌，口吐鲜血，面上却依然笑着，眼神兴奋。

阿米尔和卡玛勒骇然愣在那里，看着满地的血肉。

卡玛勒眼中闪着恐惧，转头向似钉在地上的阿米尔颤声说道："看见了吗？阿米尔，他是一个魔鬼，他早已不是人……"

他的话音猛然顿住，因为撒鲁尔鬼魅一般闪到他的身后，他的手极快地穿过卡玛勒的左胸，然后面不改色地掏出了他尚在鲜活跳动的心脏，截住了他所有的话语。撒鲁尔冷笑地微一用力，卡玛勒的心脏被捏成肉浆。

果尔仁看着卡玛勒直挺挺地倒在地上，痛声大呼："卡玛勒，我可怜的孩子。"

他凝着脸踢中了白面具的穴道，上前劈手夺向银盒，张老头的长鞭甩向银盒。

我向不远处趴着的段月容爬过去，却见他左肩汩汩流着血，脸白如纸，狠戾地看着撒鲁尔，一副就要奔上去拼命的样子。

我喊着他的名字，一边使劲摁着他，一边连点他止血的穴道："别恋战，他……不是人，我们快走。"

段月容擦着嘴角的血迹冷笑道："你以为这个魔鬼会让我们出去泄露他的秘密吗？他早把进来的门给封死了。"

张老头和果尔仁以内功相拼，僵持着。

撒鲁尔由远而近奋力冲出，用力挥出一掌，只听他一声凄厉的长啸，伴着强烈的掌风，所有人都感到胸口一阵郁闷难当，口吐鲜血。我无法抑制地晕眩，果尔仁和张老头两个人被撒鲁尔突如其来的攻击击得各自吐着鲜血向后倒去，而那个银盒在我们眼前爆炸开来。

所有人胆战心惊地停在这一刻，仰头看向爆炸的银盒，期待着传说中的紫殇显形……

然而，却见无数的碎片在我们的头顶散开，仿佛一夕之间，满地血腥的碎心城中下起了洁白的大雪，似要洗净这罄竹难书的罪恶。

一时间，所有的人都呆愣在那里。

“这什么玩意啊？”段月容冷笑地看着空中飘飞的碎片，“究竟是紫殇还是纸殇啊？”

春来和沿歌在空中跳着摸到了一张比较完整的碎片，似是一页书纸。

春来看了看，不由得念着：“东风夜……花千树……星如雨……什么、什么暗香去。众里寻他千百度。蓦然回首，什么、什么却在，灯火阑珊处。”

我猛然抬起头，心中如遭重击。

春来抬起头来傻傻道：“先生，这好像是一首词吧，也没见什么宝贝石头啊。这些纸上好像还被人戳了好多小洞洞啊。有人耍咱们吧。”

沿歌打了春来一记栗暴：“笨蛋，你懂什么？越是秘密的东西，就越要装得普通些。”

沿歌跑过来，递上那张纸，我拿着那张发黄的纸，泪如泉涌间，只觉双膝一软，跪在一地血腥间。

木槿湾边的红发少年，温暖的大手被我握着，轻轻抚向那本《花西诗集》，垂柳飘飘，我们在阳光下一起读着那首《青玉案》。

他痴迷地对我说道：“木丫头，这首词作得真好，是你作的吧……”

我的眼前全是樱花飞舞，耳边却回荡着他的喃喃细语：“这首词说得对，有些人你一直在找啊找，急得你晚上睡不好，吃不香，练武时候也老走神……其实那个人就在你身边，一回头就看见了，我明白了，你就是我一直在找的人。木丫头，原来一直都在我身边。”

忽然一声巨吼，撕碎了我所有的幻念，我惊回头。

“不可能！”只听果尔仁在那里咬牙切齿地大叫着，“不可能，明家人最后一次进入这个宫殿时，我同他们一起验收的。银盒里明明就是那半块能勾人心事的紫殇，怎么可能会变成这两本《花西诗集》？”

撒鲁尔似也专注地在看着那些纸片，眼神深不可测，却明显如释重负。

张老头蹲下来，捡起半片纸凝神细看半天，却是哂然轻笑出声。我们都好奇地看向他，他却止住笑声，对果尔仁摇头道：“叶护大人，您输了。”

果尔仁青筋暴跳：“你说什么？”

张老头拍拍手上的碎纸屑，喟然长叹道：“花开不同赏，花落不同悲。欲问相思处，花开花落时。”

他轻笑道：“叶护大人，不单单是您输了，眼前这位撒鲁尔陛下也输了，事实上，就连、就连老朽也输了，我们所有人都输了，输给了所谓痴儿的原非珏。”

碎心城的结界受了撒鲁尔的攻击，开始不稳，莹莹的紫光球里四散蹿流着血红的闪电，仿佛邪恶的魔鬼受到了血腥的蛊惑，欲挣破结界而出。那结界不停地忽膨胀忽缩小，然而所有人的心思却并没有在不稳的结界上。

我们所有人的视线跟着张老头，一起看向果尔仁，然后一起扫向阴沉着脸看着一张碎纸的撒鲁尔，最后又回到了张老头的脸上。

“原非珏，原家当今家主流落在突厥的第四子，在母体之初受了伤害，从小体弱，故而练习《无泪经》，自八岁起双目不识一物，性格痴傻愚钝，时而狂性大发，伤人无数，故而原侯爷赐其玉北斋，无非让其修身养性，去其戾气。可叹世人无知，不但歧视他酒瞳红发，异族出身，在紫园里上至主子、下至仆人无不对其又惊又惧，视之如洪水猛兽，而且常常趁其迷路之际欺辱嘲笑。其时除了玉北斋众人，唯有一个杂役房的丫头与他深交，那个丫头不知道原四爷会练成忘情负爱的无相神功，便私相授受这两册《花西诗集》做了定情信物。

“那时紫园里上上下下都以为原非珏不过是个痴痴傻傻的呆子，男女情事于他不过是过眼云烟，除了那个整天淘粪浣衣的傻丫头，谁也没有当真，就连当时的原三爷和您，叶护大人也没有把这当回事。”张老头瞥了我一眼，长叹一声，接着道，“不想原四爷却心如明镜，他早就预知神功练成之时，会前尘尽忘，便护住了这两册诗集。老朽确然不知四爷是如何知晓紫殇会废去《无相真经》，他定是早已心中有数了，便想尽办法在神功练成之际将紫殇悄然换去。

“叶护大人，您没能让他带着心爱的女人回到突厥，从此他日夜思念心中的那个女子。”张老头又长声叹道，“可叹，其时的原四爷可能已然得知他的心上人在秦中大乱时死在乱军之中，他的心也跟着去了，是故将这两册诗集放在银盒之中。然而，”他复又顿了一顿，看着果尔仁道，“叶护大人可曾想过，那时的四爷已然知道您对他相瞒紫殇之事，定是祸心深埋，为何他从没有对女太皇陛下提及？

“是因为您是女太皇陛下的宠臣而有所顾忌呢，还是怕您会对他不利呢？老朽以为这些都不是最终的答案……”

果尔仁沉着脸，冷然道：“愿闻其详。”

“您是看着他长大的，您难道还不明白他当初的心意吗？”张老头摇摇头道，“紫殇是原四爷最深的秘密，他将自己的心事同紫殇埋在一起，是想着若有一天，叶护大人真的起了反心，看到这两册诗集，也许便能知难而退、知错悔改，真心助日后那个他也无法预知的撒鲁尔陛下匡扶社稷、振兴突厥。无论眼前这位可汗陛下心中作何所想，确然在真正的原非珏心中，你始终是他最尊敬的养父啊。”张老头望着果尔仁，充满感慨悲怜地长叹一声。

果尔仁仿佛被人重重一击，整个人怔在那里，眼中阴晴不定，口中却颤声喃道：“非珏，少主……你、你，难道你当真如此想……”

非珏、非珏，原来你早就料到会有这一天吧。所以你要送我那根银链子，是怕你认不出我来！

你把《花西诗集》放到银盒之中，若是果尔仁起了反心，后来的撒鲁尔有机会能拿到这银盒，看到这两本《花西诗集》，也许能记起我来，也好对我手下留情，对吗？

我抬头看向张老头，没想到他正垂下头，用那一只眼深不可测地看着我。

我心中一动，这人的思路如此清晰，当世之中唯有两人可与其相比，一个是眼前妖里妖气的段月容，还有一个……却是有那天下智者之称的踏雪公子——原非白。

场中静得可怕，所有人都静默着。

青媚悄悄挪了过来，下巴向撒鲁尔仰了仰：“想不到《无相真经》练成之后，人格竟会变幻如此之大。”

张老头向撒鲁尔看过去，冷冷道：“陛下，您现在可放心了。原非珏早已料到今天，为您做好了一切，您实在无须牺牲您可怜的女儿。”

撒鲁尔轻轻一挥手中的碎纸片，脸上毫无愧悔痛苦之意，相反，那双酒瞳中却闪过一丝残酷的愉悦，他充满鄙夷地冷笑一声：“可怜虫。果尔仁，原非珏是个可怜虫，像你这样的逆贼，早就应该在发现之初除掉你，不然，又何来今日之祸！”他的笑声如冰水锥心，提起非珏的名字，全然就像两个人。

我内心的恐惧渐渐被愤怒所代替，猛然想起自己的怀中还有半块紫殇，要不要现在就拿出来？

可是看着满地血腥和地上不省人事的碧莹，又放了手。我悲凉地想着，如果非珏想起这些，要让宽容善良的非珏如何自处啊。

撒鲁尔伸了一个懒腰，看了看不停暴涨的结界，走向碧莹，轻嗤道：“方才的故事甚是有趣，不过你应该说全了。那原非珏的心上人，也就是那个杂役房的小丫头，调到你家三爷的西枫苑，被收了当妾，成就了大名鼎鼎的花西夫人，后来失散在秦中大乱。天下皆传原非白一片痴心地出版了《花西诗集》，而那两本诗集的原版便是这银盒中的两册诗集，而那位据说贞烈的花西夫人，却成了这位段太子的情人，大理商人君莫问。”

他的话让所有人都暗中捏紧了拳头。

他眼神微动，阿米尔便施轻功站到他身后。

“原家的暗人，我不杀你们，且回去传我原话。”

其实他不说，我也知道他说不出什么好话来，他的后顾之忧已解，自然要挑动大理同原家的内斗，而最好的借口便是花西夫人。

这时，青媚、白面具，还有另一个原家暗人渐渐聚在张老头周围，四人不时瞥向我和张老头，似乎在等着张老头一句话就要行动。若我的理解没有错，那便是：抓住我，或是杀了我灭口。

那张老头紧握着鞭子的手背青筋暴现，似是苦苦压抑着怒火，冷冷地咬牙道：“请陛下明示。”

撒鲁尔依然轻薄地看着我：“你且对他说，原非白，虽有踏雪公子之名，却真可谓天下最丢脸无用的男人，抢了弟弟的女人，把整日洗衣淘粪的妇人当宝贝似的捧上了花西夫人宝座，却不知这个水性杨花的女人投靠了大理段家，让他戴了多少回绿帽子。在瓜洲之时，她勾引朕的丑态，到现在朕还记得，这个女人朕也尝过，不过如此……”

他的话似是一剑穿心，直击段氏、原氏的痛处，一时间两家壁垒分明。

“陛下说话实在应该小心，什么花西夫人、花东夫人？君莫问是孤的爱人，仅此而已，她身上带有苗家的贞烈水，你若真是动了她，我想站到这里的也不是撒鲁尔陛下了？”段月容冷冷地说道，走到我的身边。

春来、沿歌和齐放渐渐靠拢了过来。

果尔仁一个人目光在左右间睃巡，似是在思索哪帮人马更强些。

撒鲁尔的武功高得不可思议，仅冷哼一声，身形微晃，已站在我的面前，向我砍出一刀。

齐放立刻用青锋剑挡开这一刀，使尽毕生功力，整个人却被撒鲁尔的弯刀弹飞出去。撒鲁尔继续向我袭来，离我最近的春来挡在我面前，飞出流星锤，怒喝出声：“你这个连亲生女儿也要杀的魔鬼，凭什么诬蔑我家先生？我家先生是好人，你这个无耻的恶人闭嘴！”

齐放跟着飞出，嘶声惊叫着：“春来。”

与此同时，张老头忽然将长鞭挥向撒鲁尔，然而还是晚了。

撒鲁尔轻笑出声，春来连他的衣角都没有碰到，就被他的真气反弹出来，撞到结界上，随着物体烤焦的哧声，春来惨叫出声。

撒鲁尔单手劈断张老头的乌鞭，抱起碧莹，隐向一处石壁，嘲讽地看了我一眼，就这样同阿米尔消失了。

齐放接下春来软绵绵的身体。

我同沿歌跑过去时，春来浑身上下全被灼伤，发出焦味，我流泪唤着春来的名字。

春来黑糊糊的脸上，慢慢睁开两点光明，满目凄惶，似有重要的问题问我。

沿歌磨着牙，大声骂道：“你这个笨蛋，师父武功比我们高得多，他都被打伤了，你作甚急着投胎？”

我颤声道：“春来，好孩子，你不要动，也不要说话，有事我们回家再说吧。”

春来却忽然咧开干裂的嘴唇，对我憨笑起来，就像无数次，沿歌拉着他做坏事，被我发现了，沿歌这小子要么甩下他逃走，要么就是躲在他身后不作声，可他总是还不知道祸到临头，总是这样对我憨笑着，唤着我：“先生……”

这个我最喜欢也最憨厚的弟子，紧紧地拉着我的手艰难地对我说出了此生最后一句话：“先生……还是穿女装好看。”

他淳朴善良的眼睛睁得大大的，放大的瞳孔里映着我的泪容，如同往常一样，犹带着一丝快乐的笑容，却悄悄停止了呼吸。

我紧紧抱着他发黑的身体，放声大哭。

沿歌泪流满面，只是在那里圆睁着眼睛，呆呆地痛唤着：“春来，春来，你这个傻子，笨蛋。你还说要我帮你娶到小玉的，怎么就这么死了？”

齐放摇摇晃晃地站过来，一向冷漠的脸上出现了一丝悲戚。

段月容也是满面阴沉，见我痛哭出声，不由得对我叹着气走过来。

青媚寒光湛湛的剑指向段月容，森然道：“朝珠夫人这是要到哪里去？”

我跪在地上，心疼得无以复加，紫殇又开始热了起来，结界猛然发出一阵从未有过的强光，砰然爆炸。

整个宫殿瞬间失去了所有的光明，就连那原本镶在宫墙之上的夜明珠也暗了下来。

一片黑暗中，只听到沿歌疯狂的痛叫声，间或夹杂着兵器剧烈的撞击之声，青媚的娇斥传来，又一声刺耳的刀剑相撞之声，火花四起。我看到果尔仁站到了白面具的背后，似要出阴招，我同段月容四目相接，然后火光暗去。

第十三章

揽草结同心

我听见白面具的冷笑，心中焦急万分，除了我和沿歌以外，其他都是一等一的杀手和高手，黑暗之中四方混战，伤了他们这可如何是好？忽听得齐放的尖啸传出，沿歌的声音立刻轻了下来。

有人忽然过来重重撞了我一下，把我怀中春来的尸首撞走了。我流着泪，摸索着春来，一边想着如何联系段月容。有人握住了我的手，我正欲击杀，那人不紧不松地捏了一下我的手，似是没有恶意，拉着我往前走。我放下心来，应该是段月容吧。

我回握住他的手，跟着他往一个方向去，忽然黑暗中的后方长笛声起，竟是段月容吹奏的《长相守》，显然这厮没事，在向我诉平安。我心中一松，然后冷汗涔涔地想，拉着我手的这个人又是谁呢？

我开始挣扎着想放开那人的手，那人却紧紧拉着我不放，黑暗中拉着我狂奔起来。

我暗想，莫非是果尔仁？我害怕地惊呼：“月……”

那人疾点我的哑穴，飞身跃起撞向一片黑暗。

我的心脏似要蹦到喉间，黑暗中什么也看不见，唯有耳边段月容的《长相守》不停地吟唱，仿佛无限的凄惶焦虑。

我无力挣扎，想起春来的惨死，那天下最憨直纯实的阳光少年同明凤城一般，永远地待在这个冰冷的地宫里，甚至无法为他收尸，更是悲怒交加。我再也忍不住喉间涌起的一股腥甜，张口吐在那人的胸前，陷入晕厥。

……

谁在呼唤我？我睁开眼睛，发现我正卧在木槿树下打着盹，我站起身来，伸了个懒腰。

一旁是面容恬静的紫浮，正在轻轻吹着一支长长的碧玉笛。那笛曲美妙，竟是《长相守》。

他见我醒来，便放下长笛，对我淡淡一笑。我也回他淡淡一笑，正欲开口，他却面色大变，手指有些颤抖地指着我："你、你的心呢？"

我闻声低下头，却见我的心口处正汩汩地流着血，胸口奇痛难忍，耳边不时传来熟悉的呼唤："木丫头。"

我忍痛回头，却见一个青年穿着金丝绲边的黑缎王袍，金冠压着红发，酒瞳锐利，又带着一丝睥睨，阴阴地看着我。

紫浮惊痛的面容同木槿花慢慢消失，然后幻成血色的樱花林，我痛得直不起腰，满身是汗，却发不出声音，眼睁睁地看着他向我步步走来，每走一步，周遭的樱花便随之枯萎、凋谢，最后化为一片血海，慢慢地凝聚在他的周围。酒瞳越来越红，最后化为两簇血红的幽光，仿若地狱蒸腾的魔鬼。

"来呀，木丫头。"

他手中紧握的弯刀不停地滴着鲜红的血，那刺鼻的血腥味直冲我的脑门，我几欲呕吐。

他狰狞地对我咆哮着："快到我身边来，你在怕什么？"

我再一次睁开了眼睛，胸口痛得像火烧，眼前渐渐清晰了起来，有人正拿着一块洁白的帕子，蘸着冰凉的水滴轻敷我的额头。微转头，却见一个独眼老人坐在我身边，正焦急地唤着我，原来是张老头，他温言问道："夫人可好些了吗？"

四周光线很弱，全靠一个小火把亮着，眼前是一片岩壁，我靠在一块石壁之上，早已不见了碎心城的景象。我循声往细微的滴答声望去，却见高高的一处岩缝间，正极缓极缓地渗出水滴来。俗话说滴水穿石，那水滴下方的一方巨石，果然中间凹成光滑镜面，像只巨碗一般盛满水滴，然后自较低的一弯弧口流进一小方深潭。

这是在哪里？

"方才是前辈救我出来的吗？"我启口问道，发现嗓子都哑了，嘴里一股血腥味。

张老头轻轻点了点头："夫人好些了吗？"

那别人呢？脑中立刻涌现春来惨死的画面，不由得心如刀割。

"春来、春来。"我流着眼泪，喃声唤着春来的名字，我问道，"请问前辈……我的弟子……还有大理太子他们呢？"

张老头淡淡道："恕老朽不知，方才忙着救夫人，老朽也同其他人失散了。"

我抚着旧伤口，失望地看着他，他却用那一只老眼犀利地看着我。

我不喜欢他的目光，不由得垂下眸，轻道："多谢前辈搭救。"

他并没有再说话，也没有再为我敷额头，只是站起身到那巨石的小水潭处绞了绞手巾，然后坐在我身边。

不远处躺着那把金光灿烂的真武侯，我心中一动，莫非此人能在黑暗中视物，竟然连真武侯也带出来了。

两人一片沉默，唯有岩缝间滴滴答答的水流声，滴穿人心。

我在心中盘算着他会将我怎么样，也许他在等原非白的手令。那个撒鲁尔既然这样挑动原家暗人，想必会将我还活着的消息传遍天下，最重要的是，他绝对不会放过我这几年都在段月容的羽翼之下生活。

我的喉间又有甜腥回逆，微用力咳嗽，胸口更钻心地疼起来，忍不住低吟出声。

张老头听到动静，飞奔回来，急道："可是……旧伤疼痛难忍？"

我淡笑道："老毛病了，不要紧的，再怎么疼，忍一会儿就过去了……"

忽然想起那次在钱园分别前，原非白发病的样子，不由得低声问道："你家三爷，他、他身体可好？"

"夫人放心，我家三爷一切安好。"张老头那只小眼睛炯炯有神地看着我。

"前辈跟着三爷多久了？"

"很久了。"他的声音十分平静。

"前辈可是青王？东营暗人的新首领？"

"正是。"他微微垂眸，长睫如画扇轻展，远远望去，竟然秀丽动人。

我心中暗讶，慢慢道："木槿在弓月城多谢前辈多次搭救，感激不尽。"

他在那里应酬了几句，我们又陷入了沉默，唯有水声滴滴答答，洒在人的心间。

"这两年……东营的兄弟们，跟着三爷吃了很多苦吧。"伤痛微平，我轻抚着伤口，轻轻道，"鬼爷说过，原家暗人向来是主人败，暗人死，如何也不能逃。三爷在地宫之时，很多东营的兄弟遭了难，前辈也吃了很多苦吧。"

张老头抬头看了我一眼，淡淡一笑，却不做回答。

又是一阵沉默，我望着他的侧影，轻声道："前辈是在等三爷的谕令还是侯爷的密令？"

他微诧地看了我一眼："夫人何意？"

"前辈是在等上边处置我的口谕或是手诏吧？毕竟，死去的花西夫人是个贞洁烈妇，活着的花木槿却是身败名裂的君莫问，我活着回到三爷的身边有何好处？"我对他浅笑着，"当年，侯爷不正是为了让我守贞，才对我下了格杀令吗？"

我忍痛一手撑地稍稍坐直了身子，他的一只眼紧紧盯着我，似要将我击穿一般，我避过他的目光，看着火把静静地说道："这火把快燃尽了，前辈可用那深潭里的原油再续燃，只是您若不抓紧时间联系您失散的东营兄弟，早日见到三爷，只怕撒鲁尔真的会散布那些流言了。"

张老头似乎没有想到我会这样说，看了我许久，缓声道："那夫人呢？"

我飘忽一笑："我大限将至，不如就让我在这里自生自灭吧。"

没想到张老头放声大笑起来，把我给唬了一大跳，然后他又忽地收了笑容，沉着脸向我微倾身，灼灼地瞪着我。

"夫人，"他的嘴角似是咧开了一丝弧度，"您真是怕三爷或是侯爷对您下格杀令吗？”他的身上散发着一阵可怕的压迫感，“抑或，您是在等段太子的接应？”

却听他一声冷冷的嗤笑：“夫人认为方才黑暗之中，齐放和你那毛头弟子为暗宫高手所截，段月容为青媚相拦，可有胜算？”

我冷冷地看着他，抚着伤口的手渐渐捏紧了衣衫，另一只手摸到了怀中齐放为我准备的短刃。

他冷笑道：“夫人同段月容还真是情深义重、生死相许，莫非夫人是在等段太子找到您，好杀了我，然后您便能和段太子二人上穷碧落下黄泉，比翼双飞共生死不成？原非白若能对您下格杀令，十个八个花木槿便也横尸江南，何苦等到现在。”他对着我冷笑数声，“夫人太看得起原非白了。他根本对您下不了手，踏雪公子便如传言所说，色欲熏心，难成大事。岂止是难成大事，他简直便是好色无能之辈，今生注定……”

他忽地硬生生地停住了对原非白进一步的侮辱谩骂，从地上一跃而起，躲过了我向他背后刺去的短刃。他灵巧地躲在一边，轻易夺过我的短刃，高高在上地俯看着我，捏着我短刃的手有些发颤。他捏得那样紧，甚至顾不到手已被我的短刃所割破，那殷红的血丝便如那岩缝的水滴一般，极缓极缓地滴下来，看得人的心仿佛也要难受地滴出血来，他的眼中有着不可名状的恨意和苍凉：“你……竟然想杀我？好！好！好！”

他连连说着好字，悲愤的声音在石洞中回荡。

我天旋地转地爬将起来，向后靠在壁上，再也无力动弹，只得喘着气艰难道：“我只是想请前辈带我去找我的弟子和朋友。”

他站在我的对面，居高临下地对我冷笑着：“夫人果然是天下有情有义的奇女子啊。”

他的语气充满了揶揄。

我闭上眼睛惨笑着：“不过，我的确想在见到我的朋友之后杀了你。”

“哦？这又是为什么呢？”他的声音近在耳边，我睁开了眼睛，正对着他布满血丝的一只眼，“杀了我，好去找你那心爱的段月容再为你扮作女人，继续哄你开心吗？”

我冷笑道：“东营的鬼爷是怎么死的，前辈忘了吗？”

他凝着那只眼，冰冷地看着我。

我无惧地回视着他，坦然道：“当初，鬼爷囚禁我时已生反心，我便以恩威并压、财宝为诱、安抚其心为三爷继续效力。你当真以为我不知，以三爷的能力不会觉察这样三心二意的暗人？我稳住鬼爷，让他慢几天行动，是为了能让青媚给三爷送信，我给鬼爷送去这十万两白银，便是送给三爷时间。”我冷冷道，“花木槿不敢称自己是什么贞洁烈女，但是身为家臣，你方才辱骂主人，又该当何罪？以你这等恃才狂悖、目无尊长的小人，长久必反，我又如何能让你待在三爷身边？”

他看着我向后退了几步，慢慢在我对面坐了下来，戾气渐消：“那你现在全都说出来了，你不怕我杀了你吗？”

我慵懒而艰难地笑了："我这等残躯，能撑多久？你杀与不杀俱是一样，有何惧之。色欲熏心，难成大事？你根本不了解原非白。"我轻嗤一声，脑中却是当年在月桂林中锦绣与非白密会的情形，胸腹中又开始了翻腾。

"他虽生在钟鸣鼎食之家，却并没有过着像其他王孙公子那般奢侈的生活，也没有浮华纨绔之气。"我闭上了眼睛，眼前却是一个白衣少年坐在嫣红的梅花雨中对我微笑，我也不由自主地勾起了嘴角，"他的母亲出身侍女，是故无论他如何惊才绝艳，却终是被世俗所轻视。后来他和他的母亲为奸人所害，从天之骄子、众星捧月坠落到人间地狱，在轮椅上度过了那样被病痛折磨的童年和少年时代。

"这几年，每每我一个人旧伤发作，疼得死去活来时，就会想，一个十岁的少年，是以怎样的心情和毅力在轮椅上度过那样寂寞痛苦的七年……整整七年啊。寻常人早疯了，他一个少爷，却能经受这样的磨炼，他的心如磐石，动心忍性，见微知著，凡事谋定而动，无往不利。所谓智者无双，勇者无敌，说的便是他。你真以为你了解原非白吗？可笑！"我轻嗤一声，"为解西安之围，年仅十七岁的他私盗鱼符，违抗军令，救了整个西安城的百姓，还有我，这是需要多么大的勇气和智慧，仅凭一人之力为母报仇，又是干得如何的漂亮？"

我的喉间一片腥甜，正待再说下去，眼前却是一片黑暗，身体软软滑了下去。

有人稳稳地接住我，焦急地唤着我："木槿，快醒来。"

有人在我背后输入真气活血，那人的手打着战，我的鼻间一片男性的气息，难道是我大限到了吗？为何我还隐隐地闻到一股香气，那是龙涎香，原非白的龙涎香啊！

还是我刚才对原非白的回忆录做得太好了，以至于产生了幻觉？

我努力睁开了眼睛，眼前是丑陋不堪的张老头，那只独眼布满血丝，藏着惊恐。

"他经历过人世间最深沉的痛苦，所以、所以一般人只要一举手，一投足，甚至只要一个眼神，他便能知道其为人如何。他心深似海，韬光养晦，然而却偏偏有着世上最俊美的微笑，如同这世上最明媚的阳光一般，能温暖人心。"

白衣胜雪的少年常常坐在莫愁湖边，靠在梅树下，静静地看着波光粼粼的湖水。

他喜欢梅花，平时总要亲自去照顾那些梅树，因为那是他母亲最爱的花。

那一年，西安皑皑大雪，碎琼乱玉中，他在梅园里拿着剪子仔细地修着冻枝，那时我们还不熟，他对我也很冷淡。

彼时，我明明觉得他比那西安的暴风雪还要冰冷，然而当我帮他扶正梅枝时，就是忍不住要偷偷看他。

一次又一次地在心中感叹造物主的神奇。这世上怎么会有如此俊美飘逸的美少年呢，好像是无意间坠落人间的大天使。

然后等到他狭长的凤目转向我时，我赶紧心虚地挪开了眼。等到要离去，才发现我的双手挪不开，于是只好抱着梅枝对着他干瞪眼。他等了一会儿，终是不悦道："你这毛丫头愣着做什么，还不快过来推我回去。”

我苦着脸说：“三爷，我的手给冻住了，动不了了，怎么办哪？”

琉璃世界里，梅花红得异样灿烂，细雪般的少年在梅花雨中不可思议地怔怔看着我，同我大眼瞪小眼。

我不由得微笑了起来：“人们称他为踏雪公子，实在是名副其实。”我凝视着他的那一只眼，脑中想象着第一次见原非白的样子，不觉柔柔地笑了起来。

可是张老头却低下头，侧过身子，不再让我看到他的表情，只听到他颤声说道：“夫人别说了。”

我却话锋一转：“然而有一点你说对了，他的确算不上什么好人。”

他的身体绷紧了，却依然没有回头：“求夫人别说了，你的身体很虚弱，且休息一下吧。”

“确然，我恨他同我的妹妹一起联手骗我、禁锢我，拆散了我和非珏，他总能猜到我的心思，然而……”我的眼前渐渐模糊了起来，滚烫的泪水终是滑落我的脸颊，我抓紧了张老头的衣襟，逼着他转过头来，不由自主地提高了音量，咬牙切齿道，“然而……我总是琢磨不透他，猜不透他到底怎么想我的，他……到底是个什么样的男人呢？他究竟是为了救我还是为了替母亲报仇，才孤身一人潜入暗宫的呢？他明明是因为爱锦绣，所以才收留了我，为什么又要写信给侯爷说要纳我为妾呢？为什么要出版《花西诗集》，搞得天下沸沸扬扬？难道没有想过，手下的门客会像你一样鄙夷其为贪欢好色之流，离他而去吗？我死了正是他尚公主的好时机，为什么要拒婚而受家法呢？这样他至少可以少奋斗十年！不是吗？”

我一口气说了这些，胸口疼得像撕裂一般，大喘了几口气，面上的泪痕未干，却忍不住自嘲地笑道：“每每想到这里，我又偷偷想，莫非他心里还真的爱上我了？”

张老头垂下的眼睑，抱着我的双手似有些不稳，只听他讷讷道：“夫人这几年为何不回去呢？为何不亲自问问他？”

我没有回答这个问题，只是凝神细看着他发亮的眼神，那额角微露的乌黑发根，心头却有一角猛地塌陷下来，压得我整个人都似酸痛得几不能言。我哽咽了许久，默然凝视着他如水的目光，流泪长叹道：“他是个我所见过最爱干净的一个人，但是如今不惜忍受污秽恶臭。他明明是这样骄傲的一个人，现在却不惜忍受屈辱，扮作个独眼驼背的糟老头子，整日在最最瞧不起的突厥人面前卑躬屈膝、点头哈腰……我真的很想问问他。”

我抖着双手伸向他，他似乎退无可退，浑身亦颤得厉害，看着我的那一只绿豆眼亦是深深湿润。我终是颤巍巍地摸上他丑陋不堪的脸颊，感受着粗糙的人皮面具下那温热的脉搏，泪如泉涌，再不成声，抽泣许久之后，早已哭花了脸，哽声道：“我想问、我想问，原非白、原非白、原非白，你……是不是人，你是不是人……你为何到现在还喜欢这样折磨我，你太过分了。你不是人，不是人……你……你以为长得帅就可以这样捉弄人吗，你……”

我没有问出我想问的话来，也许一切早已有答案，也许我已经不用再去想这些答案，此时此刻，我还是像七年前一样，扑在他身上无力地踢打，最后扑入他的怀抱放声痛哭。

我挽着他的脖子，他的脉搏跳得飞快，浑身也颤得厉害，他并没有回我的话，而我只顾埋在他的胸前，没有看他的表情，只是感觉他慢慢地环上双臂，然后慢慢地圈紧了我。

他这样紧地圈住了我，仿佛和我有着莫大的仇怨，抱得那样紧，几乎让我痛得有些窒息。

我止住了哭声，趴在他的胸前听着他结实有力的心跳，紧紧回抱着他，心头酸涩难当。

他又喂了我一粒药丸，平复了我的伤痛。

我抚上他的脸，沿着人皮面具的边缘，轻轻地撕开，他的一只眼睛脉脉地盯着我，如一汪春水无声静流，再一回味，却又似无边情潮暗涌。

不一会儿，一张无瑕但略显憔悴的天人之颜便露在微暗的火光之下，正是我朝思暮想的梦中人。

眼泪又忍不住流了下来，无声地用双手细细抚摸着他的容颜，一堆的问题哽在喉间，问出口的却偏偏是：“方才、方才我弄痛你的脸了吗？”

他依旧盯着我，轻轻拂去我的眼泪，也不说话，只是轻摇头。

又是一阵沉默，我怯懦了许久，傻傻问道：“你怎么会暗中看到我的？”

“暗宫……养病那阵子烛火经常不济，便索性练出黑暗中视物的本事来。”

他所谓的养病，其实正是软禁在暗宫、受尽家法折磨的那几年。想不到他们连烛火也不愿意供给他！无法想象他到底吃了什么样的苦。

我心中难受，很想问他：“我没有回来，你可怨我？”然而出口的问题却又变成，“你……为啥易容成一个独眼人？”

他纤长的香扇睫毛微垂，躲开了我的目光，他侧脸在微弱的火光下如雕像般俊挺，只听他淡淡道：“暗宫那几年，西营的暗人潜入暗宫对我下药，好在韩先生发现得及时，这只眼自那以后便不太好用了，视物也只可见一个轮廓罢了，尤其到了夜晚，便如瞎眼一般。于是索性扮作这个独眼花匠了。”

我心疼地抚上他那只左眼的眉毛：“是二哥派人做的吗？”

他略点了一下头，凤眸温然地看着我。

我的眼泪却又流了出来：“二哥怎么这样狠啊？”

“不用难过，”他嘴角微勾，拂着我的泪水，眼中凝上了冰屑般的冷意，“我早以其人之道还治其人之身，大少爷在很久以前便中了一种叫春蚕的毒药，只要一有欲念，便双目失明，行、行房不便，至今还在找人配解药。”

我怔在那里，想到原非清同宋明磊之间暧昧的传闻，非白此举岂非要让他们……

那厢里他看似无波地含笑凝睇，我的心中却不寒而栗，想起齐放、段月容他们，不由得焦急道：“那小放他们……”

“你莫要担心。”似乎看出了我的不安，他悄悄握紧我的手，抵上我的额头，闭上凤目软声细语道，“小青和阿遽他们都接受过特殊训练，在暗中也能视若平常，我嘱咐过不可伤他们，故而齐放和你那些弟子定是无恙。”

“阿遽？”我问道，“莫非是那个与你同来的暗宫宫主吗？原来他的名讳是遽！”

他有些讶然地看了我一眼，转而嘉许地点头，含笑道：“正是司马遽。”

正想问他，他们的关系从什么时候开始这样铁了，然而却猛然意识到他并没有提到段月容的名字。我心头开始乱如麻，他定然是不会放过段月容了，那段月容在黑暗中会不会真被原非白的人杀了？

我抬眼看他，他的凤目闪着一丝冷意，冷冷道：“段月容那妖孽狡诈多端，自然不会如此容易受伤，你急什么？”

他还是像以前一样，轻易能知我之所思、晓我之所想。然而我实在不喜欢他的口吻，那种满溢到胸口的幸福感似乎也在他冷然的目光中一点点地冷却开来。

一时之间，两人便话不投机半句多起来。

一阵沉默，我别开脸，局促地欲抽回手，他却握紧了不放，一手揽起了我的腰，毫无预兆地一口咬上我的颈项。我哎哟一声痛叫，使劲推开他，捂上我的脖颈，果然咬开了，还流血了，火辣辣地生疼。

我望着他，惊惧而不明所以。

七年已过，这只恼人的波斯猫怎么还是这么喜欢咬人哪？

目光所及，他微喘着气，目光灼灼，仍旧搂紧我的腰，嘴角却悄然蜿蜒下细小的血丝。不待我回答，他又吻了上来，这回选择的是我的唇，却比方才温柔得多，他的唇齿间残留着血腥，有些仓促又带着霸道地滑入我的口中。不过，令我心情稍霁的是，他的吻技还是同七年前一样，青涩难当。

他慢慢吻上我的耳垂，最后又落到我脖间的伤口处，使劲舔啃吮吸了一阵，像是吸血鬼似的，丝丝痛楚却混着一丝情欲的战栗，等他气喘吁吁地挪开脸，我也睁开了眼睛，他将脸扭到别处，却让我看到他秀气的耳郭红了个透。

“等我们出了这突厥，便再不分开！”他喃喃地说着，对我转过头来，凤目里荡漾着星光璀璨，眼角眉梢俱是幸福的期盼，难掩满腔情意。

他的凤目柔柔地看着我，如春水凝碧滋润心头，我正要开口，却听石壁轰然一响，一人斜倚在石壁上，月白衣衫带着大片的血迹。他嗤笑着站直了身体，立时颀长的身形堵住了洞口。他手中紧握青龙偃月刀，惨白的脸上挂着冷然，紫瞳幽冷地看着我们。

原非白脸上的笑容消失了，站了起来，挡在我的面前。

段月容停在原非白的面前，紫瞳却盯着我说道：“见到孤无恙，你很失望吧？”

我无由地生出尴尬，却见他的目光回到非白身上：“踏雪公子。”

我这才明白，他是在对原非白说。原非白仰头无声而笑，隐着乖戾警惕。

“让公子失望，孤实在心有不安。”段月容也笑了，“公子那个女暗人，叫青媚的，哦不，孤应该叫她无耻的贱人才对，武功真是不错啊，可惜，现在被孤关在那个碎心殿里了。”

他似乎想绕过原非白走向我，原非白冷着脸一甩鞭子，将段月容扫在一丈之外。

“多谢原公子为孤照顾爱妃。”段月容诡异地一笑，握着偃月刀的关节有些泛青，“现下孤想看看爱妃伤势如何，踏雪公子这是做什么？心肝宝贝儿，你莫怕，”段月容紫瞳微转，轻佻地扫向我，满脸娇情，“孤这就过来好好亲亲你，给你压压惊。”

原非白冷冷地一抖手腕，乌光一闪，直奔段月容。段月容满面冷笑地挥出偃月刀，乌光缠绕着银光，一白一黑两个人影纠缠在一起。

我叫着：“快住手，月容快住手。”

“莫问，你可弄清楚了，是他先动手的吧。”段月容乘着间隙，冷冷地瞪着原非白，向我扭头时，面上的颜色却比翻书还快，一扁嘴，可怜兮兮道，“真扫兴，天下闻名的踏雪公子，如此没有涵养。”

我愤然，明明是你故意先激怒原非白的，现下还要来假作无辜。

原非白凝着脸，长鞭挥得水泄不通，似恨到极处。

看似落在下风的段月容紫眼珠子一转，忽地右手闪电般抓住了原非白的发髻，然后极其卑鄙地踢向原非白的命根子。

我张口结舌地看着段月容，这招看上去怎么这么熟啊？

原非白的反应比我想象的要快得多，左手一挡要处，长鞭反手挥向段月容的下盘，段月容腕间的铁护腕钩走了原非白的长鞭，两人纠缠在一起，凤目凝着紫瞳，一时狠戾非常，仇深似海。

原非白低吼一声，五指抓向段月容的脚踝，段月容闷哼一声，一边松开了右手，左手手腕一抖，原非白的长鞭已然在他的左手，两人倏地分开。

他五指张开，指间悠悠落下几缕原非白的乌发。

紫瞳目光一转，似是勾逗又似挑衅，风情无限的嘴角弯起无尽的嘲意：“踏雪公子的云鬓真正比女子还要乌黑柔软，难怪莫问总爱搂着我，一遍又一遍地抚着我的发，孤真真羡慕。”

原非白脸色铁青，额头青筋直跳，半晌，剑眉高挑，口中缓缓吐出话语，如嘲似讽：“如此说来，内人不在身边的这些年，真真难为段太子了。”

段月容的笑容骤然消失，右手一抖乌鞭，挥向原非白，钩住了他的腿脚，向前一拉，绊倒原非白，左手闪电般地拔起偃月刀，紫瞳闪着决然的杀气，向原非白毫不犹豫地砍去。

我的脑子轰的一下子充满了血色，想也不想地扑过去，抱住了原非白，脸埋在原非白的怀里，根本不敢看段月容的脸，心中却想，若他杀了我也好……

“你快点让开！”我甚至能听见段月容的咬牙切齿，“不要逼我连你一起杀。”

段月容的刀尖停在我的背上，我穿着他给的天蚕银甲，自然刺破不了我的背部。然而我却能感到自那刀尖传来的冰冷和颤抖，而和那刀尖一样颤抖的却是他绝望的声音：“木槿。”

我默然，依旧不敢面对他，只能泪流满面，更加紧地回抱住原非白，哽咽出声。

身后的段月容也沉默下来，似乎犹豫起来，然而就在这一瞬间，原非白微抬左腕，“长相守”的暗箭已闪电飞出。我惊回头，段月容已闪身险险地避过，但漂亮的脸颊上现出一道深深的血痕。

他向后跳开，收势不住，跌坐在地上，面容惨淡。

他似要站起来，再同非白拼命，却忽地跌坐地上，吐出一口黑色的血，我一惊，他好似受了极重的内伤，而且还中了毒，莫非是青媚在暗中伤了他?

“你也算男人？”他鄙夷地看向原非白道，“让暗人毒我，现在又躲在女人身后，放冷箭的无耻懦夫。”他狠狠唾了一口，“你今日可以杀了我，却永远改变不了一个事实。”

原非白的眼睛危险地眯了起来。

段月容厉声道：“这八年来，我与她倾心相爱，她身是我的，心是我的，连女儿也是我的，而不是你原非白的，你永远也改变不——”

话音未落，原非白早就狠狠甩开我，冲上去，同段月容扭成一团。

我想让同志们明白，现在我们应该团结一致，走出这该死的地宫，而不是算账的时候。

然而卷入第二次美男大战的结果，便是我的屁股上被原非白踢了两脚，脸上被段月容揍了一拳，重重摔在一边。

“哎哟！”我哀叫连连，可惜此时此刻没人有空来怜香惜玉，这两个天人，平日里只要脚那么轻轻抖一抖，就能令天下南北各震三震，如今便同民间好狠斗勇的平常男子无二，疯狂地扭打着、翻滚着。

我胸口又闷痛起来，张口又吐出一口鲜血，沾满了胸前的衣襟，血腥气直冲鼻间，眼前两个扭打的人影模糊了起来，我的眼前又开始模糊。

我痛苦地抓胸前的衣襟，口中唤着：“月容、非白，不要打了……”

两个人影同时向我冲了过来，其中一个抱起我疾退一步，另一个人影似是扑了一个空，恍惚中只听一个清冷的声音冷然道：“妖孽，你中了我原家独门的秋日散，如今自身难保，还是快些放开她，原某或可留你一条生路。莫要忘了，她本就是我原非白的夫人。”

我努力撑起沉重的眼皮，眼前重又清晰了起来，原非白俊颜苍白，投注在我身上的目光带着一线凄惶，那根乌鞭又回到了他的手上，而抱着我的那人正用一双焦灼的紫瞳，细细地看我。

“你原非白的女人？”他拦腰抱着我哈哈大笑了起来，轻蔑道，“说得好，你口口声声说她是你的妻，我倒要问问，为何木槿嫁我时，却是完完整整的清白之身？”

段月容在那里睥睨道：“这是个恃强凌弱的乱世，若没有力量保住自己的女人，便活该受辱，要怪就怪你自己太弱，不配做个男人。”

原非白额上的青筋暴跳起来，他牙关紧咬，凤目迸出我从未见过的恨意和杀气。

我抓紧了段月容的衣袖，流泪地看着他，想求他不要再说下去，不要再刺激原非白了，可是他冷笑着继续残忍地说道：“你先是将她当作锦华夫人的替身，后来又让她替你姐姐上了死路。原非白，是你先弃了她，如今居然还有脸来说她是你的女人？”

他垂下潋滟的紫瞳注视着我，眸光闪处，满是悲怜：“当年若不是你原家弃她如敝屣，还痛下杀手，我与她逃难途中……病势加重，可怜她的身体又怎么会如此一日不如一日？可还记得当初的约定，我助你们原家出兵诛杀果尔仁，你助大理夺回多玛和我的女人，”他复又抬头冷冷道，“怎么，现下她发大财了，你们原家如今又反悔了？又要从我大理抢人了？”

“你这丧尽天良的妖孽，她明明便是我的妻子，原家的花西夫人！永业三年，你南诏屠戮西安，奸淫掳掠，无恶不作，害得多少西安百姓家破人亡，妻离子散，尸横遍野。”原非白的声音还是那样的冷静，却让人感到一种比死亡更痛苦的悲愤，“你无耻地抢走了我的妻子，藏匿了整整七年。”

他的声音终是渐渐激动起来，最后大声对段月容吼道：“现在也该是归还的时候了吧！”乌鞭挟着原非白的恨，向段月容扫来。

段月容抱着我险险避过，背后的石壁生生划过一道裂痕。

我印象中的原非白一直是心如磐石的，无论在什么样的险境皆能镇定万分，就连当年中了玉蝴蝶的迷香险些被辱，也没有看到他这样激动，失去了所有的冷静。

我向非白伸出了手，想对他们说，不要再争了，让我们出去再说吧，反正我也活不了多久了。然而，肠断处，那满腔话语却全化作热泪滚涌。

段月容搂紧了我，温柔地用脸颊摩挲着我的额头，舔去我的泪水，在我耳边呢喃着：“你莫怕，我断不会让任何人从我身边夺走你，我段月容起誓——”他的紫瞳狠戾地看着原非白，闪烁着从未有过的决然坚定，一字一顿切齿道，“这世上……能陪着你花木槿一起死的，只有我段月容一人而已。”

出乎我的意料，原非白并没有勃然大怒，只是那凤眸分明冷到极点。他慢慢上前，仿佛天上的神祇一般，高高在上地以最鄙夷的目光看着段月容，同样一字一顿道：“痴心妄想的妖孽！”伴随悲戾的一声长啸，他使出全身力气甩出一鞭。

段月容向后疾闪，没能躲过那一鞭挟带的劲风，却依然微侧身，用背部替我挡了一挡，立时，没有天蚕银甲的背后衣衫尽破，血痕累累。

我只觉胸中疼痛难当，泪流满面，刹那间明了，我不能让任何人伤害原非白，然而，那八年的情义，我又如何能眼睁睁看着原非白杀了段月容？

他是妖孽也好，罪人也罢，却是这七年来同我一道相扶走来的人。还有夕颜，我们一起养大的夕颜啊！我如何能让人杀死夕颜最亲的人。

我的心如被凌迟，无比艰涩地做了一个决定。

我对原非白艰难地道：“非白住手，你先等一等。”

我扭过头，看向段月容，天人的颜上溅满从嘴角涌出的鲜血，他抱着我的双臂仿佛是铁钳，如同逼入绝境，不顾一切的野兽。我示意他低下头来，他一愣，但仍然微低下头。我附在他的耳边轻轻说了几句话，他看着我阴晴不定。我又对他点了点头，他犹豫了一阵，慢慢放下了我，而我则扶着他的肩，慢慢走向原非白。

“非白，请你给我秋日散的解药。”我对他诚挚而虚弱地说道，“非白，你听我说，我花木槿，你，还有段月容，诸多恩怨，不是一日一夜一时一刻能说清楚的，眼下更不是时候，不如我们一起逃出生天之后再慢慢来算，可好？”

我无力支撑自己，随意地靠在段月容身上，而他坚定地搂着我的腰扶着我，如同过去七年，无数次打闹嬉戏。我没有回头，却知道段月容痴痴地看着我。

原非白这样久久地望着我，他鬓边的一缕长发落在颊边，让人不易察觉地颤抖着，潋滟的凤目那样沉静地看着我和段月容。

尽管我对于原非白的了解可谓甚少，此时此刻，他什么话也没有说，我却知道他深深地受到了伤害，就如同前世的我，亲眼看到长安的背叛，骤然间整个世界已然破碎。

不一样的是，那时我只想逃避，而此时此刻的原非白既没有转身就走，也没有冲过来把我和段月容都宰了，只是那样安静地看着我，我却觉得比被他用那明心锥千刀万剐还要难受万分。

可是我已经做了决定，在他的凝视下，只是静静地流泪，等待着他的回答。

忽然石壁一响，一个浑身是血的人影站在段月容刚才进来的地方，我们三人正要扭头望去，那人早已凌空一脚，踢向段月容。

段月容闷哼一声，被踢得撞在墙上，然后那人一拎我的衣领从石壁处飞快地闪出，身后原非白厉声唤着：“木槿。”

长鞭向我的脚踝挥来，可惜石壁轰然关闭，只听到他的长鞭击向石壁的巨大响声，可见他用力之猛。

我惊回头，那人光头上滴着血，狰狞的面目上亦是殷红一片，唯有一双灰瞳充满杀意地盯着我。

我的心脏一阵收缩，暗自咬牙，真没想到，他居然没有死在碎心殿中的混战之中。

“木姑娘，别来无恙？”果尔仁探身对我阴森森地说道。

我强自镇定，冷笑道：“托果先生的福，一切安好，不知果先生想要挟我做什么？”

“如今紫殇已失，撒鲁尔自然不再害怕于我，现在能保我的也只有原家或是段家的人了。只要木姑娘在手，哪一家不乖乖听话呢？”他对我冷冷笑着。

我也学着他冷冷笑道：“话虽如此，叶护大人刚刚才伤了这两家的统帅，如何还会让他们听命于你？”

“怕什么，只要木姑娘陪着老夫，他们自然不敢妄动，”他仰头一笑，眼中竟有疯狂，“确然，我要请木姑娘陪我去找一个人。”

“果先生原来还想着带女太皇出去？”

“正是！”他扶着我往前不停歇地走着，口中轻笑，“姑娘在，这两人不一定打得起来，只是姑娘不在，自然会争个鱼死网破，除非有奇迹出现。等两人见了分晓，我再带姑娘回去岂不更好？”

我们慢慢前行，前行数里，旁边的溪流变粗，黑色的油污愈重，转过数座嶙峋怪石，隐隐闻到一股腥臭，空中渐渐飘来绿色的鬼火。

我心中一动。

果尔仁拉着我一个拐弯，果然满眼正是层层叠叠的尸骨山丘，磷火冷冷地围在我们周围，似恶魔的眼睛，不停地窥视。

我们又来到了上次同齐放无意间掉下来的地方，我浑身汗毛倒竖了起来。

“姑娘可知这里是何处？”果尔仁不可察觉地叹了一口气。

我回头冷冷地看着他。

“此处乃是少主研修《无相真经》之所。”

最高的尸山顶上的那朵硕大的西番莲花，似乎比我和齐放上次看到时开得更盛更艳，花所在的那个宫人头骨似乎已经撑不住了，我们经过时，微有响动，那个宫人头骨便轻微地自眼眶处爆裂开来，那朵大西番莲便代替了那尸骸的头颅顶在上面，忽然诡异地向我歪过花盘来，仿佛是死神在冰冰冷冷地俯看着世人。

我看着那花盘，心脏开始收缩，刹那间怒火中烧：“果尔仁，你、你怎能如此待他？”

“木姑娘，当时他已然练成了《无泪经》，走上了这条路啊。”果尔仁凄然地摇着头，“少主刚刚开始练《无笑经》的时候，那明家后人给了我一包花籽，只说撒在练功之所，待开出第一朵花，便能生出异香，而这异花的香气可助少主提升功力，乃是练成《无相真经》的关键。当初老夫还不信，此处无泥无土，唯岩壁坚冷，如何生根发芽，更遑论开花散香。”果尔仁冷冷一笑。

我暗想：司马家的记号是紫色西番莲，明家的是红色的西番莲，这株莲花红紫相间，恐是司马莲同明煦日共同培育出来的新品种，亦是一种结盟记号。他们让这莲花生长在这里，是打算以弓月城为基地，利用碧莹控制撒鲁尔，以图东进，击败原氏，攻克中原。

果尔仁并没有回答，他沉默地走了几步，来到最大的那朵西番莲花下，叹道："少主被关在这里，每日送入活人和普通食物，一开始少主只吃普通食物，可是七天之后，他便只吃活人，再不碰其他普通食物，而且食量越来越多，有时连送食的人也有去无回。"

我骇然地望着这座尸山，这些、这些都是非珏杀的人？

"九九八十一日之后，我们开启洞口，这里的尸骨已是堆积如山，"果尔仁的老眼湿润了，长长一叹，抬手一指那朵顶在尸身上的大西番莲，"老夫这才注意到这可怕的西番莲早已开遍了花。想是那些花籽同他一样靠着吸食活人的血肉，竟然在尸体上生根发芽，然后开出了这无比妖艳的花朵。老夫永远也忘不了，刚刚打开这洞门时，那扑鼻而来的怪异香气混合着那令人作呕的血腥之气，还有这满眼的尸骨，是如何触目惊心。很多随行的武士虽久经战场，却忍受不了这可怕场景，立时呕吐不止，甚至当场发疯的也有。

"到处是尸骨，根本分不清哪里是活人，哪里是死人。我当时急得快要疯了，后来注意到在这朵最大最美的西番莲花下，有个人满脸满身血污，似在静静地打坐，我一开始还只道是普通的尸骨，直到那具尸骨慢慢睁开了眼睛，对我露出森森的一对血眼，像恶鬼一样。"果尔仁不易察觉地浑身微抖了一下，"他注视我许久，然后对我微微一笑，唤了我一声果尔仁，好像我们只是昨日才分手一般，老夫欣喜若狂。

"然后我发现他彻底变成了另一个人，不但无比的冷酷，同时无比的残忍，他似是依稀记得我和古丽雅，还有阿米尔是以前亲近的人，也只同我们三个说话，其他时候便是终日沉默，常常跑到树母神上，独自眺望远方出神，谁也不知道他在想什么，就连同公主大婚，也是意兴阑珊，对性事似是了无兴趣。老夫一方面暗自高兴，突厥有了一个如此睿智聪慧、洁身自好的可汗，另一方面又担心，那《无相真经》会不会令狼神之子的阿史那家无后？然而老夫万万没有想到，一见到姚碧莹手中的花姑子，他便立时抱紧姚碧莹，肆意哭笑，再不放手。

"从此他开始流连美色，然而除了姚碧莹，无论什么美人皆不会专宠超过一月，就连皇后，也只在皇后房中待了一晚，然后便立刻去看姚碧莹。有了姚碧莹，他竟然渐渐恢复正常饮食。"果尔仁冷哼一声，"有一天，他忽然说要再回这石室故地重游，一见到这些惨景，当着我的面一下子就呕个半天。老夫清楚地记得那时少主面色苍白，颤声说要独自一人祭奠亡灵一会儿，如今再想想，他虽练成了《无相真经》，其实前尘往事记得一些，他故意假意认错姚碧莹，想是试探我和古丽雅。而他在进这洞之前，曾让姚碧莹连侍三夜，想必是为了想尽办法弄到她身上的血，好打开结界，那两本诗集便也是那时放进去的吧。可怜的孩子。"果尔仁长叹一声，走过那朵安静而诡异的大紫红西番莲。

我默默注视着他的背影，昏黄的火把下，他伤感的身影无力地拖在地上，苍凉而萧瑟。

又行了一会儿，洞壁四周渐渐又有了壁画，阿史那毕咄鲁与轩辕紫弥在天空上静默地看着我。

我有一种奇特的感觉，好像就在这些壁画中，有人正在冰冷地注视着我们，难道是阿史那毕咄鲁和轩辕紫弥两人的灵魂?

眼前是一处看似死胡同的石壁，果尔仁按了一下石壁的机关，一截石门打开来，露出一段阶梯。我们顺着阶梯往上走，几个拐弯，眼前石壁的缝隙中渗出淡黄的光芒来。

石门再次打开，眼前一亮，我微挡眼睛，等适应了突如其来的光明，再次睁开，满眼所及皆是金丝银绣狼头花纹，亮闪闪的水晶珠帘，艳红的宫灯高挂，映着千重万叠的帘帷低垂，静得连根针也听得见。

果尔仁对这里似是极之熟悉，拉着我连转几个弯，走进卧室。

我慢慢醒悟过来，原来这里就是上次我同齐放在壁画下偷窥的房间，也就是女太皇的闺房。

可是不对劲！为什么连一个侍婢也没有？显然果尔仁也意识到了，灰瞳万分警惕地看着周围，却依然走入内间。

一个人影倚在紫罗兰花雕纹的窗棂前，那是女太皇的身影，她还是一身天祭的装束，华服如火，头上高高的凤髻压着金灿灿的凤冠，纤手戴着各色宝戒，左手轻轻搭在一只半人高的蓝田玉雕狼的脑袋上，那玉狼蹲在女太皇的身侧，红玛瑙狼眼森冷地看着我，似血欲滴。

果尔仁松了一口气，走到她的背后，唤了一声："古丽雅。"

女太皇没有动，空气中洋溢着一种有点窒息的气息，让人感到很不舒服。

他连唤了数声，女太皇还是没有转身，甚至没有动一下。

我向后看了看，殿中的侍女也不见了踪影，唯有玉雕狼静默无声。

果尔仁也感觉到了，面色也一变。

我们走近了些，轻轻嗅到从女太皇的身上传来一股血腥之气，他的脚步开始发颤，却仍然上前轻扶女太皇的肩，柔声唤道："古丽雅，别怕，我来接你了。"

女太皇的身体猛然向我们倒下，果尔仁脸色巨变，惊骇地扶住了女太皇的身体，灰色的眼珠满是伤心绝望。

女太皇的金冠落到地上，滚到桌几边上，露出一头乌发如织，零乱地披散在地砖上，盛装华服上挂缀的各种精美玉饰摔个粉碎，脆响让人的心都惊了起来。

她美丽的酒瞳紧闭着，面色苍白，而她的胸前直插一柄利刃，匕身深深没入女太皇的胸口，唯有镶满名贵宝石的刀柄留在外面，竟然是我失落在怪兽口中的"酬情"。

我心中大惊，为何我的"酬情"遗落在此，难道是皇后遣人行刺了女太皇吗?

"古丽雅，古丽雅……"果尔仁哭喊着女太皇的名字，他灰色的眼珠泪如泉涌。

我掏出怀中的雪芝丸，还有四颗，于是拿了一颗，欲塞到女太皇的喉中。

果尔仁一把抓住我的手，灰瞳赤红，怒瞪我：“你这妖女，要给她吃什么？”

“这是原家的雪芝丸，有起死回生的效果，果先生，你还记得吗？”

果尔仁夺过来嗅了嗅，然后立刻放在嘴里嚼了起来，然后小心翼翼地用嘴喂到女太皇的口里。

我微叹。

女太皇的睫毛微动一下，睁了开来，看清了眼前的果尔仁，没有血色的嘴唇微微颤着，勉力出声道：“果尔，是你吗？”

果尔仁咬牙切齿道：“是谁刺伤了你，是皇后吗？”

女太皇看着果尔仁，微笑变得苦涩。

果尔仁的灰瞳开始收缩，声音也有些不稳：“难道是他，是撒鲁尔吗？”

女太皇苦笑连连：“我的珏儿，可怜的孩子啊！”她的手颤颤地抚上果尔仁心碎的脸，惨然道，“你不要怪他，他是被我们逼疯了啊。”

果尔仁泣不成声：“腾格里在上，我只是想娶你回乌兰巴托，我带兵来只是为了防止葛洛罗部的偷袭，可是他联合大理外贼毁灭我火拔家。说来说去，都是原青江，恶魔的孩子，才会这样的丧心病狂、无情无义。”

女太皇忍痛微微摇头：“不要怪然之，不要怪珏儿，不要怪任何人。小时候的珏儿是多么善良，如果我们没有逼他练那无相神功，逼他离开他心爱的木丫头，他又怎么会变得如此疑忌？我们用姚碧莹骗了他这么多年，如何会不愤怒？”

果尔仁面色惨然，喃喃道：“他这是在向我报复。”他搂紧女太皇，使劲挤出一丝笑，“好好好，我不怪他，古丽雅，我是来带你走的，离开这个皇宫，我们去乌兰巴托，我们去过自由自在的生活，我们再也不分开了。”

然而女太皇浓密的弯睫挂了下来。果尔仁连连点着她的穴道，女太皇这才又睁开了眼睛，涸瞳无神地看着果尔仁：“然之，是你吗？是你来看我了吗？”

她的眼中慢慢升起一阵奇异的明亮，仿佛热恋中的少女想着自己的心上人，口中也喃喃唱着我听不懂的歌声，那曲调温和婉转，似是初恋的少女在向情人诉说衷肠。

果尔仁愣在那里，满眼的心碎不信，却不敢出声打断，只是静默而伤心地不停泪流。

女太皇又看了看果尔仁，笑容消失了：“是你，果尔，我刚刚见到然之来了，怎么他又走了？”过了一会儿，她似乎又醒悟过来，无限伤感地轻叹着，“原来只是一个梦、一个梦，是啊，原青江终是一个梦，可是、可是，我好想见到他最后一面。”她的声音轻了下去，看着果尔仁伤心的灰瞳，眼角一滴泪滑落在那鲜红似血的礼服上，“对不起……果尔……”

她絮絮地轻声对果尔仁说着对不起，哽咽难忍：“可怜的果尔，都是我累你一……生。”

她定定地看着果尔仁，带着无限的悲辛和怜悯，永远地离开了人世。

果尔仁拥紧女太皇，努力压抑着自己，埋首哭泣，他的声音如冬天雪夜里的乌鸦，嘶哑难听，一向挺得笔直的身体佝偻起来，显出无限的老迈和疲惫，一下子老了几十岁。哭泣的脸上涕泪交流，沟壑间血迹斑驳，甚是难看，让我联想到前世看过的一部电影。

影片中，那个为爱人而背叛上帝的孤独的老吸血鬼，在无尽的岁月里忍受着思念的煎熬，最后却眼睁睁看着转世的恋人另嫁他人。他躲在阴暗的角落里，哭得稀里哗啦，只剩下那张无限悲辛而丑陋变形的老脸。

他曾是突厥最有权势的人，这种权势甚至超过了撒鲁尔，然而成王败寇，便在转瞬，一夕之间他失去了一切，甚至连最后的爱人，阿史那古丽雅也失去了。

我心中一动，如果不是非珏藏起了那半块紫殇，今天败在这里的会不会便是撒鲁尔?

撒鲁尔杀死亲生女儿的画面还血淋淋地留在我的脑海中，弟子春来那烧焦的尸首，那成堆的尸山，还有眼前女太皇的苍白的脸。

我无力地僵坐在地上，看着女太皇的尸首，心中痛得无法呼吸。非珏、非珏，你为什么让这样一个杀子弑母的恶鬼占据你的身躯?

为什么?

背后忽然传来侍女的尖叫声，宫人尖厉的叫声从四面八方响起："果尔仁行刺女太皇，果尔仁行刺女太皇。"

我的脑中一片混乱，这才惊觉身后无数的兵士拥了进来。领头的那个青年挥着一把明晃晃的弯刀，乘着果尔仁沉浸在极度的悲伤中，猛地刺向果尔仁的左肩。那张脸兴奋地扭曲起来，是依明，女太皇的近侍依明。

"狗贼果尔仁，腾格里的罪人，你背叛神圣的可汗陛下，行刺伟大的女太皇陛下，理应受到腾格里最严厉的惩罚。"

"我和女主陛下如此信任你，你为何要出卖我？"果尔仁回过头直视着依明，带着极度的不可置信和愤怒，"你原本是个奴隶，我给了你自由，一手将你带大，让你入宫侍候女主，你为何要出卖我？"

"你老了，果尔仁。"依明从果尔仁身上抽出利刃，同果尔仁肖似的灰瞳冷如冰，红如血，咬牙切齿道，"竟然忘了，你把我的父亲活活下了油锅，你把我变成了一个阉人，竟然还要问我为什么？"

"你的父亲参与叛乱，害死先帝，死有余辜。"果尔仁冷笑着，奔上前挥刀疾砍，可踉跄间却被一个士兵从背后砍了一刀。

前方几个人也砍了他好几刀，一瞬间，他浑身流着血，拿着刀的手打着战，一代枭雄果尔仁刹那间如被野狗围咬的独狼，再骄傲却已然血肉模糊。

果尔仁终是倒了下去，他喘着粗气，慢慢地爬向倒在地上的女太皇，依明却中途踩住了果尔仁的手，一刀砍下，斩断了整个握刀的右臂。果尔仁闷哼一声，顷刻间右臂血流了一地。

“果尔仁，你这个老鬼，你和你的冒牌贱女儿残害了多少宫人，以勤王之名又吞并了多少部族？你如今也算罪有应得。”依明那灰色的眼瞳里闪着仇恨而兴奋的光芒，大声叫道，“腾格里在上，阿塔您可看见，我终于手刃仇人了……果尔仁，你当初如何折磨我阿塔，我今天便如何折磨你。”

果尔仁满脸是血，却依然鄙夷地看了一眼依明：“你这无耻的阉人，凭你也配杀我果尔仁？”

依明正待挥出第二刀，果尔仁一个跃起，右腿踢中依明小腹，同时左手臂拾起一旁散落的弯刀，奋力掷出，正中依明的大腿根部。

果尔仁扑到女太皇的尸体上，猛地敲那蓝田玉雕狼的红眼睛，我和女太皇脚下的石板立刻塌陷了。

依明捂着伤腿，怒吼着：“该死，果尔仁遁下密道逃跑了，快去叫阿米尔伯克。”

转眼间，我的眼前又是黑暗，果尔仁拿起雪芝丸吃了一颗，快速地点了止血的穴道，将女太皇绑在背上。我抬起头，满洞壁画，我们又回到了以前误入的地宫。

果尔仁背着女太皇，押着我行了一阵，脚步开始不稳，面色也越来越白，最后喘着粗气坐了下来，他看了看我，眼神一片死灰，似是做了一个决定。

他放下女太皇，咬牙拔出她胸口的“酬情”，立时血流如注。他看到了，不由得满面泪痕，努力忍着抽泣撕下布条，用嘴和剩下的一臂将自己和女太皇牢牢地缚在一起，口中柔声道：“不哭啊，古丽雅，我们马上就能离开这里了。”然后冷冷地对我道，“木姑娘，你看着老夫失了一臂，死在你眼前，可是觉得老夫罪有应得？”

“果先生，很多事情，在一开始做的时候，便注定了它的结果。”我淡淡地说着，目光看向永远沉睡的女太皇，沉声道，“可叹这弓月宫中深埋的无冢枯骨，还有那些死在《无相真经》下的无数冤魂，与其说是撒鲁尔或是非珏的累累血债，不如说是您一手造成的。因为是您创造了撒鲁尔，唤醒了这个魔鬼……如今报应到了您的身上，也不算太晚，只是可怜了这些无辜的人罢了……”我向果尔仁和女太皇躬了躬身，“果先生，我要走了，我只想离开这里，不想再理突厥的是是非非了。”

“老夫阻止不了你，可是你也别想活着离开弓月宫！”果尔仁却轻嗤一声，“木姑娘你真是天真，他借着大理外族的力量阴谋破了火拔部，这场仗赢得不光彩。突厥人最服英雄，接下去，他会挽回他的面子。”

我一怔：“怎么挽回他的面子？”

果尔仁仰天狂笑一阵，那笑声如此苍凉，看着我的灰瞳有着一丝疯狂：“现在所有人都说我杀了女太皇，可他毕竟是联合了大理前来，接下来，以我对撒鲁尔的了解，既然段月容人在弓月城，他必会转头对付他，所以他用你这把“酬情”杀死了古丽雅，借此机会转移众人对政变的疑忌，转而也嫁祸到我火拔族身上。他早就想取吐蕃了。依明这个蠢孩子，他只是一个阉人，知道得太多了，接下去倒霉的第一个人便是他。

“至于你，木姑娘，你难道没有发现他对你的敌意很深吗？按理说你是他过去的爱人，理当对你心存怜惜，却为何对你如此残酷无情呢？”果尔仁的灰瞳无限嘲讽，“碧莹说过自从他在江南再见到你，便总在梦中念着那首《青玉案》，想是他心底深处的非珏慢慢开始苏醒。而他每见你一次，非珏的回忆便会多一分，所以碧莹才修书让我过来商量对策。你是唯一一个不用紫殇而能唤醒非珏的人。对于他，可见你比紫殇更可怕，即便有原家和段家，你恐怕也无法活着走出这里。”

我怔在那里，他却转开了视线，再不理我，只是满面温柔地单臂紧紧抱着女太皇，微笑道：“古丽雅，你可记得我第一次见到你的样子？”

他带血的手指，颤抖着轻拭女太皇的额头，仔细地为她抹去一滴血污，轻轻道：“也许你不记得了，可是我永远也忘不了。

“你的纱裙上绣着金色的玫瑰花，你咬着指头，躲在门边看着我。那时的我也只是一个十六岁的少年，我以为你是一个小宫女，根本没有想到你便是古丽雅公主……我逗你说着话，你的声音就像春天的百灵鸟那样好听，你的眼睛就像是最醇美的佳酿。”

他哽咽了许久，眼泪一滴滴地洒在女太皇的脸上，灰瞳却渐渐闪现光彩，许是回忆到以往与女太皇相处的幸福时光。

“少主，此时此刻，老臣终于明白您的心情了……”他的嘴角渐渐勾起一丝无比伤感而了悟的微笑，“花开不同赏，花落不同悲。欲问相思处，花开花落时。”

时字还未出口，果尔仁单臂将那柄“酬情”深深刺入胸口。

“果先生！”我出声唤道。

果尔仁坐在那里，微微低下了他的光脑门，灰瞳渐渐失去了光泽，却依然盯着女太皇的面容。

第十四章

欲问相思处

我静默地站在那里，看着果尔仁和女太皇，许久无法挪开我的步子。

不知从哪里吹来的风，撩起我的衣袍。我惊醒过来，前方隐隐传来说话声。

我左右看着，往一旁的石阶躲去。

一队突厥士兵气喘吁吁地跑过来，领头的正是依明，看到果尔仁和女太皇，先是本能地亮起兵器，满脸戒备地将他围在一起，嘴里呼喝着把他围起来，不要让他逃跑什么的。

有几个士兵大着胆子过来，从背后重重地捅了果尔仁几刀，然后吓得连刀也不敢拔，跳开了去。

不一会儿，果尔仁铁塔似的身体插满刀剑，如刺猬一般。

那些突厥士兵等了许久，见果尔仁没有反应，众人大喜，眼中闪着贪婪的光，兴高采烈地商量，说要向撒鲁尔报功，可以得多少美女和牛羊，然后放心地接近果尔仁。

不断有人从果尔仁身上拔出刀剑来，他的身上血流满地，慢慢地倒了下来，那些士兵吓得又一哄而散，然后又神经质地笑了起来。

过了一会儿，他们似乎才发现女太皇安静地躺在果尔仁的独臂中，有人又吓得跪了下来。

依明毫无惧色，大步上前，极其无礼地睨了一眼女太皇，鼻子里轻哼一声，然后就伸手想去把女太皇给拉出来。

果尔仁将女太皇绑得很紧，似是想让人将他和女太皇合葬在一起，依明怎么也拉不开，面上扭曲起来："果尔仁老匹夫，你还想同你的淫妇死在一起？"

有一个士官长模样的人严肃地走过来，对依明说道："请伯克慎言，莫要忘了，詹宁太皇依然是我大突厥尊贵的国母，你不可——"

话未说完，他的头颅已然落地。

所有的士兵吓得面如土色，看着满脸都是血滴的依明。

依明狞笑起来，瞳似厉鬼："谁还有异议？"

众人敛声躬身而退，却见他立刻一刀接着一刀，不停歇地乱砍着果尔仁的尸体，一并伤到了女太皇的尸体，转眼华贵的吉服破裂，鲜血横流。

他的脸上挂着扭曲的微笑，眼神憎恨得几近疯狂，嘴里也不停地咒骂着。我看得胆战心惊。

眼看要砍到詹宁女太皇的脸，横地里飞来一支银箭，依明闪身躲过，地上溅满鲜血。

“依明，适可而止吧，仇恨已经把你变成了一个魔鬼。”

一人声音洪亮，从地道的那一头传来。不消一刻，一队人马举着亮晃晃的火把拥了进来，当前一人身形高大，同样血溅满身，黑甲束身，却比依明更多一丝魄力。

“阿米尔，你难道忘了吗？”依明举着滴血的弯刀，空洞地笑着，“拉都伊是他和他的贱人女儿害死的。”

“我没有忘记，依明。”阿米尔蓝色的眼睛流露着哀凄，微微摇头道，“可是女太皇毕竟是所有突厥人心中的草原女神，你这样会伤害所有突厥人的心。”

依明冷静了下来，收了弯刀，抹了一下满脸的血：“好，阿米尔伯克，那我去搜索花木槿的踪迹了。”转身欲走。

阿米尔又唤住了他：“依明。”

依明冷冷地回头。

阿米尔欲言又止，叹声道：“你忘了吗？依明，陛下正等着你的好消息。而且……你伤得不轻，必须得让御医立刻为你治疗。这里机关重重，你地形不熟，让我来替你搜花木槿吧。”

依明冷哼一声，走到早已血肉模糊的果尔仁那里，手起刀落，咔嚓一声，砍下果尔仁的人头，唤人抬起女太皇，拉着果尔仁没有脑袋的尸体，一路淌着鲜血，带着人马转身离去。

“伯克大人，如果不是您告诉依明侍官下来的路，他怎么能找到果尔仁？立了大功，您为何让他一个人回去独吞这功劳呢？”阿米尔身后慢慢踱出一个高个武士，长发像黄黄的枯草一般披在肩头，颧骨高耸，在阿米尔身后不屑道，“看看这个忘恩负义的阉人，越来越不把咱们放在眼中了。”他的突厥语带着浓重的口音，似是鞑靼人。

“骨力布，莫忘了他现在是陛下眼前的红人了。”阿米尔冷冷道，“多一事不如少一事。”

“是，”骨力布点点头，“伯克大人，我们分三路去搜索那个女人吧。”

阿米尔若有似无地向我藏身处扫了一眼：“这里是陛下的禁地，你跟着我就成了，其余人等到上面去保护陛下吧。”

耳边铠甲声一阵作响，然后静了下来，那个长发武士咦了一声：“伯克大人，依明大人他们好像掉了一把匕首。”

血泊中微微闪着光芒，长发武士弯下腰，不久拾起一把匕首来，用袖子擦净，在微弱的火把光芒下，一阵炫目的亮光射了出来，匕首柄上的各色宝石也相继闪耀着神秘的血腥贵气，原来是果尔仁用来自尽的“酬情”。

正巧那个武士的一根头发掉了下来，结果立刻应验了名刃关于吹发即断的壮观场面。他发出轻微的惊叹声，用一种我所听不懂的语言说了半天，可能是在赞叹“酬情”的精巧和锋利。

阿米尔伸手接了过来，沉思片刻，然后竟然向我这里走来，我一手抚着伤处，一手摸到一块石头握紧。

行到离我的藏身处一步之遥的地方，阿米尔忽然停住了：“骨力布，你可知这把匕首的来历？”

骨力布在那里傻愣愣地摇了摇头。

“阿史那家的第一代先王毕咄鲁曾经宠爱过一位汉妃，传说这位汉妃美得像天仙一样，然而他对这位汉妃的专宠引来了其他可贺敦的强烈嫉妒，于是后宫时时传出汉妃被人行刺的消息。于是伟大的毕咄鲁可汗专门派人到嘎吉斯找到最好的工匠打造了这把匕首，然后又寻到世上最名贵的珠宝，让最好的首饰匠，用了半年的时间，用那些名贵珠宝细细装饰这把匕首，还为这把匕首取了一个汉名，叫‘酬情’。”

骨力布满眼神往：“不愧是草原上的狼神之子，是如何的富有四海，还拥有天仙一样的美人啊。”

阿米尔叹了一口气：“毕咄鲁可汗将这把名器送给汉妃是为了保护她，然而……”

骨力布搔搔脑袋，似乎对他的伯克大人忽然开始口若悬河地讲故事而感到有点懵懂，却依然小心翼翼地开口道：“然而什么呀……伯克大人。”

“毕咄鲁可汗万万没有想到，那位汉妃却拿着这把匕首欲行刺他，当然狼神之子有腾格里保佑，毫发无伤。于是那位汉妃就用这把‘酬情’当场自尽了，毕咄鲁可汗伤心过度，不久以后也跟着去世了。”

阿米尔蓝色的眼珠，淡淡地看向骨力布，后者不易察觉地抖了一下。

“从此这把匕首就成为一个可怕的诅咒，凡是拥有这把匕首的人，不是死了，就是疯了，皆不得善终，最好的结局算是上一位主人谷浑王。”

“哪位谷浑王？”骨力布喃喃道，“莫非是被庭国俘虏了的那位前东突厥谷浑王吗？”

阿米尔一笑：“前日中土的探子传来消息，那个被关在黑色地牢里整整七年的谷浑王死了，尸体拖出来的时候，据说已经黑瘦得没有人形了。”

骨力布在那里发呆：“难怪依明侍官根本没有将这把匕首放在心上。”

阿米尔向他递去那把“酬情”：“骨力布，恭喜你，像你这样的勇士，拥有这样的神器，当之……”

骨力布向后跳了一大步：“万能的腾格里保佑我，我才不要这样的凶刃。果尔仁就是用这凶器行刺女太皇的，最后说不定也是用这把匕首自尽的，我劝伯克大人也不要碰它。”

阿米尔叹了一口气：“你说得好像也有道理。既如此，就丢下它吧。”

骨力布如释重负。

阿米尔向匕首微微躬身，口里念着：“万能的腾格里保佑。”他似是将“酬情”随意一丢，却正位于离我不远的地上，“骨力布，我们要向地宫深处前进了，这里关着与腾格里对立的凶残妖王和他的魔鬼，万一有什么事，千万记得只要跟着风的使者，便能找到出口，不过你一定要保守秘密。”

骨力布使劲地回答，脚步声渐渐远去。

我伸出脑袋，唯见两点火光消失在黑暗的尽头。

我慢慢爬了出来，“酬情”在地上静静地看着我。

我捡起了“酬情”，它的刀鞘早已不知遗落在这弓月宫的哪一处，唯有刀柄上五光十色的珠宝依然在黑暗中发着光。

这把“酬情”当真是受过诅咒的不祥之物吗？还是这世上人心太难测？

我自嘲地笑了一声，想起那阿米尔说的话，他似乎是在帮我？

为什么呢？是因为我帮过他可怜的妹妹吗？

我该走哪条道才能找到原非白和段月容？等找到他们俩时会不会如果尔仁所言，已是两败俱伤，又或是一死一伤？

我的心慌乱了起来，肋间又是一阵剧痛。我扶着墙努力站定，想起阿米尔说只要跟着风的使者，何谓风的使者？哪里才能见到所谓的风的使者呢？

我靠着墙等肋间疼痛稍歇，便取了墙上的一个火把，弯腰在地上寻了一把弓，又在血泊中捡了几支铁箭，擦净血迹收好，又往阿米尔消失的方向照了照，黑暗的通道没有尽头。

也许跟着阿米尔和那个骨力布，会找到出口，我做了一个决定，跟着阿米尔的方向前行。

一路扶着墙壁，忽地感觉手上触感奇异，我取了火把，细细一看，是一个锤子般的记号。

忽然想起在凉风殿软禁的那几个月，没事研究突厥的文化，里面提到过风的使者是一位善良的神祇，总是提着他的权杖，帮助迷路的人找到回家的路，而他的权杖有点像眼前这一把锤子。

我激动了起来，求生的欲望让我不由得一阵兴奋，这个记号有点熟。啊，我想起来了，这好像以前在那棵树母神上我找到过。

对了，那棵树母神是地宫的一个入口，所以亦有这样一个记号，这些记号绝不会古老到百年之久，感觉好像也就是这六七年前加上去的。

难道是非珏吗？

我幻想着是非珏神机妙算到七年后我的窘境，然后留下这些符号帮助我？

我苦笑着，打散了一脑子的胡思乱想，咬牙一路在黑暗中摸索过去。果然每隔五步，便会有一个小锤子。

眼前有一点光明闪现，越往前走，越是耀着我的眼，让我心中一片雀跃。

我加快了脚步赶过去，前方竟隐隐有谈话声传来。我猫着腰，轻轻往前走，只见前方坐着一拨人围着篝火，右边站着一个戴白面具的高大黑衣人，旁边慵懒地坐着一个俏佳人，竟然是那个司马遽和青媚。

左边的便是一脸冰冷的齐放，沿歌坐在旁边，呆呆地看着怀中抱着一个包袱。那是春来平时爱穿的一件衣衫，我心中一阵难受。

“此处乃是音律锁，我们四人当中唯有本宫会奏。齐放，所谓识时务者为俊杰，你若归降原三爷，我便带你们一起出去如何？”

这是司马遽的声音。这小子什么时候那么死忠原非白了？还替原非白劝降我的人！

“你不必担心你家主子。当初在紫园当差，本宫就看出来，她是个少见的伶俐丫头，现在身边又有原三爷护着。想想这几年没有原三爷庇护，虽说不男不女，不是也活得有声有色的，不但生财有道，成了全国的富商，还老婆媳妇娶了一大堆吗？”语气不无揶揄。

“那些女子皆是我家主子这几年一路上遇到的可怜之人，受尽乱世凌辱，无处可去，主子才收留她们的。还有希望小学的那些孩子，亦是这些年战乱的孤儿，你可知我家主子这些年救了多少人，又为原三爷拿出了多少银子？”齐放冷冷道。

“哼，夫人可真不简单，”青媚噘了噘小嘴，“若没有大理段家在后面撑腰，她一个手无缚鸡之力的女人哪有如此神通？”

齐放冷冷看了她一眼：“你不也是一个手无缚鸡之力的女人，可是原三爷不也承认了你的才华，让你凌迟了你的主上鬼爷，成了东营暗人的统领吗？你也不简单哪！”

“哟，这话要搁在别人嘴上，兴许我会再凌迟他一千遍。不过既是江南赫赫有名的冷面书生，我可当作是一种赞美。”青媚美目一转，俏脸绽出一丝笑意，“谢谢你哪。”

齐放微瞪着青媚，似乎没想到青媚会这样说。

司马遽从面具后面冷冷道：“小青。”

青媚慢条斯理地媚声道：“反正等夫人回了原家，咱们便是一家人了。冷面书生，你那些个暗人以后就由我来调教吧。”

“不劳费心，况且我家主子家大业大，还是让主子自己来做主吧。至于暗人，我绝不会把我的人放到像你这样心狠手辣、卑鄙无耻的女人手里。”

青媚一阵仰天大笑，像是听到最好笑的笑话一般，然后猛地闭嘴，跑到齐放面前，一摊五指：“如果暗人不够心狠手辣、卑鄙无耻，如何称之为暗人？那个装成你家主子的蠢女人，是你的相好吧！”青媚昂着脖子，从鼻子里轻嗤道，“一看就知道平日疏于练习，既做替身，便要熟知所替之人的习性、喜好，即便不知，听民间传言，也当知君莫问是何等人物，为何到了她的手里，就变成个泥人了？连个小孩儿都能看穿她是个假扮的。我生在东营，长在东营，做暗人也算做一辈子了，就没见过像她这样烂的暗人，若不是落到三爷手里，她早就不知道死了几次了……我若是你，既调教出如此蹩脚的暗人，便到治明街买块老豆腐撞死算数。”

齐放的脸一阵红一阵白。话说我同小放相处这么多年，第一次知道，原来他的面部色彩也可以这样丰富。

齐放一把扣向青媚的衣领，青媚不但没有闪躲，反而顺势倒在齐放的怀中，在齐放健壮的胸前画着圈圈，妖娆道：“她还真是你的相好啊？”她媚然一笑，口中却吐出恶毒之语，“那你可真得快些到东营去找她，没有三爷和我的庇护，像她这样的美人儿……你也知道没有几个男人按捺得住。”

“你也算个女人？”齐放强忍怒气，一把甩开青媚。

青媚在半空中如燕儿轻灵，反身单足点地，一手微抚云鬓的玉簪珠花，扯了扯衣衫，抿嘴笑道：“心疼啦！”

“小青，适可而止，别再闹了。齐放，快随我等出去吧。”司马遽挡在两人中间。

“请您先将我的这位弟子带出去吧。”齐放忍着怒气，“我要再去找一下我家主子和段太子，万一撒鲁尔先找到他们，就麻烦了。”

“不用怕，即便如此，反倒是件好事。”青媚一笑，“反正夫人手里有紫殇，碰到那撒鲁尔，正好给那人魔一点教训。”

“什么？”一旁一直沉默的沿歌忽然站了起来，来到青媚那里，眼神有些崩溃，“你方才说先生有紫殇？”

青媚冷冷一瞥：“没错。”

“师父，方才我们都在那个碎心殿里，都看到了，那禽兽为了要找那个破紫殇，把刚出生的女儿都给杀了。先生有紫殇，那为何先生不拿出来，这样春来就不用死了？”沿歌看着齐放，眼神却没有焦距。

齐放的冷脸也出现了痛意，紧紧拉着沿歌：“莫要听那个妖女的谎言。”

“齐放你这个大白痴，”青媚朗声道，“就在碎心殿混战之际，三爷便留下线索，说紫殇已经到手，我等只需走出这无忧城与之会合便是了。你若想死在这里，三爷自然是乐得少一个对手。”青媚复又轻笑出声，“只是你那主子，还有你的相好，以后谁还会来保护她们，就凭你这些脓包弟子吗？”

沿歌虎目含泪，翻来覆去地喃喃道：“先生，你为什么不拿出来，是为了保护那个魔鬼？为什么不拿出来？”

“为什么？”青媚粲然一笑，“小兄弟，你家先生同那个禽兽乃是青梅竹马的昔日恋人，念着以前的情分，所以间接地害死了你的朋友。”

他哆嗦着嘴唇："春来不是我朋友，他是我兄弟，他是我从小一起长大的兄弟。"转而他无比愤怒地垂泪看齐放，大声道，"先生为什么不拿出来？师父，春来死得那么惨，变成了我手里的一堆骨灰，他是为先生死的，可是先生却没有为他报仇，"他抱着春来的骨灰大声哭喊着，"先生你为什么没有拿出来啊。君莫问，你为什么不拿出来啊？你是我最敬爱的老师，可是你却让我失去了最要好的春来，这是为什么呀？"

他的话语如利剑穿透我的心脏，我泪流满面，蹒跚前行，触碰到一片冰冷的石壁，原来我看到的只是一些影像。

我拍打着那透明的墙壁，却没有任何反应。

"我要去找先生，我要去找先生，问她为什么不把紫殇拿出来。"

沿歌激动了起来，一手抱着春来的骨灰，往我方向的那块明亮的石壁上拼命地撞，眼看额头撞出血来，齐放从身后死死地拦腰抱着沿歌："沿歌，冷静些。"他瞪着青媚，咬牙道，"妖女，你还不快闭嘴。"

青媚满面惶然："原来你也不知道？"说罢，却又面色一变，幸灾乐祸地仰天大笑了起来。

司马遽在一旁双手抱胸："够了，小青。"

他的声音阴沉可怕，青媚顿住了笑声，轻蔑地轻哼，拿了火把，往前走去。

司马遽轻摇了摇头，抬手从篝火中抽出二根，递到齐放和君沿歌手上："齐放，你的弟子伤心过度，你也莫要逞强了，先随我们出去再说吧。"说罢，又拾起一根火把，头也不回地往前走了。

沿歌平静下来，冷然地甩开齐放："师父，你知道吗，春来想娶小玉，他说和我一起活着回去，就立刻跟先生说。可是我都没敢对那个傻瓜说，小玉其实喜欢那个土包子田大豆。先生老说，好人一生平安，可是为什么这世上的好人都没有好报呢？"他忍了许久，终是又泪流满面，"当年的胡勇同我们无冤无仇，却血洗了盘龙寨，害死了我和春来他们的爹娘，现在这个丧心病狂的撒鲁尔连女儿都要杀，我糊涂了，这个世道是怎么了？我君沿歌在此发誓，如果先生果真为了保护那个禽兽，藏着紫殇，而害死了春来，我便从此与君莫问恩断义绝。"

我痛哭出声，跪坐在那块石壁前，泣不成声。我真想冲进去，抱着沿歌，向他说对不起，请求他的原谅。

"傻孩子，乱世当道，本就是群魔乱舞。"齐放长叹了一声，红着眼眶道，"孩子，不要怪你先生，怪只怪为师的命太硬，克死了春来吧。"

沿歌一阵恍惚，目光空洞看向前方，愣愣地抱着春来的骨灰，由着齐放拉着他的手向司马遽和青媚出去的方向走去。

我大叫着："小放、沿歌，别把我一个人丢在这里，不要啊。"

我的眼前只剩一堆渐渐熄灭的火堆，沉默地看着我，如同我心里的希望渐渐破灭。

我大声哭泣着，彻底绝望了。

沿歌的话在耳边回响。是我害死了春来，是我害死了春来。小放，不是你的错，是我这个罪人犯下这个永远也无法弥补的过错。我正要再击打石壁，那石壁却一下子失去了光彩，变成了一块普通的石壁。

我骇在那里三秒钟，颤着手再去触摸那面墙，那石壁又有景象出来。

一个浑身是血的红发小少年，快步地逃到这里，一双殷红的血瞳带着恐惧和绝望，不停地往后看："你们不要过来，我也不想吃了你们的。"

他缩着肩膀躲在角落里，抱着头，捂着耳朵，不停地哭泣，口里反复哽咽着："众里寻他千百度，蓦然回首，那人却在灯火阑珊处。木丫头，你说好会来找我的，你为什么没有来啊？"他大声哭泣着，"救命啊，木丫头救救我啊，我为什么要练这种武功呢？"

那哭泣声不停地冲击着我的灵魂，在我的耳边不停地响着。我泪流满面，心神欲碎，再睁眼时，眼前站着一个红发少年，红发丝梳得一丝不苟，一身火红的金线突厥皇袍，脖子上挂着一块同我颈上一模一样的银牌子，他比原来长高了很多，眼神清明，亦愈加英俊。

"花开不同赏，花落不同悲。欲问相思处，花开花落时。"他对着石壁淡笑着，好像活生生地站在我的面前，从怀中掏出两册快要翻烂的诗集，紧紧握着，双手微颤，只听他柔声道，"亲亲木丫头，保佑我不要找到那块紫殇，好吗？"

画面再一转，非珏还是那一身红袍，却有几处焦裂，头发也有些乱了，他满面凄苦和绝望，右手不停颤抖，似乎用尽全力地在握着什么。

"木丫头，你说好笑不好笑，我居然真的找到了。他说对了，果尔仁还真的藏起这块该死的石头。"他依然微笑着，眼神却伤心欲绝。他的眼中慢慢汹涌地流出红色的眼泪，如鲜血一般。

他绝望地跪地号哭起来："木丫头，我把他当作我的生父一样啊，可是为何他要这样对我，不用这块劳什子的紫殇，我都记得你啊。可是木丫头，你在哪里？我好想你啊。"

我欲站起来，胸前猛地抽痛万分，我颓然倒地，痛哭出声，心中万般晦涩。

为什么会这样，非珏，为什么会这样？

远处有脚步声轻微地传来，我忍住抽泣，隐在一旁。

"你可听到哭声了？"一个声音担忧地轻轻道，"好像是木槿。"

另一人的声音略带冷意，声调微微上扬，带着大理口音："你的耳朵出问题了吧，何来哭泣之声？"

我高兴起来，我认得这两个人的声音，是原非白和段月容的。

两个天人之姿的青年转眼来到我的面前，一个似雪中寒梅冷艳，狭长的凤目又似隐匿着无限的睿智和心机。另一人恰如中天满月，紫瞳潋滟，含着轻佻，偏偏不笑而含情，正是原非白和段月容。

他们站立在那面透明的石壁前，段月容的手刚刚碰到那石壁，这时眼前的镜壁变了。

变成了一个哭花了脸的披发女子，正拍打着墙壁：“小放、沿歌，别把我一个人丢在这里，不要啊。”

我恍然，这面墙可以记录曾经发生的事。那刚才非珏的影像一定是他在练《无笑经》受罪时，还有藏紫殇时录下来的。

段月容兴奋地高叫着：“木槿。”

然后他似乎想穿墙而过，结果撞了一个包，跌倒在地上，望着那石壁有些发呆，咦了一声：“这是什么机关？”

原非白冷然道：“这是海市蜃楼锁，须靠韵律来解，故而又被称作音律锁。音律锁必有镜壁相配以制造幻象来迷惑闯入者，因为镜壁的神奇之处，便是能记录发生的事情，有时会杂乱无章地合在一起，就像海市蜃楼的奇景一般。你方才所看到的，便是这镜壁所呈现的幻境。”原非白一阵皱眉，自言自语道，“奇怪，为何这里也有我原家独门的音律锁？”

海市蜃楼锁？我慢慢一手扶着墙，一手扶着伤口走了出来，可是他俩好像全副心神在那面墙上，还在那里皱眉钻研。

“这锁少说也有几百年了，为何一定是你们原家独门的？难道就不兴你们原家老祖宗从西域偷学来的？”段月容满面嘲讽，斜肩靠在石壁上。他不经意地朝我出来的方向看了一眼，然后跳了起来：“什么人？”

原非白的长鞭早已向我甩来，我啊地大叫起来。原非白似是听出了我的声音，卷向我咽喉的乌鞭鞘立刻变了方向，卷向我旁边的石壁。

原非白和段月容同时奔了过来，异口同声地问道：“你可好？”

我苦笑地摇摇头，眼泪却流个不停。

原非白摸到了雪芝丸，喂了我一粒，然后为我注入真气。

我缓了过来，段月容坐在我旁边一个劲地问我发生了什么事。

我简单地把发生的事讲了一遍。

原非白陷入了沉思，段月容却阴恻恻地冷笑着：“撒鲁尔，我定会让你生不如死，一生后悔。”

“你们两个，”我抽泣地抓着原非白的手，看向段月容，嗫嚅着，“不要再打了，我不想看到再有任何人在我眼前死去了。”

原非白的凤目垂了下去。

段月容的紫眼珠子一转，状似诚恳道：“你且放心，原三公子方才已把一半的解药给我服下，我不再同他怄气便是了。”

原非白果然心思缜密，只给了段月容一半解药，可缓一日中毒之症。

原非白看着段月容弯出一丝冷笑，对我轻声道：“你且在这里歇一歇，我同段太子把这个音律锁解开。”

原非白对段月容淡淡说道：“借段太子竹笛一用。”

段月容冷冷笑道：“踏雪公子，莫要以为只有你才能妙解宫商，打开这音律锁。”他探手入怀，取出竹笛，傲然道，“只要你报得曲名，没有孤不能吹的。”

原非白也不与他计较，思索半晌，报了几个古曲名。

段月容吹了几首古曲，镜壁纹丝不动。

原非白冷笑几声，段月容恨恨地吹起了《长相守》，但还是没有用，最后也不耐烦了。

“这突厥毛子真真奇怪，为何要用这种邪门的锁！”

原非白这次没有开口反驳他，只是在那里靠着墙壁，紧闭着双目，苦苦思索，过了一会儿猛地睁开了眼睛。

“木槿，”他严肃地问道，“姚碧莹最拿手的曲子，可是《广陵散》？”

我想了想，摇了摇头道：“非也，碧莹最爱弹的是高山流水觅知音。她本不喜欢《广陵散》的曲调，觉得太激越，费精神，可是二哥说他最爱嵇康高洁的品性，自嵇康后，广陵散便从此绝矣，碧莹便说一定要让二哥听到真正的《广陵散》……”

我猛地住口，看向原非白和段月容。原非白微微一笑，段月容则一脸恍然。

是了，那开锁音律乃是嵇康的《广陵散》。《广陵散》缘于聂政刺韩王的悲壮故事，而明家的先祖轩辕紫弥，如阿米尔所言，最后选择行刺毕咄鲁而失败自尽，在明家人的眼中正如聂政的壮烈事迹一般，故而选用了《广陵散》作为锁音律。

段月容闭上眼睛，似是平静了一下，将竹笛放在唇边，立刻一阵激昂慷慨的音律飘了出来，满是戈矛杀伐的战斗气氛，段月容娓娓吹来，竟满是深情和悲壮。

原非白凝神细听，微一点头间，看着段月容的凤目竟然闪过激赏之意。

民间对段月容的音乐才华的吹捧，常常同原非白联系在一起，就连东庭名儒陆邦惇在世时有幸听过段月容和原非白的演奏，亦曾赞叹过：“大理紫月，操乐圣手，鸟兽闻奏，三日不离，光耀星辉，堪比踏雪……”

我陶醉在那美妙的笛声中，昏昏然间，眼皮不由得下垂，只听轰然巨响，眼前那幅镜壁沉重地打开，却见眼前满目竟是樱花林的花海。

我无法克制地感到心旷神怡，最前面的段月容也是满面痴迷，同我一样忍不住向前走去。

身后原非白暴喝出声：“快止步。”

原非白猛地将我甩到后面，可是他自己无法止步，跌了下去。

我清醒了过来，耳边传来湍急的水流声，却见眼前哪里是什么樱花林，那镜壁打开之后，竟然是一个危崖，那幻象之后便是一条几百丈深的地下涧水。

我胆战心惊地飞跑到崖边，看着两人同时挂在崖边，一时间脑中一片空白，我该先拉谁？

段月容不会游泳，这是我当时脑中闪现的最先的一条指令。

于是我本能地一探手将段月容拉了上来。

段月容那死小子，拼了命地死抱着我的手臂，紫眼珠子死死地看着我和百丈高的危崖下的幽深水流，满是惧意。

浑小子，瞪什么瞪，你怕个什么劲，谁叫你是个永远也学不会游泳的旱鸭子，水中大白痴。

永业三年，他随大理王回了大理后，我一直以为他学会了游泳，直到我买下了杭州的府邸，正琢磨取什么名，他老人家趾高气扬地赶过来了，一脸风雅地说“孤”他老人家，要为园中美景一一赐名。游园中的大湖时，得意扬扬地说要更名问珠，我一脸木然地瞪着他，而他却得意地仰头大笑起来。这时湖中圈养的最大的一只仙鹤硬被他那可怕的笑声给惊飞起来，可能是那时的武功还没有完全恢复，那只大仙鹤飞过拱桥时，竟然把他生生给掠倒，啪唧掉进了湖里。

他老人家沉啊沉啊，一众人等看得干瞪眼，后来还是翠花最先反应过来，跳了下去，等捞上来时他就跟一只落汤鸡似的，先是死抱着翠花，然后是死抱着我，看着不远处优雅的仙鹤，咬牙切齿了半天，厉声呵斥着命人把仙鹤全宰了。

他的人在我的地头上，自然是不敢真去捕杀珍稀禽类，最主要的是他很快在我怀里没用地晕了过去，我一开始以为他故意装纤纤弱质。

唉，我打了他半天脸，都肿了，还是没醒，然后我意识到了他老人家是真晕了。

他发了两天的高烧，在我这里哼哼唧唧地养了十几天的病，翠花满面心疼地说，太子在播州曾经天天努力地学习在水中憋气、泅水，然而遗憾的是殿下愣是没有学会，一气之下就不学了。

我这才明白，原来世人口中一旦提起便是又惊又怕的紫月公子，那无恶不作的大理太子，天地人神共愤的大妖孽段月容还是有弱点的！

他——乃是水世界的一大白痴！

他干吗抱那么紧，我使劲甩开他，正待去拉原非白，非白却轻巧地跃了上来。潋滟的凤眸再看我时，已然没有了温度。我知道这一准又伤了他，便疾步上前：“非白，你没事吧，我刚才先拉他是因——”我不由得停了下来，因为他的眼神让我心酸，好像他根本不认识我一样，甚至有了一丝鄙夷。

他往深崖下急湍的水流凝视了片刻，面色有些惨淡，口中似是喃喃道：“早知今日，何必当初。”

我心中更是难受，噎在那里，根本不知道该说些什么。

“这里乃是一条死路，还是往回走。”他不再看我们一眼，取了火把，独自往前走去。

我的心上像是裂开了一道口子，疼得让我开不了口，远远地看着段月容："你能走了吗？快站起来吧。"

段月容的紫眼睛也冷了下来，从地上一跃而起，鼻子里哼了一声。

有心想去看看段月容，又怕原非白冷脸子，想去跟原非白解释，又不想激段月容，几度心酸得眼泪欲落，我低下头，抹着眼睛跟在原非白的身后。

原非白根本没有再回头，甚至连看也不看我们，只是大步走在前面。我疾步跟上去，他似乎也不想让我赶上他的步伐，我只得放缓脚步走在中间；段月容慢悠悠地在最后踱着步，有时还吹两句口哨，三个人之间的平均距离大得可以容纳一抬四人轿子。

过了一会儿，有人走到我身边，吊儿郎当地搭着我的肩，我一甩，他掉了下去，过了一会儿又笑嘻嘻地搭了上来，我甩不开，只觉他在我耳边吹着气："看看，原家的男人就这德行，知道我的好了吧，跟着他让你一辈子看他的脸色。"

我使劲推开段月容，可能用力过大，他摔在地上，却抱着我的脚不放。我怒从心底起，使劲地踢着他，可是他左躲右闪，哈哈大笑，好像跟我闹着玩似的："打是亲骂是爱，再狠点，木槿，孤就喜欢你这烈性子。"

前面的原非白转过脸来，面色冷得可怕，他不屑地看着我："看来你同段太子相处甚欢啊。"说罢冷笑数声。

段月容爬了起来，挂着笑意："真是抱歉，原三公子，你也是男人，也当理解所谓小别胜新婚……"

我大吼道："别再玩了，段月容。"

段月容敛了笑容，恨恨地哼了一声，倚到一处石壁，阴郁地看着我和原非白。

非白一指前方："若是我没有料错，前面乃是断魂桥，过了断魂桥，便是地宫的出口禁龙石，锁着禁龙石的亦是音律锁。紫月公子既能同我一起用琴箫合奏打开镜壁的音律锁，想必这也易如反掌。"

他转向我，冷冷道："此处乃是我与家臣的暗号，非白不劳段太子相送了。"

我皱眉道："非白，小放他们同悠悠他们在一处。司马遽从小在暗宫长大，定是亦通晓音律锁，小放又擅奇门遁甲，你无须担心的。我刚刚在镜壁看到他们一切安好……可能他们已经出去了，现下我们还是一起走出这活地狱要紧。"

我暗中着急起来，这个原非白怎么忽然在此犯起病来。

"夫人好意，非白心领了，只是在下实在不愿意扰人好事。"非白却猛地将我推向段月容，他看着我的眼神好像在看一只肮脏的蟑螂。

他的力道极大，我站立不住，段月容及时地接住了我。

我的泪水不由得夺眶而出，涩涩道："非白，求你别这样叫我，我和段月容不是你想象的那样。"

"别这样叫你？又该怎么样叫你？"原非白淡淡笑了起来，又恢复了踏雪公子的骄傲，却让人感到他发自内心的绝望和鄙夷，“我这一生都是为你所累，你在同他快活时，我在地宫里受尽折磨，心心念念全是你的安全，可是你……花木槿早已卖身投靠……阿遽说得对，你同锦绣都是祸水。

“原氏向来有仇必报，西安屠城这一笔债，大理段氏最好早做准备，我原氏迟早是要讨还的。花木槿，从今往后，你最好拉紧这个妖孽的手，我们再见面时，便是敌人，我必杀你同这个妖孽。”他说完，便将高贵的头颅别了过去，甚至不再看我一眼。

我被他的话给强烈地震住了。我这一生最不想听到原非白嫌弃我失贞的事，可是今天，还是听到了。

段月容哈哈大笑，揽住我的腰，欣然道：“既然如此，那就多谢原三公子的成全，我自然会好好对待木槿和我们的孩子。哦，原三公子也知道，她叫夕颜。”段月容直起了身子，搂着我充满帝王威严地正色道，“将来……若有幸没有被西安原氏所伤，她……必会替孤灭了西安原氏。”说罢，强拉着我的手走了。

一路之上，空气渐渐闷热起来，我的脑海中翻来覆去的就是非白嫌恶的语气、嫌恶的表情。他嫌恶地将我一推，一路泪水便落到地上，很快就蒸发了。

段月容看了看我，也没有说话，只是紧紧地抓着我向前跑着。过了一会儿，却见一座狭窄的石桥，下面竟全是突突冒泡的熔浆。

花木槿，从今往后，你最好拉紧这个妖孽的手，我们再见面时，便是敌人，我必杀你同这个妖孽。

记得上一次他放我走的时候，是让暗神带话说，只要他一有机会，定会将生生不离的解药双手捧上，浑蛋！你还欠我生生不离的解药。

不对！像他这样骄傲的人，如果真的放我走，必然言出必行，会给我生生不离的解药，即使事出突然，没有给我，他刚才的面色好像也不太对啊。

过了石桥，段月容停了下来，原来最后一道门就在眼前，那门前却是一幅飞天笛舞，虽然主角还是毕咄鲁可汗和轩辕紫弥王妃，但画中的人物造型与姿势，却同原家紫陵宫前的图案一模一样，原家的地宫与这碎心城的地宫建造人必是同一人。

我回头，段月容对我柔情而笑，举起竹笛，吹起那首《广陵散》。

花开不同赏，花落不同悲。欲问相思处，花开花落时。

我心中彻悟，我又被原非白骗了！

石门缓缓地动了起来，段月容的紫瞳充满了逃出生天的喜悦。

他正要回头，我猛然点了他的穴道，然后把他使劲推出门外。

段月容摔在地上，长笛掉在旁边，曲调一停，石门又开始往下坠，我对段月容艰难地说道：“对不起，月容，花木槿今日便死在这里了，劳烦你帮着照看夕颜和大伙儿。”

我向原路跑了几步，可终是忍不住回过头。

段月容的紫瞳满是不信和愤恨，似乎冲开了自己的穴道，以龟速挣扎着向石门爬过来，眼看够得着那根长笛，可是石门几近关闭。

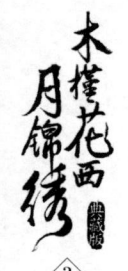

我双膝跪地，俯低身子去看段月容，任由泪水滑过鼻梁，滴向另一侧脸颊。这一刻我忽然感到从未有过的轻松，因为我终于做出了我的选择，这个我一直想做的选择，即使以死作为代价，我也不后悔，我也再不能后悔。

我对着极度惊痛愤恨的紫瞳笑了：“你说得对，月容，这八年来我的心里确实有你，可是我……”

我想对段月容说，如果没有原非白，早在八年前我就向你投降，甚至会像卓朗朵姆一样，老老实实地做了你的第几十房姬妾也没有准，可是那石门却遮住了我们彼此的视线，我只能听到他痛苦的呜咽。

我想对段月容说，这几年你对我很好，我同你在一起很开心，你让我做我想做的事，从来没有逼我。也许对天下人，你是一代枭雄，冷酷残暴，杀人放火，是一个无恶不作的恶魔，可是这八年却从未这样对待我，你对我的宠溺我不是不知。然而、然而我依然分不清我更恨你，还是更爱你……无论是恨也好，是爱也罢，就像你说的，我为自己的脸上戴上了昆仑奴面具，在心中一直拒绝承认一个事实，那就是你狡猾地利用这八年时间，终是堂而皇之地进入了我的内心深处……

月容、月容……

也许你会永远地容忍我戴着这个面具，长长久久地纵容着我对于感情的逃避，可是于我，终有面对自己感情的那一天，像我这样的鸵鸟，不到最后一秒是不会被逼出来的……

对不起，月容，当我早年负了非珏，移情爱上了非白时，就注定这一生犯下了不可饶恕的错误，这个错误如果无法弥补，我这一生也无法再去面对心中真实的情感。

月容，我的左手写上一个你，右手却早已有一个他，他在感情上同我一样，也是一个骄傲的傻子。不，也许更傻，白白顶着踏雪公子的名号，受万人景仰，千军万马，风刀霜剑前可以面不改色，但是于情一字，受了伤只会闷在肚子里，让它烂掉、腐掉，然后戴上厚厚的面具，缩在壳里，再不会去接受别人的感情，却见不得对方受一点点罪。月容，你亦是我这一生的知己，你当明白，我就是不能这样看着他一个人骄傲地去死……

我张口欲言，却只是颤抖地反复喊着他的名字，泪水喷涌，一遍又一遍地念着对不起。月容，我对不起你，我对不起你。

我所看到的最后景象，是段月容颤抖的手刚刚够到长笛，却随着石壁轰隆巨响，立刻消失在视线之内。我使劲地对他挥着手，明明知道他已经看不到我了，可我还是对着石壁绽出自以为最美丽的笑容。

眼前唯有一扇斑驳腐旧的石门，毕咄鲁和轩辕紫弥静默而森冷地看着我，我隐约听得石门的另一侧传来撕心裂肺的大喊：“花木槿，你骗我，你说好要跟我走的，你这个没有心的女人，你没有心，你这个没有心的骗子……”

就在原非白同段月容相搏时，我为了能让他们停止自相残杀，便附耳对段月容说：

"如果我们三个一起活着走出去，我便跟你走。"

喊声最后混着哽咽的哭泣，我咬着自己的手背，不让自己崩溃，努力定了一定神，按着原路跑回那个血腥的石洞。

月容，我没有骗你，当时我的确是这样想的，可是……

也罢，月容，就当我花木槿是个没有心的骗子吧，再不要为我留恋，带着卓朗朵姆和你的长子回到大理，成为大理最伟大的君王，忘了我这个不祥的女人吧。

我本想掏出紫殇，不想"酬情"华丽的刀柄上，细小的夜明珠为我照亮了前方道路。我回到那间密室，却见一个白影孤孤单单地躺在那里，佝偻着身体，蜷曲成一团，紧抱着他的右腿，他果然是伤口发作了。

我冲上前去，拿出怀中他给我的雪芝丸，掰开他的口硬塞了进去，然后在他背后替他运气推拿。

过了一会儿，他的脸色正常了些，慢慢恢复了呼吸，我便为他按摩那只伤腿。

过了半个时辰，他睁开了眼睛，看到是我，有些迷惑。

我大喜道："非白，你好些了吗？"

他似乎明白过来怎么回事，潋滟的凤目先是激动了一阵，然后冷了下来，冷冷道："你以为你回来救了我，我就会接受你，你这个不贞的女人，根本不要想进我原家的门，我不想看到你，快滚……"

他那个滚字还未出口，我早已一个巴掌甩出去。话说至今为止，原非白同学赏过我三个巴掌。

第一掌因为他羞愤于自己这个天人却失贞于我这个紫园里姿色平庸的女色魔丫头，那一双整日刷粪洗衣的萝卜手中。

第二掌我发现了他与锦绣的私情，口不择言地触中他心中的痛处，那时年少气盛的他气极，甩了我一巴掌。

第三掌是不久前，他扮作又臭又脏的张老头，为了救已近昏迷的我甩出的一巴掌。

回顾我的复仇史，这是第二巴掌，说起来，五局三胜，我花木槿还是稍逊一筹。我扬起手，正准备再打一掌，可是看着他苍白的脸，五道掌印分明，伤心到晦涩的眼神，却是再也下不去手。

我一下子泄了气，跪坐在他面前，又是委屈，又是无奈，又是心疼，哆嗦着嘴唇难受地说着："对不起，对不起。"我泪如泉涌，悲伤得几乎不能言语，只是双手抚向他的脸颊，口里含糊着我自己也听不明白的话，"对不起，非白，我刚才留下你一个人了。非白，对不起。"

他的眼神满是震惊，张了张口，似乎还要再倔强地说什么，却是化作无语泪千行，紧紧抓住我的手，将我拉进他的怀中，颤声道："你……这个傻瓜，为什么不跟着段月容走呢，我所带的流光散早已用尽，这条腿怕是再也动不了，只会成为你的负担。”

这一刻，我的心仿佛要化成水，我像八爪鱼一样，紧紧抱着他，大哭着：“原非白，你以为长得帅就可以这样伤人吗？当初是你把我带到西枫苑的，你既然拆散了我和非珏，又为什么老是把我推开？既然把我推开，为什么不找个女人好好过日子，玩你那争霸天下的游戏，却总是让我为你牵肠挂肚，为你痛断肝肠呢？你这人怎么这样折腾人哪？”

这几年来，我一直以为花木槿所有的痛苦、伤心、委屈都已经沉淀，甚至腐烂，永远不会再愿意提起和面对，然而直到这一刻，却全都爆发了，我根本不知道他是否听清了我的话，因为连我自己也听不清我的话：“你说过，你再也不同我分开了，为何还要这样骗我？你为什么总要这样骗我呢？”

我紧紧地抱着他，而他也紧紧地抱着我，两个人都在颤抖，却再也不愿意放开彼此，我听着他激烈坚实的心跳，哪怕此时面对刀山火海，我却感到从未有过的发自内心的平静和安宁。

原来女人的心真的可以这样小，原来女人的幸福竟是这般容易得到。

我的泪水沾满他的前襟，他哽咽着：“傻丫头，你这个傻丫头……”

也不知道过了多久，两人平静下来，我埋在他的怀里，柔声道：“非白，我们真的出不去了吗？”

“我身边没有带古琴和长笛，所以我是想让你同他在一处，可保平安。”他长声一叹，“更何况，流光散的反效用太过剧烈，我亦不知能陪你多久。”

我抬起头来，抚上他憔悴的天颜，柔柔笑道：“只要有你在身边，哪怕只有一刻，便是一生一世了。”

一抹无奈而绝艳的笑容浮现在他的唇边，他的凤目似也跟着笑了起来，眉间的愁云不知不觉地消散开来。他俯下身吻着我的额头，吻上我的唇，辗转反侧，仿佛在品尝一生的思念，完全不似我认出他时那种有些霸道侵略的吻。

我醺醺然地想着，这才是我记忆中的踏雪公子啊。

分开的时候，两个人都有些赧然，我扶着他站起来，低声说：“还能走吗？”

他脸色如常地点点头，额头却渗着汗水。

我心疼地拭着他的额头：“忍一忍，非白，我扶你走。”

“木槿，这个禁龙石没有音律，断不能打开，我的长笛在阿遽那里，既然这个出口已经行不通，我们只能往回走了。”

我点了一下头，让原非白持着火把，我则扶着原非白深一脚浅一脚地走着。

七年已过，原非白的身材比之以前更是猿臂蜂腰，强壮健美，我几乎扶不住他。

他身上的男性气息飘入我的鼻间，我一阵口干舌燥。

我甚至有点胡思乱想，他是不是故意往我身上蹭，来诱惑我？

我咽了口唾沫：“非白，你……”

我这才发现他的脸色苍白，呼吸急促，然后昂藏的身躯猛地全部压在我的身上。

我大惊，唤着他的名字。

非白气息微弱：“你莫要管我，快走吧。”

原非白的头一偏，我的心脏停跳了一刻，颤着手探去，他的脉搏还在，可是人已陷入昏厥。

我流泪唤道：“非白，你一定要活下去，你我好不容易才重逢的，你不能这样对我。”说到后来已是泣不成声。

可是原非白依然没有醒过来，我看了看周围，努力定了下心，从非白身上取下真武侯，将非白绑在我的身上，重又燃起火把，在墙上摸索了一阵，却再没有锤子记号。

我的心仿佛沉入了绝望的死海，死亡的恐惧紧紧围绕着我，胸前的伤口也隐隐地如针刺一般疼痛起来。

明凤城死时可是这般痛苦?

非珏一个人被扔在这地宫中伴着一堆尸骨可是这般绝望?

“谁来救救我们？”我流着泪在心中祈求着，“神啊，我只是错入这个时空的一缕幽魂，今日您要让我死去，我没有半点怨言。可是非白，求求您一定要救救他。”

行了一阵，通道愈见黑暗，不见出口，流水之声慢慢传来，鼻间传来一阵刺鼻的腥臭。

身边飘来绿色点点，原来我们又回到了非珏练功的地点。

我心中猛然想到，既然这里是非珏的练功场，亦是他进食的地方，自然会设计成迷魂阵，绝不会让他的“食物”逃走，就像希腊神话里，牛怪米诺陶诺斯的食人迷宫一般，那些不懂机关的“食物”逃来逃去，最终都会回到这里来。

我浑身已被汗水浸透了，胸口疼得像裂开似的，一下子倒了下来。我解开非白，艰难地趴在非白身上，忍痛又唤了声非白，却毫无反应。

万念俱灰，看着这成堆成堆的尸骨山上盛开的西番莲花，我心想，当真要同原非白死在一起，索性一把火把这罪恶之地连同这西番莲一起烧光，反倒干净。

我主意一定，便将身上缠的引线，一头放到一旁的原油溪中，然后拉着原非白坐到一端，含笑说道：“非白，我能同你死在这里，是我花木槿的福气。”

我搂紧了原非白，正要用火折子点燃引线，看着火光下原非白昏迷中绝美而痛苦的容颜，又忍不住泪如泉涌，还是舍不得看着原非白死在这里，不由得灭了火折子，抱着原非白绝望地痛哭了起来。

一阵鸟叫传来，我抬头一看，却见一只五彩的鸟儿飞到西番莲的大花盘上对着我咕咕叫着。

竟然是那只我放在外面的鹦鹉，我开心地叫着“小雅”。它飞到我的手臂上，蹭着我的袖子。我大喜过望，人类贪新，动物念旧，小雅一定是想飞回自己的窝中。

无论如何，既然这只鹦鹉有办法飞进来，自然会想办法飞出去，那我们只要跟着鹦鹉飞出去就行了。

我想了想，还是将引线留在此处，又从尸堆里翻出几支铁箭收好，摸着鹦鹉：“小雅，带我们出去吧。”

鹦鹉只顾同我亲热，根本没有理睬。

我着急起来，把鹦鹉往空中一扔，它又飞回我的身上，我来回扔了几次，它似乎明白我的意思了，便往黑暗处飞去，我复又把原非白绑在我的身后，忍住伤痛向前走去。

我照着火把，鹦鹉在前面飞飞停停，不离我两步之遥，过了一会儿，前面真的出现一丝曙光。

我大喜，背着原非白快步向前。

前方是一堵破旧的石墙，我走入时，满是灰尘堆积，似是很久无人启动，墙面唯留一小洞，鹦鹉开心地穿过那个小洞，飞了进去。

我愣在那里两三秒，那只鹦鹉又从那个小洞钻出来，然后又飞了进去，来回几次后，停在那个小方口上，好奇地转动着脑袋，似乎是疑惑，我为什么不能同它一样飞出去。

我一屁股坐了下来，恨自己此时不能把原非白变成一只鹦鹉给送出去啊。

我满心沮丧，痛苦地用我的脑袋撞着石墙，连磕出血来也没有注意到，没想到哗的一声，洞口打开了。

我后退一步，怕有什么兵器射出，过了一会儿，又拿了块石头扔进去，还是没有什么反应，这才放下心来，便背着原非白轻轻走了进去，然后呆在那里。

这是一个十分奇异的世界，放眼所及一片红色，红木椅子，红木圆桌，大红幔帐，红色流苏帷幔，就连裹着铜镜的锦缎都是红色的。

然而这个房间只有一半，到书桌那里却是一片怪石嶙峋，峭壁危崖，崖下水流之声比之方才更急，给人的感觉这原本是一片温柔浪漫乡，猛地被一只充满力量的神之手给折断了一半，只剩另一半，永远地留给了这个静止的世界。

我放下原非白，走到象牙床边，用原非白的乌鞭轻轻撩起红纱帐，却见帐里睡着两人，一个身形伟岸的男子，抱着一个绝代姿容的女子。

两人红色的衣衫虽是缀满宝石珍珠，却十分古老，略有褪色，面容有些干涩，那个男子浑身有些发黑，像是中了剧毒而死的，然而两人的面容却依然称得上栩栩如生，竟然是我在壁画中所见的毕咄鲁可汗同轩辕紫弥。

我暗想，这两人身上必定有水银之类的化学药品，方可保持容颜不老。突厥人流行火葬，那毕咄鲁可汗理应同所有的可贺敦和宝物焚烧在一起，化作天灵啊。

阿米尔说过，轩辕紫弥曾想用“酬情”行刺毕咄鲁，结果失败了而被迫自尽，然后毕咄鲁也因伤心过度，郁郁而终。看他神情安详，衣饰平滑而无挣扎的痕迹，也许毕咄鲁可汗不是像史书上描写的那样因病而亡，而是为了紫弥王妃，服毒殉情而去。

目光下移，却见轩辕紫弥怀中抱着一支碧玉短笛。

我心中一喜，心想等非白醒过来，便可折回来时路，用这支碧玉笛吹奏《广陵散》，逃出生天。

我搂住鹦鹉亲了好几下，然后在两人床前跪下来，认认真真地磕了几个头，心中暗念：“民女花木槿，借用轩辕公主您的长笛一用，如若逃出生天，必定想办法归还。”

我深吸一口气，上前极轻极轻地抽出那支短笛。

我轻轻用衣衫一角擦净那支短笛，却见那笛身翠绿欲滴，在火光下折射出一汪剔透的凝碧，握在手中也是温润透心，也不知是哪里采来的上等翡翠。

我微微一转，却见笛身背后，刻着两个极小的古字“真武”。

轩辕公主至死都要抱着这支玉笛，看来是明凤城送给轩辕公主的定情信物吧。

我忽然有一种奇特的想法，也许公主猜到明凤城和她同在一个地方，是以到死都抱着这支玉笛，是想如果明凤城还活着，哪怕找到她的尸体，也能吹动音律锁，逃出生天。可叹她所不知道的是，明凤城就在离此不远处，已然先她而去了，一墙之隔，却是咫尺天涯，阴阳永分离。

我转回身，跪在原非白面前，正要再试一次唤醒他，给他看这支短笛。

“他醒过来也没用了！”这个声音如魔鬼的歌唱，优雅性感，却带着一丝冷意，让我的身体一层层地战栗了起来。

我暗中将玉笛塞在原非白的怀中，慢慢地转过身来。

“可汗万岁，可汗万岁。”五彩鹦鹉忽然开口，唧唧咕咕地叫了起来，似是很开心，飞到那人披散着红发的肩上。

“真想不到，你竟然还活着。”酒瞳闪着两点血红，性感的唇对我笑着。

我看着他，心头也平静下来：“让陛下失望，花木槿实在抱歉。”

他的身上早已换了一身干净的红色皇袍，那红色倒是同这里的红色主题很相称。他摸着鹦鹉身上的长毛，可是鹦鹉忽然害怕地飞回到我的肩上。

他的身后传来啪嗒啪嗒的声音，一只类似大鳄鱼的大怪兽从撒鲁尔的身后转了出来，对我低声咆哮着，像是要向我冲过来。

撒鲁尔摸着怪兽的头颅，柔声道：“小乖，别急，他们都是你的。”

大怪兽低声吼着，不停地看着我。

撒鲁尔微笑着：“你要吃它吗？”

我浑身开始打战，这怪兽是要吃我吗？就在疑惑的一刹那间，撒鲁尔的身形动了一动，我根本没有看清他的动作，我肩上的小雅已经到了他的手中，害怕地尖叫着。撒鲁尔还是笑着，把鹦鹉甩向怪兽，那怪兽一张口把鹦鹉吞了下去。

“小雅。”我叫着鹦鹉的名字，心中凉透了。

同时，我一下子明白了很多事情：“拉都伊、拉都伊是你让香芹杀的对吗？”

我喃喃道："这样……阿米尔就会下决心来助你对付果尔仁了。"

他对我开心地点着头，血瞳微讶："你果然聪明。"

"原来这怪兽是你豢养的，它从我手上夺去了'酬情'，你就用我的'酬情'杀了你的亲生母亲好嫁祸于我。"

"谁叫那个淫妇怀上了孽种，还要帮着果尔仁来对付朕。"他淡笑着凝注着我，有点像以前的非珏呆呆地看着我。

他像是在同我拉家常一般，轻松道："这里很奇怪吧，像不像腾格里将这个房间砍下了一半？"

"的确很像。"我淡淡回着，目光随着他不停移动。

"朕第一次到这里也很惊讶，"他俯下身看了一眼轩辕紫弥，"这个女人真漂亮，你不觉得木丫头长得有点像她吗？"

他这么一说，我才意识到，轩辕紫弥同姚碧莹那忧郁娴静的气质确有几分相似。

我微一点头，依旧看着他："碧莹怎么样了？"

他的血瞳微黯："血止住了，大夫说她可能再也不能有孩子了。"

我心中一阵难受。

他复又无所谓地耸耸肩："好在她已经有两个孩子了，木尹还是太子，幸好她自己也没有什么大事。"

我冷冷道："陛下不担心晚上睡觉会做噩梦吗？"

撒鲁尔大笑了起来："你这是在嫉妒，花木槿，这一切原本是你的。"

我冷笑数声道："陛下不愧是天之骄子，您牺牲了能牺牲的一切。陛下，那日女太皇寿宴，我接到小五义徽章的黄玫瑰，后来我又在枕头下找到核桃和玫瑰花，我一直以为是碧莹想引我到树母神下发现地宫，然后在地宫之内杀我和小放灭口，现在想来，其实应该是您安排的吧。"

他点点头，淡淡道："我自瓜洲第一次见到你，便开始着手调查原家小五义了。事实上，那晚你同姚碧莹都接到了有小五义徽章的玫瑰，我一直很好奇，小五义于你同姚碧莹究竟意味着什么？果然姚碧莹以为你想揭开她的秘密，而你居然也乖乖地追到了树母神下，可谓天助我也。"

"女太皇召见我后，皇后必定将所见所闻对您如实相告，您便闯到我的房间对我欲行非礼，其实您是想试探我的真心，如果我答应了您，便能为您所用，如香芹一般；然而我没有如您所愿，您便把我和齐放约入无忧城，是想最后一次试探我对原非珏的秘密知道多少。而那天，您为了离间女太皇和果尔仁二人的感情，便安排了所谓的行刺事件，那刺客故意留下火拔家的荧蚁毒，都是为了嫁祸果尔仁，然后您却意外地发现女太皇怀上了果尔仁的孩子。"

那日，我无意间撞见撒鲁尔同拉都伊偷情，正好香芹也奉碧莹之命来监视撒鲁尔，发现了我也在，便乘机欲置我于死地，幸亏非白及时赶到救了我。

“那个淫妇的心里只有果尔仁，还想为他生孽种。”他轻嗤一声，脸上满是毒意。

“就在同一天晚上，您让香芹处死可怜的拉都伊，阿米尔及时出现，打乱了您的计划，可惜，阿米尔没有来得及救出拉都伊，却无意间救了我。于是您在我枕边放上西番莲花，威胁我不要轻举妄动。

“后来，女太皇执意要嫁给果尔仁，您担心果尔仁同女太皇的孩子会威胁到您的地位，便让人纵火焚烧我所在的宫殿，那样便能嫁祸碧莹和她身后的火拔一族，可以逼迫段月容同您一条战线，共同对付火拔家，然后您打算再把我的身份公诸天下，便能挑拨大理同原家的仇恨，让他们自相残杀，您亦可借此摆脱原家。可是您没有想到在最后一刻原非白救了我，而段月容不但同意了您的结盟条件，并且亲自到了弓月城中，于是您便改变了计划，就此放过了我，让我离开弓月宫。”

撒鲁尔的双手轻轻击掌，酒瞳闪烁着得意的光芒，对我微笑着：“夫人果然是个明白人哪。”

“陛下，我现在彻底明白了，陛下是撒鲁尔，是为了身家性命，连亲生女儿都要杀的恶魔，而不是紫园那个善良的痴儿原非珏。”我深吸了一口气，“故而，我是不会去嫉妒一个错爱上了禽兽的可怜女人的。”

“我真的很高兴，夫人能够这样了解朕。”他扯出一丝微笑，站到我的面前，猛地一甩手，给了我一个耳光，打得我眼冒金星，脸颊酸疼，跌倒在非白的身上。

“汉人有一句话，叫作天堂有路你不走，地狱无门你偏行。朕已经放过你了，你为何偏要回来呢？”他的微笑不变，口气却变得森冷，“你同那原非珏，都一样，都是可怜虫。原非珏练成了无相神功，不但成就了天下无敌，还成为这世上最精明睿智的人，可是他不敢面对练功的过往，于是他躲了起来，让我来替他面对这一切。”

他轻叹一声：“他的脑海中一直有着一抹红色，叫作木丫头，也牢牢地烙进了我的灵魂。我第一次见到姚碧莹的时候，她拿着那个娃娃红着眼睛过来找我，当时我们都感到那个布娃娃看上去很熟悉，却不记得你的长相，因为原非珏这个可怜虫从来没有机会见过你长什么样。”他哈哈大笑，笑声无限嘲讽。

“别人都说她是木丫头，可是我和非珏都知道她是个假货，虽然她长得那样美艳，尤其是那双美丽的眼睛，长得同轩辕紫弥有几分相似，那样的悲伤忧郁，可是她的眼神总在闪烁，却又包藏着无限的野心。我和非珏周围全是一群陌生人，我们敌友难辨。他们对我说，我是撒鲁尔，我信；他们说我是西突厥的可汗，我信；他们让那个陌生的女人做我的母亲，我也信；他们说她是果尔仁同汉人婢女私生的女儿，是我平时最宠爱的木丫头，我更是信了。我能不信吗？”他耸耸肩，“女人的心最是善变，想要彻底得到一个女人，她的身体是最好的筹码。更何况她是这样一个绝世美人儿。

“出乎我的意料，她竟然还是一个完美的处女，于是我想尽办法让她对我死心塌地。

我不喜欢轩辕家的女儿，整日在我耳边唠叨两国和平，我最不喜欢她同我所谓的母亲永远站在一条战线上，不准我做这个，不准我做那个。不过现在她终于被我驯服了，她知道只有我才能满足她的情欲，给她儿子，让她幸福。”谈起轩辕皇后，他的语气满含轻蔑，“既然他们没有一个人愿意我想起过去，只一心想让我做一个傀儡可汗，那就做吧。反正人生在世不过百年，我是大突厥的可汗，人人倾慕的草原钢剑，娇妻美妾，荣华富贵，应有尽有，如今更是统一帝国，民心所向，拥有了一个男人最想拥有的一切，我何苦还要执着于过去的羁绊，那无望的记忆？”

我缓缓地爬将起来，强忍喉间的腥甜，摇摇晃晃地走到他的面前，看着他的眼睛说道：“你说得对，人生在世不过百年，拥有的不过是具丑皮囊，可是，人生这一世最宝贵的不是锦衣貂裘、美女香车，恰恰正是那最不堪的记忆。”

他的笑容敛住，血瞳犀利地盯着我。

我无惧地继续说下去：“无论功名权势，爱恨欲憎，百年之后，一碗孟婆汤让你忘记一切，一切的一切都将归为尘土，唯有这些记忆可以证明你活过这一遭，这一切才不至于沦为虚无，便是禽兽猪狗相处久了，尚且认得主人朋友之说，依恋过往的情谊，更何况是人？你不记过往，敌友不分，连猪狗亦不如，枉来人世一场。”

我话未说完，撒鲁尔又挥出一掌，我的左脸如火烧一般疼痛，贴着明亮的大理石，刺骨地冷。

我的长发遮住了我的双眼，看不到撒鲁尔狰狞的表情，喉间的血腥渐渐蔓延开来，红色的液体沿着长发，淌到金砖之上，瞬间这个精致瑰丽的红艳房间弥漫着血腥气。

我喘着气，用长袖擦去嘴角的血迹，努力爬坐起来，眼前是那张阴沉邪恶的俊脸，他的眼瞳如我身上的鲜血一样艳红。

他蹲了下来，与我平视，忽地一笑：“夫人搞错了，我是撒鲁尔，突厥的皇帝，不是原非珏那个可怜虫。”他猛然抓起我的头发，拽到那面裹着红绸的铜镜前，强迫我抬起脸对着铜镜，只听他恶狠狠道，“看看你现在的样子，只有鬼才会喜欢你。”

铜镜如新，幽暗阴森的烛火下，映着一人长发如瀑，面色如鬼苍白，嘴角带血，泪眼颤抖，容颜扭曲。

他盯着我的眼睛，一字一字慢慢说道：“有一点非珏同我一样，平生最恨背叛。也许我没有记忆，猪狗不如，那你呢？在紫园里欺骗非珏，暗中勾搭上原非白，为了苟活，委身于大理段氏，请问花西夫人又比猪狗好多少？

“每一次我看着你的脸，就会让我想起原非珏是个多么可悲又可怜的家伙，原家竟然欺侮他到这种地步，竟然将你这样又丑陋又刁滑，而且水性杨花的贱人送与他。”

铜镜随着我的泪眼慢慢模糊了，里面的红发君王渐渐化成魔鬼，对我恶毒地嘶吼着，无情地咆哮着，他一松手，我像破布娃娃一样瘫在地上。我发上的血沾到他的手上，他嫌恶地用我的袍角擦了擦，然后一甩头发，傲然立起，高高在上地看着我在地上痛苦地蠕动。

“我要谢谢你。”他笑弯了那双酒眸，“你的出现终是让火拔家族着急了，木丫头害怕了，于是写信给果尔仁，他忍耐不住，便亲自露面到弓月城来探个究竟，我便有了理由联合其他部族来削夺果尔仁的势力，果尔仁这么多年来一直利用姚碧莹在我的身边做眼线，于是我便利用香芹反过来了解他们的一举一动，我本就打算对付火拔家族，还在担心这个孩子的去留，现在一举数得，也算她的造化。”

我看着他，悲凉到了心底，我的手抠着地面，生生折断了指甲，却毫无痛觉，不觉悲凉道：“那个孩子是你的亲生骨肉，那个女人是你的亲生母亲啊！”

他却轻声一叹，自顾说下去：“果尔仁太嚣张了，自从我立了太子，火拔部落就不停地掠夺弱小伯克的土地，压制王权，他还敢同那个女人，有了孽种……我忍了这么多年，我的母皇被火拔家的果尔仁行刺了，我便有机会进剿火拔部落，于是我将顺利收回帝国调兵的符节，重掌突厥的兵权，实现了我梦寐以求的亲政实权，这难道不值得庆贺吗？然后，我自会去实现果尔仁的心愿，出兵河朔，进军中原，吞并大理。至于孩子，我多的是，虽然她不会再有孩子，可是我会像毕咄鲁可汗爱轩辕紫弥王妃那样一生宠她爱她。”他仰天得意地大笑了起来，这个样子像极了当年在槐树下，我说要他把自己送给我时他那得意的笑容，可是他的眼中早已不复清澈，他的笑声亦不复少年的清朗，那酒眸只是跳动着罪恶疯狂的火焰，“一切都要谢谢你，是你在瓜洲对我的邀请，让我对过去又产生了兴趣，于是揭开了这长达八年的秘密。你说说，我怎么能不谢谢你呢，花西夫人！”他走向毕咄鲁的宝座，痴痴地抚摸着上面精美的狼图腾雕纹，“万能的腾格里，伟大的神啊，您助我发现了这个秘密，完美地利用了它，然后又让我成功地埋藏了它，为我保守了这个秘密。我将会把这个宝座安到中原去，把您的荣耀播撒到愚蠢的汉人那里，让他们为他们的无知付出代价，以实现我历代大突厥皇帝的梦想。”他扭头看向我，酒眸里跳跃着邪恶的兴奋，“首先从你的血祭开始吧！这样吧，让小乖来决定，先吃哪一个，是你还是踏雪公子呢？”他似是烦恼地拍拍怪兽的脑袋，酒瞳却兴奋地示意着怪兽。

果然怪兽咆哮着向我们跑过来，我早已将真武侯拉弓上弦，射出四支金箭，两支被怪兽的身体弹开，另两支全部射中它的两只眼。怪兽开始乱跳乱撞，我伏低身子，屏住呼吸，护着非白，拾起一个酒杯，向撒鲁尔的方向掷去。撒鲁尔冷笑着挥手打开，可还是惊起了声音，怪兽在剧痛中向撒鲁尔冲去，撒鲁尔对怪兽叫了几声，怪兽依然向他乱冲乱撞，撒鲁尔冷笑着挥出一掌，怪兽浑身爆裂开来，红色的房间沾满了怪兽喷溅的血污。

撒鲁尔嫌恶地擦着身上的血污：“这只野兽是雌的，还有被阿米尔烧死的那是只雄兽，都是轩辕紫弥从中土带来的。很奇怪吧，看似这么温柔美丽的人却能驯服这样凶残的野兽。

“轩辕紫弥死了，毕咄鲁也跟着服毒自尽了，而这两只野兽却不愿意离去，永远地留在地下，为轩辕紫弥守陵。

"非珏和我在地下练功时，有时把剩下的食物留给它们，它们便认了我们做主人，带我们来到这个秘密宫殿，让我知道了这个地宫的出口。"他看着怪兽摇摇头，"可惜畜生就是畜生，永远只能这么蠢。好吧，"他拿起了弯刀，状似很无奈道，"好歹你也算是非珏喜欢过的女人，本不想亲自杀你的，可惜现在小乖死了，只好我自己来了。你放心，我会尽量快一些，让你的痛苦少些，然后再把这个原非白送上路，让你们也好在黄泉路上相伴，也算是我成全了踏雪公子同花西夫人的情事了。我一定会把原非白的尸首交给原家，你的尸首交还给段月容，这样大理段家同西安原家仇恨愈深，我也好实现我的愿望，你说好吗，花西夫人？"他兴奋地向我走来，酒瞳杀意越深。

我抹着嘴角的血迹，忽然觉得好笑，事实上我也的确笑出声来，然后化作大笑。

撒鲁尔冷冷地看着我："你笑什么？"

我止住了笑声，努力站了起来。

"非珏，我知道你在，你听得到我说话。"我的眼中泪不停，心中反倒平静了下来，"对不起，非珏，这世上，我花木槿顶顶对不起的人就是你原非珏，我没有遵守我们的约定来弓月城找你，才会让你如此痛苦。无论你要怎样惩罚我，我都没有怨言，可是我不能让你伤害原非白，因为我真的爱上了他，我……并不后悔，也无法后悔。"

我看向原非白。就在这个时候，原非白的长睫微颤，似是悠悠醒转。

不要醒啊，非白，我不想让你看着我死去。

我向撒鲁尔走去："谢谢你，撒鲁尔。"

他的眼中闪着鄙夷，淡淡嘲讽道："谢我什么，让你和这个瘸子可以死在一起吗？"

"不，我不会和他死在一起的，我是不会让他死的！撒鲁尔。"我猛然刺出"酬情"，撒鲁尔自然轻轻一格弯刀，我便被重重甩出去。

我咬牙站起来，不停地向前再攻去。他的内力强大得惊人，每一次我的"酬情"与他的弯刀相格，我浑身的血液好像都要被他的内力给震出来似的。我对他淡淡笑着，尽管我认为此时的笑容一定万分难看和狼狈："我要谢谢你，终于让我可以问心无愧地说出我心里一直想说的话了。"

我侧身让过撒鲁尔的弯刀，然后让他的弯刀顺利地刺进我的左肩。他在我对面嘲讽地笑着，眼中却对我肩上流出的鲜血感到兴奋。我一咬牙，往前奔进，任由刀锋在我的骨肉间穿行，那骨骼肌肉的撕裂声中，我听到原非白疯狂地大吼着我的名字。

我在极端的痛苦中，靠近撒鲁尔，他似乎没想到我会用这种决绝的方法靠近他，可是他那空着的一只手闪电般握住了我刺向他的"酬情"："可笑的女人。"

他悲怜地看着我，微一用力，我的手骨断裂，他的脸上闪着残酷的笑容："唉，像你这样的女人归顺我不好吗？何必自讨苦吃呢？"

"一万年，原非白，你听好了。"我用另一只手悄悄尽力握住了怀中的紫殇，盯着撒鲁尔的血眸大声说道，只感觉自己周身的血液在沸腾。我想回头再看原非白一眼，却没有勇气看到他心碎的样子，一咬牙，把紫殇放进撒鲁尔的胸前，然后上前抱紧了撒鲁尔。

一阵耀眼的紫光从我和撒鲁尔的怀中发出，他不可置信地看着我，甚至害怕得忘记了挣扎。我看着撒鲁尔怔怔的血眸，大笑道："花木槿爱原非白一万年。"

我用尽全身力气将他推向悬崖。

非白，我一直在想我是什么时候爱上你的，我同非珏在一起耳鬓厮磨六年，可是我却只同你相处了短短的一年。

是从我第一次见到你，就爱上你了？

是因为你惊为天人的外表？

是因为你神秘哀伤的眼神？

是因为你的宫灯华羽？

是因为你那绝艳的笑容，还是那朝夕相处渐生的感情？

难道是前生你我有缘，冥冥之中，我要注定今生今世为你魂断神伤？

这些都是我八年来想破了脑袋都不得而知的问题。

我们之间是缘？是劫？或是孽？已然不得而知了，只是我没有告诉过任何人，这八年来我午夜梦回所见的，却俱是你我相处的点点滴滴，回忆越来越多，未来变得越发渺小，思念已是等闲，以至于我选择故意忽视段月容温柔的笑脸。

我听见耳边撒鲁尔在大骂着贱人，我却死死地抱着他，坠落中，我翻过身来，看到悬崖上攀着非白的脸，他的眼睛血丝密布，神情恐惧似发了疯，整个人都在发颤，他似是想要跳下来同我们一起去，可是他的身后出现一张无限风情的俏脸和一张白面具，正是悠悠。她死死护着非白，妙目充满了震撼和敬意。

无边的黑暗吞没了我，撒鲁尔拿着"酬情"在我身上乱划，好像在拼命摆脱我，好丢掉那块紫殇。

最后，他把"酬情"狠狠戳在我的心上，无边的疼痛伴着浑身的血腥潮湿，可惜我却无力再睁开眼睛。我的怀中陡然一空，撒鲁尔似是挣脱了我，往我怀中塞入一样东西，我的胸前立时一片灼热，烫得我惨叫出声，混混沌沌的脑海中猛然响起果尔仁的话来：

"贬下界的仙子喝了孟婆汤，重新投胎后，却忘却前世的一切，也忘了妖王，妖王终其漫漫一生也无法得到仙子的爱，无奈的妖王便流下一滴伤心的紫色眼泪，化作了这世上最珍贵的紫色宝石……"

我睁开眼，眼前却是前世投胎前地府的过往种种，紫浮对我那莫名其妙的一笑，猛然惊觉，他的笑容原来是这样的空洞和悲哀。

随即又是段月容俯在石洞口那绝望而心碎的嘶喊："木槿，你这个没有心的女人，你没有心，没有心的女人。"

月容，我如果死了，你会解气吗？

未知的黑暗涌了上来，痛苦中的我终于失去了意识。

“木姑娘，木姑娘。”我睁开了眼睛，一缕发丝轻轻撩着我的脸颊，痒痒的，我坐了起来。

阳光透过花丛，微洒在我眼中，我轻抬手，咦，好轻松，浑身从来没有这样轻松过，耳边百鸟鸣啭，我正坐在厚厚堆积的桃花瓣上。

一个粉衣少女，俏立在桃花雨中，正侧头抿嘴对我微笑：“姐姐。”

“初画。”

我开心地跳了起来，向她走去，忽然注意到初画的旁边站立着一个秀气的黑衣青年，他对我腼腆地笑着：“木姑娘好。”

我停住了脚步，细细地看了一会儿，恍然大悟地唤着：“您是鲁元先生？”

鲁元点点头，对我似是笑意更深。

“先生。”身后有人轻声唤我，我转身却见一个满面憨直的小少年站在那里搔着头，对我呵呵笑着。

“春来。”我欣喜若狂，奔上去，抱着他泪流满面。

初画笑道：“姐姐，时候到了，我们走吧。”

“上哪里去？”

“你本不属于这里，姐姐忘了吗？”初画温然笑着，“是紫浮天王错拉着你入了这个世界的，你同春来的阳寿已尽，我和鲁先生是来带你走的，去那往生的世界，种满彼岸花的乐土。”

她微抬手，往事便在我脑海中一一闪过，我却觉得我好像忘记了很重要的人或事，可是再一想起，却是一片空白，心上隐隐的似冰锥在凌迟，痛了起来。

桃花艳红，芬芳的香气令我恍惚地点着头，拉着春来举步走向初画。

“木丫头。”忽然，一个声音在我身后轻唤着。

我回过头去，酒瞳红发的阳光少年背负着双手，一身红衣飘飘的他，在阳光下对我朗笑着，他挂在胸前的银牌子耀着我的眼。

我微笑了：“非珏，你是来送我的吗？”

“不，木丫头，我是来接你的！”他潋滟的酒瞳反射着阳光的温暖，上前拉着我的手。

我耳边闪过一阵轻微的叫声，再回头，却见初画和鲁元惊恐地看着我们。春来瞪着眼睛，大声叫着恶魔，初画身边的桃花落得更猛，两人微露痛苦之色，她一掩长袖，同鲁元和春来渐渐消失在我的眼前。

我惊诧地唤着他们的名字，向她消失的方向走去，非珏却拉紧了我。

他还是那样柔笑着：“木丫头，你本不属于这里，让我带你去无忧城吧。”他一指远处云层中一抹缥缈的嫣红，似有千万株樱花随风摇落，他快乐地对我说道：“去那没有战争、没有痛苦、没有忧愁的地方，就我们两个，再也不要有离别和泪水。你本不该来这世上，我也不该来这血腥之地，就让我们永远离开这些痛苦，去实现你心中的长相守，你和我永不分离。”

我心花怒放，我终于可以去寻找那长相守。

方才举步，心中却一滞，我奇怪地想着，无忧城在哪里？还有，何谓长相守？

方才那心痛的感觉又起，我一定忘掉了什么很重要的东西，可是怎么也想不起来。

“不要去想了，这会让你心碎痛苦的。”非珏拉紧了我的手。

我感觉我和他渐渐飘浮了起来，往那满是樱花嫣红、闪闪发光的无忧之城飞去。

我轻松地想着，他说得对，不要再去想那些痛苦的事了，我要去那无忧之城。

“不要去。”一声叹息在我们身后响起。

回头看去，却见一人站在木槿树下，乌发飘扬，紫色目光闪动，悲悯万分，这人长得很熟悉啊。

我的胸口隐隐地痛了起来。哦，这是那个拉着我投错胎的紫浮吧。

“这颗痴愚僵死之心碎了又如何？”他一脸祥和地站在木槿树下，对我轻柔地叹着气，“你不要跟他去。”

我恍然大悟地笑着：“你是紫浮吧，我记得是你拉我下界的，不过一切都结束了，我该离开这个世界了。”

“傻瓜！”他忧郁地笑了起来，“一切才刚刚开始，每次都是这样，你总会想要逃开，这一次也不例外吗？”

我不由自主地摸上我的胸口，骇然发现我的胸膛内凹进一大块，空无一物，还真的没有心了。

他向我的胸口微一抬手，纤指优雅：“这一次，请问一问你的这颗心吧。”

我诧异地看着他，可还是不由自主地低下头。

他在我的胸前似乎放了一样发着紫光的东西，我探手入怀，方才触到一块温润凝滑的石头。

骤然间，胸口涌起一丝温暖，我听到我的心脏强烈的跳动声。

眼前的非珏俊脸扭曲起来，疯狂地哭喊了起来，忽而一分为二，撒鲁尔和非珏并排而立。

撒鲁尔看着我不停狞笑：“来呀，木丫头，永远住在我的无忧城吧。”

非珏惊恐地看着我的胸前，脸上却慢慢流下血色眼泪：“木丫头，你的心……”

我低下头，却见胸口灼热地燃烧起来，像烈火焚烧着我的心，我惊慌地扯开领口，一块紫色的石头发出耀眼的光芒，如白昼的阳光一般，快速吞噬着我胸前的皮肉，嵌入我的心脏。

剧痛中，我睁不开眼睛，放声嘶叫，这一世的记忆如潮涌来……无数画面拼命涌入我的脑海中，只觉浑身每一寸肌肤都在痛，都在燃烧，一直燃烧到我灵魂深处。我的心剧烈地跳动着，好像要活活地跳出我的胸口。我骤然下坠，下方的无忧城越来越近，渐渐显出了真形，火红的樱花原来是一片地狱火海，而那无数的光点竟是那些因《无相真经》而亡的冤魂，他们被困在仇恨的火海中灼烧，不停地痛苦嘶吼着，挣扎不得。

一股巨大的撞击袭来，伴着极度的痛苦，我使劲从肺里呛出一口腥苦的水，恢复了呼吸。我微微睁开了眼，很多人影在我眼前走来走去，在我的胸前拉扯。我很想让他们走开，可是没有半点力气。

有人伸手到我嘴里使劲搅动着，我努力睁大了眼睛，眼前有个身着华服的身影，正跪在我的面前，一手扶着我，一手正抠我的喉，迫我吐出吞进肺里的黑水，我的鼻间嘴里都是一股股腥臭。

好痛，我的胸前痛如火灼，有健壮的黑肤侍女正跪着擦拭我的身体和伤口，有个医者模样的人在我胸口前认真地缝针，然后飞快地往我嘴里喂进一颗甘甜的药丸。

我急喘着气抬头，原来我正躺在一间干净的房内，那扶着我的青年俊朗如画，一双天狼星一般明亮的朗目正欣喜地看着我。

他身上的华服沾满了我的呕吐之物，他修长的手指轻轻替我拂去嘴角的污水，对我柔柔笑道："很久不见了，四妹。"

第十五章

花落不同悲

元庆二年三月初二，天下传闻，突厥第一名臣果尔仁带领火拔部在突厥天祭之际公然发动叛乱，使人刺杀突厥万人景仰的女太皇，并在弓月宫中埋下炸药，欲一并阴谋行刺突厥绯都可汗。多处宫殿毁损，宫人死伤无数，所幸绯都可汗有腾格里保佑，虽受了重伤，性命却无忧。

绯都可汗身心受创，几次痛哭于棺前，直至晕厥，最后仍勉力亲自举行了詹宁女太皇的火葬仪式。西域诸国纷纷遣使哀悼，西庭亦送来了元庆皇帝亲自写的吊文，赐詹宁女太皇谥号宁帝。

同日，葛洛罗部伯克阿米尔击溃乌兰巴托的火拔族，火拔族无论男女老少，均遭野蛮的屠杀，无一幸免，火拔这个姓氏从此消失在突厥的历史中，而乌兰巴托从此归葛洛罗的阿米尔叶护所有。

之后，突厥归还多玛城及太子新妃洛果吐司之女与大理，并同意迎娶大理宗室女为可贺敦，以修和好。

民间开始沸沸扬扬地流传：那富甲天下的商人君莫问是一个妇人，甚至有人联想到她其实是踏雪公子失散多年的妻子花西夫人，无论是大理段氏还是西安原氏都对流言不置一词，而踏雪公子旧疾复发，闭门不出。

绯都可汗最宠爱的可贺敦，火拔家的热伊汗古丽，因为被父亲的叛乱牵连，受到了强烈的刺激，以至于小产，悲痛欲绝之下，得了失心疯，连自己的孩子也不认识，据说整日抱着一个长辫子的布娃娃哭笑成癫。仁慈的绯都可汗，不但没有将其打入冷宫，甚至没有撤去她的大妃封号，但是为了大妃娘娘的病情，仍然将其迁入以前女太皇住的冬宫。可汗怜木尹太子及阿纷公主年幼失母，便让皇后代为教养，并重掌后宫。

元庆二年，突厥的雨水季节略微嫌长，老天爷似有下不尽的春雨，如同草原上淳朴的牧民怀念女太皇的泪水，又似在哀叹火拔家一去不复返的荣耀。

已是惊蛰时分，春雨仍是不停，宫人的汗水混着雨水，不停歇地修复着被炸毁的宫殿。绯都可汗左手缠着绷带，坐在金玫瑰园的凉亭中，听着淅淅沥沥的三月春雨，看着玫瑰花朵在雨中凋残。

“降夫既旋，功臣又赏，班荷元勋，苏逢漏网，宁帝奇后，天降乐圣，万古流芳……”

“够了！”

撒鲁尔面无表情地打断了阿米尔，仍是盯着金玫瑰园，语气中满是讽意：“只要先帝满意就行了，先拿去祭了先帝再说吧！”

阿米尔躬身曰是。

撒鲁尔微伸了个懒腰，若无其事道：“那些潜入地宫的老鼠可有踪迹？”

阿米尔单腿跪下，惭愧道：“伟大的可汗陛下，地宫已塌，没有发现踏雪公子的踪迹，西安那边亦没有踏雪公子的消息。”

“原氏的暗人可有异动？”

“似是凭空消失了，无法查到。”

“他果然没有死。”撒鲁尔冷哼一声，微侧身间，似是牵动胸前伤口，眼中闪出一丝狠毒，口中却念念有词，“君不闻秦中踏雪，美而谦润，敏而博闻，智者千里，举世无双。这个踏雪，素有傲名在外，却扮个又臭又脏的老头，潜在先帝身边，还能看着自己的女人与朕周旋数月，引而不发，断非常人。”

他的酒瞳瞥向阿米尔：“你且记着，这个原非白将会是我大突厥最可怕的敌人。”

阿米尔不易察觉地微抖了一下，继续说道：“段太子回到了叶榆，叶榆皇宫内名医如云，至今不见太子面众，似是受了重伤。唯一令臣担心的便是大理同君氏的暗人仍在附近徘徊，似是在搜寻花木槿……”

“住口，朕不要听到她的名字。”撒鲁尔暴喝一声。

阿米尔立时噤声，却见撒鲁尔胸膛起伏，然后捂着伤口颓然倒地。阿米尔急忙上前查看撒鲁尔的伤势，所幸没有崩出血来。

撒鲁尔平复着自己的呼吸，强自隐下胸口的伤痛，对着阿米尔忽地微微一笑：“自今日起，严密搜索，原非白生要见人，死要见尸。至于那个贱人，”他冷冷道，“立诛之，提头来见。”

春雨似浇到了阿米尔的心底，让他感到冰冷。他垂首看着大理石的地砖，只觉眼前从小一起长大的君主，原来是这样的陌生。

雨声渐止，玫瑰瓣上颤颤地滴着水珠，如美人玉颜垂泪不止。

君臣一阵沉默。

撒鲁尔痴痴看了一阵新雨娇蕊，慢慢启口道：“朕想重新为拉都伊举办葬仪，追封为可贺敦，你去替朕挑个日子吧。”

阿米尔眼中泪光隐现：“葛洛罗部替拉都伊叩谢陛下隆恩。”

撒鲁尔抬手让阿米尔退去。

他又看了一会儿碧叶晶珠，唤了声："阿黑娜。"

不久一个老宫人前来。他低声问道："她可好？"

阿黑娜跪启道："大妃娘娘还是日夜不眠，终日抱着花姑子啼哭不止，她想见太子和阿纷公主。"

撒鲁尔一阵黯然，久久不语："大妃身体不适，太子和公主还是由皇后代为教养为宜，你且尽心照顾大妃，不得有误。"

阿黑娜似是有话要讲，但看着可汗冷酷的眼睛，终是闭上了嘴，退了出去。

撒鲁尔心中一阵烦闷，便步出凉亭，信步向树母神走去。

紫殇的力量有多么强大，越是离碎心殿近，越能感到前尘往事的干扰，当几方人马打不开结界时，他果断地牺牲了他刚出生的女儿，打开了结界，没想到原非珏已经换走了紫殇，他越来越琢磨不透原非珏了。

难道真的像花木槿说的那样，原非珏远比撒鲁尔要强大？

不可能，他是撒鲁尔，他是胜利者，不是原非珏那个可怜虫，就算原非珏的力量比他想象的要强大，而原非珏的弱点也多，最大的弱点就是原非珏心里那个连样子也分不清的女人，花木槿。于是，他杀了花木槿，封印了原非珏。

那么，原非珏换走的那半块紫殇到哪里去了呢？应该也随着花木槿沉到这个地宫的下面了吧。

他蹲下身子，拍了拍树母神下的土地，心中嘲道："原非珏，你还是随那花木槿在地下安息吧，而朕将拥有你的一切。"

"陛下？"

一个脆生生的声音传来。他回头，却见一个米色卷发的美人，浑身上下紧身的冰绡纱早已被春雨湿透，胸前隐隐露出两点殷红，大胆的褐眸勾魂摄魄。

"你叫什么，怎么从来没有见过你？"

"奴婢叫朵娜，以前在大妃娘娘那里服侍，现在在凉风殿当差。"美人的声音销魂婉转，又微微带着一丝幽怨。

撒鲁尔了然一笑："今夜，便到神思殿来侍候吧。"

朵娜喜上眉梢，跪在地上，行了个礼，双手微挤，令她饱满的胸脯更加令人垂涎欲滴，然后拧着肥臀细腰肢消失在玫瑰园中。

撒鲁尔的心情莫名地好了起来，微展轻功，人已跃上树母神。如同往常一样，他心中愉快或是烦闷难解，都会跃上树母神远眺一会儿，心情便会舒缓，这一点倒是同那个原非珏一样，只是自从同姚碧莹成亲之后便很少来了。

忽地想起那个女人也曾经莫名其妙地爬过树母神，一想起那个女人，他的手不由自主地微抓身边的树皮，只听轻微的咔的一声，那块树皮被他抓裂了。

他有些歉疚，毕竟树母神是他最尊崇的神树，只要在树母神上，再烦躁的心情都能平复下来。

他不喜欢那个女人曾经出现在属于他的空间，于是他决定回宫后立刻下诏，任何人再不可近这棵树母神三步之内，违者杀无赦。

他想把那树皮合上，这才发现那树母神的枝干似是中空的，他又使劲扒开了下面的树皮，里面竟然放着一个乌黑的镶银金丝楠木盒。

一种奇怪的感觉呼之欲出，他鬼使神差地慢慢打开了那个金丝楠木盒，只见里面静静躺着一根普通的银链子，坠子是一块大银牌，上面的花纹有点眼熟。他暗嗤一声，是了，是那个君莫问，也就是花木槿随身戴着的那块，应该是原非珏那个可怜虫送她的那块银牌子。

她想用那块紫殇抱着他同归于尽，这个愚蠢的女人，若是他，既已近身，只要乘其不备，刺上两刀，再将"酬情"扔入怀中，不就一了百了了吗？

他还记得她的眼中满是萧瑟黯淡，可是当她的眼神望着那个原非白，偏又柔得似水一般。

他还记得她抱着他下坠时的温暖，那是属于他一个人的。就在面临死亡的瞬间，即使隔着衣料和那块可怕的紫殇，他依然能感到那个女人温暖圆滚的胸脯蹭着他的前胸，他竟然起了反应，他感到很兴奋。如果不是求生的意志唤醒了他，他可能还会沉醉，甚至想拉着她，回到崖上，狠狠地蹂躏她的身躯，让她在他的身下哭泣求饶。

不，这匹水性杨花的劣马是原非珏的弱点，是原非珏的愚蠢。他轻笑出声，再一次在心中鄙夷地骂了句：原非珏，你这个可怜虫。

他正想用内力化去那块银牌，忽然感到这一块与花木槿身上戴着的那块其实花纹略有不同，手中的这一块可能更为粗糙一些，心中不免一动。原来原非珏当年手中有两块，一块送给了花木槿做信物，自己还留着另一块以做日后相认之物！

原非珏难道真的比撒鲁尔聪明？他轻嗤一声，手中不由得一紧，顿感银牌的另一面似有硬物，他翻转过来，却见在银牌的另一面镶着一块温润的紫色宝石，在阳光下沉静地躺在他的手中，然而那晶莹剔透的宝石却折射着他渐渐扭曲害怕的脸，然后缓缓地发出灼热的白光。

"回珏四爷，奴婢的名字和这樱花一样，也带着花，奴婢叫木槿，花的颜色也是红色的，您可记住了。"一个青色的小人影，在漫天的嫣红中，她的声音是这样温柔，就好像她悄悄塞到手中那柔软芬芳的樱花花瓣。

"你、你，珏四爷，万一你扎死我可怎么办呢？"她站在河边，指着他的手都吓得发颤。下雪了吧，她的手上一片圣洁的白色，与雪天同色。

"非珏，今儿个是我的生辰，不如你把你自个儿给我吧。"小巧的人影坐在那里，含羞似怯，她的周身是一团红影，静静的，却让人热血沸腾起来。

"我有你送给我的法宝啊，只要我戴着这根银链子，无论岁月变迁，无论天涯海角，无论我变成什么样的人，我们都会认出对方的。”

“裴兄，你可相信，如果因为时间和距离，改变了外貌，甚至没有了记忆，只要相爱的两个人，还是能互相认出对方，找到彼此失落的那颗心吗？”

“对不起，非珏，这世上，我花木槿顶顶对不起的人就是你原非珏，无论你要怎样惩罚我，我都没有怨言。可是我不能让你伤害原非白，因为我爱上了他，我……并不后悔，也无法后悔。”

非珏，非珏……

“啊！”

树母神上传出一声无比惨痛的嘶吼，响彻整个弓月宫。

守卫的士兵赶过来，大突厥的皇帝摔倒在碧绿的树母神下，双目紧闭，胸口渗血，手中紧紧握着镶有半块紫色宝石的银链子。

花开不同赏，花落不同悲。
欲问相思处，花开花落时。
揽草结同心，将以遗知音。
春愁正断绝，春鸟复哀吟。
风花日将老，佳期犹渺渺。
不结同心人，空结同心草。
那堪花满枝，翻作两相思。
玉箸垂朝镜，春风知不知。

番外

春风知不知

永业三年，金玫瑰园里的树母神挺拔苍翠，静默地看着远处的辉煌宫殿。唯有宫人焦急的呼唤声此起彼伏：“可汗陛下，可汗陛下。”

树母神巨大的树冠中钻了一头火红的俊美少年，警觉地向外探了探头，然后又缩了回去。

树冠里，他将脸贴在树干上，红色的眼瞳毫无焦距地望着前方喃喃道：“怎么办，我一天比一天记不住事了，现在除了你，我什么也记不住了，他……老是想让我睡，怎么办呢?

“木丫头，你对我说过，如果因为时间和距离，改变了外貌，甚至没有了记忆，只要相爱的两个人，还是能互相认出对方，找到彼此失落的那颗心。”他的声音充满了仓皇，“可是我还是害怕。他们都想让我忘记你，连他也是……我不信你真的死了，不信。树母神啊，求你保佑我再一次找到木丫头吧，如果我真的记不起来了，求你让这块紫殇唤起我的记忆，哪怕真的会散了功，哪怕是死了……我也不要忘记木丫头。”

他抬头，眯着酒瞳往阳光耀眼处无尽迷惘地看了一阵，红色眼泪流出红瞳的那一刻，心中暗暗做了一个决定。

他自怀中拿出一个金丝楠木盒，打开木盒，里面静静地躺着一块紫色的宝石，立时无穷无尽的痛苦而可怕的回忆冲向他的脑海。他咬紧牙关，紧握那块紫殇，他握得这样紧，以至关节渐渐泛了白，浑身剧烈地抖动着，张嘴吐出一口鲜血。他忍着心中翻滚的痛苦，拿出一块银牌链子，用内功将紫色宝石镶入吊坠的银牌之中，然后快速放回木盒中。

他又吐了几口血，大喘着气平复下来，运功调息了许久，将木盒藏在树枝上，又在树母神内上上下下挖了一些风使的记号，再涂上泥土细细伪装一番，以备日后寻找木盒之用。

一切停当，他流泪笑了起来，声音中有了小小的得意：“木丫头，没有人知道，其实我买了两根银链子，一根送给你，一根我自己悄悄留着。我知道那个楼兰老头是骗我的，我眼睛不好，可是我摸得出来，这不是什么稀世珍宝，确然、确然这也骗过了母皇他们，他们以为我真的是个傻子，没有人把这个当回事儿。”他的脸上挂着红色的泪珠愣愣地沉思着，温柔而笑，“也就不会把它从我身上抢走，还有这块紫殇……傻木丫头，只有你把这根链子当宝贝一样戴着，也不知道那个三瘸子有没有发现……”

“陛下，陛下，”一个金发蓝眸的少年从远处跑来，上气不接下气，对着树母神大喊，“果尔仁叶护亲自找来了，我……属下拦不住了，您、您快下来吧！”

红发少年收起了悲戚，胡乱地擦了擦脸，抹净血迹，又运功调息一番，暗想须得再回无忧城中修炼一段时间，才可将方才因接触紫殇损失的功力补回来。

当他施展轻功跳下来时，已恢复了高贵冷漠。他睨着气喘吁吁的金发少年，冷冷道：“慌什么，来了就来了呗。”

轻风拂过，二人渐渐消失在一片绿色之中。

树母神低垂的树冠静默地望着远去的人影，微风摆弄着饱满的碧叶，在西域午后灿烂的阳光下，微微泛着金光，那沙沙作响好似如梦的轻叹，原来这里火热的春天本没有樱花似雪。

木槿花西月锦绣

典藏版

4

今宵风雨故人归

海飘雪 作品

青岛出版社
QINGDAO PUBLISHING HOUSE

目录

MUJINHUAXI YUEJINXIU

第一章
春风度黄两

元庆三年，惊蛰过后，春风吹入玉门关内，万物复苏。

子时，玉弓隐入云雾之中，肃州境内，黑暗笼罩着边陲小镇“黄两镇”。

一片寂静，兰生送走了最后一个酒醉的客人，打了个哈欠，慢慢跨过门槛，正要收起那在夜空中幽幽飘荡的酒旗，半道上却被一个黑乎乎的玩意儿绊了一下，差点摔倒。

他飞快地稳住了身子，回头一看，却见那黑乎乎的东西慢慢坐起来，对着他轻轻吠了几声。他吓了一跳，定睛一看，却是一只浑身乌黑的大狗。这只狗常年在酒肆门口乖巧地等着他的主人，两只黑亮的眼珠盯着他，让他心里无端地毛了一下，他长嘘一口气，拍拍胸脯：“原来是小忠啊。”

黑狗猛地抬起两只前爪搭在他的手臂上，大舌头哈哈地对他吐着。兰生给逗乐了，坐在门槛上，摸着小黑狗：“你来找你爹吧？”

黑狗汪汪叫了两声，算是回答了他。兰生叹了一口气：“真是好孩子。不过你爹好像从后门走了，去赌坊了。”

黑狗若有所思地盯着兰生的嘴巴，好像在揣摸语意，然后开始扭头向赌坊的方向看了又看。

兰生向屋里伸了伸脑袋，确定掌柜的已经歇下了，便取了客人吃剩下的肉骨鸡杂，递到小忠面前，认真道：“还没吃饭吧，吃点再去找你爹吧。我看你爹兴致还不错，保不住今儿就在那儿过夜啦，不吃可就一夜饿着肚子啦。”

小忠乖巧地蹲在兰生面前，嗅了嗅那个土盘子，然后狼吞虎咽地吃了起来。兰生看着小忠的吃相，往手上呵着气，不停搓着手，低低道：“我看你爹指不定回头还要去秋香阁找相好的，上回让他替我给巧巧姑娘送的钗子，也不知道送没送哪。”

兰生对着黑狗，像对着一个老朋友絮絮地说着自己的心事，从小气的掌柜到爱慕的秋香阁头牌巧巧。黑狗早就吃完了，跑过来挨着兰生，耐心地听他说完。

黑狗对兰生汪汪叫了两声，垂下脑袋开始向赌坊那里嗅去，没走多远，却忽地停了下来，警觉地向四周看看，然后不安地跑回兰生那里，咬着他的袖子使劲往客栈里拖。

兰生疑惑道："小忠，你还饿啊，我再给你找点吃的去。不过你将就点吧，我困了，要睡——"

黑狗的力气忽然变大了，硬是把兰生给拖了进去。好在北地初春的衣衫仍是厚重的，狗牙没硌着兰生，但还是把袖子给咬破了。兰生做伙计，累得半死，一年也不过只有这一件冬衣，饶是他再喜欢小忠，这回也恼了，正待发作，却听四周黄两镇焦躁不安的狗叫声此起彼伏，不久远处传来一阵疾驰的马蹄声。

不一会儿，门外喧哗了起来，兰生好奇地想出去看看，黑狗死命地咬着袖子不放，他气呼呼地抄起椅子正要把狗赶开，本已躺下的老板却神色紧张地披衣出来，手中的烛火不停颤抖，惊慌问道："这是怎的了？"

兰生正要回答，黑狗却害怕地放开他，一溜烟地朝后门冲去。

十数个身材高大的黑衣人停在门口。当先的那个大汉浑身肌肉虬结，高壮魁伟，面上满是深褐刀疤，只听他在马上喝道："后生，这里可是黄两镇？"

兰生点点头。

那刀疤汉子下了马，跑到中间一个戴黑纱的纤细人影处，恭敬地细声说了几句，好像是在说赌坊什么的。

夜风微摆，黑纱拂动间，兰生瞥见那人一双美目在幽暗的灯光下发出幽幽的紫光来，竟似野兽的眼睛。

却听那刀疤汉子复又回来，冷冷道："三间上等客房。"

掌柜的走了下来，结结巴巴道："客房都满了，都——"

话音未落，那刀疤汉子的虎目一瞪，掌柜的便缩了回去，只留颤颤的声音抛向兰生："兰生，你好生伺候着客人。"

黑纱后面的紫瞳向兰生幽幽扫来，他立时吓得魂飞魄散。这几年世道不太平，关内关外都在流传着西凉马贼和幽冥教的可怕传说，他努力稳住心神："客……官、官，小的不敢骗、骗……您，只剩下两间中等客房，还有一间下等客房。"

为首的大汉眉头一皱，似要发作，黑纱女子操着一口地道的官话，柔声唤道："乔万，出门在外，莫要穷讲究了。"

那叫乔万的刀疤汉子诺了一声，斜着一双吊睛眼自怀中抛出明晃晃的一物："赏你的。"

兰生打着哆嗦接过，双手却不由得激动地抖了起来，原来那是一锭足足二两的银子。

兰生浑身的活力涌起，屁颠屁颠地引着众人上了三楼。

兰生偶一回头，却见那位黑纱夫人被众位大汉护在左右，盈盈跟在身后。兰生忽然想起前年有个读书人住在他们客栈，曾经摇头晃脑地吟道“所谓佳人，仪态翩跹”，想来也不过如此吧。而这位夫人明明蒙着面纱，兰生却觉得她比自己的梦中情人巧巧更美上三分。

安顿了马匹，兰生又提了热水送到各屋，来到那夫人房中，有一人截住他沉声问道：“小二，你可听说过此地有天天买两斤黄酒、半斛咸盐的人？”

“客官问的可是那个焦大？那秋香阁的龟奴？”兰生摸摸脑门想了想，一点头，“现下只有他天天都来打两斤黄酒、半斛咸盐。”

那个大汉的双目迸出精光，满面的刀疤也扭曲起来，一把扯住兰生，厉声道：“他现在何处？”

“他是本地有名的滥赌鬼，”兰生结结巴巴道，手指如风中秋叶，指着赌坊的方向，“现在八成在赌坊。莫非这位大爷也是追债的？”

“乔万放手，”一个柔美的声音传来，竟是那位夫人，“这位小二哥如何称呼？”

乔万依言放开了兰生。

兰生赶紧伏身答道：“夫人唤小的兰生便成了。”

“兰生兄弟，不瞒你说，妾同家人出来是为寻访失散多年的长姐，”那位夫人叹了一口气，“不知那焦大家中可有女眷？”

兰生点点头：“正是。这焦大是个赌鬼，今年更是把祖宅也赌光了，还差点要把老婆给卖到秋香阁里去，他老婆一气之下便病倒了，这一年更不大出来。他没钱给老婆看病，便从前面的寺庙求了个偏方，每天都会到我们客栈打两斤黄酒，还有半斛咸盐，说是用来掺着那红柳叶子，给他夫人擦身的。莫非那焦大的老婆乃是夫人失散的亲人？”兰生疑惑地说道。

那位夫人沉默了一阵，隔着黑纱看了一眼那叫乔万的大汉。

烛火忽地闪了一下，正映着那双妖冶的紫瞳，向兰生瞟来，寒光湛湛。兰生不由自主地后退一步，垂下头来，心脏急跳不已。

却听那夫人柔声道：“兰生兄弟，奴家是外地人，行走在外，甚是不便，最怕惊扰贵地，还请不要声张奴家的行踪。”

说罢，刚一抬手，那乔万便又沉着脸，扔给他二两银子。

兰生且惊又喜，当晚牢牢地怀抱着这四两银子不安地睡了一宿，第二天在鸡鸣声中醒了过来。兰生跳下床，草草梳洗之后，拆开铺门做生意，却见一个黑脸膛的中年男子正笼着袖子睡在客栈门口。

兰生唤了声：“焦大。”

那人打着鼾，翻了个身仍继续酣睡。

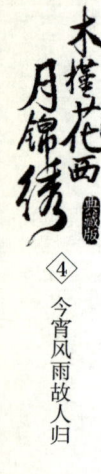

兰生连唤数声，狠狠踢了一脚，那人才醒了过来。那人打了一个哈欠，红着酒鼻子，睡眼蒙眬地道："二斤上等黄酒、半斛咸盐。"

兰生鄙夷道："焦大，你今天有钱付账吗？"

焦大似是完全清醒了，慢慢站起，重重哼了一声："小崽子，焦爷我什么时候赖过你？老子有的是钱，不过是寻思着怕吓着你个黄毛小崽子。"

兰生哈哈干笑数声，然后面无表情地五指一伸："拿钱来。"

焦大对着青石板唾了一口，嘴巴里叽歪了几句，从怀里摸了几枚铜钱，然后一个一个地数了半天，才心疼地递去："都是那该死的婆娘惹的祸。拿去，正好八文。"

兰生心里骂着滥赌鬼，从焦大那脏手里夺了半天才得了这八文钱，数了数，低声道："喂，你替我给巧巧姑娘送簪子了没？"

焦大支支吾吾了半天，脚底抹油就要逃走，没走开半步，忽地停在那里，眼睛对着马厩里的八匹马发呆。

兰生欲问簪子之事，却见焦大的眼中竟然流露出从未有过的恐惧，就连上回赌坊打手上门扬言要扒他皮抵债，都未见他如此害怕，仿佛大白天见鬼一般。

想起昨夜那位夫人之言，兰生刚要发话，焦大却头也不回地疾跑而去，连酒都没有要。

"焦大、焦大？"兰生大声唤着。那焦大却转眼不见踪迹，兰生只得暗骂一声滥赌鬼。

刚回身，却见一人正近在眼前，却是昨夜那乔万，兰生吓得一跳："客官，您有何吩咐？"

那乔万也不理他，只一味瞪着铜铃大的双目，直直看着焦大消失的方向，眼神闪烁中，默然转身离去。

朝阳升起，掌柜的起身的第一件事便是向兰生询问昨夜的奇事。兰生依实答来，除了那四两银子。

掌柜的又亲自到上房前去问候，却被几个在外面侍候的黑衣家奴挡在外面，只得悻悻而归。

几百年前，黄两镇乃是庭朝同西域互市之所，原本只是一个荒芜的小村庄，不过十多户人口，大约二百年前，有人发现离村子五十里处有一金矿，天下淘金客皆聚集此地，渐渐演变成镇，取名"黄两"，寓意黄金万两。如今黄金淘尽，这数十年来突厥与庭朝时战时和，又时逢乱世，匪祸不断，镇民十之有六逃离此地，黄两镇渐渐变成一个略显荒凉的西北小镇，东家夫妻吵架、西家老公公身上长疥疮都会被津津乐道很久，更何况来了这样宝贵的神秘客？白日里，掌柜的打着算盘，同店里伙计和几个熟客悄悄地谈论这桩奇事。

兰生想起焦大所忘的黄酒和咸盐，便在入夜后，提上那黄酒、咸盐前往焦大家中。

明月似是同兰生在捉迷藏，久久地隐匿在密布的乌云之下。这条平素走过千万遍的小街，忽地变得长了起来。一路之上，万籁俱寂，未到近前，一阵奇怪的焦味传来。兰生抬头，却见远处一缕黑烟在微弱的月光下升起，夜色中几不可见，几声恐怖的狗叫传了开来，镇上有几家灯火亮了起来。

不好的感觉传来，兰生疾步奔跑了起来，来到焦大的破棚门口，却见早已化为一片焦土。

兰生捂着嘴，骇在那里，正要冲进去，焦土中却有人影闪动，为首一人一双紫瞳在黑夜中分外明亮，犹如妖魔现世。兰生爬到一边，伸头一瞧，正是客栈的紫瞳贵妇。她微启朱唇，用世上最好听也最冷酷的声音说道："她不在这里，我们中了调虎离山之计了。"

乔万的声音有些疑惑地传来："唯有二斤黄酒、半斛咸盐方能见效，咱们的暗人在这里查了两年，确是无误了。"

"蠢货。这个焦大明知会遭严刑逼供，这才自焚身亡，可见他就是要将线索全了断了，让我们查不下去。"她冷哼一声，紫瞳在月光下烁烁发亮，"这世上既有人买黄酒和咸盐藏匿她，那本是黄酒和咸盐的作坊反倒不能藏人了？"

"还是主子想得周到，小人这就去。"

"晚了。"紫瞳贵妇轻摇头，叹声道，"你莫忘了，那个伙计提过，这个焦大养了一条极听话的黑犬，如今焦大全家被焚，黑狗却不知踪影，想是我们到的第一刻，便报信去了。西营的那位贵人，擅驯野兽，你又不是不知道。"

那乔万问道："主子，如今该如何是好？"

紫瞳贵妇冷冷道："你如今便只会问我了吗？"

"小人罪该万死。"乔万吓得满面惊慌，"小的查过，那客栈的酒与咸盐全是从一处叫作含香杂货铺的店铺采买的。小的这就派人去……"

紫瞳贵妇一挥手，乔万被打得翻落在地，脸上五指分明，口角流血。众家奴也慌张跪地。

"蠢货。如此蛮荒之地竟有一个杂货铺子，取名如此风雅？这如何不惹人注目？！想想这一路之上，如此太平，竟未有一个伏击的，恐怕正是引我等到此的一个圈套。"她思索片刻，睨着乔万，冷冷道，"这里火光冲天，整个黄两镇却无人前来，你不觉得奇怪吗？"

乔万站了起来，连连称诺，眼神也警觉起来。这时，有一满身是血的黑衣人从远处飞来，跌落在地，惊呼道："主子快走，外面接应的兄弟全部死了。"说罢，已然浑身流着黑血而死。

众人脸色一凛，紫瞳贵妇却脸色不变，只是自衣襟中牵出一方丝帕，极优雅地捂了捂鼻子，冷然地纤指微扬，家奴立刻牵上一匹高骏白马来。

“西营的狗奴才定是将她转移到别处去了。”乔万扶着紫瞳贵妇上马，恭敬道，“夫人速速前往凤州，公子已派人前来接应，小人在此处断后，也好给那帮狗奴才一点颜色看看。”

“莫要轻敌，”那贵妇紫瞳微睨，更显风情无限，简直比传说中的狐仙更媚三分，“此地万不可久缠，凤州清水寺会合。”

乔万正要发话，夜空中有厉啸传来，却见数千支带着火焰的利箭自空中射来，似要将这黑夜撕裂。乔万大吼一声，飞身上前，一挥大刀挡开利箭。乘此机会，那贵妇一掩披风，猛抽一鞭，座下神驹嘶声低吼着向前冲出，瞬间同数十个劲装黑衣家奴消失在夜色中。

兰生恐惧的叫声淹没在那此起彼伏的惨叫声和箭啸声中，一个壮汉浑身被射了个通透，满身是血地倒在兰生身边。极度惊吓中，兰生失去了知觉。

兰生醒来，却见周遭一片血色，他甩了甩头，这才想起前因后果。他摇摇晃晃地站了起来，一路跌跌撞撞地跑回客栈，大声唤着救人，客栈里早已有人接上他，惊慌地问东问西。

隔日一早，一群胆大的镇民跟着兰生前去焦大的破棚子处，在一片焦土中翻出了焦大的遗骸，他的病老婆却不知所终。

众人在收焦大遗骨时，意外地发现那遗骸的左边第三根肋骨上隐隐似有黑梅花印记。

那时的兰生还没有意识到那诡异的紫瞳贵妇，将彻底改变他的一生，仍在好奇的人群中唾沫横飞地、反复地、不停地叙述他在北坡的所见所闻，直到有一日，邻居王奶奶家的小孙子听了兰生的故事后，开始晚上做噩梦，不停地抽风，三日后莫名其妙地吓死。那王奶奶哭天抢地咒骂兰生。

于是，不知是哪里起的头，传说兰生已着了紫瞳妖精的妖气，而那妖气渡到了王奶奶的小孙子身上，任何人接近兰生都会倒霉，只有到寺庙里修行，方可摆脱身上的邪气霉运。

人们开始害怕起兰生，没有人敢同他说话，最后掌柜的辞了他，而小镇里也没人敢请他。走投无路的兰生只得含泪挖出几年的积蓄，包括那可怕的“紫瞳妖精”给的四两银子，走上漫漫的流浪之路。

才出小镇五里，兰生便尝到了乱世的艰辛。首先座下的小毛驴让狼叼走了，然后便遇到四个衣衫褴褛、瘦得不成人形的流民叫花子抢匪，不但抢走了兰生所有的财物，而且还扒光了兰生所有的衣物，把他赤条条地绑在树上，然后当着他的面，小心翼翼地从破布包里取出一只人手，放在火上烤热后，剁成四段分食。

就在挂在树上的兰生肝胆俱焚之际，本地有名的马贼赵阿大发现了这群食人叫花队的入侵，便派人将其一扫而空，然后在树下笑着研究了半天光溜溜的兰生后，才解下了他。

兰生催动三寸不烂之舌，成功地说服了那勉强够得上“济贫劫富”的马贼头子赵阿大将他留下做了一名小卒子，总算因祸得福，找到稳定的落脚之地。

然而，紫妖传言似乎不无道理，兰生的好景非常非常短暂。春暖花开之际，大庭与窦周在肃州大战，血染沙州。窦周名将平鲁大将军潘正越只用三万兵马大破西庭忠显王，即原氏大公子原非清所率的六万大军。平鲁将军占领肃州的第一件事，便是踏平兰生所在的马贼帮，将马贼帮这几年的贼赃及山寨供给，全部充作军饷，兰生混在投降人员中，重新编入平鲁军，险险地保住了一命，那几位头领包括赵阿大的脑袋连同安民告示，一起挂在了附近镇上，而赵阿大那三位颇有姿色的压寨夫人，就在赵阿大正法的那天晚上被送进平鲁将军的营帐。

那天夜里，兰生的耳膜中便充斥着令人窒息的女人的尖叫和哭喊声。第二天一早，平鲁将军的营帐中抬出三具女人尸首。兰生万万没有想到这三位压寨夫人早已面目青紫，浑身骨折流血，没等平鲁将军分赏给部下，便香消玉殒了。

兰生这才明了何谓“才子素有隐疾”之说，眼前这个素以“战魔”之名横扫天下的平鲁将军亦有这样一个“特殊”嗜好——他喜欢折磨女人，喜欢听女人痛苦的叫声，而且越漂亮的女人，声音叫得越响，就越能让他兴奋。而那些跟随平鲁将军多年的兵士对此面不改色，眼中却露出恐惧，马不停蹄地去物色新的美女。原因无他，只为若是将军没有女人，便会暗中拿俘虏或是清俊的士兵开刀。

四月十九日，萍始生，鸣鸠拂其羽，黄两镇上的女人个个自危。就在生女儿的人家快要逃亡绝迹之时，踏雪公子原氏非白，携天下智者韩修竹，接任其兄回攻肃州，以九宫八卦阵法隐没所率二万兵力，包抄黄两镇，击破平鲁军，潘正越怒焚肃州，取所掠财物百姓退至甘州。

兰生久慕踏雪公子，作为俘虏第一个跳出来请降。然而谁也料不到，潘正越的降兵中有人借机行刺踏雪公子，虽未成功，却令剩下的两千降兵皆被废为奴隶，于是兰生只见到踏雪公子一个潇洒的天人背影，便被流放沙州之地做苦力、筑边城。

前往沙州行程刚行至一半，便遇强沙暴，除了熟知本地气候的兰生险险生还，其余两千降兵连带押解的原家兵全部埋骨沙地，再无踪迹可寻。

兰生历经千辛万苦，一路行乞来到凤州，已是不成人形。

暮色将暗，刚刚被当地“丐帮”抢光食物的兰生，饥肠辘辘地正准备露宿街头，只听远处的夜空传来阵阵空灵的佛音，恍若隔世一般，兰生便一路痴迷地尾随着那佛音前行，来到一座气势雄伟的庙宇前。

彼时凤州月光清明，墙根下悄悄发芽的木槿叶片上露水微沾，泛着银光。兰生瞧着这个寺名，却不由得泪流满面，那寺名正是清水寺。

第二日一早，小沙弥打开寺门，发现了一个衣衫破烂的乞丐饿晕在门口。因缘际会，兰生果真遁入空门成了一个佛家弟子，在清水寺的伙房里当上了火头僧。

自武安王原青江拥靖夏王一支轩辕氏复昱在西安称帝，原家把法门寺让渡出来，变成了如今西庭的皇家寺院，专门接待皇家显贵，原家转而在清泉寺超度为原氏捐躯的死难忠骨，而原家子孙每到初一、十五便要到清水寺上香、礼敬。西庭朝臣有近三分之一为原氏族人，剩下的大半不免依附原氏。说到底，西庭的命脉其实掌握在原氏手中，而如今原氏族人中声名蒸蒸日上者当属原氏贵婿，昊天侯宋明磊。其人神俊风流，谈笑圆滑，用兵如神，如诸葛再世，前朝曾赐封号清泉公子，与原家第三子踏雪公子同样少年成名，不但是武安王的左膀右臂，亦是庭朝炙手可热之重臣，晋封一品昊天侯。这些年来，他愈来愈有超过踏雪公子的气势，而清泉寺正是为了避讳这位贵人的荣称，便于元庆元年更名为清水寺，如今的清水寺不但成为凤州人气最鼎、香火最旺的寺庙，甚至在整个西庭也赫赫有名。

人间四月芳菲尽，山寺桃花始盛开。

兰生便在这声名显赫的清水寺中过起了苦修的生活，在桃花树下看金轮银盘交互，听凭楼僧语，任那流年似水，付与晨钟暮鼓。

第二章

清水育兰生

兰生与清水寺众僧人渐渐混熟了。那日打开寺门发现他的小沙弥比他小上两岁，法号慧能，因是他的救命恩人，两人更是近些。慧能一一将清水寺规说与兰生，兰生身体渐好后，慧能又带着他到清水寺各处熟悉地形。兰生心中感激他，亦不管慧能小他数岁，仍以师兄相称。

清水寺依凤栖山而建，风景秀丽，建筑雄伟宽广，兰生初游寺中，但觉各处皆是新鲜美景。每被慧能发现其胡乱游荡，便厉声告诫：清水寺同皇家寺院法门寺其实不相上下，其中贵客往来甚众，偶有贵客留宿，必有重兵把守，若被误作奸细则会闯下大祸，尤其是北院最角落处有一片林子，那里长年供奉着前朝惨死的淑德贞烈公主轩辕淑琪的牌位，闲人入则必诛。

兰生从未见过笑口常开的慧能这样严厉，自是惶恐地诺着。过了不久，他便被派往伙房，开始劳作，几乎没有机会出门，更遑论再游北院，他亦渐渐地淡忘此事。

慧能年纪虽小，资历颇深，为人也灵巧，深得住持喜爱，每到初一、十五，总被派往前厅伺候贵人。然而每每迎送归来，慧能便会跑到伙房来找兰生聊天。每到此时，兰生对他心中再是感激，却又是百般痛恨，只因慧能总是炫耀又见到了原家哪些重要人物，那些贵妇小姐如何婀娜多姿、美艳动人，最多提及的便是原家清泉公子和踏雪公子那二人是如何丰神如玉，似青松俊挺，如朗月磊落。

兰生只觉心痒难忍，那颗世俗之心似又荡起。

这一日正五月初一，又值原家举家前来礼佛，慧能照例前去伺候。兰生正在伙房忙活着准备素食，有一个沙弥名慧明的气喘吁吁地前来叫他去帮忙。原来这一日寺里所来之原氏及皇室宗亲礼香者甚众，连很多高贵的内眷也来了，前厅早已忙得不可开交，急需一个送茶水的。

那慧明来去匆匆，只说了上佛音茶，兰生立时猜到恐是权倾天下的武安王爷亲临。那花茶乃是清水寺特产，独独给最稀罕的客人。茶叶本身便是选用极品高山银针，配合西域红玫瑰、紫罗兰等名种鲜花，经十几道工序精制而扎成圆珠，再用朵大洁白、香气馥郁的茉莉花窨制而成，银针满布披白毫，冲泡后银针内包含的各色花朵慢慢绽放，鲜灵的茉莉花香扑鼻而来，浓浓的花汁便会一丝丝地析出，渐渐染红了整杯茶水，仿佛佛音暗语，故取名“佛音茶”，深得武安王喜爱，每来必点。

兰生赶紧换了一件干净的僧袍，用一个大托盘，托着七八盏佛音茶直奔前厅。

绕过花廊，隐隐有羽林军的军旗飘扬着，一旁的太监宫人皆敛声屏息垂首而立，未及近前，早有几个锦衣华服的高壮健汉出手相拦，个个面目冷峻，神情肃然，腰带上皆挂着紫玉腰牌，腰牌上刻着一个古体原字，显是原氏家臣。长长的侍宴队伍弯腰而立，静静等着那些人先是用细亮的银针试了又试，然后下一排将所盛糕点茶水皆取出一些，放在银碗中亲口尝试，用过无妨后，方才放行。

兰生一苦命孩子，哪里见过这等阵仗，嘴巴都差点合不拢。在那些健汉的厉目下，吓得赶紧闭上嘴，抖着身子缩入回廊。只听得里面阵阵谈笑风生，几个女子的笑声隐隐传来。

“夫君听听，连锦侧妃都说你应该多陪陪重阳和妾了。”一个女子的声音温柔动听。明明是笑声连连，却隐有不悦，她似是故意在侧妃的“侧”上加重了语气。

“今儿个我不是专程陪你前来还愿了吗？重阳都六岁了，你这做娘的倒像个孩子。”那个声音充满权贵的慵懒，低哑动人，却听他用着戏谑的声音继续说道，“娘娘倒是该操心操心咱们家三爷的终身，总这么一个人，你可知今日清水寺的女香客都快排到护城河，只为了瞧咱们三爷一眼哪。”

一阵动听的娇笑又起，却似又带着一丝不易察觉的尴尬：“哟，三爷的事妾可不敢管。说来说去，妾可只是个侧妃，合该姐姐来操这份心吧？”

兰生的心一动，为何这个声音如此熟悉？

来到厢房门口，早有几个穿锦着缎的标致宫女前来接过托盘，兰生正要随僧侣退下，却听有人高声唱诵着：武安王爷到。

兰生立时随众僧侣敛声屏息，呼啦啦地跪了一地。兰生不敢抬头，却见眼前一双双高底绣纹的羊皮豪靴。

过了许久，兰生偷偷抬头。为首一人乃是一个目光如炬的黄袍老者，蓄着精致的八字须，凤目潋滟，俊美威严，后面跟着两个青年，一黑一白。黑衣青年虽说眉目微有阴郁，杀气隐现，仍可谓俊朗有神，但是同旁边的白衣青年站在一起，却一下子被比了下去。只觉那白衣青年如天人下凡，朗月入怀。

兰生不由得万般激动，那白衣青年正是名闻天下的踏雪公子。

这时，兰生的余光瞄到走在最后的一个武士，那人正满眼警觉地四处查看，似是察觉到兰生的目光，猛地将一双黑色的吊睛眼转向兰生。兰生惊惧地低下头去，冷汗淋漓。那人正是一年前那个紫瞳妖精的手下，名唤乔万的。

兰生这才猛然醒悟刚才听到的娇笑之声正是那紫瞳妖精。汗流浃背中，却听娇声细语从厢房中传出，不久一群华服之人鱼贯从厢房中走出。

那日阳光正好，一位风华绝代的佳人当先立在桃花香瓣舞中。只见她对着那为首的黄袍老者微一屈膝，那紫琉璃般的双瞳却是秋波未到笑颜浓，只听得她娇滴滴地唤了声：“王爷万福。”

她乌髻上紫金凤冠上的稀世紫色宝石耀着兰生的眼，金步摇随着佳人莲步轻晃，悦耳作响；紫锦袍上大朵大朵的白色富贵牡丹花开正浓，那牡丹花间的蝴蝶也似要迎风飞起来。

老者似是宠溺地一笑，搂过佳人，笑着入内。

兰生吓得浑身直颤，那个吊睛眼的乔万却偏偏走到他的面前，似是盯着他的头顶看了一阵。兰生整颗心似要蹦出嗓子眼了，却听他大声喝道：“武安王府内眷在此，生人回避。”

众僧侣高声唱着诺。回到后院禅房，年纪小的沙弥们忍不住兴奋地谈论着方才的所见所闻。

兰生无心加入，满心惶恐不安，一味担心那乔万会认出他来，一整天缩在被窝里，再不敢去前厅伺候，拿着佛经一遍又一遍地念着，好请佛祖保佑。

晡时，夕阳微坠，兰生听说侯爷携着内眷回府了，只留昊天侯夫妇、驸马和踏雪公子在此留宿做明日的法事。他再三确定那吊睛眼的乔万亦随同紫瞳贵妇离去，这才惴惴不安地爬起来。

做晚课时，耳边全是僧侣诵经之声，兰生却心不在焉地想着那紫瞳贵妇。他万万想不到她竟然是武安王最受宠爱的侧妃花氏。

晚课诵毕，兰生神思恍惚地信步前行，不知不觉来到放生池边，朗月映在波光中随风悠荡。兰生微一低头，只见湖中一人，光溜溜的脑门，尖嘴猴腮，瘦得不成人形，不觉悲从中来。想当年在黄两镇上，兰生也算客栈的活招牌，尤其是对女主顾甜甜一笑，唤声姐姐，不知为客栈招来多少生意，不想这一年的流亡生涯竟把当年那个俊俏小二折磨得如此面目全非，亦难怪那乔万认不出他来。

过往种种苦难在眼前闪现，兰生越想越难受，忍不住一屁股坐在池边，放声哭泣起来。

正悲伤欲绝间，忽觉有人正对着自己的耳朵吹气，有人用手微搭在自己的肩膀上。

兰生吓得一跳而起，回头一看，并无任何人影，正疑惑中，又感到似有一人在他背后呼吸着。兰生低头再看池中，果然池水中除了自己的身影外，似有另一人的模糊身影站在他的身后。

头顶正是一棵百年槿树，新长的碧叶滚着夜露，慢慢滑过暴涨的小花苞，轻轻滴在兰生的光脑门上，混着兰生的汗水，沿着鼻尖滑进嘴里。他却大气亦不敢出，只得极慢极慢地回过头，心仿佛要活活跳出胸膛。

月色溶溶，青草和着花香四溢间，眼前一人鼻对鼻、眼观眼正对着兰生。那人长发如瀑，及腰飘垂，苍白的面目隐在乌发之中，看不真切，如女鬼一般。

她的身上宽松地套着一件月白长袍，袍子一角，隐隐绣着一种漂亮的花样，似是并蒂西番莲，随着夜风的荡起，甚是鲜红耀眼，同那女子一样，诡异而沉默地看着兰生。

兰生的脑中顿时一片空白，呆呆地骇在那里。借着月光，一双紫瞳映在兰生的眼中，发着幽幽的光。

兰生再也忍不住了，放声尖叫，不想那人也尖叫出声。两人对叫一会儿，兰生这才想起要转身逃走，跑了几步便给绊倒了，磕磕绊绊了好几下，好不容易跑起来，那双紫瞳又在眼前，她正弯腰看着他。这一回兰生看清楚了，她竟是一个紫瞳的清秀佳人。

兰生脑中想起的全是黄两镇上流传的紫瞳花妖的传言，脑中第一反应便是：为啥这辈子花妖精就是要跟他过不去呢?

惊恐的瞬间，他左摸右摸，想拿什么碎石杂物投掷，奈何周遭乃是鹅卵石镶刻而成的堤岸，一片平整，情急之下，只得往怀中胡乱摸出一物扔去，然后转身就跑。

跑到实在跑不动了，兰生急喘不已，一屁股坐了下来，惊魂未定地左右望去，发现自己已然跑到放生池的对岸了。

那放生池虽名为池，其实却是一个大湖，连着凤州城的泾水，水域宽阔，波光粼粼。

那紫瞳白影立在放生池的对岸，远远地看着兰生，寂静无声。

兰生一时也似定在那里。

那女子月白的身影在浩淼的水面上随月影聚灭无常，过了一会儿，她慢慢蹲下身，捡起地上一物，似是放在月光下看了半天，又慢慢放在鼻间嗅了嗅，然后猛地一口咬下去，狼吞虎咽地吃起来。

兰生胆战心惊地想象着那女子啃着自己的脑袋，然后过了一会儿，他才慢慢意识到，那个东西应该是刚才自己所扔之物。今天一整天胆战心惊，无心茶饭，慧能便在晚课前偷偷塞给他一个窝头。

兰生心中一动，妖怪是不可能吃窝头的，如此说来，那白衣女子不是妖怪啦?

心思百转间，那个女子已经吃完了窝头，复又慢慢抬起头来，一双紫瞳漫无目的地四处看着，最后，又定格在了对面的兰生身上。

兰生的心又咯噔一下，忽然又有人在他耳朵边吐着呼吸，他又吓得一转头，只觉凭空伸出一条湿漉漉的大长舌将他舔了满脸，兰生吓得胆战心惊，正要大叫，忽见一只黑狗的脸蹭到他面前，正亲亲热热地对他吐着舌头，兰生木然又被舔了半天，终于讶异地唤出那只狗的名字来："你是……小忠。"

黑狗响亮地汪汪叫了两声，似是很高兴兰生认出了它，两只前爪趴在他肩上，对他哈哈乐着。

兰生见到黄两镇的老友，不由得激动道："小忠，原来你也没有死啊。"

兰生抱着黑狗，一时忘情地哭出声来。

"哮天犬。"有人轻轻笑着。

兰生抬头看去，月光下站着那个紫瞳的女子，微微弯腰，笑吟吟地看着他和黑狗。

兰生啊地轻叫，害怕地抱紧了黑狗，心里颤颤地对自己说道：这个女人还是妖怪，要不然怎能如此神不知鬼不觉地欺近，他结巴道："它、它是小忠，你是谁？"

"它叫哮天犬，不叫小忠。"她在那里柔柔笑道，对着小忠招招手，"哮天犬，快来呀。"

小忠在兰生和女子之间转头转脑一阵，然后选择欢快地奔向那个女子。

她蹲下身子搂着黑狗，歪着脑袋定定地看了兰生一阵，然后恍然大悟："二郎神……你是二郎神！"她咯咯笑着拍手道，"哮天犬认得你，你一定是二郎神。"

何谓二郎神？何谓哮天犬？

兰生的小脑瓜飞快地转着，此时的他还没有机会读过那本迷乱后世的《西游记》，所以还无法明白他其实是剧中某一重要人物。

于是当时的他再一次得出结论：

第一，这定是一位到寺院来清修的富贵小姐。

第二，她清修的原因，很有可能是她的脑子有点问题，理由是前个月就有个户部官员的千金因为中了邪，到寺里住了半个月才放出来。

第三，她可能是西域人，所以她的眼睛是紫色的。

兰生站了起来，拍拍僧衣，冷哼一声："这位小……姐，大半夜的，您这么晃来晃去，可把小僧给吓死了。"

那女子却忽地直起身来，似是凝神细听，并没有答他的话，那黑狗也似竖着耳朵。

远处传来一阵若有若无的琴声，那琴音空灵缥缈，透着一股说不出的哀伤，似有人在怀念无穷无尽的往事。兰生悲伤的过往也被勾起，历历在目，甚至打开了他记忆中最深藏的一幕，好像曾有雪白丰满的胴体躺在他的怀中，充满了兰花的香气，那浓艳的红唇在他的耳边优雅而妖娆地呼吸着："以后就叫你兰生吧，去吧……兰生。"

急促的狗叫之声惊醒了兰生的迷梦。再抬头时，他才惊觉两颊早已挂满泪水。

兰生抹了一把脸，细细辨了辨。那琴音好似从西厢房的听涛阁里传出。今晚昊天侯宿在东边的流歆阁，而在西边听涛阁夜宿的是踏雪公子原非白。

那女子似是痴了一般，跟着那琴声慢慢向前走去。小忠在她身边不停打着转，焦急地仰头叫着，似是阻止她的前进，最后咬住她宽大的长袖，使劲往后拖。

一股咸湿的风若有若无地吹来，挟带着西北的风沙，吹眯了二人的眼，墨黑的天际蓦地闪过一道金光，如金色的游龙挥舞着利爪撕开了天际，对着人间愤怒地咆哮着，听涛阁的琴音也戛然而止。

金龙般的闪电游过流歆阁雄伟的屋脊，剧烈的霹雳就像响在耳边，原非烟猛地睁开了眼，从梦魇中惊醒。

外床空空如也，她轻抚向属于他的床铺，凝脂玉般的温手只是触及一边冰冷。想来那枕边人离去已多时，一如往常。

“小姐有何吩咐？”早有一个家臣打扮的劲装丫头，跪在纱帐之前，轻声细语地轻问着，听候吩咐。

小姐是属于出嫁前的称呼，不似寻常奴婢一般敬称原非烟为昊天侯夫人，而敢这么做的，唯有原家陪嫁的暗人初信。

原非烟淡淡地垂下了眼睑，向床外微俯身，轻声问道：“侯爷何时起的身？”

“回小姐，丑时时分。”

原非烟轻叹一声，撩开芙蓉帐，示意初信伺候她起身。

“小姐三个月前才流了小公子，身体尚还虚寒，且歇着吧。”初信急急地上前扶起原非烟，“王爷嘱咐过小姐，万万好好调养身子。”

原非烟俏目一横，初信立时闭上了嘴。她给原非烟披上了一件狐皮褂子，又小心翼翼地将玉颈中的头发捋出来，立时黑黛似的秀发在纤美的背脊上披散开来，几要坠地。

原非烟坐到镜前，初信便取了半月玉梳细细地拢了拢原非烟的秀发。

“最近父王总传你去吗？”原非烟对着镜子，用碧玉搔头挑了些口脂，再用纤指极轻巧地匀了匀樱唇。

初信躬身道是，微觑了一眼镜中的模糊身影：“请小姐放心，初信知道该说什么。”

一灯如豆，淡黄的光晕映着那镜中出尘的绝艳容颜：“瞧你急得，我又没说什么。”

初信的心莫名地漏跳了一拍，跪倒在地，惶恐道：“奴婢不敢。”

原非烟抿嘴一笑，虚扶了一把初信：“信儿今年也二十有五了吧？”

初信正要开口，窗外隐隐传来一阵嘈杂，初信立时面色一凛，轻按腰间的软刀，挡在原非烟面前，对着窗外喝道：“是哪个放肆的奴才在外面？”

“回初信姑娘，奴才是驸马府的。”窗外有武士的身影晃动，“前厅有刺客来袭，驸马打发奴才过来，问夫人安否？”

原非烟微使了个眼色。

初信笑道："有劳诸位，我家小姐一切安好。侯爷及驸马安否？"

"驸马及侯爷在前厅，一切安好，请夫人早些安寝吧。"窗外的声音低了下去，一切似归于平静。

初信扶着原非烟上了床，对着帐内轻道："小姐，我去了。"

原非烟均匀地呼吸着，似是睡着了。初信的身形刚刚消失，帐外又闪出一个青衫身影，同初信的容貌装扮一模一样。

流歆阁前厅吹来一阵疾风，流月被遮住了脸，千年古刹中那百年的苍天巨槐亦被这狂风吹得东倒西歪。

"人呢？"宋明磊静静地站在廊檐下，默默地看着家臣在收拾满地尸首，复又抬首看着漫天夜云，眼中酝酿着惊涛骇浪。

身后站着一个相貌普通的家奴，跪启道："前方有刺客来袭，所有的家奴全部留在流歆阁保护侯爷和驸马，故而还不及相寻。"

"谁的命令，你竟不知会我一声？"宋明磊冷笑道，"好大的胆子。"

有人远远地大声答道："你莫怪德茂，是奉我之命。"

火把下一个锦衣青年，身着重重的铠甲，头戴金纱冠王帽，手握一把雕银镶玉的利剑，快步走向宋明磊，身旁的武士一一侧身让过："驸马安好。"

驸马爷原非清却是满目焦急："你还不快进屋避着，站在这里做什么？"

宋明磊霍然转身时，脸上凝霜早已换作浓浓笑意，答非所问："非烟、公主还有三爷那里可好？"

"非烟都睡下了，淑仪受了些惊，"驸马明显心神不宁，"你管三瘸子作甚？"

宋明磊微叹一声："我们这里受了袭，若是三爷那里一点动静也没有，那岂不怪哉？"

原非清微愣间，左边天际闪过一道惊雷，将院子里的一棵槐树劈了开来，立时燃着了，噼里啪啦地烧着。

张德茂挡在宋明磊前面，皱眉道："天雷引火，槐树崩裂，非吉兆也。还请驸马爷及侯爷回房。"

"太晚了，"宋明磊却冷笑一声，抬首一指庭中尸首，"这些刺客不过是掩人耳目，真正的高手会从听涛阁那里绕过来的，想必已经到了。"

他不顾张德茂在一边干瞪眼，只是接过一边奴仆递来的软甲，提了方天戟，来到中庭。果然四面兵刃之声不绝于耳。

宋明磊冷冷一笑，正要发话，已有四个黑衣人跃上墙头，箭雨立时袭来。

无数的死士冲过来挡在宋明磊面前，箭雨穿透死士的胸铠，倒在面前，血流满地。

张德茂挥舞的长剑舞得密不透风，一张张鬼面立在墙头，阴森森地看着宋明磊。

宋明磊被众多的死士用铁盾挡着，退至里屋。

张德茂喘了口气，朗声道："川北双煞既来，何不现身？"

有人在空中咯咯娇笑："千面手，我当你十年前就死了，原来你是窝在昊天侯的门下啊。"

"风随虎，"张德茂抹了一把脸，冷冷道，"云从龙还没有抛弃你，那老天爷真正是没有眼了。"

一个风姿绰约的女子隐现在黑雾中，双唇性感地勾起一丝微笑："你这是在嫉妒。张德茂。"

一个健壮的身影从风随虎的身后闪出，单手劈去张德茂发来的暗器，冷然道："小虎，同他啰唆什么，还不快去宰了昊天侯？"

"大胆，我主公也是你等可以碰的？"张德茂探手入怀，掏出一支长笛，吹出一曲奇怪的曲调，四周开始安静下来。原本同张德茂站在一列的死士也悄然隐去。

风随虎秀眉微拧，暗想：这曲调为何如此熟悉？

月黑风高，昏黄的灯光下，却见一个个挺拔的人影凭空从院内四角蹿出来，一个个健壮的人影如鬼魅一般跃到张德茂的身前。

在惨淡的灯光下，暗夜的风中混合着奇怪的气息。

云从龙一向冷然的脸上却出现极度的恐惧："虎儿，是活死人阵，快快闪开。"

风随虎拧腰急躲，她脚下的柳树已化为数片。

风随虎脚下一痛，却见脚踝处被银丝钩出血来。

云从龙急急地向下俯冲，发出无数的柳言镖，击破几个活死人，拉回爱妻，挤出风随虎的血，却见血色发黑，已然中了剧毒。

他正要给风随虎服解毒丹，后者却自己一点止血的穴道，甩开他复又冲向队列，厉声道："张德茂，你竟同幽冥教搅在一起，还配得上那'千面手'的英名吗？"

"乱世当代，怪得了谁？"张德茂阴阴笑道，"你们川北双杀不也成为窃国窦氏的走狗了吗？"

"闭嘴，快拿解药来。"云从龙大喝一声，如大鹏展翅跃下屋角，手中银光一现，却见满院的健壮武士，个个面容发青，顶着乌黑的眼袋，双目无神。这群武士的背后，一人眉目如画，淡笑似春风拂面，贵气逼人，云从龙心想：此人莫非便是昊天侯宋明磊？！

果然那贵人朗声道："明磊久慕川北双煞，只是尊夫人中了原家的诛心散，实在不敢挽留二位，须知三刻之内若无解药，必受乱箭穿心之痛而亡。"

云从龙手中扣紧火炮，咬牙道："今日叨扰已久，还请昊天侯爷赐药，我等速去便是。”

宋明磊眼神略动，张德茂自怀中扔出一物，云从龙接过，沉声问道：“我如何确定，此乃真解药？”

宋明磊淡笑道：“就凭我昊天侯三个字。”

风随虎的面色发黑，勉力借着云从龙的身子：“莫要听他的，杀了他，不然，就算有了解药，我等回去，亦难逃一死……”话音未落，娇躯倒在云从龙的怀中。

云从龙看看怀中的娇妻，沉声道：“扯乎。”

四周的黑衣人，如影消失。

原非清从屋子里走了出来：“你没有事吧？”

宋明磊微摇头：“无妨。”

“你何不索性杀了川北双煞？”

“你没有闻到空中的火药味吗？”宋明磊冷笑道，“他们既然敢到我大庭地界来撒野，必是带了火炮，做万全的应对。”

原非清一阵后怕，复又想起什么，俊美的脸上微微扭曲了起来，咬牙切齿道：“这个该死的三瘸子，竟然勾结窦氏行刺于我。”

“勾结窦氏……咱们这位三爷倒还不至于，”宋明磊如清风一般朗笑起来，“不过故意放他们进来倒是真的。他也知道川北双煞是奈何不了我们的，确然他想知道我们的实力，还有……”

“还有什么？”

“你且亲自去公主和非烟那里看看。”宋明磊沉吟道，“我担心他这是声东击西。”

原非清一脸恍然大悟：“原来如此。我这便去，你且万万小心。”

他解下身上的大红猩猩毡，给宋明磊披上后，细细地掖了掖，道了声“莫要着凉”，便大步离去。

宋明磊目送着原非清的身影消失，笑容立时凝住，略一侧身，上好的大红猩猩毡便滑落在冰凉的鲜血尘土之中，他却看也不看，只是对着张德茂冷冷道：“原非白这是引开人马好去找她。想不到，咱们的这位驸马爷还真乖乖地随了我们的三爷，将所有的人马调来保护自个儿。不想你也蠢成这样？”

张德茂跪在一地鲜血中，默然无声。

宋明磊叹声道：“德茂叔，你终是告诉姑姑，她在此地吧？所以姑姑让你伺机下手？”

“主公息怒，”张德茂深深俯在血地之上，重重地磕了一个响头，咬牙道，“破运星断不能留！”

这时，有个小个子的暗人踏月色而来，对宋明磊耳语一番，宋明磊的脸色却微松了下来。

“起来吧，德茂叔。”宋明磊亲手相扶，盯着张德茂的小眼叹道，“反正你也想找破运星，且跟我来吧。”然后便转身疾步走出流歃阁，不再同张德茂说话。

张德茂默然地跟着宋明磊七折八拐，来到一处停了下来，抬头一看，原来到了伙房。

“喂，我给你弄那个仙露来啦，女施主。”黑暗中一个小沙弥提着一桶水哼哧哼哧地拐了出来，口里还大叫着。他忽然看到三个浑身是血的人影，立时吓得手一松，一桶水重重落在地上，就此洒了一半，人也吓得瘫在地上。

张德茂正要点那小沙弥的穴道，伙房里蹿出一条乌油光亮的黑犬来，亲热地围着宋明磊打转。宋明磊拍拍黑犬的脑门，柔声唤道：“小忠乖。”

黑犬乖乖坐了下来，守在门口。

宋明磊缓步走进伙房内，却见一个白衫人影，乌发披垂腰际，弯腰正在锅灶处东翻西翻，最后似乎从锅灶里翻出什么来，转过身来，看到华服沾血的宋明磊，立时吓得手一松，掉下一物来。

宋明磊眼明手快，双手一抄，半空中揽了过来，细细一看，这才发现原是两个粗米馒头，尚有温意，而对面女子的眼中闪过一丝赞叹犀利的光芒。

张德茂守在宋明磊身后，手中紧扣银丝。如果眼前的女子稍有举动，便立时命丧银丝下。

宋明磊凝神望着那女子，似千年万载，再挪不开眼。

那女子微显苍白的脸上沾着烟灰，嘴巴傻里傻气地张着，宝石一般的紫瞳在宋明磊的脸上和手上来回转动，最后视线落在宋明磊的手上，微微咽了一口唾沫。

宋明磊的眼神柔了下来。不知过了多久，他开口柔声道：“饿了吧？”

她似是细细地斟酌了一番，看着宋明磊手中的馒头，轻轻一点头。

“怎么？”他又柔声问道，明亮的锐目却瞟向张德茂，“他们故意不给你东西吃吗，所以出来找？”

“孙悟空又来闹天宫了，”她用力点着头，状似气愤地说道，“人人都去赶他了，就没有人给我送蟠桃，我就自己出来找了。”

小沙弥忍不住咕咕一声笑起来。

张德茂手中寒光一闪，一根银丝勒向他的脖子，他立刻噤声。

宋明磊却微微笑着，顺着她问道：“那怎么想到厨房来找蟠桃呢？”

她傻傻地看着他俊美的微笑一阵，眼中闪过一丝惊艳，一指小沙弥，老老实实地说道：“二郎神带我来这里，说这里还有隔夜蟠桃。”

小沙弥结结巴巴道：“小小小……僧名唤兰、兰生。”

宋明磊瞥了一眼缩在角落里吓得尿裤子的“二郎神”，唇边的微笑更如春风一般和煦动人。他猿臂一伸，递上馒头。

她颤着手接过来，然后立刻退后一步，张嘴咬上一个馒头。

兰生紧张地看着那个怪异的女子，而她这回却并未如方才那般狼吞虎咽，只是不紧不慢地一口接一口咬着，紫瞳深幽如海，泛着平静的光芒，却始终盯着眼前这个高大俊美的血衣华服之人。

而宋明磊也面带微笑，更不带任何烟火地一径回望着她。

两只馒头转眼消失在她的嘴边，她打了一个饱嗝，似是万分满足地愉悦道：“饱了。”然后又似噎着了，看着他直瞪眼，艰难道，“仙……露。”

宋明磊微笑不变，向后一伸手，修长手指上的翡翠扳指淌着绿莹莹的光，令兰生想起碧幽幽的竹叶青，只听他头也不回地唤了声：“水。”

张德茂一呆，但仍是立刻唤人取水来。

兰生抖着身子拿了个土碗，从水桶中舀了一碗水，本想端给那女子，中途见到宋明磊那看似温和的笑颜，心中寒意陡生，只得将土碗转递给张德茂，不想翡翠扳指在眼前一闪，那土碗却被那宋明磊半路夺了过去，就连张德茂也一呆，向后微退了一步。

宋明磊拿着那碗水，放到嘴里浅抿了一口，才轻轻走向前，像是怕惊吓了她，柔声道：“渴了吧。”

她举手夺了过来，一饮而尽。宋明磊忽然挺身向前，她吓得欲退，后面却是灶台，退无可退，手中的土碗掉落在地，发出清脆的响声。

兰生在外面也是胆战心惊，欲站起来看看怎么回事，却在张德茂的锐目下，重又退了开去。

她的眼中满是惧意，宋明磊的眼神不易察觉地一黯，手中却抽出一方丝帕，轻拭她的嘴角：“都这么大的人了，为何还跟小时候一样，这么不会照顾自己呢？”

“我认得你，”她愣愣地看着他，任由他细细擦拭她的嘴唇，人却渐渐地放松下来，“我认得你。”

宋明磊的俊颜似又荡开了笑：“哦，我是何人哪？”

她激动道：“你是龙君！青龙君！”

兰生心道：“还是一条刚杀过人的青龙哪。”

冰轮露颜，清辉轻洒，带露的木槿花苞鼓鼓的，在月光下闪着神秘的光彩。清香飘进伙房时，烛心微微爆了一爆，竟然闪得那紫瞳女子的侧脸一片恬静妩媚。

兰生微一愣神，伸头看去，没想到那个华服风流人物，竟然亦有些失神地细细看着那个紫瞳佳人。

许久，他终是满怀怜惜地轻声一叹：“那你又是谁呢？”

她满面诧异地看着宋明磊，似乎对于他提出的这个问题很惊讶："龙君，你怎么不认得我了呢？当初还是你把我带回天庭的呀。"

宋明磊的眼神有着一丝悲戚，对于她的痴缠，再不回答，只是默然地低下头，挽起她的那双柔荑，轻轻替她擦着手上的锅灰。

她却自顾挺胸抬头傲然道："我乃上天入地，无所不知，无所不能……"

她用了无数赞美的辞藻，堆砌一气，在几乎让人昏昏欲睡之时，却听她停了下来，猛喘几口，继续说道："天界第一名将，白虎星君座下木仙女是也。"

兰生的嘴角都快抽歪了，忍得甚是辛苦。

宋明磊连头也没有抬，像是早已听惯了这样的疯言疯语，只是专心地将那双手擦得干干净净了才抬起头来。

"方才你听见了吗？"她兴奋地瞅着宋明磊，反握住他的手，"方才我听到了白虎大人的仙乐，你也听到了吧。他正在找我咧……咱们去找他……"

宋明磊的脸色却忽地微微发白，冷冷道："都一个个戳在那里做什么，还不过来送姑娘回去？"

张德茂这才过来，打了个响指。两个健壮的冷脸子丫头过来，正要接过那"木仙女"，宋明磊却反手一握她的手，冷着脸头也不回地拉着就走。

兰生眼尖地看到，她白嫩的手臂上有一片红痕。

那木仙女却似毫无感觉，只是在后面跌跌撞撞地跟着，还不忘哈哈大笑着："龙君接木仙女回家喽、回家喽。"

经过兰生时，她猛然一手抓起兰生的僧袍："二郎神、二郎神，我们一起回家。"

宋明磊停了下来，看了两眼兰生，嘴角咧开一丝弧度："原来二郎神也降世了。"

紫瞳木仙女点头如捣蒜："二郎神以前就对木仙女很好很好的，他还是龙君你的朋友，你不记得啦？"

宋明磊怔怔地看了两眼木仙女，思索了片刻，慢慢开口道："二郎神帮过龙君对付大闹天宫的孙猴子，对吧？"

痛感从兰生的手腕处传来，低头却发现他的手腕早被她的指甲掐出血来，甚至能够感到她的颤抖。他不由得心中一动，耳边却是她清脆的笑声响彻夜空："二郎神和木仙女一起回家喽。"

流歆阁里芙蓉帐暖，原非烟伸了一个懒腰，微微向床外挪了挪，红木床上更显冰冷。她懒懒道："初信，好冷呢。"

有个俏人影在帐外"诺"了一声，往铜鼎中加了炭，又轻手轻脚地爬进帐子，往床里加上一层狐皮袄子，在原非烟的耳边轻道："信回来了，人的确在长公主的陵寝……姑爷……也在那里。”

原非烟一下子睁了眼睛，凤目中凌厉的杀意转瞬即逝。

只听床外的人继续道：“信说平时看守的人不多，很容易下手。”

原非烟轻轻笑了起来，抬起手来，露出一截藕段般的手臂，优雅地支起螓首，轻叹一声道：“我们是妇道人家，何必造伤孽呢？”

原非烟像猫儿似的缩了身子，淡淡道：“去，把这个信儿让哥哥的人知道。”

“是。”床外的人影一闪而逝。

铜鼎火光隐显，轻烟微笼，原非烟迷迷糊糊地睡去，眼角犹似带着晶莹的泪珠。

兰生战战兢兢地被前面那个疯仙女拖着，怎么也甩不开她的手。他见前方引路的家仆手中所掌羊角灯都印着“昊天”二字，眼见这位贵人又如春风和美动人，便立马醒悟过来这可能是昊天侯亲自到了，心中不免疑惑：这疯小姐莫非是昊天侯的家眷吗？

宋明磊只冷冷瞥了他一眼，却对木仙女柔声道：“快些回去吧，二哥就让这个二郎神跟咱们一起玩。”

木仙女乐呵呵地大声唱着一首旋律奇怪的歌，那歌词里来来去去的全是海草。兰生暗想，莫非这疯小姐喜欢吃海草吗？

不久，这一行人便来到一座看似普通简陋的竹居前。

里面有三四个粗使丫头出来，看到宋明磊都惊慌地呼啦啦跪了一地。

木仙女使劲甩开宋明磊的手，熟门熟路地拉着二郎神冲了进去，骄傲道：“二郎神，快来看我的盘丝洞。”

刚进了竹居，兰生就结结实实地滑了一跤。往地上一摸，原来绊倒他的是一颗拳头大的东珠，发着柔和的光。兰生从未见过这样大而圆润的珠子，不由得抓在手里，再也放不了手。

耳边又传来木仙女脆生生的笑声，他愣愣地抬起头，立时眼前一亮，竟同简陋的外墙完全不一样，里面挂着紫水晶的红鸾帐帘千重万垂，明亮的金砖上散落着各色小巧的珠宝珍玩，屋内没有烛火，共有八颗夜明珠镶在四面粉墙的金花座上，木柱和屋顶都雕着一种鲜红的十二瓣莲花。

他张着嘴巴站了起来，却见花梨木桌上散落着几个拆散的西洋钟表，红小的零件撒了一桌，还有几个零星的小机关。他凑上前细细一看，不由得一愣，那些小机关竟然形似军中的大弓弩，不过缩小了尺寸，如巴掌般大，皆用金银制成，可谓巧夺天工，里面还扣着几颗细小的珍珠和金豆子，像是炮弹。兰生细细摸来，只觉比军中的弓弩做工更精巧，用手轻轻一拔，那几颗珍珠玉石立时弹了几丈远，且全都准确地飞到中央一座花架上。那架子上正稳稳地搁着一个翡翠玉盆，色泽碧纯，连清水寺方丈的玉歆也没有这玉的成色好。

那个木仙女本来趴在翡翠台上，兰生发射的珍珠玉石正打到她的发上，她便迷惑地抬起头来，四处张望，发现兰生正傻傻地玩着黄金弓弩，就对兰生神秘地招招手：“二郎神，快来呀。”

兰生正玩得起劲，恋恋不舍地放下黄金弓弩，踯躅地向前。刚到近前，忽然迎面溅出一泼水来，迸入眼中。兰生揉着眼睛，心中骇然：这又是整哪门子的幺蛾子？兰生再不敢上前。

木仙女硬拉着他来到翡翠台前，对着那玉盆笑嘻嘻地说道：“阿朱阿紫，我不在家，你们乖不？”

但见碧幽幽的玉盆里哗哗游着两条一红一紫瘦小的锦鲤鱼，长长的胡须甩呀甩，对着木仙女和他大口呼吸着。玉盆底下雕着重瓣红莲花，美则美矣。

木仙女从怀里摸出半块馒头一点一点剥给它们吃。两条鲤鱼扑腾着接食物，又溅得兰生一脸的水。木仙女给逗得咯咯直乐。兰生抹了抹一脸的水，也不觉憨憨地同她笑在一处。

“在玩什么呢？这么高兴？”

兰生和木仙女一回头，但见一人似朗月清风，扶着珠帘笑吟吟地站在玄关处，正是那昊天侯宋明磊。

他换了身青衫，头发也松松地插了根银簪子，身上少了几分高居庙堂的威仪，倒像邻家清澈似水的青年书生。

兰生这才想起到现在他都没来得及向宋明磊行礼，赶紧趴在地上。

宋明磊朗笑着虚扶一把：“二郎神不必多礼。”

兰生闹了个大红脸，正在分析当时的情况，宋明磊却再不理他，径直走到木仙女那边，微微俯身，同她一道看着那一红一紫两条鲤鱼。

木仙女乱七八糟地讲着阿朱阿紫的故事，什么阿朱抢了阿紫的食物，阿紫就生气了，用嘴咬阿朱的屁股什么的。兰生听着听着就打哈欠了，可是那宋明磊津津有味地听着，嘴边一直挂着清浅的微笑，不时点头附和，偶尔还点评一两句，眼神异常柔和，一点也没有厌烦的意思。

过了一会儿，宋明磊看了看天色，正要开口，那个木仙女忽然叫道：“咖啡，把牌拿来，我要玩牌。”

一个面色偏棕的壮实女仆冷着脸进来，却直瞧着宋明磊的眼色，得到首肯，便出去取了一堆花花绿绿的纸牌进来。

木仙女拉着兰生坐在她身边，嚷嚷着给他讲解玩牌的规则。

“牛排，你来同龙君做对家。我同二郎神玩。”说着便爬到里屋的波斯羊毯上坐下。

又一个异常粗壮的黑脸大汉跑了进来，还是看着宋明磊，也不言语。宋明磊微微一笑，那人便恭敬地躬身坐在宋明磊的对面，四人席地开始了游戏。

这种纸牌游戏叫作“升级”，兰生明明从未玩过，但几局下来便掌握了要诀，虽然赢少输多，却渐渐入了迷。木仙女不时地耍赖，偷看宋明磊的牌，后者却总是微笑待之，从不拒绝。他似是非常熟悉这种游戏，熟稔地出着牌，然而那双天狼星的眼睛一刻不停地放在木仙女身上，像是一辈子看不够似的，又不停地问她渴不渴、饿不饿，眼中满是宠爱。

每赢一局，输者便要从身上掏出一物，算是“进贡”。

轮到木仙女和兰生输了，木仙女只好使劲地搔着脑门，愁眉苦脸道：“青龙君你什么都有了，木仙女的进贡就算了吧。”

兰生心想：你也不傻呀。

宋明磊朗笑出声，好一阵才收了笑容，明明是轻松的语气，目光却似穿透木仙女一般：“木仙子赏我那黄金弓弩便成了。”

木仙女看了他几眼，然后满面心痛地走过去，将黄金弓弩拿过来，不舍地递予他。

宋明磊弹了几下，低头思索了一阵，将那黄金弓弩递给张德茂，然后回头赞道：“木仙子果然是奇人哪。”

木仙子依然傻笑着，兰生却发现她似乎笑得有些勉强，目光也有了一丝焦躁。

过了一会儿，凭着木仙女的作弊和兰生的聪慧，两人开始赢了。木仙女得意地问宋明磊要进贡，宋明磊便从怀中拿出一只璀璨耀眼的金刚钻手镯来，亲自握起木仙女的手腕，小心地戴了进去。

“这是最强大的法宝，”他细声安慰着，说得绘声绘色，“最近妖魔会来偷袭，木仙子一定要戴着青龙君送的法宝，可保平安，万万不要掉了。”

木仙子眼睛发直地看着那只灿烂夺目的手镯。

张德茂端着一碗药走了过来：“侯爷，小姐该服药了。”

木仙子猛然如受惊的小猫，从地上弹了起来，躲到兰生的身后：“不要喝，木仙子不要喝。”

“木仙子乖，快来喝了这碗药，”宋明磊接过那碗药，柔柔笑着，向兰生走来，可兰生却分明看到他眼中的冷笑，“喝完了你就不会病了。”

“木仙子是仙子，仙子不会生病。”木仙子开始同宋明磊打着太极，两人绕着柱子转呀转，“这个药让木仙女不停地想睡，而且让木仙女越来越记不得自己是谁。”

那个叫“卡非”的女仆忽然闪电般地欺近，从身后一下子反手拧住了木仙女。可能用力过大，木仙女痛叫出声。

“蠢奴才，下手怎么这么重？”那药碗还是稳稳地端在宋明磊的手中，一滴未洒。那个女仆已被他一把甩到墙根，口吐鲜血。

张德茂欲上前，宋明磊对他淡淡一笑，眼神却是冷到极点：“德茂叔，你也下去吧。”

张德茂张口欲言，最后还是选择沉默地拉了那个受伤的女仆退了出去，只余兰生、木仙女和宋明磊三个在屋中。

兰生隐约觉得不对头，正要退出，那宋明磊的俊脸已来到眼前。兰生没有看清他是怎么出手的，自己的肩胛已被生生钉入两枚细亮的银钉，牢牢地钉在柱子上，动弹不得。兰生只觉钻心的痛传来，又惊又怕，放声大叫：“救命啊，你为何害我？”

木仙子看着兰生大声惨叫起来，眼中无限地恐怖慌乱，口中喃喃自语道：“妖魔妖魔。”

“乖，四妹，”宋明磊的笑容还是像春风一样的和煦，对着那木仙子极温柔地道，“天快亮了，你快来喝了这碗秋日散，睡个好觉，不然你这二郎神便要死在盘丝洞中了。”

“妖魔现身了、妖魔现身了。”木仙女看着兰生疯狂地大叫，“二郎神快救救我，妖魔要杀我。”

兰生自顾不暇，大哭道：“为什么我要碰到你们这些紫眼睛的丧门星啊？”他忍痛求道，“求侯爷饶命。小僧什么也没有看见，什么也没有听见。”

“四妹，别装了。这一年多来，你压根就没有喝这秋日散，”宋明磊却根本不理兰生，只是叹声道，“你知道这满屋子的好东西，若是明着赏人，二哥定会起疑，于是这一年多来你便一刻不停地造些稀奇古怪的东西，装疯卖傻随意乱扔这些玩意，借机贿赂这些下人，乘他们一不注意，便将药洒了。”

一声轰隆的惊雷响彻寰宇，紧跟着金色的闪电划过长空，闪过屋脊。窗外猛地传来阵阵惨叫，似是那个健壮的牛排发出来的。

兰生骇然扭头，透过纱窗，闪电将狰狞的人影拉得长长的，无数的人影闪动间，刀影斧声，声声惊心，和着隆隆的雷声，欲将人的心魂骇碎。木仙女的贝齿咬破了嘴唇，散乱的眼神却渐渐清晰起来。

“四妹，那些人好歹也侍候了你一年多，今日为你而死，你也该反省反省。”宋明磊满口温言，像是谆谆教导着的长者，人却一步不停地走向他的四妹，褐色的药汁没有半点洒泼，泛着恶心的光泽，“二哥知道你一向心地纯良，所以还是喝了药，二哥答应你放这个小和尚回去，好吗？”

兰生如听天籁，忍痛点头如捣蒜：“这位女施主，你还是听侯爷的话，乖乖喝药吧。”

“放他回去？”木仙女喃喃道，“想必是浑身插满钢钉，变成个行尸走肉的活死人，你才会放他回去吧？”

兰生立时心脏停跳，白着一张小脸，抖在那里。

宋明磊整个人隐于黑暗中，唯有天狼星般漂亮的眼瞳悠悠向兰生瞟去，在兰生看来却如金刚经中的厉鬼之眸："整整一年了，四妹，你终于肯对我说话了。"

"二哥，其实你不用把那些伺候我的人全处决了。他们确然对你尽心尽责，每月喂药，"那个木仙女冷哼一声，一改无知的白痴样子，闪电的厉芒照进窗棂，照见了那双清亮的紫瞳，它们正湛湛有神地盯着宋明磊，"你让他们拿着那些金银珠宝来哄我喝药，我便做些小玩意哄他们开心。他们中有些人虽然贪财好利，但总算对你和你背后的明家忠心耿耿，那每月一次的秋日散，我能逃则逃，却终不能完全逃脱，是以疯傻的时候，远多于清醒。"

"看看，你老老实实的，那些人不就不用死了吗？"宋明磊无限惋惜地走向她，眸光闪处，一片冷冽，"秋日散常人只要连服三剂，便五感昏聩、意识不清，你喝了一年多，却清醒如常，想必是你胸前的紫殇也起了些作用，让你记起前尘往事罢了。"

"宋明磊，杀人不过头点地。"木仙女愤怒地一捶一旁的翡翠台，恨声道，"更何况我们是生死相许的结义兄妹，你何苦这样折磨我，一刀杀了我岂不痛快？"

"这样有什么不好呢，我的好四妹？"宋明磊轻笑出声。闪电过处，愈加显得他笑颜魅惑动人，"二哥早就对你说过，既入了原家，便入了这浊世中最肮脏的地方，我们活着都太痛苦，喝了这秋日散，便能忘情弃爱，做个永远最快乐的木仙女。二哥化作青龙君永远护你爱你，你说说这有什么不好？"

那木仙女也学着他仰头干笑几声，冷冷道："二哥不用说得这样好听，也许原家是浊世泥淖，毁人无数，可是二哥不觉得你现在的所作所为比原家更甚吗？你可曾想过你害得碧莹这一辈子生不如死、悔痛终生？而你留着我，无非是威胁那个人不要说出你肮脏的秘密罢了。"

"花西夫人果然聪慧过人。不愧是我宋明磊的知己。人人都说二哥我宋明磊是诸葛再世，却不知，花木槿才是我们小五义中的魁首，智者中的智者，从小到大，也只有你能猜到我在想什么。"宋明磊点头赞道，一拂袖袍，风流无双，"若是没有四妹，这一年多来，我如何能过得这样太平？"

兰生大惊。莫非这个怪异女人是天下闻名的花西夫人？黄两镇再遥远偏僻，踏雪公子同花西夫人的忠贞情事却依然传得到那个最闭塞、最古老的边陲小镇。那时兰生虽小，但向来敏感脆弱的少年之心已然被感动得稀里哗啦，甚至为此流下了宝贵的男儿泪。

他万万没有想到，此情此景下，能有机会看到这个时代，乱世传奇中最催人泪下的主人公。可是花西夫人应该是汉人啊，为何会长着一双紫色眼睛？

"当年原青江威胁我，如果不服生生不离，便要给锦绣服用这秋日散，变成痴美人，那时的我真的很懦弱，只会哭，可是你鼓励我说，永远不要在害你的人面前示弱。"却听那花西夫人的声音饱含伤痛，缓缓对那宋明磊言道，"也许，当年的二哥，确曾与我心灵相通。可谁又能料到会有这样一天，我最敬爱的二哥会亲自逼我服下这秋日散。”

宋明磊的笑容一滞，眼中闪过一丝愧疚，糅合着复杂的疑惑和嫉恨。

兰生万分疑惑间，那宋明磊已满面冰冷地走上前，猛然揉过她的腰肢紧贴自己，沉声道：“乖，二哥伺候你，快喝下去吧。”

他将药碗递到她的嘴边，花西夫人忽然将右手伸到那翡翠台中，然后快如闪电地挥向宋明磊的喉间，银光一闪，宋明磊疾退，宽大的袖袍被削去了一大块。人虽分毫未伤，药汁却洒了一半。

宋明磊侧身，没有拿药碗的手扭到花木槿的手，叮当一声脆响，她手中掉出一支尖锐红亮的镶红宝石槿花银钗。

“还记得吗？四妹，这支银钗是四妹十二岁生日时二哥送的。不过二哥一直没有告诉四妹，那上面的槿花其实是二哥亲自雕的，那红宝石亦是派人专门从楼兰千辛万苦寻来，亲自镶上去的。四妹不在的这七年，二哥时时带在身侧，聊以思念，后来有幸得见四妹，便让四妹拿着珍藏赏玩皆可……”口气似是轻松的埋怨，那俊脸上却再无笑意，他的眼中甚至有了一丝几不可见的伤痛，“殊不知，原来四妹这么不喜欢哪？”

宋明磊手中微用力，花西夫人闷哼一声，冷汗沿着鼻翼流了下来，却始终倔强地不发一言。

他眼中恨意难消，唇边却又绽出一丝醉人的笑来，轻轻一甩手，将花西夫人连带那翡翠台一起摔在地上。顷刻间，满地是水，阿朱阿紫在碧玉的碎块中扑腾着，发出啪嗒啪嗒的响声，大口大口地张着鱼嘴做着垂死挣扎，如同坐在水中那狼狈的花西夫人。

她的小脸苍白如纸，眼神一片晦涩绝望。

窗外，苍茫的夜色卷滚着狂躁不安的风，隐隐地一阵古琴之声悠远飘来，仿佛一个失魂的人飘在无垠的雪海莲花中，缥缈而悠远，忧伤而隽永。众人一愣。

兰生听出来了，正是刚才他遇到花西夫人时听到的古琴之声，再看向花西夫人，她早已听得痴了，宋明磊的笑容一僵。

“二哥……求你、求求你，”花西夫人撑着左手靠坐在榻几上，艰难地挺起身，兰生注意到她的右手不自然地垂在身边微微痉挛着，那本应是柔情蜜意的紫瞳中却是珠泪滚滚，凄惶绝望，她坐在兰生的对面泣不成声，勉力出声道，“求你……让我听完这一曲吧。”

她单薄的身子不停地颤抖着，目光好像穿透了窗棂，飞向那琴声传来的彼端。她努力爬到窗前，凝神细听那窗外悲伤的琴声，对着沉沉的夜空静默地流着泪。

“四妹，莫非便是这琴声勾走了你的心吗？”宋明磊轻叹一声，如嘲似讽。

他再一次慢慢走近她，那双天狼星一般的两点寒星却让人看不到任何情绪：“你可知，这几年二哥最想做的是什么吗？”他将药碗递到她的嘴边，“二哥真想剖开你的心，看看它到底是为谁而跳的？”

话音落到最后，他几乎是咬牙切齿。他的俊脸扭曲了起来，忽然一口喝光了玉碗中的药汁，然后一手猛地揪起木仙女的头发，逼她张嘴，一手揽起她的腰肢，口对口地硬喂了下去。

宋明磊乃是武将出身，在战场上便是以强壮健美、机智过人著称。民间曾神话般传言他独战窦周的平鲁将军三天而归，这区区一个女人又如何是他的对手？果然那花西夫人瘦弱的身躯可笑地挣扎着，却挣不过那勇武的男人，褐色的药汁从两人相搅的口中慢慢流了下来。她伤心的哽咽声渐渐传来，最后无力地垂下了扭打的左手。

兰生再傻也看出来了，这两位绝对不是兄妹情谊那么简单。那个宋明磊现在也不是喂药这么单纯，他不但没有放开她的意思，而且不停地婉转亲吻，粗重的呼吸声中，却似将她越搂越紧了，简直要将她嵌进自己强壮的怀中。

木仙女的外袍滑落下来，两个人滚在地上，宋明磊俯在她雪白的身上，挡住了兰生的视线。木仙女的头微侧，兰生清清楚楚地看到了她眼中流下的两行细亮的泪水滑过鼻间，淌到地板上。她的眼神空洞而没有一丝温度，满是弱者被征服的绝望痛苦，如同那些从平鲁将军营帐里拖出来的死不瞑目的女人。兰生的耳边回响着凄美的《长相守》，胸中已是怒火中烧。

“欺辱一个弱女子算什么英雄。”待兰生想闭嘴，这句话语已然冲出口中，更让他惊讶的是，明明接下去想说的是求饶的话，话音出口，却是一个全然陌生的冷笑，“更何况她是你的结义异姓妹妹，你不顾礼义廉耻，乱伦纲常，简直禽兽不如。你根本不配‘明家后人’这四个字。”

哎？！什么明家后人！兰生叫苦连连，他甚至不明白自己为什么会说出“明家后人”这四个字，完了、完了！

果然那宋明磊慢慢从花木槿的身上爬了起来，闪电照亮了那雪白的娇躯，两点殷红间似有一片紫光闪耀。兰生的血色上涌间，却控制不了本能再挪不开眼。那宋明磊扯下外袍盖在花木槿身上，一转身便站在兰生眼前狞笑，他的一缕长发因为方才的兽行散乱地垂在前额，疯狂的眼眸，有如地狱来的修罗：“你说什么？”宋明磊双手微动。

兰生人虽得了自由，双肩却血流如注，剧痛中无力地斜斜倒下，趴在冰冷的竹地板上。

宋明磊的双手如电，兰生立时感到咽喉被人扼紧：“你究竟是东营的还是大理的暗人，竟然能骗过侍卫找到她？”

“施主！”兰生使劲想掰开宋明磊的手，却如铁般难撼，只得艰难道：“苦……海无涯，回头是……岸。”

兰生胸腔的空气越来越少，模糊的视线里似乎有一个绛衣女人的身影飘进竹屋，耳边一阵柔柔的叹息传来："阳儿。"

兰生的喉间终是一松，空气灌了进来，人也陷入了黑暗。

昏昏沉沉间，兰生做了很多稀奇古怪的梦，梦里一直是千军万马，打打杀杀，血流成河，然后他不停地往下坠，直到地狱，粉身碎骨，无法言喻的剧痛中，耳边传来雷声隆隆，他冷汗淋淋地惊醒，混沌中微一侧身，双肩的剧痛传来，这才让他想起昏睡前可怕的种种。然后惊觉自己已经身在盘丝洞的外间，躺在坐榻之上，双肩缠着染血的纱布，里间那红绡罗帐中侧卧着一个倩影，是那个木仙女。

床边站着一个身影，是那个看似平庸的昊天侯侍卫，好像叫张德茂，可是那昊天侯却不见身影。

兰生瑟缩着，那张德茂转过身来，冷冷地看了他几眼："小师父已中了我的蛊毒，以后每到十五必要服下我的独门解药，不然必痛不欲生。"

兰生愣愣地看着张德茂。

张德茂冷冷道："今日正是十五，你若不信，可摸摸自己左边的第三根肋骨。"

兰生撩开衣袍，却见左边胸肋一片黑瘀，急火攻心间一阵剧痛自第三根肋骨传来，直疼得喉间血腥翻涌，不由得愤怒道："我与你等无冤无仇，为何害我？"

张德茂却冷笑道："怪只怪你多事跑到北苑来。你总算命大，此处正需要一人每日超度长公主的英灵，故而我家主公饶你不死，你以后便乖乖在此每日诵经即可。"话毕便走过来，他掰开兰生的嘴，硬塞进一颗大药丸，再不看兰生一眼，走出竹屋。

兰生想把那药丸抠出来，可是那肋骨的疼痛却渐渐消失，强烈的睡意袭来，他又昏昏睡去。

再醒来，耳边是轻轻的哭泣之声。兰生努力睁开眼，那四方夜明珠被人用黑丝绒布遮了，又不见烛火，屋内一片漆黑。即便如此，兰生却微诧自己能将屋内陈设看得清清楚楚：屋中已被人打扫一清，红绡罗帐依旧千重万垂，珠宝的光辉闪耀着。

冷冽阴湿的风混着雨点声在窗外呼啸大作，兰生想坐起来解手，却动弹不得，只得痛苦地忍耐着。静下心来，方觉那细碎的哭声是从对面的床榻中发出，朦胧的纱帛下，花西夫人只剩下模糊的身影，她似在无法醒来的噩梦中，不停地梦呓着，然后又轻轻哭泣了一阵，沉沉睡去。

兰生想起方才的一切，心中难受极了，暗思也不知方才宋明磊可曾伤了花西夫人。他有心想去安慰花西夫人，却又苦于不能动。

过了一会儿，风雨之声越来越轻，最后只剩下水滴滚过树叶、落到花苞上的轻响，冲淡了暴风雨夜的戾气，好像戏台上清雅的竹板在耳边微奏。

过了一会儿，兰生感到手好像能动了，心下大喜，正要爬起，门外忽然传来嘈杂之声。

门吱呀一声开了，冷风又吹了起来，然后又吱呀一声关了。兰生打了一哆嗦，稳住呼吸假寐，眼皮撑开一道缝。随着极轻的脚步声一步一步地踏入，眼前有个高大的人影裹着油光光的黑狸披风来到花西夫人的床前。

兰生暗想：莫非是那宋明磊去而复返?

那人挺直身子，傲然地抬起脸。兰生看到一个漂亮的侧面，头上整齐地压着束发的二龙戏珠的金冠，像是品爵极高的王侯象征。

那人脱下黑狸披风，慢慢坐在床沿上，轻撩开了那红色帐幔，好像在细细看那花西夫人。

兰生暗忖，此人莫非是踏雪公子？再细细看来，这青年虽也长相俊美，却充满了一种难以言喻的脂粉气，与踏雪公子那天人气质相去甚远。

那青年的面色带着一丝不屑，睨着水眸，用左手把花西夫人的俏脸掰过来，仔细地看了一阵，然后嫌恶地飞快甩开手去。

他低低地冷笑了几声，眼中更是鄙夷万分。

他的右手伸出龙纹袖袍。忽然空中又是闪过惊雷，照亮了那青年手中高举着的一把镶满宝石的华丽匕首，那匕首正对着花西夫人的咽喉。

“反正你活着也是受罪，”那青年嘴里轻声咕哝了几句，“就让我帮你早早解脱，那三瘸子还要谢我哩。”

一声剧烈的霹雳划过窗前，金冠青年微惊，那手中的匕首也停了一停。就在这个当口，梦中的花西夫人仿佛也被惊雷吓着了，不安地翻了一个身，右手挪了出来，腕间的金刚钻手镯当的一声磕在床沿，闪电将金刚钻手镯的光芒射进青年惊讶万分的眼中。

他一下子站了起来，手中的匕首掉了下来，当的一声没入地板之中，华丽的匕柄微微晃动。

“淑琪?！”他慢慢地又坐回床沿边上，颤颤地抚向那手镯，细细抚着每一颗宝石。

“淑琪，你死得好惨。”他的眼神渐渐迷失在回忆的洪流中，不觉泪如泉涌，捧着那手镯哽咽起来，“你是为了我引开追兵，才死的。”

天边又一道闪电划过，照见门外又闪进一人。那人一身青衫都给淋湿了，发上的水珠沿着俊美的面容慢慢流下来，他好像是从很远的地方死命赶了回来，注视着那个坐在床边的青年喘了一阵。他眼中藏着恐惧，似是好不容易平静下来，慢慢走出黑暗。

兰生暗暗叫苦不迭，因为那人正是宋明磊。

他慢慢走向那床沿上正在流泪的青年，轻轻叹了一口气。

“这是淑琪最喜欢的金刚钻手镯，”那个青年抹了一把眼泪，头也不回地颤声说道，“我们成亲那晚，我的脸对着皇亲国戚还有众多宾客都笑抽筋了，可是心里总在嘀咕，长公主是一个什么样的女人呢？我会不会娶了一个长得很丑脾气又差的刁蛮公主呢？”

兰生在那里听得愣了半晌，终于领悟到这个人是连任两届的驸马爷，忠显王原非清。他口中的淑琪应是前朝惨死的贞烈长公主轩辕淑琪。

只听原非清轻笑了一下，继续说道：“秀宁宫里，她静静地坐在床前，头上蒙着红盖头，我看不见她的模样，只看见一双如玉似雪的小手，戴着这对波斯进贡的金刚钻手镯，调皮地拧着红色石榴裙。”

“父王总叮嘱我，不要大丈夫脾气，万万不能忤逆公主。其实他多虑了，淑琪不但贤良淑德，而且温柔乖巧，一点也没有皇族傲气。圣上把淑环妹妹许给突厥和亲，淑环妹妹便哭得死去活来的。淑琪知道她心里其实一直想嫁给三瘸子，心里气闷，可是偏偏又改变不了淑环妹妹的命运，就把这其中的一只送给了淑环妹妹，另一只给了三瘸子的女人——这个下贱的花木槿，”他冷笑一声，鄙夷地斜了一眼花木槿，“她对我难受地说着，她希望有一天淑环妹妹能回到中土，嫁给三瘸子，和这个花木槿和睦相处，像她一样过上幸福的生活，你说说，她是一个多么贤德的妻子啊。”

“父王老是骂我不成器，也许他是对的，因为那时的我根本没有想到什么家族大业，只想和淑琪永远在一起，幸福地生活……”他的眼瞳一阵收缩，任伤心的泪水涟涟，渐渐哭花了脸，“他们不让我救淑琪，架着我逃出西华门时，我看到淑琪从凤灵台上跳下去，我就这么眼睁睁地看着她被窦英华给逼死了。窦英华这个恶贼。”

宋明磊轻叹一声，走过去，轻轻将手搭在他不停颤抖的肩上。

原非清没有回头，努力地平复着自己的悲伤：“淑琪是这样天真可爱，我总能猜到她在想什么，可是，”他带着眼泪冷冷一笑，“可是我永远也猜不到你在想什么，磊！”

“你知道淑琪对我的分量，你也猜到我早晚会找到她的，”他缓缓站了起来，面对着宋明磊，“所以你让她戴上这只手镯，就是为了、为了让我对她手下留情。”他冷冷地甩开花木槿的手，上前一步，提溜起宋明磊的前襟，恨恨道，“为什么，她长得这样丑陋，像只瘦猴子，根本不算美女，更别说同非烟相比，你为什么要这么喜欢她，这样来保护她？”

“你误会了，清。”宋明磊叹气道，轻轻将原非清的手松了开来，然后握紧放到胸前，“我要留着她对付三瘸子。”

“胡说，你胡说！”原非清的泪水洒下，使劲挣开他的手，“你若要对付三瘸子，为何不早对我说？为何要用淑琪的手镯来勾起我的旧事，好让我下不了手？”

兰生的手脚越来越自如，心下也越来越骇然。心说：这个原非清怎么这么像个娘儿们，同宋明磊拉扯不清？

宋明磊复又上前一步，沉声道：“我若不这样做，只怕你早杀了她了。她若一死，三瘸子便将我们的秘密全部公之于世了。清，你知道我最想做的是什么吗？”宋明磊执起原非清的手，诚挚道，“我最想做的便是看到你黄袍加身，一统天下，那样，还有谁会来伤害你的心爱之人，还有谁会来分开我们呢？”

原非清的脸色渐渐缓了下来，充满希冀地反握住宋明磊的手：“你说的可当真？”

宋明磊再次绽开笑容，目光深邃起来，微俯身，就在兰生眼前，深深吻上原非清的唇。

兰生本已活络自如的手脚，就此僵在那里。

兰生紧紧闭上眼，连呼吸都几乎要忘了，脑中一片充血，只听耳边衣衫滑落的声音，伴随着男人不断粗重的喘息之声，空气中渐渐洋溢着一股浓郁的欢爱气味。

过了一会儿，原非清声音迷离地道：“磊，你现在越来越大胆了。”

“跟我回去吧，”宋明磊轻笑着，“非烟等我们都等急了。”

兰生微睁眼，却见宋明磊替原非清整了整衣衫，然后笑着拉起他的手，就要往前走。

原非清上前两步，忽地停住了，宋明磊疑惑地看着他。

原非清猛然挣脱他的手，回首提起那把珠光宝气的匕首直指花木槿。

宋明磊的面色骤变：“清，你……”

“磊，我信你，你说什么，我都信你。”原非清凄然道，“只是，我却不信我自己了，我万万不能留下这个贱人来偷你的心。”说毕，那“酬情”在黑夜中银光一闪，直奔花木槿的喉间。

宋明磊惊恐大叫“清”时，兰生也一下子跳了起来，想出手相救，可无论哪一边都已经晚了。

却见暗夜中，戴着金刚钻手镯的那只纤手猛地一抬，匕首撞击到手镯发出一声铿锵的巨响，余音似要击破人的耳膜。那手镯一下子裂成两半，原非清手中的“酌情”也被震飞出去，钉在兰生的头顶，黑色丝绒布被震了下来，夜明珠发出黄光。众人的眼前一亮，而花木槿的手臂上血流如注。

众人一愣之际，花木槿的身影却如鬼魅一般从床上跃起，微扬手，原非清肩膀上衣衫破碎，出现一道深深的血痕。

花木槿一下子往他的肩头扎去，原非清血流如注，放声痛叫，她乘机点住他的穴道，一手夹着他，那双湛亮的紫眼冷然地看着宋明磊道：“宋二哥，你若还想看到他活着黄袍加身，守护心爱之人，就劳驾你放我出去。”

花木槿的语气满是嘲讽，手中握着一块尖锐的绿色碎片，竟是方才打碎的翡翠台的碎片，兰生蓦地振奋了起来，心道：这个花木槿是何时藏起了这块碎玉片的？

他用力地拔下头顶的“酬情”，跳到花木槿身边，试着狞笑地大声道：“不错，宋明磊，你若还想看到你的兔相公活着做皇帝，就快点放我俩出去！”

月光照进竹屋，空气中散发着树木的清香，混杂着因为暴雨而新翻的泥土味道，我忍住手上的疼痛，握紧手中的碧玉碎片，直抵原非清的咽喉。

原非清扭曲的脸上显着恐惧和憎恨，咬牙切齿道：“你这个贱人，我要将你碎尸万段。”

“好说，驸马爷。”我微俯身，看着他的眼冷笑道，“不过在你将我碎尸万段前，我必将你的漂亮脸蛋划个稀烂，再把你的身子捅成个马蜂窝。”

原非清立时害怕地看着宋明磊。

宋明磊轻轻一笑，上前一步，如真似假地欣喜道：“四妹，原来你的手没有事啊。”

“有劳二哥关心，木槿的手是重重扭了下，但足以杀死你的宝贝‘清’了，”我的手微动，原非清漂亮的脸上多了一道血痕。

下方立时传来他的惨叫：“磊，快快救我，再这样下去，这个贱人真要划花我的脸了。”那惨叫声渐渐变成恐慌的抽泣。

宋明磊终是停了下来，淡笑道：“你真的以为你能逃出去吗，我的好四妹？”

“我的好二哥，确然我胜算不多，”我拉起手下的原非清，向前一步，“不过，既然活着逃不出这盘丝洞，不如就让原家大少爷来陪葬，岂不快哉，岂不划算？”

“不错，宋明磊，识相的快点让路。”

一旁传来一声奇怪的暴喝。我斜眼一看，是那个在我意识不怎么清时，被当作东营暗人而拉进来的小和尚。完了，我怎么忘了还有这个和尚，带着他怎么逃得出去呢？

窗外人影闪动，可能是宋明磊或是原非清的随从发现了。

该死，我表面依然强作镇定，身上已是冷汗浃背。

那个和尚却懵然不知，依然信心倍增地学着我，对着宋明磊恶狠狠地喝着：“俺们有驸马爷陪葬，赚……”

宋明磊还是淡笑，天狼星一般的亮眸瞥向那和尚，他立时躲到我的身后：“赚、赚了。”

“四妹是怪二哥逼你吃那秋日散吧？”宋明磊对着我叹了一口气，眼神微向窗外一瞟，“四妹当知，你那心上人并非如世人所想的那般素丝无染，你也知道他同你那宝贝妹妹有过……”他顿了一顿，看着我的眼继续道，“我们原家乃是天下第一名门望族，又如何能容得下妹妹同段妖孽的七年过往？听说二哥还有了一个小侄女，叫夕颜吧，比我家的重阳还要大上两岁呢。”他满怀惋惜地用那垂怜的目光俯视着我，宛如一个殷勤的兄长苦苦规劝不听话的妹妹，“二哥只是想让妹妹忘了那些伤心的往事，好从此自由自在地生活，为何四妹要这样曲解二哥的一片苦心呢？”

有人在我的心中割下深深的一道口子。我抬眼，再一次认认真真地看着眼前这个俊美的青年。

曾几何时，那曾是如水清澈的少年，那个在乱世中陪我冲下山去的勇敢温和的二哥，变成了这样一条卑鄙的毒蛇。

“二哥，你可还记得那一年陪我下山时说的话？”我毫不留情地一拎原非清白嫩的脖子，后者一阵痛呼。

“那时四面南诏兵围追堵截，我们十来个子弟兵眼看是活不成了，我又惊又怕，人虽喘着气，可心早已死去，唯有二哥浑身是血，却依然如明月清风，朗声对我说，无论我吃多大的苦，受多大的罪，都不要遵守小五义的誓言，一定要好好活下去。”我惨然道，“那时的二哥对我说，只要活着就能等到大哥的援军，只要活着就比什么都好，这八年来，木槿无一刻敢忘记，每每想起二哥对我说的这句话，便忍不住落泪，一直等着能有机会见到二哥。事到如今才发现，原来二哥早已全然忘记了。”

话到最后，我忍不住泪盈满眶，一甩眼泪，大声喝道：“当年那个陪我和那一千子弟兵冲下山去，重情重义、笑傲生死的宋明磊到哪里去了？”

宋明磊渐渐绷起了脸，凝着我的眼神微有恍惚。就在这一刻，我如离弦之箭般猛然撞破窗棂，冲了出去。

我刚刚落地，宋明磊的身影扑过来，我手中的原非清猛击我的胸肋，然后扑到宋明磊的怀中。我不敢逗留，施轻功向密林奔去，一侧头却见身边火速跟着一个光头，却是那个和尚。

宋明磊的声音从密林的那端远远传来，却是从未有过的凄厉决绝：“四妹快回来，出了这屋子，我便保不住你了。”

紧跟着，原非清疯狂地大叫：“给我杀了这个贱人。”

我的体力渐渐不支，身后有个黑影像幽魅缠身，快速落到我的下方挥出利刃，我扭身握着玉碎片向后迎去，手中的碧玉块被削成两段，眼看那人的利剑刺向我的前胸。

然而那个死士对我暴突着眼睛，软绵绵地倒了下去，露出身后一个血染僧袍的光头少年，手持一柄珠光宝气的匕首。

又是他，又是他救了我，他到底是谁?

可是这个小和尚却抖着身子跪在一地鲜血中，手中的匕首也掉落在血泊之中。他慌乱道：“贫僧杀人了、贫僧杀人了，我佛慈悲，阿弥陀佛，罪过罪过。”

他白着一张脸，恍惚地席地打坐就要念经，似要替那个杀手超度亡魂。

我目瞪口呆，这哪里是超度的时候啊。

我使劲拉起他，他还是一个劲地坐着念经，眼看第二个杀手就要到了，我快速拾起“酬情”，心中暗道：“我佛慈悲。”然后咬牙猛扇这个小和尚一记耳光。

那个和尚总算醒了过来，捂着脸，茫然地望着我。

我拉起他就跑：“踏雪公子现在何处？”

他结结巴巴道："听、听涛阁。"

我又跟着问道："听涛阁在何处？"

他颤着手指点了一个方向，我便拉着他如拖着一根大白萝卜似的往那个方向奔去。

听涛阁的方向传来缥缈的琴声，正是那首哀伤的《长相守》。我的鼻子微酸，却又忍不住喜上心头，定是非白在找我，他一定知道我在这里。

眼前一点黄光微闪，我几乎要看到那个天人的影子正在窗前听着芭蕉夜雨，俯在香案上凝神抚琴。

忽然，无数劲装人影冲上前来，为首一人虬髯如钢针硬扎，魁梧的身影如铁塔罩着我们，大喝道："来人报上名来，安敢冲撞武安王府？"

我一咬牙，大声道："花木槿求见踏雪公子。"

天上轰隆一声，转眼倾盆大雨又至，滂沱的大雨浇得我几乎睁不开眼，我们的周围早已围了一圈矫健的侍卫。为首那人一滞，口中暗念了一遍我的名字，似是微带诧异，复又大声问道："来人通报真实姓名。"

我的头开始昏沉，心中暗焦，恐是宋明磊的秋日散要起作用了。我扶住那个抖得快散了架的小和尚，竭力出声苦求道："求这位壮士引路，我身上已中秋日散，求让我见上一见，再见不到公子便晚了。"

我透过人墙，望眼欲穿那听涛阁中的一点黄光，我大叫："非白，是我啊，求你出来见我一面。"

霹雳巨响中，那人挥动手中的大铁锤，大声喝道："东营听令，刺客来袭，速速截击。"

我大惊，不及开口，我身边的和尚却上前一步，大喝道："你们这群人为何有眼不识泰山，这可是你们家公子日夜思念的夫人，花木槿啊！"

那个大汉却仰天哈哈大笑："你们这两个不自量力的紫瞳妖人。吾铁灿子，闻西营近来研制活死人阵及人偶刺客，上品者出任务之时皆紫瞳示人，以慑敌胆。"他猛然收了笑声，厉声道，"你们已是这半年来第十个冒充我家夫人之名，前来行刺我家三爷的鼠辈了，你这无耻的紫瞳妖人，还敢信口雌黄？"他大手一挥，包围圈开始紧缩了。

那个小和尚立刻蔫了，双膝跪地，抱头哭喊道："别杀我、别杀我，小僧只是清水寺的火头僧，别杀我，我招、我招。"

宋明磊冰冷的眼神在眼前闪过，我终于明白为何我从昏睡中醒过来，眼瞳却变成了紫色。

我原来一直以为可能是胡人娘亲传给我的隐性基因遭遇那块紫殇发生了某种基因突变。我甚至还曾异想天开，莫非是上天要让我实现那年七夕拉着段月容说的话：大难不死之后，就要替他长一双紫眼睛啦？

事实证明，我花木槿太过浪漫，太过小资。我的世界观还不够成熟、不够科学、不够理智。

这一切全是宋明磊一手策划的！

我猛然想起那年在暗宫，原非白这样分析道：他那个被仇恨蒙蔽了眼的姑姑原青舞，曾经设计想借原青江之手，杀了非白的娘亲谢夫人，那样不但可以一举除掉情敌，还能让自己畸恋的原青江永远生活在痛苦愧疚之中，生不如死。

宋明磊果然是原青舞的儿子，他一定料到如果有一天我真的逃出了他的手掌心，第一件事定会去见非白，于是便不停派新研制的紫瞳人偶化装成我的模样行刺非白，而非白一定也曾吃过大亏，不然不会连见都不见，便命武士击杀所有前来认亲的“花西夫人”。

宋明磊盘算好了一切，事实上根本不是我本人真正逃离了那个囚禁我的华丽竹屋，极有可能是他或是他背后的明家人故意放我走。我死在非白手中那刻，便是非白痛断肝肠、痛悔一生之时，而明家便能实现原青舞的理想，令原家所有的人不得好死，进而报那血海深仇。

我心思百转间，头愈加昏沉，口中却依然大声唤着非白救我。

非白，求你让我见见你，我之所以装疯卖傻地同宋明磊虚与委蛇，就是想再见你一面。我不知道我还能抵制那个该死的秋日散多久，我也不知道这一次我昏昏睡去，是否还会有意识清醒的一天，那时我即便活着，亦是行尸走肉的白痴一个，活着亦如死去。

犹记我当时抱着撒鲁尔跳下山崖后，又见彼岸花的殷红。我在彼岸花香间醺醺然，似乎听到紫浮对我说，这一次我不能再逃，一定要看清我的内心。我看到胸前的紫殇闪耀着炽热的光芒，灼伤了我的灵魂，难以言喻的浑身剧痛中，那光芒引领着我又回到了这个世界。

初时我随深涧漂流至弓月城外，便被早已守候在那里的明家人发现。我再一次醒来，却骇然看到那张看似无害的春风一般的笑脸，我那八年未见的二哥，宋明磊，亦是明家唯一的后人，明煦日。

其时我伤重至极，口不能言，意识不清，终日在昏睡中度过。他派人在玉门关黄两镇，细心照料于我。最危险的地方，往往是最安全的地方。等我能起身之时，他便将我软禁到了清水寺中，在武安王以及原非白的眼皮子底下做起了文章，谁也没有想到也不敢去想，最是皇亲贵戚往来迎送之地，却暗中藏匿着花西夫人。

然后他便逼我服用秋日散，变成个白痴，好加以控制，那枚与我甚是有缘的紫殇这时帮了我大忙，竟然扛住了秋日散的药性，令我时而清醒。我便假意装疯卖傻，用金银珍玩做些小玩意儿，随意乱丢，引起那些守卫的贪婪之心。我乘他们不注意时，撒了迷药，逃出去熟悉地形，直到今天半夜，莫名其妙地看到那个小和尚在池边哭泣，而看守我的这条信犬居然还认得他。

我看他虽然骨瘦如柴，但脚步轻健，认定他必不是一般人。一开始我以为他是宋明磊的暗人，后来却惊喜地发现不是，便向他求救，然后渐渐疑惑，始终不明此人究竟是过分好运地逃过了张德茂，还是装疯卖傻，抑或是中了某种催眠的暗人。

雨水灌进我的眼中，我分不清脸上流的是雨水还是泪水，看着那一点昏黄，使劲挥舞着"酬情"，但又不忍真正伤到那些忠诚的卫士，气苦至极，反而哈哈大笑起来："花木槿爱原非白一万年。"

听涛阁的琴声一下子停了下来，我精神一振，非白听到了！

正要再唤非白，却听有人狂呼"小心"，我一回首，是那个被按倒在地的小和尚对我大叫着。只见迎面一支利箭穿来，我微侧脸，险险地躲过那支铁箭，剧痛之中，眼前一片血红，我向后倒去，跌入放生池中。

我欲浮上水面，却见那个小和尚不知何时，挣脱了那几个武士，随我跳了下来，正好压在我身上，将我压沉了下去。

黑暗的水面再一次覆盖了我，冰冷的池水涌进我的鼻口，我依稀看到岸上有个白衣身影颤声惊呼："木槿，是你吗？"

是非白吗？我晕晕乎乎地想着。

那白衣身影似乎也在往池子里跳。

非白、非白……

秋日散开始起作用了，同池水一起夺去了我的意识，我沉下水底。

我浑身如置冰窖，好冷、好痛，浑身都痛，痛到我的骨髓、我的每一个细胞。这种感觉就好像我刚投胎时的那种新生命挣扎的痛苦。

我渐渐恢复知觉，好像有人在剖开我的脑子，然后使劲对我喊着什么："快醒来，莫要再睡了，你若是再不醒来，咱俩就真得全完蛋，你快醒来，阿弥陀佛，求你不要再害我了……"

是谁？鼻间飘来一股泥土的清香，耳边是哗哗的雨声和人马的嘈杂之声，空气中流动着极为不安的气氛。

我使劲把眼睛睁开一条缝，只觉钻心而疼，眼前一片血色，耳边一片急切的马蹄之声，我到底是在哪里？

"木槿、木槿，"大雨滂沱中却听有人凄厉地呼唤着，"对不起木槿，我刚刚没有认出你来，你生我的气了吗？我知道你就在附近，你快出来呀。"

"属下求请公子万万先息雷霆之怒，西营既然如此拼死一搏，必是夫人没有再落在他们手中。老夫和韦虎带人到前面引开西营追兵，素辉护着公子退回西安，速寻对策。如今之事，东西营皆无退路了，老夫必然为公子寻回夫人，只是公子千金之躯，若是有恙……”这是一个老者的声音。

“你且住口，快闪开！”那个声音再次斩钉截铁地喝道，“刚才一定是木槿，她一定是逃出来了。我居然会没有想到，这个宋明磊可以在我眼皮子底下藏起她了，这是他最擅长的把戏。我真真糊涂，我必须快些找到她，韩先生，你莫要拦我。”

那个叫韩先生的带着哭腔苦求道：“老夫求公子三思。夫人这些年漂流在外，虽是坚贞节烈，然内心早已是千疮百孔，即便夫人此次侥幸逃出，如若得知公子有恙，必定痛断肝肠，安有活路……求公子再替这些年随侍的武士家臣多想想，有多少人已为了公子……”

我想动弹一下，可是一人却死死抓住了我的手。雨水顺着我眼睛上方的青叶倒流进我的眼中，然后沿着我的鼻，渗进我的嘴，一片咸腥……

火，好大的火，我在火海中翻腾。我记起来了。这是永业三年的那一场大火，我在一线天用火攻击败了胡勇，打赢了第一仗。为什么我的战术不起作用了？那火全部回了过来，火舌卷起我和君家战士的衣角，一片嘶声呼唤，我在火中惨叫，胡勇的军队拥进君家寨，无数的士兵在杀戮淫掠，我眼睁睁地看着夕颜的小身子被砍成两段，血流了一地，眼前无数恶魔的脸，耳边是活捉花西夫人的喊叫声……

一人高呼：“莫问快走！”

我抬头却见一个长发飞扬的紫瞳战将飞奔而来，偃月刀一路披荆斩棘，还未到近前，却忽地被人从后面一劈两半，露出背后那个酒瞳红发的恶魔，乌黑的指甲拎着段月容血淋淋的人头，然后对我不断狞笑着……

无数的过往在脑中风驰而过，然后随同一个白色的身影，渐渐地飘向遥远的角落里，仿佛一幅浓丽的画面渐渐在我脑中褪色。我依稀感到这是非常重要的东西，万万不能离去。我伸出手，却只是抓住一片虚无。

谁在用针扎着我的额头？好痛，我再次恢复了意识。我微一偏头，有样东西便扎到我的眼上，奇痛难忍，我轻叫出声，却发现喉咙如灼烧着一般。

只听有人低咒：“该死的，老夫明明下了很重的麻药，她如何会醒？”

“莫非是她胸前嵌着的紫物？”那人的声音充满了惊诧。

我的身上陡然一凉，这才惊觉身上没有穿一件衣物。那个声音带上了无限惊恐，仿佛看到了这世上最最恐惧的魔鬼：“老天爷，这不是那块紫殇吗？已经二十年了，怎么可能？”

“喂，老东西，你在看什么？”一人暴喝出声。我的身上又盖回了某种粗布被单。

“放肆，我乃医者，岂如你这种恶俗之人所想的不堪？”那人的低咒声更大，“你这蠢和尚，愣着做什么，还不快扎她的睡穴？”

然后有人使劲摁着我的头，又有人抱住我：“夫人忍住，别哭啊，我找来的这位江湖郎中会救你的！”

啊的一声，有人哀叫，那个“江湖郎中”鄙夷道：“蠢和尚，还不快同她说说话，转移注意力。”

那人立时唯唯诺诺地改口道：“对不住、对不住。夫人哪，这位神医大人，在给你缝伤口。你的这位夫君大人，还有那群手下，简直就是如狼似虎啊。那下手也忒狠了点，难怪你不回到他身边哪。哎，别动、别动，你刚刚掉水里时，眼角撕裂了，手是被那个宋明磊给拧的，可怜见儿的。咱们在水里浸了一阵，所以有点发炎哪。你莫要动了，放心吧，我们安全了。”

一阵叮叮当当的器物碰撞声，那个神医叹了一声：“老夫已然尽了全力，接下来就看她的命数了。此地人迹罕至，没有什么看护，更别提丫鬟了，你且看着你家夫人吧。”

一阵阵谦卑的诺诺之声，然后是脚步走出屋子的声音。

“老匹夫，等她好了，看兰爷我怎么治你。”有人在咬牙切齿地小声骂了一句，然后是长长地嘘了一口气，似乎在努力地缓解愤恨郁闷之情。

过了一会儿，就在我昏昏欲睡之时，那声音又悄悄附在我耳边道：“喂，花木槿，你放心啊，这个江湖老郎中虽然脾气暴了点，但肯定不是坏人，他救了我们。而且有我在你身边，无论是那兔相公宋明磊，还是你那天仙外表、恶魔心肠的夫君，都不能伤害你了，你放心好好休息吧。”

那个声音接着又信誓旦旦，啰里啰唆地说了一堆，却带着一丝说不出的滑稽，让我又安下心来。

我有些茫然地想着那个我的夫君是何许人也。哦，想起来了，是余长安！那个出差的夜晚，我回到我们的小区里，我的丈夫还有那个同他肆意缠绵的雪白身体。

难道长安还想要杀我？是了，他不想离婚，不想我分掉他的一半财产，上海的房价多贵啊！有多少人摧眉折腰事房产，哦！对了，他还能顺利得到我的保险费吧，至少也是七位数的，我既惊且怒，不安地又进入了梦乡。

不知过了多久，我在一片鸟语花香中醒来，想睁开眼睛，好疼。眼前是竹屋，白色的布幔，床的四角各挂着四个银熏炉，空气中蔓延着一种草药的香味。

这里是哪里？我是谁？我是谁？

我努力想着，胸口猛然一片灼热，仿佛启动了无数的往事，骤然间，两世的记忆如汹涌的海啸冲击着我的心灵，最后定格在一张天人之颜上。

花木槿爱原非白一万年。

原非白、原非白，这个名字好像是迷雾中的明灯，照亮了我的内心。是的，原非白，我是为了原非白才会想同撒鲁尔同归于尽的，我才会想方设法逃离宋明磊，我只想再看看原非白。

如同每一次从秋日散的药性下侥幸清醒过来一样，心中的喜悦涨溢着我的心，感激的泪水奔流下来。

曾几何时，我最最痛恨的紫殇变成了我最最喜欢的宝物。我感激地想去摸摸那块紫殇，微动了一下手，这才感到眼角边一片刺骨的疼痛。为什么眼前的景物都是黑白的？还有我另一只眼睛为什么缠了纱布？我的两只手上夹着夹棍，也缠满了纱布，手边有一只圆滚滚的物体……好像是一个冬瓜……

我定睛一看，这才意识到是一个光头正趴着酣睡，我微微动了一下手，惊醒了他。

一个清秀的光头少年，兴奋地跳了起来，叫道："花木槿，哦，夫人，你可醒了。"

是他？！是那个救了我的神秘小和尚。

"这里是？"我刚一开口，连我自己也吓了一跳，仿佛屋子里忽然飞进一只公鸭，然后我在奇痛难忍中一阵干咳。

我动了一下身子，试着爬了起来。那个光头少年赶紧扶着我，给我的背后垫上一个枕头。

他好似同我甚是熟稔，口中叽叽呱呱地不停说道："你可吓死我啦。渴不？饿不？"

他端上来一个土碗，里面是黑油油的泛着腥味的液体，上面还浮着一层黑油。我先是想到早年碧莹当饭吃的药，然后联想起弓月城的原油，总之不愉快的记忆紧跟着翩翩而现，把关于没有忘记非白的喜悦一扫而光。

于是，我瞪着那碗东西，而那个光头少年若有所思地看了我一眼，便细心地低头吹了一阵。我这才注意到他头顶的戒疤。我的心中一动：看来此人还真是个和尚，联想起昨夜的对话，不禁称奇，这个神秘的小和尚究竟是何许人也？

那个小和尚满意地抬起头来，将土碗递到我的唇边，笑道："不烫了，你快喝了吧，那老东西嘱咐你醒来后一定要喝了这碗药。"

我狐疑地看了他一阵，却见他双目清亮有神，满是期待之意，不由得心中一暖。我动了一下手，却无力垂下，只得凑上嘴去，努力忍着恶心，浅抿了一口，立时五官皱在一起，差点没吐出来。哎呀妈呀，这什么东西呀？也太难喝了！

小和尚似乎被我的吃相给逗乐了，咭地笑了一声，然后好奇地也学着我抿了一口，扑哧全吐了出来。他皱着眉："老天爷，啥玩意啊，喝起来简直就是毒药啊。"

然而就是那碗毒药，让我干涩的嗓子奇迹地润泽了一下。我嘶哑着开口道："你是谁？"

小和尚木然地瞪视着我有五分钟之久，笑容敛了起来，然后慢慢地弯下嘴角："夫人，难道你不记得我了？"

啊？！他是哪位重要人物？

他的嘴角开始抽搐："不记得我们之间的生死情分了吗？"

哎，莫非我记错了，其实我结拜过小六义？

他开始泪眼蒙眬："小僧从未忘却与夫人患难与共的日日夜夜，不想夫人还是中了秋日散，将您与兰生之间的情分忘得一干二净。"

呃？是这样的吗？看他说得情真意切，泫然欲泣，我疑惑起来。难道还真是因为秋日散，我还真忘了某些重要的记忆？

这时有狗的低吠声传了过来，一条乌亮的黑犬蹿了进来，嗖地上了我的床，呜呜叫着对我甩着尾巴，用一双晶亮的狗眼睛看了我半天，然后就要往我身上趴，似要舔我。

小和尚赶紧放下手中的碗："小忠，不要淘气，快下来。"

他想把黑犬抓住，可是那只黑狗却灵敏地绕过了他，跳到我的床内侧，圈趴在我身边，把狗脑袋枕在我的腿边，一副守定我的样子。我微低头，对上黑狗同样清亮的眼睛，心里一动：这宋明磊的狗怎么也跟着我？它好像一点也不怕我和这个兰生。

"这只恶狗。"小和尚忙了一阵，可能怕触及我的伤口，便气喘吁吁地罢了手。

"这个，"我咽了一口唾沫，再看了看狗，艰难道，"你是东营还是西营？"我试图举起我的两只绑满纱布的手，牵动脸上的伤口，不由得痛得叫了起来。

小和尚跳起来，扭头向屋外大叫："江湖郎中、江湖郎中，不得了了，她的伤口复发了。"

窗外人影一闪，一个大脑袋的老人冲进来，好像眼前飘来一颗插在火柴棍上的大洋葱，他满脸的褶子随着跑动还一跳一跳的。

"蠢和尚，你为什么不给她喂药？"那个老人来到我的床前，过来在我的脸上和身上扎了几针，我的疼痛立时稍解，"她的麻药过了，自然会疼。"

二人给我硬灌了一碗带着刺鼻腥味的液体，我又陷入了昏睡。

以后几天，我时睡时醒，每次醒来，眼前便是那叫兰生的小和尚焦急的眼神，还有那顶着大洋葱脑袋的老人。他是一个隐匿于世的神医，自称姓林，平时话并不多，对我态度甚是恭敬，而对那个叫兰生的小和尚倒甚是随便，每次两个人凑在一起便是斗嘴笑骂。他嘱咐兰生，我一醒来必然要喂我那腥臭的液体，渐渐地我身上的疼痛减少了，人也精神了起来，可是左眼还是无法睁开。

这一日我清醒了过来，无论眼睛还是身体都不那么疼了。果然大脑袋的老医生提溜一堆瓶瓶罐罐还有一堆纱布过来替我拆线，我自然疼得龇牙咧嘴了一番。老医生不停地温和道："放松，夫人放松……夫人有神灵护佑保住了性命，现在受些磨难，吃些皮肉之苦亦算是喜事，且放松、且放松。"

是这样的吗？我木然地用一只眼看了他一会儿。他继续扯着满脸褶子大叹我这个医学史上的奇迹半天，然后笑道："伤筋动骨尚须百天，更何况夫人这么重的伤。"

等他差不多结束工作了，我哑着嗓子道："请问我的、我的左眼睛……"

"现在尚不可知，"他叹了一口气，然后一本正经地用长满老人斑的手指，颤颤地指了指上面，但用一种肯定的语气说道，"一切老天自有安排。"

我默然低下头。

兰生却在上方加了一句："其实用一只眼也挺好，能少看人间多少恶事啊。"

第三章

月转梧桐影

林老头捶了一下兰生：“别啰唆了，快照顾你家夫人吧。”

我忽地想起一件事：“请问林大夫可有铜镜？”

林老头哦了一声，正要开口回答，兰生却端来一碗药，插口道：“夫人快喝药吧，省得凉了我再去热啦。”

这时那条黑狗蹿了进来，狗爪子踩了一下林老头。林老头打了个趔趄，差点摔着，慢悠悠站直了身子后骂了声：“恶狗，老夫总有一天要把你给炖了。”然后慢吞吞地出去了。

兰生喂我喝药，笑靥如花：“夫人不必担心，夫人乃是贵人托世，自是吉人天相，指不定明天就能看到了。”

我顺着他喝下一口那苦药，把要镜子的事放在一边，摸着他光溜溜的脑门：“你叫兰生，对吗？”

兰生激动地站了起来：“正是，小人叫兰生。小人从小就仰慕夫人还有踏雪公子，不想有幸得见夫人的真面目，小人、小人真是三生有幸了。”

我本来想对他微笑，可惜，刚一牵嘴角就牵动了伤口，便忍了笑：“请问这位小英雄真姓大名，是哪方豪杰？等有一天木槿脱困，必当重谢。”

“能救夫人是小人的福气，至于豪杰，实不敢当。”兰生搔搔脑袋，憨憨笑道，“见到夫人以前，小人一直以为自己就是肃州黄两镇一个落了难的店小二，可是就在几天前见到夫人后，小人这才发现小人原来身怀绝技啊。”

我一开始以为是“黄粱镇”，心想黄粱一梦终须醒！这镇名起得相当有哲学宿命意义啊。

我停下了手，小忠便舔了一下我的手提醒我继续我的“工作”，然后又把脑袋搁在我的腿上，眯着眼看着兰生手舞足蹈。

我僵着两只伤手，对他抱拳道："那敢问阁下究竟是哪方高人？"

"小人也不知道啊。"他灿烂地大笑出声，然后收了笑脸，凑近我，神秘地低声道，"我可能是前任武林盟主。"

哎？前任武林盟主？我从来不知道小放的师父金谷子原来这么年轻！

他拿起空碗，轻轻一扯，变成两半，然后扔了两片碗，跳过去徒手往空中一抓，再伸拳到我眼前，慢慢放开，一只苍蝇嗡嗡地飞走了。

然后又嘿嘿狞笑着左手抄起一条板凳，右手一个刀劈，那条板凳应声断成两半，他得意地对我挑了挑眉。他似乎越来越激动，不一会儿，屋子里所有长方形的物体，除了我所在的床以外，都被他弄成两段。

小忠吓得躲到我的内侧，惊惧地看着他，我讶然中张开了嘴。

有人立刻给我的嘴里塞了半个馒头："夫人饿了吧？"

他体贴地把我的下巴抬上咬住馒头，垂目做恭敬状道："夫人现下万不能把嘴张大，小心脱臼，不然扯痛伤口也不好。"

我木然地看着他，怀疑他是否在讽刺我。

他却又飞快地抬起眼，对我狂笑道："我一定是个遭仇家残害，而无意间失去记忆，却身怀绝世武功的成名侠客，看，我不但有数十年的功力，还能飞檐走壁。"

他一下子蹿到屋顶，一手提了一个破旧的篮子下来，一个里面装着满满的鸡蛋，另一个里面是一堆黑乎乎的东西，好像是晒干的药材。

他再一次飞上房顶，这回得了四五个黑得发霉的木头。我定睛一看，头皮开始发麻，要命，好像是牌位。

这时，那个林神医正好回来了，看到满屋狼藉，大怒："竖子！"复又看到兰生怀里的牌位，立时放声大哭，"七大爷、七大妈，二舅、三妈，晚辈对不起你们啊。"

然后屋子里林神医与兰生展开了猫和老鼠的大战，满屋乱追，最后兰生逃到屋外，林神医犹坐在一堆垃圾中脸红脖子粗地喘着气，大骂："杀千刀的竖子。"

"夫人万万小心这个竖子，"林神医回过头来，眼睛里精光毕现，恨恨道，"这只丢了记性的绵羊，指不定哪天变回吃人的豺狼，到时，无论是老夫还是夫人皆不是其对手。"

我愣在那里，他却对着其中一块牌位，流着泪看了半天："都美儿，我对不起你啊。"

他用他的袖子擦了半天，然后攀上桌子颤巍巍地放到原处。

我偷眼望去，那块牌位上刻着"爱妻都美儿之灵位"。

都美儿、都美儿？这好像是西域女子的名字。

满头包的兰生被迫将屋中打理干净，又骂骂咧咧地搬些新的桌椅家什放了回来。一切似乎恢复了平静，小忠也悄悄地探出头来。

接下来几日，兰生还是一脸奸笑地不停向我展示他日渐恢复的神秘功夫，然后我便有了理由推迟喝药，以便让他用新发现的内功充当微波炉快速热药。

每每当他演示神功时，年轻的脸上满是孩子一般快乐的神情，让我也不禁跟着莞尔。

兰生告诉我，那日非白的手下将我赶下放生池，他也跟着摔了下来，所幸游泳乃是其强项："夫人，小人在黄两镇可是水鸭子哪。"

他这样骄傲地称呼自己，让我不由得联想到多少次春来在我面前宣称他比沿歌聪明一般。

他诚实地告知那日从水底捞起人事不省的我，顺着水流游至护城河边，正逢非白搜索，然而小和尚却再也没有勇气相信任何人了。

"当时只想着逃出去，实在不敢再停留。小人依稀记得此地有个山谷，好似住着个隐世的江湖郎中，姓林，脾气古怪，医术却超群。当时小人实在走投无路了，便顺着河流游到这个谷中，奇了，还真找到了这个林老头，还真是个医生。一开始他就是不愿意救夫人，小人便激他说他是无德无能没这本事救夫人。"兰生重重恨了一声，一脸得意，"他便一脸鄙夷地稍微搭了夫人的脉，便惊讶地说您早就死了，何以还有心跳，便出手一试，然后似是看到夫人胸前有宝石，定是异人下凡。他说这叫紫殇什么什么的。"

他小心翼翼地看了我一眼，咳了一声，讪讪道："夫人放心，小人什么也没看见。小人只好把夫人的故事告诉了林老头，没想到他也不惊讶，只说夫人和小人能在此地避难。"

"三爷他好吗？你看见他了吗？"

他摇摇头，无奈道："那时忙着逃命，实在没有看见踏雪公子。"他复又用力点点头，"夫人放心，等夫人能走路了，小人一定护送夫人去想去的任何地方。"

我轻声问他："小师父为何不放下我，自己逃命呢？"

兰生愣了一会儿，满眼迷惑，讷讷道："小人也不知为何放不下夫人，只是、只是……"他摸着光头想了半天也说不出个所以然来，最后耸耸肩，"反正小人就是放不下夫人。"

他对我灿烂而无害地笑着，墨瞳在阳光下熠熠生辉。

我感激地对他说道："花木槿欠小师父一条命，等我回到……"我没有办法继续下去，因为我猛然惊醒般意识到一个严肃的问题。那时的我出于思念的本能，脱得牢笼，便不顾一切地奔向非白，如今平静下来思考，我当真可以无牵无挂地回到非白的身边吗？

夕颜和大伙的笑脸便整夜整夜地在我的脑海里闪现，然后是那双充满愤恨之意的紫瞳，还有那撕心裂肺的叫喊声：你这个没有心的女人。

好几次我在噩梦中惊醒，兰生第二日便会好奇而天真地问我："夕颜和月容可是夫人的亲人？夫人怎么整晚整晚地叫那些名字呢？咱们要不先去投靠他们吧？"

我无言以对。后来林神医拉着他出去谈了一会儿，然后他便再也不问我了，只是兰生依旧不肯给我镜子，让我开始有了不好的预感。

过了几日，我终于可以下床了，兰生一边扶着我，一边赶着在左右蹿来蹿去的小忠："小忠，快让开，别挡道。"

这一日，阳光正好，耳边满是莺啼婉转，鸟语花香，我微抬手挡了一下阳光，再睁开右眼，却见满眼所触皆是树木。尽管尽皆黑白二色，然而那深呼吸间草木的芬芳却依然让我深深感到生的喜悦。

不远处野鸭山鸟扑腾的身影在一片银光中闪耀，一行鸥鹭穿过无边的绿意花海冲向蓝天。

我的心痒痒地想去水边看景，没想到兰生却拉着我："夫人，湖边湿气重，我们到那片桃林去摘几只野桃吧。"

"没事，我就看看去。那边好像还有荷花哎，咱们去摘几个莲蓬给林神医吧。"我拄着棍子还是往湖边赶。

他眼神慌乱，拽着我不放。

我终于回过神来，看着他的眼慢慢道："我的脸怎么了？"

他默然地看着我，轻轻放开了我，我便拄着棍子挪到水边。

那湖面平静得如一面展开的巨大银镜。我微低头，只见湖中一人长发纠结，面色苍白如鬼，失血的嘴唇干裂着，额角缝了针，右眼蒙着纱布——是林老头嘱兰生给我蒙的，是怕它突然受到阳光照射受不了，我便拆开那纱布，却见那只眼睛眼角尽裂，缝了密密麻麻好多针，好似一条丑陋的蜈蚣盘在上面，偏又肿得像只青不青、紫不紫的核桃。我的心沉了下去。看来我的一只眼睛极有可能瞎了，另一只变成了色盲。这样大的伤口肯定会留疤，也就是说我脸部几乎有四分之一毁容了。

我本能地拾起湖边一块小石，想破坏我那卡西莫多倒影，可是有人比我更快。兰生不知打哪儿抬起一块比脑门大的石头，高过头顶扔了下去，立时我俩浑身都被溅湿了，鸟兽吓得逃离大半。

我给吓了一大跳，摸了摸一脸的水。

"夫人恕罪，对、对不住啊，这……石头好像太大了些。"兰生缩着膀子抹着脸上的水珠，垂眉讷讷地说着，像个做错事的孩子，"夫人，小人知道这世上的女人都很看重一张脸，小人也见过夫人受伤前的样子……有多好看。"他抬起头来，顶着脸上两朵红晕，对我真诚地微笑起来，“小人一直很仰慕踏雪公子。老百姓都说，踏雪公子是天人下凡、乱世救星，小人在肃州时就见过踏雪公子了，”他骄傲道，“虽只是一个背影，可是小人一直记得那个背影，天人，真的是天人！”

我眼前也模糊了起来，恍惚中仿佛看到一个翩翩白影向我走来，对我笑：“木槿，你这个傻丫头。”

“后来小人在清水寺时有幸得见公子全貌，夫人猜小人那时是怎么想的吗？”他轻轻用半干的袖子敷干我的右眼，叹了一口气，“小人那时想，别说是女人了，就算是男人也没有几个人能够抵挡得了他的一个微笑。可就是这样一个男人，肯为了夫人这么多年没有娶，那时小人就琢磨，这个名闻天下的踏雪公子一定不会只为了花西夫人的一张脸。所以夫人千万不要想不开啊。”他小心翼翼地看着我的脸色，另一只手却悄悄紧捏着我的衣角，似是怕我想不开要投湖自尽。

我轻轻拉开了他的手，对他微点头，心中却隐隐地涌起了一股暖流。我右手一挥，手中的那颗小石子甩向湖面，在水面上滑翔了三下沉入湖中央：“谢谢你。”

兰生也开心地微笑了：“哇，夫人能把这块小石子打这么远，看样子手臂恢复得七七八八了。”

“竖子，你什么时候把我的酒给喝了？”林老头的骂声从竹屋中传了出来，转眼人已到眼前，“还有我叫你不要带她到水边来的，潮气重知道不？”

“林神医不要怪兰生，我想给您摘几个莲蓬下酒喝。”我对林老头嘿嘿笑着。

林老头看了看同是一脸傻笑的兰生和我，似乎明白了什么，也笑了起来：“好、好！年轻人受点挫折就是要想开些，夫人能过了这一坎不容易啊。”然后敛了笑容，严肃地拉着我往回跑，“不过您还是不能在水边多待。”

“可是莲子……”我咽了一口唾沫。话说我还真的有点想吃甜甜的莲子，连带想起了那香糯可口的桂花糖藕。

“让兰生这死小子给您摘啊。”

“对啊，夫人，待会儿小人给您再捞条大鱼、摸个王八吧。这个江湖郎中说王八很补。我怎么就没看出来这么丑的东西能补身子呢？”

有人痛击某人的光头，某光头哀号一阵。

“姑奶奶，等您好了，您亲自上天捉雁、下海擒龙都成。”

阳光轻洒，翠鸟在枝头歌唱，蜻蜓轻点碧叶上的晶珠，我的心情奇迹般开朗起来。

这一天，我们的晚餐异常丰盛，河鲜林立，莲蓬满桌，小忠和兰生不停地在鱼肉和兔肉之间“奔忙”，林老头还把珍藏了三十年的酒拿出来庆祝我这个“年轻人”勇于面对挫折。

遗憾的是具体庆祝活动由他和兰生主持。林老头只是让我喝他用花粉蜂蜜加某种特殊草药调配的蜜花津，他细细地哄着耷拉着脸的我：“夫人，此药即便是天下奇人金谷真人在此，也要向我甘拜下风。他可以秘制天下闻名的十里飘香，破十万大军，”他仰起大脑袋，眼袋还一抖一抖的，傲然道，“确然他也调不出此种养颜生肌的花蜜。当年他还为了要这种花蜜在我这里同我斗酒大败而归。”

“前辈原来是金谷真人的朋友。”我讷讷道。

林老头斜着眼睛看了我一阵，从鼻子里嗤笑了一下：“他配吗？”

我一愣。

多喝了两杯的兰生却激动了起来，一拍桌子：“江湖郎中，你不要这样亵渎我心中的神。”

林老头仰天长笑一阵，不做回答。

我浅抿了一口，立刻就有一股甘甜清冽的饮料滑入我的喉间，我的胸腹间一片舒适轻松：“如此珍贵的神物，先生为何给我喝呢？”

他没有回答，只是看着我惨淡地一笑。

喝到月上中天，我也有些乏了，便回到竹屋里躺下休息。小忠在门口啃完一根骨头，嗒嗒跑进来。我轻摸它的脑门，它便会意地静卧在我的床榻下，打了一个满是兔肉味的哈欠。竹屋外林老头和兰生的说话声隐隐传来。

“我将来一定要娶三个或是七个老婆。”兰生似是仰头望着如眉新月，如痴如醉。

“那是为何？”

“娶三个，凑一桌麻将；娶七个凑两桌，不过再多我也无福消受了。”

林老头呵呵一笑：“就你这德行，还想要那样多的女人？”

“怎的？”兰生不服道，“只许那些贵族独占那样多的美女，我们这种贫民便不能多妻多子啦？我看你是嫉妒我年轻潇洒、高大英俊又勇武过人，才要出言相讥。”

林老头也不生气，只是哈哈大笑：“无知后生，你可见过天下四大公子？”

“有幸得见踏雪公子及清泉公子！”

“你觉得此二人如何？”

“自然是人中之龙，惊才绝艳，即便是那黑了心的兔相公清泉公子，也龙章凤姿，器宇非凡。”

“那你可信若搁在二十年前，他们便大大地给人比下去了？”

“我不信。我虽未见过绯玉、紫月二人，但传言他们皆出身名门，如今一个是西域霸主，一个是大理皇储，同是惊天伟略之才，天人下凡之姿。此等人物，世间焉有出其右者？”

“二十年前，老夫倒在西域见识过一个风流人物。时光若是倒退二十年，我看当今的四大公子，一个亦无法与之相比。”

“哦，那是何人？”兰生充满兴趣地问道。

“说起来，同那花西夫人还有点关系。”林老头嘿嘿一笑。

夏虫蛙鸣之声在窗外徐徐吟唱，我的睡意渐起，小忠轻呜了一下。

“老夫师出名门，同你心中的圣人金谷子，乃是同门师兄。老夫少年成名，医术超群，不免有些骄狂。二十多年前便与另外三人并称江湖四闻人，一是金谷子，亦是我的同门师兄，一起穿开裆裤长大的；二是有清风傲竹之称的韩修竹；而另一人，江湖人称怪圣医赵孟林。”

赵孟林？韩修竹？这林老头竟认识这二人？难怪他竟能知我旧事。我慢慢睁开了眼睛。

“我同先师典雍真人及金谷子在西域高昌修行。高昌尚佛，在民间素来有传说：紫瞳天女能生下平定天下的命运之子，花样贵人。高昌皇族便在民间广选天女侍奉佛音，然后年龄满十六便入宫侍奉皇族。这五十年间方得两个妙龄紫瞳女子，皆乃绝代佳人。其时高昌有一得道高僧蓖伽，乃是先师的友人，于是先师屡次携我进出高昌宫廷，不想让我遇到了我的爱妻，都美儿，其中的一个紫瞳天女。”

小忠好似睡熟了，呼吸平稳。

我翻了一个身，暗想这世上怎么这么多紫眼睛的人？怪不得段月容要投胎到这个空间。不过我现在也算是紫瞳大军里的人了吧。

“我同都美儿情投意合，可是都美儿眼看着就十五岁了，到了入宫选妃的年龄，我与她相携私奔，可是师父却不同意，认为有失礼法。精通卦象的金谷子也是满口反对，认为如此命运之子，天下权贵岂会放过，我若强求，必会给我带来杀身之祸。当时我年轻气盛，根本不听，便负气出逃，想尽办法贿赂守卫混入皇宫同都美儿相见。”

林老头的身影似是仰头咕嘟咕嘟喝了几口，叹了口气：“我虽是师出名门，但仅仅精通医术，亦不似金谷子精通武艺。我这个清贫凡人，过了一阵子身边的银子用尽，便再无法进入宫中。

“正当我一筹莫展之际，恰逢一个老友造访，原来是许久未见的韩修竹。我一直以为他死在同幽冥教的战争中，不想他锦衣华服，全然不似在江湖时的落魄，一问之下，他竟然做了庙堂之人的幕僚。我表面客套，心中却颇有些不以为然。江湖豪客，岂能做庭朝的走狗鹰犬？”林老头轻嗤一声，“可是韩修竹却面色凝重地求我为一位贵戚的家人诊病。”

“啊？他请你去为大人物诊病，你岂不是要金得金、要银得银？好再去同你妻子相聚？”兰生笑嘻嘻地问道。

林老头却冷冷一哼：“我本不愿前往，但是那韩修竹乃何许人也，他似是一眼便看出了我的窘境，任我如何冷淡，给他难堪，当下却无半点羞恼，也不逼我，只是塞给我一个蜡丸，说是治我哮喘顽疾，于我行医有益。我打开一看，却是十个金币。我左思右想，终是收了下来。

“哎，吃人嘴短，拿人手短。我用这银两又进了一次高昌皇宫见了都美儿后，便择日拜访了他。他便引我来到一所驿站见到了所诊之人。出乎我的意料，那人却是一个姿容美艳的红发突厥女子。那个女子一身尊贵之气，酒瞳似火，却满目孤傲，她一直用那双漂亮的红眼珠子狐疑地睨着我，似是对我颇为不信。我也是年轻气盛，当下说道，‘小生只为相信之人医治。’掉头便要走。这时有人在里间缓缓说道：‘林先生留步。’我回头，依稀看见水晶丝帘后暗中站着一个青衫年轻人，那人走了出来。因为逆着光，看不清那人模样，那个红发突厥女子看着那个年轻人温柔而笑，满眼爱慕之情，那个年轻人也温柔地扶着她坐定，对我说这几日他的夫人身体极其不适，言语有所冲撞，请我万万不要放在心上，礼貌地让我为她再看看。”

红发女子！我心中咯噔一下。

“那个年轻人的声音有种威严感，让我平静下来。我便微搭那个红发女子的脉搏，她果然是怀孕了。我当下便向那个英武的年轻人道喜。”

林老头又灌了一口：“那个红发女子满面喜色，那年轻人微微一笑，并未特别喜悦，好似早已知道这个消息。然后老夫又告诉他，他马上就要成为两个男孩的父亲。”

“两个孩子？”兰生一脸好奇，“莫非这个女子怀着双生子？”

“正是，”林老头又灌了一口，“那个红发女子自然是惊喜异常地看向她的心上人，不想那年轻人却一下子敛了笑容，不但没有为人父的喜悦，反而满脸凝重。我留了些安胎的药，他出手果然阔绰，一下子就给了我十个金币。我正要离去，这时那年轻贵族似无意间从袖中落了一方帕子在我脚边，我便恭敬地捡起那方洁白的丝帕，弯腰呈上，不想那个青年却轻轻推开我的手，说能得典雍真人高足为内人诊治，实乃人生少有之幸事，这方帕子便做个见面礼吧。我惊抬头，他在那里优雅而笑，烛光爆了下，微微闪了一下那个青年的脸庞。我这才发现那人凤目深邃，真可谓亮若繁星。他明明只穿一件普通的青衫，那面容也说不上俊美绝伦，顶多就是秀雅，而不失英武阳刚之气。可一旦微笑，他整个人却散发出一股无比凌厉而清冷的魅力，耀眼得连我们头上的月婵娟都要逊色三分了，连我这个男子也无缘无故地心漏跳了一拍。待我回过神，方看到那方帕子的一角绣有梅花枫叶记号，这分明是中原一个豪门大户的族徽。当时我心中一动，记得师父曾说过，秦中有大族原氏以梅花枫叶为记，兵强马壮，礼贤下士，将来若有天下大乱之际，原氏必为问鼎中原的第一枭雄。我旋即醒悟过来，这个青年既然点出了我的真实身份，又让我得知他是原氏大家身份，想是要我守口如瓶，我自然也不想有任何麻烦，便不动声色地收下离去。

“过了几日，那位年轻贵族又请我过去，想请我帮他做一件事。那时的玉门关有原家军驻守，虽军纪严明，但仍有不少不法奸商，偷偷拐卖两地少女逼良为娼，犹以西域女子受害最为严重。前几日原家军方才破获了一个人口贩卖集团，解救其中无数受害少女。我一开始猜想莫非这个年轻贵族救下这个红发女子，不想逢场作戏，却有了孩子，今天是要我替她打掉肚子里的孩子？我那时想着只可安胎，断不可做那伤天害理之事。

“我来到驿站，那个青年贵族又出现了，他却对我说很高兴有了这个孩子，但是他只要这两个孩子中的一个。我不解地看着他，问他既然想保住骨肉，为何只要一个？他回首笑看我，却不答我。我这才想起我这是在询问大家族的私密，实在是活得不耐烦了，当下便拒绝了，说此事有违医德，即便去做了亦无法保证母子平安。他听后又笑了，笑得那样优雅，对我轻声问道：‘先生难道不想娶那个高昌天女了？’我愣了一愣。他的声音真像丝绸一样滑润，只听他继续对我笑着说道，‘如今高昌败于南诏，这两个紫瞳的绝代佳人便要进贡于南诏豫刚家，我若没有记错，这两个紫瞳佳人，一个叫作都美儿，一个叫作依秀塔尔，而先生这几年出入于高昌国内，与二人交好，与那叫都美儿的天女更是情深意浓。令师反对你娶那个高昌的第一美人，你便负气跑出来，不是吗？’

我翻身坐起，呼吸急促，怎么这样巧，我正好认得一个叫作依秀塔尔的紫瞳女子。

“他的眼睛好像有着魔力，我的冷汗不知为何就这样流了下来。他唤了声‘上茶’，我的脑子里只想着都美儿马上就要被送到南诏了，食不知味，等把茶喝了一半才发现我喝的是武夷岩茶，是我最喜欢的茶。他在那里微微一笑，说道：‘我手下有门客无数，自有办法救出你那鲜花一般的美人儿。’”

“我正在犹豫间，忽然那个红发女子泪流满面地闯了进来，扬起手就打那个青年一个耳光。这一巴掌打得很重，五道掌印清晰地印在那个青年的脸上。她伤心欲绝地用突厥语极快地怒骂着，‘为什么你要这样做，为什么你要杀我们的孩子？’她愤恨至极，似是还要再打，那个青年却一下子抓住了她的纤手，沉着脸道，‘冷静些，我这是为了你好。’

“‘为我好？’她咽气吞声，用标准的汉语道，‘你是为了我，还是为了谢梅香？’那青年的脸色一下子变了，冷冷道，‘你是从哪里听来的？’

“‘你以为我什么都不知道吗？你太小看我了，原清江，’她却没有回答那个青年的话，只是冷笑数声，‘你们原家秘训，双生子诞，龙主九天，她无法为你生下双生子继承人，为什么也不让我生？’我大惊，这个年轻人就是威震西域的平西大元帅原青江。”

我猛地起身，扯痛身上的伤，惊醒了小忠。它猛地坐起来，歪着头有些疑惑地看着我跌跌撞撞地跑到门口。

兰生结结巴巴道：“你说什么？原、原青江……他、他……”

林老头却不理兰生，只是在那里苦笑数声：“那个红发女子大声道：‘我不是中原人，可也是大突厥的女皇，哪里配不上你了，为什么不能为你生下双生子一主这天下？’‘就是因为你是大突厥的皇帝，所以根本不能有双生子，古丽雅。’原青江紧紧抱住了她，吻着她的额角细声说道。我一下子明白了过来，原来这个女子竟是西突厥的流亡女皇，阿史那古丽雅！”林老头长叹一声，“那女子一下安静了下来，任由那个原青江拦腰抱起她轻盈的腰肢放到香妃榻上，他轻轻给她盖上白狐皮，柔声道，‘莫要忘了，于突厥皇室，双生子实乃大凶之兆啊。’”

“我惊在那里，几乎忘了要退下。韩修竹对我使了个眼色，我这才缓过神来。”他咕嘟咕嘟地喝了几大口，抹着嘴冷笑道，“我跟韩修竹退下时，忍不住回头望去，水晶珠帘内阿史那古丽雅伤心地抽泣着，‘可我想和你在一起，腾格里在上，自从我见到了你，我根本不想复仇了。我知道我对不起我的阿塔，可是只有腾格里知道我有多想为你生儿育女，与你相守一生。’原青江紧紧地抱着她，那双漂亮的凤目，在夜明珠的光芒下愈加深不可测。忽然向我看来。不知道为什么，我的心里就那么一哆嗦，便低头快步退了下去。

“我同韩修竹来到外间，韩修竹背负着双手，凝神望着玉门关的月色，眉头微皱，默然无语，似是在思考着极烦恼的事情。而我站也不是，坐也不是，望着他也不敢说话。过了一会儿，韩修竹的眉头散开了，似是想到了什么，侧过头来唤着我的字，‘毕延兄，开了春，都美儿和依秀塔尔就要起程被送往南诏了。’

“我的心一紧，却听他叹了一口气，说道：‘兄长在上，修竹实言相告，也许去南诏是她们最好的归宿，南诏的光义王及豫刚亲王虽然好色，确然听说对后宫还算以礼相待。那东突厥的摩尼亚赫听了传说，也跃跃欲试，想从南诏手中分一个过去。但那摩尼亚赫荒淫好色，那些不听话的姬妾常为其折磨至死，然后烹食。’”

“你住口，莫要再说了。”却见林老头一下子把杯子甩在我身边的土墙壁上。他的眼睛赤红而狂乱，仿佛溺毙在记忆中可怕的一段河流中，眼前正站着激怒他的韩修竹。兰生也吓得站了起来，跑过来扶着我，和我一起有点发抖地靠在墙角看着林老头发狂。

“我心中恼怒，却也明白他说的是事实，但又想他定是为了他的主子前来苦苦相逼。我气极流泪，冷冷道，‘修竹老弟，我知道你这是在为了你的主子前来激我。你的主子到底给了你什么，让你要这样刺激你的结义兄弟，胁迫他的女人来牺牲他的做人信仰，医德人格，让他变成杀人的刽子手？我真的很好奇，那个原青江将军究竟给了你什么？’

“我话一出口，便后悔了。不想韩修竹却没有恼羞成怒，只是摇头轻叹，‘毕延兄错矣。’他诚挚以告，‘原青江并非我的主公。’他的眼中忽然闪着一阵狂热，嘴边也溢出一丝奇异的笑容，他傲然道，‘我的主公是这天下的救主，总有一天他将改天换日，创造一个新天地，你以后有机会见到他，便会明白了。’

“第二天，他带我进了高昌皇宫，见到了都美儿。都美儿在我怀中哭成了一个泪人儿，她对我说高昌国王天天晚上唱着忧伤的歌曲，恐是国将不保，而那摩尼亚赫亦来信符相逼，如今国弱敌强，突厥称雄西域，诸国皆畏，摩尼亚赫可汗已正式向高昌和南诏通了文书，她和依秀塔尔会有一个被送到突厥去。都美儿泪水流个不停，那天依秀塔尔也在，她同都美儿活泼可爱的性子截然不同，平时便比较冷淡，但待我还算客气，一般还能对我微笑下。可是那天她看着我们的眼神却有点奇怪，默默地站在那里看了我们一会儿，然后一言不发地转到内间去念经文了。我们一起抱头痛哭，我便在那时下了决心，决定答应原青江，一定要想办法救她出去。

“第二天，我仔细检查了女皇的身体，她一脸冷然悲戚，任何一个接近她的人都感到了她的绝望和悲伤。我对原青江直言相告，她年幼之时身体受过严重的伤害，比之一般女子受孕概率本就少很多，如果一定要摘除其中一个婴孩，很可能以后不能再有孩子，而且双生子同心同体，一个受了伤害，另一个恐怕也会留下后遗症。我以为最佳方案便是等胎儿生出母体后，再做打算是最合适的，可是原青江却不同意。我永远也无法忘记他眼神中的冰冷和残酷，仿佛那不是他的妻子，那肚子里的孩子也不是他的骨肉。”

林老头长叹一声：“那一年真是巧啊。我有一位经常云游四海的好朋友也来到西域，他同我一样也是四海闻名的神医，虽然说起来，论辈分此人还是我的师叔，然而我与他年龄相仿，又同是少年成名，我便同他把酒言欢，叙述这些年分离时的趣事。他带来一种很神奇的自酿美酒，我一尝便知是西府凤翔加了些珍贵的人参雪莲。我一向酒量不浅，然而那一夜我喝得大醉，还禁不住道出了我与都美儿的恋情。我醒过来后，想起我醉酒之时吐露的秘密，不觉冷汗涔涔。我那老友对我凝重道：‘毕延你可知道，你走上了一条你根本不该走的路啊，你又如何相信那个原青江大将军能遵守诺言而不会事后杀人灭口呢？’他的话仿佛一颗种子落在我心中发了芽，让我难受得一夜未眠。第二日，他便起程了，不提昨夜的任何话题，只是说找到了一种奇药可治我的哮喘顽症，说着便递给我一个小包，然后再不见踪影。我打开一看，那是一包看似笋干似的东西，可是那时的我激动地跪在地上，向他离去的方向磕了半天头，直到脑门磕破为止。”

“一包笋干而已，至于吗？”兰生嗤道

“傻瓜，那不是笋干，那是白优子的卵。”林老头呵呵乐着，双目焕发着奇异而激动的光彩。

“你见过白优子吗？”林老头神秘地凑近我们，手中提溜着酒壶，“那是天下医者都梦想的神奇药材。在南疆，有多少南蛮巫医费心豢养亦无法得之，就连我的恩师典雍真人耗费一生都想得到哪怕是一粒虫卵。”

“白、白优子？”兰生奇道，“那是啥玩意儿啊？”

林老头站起来，向我走了一步，残酷地踩烂了一朵不知名的小白花，仿佛这个乱世中无数弱者的悲惨命运。

他抖着手从头上拔下一根看似破旧的“白木簪”，扔在桌上，他把酒往那个“簪子”洒了一滴，迷雾般的月光下，那根簪子竟然慢慢蠕动了起来，在桌上扭曲着爬行。

我浑身的鸡皮疙瘩冒了起来。兰生骇得倒退一步。小忠害怕地对着桌子吼叫了几声，然后低呜着跟兰生一起躲在我身后。

林老头用个空酒壶一捶，那条长虫子便被砸个稀烂，然后被甩在地上。

我暗自呕了一下，却见那烂稀稀的虫子正巧被甩到那棵方才被林老头踩扁的小花上，那朵明明已经蔫掉的小花却渐渐地恢复了元气，原来苍白的花瓣亦变成了艳红，开得更盛更香。

“看到了吗？这是一种多么神奇的蛊虫，明明已看似风干了，然而只要有一点食物，便能复活如初，并能滋养其他生物。”林老头酒气熏天地跌坐在那朵小花边上，看着小花愈开愈旺，最后慢慢地向林老头手上的酒壶延伸过去，似是饥渴万分。林老头便向那小花又洒了些酒，那花开愈大，颜色亦愈艳丽，他有些大舌头地懒懒说道，“如果你懂得如何豢养它们，便可以将其种植于人身中，利用这种生物旺盛的生命力和药性来治疗各种疾病，每一种白优子都有各自的口味，像这条白优子只喜欢我酿的米酒，然而有些白优子的口味却有些特殊。”

我心中一动，蹲了下来，同他平视，冷冷道：“比如说，有的白优子喜欢人血，与寄主同生，然而副作用便极有可能最后不受寄主控制，占领寄主的身体，最后寄主便受控于白优子的主人，例如……您。我想，您还有您的那个朋友，同幽冥教的活死人阵有莫大联系吧？”

林老头茫然地抬起头来，浑浊的目光却渐渐清晰了起来，甚至掺着一丝恐惧，老嘴一歪，似是笑了：“你真聪明啊，不愧是天下奇人花西夫人。”

“林前辈，后来呢？”我沉声问道，“您究竟做了什么？”

林老头却似沉浸在回忆之中，双眼直直地看着那空中幽幽的银蟾：“我记得那一晚的月色也是这样美啊。我用尽毕生所学，给阿史那古丽雅动了手术，用了白优子成功地摘除了那双生子中的一个男婴。我试着安慰她，不会有事的，可是她对我不理不睬，双目无神，竟似了无生趣。”

“那林老头你就能得到你心爱的都美儿了吧？”兰生壮着胆子，也学着我，蹲在林老头的身边，眼神恐惧地看着那朵奇怪的花。

我看了眼兰生，心道：“傻兰生，如果他得偿所愿，又何来今日之苦，哪还有那妖里妖气的段月容。”

林老头凑近了我们，笑呵呵地说着，满嘴酒气直喷我的脸，然而那双眼睛却溢满悲伤和绝望：“那一晚我取走了一个生命，同时也还了一样活物给原青江和阿史那古丽雅。我担心原青江出尔反尔，便在阿史那古丽雅的体内留下另一种白优子。这种白优子幼时对人体无害，同胎儿一样吸食少量胎液便可生存，同时会吃一些人体内有害的物质，甚至可以提神益气，助胎儿成长，然后同胎儿一起成长。这种蛊虫如果没有我的解药，它便会、便会以胎儿作为食物。”

我的心一惊：“莫非这便是非珏双重人格的由来？”

兰生冷冷道："林老爷子，真看不出来你好狠毒的心，我看比起那原青江来竟然是毫不逊色啊。"

"我、韩修竹和原青江两天一夜均未合眼，等到我走出暖阁时，他俩的眼睛同我一样熬红了。我休息了两个时辰，然后又守护着古丽雅，就怕她大出血，这一日她的情况还算稳定。可是原青江却告诉我一个坏消息，就在昨夜，高昌宫墙内，依秀塔尔忽然晕倒了。我一向同依秀塔尔交好，我便想进宫为她诊治，亦好有机会再见到都美儿。可是原青江却冷笑一声，'先生还是不要瞎操心了，你可知宫内巫医竟然诊断出来她怀上身孕了。'高昌天女乃是侍奉佛祖的贞节烈女，既是贞女又怎能在宫中怀孕？这实乃极大的丑闻。高昌国王自是震怒，命人对两个天女严加看管，如今别说我无法再入宫去看望都美儿，就连原青江的门客亦无法偷偷潜入宫内盗出都美儿了。尽管原青江承诺会在都美儿送出国门之时下手，可我心中既惊且怒，认定了这个原青江是想毁掉前约，于是……"他的眼瞳忽然收缩了，面目亦狰狞起来。

我冷冷接口道："于是您便没有告知原青江关于您在可怜的女皇孩子身上下的蛊，任由那可怕的蛊虫越长越大。"

"不，不是我、不是我。"林老头吼了出来，到后来声音却弱了下来。

兰生瞪着眼道："我明白了，定是那原青江后来食言了，所以你也就没说。"

林老头忽然流出了眼泪："原青江……他……没有食言。"

"什么？"这回轮到我和兰生大叫出声。

"无论是突厥还是南诏，高昌都不能得罪，可是最后却决定把都美儿送往突厥。我万万没有想到，就在都美儿出城之日，原青江的门客真的化装成西域流寇劫到了都美儿，送到了我的手里。我万分喜悦，拉着都美儿就给他磕了三个响头，原青江扶起了我。按照约定，我俩必须隐姓埋名，从此以后再没有都美儿和林毕延这两个人。我满心惭愧，想为阿史那古丽雅去蛊，便提出为她再做一次诊断。那一天，我精心配制了解药，这种解药本身便是另一种蛊虫，名唤金罗地，是唯一能克制白优子的东西，我谎称是补胎药，给阿史那古丽雅服下，她的气色好了很多。可能这些天原青江也一直陪在她身边说了很多好话，看得出她的心情好了很多，那天她还摸着肚子对我微笑地说了声谢谢。就在我们收拾停当，正要出发时，那摩尼亚赫以天女为借口，忽然发动了战争，以闪电般的速度灭了高昌，同时偷袭原青江。

"原青江前去应战，他嘱咐韩修竹和我们护着女皇回到弓月城。就在回宫途中，我们遭到了伏击，我同都美儿失散了，韩修竹护着我和众人回到弓月宫里，女皇开始下身流血不止。不应该这样的，真的。我真的已经给她下了解药了，临走前我也检查过她的胎儿一切安好啊。"他在那里反复地说着不应该这样，浮肿的眼袋上挂满泪水，涕泣不已。

"可能一路上受了惊吓，女太皇动了胎气吧？"兰生慢吞吞地说道。

“不，”他收了抽泣，斩钉截铁道，“女太皇下身流出的血是黑色的毒血，我想了整整二十五年。没有，我没有配错药，三钱金罗地、二钱三七花、三钱菟丝子，还有半朵雪莲、一两二钱何首乌……”

他流利地背诵着配药名字，两只老手也在空中做着抓药和称药的动作，然后是放入容器和煎药的动作，仿佛一切就在眼前，他反复沉浸在自己酿的噩梦中，最后猛地扑到我的面前，抓着我的双肩，委屈道：“我没有配错药，我真的没有配错药啊。弓月宫里所有的御医都诊断出来女太皇中了奇毒。我百口莫辩，我求女皇的亲信果尔仁让我给女皇解毒，可是这个冷脸子的突厥蛮子就是不信我，就连韩修竹亦对我万分失望。我在弓月宫的大狱里心心念念的就是都美儿。”

忽然想起女太皇曾对我说过，有个汉家流浪医者救了她同非珏，我便开口道：“就在您被囚禁之时，有个医术高超的汉家医者揭了榜文，救了女皇和未来的撒鲁尔大帝吧？”

林老头点了点头，面色渐渐扭曲。

我看着林老头的眼睛继续问道：“想必您应该认识这个医者吧？”

林老头放开了我，颓然坐回去，咬牙切齿道：“没错，化成灰我都认识他。他从小同我一起长大，我们一生大部分时间都在切磋医技，他是我此生最要好的朋友啊。就是我这个最要好的朋友给了我白优子的卵，就是他，就是他毁了我和都美儿的一生啊。”

“世上怎么会有如此恶毒的人。”兰生的小脸上一片惶然，“这是为什么呀？这是什么样的恶人呀，利用最好的朋友来对一个孕妇和无知的孩子下手？”

“因为仇恨，”我轻轻接口说着，迎上兰生迷惘的眼，苦笑道，“林前辈，如果我没有猜错的话，您的那位朋友在江湖上的名号就是响当当的怪圣医赵孟林吧。”

林老头扭曲着脸，抽泣了半晌，似是强抑下悲愤，从牙齿中说道：“正是。”

兰生奇道：“原来夫人也认识这个黑了心的赵孟林啊？”

“这位赵孟林先生其实对我和我的兄弟姐妹有恩，小时候我们小五义穷得叮当响，根本没有人来管我们死活，只有赵先生。他就像个活菩萨似的，分文不取地替我三姐看病，有时候也为我瞧病。他总是对我们微笑，总是鼓励我们说：笑一笑，十年少，两位姑娘要常常笑啊。”我学着他的口气静静地说道，“然而这位菩萨的背后代表着明家，因为明家为原家所灭，那无限的仇恨和心计，使他设计了这个连环计，他就是为了让那个受伤的胎儿先天羸弱，去练那比死还要痛苦的《无相真经》，让原家在西域的后代从此万劫不复，然而最终的目的，却是有机会接近弓月宫地下那百年未启的紫瞳妖王的宝藏，还有那颗可以探测人心的紫殇。”

撒鲁尔抛我下深涧的嘴脸仍在我的眼前，同非珏的笑脸重合，不觉苦涩难当。

“我一夜之间身败名裂，不但被逐出师门，还受尽酷刑，彼时明氏祸心深藏，明原两家仍是姻亲相好，没有人相信我，就连韩修竹也怀疑我是因为都美儿昏了头，才做出此等伤天害理之事，甚至还要嫁祸结义兄弟，只将揭了皇榜的赵孟林奉若上宾。”林老头泪流满面，无限愧悔道，“可是，的确是我在女皇体内放了白优子，有错在先，韩修竹看在以往的情义上，以性命保下了我，将我送到这个山谷，一边替我疗伤，一边暗中调查，只对外声称我已被正法，后来明原两家翻脸成仇，白三爷被明家暗算毒伤，白优子重现于世，南疆幽冥教复出，这才慢慢还了我清白，可我已在此被禁锢了整整十年。”

我暗中松了一口气，怪不得赵孟林以给碧莹看病为借口进出紫栖山庄，却从未听说他在上房走动，可见韩修竹早就怀疑他，虚与委蛇，好顺藤摸瓜追查幽冥教。可即便如此，非白还是危险，那原青江竟为了达到目的，情愿将儿子暴露在敌人的视线之下。

我心中感到阵阵冷意，林老头哽咽出声，几不能言，我和兰生也不由得红了眼眶，兰生满面同情地为林老头递上一杯茶水，林老头一饮而尽，抹了一把涕泪：“我发现活死人的体内正是有了白优子才可起死回生，那必同赵孟林脱不了干系。我便又转而研究找出克制活死人阵的方法，好报仇雪恨。”

我们一阵沉默，唯有蛙鸣虫声相和，三人不由得对月惘然。

“请问，那个依秀塔尔的天女怎么样了？”我低声问道。

“就从火刑当天，便接连三天天降大雨，巫士害怕，便奏请高昌国王放了依秀塔尔，再后来摩尼亚赫对高昌屠城，可能她便趁兵荒马乱逃了出去，我们便再也没有了她的消息。”

“你长得很像依秀塔尔，”林老头看着我，苦笑道，“你是她什么人？”

我笑着流泪道：“她是我的娘亲。”

“果然，”林老头流泪笑道，“我猜得没有错，也没有救错你。”

我没有想到我会在这样的情况下遇到我亲生娘亲的故人。

说实话，我对我的娘亲那慈蔼美丽的笑容早已模糊，我依稀记得她是一个非常温柔的女子，从来没有打过我和锦绣。锦绣小时候胆小好哭，而那时的我还一心当她是紫浮，恨她拉着我投错胎，过着如此穷困潦倒的生活，心中对她万般厌恶。

于是，我总是粗声吓唬她不准哭或是就直接动粗了，她自然哭得更凶，还跟娘亲告状，娘亲便会轻点我的脑门，白我一眼，不准我再欺侮她。

身材高挑的她一抱起锦绣，便隔离了满面凶相实则个子矮小的我。我够不着锦绣，自然气得仰着小脑袋直跳脚，嘴里还嚷嚷着：“紫浮你耍赖，你丫没胆子的家伙。”

锦绣还是在娘的怀抱里顶着我打的包，缩着肩膀抽泣着，胆战心惊地看着我。我的娘亲却无奈地摸我的脑门，然后抱着锦绣，牵着我的小手进屋，哄我说她有好吃的省下来给我。那所谓好吃的，无非是一土盆红薯或是一碗鸡蛋羹，然而在贫穷的花家村，这鸡蛋羹已算是极奢侈的东西了。一般来说，年幼时的我看见食物就能立刻挂下眉毛，奔向香喷喷的食物，暂时忘记一切仇恨。

于是我娘就坐在一旁看着我吃鸡蛋羹，轻轻拍着锦绣，柔声唱着高昌民歌。

我吃完了也搬张竹凳，坐在娘亲身边，龇牙咧嘴地瞪着锦绣。娘亲那歌声可真好听啊。

说来也怪，每次听到这歌声，我烦躁的心会随之平静，那眼皮不由自主地沉了下来，然后我亦会靠在娘亲温暖的身上沉沉睡去。

等我醒来一下地，一切恢复原状——我又精力旺盛地同锦绣继续那猫和老鼠的游戏，然后我娘亲再像唐僧似的来劝架，再唱歌哄着我们，这样反反复复地一直到我和锦绣彻底和解。

往事的大门一旦打开，那些犄角旮旯里的故事一下子抖了灰尘向我跑来，就像五彩泡泡在阳光下不停地对我噼里啪啦地微笑。

我想起来了，我和锦绣第一次手拉手一起扑到她那温暖而干净的粗布衣衫上时，她琉璃般的紫眼睛看着我们盛满了惊喜，她微侧头看了我一会儿，了悟地柔柔笑道："你终于想通了。"

我当时愣了一下，并没做深想，只是嘿嘿傻笑着把脑袋埋在她散发着淡淡幽香的身上。

当我开始组织村里的小伙伴建立这个人生中第一支儿童合唱团时，作为总指挥，我认认真真地教他们唱《让我们荡起双桨》《采蘑菇的小姑娘》这些我所能记得的歌。有时歌词记不住，我就瞎填，反正锦绣总是乐呵呵地跟着我，她的那些小fans为我们合唱团的秩序稳定做出了巨大贡献。

秀才爹不太乐意我们浪费做女红的时间，可是我娘亲却很喜欢。当我们唱那首新疆儿歌《娃哈哈》时，可能这首儿歌的异域风情引起了娘亲的回忆，她总是微笑着听我们唱了一遍又一遍，紫瞳闪着泪花，轻声跟着我们一起唱。后来我们的合唱团还在闹社火时表演过，在花家村的那群乡巴佬里也算得上"惊才绝艳"，赢得众人大力的掌声，可是就在那一年冬天，娘亲却突然得伤寒急症去世了。

如今想来，我忽然明白我的娘亲可能在那时就依稀感到我不是这个时代的人吧。

可是她对我和锦绣是这样的宽容和温柔，我的鼻间仿佛是她身上的温暖和馨香。

于是我不停地问着关于娘亲的问题，有时我问得急了，林老头也结结巴巴地回答着，可惜他也不知道娘亲的心上人是谁，因为依秀塔尔从来没有对他和都美儿说起过。不过他提到那时高昌王宫里经常有中原或是西域的贵族带着家仆到两个天女所住的宫殿旁小住一段时间养病或是带发修行，他的结论是，如果我和锦绣的爹另有其人，虽然他不知道那个男人是谁，但能生出像我和锦华夫人这样名动天下的绝代佳人，定非凡夫俗子。

这一点我信。然而对于这顶高帽子，我毫无自豪之感，管那个亲爹身份有多尊贵，有谁愿意做个私生女来着?

我娘亲的那个心上人究竟是谁呢？许是高昌王宫里的某位宫人或是年轻贵族吧。如果我们的爹另有其人，为什么她不去找他呢？也许她一路逃难途中，她的那个孩子流掉了呢，那么建州老家的那个花秀才，也许真是我和锦绣的父亲呢？

我没有答案，只得抹着眼泪叹了半天气，我问道："您后来见到都美儿姑娘了吗？"

"韩修竹告诉我，战乱中的都美儿流落到了南诏，为南诏的段刚亲王所救，成了王妃。我苦求原青江放我去见一见都美儿。可是我对不起我的都美儿啊，我赶到时，都美儿竟然难产去世了。"林老头又落泪一阵，涕泪交错，"我守在都美儿的尸首边上，我、我、我，"他几度哽咽，方才出口，"她还是那样美，她的肚子里还有那个可怜的孩子。我竟然感到都美儿肚子里的孩子好似还有心跳，我正想解救那个孩子，然而、然而……"

"然而什么呀，林老爷子？"兰生不耐烦道。

林老头的面上万分伤痛，夹杂着一种无法言喻的恐惧："他、他、他，都美儿的孩子却自己撕开了都美儿的腹部，爬出了都美儿的身子。他、他、他，都美儿的孩子不是人，他、他、他是自己爬出来的。"

一阵夜风吹过，我们三人满面骇然。周围忽地一片死寂，而我的眼前满是那双充满戾气的紫瞳。

过了一会儿，林老头猛地哭出声来，我们这才醒过来，劝慰了好一阵，他方才止住了哭声："那个孩子就在我的眼前，满身血污，对我睁开了一双灿烂的紫瞳，冷冷地看了我一眼。我身为医者，见识过无数的血腥场面，可是那一眼竟让我骇得动弹不得。这时候段刚亲王赶过来了，他口里喊着妖孽，本来举着一把明晃晃的钢刀就要砍向那个孩子，可是那个孩子却忽然对他笑了起来。那样一个刚强的男人，一下子丢掉了手中的钢刀，不顾满地血污，还有可怜的都美儿，只是爱不释手地抱着那个孩子。那夜玉盘锦绣，如明珠灿烂，当时他就笑着给孩子取名叫段月容。"

他似是斟酌了一会儿，对我期期艾艾道："那都美儿的儿子，听韩修竹说，长得很像都美儿，美艳不可方物，虽是四大公子之一，却残暴乖戾，荒淫好色，可是当真？"

兰生也向我看来，四只眼睛对我眨了很久，我略有些尴尬地点了点头。

林老头失望道："他的母亲明明是拂地不伤蝼蚁的良善之人啊。"

"前辈，他天生紫瞳，难免遭人歧视。剖母腹而出，定为世所不容，复又得此高位，宫中行事凶险，偏父亲宠溺至极，故而养成这种有些极端的个性，满手血腥，毫无悯善之心。"我慢慢答来，分不清这是为他说话还是在进一步批斗他，"只是……在大理抗击南诏七年混战中，他已然成熟了许多，待人接物亦比之以前良善许多，手段仍是雷厉风行、凶狠毒辣，但现如今也只止于……其敌手而已。"

"难怪当年他会纵容士兵西安屠城，"他惋惜了一阵，又不禁开口道，"他对夫人亦是如此冷酷残暴？"

我想了一会儿，微微一笑道："非也。前辈，这七年段太子对我恩义有加。"

林老头木讷地笑了起来。

我问道：“敢问前辈可曾知会韩先生我们在您处？”

林老头看了一眼兰生，摇头道：“这里只有原青江、韩修竹知晓，可是最近却没有他们的消息。”

我正要开口继续问原非白的近况，林老头忽地伏地跪启道：“夫人容禀，您的体内我亦种入了一种白优子。”

兰生怒道：“老东西，你还不悔改？”

林老头抽了一下兰生的光脑门：“那是为了救夫人的，无知竖子。”他涨红了老脸，对我结结巴巴道，“夫人，如果不用白优子，您胸腹间的顽疾加上您的眼部重伤老夫实在回天乏力了。请夫人勿忧，这世间万物相生相克，您身上的紫殇，恰恰正是所有白优子的克星，故而白优子再繁茂生长，必为紫殇所克，不至于伤害寄主，只有强身健体的功效，请夫人万万相信老夫之言。”

他叹声道：“只是夫人容颜之伤，老朽不擅此项，以老朽的医术亦无能为力，唯有请夫人先常服这养颜生肌的蜜花津，不致伤口留疤过深。天涯海角，老夫定能寻到奇人为夫人恢复容貌。”

我坦然道：“无妨，臭皮囊罢了。但求冰心玉壶，问心无愧，此生便足矣。”

林老头点点头：“说得好，但求问心无愧。”便忽地从胸口中摸出一把小刀来。

我和兰生都吓了一跳。

他老泪长流，颤声道：“老夫这一生都在找控制白优子的药物，就在夫人到来之日，老夫终于找到了，如今老夫生无可恋，只是这满身的罪孽终要以死相谢，请夫人给我个痛快吧。”

我接过这把小刀，将他扶起来，诚挚道：“前辈此言差矣。人非圣贤，孰能无过呢？前辈敢于承认二十多年前的错误，这是何等的勇气？须知这世上最大的勇气不是杀人放火，而是敢于正视自己所犯下的错误。您是我见过的最了不起的人之一，三爷需要您，未来同幽冥教的战斗亦需要您，所以请您打消这个念头，帮帮我，帮帮三爷，帮帮这受尽战乱之苦的天下苍生吧。”

我向他一躬到底，慢慢起来时，兰生愣在那里，眼中闪着震撼。而林老头热泪盈眶，再要跪倒，我赶紧又拉他起来：“我只求先生实言相告，三爷他可好？”

“请夫人放心，三爷一切安好。”他又快速地瞟了一次兰生和我，“只是那些藏在暗处的鼠辈屡次以您的名义去伤害他。三爷曾被刺伤，幸不严重，故而这次三爷才会暗伤夫人。”

奇怪，明明前面他说他最近没有与韩修竹联系，可是对我的受伤始末一清二楚。

他的言辞和目光都在闪烁，他是在暗示我什么吗？这样一个原氏隐匿的暗人，兰生如何会轻易为他所救？

夏令时分，雷雨常常潜入人间，我满腹疑窦间，小忠开始对着我们不停地叫着，然后跑回屋子看着我们。果然不一会儿，头顶上的老天爷忽然一阵咆哮，下起大雨来。

林老头送我和兰生回竹屋，在大雨中呆呆地看着我，分不清老脸上是泪水还是雨水。

我柔声唤道："老前辈不用多想，早点歇息吧。"

他抖着嘴唇好一会儿，终是用力点点头："夫人，您同您的娘亲，依秀塔尔，真的很像。"

我的喉头一阵哽咽，含泪道了晚安。

兰生年轻，一会儿便入了梦乡，打雷似的鼾声甚至超过了天空中轰隆的雷声，吵得我无法入眠。我在床榻上翻来覆去一阵后，迷迷糊糊中，我梦见了我的娘亲，我已经很久没有梦见我的娘亲了。我还是小时候的样子，可是脸却是现在这副惨样。

母亲永远是孩子眼中的上帝，我满怀委屈地扑到娘亲的怀中，她的怀抱还是这样香这样暖，她没有说话，只是心疼地对我流着眼泪，紧紧地抱着我。我想看清她长什么样，可是周围却忽然黑了下来，温暖的怀抱消失了，然后我惊惧地发现我被一堆阴冷可怕的西番莲缠住了，呼吸困难。

"夫人，快醒醒。"

我睁开了眼睛，兰生的光头在我的上方，满是汗水，他的双手有力地摇着我的肩膀，差点把我给勒死。

我一下子爬了起来，天光已大亮，竹屋外鸟啼婉转，夏蝉噪切。

"夫人不好了，那个林老头不见了。"兰生着急地说着，"昨夜我们喝的酒里一定被下了药，我睡到日上三竿才起。"

他扶着我爬起来，然后连滚带爬地到了林老头的卧房。

阳光照进那间简朴的竹屋，一股浓郁的中药味扑鼻而来，正中一张手术台上躺着一具完整而干净的人类骸骨，骸骨上钉满钢钉。旁边一个小瓮，上面贴着标签写着"蜜花津"。

那骸骨的脑门上钉着一张纸笺，上面写着：青山不改，绿水长流，远山高大，后会有期。

嗯，言简意赅，通俗易懂，却不知所终也！

兰生只顾战战兢兢地看着那具人类骸骨，颤声道："这、这是什么人的骸骨啊？"

我放眼看去，却见那骸骨另一边放着一个光头小人偶，小人偶靠在一盆兰花上，制作犹如真人，就好像一个小小孩坐在一棵大兰树下休息，同样浑身按穴位插满钢钉。

想起昨夜林老头说起赵孟林的故事。那林老头这两年必是一直关心赵孟林的活死人阵的研发，自己可能也一直在秘密钻研。我总觉得他想告诉我些什么，但是为什么不直说呢？他这是什么意思？

忽然想到他屡屡提到我长得像我娘亲。可是兰生告诉我，我被送来的时候，明明已经毁了容了，莫非他以前见过我？

他对我说话故意总是看着兰生，目光闪烁，难道他是在暗示我兰生背后有故事？

我看了眼兰生。兰生只顾凑上前盯着那个小人偶瞧，然后不小心鼻子被人偶上的钢钉扎着了，就捂着鼻子直哼哼，满是一脸纯真可爱的少年模样。

我暗叹一声，林老头既然连夜离去，此处必是不可久留之地。我让兰生到处找找有没有值钱的财物，结果兰生东翻西翻只找到些银制的手术器具，他也不问我，便狞笑着用内力将其化成一个大银团子，然后才用手刀砍成数块碎银子，献宝似的呈给我。我倒抽了一口冷气，便收了那些银子和蜜花津，一起到屋外。

我在谷底仰望苍穹，天旋地转间，兰生已经熟门熟路地找到一根粗藤，声称上次那个林老头也是这样教他出谷的。于是他将我绑在了他背后，我手里抱着小忠，一起往上升。

兰生手脚并用，身手矫健，在我的前面朗声笑道："夫人抓紧小人和小忠了，山中方一日，世上已千年。咱们可就要入世了。"

我胸中感慨一番间，他速度奇快地往上攀跃。

小忠吐着舌头，目光镇定地趴在我肩上，不停地上看下看，却毫无惧意。

我们攀了许久，经过一段暮霭似的迷雾，却仍未见到上顶，可见这山之高。我担心兰生体力不支，不时替兰生擦着额头上的汗。

兰生面色微白，呼吸有些急促。

过了一会儿，小忠高声叫了起来。山壁上的植物越来越稀疏，岩壁愈加光滑了起来，可见接近崖顶了，我同兰生振奋了起来。

又过了一会儿，我们头顶有喊杀声自上而下传来，我和兰生都惊在那里。忽地，兰生手中粗大的青藤猛地断开，我们直线往下坠，当时的兰生惊吓中好似忘了施轻功，我狠提一口气，伸出一臂，胡乱摸到一个攀附物，兰生也及时握紧了一根青藤，把小忠给吓得呜呜直叫。我们荡在空中微晃间，头顶有几个鲜血淋淋的人惨叫着往下坠。兰生努力站在一块突出的石壁上，我们等了许久，直到头顶上的喊杀声轻了下去，这才慢慢往上爬。

终于我们挣扎着探出了头，我把小忠往地上一放，小忠开心地向前跑了几步，又立刻跑了回来。

我拉着兰生上来，然后我们二人一兽都愣在那里。

残阳如血，映着眼前一片修罗场。放眼望去，却是满地士兵的尸首。

断臂残肢，积骨成山，硝烟弥漫，血流成河。

空气中弥漫着死亡和血腥之气，我和兰生愣愣地站起来。真没有想到，我们一入世就进入了一个刚刚结束战争的战场，原来方才坠落之人竟是交战的士兵。

几匹战马惶然地在战场中寻找着自己失落的主人，战场中央歪斜地插着一杆飞扬的破旗，大风猎猎地吹起半幅残破的原字，那旗下站着个高大身影，盔甲尽裂，双手持斧，长发沾血，随风逆飞。

那人忽地向我们转身看来，满面血污看不清长相，唯见赤红的双瞳杀气犹重。

他猛地向我嘶吼着冲了过来。小忠怒叫了几声，很没用地又躲到我的身后。

他的身法奇快，狠戾的双目满是血腥，转眼来到我的面前。

我摸到怀中的“酬情”，正要拔出，兰生早已一步站到我的身前，手持一根我们在崖壁上所抓的枯枝，一头削得尖利，直指那将士的咽喉，清亮如冰的双目盯着那个将士，俊脸上却笑道：“这位英雄，我们只是路过的，你杀红眼了吧？”

那将士带血的斧子停在空中，他看了我们好一会儿，似乎才领悟过来兰生的话，向后退了一大步，一屁股坐下。

我从兰生身后走出来，瞄到他身上的铠甲残破不堪，但仍看得出是原家的式样，他额上的鲜血正滴在一幅破碎的大周龙旗上，这场战想是窦周同原家的大战。

我开口问道：“大庭赢了吗？”

那人目光聚焦起来，似乎没有想到我会问这个问题，冷冷地看了我一眼，却把目光移开，没有理我。

我想了想，掏出身上的葫芦递上。他想了一会儿，接过来，海饮一番，摔在地上，吹了一个口哨，战场另一头远远跑来一匹高大的战马，傲然长鸣着跑到他的身边。

他一个利落翻身上马，忽然开口道：“窦贼输了。”

我意识到他这是在回答我的话。

“确然，”他又冷冷道，“潘毛子用二万人马拖住了原家四万，大庭又何捷之有？”

潘毛子是西庭对窦周第一名将潘正越的蔑称。传说此人相貌恶戾，发似钢针，浑身重毛，如恶鬼一般，时人便称其为潘毛子，而潘正越在三国南北朝时期素有军神之称，此人用兵神出鬼没，阵法娴熟，近年来为窦周屡立战功，为窦英华所倚重。

那时的我并不知道，这便是著名的梁州战役，此战潘正越用二万兵马挡住原家驻扎在兴州的四万精骑，也是离梁州最近的援军，从而争取到了时间，攻入梁州。

而那兴州守军中唯一的幸存者，话语中满是苍凉悲愤之言，我正要开口问最近的原家军离此处多远，他却如风一般而去。

“兴州守备，九品登仕佐郎官，卢伦，元武三年三月初九登州人氏。”兰生望着他远去的背影，背负着双手喃喃叹道。

我惊诧：“你如何知道他姓甚名谁？”

兰生咭咭地笑了一阵，将背后的手伸出来，掌中却是一方通关文牒：“这个无礼的傻子，方才离去时掉了这个。”

他见我瞪着他，便收了笑容，补上一句道：“既是两军对阵，兴州城和附近的州城怕是都要封城了，我们凭这个才好入城啊。”

第四章

我花杀百花

我正要开口，却发现黑狗不见了，放眼望去，那黑狗竟神不知鬼不觉地跑到战场之中，正绕着那两匹凄惶的战马打着转。我们唤了许久，它却不理不睬，只顾对着那两匹战马低吠。

哎?！莫非它饿了，想吃马肉?

约莫十分钟后，我和兰生的下巴掉下来了。那两匹高头战马向我们奔来，停在我们面前，后面跟着我们那乌黑油亮的小忠。

那日我将我的那只尚算有视力的老眼擦了又擦，俯身细细地辨认了小忠的品种许久，莫非它是一只牧羊犬?

兰生却兴奋异常地摸着小忠，大声道：“夫人，小忠果然是哮天犬哪。”

小忠大声地汪汪叫着，仿佛是在高兴地对我们确认：“我是啊，我是啊。”

有了脚力和从士兵身上搜来的干粮，我们意气风发地往梁州方向赶去。

尽管当时的我很为这个卢伦、后来的辽东太守担心，颇不齿兰生这招，但始终没有拒绝，原因是我也急于前往梁州，热切期盼这次领兵的是那个心中的踏雪，那样我就又有机会见到他。

过去幽禁的一年里，偶尔听到原非白的琴声，虽然知道他还活着，然而弓月城地宫之中，他病危的模样将我实实在在地吓着了，我要亲眼确定他安好，哪怕以一只眼的身份也好。

“汝州境内有君氏驻西北四省总号，大掌柜名贾善。”我对兰生说道。此人乃我一手提拔，且颇有能力，算得上是我的亲信，“咱们只管往汝州去，只要能找到他，便可安身立命。”

兰生只管对我诺诺称是，甜美的笑脸一片无害。

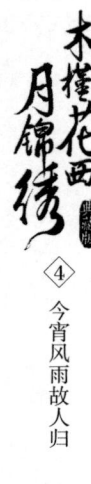

一路上渐有人烟，兰生便逮住各种机会同女孩子搭讪，好像一辈子都没有同女人聊过天似的，满嘴就如同抹了层甜得腻人的蜜：姐姐的头发怎么这么黑这么亮啊？妹妹的眉眼长得真好看；连七八十的老太太亦没有放过：大娘，您长得真像我娘，给口水喝吧。

然而，最终我仍要感谢他那张抹了层蜜的嘴，我们很快打听到消息，潘正越已攻入梁州城，从梁州败退的大批庭朝军队拥进了附近的城池，分别驻守在隔得最近的兴州和汝州城。

当然，兰生兄弟那些小伎俩相较于当年我和段月容为了活命而使出来的贱招，实在是小巫见大巫。

于是我再接再厉地奉献我与段月容逃难时得出的宝贵经验："我们此后便以姐弟相称。我等先去问最近的农户人家买些衣服吧。"

所谓买，也就是偷了人家晾在竹竿上的衣服，然后留点碎银子。

庆幸的是情况比我们想象的更好，附近方圆十里的老百姓都因避战而远去了，我们顺利地找到一户逃难人家留下的宅子，惊喜地得到了几套半旧衣衫。兰生还意外地找到一件尚算九成新的书生长衫和巾帽，欢喜得跟什么似的，当下跑到内间，把自己扒个精光换上。

我换上了一件男子皂色衣裤，绑了胸换上，然后又找了一块头巾，对着水缸试了半天，最后决定将那左眼斜斜覆住。

唔，颇有加勒比海盗之风。

我走到院子里时，兰生正得意地问小忠："怎么样，小忠，好看吗？"

我很怀疑小忠是否能辨别人类的美丑，然而当时的小忠确实围着兰生欢叫雀跃不已。

兰生向我直起身来，欢快地转了个圈："夫人，呃，姐姐，兰生还没有穿过这么好的俗家衣服。"

天际最后一点霞光洒在他那身儒雅之上，他那双水眸桃花眼对我闪烁着一丝奇异的狂野和灵动的朝气。我不由得怔在那里，不想他着俗家衣物，倒恁地好看。

结果卢伦的身份文牒根本没用上。因为四处是难民潮，我们很容易尾随于逃难的百姓之列，进入汝州境内，却又不敢靠得太近，因为饥饿的人群一看到小忠和那两匹健马，就眼睛发红。

翌日，我同兰生牵着马来到一座破庙里休整。

入夜惊觉河对岸的汝州城内夜市沸然，兰生同我问了路人甲，方知这日乃是六月十五的夜市。兰生年轻，不待我答应，早已拉起我的手，奔向夜市了。

汝州的夜市自然不比西安的人声鼎沸，远近闻名，可依然彩灯飞舞，人来人往。

精心装扮过的女孩子自然人比桃花艳，携手走街串巷，捂着樱桃小嘴看着不远处的心上人痴痴跟随，那笑语似银铃，暗香浮盈袖。

兰生和我要了两碗拉面，稀里呼噜地吃着。小忠吃不着，便不时呜呜叫着。

这时邻桌有人高声叹道："这兵荒马乱的世道什么时候是个头啊。"

"是啊，武安王是个人物，可惜他遇到的是潘正越啊。那就是周瑜他遇到诸葛亮，没辙。"

我扭头望去，那一桌人有中土人氏，亦有几个西域人氏。

"现下倒还不如住在你们突厥太平啊，好歹国家统一，安定许多了。"

众人似要附和，中间有个大黄胡子的粟特人却猛摇头了一阵，大手一挥，略带口音地说道："哎，你们这些居住关中的汉人不知道，前阵子，我们那伟大的撒鲁尔可汗刚刚平息了支骨和果尔仁的叛乱，原以为我们可以享受腾格里洒下的金色雨露，安心过日子，不想宫里却传出消息说可汗陛下得了一种怪病，夜夜噩梦不绝，无法入眠，没有食欲，对后宫也提不起任何兴趣，只是嚷着头疼。我们突厥子民已经很久没有见到他的圣容了。"

众人一阵唏嘘。

有个中原人小声接口道："莫不是阴鬼作祟吧？"

"我们突厥人也纷纷传言陛下为果尔仁的阴魂所缠，是故，国内那些果尔仁旧部都在互相联络。那周边的大辽和大理亦忙着结盟，蠢蠢欲动地要报复我们伟大的可汗，现下我们粟特人亦同你们一样，终日惶恐。"

那桌人又感叹了番乱世无常，天道作孽，便作散去。

我愣在那里。撒鲁尔果然还活着。难道老天爷冥冥之中早有安排，所谓多行不义必自毙，果然让他得了什么不治之症？

我忽然有了一种奇怪的想法，如果我们一起摔下山崖时，他把那半块紫殇塞给我，也就是现下在我的胸口发光发热的这块宝贝紫石头，他会不会机缘巧合得到了另一块紫殇？

胡思乱想间，我听到兰生唤了数声，这才回过神来。

来到街上，兰生腐败地买了包干果，分了一半给我，悠闲地逛街。

我们走了一会儿，兰生看我闷闷不乐，就说道："前面似有书摊，我们去看看吧。"

我在一处书摊蹲下翻看了起来。不过是些奇趣野志，没啥意思，忽地瞅见一本印制粗糙的《花西诗集》。

我信手一翻，不由自主地细细读起他的诗词。

爱恋实在是一件奇妙的事，明明泪流满面，痛彻胸骨间，似死了一般，却又感到那蜜一般的甜，不，分明比那蜜花津更甘美动人，于是便让人忘乎所以地又活了过来。

相思一夜梅花发，忽到窗前疑是君 。

就如同曾在鬼门关逗留许久的我，仿佛是为他才活过来了一般，只为那渴望见他的念头是如此强烈！

清水寺中每每传来你的琴声，便如一把钝刀在锉着我的心，非白，你……一切可好？

正泪盈满眶，忽听到周围传来一阵细细的抽泣声，却见几个读者也是抱着同样几本盗版《花西诗集》，面颊湿润，一个年轻书生抹着脸道："天妒红颜啊。"

另一个蒙着面纱的贵妇身后跟着个青衣小鬟，看似是有钱人家的，亦是抽泣道："妾身若能得见踏雪公子，死亦甘心了。"

几位读者继续交流着对于花西情痴的看法，大有相见恨晚之感。那卖书的大娘适时插进两句，说着说着便两眼通红。

"那夫人何其命薄啊，"她抹着眼泪，却毫不客气地伸手道，"各位小倌莫忘付银子啊。"

我注意到角落里站着一个玄衫文士，头上戴着北地人常戴的面纱围子，包着头发与面目，唯有颊边微露一角头发似是银白，正冷然地翻着那本《花西诗集》，一脸的不置可否。他似乎发现我看着他，便冷冷地扫过目光来，满含警告意味，我便赶紧低头移开。

再抬头时，却发现那人已失去了踪影。

"姐姐可闻到那人身上有一股奇怪的香气吗？"一旁传来兰生的疑问。

我回头一看，他正挠着光头自语。

"你的鼻子好厉害，我怎么没闻出来呢？"我使劲向空中嗅了嗅，没好意思说，其实鼻间除了那贵妇的香粉味就数他身上的汗臭味最重了。

"没错，一定是菊花，俺们陇西的菊花可也是菊中名品哪，"兰生使劲点着头，自豪道，"当年小人在黄两镇可是三炮台的高手。"旋即又疑惑道，"怪了，现下是六月里，如何会有菊花盛开呢？"

这时对面有个书贩子大声对着路人嚷嚷着："我说这是难得的好书吧，各位爷还是买了拿回家好好看去吧，别忘了给媳妇也念念，保证各位吃得好、睡得香，保你乱世亦能过上好日子。来看一看、瞧一瞧，难得的好书啊。"

什么好书呀？还有如此神效？

兰生立刻忘记了研究菊花香这个问题，三步并作两步跑到对面，然后和一堆男人蹲在一起面红耳赤地紧盯着一本书。

唔？我慢慢走过去，越过那堆男人们的肩一看……

真没想到，这群男人在看一本淫书。

我抽过来看了看封页，哎？那名字赫然是《花西艳史》。

我这才发现，这个书摊上，有传记、诗稿、乐府歌词等等，可全是些五花八门的艳书，而且50%都是以花西夫人为题材的，什么艳史、情史的一大堆。

我那时微俯着身，只顾目瞪口呆地翻着一堆淫词艳曲，那些淫词艳曲讲述着花西夫人如何周游列国，以无敌的风情和床上功夫，勾引男人，引无数英雄在床板竞折腰，不想一阵邪风吹来，吹歪了面上的海盗巾，露了我那可怕的蜈蚣眼，那群男人正好微抬头。

我想我那宋丹萍的脸立时起到了风月宝鉴的作用，将晕在春梦中的男读者们吓得不轻，最瑰丽的绮思淫梦吓得了无痕迹，七七八八地摔倒了一片。妈哎地暴走了一番，便作鸟兽散。

我坏了书贩的生意，他自然怒不可遏，不依不饶地揪着兰生的前胸不放，定要我们赔偿。我不想招惹路人围观，便硬生生压下了我那满腔想要教育这个出售黄色盗版刊物的不良书商的腾腾热血，只好用我前世大小姐的血淘杀价密技，尽量便宜。

一炷香后，兰生意气风发地抱着一堆淫书，昂首阔步地走在前头，清亮的眸子耀着神秘的光，一袭湖蓝衫子行动间更显风流儒雅，路人频频对他侧目，显然皆把他当作一颇有深度的小白脸。

行至西城，老街上零星站着些小摊贩在卖小吃和花布，一个老太太孤零零地蹲在街角那儿叫卖着桂花糕。

兰生到底是小孩心性，一见便嚷嚷着想吃桂花糕，那双水眸桃花眼可怜兮兮地求了我半天。我心一软，就同意了,再说我也很久没吃香甜的桂花糕了。因他舍不得放下那堆淫书，我便从他袖子里抽了点银子给了那个老太太，拿了包桂花糕。我刚转身，注意到有个高大的人影从拐角处闪了出来，身上穿着中原人的衣物，低头疾走，面目隐在影里不可见。

可能是走路走得急了，经过我的时候撞了我一下，把我撞倒在地，我这才发现此人脸上颧骨分明，身材十分健壮，像是北地异族人士。他冷冷看了我一眼，也不道歉就往前走，独独可惜了一包桂花糕就这么化成一堆粉，撒了一地。

兰生和小忠对着一堆桂花糕屑气得差点眼珠子也掉了出来，一抬头，那人早已不见了身影。

小忠很够意思地汪汪叫了几声，不待兰生发话，便威武地追了过去，兰生也抱着一堆淫书嚷着要索赔的话追了过去。

我在后面唤着他们，却没人理我。一个人在后面追了半天，周遭渐渐不见人影。大雾不知何时盈满了陌生的街道，我喘着气停了下来，正使劲辨别方向，浓雾中似有两个人影在前方，其中一个正是那个撞我的人。我正想唤兰生和小忠，耳边却断断续续地传来对面那人话语："贵使前来，我家主公必会十分欣喜。"

我心中一动，因为这人操着的正是大理口音。

乌云飘过月宫，我使劲支起耳朵想听他们的说话却听不到，正着急间，有人在我耳边轻轻道："翎雀乍幸明月阁，画舫夜游玉人河。"

我一惊抬头，却见上方一个光头少年正抱着一堆书，一边眯着眼睛看着那人同黑影说话，一边嘴里喃喃说着。然后一只黑狗从黑暗中蹿出来热情地舔着我的手。

他竟然懂唇语！显然他自己也很惊讶，然后目光流露出惊喜，最后是年轻人特有的骄傲。

那两个黑影又说了一会儿，然后朝四方警觉地看了看，便消失了踪影。

我们从暗中走了出来。

小忠往前嗅了一段，又走了回来，蹲在地上仰着狗头悻悻地看着我们。

兰生摇摇头："小忠可能找不到他们。"

我细细一想，翎雀是北地辽人喜欢的飞禽，常以此明志，我对兰生说道："恐怕这是辽人细作，今夜恐是要在明月阁里同约定之人见面吧，却不知这明月阁是何处。"

"明月阁？"小和尚摸着脑袋有些恍然道，"这些辽人要在明月阁里快活吗？"

他见我瞪着他，便对我讪讪一笑："刚才听那些镇里人说，这里有个明月阁，里面皆是些色艺双全的雅妓，非常出名，客人都非等闲权贵。"

我想起来了，如果没记错的话，这个明月阁应该属君氏产业。奇了，我记得几年前贾善提过，君家收购了一家下等教坊，改为高等乐坊，更名明月阁，专事梨园艺术的表演，怎么原来是间高级妓院？

正说着说着，一阵缥缈的琴声传了过来，似是带着一种神奇的魔力，让人感觉周转的喧嚣全无，唯有琴声悠扬，如泣如诉，我的神思渐渐有些迷离。兰生亦是满面迷思，嗵的一声把一堆宝贝淫书全丢了下来，和小忠一起跑在我前头，循着琴声传来的方向走去。

我无奈地跟在后头追着。浓雾中渐渐显出一幢红影小楼，张灯结彩，楼前粉香扑鼻，一片莺莺燕燕却依然难掩那美妙的琴声。那楼上刻着三个大字："明月阁。"

再看立柱两边刻着一副对联：

明月阁中掬明月；落花坞前泣落花！

意境虽雅致，却平添几分凄凄，在此等烟花之所，倒也不怕客人败兴？

也罢，既来之，则安之，反正我正想联络小放。

我示意小忠乖乖坐在门口等着，正想唤住兰生，不想他早已急切地问龟奴弹琴的人是谁。

热情的龟奴立刻消散了所有的热情，垮了笑脸，挖着鼻孔意兴阑珊道："那是个过气的姑娘，名唤锁心，因年纪大了，身子便不行了，现下只能算个琴师。"

龟奴把我们带进门来，七转八弯后转入一幢小楼，那美妙的琴声响了起来，如烟如雾地钻入耳膜，透进我们的神经。

"这曲子我怎么好似听过？"兰生抚着胸口低声道，"可为啥我记不起来了呢，为啥我的胸口这么闷？这到底是啥曲子呀？”

我看了他一眼，尽量平静地答道：“此曲名曰《长相守》。”

他茫然地哦了一声，脸色愈加不好看。

我们伸手撩开红色珠帘，一片悦耳的珠翠声间，却见一个着粉裙的宫装妇人正安然坐在那里，素手微扬，在一具古琴上行云如水。那古琴案前熏着异香，闻之忘忧，案边一束幽兰，半垂空中，碧叶之中花开两色，一白一红，俏生生地看着我和兰生。

终于那一首《长相守》最后一个音符停止，我醒了过来，感觉有人在揉我的左边衣袖，一扭头，却见兰生正拿我的衣袖抹着眼泪。我听见他低声道：“这曲子为啥弹得比踏雪公子的还要悲伤呢？我听着很不舒服。”

其实我有同样的感受。我曾经听过很多人弹这首名动天下的古曲，各位人生境遇不同，目的各不相同，对于人生的理解亦不同，自然曲风各异。

比如，这是原非白最爱弹的曲子，因为它是原家打开暗宫的音律锁的独门钥匙。

月容没事弹过，是为了彰显其神乎其技的音乐天赋，兴之所至他会用那双漂亮的紫眼睛挑衅地看着我，把那首满是缠绵委婉的《长相守》硬给弹成桑巴舞曲。

我那二哥少年时也曾在德馨居中手把手含笑教过碧莹，现在想来那是为了暗中训练碧莹，好有一天能打开暗宫。甚至在江南七年，张之严大人也在醉酒后在我和洛玉华面前弹过，洛玉华的脸上会淌满感动而幸福的泪水，每每等她下去补妆时，张之严就收了笑容，皱起剑眉，对我吐槽他本不喜欢《长相守》，嫌曲调过于悲凝，技法还难，弹《长相守》就是自残自虐的行为，可偏偏那些酸儒和女人就是喜欢，他学了只是讨他老婆喜欢,顺便为了附庸风雅。我这才知道，原来他一直对于没有被选入四大公子而耿耿于怀，我一般也就强忍住笑，安慰着这位落选的江湖五公子，建议他致力于奠定他江南第一儒将的地位。等洛玉华回来，他又装作满面深情地问：夫人，让为夫再为你弹一遍可好？

我们家小放学东西过目不忘，就在段月容彰显的时候，他看了一遍便记住了琴谱，但是作为我的大总管，他实在太忙了，我只听他弹过一次，那还是夕颜淘气，在她强烈要求下，他才勉为其难地弹了。我当时就想，神哪，这个时代为啥除了我人人都是音乐天才呢。可惜他整天跟着我走南闯北，倒也没有这种小资时间。

还有就是悠悠的扮演者青媚了，她琴技高超，令人心旷神怡，却没有那种刻骨铭心的气质。

然而，我从来没有听过有人把这首曲子弹得这样哀伤，好像失去了一切，万念俱灰，再也看不见人生的阳光，一心要离开这人世的那种内心剖白。

对面的女人正好抬起头来。我细细看去，她看似年近四十，粉裙半旧，却非常整洁，乌亮的发上没有任何饰物，唯有木钗一枚，绾起高髻，露出修长白皙的脖颈，细小的皱纹掩不住姣好美丽的容貌，岁月的年轮遮不住身上特有的高贵气质，那眼神清澈无比，闪着一种我所没有见过的娴静平和，好像蓝天白云下，在清新的森林中散步的麋鹿的眼神。

“两位公子请这里坐。”那个淡粉装束的女子优雅地站起来，向我们翩翩道了一个万福，“妾身叫锁心，这厢有礼了。”

她见我们都傻愣着，便笑着向我走近一步，我们两个都不由自主地后退一步。

我回头正要对旁边的兰生说我们还是回去吧，可是那兰生却忽然冲到那具古琴那里，跪下来呆呆看着。

我尴尬一笑，来到兰生身边，想提醒他我们是来打探消息的，不是来看古琴的。

“妾观二位公子喜欢《长相守》，二位想必亦是宫商高手吧。”后面有柔柔的声音响起。

我惊回头，那个锁心站在我们身边，她似乎很高兴兰生对她的琴感兴趣，便微笑着伸出手来，引着兰生的手到那具古琴上拨了几下。

我正要开口，不想兰生已经开了口，他的脸色有些发白：“俗话说得好，琴不过百年无断纹，看这龙鳞纹，少说也有五六百年了吧？”

啊，是这样吗？我怎么没有看出来呢？我好歹在上流社会生活了几年，怎么还不如一个从小在陇西长大的小屁孩呢?

“两位公子请用茶，”锁心倒了两杯茶，递了进来，柔声道，“这位公子好眼力。这具古琴是六百年前先朝的宫琴，乃是妾年轻时一位好友偶然所得，便转赠予我，名唤挽青。”

“姑娘弹得真好。”我由衷赞叹，却不敢喝她的茶，“不想在勾栏之所却有如此真挚的琴音。”

她对着我淡淡一笑，轻声道：“很久以前，妾身家中也是富甲一方，家父最爱妙解宫商，故而家中藏有名琴无数，可惜……后来家父获罪，家产被抄，家兄病故，妾也流落风尘，最后所剩之物也只有这具古琴和一座西洋钟。”

她的话语越说越低，满是寂寥孤单之意，清亮的眼睛也湿润了起来。

“那个、那个，你可有儿女？”兰生讷讷地问着。他的眼神开始有些迷离。

她低下头，神色十分伤感：“我有一个女儿，后来被人贩子拐走了。”

房中静了下来，唯有轻微的嘀嘀嗒嗒之声传来。我循声望去，却见一座老旧的西洋钟在沉稳地走着，钟摆之声不疾不徐地传来。

嗯？这座西洋钟的样子我以前见过的。

“这座西洋琉璃钟亦是我那个好友送给我的。”耳边忽然传来柔柔话语，却是那个锁心。她悠悠一叹，用袖中丝绢轻拭钟面。

“如此名贵之物，只有四品以上的权贵方可拥有，可是他却慷慨地送给我，只为我喜欢它的嘀嗒声。后来我爹爹得了一种奇怪的心疾，大夫说一定要保持心情平和，按时服药才可治愈，”她坐在那里不疾不徐地微笑说着，仿佛邻家大姐姐在唤我们前去蹭饭，“我爹爹便一直靠着这琉璃钟来定时服药，久而久之我们家也习惯了十多年来它的嘀嗒声。爹爹尤甚，我便将之搬到爹爹房外。然而……”忽然她的语气一滞，瞳孔开始收缩，“那年冬天……可真冷啊……天上的大雪下了整整七天不止，城中很多乞者冻死在街头……我爹爹和娘亲也在那年冬天去世了。那晚我记得清清楚楚，正是三更四时，爹爹和娘亲走的时候，那钟摆也跟着停了下来，想来这琉璃钟……它也甚有灵性。”

她轻叹一声，望着那座琉璃钟，满面戚然：“就在双亲过世的第二年，妾身的家就被抄了，家中亲友皆被诛杀殆尽，接着妾身也跟着尝尽世态炎凉。”

我们都沉默了下来，唯有钟摆不疾不徐地摆来摆去。我的心脏似是跟着锁心的往事悲戚了起来，一片难受。

“那你为何不去投靠你的那个好友呢？”兰生忽地出声问道，“听上去他对你挺好的。”

“我和我那好友两家是世交。妾刚出生时，我爹爹调到北地，走动便更多了。不仅是他，还有他的大哥和小妹，我和我大哥，我们五个人算是从小一起长大的。我把他们当作自家人，我们小时候经常互相过府玩闹，而且还请了同一个先生，都在他们家的祠堂里一起读书习字。”她并没有回答兰生的问题，只是淡淡对我们笑起来，似是挣脱了悲苦的往事，兴之所至，提到了美好的童年，“小时候我总是跟在他和我哥屁股后头当跟屁虫。”

我想起充满了小五义的童年，不由得点头叹道：“没有烦心事的童年总是最好的。”

“不瞒你说，我大哥长得很是英武俊美，又精通剑术，为人仗义，在西川素有侠名，弱冠之年，前来府上提亲的达官贵人不计其数。当年不知有多少女子为了看我哥哥一眼而花费重金贿赂府中家奴。可是我私底下认为，若是走在那人身边，我那大哥却要被比下去了。”

呃？！看来这锁心的友人可算是帅哥中的帅哥啊，连亲哥哥都给比下去了。

然而我却十分理解她的这种心情，纵观我这扭曲而荒诞的一生便知。我承认这是一个遍地盛产美女帅男的年代，我一直在腹诽这个年代中，没有最帅，只有更帅；没有最美，只有更美。别说是我的至亲好友，就连当年我扮作君莫问时居然也曾经被评为年度铜臭界中斯文美男一号。

“我哥哥是个老实人，又是一个武痴，他爱上了那人的妹妹，后来如愿以偿地把她变成了我嫂子。我哥哥为了宠她，别说散尽家财只为博伊人一笑，简直恨不能为她把天上的星星摘下来，”她略微叹了一口气，眼中闪过一丝冰冷，“有一回，我发现他偷偷把家中不传之秘偷了出来。在我质问之下，才知道是嫂子想要看看。”

我心中一动，是什么样的不传之秘？

却听那锁心继续说道：“我的嫂子看上去是那样的柔弱动人，像个瓷娃娃似的总是红着脸低着头躲在那人的身后，不仅那人和哥哥疼她如珠如宝，就连身为女孩子的我看了都想去保护她。我小时候总是乘没人注意的时候用手指头捅她，想试试会不会把她给捅碎了，结果老把她给捅哭了，为这事没少挨哥哥的骂。”

我和兰生忍俊不禁，轻笑出声，一时间空气轻松了起来。钟摆继续嘀嘀嗒嗒地响着，兰生适时插了几句，三人相谈甚欢。

“你嫂子是个绝世的美人，配上你哥哥那样英武的人，想必二人新婚后十分恩爱。”兰生呵呵笑着。

“是啊，他们是十分恩爱，可是她总乘我哥哥练武时回娘家，”她的话锋一转，眼中一片冷然，“有一次我们等了她半天她都没有回来，我便顺道去接她，却被我撞个正着，她正同一个男人……在后园假山中吻得死去活来，而那个男人，我认得，也就是她的亲哥哥，我那好朋友。”

所有的一切美好画面全部被撕裂，我陡然心惊。我和兰生面面相觑，根本不知道该说什么。

“然后……”锁心依然笑着，却再无一丝笑意，“我和家族的噩运从这时便开始了。我为了哥哥和家族的名誉忍了下来，只是警告嫂嫂谨守妇道。我还记得那天我那一向柔弱的嫂嫂看我的眼神是那样的恶毒凶狠，因为我不准她再回娘家同那人相会了。”

“原来如此啊，”兰生喃喃道，然后愤然道，“朋友妻不可戏，更何况是亲妹妹，你那朋友如此不顾纲常，罔顾礼义廉耻，实在禽兽不如。”

“后来我的爹爹决定称霸西川，终免不了同那人的家族起了冲突。”她冷冷道，“本来我爹爹应该赢的，可是最后我爹爹和娘亲暴病而亡，于是也就输给了那人的家族。”

称霸西川，原家世代乃是西川之王，那岂非是同原家有所冲突？我回看锁心，她的双目紧闭，泪珠滑落，胸口起伏，美丽的面容开始扭曲。

这是我再熟悉不过的表情，仇恨！

屋外传来三更的更鼓声，我的心脏隐隐开始痛了起来。这是怎么回事？

我扶着桌子站了起来，同兰生使了一个“走”的眼色：“姑娘莫要多想了，事情想必已经过去多年了吧，须知仇恨是无底黑洞，到头来最是折磨自己啊，”我柔声劝慰道，“姑娘年纪尚轻，何不寻个好人家，销了奴籍，过上正常人的幸福生活呢？”

奇怪，为什么我心脏这么不舒服，我明明什么也没做。

“这位公子说得是，”她睁开眼，微拭泪，勉力笑道，“妾身亦只是个柔弱女子，如何能够抵挡那大风大浪，只能苟且偷生罢了，只是……”

锁心温柔伤感的语气一冷：“你知道吗？他其实对我很好，即使我们家落难了，他念着小时候的旧情，对我也没有半分为难，只是派人在我的面上刺了一个罪字，因为他要让我见不得人，便也报不了仇。”锁心笑出声来，可是那笑声却异样的悲痛，“他把我送出关外逃出生天，叫我再也别回中原来。你看看，他对我还是极好的。”

“他那时对我说了很多话，可惜我只记得一句，”她对我笑得那样灿烂，全然不觉是在叙述那样残酷的对话，“他说，‘风儿，你莫怪我，真正的仇恨如何能够轻易得解？’”

我的心脏越来越难受了，锁心的面容也有些扭曲。

兰生似乎也有些坐立不安，向我走来：“咦，姐姐的脸色不太好？”

我侧目，越过他的肩头，看到那座琉璃钟的长长的钟摆正指在二点三十五分。

耳边回想起她刚刚说的，她的爹爹和娘亲去世时是三更四时，而三更四时正是凌晨二点三十六分。

我一下子明白过来，当时的我没有半丝犹疑地转身，拉过兰生便夺门而去。

然而就在电光石火间，一阵奇怪的声音，好像机器猛然断裂，轴承的巨大响声传来。我的心脏剧痛起来，异样的疼痛令我直不起腰来，惊回首，那时钟摆正静静地移到二时三十六分，依然戛然地变调作响，仿佛在痛苦地呻吟。

锁心的那个好友当初便是用这钟摆来控制锁心爹爹的心跳，他定是在钟摆的发条上做了文章。锁心爹爹和娘亲的心率早已习惯琉璃钟摆声。三更四时，钟摆乍然停下来，心跳无法跟上钟摆的节奏，必会诱心疾发作，一命呜呼。

如果那人把这座西洋琉璃钟送给锁心十多年，也就是说他早在十几年前便已经盘算好这招杀人于无形的毒计，锁心的这位朋友究竟是何人？好毒辣的心计！

我想起来了，在那福贵非凡的紫园荣宝堂也有一座一模一样的西洋琉璃钟。锦绣说过，连夫人非常喜欢原青江送给她的那座琉璃钟，每天都要让人用貂绒时时擦拭，不准有一丝微尘。

关陇原氏有青江，智谋诡谲甲天下！

果然，放眼天下，有此谋略者，除了家主原氏青江之外，又有何人？

我听到兰生在我耳边大呼：“姐姐！”

我再睁开眼时，人已躺倒在地上，只觉剜心之痛，口中血腥不断涌出。

而兰生跪在我的身边，惊怒交加，他愤怒地攻向锁心：“你这恶女人，对她施了什么妖术，快拿解药来。我们同你无冤无仇，为何要害我们？”

锁心身影一闪，兰生连衣袖也碰不到一片，快得不可思议：“她没有中毒，不过是她的心脏被这琉璃钟的节奏控制了，如同当年那人狠心害死我爹爹一样。”

兰生怒道：“一派胡言，这钟如何能控制人的心跳，果真如此，为何我一点事也没有？”

锁心一个疾转身，俏生生地站在古琴那里，笑意吟吟间，猛地狠狠一拂琴弦，冷然道：“你没有事是因为你根本没有心，当然不会被钟摆之声控制，你不过是一个活死人罢了。”

仿佛魔咒一般，兰生听了那琴声，猛地倒在我的身边，四肢抽搐着，眼中满是恐惧和不甘，却半分动弹不得。他艰难道：“胡说……我明明活着……浑蛋……我与你们无冤无仇，为何害我们？”

“确然同你们无冤无仇，可谁叫她是原家的花西夫人呢。”锁心的声音由远及近，她笑吟吟地俯身看我，“怎么样，这琉璃钟控制心脏的滋味好受吗？”

“你是明家人吧？！”我忍痛扶着桌腿看着她，“你难道是明家大小姐，明风卿吗？”

她的眼中闪过一丝赞许，大方地一甩广袖，微施一礼，点头道：“妾身正是明氏风卿。原家的花西夫人，幸会幸会。原家的人都是祸乱纲常、荒淫残暴的恶魔，都该死都该杀。”她高高在上地看着我，微笑着，“而你这胸有紫殇的命定之人更不能免。”

我听得莫名其妙：“你说什么？”

“你既是原非白的心上人，且怀有紫殇，便是原家命定之人。你理应知晓那十六字真言的原家密训才是……”明风卿看着我讶然笑道，“你竟不知吗？”

我懵然看着她。

“夫人果然不知。看来世间有关夫人与踏雪公子的传说果然亦只是原氏的政治作品，”明风卿淡淡笑道，漂亮的眼睛闪过一丝嘲讽，“侬本弱水一瓢，奈何卷入红尘呢？”

“大小姐说得是，我不是什么原家的花西夫人，不过是永业三年当了原非烟的替死鬼、苟活至今的小婢女罢了。我根本不想介入你们两家的是非纠葛，”我努力忍着痛，“请大小姐看在我们同是女人的分上，放了我吧。”

她看着我长叹一声，如同当年原青江说的一样：“你说得对，只是……真正的仇恨，如何能够轻易得解啊。”她随即笑道，“即便真是那般无辜，你也认命吧。”

这个疯狂的年代啊，遇到比原家更疯狂的明家人，我算彻底完蛋了。

正当我在脑瓜中拼命思索如何解困时，门吱呀一声开了，三个人影拥了进来。

三人向明风卿深施一礼。只听明风卿对那个平庸的中年人笑道：“德茂，你看看，这回我抓住了何人？”

一个平庸的中年人走到我的面前，自上而下地看着我和兰生，正是张德茂。

然而他只是沉默而复杂地看着我，没有回答。

他身边另有一身材瘦长的青衫人却在惊呼：“这、这、这不是花木槿吗？少主上次明明说她已经死了！她果然还活着。真没有想到，猎物没有逮到，却撞进来个更好的。”

什么猎物，他们原本要抓谁？

又有一人半蹲在我身边，揪起我的头发兴奋地笑道：“木姑娘，我们又见面了。”

我忍痛看了对方半天，过往的回忆闪在脑海中，那人却显得相当失望：“木姑娘，你不认得我了？”

“我认得你，”我流着冷汗，淡笑道，“赵先生。”

这人正是我们小五义年幼时的恩人赵孟林。

然后我们的这位恩人，猛然撕开我胸口的衣襟。

赵孟林的眼中没有半点情欲，只有无限的激动和亢奋：“木姑娘，你实在是医道的奇迹。知道吗，我们发现你的时候，你完全没有心跳，可是你胸口那块紫殇，竟然变成了你的心脏。你知道吗，我神教的人偶虽然同你一样没有心脏，可以任意驱使，但没有了心脏，便无正常生理可言，故而伤口不能愈合，超过三月，肌肤腐烂再不能混迹于常人之中。而你却如活生生一般，简直是天人的神迹一般。

“只要有了你，我教的人偶总有一天会同你一样完美，当初教主悄悄带走了你，不然我早就开始研究你了，如今你总算——”他兴奋地抚着那块紫殇，忽然眼瞳一阵收缩，“你、你、你的体内还有白优子？”

赵孟林愣了三秒钟，然后把我甩在地上，疯狂地大笑起来，然后又拽着我来到锁心面前：“大小姐，这花木槿的身体里植有白优子，的确是白优子。那林老头一定还活着，我现在总算明白了……原青江必是发现了我神教的秘密，而且他还让林毕延替原家培养出了更强大完美的人偶，就是这个花木槿。”

此话刚出，当场所有人的面色都变了，那明风卿满面震撼：“不可能，林毕延早就死了，天下神医能使白优子者，唯有你赵孟林而已。”

赵孟林不待明风卿说话，往琉璃钟摆那里按了一下，那奇怪的裂声消失了，我胸前的绞痛也渐渐停止了。我喘着气，却浑身动弹不得。

“求大小姐将这花木槿交给老夫处理，老夫定要让神教的人偶个个同这花木槿一样完美。”赵孟林单膝跪倒，向明风卿祈求道。

明风卿微一颔首：“那就有劳赵先生了。妾身又有一计，请先生务必使她活着。”

赵孟林垂首称是，站起来看向兰生，目光中满是痛恨和鄙夷：“大小姐想如何处置这块废木头？”

在幽冥教，废木头是指那些失败的人偶。果然兰生出身幽冥教。

“德茂，你看看，这块废木头竟然活到现在。”明风卿冷冷地看向张德茂。

张德茂单腿下跪，身躯微震：“请大小姐万万恕罪。”

“你当真老了。”明风卿敛了笑容冷冷道，“可还记得家规？”

张德茂连眉头也不皱一下，猛地抽出一把匕首，齐根切下自己左手的两个指头。

明风卿只是瞥了一眼：“记住，你没有下一次了。”

我和兰生骇然地睁大了眼睛。

张德茂却如释重负，感激地看着明风卿，重重地叩了个头，哆嗦着失血的嘴唇说道：“谢大小姐隆恩。”

一旁低头站着的魁梧之人早就跪下迅速地擦干血迹。他站起身来，轻易地挪开那座琉璃大钟，露出一扇暗门，两只宽肩膀一边驮起一个，把我和兰生往暗门里带。

我用我的余光看清了他的长相。

我使劲动了一下我的手，拉住他的袖子，勉力发声唤出他的名字：“你是齐伯天吧，齐放的哥哥。”

这人正是永业二年我巧遇的齐伯天，也是小放的亲哥哥。然而这位曾经名震江湖的东庭末年起义军领袖，只是目光呆滞地甩了我的手，依然毫无反应，往一个暗道快步走去。

眼看就要进入，忽然他另一肩膀上的兰生一下子跳了下来，银光一闪，他的手中多了一柄耀眼夺目的匕首。齐伯天一个溜肩，躲过第一式，衣裳被划破，露出健壮的手臂来。

兰生飞快地夺下我，携我破窗而逃。

街道上满是迷雾，兰生吹了一个口哨，黑暗中有狗吠之声传来，不久小忠跑在我们身后。

我的心脏依然有些不适，没走多远便气喘如牛，脚如千金重一般。

眼前大雾愈浓，前方传来一阵阵奇怪的女子笑声，还是那明风卿：“废木头，你要到哪里去呢，你自身难保，何况还要救她？莫要忘记了，她命里注定要在原家手上的，在我明氏手上便算是超度了。”

她的笑声明明听似遥远地从身后传来，然而在最后一个字时，人已悄然出现在我们面前，而我们身后还围了一堆面色青紫的人偶，为首的正是那个旧相识齐伯天。

“齐壮士，你难道忘记了你有个兄弟叫齐仲书，你的妻子叫翠兰哪？”我对他喊着，他却面无表情地看着我。

明风卿手中执有一支翠笛，含笑放在口中。笛声微转，手执短剑的人偶开始围攻我们，很快我同兰生被隔离开来。我的体力不支，没几个来回，就被人偶绊倒，剑指咽喉。

完了、完了，我命休矣！

妖月无光，隐在大雾里更不见一丝容颜，我听到小忠在我耳边急切地吠叫着，绝望地闭上了眼。难道我真的会被赵孟林带回去变成实验室里的人偶小白鼠吗？

“如果你想动她，就先踏着我的尸首过去吧。”有个陌生的声音在我头顶冷冷说道。

我抬头，循着声音望去，不想还是那个光头少年。曾几何时，温顺灵巧的墨瞳闪过一丝可怕的银光，完全没有了平时的嬉笑之色，他单手反握着“酬情”，另一只手提着一个人偶血淋淋的人头。

我骇在那里。那个人头却是齐伯天的，他的眼珠尚跟着明风卿的笛声在转动，他那无头的尸首正往他的人头处寻来，脖颈处喷涌着黑血，隐现一丛钢钉。

兰生却看都不看一眼，只是将他的人头甩得远远的，然后以我与对方都完全看不清的速度冲向前，当他又回到我身边的时候，“酬情”甚至没有沾血。对方的黑衣人犹自惊魂中，然后极快地，他们身上的血猛地迸出，然后齐刷刷地四分五裂，头颅爆开，钢钉爆了一地。

说实话，我的武功之微弱，在这个乱世可以说是轻于鸿毛，然后就算我是菜鸟中的菜鸟也看得出来，这样残忍狠戾的招数不是一般武林高手使得出来的。

以前锦绣曾经说过，真正的高手出招你是看不见的，最完美的凶手出手后的兵刃是不沾任何血迹的，最职业的杀手如果一招将猎物毙命便绝不会使用第二招，最杰出的刺客如果出手，必然会以最保险的方法完成任务。也就是说他如果想让你死，绝对不会只在一个要害处下手。

眼前这个少年就在刚才这一刻，完美地演绎了各种类型的暗人之佼佼者所应有的完美杀人技巧。如果他在我前世的现代，想必成为特种部队的NO.1是轻而易举之事。

那么那个平时一直满脸淳朴可爱笑容的孩子又究竟是什么人？这样顶尖高手的人偶为何在明风卿嘴里便成了废木头？

林老头的话言犹在耳：“这只丢了记性的绵羊，指不定哪天变回吃人的豺狼，到时，无论是老夫还是夫人皆不是其对手。”

是了，他的思维分明同我一样清晰，他必是同我一样经历过奇遇，即便他成为人偶，却仍保有原来的思维，只是丢失了记忆。那么现在他是记起以前的事了吗？

我的思维惊骇地游走各处间，眼看着他满脸杀气地走到我的眼前，冷冷地看了我半天。而我只是骇在那里，竟然忘记了逃跑，只能将目光在他兽一般的眼睛和手中的人头之间游移。

他杀气逼人地看了我一阵，忽然将人头挂在腰边，单手将我拉起腾空跃起，冲出那片黑暗。

他夹着我朝我们栖身的破庙飞去，刚落地，便一头栽倒在地，不省人事。

那一夜，我为他洗净伤口，守着他睡在大雄宝殿的破佛龛下。

不知睡了多久，迷迷糊糊间便听闻有刀剑相撞的冰冷的声音，紧接着似乎有两个人在低声地吵架，又快又轻，我听不真切，直到有人说了几个我很敏感的字。

“来迟了、来迟了。”一个声音在焦急地不停重复说着，“菊花镇。”

我猛然惊醒。这个声音正是兰生为救我疯狂拼杀时说话的声音。

我四处张望，身边的小忠早已不见了影子，只听到院子里它激烈的吠声。

我紧紧地握紧枕边的“酬情”，慢慢移到破门前再细细听来，却只听到兰生的声音惊慌万分：“你说什么？”

我凝神细听，有人在急促地说着：“奎木[①]沉碧，紫殇南归；北落危燕[②]，日月将熄……”

猛然，一片激烈的兵刃相交之声传来。

我胆战心惊地移出大殿，却见大殿外一个光头少年，一手还拿着剑，不停地交替吐出截然不同的两个人的声音，似乎他体内的两个人格正在拼命争辩。他的情绪越来越激烈，然后伴着兰生的一声大吼归于平静。他一动不动地背对着我，站在堆满破烂的空地上。

我唤着小忠，而它并没有像往常一样跑到我的身边，只是在兰生的身边坐着，仰着狗头，兴奋而专注地盯着兰生。

现在在少年体内的，是方才救我的那人还是兰生呢?

无人给我答案，唯有空气中凝结着的血腥。一切可怕地静止着，黯淡的妖月在空中诡异地看着我。

我唤了声兰生。少年没有回答，但是血迹慢慢从身侧垂下的剑尖上流了下来。

我壮着胆子紧走几步，来到他的正前方，立刻倒吸了一口气。

却见他年轻的面孔苍白如鬼，浑身上下没有别的伤口，唯有那张俊脸流满鲜血，似乎每一个细胞都在流着血，钢钉隐现，没有焦距的双目中黑色的血水混着泪水流将下来。

幽冥教可怕的回忆在我脑中显现，我吓傻在那里，他却直直地向我倒了下来。

我目光下移，却见从他的左边脖子到精壮的胸口上隐隐地浮现一朵硕大的红紫相间的西番莲。

难道是他作为幽冥教的人偶武士的人格觉醒了吗?

我吓得后退三步，夺门而出，却在庭院中被一片黑影挡住了路，原来是小忠。

黑狗向我摇着尾巴，呜呜低吠着，用狗牙扯着我的衣袖向兰生拖着，最后狗眼中流下了热泪。

我平静下来。想起兰生这一路对我的照顾，又是一阵不忍，心想，若兰生要害我，我早没命了，方才又是他舍命相救。反正他是幽冥教的废木头，便也是天下可怜之人，我理当救他一命，再作他想。

我想起蜜花津亦能解毒，便给兰生喂了一些下去，然后把他拖进大殿，躺在尚算干净的毡席上。擦净血迹后，我又是掐人中，又是擦脸，擦到脖子间，兰生止住了血，脸色也恢复了正常。

一个时辰后，他慢慢醒了过来。

“可好些了？”我坐在离他一米远的地方，尽量平静而关切地问道，其实心里怕得要命，袖子里紧紧捏着“酬情”。

兰生却只是睁着一双秀目直直地盯着我，那清澈的目光中依然没有任何焦距，只是无尽的迷茫。

“你方才在同谁说话？你……现在是兰生吗？”我轻轻地问着。

他依然没有说话，可是那眼神却渐渐凌厉起来，看得我有点发毛。只听他淡淡说道：“我是幽冥教的人，你不该救我。”

我没有想到他会这样坦率地承认自己的身份，那是一种我从来没有听过的苦涩的语气，我也对他淡笑道：“你也不该救我的。”

他抬头深深地看着我，眼神终是柔和了下来。

然而那双明亮的眼睛却慢慢充盈着一种难以言喻的悲伤和苍凉。我的心一紧，为何这样一个年轻人一夜之间失却了所有的朝气呢？那种悲伤和苍凉仿佛积聚了浓重的心理创伤。他到底是什么人呢？到底什么样的苦难才会把一个青年折磨如斯呢？

“你是不是中了幽冥教的蛊毒？”我试探着轻轻问道，“我们可以回去找林神医解毒的，他这一生都致力于打倒幽冥教，我想他一定有——”

他平静地打断我道：“你是不是给我喝了蜜花津才抑制了我的毒呢？”

我点头称是。

他呆了半晌，然后缓缓低下头，叹气道：“我中的幽冥蛊毒唯教主有解药，每到月圆之日便会狂性大发，万分痛苦。你的蜜花津于我治标不治本。况且那是林老头为你的脸特制的，若留着我，便于你……”他看了我一眼，飞快地别过眼，苦涩道，“于夫人便不够了，到时恐会拖累你的。”

“无妨，”我淡笑，“我只想再见他一面便死而无憾，脸什么样都无所谓了。何况你比我更需要这药。”

他复又抬头，慢慢问道：“你当真、当真爱……他，爱那个踏雪一万年吗？”

我没有想到他会问我这样的问题，脸上一片赧然，挣扎了许久，坦然道：“不错。”

他猛然上前，十指扣紧我的双肩，几欲捏碎：“哪怕原阀狡诈多端、凶残恶毒？那原非白自身难保妄谈护你？你当真愿意枉自赴死，白白失掉这好不容易捡回来的性命吗？”

“那明大小姐嘴里说的原家十六字真言指的是‘雪摧斗木[③]，猿涕元昌，双生子诞，龙主九天’！”他恨声道，“可是她没有告诉你，明家也有所谓的十六字真言，是同原家先祖在几百年以前一同所得，本是一首三十二字真言，只不过明家碰巧得了大凶的前半部，故也称作明氏十六字凶言，这本是明家至密，就夹在那《无泪经》里，被当时的原氏主母一起拿了出来，可能连他……宋……明磊也不知道。”

哎，奇了，既然连宋明磊也不知道的明家至密，您老先生是怎么知晓的呢？

他的目光盈满了悲哀和嘲讽，漫声念道：“奎木沉碧，紫殇南归；北落危燕，日月将熄。”

我瑟缩在他对面，一个字也不敢说，就怕激怒他，把我的肩膀给掰折了。

他面色一正，厉声道：“北落危燕，日月将熄，预示着将星升起之日，明氏将灭，其时原氏青江正借着西域一战，威震沙场，明家便害怕了……你以为二十多年前，那明家为何要处心积虑地对付原家？原本世代相好的两家之间，一夜之间变成了血流成河，满朝谈之色变的灭门惨案？就为了这该死而无聊的家传十六字凶言。自古成帝王者需多少血祭方才成就其大业？当时谁也没有想到看似羸弱的原氏借着这场争斗反败为胜，哈哈……"

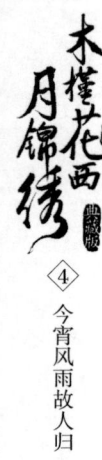

那厢里，他仰天狂笑一阵，狠狠把我推开。

我以为他会继续跑到我面前，再大放厥词一阵，可是他却忽地后退一步，面容惨白地斜倚在破败的墙根，安静了下来。

过了一会儿，我暗中咽了口唾沫，决定找个借口好快快逃走："你渴了吧，我去为你取些水来。"

刚转身，他冷冽的声音在背后响起："你以为原家还有你心里那个踏雪如玉的原非白，都如你一般无辜吗？他们暗中保存着后半部，然后世世代代处心积虑地等待问鼎之机。终于有一天，等来了明氏的挑衅，最后便把这明氏变成了尸骨做成的登基台。你信不信，那原非白若要荣登大宝，你便是他毁的第一人。"

我被他的话语久久地震撼在那里，发不出一个音节。

原来这便是明风卿提到的原氏十六字真言？可惜其时的我还没有很扎实的文言文以及星象学的功底，所以只是惊骇莫名：非白为何要毁我？

殿外清风飘过，云裳尽去，月华展颜，对着众生洒下一片清辉。

许久，我起身，取了破碗盛水而回，慢慢坐在他的对面。

"人不可逆心也，"我微微笑着，递上那个破碗道，"如若命该如此，花木槿也认了，只求再见他一面，便不作他想。"

"人不可逆心？"他似乎没有想到我会这样坦然，久久凝视着我，眼中一片深思，许久，终是抬头对着玉宇长叹一声，爬将起来走向破窗棂，"我明白了。夫人可想好了，"月光下他挺拔磊落的背影一片洒脱，只见他回身对我微微一笑，明明嘴唇尚无血色，可是语气中却有了前所未见的高贵和傲气，"如若夫人当真想要见踏雪，走出这道破门，夫人便再无退路。我反正早已是神教的废木头，小人愿意陪夫人遇神杀神、遇佛杀佛，送夫人一起回原家！哪怕背叛神教。"

说到"神教"二字，他满面肃然，可见对幽冥教依然有着几分感情。我仰望着他，只是胡乱地点着头。他竟然亦对我嘉许地点头道："乱世无道，群魔乱舞，夫人重现红尘，必会引来高手相争，光靠小人定然无法保护夫人，能保护夫人的唯有菊花镇后暗潜的惊世猛将。"他仰头凝着脸看了满天星光一阵，复又低头认真地掐指算了一会儿，点头轻笑，"吾观今日之星象，这凶言已然启动，若要对付北落师门④，必先寻得危月燕。危者，高也，高而有险，兵者诡道，方可异军突起，决胜千里，是谓破军星者危月燕也。如今我等处境极险，唯其可保夫人平安回到原阀。如若夫人想就此归附原氏，亦可保夫人高枕无忧。

“只是夫人要记住，夫人回到原家之后，定要将小人杀死，然后将小人的尸体焚烧殆尽，以祭明氏忠魂。”

我回瞪他足有五分钟之久，讷讷道：“你若能送我回原家，自当是我的恩公。请恩公放心，只要花木槿能活着一日，定会为你寻到解药，实在不必杀——”

“非也。”他打断我，大步走到我的近前。我仰头，月光下他高大的阴影笼着我，看不清他的表情，唯独感到他俯视着我的目光寒光湛湛，“夫人如不杀我，我必杀光原氏中人。”

奎木沉碧，紫殇南归；

北落危燕，日月将熄。

雪摧斗木，猿涕元昌；

双生子诞，龙主九天。

黑暗中的我迷惘地站起来，依稀听到耳边传来有孩童在不停地念着这三十二字真言。

我便昏昏然朝着这声音向前走去。有紫光在黑雾中闪烁，不久却见一座倾斜破败的巨大琉璃钟出现在我面前，发着幽幽紫光，那轰然的钟摆缓慢而沉重地嗒嗒走着。

我转回身，却见五个小孩围着一棵老梅转着圈嬉戏。我细细一看，里面有一个扎着一尾大麻花辫子的小丫头，正对着其中那个最大的黑肤小孩做着怪脸，那大男孩便毛手毛脚地扯着她的大辫子，把她扯得嗷嗷直叫，把最小的紫瞳女孩硬给吓哭了，那个黑肤大孩子才讪讪地放了手。

我不由得会心一笑。这不是童年时代的小五义吗？我走近了他们，那群孩子浑然不觉，唯有宋明磊一个人停了下来，敛了笑容，歪着脑门直直地看着我。然后我意识到他的目光其实越过了我，直直地看着我身后的那座琉璃钟。

这时指针停到了二点三十五分，琉璃钟上的小门打开，出来一个精致的粉衫人偶。细细一看，竟同我一样，左眼爬满伤痕，梳着一个大麻花辫，手执那西番莲花样的丝绢对我忧郁而望，悠悠道：“雪摧斗木，猿涕元昌。奎木沉碧，紫殇南归。”

我一下子睁开眼，坐了起来。晨曦穿过蛛网，照在只有一半脸的泥菩萨身上，阳光下烟尘在四处飞舞，耳边传来轻快的鸟叫声。

黑狗自外跑了进来，舔了我一下，然后又兴冲冲地跑了出去。

我感叹，它总是这样行踪不定。

外面传来马匹的嘶鸣。我悄悄来到大殿，谨慎地略伸头，却见光头少年正背对着我收拾上路的行装。小忠在他脚跟边蹿来蹿去，显得特别兴奋。

正踌躇着怎么个打招呼法，光头少年头也不回地道："夫人既醒了，就快快收拾一下，我等好赶路。"

赶路，上哪？回想起昨夜的对话，我恍然。他这是要带我去寻那劳什子危月燕来着。

我手忙脚乱地整理着衣衫，口中诺着，跌跌撞撞地冲出破旧的大殿，深吸了一口气，悄悄来到他身后。刚至近前，他忽然直起身向我扭头看来。

我微退一步，猛然惊觉他比我高上整整一个头，于是不得不仰头看他，身上依旧是昨夜那身书生行头，却比往日要齐整得多。我注意到他上身套了一件小短褂。以前的他总是嫌这件褂子素色而死活也不肯穿，如今却巧妙地遮住了胸襟上的血迹。

他看着我表情极其冷淡，光脑门依旧扎了头巾，骨子里分明透出一股斯文气来，可是桃花眼中却闪着一丝凌厉和漠然，同昔日的热血少年截然不同。

朗朗乾坤下，明媚的阳光在他身上洒下一圈晨曦，冲淡了昨夜的鬼气和杀气。我想我理应是怕他的，可从他看我的眼神中读不出一丝恶意，我只感到一种奇怪的放松和暖意。

"呃，那个……"

我正要开口，他却冷淡地递来缰绳："夫人请上马。"

所谓吃人嘴短，拿人手软。我闭上了嘴，乖乖地跳了上去，而他也不说话，只是疏离地在前面牵着马赶路。他对小忠做了一个手势，小忠好像知道我们的目的地是哪里，也不等我发话，便汪汪叫了几声，出了破庙，向右一拐，挺胸抬头地走在前方，领着我们往东方而去。

我指望着兰生会告诉我一些赶路的消息，可是他只给我看他的后脑勺。

无尽的沉默中，我忽然意识到少了一匹马。

"呃，那个，咱们那匹马是不是晚上出走了？"我寻了个由头向他搭讪。

他微抬头，轻摇头，然后又沉默地往前走。当时我没敢继续问他的摇头到底是啥意思，只是没来由地感到他的背影很忧郁。

我们走了一日，入夜投了一家店。这回他依旧化装成我的弟弟，叫小二为我准备了一桌好菜。我和小忠着实饿了，可是真正在动筷之时，他说要去看看那匹马，让我们先吃，然后等他回来，我们都已经吃完了。望着空空如也的碗盘，我打了一个饱嗝，同小忠很抱歉地看着他。不想他却不甚在意，看着我的目光却是两天来最柔和的时刻，我甚至感到了他眼中的一丝笑意。

那一夜，我奇怪地睡得极死，第二天一早精神抖擞地来到楼下，兰生早就在柜台前结账，却听得掌柜正同小二急得大呼小叫，说是昨夜有野狼来袭，后院的牲畜全都被咬死了。

"必是从梁州逃来的难民饿死在咱们汝州境内，引来野狼大虫。"楼下有客人这样附和着，“你们且不知，在城东玉人河边拉纤的难民每日累死饿死的足有好几百号人哪，听说乱葬岗都埋不下人，人就这么乱叠着，都有好几座小山了，太惨了。”

众人一阵唏嘘，感叹着乱世无道。

这时，店伙计牵来了我们的马：“这位爷，昨夜就你们的马没被野狼咬了，真是万幸。”

我开心地摸着那匹枣红大马。兰生结完账走过来正欲牵马，那匹马却猛然抬起腿，蹬退了兰生一大步，向前发狂奔去。兰生便如风一般快步追去。

我同小忠气喘吁吁地追到时，他正在牵着红马停在一处卖桂花糕的老太太前。那老太太殷勤地递给他一块桂花糕，他转身便走了。

我以为他买了桂花糕是给我吃的，不想他却低下身给小忠吃了。

同小忠抢吃的实在有点失面子，可是我控制不住自己看着那块桂花糕。

“再过些天，便到了菊花镇了，到时便有好吃的了。”他忽然出声。

我这才惊觉他正对我微笑着说话，年轻的脸上两颊梨窝微现，笑容虽轻浅，却很是清俊动人。我不由得也对他笑了起来，正要开口，他却正色道：“这糕你不能吃，是给小忠的，你且忍一忍吧。”

喊！一块桂花糕而已，至于同我解释这么多吗?

以后几天我们继续往东走，小忠沿途嗅着，直到月华变圆。

这一日来到玉人河畔，他却忽然决定不投客栈，而是夜宿郊外。

当夜我拿了干粮分与小忠吃了，可兰生却依旧没有吃我的东西，却向我递来他打的水。我喝了口便觉头晕，心中一动，这小子好像在给我下药。须知这几年我服了各种助眠的灵药，抗药性只增不减，我假装倒头抱着小忠睡下，耳边却注意着动静。

果然，到了半夜时分，兰生便蹑手蹑脚地来到我面前一边打量着我，一边在我耳边打响指，过了一会儿，他好似信了我熟睡过去，替我掖紧了身上盖的披风，便站起来朝黑暗中隐去。我爬起来时，小忠早已向兰生的方向跑去了。

我微施轻功，跟着兰生来到一片香樟林中停下。

黑暗中，兰生在林子里闭着眼盘腿调息，旁边乖乖趴着小忠。一会儿，有个身影在我头顶掠过，轻巧地停在兰生面前。

兰生睁开精光四射的眼，慢慢地对着那个身影跪下磕了一个头。那个身影是个貌平的中年人，应是张德茂。

小忠围着张德茂亲热地转了几圈。张德茂微抬手，它便坐了下来。

因为距离太远，我听不真切他们在说什么，微风传来他们断断续续的谈话声：“你可知我费了多少心机，瞒着大小姐，把你安排在那里，只望你做个小伙计平安度过余生！”只听张德茂的叹息声，“孩子，你不该回来。”

“德茂叔，我也以为我永远不会回来的。”兰生凄然道，“万般皆是命。”

他们又说了一会儿，情绪渐渐激动起来，只听兰生说道：“我一定要解开这三十二字真言。”

“这本不该是你知道的，”张德茂眯了眼睛看了兰生一阵，青筋微露，口中淡淡道，“当初你果然已经查出些眉目来了？”

“不错，”兰生昂首坦然道，“无论是原家，还是明家，两家的家史皆记载着京都城的皇史宬中秘藏有二百七十六具金匮，暗藏轩辕皇朝近五百年的国家秘辛，其实不然，还有第二百七十七具金匮，就在皇史宬的密室之中。此乃东庭开国之初，轩辕家为了控制众臣，所搜罗的众臣秘闻，尤以明原两家的最多。这几百年来，无论明原两家如何败落，无论轩辕家继位的皇帝是哪一个，轩辕家中始终留有异人搜索我两家的秘密，其中便有原家的最大秘闻。当初的司马门之变中，原青江为何会放任窦英华逼死公主，就是为了拖延时间，好派紫星武士前往皇史宬查探，结果无一人生还。如今窦周依然不能灭亡原氏，甚至不知我……不知明氏在暗中发迹。恐其还未能拿到这具金匮。还请德茂叔转告族长，如能想办法获得那具金匮，便能彻底击败原家了。”

“原来如此，好一个原青江。”张德茂冷笑数声，“当初驸马与公主如何情深义重，这个老匹夫竟然牺牲了儿子最爱的轩辕公主。”

“那你如今又做何打算？”张德茂向兰生走近一步，“初时为你续命，让你修炼神功，可惜至今你只练至一半。如无赵先生的解药，今后必是万分辛苦。偏偏如今又当着大小姐的面带走那个花木槿，究竟意欲何为？”

兰生低头不语。

张德茂把双手搭向兰生双肩，一副慈父模样。

“你变了，兰生，”张德茂的老眼中泪光低垂，“自从你遇到她便全变了……”

他话音一变，缓声道：“我知你不愿看她受苦。不如这样可好，你且把她胸前的紫殇取下，我帮你瞒着赵先生将她好生安葬，必不致受辱。”

兰生睁大了桃花眸，正要开口，张德茂轻拍他的肩，示意兰生听他说完：“原家最恨变节。她本就是个不忠的妇人，回到原家，就算原三力保她，早晚亦是个死，到时且散布消息花西夫人回到大理段王身边，原三必会亲至大理，彼时我等半道伏击，你亲手砍下原三的首级，献于大小姐，我再从旁劝说，必能让你重回神教，如此一来，岂非两全其美？”

“万万不可，”兰生沉默了许久，双膝跪倒，仰头诚挚道，“花西夫人的胸前怀有紫殇，已然应验了三十二字真言，她命里注定是要回原氏的。”

月光下的张德茂冷笑起来，举起左手，露出空空如也的两指，咬牙切齿道：“我为你受了家法，你还要护着这个女人吗？若没有我着人送你解药，小忠能撑下去吗？你能撑下去吗？你如何这般忘恩负义？”

“德茂叔，她不是原家人，”兰生以头触地，声音有了一丝坚决，“她人虽为原三所惑，却实在是个心地良善之人，自始至终对我明氏心存同情。如今我救了她，以她的个性，将来明原两家相斗之际，万一明氏落入下风，她必会帮我明氏保存最后血脉，是为保全之策。万事不可逆命，就请您让我护送其回原家，然后，”兰生的桃花眼迸出满腔杀气，“再按计划行事。”

我听得胆战心惊，正思忖着他们所讲的计划究竟是何意，背后忽而传来一阵朗笑。我的鸡皮疙瘩都起来了，不及回头，早有一双冰冷的手搭上我的双肩，有人神不知鬼不觉地俯在我的耳边轻声细语道：“又在这里偷听人说话，四妹，你真不乖。”

一股沉水木的香气传来，耳边微微传来环佩叮当的悦耳之声，不及逃跑，我已被那人扔到了张德茂和兰生面前。

我天旋地转地抬头，却见似水的月光下，站着一个猿臂蜂腰的青年，如苍松挺立，月光流淌在金丝绣线的锦衣华袍上，衬着玉面如画，说不出的妖娆俊美、富贵逼人，虽笑吟吟地俯视着我，那眼神却是如鹰隼锐利，冰霜寒冷。

我的心咯噔一下。

坏了，这不是我那要命的二哥，又是何人？

面如土色的兰生挡到了我的面前，他又磕了一个响头：“小人见过教主。求教主怜惜，让小人顺应天命，送紫殇南归吧。”

“既然你的记忆已复，当知你修习的《无笑经》，要隔三岔五地吸食活物。连去京都都是件难事，更何况陪着这么一个大活人前往西京？如何教人信你。”宋明磊仰天冷笑一声，“你是想在路上将她吸食，取了紫殇，好向姑姑邀功，让你重回神教取代我吧？”

他妙目一转，看向张德茂：“德茂叔，您看看您打小就疼的人哪，心地恁地毒啊。”

我心惊。

对面的兰生牙关紧咬，满眼愤恨。

我明白了，怪不得自从那日后，兰生再不食人间食物，而白天和客栈里的牲口全是兰生吃的。

张德茂的人皮面具上流下了汗水，双膝跪倒，浑身哆嗦，却是再不能言。

兰生面如土色，牙关紧咬，冷笑道：“教主真真多想了，别说小人已是死人一个，便是活着……您的位置在小人眼中也不值一提。”

“好！那你这死人可听好了，”宋明磊微笑不变，抓着我的手却紧了起来，声音依然优雅，眼神冰冷地看着兰生，“这个女人是原三的，那命里注定便是我的。谁也不能改，就算姑姑在此便也如是。”

兰生看向张德茂，明亮的桃花眼浮上雾气，口气中明显地有了一丝悲伤，他缓声道：

"德茂叔，莫非是你引教主到这里来杀我的吗？"

张德茂低下了头，虽满眼悲戚，面有不忍，却再不发一言。

唯宋明磊哈哈一笑，戾声道："你这个死人该当是谢谢德茂叔才对，他总算没让姑姑来，到时你只怕就生不如死了。"

兰生面容惨淡，凄然道："阳儿，何苦要如此为难一个死人呢。"说到最后一个字时，他的袖中银光一闪。

宋明磊微侧身躲过一枚钢钉。

我乘着这个机会，从宋明磊的脚下挣了开来。这时，空中降下数个黑影，我正好同其中一人照了个正面，不想竟是那个阴郁的赵孟林。

他对我微笑之间，长指微弹，便有一团白雾在暗漆漆的夜空漾开去，我奋力一侧脸，可是右眼却避不开，立时一片剧痛。

我看到最后的景象是宋明磊对我冷笑着，暗人立时向兰生甩出十丈过分鲜艳的软红，隔开了我们。

然后我的眼前一片漆黑，耳旁响起一片混乱的打斗声。

兰生厉声道："木槿快跟着小忠。不要回……"他的话语淹没在一片惨呼中。

"兰生！"我厉声呼喊着。

兰生再无声息。

小忠果然在汪汪叫着，我挥舞着"酬情"本能地循着小忠的叫声跑去。

后面的脚步声紧紧跟上，我在黑暗中跌跌撞撞，施轻功飞了一段，腰上可能撞到树枝什么的，被反弹了一下。我感到我同一样暖暖的物件一起摔在地上。所幸我的轻功本也不高，所以摔得也不怎么痛，可我再也逃不动了。

我本能地往前冲去，然后一头撞到那样东西，这回我感到了一团强烈的酒气冲了过来，大抵是撞到了躺在树枝上过夜的人。

"唔？"有人闷闷地问道，可能是喝醉酒了。

我摸到他腰间的一片冰冷，他带着兵器。

"求大爷救命、求大爷救命，有坏人在追我。"我紧紧抓住他的腿，生怕他放开我。

"唔？腾格里在上，哪里来的恶鬼？"可能是被我的蜈蚣脸吓了一跳，那人满含恐怖地说道，"快滚开。"

那个声音其实同我挺像的，都像是雄鸭子在烟熏火燎里呛了三天，发不出声音偏又硬憋出来的那种感觉。

"求大爷救我，后面有人要抓我。"我苦求。

他却在那里冷哼一声，一脚踢开我就走。

我复又扑上去，死死抓住，泪水也急得流了出来："他们欺侮我是个瞎子，不然我一定能逃得掉。求求你，一定要救我，不然他们再不会让我见我的相公了。”

就在我说到我是个瞎子时，那人似乎不再挣扎，而宋明磊的沉木香气也传了过来。

“咦，四妹和小时候一样，”宋明磊的声音又远远地传来，“无论在何处，总能找到救兵呢。”

一阵兵器相撞之声，再然后，我被人提起飞向空中。

“四妹。”宋明磊在地面上对我大叫着。

话说我已经很久没有做空中飞人了，这一下做得我是又惊又怕。哇哇大叫中，有个极难听的声音不耐道：“别吵。”我立刻闭了嘴。

也不知过了多久，他将我放了下来，我跌坐在地上，摸到一手湿润的草皮和泥土。我快速摸着一块石头攥在手里，坐得远一些，尽量让自己平静一些，不要让自己看上去那么狼狈。

那人冷冷道：“他们已经走远了。”

我向他道着谢，却也不多说半句，怕他问我的来历，好在他也只是沉默。

不知道是不是我的错觉，那人的视线一直锁在我的方向，而我笼在袖中的手也没有放开那块石头，那石头倒渐渐温热了。

过了一会儿，眼中似有液体流出。我拿袖子微擦，遇到痛处，疼得撕心裂肺，恨不能放声大叫，又怕引来敌兵，只得紧咬牙关。

那人的声音忽然飘来：“你的眼睛还好吧？”

“还好。”我支吾着，其实痛得要命。

我琢磨着大致地背对着他的方向，微转身间，一脚踩到一摊水。我支起耳朵，确有极细的流水潺潺。我俯下身摸索着，还真是一汪流速极缓的浅溪。我大喜过望，俯身放下那块石头，双手掬了点水，咕咕嘟嘟喝个饱，然后想起正好可以用这浅溪水稍微清洗我那两只可怜的眼睛。

我手边没有帕子，于是我用袖子蘸了点水，往脸上擦去，一时力量没掌握好，疼得我满天都是小星星，然后腿一软，就往水里跌去，好在有人光速过来扶住了我，我却吓得要摸我那块宝贝石头。

哎？哎？！哪去了？

“这里有一方丝巾，”还是我那可怕声音的恩公，“你且拿去用吧。”

他往我一手里塞进了一方柔软，另一手里又被塞了块石头，好像正是我那块宝贝石头，还带着我的体温，然后他的气息又离开了我。

我惊魂未定，两只手中触感截然相反，半是温软，半是冷硬，仿佛我此时百般感慨，一边万分感激，另一边却又满心惭愧。他将我那块宝贝石头还我，似有点嘲弄我对他的提防和曲解。其实他对我毫无恶意，依他盖世武功，若有心害我，我又焉有活路。

那人虽然脾气不好，但心地确实不错，我喉头微哽："多谢。"

那人没有出声，我就弯着腰，用那丝帕，蘸着水往眼睛上轻拭，力道掌握不准，时不时捂了眼睛停在那里。

"还是我来吧。"那人又忽地过来，声音有着极大的不耐，似是忍了许久，又带着一种高高在上而不容反对的意味，他猛地将我抱起，然后夺过我手中的帕子，细细为我敷来。

我知道他是好意，可是这人怎么这么不客气啊。

夜凉如水，晚风带来栀子花的香气，挟带着湿润的青草芬芳，一片静谧。

他轻抬我的脸的手明明这样大，掌中似有长年练武的老茧，好像一巴掌就能把我拍碎似的，可是下手却如此之轻。

"眼睛是最宝贵的东西，"他静静地说道，微带着酒意的呼吸喷在我的脸上，醇厚甜美，混合着西域人特有的淡淡奶香味，"我小时候眼睛也不大好，什么也瞧不真切，受够了看不见的苦。瞧你年纪轻轻的，如何把自己的眼睛糟蹋成这样？"

"摔着了。"我怯懦道，真是摔着了。

"你爬得太高了。"他淡淡嘲讽一句。

这是一场极富哲理的对话！

我嘿嘿苦笑了一下，不再作答，他也不再问我。

过了一会儿，我听到窸窸窣窣的声音，他似乎拿出了什么东西，然后我感到我的眼睛上被撒上一片清爽，痛感消了一半。

"这原是玫瑰清露，因我少时也同你一般，爱爬高，往往摔得视力不济……"他又用那帕子轻轻敷了几下，调侃之意甚浓，"我家人便在里面加了些针对眼睛的清毒药物。你的右眼应该是没事的，左眼也许等消了肿会有神迹。"

"多谢您。"

"你一双紫瞳，也是西域人吧？"

"我算半个吧，我爹是中原人，我娘是打西域那边过来的。"我感叹着我现在一下子也成外国人了，"听恩公的口音，是突厥人吧？"

他轻轻嗯了一下，便将帕子绞干了，塞到我手中，又抱起我，送我到一处柔软。我一摸，竟是上好的皮草，而背后则是棵大树，栀子香气甚浓，想是棵上百年的栀子树了。

我心中一暖，背靠着树干坐在皮毛上："多谢。"

我放下了手中的那块石头，牵着帕子一角任夜风轻吹："您将睡铺让给我了，请问您在何处休息呢？"

他没有回我，两人之间便一阵沉默。我不知他往哪个方向坐去，眼前只有无尽的黑暗。

明天我的眼睛会好吗？万一我真的双目失明了，岂非一生再见不到非白和夕颜他们？不一会儿，我带着这些痛苦而没有答案的问题进入梦乡，直到被可怕的惊叫声吵醒。

是那个恩公，他好像做了什么噩梦，他的声音本就同哭哑的乌鸦声，这一折腾更如恶魔的咆哮，他好像不停地在用突厥语说："走开、走开，都走开，我要把你们都杀光。"

我唤了两声恩公，他却充耳不闻。我便起来，循着声音摸向他，用突厥语大声叫着："快醒来。"

没想到这一大叫，他啊的一声轰天惨叫醒过来，却把我吓趴下了。

这世上怎会有如此可怕的嘶喊声？好像生生从地狱里挣扎不脱而发出的绝望痛苦的嘶吼。

我听到他大声地喘气，还在惘然而恐惧地叫着："走开、走开。"

我心中胆寒，爬将起来，又摸回我的皮草，尽量温和道："不怕、不怕，您的噩梦醒了。"

没想到，他如光速一般冲过来，一把捏住我的双肩："你说，这世上有没有鬼？"

我开口要答，他却厉声道："不，这世上没有鬼，即使有鬼，我武功盖世，手下铁骑千万，我将他们五马分尸、抽筋剥皮，最后再放到油锅里煎得连骨头渣也没有，连形都没有了，他们怎么可能害我，你说是吗？"

他的口气猖狂恶毒，细细数着十大酷刑，却仍有一丝颤抖，他的指甲抠进我的肩头，在我上方神经质地狂笑了几声后，仍是归于大声喘气。

我忍痛笑道："恩公勿忧，那些鬼都没渣了，他们不可能会来害你的。更何况，鬼本就不是最可怕的，"他的手一顿，我继续道，"这世上的人心本就比鬼可怕多了。"

那人喘息渐平，终于放开了我，坐到一边去了。

夜风轻送，潺潺的溪水声传入我的耳中。青蛙又开始呱呱地叫了，蛐蛐也继续哼哼唧唧。就在我又昏昏入睡时，那人却忽地幽幽道："你一定在笑话我、瞧不起我，就像他们一样。"

"他们是谁？"我迷迷糊糊地问道。心说这人怎么这样奇怪，方才明明凶神恶煞，一眨眼，那口气就变得像个孩子一般可怜无奈。

他却没有答我，只对我冷笑道："我知道你们都看不起我，一个个表面上对我恭敬有加，背地里就在笑话我，满肚子想的就是我快点死。"

"他们为什么这样对你呢？"我的思路着实跟不上他的，也就直接地问了。

他却好像有点后悔对我说这些，闷在那里，不再开口。

我暗中叹了一声，心想，同是天涯沦落之人，便尽量柔和地说道："乱世当道，人人心头都有一摊苦水，我虽未经历恩公的故事，但也能体会一二。"

过了一会儿，他出声问道："那人真是你哥哥吗？"

我嗯了一声："义兄。"

他便继续问道："他为何要抓你？"

不是我不肯告诉你，实在是这话说起来可长了，三天三夜都讲不完的。

我想了想便叹道："我的结义兄长本来是个有钱有势的大财主，我的公公觊觎他家的财势，便夺了他家产，害得他家破人亡。他从小受尽苦难，自然处心积虑地报仇，连我的相公也不放过，他把我锁在一座高高的楼上，就是不让我同我相公见面。"

"我时时担心我哥会杀了我相公，所以总想着逃跑。后来我被逼得实在没有办法，就只好从那楼上跳下来，结果就摔成这副惨相。"我淡淡地编着我同宋明磊之间的地主版恩仇录，说道，"我刚被我哥锁起来的那几天，也是天天做噩梦，梦到我哥要杀我和我相公，故而能够明白你心中的苦。"

他从鼻子里嗤了一声："我才不苦呢。"

我轻笑，这一哼倒让我想起段月容来。

然后是长长久久的沉默。

我又迷糊了起来，眼看周公就要来了，那人忽道："他将你锁在楼上，可曾时常来看你？"

我闷了一下，意识到他这是在同我谈论我们原来的话题。我微打了一个哈欠："嗯，他还算有良心，有时会上来找我聊聊，解个闷什么的。"

我那二哥可真是大大地有良心啊，还喂我那可怕的秋日散呢。

不想他却接着冷笑道："若我是你，便乘他来探望时虚与委蛇，暗中杀他，那样不就能逃出生天了吗？"

我愣了半天，初步判断此人有严重的暴力倾向。

"不是没有想过，只是我哥很精明，我没有机会下手。"这是实话，我又叹道，"而且，我少年时，他曾救我于危困，我着实也对他下不了手。"

"你哥将你嫁给仇人之子，是为了报仇吗？"

我沉默着细想了一阵，涩涩道："应该是吧。我同他结拜时不知道他身上有血海深仇，那时的他，人还是很好很好的。"

"哼！"那个人冷笑一声，"他既要利用你去勾引仇家之子，自是甜言蜜语、雪中送炭，对你很好很好的，让你对他感恩戴德，方能死心塌地为他卖命。"

"恩公说得极有道理。"我怅然道。

"你现在必是恨不得食其骨肉吧？"

"说不恨，那绝对是假的，"我想了想，柔声道，"有一个……有人曾经对我说过，人生在世不过百年，总会伤害一些人，又要被别人伤害，故而总要学会忘记，人如何能够活在过去。"

我苦笑了一下，忽然想到我这副猪不啃、狗不叼的尊容别说正常的笑了，这下定似母夜叉，便微转身，试着背对着他，轻轻说道："我觉得他有一点说得对，人是不能够活在过去的，可是……"

弓月城的撒鲁尔那恶心的笑声犹在耳边……

我抬头笑道："可是我不想忘记。因为我相信，只要你能够，只要你愿意，那些过去的伤和痛，会随着时间发酵，最终变成感觉幸福的动力。我的亲人朋友，那些爱我的和我爱的，都希望我能平和快乐地继续活下去。还有我的相公，他一直在苦苦地等着我，哪怕是为了他，我也要活下去，只要活下去，就有希望再见到他。"

我心里默默念着他的名字，周围的空气中亦仿佛是他拂袖间的龙涎香气。

我笑道："有了这希望，这恨倒也冲淡了许多。"话一出口，便有些后悔，怎么就跟绕口令似的?

唉，这都是宋明磊给闹的。

近一年来最让我得意的事有两件：一是我有力地证明人类的潜力是无限的，我竟然想起了《西游记》全本故事。

宋明磊一直很谨慎，谨慎到了有点变态的地步。除了那个牛排，他每隔三个月就会换一批新看守，可见宋明磊对此人有几分信任。

此暗人长得高高壮壮，就跟牛魔王似的。大约是我醒来后一个月的事吧，我忽地就受到他的启发，想起了编一出《西游记》。然后我注意到每当我胡摆孙悟空、唐僧西天取经的故事时，他冰冷的铜铃眼就会发光，后来发展到趁人不注意时，他竟然敢用宋明磊专门从高句丽得来送我的画眉笔，把故事偷偷记录在自己的阔裤腰带上。

说实话，那时我很担心那裤腰带上的字迹在他解手时会不会被沾湿化了?

作为报答，每每在我喝那该死的秋日散时，他能放水则放水，要么偷撒，要么掺水。

宋明磊每月两次照例到清水寺来"访"我，而我为了掩饰那支高句丽眉笔不至于使用过快，便摸准了规律，每次在他来之前，淡扫我那蚕眉，宋明磊眼多尖，自是发现了，还挺开心，为此送了我一溜"韩国名牌化妆品"。

我们这么一来一去，坚持了半年左右。然而那宋明磊却似乎以为我真的中了秋日散，如同无数小言里女主人公失去记忆，理所当然地爱上了照顾她的那男人。

我猜不透他的心思，无法确认是否还是一种试探，可是他确确实实开始对我动手动脚了。有一回，我实在忍不住把他推开，宋明磊那天狼星一般的眼眸一下子黯了下去。

接下去，就在我发现兰生那晚，他亲自来喂我那该死的秋日散，所有看守我的人，无论是忠是奸，他一怒之下全给处死了。

哎，也不知道牛排那些裤腰带怎么样了。

而另一项得意之事，便是我成功地进修了基本演技和演员素养课程，整日价没事干就琢磨怎么说胡话、装失忆！

我回过神来，惊觉我干吗对一陌生人说那么多？汗颜中，那人亦沉默了许久，再开口时，竟带了一丝笑意："那万一你现在的双目被这药粉所伤后，别说是你家男人了，便是明日再见不到阳光了，怎么办？"

我坦然道："无妨，让我用手去摸一摸他也好。"

"那若是我现在砍断你的双手呢？"他还是笑着，口气却开始冷了起来。

我打了个哆嗦，然后汗一下子流了下来，因为那人说话之间，已至我的近前，与我面对面。

他的气息喷到我的脸上，我甚至能感受到从他身上散发出来的杀气。

我呆了呆，意识到了傻人有傻福这句话说得相当正确，便立时装傻笑道："我同你无冤无仇的，为什么要砍我双手呢，恩公？"

他低哼一声，微微拉开了距离。

此人如此喜怒无常，这一回我倒不太敢睡了。他也没有离我远去，就挨着我坐在同一张羊皮上。

过了一会儿，我的肩膀一沉，他的脑袋搁在我的肩上。我吓得魂飞魄散，他却拉着我的胳臂："别动，让我靠一靠。"他的声音微微有点迷离，"我很久没睡觉了。"

入梦以前，他还不忘问了一个问题："你叫什么？"

我想了想："金木花。"

"为啥取这个名字呢？"他带着睡意问道。

"我娘喜欢木瓜开的花。"

"唔？！"他喃喃道，"金木瓜、金木瓜……朕爱吃。"

我没有听清他最后几句在说什么，他也没有再动，似是进入了梦乡，打起了轻微的鼾声。这回他睡得比较安稳，没有被噩梦惊醒。我守了他一会儿，也乏了，便靠着那人的大脑袋，沉沉睡去。

等我醒来的时候，已是第二天清晨。鸟语花香中，我的周围空无一人，唯有那张洁白柔软的羊皮枕在我的身下。

昨夜的回忆亦苏醒过来，微抬头，忽然有一种浓烈的颜色涌入我的眼瞳，冲进我的脑海，那是这世上最生机勃勃的颜色——绿色。

满眼的绿意中，满树的栀子花在巨大的碧玉树冠上温和地用香芬向我问好，一旁有一棵低顺的紫槿静默地看着我。

我往远处望去，那几朵色彩浓烈的野蔷薇在对我火红地微笑着。

然后我发现我竟然可以睁开左眼的一条缝，模模糊糊地看到一些光影和色彩。那左眼没有失去视力，而且右眼也恢复了色觉！

我兴奋地跳了起来，跑到那花丛间，又笑又跳地转着圈，扯着各种花瓣绿叶向空中抛撒，任由它们掉落到我的脑门上，直到扯痛脸上的伤，我才停了下来，给老天爷磕了个头。想起昨夜那神奇的玫瑰清露，心中深深感激昨夜那位奇怪的恩人。

【注】

①奎木，即奎木狼。属木，为狼。为西方第一宿，有天之府库的意思，故奎宿多吉。

奎宿值日好安营，一切修造大吉昌，葬埋婚姻用此日，朝朝日日进田庄。

②危燕，即危月燕。为月，为燕。为北方第五宿，其居龟蛇尾部之处，故此而得名“危”（战斗中，断后者常常有危险）。危者，高也，高而有险，故危宿多凶。

③斗木，即斗木獬。斗木獬属水，为獬。为北方之首宿，因其星群组合状如斗而得名，古人又称“天庙”，是属于天子的星。天子之星常人是不可轻易冒犯的，故多凶。

④北落师门。南鱼座的主星(南鱼座α星)：“师门”指军门：“北”指宿在北方：“落”是指天之藩落，另一种说法是古代长安北门叫北落门，北落师门就指北落门。北落师门是一颗孤独的星，在本文中包子用此借喻当时乱世军神将星第一人潘正越……

第五章

玉人折杨柳

这时，绿丛另一侧有狗叫声传来，我俯身在一簇艳色花丛之中，却见一马一狗自远处而来，马上端坐着一个湖衫书生，绷着脸四下张望。

我在花丛中细细看他，正思忖着会不会是易容的张德茂或是人偶前来诓骗，然不及我思索，黑狗早就叫着冲进花丛中，将我扑倒。

兰生跟了过来，急道：“木槿。”

兰生把狗撵走，把我从花丛中拉了起来。我倒退一步，审慎地看着他。

他对我笑道：“我是真身，断非赵先生的人偶，你且放心。”

我正嘿嘿傻笑，他却快速地替我把了把脉，确定我没有事了，才长长地嘘了一口气，然后发现了我的眼睛：“你的眼睛可好？”

他的身上血迹斑斑，想是历经一场恶斗，方才挣脱幽冥教的魔掌，心下一阵后怕，却见他眼黑了一圈，想是昨夜又找了我一宿，心中又是一阵感动。

我有心想问他的身世，却一时之间不知从何道起，只得怔怔地看着他。

兰生淡淡一笑，却不提昨夜之事，也不问有何奇遇，只是坚持让我坐在马上，他拉着马往前走着，行不到两步，人却忽地倒地不起。

我只得跳下马来，扶起兰生，惊觉他左胸口长长的一道伤口，还翻着皮肉。

我一时顾不得细想，自怀中掏出块帕子替他拭着伤口。

死别生离同一恨，梦魂惊，犹似闻低唤。

我的掌中展开那一方上好的柔黄帕子，慢慢渗满兰生的黑血，渐渐淹没了那巧夺天工的中原绣工，一幅鸳鸯戏水图便焦黑了起来，最后唯见帕子的一角细细绣着阿史那家的金狼头。

一切都模糊了起来。

兰生悠悠醒来，对我喘着气，没有血色的嘴唇对我一张一合，我听不真切。

一阵风吹来，我呆愣中，指间微松，那帕子便迎风飘向空中，似随天命而去，我倾身想去抓住，身后却被人死死拉住。

“此处乃是危崖，”兰生抚着伤口，眼中藏着惊惧，对我厉声喝道，“不要命了？”

我再回头，柔黄的帕子化作一个小点，飘向远山白雾，再不见踪影。

幽闺旧伴，死别生离同一恨。

梦魂惊，犹似闻低唤。

清泪滴，鸳枕畔。

深情负尽长遗怨。

此生缘，镜花水月，都成空幻。

七月初一，潘正越奇袭了兴州城，整个城内硝烟弥漫。窦家士兵奸淫掳掠了三天，取走了足够的补给，又将城中年轻貌美的女子抢了一百余名，方才离去，令方圆八百里的城乡百姓都胆战心惊。

七月初五，兵临汝州外八百里。汝州城便封了城，兰生一病不起，我等便落脚在一处破屋。

七月初六，兰生醒来之际，不同我说话，也不吃常人食物，竟像个没油的机器人一般整日直直地望着天空。唯有一天夜晚，小忠不知从何处捕了一只大田鼠回来，趴到兰生身上，兰生立刻从它嘴里抢了，当着我的面生撕活剥起来。

我明白那是练《无笑经》给闹的，于是白日里偷偷出去寻些短工，晚间抓些野兔、射些野鸭来给他生吃。

时值槿花闹枝头，破墙的一溜槿树郁郁葱葱，那槿枝篱笆上更是缀满红白花朵，累累繁盛。然而当初放在那户人家桌上的石头还在，显见是再也不回来了。

这一日我坐在门槛上，往事一遍遍在脑海里过了又过，就像一部部老式电影，所有的画面都是黑白的，有些甚至已然渐渐泛黄。然而那樱花林中的花瓣却永远是那新鲜柔亮的粉色，我甚至可以闻到那空气中飞舞的樱花的香甜，一睁眼，却是沐浴在槿花瓣中。

那位恩公是苏醒的非珏吗？他的眼睛好了吧。可是，就像撒鲁尔说的，非珏是不会认出我的，因为他从来也没有看清我长什么样子。

木槿花在枝头静静地看着我，好像在对我无声而叹。我仰头眯着我那开始消肿的蜈蚣眼。正午的阳光照在破败的墙头上，一阵风起，兰生来到我的身边，眼眶深陷的大眼睛看着我，也不说话，默了半晌。我牵动了嘴角，想试着对他微笑一下，不想却扯出一串泪珠子来。

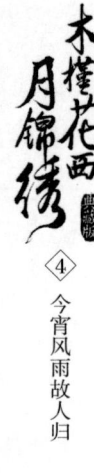

这一日我听镇里说是有君氏大掌柜包了三只大舫，请了明月阁的艳姝和富户画舫游玉人湖，正在找流民拉纤。我想起那日在巷子里听到的那句："翎雀乍幸明月阁，画舫夜游玉人河"，而且我亦想借此机会去找贾善，便与兰生商定同去。

这汝州城里著名的玉人湖，说起来还具有深刻的历史意义。话说三百年前，东庭四帝仁宗是一位少有的好皇帝，勤政爱民，经常微服私访，体察民间疾苦，并经常巡幸烟花之地，探讨青楼文化。有官僚投其所好，便在仁宗常去的汝州城大力开发娱乐事业。

于是，两岸青楼教坊鳞次栉比，琳琅满目；每到夜晚，亮若白昼，歌舞不休，王孙公子偕同玉人丽影绰绰徘徊于湖边画舫。仁宗龙心大悦，索性便赐名玉人河。后来五帝真宗迁都至北地，汝州风光锐减，却仍是大庭朝的风月胜地之一。直至原青江助轩辕氏在西安重登大宝，改西安为西京，随轩辕氏同来的富商贵族，多在邻近的汝州再置产业，使得汝州再复当年勾栏盛景，每到夜晚，玉人河两岸便灯火辉煌。

兰生告诉我，人人皆道明月阁乃汝州城一绝，是当地最有名的妓馆，那里的姑娘个个貌美如花，色艺双绝，只见那非同一般的富贵人。而这些客人又照顾着妓馆的生意，故而即便在战乱年代，这个明月阁依然是生意兴隆，歌舞升平。

我们三人来到玉人河时，早有三只气派的大舫停在码头。

为首的一艘镶金砌玉的豪华大舫停在出河口中央，四周尽以五彩丝线细细穿着精致的琉璃珠子作缀，沉寂的夜空里只显得分外金碧辉煌，奢靡夺目，令人不禁侧目。后面另有两艘略小的画舫，亦是通身金玉作缀，每艘画舫头上各挂着三盏大红灯笼，上面各映着三个大字"明月阁"。

我暗疑：汝州城富商贵族比兴州多，故而军队也驻守得较多，比之兴州安全些。可毕竟战乱之际，贾善向来以勤俭谦逊闻名于君氏掌柜之列，是什么样的富贵人敢让贾善如此招摇过市？

满脸横肉的工头亮出黑粗的皮鞭霍然一响，我与兰生淹没在黑压压的人群中。

我跟着纤夫的口令一步一步拉着头前最大的那艘画舫，粗糙的纤绳磨过肩膀，火辣辣地疼。

岸上的纤夫汗滴下土，声嘶力竭，汗洒肩头。几个年老体弱的，拉了一个时辰就倒地不起，那些工头便冷着脸子将其拖出扔到一边，若是没气了便直接扔进玉人湖中，再从后面一堆的流民里挑人顶缺。

那几艘画舫红灯高照，丝竹笙歌在湖面上热闹传来，夹着男男女女的欢声浪语，映着舫中几个窈窕的身影拧腰狂舞，在暗河中遥映着流光溢彩的奢靡生活，愈加突显恶臭泥泞的流民在地狱中苦苦挣扎的凄惨。

过了一个时辰，那艘大舫总算是拉到玉人河道的开阔处，那画舫便可以自由漂流。纤头对着夜空吆喝一声，纤夫们便收了纤绳，欢天喜地地排起长长的队到工头那里——据说每人有两个馒头做酬劳。

我正思忖这理应是从君氏每年暗中筹集的善款中所拨吧，只是为何迟迟不闻贾善按例施粥？也许是长盛记的分堂吧？

忽闻那舫中有笛声传出，如泣如诉。我细细听来，原来是一首抒写离别的乐府古曲《折杨柳》。

古人道别离，比我们现代人要感性得多，往往从路边折柳枝相送。那杨柳依依，正好借以表达恋恋不舍的心情。

我暗想，方才明明还鼓乐喧天，喜庆非常，不知是何人突然吹起这首饱含离愁别绪的曲子，岂不败兴？

然而那吹笛之人显然功力匪浅，那笛声悠扬，婉转悦耳，难掩一片凄切悲伤之意。好像有人在你耳边轻轻地对你诉说别离之苦。我一时间便回到我那“珍珠如土金如铁”的瓜洲君府。

现如今，问珠湖上也应是碧玉盘上葳蕤盛放，蜻蜓点在粉红的花骨朵上随风摇曳吧，我怅然地想着。

当年，也曾有人在湖心亭用笛子吹奏这首曲子哄我睡觉来着。

那人连离别亦是这般别出心裁，与众不同。他明明就要走了，却偏不告诉我，便在我午睡之际，吹笛骗我做起那香甜的白日梦来。

等我醒来，揉着眼睛问道“夫人”呢，齐放才报，他早已离去多时了。我思索许久，方才琢磨出其本意来。这样一个乖张刚强的人却不忍与我当面道别离，不由得心中感慨，一时惘然。

展眉望去，波光粼粼处，东船西舫悄无声，唯见江心月浸白……

连岸边的拉纤工人也三三两两地禁不住驻足倾听，满面痴迷。

一曲终了，笛声袅袅仍浮于江心微风之上，旋即那画舫欢快的舞乐之声勉强又起，似又恢复了热闹。舞影绰绰中，最大的画舫中走出一人，似是微醉，略显蹒跚地行至舟头，扶着围栏沉思，过了一会儿直起身子迎风而立，才显那人长身玉立，挺拔轩昂，长发在月色中逆飞，藕荷色云锦服上锁子绣的海棠浓艳风流，微露内里的白衣比月胜三分，金丝缠枝绣的紧束窄袖，腰带处镶着几块雕龙画凤的墨玉，下摆宽幅上的银绣如意纹在月光下微闪。

那人微醺，独立舟头，慢条斯理地低吟着，那细碎的声音随风微微传到我的耳中：“……欲折槿花霜林谢，镜台空照懒梳妆……”

舫中又有个小人影跑了出来，仰头扑到他的脚下，他手中的银壶微倾，琼浆玉液随风而飘。

他微低头，伸手轻抚小女孩的双髻。月光下他紫金冠上的珠子饱满圆润，在月光下颗颗晶莹闪耀，冠上的金翅羽微微颤动。

嗯？不对啊，我揉了揉我的那只好眼，此雅人看上去十分眼熟啊。

忽地有人大力地撞了我一下，我摔在地上。我眼冒金星中却见眼前有两三个人高马大的壮汉，听口音像是北地那里来的。长脸的那个凶神恶煞地粗声喝道：“像个娘儿们似的戳在这儿做什么，没看见窝窝头快没了吗，把老子饿极了就把你给吃了。”

兰生赶紧扶起了我。我捂着脑袋抬头。

那群壮汉中高个子的国字脸大汉，左边脸上还刺着字，像是他们的头，明目张胆地插上我们的位置。那个国字脸经过我时转过头来，阴狠的目光在我和兰生脸上冷冷转了一圈，又转了回去。

兰生低声道：“且忍一忍，他们人多，又是北地来的，恐都是些不要命的辽人莽汉，咱们先不要吃眼前亏。”

话音未落，前方却起了骚动，却听有人大骂起来：“就这又臭又硬还发霉的窝窝头，这是给人吃的吗？”

后面的人群听了这话，向前拥去，亦把我们往前挤了去。却见满是一箩筐一箩筐的烂窝头，有几只蛆虫不停地在长着霉斑的窝头里爬来爬去，那分窝头的穿着执事服，满脸肥肉，黑绸衫裹着圆滚身材，同我们这一帮骨瘦如柴、衣衫褴褛的流民形成鲜明的对比。

“咱们长盛记是可怜你们这些流民，”那肥执事掂起个窝头，然后扔了下去，冷笑数声：“怎的，就凭你们，还要咱们备上燕窝鲍翅来伺候不成？”

长盛记？还真是长盛记总堂？我一下子蹿到前面去：“长盛记的大掌柜还是贾掌柜吗？”

那个工头先一愣，看到我的蜈蚣眼又吓了一跳：“哪里来的鬼毛子？”

我沉声再一次问道：“你们的大掌柜是贾善吗？”

“是又怎么样，你个毛子也配提我们大掌柜的名？”

不等他说完，我厉声打断他：“贾善是出了名的贤人善人，如何做了此等没有良心的事来？更何况长盛记是君记西州四省最大的分号了，君氏族业规定各分号每年都从进项中扣下善款留存以安抚灾民，你既是君氏伙计，难道不知君莫问大老板最不齿的就是这等私扣善款、欺凌弱小、鱼肉百姓之事吗？”

众人听得愣了一愣，然后有个中年人附和道：“对呀，这长盛记也是君老板的产业啊，君老板可是有名的乐善好施，我在瓜洲也曾吃过他布的粥，那可都是白嫩新鲜的大米粥啊。”

按君氏惯例，每年经营所得将会有百分之一留着作为善款，就是以防国乱灾变，用以给庭朝捐粮、民间慈善所用或是安置灾民，当时这是连段月容也同意的事。那长盛记是我君氏西部四省最大的分号，往日在西部各省分号中就数贾善上交的利润最大，我这才放心授予他西部各分号之大总管，真没有想到他也做出私扣善款、欺压流民这种无耻之事，心下便是怒气丛生，一时也顾不得会暴露紫眼睛，冷声喝道：“叫你们掌柜的出来说说，君莫问让他掌管四省之职，他就是这样昧着良心来执事的？”

众人也怒声附和道：“叫你们掌柜出来，如此不拿人当人。”

有伙计看着越来越多的围观之人，胆战心惊道：“罗爷，对岸的刁民好像听到风声，也绕过来了。”

那叫罗爷的胖执事见闹事的人多起来，便气焰顿减，软声道：“各位好汉哪，这个，不是我们长盛记欺凌弱小，实在是现下世道不好。那君莫问被掳去西域后，号上的银两都被他调走了，故而长盛记看上去是家大业大，实则也就是个空架子。便是贾大掌柜出来，施的也是这种窝窝头啊。”

我心中怒气升腾：我何时调过长盛记的银两？此人故意把责任推给我，着实可恶。

“我们拿劳力换粮食，这是我等应得的，什么叫施给我们的？”几个壮汉跳出来，其中一个国字脸的揪住那罗爷的前襟提了起来，厉声喝道，立时那肥胖的身子便离了地。

我定睛一看，正是刚才将我推倒在地，插我们队的那几个东北大汉。

那罗爷眼珠一转，假意道：“这位好汉且放我下来，我现在就去粮库里看看，换些白面来给各位吧。”

那几人便冷哼一声，正要放他下来，我上前一步，严肃说道：“这位好汉还是先留这位罗爷一留，请余下的伙计回去调些好的馒头包子出来吧，以免这位罗爷去搬弄是非，叫些爪牙来，我等在此地等着方为妥帖一些。”

那国字脸冰冷的目光在我脸上又瞅了一圈，把那罗爷扔给长脸的：“老七，看着他。”

他大声对一众长盛记伙计高声叫道：“你们罗爷就在这里，陪我们聊聊，识相的就快点去给爷换些白面儿，不然老子削了你们家罗胖子。”他声如洪钟，底气十足。

这时，有个伙计一溜烟逃到后面，喝道：“他们抓了罗爷，快叫人来。”

立时，在那些一筐筐的窝窝头后面，有几个维护场子的高壮打手持着刀枪棍棒冲了出来，见人就打，拉纤的两岸变成了混战场面。

群众的怒火一经点燃，便是星火燎原，越烧越旺。

饥饿的人群疯狂地向前挤踩着，我被人踢了几下，兰生紧拉着我的手被硬生生地扯走了，我高声叫着兰生的名字，但是互相推挤的人群完全掩盖了我的叫声。场面完全失去了控制。

过了一会儿，有人惊呼，官兵到了。我抬眼一瞧，陡然心惊，果真有重兵装甲的官兵到了。有个像是士官长的模样，对着混战中的群众高叫：“众民听着，非常时期，快快弃械投降，不然格杀勿论。”

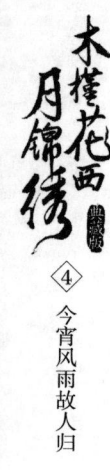

可是那长盛记的罗爷见官兵到了，便指示伙计不要停手，狠狠地将板砖石块向流民扔去，而后面的人群不知道发生了什么，仍旧往前推挤，有些官兵也被挤倒了。我看得真切，站在前头的几个流民，只是愤怒地用手中的武器捅向官兵。我大声叫着住手，可是已经晚了。那些官兵没有办法，终是下令放箭。我心中又惊又怒，所谓官逼民反亦不过如此了，转念一想，冷汗又流了出来：若是被官兵抓到了，就等于被宋明磊知道了，焉有活路在。

无数的惨叫声混着血腥气传了开来，一向纸醉金迷、惹人遐思的玉人河边蔓延着无数流民的鲜血，远处那三艘画舫已然只剩下一个小点，那美妙欢快的歌舞声犹在耳边，却转眼被无数饥饿的流民那惨叫声所淹没。那些可怜的流民到死也是个饿着肚子的，有人背上中了数箭，却依然血肉模糊地爬到那堆发霉的窝窝头那里，含着血泪一口咬下，死不瞑目。

我胸中血气翻腾不已，高声叫着兰生。然而四处箭雨丛丛，混乱之中有人将我撞倒了，众人踩踏在我身上，我几欲痛昏，忽觉有人提起我，对我厉声喝道："戳在这做什么，不想死就跳河走啊。"

却是那国字脸的北地大汉，一把将我扔向河中。我这才发现无数的人在大叫着往河滩逃命，我奋力游向河中央，耳边不停传来利箭呼啸之声和众流民的惨叫之声。

这一场悲剧史称"汝州惨案"，我往前方拼命游去，精疲力竭之际，堪堪地赶上那三艘华丽大舫中的最后一艘，我使力一跃而上，抹了一脸水。再回头，却见对岸仍是火把通明，惨叫之声依然清晰，令人闻之心惊。

我揉着耳朵，把水倒了出来，那舫上的音乐声喧哗起来，却听有一主要歌者，似有两个歌童相和，所奏乐器亦不似中原或是大理，有横笛、拍板和拍鼓，而那歌声节奏甚是急速欢快。

这好像是北方契丹之地的音乐，果然是契丹人来此？却不知可有大理的人在？

我正想摸到暗处，却感到有人在我背后。我快速回头，是那国字脸的北地大汉，我这才想起方才是他救了我。

"喂，紫眼睛的，你怎么样？"他一边喘着气问道，一边一屁股坐在甲板上。

"我没事，"我向他拱拱手，"多谢相救，不知兄台可好？"

"能杀我的人还没有出生哪。"那人直起身子来，仰天哈哈大笑一阵，用力甩了一下头，水珠就溅了我满脸，有点像平时给小忠洗澡的感觉。只听他叹声道，"也不知道我那些兄弟怎么样了。"

我心中一动，不知兰生是否也上了这船。

他爽朗一笑："你姓啥叫啥呀，看你文文弱弱的，方才打起架来倒也凶狠，下次我见着你，自会罩着你。"

我也微微一笑："区区金木，敢问大哥姓名？"

"我叫法舟，打北边那疙瘩逃难过来的，"他嘿嘿一笑，露出一口白牙，"都说西京天子脚下找食吃容易，却不想到了梁州遇到潘毛子，唉！世道忒乱哪。"他站起来扯开自己的衣服，露出强壮的胸肌和窄腰。

我别过头，心想，他的个子真是又高又壮。我见过的人之中，恐是只有我那于飞燕大哥才能与之相比了。我站了起来，向他抱了抱拳，就要跳上大舫。

他有点发愣，大声问道:"你上哪里去？"

我正要让他小声些，却感到有人轻拍了几下我的后背。我快速回头，背后空无一人。我疑惑间又有人拍我的左肩，而且还是在我回头以前已经拍了几下，我的汗毛竖了起来。

法舟却又不合时宜地哈哈大笑了起来，好像做小偷的唯恐天下人不知道他在偷东西一样："看来这船上有扎手货啊。"

我咽着唾沫，忽然特别想念沉默的兰生。

前头的大舫舟头正隐隐坐了一人，黑暗中他戴着斗笠更是看不清面目，唯有一双厉目发着湛湛的光，那是我再熟悉不过的目光——杀意。

月亮西斜，露出脸儿来，那人也站了起来，对我们抬起了头。原来那人乃是一耄耋老者，却鹤发童颜，双目灼灼有神，一双厉目边的太阳穴高高鼓起，显是高人无疑。

以这老者的功力，方才要置我们于死地，如探囊取物一般，必是看我等乃是无辜流民，放我们一马，如今想是要我们自动离开。

我思忖着，便向老人家一躬到底，诚挚地开口道："这位前辈，我等为匪兵所逼，不幸——"

不想话未完结，法舟却大喝道："老头子，你爷爷我被那群操蛋的官军相逼，方才上了你的船，有什么好吃的好喝的，尽管拿出来，不然爷爷我把你的船砸个稀烂。"

我的脸皮抽搐着，慢慢转向我那个不知死活的难友，低声地喝道："兄台慎言。"

法舟斜睨着我，轻描淡笑地嗤道："堂堂大老爷们别尽说这些文绉绉的话，俺听不懂，那老头子便更听不懂了。"

"哪里来的野人。"这时从那老者身后又闪出一个面目清秀、气质桀骜的少年，身姿挺拔磊落，恰好我还认识。

我傻在当场，哎！熟人哪！他怎么来了？

"仇叔，这种角色，还是让我来解决吧。"那个少年睨着法舟，活动着筋骨，眼看就要向法舟扑去。

"沿歌，"那个老者慢慢开口道，"少主让你看着'木头'，你出来作甚？"

没有人看清老者的手中一根鱼竿何时甩出，生生挡住了那个少年。我那最顽劣、最聪明、最有个性，也是曾最令我头疼的学生——君沿歌。

沿歌伸着懒腰，打了一个哈欠：“在那船底下对着一堆木头，都快霉烂了，想着出来给您老人家搭个手也好。”

我心中激动起来，难道、难道，刚才在拉纤之时看到的一大一小两个身影乃是段月容和夕颜？

是了，既是大理同辽人细作见面，少不得段月容出面。这厮又风流成性，定是乘着办正事的关系前来寻花问柳。既是如此，为何带着夕颜出来，岂不带坏夕颜，而且此行又十分危险？

又想到沿歌说到木头，因为木头在黔中当地黑语便是贵重的货物，我便又联想，莫非是段月容为了某个不可告人的目的，带了些宝物前来同辽人做交易？

我心思百转间，法舟又爆出惊人的哈哈大笑：“真没想到这条船上原来有异族人在，那爷爷我可不客气了。”他转眼便攻向那个老者，可是在半道上却猛地转向沿歌。

沿歌眼神闪过一丝杀意，冷笑着接下了法舟一击，口中却懒散道：“您看，还真来对了。”

那个仇叔一拧身，早已插到法舟和沿歌中间，左手推开沿歌，右脚踢向法舟下盘，快得不可思议，他冷冷道：“回去看好木头。”

沿歌却嘻嘻笑道：“出来撒泡尿不行吗？”

那个仇叔不理沿歌，忽然迅速挡在我的面前，快如闪电地点向我的左肩，幸而有人一把将我拉回来，我抬头却见一个戴着头巾的清俊少年，浑身是水，正对我满面含笑。

我心中一喜，刚站起来，大舫上隐现众多矫健的黑影。仇叔挟着凌厉的攻击奔向我们，兰生对我使了一个眼色，将我甩了开去。我没站稳，坠入甲板之下。

打斗之声渐消，我睁开眼，却是已在幽暗的船底。波涛轻轻拍打船身，我细细听来，前方好似还有孩童低低而喑哑的哭泣声，我暗忖，莫非是夕颜他们？

鼻间传来一股隐隐的木香，混着淡淡的酸味。我往前轻手轻脚行去，果然一堆上好的酸枝原木出现在眼前，前面两个武士正戒备地守着。咦！沿歌讲的不会就真是这堆酸枝吧？

古时行船，因怕风雨中船身摇晃，往往随船带着很多重木头来压船，最常见的是红黑酸枝或是紫檀木。海南盛产紫檀，以前我前往北地经商，往往从南方购些海南的珍贵紫檀压船，到了目的地便将紫檀高价卖出，再装些各色货品倒回南部。确然我从来没有专门派人看守，因为再好的木头，亦不过是木头，不必大费周折，而如今的情况，必有隐情。

我想着如何能再到近前去，不想那两个武士却忽地身体一僵，倒地不起，我骇然回头，兰生颀长的身影却如鬼魅而至，两点墨瞳在黑暗中灿若星辰。

他微挑嘴角，对我无声而笑，年轻而苍白的面容在微弱的油灯下显出一番妖冶的俊美来，我却无端打了个激灵，总觉得他这个样子很熟悉。像极了原青江给我生生不离时的微笑，过了一会儿，宋明磊逼我喝秋日散的样子又跳了出来，那些都是生命里不堪而可怕，甚至可以说是十分可憎的记忆，却第一次莫名而真实地叠加起来，然后再莫名而强制性地浮现在脑海中，一遍又一遍地挥之不去。

“你的脸色不大好。”兰生却担忧地对我皱眉道，“可是受了伤？”说着便探向我的脉搏。

我努力不露出心中的惊骇，摇着头硬挤出一丝笑，躲开了他的手，快速扭头跑过去看看那几个武士是否还有救。还好，还有呼吸，只是中了隔空点穴，看服饰和招数就知道是地道的大理武士，而不是我君氏暗人。

转身再看兰生，他的面容上已经看不到任何表情，也不看我一眼，只是面向那堆酸枝木淡淡道：“听说夫人同大理太子感情甚笃，已有了一个女儿。夫人如今难道只担心这些大理狗的死活？”他的口气中有了一丝嗤笑，眼中冷冽如冰，“难道夫人不该担心下，也许那‘木头’会是踏雪公子本人呢？”

我陡然心惊，他却毫无预兆地猛地拉起我高高跃起，向那堆酸枝劈出一掌。

巨大的响声中，酸枝木滚了下来。我们落地时，我感到了兰生的杀气。他飞快从我腰间拔出“酬情”，精光一闪，照亮了一个精钢囚笼。

那个囚笼中正关着一个重重铁链加身的妇人。那妇人披头散发，面无血色，唇色苍白，俏目紧闭，似是昏了过去，但难掩姿容俏丽，不过二十四五光景，身着上好锦缎的紫红窄袖鱼贯武服，衬得柳腰不盈一握，前襟血迹斑斑。

她的前方正倚着一个五六岁的小孩，那孩子正抽抽搭搭地低声哭着。可能是哭得久了，哭声喑哑，细如蚊蚋，听见动静，慢慢转过头来。

那是一个极可爱漂亮的男孩，唇红齿白，两点漆瞳微现呆样，小脑袋上梳着的乌髻，压着一枚碧绿的翡翠，颈间挂着长命百岁银锁，衬着一身园寿字白缎公子服，真如玉琢冰雕而成。

那孩子的目光渐渐游移在兰生和我之间，最后被我的脸给吓着了，转过头紧紧抱着那妇人，哑着嗓子哭喊道：“信、信，紫眼睛妖怪来吃重阳了，快快杀了他们。”

那妇人应声慢慢睁开了眼睛，冷冽的目光扫向我们，然后凝在我的脸上，瞳孔微缩。

“你是什么人？”兰生冷冷地走向那个妇人，隔着栅栏问道，“你是原家西营暗人吧，断金堂的还是重火堂的？”

那妇人冷傲地瞥了他一眼，也不言语。

兰生也不生气，只搜了武士身上的钥匙打开了门，走到两人近前，蹲了下来。

那孩子吓得紧紧抱着妇人，只差没有尿裤子了。

兰生一使劲拧着那个孩子的胳膊，把他拉了出来，细细看那孩子的眉眼，然后又移到胸前的银锁片上，那无波的桃花眼便起了莫名的汹涌波澜，亦不管孩子翻来覆去地喊疼。

妇人急道："要杀要剐冲我来，欺负一个小孩子算什么英雄？"

"你是昊天侯夫人的陪房初信，原属重火堂的紫星武士吧？"兰生缓缓地转向那个妇人，看那妇人点头，便沉声道，"这个孩子，可是、可是他……宋明磊和原大小姐的独子宋重阳？"

那妇人紧张地看着兰生，似在犹豫。

兰生愤恨地抓紧那孩子的下巴，孩子更大声地哭了起来。

妇人急了，却挣不脱镣铐，扭动身子扯痛了旧伤口，血流得浑身上下都是，却恍若未觉，只怒声喝道："既知原氏威名，就快快放我等出去。若敢伤了世子半分毫毛，谅你逃到天涯海角，也要被我原氏拆骨分肉，我更是做鬼也不放过你。"

我看兰生面色有些发青，眼看着孩子的眼神简直就像在看着一只恶鬼，额头青筋都要暴出来。我怕他真要把孩子给捏死了，便上前硬把孩子拖了出来。

我抱着孩子退了三步："兰生，你要把他弄死了，他可还是个孩子。"

月黑风高，一豆油灯随船摇动，时幽时灭，映着兰生散乱惊惧的眼神，他跌坐在地上，胸膛起伏，汗流满面，目光已然没了任何焦距，只是翻来覆去地说道："疯子、疯子。"

什么疯子？我狐疑地看着他，细细哄着那叫重阳的孩子不哭。

重阳紧紧抱着我，把脑袋埋在我肩膀，再不敢去看兰生。

他的银锁片在我眼前晃着，正面腾云苍龙纹样的龙爪之下刻着"紫气东来"四个古体字，反面则是莲花图样下浮雕着两排小字：日月同春，三多九如。

"三多九如"是常用的祝颂之辞。"三多"者，即"多寿、多福、多子孙"；"九如"者，即"如山、如阜、如冈、如陵、如川之方、如月之恒、如日之升、如南山之寿、如松柏之茂"，连用九个"如"字，意指九种祯祥之征，歌颂有德之君恩泽万民，福寿延绵不绝。

信手再翻到正面，仔细一看，却突然发现上面浮雕的不是一条龙，而是一条蛟，又称为水龙，有时也被看作是吉祥灵蛇，因为这只瑞兽的尾巴光秃秃的，且只有一对锋利的爪子，而不是两对，虽然吐着红芯，眼神高贵，却是前额无角。可这也很好理解，古时龙为天皇贵胄所有，平民百姓或是贵族为避嫌，往往取水龙或灵蛇为符，寓意祥瑞。

正待上前，妖风忽起，一阵霹雳袭来，空中金光乍然闪现，兰生睁大了布满血丝的眼，骇然看着闪电惊雷，却忽然捧着头，发狂似的撕心裂肺地大吼几声，然后冲了出去。

我傻在那里。这人明明要拉我到舫上一探虚实，怎么好端端的又自己跑了呢？

"属下西营重火堂紫星武士初信，见过花西夫人。"那叫初信的暗人忽地出了声。

我也是好一阵子才回过神来，只因她的声音气如游丝。

重阳露出小脑袋，看到兰生不见了，便忘记了我的好，扁着嘴抡起小拳头轻打我，要到初信那里去。

我抱着他来到初信跟前放下："你如何得知我的身份？"

重阳爬到初信的怀中，把脑袋拱起来，藏在初信的身下，像是一只躲在老猫身下的小猫瑟瑟发抖。

初信喘着气道："属下曾经替大小姐打探过夫人在清水寺的下落，故而知道夫人的境况。"

我挑眉："若我没有猜错，你们家大小姐嘱你故意将我在长公主陵寝之事，传给原驸马爷知道吧？"

初信艰难地点点头："属下之罪万死难辞，望夫人体谅我等各为其主。"

我皱眉道："我且问你，这到底是怎么回事，为何你家少主会在大理太子手中？"

"侯爷屯兵汝州梁州，本欲与潘毛子一决死战，可是窦周却遣川北双杀暗中劫走小世子，运至汝州，想以此要挟侯爷，不想来到汝州境内，却为大理暗人所截。"初信苦笑连连。

"三爷与昊天侯水火不容，断不会前来营救。怎奈孩童无辜，大理段氏向来心狠手辣，"初信吐出一口鲜血，"属下久闻夫人仁德，且与段氏相交甚厚，只求夫人高抬贵手，放这个孩子一条生路吧。这个孩子是初信从小看着长大的，求夫人救救这个孩子，"初信低头，轻触重阳的发髻，泪如泉涌，"属下来生变作犬马亦会结草衔环，报答夫人大恩。"

我揉着疼痛的额角："你家大小姐心思缜密，手下雄兵数万，如何好端端地会让亲生儿子落到川北双杀的手中呢？"

初信正要回答，一阵银铃之声隐隐传来，在这雷雨夜空内几欲未闻，我立刻藏到初信身后。不久一个红绸绡衣的女孩出现在视野中。

那女孩也就七八岁的样子，梳着两只高高的总角，每只总角上缠着四五圈金丝银铃圈，一走路便叮叮作响，甚是动听。她蹑手蹑脚地从暗中出来，两只大黑眼骨碌碌地不停转着，甚是机灵。

那女孩轻声对后面说道："小翼快过来，这里有个小孩子的，我不骗你。"

重阳闻声从初信的怀中探出头来，快速爬到门口，隔着栏杆，沾着泪水鼻涕的小脸绽开一丝笑容："夕颜，你可来了。"

我探出头来，看清了小女孩的面容，忍不住泪如泉涌。

正是我的女儿夕颜和前朝太子轩辕翼二人。这一年多过去，女儿看起来还是老样子，古灵精怪的眼神，生气勃勃的笑容；而轩辕翼，这位前朝太子个头却拉高了许多，高出了夕颜一个头，那小脸亦比原来俊美了很多。

“重阳，我给你送吃的来了，”夕颜蹦蹦跳跳地过来，手里提着一个黑漆鱼龙纹的二层食盒，对着重阳笑道，“快尝尝，是我爹爹娘娘最喜欢的桂花糕。”然后看到倒在地上的侍卫，打开的牢笼……她的笑容一滞，“这是谁干的呀？”

女孩后面慢慢踱出一个满脸狐疑的小帅哥，一身明蓝虎绸薄袄，隐隐露了内衬的月白牡丹纹。那小帅哥眯着漂亮的大眼睛冷冷地盯着重阳半天，敌意渐起，只是对着女孩冷冷道：“我还当是谁，这孩子既被你爹关在这里，定是人质，你巴巴拿好吃的孝敬他做什么？”

“黄川同学，我觉得你现在越来越没有爱心了。”夕颜虎着脸，仰头瞪着轩辕翼，“重阳已经一天没吃东西了。”说着便打开食盒。

结果夕颜看着食盒便咬了咬手指，小脸一黑。

原来里面的食物全混在一起，估计是给我那大宝贝一路上摇翻了，依稀看似一些糕点。

重阳伸出两只带血的小手，狼吞虎咽着桂花糕，那香味飘到我鼻间，我的五脏庙也跟着转了起来。哦！好饿，我好像也有一天没吃东西了，正在犹豫要不要走出去，初信的脑袋却忽然倒在我的肩膀上，我吓了一跳。探上鼻息，情况不妙。

“咦，重阳，你的侍女好像睡着了。”夕颜走近了初信，伸着脑袋看着，疑惑地伸出小手。

“傻夕颜，你难道看不出来，这个女人快要死了吗？”轩辕翼却急忙拉回了她，“咱们快走，可别沾上晦气。”

夕颜的小脸被吓得惨白，重阳却似乎听不明白轩辕翼的意思，也不管嘴里塞满了桂花糕，只是兴冲冲地跪在初信面前，将满手的桂花糕往她嘴里塞。奈何初信紧闭双目，双唇渐渐发紫，怎么也不醒来。重阳只是呵呵傻笑地将初信的嘴上涂满糕屑：“信，快吃糖糖，你也饿了吧，信、信，快吃呀，信、信。”

重阳连连唤着初信，笑容慢慢挂了下来，似乎也意识到不对劲，可是又似乎不知道初信为什么不回他的话。他无措而害怕地回头看看同样因害怕躲得远远的夕颜，然后又看看初信，最后转向初信身后的我。他把那块烂掉的桂花糕递向我，泪水渐渐注满大眼，满是惶然无助，好像一只迷路受伤的流浪小猫：“紫眼睛妖怪，重阳赐给你糖糖，你让初信睁开眼睛给重阳讲故事吧。”

我心中不忍，闪了出来。我连点初信周身大穴，又喂了她一粒兰生为我自制的药丸子，初信的脸色渐渐地回暖了过来。

我正要转头，一柄冰冷的白族银刀轻轻搁在我的脖颈间。

我微侧脸，后面是轩辕翼紧绷的小脸：“来者何人？快通报姓名。”

我思索片刻，柔声道：“这位少爷手下留情，我是对岸拉纤的苦命人。”

一个闪电过来，照亮了我与众孩子之间的暗室。

夕颜看到我的紫眼睛，愣了一愣："你怎么跟娘娘……爹爹一样，长着紫色的眼睛？"

轩辕翼没有放下银刀，潋滟的大眼也疑惑了起来。

这时暗夜中开始淅淅沥沥地下起雨来，一个满身伤痕的高壮身影一阵风似的闪了进来，迅速卸下了轩辕翼的银刀，站到我的身边。

"小毛孩子牙还没有长齐呢，玩什么刀？"那人对着轩辕翼和夕颜凶神恶煞地说教了一番，然后转向我鄙夷地看了一眼，"我说你，就你咋连个毛孩子也治不住呢？"

"他们只是无辜孩童，我不想吓着他们。"我无语地望着他三秒钟，咳了一声，"法兄来得真快啊。"

法舟呵呵笑了一阵，当下四处张望了一下，对着重阳和初信多看了几眼，却丝毫没有惊讶之意。来到那个倒下的南诏士兵前，他立刻卸了武器，边卸边分析道："这个明月阁果然是个淫窟，这个女子和孩子八成是被他们抓到此逼良为娼的。"

他叹声连连，却猛地下刀要刺死那个南诏兵，我信手抄起一根小木棍，挡开了他的匕首，银光闪处，他向后一退。

我对他冷冷道："好汉不杀手无寸铁之人。"

重阳又吓得缩到初信那里。

法舟也看了我三秒钟，对我慢慢点着头，呃了一声："你说老对了。"他退了开去，探了探初信的脉息，叹气道："这个女人被打得太狠了，就算华佗再世，估计也是活不过今晚了。"

我心中一动，此人看似信口开河，但方才分明目光如炬，他莫非也是在遮掩身份？

法舟复又盯上了夕颜的头发看了一阵，眼睛闪闪地放着光："啊呀妈呀，有钱人家的孩子就是败家，连丫头片子扎头发使的都是些真金白银。"

我怕他对夕颜不利，紧张地走到他身后，暗暗握紧那根木棍。

不想他只是对着夕颜弯下腰，调侃道："喂，黄毛丫头，你成天戴着这么多金子银子，嫌脑袋重不？"

女儿明明是个皮大王，却偏偏爱美得很，成天要小玉把她打扮成仙女，事实上我以前也问过她一样的问题。果然夕颜黑了脸："放肆。"

法舟做惊吓状向我退了一步，然后哈哈大笑起来："脾气还挺大的。"

我怕夕颜激怒法舟，正想引法舟离开，轩辕翼早已挡在夕颜身前，像个男子汉似的说道："欺负一个女孩子可算不上什么英雄好汉。"

法舟笑眯眯道："嘿嘿，毛小子，瞧你紧张的，这是你小媳妇吗？"

轩辕翼的小脸微微一红，却没有否认，只是冷冷道："你们若真是对岸的流民纤夫，我便准你们留在这条船上，好躲过追兵。我们马上要在燕口下船，到时便放你们下去。若是想留在这里谋个差事也无妨，反正我与她都想再要一个保镖。"

好聪明的轩辕翼，他这是在故意试探法舟，并且成功地拖延时间。

法舟却冷哼一声："你们这些贵族总以为穷人就一定要看上你们的钱财，定要求你们施舍钱粮，靠你们活着，殊不知你们这些贵族就是靠吸食我们这些穷人的血汗才能养尊处优呢！"

孩子们听得一愣一愣的。我当时不得不承认，这个法舟是有一定精神境界的。

夕颜忽地咯咯笑了起来，大方地走了出来："你说得对，我爹……娘娘也说过，无论是穷人还是富人，自古有志者皆富贵不能淫，贫贱不能移。"

法舟嘿嘿点头笑道："嗯，你娘还挺有见识。"

夕颜跑到重阳那里，拿起乱七八糟的食盒，递了上去："这些糕点刚被我弄乱了，你若不嫌弃，这次算我和小翼请你俩吃的。"

那个法舟立刻抢过来，退后一步，坐在地上猛吃起来，就像是三天没吃饭的小忠。

夕颜抬起小脸看着我："对不起，今天带的食物不够，你跟我来，我带你去大舫找吃的吧。"

我不由得对她微笑，心中阵阵暖流，女儿的心肠真不错。

"夕颜，你在同谁说话？"

几个矫健的人影闪了进来，为首一人，二十上下，身姿挺拔，如苍松傲立，骨骼奇秀，容貌清俊，后面跟着一个如花少女和一个红肤男孩。

我认得那个声音，正是我多年的义弟，大管家兼保镖齐放。

夕颜黑了脸，拉着轩辕翼战战兢兢地看着齐放的颀长身影出现在拐角。

法舟快速走到我身后："闪吧。"见他正要施轻功离去，我一把抓住了他，一起双膝跪倒。

他立刻不屑地站了起来，然后又不出所料地倒了下去，因为小放的离魂镖到了。

他一个鲤鱼打挺跳了起来，手里拿着一枚小放自创的蛇形离魂镖，叹道："扎手货！"

我暗惊，他竟能躲过小放的离魂镖！只见法舟冷着脸反手击向夕颜和轩辕翼，我立时扑倒夕颜和轩辕翼。齐放的身影早已像风一样地掠过，迎战法舟。那一对少年男女跑到我的身边，却是小玉和我在京口捡到的豆子。

齐放同法舟战了几个回合，身上的棉布皂衣连一丝褶皱也未曾出现，他的眼睛还是一如既往的没有温度，甚至更冷，然而当目光触及我的脸时，无波的目光出现了一丝波动："你是……"

就在齐放一愣之际，法舟乘机对着舷窗外吹了一口哨，哗哗的水声作响，几个黑色人影闯了进来，踢开了小玉和豆子，那本来看似快要活不成的初信，猛然睁开精光毕现的眼，出声大喝道："破！"

随着那声破字，那群黑色人影中一人亮出把银光闪闪的利刃，割破初信身上的沉重镣铐，一个抱起重阳矫健地跳窗而逃，另两个攻向齐放。

初信却不要命地攻了过来，厉声喝道："快救世子。"

齐放冷笑数声，挥掌劈开初信，一抬手挥镖而出，立时法舟的大腿上血淋淋地钉着暗器，他不得已放下了我，身姿如风中剪燕般轻盈地随黑衣人破窗而出。

一切惊魂未定，黑暗中传出一个清冷而华丽的声音："齐仲书，你跟着你的主子太久了，恁地心慈手软。"

黑暗而幽闭的船舱里弥漫着淡淡的血腥气，却依然掩饰不了眼前人卓然却带着妖艳的气质，那双瑰丽的紫瞳在月光下明明是这样冷然地凝视着我，衬着缎袍上鲜艳的金红丝绣海棠，却好似一把幽魅而艳丽的野火，一下子点燃了眼前这个幽暗的世界。

我使劲唤回我的理智，迅速地低下头，琢磨着接下去的表演，上面已然传来一声更为"华丽"的叹息："寡人果然睡过去很久了，现如今在眼皮子底下，原家暗人倒可以随便地进出，这还真像是明月阁的境界了。"

那声音如丝入耳，却充满了不可忤逆的帝王尊严，而我听得分明，正是段月容。

一听这话，在场众人皆是脸色大变，齐刷刷地跪了下来。

这小子还是这么喜欢摆谱。

我刚立起来，看到这个情形，又不得不趴了下来。没想到还有人比我趴得更慢，就是那个武功高强的齐放，他面无表情地跪在那里。看来他对于段月容所发出的评论十分不满。

只听外面一声清啸，却见有人从窗外如银蛟一样滑了进来，却是那个仇叔，手中挟着一样东西："主公勿惊，原氏的鼠辈想要全身而退，还早得很。"

段月容像变脸一样，猛然绽出一丝灿烂的笑容，过去扶起仇叔，和颜悦色道："有仇叔在，寡人方能安然入睡啊。"

仇叔恭敬道："我主弗忧，这庭国质子，属下已捕将回来。"

他自怀中抖出二物，一个是初信的尸体，另一个则是个满身满面都是鲜血的孩子。

段月容回看那个孩子，紫瞳满是冷意，随意拎起他的前襟，拿手擦了擦他脸上的血，那孩子露出俊美的小脸，果然是宋重阳。

段月容就跟看一只流浪猫似的盯了他几眼。

重阳吓得泫然欲泣，泪水鼻涕流到段月容手上，嘴里只顾哑着嗓子哭喊："信、信，快来救重阳。"

他的初信没有回答，因为她的尸体被扔在地板上，露出姣好的侧脸来，俏目犹自圆睁，看着重阳。

段月容皱着眉，嫌恶地把他像个破布娃娃似的甩在地上，轻蔑道："宋明磊那兔相公好歹也是一个凌厉人物，怎么偏生养出这么个傻东西来？"

仇叔身后一个华服中年人过来将初信全身翻看了一遍，恭敬道："刚才那汉子不在东西营花名册内，恐是幽冥教的人。"

段月容干笑了几下，厉声打断："须知真正的原氏暗人只忠诚于原氏，这个叫初信的既是原家大小姐的心腹，断不会同幽冥教有瓜葛。她既然舍身让那个汉子带这傻孩子走，那汉子自是原氏暗人无疑。"他上下打量着那个华服之人，冷冷笑道，"看来你是在这汝州温柔富贵之所待得太久了，连脑子也生锈了吗？贾大老板。"

我惊抬头，细细看了看，果然那个华服之人还真是贾善。

当年那个逃难时瘦得只剩人干的青年，当年那个连一个馒头都不敢多要的纯真的小伙计，如今却变成了一个肥头大耳、浑身发着难闻酒肉臭气的伪善者！

时光果然是把杀猪刀！

贾善的额上满是汗水，高大的身子软了一半："属下知——"

段月容猛地收了那把象牙骨描金扇子，阴阳怪气道："我可听说贾老板你是这个西州四省大掌柜啊，不但家财万贯、妻妾成群，而且还夜御数女，个个都是漂亮的处子。当时我就纳闷，哪里找来这许多处子？简直连我堂堂大理太子都要甘拜下风啊。"

贾善吓得涕泪横流，几乎赛过重阳了，像唱戏似的跪爬过去，幞帽掉了下来，露出因纵欲过度而过早谢的顶，一路哭喊着："小人是关中逃难而来的苦孩子，蒙君爷相救，殿下与君爷对小人恩重如山，如何、如何会做出这等丧尽天良之事，殿下明鉴。"

蒙诏冷冷道："你打着娘娘的旗号收留战乱中逃难的青年女子，她们均逃不过你贾老板的蹂躏，然后你再将其倒卖给汝州大大小小的万恶淫窟，继而在这等乱世你依然能够获取暴利，方才对岸流民的惨案也是你克扣善款、欺压良善所酿的恶果。你三个月前进了昊天侯府，为了卖身投靠，便在明月阁布下天罗地网，妄图救出质子，活捉太子！"

我恍然大悟，原来明风卿一班人竟想要活捉段月容和夕颜。

蒙诏猛地上前踢翻贾善，后者立时手肘断裂，面露痛苦，华丽的衣袖里却掉出一把精光四射的银匕。

蒙诏冷笑道："如今还想行刺世子，罪该万死。"

沿歌朝贾善狠狠吐了一口唾沫："忘恩负义的恶贼。"

段月容冷笑："你没料到孤忽然改变计划，改成画舫游湖，你便急急地又暗通消息，让原氏暗人乘机上船来偷袭。"

"君莫问这个瞎了眼的，才会看上你这么个曹奈货 。"段月容轻啐一口，冷冷瞟向齐放，“齐仲书，依你君氏家法，此人该如何处置？说来听听！”

齐放咬牙沉着脸半晌道：“依君氏家法，欺压良善、残害无辜致死者，抽一百鞭，关至地牢，永不释放；奸淫民女者，抽一百鞭，施以宫刑，关至地牢，永不释放。”

这算是君氏家法中最严酷的一项法令了。

没想到，段月容翻了翻白眼：“就这？蒙诏说说咱们白家国法吧。”

蒙诏垂首轻道：“殿下，公主还小……”

段月容紫眼珠子一转，对着正要逃走的夕颜和轩辕翼招招手：“夕颜上哪里去？还不快过来。”

夕颜眼角藏着惧意，中规中矩地来到段月容面前行了个礼：“见过爹爹。”

段月容把夕颜抱在腿上，慈爱地笑道：“夕颜，你看这个恶人，受尽你爹娘的恩惠却打着你娘娘的旗号鱼肉乡里，干尽坏事，背地里还要投敌叛国，害我们父女。可记得以前你娘娘教过你的，这样的人叫什么来着？”

夕颜立刻大声回道：“猪狗不如的人渣子。”

还真是我教的！

“夕颜真乖！”段月容摸摸夕颜的总角，笑道，“那按我白家家法，对此等人渣子，理当活剥人皮，再点天灯，你看如何？”

此语一出，在场所有人的脸都白了，唯有那个仇叔使劲地点了一下头，盯着那贾善的老眼中陡然发出一种奇异而兴奋的光芒，无波的杀手脸上终于显出了一阵激动。

夕颜的小脸开始发白，她求救地看看轩辕翼和齐放，齐放正要开口，段月容却一记眼刀杀来：“齐仲书，你那脓包弟子把人给放进来，孤还没有算你的账呢，你且乖乖待着吧！”

齐放抿紧了嘴唇。

“夕颜，”段月容淡淡道，“还记得春来和你娘是怎么死的吗？”

夕颜的小脸凝重起来，沿歌又开始磨牙了。

“瓜洲那个天仙一般的原叔叔，还有突厥那个红毛鬼都姓原，你可知道你娘娘对他和他们原家有多好，花了多少银子，投了多少人力物力，终其一生心血帮衬着原家。可是这该死的原家却把你娘娘和春来哥哥害死了，这群没有心肝的原家人连尸首也不肯还给我们。”

他的声音明明很轻柔，可在场众人的脸上都出现了切齿的仇恨表情。

“夕颜且记着，那西安原氏和突厥豺狼便是那忘恩负义的小人，如同这贾善一般，”段月容继续拥着夕颜一字一顿道，“以后见一个，杀一个，斩草除根，绝不姑息，方能祭你娘亲在天亡灵。”夕颜的小脸出现了一丝恨意，他满意地点点头，抱着夕颜站了起来，冷冷地睥睨着下跪众人道，“你们也都记着孤的话，终有一日，我大理段氏要报这血海深仇。”

众人皆以头触地，大声敬诺，而贾善被随行武士点了哑穴，在极度惊恐中被拖了下去。

我的心也凉了个透，耳边只觉得嗡嗡作响。我该怎么办？我怎么可以忘记了此人极端的个性，如此一来，我过去七年苦心化解段原两家仇恨的努力，岂非化为乌有？

“这又是打哪钻出来的捂俗？”

有人走到我跟前，眼前一片绸缎的光芒。我不用抬头也知道是他，当下只得努力稳住颤抖的声音：“小人是对岸拉纤的流民，为对岸为富不仁者所逼，逃命至此。还请高抬贵手，求各位大爷收留小人一时片刻，只求到下个岸口放下小人即可。”

“爹爹、爹爹，是他救了我和小翼，”夕颜跑过来，抱着段月容的腿指着我说道：“爹爹，你看、你看，他和爹爹一样长着一对紫眼睛呢。”

轩辕翼也在一旁附和道：“太子明鉴，此人不是方才原匪一类，确实救了我和公主。”

“你抬起头来？”段月容冷冷道。

我咽了一口唾沫，慢慢抬起头来，落入眼睑的是一汪清澈冰冷的紫瞳，他绝艳的脸庞却没有任何情绪，只是慢慢地，他的紫瞳开始收缩。

我快速低头，心中忐忑不安到了极点，我现在该怎么办，贸然站出来，他会不会像非白一样，把我当作奸细杀掉？

我正要开口时，一阵清风挟着一阵柔美迷人的笑声传来，前方的门忽然吱呀地开了，几个穿红着绿的女人鱼贯地拥了进来。走在前头的是一个绿袄红腰的丰满佳人，鬓边的步摇叮叮作响，粉嫩的酥胸白晃晃地露了一大片，她扭着腰移步到跟前，嗲嗲地倚在段月容胸前，自雪白的薄绡袖中伸出娇嫩的玉臂，轻巧地环上段月容壮实的胸襟，用一口流利的叶榆话娇笑道：“太子殿下好生无情，将我等姐妹关在屋里许久，空负今夜的月色多情。”

“冷落了洛洛，的确是孤的不是了。”段月容一把揽了她的腰，在她的颊上重重亲了一口，温存道，“燕口即至，贵客便要上来，你还不快去准备，到这血腥之地作甚？”

他推开那个叫洛洛的女子，面色不变。

然而那个洛洛却很是乖巧，早已从他的眼神里读出了他的一丝恼意，便嘟着樱桃小嘴点点头。杏目瞥了一眼众人，似是才发现有夕颜，在临走时冷淡地同夕颜见了礼，扭着性感的臀娉婷而去。

此女既知段月容的底细，神情又甚是倨傲，必是新宠无疑了。只是所谓的贵客是何人？竟要新宠来见，必非凡人，难道段月容当真要同所谓的辽人见面不成？

我正胡思乱想间，段月容华丽的声音却在我上方慵懒响起：“救了孤的掌上明珠，确实大功一件，只是玉人湖上众多舫船，你挑了孤这艘倒也巧得很。蒙诏，带他过来，孤有话要问他。”

我跟着蒙诏来到第二艘大舫。果然这艘大舫更是白银铺地，黄金作顶，水晶吊帐，珍珠作帘，琉璃宝珞缀满屋间，直晃我的眼，耳边的宝物随波轻响，一派悦耳。

房间正中正放着一座与人同高的大观音像，隔着烟雾缭绕的檀香，慈和而神秘地看着我。

段月容慢慢坐在舟头，我躬身站在那里，不安地想着他会问些什么问题，我又该如何作答。却不想他只是迎风坐在舟头沉思，时而拿起手边的银酒壶，悠悠地月下独酌，似是沉浸在往事之中难以自拔。

那夜冰轮初转，映着河面粼粼微波闪耀，一派寂静平和，恰逢江面又有一艘小舫游来，舫中传来柔美的吟唱：

泪溅描金袖，不知心为谁……

段月容侧耳倾听一阵，竟然轻轻地长叹一声，等着节拍一至，便凝神和着那吟唱吹起笛来。清雅的月光流淌在他如瀑的长发上，随着轻柔夜风缓缓逆飞，夜雾幻成淡淡的光晕笼在他的周围，恍如谪尘仙子一般。

人憔悴，愁堆奴蛾眉……

芳草萋萋人未归。期，一春晚于雁稀。

那歌声和着笛声如泣似诉，满是对往事的追悔，那双本应意气风发的紫瞳，那方才同艳姝争相勾逗狂欢的水眸，却在此时充满寂寥落寞之意。我的耳边又萦满他凄厉的喊声：木槿，你没有心，你这没有心的女人……

立时，那笛声纵是万般美妙，那歌声纵是柔润动人，我的心上却如万支钢针刺来。

一曲终了，我惊醒过来，微觉得眼睛有些疼意，这才惊觉眼角沁出的泪水沾了伤口。

我轻轻拭去泪珠，放眼望去，段月容正低头坐在舟头，长发遮住了面容，让我无法揣摩他的神色。

过了一会儿，他抬起头，潋滟的紫瞳略显迷离，两颊多了些酒晕，起身时也不免踉踉跄跄，他向我自然地伸出手来。

蒙诏和众侍女正要过来，段月容却对他们一挥手，对蒙诏说：“就让此人侍候孤吧，你且去看看人来了没？”

生命太不公平了！

我忽然感到一种莫名的悲愤，为啥又要我伺候！我都变这么丑了，你老人家怎么还不放过我呢？

他对我招招手。我愣了愣，便赶紧上前扶着他微醉的身影，立时瘦长的身影似玉山倾倒般压在我的身上。我唤了几声“贵人爷”，他却紧闭着双目。我只好将他扶进船舱的锦榻上斜靠着。

是我的错觉吗？明明只有一年未见，当时的我却觉得他的背影好像比原来更高大些了，面容也更俊美动人，更是雌雄难辨。那轩昂的眉宇微皱着，拧出了个川字，他的眼角眉梢平白地添了很多东西，却是连我也说不清的冷峻和忧郁，甚至、甚至有了一丝无言的苍老。

我暗叹一声，取了一件金线凤绡纱巾轻轻披在他身上，然后又轻轻替他脱了鞋，让他舒服地躺了下来。正要蹑手蹑脚地离开，他却忽然伸出一手牢牢抓住了我，口中轻叫：“木槿。”

我吓呆在当场，过了一会儿，未见他有任何动静，仍是双目紧闭，这才意识到他只是在说梦话，可能还是一个噩梦。他的呼吸急促，手底下竟使了真力，怎么也掰不开。

这时，蒙诏走了进来，看到我站在段月容的床边，似是陡然一惊，快步走来，将我推到一边，看到段月容无恙，他便松了一口气，正要对我暴喝，然后看段月容死拉着我的手，蒙诏疑惑地住了口。

月光移到中天，同房内的宝物光芒将我和段月容照个干净。我想他这回一定是看到了我的脸，他的眼睛睁得大大的，活像看到了鬼。

“小人看没人伺候公子，便自作主张扶了公子进房，罪该万死。”我心上急了，一边低头解释，一边又使劲挣了挣，总算挣开了段月容的手,快步往后退。

蒙诏并没有出声，只是愣愣地看着我离开，似乎还在震惊中。

眼看我就要退到门口，却听到后面有人低低唤着茶。

我回头，段月容悠悠地醒了过来，嚷嚷着要茶水。

这回段月容又改握蒙诏的手。蒙诏抽不出身，见周围无人，便对我无奈道：“你且站住，将桌几上的茶端来。”

我该怎么办，现在此地人少，正是离去的好机会。是去？是留？还是该大步流星地走过去，坚定地紧紧地握住他的手，热泪盈眶道：“段月容同志，我终于和‘党’会师了。”

……

正胡思乱想间，段月容忽地伸出一手，靠着蒙诏慢慢微侧头，紫眼睛定定地看着我，清晰而不耐烦地又蹦了个重音：“茶……”

我仓皇地回过神来，往茶几那方过去。来到近前，不觉一愣，却见红木桌几上放着一只托着茶盏的茶杯，看上去甚是眼熟，旋即醒悟：此乃我在瓜洲的旧物，一套连着盏托的汝窑杯盏。

那杯盏通体如雨过天青色，晶莹剔透。正如诗云："巧剜明月染春水，轻旋薄冰盛绿云。"

那汝窑向来为宫中上禁烧，因内有玛瑙，珍贵无比，唯汝州产极品玛瑙，可制极品瓷器，故称汝窑，闻名千年，向来唯供御拣退后，方许出卖，近尤难得。

其时虽逢战国割据，皇室羸弱，大量宝物被太监宫女偷运出宫外而流落于民间，但汝窑瓷器依然是西庭严格管制的物品，故多为土豪巨富私藏。当初，有一位商业伙伴用尽了行贿、走私等各种违法手段，也只从东庭搞到了这一套皇家御用汝窑杯盏转送于我，求我为其介绍几个南越之地技艺高超的织娘，可能连当时的张之严库中也仅有四只而已。我当时看了暗暗称奇，也曾暗暗臆想会不会是原非白用过的呢。

翌日，段月容一大早来瓜洲，我正用着这套精美器物悠然品着太平猴魁，不小心正被他撞见了。

段月容什么好东西没见识过，当下那识货的紫瞳便盯着那杯盏闪闪发了狼光，任凭我怎么语重心长，言辞恳切地诓他："太子明鉴，此物不过是个赝品耳。"然而他却认定这是东庭皇宫极品御用，然后便强要了去。我实爱此物，打定主意不给，于是蛇抱怀中誓死不从，他便气鼓鼓地撂下"等着瞧"三个字离我而去。几天以后，段月容不仅证明了他的富可敌国和通天本领，并且显示了他对于艺术的无与伦比的领悟力和鉴赏力，我的墨园简直成了汝窑鉴赏天地，除了一只汝窑六棱洗，八只汝窑表釉碗……还有六块汝窑屏风，上绘六幅春宫秘戏……

时至今日，他是如何搞到了这些许宫中禁物，依然是一个巨大的谜团！

后面传来段月容的轻咳声。我赶紧斟了茶，上前几步，越过蒙诏躬身垂目递上。

"蒙诏且退下歇息吧，"段月容揉了揉太阳穴，闭目重重呼了一口气，"你多派人手仔细看着公主，别让她再靠近那个傻孩子了。幽冥教的暗人马上会尾随而来，此处有这人伺候便够了。"

蒙诏看着我慢慢道："这是个生人，要不我让小玉或是翠花过来吧?"

段月容一记眼刀又狠发了过来，蒙诏便闭了嘴，走时殷殷叮嘱我如何小心，眼中的狐疑却是越来越深。我诺诺称是，心中却焦急不已，后悔不该一时心软，刚才留下来照看段月容。

屋中只剩下我与他二人。他把脸深深埋在双掌中，这种肢体语言一般表明他陷在很深重的迷茫之中，他这个样子我也只看到过两次：第一次是在我们逃难时其父下落不明，英雄末路的他面色惨淡，只差学楚霸王乌江刎脖而亡了。

第二次就是此时此刻。当年的我无论如何都能冷眼相看，可是如今，我却是站也不是，蹲也不是，总之莫名地有些六神无主。

我思索再三，决定还是先下船，见了兰生再做打算，正要找借口慢慢向外挪出去，那厢里他忽然抬起头，轻轻叹了一口气。这一叹让我的心肝重重地毛上一毛。

他伸手托起茶盏，布满血丝的紫瞳望着空中柔润的月婵娟，低低问道："今夕……是何夕？"

我只得也向窗棂探了探头，心神却不由得一黯，再开口时不禁含着一丝悲凉："回贵人，今夜乃是七夕。"

这个日子是我和锦绣的生辰，也是我和他的。偏偏这样一个多情的日子，却好像是受过诅咒一般，更是我和他一切交集的开始。

他的剑眉微平，嘴角噙着一丝讽意，低头咕哝了一句。我使劲听才明白，他好像是在说："果然是这个日子。"

这时船身微震，听到蒙诏的声音在房外道："主人，燕口已到。"

我便低头，殷勤道："茶凉了，小人前去取些热水来。"

我加快脚步走向门口。

却听背后段月容淡淡道："急什么，我看这茶水正好。"

第六章

只为难相见

我的手刚刚碰到门闩，身后便惊觉有人飘然而至，惊回头，正对着一双满是冰冷恨意的紫瞳。

“外边一大帮子人，连只苍蝇也飞不出去。”他对我冷笑着，“你这又是想去哪儿？原非白那里吗？”

我的心脏一瞬间停跳了。他果然认出来了。是什么时候，是方才吹笛的时候吗？莫非第一眼的时候就认出来了？

然而不容我多想，我的肩胛上传来一阵剧痛。段月容的笑容猖獗地在我眼前放大，我慢慢倒了下去，感到脸贴到冰冷的地板上。

我虚弱地睁开眼，却见他也蹲在地上，一双夺目的紫晶琉璃瞳正冷冷地平视着我，充满了狠戾乖张，嗜血残暴。他猛然伸手死死地扣着我的前襟，那样紧、那样牢，连青筋都暴了出来，甚至打着战，简直就是想把我给勒死。

那是我八年来从未见识过的惊天的怨愤和暴怒！

他好像在我耳边咆哮什么。可惜我饥饿多时，又泡了冷水，经历杀机一刻，早已是力量耗尽。再加上他老人家刚才那手刀砍得太狠了，所以我根本就听不清他在说什么，那声音就好像从很远很远的地方对我厉声咆哮：“你这个没有心的，果然没有死。”

这原本是我最最不想面对、最最害怕的一刻，而真正到来时却又有了一丝莫名的心安，心想着若是真给他勒死了，倒也可以问心无愧、一身轻松地去了。

于是我又极端地走向反面，试图对他绽放一丝友好的微笑，以宏观地表达对于我们在这样的情况下，那种神奇重逢的复杂思想感情。可是他老人家实在勒得太紧了、摇得太狠了，我一口气没接上来，头一歪，晕死过去。

我又看到了撒鲁尔可怕的脸在血河中不停向我漂近，无数的鬼魂围在我的身边哭泣，向我诉说着他们的不幸和怨愤，可最后全化作奇怪的吟唱：

奎木沉碧，紫殇南归；
北落危燕，日月将熄。
雪摧斗木，猿涕元昌；
双生子诞，龙主九天。

紫殇在我的胸前一片灼热，黑色的雾气渐渐被那紫光驱离，我慢慢恢复了知觉。耳边飘来一阵欢快的音乐，颇有些北地之风。有一主要歌者，似有两个歌童相和，所奏乐器亦不似中原或是大理，有横笛、拍板和拍鼓，而那歌声节奏甚是急速欢快。

这好像是北方契丹之地的音乐。果然是契丹人来此吗?

我发现我身处一个黑暗的空间，上方有两个淡淡的亮光，我想移到亮光处。方才艰难地爬起，奈何所在之地甚滑，又摔了下来。这是什么地方?

众人拍手之声甚响，有个操着浓重契丹口音的人说道：“真想不到，洛洛小姐的《雁回曲》赛过我北地最有名的乐人了。”

有个迷人的声音似银铃般地轻笑了起来，正是那个洛洛：“妾之拙技能得大人谬赞，不胜荣幸。”

那个契丹人更是殷勤赞道：“洛洛对殿下的深情真如白翎雀一般忠贞不贰啊。”

那白翎雀乃是北地一种常见鸟类，此鸟无论寒暑皆不迁移，常被北地人用来形容品性坚贞。

屋内安静了下来，我只好支着耳朵听他们在说什么。只听到那个契丹人不停地用流利的大理话同段月容聊着，可见是个使官。最后总结下来，他的意思就是两国联手，焉有不胜之理。

双方又谈了几句，接下去谈到一个实质性问题，关于结盟的诚意。

段月容没有出声，那契丹人却舌灿莲花：“我主年纪尚轻，未有子嗣，唯有一妹，疼若珠宝，貌赛星辰，实为我契丹之花，堪为太子多多生养大理皇子。”

我打赌，就算这朵赛星辰不能为他段月容生养，段月容还是会非常喜欢。

不过没想到这回段月容倒在屋里没有吱声，只听到蒙诏的声音道：“吾主愿以宗室女香槟公主嫁与贵国狼主，以修永世和好。”

“大理美人闻名天下，狼主早有耳闻，奈何吾主不爱美色，”那辽人淡笑出声，“吾主听说吐蕃第一美女卓朗朵姆为段王诞下小世孙，吾主陛下万分期待小世子前往契丹赏玩，以助二国共破突厥豺国。”

果然是为了击破撒鲁尔的突厥，我暗忖，那么撒鲁尔当如何御敌呢?

“贵国狼主有妥彦这样的人才，实乃契丹之幸啊。”却听段月容出声笑道，叹声道，“世子前往辽地学习，倒也未尝不可，只是世子尚在襁褓之中，弗能行路兮，安能前往契丹？”

“那不如请夕颜公主……”辽人又待开口。

段月容哈哈一笑：“妥彦果然是大辽第一名臣。吾女顽劣异常，只恐贻笑大方啊。不如此次先结为兄弟联盟，待世子长大成人，或许贵国狼主亦喜得贵女，彼时两国世子再做打算如何？”

那个叫妥彦的辽人似是沉思片刻，犹豫道：“太子所思极是。”

我暗自恍然。大理因与契丹距离甚远，素无往来，而大理国内的保守派亦不主张同契丹相交。这样说来，这段月容名为出来花天酒地，实为掩住各国间谍的耳目，甚至很有可能不想让保守老臣知道。

却不知道大理同契丹的合作是为了什么?

是为了报撒鲁尔之仇吗？莫非也是为了南北夹击汉家三国吗?

他们又说了一会儿，不过是些风花雪月了。我的肚子好像咕咕叫了一声，就听段月容笑道：“今日也乏了，妥卿待明日再议如何？”

一阵众人散去的声音，我努力爬起。透过那两个亮光，果然富丽的房间内，几个高大的男人正客套地走出房门，走在段月容后面的是那个细腰丰臀的洛洛，她换了一身石榴百褶红裙，酥胸半露，性感撩人，薄绡裙摆飘曳于地。她似是不愿意走，杏目含情，在夜明珠下甚是妩媚性感，勾魂摄魄。段月容挥了挥袖，微微推了她一下。立时她的秋波堆满忧愁。

“殿下自弓月宫回来之后，伤重难治，沉睡了七日七夜方才醒来，自那以后，便不再亲近女色了？”她俯在段月容的胸前嘬着樱桃小嘴怨着，“是故陛下亲自选了洛洛来陪伴殿下，奈何殿下对洛洛恁地无情，可是、可是洛洛明明知道殿下昨夜甚是尽兴的，不如今夜……”

段月容有意无意地往我这里看了一眼，我一愣。只听他软声细语道：“今日孤要好好想想如何答复辽使，你且回去。”

洛洛委屈地点点头：“那容妾再拜一拜观音娘娘，好保佑洛洛做个美梦，梦见殿下。”

你确定这是一个美梦？！

却见她翩然向我走来，满面虔诚，盈盈而拜，走时深深看了我两眼。

我恍然大悟，原来那个段月容将我放在正对着房门的大观音像里。天下皆知段月容喜爱瓷物，尤以汝窑为甚。这一番出游，即便为人所知，大抵众人也只以为他出来是游山玩水，搜集名瓷而来，这尊大佛像便是最好的证明，断想不到他不但绑架了宋重阳，而前来密会辽使，还可借这个大佛私扣人质。

段月容像没事人似的举起一只美酒夜光杯，嘴角勾起一丝冷笑，素手极优雅地碰了下桃木椅上的揆龙把手，立时启动机关。我的脚下一空，一下子滑了出来，天旋地转间，已落到观音像前。

我捂着脑袋转过头，不想段月容正高高在上地拿着酒杯低头看我，正对上我的紫色蜈蚣眼，他似乎没想到我已经醒了过来，明显地微微呛了一下，红色的美酒沿着他的嘴角无措地流了下来，酒香悄然在奢华的房间内弥散开来。

他的紫瞳一下子冷了下来，森冷得如同腊月里的冰窟窿，看着我好一会儿。

我也微微打着战，却无法移开看着他的目光，胸前的紫殇隐隐地发热起来。

我润了润唇，决定不再装了，便哑着嗓子启口：“月容。”

我原本想问，你好吗？

然而不等我发问，下一刻，我就被他拎起来，然后扔在远处。

他并没有用很大力，只是把我像块破布似的轻轻拂在地上。然而我的身子实在有点弱，只觉头晕眼花，金砖硌疼了我的骨头。

“你给我跪下。”他在上方傲然而立，语声中充满了令我感到陌生的威严和冷意。

我的脑中分明有一时片刻的空白，怔怔地仰视着他那森冷的俊颜。

一瞬间，那种久违多年的感觉又回到了心田。

他是一个强有力的男人！

他其实一直是大理最有势力的太子！

他的手中掌握着无数人的生杀大权！

他可以轻易地伤害我，他就是那个西安屠城时夺去我所有尊严的小段王爷！

而那过去七年刁钻刻薄、但对我情意绵绵的朝珠只是一个幻影，那个曾为我吹奏《长相守》、柔声哄我睡觉的段月容也只是一个表象。

也许，我本就是在做梦，那记忆中温驯的紫瞳佳人根本从来都没有出现在我的生命中。

我的心平静了下来，强撑着规规矩矩地跪了下来，对他伏地道：“花木槿见过段太子。”

“你说什么？”他的紫瞳对我倏然眯了起来，如利刃一般锋利地看着我。

我淡笑一声：“民女花木槿。”

他不怒反笑，有些怪异地柔声道：“你再说一遍。”

眼见那琉璃般的紫瞳越来越冷厉，那血色从他脸上一点点褪去，我知道这是他生气的先兆。

然而我仰起沉重的头颅，依然一字一字清晰地朗声道：“花木槿拜见太子殿下。”

“好。”他从牙缝里迸出一个好字，然后上前一把抓住我的前襟，提了起来，狠狠甩了我一巴掌。

古罗马元老院议员塔西佗曾经说过：人类更愿意报复伤害而不愿意报答好意，是因为感恩好比重担，而报复则快感重重。

我想这心胸狭隘、锱铢必较的段月容同学正在严格验证着这一理论。

他段月容还是一个自私、小气、爱记仇的小朋友！

很显然他完全忘记了当年我是如何救他于水火之中。

于是我表示理解地捂着脸，头一次没有对段月容的暴怒还手。谁教我上一次的确欠了他。

当然最主要的原因是我连站直的力气都没有了，更不要说还手了。

于是我的脸火辣辣地疼起来，耳郭也嗡嗡作响。我听不到他在说什么，只知道他对着我咬牙切齿，紫瞳阴狠，然后我的眼睛也模糊了起来。

当一个时代，“老婆”不但可以罚跪“老公”、还可以公然扇“老公”耳光的时候，往往代表了这个时代的文明和民主的巨大进步。

所以当时我忍了痛，想着：好吧，你打了一巴掌解个气也好……

忍了！

没想到刚抬头，他一扬手，又狠狠补了一巴掌。

我的牙关隐隐有了血腥味，不由得咬牙暗恨：段月容，你这个臭流氓，你知不知道涵养再好的人，他的忍耐也是有限度的，更何况打人不打脸呢。

奶奶的，你有什么了不起的，我立马就休了你！

我的心中倏地冒起一股邪火，那理智便生生被野狗叼走了。当他第三个巴掌过来的时候，我用尽力气格开，然后集中我所有的力气在脑门上，一头撞去，正中他的小肚子。估摸着可能还伤了一丁点他的命根子，反正他被我撞得打了一个趔趄，捂着胯部，暗哼一声后退几步，我便反身爬向门外，可是段月容那厮抓住我的脚踝把我硬拖了回来。

我反身趁势将他踢倒在地，扑上去抬手就是两拳。这两拳挺狠的，段月容那悬胆玉照鼻流了血，紫瞳也暗了下来。

我对上他的眼神和流血的脸，心中一颤，脑中想起的便是暗宫里断魂桥的那头，他撕心裂肺的哭喊：你这没有心的女人。便是这一瞬，不知为何第三拳我便打得慢了，力量也减了不少，更何况这妖孽的反应速度是如何之快，我的胜机转眼化作浮云。

电光石火间，他如蛟龙出水，一下子把我压在身下，制住双手。

我狗急跳墙，一口咬上他的手。

他痛叫出声，甩开我的下巴，怒喝道：“你个没心的下流东西……你……还敢咬我你……”

他目光狠戾地看着我，一扬手就似又要抽我耳光，我赶紧抱头猫了下腰。

他见我害怕了，紫瞳挣扎地瞪了我一分钟，终是忍了下来，扬在半空中的手硬生生地改了方向，扯下腰间的玫红蝴蝶宫绦，把我的双手全给绑了起来摁在上方，又眼明手快地按住了我的双腿，再一次成功地制伏了我。

我和他二人眼对眼、鼻对鼻，俱是气喘如牛。我的伤毕竟没有全好，只觉头晕眼花，眼骨那里也隐隐地疼了起来。

我的目光越过他的肩，看到我们一旁拔步床的榻上正放着我的“酬情”。

“你以为就你会这手下三烂的？！”他喘着气，被我咬破的手正血流如注。他将手胡乱地在袍子上揩了两揩，又擦了擦流血的鼻子，居高临下地看着我，一派鄙夷。

他的紫瞳深幽而冷酷，那是一种陌生而又熟悉的冷，那是他雷霆暴怒的特征，那是他要大肆杀虐的前兆。我的汗毛一根一根竖起来，在我反应过来以前，他已经开始疯狂地撕扯着我的衣服。

我咬牙。剧烈的撕扯中，我的前襟被撕开，那胸前的紫殇，还有撒鲁尔用“酬情”在我身上划的伤都狰狞地暴露在他的眼前。段月容停了下来，他的紫瞳开始收缩。

我虽然捡回条命来，胸前却仍是留着道道丑恶的褐色长疤，可能就连宋明磊的幽冥教阵营中也没有较好的整容医师。我甚至想过，也或许他是故意留着，想让原非白看到。

然而，谁也没有想到，第一个看到我这些伤疤的竟然是段月容。

此时，已近子时，周遭一片安宁，除了波涛轻拍之声，我俩对看一眼，我窘羞得倒抽一口气，而他的紫瞳中闪着令我感到恐惧的愤怒，纤长的手指颤颤地抚向我的胸口：“这是谁干的？是撒鲁尔那人魔还是幽冥教的妖精？”

我刚要启口，他又着急地问出了第二个问题：“他们有没有，把你怎么样……快说呀。”

他狠命摇着我的肩膀，简直似要把我摇散架了一般，在我耳边大吼地问了我数遍有没有，似是如果我不回答，他今天就要把我吼成个聋子。

我挣脱不得，脸涨得通红：“没、没有，没有。”

“当真没有？”他的语气明显放缓。

“没有。”我没好气地说道。

他忽地又粗声粗气地高声喝道：“连原非白也没有？”

我怒瞪了他两眼，心头更是一团憋屈，粗鲁地对他吼了两个字“没有”回去。

他对我吼道：“那你为什么不回来找我？”

我再吼回去：“宋明磊把我的眼睛变成紫色的，就凭你多疑的个性，我敢回来吗？”

我极其简短地靠吼的述说我俩分手后的遭遇，为了让他不至于那么激动，对于宋明磊给我下的秋日散的事情我只是略略带过：“我被宋明磊下了秋日散，这一年里大部分时间都疯疯傻傻的，也是一个极偶然的机会，这才脱身，得见天日。”

说到后来，我的嗓子哑了，意气也沉沉。我累得大喘着气，段月容还是紧绷着一张俊脸，紫瞳里怒火滔天。呃，还生我的气哪。

他忽地直起身来拉起我。

我大惊，别说是如今饥寒交迫的我了，就算是身体健康的我，也不能阻止段月容对我做什么了！我使劲挣扎，滑开了缚手的宫绦，腾出右手，眼看够到了“酬情”，正想逼段月容放了我，刀锋却抵在段月容的脖颈处停了下来。

他只是抱紧了我，可是他圈住我的双臂是这样紧，他紧挨着我的身躯微微打着战，喉中发出一种难听的声音。过了一会儿，我回过神来，原来他哭了，他竟然哭了。

唉，欠人情意，英雄气短……

胸中只觉得一种无奈的辛酸和柔软，自己也莫名地哽咽起来。我轻轻放下“酬情”，轻拍他的后背，柔声道：“我没事了，月容。”

可他仍然没有停下抽泣，我只得取了一旁一块松子糕拿了来放在嘴中。

“你……”段月容终于回过神来，淌着泪的紫瞳瞪着正在拼命咀嚼的我，慢半拍地发现我已松开双手，正拿着“酬情”轻松而优雅地把松子糕切成整齐的一小块一小块。

他冷着俊脸，用宽大的袖袍抹了一把涕泪，从我手上抢过“酬情”站了起来。

我木然地拉紧衣裳，慢慢地把嘴里的半块松子糕吐了出来，擦净口水放了回去，顺便替他老人家所谓的“龙爪”慢慢擦去我咬出来的血，又做忠顺状地跪了回去，无神地看着地面。那明亮的地板正映着我饿得发青的脸，上面两边各五道指印清晰可见——你个浑蛋，下手还真重！

他的紫瞳里有了一丝柔意，复又蹲下来，怔怔地平视着我：“你……几天没吃饭了？”

我低着头，弱弱地举起两个指头，却偷眼对着那一小盘松子糕看了又看。以前我是最最看不上这不咸不淡的松子糕，唯有香甜软糯的桂花糕方才入我的口，可现在这盘松子糕怎么看怎么水灵。我慢慢把手伸向一块小的，立刻被他的爪子打掉。

“你瞧瞧你把自己弄成个什么鬼样子，格老子的蠢女人！”他不停恨声骂道，又加了一句，“你个没心的蠢女人，天下一等一的大蠢瓜！蠢得连一根毛都没有的蠢女人。”

我斜眼瞪他，认为这是乱用排比句的经典案例，蠢跟有没有毛，又有什么关系，您老人家的头发一直都比我长呢。我混沌地胡思乱想着。这人骂起人来还是这样没水平，没有素质，缺乏科学性以及逻辑性。

他继续在上方骂着，可惜我的脑袋又开始蒙起来，嗡嗡作响，实在没法听明白他到底说了些什么，直到一只手背上有牙印的玉手递了一盘东西到我的眼前。

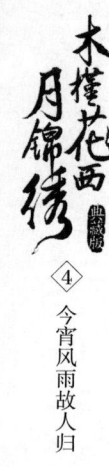

我甩甩头，看清了是桌上的那盘松子糕，立刻抢过来，坐在地上狼吞虎咽，一时没注意到他出去了。等我正在仔仔细细地舔盘子时，门吱呀一声响，我抬头一看，这才发现他端了一个红漆托盘进来。

我微张着沾满糕屑的嘴巴，像个村妇似的坐在地上看着他忙忙碌碌。

“过来坐吧，”他依然没好气地说着，口气却比方才柔了很多，“你饿得太久了，才恢复了饮食，先不要吃得太腻。”

我还是傻看着他。出完气啦？不发飙啦？

不会像台湾小言里面的男主一样抽我骂我扁我踩我，然后再蹂躏我强奸我折磨我啦？！

我走狗屎运喽喂？！

他把我从地上拉起来，按在桌边。却见桌上摆了三个热气腾腾的家常菜，抓炒鱼片、清炒白菜、香菇笋丁，配上一碗清粥。

我瞪着他一分钟，确定他不会再动用暴力后，飞速举起筷子，开始风卷残云，吃着吃着，节奏却慢了下来。

我塞了满嘴佳肴却难以下咽。这几个小菜虽不名贵，却还是那么好吃。这是他的手艺，一定是他方才亲手做的。

当年我每次品尝他亲手做的菜，都会唏嘘半天：何以这妖孽做的菜是这样好吃？我低着头，不想让他看到我眼中升腾的雾气。

然而下一分钟，我感怀的眼泪就硬是给憋回去了。

因为他忽然伸出那纤长的食指来，毫不客气地戳我的左眼，我便是感到一阵钻心的疼，一直疼到我的脑颅嗡嗡作响。

我低声痛叫，丢了手中的碗筷，颤着双手捧着我的左眼，猫腰躬身痛抽着气，脸也皱成了一团。

“你……”我切齿不已。

他却拉下我的手，假惺惺道：“怎么好好的，又不吃了呢？”

他笑嘻嘻地替我的伤眼吹着气，欲替我拭泪，我自然不让他再碰我的蜈蚣眼。

推推打打间，我的眼痛好不容易定下来，他又夹了一筷笋丁到我的碗里，然后和颜悦色地把碗筷塞回我手中。

他状似轻松地挨到我的身边，柔声问道：“你的眼睛为何变成紫色的了？”

我忍了痛，流泪瞪着他。

不等我回话，他却自顾笑靥如花：“哎，老天爷对你真是不薄，定是听到你当年七夕对我的许愿，要为我生一双紫眼睛，于是念在你对我痴心一片的分上，终于实现了你的心愿。这老天爷果然有眼啊……”

我捂着流泪的眼咽了一口唾沫，默然地看着段月容在那里唾沫横飞，又突兀地对空中的半月狂笑一阵。

我心中暗想：对不起，腾格里爷爷，我犯下了重罪，原来的段月容是个轻度自恋狂，可是现在我愣把他给变成了一个严重的妄想症患者。

我怀着对段月容无限的沉痛和愧悔，默默地扒着饭。

过了一会儿，段月容收了笑，叹了口气："自你我分开之后，我父王受了刺激，派了很多人来守着我。咱们先不要贸然回大理。"他迟疑了一会儿，看着我慢慢道，"你别去招惹洛洛，她是我父王的人。"

"我从来不主动招惹你的女人！"

我本来想如是加重语气回答，并提出严重交涉，请不要这样侮辱我花木槿的智慧。转念一想那个洛洛外表虽是个美艳性感的尤物，可眼神分明清澈精干，颇有几分我前世现代"白骨精"的味道。方才看到段月容一直对她退让三分，看起来此女确为大理王的心腹，加之段月容的情绪方才稳定下来，最主要的是我好不容易吃得上饭，我便顺从而沉默地微点了一下头，继续扒着饭。

一年不见，他和我之间仍然互相太过了解，有默契地把这个认知放在心上保持缄默而已。可是仍然能够感觉一些微妙的变化，段月容明显深沉了很多，他的目光沉默地越过我，落到窗外月光下轻轻搅动的波浪上，思绪分明已飘在我所无法触及的某个遥远的角落。

一时间，舟身微晃，唯有波涛之声轻拍。屋内华贵的珠帘轻轻碰击发出悦耳的声音，我渐渐地也饱了，手中的筷子慢了下来。接下来我该怎么同段月容说我的打算呢？

刚转头，这才发现，他不知何时已经坐到我身边来了。我吓得差点将碗筷扔掉，他却只是沉沉地看着我，过了一会儿，忽地对我媚然一笑。我相应地打了一哆嗦，浑身汗毛长三长。

"没见着也好。"他没有预兆地柔声对我启口道。

啥意思？我看着他。一定是我这一年的遭遇，让我不太跟得上他的思路。

"那人可是出了名的有洁癖，你现在这副猪不啃狗不叼的模样，他若是连正眼都不瞧你一眼，你岂不更伤心？"他漂亮的薄唇勾起了一丝弧度，紫瞳里一派幸灾乐祸。

哦！原非白……

显然这厮是看我饱了，便要继续我们的口角，以期进一步刺伤我的心灵，好让我对他彻底臣服。

我眯着眼睛看他，正要开口，他却好心情地起身走到门口，打开了舱门，那月光便柔和地流泻了进来。他回头对我浅笑，那月光正轻洒在他未束冠的长发上，好像乌亮的波浪一般在背上披散，映着紫晶瞳、如花貌，恁地妖冶动人。只听他对我柔柔笑道："木槿，其实今天是个好日子。看，今晚的月色果真多情动人。”

紫瞳对我放着一千瓦的电力，他微笑着走了出去。

我呆愣中门又再开，进来的却是一串熟人，齐放、沿歌、蒙诏、翠花、豆子、小玉以及相熟的随从，大伙一顿激动的认亲，皆顿觉恍若隔世。

众人的腿脚丛里又哇哇传来孩童的哭叫，是夕颜和轩辕翼。

夕颜像离弦的箭一样向我冲过来，把我撞倒在拔步床上。然后又惊天动地地哭了起来：“爹爹，你真的是爹爹……娘娘吗，你为什么不认夕颜？”

我也抱紧了夕颜奶香奶香的身子，母女俩哭得上气不接下气的。

我侧目望去，轩辕翼站在一边谨慎地看着我，我一伸手，把他也拉过来抱在一起。轩辕翼一开始有点不自在，可是一会儿小手圈上我的，漂亮的大眼睛也红了起来。

三人抱头哭了一阵，轩辕翼像想起了什么，明亮的眼睛闪了闪，便像小大人似的，轻轻拍着夕颜的肩头：“夕颜别哭了，你把表哥的衣襟都弄脏了。”

大伙七嘴八舌地围着我激动万分。我听着众人颠三倒四的叙述：原来段月容自弓月城回到大理后，昏迷了七天七夜，寻遍御医及民间大夫，他们均束手无策，说是陷入了深度梦魇，若再不醒来，恐是再也不会醒了，大理王差点就哭死了。这时来了一位云游四方的邋遢道人，自称金谷子，给段月容诊了脉，对大理王说，太子的前世乃是九天贵仙，因触犯天条，这一世到人间来走一遭，渡那红尘之劫，然后便给段月容服用了一种奇怪的植物，第八天，他果然就醒了。自那之后，大理王为了这个宝贝儿子，严禁任何人提到我的名字，于是众人见到我时都有疑惑，却谁都不敢相认。

好神奇哦，段月容还要渡天劫，那岂不是等于腾格里爷爷原谅他了？等他百年过后，他还是有机会回天上任职，恢复那紫浮天王的赫赫威名？

夕颜又谈到了卓朗朵姆。吐蕃公主同段月容回大理后，诞下一个白白胖胖的紫瞳男婴后，终日趾高气扬，甚至连佳西娜太子妃也不放在眼中。然而段月容似乎对于他这一世第一个儿子没有任何兴趣，直到孩子满月那一天，才意兴阑珊地出席了宫中的喜宴，第一次见到自己的亲生儿子，他不但面上毫无笑意，对卓朗朵姆也很冷淡，不过大理王还是万分欣喜，为这嫡长孙赐名为段承嗣。

“爹爹，那个叫洛洛的老是缠着娘娘，比卓朗朵姆还要讨厌。”夕颜开心地大声道，“爹爹回来就好了。”

众人一下子安静了下来，向门口看去。果然，这时段月容带了一个医生走了进来，像是要给我看病。

显然他听到了夕颜的话，倒没说什么，只是皱了一下眉。

他温言道：“夕颜，你娘娘累了，让她早点休息吧。”

大伙临走时，我拉住了沿歌，一时哽咽："沿歌，先生对不住春来，对不住你。"

沿歌的眼神一开始躲闪着我，我殷殷地看了他许久，他才满脸凄怆，忍着泪道："先生，这都是春来的命。可是下次若再见到撒鲁尔，我必会为春来报仇的，先生万不能拦我。"

我一时语滞，他便昂首走了出去。

段月容轻拍我的肩膀，给了我一个安慰的笑，轻轻拉出我的手给那个大理医生把脉。

我认得此人，他是段月容的私人医生郑峭，也勉强可算是我的私人医生，因为过去七年里，他每隔三个月为我把脉一次，配制那著名的含有二十四味中药的稀有特色丸子。

这一回，他显然对我身体有诸多忧虑，用了很多奇怪的银针来扎我的头脑，我立马就变成了一个针葫芦。

后来还拿出了一种银色的蛊虫，他的秘宝宠物"银月"，可解天下奇毒的一种蛊虫。他将"银月"放到我的脉搏上，惊骇地发现了那以往战无不胜的"银月"，竟然在吸了我的血后便立刻绞着肚肠，然后浑身发白死了。

我暗中叫苦，冷汗流了下来。这可是郑医生的心爱之物啊，我上哪里去赔他呀。

然而，他伤心之余，却被激发了强大的科学研发热情。他给我把了许久脉，不顾段月容在旁边瞪了很久，只是看着我的眼中惊骇非常，喃喃道："原来如此，娘娘的身体亦有蛊？这、这不是南疆蛊王，白优子吗？真想不到，已经有二十多年，真想不到老夫还能再看见一个为白优子寄生的活人，更没有想到娘娘胸腹上的旧伤便是被这种蛊虫封住的。当年，便是有一位神医，以白优子救出尚在母体中的殿下，只是……夫人要有克制这种蛊王的东西啊，不然迟早蛊王会反噬人体。莫非那克制之物便是夫人胸前的紫物？"他恍然道，说着就又要来扒我的衣服，被段月容及时喝住了，便讷讷地红着脸道，"果然、果然，果然是上天的神物。"

我对他淡淡而笑。他似还要再说什么，却被段月容赶了出去。

小玉伺候我梳洗，第一次看到我胸前的伤痕，先是震惊，然后亦是泪流满面。让我感动之余，回想起弓月城中的惨剧，还有春来等一干人的悲剧，亦禁不住流了泪，同小玉二人竟是互劝了半天。

段月容嘱咐我先睡，拉着郑峭密谈去了。可能是他对我的健康有很多疑问，碍着我不好相问。

我一沾上香软的床铺，便进入了梦乡。这回我梦见了兰生，他的背影在无边的血河上跌跌撞撞地行走，我惊叫着想让他回来。但是当我拉住他，把他转回来时，却见他的脸皮已经被人完全剥掉了，我吓得松了手，就这样眼睁睁地看着他跌进了血河。

我忽觉我的周身微微摇晃着，举目向光明望去，葡萄结子花的窗棂外，冰轮清冷清冷地俯视着我，散放着一团冷丽的光晕。风拂动纱帐，波浪轻拍的声音传来。我微低头，惊觉身边卧着一个上身健壮的人影，便又吓得不轻，以为又是宋明磊突然造访要对我不利，然后醒悟过来：我已经逃离宋明磊的囚禁，这是在段月容包下的豪华游轮上。

段月容似也被我惊醒了，迷迷糊糊地伸手将我揽了过来，轻轻拍着我的背，有丝迷蒙地说道："别怕，木槿，有我哪。"

他咂着嘴几下，搂紧了我，轻轻拍我："噩梦醒了就好，不怕、不怕。"

我的心跳如雷，紧紧扑在他的胸前。前尘往事袭上心头，不由得流泪不止，终是把他完全惊醒了。

他坐起来，点了半截红香烛，又钻回帐里抱紧我，叹声道："梦见什么了，吓成这样？"

我浑身都被汗打湿了，像落汤鸡一样，只是缩在段月容的怀里打着战，咬着他白绸内衣，完好的一边脸枕在段月容右臂上，贴着他臂上温热的金臂钏，一句话也说不出来。

"那梦很可怕吗？"

我没有答他，只是不停地哭。

终于他坐起来，揉着我，叹声道："早知如此，何必当初呢？"

是啊，早知如此，何必当初呢。

可是这世上又有什么人能逃过命运这一说呢？如果可以选择，我真的希望前世我能勇敢一些，那样也许我的命运会完全不一样。我就不会遇到你，然后莫名其妙地被带到这个时空，遇见了那细雪一般的人，不会历经坎坷，然后莫名其妙地成了花西夫人。

我的泪流得更猛，甚至抽泣出声。

他摸着我的发，一下一下，清冷的紫瞳凝注着天上的半月。

他静静地说道："我小时候有次独自跑到偏殿去玩，听到有两个宫人躲在墙角丛里偷偷议论我的紫眼睛。那是我第一次听到有人骂我是妖孽，不想其中一个还是我最喜欢的乳娘。"

我不由自主地抬起哭花的脸来。

"我的母妃在我一出生时，就去世了，所以小时候的我很缠我的乳娘。那时候，真是一时片刻都离不了她，没事就往她的房间里跑，抱着她的大胸听她唱山歌给我听。"他俯身拂去我的泪水，柔声道，"你猜我怎么做的？"

我的脑子慢慢转着，心想这厮八成就让他爹把这两个宫人大卸八块了吧。

他在暗夜中对我微笑了，紫瞳映着银蟾，如兽发着湛湛的银光，我打了一个寒战。

"你一定是想着我将那二人禀报父王，然后杀了他们吧。"他刮着我沾了泪花的鼻子，轻笑出声，而我垂目默认着。

"我什么也没有做，压根没有想过要告诉父王，"他的眼中闪着讽意，微叹一声，淡嘲着摇摇头，"不过那时的我也同你一样，哭得如此凄惨。因为我爱我的乳娘，虽然她讨厌我的紫眼睛，可是我却爱喝她的白乳汁。虽然她背地里骂我是妖孽，可是我却爱听她唱的那些山歌。就如同那个原非珏，他无论再怎样借着撒鲁尔来伤害你，可在你心里，最终还是会原谅他一样。”

他长长的弯睫下，翦水紫眸潋滟地看着我崩溃的泪眼，仿佛苦海寺的菩萨对着众生怜悯而望。

“直到我十二岁那年进宫伴驾，我的乳娘偷了我一只臂钏，给她的儿子戴。”他指了指那个金臂钏，淡淡道，“我的乳娘仗着我的喜欢，骄横惯了，得罪了很多人，我父王的一个侍女就向父王告发了她，然后很多宫人就把这几年乳娘的所作所为全都说了出来。我父王最恨恶奴欺主，一怒之下将她关进了大狱。等我得了消息找到她时，她已经受不了大牢的苦日子，用我赐给她的鲛绡香汗巾挂在牢窗上自缢了。”

屋里静悄悄的，红香烛爆了一下，然后流下一串艳红的蜡泪，堆在烛根，仿佛在纪念着永恒的伤情。

“我只救得了乳娘的儿子。这才知道我乳娘的儿子从小到大，一口也没有喝过乳娘的奶水，我其实早就可以断奶，可我舍不得乳娘，父王便迟迟不放乳娘出宫，令她饱受思子之痛，她总觉得对不起儿子，这才会时不时偷些我的小玩意托人给他送去。可惜她不知道这只臂钏是从阿嵯耶观音阁请来的，是专门用来压我前世真身的煞气和邪气的，断不能随便予人。”他长叹一声，“后来我回了父王，索性就把那只臂钏在佛的莲花灯前供奉了三天，然后送给了乳娘的儿子，还留下他，让他成了我的玩伴。”

我猛然心中一动。我记得小华山的细黄胳膊上好像也一圈圈地戴着跟这一模一样的金臂钏，那时夕颜还缠着要过一阵子。

我恍然地喃喃道：“原来蒙将军便是你乳娘的儿子。”

段月容点头笑了笑，轻风吹起芙蓉纱帐，他的脸上有一丝乱发拂向我满是泪痕的脸，紫瞳漾着一丝轻嘲。

他在往事中失神了一会儿，然后对空中姣好的月婵娟长叹一声，低低道：“想哭就哭吧，木槿，你现在还能哭出来……也是你的福气。”

我清楚地记得绿水死的时候，他没有哭。

莫非你的眼泪已经在上一世作为妖王时为那仙子流干了？那么这一世呢？

我再定定地看向段月容，猛然醒悟，那凝睇着我的紫瞳依然清澈剔透，然而却不复往昔的自信和活力，仿佛一夕之间便沉淀了人世间所有的风霜和悲伤。

当时的月光下我只感到万般的沉重，仿佛透过那幽深的紫瞳，我看到了他累积几世无比深沉的爱恋。我无法开口，只是泪如泉涌，埋在他的胸前像个无助的孩子，满腔的悲辛、委屈、歉疚、无奈等等，万般感慨终是化作最无用的哭泣。

那一夜他也没有再说话，只是凝着一张绝世的容颜，静静地搂紧了我，轻抚我的背，如同哄着一个布娃娃一般。

第二天一大清早，我正美滋滋地喝着稀粥，只听得一阵喧哗，小玉往纱窗外探了探脑袋，便报与我说，所有明月阁的姑娘们在段月容的房前哭哭啼啼地跪着，因为她们刚刚得到通知，段月容将会在下一个渡口遣返这艘花船。我这才意识到在这大舫上的女性邻居不止洛洛一人。

段月容一副沉痛惋惜的样子走了出去，叹声道，他的夫人化装前来查探，这下子就发现了他花天酒地，终于打破了醋坛子，还可能要闹到解除婚约的地步。而最要命的是他夫人是家中的财政大臣，控制着他所有的经济命脉，这一次他很有可能会被我赶出家门，从此吃咸菜豆瓣过日子了。

透过纱窗，我见他贼头贼脑地用手指微微指了指屋里正喝粥喝得稀里呼噜的我。

果然正牌大奶奶永远是妓院勾栏的天敌，于是在一片哭声混着胭脂香粉气中，我木然地咬着小笼包，看他完美的侧面迎风而立，乌发逆飞，宽大的紫锦袍，如蝶翻飞，后面跪着一堆莺莺燕燕，说不出的颓废优雅。

我正琢磨着要不要出去河东狮吼两下，以应应景，顺便报复一下这几年他做朝珠夫人时在我和众姬妾面前的作威作福，不想他背负着双手，忧伤的俊容微带忧郁地皱着秀眉，朗声吟道："燕离伤怀泣，梦醒胭脂啼。怜客在天涯，相逢必有期。"

于是美人们的哭声更大，如丧考妣。

他同那些美人抱头痛哭一阵，然后出手阔气地每人各赏了一小花篮首饰。我明显地看到众女的眼神亮了那么一亮，哭声停了那么一停。

我胆战心惊地祈祷着那些赏赐不是从君氏所出。然而无论如何，这赏赐总算冲淡了离别之情，哭声止了许多。

前往打赏的沿歌木然地回来，胸前抱了一堆系着红绳的头发、荷包等信物，说是段月容特地让他拿到房里来。

"先生，您说咱们殿下打算怎么处置这些物件啊。"沿歌提溜着一条头发，啧啧道。

"都是你们这些臭男人惹的祸。"小玉立刻回了他一个白眼，"一天到晚就知道吃花酒。"

哟，咱们小玉长大了。

沿歌的脸微微一红："我又没有喝过花酒。"

"你没喝过，心里不也想着嘛，你当我不知道？"小玉的小红嘴嘟囔着。

沿歌张口欲反击，但看我在铜镜里饶有兴味地盯着他，便闭了嘴，横了一眼小玉，倒了口茶，自己闷头喝着。小玉也回瞪了他一下。

"这些勾栏里的女子全是洛洛挑来的。"小玉附在我耳边说了一句。

我一愣。

“这些女子真真不要脸，平日里得了多少赏赐，咱们正牌夫人在此，还敢明目张胆地送这些乱七八糟的东西，就是欺侮先生你心里厚道，不与她们计较。”小玉一边给我整着头发，一边板着小脸骂着，“那洛洛明明是宫里出来的，却同这些下贱女子夜夜共侍一夫，做这些下三烂的功夫，甚是下流不堪。先生，这就是那个洛洛送的，说是能给太子殿下醒酒。”小玉指着床头挂着的一个绣工特漂亮的紫缎大香囊说，“她每夜都来陪着太子吹笛。”

我让小玉帮我拿过来看看。果然这只香囊上的花样特别，还有一种奇特的怡人熏香。若说挑些美貌女子来帮助段月容沉溺花丛、治愈感情创伤是大理王的旨意，是他们作为家臣的义务，那么这香囊则表明了她对段月容的一片情意了。

我让小玉放回去，点头道：“她果然有心。”

我想还是弄个大辫子方便容易，可小玉偏想整点花样，嘴里还咕哝着：“先生到底还是女儿身，难得这回出行的人都知道先生的身份，咱们梳个漂亮点的发式，压过这些青楼的，不好吗？”

我正要出言相驳，门吱呀一声开了。

“说得好，小玉。”满面春风的段月容进来了。沿歌赶紧奉上茶。段月容接过，喝了一口，立刻化作朝珠夫人，翘起兰花指点着我的脑门，傲娇道：“就给咱们正牌夫人梳个最流行的，压压那些粉头。”

小玉应了个诺，喜滋滋地把编了一半的大辫子拆了，给我重新梳起。

“这些都是本宫的私人收藏品，”他趾高气扬地掂起洛洛给的大香囊凑到鼻间，得意道，“每件都是本宫收服的一颗七窍玲珑心。”

这人真不要脸！我透过铜镜白了他一眼，他却回了我一个百媚千娇、柔情蜜意眼。

“给她梳低点，遮遮那只伤眼。哎，对，就这样。”他倚在香妃榻上，兴致盎然地看小玉给我梳头，以多年做女人的宝贵经验不停地精心指点，然后嘻嘻笑着，星眼蒙眬地扯了扯我身上系罗裙的紫罗兰蝴蝶宫绦，“快点，本宫就等你的那颗，便可收尽天下芳心，功德圆满了。”

“七窍玲珑心咱没有，”我歪头从镜里看他，笑道，“谁叫咱是穷人，只有这只八珍蜈蚣眼哎。”

小玉捂着小嘴低低笑出声来，然后识趣地退到一边。

段月容也不以为意，凑过来揽着我的肩膀，对着铜镜里梳着堆云髻的我，笑得如烟如梦：“八珍蜈蚣眼好啊，配上我这九曲回转肝，咱们正好下酒喝。”

大伙儿都给逗乐了。

在下一个渡口，段月容便遣散众美，带着我们几个下船。

我透过面纱一看，渡口早有人恭敬地牵着十二匹骏马恭候多时。我们上马，目送那三只大画舫又开起来，一堆美人在船头痴痴站着，迎风落泪。

段月容假惺惺地挥着宽大的袖袍抹着脸，远远看去，似是洒泪而别。

那几只大舫开远了，他方才呼了一口气，甩了袖袍，扭头对我肃然道：“这江边水汽甚重，爱妃身体方愈，要注意身体。”

我挑了挑眉毛，正要嘲笑他几句，身后却传来一阵娇笑。我们转头，一位佳人正站在我们身后，对我们娉婷而笑。她珠钗宝钿满头，绿衣窄裙，更衬托出细腰丰胸，玉手轻掩樱桃小嘴，盈盈而立如一枝梨花绽放枝头，正是那个洛洛。

“殿下好生无情哟。”洛洛笑意盈盈的，风情无限地看了段月容一眼，“只顾破镜重圆，却不理妾身了。”

我注意到段月容的笑容一滞，淡淡道：“洛洛果然厉害。孤不及相告，你已然认出莫问了？”

“殿下容禀，陛下爱子心切，在叶榆宫中曾细细教导妾身如何服侍殿下，不但衣食住行无一遗漏，就连殿下身边的人物，妾亦见过其画像的。只是昨夜灯火太暗，妾不敢确认。”她不卑不亢，柔柔道来，让人不由自主地认真倾听。

我不禁暗暗称奇。须知自绿水以后，段刚老爷子就再不派身边人来侍候段月容，难怪段刚老爷子放心地让她来侍候段月容。只见她郑重地转过身来，垂目对我微行一礼：“昨夜妾身未能认出姐姐，粗鄙无状，这厢见过姐姐，望姐姐见谅。”

“姑娘请起，莫问不敢当。”我向她还了一礼，微搭手，她慢慢起身。我看她举止娴雅，不像小玉等人口中的淫乱恶女，反倒是个进退有度的贤淑宫人模样。

段月容堆起笑容，走上前去，搂住她的腰，亲切道：“洛洛昨夜饮酒不适，今日可好些？”

段月容极其关心地问候了洛洛半天，最后他表现出为了洛洛的身体着想，也是为了大队人马的安全着想，便让洛洛同仇叔带着宋重阳等五个大理武士先走，自己就慢慢与我以及几个孩子前行。

那个洛洛含笑听着段月容的吩咐，恭顺地点头诺着，便和仇叔将宋重阳点了睡穴放在那个大佛之中，放在马车中化装成马帮行走。她走的时候曾回头看我，那目光太过冰冷，让我感到有丝熟悉，却又一时想不起是谁。

“娘娘，这个洛洛讨厌吧。”夕颜一只小手拉着我，小声对我说道。

“走吧，看什么哪，莫非你想娶她做小？”

段月容紫瞳斜眼看我，打散了我的沉思。我想起这几年两人假凤虚凰，便给他逗乐了，扭头与他相视而笑。

我们上了马，同洛洛他们背道而行。

绿水逶迤，芳草长堤，我们沿着柳堤跑了一阵。

“我们这是去哪里啊？”我不动声色地问着。

他没有答我，只是向我清浅一笑。

水面渐窄，那河塘中满眼碧叶红荷，连天接地正竞相盛放。万里晴空中，蜻蜓点点，沙禽掠岸飞起，引得夕颜同轩辕翼在马上挥舞着小手，大笑出声。

跑了一会儿，水流渐浅，花萍浮满清澈见底的溪水，绕溪中圆石静谧而流。我们似进入了一处山谷，马蹄便踏入深深浅浅的各色花丛深处，但闻青草花香之气扑面而来，沁人心脾。

不久我们来到一处密林，眼前一汪深山幽潭，碧蓝透底，无风无波的潭面如一块巨大的琉璃镜，微有粉白的鲜花瓣随风飘洒而至，微漾清浅的水纹，一圈圈恬静平和，好似天上的仙子梳妆时，不小心松了手，那菱花镜便坠入凡间，化作此等人间仙境，我不由得看痴了。

蒙诏在前头回马过来：“殿下，已到花溪坪了。”

段月容便点点头，喊了声原地休息，马队便停歇下来。

我捶了捶腰，段月容便递上一水壶，在阳光下对我柔声道：“累了吧。”

“还好，”我咕咚咕咚喝了几口，擦了擦水壶口，疑惑道，“这不是回大理的路啊，咱们这是去哪里啊？”

段月容微微一笑，顶着空中五彩的阳光泡泡，向远处正在同沿歌抢大枣嬉戏的夕颜一招手：“夕颜过来。”

夕颜便从沿歌那里挣开了手，屁颠屁颠地学着小马步，嘚儿嘚儿地扑过来，双手紧紧拉着他伸出的大手。他宠溺地把夕颜离地抱起，向外甩了几圈，夕颜在空中兴奋地嗷嗷大叫了几声。

可这却把我给吓得一身冷汗：“别乱学抖音，快快放她下来，小孩子骨头嫩，别拉脱臼了。”

他闻言停了下来，抱起夕颜，“母女俩”对着我大笑不已，那琉璃紫瞳一时灿烂非凡。

夕颜满面红光，喘气道：“好好玩，爹爹也来试试。”

段月容放下夕颜，夕颜便空下两只手紧紧抓紧我和段月容，天真道：“爹爹娘娘，夕颜变成神牛牛，拉你们回大理。”

她学着牛叫，然后真的像头牛似的低头，顶着两只小髻子拉着我俩往前走，然后发现力气不够，便唤着轩辕翼来帮忙。

轩辕翼有点尴尬，但不好扫夕颜的兴，便加入了“小牛牛”车队，闷头往前走。而我不想伤害两只“小神牛牛”的小心灵，便慢慢移动脚步，由得这两只“小神牛牛”拉着走。

段月容被孩童的稚言又逗得一阵大笑，也学着我，往前移步，嘴里喊着：“我说神牛牛啊，可否先把我们拖到那棵树下休息休息啊？”

我忍不住笑出声来。身后的学生侍从更是一阵莞尔。

段月容扭头对我笑道：“我们一家人也好久没有在一起了。汝州风光怡人，名胜南阳山和东离山，乃是人间一绝。若非现下兵荒马乱，此时早已游人遍地了。此地便是两山交会之处，唤作花溪坪，我陪你玩上几日，好吗？”

夕颜同轩辕翼把我们拖到一棵郁郁葱葱的大树底下，然后又跑去找沿歌、小玉他们玩了。

早有孟寅摊上干净的一大张米色丝罗，段月容拉着我坐下，又有蒙诏递上些干果，沿歌他们在远处采来几只野梨山桃，卫士便将采来的山果在这潭中洗了，由蒙诏传过来，孟寅再仔仔细细地擦了一阵，又用上好的明黄缎子包着递上来。众人按着品级垂手而立，一派宫中礼仪。

段月容哈哈一笑：“在外面没那么多规矩，孟寅留下伺候，你们都散去吧。让我同屋里的也好好歇歇脚。”

于是众人唱了诺，蒙诏便安排随行的几个武士没入草丛或是上树暗中相护，自己同翠花站在湖边喂马喝水。

我咬了一只青黄相间的桃子，没想到还挺甜的。我便又在一堆山果中挑了一个，递了一个给段月容：“尝尝，绝对绿色食品，无污染，超甜。”

“呃？！”他的紫眸闪着不解，但还是接过来一口咬下，咀嚼了几下点头道，“果然甜脆。”

我俩微笑着啃着山果，享受着这片刻平静。

有女子爽朗的大笑声传来。我举目望去，阳光下两个人影高大而立，原来是蒙诏同翠花两人正牵着各自的坐骑，边走边说着什么。翠花穿着一身枣红薄外夹袄，白色内绸衣，藏青色的如意宫绦系着淡青长裙，腰配银刀，一如既往的浓眉大眼，未语豪笑先传，英姿飒爽地立在潭边。蒙诏一身玄色长衫，猿臂蜂腰，长条子的纹面脸上淡淡而笑，一贯的清瘦卓绝。

蒙诏的大黄马是大宛名种，叫绝影，是打到金沙江那阵子，头人进贡的，浑身金黄，个头雄奇，神骏挺拔，几乎赛过了段月容的爱骑汗血宝马腾云，脾气却比腾云还要“霸道总裁”，谁也不让骑，连段月容也不给面子，但独独只爱蒙诏，一见蒙诏那个顺服啊。翠花的坐骑虽是一匹名贵的蒙古马，却浑身褐青色的毛，右马眼一圈乌黑，活像被人打了一拳。这匹马原本是段月容打下真腊南十八郡、三十六寨得到的无数战利品之一，段月容看这匹马乖巧温顺、个头略矮，觉着挺适合小孩骑的，就送给夕颜当生辰礼物。

偏夕颜这丫头嫌它长得又矮又丑，就硬塞给了华山，还骗华山说她就是看这匹小马长得特别好看又有型，所以才舍不得骑，特地给华山留的。老实的华山受宠若惊，还喜滋滋地觉得摸摸小马也挺好的，只是蒙诏一直不敢让他单独骑，怕给摔了。偏偏时常来照顾华山的翠花对这匹马倒是一见钟情，喜欢得跟什么似的，有时也抱着华山骑骑小马，过过瘾，于是蒙诏就大方地转送给了翠花，翠花便欢天喜地给它取名叫乌蛋蛋。

两人两马似是信步踱到幽潭对面，一向温顺的乌蛋蛋忽然对着绝影喷着鼻息，蒙诏笑着摸摸绝影的鬃毛，似是怕绝影对乌蛋蛋尥蹶子。高壮的绝影委屈地一抬两只漂亮的前蹄，蹦起来仰天轻啸了一声。翠花微叫着，赶紧拉着乌蛋蛋退了一大步。她拍拍乌蛋蛋的脑门，看她的口型好像在说：你怎么敢惹绝影呀，小心它把你吃了。

蒙诏紧张地跑到翠花那里，好像在问你没有被踢着吧，然后两人相视而笑，脑袋几乎要凑到一块了。平静滑整的潭面映着两人一红一黑两个影子，旁边两匹战马一高一矮、一金一青，有时弯着的马脑袋还碰对对，倒也成了一幅画。

嗯，咱们翠花的个子还真高，站着居然同高大的蒙诏一样平哎。

哎？我好像从来没有看到蒙诏笑成这样啊，好像也很久没有看到翠花脸红了。

哎？为啥我觉得这两个有点情况啊。我正眯着眼琢磨着，旁边的段月容忽然发话道：“我打算明年开春就替蒙诏向君树涛下聘。”

我手里啃了半个的桃子掉了下来。

段月容对我笑道：“你嫌人家蒙诏配不上你们君家的翠花吗？”

我赶紧像拨浪鼓似的摇摇头，结结巴巴道：“这、这都是什么时候的事儿啊，我……怎么……毫不知情啊？”

段月容摸摸我闷闷的脑袋，笑道：“我又不是他俩肚子里的蛔虫，怎么知晓呢？反正也就这两年的事吧，忽然就觉得他俩眼神不太一样了。”

“可是蒙诏将军一直心高气傲的，我一直以为他会为初画独身一辈子呢，怎么他就……”我百思不得其解，想起以前段月容也送给他一堆性格温顺的美人儿，他全把人家当成粗使丫头。他怎么就看上长得一般、脾气也不怎么温和的翠花了呢？

“许是蒙诏想替华山找个好妈妈吧，”段月容轻叹一声，“翠花虽不是美人坯子，但是难得的好心肠，有翠花照应华山也好。蒙诏这小子从小就是个闷葫芦，除了同我说话，他什么人都不爱搭理，但一旦认准了就死心塌地一辈子，我想他定能对翠花好一辈子的。”

我扭头再看那笑得灿烂的两人，正感慨一番，忽然感到有人在摆弄我的小臂，这才发现段月容正在撩开袖子，给我的手臂上戴着一只金光灿灿的钏子。我定睛一看，原来是昨天晚上我枕着的那只金臂钏。

"你……"

我怔着，想甩开手臂，他却抓得牢牢的："别动，一会儿就箍上了。"

"人家有东陵白玉簪，我便没有紫慧金臂钏吗？"他睨着我嗤笑了一声，不停调着那金钏的松紧。他微微皱了一下眉，嘴里低低地嘀咕着："嗯？瞧这小细胳臂，现在愈发细了，都戴不上了。"

无奈我的胳臂原来也就只有他的三分之二，现如今更是只有他的一半粗细，他只得将其拧成三圈，箍在我的左臂上。

"嗯，你戴还挺好看的，"段月容志得意满地看了我两眼，又将目光投向远方，平静地淡笑说道，"这两个臂钏原本一直供在阿嵯耶观音阁里，我父王娶了母妃后，带她到观音阁中进香。这两个臂钏通身发着紫金光，寺中住持云，母妃怀着下凡的九天贵仙，这两个臂钏本是属于我前世真身的，可他又说我前生业障过多，要出家修行，方能消除罪孽，我父王自然不同意。那住持便长叹一声说一切随天意吧，说我降世后少年时必会噩梦不断、病孽缠身，唯有戴着这两个臂钏方可平安长大，便算做了大法事。不想少年病弱的我戴上臂钏后果真身强体壮起来，然后一路平安长到了现在。

"我把其中一只送给了蒙诏，另一只在庚戌国变时丢了。你在断魂桥边抛下我，我便睡了过去。父王以为我再也醒不过来了，快要准备后事了，有一个自称金谷子的云游道人，满嘴道语的。我大理尚佛，自然没人理睬这疯道人。可是这疯道人竟然带了这只臂钏回来了，他说只要两只臂钏戴齐，便能唤醒我。我父王便舍下老脸，问蒙诏又讨了回来，配上金谷真人的那只，没想到还真灵验了，我真醒了过来。"

我惊道："金谷子，可是齐放的师父金谷子？那名满天下的前任武林盟主金谷子？"

"金谷子在大理不过是传说罢了，"段月容嘿嘿笑了两声，从我脑门上轻轻拿下一片花瓣，吹向空中，"偏那时齐仲书正满大街找你，没同那疯道人照上面，谁知是不是真身呢？反正我是真醒了，不待我父王重谢，那道人也消失了。"

"可这礼物太珍贵了，你还是留着吧。"我讷讷说道，就要把那只神奇的钏子摘下来。

段月容对我笑着摇了摇头，温和地制止了我："你且收着。"

他挑了一只青红相间的野山桃，放到鼻间嗅了嗅，那潋滟的紫眸柔得似滴出水来，对我曼声轻吟："投我以木桃，报之以琼瑶。匪报也，永以为好也！"

灿烂的阳光洒下，流动在他纤长浓密的睫毛上，闪着金子般的光辉，璀璨的紫瞳如梦似水，柔情涌动，似又带着一种我从未见过的真挚温柔，深深地凝注着我。我一时便在感动中恍惚，仿佛那梦境里的紫浮，柔情蜜意地看着我，宛如千百年来一直这样凝注着我，亘古未变。我无法挪开我的眼，竟是一阵说不出的迷失。

"可是有人她就是不稀罕我的好东西哪。不过，"那厢里，段月容忽然假假地叹息一阵，然后语气一转，凶恶道，“你这辈子还是得给我戴着……”

明明还是调笑的语气，脸上也带着粲笑，偏那紫瞳却闪过一丝尴尬和哀伤，微微躲避着我的视线。

“不是你想的那样……”我心中不忍，想也不想间，话已脱口而出。我自己也不敢相信，心上却感到一片坦然，“我稀罕。”

段月容彻底怔住了，他伸手抚向我的脸颊，讷讷道：“你、你说什么？”

“我不是你想的那样没心。”我低下头，轻声道，“你对我的好，我不是不知道。这七八年来，我同你和夕颜还有大伙在一起很开心，只是、只是……只是上天让我先遇见了他。”

西枫苑里那世上最迷人的微笑，弓月宫那阴森恐怖的地下世界里，那个凄怆的白色身影，那魂牵梦绕的《长相守》，那声声呼唤：木槿，木槿……

每每夜半想起，便成了撕心裂肺的思念，最断人肠，生生折磨着我的灵魂。

那生死之际无望而疯狂的承诺，花木槿爱原非白一万年，一遍又一遍地念在心里，那长相守的美好愿望，难道此生终成了遥遥无期的黄粱一梦而已？

我的眼圈红了，努力想开口继续说下去，却落入一个宽广的胸怀，眼泪落在上好的紫锦缎上，快速渗入胸前，只留一摊深色的水迹。我听到他剧烈的心跳，微抬头，迎上一个火热的吻，唇齿相依，火热得让我喘不过气来。

好半天，我挣开了他。段月容的紫瞳亮晶晶，仿佛盛开着最灿烂的烟火，紧紧搂着我，动容道：“你当真稀罕我吗？”

我怔怔地看着他的紫瞳，一时无言。

这七年的过往历历在目。

命运总爱弄人，眼前这个男人曾经夺取了我的一切，包括我的尊严。

然后又是这个男人奇迹般给了我一个完整的家，我所梦想的一切安定平静的生活。

于是我有了一个淘气可爱的女儿，一群活泼善良的学生，一位每次都会带来惊讶的妒悍的紫瞳娘子，一场场精彩的商场游戏，一次次帮助别人的快乐。

他为我改变了多少，我不是不知道。他深知是他让我家园尽毁，失去一切，尝尽人间世态炎凉，于是他这七年来加倍补偿，就像他对我说的，不是不能对我强取豪夺，只是想看到我真心地对他笑。

是的，他成功了，他竟然实现了我同于飞燕的梦想：自由自在，泛舟碧波，我再一次快乐地笑出声来。

难道上天让我再次先遇上段月容，便是要告诉我，花木槿与原非白，终是有缘无分？

段月容等不到我的答案，亦沉默了下来。

“我知道你皮薄，总对我说不出那缠绵的话来。”他昂头轻哼一声，状似无所谓地耸耸肩，然后对我绽出最最美丽的微笑。那紫瞳好像深潭一般，闪着琢磨不透的光，口中却吐出最残酷的话语，“那你能对我起个誓，今生今世再不见那原非白吗？”

天空忽然飘来朵朵乌云，不时遮住璀璨的阳光。

我一下子愣住了，耳边仿佛又响起婉约动人的《长相守》，那抹白衣人影，仍在星光下对我淡笑，我却迷失在越来越远的地方。我惘然地望向段月容，艰涩地开口道：“月容，我、我、我想再见他一面，可不可以让我再……”

“闭嘴。”段月容霍然起身。天空仿佛忽然浇下了倾盆大雨，扑灭了段月容眼中的五彩烟花，浇透了有情人心中最美好的幻想。

他高高的个子向我投下一片阴影，逆着光，我看不见他的神情，唯有灿烂的紫瞳洒下一片阴冷。七月里的我只感到腊月里的寒。

“我知道你肚子里的花花肠子，木槿。”段月容冷冷道，“所以，我劝你不要有这个念头，想都不要想。”他猛然转身离去，冷冷的背影对着我，“你这辈子都别想再见他了。”

“为什么？”我也跟了上去，一下子走到他的眼前，不顾他满脸阴沉，抓着他的双臂，颤声道，“月容，我没有别的想法啊。我只想知道他的身体是不是好一点了，只想同他像个老朋友一样谈谈。”

“他的身子好着哪。你下落不明、我昏迷不醒那阵子，他踏雪公子早就能跑能跳，还能玩女人、战东都。这一年他顺风顺水，连宋明磊都忌惮他三分，他有什么不好的？”段月容拂开我的手，不耐烦地乖戾道，“你且对他情有独钟，可你是否想过，他是否真心想见你？你同他谈什么，谈谈怎么偷偷捅死我，谈谈我大理有多少锦绣河山好让他来践踏，然后方便你们一起双宿双飞吗？”

“月容，你有一个疼爱你的父王，对你百依百顺；你有女儿夕颜，你有我的学生，有我的生意，还有我们在一起的八年，八年……可是他什么也没有，天下人都以为他多么痴情，多么惊才绝艳，只有我心里知道，他……其实他、他和我一样，不过是一个在感情上认死理的傻子。”我对着段月容，想起那孤单的白影，那凄怆的《长相守》，不由得哭花了脸，辛酸道，“我见他，只是想让他好好过下去，别再挂记着我了，以后就再也不见他了，好好守着你和夕颜他们，还不成吗？”

段月容莫测地看着我，没有答我，只是冷冷地绕过我，一言不发地向前走去。

我心如刀绞，再顾不得旁人，只是对着他的背影撕心裂肺地大声哭喊道：“月容，你不能这样不讲道理。”

所有的人都向我们看来。夕颜害怕地想过来，可是翠花却拉住了她。

“你就讲道理了吗？是谁在弓月宫答应跟我走的？可又是谁最后背信弃义？”段月容停住了，慢慢回身，紫瞳幽冷，却难掩伤痛和决绝，他冰冷道，“你骗了我一次又一次，难道还以为我会信你吗？”

我如遭电击，再也说不出任何话来。看着他远去的背影，我颓然地跌坐在地上，捂着脸无语泪千行。

七月里的天气变幻莫测，上午还好好的，到了晌午就下起大雨来，花溪坪老潭那平静的水镜被暴雨滴穿，裂个粉碎。

入夜，我们便在当地一家名叫信游的有二十多年历史的老字号客栈落脚。

那老板一脸老实，两只老眼温和得像小鹿的眼睛，你看到他绝对不会联想到浴血沙场杀人如麻的武士，然而就是这样一个忠厚老实的老好人，在前几日还轻而易举地扑杀了众多原氏高手。

他迎我们一大帮子人进入客栈后面一所安静的大院，只剩下我、段月容和蒙诏时，他双膝跪倒便向段月容行了一个宫廷大礼，老眼精光毕现道：“吾主放心，洛洛姑娘与老奴已将质子押送回来，幽冥教与原家均未发现。”

段月容立时把他扶起，淡淡一笑：“仇叔，别来无恙？”

“小人一切都好。”仇叔眼中微带泪花，微笑道，“小人收到蒙诏突然来的信，说是小王爷，哦，不，太子殿下前来，小人便准备好了一切。”

“仇叔，前日分手之时甚是仓促，未及相告，这便是君莫问。”段月容又客套了几句，然后指着耷拉着脸的我，“亦是大公主的母妃。”

“哦，原来如此，这、这便是闻名大江南北，真正的君大老板？”仇叔作势又要向我行礼，目光如芒刺一样看向我，充满了探询的味道。

我手一微挡，他便立时站直了身子。老狐狸。

“木槿，快快见过仇叔，我的第一位武学先生，亦算是我大理的第一名将。”段月容微笑着拉过我。

哦，原来如此。我便行了大礼。

两人又唠了一会儿嗑，而我沉浸在可能再也见不到非白的悲伤中，精神恍惚。

我回神时，已经被段月容带到仇叔给我们收拾的屋子里。里面的装饰全是段月容喜欢的奢华风格，桌上还特地摆了一个盛满泉水的浅底金盘子，盘底雕着飞天映月，水面上洒满了鲜花——因为段月容这厮习惯一进屋就要用金盘子盛的香花水净手，还不能是银盘子或是玉盘子，且盘子里的鲜花品种一定要超过五种。

记得我以前骂他连洗个手都如此奢华，他还理直气壮地一摊手，拉着我坐下，像领导似的语重心长道：“爱妃实在冤枉本宫了。本宫经过庚戌国变后已然节俭很多了。原来本宫净手的金盘，须是内嵌五色宝石、外镶珊瑚珍珠、底刻紫鱼莲花佛经千言论、下有千年紫檀为托的金盘，盛的是沧山蝴蝶冰泉，洒的是我大理三十六族各族族花之鲜花瓣方可，还要有十位各族佳丽在侧，香胰、熏油、按摩，那个……如果是晚上，我还顺带挑了哪一位美人儿侍寝的，可能……还要再多洗些花样。”

他的紫瞳若无其事地瞥向我：“当然，若是你以后想伺候我净手，那……本宫还是可以考虑再节俭些……哎？怎么跑啦？”

我回过神来，小玉催我去隔壁的浴室，这个老头子想得真周到，连段月容喜欢沐浴这个喜好都想到了。

浴室华丽非凡，严格说来就是一大游泳池，我就哈哈笑地绊倒小玉，让小玉掉下水，然后拉着她陪我游了两三圈。正想叫夕颜和轩辕翼也来玩，忽然想起万一段月容闯进来，岂不又被他占便宜，便恋恋不舍地爬起来。

第七章

新愁旧风乱

小玉帮我沐浴后，换了件丝质袍子，通身舒爽，躺到软榻上就像是到了云朵上那样美。还没美多久，段月容就昂着头进来了，翠花跟在后面，同小玉一起小心伺候着段月容用那盘鲜花水净了手，然后换了件家常云锦贴花的麻织袍，然后咚地栽倒在我的身边，似是万分疲劳。

众人退尽，我想着白日里的争吵，蜷着身子，闷在床上。段月容立刻向我侧过身，冲我耳根子喷热气，他在我耳边嘻嘻笑道：“别装了，我知道你没睡。”

我往里挪了挪，不理他。

他又跟上来：“天还早哪，陪我说会儿话吧。”

过了一会儿，只觉有根手指轻轻捅了捅我的肩胛骨，我假装不知，他便不依不饶地继续往下捅去，最后移到我无法忍受的腰眼。

我忍无可忍地转身，正要骂他，他却嬉笑着揽我进怀：“今天晌午不是还有人说稀罕我，要稀罕我一辈子吗？怎么也不表示表示？”

“月容，别闹了。”我无奈地推着他。

他把脖子埋进我的长发，使劲嗅着我沐浴后的馨香，心满意足地叹息道：“咱们好不容易又见面了……别再惹我生气了。从此以后我们开开心心地在一起过一辈子，不好吗？”

“自从我来到这个乱世，没有一刻不想开开心心地、无忧无虑地过日子，”我轻轻推开他，正襟危坐，鼓起勇气道，“可是这世上有些人你总得要见，有些话你总要说，所以，我只求太子殿下，再让我见他一面，了却我的心愿。”

啪！一声巨响，段月容狠狠一甩手，将那把稀世的描金象牙柄扇给摔得稀烂。他俊脸狰狞，紫瞳怒涛汹涌。

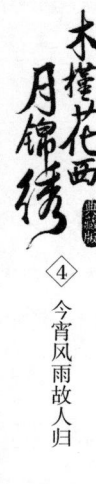

我打了个哆嗦，可还是勇敢地说下去："月容，弓月宫里我不是存心骗你的，我只是想先让你出去，不想三个人一起死在黑黝黝的地下城，如今我……只要见他一面，哪怕是为了做个了断也——"

却听咣当大响，桌上的金盘子也被他拂在地，他冲我怒声高喝："你给我闭嘴。你以为我不知道吗？每次都这么说，可你一见他魂就没了，便再也不会回来了，就同前几世一样。"

我霎时愣住了："什、什么叫前几世一样？"

段月容的脸上阴晴不定，紫瞳闪烁了半天，冷冷吐出一句话来："在地宫里你一见他，魂不就掉了？"说罢快步转身出去。

小玉闪身进来，又埋怨我半天："先生，您现在怎么老惹他老人家不开心呢？"

我则惊疑不定，为何这次再见段月容，他整个人都变得这么奇怪了？

小玉那里问不出个所以然来，我便去找蒙诏。结果段月容刚才被我气跑了，听豆子说是阴着个脸，满山遍野骑着腾云去放风了，蒙诏作为他长年的影子也跟着去了。过了一会儿，翠花就来报说殿下前往山下接贵客，不回来用饭，留下她和孟寅来伺候我。

我就去找夕颜，没想到夕颜同轩辕翼在睡午觉，我只好回去，同孟寅一起查看君记的事务，我便同他谈起前几日我所遇见的贾善制造出来的流民惨案。

孟寅也唏嘘了半天："奴婢也没有想到，这个贾善会变成这样一个无耻之徒。"他冷笑道，"这个无耻小人败坏了我君氏的口碑，敢贪污娘娘和太子的财物，奸淫拐卖妇孺，着实该凌迟处死，活剥人皮。"

我第一次发现孟寅阴阴地笑起来，也怪吓人的。唔，到底是宫里出来的。

"吾观这西州四省着实该换个大掌柜了，"孟寅收了阴笑，陷入沉思，"这兵荒马乱的，倒是很难再找一个可靠的心腹之人。"

听了"心腹"二字，我便想起了洛洛："阿寅，你可知那洛洛的来历？"

孟寅一怔，察看我脸色，慢慢道："自从弓月宫之变，殿下几不能生，陛下对夫人偶有微词，故而从后宫民间佳丽中千挑万选出一个洛洛来。她同奴婢一样是尚水宫出身，说起来也算是陪着殿下一起长大的老宫人，不但姿容绝色，聪敏娴雅，温柔可人，武功也属上乘，最难得的乃是其品性最是大度，不与其他夫人争列，故陛下……对她青眼有加，而众人……对她也不敢怠慢。"他说得吞吞吐吐的，与平时的吐字如珠实在天壤之别，似是在仔细地字斟句酌，犹豫了一会儿，迟疑道，"只是这个洛洛少年曾经历过大不幸，故而脾性偶有孤僻，还请娘娘慈悲，不要与她一般见识。"

孟寅平素为人可谓八面玲珑，历来谨慎，前半部分把她夸成一个完美无缺的仙女，下半部分又把仙女的缺点告知于我，实在让人怀疑。

到了晚上，我同小玉、夕颜、沿歌及轩辕翼五人吃着饭，只听前面有女子的笑声和丝竹之声传来。

小玉的耳朵支了起来，小脸一沉：“哎，我怎么听着像是那个洛洛呀。”

我发现小玉对那个洛洛特别敏感。

小玉嘟着小嘴：“怪不得豆子没过来伺候先生呢，我得去看看。”说着话就放下碗筷，噌地蹿了出去。

沿歌扒着饭，冷冷地注视着她的身影消失在视线内，一边捏着嗓子，学着小玉：“怪不得豆子没过来伺候先生呢，我得去看看。”他做了个鬼脸，“那个土包子有什么好紧张的，德行！”

夕颜却认真地说道：“小玉姐姐说那个洛洛是狐狸精，只要是男人见了她两只眼睛就直了。她怕豆子哥的魂儿给勾走啦，所以沿歌哥哥也要小心哪。”

沿歌呛了一下：“公主又胡说！”

夕颜对沿歌做了个鬼脸，又严肃地转头问轩辕翼道：“小翼，你可别去啊，不然你的魂也会给她勾去的。”

轩辕翼老实地唔了一声，专心扒饭，却偷眼看我的脸色。

我的结论是，这个洛洛好本事，成了我身边所有女性的公敌了。

吃完饭，哄夕颜他们睡了，前方的丝竹声变作女子柔美的歌声。直到月上中天，段月容这小子还没有回来，小玉和翠花也不见了踪影。我心中有些疑惑，便稍作装扮，披了件鹅黄的丝袍，系了条白湘丝裙。

沿歌还是老样子，说是守卫，却只坐在门口张大嘴巴流着哈喇子打着小呼噜，我轻轻在他身上披了一件披风，移步走向前厅。

越往前走那音乐声越喧哗，分明是北方契丹之地的音乐，果然契丹使者也到了。

门口有个侍卫见我，正要通报，我对他微微一笑，向他摆摆手，他便点头，站回岗哨，狐疑地望着我。我微打了一个哈欠，就听里面传来仇叔的声音道：“何人在外面？”

我正要开口，段月容却道：“今日也乏了，明日再议如何？”

说着门便开了，几个高大的男人走了出来。段月容当先走在了前头，我想躲也来不及了。而他似是对我站在外边一点也不惊讶，只是淡淡迎上来：“还戳在这儿干吗？跟本宫回去吧。”

最后一人甚是高大魁梧，满脸黄褐色的胡须，褐色的眼珠在月光下闪着精明睿智的光，只听他含笑问道：“这位夫人是？”

我认得那声音，分明是明月阁画舫内的辽使妥彦。

“随行的内人，粗鄙无状，实不足提名也，”段月容淡笑道，又转过头来，对我没好气地说道，“还不快点退下。”

我赶紧低下头，跟在段月容身后，亦步亦趋地走了，临走还感到一道冰冷的目光看向我。我略一回头，却是那个丰胸美人洛洛，奇怪的是她的目光再怎么冷，俏脸上却还是挂着最迷人的笑。

“殿下到汝州表面寻欢，实为同契丹使节商谈结盟之事吧？”我跟在后面走了一段，看左右没人了，便开口问道。

“还像以前一样，什么也逃不过你的眼睛。”他转身，一把打开银纱金扇，对我潇洒而笑，“寻欢固然重要，国事自然亦不可废。”

回到厢房，他嚷嚷着渴了，小玉早备上用白玉荷花杯盛的燕窝参汤，我端给他时，笑道：“我还没有恭喜殿下喜得贵子呢。”

他快速抬眼看了我一下，淡淡地嗯了一声，抿了一口。

“殿下真想等世子长大成人后，同辽国交换质子？”

段月容懒懒地“嗯”了一声：“到时再说吧。”

他让我给他换件衣服，我一边挂着他那件紫红的宴会长袍，一边试探道：“太子想同契丹结盟，只是为了报弓月城之仇？”

他猛地转身，目光犀利地看了我两眼，冷笑道：“我知道你在想什么。”

他慢慢走近我，抬起我的下颌，柔声道：“你是怕我伤你心尖尖上的肉吧？”

我坦然直视着他：“我不愿意殿下将来进犯中原，不仅仅是因为他，而是因为无论沧海桑田，木槿始终是个中原人，而如今的我最最不愿看到的，便是殿下的双手再一次沾满我同胞的鲜血。”

他的眼神柔了下来，放开我，唇边漾开了一丝笑，状似轻松地耸了耸肩：“瞧你急的，现下我还没想那么多。不过，也没准哪天我一下就起了这个念头，想重新问鼎中原去了，”他的紫眼珠子一转，笑道，“不如这样，你过来让我尝尝你嘴上的胭脂，也许我头一晕便再也想不起了呢。”他嘻嘻笑着向我扑来。

他那四两拨千斤的态度让我有些恼火。我推开了他，没好气道：“殿下让卓朗朵姆生下小承嗣，不会就是为了给大理添个够分量的质子吧？”

段月容笑容不变，作势倒在香妃榻上，右拳击上左掌：“果然冰雪聪明。”

“我知道你心中不忍，”他对我平静一笑，轻描淡写道，“他既是皇长子，便需要面对随时做质子的命运，更何况……”他冷冷补上一句道，“你难道就愿意让咱们的夕颜去做质子吗？”

我一时语塞，亦随同他的目光看去：桌上的双鱼兰玉瓶里正盛放着一丛莹白的野茉莉花，是白日里夕颜采来的。我记得那时她还使劲嗅着，然后拉着轩辕翼稚气道：“好香，小翼你闻闻，咱们采些花籽带回叶榆给外公和同学们吧。”

第二天一早，我起身时，段月容已没了影，小玉过来伺候我，说是太子早早地就同蒙诏、孟寅陪着契丹使节，还有那个洛洛去南阳山上赏景了。段月容留了两个侍卫给我们，都算是我以前经常见的熟人。

梳洗完毕，夕颜他们过来陪我用过早饭，我们便来到院子里晒太阳，沿歌正充满火药味地要豆子陪他玩蹴鞠。

反正也是闲着无聊，就叫上那两个贴身侍卫，还有留守的几个本地伙计一起过来玩。夕颜和轩辕翼成了小裁判，跑来跑去盯人，还挺认真。

“沿歌哥哥犯规啦。”夕颜的脸涨得通红。

结果沿歌不听她的，还是犯着规，挑衅地看着豆子。

夕颜一急就念成了：“圆规格格犯嗝了。”

我忍着笑意，也帮着叫沿歌注意分寸，这小子才收敛了一些。

大太阳底下，少年们汗如雨下，倒越玩越有趣。

不知不觉垂花门边的蔷薇花架子下又多了几个人影，兴致勃勃地看着。我在凉棚中看去，站在最前头的好像是个唇红齿白的俊美少年，穿着异域的服饰，茶色的头发梳着契丹的发饰，眨着杏黄色的眼聚精会神地看着，露出同年龄不一样的成熟来。

这时，正好球出了边界，夕颜嚷着捡球，跟着滚动的球，正好跑到那个少年眼前。

我看到夕颜仰起小脑袋看了他一阵子，好像被少年的好相貌电到了，惊艳地看了半天，便对那少年露出小万人迷的必杀技，对他甜甜一笑，娇声唤道：“小哥哥好，我叫夕颜。”

众人也随着夕颜的视线望去，那个少年对于夕颜的热情，倒是微露一笑，领着身后两个光头少年略施一礼，却不作回答，转身带着侍从走了。

夕颜的自尊心受到了伤害，小脸垮了下来，把球扔到场中央，就趴到我的怀中，也不嫌热地熊抱着我，闷声道：“爹爹，他真没有礼貌。”

轩辕翼看着众星捧月的夕颜只是虎着个脸：“他又不认识你，干吗对你有礼貌？”

我忍着笑安慰着女儿受伤的小小少女心。

小玉也笑着弯腰道：“夕颜，要不叫豆子哥哥去打他一顿？”

“才不要，爹爹说滥用暴力是不对的。”夕颜扁着嘴说着，小玉便哈哈地笑她。

没想到夕颜接着抬头恨恨说道：“打人还不如叫沿歌那魔头去呢，豆子去了肯定被人抬着回来。”

小玉哼了一声，豆子面色尴尬。

沿歌先是一阵猖狂大笑，然后眯着眼看着小玉：“夕颜，是谁教你骂我的？”

下午，少年们继续在玩，小玉缠着我到小厨房教她做鸡心饼。我正好也想给孩子们做些点心吃，也可以哄哄惊恐的重阳。

揉面团的时候，不禁遥想当年我第一次学做这鸡心饼时，有多么心不甘、情不愿啊。

可是当年他是那样喜欢我做的鸡心饼，因为我还在里面放了奶油，不知道他是不是还那么爱吃鸡心饼。

等到回过神来，饼已烘焙完毕。我刚转身，只见夕颜虎头虎脑地提着个小竹篮子，目光闪烁地看着橙黄欲滴的鸡心饼，我还没开口，她的小手就抓了一大堆放到竹篮里，一阵风似的跑了。

我在后面喊着："小心烫啊。"心中暗疑，这小丫头怎么这么急?

我悄悄跟在夕颜身后，却见她快步往白天打球时那个少年站的小院里赶。我明白了，她是想借着送鸡心饼同那个少年认识。

未到门口，出来一个高挑的绿影，出乎我的意料，竟然是那个洛洛。

七月的蔷薇开得正艳，一朵朵缀在枝头荡在空中，美人若花，绿影婆娑，衣袂迎风飘摇，馨香传来，别有一番风味。

夕颜同我一样有点意外，板着小脸说了几句，我看到那个洛洛的眼中藏着针，却满脸谦恭的笑容。她优雅地蹲下，对夕颜说了些什么。

夕颜的小脸变了，泫然欲泣，大声道："小玉姐姐说得对，你是个坏女人，我要告诉娘娘，狠狠治你的罪。"然后丢下小竹篮子，抹着眼睛跑走了。

我满心疑惑间，她忽然向我转过头来，微笑地欠身："洛洛见过夫人。"

我一怔，走了过去，拾起夕颜的小竹篮，用手掸了掸灰尘，淡淡笑道："不知道洛洛姑娘对我女儿说了些什么？"

"没什么，"洛洛对我妖娆一笑，抬手摘下一朵橙红的凌霄花，簪在绿鬓边上，"太子殿下亲口对我说，他很喜欢我，故而妾只是对大公主说，妾定然会想尽办法夺走太子的宠爱，让她的娘亲和她再见不到太子。"

好一个"所谓大度容人"的挑战！我挑了一下眉，淡笑道："那洛洛姑娘要努力啊，殿下后宫有五十三位佳丽，论美貌、论风情、论家世，恐怕个个都不比洛洛姑娘逊色分毫。"

"那些庸脂俗粉在妾眼中实在不堪一击，"她对我妩媚而笑，走到眼前，为我的肩头掸去一片落叶，那样优雅，那样翩然，"在妾的心中，这世上够得上分量的对手唯有两人而已。"

两个？我淡笑道："愿闻其详。"

"一个自然是夫人。"洛洛微微捻着鬓边那一抹嫣红，然后对我翩然施了一礼，诚挚道，"阿寅告诉洛洛，夫人在庚戌国变时千辛万苦地救了殿下，妾在此谢过。"

我有点愕然，她说得好像是段月容的亲人一样。我记得阿寅是孟寅的小名啊，段月容经常这样唤他，果然她与孟寅甚是相熟。

我微抬手，让她起来："姑娘果然是南诏的旧宫人！"

"妾原本是尚水宫的侍女，专门伺候殿下洗浴，想必阿寅曾经向夫人提起过。"蔷薇花雨中的她纤腰微拧，便对我娉婷而立，"妾自五岁起就开始伺候殿下了。"

我微微一笑，看着她在花影中巧笑倩兮。

"殿下酒醉时，唤过另一个人的名字，"她的眼中闪过一丝妒恨，却依然娇笑道，"不知夫人可知那人是谁？"

"他必定曾经唤过绿水夫人吧。"我淡淡问道。

还是那样柔美的声音，那双桃花眼却冷艳逼人："真想不到，这么多年了，殿下还是没有忘记那个贱人。"

"果然姑娘也算是绿水夫人的旧识。"我了悟道。

"她也配称夫人？"她冷冷一笑，满是恨意，"妾在宫中时，天天祈求佛祖的便是快快长大，好伺候殿下，可是自从殿下见到绿水那个贱人，便再也挪不开眼了。她不让任何漂亮的女人留在殿下的身边，连从小伺候长大的老人也不放过。就因为她的一句话，妾被送到营子里，幸好阿寅救了我。那时妾的出路只有入白关门做暗人。幸亏后来陛下登基，阿寅接掌了白关门，妾才得以重回宫中。"

那白关门是大理第一内卫，有点类似于原家的东西营暗人，听她口气虽淡，看似肆无忌惮地冲我笑着，却掩不住那浓浓的哀伤。

一时间，我心中也有些感叹，望着她一径默然。

她却淡笑道："这已经是过去的事了，总算佛祖保佑，能让洛洛再见到殿下。您失踪那阵子，殿下几近崩溃。"过了一会儿，她沉声道，"当年夫人既然救了殿下，为何又要让殿下如此伤心呢？夫人可知陛下倾我大理举国之力方才唤醒殿下，"她的水眸闪着一丝冰冷，语气开始咄咄逼人，"莫说是殿下，就连陛下，还有妾……已然经不起第二次打击了。

"夫人难道当真不知，放眼这个乱世，唯有殿下文治武功皆天下翘楚。他是举世无双的紫月天人下凡，是佛祖赐给我大理万民的福祉，荣登大宝之后，殿下必是大有为之君，妾坚信唯有殿下能让大理强盛复兴，问鼎天下。"

她说的我基本赞同，只是关于佛祖赐福那段，我不由得挑眉：姑娘你确定吗？！我怎么老觉得你给说反了呢？

"故而，"她在那里昂起天鹅般优雅的脖子，像雷达看着小强一样地对我高高在上道，"哪怕殿下与公主将妾千刀万剐，妾亦不能让殿下毁在夫人的手上。"

这绝对不是我第一次收到来自段月容女人的示威，须知现在已然排到第五十四号，还不包括"打野食系列"，但这位洛洛姑娘确确实实是最最充满正义感的一个，而当时的我也确确实实没把她当回事，只是想着如何调侃一下她对段月容的耿耿忠心，以至于后来他大爷地又引出无数的混乱。

这时，有两个契丹小少年走了出来，看到我同洛洛在说话，便警惕地用非常难听的叶榆话问道："你是谁？"

我记得这两个少年是站在那个猫儿眼少年身后的侍从，便递上小竹篮，用汉语道："这是大理公主的特色点心，劳烦这位小兄弟转交给您二位的少爷，便是今早看我们玩蹴鞠的那位杏黄眼儿的少爷。"

头前那个少年，歪着脑袋，盯着我的蜈蚣眼想了一会儿，慢慢地用生硬的汉语回道："这是要送给我家阜巴少爷的吗？"

我微点头，他慢慢噢了一声，摸着光脑袋，然后接下竹篮。

我笑着谢了他，然后按照宫中的惯例，送给了每个契丹少年一个结着如意结的小玉坠，两个小孩接下来顶着太阳新奇地看着，我转头便忘记要调侃，对洛洛微笑了一下："姑娘保重，我告辞了。"

我转身回到卧房，夕颜正愣愣地坐在床沿上，轩辕翼似乎在劝着她。

我走过去，她便扑到我的怀里："爹爹有娘娘了，为什么还要娶这么多女人呢？"她的声音里带着哭腔。

我的心绞了起来，根本不知道该如何回答。

她轻轻抽泣道："娘娘不要离开夕颜和爹爹，那些坏女人就想娘娘走开，好霸着爹爹，不让爹爹再看夕颜。"

这是夕颜第一次在我面前清晰地分清了我和段月容的性别。忽然惊觉原来这一年多来女儿长大了很多很多，我长叹一声，紧紧抱着夕颜。

入夜，我正要哄夕颜睡觉，段月容忽然差人来唤我带着夕颜出席宴会。

我十分担心我的蜈蚣眼会吓坏众位宾客，所以还是略作打扮。

而夕颜嚷着要小玉把她打扮成仙女，之后我便带着盛装打扮的夕颜和一盘鸡心饼进入了前厅。

却见正中便是段月容和那个契丹使妥彦，段月容身边立着洛洛；而妥彦旁边正站着夕颜心仪的少年，正凝着俊脸，将目光投向我和夕颜。

我拉着夕颜对段月容行了个礼。

段月容呵呵一笑："你可来了。"

段月容对我一摊手。

满脑袋亮银饰的夕颜甩了我的手，叮叮当当地一下子蹿过去，蹦到段月容的膝上，嗲嗲地猫在段月容的胸前，眼睛盯着那个猫儿眼少年看了两眼，然后扫到洛洛，便不像以前那样展开笑意，只是闷头埋在段月容怀里。

“你真是无情，做了这么好吃的东西，怎么也不给我们送来，就只单单给阜巴少爷了呢。”段月容对我如真似假地抱怨着，众人的目光全都移到我的身上。

我便笑着递上带来的一盘鸡心饼：“奴婢实在罪该万死。”

段月容还未开口，那个洛洛却已经接过来，笑着递给段月容：“真想不到，在这里能吃到西州名点鸡心饼，光看着，就觉得香哪。”

她颇为熟稔地递给众人，给在场所有的人一种感觉，好像她才是段月容身边主事的女主人。

我便对段月容微微一笑：“若无事，奴婢就不打扰各位，先告退了。”

我刚转身，他却顺势把我搂进怀里：“怎么我闻着火药味这么重呢。”

我挑眉看向他。

他却笑道：“好啦，大热天的你就消消火吧，不就是怪我没时间陪你和夕颜吗？快说，莫不是看上人家阜巴少爷啦，打算始乱终弃？”

众人一阵调笑，目光纷纷看向我。

“夕颜想认识阜巴少爷啊。”我软声细语地答着，做柔顺状地垂下眼睑，斜眼看那洛洛。她的媚眼中闪过一丝妒恨。

“哦？原来如此。”他假装恍然大悟，然后逗着怀中的夕颜，“怪不得今天你这么像个淑女。”

“夕颜本来就是淑女，”夕颜对着段月容嚷嚷着，委屈地看向猫儿眼少年，“小哥哥不理夕颜，不肯同夕颜说话。”

我微笑地摸摸夕颜的脑袋，小丫头真精！

那个妥彦却赶紧拉着猫儿眼少年过来：“还望夫人、公主恕罪，我家小儿名唤妥阜巴，刚满六岁时，高热不退，自那时起便不能说话。他的母亲去世得早，我怕他一个人在部落里受委屈，便一直带着他，也好磨炼他的意志。”

原来是这样，难怪这个小少年眼中隐隐透着寂寞悲伤，我心里不由得一片同情。

“小哥哥不会说话？”夕颜愣了一愣，大眼睛里渐渐蓄满泪水，然后挣开了段月容，跳下地扑过去，众目睽睽之下，猛地抱住少年的细腰，仰头道，“小哥哥不要难过，夕颜以后就是小哥哥的嘴巴，夕颜会明白你的意思的。”

在场所有的人惊叹，而当时的我就想对夕颜竖起大拇指：“你果然很好很强大！”

同所有人的反应一样，一开始那猫儿眼少年满眼不可思议：这世上怎么会有如此纯情可爱又善良的小女孩啊。

他恨自己啊，恨自己当初对她冷落啊，于是举动失措，于是羞涩红了脸，于是不断挣扎，最终还是迷失在夕颜那极度无辜而清澈的星眼中。

“哟，夕颜，又找到一个驸马啦？”段月容微笑着。

妥彦一愣，然后一大串熟人哈哈笑了起来。

事情的发展实在出乎我的意料，大理同契丹顺利结盟，更因为与夕颜的相谈甚欢。

夕颜的话本就多，一般人无法忍受夕颜的活力，可是那少年的杏黄眼睛一眨不眨地盯着夕颜，好像很喜欢听夕颜说话，想努力明白她说的每一句话。夕颜可能也意识到了少年对于汉语不太熟，于是皮大王的夕颜头一遭像淑女一般，缓声说话，吐字如珍珠圆润。

段月容不嫌热地一路搂着我的腰，当众宣布了一个消息：他决定答应妥彦的请求，将洛洛送给妥彦，而且是作为正室夫人。

妥彦似乎对这个消息毫不惊讶，然而看向洛洛的眼神像是一辈子都看不够似的欢喜，显见是有几分真心喜欢洛洛。

夕颜拍着小手说好，还专门跳到段月容的膝上香了一口。

洛洛的脸色一下子白了，眼神也出现了死一般的恐慌，但是也仅只一秒，便恢复了迷人的笑容。

然后我们共同领略了洛洛美妙的歌喉，她的眼波依然柔情似水，然而总在人们不注意时，看向我的眼中暗藏阴沉，只觉杀机愈浓。我终于想了起来，那目光分明便是第二个杨绿水。

不久，段月容告知妥彦将回辽，便相约拉着女人孩子一同前去山中游玩，仇叔专门叮嘱我们千万不可越过南阳山的地界，因为邻山东离山原本有数十居民，但自从秦中大乱以来，凶恶的土匪杀了原来的居民，以乌七为首占领了山势险恶的东离山，不断打劫过路商客，作案手断极为残忍，连西庭也奈何不了他们。他老人家推荐我们去南阳山上的一个飞瀑，名曰乌云瀑，瀑水积在一起便成了远近闻名的仙女湖险滩，落到山脚那里形成一潭，便是我们曾经在花溪坪停下休息时所见的那块如蓝琉璃镜一般的幽潭，叫作仙镜潭。

于是段月容便带着那两个贴身侍卫陪着我和孩子们，仇叔留在山庄看守着他们千辛万苦捉来的质子重阳，只派了一位熟悉地形的老人家陪着我们。妥彦不减北国男子的剽悍，不坐我们与段月容的香车，坚持牵着洛洛的手同乘一骑，同我们并驾齐驱。妥皋巴这两天同夕颜他们玩熟了，也笑呵呵地带着两个光头小少年和四个契丹武士随行。

我看着浩浩荡荡的游玩大军，不由得一呆，夕颜却拍手笑得甚甜。

香车在翠峦碧嶂中前行了数里，在夕颜叽叽呱呱地同轩辕翼的争执中，来到那处飞泻的瀑布前。

抬眼却见重峦叠嶂，千山一碧，间有野花烂漫，那最高处的奇峰之中忽地涌现一道银白泉眼，飞流直下，在阳光下形成剔透的水晶帘，冲激而下。几经巨大的圆石相阻，那水流便越是湍急，形成一片急湍，越过危崖，千丈落下，顺山势蜿蜒流入尘世。

哗哗的水声中，我嘱咐孩子们只能在瀑布处游泳，万万不能跑过那几块圆石的河界，以免卷入急流，冲下悬崖。大伙除了妥阜巴，都大声“哦”着。

夕颜第一个脱了外衣，穿着段月容绣的金丝莲花红肚兜扑通一声跳到河里玩了，嘴里哇哇大叫：“娘娘，好凉快，好好玩。”

沿歌同豆子嚷嚷着“谁输了，谁请客”，便也跳了下去。

我对孩子们大叫着：“小心别游过去。”

段月容拊掌大笑：“你别担心，有洛洛看着呢。”

我望去，果然洛洛在浅水处游戏，离孩童们只是一步之遥，听到段月容唤她的名字，便回眸对着他灿烂一笑，微微起身在水中纳了个万福，立时那一件湿透的火红抹胸将她的魔鬼身材勾勒得毕露无遗，直把妥彦看得目光赤红，连口水都快流出来了。可是她的水眸，却透过妥彦，若有若无地追随着段月容的身影。

妥阜巴文气地坐在我身边，含笑看着夕颜，背后依然站着两个光头少年。

我坐在不远处的树荫下，小玉则忙着摆弄孩子们爱吃的点心。

食物的香味飘了出来，我正浑身放松，昏昏欲睡，远远地耳边传来山歌声。

小玉出声赞道：“先生，这山歌真好听。”

我睁开了眼睛，站了起来，因为这不是本地山歌，而是西安的民谣。

我细细听来，那是首思念爱人之歌。

送情郎送在大门外，妹妹我解下一个荷包来。
我身上解下你身上戴，哥哥你想起妹妹。
看上一眼荷包来，妹妹就在你心怀。
送情郎送在五里桥，手把栏杆往下照。
风吹水流影影儿摇，咱们二人心一条。
送情郎送在柳树屯，摘根柳枝送亲人。
你护我妹妹我爱那个情哥哥，妹妹我永远是哥哥的人……

这人声音清亮，充满生气，一时难分男女。

但闻一曲终了，余音仍在空谷中徘徊。小玉拍着手，痴迷道：“这是哪儿的山歌，同咱们寨子里的不太一样，可唱得就是好听。”

“这是首有名的秦中民歌，好像是叫《情人迷》吧。”

我不由自主地微笑了起来，正要开口对小玉说，说起唱民歌，我大哥才是高手中的高手，段月容却接口道：“的确好听，配着这般神仙眷侣似的洞天倒也别有趣味。”

我还记得那天上半段他的兴致很好，主动向我们说起这仙镜潭的动人传说。据传天上曾有一对神仙眷侣，以一面迦陵频伽素镜为信物，一日魔族来犯，那位天人丈夫便奉命出征了，那位美丽的天女便天天在南渊州等待她的丈夫归来。魔族人为了打击天军的信心，便使人诈骗天女，说她丈夫已死。天女心中悲伤，失手将丈夫送的信物，也就是那面迦陵频伽素镜跌入人间，便在此地化成了那一汪碧蓝透底的仙镜潭，历年来引得游人纷至，赏那怡人湖景。

我当下一拍大腿，极其自然地接口道："于是这位天人丈夫变成了后来的德古拉伯爵。"

话一出口，立刻后悔，只见众人一片愕然地看着我。

段月容似笑非笑："这从哪又冒出来个德古拉？是何许人也？"

许是今天阳光灿烂吧，我也有些胡诌的兴致，便嘿嘿一笑，绘声绘色道："还是小时候听老人说的，不过我的故事乃是个绝版。那故事里是这么说的，那天女以为老公死了，便伤心地自尽了，可是老天爷不让天人的丈夫给他老婆收尸，于是这位天人的丈夫便一怒之下成了紫瞳妖王。"

我故意把红眼睛的吸血鬼换成紫瞳妖魔是为了戏弄他，本以为他会像往常一样恼羞成怒一番，不想他却如遭天雷击地呆看了我一会儿，然后霍然起身，再怔怔地看了我几眼，一转身急急走了。

哎？！最近他的情绪很不稳定啊，怎么这么容易就生气了呢？以前我也经常开他玩笑，他也不过是哈哈一笑，高唱"顺我者昌，逆我者亡"之类的反话。

我站起来，踩着高高低低的滩石，憋着笑追着他的背影喊道："殿下别生气啊，妾身我不是故意抢你风头的，真是从老家那堆破书里看的。哦，不，是老人说给我听的。哎，别走那么快啊，我还等着你老人家的后半段哪。"

他越走越快，我追得上气不接下气。咦，还真生气了呀？

正打算用轻功截他，他却忽地停了下来，我便迎面撞上，鼻子撞得生疼，他却一下子把我拉入怀，紧紧抱住，我挣扎不得。

"你说得左右也差不离，"许久，他在我上方难得地长叹一声，"反正两人是被分开了。"

猛然想起在无忧城果尔仁讲起那紫殇的故事，心下恻然，这定是他的前世，紫浮大人的伤心事，也许我实不该拿此调侃。

啊？不对，我陡然心惊。他不是喝过孟婆汤了吗？他怎么可能想起来了呢？

"一个天使，不，他是披着天使外衣的邪魔……他用卑鄙的阴谋害得天人夫妻分开。那天女中了毒计，连同那面镜子一起摔下来，就在这里，这块宝镜碎作这个仙镜潭，她的身躯也化作了连绵起伏的山脉。"

段月容的声音颤抖着，不，整个身躯都在颤抖，连带我也颤个不停。他怎么了？我想让他平静下来，我们可以下次再聊这个故事，可是他却更加紧地抱住了我，好像要把我揉碎一般。

他的呼吸急促地在我耳边响起：“那天人为了救他的妻子，上穷碧落下黄泉，一切都如邪魔所谋，最后触犯了天条，反而被认作邪恶的化身，失去了一切，流落为妖，并被许下恶毒的咒怨，他和他的妻子生生世世不能相认，有缘无分，这才有了你胸前的紫殇。”

这回轮到我直直地看着他了……我好像听到啵啵的声音，仿佛是玻璃器皿碎裂的声响，我的胸口也隐隐地开始有了一丝丝疼痛感。

怎么回事，为什么我的心脏很不舒服？是旧伤发作了吗？还是前阵子那个明风卿的时钟伤了我的心脏，遗留下的痛感吗？

只觉耳朵嗡嗡地响，我看到段月容的嘴巴对我一张一合说着什么，神情带着一丝激动，紫瞳闪着悲伤，可就是什么也听不见。

突然，我耳边响起一声巨响，我的身体摔了出去，我使劲睁开眼，段月容满身是血地倒在地上。远远地，我看到守在林子边上的一个契丹汉子满身是血地冲过来，用契丹语疾呼了一句，然后就倒在我们眼前。他的背后插着数支铁箭，然后在我们面前被炸成无数的碎片。

事情发生得太快，有箭从四方射来，那箭上绑着火药，那两个大理侍卫施轻功跑到河中，帮着把孩子们捞出河中，银刀飞得密不透风。但其中一个仍然中了箭，扑倒在水中，鲜血立时染红了明净的溪流。

我冲过去，使劲拖着段月容到一块巨岩后面躲过第二波火箭，满身是血的洛洛冲过来，嘶喊着“殿下”，使劲推开我夺过段月容，俏目通红如兽般仇恨地看着我。

段月容的双耳流着血，呼吸急促。

洛洛从身上掏出一个小蓝瓶，倒出丸灵药，细细咬碎了，嘴对嘴喂他服下，泣声道：“殿下，洛洛九死一生才见到了殿下，求殿下莫要离开洛洛。”说着说着她的妙目便泪如泉涌。

我很佩服她穿得这么少也能藏下那个蓝瓶，然后又想劝她别说这种丧气话，段月容是不会这么容易死的。

果然不一会儿，段月容的紫瞳微微睁开，露出星光，对着我嘴唇动了几下，他似乎急切地想对我表达一个意思，可是我却听不到他在说什么。我心里惦记着夕颜，便顾不得去揣摩他的意思，只是拍拍他的手：“别担心，有洛洛在，我去夕颜那里。”然后便不再看他，只是飞身到河边，抱紧夕颜和轩辕翼飞身到旁边一块巨石后面。

妥皋巴身边的两个少年也抽出银刀，挡着箭雨，护着妥皋巴。

我猛然转头，却发现少了小玉：“小玉还在那棵树下面。”

正要冲出去，不想一向明哲保身的沿歌不知何时早已如离弦之箭一样冲到那棵大树下，抱着小玉躲在一边，向我比了一个手势。

我明白了，那群人正在他们的上面射箭，以他们的角度无法伤到沿歌和小玉，我不用过去了。豆子满面焦急，我便按下他，只是对剩下那个契丹人说道：“劳你把盔甲脱一下。”

那个契丹人似乎听得懂汉语，但对于我这个要求显然很懵然且有点愤怒，还红了一下脸。

我耐心地对妥皋巴道：“我要借用一下你侍卫的护心镜，查看一下敌人的方位。”

妥皋巴一派恍然大悟，冷静地对那个契丹人比了一个手势，那人没有脱下轻甲，只是眼神中有几丝愤愤不平地取下护心镜。我也万分汗颜，但心中一动：原来契丹人的铁甲造得如此精致，取下护心镜竟不用连甲同脱，将来若有机会定要好好学习。

我用护心镜转动角度，果然对面高处隐着大约二十人左右。我趁他们换箭的时候，连射五箭，一人大叫着摔了下来，正掉在我们眼前。

细观这些人的武器衣着皆为精造，绝不像普通山中盗匪。我摸过那个人的箭袋，上面正刻着一个潘字。

我回头对夕颜笑道：“夕颜莫怕。”

“夕颜不怕。”小丫头明明脸都白了，可还是微抖着小身子，昂头道，“爹爹说夕颜是大理公主，有佛祖保佑，断不怕这些暗中偷袭的坏人。”

“夕颜乖，这些人用的是窦周的火鲤箭，这种箭没有大庭的锦绣一号火力强，但贵在近射，只是有一个巨大的弱点，便是沾水即失效，”我摸着夕颜的脑袋说道，“等会儿娘娘会射箭，掩护两位契丹勇士冲出去时，你们大家就蹚水到对面，上马快快往回走，绝不要回头。”

“请您不要担心，夫人，”轩辕翼握着随身小短刀，站在夕颜面前一脸凝肃，“我会保护夕颜的。”

“娘娘，你不要离开夕颜。”夕颜哽咽道。

我上前狠狠亲了一下夕颜的小脸，然后再看护心镜，趁着一拨箭雨后，那群人换箭之时，我紧抓五支弓箭射向对面，豆子也侧身射箭。

一阵惨叫，又有人摔落下来，正掉在沿歌面前。沿歌以那人为盾，从那死人身上拿到武器，正护着小玉往我这边赶。我快速地抽箭，再射，打乱了对方部署。洛洛和妥彦趁这当口，拔下段月容腰边的剑奋力砍杀，然后跳进潭中随着夕颜他们向对面游去。

那两个契丹卫士冲了出去，躲到另一处，然后从侧面向山上进攻。剩下的大理侍卫吹了一声口哨，一队马儿奔了过来，他飞身便护着妥彦和妥皋巴几个孩子飞了过去，低呼：“娘娘多保重。”他便飞身上马。

我没有回答，只是同豆子射得更急更快，往前行去，同沿歌他们会合。

头顶上那两个契丹武士的惨叫声传来，我听见有个声音在怒喝：“是契丹狗贼，兄弟们，这里有契丹狗贼。”

不一会儿，山崖上两个契丹武士的尸体掉了下来，严格说来已经成了尸块，身子被砍成七八段。过了一会儿，他们两个的人头摔了下来，满脸血肉模糊，连眼珠子也被碎了。我心头一紧。这些军人作案手段如此凶残，根本不能称作军人，这定是传说中的潘正越的鬼子军。

糟了，难道潘正越的大军就在今日进攻汝州城？

我微一露头，一支箭险险擦过我的额头，险些将我变成两只蜈蚣眼，束发便打散，一头乌发飘过，有人在上面高叫着：“那神箭手是个雌的。”

“上面的各位军爷好胆色，”我张紧弓，冷冷道，“不过请你们好好看看，我们不是契丹人，不过是普通百姓，这只是我们的契丹奴隶罢了，若是求财，小人们双手奉上便是。”

有人狠狠地唾了一口，声音从上至下慢慢传来：“老子平生最恨契丹贼，老子在蓟州时，好好地过日子，结果遇上你们这帮契丹贼。那时候，你们杀了多少人，糟蹋了多少好女人。”他的目光赤红，咬牙道，“俺媳妇被你们几十个狗贼活活糟蹋死了，李实大将军为国殉身了，连他的尸首也没放过。保利庄的兄弟，千怪万怪只怪你们同这群黑了心的契丹贼在一起，来世还是投个好人家，富贵命吧。弟兄们，女人给大将军留下，男人们统统杀了，契丹狗全部点天灯！”

小玉紧紧靠着沿歌，面无血色；豆子握紧长刀，额角流汗；而沿歌又开始磨牙，眼中迸发出仇恨般的冷笑。

地面慢慢震动了起来，更多的箭向我射来。我一下子明白了，刚刚向我们射箭的是先头探路的侦察兵，本来他们应该选择无声无息地退下，可是我们当中的异族人，尤其是契丹人引起了他们的仇恨，于是他们决定不顾大军的命令，先行伏击。

我乘他们再次换箭之时，同豆子和沿歌再次射出箭支，大家乘机一起跳进了潭水中，然后跟着我快速进入险滩。

在水中我看到大约有十人左右的军人模样的人跳出山堆，来到岸边向我们疾射，但险滩中的急流改变了箭的方向，沿歌和豆子快速游到对岸，大声叫着先生。

我努力地向他们游回去，力气却渐渐不支，越冲越远。我拼力同激流拼搏一番后，终于挣扎着抓到岸边的水藤，趴在岸边。大声喘息间，我抹着脸上的水珠，眼前渐渐清晰了起来，我被冲到陌生了的岸边，无论是沿歌还是敌人皆不见了踪影。

我正待爬上岸，眼前出现一片红色，鼻间一阵凌霄花的香气，是洛洛。

她还是按大理习俗，只着红色抹胸，却撕了长裙幅，露着两条紧致性感的细长腿，右手拿着大理银刀，晃了一下我的眼，我本能伸出的左手，挡了一挡那反射的银光。我看不见她脸上的表情，只注意到她的左上臂文着一只狰狞的蝎子，活像一个赤裸特工。

“请夫人原谅殿下，”她猛然向我单膝跪倒，对我恭敬地叩了一首，然后站了起来，撩起鬓边一缕长发，对我嫣然淡笑，美得不可方物，然而看向我的那双妙目却冷若万年冰霜，“传我陛下密旨，君莫问恃宠而骄，妖祸太子，勾结原氏，欲图谋逆，见之立诛。”

我心中一凛，终于明白了她何以敢暗中向我和夕颜示威。原来大理王早已对我动了杀心。

向她身后看去，果然没有人跟着。

我冷笑道：“为什么不说说你的私心呢？我若死了，你就不用陪着妥彦去辽国，然后乘机坐上太子妃的宝座了吧。”

她的笑脸凝住了，双目含恨地对我胸前刺出一剑。

我努力一闪，剑只挑破肩头一层皮，可是紧接着她猛提脚，狠狠踢了我的蜈蚣眼。那一脚力气极大，我疼痛间大叫一声，一松手，便再一次沉入急流，这下子就给冲得老远了，河水咕嘟咕嘟往我嘴里灌。

我最后看到的是洛洛站在岸边对我满目慈悲，一双柔荑夹着银刀轻轻合十，柔声祷告：“愿佛祖保佑，夫人在极乐世界得享平安。”

哈！我真想放声大笑，可是身子陡然一空，顺着险滩被冲下了悬崖。

第八章

风雨故人归

不知过了多久，我感到有人在亲我的脸，我一下子睁开了眼睛。原来是一群五彩小鱼在啄我的脸，试探着我能不能吃。我努力挣了一下，仰头挣出水面，大口呼吸了起来，吓走一堆小鱼。

我抹了一把脸，这才发现已身在一处幽潭的缓流之中，潭水冰凉刺骨。我提气使劲游去，踉踉跄跄地爬上了岸。

好冷，我抖着身子好一会儿，才缓了过来，捂着肩上的伤，爬起来向前蹒跚地走去。

淡淡的寒烟雾霾弥漫在幽黛的密林深处。放眼望去，满是盘根错节的百年大树，深绿的冠上缠绕着不知名的各色花朵，偶有几只乌黑大鸟，看到我发出一两声凶狠的怪叫，扑腾飞去。那山路格外泥泞，似是刚下了大雨一般。我怕潘正越的大军或是洛洛再找到我，便努力向上攀登，谁知一不小心滑了一跤，往下滚去，头撞到硬物，我便天旋地转地翻转过来，倒在一棵百年大树粗大的树根上，人事不省。

不知道过了多久，肩头刺痛，我努力睁开眼睛。有一张黑黑的小脸正对着我，然后我发现自己给捆成了一个粽子，肩头的绳子勒到洛洛刺到的剑伤，我疼得倒吸了一口冷气。

而那绑我之人是一个看似十一二岁的小孩，黑黝黝的小脸上满是戒备。

“哼！”那个小少年见我醒了，就退了一步，“你是从仙女湖上过来的吧？快说，你是南阳山的奸细，还是东离山的土匪娘儿们？！”

“小爷，你发现我是女的了，这很好。”我喘了口气，“但我不是奸细，更不是东离山的女匪，我带着家人在仙女湖畔游玩，遇到潘正越的士兵，他们杀了我的家人，我掉进了仙女湖险滩，不想被激流冲到此处。”

“哼！”小少年冷哼一声，“外边的人若不是奸细，如何能绕过守护阵，寻到我神谷地界，还……压坏了我们家的金天麻，你的说辞明明漏洞百出。”

他猛然推开我，从我的身下提起一截又黑又皱的植物，小嘴唇抖着，泫然欲泣："我阿娘头疼病越来越重，我和我阿爹满山遍野寻这金天麻，好不容易得来这二十株，种在这药园子里，只成活了三株而已，这是最好的一株。我一年前就相中了，好不容易今年年底就能采，我这一个月不眠不休地守啊守，可是、可是……给你一屁股压坏了。"

提起天麻，我就想起在林老头的医书上看到过那么一条：去头痛，降血脂。天麻中的王者称之为金天麻，生长时间非常长，药效奇好，神奇之处在于它与其他天麻的生长环境不同，必须生长在终年都有云雾缭绕的密林之地。

果然，这个未经人类高科技染指的时代处处都是宝啊。连我一屁股坐下都能压坏一株稀有的药材。

他那委屈的样子实在可爱，让我想起夕颜和我那些学生小时候逗人的小模样，明明知道不合时宜，可还是忍不住咧开了一丝笑意。

然后我被严重地呛了一下，因为他似乎被我的笑脸惹得更毛了，猛地亮出一把大刀，森森地搁在我的脖子附近："你一定是东离山的女土匪，中了我们神谷的阵法，走不出去，就压坏我的天麻，好引人来救你，现在又装死。"黑小屁孩恶狠狠地看着我，自信地分析道。

我斜目一看，那柄大刀是一柄成人的大刀，只比那小黑屁孩的身高微矮些。那刀看似极沉，且开过锋，锋利的银光十分耀眼，他挥舞起来却毫不费劲，刀柄上裹着红绸，迎风飘荡，倒也有几分江湖豪气。

我的笑脸渐渐收了起来，慢慢道："原来这东离山还有女土匪？"

"嗯，全是些女妖人，看见过往长得俊一些的书生便掳了去做压寨相公。阿爹说了，女人为了心中所爱，与爱人双宿双飞，本不是坏事，但是掳人劫掠、欺压良善便是恶人了，"小屁孩点头道，"那个东离山乌七的妹妹还曾经看上了我阿爹，就是她给我阿娘下了毒药。阿爹救回了阿娘，可是阿娘却落下了病根，要金天麻来解。"

我点了一点头，附和道："你爹真有见地，一定长得挺帅的。"

他使劲摇摇头，嫌弃道："像黑炭似的，晚上不点灯我就老撞上他。"

我忍不住扑哧一笑。

"哼，你看我是小孩就想欺我吧，"他随即恨恨道，"就算你不是东离山的女土匪，冲你那双紫眼睛也不是什么好人，你给我站起来，跟我走。"

我咽了一口唾沫："这位小英雄，敢问怎么称呼？"

"叫我虎爷，你这个紫眼睛的妖精快给虎爷我站起来。"小屁孩仰头得意道，"随我前往父帅处报功啊。"

他唱得文绉绉的，那刀可一点也不含糊地贴近我的动脉，我便依言慢慢站起来。

他扯着我往前走，我便弯着腰往前走，尽量不扯痛肩上的伤，好像革命样板戏里万恶的地主老财被无产阶级的少年红军逮着了，押往革命根据地受审。

我忍痛道：“虎爷小英雄，我只是一个妇道人家，而且肩上有伤，可否请你绑松一些，我随你去便是了。”

小虎爷凑上前来看了看我的左肩，便从怀中拉出一个小盒来，凑到我眼前。

我打了一个哆嗦。因为里面是一只巴掌大的黑蜘蛛，浑身黑毛上缀着极其艳丽的花斑，同沿歌最喜欢的那条毒蛇有的一拼，我怎么看怎么觉得这蜘蛛长得像洛洛。

“我替你松了肩头的绳子，可是你若敢使花样，我便将你绑成个大萝卜，然后放黑子来咬你，让你求生不能、求死不得。”

汝州果然藏龙卧虎，连一个黑小屁孩都会有如此珍贵的毒物！

我咽着唾沫点着头，赌咒发誓，小屁孩才满意地割断我左肩上的绳子，立时血如泉涌。小屁孩又从怀中拿出一包白药粉，然后在四周低头找了一株碧绿的植物叶子，咬碎了混着药粉涂在我的肩上：“这株草能止血，不用担心。”

果然伤口止住了血，也消了痛。我暗想，这小黑屁孩其实心肠不坏，于是便柔声对他笑道：“多谢小英雄。”

小黑脸微微一红，继而粗声粗气道：“废话少说，快站起来。”

虎爷小同志在前面牵着绑我的绳子，一路拉着我，深一脚、浅一脚，东拐西弯，忽上忽下地走着。

走一会儿，再一回头，我们已经走到了浓密的半山腰，回眺来路，陡然心惊：这一路走来竟是失传已久的九宫八卦阵。这种阵法神出鬼没，如果不知路径，就会永远地迷路在此地，再也走不出去。

在我认识的所有高人中，唯有两人知晓此阵布阵及破解之法。

一个是天下闻名的博闻智者“踏雪公子”。以前他在喝下午茶时有一个很有趣的习惯，就是同韩先生一起拿玉石堆阵法，做破阵演练。记得那年的夏天，韩先生也不知打哪儿翻出个古阵，原非白算了很久，都没有算出来。他和我都入了迷，他端起喝干的茶盅就喝，我也忘了提醒他，然后他连喝下了一堆冰竟也没有回过神来。等他醒过来时，盅里最后一块冰滑落到了坎位，这个阵法竟然无意间破了。

而另一个高人则是我一想起来就一身鸡皮疙瘩的，我那出类拔萃的二哥。说起玩阵法，我不得不承认他比原非白要高一筹。原非白需要用一下午加上借助一块冰解开的阵法，他只花一个时辰就解开了。

那时的他还是很好的，无视我惊讶而张大了的嘴巴，便热情地留我和碧莹用饭。我记得他只是淡淡一笑，对我和碧莹说他小时候玩过类似的阵法，不想原来这是那阵法的原型。

我收回思绪，向那小少年问道：“小英雄，你要带我去哪里？”

“回家，带你去见我阿爹和雪狼叔，让他们审你。”他打了一个哈欠，黑宝石一般的眼珠子一转，咭地一笑，“俺给你唱首山歌吧。”

不等我回答，便清了清嗓子，开始优待俘虏：

夜黑地灯花花结双蕊，清早起喜鹊鹊脑畔上飞。

牛车车驮来了个四妹妹，黑咕噜噜眼睛爱死个人……

这声音正是我同小玉他们一起在仙镜潭时飘过的山歌。真没想到那样一首本应缠绵火热、充满激情的情歌竟是出自一位少年口中。可那脆亮可爱的声音，充满了纯情灵动，呈现出一种从未有过的新鲜清爽的乐感。

也不知道夕颜他们怎么样了。我暗恨：那个洛洛心地如此歹毒，会不会连带残害夕颜？以段月容这样聪明的人怎么会看不出洛洛眼中的阴暗呢？想来这也是为什么他改了主意，将洛洛转送给妥彦了，可是终究还是晚了一步。

段月容，莫说是你父王要下诏杀我，就连那些女人的妒火你终究是防不胜防，烧到了我的身上。我的脑中闪现分别前他绝望的眼神，你到底想对我说什么呢？

那孩子的清爽歌声又钻入耳来，打断了我的思绪：

腰身身软来人样样俊，笑一面勾掉了哥哥的魂。

亮一亮嗓子歌声声脆，爱的些后生们没瞌睡……

我细细数了一下，接下去该是到圭位，就代表着走出了该阵。

我记得，到了圭位，非白是用一只小碧玉梅花镇纸作了标记。而二哥那时是一边给我们泡茶，一边玩这个阵法的，他的素手里还捏着几片上好的毛峰叶，连水开了也忘记沏茶，天狼星一般的眼睛只专注地盯着阵图，熠熠生辉，似对那个阵法意犹未尽，然后信手拿了一朵新制的华山干菊花在圭位上做标识。

俗话说得好，当男人专注于工作时，神态是最迷人的。那时连我都不得不承认，我们小五义里真真正正也出了一个美男子，还是跟我话最多的二哥。我当时很自豪地想回头对碧莹挤眉弄眼，不想碧莹早在那里红着脸看得呆了，就差没有流着哈喇子扑上去了。

我正想着，忽然眼前一亮，一片粉嫩的颜色交相辉映，跃入眼帘。我的眼前眩晕了起来，周围也渐渐地变得异常阴冷。举目四望，视线所及之处，脑海深处的记忆转眼成了现实，那满眼皆是各色菊花。

怎么这样巧？我不由得停住了脚步：“这里是菊花镇？！”

“唔，不得了，你也知道这叫作菊花镇呀。”虎爷惊叹不已，凑近我的肩看了看，

“咦，你的脸怎么一下子白了啊？伤口没有再流血啊？”

我笑了笑，不知从何说起。

他继续带我往前走。不久来到一处峭壁危崖，往下看去，一片深幽不见底，偶有脚边的小石子掉下去，便再无声息，看着也让人悬心。

他拉了拉缚着我的绳，睁着那双乌溜溜的大眼看着我：“我们要下去了哦？”

我未及回过神来，他猛一推我，我就呼呼往下掉，直吓得啊啊大叫，一抬头却看到小黑孩在崖边蹲着，乐呵呵地看着我。

一秒钟后我掉到一堆软软的草堆上，那个虎子就站在我身边，嘲笑着看我：“怎么样，土包子，中计了吧。”

我这回还真像个土包子。原来那深崖竟是幻象，同紫陵宫和弓月宫地下城的幻象可以一比了。

我越来越好奇了，这个神谷中藏着什么样的高人？

又走了一会儿，眼前景物豁然开朗，出现一块嶙峋的大石碑，上面龙飞凤舞地隽着四个大字：桃花源谷。

这名字起得好！越过那石碑，渐闻嘈杂的人声传来，我们便进入一个人烟之地。

幽暗的森林深处，破晓的晨曦却照亮了另一个世界。放眼望去，有人在开张店铺，有人在洗漱，有人倒着昨夜吃剩的泔水，看到一个黑脸小孩拉着一个披头散发的女人，都停了下来，激动地喊着：“小虎子回来了。”

我惊在那里，因为这里所有的建筑都是半圆柱形的多层楼，这种形式的楼层曾经出现在永业元年我写给宋明磊的战策上。

难道我进入了幽冥教的地盘？

家家户户门口种着一小片菊花，还有很多人家在屋顶晒着干菊花。我们身后渐渐有人跟上，不停地同虎子搭讪，可是虎子却虎着个脸不太愿意搭话，和我一样，脸色越来越紧张。

我们身后的人越围越多，到一个铁匠铺子前，终于走不动了。

一个铁匠打扮的汉子从铺子里走出来，赤着健美肌肉的上身，一头钢针一般的短发，看到我们，也是一惊：“小鬼头，总算回来了。你知不知道你阿爹专门出去找你了？要再不回来，连雪狼也要出去寻你了。”

“东子伯伯……”虎子看着那个叫东子的铁匠，讷讷道。

“哟，虎子，你怎么也跟东离山的土匪似的，开始抢人啦？”有些人开始围着我转悠。

我注意到他们个个都是人高马大，北地汉子的身形。

“虎子真不赖啊，才七岁就会抢人了，第一次抢还抢了这么一个紫眼睛的大活人来。”

什么，这个小孩才七岁？我瞪大了眼睛看着虎子，明明看上去十一二岁的身高模样。我还真想看看是什么样的父母能生出这样强壮的孩子。

那虎子嘟着嘴辩解道：“你们不要胡说，她压坏了俺好不容易找到的天麻，俺要她赔，赔不出来，就拿她的人抵债。”

众人又是一阵哄笑：“怎么抵啊，给大哥做小，你阿娘肯定就打翻醋坛子了，还是当你媳妇吧。”

“大哥第一次出门就被乌八看上了，”又听有人叹道，“你第一次抢人就抢一这么大的媳妇儿回来，不愧是大哥的种啊。我说怎么这么久不回家呢，原来忙着疼媳妇呢。”

少年黑黝黝的小脸又一下子涨得通红，不停地跺着小脚：“快别乱说了，阿娘知道要打死俺了，你们看，她是紫眼睛的，俺想着她可能是奸细，才绑她回来给爹看的。”

此话一出，那几个壮汉就立时收了谈笑风生，都改用犀利的眼神盯上我，如同看着怪物。

忽地有一个低哑的声音传来：“虎子，你舍得回来了？”

我和虎子抬眼，有一人从离地三米高的屋顶上站了出来，高高在上地俯视着我们。

那人看似三四十岁的光景，可那灰白的头发迎风飞扬，棱角分明的脸上，线条刚毅，一条刀疤划过灰色的三角眼，几乎可以同我的蜈蚣眼攀亲戚了。

“雪狼叔叔，是您哪。”小黑孩看似害怕地咽了口唾沫，但偏装出一副欢欣惊喜的模样，“俺阿爹回来啦？”

那人哼了一声：“你私自出走一个月，整个谷里的人都寻你寻疯了。你阿爹阿娘若是真知道了，现下你还会如此太平吗？”

虎子明显地嘘了一口气，抬头粲笑道：“俺就知道雪狼叔叔最疼虎子啦。”

那位雪狼叔叔矫健地一拧腰，稳稳落地，大步来到我的面前，灰冷的目光落到了我身上。

“这是我抓来的女奸细。”虎子恨恨道，再次叙述我与他之间的深仇大恨。

“你是西域来的奸细？”雪狼的声音带着一丝凌厉，向我逼来，粗壮有力的手扼紧了我的咽喉。

我勉力出声道：“我的母亲是逃难到中原的西域人，父亲是中原建州人氏。”

我又把对小黑孩讲过的仙女湖遇匪的事说了一遍，那只雪狼一眨也不眨地听着。我说完了，他刚一松手，我的人也虚脱了，跌坐在地上，大口喘着气。

“虎子，下次如果再遇可疑人等，你不必带回来，比如像这个紫眼女人，你将其绑得再紧，到了入口，她亦可轻易挣脱，然后加害于你。”他冷冷地注视着我，对那虎子沉声道。

“我不怕，”虎子瞪大了小眼睛，掏出小盒子，“我有阿黑，阿黑只听我的，我叫阿黑去咬她。”

雪狼仰天哈哈一笑，微一动手，虎子手里的盒子已在他的手上：“若是高手到来，你根本没有机会。”

然后眼前一花，那个小盒又回到了虎子的手上。虎子红着小脸怔在那里，再也说不出一句。过了好一阵子，他才讷讷道：“那雪狼叔叔，这个紫眼睛的女人怎么办？带都带回来了。”

雪狼灰色的冷眼看了我半天，淡淡道：“虎子，转过身去。”

我的心紧了起来。等虎子明白过来的时候，雪狼已经向我的天灵盖击来。

众人大声惊叫：“虎子，你媳妇要被雪狼哥杀了。”

虎子一下蹿过来抱着我打了一个滚，躲过了雪狼致命的一击。我骇然望着我原来所处的地方那一个大坑，显见此人武功修为之高，定然是一个隐匿的江湖好汉。

虎子对着雪狼结结巴巴道：“雪狼叔叔，她、她是个女人。阿爹……说过人命关天，我们还是审一审吧，万一错杀了好人呢？”

雪狼冷冷道：“虎子，你果然是你阿爹的种，英雄难过美人关。”

“若非你阿娘，你阿爹又怎会放下这大好前程，放弃去建一番名垂千古的功业这千载难逢的好机会，反倒躲在此处苟且？”雪狼那冷眼中似是无限惆怅，万分懊恼，转而又杀意毕现地看着我们，“女人又怎样，须知这女人的心肠便是魔鬼的果实，而女人的眼泪便是这世上最毒的毒药。”

我一定以及肯定，此人年轻时一定受过某位厉害女人对其在身体以及心灵上的重创。

虎子听得有点晕头转向，懵懂地甩甩头，只是瘪着嘴道：“雪狼叔别老说俺听不懂的话，这个女人还是等阿爹亲自来审吧。”他又气鼓鼓地补上一句，“还有别再说阿娘的坏话了，俺不爱听。”

众人听了大笑不止。

雪狼眯着眼正要开口，忽地平地又有一大帮子人硬挤了进来，全是女人与孩童。走在前头的是个牵着一个小女孩的老妇，那个小女孩也就两三岁光景，粉嫩的小脸上两只黑圆黑圆的眼珠子乌溜溜地看过来，额头一点平安胭脂，黄毛扎着两只高高的冲天辫，甚是漂亮可爱。

众人又大叫：“红翠干娘来了。”

那铁匠东子对雪狼摇头笑道：“雪狼，看来你今日无论如何也杀不了这紫眼女人了。”

那小女孩看见了虎子，一下子挣开了老妇的手，蹒跚地跑过来，甜甜叫着：“虎子、虎子。”

眼看就要摔倒，虎子赶紧接下抱了起来，瞪眼道："小兔不听话，才刚学会走路，跑得那么快要是摔了怎么办？还有要叫我大哥，大哥知道不？"

小女孩还是咯咯笑着，奶声奶气道："虎子回来了，小兔想虎子。"然后猛揪虎子零乱披在肩上的发。

虎子痛得叫出声："姨奶奶，您看小兔呀，我的头发快给她拔光了，好痛。"

那个老妇前来，抱下小女孩，然后上前猛地狠狠打了两下虎子的小屁股，使劲揪住虎子的耳朵喝道："你个杀千刀的小冤家，连个招呼都不打地走了一个多月，还敢喊痛？"

小女孩牵着老妇的衣角，着急地大声嚷着："别打虎子、别打虎子。"

"你妹妹都好几天没吃那莲藕羹了，说是要留着等你回来吃。奶奶想你想得晚上都睡不好。"

我注意到那老妇的十指修长，保养得甚好，发式和衣着竟十分新颖，不似乡村老妇，那行止倒有几分弱柳拂风的优美感觉。

那张风韵犹存的脸上敷满白粉，因为生着气，大声说话牵动面部，便有一些粉抖落到虎子的发上，虎子不由得打了个喷嚏。

她放了虎子，可那描绘精致的眼圈却红了。她抽出一方上好的丝帛，迎风大幅度地一挥，婀娜地轻拭泪珠，活像在戏台上唱戏一般："这么小就让奶奶难受，将来长大也是个负心的臭男人。"

虎子的小黑脸涨得黑里带红，红中带黑，怯懦着："奶奶别哭了，虎子会对您好一辈子的。"

"干娘别哭了，"众人努力忍着笑，唏嘘道，"虎子这不回来了吗？妆花了成熊眼睛就不好看啦。"

没想到那位干娘还真的收了涕泣，只是扭捏地抱着虎子，又骂了半天小冤家。

"可怜见儿的，什么人那么毒的心肠把这么好的一张脸给毁了。"那个红翠奶奶走过来，抬起我的头来左看右看，叹了口气问道，"闺女，叫什么名啊？"

我望向红翠奶奶的眼，只见一汪深邃，不可见底，我便平静答道："我叫金木，绝非坏人，还望这位夫人出手相救。"

"干娘，我看这个紫眼睛的女人不简单，"雪狼冷冷道，"若是寻常的妇道人家，家人遭劫，安能如此镇定，毫无惊慌之态？而且紫瞳之人，便是西域也少有之，故而此女断非常人。您再看她的伤口。"

雪狼撕开我肩上的衣服。我忍住疼痛竭力甩开他的手。

他冷哼一声："那凶手所使兵器乃是如纸片一般极薄的软剑，就连东离山的土匪都不会使这种软剑，那凶手定然是一个职业杀手，故而出剑又狠又准。"

他再一次扣紧我肩上的伤，立时血流如注，我痛叫出声，他却厉声咆哮道："快说，你到底是什么人？”

我用余光一扫周围，瞄到黑压压的女人堆，便忍痛道：“不瞒诸位，我相公是个三心二意的主儿，名义上为我请了一个女保镖，其实暗地里同她搞七捻三，后来遇到潘正越的士兵，我为保贞洁，跳进仙女湖险滩，躲过了乱军。眼看爬上了岸，见到了那个女保镖，她便趁我相公赶来前暗中害我，我便落到了湖里，然后顺水流落至此，得遇虎爷。各位好汉、奶奶，我没有办法回我相公那里去，因为不知道他是不是同那女保镖勾结了。我就怕他等我回去，杀了我好扶正她。”

众人听得一愣一愣的，许多女人的眼中显然出现了同情的泪光。

有一个女人恨恨道：“伤人命的狐媚子。”

连男人也睁大了眼睛：“你家男人真没用啊。”

“虎子，战场上哪有男女之分？我等当年也是刀尖上舔血过来的，如今安稳日子过久了，便疏于戒备了吗？”雪狼环视四周，众人立时噤若寒蝉，目光中一片肃然，“东子，你还记得吗？我们随大哥遁入这桃花源时，大哥便预言，这祸乱天下的战火终会燃到这里。若是如此女所言，潘毛子打进汝州，这骤来的外人，正是应了星象所言，这近八年的休养生息将尽，离出谷之日亦不远矣。”

我大惊，看来这帮子人以前绝非什么普通老百姓哪。随即满脑门的菊花香渗进肺腑，猛然想起兰生提到菊花镇，刹那间我的心头豁然开朗。

踏破铁鞋无觅处，得来全不费工夫。原来兰生所谓的菊花镇，并非是指这汝州城里一个叫菊花的镇，而是在九宫八卦阵中圭位的示路。如果当年有人用碧玉梅花镇作记号称作“梅花镇”，那么这里满野的菊花便是“菊花镇”，如同当年宋明磊用信手拈来干菊花作“镇”，这便是兰生所谓的“菊花镇”。

这就是为什么我怎么也找不到所谓的菊花镇。那是因为根本没有叫菊花的小镇，只有这个隐蔽的神奇山谷。

可是我却阴差阳错地寻到了“菊花镇”。我望了望谷中一小片狭窄的天空，暗忖：这兰生是如何知道这个“菊花镇”的？以他的修为，实在不像是幽冥教一个普通的暗人。他究竟想引我去见谁？这个神谷又同我的过去和未来有着怎样的缘法？

雪狼的三角眼瞟向虎子，厉声喝道：“手无缚鸡之力？哼！你们看她的左手指骨发达，小臂有力，定是个擅射之人。”

“这位好汉，我家相公发迹以前我一直以种地洗衣为生来养活我们全家。”这也是实话啊。

我肃然道：“你们若要杀我，就快下手。不过潘正越大军来袭，小女子还请各位早做打算，是降是躲，早做打算，以免像我家人一般枉死。”

众人一凛。

东子冷冷笑道："潘毛子当年就曾经在下朝之时对大哥说过，若是我等有幸从战场上活了下来，早晚要让我等死在他的手上。大哥当时淡然笑道：鹿死谁手，犹未可知，大将军可要保命活到那日才好对付我等。只是，大哥最恨滥杀无辜，"东子拍拍雪狼的手，乘势让他放松了扭我的手，"这个妇人的确不像一般人，但若说是奸细又有些牵强。雪狼你想想，光这双眼睛就够招人嫌的，如何做个遁地的奸细？"

"雪狼哥，给东子哥留着做续弦吧。"人群里有人起哄。

那东子咧开一丝笑，露出满口尖牙，似恶狼之口，看上去甚是凶悍恐怖，只听他阴森森笑道："这个主意不错，不过俺可消受不起。况且她的确看上去是个擅射之人，兄弟们过了这几年消停日子，都没有把武艺放下，今日回去便要把自己的家伙请出山来磨利喽，早做打算。"

"苍天有眼，助我燕子军在乱世终结之前重出江湖，"雪狼亦兴奋地大笑出声，"与潘毛子一决雌雄，亦可教训一下那忘恩负义的原氏中人，我们扬眉吐气的日子终是来了。"

众人立时欢呼出声，眼中流露出一股奇异的兴奋神色。

燕子军！

我的头开始晕了起来：北落危燕！当年民间便有如是传言：东北虎，西北燕，是指雄霸东北的潘正越所率潘军，还有于飞燕所率镇守玉门关的燕子军，乃是东庭一东一西两大精兵。如今乱世当道，所谓北落危燕，北落师门是指潘正越，而普天之下，能对付潘正越的只有危月燕——燕子军首领。

我怎么这么傻，兰生所指那潜伏多年的惊世猛将，正是我结义大哥——燕子军首领——于飞燕，放眼天下，真正有能力亦真心愿意护送我回原家的，亦只有当年有破军星之称的于飞燕哪！

那这个虎子是大哥的孩子喽，那么我的大嫂又是谁？

惊喜交加中，依稀听到有人嘻嘻笑道："行啦！雪狼，我知道你是为了我们神谷好，就算要出谷了，可咱们日子得照过。我家里缺个人手，就她了。反正在神谷里，我们一大帮子人看着她，她又能怎么样？"

那人的声音轻轻松松地，便把即将出征的紧张局面扫了个光，她正是那个叫红翠的老妇，众人也附和着她。

"干娘、东子，还有诸位可想好了，如若松绑，必是放虎归山，后患无穷。"

"想好了，再打仗吧，也得要人做家事，"老太太使劲点着头，摸着小兔和虎子，"你大哥两口子出去办事儿到现在都没有回，我要找个人做家务。再说虎子他娘就要生了，也做不动家事，家里就指着她做粗活了。"

那个雪狼噎在那里，瞪了半天眼睛，一甩手放开了我，愤然道："罢了，随您老吧。”说罢便一阵风似的转身消失在眼前。

还是那个脸上涂满了白粉的老妇人扶我起来，递上半瓢水。我抢过来做驴马饮状。

周围的人又多了一圈，看着我都像是在看动物园里新来的动物。不知何时一群小孩依次跑到虎子那里，叫着“虎子哥”回来啦，个个都用崇拜的眼神仰望着虎子。

虎子昂着头，享受着被敬仰的感觉，直到他的小兔子妹妹因为被他忽视太久而哇哇大哭，他这才回过神来抱着她离开人群。

“奶奶，这里风大，咱们快抱妹妹回去啦。”小老虎亲亲小兔子的脸，细细哄着，“小兔子不哭，虎子哥哥给你带野山地回来啦。”

我暗叹一声，这黑小子还真是个好哥哥，真像我那黑大哥。

记得我和锦绣刚到紫栖山庄时就被迫分开了，再见面时已是一个月后。

那时还是大哥二哥送她过来的。碧莹躺在床上只剩下半条命，锦绣一开始怎么也不肯看我，我哄了她半天也不理我。

我有些生气，便强捧着她的小脸，却悚然发现大颗大颗的泪珠从她紫琉璃的眼中流出，我那时还以为她还在怪我没本事去紫园同她会合，压根没有想过她的遭遇生不如死，只是心疼得像猫抓似的，陪着她一起掉眼泪。

大哥和二哥都长高了一圈，身上都穿着崭新的子弟兵服，脚上也套上了上好的练武鞋，二哥比以往更俊美，也更沉默寡言，坐在床沿上，默默地看着气若游丝的碧莹，天狼星一般的眼睛失去了往日的神采。

只有大哥还是笑得那样明朗，却掩不住脸上和手上的瘀伤。我从周大娘那里知道，那个冷酷势利的连教头天天当着众人的面羞辱他：婊子养的蛮货。他便带着脸上身上的这些反抗的伤痕艰难地生活着，可是他却从来没有向我们诉过一声苦。

我们几个好像还未学会爬出窝棚的小狗，就被人从母亲身边强行带走，然后那满腔的生活热情和渴望遇到了一种前所未有的恶劣天气，风刀霜剑，雷击暴雨，地动山摇。在血淋淋的现实折磨之下，眼神中只剩下挣扎着活下来的那种无限的疲惫和麻木。

“妹妹们都别哭了。”他那时忽然对我们大笑出声，打破了屋里沉闷的哀伤气氛。我们都看向他，他的左颊明明还有大大的青紫，连带那铜铃大的眼睛亦有些红肿，只听他坚定地说着，“俺和老二的月钱发了，只要有俺和老二在这世上一日，包管咱们小五义定有那出头的一天。俺就不信，俺于飞燕的妹妹们就不能过上好日子。”

十三岁的少年站在勉强可以称之为屋子的草棚中，用那夹杂着浓重山东口音的大舌头铿锵而语，却令我们的心重新唤起了信心和勇气。

锦绣抬起带泪的小脸，涣散的目光聚焦起来，对我用力点着头，坚定道：“锦绣没有忘记，要永远同木槿在一起。锦绣发誓，总有一天要紫园所有的人听到小五义的名字就害怕。”

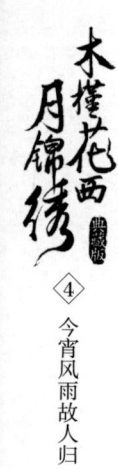

这时碧莹醒了过来，听了我们的话，流出了眼泪，也慢慢伸出手来。我们五个人十只手紧紧地交叠在一起，发誓将来一定要在这富贵得冒了烟的紫栖山庄里出人头地。

我被带回虎子的家中。那个老妇被称作红翠干娘，她安排我睡在柴房里。我透过柴房的窗棂看到，三个小孩在院子里站着，看到虎子便冲了过来，都比虎子矮一个头。两个黑脸的是男孩，长得也是虎头虎脑，另一个扎一条细辫子，白净的脸，水灵灵的眼，同样闪着崇拜的光，围着虎子大叫：“大哥回来啦。”

虎子怀中的小兔，忽然生气地揪着左边的男孩的发：“豹子坏，打我，虎子打还他。”

虎子就沉下了小脸：“豹子，你怎么打小妹妹？你忘了阿爹说的，男人不能打女人。阿娘不也说了哥哥一定要护着小妹妹吗？”

那个叫豹子的小孩便噘起小嘴，不乐意道：“谁叫她老让我抱来着，我不抱她就哭。再说她现在都会说话了，阿娘又要生了，兔子不是最小的啦。”

“那也是你妹妹，”虎子严肃道，“家人要像家人的样，知道不？”

虎子看那个女孩捂着嘴偷着乐，便转身又道：“小雀，你是姐姐，要保护妹妹才是，小狼你排行老三，那么喜欢读书，怎么也不跟书上好好学学爱护妹子，你们两个做姐姐哥哥的，怎么任由豹子欺侮妹子呢？”

那叫小雀和小狼的便低头闷声不响了。

小虎、小豹、小狼、小雀、小兔，我忍不住嘴角上扬。好可爱的一群小“动物”啊。

我暗中又一算，看来我大哥大嫂不但感情很好，对孩子也教导有方。虎子小小年纪，把几个弟妹教训了一顿，那些弟妹俨然把他当作家里的头，也不吭声，任他像小大人似的训着。

过了一会儿，虎子把小兔放下，从小包袱里取出几串野果，分给众兄妹：“喏，刚摘的蛇果和桑子，可好吃啦，我给你们留的。”

三个小孩欢天喜地地抢过山果分着。

虎子背着三个小孩，又小心翼翼地掏出一小堆野果送到小兔嘴边，甜甜笑道：“小兔吃野山地吧，虎子最疼小兔了。”

我很快适应了在神谷短暂的保姆生涯。神谷中人民心地淳朴善良，见我身上的伤势未愈，反倒时不时地帮我做些粗重活，红翠干娘也时时照顾我的伤势，我内心分外感动。

一开始，谷中的人们很惧怕我的紫眼睛，亦担心我是奸细，不敢亦不屑同我攀谈，唯有那个红翠干娘同我聊聊天什么的。我也不敢多问，怕他们以为我真是奸细，净打听些事。后来慢慢同几个小孩子熟了，没有打听到大哥和兰生的消息，却等来了潘正越的右参军攻打东离山和南阳山的消息。

山下传来消息，东离山的乌龙寨出乎所有山头的意料，竟然头一个受了潘正越的招安，招安后的第一件事就是公报私仇，帮助潘军右参军攻打南阳山的桃花源谷。

山谷中人开始密议，我偶尔听红翠姨的梦呓，她提到“锦绣”二字，我心中明白，他们要用锦绣一号来对付潘正越的右参军。可我望着阴雨蒙蒙暗中忧心，因为雨季开始，那是锦绣一号的致命伤。

这一天警报的长啸传来，神谷中人将那些半圆柱形的三层楼全部关上窗，密闭如蜂巢，每户人家都形成了一百八十度的天然碉堡，唯留几个三寸圆孔，用于架弓弩或观察，便于防守及攻击。我一手拉起小虎几个孩子，扶着抱着小兔的红翠躲进雪狼的碉堡，穿着精甲的雪狼眯着眼对我狠狠道：“你若敢在我的眼皮子底下捣——”

我叹气道：“现在雨太大，锦绣一号不能用，于大将军同你们进谷时可有改进版的二号？”

锦绣二号其实是根据护锦改造的放大版，也是锦绣一号的升级版。我与鲁元发明锦绣一号时考虑古代火药易受潮而失效，故而火药盒改用轻而密封的铝盒。但是遗憾的是，古代所有的弓弩的发射器都是用动物筋腱晒干所制，只要一浸湿还是会失效。因为一直找不到更理想的代替品，鲁元只能在我的建议下试着提炼原始橡胶，但由于这个时代的提炼技术不尽完美，锦绣二号的射程无法像一号那样强大，但是保证了武器在大雨中能够成功使用。

在西安大乱前五晚，锦绣二号才刚刚试验成功。那年大雪纷飞，于飞燕就是拿着锦绣二号进攻西安城，原非白在其掩护下救了地宫中饱受原青舞折磨的我，然后于飞燕被贬河南，燕子军一夜之间解散，原非白被囚地宫，鲁元与我流落江湖，锦绣二号也神秘地失踪了。

“你果真骗了我等。”雪狼一把抓向我的咽喉，厉声喝道，“不然如何会知道还有锦绣二号。莫非你是原氏中人？”

“于飞燕乃是我的故人，他对我恩重如山。”我一闪，躲开了他的魔爪，大声道，“请你相信我，我决不会做出对不起他的事。决战之际，最忌疑人，我若是奸细，就不会千辛万苦将红翠奶奶和小兔带到这里。我知道出谷的路，直接将她们送到潘正越处岂不是更好？请将军明察。”

这时一人冲进来，惊报：“虎子和小雀不见了。”

我们大伙一回头，果然这两个孩子不见了。

小狼怯懦道：“虎子哥要去引敌兵到鹰眼，好让神器起到最大作用，小雀非要跟着去。”

锦绣一号炮放置的地点是在鹰眼崖，可是当时因为下大雨，改用锦绣二号，地点却是在后方。这两个孩子走得太心急，却忘记再次确认一下炮击地点，这下他们同敌人站在一处，众人不得不停止了射击计划，红翠当时就昏了过去。

我心中着急，不等他回头，便飞身出去，一路来到鹰眼处，果然两个小孩在那里躲着。他们看到我非常惊讶。我正要拉着两个孩子退出，远远地看见铁水渐渐自鹰岩处涌出。

那鹰眼是两座摩天巨岩，唯一块巨石鬼斧神工地相隔，远远望去如雄鹰的利眼，故而那块看似从天而降的巨石被称为鹰眼石，这里地势十分险要。

大军近时，当首两人皆是凶神恶煞，左边一个女人眉目细长，鼻梁微挺，鲜红的口挂着笑，水蛇腰的身材被棕色的皮质软甲系得更显婀娜，谷中大风拂动内衬的桃红色内衣，在万丛绿景中甚是出挑，左眼角有一粒雀痣，越显得那双杏花眼中充满诱惑的风情，然后又夹着一种令人畏惧的杀气。

“金木，”小雀捏紧了我的手，“头前那个方脸的是乌七，那个女的是他妹妹叫乌八喜，坏死了。”

“咦，这不是谷主的孩子吗？你是叫小雀吧？”那个女子咯咯笑了起来，“我们特地来拜山，怎么没见你们的爹呢？”

“这个女人，本官看着怎么就这么眼熟呢？”乌七摸着我的下巴看了半天，击掌道，“这好像是山游庄子那个老头送来的画像上的女人，妹子，就是紫眼睛女人的那幅画，老头子要用一箱黄金换她呢。”

“是信游山庄，大哥，”乌八喜瞥了她大哥一眼，“就她呀？她相公愿意以一箱黄金来赎她？妈呀，不是一家人不进一家门哪。瞧瞧，同她那个阴脸相公一样是紫眼睛的，画上看去还挺漂亮的，如今当面看怎么还不如寨子里挑泔水的呢。”

我心中一动，段月容还专门为我拜山了吗？正要开口相问，有人却抓住我的手。我低头一看，是那两个冒失孩子，他们脸色早吓白了，可是表面上还是很勇敢，紧紧提着手中小号的兵器，抿着嘴看着他们。

“我爹如果在这里就没有你这个女人笑的份了。”小虎一挥大刀，对乌八喜没好气地说道。

那女子却似恍然大悟道：“听说你娘怀了个怪胎，都十个月了还没有生下来，所以你们爹带着她出谷寻高人看病去了，原来还是真的啊。”

我暗自叫苦。这虎子太实诚了，本来还想用于飞燕的名以空城计吓走他们呢。

“你才怪胎呢。”小雀恨恨道，“等着瞧，雪狼叔叔和我阿爹会铲平你们东离山这帮子土匪，替天行道的。”

“笑话，我们东离山岂是你们说打就打的，”乌八喜冷哼着，“你们爹就是执迷不悟，摊上这么个手无缚鸡之力的病秧子，早点同我结亲多好。”

“你做你的春秋大梦吧，我阿爹不要你，你就给我阿娘下毒，像你这样伤天害理的女人，如果不是看在你是女人的分上，我阿爹早杀了你了。”

她的水眸看了我几眼，却对孩子们呵呵娇笑道：“你爹舍不得杀我呢。”

我看这样争下去没完没了，最主要的是后面的军队也开始哄笑。

有的已经往我这边挪动脚步了，我便低声让小雀先往回抄小路躲一下，我到时以弓箭掩护，然后趁锦绣二号发射之前，施轻功逃脱，结果这两个小孩的家庭荣誉感令他们一个也不肯先走，还是勇敢地站在我身边。

我着急间，乌八喜的长剑出鞘，那剑浑身发着乌碧的幽光，极其宽厚，就连男人都没有使用这样看似笨重的武器的。

乌八喜眼中闪过一丝杀意，笑道：“反正今天桃花源神谷将会烟消云散，这位妹子，回头不如让我将你献给潘将军奉茶吧。”

茶字未出，她早已挟着一阵风向我冲来。

我急忙抽出虎子的大刀匆忙一挡，立时虎口发麻，差点没有脱手。

“这位女英雄，可曾听过唇亡齿寒的道理？神谷和贵寨虽有过节，但我们皆在这大山之中逍遥自在，不受朝廷约束。但若是神谷消失了，东离山便是下一个目标。潘正越这正是花言巧语、利诱相加，要桃花源与乌龙寨自相残杀。”我忍着痛，“你难道没有听说过潘毛子的恶疾吗？喜欢虐杀漂亮的女人。依女英雄这般貌美，可真要三思啊。”

乌八喜一愣，拉着马退后一步，不自觉地摸上俏脸沉思起来。我心中一喜，心想乌八喜身为女子，自然明白潘正越看她的目光。

没想到乌七却嗤道：“俺们乌龙寨已受朝廷招安，我同妹子是四品校尉，也是朝廷命官。潘大将军对俺们绿眼有加，如何会残害……啊……那个……良啥的。”

“校尉大人，”旁边一位正装将军，想必是周朝右参军王加禾，满眼鄙夷，表面还是耐心地提醒道，“你同大小姐现在乃是我大周四品校尉，大人对您青眼有加，又岂会残害忠良？”

“正是、正是，”乌七呵呵大笑一阵，“妹子，把这个女人拿下，别打死就成了，干脆把手剁下来吧，好歹值一箱黄金。”

乌八喜挥刀即来，霍然有声，所劈之处，立时山崩地裂，天地变色。乌龙寨的喽啰大声叫好，就连周兵也不禁咋舌。

乱世啊乱世，造就了多少个身手不凡、武艺了得、心狠手辣的女终结者啊。

我定神后退，拧身使轻功向一处高壁蹬去，在乌八喜没意识到之前，我已经张弓射向乌八喜，看在她是女人的面上，只是射中她持刀的左臂，万万没有想到她那超大超重的铁剑砸下来，把她的右脚趾生生砍了下来。

众人皆惊，乌八喜的眼神一下子骇然，放声大叫。

雪狼在我身后大喊："金木。"

乌七策马飞冲上来，我急退着滑下斜坡，借此机会，挟起两个孩子用轻功拧身回撤。

天地开始响着闷雷，乌七大怒道："统统剁成肉酱。"

他吹了一个口哨，却见周围无数人蹿了出来，一个个恶狠狠地盯着我们。我心想完了完了。

我抱着两个孩子跑不动，将箭头指向乌八喜，对两个小孩大喝："快往回跑，不然我就要陪你们死在这里了。"

虎子拉着哭泣的小雀使轻功狂奔，有人向小孩追去，我只得改了箭的方向，连射五支，击毙了三个喽啰，使得雪狼接住两个孩子往回走。

我跃至高点，渐渐箭袋空了，有人从后面登上我所在的坡上，一把勒住我的脖子，又有人踢开了我的长弓。乌七跃上来，狠狠地踢了我几脚，每一脚几乎都命中我的蜈蚣眼。

我的狂性也上来了，乘机猛地用一只能动的手猛地勾住他的脚，将他绊倒，然后狠狠咬上他的耳朵。众人大叫着将我们分开。雨渐渐下大，我的嘴里是乌七的左耳朵，我的脖子上架着一把银晃晃的大刀，刀握在那个大周将领手上。

我用一只眼看着他，吐出那只耳朵，哈哈笑了起来："一只耳，我是你黑猫警长，最好快走，不然我保证把你炸成肉酱包饺子吃！"

乌七的大刀飞来，我睁大了眼睛，希望雪狼快点燃起锦绣二号，把他们全炸成肉酱，好实现我的恐怖威胁。我心里不由得有一丝难受，临死前别说非白了，就连于大哥也没机会见一面。

就在箭离我脑门一根手指的距离时，一道银光从天而至，大力地削断了那乌七的大刀，当的一声戳入高高的鹰眼石中。刀身亮如银龙，刀柄上鲜红的绸布红火焰一般在大风中不停飘扬跳动着，刀锋下摆着九个连环在大雨中激烈地颤动着，发出几乎要刺破耳膜的嗡嗡声，竟然盖过了那乌云中的闷雷。

耀眼的银光反射到我眼中，我抬手挡了一挡，不可思议地盯着这把似曾相识的"九环烈火刀"，只觉泪如泉涌。

风雨中有一人高大如巨人，健壮如神祇，昂藏雄壮的身姿挺立在我同孩子们站的巨石之上，铜铃大眼，如鹰隼锐利地俯视着我们，声如洪钟，喝声如雷："鼠辈休要伤害无辜。"

我依稀感到我松了那张土弓，一屁股坐倒在地上，任雨水灌进口中。我看不见救我那个人是谁。老天爷仍在咆哮，充斥着似要撕裂大地的风雨声。

虎子和小雀兴奋地叫着："金木，你要挺住，阿爹和东子伯伯他们来救你啦。"

风雨声中人声嘈杂，有一双强壮的手抱起我向后跃去，那个声音充满力量地毅然喝道："放箭。"

然后耳边飞箭嗖嗖传来，伴着巨大的爆炸之声，那恐怖的嘶喊之声震耳欲聋，锦绣二号发射了。

乌八喜在大声惨叫："大哥。"

"金木，咱们的神器炸死乌七了，还有那个周朝将领。乌八喜跑了。"虎子欢快的声音越来越低。

我努力想睁开眼，可是雨太大了，只能微觑到一个高大的身影从风雨中走来。

小雀过来扶起了我，头一次用敬称紧张地问着："金木姨，你可好？"

"多谢这位妹子救下我家的这两只活兽。"

那人声如洪钟，充满男子气概，传至我的耳中，竟然压过了风雨之声。

我的脚有点小扭到了，借着小雀和虎子站了起来，眼看要摔倒，一只有力的手扶起了我。

"多谢……"

是大哥吗？我这样想着，然后我的手慢慢痛了起来，因为这人开始捏紧我了。

我的心又开始紧了起来，欲挣脱那铁钳一般的手却不得。我心下害怕起来：大哥会不会以为我是奸细而伤害我？

"你可认得西安原府小五义……"那位谷主的手开始打着战，我的手被他捏得生疼。

雨渐渐小了下来，我得以睁开了眼睛。

雨水依然无情地淋浇着这个荒谬的世界，透明的雨珠如细流一般滑过我的脸，滑过那人战神一般线条刚毅的脸……

他的须发如钢针，根根在风雨中因激动而颤抖，他的铜铃眼盯着我，闪着狂喜和辛酸，他的声音因为激动和疑惑而低沉喑哑："你、你可是四妹？"

"只望妹妹记住，无论发生什么事，飞燕永远在你身边听候差遣。妹妹即便一生不愿嫁人，只要飞燕击退突厥，能活着下了这庙堂，飞燕亦可一生不娶，陪着妹妹游历天下，泛舟碧波，了此一生。"

那人温柔诚挚的话语犹在我耳边回响，八年前那最后一聚，他对我和碧莹微笑着："二位妹妹千万珍重，飞燕此去定要击破突厥，剿灭窦家，好还天下苍生和小五义兄妹一个平安之地。"

我呆呆地凝望着他，恍若隔世的狂喜冲进心田，满脑子都是那人少年时代无拘无束的豪迈大笑声，还有那硬硬的大胡子。

"我家四妹的眼睛不是紫色的。"他的大眼中闪着不可思议，依然紧盯着我的紫眼睛，向我跨近一步大声问道，"你可是我家四妹，花木槿？"

泪水混着雨水，流进嘴里，猛然惊醒那心底无尽的辛酸和委屈。

是啊，当初的非珏都没有认出我，于飞燕又怎会认出破相紫眼的我。垂下悲伤的眼睑，我慢慢挣开了他的手，默然地低着头，一瘸一拐地往回走着，依稀感到众人的视线集中在我的身上。

过了一会儿，有人来到我的眼前，挡住了我的去路，发梢流下的雨滴浇不熄那人身上强烈的阳刚之气，迫得我不得不抬起头来。

他目光依然如炬地再一次大声问道："你可是我家四妹，花木槿？"

我抬头望了他许久，再也忍不住，慢慢地伸出手，抓住他的胡子，狠狠一揪。

所有的人看得呆了，他却仰天哈哈狂笑起来，一把将我抱起来，转了个圈，等放我下来的时候，大大的眼睛里却布满了红红的血丝，他的大手摸着我的脑门，反复说道："四妹果然活着，四妹果然活着！"

我惊魂未定地看着他。这才想起来，他小时候总喜欢把我高高举起，在空中转着圈。

我一时分不清现实和记忆，只是怔怔地望着他喃喃叫着："大熊！"

他把我紧紧拥入怀抱。我慢慢抓紧他的衣襟，听着耳边淅淅沥沥的雨声，脑中一片伤感的茫然。

过了一会儿，于飞燕放开我，又从头到尾看了看我，眼睛又红了许久，不由分说蹲了下来，一下子背起了我。

我趴在于飞燕的背上，微抬头，这才发现不知何时天放了晴，昴日星官小心翼翼地猫在云彩里露了个头，映着晴空的彩虹，稀疏地照耀着神谷。

我的大哥，一边背着我，一手牵着小雀往回走。

小雀笑得如同雨后净空，不时地抬头看着我和于飞燕，如同小时候我们几个女孩子一样崇拜地仰望着他，开心道："大哥可是世上最厉害的大英雄啊。"

大熊的娘子长得什么样呢，莫非是翠花那样的健壮豪侠女子？

我带着一堆问题，轻声道："恭喜大哥娶大嫂了。"

于飞燕背着我往前走，他扭头，对我不好意思地嘿嘿笑了两声："待会儿咱就能见着你大嫂了。你大嫂怀着孩子，都十多个月了，就是生不下来，俺也急了，就带她到谷外去见一位医生。那位医生真是好人，说是你阿嫂马上就要生了，本欲带着徒弟同俺们一起进谷来，偏在山下听闻潘毛子右参军伙同东离山攻打南阳山，俺便先同你大嫂进谷，幸好赶上了。这下子正好也请这位大夫给你看看脚。四妹妹这两年身体大好了吗？"

于飞燕似乎很开心，想是故意绕开我这两年流落在外的生活，只是絮絮地讲着他这次出谷的原因。而我实在太累了，渐渐地神志开始迷糊起来，到后来也没有听到于飞燕在问什么，只是胡乱地支吾着："好啊。"

很多年以后，小雀告诉我，那时天边彩虹灿烂无边，于飞燕不知道他背上的我已经陷入昏睡，只是不停地说着话。他表面上挂着笑，可是赤红的眼角却不停落泪，同雨珠一起堆在胡楂上，然后一路淌着到家门口。

小雀说，那是她第一次看到她的父亲这样感怀。

过了一会儿，我昏昏沉沉地醒来。小雀大声欢叫着冲进门去了。于飞燕把我放到了地上，他正跪在自家门前为我的伤脚正骨，一阵刺痛中我完全清醒了过来。

“四妹可好？”于飞燕关切地看着我，心疼道，“大哥得替你正正骨呢。”

我定定地看着于飞燕，忍痛摇着头：“多谢大哥，我还好。”

“四妹忍着点痛，家里有你家大嫂和大哥一起制的金疮膏，是用谷地的菊花研制而成的，药效极好。”于飞燕嘿嘿笑了几声，转头对着门里大吼着，“屋里头的，还不快出来，看谁来了。”

我努力扶着红翠姨娘，才没有被于飞燕的叫声震倒，嘴角不由得一歪。我家大哥还是老样子，永远是这样充满活力、中气十足。

小雀先跳出门来，紧张地搀着一只套着亮银镯的皓腕：“阿娘慢一点，阿爹和四姑妈就在这里，别急。”

我打起精神，微伸头，却见另一只玉手微搭着黝黑的木门，更映得那妇人肤白如雪。雨后清新的空气中走出一个隆着肚子的高个佳人，虽是粗衣布钗，却难掩其闭月羞花、沉鱼落雁之貌，那两点漆黑晶瞳仿佛是最深的湖心，卷滚着无限的波涛。

我愣在那里半天，过了好一会儿，才借着于飞燕站了起来，一跳一跳地来到她的面前，用力挤出一丝笑容，对我的大嫂福了一福：“大嫂。”

我记忆中那一向冷然的脸上竟然涌起一丝红晕，垂下头虚扶我一把：“很久不见了，木槿。”

我一时不知该从何说起，与她相视许久，但笑不语。

“我说了吧，木槿，是熟人吧。你嫂子自俺离开原家后便一直跟着俺。”于飞燕呵呵笑道，“快有七年了吧，珍珠。”他温柔地唤着她的名字。

她的明眸柔顺似水，略带害羞地点了点头：“都有八个年头了，夫君。没想到还能再活着见到木槿。”她抬头看着我，柔和地笑着。

这是我以前从未见过的温良娴雅的笑容。

“我也没有想到……”我怔怔地看着她，讷讷说道。

我们三个人站在原地寒暄了一阵，然后是一阵奇怪的沉默。可能是阳光渐渐烈起来，我的头开始昏眩。红翠干娘提醒我们进屋，我们才如梦初醒地进了屋。

我在红翠干娘的帮助下，上了据说于飞燕和他媳妇精心配制的“菊花镇”金疮药，伤口开裂的右眼处又敷上了干净的白布，然后我又换了一件干净的衣物，红翠干娘扶我躺下。我透过窗棂的缝隙，看到于飞燕面目严肃地同众人说着什么，大眼睛布满了血丝，偶尔听到他激动地提起我的名字，看他们不停地瞟向我所在的屋子，估计主题还是关于我的。

大熊怎么就娶了当初在紫园最具管理素质、有着最高管理能力和最有管理前途的珍珠呢？我稀里糊涂地想着。最后药物起了作用，带着满腹疑问，我陷入昏睡。这一睡连身也没有翻，错过了中饭和晚饭，一直到了半夜支腿时扭到伤脚，这才迷迷糊糊地醒了过来。只见床头站着一个高个黑影，正看着我，我吓得跳了三跳，才惊觉是珍珠。她俏丽的脸在烛光下定定地看着我，深幽难测。

我定下激烈跳动的内心，尽量平静道："这么晚了，嫂子怎么还没有歇着？"

她没有回答，只是看着我。窗棂处漏进来的风拂着烛光飘忽，映得她在地上的身影，忽长忽短地变着形。往事和现实交错中，令我有一种错觉，我仍在永业三年，秦中大乱的噩梦中，而珍珠只是梦中的一个鬼魂。

脚上的痛惊醒了我，不，这不是梦。

我努力坐起来。她没有过来扶我，一手叉腰，一手微拢着高高隆起的肚子站在我对面，轻轻道："对不住，我吵醒你了。"

她的脸在阴影处，看不清她脸上的诚意，唯能感到那目光冰冷地看着我，就跟小时候她冷着一张俏脸，携着紫玉牌来检查各个院子一样。那时无论多有资历的婆子或是管事，都得对她微弯腰，恭恭敬敬地称她一声："珍珠姑娘好。"

我有点冷，咽了一口唾沫，拉起了被子包着自己，微靠在枕上："嫂嫂还没睡呀。"

"飞燕去神谷入口接大夫去了，干娘年纪大了，白日里受了惊，早早睡了，我也不敢惊扰。"她微微移开目光，慢慢移过来坐在我的身边，指了指我脚边的一袭薄被，"我想着你的被子有点单薄，便取了一床来，再说我也睡不着，索性守着你吧。"

她葱白细嫩的手指有些局促地拨弄着鬓边簪着的一支珠钗。

我心中一动，这支珠钗我见过。以前于飞燕一直托我保管，因为那是他苦命的娘亲留给他唯一的东西。刚到子弟营，势利的连教头总找他碴向他敲竹杠，于是他便老让我替他藏着。

于飞燕既然将这支珠钗赠予她，可见是真心爱上她了。然后我注意到她穿着一身粗布衣服，头上身上除了这支珠钗，也没有任何首饰了，这几日在神谷生活，也知道这里的人们只以后面半山腰的田地种些农作物为食，或是从"菊花镇"处采得菊花苗培育这种具有奇特药效的菊花，秘制金疮药，并一些渔猎之物偷偷潜下山到汝州城中换些物事为生。有时遇到南阳山的土匪封山，便无法出谷。我不禁心中感慨，大熊还真过起了采菊东篱下的生活，只是如此清苦。我便暗中打定主意，等出谷后，定要从君记中悄悄调出些银子来接济大熊。只是大熊性格刚烈，得给一个不伤其自尊的借口才好啊。

孩子们的压岁钱？嫂子和干娘的见面礼？

我正想得出神，珍珠轻轻开口道："那一年，原三爷同飞燕攻入西安城中，救了大伙，也救了我。那天晚上，南诏兵正好起了内讧，看守我的士兵忙着到前面去打仗了。"珍珠笑道，"我们几个出去便是一场混战，月黑风高，根本不知道哪个是自己人。眼看就要被人乱刀砍死，他就像天神一样出现，救了我。"

一说起于飞燕，她的眼神和表情都柔和下来，双颊泛起玫瑰色，因怀孕而微微变圆的脸愈加姣美丰艳，柔柔道："他被贬为罪员，我便跟着他。一开始他老对我吼……说什么大老爷们，不要娘儿们贴在屁股后头跟着。"

我和她同时笑了起来。我几乎可以想象着于飞燕顶着大胡子，对人发飙的样子。

"这些年日子虽清苦些，可是他对我真的很好很好。"她低眉顺眼的，一副小媳妇样，再无半点在紫园统领几千号人那大丫头的傲气。我在心中啧啧称奇。

我们一直聊着，几乎把珍珠和于飞燕这几年的事聊光了，珍珠还是像在紫园那样的稳健成熟，一点也没有提我这几年的生活。

不知不觉，我们迎来了一阵沉默。我看向脚边珍珠取来的薄被，被角上绣着一枝粉艳的桃花，让我想起了初画。

不想珍珠也微微叹了一口气："那年秦中大乱，派出去找初画的人回说她被大理的蒙久赞掳去了，生了一个孩子，死在了兰陵，可怜的初画。"珍珠的眼眶红了，眼中也有了恨意。

我想起了初画说过，珍珠一直待她很好，便温言道："嫂子，其实初画她很幸福。"

珍珠诧异地看向我。我便把初画的遭遇说了一下，她走的时候躺在深爱的丈夫怀中，听到了心爱的儿子唤她一声娘亲。

珍珠的妙目睁得大大的，专注地看着我，一字不落地听着。我第一次看到她脸上的表情这样复杂，从惊诧、愤怒、震惊、欣慰，到最后满脸淌满热泪。

"初画，我可怜的好妹妹。"珍珠捂着嘴，失声痛哭起来。

她渐渐平复悲伤的心情，我也停止了安慰。我们两厢坐定，只见她犹带泪珠的丽瞳深幽地看着我，一时沉默是金。

过了一会儿，我听到她叹了一口气："方才说了这么多话，木槿一定口渴了吧。"说着便抚着肚子站了起来，替我倒了一杯茶水。

"这是你大哥制的三七丽颜茶，里面还加了玉竹、玫瑰花什么的，"珍珠柔声道，"原是针对我身子虚弱而制的花茶，你大哥还说是有美容的功效，反正用的全是自家药园子里种的草药。因里面有三七，孕妇不能用，所以我一直给干娘煮着吃，今天看了你的样子，想起来给你也煮了一些。方才聊初画入了神，茶都凉了，我再去温一遍吧。"

"不用了。"我赶紧起身。

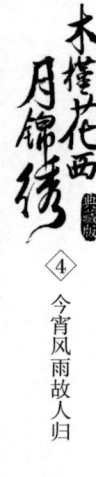

让一个大腹便便的孕妇半夜里伺候我喝茶，而且还属嫂子的辈分，这也太过分了。我一下子叫住她，接过杯子大喝一口：“大嫂快歇着，我正好有些冒汗，有点温用着正好。”

这个茶真好喝，味道还透着些熟悉。珍珠还是像以前一样平静淡定地看着我，却多了一份令人难以捉摸的审视感。

我忆起了这个味道。

看了看外面的月色，我微笑道：“大嫂，天晚了，身子要紧，您先休息吧。”

“不要紧的，”珍珠的妙目依然盯着我的眼睛，笑道，“这自从嫁了你大哥，他就一直在我耳边念叨着你。”

果然我的头微微晕了起来，眼中孕妇的身影也渐渐起了模糊。

“他每每说起你西安大乱时失散了的时候，便会暗自伤神，惦记着你流落在外不知道吃了多少苦头……”

我倒在了炕桌上，杯子碎在地上的声音听不见了。她的声音也渐渐地变了调，在我的耳边呜咽着，最后没有结果。

大约半炷香后，我如同在清水寺中一样，慢慢从安眠散中回过神来。这一年来秋日散给我的抗药性，本就让我很少再会着了麻药的道，更何况是原家最一般的安眠散？她用的剂量最多只能让我昏睡一炷香罢了。我渐渐清醒，感到有人在拖我。我微睁开眼，发现我被人慢慢拖着，来到一个大土坑前。那人俏丽的额头满是汗水，似是拖我走得累了，便微弯下腰抱着肚子使劲喘着气。

我目光一侧，陡然心惊。却见那个大坑里横七竖八地躺了几十具尸首，最上面几具皆是白日里被打死的东离山匪及窦周士兵。

此时适逢浮云幽蔽妖月，珍珠拖在地上的影子，渐渐地变了形。只见那个影子静静地从死人堆里闪了出来，化作一个高大的男人身影。那人抖了抖尘土，吐着长声道：“妈呀，你可来了，躲这坑里可憋死我了。”

珍珠没有答话。

那人复又紧张道：“你可觉得好些，拖着她没累着身子吧?”

这个声音很熟。然后我听到珍珠努力平息了呼吸，淡淡道：“你还是担心你自己吧，先是被流放到关外，后是被忘记在汝州这地方，好赖升了紫星武士，却连个孩子都抓不住，还让花西夫人在你眼皮子底下溜走了。”

对方一阵长长的沉默，倒也没有争辩，只是慢慢递上一样东西，冷冷道：“喏，这是本月的解药。”

珍珠静静地接过那一丸乌黑的大药丸，想了一会儿迟疑道：“初信她……当真殉国了？”

那人略一点头，叹声道："你说得对，我的确是原家最没用的暗人，保不了初信，眼皮子底下丢了孩子和夫人，却还不如你一壶六日散来得利索。"

"你……无须自责。你是原家少年的好手，奈何重情重义，是故大好年华，却被发配到这汝州来监管我们夫妻。却不想这么多年我夫妇二人，还有几个孩子一直承你照顾至今。"珍珠的声音有一丝后悔，轻声道，"大理段氏此次派精英前来，岂是好相与的？谁让初信和重阳小少爷被掳来汝州，当了个活靶子，一切皆是命。是我……言重了，还望你，莫要往心里去。"

"无妨，"那人摇头叹息道，"你、我、初信，去了的初蕊，还有死在异乡的初画，皆是原氏家生子，如今活下来的故人，也只有你我二人罢了，是故我明白你心中难受。"

"这几年初时，严守你与于将军还有燕子军诸位，亦有得罪的时候，望姑娘不要放在心上。如今花西夫人重现于世，我带着她出了这神谷，便是轮到我做活靶子了。总之我的逍遥日子算是过到头了，"那人的声音忽然轻松起来，"不过，那雪狼说得有理，英豪只在乱世出，没准我能带着花西夫人活着回到原家。原三爷即了位，便把原家宗族的某位漂亮小姐指给我，彼时我便能像西营贵人那般攀上高枝，大展宏图。"

夜半起风瑟瑟，吹得二人衣袂飘荡。那人仰天轻笑一番，珍珠却低下头，悄然抹去眼角流下的一滴泪珠。

"天有异象，这花西夫人果然是不祥之人，"那人打了一个喷嚏，向我蹲了下来，"我得快走，若是于将军发现了我便走不了了。"

我再也忍不住一跃而起，挥出笼在袖中的"酬情"，直指他的咽喉。那人一个鹞子翻身躲过，他身后的珍珠一惊，抱着肚子跌坐在地上。

我长身立起，冷笑道："大嫂，你肚子里怀着孩子，多吃药丸对孩子不好。"

那人立了起来，向我一揖手："夫人息怒，且慢动手。"

我借着月光，将那人看个清楚："真没有想到，原来是法兄。别来无恙啊。"那人正是汝州惨案的难友法舟，我淡笑道，"法兄这是要带我去哪里？"

法舟站起来，出乎我意料，他的眼中竟然藏着一丝尴尬："夫人，属下不知，只是接到命令，送你出谷，到时自然会有接应的人。"

一阵轻风吹过，偶有磷火飞舞，不远处的池边青蛙呱呱开始歌唱，我们三人怔怔地你看着我，我看着你。

珍珠瞪了他一眼，有些着急地恨恨道："你多嘴些什么。"

法舟后悔地看着我。

我心中暗想，他的确不是一个好暗人，就连沿歌这毛孩子都比他机敏万分。

"你不是无意间进入神谷的。"珍珠借着法舟，慢慢地撑着站起来，美目在月光下泛着冷静而惨淡的光，"我不知你现在究竟是原家人还是大理的走狗。确然你断断不能否认，你是来劝夫君出山为你和你背后的主子打天下的吧。”

我一愣：“何出此言？”

“看看这坑里的尸首，除了今日犯我桃花源神谷的人，便全是这些年来游说夫君出山的说客，而这些人全都是我与法舟解决的。”她大方地承认了，挺着肚子走到我的面前。

“飞燕这辈子始终对当年没能救得了你耿耿于怀，故而我绝不会害你，而你可以杀了我以泄心头之恨，”她拢了拢头发，略平息了一下淡笑道，“可是你不能杀了我肚子里的孩子。”

哈，她还是和以前一样，脑子冷静得可怕，这么绕来绕去地还是在强调我不能杀她，典型的原家思路啊。我心中暗恨。

却不想她话锋一转，朗声道：“原家是个是非窝、万恶窟！”她恨声道，“我和飞燕都过够了那里的日子，好不容易全身而退，侯爷却派人盯着我们。多亏遇上好心的法舟，对上面瞒了我们在桃花谷的一切，总算太太平平地过了七八年，你又来扰乱我们的生活。你也是女人，”她抬头平静道，“当知女人为了她的男人什么事都做得出来。”

“原来如此。”我看着她的明眸，恍然大悟，“珍珠，若我没有猜错，初时你是原家派来监视我大哥的吧，可是你到后来终是真心爱上了我的大哥。为了不让原家疑心大哥，对他不利，故而除去那些军阀巨头的说客，安心与大哥偏安于这与世无争的桃花源神谷。”

“随你怎么想，”珍珠冷哼一声，傲然地抬首看我，“无论你究竟是何居心，我终是问心无愧。”

“大嫂，我只是这世间的一抹乱世幽魂，没有你想的那样有权力欲和野心，这些不过浮云尔。”我收了“酬情”，拍拍衣服上的尘土，对她笑道，“我到得桃花源中，只是机缘巧合。我确有事相求，不过是想请大哥护送我回原家，因为我想再见一次我心爱的人。如今有了法兄引路，倒也省心了。”

“夫人说的可是真的？”法舟傻傻地看着我，“夫人当真愿意跟我回去？”

我对着法舟点头道：“花木槿贱命一条，只求法兄再让我见一次三爷便罢了。彼时无论武安王要杀要剐，悉听尊便。女人为了她的男人什么事都做得出来，”我回转身看向珍珠，重复着她的话，对她露出一个笑容，“有了大嫂这句话，我也放心了。大哥真是好福气，有了大嫂这样的人在身边护佑。”我对她一躬到底。

珍珠狐疑地看了我几眼：“你若是能这样为你大哥着想，自然是好事，谁叫我们身在这个强权凌弱的乱世，各人只为保命，望你能体谅我的用心。”

我正要启口再劝慰她几句，身后却传来洪钟一般的声音：“这确是个强权的乱世，然而，便是有万般不公、千般不平，却终有公理正义存在。”

我和珍珠惊回头，却见一个高大的身影向我们走来，月光下勾勒出那人极高壮雄健的身影。

那人雄腰虎背，大步来到我们面前，浑身沾满露水。法舟身影一晃，正想飞离，早有两个身影堵住他的去路，一灰一白，正是东子与雪狼。

“见过于大将军。”那法舟倒也处变不惊，干笑着连连拱手道，“程东左参军、赫雪狼右参军，一向可好啊。小人法舟这厢见礼了。”

东子和雪狼在月光下对他嘿嘿冷笑，表情狰狞：“有礼、有礼。”

“大哥？！”我看着于飞燕走到珍珠面前，沉着脸看了她一阵。

“珍珠，可还记得我们当年入谷之时，你对我说过什么？”于飞燕淡淡道。

“你恨原氏虽为一代枭雄，却罔顾家臣性命，”珍珠带着一丝害怕，低声道，“你对我说过，我等虽出于原氏，却绝不许步其后尘，不得欺凌良善、草菅人命。”

“那你如何如此背着我草菅人命？珍珠。”于飞燕沉声道，“今日，你还要给好不容易找到的四妹下药，秘送出谷？”

“你如何判定她便是你的真四妹？且不说你与她少时分离，八载之距，必是长相行止大异。如今更别说此女紫瞳毁面，仅凭一把“酬情”，怎可武断即是？”珍珠捧着肚子流泪道，“我们便让原氏中人先来鉴别岂不更好？我何错之有？”

话一出口，珍珠面上一阵后悔，却依然倔强地看着于飞燕。

我心中亦是一跳，这个珍珠果然还如以前一样精明。

果然于飞燕怔怔地看了她一会儿，额头青筋隐现：“那她果真是四妹怎么办？若原家当真杀了我四妹又该如何？”

“我桃花源神谷有奇阵相护，除了昨日潘正越破了此阵，东离山的匪人也从未进来过，这几年我们和虎子他们一群孩子，还有燕子军众人，虽清苦些，却图个平安。有何不好吗？”珍珠一阵气苦，强忍泪水哽咽道，“何苦搅入这乱世？你当知一将功成万骨枯，一入乱世我等便是全军覆没，原家连眼睛也不会眨一下。”

“我半世为奴，不过是一妇人。好不容易嫁作人妇，原家尚且对我下蛊来胁迫我不得背叛，”珍珠殷殷劝道，“况你领着一群当世豪杰，若是出山，即便是归顺原家，他岂有不疑忌你之理？”

此语一出，众人一阵沉默，个个陷入深思。我心中不由得暗暗佩服珍珠的见识，正要开口，赫雪狼却冷冷笑道：“大哥，休要听大嫂危言耸听。我等燕子军也是刀尖上舔血活过来的人，大嫂想是被原氏下蛊所迫，故而惊惧异常。”

“我从未惧怕过原家，”珍珠流泪大声道，“亦不为这蛊虫，只为我孩儿丈夫，还有谷中各位兄弟姐妹，天下哪里还有比自家性命更珍贵的？敢问各位兄弟，若真是马革裹尸而还，空留那孤儿寡妇，何等凄凉？我等何不在此等闲度日、平安一生？”

众人面面相觑，一阵感叹。

于飞燕却朗笑出声："你口口声声说不在乎原家，却三句不离原家。"于飞燕慢慢走向珍珠，温柔叹声道，"你是我贤德的夫人，这几年跟着我受了多少罪，我不是不知。自我看着你伙同法兄弟杀了第一个进谷游说的人，你便整夜整夜地做噩梦，我一直想等着你自己说出来，却终是没有机会。珍珠，你恨原家，可是你难道没有发觉，你其实是一个真正的原家人吗？言行举止无一不是原氏的狠辣果决、毫不留情。"

说到这里，于飞燕不由自主地微笑着轻摇了摇头，可珍珠却一下子怔住了。

我暗叹，大哥这几年虽过着世外桃源的生活，情智却仍同当年一样敏锐。

"珍珠，你可曾想过，当初若我没有冲进紫园解救于你，你便有可能是今日的四妹啊，"于飞燕断然喝道，"你可曾想过，这天下有多少如我四妹一般的女子？还有千千万万的百姓受尽战乱之苦，家破人亡，尝尽人世艰辛？

"原家视家臣为刍狗，却保得一方百姓平安。我等自命清高，这七年来却一直苟且偷安，弃万民于水火而不顾。"于飞燕环顾四周，大声说道，"我燕子军当初横扫西域之时，便曾立下誓言不为功名、不为强权，只为这天下苍生，只为如同我四妹那样受尽战乱磨难、无家可归的百姓而战。"

"俺没有读过什么书，却也懂得若为一己之私，在这民不聊生的乱世贪图妻子温柔乡、苟活于世，可如何算作是个顶天立地的大丈夫？屋里头的，你说是也不是？"于飞燕朗朗说来，字字掷地有声。

这一番话下来，在场众人皆是感慨动容。众男儿亦是满面豪情，激动万分。

我感动得泪流满面，真想不到！我的大哥还是这样一心只为天下苍生着想。

饶是珍珠再冷漠倔强的脸亦起了波动，明眸落泪，如泉奔涌："夫君，你……"

忽然，珍珠面色一下子煞白起来，捂着肚子，艰难道："夫君，我的肚子……"

"不好，"东子大声道，"嫂子这是要生了，大哥你又要当爹了。"

于飞燕收了满脸豪气，换作了一脸紧张。他一下子抄起了珍珠就往回赶："媳妇儿，你要挺住，我不是要故意气你的，我本是来告诉你，神医进谷来了。"于飞燕一路絮叨着使轻功向森林暗处回去。

我正要赶过去，脚一扭痛，这才想起我的脚刚受了伤，方才是珍珠把我拖过来的。

一旁早有人扶住我，扭头一看，却是赫雪狼，脸上略显尴尬："前日多有得罪，四姑娘请跟我走。"

我一下子被他携带而起，腾跃空中，回首却见程东抓起法舟，一起在地下快步疾走，跟在我们后面。

未到屋门口，已听到珍珠生产时的痛叫。月光下站着两个明朗的高大人影，一人正来来回回地焦急暴走，另一人隐在月影中，可奇怪的是，我却能感觉那人正对着半空中的我，迎风而笑。

那来来回回暴走的人自然是我大哥，他拉着我的手，痛苦道："四妹这可如何是好，那神医说，这个孩子在肚子里待太久了，这回子脐带缠住了孩子的脖子，须剖母腹得生。"

我正要答话，他却自顾忧虑满面道："方才大哥实在不应该当着众人说那些话刺激你大嫂，她要有个好歹，这群毛孩子，还有你大哥俺可怎么办。"说着说着，大熊一般的人，眼眶却红了起来。

不想那隐在月影后的人却大方地走了出来，安慰道："将军勿忧，有林神医在，当是无妨。"

浮云散尽，空朗的星空下，我看清了那人，惊喜道："兰……生？！"

这个神秘的小和尚，在一个神秘的夜里，变成了一个杀人不眨眼的神秘特工，英勇而神秘地救走了我，然后告诉我明原两家那神秘的所谓三十二字真言，然后指点我到一个神秘的菊花镇里去，寻找那暗藏多年的神秘的惊世猛将。最后他终于在我毫无思想准备的情况下，更神秘地同林神医一起出现在这桃花源谷中，为我那当年丫鬟头头的神秘大嫂接生。

而此时此刻，当事人仅仅是对我疏离而淡然地一笑："见过夫人。"

他也不细问，甚至也不正眼看我一眼，仿似前世里吃过晚饭在弄堂中闲时散步，抬头便见了邻居，打了声招呼："阿X，吃过饭了？"

"啊，吃了。"

"早点困觉，明朝会！"便擦身而过了。

我便被他这样的客气堵住了，实不好意思当着众人的面询问当日离散的缘由。而他只是回头安慰于飞燕，对我也毫不在意。

嘿，这算什么狗屁的神秘世道！

"夫人这七年来一直服着的原家蛊虫，名曰金罗地。此蛊本无毒性，相反还有强身健体、延年益寿之功，只是发病之时若无解药，便心绞难忍。我等算好月圆之日前进谷，便是怕金罗地发作，刺激胎儿。"兰生侃侃而谈，倒像是个优秀的妇科大夫，"不想晚了一步。好在如今又有了解药，林大夫医术高明，尤擅解妇科疑难杂症，必是无妨了。"

于飞燕紧张稍解，与众人在外面等了大约两个时辰，却听闻里间传出一阵细细的婴儿啼哭，众人大喜。须臾，红翠干娘便抱着一个瘦弱的婴儿出来，黑黑的脸儿，犹自挣扎着哭泣，后面跟着一个大脑袋的老人，他却是满脸疲惫道："总算母子平安。"

红翠干娘喜极而泣道："燕儿，瞧瞧你又多了个小子。"

众人一阵热烈哄笑，大呼燕子军又添一位爷们。于飞燕放下心来，便要蹿进产房，被众媳妇以产房不净为由抢白一番，接着被不留情面地推了出来，他便只顾和众老爷们在门外站着傻乐一阵。

“将军大喜了，兰生道贺。”兰生正色道，“潘正越此前招安东离山匪，并遣之来袭，恐是打探桃源谷战力虚实，还请将军早做打算。”他向我飘忽地看了一眼，又对于飞燕道，“七年已过，也该天下闻名的燕子军出山了。是战是降，是归附原家，还是独占山头，号令天下，全听凭将军意志。”

众人面色凝重起来。

亮如白昼的火把下，于飞燕将兰生上上下下打量了许久：“飞燕实在好奇，兄为何人，如何能知当年我小五义及燕子军的旧事，且带着林神医轻松走进菊花镇？又与我四妹相熟？”

“我不过是一个从死人堆里爬出来的小鬼儿罢了。”兰生自嘲地笑了一下，正色道，“只是花西夫人，命中注定要回归原氏，还烦请将军引送，以助其渡这命中之劫，亦可助这位法兄好向上家交代。”

“呃，对啊！”法舟讷讷地跟着诺了几声，“这大兄弟说得老对了。”

“今日若要飞燕出山，便请法兄交出我妻的解药，”于飞燕冷笑道，“不然，别怪飞燕手下无情了。”

法舟咽了一口唾沫，艰难道：“这可为难死俺了……”

“恐怕他亦没有最终的解药，”兰生摇头道，“这位法兄虽为紫星武士，却也只是个外放，真正的解药只在他们主子手上。若你是东营中人，那也只有你的上家，鬼爷手上有，哦，我差点忘记了，东营的上家换成了青王，那就得向青王问药了。看起来，哪怕是为了珍珠夫人，将军亦要往原家走一遭了。静伏七载，燕子军果然要在这乱世有一番作为了。”兰生在月光下叹息而笑。轻风拂起他的头巾，那桃花眼便向我看来。这总算是相逢后第一个看我的正眼，惊觉那透着温暖的目光中，偏偏渗着一丝淡淡的悲怆。

我心中疑惑更深，这小子怎么什么都知道？！

不想法舟却反问道：“啊，俺们上家换人了吗？俺咋不知道呢？”

我忍不住歪嘴一乐，不想赫雪狼和程东异口同声地对法舟道：“一年前就换人了。”

清晨，我在狗叫声中醒来，感觉有东西在舔我的脸。我睁开眼，小忠两只黑爪子正趴在我床头细细舔我，看着我醒了便摇着尾巴，对着门口叫了一会儿。一串小孩冲进来，七八只闪亮亮的小眼睛盯着我，此起彼伏地叫着：“四姑妈醒了、四姑妈醒了。”

后面跟着光头少年和林老头。林老头过来为我把了把脉，严肃地问了一下我的感受，然后便要拆开我脸上和腿上昨夜上的纱布。我那一群侄儿侄女很勇敢地不愿意离去，结果那鲜血淋漓的场面把一群小孩骇了半天，最后白着脸作鸟兽散，连那最高个的虎子也不例外，打着趔趄出了门。

老头子的手还是那么重，我忍着痛，朝兰生递来的镜子看了看。

唉！林老头的医术实在高，我的视力不但恢复，还消了肿。我不由得抚上伤处，咧开嘴对着镜中一阵傻笑，不想余光看到兰生正站在我身边，对着镜中的我微微一笑。

我一怔。真没想到，他那笑容竟是说不出的温情俊朗。

一炷香后，我得以自由。轻揉着疼痛的眉骨，我惴惴道："兰生，你是如何知道桃花源谷布阵的菊花镇？你是怎么找到林神医的？还有，你如何知道我大哥在这神谷中，莫非你以前认识我们小五义？"

"谁叫我是小鬼儿？"兰生递上我的药，看似俏皮地说笑道，"死人自然把他们的秘密全托付与我了。"

我嘿嘿干笑了一声，这个玩笑话可真冷！

林老头面无表情地快速瞟了兰生一眼，自顾默默地收拾着医务箱，端着一堆瓶瓶罐罐进进出出，似乎对这个答案一点也不意外。

兰生取回小土碗，说给我弄点吃的。我看他掀帘子出去了，便低声问道："林先生，您那日突然走后，是如何遇到兰生的呢？"

林老头对我淡淡地看了我一眼，平静地笑道："一切皆是命。"

呃？！猜谜，又见猜谜？可惜我连着两世每回猜谜语都是输。

我满心疑惑地看着林老头。

林老头却呵呵笑了一阵，拂开我的手，敛了笑容长叹道："他……只是一只可怜的小鬼儿啊。"

我木然地看着大脑袋的老人，再次确认我最最痛恨猜谜。

"夫人还是别问了，"对方不觉又叹了一口气，"有些秘密还是不知道为好，于你于他皆有好处。"说着也走了出去。

我仔细回味他的话，冷不防有人无声无息地递来一碗高粱粥，把我给吓了一跳。

"你又走神了，这毛病怎么老不改？"俊雅少年轻声埋怨着，"不然怎么能着了珍珠的道？"

接过高粱粥，香味飘来，我低头喝了一口，便觉一种特殊的香甜涌向舌尖，然后快速变作一股暖流涌向全身四肢百骸，本来那一肚子的悬疑害怕最后却幻化成一种淡淡的喜悦浮向心头，"这里面……放桂花糖了？"

"方才去灶间，闻着桂花的味儿了。问了红翠干娘，原来还真有桂花糖，只怕你吃多了会上火，对伤口反倒不好，便不敢多放，"兰生对我笑了，坐在床沿上接过我手中的碗，帮我吹凉高粱粥，柔声道，"你且将就些，等全好了，咱们便去紫园，那儿的桂花糕甚好。"

话一出口，他便煞白着脸闭了口。

我的往事被连根扯起，那热泪便一下子涌出眼眶。我一把抓住他的领子不让他走开，一手拿着“酬情”扣住他的脖子，看着他的眼低喝道：“快说……你到底是谁？怎么知道我那么多事？连我爱吃紫园里的桂花糕你都知道？”

“所谓富贵如云，人生如梦，一并那恩爱情仇到后来不过是过眼云烟、火中灰烬。”他那淡笑中却有了一丝看透世情的苦涩，“更何况小鬼本不该来这人间，你又何必执着他是谁呢？”

“四妹可好些了？”

于飞燕满面春风地闯了进来时，我和兰生离得有三尺远，一站一卧，各自占据炕头两端，面上都带着适度的微笑。

“这是咋整的，四妹又哭了吗？”于飞燕夸张地蹲在地上仰头看我的红眼睛。

于飞燕同我拉了几句家常，同时为珍珠的事来向我表示歉意。我则向于飞燕不停地道贺。于飞燕开心地告诉我他给小儿子取名叫于逢，小名小兽，以纪念他与我的重逢。我感动之余，却羞于手头连一个像样的贺礼也没有，不免有些窘态。

等于飞燕一出门，兰生便掏出方才轻巧从我手中夺去的“酬情”向我递来，淡淡道：“夫人可知，自古以来这把“酬情”便是不祥之物，历任主人皆不得善终。其实老天早已注定每个人的命盘，这把“酬情”倒像是老天爷来警示人命的，只可惜凡人皆忠言逆耳，喜阿谀奉承，便把所有的罪责都推到这把华美的利器身上了。”他复又端起那碗放了桂花糖的高粱粥，用粗木勺舀了口粥放到嘴边轻轻吹凉，向我递来，看着我的眼充满玄机道，“命盘虽有定，然亦有人定胜天这一说。这几日，兰生忽发奇想，若是极硬的命格铆上极恶的命盘，倒也许能闯出一番新天地来。”

“你老人家何必拐着弯骂我呢。直说我命不好不就结了。”我拿回“酬情”，亦对他冷笑直言道，“你尽管笑话我就这几年命数却还要瞎折腾吧，我只是错入此世的一缕幽魂。”我看着他的眼，恨恨夺过高粱粥，响亮地吸了一口粥，清朗道，“就算我只剩几年的命了，却也要为了自己的心而活。”

兰生倒似被我逗乐了，扑哧笑出声来，那双桃花眸便对我放了光，笑道：“我若真要笑话你，岂会答应陪你回原家？想你这几年历经磨难倒像是越挫越勇，也许真能改变你的命运，甚而改变我们所有人的命运呢？”

我愣在那里。他收拾了碗筷掀帘就要走，鬼使神差地，我出口相问道：“这世上真有所谓极硬的命格吗？你可是也有这硬命吗？”

“能改变噩运的命硬之人，通常被人称为‘破运之星’，”他在门口停了一会子，在阳光的逆影下，回首对我冷冷道，“我却不是，只是一只鬼罢了！”

八月初十，木槿花愈加繁盛，桃花源中人忙着修复几次大仗后受损的堡垒，而我则同于飞燕、兰生一起研究如何改良锦绣一号。自首次潘正越挑拨东离山匪、挑衅桃花源失败，于飞燕决定联合别的山寨武装抗击潘正越侵入汝州。

于飞燕本不愿意提起往事，以免旧主原氏疑忌，奈何燕子军成名已久，轻易就被人认出，且周边山头人马皆不屑东离山所为。这时候兰生同志展示了惊人的才华，不但单人匹马地到东离山招降了险些被潘正越截杀残害的乌八喜，让她同于飞燕结为异姓兄妹，且献出良策击退了潘正越几次正规军的进攻。而他自那破运星的深奥道理后，除了商谈大事，便极少与我说话，似是有意避着我，怕我进一步盘问他。

我托于飞燕派可靠之人给信游客栈送了一封信，想报个平安，没想到回来的人报说，信游客栈在我落水的第二天就被汝州守备扫荡，里面的人一夜之间消失，只剩下偌大的空宅子。我又请探听军情的赫雪狼在附近留下君氏的印记。

果然第二天，齐放在谷外带了一箱金子求见。齐放告诉我，段月容受了重伤，回到山庄便遇到宋明磊派重兵前来，便只得先放了重阳，连夜转移。段月容的身体上次在弓月城受了重伤，落下病根，这次又受了重创，拖着半条命回到大理境内时，受到严重刺激的段王发了雷霆之怒，将所有君氏随行人员下了大狱，并下旨将段月容幽闭大皇宫中，在伤完全好之前不得出门。

这时候，夕颜一向讨厌的卓朗朵姆出乎意料地帮了我们一个大忙。在她探望段月容受阻时，假意同洛洛争风吃醋，并再一次发挥其西域公主的剽悍，公然率领身边会武功的藏女同洛洛的手下动起手来，当着段月容的面把洛洛的房间砸了个稀烂。段月容假惺惺地大声呵斥时，她便跪地大哭。彼时洛洛和宫人的注意力都在对付卓朗朵姆身上，她的手下便偷到洛洛的兵符，救了君氏中人，并在佳西娜的帮助下将他们安全送回君家寨，受其兄长多吉拉的保护。等到洛洛醒悟，为时已晚，却偏偏有段月容的佐证，寻不着卓朗朵姆的错，她便含恨在心，一心对付起卓朗朵姆来。偏偏吐蕃公主母凭子贵，也不惧她，从此叶榆大皇宫的东宫里这两位贵人便明争暗斗，不得宁日。段月容郁闷地发现，他养病的日程便无限期地延长了，他只得让身边的孟寅传口谕给齐放，让齐放继续秘密寻访我。

“夕颜还好吗，那个洛洛有没有残害于她？”当于飞燕和兰生进来的时候，我着急地如是问齐放。

齐放看了于飞燕一眼，叹声道：“太子与公主寸步不离，洛洛根本没有机会下手，请小姐放心。”

于飞燕皱了皱眉头，想要开口，一直不同我说话的兰生却找了个借口，将于飞燕拉了出去。

“卓朗朵姆娘娘让我带句话给小姐，”齐放忽然笑了，这是我自弓月宫以来第一次见他笑，“她说弓月宫相伴之情永不忘记，故而这世间唯小姐有资格同她分享殿下，她会好好保护殿下和长公主，替您收拾那些佛面蛇心的恶妇，请您万勿忧心。”

第九章

咫尺千山隔

我给逗乐了，同齐放相视而笑。齐放让下人把大箱子一个个搬进来，我一眼便觉头一个搬运工长相甚是俊秀，再定睛细看，果然是孟寅。齐放微微凝神细听外间一会儿，向孟寅略一点头。

孟寅便告诉我他调查兰生的结果："那玉门关确有一镇曰黄两镇，但是二十年前忽来一阵疫症，全镇三百号人口一月之内全部没了。可是就在十年前，又来了一群关内移民，又经营起了黄两镇。在潘正越攻打肃州时，全镇一百来号人口又转眼消失了，引为方圆几百里的一件奇事。这恐怕确为幽冥教的一个据点。不过曾有商旅经过那黄两镇，说是从未见过或听说过一个叫兰生的俊俏小二。"

孟寅透过窗棂看了一眼正在院子里同于飞燕说话的兰生。小忠站在他们身边，谨慎地看着我们。

齐放冷冷道："此人身手矫健轻灵，必有至少二十年的功力作底，暗人至高境界便是人为地抹去记忆，方可无声无息地接近目标，主子还是早做打算为妙。"他做了一个杀的姿势。

我明白他担心这个兰生可能有一天会转性害我。可是看着兰生寂寞的背影，我总是没来由地感到一阵怜惜和悲伤，决定暂时不与他做理论，却暗中打定主意，总有一日我要挖出这个兰生心底最深的秘密。

我换了一个话题，对孟寅说道："太子殿下可让夏表给我带话？"

孟寅立时敛眉躬身道："小人传殿下口谕：卿逢家兄，孤甚欣慰，特赐象牙十对，珍珠一箱，珊瑚二尊，金、银各一箱，各色小玩意一箱，聊作日常用度，亦可做与家兄见面薄礼。本待亲躬接卿回宫，奈何身体抱恙，望卿念吾儿夕颜念母之痛，早回黔中静候孤之佳音。"

他没有让我回叶榆，而是先回君家寨，可见大皇宫中的确情势有些紧张，估计是大理王还真给逼急了。奇了怪了，以往他儿子同我拌嘴，被我气得上蹿下跳时，他也就在旁边乐呵呵地帮着劝段月容说女人一定要疼、一定要宠，但就是不能同她们的长头发一般见识。有一次我同一大帮子生意场上的商业伙伴聚会，一开始说好是玩高雅的曲水流觞的赛诗会，没想到到了晚上就是不放我走，一定要让看瓜洲最出名的“春戏”，也就是男色女色表演，我推托不得，陪了一天一夜。等回到府里后，脸上的肌肉已经全笑僵了，回到房里还要对着段月容那张臭脸，一个劲地叽叽歪歪地质问我到底做了什么，还骂我喜新厌旧，水性杨花，我最烦他翻来覆去骂我这两句了。

我忍无可忍，大声吼回：臭娘儿们，你知不知道做个男人很累啊，你给爷安静点。话一吼出立即后悔。段月容气得就要摔我的宝贝汝窑茶杯，我奋力抢救国宝，在与歹徒的殊死搏斗中，无意间戴着钢护腕的左肘撞上了歹徒的脸，当晚他的鼻血流了一地，气得一天吃不下饭，任我万般道歉就是不听，哼哼唧唧地扬言必要我十倍奉还。

当时的我心中暗暗冷笑：还什么，你还倒欠爷好几年军费、心理创伤费以及青春损失费，爷都没要你吐出来呢。没想到第三天大理王的密诏十万火急地到了，措辞极其严厉地责怪段月容擅离军队过久，并且来搅乱我的生意，并召段月容立刻回前线，乍一听好像是帮了我一个大忙，可仔细听来又在字里行间暗示我得给他宝贝儿子下跪认错才行。

当时我以为以段月容的脾气，不会这么快回心转意，没想到段月容已主动收了悍妇的脸，收拾好行装，跑到我这里来沉着脸同我辞行了。那时的他肿着鼻子定定地看着我，眼中除了流露出万般不舍外，还有一种难言的恐惧。后来他让孟寅偷偷把大理王的几个眼线查出来，然后以各种名义调到前线或是前往险恶的高棉丛林走货，当然这些大理王的心腹此后没有一个活着回来。

那时可能大理王已经开始对我严重搅乱段月容的使命而生气了，但也不至于搞得要像这次又是下死手杀我，又是把他宝贝儿子圈禁起来，好像有点太过了吧。

我轻声问道：“太子身体怎么样了？”

孟寅抬头，杏目隐有泪痕：“殿下身体甚虚。弓月城之变所受大伤尚未痊愈他便坚持要来汝州，此次大伤虽未危及性命，但扯出旧伤来，且殿下思念娘娘，抑郁成疾，夜不能寐，伤口总难愈合，王上甚忧。”

他欲言又止，看了看齐放，最后鼓起勇气道：“奴婢私忖，如今洛洛贵人宠冠后宫，屡在王上跟前进谗言，说什么诛恶婢、清君侧。偏王上器重于她，殿下思念娘娘，担心娘娘无人护佑，又及真腊有光义王旧部叛乱，两头难顾，故殿下无法贸然北上。近日殿下观星象有将星复出，且南巫亦算得一卦，三国南北朝将有大变动，请娘娘一定早回君家寨为妙。不出一月，他会亲自来接您回家，彼时无论您想见谁，皆易如反掌，只是现下万勿插手汉家争霸为妙。”孟寅说完，忍不住泪流满面，捂着嘴呜咽起来。

我一时间不知道怎么安慰他。

齐放往门外看了看，似乎确定没有人在围观或是探听消息，便露出两个酒窝："我出来得匆忙，殿下只来得及让我转告姑娘一句话：'真正的仇恨，如何能够轻易得解？'"

段月容这是怎么了？嘱咐了这个，又嘱咐那个，哎，哎？！叫我听哪一个的？

"真正的仇恨，如何能够轻易得解。"我喃喃地念着。这句话很熟，好像在哪里听过。我使劲地想着，却一时想不起来，当时的我也没有往心里去，只是回过神来，段月容语气松动，似是同意我去见原非白了？心中不由得暗中舒了一口气。暗想，段月容若真来接我，打死我我也不信他会让我想见谁就见谁，如今的我只有一个月的时间罢了。

齐放不放心我，坚持要同我在一起，于是我们便一起送走了孟寅。

孟寅临走时再三向我保证，一定会好好保护我君氏族人，他同时出示了多吉拉的信物，一只漂亮的熊形银佩，正是他们布仲家族族徽。当年在六盘山上我也曾同他把酒言笑，说是如有一日需要他帮忙，必使人示熊形银佩，以明心迹。

我往回走时，却见一壮汉正盘腿坐在一棵大槐树下，闭目沉思，似是听到了我的声响，对我睁开眼来。

"大哥还没有睡吗？"我微笑地向他走去。

于飞燕铜铃大的眼睛眨巴了几下，拿起披衫铺到旁边的土地上，轻拍地上，对我正色道："前些日子迎回四妹，却偏遇潘贼来袭，这几日更是忙着改造兵刃，一直未得机会同四妹恳谈一二，不如过来陪大哥坐坐吧。"

我依言便坐过去，心想大哥恐是要问我同大理的关系了。可是过了许久也没有开口，就在我以为要一夜清坐了，他却忽然轻轻开口道："这些年，四妹，过得可好？"

我诚挚道："托大哥大嫂的福，木槿一切安好。"

于飞燕渐渐面有悲色："四妹流落在外这许多年，大哥对不住你！"

"大哥休要胡说，"我轻摇头，"当初若不是大哥和三爷抗令折回西安，冲进紫园救出木槿，木槿早已是白骨露于野了。这次又承大哥相救，也许、也许，这也许便是天意吧。"

于飞燕在树下沉默了一阵，转而又抬头讷讷道："你大嫂其实人不错，就是多心了点。你也知道当初她在紫园时就那样，你莫要怪她。"

我又笑着摇摇头："大嫂不但美貌贤惠，且心细如发，能得之长伴左右，必能辅佐大哥及燕子军。四妹为大哥高兴，且记以后凡事，大哥多听听大嫂之言为好。"

于飞燕的眼中升起了一阵奇异的喜悦之意，脸色也好转了起来。他略起身，左右看了半天，似乎在确定周围没有人后，便猛地使轻功蹿上树，等下来时，手中多了一个葫芦。

"来点吗？陈年女儿红。"他对我嘿嘿一笑，露出一口白牙，"你嫂子不准我喝酒，嫌身上全是酒味，我偷藏的。”

其实林毕延不让我喝酒，但我不好拂他的意，便取过来沾了沾唇。

于飞燕接过咕嘟咕嘟喝了几口，脸上红晕渐显，对我神秘道：“四妹，其实一开始，俺很不喜欢你大嫂。想想当年她在紫园里不是成天管着咱吗？当初俺们见了她，还得给她行礼呢。”

我心上一松，看样子于飞燕的注意力不再是我过去八年，而是现任爱妻。

却听他轻哼一声：“还记得吗，有一年俺俩到紫园给老三摘些石榴吃，偏被她看见了，好家伙，落得好一顿说，正好戴教头路过，连着戴教头也给说红了脸，后来俺还被抽了十鞭子。”

我记得是有那么一回事，那时幸好于飞燕健臂一挥，把我从墙上扔出去了，逃过那十鞭子，不过在墙根的确听到珍珠这丫头把于飞燕教训得十分惨烈！

我和于飞燕想着想着，不由自主地同时咽了口唾沫。当初的珍珠严肃起来真的是挺恐怖的，谁叫人那时是咱的领导。

“她那张脸，美则美矣，总像俺欠了她好几百两银子似的。永业三年，俺在紫园没见到你，却无意中救了她，她便说要跟着我报恩，那时候把俺吓得不轻。你说成天让债主跟着，这做人还有什么意思呢？”

月光下他的胡子上沾满了酒水，随着他的笑声滴到他的前襟晕了开来，他全不以为意地大笑出声，反手擦了两擦，一派洒脱。

酒香弥漫在空中，同槐树的清香混合在一起，如夜沁人。我也放下心结伸直了双腿，背靠槐树，如同当年在德馨居里一样，望着于飞燕尽情地笑出声来。

“东子和雪狼都说她是原家布给燕子军的眼线。”忽地于飞燕冷冷一笑，眼光一凝，“眼线又怎的，不就是怕老子反了，挡了他家做皇帝的大路吗？可老子从来就没看上过那点事，还怕个女人？”

他又喝了几口，脸颊微红，叹声道：“再说以她的人品相貌，俺总觉得她嫁俺有些委屈。总对她说，俺是罪员，便是将死之人，你我二人以兄妹相称便是，实在无须主仆相待，她却拘谨得很。”

于飞燕长叹一声，大手拍拍自己的胡子脸，沉浸在回忆中，那样子很是可爱。

“那后来大哥是怎么喜欢上债主的呢？”

“唉，谁让她将俺照顾得实在太好了，这个叫……那啥……啥日久生情吧。俺过了半年就不能没有她了。再说当年俺也是一精壮童男，一大美人在眼前晃来晃去的，当然亦有好色之流前来生事，俺一生气就说这是俺媳妇，谁敢轻薄。”

我俩都哈哈大笑起来。

“没想到俺这么一说，你大嫂反而更顺水推舟地黏着俺了。可惜那时候谁都不看好她，俺干娘觉得她虽是丫头，到底是大富大贵人家出来的，反倒比一般小家碧玉更强些，只是心思太缜密了些，若是能死心塌地对俺，倒是福气来了。所有人都让俺跟她断了，还有老二……”于飞燕停了下来，向我侧目望来，虎目一阵激动。

我暗想，依宋明磊的个性，必是让你给她下慢性毒药或是找个机会杀了她。

不想，于飞燕却慨然道：“就在原家让珍珠跟随我的第二天，他就让张德茂送信让我收服珍珠，让她为俺所用。珍珠与原家有千丝万缕的关系，最好将来有一日将她收了房，为俺小五义开枝散叶……原氏亦会忌惮我小五义几分。俺当时心中为你和老三难受，哪里有这心思，暗中只是恨他，两位妹妹尸骨未寒，而这小子却只顾追名逐利、攀龙附凤，却不想后来俺还真让她过了门，所有人都看傻了。”

于飞燕抱着酒壶，红着脸对着月亮傻笑：“就在俺同珍珠结亲之日，老二送了两份大礼，一份是新皇赦免我燕子军的圣旨，另一份则是这桃花源谷的地图……”

我恍然大悟道：“这桃花源谷原来是二哥指点你同燕子军众人的？”

“老二真乃神人也，够义气，”于飞燕点点头，叹道，“永业三年原家下诏令我等燕子军将领皆待罪家中，张德茂便送来接济。这些年来若非他帮衬着大哥隐匿行踪，俺们也不会过得那么太平。”

“有人说清泉公子攀权附贵，我却说他重情重义。”于飞燕肃然道，“这几年俺与他少有书信联系，却承他照顾。老二这孩子其实心里很苦。俺们这些卖身为奴的，若想发迹，总是比寻常人要辛苦些，难免摧眉折腰事权贵，更何况在那凶险的原家。”他蹲坐到我面前，充满疑问道，“木槿，那叫兰生的孩子同我提了点老二的事儿，你确定那是老二吗？咱们会不会是误会他了呢？老二他……打小就喜欢你，想是好不容易得见四妹，不想再让你扯上原家那些烂事了，故而做了些错事，无意间亦伤了咱们兄妹感情……”

我定定地望着于飞燕真切期望的脸，微微笑了起来：“大哥，我……也真希望这一切只是一场梦罢了。”

那一夜，我们谈到很晚。等到兰生、珍珠他们找到我俩的时候，我俩正相互扶着大唱着乱七八糟的歌：于飞燕吼着秦腔，我唱着男人的伤心情歌，总之场面混乱。后来齐放告诉我，东子想把我和于飞燕分开，各自去就寝，可是于飞燕却凑着大脑袋熊抱着我的腰伤心大哭，我却哈哈大笑，然后两人都不省人事，直睡到日上三竿。

我头痛脑裂地醒来，映入眼帘的便是兰生严肃的脸。

然后这十天来不同我说话的人儿，一开口便是劈头盖脸的一顿骂：“你不要命了吗你，明知费了九牛二虎之力才捡回这条小命，就想一顿酒全废了吗？你对得起林毕延和我吗？难道又不想见你那情郎了吗？”

我揉着发疼发麻的脑袋，心里却暗想，我花某人何时何地曾经对不起你吗？什么情郎不情郎的，说得人像花痴似的。你有什么了不起的，倒教训起我来，像是我父兄辈似的。

他骂了一阵，见我只在那里沉默不语，可能意识到说得够重了，便叹了一口气，缓了一缓，默默递上一碗高粱粥。

我瞄了他一眼，接过来喝了一口，桂花香气飘来，怒气稍解，只是低头不语。

然后他又递来一碗药，我皱着五官一口气喝了。就在我感叹我的老天爷呀，果然人毒手毒药也毒，他兰生熬出来的药就是这么苦时，他已经凝着脸递来一块桂花糖。

我快速接过往嘴里塞，不由得咧嘴一笑，且忘记他的恶毒，奇道："你又打哪儿搞来的桂花糖？"

他却答非所问，依然板着脸道："今日会有贵人进谷求见，你且收拾一下。"然后头也不回地离开。

我梳洗后出来，于飞燕早已肿着眼，站在议事厅里同大伙商议如何安排新来的罗家军。

我听了一会儿，直到赫雪狼来报："贵客到了。"

于飞燕便满面喜色地拉着我和兰生，还有东子来到鹰眼崖。

却见一人束着紫袍蟒带负手挺立崖边，乌发高束，略有一丝披肩散发似墨缎随风逆飞。那人面如冠玉，天狼星一般的明眸无波地看向我们时，已带着一丝冷冷清清的浅笑向我们转来，宽大的袖袍随崖风翻飞，当真一派风流权贵，令人一见倾心。

我的笑容却是一滞，身侧兰生的肌肉僵硬起来。

于飞燕拊掌大笑着快步走了过去："二弟，你可来了。"于飞燕回头，发现我与兰生离他们足有四米多远。

宋明磊对我淡笑着："四妹果然吉星高照，平安找到了大哥。"

走进议事厅，我们两厢坐定，于飞燕同宋明磊寒暄了几句。

宋明磊开门见山道："驸马与我镇守汝州，率麟德军拖延潘正越进攻洛阳，武德军一路袭击锦城，武安王便可率天德军安心直取晋阳。须知自古以来，晋阳乃是兵家必争之地，又是进入京畿的要道，同时麟德军掩护奉德军平定州，元德军进伐州，突厥可汗助伐磷州，愚兄断定不出半年，便可攻破窦周。"

天德军乃是直属武安王原青江的兵马，元德军是原非白的直系，麟德军则是原非清、宋明磊的心腹，奉德军却是原奉定的兵士，武德军是锦绣和乔万的军队。

原来原青江打算先袭晋阳。

"大哥与四妹皆是当世怀瑾瑜而握兰桂之士，"宋明磊朗声道，看向我和兰生的目光如炬，"明磊欲求四妹、大哥出世，共破窦周，建立奇功，流芳百世，如此大哥率燕子军回原氏自然荣光有加，武安王亦不会反对四妹与踏雪公子破镜重圆了。"

他口口声声似是为我与于飞燕着想，可那天狼星一般的眼中却满是争夺天下的雄心，像极了当年他在紫栖山庄与我竹居论天下的情状。只是当初那清澈的布衣少年如今已被一身耀眼的贵气所笼，倒失却了他应有的通身灵气。

我暗自一叹，反正我从来也没有真正了解过宋明磊。

再看兰生，他的目光也似是凝神细听，并且跟随着宋明磊不停移动，偶尔还插一句，不想宋明磊不但不以为意，反而认真聆听，还同兰生十分有默契地往来应答，把燕子军同麟德军在汝州的部署倒定了个七七八八，不愧是幽冥教的旧相识。我心中忽然一动，天下人只知四大公子文治武功、惊才绝艳，却不知眼前这个布衣少年僧人眉宇间倒也有着一种说不出的器宇轩昂、握瑾怀瑜之气质。

“我们小五义现在虽是各为其主，却还是不出原氏。现下我们小五义中三位妹妹都嫁与原氏中人，我和大哥亦与原氏结亲，有了子嗣。现下原氏有难，岂有不助之理？明磊以为我等仍是同气连枝的兄弟姐妹。”

却说他们越说越投机，越说越多，我渐渐赶不上他俩的节奏，更别提等我再去琢磨他俩的关系，周围的爷们却全给他们的高论吸引住了，赫雪狼在一边听得仍是面无表情，但双目却无法掩饰热血沸腾；我那于大哥同兰生、宋明磊挤成一堆，在地图前指点江山，说着原青江战略大反攻的得失问题，全无居家好男人的气质，只剩下跃跃欲试。果然战斗就是大老爷们最爱的游戏！

“现下原氏看似风光，背后却隐有危机，”于飞燕走到那幅残缺的地图前，拿起笔墨略点了几笔，“俺这几天时时在想，如若原氏攻破这几处，则大势定矣。老二、兰生，你们说是与不是？还有颖州，前年我和屋里头曾去过一次，守备甚是虚弱。那时俺就一直纳闷，难道主公不担心东吴偷袭吗？”于飞燕最后连对原青江的旧称都用上了。

这时东子进来，附在赫雪狼耳边说了几句，赫雪狼又跑到于飞燕那里说了几句，于飞燕看了看我和宋明磊，笑道：“又有贵客上门，二弟和四妹且聊着，我去去就回。”

屋里热络的军事会议气氛一缓，屋里就只剩下我、宋明磊和兰生三个人。

“看样子，你心意已决，”宋明磊对我淡笑着，“要回到原非白身边。”

我不置可否，平静说道：“我与二哥现在有着共同的目标，就请二哥和我一样在天下未平之前，暂时忘记过去的恩恩怨怨吧。”

宋明磊对我挑眉冷笑，如水的眸光一转，瞥向一直默不作声的兰生：“只是……四妹，你确定这个废人，当真会助你回到白三爷那里吗？”

不想兰生一改原来的忍让态度，对上宋明磊的目光一凛，冷冷道：“小人看侯爷最该担心的是您的枕边人吧。若是后院起火，即便没有花西夫人，您多年的心愿恐怕就要落空了。”

“你这根废木头也配直呼她的名讳？”宋明磊的右手摩挲着左手大拇指戴的那只翡翠大扳指，笑若春风，“你连男人都算不上。”

空气中弥漫着一种无形的硝烟，好像两只好斗的兽狭路相逢，明明宋明磊还是微笑着，我却能感到两人暗中赤红着眼相对。

“二哥莫要忘了，贵教抛弃他在先，”我替兰生挡住了宋明磊的视线，尽量平和道，“你看，你现在也直呼他‘废木头’。可兰生是我的救命恩人，”我走近一步说道，“所以我作为君氏族长，便收他作为黔中君氏中人。请二哥不要再侮辱他或是伤害他了。”

兰生满面动容，怔怔地看着我。

“四妹可要想清楚，”宋明磊冷冷道，“他不但是一个活死人，还是一个练《无笑经》的兽人。天天必以活食度日，若是一时半会儿没有活食，你便是他第一个要生撕活剥的人。”

兰生的脸一下子煞白，看着我不再言语。

“我的命算是兰生给的。”我对兰生深深看了一眼，冷冷道，“若他要去，随时可以，我绝无怨言。”

宋明磊一时语噎，最后阴冷道：“四妹就这么想做原三的女人吗？即便跟个禽兽一般的活死人在一起也乐意吗？四妹聪明一世，难道不知道妇人貌不修饰，不见君父这个道理吗？”

他说的是汉武帝的宠妇李夫人，病死时生怕貌丑而惹汉武帝厌弃，故至死不见。当时她蒙着被说着这句话，赶走了汉武帝。

我像是被人击中了一般，猛然惊醒。他说得对，我如此模样，会不会惹非白厌弃？！

“她是原三的女人，可也是你的四妹，你这辈子除了复仇，还能想点别的吗？看看你把她逼成什么样了？”兰生猛地过来揪住他的衣领狠狠道，“这样你心里就真的好受吗？”

“我没有办法，”宋明磊没有任何表情地看着兰生，意气沉沉道，“总有一天姑姑把原家闹个天翻地覆，我没有办法放她回原三的身边受苦，我只想让她快快乐乐的。”

“二哥真的是为了复仇吗？如今的二哥，还有身后的明家，其实已然并非为了复仇了，”我忍住愤怒，沉声道，“荣华富贵、权欲名利对于你而言才是最重要的东西，可是我想要的还是当初我们一起冲下华山的那一夜，二哥还记得那时我们说的话吗？”

宋明磊定定地看着我，清澈的双目忽然起了一丝犹疑。

我的心中更是凄然：“二哥真的已经全忘记了。看来还是那时的二哥更了解我一些，也更可爱些。时光果然残酷，腐蚀人心。”

“说得好，这时光果然腐蚀人心。”有人在帘外轻轻说了一句，我不由得浑身一震。

有人掀了布帘，一个一身白缎衣的男装丽人手握青锋剑柄，窈窕娉婷地含笑站在门口细细看我，额心一点美人痣，如血珠凝滴，更添风情。她的微笑一下子点亮了整个房间，潋滟的紫瞳竟比窗外的阳光更耀眼。

清晨的阳光流动在她未束起的披肩长发上，我记得那时候的她总是喜欢着白缎男装。我曾经毫不留情地嘲笑过她，二B文艺女青年！然而在以后的岁月中我才明白，其实她时时穿着一身洁白，是为了纪念心里那细雪一般的人儿。

那时的她还喜欢在左耳上单戴着一串花，有时是茉莉，有时是凤仙，我也曾经嗤笑过她臭美，后来终于有一天，她换上了亮闪闪的翡翠镶金长坠子，惊艳所有人的眼。

我细细端详着她，小时候那甜美的微笑和分别时的泪容在我眼前不时闪过。

等到她走近我，轻颤的手抚向我的脸颊时，我这才惊觉我那蜈蚣眼被咸湿的泪水沾得生疼。就这样，我毫无准备地同我那唯一的亲妹妹重逢了。

入夜时分，乘着月色正好，红翠干娘为我们小五义在大槐树下摆了酒。我的面前自然放着一坛子蜜花津，宋明磊和于飞燕敬长者，便让红翠干娘入了首席，然后依小五义长幼之序入了座。宋明磊又执意请出林毕延老夫子，说是要当面感谢救妹之恩，可是我和兰生都明白他是替赵孟林和幽冥教打探原氏的秘密武器。

出乎我的意料，林毕延大方而淡然地坐在下首，眯着老眼，让兰生在一边伺候着喝酒。宋明磊也不以为意，倒是大方地和于飞燕把盏言笑，说着这几年里离别时的趣事。因锦绣和宋明磊带来的原家部队与燕子军有许多是旧相识，酒杯被抢去了大半，于飞燕自己倒只好拿了一堆老土碗与众兄妹把酒言欢。

“想不到我等小五义还有相聚的这一天，来，各位弟妹且听大哥一言，今日里便忘记各为其主，争强好胜，只有我们小五义久别重逢，好好地干一杯。”于飞燕豪迈地大喝着。

我们在他的鼓舞之下也大喝一声，一饮而尽。

于飞燕抹了一下胡楂上的酒渍，颤声道：“可怜三妹妹，也不知道她在突厥过得好不好，她从小身子就弱，听说这两年过得不太顺当。”

我冷冷地看向宋明磊。他的目光空洞无物，淡淡地移开了视线。

“大哥放心，三姐不过是因为叛贼果尔仁的牵连受了些冷落，如今可汗皇威正复，不用多久，三姐必会荣宠有加。”锦绣淡淡道。

众人不由得看向她。

没想到林老头一边自斟自饮，一边点着头，淡淡道：“王妃说得不错。大将军请放心，小人在机缘巧合下，为大妃娘娘诊过脉，应是无性命之虞。还有昊天侯爷手下的赵神医想必也为大妃娘娘诊过脉。”他嘲笑地看了一眼宋明磊，轻叹道，“像她这样美丽的贵人，便是蛮夷的突厥人亦不忍心看着她奔向黄泉。”

众人沉默了下来，唯有于飞燕舒了一口长气，端着酒杯向林老头致谢去了，顺道想多问问碧莹的近况。

我也想跟过去听听，锦绣却伸手拉我与她坐在一起。

锦绣为我倒了些蜜花津，自己端起先尝了一口舒了眉心，才递予我，低声道："我曾听承贤 提起过，王爷帐下有一林姓异人，堪比当年的赵孟林，这些年将其养在密林深处研究对付幽冥教的活死人，据说他会酿造这种能肉白骨、活死人的花酿。他懂得豢养一种蛊虫，宋明磊也曾密派紫星武士去查探一二，竟是一无所获，不想竟是真的。"

"我也是机缘巧合罢了。"我反手替锦绣在大土碗中倒了半杯酒。

锦绣只瞟了一眼，潋滟的紫瞳便白了白我，毫不客气道："听说君莫问也是富可敌国的江南雅人，如何连这酒也舍不得与亲妹，竟同小时候一样小气，还不快快满上？"

嘿，你个臭丫头，七年不见你亲姐，也不见你亲亲热热地认亲，倒先抢白我一顿。不过听她说出我的底牌，可见她将我这几年的经历都调查得清清楚楚，宋明磊知道的她肯定也知道了。这倒同小时候一样，但凡有事不经我口头或书面允诺而事先让她知道的，她必同我直来直去地兴师问罪。

我忍不住抽了抽脸皮："锦妃娘娘恕罪，这并非是小人小气，而是此乃大哥的珍酿，统共就这一坛。且方才林大夫同我说了，你眼袋略黑，脚步轻浮，吐气乏力，恐是少年时内伤未愈爽利而落下的病根，平生又好酒贪杯，忧思虑竭所致，须知酒多伤身呢，故而只许你半杯。如今看来，这半杯也该省去方好。"我佯装要收了她的土碗。

记忆中的锦绣自习武之后一般不会让我碰到她想要喝的任何一种酒，并且有本事将我手里剩下的统统抢走，然后一饮而尽，再跳到我对面哈哈大笑地嘲笑我。没想到七年后的我竟然轻轻巧巧地从她手上抽去了那土碗，她的手甚至有点打战。

她的紫眸定定地看着我，惊涛骇浪之后便是那熟悉的一丝狼狈。夜风吹拂着她的几丝乱发，明明没有饮过酒，可是她的紫瞳却出现了状似醉酒的一丝凌乱。

我印象中的她总是打扮得整洁而华美的，紫眸冷冽而意气风发，不像今夜的她，竟如同儿时一般无辜而柔弱。

这样的目光实在有点刺眼，看得我心头好一阵疼，我把那土碗又倒了一半酒出来，不好意思地送回她的手中，赔笑道："林大夫可是当世神医，你既知他底细，也当知他是看在王爷面上不会害你的，咱们就真少喝些吧。"

锦绣收了目光，转过完美的侧脸，一饮而尽那半碗酒，冷冷道："他是神仙再世又如何，医得了我一时，便救得了我一世吗？"

我陡然一惊，她却长身立起，向崖边走去。我莫名地跟着。这与我梦想中的认亲实在大不相同。这丫头年岁长了，脾气却恁地不长进，又在我面前耍威风。

山风吹动着我的长发，夜幕苍穹下的锦绣细细地看我，星光落在紫眸，点亮了她眼中的我，我正柔柔地看着她。

她自发间摘下一支莹润的白玉簪来："姐姐还记得吗？这是已故主母谢夫人的遗物。"她轻轻抓起我的手，放在我的掌心，"三爷托我给姐姐的，想是让姐姐明其心志吧。”

我愣愣地看着掌心那支久违的白玉簪，心潮澎湃间，锦绣却不等我答话，已从我掌中拈起，轻轻巧巧地插入我的鬓边，略略转动了一下，调整了一下位置。

她红着一双宝石般的紫眸，动情而慢慢道：“对不起，木槿。”

她轻拥我入怀，身上的香气密密地笼罩着我。我感到有热泪沿着她冰冷的侧脸滴淌到我的鬓角边上。

一种浓重的伤感和辛酸伴着对亲妹妹的一堆回忆，慢慢涌上我的心头。我闭上了眼睛，也环住了她的香肩，只觉满腹悲怆。

她伏在我的肩头，轻轻啜泣着，好像回到小时候，总是趁吓哭的当口，向我飞奔而来，柔弱地伏在我肩头，然后悄悄告诉我欺负她的那些人的名字，好让我挥拳去为她出气，或是传递一些只限于我俩的秘密。

果然她的樱唇自然地贴近了我的耳边，慢慢地一字一顿道：“格杀令仍在，原非白命不久矣，速回大理。”

我一下子睁开了眼睛。

非白，可怜的非白，你果然时日无多吗？

当时我只觉得眼前一黑，周围嗡嗡地响着，好一阵子我才觉着眼前微微亮了起来。锦绣已放开了我，回到位子上，我一路追去时，她的脸上泪痕早已吹干，月色下倒也看不出来任何悲伤的表情，只是那绝色丽容却清明了很多，一碗接着一碗沉默地喝着酒。而对面于飞燕和宋明磊想是不知道我们方才说了些什么，只是聊兴正浓，不时地发出哈哈大笑之声。

我举着土碗的手一沉，这才发现光头少年在我一边为我倒蜜花津，清澈的眸中满是关怀：“你……夫人一切可好？”

“还好……”我支吾着，越过他的臂弯，看向淡淡喝着酒的林老头。

我尽量不动声色地慢慢走到他那里，故意背对着锦绣和宋明磊，几近艰涩地开口道：“先生，请问三爷他身……”

林老头正喝了个半醉，红着脸有些迷茫地向我转过头来，刚要开口，兰生却猛然趁倒酒的工夫说道：“夫人，慎言。”他给我使了个眼色，我醒了过来，便跟着他走了出去。

“可是你妹子说了些什么原非白身子不怎么地了，想是你要问林老头，那原非白的近况？”他沉声问着。

我凌乱地点了点头，这才发现我急得一头汗、一脸的泪。

“传说中的君莫问是金钱地里的霸王、生意场上的油子，可为何你却只有这点脑子？”兰生轻嗤一声，“好不容易来到这里，抛夫弃女的，还搭上我这只背叛神教的鬼，就为了一句话，把自己的阵脚全打乱了？你怎么知道你妹子说的全是真的？你难道就没想过她其实同你一样想知道原非白的病况吗？你难道就不曾想过她会是第一个巴不得你情郎死的？”

“你住口，别侮辱我妹子。”我抬起脸，使劲抹了一把泪，擦痛了脸也不顾，慌乱道，“我、我一张好好的脸都没有，一路冲到这里是想见见他，可是说实话我也不知道我这条路该怎么走下去。你不知道我同他分别的时候他连站都站不起来了，我从来也没有想过，如果他死了我可怎么好，我现在心里全乱了……全乱了。”

“住口，”兰生牢牢抓住我的肩膀，桃花眼中一片凌厉，对我低喝道，“这么多年舍家弃业，闯出一番天地的人，到现在就只为儿女情长活着了？你看看于大哥，舍了性命要回原家，放弃平静幸福的生活，回到刀光剑雨的战场厮杀，那是为了你，为了天下太平，为了人间大义！那个瘸子就真真这么重要了？可我就不信他比整个天下都重要了。”

“没有一张好脸，没有完璧之身又怎么样？没有了心上人又怎么样？你以为就你一个人是可怜虫吗？在这乱世里，贞操比纸薄，人人家破人亡，生不如死的，谁又比谁强一些。”兰生定定地看着我，满面凄然，“你忘记你说的话了吗？要为自己的心而活，哪怕没有肉身，只要这颗心还跳着，就得活着。既然千难万险地活下来了，那就请你再熬一熬、再忍一忍，哪怕为了我……为了像我这样的人，再不要回头，一直往前走，直到亲眼看到踏雪了，不要去听别人的。有你这样的女人在等他，我就不信他会这么短命。”

说到后来，兰生已是泪盈满眶。我泪眼模糊间，只觉得他同我说的完完全全是两个主题，可又句句如那万把钢刀在戳我的心尖。我定了定神，这才猛然想起方才锦绣谈起非白没有用任何敬语，我与锦绣分离的时候，她并不确定我心中已然有了非白，那时就连我和非白两人都没有办法确认彼此的心事，更何况是别人？

兰生说的确有道理，我与锦绣八年未见，无论当初的锦绣是为了什么样的目的成了原青江的妾，八年后的她有了原青江的骨肉，成了原氏最有权势、最得荣宠的女人，她有了原家最强大的依靠，自己的原姓骨肉、心腹仆妇、暗人，甚至是原氏四分之一的精锐部队，她昔日的初恋情人成了她亲生儿子的竞争对手，如今的她与非白还剩下多少情谊？非白向来以忍性著称，是以敌手往往不知其动向深浅。我方才冒失地去探问非白的病情，没准真的着了锦绣的道。

如今的她有充分的理由不想让我回去帮非白，然而毕竟是自己的亲妹子，她方才头起一句话又真真切切是担心我的处境，她所说的什么格杀令没有撤销云云，却不无道理。

如果格杀令没有撤销，那就是宋明磊要活捉我回去受封赏，可是我不能让他连累大哥。当时的我和兰生都自然而然地这样想着。

我们回去的时候，锦绣、于飞燕、宋明磊三个人正围着红翠干娘一起说着话，旁边坐着林老头，红着鼻子呵呵笑个不停，好像主题是孩子。

红翠干娘正说着："这话老对了，那孩子断了奶，最好还是跟着丫头睡，没日地黏着父母，会坏了两口子的恩爱的。是故每回燕儿的孩子一断奶，我便拎了去替他们养着，好让他们再事生产。"

众人一阵大笑。

锦绣笑意盈盈："大哥，你且不知，二哥和郡主有多喜欢重阳，恨不能在床上排上四个丫头子陪他睡呢。可不像竞儿打小就懂事，不爱丫头们黏着他，喜欢一个人习文练武的，连王爷也说竞儿像他……"

宋明磊叹了一口气，目光一阵落寞："重阳这孩子性子是太老实了些。"

"姐姐去哪里了？"锦绣淡淡地问道，紫瞳藏着一丝闪烁，飞快地看了一眼站在我身边默然侍立的兰生。

"方才不胜酒力，是兰生扶我回来的。"我回到座席上，尽量淡笑道。我回首对大哥笑道，"各位兄妹，兰生对我恩重如山，木槿想结他为异姓六弟，不知各位意下如何？"

十四年前，一群被运往西安卖身为奴的小孩，苦于前途难测，便在一个月圆之夜，偷偷下了人牙子的牛车，结成了野地小五义，以求结伴共渡难关。

十四年后的今天，五个苦孩子皆际遇大变，最高个的黑小子成了威风凛凛的燕子军首领，统率着一支即将出山彻底改变中原战局的大军；最聪明的老二成了武安王府的驸马，而且还有着前朝名臣明氏遗孤的身份；最婀娜的老三成了突厥可贺敦；最美艳的老五也就是我的妹妹成了武安王妃，她的老公是这天下最有权势的男人之一。而我成了多重身份且富可敌国的君莫问。

在场诸位人人面上笑意浓浓，对我的建议只差没有欢呼雀跃，只是结拜的心境却大变。可能当事人，除了于飞燕和我以外，没有人心里真正乐意。于是我们野地小五义在十四年后的又一个月圆之夜，莫名其妙地变成了小六义。

八月的天气，大雨一场接一场，毫无预兆地下着，像是老天爷不时倒下的一盆盆洗脚水，渐渐浇透了这暑气。

夜半，隆隆雷声中，大雨又浇了下来。

我在床上辗转难眠，心想小时候的锦绣有择席的习惯，又最怕雷电，不知现在如何。思绪才起，就听到吱呀一声，有个身影快速闪了进来。我抬首，闪电照亮了一双圆睁的紫瞳，果然是锦绣。我挪了挪身子，示意她挤在里间，她迟疑了一会儿，我便指了指伤眼，她明白因我的伤眼便只能睡在外侧，这样转头不会碰到她。

她似乎松了一口气，轻轻巧巧地跳进来。我欲替她盖上棉被，可她闻了一闻那被子，微推拒了一下，嫌弃道："那珍珠以前也是紫园大管事，怎么给伤者盖这种有霉味的被子？"

"此处处于谷底，长年阴湿，所用物件难免潮霉些。"我温言道，取出段月容箱笼里的红狐皮披风轻轻给她披上。我平素喜用水沉香把物件熏过了，但段月容却喜欢玉檀香。这同锦绣的香倒是相似。她自小也爱玉檀香，这次他送来的物件里皆用玉檀香熏过了，我反正没的挑了，好在锦绣不会嫌弃，“八月里冷不着你，先将就披这件吧。”

锦绣满意地点了点头，盖着那件红狐皮和我一样平躺着，盯着天花板，一起听着耳畔隆隆的雷声。

过了一会儿，她悄悄伸出手来，轻轻碰了碰我的指头，我便慢慢反握住她的手。她悄然挪过身来抱着我的脖颈，大长白腿跨在我身上，如同小时候一样八爪鱼般抱着我。

“这几年他对你好吗？”锦绣头枕着我胸口，低低地问道，“他有没有强迫你、打你？”

我明白过来，她讲的是段月容。我便轻拍她的肩膀，斟酌了一会儿，诚实道：“我不打他已经很不错了。”

锦绣的肩膀微耸，闷在我胸口轻笑了好一阵，又涩然道：“为什么要回来？”

我在黑暗中微笑：“那你为什么又不要我回来呢？”

锦绣霍然起身，趴在我胸前，紫瞳瞪着我：“我想你活着。”

“我是花木槿，不是那么容易死掉的，你且放心，”我平静地看着她，笑道，“如今武安王侧妃花氏是我亲妹子，燕子军大将军可是我的大哥，左右后台硬着呢。”

“你还像以前一样，不怕死的大傻子！”她的声音悠悠传来，“你难道不怕宋明磊会骗你回原家邀功吗？”

“不就是格杀令嘛，反正你说他也活不长了，那我正好先去黄泉路上等他结伴同行，这样不也挺好？”我一下一下地摸着锦绣的青丝，就像小时候安慰害怕雷电的她，“我只是想见他一面说说话罢了。”

其实这些话也许原非白全知道。

“他有什么好？”她迟疑了一阵，紫瞳清清亮亮的，犹豫道，“我记得你以前不是喜欢那个四傻子吗？”

我伸手细细抚着她的脸颊，温笑道：“他有什么好你还不知道吗？”

锦绣愣了愣，对我淡淡笑了一下，垂下了眼睑，复又趴回我胸前。

接下去的那一夜，锦绣再没有回答，只是紧紧抱着我一夜沉默，窗外唯有雷声闪电狂舞一夜。

第二日，出乎我们所有人的意料，八百里飞骑传来西庭的圣旨，当然严格意义来说其实就是原青江的口谕，曰：国难当头，圣上惜栋梁之材，于飞燕不但官复原职，还加升了一级，擢升左骁卫大将军，旧部恢复燕子军番号，入编麟德军。

我和于飞燕暂时成了宋明磊的手下。

宋明磊站起来的时候剑眉微锁，脸色有点发白，看着锦绣的目光闪过一丝恨意，转瞬即逝。

而锦绣却看着他淡淡笑道："看样子，大哥和姐姐倒要叫二哥多担待了。"

"四妹说哪里的话，"宋明磊诚挚地温言道，"莫说四妹是三爷的夫人，锦妃娘娘你的亲姐姐，便是看在小五义的情分上，我亦会好生保护于她。"

"不愧是锦妃娘娘啊，"我那新认的六弟兰生手里拿着缰绳，牵着马儿远远地看着宋明磊，嘴角弯出一串冷笑，"你妹子这一着棋真高。现下潘正越欲攻汝州，宋明磊正缺人手，不会拒绝燕子军，且有圣旨的庇佑，等于王爷亲授燕子军在其麾下，更不便下手了。你跟着于飞燕他亦不会动你。这样锦妃便保了你。若有一日发现你了，也可装作与你毫无干系，对宋明磊窝藏之事毫不知情。"

不远处的锦绣纤纤玉手微掩朱唇，同宋明磊亲热地聊着天，阳光下的紫瞳却闪着冷意。

锦绣梳了倭坠髻，斜插一支金凤衔东珠步摇，身上穿了一件八幅仙裙，腰高至胸部，长曳拖地，更显锦绣修长的身姿婀娜高贵。

裙曳六幅湘江水，髻挽巫山一段云。

那时贵族妇人多爱十二破长裙，即幅褶裙，又名仙裙，然其时帛幅面较窄，宽大的幅褶裙往往要用几幅丝帛相连缝制方成，幅褶越多，越费布料。锦绣的八幅长帛正是上好的金线苏绣团花拼褶，然而在此国破之时，山野之地，其实过于奢靡了。

兰生冷声道："你的命果然不大好，刚认亲，你亲妹就把你放在对头宋明磊那，摆明了她让所有人都知道，你就算重出江湖，也不会成为她的弱点。"

我的心一片悲凉。的确，锦绣从昨天到现在就根本没有提过半句要同我在一起的话。

我刚想开口，"新六弟"又不知死活地对我皱眉道："你怎么就同你妹子完全不一样呢，你现在就是过街老鼠人人喊打，而她却依然高高在上，完美无缺，讲不定将来还能博个大义灭亲的美名，你怎么就这么蠢，真白活……"

"锦绣再怎么算计我，她也是我妹，我自有办法对付她。"我忍无可忍地打断他，叉腰对他喝道，"而你现在是我结义六弟，我是你四姐、你长辈！我再不完美，也用不着你来对我吆喝。"

说毕我挑衅地对他瞪了半天，他也眯着那双桃花眼瞪回了我。小忠坐在我们身边，疑惑而有些惊惧地看着我，嘴里呜呜叫着。

我以为他会继续拿我的阿Q精神开炮：那你说说你有什么办法来对付你那位高权重、心狠手辣的紫眼睛妹子？不想他倒是什么也没说，只是先移开目光，然后轻笑了起来。

"疯子，"我鄙夷道，"你又笑什么？"

"我可不是疯了，才会想护你这样不知死活、目中无人的回原家。"他毫无顾忌地大笑起来。

我一阵气结。

他向前走了几步，然后向我转过身来。

阳光照在他颀长的身上，在他英俊的脸上洒下一片金光，如傲竹磊落，清冽动人，他的眼中闪着飞扬的笑意："不过这样很好，这才是我所认识的花木槿，威武不惧，傲骨嶙峋。"

处暑时分，炎夏终是低了头，我们告别了两位贵人，妹妹锦绣和宋明磊。

临别之际，宋明磊授虎符于于飞燕，准其自行招募勇士。

九月露凝而白之时，于飞燕领三军军资，自定方略对付即将到来的大会战，出山公然招募兵马，对能开弓四钧 、腰引弩九石 的人，不问来历皆入选，募得五千余人。齐放调出我暗中蓄养多年的奇人，献上装备精良的兵器，着手准备汝州战役。

于飞燕便开始着手整编所投一众军士，其中最大的三支为就近山头的乌氏，梁州幸存百姓自发组织的，由罗文静领头的罗家军，还有就是齐放为我招来的暗中训练的君氏暗人，人数唯有两百多人，却是这三支中受过正规训练，且战斗力最强的，可以勉强算作古代的特种兵吧。

于飞燕便把所有军士分为四股：乌八喜所率乌字军，罗文静的罗字军，原来的燕子军交由程东率领，因赫雪狼极擅练军，且罗字军多为苦难流民所组，缺少正式训练，便遣之随二十几个亲信来到罗字军日夜练兵。

于飞燕又观罗字军中有几个会武的妇孺要为家人报仇，便挑出来交予乌八喜训练，不想乌八喜索性请于飞燕准许她公然招募女兵。

"当家的，"乌八喜这样说道，"我亲眼看到哥哥挑了几个侍女送给潘正越做通房，本想顺道套些军情，不想第二日全都被抬着出来，身上没有一块好肉。"乌八喜眼中闪着阴冷的仇恨，"战场之上只有强弱之分，强者生，弱者辱，哪有男女之别。"

于飞燕和我都同意了乌八喜的建议。珍珠想起被掳去的初画，也同意了乌八喜的建议，于是燕子军中出现了一支娘子军。

燕子军方来到汝州城内安顿，宋明磊的飞鸽传书早已传到，计划一切顺利，潘正越之右翼已接受战书正浩浩荡荡往此处杀来，由潘正越手下悍将尉志所领，其部因麾下聚集苍头铁角大力士而闻名，士皆身长八尺，臂力绝伦，妙于弓弦，并配有当时打造最精良的明光铠甲，擅打前锋，可谓所向披靡，于蟒川之地扎营的当日，便给于飞燕下了战书。这意味着燕子军正式出山的第一仗，乃是一场硬仗。

"兵之情主速，"于飞燕如是说道，"潘正越用兵重、狠、诡，我等若想赢之，要么更甚于之，要么避其锋芒，出其不意，诡诈胜之。"

"尉志乃是外地人，不熟汝州地形，可引其至一险要之处，左右夹击，先失之大意，耗其锐气，挫其锋芒，再狠击之。”程东静静地站在角落中说道。

然后大家便往险要之处想，最好的自然是桃花源谷，但谁也不愿意暴露燕子军的老巢。

“吾知晓汝州有一处绝地怪坡，下坡如逆水行舟，上坡如顺风扬帆，”一直保持沉默的兰生忽然发声，“此处可为设疑兵之上选。”

我想起来了，好像前世我曾读过一本旅游书籍，其中说过中国有几处怪坡，以汝州为胜，此处确曾有汽车不用发动会慢慢往坡上爬的现象，而雨后水往高处流，牛顿“万有引力定律”在这里丝毫不起作用，后世称为姐妹怪坡，原来竟离此不远。

有专家说是“重力位移”，亦有科学家说这是“地磁现象”，也有人说这是“视觉差”，总之是众说纷纭，莫衷一是，于是留下了“如此奥妙谁造化”的悬念，更为怪坡蒙上了一幅神秘面纱。

不想“问题老少年”赫雪狼立刻跳起来，灰眼闪着疑惑的光：“离此几十里，确有一坡，传为积香寺中逃出的蛇妖所化，得名蛇妖坡，但因山林过密，唯有我等当地山中樵夫知晓，尊驾究竟何人，自称是肃州人氏，如何详知这隐蔽之所？”

众人敛声屏息地盯着兰生，而他的瞳孔忽地收缩起来，像是真的在苦苦思索一阵，然后愣愣道：“确实想不起来了，但我就是知道。”

这个问题没有得到答案，大家都有一丝泄气，但是战略最终被秘密定了下来。作战会议结束后，我同问兰生这个问题：“你装得真像，是幽冥教那里得来的讯息吧？”

“非也，”兰生只是轻轻摇了摇头，疑惑道，“实话告诉你，我来过汝州，来过桃花源谷，当初是我帮着教主为燕子军寻得那桃花源谷以作小五义的退路，一并作神教的退路，不想神教在教主的指引下发扬光大，根本用不着退隐之地。后来燕子军忽地销声匿迹，我便猜到教主将燕子军藏到桃花源谷中，却不记得我自己来过或是差人来寻访那蛇妖坡。”

我来到屋中，林老头早已等在那里。他照例为我检查身体，我便说起日间情形，林老头却似毫不惊讶，淡淡地冷笑一阵：“夫人九死一生，也是从鬼门关回来的，想是见过孟婆吧。”

我浑身轻颤一下，快速看向林老头。他的双目沉如深海，满是沟壑的脸上虽挂着笑，却让我感到害怕。

他继续说道：“他虽是一只小鬼，却是去鬼门关，可能不小心喝了一口孟婆汤，遗失些记忆吧。”

那一夜，我的梦里全是那万年森冷的孟婆端着孟婆汤对我微笑的样子。

元庆三年秋分，燕子军遣乌氏娘子军前去挑战尉志，故意令娘子们以小弩发箭，惊慌欲逃，令尉志以为燕子军士兵不足，以女子充数，且装备极差，便放心追击。乌氏引尉志大军来至蛇妖坡，正中飞燕埋伏。

据后世《忠勇王传》记载：

燕军作扁箱车，上置木屋，以蔽风雨，挡矢石，隐于蛇妖坡，燕于夹道垒磁石，吸阻身着精锐铁铠之尉部，使其难以前行，燕军均披犀甲，进退自如，如此且战且进，杀伤甚众。

那尉志三代武将，乃是三国名臣，为窦周立下赫赫战功，结果死于“蛇妖坡之战”，惊破汉界三国，尉志首级被程东斩下后八百里快骑送往洛阳武安王帐内。武安王大喜过望，命人以仕女服装殓尉志遗体送回潘正越处，以示讥讽。潘正越怒斩逃回的所有尉部军士，欲亲自领兵攻汝州，正中原青江之计。

然而秋分过后忽然天降暴雨，汝州连接郑州、洛阳、鹰城、禹州、宛城五城，境内多泥山，多日大雨引发大型泥石流，潘大军不得进入，乃止于边境，各自陈兵重新部署。

汝州城内自是大为兴奋，各地富商官宦忙着宴请于飞燕，巴结讨好，以求苟安，于飞燕一概以戍边练兵为由推托了去，而事实上，他的确同赫雪狼乘此机会开始大练兵。

“人有千斤之力，始能于马上运三十斤之器，其有五百斤力者，但能举动而已，为兄观新兵尚欠火候，平时所用之器，当重于交锋时所用，重者既熟，则临阵用轻者自然手捷，不为器械所欺矣。”于飞燕轻松地挥舞着一把重达三百斤的铁锥说道，“雪狼乃鲜卑人氏，同你大哥还有东子同是伍间小卒开始，故深有体会。尤其是雪狼，乃是‘真将’，于练兵甚是在行。”

我细细琢磨，果然赫雪狼颇有心得，令三军训练时足囊以铁砂裹之，且渐渐加之，战时将砂锅囊换去，行走自然轻便自如，平时习战，人必重甲，习千斤重器，战时换上轻装，则行动迅速，此谓练手力、足力、身力也。

我那冷面的大长随齐放依然看似面无表情，可是眼中却闪起战斗的火苗，一方面加紧训练我的特种部队，一方面同我的奇人异士一起捣鼓新式武器。

出乎我的意料，兰生以“未来战士”的本领，接受了普通士兵的训练，再苦再累亦毫无怨言。

每每兰生口吐鲜血、瞳孔都快放大时，林老头便叹着气递上药丸子，但他都是躺个半天一天后又上了点兵场。

有一次他晕厥了整整两天，面色苍白如纸，浑身不停冒着黑血。我守在他身边，着实担心。

“夫人不必过分担心，由他去吧，”林老头嘲讽道，“这个死心眼，还想在死之前用自己的身体验证幽冥教的人偶极限。”说罢，沉重地叹着气走出去配药。

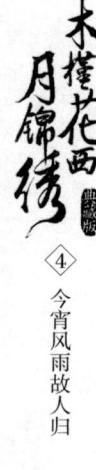

我给兰生擦着黑血，那血好歹止了，我心中不由得想起那天问起林老头关于非白的身体的事情，林老头什么也不肯说，只是沉重地叹着气，那时我也是胆战心惊了好一阵。

我把头埋在双手中，暗想，我得快些见到非白才好啊。

我抬头看向兰生，他帅气地紧皱着眉，拧成了个深深的川字，口中好像轻轻念着什么，我凑上去听了好一阵，才听出来是“木槿快逃”。

我心中感慨良久，便绞了巾子，替他宽了衣，为他擦身，擦到一半，他忽然睁开了眼，一下子抓住了我的手腕翻身爬起，警惕道：“你想做什么？”

我干瞪着眼：“你浑身都是血，我替你收拾一下罢了。我想干什么？你以为我能对你一个毛孩子干什么？”

他愣了一下，脸上飞快地涌起了一阵红晕，立刻放开了我，然后急急地夺过我手中的巾子，冲了出去。我吃痛地揉着手腕，上面五个手指印十分清晰。

此后他更是躲避着不见我，见面也低头快步走过，比以往更是冷淡，与我形同陌路。林老头宽慰我，不要与小鬼一般见识。好吧，于是我便不与他一般见识了。

直到雨季过后，各地开始打通道路，意味着大军又可进退，于飞燕欲派人化装再往蟒川探听消息，我头一个报名，齐放第二个报名，兰生第三个报名。

这一日，乘着有些小雨，能行路，齐放点了六个精干的暗人，一行八人分成三组，化装普通逃难的农户，我与齐放、兰生装成姐弟三人，来到积香寺附近。

深山藏古寺，曲径通幽处。

却见周围群山夹道，万木葱茏，间有流水潺潺，迤逦北行几里，方窥见群山环抱中的寺院。那积香寺素有“九龙朝凤穴，连台见古刹”之誉，果然，周围几条山脉逶迤相连，皆朝向寺院通去。然而此时的积香寺只是一个小寺庙，还未得后世高祖御赐法名，香火自是一般。翻过群山我们也只看到稀稀拉拉的几个院落，依山就势而建，且在战时那些沙弥皆逃难出走，不知所终。

我们刚往回走，行至半山腰，天色骤变，狂风大作，闪电交加，一场大雨眨眼便至，冲倒几棵大树。那山水直泻，几欲冲走行人，昏天黑地中我们便跑回积香寺，不想刚进得寺内大雄宝殿，兰生便低喝，殿内有人。

一阵狂风吹得寺门哐哐撞墙，因天色极暗黑，看不清对手，只知道当时雷雨声中有人咒骂了一句，拔剑之声霍然而起，迎着闪电，刀影闪闪，剑器剧烈相撞之声骤起，眼看一场血战将至，忽听得有人叫道：“潘毛子的营兵来了，快躲起来。”

所有人不由自主地收了兵器，各自往暗处藏匿。兰生拉我躲到如来大佛背后，不想有一人正躲到我身边，那人敛声闭息，持着一把利器直抵我的喉间：噤声。

几乎同一时间，我反手紧握“酬情”，抵住他的下腹，全身紧绷。

一个闪电猛地落下，随着震耳欲聋的惊雷声，我看清了那人。

那人猿臂蜂腰，体格匀称健美，器宇轩昂，满面胡楂，却难掩凤目如炬，天人之表。我只觉一阵狂喜涌向心间，不由得手下一沉，放下“酬情”，想开口唤出那个心心念念的名字，可是他手中却依然持着那把短匕。

这时，我身后的兰生为了保护我，也飞快地将手中的青锋剑架在他的脖子上。

雷声大作，闪电狂乱地照着兰生惊诧的眼神，我想他同我一样认出眼前人来。

那一年西枫苑的梅园里，有一株名种胭脂梅，本好端端地开着，忽然间莫名地烂根枯死，原非白看上去一脸漠然，不置可否看着那株梅花，默立许久，可我知道他心里其实有点难过。

然而那时的我对于他的悲伤很不以为然，心想，这位少爷的调调怎么跟林黛玉似的，整日伤秋悲月的。虽然这是棵名种植物，虽然我早年为了碧莹的医药费，也曾觊觎过，但不就是一株梅树吗，至于难过成这样吗？

资，真资，实在是太资了！

“姑娘有所不知，三爷早年腿疾复发，疼得死去活来之时，侯爷赐下那株胭脂梅，命人移栽过来，三爷曾用胭脂梅占卜，若挪活了，便能活下去；若不活，就是不成了。后来这树竟活了，且当年便开得旺盛，三爷倒真挺过那年冬天了，”谢三娘忧心忡忡地看着那枝梅花，不时絮叨着，“好好地，这几年每年都开着花的，怎么就……想是今年冬天过长了吧，硬生生给冻死了呢？”

我听着心中发毛，这什么人哪。以梅树卜命，闻所未闻。须知往年我几乎年年都琢磨着翻墙来摘几枝梅花换钱，也曾经成功过一两次，当然每回都付出了“沉重”的代价。现在想想，幸亏我早年没把这树给折腾死，不然岂不是我把原非白给活活逼死了？

于是我那几百年没有启动的罪恶感开始苏醒！那夜我做了一夜的梦，梦里都是他看着枯死梅树时那苍凉的眼神，辗转反侧间直到鸡鸣报晓，我肿着两只眼睛醒来，下床第一件事便是在黑乎乎的清晨里穿得像只大胖企鹅，冒着大雪，蹒跚地来到梅园，偷摘了另一棵胭脂梅上的几朵梅花，然后把那些梅花夹在他一本不大读的诗集里。

我知道他有个习惯，就是睡觉前要读一会儿书。大约一个月后，我故意把夹着梅花的那本书塞到他要读的书册里，当他无意间翻开了那本书，看到了那些仍保存着艳色芬芳的干梅花瓣时，不禁默然出神。我偷眼瞧他，不想他却忽然转过头来，定定地看了我许久，好像第一次认识我花木槿似的。

就像现在，那人的凤目定定地看着我，像是要看到我的心里，看穿我的灵魂。

他手中的尖刀微颤，略一放低。兰生也放低了长剑，却依然指着那人，桃花眸中燃起熊熊火焰。

他认出我来了吗？我想我应该对他笑一下，或是镇定地点点头，可是我脑子里却偏偏全是宋明磊说的那堆臭狗屎：妇人貌不修饰，不见君父。

我左眼上的伤疤虽然收缩，周围的肌肉已然消肿，但依然有一条明显的疤痕盘旋在眼睛周围，我自认为非常丑陋。

我无措地看着他，完全怔在那里。就在这犹疑的一刹那，我感到腰间一紧，原来非白伸手将我拉离了兰生的保护圈，他紧紧搂着我的腰，尖刀改抵着身后的兰生。兰生想夺却晚了一拍，只是拉着我的右手，却又怕硬扯会伤了我，不敢用力。

原非白的凤目似寒冰利刃一般看向兰生，比手中的尖刀更似锋利万分，满是宣示主权的睥睨，不可侵犯的尊贵。兰生不由得咬碎一口银牙，犀利地盯着我和非白，看到我急切的眼神，只得黯然放手。原非白一下子把我扯到自己的阴影下，我立刻被他的男性气息所笼罩，这样温暖，充满了幸福的悸动，仿佛同周围的世界完全隔离开来。

佛像后面只容得下一人转身而已，齐放隔了一个兰生更看不到，急得使轻功来到屋梁上，看到非白的一个手下后，脸色松了下来，双眸微露惊喜，应该是旧相识。

我埋在原非白的脖颈，双手紧紧抓住他的前襟，听着他强壮有力的心跳，心中窃喜，看到非白的身体不像是孱弱无力的样子，放下心来。

我感到有人在抚我的眼，抬头望入一双满含温柔的凤目，它正痛心地望着我，才惊觉脸上全被泪水打湿了。

我细细打量着原非白。说实话，我第一次看到原非白留这么浓密的胡子，他整个脸庞都被胡子包围了，男子汉的阳刚之气尽显。浑身极度精瘦黝黑，好像打了一场丛林仗回来。我曾听法舟说过，原非白领兵时，向来和普通士兵在艰苦条件下同吃同住，绝无特殊待遇，在关键战役时甚至连个伺候的人也不需要，是以在军队中威信极高。即便是在西营的麟德军中，提起主子们的这位对头，哪怕是最忠心的暗人，在每天制订着不同的暗杀原非白的计划时，却都对他由衷佩服。

“你一切都好吗？”我用眼神问他，想对他使劲挤出一丝温柔而好看的笑，尽量不想扯到伤口。因为我这几天对着镜子练过，我皱起眉来看上去会很可怕。我便略侧过头，把好的那边脸露出来。

他却轻轻把我的脸掰过来，执意要看我的伤口。他轻抚着我的脸，心疼地轻点我的左额骨，尽量不点到伤口，凤目之中一片沉痛自责，最后眼眶也红了，微微湿润，却勉强扯出一抹安慰的笑，对我鼓励地点点头，似是在表示他不介意。

我心中却更加难受，颤着双手细细摸上他的脸，情潮汹涌中再也忍不住吻上他的唇，悄悄闭上了眼。而原非白紧紧搂住了我，似要揉碎了我，那泪沿着鼻滑进口中，混着那舌尖如蜜般的温柔吮吸，那是极致的甜涩参半！

当时只觉人生永远在狂喜的此刻沉沦下去，该有多么美好！

然而，可惜的是，这人生向来没有“永远”二字。

喧闹之声传来，破庙里走进一队身着周朝军服的士兵，速度极快地搜了整间大雄宝殿。

“大人，此处无人。”有传信兵言道。

立时又有嘈杂之声传来。兰生凝神细听，然后比了一个手势。来者共有三十五名士兵，一个军士，应该是阵前探哨的侦察兵。

“这死老天，啥日子能停下雨来？”有人小声地埋怨，“如此西庭军之迹更难寻了。”

那几个军士训练有素地搜查了一阵，确定没有人，安全了，便生了一堆火烤衣服。

“你说说，那尉将军也是一员老将，带了五万兵马，怎么会着了区区二万燕军的道呢？”有个士兵轻轻说道，“听人说那燕子军这七年来就是偷偷藏起来练妖术，原青江秘密派了个妖和尚来带头施的法。”

“有活着的人回来，我听他们说了，是有个和尚施法，放了块鬼石，把大伙的魂魄给吸了，那上坡便成下坡，明明要下坡逃却怎么也逃不了……”

“慎言，”有个粗哑的声音低喝道，“扰乱军心者可是要被军法处置的，讲不定还要株连！”

众人噤声，岔开话题，聊些战场上分得的财物，收缴来的富户米粮，又提到潘正越的营帐又抬出多少具女人的尸体云云，好像他们另一个目的是想去找些年轻女子回去献给潘正越，却苦于周围人家全部逃难而走，连头母猪也没有。

我心中一动，为何那潘正越，如此残暴之人却是这样一个用兵如神的军神?

过了一炷香时间，大雨稍停，他们便整装出发。眼看最后一个人要踏出大殿的门，却忽然回头道：“待我拜上一拜菩萨，好保佑我早日见到我那刚出生的儿子。”

在众人的一片取笑声中，那人便回转身来到我们面前，刚刚下拜，抬头时便如惊弓之鸟一般大叫：“佛像后头有人……”

这个小兵永远也没有机会见到他的儿子了，因为原非白早已挥出一鞭，正中他的咽喉。兰生也冲了出来，挥刀刺向那群冲回殿内的士兵。

原非白和兰生几乎同时出手，用内功灭了火堆，一片黑暗中耳边一片打杀之声随着一堆惨叫之声此起彼伏，原非白始终紧紧抱着我。

空中又响起一个闪电，我看见抱着我的人已浑身是血，凤目里满是震慑人心的杀意。

一阵巨大的响声传来，所有人微抬头，却见紫霄峰上一股黑色的泥浆卷滚着巨大的山石向我们冲来。当我们奔出大殿时，泥石流仿佛一头凶猛的野兽咆哮着吞噬了积香寺的大雄宝殿，瞬间像邪恶的妖灵尽情作恶。刚才掩护我和非白的巨大佛像被黑色的泥石流艰难地推了出来，佛像那平静安详的面上流动着褐色的泥汤，好像在悄悄地流泪一般。

巨大的声响中，我和非白一下子被冲开了。所有人停止了厮杀，无论非白的手下，我和我的暗人们，还是幸存的最后几个潘兵都在奋力自救。

我努力划着黏稠厚重的泥流，口中不停吞咽着泥浆。眼看力气不济，暗人们纷纷奋力使用轻功向我奔来，对面的原非白被一个满身是泥的青年人一手拉起，他另一手拉起一个独臂英雄。我认出来了，他们是素辉和韦虎。

我被人拦腰抱起，使轻功飞到佛头之上。

“木槿等我。”我看到原非白的口型这样对我一张一合。

我想追上去，却被人拦腰抱起，飞掠到更高处，眼看着非白惊痛的眼越来越远。

非白、非白，我大声唤着他的名字，不甘心的眼泪奔涌而出，死命地捶打着那个拦住我的人。

“主子。”又有另一人也按住了我。

我清醒了过来，是齐放。

他叹了一口气：“下面是泥淖，幸亏兰生拉住你，不然就给冲走了。”

我惊回头，这才发现兰生的脸上除了黑黑的泥浆，便全是我抓打的痕迹，伤重处，连皮肉都翻了出来。我傻傻地看他。我自己的脸上挂满了泥，淌满了泪，只觉万分迷惘悲伤，一时间竟然忘了道歉。

兰生倒也没说什么，慢慢放开了我。齐放递给他一块巾子，他只是垂下了长睫，掩住了情绪，冷冷地道了声不用，便转身独自往回飞去。我注意到他一边飞，一边用袖子擦了一把脸。

我们回到营地，于飞燕听了我们这天的汇报，不由得替我感到万分惊险，但又细声细语地鼓励我道：“三爷既与四妹相认，那可大喜了。如今他的兵马亦驻扎在宛城，汝州离宛城又不远，等山洪泥灾一过，大哥便陪你去寻他。”

“夫君不必劳师动众的，”珍珠掀开帘布进来，笑道，“木槿也不必担忧了。你们有所不知，这宛城是三爷生母的娘家，故而三爷一直派心腹家人照看着谢家血脉呢。”

我明白，她说的家人必是指暗人了。难怪，永业三年，非白让我前往宛城避难。

“此处虽是麟德军的天下，三爷亦可来去自如。”珍珠的眼神微微闪烁，亲自为我端来一杯茶压惊，对我柔柔笑道，“他既已证实你尚在人间，且与你大哥在一处，想必不出几日，他便会亲自来接你呢。”

一旁凑热闹的法舟望着我充满信心道：“夫人放心，小人亦能护送夫人去见三爷。”

等众人退去，法舟双手笼着袖子悄悄靠近我，努力平复着激动的心情，低声问道：“夫人，咱们三爷长得是长脸还是圆脸啊，这天人之颜可是看着长得像人吗？这到底长得啥样才能叫天人啊？”

兰生站在角落里静静地看着我和法舟对话。

我尴尬地走上前去，刚要张口道歉，他却对我冷笑一声：“恭喜夫人与夫君他乡重逢。”然后便冷冷地转身走了，害得我口张了半天，一句也说不出来。

“夫人这个大兄弟的身手倒有些意思。”法舟站在我身边，伸出了一只手摸着自己的下巴，弯着高大的身子眯着眼打量兰生远去的背影，“小人老觉着他有那么几分西营的狠劲，偏又混着江湖邪教的招式。”

不管怎么样，于飞燕的话让我看到了希望，我便没有怎么细细琢磨法舟的话语。加上这一天的折腾，我一沾床便睡了。齐放担心我睡眠不足，便没有叫醒我。这一睡便连晚饭也误了，可是到了二更天又懵懵地醒了过来，桌上有齐放给我放的一碟点心和茶。他知道我有夜惊的习惯，总会为我准备些夜宵，我便用了夜宵，接下去便睡不着了，翻来覆去地想的全是折腾人的往事。有非白的、非珏的、小五义的，甚至还有段月容那邪佞的笑容，脑中全是打打杀杀，怎么也停歇不了，直至四更天，方迷迷糊糊入了睡。

忽觉有人使劲抓我，我骇然惊醒，却见是小虎在使劲摇我：“四姑妈，有生人来了，爹爹和雪狼叔叔他们也在，我听他们老在说您的名字。”

非白来接我了！我精神一振，也顾不得梳洗，冲出门去。守在门口的小忠一下子立起，跟在我后面跑着，我一时没有注意兰生的身影，心中只是雀跃。

我使轻功飞奔着，把虎子远远地丢在后头。

“四姑妈，阿爹说您昨天又崴着脚了，您倒是跑慢点啊。”

来到谷前，于飞燕和神谷中人正同对面一方十数人严阵以待，我隐隐感到事情不对。

来到近处，却见那群人中最高个的那个，黑袍被山风吹得衣袂缥缈，长身玉立地摇着一把玉骨描金扇，神情高贵淡漠，周围一众皆绷着脸，紧握兵器。

一只黄金狻猊正金毛倒竖，站在那人身边，不停地低吠。

小忠原本欢快地跑在我前面，看到狻猊后立刻逃到我身后对着它龇牙咧嘴。

站在于飞燕对面的是一个略显女气的俊美青年，一身绛色礼袍，正躬身含笑道：“虽说大理同庭朝有诸多误会，但大将军仍与我家主公姻亲相连，小人以为将军不如将夫人请出，一家人坐下来，慢慢细聊家务如何？”

我看到于飞燕额头的青筋暴了暴。

当中最高个的那人忽然对我转过头来，却见一双紫瞳如朝阳初绽，熠熠生辉，潋滟含情。

他一下子收了手中的玉骨描金扇，对我扬起一抹绝艳的微笑，宛若冰雪初消融，春水映梨花，照得当场诸人一阵眩晕。

就这样，他对我平静而熟稔地淡笑着，好像昨天他才同我看完午夜场电影后分手一般：“木槿，你可来啦。”

第十章

长是人千里

◆◆◆

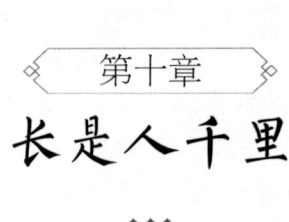

一个梳着总角的女孩儿从段月容的身后钻了出来，疯狂地奔向我。

我蹲下来一把紧紧抱住她。

那孩子哇哇大哭："娘娘，夕颜可见到你了。"

然后那只黄金狻猊也扑过来，直起快有我一人高的狗身子，使劲舔着我的脸，似在感慨地呜呜叫了半天。

眼泪从眼中涌出，心中却平静下来，并没有感到害怕或者尴尬，因为我知道这是我必须面对的一切。

在场所有的燕子军石化地看着这一幕。

我曾经告诉过于飞燕我在大理有过一个女儿，而我也知道段月容是一定会来的，只是我与于飞燕都不知道他敢冒险把夕颜带在身边。

来到议事厅，珍珠把茶端来，看着段月容脸色有些发白。小虎自告奋勇地接下珍珠手中的茶盘上了正堂，正要放到段月容的桌几上，小玉立刻跳出来，板着脸接了过来。

小虎觑了眼小玉，黑黑的小脸难得红了起来，愣愣地看着小玉，差点连茶都忘了递过去。

小玉偷偷地往袖子里掏银簪镯欲试毒，我还没有开口，段月容早就淡淡开口道："真真是个没有眼力见儿的。大将军乃是天下英雄，恁是光明磊落，哪里会用这等下流手段，你师父全白教你了。"

小玉的师父有两个，一个是我，一个是齐放。当时我和齐放都觉得很冤，看着小玉干瞪眼。

小玉的脸一阵红一阵白，惭愧地把茶端来，奉给段月容，段月容接过慢慢饮下。

夕颜早就窝在我怀中把于飞燕偷偷看了个遍，趁大伙喝茶时，挣着下来，悄悄来到于飞燕跟前，扑到于飞燕的膝头，粉妆玉琢地仰头对他一个劲地甜笑，七夕慢慢跟在她后面，离于飞燕和夕颜不远处趴了下来，谨慎地看着。

于飞燕若有所思地看了看七夕，倒并不十分在意，但很快发现他无法忽视眼前这样一种纯真而甜美的笑容，尤其他自己还是一个有六个孩子的父亲。

夕颜歪着头甜笑着："大舅舅好威武，跟娘娘说的一样。"

小万人迷的一句话，于飞燕再严肃的脸也绷不住了，怜爱地摸摸夕颜的脑门："乖孩子，你是叫夕颜吗？"

夕颜听了，立刻得寸进尺，用力点着头，跳上于飞燕的大腿，大声道："夕颜要大舅抱。"

众人不觉莞尔。

于飞燕乐呵呵地抱着夕颜，夕颜摸着于飞燕的大胡子，咯咯乐了半天。气氛缓和了许多。

"娘娘说过，大舅舅力大无比，是天神下凡；二舅舅是诸葛再世；三姨妈身体不大好，但是弹得一手好琴；小姨是这世上少有的美人儿，就是不让人省心。"

于飞燕听了叹了一声，温然看向我："四妹带夕颜坐一会儿吧，俺同……"他看了看我，微笑道，"俺同夕颜她爹爹唠个嗑，你不必等我们用饭。"

我抱起夕颜。夕颜抬头看着我，又看看段月容，紧紧挂着我的细脖颈，单眼皮的大圆眼中藏住愁苦和惊慌。我心中一紧，现在的女儿真懂事。

段月容走到我跟前，安慰地摸摸夕颜挂满银饰的总角，又点了一下我的鼻尖，泰然地看着我道："去吧，带女儿见见大舅哥家的众位亲人，这迟早都是要见的。"

也许，段月容这次带上夕颜来是为了提醒我还有夕颜，也是为了历练她。

夕颜终生都将在汉家和白家之间挣扎，这是她无法摆脱的命运。

我抱着夕颜来到院子里，"动物园"正在练武，看到我便陆陆续续停了手，齐齐地叫了声四姑妈，然后一齐看向夕颜。

我把夕颜放下来，为她一个个介绍一下子多出来的表兄弟姐妹。我看到夕颜低眉顺目，难得地温驯，眼神认真，似在努力记住每一个孩子的名字和长相。

孩子们一阵安静，我想可能是因为陌生，便让小玉和沿歌陪着夕颜，自己去厨房取些吃的。

等我拿着一堆烤红薯出来的时候，正看到众孩儿围着七夕，想摸它的毛，小忠在不远处紧张地看着，结果七夕低吠了几下，把孩子们吓跑了。夕颜想挽回有些尴尬的局面，就把手上的小银镯摘下来，递给小雀，小雀满眼欢喜地欲接过，被小狼一瞪，便悻悻地收回小手。

夕颜歪头想了想，拔出腰间佩戴的小银刀、小银剑，一把把皆是大理顶尖的能工巧匠打制的，自然是耀眼夺目又称手。夕颜把小银刀递给小狼，小银剑递给小豹，小狼小豹只是看着夕颜不收。众孩儿僵持着，夕颜的手荡在空中，小脸垮了下来，眼看那泪珠儿就要掉下来，小兔子却蹒跚着扑到夕颜脚下，咧着小嘴紧紧抓住小银镯：“小兔要。”

小玉便顺水推舟地抱起小兔，笑道：“小兔乖，大公主这就给你戴上。”

小狼干瞪着眼，一向冲动的小豹忽然冲上去，推了一把夕颜：“俺们不要南诏狗的东西。”

夕颜练过武，但毕竟没有防备，退了三步，一屁股跌下来，幸好沿歌在一旁扶了一把才没摔着，可手里的小弓小箭还有银镯子还是撒了一地。我赶紧喝住欲扑上去的七夕。

我心痛地跑过去时，小虎也正端着茶从旁边跑过来，见状放下茶盘，跑过去也扶了一把夕颜，把小豹狠狠推了一把，对众弟妹瞪眼道：“你们几个怎么这般不懂礼数，忘记阿爹阿娘说过的啦？夕颜妹妹的爹爹虽是异族人，你们莫要忘记她娘亲可是咱们的四姑妈，哥几个忘记四姑妈救过咱们了？”

小豹噘着嘴，哼哼地走了。小狼和小雀低头不语。

小虎弯腰帮着掸掸夕颜的华袍，对夕颜抱歉道：“夕颜妹妹不要往心里去……”

小虎彻底窘在那里，因为他看到夕颜的小脸满面悲戚，泪珠儿成串成串地往下流。

“你们为什么老说我爹爹是异族人，是杀人魔，什么南诏狗。我们是大理人！不是前朝骄奢残暴的南诏……虎子哥哥，你知道吗？在大理，无论是对汉家、白家、苗家、布仲家，我爹爹和皇爷爷都是一视同仁的。爹爹还特别叫人善待他手下的汉将，齐放叔叔、小玉姐姐、沿歌哥哥、族长老爷爷，君家寨的叔伯阿姨、兄弟姐妹都是汉人，可我们从来都是一家人，夕颜从来没想过汉家人和白家人是不一样的！”夕颜泪流满面，呛了好几声，“爹爹说大舅舅和你们还有娘娘，都恨爹爹在夕颜很小的时候在西安做了错事。可是那是因为那年带兵的是个叫胡勇的大坏人，爹爹也很后悔。就在那一年，这个胡勇也杀了沿歌哥哥、小玉姐姐还有春来哥哥他们的爹娘。娘娘老说，冤冤相报何时了，原来先朝的轩辕家人也曾经残害过我大理的百姓，这两年，爹爹和娘娘也为大庭的原叔叔做尽了好事，希望小学的同学们也都是汉人。可是原叔叔的弟弟，那个撒鲁尔是原家人，却害死了春来哥哥，还有那仙人一般的原叔叔，让人用箭划破了娘娘的脸。”

于飞燕和段月容也走出房来，大家听着夕颜的哭诉都沉默不语。

段月容紧咬牙关，紫瞳一径地盯着我，而我只能跑过去紧紧抱住了大哭的夕颜，离开了人群，走到我的房里，安慰地轻摇着她：“夕颜不哭。”

自己的心中却疼得无法呼吸。

我该怎么办，如果有一天我再也见不到夕颜，夕颜该怎么办，我的学生们怎么办？段月容会把他们带到哪里去呢？

我该怎么办？我该怎么办？

门吱呀一声，有人走了进来，然后我感到有个高大的身影笼着我，似在细细看我。

我没有抬头，也知道是他。可是我不想看他，只想紧紧抱着夕颜。

他轻轻坐到我的身边，夕颜止住了哭，便挣开了我，爬到他的膝头。

我用袖子抹着眼泪，有人轻抬起我的脸，又端详了半天，长长地嘘了一口气："嗯，这脸是比上次好看多了，总算能拉出去见人了。"

我板着脸打掉他的手，转过身不理他，他便抱过夕颜笑嘻嘻地逗了我半天。我架不住他们爷俩，便倒了一点蜜花津给他们，夕颜直嚷嚷着好喝。

"看起来那林毕延医术了得，你大哥还真是个厚道人，把你照顾得挺好的。"他静静地抱着夕颜抿了一口蜜花津，"原家人把你大哥这样的良将忠臣名为流放在此，实为隐匿，养精蓄锐，着实棋高一着。"

我惊抬头，他歪头睨我，傲然道："你真以为我会什么都不知道吗？"

"然这次潘正越带领的百万雄师，实在棘手。"他揽过我的肩膀，轻轻将我和夕颜搂在胸前，"只要攻下汝州，他便能取道鹰城，攻入西京(西安)和新都(洛阳)，原家的天下便也做到头了。"他扯出一丝冷笑，"锦官城、梁州、汝州、兴州连成一线，势不可挡也。我方才同你大哥商量，汝州离金州甚近，我大理愿以金州和巴州之羌兵五万，助其攻下汝州。"

我瞪了他半晌，也学他冷笑："你……什么条件？"

"果然够了解我，相公大人啊。"他呵呵轻笑出声，趁我不注意，忽然凑过来啄了一口我的唇，逗得夕颜咯咯笑了半天。

"我答应你大哥，让你见他一面，只是见面之后我便让你选择，无论回大理还是附原氏，我决无怨言。"他凝着一双冰冷的紫瞳，"当着夕颜，你得答应我，只见一面，说了该说的话，然后随我回大理，不再同他们有任何瓜葛。须知缘分是不能强求的。"段月容对我淡淡地笑道，轻抚我的脸庞，"你和他的缘分在弓月宫下的无忧城中便尽了，强求来的，对你和他都没有好处。"

我噗地把口中的蜜花津喷了出来。他脸上身上都沾了不少，当时心中很疼，对于自己浪费蜜花津的行为也感到很可耻，一时有些手足无措。

不想他却扳过我的脸，用袖子轻轻擦去脸上的汁液，湛湛的紫瞳盯着我的，认真道："相信我，你与他那个结局，其实已算不错的了。"

九月初七，段月容把夕颜送回了金州，离别之际，小万人迷通过短短十几天时间，实现了大满贯，动物园竟然全体流着泪送别大理永烈公主，压根没有任何小朋友还记得敌人与异族人之分。夕颜终身的私人收藏中多了小雀自己绣的帕子，上面沾着小兔的口水，还有小狼的四书，和小豹做的弹弓，小虎把自己多年的挚友蜘蛛阿黑送给了沿歌，小玉把私人武器绿袖箭送了一把给小虎。

沿歌绿着眼睛接过阿黑后，便抓耳挠腮地琢磨了半天，一时舍不得怀中的毒蛇，又放不下袖中的金蟾，最后自己这里什么也没送出去，倒从小玉那里偷了一堆名贵的大理名茶，什么水仙、梅占、蒙耳月芽等，外加一套精美的贡瓷茶具送给小虎。八岁的小虎其实并不懂茶经，但还是出于礼貌，微笑着豁达收下，惹得小玉灰着张俏脸，一直唠叨沿歌小气，丢了大理人的脸。沿歌好像在小玉面前越来越没脾气，这回又没有同小玉回嘴，只是红着一张脸跟在她身后同我道别。

临别之际，段月容以一国储君之尊对于飞燕躬身道别，作为花木槿的丈夫再次拜托于飞燕好生照顾他的家子婆。

于飞燕待他仍是冷淡而疏离，但因为对于紫月公子的军事天分的认可，以及对他四妹的认真劲，眼中已看不到深深的恨意。再恨他的燕子军士都相信了他对汉人的一片歉意，有人开始谅解了大理，而把仇恨留给了灭亡的南诏，甚至没有经历过那场战争的新一辈燕子军开始遐想在和平年代前往大理旅游的念头。

珍珠曾和于飞燕单独召见过蒙诏，没有人知道他们谈了些什么，偷看他们的小狼说，大理蒙久赞的眼睛通红，而他那一向冷静温婉的阿娘流泪失控，最后悲伤地昏厥在于飞燕的怀中。

蒙诏随段月容走时，本想把长年戴在腕上的红玛瑙手链替初画还给于飞燕，留个念想，那副手链的红丝线都已经磨破了好几丝，他却从未舍得换去。于飞燕叹了口气欲接下，没想到珍珠却沉默着伸出一只纤手挡住了于飞燕，然后又板着脸把蒙诏的手挡了回去。蒙诏一向冷然的脸出现了一丝激动，感激地拱了拱手：“多谢夫人。”

我暗中感激地流泪，心想这正是九泉之下的初画所乐于见到的。

然而法舟却在暗中对着段月容身边的仇叔冷笑。他的左脚有些不自然地歪扭，我知道他一定暗中挑战过仇叔，果然他对我说，只恨如今学艺不精，终有一日他要为初信报仇。

离别之日，我站在半山腰望着含笑远去的段月容和夕颜，心中暗暗悲伤，忽然明白了段月容让小放转达的那句话：真正的仇恨，如何能够轻易得解啊！

这爱便如乌云蔽月，须得千般寻觅、万般供奉，有时要终其一生，以至诚之心方得雾中一瞥，而那仇恨却像野草，随意一个火星便能熊熊点燃，烧亦不尽。尤其是这残酷的乱世，更是折磨人心，至死不休。

元庆三年重阳之后，燕子军和百姓开始提前挖红苕（红薯）、收稻种、打草等来筹措打仗用的粮草。我同我的异人们也把手榴弹的研究工作进行到了秘密调试阶段，第一个踊跃报名参加试验的是法舟，也是众多体验者中武功最高强的一个。我让他做投弹练习了很多遍，科学工作者郑品又反复解释可能会出现的反应，如巨响、飞弹片、烟雾等等。当时法舟可能仗着自己的武功卓绝也没有当回事，但是当他把手榴弹扔出后使轻功跃到空中时，仍然因为耳边那可怕的巨响声惊恐万分，而从空中掉了下来，不仅满面黑烟，还摔断了一条腿，一不小心成为了最悲情的试验者。

寒露时分，伴着一片寒流，燕子军便收到了潘正越的战书：

请君之士戏，君凭轼而观之，君降得苟安，同袍享富贵，败为刍狗丧，天下寓目焉。

齐放很想为于飞燕写一封激情澎湃、义正词严的回信，好挫挫潘正越的锐气。我看得出来，兰生的桃花眼也燃烧着熊熊火苗。可是于飞燕只是淡淡一笑，亲自做了回信，就两个白话文大字：

来吧！

传潘正越读此信时大笑出声，笑曰："无知竖子，老夫必使汝挫骨扬灰。"

而众人与我对于飞燕皆钦佩至极！可是当时的人们，即便是人中翘楚的宋明磊和原非白，都不敢想象，整个时代就因为于飞燕的这两个字而轰然改变！

元庆三年的霜降时分，寒气已是逼人。我们像是一头扎进了冰湖里，燕子军诸人都披上了厚厚的棉服，然而再寒冷的天气却不能阻止那庭周两军悄然潜布于蟒川之地。

潘正越以左中右三路布兵蟒川平原，有了尉志的前车之鉴，他自然不会轻敌。

于飞燕用我的千里望看了看，对我摇头道："那中路军的主帅是假扮的，绝非潘正越。"

他冷笑道："他同我们一样隐于军中，想诱我们到他的包围圈中。"

那一日宋明磊前来巡营，我等一众议事完毕，待于飞燕等众人走出帐后，只余我同宋明磊时，他轻叹道："大哥的战法果然同潘正越肖似，不愧是亲生父子。"

我大惊："你胡说什么？！"

"你可知大哥的生母是山东府的名妓于晚晴？她被一个有权势的恩客毒打成重伤且毁容，从此沦为贱妓，那个恩客正是潘正越，"宋明磊对我淡淡地嘲讽道，"可还记得，元武十一年，我们几个一起进了原府？大哥那时说过，他没有爹爹。"

"你以为原青江那老匹夫会让陈玉娇去随随便便找五个孩子入原府吗？如果不是个个有着离奇的身世，又怎么会入了贵人爷的青眼？！"他的眼中一阵扭曲的恨意，左手修长的手指习惯地抚着右手大拇指上的翡翠扳指。

我冷哼一声，不以为意地说道："原家固然可恶，想想可怜的碧莹，不过是个私生的孩子，却还不是因为你受了一辈子的罪！"

他冷冷地反击道："我知你恨我害了碧莹，可至少我没有让我明家女子像你妹妹那样被人欺辱，所以你别指望我会像你一样后悔终生。”

好像有一把利剑刺进我的胸口，我冲上前去，狠狠扇了他一巴掌。

他竟然没有躲，默默地受了，然后无声无息地欺近我，击落我手中的“酬情”，将我按倒在地。

我恨恨道：“我不是个称职的姐姐，可是我也不会把我的妹子往仇人的怀抱里推，把妹子当作筹码，嫁给仇人的儿子，害她一辈子孤苦伶仃、故土难归！”

宋明磊的星眸闪烁着冰冷的怒火，嘴角忽地漾出一丝诡异的笑，猛然低头狠狠地吻上我的唇。

就在我挣扎不得几近窒息之时，兰生的长剑闪过，宋明磊放开了我，兰生将我护在胸前，冷冷地盯着宋明磊：“这里还是于大哥的地盘，小人劝侯爷发春之前要三思。”

宋明磊倒也不生气，站直了身体轻轻拂了一下前襟，翡翠扳指滑过明蓝青袍上的白貂羽领，笑得令人发颤：“‘废木头’，她的情郎和奸夫都快要来了，我倒要看看你能护她到几时。”他走出帐前，阴冷地瞪了一眼我和兰生。

兰生蹲下身子，替我拍拍身上的尘土：“他一进军中，我便同你讲过，别与疯狗单独待在一起，你就是不听。”

这是他自段月容来后第一次同我说话，又是满腹抱怨，我却惊魂未定，没往心里去。那时我只是在想：如果小五义个个都有着不一般的背景，所以才会先后落入原家，那我和锦绣呢，为什么原氏要我们姐妹？难道仅仅是所谓的紫瞳天女的后人，能生出平定天下的贵人吗？

他拉我坐下，给我倒了一杯茶，我乘机抓住他的手臂问道：“你知道我同锦绣的身世吗？”

他的桃花眸良久地看着我，叹了一口气，正要开口时，有人掀起厚重的帘子，眼前是林毕延和蔼的笑容：“今日夫人该诊脉了，兰生这个小鬼头也是。”

这个问题就这样失去了一个揭晓答案的机会，然后兰生忙于军中事务，我便再也没有机会同兰生讨论这个问题。

暗流涌动中，迎来了没有星光的立冬之夜，迷离的大雾悄悄降临。

于飞燕仰头看着晦暗的夜空，铜铃大眼中却爆出兴奋的精光：“诸位弟妹，今晚做好战斗的准备，今夜天降大雾，拂晓之前，潘正越必会偷袭。快快传信于二弟，天亮之际必要前后夹击。”

果然，三更时分，当战鼓响起的时候，装甲优良的潘军像潮水一样涌来，燕子军中猛然亮起火把。燕子军渐渐将潘军引入中心，逐渐扑杀。将近天亮之时，燕子军点齐兵马，乘胜追击。

我在马上提醒于飞燕："大哥，穷寇莫追，这可能是诱兵之计，不如等会合二哥后再前去！"

"即便是诱兵之计，亦是战机稀罕，时不我待，四妹往左路同雪狼而去，老二会在右路接应。"于飞燕一声令下，一路同程东随逃军而去，而赫雪狼则同我与兰生袭向潘军右路。

然而当我们到达潘军营地时，发现潘军早已做好准备，我们立时遭遇麾前大力士前锋的阻击，一时惨烈应战。而按原计划在右路接应的麟德军却没有来，以至燕子军情势危急。

此时我们已深陷潘正越的步兵阵法，想要撤退已是不行。身在敌兵中心，更是不能让火药队使用火药，正在这时，有人惊呼有异族援军从右路而来，立时军心大振。赫雪狼与我杀出重围，听到于飞燕也吹出撤退的信号角，心中大喜："雪狼，快令火药队准备。"

天将破晓，我同于飞燕会合后，向后撤退到鹿角沟，而潘军正占上风，因我们先中了计，又因对胜利的渴望压倒了一切，尾随着我们来到鹿角沟。

于飞燕冷笑道："向来只有他算计人，也该是我们狠狠算计他一回了。"

我亦对着潘军冷笑：潘正越，任你再强大的阵势，再狠毒的战法，也阻止不了热兵器的摧毁。

铁甲队站在前面竖起重重铁甲，锦绣百虎破阵箭射出第一拨弹药，霎时血肉横飞。潘军的追兵一阵大乱，几轮狂轰乱射后，法舟和齐放领着第一拨手榴弹队开始反攻。

辰时，我们借着火药队又返回战场，血雨腥风中，依稀见到一个戴着面具的紫瞳悍将，骑着一匹高大的黝黑神骏，挥舞着百鬼偃月刀，熟练地避过火弹，飞驰而来。所到之处，片甲不留，遇神杀神，遇鬼杀鬼，无人可近。

我心头一震，果然是段月容。话说我已经很久没见他这般毫无顾忌地杀戮了，一时之间不敢靠近，怕被他误杀。这时，一支飞箭射来，他侧头躲过，但头盔被射落在地，露出冷酷狰狞的俊脸来，头顶一丝血滑过鼻间，流到面上。他反手一摸，便满脸是血，更显恐怖，如地狱中的修罗恶鬼一般，紫瞳微闪。他似是也看到了我，向我侧头，举起沾满鲜血的百鬼偃月刀向我用力挥了挥，叫我到他身边去。我便向他杀去，却忽见他脸色大变，大力地挥着马鞭，向我冲过来。

"木槿！"段月容的厉呼传来，却见他的紫瞳变得赤红，极度惊恐，仿佛看到了世界上最可怕的事情。

哎，怎么了，我们不是好不容易占上风了吗？！

他向我奔来，嘴里咬牙切齿地喃喃着，他似在骂着两个我极为熟悉的字。

他为何骂这两个字？骂自己吗？

然后多年的默契告诉我，背后定有偷袭者！

我抬头看向地面，惊觉背后有人昂然站立，他的个头定然比我高大许多，高大的阴影在晨光中重重笼着我。看影子的姿势，他正向我挥出长剑，当时的我眼前唯有一片血腥，只是机械地蹲下，快速握紧手边有人遗落的长矛，然后狠狠向后刺去，长矛深深地刺入了那人的左胸肩，鲜血顺着长矛飞快地向下滴着，滴滴落在我的脸上。

我抬头。

那久远的梅花树凋零破碎了，那一池盛放的荷花不知何时只是充满了刺鼻的鲜血，那坐在梅花树下对我柔笑的白衣少年，轻声唤着："木槿。"

然而立时细雪般的天人变成了眼前万般痛苦的脸，而此时的我正亲手将武器刺进他的胸肩。他的凤目盯着我，亦满是不信、悲哀，可是转瞬即逝，他依然挥剑向我劈来。我呆愣中只觉血溅满身，我身后的偷袭者颓然倒地，他只是在保护我。

我脑中所有一切的美好瞬间破碎，只剩下一片荒芜的沙漠。

我无知无觉地抽出了长矛，他胸前的血溅到我的脸上，然后他的身形如玉山倾倒在我的怀中。

他的凤目还是牢牢地锁着我，双手颤颤地抚向我的脸，勉力道："木槿？！"

他的血如泉涌喷在我的身上，那本光华四射的凤目满是悲凄和哀怜，最后渐渐散了开来，头慢慢地倚倒在我的肩头。我的脑中已是一片空白，甚至忘了拿起武器与人厮杀。

神啊，前世我到底做错了什么，你为什么要这样惩罚我？为什么要这样折磨我的心？

难道原非白真的是天上的神祇，是我永远也无法触碰的圣人，所以每每我与他相见，便是对他无比的亵渎，于是让我这一生受尽折磨吗？可是为什么要用这种方式呢？这是我一生最最深爱、最最想保护的人啊。

血色的余光中映着另一双阴骛的紫瞳，他流星一般来到我们的身边。他飞身下马，阴着脸砍杀着我们周围的追兵。

"其实你都知道会发生什么，对吗？"我凄然道，"你早知道我是所谓的破运星吧？所以你不让我见他，因为你知道我一见他，就会克死他的。"

"这与你有什么相干了？他早就该死了，敢抢我的女人，格老子的，死上他妈的一千遍都不算数。"他恶声喝道，"趁现在潘正越没有注意，咱们快走。夕颜他们在关外等我们。"他猛地拖起我，决然往回走。

"不！"我恐惧地大叫着，奋力甩开他的手。

我的天地在旋转，依稀看到远处有一群黑点向我奔来，仿佛是狰狞的魔鬼。黑色的盔甲，恶龙盘旋在他的胸前，他满脸是血地对我们狞笑着："活捉踏雪公子者，连升三级，金银万两。"

在另一侧，一路举着"原"字旌旗的原家人马向我们这里拥来，跑在最前面的于飞燕满脸愤怒地向我喊道："四妹快跑。"

那年冬天，他飘逸地坐在琉璃世界里，一身白衣竟比那紫园里的大雪都要高洁三分，映着瑰艳似血的红梅，对我冷淡地笑着：“你不用谢我，既然今儿个我救了你，你须心中有数，你这条贱命便是我的，终有一日我是要讨回来的。”

“你可是我那苦命的妻？”他拉着我的手颤声问着。

“原非白，你一定要等我。”我对着紧闭双眼的他含笑说道。

我根本听不到段月容在对我说什么，只是用尽全力狠狠地推开他，拿起腰间的一颗手榴弹骑上一匹战马，向潘正越骑马飞奔过去。我奋力扔出手榴弹，巨大的爆炸声中，我同绝影一起落地，耳边一片宁静。

一切都结束了吗?

我混沌地睁开眼睛，看到身边一堆潘军的尸体，压在我上面的是段月容。鲜血滑过他的紫瞳流到我的脸上，那紫瞳似还看着我，半是恼怒，半是绝望。他的嘴唇哆嗦了一下。身边的绝影一瘸一拐地站了起来，咬着段月容的袖子，似在拉他起来。我还是听不见他在说什么，我只好对他抱歉地笑了一下，眼珠机械地一转，看到浑身是血的于飞燕骑着马向我们奔来，目眦欲裂，张着嘴似在嘶声狂叫。

黑暗向我涌来，我闭上了眼睛。

非白，你一定要等我。

汝州血战在后世的军事著作《武经要略》中，被标注为大元朝开国最著名的战役，燕子军、大理援兵，以及原家元德军诸将近四十万人马，为拖住潘正越的百万雄师，所剩不足十万人。等余部冲出战阵时，皆人为血人，马为血马，惊破敌胆。

而本应接应右路的麟德军却在战争最惊心动魄之时，将锋芒指向锦官城。后世的战史学家在评价汝州血战中昊天侯的奇诡行为时，有两种主流意见：一是认为昊天侯用兵确属当世英才，暗度陈仓地使燕子军拖住潘正越，暗中传信给元德军代替他从宛城北上，助燕子军抗击潘正越，然后用比花氏武德军更快的速度拿下锦官城，使得武德军保存了实力，与奉德军有机会协助元德军攻下蒲州，掩护燕子军出其不意地攻下进入京畿的必争之地，减少人员伤亡；另一派认为，昊天侯再怎么神机妙算，也不应贸然背信离开汝州，其时昊天侯同大将军感情甚好，应该有太祖皇帝的密诏，太祖担心“燕久离晚归，向来恃才擅行，且东营旧人，不服西营管教，恐中道谋逆倒戈，只可用之挡潘，不堪大任，密使往锦城助武德一支”，昊天侯方才“忍痛离战，改攻锦城”。

最后亦有一种极少数派的言论，乃是根据昊天侯同原非清、后来的贤王之间的信件揣摩而来。而在《金陀遗编》中亦这样分析道，昊天侯明知汝州之战必损耗巨大，为保其羽翼，便改攻锦官城，拔得头筹，一方面羞辱了久攻锦城不下的武德军，成功打击原氏第三顺位继承人，原非流及其母锦妃花氏一派的势力，另一方面密书踏雪公子，因为燕子军曾于永业三年随踏雪私盗鱼符而遭贬，于情于理皆不会拒绝燕子军的求救。且军中传言花西夫人正受燕子军的保护，踏雪公子必出兵相助，便可乘机耗尽元德军的力量，为一箭三雕之狠计也。

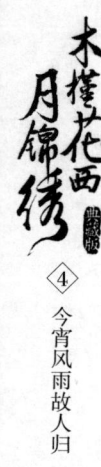

无论任何一种流言，对于“胜利便是一切”的原家而言，皆轻如鸿毛，昊天侯事后只被武安王斥责了几句，紧接着便被皇上下旨大力封赏，并没有人认真也不敢去深究这胜利背后，有多少枉死的原氏将士累累白骨将封侯台垫起。直到元昌四年，第三种言论成为对昊天侯和太子的致命一击，当然这是后话。

然而，那时的汝州血战却真真实实地改变了庭朝和周朝用兵以来的战争风向，这归功于燕子军的秘密火器“锦绣百虎破阵箭”，经过改良后的一次可发射百支的火箭，再次进入了那个时代的史学家的视野，如平地一声惊雷，划时代地改变了当时三国南北朝的格局。汝州血战中潘军只余炸去左臂的潘正越，领五百精兵逃回平州，很快被原氏奉德军、武德军，以及后面追赶而至的燕子军会合元德军四面夹击，败退定州。

紧接着元庆四年，上谕燕子军战功奇伟，入元德军同献前锋，攻晋阳，克麟州，据定州，复伐州，战绩辉煌，次年腊月进驻桑干河，直奔京都的最后一道防线幽州。

番外

狂想情人节

今天上来像往常一样看看评，然后惊现三十五篇白fans长评，然后再无心复习功课，细细读下来。

我记得很久以前也有同样数目的段fans来为段段正名，一时不禁惘然。

海飘雪不知道应该说些什么来表达这颗感动的心灵。那几十篇的长评里字字句句体现的不仅仅是才华，而是各位fans晶莹剔透的一颗颗赤诚之心。我想作为一个作者，能到这一步，已然夫复何求呢？

我在仙女滩前走来走去，正在平复感动之中，有人忽地跑过来揪起我：“你把木槿弄哪里去了？”

我一抬头，对上那双紫瞳，原来是小段。

小木随水漂去，他刚刚得到消息，还在对我抓狂中，揪着海飘雪的衣襟，双目赤红地要他媳妇。

海飘雪一指东边：“哎，那不是小木吗？”

小段一回头，夕颜指着我拼命跺脚：“娘娘，她骗你。”

等小段再回头时，海飘雪已然拼命潜逃了，来到后台。

刚刚舒了一口气，眼前有个天人的身影现在眼前。我吓了一跳，定睛一看，原来是小白正坐在我屋里热泪盈眶地读书。我上前一看，原来是在读白fans的三十五篇长评，每个长评上都加了一朵粉红的心。

他凤目潋滟地忽然瞟向我：“你可回来了。”

我咽了一口唾沫，心想，莫非这小子有了这么多白fans……就想要造反？

“白啊，”我赔笑道，“都这时候了，怎么还不去补妆？要准备上场啊。”

“你每次都这么说，可每次都让我空欢喜一场。”小白危险地对我笑着，一步步向我靠近，高挑的身影淹没了海飘雪又矮又胖的小影。

我又咽了一口唾沫，语重心长道："白啊，我这是为了你好啊，我不是早对你说了吗，时机未到而已。你看，以前哪一次出场，你不是鲜花铺路、美人作陪的？维也纳交响乐团的《长相守》做背景，宝塚歌舞团和宝莱坞为你做舞美，为了搞道具场景我们又建了好几个影视城，现在连好莱坞都在眼红啊。章子怡想回国发展，加入我们的团队，挑战锦绣这个角色，刘亦菲想演木槿，我都婉言谢绝了，都是因为我觉得他们都衬不上你绝世天人的戏份，那群巨星的fans天天在网上对我吐唾沫，我容易吗我？"

"哼！"原非白对我冷笑一声，"这些段月容也有。你以为我不知道吗？你想让吴亦凡来演我，让抖森来参演段月容，你的心怎么这么毒啊。"

"量小非君子，无毒不丈夫。"我也仰天冷笑数声，胖肚子跟着颤了一颤，因为减肥而微松的裤腰带也掉了下去，我及时拎住，然后漫不经心地打着结，看着他道，"所以，你还是好自为之吧。"

"我可以扮瞎眼老头，可以浑身是泥、是血，还要忍受春药而不能碰木槿，"非白激动了起来，"就连上次，你让我只在幕后弹个琴、配个音也罢了，我都可以为整个《花西》做出牺牲，作为对角色演技的提高的支持。可是你不能、不能再这样困住我。"

原非白跑到窗前，一下子打开了沉重的哥特式豪华窗帘，窗下是密密麻麻的人头拥到天际，上面是不同的长短幅，标语写着："非白非白，我爱你，就像老鼠爱大米"，或是"非白，你一定要幸福"，"非白，情人节愉快"。

所有人抬头，看到了惊鸿一瞥的原非白的绝世之颜，有人开始尖叫："非白，是原非白。"

然后人群开始疯狂，再然后是不停歇的阵阵狂呼尖叫。我看见最前面站着那些写了三十五篇的琉璃清梦、元宝，手里都拿着荧光棒，闪闪发光。

叫得最响的是那个漪人，准确地向我投来一个西红柿，可是同样精确地掷向小白的却是一朵鲜红硕大的玫瑰。我抹了一脸西红柿，唔，这一定是转基因西红柿，味道相当一般。

哟，这玫瑰的品种不凡哪，还带着露水，看来是漪人专门去了趟金玫瑰园刚摘回来的，难怪原非珏最近老同我抱怨他们家玫瑰被人偷摘了不少。果然再细细一看，她的衣服有多处划破，那因激动而粉红的小脸上有一道道刺痕。

再一看，没想到连青也在。她看到我，对我温柔秀气地微笑一下，然后别过脸对着小白挥舞着双手，疯狂大叫："小白，情人节快乐。"

我一下子上前，拉上窗帘，平复着不停起伏的小肚子，顺便用窗帘擦着脸，对原非白眯眼道："原非白，你想造反？"

"不，"他斩钉截铁道，"我只是想出来，想去同各位我的朋友握个手，去表示一下我的感谢。现在，你宁愿捧红一个名不见经传的小沈阳，国字脸方舟，也不让我上场。”他拿着剧本跑到眼前，喝道，“就是不让我上吗？”

我正要开口解释，忽然有人冲了进来，是契丹武士，激动地用契丹语对我咆哮着：“@#￥%……%￥#。”

我绽开最美丽的笑容：“不好意思，请您讲普通话、英语，或是上海话，如果慢一点，广东话也是可以的。”

契丹武士愣了一愣，改用流利的英语讲了一堆。

我跳了起来：“什么，那个小沈阳把两个契丹演员都砍啦？”

我回头拉着非白的手，看了一阵，慢慢道：“白啊，也许你是对的，我回头找你聊。”

然后拉着契丹人逃了出去，来到乌云瀑外景，法舟正同契丹演员打架中，看到我便一下踢飞两人，开心地跑过来：“海大，哎呀妈呀，你可来了。”

我怒道：“你为何把两个角色都砍了？”

“经过认真研究法舟的性格，俺认为吧，这样来诠释这个人物的黑暗及复仇心理是最最合理正确的。”

我忍无可忍，正要狠狠把他臭骂一顿，有人大叫：“海包子，你哪里逃？”

段月容站在高处，冷冷道：“今天你如果不还我木槿，我便……”

我也眯了眯眼：“孩儿，你便如何？你还是乖乖地回去休息，我给你多少戏份了，别不知足了。”

夕颜小丫头大叫：“娘娘别跟她废话，让我们的fans淹死她。”

小段那紫琉璃般的妖瞳深情地看着我许久，我的冷汗也不知不觉地流了下来。因为我知道，每次当他深情凝视我的时候，他的花花肠子里就在谋划着阴谋，这一次他又想怎么样对付我？

终于，他长叹一声：“我本不想如此待你的。”

他的手微抬，后面出现了一堆扛家伙的观众，个个群情激愤。我微咽唾沫，看清了最前面那个人是著名的微微，手中提着最新式的原子小钢炮，后面是许久未见的有大。

我微退，正要叫法舟和群众演员帮忙，一回头，哎，怎么跑得比兔子还快？！

我也长叹一声：“小段，你当真如此无情吗？”

话未说完，早已捧起大肚子向反方向跑去。未到门口，却听到《长相守》的琴音，我一伸头，果然，原非白这小子在阳台上弹着《长相守》，台下是多得望不见头的白fans，个个如痴如醉，深情流泪，那荧光棒闪着光海，纷披陆离。

这小子果然不顾我的威胁，见了fans。

我正要考虑到刚刚恢复正常的原非珏那里躲一躲，忽地有人拍我的肩，我一回头，画面已然到了一座仙谷。

一个身高八尺的虬髯大汉，正瞪着铜铃大的眼温和地看着我："海同志，你在做什么？"

"原来是于大哥啊。"我松了一口气，叹道，"唉，写文好难哪，总有人弃文，打击我的心哎，以前是段盟的，现在是白fans，我的心脏受不了了，我的角儿们不体谅我，一直同我对着干。"

"如同对的时间遇见对的人一样，看文也是一种感觉，在对的感觉遇见适合的文，在感觉不对的时候离开，放弃并不意味着结束。所以海大不要把弃文看成一种伤害，弃文的白fans也许会舍下文，却绝不会舍下非白。"于飞燕淡笑道，"这个fan其实说得很对，海，你有时心太软，既不愿伤害白fans也不愿伤害到段盟，总是考虑着双方fans的看法和顾虑，正因为这样所以才难以定论。其实《花西》并不是为任何一派fans而存在，也不是为人气为热卖而存在，《花西》的存在只因你，它本就是你的心。写文追溯到根本不就是最简单的'我手写我心'吗？"

"我知道。那个fan说得对，我何尝不想随自己的心写？"我看着他的虎目，激动道，"可是人物写久了，便有了感情。那位fan说得好，功成名就不是目的，让自己快乐，这才叫作意义。"

"两年前，我携着《花西》而来，彼时没有任何读者，没有鲜花和掌声，我依旧走了下来。此时和两年前唯一的分别便是有了这许多的fans朋友，我虽没有像李宇春红透天涯，但也感到那份对于fans的情意，很重很重，很珍贵很珍贵啊。飞燕，我也知道，再多的鲜花、掌声，也终有一日会曲终人散，当一切归于平静，所以我把那份情意看得比什么都重要。"我泪流满面，"所以，我白天上班，晚上上课，有空就发花西梦，人都快傻了，我容易吗我？"

于飞燕笑了，看似轻松地拍了一下我的肩膀，我立时沉稳地扶着墙，以免摔倒。他朗声道："可是《花西》最终还是属于你的《花西》，所以，你无须对哪一边的fans感到歉意，你只须对你笔下的人物负责，对得起你笔下的每一个人物，对得起《花西》足矣。"

"而那些人物终也烙进了我的灵魂，他们有了属于自己的魂，不愿意跟随我的笔迹，不再屈服于我给他们安排的命运。"我大哭道，"我这个菜鸟怎么办哪？"

"好说，凉拌哪。"于飞燕递上一杯巧克力，"说来说去，我以为还是跟着你的心为上。"

这时，一个小肚微隆的俏丽女子过来，柔声道："原来是在同海聊天，可让我好找。"

于飞燕柔和地看着她点点头，接过她递来的衣物："海，其实你已经为你自己解决了这个难题。"

啥？！我抬起迷茫的脸。

“你忘了吗？”于飞燕对我神秘地眨了眨眼，“我们有破运星。”

“我走了，去准备上场了。”他对我挥了挥手，“情人节快乐。”说罢，携着那个俏丽的人影，潇洒而去。

我喝着于飞燕的高热量巧克力，愣愣想着，果然是结过婚的人哪，这个巧克力的含糖量真高，我得练多少小时减这些糖啊。

忽然空中一阵烟花四起，众fans从四面八方而来，各位人物也穿着戏装鱼贯而出，小木头上顶着水草，冲我呵呵傻笑。原非白和段月容抢着上前慰问，争先脱衣物给她保暖，暗中拼着武功。

大家的声音欢声如雷：“情人节快乐。”

我忽然间恍然大悟，微笑着品味甜蜜的巧克力，是啊，我有破运星！

其实每个人的生命中都有破运星，那就是自己的心。

不管你是迷路到幽深的丛林，还是炽热的沙漠，只要你能找到自己的初心，就能找到回家的路，甚至发现另一片天地。

感谢《花西》，还有各位热情的书迷们，这个情人节过得真好啊。

海飘雪，狂想于2009年2月14日

木槿花西月锦绣

典藏版

5

紫藁连理帝王花

海飘雪 作品

青岛出版社
QINGDAO PUBLISHING HOUSE

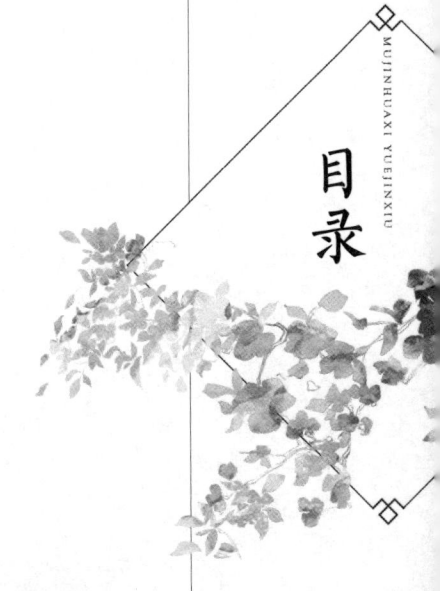

MUJINHUAXI YUEJINXIU

目录

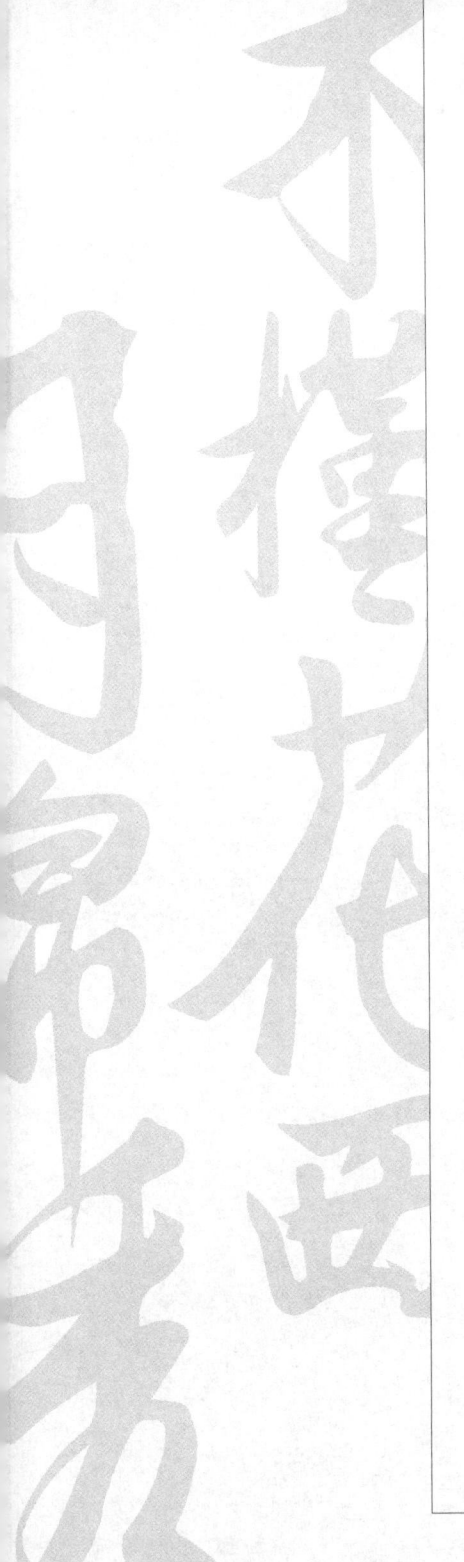

第一章

梦回人正寒

元庆四年大年初一，前线传来捷报。武安王为了增强民众的信心，故意夸张地命人将汝州大捷的消息前后三次传进新都大辰宫的含元殿，一路上击鼓嘶喊，不久全国皆知，果然举国沸腾起来。

久被哮喘旧疾所困的德宗也因为这好消息精神大振，竟能亲自主持大年初一的百官大朝会，又巧逢天子的本命年，便大赦天下，西庭举国上下皆面有喜色，欢欣鼓舞。但因国事仍在吃紧，民间不能举行大规模的灯会，武安王便乘此机会，于正月十五上元节，在大辰宫中掌起灯海，以安抚皇室。德宗欣然在麟德殿内与朝中近臣及皇室宗亲同赏灯会。

未入夜，太监们便早早地点亮了今年的宫灯。由麟德殿起，一盏盏宫灯缓缓照亮了整个大辰宫。

琉璃瓶映着美女、奇花，云母障并瀛洲阆苑，就连在芙蓉湖、太液池等一带，两边石栏边上宫人皆系上各色水晶琉璃风灯。一时间，华灯竞起，如银光雪浪，五夜齐开。武安王又命宫人将万株柳杏移来，用各色绸绫纸绢及通草为花，黏于树上。间或缀饰玲珑珠玉、金银穗子，只觉水天幻彩，光彩熠熠，如天仙宝境绽放人间，教人迷醉其中。

内外命妇亦乘机翻出多年未着的奢华礼服，肩披彩帛，芙蓉面上或贴着花钿，或涂了面靥，高髻上插满金银步摇，叮当作响。一众宫女亦喜气洋洋地在高髻插上新制宫纱堆的春蛾，鬓边挂着镶满珠翠的雪柳。琉璃世界里，恍似一众天女下凡，美不胜收。细听空中燕乐凫萦，迓鼓通宵，竟真如人在珠宝乾坤、瑶池仙境一般。

德宗久病初愈，体力不支，乘龙船游嬉了一圈太液池便回到岸上，坐回龙御亭中，同群臣赏灯听戏。太液池中临水戏台上正演得热闹，翠玉珠帘内的那个旦角，身段婀娜，桃红的朱目斜挑，水眸微醉，天籁之音远远地传到天际，连最偏远的丹凤门守城士兵也在皑皑大雪中，握紧冰冷的兵器，凝神细听，一任那雪花落满铠甲和须发。

罗衣香渗酒初阑，锦帐烟消月又残，翠被梦回人正寒，唤蛮蛮，一半儿依随一半儿懒……芳心对人娇欲说，不忍轻轻折。溪桥淡淡烟，茅舍澄澄月，包藏几多春意也……

那角儿唱得正是入了化境，众人听得如痴如醉，亦是动了真情，尤其是女眷们，有的双颊晕红，有的双目垂泪，有的连怀中的银熏冷了却浑然不知，也忘了责怪那听痴了的懒奴婢上前更换。

琉璃殿暖香浮细，翡翠帘深燕卷迟，两个粉蝶儿飞，一个恋花心，一个搀春意，一个掠草飞，一个穿帘戏，一个拍散晚烟，一个贪欢嫩芯，君与奴前世为期，偏今生恨相随，难离弃呀……

那旦角的目光情意款款地抛向台下，德宗不动声色地顺着旦角的目光看去，只见武安王下首处，乃是当朝太子轩辕本复，旁边坐着一位黑衣蟒袍之人，原来是昊天侯宋明磊。

德宗再看那旦角，好似有点眼熟，不知不觉唇边扬起了一丝弧度。

昊天侯天狼星一般明亮的双目微眯了一下，随即自然地微微将目光偏了，看向女眷中的夫人原氏非烟，原非烟几不可察地点了下头，垂下目光，告了个诺，走了出去。

德宗皇帝若无其事地微扭身，向左下首的原青江微俯身，笑道："原卿家哪里觅来的戏班，唱词清新雅丽，这小伶官不但身段柔媚，歌喉亦是委婉动人啊。"

原青江低首恭敬道："这是新都最有名的如意班，微臣特地召来为陛下、各位娘娘、皇子和公主们恭贺新年。"

十一岁的轩辕宗槊拍手笑道："皇爷爷，您看那旦角可像淑仪婶婶的驸马？"

轩辕本绪立时变了脸，其妻王氏立时紧张地拉回了儿子。轩辕本绪厉声喝道："莫要胡说，怎可将皇家驸马同戏子相比，看来你娘该好好教训你才是。"

轩辕宗槊立时噤声，吓得小脸煞白。

武安王倒是脸色如常，对轩辕本绪笑着摆了摆手。

此时女眷列席中首席的轩辕淑仪优雅地起身，柔声道：“大过节的，皇兄实不必苛责桨儿。”

轩辕淑仪款款启奏：“父皇容禀，台上献艺之人正是驸马，想着父皇爱听戏，恰巧前方大捷，他特地为父皇向如意班学艺两个月，好在上元佳节为父皇献上，以示孝心，望父皇早日康复。”

德宗嘉许地抚须而笑，对武安王道：“朝堂之上，朕常说爱卿堪为百官表率，精忠报国，鞠躬尽瘁，不想爱卿能育儿如此贤孝，真不愧为古今贤能。”

武安王如常固辞，两厢坐定。此时原非清已然唱罢下台，席间雅乐轻响，众人推杯换盏，不久便带上三分醉意，临水台上貌美的宫娥翩翩起舞，一派富贵祥和。

德宗轻抿了一口琼浆，状似轻松地对武安王笑道：“原爱卿，你看朕这几个儿子哪个可堪大任？”

武安王心中微诧，垂眸恭敬道：“各位皇子哪一个不是龙驹凤雏，个个皆是我大庭朝百姓之福。”

“然之啊然之，”德宗睨向武安王的目光，带上一丝嘲讽，略摇头笑道，“你永远便如狐狸一般的狡猾，朕早料到你会这么说。”

武安王的凤目亮若繁星，含笑看向德宗，优雅地微欠了欠身。

德宗却接着说道：“听说非白这孩子在前线受了重伤，本绪昨日打山庄回来，说非白这回还真伤得不轻。”

“臣惶恐，”武安王不以为然地一笑，肃然道，“我原氏本就武将出身，为国捐躯乃是我原氏的本分，更是无上的荣幸，这点小伤实不足挂齿。”

御座右下首的皇后却皱起描绘精致的远山眉，忧心忡忡地问道：“原卿家，不知非白可伤得严重，恁地让人挂心。”

武安王向皇后欠身道：“多谢皇后娘娘关心，非白不过是些小伤，现下已醒来几日，正在静养。”

德宗看了皇后一眼，笑道：“朕可否请皇后代朕前去告诉孩子们，让他们多喝几杯，朕与原卿今日绝不怪罪，只管尽兴便好。”

皇后微微地笑了起来，平日保养得再好，淡撒金粉的眼角处亦显露出几丝鱼尾纹。她恭顺道：“臣妾遵旨。”

早有宫女上前扶皇后走了下去。

“然之，”德宗略一摆手，“于飞燕这一着隐棋入世，杀得窦贼措手不及；明磊暗度陈仓，声东击西打赢了汝州血战，着实高明。可惜明磊不是你的亲生子啊。朕虽不如爱卿懂兵法，”德宗看了看武安王如常的脸色，继续说道，“却也听说过，战前最忌将士异心。那于飞燕出身东营，本就是非白的老部下，此番在汝州为非白支援，又同为前锋，不如将燕子军入编元德军如何？”

武安王想了一下，点头道：“陛下所言甚是，臣这便让燕子军改编元德军。”

“这一年来，朕听说太子数次宿醉在驸马府中。”德宗看着台上正舞着的太和乐，淡淡道，“朕本下旨让非白到新都养伤，本绪这孩子自小同非白要好，便擅自离宫，想亲自接非白一同回来，不想中途被人伏击，只好先回了紫栖山庄。本绪本就娇惯，倒是受了不少惊吓，看看，今夜他可一句话也不说。”

“竟有这等事？太子恭仁孝顺，宣王素有贤名在外，”武安王抬眼看了席下，素来玲珑八面的宣王，今夜面色微白，果真闷头喝酒，亦不像往常一般同群臣热络，顿时心下了然，不由得冷笑数声道，“倒是微臣家里的这些逆子……真该立立规矩了。”

“这是家宴，原卿实不必在意，只是，”德宗只淡淡一笑，“朕与卿都已不年轻了，该是想想身后事了，就怕咱们不想，这孩子们……倒先急起来了。”德宗轻笑出声。

武安王沉吟片刻：“微臣恭听皇上教诲。”

德宗笑起来时双目微眯，看不见里面的颜色，只是一派慈和道：“朕原也不该管爱卿的家务事，不过，非白倒真是个人才，朕也是看着他长大的。”

武安王豁然了悟：“陛下是想微臣立非白为原家世子？”随即恨声道，“可惜……此子是个情种祸胎，不堪大用。”

德宗哈哈大笑起来，笑声传到下座，众人不知天子为何大笑，微愣了一下，旋即陪着更大声地笑起来。

“男人年少时，谁不做几件荒唐事，何况是为了女人？爱卿不觉得非白很像年轻时候的你吗？只怕当年的卿比他要更痴上三分吧？朕一见这孩子，便想起当年爱卿看梅卿时的那股傻劲。”

武安王终是忍俊不禁，也笑了起来，连连拱手道：“大过年的，陛下可饶了微臣吧，又来揭微臣年轻时候的丑事。”

君臣二人笑了一阵。这时，驸马换了身大红吉服，高束墨发，急急地来驾前复命。德宗自是夸赞其孝心可嘉，赏下一对鹤鹿同春碧玉屏风，两对天祝长春珐琅花瓶。驸马惶恐地同轩辕淑仪跪地谢赏，便退了下去。

“朕倒觉得，对自己的女人，大丈夫当仁不让，方显英雄本色。”德宗轻拂自己衣摆上的龙眼，笑看武安王，戏谑道，“更何况，卿与朕皆知，那花西夫人亦不是寻常女子啊。”

君臣二人默契地相视一笑，正巧皇后回座，德宗便拉着皇后问起下首诸皇子及众臣，武安王便独自举杯凝神细想。

此时三更鼓打起，皇后正要劝德宗摆驾回宫，天空中却飘起鹅毛大雪来，宫人便赶紧换了暖炉，加了炭火。

德宗却放下暖炉，起身仰望着星空，不觉有些恍惚：“然之，可还记得永业三年上元节的那场大雪？”

武安王的脸也冷了下来，望着珠帘外的大雪。

德宗斑驳的老手无意识地紧紧抓住御座的龙首，微颤了起来，慢慢地青筋一根根地暴起来。

德宗哑声道：“那年昭明宫的大雪比今年的大多了，朕记得那雪快没了膝盖吧……朕还记得那地上的鲜血……淑琪的血流了一地，她的眼睛瞪着我，等出了神武门，一回头，她还瞪着我，还有我那可怜的芮儿……”

皇后的脸上早已泪流满面：“那黑了心的窦贼，把孔妹妹和芮公主……”

皇后的声音微响，身边的太监宫女早就慌忙挥手，四周的宴乐戛然而止。众人皆知庚戌宫变中，德宗爱妃孔昭仪及其女轩辕本芮不及逃出，被窦英华折辱而死，且死后裸尸焚烧，极尽侮辱之意。

德宗的眼瞳收缩，慈祥的脸猛然扭曲起来：“也许朕等不到亲手杀贼的那一天，但一定要让朕的儿子们杀回京都，将窦贼挫骨扬灰，复我轩辕的江山社稷。”

武安王同群臣皆肃然下拜，大声道：“敬诺。”

元庆四年的春天，就这样迎着风雪姗姗来迟。

我又回到了樱花林，可是这回樱花林中一片寂静，所有美丽的粉色花瓣凝在空中。我慢慢穿越前行，一经触碰，美丽的花瓣便化作粉色的灰烬，零落于地，化为尘埃。

远方有一个红发少年和一个大辫子的少女一动不动地背对着我坐在樱花树下，含笑地摸着一册满是针眼的诗集。

“看看，那个可怜虫眼中的你？”一个声音在我身后响起，我转身，却见血瞳的撒鲁尔正坐在河边同我一起看着黑河里的倒影，他可能刚刚摆脱恶鬼的纠缠，正微喘着气，使劲平复呼吸。

我这才注意到那河里的倒影，那少女的脸上不时拂过灿烂的花瓣。可是无论从哪个角度看去，她没有表情，甚至没有五官，什么也没有，只有一张空空的脸。

果然非珏从来就不知道我长什么样。

我的手刚刚触碰到非珏，所有的场景便全部化为樱花瓣，漫天飞舞，那片粉红的世界渐渐化作殷红似血的粉尘，最后，那个世界变作一片黑暗。

我一惊，使劲睁开眼，依稀看到锦绣伤心欲绝地伏在我身边哭泣，哭红了一双紫瞳，反复地说道："你这大傻子，为什么要回来，为什么要为他去送死？"

白面具静默地站在她身后。他身后跟着个小孩子，那个孩子抓着他的衣袖，也戴着个面具，对锦绣探头探脑的，像一个幽灵似的。司马遽在那里幽幽道："别太伤心，林毕延还没有发话，许是有救。"

可是锦绣却没有理他，只是埋头哭，哭得髻松钗落，妆容俱毁，涕泪乱淌，连声音都变了，好像她很久没有这样哭了，好像她人生的支柱轰然崩塌。

"你把她放到宋明磊手里，不就是借他的手灭了她吗？也许，你只是在难受，她居然爬回来了。"司马遽又忽地换了一种口气，"毕竟这回，她死在他面前，便永远留在他心底，你是彻底没希望了。"

锦绣终于有了反应，慢慢直起身来，止了哭，却回首对他吼道："你闭嘴，像你这样的浑蛋，怎么会懂得我们姐妹之间的感情？"

锦绣大力地推了一把司马遽，她头上的黄金镶翠步摇被大力甩向那个孩子，那孩子吓得大叫一声用手挡开，然后逃开了。而我则很混乱，不知这是永业三年的噩梦，还是现时发生的噩梦，因为我一直都不喜欢暗宫宫主，我讨厌他的嚣张跋扈，随意侮辱我和锦绣，还有草菅人命。可是我怎么也无法醒来。对不起，锦绣，我实在太累了。

也许现实就是噩梦，噩梦也就是现实，我转世后的这个世界里，现实与噩梦之间本没有太大的界限，于是我选择闭上了眼睛，最后又选择了回到撒鲁尔的血河边上，沉默地蹲了下来，同他一起默默地坐在河沿上。

"咦？你今天不逃了吗？"他喘着粗气，一边驱赶着拉都伊的恶灵。

我迷离道："逃哪里去？"

"你不怕我了吗？"他驱散了一众恶灵，好奇地坐在我身边，"你怎么了？"

我没有说话，只是迷茫地望着冒着血泡的血河。周围的恶灵似乎也跟着我平静下来，只是唱着忧伤的歌，在血河上漫无目的地漂浮。他看了我一会儿，也坐到我身边，同我一起沉默。

过了不知道多久，血河中我看到许久未见的前世，苍白的病房里，一个女人的脸更为苍白地躺在病床上，浑身插满管子，一个秃顶的男人坐在床边的椅子上，百无聊赖地煲着电话粥："你别闹了，今天我老丈人要来，不能过来。

"不管怎么样，她是因为你跑出去出事儿的吧，现在搞成个植物人。你明知道我最讨厌医院了，她爹妈不同意拔管子，我又有什么办法呢？别发火了，乖，宝贝，等我明天来看你。"

他刚挂完电话，一对老年夫妇相互搀扶着，蹒跚地走进来，他立刻改成一脸悲痛地上前："爸爸，您和妈身体又不好，这是最好的病房，颖她什么也听不见，您何苦再来呢。"

"俞长安，你给我住口，"老者暴怒地吼了一声，转而心疼地看着那个病床上的女人道，"颖儿啊，你什么时候醒来呀。"

我不觉怒火中烧：俞长安，你怎么可以这样欺负人？

忽然我看到那个病床上的女人对我微一侧脸，对我睁开浮肿的眼，她那空洞的眼神对我说道："回来。"

不错，我要回去，好好教训俞长安这个人渣。我向她伸过手去，血河的中心忽地裂出一个大口子，变成了黑色的旋涡，旋涡的中心却是那个明亮喧嚣、车水马龙的二十一世纪。

身边的撒鲁尔大叫道："你要到哪里去？别把我一个人留在这里。"

我感觉我慢慢升起，飞向那个旋涡。我使劲甩开撒鲁尔拉着我的手，眼看就要回到孟颖一心向往的新世界，忽然耳边响起一阵凄美的琴音，我侧耳细听，是《长相守》！

有一个声音在我身后悲伤道："木槿，你为什么还不醒来呢？"

撒鲁尔哭花的脸立时化作黑暗。耳边只听到那人的声音很低沉，仿佛死了一般："这几年你一定吃了很多苦吧，所以这样累了，要睡这许久吗？"

"别傻了，林毕延说了，她醒不过来，白优子只能保住她的身体不死，可是她的脑子完了，魂已然归去，"有一个人的声音嘶哑难听，是那个司马遽，他使劲压低声音，"你这是在白费力气。"

我一下子进入了那具生活了二十四年的身体。噢，闹了半天，我两头都变成植物人了？

原非白沉默了一会儿，再次抚琴，微微抬高声音："你出去，我现在不想见你。"

可是司马遽的声音却突然近了。

“你这个只会误事的蠢货！”只听他咬牙切齿地压低声音道，“老头子知道了，你我都完蛋了。”

原非白冷笑一声：“你且放心，我不会连累你的。”

“连累？你还没连累够吗？就因为她，我被你祸害了这么多年。”他恨恨道，“这个女人不像她妹妹那般娇艳迷人，可是她有点和她的妹妹一样，都是心狠手辣的毒花、迷惑男人的祸水，而你，好像就是喜欢毒花祸水。”

许久，原非白淡淡道：“我原也不知道你这么了解她们姐妹俩？”

司马遽的声音停了一会儿，然后又粗声粗气道：“你怎么不明白呢，这个祸水是大理段家的财神爷，也是段月容的外室，还有了个娃。你若想收了她威胁段氏，我可以理解；若是想破镜重圆，你是在自掘坟墓。无论你做哪般想，从你发动你的门客去西域救她，还有这回前往汝州前线，老头子就已经起疑心了，若是老头子知道了，你我都要完蛋。”

“你早知道她是花木槿，却瞒了我五年。你这个浑蛋。”非白继续冷冷道，“我已经看在你没有告诉父王的分上，饶你一命了，你还要得寸进尺？

“你不必担心，我自然不会连累暗神大人，我劝你莫要再打这个女人的主意，”前方的身影霍然转过身来，天人的容颜朦朦胧胧，看不真切，他对暗神冷冷道，“不然，你莫怪我不念情分，撕毁合约。”

白面具滞了一会儿，尽量柔和道：“我就不明白了，你让她祸害段氏不挺好的吗？利用她对你的感情，来降伏段氏，这有多好……”

司马遽等了一会儿，原非白没有回答。

“好，”司马遽的声音既惊且怒，“你现在翅膀终于硬了，也不听我的了。且等着，你同这祸水不是被原非清那兔子吃了，便是被你老情人花锦绣宰了。”

我有点累了，又想睡去，听不见他们在说什么。

“木槿，别睡了好吗？”很久以后，原非白的声音又起，“我很想你，我一直很想同你好好说说话，”他絮絮说着，“林大夫说你如果今天醒不过来，那就连白优子也没有用了。”

他似哽了许久，勉力出声道：“我不信。你只是累了，只是在生我的气，恨我同锦绣联手骗你，恨我移祸江东，恨我拆散你和非珏，恨我把你送出紫栖山庄，恨我没能好好保护你，恨我没能早点找到你，恨我在清水寺没有认出你。”

我想开口，却无法动弹。他的声音愈加清晰起来：“我真的很想同你说说话。可是，我们又该聊些什么呢？我俩的缘分该从何时说起呢？”只听他接着幽幽地笑了起来，轻声道，“我在认识锦绣的时候，就去调查过你了。那时我心里想着，明明是一个父母生的，为何你比起你妹妹来又丑又小呢？除了嘴巴厉害点，一辈子也就窝在北边的小破屋子里做些浣衣刷粪的粗役。那时我只记得周大娘一直夸你会做一些奇怪的刷子来洗东西……洗得恁是干净。

“只是我打小就觉得你是个油嘴滑舌的孩子，恁地不喜欢你，”他低沉地笑了一下，“也许你不信，我俩也算是一起长大的，因为你小时候每年冬天总爱到咱们苑附近转悠。你好像很爱摘西枫苑的梅花，为这个我没少生你的气，多少次想派人把你倒吊起来狠狠地打，不过为了锦绣也就作罢了。后来你受了杖责，来到西枫苑。再一次见到你的时候，其实我心里也明白，你一年比一年出落得美丽灵动……你看看，我从来都没有夸过你长得漂亮吧？”

他沉默了一会儿，又开口道：“可怜的非珏私自请人写信给父王，求父王为他主婚，把你许给他，可是我故意半道上劫了这封信，然后派人送到果尔仁的手中。果尔仁自然震怒异常，狠狠地怒斥了非珏，于是他与果尔仁两人便生了异心。然后我便乘此机会修书给父王，求纳你为我的妾室。

“怎么样，你心中一定在想，我很浑蛋吧？我总以为自己比四毛子更爱你、更了解你、更配得上你。我不知道为什么总是让你哭。我自问总有办法保护娘亲，可是却只能眼睁睁地看着娘亲在我手中断了气。我自问我了解锦绣，却无法给她想要的东西，任她飞向别人的怀抱。锦绣伤了我的心后，我便对自己说，从此以后绝不再对女人用真心。”

他自嘲地冷笑着：“可是老天爷却让我头一个就遇到了你。我明明知道你是锦绣和小五义托付给我的人，我应该好好对待你，可是我故意冷落你，不给你好脸色。你对我其实很好很好，从采花贼手上救了我，解了我的毒，可是我一点也没有感激你，反而打你出气，因为我心底深处一直把锦绣的账全都算在你的头上，然后我就害得你半条命也没有了。”

心像被什么融化了，然后又被什么狠狠地撕裂了，眼角有泪流下，有人用颤抖的手轻轻帮我拭去。

“你总是对我笑，笑起来可真好看。可我总不会对女人甜言蜜语，我告诉你我只有三十年寿命时，我以为你会像锦绣一样在我面前伤心地哭，可你只是苦笑一下，然后还是一直对我那么灿烂地笑着。那时我忽然觉得你的笑容很刺眼。为什么你一个整天浣衣刷粪的臭丫头可以笑得这么开心呢？”他的语气忽然一改，在那里冷冷地述说着，好像在说另一个人一样，“于你而言，好像这肮脏的人世上每天都有让你开心的事，我明明知道你是那样善良的一个人，却开始生出一肚子计谋算计你。因为我想看看你痛苦的样子，我故意拆散你和非珏，甚至设计让你爱上我。什么华羽宫灯，为哄佳人一笑，当你什么也不知道地开始对着我脸红时，我就知道你万劫不复地爱上我了，可是我万万没有料到……原来、原来我把自个儿也算计进去了。然后老天爷开始了对我的惩罚。你终于发现了我和锦绣的事，你再也不对我笑了……我的心里从来没有这样难过过。"

我的泪水汹涌滑落，开始想挣开我的手，想离这个可怕的男人远远的，永远永远不要再见到他。

司马遽的声音轻嗤一声："没用的家伙，你是想气死她吗？"

唯有滚烫的液体滚落眼角，顺着脸颊慢慢流了下去，一只温暖的手轻轻拂去我的泪珠，有人轻轻趴在我胸前，悲伤地继续说道："你后来还是走了。一想到你在战乱中受了那么多苦，甚至到死都不知道我的心意，我就心如刀绞……"他万分苦涩，"木槿，你可知，这八年来我的心上眼里，醒着睡着，一时一刻也忘不了你啊。"

他剧烈地咳了起来，而司马遽似在低声地咒骂着："没用的情种祸胎。"

他的声音里却含着一丝无奈和悲痛。

我的脖颈间有冰凉的泪水滑落，混着一丝血腥味。他抚上我的脸颊，哀伤地轻轻道："岁月一年一年过去了，你生还的希望越来越小，我却依然在幻想着，有一天你会出现在我的眼前。我天真地想着，如果上天肯把你还给我，我一定好好待你，再不让你吃半点苦，我要让你天天对我笑……可是、可是直到看到你为了救我跟着撒鲁尔跳下去，还有在汝州战场上，你满身是血的样子，我终于明白了，我不过是第二个原青江。我该死地出版了那本《花西诗集》，这八年来，其实是把自己心爱的人往死里逼。木槿，原谅我。"他颤声道，"我一直想对你说出这句话，你要怎样折磨我都行，只是，你莫要再离我而去了，我已经受够了……没有你的日子，求求你醒过来吧。"

从我十五岁那年第一次见到原非白起，我就不由自主地探索他的心理。今夜，我万万没有想到，所有的答案却源于我对他的那丝傻笑。

以前我总是以为段月容是这个世上最疯狂的魔，直到这一刻我才知道眼前这个天使一般的人，才是世上最深情、最痴迷、最疯狂的人。也许他一直以他的父亲为不齿，一直想做一个超越他的人，可是无意间陷入作茧自缚的情网，终于成了比他的父亲更加偏执的人。

我一直以为他爱着我的妹妹花锦绣，也对我多多少少有些特殊的感情，而我却始终不能分辨这天人一般的原非白对我的示好中有多少是出自利益算计，多少是出于对我的好奇，多少是出于对我的喜爱，直到今天我才知道他对我的这份爱的分量。

当我幻想用八年时光消磨这一段无望的爱时，他却执着地把这一段孽缘彻底地化成了他的心魔，生生地折磨着自己。

我睁开了眼睛，原非白憔悴的脸就在眼前。他狂喜道："你醒了？！"

司马遽的面具也出现在眼前，我听到他非常惊讶的声音："哈，还真醒啦？"

他立刻快步向外走去，大叫着："林老头，快点进来。祸害果然遗千年，她醒啦。"

原非白一片疼惜地看着我，扶着我小心翼翼道："木槿，你怎么样？"

于是我怒从心头起，恶向胆边生，我想大声对他说：你这个大浑蛋，毁了我一生，你知道吗？你才是大祸水，人间大祸害。

可是话到嘴边，只觉气若游丝，万般艰难，我勉力抓住他的前襟，看着他的凤目圆睁，柔肠百转间，只是流泪道："我要尿尿。"

然后，我再一次晕了过去。

再醒来时，已是元庆四年的雨水。

"你还想逃吗？"梦中的紫浮总是这样忧郁地对我说。

"我不逃还能怎样？"第一次，我这样淡淡地回答他。而他一径沉默地看着我。

说实话，前世的我烦恼极少，总算那时家庭条件还算不错，虽不至于富二代，但生在中产阶级殷实之家，有房有车，留洋镀金。于是我最常见的解压方法有两种：一是败家购物，好歹工资还够我挥霍一些女人家的小玩意和漂亮衣服，二便是睡觉。

无论任何烦心的事，只要把荷包里的银子花完了，拿着一堆有牌无牌的长裙、短靴、耳环、项链什么的回家，我的心情就会好些，然后再扑上床狠狠睡上一觉，等醒来睁开眼时一切都会是崭新的开始，除了我衣柜里的衣服可能十年也穿不完。

我认为这很管用，于是便这样周而复始地对待我生活中的"烦心事"，同时我也没心没肺地劝解当年那些为我操碎心的朋友，还有我的父母。

事实也验证了，当前世的我面对重大变故时，我既没有花钱，也没有去睡觉，结果就相当惨烈，直接被车给撞飞了！

然后莫名其妙地被紫浮带到这个世界来。然而在这个时代的童年的我再也没有机会SHOPPING（购物）了，因为错投了个超级穷二代，然后也没有机会睡觉了，因为我总是担心万一睡着了，再醒来时碧莹就会变成一具冰冷的死尸。

这一次总算给我逮着个机会睡觉了。我睡得昏天暗地，睡得前世今生所有的故事在脑子里连演五遍，连脑子都似乎变木了，没有醒来；睡到后来我梦里没有梦，我也没有醒来；睡到春雷隆隆地敲震着大地，唤醒世间所有的生物，我依然麻痹着自己，还是没有醒来，直到西安的春雨淅淅沥沥地下个不停。

朱自清那篇传世的《春雨》曾如何如何地赞美春雨的生机和柔婉，我却一直都讨厌下雨天，无论是前世还是混乱的今生，春雨尤甚。于是我终于无法再进入梦乡，甚至不能装睡，便慢慢转动着眼珠，睁开了眼。

我略动手，摸到一个毛茸茸的物体，侧头一看，却见拔步床踏上趴着一个梳着总角的少女。我正摸到她一个总角，那娇俏的面容看去也就十二三岁的样子，眼眶黑了一大圈，睡梦中也似是不太平静，可爱的小嘴无奈地嘟着。我的手微一动，那女孩睡意蒙眬地揉着眼睛，接触到我睁开的紫瞳，一下子蹦起来，欢快地向外跑去："妈呀！夫人醒了，夫人醒了，快来人呀。"

很显然，这是一个缺乏丫鬟基本素质的新手。后来我才知道，果然她是轩辕本绪为了显示友情而送给非白的艺伎。她这欢快一走，就只剩我一人。我揉了揉发晕的脑袋，慢慢下了床，只觉腿脚发软，便扶着花梨木大书桌。我抬头，冰冷的白玉镇纸老虎正冷冷地俯视着我，桌上静静地放着一幅《春闺赏荷图》。

一股辛酸从心中升起。我硬生生地别过头，看向晦暗的天空。这时窗外雨声渐消，我推开门，零星的雨丝飘在我的头上、肩上。

周围偶有侍卫看到我，都惊讶地愣了一小会儿，可能没想到一个昏睡了一个月的病人可以忽然出现在眼前。行礼后，他们便想过来"请我"，我却施轻功飞去。他们可能不愿意下重手伤我，只能眼巴巴地看着我施轻功离开。不知不觉绕过一个大湖，懵然来到一棵熟悉的大槐树边上，我终于觉得累了，倚着树靠了靠，喘了一口气。

古质遒劲的梅枝伸向天际，高洁的红梅映着雨过青蓝的天空，煞是纯净温雅，我不由得看得痴了。

我的手碰到一块异样的突起，微低头，却不知是谁在这棵大槐树上刻着几个歪歪扭扭的小字：变态白，王八蛋。

原非白，我嘴里无意识地重复着这三个字。

记忆像洪水般涌来。当年被迫做妾，未明心迹之前，曾大咒原非白，便在这里偷偷刻下这些骂语，其实本想说变态原非白，王八蛋你快死掉，本姑娘将会踏着你的尸体嫁给非珏。当然这只是气话，给原家人看到，我岂有命在？于是，便只悄悄刻了一个白字，而且刻到一半，小素辉便蹦跶过来了。

梦里的紫浮接着对我淡笑道："这次该看看你的心吧。"

他说得对。我自认我是懂得自己的心的，可一直以来我在感情上是个胆小鬼。我那两种引以为傲的解压方法，其实是一种逃避，内心深处的我从来都没有勇气去做选择，因为我总是怕选错了，最后伤不起。

乌云渐渐聚集，天空晦暗起来，雨水应景地渐渐下大。我慢慢坐倒在树下，分不清脸上流的是泪是雨，最后反身抱着大槐树痛哭出声，直哭得声声断肠，几欲伤心而死，却忽听到一声极细的轻叹。我抬头，顶上是一把油纸伞，身后之人一身白衣，身姿挺拔，脸上戴着冷峻的白面具，正撑着油纸伞站在我身边。

我懵然抽泣地看着他。

"喂，"他冷冷道，"你哭够了没？"

我慢慢地爬起来，冷冷地看着他。为何他总在你最最意想不到的时候出现呢？

而且，这个恐怖而奇怪的人总会把你所有情绪——无论是爱、恨、悲、愁都打断得毫无道理，让你的激情结束得毫无余地。

我冷冷地看着他，他却嗤笑道："瞪什么，再瞪也是一只蜈蚣眼，一点也不好看。真不明白他看上你——"

他没有机会完成他一贯的嘲笑演讲，因为我大吼一声，一脚踹向他的心窝。他武功高强，自然是躲开了。他叽叽咕咕地继续大笑道："我就说你比那段月容妖孽千倍，他还不信。受了这么重的伤，你现在还能踢我了你。"

我想他应是发自内心地愉悦着，因为我正发自内心地痛苦愤怒着。

我捡起一根树枝，狠狠向他挥去。大雨渐渐地又起，本来我的武功就不敌司马遽，更何况方才苏醒。我摔倒在泥泞的泥土里，看着司马遽的脚悠悠踱到我面前，一滴泥都没有，可是泥浆却溅到我脸上。他俯下身，歪着那张面具脸："老实点吧，我扶你回赏心阁吧。"

我猛然间抱住他的腿，狠狠咬上。他低哼了一声，却没有放开我，反而抓紧我的双肩。他的意图不明，于是我使上所有的力气，一头撞向他的胸口。

他似乎没料到我会出这么一招，被我撞倒在地，油纸伞掉了下来。我正欲拍开他的面具，他似乎也没有躲闪的意思，眼看就要得手，却听耳边有人疾呼："木槿。"

油纸伞在半空中被一个清秀青年单手接住了，正是素辉。他正搀扶着那白衣似雪的天人，旁边有个女孩子赶紧跑过来："夫人，您快回去吧，才刚醒来，可别受寒了。"

那女孩子为我披上厚厚的蓑衣，打上伞。我认出来，是那看护我的小丫头。我再回头，惊觉身后空无一人。那暗神就这一回头间，早已不见了影子，好像人间蒸发一般。

他是怎么做到的？难道我刚才全是幻觉？旋即看到雨帘中那细雪天人，又猛然醒悟过来。我自嘲地冷笑着：我花木槿终于又他妈的回到这万恶神秘的原家了。

我推开了那个丫头，背后抵着槐树，退无可退，我的手发着颤。对面的他也推开素辉，拿过伞慢慢走近我。他浑身早已被雨打湿了，几缕凌乱的发丝被雨水黏在额角，雨水落到他的长睫毛上，就此凝住，然后不断凝聚成一颗圆润的水晶珠，大颗大颗地掉了下来，却无法掩藏他眼中那深深的痛苦，绞着我的眼，灼伤着我的灵魂。

命运之手再次将我牵回一切苦难的原点。虽然很早便知他并非善类，可是亲耳听到他那些话，那一种无比尖锐的疼痛从心里升起，好像心底最深处那块伤口连皮带肉被极慢极慢地扯起，隐隐地，还有那一丝丝令人极度慌张的恐惧感。

为什么你要把实情说出来呢。可怜的非珏、碧莹，他们也许不会有机会互相伤害，还有我这些年来的悲辛愁苦，却缘于眼前这个天人少年时代的一个小小心机。愤怒似乎跃出了回忆，跳跃到了空气中的每一个角落。我挥出树枝，抵向他的咽喉："不要过来。"

雨水灌进我的耳朵，我拿着树枝的手狂颤着，浑身都好痛，痛得没有办法呼吸，眼前依稀两个白色的人影。

我跌坐在地上，眼前的人也跟着跪在我身边，颤着声音："木槿、木槿。"

我茫然地想着：会不会是司马莲没有死，是他故意说那些话来离间呢？我捧着剧烈疼痛的头，慢慢向后爬去："你不要碰我……别过来。"

浑身雪白的天人早已被雨水泥浆污了一身。他痛呼着我的名字，一声声木槿在我耳边响着，他步履蹒跚地跨着泥坑，追逐着我的身影。

雨越发大了起来。眼前的风景模糊起来，我看不真切，只能依稀感知眼前的人亦步亦趋地跟着我。我大声说道："别过来，听到没有？"

有人抓住了我的手臂，我却乘机扑上去，用膝盖抵住他的胸前，将尖锐的树枝直抵他的喉咙："司马莲，你敢碰我，我就杀了你。"

雨水流进我的眼中，眼前一张天人之颜，憔悴的神情，心碎的眼神。

"木槿，"他抚向我的脸，悲辛地哽咽道，"司马莲早在永业三年就已经死了。这里是西枫苑，没有人可以再欺负你了，跟我回去好吗？"

司马莲真的死了吗？我的头很疼，那我听到的还是真的？心好痛，也许我还是在梦里，也许人生所有的一切都只是一场梦，每一个人都是命运之神手中草稿本里所写的一个小小角色罢了。

"你真的成功了，看到了吗？我现在痛苦的样子。"我对他木然地说着。

他好像受了重重一击，僵在那里。

我默默地站起来，高高在上地看着泥水中的他。

素辉大声喝道："木丫头，你别这样。"

我不想跟你回去，我更不想见到你，我现在要好好静一下。我原本还想继续这样对他说着，可是我应该去哪里呢?

我本能地想到黔中的金海李红，开遍彩色野花的原野，便茫然地转身走去。身上的所有力气抽干了，猛地倒向黑暗。

紫陵宫前，粉绢女子对我淡笑道："木槿，你终于回来了。既然回来了，就进来吧，"她慢慢对我伸出了手，微笑道："怎么，不想进来看看吗？"

我想拉住她的手，身后却响起了《长相守》。我一下子睁开了眼睛，《长相守》还在耳边悠悠地响，有人兴奋地叫着："夫人醒了，夫人醒了。"

林毕延坐在我床头，满面微笑："夫人醒了就好办了。"

那个看护我的女孩，手脚麻利地过来扶着我起身，对我抿嘴一笑，两个小梨窝微微现在嘴角，甜甜道："奴婢叫薇薇，是……那个林神医嘱咐我照料夫人起居的。"

她扶我倚在床头，林毕延便为我把脉。屏退左右之时，我拉着林毕延的袖子，在他手心中写了一个月字，他了悟地对我轻笑，在锦被上行云流水写道："太子与汝弟子等一切都好，真腊新乱，无暇尔，太子嘱夫人定要活着再见。"

我放下心来，轻轻放了手。接下去几天，原非白没有再出现。那个叫薇薇的女孩看护我的水平总体一般，但总算上心，人也活泼可爱，总爱找我说话逗乐。我看她体态轻盈，问起身世，她不无骄傲地告诉我："奴婢是宣王殿下座下最好的舞者，前年紫阳花开的时候，奴婢献了一曲柘枝舞，三公子夸赞了几句，宣王便忍痛割爱了，奈何……"她又有些委屈地耷拉着脑袋，萌得像只可爱的狐狸，不时偷眼看我，"奈何，三公子他只爱夫人，不爱看薇薇跳舞呢。"

我终于轻笑出声，欣赏了整整一天薇薇那出色的舞蹈。她的眼中满是幸福的光彩——这是一个纯粹的舞痴。

这一日我用过一碗清粥后，素辉忽然过来看我，也不说话，只是递给我一支白玉簪子。我接过来，摩挲着那支簪子上岁月累积的包浆，心中不禁有点讶异。这支看似脆质的白玉簪跟随我多年，历经炮火竟然未被折断，几经辗转又安然地回到我的掌心，不由得感慨万千，喃喃道："我以为这支簪子就此遗落战场了，不是断了就是烧了。"

素辉长叹一声："三爷打听到西营贵人将你藏在黄两镇，便带了这支簪子亲自赶去救你，不想中了匪人伏击，三爷和许多兄弟都受了伤，这簪子也从此不见了，后来查到那些匪人竟是锦妃娘娘的黑梅卫假扮的。"

锦绣！你果然在骗我！

素辉思忖了一会儿开口道："木丫头，还记得永业三年咱们分别时，你骗我把那支东陵白玉簪交给三爷吗？"

我转过头来，漠然地望着他。永业三年……

他说道："三爷见了这支白玉簪，像是着了魔似的看了半天，然后吐了一口血，苦笑说道，木槿啊木槿，你为何要如此折磨我？

"他私盗鱼符和兵符，同于将军一起偷偷潜入西安城去救你，他的腿那时还没有完全好，他服了流光散，拼着命地站起来救你。那流光散能在六个时辰之内提起十年的功力和精气，但药力一过，本身反扑极甚，相当于折寿十年。等韩先生赶到的时候，三爷不但站不起来了，而且花了六年好不容易有些眉目的腿又废了。"素辉哽咽了起来。

素辉继续道："那时候，主公甚是生气，万万没料到三爷为了你不但当面与他顶撞，还会私调军队，又带你进了原家最秘密的暗宫，便罚三爷在暗宫面壁思过。可他一听说你被窦英华转送给了段月容，便一天也没有消停过，想尽一切办法要逃出去，亲自救你。主公这次也铁了心要治他，他每次被抓回来，便要吃上一百军棍，可是他伤一好，便不停地逃，一年的家法生生地变成了三年。有一次，他甚至还服那流光散，好不容易逃出了暗宫，却被大爷逮个正着。大爷一向视他为眼中钉，把他打了个半死。那一次，我们都以为三爷撑不下去了，他都快不行了，口里念着的还是你的名字。"

我望着素辉："是他让你来说这些的吗？"

素辉盯着我看了好一会儿，忍着怒气道："木丫头，现在的你为何这样多疑？你明知道三爷这般高傲之人，断做不出这种事来。更何况，就算你再恨原家，你却不能怀疑谢三娘的儿子。"

我一下子怔住了，许久，方才讷讷地红着脸，惭愧道："我信你。"

他长叹一声，坐到脚踏边上继续说道："我们都知道，这些年你一定在外头吃了不少苦，三爷也知道你是为了保全他的名声，所以不肯回来，便出版了《花西诗集》，想让你明白他的一片苦心，也让挟持你的人知道你是他的人，忌惮着不敢欺侮你。主公想让三爷娶轩辕家的公主，便许三爷世子之位，三爷就是不听。我们都明白三爷是怕你得了消息，伤了心便再也不回来了。可那些唯利是图的门客，看出三爷是个多情的种子，成不了大事，不到三个月就走了大半。木丫头，你小时候对我说过周幽王烽火戏诸侯而失天下，纣王宠妲己而被诛。你总说这些虽是昏君，倒也痴情得紧。三爷不是这些昏王暗主，可是这份痴情又哪里差了？你去问问韩先生，你走了以后，三爷在轮椅上又吃了多少苦？好不容易又能站起来，听说你被四爷掳到西域去，他又服了那该死的流光散，追你追到西域。”

我的心如刀绞，别过头去，咬住锦被。

素辉的泪水滑落：“木丫头，三爷十岁被人设计从马上跌下来，那么小的孩子，双腿都摔断了，浑身都是血，却一声不吭。看到谢夫人的时候，他还是忍痛对谢夫人笑着，想让谢夫人宽心，可是她就死在三爷的怀里。三爷从小孤苦伶仃的，对人自然防心很重，可是一旦真心喜欢那个人，就会对她实心实意。求你了，”素辉半跪在踏沿上，诚挚道，“木丫头，莫要再折磨他了。他以前是喜欢过你妹妹锦华夫人，可那只是小时候不懂事的喜欢，你才是他的魔障、他的劫数啊，一道他永远也跨不过去的坎啊。永业七年从弓月城回来以后，三爷就像死了一样。我们不知道劝了多久，他才振作起来。他现在活着的唯一目的，只是为了你，他就是为了找到你才撑到现在的。木丫头，他为了你连命都可以不要啊。这一回西营那位贵人爷临阵脱逃，改攻锦城，却又使绊子，引三爷弃宛城前往汝州。他明知道前往汝州必是损兵折将，凶多吉少，可他还是去了。他胸肩的伤到现在都愈合不了。要不是有韩先生及时赶到，夺回宛城，他便会留下千古骂名了。木丫头，你问问林神医，他这样折腾下去，还有多少命留给他折腾？木丫头，你俩九死一生，费了多少周折才能活着见面？不像我，再也见不到我娘了……你怎么就不明白，他根本不会真正伤害你的，就算闹个别扭，你也别当回事了，成吗？”

“别说了，我求你别说了。”我再也忍不住，泣不成声。

走入赏心阁的林毕延那张老脸上满是感慨，拉开了素辉，沉沉道：“瞧你这孩子，一下子对她说这许多，她现在不宜激动啊。”

素辉扶着我，走到窗前，打开赏心阁的窗棂，我用手缓缓地挡了挡西京的阳光，深深地吸了一口气，只觉肺腑间满是梅花的清香。

西枫苑的春梅悄悄地吐了蕊，宫雪梅莹澄澄地开了一片，小松鼠钻出小窝，在宫雪梅枝头欢快地跳上跳下。压在嫩枝头上的冰雪慢慢地消融，化作春水润物无声，细小的冰屑随温暖的春风飞舞，汇入莫愁湖化开的粼粼湖面，青蛙呱呱地爬出泥洞，蝴蝶挣扎地破茧而出，翠鸟欢叫着，在青蓝的天空展翅高飞，印证着西京的大地迎来了生机勃勃的春天。

第二章

浮生论缱绻

◆◆◆

这一日天气晴好，碧空万里，桃杏柳芽儿皆抽了嫩枝，在春风里轻摇着，映着莫愁湖边一片绿意盎然，空气中也飘着青草香气。我坐在湖心亭里才赏了一会儿景，金龙不停地在我们周围游来游去，不时审慎地抬头看我。

薇薇趁我沉迷于往事之际，便溜着一双水灵灵的杏花眼儿倡议道："夫人，听说这几日三爷的伤口收口了。可薇薇看着那日里三爷被夫人按在地上流了不少血呢，也不知道传话的人是不是浑说，不如我们去瞧瞧吧。"

西枫苑里的人敢浑说原非白的伤势，这人定是不想活了。可是我却点点头表示同意她的建议。

薇薇喜上眉梢，然后又状似忧心地拉我到菱花镜前："夫人倾国之貌，只是伤才好，脸色略有青浮。且说既要去探望病人，亦得好好打扮下子呢，这样夫人走出去体面，病人看了心上也喜欢，讲不定这十分的病就好了七八分呢。不如让薇薇给夫人些许捯饬捯饬吧。"

我听着极有理，便让她动手，没想到这一些许捯饬便捯饬了整两个时辰。

薇薇为我梳了一个堆云垂乌髻，插了支珍珠衔玉钗，又在左髻子上斜斜坠上东陵白玉簪。脸上因眼睛未好全，也就涂了薄薄一层珍珠粉，我在眼睛周围轻轻贴上一圈水晶花钿，不足之处用笔画成小弯叶儿，看上去倒似缠枝木槿花纹饰在左眼边。薇薇赞了半天，决定下次舞妆也要单眼上贴水晶花钿，最后帮我选了柔和的洋红点了樱桃唇。

她坚持要我换上鹅黄缎窄袖开襟衫，紧身宽红腰裙配宝蓝长襦裙，好歹将我那精瘦精瘦的排骨身材险险地勒出个婀娜多姿的样来。肩上环着璎珞洋红长帔，她又帮我加上水狸袄子。我差一点又成了肥胖的企鹅。

西枫苑还像以前一样，好像人手不够。薇薇是跑着出去的，等了好一阵子才气喘吁吁地回来，打听到非白今天将在品玉堂出没，于是我们便前往品玉堂。一路之上，仆从见我便躬身行礼，薇薇高昂着头，狐假虎威地在前头为我开道，一个礼也没有答。

行至品玉堂前，门口正被吴如涂和韦虎把守着，两人看到我来，都喜出望外。然后韦虎面有难色地告诉我，今天原非白在见一位贵客，暂时还不能进入通报。我便微笑着表示理解，当然不理解也没有办法。

薇薇便陪我在左边的厢房等了一会儿。好像这个会议很重要，从日头当空一直等到偏西，一直没有人来通知我原非白结束见客。吴如涂和韦虎也有点着急，两人轮番进来劝我先回去休息。我好不容易鼓起勇气，不想再打退堂鼓，便坚持要再等等。到后来，吴如涂差人送了几碟小吃，什么春饼螺丁、酒香羊肚、翡翠玉笋丁什么的。我便同薇薇吃了，后来薇薇又端来我爱吃的桂花糕，吴如涂同薇薇两人轮番在我进食前先后试了两遍毒，薇薇高昂着头说这是她的荣幸，把我震了好一阵子。

后来我实在乏了，又不敢随便躺下，把薇薇好不容易整出来的那千娇百媚、柔情蜜意、擦刮里新的行头给弄乱了，便想在贵妃榻上小睡一会儿。薇薇体贴地在榻上铺了层熊皮褥子，身上给我盖着水狸袄子，屋里又加了个炭盆。可能吃得太饱了，屋里也暖，我很快进入梦乡。

才梦见谢夫人又要拉我进紫陵宫，便感觉有人在动我的枕边，我猛一伸手，抓到一只小手，却是一个戴面具的小孩正在偷黄花梨荷花桌案上的桂花糕。我想起来了，这是跟在暗神后面的那个小屁孩。

那孩子见我醒了，唬了一大跳，另一只手寒光一闪，我赶紧收回手已经晚了。那件开襟衫的袖子给拉了一口子，我叫了声别害怕，那孩子却溜得比老鼠还快，从后窗子一下子钻了出去，我也不假思索地跟着钻出去。

初春的草地微微泛着青绿，那孩子的身影在小腿高的草丛里蹿来蹿去。我一路追过去，不知道拐过几个弯，却见那个孩子越走越偏，穿过一个垂花门洞，终于来到一个极荒僻的院子里，停在一棵歪脖子老梅树下，转过身子面对我，一手握着把小匕首，戴着冰冷面具的小脑袋向我仰着。毕竟身体刚复原，我喘了一会儿气才开口道："小朋友你叫什么名字，跑什么呀。"

那个孩子倔强地沉默着，也不逃，也不吱声，就这么仰着脑袋看我，像只胆怯又饿透了的流浪猫，反复地审查我是不是坏人。正僵持着，忽地那孩子的肚子咕咕一叫，我笑了起来。似乎那个孩子有点懊恼，摸摸自己的小毛脑袋，又摸摸肚子，转身又要逃，我赶紧叫住他："别走，你饿了吧。"

我想起来了，老林头哄我吃药，曾给了我几块梅饼，昨天我随手一取便放在荷包里了，我便自宫绦上取下，递给那孩子："我手头只有梅饼，用糯米配上雪莲花和梅花瓣做的，你尝尝，可好吃呢。"

那孩子乌黑的爪子飞快地抓了一块，跑到远远的那头去吃了。我便轻手轻脚地走过去，柔声问道："你叫什么名字？"

那孩子只顾从我手上抓梅饼，然后就噎着了。我赶紧到旁边一眼活泉用双手并拢接了点水递给他。他半撩开面具快速地喝了口，然后迅速地戴上面具，小屁股坐在地上大口喘气。

我忍住笑道："你是暗宫的人吗？"

那个孩子想了许久，便对着我慢慢点点头。

我继续问道："你今年几岁了？"

他伸出一只乌黑的左手，又加上右手的两个，共七个手指头。哦，七岁，为什么不说话呢？我接下去问出个问题："你是暗神的儿子吗？"

那孩子摇摇头，又慢慢点点头，然后一步一步挪近我，试探性地依着我坐下，看我没有反对的意思，还是笑着，便忽然牢牢抱着我的胳膊把脑袋靠着我，一下子让我受宠若惊，心上便淌过一阵柔软来。我柔声道："你叫什么名字呀？为什么不说话呢？"

那孩子还没有开口，就听到有人在身后冷冷道："他是个哑巴。"

那个孩子一下跳起来，还没跑开半步，就被一个同样戴着白面具的白袍高大之人像小鸡似的拎起来。果然是暗神，这人简直无所不在啊。如今我又发现了他另一个缺点：虐待小孩。

"快放他下来，"我冷冷道，"他不过是饿了。自己的儿子没照顾好，不反省一下，倒还要来打孩子。"

"不劳夫人费心。"他对我冷哼一声，然后转头对那个孩子轻蔑道，"成天就知道吃，我就道别的功夫没练好，轻功倒是比谁都强，原来是为偷鸡摸狗。"

那孩子也不示弱，凌空对司马遽踢打了几下，不过始终没有得手。

司马遽更是恼怒："还没出师呢，倒敢打老子了，心术不正的小孽障。"说罢便使了狠劲，把那孩子往地上狠狠掼去。

我吓得啊啊大叫，正要去挡，没想到那孩子早在空中灵敏地一转身，稳稳落在地，然后猛地跑过来，一头撞在暗神的小腿，使劲踢了他脚踝一下报仇。看司马遽纹丝未动，便仰头对他生气地啊啊叫了几下，迅速逃遁了去，没了踪影。

须知能在如此短的时间内完成这么多的动作，在大人中已是武功高手了，更何况是这么小的孩子。

“早晚要实实地揍这小崽子一顿。”司马遽恶毒地感叹了几句，然后极自然地拿起我的荷包，挑着那肥大饱满的梅饼吃。

“喂，你——”我指着他喝道，“你这人怎的这样明目张胆地吃我的东西？”

“不兴试毒吗？”他从善如流地反问道。

“你——”我气结，正要反驳，看到他微揭面具，飞快地往嘴里塞了块梅饼，然后一下子就被噎住了。

刚同情了两秒钟，才发现他把我的梅饼全试毒试光了，还咂巴着嘴道：“林老头的东西还真不错。”

他把手上最后一块梅饼扔到口里时，幅度微大，在夕阳下我略微看到的好像是一张洁白无瑕的脸。忽然想起以前我见到过暗神的脸，长得不算难看，只是非常阴沉，而且上面有一条大疤来着，好奇心一下子被激了起来，本能地伸手过去，想掀他的面具，半道上便被他一手抓住了，只听他极机警道：“你想干甚？”

“你的面具上有只吊死鬼，我好意想帮你摘喽！”我不动声色地想收回手，他却握着我的手腕不放，我感到他浑身的肌肉紧张了起来。

“撒谎，你想看我的脸作甚？”忽然他换了一种轻佻口气，流里流气道，“要不，你晚上再到这里来，我把身子也一并给你看个够，如何？这可是我们暗宫的规矩……”

这回我使大力抽出手来，后退一大步，向他礼貌地欠了欠身，冷淡而高雅地微笑道：“阁下倒给我一万两金子，我都不想看。”

我高傲地仰着头向后转身，却忽然发现我的面前出现了一模一样两个腰花门洞，那腰花门洞上的常春藤夹缠着灿烂的一丛丛小金花，好像是俗名叫“金腰带”的迎春花，开得正盛。那颜色、花形，甚至朵数两边都一模一样，我这才意识到进入了一个迷阵，根本不知道往哪边走。这孩子必是引我到了暗宫的阵法，觉得安全了，才敢停下来面对我。

正尴尬间，身后传来大声的爆笑，一片白衣飘到我的眼前，夕阳下白面具耀着金光，只听他在面具下嘎嘎乐了半天才道：“走啊，怎么不走啦？还嘴硬啊，再回不去，你这化了半天的行头给谁看？”

后来司马遽送我回来的路上，我尽量同他友好地聊天。他告诉我这个孩子叫小彧，是他的独生子。

他口里骂他是小崽子，可语气还是隐着一阵心疼，我便大着胆子问道：“这孩子的母亲可是暗宫中人？”

“不错，”他慢慢说道，“说起来，你同她母亲见过面，也算旧相识。就是永业三年，那个伺候你泡温泉的小丫头。”

“哦？”我记起来了，可是好像有两个，我便往不可能的那方先猜，“是哪一个？难道是那个很瘦小的女孩，那个被你打伤的琴儿？”

“哟，好记性。没错，就是琴丫头。”他的声音带着一丝苦涩。

当初他把那小丫头打得那么重，琴儿怎么会愿意嫁给他这种人呢？

果然地球人已然不能阻止暗神的虐恋情深！

旋即想起原非白，又觉得这个问题很傻，便故意讽刺道：“那她也太命苦了。”

“嫁给我，她的命是真苦，”不想这回他倒没有生气，更没有反驳，只沉沉一叹道，“她生下小彧没多久，孩子还没断奶呢，便走了。”

“对不起，”我心中惭愧，小心翼翼地问道，“是产后风毒吗？”

这个时代很多生产后的妇女会感染并死于这种病症。

“非也，她是被人毒死的。”他淡淡道。

我停下了脚步，怔怔地看着他。

司马遽云淡风轻道：“有人在她坐月子的补药里下了毒，等发现时已经晚了，不但做娘的救不了，连小彧喝的奶水也着了毒。小彧虽被救回来，但从此便不能说话了。”

“什么人这么狠毒呢？”我兀自一惊。

“你想知道？”他的语气忽然变了，带着一种难以言喻的乖戾。

春风吹起他的白袍，拉长了他在地上的影子，使我感到一种无形的压力和冷意。我一回头，我们已经到了品玉堂的西厢房了。

周围的春虫微弱地鸣叫了几声，便静了下来。黄昏挣扎着最后一丝霞光，夜的脚步已经走得很近了，夜幕慢慢地吞噬了最后的绚烂。夜风拂起我们的乱发，星光包围中的暗神仿佛像一个幽灵，完全融入夜色，让我看得几不真切。

他向我微俯身，我几乎可以想象得到他那褐黄色的眼瞳正冰冷地注视着我。他的声音完全收了所有的戏谑之意，唯能感到决然的恨意：“你……还是不知道为妙。”

悄无声息地，他的手伸向我的喉咙，仿佛欲杀我以泄心头之恨，我却震慑于他悲惨的往事。那无边的恨意，如脚生根。我直挺挺地看着他，却无法动弹半分。

我甚至感觉到了他那冰冷的手触碰到我脖子上的肌肤，却忽然变了方向，改伸向我的脸。

这时就听有人在身后唤着“夫人”，我回头，是薇薇和吴如涂。

就趁我回头这工夫，暗神又消失了，好似从来没有出现过，这个下午我好像也没有见过那个戴面具的哑孩子。

“夫人，吓死薇薇了。”薇薇喘着气，肃着一张小脸，“夫人到哪里去了？方才整个苑都找遍了，都找不到。”

我跟着薇薇走到品玉堂前，我想司马遽故意带我绕了一条远路，因为我记得来时的路没走这么长时间，也没有经过西厢房后门的院子。

素娥初上，碧纱窗外静无人，暮云微遮，梅花浮香暗似雪。

恍惚间，韦虎对薇薇使了个眼色，薇薇面露喜色。

我感到薇薇抓着我胳膊的纤手在轻轻地抖动，她强抑着激动，大声对我说道：“三爷请夫人到赏心阁，一起用晚膳。”

我走得有点慢，无法理清心里的紧张。

薇薇性子恁是急，往前走五步，便要折回来三步向我噘着嘴轻声抱怨一番。到最后，小丫头也看出来我露了怯，再顾不得礼数，拖着我前行，就差让韦虎单手将我扛回赏心阁了。

来到赏心阁的院子，有琴音微微传来，然后停了下来。我无措地低头，踟蹰不前。

薇薇拉着我的手安慰我：“奴婢为夫人补过妆的，很美的，不用担心。”

我其实并没有太过担心这个，可是心慌得厉害，也说不出个所以然来。韦虎倒像个过来人，微笑着拉了拉薇薇，意思是你别劝了，越劝越乱。说实话，的确她越说我越想跑。

我轻咽了口唾沫，最后横了心，挪进赏心阁。

赏心阁的下人正点上宫灯，我记得这宫灯还是当年原非白从洛阳带回来的呢。我顺着宫灯柔和的光芒看去——隔了珠帘，原非白直着身子端坐在椅子上，上身赤裸着，素辉正将他左肩的纱布拆下来。

话说我同原非白的绯闻闹了整整九个年头了，然而，这却是我第三次看到他裸身的肌肤，其实就算第一二次那也是少年时代的身体。当时脑子里也全是纯洁的救人，和对采花贼的恐惧，哪里敢有任何的非分之想呢？

此时此刻，他的肌肤在烛光下，猿臂蜂腰，肌肉强健，纹理匀称，那左胸腹的纱布倒更添了几丝男性坚毅的性感，只觉无尽的魅惑。

我忽觉口干舌燥，好像被人抽去了所有的思考和行动能力，就这么呆呆地隔着珠帘傻站着，一时忘记行礼了。

他本来垂着眼似在思考一个重要的问题，眉间微皱。似是感应到我的注视，忽地向我一抬眼，对上我的视线。

我的心怦怦跳个不停，立时醒了过来，低下头后退一小步。

西枫苑的规矩，没有主人的召唤是不能随意进入的。薇薇大方地站在我身后，标准地福了一福，脆生生地通报着："夫人听说三爷的伤好了，怕下人们浑说，今儿下午便想亲自来看三爷，直等到现在呢。"

我亦不敢步入珠帘内，只是隔着珠帘，给他纳了个万福，还是看着光亮的金砖，没用地不敢去看他。

我该说什么呢?

"白啊，很久没见着你了，可想死我了。真对不住啊，上次不小心扎着你了啊，听说还挺重，所以我当时也不想活了。真激动哦，我们都活着，神的奇迹啊。今儿我特地来看你，想同你好好聊聊。虽说是春天了吧，西安嘛，还是怪冷的，最好能抱着你一起过一晚吧，别担心哈，医药费回头一定叫我的齐总经理给你开张高额银票哈。"

我想象着这样可笑而真实的台词，想着也许可以让心中轻松一些，结果越想越紧张。如果在汝州战场上，我那一剑真的刺中他心脏，我岂能安然站在这里?

我冷汗淋淋地想着，一阵珠帘轻响，我不由得抬起头。

男性的气息夹杂着龙涎香的气味迎面扑来，原非白已等不及亲自撩开珠帘，来到我的跟前。他只着了件家常素白缎袍子，外面披了件湘绣黑地金蟠螭纹长衫站在我面前，乌亮的墨发高束，插着一支镶补金的东陵白玉簪，正微弯腰细细看我。似乎也有些意外我突然抬头，一时没留意，我头上那珍珠衔玉钗带金链的小翠坠儿被甩向无辜的原非白，正打到左眼。

我后来发现，每次我们久别重逢打招呼的方法，都挺奇特的：

永业三年，在暗宫里陪着他跟武疯子原青舞斗智斗勇。

永业七年，在瓜洲作为大理暴发户为个青媚同他争风吃醋。

永业八年，在弓月宫同装成驼背老头的他生死相随。

最近几次，发展到了血雨腥风、利刃问候。

他捂着眼睛，我惊慌失措，心中愈加难过。我真是失败，为何我老是会无意地伤害到他呢？正要叫人，他却一把抓着我，一手捂着眼睛，低低地笑出声来："没事，不过眯到眼了，一会儿就好。他们陪着我都累了一天了，且让他们歇着吧，有你就成了。扶我进去吧，木槿。"

我哦了一声，赶紧扶着他走进珠帘，到茶几旁坐下。他状似轻松地说是眯到眼了，可我看到他捂着的手指缝里分明淌出眼泪来，甩得不轻呢。

我心疼地抽出一条手绢，略俯身替他轻轻揉着左眼："对不起。"我充满苦涩地说着，鼻子有些发酸。

他却轻松地笑着说："无妨的，有女眷在的地方，男子们总会着了道儿。"

过了一会儿，他拉开我的手，却没有放开。掌心传来他手掌的力量和火热，他慢慢抬起了头。

他拉着我的手示意我坐在他身边，我终于得以平和地仰起脸看向他，却见他左眼睛有些红肿，眼珠有些红血丝，心疼了半天。

我这样认真地看他，他也深深地凝视着我。

他的眼中有着痴迷和惊艳，不知是不是由于我打扮过于隆重，左眼那华丽的花纹，还有我那妖异的紫眼睛。

我有些责怪薇薇让我打扮成这样！于是我的心又慌了起来。

原来想好的一切仿佛都成了空，我的脑子一片空白，说不出一句话来。为何在他面前，我永远这样慌不择路呢？

我记得前世哪部电影里有这样一句台词：人在面临幸福时会突然变得胆怯，抓住幸福其实比忍受痛苦更需要勇气。

此时此刻的我，觉得这句话再正确不过了。

"饿了吗？"他对我轻声问着，打破了沉默。

"有点儿。"我诚实地低声回答着。一下午同司马遽斗智斗勇，刚才又心思百转，患得患失了半天，还真是饿了。

原非白对着外间叫了声来人，立时素辉、韦虎几个提着食盒进来，铺了一桌子的菜，有芙蓉鹅肝配鸭胸、紫胆翡翠羹、御制孺子牛、酒香羊肚等等，都是以前我很爱吃的菜。素辉他们还备了一套银酒炉。

然后当着我们的面，薇薇、韦虎、素辉还有吴如涂都轮流而快速地试了毒，一会儿，素辉回了声："三爷、夫人，小人们都试过了，请安心用膳。"便噤声俯首，鱼贯着退了出去。

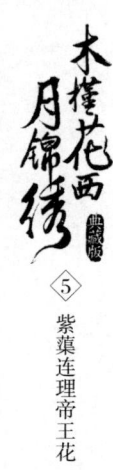

我微叹。在以前，原非白的饮食仅仅用银针试过便可，如今的西枫苑防范比以往更胜百倍，可见非白生活之艰。

“今日下午，因宣王到访，有要事相商，便嘱咐下人不可通报打扰，不想木槿前来，委屈等了半日，”非白充满歉意地柔声说着，灼灼的目光却一刻也没有移开过，“今晚木槿就陪我随便吃一些吧。”

我微点了点头，忍下紧张，慢慢站起来，大着胆子慢慢伸手去拉他的手，我的手还没有碰到他的手，他早已攥住了我的手，非常紧，把我捏得有些疼。我不得挣扎，便拉着他坐到桌边，轻轻为他倒了一杯酒，递了上去。

非白想伸手去接，我却挪开了，对他柔柔笑着。他的眼中有着淡淡惊喜，就着我的手，将酒杯里的酒喝了。我放下酒杯，又倒了一杯，还是喂着他喝。到了第三杯，他却抢了过去，潋滟的凤目柔得要滴出水来。他将那小酒杯递到我的嘴边，我低头想喝，可是他却挪着酒杯，一路逗着我的嘴，就是不让我碰到。

我终于笑出声来。烛心爆了一下，勾勒着他脸部完美的线条，烛光下甚是柔和舒展，就好像八年前在湖心亭里喂我喝梅子酒，一边逗着我。

他的脸上笑意盈盈，我的心也松弛了下来，有些霸道地紧紧捏着他的手，拉向我的嘴，我慢慢地喝下了这一杯酒。杯已见底，他没有拉下他的手，我也没有放开他的手的意思，还像当年一样，淘气地紧紧捏着他修长的手，银牙却咬着小酒杯慢慢抬起头来。

他也凝视着我，眼神幽暗迷离。他上前一步，伸出一只手，将酒杯慢慢从我的牙上拔了出来，却手一松，任它落在绣花台布上打着转儿。他的手抚上我的脸颊，我看着他的凤目，时光就此绞在这一刻……

忽地，一丝刺痛猛地从面上传来，我本能地退缩了一下。原非白的手一滞，我的心黯了下去，会不会伤口崩开了？我捂着脸低下了头，不由自主地想退后一步，可是原非白早已揽住我的腰身，将我拉近了他，他身上的龙涎香扑鼻而来，伴着一丝酸痛感，然后是血腥味随着鼻子冲了出来。

我捂着鼻子轻叫了一声。原来他用力过大，竟然将我撞得流鼻血了。原非白惊慌了起来，从怀中拿出一方丝帕，摁着我的鼻，细细的血腥味冲淡了流转在两人之间的微妙旖旎，代之的是一阵手忙脚乱。

我高高地抬起头，拿着他的丝帕使劲摁着鼻子，想止住血，正看着他懊悔的脸。

他涩涩地问着：“很痛吗？”

还和以前一样，从来不知道道歉。

我的心也跟着酸了起来，昂着头转了过去，用帕子轻轻揉着鼻子，不想让他看到我眼角淌出的眼泪，可是他却早已站到我的对面。

他，天下闻名的踏雪公子——

六六文会的文魁，天下文人所崇拜的对象；

曾经私盗兵符，一夜之间解了西安之围，群雄为之叹服，西安百姓世代感激；

哪怕身负重伤，依然能临危不惧地智斗原青舞，为母报仇，江湖传颂；

甚至谈笑间替原氏攻下郑州的踏雪公子，此时此刻却满脸惊慌，正笨手笨脚地用宽大的袖口抹着我的泪，恨不能就用他的袖子做块毛巾擦我的脸了。正如同很久以前，他在我的床前哄我吃药却严重烫伤我的口舌。

可是我的泪却越来越多，这么多年来的辛酸如止不住的海潮涌向我的心间，我抽泣出声，终是忍不住放声大哭。

我今夜原本是想做什么来着？对啊，我本来是想色诱原非白，放纵一下我的灵魂，印下我的回忆，然后永远地离开这个红尘，离开所有人，然而我却抑制不住心上的悲伤，扑在他的怀中，尽情地号啕大哭。我泣不成声：“你当年既然口口声声说不对我放手，那为什么要放我走啊？你为什么要让那个暗神给我卖身契，给我那幅图，为什么不让他带我去见你？你干吗要这样耍弄我啊，你这个浑蛋？

“你知道这一路上，我有多苦吗？你既然不要我了，为什么又要找我呢？干吗要发那个《花西诗集》，让我根本不能平静地生活？”我狠狠捶打着他的胸口。

他没有抱怨我会将他打成内伤，只是紧紧抱着我。他的胸腔也在剧烈地颤动着，却默默地承受着我的暴力。

我挣扎着抬起哭花的脸，对他吼着：“原非白，你知道你把我害得有多惨吗？你要道歉。”

原非白面色惨白，哀哀地看着我：“对不起。”

我愣住了，还真没有想到天下最骄傲的踏雪公子真的会说出这三个字，原本继续要发的火就堵在胸口，一时没说出口来。他却拉着我来到洗脸架前，绞了把丝巾，帮我细细擦了擦鼻子。丝巾上全是血，可能是刚才那顿吼，把鼻血又冲了出来。

估计我刚才对他又打又吼的，跟个母夜叉没区别了吧。

心中万分懊恼间，原非白走了出去，然后拿着一瓶药进来。

他又拧了一把丝巾替我擦了擦手，给我鼻子和眼睛上了药，动作轻柔细致，同刚才完全不一样。

“你的脾气一点都没变。”他无奈地长叹一声，眼中又爱又怜。

我抽泣着推拒他：“你也一样，没好到哪里去。”

他忍不住微微笑了一下，柔声埋怨道：“眼下身子骨这么弱，可一定要小心些。这眼睛周围的肌肤偏嫩，现在哪怕是胭脂也会对皮肤有伤害。就这一次了，三个月后，再往伤口上画画吧。”

我微点着头，心中又有点委屈，明明是你撞我流鼻血的！

真不解风情！我画画还不是女为悦己者容嘛。真的一点也不体贴，还跟以前一样。

窗外传来三更鼓，这一晚上就快过了。我怅然若失地看着他帮我细细上药。

我这么想着，他手头的工作做完了，我偷眼瞅他，不想他那双凤眼也凝望着我，一时间两人都有些局促。他飞快地收回了手，我缩回身子正襟危坐，于是我和他面对面站着又默默地凝望了半天，却不知该说什么好。

“你——”我扁着嘴开口道。

“你——”不想他也同时开口道。

我们闭上了口，然后又异口同声地说道：“我——”

我们只得又闭了口，我忍不住又笑了，他看着我也笑了。烛心又爆了一下，忽明忽暗地映着他绝代的笑颜，我不觉看得有些痴了。

他向我伸出手来，摊开洁白的掌心，坚定的目光如万年秋水，柔情翻涌。我的心魂霎时溺毙其中。

如受蛊惑，我鼓起勇气，慢慢向他走去，再次轻轻伸出手来，指尖与指尖慢慢碰触，他的大手覆上我的，最后紧紧勾缠。

我酸酸楚楚地扑进了他的怀抱，侧过脸来倾听他激荡的心跳。泪水悄悄地滑落，我颤声道：“我恨你。”

“我知道。”他在我耳边低低说着。

我抓紧他的衣袍：“我好恨你。”

“我知道。”他还是苦涩地喃喃说着。

“原非白。”我把我的脸埋进他的怀里，一遍遍地呢喃着他的名字，最后哽咽道，“原非白，我爱你。”

他浑身震了震，更加紧地抱住了我，细密的吻笼着我的耳垂：“木槿。”

我抬起头来，隔着我的泪花，看着他大声说：“我爱你，原非白。虽然你爱过锦绣，又和锦绣联手骗我；虽然你拆散了我和原非珏，可我还是爱你啊。原非白，你知道吗？就是因为你，我才变得男不男女不女那么多年的，你知道吗？原非白，我是为了你，才千辛万苦地回到这里。”

“傻木槿，”原非白的凤目闪亮着我从未见过的光彩，他对我柔柔笑着，我只觉他的眉在笑，眼在笑，嘴在笑，连带我看到了他的心也在欢乐地笑着，使得他的天人之颜前所未有地明亮了起来，“我都知道的，傻木槿。”

他的唇覆了下来，辗转反侧。我紧紧搂着他，仿佛一个溺水的人抓住大海中飘浮的木板，又宛如我此生的甘露，无法放手。

我沉溺其中，久久不能自拔，等我惊醒时，他已横抱起我，将我抱上了象牙床，那张我们曾经互相伤害的床上。他细细地吻着我的脸，衣衫不知不觉滑落，他那修长冰凉的手，轻抚上我微烫的肌肤。

我呢喃着他的名字，攀着他的肩头。

人初静，月正明，纱窗外玉梅斜映……

梅花笑人休弄影，月映槿枝露羞颜。

这一夜，我心中的《长相守》终于为我吟唱了最美的歌。

他完全没我想象中那般技巧熟练，一如少年时代的吻一般青涩。我和他两个很有默契地没有点任何火烛，黑暗中我感到他的手、他的身体都在发着颤，以至于一开始怎么也无法成功地进入我的身体。他喘息粗重起来，汗水滴落在我的胸前，我也万分赧然，却又对他的笨拙感到一丝欣喜。

我对他微笑着，抬起手抚上他的唇，细细抚摸他光洁的后背，慢慢地引导着他灼热的欲望进入我的身体，与我完全地契合在一起。

好热，好像我的灵魂也燃烧起来。欲火中的原非白斯文不再，那绝世的温笑也隐在黑暗中，仿佛变成了一头兽。月光下，他汗淋淋的身体发着神秘的光，不停地爱抚着我的身体。他慢慢适应了那火热的激情和那带着极度快感的冲击。他的手游走在我的身体，一次又一次地引燃着我的激情，也不停地折磨着自己……

窗棂外的天空隐隐开始泛白，我与非白紧紧相拥，我们面对面喘着气，他却依然没有停歇他的爱抚。终于我的泪水滑落，低声对他嘤咛着无力再承受，最重要的是，他的伤才刚刚愈合。

他轻轻吻去我的泪珠，在我的耳边绮旎地低喃："好木槿，你可知比死亡更可怕的便是这分离的煎熬，我盼了你整整九年。"

天亮了，一向浅眠的我渐渐醒来，从非白的臂弯里悄悄起身，撑着上半身细细看他。刚从欲海中休憩的非白看似平静地熟睡着，绝美如昔，可是眉头却微皱，他在愁些什么呢?

他的肩头昨夜在欢海间挣出血来，我急急地下床又给他补扎了一下。比起素辉的手艺，绑得略有些像馒头，但好在不再有血丝渗出。

我轻轻替他拉上被子，刚刚下床，双腿酸痛得险些站不住，赶紧扶住拔步床的柱子。

我脸上微赧地回头张望。可能是压着馒头肩膀了，丝幔间的他翻了个身，继续甜睡着。

我穿上衣物，轻轻打开门。外面立刻闪出一人，却是素辉，他看到出来的是我，似乎有些惊讶，刚要开口，我立时竖起手指嘘了一下，指指屋里，素辉立刻会意。我又对他指指外面，示意他到别处去说话。

来到梅园，当值的陌生武士看到我同素辉在一起，便躬身走开了。

他长叹一口气："阿弥陀佛，菩萨保佑，你俩可总算在一起了。"

我脸上红了一阵，他又忽地拧了我胳膊一下，我啊地轻叫了一下，不解地看着他，他却气呼呼道："永业三年你骗我送簪子给三爷，可害得我好苦。这九年来我就一直想着要再见你报这仇。"

他昂着头，气鼓鼓而得意地看着我，好像小时候同我斗气的样子。我轻笑出声，却和素辉一样，眼眶深深湿润了："当年情势所逼，你也明白，我不能拉着你一起陪我死。好在我们都还走运，好好站在这里，又能说上话。"我拍拍他的肩膀，"素辉，这两年你过得好吗？"

素辉低低道："还好，只是觉得对不起我娘。"

想起三娘，我心中也是一堵："三娘葬在哪里了呢？"

素辉难受地说道:"后山。"

我不由得顺着他所指的方向望去，心中打算这几天去祭拜三娘。

素辉问道："木丫头，这两年你吃了很多苦吧？"

我笑着摇摇头，望着朝阳初绽，映着梅树古质遒劲，只觉得一阵恍惚，多像八年前我每天醒来看着的那朝阳。

我在厨房里忙着，后面忽然闯进披头散发的原非白，他一下子抓紧我的手，满脸惊慌和怒意：“你——”

我不慌不忙地甜甜一笑：“怎么还没有梳洗？我在给三爷做早餐呢。”

他一愣，脸上浮上薄晕，松开了我的手。我依然笑着，抚着我发红的手腕。他看在眼中，凤目现着愧意，轻轻握上我的手，替我揉着，低低道：“早上不见你，还以为你又要离我而去了。”

“木槿一直想为三爷准备一顿早餐，原来三爷心中不喜欢哪？”我低头轻轻道。

我害羞地偷偷查看非白的脸色。他的眼中闪过狂喜，一言不发地双手一紧，将我带入怀中。

我的双臂紧紧地圈着他，只听他慢吞吞地低低说道：“我只是担心晨寒露重，对你的伤势不好。你可还好吗？还痛吗？”

“伤口好多了，不痛了。”我对他笑着，可是他的凤目一径看着我，嘴角微勾，这才明白他指的是云雨之事，我一下子感到血上涌了起来，不自在地别过头去，“你一点也不注意你的伤口。”

非白的低笑传来，他笑道：“我也知道。你可知这几年，我总是梦见你，可是一醒来，我的怀里还是空的，我几乎要以为这一次我又做梦了呢。可是床上明明还有你的香气，还有……”他的表情有了一丝恍惚。我的脸彻底成了一只熟透了的番茄。

他吻上我的面颊：“为什么我还是没有拥有你的实感呢。”

“傻瓜，我不是在你身边吗？”我吻上他的脖子，“我都能听到你的心跳，你可听到我的？唉，什么东西煳了？”

我一转脑袋，却见荷包蛋煳了，我赶紧挣开他，把那只煳了的蛋放在盘子里，又往锅里放了油，正要去取另一个蛋，却见原非白站在那里，凤目追随着我。

“三爷先去梳洗吧，我马上就把早饭给端来。”

他摇摇头，对我柔柔笑道：“我等你。”

我的心上柔情涌动，便替他搬了竹椅子，将他摁下：“来，三爷，咱们排排坐，等着吃果果吧。”

他有些迷惑地看着我，但还是乖乖坐下。我偶尔一回头，却见他一身名贵的雪白缎子，坐在油腻的小厨房里万分突兀，还像个小孩似的披着头发、满面微笑地看着我忙碌的背影，心中有说不出的柔情温暖，仿佛我这一生就在等这一刻一样。

我煮了些清粥，做了几个荷包蛋，炒了个黄瓜，蒸了屉馒头，我举起托盘，转过头来笑说：“三爷，我弄完了，咱们回去吧。”

他富有兴味地盯着我的一举一动，接过托盘，笑着陪我回到赏心阁。

我有些担心他会吃不惯我做的早饭，却见他津津有味地啃着。我痴痴看着他。他笑着问我：“你为何不用呢？”

我诚实地说道：“我喜欢看你吃呢。”

他掰了一块馒头往我嘴里送，我张口接着，咬住他的手不放，两个人笑作一团。这时两个青衣小婢端着铜盆等梳洗用具进来，看到我们互相嬉笑着喂食，有些不可思议地目瞪口呆。我赶紧站起来，端过来说道：“今天让我来伺候三爷吧。”

左首那个小丫头正是薇薇，眼珠子机灵地一转，脆生生地说道：“是，夫人。”

她拉了拉旁边发呆的丫头，退了出去。

我伺候着原非白梳洗，为他绞好帕子，等他洗完脸，然后笑眯眯地递上去，又拉他到镜台前坐下，一切就像在昨天。

记得以前刚做他的近侍丫头时，我总要感慨一番：美人就是美人，这位爷连头发都跟墨玉一般。偶尔天气好在苑里帮他洗头，那乌发还会在阳光下流淌着光芒，可是今日翻开他的长发，却发现了许多白发，心头不由得一酸。

这几年，我做男人久了，也对梳男子的发式越来越有心得了，一会儿我便替他在头顶绾了个髻子。目光移向镜台上，只有几支玉簪，他果然还是只喜欢玉簪。我便拿起桌上那支用金镶补的东陵白玉簪给他簪上。回看铜镜，却见他的凤目潋滟地瞅着我，我趴在他的肩上，双手从后面圈住他，笑问：“三爷，木槿梳得好吗？”

“好，我最喜欢木槿梳的头了。”他在镜中看着我低低说道，漆黑的凤眸有着一丝魅惑，十指与我勾缠，低声道，“这莫不是梦吧。”

他忽然转过身来，我惊呼中，他已将我挪到他的腿上，急切的吻铺天盖地下来，好像要证明这不是一个梦，而我却在他满是龙涎香的吻中再次沉沦，又温存半日。

用过午饭，他本待拉着我去逛后山，未及出门，却听到苑里七星鹤的欢叫声，好像是有人进苑的警报。我紧张起来，难道是原青江？

非白侧耳倾听了一会儿，对我笑着摇摇头：“莫怕，此刻父王正在洛阳陪陛下过上巳节。应该是韩先生来了。”

他吩咐韦虎守着我，自己便前往品玉堂。我同素辉去后山祭拜过三娘后，素辉便去品玉堂陪非白。

我信步在莫愁湖边散步，站在老梅树下远眺对面的湖光山色，深深地吸了一口西枫苑里饱含梅花的香气，神清气爽。想起昨夜的缠绵，心中一片柔情蜜意。

粼粼波光反射入我的眼，正映着对面山腰处一片嫣红。

韦虎在我身后躬身道：“夫人大伤未愈，我们回去吧。”

“韦壮士，那是樱花林吧。”我收回了我的视线，对他笑着，“我想去看看。”我微笑地看着他。

他凝视着我许久，微叹着点点头。

樱花怒放，蜂蝶戏舞，我让韦虎守在林外，痴痴地站在芬芳的樱花雨中，脑中闪过非珏的笑颜：“木丫头，我记得你是在这樱花的树下告诉我你的名字的，对吗？”

其实非白早就知道非珏练那《无泪经》会忘了我，所以永业三年那年中秋之夜，他对我说非珏迟早会妻妾成群，等他回突厥，他早已不记得我这个丑丫头了。

一只野灰兔被我惊动了，奋力奔向一棵灿烂的大樱树，惊慌得一转弯就不见了。

我走到那棵最大的樱树下。想起来了，就是在这棵大樱树下，非珏羞愤地将阿米尔他们踢下树，然后红着脸地看了我半天。往事如潮，似樱雪飞舞。

我走到大樱树下，掏出“酬情”，在盘根错节的树根下挖了一会儿，取出一个满是泥土覆盖的楠木盒，里面是两块干干净净的白鹅卵石，一块歪歪扭扭地刻着花木槿，另一块奇奇怪怪地划着原非珏。这是原非珏在我的要求之下，我握着他施着内功刻的，当时握着他的手感觉就像是拿着一根电钻。我感叹这样的奇迹，所以故意刻得很慢，连带字也不怎么连贯，可他看不清，又不敢嚷烦，所以总是不停地问：“好了吗？木丫头，你别老捏着我的手，万一伤到你就不好了。”

非珏，对不起，永业三年，我没有跟你一起回去，都是我不好。我轻轻地在心中说道：你虽把我给忘得一干二净，还在弓月宫中那样羞辱我，可是我不怪你。你后来又机缘巧合治好了我的眼睛，可惜却没有认出我来，看来我俩终是错过。我会永远永远记得你的好。若再有来世，你一定不能忘了我，而我也一定会跟你走。

我把两块鹅卵石又放回金丝楠木盒中，然后又埋回原处，将泥土覆上。

可能附近有窝小兔，那只跑走的野灰兔又从大樱树后折回来，在离我一米远处，谨慎地看着我。我对它笑笑，正要伸手去捉它，它忽地受惊逃走了。我惊回首，却见眼前正站着一个目光极犀利的长须美髯公。

我心中微讶，不禁慢慢聚起精神，站起来，微微福了一福：“见过韩先生。”

韩先生微还一礼：“很久不见了，木姑娘。”

他礼貌地客套几句，并未像素辉和韦虎一样称我为夫人。

果然，只听他冷冷地叹了一口气，沉声道：“老朽应该称您为君老板才对。”

他的话中有话，连傻子也听出来了。我淡笑道：“看来韩先生有话要对木槿说。”

“木姑娘若真为三爷着想，就不应该回来。”他冷然道。

“请韩先生放心，木槿只是挂念三爷的身体是否一切安好。”我没有想到当年如师长般温和的韩修竹会这么直白地赶我走，只得长叹道，“韩先生就如此不信木槿吗？以为木槿回来是害三爷的吗？”

“那么在木姑娘心中，这紫园是什么？是女儿家的嬉戏之所，来去自由吗？”韩修竹忽然措辞严厉起来，“在木姑娘心中，三爷又算什么？三爷不是您和锦妃娘娘的玩物！”

“这话怎么说？”我冷冷地看向他。

“当年的锦绣姑娘若非有三爷提携，如何能有机会成为今日的锦妃娘娘？可惜人心难测，一旦登上高枝，便贪慕虚荣，背信弃义，甚至逼迫旧日恩主，若用‘寡廉鲜耻’四字，实在算轻的了。”韩修竹额头青筋微暴，我则心惊于他如此憎恶锦绣。

只听他冷冷道：“木姑娘是锦妃娘娘的姐姐，又是大理皇储的外室，修竹如何能放心让木姑娘来照顾三爷？即便我等相信木姑娘，木姑娘难道就愿意同亲妹反目，与亲生女儿、多年丈夫恩断义绝？

“想想当年三爷为姑娘所累，姑娘可有想过当年三爷过得有多么凶险？有多少鼠辈对三爷落井下石？又有多少义士为三爷尽忠？我等好不容易反败为胜，使得花西夫人同三爷的情事为天下传颂？姑娘若真为三爷着想，便不应该回来啊。”他长叹一声，看着我的眼中精光毕现，“为今之计，老朽以为，姑娘应择日回到大理皇宫，效仿当年西施义举，先稳住段太子，暗中相助三爷，便如这过去九年一般……只要等三爷成就大业，哪怕主公下了格杀令！老夫承诺，必会想法子使姑娘再次追随三爷身边，如何？”

再次追随，说得真好听！

我明白他的意思。我已经不是单纯的“红颜薄命”那么简单。现在的花西夫人就是女子操守的一种传奇，再经过政治上有意无意地渲染，上升到一定高度，便是当世各位枭雄作为家臣忠顺教育的经典案例。当时的临州城城主江举面对东吴张阀的吞并，便曾经这样对他的谋臣说过：如花西者，妇人尚知贞节烈义，以死殉主，况汝等士大夫之流？后来江举兵败于张之严，便命人斩杀了所有的妻妾儿女，他所有的家臣竟真如花西夫人的传说一般，亦斩杀了自己的妻妾儿女，然后一并焚城殉国，一时间被传为惊世佳话。

我从来也没有想过，以我这种姿色能有机会像西施一样去魅惑敌人。不仅如此，看来这几年我的下落对于韩先生，应该说对于原非白这些忠诚的家臣都知道，连带那个不见天日的司马遽都知道我在段月容的保护之下。可是没有人去通知原非白，因为没有人想让原非白再为我而犯傻。

“原非白”三个字，在他的追随者眼中，甚至在很多对手的眼中都已经神化了。

“在韩先生的心中，女人是什么？难道永远只能作为政治的牺牲品、没有感情的工具吗？”韩修竹一愣，我接下去说道，“当年的锦绣为什么会背弃三爷，想必韩先生曾经背着三爷偷偷找过她。而当年的锦绣正是听了韩先生这番话，想要成了三爷的西施，这才投向将军的怀抱。”

“姑娘还是像以前一样才思敏捷。不错，我对锦妃是说了些道理，”韩修竹冷冷一笑，“可惜人算不如天算，锦妃娘娘没有成为三爷的西施，三爷倒差点成了她的伯邑考。”

“韩先生，”我淡淡一笑，“也许有一天三爷真能荣登大宝，只是你可曾想过他的心可能早已千疮百孔？他这辈子也不会再幸福了。”

“木姑娘，请听老夫一言，这是一个乱世，既有像锦妃娘娘、宋驸马这样的卑鄙奸诈之人，亦会有像三爷那样的真龙降世。他是为天下百姓结束这个乱世而降生的，他命里注定不是他自己一个人的。”韩修竹殷殷地对我说着，最后提高声音斩钉截铁地庄严道，“三爷不能只为儿女情长而活，他必须为这天下做出牺牲，如同我等拿出全部身家，誓死追随他一般。”

此言一出，我不由得深深震撼于他的忠诚和决心。这乱世之中，有多少像韩先生、韦虎这样的勇士谋臣，以一身血肉之躯，可歌可泣地成就了主公们的霸权之位，忠心耿耿地谱写着战国最嘹亮也是最值得尊敬的歌曲？我没有任何一个借口来反驳他，哪怕我得到了原非白全部的爱恋，却不能贪心而自私地占有他的全部，命里注定他不会是我一个人的，他甚至不是他自己的，他属于他的家臣、他的家族和天下百姓。这个道理我很久以前就明白了。

“请放心，韩先生，”我对他笑道，“我一定会走的，不会给大伙带来任何麻烦……既然三爷同我一样，注定今生不能同最爱在一起，就让我们留给彼此一个最美好的念想吧。”

我离开樱花林的时候，韩先生还站在里面，不知道他在想什么。

“夫人其实不必太在意韩先生的话，”韦虎似是揣摩了半天我的脸色，踌躇半日方小心开口道，“小人觉得韩先生多虑了，一直把三爷当孩子。小人倒觉得三爷自有道理。”

我对他低低道了声谢，回到了赏心阁。

晚上，我换了身顾绣的银缎对襟背心，细细打扮一番，然后备下酒菜，就等着非白回来。

可是非白到很晚才回来，他的脸色有些苍白。我热情迎上去的时候，他却冷冷地坐在桌边不看我一眼。

我便吩咐薇薇将饭菜热一热，他却冷冷道：“已经在紫园用过了。”然后转过身背着双手，隔着梅花缠枝纹的窗棂，向漆黑的远山眺望了一会儿。

我走过去从后面抱着他，脸贴着他坚实的后背，心想以后恐怕便没有机会这么抱着他了。

“听说你今天去了后山的樱花林，”他微侧头，“你去做什么了？”

“散个步罢了，有韦壮士跟着呢。”

他的胸腔微颤，只听他轻松笑道：“你跟樱花林还有非珏说什么了吧？”

我嘿嘿傻笑着：“秘密。”

他背着我又淡淡地笑了下，转过身来。

等我意识到开错玩笑时已经晚了，他的凤目暗了下来，飞快地扫了我一眼便移开了。

我的心中一滞，他却冷淡道：“我猜你是在对他说，你不怪他忘了你，如果当年能跟着他一起回突厥，也许一切就不一样了。”再看我时，他的眼中已是一片冰冷，“那你有没有想过我，这九年我会不会忘了你？如果我忘了你，你会不会难受成这样，恐怕是开心得不得了吧。”

我心中亦感到一片寒冷，缩回了双手，有点不知所措。

他看在眼里，冷笑一声：“你不要拿我同他比，木槿。”

我低下头，心说：明明是你自个儿在拿来比，这又算什么？

“也不要拿我同段月容比。”我猛然一抬头，他早已揽我入怀，粗暴地攫着我的双手，眼中满是厉芒，夹杂着痛恨和嫉妒。没错，是深深的妒，切切的痛，看得我没来由地狼狈地躲开了他的目光，直想害怕地去开门叫人进来，他却一把将我拉了回来，推倒在床上。这有些用力过猛，我的左手撞得有些疼，而他的左肩明显有血丝渗出。

他冷着脸贴近我的身，狠狠地吻了下来，粗暴地撕开了我的衣襟。他冰凉的手抚上我的肌肤，熟练地挑逗着我的欲望。我咬着嘴唇，无力地攀附着他的肩。窗棂被夜风吹开，偶尔有梅花瓣飘进窗内，撒落在非白和我赤裸的肩上，房里弥漫着一股妖冶旖旎的香气。

月上中天，我们闷闷地躺在床上。非白声音平淡无波地吩咐了一桶热浴水，然后示意我先进去。

我抱着酸疼的身子起身，低头道："三爷先洗吧，我让薇薇来伺候你。"

刚到门边，非白已一个箭步蹿来，将我扔进水桶。我爬将起来时，他也跳进桶中，我立刻跑到另一头，他阴着一张脸，冷冷道："你怕什么？"

我摇头道："非白，我不怕你，只是不喜欢这样的你罢了。"

他哦了一声："这样的我？你又喜欢怎样的我？莫不是要我像段月容一样，整日扮个女子来哄你高兴，你便喜欢了？"他满腹恨意地看着我。

我抬起头，望了他许久，心中冷到了极点。今天早上的幸福宛若镜花水月一般。忽觉与他携手共老实在是痴心妄想，九年前的原非白本就是喜怒无常、雾里看花。这九年的离别，我同他之间又如隔了千道沟壑、万重冰山，令他如何不去猜忌呢？

我心中只觉得痛——原来我与非白的长相守真的不能实现！我望着他天人般的容颜许久，终是失望地垂下了眼睑，沉默地脱去了衣衫，然后默默地走过去，轻轻地替他解开了衣衫。非白的眼神柔和了下来，轻轻抬起我的脸来，痴痴道："木槿，你可知我有多恨这九年，多嫉妒段月容？我被困在暗宫的日日夜夜，心里一遍又一遍地想着：此时此刻，谁抱着你，他在对你做什么？我就会变得发疯、发狂、发痴。"

他再次进入了我的身体，比方才要温柔许多，却依然疯狂而霸道。这一夜他肩膀的伤口又挣开了，鲜血滴到我的胸前，他却欲火更炽，全然不顾。

五更天，我偷偷起身，替他掖上被子，静静地坐在床沿上看了他许久，然后悄然走出屋去。

有人在屋外巡逻，见我行至中庭，一人闪出来："木丫头……夫人怎么没有歇息？"

我抬头，原来是一身劲装的素辉。我对他微微一笑。他疑惑地看看我，又回头看看赏心阁的方向，小心翼翼地问道："昨晚我听到有动静，你和三爷昨儿早上不是还好好的吗？"

我笑着摇摇头，他正要再说，忽地动作一僵，停在那里。

从他背后闪出两个人影来："主子，您没事吧？"

来者一人器宇轩昂，书生装扮，面容俊俏；另一人光光的脑袋上烫着戒疤，身材颀长，目似流星，正是齐放和兰生。

我点点头："今儿早上就看见小放的信号了，咱们快走吧。"

齐放同我几个跳跃已然到了苑外，早有暗人在树丛中牵了两匹马走出来："主子，朱爷在山下守候，到山下就没事了。我在西枫苑的井里下了迷药，一时半会儿醒不过来。"

兰生微歪头看我，难辨神色，只淡淡地说了一句："你可想好了，这次回去，可没人再护你回来了，想是一生也难再见他一面了。"

我斜眼看他，并不作答。

走到山下的时候，天开始放亮，山下隐约可见正是我那另外两大长随——朱寅和沿歌迎了上来。

我们出了西安地界，正要取道东南，却见几骑飞奔而来，迎面正是原非白。我的心沉了下去。齐放面色严峻，我对他笑笑："不用担心，小放，一切都会没事的。"

我下了马，原非白也下了马，向我冲过来，一把抓住了我："你这是要去哪里？"

我微笑如初："回黔中。"

他似乎没想到我会这样坦率，在那里一滞，然后怒气上涌："为什么要回黔中？你是我的夫人，理应同我待在西安。"

"不，白三爷，"我淡笑着，"你的夫人花木槿已经死了。"

"胡说，你好好活着。"

"白三爷，如果你让木槿活过来，你可知你会承受多大的压力吗？你的敌人会拿花西夫人失贞的事还有她同段氏的女儿来攻击你、侮辱你，你会受不了的，我也受不了。你会把这怨气发泄到我的身上，就像昨天，最后我们就会像谢夫人和武安王爷一样互相伤害，最后变成一对怨偶。"

非白的脸色霎时苍白如纸，整个人都呆住了，一种恐惧慢慢盈满他的凤目。

我的泪水随风滑下，走近他："这几天，我过得很幸福……可是，如果我待在你的身边我会恨你的。其实你心里也明白，我俩一开始就是错的，我根本不该来到这个世上，不该带着锦绣来紫栖山庄，不该来西枫苑做你的丫头，更不该遇到你，最不该的是爱上你。”

“木槿。”他抓住我的手开始颤抖了起来，眼神凝滞成一片惨淡。

“你放心，今生今世，木槿的身心都是三爷的。至此分手，君莫问也好，花木槿也罢，都会在黔中孤独终老。我也会倾我财力，助三爷成就大业，只是，从此……我与三爷再不相见。”我望着他斩钉截铁地说道。

他站在那里不说一句话，死死地看着我，还是不放开我。

我摸出胸中的“酬情”：“三爷既不愿放木槿走，那就赏木槿一个痛快吧。”

我递上“酬情”，原非白愣愣地接过，眼中闪着奇怪的光芒，仿佛看着一条毒蛇一般。渐渐地他松开了我的手，我看着他抽出了“酬情”，一片银光闪耀着我们大家的眼。

我的家人立时抽出了武器，在东面大叫着：“主子，快回来。”

兰生厉声喝道：“木槿，别犯傻，快过来。”

原非白的家人在西面齐齐地跪在黄土中，苦苦哀求：“三爷息怒，求夫人给三爷赔个不是，跟三爷回去吧。”

我对素辉和韦虎笑道：“以后，三爷就靠你们照顾了，韦壮士、素辉，对不起，永业三年我让你们为我吃苦了。”

“多谢各位这么多年来对莫问的照应，莫问就此谢过。”我又转回头看向我的家人，雾气涌上我的眼，“这是我与三爷的事，请大家莫要插手，若木槿不能回大理，还请各位替我好好照顾夕颜公主和各个孩子。”

我回过头，原非白还是死死地盯着我。

“三爷，我是不会跟您回去的。”

我上前一步仰起头，静静地看向他。

许久，却听到非白一声叹息：“木槿。”

他对我笑了起来，无限沧桑悲哀：“你说得对，我俩一开始就是错的，你根本不该爱上我这个不祥之人。那么我呢？我为何要生在这世上，为何要是原家的人，为何要遇到你呢？”他的脸色白得像鬼一样，嘴唇也颤抖了起来，却依然笑着，可那笑容却愈加惨淡了起来，“我等了你整整九年，如今却要我来选，放了你还是杀了你？花木槿……你好狠的心啊……不愧是江南财阀的大老板，君莫问。”

我心如刀割，泪流满面，泪眼中的白衣身影一片模糊。

他对我冷笑数声："罢、罢、罢，我原非白今日就成全了你，让你我永世不会再见。"他说罢，便决然举起匕首刺下。

我闭上了眼，众人的惊呼中，一片滚烫的液体溅到我的脸上，血腥味扑鼻，可是我却没有丝毫的疼痛之感。我睁开了眼睛。

却见原非白口吐黑色的血，颓然地同那柄"酬情"一起跌落在黄土之中，血涌如墨梅怒放，不断地蔓延在他的白衣上。

所有人都惊呆了。

我放声尖叫着，抱住了他的身体，狂呼他的名字。

身后的韩修竹泪流满面地过来，疾点非白胸前的大穴。他的前襟早已被血浸透了，双目紧闭，面色如纸。

他的一只手紧紧地拉着我不放，连韩修竹和素辉也掰不开他的手。

这时林老头骑着一头毛驴，飞奔来到近前，一下子推开了所有的人，把了一会儿脉，痛心疾首地对朱英他们道："你们这群人，他重伤未愈，加上宿毒未清，你们都疯了吗，有这样逼人的吗？"他可能以为是齐放他们要带我走，而逼急了原非白。

韩先生长叹一声，并没有辩解，只是命人赶紧扶原非白回西枫苑。他流着泪颤声对我说道："夫人还是先跟三爷回去吧。"

这是韩修竹第一次称我为夫人，可是我却辛酸得要命。

一轮红日喷薄欲出，照见这人世间多少无奈。

西枫苑里一团乱，林老头在赏心阁帮非白诊治。我就站在旁边，只因即使在昏迷之中，原非白也始终不愿意松开我的手，可是他方才明明说要放开我的。

我这才知道，原非白这几年因为服用了过量的流光散，毒瘀之气便沉淀在五脏六腑之内，且长年忧思，淤积于心，身体便每况愈下。加之汝州战场上我那一剑，虽没伤到筋脉，不过伤口深，离心脏近，不能移动，一动就会钻心地疼。本来林老头嘱咐原非白切不可那么早行房事，可是原非白非但不听，还变本加厉，这个伤口被扯得更大，牵出那些陈年旧疾。

林老头尽量委婉地陈述着，他没有看我的眼睛，我感觉事情不是像他说的这样简单。

果然兰生冷冷地看了一眼原非白，冷声直白道："林老头，你就直说，原非白再这样下去，恐怕是灯枯油尽，熬日子吧。”

林老头瞪了他许久，成功地看到我的脸垮了下来，只得对我叹气道：“夫人，三爷他，其实身子骨非常差，想必韩修竹他也知道。此人乃我多年旧识，他这个人啊，为了白三爷是连命都豁得出去的。老朽想，许是他对夫人和三爷都说了些什么。他其实也是为了白三爷好，想着夫人走开，白三爷便能心无旁骛地去打天下，只是方法用错了吧。”

我听了泪流不止，滴在非白始终握紧我的手上，心中无限凄惶。

素辉走了进来，给我端来一碗燕窝。我疲倦地摇摇空着的手：“小放他们呢，韩先生没有为难他们吧？”

“别担心，我将他们安顿下了，两边都交过手，也算旧相识。我刚去的时候，韩先生还在同小放说金谷真人的事，韦虎同朱英在切磋武艺呢。”

半夜，非白动了一下手，我轻轻拿了湿巾润了润他干燥的唇，轻轻唤着：“非白。”

非白又动了一下，睁开了迷离的眼，看了看四周，凤目的焦距转到了我的身上。

看到他醒来，我如释重负，正要叫人，他那漆黑的瞳也在黑暗中看着我：“你……还没有走。”

然后他看到自己正紧握我的手，似是慢慢想起晕过去以前的故事，便面无表情地渐渐松了手。

我复又坐了下来，抹了一把眼泪，问道：“非白，你渴吗？我给你端些水来。”

他吃力地摇摇头，看着我又低声道：“你……没有走？”

我点点头：“我不走，你别担心了。”

他看了我一阵，我别过头，躲避着他的目光，悄悄抹了一会儿眼泪。

再转过头时，他还是一瞬不瞬地看着我。

我又问道：“伤口疼吗？我叫林大夫进来好吗？”

我便想去叫林老头，他却又忽然忍痛伸出手，用了力气又握上我的手腕：“对不起，木槿！”他使劲起身把我抱住，声音有气无力，满是晦涩，“我知道昨天我伤了你。你知道吗，这九年来我最怕的是什么？我最怕的就是像昨天那样，我会口不择言来伤害你。”

我颤声道：“你别说了。”

可是他却喘着气说道：“可是……当我听韩先生说你在樱花林中悲切异常，我便不由自主地心中妒恨，想到这九年来你对段月容也一样地笑着，我就……长相思，催心肝；长相守，梦中寒。”他无限悲伤地凝视着我，“我们分离整整九年，如今便是最后的结局吗？我们也会像娘亲和父王一样，互相伤害，最后变成一对怨偶？！可是、可是……”

他越说越轻，慢慢地口中又流出血来，滴满我的前襟。他的眼神开始涣散，颓然倒在我的身上。我大声呼救，韩修竹一干人闯了进来，看到原非白浑身是血地压在我身上，都吓得呆了一呆。林老头点了非白的穴道，又重新包扎了一下。

我摸上手腕上的红痕，一夜落泪。

两日来，我衣不解带地照顾着非白。我沉默着，不提离开，也不对他惊心动魄的表白表示任何看法，只是一径沉默着。而非白大部分时间昏睡着，然而无论醒着还是睡着，他都紧紧拉着我的手，甚至当着我的面，对韩修竹和素辉说要好好保护夫人。意思是不让我走。我明白他的意思，他还没有做好准备。

这一日，林老头说原非白可以到院子里走动走动。原非白的脸色的确好了很多，我放心之余，林老头却趁没人之际偷偷在我耳边悄声道：“三爷和夫人须节制些。”等我明白过来的时候，脸早红透了。

原非白却轻声道：“木槿，陪我出去走走吧。”

我便扶他站起来，柔声道：“三爷慢一些，小心扯痛伤口。”

他微笑地对我点着头，目光却似乎有些尴尬，竟然避开了我的目光。想起他的话，我也似乎有些局促。两人都专心致志地欣赏着那鹅卵石铺就的九曲香径，好像上面有一堆堆金子似的，慢慢地挪到了湖心亭。

我规规矩矩地坐在离他一米远的椅子上，而他倚在香妃榻上，神色无波地望着远处，唯有水声静淌。两人像认真上课的学生，一时沉默是金。

一会儿，日头已上三竿，我便放下四方的帘子，免得日头晒着他，然后拉了拉非白的衣衫：“三爷，差不多了，我们先回去用膳吧。”

我转个身，想去召素辉过来帮忙，不想身后早已人影全无。

非白悄悄地从身后环上我，细密的吻落在我的耳边：“木槿。”

他的一只手滑进我的衣襟，轻抚着我的乳尖，我不由得一阵战栗。他另一只手却如灵蛇探入我的下身，我轻唤出声。他咬着我的耳垂：“木槿，你好香。”

意乱情迷间，我的衣衫尽褪，被他压在香妃榻上，我喘息地迎上他灼热的眼：“三爷，不要，大白天，而且你的伤……”

非白却用他的唇狠狠地堵住了我的嘴，进入了我的身体。他的目光不再逃遁，欢爱中牢牢地锁视着我，男人的坚定体现无遗。我的脑海中一片空白，唯有无边无际的热意和快意沁入我的灵魂。

他低喃着：“木槿，叫我的名字……”

如受蛊惑，我哑吟着他的名字，他更奋力地挺进，在极致的快乐中，唯有龙涎香混着两人身上汗如雨下，如水中捞出。

我缓缓睁开眼，他静伏在我的胸前，微微喘息。

湖心亭中三面竹帘幽垂，微风袭入，冲淡了欢爱的气息，一股淡淡的血腥味飘了出来，我一抬手，果然非白左肩上的伤被挣开了。我赶紧推开他，披了件衣裳，熟练地翻箱倒柜，找出了纱布。我拿了汗巾微微擦拭着他健美的身体，拆下他染血的纱布，换上新的。

“三爷太不爱惜自己的身体了，我都说了不要了。”我心疼地叹了一口气，却见他笑意盎然，猛然住了口。只见他眉眼舒展，在手上用了力，含笑地紧紧搂着我。

我的脸上烧了起来，他却低低地笑了，双手不老实地摩挲着我的腰，旖旎道：“以后你叫我的名字就行了。”

以后……

我又沉默了下来，按下他的手，将纱布打了个结。再抬头时，非白的笑容消失了，他攥紧了我忙东忙西的手，沉沉道：“你……为何不答我？”

我别开脸，依然无声。他抬起我的脸，目光中闪烁着惨淡，沉声道：“看来你还是要回到段月容那里去。”

我淡淡一笑，迎上非白的目光，坦然道：“非白，我确实想回到段氏那里去，但绝非你想的那样。这八年我虽为段氏理财，但我从来没有降服于段太子，但是段太子对我确实很好很好。”

我抽回我的手，为他披上衣裳，缓缓地说起了这几年的遭遇，从我离开暗宫以来的一切，除了夕颜的身世和君家寨祖先的秘密，都如实告知。

我静静地看着他，没有放过他的任何细节。他似乎没有料到我会这样坦白。我走到亭边，扔下些许鱼食。湖中金不离跳跃着，有一条粗大的金不离跃起有一米多高，在夕阳下耀着金光灿烂的长蛇身，甚是壮观。再回头时，他已隐去了所有表情。

我对他温柔地无声而笑，他也无声地看着我。

“好了，三爷，”我忽然感到舒心了起来，对他笑着伸了个懒腰，“木槿还是那句老话，我并不适合帝王豪门那钩心斗角的生活。”

他的凤目满含悲伤：“木槿。”

“我虽未降过大理段氏，但、但的的确确失身于段月容，三爷你如何能堵那悠悠之口？”我背对着他理着衣衫，不让他看到眼中的泪花，“无论是三爷也好，木槿也好，我们都有了最美好的回忆了，不是吗？命里注定，我们是不可能在一起的……”我讷讷道。回过身来，早已隐去了泪花，换上一副柔笑，“木槿要谢谢三爷，木槿到死也不会忘记这几天同三爷相处的时光，我的余生将会依靠这些美好的回忆活下去。”

这几天，我陪着非白，在湖心亭小楼里，而他却只是揽着我愈加沉默，仿佛忽然之间没有了生气，唯有夜凉如水间，他的红唇似火，长指拂过我的身躯，不停地唤起我的热情，仿佛要印证我是他的，永远不会离去。

又过了一日，朱英却趁非白午睡之际，悄悄叫醒我，躬身道：“太子现在真腊，皇上今年龙体抱恙，太子亦会速战速决，可能就此放过真腊，不过要些许进贡，派辖道司驻守真腊后，便回叶榆。太子已派了蒙久赞在泸州做了完全准备，不知君爷何日动身？”

“什么完全准备？”我看了看平时酒红鼻子、如今却满目明亮警醒的朱英，奇怪地问道。

朱英垂目以传音入密道：“皇驾恐于不久崩，现宫中禁卫军由洛洛贵人所掌，幽太子妃、大妃和王子于内宫。太子妃已修书家兄，即日来朝。届时恐各部叛乱，是以蒙久赞在泸州迎驾，可即日登基。”

我大惊，心想段刚老爷子那样刚强的男人终究要迎接死亡吗？

我继续问道：“你如何肯定我会跟你回去？”

朱英跪倒在地，正色道：“我本山中渔樵人，若非太子相救，早已同亲族葬身乱军火海。这九年来跟随君爷身边，君爷聪慧机敏，惊世之才，朱英心顺诚服，唯君爷心地良善已极，即便能抛下相处多年的亲随仆从，如何能放下夕颜公主啊？”

我凝神细听，从不知这个一向醉醺醺的朱英有此等见识：“你家主子选的人果然是万里挑一。”

朱英的头垂得更低：“小人不想逼君爷，请君爷见谅。”

我回首看了看，帘内无声。我长叹一声道：“就在这几日吧。”

朱英抬起头来，面露喜色，点头隐于花丛。

天边一抹残阳似血，仿似我内心的一道口子。

非白午睡醒来，我已含笑为他端上我做的点心。非白先是一愣，然后欣喜异常："这不是鸡心饼吗？真想不到你还记得如何做？"

我笑道："那还不快尝尝，也不知道三爷的口味这几年有没有变呢。"

非白取了一块放在嘴里咬了一口，一阵激动："就是这个味，我和父王……遍请天下名厨，也做不出来。我都以为这一辈子再也吃不到娘亲的鸡心饼了。"

我还让素辉和韦虎也进来，素辉一尝，热泪盈眶："我娘死后，就再也没有吃过鸡心饼了。木丫头，你回来了就好了。"

我的笑容僵了僵，只是拼命往他嘴里塞饼，就像小时候同他打闹一般。偷眼望去，非白虽看我们笑闹着，凤目却了无笑意，心中不由得一痛。

忽然，门外的七星鹤乖戾地叫了起来。我赶到门外，却见几只七星鹤被利箭射穿身体，跌入莫愁湖中。莫愁湖中几条巨大的金不离也不停地翻腾在碧波之上，谨慎地浮出水面看着。

原非白冷然道："是父王驾到了。看这光景，开道的必是承贤，他向来最恨七星阵法。"

他转向素辉道："你快去知会死士，全部放下武器恭迎主公，万不可阻挡。"

他的话音刚落，一阵喧哗便起，一个声音高声叫道："西枫苑的人好生大胆，主公在此，还不快快接驾。"

我呆在那里，手一松，鸡心饼掉在地上，碎成一堆粉屑。

狗声狂吠间，原非白已沉着地叫素辉为他换上衣衫。他对我微微一笑："莫怕，一切有我。"我怔住了，却见他唤着一众呆愣的奴仆，"还愣着做什么，还不快替夫人更衣，迎接主公大驾。"

薇薇替我换了身湖色水纹裙，又帮我收拾了一下头发。我多年没有梳髻，这几天同非白在一起，也仍是梳一个长辫子，时间不及，我便拢拢头发，随非白走了出去。

一时间西枫苑中灯火通明，从赏心阁门口一直到梅园的林子前头，站满了面容严峻的仆从武士，但人人皆挺直了身子跪倒在地，双目垂地，听不到一丝喧哗，唯闻宫人惶恐而严肃的报喝之声："主公到。"

不一会儿，几匹骏马飞驰而至，扬起灰尘如烟。嘶鸣声中，为首一人，端坐马上，蟒袍玉带，龙威燕颔，眉若刀裁，狭长的凤目隐着惊涛骇浪，如鹰隼锐利。身后一人纱冠乌袍，一身劲装，俊脸微沉，正是多年未见的原青江与其义子原奉定。

非白在我的搀扶下，缓缓来到中庭，口中称着“见过父王”，慢慢跪了下去。我跟着跪了下去。

西枫苑一下子静了下来，连春夏之际聒噪的虫鸣之声也悄然隐去，唯有马匹不耐地在人身下转来转去，焦躁不安，不停嘶鸣。

我扶着非白伏地，他紧紧抓着我的手，他腕间有力稳定的脉搏跳动传到了我的手上，我不由自主地也平静了下来。

“儿臣恭迎父王。”非白领着西枫苑众人出列，连伏在暗中保护的暗人也显出身形，乌泱泱跪了一地，恭敬地行了大礼。

一个声音在我们的头顶响起，如丝缎优雅：“你刚才叫我什么？”

非白抬头答道：“父王日夜操劳，听闻近来身体违和，深夜来访，不知有……”

一股凌厉的掌风袭来，非白的两颊结结实实地挨了两巴掌，口吐鲜血。我惊抬头。

原青江又补上了一脚：“你还记得我是你父亲？”

所有人皆齐齐跪了下来。原青江声音阴冷至极：“身体违和？逆子，还敢同我玩虚的？”

我惊呼出声，挡在原非白的身前：“三爷身有重伤，请王爷息怒。”

原青江寒光一闪，直射我的身上，身后却有人冷喝道：“大胆，哪里来的贱婢，西枫苑的奴才越发不懂规矩了。”

身前高大的黑影一闪，挡在原青江的面前，冷冷道：“奉定兄，这是我与父王之间的事，还轮不到外人来啰唆。更何况，她不是贱婢。”他抬起头，站直了身体，直视着原青江大声道，“她是我失散多年的花西夫人，请父王明察。”

第三章

紫川埋仙骨

我猛地看向他，却见他的凤目正目不斜视地看着原青江，满目坚定。他转向我：“我与木槿失散八年，再不能让人欺凌于她。”

他疯了吗？先不管原青江知不知道我这八年的生活。八年前为了救我，已让原青江认真考虑他作为继承人地位的问题了，更何况单是这样在原青江和其心腹众人前维护我，已是给原青江下了面子。他难道真的不想争霸原家的天下了吗？

我满心想的就是原非白这个大傻子，可是他却回我微微一笑，再单腿跪下，沉声道：“请父王原谅孩儿私去汝州援助，容后单独向父王呈报。”

原青江面色一凝，看向我，慢慢收回了手脚，惊讶之色一闪而过，立刻被长时间的沉吟所代替。身后几个侍卫过来，把我们围了起来，原奉定首当其冲，看着我阴晴不定。

我恭敬地一低首，静静地伏地行了大礼：“花木槿见过武安王爷和诸位壮士。”

众人都屏声敛息，一片奇异的沉默。

原青江冷冷道：“去上药，寡人在品玉堂等你。”

我先扶着非白进赏心阁里上药。这两巴掌真狠，齿颊都流血了，肩膀上又挣出血来。

我心疼地给他上药，他却揽住我的腰，看着我的眼睛：“木槿，不要再回头了。”

我怔在当场。

他轻轻道：“我决定了，我不想再错过你了。你我之间蹉跎了多少岁月，人生能有几个九年？”

我摇摇头，泪水汹涌而出，道：“你须知，你要面对——”

“我知道我要面对什么，”他冷冷一回头，目光冷如冰霜，“你不用一而再、再而三地提醒我。”

我一滞，他的手一紧，将我紧紧地纳入怀中，坚定道：“若有人要将你从我这里夺走，就先杀了我，你也一样。”

我心头莫名地害怕了起来，手也抖着，人有些局促不安。

他一抬我的下颌，犀利地看了我许久，终是目光柔和了下来，吻去我的泪珠，笑道：“答应我，同我一起面对，好吗？”

我微点头，他的笑意更盛：“木槿，相信我。”

夜风吹动他的一丝乱发，他轻轻拂去我额头的刘海，对我绽出一丝无比温柔而坚定的笑容：“我要同你一起好好活下去。”

我和薇薇被带到西厢房，没想到林老头和兰生早在里面等着我们，素辉坐在一边陪着我们。外面早被原青江带来的高手团团围住，那些人个个都身手矫健，腰带上挂着紫星玉牌。

兰生镇定地打着坐；而林老头喝着葫芦里的酒，老眼无波地看了看我，对我微微笑了一下。

“看样子这次主公真的生气了，”素辉有点紧张，肃然道，“外面这些黑梅内卫，乃主公的直隶，只听主公号令，不但是原家武功最强的高手，亦可谓是整个天下一等一的好手，突围是不可能的了。”

薇薇的小脸煞白煞白，巴巴地看着素辉和我，浑身打着战。

“木丫头……夫人别担心，”素辉体贴地为我和薇薇各倒了杯茶，趁递给我的时候，轻声道，“大理的朋友我们都已经秘密藏入暗宫了，你放心。”

我握着茶杯的手略有一顿，心中松了一口气，使劲挤出一丝微笑：“多谢素辉。”

这时有一个健壮的锦服老者走进西厢房，身后跟着一个华服美少年，两人对我恭敬地一揖手：“小人沈昌宗见过花西夫人。”

素辉赶紧站到我面前，行了大礼：“沈教头安。夫人，这位是现任东营子弟兵沈教头，亦是王爷座下首席紫星武士。”

我还了一礼，然后注意到那沈教头正用犀利的目光盯着我看，而他身后那个美少年非常眼熟。

“小人沈昌宗见过夫人，”那沈教头非常客气地问候了一下，然后躬身道，“小人少时曾习过医术，可否容在下为夫人请脉？”

林老头向他皱着眉走了过来：“老朽不才，林毕延，夫人一直由我来诊脉，这位沈大人有任何疑问，问老朽便知。”

沈昌宗却冷冷道：“主公之命，望夫人和林大夫体谅一二。”

我看了眼沈昌宗，淡笑道：“沈教头是想查看我身上的生生不离吗？”

沈昌宗可能没想到我会这么说出来，脸上竟然一红。

林老头和素辉一脸了悟。林老头的眼中有丝不忍，素辉皱着眉头想要说什么，可是我也知道反对无用，便伸出手来，大方道：“请。”

那沈教头微红着脸略探我脉搏，眼中狐疑了几分，然后松了口气，恭敬道：“请夫人早些安歇，今夜三爷应是要同主公商议一夜要事了。”

他走时对美少年说道：“你且留下好生伺候，不得有误。”

那华服美少年弯腰脸更低，恭敬地诺了一声，留了下来。

素辉等那沈昌宗一走，立刻全身放松，走到美少年那里：“这啥意思？”

看样子他同这少年很熟悉。

“估计是来看看花西夫人长什么样的。”那美少年木然道，然后一摘帽子，露出一张充满风情的俏脸，还有那满头青丝，“平时那些子弟兵同我在一起，最爱打听的就是花西夫人长什么样。”

“那为何让一个男教头把脉，也不怕逾矩？”素辉跟着那少年急急问着。

那少年既不回答他，也不正眼看他，上上下下很没礼貌地打量了一番快吓哭的薇薇，轻嗤道：“就这熊样，也配伺候主子？”

然后那少年大大咧咧地走到我面前，没形没状地福了一福，嬉皮笑脸道：“青媚给夫人请安。”

她悄悄对我一摊手掌，里面赫然写着原非白的笔迹：青山永延，媚我仓渡。

这时薇薇跑过来，叉着小蛮腰瞪她。

“谁怕了，”薇薇扁着嘴对着青媚的背影嚷着，脚步却不停，快速地绕过她，挪到我身边，含怒带惧地看着青媚，向我投诉道，“夫人，青媚这个丫头老是仗着比薇薇进苑子早几日，欺压薇薇。”

青媚横了她一眼，然后用手狠狠推了她一下，掌心的字迹乘机给擦化了。薇薇给推坐在地上，青媚蛮横道：“你个不知道死活的贱蹄子，若是主公动了怒，西枫苑的奴婢一个也活不成。此诚非常之变也，你不思护主，倒还躲在主子后头搬弄是非，我先给你个窝心脚，把那黑心黑肺黑肠子的给血淋淋地踹出来。”青媚作势就真要踹她。

素辉以为青媚真要动粗，赶紧过来拉着。

薇薇吓得跪爬着扑向我的怀中，号啕大哭：“夫人，青媚这坏蹄子又要杀我了。”

青媚一边推挡着素辉，向薇薇蹬着脚，一边向素辉的怀中快速地塞进一块紫色令牌，那眉毛明明倒竖着，眼神闪着兴奋，嘴角亦使劲憋着笑，好像在做一种游戏一般。素辉皱着眉，但眼中毫无异色，估计这种戏码西枫苑时常发生。

我明白了，青媚忽然过来，定是原非白已经做好救我们的准备。他那八个字的含意应是嘱我可信任青媚、林毕延。仓指仓促，同遽相近，应该是告诉我那司马遽已经做好准备，会从水路送我们走。

可是非白，那你怎么办呢？我抱着痛哭的薇薇，不知为何，鼻子却发了酸。非白，你一个人留在这个万恶的原家又要面对什么样的家法呢？

这时外面又起了一阵混乱，只听围着我们的子弟兵警惕地喝道：“来者何人，通报姓名。”

几个轩昂的身影飘过碧纱窗，未见人面，已闻爽朗的笑声：“沈昌宗，你个狗奴才，连本王也不认识了。”

然后是沈昌宗的诺诺之声：“宣王驾到，小人有失远迎。”

厚重的帘子被两个太监掀起，一个气度不凡的青年慢慢踱了进来。

却见那青年穿着江牙海水五爪云龙白蟒褂，露出里面夹穿的一件金百蝶穿花大红箭袖，金线蝶绣的黑缎宽腰带上束着金丝攒花结长穗宫绦，那腰带上挂着金珠算、银鱼袋，两边侧腰上又各挂着一对黄玉麒麟，乌发上戴着紫金冠，冠身正中镶着颗圆润的大东珠，齐眉勒着二龙抢珠金抹额，映着烛火下，面如美玉，鬓若刀裁，目似点漆，虽怒而笑。

王袍青年那双明亮的眼快速地扫了一眼赏心阁众人，最后落到我身上，微微一凝。

薇薇像看到亲人一样扑过去，改跪在他脚边，抓着他的王袍哇哇哭了：“宣王陛下，救救薇薇吧。”

素辉肃然地大声道：“见过宣王殿下。”领着众人一阵下拜。

我也赶紧跟着跪下。心想这青年应是永业二年在玉北斋见过的宣王轩辕本绪了。

这位看似纨绔风流的俊俏王爷，却是三国南北朝有名的辩士和说客，严格意义上说来他也算是我的幸福终结者之一了。他的两位双胞胎妹妹：轩辕淑环和轩辕淑仪，是战国时代赫赫有名的两位美人，连带当年惨死的前朝公主轩辕淑琪，史称轩辕三姐妹，皆以貌美多智而闻名于世，而她们的婚事，他有幸全部参与了。

据说他早年游说了先朝英宗撮合了轩辕淑琪和原非清；然后把他其中一位亲妹妹成功地推销给了我的初恋情人原非珏，成为了当今大突厥最有权势的可贺敦；又差点把另一位嫁给原非白，眼看着非白不允，他又神奇地把手指一挥，瞄准了前朝驸马原青江，化皇女耻辱为政治联姻的奇迹，可谓鬼斧神工，实乃轩辕皇室的一枚智多星。

奈何其不是皇后所生，而生母孔妃惨死在己酉宫变中，永远被太子轩辕本昱压得死死的。也许正是因为同是庶出之理，在原氏大族中，他同原非白相交甚厚，如同其兄同原氏长子原青江和宋侯走得很近一样。

我收回思绪，只听那宣王嘿嘿地笑了几声，偷眼望去，他正扶起哭得稀里哗啦的薇薇：“可怜见儿的，我让你来好好伺候墨隐，谁知成了这光景呢。”

薇薇哭声微收，而我的眼前飘来了那片绣着龙爪的白袍角，好一会儿，我的头顶上方有人微抬手，对我柔声道：“这位想必是弟妹吧，听说身子不大好，薇薇还不快把你主子搀起来。”

一双柔荑比薇薇更快一步地扶着我爬将起来，侧头看去却是青媚。她低垂的美目中看不到任何神色，只是扶着我的手微紧，微拉着我后退一步，离那宣王稍远。

那青年满眼审视地盯着我的紫眼睛看了一阵。屋里除了薇薇轻轻的啜泣声，出奇地安静。

“本王渴啦，”那青年忽然大声嚷嚷着，像入无人之境，“西枫苑的奴才们，快点把好吃的好喝的端上来。敢怠慢我，本王便叫你们主子把你们的屁股打烂喽。”

众人一下子反应过来，一阵答应。西枫苑的人也仗着他的话，得了自由。那林老头便拉着兰生下去了。素辉趁着这个空当，面色凝重地大步走了出去，估计是按照青媚的传话去布置了。

薇薇欢天喜地出去了。出乎我的意料，青媚并没有走，她为我和宣王递上暖手银熏，早有宣王的小太监接过青媚手中的银熏，没让她近身贵人。青媚温顺地垂首恭立在我的身后，仍是一身男装，却俨然我的贴身女侍卫一般。

宣王也不惊讶，想是同原氏亲厚，素知凡原氏高位女眷身边必有两个女侍，平时装扮必一文一武，一男装一女装，两者交替，以护其主。想是那青媚得非白嘱托，暂做我的贴身武侍，随机应变。

这时薇薇托着泥金盘进来，上面放着两盏青花。

“薇薇还记得本王爱吃红豆沙呀。”宣王状似轻松地同薇薇聊着。小姑娘手托金盘，巧笑倩兮，那小脸却不由得红着低下来。

青媚的美目中露出一丝不屑，转瞬即逝。

“弟妹这眼睛瞧着伤得挺深的哪。”宣王看向我的左眼眶，一只修长的手也摸向自己的眼眶，好像感同身受似的倒吸一口气，皱着眉道，“啊呀，女子向来重貌，弟妹恁是不小心，想是要好好养护才能好。”

我微微一笑，恭敬地低头答道：“多谢王爷挂怀，皮外伤罢了。去岁春光里为歹人所囚，出逃时不慎遇袭，能活着见到三爷，也算值了。”

宣王似乎没有想到我会这么说，又沉默了下来，漂亮的眼睛闪过一丝阴沉，他依旧瞪着我，忽然出声大叫：“来碗燕窝。”

我表面上镇静，却也被他这么一叫唬了一大跳。

一个小太监小心翼翼地过来，怯懦道：“王爷容禀，娘娘嘱咐了，王爷胸口之伤未复，不可喝燕窝。”

他俊美的脸上一阵白一阵红，眼神一阵尴尬，嘴角绽出一丝微笑，微倾身柔声道：“蠢奴婢，那是给花西夫人的。”

那小太监脸都吓白了，拼着命叩头，一会儿脑门便肿了起来，还在那里拼命叫道：“奴才该死、奴才该死。”

另一个中年太监尖着嗓子无奈道：“没眼力见的东西，还不快下去给夫人端来呀。”

那被责骂的小太监飞快退下去，一会儿又端了一碗青花汤盅上来。这回轮到青媚挡在我面前，娉婷地自太监手上接下，转身放在我的桌几之上，背对着所有人，用银色小指甲尖飞快地沾了一下，然后才转侧身，掂起银叉搅动莹润的液体，樱红小嘴替我吹了吹凉，才向我递来，像以前在琼芳小筑伺候我一样，柔声道：“夫人放心，奴婢已经吹凉。”

这时素辉进来了，后面又跟着两个小太监，其中高个的那个捧着一个大托盘，上面放着一捧厚厚的雪狸袄，另一个拿着拂尘的太监躬身道：“禀王爷，王妃听说西枫苑冷，王爷身子骨又弱，差奴才给王爷送件雪狸子披风来。”

宣王多看了那个捧着托盘的小太监两眼，那风流俏目便眯了一下：“可是皇上今年新赏的那件吗？”

那太监哑着嗓子诺诺称是。

宣王哦了一声，哈哈一笑，转头看向我道："弟妹可曾听墨隐提过，吾妻沅璃十二岁便许给了本王，比本王还要大三岁。在她面前，本王老觉得像个孩子，你且说说你们女人可是老把夫婿当孩子，管头管脚的，好生啰唆！"

我微微一笑："宣王妃出于晋阳王氏，乃晋中第一大族，当年宣王娶宣王妃，乃是京都城一大盛事。"

宣王对我的赞美不置可否，只是轻摇了摇头，抿嘴一笑："她快要了我的命了。"

他看向那个托着托盘的太监。那个太监直起黄金比例的大个子身材，面容清秀，回我淡淡的一笑，那是齐放特有的自信笑容。

那件大狸袄子又大又长，还带着大大的风帽，在烛光下流动着奇异的光芒，下面也放着一套江牙海水五爪坐龙白蟒褂，同宣王身上的王袍一模一样。

青媚明显目光闪烁，对我点了一下头。我对宣王了悟地笑了。

宣王也打了个手势，那个同齐放一同进来的小太监便把托盘向我递来，薇薇略一打眼便满脸紧张地过来替我穿上那件王袍，不再同青媚撒泼打闹。难为他们想得周到，那件王袍竟然为我贴身打造，着装完毕后，这宣王便道："天色不早了，弟妹先请歇息吧，本王先回紫园看看墨隐怎么样了。弟妹万万勿忧，武安王同墨隐毕竟是亲生父子，再说梅姨到底是原叔最爱的妻子，弟妹处还有锦妃的求请哪。"

趁这个当口，青媚同后头进来的小太监也易了装，那个小太监也将青媚的衣服穿上身。她轻轻走到我身边："青媚伺候夫人休息吧。"

我戴上风帽，向他揖手道："木槿多谢宣王。"

宣王呵呵笑了一下。那个中年太监忽地跪在他面前，嘴角微微抽搐着仰头看他，老眼含泪。宣王含笑地拍拍他的肩膀，对他点了点头，然后再不看我一眼，只是悄无声息地伸了个懒腰，昂首走向里间。薇薇沉默地走过去，为他掀起床帏，伺候他睡下，举手投足，老练娴熟，仿佛经常这样做一般。薇薇的眼中下了决心，可是小脸却忧郁地看着我，慢慢流下泪来，仿佛是在看我最后一眼，小身子微微发着抖。

那个中年太监抹了一把脸，起身时，早已是一派清明恭顺："长顺伺候殿下回府吧，不然王妃可又不高兴喽。"

小太监战战兢兢地掀开帘子，他便大步昂首走出，一甩拂尘大声道："宣王起驾。"

他高高掀起自己身上的披风，看似为我挡去风雪，同时亦挡住众人的视线，

沈昌宗领着众弟子跪安，我坐进大轿中，一路行去无人阻拦。

行了约半个时辰，轿子停下，齐放让我换上高头大马。那长顺向我们躬身道别，自己领着宣王亲卫往紫园赶去。我们向南驰了一阵子，却见前方一队人马迎接我，正是朱英、沿歌他们，还有法舟的身影也在其中。

“夫人见谅，青媚只能送汝等到此地了，小人将回去了。”青媚对我沉声说道，“方才青媚同三爷秘密见过，三爷的境况不好，如果一时半刻宣王造访，必是……主公下了格杀令了，且……方才青媚见到了内务府管事的太监，秘密调了一瓶极乐散。”

我奇道：“王爷这是要赐我死药？”

“非也。”青媚忽然泪如泉涌，看着我哀哀道，“这极乐散是只有皇室或是原氏宗亲才能用的极品毒药，夫人怎么还不明白吗？三爷一心想同您双宿双飞，那又为何忽然送夫人走呢，还要请动宣王帮忙啊。”

青媚说得对，就在一刻以前，非白还信誓旦旦要同我永不分离。

法舟愣愣地走到我们面前。只听青媚泣道：“夫人……这是主公要赐死三爷啊。三爷本来想等于将军攻下晋阳，同于将军会合，再向主公禀报夫人的事，以军功抵罪。可是，锦妃娘娘的紫星武士向主公告发了夫人还在西枫苑的消息，她是算准了三爷会拼了命地护着您。”

我只觉腿脚一软，幸亏齐放扶起我。青媚从怀中拿出一个小小的紫玉瓶递给我：“这是三爷给夫人的，这便是生生不离的解药，从此以后夫人便是自由之身了。”

这便是生生不离的解药？我却没有去接，只是愣愣地看着。为什么？非白，为什么原青江要赐死你，就因为我吗？

“对不起夫人，卑职是东营暗人之主，即便三爷放卑职生路，卑职也要回去与三爷同生共死！”青媚对我大声说道，“这是青王的选择。”

“夫人，小人也要回去啦。”法舟的声音从后面传来。他笑呵呵地走过来，向青媚施了一礼：“小人碧水堂外侍法舟，见过青王。”

青媚微微一笑：“原来是法侍卫。传言法侍卫曾列紫星武士，只因生性刚烈，不事阿谀而被外放，果然名不虚传。”

“多谢青王，”法舟转向我的大眼在漆黑的夜里异常明亮，“夫人，我等这一去，便是永别啦。”

“方才小人有幸得见上家踏雪公子，公子嘱我定要终生伺候夫人。”法舟下跪道，“小人虽是个外放的暗人，但仍是东营的暗人。暗人天职便是在看不见的战场之中，与主子同生共死。”

我手微颤，雪貂披风掉了下来。

他挺起胸膛慷慨笑道：“请夫人成全，小人亦要回西枫苑以身殉主，这是小人毕生的荣耀。”

青媚的眼睛亮得惊人，也跪倒在法舟身边，道：“自永业三年夫人流落乱世，多少贪生怕死、背信弃义之人逃离西枫苑，背叛三爷，使得西营还有锦妃的走狗害死了我们多少伙伴、多少亲人？青媚的家兄、家嫂，还有父母全是暗人，可是小侄儿小侄女一个六岁一个七岁，何其无辜，全部被那个西营贵人给活活烧死了。这刻骨的仇，这切肤的痛，”青媚咬牙切齿道，“如何能忘？而这一切唯一的希望便是三爷，如今主公要赐死三爷，那便是青媚报仇的最后时机，也请夫人允诺，让青媚随法舟壮士一起多杀几个西营狗贼吧。”

大理众人一片噤声，皆满面敬意地看着西枫苑的二人。

我早已泪流满面。这两年，西枫苑牺牲这么多家臣仆从，细细数来，始作俑者舍我其谁？

“青媚、法兄，快快请起，”我抹了一把泪，将他二人扶了起来，“这九年来，连累西枫苑诸位壮士，皆是木槿之罪也。如今三爷有难，为妻者岂能独活？我与诸位一起回去便是了。”

法舟豪气地大笑道：“踏雪公子果然好眼力。”

青媚愣了一会儿，终是对我绽开一丝纯然而开心的甜笑：“请夫人上马。”

青媚扶我上马，转头看向齐放道：“你家主子既做了决定，亦请君等早做打算吧。”

我重新跨上马，对着朱英道：“谢谢诸位多年的照拂，让莫问有了活下去的理由和快乐，可是如今我不能眼睁睁地看着原三爷就这样死去。”

红鼻子的朱英在西北的大风中鼻子被吹得更红，他喃喃道：“夫人难道是要与我等永别吗？”

我摇摇头，示意他过来，在他耳边轻轻说道：“请替莫问给太子殿下带句话，来世再见。”

沿歌在一旁呆呆地看着我，我走过去抱住我的弟子，在他耳边流泪道：“沿歌，先生对不起你，没能保住春来。先生这一辈子最不想见的便是大理同汉家相斗，因为两边都是自己的亲人……请你一定替先生保护好夕颜和同学们好吗？”

沿歌虎目含泪，牙齿磨得咯咯响："先生……"

我轻拍沿歌的肩膀，对他微笑道："记着先生说的话，为自己的心而活。"

我没有再看沿歌，只是抹着脸复又骑上马，同青媚、法舟从原路返回。不出所料，不过一刻，一身劲装的齐放跟了过来，他对我点了一下头。青媚轻啸一声，立刻周围有无数的人影自周围拥出。

"夫人勿惊，这些都是三爷的铁卫。"青媚傲然笑道，"主公想不知不觉处死三爷，然后再灭了我东营青木碧水二堂，却是痴心妄想。"

我心中一动，勒住了马："你要拉着大队人马回去救三爷？这万万不妥。我且问你，是从哪里得来的消息，主公要赐死三爷？可是三爷亲口相告？"

"我同三爷分手之时，只叫我们好生保护夫人出西安。我方才出了紫园，便得了在紫园的亲信来报，锦妃娘娘私自派了很多黑梅内卫前来，且宣王的探子也送来同样的消息。"

"不对，很不对。依王爷的实力，如果要赐死三爷，那必先把军队调走，然后是你们这帮子暗人，而且绝对不会用东营的人马来围住西枫苑，哪有拿自己儿子的兵士来圈禁儿子呢，分明就是鼓励儿子造反啊。我看王爷这是在保护三爷，绝无赐死之意。"我沉思片刻，恍然大悟，"必是有心人在背后搅局，如果你贸然带着一群暗人前往，必会让王爷以为是三爷真的谋逆了，到时跳进黄河也洗不清了。此人为了让你相信这个消息，故意让宣王也得了这个消息，正是如此更显可疑。你想想，做父亲的铁了心要处死儿子，哪会那么容易让儿子的家人，还有让亲信族人统统知晓的？且以王爷之力，想要处死三爷，何必要等上一天，还这么轻易地将消息传了出去？"

青媚也面色煞白："难怪锦妃娘娘没有同司马一起陪着主公回来，却派了黑梅内卫随侍，想是要洗去干系。"

我的心一沉。锦绣，你果真要对我赶尽杀绝吗？

我对青媚附耳道："快请于大将军秘密回西安来一趟，什么人马也不要带。"

青媚点点头，又吹了一个口哨，那群人又忽地闪回了原地，只有两个极高个的人影，施着绝顶轻功来到我们近前。其中一个身材细长，虽有喉结，面容极俊秀，那似女子柔媚的五官上似是轻打了层薄粉，眼上还绘了精致的眼线，鬓边簪了朵银水仙。而另一个肌肉强健，髻上插着一朵小小的金流星锤。我眯着眼认了半天，正是把我打落水的武士，好像叫什么灿子来着。

"赤木堂金灿子见过青王和夫人。"那金灿子抬首眯着眼看我，特地拜倒在我面前，磕了半天响头，“前番卑职错伤夫人，罪该万死。”

“碧水堂银奔见过青王和夫人。”那银奔斜目看了眼那金灿子，目光如嘲似讽。

青媚的坐骑不停地来回跑动，似是忍着极强的不安，她使劲按住坐骑，低声同他们耳语几句，那二人面色不变，隐了回去。

“我已安置妥了武士，隐在附近，先勿轻举妄动。”大风吹起青媚的发丝，拂向她的明眸，“眼下青媚还是要回去看看三爷，就怕连累到宣王，那三爷便少了膀子了。夫人意下如何？”

我点头道：“还请青媚带路，我们先回西枫苑把宣王换回来吧。”

“今日之战若得全身而退，青媚便一心一意视夫人为主子，”青媚睨着一双媚眼上下瞅了我两眼，桀骜一笑，“若不得，夫人可想好了，三爷若有好歹，青媚必先杀夫人，然后再自杀以殉主人。”

齐放听了，连连挑眉，冷笑着正欲开口，我笑着止了他，说道：“好，随你便！”

心中暗骂你个臭丫头，我为你花了这么多银两，你还好意思看情况才认我做总经理，你便是那史上最难搞定的打工仔。

你不是那刁民，谁是那刁民？

黎明的脚步近了，一队清瘦的仆妇提溜着一堆大桶小桶沿着屋檐下神出鬼没地拥出，挡到我们面前，看到我们几骑杀气腾腾地飞驰而来，皆屏息惊恐地看着。那领头的管事有张熟悉的胖脸，我便对她微一点头，她看着我的眼睁得老大。

果然是周大娘！不愧是紫园见过世面的老人，几秒钟后，她立刻肃着脸喝退杂役房的大队人马，全部退到一边，给我让出大路。

温暖的晨光开始跃出地平线，新的一天就要开始了。

这是紫园很平凡的一天。

青媚同我们飞快地下马，带我们抄小道来到一处有一眼活泉的垂花门洞那里，我记得是那个孩子逃命时来过的，果然亦是另一个入口。

青媚道：“这里其实是一个出口，因我身上没带紫鱼符，且我等无法从赏心阁入口进去，只好取巧从此入了，不过此处有百年高手把守此门，我等需小心了。”

我刚点头，青媚在那眼活泉中探手一捞，立时那扇墙向一旁移动了。我们进来，眼前尽是冷峭危崖，怪石陡立，同我们上面温柔宝贵的紫园截然相反。低头，众人皆骇了一跳，原来底下却是万丈深崖，唯见一条深色的河流奔腾而过。不等我发话，青媚早已一拍我的后背，把我打落山崖，然后飞身而下，在半空中追上大叫的我，抓住我的左手一起下落。几乎同时齐放飞驰而下，拉住我的右手，带我平稳落地。

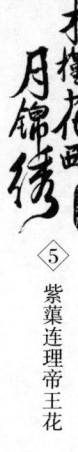

“喂，你——”我估计齐放想抗议青媚的粗暴手段，但是立刻有无数的一寸小箭射向我们所到之处，连带那附近的山石都被夷为平地。那箭似长了眼，跟着我们一路射下。青媚便拉着我们躲在一块巨石之后，等呼啸之声过了，这才小心翼翼地出来。

我这才发现我们已到了谷底，我眼前却是一片颜色极深的水面，紫莹莹的急流翻滚着白沫流过河中央一块昏惨惨的巨碑。这巨碑早已被冲刷得圆头圆角，上面龙飞凤舞地写着四行古字：

缘得贪嗔痴疑欲，
紫沙妖冢埋仙骨。
彼岸魂归忘川水，
此地生人犹歌舞。

这看上去是一首劝诫到此地的闯入者，凡是犯了贪嗔痴欲之人，来到此地，无论是仙是妖尽埋于此，在此地汝还可歌舞人生，一旦闯入过了彼岸便登鬼界了。可见此地的凶险。

“这是忘川，又名紫川，因其色深紫而闻名。传说饮下此水便可前尘尽忘。”青媚紧张地看着四周，解说道，“不过至今无人敢试，因为这河里还住着一种可怕的护宫大虫。”

话音未落，却见那河水忽然慢慢平静下来，水势也缓了下来。那宽阔的河面如同一块紫色的凝碧，偶尔那紫色水面上有巨大的鳞身显现，却见一条条水桶般粗的金蛇蜿蜒地划开水面，渐渐向我们这边游来，有几条竟然扭曲着涌上岸来，高昂着身体对我们龇牙咧嘴，露出一寸长的大尖牙。细细看来，同莫愁湖中的金不离极像，只是都比莫愁湖中的要大许多倍，没有血红的大眼，唯有巨大的鼻孔和嘴巴。

齐放就要下手击杀，青媚拉住他：“不可，这地宫的金不离比之上边的凶恶百倍，你若攻一，必群起复仇。不必惊慌，我自有办法诱退它们。”

她巧笑倩兮地自怀里掏出一物，我们几个定睛一看，当时便脸色全变了，就连齐放也白着脸退了一步。原来青媚竟提着一只断手，那手断处血渍未干，想是从刚死之人处切下。

“它们的嘴可刁了，不吃不新鲜的。夫人放心，这是西营细作的，可不是普通仆役百姓的。”青媚认真地解释一番，我们的脸更白。青媚挑了挑眉，携着那断手向几条金不离走去，“虫虫、毕毕、如如，快来呀，姐姐给你们带好吃的了，要吃也吃那个大理的白面书生，可别吃姐姐哦。”

小放额头的青筋跳了跳，夹仇带怨地看着青媚。青媚却回他一个媚笑，一边娇柔地哄着一群巨蛇，一边用那只断掌诱着那几条金不离。而它们好像听懂了她的话，嗷嗷叫着扭曲着身体，争先恐后地追随着她手中的断手。

到了离我们足够远的地方，青媚奋力将那断手远远一扔，果然一堆金不离跟着跃进河中，争相游向那只断手。

她若无其事地走回来，在下摆上揩揩双手，我不禁咽着唾沫小声道：“哎，那个，青媚，我等如何渡河？”

青媚嫣然一笑：“夫人稍候，艄公快来了。”

没想到这里还有艄公。果然，不一会儿，河面飘来一阵苍老哀伤的歌声：“花非花，雾非雾，夜半来，天明去……”

宽阔的紫河河面上渐显一个戴着破斗笠的老者，撑着一叶极窄的扁舟，脸上的面具伤痕累累，似是经年刀斧砸痕，露出五分之三的干枯面皮来，包括一只黄褐色的老眼和一张枯树疙瘩一样的嘴皮子。

此地阴湿寒冷，那老者瘦骨嶙峋的身上衣衫尽破，依稀可辨是一件绛色的精布薄衫，腰间粗粗地用一根麻绳系紧了，勉强蔽体。可能是久不更换，一股刺鼻的恶臭阵阵传来。

那老者极慢极慢地将船撑到岸边那块巨碑旁，那舟边的麻袋一散，却见一堆人体肉块，河中的巨型金龙开心地一抢而空。果然这里专以人肉豢养这些巨大的金不离用来看守暗宫。

我们的眼睛微花，却见那个老者已经神不知鬼不觉地来到近前，略伸头，细细看了我们一阵，然后伸出一只近似骨头的长手，对着法舟很慢很慢说道：“你……是这群小鬼的头吧，来此地是来做这金龙的食物吗？”

法舟正要开口，青媚早已冷冷地亮出一块刻着紫星的紫玉腰牌：“我乃紫园家主座下紫星武士青媚，今天特地要借小舟一用，还请老丈放行。”

那老头森然笑道：“如今的原氏莫非后继无人了，连你们这等小鬼都能做紫星武士了？”

就这一句话，严重地伤害了在场所有年轻有为者的自尊心，青媚轻叱一声仗剑出击。然而没有人看见这个老人是怎么出手的，青媚便软软地倒在那里。小放刚刚出手也被定在我的身边，接着是法舟。眼看着一片冰冷的气息扑向我，那老者的破面具停在我的眼前，那只长长的黑指骨正指着我的咽喉，他的黄眼珠泛着野兽捕食时那种冰冷的光芒，好像一只地狱来的恶鬼。

他冰冷的老手握紧我的咽喉，渐渐收紧："咦？紫瞳修罗？"

就在这时，有一个小影子撑着一叶小舟而来，然后借着长篙，飞奔到岸上，正是那个白面具的小孩子小彧。

他似是同老者很熟悉，对那老者手舞足蹈地比了一通，然后递上一块鱼符。那老者歪着脑袋想了一会儿，慢慢道："既然宫主允了，那你且来吧。"

"那我的朋友？"

老者看也不看身后，用脚跟一带，两颗石头便飞向小放和法舟，那两人便解了穴，但仍是软软地坐在地下。小放往岸边爬了几步，又被金不离逼退了回来，只得抱起人事不省的青媚，扶着法舟往后退。

老者施轻功带我飞到那叶小舟上，我立刻掉在一堆死人骨头里。小彧也轻巧地飞到小舟上，对我伸开双手啊啊叫着要抱，我便把小彧抱在我大腿上，双手抱着小彧的小细腰。小彧时而开心拉着我的双手，时而小手抓起剩下的肉块喂金不离，时而拾起两根骨头互相敲击，弄得满手血淋淋的。我不停地咽着唾沫抱紧小彧，尽量镇定地看着那个老头。

那面具下不知是一副怎样的面孔，那露出的黄眼珠总盯着我的眼睛看。小舟在凝缓的紫色河流中行了一会儿。偶有前身长爪的大金龙跃上，或是攀住我们的舟沿张着血盆大口要吃的，小彧便敏捷地不时击打，那老者亦用船桨闪电出击。那些被击晕的金龙一落水中便被同伴当成扔下的食物扑腾着狠狠撕裂，血腥味更浓。

曾有一只巨大的蛇头隐现，似人头一般大小，足有二十来米长，看样子像是活了几百年的金龙，受到老者的攻击后，像条大恶龙一般从一侧高高跃起，滑过上空，跃过小舟，咆哮着落到我们的另一边，犹对着我张嘴嘶吼。我看得胆战心惊，小彧却还咯咯笑着挥出一根人骨头把它打得更远。

"请问前辈，这条紫川可是同上面的莫愁湖相通？"我鼓起勇气问道。

那老者沉默地点了点头。

“请问前辈如何称呼？”

那老头歪着脑袋想了一阵，一只浑浊的黄眼一阵迷茫：“哎，记不得了。”

这是一个相当诡异的答案。过了一会儿，他忽然开口，慢慢解释道：“这条忘川，相传是千年以前，一位紫瞳的原氏先祖的骨血所化。这位先祖以自己的血肉之躯，诱妖魔进入紫陵宫同归于尽，保得一方平安。从此之后，但凡喝下这里的水便会忘记一切情爱，一切愁苦，消去七情六欲，成为一个没有痛苦的人。老朽就是长年行船于上，偶尔沾上些忘川水，渐渐地就忘记了姓甚名谁、过往种种了，唯记得奉宫主之命，守护这里的出口，平日喂食金龙，击杀擅入者。”

说到最后一句，老者的黄眼一片清明，闪过狠戾。

我胡乱地哦了一声。心想这里的先祖传说人物可能说的是同原理年一起埋葬紫陵宫的轩辕紫蠡吧。若说这忘川以她血肉所化，我倒不信，但极有可能这河底的沙石含有一种特殊紫色素的矿物质，染紫了此地的地下河。而这条地下河连着上面的莫愁湖，这里的金不离可能是从上面顺水游下，便定居于此。由于长年黑暗，经过变异进化，是故没有眼睛。原氏又常年以人肉喂养这些金不离，且终日与武功高手相搏，那身躯便比上面的同类要强壮得多，自然是最好的暗宫守护者。

我又想，也许这个老头其实跟司马遽一样，在暗宫里，尤其在这条河流上长年漂流，没人陪他说话，结果一遇到人就说个不停。

我略放心防，胡诌道：“原氏有独门秘药秋日散，服之可使人五官昏聩，忘忧负爱，也许便是取材于此吧。”

老头忽地停了下来，任那一叶扁舟停在湖中央，自己却盘腿坐了下来。

一时间周围那些强壮的生物游来游去，不时轻撞舟沿。小彧似乎也有些不乐意了，用手里的两根骨头敲敲老者，以示他快些前进。

老头轻而易举地按住了小彧的“玩具”，在面具下缓缓地呵呵笑了起来：“方才探到你的脉息，似是被下了生生不离？你是原氏的女人吧。”

这老头别的忘记了，不想生生不离倒还记得挺清楚的！我对他微点点头。

老头子忽然像是要开恳谈会似的，慢吞吞道：“你既被下了生生不离，为何要回去呢？”

“我要去救人，事态紧迫，还请前辈高抬贵手，速速送我到对岸。”我捺着性子对他揖手道，忽然想起，方才忙着救非白，竟没拿生生不离的解药！

老头子一手支额，轻叹道：“你难道不知道吗？原氏中人皆是受过诅咒的魔鬼，他们是永远不会得到真爱的。”

啊？什么意思？忽然想起原青舞也曾经对我说过原家的男人是世间最阴狠毒辣的男人，偏偏又多情得紧。我不由得打了一个哆嗦，愣愣地看着他。

那老者枯瘦的手却掂起船桨柄搔搔稀疏的灰发，阴阳怪气道：“他们是想得到一切的痴鬼，你跟着他们会倒大霉的。”

这倒说得有几分道理。原氏向来推崇佛教为国教，可惜佛教五戒中的贪、嗔、痴、慢、疑，原氏倒是样样都占了。其实红尘中人，又有几个能逃过这些欲望呢？

我正胡思乱想间，却听那老者循循善诱道：“如果你愿意喝下这里的河水，你便能忘记往事，我载你回头，也许你的亲人还在原地等你。”

“多谢前辈。也许您说得对，原家人还真是一群贪婪的家伙，可是我却爱上了其中一个，”我淡笑如初，“如今我为自己的心而活，请您成全。”

他在面具底下粗嗄地笑了起来，满是嘲讽之意。他再一次很慢很慢地爬将起来，骨头一般的手用力撑开篙，荡开这叶小舟，低沉道：“很多年以前，曾经有一位勇武英俊的年轻人闯了进来，他被我震伤了心脉，我好意对他说了同样的话，他却执意进来。后来我连他的尸骨也没有见到过。不过我记得，他同你的回答一模一样，你的神情同他甚是相似。”

我不由得微微叹了一口气。

他在对面慢慢咕哝道：“咦，你叹气的模样也同他有些相似，真奇怪，今天老朽想起了许多往事。”

小彧似乎有些害怕，反身紧紧抱住我，我也回抱住他。

他长叹一声，再一次撑开那小舟，速度快了很多，他自嘲道：“奇了，老朽想起了很久以前老祖先传下来的一首歌来。原来一直只记得上阕，记不得下阕，今日却忽然想了起来。你身上是不是带了什么符咒，可以解我喝下的紫川之水？”

我抱紧小彧，使劲摇着头。心中暗想：莫非是我胸口的紫殇起了作用，让这老者想起了许多往事？

那老者却呵呵笑了起来：“既然与你因缘际会，便唱与你听吧。”

嗯？怎么还要开水上个人演唱会呢？

却听那老者开启嗓子，唱起一首歌来，那声音嘶哑悲伤，口音难辨。

花非花，雾非雾，夜半来，天明去……似这般真情是假意，似那厢假意却真心……

休言花落紫川，却道孤命殇还……似花还似非花去，破窗残月缘尽时……

那歌词甚是奇怪，音调却是略微有点走样的《长相守》，那曲调明明难以入耳，却偏偏如魔音一般钻入耳中，勾起无数往事。一些从未曾见过的画面在我脑海中活跃起来，依稀看到紫浮装扮的段月容抱着一个女子哭花了脸，那女子一身火红，窈窕娉婷，长得同我甚是相似。她忽然对我睁开了一双紫眼睛，对我哀伤地流着泪，我不由得魂断神伤，泪滴沾巾。

正当我神志痴迷，向那紫河倾颓时，有人轻拍我的脸，原来是小彧。我擦干满脸的泪水，眼前渐渐亮了起来，前方有一点温暖的光芒，原来不知何时已到了岸边。

却见一人长身玉立，一身半旧锦袍，干干净净地在水边轩昂而立，左手擎着一盏昏黄柔和的灯，袖口处微露一段强壮的小臂肌肉，上面隐隐地显着西番莲的文身，如一团火光照亮了我的内心。这是我第一次见到暗宫宫主如此雀跃。

我正琢磨着怎么样同他打招呼，他早已身形一晃，跃到舟上，哈哈一笑："青媚着人与我传信，我还正准备替你和她收尸呢，没想到你还真来了。"

这个人从来狗嘴里吐不出象牙，我已经习惯了，真的！我捏紧自己的拳头努力忍耐着！

我一挑眉，他却向我伸出手来，我和小彧便被他有力的手给拉上岸："你的命太硬了，果然是破运星。"

他在面具下愉悦地笑着，一如既往地对我如嘲似讽。我也懒得理他，赶紧立稳了，回他淡淡一笑，回头却见那老者既没有对暗宫主行礼，也没有说任何话，又像初见时一样，双手交叠搁在长篙上，歪头看着我们，像是在看戏一般。

司马遽对他微躬身一揖，恭敬道："多谢妖叔。"

那老头歪着脑袋慢慢点着头，恍然大悟道："嗯，我想起来了，我叫司马妖。"

那妖叔对司马遽点了点头。紫川河面上忽有一阵暗风吹过，我不由得打了个哆嗦，看那妖叔破烂的衣衫下露着两条枯瘦的长腿，不由得动了恻隐之心，便解下雪狸子披风，递上去："多谢前辈相助，暗宫阴冷，请前辈收下御寒吧。"

那妖叔枯骨一般的手慢慢接过来，低下头用那黑瘦的骨手轻轻抚摸亮滑的贵重白狸毛，黑白相对，贵贱相接，一时触动肝肠。那妖叔点点头，慢吞吞道："咦？你同那人一样，临走时也送了我一件衣服哪。"说完也不道谢，只是闪电般远远荡开了。

毫无预兆地，司马遽伸手拉起我的手施轻功向上飞去。小彧也飞身跃到一块大钟乳石上，电光石火之间，那忘川猛地向上泛滥涨潮，如同方才所见，又开始奔腾咆哮起来，转眼紫色的潮水已经没过了我们方才站的岸边。

司马遽放下我时，司马妖的一叶小舟已漂至紫川中央，在浪花中忽隐忽现，耳边微微传来那艄公粗嗄而悠长的歌声：“似花还似非花去，破窗残月缘尽时。”

“你这贿赂行得挺好，”耳边传来司马遽的戏谑之声，“可惜，恐怕是没有机会再请妖叔帮忙了，他一般只送活人进来、死人出去的。”

我横了他一眼，猛然惊觉他的手还在我的腰间，我便拍开他的手，离他一步远，正色道：“兹事体大，还请快快带路，送我回赏心阁。”

他呵呵一笑：“假正经的东西。急什么，有你在，他哪能那么容易就死喽？”

嘿，你算哪棵葱，我为啥要同你正经啊。

他嘴上轻薄，脚上却飞快地挪动了起来。他的轻功极好，连小彧也轻松地跟着，而我拼尽全力方跟得上他们。他们只得飞飞停停，不时等我。

一路上他还能快速地讲述原委：武安王的确调了一瓶死药，看样子确要赐死一位贵人，但没正式说过要赐死谁。可能原非白也担心这死药是给我的，便传言让青媚将我转移出去。有人便趁此机会拿死药做文章，假传消息武安王要赐死原非白和我，并且切断紫园的一切消息，以鼓动东营暗人闹事。幸亏我们及时回来，未酿成大祸。

可惜我只能勉强跟上他们，听了个大概。

“我方才已经见过青媚了，你这女人倒是不笨，幸而折了回来。”

他这算是夸我吧。可惜我已经气喘如牛，无法回答他的话。

他不厚道地埋怨了几句，最后实在忍不住了，一把横抱起我，往前掠去。

我大惊：“你要干甚？”

“你这也太慢了，是想回去替原非白收尸吗？”

嘿，我真想扁他，可又怕反过来被狂揍，谁叫人武功实在好。抱起我之后，他的速度惊人地提了起来，把小彧也甩在身后。小彧哇哇叫着使劲跟了上来。

他的胸膛宽阔强壮又温暖，我不由得思念原非白，也不知道他怎么样了，心中便如刀绞一般。

可能为了缓和我的尴尬，他对我说起方才渡我们的那个老艄公司马妖。他是暗宫最年长的人，亦是武功最高者，经历了暗宫很多风云，没有人知道他的年纪，甚至有人说他已经活了好几百年了。

“他既为你们暗宫服务多年，作为宫主，你是否可以派人照顾一下这些高龄老人的晚年生活……”

司马遽在面具下嘿嘿闷笑两声：“真是个不知死活的，都快见不到明天的太阳了，还想着别人！听说他把生生不离的解药给你啦！”他话锋一转，“本宫诚恳地请求君老板服下生生不离后，带着丰厚的嫁妆从此入主暗宫？帮助本宫做好家务，带好小彧，别到外面兴风作浪，祸害咱们原三爷还有各方豪杰成吗？”

苍天啊，大地啊，我终于见到一个比我还要浑蛋的浑蛋了！

“我说这位宫主殿下，漫说是我没拿那解药，就算是我拿了，我服下了，我自由了，”我假笑道，“我也诚恳地请求您打消这一万年不可能实现的妄想吧。”

他轻松地飞奔，笑道：“本宫诚恳地请求夫人三思啊。”

我咬牙切齿道：“我诚恳地请求您抓紧时间快带我上去吧。”

“本宫诚恳地准了。”

“……”

我们又回到了永业三年通往暗庄的暗道中。司马遽开动机关，有光传来，我和小彧留在里面，然后一起从一个小门猫腰钻了出去，正是赏心阁的内间，非白的卧室。我小心地掀起帘帐，象牙床里却空无一人，心中暗想，难道宣王已经脱身了吗？

忽然听到前面有宣王的声音传来，司马遽略摆手，示意我过去，他在后面保护。我便悄悄走到前厅，越过珠帘，我看到宣王正铁青着一张脸坐在方才我们谈话的地方，身后站着面无人色的薇薇，浑身抖得只能靠扶着花梨木椅背才没有倒下。

“这着棋好生厉害，我怎么也没有想到，”宣王冷笑着说道，“只是你不怕父皇和叔父发现了吗？”

在他对面有个年轻的声音呵呵笑道：“怎么会发现呢？东营的暗人以为叔父要赐死三瘸子，正急着冲进来谋逆作乱。叔父自然会派兵镇压，到时你们都将死在乱军之中，我同驸马便可安枕无忧，父皇亦不会怀疑。”

“王兄妙计，”宣王淡淡道，目光向我这里瞟来，看到我身影的一刹那，眼神闪过惊喜，却仍然面不改色地鼓了鼓掌，“臣弟自愧弗如啊。”

我正思忖着该如何神不知鬼不觉地把宣王给换下去，忽然身后脚步声起，有人低沉地笑道：“木槿既然来了，就进来吧，何苦躲在这里偷听呢。”

有人用手刀大力劈了下我肩颈，我立时摔在地上。

宣王的脸死灰一般。薇薇吓得正要崩溃大叫，一个高大遒劲的黑衣人也给了她一个手刀，她重重倒在地上，不省人事。宣王对面的太子吓得站了起来。

我抬头，眼前站着一个我从未见过的宫装妇人，看似五十上下，但保养极好，姿容秀美端庄。乌发虽隐隐渗着几丝雪白，可那高耸的堆云髻却梳得极为得体高雅，斜插一支贵重的大金凤步摇，凤头一颗硕大的红宝石在烛光下闪着高贵的光芒，玉容上敷着极白的粉，眉目细挑，描绘精致，额头贴着牡丹花钿，朱唇微点殷红，正是宫中流行的樱桃装，身上只着一件枣红的披帛襦裙，但觉通身雍容华贵。

她的身后站着一个双目凌厉的老太监，还有那个袭击我和薇薇的黑衣人。

只听太子激动道："母后，您如何来了？"

那太子蓄着八字须，长相清秀，身形却略显细瘦，喉结极为突出，消瘦的脸庞上，双目显得有些偏大，熬得通红，带着一丝恐惧，有些神经质地看着我："你是何人，从哪里蹦出来的？"

那位高贵的妇人冷冷一笑："这位夫人已经在一旁偷听多时了，你与侍卫竟未发现，愚蠢至极。"

只因那人击在我的胸腹旧伤处，我捂着伤口喘了很久，好不容易才在地上坐了起来。有人扶了我一把，我这才艰难地爬了起来，抬头一看，原来是宣王。

"你回来是极好的，不枉是他看中的人，"他叹了口气，扶我站好，"可惜还是晚了。"说罢，再不理我，便下跪施了一个大礼，"儿臣见过母后娘娘。"

"儿臣尝闻自古晋阳近狄俗，尚武艺，素有晋阳自古多英豪之称，晋阳女子果是狠辣非常，"宣王淡淡道，"母后年近半百，又是皇室弱质，却能骑马千里自新都赶赴西京，真乃女中丈夫也。"

王皇后温雅一笑："绪儿，你总是比复儿会说话。本宫总希望复儿小时候同你一样，多得些你父皇的关爱。"

宣王冷冷一笑："儿臣少时尊皇后为母后，也曾同皇兄承欢母后膝下，为何母后如此仇恨儿臣？"

王皇后似是想起宣王少时的模样，叹了一声："本宫还记得你小时候出了痘疹，孔妹妹哭得泪人儿一般。因本宫曾照顾复儿康愈，便请旨让本宫亲自照料于你。那时的你真是可爱，在我身边待了好长一段时间，总是叫本宫母后，差点连孔妃也不认得了。"

"那时的母后对儿臣疼爱有加。"宣王点头道。

王皇后微微笑了一下："沅璃乃兄长晋阳节度使的掌上明珠，当年晋阳沦陷，兄长以身殉国，只留下沅璃和其兄，本宫便将沅璃亲自带在身边教养，视若亲生。是故当年皇上指婚，本宫欣然应允。可惜沅璃却频频前来哭诉，你时常眠花宿柳，公然召妓。”

“您把最疼爱的侄女沅璃许给儿臣，当时儿臣的心中万分感激，只可惜她有着高贵的出身，却没有一颗高贵的心。”

“宣儿，”王皇后淡笑如初，“你就是这般永不知足，就跟你娘亲一样。沅璃的脾性虽泼辣一些，但自嫁于你，与你举案齐眉，为你相夫教子，亲自洗手作羹汤，就连你王府的花园，她都亲自照应，是以宣王府的牡丹园花开富贵，盛名远扬，你却诸般挑剔！”

宣王冷冷道：“皇后可知王府的牡丹园为何花开得如此争奇斗艳吗？”

王皇后讶然道：“沅璃亲自照拂轩辕族花，自然尽心尽力，有何不妥啊？”

“那些牡丹之所以如此繁盛，是因为下面埋着的全是沅璃所虐杀的儿臣姬妾！沅璃自小习武，有时甚至亲自动手鞭挞姬妾。她故意派人将这些女子埋在儿臣常去的花园，便是要提醒儿臣不得再碰其他女子。有时逼急了，她连儿臣都要亲自掌掴，想必母后时常耳闻吧。”宣王咬牙切齿道，“沅璃果是母后亲族，一般狠毒。”

我听得毛骨悚然。这位王妃比外面传说得犹胜三分啊，甚至超过了君莫问那凶悍的紫瞳妻。

王皇后却优雅地掩着嘴角大笑出声：“这个孩子，行事作风还真有点像本宫。”

“最让儿臣心寒的是每次她无理取闹，便到母后宫中哭诉，把儿臣的一举一动全告诉母后。儿臣后来终于明白了，母后将族中疑心病最重的侄女嫁给儿臣，便是为了监视儿臣。果然血浓于水，在母后的心中，为了大哥，甚至可以背着父皇毒害其他皇子。”

“大胆宣王，敢对皇后出言不逊？”王皇后身后的太监凶狠地喊出来。

“哎，长福。”王皇后轻笑着，“宣王殿下的日子不多了，就让他说吧。”

宣王果然沉声说了下去：“母后故意使人散布叔父要赐死墨隐的消息，挑拨墨隐的暗人冲进紫园救出墨隐，不明真相的叔父便会一怒之下杀了墨隐，那儿臣也会因谋逆罪名，不是死在乱军之中，便是被叔父和父皇赐死。”

“说得好，真是个聪明的孩子，同你娘一样聪明。”王皇后和蔼地说着，慈和的眉目下却看不清那暗沉的目光。

“可是现在花西夫人折了回来，想必是非白的暗人也知中计了，却不知皇后这步棋接下去如何下？”宣王淡笑道。

王皇后叹了一口气：“傻孩子，既然踏雪公子没有为花西夫人闯进紫园行刺武安王，那便只能由另一个贵人来了。”

“你听？”王皇后轻轻将手放在耳上，面带微笑，“已经有人闯进紫园救主了，那应该是你的龙禁卫。”

我和宣王也听到外面传来的喊杀之声。宣王的俊颜勃然变色：“不可能，本王只身前来，只带了三十龙禁卫，且没有本王的虎符，谁敢造次？”

王皇后含笑如初：“确不是你随身带来的龙禁卫，而是你留在洛阳的三千府兵。他们虽没有你的虎符，可是宣王妃亲自号令，谁敢不从？”

宣王后退一大步，跌坐在官帽椅：“什么？沅璃？”

“你忘记了吗？她亦出身豪门武家，自然懂得带兵打仗，”王皇后叹了一口气，“她虽好妒成性，却对你爱若珠宝。但凡对你不利的消息，从不轻易出口。你平日里还真错怪她了，她听说你身陷囹圄，便亲自带了三千龙禁卫和自己陪嫁的一千子弟兵前来。”

“这有勇无谋的蠢妇。”宣王汗如雨下，连连骂着蠢妇，脸色愈白，忽然张口吐出一口鲜血。

我赶紧扯了巾子替他擦了口角血迹，心中也暗暗着急。这个皇后素有贤名，不想行事如此狠毒。

太子在一旁张狂地大笑起来：“本绪真是有福气，沅璃表妹好生可爱。当年本王也曾向母后求娶，现在本王终于明白为何母后没有答应儿臣，反倒将沅璃表妹嫁于你。”

我看着王皇后道：“皇后陛下无旨亲至西京，已然罪同谋逆，王氏百年大族亦会有抄家灭族的那天，皇后如此背水一战，不知为何？”

“花西夫人问得好，”王皇后瞥向我，平静道，“听说夫人有一个女儿，应当明白一个做母亲的心情。本宫可以接受任何伤害，却不能让人夺去我孩儿的太子之位。”

宣王冷笑一声：“君主无能，必然亡国。以太子的资质，皇后即便扶他登位，打回京都，早晚亦会为原氏所灭。其实说来说去，是皇后自己想当皇帝吧。”

王皇后笑而不答，太子却气得上前掴了宣王一掌：“你这逆贼，从小便不是本宫的对手，还敢狡赖？”

长福掏出一只小白瓶，轻嗤道：“宣王阴谋败露，便狠毒地杀了花西夫人，然后畏罪自杀，就让奴才送宣王上路吧。”

我心说不好，那黑衣人已如风一般击向我的天灵盖。我同时动了右腕，射出“护锦”，那黑衣人轻灵一闪，已如流星一般扣住了我的喉咙。

“慢着，”宣王面色惨淡，“求母后杀我二人前，再回答儿臣最后一个问题。”宣王看着王皇后的眼睛问道，“我母妃还有小公主，当初为何没有逃出昭明宫？她明明是同皇后在一起的。”

“问得好，当年丽太妃的淑孝公主也同宣王一起逃出京都城，为何从此下落不明？”宣王一滞，王皇后的眼睛却闪过一丝阴狠，慈和的面目瞬间冷酷起来，“长福，还不快送宣王上路？”

那黑衣人的手开始紧了起来，我正欲挥出“酬情”，一支银箭已飞来，正中黑衣人的手，那人的手腕立时血流如注，当时便废了。

“且慢，朕也想知道这个答案。”有一个苍老的声音传来，帷幕后慢慢转出两个老者来。走在前头的一位乃是六十开外的老者，一身白色的五爪龙缎袍，步履缓慢，眼神黯淡；身后一位老者身着玄色蟒袍，狭长的凤目潋滟，包含几多诡谲，嘴角带着一丝讽笑。

所有人惊呆了，竟是当今德宗皇帝同原青江？众人连行礼也忘记了。

好半天，宣王最先回过神来，勉力同我跪下，深施一礼：“见过父皇，见过叔父。”

赏心阁的大门被打开，当前一人凤目潋滟，如皓月当空，身穿盔甲，血溅满身：“一等照武将军原非白参见圣上、父王，禀告陛下，王氏逆贼已全部诛杀。”

我不由得精神一振。

非白的目光也急切地向我扫来，确定我没有外伤，眼神似也松了一口气，代之的是满腔喜悦。

宣王见驾后，惊问：“儿臣斗胆，敢问何处逆贼？沅璃她——”

“回宣王，欲行刺御驾的乃是皇后所带王氏铁卫，已全部伏诛，”原非白大声回道，“宣王妃所带的三千龙禁卫与一千府兵星夜兼程赶来勤王，方才协同东营兵士诛杀逆贼，宣王妃正往此处赶来，请宣王放心。”

宣王明显地松了一口气，眼中骄傲陡现。就在大伙一愣神之时，皇后身后那黑衣人忽如大鹏一般跃起攻向宣王，非白急忙挡在我和宣王面前，幸得原青江身后的沈昌宗闪电般地跃在空中迎击，一掌劈下。那黑衣人委顿于地，所戴人皮面具亦被震下来，露出一张被火烧伤的女子容貌，正七窍流血，显是天灵盖被震碎了。

王皇后痛呼一声“翘儿”，眼中便流下泪来，冲刷了眼角的敷粉，露出深深的皱纹和悲伤来。她走过去，拿出手中的绢帕，覆在那黑衣女子的面上，然后她整了整衣衫，走到德宗面前，平静地行了大礼：“臣妾参见圣上。”

德宗抬头将目光放在皇后身上，过了好一会儿，走过去，将她扶起。

长福对王皇后缓缓跪倒，磕了一个响头，老眼中悲凄微显，淡定地流泪道：“老奴伺候皇后一生，未及报答主子一二，今日拜别了，只求来世再报主子的大恩了。”说罢站起来，大声道，“今日的一切，皆是长福一人胁迫皇后所为，与皇后毫无干系。”说完猛地撞柱而亡，血溅满堂。

太子的身上溅了几滴长福的热血，立刻软瘫在地上。

王皇后痛苦地闭上了眼睛，广袖轻掩唇角，任眼泪长流，却没有发出任何声音。

“原卿，”德宗长叹一声，“带孩子们先下去吧，我欲同皇后说几句话。”

原青江想了想，敬诺道：“请太子与宣王移驾。”

几个子弟兵过来，拖走长福和那黑衣毁容女子的尸身，将地板擦净。太子早已不省人事，裤裆处湿了一大片，几个侍从只得抬了竹椅，将他抬了出去。

原青江看了看被人抬出去的薇薇，又看向我，眼神闪过一丝厉芒：“西枫苑女眷本就少之又少，本王看这个丫头八成不中用了，木槿且留下陪侍皇上，不知皇上意下如何？”

非白听闻此言，脸上闪过一丝异色，我也感到很奇怪。非白正要开口，德宗已经凝着一张脸，对我招了招手：“木槿过来，扶我坐下。”

非白只得依言放开我，跟着原青江暂且出去。

我扶着德宗皇帝坐下。王皇后依然站着，德宗便叹了一口气：“朕记得，当年逃难途中，皇后的右腿受了箭伤，如今星夜赶路，必定疲惫不堪，快坐下吧，湘君。”

王皇后轻拭泪水，敛衽为礼：“陛下已经很久没有呼唤臣妾的闺名了。”

王皇后轻轻坐在德宗对面。德宗也不开口，两人只是静静地默然相对，我更不好开口，屋里静得连一根针掉在地上都能听得见。

过了好一会儿，月光轻洒，云雾散去，窗棂外星芒尽绽，德宗看向深邃的夜空，笑道：“湘君，你看今夜的星空真好，朕还记得你年轻时很喜欢看星星。”

王皇后的目光闪过一丝讶异，垂目恭顺道：“没想到陛下还记得。”

“湘君，你可还记得我们第一次见面？”德宗温柔道，“那时我并不认得你，只觉得你站在那十字桥边，什么也不做，便如画中仙女一般美丽。后来朕派人去查这是何方闺秀，方才知道你是晋阳名门王氏的长女，闺名湘君，无论容工品貌，族中皆属第一，平生茹素，不爱杀生。听说你最爱看星星，因为你相信流星下许的愿望都能实现。”

王皇后的泪水汹涌而出，那笑容愈加温柔：“陛下不愧是轩辕神族的后人，原来那时神机营便已把臣妾调查得如此清楚，难怪陛下年轻时总爱陪臣妾看星星。”

“可是你从来没有告诉过朕，你的愿望是什么？”

“那是因为陛下从来没有问过。”

“确是朕忽略了，”德宗点了点头，淡淡道，“那朕现在问了，湘君愿意回答吗？”

“臣妾唯愿陛下龙体康健，诛杀窦贼，匡正社稷，早归故土。”

德宗又点了点头：“皇后果然贤惠。既是希望匡正社稷，为何要谋害宣王？”

“那是因为陛下自从见到孔妹妹，就再也不愿意陪臣妾看星星了，再也不抱复儿了。”

德宗淡淡地垂下苍老的眼眸：“难道就为这个吗？所以你故意在逃难途中撇下孔妃和芮儿？”

两人始终平静地聊着天，不带任何仇恨的火气，一问一答间仍是皇族的优雅风范，却已然饱含无尽的人世沧桑。

“臣妾没有想撇下孔妹妹，倒是孔妹妹想乘机用发簪刺死臣妾，”王皇后抬眼看向德宗，理直气壮道，“她却不知臣妾从小习武，臣妾便一脚将她踹下马车。而芮公主跟着母亲跳下去，臣妾想阻拦时，追兵已至……臣妾心中也后悔半生。”

德宗也抬起双目，沉声道：“你为何从来不对朕说起？”

“因为陛下自逃出京都后，便再也没有时间来听臣妾说话了。在社稷面前，家国面前，臣妾也罢，孔妃和芮公主也罢，还有丽妹妹那苦命的孝儿……我们都太渺小了。”

“孔妃、丽妃，还有可怜的芮儿和孝儿，你们都是朕的亲人啊。”德宗的嘴唇微微抖了起来，“原来你这样恨她们，恨……朕吗？所以要谋害她唯一的儿子？”

“不，皇上，即便孔妃夺去了陛下所有的怜爱，在陛下身后联合其他夫人捉弄臣妾，在陛下面前进臣妾的谗言，臣妾从未恨过她，也从未恨过陛下。陛下是臣妾最爱的人啊，而她毕竟替臣妾为陛下带来了欢乐。可是绪儿自小是同复儿一起长大的，臣妾视如己出，您让臣妾把侄女儿嫁给绪儿，绪儿却一点也不珍惜，一心想的还是取代复儿的位子。

“孔妃可以伤害我，却不能伤害我的孩子。”王皇后骄傲地一仰头，猛地站了起来，走到德宗面前，眼中迸出犀利的目光，“陛下想让武安王立原非白为世子，便是助绪儿登上太子之位。陛下可以不爱臣妾，甚至废掉臣妾，却不能夺取复儿的太子之位，若有朝一日，绪儿登基，我同复儿必无生路可言。”

德宗摇头道："湘君本同绪儿亲厚，即便绪儿做太子，生母已逝，也一样会尊汝为太后，且朕留下遗诏于顾命大臣，照拂你二人，你何苦担心？"

皇后倒退一步，眼角的皱纹全都深深皱起，满心绝望地惨然笑道："果然……皇上早已决意要废复儿，改立绪儿，今日这一切想必是绪儿同原非白合谋……也罢，臣妾今日并不后悔，若今日成功，踏雪公子一死，武安王同绪儿毕竟少了一只臂膀，复儿便可高枕无忧。

"还有这花西夫人，谁能想到呢，如此貌平之人，却有个强大的情人大理段太子，背后还有个富可敌国的君氏集团。"她冷冷一笑，"原家究竟还有多少可怕的异人？吾观这花西夫人绝非常人，今日留之，必铸大错。"

"住口，"德宗忽然抬起头，冷声对着皇后大喝一声，额头青筋暴了许久，道，"傻湘君，你怎么到现在还不明白？那原卿是何许人也，怎会轻易受汝摆布啊。朕假意让原卿立非白为世子，本意是想试探原卿对于太子废立之意，可不想你如此沉不住气，你这样不仅仅是害了复儿，也害了整个皇族。你想想这一瓶死药是为谁准备的？正是为了你啊。"

第四章

唯我大将军

王皇后面色一片苍白，乌发微有蓬乱，跌跌撞撞地回到对面的位子："原来一切都是原青江的算计。"

"朕确有废立之心。想那复儿优柔寡断，骄奢狂妄，体质孱弱，且喜好优伶娈童，至今无所出，即便有你和王氏在背后扶持，如何能成一个大有为之君呢？"

"是原青江挑唆陛下的吗？"王皇后轻蔑一笑。

德宗没有理她，只是继续说道："可是复儿毕竟未有大错，朕如何能下诏？只是不想今日你终是没有沉住气……"说罢，德宗再也说不下去了，双唇哆嗦着，脸色惨白。

两人又是一片沉默，过了一会儿，王皇后忽然开口道："皇上为什么这么喜欢孔妃？仅仅是因为她年轻貌美吗？"

德宗怒气陡生，大声喝道："都这个时候了，你心里还想着争风吃醋之事吗？"

王皇后抿唇，仰起洁白的额头："陛下难道不知吗？朝堂之上，男子为权为名为天下，流血五步；宫闱之内，女子为男子为孩儿亦可你死我活，变成魔鬼。"

"朕一直以为女子之于乱世便是努力活着，如同这花西夫人一般。"德宗平静下来，轻摇头，"即便你是母仪天下的皇后，那也须以夫为纲，如何能如此干涉朝政？"

"我王家养女，皆从男儿，"王皇后轻轻道，"以便有一日，不但能生下强壮的孩儿，还能陪同丈夫上战场。我从小就不爱舞刀弄枪，最大的心愿也不过是能嫁给心爱的丈夫。可是自从嫁给你，嫁入轩辕家族，一切都变了。"

王皇后哑然失笑："轩辕太皇太后为皇上选了孔妃和丽妃，还一直赐药，暗中打落我的胎儿，那时臣妾想，世上怎么会有如此毒妇？不想，有朝一日臣妾亦会变成同太皇太后一样的魔鬼。”

月光轻轻洒进赏心阁，德宗示意我扶他站起来，走向王皇后：“当年朕一看见十字桥边的你便乱了方寸，就这样冒冒失失地走过去。那时朕怎么会知道你是豪族武家女子呢？只当是一介纤纤弱质，结果还未到近前，翘儿那丫头便头一个冲出来，一脚把朕踹下桥了……翘儿当年为了护驾也是九死一生，受尽乱世磨难，好好一张花容月貌也毁于一旦。说起来，朕也亏欠她良多。”

“可怜的翘儿，”王皇后凄然道，“她为我尽忠一生，却落得如此下场。”

“湘君，你问朕为何如此宠幸孔妃？”德宗伸手抚向她的容颜，颤声道，“你不觉得她很像年轻时候的你吗？那时的你，何曾会有如此可怕的眼神。”

月光照着王皇后眼中的那丝阴狠冰冷渐渐融化，化作幸福和动容，她扑到德宗怀里，放声痛哭：“陛下，臣妾知错了。”

“湘君，你是一个好妻子、好母亲、好皇后，却实在不是一个好的阴谋家啊。”德宗无奈而心疼地搂住王皇后，老泪纵横。

我站在一边看着这德宗夫妇，一时感慨，也不禁泪盈满眶。

“陛下想怎样处罚臣妾，臣妾绝无半分怨言，只是求陛下宽恕复儿吧。”王皇后泪流满面，“他是我的命根子啊。陛下还记得吗？您给他起的名，就是想复我轩辕的威名啊。”

德宗却一言不发，只是任眼泪横流。

过了一会儿，王皇后努力抑制悲痛，后退一步，直直地跪下，庄严地行了一个大礼。

“臣妾这就拜别皇上。”王皇后收了泪容，含着舒心的笑意道，“臣妾这一生自嫁给陛下以来，此时却是最开心的一刻。”

德宗不忍再看，他慢慢转过身子，再不言语，唯见那双肩委顿。

“臣妾去了，请皇上多多保重。”王皇后以头伏地，德宗始终没有回过头来，她略有些失望。

王皇后轻舒广袖，飘逸的长帛拂过桌几，拂过那个本来要赐给宣王的小瓶子——据说那里面装着只有皇室才能用的毒药极乐散。

她慢慢走向门口，早有人打开大门，一个身穿银甲的女将正站在门口，那女将貌美如花，眉黛间英气勃勃，明眸满含悲痛和惭愧，呆呆地看着王皇后，猛地双膝跪倒，泪流冷阶：“姑姑……沅璃罪该万死。”

王皇后叹了一口气，微笑道：“身为人妇，自然以夫为纲。你虽是晋阳王家女儿，却是宣王嫡妻，何罪之有？更何况你替本宫护住了我晋阳王家。”

那宣王妃王沅璃头低得更低，泪水也流得更凶猛。

王皇后肃然道：“宣王妃同宣王情深意切，姑姑为你感到高兴。只是沅璃你当明白，既做天家女人，每一步都踏着百般凶险，如今开弓便再无回头之箭，你既选了这条路，便不能再回头了，只能走下去，无论结局，只有走到尽头为止了。”

宣王妃抬起哭花的脸来，努力点了一下头，泣不成声道：“沅璃谨遵姑姑教诲。”

王皇后轻扶起她：“你果然是我王家女儿，烈火柔情，又敢于领兵救驾，确有皇后威仪，姑姑相信你一定会成为一个称职的太子妃，一个好皇后，匡扶社稷，辅助新君，重振轩辕。”

静默的火把炙烤着卫士的额角，忽闪闪地把王皇后的影子在花林道上拉得长长的。卫士们一个一个肃穆地跪倒，拜别这位性情刚烈、一生悲苦的王皇后。艳红的梅花瓣飘过，落在王皇后挺直的肩头，还有高贵的脸庞，她的手中拿着那瓶死药，面含微笑地飘然而去。

宣王妃满面泪痕，一步一步跟着她，艰难地消失在西枫苑的花林道尽头。

也许，宣王妃对王皇后关于宣王寻花问柳的投诉，以及天下传闻宣王妃好妒成性、恃宠而骄的故事，不过是一个掩人耳目的屏障，让王皇后一直以为宣王与宣王妃二人不和，自以为靠宣王妃将宣王掌握在她的掌控之下，轻易落入了宣王同非白的反间计。德宗说得对，其实王皇后的内心深处是一个贤妻良母，她并不适合这纷争的世界。相反倒是这个宣王，年纪轻轻便有如此深的城府，此人也许会是原家最大的敌人。

表面上这一场皇室博弈的结果，宣王胜而太子败，却也悄悄改变了原家的内部力量。

我不由得心中暗疑，像原青江这样狡猾的老狐狸，难道会看不出来宣王非池中之物吗？他为何会轻易让像宣王这样可怕的对手得手呢。如果太子当政，岂不是比宣王更容易掌控吗？

忽然想起八年前原青江曾对我说过，在他心中原非白是他最得意的继承人，难道还是为了非白？我正思忖着，德宗却转过身来，九五之尊的脸上已看不到任何悲伤，只是一片冷寂。他忽然出口道：“如果你是湘君，你也会这么做吗，花西夫人？”

嗯？怎么突然问这种问题？

我想了三秒钟，摇头道：“不会。”

“那你会如何？”

“请皇上恕民女无法回答，”我诚实道，“木槿一介草民，实在不敢揣摩皇后心思，但民女能体谅王皇后的心情，也能体会她的爱子之心，是故实不知道会不会同王皇后一样孤注一掷。”

德宗似乎没有想到我会这么回答，也同我一样想了三秒钟，面无表情地看着我道：“已经很久没有人对朕说这样的大实话了。”

我当场吓得跪下。幸好这时有人在外朗声道：“微臣原非白求见。”

我心头一振，非白回来了。

当即德宗宣非白进来，然后非白匆匆地护驾离开了，走时，他给了我一个鼓励的笑容。

过了一会儿，有两个惊魂未定的婢女过来，传话说按惯例赏心阁今夜不安，住不得人，要请道士作法后，我才能搬回来住，如今让我先去别处安寝。于是我又回到了前面的西厢房，也就是我九年前刚到西枫苑时住的小偏屋。

苑外五更鼓干涩地响起，那两个小婢女又惊又怕地在外间睡着了。我走出房门，站在花林道上，一人孤零零地沐浴在月光下，倍感孤寂害怕。我正在想，不知大理众人是否已安全出了西京地界，还有如何送信让于飞燕不用过来了，忽然有人应景地在我身后朝我的耳朵吹气，我吓得转过身，正贴着一张白面具。

我倒退三步，努力平静下来，冷冷道：“宫主刚才不出来，现在又吓唬人，这算什么？”

那司马遽也不生气，在面具下叽叽咕咕地笑了半天：“明明方才是你走神了，我都在你身后站半天了，还来赖我。”

“宫主想必是武安王事先就安排好了，故意引我回去的吧，让王皇后自投罗网，想来非白也知晓此事。”我对他假笑了一下，“你们一堆人把我骗得团团转，请问宫主这回又有何指教？”

“真生气啦？”司马遽在面具下叹了一口气，“你可错怪他了。皇后得知你在非白心中的分量，便出此毒计，想一举灭了宣王，亦可打击原氏，主公索性将计就计，须知这一着乃是险棋。非白知道后不想把你卷进来，是故他是真心让青媚把生生不离的解药交与你的。”

我对他冷笑道：“可是依他的心性吧，又想试探一下我的心意，便故意让青媚在我面前演苦肉之计，于是我便又蹚了这潭浑水。”

我果真大意了，如果连我都能看出所谓的死药只是一个计策，像青媚和司马遽这样的高人又如何不知呢？

忽然想起那生生不离的解药，彼时忧心非白的死活，竟忘记去拿，便不动声色地问道：“那瓶生生不离的解药，想必是假的吧。”

司马遽：“是真的，我特地帮你看着他从秘阁里拿出来的。”

“哟，你有这么好啊，倒没看出来。”

“本宫可是个大好人，你且不知道呢，”司马遽摸了摸面具，低低笑道，“怎么，后悔没拿解药了吧？”

我不屑地“嘁”了一下：“这有什么可后悔的，这么多年我都过来了，有什么可怕的？”

暗中却后悔得抓狂，不停懊恼自己怎么这么二？回头再问非白要，又会显得非常奇怪！

“你这女人可真会过河拆桥，若非我一路护你回西枫苑，如何会有如此奇遇？夫人马上就要富贵胜天了，也不谢谢本宫，怎么还给本宫这臭脸色？”司马遽笑道，“不过我与青媚二人一开始当真不知这是主公计谋，你可错怪我们了。”

“富贵升天？”我当时听错了，心中顿时一凉，悲观地一摊手，冷笑道，“武安王他老人家为什么还要赐死我呀？嫌紫园的死药太多了吗？”

“您也抬举自己了，须知只有原氏宗亲才能得到紫园主人的死药。”我的话似又给他拿了个话柄，让他又成功而愉悦地嗤笑了我一顿，但我的心总算放到肚子里了。

他忽而转了个话题：“不过话又说回来了，这西枫苑里就只剩我来保护你了，我倒还真希望指导一下你的武功，别让我没事当保姆。”

“青媚呢？齐放和法兄他们呢？身体好些了吗？”我诧异道，“他们不能来保护我吗？”

“小青这回戏演过头了，没想到遇上妖叔了，和法舟……伤得还挺重，得养几天。”

“哈，这暗人还有戏演过头的。”

“齐放现在正在见一个重要的人。”

“何人？”

“那人倒也算你的贵人了，正是您那结义大兄、二等神武将军于飞燕。”

“不可能！”我大惊，“此时大哥应该在攻打晋阳才是，再说我是两个时辰以前传的话，哪有可能如此快便回来了？除非武安王一早便命他回西京！”

司马遽的白面具神秘地在月光下泛着光，微微歪着，直看得我额头冒了冷汗，我以女人的直觉感到他在笑我。

“夫人所料应是不差，昨日主公便发十万火急之令，宣神武将军回西京述职。”

“敢问宫主，可否带我去见我于大哥？我着实担心他的安危。”

“好说，”司马遽慢条斯理地坐到石阶上，跷起个二郎腿，“本宫想向夫人讨个赏！”

就冲你这态度是讨赏吗？我看你就是个敲诈犯才对。

我暗中跺跺脚，走近他，绽开一丝温暾慈和的职业笑容，尽量和颜悦色道：“宫主说哪里话来，方才蒙宫主保护，木槿这才虎口脱险，理当粉身碎骨报答一二才是正理，宫主有何难事，但说无妨，木槿必尽心为宫主达成心愿便是了。”

白面具同志看了我几秒钟，然后爆发出一阵大笑。

我的笑脸后来终是没撑下来，显了原形，板着脸看他：“宫主笑轻点，小心笑脱臼了。”

他一下子站起来，没有表情的白面具冷冷地看着我半天，然后慢慢向我走来。

“你、你、你干吗？你这人，我好好答应你了，你怎又不说条件了？别这般瘆人，我可喊人了。”

我发毛地一步一步往后退，就在我真要喊人时，他向我站定，对我说道：“我要小彧像正常人一样到上面去生活。想必你也听说了暗宫中人的规矩。不单单是小彧，本人要所有的暗宫中人像原家人，像所有普通人那样有尊严地活着。”月光下，他朗朗地说着。

这绝对不是条件，这是mission impossible（不可能完成的任务）啊。

我踌躇了半天，咽了一口唾沫，尽量委婉道：“我觉得吧，可能宫主高估了我这个快要升天的——”

我的话未说完，司马遽向我一步道：“夫人难道忘记了，当初为救司马家在大理的后人说过的话，生命诚可贵，爱情价更高，若为自由故，两者皆可抛。”

果然是司马家的后人，对君家寨和我的过去了若指掌。

那厢里，他却慷慨激昂道：“我们司马家本应在我这辈获得自由，却因为叛徒司马莲而永世待在这个阴森森的地宫里。本宫虽与夫人误会重重，但夫人一向视自由为人生最重要的东西，应该明白我暗宫中人的心情。本宫犹记，夫人曾请本宫好好照拂妖叔，那夫人可知，妖叔、小彧、我那逝去的妻子，还有众多暗宫中人最大的心愿是什么？便是这可贵的自由啊！难道夫人眼睁睁看着我们，还有我们无辜的后人，永远失去自由吗？”

我被他震了好一阵子：“宫主为何不去向三爷求助呢，我本是外姓之人，且马上就要升——”

他又打断我的升天论，粗声恨气道：“试过了，他没有做到。”

“啊，这——”

“他毕竟是原家人，他……下不了这个手，还记得他娶过一个妾，有过一个孩子吗？”他叹了一口气。

司马遽满怀悲痛地告诉我，其实那便是他那可怜的琴儿和刚出世的孩子。他本来想让琴儿和自己的孩子生活在紫园里，便同原非白商定待琴儿有了身孕后到西枫苑以他的妻子身份活下去，这也是当年放我出紫栖山庄时原非白答应的条件，不想后来原非白兑现了他的承诺，司马遽的妻和子果然得到了自由。可是紫园的斗争祸及那对苦命的母子，被人残酷地在西枫苑下了毒，最后惨死在司马遽怀中。

我不由得问道：“凶手何在？”

“至今逍遥法外，他根本拿她没有办法。”司马遽从鼻孔中嗤了一声。

“究竟是何人？”我皱眉道。

司马遽正要再说，却听素辉的声音传来：“主公宣夫人进紫园。”

“你若答应，我暗宫中人今后必对你忠心耿耿，保你在紫园无忧。”他的声音在我耳边悠悠飘荡，人却已不见踪影。

素辉带着一队人马走了进来。军人特有的冰冷步伐惊醒了仆人，那两个睡在外间的小婢衣衫不整、慌慌张张地跑了出来。

素辉瞪了那两个女孩子几眼，厉声道：“你们怎么伺候的？夜凉露重的，让夫人穿件单衣站在花林道上，自个儿倒睡得跟死猪似的。”

那二人吓得立刻跪在冷阶上，哇哇大哭就要告饶，素辉正眼也不看地冷声道：“主公宣夫人进紫园，还不快替夫人装扮。”

那两个小婢哆嗦着起身，为我换上件鹅黄缎面襦裙，披上件大红猩猩毡羽毛缎斗篷，匆匆地绾了头发，后面编了个大辫子。

我上轿时，素辉轻声道：“夫人莫惊，主公宣大将军回京述职罢了，如今想是主公开恩，令夫人与家兄相见。”

看素辉不安的样子，他也不是很清楚。我一路忐忑地坐在轿子中，素辉则昂头策马在前面领路。

天将破晓之际，刚进紫苑的兽头大门，隐隐听到有惊天动地的声浪。

我掀起帘子，看见有个子弟兵激动地来到素辉身边耳语一番，素辉惊讶地低声问道：“当真？”

那子弟兵满面激动地点着头，然后不理素辉往另一个方向走了。素辉面露喜色，昂头策马，加快了脚步。我注意到我们的线路变了，原本前往荣宝堂的，改往那声浪的方向——紫园校场。

一路行来，只看到周围不停有人或跑、或跳地越过我们，他们也同那个子弟兵一样，兴奋异常。

我们到校场停了下来。我钻出轿子，只见点将台上支起了金銮帐，德宗高高地坐在正中央，下首站着原青江、原非白、原非清，还有宣王夫妇。

那王沅璃已经换下戎装，一身粉色襦裙，乌髻高梳，玉容稍作装点，高贵优雅，底下则是人山人海的士兵仆从，好像都在等着看什么人。

莫非是刚刚平定内乱，是要公布王皇后的罪刑吗？

忽地有人高叫着：“大将军来了、大将军来了。”

我踮起脚，还是看不到，还是素辉聪明，扶我站到马上，才勉强看到。很多子弟兵也学我站在马背上或是石兽上，因挡着我的视线，便被素辉虎着脸一一赶了下去。

这时，一轮全新的朝阳跃出地平线，当第一缕晨曦透过厚厚的云层，辉煌地照向那富贵非凡的人间紫园，只见一人顶着阳光走来。

那人熊腰虎背，身长八尺，豹头环眼，髭髯根根如钢丝硬挺，身着束身黑甲，那黑甲剑痕刀创累累，远远看去，只觉英勇神武，似战神下凡，正是我那黑大哥于飞燕。他手托一木盒，缓缓地向点将台虎步行去。

我看不清于飞燕的表情，只听旁边的子弟兵兴奋说道：“于大将军刚从晋阳战场上回来，大将军打败了窦英华的族叔兼守将窦亚昆。那可是窦家最掌兵权的大力神啊。晋阳城向来民风剽悍，物产丰饶，易守而难攻，听说于将军孤身赴城协议，乘此机会挖地道攻入城内，激战数日方拿下了晋阳城，真乃神人也。”

“须知晋阳城素有陪都之称，晋阳一旦拿下，韩先生说我大庭朝便等于胜了一半。”素辉左手击向右掌，开心大笑着。

周围的兵士各个派系混杂，有原氏东西营子弟兵，有前方归来养息的天、元、麟、武、奉等各派军人，亦有轩辕氏的军队龙禁卫，但无论哪方军士，皆敬重于飞燕当年事迹。轩辕氏的龙禁卫多敬服于飞燕当年东北抗辽，救护皇城，后来被窦氏诬陷，皆为其在心中愤然抱屈，而原氏子弟兵出身将士多为西京人氏，多是于飞燕的旧部同袍，感恩于飞燕当年同原非白解了西安之围。

众男儿难掩豪情，不断往前挤，可能是他的一个旧部，在众将之中高声欢呼：“大将军威武。”

然后便有人激动地附和着，紧接着这种欢呼声一浪高过一浪。渐渐地，这种热情感染了很多将官，那欢呼之声，形成欢乐激情的海洋，此起彼伏，随风远飘。

高高坐在金龙椅宝座上的德宗，本来静静地在九龙华盖下闭目养神，听到台下的欢呼声，不觉慢慢地睁开了睿智的眼睛，精光毕现地扫向于飞燕。

原青江凤目沉凝，微显讶异，转瞬即逝。原非白面含微笑，始终淡定地看着前方。

于飞燕慢慢走到近前，跪倒在地，行了君臣大礼，朗声道：“微臣二等神武将军于飞燕，幸不负君父所托，献上晋阳守将，窦逆伪帝之族叔窦亚昆首级。天佑吾皇，我大庭朝千秋万代。”

一个小太监上前来，飞快地将那装着首级的木箱呈了上去，让一个蟒服老太监打开箱盖，恭敬地托举给德宗看了一眼。德宗捧着那木箱，闪过一丝狠戾而兴奋的笑容。

然后他对那个老太监点点头，那老太监走到台前，明明那嗓子尖细非常，却一句句地传到每个人的耳中：“皇帝诏曰：神武将军于飞燕忠勇过人，功勋卓著，擢升一等广威将军，晋封一等忠勇伯，特加封上柱国荣号，赐物二千五百段，并赐金花。”

德宗在宣王的搀扶下，手持一朵金灿灿的簪花慢慢簪在于飞燕的鬓边，慈容含笑。

那朵精致的金花插在于飞燕略显蓬乱的刚发上，看上去有些不太搭调，甚至有些滑稽，可是没有人想笑。

相反，我看到校场边上那灰发的赫雪狼流下了男儿泪，还有程东也是胸膛起伏，紧握双拳，身躯发颤。

这，是一个庶民兵士所能得到的最高荣誉！

而这荣耀的背后是那无数士兵的炽热鲜血，我们每走一步，便有无数乱世英骨，马革裹尸，魂归故土。

于飞燕山呼万岁，以头伏地，恭敬非常。台下欢声雷动，我不由得泪流满面，没有人比我更知道这奇迹般的胜仗和无上的荣耀，是于大哥和燕子军拼得血肉之躯，方换来了原氏与轩辕氏的半壁江山，还有我的小小幸福。

“宣花氏木槿觐见。”

忽然听到那太监叫我的名字，长长的尾音，清清楚楚地传到我的耳中。素辉喜滋滋地带着我走正门进了校场。刚刚站在我身边的子弟兵们方才知道我的真实身份，不由得下巴都掉了下来，还有几个惊叫着从石兽上摔了下来，也忘记了行礼，只是呆愣地看着我和素辉离去。

每走一步，我都感到无数的眼睛或深思、或好奇、或无措、或鄙夷地盯着我看，我的心中充满不安。我微抬头，原非白绝世的笑容映入我眼中，他对我更温和更鼓舞地柔笑着，我再看不到其他，唯有那潋滟的凤目悄悄地指引着我走到前面。

我的心平静下来，慢慢跪倒在地行了大礼。

德宗眼中一派清明，朗声道：“今有花氏木槿，德容淑恭，节烈文才，仁孝俭素，护驾有功，收为义女，赐姓轩辕，封号贞静公主。特赐婚忠晋侯一等昭威将军原非白，择日完婚。”

非白的凤目含着了然的喜悦。原青江面色不变，也许早就知道或是他亲自授意的。宣王的水眸看着我有点发直，宣王妃暗中给了他一记眼刀，他立刻回过神来。

我彻底傻在那里，还是原非白下了点将台，跪在我身边，拉着我的手，我才醒过来，同他一起伏地谢恩，心中纷乱如蚁，分不清是好还是坏。

元庆四年，我们小五义的命运再一次改变，我最终还是留在了原家，对段月容再一次食言。

我将面对我的长相守，我知道，这将是比生离死别更大的考验。

《旧庭书》第一百三十五卷记载：

“元庆四年，皇后王氏与太子谋逆，欲刺杀今上及宣王，事败，上贬太子及王氏为庶人，欲赐鸩酒，后改放泸州。四月二十，泸州发重疫，十室九空，废太子亦不能免，合妻妾子女及家仆共十七人皆相继染症而逝。废后幸免，悲痛异常，终私服死药而亡，上闻之，哀泣不已，竟二日未食，身体愈下。”

元庆四年，四月初七，上昭告天下，封宣王为太子，大赦天下，贞义的花西夫人重出江湖，传闻为大理义商君莫问所救，密护七年，方显于世。上感夫人贞烈守义之名，收为皇室义女，特赐封号贞静，四月初七之吉日以公主礼赐婚原氏非白，成为西京城中特大号喜事，京中百姓无不希望一睹踏雪公子同花西夫人的风采，皆争相出门，迎风立于街头巷尾，观喜轿经过，一时沸反盈天，热闹非凡。

同年五月，大突厥皇撒鲁尔病几治愈，派诸探潜入中原，打探锦绣百虎破阵箭，奈何原氏保密森严，探子多被擒获，遂兴兵攻打嘎吉斯，掠铸器能人巧匠等千人回弓月城，至此潜心研发新型武器。

四月初二，南国大理太祖驾崩，谥号神圣文武帝，新皇段月容怒焚真腊叛军，并赐洛洛贵人等一干旧人一千余名活人殉葬太祖。于四月初七，踏雪公子大婚的同日，太子削长发，着素服冷然登基，年号久视，群臣皆不敢言，史称大理戾武帝，庙号世祖。

第五章

杏花吹满头

云髻坠，凤钗垂。

髻坠钗垂无力，枕函欹。

翡翠屏深月落，漏依依。说尽人间天上，两心知。

春日游，杏花吹满头。

陌上谁家年少，足风流。妾拟将身嫁与，一生休。纵被无情弃，不能羞。

元庆四年，四月初五，前线又传捷报，朝堂之上自是人心鼓舞。又及宣王册封太子，大赦天下，正遇战事频繁，国库吃紧，轩辕氏不好再大力封赏，便常召文武百官的家眷来皇宫聚会，而原氏女眷便常回邀轩辕皇室及众清贵到紫园赏玩。

紫园东边的梦苑有一个大活水池子，称戏梦池，正中一个四方的大水心亭，匾曰：犀月渚。其亭角比一般湖心亭的亭角要更长些，弧度夸张地翘向天际，形似犀牛望月。也不知是哪位巧匠所作，巧妙地运用了水面和梦苑的环园回廊相结合的回声作用，增强了音响的共鸣效果，令人仿若置身于最豪华的歌剧院聆听现场演奏一般，人人皆暗议这犀月渚戏台竟比大辰宫那水中央戏台更强上三分。

彼时，那犀月渚中正演着时下的新戏《红钗记》，献唱的乃是西京最红的如意班，角儿们个个年轻貌美，身段柔美，步轻如燕。

正前方有一红影，穿着最华丽的戏服，头饰妆容皆尽美艳，扮相风流儇巧，放歌如裂石之音，狂舞有天魔之态，做尽悲欢的情状，可谓颠倒众生，乃是如意班的头牌名旦，名唤东哥。相传两京无论皇家贵胄，还是布衣百姓皆趋之若狂。

就连当时京城著名诗人蔡敏都是东哥的戏迷，曾经写下无数精彩的诗作来歌咏东哥的绝代姿色和技艺。

莲花婀娜不禁风，一斛珠倾宛转中。

众女眷皆含笑倾听，眼神痴迷。绿衣小婢在一旁拿着纨扇羽拂，轻轻摇动，香风雅送，溢满整个梦苑。

东哥正好双目含情地转向台下众贵女，不由得引来台下一片微弱而娇媚的喘气声："欲寄君衣君不还，不寄君衣君又寒，寄与不寄间，妾身千万难。"

可惜，台下的我却是昏昏欲睡，又挣扎着保持清醒，果然困倦与清醒间，妾身也是千万难。

不行了，我得走走，不然又会像上次那样，呼呼大睡，落得被众女眷私底下奚落一番，更有人怀疑我怀上了，还派御医来查了半天。非白虽然没说什么，但也笑着委婉地劝我累了就在家歇着，不用去赴这种宴席。

我也不想去，可架不住锦绣亲自来拉我，可每次去，锦绣就让我一个人坐在雅座前听戏，自己则八面玲珑地招呼其他女眷。

忽地，身后传来轻浅笑声，我微侧首，却见有两位小姐正拿着丝绢掩着樱桃小嘴，细声道："这东哥唱得虽好，可还是比不上原驸马上回在大辰宫唱的那段好听呢。"

说着说着，二人带着一丝暧昧，凑在一起低低地轻笑起来。

我的旁边正坐着凌波郡主，也就是宋明磊的嫡妻原非烟，再过去是正中央首席，坐着原驸马的妻子，德宗爱女轩辕淑仪。

如果我这里听得见，想必她们也听见了。果然轩辕淑仪玉手一挥，戏台上便停了下来，小太监便宣告休息片刻。我也乐得站起来活动活动。

原非烟也站了起来，冷漠而飞快地回眸看了一眼那两个窃窃私语的仕女。

那两个女子不过十五六岁，模样齐整，好像在册封仪式上见过，是当今宣王妃也就是太子妃的两位堂表妹，皆王家女儿，好像叫王沅穗、王沅蕙。看样子王家也是蕴含美女基因的大家族，这两位美人儿皆已被皇上指婚，所配人家亦为朝中权贵。

那两位王家小姐似乎注意到原非烟不悦的目光，无知而无畏地回望过去。

好在这时太监唱颂声响起："武安王锦侧妃请太子妃、凌波郡主及各位夫人小姐前往大丽园赏花片刻。"

轩辕公主便微笑地轻拉原非烟，一如既往地忽略我，携一众女眷前往大丽园。

大丽园不仅开满各种浓艳的大丽花，还种了各色奇花异草，有些与我身上的伤相克，不便前往，当下便同小太监说明了，改往旁边的月桂园走走。

此时月桂园正碧叶成荫，清香扑鼻而来，我微有恍然——这里是一切开始的地方。

我伸了一个懒腰，身后慢慢跟来小玉。

小玉噘着嘴走近我："先生走得好快啊。"

我知道她并不愿意跟着我，我的手无意识地抚向手上的那个金臂钏。

一个月前，我大婚之日的前夕，君小玉在君沿歌的护送下，风尘仆仆地踏上西安的土地，出现在我面前的那一刻，她泪流满面地递上段月容给我的亲笔信，还有我君氏财产的一半信契。

我不想同原非白再生嫌隙，便当着他的面，把段月容的信拆开，里面一个字也没有写，只是白纸一张，我还专门放到火上烤、水里浸，结果也找不出半个字，仍是相当傻白甜的一张白纸。慢慢我了悟过来，他是什么话也不想对我说了。

然而，他把君氏财产全齐整地分为两半，名为恩赐，却更像前世的协议离婚一般，不多不少，财产一人一半。我万万想不到他会这般干脆地放我走。

小玉说段月容命她来紫园照顾我。段月容都这般大方了，原非白自然说不出半个反对的字，宽容地让小玉留下来，同病愈后的薇薇一起照顾我。

那可怜的少女被王皇后的武侍击伤了肩胛，再不能做那些柔美而高难度的动作了，只得放弃舞者的梦想，老老实实地做了我的贴身侍女。

趁没人的时候，小玉却流着泪转达了段月容的秘密口信，没想到还是那句话：真正的仇恨如何轻易得解。

我默然无语，段月容是想告诉我，他必报这一箭之仇吗？

小玉却告诉我，大理武帝本想亲自前来接我，可太祖皇帝驾崩前却逼着他起誓此后再不能为我花木槿而罔顾大理百姓及战士的性命，要彻彻底底地放弃我这个不祥的女人。武帝对太祖甚孝，自是流着泪答应了。

而太祖皇帝驾崩之日，我被赐封贞静公主及赐婚之事也传到了大理，段月容当场吐了一口血，痛苦地低吼着"这个没有心的东西"，便昏厥过去，不省人事。

段月容以隆重的天子仪葬了大理神圣文武帝，然后选择我大婚的同一日削发登基，册封布仲公主佳西娜为大理皇后，吐蕃卓朗朵姆公主为大妃。出乎意料，段月容仍册封我和他的女儿夕颜为大理太女，也就是未来的大理女皇，而段承嗣为永寿王。万恶的洛洛最终被赐死。

我无法想象段月容的脑袋剃成板寸的模样，但肯定他再无法戴那支凤凰奔月钗了。

我问起那支钗时，小玉擤着鼻涕疑惑道：“什么钗？皇上没有给小玉啊？许是收起来了吧。”

彼时原非白笑眯眯地走进来，手里端着一堆德宗、丽妃亲赏下来的喜钗，想让我试试，我便再也没有机会打听段月容的情状了。当时只觉得心情异样的沉重，我终是对他食言了。

我对小玉笑了笑，两人一前一后地走在桂园中。五月初，离桂花盛开尚早，唯有玉兰花安静地绽在头顶，在阳光下恬淡地微笑着。

这么多天了，虽然时时与锦绣见面，却没有机会与她细谈关于她差点让我丧命的事，她倒是像没事人似的拉着我这个一步登天的亲姐姐到处应酬，嘿！

好吧，不动声色地同商业对手你来我往也是我的强项！你一定要跟你姐我玩这招，那我也没办法。

于是我决定陪她玩下去！

且说那宋明磊同驸马在前线没有赶得及回西京参加我同非白的婚礼，前太子事败，对西营和宋明磊这一边的打击是致命的，他们更须以战功挽回败局。于飞燕在我大婚后三日便回了前线。据前线来报，现在编入元德军的燕子军正在攻克麟州的路上，而于飞燕已开始全权统率元德军，有燕子军充实的元德军已变成令窦周闻风丧胆的神军。

忽然耳边传来一阵孩童的哭声，我同小玉随着哭声走去，却见当年我与锦绣、非白三角恋第一次大爆发的假山边上，两个小孩子正互相瞪着小眼睛对峙着，好像其中一个孩子霸道地抢了另一个的风筝。

其中一个孩子正哇哇大哭，鼻涕眼泪乱流，居然是宋明磊家的宋重阳，还戴着那把令兰生闻风丧胆的长命锁，一身宝蓝团福字锦袍上沾满了他的涕泪，正恨恨地瞪着对面那个抢了他风筝的孩子。

我细看那个欺负人的孩子，不由得暗赞了一声。真正生得好秀丽的一副相貌，但见这孩子面如美玉，目似明星，唇红齿白，一身大红公子箭袖缎袍，光洁的额头上勒着二龙戏珠金抹额，乌油油的顺发上压着一尊掐丝紫金冠，项上戴着个贵重的金螭璎珞，也系着块金镶玉的长命锁，精巧至极。也不知这孩子是哪家王公贵族，敢抢昊天侯独子的玩具。

“重阳，你叫我一声舅舅，我便把风筝还你。”那漂亮孩子有些蛮横道。

重阳不停地抽泣着，一路追着那漂亮孩子：“不要，重阳不要你这个坏蛋做舅舅。”

“啊呀呀，”那漂亮孩子急得跺着小脚，“你还学会顶嘴了你。”

那漂亮孩子两只小手高高地举起风筝，一下子把那只美人风筝给撕成两半。重阳立时肝胆俱碎，发出惊天动地的哭声：“你把姣姣撕坏了，你赔你赔。”

“啊呀呀！”那孩子一副哭笑不得的样子，“你怎么还给风筝取这么难听的名字？母妃说得对，你就是个永远长不大的傻娃娃。”

我听着觉得心里难受，走出来，抱起重阳：“重阳不哭，三舅母再帮你做个姣姣好吗？”

重阳扭头看了看是我，像找到靠山一样，扑到我肩膀上委屈地哭着：“紫眼睛妖怪帮我杀了他、杀了他。”

这是我同重阳相处一个月、见了五次面培养的结果，他每次见我都称我为“紫眼睛妖怪”。

“叫三舅母！”我板着脸，点了他的鼻子。

他哇哇地扭着小身体，心不甘、情不愿地叫了声：“三舅母，帮我杀了他。”

那漂亮孩子也正摸着小尖下巴仔细看我，一双乌溜溜的凤眼，狐疑地盯着我的紫眼睛，那样子倒有几分非白疑惑时的神情：“你是何人……怎么也长着紫眼睛呢？”

我正要严肃地开口，这孩子却忽地一拍脑门，大喜道：“我知道了，你是母妃的亲姐姐，我大姨母花西夫人，新晋封的贞静公主吧。”

我一愣，那孩子却扑到我的脚下，亲亲热热地仰头对我叫着：“非流见过姨娘，呃，三嫂嫂。”

原非流？锦绣的儿子，这还真真正正的是我亲外甥啊。再一想……呃，当然其实也算我六小叔子。我也觉得这辈分挺乱的。

当下我没有多想，开心地蹲下来，一手抱着重阳，一手抱紧原非流，亲亲两个孩子粉嫩水灵的小脸：“乖非流，姨娘可第一次见你。”

当时我一下子感到挺幸福的，抱着两团粉嘟嘟的小奶娃，一时感叹，岁月如白驹过隙啊，一转眼宋明磊和亲妹妹的娃娃都这么大了。

重阳见我亲非流，不乐意了，趁非流不注意，推了他一把。没想到这孩子不怎么聪明，但力气很大，一下子把非流推倒在地。我一时没站稳，也一屁股坐在地上。

“紫眼睛三舅母是我的，你这个坏孩子靠边站。”重阳如是狠狠说道，小身子挡在我面前，那眼神同宋明磊生气时一模一样，亮得惊人。

原非流眉毛倒竖起来，欲扑过去，但眼珠子一转，恨声道：“小傻子，你以为就你会喊打喊杀吗？你敢打我，我就要你好看。”

他对身后大吼一声：“初喜，快出来替我杀了这个忤逆长辈的不肖子孙。”

一个极俊俏的劲装丫头凭空闪了出来，腰间挂着紫玉腰牌，一张俏脸笑嘻嘻的，一边对我行着礼，一边伸出过分纤长的玉指，瘦得见骨，几乎如白骨精一般，还特地戴着银指甲套，阳光下如蛟龙闪电般抓向宋重阳。

我不及救护，重阳早哇哇大哭起来：“初信救我。”

初信？不是那个死在段月容画舫上的丫头吗？

果然另一个身着劲装的丫头从假山背后闪了出来。我当时一下子就觉得毛骨悚然，还真是长得同那个初信一模一样。

那“初信”一手抱起宋重阳，另一只戴着钢腕套的手臂快速格开了初喜的银指甲套，然后护着重阳到玉兰树的树荫下，还不忘扶起我，又略行一礼，再挡在初喜面前，一整套动作干净利落，冷冷道：“初喜，你疯啦，敢伤害阳哥儿。”

那叫初喜的丫头长着一副讨喜的姣好面孔，笑起来两颊只见可爱的梨窝，手下却毫不留情地攻了几招，状似嘻嘻哈哈地说道：“初仁姐可别怪我。主公可说啦，谁敢动六爷，就立时处死。”

那个长得像初信的初仁眯着眼道：“哟，主公可也下令，谁也不许讥笑阳哥儿，违者立斩。”

二人话不投机，便你死我活地又拼斗起来。

记得以前非白同非珏经常斗得你死我活，连带下人也你来我往，这是原家打小培养强者的一种特殊的教育方式。

这时陆陆续续有下人经过看到了，都吓得绕道而行，有几个不及退避的，被两个武功高强的凶丫鬟殃及池鱼，一下子被打得老远。

那两个孩子也不示弱，在我身边追来逃去，玩猫和老鼠的游戏。这果然是一场别开生面的认亲大会啊。

我把长帛披风卷一卷，扔给小玉，捋起我那缀满燕吹牡丹的广袖，一把抓起宋重阳，一脚勾起原非流，先把两个孩子给拿下，虎着脸说：“让你们的丫头停下来，我，你们的三舅母和大姨母，有话说。”

原非流和宋重阳被我唬住了，叫住了各自的丫头。

我索性就抱着两个孩子飞到假山上，腿上一边一个孩子。

“先说你，非流，你既是做舅舅的，就该爱护弱小族胞，宽宏大量，方可做长辈之表率，可是大姨母看到什么听到什么？动辄欺凌弱小、唆使丫头殴打外甥？你说你父王知道了，会怎么想你还有你娘？”

非流眨巴着小凤目，嘟着嘴：“谁叫他不跟我玩，还老说杀不杀的，听着就让人火气大。”临了还恨恨地加了一句，“再说他就是个大傻子，永远也长不大。”

“是吗？”我故作惊讶状，“我怎么觉得重阳挺聪明的呢，还懂得这只美人风筝是个好东西，好好珍惜，取名叫姣姣这个雅号。倒是你这么个聪明人怎么一下子把好东西给撕破了呢。”

非流一愣，傻坐在那里。

重阳听着乐了，咯咯笑了，我便扭身看重阳：“小重阳，你看看你是怎么对小舅舅的呢？虽然小舅舅是有地方不对，那也得对小舅舅好好说，动不动地就要丫头帮你杀人出气，你说说是不是男子汉所为？再说了，想要不被人欺负的最根本便是自己要强大，对不对？老想着让初信帮你出气，那三舅母问你，若有一日初信不在了，谁来帮你呢？”

重阳愣愣听着，大眼慢慢蓄满泪水，老老实实地惶恐问道：“三舅母告诉重阳，如果有一天初信不在了，谁来帮重阳呢？”

非流鄙夷道：“就知道哭。”

我看时机到了，把重阳的小手放在非流手中：“如果有一天初信不在了，小重阳自己不够强大，他，你小舅舅非流能帮你；还有你，非流，你也一样，将来小重阳也会成为你最大的帮手。”

两个孩子愕然地对看了一会儿，都在深思着这一迟到的发人深省的深刻命题：为什么我最讨厌的小屁孩子会成为我将来最大的帮手？

底下两个丫鬟，初喜一手叉着腰，一手捂唇，努力忍着笑，抬头看我们；初仁却满面严肃地抱胸听着，时而戒备地看着初喜。

两个孩子同时收回小手，头摇得像拨浪鼓一般。我憋着笑把他们的手又放在一起。

不好意思，你们的三舅母或是大姨母我，也算是搞过教育的，最擅长的就是对付你们这些小屁孩。

“傻孩子，因为你们身上流着相同的血液，原本是一家人，在困难时能帮助彼此的，唯有家人，所以要对彼此好一些哦。”

真不好意思，无论你俩一个有多聪明，一个有多傻帽，身上流的全是疯狂的原家血脉。

两个孩子又愕然地对视了许久，然后再一次飞快地收回小手，彼此挣扎着要下地，我就跃下假山，两个孩子像无头苍蝇般扎向彼此的丫头，来到近前，没想到彼此跑错方向了，竟跑到各自对头的打手跟前，吓得大叫一声，再往回跑到自己丫头那里，匆匆忙忙地拉着年轻的保姆就要走了。两个丫头都对我急急地福了福，护着自己的小主子飞也似的跑了。

我拍拍身上尘土，不远处那只被撕成两半的风筝正静静地躺在尘土之中。我拾起来，轻轻地拂了尘，向天边叹了一口气，忽忆起以往夕颜也很喜欢玩风筝，那些风筝不是被她给放丢了，就是最后也被她撕坏了，也不知道她现在是否还玩风筝吗。听说段月容现在已经正式开始对她进行皇太女的严格培训了。他是真要让夕颜替他灭了原氏吗？月容，非得这样吗？

只有这样，你才能称心如意吗？才能出口恶气吗？

小玉悄悄走到我身边，轻轻为我披上披风："先生，您管那么多做什么呀？让他们斗呗，别回头这两个孩子告了状，彼此的父母都不是善茬，回头又都赖您。"

我接过披风，对小玉笑道："小玉，这两个孩子的父母都是先生嫡亲的亲人，就好像原家和大理两边都是先生的亲人。先生最不愿意见到的是两国争战，看到他们任何人受伤。"

一阵拍手声传来，一个声音朗笑道："木槿说得好。"

我一回头，却见一个美男子站在柳树下，通身的绛色四爪金龙王服。我赶紧行了一个大礼："见过太子。"

那青年笑着一抬手，向我走了几步，在一棵高大的广玉兰下站定，玉兰花的清香混着他身上某种不知名的高贵熏香扑向我的鼻间："方才本宫听木槿教育孩子，倒颇有箕山之风也。"

我摸摸鼻子，使劲忍了打喷嚏的冲动，呵呵道："太子实谬赞了，非……呃，忠晋侯总笑话木槿是个长不大的顽童，不过同孩子们待久了，便也成了顽童，说些童言稚语罢了，何来高山隐士之风。倒是太子方才没有戳穿我的小把戏才对。"

"本宫看你何止是个顽童，简直就是个老顽童才是。"

我一听乐了，实在没忍住，掩了袖，打了两个喷嚏，连连告罪。太子大人倒也不以为意，反倒笑得更加灿烂。那天阳光晴好，我便笑着与他轻松地攀谈起来。一路谈笑，走着走着又回到了梦苑。

这位新太子深感我与非白助他之谊，被封之后，与非白走得更近了。只是非白提醒我太子妃野蛮是假，善妒是真，让我少与太子走得近，免得引起不必要的误会。

当时我斜眼看他，心想我同太子什么关系也没有，谁没事同他走得近啊，三爷您老人家学暗神讽刺我吧。

后来才发现，非白的提醒倒真是善意的。我第一次被正式介绍给这位新太子妃时，我按律行了伏地大礼，太子吧可能觉得我和他有相助之谊，也可能从非白嘴里知道我的身体不大好，便好心地亲自下座来虚扶起我，嘴里还热情说道："木槿身子不好，快快请起。"

我还没来得及起身，太子妃的笑容消失了，对我们重重咳了一下。太子当着众人的面尴尬地收回了手，太子妃看着我的目光阴沉起来。此后太子妃对非白热情如常，对我却总是冷冷淡淡。

我有点累了，正琢磨着要不要同太子告个假先回去，太子倒看出来了，收了笑容道："听说木槿最近忙于应酬，这是累了吧？"

还好，他没有像紫园中人一样，没事就紧张地侦察我有没有怀孕。

其实，那时的我，经过原非白的情事，应该明白一个惨痛的道理：

当一个帅哥，

一个身材好的帅哥，

一个身材好家世好的帅哥，

一个身材好家世好又被冠上未来至高无上统治者的帅哥，

当这个帅哥对你笑得很灿烂的时候，当你放松那根紧绷的戒备神经的时候，当艳福在向你招手的时候……

必有横祸！

可惜，当时的阳光太好，眯花了我的眼，于是我又给忘记了！

这时，前方雅乐轻传，远远地就见在天际高耸一只灿烂的华盖，不久便浩浩荡荡地来了一队浓艳鲜亮的仕女队伍，足有半副銮驾，为首一人，正是板着脸的太子妃，身后跟着那两个敢于嘲笑原非清的外戚新贵王氏姐妹。我赶紧行礼。

只听她不悦道："臣妾到处寻找太子，不想太子在此。"

太子立刻堆上一脸的朗笑："本宫方才在月桂园中走走，恰与贞静公主相遇，便一路行来，不想在这里遇到沅璃了。"

我下伏时微转左脸，露出贴了妆钿的左颊，提醒一下她，我这是毁容牌的，千万别担心。

她有意无意地瞪了我一眼，多多少少有些戒备，如同看任何一个敢于离太子两米近的女子，却相对弱了很多，但看向小玉的就不太好了。

小玉来到紫园一些时日了，对太子妃善妒之名也略有耳闻，便低头垂目，行了宫廷大礼。

“这位可是来自大理的新侍女？千里迢迢自大理而来，原以为是个粗壮女子，不想是如此绮年玉貌、形容姣美，大理美女……果真名不虚传呢！”太子妃忽然对小玉感兴趣起来，走近几步，含笑道，“你且抬起头来，让我好好看看。”

“沅璃！”太子上前拉了拉她。

太子妃却横了他一眼，更走近一步，笑问：“今年多大了？叫什么名字？来自何处？”

小玉不卑不亢地挺胸抬头，看着太子妃。

我心说不好，便上前一步：“回太子妃，她是我的学生，乃黔中兰郡盘龙山人氏，姓君名玉。”我慢慢挡在小玉面前，淡笑着回答，“今年十五岁了。”

这时太子忽然像发现新大陆，走向那王氏千金姐妹：“这不是沅穗、沅蕙二位表妹吗？本宫记得小时候见过的，那时妹妹们才刚刚过膝呢，转眼就这么大了。”

王氏小美女姐妹脸都红了，王沅穗羞答答地回着话，王沅蕙还满面兴奋地仰面同太子叙述着童年美好时光。太子妃冷光一闪，仿佛意识到本家的美女姐妹比君玉要危险得多，便放下小玉，拉着太子一起往梦苑走去。

我和小玉都松了一口气。

午时，我回到西枫苑，薇薇告诉我非白还在紫园同原青江开碰头会。最近他的伤势恢复得差不多了，估计原青江是又要调他出征了。

在现代社会，婚假最多也就一个月，更何况在这古代十万火急的乱世，我们已经算是很走运了。

我本想打个小盹，不想这一睡就睡到日头西沉。迷糊中，我听到有人在外间窸窸窣窣地脱衣物。我慢慢睁开眼，却见夕阳的余晖从喜蝠雕纹的窗棂子照进来，有个白衣人影正站在荷花屏风后面，薇薇正帮他脱下宝蓝朝服，换了件家常藕荷色缎袍，用一根金丝编宫绦松松地系了走了出来。薇薇急急地跑出来，踮起脚帮他把余发解下，那头发便着实覆了一背。

我爬将起来，他听到声音，便向我微转过头来，绝世的侧颜隐在柔和的夕阳中有一种说不出来的魅惑，他对我微笑着：“都快吃晚饭了，可醒过来了。”

我迷迷瞪瞪地望着他：“又是晡时了吗？最近我怎么老犯困，而且睡不醒呢？”

他向我走来，揉了揉我的发：“都快酉时啦，我的夫人。”

我混沌地看着他：“我的老爷，您给我下了什么瞌睡虫？春天都来了，我怎么还老想冬眠呢？”

小玉看了我们一眼，冷着个脸，不作声地同薇薇退了出去。

非白嘿嘿干笑两声，从后面搂过我来，软语温存道：“林大夫为你开的方子里加了些安神的药。你的身子不是一般的差，旧疾虽有白优子控制，但胸口的紫殇甚是凶猛，这段时间你要好好休养才对。不过，我确有私心，”非白在我耳边轻轻加了一句道，“我想让你好好调养调养，尽快生个我们的孩儿。”

我愣了两秒钟，我感到脸一下子辣了，彻底清醒了。

“可是也不能老让我睡啊！”我假装使劲抹了抹脸，别过头去，“再这样睡下去，我可都快记不得我姓什么了。”

非白哈哈笑了两声：“这位夫人，您自然是姓原呗！”

我扑哧一笑，回头看他：“姓原啊，这位公子，我叫什么呀？”

“原来你是我老婆呗。”

我再也忍不住笑出声来。

那厢里，他那温婉的凤目瞅着我，我不觉心中柔情涌动，忍不住迎上他的唇。

两人意乱情迷地倒了下去，正缠绵间，就听见小玉冷冰冰的声音：“先生、三公子，该用膳了。”

非白同我再度爬将起来，有些尴尬地互相整着衣裳。他眯着眼睛看着帘外小玉淡去的背影，木然道：“原来她是我祖奶奶啊。”

我拢了拢头发，低头拉起非白：“这孩子头一回背井离乡的，难免有些伤心，非白莫要见怪。”

非白挑了挑眉毛，忽然对我一笑：“要不给咱姑奶奶快些找个好婆家吧。”

“不行，”我摇头道，“小玉还小呢。”

“我汉家女子十五岁早都做娘了。”非白的凤目睨着我，“莫非你还舍不得她后面的主子？”

这种事情越解释越乱，我只好沉默地理着衣衫，一边小心翼翼地觑着他的脸色。

好在他对我绽开一丝笑容，轻点一下我的脑门：“我知道你的心思，无非是希望汉家同白家和平相处，我同段月容化干戈为玉帛。”他抵上我的额头，“你且放心，只要他再不犯我大庭朝，我愿与他成兄弟邻邦，总有一日我要实现大理与庭朝自由相通，助你再见到夕颜公主。”

“你说的可是当真？”我大喜过望，一下子抓紧他的双手。

“他既做得像个君子，我自也不会那么小气。”非白豪迈道，“君子一言，驷马难追。”

我们携手走向饭桌，小玉同薇薇已经试完毒了，非白不停给我夹菜，笑道：“木槿，快吃胖些吧。”

入夜，非白在品玉堂同韩先生、素辉他们议事，我则在赏心阁里看账。一会儿，薇薇报齐总管来了，却见小放风尘仆仆地从汝州总号回来，向我报告打算从汝州调派人手及资金在西京开分号的事。

“到汝州之时，所有大理的人手已全被召回，或被调至大理国界内的君氏分号，”小放如是赞扬段月容，“不想武帝陛下甚是守诺，大理以外的君氏资产不但一分不少，亦嘱咐汉家掌柜好生看管，早在那里等我前去接收呢，主子放心。”

我有什么不放心的？段月容下定决心真要做一件事时，当真是比谁都干净利落的。这样也切断了我同大理和夕颜所有的联系。那他为什么要将小玉送到我身边呢？还有，他并没有还我那支凤凰奔月钗。

我同小放聊了一会儿，见他眼眶全挂着黑眼袋，人也有些憔悴，心知这一趟也定是累着了，便让他先到厢房休息。我到花林道散步，来到一棵老梅树下，望着天空出了一会儿神。

“在想什么呢？”我一回头，原非白正背负着双手走到我身边。他的身上有梅花的香气，看样子方才已在梅林中站了一会儿了。

“没什么，发了一会儿呆罢了。”我对他笑了一会儿，“今天韩先生脸色不太好，他找你可有什么大事吗？”

“无事。”非白淡淡道，“三日后，我同父王一起前往麟州。麟州城易守难攻，麟德军久攻不下，死伤惨重，韩先生献计可攻下麟州，父王虽用了韩先生之计，却坚持让我与韩先生前往攻定州，同武德军两方夹击攻下定州，再攻伐州，最后进逼幽州，这也不失为一则好计，只是韩先生觉得父王有些偏袒驸马与宋光潜罢了。”

“我同你一起去吧。”

“不行，你要先将身体养好。”他一下子截断了我的话，颇有些大丈夫似的断然道，“战场本就是男人的天下，你只需乖乖在家等我便是。”

又来这一套大男子主义。我过去当男人也自由惯了，自然最烦听他这一套！我不乐意地回瞪着他，他可能也意识到自己的语气重了，便缓和下来，放软道：“木槿，你同我一起去战场，我会分心担心你的……而且……”他将手抚向我的肚子，柔声道，“你可有想过，也许我们的孩子已经降临人世了。”

“听说定州艰险，你可万万小心。”我回握住他的手，艰涩地开口说着，一时心中万分难受。

“木槿，我俩历尽艰难，好不容易在一起，我何尝想同你分开啊。”他轻搂住我深深叹息，“我答应你，一定好好回来，所以你也一定要好好的。其实，我明白，段月容他对你很好，你回来跟着我，其实是吃苦头的。”原非白苦涩地转过头，长长叹了一口气，“可是我就是舍不下你，受不了别的男人站在你身边。”

他一直在纠结这个？我刚想张口，却见他躲避着我的眼神，便闭上了嘴，对他一直柔柔笑着，双手抚上他的脸，将他拉近我，然后凑上一吻。他的凤目凝望着我好一阵，喜悦慢慢浮了上来，终于他又对我绽出那绝代的笑颜来。

“你，给我一些时日可好？”他略带着一丝羞涩，低声道，“我也是第一次学着做人丈夫。”

那时的我倚在非白怀中，看向天际，却见夜空中一轮皎洁清照，玉宇深沉，映着梅枝滴翠，远山大地分明。一时间，二人的心平静如水，幸福如细雨润心无声，满足地微笑了起来。

非白起程没多久，紫园中便传来庐州闹疫症的传言，紧接着随着定州战局进入最关键的时候，小放却偷偷传来两个令人叹惋的消息：这次疫症来势凶猛，被流放在泸州的废太子一家十七口不能幸免，全部染上重症，一夜之间全殁了。前王皇后不知是不是服过某种药品，还是身体特别好，总之竟没有染上疫症，但她不愿意独活下去，当下在灵堂中穿戴整齐，服下那瓶在紫园中未服下的死药，就此同儿子一家团聚了。

我们听了但觉一片叹惋唏嘘。而德宗皇帝听到这个消息，竟难受得一日水米未进，重重地倒了下来，直急得朝野上下慌乱万分，太医院的医官们排成了长长的队伍集体为皇上会诊。

就在得到消息的第二日，沈昌宗前来传王爷口谕：凡族中有官职品级但留守家中的原姓子弟，皆前往法门寺祝祷，祈求皇上龙体安康，并严守家族职权，而凡有品级的外命妇者皆前往紫辰殿外候旨照应。

皇帝昏迷了一天，原非清从千里外的战场回来，在法门寺祈福后，当即火速同一干皇亲大臣在大殿外候了一夜，眼睛都熬红了。到了次日，德宗总算醒了过来，但身体极虚，药石难进，只喝得一些清汤流汁。

四月二十五，连氏凝着脸，携了锦绣、原非烟及我，还有一众女眷，皆按品级装扮，前往紫辰殿。

那一天小玉同薇薇为我戴上了沉沉的公主如意冠。小玉看薇薇面色凝重，也有些担心，这是小丫头来到原家第一次流露出对我的关心。

“先生，”小玉为我将鬓边最后一绺头发用珍珠钗插好，犹疑道，“先生，万一庭朝皇帝驾崩了，原家会怎么样？三爷同您会怎么样？”

我对她微微一笑：“洛洛贵人在宫中如何？”

“洛洛心肠歹毒至极，”小玉轻哼一声，“偏先文武帝对她倚重至极，只要她看谁不顺眼，那人便被带到刑局，受尽折磨而死，再不见天日，大理上下皆对她恨之入骨。先文武帝驾崩之日，皇上做的第一件事便是将她下了大狱，朝廷上下无不拍手称快……”她似乎意识到了什么，收了鄙夷之色，怔怔地看向我。

我点了一下头，拉了拉身上的朝服，尽可能地减轻一下沉重的负担，然后对她淡笑道：“不必担心，不会比洛洛更可怕的。”

小玉的脸色一片苍白。

我向前走了两步，却听她在身后亦步亦趋地跟着我，悄声问道：“如果白三爷同原家倒了，那先生，咱们就能回大理了吗？”她的声音有着浓烈的思乡情绪，又带着一丝期许。

我不由得深深地叹了一口气。说实话，我还是不明白段月容为什么把小玉送到我身边，这不是害了她吗?

“如果是这样的结局，先生必会想办法送你平安回兰郡的，”我回头，对她笑道，“先生将同三爷埋骨西京。”

在里间的薇薇并没有听到我们略带些沉重的对话，只是匆忙地提着御用之物过来，小声埋怨着：“小玉你快点，傻站在这里作甚?锦妃娘娘亲自来接夫人了。”

小玉不再问话，只是默然地送我出去。早有一抬六人抬大轿子候在牌坊下。小玉刚来紫园，轮不到进宫陪侍；薇薇因是太子所赠的旧人，理当随侍宫中，她便扶我进轿，立在软轿一边。我掀起轿帘时回头望了眼，只见跪在尘土中的小玉正抬首看我，美丽的大眼睛里一片彷徨无助。

“姐姐的这个侍女长得好生标致，大理还真出美人。”轿子里早已斜倚着一位绝艳的妇人，一身月色宫装华袍，两只修长的素手无意识地把玩着肩上的玫红长帛，一双夺目的紫瞳不停地上下打量着我，“姐姐可总算长胖些了。不过今儿个脸上的妆不如前日画得好了。”

“多谢锦妃娘娘的点评。”我也斜看她一眼，“娘娘也总算清瘦一些了，今儿个的花钿比昨儿个贴得端庄多了。”

她垂下长睫，掩嘴轻笑了一下，娇柔地微侧身，拉我过来，娇嗔道：“姐姐还不快坐下。”

我笑了一下，坐到她身边。

沈昌宗高声唱颂着，大轿稳稳地走动起来。我坐在锦绣身边一声不响。

“你还是嫁给了他。”她垂眸低声轻叹了一下，“他总算如愿以偿了。我都已经记不得多久没见到他笑得这般开心了。”锦绣细细看了我几眼，淡淡道，“姐姐若不是毁了容，真比少时漂亮了许多，就是不怎么长个儿。”

我笑着看她：“你倒和以前一样，独独对我，嘴不饶人。”

我记得很清楚，那一天锦绣成功地在我面前显摆了王妃的行头，对于成功地嘲讽了我也感到非常满意，所以阳光下绝色的玉容盛满得意，看我的眼神却十分柔和。

六人大宫轿抬得再稳，前方的石青牡丹花轿帘还是微微晃着。晨时阳光正好，时不时跳进一丝两丝，有点像莫愁湖中淡金色的金不离不停地跳跃着接食，偶尔晃着人的眼。

锦绣沉默了一阵，忽然从袖摆中伸出双手来，立时有一道宝物的光芒闪了我的眼一下。我闭了眼再睁开看，却见她那水葱似的几根长指上都戴了亮闪闪的珐琅镶金嵌宝的指甲套。她带着骄傲的眼神，不停翻着双手，仔细地欣赏着。那五色宝石璀璨夺目，正借着跳跃的阳光，把各色宝石的光泽闪耀到宫轿的各个角落，一时贵气逼人。

我在西枫苑里听过这副指甲套的故事。这是德宗赐给原青江五十五大寿时的贺礼，这可不是一副普通的指甲套，据说是当年先祖轩辕紫蠡下嫁原氏前在宫中最爱用的稀世珍宝。原本紫园上下都以为武安王会把此物赐给爱女或是赠予正室，且不说原非烟以珐琅指套为护身利器，就连那连氏亦平时勤护玉指，两人皆慕名此饰久矣，相反锦绣本是武者出身，使剑者本不留指甲，平时不戴指套。然而，锦绣却神通广大地打听到礼单里有这么一副宝贝，谁也不知道锦绣对原青江吹了哪一种枕边风，最后这副名贵的指甲套鬼使神差地戴在了锦绣秃秃的手上，至此锦绣倒为了这副宝器开始留了指甲。于是锦绣在紫园之中宠爱之名更甚，相对的，连氏与原非烟亦更加仇视锦绣。

我正暗忖，也不知锦绣为了这华美的器物，可疏于练剑？她却忽然放低纤指，在我裙摆上慢条斯理地滑着，最后滑到大朵大朵的莲花粉藕上，渐渐加重了力道，我的大腿感到微微的尖锐的疼痛。她的笑容渐渐有了冷意，机械地说着那绣纹的美好寓意：“因荷得藕？因荷得藕？”

那声音像是从鼻子里使劲哼出来的，带着浓浓的恨意。

我的心中也有了疼意，便微笑着轻轻把她的手架起，轻拍她的手背，故作轻松道：“怪疼的，不玩了，到时真划破朝服，你赔我事小，到得紫辰殿来不及候命倒事大。”

锦绣优雅地收回了手，冷着脸别到一边。我看不清她的脸色，只能直觉到她心中必不太好受罢了。其实我何尝又好受过了。

轿子机械地微晃着，我渐渐有了睡意，忽然感到耳边有温热的气息扑来，便听到锦绣冷冰冰的声音在我耳边嘟哝着：“可惜他的身体不好，活不太长！”

“我能诚恳地请你不要再咒我夫君的健康了吗？”我睁开了眼睛，她正慢慢地远离我，我对她挑眉道，“若在寻常人家，他是你的亲姐夫，半个哥哥。”

“嫁给他就让你这么开心吗？”她并没有理我的请求，继续恶毒地调侃道，“这里人人豺狼虎豹的，就你一只绵羊，又没有段月容给你撑腰，帮得了他什么？”

我的牙咬了又咬，青筋暴了又暴，反复确认这是不是我最疼爱的妹子，最后绿着脸挤出一丝笑来：“我是花木槿，不是一般的绵羊，还记得小时候我给你讲过的灰太狼和喜羊羊吗，任他灰太狼再狠，最后还是输在那只羊手上。”

锦绣高昂着天鹅似的脖子，斜着描抹细致的媚眼：“你以为宣王做了太子，他就胜了吗？宣王有了太子妃的王家势力，如何还会顾忌他？早晚兔死狗烹，你回来左不过给他收尸罢了。”

又一缕阳光晃进来，闪了我那伤眼一下，不由自主地像流浪猫般低头横流了泪水，模糊了眼中锦绣的样子。可我脑中却异常清晰，一种难以言喻的无计消除更无法逃避的悲伤，在心中重重地划了一道口子。为什么我的妹妹现在变得如此面目可憎？

“我知道你想要套我的话，那我就告诉你，我回来不是为了给他收尸的。”我抹去眼泪，抬起一脚，踩在旁边的柚木茶几上，像座山雕一样，忍不住恶狠狠道，“我是回来给他敌人收尸的。”

“如果他的敌人是妹妹，姐姐难道真还要为妹妹收尸吗？”锦绣飞快地接上我的话，那圆睁的紫瞳带着绝望的泪意看着我。

我硬生生地移开了目光，望着前方艰难道：“无论过去、将来或是现在，姐姐我最不想妹妹成为姐姐的敌人，所以求妹妹放过姐姐和三爷。既然妹妹也知道他活不长，那就让姐姐陪着他度过最后那些美好的时光，难道就连这个，妹妹也要对姐姐苦苦相逼吗？”

锦绣忽地放声笑了起来，笑得花枝乱颤，笑得猖狂无忌。我诧异地看着她。她猛地顿住了笑容，那冷冽的紫瞳极犀利地盯着我的眼睛，冷如冰山道：“那如果是三爷不肯放过妹妹和非流呢，姐姐又会怎么样？姐姐也会为妹妹和非流的敌人收尸吗？”她紧紧抓住我的双肩，像是恨极了道，“你这个大傻子，为何要听信他的花言巧语巴巴地赶回来，放弃女儿、放弃丈夫，放弃富可敌国的安逸生活，为了他你放弃一切，你是在给你自己收尸啊。你知道吗？”

一时间她的紫瞳泪如雨下，冲毁了精致的妆容，坍塌了满面的高傲，那美丽的脸庞透着万分悲辛，我霎时肝肠寸断。

“那你当初为什么要把我送到他的身边呢？”我再也忍不住问出了七年来一直想问的问题，“为什么要让原青江给我下生生不离呢？”

锦绣的泪容滞住了，一下子收了啼泣，抬起紫瞳飞快地看了我一眼：“是谁告诉你的？”

我望着她惨淡道：“你当初为何要这么做呢？姐姐想了这么多年也没明白。”

锦绣凝着一张哭花了的脸，呆呆地看着我，略有些尴尬。

记得她小时候做错事，被我点破时往往就这副德行，可惜她并没有像小时候那样对我流泪认错，哇哇大哭，只是若无其事地移开目光，粗声对帘外喝道：“初喜。”

轿子停了下来，初喜果然训练有素，手上一早拿着巾帕和铜盆，不过进来时，锦绣的熊猫脸也给她擦得差不多了，初喜垂目伺候着锦绣重新上了妆。薇薇到底是太子府里出来的，看到我和锦绣那样立刻也垂下目光，只是镇静沉着地也替我补了妆。

一切似乎又恢复了我们上轿前的模样，我们彼此又变成了优雅而冷漠的贵族妇人，然而在心中却像两头兽，各自默默地舔着刚刚划开的伤口。过了一会儿，太监的唱颂声传来，行宫到了。锦绣高贵地昂起头，目视正前方，冷冷道：“看来姐姐已被他拿住了魂儿，就像妹妹从前一样。既然姐姐已做了决定，那以后在这原家，就莫要再怪妹妹心狠手辣，总有一天，姐姐会后悔的。”

牡丹花帘掀起，初喜轻巧地搀着她的玉手走了出去，如一阵风般。偌大的轿中，任是再好的阳光洒进，亦只留下一片冰冷。

我慢慢走出来，同众妯娌贵女见了礼，尽量低着头，不想让人看出我同锦绣之间有任何龃龉，可是却仍感到原非烟那冰冷的目光在我和锦绣身上扫过。

由宫人们领着前往正殿，殿上早有一位年逾四十的高贵妇人坐在正中，皇妃制的凤冠压着满头乌发，一身贵重的贵妃朝服悄然掩饰着略有些发福的身材，圆圆的脸上照例敷着厚厚的妆粉，蛾眉上贴着金钿，圆圆的眼勾了后宫例行的金色长眼线，带上了皇室的威仪和沉着，微微下挂的红唇上涂了香膏，挂着一丝沉静的淡笑。那妇人虽不如我那些原氏女伴青春美丽、娇艳欲滴，却有着一种说不尽的雍容气度和特殊安静的气质，正是宫中品级最高及资历最老的丽贵妃，也是我名义上的皇室母亲。

丽妃同孔妃都是当年的窦太皇太后赐给德宗的宫人，丽妃远不如当年的孔妃长得娇艳动人，刚进宫时因为圆脸和丰满的身材，被宫人背地里取笑“圆珠”（圆猪），却难得温柔贤淑，为人豁达，不好争宠，处事也颇为圆滑，宫中上下都很有人缘。

慢慢地，就连前王皇后对她也颇为信任与器重。丽妃曾为德宗生过柏山王和淑孝公主，但柏山王在三岁时死于天花。

庚戌国变时，淑孝公主在逃难途中遇到难民潮，同德宗和丽妃冲散了，混乱之中失踪，从此下落不明，至今杳无音信。

淑孝公主那时也只有十五岁，恰与我同年。德宗同王皇后皆感丽妃孤苦，故待其甚是亲厚。非白也曾同我说过，当初也正是丽妃感于我与淑孝郡主同岁，一样颠沛流离，在战乱中同非白失散，故而提出认我为义女。

事实上她对我确为仁爱，召见后，便赐下重物。我听说丽妃是南方人，很爱喝茶，以往淑孝公主也经常奉茶于母亲，我便让齐放寻得南部生长的顾渚山紫笋茶，这是当年轩辕氏的贡茶之一，丽妃最爱喝的茶。没想到她因此时常召见我，那眼神越来越像一个母亲了，常以各种名义行下赏赐。

丽妃很客气地受了我们的大礼，寒暄了几句，然后平静地向我们说了说德宗的身体情况，已经好多了，只是还要静养。丽妃带着各命妇到清思殿内，远远地就闻到一股清雅之香。

传闻德宗少年时是个调香高手，虽贵为皇戚，却不理兄弟间的权力斗争、宫中俗务，只爱出席贵族的赏香大会。而那时的原青江也不过是个十一二岁的少年，倒也对品香有着独到的见解，两人赏香会上一见如故，然后成为莫逆之交，既是生活中的朋友，还是政治上的盟友，就这么一路扶持而来，连原非白常用的龙涎香都是德宗亲自为他挑的。

我们跨进大殿，迎面两只威武的青铜金狻猊大熏炉正袅袅地飘浮着白烟，散发着怡人的杜若香气，雾蒙蒙地飘向镂雕的轩辕族花，那娇媚富贵的牡丹。

香气渐渐地浓了起来。我的头有些发晕，眼中那些盛放的牡丹花也模糊了起来，仿佛是雾霾的海洋深处奇形怪状的海星；而那烟雾的深处，牡丹花海的尽头是一只巨大的龙飞凤舞的龙床，纱帐里隐隐躺着德宗的身影。

我们呼啦啦地按品级下跪，静静问安。

“陛下，孩子们都来看您了。”丽妃柔声道。

一阵轻微的咳嗽声传来，感到有一阵紧迫的视线扫视在我们身上，然后一阵苍老的声音传来：“平身。”

我们微抬身，德宗又咳了几声，丽妃软声安慰了几句，德宗似对丽妃说了几句，丽妃便温笑道：“陛下要休息了，大家跪安吧。”

我们爬将起来，正要鱼贯地退出，却听丽妃说道：“贞静且留下，本宫有话说。”

所有的贵女看了我一眼，轩辕淑仪似要开口，丽妃却微笑道：“淑仪公主请先回去照顾驸马吧，驸马这几日在殿外随侍，已昏过去好几次，皇上也甚是牵挂。”

众贵女目光露出一丝嘲意，轩辕淑仪脸上微红，赶紧俯首快步走出。原非烟冷冷地瞥了我一眼。锦绣冷笑地看着原非烟和轩辕淑仪。最后余我一人，一头黑线地站在那里。为何留我下来？

丽妃轻轻向我招招手：“贞静快过来，帮本宫扶住陛下，本宫好伺候陛下喝药。”

我略有些傻气地过去帮丽妃扶住德宗，丽妃手里端着一盏琉璃盅，里面是一种诡异的油黑液体，散发着浓重的气味。我这才发现德宗其实不是一般的瘦弱，他明明还没到七十，那手却几乎形同干瘦的树干，不由得心生恻隐。

我下手尽量轻，帮他轻轻掖了掖被角，德宗好不容易平息了咳喘。

德宗向丽妃摆摆手，丽妃便点点头。我帮丽妃撤走琉璃盅，这时德宗睁开了眼睛，向我望来，看了好一会儿。

“你同依秀塔尔很像。”德宗平复了呼吸，慈和地看着我。

我一下子惊诧地看向他：“陛下见过我的母亲？”

“锦侧妃继承了依秀塔尔的美貌，而你则继承了她的良善仁慈。”德宗含笑道，

“那年朕慕高昌香料的名，前往高昌皇宫求取佛香，故而在那里见到过你和大理武帝的母亲，果真是倾国倾城的佛女。”

“敢问陛下可知谁是我的生父？”我迟疑了一会儿，继续地问道，“我的母亲，她，莫非是受了欺负才生下了我和锦绣？”

德宗愣了一下，然后摇摇头笑道：“傻孩子，你怎么会有这样的想法？依秀塔尔是那样美好的女子，你是受到天神的护佑才来到这个人世的。这世上根本没有人忍心伤害到那般美好的女人。”

我想到了段月容的紫瞳，不由得默然。的确，我算是因为紫浮的“保佑”才来到这个时空。

却听德宗继续道：“而你的父亲是一个惊才绝艳的美男子，也是一个温润如玉的谦谦君子。他可是难得的一个好人啊，非常尊重并怜爱你的母亲，可惜他生在了吃人不吐骨头的门阀世家，同朕一样。朕平生只爱弄香，却生在皇家，没有选择，只能眼睁睁地看着自己的亲人死的死，逃的逃，自己眼看也要客死他乡。”

他的面上一片悲戚，可能想起前王皇后和废太子的惨死，嘴角也抖了起来，痛苦地闭上了眼睛。

正要再问，丽妃看了我一眼，我愣是闭上了嘴，忍下了超级痒的肚肠。只听丽妃安慰他道：“皇上休息一下吧，保重身子要紧，眼看我们就要收复国土，诛杀窦逆，回到京都了。”

“京都城，”德宗慢慢睁开了眼睛，迷离道，“玉渊潭的樱花应该开得正旺吧，以往湘君总是陪着朕去采集那里的樱花做香呢。”

他的老眼散发着一丝奇异的光芒，满是对故乡的渴望。他忽地对着门口道：“咦？是湘君吗？你可来了，还带了那樱花帕子呢，我们这就去采樱花吧。”

殿中所有人都有些惊悚地回头看向门口。阳光正淡淡地洒进清思殿，烟尘在明媚的光影下幽荡，可那朗朗乾坤下却空无一人。

我暗自心惊。齐放传话说过，废太子同前王皇后因为是戴罪之身，所以下葬时毫无贵重葬品，加上泸州重疫之地，棺木紧张，人人自危，无人敢近，只得草草以破席卷裹下葬，前王皇后所陪之物唯有一幅紧攥在手心的樱花素帕而已。

丽妃不愧是久经变故的宫中贵妇，飞快地收了眼中恐怖之色，只是那带了皱纹的眼中哀凄地落下泪来，强笑道：“陛下，姐姐和复儿已然先行一步魂归故都了，方才想是来同陛下与臣妾告别的，请陛下放宽心吧。”

德宗看向丽妃，似是慢慢回过神来，茫然而悲伤地点了点头，老眼中不由得潸然泪下。

好一会儿，德宗止住了悲凄，把目光缓缓地移向我："真奇怪，朕每次见到你，就会想起很多往事来。"

丽妃也有些迷惑："臣妾也是呢，每次臣妾看到贞静就会想起淑孝来。"

她想了想，柔声道："陛下容禀，贞静既是臣妾同陛下的义女，正巧墨隐不在庄中，不如请贞静在宫中多住几日，尽尽孝心，也陪陪臣妾，如何？"

德宗的目光一直没有离开我，仿佛那高贵睿智的心中闪过了无数的念想，过了好一会儿，才慢吞吞道："爱妃说得有理，便让贞静多留几日，同爱妃叙叙，也可让太子偶尔休息片刻，让贞静替他服侍吧。"

丽妃身边的宫人带我来到一边的神思殿后，只见一个华服的年轻人，正猫着腰拿着一把宫中的团扇使劲扇着一个小火炉，听到动静便一下子抬起身子，黑着一张烟熏脸，满怀警惕地瞪着我们，吓了我一跳。宫人行着礼，慢慢说明丽妃同皇上的决定。

"哦，是木槿吧。"太子黑着脸上下看了我一会儿，总算认出了是我，对我笑了，"你今儿打扮得可甚是隆重啊，本宫一时没认出来。"

我正傻想着，好像黑暗中一个黑人咧着嘴在笑，那牙吧还挺白的！

一边的宫人努力忍着笑，讲了事情原委。

"还是丽妃娘娘想得周到。"太子又坐回去，继续慢慢扇着，哼声道，"这药如何还未开呢？定是这帮奴才未加上好炭。火候不够。"

我坐下来，想着他也怪累的，便伸手道："听丽妃娘娘说太子这几日为皇上煎药，甚是操劳，不如让我来替太子一替，太子也好稍作休息。"

我接过他的团扇看了一眼，是一幅颇为精致的杭绢美人团扇。那画中美人略显富态，笑容可掬，有点眼熟。可是我当时没顾得上细看，只是急着扇了一扇，风可真小，怪不得火力不够，看到一边放着一本诗集，便客气道："木槿请太子先坐这边，这本诗集可否借我一用？"

一开始太子可能以为我要附庸风雅，便挑眉欣然点头，用双手递过来，我一看是本诗经《大雅》。

实在看不过他的黑人脸，便笑着递上素帕，他不明所以地看着我，我便指了指脸，他这才明白，不好意思地接过挪到一边，伸着懒腰，擦着脸，然后坐在一旁看我捣鼓。

我跑到上风口，把书卷成一团，对着炉子呼地一吹，没想到火一下子稍大了些，把太子吓得跳了起来。

我赶紧告罪，好不容易把太子安抚坐下，我便拿着书册代替团扇，使劲扇了一会儿。

我偷眼看太子，太子也正皱着眉看我。我心想完了，估计是我粗鲁的样子把太子给得罪了。

我便垂目低声道："木槿山野惯了，方才冲撞了太子，太子万勿怪罪。"

太子松了眉头，强笑着正要开口，忽然我注意到有一只乌黑的东西轻巧地掉到太子的紫金冠上，我定睛一看，是一只乌中带花的蝎子，我紧张起来，慢慢站起来，卷了卷手中那本书册，向太子走去："太子殿下……"

没想到太子不悦地打断我道："木槿，这本诗集乃是本宫的爱物。"

我愣了一秒钟，那个毒蝎子悄悄爬向太子的侧脸，悄悄竖起尾部的蜇针对准了太子的太阳穴。我的冷汗流下来，可是太子对那只毒蝎子还是毫无察觉，只是伸手问我要那本诗集道："本宫以为沅璃就够不温婉了，你如何还这样糟蹋斯文，简直野……"

他还在那里絮叨我够不够妇德、野蛮与温柔的问题，我咽了一口唾沫，把书整平，慢慢递给他，一手慢慢从自己头上拔下一根簪子，低声道："太子，你不要动。"

就在太子微愣的半秒时，我射出那根簪子，银光穿过毒花蝎子，咄的一声钉在对面的柱子上，太子这才回过神来，吓得一屁股坐倒在地上，脸色煞白，额头冒汗。

他的手在打着战，就见一个黑影飞快地从屋顶飞去，我奔出殿外想去追已经来不及了。

我正要出声喊侍卫，太子拉住我的袍角，低声劝道："父皇的病势刚有起色，最忌忧惧过度，以致病体沉疴，还请夫人先不要惊动别人才好。"

我忽然有种想法，如果我今天没有被留下来，并且遇到太子，这太子岂不是90%就在今夜倒下了，大庭朝又将发生巨变？难道德宗早就料到会有刺客吗？太子一死，德宗就没了后，太子妃身后的王氏家族主要是攀附太子，不可能下此毒手。

理论上最得利的应该是原氏了，就此轩辕氏断后，可谓顺应天命地继承帝位，可是现在正在同窦周之争的最关键时刻，原青江不应该会这样贸然下手。家中世子之位未定，恐怕只有长房原非清最有可能下手吧。昆虫身体小容易躲起，而此处只有我与太子二人，恐怕我就是第一嫌疑人了，必脱不了干系，还会连累非白和身后的原家。想到这里，我背后的衣襟都被冷汗淋湿了，方感到深宫果然凶险万分。

我扶太子起来坐下，然后再检查一遍四周，果然没有什么害虫了。我跑到那只毒蝎子那里，隔着丝绢小心翼翼地拔出簪子，以免簪子上的毒液溅到我的手上，那正好是小玉临走前给我戴的镶珍珠银簪，其实是产自宋平的贡物，那时安南大王前来归降大理，答应同大理南北夹击南诏。段月容心情大好，便偷偷给自己放了个假，跑到瓜洲去。那时他正兴致大好地同小玉一起梳了一个非常繁复的垂云环花髻，正要试戴这支银簪，我在一边看账，一时头痒，找不着老头乐，就抢了这根簪子搔了搔，他便打散了一头乌发，像怨妇似的满脸不高兴，埋怨我打扰“她”在梳妆时作为女人的创造力，嫌弃我不够尊重“她”，不够体贴“她”，便赌气说不要了，我便笑嘻嘻地收了，心想你不要就不要，我正好拿来试毒。

后来没想到小玉来时一起打包带来了，现在那根簪子通身乌黑，这花蝎子之毒果然厉害。

真想不到段月容开了天眼，远远地遥控着救了我一命。

我把香袋里一盒青瓷胭脂盒取出，倒出里面的新粉，把蝎子收进里面以作物证。这时有一个中年太监捧了一堆点心跑进来，是以前在赏心阁见过的宣王心腹太监长顺，只听长顺说道：“奴婢方才被御厨房耽搁了，主子一切可安妥？”

太子在他耳边轻轻说了几句，长顺立时白着脸下去了。过了一会儿，我们四周便多了卫士的影子，于是这一夜就这样在惊恐和不安中，在蓬莱殿同太子度过了。

次日，我同太子捧着用生命为代价煎好的药递上清思殿时，行宫中尤其是清思殿周围多了很多侍卫，太子妃早已等在殿门口了，身边还站着一个英武健壮的青年，留着时下贵族美男子流行的八字胡，看我的神色略显阴冷。王沅璃本来笑靥如花，看到我跟在太子身后，立刻垮了娇容。

太子简短地为我们做了介绍。原来那位青年是太子妃兄，金吾卫右军统领将军王估亭，我们互相见了礼，便同我往殿内赶。

德宗的精神好像好了点，让太子和太子妃一起伺候着服药，听丽妃同我们唠了一会儿嗑，然后他看了看王估亭，便淡笑道：“最近外面很吵，这是怎么了？”

那个王估亭跪启道：“昨夜有人行刺太子，恐有贼人趁皇上病重之际，欲行谋逆，故加强派禁卫军守护，请皇上恕罪。”

德宗倒是面色不变，只是静静地听太子说了来龙去脉，便点了点头：“估亭想得周到，等朕的身体好一些后再查不迟，如今只莫要惊动后宫内眷便好。”

太子冷着脸听了一会儿，没有让我出示那只花蝎。过了一会儿，丽妃便皱着眉让我们跪安。昨天我没有睡好，便回到房中在薇薇的伺候下睡了一会儿。到了夜晚，正要出门再去陪太子熬药，却见两个宫女前来，我认得其中一个叫可蓝，是皇上的近身宫女；另一个同我身材非常相似，相貌亦有七分像，却从未见过。

可蓝让我换上那个同我长得相似的宫女的衣物，说丽妃娘娘要见我，我便调换了衣物，化装成个极普通的御前宫女，跟她前行，她绕了一个很远的圈子然后来到清思殿的后门。我还在想丽妃娘娘为什么要在清思殿见我，没想到却见到德宗穿了家常祥云纹的绛色缎袍，坐在床上含笑看我，身侧照例站了德宗的贴身老太监长旺。

我赶紧跪倒，德宗让我平身："木槿不要害怕，听说昨夜绪儿被毒蝎子行刺，你就在身边。"

轩辕世家果然厉害，估计王估亭不说，人家早就知道昨天的一切。我也不问德宗是怎么知道的，就把放在袖子里的花蝎子拿出来，并且把昨天的事大致说了一遍。

德宗想了想，慢慢起身，露出身后那刻着二龙戏珠的床头柜，他的手在床头柜的红木板上轻轻一扣，左边的那条龙的嘴巴一张，一只大黑鼠哧溜溜地跑了出来，足有十厘米长，抬起两只前爪，瞪着小黑眼睛，炯炯有神地看着我。

"夫人非一般弱质轻闺，理当不怕老鼠吧，"德宗笑着摸摸大黑鼠的身子，"这是倾城，倾国倾城的倾城，是我从小就养的。"

一只人见人恶的大黑鼠却起了一个倾国佳人的名字，委实有趣。

我微笑着摇了摇头："木槿早年逃难途中，常以鼠为食，请陛下放宽心。"

没想到那只大黑鼠好像听懂了我的话，微微发抖地惊惧地看着我，吱地叫了一声，跑回德宗身边。

德宗笑道："倾城不怕，这是花西夫人，也算是你的老朋友了。"

啊？我的朋友圈里没有它呀。

德宗继续说道："还记得吗？她的母亲曾经给你吃过佛油呢！"

那只黑鼠听了德宗的话，跑到我这里嗅了半天，对我点了点头，又回到德宗的身边，看着我。

"倾城来闻闻这花蝎子身上是什么香？"德宗对黑鼠轻轻地认真说道，把它当极要好的朋友一般，忽而想起重要的一点，"离远点，小心有毒。"转而对我笑道，"木槿可知每个人身上都有独特的气味？即使时间久了、距离远了，人可能辨别不出来，可是老鼠却依旧能闻得出来，预知福祸，洞察先机，这是它比我们人类强大之处，也是它们赖以生存的武器。"

我恍然大悟："陛下怀疑凶手仍在宫中？倾城可会识认出那花蝎子的主人？"

"不用倾城，只需倾城告诉那人用什么香，朕便可以推断出凶手一二。你别忘记了，朕同香打了几十年的交道。告诉你一个秘密吧，"德宗得意地轻笑了一下，"其实朕在朝堂上一直闭着眼睛，不是因为朕年纪大了老想睡，而是朕只要用鼻子便能辨别出是谁在上朝，谁在说话。"

那只大黑鼠便闻了半天，仰头对德宗吱吱叫了一阵。德宗眼睛一亮："倾城找到主使之人了。"

我心里直打鼓。可别当场闻出来是原青江啊，那我可怎么办？

德宗指了指案上一只多层的大楠木香盒，我赶紧去取来。长旺给我递来一块面罩，嘱咐我蒙了鼻子，自己也在长旺的保护下蒙了脸。他淡淡说道："莫要看熏香不过寻常之物，但略懂香道之人便知，混在一起也会成为一种毒药，比在食物或饮水中服下更能置人于死地，却神鬼不知。"

大黑鼠围着楠木香盒转了一圈，跳到上面，小爪搭到第三层，德宗愣了一愣："你确定吗？倾城，这些是安息香啊。"

大黑鼠固执地将小爪搭到第三层，最后急切地抓了起来，滑过一道道抓痕。德宗慢慢拉开第三层，一阵浓烈的香气传来。里面躺着几块香料，德宗抖着手取出，放到鼻间闻了一闻。两眼一散，向后倒去。

我和长旺赶紧扶起他，我把那个大楠木香盒拿远些，我想去喊太医，长旺却止住我，然后从怀中飞快地掏出一个小绿瓶，打开盖放到德宗鼻间闻了一闻，德宗醒了过来，呆呆地看着我，眼中慢慢流出泪来。

德宗的眼睛一下圆睁，望着我，极度悲恸："窦贼害得朕家破人亡，朕不但等不到亲手杀了他，朕的家人却开始了自相残杀。难道是天意吗？十世之后，江山果真要易主？雪摧斗木，猿涕元昌？双生子诞，龙主九天。"他有点绝望地看着我，喃喃自语道，"如果你是朕，你该怎么办？"

我愣在那里，根本不知道德宗在说些什么。难道行刺太子的是皇室宗亲吗？是谁呢？兴庆王轩辕章？崇南王轩辕克？

那厢里德宗的泪流得更猛，怔怔地望着我，眼中满是心碎，然后做了一个决定。他摸了摸倾城，含泪一字一顿地说道："二百七十七。"

那只黑老鼠再一次点点头，蹿回床头柜，等出来时，嘴里衔着一根有点像如意般的金器，中指一般长短，两头粗，中间短。金器有两面，一面浮雕着精美牡丹花纹，另一面的两端各自刻着两张脸，一张似是哀凄，一张则是诡异的笑脸。

德宗将这个金器放到我手上："多谢木槿今日帮助朕发现真相，这权且当朕的谢礼，也许有一日木槿会用到。"

我正想问德宗这是什么，可是德宗一阵剧烈的咳嗽打断了我，咳出一大口血来，全喷在我和长旺的身上，我们全都吓蒙了。我正拉着长旺去唤太医，可是德宗止住长旺，长旺捂着嘴哭倒在地，老眼极度惊慌失措。

"请陛下放心，"我扶住德宗颤抖不停的身体，"太子一定会吉人天相，请陛下保重龙体要紧，臣妇立刻去叫丽妃娘娘前来。"

"站住，"德宗两只干瘦如鸡爪的手紧紧抓住我的手臂，颤抖道，"丽妃礼佛，朕只把这种安息香赐给过她。"

我立时呆若木鸡。这时德宗的呼吸变得极为困难，嘴唇变得紫黑，青筋都暴出来了："朕不明白，她为什么要害宣儿啊？"

忽然他像是明白什么了，流泪道："湘君，是你吗？"

他的眼珠子直直地突了出来，嘴巴不及关闭，瞳孔忽然放大，重重地摔在我肩上，一下子没有了呼吸。

不及我回过神来，那长旺并没有对德宗进行急救，而是哭泣着一步步地向后退，然后猛地离开我们，跑到门口大声喊道："快来人啊，贞静公主行刺陛下。"

《旧庭书》第一百三十五卷：

元庆三年四月三十，已未年庚午亥时，上殁于西京行宫清思殿，享年六十……

群臣上谥曰圣穆景文德孝皇帝，庙号德宗，上仁厚克俭，恭孝爱民，早年失怙，常怀风木之悲；壮岁鼓盆，久虚琴瑟之乐，时人皆哀殇之，又作哀帝，客葬于西京秦岭。

第六章

幻游紫陵洞

西安行宫原名“省亲别苑”，是当初轩辕淑琪下嫁原非清时，轩辕皇室专门下旨修筑的“公主苑”，七年之后德宗携家眷退居汉中，以洛阳为新都，但西安仍是庭朝的政治经济文化中心，原家便将公主苑让渡出来，以作行宫，更名上阳宫。

而今德宗殁于上阳宫，这座行宫如一夜之间降下凝霜，夺走了宫墙内所有热闹的春之色彩，到处是白色的帷帘。我从关押我的小黑屋里向外看着，门口有一堆壮硕的宫人守候，龙禁卫明显比平日里增加了很多很多，那冰冷的铠甲摩擦着，和着那沉重的脚步声，不停地传入耳中，非常刺耳。

德宗忽然暴毙在我的怀中，那跟随德宗半生的长旺不思急救，却忽然放声说我谋害德宗，而我当时就抱着德宗，身着宫女服，手拿毒花蝎子物证，不是凶手也是凶手了。然后奇迹般地，龙禁卫就在太子妃及其兄的带领下闯了进来，时间掐得太好了，最后进来的是板着脸的太子。看到德宗死在我的怀中，泪如雨下哭着从我手上抢过德宗的遗体，领着群臣号啕大哭。群臣之中必然有众多原氏中流，自然不敢明着跟太子妃家族妄言我是弑君者，可是我依然被龙禁卫给圈禁起来。

可能是顾忌原氏，我还没有被下大理寺，只是被拘禁在这间小黑屋里留待审讯，我怀中的金如意被搜走了，可能认为我到底会一点功夫，便命人在我的手上和脚上加上沉沉的脚链。

许多的谜团在我心中翻滚，好在我也算有过些经历，想着原氏就在隔壁，没有理由就看着我遭受陷害，成为打击自家的把柄。青媚和法舟的伤势已复，小放也在不远处的君氏新商铺正热火朝天地进行开业大酬宾，应该会很快有人来营救我的，我便平静下来，静等救兵。

已经晡时了，两个冷着脸的太监提溜着一只金丝楠木的漆花八宝食盒来给我送吃的，其中一个长得眉目上挑，倒有几分媚态，拿汤时不小心洒了另一个黑脸太监，趁那个太监骂骂咧咧地一转身的一刹那，他便塞给我一把银箸，我拿到手里却发现是三支。那太监掐着嗓子，娇媚轻声道："请夫人慢用。"

我听出来了，这应该是东营碧水堂堂主，青媚的手下，应该是叫银奔的吧。果然，他微笑地从袖中露出一朵银水仙，然后飞快地收进去。

我当下心领神会，便看着他的眼睛点了点头："有劳。"

二人退去，我把那第三支筷子细细研究一番，无意间一拔，那银筷便变成两段，一段正是一把极锋利的细针，另一段却似其刀鞘，既可用来防身又可作撬锁。

我打开食盒，共三层，的确全都是我爱吃的小菜，到最后一层时，我按了半天，果然发现有一个夹层，里面是几个火折子，还有一把华丽的匕首，正是我的"酬情"。

我心下大喜，便赶紧用细针插入手链脚链的锁眼中，努力一番，双手双脚便获得了自由，心想三支筷子，非白应当在三更时分派那银奔来救我。不知是青媚自己前来还是齐放过来。

正琢磨着，忽然烛光剧烈地跳了一下，眼角闪过一个拉长的人影。我一惊，猛侧头，果然有个奇怪的变形影子，像个胀着肚子的饿鬼，伸着弯弯的短肢，向我伸来。我的皮肤有些发冷，身后便是大炕，我握紧"酬情"转身向大炕刺去，却见上面空无一人，烛光里唯有一个黑油油的小不点，还对我吱吱叫着。它的小爪上还抓着一把金灿灿的金如意，我的"酬情"就对着它的长胡子——竟然是德宗养的那只大老鼠。它竟然一点也不怕我，还绕过刀锋跑到我的手腕处蹭蹭，以示友好。

"你怎么来了？"我压低嗓子问道。

老鼠不说话，把金如意放到我的手上，然后咬着我的袖子往炕上拉。我明白了，它是给我送金如意的。也不知道它有什么神通给偷了出来。不过为什么还要我上炕?

真滑稽，一只大老鼠急吼吼地拉一个大活人上炕?

我便小心翼翼地爬上去，像陕北农民一般蹲坐在上面，看着大老鼠，没半秒钟，那炕板猛地一翻，我唰地往下掉。

这一掉可了不得，我只觉耳边风声呼呼作响，我不停地在黑暗中往下掉，倾城紧紧地抓着我的头皮，当时好像还死死咬住我的一撮头发。自由落体的时候，我的头皮被拉得生疼。我当时心里那个哭啊，真丢人，真真没想到经历过西安屠城、梅影山庄，就连弓月宫中我都死里逃生，平安活下来，最后却死在一只连人话都不会说的老鼠手里……

果然轩辕家的一个也不可信，连老鼠也是！

我慌张地取出“酬情”，疯狂地戳着四周，希望能够钩住什么。不知道我往下掉了多久，利刃终于戳入一块坚硬的所在，我停了下来。

黑暗中什么也看不见，胸膛里的心脏仿佛要跳出来一样，我的汗水早已打湿了我的后背心。我努力稳住心神，暗骂自己怎么会听一只老鼠的主意，极有可能是这只老鼠怕摔死而找一个垫背的。而那只始作俑者好像也发现平安了，开始兴奋地吱吱叫，不安分地在我头顶动来动去。我伸出另一只手，努力摸去，却是一片岩壁。我一手挂着岩壁，一手抓住一块微凸起的又尖又圆的大石块定了定神。

我往怀里摸到火折子，久违的光芒从那支火折子开始，向周围发散开来。我的“酬情”正戳在一块嶙峋的陡壁，火折子的光芒太小了，只见陡壁上面爬满了深绿色的藤蔓植物，偶有些长相奇怪的昆虫在叶子里翻爬，看到火光，便慢慢向光爬过来。我弹开不停拥过来的昆虫，心想这样吊着也不是办法，可是我看不到脚下，估计我还吊在空中吧，不由得暗惊，想不到这行宫之下亦别有天地。

我便将火折子夹在手指中，想靠着“酬情”和粗大的藤蔓慢慢往下爬。倾城倒不以为意地在我头顶安坐着，偶尔抓住一些迷路的昆虫，两只小手握着美美地吃起来。过了一会儿，它吃饱了，打了个充满臭气的饱嗝，在我头顶向四周用力嗅了嗅，跑到藤蔓上走了一圈，忽然又惊怕起来，复又躲回我的头顶。

我不敢大意，便放慢速度往下爬着，偶尔摸到一处柔软，拉过来一看，却是一朵巨大的紫色西番莲花盘，花蕊中心非常黏稠，还在微微抖动，那花蕊深处猛然伸出几支利爪似的柱头，向我扑来。这一惊非同小可，我猛地甩开花盘，人也失去重心，啊地大叫一声，手一打滑，连“酬情”也没来得及拔，便又直线往下坠。等我掉在地上时，感觉屁股重重地掉在一块软软的“垫”上，我惊魂未定，那火折子像萤火虫似的飘了下来，正好照见我的所在，我正对面似有一张狰狞的面目一闪而逝，然后那火折子就灭了。

我忍着恐惧，抖着手探向怀中，又取出一支火折子点亮，发现我坐在一堆厚厚的西番莲藤蔓之上。想是几百年来缠积起来，极为厚软，故而我不曾受伤，只是屁股略疼。我慢慢地抬头，鼻间正对着一张巨大的狞笑鬼脸，对我张着口露出尖牙和血红的大舌头。我吓得大叫一声，往后一倒，大鼠也掉了下来，忽然过来咬走我的火折子，向那只恶鬼脸跑去。顺着倾城带的一路的微弱光影，我这才发现那只恶鬼青面獠牙，生着两只铜铃大的紫色鬼瞳，单腿跪卧在地上，一腿微曲起，双手撑在地上，头向前伸着，因年代久远，那身上的彩粉暗淡，有的甚至卷翘起皮了，那面目上的油粉皆已褪落，更显凶恶，但仍能辨认。那略显斑驳的大紫眼中满是虔诚的喜悦，仿佛愉悦而激动地仰头看着什么。

我暗想那恶鬼下跪的身形便同我身高一般大小，如果站起来想必十分高大，足有三米多高了。

一会儿，倾城便顺着那恶鬼撑在地上的双臂爬到他的头顶，不久，周围竟然渐渐亮了起来。

此时的我正身处一块宽阔的岩洞之中，我对面正是一只一人多高的跪倒的修罗石像，爬满西番莲藤蔓，青面上戴着高高的进贤冠，冠顶上顶着供奉佛祖所用的长明琉璃盏，里面放着某种不知名的黑色固体，可能是鲸膏，正中一根灯芯正被倾城点燃，缓慢地燃放着幽幽的蓝光。

而我正坐在一堆堆纵横交错的西番莲上。可能是经年累月的生长，藤蔓粗壮如男子手臂，叶肥花艳，那花朵浓密处竟然惊现断脚残臂，不远处一朵花蕊深处正吞吐着半截壮汉，那人身穿黑甲，手臂强健，身材魁梧，脸部扭曲，可见死时极其痛苦，那腰部还挂着雕刻着牡丹花的腰牌，乃是轩辕家的神机营侍卫。

看来轩辕皇室也曾派人前来打探过此处。

我站起身来，这才发现所处之地甚是开阔。我的周边跪拜着成千上万个像眼前这样的巨型修罗或恶鬼石像，以我刚才所攀的大岩石为中心，呈发散状，他们的身后有三个巨大的甬道，黑暗幽深，不可目测。

每个修罗恶鬼看着相似，都长着奇形怪状的鬼面，但其实个个身形、衣着皆有不同，跪拜的姿势都略异，根本没有完全相同的两个修罗存在，最有趣的是都长着一双紫眼睛，可能同属于一个修罗家族。他们的面部神情还有眼神中都透露着对前方无比虔诚和一种宣誓效忠的决心，仿佛看到了神圣主人的降临。

我顺着他们的目光望去，最后集中到十来米高的巨岩上，上面密密地裹着西番莲的绿藤，而那岩石正是我方才同倾城攀爬之处，上面正挂着我的“酬情”。

这些魔鬼在看什么？那块大岩石有什么好看的？

这把宝刃陪伴我多年，虽有恶咒相传，但是于飞燕所赠，每每伴我度过艰险，实在舍不得，再说我往前寻出口，不定遇到什么奇奇怪怪的事物，还是放在身边防身要紧。

我便扯了几根粗藤，在藤梢缚了个结，然后使力向我的“酬情”掷去，挂到“酬情”的刀柄后便使力向外拉。“酬情”不愧是削铁如泥的宝物，没想到这一拉可不打紧，那刀身没入之处便起了裂痕，然后快速地四散扩去，最后轰然爆开。我吓得向前一扑，躲到一个修罗石像之后，紧闭眼睛，不停有小石向我溅来。我心想，莫非我又闯祸了？

我等了好一会儿，听声音渐消，才站起来，抹去脸上的烟尘，慢慢睁开眼，却见眼前一片光明。

那岩石开裂之后竟露出一座巨大而完美的天神像，那天神身穿佛经中所见的天王光明铠甲，这些常年包裹的岩石起到了很好的保护作用，甫一现世，那神像竟色彩鲜艳逼真，一时绚丽夺目，摄人心魄。

也不知是哪些工匠所做，技艺精湛，可称鬼斧神工，呕心沥血，累积经年，甚至可能终其一生才完成这些大大小小、形态各异的修罗和这座宏伟的天神像。

我想那些工匠在工作之时必定满怀虔诚之意。只见那天神身材比例堪称完美，猿臂蜂腰，强健威武，充满了男性特有的阳刚魅力，一手按住一把戳向地面的锋利钢剑，另一手下垂，仿佛在向我伸手，要免去我同众修罗跪拜之礼一般。

天神那身光明铠甲上成千上万的银鳞片整齐排列，皆由琉璃石所嵌，反射着修罗头顶上的长明灯，把光明带到了岩洞的每一个角落，只觉那天神周身上下都闪耀着光明圣洁之光。

那天神头上绾髻，余发长垂肩膀，绝世天人之颜栩栩如生，他的嘴角含着一丝淡笑，凤目晶瞳由两块巨大的金刚石雕成，随烛火见其潋滟眸光，半开半闭地垂视下方，好似在极温柔慈和地看着脚下芸芸众生，满是对人间万物的慈悲怜爱之心。

距此几十米的岩顶有一个小洞，可能是我方才掉下来的地方，正好射下一弧亮光，如圣光显现，直照在那天神绝世俊朗的脸上，更显宝相庄严，不可亵渎，仿佛他就真实地站在我面前，对我柔笑一般。立时一种奇特的淡淡喜悦浮上心间，内心一片温柔平静。

其实，那天人之颜我真的认识，正是我夫踏雪公子。

我走近几步，这才发现天人神像的通身竟全用一整块汉白玉所制，也不知从哪里得来的上好石材。我拔下头上的东陵白玉簪，比对了一番。果然，这质地同非白送我的白玉簪一模一样。

我站在那把巨剑下仰头望那天人，而他却对我一径微笑着，墨瞳闪烁着一种我所无法参透的光芒，远看似一种淡淡的嘲讽，待走近看时，却又像极了非白与我重逢时，凤目中满是静寂狂喜，仿佛这个天人是为了等我打开他的天人之像，与他再一次重逢，等了近万年之久。

我咽了口唾沫，努力了好一阵，才将自己散乱的思绪拉回。我慢慢低下头，却见那历经千百年的精钢大剑，像一面镜子一样，正映着我的紫瞳，还有身后一群巨大而虔诚的紫瞳修罗，随即便觉自己分外渺小，甚至莫名其妙地有了一种卑微感。

我想我一定是一个想象力非常丰富的人，一堆不说话的古老石像竟能在几秒钟之内让我的心情像坐过山车一样，忽起忽落。我正要找倾城想办法离开，忽然发现那剑身上似还隐隐地刻着字，我呵了一口气，用袖子擦了擦，果然，上面竖刻着四行大大的篆体古字：

奎木沉碧，紫殇南归；

北落危燕，日月将熄。

雪摧斗木，猿涕元昌；

双生子诞，龙主九天。

这不正是原家和明家的三十二字真言吗？为什么会同时出现在这里？看刚才那岩石，绝非近十多年形成。

前世所读的历史书上总戏说道，汉太祖斩白蛇称赤帝之子而夺取天下，唐太祖体有三乳之异象称帝，那武则天自称是弥乐转世而被奉上帝位。古往今来，野心家们往往以神迹曚瞒世人，以求顺服人心，登上高位。可若以此神像推论，莫非天将降大任于斯人之际，真的会有神诏吗？这块岩石像被西番莲林埋葬有几百年之久，真的不像是人力所及。就算真是人力所及，难道说几百年前原氏就暗藏这收复天下之心吗？

不对！几百年之前的原氏如何能预言未来的天王会长得同原非白一模一样？除非原氏的先祖恰好长得同原非白相似。再大胆一点推论，也许那原非白就是天神的转世吗？

我依然痴痴看着，各种各样的猜测在脑中极端地游走着，直到倾城的吱吱声把我惊醒。原来倾城正在我脚下反反复复地转圈，好像很着急。

我又看向那把大钢剑，那三十二字下好像还有几个小字。

正待细看，这时不知道从哪里吹来一阵风，四周阴冷了下来，修罗头上的长明灯随着阴风也快速地抖动了一下，岩洞里的光流开始慢慢发生了变化，那天人的笑容弧度也随着光线的变化而渐渐收敛了起来，化为一抹严肃的紧绷，那墨瞳竟似斜眼向我看来，不只是天人，连同那些修罗的紫瞳也好似向我斜睨过来。

我的心中莫名地生出一种恐惧感，好似所有的修罗和天人都在不悦地盯着我，因为有我这个不速之客的出现，打破了他们几百年来的宁静祥和，此时此刻他们的心中正在慢慢地升腾着对我的恼怒。

倾城也开始不安起来，警觉地闻了闻四周，往修罗背后那三个黑洞走去，然后扭头向我吱了吱。我快速地提起“酬情”，就在我向倾城转身的一刹那，西番莲的花叶下忽地涌出无数的黑烟来，扑向天人的背影，在火光的摇曳下开始扭曲，然后在天人的背后化作一只张牙舞爪的恶兽，向我扑来。我定睛一看，那片黑影竟全是一堆花蝎子。

我的火折子全用完了，我便提起那修罗脑门上的那盏长明灯，跟着倾城往中间那个洞拼命跑。无尽漫长的甬道上，伸手不见五指，唯有眼前这一豆长明灯闪烁着。前方倾城的影子忽隐忽显，到后来倾城忽然不见了，我一回头，那群花蝎子好像停了下来，黑压压的一片，堆起一人多高。怎么了？我再一回头，眼前竟一大片黑黝黝的湖面，我来不及刹车，摔了下去。

我浮起来的时候，倾城正游在我四周，吱吱乱叫，拼命扒拉着我的衣衫。长明灯没有被水溅灭，幽幽地漂在水面上，照着我前方的水面。我这才发现这里的水道极浅，颜色亦是紫色，想必亦是紫川之水，但仅仅没到我腰间。但我实在害怕水中有可怕的生物，便使力游到对岸。倾城跳到我手上，钻入我怀中瑟瑟发抖，我们回看彼岸，那群花蝎子在河水边爬来爬去。

刚松了一口气，不想那一只只花蝎子开始跳进水中，不一会儿那些蝎子堵满了并不很宽的河道，对岸的花蝎子搭着同伴的身体游向我。我惊恐万状，就在我腿软之际，一阵巨大的轰声传来，一股紫色的巨浪卷滚着无数的金龙向蝎山扑来。金不离躲在浪花中，张口扑咬着花蝎子，一会儿“蝎子桥”被冲塌了。我跑得再快，也不免再一次被紫川水打湿，一只被紫浪冲上来的花蝎子蹦到我的面前，扭了几下，便不动了。我仔细一看，果然同谋害太子的一模一样。

我暗想，我就被关在倚霞阁，其实离太子住的元泰殿、德宗所住的清思殿都非常近，奇怪的是，偏偏在倚霞殿底下养着这么一堆杀人于无形的花蝎子，连德宗的大黑老鼠都能发现，那轩辕氏的龙禁卫就真的一无所知吗？

倾城甩了甩毛发，又变成了一条油光乌亮的“好汉鼠”，若无其事地跳到地上往前奔去。我只得湿漉漉地跟着它向前跑去。

甬道顶部的颜色变暗了，四周的岩壁开始渗水，眼前有一丝光明。倾城吱吱叫了两声，然后奋力地向那光明跑去。

四周静得可怕，唯有水滴的声音，还有我同倾城踢踏踢踏的脚步声。过了一会儿，却见眼前一堵石壁。

走到近前，才发现这是一面透润的东陵白玉墙，墙上浮雕着一男一女的两个飞天。同以往我所见的飞天不同，墙上面没有任何西番莲缀饰浮雕，那男子飞天正微笑着拂琴，而那绝色的女子飞天却欢快地在梅花枫叶下踏歌飞舞，隐约在白玉墙的另一端微有灯光，人影绰绰，还有轻微的流水声。

我正踌躇间，那扇玉墙却轰地打开，有一股熟悉的异香扑鼻而来。我急闪到一边，倾城跃到我的肩上，看起来它也很害怕。我极慢极慢地走进墙内，玉墙轰然关闭。

黑暗再一次笼罩着我，我抖着手举起长明灯，却见正对着我的又是一个巨大的铜像，那铜像是一个长发裸身的紫瞳修罗，却呈跪倒状单膝着地，浸在紫色的水中，再往上看，他双手被绑在一个十字形的刑具上，背后插满了各种武器。那修罗的面目俊美绝伦，雌雄难辨，只是满含痛苦地扭曲着，眉间微皱，一双紫琉璃瞳中不停地涌出紫色的泉水，好像眼中不停涌出紫色热泪，缓慢地流过面颊，再流到身上，落入脚边平静的深潭中，仿佛他一生所有的悲伤都被慢慢凝固在这深潭之中。

整个铜像线条流畅，修罗强壮的肌体偾张，骨骼健美，突现一种惊心动魄的暴虐美学，形成了一幅令人感到极度窒息的绝望，却又充满了诡异奇美的艺术神品，同先前看到的天人及修罗像应都为同一神匠所做。我慢慢地倒退一步，心中害怕起来，因为这个修罗我也认识。

“这个天人为了救他的妻子，上穷碧落下黄泉，一切都如邪魔所谋，最后触动了天条，反而被认作邪恶的化身，失去了一切，流落为妖，并被许下恶毒的咒怨，他和他的妻子生生世世不能相认，有缘无分，这才有了你胸前的紫殇。”

我记得那时他的声音颤抖着，整个身躯都在颤抖，面上也带着这样永恒而绝望的痛苦，那时的他紧紧地抱住了我，好像要把我揉碎一般，他的呼吸急促地在我耳边响起。

我的心脏又开始疼了。怎么回事？在这里看到原非白的天人雕像，到底是可以解释得通的，因为这是原家。也许是遗传基因，也许仅仅是巧合！

然而，在这里看到段月容的流泪铜像，我却再不能冷静了。这是为什么、为什么？铜像痛苦的俊容面对着我，其实还是像方才所见的修罗像一样，隔着再远的距离，却依然对着那天人所跪。而他背后所插的兵器件件锋利，像是生生世世都在遭受严厉而痛苦的惩罚——可能这个铜修罗对那天人犯下大错，也可能是那天人的手下败将，所以被永远地禁锢在这里，累世接受残酷的惩罚。

我注意到铜像的胸口有一个十字小孔，看上去像是一个伤疤，又好像是一个锁孔。此时倾城正好从我的怀中蹦出，嘴里叼着那支金如意，一双墨瞳湛湛发光地看着我。

我忽然想起以前兰生在张德茂面前提过一句，轩辕家里有二百七十七具金篋，是用来存储国家最机密的文件，而第二百七十七具里面放着四大家族的秘密，尤其是原家的致命秘密。莫非德宗说的二百七十七是指这个？莫非这金篋就在这铜像里面，这金如意是这二百七十七号金篋的钥匙？

我要不要试一下打开？可是为什么在这种情况下，德宗要给我这样一把钥匙？

我的手慢慢将那把金如意随意取了悲伤的那一头，插进铜修罗胸前的锁孔上，果然契合。可是看到铜像那痛苦绝望的表情，却是不忍，仿佛我亲手把一把小刃刺进他的心上一般，我本能地拔了出来。正在犹豫要不要再插入试试，忽然有人在我脖子后面吹气，我的汗毛渐竖，感觉被人点住了穴道。有人慢慢从我身后绕过来，白影一晃，那柄金如意还有“酬情”，早已静静地躺在他的手上。

那人不似暗宫中人寻常的毫无花纹的白面具，反而戴着一面纯银面具，那面具额头点着两撇浓重的红色，更显肃杀。玉指修长，指甲又极是干净，倒像个读书的儒生，一身破旧的麻袍子，还不及司马遽常穿的料子好，却恁是干净。

那人看了我三秒钟，身躯微颤，慢慢抚上我的脸。

我大骇，叫道：“我是原家人，司马宫主的朋友，请前辈手下留情。”

那人收回了手，解了我的穴道。我后退三步，跌坐在地上。倾城又偷跑进我的衣袍里，瑟瑟发抖，似是非常害怕这个银面人。

“是你方才把圣石打开，露出天人神像吗？”他冷冷地问道。

“圣石？是的。”我点点头。

“你同高昌紫瞳佛女有什么关系？”那人问道。

我一径望着他的白面具，就是不说话。

他提溜着“酬情”向我走了两步。

我立刻飞快说道：“依秀塔尔是我娘，司马遽是我朋友，原非白是我夫，原氏主公锦妃是我亲妹妹，于大将军是我哥——”

他微一摆手，阻止了我进一步拉关系、套近乎，冷冷地哦了一声：“原来，你便是非白心心念念的那个花木槿。听说你把上面的庄子闹得很是鸡犬不宁啊。”

此人提起非白倒很是熟悉，且有种长辈对晚辈的感觉，看来是友非敌了。不过真没想到啊，我的名声在暗宫里是这样子的？比我想象中的还要糟啊……

我慢慢爬将起来：“晚辈正是花木槿，不过已离庄八年了，方才回来，实在不敢搅扰宗族。”

那个银面具男呵呵冷笑了几声：“无论是庄上还是暗宫里，尽人皆知，这八年来非白尽折腾怎么找你了。”

“敢问前辈，这里是何处？”

那人指了指上面。我抬头一看，上面是漆黑的嶙峋怪石，什么也没有。

那个面具人一挥掌，那团长明幽烛一下子灭了，周遭一片黑暗。

须臾，周围又慢慢亮了起来，我的眼前全是一片紫莹莹的花海，巨大的铜像所在是一个直径五米宽的幽潭，周围布满了灿烂盛放的紫色西番莲花，而高高的顶上全是璀璨的紫晶石在闪闪发亮，映着冷艳的西番莲，为洞中带来一片浓重紫意的光明，只是异常的森冷幽静。那些紫光最耀眼处，来自三个大块的紫晶石雕拼出来的古字：紫凌宫。

我骇然，我怎么来到了暗宫最深处的紫陵宫了？

“紫陵宫原名紫凌宫，凌霄的凌，而非陵寝的陵，是轩辕世祖赐给轩辕紫蠡公主和原理年的居所。轩辕紫蠡公主殉身后，莫名地发生了一场大地震，不但整个紫凌宫从此掩埋到了地下，就连紫栖山庄也毁于一旦，现在的庄子其实也是后来翻新的，所以后来就改成陵寝的陵了。”

那人的声音虽掩在面具下，但听上去甚是好听。

“这里不是你该来的地方。”那人在面具下思考了一二分钟，叹了一口气，“回去吧。”

我微微向他纳了个万福：“多谢前辈的不杀之恩。敢问前辈可否还我‘酬情’和先帝所赐的金如意？”

那人随手一扔，把我的“酬情”扔在我的脚跟前，我赶紧收了起来。

“如果我是你，应该把怀里的这只臭老鼠摔死，”那人指了指我的袖子，“然后将这把金如意献给原家主人，那你便为原氏立了大功，他必会即刻立你夫婿为原氏世子以示恩赏。这样吧，现任暗宫宫主马上就会到这里巡视，他同非白相交甚厚，定可保你平安到上面邀宠。你夫也快过来了吧，你只需静等原氏大军前来收拾这一乱局即可。”

他又把那把金如意扔到我跟前，我再把金如意给收了起来。

“敢问前辈，为何要这么对倾城？”我对那人疑道。

那人再次点起一支火炬，那漫天紫晶又渐渐失去了光芒，只恢复平常山石岩洞的模样，只有一团晕黄的光，好似厚厚云层中包裹的月光，让人感到略微窒息。

那人的声音很严肃："轩辕皇族乃远古神族，极擅收集情报、查人隐私，其武器之一便是这神兽信鼠。此鼠不似一般家鼠，极通人性，能识人语，又因体形巨大乃是万鼠之王，可使其他鼠类对其效忠，自身又对主上忠心至极。可惜天不佑轩辕氏，传至这第十世，别说信鼠繁衍后代了，就连这训练信鼠的技艺都已难以继承，你手上的信鼠可能是最后一只。

"司马氏擅建地宫，偏偏这信鼠极其齿尖牙利，擅掘地洞，便是地宫的克星，故而毁去这最后一只，这紫陵宫便可万世无忧。

"这把如意匙乃是盘古开天的一件神器，可开任何实锁，这一头可用于开启紫陵宫，另一头却可打开轩辕氏金篋，里面盛放着他们平日收集的关乎朝代更替、天地变色的秘辛，然而那些绝不是你之流应该打开的秘密，"那人淡淡道，"至少现在不能，而且知道得太多，对你和非白都没什么好处，你还是回去吧。"

我之流，我暗想你又算是哪之流的？但是此人武功高强，还是先不要硬碰硬为妙。我便撇开倾城的生死问题，只是微欠身："多谢前辈指点，敢问那神像可是原氏祖先？"

那人看了我两眼，没有理我，只别过头去。从袖中取出一支略显长大的毛笔，自顾蘸了铜像下的紫川之水，在旁边的地上练起字来。

我不由得有些尴尬，但又一时不知说些什么好，便找了一个干净之所，离他远远地坐下。

倾城爬到我怀中，不安地吱吱叫了一声，身子发颤。我便轻轻抚摸它的皮毛，令它安静下来。其实我也很害怕。

过了一会儿，就在我开始研究着西番莲的花瓣时，那人忽地开口问我："听说你的胸前嵌有紫殇？"

我点点头，很害怕他要像那些大夫那般验身。

那人哦了一声，又低下头，继续练着字，练着练着，笔画一变，好像开始画画了。我略略调整了一下坐姿，可以看到他的画像，只是距离略远，那水痕一会儿便干了，我看不真切，依稀可辨，他好像在画一个女人。

我为了看清楚一些，不由自主地略略伸长脖子。

他却头也不回，忽地朗声道："你难道没有听非白提起那四大家族起源的传说吗？原氏的祖先乃是尊贵的九天神祇，不只原氏，明氏、司马氏、轩辕氏亦皆为神将，皆为降妖伏魔才降临人世。平定凡间大乱后，四大家族共同在此地降伏紫瞳魔族。”他指了指那个铜像，“原氏天人宽厚，只处罚这个传说中的魔族首领，其余的紫瞳妖魔皆得宽恕，诚心顺服，于是四神决定永留人间，镇守这个紫瞳魔王首领。传说原氏天人先祖曾秘密留下了那三十二字真言，本意是提醒后人维系四大神族的联盟，不想那紫瞳魔王的门徒也听说这真言，便悄悄写在《无相真经》里，透露给另三大家族，神族联盟遂告瓦解，你若是那身怀紫殇之人——”

他的话音未落，风铃声忽起，那人侧耳倾听一阵，我的眼前又一花，只觉他把我扔进一人多高的西番莲花丛中，我立刻几欲被花香熏死。倾城钻了出来，露出小眼，同我一起透过枝叶向外看着。

不一会儿，一个满面金光的人走了进来，严格说来是那人戴了一只金面具，那面具额上画着血红的五瓣枫叶。我暗想，原氏以梅花枫叶为族徽，这两人面具额上的记号加起来正是原氏的家族族徽。莫非他们是原氏的长辈，可为何待在这紫陵宫？

那金面人似一阵风一般来到银面人面前，激动地说道：“你听到了吗？看到了吗？有人开启了圣石，我原氏祖先的本尊神像终于得见天日了。是时候了，这江山即将改朝换代了。”

“我觉得你高兴得太早了。”银面人冷冷道，手里拿着那支笔，悄然画了一朵牡丹，“就凭那个神像？”

“那天人巨剑上确刻着猿涕元昌，雪摧斗木，那三十二字真言果真自轩辕太祖时代便有了，”金面人兴奋道，“合该轩辕家完了。”

银面人拿着那支笔站了起来，冷笑道：“别得意忘形了，当年轩辕家就是利用了这三十二字真言引得明家和原家自相残杀。”

“人不犯我，我不犯人，谁叫明家的人先来害我们，”金面人阴阴道，“我们自然遵从真言打倒了明家。”

“只是这代价太大了，”银面人沉痛道，“莫要忘记了，明氏家族里也有我们的朋友和亲人。”

“也许你说得对，那么——”金面人沉默了一阵，阴冷地哼了一声，“如今，轩辕家也该为当年散播这真言付出代价了！”

他掏出一方红丝帕，里面躺着一只死僵了的花蝎子：“你看看这是什么？”

“这是‘幽灵杀人蝎’，剧毒无比。”银面人毫无感情地回答道，“这不像是轩辕氏所豢养的武士。”

“好眼力，轩辕氏如今也只剩下信鼠罢了，哪里还有什么拿得出手的神兽？”金面人冷笑数声，“这倒像是南疆圣物吧。”

“我看正是信鼠技艺已失，轩辕家里又聘了高手，来驯养这些害人的蝎子来追踪我们了。”银面人淡淡道，“方才我放了紫川水闸，趁着涨潮放出了金龙，我以为它们大部为金龙所截，想不到还是有这么多泅水过来了，这驯养之人当真不简单。”

“这蝎子会结伴搭桥，泅游紫川后，居然能跑到你的门口了，战斗力绝不在金龙之下，倒是个好武士。轩辕家中兴之意，昭然若揭啊。”金面人忽地想起了什么，“按那真言所测，圣像是由胸怀紫殇之人开启的，你可看见那花木槿跑到你这里来了？”

“这里除了我之外，连半个人影也没有，”银面人依然淡淡道，“她应是被囚在倚霞阁里等着人前去救她，如何有这神通，倒跑到紫陵宫的地界来了。”

金面人定在那里看了一会儿银面人，然后慢慢地哦了一声，将那蝎子递给银面人，忽地在半道上向我所躲藏的方向射来。我还没反应过来，眼看那只毒蝎子像利刃一般，一路削落无数的西番莲花瓣，向我飞来，早有人出手按住我的嘴，将我压倒在地，而那蝎子最后钉在我前方的土地上。

那人轻声在我耳边嘘了一声。倾城在我怀中吓得一动也不动。我微抬头，一个光头青年在烛火下冷着脸望着我，我心中松了一口气，是许久未见的兰生。

“你的疑心病越来越重了。”银面人慢条斯理地说道。

“不是我疑心，你当知道，我们本是一体，你心中所想，我自是知道，”金面人道，“而且，你向来说谎就很差，大哥。”

“干吗这样活着？”银面人出言讥讽道，“你不累吗？”

“怎样活着便算是好了？这样至少能让我在阳光下好好活下去，而不似你，只能一辈子在这快发霉的宫殿里老死，就像司马妖一样。”金面人阴森森地说道。

银面人倒也并不生气，只是从面具下冷冷地嗤笑一声：“你有多久没睡好觉了？”

金面人一滞。银面人却又坐回紫浮的铜像边上，拿起笔来练字，而金面人却向我们的方向行了一阵，奈何西番莲太过茂密，眼看就要行到我们这边，离我们一米远处呼啦立起一人，替我们解了围：“见过二位先生。”

那人一身白棉袍，戴着白面具，正是暗神司马遽。

“你何时来的？”

“方才过来，见先生们正讲得凝重之时，未敢打扰。”

“那快替我搜一搜，我分明感到有人。”

司马遽装模作样地搜了一阵，然后便借故要出去，便放了一道机关，兰生便带着我蹿了出去。

兰生将我放下，抹了一脸汗，蹲下来，用那双桃花眸在暗地里看我："你可好？"

我诧异道："你如何来了这里？"

"来寻你，"他简单地说着，桃花眸中闪着一丝疲劳，"你出了这样大的事，原家该回来的都回来了。哦，你夫原非白也回来了。"他故意在夫字上加重了口音，眼神满是嘲讽。

我假装没有听到，问道："他现在何处？"

"他与于大哥在一处，正在商议如何躲过龙禁卫进宫前来救你，你且放心，"他挑了挑眉，斜眼看我，"你还是先担心一下你自己吧。"

我点了一下头："刚才二人究竟是何人？听其所言，似是对四大家族旧事甚是了解，听其谈吐更像是原氏中人。"

"原氏有两位隐士谋臣：金阎罗，银钟馗。据说已活逾百年，乃是先祖时代轩辕紫蠡公主的守陵人，武功高绝，知一切秘辛。"兰生冷笑着举起火把，"传说中正是一个练了《无泪经》，一个练了《无笑经》，到头来虽成就天下无敌，却永远无法面对练功的过往，便在这里永远守候紫陵宫了。这两人向来一善一恶，一正一邪，一明一暗。不过你真是好狗屎运，先碰到了银钟馗。若是晚了半步，遇到的是心狠手辣的金阎罗，就算是你夫到场，也救不了你。"

兰生疲倦地对我叹了一口气，拿了火炬，头也不回地向前走去，埋怨道："你这人太不安分，没地让人担心。"

我又问道："这里既是原氏密地，你如何进来的？又是如何到这暗宫来的？"

"我从暗庄潜入，本想悄悄把你从倚霞阁接出来，没想到你平白地失踪了。我看有老鼠的脚印，想你定是被轩辕家的信鼠引到地宫来了，便也翻入地下，正遇着银钟馗开闸放金龙，便一路尾随他而来，"兰生冷冷一笑，傲然地藐视我道，"再说了，这原家还没有我没到过的地儿呢。"

我满腹疑窦，正要问他是否去过紫陵宫、是何时去的种种问题，他却忽然想起什么，在前面停了脚步。

兰生回过头来："那暗神明明看到你了，却不作声替你打圆场。看样子，你连暗神也收买了，"他疑惑道，"许是你同他谈了什么交易吧。"

"您老可真看得起我哪，此地唯有西番莲值钱，虽可入药，"我干笑了一下，故意调侃道，“不过，我未及同他谈妥西番莲的价格。”

“莫要轻信此人的任何话语。”兰生不理会我的革命乐观主义精神，忽然严肃起来，牢牢抓住我的肩膀，桃花眸犀利地看着我，“不准靠近这个暗神。他是这里的地下之王，实实在在吃人不吐骨头，乃是魔鬼的化身，万万不要相信此人，不要同他做任何交易，知道吗？”

我极不喜欢他的语气，好像他是我爹似的。须知我这一世和前一世的爹都没有这样对我说过话。于是我转过脸去，假装在欣赏甬道一角渗出的一枝幼小的西番莲，故意不理他，心想你有什么了不起的。

不想，他等不到我的承诺，忽然恼羞成怒起来，一下子把我按在墙壁上，一手掐住我的脖子，迫我看他。

他的俊脸狰狞着凑近我，眼珠子猛然变得血红，仿若魔鬼一般，狠狠对我咆哮道：“我方才说的话，你听清楚了没有？”

我想他一定要对我传达很重要的信息，可是这一吼实在把我吓得不清，他的手越掐越紧，眼神亦愈加凶狠，让我想起弓月宫中的魔鬼撒鲁尔。

我开始害怕地奋力挣扎。他对我冷冷笑道：“你怕什么，你连段月容都不怕，你倒怕起我来了。”

然后更诡异的事情又发生了，在他的左肩忽然又生出一只戴着白面具的脑袋，乃是司马遽……我的脑中一时一片空白。

兰生也感到了，可是没有人敢动。

司马遽轻轻道：“如果我是你，就不会这样对待一位高贵的仕女，关键她还特别有钱呢。”

那只面具特地在有钱上加重了语气，而我的眼前一花，兰生被人大力地甩向空中。兰生轻盈地在空中一转身，再冲向司马遽时，手中多了道银光，是我的“酬情”。

“酬情”在兰生的手中如银龙一般，灿烂的银光不时冲向暗神，可是暗神的手也没有伸出来，却像浑身长了眼，恁是银光再锋利耀眼，却不得近他分毫。

“上古有一个传说，人偶本是死物，奈何操纵他的人偶师却是个心灵手巧之人，故而手中的人偶亦变得传神多情，于是那人偶也爱上了人偶师的心上人，”暗神的口气忽地变了，他从白袖袍里伸一只手，探入银光深处，“可惜再动人，他也不过是一个冰冷的人偶，更何况是像你这样破败的废木头，永远也不要妄想代替那人偶师的位置。”

兰生冷冷一笑：“原来你也明白这个道理。”

什么意思？

暗神明显顿了一下，也哼了一声，一改散漫的戏谑之语，衣袖如舞地在空中击中兰生的左胸。一个大背肩，将他掼倒在地，一手抓着“酬情”按压他的脖颈，狠戾道：“快说，你是谁？本宫会有一千种方法让你生不如死。”

“够了，宫主，刚才是个误会，请放了兰生吧。非白遣兰生来找我，想必他正急着到处找我呢。请让我快回地面上去吧。”我略着急道。

“你是我什么人哪，你让我放，我就得放？”司马遽对我冷冷地道，“再说了，西番莲价格还没定呢，凭什么我得听你的？”

我一时语塞，略张着口这么看着他。

他却叽叽咕咕地笑起来：“可还记得我在花林道说的，只要你应允了，我便不杀他。”

我正思忖着如何打个马虎眼先把兰生给放出来，地上的兰生却猛地一脚把司马遽踢了出去，大吼道：“她不是你们原家的玩物，你们不要想毁了她。”

“这儿轮得到你说话吗？”司马遽的白衣在火光下的甬道里如一阵苍白的光影，像鬼魅一样飘忽不定，他兴奋地怪笑道，“你这个连男人也算不上的蠢东西。”

“酬情”划过一道银光，兰生的脸上一道深深的血痕，连皮肉都翻出来了，司马遽再一次将他踏在脚下。

我这回真急了，挡在兰生前面，使劲把他推开，还好他没有还手，大声说：“你干什么你，我答应你就是，再打下去他还有命吗？”

“很好，”司马遽收了戏谑之声，严肃道，“契约已成，日后我等便是生死之伴，莫忘记你今日之言！”

我正暗自冷笑：“要结伴也是同我老公，谁要同你这个怪胎生死结伴来着？”

就在这时，一个温和的女子声音传来：“阿遽，你在作甚？”

我们都回头惊看，一个戴着白面具的红衣女子，牵着一个戴着白面具的孩子，身后跟着两个戴着白面具、满头灰发的武士。

那个女人的面具额上刻着枫叶梅花记号，乌发梳着高高的朝云髻，脚踏珍珠鞋，身着火红的蜀锦制广袖留仙裙，高腰上束着一根银骨盘结的腰带，勾勒出曼妙的魔鬼身材，精致的苏绣针法缀满了大朵大朵的西番莲，金线勾缠，瑰丽而艳紫，竟然在昏暗的火光下闪耀着一种鬼魅的华丽，即便戴着面具，亦让人无法忽视她的高贵。

那个孩子看到我，着急得啊啊大叫，甩了那妇人的手，向我冲来，一下子推开了司马遽，扑在我怀中，挡在了我、兰生和司马遽中间，救了我们。正是那奇怪的暗神的儿子小彧。

司马遽低声恨恨道："小孽障，小小年纪便色字当头。"

他刚刚说完，便向那个红袍女子掠过去略施一礼，一改平时蛮横傲慢的语气，柔声道："母亲大人，身子不好，怎么今儿个出来了？"

我赶紧扶起兰生，从怀里掏出一些随身的药物，想给他脸上上些药，不想兰生嘴角流血，目光冷傲地睨了我一眼，一下子把我推开了，想自己站起来，结果身子晃了两晃，又重重跌坐下来。我当下气得不轻，但看他这样伤重，只好隐忍下来，又站到他身边，也不顾他反对，给他嘴里塞了一粒雪芝丸。

"咦？怎么有外人闯到这里来？"

"回母亲大人，这是庄子上三爷的新妇，另一个是她的奴仆，他们为轩辕家的信鼠所引，来到宫中，方才儿子正要送他俩早登极乐。"

我扶着兰生，怒瞪司马遽，原来你方才要杀了我们吗？

"三爷？原三爷的新妇？"那妇人疑惑道，"难道就是名动天下的花西夫人？"

"正是！"司马遽转向我们，淡淡道，"这是本宫的母亲，夫人还不快快跪下请安？"

没有人看清那妇人是怎么移动的，她已从远远的那边转瞬来到我的眼前，一股浓郁的西番莲香气向我袭来。我一惊，不由得腿一软眼看就要跌坐地下，不想那妇人早已轻移莲步，来到我们面前，轻轻伸出一只纤长的玉手来将我扶住："夫人不必多礼。"

她扶住的双手玉指上各戴着三只极长的镶满珍珠宝石的金指甲套，流淌着华丽慵懒的气息。她默默地围着我转了一圈，又回到我的面前，好似歪着脑袋正细细看我。

"好漂亮的一双紫瞳，就像那画上的平宁长公主似的。"那妇人喃喃道，"今年多大了？

"可读过什么书？"

她接着问了我一堆问题，我慢慢答来，心中暗诧。素闻暗宫中人憎恨原氏中人，可这妇人倒对我这般客气，甚至有点像在相媳妇似的。

"嗯，算是知书识礼，倒不像锦妃那般一股狐媚子劲，"她对我点点头，轻轻扶起我的手，"可惜了，好好一张脸给毁了，不过你这妆倒甚是雅致。"

司马遽冷冷道："母亲大人同她废什么话？请您先回去，待儿臣结果二人。"

"你又胡闹，"红衣妇人低低地训斥，"怎可对花西夫人如此无礼？夫人莫要见怪，我儿无状，让夫人受惊了。"

她很客气地向东给我让了让，道："听闻轩辕家有巨变，还是快快让我儿送你们出去吧。”

本来兰生在我身边做跪拜状，低头敛眉，听到她让司马遽送我们出去，明显松了一口气，便微微抬起头来，那一张俊脸便被那红衣女人看个正着。

我正要谢过，一阵红影在我耳边如风一般飘过，没等我回过神来，那红衣女人已来到兰生面前，任兰生武功再高，竟被她瞬间封穴，掐住脖子，昂起头来。

“是你、是你，你终于回来了。”红衣妇人的身体颤得如风中落叶，淳厚的声音中掺杂着惊喜和深深的悲怆，可是手中却毫不留情——兰生的脸憋得通红。

她脸上那张冰冷的面具眼眶处，蓦然滑下红色的成串泪珠，像鲜血一般殷红地淌在白颊。

“司马莲！”最后，她终是厉声喝出那个名字，“叛徒，你终于回来了。”

那站在她身后的两个灰发武士亦如影随形，飞向兰生，顷刻抓住兰生的胳膊，惊呼道：“果真是前宫主司马莲！”

兰生本就伤重，被这两个武功高强之人一抓，更是口吐鲜血。

“夫人且放手，司马莲早已死在川中的梅影山庄，”我大声疾呼，“这是我的朋友，已剃度出家了，法名无颜大师，请夫人莫要错认。这位夫人请想想，司马莲若还在世必然已年近六十了，”我赶紧说道，“可是他不过二十出头。天下间相像之人无处不在，夫人可莫要错认，枉杀好人。”

那红衣妇人愣在那里。

其中一个武士道：“花西夫人所说有理。夫人请看，这和尚头顶确有戒疤，以前宫主的心性，断然不会前去做一个和尚。”

兰生的脸色更白了，眼中闪过一丝疑惑，似是恍然大悟，然后便是无尽的嘲讽与憎恨之意，冷冷道：“我本西关苦命人，为乱世所迫，剃度莲台下，自取法号无颜，须知女施主太过执着，便易生妄念。”

不想这一说，那个红衣妇人倒退三步，惊惶道：“你本名兰生？阿莲，你七岁便能读通我司马家传风穴全谱，十岁能吹奏《长相守》，开音律锁，十二岁便能打通暗宫所有的机关，甚至带我进紫陵宫看平宁长公主。可是你告诉过我，你讨厌这地宫，你讨厌西番莲，你讨厌你的名字。你最喜欢的花其实是兰花，你弱冠之礼时，偷偷告诉我，你给自己取了小字兰生。

“因为兰花是君子之花，在上面的阳光世界里堂堂正正受人尊崇，可是咱们司马一族却只能在这地宫下生生世世为奴为仆，所以你背弃了我们的誓言。那时守陵的正是吾父，你暗中杀了他，偷入紫陵宫，偷了秘宝，你好狠毒的心啊。”

红衣妇人厉声大喝，一脚把兰生踹到岩壁上。兰生血流不止，桃花眸中一片死灰。

“你究竟是什么人，快说！”红衣妇人厉声喝道，“怎么敢易容成阿莲的模样，还取了他的字？”

如果真是一块废木头，以幽冥教的狠毒作风，必不会那么轻易地让他活下去。也许他们是故意让我看见他们与兰生反目，欺辱并抛弃兰生，这样我便放心让兰生送我回去，然后以兰生同司马莲相似的容颜，便可挑动暗宫同原氏的仇恨。若真如此，我岂非一直被兰生欺瞒至今？

“幽冥教，好狠毒的心哪，”司马遽冷冷道，“我就琢磨你为何如此眼熟，原来是同前宫主小像相似。前宫主永远是我暗宫之痛，你千辛万苦地陪她回到原家，就是想混入地宫，好以此相似之容重掀波折。花西夫人，看看你都带些什么人回来？”

我愣愣地看向兰生，不想兰生也正定定地看着我，惨然道：“在你心中，也这样想吗？”

我努力稳住心神，想把事情的前因后果想个明白，这时那小彧哇哇大叫起来。

我们的耳边传来哗哗的水声。远处黑暗的尽头，奔腾的紫色水流狂涌而来，几乎同时，明明看上去垂死的兰生，忽地向那红衣妇人反手射出一串银针。那红衣妇人武功了得，抽出腰际银骨鞭，挡住了所有银针。与此同时，她携了小彧退至彼岸，那两个灰发武士亦向她那里掠去。

紫川漫腾的雾气，隔断了双方人马的视线，兰生扑向我，揽了我的腰向前飞奔。

那司马遽佯装出手抓空我们，却在同我擦身而过时，把“酬情”塞到我怀中，阴声道：“莫忘契约！”

兰生拉着我向前走了不知多久，血流了一地，来到一处空旷处，盘膝运功疗伤。

我趁他静心休养之时，轻手轻脚走到他的面前，细细端详他的俊容，努力搜寻着模糊记忆中司马莲的模样。

地宫烛火幽荡不已，光影不时地摇曳在兰生的面部轮廓上。是我的错觉吗？我感到他的面骨似乎同第一次见面时微有变化，更显俊美，也更有一种无法名状的熟悉之感，可是却怎么也无法具体地说出像哪一个熟人。

那时我所见的司马莲早已毁容，只能感觉依稀有几分相似。难道他真是幽冥教的另一颗欲毁掉原氏的隐棋吗？难道这个少年一路上对我的保护与扶持却是做戏吗？

我正想得出神之际，兰生忽然对我睁开一双血红的眼睛，冷冷地看着我，仿佛要扎到我的心中去一般。我吓得跌坐在他的面前。

“你心中也这样想？”兰生及时抓住我的袖子，扶住了我，对我淡淡道，“我设计于你，好重回原氏报仇？”

我想了一会儿，迟疑道：“你要听实话吗？”

兰生凝着脸对我略一点头。

“证据皆显示你助我回原氏别有用心，”我静静地看着他的眼诚实道，“可是不知为何，我的内心却告诉我，你不是坏人，没有骗我、伤我之意，我也觉得很奇怪。”

兰生定定地看了我一会儿，那眼中的戾气渐消，一双血眼也恢复如初。

“你还是你，一点也没有变，”他对我淡然一笑，似是松了一口气，擦了擦嘴角血迹，借着我的肩膀站了起来，头也不回地向前走去，“你能在这万恶的原家、在这颠倒的乱世里活下来，永远是一个谜。”

当时的我跟在他身后心想：你兰生老人家同样也是个谜，是以本人高深的智慧永远也解不了的谜。

而这个谜样的小和尚潇洒地走在前方，按下岩壁上一朵被青苔遮掩的石莲花，一道暗门打了开来。

他在前方对我做了个敛声的手势，我跟着他慢慢跨了进去。

走了一会儿，有木器相击的笃笃声不紧不慢地传来。我们的眼前渐有一阵光明。兰生慢慢掀起一块软帘——我们竟从拔步床后走了出来。我认得这处宫殿，正是丽妃，也就是现在的丽太妃的栖梧殿。

我们隐在屏风之后，却见三步之遥，一女子正从容跪坐在佛龛前诵经祈愿，正是丽太妃。

丽太妃按例制，仅梳了一个清雅的高髻，戴着一支压发的纯银凤凰钗，后鬓边斜插了一朵硕大的鲜牡丹，名唤“夜光”。

她静静地跪坐在观音像前。那神龛前放了些瓜果鲜花，一盏低挂着的皮灯笼散发着暗淡而哀伤的光芒。她便在这光芒下，左手捏着佛珠，右手慢慢地轻敲楠木鱼，每敲一下，那皮灯便轻微地震一下，连带着里面的烛火也轻跳一下，在她脸上慢慢流过一轮光影，遮住了她的细纹，反倒衬出一抹温婉的清丽来，可她似浑然不觉，只是这样一下接一下地轻敲着。

第七章

幽灵夜倾城

我胸前的倾城似乎感应到了平安，轻轻钻出脑袋，瞅了瞅兰生，悄悄地溜了下来，快速地跑到丽妃面前的佛龛下，失去了踪影。

西边的墙上挂着两幅长画轴，分别画了两个女子并列含笑地看着前方：一位仙裾飘飘，容貌十分端庄美丽，穿戴珠光宝气，装饰得异常华贵；而另一个女子形貌丑陋，身上衣服破乱，浑身污垢脏腻，皮肤皴裂，白得可怕，好像是描绘佛经故事中分别象征福佑的功德天和象征劫难的黑暗女。

这时那幅黑暗女的画像忽地震了一下，然后向右平移过去，一个身影闪了进来，却见是个满身缟素的俊美男子，正是太子。

太子亦按礼制戴着银龙燕翅冠，一身雪白的缎袍，上面绣着九条张牙舞爪的银龙，肃着一张脸，走到丽太妃身侧站定。丽太妃的木鱼声停了停，睁开了眼，看了看太子，然后又冷着一张脸转了回去，复又闭上了眼，继续手中的木鱼。

太子冷哼了一声，走到佛龛前，用手轻托那盏灯笼，看着佛祖说道："心底狠毒之人再念佛诵经，亦是枉然，丽太妃娘娘，你说是吗？"

丽太妃再一次停了下来，微微侧脸看向他："你果然还好好的。"

两人看似冷淡地凝视了一会儿，终究是丽太妃先移开了目光。

"你应该称朕陛下，"太子却依旧牢牢地看着她，恨声道，"看到朕还活着，丽太妃娘娘很失望吧。"

丽太妃不紧不慢地捏着佛珠，淡淡道："是有些失望。"

我和太子都没有想到丽太妃会这样回答，太子的俊脸一下子愤怒而痛苦地扭曲起来。

“为什么？本来你是可以颐养天年的，你也知道朕会好好待你，甚至可以封你为太后，”太子从鼻子里哼了一声，“真不明白你为什么要这么蠢，在父皇眼皮子底下要加害于朕？”

“不是我要这么做的，是孝儿让我这么做的。”丽太妃淡淡地笑着，眼中却射出犀利的恨意来。

“孝儿？”太子冷哼一声，“孝儿已经死了八年了，丽太妃娘娘说的，朕可一点也不明白。”

“知道今天是什么日子吗？”丽太妃站了起来，站在淡淡的佛光中，眼中闪烁着浓浓的悲伤。

太子只是冷哼一声，把头别了过去，俊脸上带着一丝轻嘲，把玩着手上的红玉扳指，没有回答她的问题。

丽太妃轻声道：“今天是我那可怜的孝儿，八周年忌日。”

“娘娘说这些做什么？”太子忽然敛了笑容，不耐烦起来。明明夜凉如水，他却好像有点热，扯了扯银龙盘亘的领口，“淑孝早登极乐世界，朕登基后定会请护国禅师来为淑孝超度的，丽太妃娘娘放一百二十个心。”

“不，淑孝没有走，”丽太妃悲戚道，“我夜夜都梦见淑孝，连件遮羞的衣服也没有，光着身子，浑身是血地站在刀尖上对我哭，不停地哭，她对我哭着说……说她冷，她说她有家难回，因为那些害她的凶人依然逍遥法外。”

太子的脸色有些僵，口气也软了下来，叹声道：“丽太妃娘娘忧思过虑了。”

“是我多虑了吗？”丽太妃冷嘲一声，“还是你已经忘记了当初，你同你那两个好妹妹为了保命，是怎样把我儿淑孝推向地狱？”

“住口，”太子大喝一声，“你这疯妇，我根本不知道你在说什么。”他的额头隐有汗珠，竟然忘记了自称朕。

“我没有疯！”丽太妃也大声说道，怒目圆睁地看向太子，一双玉手大力扯着那串佛珠。那串翡翠佛珠一下子被挣得四散崩裂，飞溅在金砖上，发出激烈而惊心的声音。

“你不愿意说，那就让我来提醒你，当年发生了什么。

“庚戌国变，逃难途中，那牛车眼看就这么小，根本挤不下淑仪、淑环、孝儿、复儿还有你，可你和复儿都是轩辕家的男儿，按理应该出来骑马护佑女眷，却为何待在牛车之中？为何身为弱质公主的孝儿却被迫骑马同绿翘引开窦贼的追兵？结果孝儿还没到洛阳就被潘正越掳去了。那黑了心的潘正越把孝儿和身边的宫人轮番糟蹋毒打，孝儿在临死前受尽痛苦啊。”

丽太妃痛苦地闭上了眼，霎时泪流满面，痛哭失声：“我那孝儿是金枝玉叶的公主啊，为何却落得如此下场？碍于皇家威仪，皇上秘不发丧，只好宣称孝儿至今下落不明。”丽太妃娘娘热泪纵横，右手痉挛地抓着前胸，好像痛得不能呼吸，“我那可怜的孝儿至今都是孤魂野鬼啊。”

“那又怎么样？”太子不耐烦道，“逃难途中，谁顾得了谁？只怪淑孝福薄命苦。”

“无耻懦夫，”丽太妃大吼出声，“凭什么？就因为淑孝是庶出的郡主吗？你们以为我不知道吗？绿翘都告诉我了。你那两个妹妹让可蓝抓着孝儿的头发，逼着她下牛车，你和太子两个男子却不闻不问，只有皇后身边的绿翘赶过来接应你们时发现孝儿没了，这才去救孝儿。可是她同孝儿都被潘正越抓住了，她在潘正越的营帐里放了一把火才死里逃生，可是脸也毁了，身子也毁了，整个人再也不笑了。”丽太妃哭倒在地。

那太子冷着一张脸，看不出他到底在想什么，只能隐约看到他的胸膛不停地起伏着。

过了好一阵子，丽太妃才再开口道：“绿翘到了洛阳调养了身子整整一年以后，方能说出话来。那一日她哭着告诉我，她亲眼看着孝儿是怎样被潘正越给糟蹋至死的，孝儿浑身的骨头全都被打断了。潘正越这个禽兽说淑孝的皮肤像牛乳一样滑，于是他把孝儿的皮给活活剥了下来当皮灯，把孝儿的尸首扔出去喂狗。”

丽太妃带泪的双目闪着一种诡异的迷蒙，走向佛龛前的那盏羊皮灯，颤着双手，极轻极轻地抚着那盏皮灯，眼神中满是深沉的痛苦，“我可怜的孝儿啊……若不是于大将军把潘正越赶出了晋阳，他仓皇逃跑，手下的小兵为了活命，便对于大将军献出了这盏皮灯，于大将军仁义……不避嫌地千里迢迢把你带了回来，这才有了机会让你千辛万苦地回到为娘的身边，不然你只能一辈子飘零苦海，做一个无主的孤魂啊。”

太子的脸唰的一下子苍白起来，恁是再深的城府、再好的涵养，也向后倒退两步，光洁的额头渗出汗珠来，定定地看着那盏皮灯，骇然道：“这一定是原家设下的圈套，我看你是魔怔了，这只是一盏普通的羊皮灯罢了。”

丽太妃有些悚然地痴笑道：“孝儿从小体弱，道长说要在胸前文一个法轮，方可长保平安，你看这个可不是孝儿的法轮吗？”

我循声望去，那皮灯上的法轮清晰可见，悠悠地发着惨碧的光。

“朕看太妃娘娘是疯了。”太子神经质地笑着，死死盯着那盏皮灯，右手紧按剑柄，却明显地发着抖。

“你们的命是孝儿和绿翘救出来的，可是你们一个个当没事人似的。你的那两个妹妹还要落井下石，明里暗里嘲讽绿翘贞节被夺，面目被毁。陛下说要为孝儿招魂，立一个衣冠冢，可是你们却还反对，假惺惺地说什么有碍皇家威仪。你们以为我不知道吗？你们是怕孝儿的魂儿回来找你们索命！”丽太妃不无鄙夷地说道。

太子大大地退了一大步，大口大口地喘着气，好不容易平静下来：“娘娘就只顾着淑孝受辱吗？”太子惨然道，“那我的娘亲呢，还有芮妹妹呢？她们被窦贼裸尸焚烧，然后骨灰被沉入御河，她们何曾好过？”

“没错，当初是淑仪和淑环把淑孝逼下车的，因为车里坐不下了，废太子不肯下车，我的腿中了追兵一箭，我根本拦不住。要怪你就应该怪废太子，为何单单怪我呢？”太子眼神闪烁，白着一张俊脸对丽太妃努力辩解道。

“轩辕家的后人就是你这样自私无情而无用的男人吗？”丽太妃走上前去，恨恨道，“那原三爷当年为救贞静和西安城的老百姓私盗鱼符，同于大将军攻下西安城，如今于大将军又将那潘毛子赶出晋阳，而你们却为了苟活而牺牲淑孝。为什么要推淑孝下去？为什么是淑孝？车上还有可蓝等宫人，为什么要牺牲你的妹妹淑孝？！”

丽太妃向太子唾了一口：“你和孔妃一样，是卑鄙无耻、无情无义的小人，我想来想去就是想不明白，难道像你这般懦弱无耻之人就能做皇帝？就能够诛灭窦贼、匡正社稷？”

“妇人之见，成大事者不拘小节，轩辕宗室已颓丧至今，朕是天子，为天命所趋，必将大兴我轩辕皇氏，”太子大喝一声，站到灯光下，看着神佛凛然而残酷道，“别说区区一个公主皇妹，就算是千军万马，我的生母发妻，我的心爱之人，我的亲生子女，亦要为这社稷捐躯。”

“你住口！”丽太妃怔怔地看着太子，厉声大吼道，“这些孩子里我独独对你是最好的，皇后罚你跪在中庭，我偷偷差奴婢给你送吃的。你打小就爱往我宫里钻，你、你同我……我自以为你也曾对我情深义重，是故我才会放心地让淑孝跟你走，可你为何要这样对淑孝啊？”说到后来，她早已是泣不成声，“可怜的孝儿，是为娘害了你，是为娘将你送上了死路啊。”

她的哭声凄怆悲恸，闻者无不落泪。我听了只觉心中悲惨至极，也忍不住红了眼眶。

“不是我，我根本拦不住。我的那些妹妹，她们、她们强行从我手上把淑孝给拉走了，”太子吼了回去，眼中亦落下了泪，“你把什么脏水都泼在我身上，可是你明明知道在国变之前，我根本不想要皇位与荣华，不过是想同喜欢的人一起泛舟江湖罢了，你明明比谁都清楚。你们为什么总将我母妃的过错用来惩罚我？你以为我这一路走来就好过吗？”太子望着丽太妃哀哀道，“眼看马上就要打回京都了，却一个个只想着揪着对方的过错不放。其实我打小就很害怕王皇后，因为我知道她不喜欢我母妃，连带不喜欢我，怕我同她的蠢儿子争夺皇位。她看我的眼神就像在看一只可恶的臭虫，所以我总是想尽办法讨好她。还有沅璃，我知道她喜欢沅璃，就拼命娶到沅璃，这样她至少就不会来对付我了，可是她还是想害死我。”

“太子妃真是可怜，”丽太妃鄙夷地冷笑一声，“恐怕永远也不会知道，你同她浪漫的相遇却是你精心设计的一场戏罢了。”

太子对丽太妃的嘲讽不置可否，只是深深地望着她。

“可是我却从小就喜欢你，因为我知道你是这宫里少有的好人。你还记得这把美人团扇吗？”他从怀中拿出一把扇子。

房间的光线有些暗，只有可怜的淑孝公主的身躯所化的那盏灯所散发出来的惨淡而阴暗的光芒，却仍然照见那把团扇，正是昨夜太子在熬药时扇的那把：“你喜欢墨隐的画，我便很亲近非白。其实，我私心想跟他学会画画，终于有一天我能偷偷把你的小像在这团扇上描画了下来……这把团扇，我从未离身。”

我恍然大悟，怪不得觉得这美人有点脸熟，原来正是年轻时代的丽太妃。

丽太妃呆呆地看了他几眼，苍白的脸慢慢地红了红，她把脸偏了过去，可是眼角却流下泪来：“现在你再同我说这些做什么？”

太子的语气变了，渐渐温柔起来：“我小时候，总是偷偷要你抱我，你也是喜欢抱着我的。我总是把父皇赏赐给我的好东西私底下送给你和淑孝妹妹，我亲生的妹妹们还怪我偏心。可是自从淑孝走了，你就再也不笑了……”太子慢慢走到丽太妃跟前，痛苦道，“我的那两个妹妹被母妃宠得无法无天，天天琢磨着怎么替母妃把父皇留下来，发嗲算计，我打心里讨厌她们的自以为是。我最喜欢同淑孝和你在一起，我觉得同你们在一起才算是真正的一家人。可谁知，庚戌国变之后，我们这家人也就碎了。你以为我这些年就过得舒心吗？淑孝走了以后，我天天晚上都梦到淑孝看我的眼神，我天天都活在自责中。如果那时我再勇敢一些、再坚强一些多好。”

“说得真好听啊，”丽太妃冷笑道，“可是说这些又有什么用呢，就算你只是害死淑孝的帮凶，你又为什么要害你的父亲？”

“胡说，”太子大喝一声，“那明明是花木槿背后的原氏谋划的，同朕有何关系？你以为我会像你们这么愚蠢吗？眼看就要登上帝位了，还要多生事端？明明是你放了些毒蝎子来蜇杀于我。”

“我确是想杀你，但听不懂你说的毒蝎子什么的，”丽太妃冷冷道，“我从小最怕毒虫猛兽，如何会使那些讨厌的东西？而且我的武士根本还没有动手。可是我知道你故意把遇刺的消息让太子妃兄妹告诉先帝，好刺激他的心绪，加重他的病情。”

太子一滞，眼神一个闪烁间，早已扭头喝道：“原来你早已疯魔，胡言乱语。”

“现在又认为我疯魔了？我告诉你，我不是凶手，贞静公主也绝不是凶手，”丽太妃淡淡道，“她和可怜的淑孝一样，当年是被逼做凌波郡主的替身。这些年来，我见过多少人事沉浮，唯有贞静的眼神最为干净，所以我把她留下来，就怕你会对先帝不利，也好做一个人证。如果真不是你，那恐怕便另有其人了。”

忽然丽太妃的脸色变得苍白，口中狂喷出鲜血，溅到了对面太子白皙的面上，她的胸肩处中赫然露出一截利刃，有人从她身后一剑穿过，丽太妃软绵绵地倒下。太子骇然地接住她的身子，同她一起跌到地上。丽太妃身上的鲜血溅到太子的孝服上，不一会儿，丽太妃身上的血蔓延到他的素衣，太子呆怔地抱着丽太妃，几乎成了一个血人。他慢慢抬起头，看着身后那个凶手——竟然是冷若冰霜的太子妃。她亦是血溅满身，她的头上簪了一朵溅了几滴血的琉璃冠珠，那一身孝服也被染得血红。

“你杀了她？”太子呆呆地问了一句，语气中没有了任何感情，甚至没有了恐惧，只是有种仿佛天塌下来的绝望。

“这个老货敢勾引你，”太子妃阴狠道，“她该死。”

太子的眼中渐渐沁出泪意，嘴唇无法遏制地颤抖起来，迸出强烈的恨意和鄙夷：“她是我唯一的亲人。”

可是太子妃依然暴跳如雷，鄙夷道：“你也知道这老贱货是你庶母，你还敢乱了纲常？真不要脸。肮脏的东西，你怎么可以背着我同这个老贱货勾——”

她的话还未说完，太子猛地上前，发狠地扇了她一巴掌。太子并不练武，算是一个文弱书生，可毕竟也是个身强体壮的男人，且在盛怒之下用尽全力，这一掌打得很重。太子妃一下被打在地上，樱唇边缓缓流下血来。

“她是皇室中唯一的长辈。你知道吗？你亲手杀了她，等于向天下证明你是弑君谋逆的元凶。”太子冲着她大吼着，“你这没有脑子的蠢妇，她还没有告诉我传国玉玺在哪里。”

王佶亭有些尴尬地走出来，扶起呆若木鸡的太子妃，小声埋怨道：“妹妹太莽撞了，如今太妃一死，谁来主持大局？况且先帝忽然宾天，未及授太子传国玉玺，本就引起天下猜疑。若有太妃主持后宫，为太子顺名，我等顺利拥太子登基，再引太妃证明原氏使贞静公主暗害先皇，再击杀原氏，大事可成，这倒好……惹来一身嫌疑不说，还默认了咱是真凶，真正是让仇者快、亲者痛了，妹妹此举确欠思考了。”

太子从上至下睨着太子妃，仿佛在鄙视着一只颤抖的蟑螂，然后转向王佶亭道：“以后，她若再这般愚蠢莽撞，朕向你保证，别说原氏不放过我们，她一定会先替朕将王氏送上西天极乐之界。”说毕他慢慢走过去，跪坐在丽太妃身边，慢慢抱起丽太妃，眼中流下泪来：“丽儿。”

丽太妃慢慢地睁开眼睛，看到是他，只是苦笑了一下：“你果然是为了从我这里拿到传国玉玺。”

太子没有说话，只是紧紧地抱着她，凝着她没有血色的脸，默然地流泪。

她紧紧抓住他问道：“告诉我，当初为什么你眼睁睁看着她们逼死淑孝，为什么？你骨子里不是坏人啊，你一定有原因的，快告诉我，求你了。”

阴森的宫殿中寂静无声，显得空旷而恐怖，没有人回答丽太妃娘娘。太子似是打算藏着这个永恒的秘密，没有命人来急救丽太妃，只是默然地搂着她，无声而泣。

太子妃呆坐在地上，只有王佶亭带着一队武士、几个宫人在四处翻找着玉玺。

一阵阴风吹来，只见皮灯微颤，里头的烛火略有飘摇，一个略显尖细的女子叹息在空中飘来，丽太妃的眼神开始涣散，恍惚道：“孝儿，是你回来了吗？”

在场所有人随着叹息声的方向看去，一个长长的女子身影悄然落在苍白的窗棂上，那女子梳着高高的宫髻，慢慢地向殿中飘移过来。我浑身的鸡皮疙瘩爬了起来。

兰生早已挡在我的面前，面不改色地对我侧头微微一笑，附在我耳边低声道：“主角出场了。”

果然，一个满头银钗的年轻女子走了出来，高髻上插着一朵富贵逼人的凤丹白，一大朵精致的顾绣白牡丹，绣在时下最流行的宫廷裙裾上，只是略显紧身，酥胸半露，勾勒出完美的魔鬼身材，冲淡了一身的丧意，反倒添了无穷的风流诱惑。

王佶亭的面色大变：“淑仪公主。”

果真是淑仪公主。轩辕淑仪也不行礼，低头嘲讽地看看垂死的丽太妃娘娘，对着太子淡淡一笑：“本宫……本来还想着如何才能神不知鬼不觉地请丽太妃娘娘归西，这样皇兄便是一等一的篡位谋逆之罪，真没想到，皇嫂……倒真是帮了本宫一个大忙呢。”

她微蹙黛眉，略显伤心，可那广袖下的纤指却轻掩火红的樱唇，掩住了得意的微笑，乌黑的长指甲，衬着一身凝白，俏目波光流转，诡异邪魅。

“现在可好了，如今也省得本宫和驸马动手。”轩辕淑仪快乐地笑了半天，然后忽地敛了笑容，俏目露出一丝无比阴狠的光芒来，冷冷道，“太子轩辕本绪勾结王氏，毒杀先帝，行刺太妃，意图谋逆，人神共愤，按律当诛。”

太子抱着丽太妃轻放到我们对面的佛龛下，让她靠在祥龙柱上，这时才给她嘴里硬塞了一颗药丸子。她微微嘲笑地看了太子一眼，然后略抬头，便看到头顶那盏女儿的皮灯，满面悲色。

太子站起来，走到轩辕淑仪面前，眯着眼看了她半天，最后道：“我一直以为你是我轩辕家的人，你是先帝最喜欢的女儿，又是我的亲妹妹，为什么要这样？这么好的机会，让我轩辕家可以重掌朝政，如今却断送在你的手里！”

轩辕公主的身后闪出两个俊美男子，正当前那个眸若秋水，俊美无俦；后面一个器宇轩昂，面如美玉，天狼星一般的双目正闪着诡谲的光芒，正是原非白的死对头，原非清和宋明磊。

“太子死后，本王必与驸马衷心拥戴楽世子登基，当然由轩辕皇室唯一的尊者，淑仪长公主垂帘，保他一生无忧。请放心，这天下还是轩辕家的。”宋明磊清浅地笑道。

太子也笑了：“不久的以后，这一切都会改变吧。”

“太子可曾为淑仪着想过？”原非清来到轩辕淑仪身边，深情款款地伸出手，让她轻轻搭在他的健臂上，轩辕淑仪亦对他莞尔一笑，柔情异常，“就算轩辕氏重掌朝政，淑仪最多只是个长公主，可是本王与光潜会让她成为皇后，母仪天下，参与朝政！”

太子继续笑道：“你确定是淑仪会成为皇后，而不是你？”

原非清敛了笑容。

轩辕淑仪纤手一挥，一只黑白的花蝎子从她的袖中爬了出来，一下子跳到太子肩上，太子立时吓得满面苍白，再说不出话来。众人惊呼声中，那只花蝎子又闪电般跳到王沅璃的发上，王沅璃吓得尖叫出声。太子大喝一声：“还不止声，莫忘记了你是堂堂太子妃。”

王沅璃勉力闭上了嘴，一向跋扈的俏脸花容失色，汗如雨下。我与众人骇然望去，只见那只花蝎子比所见过的幽灵蝎子要大一圈，头部赤红，肚子微鼓，双目带血，从头部到卷曲的蜇针，竟然比倾城的个头还要大一点。

宋明磊优雅地踱步来到太子面前，如嘲似讽地笑道："可惜太子看不到结果了。"

早有宋明磊的武士上前架住太子，还有王估亭。我趁乱往昏迷的丽太妃嘴里塞了一颗雪芝丸，又躲了回去。兰生在黑暗中对我摇摇头——丽太妃是活不了了。

太子的颈上早被架上一把刀，却面不改色，倒颇有轩辕皇室的威仪。他冷静道："宋侯与驸马远在麟州，快马加鞭亦要三日的行程，先帝不过昨夜宾天，便能赶回来奔丧，这可当真是巧了。这毒花蝎子很难豢养吧？"太子淡淡道，看向宋明磊，"幽冥教现在沦落到养花蝎子啦？真难为光潜了。"

"轩辕家精通情报收集，果然天下一绝，"宋明磊笑道，"你知道这个秘密多久了？"

"如果你以为你赢了，那就大错特错了，你可以布置这一切，那必定会有一个人猜到你的一举一动，他也在赶回来的路上。"太子冷冷道，"你当明白，不管发生什么事，他是无论如何也舍不下他的女人。"

非白当然会回来，东营向来同西营一样严密监视着行宫的一举一动，可是他要回来就太危险了。

"那很好，"宋明磊微笑起来，"我们正在等他。你既谋逆弑君，他自然是帮凶，我们为轩辕氏斩除奸佞，太子还得谢谢我们哪。"

"说起这花蝎子，可算费了一番工夫呢，"原非清笑道，"得感谢三瘸子那个瘦猴子，他的那个丑八怪女人。"

原非清用了很多的形容词来描述我。兰生看着我，向我挑了挑眉，表示他明白我的感受。而这是我今晚所能看到的，他最为愉悦的一丝表情了。

"这是一名南国少年送来的，还好心地教会了我们如何豢养这些蝎子，"原非清轻轻拭了一下宋明磊肩头的尘埃，笑道，"黔中多毒物，但像这样能通人性的毒虫，倒也是稀罕物。这幽灵蝎产于瘴毒之地，只食剧毒之物，并能累积各种其他剧毒，可谓人间一等一的毒王。莫要小看这毒王，却能辨认主人，听懂主人的指令。"

轩辕淑仪抿嘴一笑，微抬手，大花蝎子又快速地跳回来，顺服地躲在轩辕淑仪的掌心。太子妃立时跌倒在地，手脚虚浮地爬到太子脚下，面如土色地抱着太子的腿。

"幽灵王的繁殖能力大大超过了信鼠，但连本宫也没有想到，驸马、光潜、非烟和本宫，四个人当中，这些幽灵王只听我的！信鼠已失，自然要有人懂得如何豢养新的信武士。"轩辕淑仪得意地轻笑出声，略带激动道，"可是这一般人却又无法驾驭，这名少年懂养殖、训练甚至如何毁灭。这只有本宫才能做到，我果然才是轩辕家唯一的继承者。”

“这位少年叫沿歌，是大理圣武帝的贴身近侍，”宋明磊冷冷道，“除了她的奸夫，谁又有能力办到呢？”

沿歌？是啊，沿歌素来喜欢这些毒物，他蓄意地送这些过来，想必是得了段月容的首肯。我的心蓦地疼了起来。段月容，你终于启动了复仇的第一步吗？你终是要逼迫我同所有的学生和大理的朋友们反目成仇，让他们来杀我和非白吗？然后再逼我对他们下手吗？你明明知道我根本做不到！

我正胡思乱想间，窗棂一闪，无数的黑衣武士闯了进来，开始扑杀王氏的宫人和武士。刺耳的惨叫声传来，血腥味在大殿中传了开来。

最后，一个样貌普通的中年人跨进大殿，左手持着一把带血的短刀，右手拖着一个宫人的长发，对着宋明磊摇了摇头。

宋明磊挑了挑剑眉，状似无可奈何道：“四妹又逃啦，她总是这样调皮呢。”

那中年人正是张德茂，那个小宫人害怕得浑身发抖，满脸泪水地爬向太子：“求太子救救薇薇。”

“她不会现在就在这座宫殿里吧。”原非清有些紧张地四处张望着，“这丑八怪同三瘸子一样，鬼得很。”

宋明磊看了那个宫人一眼，笑道：“你叫薇薇吧，说说你家主子在哪里？不然，轩辕公主可要生气啦。”

轩辕淑仪的手一翻，那只花蝎子猛地跳到薇薇的脸上，蜇了一口，薇薇痛苦地惨叫起来，那美丽的小脸瞬时一半变得又黑又肿。

轩辕淑仪用手绢遮了遮鼻子，皱起精致的眉毛道：“皇兄的侍女真缺乏教养，叫得也忒难听了。”

那只赤头大幽灵花蝎似乎想要安抚轩辕淑仪的不悦，快速地跳到丽太妃身上，爬到她的头上，轻巧地叼着那朵比身子还要大的夜光，讨好地取回放到轩辕淑仪的手心里，双螯轻触她的手指，像是在温柔安慰着她。

轩辕淑仪目光微柔，绽出一丝甜美的微笑：“还是中将乖。”

宋明磊看向幽灵蝎的眼中闪过一丝厌恶，再看向轩辕淑仪却满面笑容。他快速地看了一眼原非清。原非清立刻温柔而小心翼翼地用手拈起那朵夜光，轻巧地压在凤凰镶翠步摇簪边，她繁复的云鬓上，夜光同凤丹白交相辉映，香气扑鼻，映着轩辕氏特有的美丽高贵的笑颜，一时如女王一般，睥睨天下，贵不可言，隆重非常。

原非清板着笑脸，紧盯着轩辕公主手中的大花蝎，紧张地后退了一大步，才松口气道："你不会把她弄死吧，她还没招呢。"

"这可说不准，"宋明磊对张德茂轻松道，"把这个女孩绑到午门，让四妹看着自己是如何害死她的。反正再过一刻没有解药，她会全身腐烂而死的。"

我心中不忍，正要出去，兰生却拦住我，冷静道："且消停些，他已经来了。"

不过他的话其实只说了一半，一阵羽箭密集地射了进来，在场很多西营武士和宫人中了箭，王佶亭和太子立刻拉起吓得半死的王沅璃，一起躲到丽太妃所在的佛龛下。丽太妃双目紧闭，俏脸蜡黄，了无生气，淑孝公主的皮灯在她头顶幽幽晃着，依旧闪着微弱的光。

薇薇在地上艰难地爬行着，我趁着箭雨的当口跑出去，抓着薇薇就往我藏身处跑。兰生在我后面同我一起拉，结果半道上就被一人扯离了兰生，给拉到屏风处。

兰生拉着薇薇来到暗处，给薇薇点了止血的穴道，并给薇薇喂了药，眼睛一刻也没有离开过我和挟持我的人。

"四妹果然在此。"那人对我笑着，双手扼着我的脖子。

我快透不过气来，好不容易推开他。宋明磊正对我微笑，一扭头，轩辕淑仪正冷冷地睨着我。

宋明磊再一次扣紧我的脖子，把我推向殿中央，当成肉盾，脸凑在我的脸边，令我恶心得想吐："花西夫人在此，你们快住手。"

箭雨停了下来，殿内快速地拥进几个武士，然后一个颀长的白影闪了进来。宋明磊立刻从袖中向那白影射出一支银光。

我肝胆俱碎，脑袋发热地冲向白影，大叫着非白的名字，我听到兰生的声音狂叫着："木槿快回去。"

果然白影击落了那支银光，回复我们的是更密集的箭雨。有人及时抓着我的胳膊拉了回来，让我避过了从我身侧经过的无数利箭，躲到楠木橱柜后面，宋明磊紧紧抓着我的尾发，冷冷道："四妹还那么毛脚鸡似的，上不了台面。"

我用尽全身力气打了他一耳光。你丫的变态！我抽出"酬情"隔开了我和宋明磊，他倒没有生气，只是抚着脸站在我对面轻笑。原非清差点过来掐死我，被宋明磊给拦住了。

栖梧殿内一切精美的摆设全部被毁，雕梁古董、宝幄香缨、熏炉象尺、彩信柔帛全部被冰冷的利刃撕裂成碎片，唯有角落处的佛龛还奇迹般地立在那里，连带保佑着佛龛下的轩辕族人。

箭雨将息，我略伸头，只见那白影只是个瘦长的俊美青年，正是那个给我送信的银奔，他已换了身与非白一模一样的戎装，看上去英气非凡，但眼角处仍文着黑色的眼线，显得一丝诡异和阴气。他的身后紧紧跟来一个高大的虬髯大汉，正是金灿子。他冷冷道："昊天侯谋刺圣上，挟制太子，意欲谋反，当诛不赦。"

宋明磊无惧地冷笑着，慢悠悠地拉着我，像牵着一只狗似的，信步走到中央，立时我们身后围了一圈射手护身，两边射手互相指着带血的利刃。

"照武将军既来了，怎能让暗人僭越呢？"宋明磊却不看他一眼，只是冷冷道，"难道真要你的女人受苦，才肯现身吗？"

"墨隐已经来了吗？"轩辕公主伸出乌黑的指甲轻轻抚摸着中将，蹙起远山黛眉，略带娇嗔地说道，"想不到名满天下的踏雪公子也学会偷听别人说话了呢？"

场中有一个看似中箭的宫人忽然爬起，如幽灵一般站到宋明磊身后，一把拉过我，以一把银色短刃刺向宋明磊的咽喉。宋明磊以双手挡开，后退一步。兰生乘机斜飞出来，以剑指住宋明磊，而原非清骇得抽出长剑想杀兰生，大叫："贼人快放手！"却不留神金灿子的大铁锤无声无息地来到自己的肋间。

张德茂五爪紧紧地捏住了兰生尖细的脖子，兰生的脸憋得有些发紫，却毫无惧色："德茂叔、昊天侯，大家都莫要激动。"

电光石火之间，银奔反手以针刺点住了张德茂的腰间。

每个人的兵刃压着敌人的血管，但自己偏又被别人用利刃紧逼着生死命脉，身后随行的武士也停了下来，分成两个半圈。场中牵一发而动全身，稍稍用力大家便能血溅三尺，栖梧殿中一下子静得连一根针掉地也听得见。

然而没有人敢靠近轩辕公主，因为已经有一圈幽灵蝎凭空出现，里三层外三层地将她围成一圈，并且把太子、太子妃还有王估亭也围成了一圈。

太子妃平时再凶悍，面对如此可怕的毒物，却也满面冷汗，尽弃前嫌地倚着太子害怕道："你、你们轩辕家的，尽出些毒辣的贱人。"

太子冷冷看了她一眼，不置可否，慢慢挡在她前面，紧握手中佩剑。王估亭早已同另一个侍卫站到他们二人面前，紧张地看着场中局势。

那个宫人将我拽进他的怀中，他身上所披的宫衣落地，头上的帽子也掉了下来，一头乌油油的长发霎时披披淋淋地散在背后，在火把下露出一张天人之颜。太子明显松了一口气，大胆地从王估亭身后站了出来："你可来了。"

我抬头看进一双潋滟而深邃的凤目，心中的大石一下子落了地，缓缓地松了手中的“酬情”，也长长地呼出了一口气。

他对我平静地一笑，露出绝世的笑颜：“不用怕，我们一定会平安的。”

轩辕淑仪的脸色有点发青，像那只大幽灵蝎的大青螯一样，目光含着杀意，她手中的中将猛然跳到我的发上，对我的太阳穴竖起血色蜇针。

非白的脸上立时敛了笑容：“木槿莫动。”

一时我不敢动弹，所有人的目光都转向我，盯着中将冰冷的赤眼。

我的心悬到嗓子眼，可是三秒钟后，它快速地掉了头，转身就跳向原非白。场中一阵大乱，生死圈化作混战，银奔早已射出银针，奈何那中将速度太快，非白一闪身，中将咬了两个东营武士，然后飞快地回到轩辕淑仪的手中。那两个东营武士浑身发黑、七窍流着黑血，软软地倒下来，身体僵成一团。

“为何中将不咬你？它竟然不咬你？”轩辕淑仪有些讶异，她轻点着中将的大螯，中将则背对着我蜷缩着身子，似是略略害怕。

宋明磊轻轻对她一笑，天狼星一般明亮的眼睛闪着狡黠的光，盯着原非白的凤目：“长公主忘记了吗？天下皆知，四妹乃是大理国君的心头之爱，他自然是算准了一切，送来的毒王必不会伤害心上人。”

轩辕淑仪冷冷地哦了一声，鄙夷地看了我一眼：“墨隐有这样的夫人实在是好福气啊。”

非白优雅地对轩辕淑仪略欠身，淡淡道：“多谢公主夸赞，驸马有您这样的夫人也实在是他的福气。”

兰生冷冷插了句：“只可惜这对轩辕氏的江山社稷却是一等一的灾难。”

轩辕淑仪却假装听不到，只是伸出纤手整了整发髻，低声柔笑道：“你来了也好。”然后对宋明磊松了一口气，笑道，“光潜果然神机妙算，他果然为她回来了。这下子可将他们一网打尽了。”

宋明磊也笑了：“墨隐自然是交给公主招待了。”

他转身向丽太妃优雅地行了一礼：“丽太妃娘娘，还请快快交出传国玉玺。娘娘放心，无论是谁登基，娘娘都会被尊为太妃，甚至是太后，一世无忧，颐养天年。”

他对轩辕淑仪使了一个眼色，立时一堆蝎子围住了丽太妃娘娘。

丽太妃失血的嘴唇扯了扯，露出一丝嘲笑，艰难地说道：“除非……”

轩辕淑仪翻了翻漂亮的妙目，冷笑道：“又要踏着你的尸体过去吗？你已经快死了，不过少受些痛苦罢了。”

丽太妃摇摇头，吐出一口鲜血，看着轩辕淑仪一字一顿沉声道：“我要知道淑孝到底是怎么死的？你们为什么要这样对待她，你们是她的兄姐啊。”

我很担心丽太妃的身体，非白早已对我点了点头，递给我一丸红色的药丸，温和道：“这雪润丸乃是止血解毒的圣物，本来是带给你的，如今快拿去照顾太妃娘娘吧，至少能吊住她一时半刻的精神。”

我便极慢地对众人举起双手：“大家请勿动手，先容我去照看一下丽太妃娘娘，若是娘娘殁了，玉玺便从此遗失，对大家都没有好处。”

众人倒没有任何异议，几十双各怀鬼胎的目光犀利地看着我。我便慢慢走过去，那些蝎子很自然地争先恐后地让开了一条道，等我靠近丽太妃时，又围在了一起，但明显圈子比原来大得多，显然，它们也想离我远一些。

我服侍着丽太妃服下那颗药丸，轻轻安抚道：“太妃娘娘请休息一下，保存体力要紧，淑孝公主在天之灵会保佑您平安的。”

轩辕淑仪慢慢走近我们，高高在上地看了我们几眼：“圆猪，你不觉得你女儿长得像只老鼠吗？又瘦又小，堂堂一国公主，平时喜欢养老鼠那么脏的东西不说，连说话还打结巴，看见男人连头都不敢抬，脸红得就像红头蟑螂。”轩辕淑仪从鼻子里轻嗤一声，“有时觐见父皇，结结巴巴的连话都说不全。”

冰冷的愤怒渐渐涌上我的心头，我的眼前满是这九年来所见的乱世光景，惨痛点滴，不由得站起来，对她冷冷说道：“不管怎样，淑孝公主也是你的庶妹。更何况死者为大，你怎可如此诋毁她？毕竟当初是她舍身换回了轩辕一族的平安。你可曾想过，如果不是她的牺牲，也许这盏皮灯可能就是由你的人皮做成的了！”

“我们家的事，哪里轮得到你来说话？你这个杂役房出身的贱妇。”轩辕淑仪嘲笑道。

我麻溜地回道：“你父皇尸骨未寒，你却这样侮辱庶母！为何你美丽的容貌同你的品性如此的不相称呢？”

她嘴角含笑，毫不客气地反唇相讥：“夫人高贵的品性却也与您的容貌毫不相称啊，倒是你的容貌同您的出身甚是相合。”

哈，这个没有人性的恶女人！我正待再驳她，非白却慢慢走过来，轻拍我肩，歪头对我微笑了一下，凤目含着无奈而镇定的笑意。

好吧，你想亲自教训这个狠毒的恶女人是吧，你就来吧。

我暗中咬牙，忍住气，回来丽太妃身边，扯了下摆，帮她包扎伤口。非白弯腰将身上的宫袍递给我，让我披在丽太妃娘娘的身上，隔着蝎子群给她行了一个礼。

他背对着轩辕淑仪平静道："淑仪公主，正是您那个老鼠般的结巴妹妹，为了先帝的喉疾，亲自在花园里种上枇叶、半夏，她时常为先帝亲自熬药，凡是汝家兄弟姐妹有病的，也亲自照料。您可还记得，十三岁那年来山庄做客，不想夜半贪玩，您身染麻疹，那时淑孝妹妹也不过十一岁罢了，却到我这里来要了一些药材，亲自为您煎药。"

轩辕淑仪对着非白的背影痴痴凝视，脸上竟然一片痴迷，美丽的双目扫到我时却只是异常冷毒，冷淡道："哦，好像是有那么回事。非白哥哥，当年淑孝只不过是拿这个借口去接近你罢了，实在不必如此当真。"

非白皱了皱眉，继续说道："公主原来是这样想您的妹妹吗？她整夜为您煎药，亲自照拂，何来时间接近于我？最后您病愈了，她却为您累倒并染上麻疹，仁孝之名，举庄皆知，父王也以此教育我们兄弟之间要和睦相处。那时连我那不问世事的四弟听闻此事，都亲自来探望淑孝妹妹。"

原非清满面疑惑，似在回忆往事，时而焦虑地看着非白同轩辕淑仪你来我往，时而依赖地看看宋明磊，好像在努力理清思路似的。而宋明磊镇定依旧，星眸闪烁着深不可测的光芒。

我暗想，兄弟和睦这档子事在原氏家族，听起来可真是天大的讽刺。

轩辕淑仪面色不变，垂下目光，淡淡道："本宫明白了。听说花西夫人曾是你的侍妾，曾经侍候过大理王室、突厥王室。武安王当年最爱的锦妃，还有你的生母，都是做粗活的下人，你好像也是如此，总是喜欢身份卑下的贱人。"

"英雄不问出处，轩辕宣祖早年还是养猪出身，轩辕太祖嫡妻，平宁平律二位公主之母，皇后李氏，亦不过是府中一个洗衣妇，"非白的凤目满是冷意，"而您的生母亦不过寻常宫女出身，若不是和丽太妃娘娘一同被窦太皇太后收为义女，送至先帝身边，如何得以侍候皇室，试问谁的出身又比谁更高贵些？"

轩辕淑仪的脸微微一红，轻咬银牙："那又怎样？"

非白还是保持微笑，含笑点头道："确然，淑孝妹妹心地纯良，确同木槿有几分相似。"

轩辕淑仪的俏目渐渐浮上泪意："故而，当年你到王府，总会亲自到花园里找淑孝说话，对我和淑环却很冷淡，凭什么？"

"就凭淑孝公主有一颗高贵的心，"非白敛了笑容，上前一步肃然道，"除此之外，她还拥有您所没有的另一样东西，也是轩辕皇室所有同辈人里，甚至包括天资最高的太子殿下也无法拥有的——她是唯一一个拥有驾驭信鼠能力的轩辕族人。”

非白朗声道：“若是按照轩辕氏的祖训，会得信武士技者，乃为我轩辕王嗣，传承血脉，绵延万代，她理所当然是轩辕皇室的皇位继承人。”

“一派胡言，”原非清嘲讽道，“淑孝乃是公主，如何为帝？”

“轩辕家族历来有太后或姑舅长公主垂帘听政的传统，莫忘了前朝窦太皇太后把持朝政近六十年之久。”非白朗声道，“早年轩辕六帝，尊名讳轩辕俪姬，庙号阴宗陛下，乃是女儿之身。只是阴宗改革前朝鄙陋太过急切，杀戮过重，这才引起举国动荡，内闱宫变，至此女帝为轩辕氏所忌讳，只是祖训仍在，亦无有严令非男子不可继位。庚戌国变前，先帝总带着淑孝公主随侍，甚至命她化装成宫人随侍重臣会面，颇有栽培之意，淑仪公主和太子，恐怕也是为此才残害了淑孝公主吧。”

太子面色骤变，轩辕淑仪不屑地冷哼一声，向前一步。

“旧时代的信武士之技已然失传，信鼠亦灭绝，自然由如今的信武士幽灵蝎来守护轩辕家族，”轩辕淑仪昂首道，“如今我既为信武士之母，自有能力继承皇位，只不过，”她的眼珠狡猾地一转，露出一丝诚挚之光来，恭顺而柔弱地对宋明磊和原非清欠身道，“本宫自知既为妇人，当辅佐教养幼帝，国政自是交由驸马及光潜主持，我大庭定能国泰民安，千秋万代。”

宋明磊向轩辕淑仪欠了欠身，微微一笑。原非清也对轩辕淑仪温情而笑，尽显大丈夫威严。

丽太妃无神的眼中流下泪来，慢慢转向面无血色的太子：“我终于明白了，你……原来是怕孝儿将来会同你抢皇位，所以、所以才害死孝儿？就为了这个？可是淑孝不过是个什么也不懂的小女孩啊，她怎么会同你抢夺皇位呢？”

非白无限感叹地望向太子，略带一丝嘲意道：“丽太妃娘娘，当淑仪公主命可蓝把淑孝公主踢下马车时……微臣也猜不透太子殿下是作如何想法……也许是为了王位继承权，也许是为了这世上少一个人知道您与他的秘密，总之殿下他……只是坐在那里什么也没有说、什么也没有做罢了。”

太子梳得一丝不苟的发髻有一丝凌乱，慌乱地垂在额际，他使劲甩了甩头，可那丝乱发总是垂在他的眼前。

于是他又神经质地甩了甩头，依旧挺直了脊梁，看也不看丽太妃，只是冷冷对非白道：“墨隐，如今他们都打到门口了，你星夜兼程赶回行宫，难道只为了断八年前那段乱世的伤心公案吗？如今好歹你算断清了，可否还栖梧殿一个清净？”他再一次甩了甩那绺头发，不耐烦道，“此时此刻，我等当诛杀逆贼，为先帝报仇才是啊。”

“好像还没有断清，踏雪公子。”一直不说话的兰生，忽然发话道，“公债虽已了，情债却是雾里看花。”

张德茂的目中流下泪来，手中加了力道，右手已变成赤红，在兰生背后向心脏处抓来。

我们的眼一花，兰生像泥鳅一样缩了身，躲过张德茂的杀招，然后一个鹞子翻身，脱离了逼杀链。他退到原非白身后，同他背对背站定，双手各执一柄短刃，冷冷道：“丽太妃娘娘是个可怜之人，如今时日不多了，踏雪公子可否满足一下她最后的心愿，让她知道，淑孝公主究竟是如何惨死的？”

我心中一动，兰生脾气古怪，自来到原家，就多是沉默寡言，对名义上的宗主非白也相当冷淡，我还从来没见过他主动同非白说过这么多话，好像兰生在同非白演一出戏，仿佛在努力拖延时间？是了，此时还算宋明磊抢得先机，恐是敌强我弱，他们定是在等武安王大军到来，彼时情势必将翻天覆地。一想至此，我精神不由得一振。

这时，丽太妃的血止住了，可是脸上不正常的红晕陡生，呼吸紊乱，满面泪痕地看着非白，向他伸出一双颤抖的手，好像要努力抓住他苦苦恳求，那目光中满是不甘和希冀。

非白看了眼兰生，凤目似乎有些诧异，再看向丽太妃轻叹道：“淑仪公主，你们把淑孝公主踢下马车，可是淑孝公主还有个把宫人侍卫跟从。为了不让她跟上你们，也为了杀人灭口，于是你们杀了她身边所有会武的侍卫。绿翘赶到时，你们已经残忍地打断了淑孝的腿，割了淑孝的舌头，任她自生自灭。绿翘是忠义之人，她一路救了淑孝南逃，不想还是被潘正越截到了。”

轩辕淑仪轻嗤一声，傲慢道：“无凭无据，信口雌黄。”

“非白说出这些旧事，并非方才偷听诸位皇室殿下的旧事，便为了拙荆的性命，来妄言揣测，胡乱推断。”非白看着轩辕淑仪的俏容，肃然道，“淑环妹妹远嫁西域时，非白正在暗宫受家法，她在出发前，冒着生命危险潜入暗宫探视非白，她说，此一西去，必当故土难回，只求再见我最后一面。

“她告诉了我，淑孝是怎么被你们逼死的。她还说，她同你长得一模一样，你们的父皇一时心中难受，根本不知道该怎么选，于是便让你二人抽签，长者留下，短者远嫁，结果你陷害她抽到那支短签，被迫远嫁突厥，远离故土。”

兰生冷冷地接口道："轩辕淑仪，你从小就心仪踏雪公子，轩辕世家收集情报又是天下一绝，你应当比谁都清楚谁是你当时的竞争对手，其一便是如今的武安王侧妃花锦绣。您截下花锦绣与踏雪公子之间所有的情信并销毁，造成二人的嫌隙，再散布谣言这二人有染，令武安王有杀花锦绣之心，不想花锦绣却顺水推舟自荐枕席，成就了如今的花氏锦妃。

"第二个便是花西夫人花木槿。可能连你也没想到这乱世帮了你大忙吧？总算这乱世隔开了他们，想必你曾在心中暗暗高兴吧。"兰生的桃花眸闪着我从未见过的冷冷的银光，"剩下的就是你的两个妹妹。庚戌国变的逃难路上，你残害了淑孝公主，既可替你们挡了追兵，又可除去第三个竞争对手，最后一个便是你的亲妹淑环了，你设计她远嫁突厥，如此一来所有能嫁给踏雪公子的女子中，最后就只剩下你一人而已。"

兰生的声音清清冷冷地回响在栖梧殿血腥的大殿上，桃花眸闪烁着幽冷而睿智的光芒："可惜人算不如天算，这世上没有一个人会想到，踏雪公子会为了花西夫人独身八年，却怎么也不愿意娶你一个堂堂公主。而你的父皇为了政治联姻，最后却把你嫁给了踏雪公子的哥哥，从此你过上了活寡妇的生活，也算是你这恶妇的报应。"

场中所有人的脸色大变，齐齐地看向面色苍白的轩辕淑仪。

"好一个大胆狂徒啊，"宋明磊的声音冷如冰刀，瞟向张德茂，"当初真该把你扔在火中烧成灰烬。"

兰生的眼中已没有了任何恐惧的神色，只是淡淡道："或许这话该我说才对。"

我无法理解他们聊天的中心思想，反正我头一次看到一向以冷静多智而著称的宋明磊对着一个小和尚气得干瞪眼，噎在那里。

张德茂冷静道："主公莫要中了他的计，他故意在激你。"

出乎我们所有人的意料，原非清倒是真的有些失去理智了，差点冲过侍卫的保护圈，对淑仪激动地喊道："淑仪，你是为了三瘸子逼死淑孝公主、逼走淑环妹妹？这是真的吗？你、你从来就没有爱过我吗？"

宋明磊冷冷地喝了一声："驸马莫要听信谗言，公主自然对你一往情深。"

原非白又看了一眼兰生，潋滟的凤目闪过一丝笑意，却又转向轩辕淑仪道："自从淑孝死后，淑环就天天晚上做噩梦。其实不用抽签，她也愿意远嫁突厥，因为她实在厌倦了每晚看到淑孝对她哭诉。那么您呢，淑仪公主？"非白走近轩辕淑仪，静静对她淡笑道，"夜晚可曾梦到过浑身是血的淑孝对您凄惶地惨叫，向您索命？"

轩辕淑仪不由自主地后退了一步，打了一个冷战，目光出现一丝恐惧，转瞬即逝。

“果然，什么也瞒不了你，”轩辕淑仪平静了下来，微笑道，“非白哥哥，你总是带给我惊喜呢。彼时，父皇要从我们三个里面选出一个嫁给你，非白哥哥。淑环只是抿着嘴乐，淑孝一欢喜就更结巴了，她们嘴上不说，可我知道她们个个都想嫁给你。我们的心里都欢天喜地的，然后等到父皇又说还要再选一个远嫁突厥，我们都傻了眼，然后便是窦太皇太后驾崩，根本容不得我们多想，庚戌国变便来了。这是上天赐予我的机会，于是我便先从庶妹下手，故意让她同丽太妃分离，然后便可轻易下手，谁叫她和她娘都那么蠢，那么相信太子呢。然后是我那自以为是的妹子。

“可是，我没有陷害淑环，只不过以退为进，故意让父皇知道淑环有多爱你、愿意成全淑环罢了，最后父皇便让长旺在那签子里做了手脚。你明白了吗？是父皇选中了淑环和亲，而不是我。”轩辕淑仪满面疲惫地说道，“不信，你们可以问问圆猪。”

众人皆惊，丽太妃娘娘苦笑连连，竟然默认了。

“父皇只是需要一个能政治和亲的公主，而不是真要对夫家忠心的女儿，淑环若嫁给你，轩辕家所有的秘密必定给原家全都翻个底朝天！”轩辕淑仪俏目流出泪来，哀伤道，“没想到，她竟会亲自到地宫去看你，其实……我也一直想去看你，可是父皇却逼我嫁给了你的哥哥非清，我虽不能与你长相厮守，能看着你也是好的。”

太子妃紧握手中宝剑，狠狠啐了一口，低声道：“不要脸的恶妇。”

原非清眼中露出不信和妒忌的神色来，无惧于那些蝎子，大跨步地走到公主面前，抓着她的双肩，厉声喝道：“淑仪，难道你到现在还爱着三瘸子吗？”

轩辕淑仪让幽灵蝎群安静下来，笑着看向原非清，冷傲道：“驸马多虑了，如今自然以国事为重。本宫说出这一切，自然是为了成全丽太妃娘娘，好早些交出玉玺，也为了让墨隐和花西夫人能死个明白，我等大事可成矣。”

宋明磊拉开原非清，对公主笑道：“公主高见。”然后对原非清沉声道，“大敌当前，莫感情用事，中了他的毒计。”星眸睨向凤目，如针尖对麦芒，一时狠毒非常，“须知踏雪公子最擅洞察人心，巧使反间计，以图敌手分崩离析。”

原非白也不说话，只是对着宋明磊淡淡地露出完美一笑。

窗外隐隐地传来四更鼓的响声。殿外苍藓沿阶，冷萤黏屋，殿内夜寒灯晕，人心诡诈，月光透过高高的窗棂轻洒下来，印着满地的血腥和冰冷的断箭，照在原非白染血的素服上，却凸显一种异样的圣洁之光。

他从上方悲悯地看着轩辕淑仪，淡淡道：“非白平生最恶心地歹毒的女子，我那可怜的娘亲亦是为这样的女子所害。即便出身再高贵，样貌再出色动人，于我而言不过一具粉红骷髅罢了，故而原某绝不会娶这样的女子为妻，因为这便侮辱了妻之一字，只是即便如此——”

非白整了整素袍，面向淑仪公主走近一小步，向她深施一礼，庄重而诚挚道：“非白仍要感谢公主多年来的垂青。正是因为公主的抬爱，略施援手，非白在地宫的三年才得以从大哥和宋侯的手里活下来。”

轩辕淑仪的脸微微红了，目光慢慢闪出一道奇异的光彩，那是只有女子面对心爱之人时才会有的光芒，只听她柔声道：“既然你知道那几年我暗中助你，那么现如今，我虽同你做不了夫妻，可顾念着往日的情分，希望你不要再执迷不悟了，我……还是希望你能活着。你本是武安王最得意的儿子，可是如今为了这个贱仆——”她鄙夷地斜眼看了我一眼，淡淡道，“却失去了一切，只要你能说服圆猪交出玉玺，或许我可以说服光潜让你活下来。”

原非清额头青筋崩裂，宋明磊如嘲似讽地看了原非白一眼，然后不着痕迹地拉开原非清，似在安抚原非清受伤的男性自尊，笑道：“公主的谋略与气度，本侯佩服，轩辕氏必将大兴于公主手中。原非白，你既是天下智者，当知如何选择了。”

“好说，”原非白并没有理会宋明磊，只是缓声道，“敢问公主，可是已有三月身孕了？”

轩辕淑仪略一尴尬，但仍是抿嘴一笑，瞟了一眼宋明磊：“是又如何？本宫腹中确已育有麟儿。”

“那非白当恭喜公主、昊天侯，还有驸马了。”

奇了，为何他是先恭喜公主和宋明磊，然后再是驸马？这里同宋侯有什么事？

“您手中这幽灵蝎，有一首领，名为蝎王，实为蝎后，哺育并统领群蝎，形同蜂族，而主人只需控制蝎后，便能命令群蝎。这蝎后便是公主手中这只赤头青螯的中将吧，不知原某所言可对？”

“确实如此。”轩辕淑仪骄傲地仰头答道。

原非白似是了悟地哦了一声。

“还记得吗，淑仪妹妹，”非白上前一步，无惧宋明磊的利刃，离轩辕淑仪两步之遥站定了，透过宋明磊和原非清，望着她柔声道，“元武十一年，邱道长曾为我等讲过道法，那时大哥、二姐、四弟、太子、前废太子，还有公主妹妹们都在。”

“有物混成，先天地生。独立而不改，可以为天地母……所谓道也。”轩辕淑仪吐字如珠，缓缓道来，甚是悦耳动听。

这是我第一次听到非白不称呼轩辕淑仪为公主而是妹妹，而轩辕淑仪好像也很喜欢这个称呼。月光下的她，眼神一阵恍惚，似是沉迷于快乐的童年岁月之中，不知不觉地收了方才的凌厉跋扈，只是一味低眉敛容，那水眸微凝，雪肤花貌，令人见之动心，直到此时此刻，方才堪堪展现了平日里的绝代风采，那是皇室公主才应有的温媚婉约，端庄高贵。

“淑仪妹妹打小记性就好，”非白微笑地点了一点头，“还记得吗？邱道长说过，万物之道，此消彼长，相生相克，是以无有完宙也。是故，你若还唤我一声非白哥哥，”非白敛了笑容，再上前一小步，厉声道，“那便信我之言，快快将手中这只幽灵蝎踩死，你和你腹中孩儿的性命方可保矣。宋侯狠辣，驸马懦弱，绝不会因你腹中孩儿，对你有半分怜悯之心。”

这时殿外的上空忽然黑云密布，一道金光猛地冲出乌云，击向大殿，紧跟着惊雷乍现，仿佛硬生生地把轩辕淑仪从美梦中惊醒，吓得她娇容失色，向后退了一步。

宋明磊双手一挥，如恶龙扑食，杀机立现。非白仰身向后翻身，躲了过去，金灿子大吼一声，挥出一锤，逼杀链被打断了，大家纷纷拥回各自的阵营，冰冷利刃相向，形成泾渭分明的两列阵营。

非白冷冷道：“淑仪妹妹可知，这世间再厉害的物种，都非完美之身，都带着自身的弱点和缺陷。这幽灵蝎寿命不过三年，好在繁殖力强大，其繁殖全靠这蝎王，蝎王一旦成年便要生产下一任蝎王，必要寻找肉身宿主，那最好的宿主便是人体，说穿了便是以活人肉抚育新任蝎王。那最安全也最健康的宿主，便是自己的主人，是故蝎王所选的主人皆为健康且易受孕的妇人，这种蝎王悄悄将卵产在妇人胎盘之内，开始时以胎儿为食，不易发觉，食尽胎盘后，蝎王便以主人胃中食物为生。久而久之，蝎王愈大，食量便也愈大，再以主人内脏为食。然后随时光推进，蝎王渐次长大，那幽灵蝎的主人便在历经痛苦的十四个月后，由腹中的新蝎王撕破胞衣，咬破他们的腹胸而出，这才能咬死旧蝎王，一统蝎族，成长之后再紧跟着寻找下一任主人，循环往复，生生不息。

“这幽灵蝎愿意听从主人的意愿，去蜇杀任何一个主人的敌人，是为保护主人也就是保护自己的继承者。”非白摇头叹道，“淑仪妹妹细想想，幽灵蝎产自南国，若真是天下无敌，那大理武帝，阴险无常，最擅毒道，手下能人异士甚众，却为何弃之不用？也是因其本身短利近忧，祸及主人，难以掌控！

“三月前，东营兄弟报公主已经怀上了原氏骨肉，然后，便有那名唤沿歌的南国少年为宋侯送来您手上这只幽灵蝎王，不过数月，它已经产下数以万计的幽灵蝎，并且已完全明白您的指令，全听您一人指挥，只恐您腹中的胎儿早已变成了新幽灵蝎王的食物了。妹妹现在需要立刻治疗，否则性命危在旦夕。”

宋明磊安抚轩辕淑仪道：“本侯看三爷是失心疯了，公主千万不要相信。”

原非白冷笑地反问道：“宋侯向来博览群书，擅驯异兽，如果非白知道幽灵蝎的秘密，难道宋侯会不知道吗？也许，他如此放心地让您来驯养连他也无法控制的毒物，因为他深知其弊害。十四月后，公主将痛苦暴亡，然后便可由驸马继续辅政，也就是宋侯权倾天下之际了。”

“普通妇人有了身孕，会有呕吐症状，妹妹可是风平浪静，只是夜半偶有呕吐，却吐出一些褐色之物，恶臭难闻？”原非白继续冷酷地说道，“那些不过是幽灵蝎的脱皮排泄之物！

“孕妇口味往往会发生变异，妹妹可是现在喜食生食，尤以动物内脏为上？恐怕宋侯常常给公主送些生猪脑服食吧。不过公主可能不知道，或是假装不知道，那是地地道道的人脑，因为幽灵蝎最喜食人脑。”

轩辕淑仪的脸色猛地白了下来，玉手如狂风中的树叶剧烈地颤抖了起来，最后终于害怕地一扔手中的中将，跌倒在地狂呕起来，吐出一堆血色的肉酱之物。中将在她周围担心地爬来爬去，不出一步之遥。

不一会儿，更多的幽灵蝎从地底深处爬了出来，围在轩辕淑仪的周围，严密地将她同众人隔了开来。

原非清一时不忍，想去扶她，却被宋明磊一把拉住。

轩辕淑仪抖着身子看向原非清和宋明磊：“这是真的吗？”

原非清也看向宋明磊，问出了同样的问题：“这、这是真的吗？那、那淑仪怎么办？”他的神情焦虑而担忧，眼神闪烁着不忍和怜悯，温言道，“淑仪别怕，光潜定是腹有良策了，你会没事的。”

宋明磊淡淡地点了一下头，看似笃定道：“请公主放心，我们自然会保护公主殿下的安全！”

在场所有人都听得明白，可能除了原非清，众人都感觉他的保证毫无安全感。轩辕淑仪也是，只是在那里无助地看着他们，梨花带雨地深深颤抖，忍不住对宋明磊伸出苍白的玉手，颤声说道：“这是你的孩子，你、你要救、救我和孩子。”

我大惊，轩辕公主的孩子不是原非清的，是宋明磊的？如此说来，他连自己的孩子也设计进去了？

我不由得脱口说道："二哥，你好狠毒的心，连亲生骨肉都不放过。"

原非清的脸一下子白了，慢慢走近轩辕淑仪，隔着那里三层、外三层的蝎子圈，一双朗目满是伤心，不含一丝感情地对轩辕淑仪问道："这是什么时候的事？"

轩辕淑仪只是坐在地上不停打着哆嗦，万般无助地泪洗玉面，求救地看着宋明磊，吓得一句话也说不全。

原非清定定地站在那里好一会儿，细细看着宋明磊，好像从未认识他一样。他眼神一片死灰，那是一种信仰倒塌的绝望、梦幻破灭时的心碎。

"我以为除了这个丑八怪，你不会再对别的女人感兴趣了，"他看了我一眼，泪眼带恨，牙关紧咬，"我知道这些年你一直冷落非烟，虽对不起我的亲妹子，可我一直还在心中万分窃喜，总算你的心在我这边，却不知，原来你还同她——"

宋明磊来到他的身后，双手轻搭他的双肩，尽可能地柔声道："我这么做是为了我们大家好。你知道你已经不能再碰女人了，可是我想你得有一个孩子，以免落人口实，将来亦继承大统，这可是我俩的孩子啊。"

原非清慢慢地拧身，向后退了一大步，再一次面对宋明磊，却躲开了宋明磊的碰触，他又斜睨了一眼轩辕淑仪，俊容霎时扭曲。

然后他站在那里，对宋明磊淡淡地扯了扯嘴角，绽出一丝令人心痛的笑容来，眼中却是从未有过的悲楚："细细想来，你说得没错，这其实挺好的。父王从小一向偏宠三瘸子，就连四毛子他都能耐心地说几句话，可是对我却偏偏甚是严苛。他从来都没有对我这个嫡长子笑着说过几句软话。自从淑琪没了，他没句安慰话，连正眼也没有瞧过我，就只当我死了似的，紫园里那群奴才见我都趾高气扬的。他们心里都觉得我不是男人，没办法保护自己的女人。还好有了你。"

他妒恨地看了一眼非白，又对宋明磊放柔了声音道："你事事为我和非烟打算，里里外外帮衬着我，这几年父王的眼里才容得下我……如今怕我后继无人，我心爱的人儿同我的妻子，为我生个孩子。你以为我真的从来没有这么筹划过吗？我却总怕说出来会玷污了你对我的一片情意，到时岂不重重伤了你？却不想，其实你早已经想到了，还去做了，清泉公子的谋略永远是这般高明，让人琢磨不透！果真是神机妙算，诸葛再世。"

他忽然扯了扯嘴角，开始莫名地笑了起来，直笑得前俯后仰，冠落髻松，一头乌发胡乱地披了下来，那双漂亮的眼睛变得通红，愤恨地盯着宋明磊，可最后不由得热泪奔涌而出，呜咽出声。

“你事先为什么不同我商量一下？”原非清对宋明磊大吼大叫起来，“你要同这个黑心的女人生孩子呢？而且我们的亲亲孩儿都快被蝎子给啃光了，我还算什么男人啊，连人都快不是了。”

太子看似松了一口气，他终于可以慢慢伸出手，顺利地捋平了那丝乱发，站在那里状似沉痛地说道：“家门不幸，皇室不幸啊。”

不幸你个头，我在心中冷笑，你这个伪君子。

“太子殿下，皇室的确不幸，”兰生冷笑道，“也许你没有直接杀害德宗，却是你故意引幽灵蝎到佛堂，这便染上了安息香的香味，然后便可嫁祸给丽太妃。德宗陛下的信鼠发现幽灵蝎身上有安息香的香味，必然会想到凶手是丽太妃，这样你便可诬陷丽太妃勾结义女花西夫人，以此打击原氏。”

原非白沉重地叹了一口气，接口道：“只是谁也没有想到，本已体弱的先帝如何经得起这样的打击？当场便旧疾复发而猝死，于是你便联合长旺，诬蔑内人，顺利地栽赃给原氏，既博美名，又可收复实权，果然一举两得。只可惜了，您那老迈的生父，他一心为了你才驱逐结发妻子，废嫡长子之位，你却不但觊觎庶母，还火急火燎地不等收复国土，便活活气死了他。”

太子额头青筋崩了崩，冷汗慢慢湿透了他的素服后背心。

原非白转身看向兰生，凤目闪过激赏之意，笑道：“木槿，你的这位义弟，智勇双全，亦擅推理，在世间恐怕无人出其右也，非白对尊驾越来越好奇了。”

兰生似是不屑一顾他的赞美，只是有些意外地挑了挑眉，扭头看向宋明磊和原非清：“皇室中人，贪图富贵，欲壑难填，为君者只贪恋皇位权力，尔虞我诈，自然无心国事，罔顾黎民百姓，久而久之，皇室走向败颓，故而所谓千秋万代，国祚永昌，实乃谬梦罢了。”

原非白点头，表示极大赞同，对轩辕公主长叹道：“淑仪妹妹，像我等生在帝王公卿之家，天生锦衣玉食，深躬诗书礼仪，却偏偏每个人心里住着一个恶魔，人人皆为其折磨亦复被其驱使，可悲复可恨，而这个恶魔无非权欲二字！

“敢问太子、公主，所谓天潢贵胄，难道就真如兰生所言，只为追逐权欲、贪恋富贵吗？”非白轻叹一声，正色道，“为君者若不以天下为重，若不能懂得无私二字，如何能做到解救万民于水火，如何能做到匡正社稷、安定天下？”

“说得好听，”太子依旧高昂着头，无有悲喜地呆板说道，“窦贼大仇未报，原氏又贪权霸政，如今复国在即，只需原氏交出权力，便可复我轩辕皇室。朕只是做了该做的事，只不过朕生不逢时，算不过天，如今成王败寇，悉听尊便。”

太子妃却忍不住站了出来，明明她的脸上还有着太子留在她脸上掌掴的痕迹，却勇敢地站在他身侧大声喝道：“这还是轩辕氏的天下，殿外有龙禁卫守护，城中有晋阳王氏大军，你们莫要太猖狂了，若敢谋害太子，即便问鼎天下，须知也会落得万世骂名。你们这群篡位弑君的乱臣贼子。”

“太子妃说得有理。”非白并没有再向丽太妃追问玉玺的下落，只是对太子妃恭敬地欠了欠身，对宋明磊朗声道，“为免东西营兄弟枉死，还请宋侯和驸马缴械，释放太子，同非白一起向父王请罪吧。父王那里自有公论。”

“你不可能赢。”原非清擦了擦脸上的泪痕，恨声道，“行宫内外皆为西营所围，行宫内的龙禁卫还有王氏的金吾卫素日养尊处优，如何敌得过西营勇将？”

非白淡然道：“西营武士不过一千之众，我已密调燕子军数万入西京，而行宫内又有龙禁卫和金吾卫驻守，如今殿内不过西营侍卫十人，试问驸马可有胜算？”

原非清的狠脸子立刻掉了下来，绿着脸看向宋明磊。

丽太妃潸然泪下，低喃道：“陛下，您看到了吗？臣妾无法保护轩辕皇室，这些孩子……臣妾无颜面对陛下啊。”然后她慢慢看向我，满目凄怆，“贞静我儿。”

我跪坐在她身边，帮她按住伤口，软言宽慰：“请太妃勿惊，血已止住，我们马上就能离开这里，您会没事的。”

她却握住我的手，流着泪摇了摇头，然后指了指头顶那盏皮灯，我便飞身取下。她轻抚着那盏皮灯泪如泉涌，哽咽了半日，和蔼笑道：“孩子，用此灯替淑孝立个衣冠冢吧，我天天梦见淑孝哭着对我说想回家。”

说着说着，她又忍不住低泣了半晌，好不容易止住了涕泣，拉着我的手道：“如今淑孝总算得以沉冤昭雪。她本就喜欢非白，就让她平静地长眠在紫栖山庄，我与陛下的身边，这下我和陛下可以好好照拂她，轩辕家亏欠她太多了。”

她扶着我的手站了起来，挺直了脊梁，昂首冷冷地看了周围一圈：“你们这一出又一出，无非想夺取玉玺，无非想这没有人性的皇位罢了。”

她的面色明明毫无血色，却满是尊贵至极，无人再敢直视她的眼神，都默然地敛眉垂首。

“照武将军，请替我向武安王转达一句话，”她勉力看向非白，非白恭敬地垂首称是，只听她充满尊严道，“奈何轩辕羸弱，原氏强悍，若当真有一天为帝，原氏必当厚待太子一家及轩辕旧皇室诸人，无论新帝何人，后继天子必以轩辕氏母仪天下。”

非白立时双膝跪倒，以头伏地大声敬诺。

丽太妃又向他肃然问道：“若有一天，你天命所归，荣登大宝，亦可应允否？”

原非白抬首，想了片刻，诚挚道：“我本风雅颂，亦得佳偶子。”他温柔而坚定地看了我一眼，继续说道，“偏逢离乱世，经年鸳分离？且息烽火台，何惜身作死。”

他以头伏地，庄严道：“吾妻既是轩辕义女，请丽太妃娘娘放心，微臣必尽心竭力保护太子及轩辕皇室。”

她点了点头，看了一眼太子，然后倦怠地放开了我：“我终于可以去找陛下和姐姐了，我真的很累了。”

宋明磊耸了耸肩，叹了一口气：“好吧，这下我们都清楚彼此的故事了，也明了彼此的兵将分布了，太妃看来是死也不会说出传国玉玺了，真好。”

他看似向我信步走了两步，素白的王袍上，银线绣的莲花在月光下泛着优雅而惨白的光，忽然他一折方向，走到轩辕淑仪面前，星眸含泪：“淑仪，你想想，我真会害你吗？这可是我自己的孩子，我一直想要一个健康的孩子。快站起来，让中将把他们都送到先帝那里好吗？”他极温柔地说道，渐渐地那群蝎子让开了道，他走近轩辕淑仪，如同对待皇后一般，轻轻扶起她，无比温柔地为她拭去满面泪痕，如同蛊惑一般，在她耳边轻声道，“想想那皇位……是你的，也是我们孩儿的。”

轩辕淑仪的目光一下聚焦了起来，凶狠地看向我，数以万计的蝎子从地底涌出，奔向我们。场面一片混乱，丽太妃一下把我推开，自己被几百只蝎子围住蜇咬，痛叫出声。

外面忽然闪电，又一阵巨响轰隆隆地直击大殿的顶柱，紧跟着殿外又传来巨大的轰响，这回却是炮声在轰隆大作。

非白精神一振，对身边的金灿子和银奔高叫着：“燕子军进皇城了，快护送夫人出大殿。”

我们且战且退，奈何蝎子却是越来越多。轩辕淑仪坐在一堆蝎子中间，狠毒地看着我们，贝齿紧咬樱唇，直咬得鲜血染红洁白的银牙，如食人的女妖一般狰狞。

忽然大殿开始了剧烈震动，连蝎子的攻击阵形也开始凌乱，中将开始不安地跳到轩辕淑仪的肚子上。

原非白飞奔过来，他乌黑的长发在半空中飞舞，素服上沾了鲜血，如盛开的红梅花不停地漾开——这是我见到的最后景象。

他一把牢牢地抓住我，甩向兰生，兰生搂住我的腰向殿外跃去。

我耳边的风声呼呼作响，然后剧烈的响声冲进我的耳朵，疼得仿佛有人拿一根长钉使劲钉到我的脑门里。我眼前一黑，周围一下子宁静了下来。

好冷，耳朵和脑子好痛……再睁眼时，我旁边正躺着满脸血泥相和的兰生。他同我一样，耳朵被震出了鲜血，我们正扑倒在泥泞的石阶上。雨下得很大，周围一片迷蒙，眼前满是建筑物倒塌后激起的巨大烟尘。

我的手掌全都撑破了，血流了一地。为何我刚刚感到像地震了一般？怎么回事？难道是大哥发射锦绣百虎破阵箭吗？我的耳朵被方才的巨响震得暂时失了聪吗？

非白呢？我悚然一惊，非白还在里面吗？

丽太妃，还有薇薇、太子、太子妃他们呢？

我使劲甩了一下头，倒出耳朵里的沙尘和雨水，有人撞了我一下，又把我撞倒了，这回我听到了声音。

雨渐渐下大了，将浓烟浇熄，无数的宫人在奔走，四处乱窜尖叫："雷神震怒，地龙发威了，快救太妃娘娘和太子。"

雨水倒灌进鼻子，我呛了好几下，再一次挣着爬了起来，惊回首，这才发现蓬莱殿、三省殿、栖梧殿三大殿全部消失在眼前，竟然一瞬之间，全都倒塌了。昔日辉煌的三大殿全都埋在瓦砾之中。

"照武将军呢？"我拽住一个慌张搬着一块瓦砾的宫人问道，"丽妃和太子救出来了吗？"

那个宫人茫然而惧怕地摇着头："没有，全压在里边了，连着太子妃、国舅爷还有好多宫女、太监们全在里边，就这一眨眼的时间，这便地动山摇的，根本没有人逃得出来。"

这时巨大的响声再一次隆隆响起，宫人们再一次吓得放声尖叫，很多人害怕地放下了手中的工作，四散奔逃。这回我听出来了，是炮声，是锦绣百虎破阵箭的炮声。

"照武将军呢？"我又抓住一个小宫女颤声问道。

那个小宫女却只是惊慌失措地四处张望，哇哇大哭，语无伦次道："没看见、没看见。"

我的心害怕起来，方才明明是非白推我出来，可是他人呢？我放声叫着非白的名字。

雨愈见大了起来，放眼望去，人头攒动，有的忙着救助伤者，有的忙着逃命，人人的脸上全是泥污和鲜血，根本分不清谁是谁。

我茫然地怀抱着那盏淑仪的皮灯，脚一软，坐倒在地。

这时又听到有人哇哇大叫，却见蓬莱殿一角，也不知有谁挖动一小块砖，结果人没有找到，却见一群大老鼠跑了出来，几乎每一只都衔着一只大蝎子四散逃去。宫人手忙脚乱中，一只也没有捉住。我无力地坐倒在地，看到几只老鼠在我身边飞快地穿过，最后一只体形巨大，嘴里正咬着个头特别大赤头青螯巨蝎的老鼠，经过我时，猛然一个急刹车，然后打了一个转，站在我面前。我认出来了，竟是久违的倾城，它嘴里咬着的是轩辕淑仪的蝎子王中将。

倾城对我嗅了嗅，露出极长的尖牙，配合两只小前爪，快速而凶狠地把中将的身子扯了个粉碎，然后没等我回过神来便钻进我的广袖中。

思绪一点点在我脑中聚焦起来。蓬莱殿是轩辕淑仪公主同驸马的居所，三省殿则是太子的居所，栖梧殿里全是一群轩辕氏的罪人，严格算起来，全是害死德宗的罪人，而德宗棺椁所停放的清思殿却毫发无伤，依然静默地伫立在烟尘中，冷然而悲伤地看着我们如蝼蚁般挣扎、逃亡。

倾城、倾城，一夜倾城！

难道是这只名叫倾城的大老鼠一夜之间倾倒了三座大殿？猛然想起紫陵宫外那银面人，说倾城虽单独活动，但是却有驾驭群鼠之力，齿牙尖利，擅掘地洞，可以瞬间倾倒城池。

我心中一惊，难道是倾城带着这群老鼠干的？

在它的眼中没有轩辕皇室，只有德宗一人而已，在它简单的心中，德宗因为幽灵蝎给气死了，幽灵蝎身上带有轩辕淑仪的气息，而方才它可能就在地下听到了我们的谈话，也许认为太子妃和王估亭，还有太子也是帮凶，一起害死了德宗，于是它以它的方式为德宗报了仇吗？

没有人告诉我真正的答案，我也不知道倾城为什么要钻到我的袖中，我没有时间把它赶出来，只是艰难地站起来，绝望地大声唤着："非白、非白？"

这时宫人惊叫："这里有活人。"

我一回头，却见一只手臂正在瓦砾下挣扎地伸出来。我顾不了许多，飞奔过去，同兰生还有一堆宫人合力把他挖掘出来。那人露出满是鲜血的脸，竟然是金灿子。我们挖到一半，他已经大喝一声，抱着两人飞身而出，却是昏迷的银奔和肿着脸的薇薇。

没有非白的身影，我心中害怕起来，更加疯狂地挖了起来。

我本风雅颂，亦得佳偶子，

偏逢离乱世，经年鸳分离，

旦息烽火台，何惜身作死。

原非白，你不能这样对待我！为什么和你在一起，就老是面对那痛苦的别离和折磨呢？

我的指甲已经全翘了起来，手指满是鲜血，塞满尖细的瓦砾，可是我根本感觉不到痛楚，只是想把这三大殿全部挖空，找到原非白。

原非白，我生要见人，死要见尸。

第八章

五月雪之变

耳边炮声隆隆，宫人吓得一阵一阵地大叫。大哥的燕子军为什么还不来?

我摇摇欲坠，眼前一片血色，只是机械地挖着，脑子里全是那栖梧殿中看到他的最后一眼，血染白袍，长发飞扬，凤目似烈火燃烧。

兰生扶住我，在我耳边急切地说着什么。我努力集中思想，才听清楚，他好似在我耳边说着："我们先到安全之所，万一先入城的是宋明磊的麟德军就麻烦了。"

什么意思，我愤怒地瞪着他："现在是救人的最佳时机，怎可退去？"

我使劲推开他，再继续漫无目的地挖，自己的头发早已全部打散，极其凌乱地黏在脸上，披在后背。

"木槿。"兰生在我身后唤我，声音已轻轻发了颤。

这时场中幽灵一般闪进二三十个黑衣人，其中有一个过来轻巧地将我和兰生拖开，接下我们手中的工作，开始继续挖掘，另一些却选择在金灿子跳出来的小洞处快速地挖坑。

领头的乃两个绝代佳人，一个是面色苍白的男装丽人，另一个却是一身劲装的绝色女子，发丝梳得油光水滑，绾了发髻，斜插一支蓝宝石镏金步摇，秀眉紧锁，气质贵绝。

男装丽人急忙跑来跪在我身边，扶着我："夫人请振作，东西营擅掘地道的好手皆来了，青媚现如今正是奉了主公之命，两营须合力救出三爷、昊天侯以及驸马众人，请夫人放心让他们做，他们比咱们更懂如何救人于埋道之内。"

我抬起头，隔着雨水，这才认出那男装丽人是青媚，她一脸蜡黄，显是重病未愈，正满目担忧地看着我。

我茫然地点了点头。放眼望去，不远处，那个华贵女子也正向我们走来，却是原非烟。这时林老头过来忙着为我们把脉。

“主子呢？”青媚转身看向金灿子，厉声喝道。

金灿子拖着银奔伏在她身下，没有答话，满脸愧疚。青媚紧咬银牙，红了眼眶。

原非烟的身后站着一个同样劲装的俏丫头，正是上次同锦绣的近侍初喜大打出手的初仁，肃着一张俏脸为原非烟打着黄伞，目光追随着挖掘的暗人们，满目焦虑。

雨水湿了原非烟精致的玉容，看不出是泪水还是雨水，她翩然向我们走来，胸膛微微起伏，身侧的珐琅指甲套微微有些神经质地颤动了一下。

青媚立刻花容失色地跪爬到她面前，巧妙地隔开了我，恭敬而紧张道：“天湿雨大，还请郡主移步安全之所，我与初仁姐自会遵旨，尽快解救宋侯与三爷。”

原非烟恍若未闻，只是居高临下地看了我们一会儿，俏目中冷得没有一丝温度，慢声道：“若是光潜不测，无论是东营还是西营，本宫要你们统统陪葬。”

手下暗人皆垂首敬诺，无人异议。

她盯着我，恨声道：“你也一样。”

我借着青媚站了起来，蹒跚地走到她面前，也盯着她的妙目道：“永业三年，我也曾为郡主做替身冲下山去，隔开了我同三爷整整七年，但我从未怪过郡主，可如今若是三爷有事，我也不会放过郡主。”

原非烟飘忽一笑，忽然出手如电，金光一闪，那双华丽而长长的珐琅指套，直击我双目。青媚的手中凭空闪现一把亮银匕，微挡攻势，可是原非烟那尖细锋利的指套轻易地格开了她手中的匕首，在她额上划开一道淡淡血痕，却未有停止的趋势，继续向我刺来。

我愤怒地推开青媚，从袖中滑出“酬情”，直挥向原非烟的面上。可能谁也没有想到我真会出手，而且没有想到“酬情”这样锋利，她的手臂被深深划出一道血痕，鲜血如瀑。

而原非烟的珐琅指甲套被齐指砍断两根，裸露的手指尖立时鲜血淋漓，她只得狠退一步，睁大了双眼，闪过一丝惊骇。初仁惊呼地劈出一掌，青媚立时挡在面前，可我们还是被逼退了一步，救了原非烟的手。

青媚内伤未复，再被初仁击伤，吐出一口黑血，脸色越发蜡黄，急急地低声道：“主公这许多女眷之中，最是器重郡主，为了三爷，请夫人忍耐，千万莫要动气。”

挖掘的队伍微一停顿，看着我们，默不作声。

青媚忍痛站起，擦净血迹，冷着玉容，厉声道："主公之命，谁敢不从。"

暗人们再一次转过头专注于自己的工作。却早有彼此的暗人站在我们的面前，挡开了各自的主子。

我平静下来。此时非白与宋明磊只要有一方先被找到，便占尽了先机，有权停止救援。若是宋明磊先被发现，原非烟必先诛杀我等。我不由得在暗中深深祈祷，求老天爷让非白先被找到。

对面的初仁帮原非烟包扎右手。原非烟不愧是将门虎女，白着一张脸，冷笑地看着我，却没有皱过一丝眉头。

这时，暗人们在金灿子跃出的地方挖出一个大洞，立时有两个暗人停了手中工作，站了出来，一人袖上有红梅印记，一人袖上有白梅印记，分别代表着东西营的暗人，两人默默地对望一眼，同时潜下洞去。

过了一会儿，一人抱着另一人上来，却是西营暗人，怀中抱着满脸血污、只剩一臂的王估亭。林老头微一搭脉，只是摇了摇头。

我们等了一会儿，那个东营的暗人却再也没有出来。

那西营暗人摇摇头："底下太暗，路途被堵，且有毒蝎封路，想逃出比登天还难，那东营兄弟恐是凶多吉少。"那人眼中满是叹惋，对东营对手倒颇有些惺惺相惜。而我同原非烟的脸色肯定都不怎么好。

这时听到有人欢呼，我们惊回头，又见一人冲天而出，满身血迹斑斑。

"非烟。"那人轻轻吐出话语。

原非烟眼泪立时夺眶而出，喜极而泣地冲向狼狈的宋明磊，欲一头栽进他的怀中。

宋明磊抱着昏迷的原非清，倒退一步。原非烟生生地停住了脚步。

宋明磊对她淡淡一笑："莫担心，我无妨，只是你大哥昏过去了。"

原非烟哽咽着，让暗人接过原非清，过去扶住宋明磊。我们这才发现他的胸前插着一小块细长的碎石，正汩汩地流着血。那双带血的朗目却镇定地瞟向我，笑道："四妹，这可怎么好，你又克死你的一个丈夫了，连带你们的太子也不怎么走运啊。"

原非烟不顾满身精致的华服，掏出罗帕，亲自为他按住伤口，婀娜裹身的宫服上染满了血。

身后又有人大叫道有人出来了。那人矫健地破土而出，却是满脸是血的张德茂，一瘸一拐地奔向宋明磊，没事人似的接过原非清，立刻给他施针，原非清悠悠醒来。张德茂又紧张地给宋明磊施针。

初仁吹了一个口哨，一半的暗人面面相觑，慢慢放下了手中的工作，聚集在宋明磊的周围，只剩下东营的暗人仍在疯狂地挖掘。

我的心中咯噔一下。难道老天要亡我们吗？

“淑仪呢，淑仪呢？”原非清喃喃，无限悲伤道，“你为什么不让我拉她呢？差一点点我就能救出她的。这究竟是怎么回事，为什么地震了呢？”

他茫然地看了看四周，骇然道：“为什么是三大殿呢，为什么是我们的三大殿，其他的大殿怎么一点也没有事呢？莫非是先帝显灵了吗？”

他的眼神狂乱了起来，语无伦次地喊着“先帝显灵了，先帝显灵了”，眼看就要崩溃，宋明磊不顾胸前的伤口，推开张德茂和原非烟，阴着一张脸走到他面前，揪着他的衣襟，狠狠地打了他一记耳光。原非清的脸上迅速浮现宋明磊的掌印，目光慢慢聚焦了起来。

“是那群臭老鼠，是轩辕家的信鼠们咬断了三大殿的根基，因为它们知道三大殿下乃是幽灵蝎的巢穴。它要我们给幽灵蝎陪葬呢，”宋明磊轻轻抚上原非清的脸，似安抚一般，对他温柔说道，“一点点，只差一点点……你知道吗？再差一点点，我们就全死在那座大殿里了，所以、所以，你才是天命所归，明白吗？”

原非清充满震撼地看着宋明磊，说不出一句完整的话来。

“而且，就算先帝现在显灵，也来不及了，因为我已经知道传国玉玺在哪儿了。”宋明磊大笑起来，他一指那盏我脚边的皮灯。几乎同一时间张德茂和兰生向那盏皮灯飞去，张德茂略略快了一步，一掌击退了兰生，拿到了那盏皮灯，献给宋明磊。

宋明磊微一用力，皮灯便碎成数片，只剩底座。果然那皮灯的黄花梨底座上正用黄绫缎子牢牢地绑着一方镶金莹润的和田玉。

该死，我早该想到，既然丽太妃临死前把皮灯托付于我，必是里面装有传国玉玺，我太大意了。可是如果非白有何不测，玉玺有与没有，对我又有何意义呢？

有人大叫一声是传国玉玺，众宫人皆纷纷向前，向着那块历经轩辕氏十世，还有三大家族风雨飘摇五百年的传国玉玺，战栗地双膝跪倒。

烟雨蒙蒙，周遭满是断瓦残垣，一切都是破败的、灰色的，唯有那玉玺如羊脂洁白，如雪山圣洁。那镇玺的盘龙恁地金光灿烂，凌厉地盘旋在玺座之上，俯视着心怀鬼胎的众人。然而捧着这方珍贵宝玉的、代表天命所归的双手，却是宋明磊那沾满鲜血的双手。

我已无法揣测他的手上沾了多少人的血，只觉鲜红耀眼，触目心惊，难道这真的就是天命所归吗？

“轩辕太子已死，只有楽世子继位，奈何轩辕公主离世，唯有驸马监国。”宋明磊仰天狂笑出声，厉声喝道，“这，便是天命。”

原非烟大声喝道：“西营听令，立诛东营逆贼。”

青媚猛地仰天轻啸，如大鹏展翅一般，飞落在最前方，举起长剑。立时，未参与营救工作的暗人排成整齐的阵形挡在我们前方，隔开了仍在工作的暗人。

我握紧了“酬情”，打算也同在场暗人一样去保护最后能救援非白的希望，又想待会儿非白出来了，林老头是唯一的希望了，我便对兰生说：“兰生，拜托你好好保护林大夫。”

兰生对我摇了摇头，绕过我，轻巧地走到我的前方，对我哂然笑道：“我和林大夫都不用你保护。”

林老头也红着鼻子，嘿嘿笑了几声，拿出酒葫芦，淡然道：“夫人放心，事情也许没有你想象的那么糟。”

“又或许比你想象的还要糟，”宋明磊对我诡异地笑着，“四妹一向聪明，怎么会猜不到结局呢？不过，四妹若缴械投降，或许本侯可饶恕你一条贱命。”

话音刚落，又一声爆炸在我们身后响起。大家身形一晃，除了几个武功高强的，余人几乎皆跌倒在地，烟尘中，几个人影平地涌现。

“木槿。”有人在烟尘里低叹。雨水下得更大，哗哗如浇，冲去烟尘，却见一个戴着白面具的男子扶着另一个天人之姿的白衣人站在我们身后。两人白衣皆血痕累累，就连那面具上亦满是灰尘，烟土相混，两人皆散发披肩，被雨打湿得黏在脸颊上。

东营诸人皆精神一振，高声欢呼三爷，面露喜色。

青媚和金灿子亦泪流满面地伏地行礼：“三爷。”

他们奔向非白的同时，那些挖掘的暗人立刻飞至圈内，加入阵形，没有半句废话。

心中一根弦松了下来，我双脚一软，跌倒在地，幸亏有林老头和兰生扶着。我再爬起来，踉踉跄跄地奔过去，一下子紧紧抱住了他。雨水混着泪水挂满脸上，几乎睁不开眼，我哽在那里，却再也说不出话来。

“别怕，我没事。阿遽方才从密道救了我，”非白一只手慢慢环抱上我，在我耳边轻声道，“你放松些，木槿，我的胳膊可能有点骨折了。”

我快速地放开了非白。我的眼泪流个不停，双手改抚上他的脸，轻柔地抹去他脸上的污泥和血痕，心中深深感谢上苍。他对我一展绝代微笑，给了我一个鼓励而温柔的眼神，勉力抬手抚去我的泪痕。

宋明磊冷哼一声，走近我们，兰生站在他身后不远处，紧张地看着我们。

“宋侯文韬武略，令人钦佩，已先于我等想到世郡王了，”原非白镇定自若地环靠着我，右手搭着司马遽，平静道，“只是，宋侯若真信天命，当知幽灵蝎灭于信鼠，轩辕家的旧世界已然到头了，改朝换代的天命难违！”

宋明磊的星眸闪烁着狠毒的目光，发狠地盯着原非白，像是要刺穿他一般，他低声道：“旧世界的命运的确是到头了，还有你们原家的命运也要到头了。”

“还记得吗？”原非白淡淡说道，“你们当初设计我坠马当日，天也是下着这么大的雨。我娘亲知道是你的恩师司马莲害了我，又气又悔，就这样气死在我怀里。她的眼睛一直到下葬都没有合过。”

“谁叫你娘亲是你父亲最在意的人，只有她死了，才能让你那恶魔父亲明白什么叫作剜心之痛！”宋明磊敛了笑容，恨声道，“可是你娘亲就算死上一万次，也抵不了我明氏灭门之仇、凌迟之痛。”

原非白的脸在雨水中毫无表情：“所以你让赵孟林把木槿的眼睛变成紫色，好让我亲手杀了她，也尝尝剜心之痛？”

宋明磊斜眼觑了我一眼，眼神阴毒，默认地冷笑数声。兰生看着我，眼神一片沉痛，慢慢走到我的身侧，挡住了张德茂的慢慢靠近。

心中寒到了极点，我不由得攥紧了拳头，恨声道：“二哥，你好狠毒的心！”

大家都沉默了下来，凤目凝着星眸，无语无声。

雨水继续倾盆而下，哗哗浇洒，仿佛欲洗清这人世间的血腥与罪孽。

“真正的仇恨如何能够轻易得解？”好一会儿，原非白冷声道，“冤冤相报何时了？化为死结怨更深，到最后无人有胜算，智慧如你，这又是何苦来哉？”

“何苦？”宋明磊含笑反问道，“何苦？明氏满门抄斩之时，我叔公也曾问过你父亲这句话，可他还不是毫不留情地请旨，带头抄了明氏，还亲自监斩！”

“莫忘记了，你还有二姐和重阳，他们还是你的亲人，也流着原氏的血。怎么？连他们你也不放过吗？”原非白沉痛道，看向远处的原非烟。她的妙目中闪着慌乱。

“这不劳你费心了，”雨水浇在宋明磊身上，他出手如电，紧紧抓着原非白的前襟，用极低的声音恨声道，“日子还很长，咱们等着瞧！我要把你心爱的全部夺来一一打碎在你的面前，我们可以先从你最喜爱的佳偶子开始。”

他阴狠地看向我，另一只手欲抓我的前领，司马遽毫不留情地飞出一脚踢向宋明磊，逼退了宋明磊。

兰生亦护在我们面前，冷冷道："阳儿，别再对她犯浑了。"

"日子的确还很长，"原非白挡在我胸前，继续淡笑道，"长到足够把所有的仇恨一一还来，打破这个死结了。"

不知何时，大雨渐渐停了下来，慢慢转为小雨，就在这时，剧烈的三声炮响震天动地，紧跟着，沉重的大军团的脚步声冰冷地传来，整个地面有节奏地抖动了起来。我们同时看向朱雀门的入口，紧张地等待着进来的军队，不知是元德军还是武德军。

却见军旗如簇，在风雨中飘荡如海，大队人马如铁水一般涌进行宫，为首一骑高大强壮，马上端坐一人须如钢针，豹头环眼，正是一等神武将军于飞燕。他身后跟着两骑，是灰发的赫雪狼和光头的程东。

他们都来了，我的精神一振。

于飞燕开心地策马来到近前，跳下马来："二弟四妹，果然没事，那就好、那就好。"

他状似轻松地捶了下宋明磊的左肩，在那里豪迈地仰天大笑一番。

而宋明磊疼得龇牙咧嘴，使劲忍了下来，才镇定道："神武将军怎么来了？未奉诏入京乃是死罪。"

于飞燕敛了笑容，严肃道："为兄自然是奉诏入京，倒是二弟的麟德军守备意图领军入京，已奉主公之命，遣回原地驻守。如今二弟位至侯爵，又手掌重权，倒要管教手下，莫要落人口实，招些莫须有的罪名。"

宋明磊正要开口，已有一人唱颂道："主公驾到。"

我们所有刚从地震中幸免下来的人都极其艰难地跪了下来，迎接一身戎装的原青江。

原青江大踏步走了过来，身后跟着同样戎装的锦绣和原奉定，还有几个朝中重臣，甚至还有一个道士。我想了半天，才回过神来，这好像是那个批过我贵命的邱道长吧。

这时，雨丝随大风飘零，冷意袭人。原青江隔着倒塌的废墟，直直地望向清思殿，双膝跪倒，大声痛哭起来。身后众人皆随之跪倒，哭声一片。

原非白双手撑地，极其严肃地沉凝着俊脸，若有所思地看着对面的宋明磊。两人目光不停闪烁，捉摸不定，无形中仿若恶龙猛虎你来我往，狠狠地厮杀一番。

忽地，非白目光一闪，似是做了一个决定，轻拍我的手，对我绽出一丝鼓励的微笑。

原青江哭声微停，宋明磊阴险而得意地对原非白嘲笑了一下，开口启奏：“主公容禀，儿臣——”

这时，原非白猛地跪爬到原青江对面，以头伏地，大声道：“父王节哀，此诚国之大变，容儿臣有要事相奏。”

左右近侍前来，扶起原青江。锦绣体贴地递上丝帛，肿着眼睛，轻蹙黛眉，似无限悲伤地瞟了一眼原非白道：“主公节哀，国基不稳，前线告急，尚需主公定夺，不如先听听三爷有何事启奏。”

原青江接过丝帛，细细擦净面上，抚须长叹一番：“准奏。”

原非白抬头，快速地看了看邱道长和锦绣，大声道：“太子携淑仪公主谋逆，如今丽太妃已为公主等谋害，今诸将无主，愿请武安王做天子。”

此时雨声渐止，非白的话清清楚楚地传向四方，所有宫人、随从皆愣在当场，惊骇莫名。

宋明磊饶是再好的修养，眼神中也露出极度的惊诧，白了一张俊脸，青筋暴跳地看着原非白。

原青江瞪着伏在地上的非白久久地说不出话来。好不容易回过神来，他猛地一掌挥出，把非白打倒在地。

非白的脸上五个指印分明，直打得齿颊流血，沿着非白的口中一下子流了出来。原青江厉声喝道：“竖子无状，胡言乱语。”语毕转身便走，但是他的速度明显慢了下来。

果然原非白飞快地咬牙爬起，跪爬地跟着他，顶着五道深深的掌印，到他面前再次以头伏地，再度大声道：“今轩辕无道，玉玺失而复得，天佑苍生及原氏。父皇可记得，雪摧斗木，猿涕元昌，今五月飘雪，苍天现此祥瑞之象，父皇，吾等不可逆天而行也！”

这时银奔和金灿子亦赶过来，跪倒在非白身后，惊呼道：“主公明鉴，三爷并没有胡言，这天真是下雪了。”

此时天上仍旧飘着极细的雨丝，竟然夹杂着一丝丝雪意飘向人间，渐渐地雪片代替了雨丝，大片大片地覆了下来，宫人及军士皆骇然道：“五月天气，将立夏了，怎的还下雪呢。”

“果然是天意，原氏要取代轩辕氏拯救苍生。”有人在人群中这样叫着。

我心中一转，趁宋明磊犹豫之际，走过去，柔声道：“二哥还不快随我接驾？”

宋明磊尚在犹疑，我轻掐袖子，袖中的倾城猛然蹿出咬了宋明磊一口，宋明磊吃痛松手，我便乘机抽出他手中的传国玉玺，赶紧抱过来跪在非白身边，高举过头顶，用尽力气，高声叫道：“雪摧斗木，猿涕元昌，今诸将无主，愿请武安王做天子。”我看向于飞燕。

于飞燕心领神会，亦领着心腹二将以首伏地，大声道：“今诸将无主，吾等愿请武安王做天子。”

于飞燕声如洪钟，响彻全场，声声入耳，众人皆听得清清楚楚，那余音久久地传遍四方。

这时，邱道长面含微笑，走了出来，直直跪下，向原青江行了天子大礼，大声道：“天佑原氏，吾皇万岁、万岁、万万岁。”

众人一拨又一拨地跟着跪了下去，皆放声高呼：“吾等愿请武安王做天子。”

原非烟拉着宋明磊也凝着脸跪了下来，最后只剩下原青江孤独而威严地站在一堆废墟边上。

众人长跪不起，大雪翻飞中，一轮红日如往常一般，壮丽地涌出地平线，照见烟尘中三大殿的废墟，雪雾中血痕斑斑。我手中的玉玺异样沉重，在晨曦中愈显盘旋的金龙狰狞凌厉。

原青江默然无语地盯着那金龙，那双凤目却显出一种异样的神采来，那是所有男人对于最高权力的极度渴望和欣赏。慢慢地，他的泪水长流微染风霜的须发之间，再滴淌到冰冷的铠甲之上，瞬间冰封起来。

终于，他虔诚地双膝跪倒在地，磕了一个响头，接过我手中的传国玉玺，慢慢爬起来，朗声泣曰：“今授天命，愧接玉玺，当行天道，众卿平身。”

《旧塬书》太祖本纪曰：西庭元庆四年，五月春，军中知星者邱道长言，黑光摩荡者久之，天子星易位，将震天下。旋即太子失德，携王氏、轩辕氏逆位，三十朔夜，德宗哀逝，轩辕氏逼问玉玺不得，遂毒杀太妃，引天怒，三大殿乃骤倾。初一太祖哀泣回京，早有军士集朱雀门，宣言策武安王为天子，迟明，非白携燕，披发露刃列于庭，高声泣曰：“诸军无主，愿策武安王为天子。”四更鼓，时春即夏，天忽异象鹅毛大雪，玉玺乃出，中外皆以为天意也，诚戴太祖，皆罗拜，太祖未及对，早有以黄衣加太祖身，呼万岁，即掖太祖乘马。史称“五月雪之变”。

太祖揽辔谓诸将曰："我有号令，尔能从乎？"

皆下马曰："唯命。"

太祖曰："轩辕幼主及宗室，吾皆北面事之，汝辈不得惊犯；大臣皆我比肩，不得侵凌；朝廷府库、士庶之家，不得侵掠。用令有重赏，违即孥戮汝。"

诸将皆拜，肃队以入，太祖厚葬德宗，呜咽流涕曰："违负天地，今至于此！"

至晡，班定，翰林承旨桨世子之禅位制书于袖中，宣徽使引太祖就庭，北面拜受已，乃掖太祖升紫辰殿，服衮冕，即皇帝位，改国号塬，改西安为长安，仍为西京，年号元昌，尊谥丽太妃为丽太后，追封其女轩辕淑孝为婉荣公主。遵太后遗诏，娶宗室女兴庆王轩辕章之女轩辕郁芬为后，册连氏为皇贵妃，花氏为贵妃，册长子非清为东贤王，次女非烟安年公主，驸马明磊南嘉郡王，三子非白北晋王。

五月末北晋王及王妃贞静皆素服厚祭婉荣公主，同月迁世子于西宫，易其号曰西川王，又惠及轩辕宗室子孙辈，皆兼宽待，厚享尊荣。

元昌元年五月初八，我好容易可以下床了，非白亲自帮我拆了绷带。他略带叹惋地告诉我行宫中传来的消息，宫人们终于得以清理行宫三大殿，发现了前太子、前太子妃及丽太后的遗体，据说前太子妃与丽太后都扑在前太子身上，似是希望能以自己柔弱的躯体保护太子，奈何太子却仍死于毒蝎之手。轩辕淑仪下腹尽空，皆为毒蝎所啃噬，其状甚惨，宫人尽力灭绝毒蝎，乃发现一天王玉像，辅以数千跪伏修罗石像，天人酷似北晋王。举国皆密言，北晋王实乃天命所归，白虎星神王降世。

我笑眯眯地看着原非白："非白，你果然是白虎星降世啊。"

他轻轻吻了一下我的额头，微微笑了一下，对我的赞美不置可否，只是淡淡道："还记得那个诬陷你的长旺吗？"

我点点头："他是太子指使的吧。"

"非也，"非白轻叹着摇摇头，"长旺不是太子指使，亦不是太子妃指使。"

我奇道："那是何人，如此胆大妄为？"

"乃是先帝本人。"

"什么？"这一惊非同小可，"这岂不是先皇本人要栽赃我？你又如何知晓的呢？"

"这是先帝能为他的儿子，还有轩辕皇室做的最后一件事了。"非白淡嘲道，"青媚的伤好了，她只要手中拿着凌心椎，极少有人是不开口的。"

“这次确要谢谢锦贵妃娘娘，”非白淡淡道，“多亏武德军帮我挡住麟德军，飞燕才得以面圣，阿遽才有时间救了我。”

谢谢你，锦绣。

我在心中小小地嘘了一口气，忽然想到，其实以前的锦绣也喜欢吃我做的点心，等伤好了，我要给她做些鸡心饼送去。

我忽然想到一个问题，不由得定定地看着非白许久。

他轻啄我的嘴唇，柔声道：“在想什么？”

“非白，你——”我踌躇了许久，终于轻声问道，“你想做皇帝吗？”

这天晚上的月光极好，万里清空下，玉宇无纱陡显清圣，洒在非白那一身家常白缎衣上，只觉着白得耀眼而神圣，可那松松的扣子微扯，便露出光滑坚实的胸膛，又引出无端无穷的诱惑来。他天人般的颜上漾起一丝诡异而绝美的笑容，凤眸深深地注视着我几眼，微微凑近我，柔柔地吻上了我的唇。他的手悄然伸进了我的内衣，轻抚着我的肌肤，引起我的轻喘。

他慢慢引导我们的身体，结合在一起，他附到我的耳边，轻声而坚定道：“当然。”

第九章

地蛹金蝉花

五月初五，阳重人中天，端午节至，上下皆插菖蒲、艾叶以驱鬼，熏苍术、白芷和喝雄黄酒以避疫。

适逢新朝上下举国大贺，因前日天现异象，雪飘长安，炎夏随后立至，仿似一头栽进了夏日，恐食物易坏，恸伤百姓，且国基尚新，前线仍有战事，皇帝便赐天下大酺，将五日改至三日，天下诸州咸令讌乐，无论城乡，皆令休假三日，大酺期间百官、庶民任意聚饮，歌舞嬉戏，山车旱船，寻撞走索，丸角抵，戏马斗鸡，百戏竞和，人物填咽等等，连带山河破碎收复之地，一片升平欢悦之象。

京都长安大酺，太祖亲召原氏宗亲、旧皇亲、后宫诸眷，及朝中重臣，聚乐于麟德殿，霖悦楼下，一时热闹非凡。

大酺过后，五月初十芒种日，螳螂生，鵙始鸣，反舌无声，原奉定擢升宁康郡王，乔万加封上柱国，赐爵永定县公，增邑千户。太祖念锦贵妃花氏伺候多年，淑惠端敏，敬慎持躬，进皇贵妃，位同副后，协理六宫之权，又晋封其子——年仅七岁的原非流为汉中王。

因锦皇贵妃之姐，北晋王妃贞静公主，五月雪之变中平乱有功，特许出入宫门之自由，并增邑两万户，彩帛千匹，珠宝无数，以示嘉宠。朝野上下，一时轰动，窃议花氏姐妹裙下羽翼必为朝中新宠，贵不可言。原先投靠东贤王者渐有闻风转舵者，转投北晋王。又有阿谀攀附宁康郡王、永定县公者往来如云，络绎不绝。

元昌元年五月十二，大吉，上携宫中诸眷，为锦贵妃之子非流行册封礼，册封仪式时正值暑天，司仪官、朝官、诸宫人等皆汗流浃背，诸多女眷香汗淋漓，湿透了一身名贵的冰绡纱元服，到后来实在忍不了暑热，晕了过去。孩童之中以宋重阳带头哇哇大哭，坚持了又五分钟后，亦中暑晕了过去。安年公主便以照顾重阳为借口先退了下去。

原非流穿着厚厚的缂丝四爪金龙大红蟒缎亲王元服，通红的小脸热得满脸汗水，不停地喘着气。难为他一个七岁的孩子竟能木然地跪在大太阳底下，听着司仪念着长长的颂文。

就在司仪最后一个字落地之间，他忍无可忍，跪爬至捧着亲王冠的宫人前，一把抓起汉中王礼冠，罩在自己头上。在场诸人皆惊讶出声，只有原非流面不改色，大叫道："谢主隆恩。"

然后他一下子站了起来，扯了半天，奈何人太小，够不住这么大的礼冠，便扭头对女眷席唤道："笨初喜，还不快过来给本王整冠。"

这时初喜才回过神来，赶紧过来帮原非流整冠，流着大汗骇道："大礼未成，还请王爷跪下请罪谢恩。"

原青江好整以暇地看着原非流看似不慌不忙地过来，经过一行百年的苍天巨树，穿过香汗四溢的仕女香车，来到天子九龙华盖下，汗流满面地稳稳跪下。原青江微抬凤目，早有宫人端过冰镇酸梅汤，原非流努力不失仪态地接过，却仍然忍不住牛饮而尽，长长地舒了一口气。

他缓声道："再过一时半刻，孩儿必晕厥当场，且儿臣早一日承授汉中王，便能早一日为父皇分忧，儿臣一片赤诚之心，何须看重这些虚礼？今天下初定，父皇慈德天下，素察民情，必不为孩儿不拘以为念，苛责儿臣。"说完伏身大拜。

原青江无奈地亲自起身，拉起原非流，轻敲他的额头："你这猴头，跟你娘似的，快成精了。叫朕如何罚你？"

众人皆嘘了一口气，轻笑出声，原青江想要抱起原非流，原非流却一个转身，后退一步，抱着小腹，扭着小身子，可怜兮兮道："恳请父皇准儿臣先行出恭，再来赔罪。"

原青江不但丝毫没有生气的样子，反而仰天大笑起来，众人亦放松精神地大声赔笑。锦绣走下宝座，憋着笑替原非流告了罪，携着初喜伴他前往后宫更衣。

《旧塬书》太祖本纪曰：

非流封王，暑热难消，不及完颂，自取冠戴之，高声谢恩，太祖乃诘问，非流从容答曰：但求早承汉王，为君父分忧，何拘小节哉？圣上素体察民情，焉得怪罪？太祖甚溺之，竟不怪，乃遣皇贵妃花氏引其如厕，笑对左右曰：“此子类吾。”

午后，太祖赐大宴，欣然邀后宫及轩辕氏显贵宗亲，庆祝他最小的儿子封王。流珠殿的建筑源于拂菻国，殿上无瓦，捣汉白玉石为末，罗之涂屋上，其坚密光润，触之沁脾，盛暑之节，人厌嚣热，乃引水潜流，上遍于屋宇，机制巧密，人莫之知，观者唯闻屋上泉鸣，如飞珠溅玉，俄见四檐飞溜，悬波如瀑，激气成凉风，兼殿内广陈冰屑，消暑巧妙如此，故名流雨殿。

可惜我们的大主角原非流有些心不在焉，总是看向座中的原非烟和身后的初仁，亦可能是今日在日头底下中了暑，只在公卿中强颜欢笑，神情却有些委顿。他抽了个空，跑到我们这里来，坐在我身边，抱着我的广袖摇了半天，却侧了小脑袋，熠熠生辉的凤目看向安年公主，笑问：“皇姐，今儿是臣弟的好日子，重阳儿怎的没有来呢？”

安年公主便笑着告假说小重阳被日头晒着了，有些发高烧，故而不能前来。原非流想到自己常年的打击对象兼玩伴宋重阳在这样重大的日子里生病了，颇有些失望地哦了一声。

太祖听了倒也有些担心，对安年公主谆谆教导：“这么多子孙辈里，朕独独担心重阳儿，光潜亦是如此，安年这几日要好生看护才是。”

原非烟纤指轻点鹅黄的披帛，垂目敬诺，姿态纤美。

太祖的凤目轻扫流雨殿中一众轻闺弱质，似又想起了什么，便朗声道：“吾等武家男儿，为行天道，前方浴血，冲锋杀敌，最忌牵挂后方眷属，在座诸位贵女，既为武士妻女，身份贵重，自当谨守妇道，为武士多事生产，尊老爱幼，好生照料家中，莫教男子牵挂才好。”

我暗叹一声，不愧是当皇帝的，连女经也诠释得如此完美！太祖左下首的皇后，年轻的轩辕郁芬，略整一身火红麒麟凤袍，率先走下宝座，恭敬下拜，轻启朱唇，柔婉称诺，领着内外命妇皆恭顺下拜。

未到辰时，太祖便携着轩辕皇后先行退下，锦绣也抱着非流先退了下去。

我小坐了一会儿，就觉广袖中有异物轻咬我，我便以身体不适为借口，先行告退。

回到西枫苑，倒出广袖，大老鼠机灵地跳了出来，跳在梨花木上扑向水果盆，挑了一只最大的杏子，使劲啃了起来。刚啃到一半，猛地支起小耳朵，扔了杏子，就要飞身去躲，一片黑影闪过，倾城的长尾巴瞬间被一只黑狗爪子给拍在桌上。倾城转过身来，勇敢而凶狠地对着大黑狗龇着大长尖牙。

一个光头少年走过来，抱走了大黑狗，结束了狗拿耗子的大战，淡淡地轻点小忠的黑鼻子："别去招惹这只信鼠，它的本事可不像它的个子那么小。你斗不过它！"

小忠表示怀疑并愤慨地对兰生低吠了几声，高傲地一转头，跑到我的脚下乖乖趴下。我轻轻拍了拍它，以示安慰。小忠舔了舔我的手，却抬起狗头，眯着乌黑的狗眼盯着倾城。

倾城则爬到桌沿边上，居高临下地对小忠吱了一声。

不知道为什么，这两只神兽对望的样子让我想起那日原非白同宋明磊在雨中互相仇视的样子来。

我正胡思乱想间，听到有人在我耳边放小炮，我惊回头，原来是兰生正弯着腰对我打响指。

"甜言蜜语的生活总归能让女人变得迟钝了。"兰生由衷叹道。

我不好意思地嘿嘿笑了一下，这才想起我没请兰生坐下。兰生无奈地摇摇头，自说自话地坐在我对面，一招手让小忠过去，然后自小忠的项圈里取出原非白的密函。

我展开笺，却见非白写道：元德军行军一切顺利。太祖登基后的第三天，原非白便同于飞燕赶回定州境内，在经过艰难的会战后，取得定州大捷，现如今元德军已在济州同燕子军会合，济州乃是军事重镇伐州的前线哨所，韩先生在麟德军攻克麟州后，亦得圣上恩准请调，顺利回到了元德军中。

定州战役中非白同于飞燕合作非常默契，广纳良言，采纳了韩先生的建议，双管齐下，一方面在战场上猛攻窦氏军队，另一方面采用分化的办法，同其他打着义军旗号的部队不一样，不但没有滥用酷刑、严惩军属，反而尽量招抚收复地区的民众，第一善待俘虏，若不愿归降原军的，视同难民对待，缴械后一概发放归乡资费；其次对定州老百姓视同帝都老百姓，平等对待，打开城门的第一件事，便出安民告示，并开仓放粮。

久而久之，窦周境内早已传遍，元德军军纪严明，秋毫无犯。随着原氏三支队伍不断推进窦周境内，渐有守城军大开城门，主动迎接元德军。此次济州城外，韩先生又发挥诸葛神论，那守将殷余同愣是被劝降了，元德军顺利进入济州城内，不想早有远近士绅皆争相出列迎接，仕女欣欣向荣，上街踏歌相颂。

听他的语气甚是愉悦，我也放下心来，他在信中嘱我好生照顾自己，并附有一服药方，我不由得皱眉道："一封书信，半封倒全是药方子。"

这时，小玉过来为我们奉了茶和一些点心。兰生喝了一口，斜瞟了一眼那封信，淡淡道："居心叵测。"

我看着兰生，正要驳他干吗老讽刺非白呢。

兰生淡嘲一声，以一种极其抑郁的口气道："八成是他让林老头在前线抽空开的方子，让你养好身子，好快快给他生一对大胖小子。"

我一时血色上涌，张口结舌。小玉看了看方子，里面说戒茶、戒酒，便板着一张俏脸，慢吞吞地把茶水收了回去，又换了一盏燕窝上来，咕哝道："凭他就算是踏雪公子，怎的就算准了一定生一对男娃？"

兰生又喝了一口茶，看了一眼小玉："小玉姑娘可别真不服气，若是真生了，兰生愿与姑娘打赌，你家先生要么不生，要生就一定生一对大胖小子。"

"小玉别听你兰生叔胡诌。"当时的我并没有把兰生的话放在心上，只哈哈笑了一下，对兰生重重点了点头，单纯地下了这么一个判断，"济州守将殷余同降了于大哥，攻克阀州乃是指日可待，故而今儿个……他的心情必是极好的。"

小玉却不服气地撇了撇嘴，表示不信。

这时，小忠忽地跑向梳妆台，两只狗爪搭上台子，对着菱花镜边的青花百蝶纹瓶嗅了半天。小玉一时忘记了生孩子的仇怨，吓得轻叫："小忠可别把瓶给摔喽，那可是主公赐下的前朝古物，晋王的心头肉啊。"

小玉就过去同小忠理论兼拼命去了。

薇薇听到小玉的惊呼，急忙走了进来。水晶帘剧烈地晃了几晃，两个俏丫头嘻嘻哈哈地忙了一阵，第一时间把小忠赶回了兰生身边。小忠不依不饶地对着白色的大花朵叫了几声。

兰生扭头看向青花瓶，那里正插的一束洁白的花朵："此花既香且美……想是大理名花朝珠吧？"

我对他微微一笑，略点一点头："小玉思念故土，晋王特别准她在梅园一角栽了一株。不想这孩子有心，竟给她种活了，这可是今年开的第一朵花哪。"

兰生双手抱胸，对我微歪头，也淡淡地笑了。如画的眉目间，升起一股如远山一般的了然和宁静。

兰生走后，我走进闺房同小玉一起看了看上个月的现金流量表，感叹在长安分舵的第一个月果然艰难，幸好已有根基和原氏的支持，做生意比起当年赚第一桶金还是相对容易了一些。

子时，月上中天，云淡风轻，我结束我的业务工作，合上账本，看向微熬红了眼的小玉。

“风大了，奴婢去把窗子关了，”小玉凝着一张俏脸，对外间的薇薇说道，“薇薇，夫人休息了，你且仔细些烛火。”

多宝榻古董隔断子上有镏金錾铜钩，上面悬着大红撒花软帘，隔开了闺房内外，软帘外的烛火透过帘子柔和地渗进来，朦胧地映着薇薇娇俏的身影，她正坐在菱花铜镜前仔细摆弄着一只极小巧的玉石磨，石磨的周身雕满了娇嫩的梨花。

薇薇被救之后，林老头特地为她配制了一种复颜膏，神奇地治愈了她脸上蝎子蜇的伤口，如今只略显浮肿罢了。最近林老头建议我也可以涂一些，只是要再补些上好的珍珠粉。圣上听说了，便大方地赐下一斛南浦合珠。

美貌重于泰山的薇薇便自告奋勇地揽下这个活，烛火下的薇薇低垂着螓首，一绺青丝垂落在额际，随动作微晃，她头也不抬地轻嗯了一声，算是答复了小玉，只顾着在灯下将圣上赐下的珍珠盛在玉石磨中，认真地碾碎成粉，好混在复颜膏中。

小玉放心地折了回来，轻轻关上房门，然后趁假装关窗之际，再次看了一下周围无人，便背着窗口，替我挡住了外面可能的偷窥视线。

小玉从梳妆台上取了那支镶珍珠银簪，沾了蜂蜜，凑向那瓶仍带露水的朝珠花。过了一小会儿，侧枝上那朵含苞欲放的朝珠花中无声无息地飞出一只大蜜蜂，那只大蜜蜂后四只小脚牢牢抱着一小卷树皮，大蜜蜂被银簪上的蜂蜜吸引，放下怀中的小卷桂树皮，爬到银簪上。小玉接下树皮，又用另一支玉簪挑开树皮，递给我。

倾城嗅了嗅，对蜂蜜更感兴趣一些。我让小玉拿只杏子，蘸了些蜂蜜塞给倾城，大老鼠便淡定地抱着大杏子舔着，坐在我边上看着我和大蜜蜂。

我接过树皮，不由得会心一笑。记得还在墨园之时，那年瓜洲琼花开得正盛，他偷偷从战场上折回来陪我赏琼花，也不知道是谁起了个头，谈到在间谍工作中传递消息，比谁的点子好，谁输罚酒喝，我们便开始抬杠，乱说一气，把各种可能的传递消息的方法都说了个遍。其实多半只是天马行空的胡诌，万万不可取的，虽然当时的酒是江南的花雕酒，酒劲不大，但是我的酒量极浅，没喝几杯就晕了，我的脑子开始糊涂了，一不小心，把变形金刚里的机器飞虫什么的给吐露出来，我当时晕头晕脑地想，段月容这无知之斯定会笑话于我，没想到他却敛了笑意，认真地思考了片刻，然后看了看旁边同样深思的孟寅，木然道：“其实吧，我觉得你比孟寅更能胜任白关要职啊。”

然后他又转回头，拿起琼觞，轻松地对我嚷嚷道：“输啦输啦，我认罚便是。”

说毕，他将那杯酒一饮而尽，抹着唇边的酒液，对我绽开一丝柔笑，露出白玉般的大牙来。

可见说者无意，听者有心，他果然给记住了。虽说没有真造出什么机器飞虫，但这等巧妙之法倒也费了一番周折。白关中人果然卧虎藏龙，不可小觑也，我在心中暗祷，但愿神佛保佑，我永远也不要同大理诸人兵戈相向。

思毕，我便取出放大镜在烛火下对着树皮细细读了起来。

新试银冠，夕颜容光，鬼羽金蝉，盛火难息，朝珠花开，胡为不喜？伊人不见，憔悴支离。

我放下密信，沉默了下来，拿起那支笔，蘸了荷花丞中的清水，在桌上写了一个我教过她的问号。

我写下三个字母SOS！小玉立时花容失色。

圣上登基那日，我疲累万分地回到西枫苑，好不容易敷完药后，非白忽然被圣上叫去紫园了，而我将睡未睡之际，小玉却向我递来白关趁乱送来的第一封信后，我骇然大惊。原来段月容从来没有打消过一丝一毫放弃的念头，他只是改变了风格而已，每次书信只以家书为主。

尽管我也一直告诫小玉及其他留在我身边的段氏中人，不得传递任何透露原氏机密的消息，也不得做任何损害原氏的举动。可是我不能阻止段月容，因为他知道我永远也无法拒绝关于夕颜的任何一星半点的消息，于是……我们恢复了书信往来。

这一封看似是段月容的言情风格，是他最喜欢用的上古战国四言体，所写的无非是些日常生活，但是仔细推敲下来，这不是一封向我诉说女儿生活的家信，而是一封求救信。

前两句应该指的是前阵子，夕颜被册封东宫，是皇太女，也就是未来大理女皇，以夕颜的个性当是满面欢喜骄傲。而关键便在于这后两句……

我闭上了眼睛，如果我没有理解错，他是说有人为了同夕颜争夺王位，而在大理境内兴风作浪。什么是鬼羽金蝉？

我再次睁开了眼睛，拂去桌上的水迹，再写了一个凝字。然后轻轻地用丝帛擦净桌面，小玉垂下俏目。

我暗忖，以他和白关的力量，如何还须向我求救呢？也许是有人使诈，以假情报陷害我吗?

为今之计，我只有派卜香凝回去证实这个消息。

我伸了个懒腰，轻笑道："折腾这半宿，我也累了，睡吧。"

小玉扶我上了床，放下帐幔的同时，取了幔顶挂着的镏金双蛾纹银熏球，轻轻地将桂树皮掰成数小段，放到银熏球里面。

里面本已混了林老头为我开的安神香，配方有沉香、白檀香、丁香等数十种香料，恰巧桂树皮亦是其中一丸香料，想来那桂树皮即便被人发现，也不易为人所怀疑。

小玉乖巧地将银熏球放回帐顶，微风轻传，银熏微转，熏香缓缓地燃烧起来，冉冉地升起白烟，安神怡人的香气暗暗地充满整个房间，我的心渐渐平静了下来。门外薇薇也停下了研磨工作，躺下睡了。小玉吹灭了烛火，也在我的榻边睡了下来。

翌日，齐放进了紫园，回我那封信确为事实，段月容怒焚真腊叛军后，以极其残忍的手段株连其家人，早年和亲的南诏英仁公主，也是段月容族叔段肖的女儿，在战争中站在夫家这边，事败后，段肖替英仁公主求情，段月容怒斥段肖没有在战乱中出力，削了段肖的封地，并赐英仁公主自尽，接着大幅度地进行改革，罢免了一系列文武帝时代的冗臣，大力提拔在真腊战斗中表现良好的勇将，触犯了旧势力的利益。

夕颜被封皇太女后，许多反武帝的旧势力便以段肖为首，以白族从未有过女皇，新帝残暴不仁，迫害老臣为由，趁段月容登基未稳，联合真腊余部开始叛乱。段月容被激怒了，其所有的乖戾本性全部被激发，开始大规模地迫害反对派，常常一个寨子接着一个寨子这样地诛灭，堪比当年的庚戌国变。就连不问世事的后宫，皇后佳西娜也开始上书劝谏段月容停止这样残酷的株连，还无辜的百姓一个公道，段月容才有所收敛。段肖一党虽被剿灭，恶因却惹来恶果，盛夏来临，尸横遍野，便引来严重的疫症，君家寨的孩子们也染上了疫症，巫医称疫症易解，良药难寻，境内缺乏两味珍稀药材：鬼箭羽和金蝉花，此两味只在秦岭山脉生长。

"鬼箭羽有破血通经、解毒消肿、杀虫之效。物虽稀少，但秦岭山中仍旧可寻，"林老头如是回信说道，"只是金蝉花甚邪，此物又名草蝉蛹，根为蝉蛹在土下幼体遇冤魂而化，尝闻遇冤魂乃从蝉蛹头部生长，约一寸多长，从顶端开花分枝……形似白优子，然邪气更甚……"

我在快速地查询资料后明白了，所谓冤魂而化，其实不过是所谓生物病态现象，是一种虫菌复合体，蝉虫为菌类的寄生体。然而与白优子不一样的是，白优子可与宿主共生，而是金蝉花的菌类入侵蝉体并最终导致蝉死亡，蝉完全成为菌类生长的培养基质，最终蝉的营养被菌类吸收殆尽，有点类似所谓的冬虫夏草。因而，人们所说的“蝉花”其实便是菌体吸收了足够的精华以及蝉虫被消耗后的剩余物。

林老头最后提及，金蝉花在秦岭每年不过成活数十株，而被发现才不过三四株而已，内务府库应有十五株，去岁汉中王发痘症，陛下全数赏与锦皇贵妃了。

这么说锦绣有这个金蝉花？

我便使人淘净市面上的鬼箭羽，的确价值千金，花了点钱，但总算买到了，再高价请药农到秦岭中找了些来。考虑到可能疫症北移，我便分了一半留着，另一半打包秘密运往南国。

就在我琢磨怎么向锦绣开口的时候，齐放出了个主意，正好今年打算推销给内务府，也就是用以后宫御赐朝堂内外命妇的新制纱衣已赶制成功，不如趁此机会问锦绣要之。

我便以君氏之名上秦中宫，玉装楼的春夏季时装展示会天下闻名，今岁主推价廉物美的亚麻纱衣，在此国基未稳之际，可减国帑负担，可能考虑到我是锦皇贵妃的姐姐，且兼君氏大名，圣上竟痛快地准奏。锦绣名为副后，又被皇帝授予协理六宫之权，实为后宫实际掌权者，便由其下诏。夏至日，替皇后在紫园内设下女席，广请后宫贵人，以及各府夫人千金前来赏玩。我也同齐放尽力张罗在宫中的第一次时装表演秀，但我万万没有想到锦绣下诏之地竟是荣宝殿的双辉东贵楼。

自从锦绣实掌原氏内闱之后，圣上命乔万大规模整饬扩建紫栖山庄为皇家紫栖宫，而连氏因家族失势，又兼自锦绣生下非流，接逢幼女夭折后，宠幸大不如前，便日日念佛诵经打发时光，后来锦绣便以修宫为名，求得圣旨，命连氏搬出荣宝堂，改搬到原为玉北斋的北斋宫。

当年非珏脾气乖戾，圣上曾为其亲至法门寺亲捐释迦小金身放置玉北斋，正是当年玉北斋的由来，如今便令连氏在北斋宫里日夜为皇室祈福。而她原先住的崇光阁并前面的荣宝堂及左右堂舍改扩为荣宝殿，在锦绣封妃前夕，圣上竟着内务府钦赐予锦绣了。

五月二十五夏至，正值朝节，百官放假三天，众妇女相娶，进彩扇，以粉脂囊相赠遗，宫中亦不例外。这一日，我便奉皇后谕，早早来到当年盛极一时的荣宝堂。

那一日晴空万里，阳光明媚，我站在庭院中放眼望去，庭院中葱茏洇润，那架子上的紫藤花盛开依旧，紫花烂漫，串串低垂，旁边新栽了很多绿枝新冒的梅树。听说锦绣投皇帝所好，又移栽了很多株梅树，果然不虚。然而更夺人眼球的则是那铺天盖地的雪拥蓝关，朵朵大若银盘，开得恁是热闹，一派富丽香烟。

眼前一座峥嵘轩峻的高楼，正是在当年的荣宝堂上加上一层楼改建而成，应锦绣之请，圣上钦赐名为双辉东贵楼，隐含了锦绣的双龙戏珠之志，还有她刚进府中那人人艳羡的紫气东来的传说，如今的双辉东贵楼已是皇帝大宴后宫的主要之所了。底层的麒麟斗拱的色彩依旧簇新艳丽，龙门雀替上的龙纹图案依旧苍劲，早年杂役房的我们曾经多少次羡慕地偷偷仰头观望，因为出入此地的丫头就意味着在紫园侍者中拥有最光鲜、最高等的地位，被主子赋予生杀予夺的权利，甚至过着同主子一般优越的生活。

这里曾是我同碧莹还有众小五义受尽屈辱之地，就是在这里，我和碧莹的命运被残酷地改变，如今却成为锦绣的金丝牢笼。她极度张扬圣上所赋予的烈火烹油般的荣宠，仿佛战火从不曾来过，仿佛我同碧莹的鲜血从来未曾洒在那明亮的金砖之上。

一阵舞乐传来，东贵堂中拥出一片衣香鬓影，为首一人紫瞳潋滟，绝代风华，正笑意盈盈地沐浴在紫藤花雨中，正是吾妹锦皇贵妃。她的高髻饰佩十支花钗，十朵花钿，两博鬓，只比皇后仪少两支花钗、两朵花钿罢了。

我正一边行礼，一边研究她紫色襦衣上绣着的十二行红色五彩翚翟花纹，好像亦是皇后仪制，未免也有些逾制。她却早已扶起了我，免了我的礼。在紫色花瓣雨中，她对我柔笑道：“姐姐来得正是时候。”

那时，西洋琉璃钟正走到上午九点。

“锦绣，姐姐想向你讨个赏。”我对锦绣笑道。

锦绣一挑眉：“姐姐可真有意思，君氏富可敌国，什么样的稀罕宝贝要不到呢。”

“你可说笑了，自姐姐回到原家，家产早已缩水不止，就算见过些稀罕玩意儿，但有些儿上得了台面的玩意儿，如何比得圣上亲赏你的好物件。这倒还是其次，倒是皇上给锦绣的恩典，姐姐艳羡不已。”

这一番话下来，锦绣果然很是受用，紫瞳盈满了得意之色，拂了锦袍的广袖咯咯笑个不停，直笑得连那袖口上绣的芍药花都似要飞起来：“哎哟哟，木槿，我可服了你了，你的小嘴还是像以前那样甜，难怪咱们家的北晋王为你痴狂如许了。姐姐要什么只管说，妹妹一定给便是了。”

“哎，这个，是这样的——”我正要开始。

这时，有太监洪亮的传颂声道：“皇后娘娘驾到。”

我的请求被搁了下来，只得随着一群女人统统去中庭迎接皇后。

年轻的轩辕皇后盛装站在中庭，着一身大红缭绫的广袖襦裙，上面精工细绣了六只金凤凰穿梭于白牡丹之上，脚着高高的蜀锦珍珠履，站在锦绣身边，容貌虽稍逊几分，但贵在笑容可掬，年轻可爱，倒也令人看了感到如沐春风。

她的身后跟着同样盛装的原非烟，拖曳着鹅黄银缎大裙摆，眉眼画得极是修长飘逸，贴了荷花钿的妆容精致无瑕，百花髻上斜插着一支硕大的金凤步摇簪，在一群女人之中更觉气质贵绝，只是娇躯在微风中略显清瘦。

一群华贵的女人像鲜艳的热带鱼一样，纷纷华丽地游到各自的座位上坐了下来，大殿上立时空旷了起来。

齐放也走了进来，行礼并报备了演出。

“众贵女可都来齐了？”皇后问向身边的宫女。

锦绣向座中扫了一眼，垂目侧身道：“诸位内外命妇皆已入席，唯有连姐姐还未到来，不如容臣妾让他们先开始吧。”

皇后大度淡笑道：“无妨，可再等一等。”

锦绣便着宫人奏起编钟，雅乐立时传遍东贵堂。因皇后同皇贵妃都在，内外命妇皆肃然而坐，不敢造次。

皇后同锦绣聊着家常，目光落到我的披帛上，看了几眼那新颖的几何图形，便笑道：“晋王妃的纱帛花样好生漂亮，还没见过这样新奇的花样，听说出自君氏之手。”

我亦俯首敬诺：“正是君氏玉装楼的设计，不过纹样新颖些，论质地却实不及娘娘身上的纱帛轻柔飘逸。如果臣妾没有猜错，应是亳州最上乘的印宝纱吧。”

皇后的眼中闪过惊讶，愉悦道：“王妃好眼力。”

我便与皇后就时尚前沿的话题聊了几句。原非烟描绘过长的凤目淡淡地扫了我们一眼，露出一丝嘲讽。

忽然，一阵低沉的当当声从珠帘内传来，我同皇后一同扭头看去，阳光正洒向一座做工精致的西洋琉璃钟，那琉璃罩面上正泛着金光，顶部的小门大开，一个脑袋后梳着个大辫子的小丫头木人弹了出来，咧着滑稽的大笑脸，跟着当当声摇摇晃晃地拍了十下小手，然后弹了回去。

啊，这个丫头长得很眼熟啊。

“看着眼熟吗？”锦绣的声音在我耳边响起，把我唬了一跳。回头看去，她正附在我的耳边，背着众贵女，对我做了得意的鬼脸，任描绘再精致的眼角挤出一条淡淡的笑纹来，我给逗乐了。

她对我轻笑道：“这琉璃钟有些年头了吧。当年皇上命连姐姐搬到北斋宫，想一起搬走，结果下人们不小心摔了一次，坏了报时小人，皇上便顺水推舟地给姐姐又赏下一座更大的。听说那钟字还是用象牙和珠宝镶制成的呢，我却舍不得把这座扔了，便着人修缮，索性把那个报时小人换成你的模样，继续用着，看看像不像你小时候那傻样！”

皇后显然听到了我们的对话，也看了一眼那个小人，略惊呼道：“晋王妃年少时便是这副模样吗？好生、好生可爱。”然后妙目频频看向我，满含深思。

我猜其实她的潜台词是，真想不到你当年好生丑陋，是如何泡到原非白大将军的？

我便嘿嘿干笑了几声。锦绣抿嘴笑得更甜，纤指一扬，唤了歌舞，却见十几个身着白纱的舞伎，手持大拂尘，来到殿中，跳起了宫中流行的白鹤舞。

舞乐渐渐舒缓了场中气氛，众贵女也开始低声笑着聊起来，锦绣的紫瞳瞟向我，明明笑得甜美，却压低声音对我道：“当年我初被调到夫人房内，就为一天没有擦拭此钟被她杖责十下，我当时便想，总有一日我要让她也尝尝被人裸杖的滋味。”

我正欲笑着回话，倒是宫人来报：“连皇贵妃娘娘到。”

不一会儿，连氏消瘦的身影出现在大殿的门口。她慢慢走了进来，给皇后行了大礼。

这是我自回到原家后，第一次近距离看连氏。年岁同样在她身上刻下了痕迹，甚至比我想象的要深得多，她鬓边的青丝已暗暗染上几丝秋霜，即便敷上再厚的粉，下眼窝还是浮肿起来。眼睛仍然漂亮，却已经被丧女之痛经年累月打磨得毫无光彩。我注意到她的面色极度苍白，乌黑的青丝上虽压着金钗宝钿，但仔细一看，夹杂着几丝雪白，竟有些许凌乱。

锦绣的笑容敛了下来，站起身来，按长幼之序，微微向连氏行了一个礼，而连氏却必须回一个完整的屈膝礼。

“今日乃是皇上准皇后宴请后宫诸姐妹，及众贵女前来观赏天下闻名的君氏新衣秀，姐姐即便再有要事，可着人来通禀一声。奈何令皇后娘娘、后宫众姐妹，及众内外命妃等汝一人多时？吾原氏最重礼法，姐姐又是宫中老人了，此举实在有违宫闱体制，兼有藐视皇后之嫌，难做后宫楷模。”

这帽子太大了，连氏的眼中闪出一丝憎恨来，目光也更冷了。年轻的皇后正要开口劝解，旁边一位略年长的嬷嬷却轻轻扯了一下她的衣袖，皇后便默不作声了。

连氏平静下来，倨傲一笑：“你意欲何为？”

锦绣冷笑道：“姐姐的记性越来越差了，自然是执行原氏家法。”

连氏高昂起天鹅般细长的脖子来，大声道：“吾乃皇上正室发妻，你这嬖妾也配碰我？”

锦绣绽出一丝奇怪的笑意来：“姐姐说得对，妹妹确为妾室，只是如今……只有最上座的皇后娘娘才是皇上的发妻正室，就连姐姐你……也不过是一个嬖妾罢了。”

所有人成功地看到，连氏的面容因为悲伤而扭曲起来。

锦绣的语调逐渐强硬了起来，只听她厉声说道：“姐姐如此僭越，实属大逆。”

锦绣一挥华袍的广袖，不待侍婢前来搀扶，早已来到中场，猛然对皇后双膝跪倒，含泣道：“臣妾恳请娘娘按宫规责罚连氏藐视之罪，庭杖五十，以儆效尤。”

此语一出，众妇皆惊。高堂上的轩辕皇后饶是涵养再高，额头也渗出了汗水，不由自主地看向身边的嬷嬷。那嬷嬷只是凝着脸，对着皇后微一点头。

皇后轻咳了一下，微点头道：“准……奏。”

皇后的话音略带不稳，锦绣只是更柔声微笑道：“领皇后懿旨。”

立时有两个强壮的太监前来拉过连氏。连氏身边的两个宫女亮出利刃，挥退太监，可惜不及施救，锦绣身后的初喜如鬼魅一般冲到连氏身边。初喜的娃娃脸上仍然挂着讨喜的笑容，却在众目睽睽下快速击落那两个宫女手中的利刃，然后毫不留情地打断其中一人的手骨，拧断了另一人的脖子。

在场诸女皆惊吓出声，乱作一团。

锦绣掩唇惊呼：“好大胆的连氏，竟敢携利刃面见皇后！”

锦绣身后的大太监昌福立刻掐着嗓子惊呼：“连皇贵妃欲行刺皇后！”

连氏求救地看向原非烟，然而原非烟却冷冷地垂下妙目，一言不发地玩弄着自己的珐琅指甲套。连氏绝望地想高声呼救，不想一群武婢快速拥了进来，拖起她的宫人，连带捂住她的嘴巴，一并毫不留情地拖了下去。

连氏拼命挣扎，乌髻上的珠钗宝钿一路往下掉，零零落落地散在荣宝殿中，直至失去踪影，她的眼睛始终绝望而仇恨地盯着锦绣。

当年我与碧莹在荣宝堂内受辱的情景浮现眼前，果然风水轮流转，今日里报应终于到了。可是我感觉不到任何复仇的快感。

轩辕皇后额际的汗水滑落到鼻尖，身边的老嬷嬷虽处变不惊，眼中却已起了波澜，起身跪到锦绣面前，以头伏地，用那苍老的声音缓缓道：“皇贵妃容禀，连氏毕竟侍候皇上多年，不若先行关押，禀明皇上，请大理寺卿会审，再做处理。”

锦绣慢慢抬起螓首，满面泪痕似梨花带雨，悲泣道：“皇后娘娘容禀，伊嬷嬷说得甚有道理，只是吾等虽出身武家，身为女流，亦随皇上在战场拼杀，然适逢太平盛世，何幸能得轩辕皇后母仪天下，福泽后宫，必是臣妾等姐妹前世拜佛积德，善因所致善果。皇上虽为天命所归，终是僭越宗室，故而在后宫三令五申，务必以皇后为尊，面见皇后不得携刃，以恐惊扰轩辕宗室。连氏此举乃是死罪，必会陷皇上于不义，恳请皇后立杖毙此孽妇，以示天下，皇上对轩辕宗室、对皇后娘娘一片诚挚之心。”

锦绣说得情真意切，泪如泉涌，众命妇亦骇然跪倒，不敢发言。

就这样，我的时装展示会变成了锦绣除去连氏的showtime（表演时间）。

轩辕皇后再次艰难地准了奏。连氏的惨叫声终是响起，声声传来，甚是惊心。锦绣却若无其事地挥了挥纤指，奏乐的宫人抖着身体，汗流满面地抬手，雅乐再起，连氏的惨叫声便慢慢地被时装展示会动人的音乐所掩盖，最后再听不见任何一丝声息。

一群群训练有素的模特走了进来，衣袂飘飘。然而在座宫眷，再无一人有心欣赏精彩的表演。皇后坐了不到十分钟，就以身体不适为由，板着脸离开了，临行之前让锦绣全权做主，然后吓得半死的命妇们也煞白着脸找借口退了下去，大殿之中，最后只有我陪着锦绣兴致勃勃地看完了整场演出。我想这绝对是我开时装展示会以来最糟糕的一次，却也是订单最丰厚的一次，锦绣订下了今年君氏所有的纱帛。

结果后来没有任何一位仕女对今年皇家赐物有任何不满，即便明知纱帛远不及绫锦丝缎来得金贵。

那一天，锦绣下旨订下纱帛之际，我终于开口请要几株金蝉花，锦绣如是答道：“姐姐可真会挑东西，此乃天下罕物，能救人一命，价值千金，更何况是我儿非流的命。”

“汉中王如今身体康健，你库之中至少有十株，姐姐但求三株便可。”我诚恳相求。

锦绣看了看我，冷冷道：“木槿，皇上素恶里通外国，南国疫症猖獗，我知道你要这金蝉花做什么用，只是你别忘记，你如今乃是晋王妃，而我亦是中宫副后，莫要做些牵连我同汉中王，以及晋王之事才好。如今我等姐妹，只比当年更险罢了。你可知有多少双眼睛在盯着我们？前有朝堂上的南嘉郡王和东贤王，后有深受皇宠的安念公主，他们哪一个是好相与的？他们心心念念地要挑出我们的错处，恨不能食我等骨肉。就如同我方才对付连氏一般，否则十五年之功，便会因你废于一旦。”

我一时语塞，心中一片寒冷地离开了荣宝殿。

回到西枫苑没多久，便有人通传，锦绣着太监来行赏。我暗想，莫非是锦绣改变了主意，偷偷给我送金蝉花了？

我抱着一丝希望来到花林道，看见一堆太监在哼哧哼哧地搬进一个大物件。

领头的昌福抹着满脸汗水，尖着嗓子笑道："皇贵妃说了，此物原为先朝历代皇后所有，前庭博宗皇帝陛下的中宫皇后赐予我大塬宣祖皇帝的，故而此物甚是珍贵，皇贵妃亦深爱此物，方才看晋王妃甚是喜欢这西洋琉璃钟，晋王妃前脚刚走，皇贵妃便使奴才为晋王妃送来呢。"

原来是我妹妹给我送"钟"来了……

昌福太监仍是荣宝宫的大总管，可谓锦绣的大管家了，这次亲自送来，可见锦绣之重视，不过我真希望锦绣送来的是三株金蝉花。

昌福身边站着一个高挑貌美的宫人，正嘻嘻笑地看着我们，正是上午刚杀了两人的初喜，对我纳了万福笑道："晋王妃容禀，皇贵妃说了，晋王妃身体不适，不用专门过来谢恩啦。"

我木然地下了赏打发他们走，大太阳底下，抱着双臂沉默地看着这西洋琉璃钟。不明就里的众人围着华贵的西洋钟兴奋地转来转去，叽叽喳喳地反复鉴赏。

后来齐放告诉我，就在五月二十一晚上，锦绣秘密把连氏家族的罪证呈报给太祖，太祖甚为恼怒，连氏为家族求情，惹得太祖更怒，便罚连氏跪在中庭一宿，第二日自然起得晚了，而锦绣又故意使宫人在她来的途中言语相辱，激她气郁于心，于是那日在大殿上连氏便忍无可忍，锦绣乘机以皇后名义除去了这位长年的老对手。

而我最终没有得到那金蝉花，倒莫名其妙地拥有了那可能造成我猝死的西洋琉璃钟！

五月二十六，内务府颁旨，君莫问任紫微舍人，专管庭朝采办，隶属内务府及户部管理，在户部挂四品官职，成了正式的皇商。

元昌元年，原氏后宫无声无息地死了一位太祖妻子，然而圣上一点也没有责怪锦绣胁迫皇后处死连氏，反而褒奖我与锦绣为皇室节省了大笔国库开支，并捍卫了轩辕皇后尊严。不久，有人告发连氏家族贪赃枉法，为夺田产，打死百姓，私拆庙宇一事，轩辕氏所掌握的情报起了重大的作用。圣上痛心疾首地抄了连家，连氏的父兄皆斩首示众，几个族叔流放荒凉的西关，自此百年连家毁于一旦，所有财物、田契皆充入国库，对最后那场窦周决胜战役的军用物资的补给，做出了巨大的贡献。

时人戏云：容颜永驻，但求一子；宠贵中宫，不问出身，兔死狗烹，西贱东贵。

就在我们一筹莫展之际，忠燕府忽然发下帖子，一直深居简出的珍珠竟邀请我去赏园子里新开的荷花。现在不是赏花的季节，我自是没有半点小资的心情。然而珍珠一向冷静善谋，且是紫园的老人，又对大理的华山一直惦记着。上次我也差齐放前往询问，也许她有办法。

我抱着试一试的念头，来到了城中的将军府。

说起这个府邸，可大大的有来头，乃是当年西安守军总兵王年参的旧府邸，在西安城中，除紫栖山庄外，这座府邸拥有最好的地理位置，最豪华的大庄园，最雄伟的楼台亭阁！其一草一木，一山一石，当年的王年参都竭尽可能地比照紫栖山庄的模式来建筑，并加以管理，只是严格控制了礼制规格，以免落人口实。

在史书上，王年参被史官称作对原氏尽忠第一人，当年南诏攻入西安城时，王年参的两个儿子王宝忠、王宝诚皆战死沙场，女儿王宝蝉及侍女绿萼被胡勇活捉后同日咬舌自尽，最后城破之时，王年参领着全家自尽而亡，成就了一段千古忠烈的佳话，可惜自秦中大乱以来，一大半宅子毁于战火。

燕子军重出江湖前夕，圣上早已秘密着人重新修缮了王氏府邸，并扩建了花园里的润湖，加栽了无数的名种荷花，赐名忠燕府，在登基后专门赏给于飞燕一家，彰显了皇室对一位平民将军史无前例的恩宠。当然，这里面可能也暗含了太祖对于飞燕外放八年的安抚。

一经入宅，于飞燕即日便上朝堂谢恩，并当着众文武百官向圣上禀明，为感皇恩浩荡，特将原来王氏花园里的润湖改名为恩荷湖，寓意后辈子孙永念原氏恩德。圣上深感欣慰，紧跟着又赐下珍珠一品诰命夫人之荣，子女六人皆御赐长命金锁，一时朝堂上下，君臣皆感怀而泣，史官用浓重的一笔将这感人的场面记录下来。

那日里，原非白回朝后还笑着对我感慨地说："木槿可知，如今你兄在经济仕途一事上甚是精进，想必有高人指点吧。"

然后我与他异口同声道："珍珠！"

半晌，我二人相视而笑。

一入府中，珍珠早已携了一帮黑肤子女，身后跟着几个神谷旧人的管事婆子来至正门迎接，珍珠正要行大礼，我赶紧拦着她，我对孩子们一瞪眼睛："快叫四姨娘！"

孩子们看到他们的母亲微笑着点了头，便骨碌碌地转着数双小眼睛，嘻嘻笑着唤我："四姨娘安好！"

小兔子走路已经开始飞快，奔过来扑在我怀中，甜甜地叫着四姨娘，然后踮起脚亲了我一口，让我心中更是想念夕颜，担心大理那里孩子们的安危。

一大帮孩子在前面跑着跳着引路，一路摘了柳枝绿条嬉笑打闹，珍珠笑着迎了我进来。一路走来，却见府中新翻的厅殿楼阁甚是峥嵘轩峻，花园树木山石也葱蔚洇润，奴仆穿戴虽简朴却甚显整洁，个个进退有仪，从进府至落座，只觉上下井井有条。

来到恩荷湖边，果然一池子的荷花开得喧闹非凡，碧波上的花叶迎风摆动，鸥鹭争飞，澄净的天空中仿佛就只剩下了扑鼻的荷花清香。

到了湖心的沁芳亭，四周水涛拍岸，暑气全消，浮躁的心也宁静了不少。

珍珠听凭孩子们以小五义辈分称呼我，自己却仍旧称我为晋王妃。

她仍照原府旧例，使人在四周放上了沁人心脾的茉莉花、栀子花。空气芬芳，她如是说道："今年恩荷湖的荷花开得好，这亭子又在湖中心，虽藕香扑鼻的，但花无百日红，总担心有开败的散出些异味来，再加上我这几日念着夫君，有些着急上火，便摆了些栀子花、茉莉花什么的好宁神安心。"

我心中一动。珍珠何等人物，莫非是她知我找那些金蝉花给着急上火得发了高烧？故而摆些清雅花香安我心神，那可真是有心了。

她笑着一边同我聊着家常，一边使人上了几碟小菜。我略一打眼，只见清一色全是我爱吃的江南小菜，糟鹅胗掌、水晶硝蹄、花酿螃蟹、玫瑰鹅油饼等等，白玉盏中盛了乌菱、凫茈一些四时鲜果，还有一碟青玛瑙盘的果馅凉糕，全用清火润燥的食材所制，不由得心中甚是感叹，于飞燕这厮果真娶了一个能干体贴的好媳妇！

我正琢磨着如何开口才好，她早已不动声色地遣散家人和孩童，只留一个心腹丫头坠儿，也就十二三岁，也是神谷中人，只见她对我笑靥如花："说起这凫茈消渴痹热，温中益气，下丹石，用来清热解毒甚是有效。"

我心中又一动，却听她继续笑着说道："此物因长在水下，盛产于江南，人又称江南人参吧。"

我点头笑称是。以前在瓜洲满大街都是，我在墨园里同家人一起论吨吃，如今在长安城里却成了千金难买的奢贵之物。

珍珠让坠儿递给我一个紫檀葵花纹的双层食盒，笑道："可巧了，这恩荷湖畔竟长出了好多，王妃说说，这不是皇恩浩荡可又是什么？若不与些王妃吃，可真是夫君的不是了。"

嗯，我现在肯定以及百分百确定：有了你，于飞燕这辈子升官发达真不用愁了！

坠儿极认真地捧着那个食盒递过来，像里面装满金元宝似的。我心下豁然开朗。于飞燕在前线受伤，圣上曾经赏下无数珍奇药材，听说里面就有几棵绝无仅有的金蝉花，想必正躺在这食盒之中。我心下感激万分，轻轻对她一垂首，诚挚道："大恩不言谢，大嫂费心了。"

小玉轻轻接过来微掀了盒盖，立时小脸满面惊喜地看着我，激动地想给珍珠跪下。

珍珠只是用手抬起她，轻摇头："小玉姑娘爱吃，下次妾身再让坠儿亲自送来便是了，万万不要客气。"

她漂亮的眼睛看着我，柔声道："其实妾身以前在原府之时，听说西枫苑地下有大片的地下河，那里的土壤湿润，不定地下也能种上几棵好东西呢。"

西枫苑地下？不就是暗宫嘛，难道是指暗宫下亦有金蝉花？是了，记得当年我和珍珠同被段月容囚禁，珍珠就事先提到过暗神，说明她对暗宫之事十分了解！

奇了，即使在八年前，珍珠也不过是个稍有权势的大丫头罢了，可我记得兰生和非白都明示过我，暗宫是原氏不传之秘。为何一个丫头会了解原氏的秘辛？会轻易看透锦绣的为人，指点初画，甚至会被原青江指为于飞燕的仆从，专事暗中监视的重任？

碍于众人，我不便相问，只是在心中初步下了一个结论：我的大嫂珍珠是一个谜！一个不亚于原家秘辛的大谜团。当下打定主意，一定要找机会解了这个谜团。

回到西枫苑后，我便让小玉想办法先把珍珠给的两支金蝉花送出去，然后便找兰生，结果哪里也找不到，最后只好求助于在莫愁湖对岸那棵大槐树下追野兔的小忠。

"兰生呢？"我摸着小忠的脑袋柔声问道。

没想到无论我哄骗、利诱、恫吓、威胁，怎么拿着根大肉骨头引诱，小忠的狗头就是扭来扭去，最后跑得离我一米远，谨慎地看着我。

我便扭头同小玉叹气地说道："看样子小忠也不知道。"

就这一扭头的工夫，"知道"二字还未出口，小忠忽地蹿上来，叼了大肉骨棒逃得无影无踪。

我悻悻地站了起来，心中叹息。兰生故意在躲我，莫非他猜到我要问他什么了？

小玉难受道："兰生叔定是还记恨南诏之祸，不愿意帮大理渡过难关。"

我拍拍她的双肩，笑道："放心，先生有办法找到他，到时你亲自问他。"

我摸出袖中的倾城，对它耳语一番，倾城立刻在我四周跑了一圈，然后就直接蹿到大槐树上去了。果然，不一会儿，小忠紧张地叼着大肉骨棒又大老远地跑了回来，紧张地看着槐树冠。

七月的槐树枝叶正盛，透过茂密的树叶缝隙，骄阳洒下来，恁是再清爽的树荫下也觉得有些灼人，就听兰生叫了一声，一人一鼠和一堆槐树叶子便应声落地。

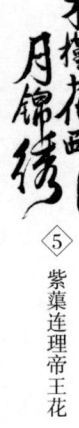

兰生一手拎着大老鼠的长尾巴，一手提溜着裤腰带，木然道：“看看，轩辕家的神兽就被你驯养成这德行。”

他把大老鼠扔给我，背过身，飞快地系上裤子，冷然道：“我什么都不知道，你且自己寻去。”

我心中暗恨，这个兰生果然什么都知道。我也真是糊涂，怎么绕了这么一个大圈子才发现？太费时间了，我当下便软声细语道：“六弟果然是知道四姐的难处，快带我前往暗宫寻觅吧。”

“你为何不直接找暗神大人哪？”不想他双手抱胸，一副幸灾乐祸的表情，“你不是那西番莲大买主吗？找我作甚？”

我被噎了一分钟，忍气吞声道：“救人如救火，一刻也耽误不得，六弟要怎的？”

兰生冷笑了几声，转身欲走。

小玉忽然绕到兰生的面前，什么也不说，只是红着眼睛，一下子跪了下来，头磕在他沾着泥灰的脚上，双肩微颤。

好像有什么东西在挠我的心肝，泪水忍不住流了下来。我趁兰生愣神的时候，轻拍小玉的双肩，然后同她一起跪下，仰头望他：“我知你深恨外夷，可是在大理不仅仅有你深恶之人，亦有很多无辜的各族和汉家百姓，里面有我的女儿、我的学生，还有许多善良的朋友，更何况，大理的疫症若不及时消除，必会北移，后果不堪设想。”

我诚挚道：“你且想想，你同暗宫宫主，我更相信谁呢？”

阳光照在兰生光光的脑门上，修长健硕的身材好似玉山挺立，他澄清的桃花眸中渐渐有了变化，终是叹着气扶起了我和小玉，在我耳边轻声道：“今夜子时在此等我，只你一人便可，小玉姑娘留守赏心阁以作掩护吧。”

第十章

江山匿龙吟

子时，新正初破，三五银蟾满，我准备了一应工具，便让小玉化装成我的模样，早早睡下。薇薇只顾着磨她的珍珠粉，一头钻在恢复颜值的正义大业中，毫不在意。

我刚至大槐树下，早有黑影一跃而下，正是一身夜行衣的兰生。

他简短道："跟我来。"

我看了看他行路的方向，竟是前往西林的，便压低声音奇道："我们不从谢夫人的画像那里进去吗？上次暗神是带我从那出——"

"只是出口罢了，"兰生头也不回地往前走，"自从原青舞进来后，那个进口想是已被封了，即使不封，定也派专人驻守，或改动机关。你且跟着我便是了。"

他引我施轻功至西林深处，一棵几人都无法合抱的弯脖子梨树。我记得以前每年夏天我总试图爬这棵大梨树去摘上面的梨子，因为一次偶然的牛顿定律，让我了解这棵大梨树长得不怎么好看，但结出的梨子却是整个庄子里最甜的。可惜我没有机会把这个秘密一传十、十传百，因为锦绣和宋明磊都严重警告我没事不要去西林，不要乱说西林里的事。当然那时的我也没有多少机会和时间，那么大老远地去摘梨子。

却见兰生开始深抠那弯脖子树中央的一个小洞，不一会儿一个半人多高的大洞露了出来："这是某代原家世子，脑子发了昏，看上了暗宫一位美人，便私自派东营暗人掘了一个入口，好偷偷来相会。"

我帮着他一边挖着，一边心中暗想：暗宫女子皆戴面具，他是如何看到人家的容貌的呢？不过以原氏男人的个性，可能是耍流氓扒人家面具来着。

我便轻声问道："那后来呢？"

兰生嘴角微弯："原家的那代主子为了这位美人，差点把司马家的全放出来，最后自然是被当家人还有司马家的保守派给镇压了，失去了储君之位。此处虽遭封堵，怎奈岁月太久，八年前那场大乱之前，可还记得有过一场大涝？便将此处冲刷了出来。"

"原家的典故，你如何知道这么多呢？"我试探着问道，"莫非你是趁那场大涝偷偷潜进暗宫？"

他对我神秘地一笑，答非所问道："其实你夫知道得更多。"

我本能地一扭头，当作没听见，假装研究树洞。他便冷哼一声。

我们进入黑暗的树洞，一路匍匐前进，渐往下斜，这才发现这个树洞幽深无比。过了大约十五分钟，也不知道爬了有多远，道路渐宽，兰生同我直起腰来，点燃火折子，只觉豁然开朗，却见眼前岩洞石壁轩敞，他轻揽我的腰道："抓紧了。"

他施轻功携我向前飞去，一会儿，他放下我，再次触动机关。兰生吹灭了火把，黑暗如晨雾在初升的阳光中慢慢消散，取而代之的是荧荧紫光渐渐亮起。

就在离我一步之遥的面前竟然是那只神似段月容的受罚修罗铜像，原来我们再一次进入了紫陵宫。我不由得心惊，我们走了这么远吗？

原来从西林到行宫这么近？难怪当初非白可以这么快地潜入行宫。

"司马家不能在上面自由活动，就连暗神也是，故而很多生活补给皆要自给，比如说药材。且在地下密集而住，最怕疫症传染，是故这里便有个药园子，叫作百草园，此处正介于冷热边缘，非常适宜种那些在地面上难以存活的稀世名药，乃是名副其实的百草之园。有时候原家人需要，也会厚着脸皮向暗宫人讨要些。"

兰生平静地问我要了轩辕德宗赐的双面金如意，插入上次我插过的地方，就那铜修罗的胸口处，然后左拧三圈，右拧二圈，不想没有任何反应。

兰生似乎也有些惊讶，摸着下巴思考了一阵，然后问我要了"酬情"，看向我："给我手。"

"哦！"我傻傻地递过手去，还不及反应过来，他早已快速地抓住我的手，用"酬情"在我的手指上刺了下，几滴血便涌了出来，流到那修罗铜像的锁孔中。

"你……"我捂着手指，对他低吼。

他根本不理我，只顾看着铜像。忽然，沉重的齿轮咯咯声响起，只见那铜像慢慢抬起头来，那没有眼瞳的双目停止了流出那紫色的泪珠，只是无限悲凄地正视着我，好像段月容正皱着眉头，无声无息地诘问着我为什么不回去，为什么要骗他一般。我不由得吓得倒退一步，愣愣地回看着铜像，竟忘记了手上还流着血。

兰生镇定而快速地帮我包了包手指，简单道：“此处需要女人的血方可打开。”

果然，五秒钟后，铜像的脸向右转去，光滑的石壁上缓缓滑开一道门，一片紫光耀眼。

兰生小心翼翼地算着步数，绕过机关，他紧张地在门边的齿轮处取出石角，石门复又关闭。

我们慢慢走了进去，眼前是一片不可思议的开阔绿地，望不到边际的是比我们要高出很多的灌木林，里面种着各种各样的草药，但个头竟比常见的药草高大许多。岩洞顶密布着嶙峋的紫晶矿竟呈半透明状，紫色的光影折射在那碧叶上，辅助光合作用，抬头可隐约地看到水波湍急地流过矿顶，甚至可见人影绰绰，在上面徐徐地走来走去。

“这里便是司马家的百草园，”兰生淡淡道，“里面的名株恐怕连当今最权贵者都无法拥有，因这些名株需要半干半湿、光照适度之所才能存活，司马家同原家便将地砖整个换成透光的琉璃砖，由高人设了机括，可调节光照，又在其之上建了流雨殿，那些水法机关正好掩人耳目地将地面上的活泉引入此处，浇灌百草园。而上面这些走动之人正是镇守流雨殿的铁卫。”

更精妙之处，这开洞之人竟还在中央矿顶平整处见缝插针地绘了一幅巨幅顶画《龙凤引魂升天图》，正面一女子姿容绝美，紫瞳潋滟，绿鬓高髻，但神色冷傲逼人，像个女皇似的冷淡而高贵地看着我们。

她身穿束带深衣，沿边垂胡袖，露出里面穿的曳地西番莲纹长燕裾，如花般翘起，腰收窄，如美人鱼尾，婀娜神奇，宛如御风而行，绝世高雅。我眯起眼睛再仔细一看，那女子原是人面蛇身，长燕裾处竟露出一截卷翘的长蛇尾，尾上一只诡异的大眼，在她的周身围着两条巨大的张牙舞爪的金龙。没错，是两条，一条双角金色，另一条双角则呈银色，双龙皆怒目狰狞地环绕在蛇身美人的身边，睥睨地俯视众生。

以前我只是觉得这话有些吓人，甚至有点迷信色彩，凭什么做皇帝还得生对双胞胎？纵观我所知的上下五千年，乃至世界五千年里，有多少双胞胎做皇帝了？而此时此刻，我忽发奇想，如果真同时有两条真龙降世，原家得到了天下，可做天子的却只有其中一条，那另一条真龙可怎么办？

我一侧头，却见兰生也正望着穹顶，目光满是厌恶鄙夷，又夹杂着一丝恐惧。他发现我正盯着他看，便冷着脸快步上前，如数家珍地在园子里翻着植物。

我也收了一脑子的胡思乱想，开始手头的工作。

不过一炷香时间，前方兰生冷静的声音传来：“找到了。”

我精神一振，走到他近前。我们好似来到百草园的中央地带，眼前地域广阔，中心竟有一小巧的石亭，亭内有一石桌，配有四座，再过去便有一条紫川的支流缓缓穿过，三五米宽，里面几条大金龙正探出脑袋凶狠地对我龇着牙。

兰生的手指一指对面，却见支流的对面果然是一大片个头硕大的金蝉花。

哇，这金蝉花可真够大的，一株相当于三株这么大，要是能把这个品种偷一株出来，放在华山后山同样的地理条件下培育成活，我可又要发大财了。

“你可相信这所谓的三十二字真言？”

我正兀自流着白日梦的口水，兰生的桃花眸映水波荡漾的紫光，幽幽地看向我：“你相信原氏是应了这天机，所以才做了皇帝？”

我心中一动。这不是第一个人问我同样的问题了，以前曾同非白讨论过这三十二字真言，他一点也不奇怪我知道号称这四大家族最大的秘密，当时他只是一挑眉：“木槿可信只要实现这三十二字真言，吾家便能问鼎天下？”

“不信，”我摇头，笑答曰，“帝王将相宁有种乎？”

当时非白的凤目闪过一丝狡黠，他微笑地摸了摸我的头，然后出去了。

于是我再一次流利而不屑地说出了我的观点，不想兰生也对着我的回答诡异地笑了起来。

“若是我带你到对面摘了金蝉花，你当如何谢我？”他头也不回地问道。

我一愣。兰生从来没有向我提过要求，这小子虽多次救我，对我没有恶意，但终归有些身心变态，也不知会提出什么样的要求？

却见他正深不可测地看我，我不由得倒退一步，心中思量一番，重新整装待发，笑容可掬道：“六弟哪里话来，漫说是帮了四姐及大理众人这忙，就是没有，只要是六弟开口，四姐为你上刀山下火海，万死不——”

他一脸忍无可忍，对我低声咆哮道：“闭嘴、闭嘴，你先把辈分给我搞清楚，谁是你六弟了，你得叫我哥、叫我哥、叫我哥！”

他越说越激动，额上的青筋都暴出来了。我半张着嘴，一脸惊愕地看着他。论年龄论资历，还有按小六义认识顺序，我凭什么得让你占便宜，叫你哥啊？还有你这种气急败坏的服务态度。

但是，话讲回来，这还是一个很容易满足的条件嘛。我顺水推舟地对他傻笑道：“哥！”

我嘻嘻笑道：“妹子谢过了。”

就这样，兰生这一生唯一一次最宝贵的要求就这样失去了，他似乎也意识到了，无限懊恼地翻了翻白眼，使劲推开我，握紧双拳愤然地向前走了。小忠欢快地紧随其后，好像它能看懂其中真意。

倾城从我怀中钻出来，对兰生的背影低吠了一下，跳到我的肩膀上，决定守护着我。

我轻嘘了一口气，快步走到他身后。可看着他落寞的背影，心中又一软。算了，其实这样使诈并不君子，毕竟他救过我很多次了，还是问问他的要求是什么。

“兰生……哥！”我慢吞吞地拖长声音叫着，心里想着有志不在年高，“刚才逗你玩儿呢，你且说吧，要我做什么，我定不负你便是了。”

他扭头，昏暗的灯光下，他的线条十分柔和，竟让我产生一丝错觉，好像他是我多年前的一个老朋友，从很远的地方赶来，我打开门，他正风尘仆仆地站在门边欣喜地看着我一样。他狠狠点了我脑门一下，我吓得往后一跳，他却看着我乐了一阵：“还记得吗？你原本答应过我，在我送你回原家之后，就杀了我。”

我心中一凛，向四周看看。老天爷啊，你不会是要我在这里求我把你给杀了吧？小忠安静地坐在他身边，愉悦地看着我。

“我也早料到你是下不了手的，”火光下的他，静静地看着我，缓缓说道，“可是总有人会替你下手的，到时候，你只需答应我一件事。一定要把我的尸首抢出来，”他认真地同我说道，“别埋了，也别用棺材，我不想到死都被束缚着，定要用那一把大火，烧个干干净净的。也别立什么冢，古来葬墓皆被毁，就将我撒到那海里去。听说我是海边出生的，可惜这辈子都没见过海，我想那海水总是比这人世干净些。”

说实话，我在这兵荒马乱的一世里听过很多遗言，只要我能，我也认认真真地心里滴着血帮他们完成，但是我从来没有听过，至少这样看上去还好端端的一个人，那么认真而带着一丝快乐地同我讨论他的身后事，好像死亡对于他是最终最好的归宿一样。

我的眼眶当时就莫名地热了起来，别过头去，粗声道：“别说了，真晦气。”

忽然有一个阴恻恻的笑声传了过来，我们两个人同时警觉起来，小忠和倾城都竖起了汗毛，却听那人又古怪地笑了一下：“继续说下去，挺好的。”

一只白面具，如鬼魅一般出现在碧叶之中：“原来是你这个人偶啊，不简单，居然能打开百草园？”

他一挥衣袖，兰生就被一股强烈的真气拂在地上，他随意伸一脚，将兰生死死踩住，兰生挣扎着，像搁浅的鱼扭了扭尾。

他对我一仰下巴："夫人，哦，如今该称您为晋王妃了。王妃殿下，您今儿个穿着一身夜行衣，带着这么个人偶武士大驾光临，真使寒舍蓬荜生辉啊。不知王妃有何差遣？小的也好为您准备准备。"

我刚要开口，他摆手："别说，让小人来猜一下，啊，定是为了找那金蝉花吧。"

我再要开口，他再摆手。

"原府上下的事瞒得了我吗？"他冷笑几声，便不再理我，径自看向挣扎着的兰生，"你且说呀，你的身后事。本宫在此一定向你保证，若是这位王妃殿下于心不忍，此时此刻本宫便可将你挫骨扬灰，撒进紫川，随波出庄，终入大海。这水路漫漫，魂归故乡，正可洗清你一身的明氏恶孽，你可来生再谢我。"

说到后来，司马遽的口吻透着狠戾，很显然他是个想到哪便做到哪的人，反腿勾抖变踢，欲铲飞兰生，但闻兰生冷笑一声，半路顺势鹞子翻身，瞬息扳腰狠踹司马遽。那司马遽竟被他逼得后退起势化解。

顷刻兰生已立稳，轻掸衣袖冷淡而简单道："原家话痨。"

司马遽呆了两秒钟，冷哼一声，复又攻上，招式更狠。西番莲花不时被两人的功力震散，馥郁糜烂的香气四散，直冲鼻间，幽暗的灯火下，花瓣在石洞中片片疾舞，越过石亭，仓促地飘落在紫色水面上。

兰生忽然双眸微眯，继而招招复制司马遽，力量和速度显然慢司马遽一拍，明明在不停地挨揍，却不露半点败象。我知他一点也不怕痛，心中却是不忍，我忍不住急道："宫主手下留情啊，兰生他——"

我没再说下去，因为我惊讶地发现情势渐渐发生了变化，兰生开始熟悉了司马遽的武功招式，以一种奇怪的招式反击，而司马遽则节节后退，最后胸腹被结结实实地踢了一脚，面具下鲜血涌出。兰生顺势一掌挥去司马遽的面具，司马遽闷哼一声，微微甩头，乌黑的长发掩住他的脸。

兰生冷冷道："上次你将我揍得半死之时，我已然看破你的招数了，司马家的武功不过如此。"

司马遽不及回驳，只是忽然向一大丛蓖麻处暗中一闪，与此同时，有清脆的铃声伴着脚步声远远传来。我同兰生也往旁边一闪，与司马遽藏身之处遥遥相对。司马遽复又戴上了面具，乘机坐下盘膝运功。

一片亮红色突兀地出现在暗道之中，点亮了这个灰暗的世界，我们的面前出现了个乌发披垂的女人，一身银红曲裾包裹着她婀娜窈窕的身段，束腰的珍珠宫绦上缀满极细小的金铃，疾跑间正发出清脆悦耳的响声。

那妇人的面具我认得，好像是上次那个差点杀兰生的瑶姬夫人，可为什么做儿子的司马遽要躲起来呢?

瑶姬夫人的身后跟来了一个戴着银面具的人，她猛然回头，怒喝道：“你别跟着我。”

那个银面具竟然是上次那个银钟馗，声音仓皇道：“阿瑶，你不要这样，你身子不好，你这样我看着心里也难受啊。”

“别假惺惺了，我到死也不会原谅你的。你还是男人吗？连自己的孩儿都保不住，”那瑶姬的哭泣声大了起来，“珠儿在外面这么久，跟着姑爷荆钗布裙的，吃够了苦，好不容易回来了，可是你却不让我上去见上一见。”

“我正是为珠儿好，眼下姑爷正得圣宠，莫要留人话柄才好，”银钟馗沉重道，“阿瑶，你当明白，祖宗规矩——”

瑶姬怒气冲冲地打断了银钟馗，大声叫道：“什么狗屁没有人性的破规矩烂规矩?早该废了。”

银钟馗厉声喝道：“阿瑶慎言。”

瑶姬似是也意识到说错话了，一屁股坐到岸边巨石上呆了一会儿，然后似悲从中来，抽泣道：“珠儿也是你的女儿啊，你恁地心狠啊?！”

珠儿？珠儿是谁？银钟馗的武功那么高，他会怕谁，莫非是原青江?

瑶姬的女儿不是应该同瑶姬一样生活在暗宫吗？为什么会在上面呢？我莫名其妙地看着“暗宫八点档之苦情言情剧”，看看兰生，他的鼻子刚被打出血，正在使劲摁住，一边在沉思什么，小忠冷清的狗眼瞪着银钟馗。

那银钟馗站在瑶姬身边，默默地守着她，一句话也不说。而瑶姬哭了一阵，似乎有点呛着了，那银钟馗赶紧上前给她端上一盏清茶。我当时看得真切，他的手指非常修长干净，似一般儒雅的读书人的手指，手中托盏竟然是莲花纹银杯。上次在东贵楼，我见过沈昌宗曾用此杯试毒，然后小心翼翼地呈给圣上。我听锦绣提过，这是圣上御用之物，连她也不得擅用，不由得心中疑惑，莫非这司马家的银钟馗竟可逾制吗?

瑶姬取下面具，恨恨地放在桌上，端起银盏一饮而尽，却见她长得极是明艳动人，可能是长期戴着面具的关系，面色很苍白，令人叹惋的是一道淡淡的伤疤自她的额际直划到左眉。记得当年我也曾见过司马遽脸上亦有长长的刀疤，虽不及他的长而深，但对于一个美貌女子而言，一个小小的青春豆印已足令她痛彻心扉，更何况是这样大的伤疤，又是何等之痛。我心中暗叹，好好的人儿，难道是为了强迫地留在此地，便强制性地扭曲审美观吗？

也难怪司马遽这么想让我帮司马族人解开他们的命运。我往司马遽的方向看去，却见他的面具也正对着我，好似在凝视着我。

银钟馗叹了一口气："阿瑶，你先歇一歇，我过一会儿再来看你。"

银钟馗转身刚走，那瑶姬忽然奔过去，从背后紧紧抱住他，流泪道："不准走，你不准走，我……不让你走。"

果然，女人一般都是口是心非的东西。这是哪位诗人说的？

我的余光发现兰生正用一种戏谑的目光看着我。我一愣，莫非我也经常这样？

我正胡思乱想间，那银钟馗倒先软了下来，慢慢转过身来，回抱住瑶姬，难受道："我不走，阿瑶，我最怕看到你难受。"

瑶姬轻轻地把银面人的面具揭下来。那人一张略显苍老却俊美的脸，没有刀疤，但我本能地就低下头去，吓得捂住了口，双手发颤。兰生的桃花眸闪着一丝利芒，嘴角弯出一弧嘲笑地看着我，好似他就在等我这种反应。

我认得这张脸。可是为什么他在这里？眼前人并没有留须，可我明明记得晌午同原非烟一同觐见时，他刚修了个新式的八字须，还在笑着夸沈昌宗的手艺巧。

那沈昌宗本是扬州剃须匠出身，原本是当地出了名的"三把刀"，青年时有了奇遇，才开始改行习武。他大笑说沈昌宗学武倒浪费这一身好手艺，倒是他这个做主子的恁地埋没了一个人才，等原氏男子们凯旋时，一个个都要让沈昌宗修整一番，方显皇室美男子本色。

一个人可以有两种身份，一个优秀的演员甚至可以扮演截然不同的人，但是一个人想着说着瞧着心爱之人的眼神是不可能改变的。

如今他没有穿着九五之尊的龙袍锦冠，没了朝堂上睥睨天下、傲视群雄，多了份深情，专一地看着瑶姬，我也从来没有见过他有过这么善良而沉重的表情。

我慢慢地抬起头，打算再看一眼。

没想到微伸头，银光一闪，就看到银钟馗已悄无声息地来到我的身侧，正同我眼对眼。

你确为一个大智慧之人，然，并不是非常聪明也。这是很久以前宋明磊还像个哥哥时，经常趁没有人的时候，笑着刮着我的鼻子，对我这样批语道。

嘿，不过我那时一直没好意思告诉他，我觉得吧，这是一句病句！于是我只是笑嘻嘻地把两句话调了个顺序，作为对他的点评再还给他。难得他也不生气，反倒使劲摸我的脑袋，然后自嘲地哈哈笑了起来。

那时的我虽然恼他老把我好不容易理平的鸡窝头搞毛了，但是我真心喜欢看他笑，因为那时的他是那样一个严谨内敛的人，并不多见能这样开怀地大笑，而且不管他的心思多难猜，有时他也占我便宜，比如抄我文章、抢我甜饼啥的，可人到底也是一少见的美男子，反正美男子的笑容谁都爱看。

此时此刻的我忽然萌生一种从来不敢想的聪明念头。双生子诞，龙主九天！难道说这天下真是有两条真龙同时降世，天下才得以平定？

凡是知道上古四大家族三十二字真言的世人都在猜那最后一句：双生子诞，龙主九天！

每一个人都把眼睛瞪得跟夜猫子似的，再把放大镜擦得雪亮雪亮地架到鼻梁上，虎视眈眈地看谁才是那最后能成为天子星的双生子。

会不会所有人都想错了，其实，那所谓的双生子，在很久以前就已经诞生了。原家这样的门阀大家，不但生出了一个不拘世俗伦常、智谋胸怀皆冠绝天下的枭雄原青江，还生了另一个同样高深莫测的智者潜在暗宫，上次我见到的两人，那戴金面具的是原青江，而那戴银面具的便是眼前此人。

兰生对小忠做了一个手势，小忠便静静地伏在药丛中，一动不动，只是非常紧张地看着我们。

我和兰生心里都明白，我们的武功连一个银钟馗也对付不了，更何况再加上瑶姬和暗处的司马遽。

我的脑瓜嗡嗡乱转，好不容易平静下来，本能地转了一个念想，拉着兰生以头伏地恭敬道："木槿见过圣上，万岁、万岁、万万岁。"

兰生飞快地回过神来，看了看我，桃花眸中闪着抗拒，但最后也同我一样，慢慢跪倒在地，一言不发。他紧紧抓着我的手，保持着可以随时拉我飞奔的姿势，眼中凝聚着风暴，而我的汗水渐渐沿着额头流到尘土中。

银钟馗静静地站在我们的身边，那张充满魅力的脸，令天下无数女子都向往的、象征着权力和荣华的龙颜从上方充满威严地俯视着我们，似在深深沉思。

他对我微微一笑，凤目清亮："晋王妃自小在原府长大，应当明白，在原家要活久一些，当明白有些秘密还是不知道为好，尽管也许有一天你还是会知道。"

我的心咯噔一下。这是什么意思？原青江在皇室成员聚会时，从来只直呼我名字罢了，不管他是不是原青江，都已经猜到我得知真相，却没有明显地挑明这一切，好像在故意模糊他同原青江的界限，好让我陷入深深的自我迷惑之中。我想他成功了，我的脑袋有点晕，腿有点软。

然而，瑶姬红色的身影如鬼魅一般，忽然飘到银钟馗的身边，那绝美的脸庞冷若冰霜，美丽的眼瞳收缩地看着兰生，好像在看一个鬼魂。

瑶姬猛地拉近兰生，恨声道：“我明白了，你是阿莲的亲生子，故而长得这般像他？快说，原青舞那个贱人可是你娘？是谁带你到这百草园来的？还是阿莲以前告诉过你？”说到后来，她的语气中有了浓重的哭意。

银钟馗将双手轻搭在她的肩上，细声安慰说：“阿瑶莫怕，他同司马莲应该没有关系，你看他目赤红肿，眼袋发青，恐是一个活死人罢了。”

众人正凝神细听，那银钟馗却突然出手如电，点了兰生的周身大穴，翻开兰生的眼皮细细看了一番：“普通人偶最多不过活十天罢了，你怎么能活这么久？”

他思忖着，双手如游龙一般摸遍他浑身骨骼筋脉，奇怪地咦了一声：“你的筋络和骨骼布局为何同常人不一样？莫非是传说中的镇魂大法？”然后则表示了悟地嗯了一声，“是了，风卿这丫头从小就喜欢看那些奇闻异事，她倒还真敢去尝试这种阴毒之法。”

银钟馗扔下兰生，走到凉亭处为自己倒了一盏茶，轻抿了一口，微微一笑，同原青江指点江山时的自信潇洒如出一辙。我的头又晕了，哎，别是我想多了吧？

“你的魂魄都已入奈何桥了，为何又要回来，那幽冥教对你至死也不肯放手吗？”银钟馗叹了一声，“你果然是一个可怜人。”

兰生大声对他吼着：“住口，你们原氏才是乱伦贪欲的恶鬼，一群可怜虫。”

他冲破穴道向银钟馗拼命，后者优雅一闪，出手虚点，兰生便被再次点了穴道。银钟馗淡淡一笑：“看样子，你知道得还真不少，孩子，我越来越好奇了，你究竟是幽冥教的什么人？”

他摸向兰生的脖颈，看似温和的目光忽然迸出一丝阴狠，快如闪电地拔出一根半米长的银钉来，上面沾满了黑血。兰生痛苦地低吼一声，直直地倒在地上，头一偏，圆睁着痛苦的桃花眸看着我，充满了不甘和一丝忧伤，浑身抽搐着，就好像一台程序紊乱的机器人。

银钟馗微讶道：“上古传闻要让残偶延续生命，必要用三昧阴火烧制镇魂钉，专钉死魂，聚其精气。只是这勾当太过阴毒，不免折人寿命，甚而祸害后人福泽，可怜的风卿……当真被我们逼疯了吗？

“你生前应该是一武功高强之人，从小骨骼清奇，是为练武的奇才，定是幽冥教中一等一的高手。奈何你临死时受了重创，浑身骨骼已碎，你的主上便用那白优子愈合你的伤骨。只是你的伤过重了，于是那高人便只得抽取你身上无法拼合的余骨，让它们免在体内腐烂，是故你的身形比原先要瘦小得多，便只好扮作一个少年。你的脸想必也尽毁了，那高人顺便为你整了这张无瑕俊容，让你这个人偶完美无缺，”银钟馗翻了翻兰生的眼皮，挑了挑眉，了悟道，“他们还丧心病狂地让你去练那可怕的《无笑经》，可能是为了掩饰你爱吃血食的问题，那可是镇魂大法的后遗症。于是又有了一个问题，即便苟且活着，常人的心智不够坚定的，往往自己便先活活骇死了，于是，那高人为你灌输了一些无关前生的记忆，这样别说是敌手，连本人也骗了过去，以为自己是另一个人，让你得以慢慢活了下来，适应新生。孩子。”银钟馗语气略沉了一些，眼中竟满是怜悯，“你以为你那神教真有这样好心？只为救你性命？

“风卿挖空心思地为你弄了一张酷似司马莲年轻时的脸，你便能为幽冥教潜入原氏，做最后奋力一击，用你的容貌再来掀起暗宫的惊涛骇浪。可是，这种镇魂大法，不让死者安息，徒令生者哀痛，违背天道，最是阴毒。而你并未真活，甚至不算是个完整的人偶，最多也只能算个残偶，也就活个几年罢了。若不服解药，月圆之日，还要受那穿心之苦……幽冥教费了这番工夫来做一个残偶，想必你也有一番离奇的身世吧。”

我终于有些明白了，可怜的兰生想是以前潜入紫园的幽冥教高手吧，所以对我和紫园的故事了如指掌，然后遭遇大不幸，明明身死，却连死后都要被幽冥教利用，变成了现在这个样子。一时心中不忍，我跪倒在地：“请圣上手下留情，放过一个将死之人吧。”

银钟馗看向我，凤目中早已是一片冰冷：“晋王妃啊，你若真想帮助这个孩子，就让我给他自由，去他该去的黄泉路上，不再受那死魂束缚之苦。”

他长叹了一口气，微弹手指，兰生像一摊破棉絮一般被扫向紫川，眼看大金龙高高跃起，对着兰生张开血盆大口。

兰生平静地闭上了眼睛。

我大叫一声，心中好像有什么东西撕裂一样。小和尚那张清澈如水的笑脸在我脑海中晃了一晃，正想踏出一步，瑶姬早已快一步出手了。

只见她左手一抖，腰间那勒出她完美体态的长鞭如毒蛇一般飞缠住兰生，把他拉了回来。金龙扑了个空，不甘心地在溪水中扑腾着低吼。

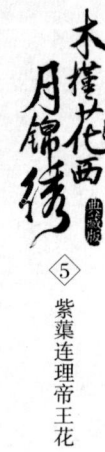

她死死地盯着兰生的脸，目光痴迷。

“阿瑶，”银钟馗沉着脸飞到她的身侧，“他不是司马莲，不过是容貌长得像罢了，幽冥教无非是想激起旧怨，惹得咱们不舒服罢了。”

“不，”瑶姬转头，呆呆地看着他，忽而痴迷笑道，“青山，是阿莲回来了，他要带我们一起离开这暗宫呢。”

毫无预兆地，她出手如电，一手点了我的穴道，拦腰掠起我，一手卷了兰生便走。

我听到耳边呼啸的声音，远远地传来小忠的呜咽叫声。

这个瑶姬同非白一样，使乌钢长鞭，且每一截都是鲸鱼骨所制，更巧的是她同非白一样，亦是左手使鞭。

也不知道过了多久，我们在紫川边上停了下来，瑶姬把我和兰生一边夹一个，踏着凌波微步，在紫川上飘逸而行。那些金龙在我们身下不停游蹿着，奈何不了瑶姬，只得仰头对我们咆哮。

我快晕晕乎乎时，瑶姬把我们带到了一个类似于小岛之所。我使劲甩了甩头，认出来了，这是被称为圣泉岛的地方。此地大大小小的温泉有十几座，但唯有眼前两个浑然天成的药泉，正是当年我泡温泉泡得想吐的地方，一冷一热截然相反，一个最低温度绝对低于零下十摄氏度，另一个温度时高时低，高时可达沸点。

当年我就被逼着先泡那冷池，冻得牙打架翻白眼时，再被扔到放了稀世名药的热池，烫得嗷嗷直叫。

瑶姬果然把兰生扔进了那个冷池，我一下子松了一口气，这个池子温度低，可以保持兰生的身体机能暂时稳定。

然后我又心惊肉跳地想，没有那个什么镇魂钉的，兰生到底会是个什么情况啊?

那瑶姬又触动机关，将我带到内间，将我扔在地上。我只觉眼前一亮，竟是一个精致的女子房间，色调温暖柔和，同外面湿涩阴冷的温泉岩洞竟截然相反。

却见满眼的金雕玉砌，珠帘翠幄，内宇精美，铺陈华丽，好像又回到了富丽的紫园，只是四面墙中，倒有一面被大面积的紫缎子遮住了。

那瑶姬慢慢走向我冷笑道：“本宫当年亦念过那本叫《镇魂志》的破书，青山把镇魂钉拔了，若无冷泉镇魂，一时三刻他便腐化了。你莫要担心，本宫有很多话要拷问他，是故保他一条狗命。”

我心中担忧兰生，正琢磨如何救他，那瑶姬忽然来到我跟前，又把我吓得心脏都快跳出来，她从上至下微弯了腰细细看我，然后冷冷地开口，问了一个我怎么也想不到的问题。

“你可会厨艺？”

呃？啊？这哪儿跟哪儿啊，这位夫人的思路跳跃得太快了吧。

我愣了有两秒钟，就好比战争剧里，两党正拼死打仗，前一分钟正要把刺刀戳进对方胸膛，忽然甲党放下枪对乙党温柔笑道：哎，我说，你会做菜吗？

“会……点，就是不太好吃！”我的脑子完全跟不上对方的节奏，当然我也确比不上段月容的手艺。

她却点点头：“这倒是件好事，若是太好吃了，给我儿下毒倒更吃不出来了。”

凭什么我要给你儿子做饭？他又不是我夫兄什么的，还有我没事干吗要给他下毒？

那厢里，她又高高在上地开口问道：“女红如何？”

我好不容易站了起来，挺直身子仰头答道：“尚可。”

“可会做鞋？”

“呃，会纳鞋底。”

“可练过无相神功？”

“没有……胆小。”我讷讷道。心说：我上辈子以及这辈子都没人问过这种面试问题啊。

我以为瑶姬会取笑我，不想她叹了一口气，语气渐软，对我点头道：“胆小好啊，你这孩子能这么想就对了，万万莫要像那原青舞般，胆大妄为，碰这害人的武功。”

这时有两个戴着面具的女侍者走了进来，同样绾着如云的高髻，脚步轻盈，想是武功不弱，对着瑶姬恭敬地行了礼。

瑶姬道：“这是庄子里的花西夫人，哦，现在可是大塬朝的晋王妃了，还不快快伺候着。”

这一伺候可不得了，那两位侍者竟为我们置了华丽的琉璃珠绣帷帐，时下皇亲贵妇宴游戏乐正流行支珠绣帷帐，顶帐可随时拆卸，春天踏青，夏天赏荷，秋天祭枫，冬天则可在底下铺上厚厚的狐狸皮褥子观雪赏梅。

即便在上面的贵族之间，这都算是极隆重的招待了。

果然瑶姬命人撤了顶帐，半收帐幔，只剩锦座。虽未见到月朗星稀，倒也可细赏岩洞中特殊的地貌，甚至可以看到洞顶石柱上镶嵌着的五色宝石。借着微暗的灯火，折射出奇异富丽的光芒来，仿佛夜空中的五彩的星星，照见屋中奢华的陈设。

这屋子的设计者技艺高超，还从外面引来一米半宽的活水，开成小溪流穿过屋子正中，将屋子正好分成生活区和活动区。溪中游动着几尾五彩斑斓的长尾大鱼，样子同金龙极相似，只是个头小得多，尾、鳍又比金鱼更飘逸些。溪中白玉铺底，刻着缠枝西番莲，中间是两尾神龙戏着一只巨大的凤凰，趣味生动，皆显示着这位夫人地位不凡。

瑶姬高高地在紫檀围座居中而卧，斜倚在大红金钱蟒枕上，娇躯宛若春夜远山般起伏动人，我坐在下阶，前面摆着一只梅花小几，二侍者一人备了些精美酒菜，另有一人捧了镏金红泥托盘上来："禀告夫人，圣上刚赏下今年新进的纱衣和云锦，宫主亲自送过来了。"

瑶姬冷笑一声："他可有心了，送来得可真是时候。你且去跟宫主说，今儿个有晋王妃陪我坐围子喝茶赏歌舞，叫宫主就不必过来凑热闹了。若是大爷来了，你们也挡着，今儿个我累得慌，谁也不见。"

她明明说是很累，却懒懒地起身，微拧曼妙的身材，那两个婢女立刻举起一堆华丽的毫纱在她身上比着。其中一个稍矮的欢快道："夫人，今年这纱密，咱们用这纱做件白鹤外罩披纱，再用这银红色儿的云锦做件织金牡丹裙穿在里头。夫人身材好，选根五彩丝攒花结穗宫绦子束紧婀娜楚腰，挂上主公赏的那块大翡翠凤凰花枝佩，可不比天仙还漂亮？恐怕上面的哪位夫人都比不上咱们。"

这位侍者声音婉转动人，却像黄莺鸟似的抹了蜜。另一位侍者只是沉默不语。

在这地下宫规极其森严，众侍者皆沉默如金，唯此女出言如珠，如黄莺一般，瑶姬的玉容浮上了微笑："瞧黄莺儿这小嘴甜的！不像楚楚似的闷葫芦。楚楚你再不说话，我就给你起名叫哑巴儿。"

那个能说会道的还真叫黄莺儿吗？起名字有学问哪！

而那叫楚楚的侍者只是不语，微垂下头。

瑶姬围着轻纱转了一圈，又看了看织锦，用涂了蔻丹的兰花指，还真掂了那块大翡翠凤凰花枝佩比了比颜色，点头道："听说今年内务府御赏的全是轻纱，只有亲王及二品功臣以上又另加了云锦，想必也是开国艰难，内务府囊中羞涩。只是这云锦倒是吴地贡物，现为张之严之伪朝所据，固本难得，恐怕这是君氏的旧物，也就是夫人从嫁妆里所抽的珍品吧。"

不愧是地下王母，消息非常之灵通，战事吃紧，这云锦确实算是我的嫁妆吧。

原氏表面风光地大赏天下，可是当锦绣将国库秘账交予我时，那亏空的数额让我都大吃一惊，我的暗人也证实了这一点。就连珍珠都私底下告诉我国库非常吃紧，军饷、粮草缺乏严重，于飞燕无私地把皇上所赐之物要么全部分送给部下，要么全部变现用于粮草补给，这也是原青江对于飞燕大加称赞的另一个原因。

韩先生则暗示要我捐点钱给原非白争争面子，我亲妹子锦绣则是明着要，于是我进门的第一件事就捐了财产明账上一半的流动资金做了嫁妆（暗账暂且不表），现在正稳稳地躺在兵部的府库中。按理说，以非白骨子里那股强烈的占有欲，他其实很想让我老老实实地就留在他的后院相夫教子，不要再抛头露面，让大理武帝有机会再接触到我，万万没想到刚把我娶进门，他家里人就抢着要我的嫁妆，速度还特别快，韩先生又到处显摆我为原家又捐了多少多少钱，原非白看了账目，自己也傻眼了，便沉着脸同韩先生及众门客争辩了好几十次，甚至同当今圣上上密表了几次，替我严正声明，我的家财已为原氏耗尽，暗示不准再有家人动我银子的脑筋。可是君氏巨大的亏空背后又牵扯着大量的君氏伙计，也就是大塬朝百姓的生计，为此他只得充满歉意地鼓励我继续暗中把我的产业经营下去。

这也是为什么，圣上最后任命君氏为皇商作为弥补，非白也大力赞同，以免我被他老爹和我妹妹用各种名义压榨干净。

原非白曾经冷笑对我说道：“我原非白此生最不愿意欠女人之情，尤其是你的。”

他怕语气过重，过了一会儿，便充满歉意地放低语气说道：“对不住，回原家果真拖累了你。”

原非白叹了一口气：“若你真成了相夫教子的女人，你便不是你了，便再看不见你脸上的笑容。木槿，其实那时在瓜洲的你当真万分美丽呢。”

然而，段月容不止一次在信中讽刺我是花痴二百五，活该被原非白这个拆白党骗个干净。倒难为他记得我跟他提过的关于拆白党的来由，于是我在回信中“诚挚”地感谢他提前同我分了财产，保存了实力，无私地遵从了现代新婚姻法。

当然，他段月容理解的新婚姻法是不但提倡妇女自强自立，而且还要为夫君奉献一切的“深刻内涵”。以前我同他提起的时候，他表示相当赞成并拥护，并且理直气壮地认为如果这一法律在大理实行，那么将来有一天他解散后宫会为国家节约一大笔钱。于是他客气地又在回信中表明了自己自然是高瞻远瞩的，不过是为了让我少败点家，替夕颜尽可能地多留下点将来杀光原家人的资本，这样才能让我更痛苦，所以留给我的钱算是赏给我的嫁妆，好歹我也跟了他几年。我若未被原家拆白党整死，到时原家人倒台了，我衣衫褴褛、流落街头、沿街乞讨时，好赖也有点路费赶回来哭着求他和夕颜原谅云云……

我跟他相处七年，怎么愣没发现他的口才这么好，骂人这么溜还不带脏字儿，到现代社会当律师都嫌浪费了！

那封信愣把我气得好几天睡不着觉，反正我们挖苦讽刺升级到侮辱谩骂，来来回回地几十封信，最后双方都觉得没完没了，才改了话题。

言归正传，我估计对外而言司马氏是原氏最大的秘密，可是对于司马氏与原氏互相之间基本就透明了，可能连某位主子放个屁，这地下的老少爷们都能清楚地知道是哪个放的。

我曾听暗神说过，瑶姬夫人今年四十有二了，可光看这身材实在是曼妙多姿，性感直逼魔鬼，反正比我的要好看多了。而那个黄莺儿所建议的衣饰搭配的确最显身材。

我便含笑轻点了点头，表示默认："夫人穿着这轻纱罩云锦必定容光焕发，贵不可言。"

瑶姬淡然一笑，没有答我，只是回到座位上，略一摆手，一阵雅乐响起，那两位侍者便翩然起舞，跳起那姣美柔和的绿腰舞。

虽戴着面具，未见容貌，却见二人身姿亭亭玉立，加上高强的武功底子，只觉轻盈若飞，徐缓舒发，渐渐由缓至急，舞在半空之中，若仙子下凡。

赞叹之余，内心一放松，略转目光，眼角余光处忽觉像有无数人正看着我。猛一转头，不由得暗中倒抽了一口冷气，原来我左边的墙壁上大紫缎子不知何时被揭了去，竟贴了无数的面具。

每一张面具自然都不一样，表现了不同的人物，显然，似将作者的心理全体现在装修风格上了。

可是这种风格也够吓人的，哥特风格在其面前变得非常无力，巴洛克风格无法体现其张扬的百分之一来。

在黔中的君家寨，家家户户农闲里就喜欢拿后山的竹片子编些小玩意儿，或是挖些断根做些根雕，有些高手比如龙道三兄弟的手艺，闻名邻近山头，有时候连隔壁山头的少数民族人家都会亲自派人到君家寨来订购，但是，我在这里看到的那些天人以及修罗们的巨像，还有石壁的壁画、精美的石刻，以及眼前鬼斧神工的面具，都表现了司马家后人比君家寨人更惊人的艺术天分。

前世我有一个网络写手的朋友海包子，曾经激动地告诉我，伟大的艺术家的命运一般都很坎坷，因为只有不幸的经历才能催生出艺术家内心最深刻的感触和激情。

我现在深感那话多多少少有点道理，这里的每一张面具都是我两世未见的精品，里面的面容虽各有千秋，或喜悦，或忧郁，或扭曲，或痛断肝肠，但每一个人物的表情皆被诠释得惟妙惟肖。

“这些陶面具不知为何人所做？精美绝伦倒在其次，胜在神韵如此动人哪。”我不由得出口问道，“莫非是夫人所做？”

那瑶姬点了一下头，微微一笑：“这里暗无天日的，漫漫长夜……总归要为自己找一些事做。”

我又赞了几句，假意盯着面具看，希望能找到一些端倪，好尽早脱身。

“你若喜欢，我可以教你，”她看着我的眼睛，飘忽地笑了一下，“反正以后也用得着的。”

灯火跳了一下，映着她诡谲的笑容，好像我面前正坐着一个叵测的幽灵。我心中咯噔一下，要命了，莫非她要长期囚禁我于此吗？

我暗中咽了一口唾沫，干巴巴地谢了一下她，她却只是淡笑着，转眼又饮下一盏。

我再回看那些面具，好避开她可怕的目光，心中毛了起来，里面有几个人物原型我竟然认得，有一个应该是原青舞，满是诡异邪恶而又放荡的表情；还有一个竟然是段月容，不，应该是铜修罗，那揪心的痛苦都淋漓尽致地表现在这些面具上了。

段月容曾经骄傲地对我炫耀，他其中的一位崇拜者，一位专写“野史艳趣”的作者飘生曾经这样痴痴写道，没有一个人经得住段月容不经意的笑，那风情，那魅力（省去自我吹捧五百字），当时我如是鄙夷地打破了他的自我陶醉：那飘生必是散光眼加五百度近视。

我想段月容定是听懂了我的讽刺，因为答复我的是耳边颤悠悠地钉着一支疾飞而来充满杀气的银簪子。

可是我确信，更多的人将会经不起他痛苦的表情，因为我越看，心里就越难受，不由自主地抓紧衣襟，低下头去。

“看不下去了吧？”瑶姬摇晃着酒杯，淡然道，“我小时候第一次看到这个铜像，竟然难受得哭了起来，还唤爹爹救了这人。爹爹阿娘只是笑我的天真。可是那时的阿莲听了，却一把夺了鹤叔的斧子，去砍那修罗身上的铜链子，那时候他连十岁都不到。”

难怪那修罗左腕处的铁链有一道浅浅的凿痕——那时司马莲毕竟是个孩童，想是力气不足。不过，真难以想象，司马莲与这位喜怒无常的瑶姬夫人，却有如此纯真的年代！

“那时候的阿莲是多么纯良，我们都那么恨可恶的原家，不让我们看到那温暖的阳光。小时候我总想快快长大，嫁给阿莲，然后离开这黑暗潮湿的宫殿，可谁又知道，自从见到了他，阿莲全变了。”瑶姬带着一丝苦涩的笑容，将盅中美酒一口饮尽，有些酒液沿着她嘴角处轻流了下来。那楚楚便过去替她轻拭，她微挡，恍惚地看着我一阵，喃喃道，“靖如说，你身上有一块叫紫殇的宝石，能让人想起很多往事来。以前妖叔向我提过，我都没有当真，现在我可真信了。楚楚，你觉得亦是如此吗？”

靖如，莫非那是那银钟馗的字？我想起来了，非白亦曾经叹惋地提过，他的大伯的确去世很早，本名原青山，字靖如……

果然，那金阎罗正是圣上本人。那银钟馗正是原青江的孪生兄弟。

那楚楚默默地点了一下头。黄莺儿也默不作声地看着我。

我不敢看瑶姬，怕她看到我目光中的思索，只得移目过去，看到最高处我不觉傻了眼。有两只面具长得一模一样，神韵却截然不同，左面那只神情高傲却心事重重，右面那只则挂着诡异而深邃的笑容，竟然全是我公公——当今圣上的高仿真轮廓。

在整整一面诡墙的从上往下第二排，右侧第一列竟出乎意料地挂着两张小孩儿面具，煞是可爱，然后向左各延伸出两排来，竟由小到大依次排列着，慢慢显示着这两个孩童从年少到年长的成长轨迹，自脱去幼稚到走向成熟。我猜应该是一年一张，共有二十六张，这个面具的两个原型如今应该已经二十六岁，并且是一男一女，女子貌美温和，面带幸福之色，而男子虽面容俊美，眉宇间甚是深沉忧郁。

等等，这两个孩子年长后的脸庞有些眼熟。

“那是我的珠儿和定儿，”瑶姬伤感道，“他们刚出生没多久，就被原家人给夺去了。”

珠儿和定儿，原来司马遽有一个哥哥和一个姐姐呀，还一出生就被原家人给夺去了。

耳边响起司马遽嚣张的怪笑，不由得暗叹，果然要重视独生子女的心理健康问题！

我便奇道：“原氏为何要抢您家的孩子？”

瑶姬道：“还不是为了那愚蠢的三十二字真言。”

“因为我的定儿和珠儿是双生子啊。”瑶姬醉醺醺道，“你难道没听说过什么双生子诞，龙主九天的屁话吗？”

她使力一甩琉璃盏，恨恨道：“简直是狗屁中的狗屁。凭什么生下一对双生子，就一定要做那皇帝？他原家稀罕，就以为全天下人都想做那狗屁皇帝？我和靖如只想长相厮守。”她一下子站了起来，一下子飞上去，抓了其中一张诡异笑容的面具，微一用力，化为灰烬，“可是他们却拆散我们的骨肉，为何要这么对待我们？”

这么说瑶姬有两个孩子被原青江抓去了？既然被原青江忌惮，必是原氏血统，联想到当年原青舞提过，她同原青江的大哥在少年时代便被当时还是暗神的司马莲所害，莫非原青山当年是借司马莲之手假死在暗宫中，又想起兰生进暗宫时提过有一代原家主子英雄难过美人关，莫非是指这个原姓人，那位美人便是这个瑶姬？

我明白了，这两张面具，瑶姬毁去的那张应该是圣上原青江的，而另一副满腹心事的才是原青山的。

青山、青江二人之名暗合指点江山，问鼎天下之意，金阎罗、银钟馗二名又显示两人在暗宫的统治地位，可见已故圣祖大人也许不像当初原青舞所描述的那样仁善而毫无城府。

不管是为了什么理由，一个是翻云覆雨的上界之皇，另一个则是暗中统领司马家族的地下之王。两人一明一暗，天衣无缝。

这样的天作之合，还有什么人会是他们的对手？

我平复心中的震撼，小心翼翼地问道：“那珠儿、定儿如今可还活着？”

瑶姬流着泪点了点头：“我的珠儿嫁给了当世英雄，我的定儿号称当世张子房。”

这龙凤胎也算能化龙的双生子，也要生生夺去？

我的心中渐生愤怒。原氏的问鼎之路，刀锋所向、肝脑涂地的何止那些跟随原氏的家臣武士？决然绞碎伦常血脉的束缚，焚情弃心才是原氏不世勋业的真相吧？

纵观那些所谓的原氏女人，秦氏、谢氏、锦绣、连氏、轩辕皇后，即使金屋娇养，绮罗裹身，看似位高权重，荣耀光鲜，却要么卷入政治斗争，成为兔死狗烹的祭品，便如连氏；要么被迫沾满血腥，成为杀人利器，便如锦绣；要么成为家族世仇的牺牲品，便如谢氏；要么一生没有子女缘，不是阴阳相隔就是骨肉离散。无论她们怎样选择在原氏的生存方式，她们的命运注定是被献祭给“龙主九天”的预言。看似宏伟壮丽，实则泯灭人性，可悲复可叹。

那么我呢？我忽然下意识地想起自己也成了彻头彻尾的，所谓原氏深爱的女人了！

那我的下场又会是什么样的？我不由得口干舌燥，手脚冰凉。

那厢里，瑶姬却不无骄傲地仰头继续道：“我的珠儿蕙质兰心，她不爱紫园里的那些纨绔子弟，自己选定的姑爷果是人中龙凤，原氏亦是靠着姑爷才能扭转乾坤。我那定儿智勇过人，文武双全，熟读兵书，为一方大将。”

她转而又忧郁道：“可是、可是，我的定儿，所遇非人啊，他爱上了一个不该爱的人、他保了一个不该保的主儿。”

珠儿、珠儿，我认识的人里能搭上边的，好像只有我嫂嫂珍珠；定儿……原氏里唯一名字里含定的，好像只有给锦绣撑腰的原奉定了。

再定睛一看，真没有想到，那两个孩儿成年的面具果真是珍珠和原奉定。我手中的杯盏一下子滑落在地，摔个粉碎。

原来如此！那珍珠只是一个上房丫鬟，却深知原氏秘辛；原奉定说是原氏远房亲戚家的孩子过继给原青江，可是如今他升任宁康郡王，有上柱国的荣称，拍马攀附之人虽多，却从未见过他家的亲戚前来拜贺。我想起来了，他的腰间挂着一副人面黄玉佩，雕工精美，同这位瑶姬夫人的面容有几分相似。

我惴惴不安地问道：“若我猜得没有错，瑶姬夫人，您的女儿可是我的大嫂，一品诰命珍珠夫人？您的儿子可是当今一等司马将军，宁康郡王原奉定，字承贤？”

瑶姬的脸上明明还带着泪，如远山清潭的眉目对我悠悠凝望，却忽然向前一步，对我绽出一丝大大的笑容来，从她的樱唇里吐出浓浓的酒气。我本能地向后一退。她一甩火红的衣袖，再凑近我一步，咯咯地笑了一下，仿佛天真的孩童赢了玻璃弹珠一般，兴奋不能自抑：“传说中的花西夫人就是聪明。”

我只得再往后一退，一屁股跌到围座上。

我的脑子飞快地转了一转，当下有了主意，便整了整衣冠坐正了身体，维持着一种对长者最敬重的姿势作了一个揖，放低声音道：“后日乃是初八，皇后生辰，欲在中宫大宴众贵女，宴后想是酒气甚浓，妾身可诚邀忠勇伯夫人及子女前来赏心阁更衣，彼时瑶姬夫人便可再做打算。”

瑶姬跟着我跌坐在褥子上，听得异常认真，眼中闪耀着一种狂喜，那是一种只有母亲特有的感动。她一下子握紧了我的手，倒把我给吓了一大跳。

她的手异常地冰冷潮湿，方才分明手心出了汗，她颤声道：“把前年主公赏下的梅花陈酿拿来，我今日要同木槿一醉方休。”

她改了对我的称谓，想是对我的信任，可是一旁的楚楚却轻轻咳了一声。

“主公说了要等他来与夫人同饮。”黄莺儿娇声道，“不如让莺儿去取大爷打发人送来的木樨荷花儿酒吧。”

果然，这里的主公与大爷分明是两个人，原青江肯定是主公了，那么另一个原青山就是大爷了。

瑶姬背对着黄莺儿，俏脸一下子阴沉了下来。她轻轻放开我的手，慢慢转过身去，又绽出笑意，优雅地坐回自己的围座。

“好啊！”瑶姬看了黄莺儿两眼，柔声笑道，“黄莺儿说得是，要不让楚楚去替我拿，你且陪我和王妃说说话。”

瑶姬对楚楚微仰下巴，楚楚便闷声走出去。黄莺儿款款地走过来，瑶姬忽然左指向黄莺儿的左腿微弹，黄莺儿躲闪不及，打了一个趔趄，几乎在同时已经走到门口的楚楚忽然闪电般折回来，从黄莺儿的颈后狠狠地击了一掌。那黄莺儿慢慢地软倒在地，乐声戛然中止，只见场中的黄莺儿躺在地上四肢抽搐着，鲜血沿着面具奔涌而出，蜿蜒流到脖子里，再滴到金砖上，映着惨白的肌肤和面具，还有那白纸一般的宫衣，甚是触目惊心。

瑶姬慵懒地掸了一下袖口的一滴血迹，微笑道：“我最烦别人拿主公来压我，让你这只狗活那么久，也算抬举你了。”

楚楚还是沉默着，只是一脚把黄莺儿踢向那池子边上，瞬间，那些看似温雅可爱的飘逸金龙争着露出水面，张开血盆大口，尖利的牙齿，扑腾着把那女孩拖下了水。瞬间，令人恐怖的血腥气在溪水中漫延开来。大约五分钟后，血色随溪流卷走，幽暗的深宫再次归于平静，那个黄莺儿已悄然化作地下陵墓的空气，我甚至连她长什么样都不知道，仿佛这里本来就只有一个哑巴似的侍者楚楚而已。

楚楚沉默地微抬手，乐声再起，场中只剩她一人姣美轻盈地独舞。

这时，上次所见的两个灰发侍者捧着梅瓶进来，各自为瑶姬和我斟满酒杯，然后出去守在门外，沉静自如。瑶姬也像什么也没有发生过一样。我品着美酒，却食不知味，心中刚刚生起的怜悯就这样打了折扣，真是一位可怕的母亲！

过了一会儿，她对我微笑道：“听说圣上曾经赐夫人生生不离？”

我点头称是，她略显惆怅地哦了一声。

“原家人老夸说自己的祖先是天人下界，我从来不信这套狗屁。”瑶姬又拿起一只琉璃碗使劲掼在地上，里面的荸荠散了一地，“你说说，既是天人下凡，为何还要给心爱之人下药呢？”

万恶的封建糟粕啊！无论哪个空间，都以其强大的生命力延续到我所穿越过来的现代，继续不停地毒害整个社会，我可以唾沫横飞地骂个三天三夜，直到用嘴皮子把这个万恶的男权社会抨击得粉身碎骨，尽管这并没有什么卵用！

不过，话说回来，这回我可知道，为什么原家老定制这么多琉璃莲花器皿了，而且要求一件比一件高，一件比一件精美，只是最后全都去向不明。

最关键的是，这一盏砸下去就是十两银子啊。我到这儿屁股还没有坐热，三十两银子就这么打水漂了，也许下次我可以建议内务府定制些精美的金银器、木器或官瓷什么的，这样可以节省很多开销。

我正胡思乱想，一阵酒气传来，原来是瑶姬微有醉意地凑向我："听说是你打开天人神像的？"

"正是。"

"以前我同阿莲去过那里，只是一堆紫瞳毛神罢了，你是怎么做到的？"

我便简略地说了一下打开过程，由此她便好奇地问东问西，这便扯到了轩辕家的悲伤往事，我说明了轩辕皇室的末代太子为了皇位，逼死了婉荣公主一事，然后轩辕淑仪伙同东川王等人先是陷害丽太后谋逆，间接气死了德宗，然后又残忍地害死了丽太后。

她越听越起劲，那酒一杯接一杯的，可是脸不红，气不喘，喝到后来，那双美目竟然越喝越亮，问题也越来越多。

"真想不到，你小小年纪便有此奇遇。"她怔怔地看着我，毫无恶意，可我心中对她还是害怕，只听她讷讷道，"一点也不比我年轻时候差。你同我一样，命中注定是要伺候真龙天子的。"

"夫人实在谬赞了，谁都知道晋王身体弱，"我叹一声，"我只求守护晋王多活一日是一日，平安一生，实无其他妄想。"

我真心不想非白当上皇帝，他为了家族的荣誉拼杀战场，身体每况愈下，若真有一天面南背北，那就要操劳一生了。而且我承认亦有私心，当皇帝的一般不可能没有三宫六院的，我不想同任何人分享我的丈夫。

"想我少时，也同你一样，只想能嫁给阿莲，能陪着他一生平安就好，哪怕是待在这黑暗恶臭的地底下一辈子，"瑶姬轻轻一笑，"直到遇到了他。"

我便附和着："大、大爷确属人中龙凤。"

不想她哈哈大笑："就他？"

那就是原青江从小就耍流氓来着吧，我小心翼翼地说道："想是夫人命中尊贵，得遇少年时代的圣上了吧。"

"阿弥陀佛，他不害我便不错了，哪有这本事？"她轻嗤一声，左右看看，压低声音道，"是他！是神……他是……神。从小族人便告诉我，紫陵宫压着一个魔王，我同阿莲那时太小，老想去见识见识魔王什么样。阿莲打小就聪明，他刚满十三岁那年，竟然摸透了这暗宫里大大小小所有的机关，带着我偷偷溜了进去，”她的眼神满是自豪，“我们万万没有想到，我们会在那里遇到了他。”

她的故事虽有逻辑，但语气渐怪，水样的双眸渐透出一丝涣散来。

我慢慢转过弯来，可能是紫陵宫中太过恐怖，这司马莲进了宫中，偷看了不该看的东西，个性大变，走上了反叛的道路。而这位夫人可能不但见识了紫陵宫，又经过初恋情人弑父背叛的变故，受了些许刺激，变得有些不正常了。

我心中暗叹，假装应和地点点头：“夫人在那里可见到平宁长公主了？”

说到平宁长公主之时，我加重了语气，以便轻轻提醒她，顺道揭示一下她妄想症的错误之处。

果然，她怔怔地看着我好一会儿，渐渐地眼中聚起一股恐惧，略有些呆滞地摇了摇头：“长公主、长公主睡在水晶棺中，就像女神一样，那么美。而那人就一直守在她的棺木旁边。”

神啊，这可真是恐怖版的白雪公主与白马王子的故事啊。

“他是天人，他是原氏的祖先，非白同他虽长得像，却不及他万分之一的神采。”她的眼中流露出一种神圣之感，就好像那些跪倒在天人神像前的修罗目光，满是虔诚。

明明我有点想笑，可是身上的汗毛一下子全竖了起来。原非白他老人家果然是白马王子，不过怎么骑到紫陵宫了呢？还守着千年白雪女鬼。

“他明明那么俊美，一开始和颜悦色地对我说，我命中注定是要伺候真龙的……可是他看见阿莲了，便一下子恼了起来，说我不能跟着这个有命无时、累及爹娘的凶人走……他、他的脸一下子化成恶魔了，他的一双血红的眼睛就这样瞪着我们，好可怕。他、他说要吃了阿莲的，”瑶姬浑身颤抖了起来，拉着我压低声音道，“如果不是我阿娘那时候进来救了阿莲，阿莲真就要被他吃了。”

我更加心惊，又可怜这位夫人，但又觉可惜那时没吃了那个司马莲，不然非白又岂会受那丧母之痛，鲁先生又岂会受那第二次打击，最终自尽而亡？

瑶姬双手痉挛起来，生生将一盏琉璃杯捏碎，锋利的碎片扎入手心，鲜血直流，蜿蜒滴到锦袍上，她也毫不在意，只是像孩童一般无力地绞着双手，流血更甚。她缩在围座里，目光极度的恐惧，语无伦次道：“明明他对我这样和气，可是他当着我的面把我的阿娘……活活撕碎了。我阿娘的血溅得到处都是，他把我阿娘吃了，他……是恶魔，原家人全是贪吃的恶魔。”

音乐声戛然终止，楚楚也停止了舞蹈，平静地挥了挥手，弹奏的宫人便退了下去。

没有人上前劝慰，只是不多时，楚楚便静静地端上一琉璃盏褐色汤药，仿佛已经习惯了瑶姬这种情状，能做的只是沉默。

“我没有病，没有胡说，你们逼我吃了十几年的药了，我再不要吃了，”瑶姬把药汤甩了出去，哇哇大哭，“你们都说我是疯子，可是我没有胡说，我亲眼看到娘亲被那恶魔吃掉了。”

“娘亲救了阿莲，我和阿爹都没有怪过阿莲，反倒把他当亲生子一般，从小就立他为暗神，还要把我许配给他，可是阿莲终为了要到上面去，杀了阿爹。”

她痛苦地饮泣起来，身形微晃，珍珠和原奉定的面具已被捧在她怀中，细细地抚弄着，手上的血便弄花了洁面的陶面具。瑶姬泪水滴滴下落，渐渐晕开了血斑，最后浸花了那两张面具。

这回我有点信了，心中也发了毛，想必那个人应该是守卫紫陵宫的一位绝顶高手，指不定就是那个可怕的妖叔。这两个孩子偷偷闯了禁地，见了一些不干净的东西，本就心中害怕，加上这人一定说了一些很重的话，当场把瑶姬的母亲杀了。当时还是小孩子的瑶姬肯定受了极大的刺激，病根应是在其时就种下的，加上后来的夺子之痛，病症便难以治愈。

我不由得心中怜惜，便柔声道：“成王败寇，古来有之，史书也罢，神像也罢，俱是后人杜撰，又有几人知晓真相？那神也许便是魔，那魔王反倒是神了呢。”

我取出丝绢，轻轻为瑶姬的手上拂去一片琉璃尖，她却以为我要抢她手中的面具，把面具拥紧在胸口，害怕地躲了一下，恐惧地看着我。

音乐再起，也不知是何人弹起轻柔的古筝，甚是温情动听，琴艺竟不在非白之下，像是在细细劝慰这位不幸的夫人。瑶姬渐渐平静下来。

楚楚又乘机端来一碗汤药，安静地跪坐在瑶姬身边，为瑶姬细细拔去刺在手中的玻璃碴，一言不发。

我心中怜悯更甚，叹气道：“比神魔更难捉摸的便是人，而这人性又极善变，您已经不是第一个对我说原家人都是恶魔，都该杀都该死，就连那个练《无笑经》入了魔的原青舞也说过。可是非白为了等我，一等就是八年，甚至拒绝了轩辕公主，这份情意我永生难忘。木槿也听说过大伯的往事，传说中为了相爱之人放弃原氏世子之位，牺牲了作为男人最大的梦想，面南背北，指点江山，想必也是原氏之痛吧。”

瑶姬怔怔地看着我，眼泪又流了下来。

“我恨原家人，”瑶姬流泪道，“可是靖如却对我如此情深义重。你说得对，他本来是原家真正的世子，可他为了我，将这世子之位让给了那可恶的原青江，来到这暗宫陪着我。本来我应该慢慢放下仇恨，可是原青江转眼夺走了我的孩儿，就为了那狗屁真言。”

我长叹一声：“原氏中人虽然让夫人母子分离，不近人情，只是夫人若从好的地方想想，珍珠和奉定公子得以生活在阳光之下，也是您为人母亲最大所愿吧？我与奉定公子并无深交，听说甚得圣宠，更遑论我大嫂同大哥八年来相亲相爱。您已经有了六个外孙子了，个个身强体壮、孝顺聪明，最大的那个虎子，都快跟我平肩高了。”

看我比着虎子的身高，瑶姬的眼神一片慈蔼神往，竟像孩子一般对我笑了起来。

我躬身立起，对她行了一礼，笑道：“夫人且放心，所有的法理规矩都是死的，但不外乎人情伦理，我必会使全力令大嫂带着小外甥们常与您见面。”

我继续说道：“司马一族恪守诺言，守护暗宫千百年之久，木槿一直万分敬佩，而夫人一家满门忠义，又待司马先生一片赤诚，原算是他的福祉了。只是司马先生选择了那条路，也许是他的命吧。请夫人莫要再为这样的人想不开，间接再把不幸之事一味放大，实不应该啊。”

“说得好，这样的贼人罪该万死，你就不该为他牵挂伤神。”这时门一开，没戴面具的银钟馗走了进来，手中托着一具古琴。

两位侍婢都恭敬下拜，我也跟着福了一福，瑶姬眯着那双水眸上下打量一番，嘴角漾起一丝几不可见的冷笑。

“方才怕你伤心，不敢多言，便只能在外面为你弹首曲子，试着解你忧愁。”银钟馗叹了口气，慢慢走到瑶姬身边坐下，轻轻为她拂了脸上的泪水，怜惜道，“你身子不好，往事最是伤神，酒莫喝太多了。”

原来他便是方才那位弹奏者，果然琴艺高明如斯。我暗想，不知非白的琴艺跟银钟馗有何关联?

我正胡思乱想间，瑶姬微微一笑，轻轻地倒满一盏琉璃盏，恭恭敬敬地递上去，银钟馗淡淡地接了过来，微抿了一口，对瑶姬轻轻一笑：“这梅花酒用圣泉和胭脂梅所酿，那琼浆玉液亦不过如此！”

瑶姬笑容不变，看了我一眼，对银钟馗说道：“是故，妾身单单拿出来招待大名鼎鼎的花西夫人，您不会见怪吧。”

银钟馗哈哈一笑：“瞧你把我说得恁是小气。你若喜欢，我再使人多送几坛便是。”

“王妃来暗宫是为了取一些金蝉花，听说夕颜公主和蒙久赞家的华山世子亦染上疫症，”瑶姬下了围帐，对着他翩然下拜道，“大理狗贼死不足惜，只是孩童无辜，更何况那也是原氏在外的遗孤，不如看臣妾的薄面，准了晋王妃吧。”

原青山一时沉吟，凤目竟闪现一丝怜惜：“可怜初画这孩子，客死他乡，比她娘亲还凄惨。她给孩子取名叫华山，想是思念故土啊。”他对瑶姬轻点一下头，“既然阿瑶今儿个心情好，想是晋王妃能说会道的，定是帮你解了心结一二，如此，你说什么便是什么吧。”

瑶姬便笑着道了谢，眼神中却并无半分尊敬，只是悠然笑着，一挥玉手使楚楚取来一大包药材。打开一看，果然是金蝉花。

我一听大喜过望，正要起身道谢，那瑶姬翩然一抬纤长的玉指：“王妃不必太客气，我司马氏皆为原氏仆人。邃儿同晋王情同手足，晋王从小在暗宫养病，也曾师从我鞭法，情同母子，汝之所愿，本宫自然会使人满足，只是妾身有一要求。”

其实方才瑶姬用长鞭卷走我和兰生时，我便感到二人鞭法相似，但瑶姬比非白更纯熟。非白从小文学师从天下名儒陆邦谆，其门生皆与非白交好，韩修竹是非白的武学老师，是故非白文武双全，惊才绝艳，羡杀天下英雄。韩修竹使的十三节青竹杖，而不是长鞭，非白早年双腿不便，便学习了颇为方便的长鞭，可是我也一直有疑问，他是从哪里学来如此精湛的鞭法？我有一次无意间问起，他却对我笑而不答，后来素辉进来回话，我也忘记坚持这个问题。

原非白小时候长居西枫苑，早早被内定为暗宫之主，想是经常进入暗宫，能接受瑶姬的训练也无可厚非，而瑶姬提起非白也全无恶意，更像是一个亲切的长辈。

可是我总觉得有很重要的点面缺失了，以至于脑中无法圆上一个圈，就好像那些零碎的记忆碎片永远无法拼成一个完整的镜面……

然而细想想，原青山说得有道理，有些秘密我还是不要去碰为妙。

我便定下神来，躬身垂目道：“但请夫人赐教，木槿万死不辞。”

原青山淡然地看着瑶姬，同我一起等着她的下文。

瑶姬轻笑了一下，玉指虚点，只一眨眼间，那个楚楚早已使轻功飞上去，真如空中隼鸟一般灵巧，一下子取了墙中央最漂亮的那只面具，落到地下，弯腰递给瑶姬。

那面具上侧颊的西番莲采用的是司马氏的西番莲样式，皆以粉紫晶石镶嵌双目，以红玛瑙为唇，额上有梅花枫叶记号，乃以滴血珊瑚石配金漆所描。

“这个面具，夫人做得甚是漂亮。”我由衷赞道。

“本宫费了整整一个月的时间才做完，”她轻轻道，慢慢地抚上那面具，“上面的晶石全是本宫到紫陵宫附近的地矿深处亲手采集的，可谓世间罕有，就算是天命所归的皇室中人，或是富可敌国的世家大族，他们的府库里，皆找不到出其右者。本宫给这副面具起名叫作世世相依。”她的声音中满是一股郁气。

我身上的汗毛微微竖起，与此相对的岂不是我曾经万分讨厌的生生不离？亦因为此药，我同非白的心结结了八年之久。

我暗咽了一口唾沫，强挤出一丝笑道：“这珊瑚石做的梅花枫叶倒是同夫人面具上的一样，夫人这是给自己做的吧。”

她轻笑了一下，青葱般的手指将面具极优雅地向我递来，柔声道：“这是给夫人的，算是本宫的见面礼吧。本宫希望夫人能收下。”

若在平时，我会这样想：我拿了人家的珍贵药材，人家唯一提的要求就是还要我再拿一只人家辛辛苦苦做了一个月的宝石面具？这瑶姬夫人也太实在了。

可是如今我觉得很诡异!

我假装有种受宠若惊的感觉，有些惶恐道：“夫人呕心之作，妾身无功不受禄，就这么接下如何使得？”

“本宫说使得，自然便使得的，”她轻笑出声，慢慢地抬手，亲自为我戴了上去，我拒绝不得，“先试试看，大小可合适？本宫其实很久没有做面具了。”

瑶姬果然是制面具的高手。这个面具同我的脸形契合，因是薄陶所制，极轻薄地贴在我脸上，内里光滑细腻，无任何毛刺的感觉，双目处有无数极细的小洞，可清晰地看见眼前的一切事物，司马家的人也算颇费了心思了。

“你没有做到的事，却想让她来做到吗？”银钟馗冷笑说道，“当初我从来没有逼过你，非白也敬你如母，你却下得了手去吗？”

瑶姬诡异地一笑：“您这是说哪儿的话，老祖宗们定了这样的规矩，再怎么荒唐，也总得有几个跟着做，不然怎么对得起司马家和原家的老祖宗？反正她又不是梅香姐姐，圣上又担心什么呢？”

谢梅香，我心中猛然一惊，再看向那银钟馗，那人再怎么面无表情，却挡不住一股子睥睨之色。这不是原青山，而是正牌原身，当今圣上原青江。

有一股异香传来，我头晕了起来，眼前瑶姬的笑容渐渐奇怪地扭曲起来。我渐渐地软了下去，失去知觉前，感觉被人拦腰抱起。

修罗铜像忽然睁开了一双充满血丝的紫瞳，慢慢地流出了红色的血泪，他奋力举起双手，挣开了铁链，挣开了他身后加之于他身上痛苦的枷锁，仰天大叫起来。

整个地宫动摇了，不仅仅是地宫，就连上面的紫栖山庄也撼动了，整个天地也裂开了。

我的脚下是无边无际的血池，撒鲁尔在血池中拼命挣扎，痛苦地号叫。

紧跟着那非白的天人神像也慢慢地抬起宝相庄严的脸来，嘴边温和的笑容化成一丝冷酷的笑，他抡起长剑，甩向铜修罗，把铜修罗一下子钉到天际，然后这把长剑竟然把天际的深处捅出一道巨大的痕迹。那天空开裂了，无数的血魔从裂缝中拥出，在天空中挤出一个巨大的黑洞，好像硬生生地给天空捅了一个大血窟窿，铜修罗便被挤入了黑洞。

那些血魔向我滑移过来，拖着我进入了血池，我看到紫浮从黑洞里又冲了出来，他同天人正好相反，身穿黑甲，微笑着向我伸出手来，开口对我说着什么："不要相信他……"

最后他的话变成了刺耳的音乐，在我的耳边循环嘶吼。

我的耳膜流出了血，再怎么也没有听懂他对我说的话，好像紫浮也意识到了，闭上口，可是那紫瞳充满伤痛和情意地看着我，血色眼泪对我流个不停。

我的心中忽然像什么融化了，一种难以名状的哀伤和疼痛涌上心头，我忍不住向他伸出手，想开口对他说："朝珠，你不要哭。"

那天人降落在我面前，温和而潋滟的凤目划过一道我从未见过的狠戾："你以为你救得了谁？诅咒永无可能解除。"

什么诅咒？什么乱七八糟的东西？那个天人忽然又化作百草园顶画中的蛇身美女，她身边那两条恶龙忽然活了过来，咆哮着向我冲过来："诅咒永无可能解除。"

耳边传来刺耳的声音，我睁开了眼睛，发现正躺在柔软的床上，四周紫帘千重万垂，缀满琉璃珍珠，顶上是一只蛟纹银熏炉，正袅袅地浮着青烟，仿佛置身神仙闺房。可惜唯一煞风景的是耳边乱七八糟的琴声，让我本来就很痛的头就像裂开一样。

这是哪个孩子淘气乱弹琴呢？我的脑袋够痛的了。我挣扎着爬起来了，却见是司马遽正一手支额，一手乱弹。

我虚弱道："求宫主莫要再弹了。"

司马遽应声转过头来，伸了个懒腰，信手摘下面具："你可醒了，本宫守了你一夜了。”

方才的记忆和噩梦涌上心头，化作一种极度的恐惧。我本能地一回头，不想看他的脸，可是他的声音近了：“有胆子进暗宫，没胆子看我的脸？”

我捂着眼睛：“木槿无福消受，刚才木槿什么也没听见，什么也没看见。”

司马遽却要拉下我的手，嗤笑道：“堂堂君大老板，见了回圣上，就孬成这样？”

“我是真孬，宫主明鉴。”我稳住我的声音，使劲推开他。

“你再不放下手，我就宰了那个废木头。”他凑近我，冰冷地说道。

我快速地放下手，怒目圆睁。

眼前是一张有着长长刀疤的脸，我的心脏差点跳了出来。

“怎么了，不是很久以前就见过吗？”他顺势坐上了床，一点也不把自己当外人，“整得像头次相见似的。”他装出一副很惊讶的样子，握住我颤抖的手，“咦？花西夫人也会吓得手心出汗？”

我几乎是爬着下床的，而且笑容很僵：“方才在药园子里可能吸入了一些曼陀罗的花香，有些手脚不稳，宫……主见笑了。”

我故意避过了后来的遭遇，希望他忘记了。

“看来夫人还是喜欢晋王那张完美的脸啊。”他一把拉住我的脚欲拉回来。

我头也不回地一下子踹回去，并且反身来到地下：“男人长太帅，也不是什么好事。”

我整了整衣衫，严肃道：“像宫主这样充满了西部魅力的方脸形，加上男人味的刀疤才有吸引断袖以及良家妇女的资本。”

“哦，”他了悟道，“那像夫人这样的不良妇人不喜欢本宫这样的？”

靠，终于给他拿到话柄了，我冷笑：“你们原家男人护得了天下，却护不了自己的女人，我若是良家妇女，早就在这乱世里成一缕幽魂了。”

他愣在那里呆呆地看我。

我不想激怒他，便淡笑道：“这个问题很深刻，不如等下次有空我再找宫主来谈谈我们的人生、理想，先请宫主把瑶姬夫人赏的金蝉花给我吧，我急着出去。”

“人生、理想？”他愣了两秒钟，然后哈哈爆笑起来，“看来本宫是永远也无法得知你肚子里到底藏了哪些惊天动地的玩意儿。”

我吓得退了一小步，但想到像他这样的司马氏后人，长年待在暗宫，又极度缺乏正常的社交活动，极易患上幽闭恐惧症，便又释然了，内心充满同情地看着他。

木槿花西月锦绣

典藏版

6

菩提锻铸明镜心

海飘雪 作品

青岛出版社
QINGDAO PUBLISHING HOUSE

目录

MUJINHUAXI YUEJINXIU

MUJINHUAXI YUEJINXIU

目录

第一章

御前新佛子

我让齐放连夜把金蝉花送出，又着人打听兰生的消息，彼时因心上焦虑，竟一夜未眠。

第二日清晨，我一边红着眼睛看账本，一边琢磨着下午怎么安排珍珠过来。韦虎来报，负责皇帝饮食起居的内侍监总管史庆陪史大总管前来问我要些兰生的衣物，我一下子摔下账本跳起来，冲了出去。

花林道前早站着个白白胖胖的太监，大圆脸涂得几近惨白，宽额头上压着内侍监乌纱进贤冠，正掐着胖圆的兰花指同西枫苑的老相识吴如涂说说笑笑。这史庆陪五十开外，是从小陪伴圣上的阉人，曾在庚戌国变中救过前朝轩辕和现任圣上的皇驾，可谓是阉人界的大英雄。但他从不居功自傲，待下边人也厚道，又总喜用香粉扑个大白脸装弄臣讨圣上欢心，是以深受皇宠，在宫中根基极深。非白也曾提过，当年落马之后，也承他照顾一二，西枫苑的补给好歹没有断。在暗宫受家法时，也多亏他及时向圣上报告，才没有被西营谋害，故而非白对他也甚是有礼。他也嘱咐我平素多对史庆陪示好，以报当年之恩。

说来也巧，在我回原家以前，瓜洲的玉装楼和玉人堂一直有一个来自西北的神秘客户，每每花费巨资购进大批华服美钗并高级的胭脂水粉，而且特别喜欢玉人堂的金花口脂和茉莉香粉。先时怕是原氏暗人假托购物进而打探消息，后来我多方暗中打探，方才得知原来竟是其时大庭朝内侍采买的史庆陪，亲自前来采购。

我欲通过他打听非白的消息，便同他秘密接触起来，一来二去，他便成了我的超级大客户。一开始，我总以为他购买这些胭脂水粉是为了进献给嫔妃或是赏赐小太监小宫女什么的，这宫人爱美，尽人皆知。

渐渐地，他才向我松了口，后宫高阶妃嫔的化妆用品全由内侍府专门监制，而他从玉人堂进的特级香粉不仅供给一些高阶妃嫔，还有一大部分是为宫中乳娘所用。这些白胖乳娘的乳汁不但用来饮用，更有大量用来洗颜。

且说当今圣上早年征战沙场，落下一堆病根，前朝宫中一直流传着一种驻颜偏方："日进乳汁，乃补五脏，令人肥白悦泽，益气，治瘦悴，悦皮肤，润毛发，延年益寿……"御医便大力推荐这个海上方，称圣上须常服人奶，且使人奶涂抹旧伤处或是洗颜，便可滋润肌肤。圣上不愧是圣上，毫不嫌弃地试用了这个海上方，然后在宫中大批豢养乳娘，有时兴致一好，也会宠幸几个丰乳貌美者。同时，圣上又非常前卫地认为：若使乳娘用上等香粉，她们便可身心愉悦，那产出来的奶水也更好，更能益气养颜。

史庆陪一心迷信圣上，便在宫外的私宅里偷偷养了五六个乳娘，更从内侍府所订顶级胭脂水粉中小小地贪了一部分，偷偷送给他私人豢养的乳娘，哄她们高兴，以增加奶水产量。

这就跟我前世某些养殖大户特聘钢琴名家在牛舍大弹《月光曲》，以增加牛乳、提高质量，是一样的道理。

我自然假装不知，回到原氏后，也不说破，他便承我缄默之恩，常常递些不痛不痒的消息，我再从这些看似无关紧要的信息中抽丝剥茧，分析出我所关心之人的近况。

且说这厢里，我飞速打扮整齐，冲到品玉堂前厅，满面堆笑地行了礼。

史庆陪那张看似忠厚的大圆脸上扑了层厚厚的茉莉粉，尖细的声音悠长婉转："圣上喜欢听无颜师父讲经，意欲赐为国师，好生栽培。圣上看师父像是念旧的人，便遣奴婢前来，还请王妃替奴婢寻些师父平日常穿的衣物，好让奴婢快快回去复命吧。"

我暗中嘘了一口气，总算那司马遽没有骗我，圣上还真要了兰生过去，好吃好喝的没有加害。可是圣上为什么要救下兰生呢？难道是想以怀柔手段降伏他吗？兰生乃是幽冥教的弃徒，而且也不知能活多久，明明没有多少利用价值啊？！

"既有如此奇遇，本宫也放心了，"我便赔笑道，"好歹兰生是晋王府出来的人，公公久随圣上，还请公公多多照拂于他。"

"晋王妃无须担心，"史庆陪大力一挥兰花指，娇笑道，"无颜师父讲经甚是精辟。如今普法宗挟佛法横行，大肆敛财，想是皇上想重整禅宗吧。"

普法宗是起源于轩辕末年的一支佛教，其把佛教史分为三阶，按时、处、机三类划分，故又名三阶教。其时正是乱世之秋，流民千里，此教名为普法，行无尽藏施，首先让贫下众生得一些小意，使其感到三阶教乃慈悲善教，然后再让他们反过来献财。若有不愿意献财的，那就不会大彻大悟，也不配信奉佛教。由此，三阶教积聚了大量财物，具备雄厚的物质基础和经济力量。三阶教最大的施主和尊崇者正是窦周太祖窦英华。战国时代，三阶教作为佛教一支，在轩辕庭朝时期就凭着过往的名势，在长安一统佛教诸派，且既然窦英华在周朝尊三阶为国教，自然在庭朝内部也暗中否认原氏的统治。

自古以来，统治者多以宗教为名来统治大众百姓，微笑着向宗教抛出橄榄枝，而宗教亦向政治低头。

难道说，皇帝要以普法宗的劲敌禅宗来打击普法宗，进而培植兰生为第二个禅宗领袖吗？

可是，我很怀疑史庆陪和皇帝是否真的听得懂兰生的佛经，因为我以前同兰生讨论过佛法，我发现他自己好像都没怎么整明白，没几本佛经金句是能完整流利地背出来的。

我一边胡思乱想着，一边堆起职业笑容，奉上几锭金子，又说了几句奉承话，特地夸了他脸上的粉甚是均匀细白，还假意向他请教化妆技巧。史庆陪那苍白的老脸上便绽开了笑容，眼角的皱纹一下子漾了开来：“呀，王妃说得是，所谓女为悦己者容嘛。”

不想他还真的认真地教了我几招，我不由得听得入了神，用粉在脸上比画了几下，好像还真是比我平时那种“野蛮化妆法”扑得细致均匀。我不由得暗想，好在我平时不太扑粉，不然非白一定很痛苦。

他一时高兴，便多说了几句：“这是王妃上回赏给奴婢的。奴婢记得那是玉人堂的纪念款吧？天下间不过十盒。别说是粉了，就是那些玉人堂的小玩意儿，什么装粉的汝窑玉簪花盒啦，哎哟，也太精美了些。这一盒盒的用完了，奴婢都留着舍不得扔呢。那些小猴崽子觍着脸问奴婢要，奴婢还不给他们呢。”

他嘻嘻笑着，从袖子里取了蜀绣的绢子擦了擦涂了朱色口脂的厚唇，左右看看无人，便凑近我说道：“可惜师父惜字如金呢。有时候……奴婢看圣上倒是想同他搭个讪，多说几句，他都冷着个脸子，您说怪不怪？奴婢看了都替师父捏了一把汗。好在圣上天恩浩荡，倒也不怪罪。”

他凑得太近，那茉莉香气熏得我有点晕，我只得诺诺称是。然后我趁他要走之际，便塞上一方镏金漆盒装绝版珍珠粉：“还请公公笑纳。我……本宫琢磨了公公的肤质，特地请教了林大夫，便加了乌贼鱼骨、细辛、栝楼、干姜、椒，以苦酒渍三日，又加白芷、灵芝、半夏、乌喙合煎，最后混入细细研磨的合浦珍珠，据说涂面二十日竟可增白。本宫想是各人效用不同，还请公公用后，帮着明示，用着好了便可多做几盒，专供后宫的几位娘娘。公公也算帮了本宫一个大忙，万万不要推辞哦。”

史庆赔笑弯了八字眉，小眼睛湛湛地发着光，紧紧盯着那个小漆盒，搓着手扭捏了一阵，快速将小漆盒抓进金绣鹤纹袖子里，口里却说：“这、这、这，奴婢怎好意思收呢。”

这时，小玉已经收拾好兰生的衣物，恭敬地递给史庆陪。史庆陪定睛看了小玉两眼，便赞道：“哟，这小玉姑娘真是越长越俊俏了，怪道人都说南国出美人呢。奴婢瞧着还以为是小仙女儿下凡了呢。”

小玉不由得红着俏脸笑了。史庆陪冲着后面叫了声：“冯伟丛？！”

看没有任何人应声，他便收了笑脸，又大声地叫了几遍，才有个眉清目秀的小太监气喘如牛地跑过来，看模样也就十四五岁，行路略有趔趄，一脸忍痛之色。那小太监弯腰接过小玉手里的包袱时，看到阳光下的小玉雪肤花貌，娉婷风流，真如雅芝秀树一般，不由得眼神一凝，双手一颤，竟将包袱掉在了地上。史庆陪甩手就是狠狠一巴掌，那小太监的嘴角流出血来，一下子跪倒在地，抱起包袱，呜呜地低声抽泣起来。

史庆陪赶紧连连向我告罪。我自然是不怪罪，帮着劝了几句，笑道：“不妨事，都是自家人，史公公不必在意。这孩子面生得很，想是刚进宫的吧？”

“晋王妃说得正是。这个孩子是老奴在老家河州的远房亲戚，姓冯，名伟从。唉……打南边来的疫症，他一家八口人全亡故了，连着他们一个村子就这么、这么一眨眼没了，只剩他和他一个五岁的族弟。这孩子倒也义气，为了那个族弟，这才进的宫，做了公公。乡下孩子没见过什么世面，昨儿个因为多看了眼初喜姑娘，皇贵妃娘娘就不高兴，要不是看在老奴的面子上，早就脑袋搬家了。后来赏了一顿板子，在宫墙那儿罚跪了半宿。”史庆陪叹了一口气，抹了抹微湿的眼角，弹着金线袖口蹭下来的几点香粉，悲忧道，“这孩子也是命苦。您说说，要不是没法子，好好一个人儿，何苦来做阉人呢？偏生还是个没用的下流种子，又不长记性……唉！你个下流东西，还不快磕头谢恩哪，亏着晋王妃宅心仁厚，不然今儿个就是你的死期了。你个没用的猴崽子。”

我急忙又劝了史庆陪，然后，他拉着那个一瘸一拐的小太监走了。那个小太监一边抽泣着，还一边红着脸频频回头看小玉。

哎呀，这毛孩子果然是六根未净啊。

小玉便狠狠地瞪了他一眼，他才吓得掉头一溜烟似的跟上，结果撞上了史庆陪，又挨了几个栗暴。

不久以后，天子身边多了一个年轻俊美的僧人侍从，而且天子特准其着旧僧袍随侍左右。渐渐地，皇帝又以祈福为名，带着兰生上朝听政，一时间朝野纳罕。好在兰生从不多言半句，时间一久，朝臣们也慢慢地习惯了皇帝身边跟着一根面无表情的擀面杖。

有人说这是皇帝笃信佛教，打击普法宗的开始，也有人私下里轻浮地暗议此为皇帝的新内宠——须知战国时代，贵族好男风者甚众，还有人说这兰生乃是皇帝的海外遗孤。

谁都知道太祖原青江在旧庭朝时就是出了名的美男子，曾经有那么多惊天动地的浪漫爱情故事，那些美丽的情人多如过江之鲫，他最默默无闻的情人可以是市井坊间向他扔丝帕的村姑，而最高贵的爱人甚至可以追溯到当年权倾西域的突厥女太皇。想想那曾经在玉北斋疯疯傻傻的老四，就是这样惊世骇俗的爱情结晶，到最后还成了突厥有史以来最了不起的铁腕皇帝，一统东西突厥，谁又能保证这不会成为又一个伟大的天朝名人呢？

总之，朝臣们不敢胡乱轻视。青媚回报我，这个兰生的确特别死心眼，皇帝给他一堆华丽的绫罗袈裟，他却偏偏还是只穿我平日里为他准备的粗布僧袍，有时磨坏了，他都自己修补一番穿在身上。圣上还对此赞不绝口：“无颜大师素俭清雅，颇有先贤遗风。”

所谓上若好之，下必效之，不久以后，随身跟着一个穿着补丁布衣的年轻僧人，成为贵族们热爱祖国、鉴定风雅的新标准。

第二章

贵女始朋争

花开两朵，各表一枝。且说六月初二，皇后大宴那日，我精心准备了瑶姬夫人同珍珠的会面事宜。那日珍珠正好带着小雀和小豹来祝寿，因打扮成粉妆玉琢的金童玉女，讨着给皇后祝寿的好彩头，皇后凤心大悦，开心地抱着两个小孩许久。圣上亲自出席了皇后大宴，赐下很多重物，以示荣宠。隐居多日的西川王轩辕复楽，亦亲自应圣上的邀请，进宫为皇后上贺表，送上象牙木梳十把，酱色缎貂皮袍两件，祝皇后姑母万寿无疆。

锦绣见风使舵，也破天荒地送了一对紫檀座水晶灵芝双环瓶，一柄黄汉玉诗意夔纹如意；东贤王进献一尊小金佛；南嘉郡王和安年公主进献金喜荷莲簪一对，紫檀牙座铜神龟一件；而我以北晋王的名义进献了一座金托东海大红珊瑚。

可惜很多人都知道，这是场名存实亡的婚约，十七岁的如花少女嫁给一个年过半百的老人只是为了轩辕家的政治地位，而圣上也绝不会再让轩辕家的后人登上皇位。表面对皇后尊崇，却甚少留宿凤藻宫，锦绣的锋芒仍是盖过轩辕皇后，在场每一个人都明白轩辕皇后一辈子也不会有子嗣。

行至中宴，我便请珍珠带着两个孩子到赏心阁更衣，我在屋中放了一盏琉璃盘，里面放了一堆暗宫所产的凫茈，她一下子了悟地对我笑了起来，眼中泪花闪烁。关上门时我对她别有意味地一笑，守在门外。果然，不久以后，便听到珍珠细细的啜泣声传来。小雀、小豹两人怯怯地叫着外祖母。

接下去，我便以各种再正常不过的名义邀请珍珠到我府上游玩。我经常抱了“动物园”到西枫苑玩耍，为此还专门在花林道上给孩子们扎了几架秋千。不过小虎几个男孩还是对点将台更感兴趣，不愧是将门虎子，经常在当年我同素辉练功的地方扭打翻滚，弄脏了一身名贵的衣袍，撕坏了精美的织锦，他们的娘亲心疼得差点流泪。

我喜欢孩童，以求多子之名渐渐在贵族间传了开来。可能是同病相怜，轩辕皇后经常召我和“动物园”一家进宫伴驾。锦绣得知后便经常带着非流来打断我们的宴饮。好在非流因长得甚美，又得圣宠，在众贵女中颇多欢宠，冲淡了锦绣带来的压力感。轩辕皇后年纪虽轻，倒也睿智非凡，怕引起家族矛盾，便也召原非烟带着重阳同来，一帮子在政治上互相对立又扶持的女眷勉强处得其乐也融融。

六月初五，非流被拉去陪皇帝狩猎了，孤独的重阳扯着他那只缝补过的姣姣风筝，误闯西枫苑。奇就奇在那些七星鹤和金不离竟然没有报警。我暗想，莫非是那些神兽嫌他太小，没有危害性吗？

正好“动物园”也在，重阳因此结识了一大堆新朋友。“动物园”心地善良，记得他们母亲叮嘱过：二舅家的孩子不怎么聪明，但万万不准轻视欺凌，便刻意对重阳示好，大伙玩得异常高兴。

第二日，“动物园”一来，重阳又偷偷到西枫苑来，这回更不知道用了什么法子，竟然是当着那些七星鹤的面晃进来的。

我便问他为何那些神兽不咬他，他眨巴着漂亮的大眼睛，嘻嘻说道：“那些大鸟说紫眼睛的妖怪老是喜欢拔它们的毛，我就对它们说，如果你们敢咬我，我就让紫眼睛妖怪拔了你们的毛，剥了你们的皮，它们就乖乖让我进来了。”

我正瞪着这朵小奇葩，琢磨着他这话的可信度，侍卫们进来回说：公主府的初仁姑娘来了，还带着一个气喘吁吁的半百夫子，就在苑子门口转悠，说是前来寻南嘉郡王世子的。

我便让侍卫引他二人进来。那二人见重阳安然无恙，明显地松了一口气。

“小、小……人刘……彦璞，乃是南嘉世子……的教席，现在户部当……当职，”老夫子跪在地上，喘得上气不接下气，不停地拿袖子擦着额头的大汗，费了半天劲才把话给说圆了，“今日、今日……世子还未背出《三字经》，公主……命小人罚世子抄、抄一……百遍《三字经》。小人到处找世子，不想是偷偷来此处了。世子快请跟老夫回去，不然、不然公主知道了，定要重重责罚世子和小人的。”

初仁强忍了半天，好不容易等老夫子把话说完，立刻板着脸，连珠炮似的对重阳说道：“世子好没道理，怎么逃到此处来打扰晋王妃了？世子忘记了公主最不爱世子乱跑的吗？”

她吓唬道：“世子乖，快听夫子的话，随奴婢回去吧，不然公主知道了可要罚抄二百遍《三字经》了。”

在场的“动物园”骇然看着被训的重阳，十几双小眼睛默然无声地在这三人身上瞟来瞟去。

重阳扁着嘴，左手刚抓了一把杏干，右手拿着一堆五子棋，看看老夫子和神出鬼没的初仁，然后选择山崩地裂似的哇哇大哭：“重阳最恨背书了，背不出来就得抄，每次还得抄一百遍，重阳的手都抄断了，这回怎么又变成二百遍了呢？母亲大人好狠的心。”

"动物园"皆万分同情地看着重阳。小雀怜悯地叹气道："俺娘也逼俺们背书，背不出来也得抄，俺也最讨厌抄书了，还好只让俺们最多抄十遍便罢手了。"

虎子轻轻拉了一下小雀的袖子，小女孩便噤了声。

然而，得到了舆论同情的重阳，觉得别家孩子的娘就是比自己的娘公平合理多了，于是哭声更大，然后满地撒泼打滚。

初仁和刘彦璞开始慌了阵脚，手忙脚乱地劝重阳不要哭。初仁不是一般的紧张，她紧张地看着四周的侍卫，万般警戒道："世子快随我等回去，这不是咱们该来的地方，晚了就要来不及了。"

我一开始没明白她的意思，只是命人拿出一堆好吃的哄重阳。"动物园"也跟着一起哄，虎子还很仗义地说："重阳莫哭，俺们来帮你抄，俺们五个人每人帮你抄四十遍就行啦，你再多抄十遍，你娘看了，定然觉得你是个用功的好孩子，便不会怪你啦。"

重阳奇迹般地停了哭声，红彤彤的鼻子用力吸回一条长鼻涕，认真地希冀道："当真？"

虎子正要点头，却听有人冷冷道："谁敢替世子偷懒，本宫便告到父皇那里去治他个蛊惑之罪。"

这个帽子相当之大，"动物园"虽然听不懂，但却明白这一定是十分可怕的罪行，就此骇在那里。

却见琉璃珠帘外出现了数个冷着脸的华服美人，后面还跟着四个肃着脸的高壮武士。西枫苑的武士也早就紧张地围了过来，跪地请安，挡在珠帘之前，隔开了我们。

为首一人，肤如白雪，长眉入鬓，凤目潋滟生姿，眼角处薄施金粉斜飞，不怒自威，乌玉般的发丝绾着超级繁复华丽的鹿缕髻，两边各插了两支金掠细巧金凤挂珠步摇，凤嘴衔着一排赤金链子，各坠着圆润的猫儿眼；天鹅一般的粉颈上挂着金澄澄的盘螭八宝璎珞圈；上身穿了一件织锦藕荷色对襟冰绡衫子，金跳脱钩着倩素红的长帛，曳地生辉，衬出佳人高挑诱人的身材，束着整幅钉金绣的孔雀开屏百褶留仙裙。

那仙裙上的孔雀锐目镶嵌着一颗西域产的稀世大红宝石，足有鸽卵般大，切磨得璀璨剔透。而那孔雀的绿羽竟全由晶莹的小蓝宝石细细排布而成，一直密沿到织锦拖边裙裾上。远远望去，佳人每移莲步，阳光悉数透过这些名贵的宝石珠玉，只觉流光幻彩，惑人心神，真似天女下凡一般，冷傲绝艳，仙贵逼人。正是当今圣上的爱女安年公主原非烟。

"动物园"虽然跟着他们娘进过宫，总算见过世面，看到眼前安年公主的排场，也不禁惊傻了眼，全都愣愣地盯着公主裙子上的大孔雀，小下巴一个个掉下来。小雀的眼中闪着无数星星。

说起安年公主身上这件孔雀开屏百褶留仙裙，倒是引出一桩宫廷典故。南嘉郡王打下巴州，城主巴特勒是西域人，在逃亡途中被乱军射死，因巴特勒早年聚众以丝路盗匪为生，做了不少打劫过往商旅的勾当，是突厥有名的恶匪部落，后来为前突厥叶护果尔仁消灭，自己只身出逃，来到中原地带，隐姓埋名，继续杀人越货。后来凭着这些血腥财富，才捐了窦周的地方官，一并招兵买马做上了巴州城的城主。巴州的老百姓传言他把大部分的珠宝都偷埋在一个不为人知的地方，投降的副将为讨好宋明磊，抄了巴特勒的府邸，把抄来的财宝全献给了宋明磊。

宋明磊是何许人也，一看其中不少是西域珍宝，便认定了那传说乃是真的。凭着巴特勒的一幅字画，便查出了财宝的所在。他只用了一队人马，不用火药或是任何武力，便凭着奇门遁甲的异术，连夜挖了巴特勒隐匿的坟头，一并把早已仙逝多年的其夫人及父母的墓穴连着打开，把陵穴下的陪葬珠宝全挖出来，足足运了十大车。

宋明磊饶了那副将，按圣上的尺寸连夜用云锦做了几件皇袍，命人将其中一部分西域珠宝全部打碎，按色彩不同精心点缀五彩云纹、蝙蝠纹、十二章纹等吉祥图案，又将金器熔成无数金片镶嵌五爪金龙的鳞片和爪上，将罕见的黑宝石镶在龙眼上，又并着剩余的宝物及连州城反抗将领的家产全部献给皇上。圣心自然大悦，金银留下一半赏赐给麟德军诸将士，珠宝大部分赐给安年公主，剩下的就留归国库。

安年公主一片深情地夫唱妇随，皇帝赏下的这些珠宝不敢独享，命尚衣局最顶尖的几位衣娘扯了新进贡的几件蜀绣缎子，花了数十日夜辛辛苦苦做了一件凤凰展翅襦羽裙，一件孔雀开屏百褶留仙裙，把那件凤凰襦羽裙献给了皇后，那件孔雀留仙裙自己留着。皇后见了十分喜欢。第二日皇后穿着凤凰裙接受内外命妇朝拜时，锦绣皱着眉叹道：皇上昨夜还在本宫处感叹国库空虚，前线钱粮十分紧张……

皇后听出了弦外之音，便不得不将凤凰襦羽裙献了出来，锦绣命内侍府把那件精美绝伦的襦羽裙撕得稀烂，只把珠宝留下全赏给了乔万和奉定的武将，美其名曰安抚功臣。皇上为此大大夸赞皇后和锦绣，堪为天下妇人的表率。安年公主虽不说什么，但花了大价钱替锦绣作了嫁衣裳，自然大不悦，同锦绣的矛盾更深。

言归正传。这厢里，原非烟傲然立在帘外，我正要堆起笑脸迎她，不想她看到重阳手上抓着食物，立时沉下脸来，也不等奴婢掀起琉璃帘子，就踏着天山白玉屐，一派悦耳地疾步掀帘子进来，一下子打掉我拉着重阳的小手。她白着脸对初仁喝道："蠢奴婢，怎敢让世子吃这里的东西。"

我不及躲闪，她手上的珐琅指套一下子在我手上划出三道深深的红痕。

琉璃帘子晃得人心焦起来。因是内眷相会，男侍都在外间候着，吴如涂听到声音一下子领着几个武士冲进来，冷着脸挡在我面前："公主容禀，是小世子自己前来西枫苑游玩，万万不要伤了和气。"

小玉一看我受伤了，也不管她是当今公主，板着脸抽出大理小银刀，喝道："安年公主怎可无端伤我先生？"

薇薇算是经历过风雨，有了长足的进步，虽然仍是面如土色地看着原非烟，贝齿咬着下唇毫无血色，这回却牢牢地扶住了我的手臂，目光坚定不移，瞪着安年公主，传递着

“你咋敢到我的地盘来撒野”的信息。

韦虎怒火中烧地单手抽出大刀，原非烟的侍者也一下子抽出武器，西枫苑的侍卫更是在外面紧张地围了一圈。赏心阁中一下子剑拔弩张，如临大敌。

我这下明白了初仁的意思。我心中暗恼，你以为人人都跟你和你老公似的害人，连孩子也不放过吗？！不过对于他们这样的人，穷解释也是枉然。

初仁同刘彦璞早就重重地跪倒在地，面无人色，磕头不止。重阳骇得不敢再哭了，抽抽噎噎道：“母亲大人莫怪，都是重阳的错，不怪先生和信，也不怪紫眼睛妖……舅母，是重阳自己进来的。”

我秉持着大事化小、小事化了的原则，便客气地也让侍卫放下刀剑，和颜悦色：“只是皮外伤，不妨事。上回在栖梧殿前毁去公主的护甲，后来方才知道原来是公主亲母孝恭皇后的遗物，心下甚是不安，一直想向公主赔礼，如今也算与公主扯平了吧。”

原非烟似有些意外，上下看我两眼，便低头抱起重阳，冷着脸一挥手。侍卫撤了刀剑，站到一边。

我同原非烟八字一定相当犯冲，每次单独相处，感情都在往负面那边极速增长。上次我削了她的三个珐琅指甲套，听说是她母亲的遗物，她没舍得扔，着巧匠用另一副套以赤金镶补了，今日划伤我手的正是眼前这副修完的金指甲套，也算她报大仇了。不过我希望她的这副甲套中没有藏毒。

不想她冷笑道：“晋王妃请放心，我没有使毒，反正再毒也毒不过你姐妹二人。”

嘿，不愧是圣上最喜欢的女儿啊，居然一下子猜中了我心中所虑！不过我怎么觉得你这话像在说你夫妻二人呢?

嗯，你同宋明磊是挺配的!

这算是我同原非烟姑嫂俩正式第一次单独相处，结果实在不怎么样。我极尽客气地请她喝茶，不想她倒也不客气，真赏脸坐下了，还板着脸对重阳说，看在我的面上，今天就不抄书了，且去玩儿吧。

只是我被她那双漂亮的凤目冷冷地瞪得发毛。尽管我发挥了所有商场以及政治上的智慧想尽办法同她聊天，她就是爱搭不理，只是上上下下地看了我半天。她人在，我又不好去做别的事，又不能放孩子们进赏心阁同瑶姬见面，我们只好捧着茶盅，百无聊赖地看重阳和“动物园”玩。太阳下山了，我正琢磨着要不要客气一下，留她和重阳一起用饭，好在她拉着不肯走的重阳回去了，及时避免了我的营养不良。

我想她应该不会再来了，结果隔日，“动物园”又来玩，她皱着眉头也来了，后面跟着初仁抱着傻乐的重阳，于是又一阵相顾无言……我实在坐不住了，绷着笑脸道：“许是重阳饿了，我给重阳去做鸡心饼吧。”

我以做糕饼为名去小厨房，想避开与她独处的窒息气氛，没想到原非烟让初仁看着重阳，自己一个人慢悠悠地跟我到小厨房来，拿着丝绢捂着鼻子，仔仔细细地看着我做，估计是怕我下毒给她宝贝儿子。最最没有想到的是，第四次前来时，她竟纡尊降贵地亲自动手，要同我一起做点心。

考虑到她的武功非常好——上次在栖梧殿推我的力气非常大，我便请她揉面。

她倒也不在乎，慢慢脱下足有一盘子珠宝的饰物，包括那常年不离身的护甲套，换上粗布围裙，很认真地揉起来，并且对于我偶尔提出的揉面小建议也毫不生气，一味低眉顺眼地照着做，还真让我刮目相看。须知上次我想拉锦绣一起做桂花糕给她圣上老公吃，这丫头还翻着妙目嫌下厨跌份儿。

以前为了哄夕颜，定制过各种可爱的小模子，什么跳跳虎、snoopy狗、kitty猫、流氓兔、小猪佩奇、小黄人什么的，如今全是为了哄“动物园”。我一边用模子压着面团，她在一旁兴致勃勃也跟着使劲压模子，倒把我的模子压变形了好几个。

鸡心饼烤好了，原非烟看着我尝了一口后，才用那青葱玉指极优雅、极缓慢地拈起一小块饼干来放到娇艳的樱桃口中细品。只见那美丽的凤目闪了一阵感怀的光芒，竟然泪盈于睫，画面之美，堪比食品广告。在场诸人都看得一愣，我更是突发奇想：此时此刻，倘若我请非白将这幅画面画下来，做君氏食品系列美津堂的大广告牌，那美津堂必然人头攒动，暴利大发……

我正胡思乱想，原非烟却对我痴迷道：“是这个味儿，本宫还记得。只是孝贤皇后做的鸡心饼比咱们做的要更好吃些，以前我和皇兄经常偷偷跑来吃，不想重阳儿也爱吃呢。”

小重阳不知道何时溜了进来，流着口水望着小饼干，踮起小脚，不停地试图捞着饼干，说道：“父亲大人也爱吃的，重阳要多拿些给父亲大人留着。”

我和原非烟都吓了一跳，跟过来的初仁赶紧抱走重阳，喝道：“世子又乱跑，还胡说，堂堂郡王怎会喜欢这种孩童粗粮。”

“重阳从来不撒谎。父亲说过的，他还喜欢吃四姑妈的烙饼呢。”

初仁与重阳渐渐远去，对话的余音落在我们的心上。原非烟的丽容添上一抹红霞，然后迅速退去，只余苍白。

哦，原来如此！

你别说，我印象中的宋明磊的确经常逗留在我和碧莹的德馨居蹭饭吃。那时他特别喜欢吃我烙的饼，可能是我和宋明磊都是南方人，口味都好软好甜的缘故。于飞燕不太好我这口，因为他喜欢有嚼劲的带咸香口味的；锦绣最早在紫园吃上山珍海味，更是意兴阑珊。后来我和碧莹的生活条件略有改善时，我便在烙饼中加了些牛奶给碧莹增加营养，却不想这小子来得更勤了。我记得那时的他总是斯斯文文地全吃完了，还礼貌地问我要几张带走。那时我表面上满不在乎，手脚利落地挑几张小的给他包了去，其实……心在滴血。

有一次可能是真没吃饱，毕竟再斯文的少年，处于发育期胃口都很大。他看了一眼锅灶里大的几张，也不说话，只是对我微微一笑，站着不走。我只好扁着嘴，慢吞吞把那几张大的一并包给他——那是我自己的份，专门留下来给碧莹吃的。他终于咧开弧度，刮着我的鼻子大笑而去。我饿着肚子，眯着眼看他离去的背影，无声地流下了痛苦的热泪。碧莹问起，我还强装笑颜道：“二哥爱吃朕的烙饼，朕感动落泪了。”

碧莹双目一亮，从此更加明目张胆地把我的连带她的那份全偷偷包起来塞给宋明磊了，我欲哭无泪。好在不久以后，小五义一个个风生水起，我们的手头宽裕起来，伙食亦在不断改善。他们都渐渐忙起来，不再有机会光顾了。

我从回忆中醒来，那原非烟看我的目光正冷了下来，默默地埋头将饼干一块块摞到镶银玛瑙的盘子里，交给另一个叫初义的家生侍婢，让她拿到前厅给孩子们瓜分，然后又低下粉颈，纤长的玉指胡乱地拨弄着粗面粉，姣好的侧脸一阵落寞。

“嗯，那个，公主，”我咽了一口唾沫，心里想着该说什么好，鬼使神差道，“那个，我记得二哥……呃，不，尊……夫君南嘉郡王以前很喜欢吃加了牛乳的烙饼，那是南方口味，不像咱们西京的炊饼那么硬那么咸。不过就像初仁姑娘说的，那是粗粮，郡王和公主锦衣玉食的，想必……”

“教吧。”她快速抬起螓首，用两个没有任何语气的字，轻易而快速地打断了我。于是我们又开始了烙饼厨艺课。

她的眼神明明非常喜欢流氓兔的造型，可是却只让重阳吃跳跳虎和KITTY猫的饼干。好在“动物园”人多，一会儿就分光了，挑食的重阳被带动了，吃什么都香。

安年公主就这样成了西枫苑的常客，每次前来必定浩浩荡荡跟着一堆丫鬟、媳妇、婆子并暗人侍候，有时也让刘夫子在西枫苑给一大帮子孩子一起授课。西枫苑有了孩子的身影更不再清静，下人们也乐得来看几个小孩子玩，无不用心服侍着。我看着“动物园”和重阳追来逐去的身影，却总是想起夕颜和学生们，不知不觉地也起了想要一个孩子的念头。可惜同我生孩子的人却远在战场，而齐放为我把脉也委婉地说我的身体虚弱，若想要孩子，一定要好好调养才是。

其实弦外之音就是怀孩子这事儿有点难度。我长叹一声，只得更努力投身到火热的商业王国开拓过程中。

且说，这厢里重阳有了“动物园”的新朋友，大感生活的希望，便渐渐冷落了非流，不太主动去找非流玩，非流自然颇多怨言，不停在锦绣面前抱怨。锦绣十分在意我同原非烟有了往来，便高调地送了我一车子妇女调养用的补品，还带着一堆已婚贵妇和她们的孩子来西枫苑，说是给我招孩子。西枫苑差点成了幼儿园，从来没有这样热闹过，使得我同原非烟刚刚因为重阳而产生的友谊苗子戛然枯萎。

锦绣更是唯恐天下不乱，搞得全天下都沸沸扬扬的，连远在千里外的非白都知道晋王妃为求一子，不惜千金云云。

他极欣喜我有造人的意识，喜滋滋地写信宽慰我，要尽快为我打得天下，回来同我多子多孙，让我千万忍耐一时……总之看得我面红耳赤。

孩子一多，难免攀折那些珍贵的梅树，毁坏绿化，糟蹋古玩，又不能及时安排珍珠母女相见，瑶姬便更加憎恨我那亲妹子。我焦头烂额一阵，只得对瑶姬软言相慰，把梅林连着赏心阁一带隔开，让西枫苑的人在后苑几间不用的屋子连着一小片椿树林辟出来，单独做幼儿园活动场。又将屋子整修了一下，备了玉装楼的时装表演，展示最新华服、胭脂等奢侈品牌，不想贵妇们兴趣更甚，慕名前来者甚众，玉装楼的收入总算填了这些贵女白吃白喝的支出。

然而，我万万没有想到，不知从何时起，锦绣便乘此机会极力笼络那些朝中重臣的女眷，借以笼络朝中重臣。原非烟也不示弱。两人周围渐渐聚集了一个庞大的仕女圈子，然后构成两个分明的势力集团，表面有礼有节，实则冷嘲热讽、明争暗斗，朝堂的战场慢慢地延伸到了这里，令我头痛不已。

我怎么也料不到，这只不过是大塬朝史上著名的“贵女朋争”之开始而已。

原非白写信来严肃地嘱咐我：上向不喜朋党结祸，贵女之争由来已久，卿万不可擅入。又及前线炮火连天，物资甚匮，百姓流亡，衣不蔽体，玉装楼所列之物实不宜过奢，以免引来有心之士招引民愤，卿宜及时早退为上。

我深知非白高瞻远瞩，乘圣上每月十五见皇后之时，进宫找皇后叙旧，当着皇帝、皇后和锦绣的面把那些收入全部捐给国库。太祖凤目一转，对我淡淡一笑，问都不问这钱从哪里来的，不过倒是有些惊讶我会这么大方。

“朕以为卿已然为家国倾尽所有了，不想还能想着国家，实为晋王之福。”

我诺诺称是，然后便称病谢客，正好关闭了玉装楼，结束这一女人的战场。然而事情还没有完。

且说六月初八，苦菜秀、靡草死、小暑至，宫中照例举办曲水流觞之宴，既能消暑，又可雅会，一个名不见经传的户部小吏在席间所作的诗文得了满堂彩。这名小吏正是公主府舍人刘彦璞，连圣上也对其精妙的见解赞叹不已。圣心大悦之下，御封诗魁，使得这个一直不怎么出名的半百小吏一下子名闻天下，同时也彻底改变了他的命运。

当时锦绣和皇后等几个后宫宠妃皆在旁作陪，锦绣不懂诗书，但那天皇帝喝得高了，稀里糊涂地提了一句：“刘卿不愧为当年陆相弟子，颇有其师之风，刚直不阿，实可授人中龙凤，未来可擢升太子太傅亦不为过，可惜只做了重阳的夫子。”

其时，“贵女朋争”正值伊始，而锦绣听到“太子”二字，那颗比干之心更是动了一动，第二日，便上奏想请诗魁做非流的先生。

非流和重阳都到了入“侯学”的年龄，早有名师讲了几年的学，只可惜两位妈妈都不喜欢看到彼此，所以从不在一起上学。非流的老师原本是三朝元老太子太保孟云山，前月去南方鄂州探亲，正巧赶上大理的那场疫症病逝了。

那风头正劲的诗魁刘彦璞，也就是上次追重阳追到西枫苑的老夫子，原是先朝大儒陆邦惇数以百计的弟子之一，为人相当正直。窦周篡国那阵，他救不得恩师，也不愿为窦氏伏首，便同当时很多有骨气的知识分子一样，带着家小千里逃出了窦周。一路上父亲、妻子和十岁的儿子都病死在路上，只有他同老母一路逃到了洛阳。他生性内敛，做事严谨，有时过分耿直，又不懂阿谀，年过半百也就做个正九品儒林郎，怎么也爬不上去。

也是机缘巧合，刘彦璞的母亲患了重病，却没钱买一味何首乌，便想向御药房赊些何首乌。那天正好原非烟小产没多久，宋明磊想亲自问问原非烟的病情，正好路过御药房，听到了他同御医的对话。许是动了恻隐之心，许是察觉了老夫子的惊人才华，总之广袖一挥，便帮他垫付了药钱。于是，那刘彦璞便被调进了安年公主府，成了公主府舍人，担任世子宋重阳的老师。

宋明磊文韬武略，位高权重，为人又潇洒风流，偏生儿子重阳顽劣不堪，智商又不高，常使武婢戏弄师长，偏生老师们不敢说更不敢骂。

久而久之，一般教席先生只要一听南嘉郡王世子几个字，便落荒而逃，是故重阳只有七岁光景，老师倒换了十七八个了。这回倒也亏了刘老师这严谨到可怕的治学态度，可以左脚踢开蝈蝈笼子，右脚弹走重阳让暗人们放的毒蝎子，左手在桌上摁着重阳偷偷放的癞蛤蟆，还能面不改色地用右手拿着教棍教重阳《三字经》，硬是这样挺了一年多，重阳好赖认了些字。

当然这个老师教得很辛苦，学生学得更辛苦。可是再辛苦，安年公主岂肯相让？两位贵女便命翼下群臣纷纷向皇上进言，各自效力的命妇亦亲自到皇后面前据理力争。

最后，兵部侍郎陈瑞忠上奏曰，汉中王仁孝聪颖，实乃皇储之资，岂可惜世子而罔顾皇储之理也。

众臣哗然，为了一个高级家教，竟然牵扯到了未来皇储的问题，显然连圣上也想不到。虽然他在朝堂上向来严禁妄议皇储之事，可最后考虑到重阳实在不是一块读书的料子，而非流的确比重阳天资高上百倍，又与刘彦璞非常投缘，最后皇上把刘老师判给了自家儿子，又另派了一位当世名儒苏子瑜给重阳。表面上看锦绣胜利了，不想事情还没有完结。

元昌元年六月十五，日头渐毒。这是刘彦璞最后一次教导重阳的日子。他像往常一样往书香殿走去，打算和重阳道别。虽然重阳的智商不怎么高，总算也教了几年，孩子后来也算听话，师徒二人多多少少有些感情，刘彦璞倒也十分不舍。

同小重阳挥泪而别时，刘彦璞还诚恳地说道：“世子以后在学问上有何疑问，尽管唤臣，必当解世子疑惑。”

小重阳的小手拉着刘老师，一把鼻涕一把眼泪道：“重阳不聪明，先生可以不喜欢我，但求先生不要走，重阳不喜欢新老师。”

为了挽留老师，小重阳当着诸仆与其母的面，破天荒地把一本《三字经》从头到尾一字不落流利地背了出来，众人皆惊。以冷艳闻名的安年公主难得感动得泪流满面，刘彦璞更是连连夸着重阳：“老夫明白了，世子聪慧过人，大智若愚啊。”转而又涕泣不已，

"只是皇命难违啊！"

在场诸人皆感伤落泪。最后刘彦璞还是垂泪走了。奇怪的就是，那天以后他没有出现在非流的三省殿。两天之后，宫人们发现他时，他已经在荒废的添寿阁附近浑身僵硬，死不瞑目。

皇帝大惊，表示了高度重视，立马派了位得力的办案专家前去检视。此人姓王名向荣，原是京城第一名捕，拥有三十多年的捕快经验，新近调上来的。王捕快调查了三天，认为是极度忧惧引起的心疾致死。

《金陀遗编》提到，太祖皇帝其实在暗中还派了另一名唤谭海涛的心腹前去查验，也是个非常有经验的仵作兼捕快，而且另一重身份便是紫星武士，得出了完全不一样的结论。他密报皇帝，刘彦璞死于谋杀，而且凶手的手段残忍而巧妙，刘彦璞的心口处正好有一个天生的小红痣，比芝麻还要小。凶手做得非常巧妙，用一种特殊的极细金针快速地照着那颗红痣刺进，瞬间刺破心脏，被害人不会立刻就死，但会四肢麻痹，一个时辰后痛苦地僵死，死状正形同心疾所致，手脚抽搐，面容狰狞，显然这是一个极擅掩盖真相的职业杀手所为。如果没有超常的办案经验和武林知识，是绝对发现不了真相的。谭海涛同时判定凶器应该是武林十大暗器之一的蚊须针，而会这种暗器的人并不多，放眼天下一只手都数不到。恰巧西营暗人中有一个名叫初义的家生暗仆，其家传绝学恰是蚊须针，而且正好还是安年公主的手下。

虽然这一段时间压力最大的是刘彦璞本人，谭海涛的论断在当时只是原氏的绝密，并不为大众所知，而且没有任何人证、物证，或任何蛛丝马迹显示安年公主是凶手，可所有人还是把矛头指向最恨手下变节的安年公主，每个人都相信：西营任何一个高级暗人，可以把心疾猝死的假象做得天衣无缝。

此案记入朝档，成大塬朝十大悬案之一，史称"太傅案"。

《金陀遗编》记载：

皇贵妃惑上使彦璞教习汉中王，上准之，彦璞告别世子，泣曰："世子若有疑，尽可唤臣。"世子垂泪道："吾知不慧，但求勿走。"内侍监传乃见一鬼影尾随彦璞，至无人处以极细金针狠刺心口，彦璞年衰体弱，当场痛亡。

这厢里，锦绣自然是气势汹汹地告御状，安年公主谋害朝官，公然抗旨，祸乱朝纲云云。

那厢里，安年公主脱簪披发，一身素衣地长跪崇元殿，向最宠爱她的亲父哭得凄凄惨惨："父皇明鉴，若以儿臣手段，何在当日加害太傅，何将尸首留于皇宫，何至今日授人于柄……分明皇贵妃垂涎皇储之位，借机嫁祸，打击吾兄吾夫。且皇贵妃本暗人出身，加害太傅易如反掌，求父皇为儿臣做主……"

一面是爱女和不幸的重阳，另一面是宠爱多年的皇贵妃和心爱的小儿子，手心手背都是肉，伟大、英明、正确的圣上也感到了为难。

然而就这么一小会儿的沉默，双方人马已神速地掀出对方阵营中官员欺压百姓、贪赃枉法、中饱私囊的老底。

锦绣为了泄愤，令内侍府停止了所有给安年公主的俸禄和例赏，并暗中着人火烧安年公主生母孝恭皇后的祠堂；西营中人为了替主子复仇，更是掀起市井势力互相械斗，然后围攻锦绣手下的官员，扰乱民生安定，百姓苦不堪言；慢慢地又祸延前线，南嘉郡王为救爱妻，几乎天天一封书信：求圣上明察，始作俑者乃锦皇贵妃，嚣张跋扈，恃子行凶，祸乱朝纲。

东贤王冲动之下，甚至擅自领兵改道前往麟州欲同奉德军火拼，引起了新朝以来最激烈的朝堂之争。

最后，震怒的圣上在朝堂上认定了王捕头的科学判断，刘太傅年事已高，出事前日饮酒过度，又及与旧徒分别，伤心过度致心疾猝死。

圣上一大把年纪，亲自到前线训斥了大儿子，收了他的虎符，剥夺了他的兵权，让梁州血战中的功臣战将、奉德军麾下三品临武将军卢伦暂代其职。东贤王灰溜溜地跟着圣上回到朝堂，关在王府里认真闭门思过。

可是还没等锦绣乐完，圣上开始动手整编她的势力了，在朝堂上将主张立非流为太子的陈瑞忠五马分尸，妻郑氏悬梁赐死，陈氏及郑氏家族皆抄家流放三千里，又把负责接送刘彦璞的几个小太监全部杖毙。

圣上以督护失职为由撤换锦绣心腹之一大太监霍杖，又以调配不当为由罢了原非烟一手提拔的户部尚书管迎垛，同时命管迎垛写休书，贬妻子韩氏。

内侍监秘传圣上口谕，安年公主修身思过三月，锦皇贵妃禁足宫中，改由皇后摄六宫事，一并悉心教导汉中王。

所有牵扯此事的官员皆罚薪一年，以示惩戒。

如此一来，圣上把刘彦璞一事归咎于心疾猝死，保住了女儿。对于皇储之事，众人噤若寒蝉，再也不敢妄自揣测。

圣上在朝堂上严厉斥责朋党之乱：“若无要事，皇室宗亲不宜与外臣过从甚密。若非节庆之日，臣僚之间禁酒乐宴游，以免祸起百端，朋党乱国……内外命妇等尤当晓此律，洁汝身而守妇德，擅议朝政，事无大小，轻则休离，重则一律赐死。”

我虽然及时关闭了玉装楼在宫中的表演，并且在双方争斗时选择称病不出，故而并无大难，但毕竟也受到了牵连。大理寺勒令查封玉装楼，但我对“聘用良家子，伤风败俗”一判表示不服，曾在事后上表力争，某些朝官故意毁坏良家子名誉，大理寺卿却悬而未决，一拖再拖，大抵谁也没有想到这场断决会拖了整整三年，直到元德元年，当然这是后话。

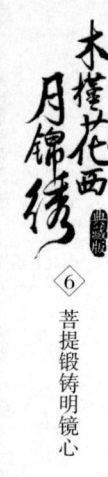

不仅如此，圣上下旨，令所有三品以上的官员之子，一满六岁皆须入朝廷设立的府学，皇子以及各亲王郡王之子满六岁者都必须入宫承“侯学”，再不许留待家中各自教养。

于是，这场几要动摇皇朝根基的“贵女朋争”之乱才宣告结束。而“贵女朋争”事件中，非白这边严令门下不许轻举妄动，事后倒是安然无恙。我心中不由得暗自佩服原非白的政治远见。

一段时间内，贵女们不敢轻易出门，相聚三八，使得我的女性系列生意一落千丈，而各地教坊酒肆的生意也门可罗雀。果然水至清则无鱼，过分严苛的政治制度对于经济不是一件好事。

可是不久，另一个商机又悄悄地向我叩门！

皇后主事后，便热烈响应皇帝的号召，打算好好教育一下大塬朝无法无天的女人们，着内侍府传令让君氏多印些《烈女传》《女诫》《女则》等等，赠送各门各府，供众女眷学习。我便想众官员女眷既出不了门，肯定会有人在府中多事阅读，何不发展出版行业？当下便悄悄收购几家印刷铺子，同齐放、小玉他们一起研究陶体活字印刷法，以改良传统的雕版印刷，一开始多是些忠君爱国、引人向善的故事，朝廷自是极力促成，大开方便之门，慢慢地我着暗人四处搜集各种奇闻野趣、异志手稿什么的，编成各种体裁的故事。为此，我好几晚不睡觉，尽可能把前世的《西游记》《聊斋》等故事给编圆了。唉，那几天我真是非常想念牛排的裤腰带。

同时，我又命人四处寻访有才华的作家或漫画家等人才，高价签下长期合约，好生供养，哄他们高产优质，编撰并出版了大批引人入胜的故事。怕有老百姓不识字，很多书便以连环画的形式放到市集上，当然每本小说或画志必在最后一页题些警世箴言，劝诫世人忠君爱国，不可结党营私，不违法犯罪，多行义举云云。

总之，我的新生意慢慢地有了长期的客户：爱看言情小说的多是些出不得门的夫人小姐，市井小民则最热衷于连环画形式的武侠忠义、鬼怪异志，或是所谓的情迷艳史，连皇宫中也开始流传一些故事画本。皇后很喜欢三言两刻这种俚俗小说。锦绣偷偷传话，不准非流身边的随侍让他看《西游记》，《喜羊羊》也不准看，只准看四书五经。非流这孩子别说还真有点做皇帝的韧性，他诚挚地跟皇帝说，要同重阳握手言和，皇帝当然很高兴，然后说要送重阳一本《西游记》，请皇帝替他找到。皇帝找到了，重阳的暗人没有活字模子来印，但是小家伙就厉害在手下有几个异士可以在一夜之间，照样子再绘一本，而且一模一样，于是他成功地得到了一本《西游记》。

而青媚密报我说连太祖皇帝也喜在睡前阅读一会儿。这一点我比较佩服太祖皇帝，据说他喜欢把《绿怪列传》连环画本和精装《红楼梦》放在一起看，而且是看一章节《绿怪列传》，再看一章《红楼梦》，然后再看一章《绿怪列传》，再看《红楼梦》，往往一会儿笑，一会儿叹。

皇帝到底是皇帝，高智商就不必说了，这思路也同普通群众不一样，要我就怎么也不能把荒诞鬼怪爆笑小说和庄重的红学著作放在一起同时看。

不管怎么样，有了稳定的行业收入，总算补了玉装楼这块，不久便在朱雀大街上成立书局。考虑到文化的政治敏感，某些体裁极易遭到禁杀，便把书局起名为“忠君报国书局”，皇帝即刻颁旨，派了工部的一位好手加入印书局来学习陶字活版印刷，使得这项技艺流传开来。大塬朝的京都长安成为印刷界的龙头，为日后到敌城撒传单、搞革命宣传活动打下了坚实的基础。

然而，雕版印刷的淘汰，使得太祖皇帝也有了一个合理的借口，进行了大塬朝第一次大规模的“文化大清洗”。彼时暗人秘按太祖皇帝授意，乘机纷纷收缴那些煽动造反、讥讽时事，以及诋毁原氏的文章诗作等雕版模子，连出版成书一并焚毁。因暗人大多不懂得文字作品的文学价值，秉着宁可“错烧一千，不可放过一个”的原则，使得很多珍贵的历史典籍，以及优秀的文学作品遭到毁坏，史称“活字清文”。

我看“活字清文”有愈演愈烈之势，便秘密联络非白门客，翰林十八学士，联名上奏朝廷，据理力争，以“朝基未稳，不宜扰乱人心，祸乱百姓”为名，方使此风渐消，也及时阻止了大兴文字狱的苗头。当然此事也成了我后来进诏狱的一个诱因。

不过，我的确也徇私枉法了一阵，我乘职务之便，将所有关于花西夫人的淫书艳画，连刻印模子一起给收缴起来，一并销毁，除了几本画作实在动人的，言辞实在优美的，我实在……没舍得烧，便留了下来。

后来这几本淫书艳画无意间流出宫廷，成了后世各朝地下古玩市场的珍品。

我凭借君氏活版印刷的贡献，暗求皇上让两位贵女得以母子团圆。圣上仍不准锦绣出入双辉东贵楼，虽没有取回实权，却能随时召汉中王相见；安年公主同样不得出府，但圣上格外开恩，送重阳世子回公主府，母子得以团聚。

锦绣与宋明磊两边这一回合斗下来，对彼此都有了忌惮，暂时退下战场，轻舔伤口，暗中彼此戒备，维持表面的平静。我心中也慢慢地嘘了一口气。

且说，自太祖默许了暗宫支持我金蝉花，我不停地往大理调配药材，夏日里那场瘟疫渐渐压了下去，转而北移。塬朝早有准备，没有大肆感染，只有河州、鄂州一两个村庄感染，但张之严的小庭朝却开始蔓延了起来。

转眼六月二十四，大暑来临，一候腐草为萤；二候土润溽暑；三候大雨时行。这一年暑气胜天，家家户户忙于消暑降温。前线亦传来火热的好消息，使得两位大塬朝最高贵的女人解了禁，官员们喝上了小酒，女人们又能出门唠嗑。

北晋王攻下了塑州和代州，进逼定州，麟德军也攻下了恒州，奉德军攻下了赢州，天德军在代州与诸军会合，因战事大好，吴越又疲于疫症，太祖决定奉德军一改进军路线，秘密掉头前往沧州，开始东征，攻打吴越张之严。

第三章

伊舫折莲花

七月初一，张之严出兵奇袭军事重镇鄂州（今武汉），守军徐峥刚刚退守大理与大塬的边境重镇河州，大理已秘密地往塬朝边境守军送了一百头战象。传说圣上接到这些战象的消息，一点也不惊讶，反而微笑了一下，当即十万火急令原奉定协助奉德军的名将、上柱国二品锐武将军徐峥接下这些战象反攻张之严，一日一夜间便夺回了鄂州，天下哗然。

圣上又密信原奉定，命徐峥把在鄂州幸存下来的八十五头战象火速送回大理，一头也不要留。徐峥的副将为了拍徐峥幼子的马屁，偷偷留了一头，结果三日后，这头战象不满于做孩童的玩具，把徐峥幼子踢断三根肋骨，到处暴走，踢开府门后自己跑进山野，据说竟然偷偷地直接跑回了大理。为此事，徐峥连降三级，罚薪一年，三天内，从可疑的逃兵变成元谋勋效，然后又莫名其妙地成了朝堂弹劾的对象，转而成为朝廷众臣的笑柄，民间无不作为茶余饭后的谈资。

然而，笑话过后，这件事背后的战象来路，却因为徐峥抖出来了，再加上张之严在后面炒作，刻意提到了原氏最不想提的花西夫人裙带关系，使情郎暗助丈夫什么的，大伤原军的威武神话。因徐峥隶属奉德军，于是改往驻守楚州，用于牵制张之严，徐州前线的原奉定被迫回长安述职。

又是一年七夕到。赶上奉定回朝述职，本也热闹，瑶姬和珍珠的脸上皆兴高采烈的，但因幽州战事到了关键之处，朝中诸人无心七夕。而七夕又是思情之节，宫中皆知这一日圣上必定思念孝贤纯仪皇后。果然七夕之日，圣容冷淡，仅仅简单地邀了皇室成员，草草举办了家宴，席间那双凤目也是意气沉沉，无心宴饮，更别说像民间那样丰富多彩的节庆活动了。众人更不敢多话，圣上赐下物件后，月刚上中天便散了。

我回到西枫苑，薇薇和宫中新调来的婝嫱便帮我更衣，唯小玉捧着我换下来的亲王妃元服，看着天空中的繁星，噘着嘴道：“以往过七夕，都是先生带我们夜游秦淮河，好不风光痛快，不想这个七夕却要早早睡了。”

容貌差不多恢复的薇薇也过来凑趣道：“唉，对呀，去年我还陪鸩太子及太子妃参加前朝的喜宴呢，那场面……”

可能想起去岁里，宣王正显赫一时，小姑娘竟也像大人一般叹了一口气，右手在胸前握着一支赤金蜘蛛衔灵芝簪子，望着窗棂外的璀璨星空，眼神一阵飘忽：“桑榆暮景，俱往矣。”

唔，看样子，小姑娘在五月雪之变中所受生理以及心理上的创伤全部恢复了。

娩娴忍不住一乐，总角上插的花钿跟着欢快地跳了几下，不过从镜中看到我正瞅着她，便马上收起笑容，职业而快速地把我的首饰收拾起来。

我忽然想起君氏订购的一艘大舫前日交货了，主要是作为商务招待用，联络联络业务感情，顺便可以同些紧要的人在水中央谈论一些“隐蔽话题”。齐放今天早上还专门过来，说是亲自带人试水过了，质量相当过硬。正好今夜七夕不宵禁，不如带着西枫苑的伙计们一起去逛逛，也可办些“正事儿”。

我便着人悄悄准备起来。小玉自是心花怒放，薇薇也开心地笑了，唯娩娴是新人，还没见识过我花天酒地的腐败生活，见大伙欢天喜地的，只是站在那里礼貌而懵懂地笑。

我便绾了髻子，插上东陵白玉簪，穿了件男式玉色织银鸾纹裳，外罩蔷薇纱罗衣，打扮得像个gay（同性恋者）。娩娴看着我，就这样下巴微微掉了下来。

七夕雨初霁，行人正忆家。

江天望河汉，水馆折莲花。[①]

正值新朝大赦天下，普罗大众前阵子又被禁足在家，好不容易逮着个欢娱的名目，便蜂拥出行，却见夜晚的朱雀街上，烟花四起，丝竹管弦不绝于耳，张灯结彩，人声鼎沸的。我们周遭车水马龙，人群摩肩接踵，熙熙攘攘，我们一行人化装成富户的车轿一开始在茫茫人海中几欲难行，好不容易前方火花大起，便被狂欢的人群推拥向前，最后几乎是被人推到码头，我们才松了一口气。

好在一应伙计早已恭候多时，人人手持巨烛，亮如白昼。一艘金碧辉煌的五层大舫，正灯火通明地泊在水岸边上，通身扎红彩绿，喜气洋洋的。我带着伙计们拜了神，拿了一只定制的特大长颈酒瓶往船头一砸，总算没像史瑞克一样把船给砸沉了，反正大伙一通胡乱鼓掌，哈哈大乐，算是行了首航礼了。一大帮子人屁颠屁颠地上了船，紧跟着君氏家人搬着十来个装生活用具的半腰高香樟木大箱子也上了船。

其时娩娴不过十二岁的黄毛丫头，哪里见过这阵仗，大眼睛直直地看了许久，下巴好一会儿才合上，后来此景被小玉拿捏了半辈子。

我回头悄悄问齐放：“那几个大箱子放好了吗？”

齐放笑道："都归置到三楼去了，人都安排得妥妥的，有扎手的伙计把门哪。"

很久没听齐放说暗语了，也很久没见他笑成这样子，果然卜香凝病好的消息让他心情好了很多，我便笑着拍拍他的肩："忠燕府的帖子昨儿下了吗？"

齐放又笑道："主子放心，都备齐全了，伙计报了，夫人已在路上，眼看便到。"

我放下心来，站到舟头，收了我象征风流的玉骨扇，向星光璀璨的天际一挥，大喝一声："起锚！"

水手大声吆喝起来，岸上的伙计急忙放了爆竹烟花。只听耳边噼啪作响，喜庆的烟花飞升，同贺下水，大舫咯咯巨响间，缓缓离开了岸边，驰向渭水中心。

到了水中央，大舫的顶层忽地飘来一曲琵琶古曲《渭水古调》，在繁星点点的夜空中更显曲高和寡，婉转动人，令人心平气和。

我往三楼爬去，边走边想，这小放的本事越来越大了，从哪里找来一个这样技艺高超的乐师助兴，回头要重重打赏才是。

行至三楼，早有两个面色苍白的武士非常警觉地站在门口。我向里面大声报了身份，那两个伙计便为我打开了门。我站在外间，隔着珠帘，却见里面隐约有三个人影正痴痴站在窗前，看着渭河对岸灯火辉煌、亮如白昼，连我进来也没有回头。只听瑶姬轻叹道："我小时候记得有一年庄子里放烟火，便偷偷地跑出去看，也是这么漂亮。"

瑶姬身边站着一个高大身影，那人凤目潋滟，满怀深情，却同当今圣上的面容如一个模子里出来的。他搂着瑶姬轻笑道："当时你可真看傻了，连我傻站在旁边盯着你瞧了多时，都没有发现呢。"

瑶姬的目光流光溢彩，转头柔情笑道："那是我第一次见青山呢。"

原青山的凤目也是一阵痴迷："是啊，我记得那年七夕，你才七岁光景吧，穿了一身半旧不新的石榴裙，乌油油的头发上没戴任何饰物，可是我看傻了眼。我从未想到，这世上会有这么漂亮的小姑娘。"

两人相视一笑，瑶姬便温柔地靠在原青山身上，痴痴地望着渭河两岸的灯火世界："多少年了，没有见过这样美的景色。"

我一怔，还真没有想到原青山也会过来。这二人身后躬身站着个高个女子，看上去二十来岁，面色极其苍白，也是满目惊艳地望着对岸美景。

那女子好生警觉，明明扭头痴望着岸景，我都没来得及开口，只觉眼前一花，琉璃帘子疾速地摇晃着，一派悦耳，她已经垂手站定在我的面前，将我同瑶姬、青山夫妇二人隔了开来，褐色的瞳孔冰冰冷冷地直视着我，像贞子一般直冷到我心里去。我倒很没用地吓退了一大步。

瑶姬笑着叫了声："楚楚，你在别人的地头上，怎的还如此无礼，快让王妃进来。"

是啊，你在我的地头上，还这么爱吓人！

那楚楚便收了杀气，默默地侧身让了路，给我纳了个万福。

我咳了声，抚着心口道："楚楚姑娘免礼。"

最近的胸口老不太舒服，估计就是给你们暗宫这帮子人老这么吓出来的。

我进了里间，给原青山和司马瑶姬行了大礼，并且客气地请他们以后在外面就叫我莫问就行，这样也容易掩人耳目。

原青山只是礼貌地对我点了一下头，便坐到一边闭目听琵琶乐。说实话我也不知道同他说些什么，主要是我一张口就老想说：您老同圣上长太像！

还好瑶姬倒是同我说了一些客套话。我自然不敢多留，好让他们继续二人世界的甜蜜回忆，正要告辞，那一直凝神细听的原青山忽然开口道："这位乐师技艺非凡，这首《渭水古调》本是述说一双门第不同的小儿女互相殉情未果、终成眷属的故事，弹得如此婉转动人、飞珠溅玉，已属难得，最可贵之处在于其情真意切，令人感慨万千。不想民间还有如此高超的乐师。"

我们不由得都认真地跟着听了一段。一曲终了，他又叹气道："只是到获救成亲那段，美则美矣，却不甚自然，倒还有了一丝悲涩哽咽之感，倒像是长箫那回风细雪之意。想来这位以前是玩箫的高手，中道才转到琵琶的吧。"

经他这么一说，我这才想起了一个人，同时再次对原氏中人的艺术造诣深感佩服，叹服道："大爷真是好耳力，此乃莫问的一位朋友，名唤敏卿的女子，她的琵琶原是元武年间扬州教坊一绝。以前确听她说过，少时甚爱长箫，后来只因坊间的艺伎流行琵琶，才被其师逼学的。"

这时，伙计报说河津渡口快到了，我便告辞说要去接人，瑶姬立马打断我同原青山的谈话，激动地催我快去。原青山很好脾气地笑笑，众人都没有在意敏卿的琵琶曲。

我心中暗疑，敏卿什么时候跟齐放过来的？想是走货混过来的吧，齐放怎的也不同我说一声。以前所有的姬妾中，敏卿算是地位仅次于段朝珠的"二房"，跟我时间最久，感情也相对更深一些。连段月容也说过这个敏卿因我，连带着对他这个正室非常恭敬忠心，听说敏卿也一直惦记着我，要到我身边来陪伴，齐放可是想要给我一个惊喜吗？也不知道别的姬妾是不是也来了。

这刚下到二层的甲板，隐约听到有孩童叽叽咕咕的笑声，便尾随而去，却见三个苍白脸色的高大汉子正在追一个四处乱跑的小孩儿。为首一个容长脸儿的大汉，正在紧张地对那孩子呼喝着。

那孩子戴着小号昆仑奴面具，身手甚是敏捷，在甲板和扶手处上蹿下跳，一堆人竟一时抓不住他。行到转弯处看见我，便啊啊叫着扑向我。我愣了一阵子，然后明白了那应该是小彧，便将他抱起，隔着面具亲了他一口，笑问道："小彧喜欢七夕的夜景吗？"

小彧使劲点了点头，搂紧我的细脖子，小手指着对岸的烟花美景兴奋地哇哇大叫。我便跟着他所指的方向，一停不停地走来走去带他去看，而那容长脸的大汉让另几个站在舟头看着，自己寸步不离地跟着我们。

一朵特大的烟花呼啸着升空，一时间火树银花灿烂地铺满天际，蔚为壮观，直逼星空。对岸一堆百姓欢笑惊呼，也照亮了为首那个容长脸大汉的眼。我眯着眼看了那大汉一阵，趁放下小彧的时候，一下把我的象牙玉骨扇敲在我的掌心中，咧嘴笑道："宫主大人别来无恙啊！"

那大汉唬了一大跳，向后缩了缩健壮的身子，瞪着我一分钟，方才挺胸压低声音道："你这女人是怎么认出我来的？"

我优雅地垂首行礼，谦虚道："山人自有天眼！"

那人绷着脸道："怎么可能，从来没有人能认出我的易容来。"

"看看我的眼！"我把手指着我眼睛，夸张道，"孙悟空前日里托梦把火眼金睛借我了，从此宫主无论如何精彩地易容，山人必火眼洞之。"

"喊，孙猴子是个视金钱美女如粪土的神仙，怎会给你这种唯利是图的女人？"

"哟，原来宫主也看过我精忠报国书局出版的《西游记》啦！"

他哽在那里，耳郭可疑地红了红，没好气地答道："是你上次带给小彧的连环画本，我就瞅了一眼罢了。臭小子都看魔怔了，现在天天正经功夫不练，只练猴拳，听说还是你自己瞎编的故事，你也太会瞎扯了。"

小彧听了应景地打了一套猴拳给我助兴，虎虎生威，我看得大乐。

我哈哈一笑："最近孙悟空想换一种紧箍咒，我答应帮他换，他就借我双眼啦。"

"你又胡说八道。"

我同易了容的司马遽胡侃着。可能今天他难得走出来，而且在渭水中央，景色优美，音乐怡人，难为他也不生气，就扯着一张因易容而不怎么自然的笑容同我打着哈哈。

我在檐下的椅子上跷起二郎腿，挑眉乐道："这样吧，宫主大人把暗宫那做酱瓜的秘方告诉山人，山人便告诉你，是如何认出宫主的。"

上周，瑶姬请我转送给珍珠一个小坛子，珍珠就邀我去尝鲜，打开坛子才发现只是腌制的酱瓜，当时挺感动的，心想，到底是做亲娘的，连坛不起眼的酱菜都要给女儿留着。

然而，当第一口酱瓜放到我舌尖时，我不由得淌下了热泪，这酱瓜也太好吃了！

于是我萌生出要开发暗宫酱瓜的念头。

不想那司马遽却带着奇怪的眼神看了我两眼，做了个呕的表情，笑道："你咋爱吃那玩意呢？我打小就吃，后来就最恨吃那玩意儿，现下光想想就想吐。"

"暴殄天物啊！宫主，你信不信，你们暗宫的酱瓜将会成为天下第一的佐食前菜。有了这酱瓜，便是没有百草园，你们都能成为天下巨富。你若告诉我配方，就算你以技术入股，百分之二十如何？不懂？就是二八分！你只需告诉我配方，别的什么也不用做，以后利润我八你二。嫌低？好吧，是低了点，不算计老实人了，三七吧。我名字都拟好了，就叫三和四美，六必居或是思亲，这样可以响应朝廷，宣传忠孝之意，更贴近老百姓。不行，还是念伊好，'念伊酱园'好听……今夜七夕，我们签合同理应更感性一些、更有意义一些……咱们不能做贡品进内侍府，这样利润会少很多的，不如这样……”

我越说越起劲，他听得晕头转向，跟不上节奏，最后忍无可忍，坐我身边，抓住手舞足蹈的我，左手微微抚额，头痛道：“停停停，我一句也没听懂。你句句不离钱财，可知天下民以食为天，农业才是百姓根本，看来你也就适合做个铜臭商人。”

“宫主大人重农抑商，确为当官从政的好料，只是，”今天星空实在太美，天也晴了，我便心情大好，抱着小彧走出檐下，哈哈了两下，“你可别小看商业，虽然铜臭些，但试想甲地只有稻谷，乙地只生丝麻，若甲乙两地老死不相往来，甲地何处穿衣暖身，乙地如何得以饱肚活命？此处若以商人交通，使两地皆大欢喜，也算是功德一件吧。还有，若是能把正当赚来的钱财再去做投资，便可创造就业机会，进而造福人民。一个国家的经济实力其实正是其命脉所在，如若经营得好，便能强国富民，是以吴越王张之严不过据江南弹丸之地，军事力量其实并不比咱们家强多少，却能保住近十年之久。当然他也是能人英才一个，远交近攻，赏罚分明，礼贤下士，很重要的一点，他在战国中与四方各国保持商业交通，谁也不得罪，谁也离不了他，无有硬取之道，他的疆域稳定，人民自然富庶安定。”

可惜，他对我的见解嗤之以鼻：“胡说，天下之道，武道争胜，未曾听闻有商人利国的。”

“遽兄，”我很认真地说道，“天下之道，武道自然不可废，亦不能废。但想想，武道并非根本，文道亦非唯一，归根结底，无非人心二字。老百姓所求其实非常简单，无须像我等这般铜臭商人的奢侈生活，也无需皇室的权倾天下，他们所求的无非是安定生活，只求天下大一统之日，彼时便不用受战乱之苦，回归家园，男耕女织，绵延子息。能使百姓安居乐业者，百姓自会认他做皇帝，吾以为这才是吾家取轩辕而代之，并且最终能打败窦家、张家的根本所在。南国大理段氏能打败南诏段氏亦是一样的道理。若有一日，吾家后辈违背了这一点，亦会成为第二个轩辕氏，然后被另一个时代的弄潮儿所打败。”

我看他凝神细听，倒没有不耐或轻视之意，便自觉不好意思：“今夜星空甚美，吾乃女人兼商人之辈也，妄议朝政了，就此打住，咱们还是赏灯看烟火吧。七夕一过，明日起又要宵禁，便见不得如此美景啦。”

他也点点头，耳朵又红了红，竟似有一丝不好意思，口气轻松地笑道：“晋王同你谈起商道，必然找不着北吧。可会把西枫苑也送给你拿去当了换钱？”

我呵呵笑道：“还好，他比你强些，还找得着北。不过嘛，西枫苑的七星鹤和金龙太凶了，最主要的是下面的暗宫和紫陵宫，那是连三千城管或者黑社会也不可能做到的强拆啊，大大影响了地皮的升值空间。所以他就算送给小人，小人暂时也没有兴趣。”

他摇了摇头，表示没有听懂，同我一起又听完了琵琶曲的尾声，只觉余音袅袅，在夜空中回荡。他仰头一叹：“此君好技艺，竟不在我之下。”

我看了他一眼，心想，此人还真自恋。殊不知这天下间，乐艺超群者甚众，头一个便推大理紫月武帝。

想到段月容，不由得也对着星空一阵惘然——也不知此时此刻他同夕颜在何处过节。

他临了又加了一句："可惜是琵琶，此君若换奏长箫，恐怕便要黄莺出谷，绕梁三日了，我亦不能及也。"

我长长地哦了一声，暗叹若是在现代，原家人不开音乐学院就太浪费了，不禁发自内心地第一次用崇拜的目光看着他。

司马遽却忽然扭头，对我挑眉道："你可还留着我上回送你的面具？"

"宫主请放心，"我双手做了一个虔诚的革命姿势，"小人一直将夫人送的面具放在神龛里当菩萨一样供着。"

"你真可谓聪明一世，糊涂一时。你且戴上面具到暗宫来，暗宫的一切都是你的，你扯这么多做什么？"

不知为何，那琵琶曲的尾音忽然变调了，然后戛然中止，想是弦断了。

而我们调笑的气氛一下子被打断了，他极认真地看着我，我竟尴尬在那里。

幸好此时猫在桅杆最高处探风的小伙计大声道："河津渡口到了。"

伙计们一个一个大声地传递报着，我便站起来，假装什么也没听见，把小彧放到他的怀中，坚定道："还请宫主先到三楼静休一下，我得下去接贵客了。"也不看他的表情，这就沿着楼梯下到船舱甲板。

大舫顺利地停靠在人潮涌动的河津码头，伙计已经清了码头，可还是有一堆娃娃并乞丐在伙计的人腿中挤了进来，对着大舫叫闹着要赏钱。我大叫一声："打——"赏字未出口，早有伙计拎了棍棒出来。

我吓了一跳，胸口又痛了痛，赶紧抚着胸口把"赏"字给念出来，伙计们便笑着扔了棍棒，撒了一堆铜钱，适时地赶散了众人，让君氏卫队站满码头守护。

不到一刻，便有大将军府的护卫飞奔来报，将军夫人等马上便到，我便下船安心等待。小玉捧着锦缎披风，气喘吁吁地从船上跑下来，踮起脚为我披上。

不久，每隔三分钟便飞驰而来一队燕子军骑兵，个个臂戴飞燕铜徽标记，来到近前，向我行礼，再分列两边牵马迎面而站，共有十队护卫。

最后，却见十来个护卫拥着几乘小轿来到前头。头一个护卫便是个人高马大的黑肤大男孩，穿了一身崭新的金线信期绣绛红罗袍，一见我利落地跳下高头骏马，对我单腿跪下行了大礼，恭敬道："四姑妈好。"

我便嘿嘿乐着让他起来。啧，小伙子又长高了，才九岁光景，已到我脖颈了，让我这做长辈的情何以堪啊？！

我便使劲抱着虎子亲了一下，虎子便哇哇叫着跳起来，逃离了我。我得意地仰天狞笑一阵，虎子的小黑手擦去我留在他脸上的口水，红着脸笑着去给他娘掀起轿帘，珍珠慢慢牵着个戴兔帽子的小女娃子走出轿。

今儿个她穿了件家常月白色薄缎对襟短襦衣，束了内侍府新进的高腰紫绡水纹襦裙，更显身材修长俏丽。肩臂上的一对鱼纹银跳脱地勾了绛色长帛，逶迤及地，随轻风微摆，墨发梳了整齐的堆云髻，髻上坠了些许合浦珍珠，左边压着半弯温润的镂雕莲花纹白玉梳，右髻斜挑一支掐丝菊花银簪，丁香耳上着一副银托东珠耳坠。

她微蹲身，小臂轻托起小兔，皓腕上戴着的两只金镶白玉莲花镯便轻碰作响，一片悦耳。她缓缓向我走来，在璀璨的星空下窈窕站定，美目波光流转，映着岸边灿烂的烟火，对我露出温柔一笑，顿觉百媚生辉。

我不由得暗赞，好一个温润如玉、娴静貌美的贵妇人，大熊这厮也忒有福气了。

我刚同珍珠见了礼，一堆孩子从轿中拥出，乌泱泱地围了上来，一个个争着要我抱。原来这回珍珠把最小的小兽留在家中照顾，其余孩子全带出来了。

我便从她手上抱了最轻的小兔，笑哈哈地领着他们上了船，引着他们往第三层而去。

我在大部队中没有发现红翠干娘。孩子们争着对我说，红翠奶奶昨天多吃了几碗酸梅汤，今天闹肚子了，不得出门。我们惋惜了一阵，便到了第三层的门口。引了珍珠一家子进得门去，瑶姬早就激动地站在门口了，楚楚恭敬地对珍珠行了大礼。

我便关上门，自己悄悄退了出来，不再打扰他们一家团聚。当时感到有种功德圆满的成就感，虽说原本是慑于暗宫的淫威才想办法让瑶姬同珍珠见面，可如今看到这一家子来个大团聚，又觉得做了一件好事。而在原家做上一件半件好事，实在是一件非常稀罕的事啊！

我打了一个哈欠，让薇薇带着卼嫿四处走走，支开周围的人，对小玉说："带路吧。"

小玉脸一红，讷讷道："先生好眼力。"

"我是你先生，自然知道你肚子里的小肠有几个弯。"我指了指最上面的雅间，笑问道，"南边来人啦？"

小玉嘻嘻点了点头，眼中隐着一丝激动。

"敏卿来啦？"

小玉但笑不语。嘿，这小丫头，现在主意越来越大了。这时顶层箫声又起，果然比方才的琵琶更婉约凄美。

我们到得顶层的雅间，窗影映着一个高大的身影正在顶楼吹笛。

我打开门，却见一个八九岁的小女孩梳着两只总角，趴在窗边的香妃榻上，晃着两只小脚，双手托着下巴，正对着窗外的美景探头探脑地看着。

她的两只总角上覆满了精制的银草虫珠网，左边又插了一支惟妙惟肖的玉羽蝉金横簪，簪头的蝉嘴里叼着一块南海红珊瑚，两只小手各戴了三圈嵌犀角雕福寿纹绞丝小银镯，每只镯上各坠了三枚细巧小银锁，动辄叮当作响。

她忽地转过头来，粉妆玉琢的小脸上满面惊喜，单眼皮的大圆眼睛立刻盈满泪水，一下子跳下椅子向我扑来，抱着我的大腿，呜呜大哭，“爹爹。”

我喜极而泣，紧紧抱着小女孩，亲了半天：“夕颜。”

正感动时，却听身后有金振玉聩的声音淡淡道：“夕颜，你将你娘的衣裳弄脏了。”

我惊回头，却见葡萄结子琴几上放着一把断弦的琵琶，琴几边上正站着一个高大之人，容颜俊美，紫瞳潋滟，勾魂摄魄，如妖月动人，手持一管楠竹长箫向我走来——正是大理圣武帝段月容。

我万万没有想到他会亲自前来。难怪原青山同司马遽都对那琴师的技艺赞叹不绝。我真傻，放眼天下，除了段月容以外，又有何人能有此高超的琴艺呢?

我望着他的玉容，竟一时傻在那里，不知所措。

倒还是他挑眉说了一句：“来啦!”

我愣愣地点点头，不由自主地脱口而出一样的话语：“你……来啦。”

忽然想到他已然登基称帝了，便低头改口道：“陛下怎么来了，若被人发现，好生危险。”

他的紫瞳飘忽地看了我一会儿，好像昨天一起被迫加班到九点才分别的同事，早晨上班又见面时那种慵懒而熟悉的眼神。

他淡定地对我说道：“女儿想你了。”

他成功地堵住了我的嘴。我抱着夕颜偷眼觑他。只见他梳了个寻常髻子，戴了紫金珍珠冠，身穿绛色金线玉兰花玄纱，露出紧身大红结罗衣箭袖，好一派富贵风流。而这一年来经过政治和战争的磨炼，整个人越发有一种威武睥睨的帝王之气，令我无法直视。我便垂下眼，随便找了一句：“陛下的头发长得真快。”

话一出口就悔了。我怎么给忘了，段月容就是听到我同非白大婚的消息，一气之下才把头发给剃光的。好在这一年多，他修炼得相当不错，面不改色地凝视了我一会儿，简短而淡淡地说道：“假发。”

反倒是我脸一下子红了，心中涨满酸楚和内疚，想同他好好谈谈，却不知从何说起，最后只好涩涩地说了一句：“对不起。”

“我不想听这个。”他淡淡一笑，“你永远也不要对我说这三个字，因为你当不起这三个字。”

理亏啊！情亏啊！胆亏啊！

最后我选择哑口无言。我低头抱着夕颜坐在椅子上。还是女儿好，挥着小拳头不准段月容骂我：“娘娘不要惹爹爹不高兴，不然爹爹不肯跟你回去了。”

此话一出，我的头更低、脸更红，根本无法回答女儿。

这回倒是段月容替我解了围，过来把夕颜抱起来：“小猴精，你看你快把你娘给折腾塌了，也让爹看看你娘。”说着，他便抱着夕颜挨着我坐在香妃榻上。

沉香的气息袭来，我一阵恍惚。

其实他并没有看我，只是同我一起并排坐着，抬头仰望星空，默然无语。我绞着袖子，根本不知说些什么才好。一时两厢无言，只有可怕的沉默。

夕颜见我俩都不说话，便嘻嘻笑着，慢慢蹭过来坐在我膝上，熊抱着我。我便圈抱着女儿，同她说些童言童语。

夕颜几乎以光速噼里啪啦地说着自己的身边事：

什么华山多了一个翠花妈妈啦，现在能下床啦；

前阵子很多宫人，还有同学都得了疫症，连她和小翼也发过两天烧，起了一身泡泡，可是华山却没有事，她很害怕，华山特地到她身边来照顾她，她很感动，后来郑峭给她喝了一种很苦很苦的药，给治好啦；

小翼的力气越来越大，自己也越来越打不过他啦；

小翼的脾气也越来越大了，只要看到她和华山在一起就很生气，她非常愁苦之类的啦……

她拉着我的手心全是汗水，却不舍得放开。

我不停地附和着点头，有时又禁不住给她逗乐了，可是眼泪却禁不住哗哗流着，倒把夕颜的肩头打湿了。段月容默默地递一方绣花红绫绢，我接下了就粗鲁地擤了一下鼻子，擦净鼻涕后才发现绫绢上精工细绣着大朵大朵的缠枝木槿花，而且是他的手艺，霎时觉得不好意思。

“真笨，”段月容板着脸道，“你把自个儿给弄脏了。”

夕颜扑哧笑了，我也忍不住跟着傻笑起来，随手把绫绢收到怀里去，继续低头抱着夕颜，下巴摩挲着夕颜柔软的顶发。

小丫头现在可真重，温温的小屁股压着我的大腿有点疼了。

新月弯过中天，夕颜也终于累了，打了一个哈欠。

我柔声说：“夕颜靠着娘娘睡一会儿，娘娘不走。”

夕颜却使劲睁大眼睛，不放心地抱着我，又说了一会儿话，硬挺了十几分钟，单眼皮渐渐挂了下来。

段月容轻手轻脚地取来自己的雀金披风，轻轻披在夕颜身上，然后示意我把夕颜给他。他抱起夕颜，微抬肩膀晃过琉璃帘子，轻手轻脚地慢慢往里走去，我也跟着进去。

他把夕颜放到芙蓉簟上，看那黄水晶枕太大也太硬，便皱着眉拿开，将那雀金披风微抖开，眼前立时一片碧彩闪烁。他把孔雀毛面翻过来，把锦缎面露出，再滚折起来给夕颜做了个软枕头，然后从旁取了一件小锦被给夕颜盖上。我看他手势灵巧熟练，神情专注，显是习以为常，不由得心中感动，愈加惭愧。

我们又到了外间，面对面坐在圆桌边，又是一片沉默。

我们静静听着周遭一片波涛拍岸之声，耳边不时飘来丝竹管弦的宴饮声，柔肠百转间，只觉一片惘然。

他的眼光渐渐毒辣，我便慢慢别开了眼，假意看着周边美景。

他却在旁边出声道：“原家果然小气，你怎么半点肉不长。”

我转头笑道：“陛下倒胖了。”

他冷冷一笑：“你现在可真懂礼数，想是原家上上下下的敬称都背出来了吧。”

我知他在讽刺我对他的敬称，踌躇片刻，坦诚笑道：“现在……陛下称雄南国，天威难挡，当真颇有帝王威严，我……确实不敢造次。”

他冷哼一声，算是接受了我的恭维。

我便开口问了问疫症的控制情况。段月容的回答同齐放回报的一样，基本控制住了，还好医治及时，但全国人口仍然损失了五分之一。

我感叹道：“好在天气开始转凉，再过一个月想是可以停止了。”

我想起他鄂州的赠象，便向他表示感谢，他淡淡说道：“别假客气了，原青江同意你给我送金蝉花，我还他一百头战象打退张之严，也算扯平了。”

我又给塞回去了，只好哑口无言。

我抬头，却见玉宇澄清，星空光辉万丈，不由得开口道：“我知道，对于你和夕颜，还有大理的朋友和学生们，我是一个多么可恶的人，尤其是你，对不起，”

他立时冷若冰霜地看向我。

我知道他不要听那三个字，可还是艰涩地说道：“我也知道‘对不起’三个字我赔你不起，可我欠你一个告别。”

“什么告别？”他腾地站了起来，紫瞳蓄满杀意，冷森森地说道，“你想告别就告别，你不想想，那夕颜呢？你就告别得了？非要逼她小小年纪就没有娘吗？没那么容易。谁敢抢我的女人，也得看看命有多硬！”

“他的命确实不会很长，”我凄然道，“这就是我没有回来的最大原因。

“月容，你知道吗，我原来一直很恨你，恨你带我来到这个世界，可是现在同我原来想的完全不一样。我不同你告别就是不想伤害你，可是我知道这有多不负责任，”我鼓起勇气看向他，说出了我一直放在心里的话，“我、我总是想让所有人满意，可后来我发现，我错了，那是不可能的，结果就是我伤害了所有的人。于是我就想，这一回、这一回就让我为自己活一回吧。因为他活不了多久，最多十年？八年？至少让我陪他走完这最后一段人生时光。所以、所以……”

他使劲把我推开，可能用力大了些，我猛地跌滑在地。他也不扶我，只是高高在上地满怀怨恨地看着我。我只觉心如刀绞，平生第一次对他跪伏下来，以头触地，任由泪如泉涌，滴滴落在木地板之上。我惨然道：“月容，只求你守着卓朗朵姆和佳西娜，还有那一群如花似玉的妃嫔，忘了我花木槿这个不祥之人……今生今世我对你不起，我来世、来世愿当牛做马地在来世路上伺候你。”

“你给我闭嘴，”他一下子蹲在地上，捏起我的下颌，迫我看他，恶狠狠道，“你这个愚蠢至极的傻瓜，你以为我们还有来世吗？”

我一怔，什么意思？他却又气又伤心地把我推开。

这一下用力狠了，直把我推倒在香妃榻的老虎脚上，一下子磕出血来，流进我的眼中。我头痛欲裂，使劲睁开血眼，只依稀看到他高高在上，激动地说些什么，最后他似乎也发现出手狠了，赶紧面色苍白地蹲下来，拿袖子摁住我的伤口。

一分钟后，我听到他气急败坏地说道：“你个蠢女人，以前老跟我对着干，没事就打我，现在怎么躲都不会躲了？看看你在原家，半点没待精，反倒变得越发痴傻了！早晚死在原家人手上。”

他想去叫小玉拿些药，我却使劲抓住他，看着他的眼哀伤道：“月容，我知道我对不起你，可是我还能怎么样呢？看着他死在我面前，你以为我还活得下去？”

他如遭电击，嘴唇颤抖了起来，紫瞳中无限悲辛，泪珠儿竟大颗大颗地流了下来：“那么我呢，眼睁睁地看着你离去，眼睁睁地看着你死在他手上，死在我面前，你以为我就能活下去吗？”

我始料不及，给吓住了，反过来举起袖子，颤抖着去拭他面上炙热的泪水，语无伦次道：“我、我、我不会，他、他不会的……月容。”

毫无预兆地，他猛扯我入怀，在我耳边无限哀伤地呢喃道：“你心中有我！你明明心中有我啊。”

他吻过我的耳郭，吻过我的脸颊，最后狠狠吻住了我，唇齿碾磨，反复吮吸。

我使劲推拒，却挣扎不得，只觉气息越来越少。我忽然想到，若死在他手，岂非也算报答他了？便渐渐松了手，任由他紧紧勒着我，只觉滑入口中的泪水又咸又苦，分不清是他的还是我的。就在我以为他要闷死我时，他却猛地咬破我的唇，拉开彼此。他的唇上带着我的血，他的眼中闪着兽的目光。

“你明明知道原家是什么样的人家，”他抓着我衣服的前襟，撕裂了肩袖，在我耳边吼道，“你以为真的陪他一程，你会好好地全身而退吗？原家人会让你全身而退吗？你要么被他们生吞活剥，在那里死无葬身之地，要么就变成像原家人一样的恶魔，就像你的好妹妹，死后直坠阿鼻地狱，永世不得超生。你永远就是个傻帽，就跟前世、前前世、前前前世一样，你一辈子就只会被人耍着玩，一辈子爱上不该爱的人。”

他的话好像是可怕的预言，又像利刃，刺向我的心间，疼痛得无法呼吸，令我万般害怕起来，浑身的汗毛倒竖，打着冷战：“你别这样，月容，我、我……”

这时琉璃珠帘一阵轻响，我们同时回头，却见夕颜赤着双脚，站在琉璃帘前，揉着眼睛向我们走来。她看了看我们掐架的模样，睡眼蒙眬地道：“娘娘不要欺负爹爹，不然爹爹不跟我们回去了。”

她明明唤着我，却本能地向段月容靠去。段月容被迫收了戾气，放开我，提前结束了他的暴力苦情戏，一下子抱了夕颜站起来，向里间走去，一边轻哄道：“夕颜乖，快睡吧，爹爹没欺负娘娘。是娘娘说了，要等爹爹把那个原叔叔扒了皮，就回来给爹爹和夕颜做奴隶。”

我心下大骇，一下子站起来，跟着他进了琉璃帘子，不由得抬高音量道：“你莫胡说……”

段月容却回头，怒瞪了我一眼，示意我轻声，不要打扰他哄夕颜入睡。

我只得收了声。他把夕颜轻轻放回床上。我看夕颜的小脚还露着，便赶紧抹了眼泪和唇边的鲜血，替夕颜穿上小袜子，帮她整好大红绫肚兜，把她莲藕般的小手臂放进锦被，再轻轻掖实了锦被。

我坐在床头轻抚夕颜的黄发，段月容则坐在床尾轻拍夕颜小腿，哄她入睡。我们两人默默相视，一时无言以对。

夕颜那件大红绫肚兜上乃是鲤鱼戏莲叶图案，鲤鱼鳞片针脚密布工整，鱼眼珠如人目夸张，莲叶碧绿婀娜，但觉整幅绣品清新雅丽，生动活泼，乃是绣品中少见的佳品。那鱼眼处有一弯紫色的新月记号，果然是段月容所绣，不由得心中大恸。当初我虽抱起了夕颜，救了这个孩子，却不承想，最后是段月容替我把她照顾得如此无微不至，甚至超过了亲生儿子，方才的怒气不由得消失殆尽，而红烛下的紫瞳亦悠悠地看向我，渐复平静。

我对他板着脸道：“你要对我怎么样都行，别教坏夕颜。”

他邪佞地对我一笑，重重冷哼一声，对我无力的宣言表示蔑视，他眯着眼，一字一顿狠戾道：“总有一天，不是我便是夕颜，扒下原非白的皮点天灯，你这蠢妇又能怎么样。”

“你……”我万般气苦，却说不出半个字来，不停地低头抹着泪，看着夕颜痴痴道，“也罢，你既这样，那顺便把我也扒了吧，冤孽偿清好散场。”

段月容噎在那里，额头青筋暴跳，紫瞳戾气丛生。

这时大舫停了下来，想是渭河中央到了，正是隔岸观烟花、晴空赏星月的最佳所在。

决心一定，我反倒轻松起来。我站起来，恰巧夜空中牛郎星织女星忽地下起了耀目的流星雨，映着波光粼粼，蔚为壮丽夺目。两岸的烟花亦不甘示弱，拼命升空，只觉光芒万丈，亮如白昼，水天炫彩，如置身火焰琉璃世界一般。两岸百姓激动地欢呼高叫，远远地传到舫间，楼下司马家和于家的孩子们更是跑出房间，到甲板四处跳叫不已。

我便指着夜空，对段月容略带疲惫地笑道：“月容快看，牛郎织女前来相会了。”

我扶着窗棂，心中感伤，脖子处却传来温暖的气息，身后的段月容悄悄围上我。

“你给我听好了，在无忧城里，你答应过我，如果你、我和那该杀的原非白三个活着出城，便跟我走，现下这个诺言依旧有效。若你心中还有夕颜和我，便等他死翘翘时，必活着回来见我们，然后一生一世做我大理皇的奴隶。”

我握住他圈住我的双手，想转过来看他，可他的双手如铁臂勒得我的胸腹疼痛，不让我动弹。

“月容，你这是何苦？”我颤声回答道，泪如泉涌。

可他却全不理，只一字一顿道：“你既认定了这条路，我便要你好好活着。我和夕颜要亲眼看着你栽在他手上，肠断心碎、万劫不复的那一天，然后再当着你的面大声嘲笑你，这是你欠我们的，你必须活着，好好活着来给我和夕颜羞辱，得活着……”

说到后来，虽然咬牙切齿，却语声打战、哽咽不已。他的热泪直淌到我的脖颈，可我何尝不是泪流满面，亦头也不回地说道：“好。我答应你，只要大理大塬和平共处，我的诺言仍在，我与原非白生虽同寝……死不同穴，就是爬……也要爬回夕颜的身边来给你们嘲笑，此后一生但凭皇上吩咐，我花木槿说到做到。”

这段宣言非常古怪。太多的战乱、离别和痛苦，让我和段月容都累了，他明白，我也明白。

然而此时此刻，段月容和我都沉默地看着渡口绚烂无比的烟火，俱心照不宣地疑惑着：我，花木槿，能从山雨欲来的原家争斗中，全身而退的概率有多少？

即便原非白胜利了，我又能陪可怜的非白多久？在原家这个大染缸里，我又能洁身自好多久？这些问题我以前想过，却从不敢深想，因为我害怕一旦深想，我就会胆怯地退缩，会自私地选择逃跑，逃回段月容为我创造的温暖天地里。

可是，如今的我已然无法回头了！

段月容平静下来，尖下巴点在我脑门上，气息均匀，双手轻轻环抱着我的腰间。而我靠在他胸前，看着星空，一片惘然凄楚。

段月容同夕颜走时，已是子时，百姓游兴仍不减，恨不能把前几日禁足的欢乐全部要回来似的。坊间市里的灯火依然通明如昼，不知何时又轻轻靠来一艘轻便快捷的中型舫，也是通体镶金嵌玉，美轮美奂，极尽奢华富丽，光彩炫目，上面还高高挂着三个大红灯笼：明月阁。

我让人堵着暗宫中人，不让他们到后舷来。齐放在船舷候着，亲自架起舷板，又跳到那艘舫去查验一番，方让段月容抱着夕颜从密梯下来，转到船舱甲板，登上那艘小舫。

临走时，我才看见一个红肤男孩拉着小玉的手出来，舍不得放，来来去去说些关怀备至的贴心话。小玉泫然欲泣，另一个高个子男孩双手抱拳，不停地冷笑，正是豆子同沿歌。

二人过来同我见了礼，挥泪而别。段月容走时，已经恢复了他的帝王傲气，对我高高在上地冷笑道：“明年七夕，卿当再用心准备，朕兴许还会游幸渭河。”

我平生第一次，以君臣之礼送别了他们。段月容也不理我，只是木着一张俊脸，领着众臣，扭头绝然而去。等我爬将起来，那明月阁的舫船已经隐在夜晚的碧波水雾之中了。

我无限疲惫地跌坐在甲板上，胸口奇痛，分不清是旧伤还是新伤，只是闭着眼，迎风流泪，暗想：这个七夕过得可真够糟糕的，可谓有史以来最糟糕的一次。今天晚上又要失眠了，可能这辈子也别想睡好觉了。

还有，如果非白死了，我能活得下去吗？真的活下去，又有什么脸回到夕颜和段月容身边？段月容说得对，就算能回，原家又岂会同意？

也许他不过是想要彼此有个盼头，可到头来不过空幻一场。

我就这样在七夕夜半的冷风里悲观地想着，泪流满面。

“你怎么一个人坐这里？”有人在后面奇怪地说着，“方才我们还一阵找你呢。”

我听出是司马遽的声音，便胡乱擦干泪水，爬将起来，面对他们。他正抱着小彧，狐疑地盯着我红肿的眼睛。

我绽出一丝笑容，对小彧拍拍手：“小彧来，给姨抱抱。”

小彧立刻叛国，嗲嗲地倒向我的肩膀。司马遽便充满嫉妒地唠叨个没完，不再继续方才的话题。

忽地却听尖锐的哨声响起——这是报警的声音。

却见小玉跑来：“先生，有几艘大船靠近我们。”

我镇静道：“莫慌，现在我们在何处？”

齐放的声音远远传来：“主子莫惊，此处正处闹市，这应该不是水匪的船。”他说到最后一个字时，人已来到近前，严肃道，“即便是水匪，也无须担心，我们后面有两艘船的人马跟着。”

我一点也不担心水匪，倒是怕有心人来搅局。

这时又有伙计报说：“看清了，来者共有六艘船，中间两艘大船，四周有四艘小船护航，上面坐满练家子。那两艘大舫，一艘挂清字旗号，船身镶刻青龙二字，小一些的那艘挂奉字旗号，刻名玄武二字，无论大船小船都似有梅花枫叶记号。”

我听到后面吓得一下子蹦起来。坏了，怎么会是原非清和原奉定？现下暗宫司马一家和珍珠及家人都在，且不说暗宫秘事，船上刚装了段月容给我送来的米酒，这下岂不是人赃并获，告我个违背家法，再秘密处决我？怎么办？怎么办？

我只觉胸腹处又隐隐作痛，想起方才同段月容的约定，心下一骇，他的恶咒不会这么快应了吧。

不怕！我悄悄引原奉定进三层，让他同亲生父母和亲妹妹见面，看他还有什么话说。指不定是老天爷想他们一家团聚呢？

然后再引原非清到顶层。反正敏卿也正好来了，让她以高超琴艺和绝世风情引开这个自诩风流的大傻蛋。

我打定主意，领着司马遽和小彧飞奔到三楼。我唤来两个武功高强的暗人说道：“你们且护在这里，无论发生什么事，除非齐总管前来，否则不要让任何人进去。”

不想，原青山打开门，看着我剑眉微微一皱：“出了什么事？”

我笑着摇摇头：“无妨，只是寻常巡夜的。”

瑶姬看我有些紧张的样子，原青山便淡笑地安慰她道：“阿瑶莫怕，有我在，万事无忧。”

瑶姬这才放下心来。我心中却一动，看向原青山了然的凤目，恍然一悟：原奉定和原非清两人平素八竿子打不到一起，今日在一起巡夜想必心中有疙瘩，可以趁此挑拨。而且我手里还有一张大王牌，最后可以请原青山假装圣上，再把他们全部撵走。

我定下心来，跑下甲板，整理衣物，扑了一些粉，遮遮伤处，重整旗鼓，以最光鲜的模样站在灯火下。

夜雾迷蒙中，几艘大船悄然显了影子。一个英武俊美的高大青年正站在对面最大的船头上，正是永康王原奉定。他身穿天蓝金寿纱外套，金蟒结罗箭衣，锦帽云靴，酷着一张俊脸，领着数十个黑衣劲装侍卫迎着水汽逆风而立。

两船刚搭上船板，我装出热情的样子，行了大礼：“君莫问见过宁康郡王。今日郡王驾到，真是蓬荜生辉啊。”

按理说，当我以皇商身份出现时，他无须向我还礼，可他还是对我垂首见了礼，淡淡笑道：“王妃好雅兴，男装倒也恁地好看，果然是‘莫问东海君，蓬莱借银人’。君大老板这艘大舫如此奢华，何来蓬荜之意啊。王妃太客气了。”

今天太阳从西边出来了，原奉定对我说话这么客气，还夸我好看了！只不过我更加疑心了，便嘻嘻笑道：“金银乃身外之物，今日得见郡王与东贤王，同过七夕，才是莫问三生有幸，这是海水的银子也买不来的荣耀啊。只是既见了东贤王的青龙舫，何不见王驾呀？”

他微笑道：“本王本在渭河游玩，不想正遇东贤王，有侍从报闻王驾身体不适，需解酒药，正巧本王也用完了，适见有一艘豪华大舫在此，特来讨些。不想原来是君老板的大舫，有幸得见王妃。”

你一当一品郡王的，统领三十万奉德军，威震沙场的，连解酒药都要来问我借，说出来像话吗？丫白混了。

心里这样想着，却倒挂了我的泰迪眉。我的玉骨扇一拍掌心，似关心似痛心又似担心地呀了一声：“这可如何是好，东贤王如今怎么样了？待莫问过去看看他吧。”

奉定赶紧一拦，笑道：“不必劳动芳驾了，我过来取便是了。”

还不等我回话，他早已像大鹏鸟般飞到我的船头。齐放和身后的武士全都向前站定。

嗨，您老果然是姓原的，还真不客气。

我淡笑如初：“郡王的轻功好生高明，小人佩服之至。既如此，小放啊，带郡王前往三楼吧，让小玉把药匣子准备好。”

齐放那万年的冰山帅哥露出一丝笑容来，向里让开了一条路，一摊大掌，恭敬道：“小人在前面带路，郡王请。”

我正要跟过去，这时，大船里又钻出一个人来。那人一张大脸扑满茉莉粉，像一张痛苦的面饼在暗夜里晃荡，一个瘦弱的少年使劲扶着他在船头吐了半天。我眯着眼睛看了一会儿，不由得愣在那里。

那人见认出他了，便对我摇摇晃晃地行了大礼，掐着嗓子对我虚弱地笑道：“见过晋王妃。”

那人看了看我男装的样子，又改口道：“奴婢糊涂了，是君大老板才对。”

这不是史庆陪吗？咦？！他怎么来了，明明太监无旨是不能随便出宫的。

我猛然醒悟，吓得腿一软，跪倒在地，大声道：“臣、臣皇商君、君莫……问……接……接驾来迟，罪该万、万死，万、万岁，万、万岁，万万岁。”

话说我已经很久没有这么结巴了，这回结巴得把一句简单的接驾说了三四遍才说清，在场诸人皆吓得乌泱泱地跪了一地。

果然，一阵清朗的笑声传来：“庆陪，朕说了吧，让你别出来。看看，你一出来，君大老板肯定会认出朕来的。”

史庆陪歪歪扭扭地跪下来，痛苦道：“奴婢罪该万死。”

已走到我身后的原奉定，面色变了变，又像大鹏似的跃回青龙舫。

灯火亮如白昼，大理朝的皇帝前脚刚走，大塬朝的皇帝就这样巡幸到我的大舫里来了。

我的三层正有他见不得光的孪生哥哥一家正私相会晤，犯了原氏和司马氏的千年族规，可以让我被秘密处决……

我的大嫂一家子也在。虽说节日期间臣僚宴游是可以，但圣上刚刚严禁皇族无事不得同大臣过从甚密！这事可以让我被五马分尸……

我同大理皇帝刚刚见过面，可以判我个里通外国、谋逆通敌之罪，够我行刑凌迟几遍……

这些罪名让我的脑袋被砍一千次都不够。

果然，这世上本没有最糟糕，只有更……糟糕而已！

方才某人可劲咒我死在原家手上，现时现刻报应就到啦？

段月容啊，你个乌鸦嘴啊。

镇定、镇定，我对自己反复说道，一定要镇定。我必须挺过这个糟糕透顶的七夕。我的脑袋是一回事，还有暗宫诸人、于飞燕的家眷、我的学生，还有伙计等一干人的脑袋全在我手上，甚至还要连累非白。

一双九龙金绣羊皮官靴站在我面前，我竭力稳住声音，做欣喜状：“微臣何幸……七夕得见圣、圣驾。”

“木槿前一阵子才闭关休养出来，身子想是没有全好呢，还是快快起来吧。”皇帝在上方对我亲切地说道。

我冒着冷汗爬将起来，心虚地想：圣上是在讽刺我吗？

我抬起头，却见皇帝穿了一身家常金丝线绣龙纹月白锦袍，梳了个髻子，同非白一样用一根白玉簪簪了。周围家臣也通身寻常富户的打扮，倒还真像一位普通的携家人在七夕夜游渭河的世家老爷。

皇帝对我愉悦地笑道：“方才在水中央便听到你这大舫传来的天籁之音，便一心神往，想看看那位技艺非凡的佳人，奈何……”他无奈地摇摇头，叹声道，“朕今日之所以借非清这艘青龙舫本就是图个快。非清还夸海口说是向江南造船世家宗氏特别定制的，体轻身灵，可游可战，不想内侍府花了这百万雪花银的，却如何也追不上你这大舫。”

我正要找敏卿来搪塞，皇帝却又不停地四处张望，奇道：“卿这艘船是何处奇人所铸？体积庞大，却如此轻巧，嗯，你的帆好像比一般的大船大多了。”

到底是当皇帝的，估计听琴音是假，尾随我的战舰是真。

我当下垂首奉承道：“圣上果然火眼洞明。此舫亦为江南宗氏所制，不过臣只定了船骨等主要的配件，混入棉织物，散拼装船，历时半年方秘运到长安，然后又花了一个月，着下人按图纸装拼龙骨，并稍作修改。”

皇帝不满足于我的介绍，便提出要跟我四处走走看看。我正想拖延时间，好让暗宫的人先躲到暗舱去，便暗中使了个眼色给小玉，小玉便悄悄退出，向三楼走去。

我先引皇帝到舫头，让桅顶的伙计照亮火把，大声道：“圣上请看，这艘舫虽大，但舫头比一般舫要尖锐一些，是为了减少水及风的阻力。寻常船只以人划桨，故费人工，战时，只需炮火攻击，船夫再多，亦会损伤。臣与众能工巧匠寻思半日，便往桨叶和船舵处下了功夫。这艘大舫有两只桨叶，皆呈螺旋状，以精钢铸成，且比一般船只的要大很多，隐在船尾暗处，不易被敌人的水鬼[②]发现。这船帆果然没能逃过圣上的法眼啊！”我充满感情地恭维道，“这艘船的船帆正是大一些，故而制作时，亦比一般的船帆浸油时间更长，是以更牢固些。”

“你这不像是造宴游嬉乐的大舫，倒像是造战舰哪。”皇帝抚须喃喃道，看着我目光如炬。

我自然告了声臣罪不可恕，再次右膝跪倒。

皇帝假装抚着须哦了一声，慢条斯理道：“卿何罪之有啊。”

我便徐徐回道：“圣上明鉴。今岁，窦逆受死已是意料之事，圣上命宁康郡王开拔徐州，晋王暗揣圣上有讨伐吴越之意，而吴越难攻，吾家北面事君久矣，不习水战，而吴越面水背山，易守难攻，犹擅水战。所谓工欲善其事，必先利其器也。臣琢磨若要在水战讨便宜，必得精良战舰，配备威猛火力方有胜机。臣在吴越数年，张之严甚狡，虽与臣交好，却从不示臣战舰，可见确有秘密武器。而其战舰全由江南水府名家宗氏所制，臣欲得一艘宗家船只研究，怕宗家和张氏起疑，便令伙计以另一化名只定了一副龙骨，载回仔细拼接钻研。圣上不喜后宫干政，臣亦懂此道理，只是一片赤胆忠肝，只为夫婿家国，然臣确为原氏妇人，实不应插手才对，但请圣上治罪。”

皇帝淡笑道：“晋王可知你已经开始研究战舰？”

"回陛下，臣确已禀明晋王，也是晋王同意之下，臣才敢有所行动。"

皇帝点了点头，笑道："木槿都说了这一片赤胆忠肝的，叫朕从何治罪呀。"

他笑呵呵着让冯伟丛扶我起来，并让我引他到四处转转。他冷笑道："朕不喜妇人干政，是不喜那些自以为是、愚蠢傻奸的妇人扰乱朝政。"

他抚须叹道："木槿所为，实在是家国之福、晋王之福。"

皇帝只让史庆陪、原奉定、沈昌宗三人跟着。我们慢慢从舱底出来，我便自然而然地引圣驾到三层雅间，打开门时，早已人去楼空，收拾得干干净净。我暗中嘘了一口气。

皇帝的目光定在西墙的一个紫檀木九层多宝槅上，随手拿了一个万花筒，一开始不知道怎么玩，还以为是玉握什么的，拿在手里甩来甩去的，我便小心翼翼地举起给他看。

皇帝略唬了一跳，可不久便看得出神了，稀奇了半天，呵呵笑着传给沈昌宗他们看。

史庆陪夸张地惊呼："哟，娘……君大老板这是会戏法吧，这花怎么一直在变哪。"

"此物叫万花筒，利用镜片的成像原理，通过光的反射而产生影像，最终形成这些美丽的图案。"我流利地从容说道。

众人木然地看着我，八只眼睛眨了半天，表示一点也没听懂。

我便耐心地解释道："其实就是用几块琉璃镜合在一起，互相照，就会拼成漂亮纹样了。前阵子臣身体不适，在家里没事做，整天发呆，老想着小玩意来给自己解闷，后来病好了，就想做出来送给汉中王和郡王世子几个孩子玩儿的。"

众人长长地哦了一声，然后继续下一个星空投影仪，把多宝槅上的小玩意儿摸了个遍。

这些小玩意主要是我用来送给瑶姬的。因为接触下来，发现瑶姬因为童年时代受过强烈的刺激，发病时智力会退缩到九岁偷进紫陵宫那年。司马遽告诉我，一般这个时候，要么以动听的音乐安抚她，要么用些稀奇的小玩意给她摆弄，像哄小孩子一样，她就会慢慢平静下来。

我便先做了盏星光投影仪，让她明白黑暗中也能看到美好的东西。那次是真的奏了效，当然后来我还用来哄"动物园"一帮孩子们。现下正好可以树立我相夫教子的贤惠形象，以消除圣上他们对于我妇人干政的印象，便不厌其烦地一个一个解释，句句不离孩童。说了大约半个时辰，小玉他们为我们换了三四次茶，总算结束了七夕科普教育课程，我的嗓子也有些哑了，便微笑着收了声。

"非白和绣绣以前老说木槿喜欢摆弄些稀奇玩意儿，这回朕也长见识了。"皇帝摆弄着一个魔方，有点入了迷，眯着眼咕哝道，"此物甚难解。"

我们大伙都毕恭毕敬地陪着皇帝玩了一会儿。皇帝玩累了，打了一个哈欠，把魔方收进袖子里，厚着脸皮郑重道："朕拿回去仔细琢磨去。"

我们大伙都被逗乐了。皇帝让我领他到顶层雅间参观。这时已过子时了，我想老爷子累了吧，该放过我了吧，不想他却以原奉定出征劳累，先让原奉定坐舫回去，却嘱我陪他在顶层坐一会儿。

渭河上亦有多只画舫悠悠荡在水面，宴乐欢歌之声不绝于耳，火把亮得似要在碧波上燃烧起来。对面车水马龙，喧嚣声微微传来。我万万没有想到，我的七夕下半夜是陪皇帝度过的。他拿着盘龙金樽慢慢啜饮着，望着满夜璀璨的星空，眼中只是一种超脱尘世的平静。

他喟然长叹道："朕很久没过七夕了。"

"敏宜嫁过来的第一年七夕，她非要吵着闹着回娘家过，也不知是什么人在等她一起过似的。"皇帝轻哼一声，眼中鄙夷一闪而逝，过了一会儿面上慢慢浮起柔和的淡笑，"梅香正好身体不舒服，便留在庄子里，我便偷偷带她出来逛夜市。那时我也想包一艘小画舫。也许木槿不信，那时的原家仅仅是维持一个贵族体面罢了，其实囊中羞涩、手头拮据，也难怪相府千金看不起自己的相公。那年七夕，我兜里的钱还不够带梅香上馆陶居的。"

皇帝苦笑了一下，继续说道："梅香却毫不在意，对我笑得那样开心。后来朕便装成琴师，带着她混入一家富户的大舫。朕还记得，那艘舫好像是叫溅玉吧。那时我在溅玉舫上，第一次弹琴给她听，便是一首《长相守》，没想到她听得流泪了。"

皇帝静静地望着波光粼粼的湖面，眼神满是缅怀往事的宁静，微笑地轻声道："朕知道，她根本不是别人说的那样，只是一个粗使丫头。她是钟灵毓秀的精灵，她明明是懂得《长相守》的。"

许是接下去想到了不愉快的往事，皇帝的眼神慢慢开始破碎起来。我想起非白，心里也难受起来，不知道怎么接话。皇帝却忽然转过脸来，对我笑了一下："自从木槿回来，就一直尽心持家，从未同朕提起十年前那三个愿望，现在朕倒是忽然想起，不如咱们聊聊。"

哎，这思路转得太快了，典型的原家人啊。

"圣上不提，臣还真忘记了，"可脸上还是不由得堆起了笑容，附和着圣上，谄媚说道，"好像圣上确还欠木槿一个愿望。不能放过这个好机会啊，臣得好好想想，得要些什么稀罕玩意儿才好呢？"

反正我要的你肯定给不起，我正琢磨随便要点赏赐糊弄过去得了。

那厢里，皇帝却呵呵笑道："木槿想得这样认真，莫非是要替夫君讨朕身下龙座？"

这个主意是真不错，可我就是不敢要。我马上就跪下了，诚恳道："皇上春秋鼎盛，立储一事也忒早些了吧。且国基未稳，前线战士虽拼死杀场，却各有其主。臣以为，现在立储未免动摇军心，实非明智。是故臣失心疯了，才会为夫君讨要皇上身下龙座。"

一轮玉兔清照，繁星万盏耀眼，映着圣上的凤目，异常清亮逼人，他略撑额头哦了一声，看着我似笑非笑。

我干咳了一声，吟道："闺中少妇不知愁，春日凝妆上翠楼。忽见陌头杨柳色，悔教夫婿觅封侯。无论圣上信与不信，木槿喜欢自由自在的生活，那个，所以有可能的话，最好不要晋王当皇帝。”我真心希望他能够相信。

不想他低笑了一阵，说道：“朕信你说的话。你跟绣绣虽是孪生姐妹，却截然不同。你若是向往权力，早就成为大理的半个主人了，哪里还会有轩辕贞静这一说。”

我表面上柔笑着，心中却直打鼓。圣上不会是暗指段月容方才在舫上，故意拿这个说事儿吧。

我正在脑海里仔细地回溯一遍我周围可能的奸细，还有我那万无一失的暗度陈仓。

今夜似乎很适合闲聊，圣上拈了一颗西域进贡的火玫瑰种葡萄，慢悠悠地状似无心地笑着道：“若是晋王想要做皇帝呢？”

我的耳边响起非白的呢喃，心中暗叹坐上权力的顶峰，正是每个男人最大的梦想，非白亦不能免俗啊，但是在老头子面前就是不能承认。

于是，我还是恭顺道：“圣上恕罪，臣妇不敢妄言。晋王只知为圣上尽孝，精忠报国，还黎民一个太平盛世，还吾家一个昌盛大国，未敢有僭越之意。”

皇帝轻哼一声，睨着我不悦道：“恕你无罪，别在朕面前打马虎眼。若他真想做皇帝了呢？”

“圣上恕罪。若晋王真有此意，”我便垂目斩钉截铁道，“那臣妇必然竭尽身家为晋王筹谋。”

圣上轻叹着让我起来，却把目光放到波光粼粼的河面上，再不理我。就在我昏昏欲睡时，他又悠悠地咕哝道：“朕以前总以为，如果每一个人都像你一样，咱们原家就完蛋了。”

那倒是，人人像我这样，估计整个世界就和平了，“9·11”没了，卡扎菲和萨达姆都去种地了，美国的军火商一个个改卖大白菜了。

我正要开口，他状似轻松地问道：“如果木槿是朕，现下会把王位传给谁？”

这么重要的问题，您老怎么可以这样轻松地问出口呢？还问我这么一个老实孩子！

我想了一想：“回皇上，臣妇以前在老家的一本古书上看过这么一个故事：有一位商人富可敌国，他有很多漂亮又有很多嫁妆和背景的老婆，当然也有很多儿子，而且个顶个的优秀。他一开始中规中矩地把位子传给老大，陛下猜猜其余这些儿子会怎么样？”

皇帝冷冷一笑：“这些儿子必然是没一个服气的，想方设法把老大整下马来呗！”

我呀地轻拍玉骨扇，生动地阿谀奉承道：“圣上果然圣明，正是如此。这些优秀的儿子把老大整下来以后，接着自相残杀，大大地动摇了家中根基，也伤透了这位富商的心。后来他就想出一个法子来，偷偷又立了儿子，把继承人的名字放到正堂的匾额下边，然后派一堆奴才好好看着匾额，告诉他所有的儿子，别乱想啦，等我死后，你们才能知道啦，现下我活着就好好孝顺我，好好过日子，不然一定取消继承资格。于是他每一个儿子都该干吗干吗，认真活着讨老爷子欢心。”

皇帝的眼神认真起来，抚须喃喃道："还真是个好法子，木槿果然多智。"

坏了、坏了，他还真在那里认认真真地思考着。我心中担忧起来，皇帝要做些什么呢？不会真学清王朝，在正大光明匾后放立储诏书吧。

他忽地看向我："听说木槿看中了永胜坊那条富城街？"

"正是，"这一次我很高兴他神奇的跳跃性思路，至少可以忽略那个刀光剑影的话题，减少我妄议时政被咔嚓的概率，便兴高采烈地同他讨论我辉煌的经验，"臣在瓜洲时有一条冶春街，全是君氏产业。臣就一直想在西京也打造一条金融商贸街，这样所有的商业行为都可在一起完成，大大减少了人力物——"

不想，我话音未落，圣上便微摆手，一下打断了，淡淡说道："明日起，富城街更名富君街，归君氏所有，从此以后西京往来商号便由皇商君莫问来打理。不过朕要派几个得力的巧匠助你一起研究攻克吴越的战舰。富君街东头正是渭河水边，恰有个名唤野槽的小渡口，在那里可方便入水试验。而且富君街上所有的产业，我原氏要秘投一半股份，先几年所有利润可尽归君氏，权当朝廷还你这几年那些明的暗的捐银，等还清了，五五分成便是，如同你与段氏合作一般无二。"

"这可如何是好……"我一时目瞪口呆，本能地爽快大笑，"成交。"

复又觉得这样直视圣上太过僭规逾制，且这样的回答又非常无礼，便再次跪倒，恭敬地行了大礼，大声道："皇恩浩荡，臣感激涕零。"

"起来吧，卿的演技比起朝上的官员，"皇帝忍不住仰天哈哈大笑一阵，"可实在太假啦，半滴眼泪也没有。"

哦，这倒也是。我的嘴都快咧歪了，的确半滴眼泪也没有。

我嘿嘿傻笑一阵，爬将起来，正襟危坐。

"本来便是朕出来散心罢了，不用这么拘礼，"皇帝忽又转移了注意力，发问道，"那位琴技冠绝的乐师呢，可否请他出来助兴啊。"

"这个，方才河津渡口之时，臣正好放她下去了。"敏卿的琴艺还是比不上段月容的，我不敢造次，咽了一口唾沫，"不如下次，臣为陛下召之吧。"

皇帝哦了一声，对我高深莫测地笑了起来，看着我的凤目清亮清亮的，令我无端发毛起来。他一挥蜀锦龙袖袍，向后说道："那便请君拂一曲吧！兰生。"

我惊讶地看着一位少年僧人走了进来，身边跟着一只大黑狗。这是自暗宫一别后，我与他第一次相见。他一身素僧袍，脸色平静。他无波地看了我一眼，对皇帝也不行礼，只是诺了一声。

大黑狗兴冲冲地跑过来，使劲舔着我的手，然后对着皇帝呜呜低吼。我怕圣上把它炖了，便抱着它坐了下来。好在圣上也就是睨了黑狗一眼，轻笑了一下。

早有沈昌宗取来一具乌油油的断纹古琴，雅致地坠了一块鹤衔梅花青玉佩。兰生也不多话，一拂素袍，坐在案前，素手微扬，美妙的琴声流泻出来，竟是一曲《长相守》。

绕梁之音袅袅于碧波之上，我不由得听得痴了。放余光望去，皇帝已闭上了凤目，竟也睡着了。

我看他穿得有些单薄，便取了旁边的雪貂披风轻轻给他披上。

正想悄悄退下去，却见兰生的一双桃花眸紧紧盯着圣上的喉结，渐生杀意。我咽了一口唾沫，怕沈昌宗出手杀兰生，便低声笑道：“兰生弹得真好，烦你递给我那盘玉蔻糕。”

兰生听到我的声音，慢慢向我移过目来，眼神中杀气渐消，然后垂目，缓缓地递给我一盘玉蔻糕。

我微笑着谢过他，挑了一个大红的桃子放他跟前，又端了一盏酥酪乳茶走过去递给他，坐在他身侧柔声道：“天气转凉，请师父饮此物暖暖胃吧。”

兰生望着我的眼神微有迷惘。他平静下来，我们便静静地赏了一会儿星空。

皇帝悠悠醒来。今夜的皇帝更像一个平常的老人，而不是一个九五之尊，他看着我们哑声道：“我方才梦到你母亲了。”

我看向兰生，他的长睫微颤，好像掩藏某种情绪。原来圣上认得兰生的母亲？可能又是当年一段风流公案了吧。

圣上站起来，走到窗棂前，望着苍穹一闪而逝的流星，有些晦涩地长叹道：“原来她早已经不怪我了。”

我暗想，这里的问题是，她为什么怪你呢？

等到圣上起驾回宫时，已是三更天气，他对我轻松笑道：“这么多年，每到七夕，朕就想起梅香，往往彻夜难眠。

“今夜回忆更多，不过竟全是些美好的回忆。朕已经很久没有在七夕想起她美丽的笑容，还睡得这样香甜，真是奇异，”他的凤目闪过一阵痴迷而幸福的光彩，微笑道，“多谢木槿带给朕一个美好而有趣的夜晚啊。”

我诺诺称是。这时天已近丑时，他端起金盏，又呷了一口凤翔，我却有些发凉，便喝了一口温热的酥酪乳茶，感觉整个人都暖了些，却听他又笑问：“此舫可取名了？”

我摇头说没有，他便兴致盎然道：“那便赐名‘念伊舫’吧，同阿遽他们的酱瓜也可应个景。”

我傻在那里，心中大惊，一下子跪倒在地，冷汗淋漓。

果然，他凤目藏着狡黠，比夜空的繁星还要明亮耀眼，趁扶我起来的时候，微俯身在我耳边：“明年七夕，武帝再度临幸长安时，一定要替朕留下，朕一心与之切磋宫商啊。”

我微张着嘴，躬身送别皇帝和兰生一行后，一屁股坐在甲板上，这才发现背后的衣衫全湿了。我心中暗骂：老狐狸，他果然知道。

转而又冷汗涔涔，幸好自己同段月容只是单纯带着夕颜共聚天伦，不然岂非命丧这渭河？难怪原青山特地前来，那眼中暗藏担忧，可能也知道皇帝今夜前来，怕皇帝降罪于我使他们共聚天伦，亦好及时相救。好在今天神佛保佑，没出什么大事。

我得注意一下身边的人了，也要让段月容注意一下。内奸是谁？莫非是婉娴？

这个七夕过得真是惊心动魄。结果我一夜没好睡，第二日便睡到日上三竿，正睡到乱七八糟的梦里，薇薇过来摇醒我，说是奉定公子差人来送东西。

我与原奉定的交集仅止于锦绣还有昨日，不想他差人送来了原高昌国进贡的浮光锦裘。

送东西的那妇人宫装打扮，同我年纪相仿，眉目清秀，身材高挑，自称久滟。她对我垂目柔声细说道："此物乃称浮光锦丝，以紫海之不染其色也，以五彩丝簇成龙凤，各一千二百络，以九色真珠缀之。高昌王曾衣之以猎北苑，为朝日所照，光彩动摇，观者炫目，高昌王亦不为之贵，不想一日驰马从禽，忽值暴雨，而此锦裘毫无沾润，王上方叹为异物，乃上贡先朝。先朝上皇又转赐郡王，郡王昨夜颇多打扰，恁是过意不去，便差奴婢前来送上，聊表心意。"

我看她行止进退有度，颇有规矩，手脚亦甚是麻利，回话不疾不徐，伶俐清晰，相问之下，果然是曾伺候前朝轩辕氏的老宫女，原本就在上阳宫当差，父母原本在织工局当差的，自上阳宫分赏宁康郡王后，她便是上阳宫主事姑姑了。

韦虎告诉我，这个久滟其实已是原奉定的枕边人，却未定名分，原奉定虽对外相称是原氏远亲所生，但圣上收其为义子，从小带在身边抚养，对其钟爱有加，远超过亲生的任何一个儿子。他本身文韬武略，极擅六艺，且又相貌俊美无俦，少年便掌握了奉德军的虎符大权，这些年来，多少皇亲贵戚都属意与之结亲，但原奉定一直以"家国未平，何以娶亲"的高风亮节独身至今，不知愁杀多少长安城里暗恋于他的闺中名媛。

我暗想，必是同锦绣相关了。

小玉抚着浮光锦，也不觉看直了眼："先生，以往在瓜洲什么好东西没见过，想不到这中原地大物博，稀罕东西恁多。"

薇薇便骄傲道："那是。我中土人杰地灵，这还是次的呢，还有好多稀奇玩意，指不定连王妃也没见过呢。"

两人你一句我一句地争着，婉娴倒是满眼艳羡地抚着锦缎，天真道："娘娘，咱们用这缎子做件裙子吧，外面罩件玄色绉纱衫儿，头上插支大东珠步摇，指定美死了。等晋王回来，非看得眼直了不可。"

如何吸引男子的目光，是女人永恒的话题，立时薇薇同小玉的注意力转过来，兴高采烈地加入谈话的行列，讨论怎么将这几匹精美绝伦的料子做衣衫，甚至还提到了要把下脚料做成几块绢子、荷包或是香囊什么的也是好的。

我叹了一口气："姑娘们都别多想了，这两匹浮光锦可不是给我们的。"

众女的妙目统统震惊地转向我，一片惨痛不忍的哀叫。

后来我将这两匹浮光锦，一匹交到了瑶姬手上，一匹交给了珍珠，两人皆流下了感怀的泪水。

可是珍珠用浮光锦按照奉定的身材做了一件男式的披风，而瑶姬也用浮光锦为奉定做了一件衣衫，又经由我手转给奉定。这回奉定又送下许多礼物，并派久滟亲自暗中传话，这些可真是给我的了，感谢我的美意。奉定以往见面都爱搭不理的，这次同我见面时也少许客气了一些。锦绣却不太高兴。而珍珠和瑶姬，也很够意思，用做剩下的料子各自做了一些小玩意，什么荷包香囊的送给我，我全赏给了年轻的小姑娘们解解馋。姑娘们喜上眉梢，瓜分得干干净净，总算皆大欢喜，我也长长地嘘了一口气。

然而自七夕后，我却明显的精神不济，许是那几日长安烈日炎炎，我亲自监督富君街事宜，白日里操劳了，又许是过七夕受到了惊吓，反正不久便开始三天两头要卧床休息。之后因林毕延需要在战区照顾原非白，且战事已到了白热化的紧要关头，我不想让非白分心，便没有在信中提及我的病情，更不让家臣把我病倒的消息传出府。

一开始我还觉得这是件好事，毕竟我知道了致命的皇家秘辛。好在暗宫需要我来帮瑶姬母女相会，亦可能是顾忌非白对我的感情，不然我定然早就神秘地消失了。我正乐得清净，便以为晋王修身祈福为名，除了于氏家人外，谢绝一切宾客，并只让齐放为我看病。齐放看我的眼神也日渐忧虑，时不时地劝我准他写信给林毕延。

不想立秋之后，我开始发起了高烧，目赤红肿，噩梦难醒，一日只记得依稀又梦到谢夫人要拉我进紫陵宫，可是段月容却板着脸出现了，当着谢夫人的面狠狠捶了我胸腹旧伤处一拳，我便痛醒了过来。发现有人高声唤我，却见是小玉和薇薇正举着烛火担忧地看着我，我喉头一腥，一下子吐出一口血腥的液体。薇薇吓了一跳，可能还意识不到严重性，小玉的脸色却骇得像鬼，一失手，把青玉盅给摔了，玉碗的碎裂声引来了外面的齐放。

“师父，”小玉哽咽道，“先生这几日怎么又咳血了，不是说白优子能克制旧伤吗？这是怎么了？”

齐放一阵风似的进来，边走边快速地披着衣衫，他为我诊了脉，眉头紧皱：“不对呀，主子体内的脉象这一月来越来越乱，白优子好像在体内不服。”

小玉抹着眼泪：“先生可不能再拖延了，快快修书林大夫吧。”

我痛得说不出话来。齐放再不理我，正要出去取信鸽，传书林毕延，却见外面韦虎兴冲冲地冲到赏心阁外间，隔着珠帘，跪下回道：“王妃大喜。”

齐放扶我躺下，只得隔着珠帘叫着：“何事？”

“大喜事，晋王和于大将军已比南嘉郡王早一步攻下伎州，圣上大喜，已下旨令晋王任司马大元帅。圣上还把天德军的虎符交予晋王用于调遣之用，统领元德、武德、天德三军，圣上已令晋王联合诸军，合击幽州，攻下窦周指日可待了。”

韦虎不知道内里出了何事，越说越兴奋，说到后来站了起来向里走了几步，乘齐放掀帘子，他兴奋地进了一步，正看到我趴在床边，哇地吐出一口鲜血，昏厥过去。

狂风猛地吹开了茜纱窗，打在墙上啪啪作响，把西枫苑的人从美梦中猛然惊醒过来，心跳激荡不已。夜空阴森的气息狰狞地飘进来，豆大的雨点狂乱地扫进赏心阁，拂乱了软烟罗的纱帐。

又一阵狂风吹来，伴随着一声惊天动地的雷鸣，西枫苑刚刚点亮的几盏火光全被吹灭了，整个西枫苑陷入骚动的黑暗之中。

乌云密布的夜空，只有闪电似恶龙搅腾着天际，长安的雨季就这样毫无预兆地来临了。

【注】

①【唐】徐铉的五律《驿中七夕》，全唐诗：卷754-5

②古代潜水作战人员

第四章

双生花不发

◆◆◆

我的眼前有很多人在晃来晃去，我意识不清，可奇怪的是心里却异常通透。我乘醒来的时候，抓住齐放的手，说道："不要让晋王知道此事。"

齐放红着眼点了点头，眼窝深陷，面庞十分憔悴担忧。

我担心原非白会把林老头派回来。其实我多虑了，鉴于前次太傅案动摇前方的教训，这回幽州血战在即，太祖皇帝把所有关于后方的消息完全封闭。不巧，于飞燕中了潘正越的流矢阵，一度异常危险，如果不是林毕延，他会比我还要早登极乐世界。我便让君氏异人模仿我的笔迹回复一切都很顺利，战舰的秘密研究自从有了太祖的支持，进程突飞猛进等等。

非白甚睿智，见我信中不提自己近况，反过来问我身体如何，每天吃几顿饭，夏秋交替，可有旧伤发作云云，我一一让那个异人回复。

君氏秘密遍请名医，放进西枫苑一一为我候诊。所有医者皆是十年前的诊断，胸腹旧疾，过度劳累，回天无力。小玉和齐放不顾我的反对，秘密修书段月容求救。

显然段月容也没想到他的乌鸦嘴这么快就要应验了，便秘派郑峭悄悄进了西枫苑，不想他看了我后，红着眼睛道：也就这一年时间。西枫苑的人给吓得鸡飞狗跳。南方的段月容似乎也急了，又派了两名巫医过来协助郑峭，他们的诊断还是一模一样。我怕段月容急红了眼，便长留三位大理名医在西枫苑，令他们往南报喜不报忧，只说我有救，正在康复中便是。我对所有人还是斩钉截铁的一句话：谁敢告诉晋王或是大理武帝我的真实病情，我便立时自尽。

我只信任珍珠。珍珠见这样下去我真要向马克思报到了，便急红了眼，央瑶姬来救我。

八月初七，立秋一至，梧桐开始落叶，西枫苑通往紫栖宫的百年梧桐道上黄叶翻飞，如蝴蝶飞舞，一路尽斑斓。

初十，风雨大作，我的伤口更是痛得死去活来，我甚至抓住了小玉的手要“酬情”来自尽。小玉哭得眼睛都快瞎了，薇薇和媲媔也吓得泪流满面。

三位南国名医用尽了灵药，方保住了我的性命，可是我陷入了深度昏迷。

八月十二，未时，珍珠来访，她让齐放屏退左右，只留小玉和齐放。不一会儿，司马遽、原青山和瑶姬便从暗道上来，后面跟着沉默的楚楚，还专门带了暗宫的一位名医来看我，估计算是暗宫的御医了。不过比较悚人的是，这名神医双手双脚竟戴着沉重的铁链，虽戴着面具，脊梁却挺得很直，行礼时也稍显怠慢。司马遽事先打过招呼了，这位名医叫司马鹤，但医术确实高明，他的回复果然同别人的不一样，但是那个声音非常可怕：“这女人早该死了。”

此话一出，小玉以为我彻底没救了，一下子跌坐在地上，吓昏了过去。楚楚快步上前扶起她，掐她人中，她才悠悠醒来，泪流满面地扑向我，悲凄地看向齐放道：“师父，陛下……还有夕颜公主他们……这一下子可怎么接受得了啊。”

司马遽却不悦道：“小玉姑娘可真是身在曹营心在汉，你咋不担心咱们晋王受不了呢。”

齐放叹着气拍拍小玉的肩膀，望着我的眼睛也红了起来，自己哽在那里，说不出半句安慰的话来。

那司马鹤桀桀怪笑了一声，话锋一转道：“不过她体内有白优子。白优子能起死回生，克人之大伤，只是性过霸道，可霸之身体、大脑，最后宿主会变成白优子的傀儡，也就是说你本来会变成一个怪物。天下敢用白优子的人不多，赵孟林算一个，林毕延算一个，而你到现在也没有变性，是因为你体内有传说中的紫殇吧。如今，你正好相反，旧疾复发，这倒也奇了，”司马鹤冰冷的声音从面具下传了出来，“恐是服食了克制白优子之物吧。”

齐放回道：“我家主子从不乱吃东西，只按林大夫的方子抓配药，如今所有药物更是由三位名医试遍，方可服下。”

“奇了、奇了。”司马鹤自言自语道，“难道这世上会有克制白优子之物？”

“可还有救？”齐放紧着问了一句。

不想那神医立刻暴跳如雷道：“无知竖子，这世上还会有我救不得的人吗？”

当时所有人都吓了一跳，俱在心里想着这位大夫的火药味可真浓。齐放看在他能救我的分上，额头青筋绷了一绷，咬牙忍了不说话。

瑶姬咳了一声：“还请鹤叔给开个方子吧，好让王妃早日康复。这孩子对我和青山有恩。”

一向不太多话的原青山也点了点头，婉言地表示了希望我长命百岁。

那个司马鹤骂骂咧咧了一阵，才态度极恶劣嚣张地开了药方。小玉问煎服可有忌，又被他臭骂了一顿。众人也不敢同他理论，便再无人敢跟他搭话，连原青山似乎也给他面子，一声不响。

后来司马遽告诉我，他们实在怕这司马鹤一气之下把药方给开成死药了。这是以前发生过的事，他会让病人吃尽苦头，然后再耀武扬威地将那病人险险从鬼门关里救出来。

果然，紧张的医患关系是永恒的主题，众人只得战战兢兢地伺候着神圣的医生。

“小山、阿瑶，老夫算是给你们面子，给这女人开药方了，活不活得下来就看她的造化了。”司马鹤疾步来回走了几步，烦躁地说着，面具下的他冷冷道，“这屋里头不干净。”

我们都没有当回事，以为他在骂原家，小玉还叹着气地点了点头。

司马鹤又来回走了几圈，也停了下来，忽又扭头盯着我的脸看了半天，坐在我床沿渐渐向我的脸凑了过来：“你这女人果然邪门，我怎么老想起老妖当年是怎么整我的呢。真邪门、真邪门，”他喃喃道，“如今是什么年月了？”

“如今已经是元昌年间了，”原青山接口道，“己未年的八月初十，鹤叔。”

“咦，怎么还是己未年呢，我记得是己未年出生的，不，我是己未年拜的师，”他盯着我直看，略有恍惚道，“哦，原来都过了两个甲子了吗？”他坐在我身边，面具几要贴着我的脸，“你长得有点像那幅画上的人。”

“哪幅画？”我奄奄一息地问道。

“紫陵宫里那幅。”他快速地接口道，“当年是为了救阿瑶和阿莲时闯进去的，我也就偷偷看了一眼，那幅画可有年头了……”

原青山咳了一声，打断了我们的聊天。司马鹤也及时止了口，歪着面具愣在那里，可能又糊涂起来。

这时有当当当三声清脆的声音传来。原来已是下午三点，所有人不由得循着声音望去，只听到耳边传来一阵沉闷刺耳的声音。司马鹤脚上那沉重的镣铐撞击在西枫苑古老的金砖板上，没有人看清楚司马鹤的身形，眼前一花，司马鹤已负着手站在那座有着悠久历史的西洋琉璃钟面前。

可能是他古怪的行为让暗宫中人感到了一阵尴尬。瑶姬干笑着解围道：“阿爹以前说过的，鹤叔喜欢摆弄西洋钟，回头让青山给您送一座过去便——”

“我打小就讨厌西洋钟，那声音我一听就想睡，每每误了练功，我阿爹就要揍我一顿。”司马鹤斩钉截铁道，重重地哼了一声。

瑶姬尴尬地闭了嘴。

他却摇摇头：“不过这声音不对呀，我怎么越听心跳得越厉害？”

他慢慢往后退了一步，忽然仰起头，从喉咙中发出一种从未听过的可怕的大叫。所有人都不由自主地捂住了耳朵，紧跟着，周围一切的轻而脆的物质爆裂开来，包括我最喜欢的汝窑瓷和非白最爱的越瓷，锦绣的琉璃钟的琉璃罩也被震碎了，四围的精钢架子竟也折裂了，那大钟陀骨碌碌地滚出来，落到司马鹤的脚边。

司马鹤怪笑着，一拳击向那黄铜大钟陀。那大钟陀像豆腐一样被击得粉碎，一块乌黑的石头诡异地从里面滚了出来。

小玉颤声惊呼："这琉璃钟里有东西呢。"

"是邪王石，"原青山惊慌道，"快用金银器锁牢。"

小玉白着脸把薇薇厚厚的梅子银罐子给倒干净，用绢子盖上那块乌石，快速放进银罐子又盖上盖，然后站在中场，不知所措，求救地看向我和小放。

原青山说道："这个邪王石十分歹毒，任何人在其周围五十步之内皆会受到毒害，只是中毒者时间较长，短时间内不会有任何异样，往往要四五年间才会慢慢显现中毒症状。这块又小一些，故而我们都没有发现。可是体弱者，便会很快显现中毒症状，而且等发现时，顷刻命在旦夕，现下得以金银器遮盖，方可隔离，越厚越好。"

小玉的目光不停地在搜寻其他金属容器。她同珍珠手忙脚乱一阵，又找了另一只大一些的黄金妆奁匣子，正要放进去，那个司马鹤却怪笑着飞过来，谁也没有看清他是怎么动的，小玉怀中的小银罐子已经在他手上了。

而他大胆地打开了小银罐子，然后高举着那块邪恶的石头对着烛火看了半天，发出一阵桀桀怪笑："就是它、就是它。你们看，这块鬼石头上还写着个鹤字呢，这是我划的。"他兴奋地指给我们看。

结果大伙全都往后退了一步。好在他也不在意，只继续说道："老夫想起来了，这是紫陵宫里那人给的……同伴们都死去了，只有我带着两个孩子走了出来，我拿这个同老妖打赌，说是邪王石。那时老夫手里还抱着阿遽呢，哎？后来呢？反正后来不知道怎么就弄丢了，"他语无伦次地自言自语着，然后开心地对原青山道，"今日总算又找到了，可以再同老妖辩一辩，也算功德圆满。"

瑶姬讷讷道："好像是有这么回事。可那都是多久的事了，鹤叔可真记妖叔的仇。"

"他忘记了，我可没有忘记。"司马鹤冷哼一声，"他为了块破石头，绑了我这么多年，我得逼他给我开锁。"

瑶姬道："这块是恶石，近者染病而亡，看把晋王妃给折腾的。鹤叔还不快扔喽。"

"不，我得让司马妖还我个清白，阿遽，你来……你，"他一把抓住司马遽，忽然想起什么似的，"咦？！阿遽，我记得你昨天还在我腰跟前，怎么一夜之间长这么高了？"

"这个，鹤叔……"司马遽正要开口。

"鹤叔，您好好想想，我都这么一大把年纪了。阿遽也长大啦，是现任宫主了。"瑶姬说道。

司马鹤了悟地点了点头，摸了摸脑袋哦了一声："对哦，阿瑶都长这么大了。"

他把银盒放在桌上，向我走了两步，歪头又看了我几眼，忽然指着司马遽大叫："哦，我想起来了，是你小子当年偷偷从我怀里偷去，然后换了一块普通的石头。我追你上了紫川，那紫川之水好生厉害，我便什么也不记得了，所以我一直以为我认错了，愿赌服输，我便任那老妖头给我戴上枷锁，然后就更记不得事情了，你你你……"

我们所有人的目光转到司马遽身上。司马遽戴着面具看不出表情来，浑身却紧张起来，保持着一种欲动手的样子。

我们没有人来得及开口，司马鹤再次仰天怒吼，整个身形暴涨，四肢明显拉长，直到撑破衣物，露出满是斑驳疤痕的躯体，面具也碎裂开来。他的脸就像老树根一般，五官挤在一起，扭曲变形，就像怪物。他伸出双手，本来粗短黑色的指甲猛然化作血色长指，划向司马遽的脖颈，他阴森道："竖子，你敢设计老夫入紫川？是不是你同老妖计划好的？把我锁起来这么多年。"

这可能激起了瑶姬可怕的回忆，她厉声尖叫起来，仅只一秒之间，她本能地冲向司马鹤："休伤我儿。"

司马鹤轻一挥手，她的身体像断线的风筝被甩到地上，正摔倒在琉璃钟尖利的玻璃上。她的面具被撞飞了，美丽的脸庞面无血色，口中狂吐鲜血。她对司马遽艰难地伸出手来，泪流满面，背后不断涌出鲜红的鲜血。

原青山怒吼一声，再一次大力扑向司马鹤，撞开了他。

原青山艰难地爬到瑶姬身边，帮她止住鲜血，柔声道："阿瑶莫动，鹤叔不会伤害阿遽的，先治伤要紧。"

司马鹤也爬将起来，冷冷道："阿瑶，你越来越像原家人了。我告诉你，我要活活扒下这小子的皮，把他的肉一块一块割下来下酒喝，"司马鹤乖戾地嘿嘿笑着，仿佛是地狱的恶鬼，"不过现下先陪我到地下去找老妖报仇，我要一个一个杀。"

我忽然有点明白了，为什么原氏不轻易放这些司马族人。人性本分善恶，而长年的幽闭生活已经完全扭曲了他们的个性，这样的心灵变态之人，且个个武功非凡，骤然放到上面去，也许会酿成一场可怕的灾难。

他再一次仰天大叫，散落在地的琉璃激射出来。齐放举起桌几挡住碎琉璃，奈何太多了。小玉差点昏过去。眼看一块碎片飞向珍珠，小玉推了一下珍珠。另一块碎片向我飞来，小玉惊声尖叫，一个身影快速地挡在我的跟前，挡住了这块致命的琉璃。

司马鹤乘机一把抓住了司马遽，勒紧了司马遽的脖子，阴森而乖戾道："原氏中人，永远是魔鬼的化身。"

司马鹤拉着司马遽消失在房中。原青山在楚楚的帮助下，扶起瑶姬，转瞬消失。

薇薇、韦虎他们闯进来时，只有婉婳还扑在我身上，她的身后插着一块玻璃，汩汩地流着血。我使尽力气唤着她的名字，可是苍白的小脸却不复睁开眼睛。直到这一天，我们才知道，她是非白安排在我身边的保镖，出身东营，而这是她第一个任务。

众人惊魂未定地收拾着残局，非常默契地不去问发生了什么，作鸟兽散。

我记挂着重伤的婉婳，还有暗宫中人的命运，因为这一切都是为了救我，才放出这样一个可怕的怪医。

三天后的夜半，我从噩梦中惊醒，却见床头坐着一人，吓得正要叫人，那人却低低道：“是我。”

我听出来了，是司马遽。

我便慢慢坐起来，他倒体贴地给我在背后加了一个枕头。

“瑶姬夫人如何了？”我开口问道。

他在那里久久沉默着。我心里也跟着难受起来。我该怎么对珍珠说呢，这一切都是为了救我而引起的。

就在我绝望时，他却慢慢开口道：“母亲方才醒了，先生总算松了一口气。”

我也松了一口气，瞪了他一眼。您老倒是早点说啊，害得我心里难受了半天。但想起一切其实都算是暗宫人讲义气，为了救我才引起这些事端，便收回瞪他的目光，低低说了声：“对不起，都是为了我，才让瑶姬夫人受苦了。”

“不关你的事，都怪我小时候淘气。”他对我摆摆手，语气中万分疲惫，“那块石头的事……”

“不用说了，”我对他微微一笑，“我知道，你不是故意的。”

“你相信我？”

我点点头，发现他的手有点颤抖：“受家法了？”

他轻轻点了点头。

我轻叹一声，又问道：“那妖石的去向全招了吗？”

他又轻轻点了点头：“这个鹤叔从小是个学医的天才，他是妖叔那一辈的人了。母亲小时候同司马莲一起闯紫陵宫，本来他是同阿娘的母亲一起去救她们的，仗着武功绝顶，是那一帮子大人里唯一活下来的一个。他从紫陵宫里带着两个孩子出来的时候，满身满脸的血，手里就拿着这块邪王石，自那时起便疯疯癫癫。可能也同我母亲一样，见了紫陵宫里不干净的东西，受了强烈的刺激。”

司马遽叹了一口气：“可是他的医术是咱们暗宫数一数二的，几乎没有他救不回来的人。且他本是去救人的，也算受害者，所以暗宫中人便同原家人商量，想留下他，只是要将他锁起来，关在寒烟岛。可等我记事起，这个鹤叔竟逃出来了，那时的好手皆在紫陵宫中有去无回，青黄不接的，唯有不问世事的妖叔能制得住他。偏偏妖叔记性又不好，不愿意再出紫川了。暗宫中人也怕妖叔万一出了紫川想起往事，也会伤人。

“唉，我那时还小，天不怕、地不怕的，便设计骗他前往紫川，说不如向妖叔炫耀一番，再一起看看能不能查清这块妖石的来历。他信以为真，进入妖叔的地界，我便联合妖叔将他用千年乌钢锁了，然后妖叔又用紫川之水将他的记忆抹去。我编了一个故事，他就以为的确是自己认错了，不过是块普通石头，愿赌服输，便也没有想过再要将锁铸去了。可是这三天，暗宫里面没有一个人过得太平的，好在妖叔又将他制伏了。”

我们都沉默了一会儿。

这时，梆子突兀地敲了四下，惊破了死寂。冷月无声，银子般的月光正洒在墙头的凌霄花上，好像无数华丽的眼睛正清冷地看着我们生死挣扎。

我鼓起勇气，开口问道："那块邪王石，你是几时给锦绣的？"

他一下子站了起来，白面具的脸瞪着我："你……"

我没理他，只是笑笑："我只是想知道，你把这块石头送给她是要对付她呢，还是要帮她对付什么人呢？"

他慢慢坐了下来，讷讷道："果然什么也瞒不过你这女人，猴精猴精的。这是我少时的事了，说实话，连我自己也差点忘记这件事了，"他叹了一口气，"只依稀记得那时的她总是恨自己太弱，报不了大仇，便总躲在西林里哭……那个时候我只是想帮她除掉柳言生。后来柳言生死了，我也不想这祸害人的东西留在暗宫，便也没有去深想，久而久之，便也忘了。"

我的胸腹这几天明显好了很多，基本已不疼了，可是此时此刻，还是跟着我的回忆隐隐地疼了起来。我抚上伤口，深深望着他："谢谢你曾经照顾过锦绣。"

他似乎平静下来，又看向我："你竟然相信我说的话？"

我看着他的面具，平静地笑道："因为你是非白的亲兄弟，所以我无条件地相信你。"

他呵呵笑了两下，没有任何感情地问道："你如何会这样想？"

"之前司马鹤前辈离得我近，我听到他明明对着你，却恶狠狠地咒骂，原氏中人全是吃人的恶魔。你虽称呼瑶姬夫人为母亲，可是我一直就觉得很奇怪，明明你是她的儿子，可是她却对你时冷时热。"我叹了一声，淡淡说道，"后来我才明白，因为可怜的瑶姬夫人，自己也一直很彷徨而无奈，实在无法确定该爱你还是该把对原氏的仇恨全发泄到你身上。就在三天前，我想她和你全都明白了，原来她把你看得比她的性命还要重。"

黑暗中的司马遽浑身不易察觉地颤抖了一下，头深深地垂了下来。

我停了两秒钟，确定他身上没有任何攻击的信息，便继续说道："我很久以前就一直有个疑惑，为什么当年的圣祖陛下和圣上可以轻易地平息了暗宫的叛乱？对原氏，是盟友背叛，夺妻之恨；对司马氏，则永失自由，杀子之仇！无论哪一边，都是切肤之痛、刻骨之恨。不管怎么样，即便暗宫最后愿意顺服，原氏凭什么让司马氏再回到原来那种互相信任、合作无间的状态呢？

"可是，如果让自己的兄弟，甚至是让自己其中一个儿子做人质，或是过继给暗宫，那就完全不一样了，不是吗？而相对的，暗宫也把自己的一对孩子送给了原家做质子，这样彼此把对方的孩子看作至亲骨肉，自然可以相安无事。再说原氏长子入赘司马氏，本来就已是司马家占便宜了，更何况是亲上作亲。"我轻叹一口气，慢慢向他伸出手来。

他疑惑了一会儿，慢慢接住我的手。

我像亲人一般握住他的手，感到他手心溢出的汗水，慢慢地颤抖着："我自入了西枫苑，便发现你进出自由。永业三年，非白对付原青舞，后来非白把我托付给你，而你又把爱妻独子托付给非白，想来你必定同非白关系匪浅。后来我渐渐发现你同非白，无论武功还是行事上的合作都太有默契了，彼时是想非白少时常在暗宫治病，你们算是从小一起长大，故而了解彼此，却不知你们本就是亲生兄弟，自然心有灵犀不点通。

“永业三年那次在温泉，你故意给我看你易了容的刀疤脸，是不让我发现你同非白长得相似。而上次在暗宫出逃后，你故意胡乱弹琴唤醒我，是怕我发现你同非白一样……有着冠绝天下的音乐造诣。

“那三十二字真言中有‘双生子诞，龙主九天’，我虽然不知道，原氏凭什么认为只有诞下双生子，才能有继承权。可是圣祖有了圣上和大爷一对双生子，便引起了明家的警醒，就算圣祖把大爷放到了暗宫，对外宣称双生子中夭折了一个，却还是引起了日后的原明相争，灭门之祸。而圣上有了非白和你这一对孩子，便真得认真为你们谋划了。我也不知道他为什么留下了非白，选你做了质子。可是圣上为此残害了突厥女太皇，害死了非珏的一个兄弟——本来他也是一对双生子，”我沉痛地闭上了眼睛道，“这也使非珏先天失调，被迫去练那害人的无相神功，一生痛苦。”

司马遽喃喃道：“原来如此，难怪四傻子要练这么邪门的武功，最后还要变成杀女弑母的恶魔。”

我在黑暗中继续说道：“永业三年，在紫陵宫门口，非白说过你袖手旁观，你确实可以不用帮忙的。可是我知道，你曾经想暗中偷袭原青舞帮非白，救出我们的，只是被她发现了，所以你只能在旁边以机关助我们了。”

他终于忍不住，颤声道：“连非白都不信，你是如何知道的？”

我一下子睁开了眼，笑道：“你忘记了吗，我有天眼的。”

他哼了一声，有些孩子气地一下子推开了我的手。

我不以为意地把手放回被子里，轻笑道：“我以前一直很生气，也很纳闷你怎么老对我无礼，现在我明白了，你一直在暗示我你同非白的关系。你骨子里很想让我知道这一切。我现在也明白了，一个人活在比原家还要扭曲的司马氏暗宫里，有多可怕、多寂寞、多痛苦。”

司马遽脱下白面具，慢慢地向我侧过来，久久地看着我，却不说话。

室内很暗，我其实根本看不到他长什么模样，我知道，他也知道。

可是，他想用这种方式告诉我，我猜的是对的。

“我猜……你同非白一样，也曾经狂热地爱过锦绣。你应当比非白更了解锦绣的另一面，所以你把这块邪王石给锦绣，想帮她复仇。可是你和锦绣都没有想到，我会替她杀了柳言生，你自然不会想到她一直留着这块石头，有朝一日会用来对付我。”

我苦笑了一下，心上好似有人狠狠地挠了一下。

“锦绣赏下这个琉璃钟时，也是防她算计我，我也让君氏匠人仔细地检视过一遍，确定没有异常。而我贸然扔掉这琉璃钟，是对皇贵妃的大不敬。说实话，这钟的声音真好听，模样又漂亮，我打小就很喜欢，也舍不得扔，便放心用了，只是奇怪这钟老走得慢三分钟。我遍请所有的能工巧匠都修不好。一直以为是因为当年被人摔过，关键的零部件摔松了，原来是她在琉璃钟的陀子里放了好东西。太傅案之初，她带非流来西枫苑看过我，结果一看到这个钟放在品玉堂，便说让我带非流看胭脂梅，匆匆忙忙带着非流走了，至今也没有进过品玉堂。其实那时我起过疑心，但是后来我忙于玉装楼的生意，来去匆匆，自然也淡忘了。”

心中如凌迟，绞痛着，渐渐泪流满面，我轻轻地咳了起来：“她可能也没有想到这邪王石的辐射能力这么厉害，尤其是针对我体内另一块奇石，可能起了某种化学反应，就反应得特别快一些。”

圣上当年曾用这座琉璃钟的声音，无影无形地除掉了当年的劲敌明惠忠夫妇。锦绣跟随圣上多年，想必耳濡目染，圣上的智慧和阴狠可谓是学得十足十了，而这一招更是青出于蓝而胜于蓝了。

我心中绞痛，咳得更猛，他便递给我放在床头的冰糖雪梨人参汁：“你……你快喝些润润喉。你这女人怎么这么唠叨呢，知道就知道呗，说了这一堆，不就想显摆你比我聪明呗。”

我摇了摇头，说不出话来，只是泪流个不停。

他不屑地粗声喝道：“别哭了，光哭有什么用？这些年，有几个人斗得过你的好妹子？想想圣上的后宫多少漂亮女人，结果只有她成了皇贵妃，只有她怀上了圣上的龙种。你得做好准备，这不过是个开始。琉璃钟一毁，想必她已知你识破她的诡计，只怕会加紧下手。”

我气苦地擦着眼泪，无语地捧着碗，喝了两口冰糖雪梨人参汁——那汁里加了雪梨和冰糖，甜润入心，可此时喝来只觉得苦，比我前世第一次喝阿拉伯黑咖啡都苦。我便把碗推向他，气若游丝道：“我今天已经喝了三大碗了，你喝了吧，这是那鹤叔开的奇方，里面用西洋人参，还加了雪莲花和金蝉花，最是活血化瘀，解毒消肿。我问过小放，他说过这对受过体外伤的人亦是圣药。”

“我不用女人可怜。”他倔强地说道，黑暗中的目光发出清亮而冰冷的光芒来。

不愧是亲兄弟，他的脾气倒同非白一样倔，生起气来也一样。

“我从不可怜人，”我虚弱地淡淡一笑，无奈而苍凉道，“如今，你是我的亲人、我的战友，我们必须快点恢复起来，才能对付我们强大的对手。”

这世上最无常的便是这可笑复又残酷的命运！

曾几何时，锦绣，我此生唯一的亲妹妹啊，早已悄悄地成了我的对手、我的敌人，甚至是欲将我残忍致死的杀手。而眼前这个我少年时代的西林噩梦白面具，却莫名其妙地成了我的盟友，最讽刺的，现在还是我的亲人。

我没有力气去问他和非白哪个更年长一些，只是端着药碗，一味地看着他。端药的那只手袖口露出半截小手臂——短短几天时间，已然骨瘦如柴，连我自己看着都觉触目惊心。那碗冰糖雪梨人参汁更重如千钧。我的手不由自主地打着战，却不愿意收回。我露出微笑，坚定地看着他，而他久久地凝视了我一会儿，慢慢地接了过来，端到自己面前，不客气地一口气全喝光了。

我对他鼓励地点了点头，慢慢闭上眼，也不去管他，沉沉睡去，只知道他似乎长长地舒了一口气，然后靠在我床边坐了很久很久。我实在太困了，顾不得去看他的脸。

那一晚上，我又梦到了谢夫人，她对我满怀舒心地微笑着，然后从袖中拿出那个瑶姬送的华宝面具，交到我手上。那双冰冷的手握了我好一阵，直到我冷得开始打哆嗦，她才微笑着飘然而去。

我再一次见到司马鹤的时候，是十天后。他还是戴着铐子，不过铐子乌黑锃亮，是全新的一副，还加了双重的锁，人也换了件较长的新麻衣。他对我的恢复表示满意，但对恢复的进度感到无奈："不行，这样慢，要是病情反复就不好了，我得下剂猛一点的补药才行。"

"要开十全大补膏吗？鹤叔，"司马遽笑问道，"看她瘦得多像妖叔。"

哪壶不开提哪壶，司马鹤果然气得哇哇大叫，响声如雷："臭小子，我还没跟你算账呢，你们又同老妖联手骗我。"作势又要抓打他。

齐放这回果断地站在我跟前，堵住我的耳朵。

"算了，老夫有时脑子是不太好，若再伤了阿瑶也不好，"好在司马鹤及时住了手，自语了半天，最后对司马遽恨恨道，"去，到老妖那里要几条金龙，给她补补身子。"

人血馒头！我开始恶心地反胃，虚弱地把喝下去的药全吐了出来。

转眼处暑便至，一场秋雨一场寒。我久不出门，病情渐渐传了开来，最后惊动了皇帝——因我把消息封锁得紧，所以宫里不知道我已渐康复。立秋时分，火热的夏季终于过去了，史庆陪代替圣上来看我，我都不用装，史庆陪一看我瘦得皮包骨了，立马老眼淌泪，但抹过泪之后，立刻同我商量：得早做打算，尤其是富君街上那么重要的产业，得找一人暂时替我掌管。我不动声色地问圣上觉得何人可担当此大任。

果然史庆陪委婉地表示，现在诸王皆在前线领兵打仗，若找个至亲之人自然最为可靠，数来数去"打断骨头连着筋"的便只有锦皇贵妃，而且皇贵妃也一直挂怀我的病情，天天为我落泪。

我多么希望，没有任何人在我面前提锦绣啊，这一来就十足十地证明锦绣所为，她顺理成章地成为我死后的第一继承人了。

我当时只觉怒火中烧，眼看着这最后一点希望也没有了，一口郁积多日的血喷到了史庆陪的华袍上，他吓得脸上的粉掉了一堆。

皇帝派御医来最后一次确认我的病情时，惊讶地发现我已经能够下床了。

不久，枫叶儿皆收了喜气，银杏叶子随秋风碎金纷飞，我的马车碾过黄金铺地的杏道，来到了富君街。还是按老规矩，伙计们看铺子，大掌柜们站到铺面前迎接我。考虑到我身子刚愈，怕惊着我，齐放便没让人放鞭炮，只沿街叫道：恭贺君老板身体康复。我也微笑着点头示意，表示感谢。

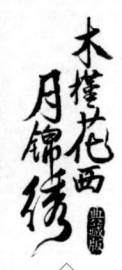

我不在的这段时间，科研人员们颇有进展，战舰已初见雏形，君氏的科学家同工部侍郎裴溪沛已经熟悉了，裴溪沛也从当初的盛气凌人，渐渐被君氏科研部的科研热情和管理方法所折服，也勾起当初入朝之时出于对科研的尊重和严谨。见我来了，更是抓着我不放，问了半天。齐放怕我累着了，便找借口阅账将我拖了出去。之后裴溪沛成了西枫苑的常客。

因攻打张之严的主要兵力为奉德军，故我同原奉定亦接触渐多，与奉德军上下的军人也慢慢熟了起来。他们见我一骨瘦如柴的文弱女子同他们一般吃苦，倒渐渐除去了对我铜臭商人的偏见，有一些军人是于飞燕的旧日朋友，知我底细也多些，同我的话亦更多。

原奉定的心腹卢伦回西京述职时，还专门拜访了我一次，亲自试验了一次战舰。他认出了我，不由得会心一笑。后来他打听到我的故事，又见我瘦成这样，还以为是为了奉德军进攻吴越而鞠躬尽瘁，成为了我在奉德军中的第一个朋友。

原奉定有一点同非白挺像，就是不太爱说话，而且喜怒更不形于色，总体感觉上性格更抑郁些。除了正常工作交流以外，他整个人惜字如金，不苟言笑。

也难怪，在等级森严的原家多嘴多舌只会自找死路，只有在战舰下水成功那天，他的俊脸上才露出难得的笑容，显示了原氏家族美男子应有的俊朗和魅力！

我不由得感叹，前世那个浮躁的时代，众多的诱因造成了一堆的剩男剩女，而这个时代，却是因为这些众多的红颜祸男，使得大量的大龄女青年无怨无悔地待字闺中。

身体差不多好全了，我仍以为大塬和晋王修行为名，推托了宫里所有的宴饮，一心扑到富君街的生意上。因为我无法面对我亲生妹子要杀我的事实，尽管在弱肉强食的原家，这是最基本的戏码，可我还是感到发自内心地寒冷和伤心。

第五章

王师歌凯旋

◆◆◆

中秋时分，我的身体也好得七七八八了，战舰开始投入使用。八月十六，我过了一个极特别的生辰。趁着月圆星朗，我们便在渭河水中正式试航了一整夜，不想圣上也便服在富君街的野槽口加入了我们。总算进展顺利，大家都欢欣鼓舞，众人皆说沾了我的喜气，圣上和原奉定都祝了我生辰快乐。

此后圣上以夜宴之名，不顾日渐天寒地冻，也经常跟着我们一起试航。

今年长安的雪季来得挺早，甲戌月己酉日，霜降，天空便飘下小雪，东征不能再等了，宁康郡王拜过宗庙后，便点兵五十万，向小庭朝开拔了。

不久，北伐前线传来消息，原非白带领各路大军行军桑干河，经过几昼夜的奋战，双方相持不下。最后，潘正越同于飞燕在战场上单挑，两军的士兵皆引颈争看，二人从天亮一直拼到天黑，直打了三天三夜，最后于元昌元年的除夕傍晚，于飞燕身中数枪，握刀之手几断，咬牙飞骑而驰，将潘正越追斩下马来。潘正越余部二十万人马欲往京都城方向仓皇溃逃，夜黑风高之际，四面塬军追堵，唯冒险渡过桑干河面，人马皆顾逃命，一时极度仓皇，争相践踏，河冰无法一下子承受这许多凌乱人马，骤然冰破。战马凄厉地嘶吼，并潘军痛苦的惨叫之声传之百里可闻。于飞燕不敢贸然追击，便令大军停至河畔。第二日，大年初一，放眼大河面上，却见尸横遍地，白骨冰封，血凝千里，惨不忍睹。大塬三军欢呼之际，唯于飞燕默然视之，泪流满面。

《金陀遗编·大将军篇》记载:

越平生无子，尝于燕旧庭同朝称臣，惊燕才，乃数激燕，欲与之交锋，无果，暗称其子，谓家人若有能灭吾者，唯此子也。元庆三年汝州血战中兵败于燕，元昌元年末，乃与燕争幽州，除夕日单挑燕三昼夜，勇战力竭而亡，余部皆争踏殁于桑干河畔，素恶其残暴嗜虐，淫掠成性，然尊其当世用兵奇人，火化其尸后水葬之。燕甚怜潘军卒微命贱，冰封桑干，乃求晋王使卒将潘军皆拖出冰河，于河畔挖一巨坑并潘无头尸收埋，竖碑曰冰河潘军冢，又令僧道念经超度潘及众敌卒，涤其恶魂。非白报其忠义之行，太祖亦赞其武德忠魂，仁义楷模。太祖元昌二年，燕擢升至兵部尚书，生辰之日，有潘氏老家人自聊城一路行乞送忠燕府兵策二本，谓乃越临终遗愿，其平生所学，皆尽于此，传于燕攘夷击蛮，以报家国。燕思良久，默然收之。

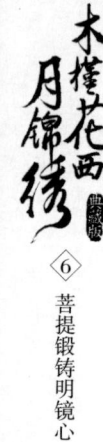

且说，晋王命传令官快马将潘正越的头颅送回长安城，皇帝自然是圣心大悦，举国振奋，令传视九州，上下庆贺一番，并密令晋王生擒窦英华。

大年初一，原非白率大军顺利进驻幽州，这是窦周京都城的最后一个防线，于飞燕击破了窦周的神话飞快传遍天下。传说窦英华听闻后，深知他的周朝气数将尽，不由得口吐鲜血，忧惧成疾，一日夜间整个人竟急速憔悴，消瘦入骨。

《旧塬书・太祖本纪》记载，元昌二年，庚申，戊寅月丁未日，元月初一晋王非白率大军登幽州，补给充足后，便于初五子时攻京都。非白率天德军，元德军攻神午门，永定县公乔万率武德军作右翼攻东华门，南嘉郡王率麟德军作左翼攻西华门，分三路起攻。

东华门最为薄弱，最先被攻破后，及时赶到接应元德军，再往昭明宫而去，然而，天明之际，麟德军破西华门后并未按原定计划及时接应元德军，却直奔昭明宫，欲活捉窦英华，抢占头功。

前方晋王闻报，心中甚怒，特着颁威将军谢素辉带一万人马冲往毓宁殿，协助嘉王，结果宋明磊与谢素辉在毓宁殿，只看到已被窦英华刺死的皇后阮氏并几个华服妃子宫人的尸首，却没有发现窦英华。其时窦英华早已扮成太监，携宣妃欲从西边的宣德门出。宋明磊往东北边追去，谢素辉正好往西南追击，守卫宣德门的太监有一个正是非白安插的内应，认出了化了妆的窦英华，而宣德门原系轩辕旧宫人及侍卫诸多，皆暗恨窦氏叛乱，见英华逃走，便一哄而上围住。也是命里注定，当年大塬太祖皇帝携家人及轩辕德宗从宣德门出逃，而今日窦英华却没有这么幸运，与众旧宫人侍从纠缠之中，幸谢素辉及时赶到，成了活捉窦英华的大英雄，非白命于飞燕好生查封皇宫珍宝，接收降婢宫人等的财物，查点报数一并承给皇帝，皇帝大喜，命非白就地颁诏，先行犒赏三军。

元昌二年的新年，是大塬朝开国以来最激动人心的新年，元月初八一早，皇帝兴奋地领着我们这帮剩下的原氏孩儿们娘儿们，到秦岭祭过轩辕先帝。今年五十五岁的皇帝在秦岭声泪俱下："先帝，朕幸不负所托，终于为轩辕氏诛杀窦贼，为吾等报得大仇。"

皇帝与内阁热烈地讨论着该怎样处置窦英华：

杀是肯定要杀的，但是怎样杀法？

怎样才能使窦英华更痛苦？

怎样才能更显原氏的威仪？

怎样才能让轩辕氏旧宗族扬眉吐气，让他们更拥护原氏的统治等等……

最后，中央决定于上元节日，让晋王率众军入城，拖着众多的战利品，举行隆重的巡游仪式，等窦英华入城之际，立刻在全国百姓面前，三日夜凌迟处死，令众民割其肉、剔其骨，以泄轩辕皇室及百姓之恨。

西枫苑上下都觉得自己是出征的英雄，腰杆子见人都挺得直直的。

因晋王是北伐首领，西枫苑众人将是凯旋仪式上的主角，皇帝特地命左春坊内官负责我的服饰、礼仪一应事宜，并日夜在西枫苑指示众人巡游那一日何处出入、何处进膳、何处启事等种种仪注。

不久，玄武门前搭了一座数丈高的大犒封台，史庆陪亲自监督着巡察关防的太监，领着一帮子小太监并宫女张灯结彩，大红毯铺地，用心装点犒封台。沈昌宗率内卫在朱雀街上各处关口密布内卫高手，严守关防，谨防窦英华逃脱的死士前来毁坏仪式、劫掠人犯。

转眼上元节至，正是非白凯旋入城的日子。早有工部官员并五城兵马司将巡游必经的朱雀街等处的积雪打扫干净。我基本上一晚上就没睡着，申时就爬起来，不想左春坊内官早在子时便将一切准备就绪，在赏心阁门外候着，掌严三人为我一层层穿上亲王妃的青织翟衣，凤纹裙裾，领缘绣两行两列雉纹为章，两人亲捧亲王妃梅花珠凤冠轻压发髻。掌严们心思甚巧，因前阵子我生病头发掉了不少，便专门在梅花珠凤冠上加了乌黑油亮的假髻，又在头上饰两鬓博，花钗九束，翟钿九束，然后精心化妆打扮。

掌缝三人为我严整衣里，认真检查可有纰漏，有者立以针织补之。我不得不承认，这左春坊的宫人果然巧手无双，我这颜色晦暗之人被他们一捣鼓，立时光彩照人，一派光鲜。薇薇、小玉、妩嫱等皆在旁边恭敬伺候，以惊艳和激动的眼神向我表达着鼓励，连青媚这娇丫头也感叹着点了点头，表示同意。

一切妥当之后，司礼二人前来引驾，众人扶我上舆轿，司礼高声唱颂起驾，八个太监抬起舆轿。前有太监，站在司礼二人后，小玉、薇薇、妩嫱、青媚四人各站舆轿四角护卫，前往玄武门。

我兴奋地掀帘子看，却见宫中四处鲜花着锦，珠帘绣幕，桂楫兰桡，铺陈华丽。行至中道，却见远远走来一堆华服曳地的年轻女子，如烟似霞，个个青春貌美，不可方物。当先一人，一身霞影纱，飞天环月髻上缀满金银珠钗，颈戴八宝璎珞，眼似水杏，眉如翠羽，脸若银盘，肤似凝雪，花容月貌，见之屏息，只略显风露清愁。我一心急着到城墙去见皇帝，也没让停轿，只想快点通过，不想那身穿霞影纱的女子见了我的乘辇，没有避让，反倒提着裙摆小跑过来，翩然下拜。齐放只得被迫停轿，却听她莺声婉转道："臣女乔芊蝉见过晋王妃姐姐。"

我当时听了一愣，好像最近没认过妹子啊？

我从未见过这个乔姓女孩，连名带姓地报与我作甚？还自称为妹，这亲攀得太快了。

那些漂亮美眉也大着胆子过来，跟在那乔芊蝉身后，呼啦啦拜了一地。可我实在没有时间去细想，便掀轿帘顺口笑道：“众位贵女妹妹们快快平身吧。”

青媚微微皱了皱眉，上前傲然道：“晋王妃殿下奉旨前往迎驾，众贵女速速退去，勿再挡道。”然后便同齐放绕过她们，匆匆忙忙继续赶路。

我临进墙垛时掀帘子又回头望了一眼。那个翠衣美女还在远处激动地看着我，轻轻地拭着泪痕，别的贵女们也站在她身边，亦带着兴奋伸头伸脑地看着我。

可能都是一帮花西踏雪迷吧。我暗想着，太夸张了吧，就见了个面，连手都没握，就激动成这样。

我没有怎么在意，只是同齐放一起匆匆忙忙地赶到城墙头。贵女席中已来大半，皆按品级大妆，依次站立。轩辕皇后与锦绣隆装盛饰，皆着深青色翟纹袆衣，亦头戴华丽的花钗、花钿、两博鬓。锦绣这回倒是按制比皇后仪略减，但轩辕皇后披着一件雪狐貂毛大氅，锦绣却披着件金翠辉煌，碧彩闪耀的雀金披羽，衬着凤冠上那支稀世的点翠嵌珠凤凰步摇，甚是打眼。

轩辕皇后正掩着袖口同锦绣笑着聊些什么。也不知是说到什么开心处，锦绣忍俊不禁，略显放肆地大笑起来，那点翠嵌珠凤凰步摇疾速地摇动着，悦耳轻响，引得皇帝和众人微微侧目。

锦绣连忙优雅地一挥丝绢，轻掩俏鼻，潋滟的紫琉璃瞳向皇帝微送秋波，明艳撩人，娇柔入骨地缓声嗔道：“请皇上恕罪，皇后方才可是欺负臣妾呢。”

我暗想：谁敢欺负你呀，那可真真活到头了。

却见皇后的广袖轻掩朱唇，轻笑不语。二人迎立在皇帝身边，一个国色天香，一个娇艳欲滴，真如画上仙子一般。皇帝也知道二人是闺中嬉闹，只左右看看，挑了挑眉，也不在意。

我差点忘记了，今天她的武德军胜利归来，也是主角。众人却竭力拍马，什么皇帝的后宫琴瑟相和，娥皇女英，共侍千古贤君之类的。皇帝的凤目便在如花似玉的妻妾身上转了又转，颇有些得意地接受了恭维，嘴角绽出了一丝微笑。

今日皇帝头戴十二旒衮冕，穿了一身玄色十二纹章天子服，因风雪稍停，气温甚低，外面披了件紫貂大氅，见我来了，即刻免了我的礼，笑着招招手让我过去。我按司礼所授，帝后三步之遥站定，再给皇后和皇贵妃行了礼，可皇帝却一径向我招手，让我到他的身边，锦绣便乖巧地让开了位置。

皇帝早已快速地上下打量了我几眼，略皱眉道：“这孩子，实在不爱惜身体，病才刚大好，穿得这样单薄，城头风大，可不是要着凉了。”

我心中一动，皇帝果然什么都知道，那暗宫神医想来也是在他默许下才放出来救我一命的吧。

却见那绣着五爪金龙的袖子微摆，史庆陪早向我递来了一个大镏金红漆盘，盘中盛着一件华丽厚重的雪狐貂毛大氅——这同皇后身上的一模一样。我高呼不敢僭越，就要跪倒，皇后立时过来笑着替皇帝扶起我。

“快披上吧，木槿要快快养胖身子，给晋王看到了，可别以为我虐待他心尖尖上的肉哪。”皇帝心情大好地同我开着玩笑，亲自取来那件雪狐貂毛大氅，为我披在身上。我被这荣宠吓得愣了一阵，众人也艳羡不已地看着我。

当下，心中感激，柔婉称是。一旁锦绣早就殷勤地接过皇帝的手，为我整了整那件雪狐披风，眼神中毫不惊讶，表情却惊诧而担心，黛眉微蹙：“呀，姐姐前阵子不见踪影，妹妹真没想到姐姐会病这么久，听说是旧疾复发，到现下还未好全吗？”

我心中微冷：明明你也知我病了这么久，却从不见你来看我，倒是皇后来过一二次，送了几份贵重的补品。我便极尽礼节地客套几句。这时盛装的珍珠及几个大孩子前来，锦绣便前去招呼。

皇帝便和颜悦色地对我说道：“这些年你与晋王劳燕分飞，又新婚离别，晋王平日里信中提得最多的便是担心你旧疾复发。你为了晋王，积劳成疾，隐瞒病情，朕都知道。你二人不容易啊。”他叹了一声，凤目闪现了一丝复杂的情绪，然后露出难得的真挚和鼓励，轻轻对我笑道，“今日乃是晋王的好日子，你是他的女人，便特准你站在朕身边，好好感受一下他为你创造的荣耀吧。”

他仰头傲然道：“这也是原氏女人的骄傲。”

我闻言细品良久，不由得感慨万千，躬身敬诺，再扭头看向城下越聚越多的百姓，人头攒动，心中已油然而生一丝自豪感。

锦绣的嘴角扯出一丝不易察觉的轻笑，如嘲似讽，只轻轻站在我的身侧。非流缠着要初喜抱起他，好看得清楚一些。

我永远忘不了这一天。这日长安的冬天明明这样冷，工部清早方扫清了积雪，清晨却又下了一场，覆了小腿，湿了鞋履，可是无数的长安百姓却争相站在积雪中，不停地挪动着、奔跳着，搓着双手，明明脸和手冻得通红，几要失去知觉，可是口中呼出白色的气息是这样温暖，生生化了那冰雪。他们的眼神是这样的热切，好像千军万马也不能阻挡他们来见心中的偶像，见证代表平安盛世来临的凯旋仪式。

却听礼炮三声，早有两队鲜衣怒马的羽林卫，最后一次快马开道，对左右百姓反复高叫道：“王师凯旋，闲杂人等退避十步，不得有误。”

正午，号角雄赳赳地呜呜吹起，却见十个士兵，慢慢推开巨大的东华门。城门沉重地响起，迎接英雄的归来，成千上万的百姓瞪大了眼睛，争睹英雄的风姿。

却见巨大的城门外，一列军队如黑色铁水一般分五列踏着整齐的步调拥入城来。当前一人身披黄金战甲，头戴高高的白羽盔，太阳从灰蒙蒙的云层探出头来，一束阳光正投射在他身上黄金制成的明光铠甲，竟化出耀眼的五彩霞光来，然后迅速绽放到长安的每一个角落，再从雪地中反射到众人和我的眼中，仿佛那地宫中的神王复活，神迹显现，高贵耀眼。

形同那些甘心虔诚的紫瞳修罗跪像一般，众人再看不到别的，所有人的眼中便只有他。很多百姓流出了感动的眼泪，他们单纯的心中深深相信，眼前这个身披黄金甲的战神可以为他们带来和平和希望，于是他们发自肺腑地大喊着。只听得惊天动地的欢呼声，此起彼伏，远远地传到武安门的宫城墙上。

原氏的女人们由锦绣领着，脸上皆显出自豪的神情来。原非清看见宋明磊的麟德军旗时，早已喜上眉梢，回过皇帝，便按议定飞速地下了宫墙，代表皇帝去迎接王师。

俘虏队伍开过来的时候，首列窦英华，为防他自杀，特地为他造了一座精钢密网所围的牢笼囚车，里面之人嘴里堵着棉球，双手双脚皆有铁铐锁在囚车中。我拿着千里望仔细辨认一番，那人黑瘦似鬼，灰发披散，神情憔悴，却当真是那窦英华。不少百姓对着窦英华扔着烂菜叶、西红柿什么的，却近不了半分。可是那群情激愤的嘶吼围攻下，任何一个意志坚强的人此刻也全部垮塌。

旁边的皇帝也拿起一个金制的千里望，使劲看着。他没有再说话，五官却扭曲起来，口中狠戾地喝道："是他。逆贼，朕终于等到了这一天。"

他仰天大笑起来，可那笑声却如戾气一般，让人闻之惊骇。

这时，武德军旗高高仰起，由身着银甲的乔万引领着进入我们的视线，他看向女眷列，似微微一笑。我向他看的方向看过去，却见一个年轻貌美的女子正挥着霞影纱的衣袖对乔万挥手，泪流满面，把妆都差点哭花了，正是早上对我请安的美女乔芊蝉。

却见非白为首的队伍，终于来到了玄武门近前。非白一挥手，身后诸军站定，身后一字排开站着四个高大身影，从左数来正是宋明磊、乔万、于飞燕、谢素辉，一行五人上到台前。

"这是乔卿唯一的妹子，"锦绣的声音在我耳边响起，"国色天香，德容恭俭，慧名远播。"

我恍然地哦了一声。原来听说过乔万家中亲人皆亡，唯有一妹，宠若珍宝，但从小是寄养在太原老家的，这两年才接来。还真没有想到这五大三粗的乔万却有一个如此纤美的妹妹。

原非烟甫一见到宋明磊，那双凤目便闪烁着神奇的光芒，泄露着女人深陷爱情中的心思，可宋明磊正忙着对原非清微笑。

原非白的面庞左右微转，似在寻找什么。我暗自雀跃，不由得微微上前一小步，微趴墙头，忍不住略倾身向非白看去。他正好抬首向皇帝这方向看来，这一眼万年，千般相思、万般爱恋皆凝于此刻。

这一段艰苦的军旅岁月，他人瘦了也黑了，可天人之颜却依然吸引着所有人的目光，潋滟的凤目在阳光下熠熠生辉，眼神更显凌厉坚毅。也许是那身黄金战袍，使他整个人都洋溢着一种皇室特有的睥睨天下的王者之风。

他的嘴角隐有浅浅笑意，我那颗女人的心差点没跳出来，当真想从这墙头施轻功而下，然后狂奔向他，紧紧地抱住他，再然后……

忽觉有人轻拍我，打散了这一脑门的春梦，却见皇帝正轻拍我肩，戏谑道：“木槿莫急，马上晋王就全是你的了。”

我那两辈子的老脸一下子红到耳根。站在皇帝左侧的皇后也忍不住看了我一眼，纤指微扬丝帛，轻遮嘴角噙着的谑笑。

锦绣如嘲似讽地看了我一眼，不置可否。

这时，皇帝肃着脸，伸出手来，众民奇迹般地安静了下来。史庆陪挺直了脊梁，展开一卷厚厚的黄绫，站在已扫净积雪的诰封台上，双手持黄绫，大声宣读犒赏御诏：“奉天承运皇帝，诏曰……立擢升于飞燕一等忠勇公，上万户邑；谢素辉一等颂威将军，加封上柱国荣号，赐一等勤忠侯，上千户邑；乔万擢升一等永定公，上千户邑。元德军、麟德军、武德军皆上下加封犒赏。”

宣诏已毕，史庆陪不男不女的声音在半空中微扬，慢慢走下城墙，躬身谄媚地递上诏书，非白高举双手接过黄绫诏书，转向台下众将，昂首巍然立定，双手平举诏书，高声叫道：“吾皇万岁！大塬万岁！”

我有多久没有听到他的声音，而这个声音如此威严，我很没用地同那些少女一样，面上烧了起来，未及从痴迷中醒来，只刹那间，潮水般的数万铁骑，齐声高呼：“吾皇万岁！大塬万岁！”震天动地。

而城下的百姓亦开始疯狂地呼唤着“吾皇万岁，大塬万岁”，宫墙之上，所有人都跪伏下来，虔诚地看着皇帝，亦高喊着这两句话。那“万岁”二字响彻大雪覆盖的整个长安城，每一个人的心头，响彻九霄云天。

皇帝一个人站着，昂首挺胸，岿然不动，嘴角含笑地向人山人海的臣民挥手致意，潋滟的凤目睥睨天下，浑身散发着天子霸气，不可一世。

锦绣看着墙下众人膜拜之色，骄傲地挺起了胸膛，愈加站近皇帝，将我挤退一步，紫琉璃瞳也露出睥睨之色来。

《金陀遗编》写道：

庚申元宵日，北晋王非白班师荣回长安，上特赐身披黄金甲，领元德军前行。一等广威将军于飞燕、一等颂威将军谢素辉、二等武显将军姚雪狼、二等武威将军程东等元德军二十五将从其后，南嘉郡王宋明磊引麟德军，一等驰威将军乔万引武德军紧随其后。铁骑万匹，甲士十万人，前后部鼓吹，俘窦英华、宣妃等众妇子女共十二人，及周乘舆、金银御物等献于太庙，行饮至之礼以飨之。夹道百姓感念圣恩，欢呼之声撼地动瓦，响彻云天，至此大塬开皇祖之基业，原氏天下始成矣。

原氏正式报仇雪耻的那一刻，我正在担心，是不是能看完血腥的凌迟，可是皇帝却忽然改了主意，废了前旨，冷冷地吩咐道：“五马分尸。”

后来齐放报我，尽管为防窦英华自尽或是仇人来杀他，做了全部的保护，天天灌参汤，让人输内功，着人严密保护，但是窦英华最后还是死了。他的死士救不了他，却在最后关头，给他送了死药，在送上凌迟台的最后一刻发现他已中了剧毒，别说三天的凌迟，一时片刻也禁不住。于是沈昌宗着人给他喂了流光散，聚拢他最后的一丝精气，将其五马分尸。

黎民百姓称颂着皇帝的仁德，世世代代念叨着太祖皇帝只将窦英华五马分尸，然后把六部分挂在城墙上展览。窦英华也算逃离了少许最后的残酷羞辱。

不管怎么样，一时报仇雪恨，人心大快，皇帝笑得满面红光，凤目亮得惊人，领着一大帮子锦绣香烟，铺天盖地，浩浩荡荡地直奔双辉东贵楼而去，参加宫中的犒军大宴。

原非白、于飞燕、谢素辉、乔万、宋明磊中三个已成家，皇帝在席间隆重地引出他们的妻子，其中也包括我，特准坐在夫君的左右。我注意到他以天子之尊，却亲自扶着原非烟到宋明磊身边，把女儿的手交到宋明磊手中。看到宋明磊亲热地拉着原非烟的手笑着说话，他才满面笑容地离开，可见他的确宝贝这个女儿。

我终于坐到原非白身边，一时同原非白相顾无言。旁边的人声喧嚣，钟编雅乐我一概听不到，只顾流着口水贪看着他的天人之颜。而他也瞅着我不说话，一只手却在案下悄悄触碰到我的手，然后紧紧抓住不放。我也反手握住他的，再也不愿意放手。

青媚照例着男装站在我身边侍候。齐放算是紫微舍人采办一职，因算出自晋王府，便在我下首置席，小玉便在旁边侍候。

众臣说了一堆客套话，轮番地要向北伐英雄敬酒，我和非白才不情不愿地松了手，开始忙于应酬。

第六章

鸣蝉仰白虎

◆◆◆

酒过三巡，皇帝也开始话多起来。众人讲些北伐中的趣事，和活捉窦英华的典故，说到于飞燕请命葬了那惨死的二十万潘军时，皇帝不由得大加赞赏于飞燕的仁德，也赞非白处理果决。

这时，喜乐略停，只有一个倩影在帷幕后弹起一首婉转清幽的越人曲来，一时众人停在那里，不知所措。

“琴技娴熟，只略少细腻，”皇帝点头道，“不过情感倒也算真挚，可见抚琴之人，这心事倒也患得患失许久了。”

非白也侧耳听了一会儿，略点头道：“不错，只是这心事过重，反倒掩住了此曲本应有的清新雅丽。”

越人曲毕，众人醒了过来。那乔万便起来向皇帝跪启：“吾有一妹，乳名芊蝉，正当二八年华，正是方才抚琴之人。”

皇帝笑道：“早听说乔卿有一妹，琴棋书画无一不精，女红、《女诫》无一不晓，果然是真了。”

乔万诚惶诚恐地谢了皇上，接下去，乔万便提出了一个不情之请。北伐英雄有要求，岂有不准之礼，皇帝便爽快地让其陈情。

“吾妹口口声声说非英雄不嫁，心中仰慕晋王久矣，认定晋王乃真英雄，”乔万恭敬道，“晋王出征之际，天天焚香祭拜，夜夜对月祝祷，卑职斗胆为吾妹开口，但求能长伴晋王左右，不求名分。”

大抵做媒的好事，古往今来，上流社会都乐意去插一脚，天子一听，这兴趣果然来了，便笑着宣乔芊蝉上正殿。

帷帘后转出一个穿着霞影纱的美女，莲步轻移来到中殿，腰肢如柳，满面羞涩，翩然下拜。

这回我彻底明白，乔芊蝉向我行礼、称我为姐的原因了。果然，这年头凡是有漂亮美女对你示好，不论你是男是女，都得小心些。

“永定公一片爱妹之心，连臣妾也为之感动了，”锦绣长眉微皱，表示了极大的感动，“姐姐的身体入冬以来便不太好，且劳累家务，圣上不如准了永定公，可多一个人照顾晋王，分担姐姐的辛劳，早日为晋王开枝散叶，也能了了乔小姐的一片痴心。”

众人一时噤声，目光在乔芊蝉和我身上来来去去。

这个下马威太牛了，我的心上立刻如刺针扎。锦绣啊，你果然是个厉害角色。如果我说不用关心，当面拂了锦皇贵妃和永定公的好意，善妒之名便会更甚，这样的名声在这个时代是够分量让我成为下堂妇的。

可是如果我同意了，我想我在原家同非白的生活也就到了头，可以提前回大理了。

我露出贤淑的微笑，不带任何怀疑地望进非白的凤目，案下微用力拧了一下非白的手，坚定而恭敬道：“臣妾但凭晋王吩咐。”

非白对我展颜一笑，大力地回捏了一下我的手，走到乔万面前，深施一礼，乔万立刻回了一礼。非白道：“本王这一礼是多谢永定公在幽州的右翼夹击，其时左翼未如约前来，若无永定公及时从东华门赶来援救，元德军过分深入战线，极有可能被周军拦腰截断，北伐一事则前功尽弃。”

原非白瞟了一眼宋明磊，宋明磊淡笑着饮酒，如未听见。

乔万慌忙回道：“晋王客气了，此乃卑职本分，能随晋王北伐，能为圣上诛贼，卑职不胜荣幸。”

非白继续走向乔芊蝉，也略施了一礼，乔芊蝉满面娇羞地欲回礼，非白却一摆手，笑道：“多谢乔小姐的垂青。小王听说乔小姐熟读诗书，当知贫贱之交不可忘、糟糠之妻不下堂的道理。”

所有的人一愣，乔芊蝉也一滞，鼻间略沁出了汗水，却仍然在众人面前，鼓起勇气道：“晋王容禀，妾不求名分，只求能日夜侍候晋王与王妃殿下，便是妾前世修来的福气。”

众人微有哗然，皆在小声议论，这姑娘真痴情。

“小姐美意，小王心领。敢问小姐当听令兄提过小王与吾妻当年之情事一二吧，”见乔芊蝉略点头，非白便对她淡笑道，“那小姐当知‘曾经沧海难为水，除却巫山不是云’的道理。更何况，”非白轻摇头，轻喟道，“乔家有女正华年，沉鱼月貌无双艺，正应披红登正堂，岂可入妾诞庶子？”

乔万在旁也叹了一口气：“晋王莫怪，小妹从小为卑职所宠，虽为下贱之身，却立志要嫁晋王这般的大英雄。”

“永定公太谦了，永定公乃上柱国荣号，北伐战绩必当流芳百世，更何况乔小姐这般品貌，若要嫁英雄，这有何难？父皇文治武功，天命所归，普天之下的盖世英雄皆归附大塬江山，”非白朗笑起来，对皇帝又躬了躬身，皇帝愉悦地接受了这个奉承，示意他继续说下去，“若是永定公信小王，小王愿为乔小姐做媒，荐举二位贤将，皆有大军功在身，可谓当世英雄也，且家门显赫，未有定娶，堪配乔姑娘和永定公。”

乔万一愣，不及答话，皇帝倒来了兴趣，笑道：“朕倒不知道，晋王还会替人做媒，且说来听听。”

晋王立刻转向皇帝，恭敬道：“乔小姐丽质无双，德慧过人，能与之相配之人，论相貌，论才学，论武功，儿臣倒想起宁康郡王来了。奉定皇兄这几年为国家社稷，四处奔忙，浴血奋战，一直未娶，父皇也时常感叹，欲为其择一佳妇，不知父皇可同儿臣一般作想，觉得此二人乃是郎才女貌、天造地设的一双？且永定公向来与宁康郡王交好，岂不是亲上作亲？”

此言一出，上下皆哗然，表示这两人相当合适。乔万听得一愣一愣的。锦绣虽也含笑倾听，那描绘精制的水眸却泛着冷意。我则暗中发笑，真不知远方的原奉定今天耳朵根可痒痒。

皇帝看了看锦绣和乔万，又盯着乔芊蝉看了一阵，歪头想了想，倒也抚须点了点头，笑道：“这对美人英雄，确实登对，那另一位英雄呢？”

“所谓举贤不避亲，”非白从容笑道，“容儿臣为自家人也谋个福分，一等颂威将军、勤忠侯谢素辉，为我塬朝出生入死，军功显赫，北伐战役又生擒窦英华，可谓国之大功臣、社稷栋梁。其母谢氏于庚戌国变中英勇就义，父皇曾上表先德宗陛下诰封大义魏国夫人，其夫谢贤追谥嘉定公，此夫妇二人皆为儿臣生母孝贤端仪皇后的族表亲，皆对儿臣有再造之恩，儿臣又与素辉一同长大，亦将其看作自己的亲兄弟一般，今年刚巧二十三岁，亦为了国家，无心儿女私情。”

非白略整衣冠，郑重下拜，肃然道：“如今天下太平眼看在即，儿臣恳请父皇为勤忠侯做主，早定才貌双全的佳人，成家立室，方不负嘉定公与魏国夫人对儿臣再造之恩。”

众人又是一阵恍然的轻呼，目光全都集中到非白身后的谢素辉身上，仿佛一束耀眼的手电筒，照向了躲在舞台边角暗处的角色，那人物一下子成了场中焦点。素辉也是一阵讶然，显然没有想到会被非白扯上，一张被晒黑的脸红得像猴子屁股，嘴巴张了半天也不知道说些什么。

皇帝长长地哦了一声，似笑非笑地看了非白和我半天，慢吞吞地来了一句，“晋王的口才又见长了。”

众人笑声立止，非白也一下子念了句不敢，跪倒在地，我也赶紧跪下。众人皆噤声大跪于前。

非流从锦绣的膝上滑下来，走到乔芊蝉面前细看了半天，道：“父皇，这位姐姐长得真是漂亮，不若让她到三省殿来陪儿臣玩儿吧。”

锦绣沉下脸来："非流，莫要胡说。"

"你这猴儿，又来插科打诨，好好地又想要糟蹋人家如花美眷，"皇帝哈哈地大笑起来，场中气氛立缓，说道，"看你皇兄千里迢迢归来，一定累了，快替朕下去扶他起来。"

非流飞快地跑到非白那里，小手略搭非白的手臂，甜甜道："皇兄快起来。"

众人见非白起来了，这才慢慢起来。非白轻拍非流的小脸，宠溺一笑。

"晋王能这样为部下考虑，实在令朕感动。只是经你这么一说，朕倒想起来了，你那大哥至今仍单着。"皇帝叹了一声，"为宗族子嗣着想，乔卿啊，朕有意为东贤王再择贤妃，却不知可高攀否？"

此言一出，举座皆惊。原非清霎时白了脸，宋明磊的笑容不变，手却一颤，几许美酒泼洒出来，锦绣微呆，连非白也听得一愣。

过了好一会儿，锦绣轻咳了一下，乔万才惶恐地跪地谢恩："微臣岂敢，能陪伴圣上嫡长子，此当是芊蝉平生福气了。"

原非清撩袍起身，似有话说，离他最近的宋明磊早就左手微压，右手放下金樽，长身立起，向原非清行礼笑道："恭喜贤王又得佳妇了。"

目光微闪，原非清已期期艾艾地改口："多、多谢父皇。"

原非烟满面春风地站起，款款地向原非清恭贺："恭喜皇兄。"说着又来到乔芊蝉面前，轻轻扶起她，握着她的柔荑，温言道，"恭喜乔小姐，以后该称新嫂嫂了。"

乔芊蝉满面茫然，不知所措地看着她的哥哥。

她的哥哥强笑着对她点了点头。乔芊蝉骇然地站在那里，颤声道了谢，脚步踉跄地被嬷嬷拉了下去。

锦绣又出列道："今日贤王与永定公喜结连理，既如此，就容臣妾厚着脸皮再向陛下请个旨，为永定公本人也保个媒吧。"

第七章

孤星纳双美

乔万立时跪下，却听锦绣道："永定公心仪一佳人久矣，却又怕唐突佳人，故托臣妾向陛下讨旨。"

皇帝像发现新大陆似的，略有错愕道："今儿个，太阳都打西边出来了，连乔卿都有心仪的女子了。果然天下太平了，诸位都想佳人了吗？"

众人一阵大笑。

皇帝笑着喝了一口酒："爱妃快说来听听，朕定当助乔卿早娶佳妇啊。"

"乃是晋王驾前得力助手，现任东营卫统领使，东营府府主青王，青媚姑娘。"

此话一出，众人皆惊。站在我身侧、正替我倒酒压惊的青媚听到锦绣提她名号，快速地抬头看了非白一眼，不动声色地将我的酒杯递到我的手中，退到我身后。

皇帝思考了一会儿，点头道："青媚屡挫叛臣谋逆，多次救援两朝皇室，为我大塬屡立战功；乔卿乃是北伐英雄，又是黑梅卫统领使，的确堪配佳人。不知晋王可愿意将爱将托付乔卿呢。"

非白笑道："永定公救了儿臣的命，又是父皇同皇贵妃跟前的人，自然是上上之选，只是青王虽不在前线效力，但难为她将儿臣后院保护周全，儿臣倒想听听她的意思。"

皇帝亦点头道："青王本就不同于其他侍婢，确当令她嫁得心满意足才好。"

皇帝便宣青媚上中殿。青媚基本走的是同非白一样的路线，说身份卑微，恐辱没永定公的身份，但是她在结尾处大声地又加了一句："卑职心有所属，但请圣上成全。"

皇帝果然来了兴趣，笑道："青媚果然也长大了呢，也不知是哪位世子，朕看看你的眼光如何，若真好，便让朕只对不起永定公，先替你做主了吧。"

青媚谢恩，一指站在我身后的一个伟岸身影："乃是紫微舍人君氏门下，齐放，字仲书，现于户部筹理挂采办一职。"

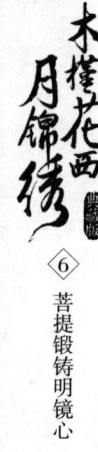

我的下巴掉下来，扭头看向齐放，暗想：平时一见面就是冷嘲热讽、吹胡子瞪眼的两人，什么时候感情一日千里了？却见万年冰山的帅哥齐放，一下子脸涨得通红，满面惊诧。

皇帝认得齐放，七夕夜游，还有登船试水时，都是齐放引驾，好像对齐放印象极好。似乎帅哥在原氏那里总是吃香，皇帝曾经亲切地同齐放聊过天，对过几句诗，然后像发现了新大陆，大力惊赞此子仪表非凡，文采斐然，对于这样一个处变不惊、文武双全的能做大事的人才十分爱惜，估计一度还想挖墙脚——因为小放回过我，沈昌宗请他过府宴饮，明着要拉拢。当然小放不为所动，巧妙地推了过去。后来听史庆陪露过一两句，皇帝非常惋惜这样的状元之才最终却听命于一个女人，当然后来又婉转提到，好赖这个女人是原氏的，那也就算了。

皇帝一听得齐放的名字，犀利的目光立刻投向我身后的齐放，感叹道："青王可真会挑人，这一挑就挑上个会赚钱的相公。"

众人大笑，乔万的脸沉了下来。

皇帝走下宝座，皇后体贴地为皇帝披上那件紫貂大氅，皇帝笑着对她微摆手，让她坐下。锦绣快速地看了一眼，长睫微闪，纤长耀目的护甲端起夜光杯，朱唇略饮了一口御制九酿葡萄春，曼声道："常言道，英雄难过美人关，这齐大掌柜便这样落入我青王之手了吗，也太不会做买卖了。"

众人敛声屏息，目光只放到皇贵妃和皇帝身上。齐放正要开口辩解，非白今天似乎不愿意放过任何一个当媒婆的机会，早已上前一步，笑道："皇贵妃明鉴。也巧了，仲书早在两三年前便有一个红颜知己，卜氏，亦是吾妻侍婢，所谓好事成双，仲书正好又姓齐，父皇下旨两女同嫁，共结连理，岂不谓这盛世元音？"

皇帝走到非白面前，非白立时弯腰躬身，却面无惧色。皇帝的凤目打量着非白，轻拍非白的肩膀，淡笑道："还是晋王想得周到，果然糟糠之妻不下堂。齐仲书这等有功之臣也合该享尽齐人之福。"

众人一听，忙不迭跟着叫好。

"也巧了，皇后上回还说起，绥远公夫人和永福侯夫人倒也欲为他们的女儿寻个好人家，既如此，咱们就来个四喜临门吧。"皇后便仪态万方地点了点头，云鬓上簪的金步摇跳跃着，金光闪耀，众人不敢逼视。皇帝略挥一挥手，早有中书舍人岳堂捧来笔墨，众人再次下拜，却听皇帝念道："赐永定公之妹乔氏婚配东贤王为继王妃。三等绥远公、太仆寺卿常载道嫡女常氏贵琳婚配永定公。三等永福侯、右副都御史原赫德之女原丹珠，婚配勤忠侯。五品户部舍人齐仲书，勤谨恪勉，甚合朕心，特赐爵三等开国县男，爵号勤慎，食邑三百户，婚配四品东营卫统领使青氏，共晋王妃侍婢卜氏。"

我们听得皆一愣，绥远公及永福侯亦在场，两人皆是面色一变。

这是个乱世出英雄的时代，却偏偏极迷信门第世家之说，交友婚配等皆以门当户对为先。皇帝所指这两家皆是当朝三品以上大臣，深受皇宠，尤其是右副都御史原赫德，仗着自己是原氏宗族，在朝堂之上只一味顺着皇帝，不依附诸王，常直言弹劾贵族，今日指婚却另作他想——其女原丹珠品貌声名皆是一般，在贵女中并不出名，性子敦和，原赫德只此一女，便爱若珍宝，常常担心自己的老实女儿出嫁受人欺负，左挑右选的，耽搁至原丹珠十八岁，颇有些那个时代的小剩女之意。他原想爱女虽配于庶家出身的武人，却是皇上指婚的正室，且谢素辉战功赫赫，又封爵位，最主要的是同先皇后有亲，而皇帝与晋王皆有扶持之意，也勉强算原氏新贵，前途无量。晋王家门又以礼贤下士、宽谦容人出名，想来不至于受苦，不由得慢慢露出喜色来。似又想到这下子被迫选了阵营，锦皇贵妃与东贤王两边却都不好相与，又似愁苦起来。

另一个绥远公常载道乃侯爵世家，祖上曾做到轩辕氏的参知政事，可惜家道中落，到这一支，只有常载道做了太仆寺卿，侍从皇帝出入，掌管全国车马，虽委身权贵中心，却无实权，只好一味地阿谀奉承，攀权附贵，在权贵中无人问津，育有二子一女，二子皆在工部挂个小官，在同僚中出名的倒是生了一个千娇百媚的女儿，同乔芊蝉并负盛名，在待嫁众贵女中艳冠群芳，只是出了名地一心属意宁康郡王。其母绥远公夫人亦常在皇后与锦皇贵妃面前求取婚旨，哪怕做侧妃亦不足惜，万万不想今日圣上却指与乔万。乔万爵位虽高，却是原家恶名昭著的西营府暗人，且是皇贵妃家奴。皇贵妃以手段狠辣出名，而这乔万先时未在外出征时，为了皇贵妃前后奔走，这朝中倒有一半官员是吃过他苦头的，是个出了名的粗狠戾将，众官员对他又惧又怕，攀附之人甚多。有了这么个贵婿，却不知是福是祸，故面有隐忧。

我硬压下齐放的手，让他从长计议，齐放只好隐忍下来。非白对齐放微微点头，拉着他和青媚、素辉一同上前谢恩："谢主隆恩，不胜欣幸。"

"圣上真是偏心晋王，"锦绣微噘着嘴，"看看，这一下子他西枫苑里一个人都没讨到，反倒是多了三个新媳妇儿了。"

"你这猴儿说对啦，这回朕是真偏心老三，"皇帝哈哈大笑，大喇喇地承认道，"晋王这次厥功至伟，却不忘家国，将所俘之物全部缴回。且说爱妃方才不是担心木槿病恹恹的吗？朕看他的西枫苑还是服侍的人少，可不是得往西枫苑里多送些佳人？史庆陪，将窦逆宫中选出十个貌美身健的，充于西枫苑，多添些喜气。木槿可要快些好起来，领头让青王她们，为西枫苑开枝散叶、多添人丁才好啊。"

众人也跟着大笑起来。我面上带着一丝赧然，跟着下拜谢恩。谢素辉与乔万亦磕头谢恩，又当着众臣与未来的老泰山见了礼。乔万强扯了一丝笑，同常载道见礼。

素辉这厢见原赫德甚是客气。原赫德仔细端详了素辉许久，素辉的脸被看得红中带黑，黑中带红。皇帝又取笑了几句，众人更是大笑，纷纷起身祝贺四对新人。锦绣叫起了场中舞乐，众人推杯换盏，觥筹交错，一派富贵喜气。

回去的路上，非白一身酒气，怕熏到我，便骑马行一段，快到府中才坐到车里，我便同非白谈起此事。非白轻哼一声："我早听人报过，皇贵妃想抬举他。他以前一直是西营府贱奴出身，一直未敢求娶朝中侯爵千金，如今敢要我的人，是想青王亦是庶人出身，配他绰绰有余，将来汉中王登基，也容易收编东营府。可惜，皇贵妃选错了人，东西营卫虽原是府兵出身，身为下贱，可这两处于原氏是性命攸关之所，他们的上家必须是原氏中人，即便是宋明磊，亦是成了我原氏贵人，方能统领西营三千精兵。"他冷笑，"那乔万毕竟是庶人出身，即便有军功在身，父皇也看不上他。"说起营府出身的人，非白的口气鄙夷，士族的高傲不言而喻。

其实本人的出身也不怎么高啊。他看我拿眼瞟他，不由得笑道："有日子没见了，那老爱瞎想的毛病怎么一点儿也没改呢？"

"那请问晋王殿下啊，您家的青媚怎么就选了我家的小放了呢？"我奇道，"西枫苑上上下下都知道齐放一老实孩子，心里眼里就藏着个卜香凝啊。"

非白倒扑哧一笑："什么您家的、我家的，我还想请问君老板阁下呀，您主仆二人是什么时候看上我主仆二人了呢？"

"谁看上你主仆二人了？"我不由得也歪了嘴，捶了他一下。

他笑着接了我的拳，顺势把我抱进怀中，紧紧搂住，低声道："我方才在朱雀街上就忙着寻你，偏偏圣上连趟家也不让回，就请至法场，要看窦贼受死的模样。你一直绷着脸，我便总担心别人欺负你，现下可算对我笑了。"

我心中一阵柔情，紧紧回抱住他："我是担心窦英华有余部要在法场劫他，到时伤了你可怎么好，便一直吊着颗心。好不容易窦英华被绞死了，结果屁股还没坐热呢，锦绣就张罗着要给她亲姐夫找小妾，可不是愁杀我了。"心中隐隐愁苦起来，又感动方才他说的那句话，把头埋到非白怀中，不由得泪湿沾衣，"曾经沧海难为水，除却巫山不是云。你方才说的那些话，可要一辈子作数的。"

"你若明白'弱水三千'之意，当知我心，"非白一叹，双手掬着我的脸，凤目看进我的眼中，语带心疼，又有些生气道，"我是为你从死人堆里爬回来的，如今好不容易在一起了，还有什么话是不作数的，你怎么还不信我呢。"

"我不是不信你，我只是……"我也双手抚上他的脸，结果也期期艾艾地"只是"个没完，最后被泪水呛着了，咳了半天。

"快拿水来。"非白对帘外叫着。

车果然停了下来。小玉端来镶碧银壶，给斟了一小杯递上，非白便喂我喝，细声哄道："你且放心，我若说话不作数，便立刻化个大乌龟，天天给你翻过壳来耍着玩儿一辈子，这可好了吧。"

走得近的几个侍婢听了，都憋了笑。我也笑了，结果又呛着了。

好在西枫苑门口也到了，非白急忙让车停下。薇薇和小玉扶我出来，递上丝帕和水壶。我过分激动，竟有几丝血丝吐到帕上。

非白一下子骇得脸色苍白，生气道："你重病却不让人通知我这档子事，我还没跟你算账呢。"

他把我一路抱进西枫苑，放到赏心阁床上，就要去找林毕延，我却死命抱着他不肯放，哀声道："别走，我不要再同你分开了。"

非白的凤目漾过一丝奇异的光彩，神色服了软，轻轻抚了我的脸颊，叹道："你越活越傻了，怎么办？"

我也觉得，只要在他身边，我就是越活越傻。可他却亲自轻轻将我头上的假髻脱下，换了荷花纹样的家常缎衣，又让婗婳绞了一把热手巾，亲自替我擦了擦脸，然后自己脱了紫金冠，换了身家常衣袍，躺到我身边来，紧紧搂着我，柔声道："放心吧，天下太平了，我再不离你而去。"

我们谁也没有说话，只是静静地互相抱着取暖。渐渐地我困了，梦到那个铜修罗对我睁开血红的眼睛，对我厉声咆哮了一下，我便醒了过来，却见芙蓉帐外，一灯温暖晕黄。我略掀帐帘，却见非白正披着衣衫，同韩先生严肃地讨论些什么，地下跪着一人，却是满脸倔强的青媚。

非白见我站在帘外，便让他们先回去。

非白又将我抱到床上，拿一堆棉被把我裹住，怒道："你越发不爱惜自己了，身子骨本就弱，还这般赤着脚站在风口里。"

我拉住他轻声问道："可是圣上下旨，要青媚尽快完婚？"

非白点点头，无奈道："现在我只好觍着脸来问君老板一个恩典了。"凤目看着我，"可否就让香凝和青媚同嫁齐放，两人不分大小。"

我木然地看着他。

他叹气道："这是我欠青媚的。青媚的父亲是上一任的东营府主，单名一个弧字，绰号青狐，可谓忠勇绝伦。"非白隔着一堆锦被抱着我放到大床上，返到书桌前取了一张画回来。那张画略显破旧，上面画着一只卷着尾巴的大青狐，正伏在大青石上睡觉，落款写着第十六代东营府主青王。

他静静地诉说着往事："在暗宫那阵子，门客走了大半不说，西营亦着人来劝降，有暗人为了苟活性命投靠了西营，多亏了青狐一家，满门忠义，始终如一地为我守护，亦为我杀了那投降的暗人，为此得罪了那西营贵人，后来满门被宋明磊捕获。宋明磊为了杀一儆百，便命东营叛徒用明心锥将她的父兄凌迟处死了，那些家眷老小皆没有放过，连鸡犬也不留，全部火刑处死，只剩下最小的青媚躲在一只水缸里，才逃过一劫。她一夜懂事，此后处决背叛者只用明心锥。"

我怔怔听着，终于明白了青媚为什么那么喜欢听明心锥的声音了。

"当年为了救我，她委身张之严。"我轻轻道，"我心中一直存着对她的愧疚。可是这关系到小放的终身幸福，除非你能答应我，先让小放名义上把青媚娶过去，”我正色道，“感情最忌勉强。这是小放的人生，我不会用我的人生观来绑架他，一切就让他们自己去处理吧。还有卜香凝，咱们绝不能亏待她。”

非白见我口气松动，便绽开笑颜，愈加紧地抱住我，忽然声音一冷：“你且放心，我不会让卜姑娘受委屈的，而且青媚亦看不上用强的。她方才说了，她会让小放爱上她的。”

说实话，我真的很怀疑。

可能为了转移我的思虑，非白笑着说道：“皇贵妃马上就要担心自个儿了，她马上会有一堆姐妹共侍一夫，且够她一阵子烦了，没精力来纠缠我们了。”

呃？我这才想起他是在接我前面说的话。想起刚刚游行时众多窦氏后宫的美貌女子，想是要让皇帝欣喜一阵了。

我不由得叹了一声：“锦绣以后的日子看样子真的不会太寂寞了。”

非白轻笑一声，也不作答。我抓过他的大手，细细抚着掌纹：“青媚怎会看上小放呢，他俩一见就吹胡子瞪眼的。”

他无奈笑道：“现下她大了，我又不是她肚子里的蛔虫，谁知道她何时看上齐放的？青媚这小嘴可真严，从来没同我漏过。”他也皱眉想了一会儿，对我笑道，“说实话，我以为她会找素辉来挡驾。本来我还想把青媚指给素辉呢，我看他俩平时也要好，谁知是齐放呢？”

我们又聊了一会儿，转眼到巳时了，我打了一个哈欠，非白倒了无睡意，含笑问道：“困了？”

我点点头。

“真困了？”

“都站了一天了，能不困吗？”

“果然困了？”

我的眼皮直打架，轻轻地嗯着，又梦到铜修罗了，却感到非白的呼吸喷在我的耳郭上：“可我还不困，这可如何是好？”

“别闹了，你千里奔波的，还不快歇歇。”我睡意蒙眬道。

“你这人，所谓小别胜新婚，怎的一点儿风情也不解呢。”他轻声埋怨着，忽地含住我的耳垂，然后慢慢移到锁骨，粗糙的大手伸进我的睡衣，抚向我的腹股沟。

我不由自主地喘息起来。非白一挥手，烛光熄灭，归于一缕青烟，芙蓉帐翩然落下，遮住了里面的旖旎风光。

二月二，龙抬头之日，长安城中万人空巷，再次拥向朱雀大街，看几位有头有脸的人物娶亲纳福，皇帝的嫡长子东贤王迎娶永定公之妹乔芊蝉。

两位军功至上的将军同日迎娶两位世家千金。永定公乔万迎娶京都有名的美女，三等绥远公、太仆寺卿常载道的嫡女常贵琳；勤忠侯谢素辉迎娶婚配三等永福侯、右副都御史原赫德嫡女原丹珠。

紫微舍人采办齐仲书同日迎娶卜氏和青氏。

西枫苑中一时张灯结彩，喜气洋洋。然而成亲的第二天，卜香凝便以走货为名，离开了齐放，负气回到大理。

第八章

万国朝长安

元昌二年三月十二，东征大军攻下小庭朝的经济中心瓜洲，直打到建康城外。小庭朝的亚父吴越王张之严便紧闭城门，采取拖延战术。宁康郡王切断水源、物资等供给，并从水路以新型快艇攻之，数度欲攻下建康。奈何亚父一直坚守城门。为加快战争进程，紫微舍人君莫问献计，印刷万份劝降画，大塬仁厚，只要吴越王投诚，便能海内升平，安居乐业，一切如旧。宁康郡王便将数万风筝散落至建康城内。江南百姓生活一向安定富庶，本并不愿意打仗，一时军心动摇。五月里，断水断粮，生活苦不堪言，便有朝官进言，不如趁来得及投降塬朝，可保身家性命。

君莫问与吴越王有旧，便诚恳地写了一封劝降信：自原氏收复京都后，兵力充沛，乃是吴越兵力的十倍不止，天下归原已是大势所趋。为江东父老着想，何不化干戈为玉帛？君莫问本人和晋王皆会保江东百姓一切平安如旧，小庭朝内所有官员及家眷，加上吴越王本人身家亦可保全。这一番天下形势、人心所向分析下来，张之严还真的动心了。

《旧塬书·太祖本纪》：

庚申年六月初七，宁康郡王大败张之严于瓜洲，直逼建康。宁康郡王使人投万份劝降书，张之严军心动摇，僵持数月，乃出降。

元昌二年，六月初七，小庭朝的吴越王终于打开建康城门，迎接宁康郡王入城。天下大势已定，来长安率部降者甚众，七月里外逃的窦周旧臣兵部侍郎张世喜、礼部尚书窦亭、户部尚书高纪年来降；七月初八，张之严率伪帝轩辕翼降入长安。

帝与之严、窦亭、高纪年皆有旧，屡以书招之，高纪年辄杀使者众矣，既至长安，上诛高纪年、张世喜，欲鞭挞窦亭，并诛之严。之严持樽，淡笑曰：“轩辕失其鹿，天下共逐，陛下既得之矣，岂可复忿同猎之徒，问争肉之罪乎！”

无论是正史还是野史，塬朝的开国皇帝都被描述成一个“胸含宇宙，知人善用，决机乘胜，气势盈溢，冷静擅谋，旷世之才，一生戎马，勤政爱民，仁孝重情，故天下归心”之人，史学家们认为对于轩辕德宗，太祖皇帝很看重他们私人之间的深厚友谊，并且对德宗本人不幸的一生抱有巨大的同情，太祖皇帝留给后世的一百多首诗词里，凡是怀念德宗和孝端纯仪皇后的皆是诗中精品，难得的是其中的感情非常真挚。

故而，皇帝最恨当初出卖轩辕德宗的人，远甚于背叛己者。

当时，皇帝在接见中外宾客的紫辰殿，招待这些重量级的降臣。张世喜是潘正越的旧部而且是继任，曾于庚戌国变中率部在太祖皇帝回长安途中时设兵伏击。高纪年则屡杀当年德宗皇帝委派的使臣，并且帮着窦英华逼死轩辕熹宗，所以半点没有犹豫地，皇帝当着张之严的面，亲自取剑，杀了高纪年。

然后因为窦英华，皇帝还要迁怒于窦家最后一支族长窦亭，但是窦亭却是天下皆知的义士，曾经因为反对窦英华欺辱先帝、谋朝篡位而当众大骂之。史学家们猜测，当时的皇帝未必真要杀窦亭，极有可能只是为了给张之严一个下马威。

沈昌宗很配合地冷笑着把高纪年的人头扔到他们面前，血溅紫辰殿。张世喜是个武人，却也伏首面地，浑身微抖，求皇帝在杀他之后，一定宽恕他的家小及随从，千万不要迁怒于无辜云云。而窦亭是个文人，再有勇气，也面无血色了，吓得摔倒在地，只差没有尿裤子。

然而，张之严不愧是当世英雄，只是轻轻掸了掸袖袍上飞溅到的血迹，面不改色地缓缓端起金樽，轻轻喝了一口大塬朝的西凤酒，赞了一句：“西府凤翔，回味甘美，果然名不虚传。”

他见皇帝瞪他，便轻描淡写说了几句话，把“轩辕既然无道，天下群豪皆可做猎人，逐鹿天下”的道理不卑不亢地表达了出来，还大有“原氏已然得到了天下，怎么可以责怪其他同行呢，这可是得了便宜还卖乖哦！”的揶揄意味，其浅嗔之意竟抵过了万般赞美，哄得大塬朝的开国圣君得意地大笑起来。

《旧塬书·太祖本纪》：

上笑而释之，赦张世喜，官至兵部侍郎；示好于窦亭，并赐宗室女为妻，赐爵二等明义伯，官至翰林学士。之严御封吴襄郡王之位，意取襄助之意，大宴三日，赐美物无数，仍遣吴襄郡王返驻守吴越之地。紫微舍人君莫问识得敌帝乃旧徒玉流云，众哗然，至此，帝踪再莫所知也，上赦免其罪，准玉流云携侍女露珠回归君氏，君莫问再三泣拜，圣恩仰止。

我万万没有想到我会同张之严再见，我能活着见到我的那两个弟子，玉流云和露珠。二人同我抱头痛哭，玉流云和露珠都长高了很多，可是二人在严密监视的建康宫殿中两年，再无当年的天真烂漫，行止举动多了几分成熟。我暗暗称奇，心想这二人将来可堪大用，不想连非白也这样认为，不久便送玉流云同露珠入府承学，着意栽培。

张之严临走时，趁非白入宫之际，专门到西枫苑拜访了我。这场战争将他的锐气磨了些许，他比先前果然收敛了很多，但也看不出有气馁之色来，反倒更添英武稳重之气。

那天我们谈了很久，我向他询问了嫂嫂洛玉华的情况，并对她当初的照拂之情表示感谢。他爽快地表示欢迎我再回吴越做生意，如真似假地长吁短叹说当时利欲熏心，对我举措失当，总之很后悔把我给逼走了，没有我的瓜洲生活很无趣。

我嘿嘿一乐，与他尽释前嫌，感谢他及时投降，放了我的两个弟子，总算是保住了江都百姓的安定生活。张之严大笑道："这一局你公爹赢了，下一局呢？"

我一怔，挑眉笑道："我公爹文治武功，尽得天下，如今兵强马壮的，还有一堆厉害儿子，莫非兄长还想再来一局？"

张之严豪气万丈地对天笑了许久，笑道："若非你熟知我军备实力，秘密建了这许多精良战舰来，还有你发明的这什么活字印刷，搞一堆什么劝降书什么劝降画来，搞得军心涣散、四面楚歌，你公爹怎么打得赢我？未来有一天，你公爹没了，你夫婿即位，有你这贤内助辅佐便还好些，若是你那只好男风的大伯子当家做主了，可有胜算？还有圣上若传位给他的小儿子，你夫恐怕也咽不下这口气吧。且说若你妹子做太后，可会放过你和你夫？"

这张之严果然天下英雄，表面上看像是他的帝王梦结束了，可如今看来，他不过是占个山头小试牛刀，过了过瘾。逗留长安短短数十日，反倒给他摸清了原氏内部皇储暗争的重大隐忧了，看那意思倒大有卷土重来之意。

"后会有期了，莫问。"他递予我一只荷包。

我打开荷包一看，里面放了一颗光明耀眼的稀世大东珠。

"这是你嫂嫂让我带给你的。这是她心爱之物，多谢你与晋王美言，为本王作保，如今还能驻返祖荫之地。"

他长叹一声，锐目深深地看了我几眼，朗声笑道："若有急难，以后可持此珠来报，本王可助你夫争位。不过你夫若败了，本王可不客气了，这天下可马上又要易主了。"

盛夏的荷花开得正艳，似乎感受到了吴襄王的勃勃野心，金龙在碧绿的荷叶下伸出脑袋，警惕地看着岩边这个不速之客。七星鹤老在我们身边转悠，早已布好了阵形，血红的眼睛冰冷地凝睇着我们，满是对敌人鲜血的饥渴欲望，只碍于我站在张之严身边，这才没有轻举妄动。

明明张之严是一个地地道道的江南人氏，严格算起来，可以算作我前世沪浙一带出身的同乡，举手投足间充满了江南美男子特有的儒雅魅力，可他却拥有了同北地男子一样高大的身形，更拥有一般人所没有的智慧和野心。长安的阳光为他投下了巨大的阴影，却见他昂头傲然笑道：“这下回可便是姓张的了。”

我呆愣之间，张之严对我潇洒一笑，回首而去。

《旧塬书·太祖本纪（二）》：

庚申年中，天下略定，大赦。百姓给复一年。陕、鼎、函、虢、虞、芮六州，传输劳费，幽州管内，久隔寇戎，并给复二年。律、令、格、式，皆沿用轩辕旧制。赦令既下，而窦党尚有远徙者，晋王进言：“兵、食可去，信不可去，陛下已赦而复徙之，是自违本心，使臣民何所凭依？且之严尚蒙宽宥，况于余党，所宜纵释。”上从之。

张之严与皇帝那段著名的对话成了天下归心、原氏宽仁的表率，给天下群雄吃了一剂定心丸，皆感平安盛世的来临。

元昌二年的夏天，大塬朝向天下广宣大赦诏书，凡率部来长安投降的窦氏余党或其他反对势力，不再追究过往，皆大赦，并根据实际情况，就地于朝中或外派安置。于是这一年，便在接待如流水般涌来的各路大小降军中度过了。皇帝也着实兑现诺言，优待来降的天下群豪，宽仁并济，安排妥当。

朝廷几乎每几天便往全国驿站广布平安旨，昭告天下，十年内战已经结束，使官府及时号召流亡在外或躲避山林间的百姓，可以回归家乡安居乐业，尽量赶在芒种时撒下最后的粮种。

元昌元年初，霜旱为灾，米谷踊贵，北辽侵扰，州县骚然，内忧外患，一匹绢才得一斗米，就连在西京长安，物资也极度匮乏，百姓流亡千里，难民成疾，饿死者甚众，人口流亡，战区十室九空，百废待兴，皇帝志在忧人，锐精为政，崇尚节俭，大布恩德，从后宫起，连同自己的用度开销皆削减一半。

为了最大可能地休养生息，恢复国家机器的运作，抚平这十年来惨烈的战争创伤，宣布免天下徭役、赋税等二年，战事特别惨烈的汝、梁、鼎、青、虞、芮六州，以及幽州境内皆免三年，严禁地方官骚扰百姓，贪污舞弊，控制物价，密诏紫微舍人君莫问督察暴利囤积、发国难财的商人，一旦发现，必治以重罪，人头悬于市集，家口配没。

为不再搅扰百姓及轩辕宗室，下诏各州各府的律、令、格、式等制令皆按轩辕旧制。

七月初一，恢复久违的科考，天下众举子皆欣慰地奔走相告，预示着一个繁花着锦、浓艳绮丽的大塬朝时代到来了。

庭末三国南北朝，钱制各异，曾有百姓偶过三州竟需三种钱币方可通关，更有甚者钱币滥薄，有盗铸者裁皮糊纸为之，民间不胜其苦。至元昌二年七月初一，初行元昌通宝钱，径八分，重二铢四参，积十钱重一两，轻重大小最为折中，远近便之。

皇帝命紫微舍人君莫问擢给事中撰其文并书，回环可读。七月初六，皇帝置钱监于洛、并、幽、益等诸州，皇后父兴庆王轩辕章一炉，北晋王非白、东贤王非清、宁康郡王奉定各赐一炉，吴襄王之严赐一炉，又因紫微舍人君莫问自归附新朝以来，捐粮筹饷，极尽能事，忠心可嘉，特赐一炉，听铸钱。自此，凡敢盗铸钱币者，一律处死，家口配没。

七月初七，皇帝令与大理有千丝万缕关系的紫微舍人君莫问带着珍贵的礼物出使河州，密会大理蒙久赞。传说大理戾武帝携永烈公主亦秘密前往，双方就两国结盟，以及恢复通商大门商谈几昼夜，最后达成一致。七月初九，先开粮道，赈济灾民，安顿流民，再开茶道与丝道，然后其他商道亦渐次开通，恢复两个大帝国应有的正常贸易。

因君氏牵线，大理与大塬通商顺利。七月初十，大理使者蒙久赞首次正式出使大塬，携礼物无数，表示大理戾武帝的诚意。皇帝犹忿故南诏屠城之仇，命其长跪午门，诏诚心悔罪，蒙久赞泣禀：当年不义乃南诏无道，欲灭大理圣文武帝，乃使出征，正欲加害，非臣下及陛下所愿。当年入城作乱之辈，尽皆死于圣文武帝之手，进而流亡于瘴地，如今存者唯吾及陛下尔，吾妻吾子，尽皆塬人。

说罢久赞泪流满面。圣心恸之，免其跪礼，数度召至内宫密谈，圣上度其虽面有夷纹，然冷静睿智，谈吐不凡，进退有仪，颇有王者风度，暗暗称奇，对左右密曰："此乃吾家人也。"

八月初一，皇帝追封流落到大理的初画为安国公主，破例入原氏族谱，封其子年仅八岁的蒙华山为塬朝名义上的南华郡王，并赐珍贵礼物无数。至此两国放下旧仇，结兄弟盟国，君氏的产业再次恢复一线。

段月容托蒙诏送过来每年的生辰礼物，一支莹润皎洁的玉燕钗——这是他第一次送首饰给我。我琢磨的意思，是他希望我能做一个美丽的女人，可非白却淡淡道："'闲碾凤团消短梦，静看燕子垒新巢'[①]。想是朝珠夫人怨愤难平啊。"

段月容是在讽刺我吗？我暗忖道。

蒙诏又递来了段月容亲自临摹的一幅夕颜小像，那画上夕颜莲藕般的小臂正举着一只小风车，身坐在七夕大金獒身上，咧嘴对我笑着，神韵笑容，栩栩如生，连原非白也观摩了很久，研究他的笔法，真心赞道："画风俊研，用色新奇，可见有数十年的画功。很久没见到如此气质清逸的画像了。"

他长叹一声，走了出去。

蒙诏趁他走了，便转达道：陛下以后每年会着人送我一幅夕颜画像，好让我知道夕颜渐长的容貌。我心中感动，对非白诚恳地表示我想回赠段月容七株长安名种"兰珠红杏"，让段月容知道我现在生活得很幸福，希望他能放心。非白凝视我许久，最终释怀地笑着应允了。

尽管这算是我们秘密的传递，可皇帝还是知道了夕颜小像之事，还专门召我持这幅小像进宫让他看看。皇帝看了半天，点头道："这孩子长得福气，有贵相。"

皇帝还专门问我夕颜的生辰八字。非白告诉我，可能皇帝是为汉中王指下王妃。夕颜公主乃是大理的皇太女，算是最高贵的人选了。我大惊，皇帝这算盘可打得太好了，这下汉中王不就成皇夫了吗？可以算得上半个大理皇帝了，可是夕颜毕竟指了驸马了，好在不知为何，后来却没见皇帝有进一步的举措，只是也给夕颜赐下很多礼物，可能是想再考验一下大理这个虎狼之国的诚意，于是我们也淡忘了此事。

我同于飞燕夫妇送蒙诏走时，看着他驮走的东西倒是他带来的两倍，当然其中也有一部分是我托他带给夕颜和学生们的。他感叹道："全是大塬圣上送给华山的礼物，圣上让我每年为华山画一幅画传回大塬宫中供圣上御览，希望华山长大长壮，可任大理使官，常来看他。初画说过以前在紫园当差，圣上总是偷偷着人递东西给她，除了没有名分，其他一切如亲女，如今初画的名字终于入了原氏族谱，在天之灵也有安慰了。"

我们的眼睛都红了。

八月初三，皇帝密信其四子突厥大汗阿史那撒鲁尔。随即，玉门关再次开关，突厥与中土互相打开了大门，百年丝路终于复兴，在阿米尔叶护的帮助下，君氏在弓月城开设了第一家西域分号，首开丝茶业务。因其发明的茶砖，易于西域各国装卸，运输方便，且易于保存，大受各游牧民族百姓的欢迎，生意日渐兴隆。

八月初四，齐放虎着一张俊脸，再一次孤孤单单地从大理跑货归来，回到了西枫苑。众人也不敢多言，知道他又没劝回卜香凝，可谁叫圣上指给他一个厉害媳妇呢。

八月初五，上颁旨，天下既定，冗余军人集中发军费路资，遣回家中，同家人团聚。

八月初十，上命紫微舍人君氏制铁锅模子，即日颁诏于天下，退伍兵士及百姓一应缴纳家中闲置武器，凡缴纳者皆以铁锅按数易之，意取起灶生火、安居乐业，表示太平时代的到来。众百姓排长龙以换得大铁锅背上，欢欢喜喜地回家了。

天下既定，诸多繁文缛节，每日里还有小山堆似的海内外奏折等着皇帝批阅，众人担心"压力山大"，皇帝不免需要多一些"后宫娱乐"。东贤王与安年公主便抓住这个机会，网罗天下美人献于宫内，以求媚于上，加上收复天下时所得窦氏降妃、张之严所献吴越美女等诸美盈宫，个个楚腰婀娜、姣美温驯、沉鱼落雁、雪肤花貌的，精明了一辈子的皇帝也眼花缭乱起来，晚年便有了诸多年轻娇媚的内宠，不免冷落了皇贵妃。

皇贵妃心中甚妒，遂擅寻借口赐死众美人，宫中诸美人甚惧之，多交结诸长子，或巴结皇贵妃以自固，唯皇后为旧宗室所累兼无所出，鲜有攀附者。

锦绣常以汉中王之名邀圣上连着数日宴乐达至天明，朝臣不满者，谓皇贵妃以惑圣心。

由是，便在元昌二年下半年，朝中诸子争相投靠，“贵女朋争”无意间抬头。晋王素知皇帝不喜人争位，更不喜人结朋设党的，便不奉侍诸妃嫔，严禁家臣为其保举太子之位，亦数拒锦绣的内庭密召，以避众论。时值宜宾黄河决堤，便以修栈黄河为名，携家臣、王妃远避太子位争。皇贵妃乃迁怒之，命诸妃嫔、家臣争誉汉中王，而短北晋王、东贤王、南嘉郡王甚众，皇帝却不甚在意，多一笑置之。

【注】

①【宋】周邦彦《浣溪沙·水涨鱼天拍柳桥》表明难以遣除了却之愁，故须饮茶以消其短梦后的惘然，悠悠看着燕子筑巢，暗喻作者思忖时光白白流逝而不能有所作为的悲哀。

第九章

雪苑暗凝香

九月初九，重阳节日，皇帝为了提高办事效率，特准年满二十、有军功的原氏宗亲开设天策府，可公开自行招纳舍人、谋臣，是故，东贤王、宁康郡王，及北晋王皆开天策府。北晋王府遂纳十八学士，各种异能舍人不绝。后世的史学家们猜测，极有可能太祖皇帝也是为了锻炼各位亲王、郡王的政治能力，并从中观察哪一个更能继任大塬第二个天子。

且说太子位久空，朝中多有揣圣意者，皇贵妃及东贤王暗使羽下群臣在朝堂建言早日立储，以绝后患。

窦周降臣钱宜进封监察御史，暗投安年公主，欲说同僚朱迎九，怎奈朱迎九已拜锦皇贵妃，进封大理寺卿。

九月初十，钱宜进忽在朝堂上进言请立嫡长子东贤王，上默然退朝，不置可否。

九月二十，钱宜进提请泰山封禅，上准之。钱宜进建言嫡长子东贤王与上同行，始测圣心，上不语。朱迎九又上表宜请汉中王同行，上霍然起身，大不悦："朕心中有数，尔等及尔等背后的主子，欲窥太子位久矣，朕早有遗诏藏于原氏金箧之中，不肯显露端倪，免使群情有所窥伺，此正朕爱护之心也。"

众臣吓得列跪于朝堂。

皇帝非常严肃地从宝座上下来，大声教育众臣："盖一立太子，众见神器有属，幻起百端。弟兄既多猜嫌，宵小且从而揣测，其懦者逢迎以陷于非，其强者设机媒孽以诬其过，往往酿成祸变，遂致父子之间，慈孝两亏，家国大计，转滋罅隙，非国家之福，召乱起衅，多由于此，此诚国基方立，百废待兴，百姓疲累，将士乏喘，断不可明立太子[①]。"皇帝严厉斥责了朱迎九、钱宜进二人，"离间父子、惑断国家，若再滋事，朕必降罪，断不宽贷。"并且降了二人品级半级，罚薪半年。

为此皇帝疏远了锦绣一段时间，又让南嘉郡王代表他出使辽国——年轻的大塬朝另一个强大而可怕的邻居。于是，双辉东贵楼的宴乐声偃旗息鼓了一阵，长安陷入了平静的忙作，这样的日子一直持续到腊月。

转眼，长安又迎来了银装素裹的雪季，整个紫栖宫仿佛变成了琉璃世界，众贵族变着法子赏梅踏雪。

腊月初八，南嘉郡王出使辽国胜利归朝，辽国欲与突厥一争西域霸主之位，正焦头烂额间，宋明磊以出色的辩才，说服辽国皇帝，同意不再骚扰山海关，双方在关口互市，带回一堆辽国皇帝送的“东北三宝”。

黄河冰封，正好歇工，众工人回家过年，我同非白从宜宾黄河的工地回到西枫苑给皇帝贺年。

戴着雪貂帽的韩修竹早已领着西枫苑众人在莫愁湖畔前来欢迎，金龙破冰翻腾，神鹤雪前起舞，西枫苑上下喜气洋洋。韩修竹还是按老规矩，在赏心阁置宴，为我们接风洗尘。

席间，非白又同十八学士侃侃而谈，聊些我们不在时的朝堂大事。非白向来喜我坐在身边，我便拿着针线盒坐在碧纱橱内，同小玉、薇薇和媲姗她们一起纳鞋底。

有一学士说起圣上最近因不悦皇贵妃干涉朝事，远皇贵妃，总携南嘉郡王及安年公主、东贤王及新妃乔氏夜游太液池，吟诗对画，听曲赏戏，好像是要亲自为东贤王同南嘉郡王之间避嫌，又有分别培养儿子儿媳、女儿女婿感情的意思。

可惜东贤王甚不领情，当着皇帝老爹的面同乔氏也非常冷淡，也巧那长安名旦东哥儿，经常进宫唱戏，扮相俊美赛过女子，每令东贤王痴迷，不知是为了气南嘉郡王，还是真喜欢上了这东哥儿，抑或是讨厌乔氏，每日下了朝，东贤王同这东哥儿日日出没风流之所，闹得满城风雨，倒像是破罐子破摔。

乔氏常常跑回乔万那里哭诉，乔万便到皇贵妃那里哭诉，皇帝私底下在崇元殿训斥了东贤王几句，可东贤王仍我行我素。后来，皇帝实在忍无可忍，宣旨东贤王晨昏定省也省了，见都不想见。

最近东贤王似又有悔意，同那东哥儿之间消停了一会儿，这会子又不知道从哪里寻来一块上好的红玉扇坠子，巴巴地要送给南嘉郡王。

大伙笑了一阵，皆笑说风月情事多余恨。

似是将散之际，韩修竹倒是想起一件事来。内闱传来消息，近日皇帝在梅园小筑散步时，在梅花林下遇见了一位年纪略长的美人儿，不巧乃是窦英华当年极宠爱的宣贵妃。据史庆陪说，那女子的神情同孝端皇后倒有些相似，皇帝当夜便破例宠幸了，第二日破格封了宣贵人，皇贵妃大不悦。

非白端着茶盅的手一凝，往碧纱橱里瞧了一眼，我们都停下了手，只听非白淡淡道：“这事儿有些蹊跷，还得着人多打听打听。”

腊月初八，鹅毛大雪好歹止了，金轮普照下，碧空万里，如宝石清澄，西枫苑里早已是璀璨的琉璃世界，一派洁白静谧，映着怒放的红梅，如染胭脂，分外夺目绚烂多姿。

正值朝假，西枫苑诸人无事，便在梅园里扫雪，看今年的大雪甚是晶莹剔透，大伙便提议比赛堆雪人玩儿。正巧勤忠侯素辉夫妇也过来问安，便加入我们。大伙分成两队，我与非白各领一队，青媚、吴如涂、银奔、金灿子、韦虎、露珠、素辉归非白管，我队有齐放、小玉、姽婳、薇薇、法舟、敏卿、玉流云，新媳妇儿原丹珠也加入我队。

非白笑着提议，既是比赛，必得有些赌注才有趣。到底是读书人出身的踏雪公子，很风雅地提议输的队伍连首诗。在场众人大部分是武人，听到作诗便一脸黑线，连青媚也呆呆地望了一阵天。我便义气地说若作不出诗的，一人赔上二吊钱，不管输赢，都拿出来晚上打围炉喝酒，不够的我添上，众人立刻拥护，屏弃杂念地投入到艺术创作中。非白的凤目便似笑非笑地向我瞟来，我对他咧着嘴耸了耸肩。

我们以梅林道为界，裁判团由韩先生担任，非白带人在左，我带人在右，一个时辰后，我们最先完工，拍拍手，扬扬得意地领先参观了白方这边。却见非白带人堆了一堆飞天，全是雪雕精品，婀娜多姿，衣袂当风，面容全是我浅笑的样子，十分传神动人，众人都感动得说不出话来。正当我感动得要落泪时，非白十分浪漫地心生向往，要看看我堆的“非白像”，结果全是一堆兔斯基，小细胳膊小细腿地顶着硕大的脑袋，拿两小短树枝做眼睛，造型各异，夸张诙谐，完全打破了浪漫感人的气氛，木方自然知道堆的是什么主题，都憋着笑，不好意思说出来。白方众人则愕然地猜来猜去，不知所以，有人猜是只调皮的猫，有人猜是个金甲神人。

还是韩先生聪明，居然看出来这是一只兔子，还帮我们解了围，叹道：“晋王所堆乃是九天仙子嫦娥下凡，我堆的必是常伴嫦娥左右的玉兔，可见晋王夫妇二人心有灵犀不点通啊。”众人方感慨地叫好。

素辉感性地说道：“这玉兔没鼻子没嘴巴的，咋这么撩人呢？”

非白似是信以为真，凤目潋滟生姿，一个劲地含情凝望着我，我却大囧地扯红了脸，不过，韩先生判定非白那边赢了。

于是，木方代表、素有文才的齐放先代表我方，占了一句五言：

幽树落经年，冰波出碧潭。
花容纤体瘦，顾盼望君怜。
孤艳晴空外，临水一枝寒。

众人叫好，当然不懂的也跟着叫好。

非白点头赞道：“仲书的诗文恁是别致，‘幽树落经年’一句，虽有些萧瑟意境、不得志的幽情，却正是为了衬着末句一路铺垫下来，一朝‘孤艳晴空外’，顿觉回肠荡气。”

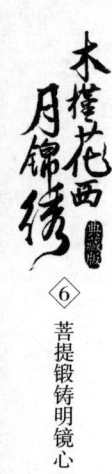

齐放笑着谢过晋王，我甚觉得意，不想非白又加了一句：“难怪父皇总说，仲书流于商贾实在可惜了。”

哎呀，原非白这小子是明着面想挖人啊。我便重重一咳，众人笑了起来，非白也听出来了，便笑着怂恿我也来作一首。

我放眼望去，只见非白的唇边正含着一丝绝世笑容，负手立在我对面凝望着我，一身月白家常如意云纹貂领袍子更显长身玉立，潇洒磊落，不由得心中一动，方才之事早已烟消云散，接着小放占了一句七言：

枝头独占淡云轻，何惧悬崖百丈冰。
万里胭脂春染绿，东风莫道不多情。

齐放和韩先生但笑不语；玉流云听了，眼神有些痴迷；银奔的眼神有些暧昧。众人不解诗书者多，但也听出几点意思，众人皆看向非白，果然非白的眼睛一亮，凤目脉脉地看着我，对我微微一笑，轻吟道：

一涓春水点黄昏，几缕香寒散玉尘。
曾把芳心深相许，春风未见已消魂。

仿佛有人用滚烫的蜜浇过我的心头，我与非白深深凝睇，久久而笑，只觉琉璃世界里又甜又暖，唯有我和他，再无他人。

等我和非白醒过神来，大伙都在哄笑着，说齐仲书的立志诗引来了晋王和王妃的缠绵情诗，便一致地讨要赏银。非白和我的耳根子都红了，我只得老老实实地每个人都赏了。

笑过之后，孩子们又想玩打雪仗了，这回胆子大了，说是赢一场十两银子，我当时一看阵形，就咽了一口唾沫，大呼白方全是高手，木方全是老弱妇孺，不公平。非白很义气地让我三场，结果打着打着，我方还是节节败退，薇薇说不如木方五位美女使美人计试试吧，结果只赢了一场，还是原丹珠让素辉使反间计。

接下去非白似是下了决心，他的面上始终挂着微笑，领着白队一点也不放水地连赢两场。我力气渐喘，非白再怎么让我，我都打不动了，坐在雪地里爬不起来，我队便这样输了三十两银子。我心疼我的钱，非白心疼我的旧疾，便在群臣的哄笑声中，憋着笑地“公主抱”着我到赏心阁二楼的暖阁里，看着孩子们玩。结果非白的手下由青媚带队，副队长韦虎，我的人由大掌柜齐放领着，大多是女孩子，我们实行民主抽签制，结果副队长被薇薇抽着了，小玉就有点不高兴了，因我和非白撤了，正好姽婳轮值跟着我们，我的队伍这边少了一个人。素辉便嘻嘻笑着跳过来，很够意思地加入了我的队伍，站到小玉身后，傻乐地拉着新媳妇原丹珠的小手安慰她，原丹珠低着头羞红了脸，却也没有放开素辉的手。我细看那原丹珠的模样，细眉长目，清秀端庄，肤色略黑，虽没有惊世美貌，在爱情雨露下，却甚是青春动人，看样子这小夫妻过得相当琴瑟和谐。众人大声哄笑调侃着他们，像当初闹洞房似的，两人脸更红，还没笑够，青媚已经眯着眼睛握了一特大雪团，光速投向素辉这个叛徒，大喝："诛杀叛臣。"

素辉敏捷地一闪，大雪团子落到地上。

青队人马大笑一番，高声敬诺，青队中多为东营中人，自然配合默契，开始随着青媚的军事手势，变化着队形，多角度进攻青媚的亲亲丈夫。我惊叹不已，不由得对非白赞道："怪道青媚可做东营暗武士之王，果然才智非凡，非白真有眼光。"

非白欣然接受了我的恭维，微微一笑，凤目看向齐放："可齐大掌柜也未落下风，君老板才得人啊。"

果然，青媚的亲亲丈夫毫无惧色，趁休息时机同队友窃窃私语一番，再出战时已面目一新，竟与青媚不相上下。于是，大伙更兴奋投入地打着雪仗，打着打着，众人都停了下来，远远地围成两排，笑着看两队首领不是一般狠地打雪仗。青媚和齐放两人俱是武功顶尖的青年高手，两人不停使着绝代轻功，左躲右闪，面容严峻，越打越凶，一个雪仗倒像在打生死仇人似的，雪花飞溅，很多"战友"或"队友"都遭了殃，离得越远，为二人助阵。

青媚一边打一边嚣张笑道："你就准备付银子吧，回头还要罚你侍候我晚膳。"

大家哄笑起来，都知道齐放的厨艺乃西枫苑一绝，连剽悍的青媚在吃齐放做的菜时也难得温柔，这回大伙的调侃升级了："这回齐大掌柜得准备侍寝哪！"

齐放板着脸，耳根很可疑地红了，嘴巴里却大声哼道："你个败家娘们。"

众人笑声更浓。接着，齐放有一个雪珠估计施了四层内力，竟然打到二楼观众席的我，幸亏非白及时往一旁拉我，那雪球擦过我的鬓边，落到地上，散成一堆雪。我张大了嘴，吓愣在窗前。非白笑着把我拉到后面，把窗户关上，同我隔着琉璃窗看。

婉婳端了两个白玛瑙盘子，一个装了我爱吃的桂花糕，一个盛着莲花糖蒸的新栗粉糕，并几碟酱猪耳朵、鹅掌鸭信之类的下酒菜，果然一会儿又上了一樽凤鸟纹银卣，盛了已温热过的十载份元正酒。

婉婳刚替非白倒了一盏，我便觉澄澈甘香的气味溢满房间。她看了看我期待的目光，又瞅了瞅非白，非白果然对她一摆手。

我对他眯了眯眼，但还是乖乖地喝花蜜津陪他小酌，看窗外激战。

到底没忍住，最后就着他的银盏偷抿了一小口，他宠溺地默许着，只是一个劲地看着我浅笑。嗯，的确不错，到底是十年陈酿，酒劲儿真足，精神便觉微漾，非白不让我喝还是有道理的。

我怕齐放把青媚打伤了，毕竟是女孩子，不想非白端着酒盏，拉着我笑道："你可知道狗拿耗子，后面怎么说的？”

我披上披风，戴上羽帽，便要下楼：“小放的武功毕竟在青媚之上，我怕小放给逼急了，弄伤青媚怎么办？他心中可一直恨青媚逼走香凝。”

“你怎知他是恨青媚逼走香凝？你不觉得只要青媚在，你家小放的眼珠子就跟着她转吗？”非白慢条斯理地端着酒盏回到榻上，凤目跟着二人的身形不停移着，笑道，“我倒一直觉得齐放是在恨自己。”

我眯着眼珠子瞪了非白三秒钟，赶紧再将目光转到雪仗场上，却见齐放一记大雪球，正中青媚的脸，青媚捂着眼蹲了下来。打雪仗最忌打人眼睛，可能小放也担心别真把青媚的眼睛给伤了，便小心翼翼地走过去，担心地问她，不想青媚一下子从怀中拿出一个大雪团用双手扑在小放的脸上，青媚仰天大笑：“擒贼先擒王，你输了，快给十两银子。”

她的人马也跟着放声大笑，皆说齐放那队人马输了，讨要十两银子。楼上非白笑看我，点着手指算输了多少。齐放的队友自然虎着脸，可是看着齐放那狼狈样却也忍不住大笑出声。

齐放抹了一脸雪，板着脸说了一句，估计又是表示对迎娶她不满，骂她平日妒悍成性、不尊夫婿之类的，反正平日里他们两个来来去去也就这一句话，成亲大半年了，却没见几日好好圆过房的。

青媚立刻柳眉倒竖，又回了一句，两个人说着说着，就又动起手来。这一点我真的是非常佩服青媚。齐放这两年作为大掌柜的涵养是越来越好，偏偏遇到青媚，只要一句不合，就可以又像个毛头小子那样拔刀子打架。

众人劝也不是，帮也不是，只得憋着笑看着两人在雪地上翻滚扭打。我正要出声喝住齐放，两位主帅忽然互相扭着前襟，施轻功飞起，跑到别的地方去过手了，空剩下诸人，站在琉璃世界里，你看着我，我看着你。几只小鸟叽叽叫着飞过，大柏树的枝丫弹了一下，往众人顶上拍了一堆雪。

正呆愣间，齐放的副帅薇薇大喝一声报仇啊，又向青队的副首领韦虎扔了一个大雪团，战斗又开始了。众人再不管那对没有团队意识的冤家夫妻，投入到火热的雪地里，玩得不亦乐乎。

我只得又拉下雪帽，脱了披风，给姽婳收好。

非白的披发像是乌油油的墨缎子，散在香妃榻上。他垂下如扇的长睫，嘴角含着如嘲似讽的轻笑，轻抿了一口醇酒，玉颜上微染了红晕。

我手搭凉棚，怔怔地看向齐放和青媚飞走的方向，悻悻道：“小放肯定输了。”

非白一手撑起头慵懒地看着我，活像只大白老虎优雅地卧在那里，冲我悠悠地晃着尾巴，笑道：“未必。”

话说，原氏向来没有秘密，第二天，便有消息传出，西枫苑里有几座北晋王夫妇亲手做的绝世冰雕。

皇帝便携着锦绣和另两个宠妃，并几个近臣专门来西枫苑参观。我们都没有想到，众人对非白的嫦娥表示赞叹之余，却对我的兔斯基万分感兴趣，可能是它滑稽的样子很是喜庆温情，而刚刚恢复太平世道的人们总是希望流亡的家人能尽早赶回家乡团聚，玉兔成了人们的期盼。

元昌三年，辛酉凤降人间，寓意太平吉祥，皇帝领群臣泰山封禅，吉服上除了九天凤降的吉纹，袖袍处亦出现兔斯基的纹样，祈祷风调雨顺、家人团圆。慢慢地，兔斯基成为元昌三年服饰的时尚花样。

【注】

①节选自《清高宗实录》论立皇储

第十章

饮恨宫魂断

◆◆◆

元昌三年的新年，举国平安度过，上元节又至，上下欢庆又一年平安盛世的到来，这日按例朝假，晚上是宫廷宴饮，可尚服局却一直没有送来万岁千秋节晋王要穿的吉服。

卯时，我早早地醒来，催非白起来更衣，非白却睡意蒙眬地不让我爬起来，拉着我在被子里温存半天。

“太阳都晒屁股了，还不快起来，也许尚服局的衣裳就送来了。”

非白却啃着我的脖子，手也不规矩起来：“莫急，误了吉时，反正是尚服局那帮奴才的事，尚服局又归你妹子管，想是最近你妹子头疼宣夫人，也紧不着父皇的千秋节了。”

“这倒是啊，我连着好几次进宫见锦绣和皇后，都听她们说皇上在陪宣夫人，看样子，圣上是真的很宠幸……宣……夫人。”

我喘着气，笑推开他，挣着起来，无奈道：“我的三爷，白日止淫乐也。”

奈何他现在的力气恁地大，又把我压在他身下，喘着气笑道：“我只想快些要个孩儿，哪里淫乐了？”

我心里有一丝难受，闷在那里。非白见我沉默了，便叹了口气，平躺了下来，拉着我的手温言道：“你别胡思乱想，林大夫都没有说我们这辈子不能有子嗣。”

我勉强点了点头，趴在他的胸前，任青丝披披淋淋地洒在他身上，闷闷道：“自你胜仗归来，我们在一起大半年了，为何没有动静呢？我天天吃那些调养身子的补品吃得都快腻了。”

“我也是，”非白也闷了一闷，“我看见人参就想吐。”

我听了忍不住哈哈一笑：“我是看见燕窝就想吐。”

非白继续道：“我现在想想就想吐。”

我跟着道：“我要吐了。”

我们两个望着芙蓉帐顶四角的镏金熏珠，一起笑了起来。

帐外的姽婳脆生生地回道："禀晋王、王妃，遵林大夫所嘱，请主子们进补人参燕窝汤的时间到了。"

我们愣了一愣，相视一眼，同时爆发出大笑来。

帐外的姽婳不明所以地隔着珠帘看着我们。

我二人侧卧，双手交握，互相凝视着："其实现在这样也挺好，"他同我双手交握，掌心渐渐传来他的温度，"就我们两个，你守着我，我守着你，这样挺好。"

我挑眉，学着他哦了一声："你又不想我为你生小崽子啦？"

"我们的皇储怎么就变成小崽子了呢。"他舒心地大笑起来，一手温柔摩挲着我的脸颊，凤目中星光朦胧，"我以前总是心有不安，总想有了小崽子，你就会永远留在我身边，也可以堵住那些有心人的嘴，可是现在我越来越觉得，原来人生是可以真正幸福的，只要有你在，我心里就不知道有多快活。"

他痴迷地看着我，轻轻吻向我的嘴唇，二人意乱情迷，不知时光流淌。

已近辰时了，尚服局才有个小宫女姗姗来迟地送到，那个宫女看着面生，跪在地上托着红漆盘里的华袍，气喘道："禀晋王、王妃，原来做好一件，但尚服局的一个奴婢贪睡给滴上烛油了，娘娘已经处罚了那个懒奴婢，让尚服局重新又做了一件，这件吉服可是方才绣好的。"

我给那个小宫女打了赏，那小宫女一溜烟地跑了。那是一件藕荷色的亲王五龙团福字缎袍，五条杏黄金龙，穿云破雾，绣工卓然。

薇薇跪在地上，给非白理着袍子，小玉和姽婳帮我梳一个高雅的百合髻，非白正好着装完毕，扭过身子从镜子里看到我，不由得出声赞道："这发饰可真漂亮。"

我虚瞟了他一眼，他立刻嘻嘻一笑："可是人更漂亮呢。"

明知他是调侃我，却心中一喜，口中轻怨道："只是太烦琐了些，我坐得脖子可酸了。"

薇薇取了紫金王冠，为非白正了冠，拿了烛火照，忽地愣在那里，慢慢地眼睛里涌出一股恐惧来："殿下，这袍子好像不对。"

"这是隐花裙，奴婢以前在前朝鸩太子①还是宣王的时候侍驾，因为跳舞跳得好，鸩太子喜欢奴婢的'虫花舞'，便赏给奴婢一件百蝶穿花隐裙，正面光下照着，只见蝶舞不见花儿，因为花经和地经的色泽相近，须得拿烛火从侧面照着，才能看到里面隐藏的花样儿。"薇薇惨白着一张小脸，把缎袍放到背光处，又点了一根烛火，从侧面照着，比给我们看，"请殿下娘娘看这里，这不是四爪亲王服，可真真的只有圣上才能穿的五爪云龙纹。因是藕白色缎子，不容易发现，晚上喜宴，烛火是摆在主子身后的，一定会让人看到那只隐着的爪子。前番殿下王师凯旋，军功至伟，今番又治理黄河有功，外头都晓功名正盛，可是会被人说殿下逾制，让皇上以为殿下骄狂。"

我平生第一次看到隐花裙，以前只知白居易《缭绫》诗云：

异彩奇纹相隐映，转侧看花花不定。

不过，如今我也无心欣赏华裙了，只骇得面色苍白。这时距贺表时间只有两个时辰了。这是尚服局赏下的新袍子，也是皇贵妃的赏赐，不着装出席是冒犯，也是犯规矩的。可是如今不可能再变出一件一模一样的了。

大家都有点慌了神。这时候，我们的薇薇女侠站出来，鼓起勇气说："殿下，所幸这袍子上只有五条龙，总共二十个龙爪子，且不是很大，奴婢刺绣尚可，奴婢知道小玉也不错，不如二人在隐匿的龙爪上绣朵小云纹，一个时辰可以补完。"

非白沉吟片刻，点头同意了。

这件事我同非白都不想张扬，于是我同姽婳、小玉、薇薇一起找着了同色的经线，然后商定大小尺寸，一人拿半幅袍子补了上去。我同姽婳撑着火烛为她们照着，等在外面多时的青媚和齐放见我们没有出来，便进来请示。我便向他们解释了一通，青媚皱了皱眉，冷声道："皇贵妃这一着棋真狠。"

齐放背着手像大丈夫，道："你又不善缝补，还不快帮着主子照亮火烛。"

我们那不可一世的青王横了他一眼，却乖乖地从非白手上接过烛火，而齐放从我手上接过烛火，我和非白从人堆里抽身，着吴如涂到前面同史庆陪打声招呼，就说这几天下雨，马车陷泥地儿里了，马上便到，请他在皇帝面前美言几句。

还剩半个时辰，终于补完了，我们再次检查一遍，没有问题。非白早让吴如涂在外面准备了马："坐车太费时间了，我们骑马一起去。"

于是非白便同我共乘一匹马。我一路上死命抱着我的发髻，但到双辉东贵楼时，头发还是散了下来。史庆陪快速为我们引路到一间宫女的房间，姽婳和小玉便快速地为我抖了雪，拿走了义髻，为我梳了一个略显简单的盘云髻，插上金步摇，草草缀上金珠虫草网，余发编成个大辫子，辫上每节点着珍珠。

进得大殿，我们算是最晚到了，行了大礼，皇帝笑眯眯地免了我们的礼，然后那双锐利的凤目在我和非白身上转了两眼道："刚回来那日你俩又黑又瘦的，不想这几日脸色就补回来了，今日里红扑扑的更是喜人啊，还是长安的米水养人。"

我俩一路坐大宛宝驹狂奔而来，相当于坐现代的4F赛车飞过来的，脸色能不好吗？我们都一阵呵呵傻笑，说是沾了圣上的寿光。圣上自然更高兴了，又说道："木槿这发饰倒很清爽啊。"

还是非白帮我解的围，笑道："今日本是上元佳节，她本已大作打扮的，只是被儿臣训斥了一番。"

圣上哦了一声，绽开一丝柔和笑意，凤目静静等着非白的话。

非白如大丈夫一般威严道：“儿臣想，如今国之刚定，百废待兴，身为皇族儿媳，理当恪遵皇命，克行勤俭，身为妇人，万不可太过奢靡僭越，望父皇恕罪。”

我便做贤惠状对非白纳了个万福，柔顺道：“殿下说得是。”

众臣听他这么一说，不由自主地瞟了瞟锦皇贵妃身上那昂贵的十二破金泥簇蝶牡丹百褶裙，而皇贵妃则刚刚收回放在非白吉服龙爪上的目光，紫瞳只觉冰冷难测。

皇帝也看了一眼锦绣，哈哈一笑：“皇贵妃啊，朕怎么觉得晋王娶到你姐姐，可比朕有福多了呢。”

皇贵妃什么阵仗没见过？眼圈描绘过深的紫瞳滴溜溜一转，立时媚态丛生，不动声色地娇嗔道：“也就是今日上元佳节，臣妾想为皇上的佳宴增光添彩，这才一展这件裙子，这还是去年北伐的赏赐呢，陛下冤枉臣妾。”

皇后也帮着柔声道：“妹妹说得千真万确，今日也是臣妾等为给陛下添喜气，平日里，皇贵妃与臣妾都晓谕六宫，厉行节俭。”

皇帝笑着摆了摆手，对妻妾们的回答不置可否。

他免了我们的礼，我们这才暗中长嘘一口气，落了座。皇帝这厢里拉上锦绣的手，笑眯眯地拍了拍，在锦绣耳边悄悄说了一句话，估计是限制级的，锦绣的脸红了，娇嗔地对皇帝送了一个妩媚的秋波。通俗一点说，就是露骨地抛了一个大媚眼，皇帝欣欣然地接受了。

我们退到席中，这时一阵大风吹来，挟带着风雨的气息，吹灭几支烛火。史庆陪早着太监赶紧点上烛火。皇帝往宫眷的坐席上看了几眼，便对史庆陪说了一句什么话，那史庆陪便捧着一件芙蓉花大红纹缎面披风，跑到锦绣下首坐着的一个女子那里，好像皇上怕这妇人着凉，特地拿来给她披上的。

其实锦绣穿了一件低胸对襟，雪脯露了大半，可是皇帝却似没有看见，只时不时担忧地拿眼瞧那妇人。锦绣垂下了浓密的双睫，绝艳的脸庞没有了任何表情。我心中有了一丝难受。

青媚在我们耳边轻轻道：“这便是圣上新宠宣夫人。”

我和非白不由得仔细看去。那宣夫人三十出头的年纪，体态纤秾合度，肌肤细腻，面似桃花带露，气度雍容华贵，同以往皇帝新纳那些年轻恣意的妃嫔看似不同。她穿着一身淡粉襦裙，挽着一条绛色披帛，微露出凝脂般的香肩，她的头上只一个堆云髻，饰物也是些素净珠钗，同锦绣那黄金珠翠满头完全不一样。

这位宣夫人的脸形同孝贤皇后一样是瓜子脸，同样有一个深深的美人尖，可巧那发型同非白的画像上的也十分类似，可能是经历过故国沦丧之苦，一双远山黛眉画入长鬓间，眉宇间藏着淡淡的沉静和愁苦，整个人散发着丝丝楚楚可怜之态，同孝贤皇后整体的那种忧郁娴静的气质确有点像。

她美丽的眼中对于喧嚣浓艳的宫廷有着一种无法名状的熟悉和淡然，偏偏又有着一种拒人于千里之外的疏离，形成一种极不协调的矛盾，让人无法靠近。可能正是这种莫名的气息，加上贴合孝贤皇后的气质，让习惯宫人浓妆艳抹、极尽阿谀作态的皇帝感到一股迎面清风。

非白沉吟了一会儿，轻声道：“容颜相差甚远，不过确有几分母后的气质，只不过说不上来地古怪。”

我也有这种感觉。这位夫人有点眼熟，却一时想不起来在哪里见过。这时安年公主过来敬酒，把我的思绪也岔开了，却见安年公主今天倒也响应皇帝的号召，难得穿得这样素净。她走到中殿，对皇帝启奏，思念生母孝恭皇后，想为孝恭皇后在渭水边重建祠堂，以示孝心。

皇帝一向疼爱这个女儿，立刻同意了，并且行重赏嘉奖安年公主的孝心。

那一天晚上，皇贵妃为皇帝准备了精彩的烟火表演，皇帝兴致勃勃地带着娘儿们孩儿们还有一帮子功臣风露立中宵观花火。结果上了年纪的皇帝微染风寒，就在那天晚上，他发了寒热，迷迷糊糊地做了一个奇怪的梦，梦见非白的母亲孝贤纯仪皇后在梦中哭着指给他看一棵老梅树，当他拔起来的时候，却见长长的须根上鲜血淋淋，皇帝惊醒后，更加思念孝贤皇后，停了宴乐几日，孝恭皇后的建祠也停了下来。

史学家们都认定，原氏家族的人特别迷信，尤其是梦中所示。那时的我认为封建王朝的帝王都非常相信天命神授这一说，不过这个梦也太离奇了，尤其是孝贤纯仪皇后亲入梦指点那段，那带血的树根便在太祖心里落下一根针，他让钦天监整日占卜吉凶，终日忧心忡忡。

不想接下来发生了一件大事，现实荒诞得逼真，应验了这个可怕的噩梦。

二月十五，皇帝身体好了一些，也淡忘了些那个怪梦，安年公主再请建祠，便得了皇上的恩旨，命钦天监定吉日并选风水之地。那赵士普便定渭河边拐子沟，正好那里有两株百年梅树，称只要移这两株大梅树便可建生祠，结果掘至根须时，果见血水咕嘟咕嘟地往外冒，众人皆骇，安年公主也吓着了。

非白专门去看了看那两株大树，上奏皇帝说，那梅树底下乃是两个相通的兔子窝，可能这个兔子家族也有百年之久了，所以移树时不知不觉动了窝，伤了人家。非白比较委婉地提到，只要把老树移回便可，再选他址另建祠堂。

宫中便传来消息，监察御史钱宜进秘密进言，晋王不乐生母孝贤皇后未开祠堂，而孝恭皇后却有祠，便故意借陛下之梦，嫁祸东贤王并安年公主，证据便是那钦天监赵士普乃晋王门下十八学士之一，晋王当日便能查到树下有兔子窝，而且那两株老树是梅树，正应了先皇后的名讳。大理寺卿朱迎九也将收集到的证据呈报皇帝，皇帝将信将疑地沉默了几日，当时只是赐死了那个钦天监，然后一切如常，并未掀起风浪。

三月初六，非白献上与工部及门客辛苦所绘的黄河治理蓝图，欲奏请皇帝批复，皇帝却以国库空虚、无以为继之名搁置了下来。非白请立暂拨头款，只以破土奠基之费，工部侍郎裴溪沛也在朝堂上力保此乃百年民生大计，皇帝也毫不留情地驳了回来，反而特赐无颜大师为清水寺住持，为国修行祈福。

众人心知肚明，皇帝还是信了进言，欲抑晋王锋芒。

下朝之后，平日里再淡定的非白也有些不乐，只是嘱咐手下门客及暗人勿有任何过激之举，只等过了这阵再说。以皇帝的智慧，应该能够明白来龙去脉，此时强辩，只会加深皇帝的误会。

我记得我前世看过一份科学报告，说是人年纪一大，对于谎言的判断能力有所下降，控制感情的那根神经也渐渐失灵，所以老人通常容易受骗，好像皇帝正在慢慢验证这一理论，他更宠幸西蜀的宣夫人。

四月初十将近，适逢天下太平后，太祖过的第一个千秋节，宫中一扫沉郁气氛，锦皇贵妃主持大宴饮，以庆颂皇帝功德，各亲王贵戚争相进献贵重之物，官员的贺表多如雪片，什么“天下之乱，非有汤、武、尧、舜之才，不能定也”，什么“宏德千古，江山万代”等等，那些谄媚之言几淹圣听。

四月初十正日，天气微有暑意，皇帝是怕热的人，便召亲王近臣在流雨殿内举行千秋宴，未进流雨殿，便听一片哗哗的水声。那殿基之下四面的驭水龙首，狰狞地张大了龙嘴，疾雨飞泻而下，流入四围的护殿金丝河，蔚为壮观。红墙琉瓦的宫殿尽掩在迷蒙的水雾中，如仙境一般。

众人献上寿礼后，恭祝皇帝大寿。我与非白所献乃是在宜宾治水巧得的三尺高紫檀根雕大寿星像，东贤王献如来释迦金像，安年公主及南嘉郡王夫妇进献夫妇二人亲绘的万寿图。

皇帝的心情看来已平复，那西蜀的宣贵人特献上楚腰舞，却见她今日里似是打扮过，粉面如雪，樱唇似火，面上还贴了金靥，高髻如云，仅插着一支极长的累丝嵌宝驭龙钗，难得笑颜如花，楚腰如柳，婀娜起舞，长袖如瀑，领着一堆蜀地舞女，渐舞到圣上面前。

众人看得如痴如醉。我原来一直觉得这个宣夫人有点面熟，如今却见那宣夫人一双青葱玉指伸出水袖，轻托金杯，款款柔笑着向圣上敬酒，那手势也很熟啊。

因为晋王正坐在左下首，我便离得很近，而且我也算好色之人，惊叹这高超的舞技时，却见这宣夫人的手非常细长，右手的食指更是修长，好像是练剑之人。我猛然想起一人，当年我同段月容被俘到锦官城时，窦英华身边有一会武的宠姬兼保镖，名叫宣姜，再看那眉眼，背着皇帝时竟然有丝冰冷。

等我霍然站起，大喊刺客，为时已晚，那宣夫人已从乌鬓上抽出那支金光闪闪的驭龙簪，飞向皇帝的方向，那驭龙簪快到皇帝近前，又化作数十支利针，四散飞射。锦绣离得稍远，一下子踢翻皇帝面前的案几；沈昌宗和史庆陪拉下皇帝，旁边正坐着不会武的皇后，胸前立中了一针，昏死过去。圣上的肩膀中了一针，那针头有毒，等锦绣用力扑开宣姜，皇帝和皇后皆已昏了过去。

宣夫人同舞的几个宫女亦抽出袖中利剑，刺向皇帝周围的宫人，其中两人奋力击杀我和非白。

因圣上有令，进宫不能带兵刃，众臣子只待在流雨殿三进阶，我们待在二进阶，这时三进阶外面的持刀兵士还没有得到消息，宫中最前一排多为姣美柔弱的低阶宫妃，十之八九被射死。而那宣姜只着紧身舞衣，武功又十分了得，她的袖中早已露出利刃，劈杀了几个太监，锦绣与她搏斗之中，不但没有武器，偏偏身着吉服，挂满金饰玉钩，行动不便，反倒被宣夫人轻易地绊倒在地数次，砍伤了很多。

青媚扑过来，挡开了宣夫人刺向锦绣的利刃，非白和奉定也扑过去阻挡宣姜，正巧有个舞女从背后偷袭非白，我心中一急，拔下段月容送我的玉燕钗，甩向那个舞姬，正中其中一个背心，倒在地上。另一个便向我杀来，非白救护不得，眼看我必死无疑，非白惊呼我的名字，我只能举着银筷，眼睁睁地看着那舞姬举着袖剑向我刺来。幸而又有一人飞身过来，举起一案几砸中那个舞姬的后脑，救了我一命。我抬起溅满鲜血的脸一看，一愣，不想是满脸带血的宋明磊。

青媚从其中一个死去的舞姬手上取了兵刃，奋力拼杀，转眼攻向宣夫人，挡住了她杀向锦绣，使锦绣得以面如土色地同史庆陪护着昏迷的皇帝走向内殿。那宣姜施轻功追过来，好在外面的兵士闻讯而来，利箭射出，众舞姬一个个如刺猬一般倒在地上。

最后，十几个武士将她围起来，那宣姜身中数箭，却依然猛冲前，厉声疾呼道：“老贼受死，杀我周皇，千刀万剐，死不足惜。”

宋明磊冷着一张满是鲜血的脸，用刀剑将她砍成数段时，她的手才停了下来，而内殿的圣上已经满面黑紫地昏过去了。

圣上昏迷了三天三夜，醒来后，宣旨将所有行刺者行戮尸之刑，史称“流雨殿惨案”。

这是后世很多史学家所无法理解的地方，纵观大塬朝的历史，原氏的男人们拥有最高贵的皇族血统，最稀世的天人之貌，最强健的体魄，最清醒的政治头脑，最无与伦比的文韬武略，他们可以用尽不朽的文治武功，耍透卑鄙的阴谋诡计，打败任何一个强大的敌人，去攻克任何一座坚无不摧的城池，去问鼎天下。他们富贵不能淫，威武不能屈，动心忍性，却始终不能抵挡心爱女人的一个妩媚秋波，一次浅嗔薄颦，转而引出一连串的杀身之祸来。

灭原氏者，妇人也，考究的史学家们这样感叹着。

原氏出情种，后世风流的举子们曾经在桃花宴上这样戏谑。

原氏夺取天下，女人征服原氏，闺阁老嬷嬷们在仕女们出阁前，这样附耳轻轻地教导着，少女们红着脸轻点螓首。

非白告诉我，皇帝第一次见到宣姜时那精心安排的场景，正是他第一次向孝贤皇后示情的地方，而宣姜可以在言行举止上模仿孝贤皇后惟妙惟肖，可见必有熟悉皇帝和孝贤皇后之情事的老宫人给宣姜传递信息。我们心中暗惊，是什么人这样歹毒，胆敢利用孝贤皇后来杀皇帝?

事情没有完结，皇帝对于所俘的各朝旧宫人不再仁慈，令内卫用尽酷刑，盘查了所有旧周朝或是西蜀过来的宫人，近千人受到了牵连，连坐受死者有五百多人，约一千多人被赶出宫去，永不录用。

再一次因为孝贤皇后受到伤害的皇帝，似是伤透了心，脾气日渐暴躁，整日疑神疑鬼。

于是，第一个遭殃的便是长年跟随他的史庆陪，只因他最熟知孝贤皇后逸事，成了受怀疑的第一人选。

一日，史庆陪在晚上侍候圣上用膳时，脸上的粉掉了一点到御桌上，太祖便大发雷霆，疑心史庆陪用了有毒的粉妆，故意掉到他用的晚膳里，毒害于他。

一夜之间，几十年来集荣宠于一身的史庆陪，莫名其妙地失去了一切，被贬到浣衣局，冯伟丛失去了依靠，到处受人欺凌几欲死。几天后等查清了事实，乃是窦周旧臣保吉，为窦英华报仇，假意降塬，又勾结宣姜，里应外合，魅惑皇帝，又以重金从内宫老宫女郑氏口中套出孝贤皇后种种。皇帝念及过往，想召回史庆陪时，他已经凄凉地累死在浣衣台，只被人草草用破席裹了拖到乱葬岗，根本找不到尸首了，皇帝只好带着对史庆陪的愧疚，将冯伟丛复了位，且擢升至内侍监掌案，顶了史庆陪的缺。

郑氏当日便上吊自尽了，保吉还没有逃出长安百里，便被捉拿归案，受尽酷刑，却不肯招出余党，趁暗人不留神，咬舌自尽了。

史庆陪的例子，让所有的官员噤若寒蝉，皆争报祥瑞，以免无妄之灾。可是即便如此，太祖依然神经紧张，很多功高盖主的元谋勋效成了被打击的对象，不久，监察御史钱宜进检举“在朝公侯，纵恣不法，将来恐尾大不掉，应妥为处置”，暗指几日前二品锐武将军徐峥纳一青楼贱妓，却以一品夫人之隆仪行六礼，轰动街坊，且过亲王府及郡王府邸而不下马，僭规逾制。皇帝以为徐峥桀骜不驯，竟暗中命黑梅内卫赐死，举族抄家流放，并罢免了为其迎亲开道的卢伦，所有参加婚仪的武人皆降一品，有不服者皆同徐峥，这就是大塬朝的开国著名冤案“花嫁案”。

因此事涉及孝贤皇后，皇帝暗疑晋王这边“窥视太子之位，欲图不轨”，非白的所有部将成了主要的怀疑对象，元德军各大员人人自危，于飞燕、姚雪狼、程东，还有君氏都被严密监视起来，非白百口莫辩。

大塬朝在白色恐怖中迎来了元昌三年的寒露，举国露气寒冷，人心自危。

俗话说，福无双至，祸不单行。冷气袭来，旧伤缠绵，我便不大去得富君街看账，躲在赏心阁暖阁里，林毕延五日里有三日进苑子来看我。

皇帝的脾气愈大，朝臣动辄得咎，这一日又因蜀地窦氏余孽占山为王，劫持官银，震怒非常，旧伤复发，竟昏厥在朝堂之上。锦皇贵妃便以皇帝名义，调走林毕延。三日后皇帝清醒过来，内阁六部重臣及亲王等皆改至崇元殿议政，皇帝亲嘱沈昌宗入暗宫下口谕，不准暗宫再违制，同皇室中人接触。司马遽密信说，皇帝以瑶姬夫人照顾皇帝为由，将其软禁至崇元殿旁的印日轩。

暗宫中人皆不敢动，无法送司马鹤为我看病。非白明显心神不宁，不分昼夜同诸亲王嫔妃照看皇帝，回到府中还要亲自看护我，事必躬亲，夜不能寐，熬红了眼圈，瘦了一大圈。小玉深为感动，不由得对非白的态度大为恭敬。

不久霜降来临，草木黄落，蛰虫咸俯，我咳嗽不断，非白命人以林毕延给我开的药方给我服用，咳方略止。

九月二十这一日，大风横扫西京，我心神不宁，嘱咐所有的伙计一定要夹着尾巴做人，有的生意能关就关，此时不宜招摇，只盼圣上的身体早日康健，他的疑心病能缓一缓。可就在小雪之日，大风陡起，富君街上着了一把无名之火，整整一条街都着了大火，风借火势，愈烧愈烈。我们赶到的时候，却见整条街大火烘烧，亮如白昼，未及出逃的伙计和百姓，浑身燃着火，痛苦地满地打滚，那凄惨的叫声令在场诸人几欲疯狂。

我当时脑子一热就想冲进去救人，齐放着急地拉着我说道："主子莫去，有冲进去的伙计说，很多原氏内卫躺在地上，早已被人杀死，库中金银大部为人所劫，这是有人故意纵火掩饰罪行的。"

我怒火中烧，是谁要害我，为什么要牵连这么多无辜的人？

大火整整烧了四天五夜才渐渐平息，牵连方圆百里的百姓无数。

这场"富君街焚火案"也永远地烙在西京人的心中。

我在西京的心血毁于一旦，郁气难消，吐血不止，重重地病倒了，吓坏了非白和所有人。

十月初五，立冬，西枫苑诸人皆换上了冬服。天子本应出郊行迎冬之礼，奈何龙体抱恙，皇帝只是赐群臣冬衣、矜恤孤寡之礼。

那一日，非白上朝未归，薇薇正在喂我喝药，忽听前方嘈杂。

冯伟丛和乔万气势汹汹地前来，我心说不好，果然听乔万冷冷地宣旨："皇商君莫问，系晋王嫡妻，元昌元年密集朋党阻内卫'活字察奸'，元昌二年里通外国，元昌三年富君街大火，毁国家内帑数千万之巨，连累百姓无数，督护不力，实负朕托，今下诏入狱而论，三罪并查。"

我四处寻找吴如涂，想着他去通知非白，却遍寻不得。原来在西枫苑的所有武婢皆被卸下武器，扣押在花林道上。

乔万冷笑道："晋王妃莫要妄想晋王会来救你，今日早朝，晋王的脚还未踏进崇元殿，圣上已经下诏，逐晋王归封地，无旨永世不得入京，西枫苑诸人是泥菩萨过江，自身难保，还请王妃跟冯公公前往吧。"

《金陀遗编》：元昌三年上元节至，皇帝大宴宫中，安年公主忽然垂泪，对诸宾客及妃嫔，启念亲母先孝恭皇后早殁，不得见上狩猎天下，乃请为敬敏皇后渭水边建祠，以示孝心，诸妃嫔皆附，上深然之，赐百物嘉安年。

上风露立中宵观花火，染风寒，引先孝贤纯仪皇后入梦示移老树，须长数丈，乃见血，上惊醒，哀思先贤孝纯仪皇后，绝宴乐数日，欲罢，安年公主再请建祠，乃择吉日，钦天监定渭水林边，乃移二株老梅，岁及百，掘至根须，果见血，众人皆骇，上惊。四月初十日，上于千秋节观舞，北姬宣妃果于流雨殿行刺，幸未得，乃戮尸街头，史称“流雨殿惨案”；上震怒，疑心愈重，寒露，歹人火烧富君街，牵连百姓千余户，乃称富君街焚火案，紫微舍人君莫问吐血病苛，上坐卧不宁，夜召北晋王，屏退左右，夜谈许久，先闻上叹，晋王泣声，后上怒愈加，掷圭于琉璃珠帘外，圭裂。第二日，北晋王方入玄武门，上喝内卫逐北晋王，又下旨遣昌宗以渎职等罪名，押北晋王妃于大理寺，召近臣密议立储，一时人心皆惶，上疾愈深。

【注】

①轩辕本复的谥号

第十一章

月冷霜华坠

◆◆◆

一只蟑螂爬进了我的口中，使我在睡眠中猛然惊醒。我奋力咳着，才把那只小强给吐出来。

这一日是腊月十五了吧，铁窗外北风呼啸着，肆无忌惮地卷滚着泥泞的雪珠至半空中狂舞一番，一个回风便扑打进窗棂来，让人冻到心里头去。

素盘周围的云裳被吹得干干净净，那皎洁的月光冰冷地透过铁栅栏，正照见我吐出来的那只尚在血痰中苦苦翻身挣扎的小强。

“先生，可是魇着了？”隔壁的小玉被惊醒了，只听得一阵哗啦啦的响声划破雪的寂静，想是她拖着手铐，慢慢来至栅栏处，担忧地问道：“先生又咯血了吗？”

“无妨，只是呛着了。”我努力在霉臭的破席子上爬将起来，捂着疼痛的胸腹，尽量平静地回复她。暗中苦笑，到底是过惯了锦衣玉食的生活，如今要挺过艰苦的牢狱之灾，有点难度……

这时，新来的更夫沙哑的声音伴着一更鼓传来，我下意识地看了看在铁栅栏外的妖月。非白，你在哪里，你还好吗？

这大理寺是皇贵妃的亲卫所把守，果然守备森严。一开始青媚曾经着一个暗人装成更夫不定时来向我报信，非白为了救我长跪在崇元殿前，直到昏厥，可是皇帝不为所动，只派一百精兵将昏迷中的晋王押回晋阳封地，其余元德军被天德军所接收，并派天德军将领左丘团团围住晋阳，不准随意进出。

西枫苑凡会武的侍从、奴婢一律随行，只留下薇薇和小玉来看护我，于飞燕、谢素辉以及他们的部将都被怀疑与流雨殿行刺案有关，一个个都被下了诏狱，审查了近一个月。于飞燕、谢素辉至今仍在诏狱，程东和姚雪狼被贬为庶人，逐回原地，无旨不准归来。那些战场上存活下来的神谷中人现在应该都同原非白一样在晋阳封地。齐放已经获罪，于明年秋后斩首。我焚心如火，病势更重。这个更夫为我传来齐放用血书写的一句话：“一片冰心在玉壶。”

虽是齐放的小楷，但是笔迹微抖。也不知道他受了怎样的罪，只听说受了酷刑，独自揽下所有罪责，不久，青媚欲营救不成，自己反倒成了第一个被拘的暗人首领。乔万为了报复青媚，亲自毒打青媚，还故意把青媚关在齐放的隔壁男囚群中，让他看到自己的妻子受苦，这是这个暗人最后给我传递的消息。我当时看了如火蚀心，可是第二日便忽然换了一个新更夫，整整两个月了，再没有一个人看过我或替我传过消息，更别说为我递药了。

我正打算摁死那只小强，然后忍痛再睡，现在无医无药，唯有睡眠来自我疗复了。

对面的薇薇也爬将起来，漂亮的脸上有几个红疙瘩，头发上散乱污油、沾满稻草地看着我，惊惧道：“王妃咯血了，定是旧症复发。来人哪。”她这就要喊出声来。

“你们这群黑了心的奴才，”薇薇怒道，我已经很久没有见到她的小眉毛倒竖了，“圣上还未下旨，你们怎可如此轻慢当朝亲王家眷？”

可是依旧没有人过来。

小玉冷静地咬牙道：“薇薇，省省力气吧，大理寺卿朱迎九是皇贵妃的人，定是皇贵妃下了口谕，故意让我们在最差的牢里，再使人可劲虐待我们，就是要让我们自生自灭。”她说着说着，一阵气苦。

薇薇也平静下来，摸摸脸上一个被臭虫咬破的包，泪水涟涟地看了我一会儿，扁嘴哽咽道：“娘娘，薇薇不想死在这么脏的地方，臭虫会把薇薇的脸咬坏的。”

我有一阵想笑，不小心抽动了伤处，便强忍了笑意。心想都到这时候了，这个薇薇还这么臭美。小玉也气极反笑道：“是啊，薇薇的脸又香又嫩，怪不得不咬我和先生，看看，都咬成麻饼了。”

薇薇吓得摸了一阵脸，意识到小玉在打趣她，便瞪了一眼小玉，一下子站起来，对着通道口大声喝道：“你们这群小人，别以为现在晋王不在，便能暗中逼死王妃。咱也是宗家义女、旧朝公主、忠勇公的妹子、皇贵妃的亲……反正身份尊贵，你们若怠慢了她，必不得好死。你们这群丧尽天良的，晋王一时半刻回来收拾你们，把你们一个个五马分尸、挫骨扬灰。”说到后面，薇薇越说越利落，几乎用吼的。可能是用毕生力气吼的，就连隔壁刑室也被她震得停了一停。

然后回答我的只有沉默。隔壁刑室的惨叫声再起，两个身强体壮的女狱卒各提溜个水桶跑了过来，满面鄙夷地往薇薇和小玉身上一泼。腊月本就冰冷透彻，这下无疑是雪上加霜，两个小姑娘立时冻得说不出话来，咬牙蜷缩着身子，冻得瑟瑟发抖。

我内心一片冰冷的愤怒，冷冷道：“圣上尚未下旨，是谁授意你如此虐待宫眷？”

个子高的那个对我唾了一口：“不要脸的娼妇，还敢自称宫眷？皇上当众宣你下狱，治你里通外国之罪，你还不嫌丢人现眼。”

“让你活着，已是客气了。”矮个子的冷笑道，“这是大理寺的死牢，进来的人再没有出去的。西枫苑所有的人都被圈禁了，晋王都被驱京城一千里。你身上又没什么油水可捞，咱们已算客气的了，还敢在这里大声嚷嚷，简直活腻味了。”

“你们会为你们所说的这番话付出代价的。”我淡淡说道，忽然胸腹剧痛，一口血痰喷出口。

小玉站起来，大声说道：“圣上还未派人前来审查，你们不请太医为晋王妃医治，莫非是受了某人的指示，你们大理寺杀人灭口？”

“大理寺杀人灭口。”薇薇也抖着身子，大声叫着。

那两个女狱卒相视冷冷一笑。

我暗自心惊，惨然地苦笑不已，看来锦绣不杀我不罢休啊！

黑暗的走廊深处，忽然传来沉重的脚步声，几个高大的人影出现在我们面前，那两个老资格的女狱卒立刻双膝跪倒，面如土色。

当先一个穿着锦衣的太监，后面两个是身着黑地红梅纹样闪缎袍的锦服侍卫，纱帽束发，身材极是高大，腰挂紫玉腰牌，面色冷峻地站在我的牢房前。

当先一个我认得，正是冯伟丛。自从史庆陪死后，这孩子仿佛一夜成熟，成了皇帝信任的内侍监。

他冷冷道：“传圣上口谕：圣上特宣晋王妃觐见。”

我努力站起来，勉力道：“臣妇接旨，还请冯大人保我两个侍女，不然她们肯定过不了今晚。”

冯伟丛踮起脚看了一眼落汤鸡似的二人，目光在小玉面上快速地流连一番，拧着眉毛想了一分钟，便招手对那两个女狱卒一招手：“这是怎么说的？”

那两个女狱卒浑身发着抖，颤声回道：“大人恕罪，只是上头、上头吩咐了，奴婢们也是为了保命。”

冯伟丛声音阴冷地说道：“圣上可是马上要提审钦犯，且给她们换两身干衣服，不得再虐待。圣上若怪罪下来，你们一样掉脑袋，咱家可不管。”

那二人诺诺称是。我立刻被那两个高大的内卫架起。我扭头，小玉和薇薇都冻得抖着身子，她们的视线紧紧跟着我。小玉澄若秋水的眼睛惊恐地看着我，而薇薇哭得梨花带雨，我心中一痛。

我被人装入一台青布大轿，只觉摇摇晃晃中几欲昏厥。也不知过了多久，又有人将我架出了大轿。我透过大雪抬头，只见巍峨的宫殿在大雪中如琼楼玉宇，正殿内火烛昏黄，雪花落在殿匾上苍劲有力的三个字：崇元殿。

大殿门口站着两个内卫，面生得很，连正眼也不瞧我，只是面色凝重地看着门外，万分警惕。

冯伟丛躬身递上一粒药丸：“还请王妃服用，这是雪芝丸，是皇上的恩典。”

我接过来，只觉一阵扑鼻的芬芳，果然是原家独门秘药雪芝丸，便接过咽下。

这时出来个中年太监，看服色应该比冯伟丛位子更高些，冯伟丛点头哈腰道："程公公。"

这应该是新任内侍监总管程中和，亦是太祖心腹。冯伟丛对他附耳一番，那人微有异色，快速地进了内殿，然后又出来正要唤我进殿，看了看我几个月没换的衣裳，捂着鼻子皱了皱眉，带着我到西偏殿玉著殿快速地沐浴。

宫人为我换上一件湖色夹袄，系上月白绫裙儿，因乌发落得太多，只好略略梳了一个云苞髻，余发又在脑后编了个大辫子，用一条蓝缎带束了。

那为我梳头的宫女，年略长，长得甚是清秀，梳头的手势极灵巧熟练，可能是动了恻隐之心，也有可能同非白有旧，左右瞧了瞧我，见我一身实在太素色，因我是诏狱的罪妇，又不敢为我戴簪钗，看殿中一角羊脂玉净瓶中正插着数枝红梅，鲜红似火，想是当日鲜采的，便不动声色地折了一朵，轻插我鬓边。我向她感激地福了福，她的眼神闪过一丝慌乱和悲伤，微还一礼，然后恭敬地退到角落。

程中和看了她一眼，开口欲言，又压了下来，只是冷着脸催那宫女扶我跨进内殿。

扑鼻而来是一股温暖芳香，儿臂粗的烛火放着温暖的光泽，柔和地映照着殿内古董器物，半梦半真，时光仿佛一下子凝缓了下来。

眼前是巨幅雪白弹墨的梅花枫叶帷帘，隔开了内外，紫金双璃大熏炉中袅袅浮着苏合香的淡淡白烟，略带着苦辣的芬芳，不紧不慢地悄悄钻进我的鼻间。那苏合香有镇静止痛的作用，微微缓和了我的伤痛，同时掩住了殿内浓重的药味，却掩不住一股诡异而令人畏惧的气息——那是我很熟悉的一种气息，死亡的气息。

耳边传来滴滴答答的悦耳声音，我的心也静了下来，循声望去，殿内放着一架巨大西洋琉璃钟，那可能是这个时代最大也是最昂贵华丽的自鸣钟了，比于飞燕还要高过一个头。整座钟象牙为面，玛瑙作字，碧玉为托，金作指针，珍珠镶轴，镂雕嵌钻，无所不用其极。

听说旧庭朝早期的五帝轩辕中宗特别喜欢摆弄西洋琉璃钟，他在位极短，不过五个年头，平生罕有什么政绩，最出名的是喜欢收集华美的西洋自鸣钟，在史官那里留下一条最长的记录便是用了一整船精美的瓷器、绫罗绸缎，从西洋换来了两座巨大的琉璃自鸣钟，中宗扬扬得意地给大的那只取了一个非常响亮的名号：千秋，也就是眼前正在静默地看着我的这只，另一只理论上应该叫"万代"，却因个头娇小，获名"天香"。

天香的个子虽小，可是一生令人感叹，作为赐物流落到原氏，又作为礼物送与明家，在原青江的魔掌中，娇小精致的天香变成了史上最不动声色的杀手，明宁夫妇在一个冬夜死在它变调的呼吸中，然后它又在抄家途中不知所终。我上次有幸再见天香时，它和它的主人明风卿都差点让我的心脏停跳。

而千秋因为个子实在太大，静静地摆在京都昭明宫的毓宁殿中已近五百年了吧，默默见证了轩辕家族从辉煌到没落、最后被窦英华羞辱篡位的历史。传说做了一辈子傀儡皇帝的轩辕熹宗在临死前，怒喝窦英华，曾用一盏玉杯砸向窦英华，结果误伤了千秋的琉璃罩面，也许这便是天意。

后来窦英华果然篡位成功，顾及这钟名之意，仍着人修复，放在昭明宫。元昌二年，千秋迎来了新主人，经过轩辕氏的同意，作为战利品同窦英华一起被原非白运到长安送给皇帝。

据说刚到长安城的时候，钟面又碎得不成样子，钟摆也已经不动，金制的摆针、银钟字珍宝等都在混乱中不知给哪位宫人或是哪方士兵盗走，流落民间，不知所终，而今上原青江也是一个喜欢摆弄自鸣钟的高手，专门趁着朝假，亲自花两天两夜给修好了，如今这座庞然大物，仍然徐徐走着。

晕黄的烛光柔和地透过千秋，折射着彩色琉璃外罩面，绚丽的光斑映在正前方雪白弹墨的墨梅帷帘上，一片魅惑的流金幻紫，好似帷帘上那些沉默的梅花忽然开出彩纹斑斓的容颜来。

穿过帷帘望去，隐有一榻，卧着一个着明黄皇袍的人，应是皇帝，身后站着头戴凤冠的妇人，旁边正站着一个人，皇帝似在写什么东西给那人看。

那人正好掀帘子出来，面色凝重，原来是沈昌宗。他看到了我镇静如常，对我弯腰行礼。

我向他回了礼，然后慢慢地走近，在帷幕前慢慢跪倒在地。

我跪了一会儿，快要昏睡过去时，有轻轻的脚步声从身后传来，我抬起头，有一双柔荑伸来，将我搀扶起来："木槿来了，快进来吧，主公等候你多时了。"

我抬头，却是没戴面具的瑶姬，她的眼窝青黑，想是几天没有好好睡了。

不过我的模样估计更加憔悴，她看到我这样子，美丽的眼睛藏着一丝不忍，慢慢将我扶了起来。

一个须发微白的黄袍老者，从容优雅地静卧在紫檀木雕云龙纹宝座，一手伸出缂金织锦的袍袖微撑左额，似在静思，龙座边上站着一个倩影，却是轩辕皇后，同样的面目憔悴、暗藏惶恐。

此时传来宫人的打更之声，一声又一声，我细细听来，已是二更。

"陛下，北晋王妃到了。"瑶姬扶我站定，紧张地望着皇帝。

皇帝缓缓地睁开了眼，漂亮的丹凤眼看向我，淡定而笑："木槿来啦，朕等你很久了。"

其实我也等你很久了。我在心里这样说着。

皇帝微摆手，轩辕皇后唤赐座，便屏退左右，只余瑶姬和她二人侍候。

"如今是哪一年了？"皇帝问道。

"回陛下，今年乃是元昌三年，壬戌年，今日乃是腊月初八。"我静静答道。

"哦，时光真快啊，转眼已是新朝四年了。"可能是刚刚睡醒，皇帝有些迷离，"朕还记得，十年以前，朕曾经问过你，你想要什么。”

我惨然叹道：“元昌元年，陛下赐下富君街，了却臣的第三个愿望……富君街之火，臣妇辜负陛下的重托，难辞其咎。”

我惭愧地以头伏地，皇帝却笑着微微摇头：“卿能坦然认错，实属难得，不过朕当初赐你富君街，并非为了却你的第三个愿望，只是想试试卿之实力罢了……富君街之火，卿虽渎职，但有奸人背后作乱，栽赃陷害于卿，故此并不损卿之能力及德行。”

我慢慢起身，微诧地看着皇帝。

皇帝却又道：“卿心里一定在想，既然朕知道有人栽赃陷害，为何要逐晋王，将你下了大理寺的诏狱？”

我慢慢地点了点头，静待他的下文。

“为什么要回来？”皇帝却话锋一转，轻叹道，“朕其实一直想问卿，为什么要忍受天下所有的骂名和鄙弃，回到晋王身边？朕记得当年在梅香小筑，朕问你心中所愿，不过泛舟碧波，自由纵横于天下。既然你的所愿与当初无异，为何又要舍弃大理皇室的庇护，抛夫弃女地回来？”

一直以为皇帝会继续讲讲富君街惨案，不想他却只是同我聊起旧事，我微微定了定神，恭敬地开口道：“臣妇斗胆，敢问陛下，若当初陛下有一丝一毫的机会，陛下可是会竭尽所能救出孝贤皇后？”

圣上微怔，旋而慢慢地点头，目光渐渐溢满悲伤，凝重道：“当初，朕抱着梅香的尸首在那紫瞳修罗前坐了整整三日，便是希望能让她再睁开眼睛看看朕，没错……即便是今日，只要有机会，我仍然会想尽办法救回梅香，”他坚定道，“即便这是原氏的诅咒。”

基本上我接触过的所有暗宫的司马氏都说，原氏是受过诅咒的魔鬼。瑶姬美丽的身姿果然微微颤抖了一下。

究竟是什么样的诅咒？没有想到连九五之尊的圣上都会相信！

也许是谢夫人的死深深地烙在他的心中，使他也不得不信了。

“怎么非白没有同你提过吗？”皇帝见我面有疑色，傲然笑道，“轩辕氏总自诩什么神族，我们原氏才是上古神族中最高贵的天帝转世，神族中的神族，我们不过是看在轩辕族曾对我族有恩的分上，曲意侍奉，故而先祖留下族训，只奉九世，九世之后，原氏终将取代轩辕而一统天下，可是我们的敌人紫瞳魔族却诅咒我们，永远也得不到自己心爱的人。”

那梦中天人对我冷冷的呵斥声在我耳边响起：“诅咒永无解除。”

“如果原氏真得不到所爱，那便报应在臣妇身上吧，反正臣妇的名声和身子骨都不怎么样。”我垂目恭敬道，“臣妇一直都这么以为，爱一个人无非便是所爱之人幸福一生。而臣妇所想，也只是希望晋王幸福罢了，他此生失去的东西太多了。帝后早年不睦，孝贤皇后早逝，圣上后来为天下而奔忙无暇顾及年幼的晋王……晋王的身体，圣上比谁都清楚吧，也当理解臣妇千辛万苦地回来，只是想陪着晋王……平静快乐地过完我们短短的下半生。”

非白，你现在可好？林毕延一直被扣押在皇城，也不知晋城可有好大夫为你诊病。

不想皇帝却冷冷一笑：“既知他来日无多，何不让他试试坐拥天下的感觉？情爱再美妙，不过是一把摧人心志、毁人进取的钝刀。吾家男儿本当纵横天下，睥睨众生。”他又似想起什么来，带着淡淡的迷惑和一丝几不可见的残酷，笑道，“所以我有时也感怀命运，也许是梅香的早逝，成就了我放弃一切情爱、去站到天下的最高处。”

我心中一凉，不由得冷冷笑道：“敢问陛下，权欲当真如此诱人？使人迷乱至此，甚至看淡了曾以为最重要的爱……”

“妇人之见！”他收回迷离的眼，冷厉地打断我道，“双生子诞，龙主九天，这一切皆是天意。当梅香为朕生下非白和非黛的时候，那时朕就认定他是朕的继承人，朕毫不犹豫地把非黛过继给青山和阿瑶，连他本名都改了，总算平息了司马莲的叛变。朕没有想到司马莲会毁掉非白的双腿，那时也一度想把阿遽换回来。可是朕没有想到，非白以惊人的毅力活了下来，并且比以往更加冷静睿智，朕那时真的非常欣喜有这么一个刚强的继承人。”

我心中陡然一惊，他既把家族秘辛坦然相告，我果然是没有活着出去的道理。

皇帝却继续说道：“他渐渐长大，同锦绣有了交往，朕那时就想看看他能爱一个女人到什么地步，所以朕故意纳绣绣，是为了锤炼他的心性。”皇帝冷冷一笑，“他不也是垂头丧气了好一阵子？那时做得不错，不但忍下了这口气，不为美色所迷，反而担心因为锦绣会离间我们父子之情，便移祸江东，转而让天下人知道他恩宠于你。”

我的心底凉透，可怜的锦绣，一生费尽心机，为了获得这个男人最大的信任，变成了众矢之的，可是原来……原来这个男人一开始娶她，就把她当作一件锤炼儿子心性的工具，皇帝，这是一个多么可怕的男人。

他的凤目清亮，咄咄逼人地看了我一阵：“朕一直在想，你明明没有锦绣的貌美、非烟的慧黠，更没有轩辕氏的权术，朕怎么也料想不到那个孽子，真会对你犯了疯魔。七年拒婚，朕便故意让贤王有机可乘，灭了他一半力量，对你下了格杀令。”

“陛下为何要这样折磨自己的儿子呢？”

“就因为朕这些孩子里面，最最喜欢他，连先德宗陛下也总说非白像我年轻时候，”他低头轻抚了一下右手大拇指上的翠玉扳指，轻嗤一声，“还真有几分像，为了你这个女人，开始对付他老子，费尽了心机，牺牲了子嗣，让阿遽帮衬着他，又成全了锦绣，所以换得了锦绣的盟友，助他早日脱得暗宫。更有趣的是你……竟然亦会躲过朕的追杀令，躲过这乱世，好好地活了下来，更想不到还会回来，还敢回来？！”

原来，非白等我这几年当真没有娶妻，甚至牺牲子嗣，所以赢得了司马遽的信任，我不由得心中热浪涌动。

皇帝却重重地哼了几声，圣容略略扭曲起来，烛火剧烈地爆了一下，闪了一下他深深注视我的锋利目光，迫我低下头。

抚着伤口，我尽量淡淡道："回圣上，臣妇亦料不到会再与晋王团聚。"

"朕知道你在想什么！不管你是一个口蜜腹剑的乱世能臣，抑或一个一心殉情的贞洁烈妇，"他喘了一下，"可是千不该、万不该，你不该让他爱上你，朕是绝对不会让一个情种登上皇位的，即便他侥幸得手，你这个祸胎也绝不能活着与他举案齐眉。"

我脱口而出道："为什么？"

他冷冷道："为什么？若不是对梅香存有爱意，便不会让宣姜这个贱人有机可乘。"

他的阴狠愤怒让我感到害怕，顿时语塞，竭力道："这只是一个意外，陛下。"

他断然喝道："若要雄霸天下，岂容什么意外？朕的下场便是最好的例子。同样的，今日朕能抓你逼他，日后自然会有比朕残酷百倍的敌人来利用你残害他，你活着，便是他身上最大最明显的弱点。

"朕的继承者应该是一个真正完美的君主，一个皇帝若做不到至亲可杀、至爱可抛，他如何能成为一个无坚不摧的君主，他如果做不到，朕便帮他做到，"他对我睥睨地一笑，映了风霜的凤目变得阴狠而偏执，"当年朕为了他，已经杀了古丽雅和朕的一个儿子，还怕杀不了你吗？"

怒火从我心中腾起："午夜梦回之际，陛下可曾梦到女太皇对您哭泣？她最后被亲生子所弑的悲剧，其实是您一手造成的。"

他一怔，眼中闪过一抹狼狈，喃喃道："古丽雅，可怜的皇女啊。可是朕不后悔，如果往事重来一次，朕还是会这么做。今日里朕既去日无多，便要快一些下手，为大塬朝做好准备，"他的凤目冷若冰霜，冷然道，"朕心意已决。"

皇帝的凤目觑向我："如果晋王就乖乖待在封地，朕送他一份大礼；若是不然，长安城共十一处城门，你可相信，只要他敢出现在任何一个城门前，朕即刻下令将你处死。"

他轻瞟了一眼轩辕皇后，满意地看着她美丽的身子颤抖了一下："因为你死得越凄惨，他的心就会越痛，就会越内疚，就像当初的朕抱着梅香的尸首一样，多么后悔自己没有再强大一些、再缜密一些，却让对手有机可乘，犯下永远不可弥补的错误。唯有带着这些永远无法愈合的创痛，成为一个无情的皇者，才能做到真正的强大。"

更鼓重重地响了起来，敲得人无端地胸闷发疼，我心急如焚，努力保持镇定，垂首道："原来如此。"

"木槿不求朕对你手下留情吗？"皇帝平静了下来，眼神充满着玩味。

轩辕皇后为皇帝披上那件大红猩猩毡大氅，微觑我一眼，高深难测。

"不必。"我优雅地微欠身。

皇帝睨着我，邪魅地笑道："莫非是绝望了吗？倒也情有可原。"

我直视着皇帝，不顾伤痛挺起脊梁，维持着最完美的仪容和微笑仰头答道："圣上乃是真龙降世，文治武功，世所仰止，所谓虎父无犬子，臣妇以为晋王必不负君父所望。”

皇帝口中满是揶揄：“说得倒是好听，卿倒是让朕也好奇起来。一个情根祸胎，难道亦能为女人夺得天下、成就霸业？”

“圣上当闻‘秦中踏雪，美而谦润，敏而博闻，智者千里，举世无双’的称号吧！”我轻轻地念了一遍非白的传说。所有人都不由得快速看了我一眼，轩辕皇后微微一怔，面上一红，又低下头去。

皇帝看了我一眼，凤目微凝，我便继续笑道：“正如圣上所想，早年丧母，已然经历失去至亲之人的痛苦，少年时代又经得住被圣上夺去初恋的锤炼。恕臣妇斗胆，臣妇以为晋王不是一般的情种，他身上流着的乃是圣上的热血，同圣上一样，并非那种为爱欲沉沦丧志、烽火失天下的俗流男子。他拥有像先孝贤皇后一样善良无私的心，真心垂怜无数像臣妇一样，在乱世中颠沛流离、无辜受辱的百姓，因而立下鸿鹄之志，拯救天下苍生。臣妇相信晋王既然能花七年的时间令臣妇归来，如今定能再创奇迹。”

皇帝仰头大笑了一阵，直到一阵剧烈的咳嗽打断了他，帘外的宫人听到响声，便冲了进来，一阵手忙脚乱。皇帝好不容易平复下来，对我淡笑道：“花西夫人的口才真是无懈可击，难怪卿能在这乱世里千辛万苦地活下来，果非寻常人家女子，却也堪属我儿。朕许你三个愿望，尚欠一个，朕今日便许你，若他今日里真能创造奇迹，他便是大塬的第二个天子，即便是情根深种，朕也认了。”

他微叩桌几，沈昌宗走了进来，身后跟着脸色苍白的钱宜进、强压满面狂喜的朱迎九。

我心中暗惊：钱宜进乃是东贤王与南嘉郡王门下，朱迎九是锦绣心腹，如此一来，岂非大乱。

他淡笑着不再看我，抬首淡淡道：“宣太仆寺卿常狄、右副都御史原赫德、工部侍郎裴溪沛即刻进宫。”

不一会儿，三人匆忙进了宫，一起跪倒在地上，山呼万岁。

这时，程中和面目肃然地捧着一副金箧跨进大殿，走向皇帝。那金箧周身镏金镂雕，九龙狰狞盘旋，锁头乃是其中一条恶龙愤怒的双眼。

皇帝轻轻抚了抚金箧，亲自打开，从里面取出一幅黄绫绢轴：“在座诸位听旨。”

众人俯身，凝神细听，一片寂静，只有千秋的钟摆声嘀嘀嗒嗒地走着，一片悦耳。

“朕意已决，立第六子汉中王非流为太子。太子年幼，母壮子弱，朕身故后，即刻赐锦皇贵妃代皇后殉葬，晋王妃花氏代瑶姬夫人殉葬，北晋王非白为摄政王，立召回京主持发丧，宁康郡王为辅政王。又及，东贤王仁孝宽和，立遣秦陵为朕永世守孝祈福，安年公主及驸马南嘉郡王遣回封地嘉州，永世不得入京。”

他的话有如晴天霹雳，劈得我无法招架。我完全怔在那里。

瑶姬明显松了一口气，无限怜悯地看向我，轩辕皇后眼中的恐惧转瞬即逝。

"朕之遗诏，置于这第二百七十七号金篋之中，黑梅卫统领使沈昌宗、右副都御史原赫德、监察御史钱宜进、大理寺卿朱迎九，工部侍郎裴溪沛，共为辅政五大臣，辅佐新帝。"他扶着沈昌宗慢慢站了起来，声音不大，可是凤目扫处，众人皆惶然下拜，暗中等待皇帝宣其中一人去接金篋中的遗诏。

不想皇帝又加重语气道："为吾原氏，为大塬国祚，千秋万代，朕身下之龙座只为原氏最强者所有，不管其生母为何人，不管用何手段，"他嘲笑地看了我一眼，"哪怕让最忠心于朕的兵士反戈一击，哪怕胆敢发动兵变，闯入内闱，谋逆于朕，但凡能手握玉玺者，才是当之无愧的原氏家主。"

皇帝的凤目如鹰目犀利，冰冷地盯着我接口道："亦是这新朝的天子，此乃吾原氏十世家训！"

众人听得又是一愣，略带疑惑地看向皇帝。为何这遗诏前后相悖？明似立汉中王，言下之意却又似盼望有人来篡位？众人渐渐有些转过弯来，明白这金篋大有文章。而我则了悟，圣上所提及的是刚刚同我打的赌。

沈昌宗面色毫无异常，他虽为辅政大臣，其实不过是一个秩序维护者，是这一局竞赛的武力裁判。

皇帝恢复了平静，缓声道："在座诸位皆是朝中权臣，也是朕认可辅助新君的能臣，朕知道你们每个人心中各有主子，如果你们的主子无能，你们操碎一颗比干之心，亦是无用，故朕希望尔等三思，这亦是朕赐给尔等的第二次机会。

"谁也不用苛求阻挡，亦不用担心所谓的兄弟相残，若是连自己的兄弟都争不过，何谈这天下初定、强邻环伺？"他轻嗤一声，转过身来轻拍沈昌宗的手，笑道，"昌宗且放心，只要天德军的虎符在我手中，便不用担心朕生的这群小兔崽子。先去替朕将汉中王请过来，即日起汉中王就长留崇元殿亲自侍奉朕，以免多生枝节。"

沈昌宗泪流满面，跪地敬诺，走出去布置。

却听外面有轻微的火炮和喊杀之声，皇帝连眼都不抬一下。

沈昌宗却凝着脸折了回来："禀陛下，东贤王与南嘉郡王伙同禁卫军里应外合，攻破了长乐门。"

钱宜进目光一亮。皇帝看在眼中，只是冷笑不已，他令冯伟丛将一帮大臣带到偏殿一避。这五人自然争表忠心，要留下来护驾，与圣上共存亡。

皇帝瞟了一眼钱宜进，淡笑不已："卿等多虑了。"

钱宜进讪讪地躬身离去，朱迎九满面焦虑，竟一夜之间白了头，钱宜进看在眼中，面露得意。

等屏退左右，皇帝疑惑地想了一会儿，慢慢道："可打探清楚了？确不是晋王的军队吗？"

沈昌宗道："确实不是，乃是郡王和贤王往崇元殿而来。"

“许是晋王这回开窍了。”皇帝对我挑眉，对沈昌宗道，“昌宗留下，还是中和去把汉中王请过来。”

程中和躬身称是，转身出去，行到门口，沈昌宗又叫住他：“记得不要惊动皇贵妃，此时永定公应该正在宫中护驾。”

程中和点头称是，消失在茫茫雪夜中。

“若圣上现在下旨……”沈昌宗看着原青江，冷冷地做了一个杀的手势。

皇帝轻轻摇了摇头，凤目精光毕现，淡淡笑道：“杀鸡焉用宰牛刀，再说了，光潜这个孩子倒没有让我失望。”

这时，程中和气喘吁吁地跑回来道：“臣没出印日轩便被龙禁卫的叛军堵回来了，南嘉郡王正用戾偶围攻双辉东贵楼，欲擒拿皇贵妃母子。现下宁康郡王护送皇贵妃和汉中王出皇城了，只余永定公正奋勇突围，前来救驾。”

皇帝冷冷一笑：“皇贵妃可真聪明。”凤目瞟向瑶姬，“辅政王实在对皇贵妃太忠心了，好像也不是什么好事，你说对吗？阿瑶！”

瑶姬身躯微颤，目光隐忧地低下头去。

他一扬袖袍，龙袍上的金龙立时狰狞地舞动起来：“传旨下去，宣嘉王和贤王即刻卸甲觐见，其余人等静候长乐门，违者论谋逆罪，诛九族。”

话音刚落，却听一人嘲讽道：“太迟了，陛下。”

第十二章

清泉悲孽鳞

一个铠甲上全是鲜血的俊美青年站在崇元殿的大门口，众人惊异万分，却见是东贤王原非清。

原非清趾高气扬地走进来，傲慢地单腿略施一礼：“儿臣见过父皇。”

皇帝皱了皱眉：“怎么是你，你妹妹和嘉王呢？”

“他们许是在为您做棺椁，毕竟，您缠绵病榻许久了，应该冲一冲才好。”

皇帝哦了一声：“嘉王和安年果然孝顺。”

“本王自然孝顺，”原非清哈哈一笑，语气一转道，“可是本王从小就知道您不喜欢我。我和非烟都知道，我们自懂事起，就从不见您到母亲那里去。您好歹抱过非烟，可是您从未抱过我，从未夸过我半句，我终日里只有看着您的脸色提心吊胆地过日子，就怕你稍不顺心废掉我。”

他的俊脸因仇恨而扭曲起来：“父皇，你知道我有多恨你吗？你在母亲难产的时候，没有叫大夫，甚至没有产婆，任由她活活地痛苦而死。你为什么这么恨她，连带恨着我和妹妹，还不都是为了那个贱奴谢梅香和那个贱瘸子？”

“实话告诉你吧，父王，”原非清大笑道，“我和非烟小时候只要在没人的地方就盘算着怎么弄死你，只要你死了，原家和这天下一并都是我们的，再不用看你脸色，总算让我们等到了这一天。”

原非清尽吐这一生的愤懑和不平，胸膛不停起伏，双目喷火地看着皇帝。

皇帝以袖微遮面，垂目平静地听完原非清吐着谋逆之言，慢慢地肩膀耸动起来，进而爆发出一阵大笑，我们这才知道皇帝竟一直在忍着笑。

“梅香啊梅香，你总对朕说什么以心换心、有容乃大，朕总笑你东郭先生，不想，”皇帝好不容易收了笑容，兼平息了喘息，叹道，“今日一见，果然如此。非清啊，以往朕只觉你有些孬，虽喜好些男风优伶，丧志败德的，尚还对原家有用，不想今日里却只觉是个愚蠢的脓包。

“你可知道，若不是孝贤皇后不计前嫌地想办法寻来了产婆，你们如何能见你母亲最后一面。”皇帝冷冷道，“孝贤皇后一直照顾你和你妹妹，视同亲生，可是你们却同你们那个娘亲一样永远高高在上，忘恩负义，寡廉鲜耻。”

原非清脸上所有的血色都退了下去，双手颤抖地握着刀冲上去拼命，沈昌宗轻轻一挡，原非清便跌坐在地上。沈昌宗轻蔑地看着地上的原非清，冷冷道：“贤王放肆。”

原非清冷哼一声，爬起来时却也改了口，冷冷道：“我们的母亲是秦相爷的独生女，从小知书达理，贤良淑德，貌美无双，有哪一点比不上那个谢梅香？您给母后的封号不过孝恭，却给三瘸子他娘大加赞美之词彰显恩宠，什么孝贤纯仪端敏，天下人皆议圣上太失公允。”

“你说你母亲知书达理、贤良淑德？”皇帝忽然放声大笑，在场中人皆吓了一大跳，“那真是天底下最大的笑话。”

“让朕来告诉你，你们的母亲是什么样的人吧，”皇帝的凤目迸出一丝强烈的鄙夷，“你们的母亲同你们想的恰恰相反，既不知书，也不达理，更不懂何谓贤良淑德，她就是一个淫荡的贱人。”

“住口。”原非清大吼一声。

皇帝的脸庞充满了骇人的杀气，对着原非清眯起了凤目：“当年的秦相爷位高权重，圣祖不过是一方刺史，朕更是一个小小的五品校尉，如何入得了秦相爷的青眼？朕同圣祖都很惊讶，相府千金竟肯下嫁地方官之子。过门之后才发现，她进门时已经有了三个月的身孕。那个野种便是你！是那个贱人同府中一个长工的私生之子。”皇帝轻蔑地笑了，成功地看到对面的原非清开始崩溃。

“当年相府千金所谓的下嫁不过是为了遮遮丑。好歹当时朕也算高攀了，只要能平安度日倒也无妨。可是她太不知足，就同你一样，自嫁过来后，处处嚣张跋扈，对公婆无礼，且好妒成性。我那些从小一起随身长大的丫头，一个个被她找借口卖到烟花之所，或配小厮，或残害致死。当年初画的娘亲方生下初画，还没有来得及看初画一眼就被她杖杀了，可怜的初画连一口亲娘的奶水都没喝过。

“你同你那无耻的娘一样，荒淫好色，纵欲无度，好歹你毕竟为原家尚了两位轩辕公主，朕留下你，也算是原家对你的感谢。可是朕不能忍受你的懦弱和愚蠢，你真以为你的好妹子放了永春坊那一场大火，嫁祸给君氏，朕毫不知情吗？”

原非清面露骇色，冯伟从早已递上一个托盘，里面放着一支晶莹玉润的红玉西番莲扇坠子，扇坠子的一角似被烧焦，一片乌焦。原非清面色煞白。

“南嘉郡王向来喜欢红色西番莲，安年为他所有的内衣袖口都用金线勾了朵重瓣西番莲，对吧。”皇帝微微笑道，“你喜欢上那个名旦东哥儿，可又觉得对不起宋明磊，这只扇坠不过是一件你讨心上人喜欢的小玩意儿，却是永春坊陈员外家的传家宝。你逼死人家上下十余口，只剩下一个被打瘸腿的儿子陈贵，就因为郡王说了一句漂亮。”

“我没有，”原非清脸一阵红，然后又一阵白，骇然脱口而出，“我是让西营找些陈家的罪证，西营就翻出些囤积凤翔的证据给大理寺，可我只是想让大理寺吓唬他们一下，谁知他们这么不禁打呢。”

皇帝不理他，继续说道：“可是宋明磊却嫌沾了人血不吉利，随手扔给别人，你知道给谁了？”

“不是赏给初仁了吗？”

“说你蠢，你却还不知。他扔给了你的新相好东哥儿了。那东哥儿到处炫耀你们两个兔相公拜倒在他的裙下，你妹妹故意把这事儿传到陈贵耳中，那陈贵便到如意戏班寻仇，连夜一把火烧了如意戏班。可是那把大火倒也奇了，戏班不过在富君街尾，却能借着风势，结果烧了整整一条富君街。”

“这、这……想是非烟、非烟她气糊涂了，”原非清结结巴巴道，“陈贵那贱民，自己不要命也就罢了，还连累这许多人陪葬，这跟我又有什么关系呢。”

皇帝冷哼一声：“你知道那富君街上是些什么人？”

“不就是皇商君氏的商铺吗？那君莫问不就是三瘸子那女人嘛，就是这个罪妇、这个贱人。”原非清鄙夷地看了我一眼，颤着纤指指着我骂个不停，“整日不守妇道，尽抛头露面做些奸商勾当。”旋又茫然道，“谁叫那天起了大风呢，也不能全怪非烟哪，更怪不到我啊。”

“那些产业里，朕已秘密投了一半的内卫，扮作商贩，调查幽冥教，一并秘密研制对付幽冥教的武器。”皇帝大喝道，“君莫问倒是勤勤恳恳地为百姓和国家谋福利，可是幽冥教却早就下了毒手，害死了这些内卫，偷偷抢走了大半财产，不过是借大火掩盖杀人劫财罢了。”

皇帝微叹：“你的那个好妹子啊，真是……果然女生外向啊。”

“这、这，”原非清面色一下子煞白，骇然道，“难不成，这些全是非烟同光潜两个密定的吗？”

“这样既秘密处决了我的武士，又把监管不力的罪名推到君氏身上，皇贵妃又是晋王妃之姐，去年还秘密在君氏投了些私房钱，自然又连了罪，于是朕不得不把君莫问，也就是晋王妃给关了起来，还驱逐了晋王。他做得太隐蔽了，反正追查起来是大理寺所造的冤案，陈贵早已被逼得疯癫，大理寺卿是皇贵妃门下，最后一切还会如了他的意，可谓一箭三雕。

“可笑的是，你一点也不知道你的枕边人到底在想什么。你知道宋明磊是谁吗？你知道那东哥儿是谁吗？宋明磊的真名是明煦日，是前明余孽，他到咱们原家是来报仇的，那东哥儿的真名叫明秀，他是明煦日奶娘的儿子。就是因为你盯嘉王盯得太紧了，他只好派明秀来勾引你，引开注意力，这样他就有机会躲开你，来布置最后的复仇。”皇帝对原非清摇头嗤笑道，“我之所以给你取名叫非清，因为你的一生永远是这样糊涂，这样可笑复可怜。”

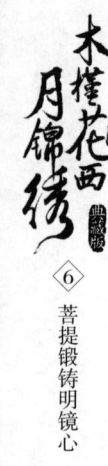

如果我是原非清，可能会最后再问一个问题：“您老人家既然这么清楚，姓宋的是这么一号冤孽，怎么不把丫的抓起来？”

可是原非清什么也没有问，只是痛苦地大叫一声，冲出门去。殿前人影一闪，穿着鲜血淋漓的黑甲，带着雪夜的森森气息，站在殿前，一把挡住了原非清：“平时在床上这么蛮横，如今却被几句话吓成这样。真没出息，还真像长工的儿子。”

那人正是南嘉郡王宋明磊，他一把把原非清甩在地上，只见他从容地踏进大殿，来到近前，优雅地向皇帝和皇后一欠身，一双天狼星般的明眸在烛火下更是熠熠生辉。他的俊颜淡笑如初，朗声道：“我再狡诈凶残，却如何及得上圣上的万分之一？”

皇帝叹道：“光潜过谦了，你苦苦经营这十多年，就为了扶植这样的阿斗做皇帝吗？又或者你取而代之？”

宋明磊昂藏的身影在烛火下更显颀长，目光对我一闪，含着一丝得意笑道：“圣上请放心，待圣上归天，臣自有道理。”

“你身上有一种气质，是我所有的儿子都没有的，你明明有着异于常人的阴狠毒辣，可奇怪的是，人们却只能被你脸上的笑容所魅惑，而丝毫感觉不到你的杀气。”皇帝笑了，叹道，“那是青舞才有的魅惑，你果然是青舞的儿子。”

宋明磊叹声道：“圣上果然猜到我的身份了。敢问圣上是何时发现我是明家后人的？”

“从你第一天到紫栖山庄起我就起了怀疑。”皇帝笑道，“自从非烟生了重阳后就更确定了，那时朕非常高兴。”

什么意思？我奇道：生了个傻儿子，有什么可庆贺的吗？

宋明磊倒也奇道：“什么意思，以后非烟总是小产，莫非是你偷偷给她下药？”

皇帝笑了笑，微微倾身，充满兴趣地反问道：“你既明知非烟是仇人之女，倒也愿意她为你生儿育女？”

宋明磊冷哼一声：“非烟是非烟，她是我明家媳妇，早不是你们原家人了。我的身份，我所做的一切，她都知道，亦无条件地站在我的身边。我倒是很好奇，你既然一直知道，为何不杀了我，还看着你的一双儿女被我玩弄于股掌之上？”

皇帝那双明亮的凤目闪过一丝奇异的光彩，他没有回答宋明磊，反而继续问道：“朕也很好奇，你既是明家后人，这十余年来，多的是机会杀朕，为何却不见你动手？”

我一愣，众人一愣。宋明磊也一愣，似乎想不到他会这么说，沉声道：“天下未定，如何动手？自是天下归一，明氏才出手，这样便水到渠成，我明氏成就伟业。”

“朕认为这不是理由，”皇帝好整以暇地淡笑道，“你迟迟不反，是因为你心中对朕钦佩有加，视朕如父。”

不想那宋明磊也没有反对，俊容挂着冷笑，思考了一会儿，缓声嘲讽道：“圣上虽害得我家破人亡，确然，文治武功，包藏宇宙，亘古未有，是百年难得的奇才，确实可揽天下宗器。”

是我的错觉吗？这时的空气里竟然洋溢着一种奇异的融合气氛，好像两个惺惺相惜的对手在互剖心思，甚至有点像父子俩或是师徒俩在唠家常。说实话，就连非白同圣上在一起都没有这么融洽的感觉。我偷看原非清，他也是一脸茫然。

皇帝仰天大笑一番：“能得嘉王肺腑之言，朕心中甚是欣喜。让朕来告诉郡王一个秘密吧，其实，你确实是朕的亲骨肉。”

宋明磊睁大了朗目，噎在那里半日，半晌大声喝道：“胡说，我乃前朝一等世袭忠靖公、骠骑将军明宁之孙明煦日，同你又有什么关系？”

“我原家之子皆有异能，我们可以唤人入梦。这十余年来，光潜经常召我入梦对弈，”皇帝笑道，“你昨天不是还召我入梦同我下棋吗？”

宋明磊皱眉道：“想是圣上病糊涂了，要么就是死到临头，可是说胡话呢。”

“傻孩子，明氏、司马氏、轩辕氏同我原氏皆为上古神族，我们四大家族皆因在凡间通婚过久，所以神族异禀皆尽消退，但并不意味着就完全消失了。”原青江倒没有生气，只是冷冷道，“轩辕氏可探知世间所有的信息，因为他们能懂兽语，可同禽兽交流；司马氏传说中是天宫的创建人，最擅建筑、奇门遁甲；明氏原来是天界的战神，九天箭神，例无虚发，最擅打破结界，是以他们的血可以打破任何一扇大门；我原氏是天帝一族，乃万神之首，最擅神通，我们可以预知未来。那所谓的三十二字真言，便是我原氏天神先祖的预言，至今我们无法预知未来，但仍可进入梦中，亦可以呼唤灵魂。”

“甚是荒唐！”宋明磊微退一步，面色微白，快速瞪向原非清，“昨儿个的梦，是你告诉他了吧。”

原非清茫然地摇了摇头。

宋明磊怒极反笑：“真是笑话，那我岂不是你同你亲妹乱伦之子，然后你还会看着我同你的女儿、也就是我的妹子生儿育女？”

我的脑中一下子闪现出重阳痴傻的笑容。宋明磊似乎也想到了，他的笑容瞬间冻结，我们所有人的胆开始寒起来。

“说实话，”皇帝长叹一声，“朕确实不知非烟是不是我亲生女儿，谁叫她有个淫贱的娘。可她是个好孩子，我把她视若亲生，”皇帝鄙视地看着坐在地上的原非清，“这孩子无论容工谋略，都比她哥哥强上百倍。”

皇帝不无冷酷地淡淡道：“自从你同非烟生了重阳，后来又有过两个孩子，可是都未满月便夭折了，我便让初仁在非烟的补药中下了红花，所以非烟才会一直流产，后来也便没法再怀孩子了。”

“住口！”宋明磊用尽全身力气大喝一声，“老贼信口雌黄，你若知道我同非烟……我同非烟……你为什么那时不杀了我，或是把我们分开？”

皇帝傲然一笑：“世俗之见。也许我同青舞不能在一起，既然我能爱青舞，凭什么你不能爱非烟？即便青舞是我亲妹，可是我俩真心相爱，即便血缘相通又如何，我原氏世代信奉女娲，先祖天帝亦是女娲与其兄长所生的神子，也是这人间万俗之始，可见真爱本身，如何有错！”

原来如此。难怪宋明磊明明犯了这么多过错，圣上却一心留宋明磊在身边，其实他心中早已知道这是他同亲妹的孽子。可是为什么要这样折磨宋明磊，如果明风卿已经发现了原青江兄妹的奸情，难道没有想过宋明磊可能是原氏血脉？不知道也便罢了，如果知道了，那宋明磊岂不是明风卿报仇的一颗棋子？

极度的惊恐涌入宋明磊的眼中，他的双手开始颤抖。

“你很出乎我的意料，”皇帝看着宋明磊，毫不理会宋明磊的眼神已经开始涣散，“你和非白一样，才貌过人，智慧超群，在外吃了这许多苦，却能爬到今天这个地位，同我年轻时候一样勇敢无敌。

“其实你才是最合适的继承人，只可惜……”皇帝满是垂怜道，“你无法生出正常的孩子，这便是为什么我没有办法让你成为我的继承人。谁叫你毕竟是我同青舞的孽子。”

“疯子！”宋明磊发疯似的大喊起来，举起双戟，向皇帝砍去，“你他妈的是个疯子！”

皇帝只是万分怜悯地看着他，微带一丝痛苦地闭上了眼睛，因为皇帝知道身侧的沈昌宗早就抽出了那把长剑。

我也不知道从哪里得来的力气，拼着命地跑过来，紧紧抱住了宋明磊的腰，大声道：“二哥，不要啊！”

所有人都没有想到我会这样做，我也没有想到。我已经很久没有叫宋明磊二哥了。宋明磊快速地低头看向我，他的眼睛里全是血丝，理智渐渐地在他的眼神中消失，取而代之的是狂乱和恐惧，如同被逼到死角的野兽一般。这种眼神，很久以前我见过，原青舞就是带着这种歇斯底里的眼神回到了原家，可是接下去我根本不知道该说些什么、该做些什么。

他欲再向前冲去，我更加紧地抱住了他，泪水一下子涌了出来，大声对他说道：“二哥，不要这样，没有人可以选择自己的父母，这根本不是你的错，但是你可以选择自己以后的路，不要背上弑父的罪名，永沉地狱。不要这样折磨自己。”

宋明磊看着我停了一秒钟，就这一秒钟，瑶姬忽然左手一挥，射出一支银针，宋明磊一侧头，没射中，击落了头盔，他满头长发一下子散了开来。他仿佛一只受伤的兽，大吼一声，一下子甩开了我，将左手的画戟使劲向皇帝扔去，咄的一声钉在皇帝的耳边，那九龙御座被劈掉一角。

皇帝的胡须微微被风带过，人却纹丝不动，慢慢地睁开凤目，带着无限的悲辛看着宋明磊。

瑶姬冷冷一笑："这个弑父的孽子，果然是她的好儿子。"

这时，殿外杀声震天。有一队军官跑了进来，领头那个，我见过，是宋明磊的心腹——龙禁卫二等将军王四秀。那人跪下道："禀主公，大军现被阻在长乐门外，请主公示下。"

宋明磊从嘴里狠狠地迸出一个字："杀！"

那个王四秀，立刻吹起进攻号角，远远地传来厮杀之声。

原非清弓着背挪过来，满面汗水混着泪水，胆寒地依到宋明磊身边，仓皇地东看西看，怯生生道："磊，我们现在该怎么办？该怎么办呀？"

宋明磊一下转过头来，脸上漾起一种奇怪的笑容，轻轻抚上他的脸，邪魅地说道："当然是杀了原青江，然后扶你登上帝位呀。"

他好像忽然醒过来一样，眼神狂乱地快步走向我，一下子拎起我，对我狰狞道："然后我要把原氏中人一个一个杀光。四妹，我会踩着原非白的尸首让你成为我的女人，对，就这样，这样就能得报大仇了。"

他疯狂的大笑声回荡在崇元殿中，令人无端地感到毛骨悚然。

无论是当年的原青江，还是段月容，都说过这样一句话：真正的仇恨如何能够轻易得解啊？

难道，仇恨终将以仇恨来终结吗？

"来人，放箭！"宋明磊收了笑声，一指皇帝，立时从殿外闯入一队弓箭手，他厉声喝道，"谁杀了原青江，封侯拜将，黄金万两，一生荣华。"

贪婪的目光从那些士兵的眼中闪起，他们架起长箭，一拨一拨起射，内闱早就跃出数十名内卫好手，挡住利箭。眼看宋明磊的士兵一个一个倒下，宋明磊从袖中取出一支小笛，轻轻吹起，立时，那些倒下的士兵一个一个再站起来，然后不要命地向内卫高手们扑去。

殿外不停拥进士兵来护驾，却被那些活死人偶一个一个活活撕裂，惨叫声不绝于耳。皇帝凝着脸，岿然不动地坐得笔直，无惧而肃然地看着宋明磊，仿佛那御座扶手上巍然屹立的金龙。

宋明磊的军队联合一部分龙禁卫，冲破了长乐门，闯进大殿。而沈昌宗也不停地吹起号角，呼唤侧殿的军队。不停有死士冲过来刺杀皇帝，可是未到近前就被内卫一一杀死。沈昌宗和瑶姬出手狠辣，根本无人可近皇帝十步之内。

轩辕皇后本就是一介弱质，如何见识过这等阵仗，吓得花容失色，滑跌在皇帝脚边，几欲昏死，冯伟从的小细胳膊勉强地双手举剑，身体不停地抖着，红着眼满含恐惧地瞪着大殿中央，疯狂大叫着。

可是越来越多的士兵红着眼冲进内殿，有天德军的，也有麟德军和龙禁卫的，死尸也越来越多，残肢断臂堆满了华贵的金砖。崇元殿渐渐血流成河，鲜血泼溅在四壁，还有那墨梅帷帘上，最后那精美的墨梅帷帘被无情地撕破了，香炉被乱箭射倒，滚到染血金砖上，那早已燃尽的苏合香，在空气中残存着，混合着血腥气弥漫在大殿中，令人几欲作呕。一切美好和奢华的表象全被暴力所毁灭，只剩下野蛮的杀戮。

宋明磊不时地看殿外，似乎在等什么人过来。

皇帝从宝座上站了起来，对宋明磊冷笑道："光潜是在等明风卿的接应吧。"

宋明磊转过脸来。

皇帝轻轻摇了摇头，叹道："傻孩子，她就是想看我原氏父子相残啊，她根本不像你还想着为明氏问鼎天下，她只不过想要复仇，可是真正的仇恨如何轻易得解呀。"

皇帝哀伤地叹道，凤目流泻着悲伤："你在明家长大，难道不知道明风卿是什么样的一个疯子？她把花木槿的眼睛变成紫色，就是想让非白杀了自己心爱的人。她想让你杀了我之后，才过来告诉你真相，你非死即疯，傻孩子啊。"

宋明磊双目赤红，从喉中发出一种我从未听过的愤怒而绝望的吼声，他从死尸堆中取出一把弓箭，使上功力射向皇帝。那支箭躲过了所有防卫，眼看要射到圣上身上，程中和大叫着护驾，合身扑上，替圣上硬生生地挡了这一箭，死不瞑目。

皇帝冷漠地把程中和的尸体推开。

就在这时，忽然有一阵巨大的炮响传来，殿外杀声震天，外面有武士大叫："主公，有一支人马杀进来，没挂旗号。"

没有人知道那个武士是哪一方的，也没有人再有精力去与他详证。

宋明磊却精神一振，叫道："老贼，是姑姑来接应我了。你说的全是一派胡言，我是明家后人，不是你卑鄙无耻的原家人。"

这时有一人大叫："晋王护驾，降者不死。"

这个声音很奇怪，不是从殿外，也不是从天上，却好像是从地底下传来的。就在这时，那只巨大的琉璃钟后忽然跃出数人，身穿麻制紧身衣，皆戴着面具。殿中一片混乱，那些戴面具的人奔向宋明磊的人偶士兵，数人合力将那些人偶砍成数断，彻底消灭。

有个白面具欺近我，一下子从宋明磊手上夺下我。

宋明磊发疯似的砍向那白面具，那人轻松躲开，冷冷道："孽子投降，可饶你性命。"

我听出来是司马遽。

宋明磊厉声喝道："暗宫中人一向有古训，只管地下守陵，不管上面原氏之事，你们来作甚？"

这时杀声更近了，有一人声如洪钟，如雷贯耳："晋王护驾，降者不死。"

是大哥的声音，他不停地喊着。同暗宫所宣完全一致，只此八字，可见是事先商定里应外合。我精神一振。而皇帝的脸上终于出现了变化，他充满诧异地站了起来，看了一眼瑶姬，瑶姬也不说话，只对着圣上傲然一笑。

皇帝伸长了脖子，看向快要被尸首淹没的殿门口：“非白？”

这时，外面惨叫声不绝于耳，只听轰的一声巨响，崇元殿的一溜大门被炸得粉碎，整个大殿都震了几震，所有人被震倒了。头顶数片瓦片坠落，皇帝也跌倒在龙座上。轩辕皇后大声尖叫着。沈昌宗和瑶姬都飞身扑到皇帝身边保护他，更多瓦尘碎粒落到众人头上，那句满含警告的声音却伴着火炮声更近了：“晋王护驾，降者不死。”

不久，大殿外出现了一队铁骑，我们的目光穿过烟尘，落到殿门外的广场上。却见扛旗手高高扬起一杆黑色绲金边的大旗，笔画遒劲地勾勒着一个金边黑底的晋字，为首二人端坐马上，无论人或马皆满身浴血。一人须发如钢针，强壮耀如战神；另一人如天人下凡，光芒耀眼，正是于飞燕和原非白。

我精神一振，非白来救我了。

非白与于飞燕杀到近前，崇元殿门早已被炸得空空如也，轻易地看到殿内境况。似乎他们都看到了我，于飞燕继续大叫：“降者不死，晋王护驾。”

可是这一次，他的秩序略微颠倒。司马遽立刻抱紧我，滚到千秋琉璃钟后，对着瑶姬喊一声：“铜墙阵护驾。”

瑶姬和沈昌宗立刻回过神来，把皇帝架到龙座后。瑶姬快速扭动龙头，龙座立刻陷入一尺，瑶姬同沈昌宗捡起死去内卫的高大盾牌，挡住皇帝，高呼：“铜墙阵护驾。”

暗宫中人和那些内卫非常有默契地捡起死去同伴手中的铜盾，拼成一个牢固安全的半圆状的铜墙铁壁。

几乎在同时，窗外的流矢如密集的蜂群一般射了进来。

千秋还是难逃宫变的命运，琉璃钟面再一次破碎殆尽，可是靠墙背后那块精钢却救了我和司马遽的命。

惨叫声不绝于耳，无数血腥的液体在空中四溅。任司马遽保护我再周全，亦有几滴溅到我的脸上，我只感觉发自内心的冷。

我从司马遽的手臂缝隙中看到，原非清本能地扑向宋明磊，想替他挡一箭。他可能没有想到射进来的是如此密集的流矢群，他看向宋明磊的眼神中流露着浓重的哀凄和绝望。

宋明磊动容地颤声道：“清。”

可是仅仅一瞬间，宋明磊的眼神已经转为一片空白和冷酷，宋明磊猫下腰，反手抓紧原非清挡在身前做挡箭牌，不再看他的表情，不再关心他的死活，任由他变成了一只浑身插满箭矢的刺猬。原非清目眦欲裂，痛苦地吐着血沫，长长地滴在宋明磊的头上身上。

此时此刻没有人知道他的心情是怎么样的。渐渐地，流矢把他的脑袋也射烂，最后掉下去，连他的表情也看不到了。再后来，一堆中箭的尸体压倒在他们身上，有天德军的，也有麟德军的。宋明磊绝望的吼声从尸体堆里传来，很快就被更激烈的喊杀声淹没。

不知过了多久，流矢渐息，我的耳边传来于飞燕翻来覆去喊的那句：“降者不死，晋王护驾。”

他的声音已经沙哑，在风啸鹤唳的大雪夜中难听而刺耳地回荡着。

司马遽的面具掉下来，露出痛苦的刀疤脸，左肩汩汩地流着血，正中了一箭。

我飞快地拔出箭羽，撕下衣服下摆，快速地将他左肩包扎了一下。当然，我的手艺一直不怎么样，包得极其难看，难得他也不见怪，只是对我微微一笑，那笑中竟满是温暖。他往我手中塞入一把耀眼的匕首，是我那久违的“酬情”。他低声说道：“躲在这里，先别出去。”

他紧握长剑，走到插满箭羽的尸堆场中，再三确定没有人活下来，才向殿外嘶吼着嗓子大叫道：“天下太平、天下太平、天下太平。”

他连呼三声天下太平，想是暗号。立刻有人破门而入，头前走着两个英雄，正是血溅满身的原非白和于飞燕，身后跟着姚雪狼、程东、青媚、金灿子、银奔，还有久违的齐放。

我精神大振。

众人踩在遍地厚厚的尸堆中，警惕地检视四周，姚雪狼指着元德军快速地把尸体抬出大殿外，不久清出正中的一条道来。原非白跪在血腥的中道，对着半圆的铜墙阵大声叫道：“北晋王护驾来迟，请圣上恕罪。”

进屋的众人立时跟着非白，伏首安静地跪在尸堆中，无人敢抬起头来。

无人应声，原非白同众人跪启：“北晋王护驾来迟，请圣上恕罪。”

直到第三次后，终于，铜墙撤去，瑶姬和沈昌宗维持着保护的姿势，慢慢退了开去，二人皆浑身是血。轩辕皇后早已昏倒在原青江的脚边，人事不省。皇帝仍是安坐的样子，灰白的头发微有一丝毛糙，他慢慢睁开了眼睛，眼神悲凄。他看了看眼前的景象，喃喃道：“青舞。”

原非白再次大声叫道：“北晋王护驾来迟，请圣上恕罪。”

皇帝的目光终于有了聚焦，他看了非白半晌，嘴边绽开了一丝飘忽的笑意：“十年前，你亲手用流矢阵杀了你姑母，真想不到啊，如今还是用这流矢阵，杀了你姑母唯一的骨肉。”

原非白抬起脸来，肃然大声道：“南嘉郡王本是前明余孽，潜伏朝中二十余载，伙同皇兄、皇姐联合龙禁卫叛党进攻紫栖宫谋逆不轨，刺杀圣上，又暗通幽冥邪教，火攻东贵楼，欲弑杀皇贵妃及汉中王，罪当凌迟，断不可恕。”

皇帝却在那里一个劲地冷笑，慢慢靠着沈昌宗和瑶姬走下宝座，来到原非白面前，忽然扬起手，狠狠扇了非白一个耳光。皇帝体力不支，倒也没打重，几个淡淡的印子留在非白脸上，自己却靠在沈昌宗身上喘息不已。

沈昌宗和瑶姬都叫着：“圣上息怒。”

“儿臣理解父皇思念姑母之心，”非白淡淡笑道，那凤目凌厉地看向皇帝，放声喝道，“可是父皇难道忘记了姑母和幽冥教是怎么样残害母后、残害儿臣、残害五弟，火烧富君街、残害天下百姓的吗？”

如当头棒喝，皇帝的眼中一片震怒，大声喝道：“你这忤逆的竖子，你住口。”

除了非白，众人再一次惶然俯倒。

就在这时，尸体中有一人忽然跃起，那人如从血池中捞出一般，沾血的长发如瀑迎风逆飞，一双墨瞳如恶鬼狠戾，手持一把方天画戟，高高劈向皇帝。原非白离皇帝最近，立时扑倒皇帝。同时沈昌宗向那人跃起攻去，可是那人的速度却快得不可思议。那人忽地改了方向，闪电般地落到我的面前。整个动作一气呵成，没有半点拖沓。

“二弟。”

我听到于飞燕凄厉的喊声，非白和司马遽向我奔来，可是那人已经一把拉起我，滚入暗宫中人出来的入口。

我的脸贴在冰冷的岩壁上，胸腹受到撞击疼痛欲裂，我爬将起来，发现对面坐着一人。那人满身满脸都是血，已经分不出五官，只露出那双天狼星般的墨瞳，仍然明亮，此时却有些绝望的散乱。他在对面略显呆滞地瞪着我。

宋明磊竟然没有死？！

我暗中握紧怀中的“酬情”，刚刚坐稳，宋明磊却忽然伏低身体，将那张血脸凑过来，对我咧开一丝奇怪的弧度，露出沾血的白牙，像鬼一样恐怖。我吓得轻叫一声，向后一退。

可是，他的语气有些欢快道：“四妹，二哥送你的木槿花银簪呢？”

忽地，他又皱眉道：“四妹真小气，二哥那么饿，怎么只给二哥烙两张饼呢，还不如碧莹好呢。”

我一怔，不及我回复，他又自顾说下去：“二哥明白了，你这丫头古怪得很，不喜欢钗啊簪的，不如让二哥带你去摘胭脂梅好吗？气死那个原非白。”

然后他便在那里左右微微摇晃着，神经质地笑了半天：“还是你的主意好，气死那原非白。”

命运似乎总在无情地轮回。十年前，他疯狂的母亲把我打伤拖入地宫时，也是这样的情状。我心中一片难受，忍痛慢慢爬到他身边，尽量柔声道：“二哥带我上去吧，木槿给你多烙几张饼，多放些雪花洋糖和牛乳好吗？木槿知道二哥喜欢吃甜食。”

他忽然停止了疯笑，闪电般地向我挥手。我以为他要杀我，一猫腰，可是他的手却停在我的发际，只是把我发上的红梅摘了下来。他死命地盯着那朵红梅，眼神渐渐聚焦了起来。他似是想起了所发生的事情，那朵红梅在他手中被揉碎了。

他看着那朵揉烂的红梅自语道：“他虽被逐出了长安，虽被收缴了元德军的虎符，可是以他的能力，也应该算到所有的一切，可是为什么不早动手呢？为什么一定要等我逼宫之日才杀回长安呢？”他慢慢抬起头，用一种非常乖戾的语气说道，“因为他要让我亲手杀死原非流，坐收渔翁之利，这样便帮他除去了最大的敌手，然后便可以勤王的名义杀回长安，再以谋逆之罪杀了我和贤王兄妹。这样名正言顺，多么完美，多么无懈可击，四妹，你果然选了一个亲亲好丈夫啊。”

我鼓起勇气道：“二哥，一切都结束了，跟我走出这个暗道吧，然后去过那自由自在的生活。”

宋明磊却仰天哈哈一笑：“你真天真。其实我很久以前就想过，我究竟是不是明家后人，哪里有人会把自家的独苗放在虎穴狼窝中受苦？现在想来，想必明家人其实早就知道了，不然他们不会这样绝情地抛下我。如果没有猜错的话，明家后人其实另有其人。”

他的冷笑慢慢化为一种无奈的悲凄：“原青江说得没错。明风卿也是个疯子，她就是要我亲手杀了原青江，弑杀自己的亲生父亲。这样即使我得手了，他们再告诉我真相，想必我也非死即疯。”

他颓然地倒在地上，眼睛又散乱起来，抱着画戟盘腿坐在地上，又开始无意识地摇晃起来，时不时地低头看看自己满手的鲜血，用一种很奇怪的疑惑的语气道：“咦？！为什么我手上全是血？我究竟杀了多少人？四妹，我究竟是谁呢？如果我真是乱伦的孽障，为什么老天爷没用天雷把我劈死呢？”

我只觉万分悲恸，正要开口，却听有人用洪钟一般的声音说道：“让大哥来告诉你，你是小五义中排行老二的宋明磊。”

于飞燕出现在甬道边上，旁边站着仗剑的司马遽。宋明磊又紧张起来，紧握画戟，警惕地瞪着二人。

“二弟莫惊，我是结拜小五义的老大，你还记得吗？你看，我把武器全卸下了，不会伤你的。”于飞燕当着宋明磊的面，真的把手上的武器全部解下，又脱了铠甲，大冬天的只着单衣，这才大步上前，走近宋明磊，肃然道，“老二，每个人都有选择命运的权利，过往种种皆已烟消云散。就听四妹的，远走高飞，再不要回这伤心之地，从头为自个儿好好活一回吧。”

宋明磊怔住了，手中的画戟略略放低。

“二哥可还记得，当年陪我冲下山去的话吗？”我握着宋明磊的手，诚挚道，“忘掉所谓的国仇家恨，离开长安，离开这万恶的原家，离开一切的一切，去过那自由自在的生活，你一直向往的生活。当初你说过的，这一路走来，没有人给过你任何机会来选择，如今，二哥，就让四妹带你离开这个乱世，去过那世外桃源的生活。”

宋明磊的眼中生出一阵深深的疑惑。

我握紧他的双手，对他笑道：“不记得了？你那时还对我说过，无论怎么样，都不要遵守结拜时的誓言，无论发生什么事都要勇敢地活下去。今天，四妹再把这句话回赠给二哥，可好？”

“二哥放心，”我一指司马遽，“司马宫主是我的朋友，他会帮我们的。”

司马遽没有想到我会这么说，看看这情形，古怪地对我张了张嘴，最后却只是撇了撇嘴，哼了一声，表示同意，然后生气地别过脑袋不看我们。

于飞燕给跟随而来的姚雪狼使了一个眼色，立时姚雪狼命人在甬道深处把关。

于飞燕上前一步，抓住宋明磊的双肩道：“老二，全妥了，我现在便以追捕你为名，且请这位司马兄弟带我们遁出暗宫，然后直接出长安。你不用担心弟妹和重阳，我们到时再想办法把他们接应出来便是，你可去菊花镇神谷。”

我也点头道：“如果二哥不喜欢桃花源谷，我可以送二哥前往黔中教书。”

宋明磊浑身血腥，他就站在那里，有些傻气地怀抱着画戟，怔怔地看着我，眼神充满了震惊和感动。

我趁热打铁，拿手卷了卷方才战斗中撕破的袖子，轻轻地为他抹了一把脸，露出他清俊的五官来。我握住他的手，鼓劲道：“大哥说得对，昨日种种皆已死去，一切皆是过眼云烟，现在放下屠刀还来得及的。咱们先去黔中，君家寨中尚缺几个先生，二哥一定是个好先生的。”

当的一声，宋明磊丢下了手中血腥的画戟，他的眼中柔和了下来，竟闪出一丝光芒来：“四妹，我——”

然而就在这时，却听到一阵重阳的哭声，宋明磊那天狼星一般的双目立时失去了所有的神采。

只听非白在外面冷冷高叫道：“还请郡王放了晋王妃，不然世子性命难保。”

暗宫的空气永远是这样闷浊，混合着血腥气，总是带着这样一股子腐烂的味道，无论多少年以后，只要一想起我那可怜的二哥，我的鼻间永远是这股味道。

我对着甬道大声喊道：“非白莫要冲动啊！千万不要伤了重阳，二哥同意交换，他不会伤我的！”我取出“酬情”，交到宋明磊面前，对他鼓励地柔笑道，“二哥勿惊，你用这把‘酬情’假意劫持，然后用我同非白交换重阳，再逃出生天，一会儿便有人接——”

我话音未落，宋明磊已冷着脸向我伸出手来。我以为他会用“酬情”来假意挟持我，所以我也没有用力。可是我万万没有想到，他只是紧紧地握着我的手，然后直直地把“酬情”送进了他的胸膛。

我的“酬情”果然是惊世利器，穿过宋明磊的光明宝甲之时，只听到刺耳的金属切割之声。鲜血涌出他的胸膛，如胭脂梅一般火红灿烂地盛开，一片触目的悲壮，迅速喷溅到我的裙上，还有我的脸上。

我的脑子一片空白，只觉有人在我的心上重重地钝击。

宋明磊另一只手颤抖地伸过来，将呆若木鸡的我搂进怀中，他慢慢倾倒在我的身上，温暖的呼吸拂在我的耳边。

那时，他的声音真的非常非常轻柔："四妹……"

于飞燕大吼着过来接住宋明磊慢慢下滑的身体。宋明磊却对着我们笑了起来。我们已经很久没有见到他笑得这样轻松、这样快活、这样无拘无束了，好像人世间所有的烦恼都离他而去。

我来到他身边，放声痛哭的时候，宋明磊弯起食指做了一个九字。我们都明白他是担心重阳，我使劲地点着头："二哥放心。"

于飞燕虎目含泪，颤声道："老二，你……糊涂啊。"

"多谢大哥……四妹……"宋明磊虚弱地笑道，"不用难过……这是件……好事，请恕、请恕……我先走一步了。"

他长长地嘘了一口气，瞳孔开始放大。他的声音越来越轻，我听不清楚，便抽泣着低下头，贴近他的口，才听到他艰难地说道："不是……我……你真傻，总分不清……"

我抽泣着暗想，什么分不清？

他又轻轻地说了几个字，可是整句还未说全，等我明白过来的时候，他的气息已经消失在我的耳边。我抬起脸，他的嘴边正噙着一朵微笑，微睁着那双天狼星一般的墨瞳极柔地看着我，平静地离开了这个残酷的人世。

于飞燕紧紧抱着我们，虎躯微震，来来去去地哀声唤着同一句话："二弟，你糊涂啊！"

这一夜暴雪连天，就像永业三年的除夕夜那晚，我们在德馨居一起包饺子过年。那天料不到会有这么多贵客，我同碧莹准备的萝卜馅不够了，我正愁着，不想宋明磊伸出一只修长的手，用昆剧腔说道："诸位兄弟姐妹勿忧，待我变将出来。"

于飞燕用秦腔问道："贤弟咋弄？"

我们都搞笑地用陕西话和着："咋弄嘛？"

宋明磊就昂头挺胸出去了。我们一帮子人挤到小破窗户口使劲看着，却见他大大方方地走到我和碧莹堆的那个大雪人面前，把那充当眼睛的两只大青萝卜和装鼻子的大红萝卜都拔了下来，笑呵呵地往回走。我们一大帮子人看他带着一身风雪走进来，大声地哦了起来。

后来我们一起品评着各人包的饺子，于飞燕的山东饺子个儿最大，将来必位极人臣；碧莹的饺子最端正规矩，将来必定嫁个好人家；锦绣的饺子很大气，将来前途无量了。大家看着我那歪歪扭扭、奇形怪状的饺子，只笑不语。最后我们反复围观着几只从未见过的极精致的莲花饺子，啧啧赞叹不已。

那时的我还没机会见识这一世惊心动魄的西番莲，只是蹲下来，凑近了平视着那只绝美的饺子，唏嘘道："二哥，你包的饺子可太漂亮了，怎么就跟佛祖跟前的莲花似的？"

他很少同我们开玩笑，我记得很清楚，那天他难得地挑了挑眉，极优雅地先向我们欠了欠身，看着我的眼神也是这样的温柔，严肃地抱拳道："照四妹的说法，不捧场不行。”

那年的雪可真大，早上才扫的雪，一会儿就没到了门槛，那没鼻子没眼睛的大雪人的枯丫手上也堆满了雪，可我们在暖融融的德馨居里都笑得东倒西歪。

元昌三年，那场百年难遇的大风雪，就数腊月初八这一夜的最大，冻死了京郊很多不及安置的流亡百姓。北风凄厉地怒啸着，卷滚着风雪扬至半天。崇元殿几被雪雾淹没。等到非白带着重阳冲进来时，我和于飞燕紧紧抱着宋明磊的尸首，哭得几欲断肠。

第十三章

白虎赤腾霞

◆◆◆

元昌三年，大塬朝太祖秘密立储。

这一举措，本意是为了抑制那些依附皇室人员引起的争位，避免历史上屡屡出现的外戚干政、大臣擅权的重演，避免父子兄弟之间骨肉相残，进而招致国家动乱的悲剧，以期最高权力的顺利过渡。可是没有人想到，圣祖皇帝的秘密建储，其实恰恰为了鼓励骨肉相残，只为了找到一个所谓心智权谋皆最为强大的继承者，如同民间残忍的养獒一般，十狗唯有残酷竞争后，唯一生存下来的才是最厉害的獒犬。这不得不说是一个最变态、最残酷的家族，而我很不幸地正是嫁给了这个家族中的一员。

幸运的是，我的丈夫是这最后的胜者，唯一存活的獒犬。

不明底细的史官却饱含同情，把元昌三年腊月初八这天发生的政变记录下来，充满了浪漫主义色彩地把大塬朝这场最著名的政变称作“崇元殿之变”。

当然包括我在内，谁也没有想到，那个曾处于最弱地位的北晋王呼啦啦地来了个回马枪，成为了这最后一只魔鬼獒。

原非白带着伤心过度的我回到崇元殿时，殿内已清扫一空，都换上了最新的摆设。原来那个紫金双璃大熏炉被射得面目全非，换上了一个银托碧玉麒麟大熏炉，重又放上苏合香，原来弹墨帷帘的位置被换上了一幅紫玉水晶帘。

被关在印日轩的那五位辅政大臣也送回崇元殿内，一路之上，所经之处，皆是血溅宫殿、满阶死尸。五人都是文官，不免胆战心惊、腿脚发软，进崇元殿时五人皆面如土色。

皇帝看了看缩在我怀中吓傻的重阳，不觉凤目隐痛：“安年怎么样了？”

非白跪地俯首道：“为引开追兵，锦皇贵妃同宁康郡王兵分两路，安年公主随东贤王、南嘉郡王谋反，专事击杀锦皇贵妃，幸被臣所截，皇贵妃如今已平安回到东贵楼中。只是宁康郡王仍随同汉中王在华山避祸中，只等皇上颁平安旨，便可召回。”

皇帝怒喝道："朕问你安年怎么样了。"

非白沉默了下来。

韩修竹在一旁接口道："安年公主拒不投降，听说南嘉郡王事败，便投井自尽了。"

皇帝痛苦地闭上了眼睛。

重阳忽然开始哇哇大哭："皇外公。"

皇帝一时不忍，便对重阳招手，我便抱重阳过去。皇帝抱重阳起来，细细哄道："你母亲和父王替朕建陵去了，想是一会儿便回，你且乖些，不然他们可生气不回来了。"

重阳奇异般地止住了哭，乖乖靠在皇帝怀中，一会儿便睡着了。皇帝让冯伟丛带下去好生照料，再将凤目投向非白。

皇帝看了非白一会儿，说道："左秋当年同朕一起西征突厥，向来忠心于朕，你是怎么说服他撤兵放你前来救驾的？"

"父皇忘记了吗？"非白微微一笑，"去岁的花嫁案，左将军父子受了牵连，被永定公投入大理寺。"

皇帝平静地哦了一声："是有这么回事，左秋父子后来无罪释放，朕准其回晋阳属地驻守。"

非白淡淡道："左秋将军父子虽无罪释放，可是左将军之子左思品在大理寺内受了屈辱，从此精神便不太正常，就在十日前思品疯笑着爬上楼台，失足跌死了，故而左将军是绝对不会看着东贤王等登上皇位的。"

皇帝平静地哦了一声，冷笑道："你这番作为，是为了皇位，还是这个女人？"

非白毫无惧色，坦言道："父皇容禀，在吾原氏，孩儿若不能登上皇位，便不能保住这个女人，是故——"他的凤目直视着大塬的开国天子，断然喝道，"恕孩儿斗胆，两者皆要。"

此言一出，在场的辅政大臣皆大惊失色。

非白慢慢转向那些辅政大臣，凤目目光流彩："在座诸位皆是朝中重臣，圣上眼中的辅国栋梁，亦是非白勤王的人证，恳请诸位诚实道来，非白何错之有？"

跪在地上的诸人皆面色怪异，还是原赫德第一个出列，大声道："圣上容禀，晋王救驾有功，理当承继太子之位。"

韩修竹紧跟着上前，用不容置疑的口吻道："晋王本天纵之才，如今万里勤王有功，恳请陛下即刻下旨，立晋王为太子，以安万民之心。"

接下去是裴溪沛，接下去几个都慢慢地附和着原赫德，最后钱宜进、朱迎九和常狄三人面面相觑一阵，最后无奈地叹着气，跪倒在地，拥护非白登位。

皇帝忽然哈哈大笑起来。

"好、好！"皇帝慢慢止了笑，点了点头，凤目中闪耀着奇异的兴奋光彩，甚至有了一丝感动和欣慰，"梅香，你果然给我生了个好儿子，大塬朝第二个真龙天子出现了。"

“朕今天杀不了晋王妃了。”皇帝满意地笑了，对非白说道，“你果然没有令我失望，虽然我不知道你用了什么方法，但你不仅能说动我所有的旧臣向你臣服，还能让暗宫中人对你俯首称臣，果然是我的儿子，原家真正的主人。”

“我……朕甚是欣喜。”他又向我微招手。

我看了看非白，非白对我点了点头，我便战战兢兢地走过去。

他笑着看了我一阵：“看来你赢了，太子妃。”

众人全部抬起头看着我。非白的凤目一亮，皇帝却若无其事地笑着说道：“木槿的第三个愿望，朕是不得不成全了。”

他扶着我的肩膀站了起来，笑道：“诸位皆是人证，尔等听旨。”

众人急急忙忙地跪下来，我也跪了下来。原非白是最后一个跪下来的，潋滟的凤目不停地在我和圣上身上移动，暗藏汹涌。

只听他朗朗道：“朕病体缠身，宜退位静养。皇三子非白，乃先孝贤纯仪皇后所生，朕之嫡子，仁勇宽济，器宇不凡，人品贵重，深肖朕意，堪承宗器，必能克成大统，着继朕登基，即皇帝位。”

稍后，皇帝唤了声：“昌宗，拿虎符来。”

闻言，沈昌宗立刻从怀中掏出一对金色虎符，跪呈于皇帝。

皇帝摘下右手大拇指上那枚翡翠玉扳指，连天德军的虎符一起放到原非白手心，轻轻拍拍他的肩。

众位太祖文武心腹皆泪流满面，山呼万岁，以示敬诺。

他搀着我的手又坐回龙座上，轻轻一笑：“朕操劳这半生，总算为我原氏找到一个好主子了。”他的凤眼中微微有泪盈眶，不可思议地喃喃道，“梅香，真没想到，我总算没有负你。”他又笑着对非白招招手，长长地舒了一口气，“好了，朕也着实累了，新帝，扶朕进去歇息一下吧。”

非白抬起头来，敬诺着起身，从我手上接过皇帝，扶着走了进去。

我的脑中不停地盘旋着宋明磊死时的惨状，还有他最后同我说的话。我举目望去，众臣皆戚戚焉，钱宜进、朱迎九等人则陷入思索中。我的目光终于看到了齐放，他正亲手为青媚的手臂包扎伤口。青媚的脸上明显多了数条疤痕，但仍不掩其美貌，表面上，小嘴里正嘟嘟囔囔地嫌齐放动作慢，好像非常不耐齐放的体贴，但那双妙目再凌厉如炬，也悄然有了沧桑之感和不易察觉的缠绵之意。齐放的眼神也温柔了很多。

想是齐放手上用力大了些，青媚痛得龇牙咧嘴，美目怒瞪他，齐放充满悔意地说了声对不起，青媚却一愣，略显受伤地躲开了他的眼神，找了个借口快速地离开了大殿。

齐放怅然地看着青媚走出大殿，沉默地来到我身边。

我安慰他道：“心病还须心药医，时间会慢慢替你们疗伤的。”

“什么都瞒不过主子。”齐放咬牙切齿道，“他们当着我的面欺辱青媚，我必杀之。”

他又难受地道：“她现在觉得我对她好是可怜她，可我是真心……”齐放难得地大红脸。

我对他勾勾手指：“帮我办一件事，然后我教你怎么泡到青媚。”

我知道就算我不这么说，齐放也会帮我去办，我只是故意逗他，他果然忍不住笑了，露出久违的酒窝，乖乖地附耳过来。

我对他说道：“现在趁乱，替我到清水寺去一趟，不要让任何人知道……”

齐放走后，一身戎装的婉嫕出现在殿门口，向我请安道：“王妃，您看谁来了。”

两个穿着囚衣、骨瘦如柴的小美女走了进来，正是小玉和薇薇。她们两个正要向我行礼，我赶紧拦着，三人抱头痛哭一阵。

薇薇抽抽鼻子，恨恨说道：“王妃，婉嫕把那两个虐待我们的女狱卒给关起来了，就关在薇薇的牢房里，让臭虫咬死她们。”

这时，有个宫女进来，我定睛一看，正是为我梳头的那个宫女。她翩然施礼道：“请娘娘和两位姑娘跟奴婢来，让奴婢为娘娘和姑娘们更衣吧。”

我欣然应允，问道：“不知姑姑怎么称呼，为何帮我？”

她笑答道：“奴婢叫芷兰，以前曾经侍候过孝贤纯仪皇后，如今能侍奉孝贤皇后的皇媳，是奴婢之幸。”

我明白了。

我们三个换上了洁净的新衣，待出来的时候，非白也正从大殿中走出。

非白见我换了一身衣裳，笑着一手执起我的手，一手轻抚着我的脸：“你可好？”

我轻轻点了点头，问道：“你一切可好？”

他并不答我，只是轻刮我的鼻子，展开绝艳一笑。

我也对他笑了，可是，他却敛了笑容，握住我的双手，心疼道：“一月不见，你竟瘦成这样了，你受苦了。”

这时，沈昌宗从先帝寝殿走了出来，双手小心翼翼地捧着那个金篋，在非白面前恭恭敬敬地呈上：“上皇陛下其实料到陛下能平安回京救驾，然关心则乱，反倒不敢肯定，便早拟好了平安旨，只是顾及有人危害殿下，又怕殿下不能服众，便迟迟也不宣旨。今郡王及贤王已伏诛，还请新天子出殿，宣陛下平安旨，以安诸军之心。”

众臣这才恍然大悟，钱宜进、朱迎九和常狄皆满面汗水，跪倒在地。

也许是松了一口气，我感到一种前所未有的疲惫，摇摇欲坠间，有人一把抱起了我，眼前是非白。他对我微笑道：“木槿，陪我一起去宣平安旨吧。”

众人惊讶地看着新天子抱着一个女人向宫殿的外侧走去。

沈昌宗忽然追了过来，手捧一件龙袍，挡在非白面前朗声道：“上皇请新天子着龙袍宣旨，以定天下万民之心。”

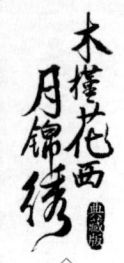

这样一位老者，双膝跪倒，以最大的弧度弯着腰，以最恭敬的姿态把手上的龙袍双手高高举过头顶。

素辉赶紧跪下，接了过来，同样高举着向非白递上。

那件龙袍乃是用赤金线盘织龙衮，通体缀以明珠，并嵌以钻石，在烛火下光彩夺目，引人仰服。

非白轻轻把我放下来，向我侧目，微笑道：“劳烦皇后为我披上可好？”

我一时心中如翻江倒海。冯伟丛早已端来一盆清水，按理应以龙纹金盆盛水，可能时间仓促，他只寻得一只白玉盆来，盆底活灵活现地雕着一只昂藏大虎，正立在梅花树下张牙舞爪地戏着梅花，倒也颇应景。可惜众人皆敛声屏息，只关注新帝的一举一动。

我手伸进洁白的玉盆中，绞了黄绢子，又轻轻地为非白擦拭了脸上的血迹。此时此刻没有人说出半句话来，人人都紧盯着我沾血的双手，空气中洋溢着一种诡异的亢奋和激情。

我在澄清的水中洗去我二人一手血腥，那芷兰和冯伟丛便端来一只白玉虎啸香炉，里面正微微燃着醉人的龙涎香。我快速地将伤痕累累的双手熏香，然后踮起脚，为非白披上了那件尊贵的十二纹章的龙袍。

我的双手无法不颤抖，我的热泪无法抑制，我的心脏无法不激烈地跳动，仿佛要活活跳出胸膛一样。

非白终于穿戴完毕，对我微笑道：“多谢皇后，我们走吧。”

来到殿外，朝阳挣破了沉沉的暮霭，冲出第一缕血色曙光，正照见崇元殿门口那鲜血泼溅的琉璃世界。元德军和天德军正在刺死最后的几个麟德叛军，有的已经开始点名，搜寻同伴的尸首。

士兵们口中沉重而火热的呼吸，几乎融化了飘下来的鹅毛大雪，圣洁的白雪混合着触目惊心的斑斑血迹，依旧静默地覆盖着刚刚经历生死裂变的崇元殿。

朝阳渐渐挣破雪雾的天空，向血腥的大地投下第一缕神的目光，气温蒸腾着巍峨的宫殿，好像是沉睡的神祇渐渐苏醒的气息。宫殿的檐角桀骜地指向天际，檐脊上那被大雪淹没的神兽露出眼和爪来，在冷冽的晨曦中窥视着大雪覆盖的整个紫栖宫，更显狰狞。

殿阶下浴血而出的勇士们急忙呼啦啦地跪倒，仿佛一片带血的黑色海浪疾速地向崇元殿的广场中心集中翻涌过来，声势惊人。巨大的黑浪中唯有一面巨大的绲金边帅旗跃然高擎，泼溅着血迹，猎猎飘扬于纷飞的大风雪中，上面赫然一个勾笔苍劲的晋字。

沈昌宗展开黄绫，庄严地宣读着此次平定内乱的平安御诏。非白的武士们还有天德军诸将皆一眨不眨地瞪着赤红的双目，仿佛用尽这一生最大的心力去聆听沈昌宗宣了一遍圣旨，任由那割人的冷风如刀子一般划过仍然滴着血的伤口。鹅毛大雪纷纷扬扬地落在人们的须发上、睫毛上，冻得通红的手似要同冰冷的兵器黏连上一辈子。

果然，原青江的平安旨中早已拟定原非白为继承人，他唯一想看到的是朝中非白、锦绣，还有宋明磊这三方的势力分布和人事走向，他想为他的继承人尽可能地铺平道路。如果非白没经过考验，不敢接受皇帝的这局挑战，缩在晋阳，便永远没有人来宣平安旨，非白可能便就此被宋明磊或是锦绣所灭。

可是原青江也确实想杀了我。以非白的傲气毕竟不会真的当一个缩头乌龟，那时便以我为最后的考验来锤炼非白的心志。没有人可以忘记自己的心上人死在面前的悲痛，他将毕生带着无法救我的沉重的愧悔和痛苦，成为史上最无情的帝王，就像原青江一样。

沈昌宗念完最后一个字，众人大声欢呼雀跃，响彻云霄。于飞燕命程东发了一炮信号，各城门外驻守的元德军皆响应般欢呼起来。整个皇宫渐次沸腾，更多的将领带着亲卫一层层地跨过城门，往崇元殿前来谒见新天子。他们一个个疯狂而崇拜地看着他们引以为傲的大塬新主人，那眼神同地宫下那些紫瞳修罗一样，虔诚而热切地看着光明神甲的神王，有些兵士那沾满血迹的脸上甚至淌满了热泪。

朝阳完全挣脱了夜幕，金光照耀在非白的脸上。冷峻的容颜，却带着从未有过的威严肃穆，绝美的脸上虽伤痕累累，甚至带着丝丝血痕，金色流光折射着他坚定的凤目，却更显他天人之颜的纯洁神圣，仿佛是最无法亵渎的神祇，如同地下那天人像一般。

第十四章
菩提锻镜心

《旧塬书·太祖本纪》：

元昌三年壬戌年，腊月初八，上病重，南嘉郡王并东贤王、安年公主欲谋逆弑上，火烧双辉东贵楼，幸晋王千里勤王，事败，东贤王及南嘉郡王死于乱箭，安年公主投井自尽，上震痛，病愈重，乃颁诏退位居上皇，传位于晋王。

上皇病重，陷入昏迷，非白至孝，只要忙完前朝，便来亲自侍候。

上皇陷入昏迷前，特地封了重阳世袭南嘉郡王，严禁任何人伤害重阳。比较匪夷所思的是他要我来照顾重阳长至弱冠后，亲自护送回嘉州封地。可是经历生死大劫的重阳似乎比以前更痴傻，不再说话，终日呆呆地看着西枫苑的梅花，好像得了自闭症一样。我看这样下去不行，安年公主府中的人马全部收监，我便求非白特赦初仁，让她在西枫苑中照顾重阳。当看到初仁时，人偶一般的重阳终于有了反应，一下子哇哇大哭起来。初仁也哭着安慰他，想同上皇一样哄骗他说他的父母亲前往修陵了，可是重阳却抱着初仁哀哀说道："父亲和母亲都不会回来了，我梦见父亲浑身是血地对我流着眼泪，我看见母亲是被人推到井里去的。"

初仁立刻捂着他的嘴，流泪道："郡王慎言，您千万记住公主是自尽的。"

我一下子明白了。后来我便让小玉找到冯伟丛，悄悄问起安年公主的死因。已经升任内侍监的冯伟丛是这样回答他的梦中情人："投井寻死之人，捞出来时一定是头在上、脚在下，若是被人投进去的，自然是相反的。"

收拾原非烟的小太监们战战兢兢地回答我：安年公主被捞出来时是脚在上，头在下。

非白即位后，已下令因我身体还未完全恢复，后宫暂由轩辕太后主事，锦绣便不得再摄六宫事。她被抓回来的第一日便要来见皇帝，但均被非白挡在门外。锦绣闹了几次，轩辕太后便以上皇需静养为名，下令不准锦绣出双辉东贵楼。

腊月二十，非白还未下朝，正当我轮值在崇元殿内照顾上皇，我坐在榻上，眼前全是宋明磊的惨状和他的心事，心中无限悲伤。

这时，一直昏迷的上皇忽然悠悠醒来。我大喜，正要去使人唤非白，他却一下子拉住了我，艰难地说道："清水寺。"

我心中一动，看看左右无人，便压低声音道："请陛下放心，兰生已不在清水寺，现在很安全。"

上皇似是松了一口气，旋即又悄悄问我："安年真的是自己自尽的吗？"

我一时无法回答，只是中肯地说了一句："安年公主同南嘉郡王伉俪情深，南嘉郡王去了……公主肯定不会独活。"

上皇一阵惘然，眼中慢慢流出泪来，沾湿了霜染的胡须："安年，我可怜的孩子。"

我默默地递上黄丝绢，替上皇拭去泪痕，然后给上皇端上药碗，先自己喝了一口："请上皇用药，上皇保重身体要紧。"

上皇就着我的手，慢慢喝了一口，又问道："怎么不见非流？"

我温婉答道："崇元殿之变后，宁康郡王带着汉中王逃出紫栖宫，以躲避南嘉郡王，想是躲在秦岭深处，至今还无法得到平安旨。上皇不用担心，过几日宁康郡王见再无追兵，便会派人出来打探消息，看见平安旨，必定会回来的。"

其实我和锦绣一点也不放心。自从我得到安年公主死去的真相后，就更担心了。

我一直想同非白聊聊，可是现在的非白太忙了，忙到一回寝宫就一头倒在床上睡了过去。

我也明白，如今的非白有些变了。他的笑容依旧，可是他与我之间有了很多的秘密。比如说，他不会同我谈是怎么设计击破宋明磊；他不会告诉我是怎么逼死安年公主的；他更不会告诉我就在齐放前脚秘密接走兰生，他就派青媚去清水寺拿人；他更不会告诉我到底他有没有发现原奉定和非流的下落，我只能靠自己去猜，去派我的人加紧秘密查访，平时去安慰哭成了泪人儿的瑶姬。

上皇的眉头拧成了一个深深的川字。他看了看空旷的大殿，闷闷地叫了几声："昌宗、昌宗。"

一朝天子一朝臣，往日里崇元殿车水马龙，如今却连宫女也不见几个，唯有一个瘦弱的小太监，在帘外抖抖索索地跪曰："回上皇，沈大人被圣上派往秦岭查寻汉中王及宁康郡王下落，至今未回。"

上皇慢慢地哦了一声，又叫道："那庆陪呢，还有中和呢？"

那小太监愣了愣，伏地答道："上皇不记得了吗？史大人因妆粉一案，不幸病故在浣衣局，程大人在崇元殿之变中为陛下捐躯了。”

上皇呆了几秒钟，似乎在努力回忆，他的后背深深地躬了起来，一下子显得老态龙钟。我心中一叹，再精明的枭雄也经不起岁月和病痛的折腾，智慧开始渐渐远离这个曾经叱咤风云的人物。

一会儿，上皇的目光慢慢清晰了起来，脸上看不到任何表情，让那个小太监退了下去。

过了一会儿，上皇又平静问道：“他走得快吗？新帝有没有让他吃很多苦？”

我看了看上皇，摇了摇头：“二哥是用我的‘酬情’去的，他没让任何人欺辱他，他走时，已放下了心中的苦难，请上皇放心。”

上皇一直平静的脸上出现了一丝凄然，他的嘴唇微微地抖了，眼眶也湿润起来。过了好一会儿，他才强抑下悲泣。

他扭头对我淡淡道：“卿可知，朕在崇元殿，确想置卿于死地，让非白痛苦一生，然后成为最伟大的帝王！”

我给噎了半晌，方才点了点头，感慨道：“陛下之谋略，纵聚天下智者难及也。”

他微微一笑：“想来你必定非常恨朕？”

我没想到他问得这么直接，只是对他微微一笑，摇了摇头，长长地叹气道：“陛下难道不觉得这里的苦难和仇恨已然太多了吗？臣妇心里，一丝一毫的恨也装不下了。”

他仔仔细细地盯着我的眼睛，仿佛在查探我的真实心意。我只是一径温笑，坦然地任他看着，最后他终是收起了犀利的目光，对我忧郁地笑了，咕哝着：“你实在是个奇怪的孩子！”

你们原家也实在是个变态的家族。我在心中暗想，可谁让我爱上你们家族的新怪物头子呢？不然早跑得远远的了。

“朕方才做了一个梦，”上皇恢复了平静，对我轻笑道，“梦到有一年大雪，朕带着梅香去摘梅花，非白才四岁吧，那么小。他坐在我脖子上晃着小脚，我拉着梅香的手，我们一家三口很高兴地往前走。走着走着，也不知道怎么的就走出了西枫苑，然后走出了紫栖宫，然后便飞到了金陀道上。忽然，那梅香就变成了青舞，非白变成了光潜，然后青舞便拉着我不放，光潜便抱着我的头，用画戟刺破了我的喉咙，然后朕就醒了。”

这梦真够哥特现实主义的！

我心中一动，金陀道是华山后山的偏道，那里山势险峻，只有少数年长的内卫把守，而且因为地势过偏，刚调去的内卫往往会因不熟地形而摔下山去，故那里内卫一般任期极长，加上数量极少，非白可能还没有来得及换作他的人。

上皇喝光了药，我又端上燕窝，他喝了几口说好喝，便从右手大拇指上脱下一只莹润的羊脂玉扳指，递给我：“这个赏给卿，算是留个念想吧。”

他看着我的目光极清亮，完全不似方才神志不清的重病之人，我立刻双手高举过顶接了下来。夜明珠下，那白玉扳指的内侧赫然刻着“睿雾”二字。我心中一喜，躬身退去：“多谢上皇。”

我即刻转身便走，快出帷帘时，他忽然唤住了我：“木槿。”

我快速地回头，他的脸上带着淡淡的笑，张口欲言，却生生压了下来，那双凤目极明亮温和地望着我：“早去早回。”

我的心头一热，对他笑着用力点了点头，毫不犹豫地出了门。

我来到正在重建的富君街，快速地同齐放布置一番，然后同小玉在富君街绕了一个大圈，让齐放帮我们甩开尾随而来的侍从，偷偷来到将军府。于飞燕正在上朝，珍珠知我来意，便将我们引到后院一个僻静的院落，上有一匾：雅竹院。踏入院门，果见院中种满潇湘竹，虽是腊月，仍旧在大雪中根根苍翠挺拔。

想起那年竹居论天下，我心中又是一片哀戚。

我轻轻打开门，却见一个俊秀的小沙弥正闭目端坐，凝志静修，正是多日不见的兰生。他旁边卧着一只油亮的黑狗，见我进来了，嗒嗒地摇着尾巴走过来，舔了舔我的手。

他是那样专心致志地在坐禅，那样平静，好像已进入无我澄明之境。我仔细端详着他，希望能从他无瑕的脸上看出些蛛丝马迹来。是我的心理暗示吗？我为什么觉得他长得同我原来印象中的不一样了呢，怎么越来越像二哥了呢？

我慢慢坐到他对面的蒲团上，静静看着他，小忠便乖乖地回到兰生的脚边卧下。

好像感应到我的注视，他也极慢地睁开了眼睛。我细细看他清亮的目光。

他只对我平静一笑，我也回他一笑：“多日不见，一向可好？”

他点点头：“还好。”

“你方才在念什么经？”

“《地藏菩萨本愿经》，”他淡笑着，“超度阳儿的。”

我喃喃道：“大哥告诉你的？”

他摇摇头，无有悲喜地笑道：“他走时很平静吧。”

“他笑得很开心，”热泪涌出眼眶的同时，我对他笑着说道，“他临走时对我说，你真傻，总是分不清，我不是陪你冲下山的那一个。”

兰生的笑容终于扭曲了：“你果然知道了。”

“你本名不叫兰生，”我继续流泪道，“你，同死去的宋二哥，所谓的明氏后人明煦日，是孪生兄弟，而你才是永业三年陪我冲下山去送死的宋明磊。孝贤纯仪皇后为圣上生了一对双生子，可是所有人都没想到，原青舞竟然也为圣上生下了双生子。你们的母亲也许是为了能让孩子生下来，才嫁给了明郎，又许是因为生下了双生子，反而让明氏怀疑。因为‘双生子诞，龙主九天’是四大家族公开的秘密，所以他们把你俩分开来，像原家一样一明一暗地培养，可能就连你们的母亲都不知道。”

“不，她知道，她全知道。”兰生惨然道，“这全是她的主意。她的确是一个贪婪的女人，既要原青江的骨肉，又想嫁给明风扬，享受新鲜刺激的爱情。”

兰生轻嘲一声：“他叫明煦日，是我的孪生弟弟，因为他出生时身体较弱，所以一开始是他生活在父母的疼爱之下。他的小名叫阳儿，而我叫明煦兰，从小在姑姑的道观长大，我的小名叫兰生，还真是司马莲给我取的。后来为了掩人耳目，我们的小名都变成了石郎。

“我们的母亲……自从偷偷练了《无笑经》，便有些不正常了，她把自己当作女娲，把原青江当作伏羲，女娲同伏羲生下了众神之王，她也幻想我们有朝一日能主宰天下。后来明家蒙了大难，姑姑带着我们投奔梅影山庄，司马莲成了我们的师父，培养我们成了杀人利器。我们出师以后，一个在紫栖山庄卧底，一个在幽冥教主事，每年都会趁着出紫栖山庄的机会互相对调，这样便都能互相知道彼此发生的事情。”

我点了点头，了悟道：“原来如此，这世间又有谁能想到，幽冥教主同清泉公子竟然是同一个人。”

兰生苦笑了一下，看向我的目光迷惘而悲伤：“一切都很顺利，直到元武十七年。你写了一些战策，后来，你同鲁元一起研制了那锦绣百虎破阵箭，司马莲便对你产生了好奇，一定要我们把你抓回幽冥教。我们表面称是，可是我和阳儿心里都不愿意，因为……”

他没有再说下去，艰难地住了口。我们都知道答案，可是我却愧悔难当，泣不成声，如果我早一点发现事实真相，也许这对可怜的兄弟就不会有后面的遭遇。

“永业三年，南诏屠城，那一年是我和锦绣回到紫栖山庄，我便乘乱闯到了紫陵宫，在那里，竟然被我找到了那第二百七十七具金篋。可是时间紧迫，我只来得及看了上阕，我这才知道，老天爷同我和阳儿开了一个大玩笑，我们一辈子处心积虑要报仇的对象竟然不但是我们的大舅，还是我们的亲生父亲。”兰生仰天大笑了起来，可那笑声竟然比哭还要难听。

小忠紧张地站起来，呜呜哀鸣地看着兰生。

我哽咽道：“二哥。”

“木槿，不要为我们流泪。”兰生的话音却突地一变，冷冷道，“像我们这样的人不值得，尤其是我，我并不如你所想象的那么美好。”

“因为谋略武艺我略胜一筹，他便全听我的，这一切的悲剧都是我的主意。”兰生惨然道，“可怜的碧莹，是被我设计的。当年的锦绣不过八岁，是我让阳儿眼睁睁地看着锦绣遭难，却不准他施以援手。那时候的锦绣有多单纯，阳儿假意好心地指点着锦绣，果然锦绣很听话地把二小姐的玉佩放到碧莹枕下，于是锦绣脱离了柳言生，便仰望阳儿，阳儿成为锦绣的主人，把她培养成我们的人，然后碧莹便顺利离开了紫园。可是我们必须给碧莹不停下药，只有这样的苦肉计，才不会被原氏发现，所以碧莹才受了这许多苦。”

兰生的眼神一片悲哀和绝望，完全沉浸在不堪的回忆中，他紧紧地抓着覆在膝上的僧衣，抓得是那样紧，那手指的关节都泛了白，甚至在不停地打战，他继续冷笑道：“我知道你不是普通女子，我本来想让你进入紫园，顶替锦绣，因为那时的锦绣渐渐爱上了原非白，又得了上房的宠，不愿意听我们的话了。可是阳儿却不忍心，因为那年是他结拜的小五义，他比我先在紫园，便先喜欢上了你。

“有一次，他偷偷地为你做了一支木槿花银簪，我怒不可遏，立刻告诉了姑姑，于是姑姑故意用蛊虫折腾了他三天三夜。不想，他解脱后第一件事，还是逼着我同他调换，因为他想亲自送你那根银簪做生辰礼物。我便故意抄你的文章，也可以慢慢疏远你和阳儿，不想你却毫不在意。我们渐渐长大了，我便设计勾引原非烟，可是阳儿却不愿意，于是只好由我代劳，”他冷笑着自嘲，“可等换到他时，他却对原非烟敷衍了事，一肚子的计谋只拿来骗你为他团团转，一会儿为他缝衣衫，一会儿为他烙烙饼，一会儿做文章，一会儿论兵法，不想这样忽冷忽热的，原非烟反倒喜欢上了我们。”

一个高大的身影悄然站在门外，噙着泪慢慢走了进来——是于飞燕。他轻轻坐在我身侧的蒲团，静静地和我一起听兰生说下去。

他的目光忽然闪过一丝温柔，笑道：“也许是双生子的缘故，我同阳儿喜怒哀乐皆心有灵犀，我发现我好像也喜欢上了你，可是你那时候正迷恋着原非珏。我们都不愿意你嫁到那么远的地方，而且这样对碧莹的未来也不好，于是我便设计果尔仁只带走碧莹，然后我故意让原非白知道，你同原非珏交往的事情，因为我们都清楚，像原非白这样骄傲的人，即便他不喜欢你，也会替我们拆散你们。”

心如凌迟，我唯有望着他不停流泪，却根本不知道说些什么。我在脑中竭力回忆着同两个宋明磊生活的过往情节，想分辨明煦日和明煦兰，心中更是难受。

窗外传来轻轻啜泣的声音，是守在外间的小玉，伤心地哭出声来。

“可是你后来，还是爱上了原非白，”兰生慢慢低下头去，竟隐有恨意，“是故永业三年，我决意陪你冲下山去，至少我可以战死沙场，光荣地死去，也好过成为杀人工具，杀死孽父，或是死于孽父之手。我甚至幻想着，也许我可以带你逍遥天下，逃避这可恨又可悲的命运。”

兰生哽咽着沉默了，他痛苦地闭上了眼睛，把脸转向窗棂外，泪流满面。

窗外的大雪纷纷扬扬地下得更大，似要覆盖一切的悲伤和罪恶，还人间一个干干净净，而屋内三人早已肝肠寸断。

“大哥，还记得四妹同我们讲小美人鱼的故事吗？”他慢慢睁开眼来，转过脸来，犹带着泪痕，笑着对于飞燕说道。

于飞燕点点头，也笑了。

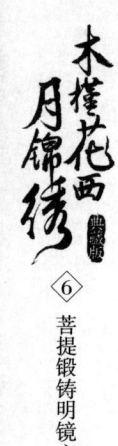

兰生满面愧悔，无限艰难地出声道："像我和阳儿这样的人，本不配有情爱，我们这一生注定是孽子，又沦为复仇工具，却不自量力地贪恋上了俊美的王子，所以、所以……命里注定要化成泡沫。"

我再也忍不住，扑上去紧紧抱住兰生，哀哀哭泣："求你，不要这样说，二哥。"

我想起来了，当年我讲起美人鱼的故事时，宋明磊听得非常认真，也是这样，他的俊面上带着笑，那天狼星一般的目光是这样清澈温和。当说到小人鱼最后牺牲自己、化作泡沫时，虽然他反问了一堆问题，可是他的眼神竟然闪过一丝惊痛。

"我说过，等回到原家，你便一定要将我火焚了，因为我只是幽冥教的实验品。那赵孟林给我下了一种奇怪的蛊虫，连林大夫也找不到是哪种，我自己就更不知道将来会变成什么样子。再者，我同阳儿死了，也许、也许能平复明家后人的怨气。明原两家相争，应该有一个了断。如今新朝已至，更应该还天下苦难众生一个太平。"他俊美的脸上淌满泪水，目光却有着坦露一切的释然。他慢慢向我们伏地，磕了一个响头，直磕得额头滴血。我同于飞燕赶紧去拉他，可是他却死也不肯起来。

他的泪珠和着鲜血，一滴一滴落到地上，他坚定地说道："我和阳儿一起罪孽地出生，一起不顾一切地杀人、复仇……一起设计了那么多无辜的朋友，甚至是亲人……害了他们一辈子，如今双手沾满血腥，不可原谅，还请大哥和四妹替我好好照顾重阳，那是阳儿唯一的骨血，请你们把阳儿也一起火化了吧，一半的骨灰随同原非烟葬在一起，另一半骨灰就同我的骨灰混在一起，然后撒到大海里，这样也许干净些……两个孽子还能做个伴，黄泉路上也不至于那么冷清。"

说毕，他猛地夺过我腰间的"酬情"，决然闭起眼睛，向自己胸膛刺去。

宋明磊惨死的样子又浮现在我眼前，我肝胆俱裂，惊呼一声，于飞燕早已一个手刀，快如闪电地劈手夺过兰生手里的"酬情"。

咄的一声，"酬情"被于飞燕甩到圆柱高处。

我赶紧死死抱住兰生，撕心裂肺地大哭："二哥，你要干什么呀。"

"二弟，我对那个二弟也说过同样的话，每个人都没法挑选自己的出生，就像我也没法改变，那个残暴的潘正越是我的生父。"于飞燕虎目含泪，使劲揪起兰生的僧衣前襟，将他拉起来，面对面地吼道。可兰生的面目一片死灰，目中已了无生意。

于飞燕狠狠摇了摇他，迫兰生直视着自己的铜铃大眼，继续说道："我从来没有同你们说过，当我第一次打退突厥，受了先朝的封赏之时，我那时志得意满，一心想把我那娘亲接到长安过好日子，可是我万万没有想到，消息一传到聊城，我那苦命的娘亲却因为担心自己的贱妓身份影响了我的前程，竟然悬梁自尽了！她为我苦了一辈子……可我的锦绣前程却成了她的催命符……"

于飞燕泪流满面，好不容易平复了下来。我和兰生讶然地流着泪，从未曾想过一直看似快乐粗憨的于飞燕曾经忍受这样的痛苦。

“她只给我留了一封信，她希望我不要成为弑父的罪人，放下仇恨，为了自己好好活……”于飞燕哽咽地摇摇头，惨然道，“可是机缘巧合，我后来还是杀了潘正越。”

于飞燕坦然道：“可是我不后悔，因为我不是为了自己，而是为了这天下早日太平……所以哪怕担上弑父的罪名，我也从来不觉得辜负了我娘亲。”

于飞燕紧紧抓着兰生的肩膀，坚定地说道：“每个人都有选择命运的权利，二弟，你当明白，这世上，最艰难的不是死去，而是好好活着！好好活着……”

于飞燕的话如当头棒喝，兰生怔在那里。

于飞燕继续说道：“过往种种皆已烟消云散，我们一起离开这里，再不要回这伤心之地，不管怎么样，得为自个儿好好活一回，哪怕是为了赎罪，也要活下去。”

“大哥说得对，”我也流泪笑道，“兰生，最艰难的不是死去，而是好好活着。就像你当初对我说的，无论如何都要活下去，活下去才有希望。那个二哥，明煦日，他也希望你和重阳能好好活下去，所以他才选择去死。这枚玉扳指是上皇调动心腹内卫的信物，”我亮出那枚白玉扳指，“这是他作为父亲能为你做的最后一件事。”

也许，一切的一切，老天爷都早已冥冥注定，就在我们携着那枚白玉扳指，准备起程时，远远地传来哀戚而广远的钟声齐鸣，像是整个长安城所有的寺院都敲起了钟声，不绝于耳。

齐放从远处气喘吁吁地施轻功来报：“主子，上皇驾崩了。”

上皇驾崩，皇城本应关闭，可是那守军乃是天德军骠骑将军陆善水，一看我手中的玉扳指，便顺利放行。我、齐放、于飞燕带着兰生，同随后赶来的小玉和林毕延一行六人携着一狗，小心翼翼地行在金陀道上。那里皆是悬崖峭壁，寸草不生，唯有松柏能活，白雪覆压之下，仍是苍翠挺拔。偶有一两个头发灰白的内卫出没，但一见我手上的玉扳指，皆躬身相让。

眼看就要走出秦岭，翻过去便可到达大理地界，到时原氏鞭长莫及，兰生便安全了。

忽然，却见一人从天而降。华山的大风吹起，那人衣带当风地站在前方，长须美髯，见之忘俗。我们暗暗叫苦，正是韩修竹。

小忠立时龇着尖牙，对韩修竹低吼着。

韩修竹对我行了一礼，然后冷冷道：“皇上下朝之后，到处寻不见皇后，甚是着急，却不想皇后同大将军带着这活死人是要到哪里去呀。”

我笑道：“兰生师父近日要云游，我同大哥正是要送送他。”

韩修竹瞟了一眼兰生，淡淡道：“皇后既为皇上心爱之人，便当为皇上分忧，私放明氏逆贼，是何居心？”

我挡在明煦兰面前，冷冷道：“兰生是先帝的近侍，不是逆贼，若真要计较起身份来，”我清了清嗓子，高声道，“他是先帝的海外遗孤，是故先帝在仙游之前将兰生带在身边。更何况，明氏逆贼已死，同党亦已于腊月初九午时凌迟，便同当年的明氏逆贼一般无二。”我恭敬地淡笑道，“太傅，您说是吗？”

韩修竹一怔，然后躬身对我施了一礼，叹道：“皇后重情重义，老臣亦由衷佩服，只是此人……就算是先帝遗孤……他亦不是一个完整的人了。皇后明明知道，他不过是幽冥教的实验残品。

“想必先帝或是大爷曾对您提及过，从来没有人会进行这样丧心病狂的实验，没有人知道他日后会变成什么样的人或是魔！皇后同他接触甚多，有一阵子不见，难道没有发现，他的面骨已经发生变化？这都是他体内的蛊虫在作怪，现在变化的只是面容，接下去会是哪一部分呢？”他看向兰生，半是怜悯半是冷酷，“对他最好的归宿，便是送他去西天极乐世界，而且皇后也当明白，真正的宋明磊其实早在永业三年的那场战火中，为救您坠崖而亡了。”

韩修竹瞟向林毕延道：“皇后若不信我，可向林毕延求证修竹之言可有错漏之处。”

林毕延打了一下烟袋子，慢条斯理地站起来：“即便只是一片魂魄，只是一个残品，只要到老朽的手中，便能让他活下去。”

韩修竹再好的涵养也爆发了，对他大声吼道：“你从来不听我的，以前都美儿那里也是。连你都说，你不知道赵孟林用的是哪一种白优子让他活了，若是有一天他成了魔，而且比你我活得长怎么办，你且说说到时谁才能制伏他？”

他向兰生走一步，毫不留情地说道：“这位公子可曾想过，你们兄弟俩以往害死了多少人？当初是令兄弟设计孝恭皇太后建祠移血树一案，然后勾结宣姜行刺上皇，是以皇上被逐，大将军成了阶下囚。他又一把火烧了富君街，烧死了多少无辜百姓，那可是皇后在西京的全部心血，以致皇后旧疾发作，又被关入大理寺。今日她乃是忍痛送你出谷，若是有一天你变成了无法控制的恶魔，杀死了今日苦心救你的皇后和大将军，你情何以堪？你们兄弟怎能如此自私？”

兰生浑身一震，面色一片惨白，猛然挣脱我的手，纵身向山崖跳去。

这世上，为什么杀人永远比救人要容易得多呢。

兰生好不容易活下去的意志，便这样被韩修竹轻易毁去了。

这是我第二次看到我的亲人在我面前自尽。可怜的二哥，无论哪一个都逃脱不了命运的安排吗？我肝胆俱碎，狂喊着二哥，飞奔到崖边，双膝一软，跪倒在地，按着疼痛的胸腹，悲愤难当。小忠在崖边来来回回地走着，呜呜哀鸣。

于飞燕急忙扶着我，虎目含泪，对着韩修竹大吼道：“韩先生现在可满意了，人都已经给逼死了，你可知我二弟有多命苦？”

不想却有一人从崖边翻身上来，如燕轻灵。那人满头白发，被山风吹得四散飞扬，浑身破损不堪的长袍随风逆飞，如丝如缕，倒现出一丝仙风道骨来。

那道人看着我们，嘻嘻笑着，怀中抱着一人，正是兰生。

“放心吧，”那道人嘻嘻笑道，“好着呢，一会儿就醒了。”

他把兰生轻轻放下，我和于飞燕赶紧给他推宫过血。兰生悠悠醒来，小忠立时趴在他的胸前，像是要守着他。

而齐放见了那道人，如遭电击，怔在那里，半晌喃喃道：“师父？”

那道人皱了皱长得挂下来的雪白眉毛，对着齐放不悦道：“你好歹还认得我这糟老头子。”

齐放飞快地双膝跪倒，恭恭敬敬伏首：“原来师父早已游方回来了。”

我与于飞燕俱吃了一惊，原来这便是齐放的师父，天下闻名的金谷真人吗？

说实话，他的形象与我想象中的完全不一样。我心中的金谷真人一直是由焦恩俊饰演的，如电视剧张三丰那般丰神俊朗、鹤发童颜的大帅哥，而不是这样一个邋里邋遢的红鼻子糟老头。

林毕延惊讶万分，转而欣喜道：“师兄！”

韩修竹面显诧异之色，拱了拱手：“不想有生之年还能见到金谷兄，别来无恙否？”

金谷真人作了一个道家揖礼，微叹一声：“多谢挂念，贫道一般无二，茂芳[①]的周身却有了一股血腥浊气。”

韩修竹抚须一笑：“金谷兄久在关中修法，却不知这天下已然易主了，如今是原家的天下了。”

真人摸了摸白发苍苍的脑袋，有些茫然地哦了一声，随地捡起一根带着枯叶的小树枝，把乱蓬蓬的枯发在后脑勺上盘了一个髻子，然后有些滑稽地凑东凑西，眨眼间来到齐放面前。我们都一惊，这位真人好轻功。

“可还记得师父批过你的命盘吗？当年你因孤煞之命一心求死，为师便说过，你只要遇见花样贵人，能改你命盘。看你穿金戴银、志得意满的样子，还真是彻底改了，不过……”却听那金谷真人用力嗅了嗅，疑惑道，“不过你现在身上怎有一股铜臭之味也。”

齐放面色微微一红，伏地磕了一个头，诚惶诚恐道：“师父勿怪，徒儿还像以前一样，视黄白之物如粪土，徒儿堂堂正正地随花样贵人取财有道，只是用来拯救天下苍生，这乱世里双手也曾沾了鲜血，却没有伤害无辜，所杀之人皆为敌兵。”

“小子还是那么喜欢同为师拌嘴。”金谷真人慢慢收起和蔼的笑容，忽然肃然道，“那些敌兵之中，难道无有高堂、无有妻儿？你取人性命，杀人造业，岂有敌亲之分？”

齐放的头更低了，唯唯称是，一派惶恐。

小玉年轻，不服气道："师父虽然杀的人多，可是救的人更多。这七八年兵荒马乱的，我们君氏虽不比原氏、段氏志在天下，可是真人这一路游方回来，也应当有所耳闻。永业六年，君氏攻下滕家堡的流匪，不但打通东南商道，还解救大理和汉家两国无数被拘押为奴的百姓。我们中了流匪的箭阵伏击，师父的胸口被射中，离心脏只差毫厘，差点就死在滕王道了。有大善人秘密捐资建立的信阳、宛城、朔阳、荥城等万人流民村，帮助了成千上万的无家可归的百姓，那个大善人便是我们君爷、大塬朝的皇后娘娘。"小玉一挺胸膛，继续朗声说道，"师父作为君氏的大掌柜，帮助那流民开荒辟田，师父那么刚强的一个人，却累得病倒了，更别说这几年沿途解救的无家可归的孩子老人。元昌年间那场疫症，师父押运草药，为了抓紧时间多救几条人命，便择陡峭的山路赶往大理，结果遇到泥石流，从山崖上摔下去，双腿摔得血肉模糊，连骨头都看得见了，师娘们差点哭瞎了眼。还有汝州战场上，师父为救先生还有我们几个，他的耳朵被炸聋了一边……"

"小玉快闭嘴，怎可如此无礼，还不快来拜见师祖。"齐放大声喝道。

小玉扁着嘴，不情不愿地趴在地上，略弯了弯腰，算行过了礼。

金谷真人却抚须沉声道："怪道方才师父在崖底传音叫你，你不应，心中还怨你只顾追名逐利而疏于练武，看来是为师错怪你了。"

金谷真人叹了一口气，拍拍齐放的肩膀，然后轻轻扶起了他："好在汝气正纯明，可见确积了几件善果，就算将功抵过，且记日后少造杀孽为上。"

齐放连忙接口道："师父教训得是。"

金谷真人又上上下下看着小玉，奇道："这小娘子口齿好生伶俐！这一身气度，倒不像是中土人氏。"

"小玉乃是弟子在大理黔中收的女弟子，打小骄纵惯了，请师父莫怪。"

"方才这小玉说师娘……们什么的，你……娶妻啦？莫非还不止一个？"真人特意在师娘们的"们"上加重了语气。

果然齐放又红着脸道："徒儿万幸，元昌二年，当今圣上保媒，指婚了青氏，同日皇后保媒，指婚卜氏，故而有了两位夫人……"

"呀呀呀！这运改得也忒邪乎了，好好一天煞孤星娶了两个老婆，还收了这等漂亮忠心的女弟子伺候左右的，我金谷门里何时修来这等福气啊，偏又这般伶牙俐齿的！是叫小玉呀！"那真人本来掩在长长的白眉下，看不真切，这下瞪大了眼珠，我才发现那道长的目光清澈至极，似一潭春水，深可见底，却又无法探及。

他语速极快，唏嘘不已。小玉见真人夸她，反倒不好意思起来，认认真真地伏地行了大礼。

那真人将她扶起来，无限唏嘘道："哎呀，贫道年轻时就一直有个梦想，要多收几个漂亮女弟子，专事前方开道，那是何等威风，可惜你师祖典雍就是不让，忒古板了！

故而老道一生只收了几个蠢蠢的男弟子而已，唉！”

林毕延同金谷真人同是典雍真人的弟子，竟也帮着金谷真人一起惋惜地点着头，连韩修竹也笑了，可见情况属实，场中气氛一下子被逗乐了。小玉扑哧一笑。

真人大眼珠子骨碌一转，嘿嘿笑道：“小玉啊，你可莫要笑，将来指不定还要多谢贫道为你找到心里那个如意郎君呢。”

小玉一下子满面飞霞，诺诺称是，躲到我身后去了。

真人目光一转，又走向于飞燕。

“咦，这位满身金戈利气，威震寰宇，又兼血腥之气甚浓，想必是位久经沙场的将军吧。”那真人仰头盯着于飞燕，稀奇地看了两眼。

于飞燕抱拳恭敬道：“在下于飞燕，确实少时从军至今。真人所救的兰生乃是在下的义弟，但求真人为我这苦命的义弟谋个出路才好。”

那真人在嘴里念了一遍于飞燕的名字，慢慢掐指一算，满面了悟地哦了一声，旋即肃然起敬道：“了不得，怪道这一身浩然正气的，果然是拯救万民于水火的于大将军。将军满门忠烈，后世子孙亦是朝廷国基，万民福祇，小道更受不起了。”

转而那双白眉又微微一皱，谆谆嘱道：

古今将相今何在，白草垄头衰草堆。

何似南山闲品菊，竹篱茅舍自在飞。

于飞燕一怔，不及开口，那金谷真人目光一闪，瞬间便来到我的面前，略带夸张地俯头笑着望我。其时的我正抱着兰生，满面涕泪，惊魂不定，估计离当年小放所描述的什么月华溅玉、仁而智勇的花样贵人相去甚远。他听着齐放对我的介绍，看我的目光一片深沉。

我想那真人武功盖世，天下折服，韩修竹亦看他薄面，放兰生一马，我便赶紧擦了擦脸，向那真人俯身道：“花木槿但求真人，救我兄长一命。”

我等了半天没有回复，慢慢抬头，却见那真人正细细端详着我，抚着及胸的长须叹道：“果真是星转运破危厄解，一番风雨一番奇。这位娘子乃是破运星的命格，又是小放的花样贵人，这孩子就算有再硬的孽根妖魄，得遇娘子便自会解厄，娘子如何求我呢？”金谷真人对我嘻嘻笑了一阵，轻轻将我扶起。

然后，真人双目又有一丝隐忧，竟垂怜地对我叹道：

锦魄本应归故里，他乡却认作故乡。

浮生只恨无多聚，花落紫川孤命偿。

似花还似非花去，缘尽半生残月凉。

“既然终是要归去的，还是以早为妙啊。”

我心下大惊。那两句“锦魄本应归故里，他乡却认作故乡”，听上去竟似这个真人在暗示我并非这个时空中的人呢！还有那句“缘尽半生残月凉”，竟同那暗宫妖叔所唱的歌谣一样意境！

不想那韩修竹面色却是大变，看向我的双目滑过一丝厉芒，转瞬即逝，不悦地接口道：“老金头，这位是大塬朝的皇后娘娘，同于将军皆是大塬重臣。娘娘同圣上伉俪情深，恩爱忠贞。圣上为了娘娘，甚至不选秀女，不纳妃妾，天下皆知。就连市井挑夫都知道宁拆十座庙、不毁一桩婚的道理，你怎的要拆散人好好的一双夫妻呢？你让娘娘归去，娘娘的故里建州花家村，早在元武四年被大水冲走了，这又是能回哪里去？没了娘娘，圣上如何安心国事、专于政事？”

他肃然道：“你修道入了化境，自是好事，只是莫要浑说道语。如今这大塬朝千辛万苦地传到第二位天子，中土天灾不断，朝内反贼潜伏，海外强国环伺！试想若是于将军回汝州种菊花了，大塬朝有谁能守卫边疆，保住大塬天下？你既也算出于大将军乃是国之基石，后世满门忠烈，如何还像少时一般，最爱拆人台脚，棒打鸳鸯？我看你是不把大塬朝的国基弄散，便不甚乐意。”

真人放声大笑，咧开了嘴，露出满口白牙，无奈道：“我就说，你浑身污浊之气，现下果听不进良言了。君不闻，物壮则老的道理？”

真人看了韩修竹两眼，淡淡道：

昨怜苍生苦，今嫌朱蟒长，
可曾望，衰草露坟头，瘦骨枷锁扛，
为只为他人作嫁衣裳。

“这又来编派老夫不是？所谓人各有志，不能强求。”韩修竹仰头冷哼一声，满不在乎地淡淡一笑，“为吾主，为天下苍生，为这大塬朝，便是作了嫁衣裳，真有那抄家灭族、尸埋乱岗的一日，老夫也无怨无悔，你也莫要再废话了。”

真人眨巴了几下大眼珠子，似被无奈地噎在那里几秒钟，最后遗憾地摇了摇头，叹了句：“太痴、太痴。”

还不及我们看清他的动作，他闪到了林毕延的身边，也不说话，只是嘻嘻笑着。

林毕延背着手，仰起大洋葱脑袋细细地看了他一阵，慢慢地眯着眼点了点头：“方才听师兄对在场诸位的一番劝言，便知师兄不但道法精进，参修佛理，好似还开了天眼，能知未来过去，果然这几十年修炼，师兄没有白费，愿闻师兄教诲。”

那真人却嘻嘻一笑，揖手道：“师弟一向看得比我还要通透，只情之一字，不堪回首，不想今日一见，师弟亦参透不少了，恭喜恭喜！”

林毕延也不多话，只是点了点头，笑得云淡风轻，指着兰生道：“这苦命的小鬼，今日被师兄救了，想来又有一番造化了。”

韩修竹却挑了挑眉：“老金头莫要小瞧这孩子，他可是幽冥教所创之逆天伦、食生魂的不死孽物，他的《无相真经》练至一半便走火入魔，一生以血肉为食。若真为他好，便应送他即刻西去，了了这一身血腥恶孽，干干净净地早日托生一个好人家，方是正理。”

小忠对着韩修竹汪汪地大叫了几声，表示了极大的不赞同。

“天生万物，以人为贵，又佛家云，善即是恶，恶即是善，放下屠刀，立地成佛，”真人一片清明地笑了，“汝说其是孽物，贫道却看他很有慧根。”

他慢慢走向兰生，长长的白眉下，明亮的双目慈和地看了他一阵，揖手曼声道：“烦恼业障本空寂，一切因果皆梦幻，三界无可出，菩提无可求。人与非人，性相平等，大道虚旷，绝思绝虑[②]。”

真人吐字圆润，不疾不徐，字字飘进我们的耳中，宛如就在耳边亲授一般，可见内力雄厚。我不由得暗暗称奇。真人说到第二句时，竟向我看来，白眉下那炯炯双眸，清亮若水，目光却超然脱俗，深不见底，只觉一种无法言喻的平静。他的声音拥有一股奇异而巨大的力量，仿佛他本就站在我对面细细道来，令在场诸人本已烦躁的心境慢慢化为一片超脱尘世的平和。就连韩修竹，表情也渐渐平静下来，凝神细听。

兰生如遭电击，浑身一颤，本已晦暗的目光奇迹般焕发出生气来，慢慢地闪出一丝彻悟的光芒。

他踉踉跄跄地站起来，呆呆道：“一山一水何处得，一言一默总由伊，全是全非难背触，冷暖从来只自知[③]。”

“根身器界，一切镜像，皆是镜花水月，迷着计较，徒增烦恼[④]，”金谷真人对他单手作揖礼，微笑道，“稚子已悟，可喜可贺！”

兰生双目忽然泪如雨下，躯体狂颤，对着金谷真人深深鞠了一躬，合十肃然道：

红莲只向孽火生，菩提锻铸明镜心。
纵使槿花朝暮放，沉疴一梦醒难寻！

“妙哉，妙哉，”真人的目光一片嘉许，平和道，“既悟了，何妨归去兮？”

我并不太了解佛法禅机，只是预感我这苦命的二哥将再一次离我们而去，而且这一回是去到一个可能我一辈子无法触及的地方，不由得心中一片惘然，万般艰难地喊着：“金谷真人，二哥，你们……这是要到哪里去？”

小忠呜呜地蹭着兰生，像是在询问同样的问题，兰生抖着双手抚摸了半天小忠，似对它说了几句话。

等再转身时，他的俊颜上淌满泪水，对我和于飞燕深深一躬，却绽开一丝释然的微笑："贫僧无颜，今日便与二位施主拜别了，望施主好自为之，善哉、善哉。"

我赶紧拿着连夜为他做的那双僧鞋塞进他宽大的衣袖中，心中难受不已，流泪道："二哥多保重，后会——"

兰生眼中悲意流露，正要对我启口。

那真人快意地哈哈大笑起来："俗缘已毕，不可再留。"

只听得那真人声音洪亮，大喝一声去也，便夺过兰生的手腕，施起绝妙轻功，高高飞起。但见仙姿缥缈，悠然往雪白的远山飞去了。

在场诸人皆被金谷真人的飘逸轻功震慑得无以复加。恍惚之间，自兰生袖袍中掉出一物，我慌忙去拾，原来是我方才给他的一双僧鞋，竟掉出一只来。我握着那只僧鞋，仓皇抬头，欲追他而去。

却见天空又飘起了鹅毛大雪，青山静默，远翠积雪，琼碧蜿蜒，琉璃世界里，雪雾缭绕，哪里还有人踪？广阔的天地间，只余下真人清朗的笑声在澄净的雪空中久久回荡。

小忠并没有追去，只是仰起狗头，对着天空悲鸣了很久很久。

五年后，世间出了一个戴着金面具的得道高僧，云游四方，传言少年时代曾在战乱中毁面，故取法号无颜。大师极精佛法，传说曾师从金谷真人，亦善道法，平生著有数本解注精妙的佛道论集流传于世，解惑人间，世所尊崇。

元德年间，世祖皇帝御封无颜大师为皇家寺院清水寺的住持，后又升至佛门圣地法门寺的住持，后世的真宗、睿宗也数度邀请无颜大师进宫讲经，皆不可得。

真宗盛平年间出了一本著名的偏史论著《金陀遗编》，此书记载了元庆至盛平年间的奇闻异事，包括了很多不足为外人道的皇宫秘辛，故而有人推测其作者为出逃或外放的宫人。有外放的宫人暗议无颜大师其身形气质甚像太祖晚年的贴身僧人侍卫兰生师父，晚年的无颜大师也曾笑对徒子徒孙说过，他于金陀道上拜金谷真人为师，故后世有人推测无颜大师乃是《金陀遗编》的真正编撰者。

有小沙弥侍候大师沐浴，偶见其容，赞叹其俊美绝伦，根据小沙弥的描述，有好事者竟推断大师与元昌年间风云一时的南嘉郡王极为相似，便有人推测无颜大师极有可能是当年谋逆的南嘉郡王，事败逃遁于秦岭金陀道，受金谷真人的点化，幡然醒悟，立地成佛。

【注】

①韩修竹，字茂芳

②禅语：我们的烦恼、业障本来是空寂的，就像浮云，终有散的时候，散尽则空。一切因缘、因果，其实是人的妄念生梦，在梦中认为一切是真实的，醒来后，一切都没有了。如来随顺觉性是看一切平等，没有所谓的轮回和解脱轮回，幻象和真实是同一件东西，所以就没有执着，在什么地方都心安理得。人或非人，本性都是平等的。大道包容一切、无比广大，只有绝思绝虑，方能体会大道。

③禅语：这个世上太多是是非非，恩恩怨怨，谁对谁错，我都不想在乎。大千世界，风景宜人，美丽的东西就在那里，却没有人来欣赏，是人都忙着钩心斗角，别人的议论也好，嘲笑也罢，都是别人的事，而山山水水都在我心里，我独自来欣赏，我的怡然自得只有自己知道，而钩心斗角、追名逐利的人不能理解的。暗喻兰生看破了红尘，终于决定放下心中对于自己是乱伦所生的怪物的悲郁，要到佛法的世界中去寻找平静，其实也是暗中劝木槿放下，同他一样归隐，去到广阔天地去，而不是守在永远困于追名逐利、钩心斗角的罪恶原家。

④禅语：有空明顿悟的意思，叫人放开心扉，勿执迷于眼前的灯红酒绿，镜花水月到头只是一场空，只会让你徒增烦恼。

第十五章

裂锦绣成灰

◆◆◆

韩修竹恨恨地跺了跺脚，满面怒火地向我们走来：“娘娘、大将军，你们……这是放虎归山，终要后——”

于飞燕一脸铁青地挡在我面前：“韩先生息怒……”

忽然人如铁塔倾颓，直直地向后倒了下去。我大惊，扶住于飞燕。结果本是满面怒容的韩修竹只得硬生生地收了声讨之色，反过来帮我和齐放一起扶住壮实的于飞燕。韩先生搭了搭脉，然后又火冒三丈：“大将军你这是不要命了吗？你在诏狱受尽酷刑，身中剧毒方解，又历崇元殿大战，竟还敢到这陡峭的金陀道来救人？就算你是要救人，也不是这么个救法。你们小五义，一个个都疯魔了吗？”

我大惊，看向齐放。

齐放也把了于飞燕的脉搏，凝着俊脸点头称是：“主子，太傅说得没错，大将军身上确有余毒。”

我们慌张地回到大将军府上，珍珠早已焦急不安地同虎子等在门口。

一阵急救后，流着泪的珍珠说了来龙去脉：“夫君北伐中虽斩杀了潘正越，可也受了重伤，圣上特地关照，赐下一堆重物名药，可是我却发现那些人参和千年雪莲中都加了流光散，如同当年的碧莹一样。我一开始猜可能是南嘉郡王所为，不想查到后来却发现是太皇贵妃的手笔。可是碍于圣上的赐物，我们不敢声张，只是暗中解毒，称病下朝。可是她却不放过我们，又心生毒计，弹劾晋王手下的武将，她全不念当初在紫园相助之义，根本不管夫君和雪狼他们在诏狱中受了多少酷刑。”

我的心脏霎时收缩。

珍珠站到我面前，悲愤道：“夫君就是怕影响你们姐妹之间的感情，从来没有告诉过你，你若不信，便可问问韩先生。”

韩先生叹了一口气："老夫知道娘娘觉得老夫有些不尽仁德，只是娘娘须知，现在的娘娘已经不再是有大理武帝庇护的君莫问了，在原氏，对敌人的仁慈便是对自己的残酷。"

我双膝一软，倒在于飞燕床前，泪流满面："对不起，大哥……"

"你不用为她道歉，她不过是做了很多年以前做过的事。"

我心中一滞，果然珍珠明白当年碧莹之事。

珍珠颤声道："当年的柳言生不是东西，可现在你的妹子，比起当年的禽兽，可谓有过之而无不及。如今的她把紫园里的那些勾当学了个十足十。"珍珠坐回到于飞燕的床边，伤心地流泪，"现在皇后明白了吧，为何当年我想对皇后下杀手，我真心不想我的夫君和我们的孩子再回原家蹚这潭浑水。哥哥自从第一次见到她，眼睛就再挪不开了，那时候我就知道，他命中注定是要被她祸害。"

珍珠忽然对我跪地行了大礼，我赶紧也对她跪下来，扶起了她。珍珠含泪泣声道："木槿，我知道你是一个再善良不过的人，心中也一直对你妹子感到愧疚，可是如今的锦绣已经变成了一个魔鬼，为了让她的儿子登上皇位，她不惜牺牲一切，如今失势，是对付她的最好时机，你再不能对她宽容了。恳请皇后娘娘为我夫君做主，收回宫印，立即逐太皇贵妃出宫。"

我浑浑噩噩地走出大将军府。齐放驾车路过一处破屋，我便让车夫停下车来，上面还歪歪斜斜挂着半块小木牌，歪歪扭扭刻着德馨居，竟还是我当年刻的。

我回到原家后，曾经想同大哥他们一起故地重游，可是锦绣却怎么也不同意，因为她认为以往的贫贱出身是她政治道路上的污点，于是怎么也不肯同我一起来看看德馨居。

当年德磬居的门去年被锦绣命人封了，而屋顶有一半已经塌了下来。齐放替我抬高了气死风灯，我借着火光，伸头往破窗里看了一眼，早已尘满屋脊，蛛网斑驳。我退开去，盘腿一屁股坐在门前的尘土里。

我沉默地闭上眼睛，脑中全是当年小五义的过往。

当年我经常在这里晒苞米什么的，多少次，我一边剥着大蒜，一边伸头看着紫园的方向，我总是希望锦绣奇迹般地出现在那个方向，然后像变戏法似的从怀里掏出焐热的桂花糕。

小玉静静地坐在我的身边，轻声低问："先生，这里是何处？"

我没有回答，她便看向齐放。

齐放轻声答道："这是主子当年同姚碧莹的居所，也是小五义当年聚会之地。"

我想让他们回去，一个人坐一会儿，可是齐放和小玉却不肯走，只是走得稍微远一些，不来吵我。

我也不知道坐了多久，只觉有浓重的龙涎香传来，然后有人在我身上加了一件雪貂披风。不用睁眼，不用抬头，我也知道是他。

他也安静地坐在我身边。我睁开了眼睛，四周一切早已被暮色所笼罩，德馨居顶上正映照着一轮明亮的弦月。

“放走兰生，是我的主意，”我淡淡道，“求陛下不要怪罪别人。”

他在旁边静静轻笑了一声：“皇后令无颜师父出家云游，为新朝祈福，何罪之有？”

我扭头向他望去。他正穿着上朝的银素皇袍坐在我身边，面带平和的笑容，就像韩修竹说的，他下朝以后就一直在找我，就好像永业二年那年中秋节，他一直在小北屋里等我一样。

我看了他许久，他轻轻倚过来，将我揽在怀中，轻叹道：“后悔了，是吗？”

我双手慢慢环抱上他，摇摇头：“如果我不回来，也许……锦绣或是二哥就会杀了你，那样我会更后悔。”

他更加紧地拥紧了我，在我耳边轻轻一笑：“我在你心中就这么没用吗？”

我又轻轻摇了摇头，只是慢慢泪盈满眶：“你不明白，你们都是我爱的人啊。”

他没有说话，他的下巴尖慢慢磕上我的脑袋，重重地叹了一口气：“说吧，我能为你做些什么呢？”

“陛下新政，可会大赦天下？”

他毫不犹豫道：“那是自然。”

我抬起头，平静道：“如今已是新朝二帝，臣妾可否请陛下废除残酷的殉葬制？”

他看了我许久，目光闪过一丝犀利。

我一片清明地看向他，诚挚道：“陛下，如果太皇贵妃殉葬，宁康郡王便有借口携汉中王反朝，汉中王有玉玺在手，且太皇贵妃在原氏根基已深，确可一呼百应，招兵买马弹指之间。如今新朝方稳，强敌内外环伺，只有善待太皇贵妃，方可消除宁康郡王疑忌，亦可消除暗宫诸人之虑，可使两位王驾平安回朝，以安众心。”

非白沉吟一会儿，终是长叹一口气，对我柔声道：“皇后悲天悯人，朕一一准奏。只是，”他的语气一变，“太皇贵妃毕竟是皇后亲妹，身份显贵，又及皇后所言，在原氏宗族里，根基本已深厚，又出身西营，生性残暴，以皇后一人之力恐难使其交出宫印。”

他站了起来，拍了拍身上的青草，然后又拉起我，蹲下身体贴地拍去我身上的尘土：“忠勇公之妻兄正是宁康郡王，皇后想是已知渊源。珍珠夫人是朕的亲堂妹，又是皇后义嫂，朕已决意封夫人为义妹，她对后宫之事甚熟，就让她协助皇后吧。”

当时我觉得心中苍凉，可后来却证明非白是对的。

翌日，于飞燕因崇元殿平乱护驾有功，擢升一等忠勇郡王，妻珍珠夫人被圣上收为御妹，封号安城公主，我便请了旨，同安城公主亲往双辉东贵楼。

因太皇贵妃为先帝宠妃，地位尊贵，齐放等男侍卫不便前往，我们便只点了武功高强的青媚和姽婳。

不想青媚那双妙目泛着兴奋的光彩，大声唱喏，点了金灿子和银奔还有一群东营高手前往保护我等。她本想让我和珍珠都穿上软甲，可珍珠不愿意，我也不想在这种敏感时刻搞得像打仗似的激怒锦绣，便也没有穿。

一路之上，珍珠走在前面，青媚便对我附耳："安城公主不穿软甲，恐是故意想引太皇贵妃击伤她，好有理由杀太皇贵妃。"

来到双辉东贵楼，令所有人惊讶的是，除了在宫匾上持了白色丝帛，其他并无一丝悲泣之色，未进宫殿，只闻一片西域舞乐之声。

殿中一人正按着舞乐在中场疾舞，跳着太祖皇帝最喜欢看的胡旋女舞。那舞者乌玉长发高束一髻，只用一支长长的赤金凤衔紫晶钗绾住高髻，余发披肩，垂至柳腰，身着一件华丽耀眼的紫地红锦闪缎，外头束着贴身银软甲——我认得那是她被册封为皇贵妃时所穿的礼服。

她嫌尚服局寻来的蜀锦衣料太过普通，便着令尚服局命君氏寻得稀世闪缎，那闪缎以细紫丝为经线，木红丝线作纬线织就的凤穿牡丹，栩栩如生，精美绝伦，贴身的裁剪勾勒出她那魔鬼身材，肩头露出闪缎上所绣的一朵硕大富丽的雪拥蓝关。

舞曲微变，紫瞳潋滟的流光微转，那唇边漾起一丝冷笑，婀娜多姿的身形忽如垂柳摆动，胸前那澄金灿灿的璎珞穗子舞动飞扬，那闪缎上流淌着荣宝堂中的火光，一片幻紫流金。在场诸人皆感冷艳沁人，一时勾魂摄魄。

珍珠先回过神来，翩然施了一礼："见过太皇贵妃，若依祖制太皇贵妃实应殉葬，特传圣上恩典，遣太皇贵妃于法门寺守香阁为先帝祈福，特准皇太贵妃带发修行。"

锦绣悠然一笑，充满揶揄地曼声道："这是先帝的遗诏，还是他北晋王的口谕？"

"新皇早已登基多日，太皇贵妃身份尊贵，但仍应依礼称圣上，"珍珠淡淡道，"太皇贵妃如此聪慧，且侍候先帝多年，应当明了先帝的手段。皇后及我等皆是看在昔日情谊，想给太皇贵妃和汉中王一条生路罢了。"

锦绣冷笑："昔日？你也配？"

"锦绣跟我走吧。"我柔声道，"没有人想伤害你，我们希望你获得自由了，皇上也这样想，如今先帝已宾天多日了，理应先让下人们装祭东贵楼啊！"

"他会这样好心？"锦绣一甩披肩长发，如乌玉流泻，"他的那点心思我会不知道？先帝把玉玺留给非流，就是要立我儿为皇太子，崇元殿里活下来的奴才也说过，先帝原本是想立非流为太子……如今先帝驾崩，他谋弑东贤王还有安年公主一家，下一个就是我和非流。他留我一命，是要迫我交出玉玺，我偏不肯就范。你们且回去告诉他，我情愿为先帝殉葬，也不会让他拿到玉玺，不会让他那么容易地登上这个皇位。"

"先帝的本意是要弑母立子，"青媚冷冷道，"圣上不但手下留情，还救了你一命，太皇贵妃别不知好歹。"

"放肆的贱人！"锦绣素手一挥。

青媚快速地一闪身，而身边的一个侍卫喉间钉着一枚银针，瞪大眼睛慢慢倒了下去。

"以为陪主子过了几夜，就猖狂成这样了？"她的紫瞳瞟了我一眼，冷冷道，"正主在这里，还没有说话，晋王的暗人就是没有教养。"

青媚的妙目一亮，冷冷笑道："多谢太皇贵妃教诲，可惜，如今这后宫之主是皇后，而不是您了。"

"大胆奴婢！"初喜大声喝道，仗剑欲上前护主，"何敢以下犯上？"

锦绣绽开一丝绝艳的笑容，紫瞳满是风暴，右手微抬，展开一丝最优美的弧度。初喜立时止了步，满目忧心地看着锦绣。

锦绣华丽的护甲套状似无心地沾了沾唇上的胭脂，左脚早已闪电般地踢向青媚，右手取了初喜背后的金箭，如鬼魅一般欺近她，将金箭深深刺入青媚左肩。

一连串的动作快得不可思议，青媚面色微白，闷哼一声，反手拔出金箭，回刺锦绣。锦绣轻巧地单手挡住，反手把青媚掼倒在地。两个绝色美人，一紫一白，皆是紫园中顶尖高手，两人一经交手，如紫白二只艳蝶飞舞，一时在场诸人只觉眼花缭乱，皆又骇又惊。

锦绣抓到金箭，再一次就着青媚的手狠狠刺进青媚方才的伤口，青媚面色煞白，使劲踢开锦绣，后退几步，疾点肩头止血的穴道，额头冷汗流了下来，却一言不发，冷冷地看着锦绣。

"真是一块好料子，"潋滟的紫眸闪过一丝激赏，冷若冰霜地扫向我道，"只可惜，跟错人了。"

青媚红唇如火，冷笑一声，用手中短剑削断左肩挂的箭羽，不停地攻击锦绣。锦绣虽无法取青媚性命，但每次青媚退下来，身上都多一块被锦绣刺到的伤口，转瞬身上的白袍上下皆被染成红色，触目惊心。可是她仍毫无惧色，目光一闪，一剑刺向锦绣的紫瞳，中途转了方向，奔向她的手筋，锦绣躲闪不及，左手那稀世的指甲套已经被齐根削断，锦绣的两指指尖亦被削去，霎时血流如注。

"当年的太皇贵妃娘娘是紫园子弟兵中使剑的第一高手，剑技光彩夺目，无人可及，可是如今的娘娘已被养尊处优的生活所腐蚀。使剑之人本不应蓄甲，更别说戴什么护甲套了，如今生死大战，娘娘还不愿放弃，可见虚荣至此。"青媚冷笑道。

锦绣脸一下子没了血色，甩去左手指甲套。初喜早已白着脸赶过来，快速地为锦绣撕下白袍，包扎伤口。

锦绣淡淡道："真好，我已经很久没有这么强烈的杀人欲望了。"

珍珠冷冷道："太皇贵妃莫要再做无谓的挣扎了，汉中王虽挟带玉玺遁出京城，可仍在秦岭之内，皇上已派精英部队搜索，迟早会回来的。"

"珍珠，当初先帝说要把你送给于大哥伺候，本宫便觉得不妥，"锦绣轻叹一口气，"今日果然应验了。"

“太皇贵妃确为高见，臣妇与外子向来不问政事，只是贵妃的手段太过残忍，不肯放过臣妇和外子，那么臣妇与外子只能搅了进来。但请太皇贵妃放心，外子宅心仁厚，义薄云天，他视太皇贵妃如亲妹，即便他知道您送来的雪芝丸中混合了少量的流光散，一心想置他于死地，可他还是要臣妇保太皇贵妃身家性命，是故臣妇才跟着皇后过来，请太皇贵妃放心。”珍珠淡淡道。

“这可怪不得我，”锦绣冷傲一笑，“谁让大哥不愿意归附汉中王门下，他一辈子就只知道他的四妹。”她似又有点恍然大悟地笑道，“想必大嫂早已习惯，大哥常在梦中呼唤他的四妹吧？”

珍珠面色明显苍白下来，拿着圣旨的手微微抖了起来。

我怒从心头起，快步走到她跟前，扬手打了她一耳光，大声喝道：“你给我住口。”

在场所有的人都愣了一愣，可能没有料到我会发这么大火，又可能锦绣也作威作福惯了，没有料到我会真出手打她，也愣了一愣。

“锦绣和木槿永不分开。”她的妙目潸然泪下，却转瞬狠毒至极地瞟向我，闪电般地欺近我，修长带血的手伸向我的脖颈，“锦绣从未敢忘怀，可是木槿却忘记了。”

她的手渐渐紧了起来，脸庞也渐渐扭曲起来：“木槿，任何人都可以背叛我，原非白不可以，你更不可以，是你逼我的。”

在场诸人皆一阵惊呼，忌惮锦绣手里的我，一时不敢动弹。锦绣身后的武士却趁机将我们团团围住。

“住手！”

一人声音极其洪亮。我们大家都向声音看去，却见一群高大的武士拥着一人如鹤立鸡群一般立在门口，正是大塬朝第二个天子，原非白。

韩修竹一步大踏前：“皇上驾临，还不放下武器？”

因刚下了朝，原非白只着寻常盘龙素服，甚至没有束软甲。他踏入宫殿，平静地行了一礼：“请太皇贵妃放了皇后，一切因缘皆由朕而起，让我们来个了断吧。”

“你果然担心你的心肝，”锦绣睨了一眼原非白，“一下朝便赶过来了。”

非白淡笑如初：“朕倒觉得真正需要担心的是太皇贵妃您自个儿。”

锦绣笑容一滞，这才意识到我顶住她胸腹的“酬情”。锦绣冷哼一声，放开了我，我也松开了手中的“酬情”。

“如今汉中王和宁康郡王仍流落在外，还是先找到汉中王，寻回玉玺要紧。”他对青媚一笑，“还请青王手下留情，好好地将汉中王活着寻回来，免得太皇贵妃过分忧心，伤了身子。”

青媚笑而躬身：“微臣领命。”

她面不改色地将戳在肩头的箭羽拔出来，掼在地上，任血滴溅满金砖，只鄙夷地看了眼锦绣，抓起披风瞬间消失。

“今夜宫闱喧闹，想来先帝亦不能以平心早登仙界。”他又转向珍珠道，“烦请安城公主助皇后打理内宫，先同素辉一起准备为先帝入殓事宜。”

珍珠优雅还礼，敬诺而退。锦绣身后几个宫人，相视一眼，齐齐地对着非白跪了下来，行了大礼。

非白如入无人之界，也不管锦绣看着他的眼睛瞪得老大，但凭珍珠吩咐周遭人等布置荣宝堂，一刻之间，荣宝堂素裹银装，这才有了几分悲伤之气，杀气顿消。

珍珠同素辉结束布置，便躬身而退。

非白背负着双手，半眯着眼睛看了看站在河阳花烛下的锦绣。

“你已经很久没有这样看我了。”锦绣略有冷意地看着非白。

非白微微一叹，对锦绣身边的初喜和另一个长发侍卫道：“你们且退下，朕有要事同太皇贵妃商议。”

那二人面面相觑一阵，望向锦绣。锦绣略一摆手，那二人便垂首走了出去。

我想了想，正要同姽婳一起走，非白却从后面唤住了我：“木槿且留步。”

“姽婳同金灿子在殿外卫戍。”我扭头望去，他却对我一笑，“烦请木槿站在帘外，为朕同太皇贵妃守候。”

在帘外可以将他们的对话听得一清二楚。他对我的信任让我感到一丝暖意，便缓步来到帘外。因为刚刚病愈，我微觉有些喘，姽婳便给我递来一只紫檀圆椅让我坐下，然后自己识趣地跑到听不到的距离，同金灿子二人一本正经地背对着我们，握刀守卫。

此时已过酉时，一轮玉兔悄悄升了上来，四周星空环绕，只觉一种奇异的平静，我轻轻靠在后面的大柱上，望着月空，心也跟着静了下来。

我以为他们正在演哑剧时，结果倒是非白先出了声：“今夜的月色真好啊，绣绣可还记得曾经陪朕在西枫苑中赏月？”

“晋王应称我太皇贵妃。”锦绣傲然地抬高音量，庄严地宣称着自己的身份。

非白只是对她平静地一笑，不答话。

“那时的晋王的确有心，”锦绣瞟了一眼帘子外的我，微微一叹，“不过现在说这些又有什么意思。”

非白却不以为意道：“每年的中秋节后便是你的生辰，那时的朕总怕你一个人寂寞，所以总是在中秋节让素辉偷偷接你到西枫苑来赏月。”

“西枫苑一向很冷，”锦绣喃喃道，“可是西枫苑的‘莫愁映月’向来都是整个紫栖宫最美的一景，莫愁人无圆，月结两心同。”

非白的声音悠悠飘来：“我永远也忘不了，你第一次看着莫愁映月时感怀的泪水，当年的你是那样的纯洁美丽。”

锦绣的怒气神奇地消减了，亦轻轻一笑道：“当年的你也待我如珠如宝。”

“其实我并不喜欢住在西枫苑里。也许你不信，那时的我甚至想过为了你放弃一切，”非白轻笑道，“带着你离开西枫苑，到阳光明媚的地方去做个普通的男人。”

“那时的我是这样爱你，甚至把亲姐姐送给了你。”锦绣的声音渐渐地又冷了下来，“我所做的一切都是为了你，可是如今的你却夺去了我儿皇位，还要杀了我和非流。”

我不由得一阵黯然，犹豫中，却听到非白一阵大笑。我从来没有见非白这样嘲讽地大笑着。锦绣也呆住了，绝艳的脸上挂着泪珠，怔怔地看着非白。

“为了我？”非白猛地收住了大笑，慢慢走近锦绣，柔声道，“绣绣，你总是对我说这一切都是为了我，那我们今天就好好聊一聊吧。

“你总是口口声声说，是为了我才向先帝自荐枕席，可为何一去不回，甚至没了音信？你说你为了我，把足智多谋的姐姐送给我，可是为何怂恿先帝给木槿下生生不离？你难道不知，以你姐姐这样玲珑心窍之人怎会不与我互生嫌隙，误会多年？

“你说一切为我，为何我在暗宫三年，你却不闻不问？”非白嘿嘿冷笑一声，“韩先生向你求助，你不但不理，还知会东贤王，私放了西营暗人来对我下毒，致使我右眼被毁。你明知道宋明磊将木槿囚在玉门关，却没有通知我，你想先找到木槿，便可逼我为你所用，不是吗？一计不成，等到木槿同大哥会合，你又生一计，让先帝把我调走，无法分身去见木槿。绣绣，你从很久以前，就想好了一切……”

非白一声一声地问着锦绣，我的心像被利刃一下一下刺进去。

片刻，非白平复了激动，略带伤感地说道：“那些年，你知道最让我痛心的是什么吗？就是看着你漂亮的紫眼睛里的野心越来越浓，你对我所谓的情意却越来越冷。”

我霍地站起，隔着珍珠帘见锦绣的眼光一下子别开，傲然而又受伤地道：“明明是你负心爱上了木槿，却要来怪我，好一个深情的踏雪公子！”

非白也不生气，微微一笑，喟然长叹道：“你既这么说，却让我们今日来好好谈谈到底是谁负心？

“你以助我为借口，自荐枕席，是因为侯爷身边的漂亮女人太多了。我当年是真心喜欢过你，你既为我献身，我必心存愧疚，可竭力助你扫除后宫障碍。当然，为了让我相信你的委曲求全和一片痴心，你便献上你唯一的姐姐，尽管你当时已经知道她有了心仪的人。当时的我听不进韩先生的劝告，只是一味沉痛，对木槿不闻不问，有时又把对你的恼恨发泄到她身上，蹉跎了大好光阴。”

“原来你曾经这么想？”锦绣冷冷一笑，“木槿真是可怜，如果她知道当初你为何不是将她关起来，就是罚她不吃饭，闹花贼那阵又害得她肋骨重伤，她还会这样爱你吗？”

非白站在烛光的暗处，我看不到他的表情。他沉默了一会儿，淡淡道：“你不愿意把木槿嫁给傻老四，是因为怕她日后随他回去，再无回返帮你之日。你把木槿送进西枫苑，是为日后铺下一条后路。”

锦绣看了一眼珠帘外的我，冷哼道：“血口喷人！”

非白却自顾说下去，道：“你想我是一个重情之人，而木槿长相平凡，又心有所属，与我断不会一条心，你可放心地将她放在我身边，即便不得我所爱，但你知你姐心地纯良，从无害人之心，而我念旧情，总不会弃她如敝屣，总会好好照顾她。你若失宠了，先帝百年之后，无依无靠，你姐姐自会顾念姐妹之情，收留于你，你亦可仗着旧情再次接近于我，重回我身边。”

“你住口，根本不是这样的！”锦绣使劲摇着头，摇散了一头乌玉般的高髻，珠玉花钿委地，泪花飞溅，精致的妆容一片狼藉，她美丽的眼睛本就上了浓妆，隔着珠帘，我更看不清她的眼神，只听她语气慌乱狂暴，令人闻之心惊，“木槿，你不要听他胡说！我根本没有这样想！”

“嘘——”非白抚上锦绣的泪容，抚去她脸上的一处斑驳，似哄着一个迷途哭泣的小孩子，嘴角溢出一个冷冷的微笑，“绣绣，你知道吗？你笑起来真的很美很美。嗯，果然没有一个正常的男人可抵挡得了你的一丝微笑，更遑论这梨花带雨，我见犹怜。

“以前，无论你有什么样的心愿，我都愿助你达成，哪怕你背叛了我，我也助你顺利地成为先帝的枕边人。可是为什么在暗宫三年，韩先生多次向你求助，你不闻不问倒也罢了，还助宋明磊和原非清送入那绝命丹混在我的药中？若非韩先生央了林大夫偷偷进来为我诊脉，发现了那毒药，只怕我就不是只毁一目那么简单了。”

锦绣明显地后退了一步，颤声道：“你……胡说。”

“我后来明白了，因为彼时你已经有了先帝的骨肉，你也知道先帝疑心过我与你。彼时东贤王得势，你便索性助他毒杀我，好换得一席平安之地。可是你的保命金牌，肚子里的头胎不满三个月便没有了，于是你意识到也许你还需要我的帮助，便密会了轩辕淑仪，说动她暗中护我，你……也算帮了我一把。”原非白鄙夷一笑，“我出暗宫后，你又百般示好。你在先帝身边多日，当知先帝一心属意我为继承人，却又恼我与木槿的情事而一直未娶。

“时逢阿遽将他的爱妻琴儿和她肚子里的孩子托付于我，一则琴夫人身体孱弱，不宜待在暗宫，到西枫苑中可以过得好一些，又则她的孩子可以生长于光明之下，也能让先帝打消疑虑，我是否还能孕育子嗣……可是你却给琴儿的补品之中加入了迟光散，这是一种慢性毒药，无色无味，用的量又少，很难察觉，一般人三年之后才会慢慢显现，可是琴儿的身体本来就弱，不到一年便病发了。琴儿十分怜爱念槿，坚持自己喂乳，不用奶娘，可怜的念槿也因为吸食了琴儿的毒奶水，一年不到便去了，琴儿受不了打击，也故去了。

“为什么？锦绣，我一直想不明白，阿遽也一直很痛苦，你其实明知道这孩子不是我的，是阿遽托付我的。少年时代他也曾护你周全，他从来没有挡过你的锦绣前程，他曾经这般狂热地爱慕过你，为了你违反宫规地助你多次，可你为何要对他的女人和孩子下此毒手？”

锦绣的眼光已是一片死灰，娇躯狂颤。

她慢慢地后退，退到长剑旁，长长的媚眼轻瞟了一眼长剑，口中却仍然倔强道：“你想让木槿误会我，所以尽管胡说吧。”

“后来我终于明白了，你觉得琴儿的孩子若是个男孩，先帝便会下旨封我为太子，你的非流便没有机会，你更怕阿遽从此同我结了盟。你暗害琴儿和念槿，阿遽心中肯定怪我没有保护好他的妻子，暗生恨意，你也可以从中挑拨。还有就是因为嫉妒，你不能容忍爱过你的男人变心，你不允许有人跟你分享爱，哪怕那个人是从未伤害过你的阿遽。

“花锦绣，你长得如此美丽，所有的男人只要一见到你，就想要你，我也曾经这样疯狂地想过你。如今你依然如此美貌，可是一想到你这双美丽的手沾满了无辜者的鲜血，我就觉得无比恶心！你为了荣华，勾引过这么多男人？像你这样的人怎能母仪天下？”

他的话语轻轻淡淡，目光中含着厌恶和鄙夷，转身便走。

锦绣在他身后冷冷道：“我肮脏、我恶心？那木槿呢？”

非白站住了脚。

锦绣一撩头发，翩然站起，慢慢走到非白身后，胸前的丰盈若隐若现。她慢慢贴近非白的背脊，那绝艳的笑容如一朵恶毒的花：“花西夫人？贞静公主？天下人都知道她是多么肮脏！大理的太子为她扮作女人，突厥囚禁的那段日子，撒鲁尔天天与她通宵宴饮，谁又知道发生了什么？你难道从来没有想过她的身子被多少男人——”

她话音未落，非白猛地回首，一掌掴去。锦绣倒在地上，绿纱滑落肩头，性感的酥胸露了大半。她的脸上五指印分明，嘴角慢慢流出一丝鲜血，她也不拭去，只是双手撑地，微挺傲人的身材，紫瞳勾魂摄魄，幸灾乐祸道：“呀，我说中晋王的心事了吗？”

“晋王，哦，不，我该称您为陛下。”锦绣仿佛不顾一切，在地上轻打了一个滚，玉手轻拂开抹胸，悄然伸入，目光迷离，极致撩拨，口中却残忍地道：“陛下说说你每日同皇后云雨之时，有没有想过那些男人也曾经这样抚摸过她？”她咬着嘴唇，轻轻打开腿又闭上，“那些男人是不是这样骑在她身上……”

非白的脸颊一下子苍白如纸，他光洁的额上青筋露了出来，紧握腰间的乌黑长鞭，向她走去：“你闭嘴……”

我的心好像被人狠狠戳了一个洞。我可爱的妹妹变成了这样一个狠如蛇蝎的女人。那些人在我面前“诽谤”过她的话语一瞬变成了事实。

我走进珠帘内，平静地道：“请陛下容我同太皇贵妃，我妹妹说说话。”

非白恢复了平静，与我擦身而过时，侧着脸对我淡淡笑了一下，然后轻轻拍了拍我的肩膀，走了出去。

锦绣倔强地把眼神瞟向我。我猛地拉过她，狠狠地打她屁股，就像她小时候不听话时，我体罚她那样。

锦绣一开始有点蒙，醒过来后张口便怒骂我：“你这个一心只向着你男人的贱人！”

我铁了心地死抱她的腰，狠打她的屁股，不论她怎么推打我。锦绣出手击我的天灵盖，我一下子挡开了她的手，怒瞪着她。她顺势一口咬住我的左小腿，瞬间，我的小腿便鲜血直流。我挣扎不得，还是一下一下打下去，她最后只得哇的一声大哭起来。一会儿她的屁股就红肿起来。

不知不觉，我的手也疼到麻木了，我满面泪痕，靠着柱子狂喘着气。她也渐渐松了口，滚落到我的脚边，我一把拉她入怀，死死抱住，不让她有机会再咬我。

她更大声地哭出来。我俩泪流满面，却不愿意看对方的脸，更不知该说些什么。

“我该怎么办？”锦绣终于哭累了，断断续续地在我耳边喃喃说道，“他要杀了非流，怎么办？他可以杀了我，可是他不能杀了非流，非流是我的命根子啊。”

这一夜，锦绣一直抱着我，就像小时候，她受了委屈或者极度惊吓，紧紧地抱着我那样，哭了一夜。她告诉我她在那个白衣少年面前自惭形秽，觉得配不上他。她曾经真心地愿意为他付出一切，可是那原青江是那样可怕，又那般有魅力，给了她那个白衣少年无法给予的东西，那就是权力。

那种生杀予夺的权力实在太诱人了，致使她最终放弃了爱情、愧疚，还有我。而她的选择也越来越少，前方看似是锦绣前程，却好像越走越窄，到后来似乎只剩下了敌人和权力可以选择，在这所剩无几的东西里，唯一宝贵的便是她对非流的爱。

她反复哭诉着为什么非白这样恨她，他曾经那样温柔地凝视过她。

那是因为他曾经深深地爱过你，甚至到现在他心中的某个角落还埋藏着你的影子。我在心中叹息着，没有说出这个答案，只是搂紧了她，轻拍她的后背，一言不发。

我想，也许她其实也知道这个答案，所以才会这样害怕。

第十六章

茶烟透碧纱

◆◆◆

第二天，锦绣的宫人传来消息，圈禁在永定府中的永定公乔万欲发兵救太皇贵妃，结果他的计划被冯伟丛的手下探知了。乔万化装的队伍走到朱雀街，就被等候多时的齐放中途截击。乔万负隅顽抗，当场被击毙，紧跟着宁康郡王的大部队终有踪迹，收到平安旨后，却并未按旨回朝，反倒突破沈昌宗的重围，并最后几个旧部和武功高强的紫星武士挟世子逃入秦岭，不知所终。

等我们得到消息时，素辉已收缴武德军，所有参与谋反的将官全被斩首示众。锦绣最大的靠山宁康郡王生死不知，武德军已全部收编，再无人可领军队打回长安。尽管我向她保证非白不会伤害非流，并且我也已派出了暗人前去营救，可是锦绣受到了巨大的惊吓，发起了高烧，别说去法门寺了，她连站都站不起来，我便留下来照顾锦绣。

为保锦绣性命，初喜没办法，只得含泪交出锦绣在后宫赖以呼风唤雨的皇贵妃凤宫印。此时的锦绣早已神志不清，根本不在乎那凤宫印，她总是神经质地拉着我的手：“你别离开我，你一走，他就要来害我。”

要么就是紧紧抱着我，对我附耳压低声音道：“不要让非流靠近我，他在等我引非流过来，好逼非流交出玉玺，然后杀了非流。”

她的眼神涣散，对我嘻嘻笑道：“木槿，我的流儿才是大塬真正的天子，等我得了这天下，我与木槿一人一半，可好？”

我对着她无言地泪流满面，可是她却嫌弃地弹着我的眼泪，一把推开我，甩着一头蓬乱的发髻，紫瞳高高在上地睨着我：“圣上不喜欢看女人哭，你以为哭哭啼啼的就能让圣上多看几眼吗？没有人可以跟我争宠。”

初喜流着泪告诉我，锦绣已经很多年没有生病了，可是这一场小小的高烧令她病得不轻，所有的意志都垮了，曾经不可一世的紫瞳充满了恐惧和忧虑，满头如云的乌发竟然一夜雪白，美丽的面容急速憔悴，几天之内失去了整整十斤。除了我和初喜，她不让任何人靠近，凡是药品和食物，她一定会圆睁着大眼睛看着初喜试过，然后再蹲在我跟前，仔细地看我再试过，她才会小心翼翼地服食，因为她深信非白会用慢性毒药毒害她，如同当年她对待可怜的琴儿。

她整夜整夜地不睡觉，只是瞪着一双眼窝深陷的紫瞳，死死地看着大殿的入口处，等待着前来拘押她的侍卫或是非流的归来。

二月二龙抬头的好日子，在外面守着的初喜踉跄着奔入锦绣的寝殿，流着泪喜泣道："主子，殿下还活着，殿下已带一个铁卫回紫栖宫了。"

"昨夜宁康郡王欲带着三千奉德军冲下秦岭，宁康郡王已被活捉，我君氏的暗人已救出汉中王殿下，是殿下为救宁康郡王和太皇贵妃，自己带着一个铁卫回来了。"小玉在一边回道，"殿下现在在崇元殿门口举着玉玺跪着，口呼万岁，愿终身为先帝守孝，只求圣上能免宁康郡王一死，免太皇贵妃殉葬先帝。"

锦绣的眼神如死灰一般，手一颤，金盏跌落在金砖上，发出急促而刺耳的声音。她的声音像死了一样："完了。"

小玉急忙说道："请太皇贵妃放心，忠勇王于飞燕及其妻安城公主、太仆寺卿常狄、监察御史钱宜进、大理寺卿朱迎九以及新赦的三品临武将军卢伦等皆同跪汉中王身侧，为宁康郡王和太皇贵妃请命。"

我们同锦绣六神无主地过了大约一个时辰，又见锦绣的宫人满面泪痕地进来报说："娘娘大喜，皇上准奏了，宁康郡王死罪可免，活罪难逃，贬为庶民；汉中王为奸人蛊惑，赦免无罪，今准其为先帝守孝，马上就要过来与娘娘团聚了。"

我暗中舒了一口气，锦绣的憔悴容颜上没有半点喜悦。

不消半刻，却见有大队人马拥进大殿，走在最后面的是坐在高头大马上的非流，小脸又黑又瘦，神情凝重。

到得中殿，我让监押的大队等在殿外。非流刚给锦绣见礼，担心地询问锦绣身体，不想锦绣却忽然一抬手，打了非流一掌。锦绣仍在病中，枯瘦的手力量减了几分，饶是如此，非流的脸还是被打偏了，小脸上清晰地印着五道指印。我们大惊，我按住锦绣的手，生气地瞪着她。可是非流却像没事一样，反倒上前一步，对锦绣挤出一丝笑容："父皇一个人很孤单，正好儿臣可以去陪陪他。"

"闭嘴！"锦绣仍然板着脸，恨恨地看着非流，"我说过，你只需走，只需走得远远的，只要有玉玺在，何愁没有皇位？"

非流郑重道："儿臣担心母亲。"

锦绣吼道："谁要你担心，他逼死我正好，逼死太皇贵妃，天下皆诛，正可以成为你日后复位的资本。"

"母妃糊涂，"非流肃然道，"父皇驾崩，非流不归乃是大罪，皇兄可轻易带领朝臣褫夺儿臣的皇位，废儿臣及母妃为庶人。皇嫂说得对，只要活着，便有希望……”

锦绣愣了一愣，看了我一眼，转而对我怒道：“莫非是你故意引我儿回来，毁他前程？难道你是想把我儿献给非白好杀了他？”说着便挥着护甲要刺我。

好在锦绣仍在病中，力气不大，我只觉痛心，也不与她理论，只死死压住她，柔声道：“你又瞎想了。现在还在病中，等养好身体，一切从长计议。”

“母妃莫要怪皇嫂，是皇嫂的暗人救了我，不然我不是死于军队的流矢，便是被野兽吃了。”非流赶紧拉住锦绣，死命地给她磕头，眼中流泪道，“儿臣之所以决定回来，是因为父皇驾崩前，儿臣偷偷看过遗诏，父皇根本就没有想过要立儿臣为太子，不过是故意拿儿臣来激三哥罢了。而且儿臣偷偷听父皇同近臣说过，就算要立儿臣，也要先赐母妃殉葬，才可放心立儿臣。”

非流柔声道：“如果要儿臣看着母妃死在眼前，儿臣情愿不要这个皇位。”

锦绣的双颊一下子涌上不正常的潮红，力气大得惊人，使劲挥出右手的护甲，一下子划破我的手臂，鲜血直流，把我推得老远。她又拂开初喜，随手取了一盏镏金凤烛台向非流扔去，放声大吼道：“你这没用的蠢货，情谊顶个屁用！谁要你回来，你可知，我只想你登上皇……位……”

非流躲也不躲，那烛台正中额头，一时间他的额头鲜血直流。初喜赶紧上前用袖子按住非流的额头，哽咽道：“请主子息怒，求主子陪王爷多说说话，不然就没有时间了。”

“你胡说什么？”锦绣冷声喝道。

“皇上命王爷为先帝守陵，巳时便要走。”初喜抹着眼泪道，“是皇后娘娘为王爷请来的恩典，同主子告别。”

“秦陵路途遥远，冬冷夏热，”锦绣大怒道，“我儿年幼，又从小锦衣玉食的，如何能吃得起这种苦，他是要逼死我儿吗？”

“太皇贵妃慎言，”我爬将起来，再次抱住锦绣，“我们这是在救他，汉中王节孝之义，天下称颂，若有人乘此加害，必为千秋罪人。”

我用力掐了一下她，她一下子安静了下来，紫瞳茫然地看着我，如同小时候受了欺负，却不知如何辩解一般。霎时，我心中恁地难受，泪盈满眶，只是咬牙坚定道：“锦绣，且信姐姐一次吧。”

西洋钟当当地走到三点，内侍监冯伟丛过来，冷冷地宣旨：“巳时已到，请汉中王上路。”

眼看临别时刻，锦绣眼神出现了一丝慌乱，张口欲言，忍不住眼泪长流，却再也骂不出口了。

非流再一次给锦绣磕了一个头，朗声笑道：“娘亲放心，儿臣这就去为父皇守陵，拜别母后，望母后珍重。”

锦绣想追出去，奈何没有体力，她靠着我的身体，来到中庭，哽咽着叫道："竞儿。"

我对那冯伟丛说道："还请冯公公稍候，须臾便好。"

那冯伟丛谄媚笑道："但凭娘娘吩咐，只是皇上说了，"瞟了一眼拎着一个包袱的初喜，仰头道："殿下去先帝那里孝敬，已挑了上好的奴才，还有一应用具都准备好了，殿下不用带许多东西了，初喜还是放下吧。"

十几日之前，冯伟丛看见初喜，必要点头哈腰，姑娘长姑娘短，而今却敢直呼初喜名字，可初喜却敢怒不敢言，只得忍气吞声道："多谢谢冯公公指点。"

我心头亦是大不悦，皱眉道："殿下骤然回宫，又要远行，顷刻母子分离，所谓慈母手中线，游子身上衣，还望公公宽谅，让殿下带几件衣裳便好。"

冯伟丛脸上抽搐了一阵，挤着笑脸道："这……皇上有命，确然娘娘极有道理，只是皇上让奴婢严格检视随行，可否让奴婢随便察看一下也好交差？"

我只得点头应允。不想冯伟丛却当真认认真真检视起来，只留一些御寒的冬衣和内衣，其余日常的名贵用具全部撤走。

我对初喜略点点头，意思是不用担心，我自会照应，初喜的眉头这才松开，只是冷冷地瞪了一眼冯伟丛。

非流自冯伟丛手中接下同他一样瘦小的包袱，客气地道了一声谢，扭头便走。锦绣肝胆欲碎，披发赤足，跌跌撞撞地追了出去，眼泪淌了一地。我同初喜赶紧扶着她追了出去。

非流见状，便再一次飞奔回来，跪倒在锦绣脚边，紧紧抱着她的腿，小小的身子抽搐着。锦绣涕泪满面，纤弱的手抚向非流，略想了一下，艰难地脱下手上仅剩的那三枚名贵的珐琅护甲，塞在非流手中："竞儿，母妃最喜欢的便是……看着你对母妃笑……为自己的心自由而笑，自由而活。"

我听到这话，想起那年我与锦绣分手时的对话，不由得感慨万千、热泪翻涌。

等非流再抬起头来时，满是泪水的小脸上绽出一朵可爱的笑容，他抹去泪水，坚定道："儿臣听闻，皇兄十岁时，为奸人所害，双腿折断，虽遭小人践踏，却能心存高远，卧薪尝胆，如今才能成为大塬天子。儿臣也已经十岁了，身体里同样流着原家高贵的血液，儿臣定能好好地活着，母妃为儿臣已经做了很多很多，现下该是儿臣来保护母妃了。儿臣想过，皇嫂说得对，如今既交出了玉玺，且儿臣自请为先帝守陵，皇兄若想保住天下节孝的美名，必然不会再来加害我们母子，现下只要母妃保重凤体，好好活着……只要好好活着，必然会有……同儿臣重逢的那一天，儿臣也最喜欢、最喜欢看母妃笑。"

非流再次对我们笑了笑，挺直了脊梁，转身便走。锦绣痴痴地看着非流小小的身子消失在眼前，颓然倒在我的身上，撕心裂肺地放声大哭。

元昌四年，癸亥元日，新帝行登基大典，其时因燕子军为主的元德军功勋卓著，死难将士多出于此，以纪念为天下死难的原氏兵官，改年号元德，故而非白在史上又被称作元德帝，后世上谥庙号世祖。念天下初定，新帝宽厚仁德，乃大赦崇元殿谋逆余党。

元德元年二月初，新帝谨遵先帝遗命，娶轩辕氏为中宫，即日册封太子妃轩辕氏义女花氏为皇后，赐封号端淑贞静，史称贞静皇后。贞静皇后上表新政，特赦旧宫人一千出宫，延宫女十年期为五年一期，以示上宽厚仁德，福泽万民，上允之。

太祖本意锦皇贵妃及众妃殡葬，元德帝甚宽仁，并废后妃殉葬古制，宣旨曰："用人殉葬，先帝太祖所不忍也，此事宜自此止，后世勿复为。"

只效法始皇帝，以陶人代葬，一时天下皆喜。

二月初二，小皇子非流小小年纪自请迁秦陵为先帝守陵，其母亦自请入法门寺带法修行，为先帝祈福，一时传为美谈，天下传颂。

南园春半踏青时，风和闻马嘶，
青梅如豆柳如眉，日长蝴蝶飞。[①]

春分过后，轩辕太后凤体违和，下不了床，元德帝特准太后归兴庆王封地庆州养病，兴庆王大喜谢恩。奈何，七月病势加重，不久辞世，时人皆怜太后仁德，生前致力于轩辕旧宗室与原氏皇室之间的和平，不满二十新寡，未留子嗣，后又早亡，元德帝特赐谥号联义恭仁孝节太后，立祠供后人瞻仰。

四月二十六，未时交芒种节，天下众人皆尚古风俗，设摆各色礼物，祭饯花神，言芒种一过，便是夏日了，众花皆谢，花神退位，须要饯行，太皇贵妃便择此日，并众先帝新旧妃妾共三十五人，起程前往法门寺。

那日细雨蒙蒙，渭水边上早已登上船前，她拉着我的手不放，只是望着我一言不发。

我轻拍她的手，对她笑道："妹妹放心，姐姐会经常来看你的。非流虽远，不必忧心，我亦会着人照拂于他，只求你们母子早日团聚。"

锦绣欲言又止，只是轻轻抱住我，蹭着我的肩头，微侧脸，轻轻在我耳边说了三个字："陈玉娇。"

我微诧异，可她慢慢放开了我，不再看我。绣着荷花纹样的袖口拂过我的脸庞，杜若的香气直冲我的鼻间。我微一眩晕，等我醒过来时，锦绣已经登上船。

初喜特地领了恩旨，领着几个宫人隔岸拜别锦绣，里面还有一两个步态轻盈、面容严峻的，应是她的旧武士。

初喜泪流满面，隔江喊道："主子多保重了。"

初喜他们沿着渭河岸边一直追了很久，就好像我们小时候离开花家村时，大黄追着我们的牛车，跟了很久很久。

耳边飘来轻轻的一首古曲，如泣如诉。我回头，却见一个面上有疤的男子正执着一管楠竹长箫吹奏。我听出来了，是一支《折杨柳》，旁边还站着一个戴着面具的孩子。

我略有诧异，但仍静静地听着司马遽悲伤萧瑟的曲子，一曲终了，我看着锦绣的舟舫，轻声道："多谢你来送她一程。"

司马遽没有说话，只是双手抱着那管长箫，无有悲喜地看着立在舟头如泥塑一般的锦绣。

面具下的小彧忽然发出像小猫低呜的声音。我蹲下来，轻轻揭开他的小面具……

那是我第一次见到小彧的面容……

却见小彧同司马遽一样，自眉际起一道伤疤。即便这样一道可怕的伤疤，却仍然掩不住他与非流几乎一模一样俊秀的容貌，还有那一双灿烂的紫瞳。此时此刻，那双灿烂的紫瞳正不停地流着泪水。

窗阴一箭，梦断千山，
双辉楼空，唯余鬓香袅。

我全明白了，一下子紧紧地抱紧小彧。我俯在他的肩头哽咽道："小彧不哭，有姨娘陪你，娘亲一定会回来的。"

一叶华舫在渭水中越漂越远，锦绣独立于舟头，一头白发迎风飘荡，偶尔遮住她没有任何生气的脸。也许隔得太远，她无法看到小彧的容貌，她的紫瞳只是疲惫地没有了任何情绪，那样呆板，没有生气地看着我，渐渐地，消失在碧波天际。

我不知道司马遽作何想法，只知道他无声无息地双手抱胸，站在那里看着锦绣消失，始终没有说一句话，默默地为哭得涕泪满面的小彧擦净了面，为他重又戴上面具，然后一把抱起，头也不回地离开了我，仿佛一阵风一般，又仿佛他从没有带着小彧来送过锦绣，又抑或，天地间本无一个叫作司马遽的人，只有一抹飘忽难测的鬼魂。

渭河的那一头是一大块刚开垦出来的农田，黑黝黝的土地上绿意盎然，正是新帝大赦天下，特将原本太皇贵妇欲求先帝赐给永定公的一块庄园收回，改判为公地，赐流民开垦荒野。那些千辛万苦活下来的流民终于有了自己的土地和居所，正匆忙地赶种着今年最后一拨小麦，其中偶有好奇者，手搭凉棚远远地看着我们，然后更多的是撅着屁股，辛勤劳作，皇室的纷争似乎离他们很远很远。

最后，锦绣的追随者神断魂伤地追到了另一头岸边，一心沉浸在悲伤中的初喜，哭声却渐渐大了起来，如同大黄最后停下脚步，仰天悲鸣一般。

冷香萦遍紫栖梦，梦觉城笳；

山川满目，叹几时富贵荣华？
箜篌别后谁能鼓，肠断天涯；
东贵人去，一缕茶烟透碧纱。[②]

【注】

①【北宋】欧阳修《阮郎归·南园春半踏青时》

②改编自纳兰词

第十七章 欲醉流霞灼

红莲只向孽火生，
菩提锻铸明镜心。
纵使槿花朝暮放，
沉疴一梦醒难寻。

“四妹，”有人用冰凉的手拉过我的手掌，在我的手心里划着字，然后指着那字说道，“这两个字读木槿。”

我睁开眼，微风中的少年正穿着一身家常蓝布衣衫，坐在我旁边握着我的手。

他见我醒了，便一手拿起一根树枝，在地上划着那两个我再熟悉不过的字，他的微笑仿佛一湾清水在我心底潺潺流过。

我赞叹一番，然后伸了一个懒腰，心中暗想：美则美矣，可惜了，这哥们儿也太像我那当小学语文老师的大姨妈了，逮着我就要教我认字。

我便懒洋洋地回道：“二哥，我认得。”

他停下了手，对我凝着天狼星一般的眼睛。

我忽然意识到这是个梦，便怔怔地看着他。他是叫明煦日的二哥吧。我略有些惘然地想着，波光正流淌在他光洁俊美的脸上，我难受地出声唤道：“二哥，你现在可好？”

他依然微笑着，如春风一般，温润而安宁。

“光潜，”小溪对岸有个漂亮的人影在晨曦中朦胧地浮现，正对着明煦日挥着手，依稀可辨是原非烟，她对着明煦日展开最甜美的笑容，“我们快走吧。”

他渐渐放开了我的手：“九郎就拜托你了。”

我笑着点头：“二哥放心，重阳是个聪明的孩子，他其实比谁都懂怎么自保。”

他宽慰地点了点头，慢慢站起身，拍了拍蓝布衫上的尘土，看着我的眼神忧郁起来："不要回头。"

我一怔，他却无奈而宠溺地摸了摸我的脑袋，微笑地说道："纵使槿花朝暮放，沉疴一梦醒难寻。"他头也不回地向原非烟走去。

我不由自主地跟着他踏入那条我常年浣衣的小溪，却不想一脚就踏进了一片黑暗。

一片令人窒息的黑暗静谧，耳边偶尔飘来诡异的叹息，眼前依稀有几丝闪着微光的嫣红向我飘来，我抬手一抓，原来是一片木槿花瓣！

花瓣越来越多，那些叹息也越来越哀伤，越来越沉重，我的心也莫名地跟着悲伤起来。

我跟着花瓣飘来的方向摸索着，却见不远处，正耸立着一棵巨大的木槿树。我从来没见过这么大的木槿树，几人合抱都抱不拢，冠上枝叶繁盛，翠碧欲滴，泛着银子的碎光，碧叶丛中花开三色，红若胭脂，白如细雪，紫尤丰艳，瓣落如雨，香气清雅，只觉美轮美奂，如烟如梦。

树下正有一人一袭白衣，侧卧在一块大青石上，一手支头，正背对着我休息。

话说我很久没有梦见紫浮了，正琢磨着该怎么样看在段月容的面子上，同他打招呼，以及打一声何种性质的招呼。

不过话说回来，自从弓月城之变后，在梦里他把紫殇安在我心脏上之后，好像还真没怎么再见过。

我正胡思乱想着，那白衣人影却慢慢翻了个身，向我转了过来。我摆出笑容，正打算对他问好，可是笑容却就此僵在那里。

我无数次梦见紫浮在木槿树下一模一样的姿势休息，无数次听他温柔地对我笑着说："你来啦。"

眼前这个人同紫浮一样身形昂藏，穿着同紫浮同一款同一色的白衣，同一型的乌发长垂，可是这人不是紫浮。我的心莫名地疼了起来。

这个人的面容同紫陵宫中所见的天人神像的面容一模一样，也就是同当今圣上、我的夫君原非白如出一辙，然而，他周身的神圣祥和的气息更像那天人神像的气质。

我定了定神，心想太祖皇帝以前不是说过吗，原氏作为神族后裔，还有那么点可以拉人入梦的神力，难不成是我夫君想我了，所以召我入梦？

我觉得有些荒唐，便悄悄地走过去。咦，他的脚边还放着一副锃亮的盔甲，盔甲上压着一把明晃晃的巨剑，正是地宫中那天人像的光明甲和武器，就好像那天人入梦来一般。

我走近去看，发现他的睡容略有不安，秀美的剑眉微微皱起。非白这几天天天批奏折到四更天，经常趴在桌上睡着了，也是这样一副不安的睡容。我心中暗暗叹息，然后看到旁边的一件披风，就拿起来替他盖上了。

我注意到这件披风的一角绣着缠枝木槿花，瓣角凌厉，花艳如血。

我暗忖，还从没见过这么好看的木槿花样呢，回头我真给非白的常服一角也绣一朵吧，就是不知道能不能绣得和这件一样好。

忽然，那人一下子睁开了眼睛，对我瞪着一对血眼，充满了愤怒和杀气，如恶魔一般粗嘎，道："你在作甚？"

我彻底骇醒了。

眼前一个面部表情僵硬的刀疤脸汉子，他正在我耳边吼道："你在作甚？昨晚你干什么去了？怎么这一整天都没有精神头？"他对我吼道，"本宫这是违背了千年祖训，冒着被废的危险，好不容易抽身逃出来，你竟如此怠慢于我？"

我揉了揉耳朵和眼睛，爬将起来，耳边传来富君街上建筑工人的吆喝声。

真是一个奇怪的梦境，我在做什么？对了，今天是司马遽冒着生命危险偷偷出暗宫来同我对账的日子，我怎么看着看着就睡着了？

对面的冷脸子不客气地冲我脸上甩来一块白巾子。我闷闷地接过来，不解地看着他。他没好气地指着我的嘴边："口水！"

我彻底地清醒过来，赧然地低头，快速地擦了擦嘴唇。

正要还他白巾，并且向他诚恳道歉，他却冷声哼道："难怪圣上如今一心向政，多日不宠幸皇后，皇后娘娘就拿这态度侍候皇上吗？"

嘿，这臭小子，每次都能戳到我的痛点。一肚子道歉的话咽了下去，我对他眯着眼睛："难怪司马家被困至今啊，宫主大人就用这态度来侍候暗宫主子爷吗？"

他仰天哈哈大笑："笑话，本宫才是暗宫之主，你算哪棵葱？"

我挑着眉举起右手，竖起大拇指，给他看我大拇指的和田玉扳指："这可是原氏流传近千年的暗宫信物啊，见此信物如见原氏家主。"

司马遽额际青筋暴跳了一阵，耳红脖子粗了一阵，最后也对我眯着眼睛："先帝定是临终时脑子进水了，才把这么重要的信物给了你这样的女人。"

"先帝的脑子有没有进水，我也不太明白，不过你如果得罪你的金主子，我看你的脑子就进水了。"

"放肆。"他重重地拍在黄花梨桌面上。

我给吓了一大跳，刚做了噩梦本来心脏就有点难受，我一时怒从心头起，恶向胆边生，也站了起来，学他的样，重重拍了一下桌子，对他眯眼粗声喝道："你才放肆。"

哦！手拍得好痛……我决定下次摔杯子。正思忖着，只觉耳边掌风劈来，一个满面冰冷的如花少女玉葱般的手指已经点向我的咽喉。我身边另一个俊秀男子横手劈开了那女子的手掌，空气中的气氛一下子凝重了起来。

在桌底下打瞌睡的小忠一下子溜出来，对着暗宫那一边的人马不高兴地汪汪大叫。

司马遽斜眼瞥着小忠，又看看眼前的齐放，不屑道："恶狗当道。"

嘿，你这人骂人也太损了。

“念伊坊的伙计越来越横了。”齐放倒也不动气，只挡在我面前，同那女子的眼刀来回杀了一阵，“既入了君氏，莫忘记了，凡入伙君氏集团须遵君氏法度，第一条便是不可对君氏族长无礼，还请暗宫的好汉们记住了。”

“楚楚！”司马遽喝退那冰山美少女，冰冷的眼刀向我杀来，“司马氏何时入了君氏了？”

我拉了拉齐放，咽了一口唾沫：“那个，我君氏投资司马氏的念伊坊，并占有七成股份，可不就是司马氏的算君氏的了？”我再次拉了拉领子，抹了把冷汗，又使劲挥了挥我的玉骨扇。得幽闭症的人果然可怕，这司马氏比原氏的人可更具暴力倾向啊。

他眯着眼看了我好一阵子，冷冷道：“都退下。”

屏退众人后，他的青筋又暴跳了一阵，最后坐了下来，咬牙切齿道：“你现在越来越嚣张了。”

其实他说得没错，我最近怎么了？

“对不起，我也不知道为什么最近老上火了。”我对他作了一个揖，使劲揉了揉太阳穴，干笑了一下，对外叫道，“小玉，上最贵的茶，还有我最爱的茶器，给大爷赔罪。”

他忽地出手如电，轻捏我的手腕。我立时动弹不得，过了半晌才移开，有心想摔茶杯，偏巧我让小玉上的是最好的汝窑，只得再一次狠狠地拍了桌子，大喝道：“你想干甚？”

他却看向热闹的窗外，冷淡道：“可惜了，还是没有怀上。”

我一下闹了个大红脸，他绝对是故意刺痛我的。

这时小玉进来，敛声屏息地为我们上了茶，紧张地看着我们两人在屋里坐着，隔得远远的，横眉冷对。

待小玉出去，我冷哼一声，硬生生地别过头，向窗外看去。富君街上新建筑物的油漆混着樱花的香气传来，我将脑袋伸出窗外，耳边是一片工人奋力工作的嗨哟声，头顶飘来一片嫣红的樱花瓣。又是一季万物蓬勃的春天，印证着元德年间的新朝已进入了轨道。

元德帝励精图治，首先拨乱反正，平反了一系列元昌年间重大的冤假错案，其中包括当时最大的花嫁案和富君街焚火案，力挫朝堂阿谀谄媚之风、官员浮夸之气，严惩贪赃枉法、鱼肉百姓的官吏，大力提拔有识之士，一改太祖晚年的奢靡之风，从后宫开始，缩减各宫宴饮及俸例，释放宫女回家团聚，又令宫人在后宫开辟御菜园，尽全力减少百姓的负担，重提开国时期的节俭之风。

血的教训告诉所有人，如今大塬朝真正的主人只有一个。而元德帝的宽容大度和个人魅力，也折服了当年的政敌，无论是当年东贤王一党的钱宜进，还是皇贵妃一党的朱迎九，皆放下心来，全心全意地把注意力投入到工作之中，而非朋党之争。也使太祖晚年紧张的政治气氛得以缓解，并为后世历代的史学家交口称赞。

闺中少妇不知愁，春日凝妆上翠楼。

忽见陌头杨柳色，悔教夫婿觅封侯。[①]

只可惜，我伟大的丈夫太过专注于他伟大的事业，而彻底疏忽了我们的家庭生活，他几乎夜夜批奏折到三更天，到寝宫时几乎是倒在我身边，立马陷入沉睡之中，匆匆忙忙地睡那么几个小时，然后鸡鸣之前便起身，现在别说是造人了，有时我和他一天连话都说不上，夜晚，我看着他疲惫的熟睡中的侧颜，心中无限怅然。

我开始担心他的身体，向已升至御医的林毕延求助。

林毕延的神情很尴尬，笑得也很勉强。他对我叹气道，这不是一个医学问题，如今的圣上不但已经实现了他的承诺，保护了我，也把整个天下掌握在手中，他已然身不由己了。

我一开始觉得他有点答非所问，毕竟我还没有怎么详细深入地同林神医聊一下患者的病情与症状，不想林毕延看着我踌躇五秒钟，然后有点不好意思地婉转表示："从另一方面来说，这对陛下也有好处，本来以陛下的身子，那个、那个夫妻生活不宜多。"

老先生到底是过来人，又是神医，这一下子就看穿我了。我红着脸长长地哦了一声，转身走出太医院。齐放和青媚正躲在角落里手拉手，笑着说些什么，看到我出来立刻分开来，青媚难得带着一丝羞涩地低下了头。

我看着青媚越来越丰艳美丽的脸，挤出一丝笑，拉长声音道："林御医说，一切都挺好的。"

我实在没好意思告诉他们，我们的家庭医生认为我丈夫ED（勃起功能障碍）了，其实是件好事……

后来我一直安慰自己，也许这就是命，没孩子就没孩子呗！反正在我的前世丁克家庭就有越来越多的趋势，我和长安原来不也各自忙于工作，最后我没怀上孩子——也许这是他出轨的一个理由。

不好的回忆涌上心头，后来我决定不应该贪心。本来我同非白在一起，是负了等我整整八年的段月容、夕颜，还有很多很多的学生、朋友和伙计，我放弃了所有的一切才换来同非白的厮守，能守着活蹦乱跳的原非白，其实已经是上天的开恩。

于是，我也把生活重心又移到君氏中来。

全国各地战后大规模的重建工程为大量流民提供了工作机会，使得经济开始正常而健康地运转起来。富君街的重建工作有条不紊地进行着，这归功于司马氏的家传神技。他们果然是传说中天宫的建造者，竟然在短短数月中恢复了一大半富君街，堪比我前世的中国速度，特别义气地帮着修了小五义的故居德馨居，他们见原来的小平房快塌了，便重新建基，加盖了燕子楼。

不仅如此，我还深深怀疑烙上了德国质量的嫌疑，因为我竟然发现他们在富君街的下面修了一条庞大的通道，我一开始还以为是司马家人在偷偷整一暗道，结果被司马遽嘲笑一顿："这是按皇城的规格修建的下水道，你想哪儿去了。"

啊？如此规模的下水道啊！也难怪上阳宫和紫栖宫从来没有被水淹过。

我不好意思地诺诺称是。他却话锋一转："当然，你要想改成暗道作秘密行走之用……也行……"

我当时心中毛了一毛。司马家的人也太喜欢挖地道了，就跟鼹鼠似的："宫主……美意，在下心领了。"

我心中明白这是司马氏的善意之举，可是造成了严重超支，于是便有了今天的友好会谈，可惜好像被我给弄砸了。哎，莫非是我内分泌失调了？

我收回思绪，转回脸来，抹了一脸的樱花瓣，不远处的馆陶居马上就要竣工了，一个瘦长条子的工程师正白着一张脸量水平位，身边跟着一个扎着冲天辫的小女孩，也就四五岁的模样，穿着一身红衣服，正疯笑着跑来跑去。我认得她，这是司马道和他的独生女儿，是司马遽推荐给我的十二个工程师的首席。

我打起精神，决定恢复职业精神继续今天的会谈，便亲自给司马遽倒了一杯茶，堆起笑容，尽可能委婉地提到了这个问题，希望减少人员开支，富君街的重建工程已近尾声，建议可以先送一部分工程师回去。

司马遽明显不悦道："这里的十二个工匠乃是我司马氏最厉害的巧匠，既然皇后决意将富君街渐渐变为司马氏下一代的收容地，请让他们为富君街多做一些吧。他们之中大多有了下一代，他们也是为了他们的孩子，也可以借此机会多在这阳光照耀之所多待一会儿。"

我觉得他还在对我刚刚的无礼感到生气，那一大堆责问严重超出财政预算的话一下子给噎住了，只得咽了一口唾沫道："好吧，那回头再说。"

我起身，准备告别，他却仍在对面没形没状地斜倚着："听说朝臣们对圣上独宠皇后颇多微词。"

好像有人冲我背后甩了一把飞刀，我木然地回头看着他。

他从鼻子里轻嗤一声："你不就是为这个吃不好、睡不好吗？"

我对他冷笑了下，决定不同这个恶魔交流了。他却似乎发现了一个好话题，继续说道："那个窦亭十分反对皇后暗掌户部大权，又力谏皇上纳崇南王轩辕克的小女儿，瑞兰郡主轩辕如芬。那小姑娘我见过，如花似玉倒还是其次，最难能可贵的是，今年明明才十三岁，看上去却似十八岁的身形，丰乳肥臀，实在适合做偏房的。"

好像又有人在我背后戳了一刀。我抓紧了手中的杯子，看他在那里眉飞色舞地比画那个女孩的S形身材。

他又再接再厉道："还有人荐举太后表姑，兴庆王表妹，前朝瑞光公主，即瑞光郡主轩辕淑英，原嫁与前朝礼部侍郎，去年新寡，年纪虽略大些，今年二十有五，已生有一子一女，怎奈是轩辕族里一等一的大美人儿，还被邱国师算过，命中将生五子。"

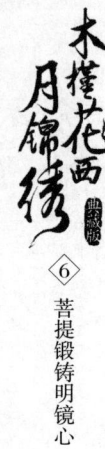

我背有大斧砍过，老天爷啊，这群人把非白当种猪不成，连做寡妇的太后表姑都不放过。

“哦！”他似是想起来，“还有，东贤王虽坏了事，涉案男子皆斩首示众，满门妇孺皆入了官婢，那乔芊蝉，就是孽贤王的继妃，那可是贵族里有名的美人儿啊。谁都知道孽贤王是龙阳之流，据说那美人儿到现在还是处女之身，搁哪家，哪家的夫人都不安生，故而都撺掇着窦亭要把那美人儿送到宫里来。”

我再忍不住暗中吐血数升，咬牙切齿道：“那个罪妇，他们也要打主意？”

“你也明白，她本是无辜，心里一直暗恋着圣上，”他抓了一把瓜子，放嘴里麻溜地嗑起来，“如今倒也守得云开见月明，能进宫侍奉圣上。”

我让小玉给我穿上披风，拍拍他肩头道：“明白了，回头我同韩先生聊聊，让人把乔美人给你送到暗宫去。”

他的双目明显一亮：“当真？”

“真你个头。”我推了他一把，气愤地走了。

于是，这次会谈不欢而散。

后来事实证明，我那些责问幸亏给噎住了，这笔钱是司马氏暗中调度的。三天后，我们又在新建成的富君街馆陶居分部见了面，司马遽照例很不绅士地点了最贵的，让我负责付账，还让我全程赔笑，但那次我是发自内心地赞叹道：“真没想到，你们暗宫这么有钱。”

一开始，他装酷，只冷冷一笑。

我便故意捧道：“想必您老睡的不是床，其实全是金子吧。”

马屁奏了效，他再忍不住，嚣张地仰天大笑一阵：“那倒不至于，不过是本宫的私房钱。”

我想我们彻底和解了，愉悦地交流了起来。随着这段时间关于念伊酱园还有百草园大药房的开张，再加上上次斗嘴和好，我同司马遽愈加熟稔，我便不怕死地追问，这些私房钱哪里来的，他便死活不肯说。

我还惦记着上次他故意气我那事，于是我便恶意激他：“莫非那里面还有你的嫁妆？”

他大怒，不胜其烦道：“那是本宫平日里便攒起来的。”

唉，还真是啊！

我努力憋着笑，他意识到回答错了，没有表情的脸快速地向我转来，唯有凤目沉默地瞅着我，可是耳根一下子通红。我的调侃也一下子凝成了尴尬：“这个，不好意思，我也就是随口这么一说。”

司马遽重重地对我哼了一声，转身就走。无论我怎么在后面道歉，他就是不怎么理我。

这人的脾气也太喜怒无常了。

这人的心理素质太差了。

这人的神经太脆弱了。

这人的痛点太低了。

总之那天的会谈又很失败。我闷闷地回到西枫苑中，本以为今晚非白会像往常一样在崇元殿商议国事，不想晚饭时，非白和小山高的奏折一起疲惫地出现在门口。我堆起笑脸，亲自为他做了四菜一汤，一起开心地吃着。我注意到，他吃得很少，可能是我今天盐放少了吧。

心中正琢磨要不要叫人上些念伊坊的酱菜，非白却主动提起："听说皇后同阿遽新开的念伊酱园生意甚好，不如让朕也尝尝如何？"

我便让人上了些极品八宝菜和脆菜心，用龙井茶泡了饭，尽量优雅地亲自递来。

非白略有意外，眉宇间的寒霜开始解冻，渐渐吃得津津有味，很快用完一碗龙井泡饭，叹道："果然味美。朕小时候在暗宫习武时，瑶姬夫人也曾经给我吃这些酱菜，那时也不过觉得好吃罢了，倒从来没有想过要将其同生财之道联系在一起。"

我没有追问他是怎么知道我同阿遽联营的事。反正在原氏的地盘里他们总能打听到更多的消息，倒是担心他是来同我分成的。先帝以前虽说过，五五分成，但这算是司马家的，但司马家又算是原家的，这是要同我分成咋样的？

反正我这顿饭吃得食不知味，笑得非常尴尬。不久，薇薇他们撤了席。

我们又不痛不痒地聊了几句，尽可能避免酱菜这个话题。我看了看小山高的奏折，再看看正小酌的非白，心想今天他怎么不跟奏折有约会了呢？

正要提那堆看上去特别可爱的奏折，非白却忽然感叹地笑道："阿遽同木槿有一点倒是一样，打小懂得积少成多。小时候的压岁钱，先帝每年的例赏什么的，他便托我帮他拿到苑子外换了金子。"

哎，真看不出来，这个司马遽挺会存钱的哇。在现代倒也是一个经济适用男了，那里面还真有他的嫁妆啊！

我一个劲傻想着。人家把嫁妆献出来帮我重建富君街，其实真是不错的，我今天真是冲动了。

那厢里，非白却淡淡一笑："木槿同阿遽倒越来越像一家人了。"

我慢慢转过弯来。他明明在笑，可是眼中的笑意却略略有些凝结成霜屑。

情况不太好，波斯猫这是在吃醋！

你说怪不怪，这小子明明忙得连厕所都顾不上去了，连夫妻生活都没了，可就是有时间吃醋！

我正要开口，他却含着一丝绝艳的冷笑，潇洒起身，公然霸占了我的办公桌，打开第一本奏折，不再理我。

而我只好慢吞吞地走到香妃榻上，将就着茶几认真地看着账本。

屋子里很安静，偶尔窗外传来织娘和青蛙的鸣叫声。

真像前年我同非白在宜宾治水时夜间散步听到的一样，可惜那时的情状可比这个浪漫温情多了。

如今的我只是觉得一丝奇怪的孤单和怪异。我偷眼望去，对面那人也放下了奏折，双手优雅地交叠着，对我淡淡道："木槿看似同阿遽相处甚欢啊，你可是有什么要问我的？"

来了来了，明明我什么也不想说，其实就你想说吧。

"这梅子汤挺好喝的，听说御膳房熬了通宵。"我端起来喝了一口，随口说道。其实我心里认为这酸梅汤比起瑶姬的酸梅汤可差远了。

忽然想起，上次去地下看原奉定，他的桌上也放着一盏酸梅汤。

奉定被贬为庶人，原本应该流放沧州，但因为皇族血统，非白特赦，只削了爵位，放入暗宫，其实是帮助瑶姬实现了一直以来的愿望，瑶姬自然喜极而泣。可是奉定自来到这地下世界以来，便郁郁寡欢，食欲不振，瑶姬便每每亲手为他做菜，夏天里便做了酸梅汤，给他开胃。听瑶姬说，无论是司马遽还是非白，都爱喝她亲自腌制的酸梅子，还有用酸梅子做成的酸梅汤，可是原奉定却一滴不碰，对瑶姬和司马氏中人敌意很深，每天只不过呆呆地看着一只削断的金指套。我想那应该是锦绣托人给他的念想吧。

我正感叹中，有人轻轻咳了一下。是非白！我不好意思地收回思绪，看到他的目光渐渐变冷，意识到今晚可能过不了太平的一晚上了。

"遵旨！"我只得淡笑着随便抛出一个问题，"请问圣上，阿遽同圣上两个人谁年长些？"

"哦！"他轻抚了一下额头，掂起一本奏折看着道，"他算是你小叔子。"

哦，果然大宅院里的小叔子都不好惹。

我对他极其礼貌地微笑了一下："明白了。"

我决定改变这个同司马遽本人一样略有些怪异的话题，看看夜空中一轮玉兔高悬，笑道："其实这个酸梅汤配上有些甘苦的百合糕甚味美，不如臣妾让人取来，与陛下一起赏月如何？"

"不必了，"他快速地打断了我，"朕晚上不爱积食。"

我看着他慢慢地哦了一下，咽了一口唾沫："那臣妾也不必了，积食确实不好。"我复又低下头，不再看他，沉浸在计算怎样带动周边经济，又能让君氏赚一把。

过了一会儿，长桌对面忽然传来极其优雅的声音："富君街复原得也差不多了，那十二个人应该能回去了吧。"

呵呵，果然发现了。我抬起头，越过几摞小山堆似的黄本本和账本本，几经曲折，视线达到对面的皇帝天人，嘿嘿傻笑道："圣上果然英明，妾身的小把戏还是被发现了。"

登基以来，元德帝一扫太祖晚年的奢靡之风，身体力行，每餐只与我共食四菜一汤，烛火亦减半。可是我总觉得这样对非白的视力不好，所以在烛火后面加上水银面，用折射来增加光亮，做成了一盏台灯，他把这盏台灯赐名“花间”，然后随身让人带着。

他起身吹熄了“花间”，越过高高低低的奏折，穿过重重叠叠的账本，缓缓来到我的面前。我还是保持微笑着趴在桌上，看着他由远而近的天人俊颜，心情变态地大好起来。原因无他，这是近两个月来，头一次同他这么近距离。

丫的，终于让你从高高的皇位上走下来，关心一下你日理万机兼摆平你那傲娇兄弟那群疯狂手下的我——你的老婆了。

从另一角度又暗中感到心惊，如今的我迷恋原非白到这个地步了吗？连他靠近我，我都会觉得快乐。

“木槿，我知道你心地淳厚，总想帮助弱者，但你当明白，暗宫并不如你想象的这么弱小。”

“你是说这个吧，”我比了一个戴手铐的姿势，意指司马鹤，“那是挺可怕的，的确一点也不弱小。我完全明白你说的意思。的确，长年生活在底下的一族，难免精神压抑，”我想起小叔子大人曾经变态大笑着追杀我，禁不住那么一哆嗦，“可是，我不想我的干儿子永远生活在下面。”

“干儿子？”

“小彧，是你外甥，我干儿子也是你干儿子啊。”

非白淡笑如初：“不愧是木槿啊，打听得可真清楚啊。”

“陛下仁德，”我迎上非白潋滟的目光，无知无畏道，“明家已经彻底倒台了，轩辕氏也根本没有像样的继承人，暗宫中人因为司马莲的背叛，付出了沉重的代价，四大家族的悲剧太多了，既然那三十二字真言，已然应验了今日原氏入主中宫，陛下就不能结束四大家族的悲剧吗？”

非白的目光很冷，有一种我们初次见面的感觉。我承认我让冰镇波斯猫给狠狠冻了一下，然后我像企鹅一样破冰而出，一抖冰屑，大着胆子道：“臣妾查过内务府账册，原氏每年要为暗宫支付巨额内帑以维系司马氏的生活开支，以及每年暗宫的修缮费用。现在天下太平了，我们姑且不在乎这些巨额支出。”我站起来，迅速展开一卷本册，全是非白重赏的崇元殿之变的功臣，第一个就是司马瑶姬，“陛下请看，元昌年间崇元殿之变，是司马氏的瑶姬夫人暗中相助，陛下才化解了崇元殿之变啊；暗宫中人密度已经过大，也实在不利于管理，于情于理，也应该先让他们——”

“够了，暗宫之事没有那么简单。”原非白猛然打断了我，“我从小师从银钟馗和瑶姬夫人，又曾在暗宫中被执行家法三年，你以为我不知道暗宫的生活有多么不易吗？暗宫不可废，绝对不行。”原非白充满皇帝的威压道，“有些祖制如今看来，确实有些不通情理，有伤人伦，然而先人自有先人的道理。莫忘记平宁公主及仁祖爷长眠于此，他们的身份皆贵重至极，且紫陵宫中更有众多名贵的陪葬器物，需要武功高强的人来守护，而最了解暗宫、武功高强的也当属司马氏，是故司马氏亦不可解放。”

我不信紫陵宫里的钱就比你国库里的钱还多，还要这么多人拉家带口来守几辈子？

我气结了一阵，暗中整顿一番，挤出笑脸来：“至少可以让一部分可靠的人同时换班工作，至少能够让他们见一下阳光吧，至少可以让一些有能力的人沐浴圣上恩泽，为圣上、为百姓谋福祉，咱们可以从这十二个人和他们的家人开始。”

“阿遽不是段月容，我自然会管教，不用你操心了，”原非白重重地哼了一声，“莫要忘了你是我的女人，莫要忘了当年非珏的教训。”

这句话深深地触及了我心中的隐痛，而且从属的味道太浓了。

我当下霍然起身，平视着非白，冷然道：“多谢陛下的圣训。”

从这天开始，我开始拒绝本来就形同虚设的侍寝，连夜搬到了富君街的新寓所里，小玉自然没事偷着乐，薇薇和婉媪忧心忡忡。

非白没有来接我，我想他是太忙了，正好，我便专心于重建工程中。

司马遽再次来的时候，我对他伸开左掌，说道：“想要解放司马家族，看样子还要五十年。”

他瞪着我。

我语重心长道：“革命事业，向来任重道远啊。”

我对他提出了我的计划：富君街最后的建筑也差不多结束了，这一段时间先不见面，这十二个人先回一半，如果他们愿意，孩子们留在这里，先加入希望小学，至少可以让非白先放下戒心——谁叫新皇上的铁腕同他的宽容一样坚不可摧。

我猛然惊觉。我们这是怎么了？我在同我丈夫的弟弟计划阴谋，也许初衷是好的，可是我同非白之间设了重重的心防。

那年七夕段月容的话映在我心头，我心中一冷。

司马遽专心致志地盯着我，估计当时我的表情挺悲凄的，他看了半天，眼神也软了下来，叹了一口气：“我明白了。”

我惊抬头，却听他说道：“他不想同别人分享你的注意力，谁叫你和他好不容易在一起。你不能为了司马氏牺牲你和非白的感情。”他轻拍我的肩，“又或许是我高估了你在他心中的分量。”

他又成功地刺激了我，我刚想张口，他却对我微一摆手：“我记得你对先帝说过，你不喜欢钩心斗角的生活，也不擅长此道，果然如此。”

他低声咕哝了一句，可我还是听到了：“如果是你妹子就好了。”

我不悦道：“对不起，我是做不到像锦绣那样，也不屑那样，我会用我自己的方法来解放司马氏的，你等着。”

他噗地轻笑出声，叹道："算了吧，心比豆腐还软……在原家你能活下来已经很不错了，知足吧。"

我不服气道："今天我就对你立个誓，我以兰郡君氏族长之名起誓，总有一天要改变司马氏的现状，即使我做不到，我的学生、我的伙计、我的后人也一定会做到。"

"哦，那我等下辈子吧。"他从善如流地调侃着我，又悲凉地叹了一口气，"反正这辈子我总是看错女人。"

什么乱七八糟的？

"这十二个人的孩子就全都留在希望小学吧，其他的就交给我。"他从袖中滑下了一个大金元宝，塞我手里。

平时他都很潇洒的，不带银子，特喜欢看我心痛地看着一桌佳肴就吃几口，然后被迫打包，可见这次是有备而来，可能是想同我庆祝，没想到变成了这样的结局。

他对我僵硬地笑道："这回算我的，君大老板，也许这是我们最后一次见面了。"

我垂头丧气地回到西枫苑里，才发现苑子里早已点起璀璨的宫灯，可惜枕边人却仍不知在何处。我望着月色沉沉，开始对我曾经的负气出走感到后悔，但又对非白没有前来寻我感到伤心。

这两天里，我一直在西枫苑等着非白。按理非白应该对我的去向了如指掌，可为什么一点消息也没有呢？我便让青媚去请非白，青媚第一次面有难色地看着我："其实早在娘娘回西枫苑时，卑职便告知陛下，可是陛下这几日夜夜通宵达旦地批奏折……"

我明白了，非白故意在躲着我。如果以前是我的错觉，那么这次非白是动真格地要疏远我了，这是为什么？

第二日，我听到青媚来密报："昨夜皇上在崇南王府中……瑞兰郡主极擅箫，听说为陛下吹了一夜，现下群臣都暗议，陛下有意让瑞兰郡主入宫。"

我当时就觉得一阵天昏地暗的，手脚冰凉，便冷静地让青媚去通知皇上，今天"申请"同皇上一起用饭，结果青媚兴冲冲地回来说道："皇上说今夜要与太傅相商大事，不能过来了。"

我木然地看着她，这有什么可高兴的？

不想她接着高兴地说道："可是皇上说明晚会亲自前来同皇后赏月。"

青媚本就美艳，自从伤势好了，又有齐放的爱情滋润，她的双颊如燃玫瑰。

她的大嗓门把西枫苑上上下下全惊动了。女人陷入爱情，果然就完全不一样了。作为一个暗人，冷酷和专业二词，一夜之间从青媚这里离家出走了。

不过我还是兴奋得一夜未眠，装扮一番，绾了时下的高髻，又换上月白对襟绫褙子，花饰用红色梅花．下着深青纱裙。

那天晚上，大元第二位天子如约亲临，他身着藕荷色九龙常服，双眉微皱地来到西枫苑。这夜一轮明月清照人间，只觉天地一片清明爽朗。

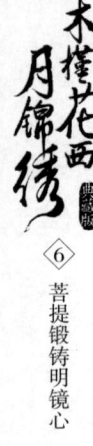

非白看了我一眼，对我淡淡一笑："皇后可回来了。"

我一怔，没想到是这句话，条件反射道："陛下也总算回来了。"

二人默然对视间，只听小玉在帘外软声问道："启禀圣上，皇后，奴婢前来备膳。"

我正要传膳，非白却淡淡道："不必了，今日朕宴请崇南王和瑞兰郡主，已于麟德殿吃过饭了。"

我心中一紧，不由得声音也冷了下来："听说陛下最近常召瑞兰郡主进宫，陛下这是要纳郡主为妃吗？"

非白久久地注视着我许久，才慢慢开口道："如果说是……不知皇后可有高见？"

我的喉间生生涌上一股血腥，我向非白走去，一字一顿道："求请陛下对臣妾再说一遍。"

非白没有如我所愿，眉宇间隐藏着深深的痛苦："木槿，我……只是说笑的。"他的眼神闪过一丝慌乱，对我牵了牵嘴角，"今夜，朕本已传太傅和十八学士约在崇元殿进讲，今夜月色也不过如是，不如明日再来陪——"

我再也忍不住，大声打断他："你为什么要这样折磨我？"

"你说什么？"非白捂着额头站了起来，剑眉紧皱，对于我的发飙仿佛十分无奈和隐忍。

"我是你什么人？"我强忍怒气，"我不稀罕什么大塬朝的狗屁皇后，可我是你的妻子，你为什么……要这样对我冷暴力？"

"何谓冷暴力？"

我根本不知道该说什么。我难道可以对他大吼，你他妈的为什么要这样对我？就算国事再忙，就算没有夫妻生活，难道你就不能对我好一点，对我说说话，对我展颜一笑？就算你要找别的女人，为什么不直接告诉我？

我噎在那里，万般委屈到了极点，我一时没忍住，哇地哭出声来，泪流满面："我、我不求什么，只是想天天看到你高高兴兴的样子，想同你说说话，可是你……却跟我说这种混账话。"

他皱着眉向我快步走来，轻轻抱住了我。

我反手环抱上他背后，侧过脸来，深深吻住他，他一下子把我推开，凤目冒火地盯着我，好像充满了复杂的挣扎。

我的心落到了大海深处，抓着他袖子的手慢慢松了下来，悲凄道："我现在全明白了，你没有开玩笑。如果我没有猜错的话，是因为我没法怀上你的孩子，所以你想娶别的女子为你生儿育女吧。"

他的凤目没有任何温度，一片灰暗："如果是……你当如何？"

那年七夕，段月容的预言一下子变成了噩梦，活生生地展现在面前，还是这样残忍地由我的丈夫来一手表演。

我没有办法回答，泪水再一次流下来的同时，就想猛地推开他，然后永远地离开这座充满各种回忆的紫栖山庄，永远地离开这里所有的一切，永远地离开这个令我意乱情迷的同时把我的心剖成几万片的男人。

就在我放手转身的同时，他一下子把我拉了回来，双手抚上我的脸，擦着我的眼泪，用一种很奇怪的语气道："去哪儿？去找谁？阿遽？还是段月容？"

什么乱七八糟的？

我恨恨地抽泣着，负气道："我爱找谁就找谁，你管得着吗？"

他忽然面容扭曲起来，抓着我的手往死里用劲，恶狠狠道："你敢？"

"你这个神经病，"我使劲推开他，退后一步，大声道，"我什么都不要，只是想陪在你身边，可是你要么就瞎疑心，要么召别的女人吹一夜狗屁箫，连话都不肯跟我说。你以为我花木槿是什么人？被你伤了心就一定要到段月容、到小叔子那里鬼混泄恨吗？在你心里我就是这样的女人？原非白，如果你真这么想我，我算白认得你，我们就算白爱一场了，我对你所有的情意也全都错付了。"

我的心万般疼痛，退到柱子边上，泪流满面，凄然道："你以为我的心那么好使吗，可以见一个爱一个？你以为我抛弃一切回到你的身边很容易吗？你知道这需要多大勇气和决心吗？我伤了我女儿，伤了段月容，伤了我那些学生和大理所有的朋友，现在连带伤了我自己，你知道这有多痛吗？可是这都活该，你以为我现在还能找谁？我还有什么心思，还有什么脸面去找谁啊？

"段月容说过我早晚会死在你的手上，现在我还真信了，"我冲上前去，揪着他的衣领子，看着他的凤目，放声大吼，"你这个没有心肝的王八蛋，这一生，我除了孤独地心碎而死以外，还能做什么？"说到后来，早已泣不成声，哭花了所有的妆容。我使劲把他甩开，可能用力太大了，他被推倒退好几步，我自己也被甩在地上，撞痛了自己的肩膀，可是那时已经没有任何感觉，只觉心如凌迟，胜过一切，只能坐在地上掩面伤心痛哭着。

他一下子动了容，跑过来，蹲下来，紧拥我入怀。

我一边推着他、打着他，可是他的力气甚大，一下子抱紧我了，他吻着我的眼睛，笨拙地为我止着泪。

他的嘴唇轻拂着我的额头，埋在我的颈边，我听到他深深地叹息："也罢，该来的就来吧。"

什么意思？

不容我多想，他开始吮吸着我的脖颈，急切地寻找着我的嘴唇，热烈而狠狠地吻上来。我一下子给吻蒙了。他急切地呢喃着我的名字，然后一下子把我压倒在冰冷的金砖上。

他开抬撕扯着我的衣衫，我既惊且怒，奋力挣扎，可是他的眼神含着无限柔情，又带着男人无疑的坚定，当他进入我的身体时，我痛苦地叫出声来。他停下来，细细含着我的耳垂，轻抚我的身体敏感部分，缓解我的痛苦，渐渐引燃我的欲望。

我拒绝这样的羞辱，将头侧到一边。

非白却在我耳边用只有我才能听到的声音动情道："原非白爱花木槿一万零一年。"

我愣住了，转过脸来。昏暗烛光，柔和地洒在非白赤裸的肩头上，他绝世的容颜对我柔和地笑着，他的凤目在上方深深凝注我，他的鼻子轻轻蹭了我的，再一次温柔地吻去我的泪水："对不起、对不起，我再也不放开你了。"

他狠狠地吻上我的唇，揽起我的腰肢承受他的欲望。

炽热的欲望袭来，肌肤紧贴着肌肤，彼此的气息融成一体，一切情恨爱怨都化为原始的律动和呻吟，汗液变成了身体之间互相摩擦的润滑剂，眼神中的隔阂慢慢变成甜腻的诱惑，快意无边无际地散发到身体的每一个角落，渗透到每一个细胞，仿佛连灵魂也折了腰。

当我清醒过来时，非白正赤着身子抱起我来到大床上。

我抱着他的脖颈，这才发现他背后一道新愈合的深深伤疤，正挣出血来，流了一背。

"你？"我又气又悔，"你为什么不告诉我？"

非白淡淡一笑，轻吻了一下我的额头，将我放下，取了药箱过来递给我，然后背过身去，低低地微叹道："你也许听说过，原氏的传说。我们是天神之祖，万俗之始，可是我们的敌人对我们下了残酷的诅咒：我们一生都得不到心爱的人……"

我愣在那里。原家的老祖宗传了一代又一代绝顶聪明但又绝对变态的，难道还真会相信这所谓的诅咒，我慢吞吞道："那个只是传说罢了。"

非白的凤目却露出一丝迷茫："好像有人曾经在梦中对我说过，我将登上皇帝之位，却不能同相爱之人长相厮守。而且，流光散的确可怕，我这些年明显气力不济，精神恍惚，身后这道疤是崇元殿之变时被叛军偷袭的。林大夫为了救我，便用了一种药材，这种药材很怪，连名字也怪，叫什么冷彻鸳鸯铺，会使我、使我……"非白的脸红了，咳了一下，背对着我略带尴尬道，"反正……就是同你在一起时，会力不从心。"

我恍然大悟，睁大了眼睛望着他的背影半天才回过神来。我披了件衣衫，给他细细敷药。

"我知道你是放弃一切才回到我身边，林御医也说不准，这种药的药性何时能消去。"非白艰涩地低下了头，"我……说实话……我也……不知道该怎么办。"

"方才不是已经消了吗？"我流泪道。

他一下子抬起头，愣愣地看着我，眼中闪着一种我所不明白的激动和领悟。

我又忍不住流下泪来，心中郁愤。这人真是典型的政治天才，感情白痴。

非白手忙脚乱地为我拂着眼泪。

我轻抚上他的脸颊，对他诚挚地说道：“感情是两个人的事，无论发生任何问题，都是需要两个人一起去面对的，这跟我们两人当中谁更聪明、谁更坚强无关，只有这样才代表在彼此心中，我们是真正的夫妻，是真正的一体。自以为是的安排和牺牲有时不会令结果更好，反而会同时毁掉两个人，你知道吗？真是个大傻子。”

在那个神话故事中，段月容说是那个天使般的恶魔害死了他的妻子，毁灭了他的种族，还对他下了可怕的恶咒。无独有偶，在原氏也有这样的传说，不过正好相反，成了紫瞳魔族诅咒他们得不到心爱的人。

哪一个才是真相，我当时的头有点疼，而非白的表情有些茫然，似是在细细回味我所说的话。

“以后无论任何事，我们都要一起面对，不然你真会失去我的！知道吗，你个大傻子。”我狠狠地拧了一下他的胳膊，他微抽气弓了弓背，我立马后悔了，傻乎乎地为他吹了半天伤口，涩涩道，“我们在一起有多不容易，你别赶我走了。”

“再也不了，”非白也涩涩说道，如水的眼神熠熠生辉，“除非是你要离开我。”

我恨恨道：“不准纳妾，不准包二奶。”

非白再次笑了起来，直笑得凤目星光璀璨，举手发誓：“负心者不得好死。”

我正要骂他，好端端地发这种可怕的誓做什么，他偏含笑凑上唇来，缠绵而吻。

就在这时，姽婳在帘外启奏：“启禀圣上、皇后，太傅有突厥急报。”

非白抱歉地对我笑了一下，低声道：“今夜先不要走，等我回来。”

我点了点头，赧然地对他笑了。

他也笑了，轻啄了一下我的脸颊。

我笑嗔道：“真是个傻瓜。”

他刮了一下我的鼻尖，抿嘴对我笑了一下：“你也不怎么聪明。”说罢便笑眯眯地头也不回地走了。

我便坐在香妃榻里等他。等着等着，便睡着了。醒来时，已是鸡鸣时分，赏心阁冰冷而空旷，只有打着盹的薇薇。

我回到西枫苑，屁股还没有坐热，却听齐放来报，说是于大将军求见。我听着觉得稀奇：于飞燕这么急着见我为甚？

我略作打扮，不想于飞燕走进来时，满眼血丝，把我吓了一跳。

这时齐放的暗人也进来了，在帘外对我跪启道：“回禀皇后，据说是公主身边的仆从玩忽职守，没有及时禀报宫医，阿芬公主的哥哥木尹太子一怒之下，带着几个侍卫闯入宫殿，杀了轩辕皇后并几个可汗宠妃，可汗大怒。”

我一下子站了起来：“如今木尹皇子如何？热伊汗古丽大妃如何？”

那暗人不及答话，于飞燕已对我答来：“可汗十分震怒，已诏告帝国废了木尹太子之位，已着人向十大部落下了信符缉拿木尹，碧莹得到消息便病倒了。”他焦急道，“皇子可能……走投无路，只带着几个随从逃入了吐蕃。”

我心中焦虑，便决定先把我同非白的问题放一放，着暗人开始打听木尹的下落，并令小玉密信段月容，如果木尹真去了大理地界，请千万礼待收留。

几天后段月容传来消息，木尹太子根本没有前往大理，实际上他外祖父的旧部掩护着他逃入乌兰托巴，然后翻过乔巴山进入突厥的死对头辽国境内。

我们所有人都傻了眼，谁也没有想到木尹敢逃到他老子最恨的竞争对手那边。

总之，木尹彻底激怒他老子了。撒鲁尔毫不犹豫地带兵进入赤塔，陈兵石勒喀河，同萧世宗狠狠地干了一仗。这场战争的结局是，辽国威名远震的大将可丹被突厥可汗撒鲁尔击杀。撒鲁尔一向憎恨可丹嚣张，当年常欺辱突厥，便残酷地将其剖心，以战车碾尸泄恨，如同当年可丹对待轩辕名将李实一般。而所有辽兵皆尸埋大漠，撒鲁尔又将可丹的头颅缝上女子之服送还上京。传说萧世宗看到可丹的首级，便口吐鲜血，失声恸哭，随即病倒。

突厥看穿了辽兵人心惶惶，便继续一路东进，沿着河进军，眼看要打到上京了，萧世宗急命外戚妥彦修书大理盟友以求救，如果不是段月容在吐蕃的牵制，突厥极有可能攻入辽都上京。

这一役惊动了大塬朝和西域诸国，所有人皆为突厥可怕的战斗力和残酷所震慑。此一役在大辽被称作“石勒喀河之难”，在汉家和大理史上又被称“太子役”，至此，突厥的野心开始极大地膨胀起来。

曾经在草原叱咤风云、不可一世的萧世宗被迫议和，割出最肥美的呼伦河一带的草原，以及交出木尹。可惜木尹在被押回弓月城的途中，在忠心的随从帮助下再一次出逃。

这回，这个孩子带着两个侍卫，千辛万苦地竟然一下子逃到了多玛，大理的边界内，但严格意义上说却正是大塬、大辽、突厥和大理的交界之地。

突厥的家暴渐渐升了级，终于演变成了国际性事件。大理武帝便风雅地诚邀各国首脑前来多玛赏月，顺道共商“国是”。大理是辽国的盟友，而且突厥曾在多玛重创大理，突厥自然不愿前往，但逆子又成了大理的座上宾，撒鲁尔本欲磨刀霍霍，偏大理同大辽形成上下南北夹击攻势，撒鲁尔便同时修书给元德帝、萧世宗和大理武帝，给出了一个所有人都意想不到的提议：愿与君于长安相见，共讨逆子。

四国政要一下子沉默了下来。大理与大辽都同汉家有过摩擦，甚至是血海深仇，但在元昌年间都被太祖皇帝无与伦比的智慧各个击破，一个个变成了新生帝国的盟友。突厥又同大塬有血缘之亲，故而在目前来说，前来代表中立的大塬都城长安商谈议和之事，竟然是最合适之举。

首先是辽国派了本国有名的权臣兼说客妥彦，亲自来到长安，表示愿意代表萧世宗来同狂暴的突厥国议和。我猜接下来应该是突厥的宠臣阿米尔叶护，大理的权臣蒙诏久赞前来，因缘际会，这两位名臣都对汉家文化甚是了解，且又极精各种外语。

五月里，后山的樱花又到了全盛怒放的时节。我悠悠漫步在缤纷灿烂的樱花雨中，忽然惊觉前方嫣红处有一个魁伟的人影坐在那棵最大的樱花树下。我走近前去，却见那人一身黑地金狼的突厥吉服，左襟微开，一头飞扬的红发结成无数细发辫，用金穗子绾了，静披双肩，一手撑着下巴，一双酒瞳凝视着樱花飞舞，似陷入深深的沉思。

彼时我只听非白提及突厥有人前来，一直以为是阿米尔来了，可能非白顾忌以前那些不好的回忆便没有跟我说。前阵子因同非白的隔阂，也确实有些累，于是我一直没有去关心来人是谁，这下我可全明白了，为什么非白全程陪同，原来竟是撒鲁尔皇帝亲临长安。

于是，当时的反应首先就是脑子一片空白……

然后我望着晴空万里，自我催眠：啊呀，这天怎么下雨了，我还是快回去吧。

于是我慢慢转身，极轻极慢地踮着脚往回走。

“既然来了，又何必走呢？”身后有个声音说道。他的声音恢复了原来的醇厚雍容，好像一只猫爪在挠我的心，又好像有人在我耳边沉重地叹息。我闭上眼睛，深吸一口气，慢慢地转过身来。

我还是像以前一样，根本看不清他是怎么样移动的，他已然闪到我的面前。三步之遥，我退无可退，只得静下心来，迎着阳光鼓起勇气，看着他在落英缤纷中向我慢慢走来。

他终于来到我的面前，离我一步之遥，站定下来。

清晨的阳光透过碧叶花雨，静静地洒在他轮廓分明的俊容上，平静的酒瞳如红宝石一般熠熠生辉，看了我许久，似直直地看进了我的灵魂。

往事在脑海里翻涌，少年时代的非珏对我转身而望，满头细辫乱摇，耳边回荡着久已不曾出现的那声声痴笑。

“你想听实话吗？”他终于收回目光，轻叹一声道，“木丫头。”

就这一声木丫头，我的眼泪唰地流了下来，哽咽了半天，叹道：“请陛下明言吧。”

他微歪头诚实道：“你真的比我想象中的还要难看。”

就这一句话，我又忍不住扑哧笑了起来，笑中带泪道：“陛下比我想象中的还要坦白。”

他的唇边渐渐浮出一丝微笑：“但你比我想象中的要可爱。”

我也笑道：“陛下的身体比我想象中的恢复得要快，可喜可贺。”

“你比我想象中的要……”他一时没接上，然后被自己逗乐了，终于朗笑出声。我也跟着笑了起来。

他好一会儿才止了笑，怔怔地看着我。

毫无预兆地，他忽地上前一步，轻轻将我揽进怀中，抱住了我。他身上特有的淡淡的奶香冲进我的鼻间，我恍惚间，仿佛一瞬间回到了少年时代，非珏欢笑着拥上我，嚷嚷着：“木丫头，你可想死我啦。”

然而如今的他已然平静如深潭，少年时代的狂热和激情一去不返。

这是一个不带任何情欲的拥抱，仿佛是在平静地同往事拥抱。

非珏终于醒来了吗？他记起当初撒鲁尔曾经造下的孽吗，曾经怎样伤害我的吗？他可记得他曾经从宋明磊手中救下我，因他的玫瑰露我又恢复了视力？

我百感交集中，却偏偏一句也说不出来，只是不停地无声流泪。慢慢地同他一样，像朋友一样轻轻抱起了他。

不想他却在我耳边哑声道："你……现在过得好吗？"

我们看不见彼此的表情，我微笑着点了点头："我现在很幸福，请陛下放心。"

"木槿。"

有人在我身后轻轻唤我。我从他的怀抱中退出来，扭头一看，非白正一身猎装地骑在马上唤我，俊朗如天神，面含微笑，眼神满是宽容和理解。

殷红的酒瞳看了非白一会儿，又看向我，淡笑道："命运……真是个奇怪的东西。"

我向撒鲁尔微一点头，也微笑道："命运……的确是个奇怪的东西。"

我向他略一颔首，敛衽为礼，他也潇洒而快速地对我翻手以突厥仪略行一礼，我二人互相含笑着礼貌退去。非白向我一伸手，我便抓住他的手，利落地跳上马背，环上他的腰。

樱花雨中，我不再感到悲伤，因为非白的手温暖而有力，他给我的笑容充满了情意和信任。

他在马上对撒鲁尔略点了点头，淡笑道："这几日朕忙于国事，好不容易抽出空来陪皇后游幸渭河，只好跟可汗告罪了。"

众人皆跪倒对撒鲁尔行了大礼，而撒鲁尔免了众人之礼，对非白含笑地回了一礼。

非白略一扬手，我二人便飞驰而去。非珏身后慢慢出现了阿米尔的身影，他们在樱花林中久久伫立，满面感慨地一直目送我们而去。

此后我一直想找机会见见非珏，同他细谈，想问问碧莹的近况，可是妥彦、非珏和非白一直在密谈，实在没有机会。非白也的确在尽力斡旋，不时同携两位贵宾出游赏宴，再不久，大理贵宾的到来改变了一切。

转眼到了七月初一，我化装成君莫问，同韩太傅持着旄节前往官道接应大理使者。我专门让人准备了桃花香熏，想着蒙诏喜欢桃花香，也不知道翠花会不会来，不过估计难，因为听说翠花怀上了……

七月里的天气已是闷热异常，钦天监还说今天是要下雨的，所以稍微多穿了一层，结果汗如雨下，只得不停地扯着衣领子。

就在我将晕未晕之际，只见官道上扬起滚滚烟尘。小玉用烟壶放我鼻下，我立马醒了，挂上职业微笑，却见镶金白旗猎猎如海，几百人的队伍风驰电掣地来到面前，扬了我们一脸的灰。

前哨官兵向两边撤去，又等了一炷香的时间，来了一队镶金带银的大象队伍，最前头跑着雄赳赳的大金獒。我愣在当场，还没等回过神来，那只金光灿灿的大金獒一下子兴奋地向我蹿来，把我按倒在地。立时，大塬官兵拔出刀剑，小忠也大声吼叫起来。

我赶紧喝住人和狗："住手，大理皇上驾幸，不得无礼。"

众人一听傻眼了，惊讶地看到一只个头特别大的大白象威风凛凛地领着象群跑了过来。大白象背上宝辇以紫水晶红玛瑙等镂成龙凤花木图案宝座，四面缀着五色玉香囊，装着异国进献的瑞麟香，还夹杂有龙脑金屑，宝辇上串着珍珠玳瑁，又以金丝、银丝，夹着各色翠玉为长流苏，坠在大白象周身，悦耳作响。宝座上端坐一人，身形伟岸，面戴金光闪闪的黄金面具，发上压着大理皇冠，正中镶着稀世的紫色宝石，冠后坠着十二根金珠流苏垂落于肩头，在阳光下耀眼夺目。

我爬将起来，整整衣冠，赶紧行了大礼："大塬紫微舍人君莫问，恭迎大理皇帝。"

众人与我同拜，再起身时，显赫的大理皇帝已举起戴满金珠宝戒的左手，慢慢揭下代表大理最高皇权的金面具，露出那张颠倒众生、雌雄难辨的天人之颜。

没见段月容快有两年多了吧，这小子依旧还是瘦长条子型男。因是七月里，穿着冰丝大理皇袍，上绣金线九龙，估计是他的手艺，张牙舞爪，龙眼犀利。露出健壮的双臂，修长的上臂各戴着一圈狰狞的金龙臂钏，左臂还挽着白袍一角，乌发削得极短，紧贴双耳。估计他是为了特别辟谣关于自己喜欢扮女装的流言，可偏偏左耳戴着一只长长的赤金链紫晶耳坠，光彩夺目地映着潋滟生姿的紫瞳，只觉一种诡异的妖冶。

他的紫瞳对我一闪，嘴边漾起一丝高深莫测的轻笑，让众人看得一阵失魂落魄，再挪不去痴迷的目光。

几个奴隶飞快地跑来，依次跪下，他便踏着奴隶潇洒地一跃而下，到后面的战象跟前，亲自伸手，小心翼翼地迎下一位蜜色肌肤的美人儿。

那美人儿一身金红吉袍，盛装打扮，头上高高戴着大理皇贵妃制的银冠，腰间玉带上挂着蠲忿犀、如意玉等饰物。那美人来到我的面前，对我恭敬地行了一礼，略带激动地说道："姐姐，不想有生之年还能再见你。"

我也感怀万分，对她施了一礼，紧紧拉住她的手："卓朗朵姆，好久不见了。"

两个英气勃发的少年激动地轻唤先生，向我恭敬行礼，一个身材敦实、红肤方脸，一个身材瘦长、白肤俊颜、眼藏狡黠，正是大豆和沿歌，再后面则是着朝服的蒙诏和孟寅。

一匹大白马轻啸一声，飞奔而来，又扬起烟尘，只见上面正端坐着一个肌肤白皙的少女，长发细盘，戴着白族少女特有的银冠，冠首镶着一块夺目的大红宝石，并不特别精致的五官却因皇室威严凸显出另类的夺目气质，一身公主银线礼服在阳光下耀眼生辉。

我激动起来："夕颜。"欲伸手拉女儿。

可是夕颜却置若罔闻，傲然昂着头，拉着大白马退后一步，然后利落下马，将缰绳向后随意扔给豆子，眼神里慢慢漾起敌意，慢慢上前对我冷淡地行了一礼。我上前想扶起女儿，可是她已快速地退了一步，躲开我的手，冷漠地移开目光。

我的手尴尬地停在空中，怅然地收了回来。

段月容的眉头微皱，横了夕颜一眼，走到我面前，对我笑道："还请舍人带路，公主第一次出如此远门，想是累了。"

韩太傅也即刻出列："大理武帝陛下携皇贵妃及公主亲临长安，实乃大塬之幸，还请陛下随我等进宫。"

显然所有人都想不到武帝亲自来了，一时间，整个长安都沸腾了。三位皇帝在少年时代便位列四大公子，后来个个都在战国时代成为叱咤风云、威震天下的绝世战神，长安贵人皆争相贿赂随侍宫人，以求有机会一睹风采。

非白只得头痛地改变非常紧张的time schedule（工作时间表），当晚与众臣在麟德殿迎接大理武帝亲临。因武帝带着皇贵妃前来，我也陪同出席。

席间夕颜对我也是冷冷淡淡。我心里不好受，僵坐在那里，偶一抬头，却见卓朗朵姆也同我一样缩在角落中，一脸落寞。

入夜，我以给公主送赏赐为名夜访驿馆，可惜豆子闻讯出来，有点尴尬地对我说道："公主睡了，不见任何人。"

我抬头看去，驿馆内仍灯火通明，心中不免失望，回头一看，却见小玉正泪流满面，怔怔地看着豆子。豆子身后有个影子，好像是沿歌，也是痴痴伫立。

我便让小玉替我给公主送进去，给他们制造机会，一诉衷肠，自己便回到了西枫苑。

那天非白也回来得很晚。他满面疲惫道："大理武帝果不简单，现下我明白了，原来是白关之人联合果尔仁的旧部在乌兰巴托迎木尹太子到了多玛，再由多玛取道大理。如果我没有料错的话，他是想留下木尹太子做质子，伺机迎回，彼时突厥便姓段了。"非白长叹一声，揽起我肩头让我靠着他，坦言道，"怪道时人常云，宁与之为友，毋与之为敌。"

我心中想着夕颜对我的冷淡，便靠着非白肩头，幽幽道："他就那样，尽可他负天下人，不可天下人负他。"

"解得真切。"原非白呵地一笑，然后轻抚上我的发，"时间过得真快，夕颜公主转眼长高了好多。"

我头埋得更深，嗯了一声。

他似乎发现了我的异样，继续说道："见到夕颜公主，不高兴吗？"

我涩涩说道："高兴。"眼泪却忍不住扑簌簌地流了下来。我便用劲搂着他，不让他看到我流泪，可惜泪水仍是沾湿他的肩头。

非白不再问我，只是捧起我的脸，轻吻上我的眼，可是这回却止不住我的泪，便只好沉着脸把我抱在怀中，细细哄道："她还是孩子，你别往心里去。"

我点头，想强装笑颜，结果反倒忍不住委屈地呜咽出声。

“我们很快也会有孩子的啊，”他似乎对我的痛哭有些意外，略有些笨拙地抱着我，吻着我的发，心疼道，“大理武帝今日还让我安排你和公主多相见，木槿莫急啊，我们慢慢来，公主一定会懂事的。”

窗外传来大雨的叹息，掩住了我的抽泣之声。直下到后半夜，才渐渐转小，雨点滴在芭蕉叶上的声音传入我的耳中，我才迷迷糊糊地睡去，终于度过了这混乱的一天。

夜雨滴空阶，晓灯暗离室。

相悲各罢酒，何时同促膝。[②]

谈判慢慢展开，果然撒鲁尔气势汹汹地要捉回逆子。大家都明白，这不是一个捉回忤逆弑母的弃子那么简单。木尹身上流着同撒鲁尔一样的皇族之血，命中注定死也不能落入外族手中，辽朝与大理早已结盟，两家一唱一和，即许朝贡，却不肯归还木尹。

而每次会罢，双方人马便又威逼利诱大塬，以求站在自己这边。

非白终日眉头深锁，这一日宣十八学士等朝中众臣前往赏心阁议事。

韩太傅等一些重臣认为联盟其中一方为上策，出于对血缘关系的考虑，韩太傅倾向于联合突厥，认为撒鲁尔虽弑杀亲母，归根结底乃是果尔仁包藏祸心，如今撒鲁尔大帝明显精神状态稳定了很多。只是突厥毕竟虎狼之国，民族天性本是掳掠扩张，如果真的帮助突厥打击大辽及大理，将来若突厥反目，便无可牵制者，是故大辽及大理必得留一个。

窦亭认为大辽当年曾欺辱旧宗室，大理阴狠反复，有屠城之仇，反观突厥，同大塬皇室同宗，理应联合突厥，不如再嫁原氏宗室女于撒鲁尔大帝，联姻稳固结盟。

而钱宜进却认为大理重商，且近来扩张之意在南国，而且大辽同大理联盟，得罪大理就等于一下子得罪两国，所以还是联合大辽与大理为上策。

朱迎九一下子强悍了：“陛下，突厥本为虎狼之国，此乃天大的好机会，可迫其称臣，以后若有外敌亦有权迫其出兵助我天朝。”

我仍同小玉他们在碧纱橱中看账。薇薇在为我磨墨，我们支着耳朵细听，不想非白却高声询问我的意见，我一愣，便缓步走出碧纱橱，隔着软帘，众人立时对我躬身施礼。

我便缓缓说出我的意见：“突厥、大理、大辽都与大塬接壤，突厥、大理同我汉家一样方才结束战乱分裂，可谓同样身经百战，拥有丰富的战斗经验。而本次辽国虽然败于突厥，可建国已有百年，在北国根基已深，本身国力非常强盛，得罪任何一边，相对的另一边必会与我朝为敌，是故臣妾以为，无论选哪一边都对大塬没有好处。”

众人似是微讶，但仍然侧耳倾听。薇薇磨墨的手也停了下来，不小心有滴墨汁溅在鼻尖上也没发觉。我向软帘走近一步，提高声音道：“一旦开战，此三国所需军资粮草，若国库空乏，只需蹿伏山岭草原，劫掠小国便可，此为游牧民族和部落民族的天性。诚如各位大人所言，确为虎狼之国。而反观大塬，所有国帑财币，全靠百姓辛苦躬耕，养活军队，这十年战乱，百姓疲惫，国库仍是空虚，大塬元气仍未完全恢复，一旦开战，先不论胜负，抽取兵丁，加征税赋，必定惊扰我国百姓，这已先输了一筹，故臣妾以为，于我国现阶段而言，”我咳了一下，“不开战即是胜利。”

众臣哗然。

我继续说道：“如今我大塬有火器傍身，想必可暂时震慑列强，可如此亦不能长久，故臣妾以为现如今最好的方法就是大理留下突厥弃子为质子，维持现状，方可使四国互相掣肘，巧妙地维持平衡。此平衡能得多久，臣妾实不得而知。和平年代越久，我大塬便有更多的时间，韬光养晦，卧薪尝胆，快速充盈国库，可应未来之变。”

非白挑了挑眉，走下桌几，最后总结了一下：“各位爱卿所言极是，朱爱卿之言甚合朕意。”

大家都看向朱迎久，不想非白又微微一笑：“只是……朱爱卿可曾想过，突厥善战，若迫突厥称臣，反过来突厥必每年逼大塬赏赐岁币。如皇后所言，我大塬朝也不过刚从十多年的战乱中方才复苏，可能倾我举国百姓一年之财税过半方可填满，是故——”

非白身上还是穿着那件我打过补丁的如意纹月白衫子，一身天子之气仍掩不住一丝儒雅之风，却见他走到碧纱橱前。

隔着薄纱，我只能朦胧地见到，他那天人之颜对我露出一丝温暖的笑容：“朕赞同皇后的意见。”

韩太傅想了半日，躬身敬诺：“皇上、皇后高见，臣等敬受命。”

翌日，非白邀突厥、大理及大辽首脑及使臣前往秦岭狩猎，故意令于飞燕领众将士每人持一管改良版的小猎枪射击大雁等猎物，器惊四座，暗慑邻国。

春风轻拂，绿意如织，各国锦旗如簇，五彩斑斓地迎风猎猎飘扬，竟不输春花烂漫。草地上支起了一座座华丽的帷帐，我坐在女眷首席上，同众贵女看着各位英武男子或打着马球，或驰骋猎场，无论身份民族，已婚未婚、少女大妈，都暗中口水泛滥、目光发直地看向中场，即时点评着各个民族形形色色的帅哥风情。

我万万没有想到，留着小胡须的妥彦人气竟然超过了皇帝们，还有很多贵女竟然说撒鲁尔陛下很man（男子汉），而喜欢段月容的都是些贵族少女和宫廷侍女。

好像非白比较惨，因为娶了我又不纳妃，举国皆传我善妒之名，更有好事者传我怎么怎么打破醋缸子，逼迫元德皇帝提前释放宫女，好借机将所有年轻美貌者逐出宫去。还有好事者添油加醋地说前阵子那娇滴滴的美人儿乔芊蝉本已入宫，因为皇后一句话，被许配左吾卫将军程东那样一个粗野武人，生不如死什么的。

可我明明听于飞燕说别看程东表面狂野，其实内心非常细腻，自从乔芊蝉入府后，一直以礼相待，培养感情，感动了乔芊蝉，二人情投意合，这才行婚礼之实。如今他一下朝就回家，连馆陶居的好汉酒都不喝了，而今天乔芊蝉打扮得也非常漂亮，满面含笑地看着程东打猎，程东也频频看向女眷席。

总之，众女似怕因元德帝遭到迫害，在我面前便敛口闭息，绝口不谈皇帝。总之大塬皇帝的高人气就这样一落千丈了，我当时就很替他和我感到委屈。

到了午时，我与众贵女用过所打猎物所做的午膳，实在坐得屁股疼，便趁更衣时到河边走一走。今天是婠婳轮值，阳光甚好，小忠跳到河里，倾城也从我的袖子里钻出来，一溜烟跑到岸边水草中喝了点水，然后又游了一会儿泳才骑着小忠回到我的身边。两只神兽都使劲抖了抖身子，水珠飞溅到我们身上，引得我们大笑。倾城忽然警觉地竖起身子和小耳朵，然后龇了龇牙，快速地躲进我的袖子，小忠也露出了尖牙。

婠婳按住腰间佩剑向四周看着，果然听到有人唤我。

我一回头，却见撒鲁尔正站在树荫底下笑意盈盈地看着我。长安的阳光洒进他的酒瞳，仿佛一汪红色的海洋，望不到头，他的脸上洋溢着温和平静的笑容，好像当年的原非珏。

“朕可能是年纪大了，才奔了一阵子便累了，方才还在想那个女子很像皇后，不想走近一看，还真是皇后。”

我被他给逗乐了，便同他亲切地攀谈起来。

真不敢相信我同非珏还会有这样平和的一天。我在心中默默地想着：非珏，谢谢你，终于原谅了我。我也可以放下心中那一丝顾虑。

这时，阿米尔躬身递来一个精致的镶雕花紫檀木银盒。他略带紧张地看了看撒鲁尔，又看了看我，微微伏低了身子。

撒鲁尔笑着接过来，摩挲了一会儿，似在脑海中细想一番，才叹着气慢慢开口道：“还记得吗？木丫头，当年曾经送给皇后娘娘一块楼兰的银牌……永业四年你不慎遗失在突厥，今日我为你带来了。”

我不觉感慨。那年与撒鲁尔同归于尽，那块银牌再不见踪影，非珏竟然能找回它，还能再把它送回我的身边，果然冥冥之中，一切都有定数吧。

我不由得酸了鼻头：“当年陛下可是千辛万苦地得到两枚一模一样的银牌，一枚送我，一枚自己藏在身边，作日后相认之用吧。”

撒鲁尔微怔，酒眸竟涌起一丝激动，完美的笑容悄然带上一丝苦涩道：“原来你全知道。”

“因为命运的捉弄，我背叛了陛下，而陛下也曾重重地伤害过我，”我望着那双酒眸坦诚说道，“可那并不代表樱花林的一切就是虚妄的，无论时光如何变迁，沧海桑田，这份美好永远埋藏在我的脑海中，所以我最终原谅了陛下，以一位老朋友的身份，终身感激并热爱着您。”

撒鲁尔的酒眸渐渐变得迷茫酸楚，本欲递银盒的那只手慢慢地退了回去。

我微笑着，正要伸手去取，忽然远远传来一阵轻啸，一只金獒闪电般冲过来，叼了撒鲁尔手中的银盒就走。我们都一怔，然后意识到那是七夕。七夕的速度太快，弹指间便没有身影，未等我开口，小忠已汪汪叫着，恨恨地跟着追去。

场中几人正呆愣间，几骑挂着大理旌旗和旄节，吹着口哨，从远处飞奔而来，洒脱而利落地站定在我们面前，当前一人，身穿紧身猎装，阳光下风华绝代，紫瞳潋滟。

他状似惊讶地看着我们："呀，方才大塬皇帝到处寻不见贞静皇后，还气势汹汹地来诘问朕，不想原来是给神圣可汗陛下给绊住了，朕也太冤了。"

撒鲁尔的脸上没了任何笑意，慢慢转过身来，酒瞳凝了霜："方才武帝陛下的恶狗抢走了朕送给大塬皇后的礼物，不知是何用意？"

"什么？"段月容板着脸问道，"竟有这等事？"

演技太差了，我在心中暗嗤：你好好的抢人送我的银盒作甚？

"武帝陛下这是要做什么？"我怒瞪着段月容，"快还本宫，那可是大突厥可汗给大塬朝皇后的礼物。"

段月容用那双紫瞳上下扫了我一眼，从鼻子里极藐视地哼了一声，大理的随从们便哄笑起来："敢问大突厥可汗可有人证在此？"

还真是没有人在，除了阿米尔。不过阿米尔刚去追七夕了。

却听沿歌冷笑道："分明是撒鲁尔可汗想乘机调戏贞静皇后。幸得我等出现，救了贞静皇后。"

大理众人又是一阵哄笑。

我也恼了，厉声喝："不可妄语。"

大理众人多是我的学生和熟人，自是敛声，不敢再肆意取笑。

撒鲁尔冷冷道："那银盒里装着朕送与皇后的礼物，还请武帝高抬贵手，还与朕。"

段月容耸耸肩，对沿歌道："你们且去找找七夕，可能刚才没吃饱，别真误食了撒鲁尔陛下的宝贝，到时不消化。"

沿歌等众人立刻大笑着吆喝一声，如风掉头而去。

"武帝陛下富有四海，怎么见不得朕送皇后一件东西吗？"撒鲁尔酒瞳一转，微笑道，"天下传闻武帝陛下痴恋大塬皇后，如今一见，果有一二。想是陛下嫉妒了。"

"天涯何处无芳草，何必单恋一枝花呢，"段月容仰天哈哈一笑，瞥了我一眼，然后紫眸犀利地看撒鲁尔，"倒是陛下，不就是一根项链嘛，既失了便失了，想撒鲁尔陛下，乃大突厥可汗，富有四海，称霸丝路，单说去年灭亡的乌孙，您得了多少金银珠宝？"

段月容假装想起了什么，叹气道："朕想起来了，您纵容您的士兵淫辱乌孙后宫，又当众刺死乌孙王后，就因为她不允许您抢夺她王夫冠上的宝石。如果我没有记错的话，那是乌孙国的至宝月光石吧，乌孙王明明已经对您称臣了，为什么您还要灭人家国、毁人妻子？就为了取悦陛下尊贵的可贺敦——轩辕皇后！"段月容冷笑数声，"可见可汗陛下对情人个个情真意切，难道您还会拿楼兰伪物来哄骗大塬皇后？"

我陡然心惊。撒鲁尔的脸色一下子煞白。那个传闻果然是真的吗？如今的撒鲁尔还是残暴如昔吗?

段月容却托着下巴假装沉思了一会儿，挑眉道：“又或许，您送给贞静皇后的这根项链有什么特殊之处吧，比如镶了一些奇怪的紫色石头，而这种石头可以让人想起一些非常不愉快的经历?”

弓月宫中所有可怕回忆袭上心头，我一下子醒悟过来。难道这个银盒里放着的是那半块紫殇吗?

撒鲁尔却淡淡道：“既然皇后和武帝陛下皆不相信，那朕也没有办法。”

这时阿米尔从远处策马回来，手中空空如也，对撒鲁尔尴尬地摇了摇头。

撒鲁尔便对段月容冷冷笑道：“元庆元年也曾叨扰多玛，武帝陛下所赠甚厚，陛下既喜欢这只银盒，朕送与陛下便是。”说罢，吹了一声口哨，一匹血红的汗血宝马蹿出山林。撒鲁尔一个漂亮的翻身，向我微笑着欠身，然后像没事人一样离开了。

撒鲁尔刚走，段月容的紫眼珠子瞪着施婳，充满威严地睥睨道：“退下。”

施婳方要张口反驳，我忍住气对她说道：“你且到稍远处守着，我若不叫你，你万不可过来。”

我待施婳走后，便来到段月容面前，本待好好问他：“这到底是怎么回事，快还我吧。”

那段月容忽地狠狠推了我一下，把我推倒在地。我天旋地转地爬将起来，他却高高在上地俯视着我：“你就是个傻子，活该几辈子被人耍的大傻子。”

朋友们，每个人都会犯错，如果你发现你的亲友或者同事错了，你可以温和地指出来，然后善意地以自己的知识和阅历去帮助别人，但是不能涉及人格侮辱，这是极不道德以及缺乏素质的言行!

当时我很想这样教导大理武帝：“更何况我还是大塬皇后，你不觉得太过分了吗?”

可是话还没到嘴边，心中的愤怒早已让理智离家出走了，我爬将起来，照他的脸上就是一拳。

他的嘴角流了血，他轻拭了一下，看着手指上的血，脸上血色尽褪，忽地对我笑了起来，紫瞳看着血迹，却渐渐露出乖戾的神色来，呀!呀!呀!不好了，他生气了，我捅娄子了。

果然他快速向我走来，很不绅士地抓起我的前襟。

我也恼了，不客气地抓住他胸前华贵的八宝璎珞使劲推他：“是你先动手的，你敢在我的地盘里推我，我我我是大塬皇后……”

他猛然打断我的话语，对我又愤恨又鄙夷道：“说你傻还不服气，难道不会用脑子想想吗?他练的是一般武功吗?他练的是吃人肉喝人血的邪功，这世上有多少人贪婪地想练，结果不是疯了就是死了，古往今来唯有两人成功而已，最后变成魔鬼，他就是其中一个!

“莫道功成无泪下，泪如泉滴亦需干。你明白吗?他杀了自己的亲娘，在我们眼前把他女儿摔死了，格老子的他不是人，不过是表面看去还像个人样罢了，为什么你不能用你的猪脑子想想，他醒过来发现所有的人都背叛了他，尤其是你，还跟他最讨厌的哥哥在一起，一般人只会更狠更毒，何况是他？”

他的眼神如刀，声音如鬼，直戳到我心里。眼前模糊了，我开始反过来想推开他离去，可是他还是不放我，我开始使劲拍打他：“我不想听，你给我住口。”

“既做得出，凭什么不敢听？胆小鬼，是你先辜负我还有那个红毛鬼的，就得承受这代价，”他看着我的眼，恶狠狠道，“纵使槿花朝暮放，沉疴一梦醒难寻。他醒了，就你还在别人的迷梦中。

“每个人都有不堪而愚蠢的前世，两颗紫殇拼在一起就能想起你的前世，甚至是前前世。你知道吗？你个傻瓜，他就是想让你想起那些伤心的蠢事，你知道回忆是什么吗？那就是无休无止……无休无止地创造噩梦的毒药，午夜梦回，你只能在原地不停地回忆，那些可怕的惨剧一遍一遍地在脑海里重演，你的亲人、朋友，还有心爱的人在你面前死了一次又一次，可是你什么也做不了，最后你就会变成一个和他一样的疯子，因为他就是这样发了疯的。他也要你尝尝他所受的痛苦，可是这还没有完，他还要亲手毁掉你今生所有爱你的和你爱的人，一个一个杀，最后一个就轮到你。这就是他的报复！”

我一下子骇在那里，喃喃对他说道：“可是、可是……我早就告诉过你，我碰巧记得我的前世，也就是你前世造的孽。”

他那堆长篇恫吓一下子就被噎在那里，俊颜涨得通红，紫瞳充满愤懑：“你、你、你……”

我趁他混乱之际狠狠地推开了他。可能力气过大，他的后背一下子撞到树上，脸上立刻疼痛地扭曲起来。我这才想起他的背部受过重创，正想上前看看，早有一把银刀指向我咽喉，一个银冠少女挡在我的面前，愤怒地对我喝道：“不准你再靠近父皇，你这个淫妇。”

我如遭电击，心中霎时间悲凉万分。我亲手辛辛苦苦养大的女儿，竟然叫我淫妇？原来我在她心中就是这样的？

我活着难道真的就是为了看着亲人们一个一个站到我的对立面，这样拿着武器对我呼喝的吗？

我怔怔地看向段月容，流泪道：“你就是这样教她恨我的吗？”

段月容板着脸站起来，拉过夕颜，反手就是一巴掌：“你给我跪下。”

夕颜白嫩的脸上赫然印着五道指印，不可置信地看着段月容，吓得跪在地上。

“你给我听好了，她是大塬皇后，也是你娘，不管别人怎么在你面前说你娘的不是，”段月容揪起夕颜，又甩了一巴掌，我和夕颜都吓傻了，段月容恨声道，“她始终是你娘，这世上除了我以外，没有一个人可以骂你娘、打你娘，你更不配。

“当初如果不是你娘，你早就死了，你永远欠你娘和我的。你现在好好活着，道听途说，就要同世上那些腌臜人一起污言秽语地泼她脏水。禽兽不如的狗东西，我算白养你了。”

段月容从未打过夕颜，可是这一次却当着我的面把夕颜狠狠扔出去。夕颜漂亮的银饰被甩到地上，她趴在草地上伤心地哭了起来。

段月容厉声喝道：“我和你娘的事，是我们两个人的事，自有评断，连他塬朝皇帝都管不了，你凭什么多嘴？”

夕颜却倔强地回道：“可娘亲明明没有回来，明明是她先抛弃我们的。”

段月容额头青筋暴跳：“你还敢顶嘴，说，是谁在你面前嚼舌头？”紫瞳戾气丛生，说着他便拔出偃月刀，指向夕颜。

我一下子挡在女儿身前，大声道：“够了，别再吓她了。的确是我对不起你们。”我凝视着他伤痛的目光，泣不成声。段月容高举偃月刀，紧绷玉容。我哽咽道：“她要恨我，就让她恨我吧。”

这时卓朗朵姆带着两个女侍卫过来，正听到我说这些，当即花容失色，跑过去紧紧抱着夕颜公主。夕颜反身抱住卓朗朵姆，哭声更大。卓朗朵姆流泪颤声道：“求陛下息怒，公主还小，难免不懂事些，请陛下万勿当真。”

一会儿蒙诏、沿歌他们也闻讯赶来，吓得呼啦啦地跪了一地，段月容这才收了刀，对我长叹一声，悲泣道：“我没教好夕颜，是我对不起你。”

这时号角之声传来，非白的狩猎队伍从西边浩浩荡荡地过来，他看我们在场诸人面色严峻，从我和夕颜的情状暗暗猜出几分，便笑道：“想是今日永烈公主手气不好，陛下，不若让皇后带公主梳洗一番，如何？”

段月容看了看夕颜和我，便点了点头，叹着气翻身上马。

我把夕颜带到我的帐内，小心翼翼地为她取了冰块消肿，又敷上珍珠粉，看夕颜的头发散了，便亲自取了梳子替她细细整了整头发，插上一堆银簪。再抬头时，夕颜的小脸总算好看多了，她的两只眼睛红肿着，正从镜中细细看我，却泪流不停。

我取了丝帛替她轻拭泪，挤出一丝笑来：“娘对不起你，也不知道这辈子能不能还你，你不认我也没有关系。可是你不要恨我，更不要恨这个国家，仇恨是这世上最无用的东西，更何况你将成为大理女皇，你的一举一动、爱恨情仇都将左右大理和大塬两个国家老百姓的生活。”

夕颜再忍不住地扑到我的怀中，放声大哭：“娘娘，你为什么要离开我们？你可知洛洛那妖妇说了多少坏话，你可知道夕颜和爹爹有多么想你？”

那一日，我对夕颜讲了我同非白还有月容的往事，夕颜凝神细听。到最后，她默然流泪。

她告诉我自从我走后，她的父王有多么孤寂，整个人就像死了一样，他又是怎么样挣扎着爬起来。她多么害怕段月容会再回到以前生不如死的样子，这些年她幸好有卓朗朵姆的保护，不然难逃洛洛及其他后宫蛇蝎女人的魔掌。

卓朗朵姆果然遵从她的誓言，一心一意替我照顾女儿，我暗中深深感激。

可惜首脑们不像我这么幸运，同女儿取得了和解，三国不停地在含章殿争吵、怒骂、威胁以及不断的妥协中，非白则在其中不停斡旋。慢慢地拖到八月，总算渐渐有了起色，最后四国首脑共同签订了长安之盟，在华山之巅进行了第一次歃血为盟，永结相好之意。

撒鲁尔本意是终生放逐木尹，不得回归故土，可是这么个有皇家血统的人流放在大理，而且大理同大辽结盟，不得强取，撒鲁尔便只废木尹太子之位，以皇子之名留待大理，作为人质，变相流放。段月容愿意无偿奉养木尹皇子，并让木尹同很多大理贵族之子一样，在弱冠之前先行修佛，除去乖戾之心，撒鲁尔同意了。

这一日又到了八月十六，我的生辰，正好四国首脑即将回国，非白便在麟德殿大宴诸皇及贵女。离别时，我为夕颜和大理的学生朋友们准备了很多礼物。夕颜的身份在四国之中非常奇特，非白暗中以继父的名义行了赏赐，撒鲁尔也送了夕颜一些珍贵礼物，以示结盟之意，妥彦也跟着送上了一堆礼物，却委婉地表达了狼主思慕之心。

我暗自心惊，段月容却淡然一笑，然后令孟寅取出一卷画轴，上面画着一个身着白族服饰的稀世美女，酥胸半露、风情万种地坐在白象身边，一下子把在场所有的男人给电到了，就连撒鲁尔的眼神也略略凝了凝。

"此为朕十五堂姐，先帝在世时，封号香槟公主，乃我大理第一美人，朕正有意为其匹配当世英雄。"段月容的俊颜带上些夸张的伤感，"谁叫女孩大了终是要与良人厮守的。朕与香槟从小一起长大，甚亲密，故此画乃朕少时为其亲作，烦请妥大人转赠贵国狼主。"段月容邪魅地笑了。

妥彦如获至宝地收了下来，然后也从手下那里取了一卷画轴，亦是一幅女子画像，不过那女子从画上看去，一身戎装骑射装扮，英姿飒爽，身材健美，端坐在一骑乌骏之上，右手举刀，乌骏蹄下正立着一只张牙舞爪的老虎。

卓朗朵姆脸色微白，可段月容拿近了画，挑了挑性感的眉毛，赞道："好一个巾帼英雄啊。"

妥彦恭敬道："此乃狼主亲妹，正是小臣所提的契丹之花，乳名南仙，貌赛星辰，英武勇敢，不知二位陛下意下如何？"

说实话，从画上来看，香槟公主可比契丹之花漂亮多了，可是契丹之花胜在身材健美、英气勃勃，有一种西方人所推崇的健康美。大抵这个时代的少数民族政权比较倾向于这种审美标准，认为可以多生男孩，于是段月容便与妥彦颇有兴趣地看着，过了一会儿，连撒鲁尔也走过来，评头论足。

我看向卓朗朵姆，她的脸上还保持着笑容，可是眼神有一丝悲哀。

我便悄悄走到卓朗朵姆身边，感激地握住了她的手。

她对我友好地笑了笑，一起看向殿中的舞乐，微微叹道："姐姐可知，陛下夜半梦呓的全是姐姐的名字？姐姐为何不回来呢？"她看了看正中宝座上丰神如玉的原非白，再看看谈女人谈得眉飞色舞的段月容，又飘忽地轻笑了一下，无限落寞道，"可是我能理解姐姐。"

我正想转移一下话题，本想真诚地向她感谢，多亏那些年她在洛洛手中把夕颜和我的学生们保护了下来，这些年又如此爱护夕颜，卓朗朵姆却忽然站了起来，径直向正殿宝座上的原非白走去。经过段月容时她甚至没有看他一眼，其时段月容正兴高采烈地低声询问妥彦，可能是关于"赛星辰"的身高、三围等。

一曲正好终了，美艳的舞姬撤去，卓朗朵姆来到原非白面前站定，翩翩施了一个汉家请安礼。原非白微讶，出于礼貌，便笑着起身虚扶一把："不知皇贵妃是否喜欢长安饮食？"

河阳花烛燃得正旺，蜜色的肌肤衬着幽魅的眼神，卓朗朵姆满头银饰在烛火下闪着星光，她的微笑好似一杯令人无法拒绝的美酒："多谢陛下，按我族礼节，此兄弟会盟妾理应邀陛下同舞，示陛下好客之情，不知陛下可否赏光？"

场中一下子安静下来，连段月容也有了短暂的错愕，唯有大塬天子淡笑如初，亲自走下案几，以大理之礼潇洒回礼："皇贵妃美意，朕实受宠若惊，奈何朕实不擅舞。"

卓朗朵姆却退后一步，举起金丝线袖的麒麟袖口，掩唇微微笑道："陛下多虑了，陛下只须站着即可，妾以一曲祝酒歌共庆大塬天子与我大理皇帝歃血为盟之盛事。"

她扭头转向沉着脸的段月容，款款笑道："陛下也很久没见过臣妾的舞技了，今日让臣妾献丑可好？"

所有人扭头看向大理天子，都在心中想着：这样的先斩后奏，闻所未闻，南蛮王妃果然不同凡响。

段月容垂眸想了一分钟，缓缓站了起来，走到场中，对卓朗朵姆邪魅一笑："爱妃总是这样给朕惊喜呢。"

然后便走到我面前，以大理礼仪向我躬身深施一礼。可能他这辈子都没对我这样礼貌过，我被迫站了起来回了一礼，然后他便对原非白笑道："朕自己都快忘记了，今日乃是朕的生辰，好像大塬皇后娘娘也是今日生辰吧。"

原非白嘴角微微咧开一丝弧度，慢慢道："正是如此。"

"既如此，"段月容飞快地接口道，"何不容朕请大塬皇后娘娘一舞？"

我正要开口，段月容飞快地打断了我："请娘娘、陛下放心，大理久慕大塬文化礼仪之国，史书经义源远流长，自先朝起我段家便仿效汉家，流传至今，亦是诗书礼仪之邦。朕今日所舞乃是大理下至民间、上至贵族皆通晓的火舞，目不斜视，恪守礼节，天下皆传大塬陛下敏而博闻，想必听闻过此乃敬重祈福之舞。"

天知道非白是否真的通晓火舞，可是非白沉吟片刻，对我点了点头。

段月容打了一个响指，夕颜和大豆便走到乐器面前，夕颜操起了箜篌，大豆操起洞箫。

大理皇太女亲自操乐，这场舞乐已经上升到了一定级别，众人更是无言以对。撒鲁尔举起金杯，淡然地独自饮着，好像场中的一切与他无关。

不一会儿，场中响起悠扬的舞乐，几年不见，女儿的琴艺竟如此高妙，我不禁暗叹，走到场中，正要等着节拍同段月容共舞，意思意思得了，忽然夕颜的曲子一变，一种充满异域风情的曲子响彻麟德殿。我细细听来，竟是一曲《Por Una Cabeza（一步之遥）》。这是探戈名曲，段月容对我微笑道："还记得这首火舞吗？"

很久以前，有一年我们生辰之际，他为我准备了一套精致的天蚕甲，那时的我还不知道这件宝甲马上会给我招来可怕的抢夺者，只一心感动。可是我那阵子太忙了，段月容那份生日礼物没来得及准备，那时心虚得紧，正值晚膳时节，我便拖延一下时间，让沿歌去准备点什么新鲜玩意儿，一边诓段月容，晚饭后给他一个大惊喜，段月容便兴致勃勃地陪我和夕颜用了晚饭，月上中天，春来苦着脸来报我，事情出差错了。

原本几个孩子商量下来，太子喜欢喝甜的东西，龙井花蜜茶也算江南当地特产，沿歌就想取一些龙井花蜜，结果真不走运，龙井花蜜没采到，倒是捅到了一只巨型马蜂窝，被蜇得满面红肿，连五官都认不得了，给抬回来的。

那天段月容也看到我的窘相，当场拆穿了我，倒也不生气，只笑嘻嘻道："既如此，陪我跳一支舞吧。"

白家舞蹈的肢体语言幅度很大，虽有种原生态的美，但不是我的最好，我的脑子里那时偏浮现一曲《Por Una Cabeza》这支探戈名曲。

探戈，传说本是情人之间的秘密舞蹈，男士原来跳舞时都佩带短刀，后来才不佩带短刀，但舞蹈者必须表情严肃，随时提防有情敌介入；而这正是为什么我愿意教给段月容，其他舞蹈跳舞时都要面带微笑，唯有跳探戈时不得微笑，男女双方有意不对视，正可防止他偷偷揩我油……

我当时还把探戈舞丰富的肢体语言给删减了几个，我假装神秘地说此舞名火舞，很难学，一般人学不会的，今天全数教给太子作为生日礼物。段月容难得给我引上了钩。不得不说，他的确是一个对于艺术有着深刻理解力的能人，明明差了有两千多年的岁月，段月容却深深地被探戈的魅力给征服了，不用我详细解说探戈的来历，他便已痴迷说道："此舞必是两个心心相印之人在互相试探对方，又在时时提防自己的情敌，是故如此火热，此情此感甚是快意。"

后来我很后悔教他探戈，因为此舞经他手传遍了大理，大理人民又酷爱舞乐，又多了改良，成了下至民间上至贵族的健身运动，后来彻底变了种……

正胡思乱想着，段月容已经轻握上我的手，虚揽腰肢，目视前方，用只有我听得到的声音如悲似叹道："请君再陪我跳一曲吧。"

我心中感动，向他反方向看去，轻叹道："如你所愿。"

我二人向场中舞去。

众人皆惊叹于探戈舞步华丽高雅、热烈狂放且变化无穷，交叉步、踢腿、跳跃、旋转令人眼花缭乱，如人生之感遇，或如泣如诉，或愤世嫉俗，又时而感时伤怀。

非白收回惊艳的目光，平静地扭头向卓朗朵姆微笑，优雅地举起手来。卓朗朵姆更是笑靥如花，随同非白一起走下中殿。卓朗朵姆便围着非白跳起热情奔放的吐蕃答谢舞，非白并没有像所有人想象的那样呆立而已，而是跟着卓朗朵姆的节奏回应起来，连我都不知道大塬天子的舞蹈会跳得这样好，更别说卓朗朵姆了。

不管卓朗朵姆的初衷是什么，她先是微有惊讶，转而惊喜非常，因为回应此舞，也代表了主人对客人无比的尊敬。

四邻诸国其实皆有此类舞蹈兼习俗，大塬天子可以在诸国面前，抛下本国严苛的礼教和世俗之见，同大理皇贵妃大方而舞，又允皇后同大理武帝共舞，表明了他宽容大度的胸怀，对诸国的尊重以及和平的向往，众人皆从心内叹服。

妥彦渐渐看得痴迷，慢慢站起身来，竟然放开嗓子和着乐曲高歌起来。撒鲁尔盯着我和段月容，面容毫无表情，只是目光里泛着一丝难言的戾气，转瞬即逝，只剩下感怀于人世无常的悲辛。他举起面前的金箸，对身后的突厥众人微仰下巴，便轻轻举箸为场中四人击乐助兴。

当时参此国宴的除了几个朝中重臣外，还有一位惊才绝艳的词画大家蔡敏，此情此景深深地映在他的脑海中，回到家中后，经年累月，呕心沥血，画得一幅传世名作，长卷绢本段落《世祖邀列皇中元节夜宴图》，为手卷形式，以元德帝后为中心，全图分“赏乐”“天舞”“高歌”“击箸”及“宴散”五段。

各段独立成章，又能连成整体。尤以“天舞”一段最为传神，当世天下最有权势的两对夫妇交换舞伴，跳着勾人心魄的舞蹈。众人为大塬元德帝与大理武帝两对伉俪的曼妙舞姿所倾倒，同时大辽权臣伴歌，大突厥可汗击节助兴，众宾主或静听或默视，皆集中注意于此，觥筹交错，笑语微哗。五段中出现的五十多人，面部角度、服饰、动作表情各有不同，但有一点相同，突厥可汗的脸上没有笑意，总是深沉而阴郁的，巧妙地把当世列国之情刻画得入木三分。也因此画，有庸俗世人嗅到了大理皇帝与大塬皇后，大塬天子与大理皇贵妃之间的香艳气息，开始拼命遐想，后世史学家，尤其野史学家也根据此画形成了一个流派，对于挖掘元德年间的各国皇室情史乐此不疲，当然这是后话了。

长安之盟后不久，大理同大辽如段月容所愿，快速地结了亲，香槟公主即送往辽国，嫁于年轻的萧世宗，后来生了两个儿子两个女儿，大儿子成了后来的萧律宗，大女儿后来成了大理永寿皇帝的妃子，小女儿成了大塬真宗皇帝的一位贵妃。

而辽国权臣又是外戚的妥彦之子妥布巴，亦是萧世宗之侄，被御封为“和皇子”，入赘大理，终身侍奉皇太女永烈公主。

而契丹的星辰公主萧南仙，许是段月容看在卓朗朵姆的面上，又许是国内多年征战，节省后宫开支，最后提议把公主嫁与突厥。正好撒鲁尔也相中了萧南仙，这朵契丹之花最后作为辽国议和的筹码嫁给了突厥史上最残暴的一位君主，一生在突厥度过，遗憾的是却没有任何子嗣。这是契丹第一位和番外嫁的公主，契丹又许突厥巨额陪嫁作为战争赔款，在契丹国内长安之盟，又被称作长安之耻，契丹吸取惨痛的教训，收起了横行五十年的张牙舞爪，为了防御强大残暴的邻居突厥，转而开始亲近大塬，并积极维护同大理的关系。狡猾的大理则手中掌握着诸国的重要质子，以看似中立国的面目，游移在大辽国和大塬朝虎视眈眈，兼获取暴利。

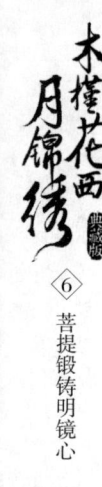

元德帝同贞静皇后巧妙地以圆滑的外交手段和强大的火器，震慑了列强诸国，延缓了突厥扩张的步伐。

突厥可汗人财两得，虽未得以诛杀逆子，但此行还让睿智狡诈的撒鲁尔可汗看到了各国的弱点和塬朝的兵力分布，回国后，即迎娶契丹萧南仙为后，同日封皇后遗子术止可汗为帝国皇太子。

至于撒鲁尔本欲送我的那个银盒，段月容却怎么也不肯告诉我它的下落。夕颜回大理的时候情绪稳定多了，她诚恳地请非白好好照顾我，仿佛一夜长大。非白同我都很感动。

然而，段月容却偏偏要睨着紫眼珠子，对非白假假地叹息了一句：“吾儿永烈虽为女子，甚孝且贤，仁德宽厚，勇敢果决，南国称颂，将来必是大有为之君。大塬天子同皇后亦要加油多事生产，不然这大好江山无人可继，甚为可惜啊。”

非白淡笑如初：“请武帝放心，朕与皇后早有安排，倒是南部诸国虽为陛下所征，但民风剽悍，桀骜难驯，陛下倒要多费心思，找些妥帖的人去治理。虽选其族女入宫侍奉，但久闻陛下后宫佳丽甚多，女子好妒，就怕牵连前朝，陛下亦要留心摆平这众多嫔妃，免生祸端。”

段月容的紫眼睛便眯了起来，客客气气道：“陛下的口才还是这般毒辣。”

非白的凤目清亮，也客客气气地回道：“陛下之手段亦仍是这般阴狠。”

于是宾主便在这样“热情友好”的气氛下话别，我们含着快要僵掉的笑容，送别了大理的皇帝和众臣。

撒鲁尔回国的时候，我在官道驿亭处截到他，本意是想托他给碧莹捎很多物品，恳请撒鲁尔好好照顾她。

他似乎非常惊讶我会再见他。

众人避退，唯二人在凉亭看着远山。

撒鲁尔不动声色地问道：“皇后是来同寡人理论那只银盒的吗？寡人确是想用那只银盒引皇后想起悲伤的前世，让皇后感受寡人当年的痛苦，皇后若有任何责怪，寡人悉听尊便。”

我没想到他这么直截了当，不由得长叹一声，苦笑道：“今日我只是想来送别可汗陛下，而且来的不是大塬皇后，而是当年的木丫头。”

撒鲁尔微微一怔。

我对他轻轻摇了摇头："也不知陛下是否记得，在悬崖边上。我曾经说过，当年是我先负了珏四爷，所以无论陛下怎样记恨我，我都没有怨言，我只是希望陛下能好好地活下去，我欠你的情谊，只能来生再还了。"

撒鲁尔向远山看去，忧伤地淡笑起来："我常常想，如果当初我能再勇敢一些，没有放开你的手，和你一起留在中原，也许我们的人生就会不一样了。"

我的眼眶慢慢湿润："可惜，这世上没有人可以改变过往的人生。"

撒鲁尔也长叹："是啊，没有人可以改变过去。"

"没有人可以改变过往，却可以善待未来，"我郑重道，"所以，请陛下好好待碧莹，她受了太多的折磨了。"

"你放心吧，"撒鲁尔惆怅地点头道，"大妃早已回到春宫，着人好好照顾，她现在是朕唯一的伴侣了。"

撒鲁尔对我缓缓伸出大手，微笑着示意我的手。于是我不明所以地也伸出手，他双手紧紧地握住我的手，我只觉掌心被放上一件冰凉之物。

撒鲁尔沉声道："保重"。

我未及开口，撒鲁尔已快速与我擦肩，绝然而去。

我惴惴不安地摊开手，低下头看去，只见手心中正放着那块非珏当年送给我的银牌，我小心地翻过来，背面一片平整，并无紫殇。

非珏，谢谢你最终原谅了我。

再抬头，泪眼中，撒鲁尔和众臣跨上马，飞驰而去。

我努力地挥着手，大声喊道："来生再见了，非珏。"

撒鲁尔没有再回头，我便看不到他的脸色，反倒是阿米尔频频回头，面容悲凄，就这样，大突厥皇帝消失在滚滚烟尘中。

《旧塬书·世祖传》：

元德元年八月十六，世祖邀理、辽、突厥诸国陛下夜宴，席间，理朝皇贵妃固请世祖同舞，世祖欣然允之，理朝武帝乃请贞静皇后共舞，理皇太女亲为诸皇及后奏乐，辽国使者妥彦伴以高歌，撒鲁尔可汗领突厥众人击金箸以助兴，时人皆云，四国融融，从古至今，未尝有也。诸国皆赞世祖陛下之圣明高照，四海升平，敬称天可汗，盖天下百姓彼时亦安心矣。

【注】

①【唐】王昌龄《闺怨》

②【南北朝】何逊《临行与故游夜别》

第十八章 碧落燕子楼

这一场干戈总算消去，于飞燕和众燕子军得以平安归来。我请示非白，想同珍珠和孩子们一起去接于飞燕，非白欣然应允。本来没有太大战事，由我出面替他迎接于飞燕，合情合理。

腊月初一，大雪纷飞中，于飞燕带着一万人马风尘仆仆地回到了长安城。众百姓自是夹道欢迎，我同珍珠充满喜悦地站在城垛上，喜迎久别的于飞燕。

可能是风雪中站得久了，第二日我便染了风寒，服了林毕延的药便一个劲地昏睡，连于飞燕进宫述职后前来探望也不知道，等醒来时，竟然已是腊月初三。腊月初五，我身体好了很多，便着薇薇前往截住从宣政殿下朝的于飞燕。

我便做家常打扮，不愿意梳繁复的发髻，只令人帮我编了脑后的大辫子，才刚打扮停当，薇薇便传忠勇王到了，我便兴冲冲地亲自到门口去迎他。

宫灯摇曳，映照着金碧辉煌的宫墙，绮丽的丝幔坠着珍珠，绣着金丝银线蜿蜒委地，明亮的金砖上映照着于飞燕颀长壮硕的身影，豪放的脸上有着一丝温暖的微笑："臣于飞燕见过皇后娘娘。"

我赶紧免了他的礼。

他对我笑道："腊月里雪深霜寒的，娘娘风寒方愈，还请保重贵体，快进内殿吧。"

我含嗔地看了他一眼，一边迎他进赏心阁："大哥，我不是说了吗，没人的时候不要叫我皇后娘娘的。"

于飞燕摸了摸头，嘿嘿朗笑："宫廷人多眼杂的，还不是怕落入窦亭那帮子人的口中，对圣——"他看我不乐意地瞪着他，从善如流，"对四妹和圣上不利吗？"

"不必担心的，大哥，"我叫了声薇薇，珠帘后薇薇托着红泥漆盘出来，里边放着我为于飞燕准备的一件黑貂袄和一双新纳的乡鞋，“大哥也说腊月里雪深霜寒的，我正挂念着大哥的旧伤。听陈将军说大哥在军旅也曾旧伤复发，一定要穿暖些，莫要着凉了。这是我亲手做的袄，还有这双鞋是我新纳的。前阵大哥出征走得太急，今日一定要穿上才好。”

于飞燕只是在那里嘿嘿傻笑着，一派憨厚可爱，没有半点在校场点兵的大将军样，薇薇和小玉都在我身后捂着小嘴笑着。

“四妹，”于飞燕忽然敛住了笑脸，“大哥能求你一件事吗？”

“大哥现在越来越婆妈了，还说什么求字。”我叹了一口气，为他系上黑貂斗篷，后退一步。

却听他正色道：“珍珠又怀上了，还请四妹多多照顾了。”

“哇！”我大喜，站起来对于飞燕拱手道，“大哥，你也太厉害了，嫂嫂要生小七啦。”

于飞燕挠了挠脑袋，豪迈笑道：“种子好，土地肥，可不得多生养几个。”

小玉和薇薇再忍不住笑出声来，我也哈哈大笑：“大哥放心，我一定会去照顾嫂嫂的，给小侄儿起名字了吗？”

于飞燕的脸上浮起一丝红晕，欣然笑道：“若是男孩就叫鸿斌，女孩就叫琬玉，四妹你说可好？”

“我原来瞎琢磨过，这大嫂万一又有，这该整编到小猴了，这回这名字可取得真好。”我不由得赞了一声，又唏嘘道，“这是你取的，还是珍珠取的呢？”

于飞燕笑道：“刚听到珍珠有孩子那阵，把我给乐坏了，晚上反正也睡不着，一夜未眠翻了一堆书，给孩子取了这个名字。连珍珠也觉得挺好的。四妹真聪明，孩子的小名还真想叫小猴子。”

薇薇和小玉捂着肚子笑得直疼，一路说笑间，这便到了申时，再抬头时，宫门外又飘起鹅毛大雪。于飞燕起身正要道别，我拉着他留下用晚膳，却听太监尖细的声音传来：“圣上驾到。”

我同于飞燕赶紧到白雪皑皑的花林道上出迎。不久梅花雨中，一点红色隐现，九龙华盖下，天子御辇出现在一片苍茫中。

于飞燕早一步跪下，我亦跪下，厚重的龙凤舆帘已被宫人掀起，下一刻，一只素手已轻轻抬起了我，同时快速扶起了于飞燕：“皇后又忘了，朕特赐皇后见驾免行跪礼。”

“臣妾可不敢有违朝纲，”我露出一丝浅笑，“吾皇万岁，万岁，万万岁。”

大塬的第二个天子，元德帝上前一步，天人姿容在五爪九龙的龙袍下愈加彰显着帝王霸气，明亮的凤目含情脉脉地看向我，他伸出手轻轻刮了我的鼻子，低嗔道：“明明你才是我的万岁爷。”

我对他吐了吐舌头，非白皱眉道：“又穿少了吧，瞧你，手像冰块一样冷。”他将自己身上的红狐氅脱下来披到我身上，对左右笑道：“大伙儿都进去吧，别在这儿受冻。”

我们都笑着说道：“遵旨。”

一行人边走边笑说，气氛融洽，非白听我说到于飞燕又将有子女出生，惊喜地扯了玉带上挂的碧玉给于飞燕，说是给未出世的孩子的见面礼，于飞燕感动地双手接下，口中谢恩。

非白笑道：“飞燕留下来陪朕和皇后用饭吧，这几天皇后生病，也确实闷坏了。”

我开心地对非白笑了：“谢主隆恩。”

于飞燕恭敬地称是，又要下跪千恩万谢。

非白一摆手，笑道：“这是家宴，只有老婆和大舅公，别跟上朝似的这么拘礼。”说着认真捶着腰背，摇头苦笑道，“这真是做了天子才知道到底有多累，不过一年时光，就像一下子老了十岁，所以大舅公就别再跟朕来这套虚礼了。”

非白笑弯了一双凤目。这日阳光甚好。

知道于飞燕爱吃牛肉汤，我特地下厨多加了一道牛肉汤和粉蒸肉，小忠照例跟着我东转西转地专偷牛骨头吃。

饭桌上，宫人试过毒后，原非白换了一身家常的鹤纹白缎服，亲热地拉着于飞燕坐下：“国事艰难至此，没有什么好招待的。好在飞燕是自家人，且将就着尝尝朕同木槿亲手种的果菜吧，现在你的好妹子把御花园给改成御菜园了。”他支开了宫女，我们三个人落座，趁我盛饭的时候，他自然地为于飞燕舀了一碗汤。

于飞燕有些惶恐，但看着桌上简单的五菜一汤，也有一丝愣神，半晌含泪地跪下道：“陛下与娘娘果然为国节俭至此啊。”

非白大笑着拉起于飞燕：“飞燕莫要担心，天下本来便是民为重，社稷次之，君为轻，”他敛了笑容，不悦道，“连年征战不休，又苦于灾荒饥年，百姓流离失所，好不容易天下太平了些，山东府仍是闹灾不断，那里的百姓连这些也吃不上，偏偏有些皇亲贵胄还是荒淫奢侈，故而朕竭力支持皇后和韩相的改制，既为人君，必为榜样，以倡节俭之风。”

于飞燕点头说了半天皇上圣明之类的话，非白笑着连连摇手：“飞燕又来这一套了，朕都说了这是家宴，只有大舅公，没有家臣，再说安城公主也不在。”

我们又大笑起来。于飞燕也轻松了下来。非白笑道：“先尝尝木槿的手艺，托飞燕的福，今日朕也能一尝大塬皇后亲手做的牛肉汤了。”

外面大雪纷飞，我不停地为于飞燕夹菜，酒过三巡，于飞燕同非白谈兴越浓，于飞燕终于也不再拘束，非白两颊染上了淡淡的红晕，也是谈笑风生。我望着窗外银装素裹，不由得想到永业二年那场夜宴德馨居，小五义，还有非珏和初画一起其乐融融，不想如今却只剩下我和于飞燕了。

这时，忽然传太傅急报，非白只好对于飞燕抱歉地告了别，走了出去。果然，太傅不但是一激情终结者，也是一温情终结者啊。

于飞燕倒反过来安慰了我两句，正说着话，帘外的青媚对我跪启道：“回禀皇后，热伊汗古丽大妃日夜思念故土，只求能再踏入汉家故土，可汗已修书皇上，欲送大妃回长安省亲……”

我和于飞燕一下子都站了起来：“如今大妃如何了？”

青媚的头微低了一些：“大妃病重已久，可汗本不忍，然宫中有巫师说大妃乃是不祥之人，不可在弓月宫中病逝，以免玷污可汗的神圣之气，故可汗便着人送回大妃。”

可怜的碧莹。

于飞燕急得上前两步：“现在碧莹怎么样了？”

“大妃病情严重，现人已在玉门关停留多日，木尹皇子苦求大理武帝，武帝陛下已遣郑姓医官前往玉门关为大妃诊病。”青媚安慰道，“请皇后、大将军放心，林御医方才也已经起程，想是能在驿站接到大妃。”

我们日夜悬心，不久便接到郑峭的飞鸽传书，措辞婉转地表明已用药缓住了碧莹的病情，但是情况难测；然后是林毕延的书信，措辞更委婉，但最后两个字明言：不妙。

腊月初八，我来到长安城门口，迎接大突厥热伊汗古丽大妃的銮驾。漫天风雪中，我和于飞燕迎回了身心早已是千疮百孔的碧莹。

一车轿风尘仆仆地前来，几个满面灰尘的突厥人，傻愣愣地站在我们面前，似乎没有想到会有这么大的仪仗出现，好一会儿才缓过神来，呼啦啦地跪倒对我们施了大礼。

林毕延跟在后面慢吞吞地骑着小毛驴。

小忠似是记得碧莹的气味，飞快地奔到突厥众人前，又跳上牛车嗅了嗅，却又飞快地跑回来。

我们亦都在心中倒吸了一口冷气。所谓省亲，前后竟然只有八个侍卫、四个侍女，其中一个还上了年纪，满头银发，气喘不已，全靠另一个侍女扶着。我认得，竟是凉风殿的女官长阿黑娜。

我赶紧扶起阿黑娜。她对我流泪道：“真不承想还能再见娘娘。”

我也是百感交集，略显激动道：“大妃娘娘呢？”

阿黑娜面有难色：“娘娘正在御辇中休息，不过实不知娘娘会亲自相迎，故而未曾梳洗。”

这么瘦的牛车拉的也能叫御辇？我忍不住皱了皱眉。青媚早已快步走到我前头，替我掀起轿帘。我往里一看，不由自主地背过身去，眼泪唰地下来了。

因碧莹是撒鲁尔的大妃，身份尊贵，于飞燕不敢上前，看到我泪流满面，当场脸上血色尽褪，以为碧莹出了什么事，再顾不得什么阶级礼制，只急急地赶过来。珍珠想去拦着已晚了一步，结果也看到里面的情景，亦是一呆。里面正侧卧着一个奄奄一息的女人，满头灰发，面容苍老，依稀可辨还是当年的美人模样，身上穿着一件半旧不新的红色突厥长袍，细瘦的手上套着几根发暗的银手镯，那是她浑身上下唯一的饰物。即便是在风雪的长安，依然掩不住一股浓重的血腥气混合着遗便的恶臭。

我的眼泪不由得夺眶而出，愤怒地想着撒鲁尔明明答应过我，要好好对待她，竟如此出尔反尔。

我心中满是愤怒，擦干眼泪，怒喝道："你们的可汗便是这样对待她的吗？只派你们几个前来，你们便由着主子这样？"

突厥众人吓得又跪倒在地。

阿黑娜再次跪倒道："请大塬皇后息怒，可汗这样做也是为了大妃娘娘好。"

阿黑娜这才说出来，碧莹这几年过得本不太好，处处受刁难，皇后听之任之，而陛下自病愈后，又对后宫甚是冷淡，少有看望碧莹，后来阿芬公主之死，还有木尹皇子之事，对她打击甚大。

碧莹本就亲眼目睹亲儿被杀，已是身心受创，撒鲁尔病愈之后，想起前尘之事，对碧莹极为冷淡。皇后虽衣食不曾怠慢，但撒鲁尔有个新宠，叫朵骨拉的王妃。其本是碧莹的一个侍女，得势后记挂当年争宠之恨，在皇后授意下对碧莹百般刁难，皇后又暗中使人虐待阿芬公主，婢女趁公主私盗皇后宝物月光石，皇后震怒，竟将罪责全怪在公主身上，将公主关在小黑屋，等出事之时，皇后急着要将公主火焚入葬，撒鲁尔便起了疑心，这才发现阿芬公主竟是活活饿死的，身上还全是瘀青，可汗也甚是震怒。撒鲁尔后悔却为时已晚，虽将碧莹接出凉风殿，甚至亲自照顾，可是不等可汗发话，木尹便一下子带着武侍闯入内宫，杀了皇后和朵骨拉。

如今木尹虽逃了出来，但却流落大理，终生不得回故土。碧莹更是肝胆欲裂，重重病倒。

阿黑娜流泪道："腾格里在上，陛下和大妃总算和好如初，可是新太子术止却命手下谋士诅咒碧莹，乃恶魔化身，欲将大妃逐出弓月宫。"

那撒鲁尔自然呵斥术止，待碧莹如往昔。不想碧莹却从容应对，愿意离宫，自请回乡。

"大妃思念故土亲人，一心想回到故乡，可是陛下怕有人加害大妃，便将大妃藏于商旅之中。"阿黑娜流泪道，"出了天山，我们就同商旅分道扬镳了。"

我颤声问道："你们为何不通知我？"

阿黑娜泣道："陛下从不让任何细作靠近凉风殿，怕是来探听突厥消息，其实陛下在夜里常来看大妃，内心深处还是深爱着大妃。若不是这次大祸，断不愿意让她离去。"

“你们陛下就是这种深爱的法子啊。”我听了冷笑数声，“她身上为何只带这些东西，出宫门时可是被那些黑了心的小人给洗劫过？”

阿黑娜等众侍呜咽出声，满面悲愤之色：“可汗赐下重物，可是出宫门时，术止王子将我等搜刮个干净，幸得那个商旅甚是照顾，分手之时相赠了很多银两。只是刚踏入中原土地，就遇到马贼，又被劫掠一空。”

我心中郁愤难平。撒鲁尔，你若真在乎她，何至于让她被人羞辱至此？你明明知道我君氏的力量，为何不让我们的商队护送呢？

阿黑娜走近我们，用只有我能听到的声音说道：“从昨儿起，娘娘就失了禁，今早才刚换过衣裳，不想又……”

我伤心得直掉眼泪。

于飞燕紧抿着嘴好一会儿，强抑悲伤，红着眼睛上了牛车，不顾恶臭，轻轻抱起碧莹，可还是惊动了碧莹。她慢慢睁开眼睛，看到于飞燕和我，眼神中闪过一丝光彩，然后快速地归于死寂，只是试图靠近于飞燕，挣得手镯轻响出手，她垂下长睫，努力喘着气，双颊上染着不正常的红晕。

林毕延上前把了把脉：“郑医官的诊断不错，这样的身子能从弓月城一路撑到这里，确有人在她身上放了白优子。想是那恶贼施的蛊，所以保得她一路颠沛，却性命无忧。只是大妃吃尽苦头了，现下她恐是连说话的力气都没有了，快快送入暖和之所。”

林毕延所提的恶贼必是赵孟林，他是不会看着碧莹死的。

于飞燕飞快地抱她进入了燕子楼，林毕延从袖子里掏了两粒雪芝丸塞到碧莹嘴里，可是碧莹却慢慢地吐了出来。众人大骇，强灌半天才喂了半颗。

我怕宫人不够细心，阿黑娜又累倒了，便让小玉帮着我，亲自为她擦身、换衣，二人惊心于碧莹瘦得成了一副骨架子，不由得泪流满面。

不待于飞燕发话，珍珠作为小五义的大嫂，也加入了我们的行列，还对于飞燕轻声道：“你且放心，有我和皇后呢。”

“碧莹，”我咧开笑脸，努力不让自己露出悲泣的神色，努力不使自己的手颤抖，只是轻轻抚摸着她骨瘦如柴的手臂，温柔哄道，“你回家了，放心吧。”

“家？”碧莹干裂的嘴唇慢慢吐出一个词，声音嘶哑难听。她慢慢抬起长睫，不含任何生气的目光环视了一下四周，然后停在我的脸上反复逡巡，仿佛是一个记性不好的老人，正在仔细地想着前尘往事。

她愣愣地看了我好一阵，似乎有点想起我是谁，极慢极慢地说道：“木槿。”

我使劲点着头，笑道：“我是木槿啊。碧莹，咱们回长安了，就是当年的西安城，我们人在紫栖宫，就是以前的紫栖山庄。还记得吗？这里是德馨居啊，永业四年便塌了，后来重新修了，这里是后来加盖的燕子楼。”

我指着当中唯一没有换掉的一根大柱：“碧莹快看，上面是我刻的德馨居三个大字，可还记得？”

碧莹的眼珠机械地转动着，嘶哑地出声道：“这不会又是……一场梦吧？”

“没有、没有，不信你掐我一下试试。”我故作轻松地说着。

以前小时候我总这样同她开玩笑，让她掐自己一下，可她一般会真掐我一下，然后笑嘻嘻地走开。果然，她怔怔地看着我，颤着手伸向我的脸庞。她的手心是这样的冰冷，还带着潮汗，大颗大颗的泪珠淌满她沧桑的面上，她辛酸地缓声道：“木槿。”

一时间我也是百感交集，紧紧握住她的手，激动地流泪道：“碧莹，你回家了，因顾着给你更衣，大哥不便进来，现在就守在外面。”

碧莹流泪点着头，然而目光扫到一边的珍珠，就此凝住了，琥珀的眼瞳渐渐聚了焦，冷了下来，骨瘦如柴的手抓住了珍珠的手，微弱地推拒着，想是记起了关于珍珠的不好回忆。

我感到她身上的肌肉明显僵硬，抓着珍珠的纤长指甲微微颤了起来。

“这是大嫂，碧莹不怕！”我细细哄着，“大哥在永业五年同大嫂共结连理，现在已经有六个孩儿了。”

“三妹放心，大哥就守在外头，再也没有人敢欺负三妹了，”于飞燕听到动静，便在窗外高呼着，尽量柔声道，“珍珠真成你嫂子了，这几年给咱小五义生了两个女娃子、四个男娃子，现在肚子里还怀着小猴子呢。她若敢对你不好，你只管告诉大哥，大哥也替你揍她。”

珍珠对这一番暴力宣言，玉容含着一丝冷笑，瞟了一眼帘外，不置可否。

碧莹却机械地转动着琥珀眼珠，看了一眼珍珠，声音嘶哑地低声问道：“当真是……大嫂？”

珍珠略带些尴尬，尽量柔和地笑道：“三妹妹且放心，夫君这辈子，最挂念的就是你和皇后两个妹子，如今你和皇后都平安回来了，小五义当真是团圆了。”

碧莹轻声诺着，琥珀瞳仍然警惕地瞪着珍珠，手里慢慢放开了她。我趁珍珠替她换上内衣的当口，取了半月玛瑙梳，像小时候一样，站在后头轻轻给碧莹梳头，不想却拉下一堆灰白的断发，不觉鼻头发酸，悄悄塞进广袖中，若无其事地问她还记不记得她小时候很馋的冰冰面。

我吸了吸鼻头，嘻嘻笑道：“大嫂做的冰冰面可入味啦，回头等你缓过来，正好借你的光请大嫂做去。大哥可喜欢嫂子做的面条子啦。”

珍珠扁着嘴笑着点头：“现如今，你于大哥乃是忠勇郡王，在兵部挂尚书一职，任兵马大元帅一职，可就还是改不了，喜欢端着老土碗，蹲地上吸面条子。”

于飞燕便在帘外憨憨地笑出声来，表示附和：“那样吃起来有劲头。”

我们都笑了，可是碧莹似乎思维很慢，又抑或不敢相信印象中冷如冰霜、高高在上的珍珠怎么一下子成了大嫂，还同我们相谈甚欢。她微歪着头，直直地看着我们，似要努力跟上我们的家常。我们也发现了，便放慢了语速。我夸张地形容了一下珍珠手艺的色香味，过了好一会儿，她的脸上才慢慢带上了放松的情绪，想对我们说什么，可刚开口，却忽然摔在榻上撕心裂肺地咳了起来，吐出一大口黑血。我赶紧为她擦干血迹，又换上了舒适的棉衣，和珍珠一起扶她躺下，刚想起身去问林毕延关于她的病情，可是她却紧闭着眼，喘着粗气，紧紧握着我的手。

她的小脸苍白如纸，我不由得心中一片辛酸。少年时代的她总是担心会在睡梦中去见阎王，我便安慰她，我命硬，只要拉着我的手，便不会有事。于是每当她旧病复发，她总是拉着我的手入眠，我也等她平安入睡后，才抽手离去。

我紧紧反握着碧莹的手，低头坐在榻上，不让她看到我的表情。

小忠乖乖地坐在我们身边，平静地看着我们。

珍珠红着眼睛看了我们一阵，轻叹一声，便轻轻带着侍卫出去，只留下小玉和薇薇，自己同于飞燕一起去替我问病情，说是肺里的旧瘀血，吐出来是好事，不必担忧，我们这才放了心。碧莹渐入酣眠，可是仍不放我手，我便让众人退去，自己守着她，沉浸在少年时代的回忆里，满是碧莹的一颦一笑。后来，我也迷迷糊糊地睡着了。也不知过了多久，感觉有人轻抚我的脸，便睁开眼睛，原来已到了晚膳时分。

却见夜明珠在丝帛下散发着淡淡的柔光，暗宫中的白衣天人忽然活了过来，来到我的面前，正对我静静地含笑而睇，俊挺的轮廓如希腊雕像般完美无瑕。我一时恍惚，以为自己还在梦中，过了一会儿才醒过来，原来是非白亲自来看我了。我轻轻地从碧莹手中抽出手来。

不想，我方站起便不由自主地瘫了下来。原来因侧坐久了，腿脚有些麻了。非白怕吵到碧莹，也不说话，便低下颀长的身子，轻手轻脚地同我一起坐到榻上，暗中输以内力，轻轻为我按摩，对我无声而笑。

我心中感动，稍能动，便抓住他的手，借着他站起来。

非白从小久病成医，看了几眼碧莹，便猜到七八分情状了，一路安静地扶我出去，到得屋外，才对我摇了摇头，轻声叹道："红颜薄命啊。"旋又想了想，安慰我道，"不过我看你三姐倒也是个性坚毅之人，千里迢迢竟能撑到这里，想是上苍自有安排，你也不用太担心。"

我们一路轻声聊着到了五义堂，却见坐了一屋子的人，于飞燕和珍珠都还没有走，法舟也在，齐放和青媚不知什么时候来了，门口守着东营两位堂主，似乎都在拉着林毕延，七嘴八舌地讨论碧莹的病情。见非白来了，皆感诧异，便一个个起身欲行礼，非白赶紧免了众人的礼。

"今儿个不但是突厥大妃回汉地省亲，乃是皇后义姐回宫，五义团聚之日。"非白和蔼地笑道，"既娶了你们小五义中的老四，也算是小五义中人，大家都是自家人，不必在意君臣之分。"

非白今日穿了一件我为他补过好几次的天青色缎袍，袍角处早已磨去了光泽，可他总说越旧的袍子穿着越舒服，总不准宫人换，头上照例用白玉簪子绾了头发，身后恭顺地站着冯伟丛，还真像个寻常百姓家里的公子参加妻族家庭会议。冯伟丛便为他端上信阳毛尖，他笑着接过："你们接着聊，攸关皇后义姐，亦是飞燕三妹，朕且竖着耳朵听，绝不敢多言。"

我们都笑着告了不敢，非白固辞，还真默不作声地品茗细听。

林毕延便接着叹声道："回皇后和大将军，大妃的情况不是太好，即便白优子可保她一时，没有活下去的意志，再好的药石也是惘然。"

"那恶贼赵孟林下的白优子令她沉于昏睡，想是一路之上减少她的痛苦，只是这样昏睡也不是办法，无论身体还是精神都受过重创，沉睡虽可保持平静养身，但不易打开心结，老夫的建议倒是应该尽量让她清醒一些，"他开了些方子，只是皱眉道，"老夫也罢，恶贼也罢，虽可医人的身病，却医不了人的心病，大妃如今开始失禁，不是好兆头啊。"

阿黑娜泣道："其实自从得到阿芬公主的消息，大妃便不想再活了。"

林毕延想了想，还是对我说实话："皇后和大将军还是早做打算，照这样下去，即便有白优子，恐怕也就一个月光景，即便靠白优子活着，最后恐流于一个活死人罢了。"

非白素手掀开汝窑茶盅盖，垂眸品茗，听我和于飞燕同林毕延讨论病情，静默不语。珍珠也没有说话。

于飞燕的眼圈又红了。我们都愁了起来。一片沉默，倒是非白放下茶盅，慢慢站起开了金口："大家莫要灰心，林先生既发了话，依朕看，倒也未必没有机会。"

大家似乎都没有想到圣上会发话，都目露微诧。我暗想非白少年时也曾历大不幸，也算从鬼门关里险险挣扎而出，想是有心得，便凝神细听。

"每个人心中都有让自己活下去的支柱，现如今，大妃的境遇确实令人痛心，丈夫弃爱，家族被毁，女儿遭人虐逝，亲儿此生再难相见，内心深处想是早已没了活下去的勇气，便故意日夜昏睡。"非白长叹一声，起身走到于飞燕面前。于飞燕立时站起，拱手而立。非白笑着捶了他一下："朕都说了，这是家事，不必拘礼。"

于飞燕给逗乐了，只得坐下，却听非白继续说道："依朕观，大妃是因为阿芬公主和木尹皇子才病倒的，说到底心结还是孩子，不如请飞燕多带着孩子前来探望，也许会有奇迹发生，也未可知。"

众人只觉非白之言如醍醐灌顶，都对非白佩服兼顺服得五体投地。

那日后，碧莹虽不再失禁，但仍一心昏睡，而且醒来的时间越来越少，吃得也越来越少，人也愈见消瘦，令人见之惊心。

小忠好像认出了碧莹是旧日主人，从碧莹搬回德馨居后，便再不黏着我，只一心守着孱弱的碧莹。

非白又让我到内库取一些前阵子撒鲁尔带来的突厥礼物，做陈设摆放在燕子楼里，就骗碧莹说是撒鲁尔送来的，好赖能温暖一下碧莹的心。我心下感动，轻揽上他的腰，靠在他肩头，动情道："非白，谢谢你，对碧莹如此宽容温情。"

非白对我叹气道："当初明家下毒害了非珏，只得练那劳什子的《无相真经》，结果非珏反过来又害得明碧莹落得如此下场，也算是因果相报。不管明原两家如何世仇，她始终是无辜一弱质，而且撒鲁尔造的孽，也算我这做哥哥的替他还债。木槿放心，朕也希望她能好起来，也算功德一件。"他把手放在我的小肚子上，看着我的目光微有迷茫，柔声道，"也许便能赎了原氏……我的罪，让我们能快点有孩子。"

"别胡说，这同你又有什么关系了。"我轻嗔道，心中难受。他始终在意那原氏得不到心爱之人的箴言，我轻轻覆上他放在我小腹上的手，嘻嘻笑道："放心吧，当家的，一定会的。"

非白给逗乐了，低喃道："你真好。"

我的心中柔软难当，轻抚他温润的脸颊，轻轻吻上他的唇，只觉缱绻得要滴出水来。

他的凤目闪着从未见过的星光灿烂，轻轻圈上我，把头靠在我的胸前，我也温柔地抚着他油亮的发髻，心中只觉无限的甜蜜和舒畅，愿时光停留在此刻就好，不觉相互依偎了许久。

然而，碧莹偶有醒来，看了看四周华丽的突厥陈设，殊无异色，我绘声绘色地解说此乃撒鲁尔亲使人送来的赏赐，皆按皇后仪制，满是热爱慰问之意。

可是，碧莹只是目光惨淡，嘴角微牵，毫无反应，然后翻了个身，继续沉睡。

我们都非常心焦失望。

腊月十八，于大哥和珍珠便着女儿小雀和小兔前来。小兔的额上还是点上胭脂，说话已经很溜，小细胳膊小细腿的，力气却很大，一见到我便麻溜地爬到我身上，嚷嚷着皇后姨娘抱，生气勃勃的小雀叽里呱啦地说个不停。

碧莹听到童声，慢慢睁开了眼睛，看见小雀和小兔两个女孩子正跪在榻前，瞪着四只明亮的眼珠子充满好奇地看着她。我扶着她慢慢爬起，轻声哄道："这是大哥第三个和第五个孩子，女儿小雀和小兔。小雀今年九岁，小兔今年四岁啦，你们两个还不快来见礼。"

"三妹妹今天气色好，这便是我同你提过的两个丫头，别看是女娃，可调皮哪！"于飞燕笑嘻嘻地对碧莹说道，转头虎着脸对两个女娃儿低喝道："还不快给你们三姨娘磕头？"

小雀和小兔带着狐疑给怔在床上的碧莹见了礼，小雀起身后立马说出一句戏语：

“阿爹、阿娘，你们又诓我，这哪里是三姨娘，分明像是三奶奶。”

大人们当场一阵尴尬，碧莹却似毫不在意，眼神一下子聚了焦，慢慢溢满了泪水，然后挣扎着过去，紧紧抱着小雀，口中痛呼不已：“阿芬、阿芬，我苦命的孩子。”

小雀杀猪似的叫起来，大力挣扎着跑出来。

碧莹看着小雀，靠着我满面泪痕，娇躯不停地打着战，喃喃道：“阿芬、阿芬，阿娜对不起你，对不起你啊。”

两个孩子全吓傻了，小兔也吓哭了，可碧莹直愣愣地看着两个孩子，来来去去地说着对不起，然后便撕心裂肺地放声痛哭起来。我们所有人都跟着流泪了。

于大哥那样刚强的一个人，一下子红了眼眶，大踏步地过去拽住小雀和小兔，把她俩扔到碧莹面前，沉声道：“跪下，从今天起，这不仅是你们的三姨娘，还是你们的干娘，快叫干娘。”

珍珠怕于飞燕吓坏孩子们，正欲上前，我第一次看到于飞燕对珍珠极具大丈夫地一抬手，厉声道：“你且闭嘴。”

珍珠一下子噤了声，小兔战战兢兢地叩了头，小雀也给怔住了，慢慢地靠近我们，轻轻地伸出小手替碧莹拭着泪，怯怯地说道：“干、干娘，求您抱得松些，昨天练武，屁股被小狼踢着了，到现在还痛呢。”

我们都破涕为笑，碧莹也笑了，这回是轻轻地搂上了小雀，狠狠地亲了一大口。阿黑娜等侍婢又帮碧莹清洗梳妆一番，碧莹低声对阿黑娜说了一句，阿黑娜便笑着把首饰盒取了来。那是碧莹第一次认认真真地挑起我从内库精心挑选的精美器物。她挑了一只八宝琉璃燕璎珞金项圈，亲自给小雀戴上，又选了一串红宝石项链给小兔戴上，算是见面礼，两个女娃娃欢天喜地谢了赏。

碧莹在突厥失去了两个女儿，又得到了两个女儿，也许人生便是喜剧套着悲剧，悲剧又连着喜剧，总是如此循环往复。

从那天起，于雀莫名其妙地成了大突厥热伊汗古丽大妃的义女，同时有了一个西域霸主的义父。在历史记载中，他是一个狂暴的战争狂人，对待后宫有情似无情，然而她的义兄，却在西域历史上相反，他的剽悍、仁慈和智慧天下共举，偏偏这两人水火不容。

讽刺的是，于雀本人从小不爱红妆，长大后更是成了同其父兄一样有名的武将，而她唯一有幸谒见她义兄的时刻，便是大塬与突厥偶有摩擦之时。

由于其貌美多智，极擅兵法，又是突厥可汗的义妹，从某种意义上说，声名已然超过了她的几个同为大塬名将的兄弟。边关诸人，无论敌我双方，皆称其为边塞魔女，甚至她的几个亲兄弟，连带她那位万人之上的义皇兄，提起她都咬牙切齿：“这个混账丫头。”

这于她而言，很难说是一件幸还是不幸的事。

然而，自从有了小雀和小兔的陪伴，碧莹的精神却真的一天天地好起来。林毕延也感叹这是医学上的奇迹。眼看除夕就要到了，她已经可以自行下床，慢腾腾地靠着阿黑娜挪到窗棂前，看孩子们在当年我们一起浣衣的冰溪地里打雪仗，同我和珍珠聊着家常。

我们都明智地选择闭口不谈在弓月宫中发生的事，只聊一些以前发生的事。碧莹没有提及二哥，直到那天忽然薇薇来报，初仁带着世袭南嘉郡王重阳前来请安。

才一年光景，重阳长高了不少，自崇元殿那场变故后，重阳再不痴缠笑闹了，只是终日沉默不语，可能是初仁已经讲了碧莹的渊源，不用我发话，小身子中规中矩地给碧莹行了礼，便恭敬道："见过三姨娘。"

碧莹发了好一阵愣，赐下一对舞麒麟和田玉佩，重阳乖乖接过，跪下谢恩，每每碧莹发问，他便歪着脑袋想半天，再缓缓答来，然后便沉默地坐在对面，驼着小身子，哀伤而呆滞地看着我们，再无多言。认亲场面相当冷场，我便寻了个由头，让初仁带着重阳到外边同于家的孩子打雪仗。透过琉璃窗，只见"动物园"看到重阳便热情地一拥而上，七嘴八舌地聊了几句，重阳才微微有了一丝笑意。不一会儿，几个孩子重又分组，开始玩雪仗。

碧莹看了一会儿，低声对我说："这孩子和二哥少时一样，心事重。"

这是我第一次听到碧莹提到二哥。我叹了一口气，点了点头。

那年冬天，大哥和二哥从子弟兵营中下来，身后各带了几个人，那时他们已经分别是东、西营子弟兵的小头目了，见了面还没开始说话，身后的那几个人倒先操家伙要干起来，把我和碧莹吓得够呛。后来大哥和二哥把自己的人拖开，然后想出一个主意，这里是小五义的地盘，没有敌手，只有对手，便各分一队打起了雪仗，等我回来时，他们已打了六场，各胜负三场，算打了个平手，本来互相仇视的子弟兵都没有了隔阂。后来那天锦绣也来了，我便从哥哥们手上取了银子，沽了几两好酒，又炒几个下酒菜，一起欢天喜地喝起酒来。

那时候的岁月真是无忧无虑……

如今望着孩子们嬉戏追逐，不由得又在心中感慨一番，却听身边的碧莹忽然发话道："那时候我真的好羡慕你。"

这是碧莹第一次提起过去的事。我别过头去，涩然道："碧莹，都过去了，咱们不是说好不提了吗？"

碧莹扭头对我平静地笑了笑。

"我一直以为他们喜欢你，只是因为我是个病人。"碧莹却温柔地看着窗外，笑道，"可是等我病好了，我才发现二哥的心里已经容不下我了。"

我一时不知如何开口，琥珀瞳似是迷失在往事中。我沉默了下来，低头静静地想着过去，直到猛然惊觉她脸上一行清泪缓缓滑下，我手忙脚乱地取着丝帕，替她拭着泪痕，却听她轻声道：“木槿，你看，阿芬与二哥在天上看我，他们等着我快去呢。”

“你又胡说，”我悚然一惊，却板着脸教训道，“木尹太子毕竟是可汗的长子，现今不过是父子误会，可汗也没有下格杀令，本来就只是想宣太子面圣释由。还有你看看可汗给你的赏赐，吃穿用度一应俱全，皆是皇后之仪。可汗还修书给陛下，请大塬天子好生照顾你，我偷偷看啦，真的，那封信中措辞婉转，情真意切，见之落泪。碧莹，陛下是真心爱护你，想你身体好些便能迎你回去。”

她满面悲戚地看着我，栗瞳竟是无法言喻的悲凉哀戚。

这时，一阵大风雪飘过，孩子们大叫着捂住了眼睛，侍卫们忙过去护着孩子们进檐下，想等风雪停了再出去。有几丝细风便沿着窗缝钻入，轻扬起碧莹几丝微见灰白的鬓发，拂到我的颊边。遥想当年德馨居中青春年少的她对我纯真浅笑，不由得悲伤难忍，我强自欢笑道：“现下木尹太子在大理借住，大理武帝誓与我邦交好，又以好客闻名，尽管放心木尹的安危，我观木尹淳良孝义，假以时日，可汗的气消了，自然会赦免木尹，着人来接你回去的。”

“你知道吗？当我第一次感到我自己对你的嫉妒时，有多么害怕，”她含泪轻笑出声，不健康的红晕浮现在她的面容上，“因为你对我的恩义是这样温暖，我一面嫉妒你，一面离不开你，另一面又这样反反复复地折磨自己，所以后来我就默许了自己冒了你的名字变成了……”一阵剧烈的咳嗽打断了她。

我急忙流泪过去拍着她的后背，平复着她的痛苦，尽量柔声道：“哎哟喂！别说了、别说了，怎么又来了呢。这早就是过去的事了，你还真要唠叨到老了来当酒吗？”

她好不容易平复了咳嗽，抬起头细细地同我对看好一阵，略带羞涩地柔柔地笑了起来。

我也笑了，心情一下子轻松了。我们互相轻轻地拥抱了起来，就像小时候一样温暖。我轻拍她的后背，开心道：“一切都太平了，等你的身子再好一些，我想办法让木尹偷偷前来长安看你，可好？”

碧莹哽咽着嗯了一声。我感觉脸颊边上一片湿冷，想是她流泪了，其实自己又何尝不是呢？

我胡乱地擦着泪水。好一阵后，她复又出声道：“他将我送回来，面对你，不过是想让我再多受些良心上的煎熬。”

她慢慢放开我，眼中渐渐凝聚起悲愤之色来，涕泪花了她的妆容，她凄然地看着我道：“一切皆是罪孽，皆是我的报应，就应该让我一个人来背，可是我们的孩子何其无辜？你知道吗？”她忽然神经质地抓紧了我的手臂，那样紧，灰白的指甲甚至抠进了我的肌肤，她的声音一下子冷硬了起来，“他恨他们。”

“莫怕、莫怕，轩辕皇后还有那朵骨拉王妃都已经死了，”我坚定道，“碧莹莫惊，只管好生养病，我一定会让可汗接你回宫，没有人再会来害你了。”

“不是，不是她，”她狂乱地摇着头，泪水滑落，无力地哽咽道，“不是轩辕皇后，是他，是可汗。他恨我，他恨所有的人，他觉得这世上所有的人都骗了他。”

我大惊，回头惊望小玉。小玉早已面不改色地屏退左右。

“他要怎么样折磨我都无所谓，可是……阿芬和木尹是撒鲁尔可汗的孩子，也是他的孩子啊，他珏四爷的孩子啊。”话毕，她的脸色惨白如纸，猛然倒在我的臂弯中痛哭着，“为什么他要这样任人欺凌自己的孩子？我可怜的阿芬那么小，死得那样惨……”

那一天，碧莹在我的臂弯中终于吐出了郁结于心的悲愤和痛苦，放声痛哭。她哭了很久很久，我本来想对她柔声细哄一番，可是不知怎么了，当时的我一句话也说不出来，只觉无限悲痛和怜惜，只是紧紧搂着她，一边轻轻抚着她的灰发，陪着她一起啜泣流泪。

小忠似乎也懂得碧莹的苦难，狗头靠在碧莹的腿上，呜呜低鸣。

等我们醒过来的时候，珍珠不知何时站在屋中一角，同小玉一样，看着我们泪流满面。

腊月转眼将尽，非白为了安抚碧莹，特御封碧莹为安和公主，在举国节俭的风尚下，破例命内务府专门做了一件奢华的大红蜀锦公主吉服，希望她安心住下。至此，皇室对小五义的荣宠到了无以复加的地步，一时显赫无比。

除夕夜，非白忙于元旦大朝会的准备，我怕耽误他的午休，自己也忙于年底封账，而且大朝会以后，我也要接受内外命妇的朝贺，我便起了个大早。一上午，与齐放一起成功封账，午时便笑嘻嘻地到碧莹处蹭了一顿中饭。阿黑娜他们做的西域烤肉就是好吃，我便央碧莹在今日家宴上也准备一些，正好可以让非白尝尝。碧莹欣然应允。

歇了午觉起来，我拿出我玉人堂的镇店之宝乌玉美发膏，让薇薇和姽婳帮我俩染发。到底是经过林神医改良过的，加了多种名贵药材，什么何首乌、雪莲花的，我一下子年轻了五岁，碧莹则一下子年轻了十岁。我同碧莹又换上了吉服。为了显示皇上的恩典，碧莹专门换上了那件大红蜀锦大礼服，我换上了那件宝蓝闪缎吉服，过了一会儿，于飞燕下了朝直奔燕子楼来，看到我们，惊艳了好一阵子。

我们笑着说了一会儿话，珍珠带着一大帮子孩子和新年礼物过来了，也是一堆惊喜地欢呼。我记得很清楚，那一天，碧莹的容颜展露了久违的明艳和愉悦。

珍珠来的时候让坠儿捧着一具古琴来，笑道：“你大哥是个大老粗，却偏成天嚷着三妹妹的琴艺如何冠绝天下，孩子们从小听到大的，刚听说你回来那阵子，孩子们天天嚷着要听，这是小雀和小兔用压岁钱买了送给干娘的，说是要听干娘的天籁之音。”

小狼多问了一句：“阿娘，啥叫天籁之音？”

碧莹被珍珠善意的谎言给逗笑了，便应了下来，净手焚香后，便弹起一首《戏莲》。

结果等一曲终了，众人皆如痴如醉，只有于飞燕打起了呼噜。

众人赶紧狠狠摇他，于飞燕咂巴着嘴醒了过来，擦着嘴角边的口水，感叹道：“听三妹妹的琴声，一准好睡。”

众人一阵嘘声，然后哈哈大笑。

碧莹温笑道：“大哥还是老样子，一听我的琴声就想睡。”

小兔哆哆地说了声：“干娘，小兔要听皇帝姨父上次弹的，那个那个。”

我和于飞燕当时就一呆。

好在碧莹也不生气，亲了一下小兔子，疼爱道：“小兔子乖，干娘给你弹《长相守》啊。”

“碧莹，那个，”我咳了一下，“咱别勉强，还是弹‘喜羊羊’吧。”

小狼立刻举手欢呼，可是碧莹却微微一笑，对我轻摇摇头，闭上眼后深深呼吸。再度睁眼时，她恢复了平静，嘴角含着一丝轻笑，纤手微扬，一曲动人的《长相守》响了起来。

优美的音律缓缓流泻在燕子楼中。我们从未听过如此宁静平和的《长相守》……

琴瑟在御，莫不静好……

那是碧莹心中的《长相守》。

我们正听得感动，忽然不远处又响起一阵琴音，也是一首《长相守》，却是充满了爱的热情和幸福感。碧莹停了下来，凝神细听了一会儿，复又抬手弹起，两股音律的节奏渐渐交汇在一起，仿佛一冷一热两道泉水，渐渐交融，滋润心田。

也不知过了多久，一曲终了，碧莹长长地舒了一口气，琥珀瞳中略有恍惚，而我们直听得如痴如醉，差点没回过神来。

倒是一阵掌声响起，我们这才醒了过来。扭头一看，却见是非白正含笑站在门口。碧莹微讶，随即随众人起身行礼，非白立刻宣免，他大步走到碧莹面前，赞道：“犹记少时曾听过安和公主的琴艺，不想如今已经出神入化了，竟引得朕技痒，忍不住摆弄一番了。”

“陛下谬赞了，”碧莹优雅地垂首道，“陛下的琴艺冠绝天下，妾之薄技乃是萤火之光，如何堪与明月争辉。”

“安和公主过谦了，”非白淡笑如初，“你着实好琴艺，最终竟能挣脱了朕的琴曲，朕最后倒是跟着你的曲调走了。”

非白同碧莹寒暄了几句，抱起了最小的小兔子，逗她玩了一阵。

小兔子甩着两条冲天辫，两只小胳膊抱着非白的脖颈，嘻嘻笑道：“小兔最喜欢皇帝姨父了。”然后献上香吻，引得众人一阵大笑。

非白笑得几乎合不拢嘴，凤目中闪着无限怜爱，伏低身也亲了亲小兔。身后的冯伟从早就端上一个大紫檀托盘，红丝绒上齐齐地放着几串水晶手链，非白便取最小的一串，给小兔戴上，然后招手让其他孩子过来，含着温笑一一亲手为他们戴上。

我看着这温馨一幕，心中微堵地低下了头，暗叹：非白是真的想要一个自己的孩子。

晡时，祭过天地先祖，我同非白，还有原氏宗亲吃过年夜饭，便摆宴燕子楼同我们一起守岁。小兔到处乱蹿，不肯吃饭，惹得珍珠埋怨了几句，非白便好脾气地替珍珠抱起小兔，让她坐在自己身边，还亲自喂了一口鸡脯。小兔还真给皇帝面子，张大缺了门牙的小嘴巴一口吃了下去，然后赖在非白身边，不肯回珍珠那里了，众人大笑。我同碧莹坐在下首，碧莹看着非白亲自喂小兔，微笑了起来："陛下倒像换了一个人，连琴音也温暖了不少，方才竟是在劝我重新振作。"

我心中感怀。这时阿黑娜走了进来，为我和碧莹斟了一杯酒，我便接下来，同碧莹对饮了起来。

阿黑娜今天戴了一对镏金耳环，身边的素丽塔也戴了一对一模一样的，我心中微动。他们初到长安时，阿黑娜曾说遭过洗劫，而这耳环不是从西域带来的，也不是我送来的，而且以素丽塔的身份，也不应该同阿黑娜戴一样的耳坠啊。

阿黑娜轻轻摸了一下耳环，然后端起金樽，递到非白面前，那时非白的全部注意力都集中在喂小兔上，素丽塔正好走到于飞燕那里，于飞燕正同素辉谈着什么快意之事，笑得前俯后仰，根本没有注意素丽塔也快速地轻摸了一下耳环，然后倒了两杯酒放到他们面前。

我一愣，屋子里的烛火不是很旺，但是她袖子里有光微微闪了一下，我立刻把桌上的盘子飞向素丽塔，大喝："酒里有毒，有刺客。"

众人皆惊，果然那个素丽塔一个翻身，躲过银盘，她飞身晃到非白面前，摘下耳环扔向非白，非白抱住小兔把桌板翻过来，挡住她的暗器，不想那耳环立刻爆开一把毒雾。

非白抱着小兔滚到一边，场中立时大乱。于飞燕立刻一个扫堂腿，正中素丽塔的心窝，然后把杯中的毒酒洒到她的脸上，她脸部立刻焦黑起来，痛得大声嘶叫，不到五秒钟便昏厥过去，脸上臭气难闻。

于飞燕厉声对着阿黑娜喝道："你是何人，安敢行刺？"

突厥跟来的那些侍卫个个从四角取了刀剑围住我们。

碧莹吓得花容失色，本能地要保护小雀，小虎先反应过来，喝了一声排阵，"动物园"亮出手上戴着的银饰变成了一把把护驾的利器，挡在女眷席前对抗那些武功高强的侍卫，保护我们。

幸得韩太傅及时带人跃进来，素手微扬，阿黑娜仰头避过，脸上的人皮面具掉下来，露出一张美丽而疯狂的脸来，我认出来了，竟是那个锁心，也就是明风卿。

韩先生大喝道："大胆明风卿，陛下早就料到你会前来行刺，不想你竟然狠毒至此，连孩童也不放过，更何况安和公主是你唯一的亲生女儿，她已被尔牵累半生，你这做母亲的竟如此狠毒？"

明风卿冷冷地看了一眼震惊的碧莹，一句话也没有跟碧莹说，只是扭头凄厉地看向非白："原氏狗贼，一个不留。"

非白快速将小兔扔给齐放，明风卿就趁这个机会，将长剑直直地刺入非白的左胸，碧莹和珍珠都疯狂地大叫起来。

我的脑子一片空白，直冲上去，根本没注意那个突厥男杀手在我身后。小忠怒吼着，身体暴涨近一倍，扑向那个男杀手，活生生地将他撕裂了。这时，毒雾开始蔓延，青媚护着珍珠等女眷，抱着孩子一个个自燕子楼跃下。明风卿和四个男侍卫仍在企图靠近非白，我同于飞燕冲上前去，护住非白。

韩先生飞身过来，一掌劈死一个杀手。明风卿的注意力忽然转移到我的身上，举起刀刃向我连攻，眼神疯狂。小忠飞身过来，挡在我面前，却对她收了利牙，只呜呜叫着，奋力咬住她的袖子，将她往后拖，似是在劝她收手，可她却冷着脸低声道："没用的畜生。"手起剑落，便将小忠拦腰斩断，鲜血四溅。

于飞燕恨明风卿不顾妇孺，并不留情，接过于虎扔过来的九环刀，用尽全力刺向明风卿的后背。

这时姚雪狼和程东也乘机消灭了其余突厥侍卫，合力砍下了明风卿的头颅。

仿佛是命运的恶作剧，明风卿的头颅从二楼飞落，不偏不倚地滚到走在最后的碧莹脚跟前。于大哥和我满面血迹地飞身下楼时，已经来不及了。宫人吓得大叫，明风卿的琥珀瞳凄厉而绝望地看进碧莹的眼里。

也许是血缘的牵引，又许是这个血腥的场景刺激了碧莹记忆深处悲伤而恐怖的往事，碧莹定定地瞪着明风卿，慢慢地跪倒在血泊之中，颤抖着双手捧起明风卿的头颅。

"不要碰她，碧莹，快放下！"我大声叫着，"她已为仇恨失心疯了，已不再是你的母亲。"

可碧莹却如若未闻，失魂落魄地捧着那血淋淋的头颅站起来向外走去。青媚及时喝住士兵，不让人伤害她，只让人将她团团围住。燕子楼前不断拥入听闻圣上遇刺消息而赶来的龙禁卫，灯火如昼。精神恍惚的碧莹步履蹒跚地来到洁白的雪地上，长长的红色下摆沾满了亲生母亲的鲜血，沿途拖曳了一路，映在雪白的大地上甚是触目惊心。于飞燕和我只得施轻功慢慢靠近。于飞燕满面紧绷："碧莹，快、快放下。"

碧莹慢慢转过身来，浑身都在打着战。她看着我们，琥珀瞳中藏着无尽的恐惧和哀戚。

我明白了，碧莹想亲自安葬自己的娘亲！

可是，上天为什么要对碧莹这样残忍？

新年的鼓声响起，碧莹颤抖着嘴唇对我们张口欲言。

这时，林毕延气喘吁吁地追过来，凄厉地喊道："快让她放下，有机关。"

等到我们飞身上前时已经来不及了。无比可怕的一幕发生了：明风卿的嘴角对着碧莹扯出一丝诡异的微笑，一张一合地不停吐出血沫，没有人能听到她在说什么，看嘴形好像在说："永不原谅。"

然后，那颗头颅忽然爆炸，爆出无数的银钉射入周围人的体内，于飞燕的腿部中了一钉，而我的右臂中了一钉。碧莹靠得最近，她的胸前立时血涌如喷。所有人都惊呆了，就连久经血腥沙场的于飞燕等人也骇在那里。

真正的仇恨如何轻易得解！明风卿心计深厚，她扭曲地认为原氏中人会像她一样侮辱敌人的尸首，于是在自己的身体里做了机关，引诱敌人，可是不想却害了自己此生唯一的女儿。

可怜的碧莹已直挺挺地仰面倒在雪地上，鲜血从她的背后漫延开来，像盛开了一朵无比瑰丽悲壮的红花。

等我们抱着碧莹回到燕子楼时，非白已不在燕子楼内。我急问非白的伤势，韩先生的双目通红，对我们说，圣上十分幸运，只是皮外伤，他已经为圣上敷了金疮药，包好伤口，已经先回麟德殿接受大朝贺了，让我们不要担忧。

林毕延到里间抢救碧莹的时候，我们在外面如坐针毡。

这时，青媚进来报告说："方才黑梅内卫报说，长安城外发现阿黑娜和那个侍女素丽塔的尸首，卑职用流光散唤醒了那个扮素丽塔的女暗人，她受不了明心锥招了。自从嘉王事败，明风卿的脑子就不正常了，不为天下，只为复仇。她们随安和公主回到原氏，就是为了行刺圣上，只因圣上是原青江最爱的儿子。"

"撒鲁尔必然知道这一切，"我沉声说道，"故而将碧莹只身赶出皇宫，又默许了那些势利宫人对碧莹洗劫。碧莹的境遇越悲惨，越能引起我们的同情，戒心也会越低，这样明风卿就能顺利地来到宫里，行刺圣上，搅乱元德年的平安。"

一身缟素的于飞燕虎目含泪，恨声道："这个杀女害妻的畜生。"

我心中却伤痛难当。以非白这样聪明的人其实又何尝不知呢。他大张旗鼓地诰封碧莹，在所谓的安抚背后，想必是将计就计地引出明风卿，好一举歼灭。

果然想骗过敌人，便要先骗过自己人。可是非白为什么不能提前知会我一声，这样我就能更好地保护他和碧莹。

难怪赏给碧莹那件大红的吉服，什么诰封大礼服，名贵织锦，以示荣宠，因为这件大礼服最显眼，又安排碧莹同我同席，这样明风卿会顾忌碧莹而不会伤害我，自己还是第一目标。

我闭上眼睛，心中痛苦地想着：非白，你为什么要瞒着我，为什么要独自承受这一切？

天快破晓时，林毕延非常疲累地走了出来。我们都站了起来。林毕延对我们摇了摇头："伤势太重了，恐怕就在这两天了。"

林毕延走到我面前，沉痛道："皇后进去多陪陪安和公主。"

我们走进屋内，侍女正在收拾，屋里透着一股淡淡的血腥气。我不想让碧莹害怕，尽量装得没事人似的走向她。

碧莹对我平静地笑着，忍痛对我伸出手来。我快步走到床前。

她的嘴唇没有一丝血色，靠着我的肩膀，低声问道："那真是我娘亲吗？"

我艰难地点了点头。

她的嘴角悲凉地牵了牵，眼神满含悲凄："这段时日，她将我照顾得真的很好……好妹妹，你说……她是否是出自真心呢？"

我再次艰难地点了点头。

她怔怔地看着床几上放的一件莲花纹样玫红披帛，那是前几日扮作明风卿的阿黑娜为碧莹做的。泪水慢慢滑下，她对我说道："好妹妹，帮姐姐葬了她吧，她也是个可怜人。"

我心中悲恸，只对她温言笑道："知道，你放心养病。"

她却淡笑起来："你又诓我，我知道……我马上就可以见阿芬了。"

我正要劝她几句，这时外面有宫人唱颂："圣上驾到。"

非白换了一身干净衣服，披风不及褪下，带着风雪的气息走了进来，他的面色略白。

碧莹示意我扶她起来见驾，非白欲免，碧莹却坚持要起来，我便让碧莹斜靠在我身上。她像以前一样紧紧拉着我的手，面对着非白。

"请陛下恩准，原氏与明氏之恨，宜从妾止，"碧莹靠着我，喘着粗气，对非白说道，"就让妾的血洗清明氏的罪孽。"

非白久久凝视着碧莹，最后诚挚地长叹道："明氏的罪孽由安和公主一人来背，太不公平了。"

"不，陛下，"碧莹淡淡地笑了，"妾是一个将死之人，亦曾满身罪孽，这……很公平。"

非白答应了碧莹的要求，然后碧莹又提出了最后一个要求：想见锦绣。

非白微诧。

碧莹平静而无畏地回视着非白，微笑道："妾平生孤苦，唯有小五义扶妾危困之时，妾自知时日无多，还望陛下以宽厚仁德之心，能让妾放心离去。"

非白的凤目看着碧莹，沉凝起来，最后略一点头，唤道："伟丛，让龙禁卫以金牌令快马请太皇贵妃来见安和公主。"

锦绣风尘仆仆到来的时候，已是第二日的寅时。她穿着一身半旧宽大的僧袍，长发披肩，饶是如此，仍然难掩天生丽质、倾城之貌。宫灯下的她沉静地看了我一眼，等紫瞳扫到碧莹时，微微一凝，快速地垂眸避过。

她略显高傲地向我们倾了倾身，满带冷意地说道："见过皇后娘娘，见过安和公主。"

碧莹也定定地看了几眼锦绣，微微一笑："锦绣，你还像以前一样，貌美如花，仿佛一切就在昨日，刚刚与你分手。"

锦绣漫不经心道："不知安和公主让陛下召妾前来，有何用意？"

碧莹淡笑如初："妾父亲早亡，生母离弃，只有小五义相济，如今妾之将死，其言亦善，不过是想看看众兄妹罢了。"

我咬牙扭头瞪向锦绣，她似是回应了我的目光，又深深地看了几眼碧莹，优雅地轻拈僧袍的下摆，盈盈跪下，以头伏地，宽大的宫袖拂过，她沉沉道："请三姐恕罪，一切皆是锦绣的错。"

"只是，"她抬起娇躯，无畏道，"请三姐明白，若时光倒回，锦绣还是一样会诬陷三姐，逃出魔窟生天，换来这一生荣华。"

我气极怒极，低喝道："锦绣。"

碧莹淡然一笑，毫无怪罪之意，只看着锦绣说道："又逢故人长下泪，世事回环皆叹息。"

锦绣一怔，碧莹却略俯身，长长的指尖扶向锦绣的臂弯，摇头道："太皇贵妃的大礼妾不敢受，同妾所犯下的罪行，太皇贵妃实在无须自责。"

锦绣站直了身子，同我对望一眼，尴尬地恢复了沉默，唯有一品铜兽炭盆中微微发出嗞嗞声。

"其实，我欠五妹一声对不起。"碧莹忽地悠悠出声。

在场中人都一愣，却见碧莹苍白的脸上浮出一抹伤怀："我身为锦绣你的结义三姐，却没有在你遭难时相助，枉你称我一声三姐，你对姐姐的所作所为其实很公平。"

锦绣的紫瞳一闪，昂然抬起美丽的面庞，激愤地冷哼道："你无非是想在死之前，看看我落魄的模样，狠狠嘲笑我一番，出这一口怨气罢了，你尽管嘲笑我，可老天还是让你背运，走在我前头。"

我大喝："锦绣，你别说了。"

碧莹却对我轻摇头，表示并不介意，她忽然伸出骨瘦如柴的手，用尽力气握住锦绣，锦绣想挣却怎么也挣不开。

碧莹的琥珀瞳却平静地对视着她的紫瞳，诚恳说道："三姐和你一样，这一生都饱受命运戏弄，正如你所说，我是将死之人，何苦还要这样折磨你，这些年我在凉风殿常常想起你，少时我受病痛折磨，总算还有木槿相守，可是最小的五妹呢，孤苦无依，在紫园饱受欺凌，还被我夺走了你姐姐所有的关爱，我才是一个可恶自私的姐姐。”

锦绣动容得紫泪盈眶，胸膛剧烈起伏，却仍然粗声喝道：“你别以为说这种话，我就会原谅你，原谅你们所有人，让你这个废人好了无遗憾地轻松死去。”

这时于飞燕走了进来，默然地来到锦绣对面，跪坐下来，红着一双大眼睛，哽咽道：“小五……当年大哥没有保护好你，大哥也对不住你。”

碧莹流泪道：“锦绣，三姐不求你原谅，只求你放下仇恨，三姐曾经和你一样，太为自己着想，忽略了身边其他人的痛苦，忽略了我们有多幸运，还有木槿和大哥这样的好兄妹。”碧莹重重咳出一口黑血，我们手忙脚乱，这才止住她咳血，只听她努力平复着喘息，哀哀说道，“一念之错，将本应善待、深爱的人狠狠伤害，可最后伤得最深的其实是我们自己。”

于飞燕长叹一声：“小五，放下吧，你的心本不必如此沉重。”

我再忍不住流泪：“锦绣，姐姐只想你能为心自由而笑、自由而活。”

锦绣仍然倔强地不停地说着“绝不原谅，绝不放下”，可到最后她哽咽出声，泪流满面，哭倒在碧莹和我的怀中。碧莹却笑了，伸手轻扶锦绣的秀发，锦绣也回握碧莹的手。

碧莹又对我和于飞燕伸出手来，我们四人再一次像小时候一样双手互握，久久相视而笑。

这时，一缕晨曦悄然破云而出，窗外稀薄的阳光清新地穿过窗棂，照耀在我们四人身上，碧莹扭头望向窗外，胭脂梅正朵朵探出西枫苑。她遗憾地微笑起来：“西枫苑的红梅花真好看，回来这些时日，整日昏睡，却没有走出去看看，实在可惜。”

是了，有一年西枫苑的红梅开得艳丽非凡，碧莹也是一心向往，我们都想让她开心些，于是就让于飞燕抱她出了屋子，然后带她远远地看了眼那稀世的胭脂梅。那时她笑得也很开心。

我便细细劝慰道：“这有何难，等你身体好些，我让大哥再抱你去可好？”

碧莹慢慢转向我，摇头淡笑道：“怕是等不到了。”

我心中一凉，她却若无其事地对于飞燕仰头笑道：“大哥，可否劳你抱我这残躯再去看看那红梅，就像小时候那样？”

于飞燕虎目含泪，强笑道：“好！”

我便帮碧莹裹上海狸子披风。于飞燕小心翼翼地打横抱起碧莹，缓缓走出燕子楼。刚来到小溪边上，碧莹便喘着粗气，眼神开始涣散。于飞燕怕颠着她，便硬生生地停了下来。我上前帮着把她的衣服裹紧，她慢慢睁开了眼，静静地望向那一抹嫣红，渐渐抹开了一丝舒心笑容。

我看向林毕延，他只是叹惜地对我们轻摇了摇头。我们心头惨痛，知道这是碧莹的回光返照。

西枫苑墙头探出的胭脂红梅傲然怒放，冷艳而火热地俯视着我们，映得天地白璧愈加无瑕，而琉璃世界里的我们人影渺小。碧莹看着那似火红梅，淡笑如初，只是轻声问道："二哥去时可留下什么话吗？"

这是第一次碧莹问起宋明磊离世的情状。我对她轻摇头，俯身在她耳边哽咽道："碧莹放心，二哥尚在人间，如今已皈依佛门，一切平安。"

碧莹定定地看着我，琥珀的眼瞳微微地起了一丝激动，然后流下一串泪来，长长地嘘了一口气，又将目光转向那红梅，笑道："木槿，还记得吗？那一年的胭脂梅开得多好啊，比现在的还要好哪。"

她眼瞳忽然淡了下来，急喘起来。我们紧张了起来。林毕延拿出一颗药丸，欲喂她服下，可是她勉力抬起瘦弱的手，轻轻地挡开了林毕延，对我们极温柔地微笑，愈加急促地喘着气，美丽的双目半闭起来，她的声音渐渐轻了下来，不停呢喃着："二哥。"

我同于飞燕愣了愣，于飞燕旋即明了，在她耳边点头道："是二哥，碧莹你先不要睡，咱们回去再睡啊。"

"不要喝药！二哥，喝药好苦……"碧莹的声音低得几乎听不见。她抓紧了我的手，慢慢闭上了眼睛。

一股难忍的辛酸涌上心头，我轻抚着她的手臂，细声哄道："不喝药了，碧莹快醒来，我带你去西域见撒鲁尔陛下好吗？我知道你很想他，等你好了，我们一起去大理看木尹好吗？他现在非常安全。"

我以为碧莹听到撒鲁尔或木尹，她一定会醒过来，果然，碧莹微睁眼，她的声音充满了无限的辛酸和迷离："二哥，我已经厌倦了西域的生活，求求二哥……不要再把我送走……了，我想木槿，大……哥。"

锦绣望着我们满面恍然，似在噩梦之中，一生纠结惑然未解，慢慢跌倒在地。

我紧握着碧莹的手，痛不能言，唯有泪洒雪地。

于飞燕紧抱碧莹，屹立苍茫雪地，牢牢抱着碧莹面对着泣血的红梅，闭着眼，任泪流满面，那泪珠滴滴流到胡楂上，冻成冰碴儿，只如未闻。

碧莹的头慢慢地向后仰去，雪花落在她憔悴的面容上，半开的眼睛直直地仰望那灰蒙蒙的天空，仍然美丽的琥珀瞳藏着一种奇异的神采，一种梦想成真时的喜悦。

好像她的目光穿过厚重而晦暗的云层，看到了心爱的阿芬正在天国的金玫瑰园里对她挥手而笑……

仿佛她又回到了少年时代，对面立着俊美清朗的二哥，正对她温柔地含笑而望……

一颗晶莹的泪珠滑过她狭长的眼角，迅速地滴入雪地，化为烟尘，她骨瘦如柴的手终于慢慢松开了我，无力地滑落了下去。灰暗的指甲上钩着的那块已经被碧莹的血泪冲淡的丝绢，被漫天的风雪卷滚到天际，最后无力地落在雪地之上，那丝绢上褪了色的碧鸳渐渐地被惨白的风雪所淹灭。

漫天的风雪中我们放声大哭起来，脑中只记得那年春天，刚刚病愈的她连夜绣完这块丝绢，拉着我顶着太阳瞧了又瞧，痴痴道：“木槿，你说说二哥可会喜欢这对鸳鸯？”

《突厥绯都可汗列传·第十五篇》：

轩辕皇后虐杀阿芬公主，兄木尹太子怒杀皇后及众妃，事败遁辽，萧世宗诱之，时值可汗视察外疆，木尹于大塬元德元年四月十七随辽谋逆，欲迎回生母大妃自立为可汗，败于石勒喀河，后流落大理经年。可汗念大妃已无所出，思乡心切，恩准遣塬，遂卒，客葬于西京法门寺，年仅三十一，可汗哀怜之，于金殿遥祭，及至木尹太子回銮称帝，追谥德姑仆里太后。

忍见胡沙埋艳骨，休将清泪滴深杯。

多情漫向他年忆，一寸春心早已灰。[①]

【注】

①【近代】诗人苏曼殊《樱花落》

第十九章

红莲孽火生

碧莹虽被诰封为安和公主，可祭奠她的只有我们几人罢了。我们在德馨居搭起了灵堂，因珍珠是孕妇，且行刺中小兔被毒雾所伤，珍珠一直忙着照顾小兔，眼都快哭瞎了，不便前来，故只有我和锦绣为碧莹安排入殓事务。

上次是于飞燕替二哥换上衣服，这回却是我和锦绣替碧莹换上衣服。

于飞燕肃着一张脸指挥着搭灵堂。我们在厢房里为碧莹擦身。锦绣为她慢慢脱去衣服。她的身子是这样瘦弱，肋骨都看得见，面容还是这样美丽而平静，我为她换上一件干净的碧色蜀锦制宫装襦裙，这是她最喜欢的颜色。

人们都说眼泪不能落在死去的亲人面上，不然他们转世时，这些泪痕会变成黑麻子的，我便努力忍住泪水。

锦绣一脸漠然，没有半滴眼泪，可是不待我发话，她已轻轻为碧莹绾了一个极漂亮的发式，簪上一支金步摇，然后又取了碧莹的化妆品，默默地为碧莹的两颊抹上一层淡淡的胭脂，又在龟裂的薄唇上印了玫红口脂。在锦绣的巧手下，碧莹一下子容光焕发，仿佛除夕夜的惊魂只是一场梦，她没有离开我们，只是平静地睡着了。

“三姐其实很爱美，”锦绣轻柔地最后为碧莹盖上红色锦被，静静地说道，“我记得小时候每次来看你们，三姐只要有精神就会稍作打扮，可是你从来不捯饬自己。”

是的，那时锦绣总是偷偷拉我到一边，戳我的额头，急吼吼地道：“你看看，人一病痨看大哥和宋明磊来都要好好打扮，你等着吧，迟早有一天你要被碧莹抢走夫婿的。”

当时的我总是狠狠戳回她：“你懂什么，化妆品容易致癌，人碧莹现在只涂珍珠粉了，你也少装妖。”

这时，于飞燕一身缟素地走了进来，他的铜铃眼中布满了血丝，手里拈了一枝新摘的胭脂梅，轻轻放到碧莹的锦被上。

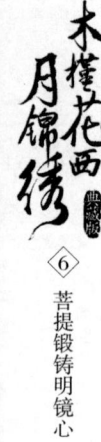

“三妹妹打小就喜欢看胭脂梅，方才我给她摘了这枝，跟着一起上路吧。”他强忍泪水，从怀里掏出一本书来，沉声道，“前几日，三妹妹还同我说起，老二一向喜欢读书，走的时候有没有留下几本旧书，她想要一本留个念想。这是去年我带人去抄家时得的，那时书信都被搜走了，其余都烧了，只有剩下这本《诗经》落在床底下，没被人发现，本来我想自个儿留着的，这下一并捎给三妹妹吧。”

于飞燕将那本诗经轻轻放在碧莹的头边，长叹道：“三妹妹是个好女人，她平生所愿不过是想这辈子嫁个好男人，有个依靠，无论是老二也好，撒鲁尔可汗也好，只要平安度日，相夫教子，对于她便是天大的好日子。可惜天不从人愿，她身边所有的血亲都只把她当作工具，让她这一生都受尽折磨。”

这时青媚和齐放迎着一身雪白的珍珠进来。我们急忙问起小兔的伤势，珍珠摇摇头：“林御医看过了，好在只是眯了眼，过几日便好，孩子们都在下面，要为三姨娘守灵。”

我们都松了一口气。于飞燕轻拍珍珠的肩膀，感动道：“多谢你了，屋里头的。”

珍珠回以温柔一笑。

“青媚，”齐放忽然低声道，“以圣上的智慧，应该能猜到撒鲁尔的居心吧，所以将计就计地引出明氏最后的族人，然后一举歼灭，席间如此多女眷孩童，你又是我的妻子，为什么就不能事先知会一声，哪怕给我一个暗示？”

青媚低头不语。

珍珠立刻开口道：“齐总管慎言。”

齐放闻言闭了嘴，但额际的青筋却暴了出来，双目喷火地看着青媚，忽然一抬手扇了青媚一耳光。

我大喝一声：“小放。”

青媚头一次对于齐放的暴力没有还击，反而顶着五道掌印对我跪了下来，仍然沉默着。

我立时心如刀绞，把她拉起，强忍悲痛，对齐放喝道：“以后不准打你老婆，她只是恪尽职守，没有做错。”

青媚低声道：“还请娘娘和大将军趁早同安和公主道别吧。”

话音刚落，韩太傅、林毕延来了，后面跟着冯伟丛。

冯伟丛面带悲戚之色，传旨道：“圣上有旨，安和公主遵突厥仪，火葬。”

我明白，他是怕幽冥教的人利用碧莹的尸首再死灰复燃。

于是，我们再一次看着熊熊火光吞噬了我们的亲人。

锦绣盘腿坐下，闭上了眼睛，默默地为碧莹念着经超度。

小五义的大哥于飞燕一生见惯生离死别，面目悲戚，一边撒着纸钱，一边大声地唱着一曲沉重悲伤的《难活不过人想人》——

三春期的个黄呀风，
数九天的冰，
难活不过人想呀人。
心里头那个难活，
美个眼眼笑，嘴里不说谁知呀道。
白日里那个想你，硷畔上站，
黑夜里想你，泪不呀干，
对着那青天，我就问几声，几时送回出门的人。

语言已经无法形容我的悲伤。也罢，二哥的骨灰随渭水而去，回归故土，碧莹一向喜欢二哥，就让碧莹的骨灰也随渭水追随着二哥团聚，在那个世界也不至于太冷清。

一直到碧莹的葬礼结束，全程只有韩太傅和林毕延陪同。韩太傅同林毕延严格检验了每一个流程。我的心中压抑到了极点，可是非白始终都没有露过面。

最后，我们站在华山看着碧莹消失在渭水中，我只觉腹中恶心不已，竟趴在水边使劲呕了起来。珍珠微讶，赶紧过来轻拍我的背。

“皇后娘娘、太皇贵妃、大将军、安城公主，人死不能复生，”韩先生叹道，“还请诸位节哀。”

“圣上现在何处？”我吐出最后一口酸水，闷声道，“我要见圣上。”

林毕延定定地看着我三秒钟，正要开口，韩先生哑声道：“昨日圣上也受了点小伤，现正在内闱休息，皇后与大将军也伤心过度，还是休息一阵子，过几日再见吧。”

我胸中有一团无法压抑的火焰，仿佛在喉头燃烧，我几乎要对他吼出同齐放一样的问题来：“你们为什么要瞒着我？为什么不能先知会一声，也许，可怜的碧莹就不会死了。”

忽然，我只觉眼前一黑，脚软了下来。

我再醒来时，头疼得厉害，眼前有人焦急地喊着：“木槿。”

绝世的天人之颜在我面前，双目熬得通红，我不由得苦笑了起来：“你总算出现了。”

非白却长长地舒了一口气，红着眼睛让小玉和婗嫱所有人先退下，将我轻轻扶起，靠在枕上，略有点局促地低声道：“我……你还在生我的气吗？”

“我懂，”我苦笑着摇了摇头，“想要瞒过敌人，就得瞒过自己人。”

他有意避开我的目光，只轻轻握住我的手，满怀歉意道：“关心则乱，你和飞燕若是知道内情，想必就不会这样轻易让明风卿中计。可是我始终是对不起你，我也料不到那明风卿会扮成阿黑娜，早已潜伏在安和公主身边，还疯成这样，把自己变成了一个活死人，结果害人害己，害死了自己的亲生女儿。”

想起碧莹，我又是一阵悲伤："你让我火葬碧莹，是怕幽冥教余孽盗取碧莹的尸首，再做出什么疯狂的事。"

他赶紧抬起手，难受地擦着我的眼泪，俯低身吻着我的手，来来去去地道歉，我却只是一径流泪。

他心疼地埋怨我："你只管气我骂我，可别再哭了。林大夫说了，你不能再受刺激。"他端起床头的一盏莲花盅慢慢向我递来，"来，林大夫嘱咐过，等你醒了一定要让你喝下的。"

"这是什么？闻着就苦。"我闻了闻，木然抬起头，盯着对面绝世容颜，冷笑数声，故意气他，"圣上这是想赐死臣妾，还是咋的？"

他却忍不住扑哧一笑，看我的眼中带着一丝紧张，带着一丝期许："傻木槿，这世上，就是赐死我，也不能赐死你啊。"

呃？我愣愣地看着他，他的另一只手却轻轻覆上我的小腹，强抑激动道："这次你受了很大的刺激，方才险些胎儿不保，这是林大夫给你开的安胎药。"

狂喜渐渐淹没我的心头，我慢慢接过那药，一口气吞下肚去，五官皱在一起。非白立刻奖励我一颗梅子，然后抱着我，狠狠地吻了一下，兴奋道："傻木槿，你已经有一个月的身孕了，你怎么一点也不知道呢，如果这次孩子有什么事的话，我连杀我的心都有了。"

我自己慢慢也抚上小腹，流下了喜悦的泪水："这回真的有了吗？你确定吗？林大夫确定吗？"

非白又狠狠亲了一下我的额头："确定。"他对外面叫了声："飞燕快进来吧，木槿没事了。"

一堆人拥了进来，满口恭喜。林大夫慢悠悠地走在最后，背负着双手平静地看着我，洋葱脑袋上没有任何表情。

元德二年的新年，我们经历了两极，失去亲人的极悲，然后迎来了盼望已久的身孕的狂喜。

大年初五，正是迎财神的日子，我已能起床。那天天气非常晴朗，万里碧空下，我和于飞燕送别了锦绣，她平静地同我道了别，留下三双新纳的鞋，一双给我，一双给大哥，最小的那一双是托我带给非流的。

这是我们第一次收到锦绣亲自做的东西，不由得感叹，以前的锦绣是绝对不会这么做的。

她略带哀伤道："实不知三姐会走得这样快，本来还想为她也纳一双的。"她垂下了头，主动地抱紧了我。

我也回抱紧她，于飞燕又抱紧了我们，红着一双铜铃眼，无限沧桑地叹气道："只剩下我们几个了，咱们好好过吧。”

锦绣走后，我比以往更加浅眠。因是孕妇，林毕延也不敢太多用药，而非白心疼之余，也没有办法。

于是，午夜梦回，我常从非白身边悄然起身，然后独自在花林道徘徊，长时间地遥望灿烂的星空。

人们都说亲人离世后，便会化作天上的一颗星辰，然而星星最终又都会坠落人世，再次转世，也不知道天上哪颗星是碧莹，哪颗又是二哥？而我肚子里的宝宝可是二哥或是碧莹的转世？

龙抬头的日子，小兔能下床了。等我去看她时，她便扑到我怀中要我带她去问干娘要压岁钱，我们一时都很伤感。

我便提出要去富君街上看看。于飞燕闲来无事，便也陪着我一同前往，后面跟着齐放和青媚。

我们来得甚早，街上大部分的店铺都陆陆续续地准备开张，迎接客人，只有希望小学的几个孩童乘此机会在雪地上打雪仗。我便笑着撒下一堆铜板令他们停战，然后借机到行政办公楼——馆陶居三楼同于飞燕坐一会儿。

我们聊了一会儿天，忽然街上传来一阵熟悉的吆喝声，原来是打雪仗的孩子们挡了一位大娘的牛车。

那位大娘火了，大声扬言道：“不知死活的小兔崽子，小心老娘把你们都卖到青楼去。”

有个小孩子还真让这大娘的气势给吓哭了。

嘿，敢在富君街上叫嚷要卖我的学生？这大娘也太嚣张了。

忽然觉得这位大娘下巴上的大痦子很熟悉，我和于飞燕几乎异口同声道：“陈大娘。”

齐放看了一眼，也是一呆。

五分钟后，陈玉娇被请到我的办公室里，她慢慢认出了我，吓得跌倒在地。

我们赶紧忍住笑把她扶起来：“您老现在还为大户人家贩人吗？”

她的眼眶红了，向我诉说这几年不幸的遭遇。她本来以贩人为生，生活还算过得去，不想后来战国封路，她的男人被抽壮丁上了战场，便再也没有回来，她只得自己独自贩人。

陈玉娇叹了一口气，当年也就是先帝爷照顾，后来战事一起，便只要青年壮男。可到处都在拉壮丁，乱世多少人家卖儿卖女，孩童一时价贱，只有亏本的份儿，然后年纪越大，便越是力不从心了。

想起锦绣曾经跟我提过她的名字，后来再次相遇，也因为碧莹之事，一时也没有向她问起，现在遇到陈玉娇也算缘分，便笑道：“敢问您老人家，您当初是怎么会找到我们几个的？”

“哟，娘娘问的这是二十多年前的事了。依稀记得这是当年先帝爷的意思，”陈玉娇似是在努力回忆道，“当初只说要到聊城的妓院里找到一个黑脸小子，建州花家村里一对紫眼睛的花氏姐妹，结果就只有太皇贵妃是，皇后不是。哎，不知怎么的，皇后现在也变成紫眼睛了，还有另外两个，都是自己送上来的，老身也不知情。”

“您可知先帝爷为何要找我们姐妹吗？”我心中一动，“您当年找到我们，可曾听过村里人提起过我们的亲生父亲是何人吗？”

陈玉娇张口欲言，却听青媚来报：“禀皇后，圣上宣皇后和大将军进宫。”

我便停了口，让陈玉娇在对面的同福客栈歇下，明日再说。

我回到宫中，结果非白拉着我和于飞燕赏梅，后来又诗兴大发。于飞燕是粗人，跟着我们没联上几句，结果就睡着了。

第二日我再去富君街时，却听伙计说陈玉娇在桌上留下银两，人已经连夜走了。

齐放安慰我：“主子勿忧，虽说主子如今一切如意，可当年毕竟是她把我给卖到那书生那里，许是怕我报复，便连夜走了。”

我想想也是，便也不作深想。回宫的路上忽然想起很久不见小彧了，上次锦绣来，也没顾得上让他们母子见面。

可是，如果锦绣知道还有一个儿子在暗宫，恐怕更添堵，我便想起上回替她将鞋带给非流的，不如再做一双给小彧吧，反正我与这个孩子也投缘。

打定主意，便亲自连夜做了一双，进入暗宫。迎接我的是瑶姬夫人。她听说我来看小彧，便笑靥如花地迎我到一处简陋的石室，里面分为两个套间，说是小彧和他爹的住处。

瑶姬夫人热情地为我把司马遽的“闺房”打开。

这暗宫真逗，做娘的像儿子的大管家，还带钥匙给开门验房。

他的房间乱七八糟的，床头有一面大琉璃镜，还有一丝蛛网，没有一丝人的气息。

瑶姬夫人道：“暗宫规矩，历代宫主皆多有妻妾，只要身体方便，诸女只在石洞前挂灯，宫主便可随意往挂灯的夫人处就寝。阿遽自成年后，就再没到自己房间里睡过。”

哦，明白了，这小子精力旺盛啊。

瑶姬夫人说她也不知道司马遽上哪里找女人鬼混了，因为严格意义上说暗宫同上面的作息正好相反，因为只有趁着夜色，暗宫才有机会到上面来取得所需之物，而现在应该是暗宫休息时间。

我便向瑶姬告辞，她倒一点也不介意，笑道：“人年纪大了便睡不着，青山早睡，本宫正愁找不着人说话，你便来了。”

我还是不太好意思，便打定主意要回去了，结果一回头，就见司马遽穿着件白麻衣站在我面前，吓了我一大跳：“你这人怎么老吓人呀。”

他摘下面具，露出那张长年呆瓜脸，对我呵呵一笑："我方才去巡查了，才回来，劳皇后在这里久等实在抱歉。"

他恭敬地对瑶姬见了礼。

"这里空气阴湿混沌，"他一下子收了笑脸，对我严肃道，"你一怀着身孕的妇道人家，好端端地又来这里做什么，对孕妇不好。"

我撇撇嘴："许久不见小彧，不知怎的这几日老想他了。"

他恍然地哦了一声，又呵呵一笑："早说嘛，我让死小子上去见你。你现在身子金贵，万一有闪失，可对不住圣上。"

我暗想，倒看不出来，他兄弟俩的感情还挺好的。我怀上孩子，小叔子高兴成这样。

瑶姬掩嘴一笑："阿遽，你且迎夫人到善堂，本宫去替你们找小彧。"说着便走了。

司马遽便迎我到了一间非常华丽的洞舍，四壁挂着紫色绸缎，洞顶挂着各色琉璃宝石，用来折射光芒，整个房间可谓珠光宝气，差点闪瞎我的狗眼。我暗想：这种装饰倒也别致，只是珠玉光芒过盛，若挪到上头，绝对是暴发户的气质了。

他却热情地迎我坐下："此处是善堂，不如母后情冢华丽，但总算能招待皇后了。"

他让我稍坐，去换身衣服。

我便坐在华丽的洞里，正昏昏欲睡之际，石门又打开，是司马遽，他换了身干净衣服来，还带了小彧和一堆果子。我抱住了小彧，摘下他的面具，亲了又亲。小彧哑着嗓子咯咯笑了半天，我便逗着小彧说话，可惜他只咿咿呀呀地说着，说得口干舌燥。

偶一回头，却见司马遽正低着头，不紧不慢地为我和小彧剥菱子。他神情专注，平日里地下之王的嚣张跋扈全然没有，仿佛一个寻常丈夫给儿子和老婆剥菱子，洁白的菱子在他手中如同艺术品一般，一会儿就是一大盆。他笑吟吟为我们递来。莫非是孕妇的审美观会改变吗？他那易了容的呆瓜脸笑起来还挺好看的。

可能是我怀了原氏骨肉吧，所以觉得原家其他男人看上去也顺溜多了，我愣愣地接过，小彧立刻抢来大嚼。司马遽骂了声饿死鬼投胎的，倒也没有打他的意思，我倒有些不好意思，便取了一个嫩菱咬着，不想竟非常脆甜可口。

他对我笑道："今年的凫茈不够好，还是这嫩菱好吃吧，这是在后山的潭子里采的，山中的泉水冲养了一潭子，每年我都能捞好多。"

我咂巴着点头："原来我是不喜欢菱的，怀上了口味就全变了，连皇上也被迫跟着吃了不少。"

"你嘴也太刁了，还老嫌紫园的糕点不好吃，偏要自己做。"他笑道，"我记得你提过，你还喜欢吃荔枝？"

"哟！"我嚼着满嘴的甜菱，嘻嘻笑道，"这消息太灵通了。南国的水果是可以让人抛妻弃子的魔物，你知道吗？"我望着雪白的菱肉，流着口水叹道，"你吃过甘竹吗，你吃过那雪白甘甜到令人发指的荔枝肉吗？"

司马遽冷冷地嗤笑道："你还真有出息。"

我不理他，自顾描述着南国的水果，说着说着，忽然想到那一年，我那时正在瓜洲同巨贾殷老板商谈进口水果的事。那时我一心想打通水果进口通道，这样我就能名正言顺地进荔枝、榴莲什么的，自己也可以吃个爽。

眼看快成了，忽然有人报夫人要老爷回去一趟。江南商界都知道我是出了名的惧内，殷老板便摸着鼻子对我暧昧地笑了，说下次再继续。

我只得急呼呼地回墨苑。谁知段月容令孟寅十万火急让我到河州去迎他，当时我又气又急，气的是他打断我的重要商务会谈，急的是战事如此紧急，他怎么还有时间来折磨我？

我气急败坏地过去。中原的夏季总阴晴不定，前一个时辰，我差点被烤干，下一个时辰，我和伙计们像落汤鸡似的站在河州国界。后来我的腿站得直抽筋，痛得我在地上哇哇大叫时，段月容一行才出现。那时的他又黑又瘦，胡子长得跟野人似的，可我还是认出了他。

我气得腿抽得更厉害，甩开齐放，一瘸一拐地冲上去就要揍他一顿："你个神经病，你知不知道，我本来马上就要赚一万两银子……可是却让我淋雨、抽筋……"

他在马上哈哈大笑，随手就扔给我一个大麻袋。那袋子太沉了，我刚接下来，就一屁股被压坐在地上。众人惊呼，七手八脚地扶我起来。结果我怀中掉出一堆荔枝来，我愣在那里。他却利落地翻身下马，从泥地里捡起一个，笑嘻嘻地蹲到旁边水坑中涮去泥沙，然后细细地剥了皮，露出雪白的果肉，硬塞到我嘴里："这是今年叶榆第一批荔枝，好吃吧。"

那是我吃过最甘甜的荔枝，尽管有点泥土味。

我奇迹般收了火气，板着脸点点头，正要让他跟我回去把这身臭汗给洗了，他却复又跳上马，对我笑道："趁新鲜快吃吧。不过别一下子贪吃太多哦，你肠胃弱，会难受的。记得让小玉替你放地窖里藏好，最好直接堆上冰块，还可放长久些。"

他话刚说完，便举手一挥，一队人马如一阵风一般，消失在跟前。

我这才明白，他从战场上下来，只为亲自给我送荔枝。

我的手停了下来，看着嫩菱发着愣。也不知道，现在夕颜他们是不是也在剥荔枝吃。

耳边传来响指，我惊回头。

司马遽说道："你又开始发呆瞎想了。荔枝齁甜齁甜的，我嫌它太齁嗓子了，不过你爱吃，回头让圣上传旨给你弄点吧，听说——"

"NO，"我立刻打住他，义正词严道，"荔枝只生南国，从南国运到长安，所费人力物力财力巨大，若做贡品无论大理还是大塬，皆会扰民。两国国基刚定，不法商贩逮着空子更是会钻营盘剥，故而万万不可。"

他哦了一声，眼中闪着赞许，正要开口，我及时咧开嘴一笑，对他说道："然而，如果我们以国营进口公司，以正常商品进口到长安，那些富商豪门必会云集购之，从而使分销、零售、售后等形成新的产业一条龙。到时将会搞活经济，造福百姓，我君氏也定会数钱数到手抽筋。”

司马遽的嘴巴呈O形，呆呆看着我。

我夸张地手搭凉棚看了看他的嘴巴深处，然后好心地帮他把下巴托上：“你有颗大蛀牙，晚上睡觉前记得刷牙哦。最重要的是，到时，干娘就能让咱们小彧吃到爽了。”我和小彧仰天狞笑了半天，然后肃然道，“当然，现下百姓大多刚刚结束流离失所、背井离乡的生活，昂贵而奢侈的服务或产品将会引起社会不公平现象的攀升，加剧贫富差距，不利于整个社会的安定团结，为了建设和谐社会，故本宫——我老人家——决定暂且搁置并禁止这一商业计划的实施。”

他噎了半天，最后擦了擦汗，为我递来一个刚剥好的大菱子：“那、那你还是多吃点菱子吧。”

我放声大嚼，笑道：“这菱子在后山产量高吗？”

小彧啊啊大叫，表示答案为“是”。

司马遽：“……”

难得他今天对我如此客气，我的口气也软了下来，笑道：“我来有两件事，一是给小彧纳了双鞋。”

我掏出一双布鞋，鞋垫上正绣了一只俏皮的阿狸。小彧的紫眼睛便闪闪发光，摸了摸阿狸的狐狸耳朵，然后凑上去重重亲了一口，然后呵呵笑着双手抱紧了鞋，看着司马遽，像是打定主意要留下。司马遽看了几眼，垂下了眸，终是叹了一口气，取过那双鞋，亲自为小彧穿上。

我心中感动：“谢谢你。”

他没有理我，又沉默地剥菱子去了，好像是一个好脾气的小学生在学习。

我咳了一下，继续说道：“还有一件事，我想同圣上说说，让小彧做南嘉世子伴读，这样就能到上面去，你觉得怎样？”

他面无表情地看着我五秒钟，然后仰天大笑。

我往后躲了躲，看看屋顶抖落的粉尘，心想：得问候一下他的主治大夫。

他却一下子止了笑，目光晶晶亮地看着我：“你果然没有放弃。”

真恐怖，我再向后退一步，咽了一口唾沫：“确实，贼心不死。”

他的眼神却淡淡地忧郁起来，轻轻地握住我的手：“你……”

我吓得抽出了手。这小子连孕妇也要调戏：“我还是先回去了，我怕非白要找我。”

不管怎么样，我度过了极美好的一下午，司马遽差点被我逼疯了。

我走的时候，他帮我拎着一大袋嫩菱，我左右看了看，问司马遽道：“咦，瑶姬夫人呢？我想同她道别。”

“母亲想是在照顾先生，昨天先生还在咳血。”司马遽皱眉道，“怎么，你不知道吗？奉定兄欲挟持母亲逃出暗宫，先生虽阻止奉定，却被他一掌击伤，从那日起身体便不太好。母亲一直亲自照顾着先生，她不敢说出来，怕皇上对奉定不利。”

司马遽说孕妇最好不要去温泉室，因为对孩子不利，建议我生完孩子再说，我心下也很惋惜，又想到奉定这样在此处囚禁，也不是办法，心下又焦急起来。

司马遽宽慰我道：“你且放心，我绝不会让圣上伤害原奉定的。圣上是重情之人，想是只要锦太皇贵妃能安心皈依佛门，倒也不会怎么奈何她。”

我担心地点点头，回到了地面上。非白还在朝上。别人做孕妇总想吐，老想睡，老想吃，可我除了偶尔有点想吐，偏老想走，正餐一想起来就腻歪，只想吃水果。而且自从上次吃了司马遽采的嫩菱，现下一想起来就流口水。

宫里的太液池里也有菱，可味道就是比不上暗宫的，我便暗中求了司马遽。他好像很高兴，总算发现我们有共同之处了，便为我送了很多来，就是苦了非白，天天陪着我啃菱子。

三月初一，非白正在上朝，我看完账，齐放跑货去了，就我一个人也太闲了，我便拉上小玉、薇薇和姽婳去找孕友珍珠玩。我不想声张，便让姽婳找了一乘青布小轿，偷偷和三美侍从西角门出去。刚来到大街上，经过运河沿街时，就听街上有人在惊呼，有尸首浮上来了。

薇薇自告奋勇去打听，结果白着小脸，捂着鼻子回来，报说那人面目已经腐烂，只依稀下巴处仍见那颗大痦子，我心中一惊，难道是陈玉娇，当下一阵作呕，薇薇说：“是一位上了岁数的女子，听仵作说应该是前几天失足掉进河里淹死的。这几日渭水上涨，把尸首给冲上来了，手里还抓着一个大金锭，倒像是内侍府定制的颂莲金锭，皇后快走吧，免得沾上晦气。”

我强忍恶心，嘱她们把陈玉娇随着那枚颂莲金锭一起安葬了。果然身世之谜都是很难揭开的。也罢，我现在很幸福，就让一切随风而去吧。

我这样想着，来到珍珠府上，不想却见大着肚子的珍珠泪水涟涟，于飞燕正在安慰她。

“这是怎么了，大嫂？”真稀奇，珍珠也有哭成这样的时候。前几天她还对我说育儿经，什么要少见风、少流泪。难不成于飞燕要娶小的了？

不想珍珠看到我泪水更多，她拉着我流泪道：“我大哥不知怎么的买通了侍卫，要逃出暗宫，那日里父亲当值，大哥把父亲打伤了。昨日里他又想越狱，这次竟把母亲打伤了，大哥出手制止，竟被他一刀刺伤，方才不治身亡了，父亲也气急攻心而亡了。”

我大惊，奉定，你好糊涂啊！

我同珍珠来到暗宫，却见司马瑶姬一身缟素，不饰一钗，呆呆坐在两具棺椁前，小彧紧紧拉着瑶姬的手，睡在她膝上，雀儿在一边陪着。瑶姬看见珍珠，立时泪流满面，母女两人抱头痛哭。

这是珍珠第一次回娘家，却不想是来参加父兄的葬礼，我怕珍珠过度悲伤，对孩子不好，便努力劝了半天。

我为原青山和司马遽上了香，心中暗叹，原氏老祖宗到底前世造了多少孽，为何一个个终是难逃弑父杀母的逆伦之命?

想起几天前司马遽还在为我和小彧剥菱子，一心想着解放司马家族，心上不由得涌上一丝悲伤，特地在他的牌位前深深鞠了一躬，暗中对他说，司马遽，我一直很珍惜我们之间的友谊，你安心去吧，我一定会好好照顾小彧。

我匆忙回到宫中，果然齐放发来不好的消息，原奉定果真到法门寺劫持锦太皇贵妃，又纠集旧部企图自秦岭带走非流。我脑子嗡的一下就大了。原奉定为什么要这样做呢？这等于是逼非白杀了锦绣和非流啊。

我回到西枫苑，非白早已等候多时了，无奈道：“你身子要紧，不要到处去跑。”

我不悦地诘问他：“都什么时候了，你还要瞒我？锦绣和非流怎么样了？”

非白摇了摇头：“非流仍在秦岭守陵，可是奉定劫走了太皇贵妃，早已不知去向，我对外封锁了消息，已派昌宗暗中查探。”

三月初五，齐放回来了，进宫前来密报：“回主子，我本想查查陈玉娇的死因，但是有人早一步秘密把陈玉娇给挖出来烧了，一点渣子也不剩，随葬的金锭也不见了，我派人查了半天，才有暗人传话说是刑部直接下的命令，理由是怕疫症传染，这事儿我看有些蹊跷，陈玉娇不像是溺毙那么简单，凶手这是毁尸灭迹。”

为什么会有人会看不顺眼陈玉娇？我这样想着，齐放却低声地说出了我的想法：“可能有人不想让主子查到身世。”

这个人是谁呢?

不好的感觉涌上我的心头。自从司马遽去世后，我本想遵守同司马遽的约定，以重阳的伴读为名接小彧上来，可是非白为难地说现在瑶姬夫人的情绪很不稳定，一时半刻都离不开小彧，珍珠也确认了这种说法，我只得暂时作罢。然后孕妇的本能苏醒，我开始嗜睡起来，一天里倒有大半是睡的。林毕延越来越沉默，只对我说因我身子本就弱，怀孕初期又遇上明风卿的毒杀案，胎儿受到惊吓，又经故人离世之痛，情绪也需调整，必须得好好静养。我只得将生意全交给小放打理了，一门心思睡大觉。

四月初二，春风扑面，百花盛放，一片姹紫嫣红，犹以樱花最是绚烂繁盛，非白着人在麟德殿的两行大樱树底下开樱宴。那最大的一棵樱树正在大风亭边上，大风亭中有活水机关，正好可用来曲水流觞。

那日我比较清醒，听说最近一直在家中作画的大诗人蔡敏也给非白面子出窝晒太阳了，我便欣然前往，席间我仍是哈欠不停，但听非白与十八学士还有齐放他们斗诗倒也别致。不愧是大诗人的蔡敏，不一会儿又赢了，这回还把少年成名的圣上也斗倒了，我看非白倒是越挫越勇，只笑着让冯伟丛把一个花样儿的金锭赏给蔡敏。

蔡敏向来孤傲，倒也不急吼吼地把金锭子收起来，只放在一边，微笑着拱手谢恩。

这时一片樱花飘在我的鼻尖，非白拉着我，笑着亲自替我拈下那片嫣红。

非白含情脉脉地看了我一阵，要求以“花颜”为题，以“瓣”字为韵作七言律，誓与蔡敏斗到底。

我的脸一下子红了，不好意思地起身更衣，走过蔡敏时，不小心踢到了他那枚宝贝金锭，便着小玉拾起来，还给蔡敏。我们走出麟德殿，一路上小玉咕哝道：“圣上最近也忒大方了，这颂莲金锭，内务府统共就御制了十锭，今日里，一口气便赏了五锭呢。”

我打趣道：“小玉的眼神可真够好的，隔那么老远看得够清楚啊，确定全是颂莲金锭？”

薇薇也噘着嘴笑道：“你就吹吧，离那么远我连蔡大人长什么样都没看清呢。”

小玉高高地仰起头，傲然道：“那是，先生忘记啦，那可是我亲自设计的，一准没错。自打进了国库，上回先生说样子好看，顺手取了一两，结果赏给陈玉娇，剩下的全交给冯伟丛了。”

她略有些气鼓鼓道：“上回我想给夕颜公主，这冯伟丛小气得也只拿出四锭来。”

薇薇打趣道：“啊呀，冯总管可一向对你百依百顺的，这回都不肯拿出来，那是真宝贝呀！”

我忍不住哈哈大笑起来，一时没留心，肚子笑抽筋了，便痛得站不稳，小玉和薇薇吓得忙送我到就近的宫殿休息，等我躺下，才发现我们竟然进了非白天天同韩先生约会的地方，崇元殿。

崇元殿的奴婢们急忙伺候着，薇薇趾高气扬地让奴婢们送上燕窝花蜜水来。

我喝了些花蜜水，便让人出去，躺在香妃榻小睡了一会儿，醒来的时候感觉肚子不痛了，正想叫人进来，看到非白的书桌上一堆折子，有点儿乱，就站起来，亲自帮他收拾一下，一抬头看到对面墙上正挂着一幅他当年为我作的春闺赏荷图，不由得心中一热，难为他时时刻刻把我记挂在心上。

我便满心甜蜜地走上前去为那幅画拂了拂尘，袖子里的倾城突然蹿出来，跑到花架上，然后一下子隐到那幅画后面，咦，我正要掀开画把倾城赶出来，不想那画一下子缩了上去，露出一个暗阁，倾城叼了金如意站到我面前，我一下子愣住了。

倾城似乎察觉到我的犹豫，小小的鼠眼紧紧地盯着我，又叼着金如意向前凑了凑。我只得接下来，往暗阁的锁空中一插，暗阁立时打开，里面放着一些黑梅内卫送来的密件，都是些朝中重臣宴饮对答录，各地上报的。非白提过，原氏向来布置精英内卫，监视百官及各地，谨查谋逆篡国、贪赃枉法之徒，这是内卫机制最重要的环节之一，又称网眼监管。

我正要关上，看里面还有一个银线香囊，咦，非白哪来这么个香囊？我取来打开一看，却见里面正安然放着一枚黄澄澄的颂莲金锭。

我的脑袋一下子开始发涨。这到底是怎么一回事？

小玉自小便有设计天赋，尤其是首饰器物，连非白也感叹我教出了一个好学生，我则一直感叹这孩子如果生在现代，妥妥的是某世界级珠宝公司的首席设计师，应非白之邀，她设计出了此生最得意的作品之一：颂莲金锭，却也因为她设计得过于繁复精美，所以制作工艺难度偏高，统共只得十锭。上回长安之盟，送给夕颜四锭，今日五锭赏给翰林学士们，连着陈玉娇身上的一锭，正好十锭，可是陈玉娇落葬时，我没有取回那枚金锭，然后她的尸身被秘密火化时，那枚金锭不翼而飞，却原来在非白的暗阁里，难道暗中将陈玉娇杀害并毁尸灭迹的是非白？可为什么？

我不动声色地回到了西枫苑，一声不响地躺倒在赏心阁。

酉时，非白回来了，他担心地摸了摸我的额头："我等了你好一会儿呢，小玉说你在崇元殿歇了好一会儿，怎么突然不舒服了呢，脸色这样差！"

"我刚问过薇薇了，你今儿一天都没吃东西，"非白端着我最爱的汝窑盏过来，小心翼翼地扶起我，细细哄道，"再辛苦也为了肚子里的孩子，喝点珍珠蜂蜜水吧。怎么了，今天朕赛诗输了，你不开心了？"

"你在那里瞪着我做什么？"曾经让我迷恋的那绝世笑容却在心里激起无限的恐惧，他状似不解地看着我，歪头凝着我，然后调侃道，"莫非你想吃我？"

我也笑了，微微推开那盏蜂蜜水："非白，先帝派陈大娘送我们小五义进西京时，你那时可知我们几个的身世？"

非白皱了皱眉："这是多少年前的陈芝麻烂谷子，你问这个作甚？"

我哦了一声，又躺了下来："我这几日老是嗜睡，也不知道锦绣他们怎么样了。"

"你可知道这回奉定不但害死了阿遽，还打死了亲父。"非白冷冷道，"我已经给过奉定和锦绣多少机会了，这回是他们逼我的。"

非白的手恨恨地攥紧了，俊面狰狞起来，背着我走到花梨木桌，狠狠一捶桌面，桌上正放着一个银线香囊，里面放着的那枚金锭被震了出来，滚到他的面前，我细细地盯着他，没有错过一丝他的表情，他拿起那枚金锭，笑道："咦！你什么时候偷了朕的金锭。"

我慢慢坐起来，下了床走向他，淡淡道："先帝乃天下智者，未雨绸缪，二哥是先帝同亲妹乱伦的私生子，是以先帝乐意他回到原家；碧莹是明家女儿，先帝要利用碧莹来打开地宫的银盒，好拿到紫殇控制练了《无相真经》的撒鲁尔；大哥是平鲁将军的私生子，好好栽培，或有一天成为可造之才，或有一天用来牵制平鲁将军。总之先帝步步为营，算尽机关，这才打下了万里江山，那么我同锦绣呢？"

这是我一直百思不得其解的问题。就因为我们的娘亲长着一双紫眼睛，被人说成是天女，而天女的孩子会成为命运之子？像先帝这样聪明的人，怎么真会相信那区区民间传闻呢？

非白飞快地收起了表情，若无其事地仰天长叹道："求你了，我的祖奶奶，能别乱想了吗？身体要紧。"

那绝世的俊颜明明写着焦急担忧，可那双熟悉的凤目却有着一丝莫名的诡异！

也不知怎么的，我忽然想起段月容来。元庆年间，段月容在汝州战场上对着我喊的口型为什么是妖孽呢？我想起来了，那时他看向的其实不是我，而是我的身后。

那时我感到有人偷袭，所以我回身误杀了非白。

我一下子明白了，难道说、难道说那时的非白其实不是想救我，而是真的想——是想杀我？而段月容已经看到了，一时着急，所以他口里的妖孽是非白，而不是偷袭者？

我的腹中开始有丝隐隐的痛意，我下意识地紧了小腹。

"你在我的药中一直下着使我嗜睡的药物吧。"流泪之时，我却同他一样笑了起来，"所以便没有时间去追查我的身世。"

他还是站在那里瞪着我，可是那绝世俊颜开始扭曲。

"直到今天，我才明白了，"我的泪如泉涌，浑身如置冰窟，"因为……我们才是明家真真正正的后人。"

"青媚是你安插在我和齐放身边的眼线，当日巧遇陈玉娇，青媚报你，你便急急忙忙地传我入宫，暗中杀死了陈玉娇，然后急急忙忙地丢入运河，陈玉娇恋财，死都不愿意放开这枚金锭，不想渭水上涨，尸首浮上水面，你便急忙命人毁尸灭迹，顺道取回这枚金锭。"

他绝尘的笑容终于慢慢敛去，脸色渐渐发青。

"你的父亲，还有明风卿，哦，对了，还有段月容，他也曾经对我说过，真正的仇恨如何能够轻易得解。"我笼在金丝梅花袖里的手无意识地捏紧了"酬情"，其实耳边已听不到自己的声音了，周围的景物也看不真切，眼前唯有一人，"如今，我终于明白了。"

段月容的话语在脑海中不停地翻滚，仿佛在我心中放了一把熊熊烈火，周围的一切都没有了声响，只剩下那把火，不停要焚烧我的内心，我终于明白了那句话的意思，一切皆是仇恨所结的罪恶之果。

"方才我睡下的时候，一直在想一个问题，"我走到他的面前，看着那双潋滟的凤目，"无论东营、西营，或是黑梅内卫，都可以轻易把陈玉娇收拾得干干净净，然后把那枚金子熔了，这个秘密可以被永远封存，我们可以幸福地白头偕老，可是你没有这么做，因为，你内心深处希望我看到。"

非白垂眸道："一派胡言。"

"我原来一直在想，那原青舞的心是怎么样长的，明风卿怎么可以利用本已伤痕累累的亲生女儿来行凶？因为这世上唯一一种同爱一样具有强大力量的，便是恨。”

她们一心想让仇恨的人痛悔一辈子，所以她们的心已经闭上了眼睛，她们的良知变成了绝望的诡计。

我呵呵笑了一下，我从来不知道自己的笑声可以这样可怕，这样神经质：“可是有一个人比她们的心更黑、更狠，他不单要仇人死，更要让他仇人的女儿爱上他，为他卖命，让她为了他，亲手杀光自己所有的族人，然后再给她看真相，看着她挣扎，生不如死。你说说这样的人的心……他、他是怎么长的呢？”

非白的脸阴在黑暗中，可是我知道，他那潋滟的凤目正凝望着我，却一言不发。

“非白，同我说说？”我长叹一声，心如同撕裂一般，“同我说说当年你看着锦绣受辱，看着为你去伺候先帝时的心情吧？”

当我说完最后一个字的时候，我已经鬼使神差地来到了他的眼前，当“酬情”刺向他胸膛的时候，我的意识也随之崩溃。

忽然，脖颈上一阵剧痛，我躺在冰冷的地上，却没有摔疼。偷袭我的青媚半抱着我跪在我身边，可能是怕伤害到我腹中的胎儿，她紧张地看着原非白，看都不看我一眼：“属下护驾来迟，罪该万死。”

我看不到原非白，只见那半片白袍飘到我的面前，那下摆上凌厉的龙爪冷眼看着我，似在嘲笑着我的愚蠢：“朕乃真龙天子，有神明护体，自是无妨。刺客伤了皇后，还不快去追查下落？”

青媚终于僵硬地扭头，愣愣地看了我一眼，大声诺了，轻轻放下我疾步而出。

他没有叫宫女，只是蹲了下来，歪头看着我，我却闭上了眼，当时的我连看着他都觉得肮脏，只听他淡淡的声音响起：“木槿，你忘记了吗？你把段月容的宝甲给了我。”

我想我应该哭的，可是眼泪滑过我的鼻梁的时候，我却嘲讽地笑了。

我怎么给忘记了，我把该死的天蚕甲都给他了。

瑜者非瑜，墨者非墨。

我想我还真他妈的好蠢，明煦日、明煦兰都曾经提醒过我，就连段月容也委婉地暗示我，这个原非白是一个恶魔，可是我一次又一次地将他美化成了天使。

一瞬间，一切变成了乱麻的拧结。

心碎代替曾经的甜蜜，仇恨充溢着曾经幸福的心灵。

无论是璀璨的星空，无论是诱人的秋波，一切的一切，全都变成了回忆的毒药。

我失去了全部的意识。

黑暗中飘来一片嫣红，胭脂梅花正舞得灿烂，我看到少年时代的碧莹正在溪边弹着琴，那声音略略有些变调，可我还是听出来，是一首《长相守》。阳光照在她白皙的肌肤上，泛着淡淡的金光。一曲终了，她抬头看到了我，温婉一笑。

我走过去，坐在她身边，难受地拉着她的手，千言万语哽在喉头，却是一句话也说不出来，任凭泪水扑簌簌地往下淌："对不起。"

她对我轻摇头，释然地笑了。

我无力地靠在她消瘦的香肩，哽咽道："我是一个傻瓜。"

她冰冷的手轻抚着我的脸庞，栗瞳温柔地看着我，又对我微笑了："你是一个母亲。"

我的泪水更凶，她却已悠悠地到了溪水对岸，再转身时，已化作了我们最后见面时的模样，穿着那件碧色的襦裙。不远处有一个小小的身影跑过来，亲热地扑到她身上："阿娜、阿娜。"

她快乐地抱起小身影，亲了一口，对我扭头温柔笑道："好木槿，不要伤心，也不要回头，更不要听他胡说，我相信你可以改变那诅咒，还有命运。"

他是谁？什么诅咒？什么命运？我不解地看着她。

碧莹的笑容忽然凝住，她抱着那个小身影盯着我身后看着，面容渐渐出现了一丝凝固的悲哀，慢慢地消失了踪影。

我忽然感到身后站了一个高大人影，投下一大片阴影，溪水中慢慢漾开了一片血红色，有一只乌黑指甲的手搭上我的肩膀。

撒鲁尔的声音在我身后响起，那样冷酷，那样乖戾，仿佛积聚了所有的恨，对我咆哮道："诅咒永无可解，你将再一次心碎死去。"

有器物摔碎的声音猛地把我骇醒。我一下子睁开眼睛，映入眼帘的是一片银红蝉翼纱，上面正细密织着穿花百蝶，栩栩如生，似要飞出来。嫓婳见我醒了，便过来掀开纱帘扶我起来，立时一片珠光宝气耀着我的眼。我眯了眯眼，适应室内的光线，隔着连珠帐子，却见外间有个小丫头正抖着身子收拾一盏琉璃盅。

薇薇闻声进来，叉起小蛮腰骂道："作死的，小荷，你又闯祸了，嫌在这里太安静还是咋的？莫非看我们好欺负？"薇薇恨恨道，"哼，你们暗宫的都不是好东西。是不是想逼死皇后和她肚子里的太子啊？"

小荷也就十三岁，苍白的小脸满是稚气和恐慌，害怕地跪在地上，告饶不已。

我叹了一口气："薇薇，你且消停些吧，她还是孩子。嫓婳，带她出去看看手伤着没有。"

我抬头看着顶上镶着的一块大紫晶石，正要开口说，薇薇，你算算今日外面是什么节气，这时，嫓婳在外面报说，瑶姬夫人前来看皇后了。

我便扶着薇薇站起来。满头素钗的瑶姬走进来，免了我的礼。她摘下面具，轻轻抚上我微微隆起的小腹，微笑道："这几日可害喜吗？"

我淡淡说："好多了，多谢夫人关心。"

自从那日，我发现我才是明家后人，醒来的时候，人已经在地下，还是原来那间子母堂，也就是司马遽上次为我们剥菱子的地方。

非白命人几乎把赏心阁全都搬到了这里，可是我不喜欢墙顶太过富丽耀眼的装饰，他便令人稍作修建。娩婳、薇薇也被派下来跟着我，我看娩婳殊无异色，果然她告诉我，她本出身暗宫，她父母在一场瘟疫中早亡，她才被挑中成为一个东营暗人。

可是薇薇刚进来时吓得天天哭，泪水绝对已经超过了我这几个月来的总量，直到娩婳吓唬她说，暗宫中人皆知道，鹤叔的脑子不正常，他最爱生吃爱哭的女子了，如果再哭，他就会寻来求瑶姬夫人把你要过去。

薇薇立时抽泣着止住了哭，然后抱着我的大肚子，极度惊恐地看着我们。

非白把小玉软禁在赏心阁，掩人耳目，对外宣称，我怀孕静养，概不见客。

一开始几天我绝食，一心寻死，无论众人怎么劝，我都了无生意，瑶姬夫人甚至想用武力逼我，可是一放手，我立刻全吐出来了。

后来珍珠也来了，她对我泣道："小兔被圣上带到宫中去，陪伴皇后了。"

我悚然一惊。珍珠忽然对我跪下，凄然道："飞燕当年为了皇后，放弃了桃花源谷中的安逸生活，是以有了如今的太平盛世，可是如今不知是何缘由，娘娘开罪了圣上，求皇后向圣上告个罪，也救救小兔吧。"

我当下哈哈大笑了起来，笑得眼泪都流出来了。我扶起同是孕妇的珍珠，几乎听不出自己的声音："请大嫂放心，一切都会好的。"

我开始恢复饮食，可是害喜害得厉害，每吃一口就要吐两口。可是我怕非白要对付于飞燕，因为于飞燕毕竟功高盖主，于是使劲吃，直吃得连血都吐出来了，涕泪直流，连瑶姬都看不下去了，为我流下眼泪，然后便又是林毕延来看我。

我悄悄问林毕延关于锦绣的消息，好在锦绣和奉定仍然行踪未卜，我松了一口气。

"林神医，"我白着嘴唇看着林毕延，对他笑道，"其实您一早知道我同锦绣的身世吧。"

林毕延叹了一口气："那一年明风扬为避家族争斗，正流落到高昌。他本就练《无泪经》不得法，突遭剧变，逃过几番追杀，人便重重病倒了，了无生意，依秀塔尔救了他。当时我正好潜进来同都美儿相会，便救了他。明风扬是一个古道热肠、侠义心肠的好人，而天女的善良和真诚感动了明风扬。请皇后放心，您的父亲同您的母亲是真心相爱的，可是明风扬摆脱不了一个明字，他必须回去复仇，他走后，依秀塔尔才发现自己有了孩子，所以老夫也怀疑，明风卿是否知道明氏还有遗留在外的骨血。"

我流泪道："您为什么不早告诉我呢？"

林毕延看了我许久："老夫这一生经历无数的人事，却从没有见过像踏雪公子对夫人这样忠贞的情事，也许他一开始是恶意，可是那时的他也不过是个遭逢剧变的可怜孩子，难免行事极端，事后所发生的一切已经表明他的悔意和真诚。人这一辈子不能选择两件事，一是自己的出身，二便是爱上的那个人，一切烦恼不过情非得已。即便是圣上自己，在这四大家族的纠葛中，也不过是一叶苦命的灵魂，而您也怀上了心爱之人的孩子。”

“冤冤相报何时了，也许命运也厌倦了明家和原家的仇恨和眼泪，所以您腹中的孩子同时流着这两个家族的血脉，”林毕延轻拍我的手，慈和道，“是否可以改变这里所有扭曲的故事，停止一切悲剧，就全看您自己了。”

我渐渐平静下来。非白差人来探过我的口风，可我还是不想见他，但听说我慢慢恢复了饮食，便准珍珠和瑶姬经常来看我。

每过几天，我就在墙上画一个正字，转眼已经有了四个正字。这二十天里，我竟然没有疯掉，感觉很神奇。

楼上紫栖宫光冷宫就有几百间房间可以用，可是非白偏选择这里，不知道他是怎么想的，也许是为了惩罚，所以我见不到阳光。

这一日，瑶姬带着小彧前来看我，驳斥了我的观点：“非也。木槿，这是原氏的规矩，为了显示同暗宫的诚意，原氏家主最爱的妇人生产必然是在暗宫的子母堂。”

我冷笑：“想必是等着我生一对双生子，然后留一个在暗宫吧。”

我摸着小彧温热的脸，黯然道：“就像咱们小彧一样。”

小彧哀伤地仰望着我，牢牢地圈着我的腰。瑶姬没有说话，眼圈却红了起来，美丽的眼中深藏着一种母亲的无奈和悲恸，叹了一口气，取来上次送我的那一副贵重面具：“我来教你做面具吧。”

她手把手地教我，一边安慰我：“圣上日日问起你的境况，食不知味，夜不能寐，想必将来只要皇后愿意，圣上必会如你所愿。”

后来瑶姬夫人承认了我没有艺术细胞，所做的面具要么就是歪瓜裂枣，要么就是怒目圆睁，渐渐地，完美主义者的她放弃了对我的教导。

这一日，瑶姬和珍珠前来，后面雀儿端了一个玛瑙盘子，上面盛了一堆极新鲜的荔枝。

薇薇见了，不觉惊呼：“哇，这荔枝好新鲜，这得费多少工夫才能弄到长安来啊。”

瑶姬笑道：“有人听说皇后爱吃荔枝，巴巴地命人跑死了好几匹快马，专程从南国千金购得，木槿，还不快来尝尝。”

我慢吞吞地过来，淡淡道：“无功受禄，何以克当？”

众人皆一阵尴尬，薇薇讪讪地收回已经伸出去的爪子。

还是瑶姬涵养好，继续笑道：“圣上御膳，平素不过三菜一汤，平日里又节衣缩食，后宫俸例减半，却不理言官直谏，千金散尽只为佳人一笑，依本宫看千金倒是其次的，主要是心意难得啊。再过几个月，他就是孩子他爹了，还气他一辈子不成？”她见我默然不语，便拉我过来，亲自剥了一个，“好歹来尝一个，甜不。”

我一口咬下，微微点了头，然后自己动了手，剥了一个荔枝大嚼，又扔了几个给薇薇和婉嫣她们，众人大喜。

第二十二天，我要求了解君氏族业近况，本意是要见齐放，不想非白着人送下一堆账，算是奖励我开始正常饮食以及接受他的心意，不过他还是没有出现。这样很好，我心里还没有原谅他。

然而，通过这些账册夹页，我看到了齐放的传信，一切虽如常，但黑梅内卫对君氏监视严密。

直到第二十四天，应该是四月二十六日了，我仍在华丽的情冢里抱着肚子来回走动，思考着出逃的方法，忽然有一阵奇怪的声音传来。然后我注意到洞穴的一角，有一只老鼠钻了出来，飞快地蹿到我的肩上，轻触我的脸颊，竟然是倾城。它的爪中抓着一把金如意。

对啊，倾城可以到任何想去的地方。倾城的皮毛和爪上皆是伤痕，身体也瘦了一大圈，想是没日没夜地挖地道，这才找到我。我心中感动，赶紧抱它到桌子上，喂它一些鸭信、牛肉。倾城一口气吃完了两碟，然后我再给它用清水洗清伤口，再把金疮药轻轻给敷上，倾城忍痛不发一言。

我正要让倾城带我出去，却听身后石洞哗的一声打开，我惊回头，却见非白穿了一身半旧藕荷色缎袍，面色阴晴不定地站在门口。

我慢慢转过身来，挡住了他的视线，倾城一下子溜开了。

“多日不见皇后……可好些了？”他略垂着眸，没有看我的眼睛，慢慢走进来，状似无心道，“你今天胃口挺好的。”

我愣了一愣，回头看看空空的两个小菜碟，精神高度紧张地抱着肚子后退一步，便胡乱回道：“不知怎么的，最近特别爱吃鸭信和牛肉。”

他的眼神闪过一丝惊喜，似乎很高兴今天我能同他好好说话，便面露喜色，大大地向我前进一步，兴奋地说道：“那我再让人给你传。”

我后退数步：“谢主隆恩，我不饿了。”

话刚出口，我就害怕了，这样会不会反倒让他疑心？

可是非白却苦笑道：“你又在挖苦我。我知道你在这里闷。”

他慢慢在我位子上坐了下来，叹了一口气道：“我少时也曾被关在这里治病。当时就想我再待上一时半刻，不死即疯。”

我无语地看着他。他却略带手足无措，又站了起来：“瞧你站那么远，快坐下，别累着。”

我淡淡一笑：“孕妇平时多走些，生产可以顺利些。”

他高兴地向前一大步，对我展颜笑道：“等孩子生下来，我就带你上去，好吗？”

“等孩子生下来？”我不由得恐惧道，“听说谢夫人也是在这座子母堂里生下了陛下和阿遽，那我生下孩子后，陛下也要我们母子分离吗？”

“原来你最近老睡不好，就为这个吗？”非白着急地上前一步，说道，“若真是双生子，只是留一个在地下。你且放心，你可随时来看他的，我也陪你来，所以你万万不要为此担心。”

他对我尽量柔声道：“你说过想让小彧做重阳的伴读，正好，他还要做咱们孩子的伴读呢。这下一切都可迎刃而解。”

我的泪水慢慢流出。难道真要我其中一个孩子在这里生活吗？

非白却慌了神，轻轻抚上我的脸，吻去我的泪，悲伤道：“现在说什么都晚了。”

“我的确不是什么好人，可也没你想的那么没格调，”他黯然道，“我留着那枚金锭，不过是想找合适的机会同你坦白，不想……现在说这些又有什么用呢。”

的确一切都太晚了，我有一肚子的话想问他，却什么也问不出，想到他阴狠的诡计，便感到恶心。

我终于伤心地哭泣道：“我害怕，我不要在这里。”

非白紧紧抱住了我，细细哄道：“不怕，我以后天天都下来陪你，等孩子生下来，我就带你上去，一切都会好的。”

他的身子很热，就像一团火，我心中莫名地害怕起来，想退开，可是他打横抱起了我。他的呼吸急促起来，凤目里满是欲望之火。他轻轻把我放到床上，反身压了上来。

我微微推拒着：“小心孩子。”

“我一定小心。”他的吻密密地覆上我的脸颊，慢慢落到脖颈，轻轻地啃咬着，酥酥麻麻的感觉袭来。他的手已飞快地撕开我的襦裙，露出因为怀孕而丰盈的两团雪峰。

他的眼中幽暗难测，火热的手和吻快速地游移在胸前，然后慢慢落到诱人的腹部。我终于轻喘出声，他的额头落下汗滴，他快速地去除了两人之间的衣衫，略有些粗暴地进入了我的身体。

我泪水流下，轻叫出声。他有些后悔地停了下来，在我耳边沉重地呼吸：“我尽量轻一些。你不知道，这二十几日，我想你快想疯了。”

他颤抖着手继续挑逗我的感官，轻轻地律动起来。他的回忆像花朵在我脑海中一遍又一遍地绽放，那痛苦的、甜蜜的，最后是痛彻心扉的。我只觉身上的人既熟悉又陌生，既疯狂又甜腻，既兴奋又悲切。

我睁开泪眼，正对上他狂野的目光。他俯下身来深深地吻住我，一手固定着我的双手，一手粗暴地抚弄着尖挺的乳头，渐渐地加快了他手上的亵玩……身体好像热得要融化了。我哑吟出声，仰起脑袋，拼命弓起身子，迎合着他有力的冲击。他也呻吟了起来，猛托着我的臀抱起我坐在他身上，赤裸而强壮的身体完全契合着我的，一时间好像他全部嵌入了我的身体，霸道地占有了我每一分身体、每一寸灵魂。

“不要，轻一些。”我低低地哀求着，手指深深掐入他健壮的肩头，声音腻得连我自己都觉得诱人。

他的眼神亦愈加深幽，低吟道：“一会儿就好。”他疯狂地动了起来，一口咬上丰满的雪峰，一手揉捏着臀部。

我好像被他高高地抛入云层中，然后是一种飞速而极致的、近乎于堕落的快感。他趴在我的胸前，剧烈地喘息着，还不停地吻上雪脯，手指继续揉着敏感而湿润的花蕊，意犹未尽。我微微推拒着：“不要了，对孩子不好的。”

他这才恋恋不舍地停了下来，极轻柔地抚着我的小腹，痴痴道：“你不用担心的，也许会是一男一女，那样我们便不用留在暗宫了。”

我默默地点头，望着床帐处正在冒着青烟的镂雕白虎银熏，然后轻轻伏在他的肩头。

他长长地舒了口气，轻轻揉了揉太阳穴：“你不在的时候，我总睡不好，只好天天拼命批奏折。”他的声音慢慢低了下去，眉头终于舒展开来，“以后我就天天下来，你且放宽心，我断不会让你和孩子分离。”

他抱紧我，陷入香甜的睡梦中。林毕延配的舒宁香果然很好使啊，这是碧莹刚去世那阵，因我长期失眠，林毕延替我配的安眠熏香，我被囚在子母堂后，非白只管把平时我用的物件传递下来，包括这盒熏香，我在此地担惊受怕，睡眠更少，林毕延便嘱薇薇每隔一天给我用上一些，时间一久，对我根本不起作用，不想今天正好派上用场。

我快速地披衣起床。倾城从角落里钻出来，我披上衣物，它跃上我的肩头，然后爬到烛台，触动机关。石门应声而开。不想小荷正端着茶站在我面前，好像正要进来奉茶。

她偷眼一瞧里面，脸色就变了，慢慢后退想去叫人，早有人出来给她一记手刀，一手快速地抄起险些要坠落的托盘。我抬头，果然是齐放和媆婳。过了一会儿，薇薇也抖着身子过来了。

齐放把“酬情”交到我手上，激动道：“主子。”

我也高兴地拉着齐放，然后转向媆婳：“谢谢你，媆婳，跟我们一起走吧。”

媆婳流泪道：“请娘娘原谅，我不能跟你们一起走，我毕竟是暗宫的人。”她向东一指，“往此地走，齐大人应该能带你出去，只是这一路会途经铜修罗，然后便可从当年轩辕氏的行宫入口出去。只是娘娘切记，万万不要在紫陵宫附近逗留，更不要进去，那里仍是不祥之地。”

我们假装打晕了媆婳，然后三人便向东而去。不一会儿，便来到了那个巨大的铜修罗处，一边便是白玉雕门。我们正要取道时，忽然薇薇眼中带着无尽的迷惑，望着那个铜修罗：“咦，我怎么好像以前见过这铜修罗？”

倾城忽然从我肩上跳到铜修罗顶上，手握金如意吱吱直叫。我们莫名其妙地看着大老鼠。

我对倾城着急道：“倾城，快回来。”

薇薇对着铜修罗痛苦地泪流满面，浑身颤抖起来。

我们拉着她快走时，她忽地脚一扭，跌在地上，痛叫道：“娘娘先走吧，奴婢走不了了。”

齐放正要上前背她，她忽然出手，如电般抢了我怀中的“酬情”，向后退了一步，冷冷道：“对不起，花西夫人，你今天走不了，至少从紫陵宫出来以前，你走不了。”

齐放冷冷道：“你是谁家的武士？”

薇薇的眼中短暂地闪过一丝迷惑，傲然道：“我是轩辕德宗陛下第一暗人，代号荧火。轩辕家历代便是收集情报的高手，除了神兽，就是我们这些暗人。想要欺骗敌人，就得先欺骗自己人，甚至是暗人本身。陛下为我封闭了记忆，以普通宫人身份，经宣王之手来到原家，等待机会见到铜修罗，”薇薇淡淡笑道，清纯的眼神一时冷冽无边，“紫陵宫中有着毁掉原氏的秘辛，我的任务便是潜进紫陵宫。”

齐放冷冷道：“那你去吧，同我们又有何干系？”

“若想进入紫陵宫，必得明氏族人的血。”说时迟那时快，她手起刀落，在我手上划开一刀，她吹了声口哨，倾城乖乖跳到她肩头，将金如意沾了我的血，又叼回给她。

她将金钥匙伸入铜修罗的胸口，向右连转三圈。地面忽然震动起来，有大量的粉尘掉落在头顶，一会儿，紫陵宫的大门沉重地徐徐打开。

就在同时，瑶姬已经带着几个戴面具的高手追来了。看着紫陵宫打开的门，瑶姬浑身打战，骇然不已：“木槿，你疯了吗？”

我很想跟瑶姬说：“老子没有疯，只不过不想得幽闭恐惧症，是我后面那姑娘脑子不太正常了。”

可惜没等解释，荧火已经携着我跃入紫陵宫的大门。齐放刚想跟着跃入，紫陵宫的大门应声而闭。我最后看到的画面，是齐放在狂呼着我，瑶姬害怕地疯狂大叫，连面具都掉下来了。

门关闭的时候，我跌倒在地。我及时护住自己的小腹，紧紧靠着岩洞。不久，岩洞的紫晶矿散发出幽幽的光，黯淡地映着一个紫色的房间。

放眼望去，目之所及是一个紫色的世界，紫檀木椅子、紫檀木圆桌、紫色幔帐、紫色流苏帷幔，就连裹着铜镜的锦缎都是紫色的。十分奇异的是这个房间只有一半，正如同我在弓月宫地宫里所见到的一样。书桌这里却是一片怪石嶙峋、峭壁危崖，崖下水流之声巨大而急湍。

耐人寻味的是，这个房间同弓月宫中的那一间，好像是一面明镜折射出来的对称的两个世界，除了色调不一样以外，家具的样式、造型，以及布置可谓完全一样。如果说弓月宫的主题色彩让人感到地下主人是在一种热烈绚烂的爱情火焰中结束了生命，他们的记忆永远停留在最最热情而至死不渝的感情旋涡中，那么这里的暗紫色调却给人一种极压抑沉重的绝望之感，好像一对曾经爱得炽热的情侣生生被人拆散，时光永远停留在那种绝望而撕裂般的痛苦里。

我往前一步，却见左面墙上挂着一幅真人比例的巨幅画像，里面正栩栩如生地画着一男一女两个飞天在一棵大木槿树下。那女飞天有一双美丽而潋滟的紫瞳，身段丰腴而美丽，带着宁静的微笑，舞姿翩跹；而英武的男飞天席地而坐，肩背一张黄金弓，半闭着俊目，专心致志地为她吹笛，二人衣袂缥缈，风姿绰约，显示了作画者不凡的绘画功底。

左侧有古体篆文正龙飞凤舞地写着一首名为《笛舞图》的诗。

题诗曰：

玉液倾歌馥檀香，
金笛流音诉肝肠。
午梦千山君不在，
一箭光阴紫泪长。

落款为：

更始十年夏，昭明宫漫云殿槿树下，紫蠡。

原来这是平宁公主亲自作的《笛舞图》，那这吹笛的莫非是原理年？

这时后面传来女子声音：“原来平宁公主少时果然爱慕过明真武。”

呃？我吓了一跳，转回头，却见荥火正向我走来，自言自语地看着那幅画一会儿，对我说道：“皇后请看，这里的漫云殿便是平宁公主少时的居所。这棵槿树本已有千年，可惜毁于战国业火。这画中之人，女子正是平宁公主，而这张黄金弓乃是明真武随身不离的爱物，想来此男子必是彼时赫赫有名的吴王了。”

她叹了一口气，走到象牙床边，用“酬情”轻轻撩起紫色纱帐，隐隐有异味传来，却见帐里正放着一个巨大的水晶棺，一个身穿月白锦缎曲裾的女子睡在其中，乌发压着公主制金冠，衣饰形制虽显古老，却依然可见当初的华丽，领间微露红绫内袄依然鲜丽，衬得脖颈白皙修长，她的面容如同那幅画里的一般无二，绝代风华，却难掩眉宇间的一丝忧伤。

我看得出神，忽觉有人动我的手，却见原来是荥火正撕下自己的裙裾，取过我的手轻轻为我包扎。

我疑惑地看着她，冷冷道：“你不是太自信，便是太愚蠢。这是轩辕公主的陵墓，里面必然机关重重，你以为你逃得出吗？”

荥火结束包扎，后退一步，垂首躬身道：“德宗陛下在世时，小婢确然曾同皇后一样自信、勇敢，德宗陛下曾对奴婢施术，唯有见到铜修罗时记忆才好恢复，便可追查紫陵宫下的秘密……”荥火慢慢流下眼泪，对我笑道，“本来想追随皇后一生一世，来报答您对荥火的大恩大德，现在看来，荥火只有来世再报。”她跪下，对我使劲地磕了一个头，

"请皇后放心，奴婢一定会让皇后活着出去。"

我苦笑不已："来这里的人不死即疯，你凭什么以为你能让我活着出去呢？即便活着出去，暗宫的人也在外面给我们围了一个包围圈，你以为我还有活路吗？"

"请皇后放心，当年的紫陵宫虽是轩辕氏授命司马氏建造，但毕竟是公主行宫，所以轩辕氏也秘密派了一位轩辕姓氏的巧匠，偷携信鼠前来，在建成之初偷偷留有一条密道。后来这位巧匠同所有的工匠一样，全部不幸遇害，长留宫中为公主驸马守灵，此密道便代代只传信鼠，倾城便是通过此密道找到我们的。"倾城慢慢跑到荧火手上，亲热地蹭了蹭荧火。荧火用脸颊凑近倾城，泪流满面。

难怪平时倾城总腻着荧火，我盯着倾城的小眼睛，恍然大悟："原来你当初选择跟着我，是知道我的血能打开紫陵宫，对吗？你的使命就是为了掩护荧火，好找到紫陵宫的秘密？"

倾城抬起小爪，肃着一张老鼠脸对我点了点头，吱吱地叫了两声，好像在庄严地宣示自己的使命。

荧火放下倾城，对我笑道："准备好了吗？皇后，据我轩辕氏流传十世的金篋机密提到过，来这里的人都是为了探寻一个答案，可每一个人看到的真相都不一样，正如皇后所言，有的甚至性情大变，一生痴狂。"

我轻抚着小腹，冷笑道："那你还想去？"

"士为知己者死，"荧火昂首肃然道，"德宗陛下待我如同生父，陛下归天，奴本应殉葬，再死一次又何妨？"

荧火坦然地把"酬情"交给我防身，再次向我躬了躬身，示意我往后躲一躲。倾城来回嗅了嗅，便来到墙边，跳上紫檀木桌台，指了指那幅《笛舞图》，荧火便飞身上前，取下那幅《笛舞图》，又一并撤下紫缎帷帘，露出了一面花岗岩墙，浮雕着一朵巨大而精致的梅花枫叶印记。

荧火便取了那个沾了我血的金如意，轻轻戳在梅花的花心处，拧了开去。

伴随着咯咯的极刺耳的开门声，巨大的花岗岩门徐缓而沉重地向两侧移开，刺耳的风声一下子传来，好像无数恶鬼给放了出来，正对着我们凄厉地吼叫着，无形无状地哭诉着。有亮光从里闪出的同时，紫晶矿忽然熄灭，然后一切归于一片令人窒息的黑暗。

眼前渐渐飘来几片殷红，然后是白色和紫色的花瓣，仿若某个相似的梦境。我一时疑惑，这究竟是梦，还是现实？

我跟着花瓣渐渐往前走，叹息更重。

"薇薇？"我轻声地呼唤着那个可以拿金球奖的同伴。没有人答我，我便又唤一声："荧火？"

忽然有幽幽的叹息声在我耳边响起。有人在我身后诡异地叹息着："你来了。"

相似的梦境里，紫浮见到我，头一句便是这话。那声音是一位男子，嗓音醇厚华贵，却不似紫浮。我身上的汗毛一根一根竖起来。

记得我以前读过的紫蠡公主手札，她已经和原理年同归于尽了，也许是武功高强的守陵者。忽然想起以前瑶姬说过，她和司马莲曾在这里见识过天人。

难道这陵墓里真有“人”？陵墓里怎么可能有活人?

却听那声音又起，在我耳喃喃道：“最近我想起了好多我们以前在一起的往事，不想你果真回来了！”

我转回身，一切还是黑暗，我恐慌地东张西望。

有人在我耳边轻轻呼吸，我惊回头，黑暗中有极淡极雅的绿色光芒传来，那光源竟然是一棵巨大的木槿树，树冠翠碧欲滴，泛着银光，花开三色，香气清雅，如梦如幻。

树下有一块大青石，有人一身白衣正背对着我，卧在那里，长发飘垂，飘逸似仙，似紫浮，又似暗宫那个天神。

曾经的梦魇一下子变成了现实，活生生地出现在我的面前！

不！这是梦，我一定还在那个梦中。我只觉口干舌燥，冷汗满身。

我小心翼翼地上前，一手紧握“酬情”，一边伸出打着战的手，拿不准主意要不要唤醒他。那人一头墨发忽然垂下，然后他的手略略动了一下，就这样，他无声无息地坐了起来，好像恐怖片中的恶鬼忽然动了。

我往后退了一大步，差点摔着，冷汗从额头上滴了下来，心脏跳到了嗓子眼。这里究竟是梦还是幻境？这是人是鬼？那人却仍然背对着我，我几乎可以听到他均匀而沉重的呼吸。

他未梳髻的墨发飘垂下，像一块上好的墨玉缎子，微有凌乱地坠在地上。

我慢慢地向后退，直到感觉退无可退，我回转身，却见眼前正站着一人。

那人披着长长的墨发，一身白衣，可是略有破旧，同水晶棺里的轩辕紫蠡所着衣物，应是同一时代的。

那人长着一张天人之脸，面容竟是那以前见过的身着光明甲的天人，亦同非白十分相像，可是却苍白至几近透明，几乎可以看到脸上的血管，还有额头的青筋。

他正对我睁着一对血色的眼睛，死死地盯着我看。我骇然惊叫，后退一步，猛一回头，身后那棵木槿树下只有冷冷的青石，青石上空无一人。我再慢慢地转身，那人又站在我肩侧，对我的耳朵吹着气。

“你真的回来了，”那人睁大血眼，略带激动道，“凤城。”

我护着小腹，颤声道：“我不叫凤城，前辈认错人了。”

那人略探头，用力对我嗅了嗅，笃定道：“你明明就是凤城，你身上的味道同凤城的一模一样。”

我再次后退：“敢问前辈高姓大名？”

那人似乎很意外，甚至带上了一丝伤感，美丽的凤眼渐渐化为血瞳，血红的泪水惊悚地流淌在几近透明的面上，只听他哀泣道："凤城，你不过去了趟西域，怎么就不认得我了？你可知道我等了你多久吗？"

我听得云里雾里。这时荧火从我身后过来，粉面含泪，向那人跪启："还望前辈搭救，我们为避战乱，逃难到此。"

那人便将注意力转向荧火，微皱眉道："上面又有战事吗？"

荧火泪如泉涌："正是，我们都是原氏妇人，窦氏余孽派死士前来偷袭，我们趁慌乱逃到此处，还望前辈搭救。"

那人忽地绽开一丝笑容，露出血红的牙，那嘴角的弧度明显过大，俊雅的面容慢慢变成了恶鬼，在对我们龇牙咧嘴，仿佛毫无预兆地，一个美梦变成了噩梦，我和荧火两个人不由自主地倒退了一步，荧火的眼中闪着害怕，却依然假装涕泪满面，甚至不经意地露出了香肩："还求前辈搭救。"

那人又收回了笑容，似回到了正常，只血眼湛湛地涌着血光："我该如何救你们两个美人儿呢？"

荧火便娇滴滴道："求前辈将我等藏入一个绝密之处，等暗宫中人杀光逆贼，前辈便可放了我们。如果前辈实在为难，我等亦可效仿娥皇、女英在此地一生侍奉前辈。"

荧火将香肩露得更大，我看见倾城已偷偷溜到大青石的后面。

那人浑然不觉，血眼盯着荧火红肚兜里塞满的丰盈，为难地想了一会儿，最后点了点头。荧火大喜，爬跪上去，姣美的脸蛋蹭着那人的大腿，娇嗲道："奴婢叫荧火，求前辈怜爱。"

那人伸出乌黑的长指甲，一把撕去荧火所有的衣物，露出无瑕的身子，然后抓着荧火的乌发拎起来："我已经很久没有碰女人了。"

那人叹息着，充满欲望地把荧火扔在青石上，然后从她身后侵入，粗暴地动作起来。

我万万没有想到是这样香艳而刺激的情景，骇得跌坐在那里。

荧火的双目却渐渐迷离起来，大声呻吟着，分不清是痛苦还是欢愉："求前辈给我们一条生路，奴婢愿为前辈生生世世做牛做马。"

她看向我，用眼神暗示我往倾城那里去，然后她巧妙地翻转过来，双腿夹住那人，脱下那人身上的衣物。

"好一个尤物啊，"那人呵呵笑道，"宝贝儿，你的主上是何人？看来非常了解原氏啊。"

荧火媚眼如丝，道："前辈就是奴婢的主上，求主上再对奴婢粗暴些。"

我慢慢走向墙角的倾城。果然那面巨大的墙体上有两扇发锈发青的大铁门，正浮雕着两个狰狞的龙头，龙嘴里衔着锈迹斑驳的大铜环，这是出口吗？

我取过倾城嘴里的金如意，正要打开，忽然听到身后一阵可怕的惨叫。我惊回头，却见那人正维持着分开荧火双腿的姿势，他的喉间发出愉悦的低吼，哑声赞道："难为轩辕家还有你这样的武士。”

这人是怎么猜到荧火是轩辕家的武士？可惜，我们谁也没有看清他的动作，仅只半秒时间，荧火眼睁睁地看着自己整个身体被撕裂成两半，她漂亮的眼睛里满是极度的恐惧和不可思议。

“蠢猪。”那人裸体的身上溅满了荧火的鲜血，他看着她的人头，鄙夷说道，“你想骗我告诉你密室在哪里，抑或是用你的腌臜身子拖住我，那只死老鼠会乘机记住所看到的，然后再告诉你的族人，便可毁掉我们原氏吧。”

那人转眼便来到我面前，他咧着血红的大嘴，淫笑着伸出血手探向我的脸。荧火的血迹溅到我的脸上，我抱着肚子大叫道：“我是原氏主母，身怀原氏骨肉，不得无礼。”

那人又冲我嗅了嗅，血眼中的淫意渐渐退去，然后慢慢地向后退开，一屁股坐下，面对我忧伤道：“你说，凤城为什么还不回来？我还要在这鬼地方待多久？”

我抱紧“酬情”，哆嗦地问道：“凤城是谁？”

那人疑惑道：“咦，你既是原氏主母，难道不知道吴王明凤城、字真武吗？”

这个世界乱了，我几乎语不能言：“那、那……你又……是谁？”

那人没有回答我，注意力又回到一地血腥处，从散落的断肢残臂中拔出一颗心脏，埋头一口咬下。

我胆战心惊地慢慢移动着身体，他却从血腥处猛地抬起一双血眼，无比冷酷地盯着我，手中捧着荧火那颗破碎的心，闪电般来到我的面前，对我咧嘴笑道：“我叫原理年。”

我腿一软，抱着肚子坐倒在地。

这一定是一个可怕的噩梦，要么这人就是一个疯子，可是他与那天人以及非白如此相似，分明就有原氏血统。可原理年明明早就在几百年前死了，他怎么可能活这么久呢？

“秦中王原理年？”我抖着声音道，“外面的可是你的妻子平宁公主？”

那人点点头，朝公主的灵柩所在的方位看了一眼，满是厌恶：“真扫兴，好不容易快活一回，又提那个女人。”

我暗惊，为何他提到自己的结发妻子如此冷漠？明明传说中他们伉俪情深。

我正想着，不想那原理年却又捧着血淋淋的心脏向我走近一步：“咦，你到底是谁？为什么我老是想起凤城来？”我咽了一口唾沫，对他行了一礼，“妾花木槿，大塬元德帝妻，封号贞静皇后，请殿下先着衣物，臣妾再将先后原委一一道来，可好？”

不想那人轻嗤道：“尔等俗人也，可知赤条条来去无牵挂，吾族乃万神之王，万俗之始，此本天道自然，全是后人淫邪，故而以衣蔽体，生了多少麻烦。”

那也怪了，我刚进来时，明明你穿得挺好的，要不是兽性大发，看上去还挺斯文的，明白了！其实你是一个行为艺术家！

我看了一眼荧火的头颅，慢慢道：“请问殿下可否放我回去？妾的侍卫，还有夫君都在外面等着。”

原理年血眼轻瞥我一眼，咀嚼完最后一块心头肉，随意扔了手上血腥之物，到活泉之处，略洗了洗身子，甩了秀发，穿上衣服到我眼前，微诧道：“夫君？怎么，还真爱上了？”

我冷冷道：“此话何解？”

他却并不答我，只一个劲地盯着我，若有所思道：“真是不可思议，明氏女子生下原氏后代，这样，我原氏家族岂不是就能改变未来？”

我被他越盯越毛，他却开心地放声大笑：“我果然没有看错他，真是一个好孩子啊。他果然拯救了我们的家族。”

我冷冷道：“殿下既知我与明氏的渊源，当知，我是不会生下肚子里的孽种的。”

他却呵呵笑着摇了摇头：“不，你会生下来的，因为你心中的爱远比恨要多。”

我挑眉：“殿下可真了解我啊。”

他呵呵笑道：“我被那个疯妇关在这里以后，每隔一段时日，总会有一些失意之人前来，向我询问未来之事。可寻常来者，皆是些为世俗欲望所迷惑之人，无非求财求权求色。直到有一天，来了一个天使一般的孩童和他的侍从。”

他微微笑了起来。我心中微动，只听他说道：“这个孩子漂亮极了，最可贵的是，他浑身的灵气竟然混合着皇者之气，只可惜，他的双腿为歹人所害，小小年纪只得坐在轮椅上，他满怀希望地天真地问我，如何才能救活他的母亲。”

原理年哈哈大笑起来：“我自然告诉他，他的母亲早已死去多日，再活不过来，我便劝他人死不能复生，还是快快回去。

“那孩子听了我的话，一时又是痛苦又是愤怒，而我喜欢他的痛苦和愤怒，尤其是他的痛苦，他越是痛苦，我越是能看到他身上的皇者之气。”他骄傲道，“他正是我原氏第十一代家主。你应该猜出来了吧，那孩子是谁。”

我淡淡一笑：“自然是我夫君原非白。”

他说的应该是非白十岁那年被幽冥教设计摔下马来，那时谢夫人一气之下离世的事。

我暗忖，这人神经虽不正常，逻辑思维还是非常清晰，想来当年也是奇人一个。

“正是，”却听那疯人继续说道，“当时，已经很久没有人来看我了，我很想找人说说话。”他的声音渐有落寞之色，然后就来到我身边，挨着我坐。我尽量不动声色地慢慢往旁边移动了一下，倾城乘机躲到我的袖中，瑟瑟发抖——它同我一样害怕。那疯人却毫不在意，把我当熟稔之人般回忆往事，吐言如倒豆子。

“于是我便问他，你可是想要报仇？那孩子当时便流着泪对我点头。他当时有多么恨自己不够坚强啊，”原理年深深叹了一口气，然后摇了摇头，“可惜，那时的他报不了仇，不光是那时，就连他的未来，我们家族的未来，将来也会因他的仇家所灭。”

他冷哼一声，血瞳死死地盯着我："我告诉他，千年之后，原氏家族将断子绝孙，而明氏将取代原氏一统天下。"

我皱眉道："殿下难道不知，明氏已经被抄家灭族了，如何还会东山再起？"

"你的世界好亮，"他看了我两眼，凤目忽然开始发出血腥红光，激动地使劲拍手，"我要到你的世界去，也许凤城在那里等我。"

"你说什么？"我抱着肚子冷冷道。

他一下子站了起来，兴奋地不停围着我转圈，笑道："你不叫花木槿，也不叫明木槿……你不过是一缕幽魂，来自一个发亮的神奇世界，你叫作孟颖，哦不，严格说来，你应该叫明颖。"

他俯头看我，血瞳映着我发白的脸："你在前世虽姓孟，但那是你养父母的姓，你前世的亲生父母乃姓明。"

我努力稳住我的心神："那是谁告诉你的？"

他对我傲然一笑："你难道不知，练成《无相真经》不但天下无敌，还能根据每个人不同的特质而激发潜能？"

我胡乱问道："你有什么潜能？"

"我乃天帝一族，万神之首，神通广大，可预知未来，编织命运。只可惜落入凡尘后便失去了神通，唯练了无相神功，我竟打开天眼，呼风唤雨。"他微笑着向空中伸手，一朵红色的木槿花便凭空出现，幽幽飘到他的掌心，他的血瞳却露出无边的恨意，一指平宁公主的方向，"但是那个该死的女人，让司马家建了这个鬼地方，又联合明家把我封起来，然后又诱惑我，让我喝下贞烈水，我就被囚禁到了这里，所以我只能在这小小的紫陵宫里施展法力。"

他恨恨地用力拧碎了那朵木槿花，破碎的花瓣在我眼前飘荡，映在我惊恐的眼瞳之中。

"须知，骤然失去母亲，失去双腿，从天之骄子的神坛坠落，失去一切，即便是个大人也会饱受刺激，郁愤难平，难免口不择言，行不择路，更何况是一个十岁的脆弱孩童。"他带着无限的遗憾，幽幽地言归正传道，"可是那孩子即便满面泪痕，却毫不气馁，仍然一片清明地对我说，你既自夸有神通，何不把未来明家唯一的后代呼唤到这个世上，然后再折磨她杀死她，这样我和原氏不就可以报大仇了吗？于是我便帮助他召唤了这最后一任明家后人明颖……"

"胡说，"我紧握铁环站起来，喝道，"你自己方才说过，你只能在这方寸之地施展法力，你怎么可能越过千年，甚至跨越不同的空间？"

他哈哈笑了起来："这世间我不能召唤任何人，偏偏可以召唤明家女子，你忘记了吗？明家女人之血可以穿越任何结界，再加上非白的灵力，所以，只要你们惨遭横祸，我便可以召唤你们进入这个世界。"

“不可能，”我冷静地维持着理智，分析道，“我和非白相差不过两岁，如果非白十岁那年召唤我，可我那时在这时空早已存在八年了，你是怎么召唤的？这是我听到过的最糟糕的一个谎言，也是最烂的一个笑话。”

“一个笑话？一个谎言？又或许这只是一场梦魇呢？”他挑了挑眉，对我邪恶地笑了，“昔日庄周梦蝶，醒后惘然，竟不知此为庄子之梦兮，抑或蝴蝶之梦兮？”

“什么梦魇？”

“如果这是一个神祇的梦魇，又有什么是不可能的呢？”他的血瞳愈加殷红发亮，神经质地看了看四周，好像要确定没有人听见，便将血红的口凑近我，“你看见这块巨石了吗？”他一指那块还流淌着荧火鲜血的大青石，当我同伴似的郑重道，“这里是伟大的神王以前同他心爱之人相会的地方，就是在这里，原氏、明氏，四大家族，我们所有人的命运，也包括孟颖的命运，一切都从这里开始。”

我一挥“酬情”，对他大声吼道：“你给我走开。”

我的“酬情”他的胸膛划出一道长长的口子，血珠刚刚挂下来，那伤口却神奇地愈合了。

我拿着“酬情”的手剧烈地颤抖起来，小腹坠痛不已，不由得紧靠着岩壁，喘息不已，握紧“酬情”，极度的惊恐如野火，占据了我身上所有的细胞。

“好玩吧!要不要再来一刀试试？”他嘻嘻笑着，看着我恐惧的表情意犹未尽，“很久很久以前，有一个伟大的神王，为了打赢宿敌紫瞳魔族，牺牲了一切，也包括他自己心爱之人。这便是我原氏的祖先，万神之王的大元神。

“此后大元神便常为心魔所扰，午夜梦回，他爱人的魂魄便会出现，他在梦境中不知不觉地动了情欲，在梦境之中动了大法力，渐渐地，这梦境竟然变成了一个真实的世界。须知天道自有轮回，每个人都有他的命盘，断不能随意改变，所谓牵一发而动全身，于是牵动了宿命的因果轮报，引来了无数前世牵绊的冤孽灵魔投世于此，造历幻缘，甚至唤来了他的宿敌，那个紫瞳魔王。

“于是，他为了破解心中的魔障，便试着将自己分成了两半，情感与理智，欲望与忍耐，善良与邪恶，一半是利欲无情，另一半则是情深义重，这便有了‘双生子诞，龙主九天’这一说。

“我原氏伟大的祖先为了能修炼大爱，拯救世人，于是便和自己的另一半不停地斗争着，”原理年面上一片大义凛然，说完又满面嘲讽，嗤之以鼻道，“这个蠢货。”

“即便是香梦沉酣的神祇，只要他乐意，他便可以实现我的任何一个愿望，也包括把你送给那个可爱的孩子。”他笑嘻嘻地拍着手，我头晕目眩，可是他忽而面露悲戚，呜咽道，“可是他为什么不让我离开这里呢？只要在这紫陵宫中，我可以看尽天下人的内心深处，吃尽天下人的血肉，为所欲为，却无法逃出去。都怪那该死的轩辕紫蠡，她偷窥我的凤城，又把我关在这里，司马氏的暗宫没有人可以逃脱，凤城，你为什么要帮她封印我呢，我明明这么爱你，你为什么要向着那个贱人呢？

他的哭声渐渐在耳边变得遥远，这究竟是梦，还是现实？如果是梦，又是我的梦，还是这魔鬼的梦？难道还真是那虚无缥缈的天神之梦？我感到自己的承受已至极限，意志渐感崩溃，颤抖的手仍然紧握着“酬情”，却已然拿不准是要刺向这个魔鬼还是自己的胸膛。依稀听到原理年又絮絮叨叨地讲了很多关于原氏神王的旧事，可耳边却翻来覆去只有少年时代的原非白对我说的话：“若我是那小美人鱼，我爱那王子既深，何不一开始叫那女巫施法，让那王子爱上她？何必变成人类，受尽苦难，反倒一事无成。还有，我既是那海王的女儿，那海王必定手下能人异士甚多，亦可想办法逼那个施法的女巫再施个法术，将那美人鱼救回海中便是，何苦定要去杀那王子或是化作大海的泡沫呢？”

我一直以为是紫浮带我来到这个世界，原来一切的一切仅仅是因为童年的原非白一时激愤之言，所以我被召唤来到这个世界？

“就因为一个孩子一时心痛的疯言，”我喃喃道，我已经分辨不出是不是我的声音，只觉理智离我远去，“所以引来我这一生痛苦？”

他向我走来，兴奋地连连点头道：“我觉得这样折磨自己的敌人很有趣，这个孩子才十岁，便能想出这样绝妙的主意来，不愧是有天子星照耀的人，是神王所选的天子，对不对，对不对？”

“有趣？你们自诩神王的后代，所做之事却无半点人性可言，”我歇斯底里道，“你们原家他妈的全是疯子。”

“疯子？”他却冷哼一声，对于我的痛苦嗤之以鼻，“你们都说我是疯子，可是大千世界，宇宙磅礴，你们又知道多少？世人自命清高，却不知永远生活在神的梦幻中。”

“你利用了非白的一时之气，然后诓他什么原氏终将为明氏所灭的狗屁预言，利用了他身上原氏仅存的灵力，把我从我原来的世界唤回？然后再利用我的血来助你逃出司马氏的暗宫？你想到我原来的世界去，把那里变成第二个原家？”我慢慢找回我的理智，恍然大悟，“你不但是个疯子，还是个恶魔。”

“我可没有骗他，也没有骗你，只是，”他傲然一笑，一时意气风发，血眸神采飞扬，“我既舍去了一切，练了这《无相真经》，自然要到大千世界，去实现我原氏神族的梦想，一统天下，称霸这个世界。”

“这位殿下，我是一个商人，但从不和两种人做交易，”我平静了下来，也对他傲然一笑道，“一种是疯子，另一种人品恶毒，我想你两样占了个全。”

我慢慢站起来，理了理衣衫，乘机偷偷把金如意塞给倾城，希望它逃出去。我对他笑道：“你要杀就杀吧，反正我被仇人之子设计，即便生下孩子，也要母子分离，看尽这些没有人伦的原氏丑恶，受够这世态的辛酸冷酷，如今的我跟死了又有什么区别？”

我坦然地上前一步，站在他面前，一片澄明地看着他，他似乎没有想到我会如此平静，收了嘲讽，怔怔地看了我许久。

“也许你真的是他的转世，和他一样，那么骄傲，那么倔强。”他对我飘忽一笑，“可惜……你根本不用我杀……”他有点幸灾乐祸地向我后面指了指，“你的命运就在这堵墙的后边。”

我以为他看到了倾城，便努力挡在倾城的眼前，不想他却嘲讽笑道，“别担心，我说过你不用我杀，因为你有原氏的骨肉，还有这只死老鼠，我已经看到它的命盘了，跟你一样。”

我用金如意飞快地打开那个铜门，抄起倾城往后一退，离开这个诡异的房间。铜门慢慢关闭，那个原理年的血眼紧紧绞视着我，绝美的脸上始终挂着一丝诡异而恶毒的笑容。他的诅咒像毒蛇芯子一样咆哮在我的耳边：“你们都将心碎而死！”

铜门沉重地关上，猛地截断了他邪恶的笑脸。黑暗中一片死寂，除了我沉重的呼吸，一会儿，紫晶矿再一次闪现，我正站在两个石室的穿堂屋间，原理年所在的大石门上竟然挂着两个大字：情冢。

真讽刺!

情冢的对面另一个月洞门的石室门口蹲着两只狰狞的麒麟，斑驳的大石门上，石匾刻有二字：静思。

而我所处的这间像是个仓库，堆满了各种各样的金篋，上面都编了号。我忽然想起原来德宗临终前曾告诉过我的第二百七十七具金篋，莫非也放在这里?

果然，倾城跑到一个角落里，然后堆着一堆蛛网和灰尘跑出来，对我吱吱叫了半天，我便到它所在之处拖出一只金篋，果然锁扣上标着二百七十七。

我用金如意轻松打开，却见里面放着各色卷宗，其中最厚的一卷用古字写着“开国士族秘宗”。

我便打开一看，有大大小小、不同纸质，附有各种时代的印鉴，林林总总一大摞，而第一页便写着那快要看不清字迹的三十二字真言：

奎木沉碧，紫殇南归。
北落危燕，日月将熄。
雪摧斗木，猿涕元昌。
双生子诞，龙主九天。

“龙主九天”之后，便跟着无数古体篆文的各种批注，似乎不同的时代不停地有人在叠加上不同的注解，密密麻麻地堆积在一起。可惜那纸张实在太破旧了，我只看明白一句话：一子昌一子殁。然后我再翻下一页，却见一幅种在淤泥中的牡丹花，渐有衰败之感，下面写着批注：

花开牡丹真国色，锦脂艳痕落沾襟。

第二幅是一朵紫色并蒂莲，批注为：

紫蕖连理帝王花，却道兰陵醉赋吟。

再往下看去，好一片红艳艳的梅花林，一只大虎正在梅花下休憩，上方的梅花树枝上正挂着一盏破碎的琉璃宫灯，诗曰：

风火赫赫扬天下，醉卧红绡碎琉金。

然后便是一片大火之中，有红色西番莲在火中盛开，后有菩提老祖笑眯眯地手持甘露消灭大火，从灰烬中取出一台明镜来，注曰：

红莲只向孽火生，菩提锻铸明镜心。

最后一幅却是一棵特大的木槿树，树下有一人正睡在一块大青石上，白衣飘飘，长发披垂，正背对观众卧着休憩。周遭落满了木槿花，同我的梦境极其相似。注曰：

檐前滴水流难覆，满床金笏陋室岑。
纵使槿花朝暮放，沉疴一梦醒难寻。

这些批注写到后面渐渐歪扭，仿佛笔者力不从心。我看得稀里糊涂，只觉最后两句在哪里听到过，好像是明煦兰出家前对我说过。

我来回读了几遍，只觉心烦气闷，便丢下那绢书，直冲到那扇静思之门。倾城跑出来，爬到锁空处，对我吱吱叫着，我便取了那金如意欢乐的一面伸进去，轻轻一扭，门没有打开。我暗恨，全是骗我的，也好，就死在这里，再不要见原氏男人可恶的嘴脸。我习惯性地以头撞墙，鲜血慢慢顺着额头流下，紧跟着大门嘎吱一声，打开了。

一股怪异而呛鼻的味道扑鼻而来，我细细辨了一辨，那是水银的味道。却见里面并列放着十一个水晶棺木，里面皆陈列着盛装的遗体，个个头戴金阎罗一样的金面具，且皆怀抱一个白玉瓶，白玉瓶的一边则放着一副银钟馗形制的银面具。

我走到近前，这才发现每个水晶棺木上和白玉瓶上都刻着谥号和名字：

第一个棺椁上刻着：英祖原曾进，怀中的白玉瓶上刻着：宫主司马林；

第二个棺椁上刻着：进祖原轴昇，怀中的白玉瓶上刻着：宫主司马平……

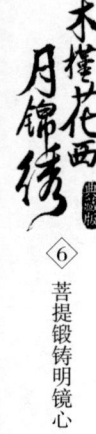

莫非这些都是历代原氏老祖宗的？为何都有两个名字？明白了，一个是在明处的原氏家主，也是戴着金面具的金阎罗，而白玉瓶中的应是在紫陵宫守陵的暗宫司马氏的宫主，即戴着银面具的银钟馗，二人合葬一处，表示原家与司马家结盟之意，共同守护原氏家族和这紫陵宫。

走到倒数第二个特别宽大的棺椁，上刻：太祖原青江，果然棺中人身穿五爪金龙十二纹章的冕服蟒袍，头上仍戴着十二旒冕冠。亦有人头戴金面具，怀抱一具白玉瓶，上刻：宫主原青山。正是第十世的家主原青江及暗宫宫主，入赘司马家的原青山。

一边还睡着一个粉衣美人，绝代姿容，眉宇间带着淡淡的忧郁，竟是原非白亲母谢梅香。

而最后第十一个棺椁上，不及镌刻任何字迹，棺中空空如也，唯斜靠着一个没有刻任何名字的白玉瓶。我暗想，这里装的应该是司马遽的骨灰吧，可为什么没有写上名字？

司马遽一生都想解放自己的族人，最后却永远地困于这狭小的白玉瓶中，还被人这样随意歪斜地扔在此地，我叹了一口气，决定把他的瓶子扶正。我便小心翼翼地打开水晶棺。

好在没有任何机关，我拿出那个白玉瓶，看到瓶盖竟有些歪斜，像是匆忙盖上不及盖好，便使劲拧开盖，打算重新盖好，却见里面一堆微微发黑的骨灰中，似有莹白闪现，我鬼使神差地扒开骨灰，竟发现是一支白玉簪，那支白玉簪看上去有点眼熟。

我放下白玉瓶，取出那支白玉簪，那支簪同我头上那支一模一样……

我颤着手轻轻地拂去沾在上面的骨灰，露出中段镶金补过的痕迹，正是非白常戴的那支。

好像有人在我耳边低语：

一子昌，一子殁。

一子昌，一子殁。

一子昌，一子殁。

我的手无意识地用力一掰，那支东陵白玉簪自镶金补处应声而断，在寂静幽暗的古墓中发出极诡异而清脆的声音。

只见簪中藏着一卷短小的宣州毫纸，我抖着手慢慢打开，上面赫然映着再熟悉不过的小楷笔迹：

原非白爱花木槿一万零一年。

我总是认为我足够坚强，可是当我面对真相时，才发现我是多么脆弱。

我只觉胸腹处有巨大的疼痛，仿佛有人拿钝刀从腹部一直往上割到我的胸口。

这是凌迟的痛，镇魂的疼，撕裂的苦。

我猛然抬头，却见顶上正画着我曾在百草园见过的《龙凤引魂升天图》，美艳的蛇身人面女子，周身被两条巨大的张牙舞爪的金龙和银龙所包围着。可是这里的女子姿容更是绝美，紫瞳潋滟，绿鬓高髻，神色亦冷峻逼人，睥睨我的眼神甚至有点凶恶狰狞，仿佛对于我的闯入非常震怒。

双生子诞，龙主九天。

一子昌，一子殁。

我慢慢醒悟，死死盯着那个白玉瓶，只觉心头血气沸腾翻涌，又像有人不停地用镇魂钉钉我的脑仁。

檐前滴水流难覆，满床金笏陋室岑。

纵使槿花朝暮放，沉疴一梦醒难寻。

我跌坐在地上，喃喃道："非白，原来你一直在这里等我。"

我努力想要从头开始，抽丝剥茧，可越来越乱；

我试图理清这可怕的心计，可一切都变得错乱扭曲；

在深不可见的阴暗角落里，在理智无法触及的背后，原来发生过这么多惊涛骇浪。而这些惊天动地的故事编写者，是一个敢用生命来将仇人之后从现代召唤回来的恶魔，他一念之间改变了我和锦绣的命运，他设计我们爱上了他，他让我的腹中怀上了原氏子嗣。

我应该对他恨之入骨，可是他在临死前写下对我永恒的誓言。我应该对他挥剑复仇，可是他现在正静悄悄地沉睡在这个狭小的白玉瓶中。

原来，我身边一直沉睡着一个叫司马遽的浑蛋，真正的非白却长眠于此。

一时间，天旋地转，世界崩解。

我的爱，太荒谬！

我的恨，无从恨。

我对着白玉瓶痛苦地大吼出声："原非白，你怎么可以这样折磨我？你为什么要这样折磨我？"

"看到了吧，我没骗你吧。"身后飘来原理年幽幽的声音。

我慢慢回头，原理年披着一头墨发款款走来，他兴奋道："这个交易很划算的，只要你愿意，只要一个响指，凭你身上神奇的明氏之血，很快可以在那个世界的一个白色房间里醒来，然后休了你那个黑心夫君，分到一大半财产，去过自由自在的生活，我会帮你抹去一切记忆，就像从来没有发生过，你在这里发生的一切，不过就是一场梦罢了，也许是我的一个梦，紫瞳魔王的一个梦。谁知道呢。"他开心地拍着手，"作为报答，我要跟着你到你的世界去，我的凤城一定在那里等着我。”

“你找不到明凤城，永远找不到，就像我……再也找不到原非白一样。”我泪如泉涌，心如死灰，可面上却露出惨然而了悟的一笑，“如果我是明凤城，绝不会爱上像你这样自私冷酷、无情淫乱的恶魔。”

“你又胡说，”他对我瞋了一眼，“你明知道，现在只有我能帮你。”

“你是一个以爱为名而杀人的恶魔，你谁也不爱，只爱你自己。”我冷冷道。他的笑容凝滞，“明凤城和平宁公主一起把你困在此处，是为了保护你，明凤城对你一片赤诚之心，历尽磨难前往西域为你寻找紫殇，好散去你一身邪功来拯救你，可是你却偷偷诱惑司马家的将领，前去追杀他，因为你彻底被你自己的野心和欲望迷住了。你根本不想醒过来，失去这种所谓神力的邪恶力量。”我上前一步，仰头无惧地看着他，“少年时代的司马莲和瑶姬夫人进入这个宫殿，你一样诱惑了司马莲，令原家同明家以及司马家反目成仇，因为你一心想要明家沦为原家的奴隶，这样必会有明氏族女流落到此，你便可利用明家女人的血离开这里。”

我慢慢抱起那个白玉瓶，无惧地瞪着他渐渐扭曲的天人之颜：“你可以左右别人的人生，利用人性去毁掉别人的生活，可是你永远唤不回你心爱的凤城。因为你亲手杀死了他，可笑的是，你甚至不愿意面对这个事实，还要以他的名义逃出此地去别处作恶，你就是这样自欺欺人地活着，永远困在你自己创造的悲剧轮回之中，你这个可怜虫。”

“我都已经记不清，有多少年没听到有人敢这样对我说话，好一位勇者！”他为我使劲鼓起掌来，叹道，“可惜，我不得不拧断勇者的脖子，取出勇者的血来，逃出生天了。”他对我狂妄地笑着，“反正我是永生不死的神，你们才是可怜虫，你们这些凡俗之躯最后只会生老病死，随风而散，我会慢慢等待岁月的流逝，迎来你那个发亮的世界。”

他向我抬起手，乌黑的指甲挥向我的喉间。

憎恨如野火焚身，心如坠冰窟地狱……

忽然后面的铁门打开，有人持着长管火枪，向原理年开出一枪，原理年怒吼着退去，有人挟着我向后退，静思石室的铁门应声死死地关闭。我却翻江倒海地呕吐起来，伏身倒在地上，直把黄胆水都要吐出来了。

有人不停地为我输入真气：“主子，你还好吗？”

我抬起泪眼，眼前是面色焦急的齐放。

“您终于发现这一切了。”有人在我面前沉痛地说道。我抬头，一个长须美髯的老者正站在门口，一头白发微乱，他的眼睛满是血丝，正是韩修竹。

他对我颤声道：“陛下临终时料到终有一日，您会找到他的。果然，您终于找到了陛下，还发现了这一切，皇后娘娘。”

齐放扶着我，跌跌撞撞地行走在地宫中，手中捧着那个白玉瓶，脑子里全是非白的音容笑貌。

韩修竹在前面慢慢引路，他神情委顿，眼神暗淡，刹那间老了十岁。

我已经什么也听不见了，什么也看不见了，只是麻木地跟随着韩修竹往前走。忽然倾城跑到我的肩上，龇着尖牙。

不久，黑暗中有两个人来到我们面前，我浑然不觉地被齐放拉住，停了下来，看清楚了眼前的人，那张同非白一模一样的脸。

齐放立时挡在我面前，牙关紧咬，手握长剑。

司马遽轻松地背负着双手，平静地看着我："你要上哪里去？"

我恍然地抬起头，看着那张令我痛彻心扉的脸。

韩修竹方才告诉我，非白临终前曾嘱咐他，这个司马遽喜怒无常，疑心过重，甚至重于先帝，一旦我发现了所有的真相，便要立刻送我离开，否则一旦司马遽改变心意，要杀我和腹中的孩子，实在易如反掌。

非白，你残害设计了我和锦绣一辈子，本应是我恨之入骨的大仇人，可如今你死了，我却像一个木偶，失去了心魂，被带走了所有的欢笑和仇恨，活得没有任何意义，多么可笑复可悲！

韩修竹重重地双膝跪倒在尘埃之中，凌乱的白发为尘土所污，颤声叩首道："臣韩修竹见过陛下，愿我主万寿无疆。"

我第一次听到韩修竹的声音里满是恐惧。

我望向司马遽，如今的他已经不用戴上面具，那肖似非白的天人之颜上带着一丝嘲笑，好似在嘲笑这世间一切的爱恨欲憎。

我直起了身子，嘲笑地睨着他，不发一言。

他走到我的眼前，深深地看了我几眼，笑道："你好大的胆子啊。"

我仰天一笑："你已夺走了我的一切，现在剩下的不过是这具皮囊，你如果是过来拿命的，原家暗神，你还等什么？"

"你既知一切真相，当知你既是原氏家主的结发妻子，也是我暗神的结发妻子，"司马遽的凤目里藏着一丝我已然无力去懂的痛楚，他对我长叹一声，喃喃道，"过去几个月我们倾心相爱，过得这般快活，我为什么要杀你？更何况你肚子里还有我们的骨肉。"

我强忍恶心，抚着小腹，慢慢上前，冷冷道："你说什么？我肚子里的孩子是谁的？"

司马遽的面容悲伤起来，垂眸长叹，掩去了所有神色，叹声道："当年锦绣称他在暗宫行家法之时，便偷偷下毒残害了他，他这一生也不可能有孩子了，可是那夜他看你为夕颜公主哭得那样伤心，终于还是下了决心，想给你一个孩子。"

"你万万莫要多想，"他上前一步，诚挚道，"这本就是我原氏同暗宫祖先流传几百年的圣律……何况我同他一样真心待你，绝无亵渎之意，是故，他和我一样，都盼望着你能早早怀上我们的麟儿，他临走前，曾让我再三发誓，代替他来好好照顾你，你且放心，我定会一生一世守护着你和我们的孩儿。”

我本来告诉自己，我不会哭的，这世上也没有人可以让我哭，因为那个轻易让我落泪的人已经去了，可是那泪水决了堤，咸咸的泪珠流进了口中，模糊了一切的视线，唯有原非白在红梅花雨中对我灿烂而笑，那一夜他在耳边激情地呢喃：“原非白爱花木槿一万零一年。”然而，这句浪漫的誓言变成了最可笑的讽刺，最残忍的屠刀，最可怕的咒言！

“你撒谎。”我举起那根白玉簪，泪如泉涌，“他绝不会让你这么做。”

他面上的狼狈一闪而逝，脸上浮起一丝得意而淫邪的笑容：“那又怎么样，正如你所说，反正我已经得到你的一切了。”

我上前狠狠甩了他一个耳光，大吼：“你这个无耻的浑蛋。”

“崇元殿之变前，他便准备好了后事，一则怕死在兵变之中，救不了你；二则那年冬天，他在晋阳旧伤复发，怕去日无多，便秘密留遗诏给青媚，要她把尸首火化了装在这个白玉瓶中，无论如何要带给你，好陪伴你一生一世，不想崇元殿之变我们都安然活了下来，更没有想到的是，我早在青媚身边安插人手。”他雍容而笑，满是帝王之尊，那凤目更加清冷。

“青媚呢？”我看着他，冷笑数声道，“你将她杀了？”

齐放双目喷火：“狗贼。”

“在你眼中……我就这么没格调吗？”他对我微歪着头，像极了非白。

他向我的脸伸出手来。我紧紧抱着白玉瓶后退一步，紧张地看着他。

齐放长剑出鞘，直指他的咽喉。他冷冷一笑，后退一步，微摆手，袖袍上的金丝微闪，黑暗中显出一位面无表情的劲装佳人，果然是青媚。

齐放紧咬牙关，痛彻心扉道：“青媚，你……”

青媚低下了姣美的侧脸，令人看不见她的神色。

司马遽得意地笑着：“青媚是个聪明人，她已经向朕表忠心了。双生子诞，龙主九天，”他看向我怀中的白玉瓶，叹声道，“我和非白，我们所有人都为了这个预言付出了代价……”

我颤声问道：“他是什么时候去的？”

司马遽定定地看了我一会儿，叹道：“今年元月一日，明家的人终是复仇成功，明风卿用毒雾毒死了他。”

“他临死前不让任何人告诉你，是你的族人害死了他，免得你痛悔终身，”他抬头看我，地室暗淡的光映着他墨绿的眸光，眼神犀利了起来，“可惜你这个破运星，破了他的帝王星运……因为你，他无法亲眼看到亲手创造的盛世光景。”

“所以我想我还是要谢谢你的，因为你让我站到了阳光之所，得到了所有男人梦想的一切。”他仰头哈哈大笑起来，那狂妄的笑声在暗室中回荡。所有原氏的先祖默然地盯着他。

我泪如泉涌，咬牙道："你闭嘴。"

"也许你不信，朕很佩服他，甚至有些嫉妒他。"凤目中闪过一丝狼狈和受伤，转瞬又恢复了自信，他昂头傲然道，"你本是一叶孤魂，被他设计错入原氏，你确然得到了原家男人所有的爱，也帮助他实现了作为一个普通男人的幸福，他的爱情最终战胜了他的野心，我想也算是打破了我们原氏男人的命运了吧。"

"也许我不能像他那样赢得你们所有女人的崇拜和爱慕，确然，我将继续这个他开创的时代，让塬朝成为旷古绝今最伟大的皇朝，而他的名字将千秋万代为世人称颂，这便是我司马遽的誓言。"他铮铮言道。

我为他的雄心而震慑了好一会儿。

"他要青媚把这个交给你，青媚又把这个给了我，我想你也知道这是什么。"他从袖中取出一个精致紫玉瓶，目光掺着一丝复杂地看着我。

这个傻瓜，这个认死理的死心眼子，他终于实现了他的诺言，将生生不离还给了我，可是如今，就算有了生生不离我又有何用啊。我双腿一软，坐倒在地上，再也忍不住，伤心欲绝地抽泣着。

"他希望你能幸福，可是如果有一天，你发现了所有的真相，怕你受不了，就要青媚和韩太傅送你到段月容那里去……"司马遽话锋一转，冷笑道，"可是偏偏，他又盼望着你能找到他，想让你找个他能一直看到你的地方，干干净净地把他埋了，或是撒向天涯海角，好生生世世地跟着你。反正他一辈子就是个自相矛盾的蠢人，没用的情种祸胎。"

我心如刀绞，对韩修竹悲愤道："太傅，你是他一生最信任的人，为何抗旨？为何眼睁睁看着司马遽欺辱于我，你为何要背叛他啊？"

韩修竹满面愧悔，白发零乱的头颅伏地更深。

司马遽耸耸肩："太傅高瞻远瞩，当然想你腹中的孩子永远留在大塬朝，代替他成为一代明君，好实现心中的梦想，谱写忠臣辅佐明君、开创宏图大业、流芳千古的佳话。"

韩修竹早已在那里泪流满面，泣不成声："娘娘……"

"可惜我跟他不一样，"司马遽忽然语调一变，"你是原非白的，也就是我的，故而，我就是不让你回大理，就是不想让你同段月容在一起。"他就这样看着我，俊脸扭曲起来，猛地把紫玉瓶狠狠地往地下摔去，碎裂之声如霹雳惊魂，生生不离的解药就此永远失去。

我惊抬泪眼，只见他大踏步地来到我面前。

齐放提剑攻去，青媚的长刀已经快速架住。

齐放的手微颤，哀伤道："你……"

可是青媚的回答是快速向齐放砍出八刀，刀刀致命。

有情人的刀，无情人的泪！哪一个更令人心碎？在场再无人回答，唯有司马遽在得意地微笑。

“这是世间唯一的解药，除了我，你不要想同任何男人有孩子，除了我，你永远不会得到幸福，”司马遽恶狠狠道，“你认命吧。”

我面无表情地看着他，仰头直直地看向道：“你今天可以杀了我，连着我肚子里的骨肉，可是我永远不会跟你走的。”

司马遽的脸上漾起一丝极度可怕的笑容。青媚手中短剑银光一闪，眼看砍中齐放，齐放虚晃一招，闪过青媚的银刀，腾空跃向后方，拉着我向退去，身后三人紧紧跟随。

不一会儿，我的小腹开始有坠疼感，精疲力竭，不觉来到了一汪无边无际的紫川。这时，浩渺的紫川水开始上涨，我们只得慢慢退回，可后面三人却转眼即至。

司马遽阴阴地笑道：“现在回头还来得及，你依然是大塬朝至高无上的皇后，暗中还是那富可敌国的君氏族长，一切都不会有变化。我们马上还会有两个可爱的孩子。”

我却忍不住又趴在地上吐了起来。司马遽叹了一声：“你看，我们的孩子也不想你离开。”

就在这时，紫川上传来一位老者悠长的歌声：“花非花，雾非雾，夜半来，天明去，似这般真情是假意，似那厢假意却真心，休言花落紫川，却道孤命殇还，似花还似非花去，破窗残月缘尽时。”

转眼，一位瘦骨嶙峋的老者撑着一叶小舟来到岸边，他的下身衣衫尽破，上身却穿着一件华贵的白狐袄，腰间粗粗地用一根麻绳系紧了，他脸上的面具伤痕更多，露出近一半的干枯面皮来，黄褐色的双眼对我们看了看，稳住小舟，双手交叠放在船篙上，似乎在努力弄清情况。

我跌跌撞撞地过去跪在老者面前：“求妖叔救我们出去，你曾经载过我，我是花木槿，您身上的这件白狐袄就是我送的。”

司马遽却冷冷一笑：“妖叔是暗宫中人，你以为会听你调度吗？”

不想那司马妖却慢慢地俯低身子，看着我大拇指的扳指，黄褐的瞳孔开始收缩：“我认得这枚扳指，是睿雾，这是可以调动暗宫的信物。”

司马遽却命令司马妖快把我们拿下，不想谁也没有看清司马妖的动作，我和小放已经被他拉到小舟上。

“我暗宫中人活着是为了守卫先祖陵墓，镇压妖邪，”司马妖淡淡笑道，“是以皆以孝衣面具示人，这是我们的命运，也是我们的荣耀。你本是宫主，首当其冲，可是如今的你一身艳装，身上一股子原氏的腐朽臭味，何谈暗宫之人？”

司马遽呆愣之际，司马妖已奋力撑出一篙，远离岸边，司马遽只得取了旁边一叶小船，亦快速跟过来，韩修竹及青媚亦在舟上。司马遽不顾韩修竹的反对，狠狠击向司马妖，那扁舟渐渐不稳。青媚亦向我们攻来，眼看到我们面前了，忽然反身向司马遽猛击一掌，使得我们再次逃离。

青媚借着司马遽的掌力往紫川中跌去，齐放痛声呼着青媚，奋力扑去，掠回青媚至妖叔的小舟，不想被司马遽的火枪击中肩膀，鲜血喷涌，金龙闻到血腥的气息，纷纷浮出水面。

“小船最多不过三人，如今载了四人，恐怕要沉。”司马妖冷静说道，手中加快了撑篙速度。

齐放伤到了大动脉，面色越来越差，青媚疾点齐放止血的穴：“齐仲书，你要撑住。”

齐放紧紧地抓住青媚的手：“青媚，原谅我，要先走一步了。”

“莫要胡说。”青媚喝道，美丽的眼中却泪如泉涌，“我不准你死。”

齐放却对青媚温柔一笑，抚上她姣美的脸庞，笑道：“我本天煞孤星，如今有娇妻如此，夫复何求。”

青媚闻言破涕为笑，满目深情地看着齐放，然后捧住齐放的脸庞狠狠吻住：“可是我想让你活着。”

这时，司马遽再命人发三支利箭过来，青媚猛提轻功，以短刀劈下，却漏了一支，直戳她的喉间，立时鲜血喷溅，她的头发像乌黑的花朵盛开着，绝美的容颜望着齐放，绽放出一朵最美丽的微笑，直直地坠入紫川。

金龙翻腾着，只一瞬间青媚就化为一堆血水，沉入紫川，齐放撕心裂肺地痛呼着青媚的名字，奋力扑入水中营救。

我痛呼着齐放的名字，泪如泉涌，眼睁睁看着他随青媚沉入水中。

血腥味引来大批金龙，司马遽的船只便被堵在紫川中，司马遽想施轻功跃到我们船上，奈何司马妖的舟小速快，他跃到一半，被金龙攻击，便退了回去。

他蜻蜓点水地立在舟头，恨声道：“花木槿，你跑不掉的，我就算把整个天下翻过来，也不会放过你。”

我也立在舟头，平静地看着他，心中已经痛得麻木了。

到最后，他还是死死盯着我，天人之颜却慢慢呈现出悲戚之色来，好像一个孩子看着心爱的宠物慢慢死掉时，那种悲伤而恐惧的神色。

我在心中流血地感叹，他明明同非白长得如此相似，可是骨子里同非白是这么不一样。

可是他天人的脸庞却渐渐淌满热泪，我听不到他在哭诉什么，看口形依稀在说：“你爱过我吗？”

司马妖始终那样平静，仿佛见惯了生离死别，抑或是他的确在紫川上行船太久，久到所有的感情都被紫川消磨得一干二净。

也不知过了多久，追兵的身影渐渐远去，一切恢复平静，依稀当年妖叔就是从这条紫川把我带进来的，那时司马妖还说过，他只载活人进来，死人出去。

确然，此时此刻的我，活着同死了也没有什么区别了。

多少恨，昨夜梦魂中。
还似旧时游上苑，
车如流水马如龙，花月正春风。[1]

怀中冰冷的白玉瓶提醒着我还活着，然而，心已成灰，万念化尘。

我俯下身，紫川幽深的河面正映着一个心碎的女人，她的脸庞苍白如鬼。

我猛然想起，前世的我也是这样心碎而去的，而这一世，段月容和原理年都诅咒过我，将会心碎而死。

紫陵宫中埋藏着原家最肮脏黏稠的秘密，如脓疮污泥般恶臭，触目惊心，可是意外地开出一朵小花来，变成了整个阴谋中唯一美好的东西。

那就是原家世世代代还未泯灭的人性，可惜他们一直视作猛兽，我还能活着走出去，就是因为原非白对我的怜爱。

可惜，我的朋友，我的亲人，我的爱人，我的敌人，甚至是我的仇人，全都离我远去了……

果然，人一世挣扎，到头来却终是孤独而去。

我缓缓地掬起一汪紫川，和着泪水慢慢饮下。

司马妖苍凉的歌声又起：

花非花，雾非雾，
夜半来，天明去，
似这般真情是假意，似那厢假意却真心，
休言花落紫川，却道孤命殇还，
似花还似非花去，破窗残月缘尽时。

【注】

①【南唐】李煜《忆江南·多少恨》

第二十章

花月度离人

当我再醒来的时候，我被齐放早已安排好的暗人们救起，然后被送到大理边界，迎接我的是早已等候多时的夕颜和沿歌他们。

暗人们只说是在一叶扁舟中看到我，再没有见到别人，司马妖也再没有出现在暗宫，因为曾有一年多的时间里，有大量黑梅内卫遍布江湖，同时寻访我和神秘面具老者，后来他的下落也成了原氏和司马氏的另一个谜案。

很遗憾，往事依旧折磨着我，喝下的紫川之水没起多少作用，只因我胸前的紫殇。

我又回到了君家寨，蒙诏、孟寅他们都来看过我，来的时候都喜气洋洋，走的时候都泪湿沾襟，因为我像一个没有生气的木偶，整日披头散发，沉默地看着金海李红，花开花落，不发一言。

来来往往的探望亲友中，我没有见到段月容，这样也好，反正他来的话，也是来嘲笑我的。

六月里，我同段月容当年的革命旧址，那一溜木槿篱笆开得比以往任何时候都灿烂美丽。

每天清晨，我都会在发髻上插着两支东陵白玉簪，在篱笆边上散一会儿步，远眺一会儿那连绵起伏的群山，碧峦积翠，山花烂漫。脚下柔嫩鲜丽的槿花瓣绵延着铺满了黝黑的土地，下面正安静地埋着一樽白玉瓶。

偶尔，我会捧着过于沉重的身子，偷偷摘着槿花，想一会儿下锅油煎了，做花煎给小玉吃，可是小玉总会发现，从屋里走出来，一边责怪我不爱惜身体，一边帮我麻利地摘着，然后替我去把花煎做了。

也许司马遽真是为了让我留下肚子里的骨肉，抑或证明他同非白一样倾心待我，便令人把小玉送回，又把我平日里爱用的爱玩的东西打包运过来，每隔一段时日，总会派原氏暗人送上一封厚厚的信件，可惜我没有看，连拆也没有拆就全烧了。

我只让人带口信给他，如果他肯善待于飞燕和我在大塬的亲友们，我保证不反他大塬朝，谁叫我是破运星来着，只要我乐意，我肯定闹个天翻地覆！

当然我不会告诉他，其实造反这个希望很渺茫，因为郑峭说过，我的身子太弱，情绪也很不稳定，生下这个孩子无异于自杀。也许他多多少少知道我的境况，他尊重我的意愿，待于飞燕及相关人等如初。

以后他又差人送过几次密信，我依然当着信使的面，拆也没拆就烧了，他知道他送来的账本我还是会看，又在账本中夹了书信，我便原封不动地退回，渐渐地他便作罢了，不久便向外声称我得急症病亡。

七月初七，我的肚子已过分地大，郑峭也说怀的是双生子，我这回连摘槿花的力气也没有了，君家寨又忙着闹社火，下山看灯会，沿歌和豆子一早就来呼小玉了，我便让小玉过去陪他们，这样的日子里，我只想闷头大睡。

月上中天，我正打算睡下，耳边便听到笛音，我走出去，却见那棵大李子树下，正有一个高大而潇洒的身影背对着我，吹着那首熟悉的《长相守》。

我当时抱着肚子扭头就走，我最不想见的人就是他，因为见到他我就会想起原非白到死都想着要送我到他身边去，然后连带着想起那些可怕而难堪的记忆。

我走到实在走不动了，才发现来到当年偷偷洗澡的一湾浅潭处，再回头看已经没人了。

我便怅然地坐在一棵大树下，昏然而睡。也不知道睡了多久，耳边又有隐隐的笛声传来。我醒了过来，身上被人加了一件锦缎披衫。

我循着笛声望去，却见那棵大木槿树下，一人身形颀长，一身白袍随夜风不时垂荡，风流的海棠花纹随袖袍飞舞，乌发只用一根白缎带随意绑成一束垂在胸前。他正平静地坐在一地凋零的木槿花朵中，凌风细细地吹着那真武玉笛，《长相守》的美妙旋律和着木槿树的花香在四周蔓延着。

眼前冰轮皎洁无瑕，偶有云朵舞过，如蟾宫仙子对世人怜悯而笑，然而，即便是当时的月光也在眼前的紫瞳妖孽面前失去了颜色，我的脑海中立刻满是那白衣天人，坐在那里，一边弹着这首《长相守》，一边对我温然而笑。

一曲终了，宛如梦中场景，紫浮对我优雅而笑，紫瞳满含重逢的欣喜，满腔温柔地言道：“你来啦。”

鼻头涌上辛酸，我正欲开口，天人又忽地变了脸，无比吃惊地瞪大了紫瞳：“你怎么就胖成了个球？”

我不争气的泪就这样流了出来，他立刻毫不客气地哈哈大笑起来。

我心中越发委屈，几个月累积的痛苦再无法忍耐，全部化作汹涌的泪水，哭得越发凶了起来，他却笑得越发高兴，好像故意在同我唱反调。

我拾起脚边的石头狠狠向他砸去，带着浓重的鼻音骂道："让你笑、让你笑，笑死你个紫眼睛的王八蛋。"

"这是在骂谁哪，自己不也长着一对紫眼睛吗？"他边跳边躲，继续嚣张地大笑，深深刺伤着我，"既敢回来，如何不敢接受我的嘲笑，你也太软弱了。"

我的身子太重，刚抓了块大石头，便打着趔趄，一屁股坐倒在地，一个劲地大喘气，涕泪满面，狼狈不堪。

他终是收了狂笑，来到我跟前，摁住我手中的大石。

"真傻，都活了几辈子了，"他静静地凝视着我，用湘绣海棠花纹样的广袖轻轻拂去我脸上的鼻涕眼泪，嗤笑道，"还是那么傻，就知道哭，真没出息，傻得毛都没有一根。"

"傻跟有没有毛又有什么关系？"我推拒着他的广袖，大吼一声道，"你管不着。"

我转过身，背对着他使劲平复着抽泣。

他在我背后低低地叹了一声："其实他也是一个可怜人。"

我琢磨了半天，才明白他在说的是谁，心中的怒火陡生，慢慢扭过头来："我遵照约定，回来了，现在就随便你怎么嘲笑我，虐待我，但是——"我盯着他的紫眼睛，一字一顿道，"我诚恳地请求你，不要再跟我提那个二逼人渣，好吗？"

他却仰天哈哈一笑，向我递来一条绢帕，我接过来重重擤了擤鼻子，然后攥在手里，背过身去看着七夕的灿烂星空。

织娘和蛐蛐轻轻地唱着歌，对面眼前一树紫薇开得正旺，纤美的紫花簇挂着夜露在星光下随风轻摇，闪着清亮的光，好像无数美丽的眼睛，对我们不停地好奇地眨巴着，青草味夹裹着野栀子的芬芳，悄悄地渗进我的心脾。

"情而生爱，爱而生欲，欲而生痴，痴而生贪，贪而生嗔，嗔而生怨，怨而生恨，恨而生恶。你知道吗，这世界的原罪其实是无法消灭的，"背后的他忽然开口对我说道，"我也是琢磨了几万年才琢磨出这道理来。"

他递来一个皮水袋，我慢慢喝了一口，斜眼觑他，暗想也不知他今晚要同我讲什么歪理。

"还记得我在仙镜潭同你讲过的那个传说吗，那对天人眷侣的故事……"

我微一点头，依稀记得那天他很激动，我一直猜那其实是他前世的故事。

"可巧了，那个披着天使外表的恶魔正是原氏的先祖大元神，那个号称不朽的伟大的神王，口口声声说着什么存天道，灭罪欲，垂怜万物，普度众生，可是，他为了所谓的霸业，转眼间，几乎杀光了我所有的族人，连他的心上人也不放过，可他还嫌不够，贪心地想变成一个完美的神祇，于是他进入了自己的一个迷梦，想借这个梦继续修炼，抹去他最后的弱点，他的心上人——"他细细看了我一眼，轻轻点了一下我的鼻尖，

“间接地改变了所有人的命运转轮，这才搞出这许多事来，却不想自己倒在这花西梦中第一世里便先迷失了，变成了紫陵宫中的一个怪物。”

“我都说了我不想提了。”我哭肿的眼睛一个劲瞪他，“再说他原家神仙老祖宗的心上人跟您老又有什么关系了？”

他冷哼一声：“他的心上人，正是我的结发妻子。”

原来如此，说来真是惭愧，我以前一直以为是紫浮把我掠到这个血腥的世界，其实不过是因缘际会，我让他背了这么多年的黑锅。

那厢里，他忽然伸出手，轻弹了一下我耳上常戴的水晶坠子，成功地看到我吓了一跳，便微笑了起来：“我的妻子，以前很喜欢发亮的东西，于是我上穷碧落下黄泉，好不容易找到她，把她拉出了那个迷梦，特意将她托生到一个光明的世界，满心希望能让她进入正常的命运轨道，快快乐乐地开始新的生活，不想却忽略了那个恶魔近乎疯狂的偏执，他好像越来越沉醉于自己的梦境，甚至要永久地把我的妻子困在他的迷梦中，于是他还是想尽办法把她从那个发亮的世界给拉了回来，也就是你，这个大傻妞。”

我听得心惊肉跳，手一抖，水袋便掉在地上，泉水迅速地渗在地上，却不敢去捡，也不敢去看他，只故意粗声喝道：“你胡说八道。”

“这位伟大的神王，当着我的面，亲手杀了你，我眼睁睁看着你，还有肚子里我们的孩儿在我怀中死去，他甚至不让我为你聚起那最后一点魂魄，我眼睁睁看着你坠了下去，魂魄化为碎片，”他的声音低了下去，变得僵冷，“他逼我成魔，又生生世世诅咒我和你有缘无分，那时的我除了恨以外，也只有恨，于是我便纠集七十二路妖王、四十九天魔王，搅他个天翻地覆。”

他的语调如恶鬼凄厉，紫瞳闪烁着无比凌厉的仇恨，血光迸现，如同当年屠城时的狠戾，我不由自主地心生恐惧，爬离他远一些。

过了一会儿，他那望着天际的紫瞳平静下来，慢慢化为一片凄迷：“我在无休止的斗争复仇中，也不知过了多少岁月，渐渐地，我幸存下来的族人们老死了，那些杀我族人的天使也被魔族杀光了，情人也罢，爱人也罢，朋友也罢，敌人也罢，最后都经不过时光的折腾，随风而化，只剩下那所谓永生不死的魔与神……我和他……”

他慢慢垂下了头，完美的侧面一片落寞，好一阵子才抬起头，把视线放到正慢慢爬离他的我，好在他也不以为意，轻易地尾随我，然后在我前方坐了下来，堵住了我的去路，我只好再一次面对着他正襟危坐，他继续说道：“直到我跟着你再次进入这个梦里，我终于明白了，他不过是一个认死理的傻子，生生世世追求虚妄的完美，他可以冷酷地对待所有人，包括他自己，也不可能改变他心中的原罪，我原本也不信，只有在这个梦里，他才能释放他所有的感情，爱与恨，情与欲、善与恶，可惜这种梦魂大法最伤神功和阴德，更何况是元神分裂，搞出这不伦不类的双生子来，即便他是伟大而不朽的神王，最终，完美变成了他自己对自己的诅咒，美梦也化为噩梦，是故，我很难说，他的这个梦，也就是他所谓的修行是否成功，可我只要你活下来……”

我只听得昏头昏脑，胸闷气躁。

“照你这么说，那伟大而不朽的神王得了精神分裂症，我和你，到现在还在他的梦里？”我嘲笑地敲敲坚实的土地，“这是梦哈？”

我掰断一截枯枝向他扔去：“这是梦哈？”又捡起木槿花朵往他身上扔去，“这是梦哈？”

我用力地从鼻孔里嗤了一下，表达了我满心的怀疑和蔑视：“替我问候你主治大夫！”

可是他却恍若未闻，只轻笑了一声，继续道：“你以前的每一世，总是孤独地心碎而死，然后自我休眠，浑浑噩噩地进入另一个人生，如今是这个混沌世界的最后一世。虽在梦中劝你醒悟，可是自己也没有把握你能否挺住。许是前世你已经慢慢学会了忍受，坚强起来，又许是你来的那个时代太过迷乱，已让你的心志足够坚强，你选择活下来，我真的很高兴。”

“够了，我这辈子再也不想听任何一个传说，任何一个预言，任何一个劳什子诅咒。”我粗暴地打断他，郑重宣誓道，“我这辈子也不想再做任何一个梦了，您老人家也不要再在我面前提到他，我不是为他活下来的，也不是为您老人家活下来的，我是为我自己活下来的。”

他温和地对我笑了一阵，无奈地对我摇了摇头：“大傻妞。”

“我们进去吃饭吧，”他潇洒地站了起来，拍了拍身上的青草，对我一摊手心，轻松道，“我做了你最爱吃的松鼠鳜鱼。”

我抬起头，只见夜风正拂动他鬓边几丝的白发，他眼角隐有淡淡的笑纹，紫瞳中的沧桑萧瑟，心头又是阵阵难言的心痛。

我傻吗？我若真傻，那你岂不是更蠢？外界传言他禅位于永烈公主，皈依佛教，放弃了一个帝王的雄心壮志，却在这里为我吹笛。

我拉着他的手站了起来，却不想放开，低下脑袋抹着泪，点了点头：“嗯。”

那夜的月色笼在他的墨发上，有几丝散发随清风微拂向我的脸。

我抬头，他的紫瞳温柔似水地凝视着我，终是绽开一丝笑意，一时锦绣绝伦。

我平复了抽泣，跟着他走了几步，忽然心中一动，出声道：“那半块紫殇呢，你收着呢吧？”

“你问这个作甚？”他停了脚步，回头淡淡看我。

“你不是说两块紫殇合并，便能使人想起前世吗？我、我想看看以前。”我吸了一口气，“那个，现在你给我吧。”

他疑惑道：“你方才不是说不想再听什么传说、预言、诅咒吗？”

我傲然一笑：“最后一次，又能奈我何？”

段月容定定地看了我许久，拉着我走回那棵大槿树下，飞身跃起。

下地时，他手中多了一只镶雕花紫檀木银盒，正是长安之盟时，撒鲁尔欲送我的那一只银盒。

周围安静了下来，连夏虫似是也屏住了呼吸。一片寂静声中，我伸出了手，打开了木盒，一块紫色的宝石静静地看着我。仿佛响应着我的决心，由中心开始，紫色的亮光蜿蜒着宝石的花纹绽开了耀眼的光芒，在黑暗中照亮了我和段月容。

眼前赫然是过往几世的残缺碎片，凌乱地一起冲向我的脑海，好像有人恶意而猛烈地把我拉进了一堆色彩各异的片断中。

一片金光闪着我的眼，我的双手一片光滑。我低头一看，我正坐在一条大青龙身上，它矫健而完美的龙身上紧密排列着闪光的青鳞。风呼啸着从我们身上穿过，它正迎着阳光，穿过像大棉花糖一般的云朵，向上疾速游升。我心中的快意和豪情油然而生，忍不住放声大笑大叫起来。大青龙扭回巨大的龙头，它大大的龙眼像蓝宝石一样闪着光芒，温柔地映着一个笑得没形没状的绝世美女。它向着太阳咆哮了一下。我们飞得那样高，让我以为我们就要飞到离恨天了。我一下子抱住大青龙，开心而笨拙地吻了一下它的后脑勺，以为它不会发现。可是它浑身颤抖了一下，一下子掉了下去。我吓得哇哇大叫。

我掉进了无边无垠的莲花海中，才浮出水面，大青龙不见了，却见一只斑斓的银白大虎向我扑来，眼看要咬到我的鼻子，亏得有人及时喝住了那只大虎。我借着那人的手，一下子跃出了水面。我看到我自己的手，悚然心惊——我的手竟然是一枝长长的木槿树枝，可是这个人的手好温暖。

耳边传来轻轻的风声，画面又是一转，只见一片银装素裹，天空飘着鹅毛大雪，可是雪天之际有一棵巨大木槿树，红白紫三色花瓣如雨，艳丽如新，暗宫的天神像活了过来，又抑或是非白正穿着圣光闪烁的光明盔甲，轩昂地站在木槿树下，浑身上下闪耀着神圣的光芒，他那天人之颜对我浅浅而笑，仿佛是最甜美的甘露，让人无法抗拒，他的声音就像丝绸一样柔滑：“你来啦。”

我没完没了地看着他，三魂七魄就这样没了，直到又有人在背后柔声唤我：“你来啦。”

我扭头，紫浮盛装打扮，连头发也梳得一丝不苟。他微喘着气，对我浅嗔道：“今天是你我的婚礼，你怎的跑到树母神这里来了？我可好找。”

我低头，果然身上也是一片火红，周围无数的仙灵妖魔向我们祝福着，其中有一个略显熟悉的红衣女神，竟然是地府曾见过的孟婆。她微笑地祝福着我们，递上她给我们的新婚贺礼：一束洁白的朝珠花。

从那天起，我便同紫浮离开天庭，降临南源洲隐居。

曾经满身血腥的紫浮，带领从战场上活着回来的族人们，放下了所有的荣誉和仇恨，亲手种下朝珠花的花籽，过上了平静的生活。

当第一朵朝珠花开的时候，紫浮用沾满泥土的手指为我摘下那朵带露的朝珠花，轻轻地插到我的鬓上，对我柔情而笑。

我喜欢在洱海泛舟，听紫浮吹笛，我总是爬到高高的雪山顶上，长长久久地凝望着夕阳下温柔而圣洁的雪山，岁月就像蝴蝶泉的水波，平静而柔润地不停滑过，我暗暗希冀着能像普通人类或是仙灵一样，拥有一个小生命。

我想要一个女儿，南源洲的夕阳那么美，就给女儿起名叫夕颜吧！可是我知道，这只是一个奢望，因为我们族人本是天族所创，是用来抗争魔族的战争机器，虽混合了神灵和妖魔的血统，却并没有生育能力，即便拥有一半仙灵的血统，可我们不是佛，还是会老会死，即便是最完美的紫浮，最多几千万年，或是几亿年后，我们都会一个一个化为尘土，我们只有过去、当下，却没有未来！

然而我万万没有想到，这样一个愿望真的会实现，我和紫浮是那么高兴，我们的族人都喜极而泣，却根本没有想到，腹中这个生灵将是灾难的开始，毁掉我们所有人美好而平静的生活。

“你以为你能救谁？诅咒永无解除！”大元神的白衣仙影在我上方嘲笑地看着我。那绝世的容颜和那身后金色的翅膀耀眼得让我无法直视。他身边的银虎对我大声咆哮，我只能捂着剧痛的小腹趴在泥土上，身上浸满了黏稠的红色液体。

即便我们一族引退了，那个伟大的神王和他背后的神族也仍然担心我们强大的力量，害怕我们总有一天会对他们不利，更何况我竟能孕育生命，那意味着我们将拥有未来，一个可能超越神族的伟大未来。

我呼唤着我的丈夫和朋友们，可是那个神王加强了结界，即便我用我的血也打不开，我看到结界外紫浮惊痛的脸，我在极度的痛苦中对他苦苦哀求：“求求你，不要伤害我的孩子。”

“像你和紫浮这样的杂种东西，连妖都不配称，居然痴心妄想要绵延子嗣？”他绝美而残酷的冷笑在我面前晃过，以前，我是多么喜欢看他的笑容啊。

好痛，恍惚间看到紫浮怀抱着一个女子深深地哭泣，满脸都是伤心的紫色泪水。

他身后站着无数紫瞳的战士，咬牙切齿地盯着乌云密布的天空。紫浮站起来，他悲愤的面容渐渐扭曲狰狞，对着云层中的神王发出厉魔般的嘶吼：“你无情无爱，却为何要生生世世诅咒我和我的妻子，我们一心归隐，凭什么我们的族类不能拥有后代？”

他怀中人因而滑落了下来，是一个紫瞳女子，浑身是血。那女子的小腹上插着一把五光十色的利刃，像极了我的“酬情”。而那美丽的面容带着说不出的绝望和永远也化不开的悲伤，竟然是我!

无数背后长着翅膀的天使，穿着圣洁的盔甲，舞着兵刃怒吼着向我们奔来，那洁白的翅膀上沾满紫瞳族人的鲜血，最后只剩下紫浮一人。他可以逃，却紧紧地护着那紫瞳女子的尸首。

他被迫跪在地上，高大的身上插满了各种兵器，绝世面容因为痛苦而扭曲起来，如同紫陵宫前的修罗铜像，却始终不让任何天使靠近我。他对着天空大喝："她是无辜的，连她也要赶尽杀绝吗？"

最后他交出了武器，只为了神王承诺留那女子一缕魂魄。我悠悠荡荡地飘着。愤怒的天使们渐渐恢复了清醒，看着周围一片血流成河的战场，还有那个可怜的紫瞳女子，一个个放下了武器，收起了翅膀，流下了慈悲和后悔的泪水——没有人再愿意去毁掉那个紫瞳女子。

忽然在天使群中出现了一个酒瞳红发的魔鬼，他披头散发地向我走来，那双血瞳瞪着我，怒喝道："还在犹豫什么？神明杀你族人、断你子嗣、毁你家园，生生诅咒你和你的夫君，如今你只剩一缕孤魂，无依无靠，快随我去无忧城，在那里你当生生世世复仇，诅咒神明，不让神的光明洒落人间。"

不错，我要复仇，我要杀了原非白、司马遽，灭了原家，为明家复仇。我的记忆开始错乱，心中的悲愤和仇恨渐渐无限量地膨胀着。

我看到眼前那个女子圆睁的眼睛亦化成了血红，转眼化身成魔。

好烫，是地狱的火在燃烧。无数的生灵和天使被那个女子毁掉，紫浮用他的身躯挡住她，软声细语道："不要跟他去。木槿，发生任何事都不要逃避，这是你同我说的，可还记得？不要逃避啊。"

紫浮紧紧抱着我，我愣愣地低头，却见身上的魔火渐渐渡到他的身上，他的翅膀变成黑色，他圣洁的光芒化为乌有，紫瞳流出黑色的眼泪，任由神王用那把巨剑将他一剑穿心。

神王自紫浮背上拔出巨剑，厉声喝道："诅咒永无解除。"

紫浮口中鲜血喷涌，却一直微笑着凝视我："不要相信他！"

"不要！"我惨烈地大叫起来。

眼前的紫浮正穿着月白衣袍，绣着海棠花的衣袍一角随轻风摆动，他一手擒灯，在樱树下微笑地看着我。

不，这不是紫浮，这是段月容。

我正坐在泥地上，而那块紫殇正躺在脚边，发着幽幽淡光，像是在阴险地嘲笑着我。

我紧紧抱着大肚子，猛烈地喘着气，心跳如雷。

刚才的一切是什么？为什么这样真实？我定定地看着他，努力爬将起来，紧紧抓着他，狂乱地问道："你是为了不让他的妻子遁入魔道，所以才化身为魔的吗？"

他没有回答我，只是面上带着淡淡的微笑，如天使手持圣光，慈悲而垂怜地看着我。我等不及他的回答，再次抓向那块石头，想知道接下去发生的事，可是他先我一步抓起那块紫殇，用尽全身力气扔下山崖。我愕然地看着他绝美的侧脸，他也正闭着眼，苦苦平复剧烈的喘息。

“木槿，”我听到他长长地舒了一口气，“一切都过去了。”

他转过身来，那紫瞳闪耀着我从未见过的平静和安宁。他轻轻拥我入怀，对我绽放出无比美丽的微笑，温柔说道：“我们回家吧。”

尾声

◆◆◆

元德二年，夏，贞静皇后忽染急症而殁，元德皇帝悲痛万分，举国服丧。贞静皇后死后不久，元德皇帝宠臣、名商君莫问又再次活跃起来，游走四方，屡屡进言痛批朝政，揭露时弊，检举贪污，成为朝中贪官的克星。而元德皇帝在花西皇后死后一年内服用了一种西域名药，身体不但健壮如常，且精力旺盛，性趣勃发，不久宫中美女充斥如云。次年元月，元德皇帝改国号大业，复轩辕旧朝开国之初的司马氏冤案，并数度秘宣君莫问进京述职，然君每每抗旨。

大业元年元月二十，君氏在江南的府邸，大雪纷飞中迎来一位乞讨之人倒在大门前，那人虽衣衫褴褛，发污须长，却身长八尺，器宇轩昂，左腿似被野兽咬去一大块，右腿完好，满身伤痕，左面皆毁，左手失去三指，唯有左小指戴着一只残缺的五彩斑斓戒。家人怀疑其是当年埋骨他乡的君氏总管齐仲书，便急唤君莫问前来相认，果然君莫问喜极而泣，然问其身世过往种种，却神志恍惚，皆言不记。君府上下无不喜忧参半。君莫问便将其带在身边，不离左右，并命其妻卜氏尽心照顾，竟渐有起色，然仍是记少忘多，眼神哀戚，午夜梦回，常梦呓“青媚”二字，卜氏唯暗自饮泣。

绯都可汗，本名阿史那撒鲁尔，为元德皇帝一生最大之敌人，不满而立之年便一统东西突厥，雄霸西域，虽从小在长安长大，然其个性过于冷酷残暴，铁蹄所至，稍有反抗，便鸡犬不留，附庸国无不怨声载道。

唯有大塬能与其相抗，大业六年绯都可汗再攻玉门关，元德皇帝决意亲征，同于飞燕迎战玉门关外小阴山，同时联合大辽、大理，三国以最精良的武器和装备重创绯都可汗。

此役消耗四国彼此精英、粮、马无数，遍地哀号，留下孤寡无数，突厥再无力南下。突厥可汗亦在战乱中失去踪迹，传言为西域佛教之秘宗所救，遂成高僧，云游四方。

而大塬名将于飞燕战死沙场，马革裹尸而还，元德皇帝亦受重伤，回宫一年后殁于崇元殿，享年四十，后世尊庙号世祖，留下三子一女，却皆没有活过七岁，传言被紫瞳的昭化太后命人暗中鸩杀。

世祖殁于小阴山之役后，锦太皇贵妃便乘机返回紫栖宫，拜宁康郡王为摄政王，拥子原非流为帝，改年号为兴明，即史上以特立独行而著称的真宗皇帝。真宗尊封太皇贵妃为昭化太后，太后借此独霸朝政，垂帘听政，往往擅寻借口赐死政敌，原姓王十之有九为其诛杀，原姓中人皆闭门自危，真宗亦惧之，以养病为名深居后宫，让政于太后以避祸，其时唯有南嘉郡王宋重阳，假装疯癫逃过昭化太后的屠戮，却难逃羞践。花氏及其党羽独霸天下，可谓风光一时，实现了儿时的预言。

兴明三年，昭化太后欲改国号为明，自号女皇。一直养病于后宫的真宗，在大理永烈女皇的帮助下举起义旗，联合南嘉郡王宋重阳、袭一等忠勇王于虎，号令天下反对花氏暴行，一举攻破长安，逼昭化太后退位，归政真宗，改年号为盛平。至真宗盛平五年，大塬达至鼎朝盛世，史称“盛平大治”。而于氏一族世代忠良，边境每有战事，必为国奔走，为元朝的盛平大治做出不可磨灭的贡献。于飞燕最小的女儿于蒬，后来成为真宗的皇贵妃，追谥荣熙皇后。

真宗盛平六年，为前朝明家的谋逆大案平反昭雪，南嘉郡王复立有功，赐复原姓明氏，昭化太后与先贞静皇后皆复本姓，从此明家与司马家的后人同样得以见于天日，效力于新皇。

小阴山一战后，绯都可汗次子术止可汗登基，奈何可汗宠信奸佞伊明叶护，虐杀朝中忠勇之人，阿米尔叶护在大塬真宗的暗中支持下，于兴明三年，携群臣拥流亡在大理的太子木尹回突厥登基，史称木尹可汗。术止可汗携伊明叶护仓皇逃出弓月城，被围逼至乌兰巴托草原。夜半，伊明叶护竟砍下可汗头颅，献于木尹可汗，以求宽赦。

木尹可汗勇毅过人，颇有其父遗风，却又不似其父残忍好战，宽厚仁德，为政清明，致力于丝路各国友好通商，为各国百姓所称颂。盛平三年，一日可汗翻看先王诗册，乃见二册字句精妙绝伦，然中有一页被撕去，大怒问左右曰：“何人敢毁先帝遗物哉？”

叶护阿米尔跪曰：“此乃先王出征小阴山一役之夜所为也，所遗之页正是先王最喜之《青玉案》。”

阿米尔乃告知木尹可汗，先撒鲁尔可汗、贞静皇后与热伊汗古丽大妃旧事，言及原本已为先可汗毁去，此乃抄本，小阴山一役前，先可汗亲手撕去纳于袖中，后随可汗不知所终。阿米尔便为木尹可汗默写《青玉案》。

木尹可汗听罢沉思良久，复念《青玉案》数遍，竟一夜未眠，隔日遣使向塬朝请求和亲，以修永世和好。

史传太后晚年复回故土，临殁，贞静皇后哀痛不已，时太后已目不识物，紧握皇后之手道：“妾实疲累，一心回归故土，勿复遣妾兮。”乃笑而终。盛平四年，木尹可汗追封其母热伊汗古丽王妃，为德姑仆里太后，亲自前往塬朝悼念太后，显示与塬修好的诚意，与真宗在太庙前第二次歃血为盟，昭告天下，突厥与大塬乃兄弟邻邦，永不犯境。为天下交口称赞。两国从此和平互通文牒，实现和平长达八十年之久。

盛平五年，真宗应木尹可汗之诺，选宗室女为和亲公主，亲送公主至河朔，亲手将公主交于可汗手中，回京途中，路经法门寺，感怀故人，乃亲自上香，惊见一流浪西域僧陀。同行勤忠公谢素辉觉此僧陀眉眼似曾相识，身材强健，酒瞳似血，竟似突厥先帝撒鲁尔可汗，僧陀自号阿赖什叶，对众人淡然一笑，隐于木槿花丛中，余众怅然。

昭化太后垂帘听政时期，进行了大塬朝第二次大规模的文字狱，焚毁了大量《创业起居注》及元德、大业年间的政要记录，关于元昌三年那场“崇元殿之变”的史籍，篡改了大量史实，转而加上了很多世祖迫害昭化太后和真宗的罪证，故而盛平年间流传开来的《金陀遗编》，成为研究“崇元殿之变”的重要资料。

然而，无论是新旧《塬书》还是《金陀遗编》，都有诸多关于小五义的描述，小五义的传说成为塬朝开国历史中色彩最浓艳的一笔。小五义中出了一个几乎做上皇帝的塬朝太后，一个美名远播、命运坎坷的突厥太后，一个褒贬不一、富可敌国的皇后，一个身世离奇、纵横沙场的惊世猛将，一个算尽天下、几乎推翻大塬朝的亲王。其中有美人，有忠臣，有烈女，有猛将，有叛臣，生动地演绎着元庆至盛平年间的风情，而贞静皇后是其中最有争议的一个。皇后享年三十一岁，但是关于她的传说很多，有人说皇后智慧贤达、见识非凡，又有人说皇后弄权专断、祸乱宫闱。

《金陀遗编》尤其提到了大量关于贞静皇后和其时的巨贾君莫问的事迹，有趣的是两者必在文中同时提起，更显示了两者不同寻常的关系，虽略有隐晦，却似非一般的尊崇。正史著述了贞静皇后在庚戌之乱的八年中受大理义商君莫问的庇护，不但保住了性命，也保住了贞节，很多流派认为，贞静皇后其实是做了君莫问的妾室。然而同时研究《金陀遗编》的史学家有了另一种更大胆的推测，贞静皇后的另一重身份便是君莫问，真正庇护了贞静皇后的是大理圣武帝段月容，亦是大理永烈女皇的生母。

然而，无论是大塬朝的世祖皇帝、贞静皇后、商人君莫问，抑或是小五义的时代，已然一去不复返，又由于昭化太后大兴文字狱，纵有《金陀遗编》，但后人终认为是野史，小五义其人其事已难考究，流传于世的，唯有君莫问爱读的两册花西诗集的手抄稿，还有君氏财阀的历代紫瞳家主，低调而神秘的事迹，一代传一代，乃至遍及天涯海角，默默而紧密地联系着汉家和南国的不断沉浮。

《金陀遗编》提到，世祖大业六年殁之日天降大水，长江决堤，淹死百姓无数，天下人人自危，皆传世祖乃天君转世，如今天君归位，妖孽将重生。其时大塬刚刚结束突厥大战，国力羸弱，国库空虚，无力救助涝灾百姓，由于君氏竭力游说，民间大财阀率先开始集资，君氏倾全部家财联合大塬及大理的商人捐出粮布，拯救大塬的百姓无数。然君莫问收养数百孤儿寡老恰在两国交界、长江之要口宜宾，民间流传君莫问的紫瞳夫人为救落水孩童而被冲入黄河，其水性极差，不复上浮，不久溺亡。君莫问坐在木槿树下紧抱爱妻尸身，涕泣不已，口中时而痛呼月容，时而又呼朝珠，神志已不清，凄惨至极，闻者落泪。

方圆百里的百姓皆感动君氏的义举，成群自发地前往神社佛寺为紫瞳夫人祈福。

有人传言，君莫问就这样坐在木槿树下哭死了；有人说君莫问抱着朝珠夫人的遗体跳了长江；有人说君莫问因平日颇多善举，感动上苍，二人就此羽化成仙；又有人说君莫问从此发了疯，流落民间，不知所终。

也有一位君莫问的义子女说，因为君莫问和众百姓的虔诚，他亲眼看到君莫问胸前发出紫光，那位紫瞳的朝珠夫人竟然活了过来，从此二人隐匿江湖，再不问尘世之事。

曾有君莫问的弟子田斗，乳名大豆，位及大理左相，晚年归隐田园时，整理其师与亲友对答，纂名《君氏起居注》。田斗在最后一篇中所叙，正是君莫问与紫瞳夫人在宜宾诀别前夜，秉烛夜谈时最后的对话，那是君莫问念给朝珠夫人听的一段白话文：

我告诉我的灵魂，冷静，
不要抱有，任何热爱的等待，
因为我们的挚爱，
可能是一种错误的狂热。
但我们仍有信心，
虽然信心、挚爱和希望，
都仍然只是等待，
然而，也许，
黑暗将变为光明，寂静将化为舞蹈。[①]

全剧终

2013年8月26日亥时

修改于2018年6月18日星期一

【注】

①摘选自【英】诗人T.S.艾略特(1888——1965)：《四个四重奏》

番外一

明日香

光阴漫漫生如幻，
夕日悠悠若红莲。
埴轮清语犹甘露，
散落人间知几年？①

“勃朗峰所有的现金、股票、固定资产加在一起总值两千五百万元人民币，全部赠给孟非先生唯一的女儿孟颖女士，作为监护人俞长安先生继承的条件是，首先不能与除孟颖女士以外的任何女人结婚并育有子女，一经发现，将立刻剥夺继承权，其次每月将陆续扣除孟颖女士的医疗费用，余额只有到俞长安先生七十岁时才能全部授予。考虑到俞长安先生今年三十五岁，离七十岁还有很长的距离，俞长安先生可以申请，每个月从这笔遗产中发放一定数目的生活费，最高限额为五千元，如果俞长安先生死后，仍有剩余财产将全部捐赠给华山医院科研机构。”

上海华山医院的病房内，一位身穿阿玛尼西装的高个男士正站在病床一侧，不疾不徐地念着遗嘱。

他肌肤白皙，面容俊美非凡，甚至有些模糊了性别界限，可惜出色的五官没有任何表情，唯有嘴边噙着的那一丝淡笑。他挺直的背后拖着一绺细辫，显示着淡淡的叛逆。

对面的俞长安跌坐在病房冰冷的座位，不停地擦着汗。

俞长安的身边站着一个年轻漂亮的女子，芙蓉面上化着浓妆，魔鬼身材穿着超短裙配上网格丝袜，本应性感的娇躯微微颤抖，涂满黑色指甲油的左手从PRADA（普拉达，意大利奢侈品牌）小包里翻找了许久，终于抖着手抽出一支细巧的KENT（肯特，香烟品牌）。

“陈小姐，医院里禁止抽烟。”那位俊美的律师对陈小姐礼貌而冷淡地提醒着。他身边的女助手同样穿着昂贵的职业装，纤细的鼻梁上金色镜片一闪，却明显地露出鄙夷之色来。

“我偏要抽，你管得着吗？”那位艳妆性感的陈小姐气急败坏道，“哪有这样过分的遗嘱，这个世道谁知道能不能活到七十岁啊？”

“小红，别抽了。”俞长安百般烦闷地对那位陈小姐喝道。

小红却提高了声音，摸着小肚子叫道：“我偏要。俞长安，你说你还是人吗？五年了，我死心塌地跟着你，为你流过三个孩子。好不容易等两个老家伙归西了，你个窝囊废，还不敢多放一个屁，昨天还说要等领了遗产，同我结婚，好好对我和肚子里的孩子。今天就这熊样？”

她回首大吼道：“许星美，你以为我们不知道吗？你是这个女人的大学同学，长安说过的。你以前喜欢过这个女人吧，她在大学里有姘头，还流过产，就是你吧，谁知道你有没有帮着改过遗嘱。”

“老娘儿们你闭嘴，”俞长安也恼了，放声大吼，“你再叫，我就把你彻底休了，不认肚子里这个孩子。”

陈小红涨红了脸，却愤愤地闭上了嘴，缩到角落里默然流泪，转眼描绘精致的美眸变成了熊猫眼。

“星美啊，”俞长安转过身来，对许星美挤出一丝笑来，“别跟这种老娘儿们一般见识。”

“真可惜，那个人不是我，我也劝过她把孩子留下来，可惜……她这个人在爱情上永远就是这么个大傻逼。”许星美垂眸看着插着氧气管的孟颖，清冷的墨瞳里闪过一道伤痛的紫光，转瞬即逝，面上马上恢复一片冷淡，“如果那时候她肯嫁给我，坚持把孩子生下来，也许人生就不一样了。”

俞长安立时噎在那里，光头上的青筋微微绷了绷。

许星美对发愣的俞长安和哭歪嘴的陈小红淡淡一笑：“你最好决定得快一些，过了有效期，将视同放弃财产，这笔钱将全部捐给华山医院。”说罢，许星美带着助手翩然离去。

回家的一路上，俞长安同陈小红大吵了一架。回到家中，陈小红把自己紧紧地锁在房里大声哭泣。俞长安担心她又像前次一样闹自杀，少不得亲自下厨为她做了最爱吃的大拉皮，然后亲自端上。几番赌咒发誓，软言安慰，陈小红总算止住了哭，却对他抛了个媚眼：“我要吃生蚝。”

俞长安无奈，怕超市的不新鲜，只得开车到海鲜市场去拎了一公斤生蚝，几斤三文鱼，几个一级珍鲍，又到超市买了只乌骨鸡，做鲍鱼炖鸡。

几个地方兜下来，俞长安拎着大包小包，满载而归地回到家中。天色已晚，等电梯时看信箱似已满，便打开信箱，正要取出一沓印刷品，不想落下一个紫色镶金边的信封。俞长安打开一看，竟是上市公司中原集团在金贸大厦举办的答谢新老客户及供应商红酒宴会的邀请函。

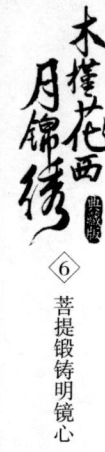

中原集团是全球著名的跨国大财阀，涉足行业之广不可思议，小到铅笔的笔芯，大到高科技基因工程，几乎无不涉足，甚至有传言他们同国安局共同拥有海外秘密军事基地。

本来像俞长安的丰盛公司是八竿子也不会同这样的大企业搭上边的，也是巧，去年中原集团旗下西枫商贸进驻上海，在金贸的新办公室装修竞标，丰盛公司的设计竟然中了标，适才有了业务往来。后来，西枫商贸在徐家汇的大型购物商场也是丰盛中标。

可惜，今年俞长安相当背运，不但孟颖的二老相继得病身故，得了个这么怪异的遗嘱，一分钱拿不到，上个月工地上一个工人被掉下的天花板砸中，当场死亡——这个工人还是临时工，长安没有买工伤保险，结果为此家属要天价赔偿，天天围堵，工程便拖延了下来，到现在仍然逾期未复。

长安回到楼上时，陈小红的情绪稳定多了，有说有笑地帮他一起洗海鲜做饭，还说要给孩子取小名叫富贵。长安的神经这才放松下来，打趣道："富贵怎么听怎么像是条狗的名字呢。"

逗得陈小红嘎嘎大乐，差点笑岔了气儿。

俞长安一边笑，一边在心里决定下周五去赴宴，同那个采购部的李经理再磨一磨，送上一打OK卡试试。

周五，七月十四号，俞长安难得穿得西装革履，来到金贸七十六层，却见四围金碧辉煌，雅乐环绕，男士皆燕尾礼服，女士都穿着低胸长拖晚礼服，出席众人非富即贵，个个穿着优雅华贵，细声交流。俞长安好歹算见过世面的，也不禁暗暗怯场。

他要了一杯红酒，便满世界地找那位金主子李经理，又烦心孟颖的遗产，无心社交。就在这时，一阵香气传来，俞长安抬头，不觉眼前一亮，却见两位貌美如花的女子站在眼前，当前一位丰满美艳，潋滟的紫眸敷着金粉如飞，显示着异域血统，高挑的身材高出长安整整一个头，淡金色的波浪长发盘在头顶，用一串紫色宝石别着，低胸紧身的淡紫晚礼服，完美地展现着她的魔鬼身材，香奈儿五号香水的味道瞬间让长安置身天堂。

后面一位理着齐耳短发、偏骨感的黑发美人儿，一身黑色短款礼服，一双大眼涂着烟熏妆，小巧的瓜子脸涂得极白，偏红唇如血，左耳一排钻石骷髅银钉，更显妖娆。长安仔细数了一数，好家伙，整整六个，心中不由得暗想，这姑娘打耳洞的时候难道不怕疼吗？

"您是丰盛余总吧，"紫瞳美女勾魂摄魄地看了长安一眼，大方地递上柔荑，"我是西枫商贸的丽贝卡。"

美人儿随即附上一张烫金名片，抬头竟是西枫商贸的副总裁。

西枫商贸的副总裁好像是叫原紫函吧，是中原集团大老板的掌上明珠。

"原来是丽总啊，我是俞长安。"长安的呼吸略有不稳，不由自主地抬手握上，一下子明白了何谓玉骨冰肌的感觉。他恋恋不舍地放了手，盯着那双耀眼的紫瞳，脱口而出，“您的美瞳可太漂亮了。”

紫瞳美女一愣，然后娇嗲地笑道：“余总好可爱啊，我没有戴美瞳，丽贝卡是我的英文名字。我是混血儿，天生就长这样，我中文名是紫函，原紫函，”她上前一步，笑道，“这是我堂妹，司马闻英。”

长安心中暗讶。真是原紫函本人吗？再定睛一看，她还真的没有戴美瞳。

正想同黑发美人握手，那美人却只是淡笑着点了点头，一副拒人于千里之外的样子，长安只得讪讪地收回了爪子。

好赖这是长安第一次遇见如此绝色尤物，便同美女们热情地攀谈起来。长安殷勤地问boy要了两杯鸡尾酒，右手递给原紫函，长安乘原紫函接杯的机会狠狠瞄了一眼那高耸的乳房还有乳沟，不由得咽了一口唾沫。左手递给司马闻英时，她的戒指有意无意地划过长安的手，如针扎般痛了一下，长安快速地缩回手，果然左手虎口上有一个极细的针眼。

司马闻英抱歉地举起右手，纤长的食指上正扣着一只张牙舞爪的大黑宝石戒指，玉容上带着一丝抱歉：“这戒指是卡地亚号称德古拉限量款，花了四堂哥二百万呢，结果老得罪人，您没伤着吧。”

原紫函瞥了一眼司马闻英，又对着长安明媚地笑了起来。

司马闻英取出一方白丝绢，轻轻按住长安的虎口。

长安看着自己的血迹悄然淹没于绢帕上那精致的紫色西番莲花纹中，咽了一口唾沫：“那个……两百万元是有点小贵的。”

司马闻英看着长安虎口处的血帕，眼中极快地闪过一丝贪婪和激动，口中却淡淡道：“美金。”

长安握着酒杯的手就是一哆嗦，心想：这些富二代就是败家，比孟颖还要败家。

长安慢慢说出自己的来意。司马闻英同原紫函对望了一眼，原紫函笑道：“原来是为了这件小事，不如余总跟我来见见我哥哥吧。他也许能帮助你。”

司马闻英握紧那块丝帕飞快塞进包里，也笑道：“那我先走一步，去看看四堂哥在做什么。”

果然瘦死的骆驼比马大，长安振奋起来。像这样的超级大公司，两三千万元算什么，他们只要动动小指就能免了他的债务。

那司马闻英口中的四堂哥应该是中原集团总董事长第四子，大名原宗凯，是原紫函的双胞胎哥哥。原紫函带着长安坐观光电梯，来到顶楼一间精致豪华的房间，落地窗前，正站着一个身影，听到声音，向他们扭过头来。

长安心脏一阵收缩，好一个漂亮的孩子。

那人同原紫函差不多年纪，二十出头模样，生得唇红齿白，眉目含情，同原紫函一样长着一双夺目的紫瞳，落地窗外万家灯火映入他的眼帘，如星火闪烁。这座不夜城的灯红酒绿、五光十色，竟在这孩子面前黯然失色。

原紫函为长安做了介绍，那原宗凯便客气地请长安坐下，对长安静静说道：“装修合同总金额加在一起不过六七百万元，这个倒好说，可是您积欠供应商和农民工工资，还有在徐家汇那场人命官司，家属要赔二百万元，加在一起林林总总的资金周转，是个问题吧。”

俞长安心上咯噔一下，只听那美少年说下去：“听说余总最近本来要继承两千五百万元巨额财产，但遇上点小麻烦。其实这些都不算是一笔大数目，只是余总要守着一具植物人一直到七十岁再结婚生子，这似乎太不人道了些。”

原宗凯微笑了一下，长安只觉眼前耀了一下。原紫函微微一笑，自然而然地坐在原宗凯沙发的椅把上，有意无意地斜倚着美少年，金粉描眸更衬得紫瞳妩媚性感，直逼邦德女郎。

“你们到底想要什么？”俞长安沉声问道，再抬头时，目光中已有了锐利。

“我们只是想帮助余总，并且完成您的妻子……”原宗凯淡笑如初，“孟颖女士的遗愿。”

“孟颖还没有死呢，”俞长安不悦道，“什么狗屁遗愿。”

“孟女士曾经签署过器官捐赠书。”原紫函柔声道，“难道您不知道吗？”原宗凯笑道：“我们诚恳地请求您授权捐献孟女士遗体的心脏，来为我父亲做心脏移植手术。”

俞长安手中的酒杯滑落，只觉口干舌燥。孟颖从来没有对他说过这件事：“这是什么时候的事？你们分明在胡说。我和孟颖不认得你们，我也从来没有听颖提过什么器官捐赠书。”

“大概是二十年前吧，你可能不知道。孟女士十八岁时曾经因为车祸双目失明一年，后来因为得到角膜移植才恢复视觉，这件事对她影响很大，可能因此使她产生捐献器官的想法。”

原宗凯叹了一口气，徐徐道：“不得不说，您的妻子是一位非常善良的人，她每年都会往红十字会、老年人中心、流浪动物关爱中心等捐助。就在她出事前，她一直都在资助一位汶川地震中幸存的孤儿。”

俞长安愣在那里。他从来不知道他的妻子是这样的人。也许是因为他埋怨过她花钱太大手大脚，所以她就不太告诉他钱的去向，这成为他一直安慰自己和小红在一起的理由。因为他一直认为像孟颖这样的大都市女子无法理解像他这样从大山里走出来的孩子。一种悲哀浓重地笼罩着他的内心。他一直都知道他错了，可是也许他不知道他其实错得太离谱。

“从那场可怕的车祸到现在，已经五年了吧。您这两年过得非常不好，可是也许您没有想过，孟颖女士也一直过得生不如死，”原宗凯盯着俞长安的眼神开始犀利起来，“余先生现在是孟女士唯一的监护人，如果您能签下放弃治疗同意书，孟女士可以解脱，她生前的遗愿也可得以实现。”

原紫函双眉微蹙，略带悲伤地煽情道：“我相信孟女士一定能上天堂的。”可俞长安听了只觉想吐。

原紫函却继续说道：“您曾经提过孟女士的遗产大约是两千五百万元人民币，如果您担心这个，我们将会支付三倍的数目，并且免去丰盛目前所有的债务。”

“免去？”俞长安恍然大悟，冷笑出声，“果然是有备而来。我就想，像我这样的包工头，怎么会得到像中原集团这样的请帖。”

原紫函微微冷笑了一下。原宗凯却轻叹。

“请原谅我们的鲁莽，可是我们父亲危在旦夕。请您考虑一下吧，”原宗凯淡淡道，“也就这几个月，可能我们的父亲就要离世，那样的话，我们将按合约征收丰盛五倍的违约金。”

原紫函笑得狐媚动人：“据我所知，您已经有三个月没有支付三十多位农民工的薪资了吧，难道您真的想破产，以后要靠孟女士每个月五千元的生活费来过日子？”

“别吓余总，”原宗凯拍拍原紫函的大腿，“余总马上就要做爸爸了。”

原紫函假意捂住嘴，倒抽气道：“天哪，现在上海物价这么贵，小红姐可怎么能静心养胎？”

原宗凯轻笑：“余总是要上心一些，毕竟这是一个笑贫不笑娼的年代，怎么也要为自己的孩子想一想吧。”俞长安也算在商场摸爬滚打了几十年，但却是第一次感到这样的压力和焦虑，而这些压力和焦虑竟然来自眼前这样两个九零后，令他万分狼狈。

酒会一结束，他黑着脸回到家中，却发现小红不但取走了所有的行李，保险箱里也空了——他平时总给她放些零花钱。因为愧疚，他今天早上特地在保险箱里放了十万元现金，如今保险箱里只有她留的一张纸：别找我，我不相信你，我要生下富贵。

俞长安霎时手脚冰凉，感觉全世界都疯了，不管三七二十一地冲到许星美家里，还好许星美没有睡，披着一头柔软的长发，穿着睡袍给他开了门，板着俊脸说道：“深更半夜的，你发什么神经？”

有个漂亮女人穿着极薄的真丝睡衣，从浴室一边擦着头发一边走出来：“星美，这么晚谁来了？”

那女人的真丝睡袍微湿，直把魔鬼身材暴露无遗，看到是俞长安，立时冷了脸，冷哼一声，走进卧室。

这一哼，俞长安倒认出她来，原来这刚沐浴的性感女神竟是许星美的那个傲娇助手，不觉也愣在当场。想不到白天里古板冷漠的眼镜妹身材这般火辣。

有人不悦地咳了一声。俞长安听出许星美的不悦，便转头对他不好意思地笑了一下，心想，一直以为这许星美是个gay，原来性取向还相当正常。

他是孟颖的蓝颜，孟颖对俞长安说过许星美曾经追求过她，但许星美却说是孟颖先追求的他。俞长安到现在也没弄清这两人是谁先追的谁，反正最后这两人处成了铁哥们儿。这个许星美对谁都是冷冷淡淡的，只有看见孟颖时笑靥如花，而俞长安也从许星美对他不冷不热的态度中看出许星美对他的鄙夷。

可是，他已经习惯了这种态度，要知道，孟颖周围的朋友都反对他们结婚，因为孟颖是一个留洋镀金的海龟，家境殷实，而他只是一个飞出大山的凤凰男。

他同孟颖相识是因为相亲，那时的他是真心爱孟颖的。婚礼上许星美是司仪，虽然含笑帮着孟颖和他迎来送往，可是却正眼也不瞧他和他家的亲戚。

咦？他怎么依稀记得那时是一家叫宝贝婚庆公司主持的，主持司仪是个小姑娘？也许当时有两个司仪吧，毕竟是十年前的事了。

孟颖出事后，许星美是第一个陪着孟颖父母一起过来的朋友，也是唯一一个没有对俞长安拳打脚踢或是高声谩骂的。

可是孟颖手术刚做完那阵，有一次长安值夜，深夜无人时，许星美披着头发潜入病房，痴痴地看着沉睡中的孟颖，伫立良久，半天才狠狠地骂了一句："你个傻逼。"

然后流下了一长串眼泪，此后许星美看自己的眼神里的鄙夷更甚。俞长安忽然有了抬头的勇气。原来这个许星美喜欢吃窝边草，而所谓的窝边草一般都不会长久，这跟他也没什么本质区别。

"你来干吗？决定放弃财产啦？"许星美一屁股坐在对面的真皮沙发里，不无嘲讽道。出众的五官隐在七星烟雾中。

他忽然想起当年蜜月旅行时，同孟颖坐在黄山巅上看云雾缭绕中璀璨的星空，他陶醉在美丽的星空和美妙的爱情中，可是孟颖却忽然对着星空眯眼道："星美这厮，赶上好爹娘啊，取了个好名字。"

俞长安收回思绪，一腔话语给生生噎了回去，闷闷不乐道："你怎么就算准了我要放弃？"

许星美摁灭烟头，用戴维杜夫的打火机又点了一支烟，淡笑道："你妈早就巴望孟颖生个儿子给你们余家传宗接代，可是你和孟颖都忙于工作，那小红不是她故意介绍给你的吗？"

俞长安一下子脸红了："天下无不是的父母，你要骂就骂我吧，别扯上我妈。"

许星美也不辩驳，只是轻哼一声："你到底来干什么的？"

俞长安正要开口，却见沙发旁边的柜子上摆着一张照片，是许星美和孟颖的合照。许星美穿着休闲白T恤，一向清冷的俊脸上挂着一丝柔和的淡笑，他的左臂自然地勾着孟颖，坐在草地上，孟颖怀里抱着一个面色略显苍白的女孩子，女孩子脸上挂着笑容，小眼睛却显得有点忧伤。

照片落款写着："2010年，明颜颜十二岁生日。"

"这个女孩子是？"

许星美头也不回，淡淡笑道：“这是我和孟颖共同助养的汶川孤儿，家里七口人，就剩她一个，那时她才十岁，叫颜颜。”

“她姓明啊？”

“她跟阿颖原来的姓。”许星美一怔，微歪头道，“你难道不知道，阿颖本姓明，是孟非老先生收养的孤儿？”

许星美看了俞长安几眼，缓缓道：“她的亲生父亲是上海的大资本家，叫明修堂，母亲辛柏青，是当时上海滩颇有名气的评弹演员，在大世界的艺名叫辛如玉，他们在那个时期受到迫害，辛如玉受不了，开煤气自杀了，就在当年他们愚园路的老宅里。那个年头，在愚园那些小洋楼里，每天都有大资本家被抬出来，所以也没有人当回事。”

许星美吐出一个烟圈，继续说道：“可是有一个小闯将是辛柏青的戏迷，很同情他们的遭遇，便私放了明修堂，走的时候阿颖大哭起来，明修堂只好把阿颖托付给那个小闯将，也就是阿颖的养父，孟非叔。”

“为什么她从来不跟我说呢？”俞长安忽然感到一丝难受。今天已经有两个人告诉他关于他妻子的故事，可是结婚五年来，孟颖对他只字未提。

许星美一笑：“孟非老先生一直对当年参与逼死辛如玉的事很内疚，也因为当年的历史差点被开除党籍，就算是时代原因，被生父抛弃又不是一件光彩的事，时时拿来说道，有什么意思？

“明修堂逃到香港后，依靠老本行钢铁生意发了迹，创立香港光辉财团，后来又从政，现在是蓝营的骨干，孟颖也不想让明修堂对立阵营的人知道，不过昨天我听明伯伯说过几个月要来参加财富论坛，顺道要来祭一祭孟叔，你到时候可以见见你的亲亲老泰山。”

俞长安一拍茶几，冷冷道：“原来经常到家里来的明伯伯就是明修堂，怪不得颖总是带爸妈去香港，原来是去看亲爹。”

“明修堂在香港早已续弦生子，她自然不会认祖归宗。她也知道你一直很在意你们两人悬殊的背景，自然更不敢对你说了。她对我说过，虽然你满身缺点，可骨子里你是个有自尊和讲义气的人，所以结婚后她没有向明修堂和孟伯父要过一分钱，”许星美给俞长安递来一支烟，俞长安木然地接过来，低头看着那支细巧的烟，没好意思对许星美说其实他只抽中华的，却听许星美的声音冷了下来，“她这个傻逼，这辈子活着就在想怎么哄你高兴，维护你的形象，保护你的自尊，从来就没明白你一直想的却是怎样能在经济地位上压倒她打击她，多赚些钱贴补你家里的那些穷亲戚。除了怕她多花钱以外，你什么时候关心过她的心思呢？你妈老是怪孟颖肚子不争气，可惜她老人家不知道她的好儿子忙着赚钱包女人。”

“你住口，颖不是傻逼。”俞长安一下子站了起来，愤怒道，“你们为什么一直只骂我呢？你们都说是我害了孟颖，我、我的确错了。”俞长安艰涩道，“我那时是真心爱颖的，可是我们结婚头一个月，我就明白了，我们不适合，我、我也努力过，可是、可是……反正现在说什么也晚了，你们以为只有颖被我毁了吗？还有我，还有小红，我们都被毁了……”

俞长安一下子流出了眼泪，哽咽地说着这几年心灵的煎熬。他成宿成宿地睡不着觉，因为愧疚，他逼着小红去流产，接连杀了自己三个孩子，而如今陈小红已经带着肚子里的第四个孩子离开了他。

许星美一时不知道说什么好，两个人都没有注意那个眼镜妹也走了过来，披着湿发给许星美递来一杯热牛奶，静静地听着。想是俞长安的絮叨引起了许星美的旧事，俊脸微微扭曲了起来，他快速地接过牛奶，一饮而尽。眼镜妹也不由得一脸动容，既冷且叹道：“早知今日，何必当初。”

许星美无奈道：“Cindy，别瞎掺和了，快去睡吧。”眼镜妹冷哼了一声，横了一眼许星美，便扭着腰肢走进卧室。许星美抽了几张面纸给俞长安。

俞长安擦干了眼睛，擤了把鼻涕：“我要替颖收养颜颜，想见见这个孩子。”

“颜颜一直想过来看孟颖，不过最近她学业太紧张了，我不想让她分心，就没让她过来，等过一阵子再说吧。”许星美垂下长长的睫毛，不带任何感情地说着，吸了一口烟，再一次吐出来。

俞长安怅然地哦了一声。两个男人一阵沉默。这时，眼镜妹又在里面高呼：“星美，你快来，我有事问你。”那声音有了一丝媚气。

俞长安便感到待不下去了，局促地站了起来，他向许星美说了声再见，便慢慢向外走去。换鞋的时候他才醒悟过来，此行的目的一个也没有解决。

“长安。”许星美对他喊了一声。

俞长安回头。许星美正站在玄关，递来一只黑丝绒盒。

俞长安打开盒子，里面静静躺着一对精美的乌钢镶钻领扣，淡淡地镌刻着一朵木槿花。

“这是颖出事前托我到香港百年老字号专门为你定制的，可惜后来我没有机会给你们了。”许星美叹了一口气，沉重道，“她老跟我提起，你就喜欢木槿花，这是她亲自为你设计的木槿花样，以后戴着吧，做得还不错。”

俞长安的眼泪一下子落了下来，只觉脚步万分沉重。

等电梯时，他好不容易止住了情绪，走进电梯时，许星美忽然光着脚追过来，挡住电梯的门，高深莫测地看了他一会儿，说道：“听说最近有人在查你公司，来头还不小，你自己悠着点，有什么问题先来问我，千万别乱来。”

俞长安愣了一下，点了一下头，对许星美笑了一下：“谢谢你，星美。”

许星美还是好整以暇地笑了一下：“不用谢我，不是为了你。”电梯门决然地慢慢关上，隔断了许星美的俊颜。俞长安垂下眼眸，心中暗叹，自然是为了孟颖。

原紫函没有骗他，就像她没有做过整容一样，不久以后，供应商不知道从哪里得来消息，一窝蜂来催款，全停止了供货，工期更是遥遥无期。那些农民工和那个死伤家属偏又不约而同地在他回家路上围追堵截。

然后是税务局开始来找丰盛的麻烦，俞长安一下子被生生罚了三百多万元现金，动摇了丰盛的根基。

俞长安一时焦头烂额，只得一边找小红一边安慰听到风声的母亲。西枫商贸不久发来律师函，要求履行违约条款，也就是合同金额的百分之五百。

俞长安想要同原宗凯和原紫函商谈，这回李部长更是嚣张道，两位老总正在西安参加亚欧国际论坛，想谈就自个儿追到西安吧。

俞长安想同许星美商量一下。也许一切是天意，那几天许星美忙得不可开交，正在代理一个国际诉讼，许星美让俞长安不要轻举妄动，他也正在联系明修堂查这个中原集团，可是有人却把他老妈的地址透露给那些民工，于是那些农民工便天天堵在老妈的门口，害得他老妈差点心脏病发作，俞长安无奈，决定去西安看一下。

为了节省开支，连助手也没有通知，只戴上孟颖送给他的领扣，只身坐了高铁前往西安。

刚下飞机，立刻有西枫集团的人来接他登上直升机。那天正是大雾天气，千年古都西安隐没在迷雾中。

飞到西安城中，直升机在上空不停盘旋，似在等待降落指令。俞长安从直升机上俯视，却见西安最高的五座摩天大楼呈梅花瓣状，以五个不同的方向，巍峨地矗立在西安城闹市中心，每座大楼的幕墙都装有大型而火红的梅花枫叶记号。

陪同人员不无骄傲地说道："这梅花枫叶可是原家老祖宗几千年前传下来的族徽，现在变成中原集团的LOGO（商标）了。"

最后直升机停在最高的一座大楼顶上。只见那大楼的停机坪上亦装饰着巨型的梅花枫叶LED记号，正是原氏企业标记。俞长安既惊且叹，想必这就是西枫商贸在中国的总部了。

当俞长安被引进宽阔而装修考究的会议室时，原宗凯和原紫函正在亲热地交头接耳，原紫函今天穿了一件低胸紫红色超短裙小洋装，原宗凯的左手随意地放在她穿着网格袜的玉腿上，也不知道说了些什么，原紫函丰满的胸部线条不停地起伏几下，然后低下头笑了起来。俞长安离得近，正好看见原紫函的耳根红了，像是他们在谈什么限制级的玩笑。

他还没有开口，原紫函就坐到他身边的会议桌上，大波浪的头发垂在腰际，用一种所有男人听了骨头都会酥的声音甜甜道："余总，你来了真好。"她微向前倾，立时波涛汹涌。她的大腿一挪，几乎可以看到超短裙下面红色的蕾丝热裤。

俞长安拼命咽了一口唾沫。

然后，原美人掏出一份文件，让俞长安的绮思乱想荡然无存，一份放弃治疗同意书，一份器官捐献家属同意书，还有一份合同违约金放弃声明，另加一份中原集团以七千五百万元价格购买丰盛集团的收购合同。原美人娇柔一笑：“余总，现在您的公司市值最多也就五百万元，还不包括外债两千万元，这够你开好几家分店的资金了。”

一边是可怕的毒药，一边是诱人的糖果，理智和贪欲究竟哪一个更强烈?

“为什么是孟颖？”俞长安沉声道。

原宗凯淡笑不语。

原紫函悲伤道：“因为我们的‘父亲’体质非常特殊，只有孟颖女士的基因可以相配。”

“你在等许星美吧，要么就是想光辉集团的明修堂来帮你吧。”原宗凯忽然发声道。俞长安一下子呆住了。

“明修堂早就娶了香港的粤剧皇后，生了三子二女，哪里还会记得这个女儿？”原宗凯继续说道，“这三个儿子，一个迷上了赌博，一个迷上了毒品；两个女儿，一个因为婚姻失败发了疯，另一个对家族企业毫无兴趣，是个派对女王，光辉集团现正面临中原集团的收购危机，绿营长官已经掌握了明修堂当年弃女的证据，而许星美现在应该非常非常头疼明修堂避而不见他，因为明修堂已经答应我大哥，不再插手孟颖的事了。”

“长安，孟颖姐姐醒过来的概率连百分之一都不到，还时常伴有并发症，她本人非常痛苦，随时可能离开人世，您是在做一件善事，”原紫函柔声唤着他的名字，语调却满含嘲讽道，“更何况现在连亲生父亲都不要她了，你又何苦执着呢。”

富家美女竟然叫他名字，以往俞长安会觉得荣幸和酥麻，但现在只觉得一阵哆嗦。

俞长安的心一下子感到寒冷。也许孟颖不告诉他关于明修堂的事是有原因的，孟颖是一个洞明世事的人，她也许早已发现明修堂的为人，这个当年为了性命抛弃她的生父，如今再一次为了金钱而抛下她。

俞长安惊觉，以前自己总是在孟颖和二老面前自惭形秽，觉得孟颖是个太过幸福的公主，不想……她竟是这般可怜，原来，如今的她只剩下他和许星美可以依靠。

原紫函满含同情道：“就算孟颖姐姐醒过来，你还是一分钱也拿不到。”

“这样对所有人都有好处的，对孟颖姐姐也是。”原紫函往他的手里塞了一支华贵的钢笔，上面镶满细碎而耀眼的钻石，可长安只觉得硌手，原紫函的香气钻进他的鼻中，他只觉得恶心。

望着那张放弃治疗同意书，钢笔却凝在手里，俞长安不由自主地越攥越紧，甚至慢慢发了抖。

真的是对所有人好吗？是啊，反正孟颖已经醒不过来了，连华山医院的院长、岳丈大人的老战友也对他叹着气说过，像孟颖这样的案例，醒过来的概率几乎是零。

可是这些人费这么大周折，虎视眈眈，只为了挖出孟颖的心脏?

他听说过，有很多植物人醒来的例子，可是如果醒过来，依孟颖的脾气是不会原谅他的，他就一分钱也收不到。也许能收到一些离婚财产，可是中原集团那帮孙子是不会放过他的，他又会像以前一样是个一文不名的穷小子。

的确，这是一个笑贫不笑娼的年代，他无法回到以前饱受势利冷眼的年代。如果是以前，他也许还能拥有奋斗的本钱和勇气，如今的他已被岁月和酒色夺去了朝气。

可是、可是，她是他的结发妻子啊！孟颖从来没有做过对不起他的事，除了他们一直没要得上孩子这事外，孟颖一直都是一个好妻子好媳妇，哪怕有时面对婆婆的刁难，也都微笑待之。家乡来人，她总是好好招待，尽量满足老乡的要求，也从来没让人空着手回去，这让他一直很有面子，也从心底感到感激和得意。他不能这样要了一个好女人的性命。

他的心奇迹般平静下来，轻轻放下那支华丽的笔，对原紫函说道："对不起，丽小姐，我下不了这个手，至少目前我真的下不了手，你们要是想整死我，那就来吧。"

"你难道真的愿意过回穷光蛋的生活吗？"原宗凯站在落地窗旁边，雾中的夕阳在他身后洒下一片阴影，他的笑容很淡很淡，"你的两个表弟要结婚了，你母亲正想让你包下这两个表弟的结婚费用，好让她风光一下。"

"那帮孙子也该学着好好出去找份工作，别老啃我了，"俞长安解开领结，心想，还是光着膀子舒坦，"老子还没老呢。"

原紫函冷冷道："你的小红怀孕了，你不是一直想要个儿子吗？如果你一个子儿也没有了，你真以为她会为你留这个种吗？"

"丽小姐，谢谢你的提醒啊，"俞长安再次不客气地瞄了一眼原紫函的波涛汹涌，昂头笑了，"四条腿的蛤蟆找不到，可两条腿的女人有的是。再说了，谁知道这老娘儿们怀的是不是老子的种呢。"

原紫函被这样的污言秽语彻底噎住了，原宗凯的俊脸也阴沉了下来。

俞长安站了起来，向外走去，决定宣布公司破产，先把工人的钱还上，然后再还中原集团那对狗男女。其实他一直私底下留了一笔钱，本来是想等小红给他生一个大胖小子奖励给她的。既然这娘儿们这么虚荣现实，他决定把这笔钱的三分之二给妈妈养老，三分之一留下来收养那个叫明颜颜的女孩子。也不知道这女孩子本名叫什么，这下得改叫余颜颜了，明颜颜其实也行，反正别让她叫许颜颜就成了。

以后就靠孟颖他爹的五千元过日子吧，好歹他和孟颖有套房子，愚园路那套小楼一直在放租，也有不错的收入，不在公司财产之列。公司没了，做不了万人之上的大老板，但至少能过上温饱的生活，他可以去找一份轻松的工作，听说送快递挺赚钱的，每个月混个万把元挺容易，他粗粗算了一下，原来每个月好歹也有小两万元的收入，在魔都可以过上小康的生活。

这五年来，他第一次发自内心地想念孟颖，想急切地飞回魔都看看她。以前她老嫌他未老发福，提前"三高"，可他老觉得孟颖是在拿他的肉臂桶腰和许星美的猿臂蜂腰相比。也许他是该抽点时间去减个肥，旅个游，拍个黄瓜，去学个双人舞。

其实他心中一直有个秘密。他看到过孟颖和许星美跳探戈，两人的眼神、舞步配合得天衣无缝，凡是看过他俩跳舞的人都以为他们是一对。他曾在心中又羡又妒，从此萌生了学跳舞的念头，而且还是那种性感的爵士，只是他的啤酒肚一直让他很自卑。

他面带微笑地拍拍自己的啤酒肚，这样心情愉悦地想着，走进那个豪华观光电梯，感到一种从未有过的轻松和干净。可是这种感觉没有持续很久，平稳运行的观光电梯从六十一楼降到十楼时，忽然停了下来，然后开始直直地往下坠。

那时，迷雾已散尽，整个西安城通明的灯火在他眼前快速地掠过，他拼命地按求助键，但是没有用。好歹他是搞建筑的，失去重心前，他尽量抓住扶手，微弯腿，可等到电梯停下的时候，他还是听到自己身上骨头断裂的声音。

血腥的液体从五官流出来，剧痛从四面八方传来，俞长安满怀恐惧地醒了过来。当电梯门打开时，几个白衣人影鱼贯地拥进来，他拼命想伸出手，向这些白衣天使呼救，却根本不知道自己的手在哪里。

那几个人穿着一种白色的工作服，戴着类似半副面具的透明口罩。当先一个看到他还活着，眼前闪过一丝惊讶，然后他被抬上担架，给他接上氧气，在他手臂上快速地扎了一针。俞长安惊讶地发现自己的血竟然渐渐止住了。

然而，俞长安发现他们并没有送他进急救车，而是快速地抬着他转进另一个电梯。俞长安甚至能够感觉电梯在继续往下坠。

俞长安意识到，他们不是救助他的医务人员。他们这是要把他带到哪里去?

也不知道过了多久，电梯门再开，俞长安在颠簸中惊醒。白衣人抬着他在一片幽暗的岩壁甬道中走了一会儿。眼前慢慢有紫光闪动，眼前是一个高大古老的铜修罗跪像，那个修罗像的俊面痛苦扭曲，双目无瞳，背后插着各种各样的武器，仿佛是一个跪着的耶稣受难像。

俞长安迷迷糊糊地想着，为什么这个修罗像有点像许星美？有个白衣人凑上前去，将眼睛凑到铜像的眼前，进行类似DNA扫描，一旁的侧门便应声而开，一片光明闪过，俞长安几乎不能睁开眼睛。

他们来到一个极其宽阔的地方，两边全是一个个明亮的房间，每个房间里装满了昂贵而明亮的实验仪器，有人影在不停地走动，穿着和抬担架的一样的白色工作衣，戴着半面口罩，遮住下半面脸庞，正在进行紧张的实验。

走到尽头，却看到一个巨大的天王巨像，身边跪着数个紫瞳修罗的石像，那天王面目栩栩如生，跟那个原宗凯有几分相像。这里究竟是哪里？难道他快要死了，这一切都是临死前看到的幻象吗?

有人来到他的担架边上，从上方怜悯地看了他一会儿，叹气道："余先生，真的很遗憾你没有签下那份同意书，这又是何苦呢？"俞长安抬眼，果然是原宗凯正对他冷酷地笑着。“王八羔子，你敢……动我……”

俞长安想爬起来揍他一顿，可是微一挪动，便是钻心的疼痛，然后口中流出更多的鲜血，而旁边那些白衣人只是冷淡地站着。另一边又现出原紫函的身影，她惊呼道：“你的命可真硬，从十楼摔下来竟然还活着。”

俞长安陡然心惊。他摔在负二楼，他们又带他下了很久，这里又是哪里呢？他们想杀人灭口，造成意外事故，把电梯停回负一层就好了，为什么要停在这里？

原宗凯笑了笑，“你也许听说过著名国际医药机构，sunlightgene，日光基因。西枫商贸是日光基因的直接控股人，这里就是日光企业的秘密研究基地，因为有很大一部分课题承担了国际科研重点项目，不过，其实这里很久以前是我们原家老祖宗的地下行宫。”

这时有个白衣人进来，看到俞长安时吃了一惊，但立刻又为他打了一针。俞长安看了她左耳上的六只银耳钉，一下子想了起来，司马闻英。

那人拉下口罩，露出一张俏脸，果然是司马闻英，她看都不看他一眼，只不耐烦地对原宗凯道：“我要的是孟颖的心脏，你弄这个人回来做什么？他的心脏不适配，”司马闻英冷冷道，“我上次就检验过了，首先血型就不对。”

“那你看着办吧，我觉得好歹是个活心。”原宗凯亲昵地揽过司马闻英的腰，凑过去，在她的耳朵上咬了一下，略带甜腻道，“早点过来。”司马闻英脸微微一红，烟熏妆的眼媚然地望向原宗凯，凑上红唇使劲地舌吻一番，然后猛然推开了原宗凯，让手下把俞长安推走。

俞长安一下子抓住她的手：“你们要对孟颖做什么？”

原宗凯摸着被咬的嘴唇，对俞长安好心情地笑了：“你马上就会见到她的。”

原紫函还是娇艳地微笑着，看着司马闻英的眼神冷了下来。

“你先见一见我们的父亲吧。”原宗凯忧郁地说道，“他真的很需要孟女士的心脏。”

俞长安被带到另一间密室。他躺在冰冷的不锈钢病床上奄奄一息，只见眼前是一个巨大的竖着的玻璃培养柜，里面正有一人泡在水中，浑身插满管子，他的脸俊美如天神，长发像飘逸的鲜花一样，在水中自由地漫开。那人的面容竟同那个天人巨像一模一样，仿佛是那个巨像活了过来，然后被关到这培养柜中。

忽然培养柜中的天人对他睁开了血红的眼，俊美的脸对他咧开了一丝圣洁的微笑，让他感到仿佛上帝在向他招手。

俞长安混乱地想着自己马上要去的地方，又悲哀最终自己救不了孟颖，可是一扭头，却见司马闻英正在把各种各样的管子插入他的身体。

“别害怕，”一直冷酷的司马闻英忽然对他狞笑了起来，“你正好可以体验一下你老婆现在的感受。反正你是她唯一的监护人，你一死，她所有的财产归华山医院，华山医院的院长会马上退休，新院长上任，孟颖很快会被送过来的。”

他眼睁睁地看着他的血开始抽离他的身体，极慢极慢地流入细长的管子，然后流入那培养柜里的天人体内。

俞长安依稀听到那人竟开始对他说话，或者说在向他的脑海中传递着信息："你身上有她的味道。"

忽然，柜中的人猛然奋力张开手臂，那个营养柜一下子碎裂开来，那个天人踏着无数的玻璃碎片，扯断身上的管子，一步一步来到俞长安的眼前。

所有的人惊呼起来："父亲要进行原始进食了。"

司马闻英刚想拔出腰间的武器，却被那天人狠狠甩了出去，直摔得脑浆崩裂，整个人都变成一摊血浆肉泥，可见那人力气之大。

白衣人纷纷逃了出去，同时按了报警按钮，于是出口被钢板死死地封锁起来。

那个天人凑近俞长安，血红的眼紧紧盯着长安，满怀慈悲地说道："快告诉我，她在哪里？"

俞长安还没有反应过来，那天人过分苍白的手闪电般插入他的胸膛，用力扯出他的心脏。

他眼睁睁地看着那天人双手捧着他那颗尚在跳动的心，放到嘴里大嚼起来。

很久很久以前，俞长安第一次见到孟颖，他为了相亲难得一身西装革履，打扮得像个时代精英。

他在星巴克里坐得笔直地等她，心里正鄙夷着这里的咖啡又贵又苦，这时孟颖来了。

那时她刚从国外回来，脑后扎着个大辫子，穿了一身时尚的碎花连衣裙，左肩背了只鼓鼓的小包，站在门口东张西望。

只消一眼，俞长安就认定她就是相亲对象，他很高兴，因为孟颖比照片上还要漂亮，可是孟颖却径直穿过他，走向他后面座位上的一位帅哥。

当时他有点受伤，站起来准备结账要走，她正好尴尬地向那个帅哥道完歉，大幅度地转身，左肩背的那只宿命的小挎包正巧打到他的脑门上。

她的力气可真大，他竟然被彻底地打倒在地。

后来他才知道那小挎包里放着她给许星美买的生日礼物，一套精装版《金瓶梅》。

果然，淫书的力量是永远不可估量的！

看着小姑娘惊慌地跑过来，在他上方担忧地看着他："喂，这位先生，你、你……没事吧。"

那年他正在读夜校，拼命背英文单词，想找份好工作，光宗耀祖，所以双目的度数很深，才配的"啤酒瓶底"，明明全摔破了，可是他能清晰地看见她。

她替他捡空空的眼镜框，充满歉意道："那个……眼镜碎了，我、我赔。"

她对他甜美地讪笑了一下，那样朝气，那样纯洁，那样美好。

最后的时刻里，俞长安在空空如也的心里长叹了一声，真心希望小红能把肚子里的富贵给生下来，不管是男是女。

第二天，《新民晚报》头版头条上刊登了：华山医院董事会积极响应政府的改革号召，决定提前让原来的院长退休，由不满四十岁的留英博士李昌勇接任，并且高薪聘用留美医学天才司马闻英作为脑外科主治大夫，报纸上印着司马闻英同院领导握手的大照片。

相传这位传奇的医疗才女，特立独行，耳朵上喜欢戴着一堆骷髅钻石钉，而她入院接手的第一个科研项目是植物人治疗。

八月十六日，许星美沉着一张俊脸，匆忙来到华山医院，发现一身笔挺的俞长安正低头签署了病人放弃治疗同意书，以及一份器官捐献同意书，一并递给左耳坠了七个骷髅钻石钉的漂亮女人。

许星美不管三七二十一就是一拳。

俞长安却恍似未觉，冷笑着站起来："我可不想像你一样犯傻，反正她也醒不过来，她本来就打算捐献器官了，把她给司马大夫，也许还能有活路，讲不定能帮助其他病人，创造医学史上的奇迹。"

许星美双目微眯，怒喝道："禽兽。"

说着又对俞长安挥出一拳，俞长安的鼻子立刻流了血。

他正要再出手，一旁的司马闻英却快速地挡在俞长安面前，轻轻一推许星美，把许星美成功地推倒在地。

许星美的背部重重地撞在门框上，只觉气血翻涌，喉头腥甜。

这时，Cindy及时赶到，扶起许星美，怒喝道："你们再敢碰他，我就报警。"

"许公子息怒，我们已经同你父亲打过招呼了，他同意亲自接你回去，今天上午从清迈出发了，现在应该已经下飞机了。"司马闻英看了一眼床上的孟颖，冷酷地笑道，"我劝许公子不要再管原家的事了，你也管不起。"

许星美靠着Cindy慢慢站起来，扶着撞到的肩部，对俞长安沉声喝道："脏东西，把领扣还我。"

俞长安正站起来，拉直了身上的名贵西装，眼神疑惑起来，恨声道："什么领扣？"

许星美的瞳孔慢慢开始收缩，浮现出一丝恐惧来，转瞬即逝。

Cindy正要开口，许星美却拉住了她，对她微摇头。

司马闻英微笑道："明天孟女士就要进科研室，明天上午是告别会，还是请许公子明天再来吧。"

"好吧，你们赢了，"许星美平静下来，红着眼睛，死死盯着白床单下沉睡的孟颖，"算你狠。"

Cindy扶着许星美转身慢慢走出华山医院，一路上用纸巾为许星美轻拭着口中不停溢出的血迹。

"下手这么重，这帮畜生……"Cindy愤愤道，"这个俞长安，狼心狗肺，我要是法官，判他个宫刑，再关在重庆渣滓洞天天十大酷刑，让他生不如死，他不是人！”

一直在沉思的许星美停了下来，冷冷道：“他的确不是人了。”

Cindy一开始以为他也同她一样在骂俞长安，可是以她对他的了解，他好像没有在说笑，不知怎么的，身上的汗毛渐渐一根一根竖起来。

许星美深深吸了一口气，似是做了一个决定，掏出手机，拨了一个号码：“原宗泽先生吗？我是许星美，您不是一直想知道您的宝贝弟弟为什么那么喜欢大陆？还有他在大陆的总部位置，我想我知道了。现在我的信标应该还在他总部的垃圾站里，反正是无意间收集到了那里的信息……我想您的弟妹们正在进行非常危险的游戏……是的……谁都知道原老先生一直很喜欢原宗凯……我只是希望能帮助您……当然，相对的，如今的我也需要您的帮助。”

他的星眸凝视着孟颖所在房间的窗户，慢慢挂断电话：“他人在美国，今天晚上就搭飞机过来，希望赶得上。”Cindy担心道，“原家老三是出了名的狡猾狠毒，从不让人占便宜，你觉得他会帮助我们吗？”

许星美对她长叹一声，没有回答，只是扭头望向天际。

残阳如血，霞云似火，蒸腾得人间一片通红，直如血腥的修罗场一般。

而明天的脚步，正不疾不徐地向他们走来，不可逆转。

【注】

①【日】梦枕貘原著改编漫画《黑冢》片头能剧词摘选

番外二

燕子楼东人留碧

◆◆◆

弓月宫外，沙漠之风轻轻吹来，十个巫师在火葬仪式上跳着迎送灵魂前往腾格里天国之舞，阿芬公主小小的身体被白布裹紧，悄然露出一束红色的枯发。

憔悴的碧莹斜靠着阿黑娜，勉强不至瘫倒于地，痛不欲生地守在女儿小小的遗体旁边，宫人尽可能小心翼翼地在周围铺上木材，不敢发出任何声响，以免惊扰这位不幸的大妃。

这时，有宫人唱颂可汗陛下驾到。

众宫人卧倒在地行礼，撒鲁尔可汗慢慢出现在火堆的另一头，强健的身躯来到阿芬公主面前，神情痛苦地抚摸着女儿的头。

碧莹涣散的眼神慢慢聚焦起来，靠着阿黑娜站了起来，露出袖中暗藏的匕首，向撒鲁尔走去。

阿黑娜立刻跪拦在碧莹的面前，哭求道："求大妃娘娘不要再惹怒可汗了。"

可是碧莹一下子甩开阿黑娜，握着匕首向撒鲁尔冲去。阿米尔拦住碧莹，暗中卸掉她手中的匕首，沉声道："我也曾经失去亲人，故而明白大妃心中的痛苦，可大妃哪怕是为了木尹王子，也请忍耐一二。"

不想，撒鲁尔头也不回地说道："谁也不许拦着大妃，让大妃过来吧。"

众人遂放手，果然，获得自由的碧莹大力推开阿米尔，毫不犹豫地冲过去，撒鲁尔转过身来，面无表情地看着越来越近的碧莹。

碧莹凝着脸来到撒鲁尔的面前，忽然拔下头上的一支玉簪，狠狠刺进撒鲁尔的胸间。

撒鲁尔动也不动地受了，碧莹连刺几下，最终玉簪扎进撒鲁尔的身体，拔不出来，碧莹却因反作用力，跌倒在地。

阿黑娜和阿米尔及在场侍从等，都跪倒求可汗饶恕大妃。

碧莹再次爬起来，改对撒鲁尔受伤的胸襟抓打着他的伤口，撒鲁尔的胸前全是血，撒鲁尔却毫不在意，只是沉痛地闭上了眼睛。

姚碧莹对着撒鲁尔哭吼道：“不管你是谁，是当初的珏四爷，还是撒鲁尔可汗，你可以恨我，可以唾弃我，可以折磨我，可为什么要让阿芬惨死？她才八岁，她也是你的孩子啊，她身上也流着你的血啊，你怎么可以这样铁石心肠？你这个魔鬼，你已经杀了我的一个女儿，如今又杀了一个女儿，还逼走我的儿子，你为什么要这样对待我？”

碧莹继续踢打撒鲁尔，用尽全身力气吐出自己的怨气：“我现在就在你的眼前，你要杀就杀，你快杀了我呀，你这个魔鬼。”

撒鲁尔仍然闭着眼，一动不动地受着碧莹的打，直到碧莹的动作渐渐慢下来，他一下子抱住了拼命踢打的碧莹。

碧莹挣扎不得，只得在撒鲁尔肩膀上放声大哭，撒鲁尔紧紧抱着碧莹，紧闭的酒瞳之中也流出眼泪。

两人就像两只扭打的野兽，疲惫不堪，却又泪流满面地互相拥抱着跪坐在地上。

巫师及众人愣在当场，阿米尔长叹一声，微微点头，巫师便继续念经文，阿芬公主的遗体开始火化。

碧莹的眼中满是绝望的痛苦，嘶哑着嗓子道：“让我再看一眼，我的阿芬，让我再看一眼。”

撒鲁尔死死抱着想要冲向火堆的碧莹，绝望地看着女儿化成灰烬。

碧莹撕心裂肺地哭喊着，看着冲天的火光渐渐熄灭，看着阿芬小小的身体化为灰烬，最后昏死在撒鲁尔的怀中。

小小的身影在阳光下奔跑，银铃般的笑声传来。碧莹想拼命地跟上，却总被她远远地甩在身后：“阿芬，阿芬，你且慢些。”

碧莹气喘吁吁地跟在阿芬后面，忽然一个黑影挡到她的面前，对她咆哮：“不要走，不要离开我。”

碧莹定睛一看，只见撒鲁尔血泪满面地挡在眼前。碧莹本能地后退，满腔怒火地看着他。

然后她意识到这不是非珏，也不是恢复记忆的撒鲁尔，而是以前那个杀死了刚出生的女儿，把她关在凉风殿，却夜夜前来看她的撒鲁尔，可是他彻底恢复记忆后，便再没有出现，只在梦中与她相会。

碧莹一下子睁开眼睛，这才发现自己已经回到了宫中。

“大妃，您醒了，陛下已经恩准我们离开凉风殿。”阿黑娜见她醒了，强笑道，“您看，我们终于回来了……”

碧莹这才意识到鼻间一片香气，不再是凉风殿内一股子陈腐腥臭。

眼前一片珠宝的光辉，檐壁都镶上了突厥人最喜欢的金玫瑰花，眼前是一幅精工绣制的百鸟朝凤图，那是当年她惊险地横穿沙漠，旧病复发，奄奄一息地回到突厥养病百般无聊中绣的，女太皇说她很喜欢。

这里的一切，碧莹只觉熟悉又陌生，往事接踵而来，便是钻心的痛。

这里是自己和撒鲁尔的新婚居所，当年木尹和阿芬都在这里降世，都在这里蹒跚学步，学会叫第一声阿娜和阿塔，那双魂牵梦萦的酒瞳曾经幸福地溢满她的身影，她的生活曾经那样美满，笑得那样快活。

直到从江南回来，撒鲁尔开始夜夜梦呓着木丫头，她看到他的眼神渗进了一丝怀疑，他的记忆开始恢复，她的噩梦，她的悲剧，阿芬的悲剧开始了。撒鲁尔将她迁入凉风殿，却把春宫赐给最受宠的朵骨拉住，任由轩辕皇后虐待阿芬，直至阿芬不治而亡，木尹带着自己的侍卫冲进春宫，杀光这里所有的主子、奴婢和侍卫。

碧莹神情恍惚，往事与现实在眼前交错，她无力而喃喃道：“不，早就开始了。”

这些噩梦、这些悲剧其实早就开始了，原非白说得没错，就在宋明磊利用她的一丝嫉妒之心，以救非珏为名，抛弃了姚碧莹的身份，顶替了花木槿的那天，悲剧就已经注定了，噩梦就已然开启。这些都是她自己造的孽，可为何要自己的骨肉来偿还？这比直接杀了她还要痛苦百倍。

“您说什么？”阿黑娜问了几句碧莹，可是碧莹只是迷茫地摇头，口中呢喃着阿芬和木尹的名字。

阿黑娜心中更是难受。

“大妃身体虚弱，这是可汗命巫医为娘娘配的药，快趁热喝药吧。”阿黑娜强忍泪水，端起药碗，“我们已经回来了，您所有的荣宠全部回来了，您要保重身体啊。

荣宠？碧莹哈哈大笑起来，她眼睁睁地看着两个女儿死去，作为母亲无力维护，长子木尹也被逼得亡命天涯，这些荣宠回来又有何用？如果现在可以换回阿芬一条命，她宁可一辈子待在凉风殿，甚至立刻死去，这些虚妄的荣华富贵，又有何意趣?

阿黑娜流泪道：“大妃娘娘，好歹吃一口吧。您这样下去身体会受不了的。

姚碧莹心如止水，只是紧闭双目，拒不进食。

就让我这样去了吧，阿芬，你等等阿娜，阿娜马上就来了。

这时，一股熟悉的玫瑰香气飘来，不消睁眼，她也知道是谁。

一身玄衣的撒鲁尔来到殿内，怜惜地看着碧莹，接过阿黑娜手中的金碗。

阿黑娜扶起碧莹。碧莹睁开冰冷的琥珀瞳，冷冷看着撒鲁尔。

撒鲁尔接过阿黑娜手中的玉碗，用金勺子舀了一勺，喂向碧莹，碧莹却微偏头。

碧莹悲苦地说道：“可汗陛下当真要杀光臣妾所有的孩子，才能原谅臣妾当年的欺瞒之罪吗？”

撒鲁尔微怔，沉默下来。

碧莹却一下子打翻了金碗，泪流满面。

姚碧莹揪着撒鲁尔的前襟，哭吼道："木尹还是个孩子啊，他只是做了作为兄长应该做的事。求陛下赦免木尹的罪，他所有的罪就让臣妾来背。"

阿黑娜等一众仆人一下子吓得跪倒在地。

阿黑娜哭求道："求可汗息怒。"

撒鲁尔头也不回地挥手，命众人都退下。

撒鲁尔平静地一手握住碧莹的手，一手擦去碧莹的眼泪，叹道："朕一直想问大妃一个问题，这一生你爱过宋明磊，爱过撒鲁尔，可是，你究竟有没有爱过我？"

碧莹没有想到撒鲁尔会问出这个问题，怔怔地看着撒鲁尔，没有办法回答。

撒鲁尔用手指指自己："我说的是你眼前的我，不是撒鲁尔，也不是非珏，而是我。"

碧莹无法回答，只是不停委屈地流着泪。

"没办法回答是吗？"撒鲁尔悲苦而笑，"你和她一样，你们都一样，爱的从来都不是我。"

撒鲁尔轻轻放开碧莹，为碧莹拉好被子，反身走到窗前，俊面沐浴着温暖的阳光，复又转过来对着碧莹说道："木尹如今人已被大理圣武帝接到叶榆，圣武帝一向阴险狡诈，最擅以质子发动政变，要挟国政，木尹的身上流着朕高贵的蓝血，圣武帝自然会好生款待他，善加利用。圣武帝一生痴恋贞静皇后，哪怕是为了她，也绝对不会杀木尹，故而如果大妃还想活着见到木尹，就好好地活下去吧。"

撒鲁尔再次唤了阿黑娜进来。

撒鲁尔平静道："再端一碗药来，大妃会喝下去的。"

阿黑娜称是。

果然，碧莹流着泪，努力地喝下了那碗药，待所有人退下，她悄悄从怀中掏出花姑子，贴在额头，泣不成声道："阿芬，木尹，阿娜对不起你们，对不起你们。"

撒鲁尔一路行至神思殿，面目严峻，众侍皆不敢多言，阿米尔跪启："启奏可汗陛下，大塬已正式下国书邀请陛下前往长安会盟。"

撒鲁尔淡笑："很好，我们正好可以看看大塬如今的实力，你且去准备好银盒。"

阿米尔略有犹豫："可汗，我只担心可汗会再受反噬。"

撒鲁尔哈哈大笑，酒瞳里却毫无笑意："担心什么？朕还有什么可以再失去的吗？"

撒鲁尔反身离去，阿米尔心痛地看着撒鲁尔。

撒鲁尔风尘仆仆赶到长安，宏伟的城门次第打开，元德皇帝亲自出门，排场隆重地迎接，宽广的街道，夹道欢迎的民众，撒鲁尔的眼前却全是樱花林。

元德皇帝的声音轻轻淡淡："木槿不知道陛下会亲自前来，不然她一定也会过来迎接陛下，她一直很盼望能再见到你。"

木槿？木丫头？

她真想见到他吗？他亲手杀死了她最心爱的弟子，当众羞辱她。

撒鲁尔喃喃道："木丫头？"

元德皇帝点点头，凤眸看不到任何颜色。

这一日，撒鲁尔信步来到后山的樱花林中，樱花盛放，阿米尔本想劝撒鲁尔回去，可是撒鲁尔却微笑着坐在一棵樱花树下，然后找了个借口，支开阿米尔。

真奇怪，他的心奇迹般平静下来，就好像在西域的树母神的树干上。

一些欢笑的碎片涌进他的脑海，他高举着一个没有五官的少女在这里转着圈，那少女甩着一个大辫子，她的身上有一股奇异的芬芳，每次他闻到这股味道，就会非常安心，这也是他喜欢这片樱花林的原因，这里的味道同她身上的香味非常相似，淡雅、怡人，令人安神。

他渐渐闭上了眼睛，静静等待着她走近。

"既然来了，为何要走呢？"这一次他不再给她机会离去，他施轻功来到她的面前，她的五官映入他的眼睑。

是她，竟然是她，那个黑夜里他无意间救出的孤苦少妇，那时的她毁容、瞎眼，可他还是一眼认出了她。

原非珏从未见过她的真实面容，那个撒鲁尔则总向他抱怨，木丫头长得有多丑。

她当然没有大妃的艳丽，没有朵骨拉的风情，也没有他后宫无数佳丽的争奇斗艳的美貌，可是自有一身清奇风骨。

往事像小雪花一般小心翼翼地飘过玫瑰花丛，化作一个孩子爬到他的肩上，在他耳边絮叨，同他一起细细看着眼前佳人，细碎地做着点评。

他终于看清楚了她的模样，她的一颦一笑，却在他爱了她半生、在一切都已经无法挽回的时候。

命运是多么残酷的一样东西。

他忍不住上前，紧紧拥住了她。他急切地想问："你爱过我吗？"

出口的却是再平静不过的一个问题："你过得好吗？"

长安城内，静谧的小树林间人影闪动，一双紫眸在月光下熠熠生辉。段月容悄然立于树下，凝神细听西林传来的动人琴曲。

身后的沿歌和豆子警惕地四处环顾。

沿歌低声道："原氏向来狡诈，也不知道会不会设下陷阱。"

片刻，一个白色身影翩然而至，段月容回头，果然是一身贵气的原非白，只是身上只着一身家常团福字白缎袍，身后跟着一身劲装的青媚和银奔。

来者虽不出所料，可段月容心中还是生出一丝遗憾，微抬眼，果然有几个高大身形在坡上暗中戌卫。

段月容和原非白二人无声地互相打量了半晌。

段月容没有半点真诚地向原非白欠了欠身，面上挂着一贯的嘲弄笑意，慢条斯理道：“不知陛下邀朕深夜在此私会，有何要事？莫非陛下想趁着四国会盟，给朕偷偷行贿吗？”

原非白哂然一笑：“那武帝陛下想要什么？”

“朕平生一心只好美人，”段月容的紫眼睛往青媚身上放肆地上下打量了一番，冷哼道，“要是这个贱人就算了吧，还不如旁边那位少女清新可爱，甚得朕心。”

月光下的银奔身材修长，精致的面容不变，眼波微转，对段月容微俯身行礼。

原非白微笑不变：“武帝陛下真会开玩笑，银奔乃我内卫东营副统领使，是一位青年才俊。”

“朕果然年纪大了，眼竟拙了？”段月容挑眉，故意长长地哦了一声，“不过，陛下果然风雅，连男侍都长得如此俊美。”

原非白笑道：“久闻大理月色无双，也不知贞静皇后是否同武王提过，长安月色也甚是多情，故而朕特邀武帝共赏。请。”

原非白撩起袍角，径自往前方一高亭走去。

沿歌和豆子警惕地手按兵刃，挡在段月容面前，疑心重重。

原非白头也不回道：“两位小将军也一起过来吧。”

青媚和银奔对视一眼，满面嘲讽，有礼地侧身道：“请。”

段月容面色凝重，审慎地看着四周。

原非白回首，微歪头，略带挑衅地笑道：“原来，武帝陛下也有害怕的时候？”

段月容冷哼一声，撩起皇袍跟上。沿歌和豆子紧紧跟随。

却见此亭名曰澈云亭，亭中早有宫人在亭中备好几碟精致小菜，两只盘龙金樽，一壶美酒，亭中一角有一琴几，上有一琴一箫，几头荷花香熏炉中白烟袅袅，玉蕊香的香味轻轻缭绕在四周，洗手金盘里还放有段月容最喜欢的海棠花瓣。

段月容选了一只，端着龙眼微闭的金樽，举头看向清凉月色，信手拨了拨一旁的古琴，立时夜空中响起一串动人的乐声，段月容淡淡道：“长安月色？今日一见也不过如此，如何能同大理的风花雪月相比？”

不想原非白殊无异色，笑着点了点头：“木槿也曾说过同样的话，看来大理的锦绣河山的确动人。”

段月容神色警惕起来：“陛下到底什么意思，莫非是觊觎我大理的疆土？”

原非白一怔，摇头大笑：“若大塬想要将大理收入囊中，当年先帝临朝，大理疫情严重，朕便不会劝先帝允木槿往南边送药了。”

段月容挑眉，紫眸微转：“那陛下到底有何事相商？”

原非白敛了笑容，站起来，亲自为段月容斟满金樽，神色肃穆地行了一礼。

段月容眼神微讶。

原非白举起金樽郑重道：“朕一直以来都想对陛下说一声谢谢，这一杯酒，是感谢陛下过去这些年来对木槿的照顾。作为一个男人，心爱的女人近在眼前，却能如此尊重，不染分毫整整八年，即便是朕自己，恐怕也不一定能做到，可见陛下的确是个令人敬佩的坦荡君子。”

说罢，原非白端起自己的酒杯，一饮而尽，平静地直视段月容。

段月容定定地看了原非白几眼，冷哼一声，也慢慢一饮而尽。

“什么君子，陛下不要这样侮辱朕。”段月容冷哼，“若为这个，那陛下根本不必谢，那八年来木槿也一直尽心尽力地辅佐朕，为大理筹款作战，保护大理百姓，若真要说谢，那也是朕要谢谢她。”

段月容长叹一声：“陛下和朕出身皇室贵胄，乃天之骄子，家族的言传身教，总把情爱看作是猛兽洪水，对吧？”

原非白微诧地看着段月容，默然点头。

“朕以为，红尘之中，唯爱过人方知情爱苦，方知如何爱己爱众生，不是吗？若是一个连爱都不懂的君主，又岂能爱天下人？”段月容感叹道，“她让朕明白了爱一个人是这样的苦，却也是这样的美好。”段月容望着月光平静道，“爱一个人不就是希望她吃得好，睡得好，每天高高兴兴的？这样自己的内心也会变得喜悦和平静……想必木槿也一定同陛下提过这番话吧？”

原非白镇定自若地微微点头，其实木槿并没有对他说过，也许是没有机会说，可这番话倒真像是木槿说的，不像段月容故意编出来打击他的。

段月容长叹一声，接过非白手中的金壶，往自己和原非白的金樽里各斟满一杯，收回玩世不恭的表情，肃然道：“无论这世事如何变迁，木仙子永远是这世间独一无二的精灵，如果陛下真要谢朕，就请好好地待她，这一世不要再让她伤心流泪了。”

原非白接过，郑重地一饮而尽，二人相视一笑，非白只觉心中异常畅快，好像积郁了很久的怨气、愤怒和猜忌，一下子得到了尽情的释放。

不想，那种畅快还未咀嚼尽透，那段月容紫瞳滴溜溜一转，一改语气，得意笑道：“其实，若是木槿没有对陛下说这番话，陛下也不必对朕强作镇定，更不用伤心，谁让朕和贞静皇后的小秘密有太多太多，最大的秘密就是夕颜。”

原非白开始后悔今天没有带兵器出来，不然现在刺下去又快又准，多痛快。

他开始深深怀疑，今夜私邀段月容出来是否正确，本已一下子散尽的怨气、怒气和猜忌忽地又神奇地回到了自己的身躯，而且加倍烧遍全身，最后，最深切的感受很直接地化作两个字：妖孽。

他微扯嘴角，很明智地决定不再挑战自己的极限，镇定地起身，对段月容倒了一杯酒："这第三杯酒……乃是朕想郑重地拜托陛下，若有一日，朕不在这世上了，不论如何，还请武帝陛下能继续照顾木槿。"

段月容大为意外，一脸的不可置信，半晌才反应过来，不屑地哈了一声："朕为何要照顾她？她不就会赚点钱吗？除了这个还有什么特别的？要身材没身材，要脸蛋没脸蛋，凭什么我要和你一样，把她这种没有心的女人当天仙似的供起来？朕的前半生已经被她祸害得够苦的，陛下这是要继续祸害朕的下半生吗？您也太会开玩笑了。"

原非白淡淡一笑："陛下就不要在朕面前口是心非了，木槿看似抛弃了大理的一切，留在朕的身边，可是只有朕心中明白，在木槿内心深处的某个角落，朕可能永远也走不进，那便是属于你和她的那些岁月，朕相信在陛下的心中也一定有这样的一个角落吧，正如陛下所言，安然存放着你俩无穷无尽的……小秘密。"

说到最后，原非白不由自主地用上了调侃之意，段月容被触动心事，板着一张天人之颜，霍然起身："陛下这是想羞辱朕？羞辱您的妻子吗？"

原非白认真道："肺腑之言，何来羞辱之意？正如陛下所言，木槿是这世间独一无二的，如她这般的奇女子，并不属于任何一个男人或一方豪杰，无论如何，她都应该好好地活下去，以她惊人的才华和仁慈继续造福天下苍生。难道陛下不这么想吗？"

段月容用紫瞳认认真真地审视着原非白的凤眸，这是几万年未见的坚定和清澈，不由得暗暗称奇，当下收了傲慢戏谑之色，只是举起金樽与原非白共饮："那你快点消失吧，我和夕颜早就准备好怎么狠狠笑话她了。"

原非白："……"

这一夜，大塬元德帝与大理圣武帝二人，以一琴一箫合奏，眼神交会，天籁之音，传遍山谷。

狩猎风波之后，原非白邀撒鲁尔前往当年曾居住的北斋宫，木槿湾边，撒鲁尔和原非白并排站着。

原非白长叹道："可汗，当初是朕拆散了你和木槿，如果要恨就冲朕来吧，不要再伤害木槿了。"

"可是为了朕送给皇后的礼物？大理圣武帝可真会告状啊。"撒鲁尔冷笑，"您倒也不怕武帝陛下把您的皇后拐走吗？"

原非白不无忧虑地看着他道："四弟，我更担心你的身体。"

撒鲁尔道："自从朕想起往事，就一直在想，为什么木丫头会离开我，如果木丫头真是我的，又怎么会被圣上夺走，"撒鲁尔看着自己手上的那道伤疤，冰冷道，"这只能说明一件事，她从来没有属于朕。"

原非白没有想到撒鲁尔会这样说，怔在那里：“当初的木槿是真心喜欢非珏的，喜欢非珏那颗单纯的心。”

撒鲁尔抬起自己满是刀疤的手：“原非珏当初如果没有放开木丫头，命运会不会不同呢？不会，因为这是个乱世，注定强者得到一切，所以最终木丫头会归属一个强大的男人，而不可能归属当初那个懦弱的非珏，所以她只是喜欢。”撒鲁尔哂然一笑，酒瞳看着凤眸，“更何况，这世上本没有原非珏，有的只是眼前的撒鲁尔可汗罢了。”

原非白摇头：“木槿她不是凡俗女子，她从来不会、也永远不可能只附属于任何一个男人，她是为自己、为天下苍生而活的。”

撒鲁尔哈哈一笑：“这世间凡是亏欠朕的，朕一定会追回来，即使追不回来，也会让那人后悔一生。”

“一切都已经过去了，”原非白沉痛道，“你失去了你的女儿，木槿失去了她心爱的学生，而我则蹉跎了大好时光。无论是谁，哪怕是像朕和可汗陛下这样的九五之尊，我们都不可能改变过去，但可以决定未来，朕希望从此以后，我们大家都能致力于富强自己的国家，保持两国和平，各自人生的路上不再有这样的折磨。”

撒鲁尔冷笑：“这下朕可明白父皇为何要拿木丫头锤炼圣上了，因为圣上的确太过天真，这个乱世还没有结束。真正的仇恨如何轻易得解？”

撒鲁尔阴冷而去。原非白看着撒鲁尔的背影冷笑。

中秋宴上，所有人都没有想到，段月容的卓朗朵姆大妃会主动向元德皇帝邀舞，更没想到他会同意大理圣武帝邀舞妻子贞静皇后。

然后，众人敛声屏息地看着花木槿和段月容二人共舞，撒鲁尔也彻底怔在那里，弓月宫中几乎人人擅舞，可由于他本人不喜欢舞乐，尤其是醒来以后，他对于声音非常敏感，于是宫中一度禁止任何舞乐。很多宫廷舞蹈不再高贵矜持，遂成为突厥民间戏乐。

他从未见过如此奇特的舞步，男女二人几乎没有任何肢体碰触，却始终近在咫尺，一步之遥。二人之间气氛肃穆异常，可是舞姿潇洒奔放而不媚俗，感情强烈而不淫邪，回肠荡气，平添唏嘘。

撒鲁尔努力搜索着过往的记忆碎片，没有，在原非珏和花木槿的记忆里没有，他瞥向宝座上同样满面惊艳的大塬元德帝，他明白了，这支舞蹈是专属于花木槿和段月容的。

撒鲁尔痴痴地看着，二人正好向他的方向舞来。段月容明显一个大幅度地护卫舞姿，紫瞳向他凌厉地闪来，饱含着戾气的警告，他是在警告自己，这是他段月容要保护的人，除了他自己，没有一个人可以伤害她。

立刻，撒鲁尔心中戾气丛生，他要站起来，狠狠地拧断段月容和花木槿的脖子。然后再击穿原非白的心脏，反正他也活不长。

可是，原非白的话闪过他的脑海：一切都已经过去了。

撒鲁尔一阵惘然，举起一支金箸，试着轻轻敲击。妥颜随之满面痴迷地站起来和歌。

这记录历史的一幕。

一切真的都过去了吗？

突厥可汗的脸上闪过一丝阴狠。

回国的路上，他意外地遇到贞静皇后的送别。

不，是木丫头的送别。

是对过去的送别。

一切真的过去了吗？

撒鲁尔回到弓月宫中，就只听到碧莹病情加重的消息。

撒鲁尔来到春宫，床上躺着奄奄一息的碧莹。

撒鲁尔柔声唤着碧莹。碧莹慢慢睁开眼睛，对撒鲁尔微笑起来，想挣扎着起来给撒鲁尔行礼，撒鲁尔立刻免了。

“我早已着人传消息回来，木尹以后将长留大理侍奉佛祖，他平安了。”撒鲁尔轻轻拉了拉碧莹身上的毯子，嗔道，“怎么又不肯吃药呢？”

姚碧莹微笑道：“这几天臣妾老是梦见阿芬，还有那个刚出生的孩子。孩子们总在梦里对臣妾哭，她们想娘亲快点到她们那边去，好照顾她们。”

撒鲁尔眼中闪过悲戚，仍然强笑，却难掩心中的愧疚：“梦全是不作数的，国巫说你一定会好起来。等你身体好了，朕就封你为皇后。”

姚碧莹却笑了起来：“陛下撒起谎来真是很糟糕。”

撒鲁尔也不由得笑了，两个人都笑得很哀伤。

撒鲁尔看了看窗外，阳光晴好，碧莹清澈，便轻轻打横抱起姚碧莹：“我带你去看树母神吧。”

撒鲁尔抱着碧莹来到树母神下，早有奴婢准备好柔软的毡毯，可是撒鲁尔抱着她跃起，来到他常年坐的树干上，抱着碧莹一起远眺金玫瑰园。

碧莹满眼惊艳，这是撒鲁尔第一次带自己来这里，不由得一阵恍然，鬼使神差地问道：“木槿……她好吗？”

撒鲁尔苦笑：“她幸福得要命。”

“那臣妾就放心了。”欣慰闪现在姚碧莹因瘦弱而显得更大的琥珀瞳里，她开心地微笑起来，“那银盒……最后陛下还是没有送出去吗？”

撒鲁尔一怔：“你怎么知道的？是阿米尔告诉你的吗？”

姚碧莹摇头：“没有人告诉臣妾，是臣妾自己猜的，臣妾理解陛下的不甘心，可是，陛下千万不要为此而感到懊恼，将来，陛下便会明白这其实是一件好事。”

撒鲁尔的酒瞳望进碧莹清澈的眼眸中，许久才长叹一声：“朕明白，这是一件好事，这样朕身上的罪孽可以少一分。将来有一天，朕下地狱时可以坦然一点点。”

姚碧莹一双枯瘦的手悄然圈住撒鲁尔的手，撒鲁尔一阵恍惚，她是这样瘦啊，好像两束枯藤缠住了他的手一样，竟显得有一丝惊悚。

碧莹鼓起所有的勇气，低低问道："陛下爱过臣妾吗？"

撒鲁尔一愣，碧莹看着撒鲁尔平静地微笑："陛下爱过木丫头，爱过热伊汗古丽，那有没有爱过眼前的臣妾——碧莹？"

撒鲁尔呼吸一滞，搜肠刮肚，却无法组织出完整合理的语句。

姚碧莹微笑："果然陛下和臣妾当时一样，无法回答。"

撒鲁尔诧异地望进碧莹的眼中。

姚碧莹平静道："陛下忘记了吗？前一阵子陛下曾经问过臣妾，臣妾有没有爱过陛下，不是珏四爷，不是撒鲁尔可汗，只是眼前的陛下，陛下去长安的这段时日，臣妾一直在想这个问题，终于有了答案。"

撒鲁尔愣愣地看着碧莹，碧莹却微笑着轻轻依偎在撒鲁尔的怀中，枯瘦的手紧紧握住撒鲁尔的大手，她看着撒鲁尔的酒瞳，坚定言道："臣妾可以确定地告诉陛下，臣妾是爱陛下的，无论是撒鲁尔可汗也好，还是珏四爷也罢，或是眼前的陛下，身上有一点是相通的，那就是对爱人的纯真热爱，可遗憾的是，陛下这一生都生活在亲人的骗局和摆布之中，这和臣妾是多么相似。"

撒鲁尔阴沉的俊颜渐渐盈满了震惊和痛苦。

泪水大颗大颗地浸湿碧莹憔悴的容颜，琥珀瞳中盛满怜悯和忧伤："臣妾曾经多么想要去爱啊，可所有的热爱最终变成折磨和混乱。所以如果陛下爱木槿，或是爱热伊汗古丽，而不是眼前这个真实而可悲的碧莹，臣妾都明白陛下心中的苦。"

仿佛暴风雨忽然停了，仿佛冰雪世界中雪莲花平静盛开，撒鲁尔的心中忽然涌出一种无法言喻的辛酸，他从来没有想过，他的知己一直在身边，情潮涌动中，他万分怜惜地紧紧抱住碧莹，可是他的知己这样瘦，他惊悚地感到，自己只是抱着一把生命力几近熄灭的瘦骨，以至于他忘记了要说的谢谢，他只是动情地说道："你快好起来吧。"

从此，撒鲁尔无论到哪里都要带着大妃，宫人们又看到可汗陛下和大妃如胶似漆的身影。因大妃体弱，可汗经常抱着碧莹往来于玫瑰园和春宫中；可汗在玫瑰园中的凉亭平静地看奏折时，大妃卧在辇上编织着玫瑰花冠；然后可汗会到树母神下，献上大妃所织的玫瑰花冠，为大妃亲自祈祷健康。

偶尔，可汗也会为大妃亲手摘下一朵玫瑰，轻轻在大妃的发间插上，温柔地吻着大妃。当大妃平静地枕在撒鲁尔的大腿上沉睡，撒鲁尔便轻轻地为她拉上被子，然后继续看奏折。

然而，即便是世上最强壮的男人的爱也无法阻止大妃的身体日渐衰弱，无法阻止她不停地咳出血来。

各国名医络绎不绝，可是所有的诊断都大同小异：大妃娘娘的身体从小羸弱，又因丧女之痛，思念过度，积重难返，最多恐怕也就几个月，请陛下早做准备。

撒鲁尔心中悲绝，只命众仆和他一样强装笑颜，极力讨碧莹欢心。

这一夜，碧莹忽从梦中惊醒，口中仍惊呼着阿芬。

一旁的撒鲁尔被惊醒："又梦见阿芬了吗。"

碧莹的眼瞳微微闪过一丝冰冷，撒鲁尔不知怎么，侧头避开了她的目光，心疼地圈起她，静静地听着她渐渐平息的喘息，过了好一会儿，撒鲁尔昏昏欲睡时，碧莹忽地微弱出声："陛下，阿芬说她很想我，也很想阿塔。"

撒鲁尔一下子清醒过来，在黑暗中辛酸笑道："等你好起来，我们再要一个孩子。"

碧莹轻笑一下，过了一会儿，悠悠说道："臣妾有一个愿望，想请陛下恩准。"

撒鲁尔强笑道："别说一件，一百件朕也准了。"

碧莹说道："臣妾想回中原去。"

撒鲁尔的笑容立时敛去："为什么要回中原去呢？开玩笑，你的身体怎么经得起旅途颠簸。"

碧莹在撒鲁尔的怀中慢慢转过来，黑暗中琥珀瞳殷切地看着酒眸，动情道："臣妾命不久矣，可是希望能够埋在故乡的土地上，请陛下相信臣妾，臣妾就算爬，也会爬回故土再闭上这双眼睛，只求陛下恩准。"

撒鲁尔悲伤而暴怒地起身："你们都说爱朕，可是一个一个总是想要离开朕，不准，不准。"

碧莹用尽全力，枯瘦的手死死拉住撒鲁尔不让他离去，声声断肠："陛下，陛下，臣妾这一生已经走到了尽头，难道陛下不能遂了臣妾的心愿吗？"

撒鲁尔回转身来，只见一双血瞳似火，冲着碧莹大吼："你们都是骗子，你和木丫头都是骗子，你们都说爱我、喜欢我，可是骨子里都恨我、讨厌我，你们都巴不得离开我，让我一个人孤零零的，我恨你们。"

碧莹只觉血气翻涌，上前死死地抱住撒鲁尔，任凭撒鲁尔怎么挣扎都不放开，柔声道："陛下，请听我说，我没有骗你，我是一个孤苦将死的女人，膝下空空，唯有这一颗沉重的心。

"陛下，人这一生，到最后，无论愿意不愿意，每个人都是孤独离去的。唯一不同的是，走的时候能否让这颗沉重的心变得轻一些，那样走得也舒服一些。"

所有人都没有把大妃的请求当回事，因为没有人相信她可以挣过漫长的旅途，也没有人相信伟大的可汗会同意大妃的请求，可是出乎所有人的意料，可汗同意了。

撒鲁尔骑在一匹高大的乌马上，站在高高的山上，看着碧莹的一行人马蜿蜒行在前往中原的路上，悲伤不已地流下眼泪。

仿佛感受到撒鲁尔的碧莹，从马车里艰难地爬起来，掀开布帘，看向山顶上撒鲁尔的身影，也流下了泪水，她喃喃道：“永别了，陛下。”

撒鲁尔努力平复着激动的情绪。

阿米尔不解道：“可汗陛下，既然舍不得大妃，为什么要放大妃回去呢？”

撒鲁尔摇头道：“朕只希望她走的时候，那颗沉重的心可以快乐一些。”

阿米尔正想问撒鲁尔，那又为何对术止皇子纵容宫人对大妃的劫掠不闻不问，可是撒鲁尔面上的泪迹已被西域的大风吹干，再睁眼时，已是一脸冷酷：“让明家人跟在商队后面，一定要让大妃活着回到故土，见到元德皇帝。”

阿米尔的心凉了半截，悲伤地看着载有碧莹的人马蜿蜒消失在沙漠中。

撒鲁尔策马回奔，恢复了满面冷酷的帝王威严，身后是渐行渐远的碧莹车队，他再也没有回头。

碧莹一直在昏睡，她的神思在各种各样稀奇古怪的梦中不停地飘荡，她梦见自己来到一个奇怪的发光世界，那里的人穿着十分奇异，毫无男女大防，互相靠近，自由地笑着，说着古怪难懂的话语，其中有一个黑发黑眸女人穿着短裙白衫，露着双臂双腿，正在明亮的大集市中指着一只会飞的钢铁鸟自信地解说着，那女子长得好像木槿，围着她的人群中有一个醒目的高个男子，黑发紫瞳，竟然神似大理段月容，正眼神温柔地看着那女子，嘴边噙着一丝淡笑。

碧莹正觉奇怪，忽然她又飞到一个古老的战场，到处都是尸堆骨山，残肢断臂，死寂的血腥中，唯有战场中央有一巨大的火炬，如光源照亮这个血腥昏暗的世界，碧莹走近看去，却见那大火炬竟是一棵巨树，比树母神还要大，是一棵巨大的木槿树，花开三色，花雨不断，有一人长发飘逸，披垂于背，正坐在大树下凝神抚琴，那人神似原非白却又不是原非白，碧莹正在迟疑中，那人忽然猛地睁开一双血红凤眸，犀利地瞪着碧莹，傲然对她咆哮道：“这不是死人该来的地方。”

碧莹悲伤而迷茫：“我果然死了吗？可我好想再看一眼中土。”

碧莹的目光移向那具精美的古琴：“我好想在中土能再弹奏一曲《长相守》。”

那天人的血瞳慢慢退去，站起来走近碧莹，嘲笑道：“你这一生本无缘长相守，连子孙缘、夫妻缘、儿女缘也没有，孤苦之命，又何来弹奏《长相守》这一神曲？”

那天人冰冷的话语刺痛碧莹的内心深处，她不由得泪落两颊，不知所措，天人嘲笑道：“你既到得这里，我便许你脏手弹一曲，是否能哄我入睡，若好，我便允你得偿所愿。”

碧莹不待答话，只觉双膝沉重，竟一下子跪倒在那具古琴面前。她双手操琴，一曲动人的《长相守》响起，周围的景物开始变化，春夏秋冬快速更迭，那血腥的尸骨上开出了动人的玫瑰花，不再血腥阴森，所有悲伤都化作鸟语花香。碧莹再站起时，那天人竟已在青石上睡着了，面容圣洁平静，再不复方才的乖张，碧莹便平静地坐在古琴边弹了一曲又一曲，直到天人长长地叹了一声，在梦中翻了个身，巨树跟着花落，他低声嘟囔了一句：

“如你所愿。”

他纤指一挥琴弦，一股走调的音乐随之响起，碧莹只觉浑身就像炸开一样，被一股力量抛向空中，然后跌入无边的黑暗。

也不知过了多久，有人在耳边轻喊：“碧莹，到家了。”

她慢慢睁开眼，眼前人影晃动，一个身穿华袍的高壮汉子抱起了她，竟然是她日思夜想的大哥。

这一定是场梦，她怎么可能真的回到故土，她已经死在大漠了。

这一定是场梦。

她轻轻唤了声大哥，然后疲惫地闭上了眼，陷入无限混乱的状态。

她被人抱进了一座高楼，她慢慢睁开眼睛，一个宫装丽人正柔声唤着碧莹，碧莹伸出枯瘦的手，轻轻抚上那丽人的脸，慢慢醒悟过来，这丽人真是她一生想见又不敢见的人，木槿。她真的回到了故乡，而这富丽堂皇的宫殿竟然是当年小五义聚集之所德馨居，自己所在之楼，又名燕子楼。

可是碧莹总是了无生气地在榻上昏睡着，而一路陪伴的阿黑娜总是平静地守在身边，眯着眼在阳光下认真缝制着一件红色披帛。

木槿悉心照料碧莹，将撒鲁尔的很多赠物都放到燕子楼，希望碧莹能够喜欢，可是碧莹在突厥这么多年，一眼就明白，这些肯定不是撒鲁尔专事从西域赐予她的。

她想，木槿仍然是这样天真，总是可以原谅，总是以为可以回到过去，碧莹知道，她早已是千疮百孔，无法再回到当初的青春少年，无法再有力气去回应小五义的温暖了。

她不停地昏睡着，偶尔也会梦到那棵大木槿树下，那个天人总是命她弹琴，哄他睡觉。

这样的情况一直延续着，直到于飞燕把小雀和小兔给碧莹认作干女儿。

从此，于飞燕和珍珠带着两个孩子时常来看望碧莹，碧莹再无法沉睡。

她的小五义，将她那颗僵死之心再一次给温暖了过来。

不久，紫栖宫中一片冰雪琉璃世界。元德皇帝认姚碧莹为御妹，晋封安和公主。

阿黑娜扶着碧莹坐到铜镜前，为她试戴披帛。铜镜中映着碧莹和阿黑娜二人的笑脸。

碧莹的身体奇迹般恢复了，她认真贪婪地呼吸着长安每一口空气。

连林毕延也啧啧称奇。

这一日，除夕，紫栖宫和西枫苑里挂起了红灯笼，贴上了春联，一派新年气象。

大总管冯伟丛前往燕子楼宣旨，元德皇帝特赐安和公主大红蜀锦吉服一件、凤冠一副。

宫人奉上了一件奢华的大红蜀锦公主吉服。

冯伟丛特地谄媚地告诉碧莹，现下内帑紧缺，举国节俭，圣上为此特意缩减了自己和后宫的新衣，只命尚服局为公主赶制了这一套吉服和凤冠，公主好福气啊。

碧莹感激地收下吉服，叩谢皇恩。

三三两两的宫人内监或张罗打扫，或穿行搬运，一派忙碌情形。木槿嘻嘻笑着，拉扯着碧莹正襟危坐，由薇薇和婉娴帮着染发。

花木槿嘻嘻哈哈地说："到底是经林大夫改良过的染发方子，又加了多种名贵药材，这一下子我都年轻十岁了！"

众人闻言，均是忍俊不禁。碧莹望着铜镜，经过一番装扮，自己看上去气色极佳。

碧莹换上了那件大红蜀锦吉服，木槿换上了宝蓝闪缎吉服。木槿从旁拥住碧莹，二人像小时候一样对镜甜笑。

不一会儿，于飞燕领着妻女进屋，又带了一大堆的礼物。小雀和小兔嚷着干娘，欢叫着扑进了碧莹的怀中。碧莹搂着两个孩子，脸上绽出了久违的明艳笑容。

两个孩子又嚷着要听碧莹弹琴，碧莹便接过珍珠拿来的那具百年古琴，净手焚香，弹了一首《戏莲》。一曲终了，众人皆如痴如醉，只有于飞燕打起了呼噜。小兔和小雀上前狠狠地摇着于飞燕。

于飞燕咂巴着嘴醒来，擦一擦嘴边的口水，做出一脸赞赏的模样。

于飞燕："听三妹妹的琴声，一准好睡。"

众人一阵嘘声，随即又哈哈大笑。

小兔又要听《长相守》。

碧莹闭眼，深吸一口气，再度睁眼后，嘴角勾起了一抹轻笑。

一曲《长相守》幽幽响起，格外地宁静平和。

木槿凝神细听，感慨非常，这便是碧莹心中的长相守，琴瑟在御，莫不静好。

元德元年，除夕傍晚的风雪之中，元德皇帝的銮驾缓缓而来。

元德皇帝本支着额头静思朝堂之事，耳边传来《长相守》的琴音，慢慢睁开了凤目，睥睨天下的凤目渐显惊喜，天下竟有人拥有如此琴艺，一首本应充满激情的《长相守》竟被弹奏得如此澄净清澈。

奇怪，这琴声竟似梦中听到过？

原非白命人停下銮轿，下轿在院中细听了片刻，对冯伟丛道："取朕的琴来。"

冯伟丛依言取来了元德皇帝常用的琴，又在廊下铺好了帐帘和褥子。

原非白闭目凝神，拨动琴弦。

房内众人正听得感动之际，另一曲满溢着幸福和爱意的《长相守》附和响起。

碧莹抬手细听片刻，微微一笑，复又弹起，一冷一热两股音律渐渐交汇在了一起。

一曲终了，碧莹长长地舒了一口气，眼神略有恍惚，暗中钦佩，踏雪公子的琴技果然冠绝天下。

门口响起了一阵掌声，众人回过神来，见原非白正含笑立于门前。

碧莹微讶，连忙随众人起身行礼。

元德皇帝当下免了礼，对碧莹由衷赞道："犹记少时曾听过安和公主的琴艺，不想如今已如此出神入化了，竟引得朕技痒，忍不住摆弄一番了。"

姚碧莹垂首恭敬道："陛下谬赞了，陛下的琴艺冠绝天下，妾之薄技乃是萤火之光，如何堪与明月争辉。"

原非白："安和公主过谦了，你着实是好琴艺，最终竟挣脱了朕的琴曲，朕最后倒是跟着你的曲调走了。"

时小兔上前抱住了原非白，原非白顺势一把将她抱起。小兔在原非白的面颊献上了一个香吻，引得众人一阵大笑。原非白怜爱地亲了亲小兔，随后从冯伟丛端上的紫檀托盘里取过早就精心为于家孩子准备好的礼物，为孩子们一一亲手戴上。

木槿看着眼前这温馨的一幕，神色微黯地低下了头。

碧莹看在眼中，伸手握住木槿，二人相互鼓励地一笑。

众人围坐席间，一同守岁，其乐融融。

原非白抱着小兔，亲自给她喂饭。

碧莹不由得暗中称奇，如此冰冷的白三爷，竟能有如此温暖的笑容，不由得轻笑着和木槿低语："圣上倒像换了个人似的，连琴音也温暖了不少，方才竟是在劝我重新振作。"

欢笑声中，碧莹的心里溢满了喜悦，也许自己错了，也许她们能够回到过去，如果木槿可以原谅她，她为什么不能原谅锦绣，她可以让阿黑娜再做一条披帛送给锦绣，以这个借口去看锦绣，了结小五义的恩怨，木槿一定会很高兴的。

小雀摸着碧莹的披帛，满眼冒着星星："干娘，这条披帛真好看。"

碧莹正想说，小雀喜欢，就送给小雀吧。

人在最幸福的一刻，总会失去戒心，忘记了，命运总是冷静地窥视着你的生活，在你毫无准备时给出致命一击，福祸反转，生死颠倒。

上一秒，碧莹还在小雀温暖的小手里，下一秒，尖叫声起，四周已满是毒雾。

只听到木槿大喝："酒里有毒，有刺客！"

众人皆惊，素丽塔翻身躲过银盘，飞身晃至原非白的面前，摘下耳环向他扔去。

原非白抱住小兔，一手翻过桌案挡住了暗器，却不想那耳环跟着爆开，散出了一把毒雾。

屋内大乱，原非白抱着小兔滚到一边，于飞燕上前一个扫堂腿，正中素丽塔的心窝，然后把杯中的毒酒洒到了她的脸上。

素丽塔的脸部立刻焦黑，痛苦地嘶叫着，直至昏厥倒地。

碧莹吓得花容失色，本能地护住了身边的小雀。

阿黑娜仰头避过，脸上的人皮面具掉下，露出了一张美丽而癫狂的脸来。

韩修竹跟着急急赶来："大胆明凤卿，陛下早就料到你会前来行刺，却不想你竟然狠毒至此，连孩童也不放过，更何况安和公主是你们明氏仅存的血脉，你唯一的亲生女儿，她已被你无辜牵累半生，你身为她亲生母亲，竟如此狠毒无情！"

明凤卿冷冷地瞥了一眼震惊的碧莹，随即扭头凄厉地看向原非白："原氏狗贼，一个不留！"

原非白将小兔扔给齐放，而明凤卿趁着这个空隙，举剑直直地刺向他的左胸。

这是碧莹看到的最后的景象，青媚及时把碧莹等一众女眷护下燕子楼时，毒雾开始在房中弥漫，青媚立即护着珍珠等人抱着孩子从窗户跃出。

青媚将珍珠等人放至雪地，由侍卫守护，随即又飞身上楼。

小雀和小兔都哇哇大哭："阿娘，阿爹还在屋里头……"

碧莹在雪地上不知所措地站定，一脸的震惊和茫然。

姚雪狼和程东消灭了其余突厥侍卫，合力攻向明凤卿，最终于飞燕挥刀砍下了明凤卿的头颅。

明凤卿的头颅不偏不倚地从窗口飞出，正滚落在了碧莹的脚边。

碧莹定定地盯着明凤卿怒目圆睁的头颅，神色恍惚地慢慢跪倒在了雪地中。

凄厉的往事猝不及防地钻入脑海，那刚出生的孩子被撒鲁尔扔到结界中，血肉模糊，阿芬小小的身子披着白被单，撒鲁尔拦着碧莹，碧莹眼睁睁地看着女儿被烈火吞噬。

现实与回忆，碧莹已分不清楚，她满面悲痛，慢慢蹲下，颤抖着双手将头颅捧起。

木槿和于飞燕都在她背后大叫："不要碰她，碧莹，快放下！她已为仇恨失心疯了，已不再是你的亲人了！"

可是碧莹已经听不到，她的眼前只有当年女儿惨死的景象。她仿若未闻，失魂落魄地捧着那头颅站起来，向院外走去。

燕子楼前不断拥入赶来的龙禁卫，一时灯火如昼。碧莹步履蹒跚，手中的头颅鲜血淋漓，在洁白的雪地上沾染了一路血红，格外地触目惊心。

碧莹心中忽然明白，为什么最后撒鲁尔同意将自己放回中原，又任由术止那群恶奴打劫自己，不由得浑身发抖！

唯有自己越是可怜，木槿才会越是怜悯，元德皇帝才会毫无戒心地接纳自己。

陛下，你好狠毒的心，果然最后我俩仍是隔着迷雾重重，你从未信任过我吗？

碧莹，碧莹……

是谁在唤我，碧莹茫然地抬起头，看到木槿焦急的脸庞。

碧莹慢慢转过身来，双目中藏着无尽的恐惧和哀戚。

对不起，木槿，我果然是个满身罪孽的不祥之人。少年时代因为你对我的垂怜，困住了你整整做了六年的杂役，可如今的我恐怕又要为你招来巨大的灾难。

碧莹颤抖着嘴唇，张口欲言，她想这样对木槿哀哀地说声对不起，她想求得木槿的原谅，她想亲自把这位铁石心肠、丧尽天良的母亲给葬了，木槿猜到了碧莹的心思，却猜不到后面可怕的悲剧。

“公主快放下明凤卿，”林毕延从楼中气喘吁吁地跑下，老眼赤红地看着姚碧莹，“头颅里面有机关。”

就在这时，新年的鼓声隆隆响起。

碧莹茫然地低下头，看向自己的生母。

明凤卿忽然睁开一双肖似的琥珀瞳，她的嘴角对着碧莹扯出一丝诡异的微笑，一张一合地吐着血沫，没有人能听到她在说什么，碧莹却看明白了！

永不原谅！

那头颅随即炸开，爆出了无数的银钉。于飞燕的左腿和木槿的右臂各中了一钉，而碧莹的胸前立时血涌如喷。

碧莹直挺挺地仰面倒在了雪地上，鲜血从她的背后漫延开来，仿佛盛开了一朵无比诡异而凄美的仇恨花朵。

剧痛中，碧莹躺在雪地上，背后疼痛却近麻木，鹅毛大雪飘撒而下，落到碧莹微颤的眼睫毛上。

碧莹忽然想起那梦中的天人说，自己没有子女缘、夫妻缘，连父母缘都没有，是个不祥之人，她早该想到，她的母亲心机如此深厚，肯定考虑到一旦失败，原氏定会将她的头颅承递给元德皇帝检视，于是便在自己的体内做了机关，可是她万万没有想到自己的女儿试图安葬她，却害了她此生唯一的女儿。

也许她料到，却已经什么也顾不上了，因为在明凤卿的心中，只有复仇，可是她依稀记得阿黑娜这一路对她的悉心照顾，她是什么时候化作了阿黑娜？那真正的阿黑娜又有着什么样的结局？

自己果然是不祥之人。

有人轻手轻脚地进来，坐在自己的床前，碧莹轻轻握住了那人温暖的手。

姚碧莹低声问道：“那真是我娘亲吗？”

木槿艰难地点了点头。

碧莹的嘴角悲凉地牵了牵，眼神满含悲凄：“这段时日，她将我照顾得真的很好……好妹妹，你说……她是不是出自真心呢？”

木槿再次艰难地点了点头。

碧莹怔怔地看着身边的那件红色披帛，泪水滑落。

她记得“阿黑娜”正眯着老眼在阳光下为碧莹认真缝制着一件红色披帛，扶着碧莹坐在铜镜前，为碧莹试戴披帛。她当时如果察觉这是她的母亲，她的母亲会亲手杀了她吗？

碧莹却坚持要起身，木槿无奈，只得让她斜靠在自己的身上，二人双手紧紧交握。

不久，元德皇帝驾临燕子楼。碧莹以虚弱之身，请求元德皇帝同意以一己之身平息原氏与明氏之恨，让自己的鲜血涤尽明氏的罪孽。然后她又求得皇帝同意，再次见到锦绣，希望能够拉近锦绣和木槿二人的距离，她知道这是木槿内心最大的痛苦，这也是她能为木槿做的唯一的一件事。

最后的时刻终于来到，碧莹勉力望向窗外，瞧着几枝探墙而出被晨曦晕染的胭脂梅，遗憾一笑：“西枫苑的红梅花真好看，回来这些时日，整日昏睡，却没有出去看看，实在可惜。”

花木槿：“这有何难，等你身体好些了，我让大哥再抱你去。”

碧莹摇头淡笑，她知道，这是最后一次看这美丽的梅花了。

木槿帮碧莹裹上海狸子披风，于飞燕小心翼翼地将她打横抱起，缓缓步出了屋子。锦绣洒泪跟在身后。

西枫苑墙头探出的胭脂红梅傲然怒放，冷艳而火热，映得天地白璧一片无瑕。

碧莹静静地望向那一抹嫣红，舒心一笑，悄然问道：“二哥去时，可留下什么话吗？”

花木槿哽咽地道：“二哥走的时候很平静，他只是……只是觉得非常对不起你，一心挂念着你。”

碧莹的心中生出一丝喜悦，目光起了涟漪，释然地长嘘了一口气，看着红梅流泪而笑。她勉力抬手，轻轻地挡开林毕延的药丸。

碧莹眼前的西枫苑化作一片玫瑰花海，阿芬在金玫瑰园中冲着碧莹挥手而笑。旁边站着手中抱着婴儿的阿黑娜。

碧莹认出来了，阿黑娜怀中的孩子正是那个刚出生便被撒鲁尔牺牲的女儿。她痛断肝肠地走过去，从阿黑娜手中抱起她的女儿，一旁的阿芬拉住碧莹的衣角，高兴道：“阿娜，你终于来看阿芬了。”

阿芬的身后慢慢出现了少年装束的宋明磊，正对着碧莹温柔地含笑而望。

宋明磊温柔地道：“我来接你了，碧莹。”

碧莹鼓起勇气，对着少年时代的宋明磊说出了埋在心中的痛苦和委屈：“二哥，我已经厌倦了西域的生活，求求二哥……不要再把我送走……了，我想木槿，想大哥，小五义……想回……家。”

宋明磊的面上流下泪水，惭愧道：“二哥错了，再也不逼你喝药，再也不把你送走了，我们一起回家吧。”

碧莹幸福地迎上前去，抱着婴儿，拉起阿芬，跟上宋明磊，向远方而去。

一颗晶莹的泪珠滑过她狭长的眼角，迅速地滴入雪地，化为烟尘，她骨瘦如柴的手终于慢慢松开了木槿，无力地滑落下来。灰暗的指甲上钩着的那块已经被血泪冲淡的丝绢，被漫天的风雪卷滚到天际，最后无力地落在雪地之上，那丝绢上褪了色的碧鸳渐渐被惨白的风雪所淹灭。

忍见胡沙埋艳骨，休将清泪滴深杯。

多情漫向他年忆，一寸春心早已灰。①

飞鹰越过弓月城重重屋阙，降落在阿米尔的肩头。

阿米尔取出传信扫过，眼中闪过悲凉，匆忙走向神思殿，跪启：“禀告可汗，明家人失败了。”

撒鲁尔从帐中坐起，赤着脚立在地上，皱眉冷笑道：“明家人果然没用，也合该这天下是原姓中人的。”

阿米尔迟疑道：“还有一件事。”

撒鲁尔不耐烦地道：“何事？”

阿米尔：“大妃娘娘中了明家人做的机关，昨夜辰时殁了。”

撒鲁尔的脸隐在黑暗中，淡淡道：“走时说什么话了吗？”

阿米尔暗中长叹，恭敬地禀告：“大妃说，她厌倦了西域的生活，不想再回来了。”

撒鲁尔命阿米尔退下，偌大的豪华宫殿中，唯有他一人孑然而立，衬得空旷的宫殿更加空旷，他的酒瞳里慢慢流下血色的泪水。

他喃喃低语着：“骗子，你们都是骗子。”

少年时代的碧莹正坐在炕上，对着小小的梳妆镜认真梳头描眉，手中的小半截螺子黛还是锦绣去年带过来的，是原家二小姐用剩下随手扔给锦绣的。锦绣那里，这些小玩意儿多得用不完，时常给她和木槿送来，木槿平素不爱脂粉，这些就成了她的专用物。

碧莹小心翼翼地描着，暗赞到底是宫中御赐之物，描出来的眉毛又粗又亮。她微抬头，透过旧布帘子，看见木槿正素着一张脸，眉飞色舞地同宋明磊聊着什么，于飞燕在老实地替锦绣按摩肩膀，锦绣不时指点其用力大小及范围。

宋明磊握着一只破了口子的粗杯子，时不时点头附和，间或爆发出大笑，俊朗的面孔在阳光下更是神采飞扬。碧莹心中艳羡，总觉得二哥同她聊天时就变得很拘禁，说来说去不是问她病情，就是同她聊弹琴，可是和木槿在一处，那话匣子就像被打翻，总有聊不完的话。要是有一天，二哥也能这样和自己聊天就好了。

木槿看宋明磊杯子里的水又喝完了，便坐直给宋明磊加茶，冲帘子这边高声道：“碧莹，你倒是快点，怎么还不出来？二哥都喝一壶茶，上两回茅厕了。”

宋明磊立刻弹了一下木槿的额头：“女孩子家不能这么粗鲁！”

碧莹这才意识到她装扮的时间有点长了，她再一次看了一眼铜镜里姣好的容颜，满意地掀开帘子，满怀喜悦和羞涩地出去。木槿笑着跳下炕，让出座位，埋怨她真慢，又让二哥等。

宋明磊像平常一样，又问了几句病情，给她把了脉。

木槿给满面惬意的锦绣使了个眼色，锦绣仍在撒娇，让于飞燕多按几下，耐不住木槿的催促，只好嘟着嘴悄悄退到灶间，帮木槿在厨房烧火。锦绣指了指屋外正在为宋明磊倒茶水的碧莹说："我觉得二哥其实更喜欢和你聊天。"

木槿本来正在认真听宋明磊和于飞燕谈论兵法，回过神瞪着锦绣，长叹一声："万恶的青春期啊！你们不好好读书，就尽琢磨谁跟谁早恋了？"

锦绣撇着嘴："你少说这种我听不懂的话，你现在也大了，有时间也该琢磨琢磨自己了，你看看，你看看，"锦绣颤着手，指着娇羞的碧莹，"你整天刷粪洗衣伺候她，搞得越来越像她丫头似的，她倒越来越像个小姐，打扮起来还挺漂亮，我送给你的那些好东西，倒用在她自己身上了。"

"好气人啊，"锦绣虎着脸，"她一个病人都懂得女为悦己者容，你怎么就不懂为自己想想呢？"

"锦绣姑娘，你就是太懂得为自己想啦，所以才会老是生气，生气多了就容易长皱纹。"木槿挑了挑眉，趁锦绣不注意，快速用沾满黑灰的手戳了一下锦绣的脸，锦绣哇哇大叫，两姐妹笑闹着便钻出灶间，闹到碧莹跟前，锦绣乘机抹了碧莹的脸，三个姑娘的脸都被木槿的黑手涂黑了。

姚碧莹捂着脸哇哇叫："二哥救我，你看她们又欺负我。"

宋明磊很讲义气地挡在碧莹面前，笑说："碧莹身子弱，你们可不准欺负她。"

于飞燕看着三个妹妹的黑炭脸，刚喝了一口茶，一下子喷出来。

两姐妹本是孪生姐妹，心有灵犀，只消一眼，便心照不宣地同时向宋明磊的俊脸伸出四只黑手，不一会儿，宋明磊的俊脸就被抹黑，于飞燕一开始看着傻乐，结果也被两姐妹抹黑了脸。五张黑脸笑闹一团。

原非珏挂着大笑脸，拖着红缨枪，昂首阔步地迈进门："木丫头，我口渴了，快弄点水。"

小五义立时停了手，向原非珏恭敬行礼，原非珏看也不看另外四人，准确地停在木槿对面，手中的红缨枪掉在地上，然后微微眯着眼睛，逐一看着黑脸小五义。

原非珏又看看门外骄阳似火："怎么？这几天日头这么厉害呀，看把你们都晒得这样黑了吗？"

小五义忍不住大笑起来。

那日夏蝉嘈杂，阳光大好，木槿开得正艳，随风飘扬。

那时的岁月真好，真好。

【注】

①【近代】诗人苏曼殊《樱花落》

后记一

◆◆◆

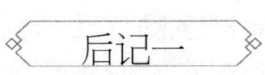

我最初开始接触网络文学是在2005年，那时的我正处在人生低谷期，没钱没房没工作没男人没地位，总之比“三无人员”还惨，幸好还有脑中的美好世界，我开始满腔热情地写《魔神战记》，挑战巨型长篇魔幻故事，后来却渐渐力不从心。

我意识到空有热情和责任心是不够的。那时的我还没有足够的实力去描绘一个大型的异世界故事，光外国人名就写得我想吐，渐渐地这个故事黯淡了下来，于是，我放下所有的狂热和虚荣心，理智地决定：先开始练笔。

现代言情吗？我当时的人生就处在典型的苦情剧中，太现实了，估计写一半，自己就先哭死了。于是，我决定先尝试古代题材的，刚好当时穿越小说开始发芽了，那就试试穿越吧。

没想到有点击率了！

没想到有人写评了！

没想到自己坚持下来了！

没想到慢慢把感情融进去了！

没想到最后一个个人物在脑海、在读者心中活了起来！

没想到我没结婚没孩子当妈了，还是个后妈，不让当亲妈！

没想到读者还分派别了，没想到大家为了各自的粉，把我骂得体无完肤！

没想到一转眼五年过去了，经历了生命中的剧变，当我面对生活越来越淡然，这些人物却越来越具鲜活的生命力！

没想到最后地球人已经无法阻止，花西的战国童话到了最后一卷，最后一个篇章，最后一个真相，最后一滴血，最后一滴眼泪，最后一个微笑，最后一个字，最后一个标点符号！

这七年里发生了很多很多事!

无论是新读者，还是老读者，看到这最后一个字的时候，想必都会如是想，大部分老读者甚至会觉得有点不可思议。

生活正如一把刀，无论是快刀、钝刀，或是杀猪刀，反正都在慢慢锉你的心，锉到你皮糙肉厚，麻木不仁，最后你会发现流逝的不仅仅是岁月、青春、爱情，还有你对生活的信任和勇气。尤其是在这样一个浮躁的社会里，每个人都身不由己地历经着很多人事变迁，以致身心憔悴、疲惫万分，最初的理想也在现实的摧残中化成泡沫。

这七年中，曾有一两年时间，我痛苦得几乎无法落笔，绝望地想着，活着的意义到底是什么？难道活着只是为了活着吗？

比较讽刺的是，后来我想破脑袋，不得不承认，可能活着就是为了……活着……

然而，我还是想挣扎地说一句，我想为自己的心而活。

这里就必须再谈到爱情，美好的爱情是花西一开始的主题，也是最初吸引广大读者的地方，因为我们需要能够点燃内心深处那把火的那个人，来点亮看似平凡而灰暗的人生。

可是，爱情也可能很残酷，我想爱过的人大多能明白。现在，好赖我这棵葱也算明白了爱情的力量，它果然是世界上最强悍的武器。当你深陷爱情的时候，你可能彻底失去内心的自由，把自己和对方弄得生不如死。

对一个人来说，失去爱情，痛苦一时，但若失去内心的自由，灵魂深处的光芒便会渐渐熄灭。当你迷失了自己，走进情感的牢笼，我不敢想，这样的人生是否还有幸福的可能。

也许正是因为爱情残酷的化学反应，经历过爱的人，或多或少都会改变。所以，只有爱过、拥有过的人才真正地理解真情的可贵，理解生命的意义。

待你从偏执的爱情中醒来的时候，你才能明白，内心的自由何其可贵。

风雨总会过去，哪怕斗转星移，物是人非，容颜改变，身边站着不一样的人，却依然不要放弃对美好生活的向往。

我想，这是紫浮天王一直想对木槿说却无法说出口的话语，也是他愿意等待木槿万年之久的缘由。

所幸，在迷幻的花西世界里，木槿没有像锦绣一样向镶金砌玉的污淖原家妥协。历经了种种磨难，她看穿了那些华丽背后的腐朽，到最后，她还是可以单纯地为自己的心而活，她心中永远有一种淡然与平和的喜悦。

花木槿的爱情可能只有在宋明磊的世界里才是自由的。最初在原非珏纯洁的樱花林中是一种纯然的快乐。而在原非白的世界里，她的爱情是一种温柔的疼痛，纵然受尽苦难，原非白依然是花木槿心底一颗最美的珍珠。

“一见钟情”这几个字说说容易，但只有在爱情真正开花结果了，才能真正体现它的价值，不然也不过是镜花水月罢了。

我想，在紫浮看透世情、疲倦悲伤但依然深情的紫瞳里，花木槿生生复世世的悲剧也许应该有一个结束。

在电脑屏幕上敲完最后一个字的时候，我满屋子大叫，感到一种前所未有的轻松。可，瞬间，我就泪流满面了。自我感动之后，我沉入了一个深深的空白旋涡之中，此时此刻，好像全世界只剩我一人。

这七年来，人世变迁，朋友们或事业发达，或喜结良缘，或喜得贵子，有的作者朋友甚至出版了数本小说，功成名就，而我用我最后的青春完成了一部《木槿花西月锦绣》。

父母恭喜之余，也曾笑言两个现实问题：

一、可曾想过，若是花西失败，这七年的辛苦岁月到底值不值？可考量否？

二、在无法预知的未来人生里，我是否还有机会能再写出让读者喜欢的作品？

诚然，我无法爽快地回答这两个问题。

可是，我从来没有后悔过。即便是在我半工半读最辛苦的那几年，每天只睡四五个小时，还要再挤出时间来琢磨花西，我也没有后悔过。

有一位知名的作者朋友曾戏言：您这花西不像是一部言情剧，倒像是一部励志剧。

也许吧，作为一个苦逼世人，可能我真的无意间流露出了小人物的挣扎和无奈，纵然理想会破灭，但依然有追求梦想的权利。

我深深热爱着花西，正是花西让我发现了我人生的独特之处，使得我多愁善感又带些天真的性情有了发泄之所。也正是写作，给我带来了另一个世界，那是一个无比自由、可以尽情驰骋、无所不能的奇妙世界，它使我本应平淡的人生多了一份精彩，也使得我的内心在这个物欲横流的浮躁社会里，始终保持着一份干净与平静。

深深地感谢这一路上支持我的读者、作者和编辑朋友们，我想我不是一个体贴的好写手，所以让各位在这七年里受尽煎熬，抓心挠肝。

在此，向大伙鞠个躬！谢谢你们，可爱的花西迷们！谢谢你们始终手托手地殷殷扶持着我和花西这个孩子。

隔着冰冷的电脑，可能不经意的一句话、一个表情，就能温暖网络另一端那本要枯萎的惨淡心灵，正是有了你们的祝福，才使得我最终拼尽了全力，坚持走到这里。

你们的宽容和厚爱，让我成长起来，最终也使得花西的战国童话如木槿花般鲜活努力地盛开。

后记二

十二年后，静待花开

——海飘雪致每一位花西读者的一封信

◆◆◆

不知不觉，距离2013年花西全本完结，一晃又是五年。从《花西》第一个字落笔至今，原来已有十二年了。

各路花粉们、白粉、段盟、珏迷、二哥粉等等，你们都好吗……

犹记当年，海包子因工作调回南半球，在那里开始构思《花西》并动笔写下第一个字，其时的文笔比之现在更显浅嫩，却意外地收获了众多粉丝的厚爱，透过冰冷的屏幕，通过闪闪发亮的网络，跨越半个地球，同读者们如知己般精彩互动，成为我人生中最幸福的时刻之一。

女主角花木槿的名字取自我故乡家家户户围护小院的木槿树，春天截枝插地便可成活，从春末开花一直持续到霜降，形成一道美丽的花树篱笆，远远望去，纷披陆离，光彩秀美，朝开暮敛，花虽小而普通却生命力极强。这世间璀璨耀眼的男神和女神永远是少数，我们大部分都和木槿一样外表普通，不过以顽强的生命力抗争残酷的命运，其中几番挣扎沉浮，仍保持良善初心者尤为可贵。木槿的精神，代表了我们大部分人的精神，也许由此令读者有了深深的代入感，无论这个社会怎样浮躁，价值观怎样扭曲，我们的内心深处，始终认同和追求的，是人性的温情和真善美，也许木槿的颜值远远比不上锦绣，却无法掩饰其顽强拼斗而散发出来的气节之美，正如诗云，士不长贫花不悴，一番风雨一番奇。

回首这十二年的大好时光，我们生命中迎面走来的，可能是视若兄长的宋明磊，也许是纯真美好的原非珏，或许是雌雄难辨的知己段月容，更可能是一生至爱的原非白，或惊艳了时光，或温柔了岁月。而在花西世界里，这四位惊才绝艳的当世枭雄各自以不同的方式，在木槿的人生中留下浓墨重彩的一笔。

不可否认，这四位男主人公也已经成为我和各位粉丝生命中的一部分，大家都对这四位男主人公饱含感情，以至于对结局赋予了特殊的意义，就在粉丝和海包子成长的同时，花西所有的人物也同样在成长，到最后他们拥有了各自独特的灵魂和命运线，即便是作者也必须秉持自身对于人物的尊重，不能按自己的好恶之心，随意改变他们的命运走向，每个人物最终都在花西世界里顺着自己的内心做出了应有的选择，尽管这可能并不是作者和各位粉丝所乐见的。私心里，我和大家一样不希望结局，也永远不会对这个结局满意。但强调一点，绝不是强行bad ending（悲剧收场），这的确是包子八年来认真构思的结果。至今每每再看结局，海包子都会流泪不止，捶胸仰天大吼，海飘雪你个杂碎，不是人啊不是人……

故而无论怎样落笔结局，都不可能出现令所有人感到满意的完美结局。

自从2013年结局以来，海包子也一直在思考，直到今天，才可以比较坦然地说，这毕竟是第一次结局，当初写作经验的不足，造成了我用八年构思的结局却令有些粉丝无法接受，所以包子一定会用毕生的精力来完善。

十二年后的今天，花木槿、花锦绣、原非白、段月容、原非珏、宋明磊……《花西》里的一个个人物，也将从书中走向荧幕了。

大约是2014年夏蝉欢叫之时，我接到了制片人李小婉老师的电话，最巧合的是，当初她和荣信达制作的《大明宫词》至今都是我最爱的电视剧之一。我清楚地记得，第一次看到小太平揭开心上人的面具，配乐《长相守》幽幽响起，好像脑子里轰然爆炸了一颗原子弹，以至于多年后提笔时，在脑海中擦亮花西第一根火柴的，竟然是那首将太平公主凄艳哀荣的一生慢慢吟唱的《长相守》，于是最终打动木槿的正是一首《长相守》。故而，当电话那头，缓缓响起李小婉老师温柔淳厚的声音，表示荣信达想改编《花西》的愿望时，我不得不惊叹缘分的力量，几乎都不敢相信这是真的，还以为是在做梦，当时便毫不犹豫地决定把版权交给李小婉老师。

如前述，一部小说，人物命运纵横交错，无论怎样收笔，大概都画不出一个令所有人满意的句号，电视剧也一样，从抽象的文字到具象的影像，剧版《花西》会因为现实及政策的原因，在尽可能保留原著的基础上，不可避免地进行二度创作，想必会颠覆很多人的想象。不过，此种颠覆和还原之间所存在的化学反应会带来令人惊喜的冲击力。对于小说中人物命运和结局的安排，一直有很多不同的声音，我也特别希望，剧版的结局能填补各路花粉们心中的一些遗憾吧。

又及，《花西》的小说版是以花木槿为第一人称贯穿全文，草蛇灰线，伏行千里，所以很多精彩的细节也只能靠某些高智商的铁粉儿去字里行间猜测，这是花西的乐趣之一，也是遗憾之一，落实到剧版，将会一一实现这些有趣的细节。尤其是李小婉老师和吴锦源导演，两位神级别的大师根据各自丰富的人生和工作经验，对小说人物的理解独到而深刻，挖掘出很多粉丝都没有发现的隐藏在暗线中的细节，令人惊喜感动。海包子对所有的演职人员表示深深的感谢，尤其是制片人李小婉老师，谢谢你们的努力和奋斗，终于让这株木槿开出美丽的花朵，迎风招展，沐浴灿烂的阳光。

对于各位新旧原著粉，我想说，真的非常非常感谢各位这十二年来的支持和鼓励，曾经因为这样那样的原因让各位抓心挠肝地等待，海杂碎真的感到非常惭愧和抱歉，正是因为你们的执着和真诚，不停地推动着超级懒惰和脆弱的海乌龟不断前进，才有了花西最终的结笔。当然，有一点必须指出，无论这一版电视剧呈现给原著书粉的是什么样的情景，可能依旧会有各种遗憾，也希望原著粉丝不要气馁，请相信只要你们存在，花西一书定然会有幸迎来不同年代的影视各种版本，而无论影视化与否，花西的小说世界永远在那里，铭刻在我们的心中，在大家不同的人生年代将会带来不同的观感，这就是小说艺术和抽象世界的奇妙魅力所在，那是各种影像化都无法替代的。然而最重要的是，我们因这部小说而相聚，隔着网络或共同大笑，或相拥而泣，或激烈争论，也许永远对面不识，却注定是终身的挚友。而花西的宏大世界才刚刚拉开帷幕，有幸得到各位的注目，我将继续用笔构建这个世界。如果你对《木槿花西月锦绣》仍然意犹未尽，欢迎继续留在海包子的树洞里，听海大妖怪讲故事。

对于即将到来的剧粉，欢迎列位新朋友进入花西世界，感谢你喜欢这部电视剧，感谢你对于所有演职人员努力付出的肯定，作为花西的绝对后妈，海包子也随时欢迎你尝试着进入花西的原创小说世界，来领略原版小说中各位人物的春夏秋冬和悲欢离合，具体感受一下小说和剧版这两个世界的重叠，相信都会带给您无限唏嘘和震撼。

最后，请大家一如既往地卖命工作，做牛做马，只待攒够购买优酷VIP会费以及各类蜜饯瓜果费用，热切等待小五义和四大美男登上大屏幕。来，稳住我们端果盘的洁白小爪，挑颗水灵的西瓜子儿咬开，静待花木槿和她四个男人那些不得不说的事儿。

海飘雪写于2018年4月18日

读者评论

花西迟爱

五月，榴花似火，山林滴翠的烂漫春光里，当我第四次合上花西的书页时，一腔被故事搅起的惊涛骇浪般的心潮没有半点因时光而褪色……距上一次重温已去日遥遥，这本魔力无穷的书，却依然能在每一次重逢的当下，轻易摇撼我的神魂，催动我的心肝，或狂喜或悲泣，皆难自抑!

曾有友人说，我们一生只有一次生命的样式，只能选择一种生活的样子，通过阅读才让我们有可能获得最多的存在方式。适逢有出色的故事捧在手，就如同身临其境，生命进入另一种新生状态，使心灵和头脑都打开了隐藏的天窗，接目未曾见识的非凡气象。就像花西的故事撞进我的双眼时，便再也不能移开。

穿越文早已不是新鲜的题材，但花西的许多元素出人意料！掉进异时空的女主，遭逢古代王朝无一例外总是变身女超人，火力全开要风得风要雨得雨，白马王子也必然独家进贡，劈风斩浪呵护周全，最后琴瑟和鸣，逍遥江湖相伴终身。可怜的花木槿却必须从无到有，乖乖恪守生命规律，投胎入世从头来过……既没有投到亲王贵胄的改命之旅，更没有千里单骑独来独往直接升级孤胆巾帼，单打独斗的个人颠覆之路变成了“小五义”梦之队的群英逐鹿，江湖不再只是某个人风光的江湖。刹那间，一片千姿百态才情殊异的芸芸之众，实属当时言情之中独特恢宏的江湖风采，虚拟的王朝也不再只是一张平面乏味的布景底衬。随浩荡画卷徐徐展开的花西故事，甚至端正得有点像一部认真记述的真实历史，任何时事风云，时空迭转都循序标注明晰的纪年日历，叫我不敢相信这是一部冠以言情的青春小说，这份认真的持重更令我满怀敬意，显得它分外与众不同。

洋洋百万字，从建州纯朴的花家村，到富贵逼人的紫栖山庄；从西枫苑的梅林到地下暗宫的紫川；从东庭的储君之争到南诏的突袭破城；从战火离乱的相依为命到突厥俘虏的深情回首；从踏雪绯玉的初情甜蜜，到紫月清泉的心碎离殇……种种惊心动魄的险象环生，简直目不暇接，情天恨海的起落跌宕更是精彩绝伦！原非珏的青梅竹马豆蔻年华美如梦幻，却终究擦肩错过，永失至爱；原非白天人之表一曲长相守引一生倾城绝恋，却从头至尾是一场心计；宋明磊惊才绝艳当世诸葛，八面玲珑心思入微，却是不折不扣的幽冥魔头牵线傀儡；段月容风华绝代紫浮转世，骄狂纵横神佛不惧，却舍得为心爱倾尽所有上穷碧落下黄泉。书中两位绝代天骄原非白与段月容的一生对峙叱咤风云，更倾倒无数书迷，收割千万红心。阵容强大的白粉与段盟两大阵营，是花西之外的另一奇观！关于原非白与段月容的情路历程、文韬武略，直至生死归宿永远是两大阵营津津乐道也争论不休的话题。

我是坚定的段盟无疑，然而两位光耀星辉的绝色人物实是各有千秋，伯仲之间。个人偏好，对段月容这个妖孽其外而刚健其内的大魔物青睐有加。每每有他出现，总似乱世的混沌里被一道紫色闪电撕开了裂口，叫我觅见生的光芒与喜悦！南诏偷袭西安屠城的血债，是小段永远被诟病的污点，但他因此领受了惩罚，南诏国将他削夺华羽，沦为潦倒的难民。流浪异乡，风餐露宿，被迫做回贫贱百姓，身体力行，磨砺心志，然后慢慢自省，懂得人心可贵的温暖与包容，甚至掌握了性别角色转化的圆融切变，可以是华宇宫殿里睥睨天下威仪四方的君王，也能是左手抱娃右手菜刀的超级奶爸，这番神通简直令我瞠目结舌！妖孽一词放在段月容身上，渐渐从贬义变成褒奖。自此之后，小段的归来总是那么生气勃勃，笑骂恣意依旧，赖皮又腻人不减，不正经里又处处透着执着的眷念，无时无刻不让你觉得他游刃有余，活得任性自在，无所不能！任你雷霆还是风暴，我段月容就有本事荡平一切，展起死回生召唤日月的神力。月容的可爱就是死到临头都油嘴滑舌不依不饶，可突如其来一句生死相依能让人痛到钻心！爱一个人爱到死也不放手，恨也不松手。没有什么可以摧毁他的决心，什么也无法阻止他一次一次卷土重来的凶悍，而且，必定是艳光四射，傲世归来！

这一世，无论小段还是小白，爱之深切也高下难分，黏性韧劲都太强太强，都是“拼了命”的爱。身处乱世的木槿，命运多舛，一生承受了过多非同寻常的悲辛苦楚，沉沉压在心里已经不堪重负。小段尽管泼皮无赖，却往往释放出她压抑的心情，转移她心中的悲切。看似无理取闹的胡搅蛮缠，实际用尽心思，把恨与痛引到自己身上，为她撑出了自由呼吸和疗愈自我的空间，再扮上一副强悍不折的跩样来卸掉小木剩余的愧疚。一张利嘴又坏又刁，时常讥讽调侃却不乏浓情蜜意，无时无刻不把愁云惨雾的小木激起一身斗志，投入新生。在悲苦不堪的境地里，哪怕用愤怒来取代痛楚，也要给予你释放，挑动你的活力，让人喘息，而独自把几世无缘的诅咒和痛苦都藏在心里……每每思及背后的情之深，爱之坚，无法不倾向他戴着妖魔面具背后的灵魂。在对一个人的爱到了再也没有来世可期的时候，还有多少人会像他一样，全心全意伴护心爱之人，拼命追随只为让她有活下去的力量，明知是诅咒造成的错爱也能放开手，成全爱人的感情，并且依然站在身后做她最后的依靠？这正是我不得不爱段月容，正是再伟光正的白虎星君立于面前，我也会“弃明投暗”站定“段盟”的理由。

然而……花西另一处独特的滋味却偏巧是长情≠长相守。

超越白段话题的最大争议正是大结局的“乱哄哄你方唱罢我登场，白茫茫一片大地真干净”。守坑八年的众多书粉，几乎万众一心地祈盼苦尽甘来，云开雾散，花好月圆，以慰一场生死契阔。结果，作者坚守诺言，真的写尽了他们完整一生的酸甜苦辣，悲欢离合，也熄灭了各种心存侥幸的自洽与妄念，在本就浓墨重彩的花西故事结尾敲下一记深长厚重的生命远音！引无数书迷泪水与惊叹齐飞……也许你无法接受这个似滴水汇入汪洋、显得宿命和怆然的结局，但只要真心没入它的字里行间，你就无法回避它的厚重和强烈，那里反复吟唱着一支生命的长歌，经久不散。

那么多痛斥结局的粉丝其实并没有读懂它背后的深意。若是仅仅顺从我们情感诉求的先苦后甜其实并不难，不过这个故事就会和其他众多的小言一样，只是我们的无聊消遣罢了，既不是感情世界的真相，更不是作者内心的追求。我们平淡生活的感情风波就能折腾得人心力交瘁、痛苦不堪，遑论一生遍历奇劫死而后生？对生命的体悟，对感情的触摸，怎么可能如此轻车简从黑白分明皆大欢喜？那只说明我们缺乏勇气去直视情感巨力摧枯拉朽的可怕，体会不了承载全部生命重量的爱，会痛得人多么蚀魂销骨却又欲罢不能。当我读完全部六本书，虽然中间一度哭得呕心吐肝，剧痛不已，到了结束竟然无法哭得出来，心里苦涩无边……整个胸腔都被堆满，很想有一股什么力道从我后背狠推一掌，把它们全打出去。感觉唯一可以稍解胸闷的，只有抬头看天，只有头顶上无际无涯的澄净天空可以装下心里的奔腾激荡，只有它的清澈宁静才可安抚一颗颠沛无依的心灵。

情感之间，在我读过的言情之中，还没有能胜过花西的磅礴与深彻。时间自有它的方向，命运自有它的轨迹，并不为人的喜好左右。即使付出生命的代价，也不存在必有回报的承诺。因为无常，所以存在的分秒光阴才格外美好，因为因果无法在一个既定时间内完美对称，所以勇敢的生命才显得格外珍贵！而这，才是结局希望带给我们的启示。无论如何，好好对待自己的生命，它的过程就是你一身荣耀的华袍！又假如一生的经历，丰盛到足可告慰此生而无憾，那最后，所谓死亡的形式还需要介怀或刻意装点吗？我觉得原非白或者段月容都不需要。

海飘雪之所以创造出花西，是为了追求和呈现她感悟的生命真理与情感厚度，盼与有默契的知音分享共勉，那么，要守住初心，便不会刻意粉饰，虚情讨巧，改变逢迎。四十年人生中，她也是我透过文字的能量所见识的最具真情的作者之一，绝对是个很会讲故事的有趣的精灵！

“海式”文笔有它独特撩人的魅力，细敏纤韧偏又分外雄阔阳刚，兼并婉丽、清俏、诡艳、悬疑、武侠、魔幻、文哲、史记、搞笑等广众趣味，笔力千钧无所不往。一旦与她的文字相亲，很难不被她下的网捕获！

深入花西的世界中，你会和我一样，深深震撼感动，因饱藏她八年的生命积累和拳拳之心，这个故事渗出的浓厚情谊可以穿透虚拟的角色，跨越异界的时空，烙进对面的你的心里。

简媜说过，我们积极相聚也毫不挣扎地品尝离舍，遂把所能拥有的辰光化成分分秒秒的惊叹。

期待你，和我一样对闪光的生命来一个深深的拥抱！

（读者：谜音）